翻訳小説
全情報
2022-2024

日外アソシエーツ

●編集担当● 木村 月子
カバーイラスト:赤田 麻衣子

刊行にあたって

　本書は「翻訳小説全情報　2019-2021」（2022年刊）に続く最新の図書目録である。2022年（令和4年）1月から2024年（令和6年）12月までの最近3年間に国内で翻訳・刊行された2,463人の作家の小説・戯曲類4,780点を収録した。

　近年、AI技術の急速な発展により翻訳小説を取り巻く環境も変化を遂げており、2024年8月に小学館がライトノベルをAI翻訳し海外に輸出する事業を始めるなど、今後翻訳物の輸出入がより活発になるのではないかと見られている。

　2024年のノーベル文学賞は、韓国のハンガン（韓江）氏に決まり、アジア人女性初の受賞として大いに注目を浴びた。国内でも島田荘司による荷午・王小和著『動物城2333』（講談社　2024年7月刊）の翻訳や、『三体』で一躍有名となった劉慈欣の短篇集『劉慈欣短篇集』（早川書房　2023年3月）、東京創元社からレイモンド・チャンドラーの『長い別れ』（2022年）、『プレイバック』（2024年）の新訳が刊行されている。

　本書でも前版同様、全集・アンソロジーに収録されている個別の著者名からも引けるようにし、各文献には内容紹介、短編集の収録作品を示した。また、巻末には書名索引及び訳者名索引を付し、利用者の便を図った。

　本書が興味のある作家の作品を探す手助けとして、また海外文学研究のための資料として、前版にも増して多くの人々に利用されることを願っている。

　　2025年2月

　　　　　　　　　　　　　　　　　　　　日外アソシエーツ

目　　次

凡　例 …………………………………………………… (6)

翻訳小説全情報　2022-2024 ……………………………… 1

書名索引 …………………………………………… 655

訳者名索引 ………………………………………… 701

凡　　例

1．本書の内容

　　本書は、日本語に翻訳された小説・戯曲を網羅的に集め、著者名の五十音順に排列した図書目録である。

2．収録の対象

　　2022年（令和4年）から2024年（令和6年）までの3年間に日本国内で刊行された、2,463人の作家の小説・戯曲4,780点（絵本などの児童書を除く）を収録した。

3．見出し

（1）小説・戯曲類の著者名を見出しとし、すべてを片仮名で示した。
（2）見出しには一般に最も知られている名前を採用し、適宜別名からの参照を立てた。
（3）韓国・朝鮮人名は原則として民族読みを見出しとし、漢字音読みは参照見出しとした。
（4）中国人名は原則として漢字音読みを見出しとし、不採用の読みは参照見出しとした。
（5）韓国・朝鮮人名、中国人名には漢字名を、その他の外国人名には原綴を適宜併記した。
（6）ヂ→ジ、ヅ→ズにそれぞれ統一した。

4．見出しの排列

（1）著者名は、姓・名をそれぞれ一単位として、その五十音順に排列した。イニシャルで記された名は、同じ姓の末尾にABC順で排列した。
（2）濁音・半濁音は清音扱い、拗促音は直音扱いとし、長音符は無視した。

5．図書の排列

　(1) 各見出しの下で書名の五十音順に排列した。

　(2) 同一書名の図書は出版者・出版年月順に排列した。

6．図書の記述

　記述の内容と順序は次の通りである。

　　書名／副書名／巻次／各巻書名／著者表示／版表示／出版地（東京以外を表示）／出版者／出版年月／ページ数または冊数／大きさ／叢書名／叢書番号／注記・原書名／定価（刊行時）／ISBN（Ⓘで表示）／内容／文献番号（〔　〕で表示）

7．書名索引

　各書名を五十音順に排列し、その文献番号を示した。

8．訳者名索引

　訳者名を五十音順に排列し、その図書の文献番号を示した。

9．書誌事項等の出所

　本書に掲載した各図書の書誌事項は、概ねデータベース「bookplus」及びJAPAN/MARCに拠ったが、掲載にあたっては編集部で記述形式などを改めたものがある。

【ア】

アイヴァス, M.　Ajvaz, Michal
◇もうひとつの街　M.アイヴァス著，阿部賢一訳　河出書房新社　2024.10　245p　15cm　〈河出文庫　ア14-1〉〈原書名：DRUHÉ MĚSTO〉1100円　①978-4-309-46807-5
＊プラハの古書店で見つけた菫色の本に誘われて"もうひとつの街"に迷い込んだ"私"。地下礼拝堂の怪しい儀式、鐘楼を泳ぐ巨大なサメ、ジャングルと化す図書館、民族叙事詩を朗誦する鳥…。街の秘密を探るうち、"私"はこの異形の楽園に魅了され—。現代チェコ文学の鬼才による、幻惑と陶酔の悪魔的冒険譚。〔0001〕

アイヒェンドルフ, ヨーゼフ・フォン　Eichendorff, Joseph
◇皇帝ユリアヌスと騎士たちの物語　ユリアーン　フリードリヒ・ド・ラ・モット・フケー著，小黒康正訳，ヨーゼフ・フォン・アイヒェンドルフ著，小黒康正訳　同学社　2023.6　287p　19cm　〈文献あり　原書名：Die Geschichten vom Kaiser Julianus und seinen Rittern Werke in sechs Bänden〉1500円　①978-4-8102-0338-7
[内容] ユリアーン（ヨーゼフ・フォン・アイヒェンドルフ著，小黒康正訳）〔0002〕

アイルズ, フランシス
◇殺意　フランシス・アイルズ著，大久保康雄訳　19　東京創元社　2023.9　380p　15cm　〈創元推理文庫〉〈原書名：MALICE AFORETHOUGHT〉1000円　①978-4-488-12401-4
＊英国の片田舎に住む開業医ビクリー博士は、妻を殺そうと決意し、完璧な殺人計画を練り上げた。犯行過程の克明な描写、捜査官との応酬をへて、物語は詰まる法廷の攻防へ。謎解き小説の雄アントニイ・バークリーが、一転、犯人の側からすべてを語る倒叙推理小説の形式を活かして完成させた本書は、殺人者の心理を見事に描いて新生面を拓いた。驚くべきスリルに富む歴史的名作！〔0003〕

アイルランド, ジャスティナ　Ireland, Justina
◇STAR WARSハイ・リパブリック―アウト・オブ・ザ・シャドウズ　上　ジャスティナ・アイルランド著，稲村広香訳　Gakken　2023.10　245p　19cm　〈奥付のタイトル：スター・ウォーズハイ・リパブリック　原書名：Star Wars The High Republic：Out of the Shadows〉1300円　①978-4-05-205682-6
＊計略と感情の読み合いに手に汗握る「スター・ウォーズ」！ ツキのないパイロットと、若くして弟子をもつジェダイ。運命に翻弄される2人の少女。何もないはずの宙域に隠された秘密を暴け！ STAR WARS THE HIGH REPUBLIC第2弾。〔0004〕

◇STAR WARSハイ・リパブリック―アウト・オブ・ザ・シャドウズ　下　ジャスティナ・アイルランド著，稲村広香訳　Gakken　2023.10　251p　19cm　〈奥付のタイトル：スター・ウォーズハイ・リパブリック　原書名：Star Wars The High Republic：Out of the Shadows〉1300円　①978-4-05-205683-3
＊思惑がうずまく世界を若者の視点で描く「スター・ウォーズ」！ 身近な者にも"影"はある！ 親、師匠、国―絶対だと思っていた権威への信頼が…揺らぐ。STAR WARS THE HIGH REPUBLIC第2弾。〔0005〕

アーウィン, ソフィー　Irwin, Sophie
◇没落令嬢のためのレディ入門　ソフィー・アーウィン著，兒嶋みなこ訳　ハーパーコリンズ・ジャパン　2023.8　445p　15cm　（mirabooks SI01-01）〈原書名：A LADY'S GUIDE TO FORTUNE-HUNTING〉1136円　①978-4-596-52356-3
＊その日、キティは婚約破棄を言い渡され失意の底にいた。両親亡き今、裕福な名士との結婚だけが、借金を返済し幼い妹達を守る唯一の手段だったのだ。かくなるうえはと覚悟を決めた彼女は、新たな相手を見つけるため町を出て、一路ロンドンへ―母の旧友に手ほどきを受け可憐なレディに変身し、見事、社交界の注目の的となる。だが名門伯爵家の若き当主ラドクリフだけは容赦ない目でキティの思惑を見抜きи…。〔0006〕

アーウィン, マーガレット　Irwin, Margret
◇新編怪奇幻想の文学　4　黒魔術　紀田順一郎，荒俣宏監修，牧原勝志編　新紀元社　2023.9　477p　20cm　〈他言語標題：Tales of Horror and Supernatural〉2500円　①978-4-7753-2042-6
[内容] 真夜中の礼拝（マーガレット・アーウィン著，宮崎真紀訳）〔0007〕

アーヴィング, ワシントン　Irving, Washington
◇アルハンブラ物語　W・アーヴィング著，齊藤昇訳　光文社　2022.7　768p　16cm　（光文社古典新訳文庫 KAア3-1）〈年譜あり　原書名：THE ALHAMBRA〉1640円　①978-4-334-75464-8
＊アメリカ公使館員として訪れたアルハンブラ宮殿の美しさに魅了された作家アーヴィングが、かつての住人、ムーアの王族の栄光と悲嘆の歴史に彩られた宮殿に纏わる伝承と、スケッチ風の紀行をもとに紡いだ歴史ロマン。異国情緒あふれる物語世界は、発表以来、ヨーロッパに一大ブームを巻き起こした。〔0008〕

ア オ

◇スリーピー・ホローの伝説　ワシントン・アーヴィング作, 齊藤昇訳, アンヴィル奈宝子絵　鳥影社　2024.10　81p　27cm〈原書名：The Legend of Sleepy Hollow〉1800円　①978-4-86782-116-9
〔0009〕

アオ, テムスラ

◇そして私たちの物語は世界の物語の一部となる―インド北東部女性作家アンソロジー　ウルワシ・ブタリア編, 中村唯日本語版監修　国書刊行会　2023.5　286p　20cm〈原書名：THE MANY THAT I AMの抄訳　THE INHERITANCE OF WORDSの抄訳ほか〉2400円　①978-4-336-07441-6

内容　手紙（テムスラ・アオ著, 門脇智子訳）

＊バングラデシュ、ブータン、中国、ミャンマーに囲まれ、さまざまな文化や慣習が隣り合うヒマラヤの辺境。きわ立ってユニークなインド北東部から届いた、むかし霊たちが存在した頃のように語られる現代の寓話。女性たちが、物語の力をとりもどし、自分たちの物語を語りはじめる。
〔0010〕

アガシ, エリヤフ

◇砂漠の林檎―イスラエル短編傑作選　サヴィヨン・リーブレヒト, ウーリー・オルレブほか著, 母袋夏生編訳　河出書房新社　2023.8　258p　20cm　2900円　①978-4-309-20890-9

内容　そいつを探している（エリヤフ・アガシ著, 母袋夏生訳）

＊迷宮のような路地で見つけた写真集、不死の老人、ショアの記憶、聖書物語など、イスラエル文学紹介の第一人者による日本語版オリジナル・アンソロジー。ウーリー・オルレブ（国際アンデルセン賞受賞）、シャイ・アグノン（ノーベル文学賞受賞）など、世界が高く評価する作家の傑作を精選。
〔0011〕

アーカート, アレイナ　Urquhart, Alaina

◇解剖学者と殺人鬼　アレイナ・アーカート著, 青木創訳　早川書房　2023.11　302p　16cm（ハヤカワ・ミステリ文庫 HM 512-1）〈原書名：THE BUTCHER AND THE WREN〉1360円　①978-4-15-185801-7

＊ルイジアナ州ニューオーリンズ。解剖学者レンは警察とともに、沼地に死体が遺棄される事件の捜査を行っていた。その手口から、かつて街を震撼させた連続殺人鬼が甦ったと噂になり、住民の警察への不信感は増していた。解剖によって新事実が明らかになるなか、レンは死体から謎の紙片を発見する。これは殺人鬼からの挑戦状なのか…。レンをあざ笑うかのように繰り返される凶行。解剖学者と殺人鬼の頭脳対決の行方は―
〔0012〕

アガンベン, ジョルジョ　Agamben, Giorgio

◇バートルビー―偶然性について　ジョルジョ・アガンベン著, 高桑和巳訳　新装版　調布　月曜社　2023.2　205p　19cm〈原書名：Bartleby o della contingenza〉2600円　①978-4-86503-142-3

内容　バートルビー　偶然性について（ジョルジョ・アガンベン著, 高桑和巳訳）

＊"することができない"のではなく、"しないことができる"のだ。潜勢力をめぐる史的系譜に分け入り、メルヴィルの小説『バートルビー』（1853年）に忽然と現れた奇妙な主人公――働かないのに事務所に居座り続ける青年バートルビー――を、あらゆる可能性の全的回復者として読み解く。小説の新訳を附す。
〔0013〕

アグアルーザ, ジョゼ・エドゥアルド　Agualusa, José Eduardo

◇過去を売る男　ジョゼ・エドゥアルド・アグアルーザ著, 木下眞穂訳　白水社　2023.5　203p　20cm（エクス・リブリス）〈原書名：O Vendedor de Passados〉2500円　①978-4-560-09082-4

＊語り手は一匹のヤモリ。アンゴラの首都ルアンダで、フェリックス・ヴェントゥーラの家に棲みつき、彼の生活を観察している。フェリックスは人々の「過去」を新しく作り直す仕事をしている。長年にわたる激しい内戦が終わり、アンゴラには新興の富裕層が生まれつつあるが、すべてを手にしたかに見える彼らに足りないのは由緒正しい家系なのだ。そんな彼らにフェリックスは、偽りの写真や書類を用いて新しい家系図と「過去」を作成して生計を立てている。ある日、フェリックスのもとを身元不詳の外国人が訪れる。口髭を生やし、古臭い服装をしたその男は、「名前も、過去も、すべて書き換えてほしい」と頼み、大金を積む。フェリックスは悩むが、結局、ジョゼ・ブッフマンという新しい名前をはじめ、すべてを完璧に用意する。ブッフマンは大喜びし、以後、足繁く訪ねてくるようになる…。2007年度インディペンデント紙外国語文学賞受賞作。
〔0014〕

アクーニャ, グレゴリー・M.　Acuña, Gregory M.

◇クレディブル・ダガー―信義の短剣　グレゴリー・M・アクーニャ著, 黒木章人訳　扶桑社　2023.11　526p　16cm（扶桑社ミステリー ア14-1）〈原書名：CREDIBLE DAGGER〉1400円　①978-4-594-08701-2

＊1941年、ベオグラード。ジョゼフら4人の留学生の青春は突如一変する。ナチスが侵攻を開始したのだ。辛くもユーゴスラヴィアを脱出した彼らはその経験を買われ、それぞれの祖国の情報機関にスカウトされる。占領下のユーゴには、ミハイロヴィッチが率いる民族派と、共産主義派のふたつの対独抵抗組織があり、反目しあっていた。連合軍が支援すべき組織はどちらかを見極めるという任務を帯び、ジョゼフはユーゴに舞い降りるが、ゲシュタポの魔手はいたる所に伸びていて…
〔0015〕

アグノン, シャイ　Agnon, Shai

◇砂漠の林檎―イスラエル短編傑作選　サヴィヨン・リーブレヒト, ウーリー・オルレブほか著, 母袋夏生編訳　河出書房新社　2023.8　258p　20cm　2900円　①978-4-309-20890-9

内容 女主人と行商人（シャイ・アグノン著, 母袋夏生訳）

＊迷宮のような路地で見つけた写真集, 不死の老人, ショアの記憶, 聖書物語など, イスラエル文学紹介の第一人者による日本語版オリジナル・アンソロジー。ウーリー・オルレブ（国際アンデルセン賞受賞）, シャイ・アグノン（ノーベル文学賞受賞）など, 世界が高く評価する作家の傑作を精選。　〔0016〕

アクロイド, ピーター　Ackroyd, Peter

◇魔の聖堂　ピーター・アクロイド著, 矢野浩三郎訳　白水社　2023.12　395p　18cm　〈白水uブックス 250―海外小説永遠の本棚〉〈著作目録あり　新潮社 1997年刊の再刊　原書名：HAWKSMOOR〉2500円　①978-4-560-07250-9

＊18世紀初め, ロンドン大火後の都市計画の一環として建設中の七つの教会に異端の聖堂建築家ニコラス・ダイアーが秘かに仕掛けた企みとは。一方, 現代のロンドンでは教会周辺で少年ばかりを狙った連続殺人が発生, 手掛かりもないまま深まる謎に, 捜査を指揮するホークスム ア警視正は次第に事件の奥に潜む闇に呑み込まれていく。円環する時間と重層する空間, 魔都ロンドンの過去と現在が交錯する都市迷宮小説。ウィットブレッド賞・ガーディアン小説賞受賞作。　〔0017〕

アーサー, ロバート　Arthur, Robert

◇ガラスの橋―ロバート・アーサー自選傑作集　ロバート・アーサー著, 小林晋訳　扶桑社　2023.7　366p　16cm　〈扶桑社ミステリー ア12-1〉〈著作目録あり　原書名：MYSTERY AND MORE MYSTERY〉1200円　①978-4-594-09529-1

内容 マニング氏の金の木　極悪と老嬢　真夜中の訪問者　天からの一撃　ガラスの橋　住所変更　消えた乗客　非情な男　一つの足跡の冒険　三匹の盲ネズミの謎

＊雪に閉ざされた山荘を訪ねていった女性が消えた！　屋敷へ入る足跡のみが残された状況での人間消失を描いた, 不可能犯罪の歴史的名作「ガラスの橋」。老姉妹が, これまで読んできた千冊以上の推理小説の知識を武器に, 犯罪者たちに戦いを挑む痛快な冒険譚「極悪と老嬢」等々, キレのいい短編で知られるロバート・アーサーの日本初の作品集登場！　ミステリー・ドラマの送り手として, 2度のエドガー賞に輝く名手が, みずから選んだ傑作ばかり。趣向に富んだ謎解きの数々をお楽しみください。　〔0018〕

◇世界推理短編傑作集　6　エミール・ガボリオ他著, 戸川安宣編　東京創元社　2022.2　725p　15cm　〈創元推理文庫　Mン1-6〉1500円　①978-4-488-10012-4

内容 五十一番目の密室またはMWAの殺人（ロバート・アーサー著, 深町眞理子訳）

＊欧米では, 世界の短編推理小説の傑作集を編纂する試みが, しばしば行われている。江戸川乱歩編『世界推理短編傑作集』はそれらの傑作集の中から, 編者の愛読する珠玉の名作を厳選して5巻に収録し, 併せて19世紀半ばから第二次大戦後の1950年代に至るまでの短編推理小説の歴史的展望を読者に提供した。本書では, 5巻に漏れた名作を拾遺し, 名アンソロジーの補完を試みた。　〔0019〕

◇幽霊を信じますか？　ロバート・アーサー著, 小林晋訳　扶桑社　2024.4　327p　16cm　〈扶桑社ミステリー ア12-2―ロバート・アーサー自選傑作集〉〈原書名：GHOSTS AND MORE GHOSTS〉1200円　①978-4-594-09725-7

内容 見えない足跡　ミルトン氏のギフト　バラ色水晶のベル　エル・ドラドの不思議な切手　奇跡の日　鷲鳥じゃあるまいし　幽霊を信じますか？　頑固なオーティス伯父さん　デクスター氏のドラゴン　ハンク・ガーヴィーの白昼幽霊

＊「キャリデイ館」は, まさに呪われた屋敷そのものだった。そこへやって来たのは, 心霊現象の専門家として知られるニック・ディーン。もちろんそんなのはインチキで, 今回もラジオ番組の収録だった。全国の聴取者たちが, 真に迫ったニックの放送に夢中になり―異変は起こった！　ゴースト・ストーリーの新機軸となった表題作をはじめ, 名短編十作を収録。ミステリーの年間ベストに続々ランクインした『ガラスの橋』の著者によるホラー／ファンタジー集。やっぱりロバート・アーサーは面白い！　〔0020〕

アーサー, T.S.　Arthur, Timothy Shay

◇酒場での十夜―私がそこで見たこと　T.S.アーサー著, 森岡裕一訳　KADOKAWA　2024.9　302p　15cm　〈角川文庫 iア19-1〉〈底本：アメリカ古典大衆小説コレクション 7（松柏社 2006年刊）　原書名：Ten Nights in a Bar-Room,and What I Saw There〉1000円　①978-4-04-115424-3

＊酒が原因で人間関係, 家庭, やがて村全体が崩壊していく10年を描いた怪作。1800年代アメリカ。小さな村シーダヴィルを訪れた語り手は, 居酒屋兼宿屋「鎌と麦束亭」を定宿とする。村を訪れるたびに, 酒によって人々が蝕まれていく様子を目撃し, やがて殺人事件に遭遇。自分の身すらも危険にさらされる。19世紀禁酒小説を代表するベストセラー, 初の文庫化。禁酒法制定前のアメリカの文化を伝える貴重な作品。　〔0021〕

アーザル, ショクーフェ　Azar, Shokoofeh

◇スモモの木の啓示　ショクーフェ・アーザル著, 堤幸訳　白水社　2022.2　273p　20cm　〈エクス・リブリス〉〈原書名：THE ENLIGHTENMENT OF THE

アシエンテ

GREENGAGE TREE〉3100円　①978-4-560-09071-8

＊1988年8月18日午後2時35分に、村を見下ろす丘にあるいちばん背の高いスモモの木の上で母さんは啓示を受けた。まさにそれと同じ瞬間、兄さんのソフラーブは絞首刑になった。それを遡ること9年、イスラム革命の最中に、テヘランで幸せに暮らしていた私たち一家は熱狂した革命支持者たちによって家に火を放たれ、かけがえのないものを失った。私たちは道なき道を分け入り、ようやく外界から隔絶された村ラーザーンにたどり着く。そこは奇しくも1400年前、アラブ人の来襲から逃れたゾロアスター教徒が隠れ住んだ土地だった。静かな暮らしを取り戻したと思ったのもつかの間、ラーザーンにも革命の波が押し寄せる。ある日ソフラーブが連行されると、母さんのロザー、父さんのフーシャング、姉さんのビーターの身にも次々と試練が降りかかる…。13歳の末娘バハールの目を通して、イスラム革命に翻弄される一家の姿が、時に生々しく、時に幻想的に描かれる。『千一夜物語』的な挿話、死者や幽鬼との交わり、SNSなどの現代世界が融合した魔術的リアリズムの傑作長篇。国際ブッカー賞、全米図書賞最終候補作品。〔0022〕

アジェンデ, イサベル　Allende, Isabel

◇エバ・ルーナ　イサベル・アジェンデ著, 木村榮一, 新谷美紀子訳　白水社　2022.10　423p　18cm　（白水uブックス 242—海外小説永遠の本棚）〈著作目録あり　国書刊行会 1994年刊の再刊　原書名：EVA LUNA〉2600円　①978-4-560-07242-4

＊わたしの名はエバ。生命を意味している—南アメリカの独裁制国家、密林の捨て子だった母親と先住民の庭師との間に生まれた娘エバは、人間の剥製法を研究する博士の屋敷を振り出しに様々な家を転々としながら成長し、街の不良少年、娼婦の元締めの女将、間違って男に生まれてしまった美女、辺境の村のアラブ人商店主など多くの人々と出会い、やがて愛を知り、革命に関わり、物語の語り手としての人生を切り開いていく。"現代のシェヘラザード"アジェンデの世界中を虜にした傑作。〔0023〕

◇エバ・ルーナのお話　イサベル・アジェンデ著, 木村榮一, 窪田典子訳　白水社　2022.11　345p　18cm　（白水uブックス 243—海外小説永遠の本棚）〈著作目録あり　国書刊行会 1995年刊の再刊　原書名：CUENTOS DE EVA LUNA〉2400円　①978-4-560-07243-1

＊言葉とお話を売る娘"暁のベリーサ"から大統領選用の演説を買った大佐、サーカス一座の団長がひと目惚れした宝石商夫人に捧げた最高の贈り物、イラ族の娘の魂とともに旅をした先住民の狩人、独裁者最後の恋と密林に埋もれた幻の宮殿、土石流に襲われた村で顔だけを残して埋まった女の子…お話の名人エバが言葉の糸を紡いで織りあげた様々な人生の物語。長編『エバ・ルーナ』から生まれた珠玉の物語集。〔0024〕

アシェンデン, ジャッキー　Ashenden, Jackie

◇愛なき夫と記憶なき妻　ジャッキー・アシェンデン作, 中野恵理訳　ハーパーコリンズ・ジャパン　2024.11　156p　17cm　（ハーレクイン・ロマンス R3921—億万長者と運命の花嫁 1）〈原書名：ITALIAN BABY SHOCK〉673円　①978-4-596-71597-5

＊ロンドンのアンティーク・ショップで働くラークは、店に現れたブルーの瞳の男性を見て、息をのんだ—なんて美しいの。ダークスーツに包まれた、筋肉質の堂々たる体躯。芸術品のように端整な顔立ち。エネルギーに満ちあふれた彼こそダーナティ銀行頭取、チェーザレ・ドーナティだ。「二度と連絡は取らない約束だった」唐突な言葉にまごつくラークに彼は言いつのる。「ぼくを捜すなと言ったはずだ」2年前、ラークは旅先のイタリアで事故に遭い、気づくと病院にいた。事故の日の記憶だけ失われ、そして9カ月後—娘が生まれた。まさか—この男性が、娘の父親だというの？〔0025〕

◇家なき無垢な代理母　ジャッキー・アシェンデン作, 中村美穂訳　ハーパーコリンズ・ジャパン　2022.2　220p　17cm　（ハーレクイン・ロマンス R3654）〈原書名：THE INNOCENT CARRYING HIS LEGACY〉664円　①978-4-596-31638-7

＊ともに児童養護施設で育った、病気療養中の親友に懇願され、アイビーは卵子提供をして、代理母となった。だが親友は急死、おなかの子だけが残された。ドナーは無慈悲と噂される砂漠のシーク、ナジールだという。悩んだ末、アイビーは身重の体で彼を訪ねることにする。威厳に満ちたブロンズ色の肌の屈強な体格の男性に、なぜか子供に執着する彼に結婚を申し込まれ、驚くアイビー。「イエスと言うまで、きみはここから生きて出られない」おなかの子と生きのびるためには、彼に従うしかないの？〔0026〕

◇妹は秘密の花嫁　ジャッキー・アシェンデン作, 藤村華奈美訳　ハーパーコリンズ・ジャパン　2023.2　220p　17cm　（ハーレクイン・ロマンス R3753）〈原書名：STOLEN FOR MY SPANISH SCANDAL〉664円　①978-4-596-75928-3

＊最後にひと目、義兄コンスタンティンに会って別れを告げよう。身重のジェニーはそう決めて、継父の追悼会に出席した。彼女が9歳のとき、実母がコンスタンティンの父と再婚して以来、ずっと優しかった義兄。友情はやがて片思いへと変わっていった。ところが3カ月前、ジェニーに思いがけない奇跡が起きた。コンスタンティンに誘惑されて純潔を捧げ、身ごもったのだ。でも、彼には婚約者がいる—この子を守れるのは私だけ…。悩む彼女にコンスタンティンが放ったのは、耳を疑う宣言だった。「婚約は破棄した。愛はないが、代わりにきみと結婚する」。〔0027〕

◇王子が選んだ十年後の花嫁　ジャッキー・アシェンデン作, 柚野木董訳　ハーパーコリン

ズ・ジャパン 2024.5 156p 17cm（ハーレクイン・ロマンス R3874―純潔のシンデレラ）〈原題名：HER VOW TO BE HIS DESERT QUEEN〉673円 ①978-4-596-54087-4

＊シドニーは30歳の誕生日に突然現れたハリールから求婚され、動転した。学生時代、彼とは固い友情で結ばれていた。引っ込み思案の彼女を異国の王子ハリールはいつも励まし、勇気づけてくれた。やがて感謝の想いは恋心へと変わり、5年前、王位継承のため帰国するハリールについに愛を告げた。だがなぜか彼は冷たく拒絶し、絶縁を言い渡して去ったのだ。まだあのときの傷さえ癒えていないのに…。シドニーは求婚を一蹴するが、2週間だけ滞在してはと誘われ、思わず心が揺れる―ハリールの密かな企みにも気づかずに。〔0028〕

◇王の求婚を拒んだシンデレラ　ジャッキー・アシェンデン作, 雪美月志音訳　ハーパーコリンズ・ジャパン 2024.8 156p 17cm（ハーレクイン・ロマンス R3897―純潔のシンデレラ）〈原題名：PREGNANT WITH HER ROYAL BOSS'S BABY〉673円 ①978-4-596-96134-1 〔0029〕

◇消えた初恋と十五年愛　ジャッキー・アシェンデン作, 雪美月志音訳　ハーパーコリンズ・ジャパン 2022.8 156p 17cm（ハーレクイン・ロマンス R3707）〈原題名：A DIAMOND FOR MY FORBIDDEN BRIDE〉664円 ①978-4-596-74617-7

＊オリヴィアの婚約者コンスタンティンの亡父の追悼会に、彼の兄で15年前に死んだはずのヴァレンティンが突然現れた。会場が大混乱に陥るなか、オリヴィアは連れ去られた。かつてヴァレンティンと幼い恋を育んだ島へ。彼が生きていた！だが喜びはなく、あるのは困惑だけだった。「僕は君を弟から取り返し、必ず君と結婚する」なぜ？あのとき、私の前から消えてしまったのに？かつて愛した人の宣言に、オリヴィアは"ノー"と答えた。ヴァレンティンの彫刻のような冷たい美貌を見上げる―?! 〔0030〕

◇ギリシアの狼富豪と赤ずきん　ジャッキー・アシェンデン作, 川合りりこ訳　ハーパーコリンズ・ジャパン 2023.6 156p 17cm（ハーレクイン・ロマンス R3782―純潔のシンデレラ）〈原題名：THE INNOCENT'S ONE-NIGHT PROPOSAL〉664円 ①978-4-596-77168-1

＊カストール・クセナキスの豪邸に足を踏み入れたとき、店のレジ係にすぎないグローリーは自分の思いつきを後悔した。悪名高いギリシア富豪が連日主催する派手なパーティに潜り込み、自分の純潔と引き換えに姉の治療費を手に入れるつもりだった…。カストールは招待客ではない小柄な女性を琥珀色の目で見つめた。フードつきの真っ赤なコートを肩にはおり、震えている。見るからに無垢なグローリーの話を聞くやいなや、彼は言い放った。「ある事業のため僕は妻が必要だ。報酬を払うから結婚してくれ」 〔0031〕

◇花嫁は月夜に秘密を宿す　ジャッキー・アシェ

ンデン作, 片山真紀訳　ハーパーコリンズ・ジャパン 2022.5 220p 17cm（ハーレクイン・ロマンス R3682）〈原題名：PREGNANT BY THE WRONG PRINCE〉664円 ①978-4-596-42822-6

＊その夜、リアは絶望を抱え、許婚の寝室へ向かった。初めて会った瞬間から、私を虜にしたラファエル。なのに父の決めた許婚は、あろうことか彼の異母弟なのだ。でも、籠の鳥の私にいったい何ができただろう？ラファエルへの恋心を封印し、リアは許婚の寝室を訪ねた。夫となる人に心を捧げられないならば、せめて体を捧げる―それが、実らぬ恋をあきらめるただ一つの道に思えたから。迎え入れた許婚の端整な顔がその刹那月明かりに照らし出され、リアは息をのんだ。ラファエル！まさか部屋を間違えたの？抗うすべもなく情熱を交わした後日、リアは妊娠に気づく―。〔0032〕

◇夢の舞踏会と奪われた愛し子　ジャッキー・アシェンデン作, 小長光弘美訳　ハーパーコリンズ・ジャパン 2024.1 156p 17cm（ハーレクイン・ロマンス R3842―純潔のシンデレラ）〈原題名：WED FOR THEIR ROYAL HEIR〉673円 ①978-4-596-53177-3

＊里親の家庭をたらいまわしにされ、さみしく育ったソラス。仮面舞踏会の夜、漆黒の髪と完璧な男らしい肉体を持つガレンに出会ってたちまち虜になり、純潔を捧げた。だが妊娠に気づいたのは出産の1週間前―そして出産翌日、国王の使者が来たのだ。あの夜の男性は国王陛下だったの？極度の疲労で何も考えられず、差し出された書類にサインした。大金との引き換えに赤ん坊を奪われるとも気づかずに―。だから子供を取り戻すため秘密のナイトクラブで王を誘惑した。ソラスの顔も名前も知らない彼はまんまとのせられたが、写真をたねに脅しても応じず言った。「君を王妃に迎えたい」。〔0033〕

アシモフ, アイザック　Asimov, Isaac

◇銀河帝国の興亡 3 回天編　アイザック・アシモフ著, 鍛治靖子訳　東京創元社 2022.5 380p 15cm（創元SF文庫 SFア1-3）〈原書名：SECOND FOUNDATION〉800円 ①978-4-488-60413-4

＊銀河帝国の衰退後、銀河に覇を唱えた超人ミュールだったが、セルダンが"星海の果て"に設置したという第二ファウンデーションの所在は、彼の力をもってしても謎のままだった。人々の心に疑念がきざす。そもそも第二ファウンデーションは実在しないのではないか。セルダンは嘘をついていたのではないか。各種勢力の何人もの探索の末に明かされる真実とは。ヒューゴー賞受賞三部作、新訳版完結。〔0034〕

アシュトン, エドワード　Ashton, Edward

◇ミッキー7　エドワード・アシュトン著, 大谷真弓訳　早川書房 2023.1 469p 16cm（ハヤカワ文庫 SF 2395）〈原題名：MICKEY7〉1100円 ①978-4-15-012395-6

＊使い捨て人間─それが俺の役割だ。氷の惑星ニヴルヘイムでのコロニー建設ミッションにおいて、危険な任務を担当する。任務で死ぬたびに過去の記憶を受け継ぎ、新しい肉体に生まれ変わる。それを繰り返す15番目の"ミッキー"が俺だ。だが、あるミッションから命からがら帰還すると次のミッキーこと"ミッキー8"が出現していて…!? 極限状況下でのミッキーの奮闘を描く、興奮のSFエンタメ！ 〔0035〕

アシュフォード, ジェイン　Ashford, Jane

◇恋に気づかない公爵　ジェイン・アシュフォード著，石原未奈子訳　竹書房　2022.4　407p 15cm　（ラズベリーブックス A3-1）〈原書名：The Duke Who Loved Me〉1250円　①978-4-8019-3070-4

＊変わり者のおじが亡くなり、公爵位を継いだジェイムズは、継承した屋敷を初めて訪れた。今までは大おじが、かたくなに中へいれてくれなかったのだ。ところが、やっと入れた公爵邸はごみ屋敷と化していた。重要な物も何もかもがごたまぜの屋敷の整理という難題に見舞われたジェイムズは、幼なじみで財産管理人の娘セシリアにプロポーズすることを思いつく。ジェイムズが父を亡くした15歳の時から、なまけものの父に代わってセシリアが働いてくれていたのだ。彼女に頼めば問題はすべて解決するはず、と思ったジェイムズだったが、思いがけず断られてしまう。セシリアは長年ジェイムズに恋しており、そのような結婚は受け入れられなかったのだ。そんな時、ドイツの小国の王子がロンドンを訪れ、セシリアに興味をいだく。そのせいでセシリアは一躍、社交界の人気者になってしまう…。公爵の思い描く"理にかなった"結婚のゆくえは─？ 〔0036〕

アシュフォード, ルーシー　Ashford, Lucy

◇子爵家の見習い家政婦　ルーシー・アシュフォード作，高山恵訳　ハーパーコリンズ・ジャパン　2022.8　252p 17cm　（ハーレクイン・ヒストリカル・スペシャル PHS284）〈原書名：THE VISCOUNT'S NEW HOUSEKEEPER〉827円　①978-4-596-70848-9

＊ロンドンで社交界デビューを果たした直後に父が破産し、グレーフォード子爵の館で家政婦として働きはじめたエマ。若すぎる彼女は従僕やメイドに見下され、忍耐の日々が続いた。そんなある日、見目麗しい新子爵ジェイムズが帰還する─運悪く、悪臭を放つ漬物液で玄関ホールが水浸しになっているところへ。その後も失敗続きだったが解雇は免れ、エマは胸を撫でおろした。ところが翌日の真夜中、ジェームズが傷を負って帰宅する。とっさに私室で手当するうち、思いがけず親密な空気が漂って…。そのときのエマは知るよしもなかった。自分が身のほど知らずの恋に落ちてしまうことを。 〔0037〕

アシュリー, アン　Ashley, Anne

◇麗しの貴婦人と介添えの娘　アン・アシュリー作，古沢絵里訳　ハーパーコリンズ・ジャパン　2022.2　283p 17cm　（ハーレクイン・ヒストリカル・スペシャル PHS273）〈「貴婦人の秘密」（ハーレクイン 2000年刊）の改題　原書名：LADY KNIGHTLEY'S SECRET〉827円　①978-4-596-31628-8

＊エリザベスは夜会で魅力的なサー・リチャードに再会し、言葉を失った。親に決められて、少女の頃から密かに憧れた彼の許嫁となったが、16歳のとき、彼に愛されていないことを知って結婚を断ったのだ。今、麗しい淑女に変身したエリザベスに、彼は目を奪われていた。けれど、彼女の心は喜びよりも、不安でいっぱいだった。じつは1年前、軍人の看護をしていたとき、偶然彼と出会っていた。傷ついて一時的に視力を失ったリチャードに素性を隠したまま尽くし、救いを求める彼の腕を拒めず枕を交わしたのだった─ああ、どうか今あなたの目の前にいる私が、あの愚かな看護師"メアリー"だと、気づかないでください…。 〔0038〕

◇悩める伯爵　アン・アシュリー作，古沢絵里訳　ハーパーコリンズ・ジャパン　2022.10　285p 17cm　（ハーレクイン・ヒストリカル・スペシャル PHS289）〈ハーレクイン 2001年刊の再刊　原書名：THE EARL OF RAYNE'S WARD〉827円　①978-4-596-74816-4

＊かつて憧れだった10歳年上のドラムが、伯爵となってもどってくる。レベッカは彼に対してひどく動揺した。今や彼は誰より憎らしい相手。7年前、出征を明日に控えたドラムが別れを告げに来たとき、無断で彼の愛馬を駆ったレベッカはひどく叱られ、お仕置きされた。そして彼の提案によって、牢獄のような寄宿学校へやられたのだ。いよいよ再会の瞬間、昔とは違う熱いまなざしを向けられて戸惑うが、あの時の仕打ちを忘れられず、レベッカはよそよそしくふるまった。ところが後日、親代わりの祖父が旅で不在にすることになり、ドラムの後見のもと、伯爵邸での同居を余儀なくされる！ レベッカは震えた。大嫌いな彼にまた惹かれてしまうのが怖くて…。 〔0039〕

アセンヌ, リリア　Hassaine, Lilia

◇透明都市　リリア・アセンヌ著，齋藤可津子訳　早川書房　2024.8　248p 19cm　〈原書名：PANORAMA〉2200円　①978-4-15-210356-7

＊二〇二九年、フランスで「新革命」が起きた。ひとりの男性が性暴力被害を告発。法は頼れず、自ら加害者を殺害した。世間は彼に共感し、取りこぼされた被害者たちは各地で一斉に行動を起こした。これを期に、黙殺されてきた暴力の可視化と予防のため、あらゆる建物をガラス張りに改装し市民が監視し合う都市計画が進んでいった。それから二十年。あらゆるプライバシーを犠牲に都市計画を受け入れた地区の犯罪は激減。警察官は役目を終え、平和な街を見守る「安全管理人」となった。そんな中、街きっての富裕地区で暮らす一家三人が忽然と消えた。事件を担当する元警察官のエレー

ヌ・デュベルヌは、捜査をとおして、社会への疑念を抱きはじめる。わたしたちはこんな世界を望んでいたのだろうか。透明性の理念と実情の狭間で悩み、傷つき、すれ違う人々を描いた注目作。フランスの高校生が選ぶルノード一賞受賞。〔0040〕

アダムズ, サラ　Adams, Sarah
◇恋の旅に出るなら伯爵と　サラ・アダムズ著, 岸川由美訳　原書房　2023.4　439p　15cm　（ライムブックス ア2-1）〈原書名：TO CON A GENTLEMAN〉1350円　①978-4-562-06553-0　〔0041〕

アダムズ, ジョン・ジョゼフ　Adams, John Joseph
◇黄金の人工太陽―巨大宇宙SF傑作選　ジャック・キャンベル, チャーリー・ジェーン・アンダーズ他著, ジョン・ジョゼフ・アダムズ編, 中原尚哉他訳　東京創元社　2022.6　547p　15cm　（創元SF文庫 SFン10-4）〈責任表示はカバーによる　原書名：COSMIC POWERS〉1360円　①978-4-488-77204-8

＊SFとファンタジーの基本はセンス・オブ・ワンダーだ。そして並はずれたセンス・オブ・ワンダーを味わえるのは、超人的なヒーローが宇宙の命運をかけて銀河のかなたで恐ろしい敵と戦う物語だ（序文より）―常識を超える宇宙飛行生物、謎の巨大異星構造物、銀河を吹き飛ばす超爆弾。ジャック・キャンベルら豪華執筆陣による、SFならではの圧倒的スケールで繰り広げられる傑作選。〔0042〕

アダムズ, ミリー　Adams, Millie
◇完璧な公爵は嫉妬と愛をもてあます　ミリー・アダムズ作, 富永佐知子訳　ハーパーコリンズ・ジャパン　2023.7　252p　17cm　（ハーレクイン・ヒストリカル・スペシャル PHS306）〈原書名：THE DUKE'S FORBIDDEN WARD〉827円　①978-4-596-77418-7

＊エレノアは14歳のとき、父の遺言で指名された後見人である、ケンダル公爵ヒューに引き取られ、公爵邸で暮らしてきた。年上の彼に密かな恋心を抱き、いつしか憧れは愛へと変わっていった。それなのに今、ヒューはエレノアを早く"片づける"と口にして、社交界デビューさせるという。結婚させて厄介払いしたいのだろう。「私はおまえに手を出すほど恥知らずではない。おまえの純潔を守るのが、わが務めだ」彼にそう告げられ、エレノアはとっさに挑発的に反論した。すると、ヒューは彼女を机に押し倒して唇を奪い、冷徹に言い放った。「まるで食指が動かず、始める気にもならない」〔0043〕

◇ギリシア神に隠した秘密　ミリー・アダムズ作, 松島なお子訳　ハーパーコリンズ・ジャパン　2022.9　156p　17cm　（ハーレクイン・ロマンス R3713―純潔のシンデレラ）〈原書名：HIS SECRETLY PREGNANT CINDERELLA〉664円　①978-4-596-74760-0

＊交際中の恋人に、やっと純潔を捧げる覚悟ができたモーガンは、金髪美女をベッドに連れ込む彼を見てショックを受ける。隣室に駆け込むと、そこには彼の兄コンスタンティンが。ギリシア神のように逞しい美貌の彼こそ、本当は会った瞬間、惹かれるものを感じていた相手。モーガンは誘われるまま、魔法にかかったようにコンスタンティンに純潔を捧げてしまった。その翌朝、不幸にも恋人が自動車事故により帰らぬ人となる。5カ月後、モーガンは膨らみかけたお腹を抱え途方に暮れていた。コンスタンティンに打ち明けなくては：子供の父親はあなただと。だが彼は冷然と言った。「僕の子であるはずがない」〔0044〕

◇交換条件は、純潔　ミリー・アダムズ作, 八坂よしみ訳　ハーパーコリンズ・ジャパン　2022.1　156p　17cm　（ハーレクイン・ロマンス R3647―純潔のシンデレラ）〈原書名：THE ONLY KING TO CLAIM HER〉664円　①978-4-596-01809-0

＊豪奢な邸宅で、アニックは主の帰宅を待っていた―有名な美貌の実業家、マキシマス・キングに頼み事があるのだ。クーデターで10年間、王宮の地下で過ごした王女アニックは、少し前、突然現れた逞しくハンサムな"王子様"に光の世界へと救い出された。そして王子様の名はマキシマス、大富豪と政府特命の暗殺者という2つの顔があることを知る。戴冠式を控え、身の危険を感じた彼女には助けが必要だった。どうすればもう1つの顔を隠す彼に願いを聞いてもらえるの？考えあぐねたすえ、アニックは思いつめた表情で切り出した。「どうか私を助けてください。代わりに、私の純潔を捧げます」。〔0045〕

◇公爵の無垢な花嫁はまだ愛を知らない　ミリー・アダムズ作, 深山ちひろ訳　ハーパーコリンズ・ジャパン　2023.2　252p　17cm　（ハーレクイン・ヒストリカル・スペシャル PHS296）〈原書名：MARRIAGE DEAL WITH THE DEVILISH DUKE〉827円　①978-4-596-75835-4

＊過保護で干渉過多な兄のもとで育った、喘息の持病があるベアトリス。年頃になっても社交界デビューはおろか、結婚も出産も諦めているが、空想好きな彼女はある日、女性を愛せない友人との便宜結婚を思いつく。友人とのスキャンダルを偽装して、大勢の人に目撃されれば…結婚以外に選択肢はない。だが約束の日、現れたのはまったく別人―ハンサムだが放蕩で悪名高い公爵ブリッグスだった。ベアトリスはパニックに陥った。転びかけ、公爵のたくましい腕に抱き止められた、まさにその瞬間、大勢の客を引き連れてきた兄。なんと公爵は、いきり立った兄に妹の貞操を奪ったかどで、決闘を申し込まれてしまった！すると公爵は言った。「決闘はしない―結婚する」〔0046〕

◇古城の大富豪と契約結婚　ミリー・アダムズ作, 飯塚あい訳　ハーパーコリンズ・ジャパン　2023.9　156p　17cm　（ハーレクイン・ロマンス R3809―純潔のシンデレラ）〈原書名：A VOW TO SET THE VIRGIN FREE〉664

アチヤ

円　①978-4-596-52328-0
＊養父母のもとで因人同然の生活を送ってきたアテナには、8歳以前の記憶がない。そしてある日、売られることになった。花嫁として、顔も知らない中年の男に。自由が欲しい。好きなところに行き、好きなものを食べ、恋愛をしてみたい。そして、本当の家族を捜したい！　アテナは、夫となる男のもとに向かう車から飛び降り、駆け出した。どこまでも逃げ続けたがやがて力尽き、意識を失う直前、温かい腕に包まれた気がした…。目を覚ますと、豪華な室内にいて、男性の声が響いた。「そのドアを開けることはできない。きみはぼくのものだ」〔0047〕

アーチャー, ジェフリー　Archer, Jeffrey

◇悪しき正義をつかまえろ―ロンドン警視庁内務監察特別捜査班　ジェフリー・アーチャー著，戸田裕之訳　ハーパーコリンズ・ジャパン　2022.10　526p　15cm　（ハーパーBOOKS M・ア3・2）〈原書名：TURN A BLIND EYE〉1000円　①978-4-596-75441-7
＊ロンドン警視庁の警部補に昇進したウィリアム・ウォーウィックの次なる任務は、新設の内務監察特捜班を指揮し、マフィアとの関わりが囁かれる所轄の花形刑事サマーズを追うこと。若手女性巡査に白羽の矢を立てた囮捜査が始動するが、百戦錬磨のサマーズは容易に尻尾を出さない。ウィリアムは起死回生のため第二の作戦を極秘に走らせるが、予想外の事態が起き―人気警察小説シリーズ最新刊！〔0048〕

◇運命の時計が回るとき―ロンドン警視庁未解決殺人事件特別捜査班　ジェフリー・アーチャー著，戸田裕之訳　ハーパーコリンズ・ジャパン　2023.10　500p　15cm　（ハーパーBOOKS M・ア3・5）〈原書名：OVER MY DEAD BODY〉1073円　①978-4-596-52720-2
＊ロンドン警視庁のウィリアム・ウォーウィックは警部昇任後、豪華客船に乗り、束の間の休暇を妻と過ごしていた。だが一族を引き連れた老大富豪が後継者争いの最中に急死。ウィリアムは真相究明に乗り出す。一方、彼の留守を預かる同僚たちは5件の未解決殺人の再捜査を始動。やがてウィリアムも合流し、敵対する犯罪組織の報復殺人事件を追うが―。巨匠が放つ、至高の英国警察小説！〔0049〕

◇狙われた英国の薔薇―ロンドン警視庁王室警護本部　ジェフリー・アーチャー著，戸田裕之訳　ハーパーコリンズ・ジャパン　2024.10　553p　15cm　（ハーパーBOOKS M・ア3・8）〈原書名：NEXT IN LINE〉1200円　①978-4-596-71595-1
＊警部ウィリアム・ウォーウィックは極秘指令のもと、ロンドン警視庁内で王室警護を担う部署の腐敗を暴く任を受ける。警護官たちは特権を笠に着て、やりたい放題を続けているらしい。一方、ウィリアムの腹心ロスは、かのダイアナ皇太子妃の専属身辺警護官に任命される。やがて華やかな任務の陰で、国家を揺るがす陰謀が差し迫り―。王室を知り尽くす著者ならではのシリーズ最新作！〔0050〕

◇遥かなる未踏峰　上　ジェフリー・アーチャー著，戸田裕之訳　ハーパーコリンズ・ジャパン　2024.4　356p　15cm　（ハーパーBOOKS M・ア3・6）〈新潮文庫 2011年刊の再編集 原書名：PATHS OF GLORY〉891円　①978-4-596-77596-2
＊1924年6月、世界各国が人類初のエヴェレスト征服を目指すなか、初登頂に挑んだ登山家ジョージ・マロリー。彼は頂上を目前にして忽然と消息を絶ち、謎だけが残された。それから75年後、捜索隊によって山頂付近でマロリーの遺体が発見される。そこに残されていた重要な手掛かりとは―。なぜ登るのかと訊かれ、「そこにエヴェレストがあるからだ」と答えた男は世界一の頂を征服したのか？〔0051〕

◇遥かなる未踏峰　下　ジェフリー・アーチャー著，戸田裕之訳　ハーパーコリンズ・ジャパン　2024.4　301p　15cm　（ハーパーBOOKS M・ア3・7）〈新潮文庫 2011年刊の再編集 原書名：PATHS OF GLORY〉864円　①978-4-596-77598-6
＊頂上はすぐそこに迫っていた。イギリスの登攀隊は、想像を絶する困難と零下40度まで下がる過酷な環境と戦いながら歩を進め、ついにマロリーは第6キャンプ―27300フィートからの最終アタックを敢行する。遠い故郷で待つ愛する妻のため、山頂に妻の写真を置き、必ず無事に帰還することを誓って―。巨匠ジェフリー・アーチャーが描く山岳小説の金字塔、マロリー没後100年に復刊！〔0052〕

◇ロスノフスキ家の娘　上　ジェフリー・アーチャー著，戸田裕之訳　ハーパーコリンズ・ジャパン　2023.4　438p　15cm　（ハーパーBOOKS NV・ア3・3）〈原書名：THE PRODIGAL DAUGHTER 原著改訂版の翻訳〉982円　①978-4-596-77132-2
＊祖国ポーランドを追われ、無一文でアメリカの地に辿り着いたアベル・ロスノフスキは不撓不屈の精神で、一代でホテル王国を築き上げた。その一人娘フロレンティナは一流の教育を受けて才気煥発に育ち、当然父親の後を継ぐものと思われた。だが、父の宿敵ケインの息子との出会いがふたつの一族の運命を狂わせ―。世界的ベストセラー『ケインとアベル』の姉妹編。原書改訂版を初邦訳！〔0053〕

◇ロスノフスキ家の娘　下　ジェフリー・アーチャー著，戸田裕之訳　ハーパーコリンズ・ジャパン　2023.4　374p　15cm　（ハーパーBOOKS NV・ア3・4）〈原書名：THE PRODIGAL DAUGHTER 原著改訂版の翻訳〉909円　①978-4-596-77134-6
＊父の宿敵の息子と駆け落ちしたフロレンティナ。事業を興し、父譲りの才覚で成功を収めた彼女は、やがて"バロン・グループ"を継ぎ、順風満帆の日々を送っていた。ところがどこか物足りなさを感じていたある日、旧友に下院議員選への立候補を請われ、"大統領になる"という幼き

日の夢を思い出す―。計略渦巻く政界で待ち受けるものとは？ 20世紀アメリカを駆け抜ける壮大な物語。〔0054〕

アッシャー, マーティン　Asher, Marty

◇フィリップ・マーロウの教える生き方　レイモンド・チャンドラー著, マーティン・アッシャー編, 村上春樹訳　早川書房　2022.2　247p　16cm　（ハヤカワ・ミステリ文庫 HM 7-18）〈原書名：PHILIP MARLOWE'S GUIDE TO LIFE〉860円　①978-4-15-070468-1

＊「厳しい心を持たずに生きのびてはいけない。優しくなれないようなら、生きるに値しない」…偉大な名文家と知られる巨匠チャンドラーが生み出した私立探偵フィリップ・マーロウ。名編集者がテーマ別にピックアップした珠玉の至言集を、シリーズ全長篇の翻訳を成し遂げた村上春樹の訳文でおくる。愛、女、死、酒、警官、建築、チェス、煙草、文学、ハリウッドについて―さらに訳者が選んだ名文句と解説文を巻末に収録。〔0055〕

アディーチェ, チママンダ・ンゴズィ　Adichie, Chimamanda Ngozi

◇パープル・ハイビスカス　チママンダ・ンゴズィ・アディーチェ著, くぼたのぞみ訳　河出書房新社　2022.5　315p　20cm　〈原書名：PURPLE HIBISCUS〉3100円　①978-4-309-20851-0

＊自由という色を底にひめた紫色のアイビスカス―ありのままでいる自由、したいことをする自由。中学校に通う物静かな少女カンビリ。厳格な父親のもとを初めて離れて身を寄せたおばの家は、自由な空気に満ちていた。政権批判の砦であるスタンダード紙の社主にして大工場を経営する父、威勢のよい大学講師のイフェオマおばさん、土地の音楽が好きで議論好きないとこアマカ、若くて、うっとりするような美声のアマディ神父、伝統を重んじる民話の名手の祖父パパ・ンクウ…規律正しい家族の生活から解放された少女が出会う、まったく知らなかった彩り豊かな世界。世界文学の新たな旗手による衝撃のデビュー長編、ついに邦訳!!!〔0056〕

アーティファー・モザッファリー

◇わたしのペンは鳥の翼　アフガニスタンの女性作家たち　古屋美登里訳　小学館　2022.10　254p　19cm　〈原書名：MY PEN IS THE WING OF A BIRD〉2100円　①978-4-09-356742-8

内容　巡り合わせ（アーティファー・モザッファリー著）

＊口を塞がれた女性たちがペンを執り、鳥の翼のように自由に紡ぎ出した言葉の数々。女性嫌悪、家父長制、暴力、貧困、テロ、戦争、死。一日一日を生き抜くことに精一杯の彼女たちが、身の危険に晒されても表現したかった自分たちの居る残酷な世界と胸のなかで羽ばたく美しい世界。アフガニスタンの女性作家18名による23の短篇集。〔0057〕

アーデン, キャサリン　Arden, Katherine

◇熊と小夜鳴鳥　キャサリン・アーデン著, 金原瑞人, 野沢佳織訳　東京創元社　2022.11　487p　15cm　（創元推理文庫 Fア4-1―冬の王 1）〈原書名：THE BEAR AND THE NIGHTINGALE〉1300円　①978-4-488-59904-1

＊領主の娘ワーシャは、精霊を見る力をもつ少女だった。だが生母が亡くなり新しい母がやってきたことで、彼女の人生は一変する。継母は精霊を悪魔と言って嫌ったのだ。さらに都から来た司祭が精霊信仰を禁じたため、精霊たちの力が弱くなってしまう。ある冬、村を悪しき魔物が襲った。ワーシャは精霊を助け、魔物と戦うが…。運命の軛に抗う少女の成長と闘いを描く、三部作開幕。〔0058〕

◇塔の少女　キャサリン・アーデン著, 金原瑞人, 野沢佳織訳　東京創元社　2023.4　542p　15cm　（創元推理文庫 Fア4-2―冬の王 2）〈文献あり　原書名：THE GIRL IN THE TOWER〉1400円　①978-4-488-59905-8

＊熊を封じたワーシャだったが、代償は大きかった。故郷に居場所を失った彼女は、冬の王に与えられた馬を供に旅に出た。女のひとり旅は危険なため、男を装っての道中、タタール人の盗賊にさらわれた少女たちを助けたことで、盗賊討伐に向かうモスクワ大公の一行に加わることになる。そこには十年前に家を出た兄の姿が…。運命に逆らい生きる少女の成長と戦いを描く三部作第二弾。〔0059〕

◇魔女の冬　キャサリン・アーデン著, 金原瑞人, 野沢佳織訳　東京創元社　2023.11　572p　15cm　（創元推理文庫 Fア4-3―冬の王 3）〈原書名：THE WINTER OF THE WITCH〉1600円　①978-4-488-59906-5

＊モスクワを火事から救ったワーシャだったが、彼女を火事を起こした魔女と糾弾する民衆に捕らえられてしまう。火あぶり寸前のワーシャの命を救ったのは、かつて縛ったはずの混沌の精霊、熊だった。だがワーシャは熊との共闘を拒み、力を使い果たした冬の王が囚われている真夜中の国へ向かう…。人間と精霊の架け橋となり故国を守ろうとする少女の運命を描く、感動の三部作完結。〔0060〕

アトウッド, マーガレット　Atwood, Margaret

◇青ひげの卵　マーガレット・アトウッド著, 小川芳範訳　筑摩書房　2022.11　274p　15cm　（ちくま文庫 あ65-1）〈1993年刊の大幅な加筆修正、増補　原書名：BLUEBEARD'S EGGの抄訳〉1100円　①978-4-480-43843-0

＊無難な仕事、かわいい心臓外科医の夫、尊敬できる女友達、不満はあれど庭付きの家。望んだものに囲まれて、サリーの人生は"そこそこ素敵"なはずだった。彼女の中に広がる空洞、底なる穴がたとえどれだけ深いとしても…。（「青ひげの卵」）平穏で平凡な生活の下、確かに息づく静かなカオス。

アトラ

終わりなのか、始まりなのか？ 有機的でアイロニカルな六つの短編　　　　　　　　　〔0061〕

◇老いぼれを燃やせ　マーガレット・アトウッド著，鴻巣友季子訳　早川書房　2024.9　379p　20cm　〈原書名：STONE MATTRESS〉　2800円　ⓘ978-4-15-210361-1

|内容| アルフィンランド　蘇えりし者　ダークレディ　変わり種　フリーズドライ花婿　わたしは真っ赤な牙をむくズィーニアの夢を見た　死者の手はあなたを愛す　岩のマットレス　老いぼれを燃やせ

＊「老いぼれを燃やせ」―老人ホームで暮らすウィルマは視力が衰え、幻覚症状が現れていた。踊り騒ぐ小さな人の群れが見えるのだ。ある日、米国の老人ホーム連続放火事件の報せが入る。やがて彼女の施設も暴徒に取り囲まれ…。「アルフィンランド」―ファンタジー小説シリーズで成功を収めたコンスタンスは、かつて恋人に酷く裏切られた経験があった。そんな彼女が仕組む復讐とは？「蘇えりし者」「ダークレディ」とで三部作を成す。「岩のマットレス」―ヴァーナは退職後、北極圏クルーズ船で旅に出た。そこにいたのは、高校時代に彼女の人生を変えた男。これまで4人の夫を看取ってきた彼女は、ある計画を立て…。「フリーズドライ花婿」―インチキ骨董商みたいな妄想癖があった。自分が殺される女性医師に解剖されるところを思うと、心が癒やされるという。そんなサムがオークション用の倉庫で出くわしたものは？　人間心理の闇を見つめ、痛いほど的確に、強烈なユーモアをもって描き出す9つの作品を所収。予言的ディストピア小説『侍女の物語』の著者による傑作短篇集！　　　　　　　〔0062〕

◇誓願　マーガレット・アトウッド著，鴻巣友季子訳　早川書房　2023.9　701p　16cm　（ハヤカワepi文庫　110）　〈原書名：THE TESTAMENTS〉　1540円　ⓘ978-4-15-120110-3

＊過酷な男尊女卑政策をとる独裁国家ギレアデ。その司令官の娘アグネスは、よき妻となるための教えに従いつつ、違和感も覚えていた。隣国の高校生デイジーは平和に暮らすある日、両親を殺され、やがて危険な任務に身を投じていく。ギレアデの中枢では、指導者のリディア小母が秘かな賭けに出ていた。まるで異なる3人の女性がいま、手を組み、国家の闇に挑む。『侍女の物語』の15年後を描くブッカー賞受賞作。　　　　　　　　〔0063〕

◇マッドアダム　上　マーガレット・アトウッド著，林はる芽訳　岩波書店　2024.3　242p　20cm　〈原書名：MADDADDAM〉　3300円　ⓘ978-4-00-024837-2　〔0064〕

アドラー，アメリア　Addler, Amelia

◇凍った愛がとけるとき　アメリア・アドラー著，鮎川由美訳　扶桑社　2023.9　319p　16cm　（扶桑社ロマンス　ア13-1―クリーン・ビリオネア・ロマンス）　〈原書名：NURSE'S DATE WITH A BILLIONAIRE〉　1400円　ⓘ978-4-594-09469-0

＊悲しい過去を背負い、恋愛を捨てて仕事に打ち込む女性看護師、カリ。その救急病棟へ運ばれてきた魅力的な男性クレイグは、自分に関する記憶をいっさい失っていた！　病院を出て極寒の街をさまようクレイグに、カリは救いの手を差し伸べる。イギリス英語で軽口ばかり叩くクレイグと、きまじめなカリとの奇妙な同居生活。2人の距離が縮まってきたとき判明するクレイグの驚きの正体。彼らの世界は引き離され、さらにカリは生涯をかけた仕事を失う危機に…新鋭が贈るスイートでクリーンなロマンス。　　　　　　　　　　〔0065〕

アドルフォ，リカルド　Adolfo, Ricardo

◇死んでから俺にはいろんなことがあった　リカルド・アドルフォ，木下眞穂訳　福岡　書肆侃侃房　2024.2　253p　19cm　〈原書名：Depois de morrer, aconteceram-me muitas coisas〉　2100円　ⓘ978-4-86385-603-5

＊郵便配達をしていた俺は故郷の「くに」から逃げてきた。妻のカルラと幼い息子とともに「島」で不法滞在している。買い物をした帰りに乗っていた地下鉄が故障で止まってしまい、右も左もわからない場所で降ろされてしまった一家。なんとか家にたどり着こうとあれこれ画策するが、やることなすことすべてが裏目に出て一。周囲から存在を認められず、無視され続ける移民の親子は、果たしてどうなるのか？　　　　　　　〔0066〕

アナヒータ・ガーリブ・ナワーズ

◇わたしのペンは鳥の翼　アフガニスタンの女性作家たち著，古屋美登里訳　小学館　2022.10　254p　19cm　〈原書名：MY PEN IS THE WING OF A BIRD〉　2100円　ⓘ978-4-09-356742-8

|内容| ダーウードのD（アナヒータ・ガーリブ・ナワーズ著）

＊口を塞がれた女性たちがペンを執り、鳥の翼のように自由に紡ぎ出した言葉の数々。女性嫌悪、家父長制、暴力、貧困、テロ、戦争、死。一日一日を生き抜くことに精一杯の彼女たちが、身の危険に晒されても表現したかった自分たちの居る残酷な世界と胸のなかで羽ばたく美しい世界。アフガニスタンの女性作家18名による23の短篇集。　　　　　　　　　　　　〔0067〕

アーナルデュル・インドリダソン　Arnaldur Indridason

◇厳寒の町　アーナルデュル・インドリダソン著，柳沢由実子訳　東京創元社　2022.1　475p　15cm　（創元推理文庫　Mイ7-5）　〈原書名：Vetrarborgin（重訳）　VETRARBORGIN〉　1300円　ⓘ978-4-488-26607-3

＊男の子はうつ伏せに倒れ、体の下の水溜まりは凍り始めていた。アイスランド人を父に、タイ人を母にもつ彼は、両親の離婚後母と兄と共にレイキャヴィクのこの界隈に越してきた。殺人の動機は人種差別？　エーレンデュルは、住居や学校を中心に捜査を始めるが…。CWAインターナショナルダガー賞最終候補作。北欧ミステリの巨人が現代社会の問題に切りこむ、シリーズ第5弾。　〔0068〕

◇印（サイン）　アーナルデュル・インドリダソン著，柳沢由実子訳　東京創元社　2022.5　381p　19cm　2000円　①978-4-488-01112-3
＊彼女は湖のほとりのサマーハウスで首を吊っているのを発見された。夫によると二年前に親密だった母親を病で失って以降、精神的に不安定になっていたという。死後の世界に興味をもち、霊媒師のもとに出入りしていたことも判明する。自殺で間違いない。だが本当に？　捜査官エーレンデュルは、微かな疑問を抱き孤独な捜査を進める。暴かれる悲痛な過去、明らかになる驚愕の真実に心の奥底までゆさぶられる、北欧ミステリの巨人の好評シリーズ第6弾。　〔0069〕

◇印（サイン）　アーナルデュル・インドリダソン著，柳沢由実子訳　東京創元社　2023.11　437p　15cm　（創元推理文庫　Mイ-7-6）〈著作目録あり〉　1260円　①978-4-488-26608-0
＊その女性はサマーハウスで首を吊っているのを発見された。夫によると、数年前に母親を失って以来、精神的に不安定になっていたらしい。死後の世界にも興味をもち、降霊術師のもとに出入りしていたことも。本当に自殺なのか？　捜査官エーレンデュルは疑問を抱く。暴かれる悲痛な過去に心の底までゆさぶられる、アイスランド推理小説大賞受賞、北欧ミステリの巨人のシリーズ第6弾。　〔0070〕

◇悪い男　アーナルデュル・インドリダソン著，柳沢由実子訳　東京創元社　2024.1　361p　19cm〈原書名：MYRKÁ（重訳）〉2200円　①978-4-488-01131-4
＊レイキャヴィクのアパートの一室で、刃物で喉を切り裂かれた若い男の死体が発見された。男はレイプドラッグと言われるクスリを所持しており、バーやレストランで出会った女性にクスリを混入した飲み物を飲ませて意識を失わせ、レイプしていた常習犯らしい。被害者による復讐か？　犯罪捜査官エーレンデュルが行方不明となり、同僚のエリンボルクは現場に落ちていた一枚のスカーフの香りを頼りに捜査を進める。世界のミステリ読者を魅了する北欧の巨人の人気シリーズ第7弾。　〔0071〕

アバーテ, カルミネ　Abate, Carmine

◇足し算の生　カルミネ・アバーテ著，栗原俊秀訳・解説　未知谷　2024.5　187p　20cm〈原書名：Vivere per addizione e altri viaggi〉2200円　①978-4-89642-725-7
内容　母との旅路　ラプソディア　どこにでもいる、とある移民の物語　旅立ち　臨時の生　ツバメの空　アルベリアのコック　埃にまみれた郷愁の声　イカレガリテート　正当であること　ケルンの大聖堂　言葉だけなら　ナチスキン　村は行列のさなかに　はじめての帰郷の祭り　まずは、生きる　足し算の生
＊友人たちよ、私は足し算の生を生きたい。北と南、心の言葉とパンの言葉、私と私、そのどちらかを選ぼうよ、誰かに強制されることなしに。　〔0072〕

アブー・アル＝コンボズ, ワファー

◇物語ることの反撃―パレスチナ・ガザ作品集　リファト・アルアライール編，藤井光訳，岡真理監修・解説　河出書房新社　2024.11　264p　20cm〈原書名：GAZA WRITES BACK〉2720円　①978-4-309-20911-1
内容　十五分だけ（ワファー・アブー・アル＝コンボズ著，藤井光訳）
＊「わたしが死なねばならないとしても、きみは生きねばならない」。奪われる家に爆弾を仕掛ける父、木を恐れる子ども、密輸トンネルに閉じ込められた男、瓦礫の下からの独白…。空爆の標的となって殺された詩人が極限の状況下で編み遺した、ガザ・ライツ・バック。作家たちの記憶をつなぐ抵抗の物語集。　〔0073〕

アフォード, マックス　Afford, Max

◇暗闇の梟　マックス・アフォード著，松尾恭子訳　論創社　2022.12　302p　20cm　（論創海外ミステリ　291）〈原書名：Fly by Night〉2800円　①978-4-8460-2159-7
＊新発明を巡る争奪戦は熾烈を極め、煌めく凶刃が化学者の命を奪う…。暗躍する怪盗"梟"とは何者なのか？　〔0074〕

アブドゥッラー, ライラー

◇現代オマーン文学選集　Muscat　オマーン文化協会運営委員会　2022.1　253p　22cm　①978-99969-3-890-0
内容　ラスト・シーン（ライラー・アブドゥッラー）　〔0075〕

アプトン, ジーン　Upton, Jean

◇シャーロック・ホームズのすべて　ロジャー・ジョンスン，ジーン・アプトン著，日暮雅通訳　集英社インターナショナル　2022.6　269p　18cm　（インターナショナル新書　104）〈文献あり　著作目録あり　発売：集英社　原書名：THE SHERLOCK HOLMES MISCELLANY〉960円　①978-4-7976-8104-8
＊一九世紀後半に登場して以来、探偵の代名詞として常に最高の人気を保ち続けるシャーロック・ホームズ。六〇を数える作品と、ホームズというキャラクターについて多角的に紹介し、登場から一〇〇年以上を経た現在も常にアップデートされ続けるホームズのトリビアを網羅。フィクションの世界の人物であるにもかかわらず、実在の人物を超えて世界中の人々を現在も魅了し続ける探偵ホームズとその背後にあるミステリーにせまる。　〔0076〕

アブネット, ダン　Abnett, Dan

◇黄金の人工太陽―巨大宇宙SF傑作選　ジャック・キャンベル，チャーリー・ジェーン・アンダーズ他著，ジョン・ジョゼフ・アダムズ編，中原尚哉他訳　東京創元社　2022.6　547p　15cm　（創元SF文庫　SFン10-4）〈責任表示は

カバーによる 原書名：COSMIC POWERS〉1360円 ①978-4-488-77204-8
[内容] 霜の巨人（ダン・アブネット著，中原尚哉訳）
＊SFとファンタジーの基本はセンス・オブ・ワンダーだ。そして並はずれたセンス・オブ・ワンダーを味わえるのは、超人的なヒーローが宇宙の命運をかけて銀河のかなたで恐ろしい敵と戦う物語だ（序文より）―常識を超える宇宙航行生物、謎の巨大異星構造物、銀河を吹き飛ばす超爆弾。ジャック・キャンベルら豪華執筆陣による、SFならではの圧倒的スケールで繰り広げられる傑作選。〔0077〕

アーペル, ヨハン・アウグスト　Apel, August

◇幽霊綺譚―ドイツ・ロマン派幻想短篇集　ヨハン・アウグスト・アーペル，フリードリヒ・ラウン，ハインリヒ・クラウレン著，識名章喜訳　国書刊行会　2023.7　436p　22cm〈文献あり　原書名：Gespensterbuch.4Bde.の抄訳　Cicaden.Erstes Bändchenの抄訳ほか〉5800円　①978-4-336-07520-8
[内容] 魔弾の射手　先祖の肖像画　黒の小部屋　花嫁の宝飾　幽霊の城　霊の呼ぶ声　死の舞踏　クララ・モンゴメリー――聖＊＊ゲの騎士の手稿ほか（ヨハン・アウグスト・アーペル著，識名章喜訳）
＊ドイツの古城、妖精の森へようこそ。幽霊の花嫁、妖精の女王、死の舞踏、魔法の鏡、七里靴…E.T.A.ホフマンに影響を与えた伝説のアンソロジーを味わう15篇。『フランケンシュタイン』『吸血鬼』を生んだ、―そのきっかけの書。〔0078〕

アポストリディス, アンドレアス

◇無益な殺人未遂への想像上の反響―ギリシャ・ミステリ傑作選　ディミトリス・ポサンジス編，橘孝司訳　竹書房　2023.7　443p　15cm（竹書房文庫　ぽ1-1）〈原書名：Ellinika Egklimata.5〉1500円　①978-4-8019-3279-1
[内容] 町を覆う恐怖と罪―セルヴェサキス事件（アンドレアス・アポストリディス著，橘孝司訳）
＊ギリシャに形成されつつある新たな迷宮。本書には、本格ミステリ、ノワール、警察小説など、各ジャンルのギリシャ・ミステリの精鋭たちの作品が収録されている。回天するギリシャ・ミステリの世界へようこそ。あなたは希望の胸膨らませた新人作家が大御所ミステリ作家のもとに持ち込んだ原稿を読む（「ギリシャ・ミステリ文学の将来」）。ナンシー・シナトラの曲が流れる中、ひとりの女の生涯を追体験し（「バン・バン！」）、現実とミステリの狭間をさまよう（表題作）。陽気な警官たちが観るブルース・スプリングスティーンの公演は最高だ（「"ボス"の警護」）。そして、最悪の愛が通りを駆け抜けてゆく―（「死ぬまで愛す」）。二千年の時を経て、色合いを変え深度を増した迷宮が、あなたの前に扉を開く。あなたはそこで怪物よりも不可解なものに遭遇するだろう。混沌としたギリシャ・ミステリの謎に。巻末に訳者による詳細な解説と「ギリシャ・ミステリ小史」を付す。〔0079〕

アポストル, ジーナ　Apostol, Gina

◇反乱者　ジーナ・アポストル著，藤井光訳　白水社　2022.11　339p　20cm（エクス・リブリス）〈原書名：INSURRECTO〉3700円　①978-4-560-09078-7
＊フィリピン出身のミステリー作家兼翻訳者マグサリンは、訳あってニューヨークから帰郷し、新作小説の案を練り始める。そこへ一件のメールが届く―送信者はなんと、その小説の主人公である映画監督キアラ・ブラージだった。キアラの父親も映画監督であり、1970年代にベトナム戦争中の米軍による虐殺事件を扱った映画をフィリピンで撮影したのち失踪していた。この謎を抱えるキアラは、米軍の虐殺事件が1901年にフィリピン・サマール島のバランギガでも起きていたことを知り、その事件をみずから映画化するためにマグサリンに現地での通訳を願い出たのだ。こうして始まった二人の旅の物語に、キアラが書いた脚本の主人公、1901年当時のサマール島に上陸したアメリカ人の女性写真家カッサンドラ・チェイスの物語が絡み合う。彼女が目撃するのは、米比戦争で駐屯する米軍部隊と服従を強いられる島民という、支配と被支配の構図である。マグサリンはその脚本に、実在の女戦士・フィリピン人のカシアナ・ナシオナレスを登場させる。かくして物語は、アメリカとフィリピンの視点がせめぎ合い、現代の比政権の麻薬戦争も加わって、過去と現在、現実と虚構、支配と被支配が境界を越えて交錯していく…。〔0080〕

アーマー, リチャード　Armour, Richard

◇ユーモア・スケッチ大全　[4]　すべてはイブからはじまった　ミクロの傑作圏　浅倉久志編・訳　国書刊行会　2022.3　376p　19cm〈「すべてはイブからはじまった」（早川書房　1991年刊）と「ミクロの傑作圏」（文源庫　2004年刊）の改題、合本〉2000円　①978-4-336-07311-2
[内容] すべてはイブからはじまった（リチャード・アーマー著）
＊笑いの大博覧会、完結！ 名翻訳家浅倉久志のライフワークである"ユーモア・スケッチ"ものを全4巻に集大成。最終巻は傑作展姉妹篇『すべてはイブからはじまった』とオンデマンドのみの刊行だった『ミクロの傑作圏』をカップリング。〔0081〕

アミエル, イリット　Amiel, Irit

◇砂漠の林檎―イスラエル短編傑作選　サヴィヨン・リーブレヒト，ウーリー・オルレブほか著，母袋夏生編訳　河出書房新社　2023.8　258p　20cm　2900円　①978-4-309-20890-9
[内容] 日記の一葉　リンカ　ラファエル（イリット・アミエル著，母袋夏生訳）
＊迷宮のような路地で見つけた写真集、不死の老人、ショアの記憶、聖書物語など、イスラエル文学紹介の第一人者による日本語版オリジナル・アンソロジー。ウーリー・オルレブ（国際アンデルセン

賞受賞)、シャイ・アグノン(ノーベル文学賞受賞)など、世界が高く評価する作家の傑作を精選。〔0082〕

アームストロング, リンゼイ　Armstrong, Lindsay
◇家政婦の娘と呼ばれて　リンゼイ・アームストロング作，上村悦子訳　ハーパーコリンズ・ジャパン　2023.1　156p　17cm　(ハーレクイン・ロマンス R3743―伝説の名作選)〈ハーレクイン 2014年刊の再刊　原書名：THE RETURN OF HER PAST〉664円　①978-4-596-75657-2
＊18歳のミアは、両親が仕える屋敷の御曹司カルロスに恋をした。初めてキスを交わした夜、彼の母親に見つかり、"使用人の娘のくせに"と激怒され、親をくびにすると脅されて、彼女は逃げるように屋敷を飛びだした。あれから7年。こんな形で彼と再会することになるなんて。ミアの会社が取りしきる結婚披露宴に、カルロスが出席したのだ。「ミア！ ミアなのか？」彼が驚きのまなざしで見つめている。全身が炎のように熱くなり、十年の封印した恋が息を吹き返した。だがその直後、またしても彼の母親からひどい侮辱を受け、カルロスに婚約者がいることを聞かされて…。〔0083〕

アラム, ルマーン　Alam, Rumaan
◇終わらない週末　ルマーン・アラム著，高山真由美訳　早川書房　2022.8　363p　19cm〈原書名：LEAVE THE WORLD BEHIND〉2600円　①978-4-15-210158-7
＊アマンダとクレイは、子供ふたりと一緒にニューヨーク郊外に借りた別荘で一週間、休暇を楽しむつもりだった。束の間の休暇を楽しんでいたのに、夜中に突然ドアをノックする音が―。別荘の持ち主だと名乗る老夫婦が現れ、ニューヨークが停電になり大混乱に陥ったとアマンダとクレイに告げる。やがて起こる奇妙な現象の数々。インターネットもテレビも電話も繋がらなくなり、外の世界で何が起こっているか知る由もない6人が、生き残るすべを求め、暗中模索をする。ジュリア・ロバーツ主演でNetflix映画化も決定の長篇小説。全世界27カ国で刊行決定の話題作、待望の邦訳！ オバマ元大統領が薦める2021年の夏の読書リスト。ブッシュ元大統領の娘、ジェナ・ブッシュ・ヘイガーの読書クラブ#ReadWithJenna選定図書。2020年全米図書賞小説部門最終候補。2020年各紙誌のベストブックに選出！〔0084〕

アラルコン　Alarcón, Pedro Antonio de
◇死神―アンソロジー　東雅夫編　KADOKAWA　2023.3　269p　15cm　(角川ソフィア文庫 C107-2)　1040円　①978-4-04-400724-9
内容　背の高い女(アラルコン著，桑名一博，菅愛子訳)〔0085〕

アリー, サーラ
◇物語ることの反撃―パレスチナ・ガザ作品集　リファト・アルアライール編，藤井光訳，岡真理監修・解説　河出書房新社　2024.11　264p　20cm〈原書名：GAZA WRITES BACK〉2720円　①978-4-309-20911-1
内容　土地の物語(サーラ・アリー著，藤井光訳)
＊「わたしが死なねばならないとしても、きみは生きねばならない。奪われる家に爆弾を仕掛ける父、木を恐れる子ども、密輸トンネルに閉じ込められた男、瓦礫の下からの独白…。空爆の標的となって殺された詩人が極限の状況下で編み遺した、ガザ・ライツ・バック。作家たちの記憶をつなぐ抵抗の物語集。〔0086〕

アリストパネス　Aristophanes
◇喜劇全集　1　アリストパネス著，戸部順一訳　京都　京都大学学術出版会　2024.7　560p　20cm　(西洋古典叢書 G123)〈付属資料：8p：月報 162　布装　原書名：Aristophanis Fabulae.1,2〉4500円　①978-4-8140-0484-3
内容　アカルナイの人々　騎士　雲　蜂　〔0087〕

アリスン, ドロシー　Allison, Dorothy
◇母娘短編小説集　フラナリー・オコナー，ボビー・アン・メイスンほか著，利根川真紀編訳　平凡社　2024.4　349p　16cm　(平凡社ライブラリー 964)〈文献あり　原書名：SHILOH Mamaほか〉1800円　①978-4-582-76964-7
内容　ママ(ドロシー・アリスン著，利根川真紀訳)
＊すべての女性は母の娘である。出産・育児・恋愛・結婚・離婚・父の不在・反発・世代の差・虐待・差別・介護・老い・希望―時を超え、世代を超えて繰り返される「母の娘」「娘の母」の物語。十九世紀末から二十世紀末、アメリカの女性作家によって書かれた傑作九篇。〔0088〕

アリンガム, マージェリー　Allingham, Margery
◇ファラデー家の殺人　マージェリー・アリンガム著，渕上痩平訳　論創社　2023.9　333p　20cm　(論創海外ミステリ 301)〈著作目録あり　原書名：Police at the Funeral〉3400円　①978-4-8460-2267-9
＊屋敷に満ちる憎悪と悪意。ファラデー一族を次々と血祭りに上げる姿なき殺人鬼の正体とは―。"アルバート・キャンピオン"シリーズの長編第四作、原書刊行から92年の時を経て遂に完訳！〔0089〕

アルアライール, リファト　Alareer, Refaat
◇物語ることの反撃―パレスチナ・ガザ作品集　リファト・アルアライール編，藤井光訳，岡真理監修・解説　河出書房新社　2024.11　264p　20cm〈原書名：GAZA WRITES BACK〉2720円　①978-4-309-20911-1
内容　ひと粒の雨のこと(リファト・アルアライール著，藤井光訳)

アルカスイ

＊「わたしが死なねばならないとしても、きみは生きねばならない」。奪われる家に爆弾を仕掛ける父、木を恐れる子ども、密輸トンネルに閉じ込められた男、瓦礫の下からの独白…。空爆の標的となって殺された詩人が極限の状況下で編み遺した、ガザ・ライツ・バック。作家たちの記憶をつなぐ抵抗の物語集。〔0090〕

アル・カースィミー, ザフラーン
◇現代オマーン文学選集　Muscat　オマーン文化協会運営委員会　2022.1　253p　22cm
①978-99969-3-890-0
内容　「狩人」より（ザフラーン・アル・カースィミー）〔0091〕

アルザヤット, ディーマ　Alzayat, Dima
◇マナートの娘たち　ディーマ・アルザヤット著，小竹由美子訳　東京創元社　2023.4　262p　20cm〈海外文学セレクション〉〈原書名：ALLIGATOR AND OTHER STORIES〉2200円　①978-4-488-01687-6
内容　浄め　マナートの娘たち　失踪　懸命に努力するものだけが成功する　カナンの地で　アリゲーター　サメの夏　わたしたちはかつてシリア人だった　三幕構成による、ある女の子の物語
＊姉が弟の遺体を浄める。本来これは同性の仕事なのだが、姉は自分がやると主張した―。亡き弟の思い出を情感豊かに紡ぐ「浄め（グスル）」。アメリカの女の子として成長してきたアラブ系移民2世の"わたし"と、波乱の人生をおくった伯母の物語に、窓から飛び降りた女が女神と邂逅する幻想的な光景を織り込んだ「マナートの娘たち」。#MeToo運動以前の映画産業で、あるインターンの女性が受けたハラスメントを描き、問題提起する「懸命に努力するものだけが成功する」。新聞記事や手紙、メールの文章、リアリティー番組の台本やSNS投稿など虚実取り交ぜた多彩な媒体のコラージュで、フロリダで実際に起こったシリア・レバノン系移民夫婦のリンチ事件を核に、アメリカという国家に潜む暴力や異質なものを排除しようとする人間の本質を浮かび上がらせる野心的な傑作「アリゲーター」。過酷な現実を生きる人々に寄り添い、多様な声を届けようとする全9篇。現代アメリカ文学の新鋭による鮮烈なデビュー短篇集！〔0092〕

アル・シェッヒー, アブドゥッラフマン
◇現代オマーン文学選集　Muscat　オマーン文化協会運営委員会　2022.1　253p　22cm
①978-99969-3-890-0
内容　企業の社会的責任と地域発展（アブドゥッラフマン・アル・シェッヒー）〔0093〕

アルジャー, ホレイショ　Alger, Horatio
◇ぼろ着のディック　ホレイショ・アルジャー著，畔柳和代訳　KADOKAWA　2024.2　270p　15cm〈角川文庫 iA18-1〉〈著作目録あり〉「アメリカ古典大衆小説コレクション 3」（松柏社 2006年刊）の抜粋、一部訳文を改訂　原書名：Ragged Dick〉940円　①978-4-04-114475-6
＊19世紀のニューヨーク。路上で靴磨きをして暮らす少年ディックは、ある日裕福な少年フランクに出会う。この出会いがディックの人生を変えることになる。立派な大人を目指し、文字を学んで貯蓄を覚え、成功への階段を上り始める。自立した少年の成長する姿は当時の読者の共感を集め、アメリカン・ドリームを描いたこの物語は一大ベストセラーとなった。アメリカ文学の古典として今も読み継がれる作品、待望の文庫化。〔0094〕

アル・ジャズミー, ムハンマド・カルト
◇現代オマーン文学選集　Muscat　オマーン文化協会運営委員会　2022.1　253p　22cm
①978-99969-3-890-0
内容　降霊術（ムハンマド・カルト・アル・ジャズミー）〔0095〕

アルジャマール, ユーセフ
◇物語ることの反撃―パレスチナ・ガザ作品集　リファト・アルアライール編，藤井光訳，岡真理監修・解説　河出書房新社　2024.11　264p　20cm〈原書名：GAZA WRITES BACK〉2720円　①978-4-309-20911-1
内容　オマル・X（ユーセフ・アルジャマール著，藤井光訳）
＊「わたしが死なねばならないとしても、きみは生きねばならない」。奪われる家に爆弾を仕掛ける父、木を恐れる子ども、密輸トンネルに閉じ込められた男、瓦礫の下からの独白…。空爆の標的となって殺された詩人が極限の状況下で編み遺した、ガザ・ライツ・バック。作家たちの記憶をつなぐ抵抗の物語集。〔0096〕

アル＝スースィ, ヌール
◇物語ることの反撃―パレスチナ・ガザ作品集　リファト・アルアライール編，藤井光訳，岡真理監修・解説　河出書房新社　2024.11　264p　20cm〈原書名：GAZA WRITES BACK〉2720円　①978-4-309-20911-1
内容　カナリア　僕は果たして出られるのか？（ヌール・アル＝スースィ著，藤井光訳）
＊「わたしが死なねばならないとしても、きみは生きねばならない」。奪われる家に爆弾を仕掛ける父、木を恐れる子ども、密輸トンネルに閉じ込められた男、瓦礫の下からの独白…。空爆の標的となって殺された詩人が極限の状況下で編み遺した、ガザ・ライツ・バック。作家たちの記憶をつなぐ抵抗の物語集。〔0097〕

アルステルダール, トーヴェ　Alsterdal, Tove
◇忘れたとは言わせない　トーヴェ・アルステルダール著，染田屋茂訳　KADOKAWA　2022.8　475p　19cm〈原書名：Rotvälta〉2200円
①978-4-04-112884-8

＊23年前、凶悪事件を自白し、保護施設で育ったウーロフ。事件当時14歳だった男が実家に戻った時、事件は起きた。ウーロフの父が自宅で、斬殺死体で発見された。犯人と疑われ、世間の誹りを受けるウーロフ。同郷のエイラは、警察官補として事件の捜査に当たるが、次第に彼女の前に、過去の事件が浮かび上がってくる—。スウェーデン推理作家アカデミー最優秀長篇賞、スカンジナヴィア推理作家協会ガラスの鍵賞W受賞作。〔0098〕

◇忘れたとは言わせない　トーヴェ・アルステルダール著, 染田屋茂訳　KADOKAWA　2023.12　503p　15cm　〈角川文庫　ア17-1〉〈原書名：Rotvälta〉1500円　①978-4-04-114559-3

＊14歳で凶悪犯罪を自白し施設で育ったウーロフ。23年後に釈放され帰郷した時、再び事件は起きた。ウーロフの父が死体で発見されたのだ。犯人と疑われ、世間の誹りを受けるウーロフ。捜査に当たる、ウーロフと同郷の警察官補エイラ。彼女の前に、次第に過去に起きた別の事件が浮かび上がってくる—。スウェーデン推理作家アカデミー最優秀長篇賞、スカンジナヴィア推理作家協会ガラスの鍵賞ダブル受賞作。〔0099〕

アル・スライミー, ムナー

◇現代オマーン文学選集　Muscat　オマーン文化協会運営委員会　2022.1　253p　22cm　①978-99969-3-890-0

内容　意味のある話（ムナー・アル・スライミー）〔0100〕

アル・ターイー, アズィーザ

◇現代オマーン文学選集　Muscat　オマーン文化協会運営委員会　2022.1　253p　22cm　①978-99969-3-890-0

内容　「遠ざかった土地」より（アズィーザ・アル・ターイー）〔0101〕

アルテ, ポール　Halter, Paul

◇吸血鬼の仮面　ポール・アルテ著, 平岡敦訳　福岡　行舟文化　2023.6　392p　19cm　〈名探偵「オーウェン・バーンズ」シリーズ〉〈原書名：Le Masque du vampire〉1750円　①978-4-909735-15-7

＊森深い田舎の小さな村・クレヴァレイはパニックに陥っていた。夜ごと目撃される謎のマントの怪人と、幽霊騒動。甦ったと噂される女の棺を検めるために納骨堂が暴かれた時、恐慌は頂点に達した。一年半前に死んだはずの女の亡骸は、最近まで生きていたように瑞々しかったのだ。一方、ロンドンでは名探偵オーウェン・バーンズのもとに、ある老人の変死事件が持ち込まれる。彼は五年前の迷宮入り事件に関わっており、口封じに殺された可能性があるというのだ。それは、降霊術に熱中していた資産家の老女が密室で殺害された怪事件だった。ふたつの事件はやがてひとりの男、クレヴァレイの住民たちから吸血鬼だと噂されるロシアからやって来た伯爵に収束し—因習の村の謎めいた犯罪を美学探偵が解き明かす、シリーズ邦訳第5作！〔0102〕

◇死が招く　ポール・アルテ著, 平岡敦訳　早川書房　2022.7　286p　16cm　〈ハヤカワ・ミステリ文庫　HM 468-2〉〈原書名：LA MORT VOUS INVITE〉1120円　①978-4-15-183602-2

＊内側から錠が掛かった書斎で、著名なミステリ作家が煮えたぎる鍋に顔を突っ込んで死んでいた。しかもその傍らの料理は出来立てなのに、遺体は死後二十四時間以上経過していたのだ。さらにこの異様な密室状況は、作家が構想中の新作『死が招く』の設定そのままだった…日くありげな容疑者たちが織り成す奇怪な殺人ドラマを犯罪学者アラン・ツイスト博士が解き明かす！　本格探偵小説シリーズの第二作。〔0103〕

◇白い女の謎　ポール・アルテ著, 平岡敦訳　福岡　行舟文化　2024.12　316p　19cm　〈名探偵「オーウェン・バーンズ」シリーズ〉〈著作目録あり　原書名：Le Mystère de la Dame Blanche〉1500円　①978-4-909735-20-1

＊英国の小村バックワースに君臨する名門リチャーズ家は、三つの事件に揺れていた。当主マチューが若い女秘書を後妻に迎えると言い出したこと、アフガンで戦死したと思われていた長女の夫の帰還。そして神出鬼没の〝白い女〟の霊。「白い女は出会った者の命を奪う」という村の言い伝え通りに怪死事件が発生し、マチューが狙われる。事件の背後には妖しい女占い師の姿が—名探偵オーウェン・バーンズが怪事件の謎を暴くシリーズ最新作！〔0104〕

アルトー, アントナン　Artaud, Antonin

◇アルトー・コレクション　1　ロデーズからの手紙　アントナン・アルトー著, 宇野邦一, 鈴木創士訳　調布　月曜社　2022.7　359p　20cm　〈「アントナン・アルトー著作集　5」（白水社　1998年刊）の改題, 増補・改訂　原書名：Lettres écrites de Rodezの抄訳〉3600円　①978-4-86503-140-9　〔0105〕

◇アルトー・コレクション　2　アルトー・ル・モモ　アントナン・アルトー著　鈴木創士, 岡本健訳　調布　月曜社　2022.8　440p　20cm　〈底本：アルトー後期集成　1・3（河出書房新社　2007年刊）〉4000円　①978-4-86503-147-8　〔0106〕

◇アルトー・コレクション　3　カイエ　アントナン・アルトー著　荒井潔訳　調布　月曜社　2022.9　602p　20cm　〈底本：アルトー後期集成　3（河出書房新社　2007年刊）〉5200円　①978-4-86503-149-2　〔0107〕

◇アルトー・コレクション　4　手先と責苦　アントナン・アルトー著　管啓次郎, 大原宣久訳　調布　月曜社　2022.10　461p　20cm　〈底本：アルトー後期集成　2（河出書房新社　2016年刊）〉4500円　①978-4-86503-152-8　〔0108〕

アルドーネ, ヴィオラ　Ardone, Viola

◇「幸せの列車」に乗せられた少年　ヴィオラ・アルドーネ著，関口英子訳　河出書房新社　2022.9　251p　20cm〈原書名：IL TRENO DEI BAMBINI〉2200円　ⓘ978-4-309-20866-4

[内容]＊南部の貧しい家庭の子供を北部の一般家庭が一時的に受け入れる、第二次世界大戦後のイタリアで実際に行われた社会活動「幸せの列車」。貧困問題、親子関係、新しい暮らし、揺らぐアイデンティティ―7歳の少年の目を通し、ユーモアを交えた圧倒的な筆致で描き出す。イタリア版本屋大賞（Amo questo libro賞）など受賞、33言語で刊行のベストセラー！〔0109〕

アルトマン, H.C.　Artmann, H.C.

◇ドラキュラ ドラキュラ―吸血鬼小説集　種村季弘編　新装版　河出書房新社　2023.2　253p　15cm　〈河出文庫 た4-53〉　880円　ⓘ978-4-309-46776-4

[内容]ドラキュラ ドラキュラ（H.C.アルトマン著，種村季弘訳）〔0110〕

アルニム, アヒム・フォン　Arnim, Achim von

◇ドイツロマン派怪奇幻想傑作集　ホフマン，ティーク他著，遠山明子編訳　東京創元社　2024.9　413p　15cm　〈創元推理文庫 Fン13-1〉〈原書名：Der blonde Eckbert　Der Runenbergほか〉1200円　ⓘ978-4-488-58409-2

[内容]世襲領主たち（アヒム・フォン・アルニム著，遠山明子訳）

＊18世紀末ヨーロッパで興隆したロマン主義運動。その先陣を切ったドイツロマン派は、不合理なものを尊び、豊かな想像力を駆使して、怪奇幻想の物語を数多く紡ぎだした。本書はティーク「金髪のエックベルト」、フケー「絞首台の小男」、ホフマン「砂男」等9篇を収録。不条理な運命に翻弄され、底知れぬ妄想と狂気と正気の狭間でもがき苦しむ主人公たちの姿を描く、珠玉の作品集。〔0111〕

アル・ヌーファリー, アフマド・ムバーラク

◇現代オマーン文学選集　Muscat　オマーン文化協会運営委員会　2022.1　253p　22cm　ⓘ978-99969-3-890-0

[内容]オマーンにおける宗教的寛容の哲学（アフマド・ムバーラク・アル・ヌーファリー）〔0112〕

アル・ハーシミー, サイード・スルターン

◇現代オマーン文学選集　Muscat　オマーン文化協会運営委員会　2022.1　253p　22cm　ⓘ978-99969-3-890-0

[内容]断絶という名の通信媒体（サイード・スルターン・アル・ハーシミー）〔0113〕

アル・ハーリスィー, サウード

◇現代オマーン文学選集　Muscat　オマーン文化協会運営委員会　2022.1　253p　22cm　ⓘ978-99969-3-890-0

[内容]イブラー県から（サウード・アル・ハーリスィー）〔0114〕

アル・ハーリスィー, ジューハ　Alharthi, Jokha

◇現代オマーン文学選集　Muscat　オマーン文化協会運営委員会　2022.1　253p　22cm　ⓘ978-99969-3-890-0

[内容]「橙の実」より（ジューハ・アル・ハーリスィー）〔0115〕

アルファッラ, ジーハーン

◇物語ることの反撃―パレスチナ・ガザ作品集　リファト・アルアライール編，藤井光訳，岡真理監修・解説　河出書房新社　2024.11　264p　20cm〈原書名：GAZA WRITES BACK〉2720円　ⓘ978-4-309-20911-1

[内容]撃つときはちゃんと殺して（ジーハーン・アルファッラ著，藤井光訳）

＊「わたしが死なねばならないとしても、きみは生きねばならない」。奪われる家に爆弾を仕掛ける父、木を恐れる子ども、密輸トンネルに閉じ込められた男、瓦礫の下からの独白…。空爆の標的となって殺された詩人が極限の状況下で編み遺した、ガザ・ライツ・バック。作家たちの記憶をつなぐ抵抗の物語集。〔0116〕

アルフィアン・サアット　Alfian Sa'at

◇絶縁　村田沙耶香，アルフィアン・サアット，郝景芳，ウィワット・ルートウィワットウォンサー，韓麗珠，ラシャムジャ，グエン・ゴック・トゥ，連明偉，チョン・セラン著，藤井光，大久保洋子，福冨渉，及川茜，星泉，野平宗弘，吉川凪訳　小学館　2022.12　413p　19cm　2000円　ⓘ978-4-09-356745-9

[内容]妻（アルフィアン・サアット著，藤井光訳）

＊アジア9都市9名が集った奇跡のアンソロジー。〔0117〕

アル・マスカリー, サイフ

◇現代オマーン文学選集　Muscat　オマーン文化協会運営委員会　2022.1　253p　22cm　ⓘ978-99969-3-890-0

[内容]オマーンの歴史教育詩（サイフ・アル・マスカリー）〔0118〕

アル・マズルーイー, アル・ハッターブ

◇現代オマーン文学選集　Muscat　オマーン文化協会運営委員会　2022.1　253p　22cm　ⓘ978-99969-3-890-0

[内容]最後に残った香り（アル・ハッターブ・アル・

マズルーイー） 〔0119〕

アルマダ, セルバ　Almada, Selva
◇吹きさらう風　セルバ・アルマダ著，宇野和美訳　京都　松籟社　2023.10　150p　19cm　（創造するラテンアメリカ 8）〈原書名：EL VIENTO QUE ARRASA〉1800円　①978-4-87984-445-3
＊感傷にも甘さにも寄りかからない凛とした物語世界。アルゼンチン辺境で布教の旅を続ける一人の牧師が、故障した車の修理のために、とある整備工場にたどりつく。牧師、彼が連れている娘、整備工の男、そして男とともに暮らす少年の4人は、車が直るまでの短い時間を、こうして偶然ともにすることになるが—。ささやかな出来事のつらなりを乾いた筆致で追いながら、それぞれが誰知らず抱え込んだ人生の痛みを静かな声で描き出す、注目作家セルバ・アルマダの世界的話題作。〔0120〕

アル・ミウマリー, スレイマーン
◇現代オマーン文学選集　Muscat　オマーン文化協会運営委員会　2022.1　253p　22cm　①978-99969-3-890-0
内容 回る、回る、碾き臼の如く（スレイマーン・アル・ミウマリー） 〔0121〕

アル・ラッカーディ, ヒラール
◇現代オマーン文学選集　Muscat　オマーン文化協会運営委員会　2022.1　253p　22cm　①978-99969-3-890-0
内容 慣習によって確立された海のしきたりと漁業法（ヒラール・アル・ラッカーディ） 〔0122〕

アル・ラハビー, マフムード
◇現代オマーン文学選集　Muscat　オマーン文化協会運営委員会　2022.1　253p　22cm　①978-99969-3-890-0
内容 恋人達たちの庭の番人（マフムード・アル・ラハビー） 〔0123〕

アル・ラハビー, ムハンマド・サイフ
◇現代オマーン文学選集　Muscat　オマーン文化協会運営委員会　2022.1　253p　22cm　①978-99969-3-890-0
内容 自分の名を忘れた男（ムハンマド・サイフ・アル・ラハビー） 〔0124〕

アルラン, マルセル　Arland, Marcel
◇教科書の中の世界文学—消えた作品・残った作品25選　秋草俊一郎，戸塚学編　三省堂　2024.2　285p　21cm　〈文献あり〉2500円　①978-4-385-36237-3
内容 降誕祭（マルセル・アルラン著，佐藤文樹訳） 〔0125〕

アル・リワーティー, アリー・ジャアファル
◇現代オマーン文学選集　Muscat　オマーン文化協会運営委員会　2022.1　253p　22cm　①978-99969-3-890-0
内容 オマーン国立博物館で建築を巡る（アリー・ジャアファル・アル・リワーティー） 〔0126〕

アレグザンダー, エリー　Alexander, Ellie
◇ビール職人の秘密と推理　エリー・アレグザンダー著，越智睦訳　東京創元社　2022.3　342p　15cm　（創元推理文庫　Mア19-3）〈原書名：BEYOND A REASONABLE STOUT〉1100円　①978-4-488-11709-2
＊冬のイルミネーションイベントが近づく、ビールで有名なアメリカの小さな町レブンワース。選挙を控えた市議会議員が殺されているのが発見される。彼はビール産業の盛んなこのレブンワースで、こともあろうに禁酒政策を推し進めようとしていた。容疑者とされた人物から頼まれて、ビール職人のわたしは聞き込みを進めていくが…。おいしいビールと料理が満載のビール・ミステリ。〔0127〕

アレナス, レイナルド　Arenas, Reinaldo
◇真っ白いスカンクたちの館　レイナルド・アレナス著，安藤哲行訳　インスクリプト　2023.11　487p　20cm〈原書名：EL PALACIO DE LAS BLANQUÍSIMAS MOFETAS〉3500円　①978-4-86784-003-0
＊猛り狂った、途方もない生、そして死者たち、そして蠅。溢れでる声と言葉が交錯するめくるめく小説世界。救いのない貧困、安らぎのない家族…、バティスタ独裁政権末期、カストロの武装蜂起を時代背景に、思春期をおくる青年フォルトゥナートの生の苦難と魂の叫びを描いて、『夜明け前のセレスティーノ』に続く、ライフワーク第二作。〔0128〕
◇夜明け前のセレスティーノ　レイナルド・アレナス著，安藤哲行訳　新装版　国書刊行会　2023.2　322p　20cm　〈原書名：CELESTINO ANTES DEL ALBA〉2600円　①978-4-336-07468-3
＊母親は井戸に飛び込み、祖父は自分を殺そうとする。寒村に生きる少年の目に鮮やかに映しだされる、現実と未分化なもう一つの世界。ラテンアメリカ文学の魔術的空間に、少年期の幻想と悲痛な叫びが炸裂する！『めくるめく世界』『夜になるまえに』に続くアレナスが、さまざまな手法を駆使して作り出した奇跡の傑作。〔0129〕

アレン, ルイーズ　Allen, Louise
◇不公平な恋の神様　ルイーズ・アレン著，杉浦よしこ訳　ハーパーコリンズ・ジャパン　2023.10　342p　15cm　（mirabooks LA01-01）〈ハーレクイン 2011年刊の再刊　原書名：THE VISCOUNT'S BETROTHAL〉891円　①978-4-596-52798-1 〔0130〕

アレンズ, キャロル　Arens, Carol

◇がちょうの乙女の忍ぶ恋　キャロル・アレンズ作．高山恵訳　ハーパーコリンズ・ジャパン　2022.12　252p　17cm　〈ハーレクイン・ヒストリカル・スペシャル PHS292〉〈原書名：THE VISCOUNT'S CHRISTMAS PROPOSAL〉827円　①978-4-596-75487-5

＊アンナ・リーゼははっきり言って、幸せではなかった。初めは母、続いて父も亡くし、継母と継妹にうとまれながらの日々。話し相手になってくれるのは、仲良しのがちょうだけ。そこへ、20年近く離れ離れだった幼なじみ、ピーターが帰ってきた。片想いの相手は、ハンサムで魅力的なクリパトン子爵へと成長していた。アンナ・リーゼはうれしかったけれど、自分の服を見て涙をこらえた。こんなみすばらしい格好とあかぎれの手で、ピーターには会えない。子爵はクリスマスに舞踏会を開き、そこで花嫁選びをするのだという。継母と継妹は興奮するが、アンナ・リーゼは愛する人の選択が悲しかった。私はピーターにとって永遠に幼なじみ。彼の花嫁にはなれないのね…。　〔0131〕

アレント, ハンナ　Arendt, Hannah

◇人間の条件　ハンナ・アレント著．牧野雅彦訳　講談社　2023.3　625p　15cm　〈講談社学術文庫〉〈原書名：The Human Condition〉2000円　①978-4-06-531427-2

＊ハンナ・アレント（一九〇六・七五年）の主著、待望の新訳！「労働」、「仕事」、「行為」という三つの活動の絡み合いの中で「世界からの疎外」がもたらされるさまを描き出した古典。科学と技術に翻弄され続ける人類の行く末を考えるためには不可欠の書を第一人者が明快な日本語に訳し、懇切な訳注を施した。これぞ新訳、これぞ新しいスタンダード！　〔0132〕

アワダッラー, シャフド

◇物語ることの反撃—パレスチナ・ガザ作品集　リファト・アルアライール編．藤井光訳．岡真理監修・解説　河出書房新社　2024.11　264p　20cm　〈原書名：GAZA WRITES BACK〉2720円　①978-4-309-20911-1

内容　かつて、夜明けに（シャフド・アワダッラー著．藤井光訳）

＊「わたしが死なねばならないとしても、きみは生きねばならない」。奪われる家に爆弾を仕掛ける父、木を恐れる子ども、密輸トンネルに閉じ込められた男、瓦礫の下からの独白…。空爆の標的となって殺された詩人が極限の状況下で編み遺した、ガザ・ライツ・バック。作家たちの記憶をつなぐ抵抗の物語集。　〔0133〕

アンカ, ミロ

◇そして私たちの物語は世界の物語の一部となる—インド北東部女性作家アンソロジー　ウルワシ・ブタリア編．中村唯日本語版監修　国書刊行会　2023.5　286p　20cm　〈原書名：THE MANY THAT I AMの抄訳　THE INHERITANCE OF WORDSの抄訳ほか〉2400円　①978-4-336-07441-6

内容　亡霊の歯科医（ミロ・アンカ著．安藤五月訳）

＊バングラデシュ、ブータン、中国、ミャンマーに囲まれ、さまざまな文化や慣習が隣り合うヒマラヤの辺境。きわ立ってユニークなインド北東部から届いた、むかし霊たちが存在した頃のように語られる現代の寓話。女性たちが、物語の力をとりもどし、自分たちの物語を語りはじめる。　〔0134〕

アンカウア, モード　Ankaoua, Maud

◇キロメートル・ゼロすべては、いまここにある　モード・アンカウア著．河野彩訳　徳間書店　2024.7　346p　19cm　〈原書名：KILOMÈTRE ZÉRO〉2200円　①978-4-19-865791-8

＊急成長中のスタートアップ企業のCFOマエルは、親友のロマーヌから生死にかかわる大きな頼みごとをされ、しぶしぶネパールに行くことに同意します。アンナプルナへの登頂が、本当の自分に気づき、目覚める旅であることを、このときの彼女は知りません。山での経験や出会いを通して、深い幸せの秘訣を学び、人生は劇的に変わっていきます。果たして、マエルは親友を救うことができるのでしょうか？　〔0135〕

アング, ポヌン・エリン

◇そして私たちの物語は世界の物語の一部となる—インド北東部女性作家アンソロジー　ウルワシ・ブタリア編．中村唯日本語版監修　国書刊行会　2023.5　286p　20cm　〈原書名：THE MANY THAT I AMの抄訳　THE INHERITANCE OF WORDSの抄訳ほか〉2400円　①978-4-336-07441-6

内容　闇に葬られし声の中で（ポヌン・エリン・アング著．安藤五月訳）

＊バングラデシュ、ブータン、中国、ミャンマーに囲まれ、さまざまな文化や慣習が隣り合うヒマラヤの辺境。きわ立ってユニークなインド北東部から届いた、むかし霊たちが存在した頃のように語られる現代の寓話。女性たちが、物語の力をとりもどし、自分たちの物語を語りはじめる。　〔0136〕

アンゴ, クリスティーヌ　Angot, Christine

◇クリスティーヌ　クリスティーヌ・アンゴ著．西村亜子訳　アストラハウス　2024.2　254p　19cm　〈原書名：LE VOYAGE DANS L'EST〉2000円　①978-4-908184-49-9

〔0137〕

アンダーズ, チャーリー・ジェーン　Anders, Charlie Jane

◇永遠の真夜中の都市　チャーリー・ジェーン・アンダーズ著．市田泉訳　東京創元社　2022.3　404p　20cm　〈創元海外SF叢書 17〉〈原書名：THE CITY IN THE MIDDLE OF

THE NIGHT〉 2600円 ①978-4-488-01466-7
＊常に太陽に同じ面を向ける植民惑星の、永遠の昼と夜に挟まれた黄昏地帯で、ゆるやかに衰退してゆく人類。ソフィーは愛する対象であり革命を志すビアンカをかばって町を追放されるが、永遠の夜の中で異質な知的生命体と出会い、人類がこの過酷な惑星で生き延びるための重大な秘密に迫ってゆく…。ネビュラ賞・ローカス賞受賞『空のあらゆる鳥を』の新鋭作家が放つ、ローカス賞SF長編部門受賞・ヒューゴー賞候補作。〔0138〕

◇黄金の人工太陽―巨大宇宙SF傑作選　ジャック・キャンベル，チャーリー・ジェーン・アンダーズ他著，ジョン・ジョゼフ・アダムズ編，中原尚哉他訳　東京創元社　2022.6　547p　15cm　(創元SF文庫　SFキ10-4)〈責任表示はカバーによる　原書名：COSMIC POWERS〉1360円　①978-4-488-77204-8

内容　時空の一時的困惑(チャーリー・ジェーン・アンダーズ著，市田泉訳)

＊SFとファンタジーの基本はセンス・オブ・ワンダーだ。そして並はずれたセンス・オブ・ワンダーを味わえるのは、超人的なヒーローが宇宙の命運をかけて銀河のかなたで恐ろしい敵と戦う物語だ(序文より)―常識を超える宇宙航行生物、謎の巨大異星構造物、銀河を吹き飛ばす超爆弾。ジャック・キャンベルら豪華執筆陣による、SFならではの圧倒的スケールで繰り広げられる傑作選。〔0139〕

アンダース，ディアン　Anders, Deanne

◇灰かぶりとロイヤル・ベビー　ディアン・アンダース作，西江璃子訳　ハーパーコリンズ・ジャパン　2023.10　156p　17cm　(ハーレクイン・イマージュ I2775)〈原書名：PREGNANT WITH THE SECRET PRINCE'S BABIES〉673円　①978-4-596-52582-6　〔0140〕

アンダースン，エドワード　Anderson, Edward

◇夜の人々　エドワード・アンダースン，矢口誠訳　新潮社　2024.4　366p　16cm　(新潮文庫)〈原書名：Thieves like us〉800円　①978-4-10-240521-5

＊終身刑で収監中だった青年ボウイは、囚人仲間二人とともに刑務所を脱獄する。さっそく銀行を襲い次々と犯行を重ねるなか、逃亡先でボウイが出会ったのは、仲間の遠縁の娘キーチー。二人は互いに惹かれ合っていくが、自動車事故現場で仲間の一人が警官を射殺し、誤報からボウイは殺人犯として追われることに…。堕ちていく青春像を活写しR・チャンドラーに激賞された、ノワール小説の原点。〔0141〕

アンダーセン，カルロ　Andersen, Carlo

◇悪魔を見た処女(おとめ)―吉良運平翻訳セレクション　エツィオ・デリコ，カルロ・アンダーセン著，吉良運平訳　論創社　2022.4　429p　20cm　(論創海外ミステリ 280)〈原書名：La Donna che ha Visto Krigstestamentet〉3800円　①978-4-8460-2128-3

内容　遺書の誓ひ(カルロ・アンダーセン)　〔0142〕

アンダーソン，キャロライン　Anderson, Caroline

◇遅れてきた二つの奇跡　キャロライン・アンダーソン作，大田朋子訳　ハーパーコリンズ・ジャパン　2023.2　156p　17cm　(ハーレクイン・イマージュ I2741)〈原書名：THE MIDWIFE'S MIRACLE TWINS〉673円　①978-4-596-75817-0

＊体調を崩した産科医ダンを心配し、食事に招いた助産師のジョージー。惹かれ合った二人は、帰り際のキスが高じてベッドをともにする。"妊娠の心配はない"と、ジョージーはダンに伝えた。かつて妊娠を4年間続けたものの叶わなかったうえに、元夫の浮気相手の妊娠によって離婚し、自分は不妊症だと確信していた。一方、ダンは大学時代に恋人と子供を出産で失い、命を救えなかった罪悪感から産科医になったのだった。二人はその後も仕事を通じ、互いのつらい過去を知るようになっていった。そんなある日、思いもよらない事実が判明する―なんと、ジョージーのお腹に新しい命が宿っていたのだ！　〔0143〕

アンダーソン，シャーウッド　Anderson, Sherwood

◇アメリカン・マスターピース　準古典篇　シャーウッド・アンダーソン他著，柴田元幸編訳　スイッチ・パブリッシング　2023.7　253p　20cm　(SWITCH LIBRARY―柴田元幸翻訳叢書)〈他言語標題　原書名：AMERICAN MASTERPIECES 原書名：The Book of Harlem　A Party Down at the Squareほか〉2400円　①978-4-88418-617-3

内容　グロテスクなものたちの書(シャーウッド・アンダーソン著，柴田元幸訳)

＊アメリカ合衆国で書かれた短篇小説、その"名作中の名作"を選ぶ。ヘミングウェイ、フォークナーなどの巨匠による"定番"から、ハーストン、ウェルティ、オルグレンの本邦初訳作まで。激動の時代、20世紀前半に執筆・発表された全12篇を収録。〔0144〕

◇教科書の中の世界文学―消えた作品・残った作品25選　秋草俊一郎，戸塚学編　三省堂　2024.2　285p　21cm〈文献あり〉2500円　①978-4-385-36237-3

内容　トウモロコシ蒔き(シャーウッド・アンダスン著，橋本福夫訳)　〔0145〕

◇新編怪奇幻想の文学　5　幻影　紀田順一郎，荒俣宏監修，牧原勝志編　新紀元社　2024.7　460p　20cm〈他言語標題：Tales of Horror and Supernatural　原書名：Spiegelbilder　Old Clothesほか〉2500円　①978-4-7753-2150-8

［内容］森のなかの死（シャーウッド・アンダーソン著，平戸懐古訳）　　　　　　　　　　〔0146〕

アンダーソン, ソフィー　Anderson, Sophie

◇雪娘のアリアナ　ソフィー・アンダーソン作，メリッサ・カストリヨン絵，長友恵子訳　小学館　2024.11　287p　20cm〈原書名：THE SNOW GIRL〉1900円　①978-4-09-290677-8
　＊12歳の少女ターシャは、谷あいの村で家族と静かに暮らしていた。初雪が降った日、おじいちゃんといっしょに心をこめて"雪娘"を作る。雪娘が友だちになってくれたらいいのに、とターシャが願うと、不思議なことが起こり…。　〔0147〕

アンダーソン, ナタリー　Anderson, Natalie

◇嵐の夜が授けた愛し子　ナタリー・アンダーソン作，飯塚あい訳　ハーパーコリンズ・ジャパン　2024.9　158p　17cm（ハーレクイン・ロマンス R3902—純潔のシンデレラ）〈原書名：MY ONE-NIGHT HEIR〉673円　①978-4-596-77714-0
　＊妹に教育を受けさせるために、3つの仕事をかけ持ちするタリアは、キスしたこともなければ、恋愛する時間さえなかった。不仲だった両親のせいで結婚願望などないのに、ある嵐の夜、下山するゴンドラが停電し、ゴージャスすぎる億万長者デインと二人きりで閉じこめられ、たまらなく惹かれるものを感じた。魔法にかかったように無垢な身を捧げたあと、停電が解消して地上に着くなり、タリアは逃げ出してしまう—。1年後。嵐の夜に授かった赤ん坊を抱いて公園のベンチに座っていると、突然声をかけられ、息をのんだ。この子と同じ、真っ青な瞳…。デイン？あなたなの？　〔0148〕

◇籠の鳥は聖夜に愛され　ナタリー・アンダーソン作，松島なお子訳　ハーパーコリンズ・ジャパン　2023.11　156p　17cm（ハーレクイン・ロマンス R3826—純潔のシンデレラ）〈原書名：CARRYING HER BOSS'S CHRISTMAS BABY〉664円　①978-4-596-52792-9
　＊クリスマス間近のその日、ヴァイオレットは新天地へ向かった。一夜限りの恋人との思い出を、大切に心にしまって。勤務場所は、世界一豪華な特急列車。彼女は乗客係だ。だが清掃に訪れたプレジデンシャル・スイートで、抱えていたクリスマス飾りを落としそうになった。ゴージャスで少し陰のある表情…。ローマン？忘れえぬ夜の男性は、世界的大企業のCEOで、新しい雇い主だったのだ！同じ日、まさかの妊娠が判明する。長い闘病生活に苦しみ、恋も結婚も諦めていた私に赤ちゃんが？「僕の子供を妊娠しているんだね。結婚しよう」　〔0149〕

◇孤独の富豪と花摘み娘　ナタリー・アンダーソン作，松尾当子訳　ハーパーコリンズ・ジャパン　2022.5　220p　17cm（ハーレクイン・ロマンス R3678）〈原書名：NINE MONTHS TO CLAIM HER〉664円　①978-4-596-33418-3
　＊ロザンナは、両親が内装を手がけたビルの開業記念パーティで、ブロンズ色の肌の警備員らしきスーツ姿の男性と恋におちた。黒いブラウスにスカート姿なので給仕係と勘違いされても、構わなかった。いつも体のラインを隠す服を両親に着せられ、恋に臆病な彼女だったが、彼に純潔を捧げて幸せだった。夜闇が背骨の曲がる病も手術痕も隠していてくれた。そして互いに名も知らぬまま別れた2カ月後の、偶然の再会—彼こそがそのビルのオーナー、実業家のレオ・キャッスルだった！衝撃のあまり倒れたロザンナは、彼の手で病院に運ばれた。「ご懐妊、おめでとうございます。しかも双子です」。　〔0150〕

◇最高のプロポーズ　ナタリー・アンダーソン作，小長光弘美訳　ハーパーコリンズ・ジャパン　2022.11　220p　17cm（ハーレクイン・ロマンス R3725）〈原書名：REVEALING HER NINE-MONTH SECRET〉664円　①978-4-596-74962-8
　＊優秀な一家でのけ者にされて育った気弱なキャリー。ある日、高級ホテルの屋上レストランで、ブロンズ色の肌の逞しい大富豪マッシモと出会って、ひと目で恋におち、妊娠した。彼は投資の世界で一大帝国を築いた大物。私など相手にされない。悩んだ末連絡したマッシモの冷淡な反応に、キャリーは傷つく。その直後に出血し、子供を失った…。7カ月後、市場で失神した彼女は、突然現れたマッシモに救われ、運ばれた病院で女児を出産する。「結婚しよう。それが子供にとって最善だ」なんて悲しいプロポーズ。だってあなたを愛してしまったから。　〔0151〕

◇ボスと秘書の白い契約結婚　ナタリー・アンダーソン作，悠木美桜訳　ハーパーコリンズ・ジャパン　2023.8　156p　17cm（ハーレクイン・ロマンス R3802）〈原書名：THE BOSS'S STOLEN BRIDE〉664円　①978-4-596-52110-1
　＊ダーシーは亡き親友の娘の養親になりたい一心で、乗り気ではない男友達に頼みこみ、期間限定の結婚をしようとした。ところがボスのイライアスが式の直前に現れ、こう言い放った。「結婚する必要に迫られているなら、僕が花婿になろう」ひそかに憧れていたボスと契約に基づいた結婚をする!?複雑な思いに駆られながらも、ダーシーは申し出を受け入れた。即刻二人でロンドンからラスヴェガスに飛んで挙式したあと、滞在先のホテルでダーシーは彼に純潔を捧げてしまう。イライアスがけっして人を愛せない男性だと知りながら。　〔0152〕

アンターマイアー, ルイス　Untermeyer, Louis

◇ユーモア・スケッチ大全　［4］　すべてはイブからはじまった　ミクロの傑作圏　浅倉久志編・訳　国書刊行会　2022.3　376p　19cm〈「すべてはイブからはじまった」（早川書房 1991年刊）と「ミクロの傑作圏」（文源庫 2004年刊）の改題、合本〉2000円　①978-4-336-07311-2

内容 アメリカほら話（ルイス・アンターマイアー編）
＊笑いの大博覧会、完結！ 名翻訳家浅倉久志のライフワークである"ユーモア・スケッチ"ものを全4巻に集大成。最終巻は傑作展姉妹篇『すべてはイブからはじまった』とオンデマンドのみの刊行だった『ミクロの傑作圏』をカップリング。〔0153〕

アンデルセン, ハンス・クリスチャン
Andersen, Hans Christian

◇アンデルセンの童話 1 ハンス・クリスチャン・アンデルセン作, 矢崎源九郎訳 茅ケ崎 茅花舎 2023.2 187p 19cm 2000円 ①978-4-9907925-8-9
内容 わるい王さま はだかの王さま みにくいアヒルの子 りっぱなもの 空とぶトランク 人魚の姫 〔0154〕

◇人魚の姫 アンデルセン著, 三和書籍編 三和書籍 2024.12 432p 21cm （海外童話傑作選 アンデルセン大活字本シリーズ 1） 3500円 ①978-4-86251-573-5
内容 人魚の姫 眠りの精 みにくいアヒルの子 野のはくちょう アヒルの庭で コウノトリ ナイチンゲール 〔0155〕

◇夜ふけに読みたい森と海のアンデルセン童話 ハンス・クリスチャン・アンデルセン著, 吉澤康子, 和爾桃子編訳, アーサー・ラッカム挿絵 平凡社 2024.4 270p 19cm 〈原書名：FAIRY・TALES BY HANS・ANDERSENの抄訳〉 2300円 ①978-4-582-83960-9
内容 イーダちゃんのお花 お店の小人さん みにくいアヒルの子 コガネムシ 焼きソーセージの串のスープ 妖精の丘 ニワトコおばさん お父さんのすることはいつもよし それぞれにふさわしい場所 人魚姫 皇帝の新しい服 願いをかなえるブーツろうそく 〔0156〕

◇夜ふけに読みたい雪夜のアンデルセン童話 ハンス・クリスチャン・アンデルセン著, アーサー・ラッカム挿絵, 吉澤康子, 和爾桃子編訳 平凡社 2024.1 260p 19cm 〈原書名：FAIRY・TALES BY HANS・ANDERSENの抄訳〉 2200円 ①978-4-582-83945-6
内容 エンドウ豆の上に寝たお姫さま 眠りの精のオーレさん 小さいクラウスと大きいクラウス 火打ち箱 親指っ子ちゃん しっかり立っている錫の兵隊 雪の女王 豚飼い王子 羊飼いの娘と煙突小僧くん マッチ売りの少女 旅の道連れ 雪だるま 最後の真珠 〔0157〕

アンドリューズ, アレキサンドラ
Andrews, Alexandra

◇匿名作家は二人もいらない アレキサンドラ・アンドリューズ著, 大谷瑠璃子訳 早川書房 2022.2 536p 16cm （ハヤカワ・ミステリ文庫 HM 494-1）〈原書名：WHO IS MAUD DIXON？〉 1360円 ①978-4-15-184901-5
＊作家になることを夢見るフローレンス・ダロウは、ある日、匿名のベストセラー作家、モード・ディクソンのアシスタントとして雇われる。最初はまじめに仕事をしていた彼女だったが、次第にモードの原稿へ自分の文章を入れ込み、共同執筆者じみたことに快感を覚えるようになる。そしてとある事故がきっかけとなり、作家になりたいというフローレンスの野心が爆発し…予想できないどんでん返しの連続に驚愕必至のサスペンス。〔0158〕

アンドルー, シルヴィア
Andrew, Sylvia

◇ふたりのアンと秘密の恋 シルヴィア・アンドルー作, 深山ちひろ訳 ハーパーコリンズ・ジャパン 2024.5 252p 17cm （ハーレクイン・ヒストリカル・スペシャル PHS327）〈ハーレクイン 2014年刊の再刊 原書名：REAWAKENING MISS CALVERLEY〉 827円 ①978-4-596-53991-5
＊「きみの名は？」名門貴族ジェームズ・オルドハーストに尋ねられ、ベッドに寝かされた娘は必死で答えた。「わたしは、アン…」嵐の夜、ずぶ濡れで行き倒れになっていたところを彼に拾われたが、彼女は名前以外のいっさいの記憶を失っていた。心身ともに弱り果て、不安ばかりが募るなか、何くれとなく世話してくれる優しくてたくましいジェームズに、アンはひそかに特別な想いを寄せていた。彼は誰もが結婚したいと憧れる、社交界随一の魅力的な貴公子。出自不明のわたしなんかと関わったら、彼の名誉に傷がついてしまう！ 密かに身を引く決意を固め、アンは屋敷からひっそりと姿を消した…。〔0159〕

アンドルーズ, イローナ
Andrews, Ilona

◇蒼の略奪者 イローナ・アンドルーズ著, 仁嶋いずる訳 ハーパーコリンズ・ジャパン 2024.6 510p 15cm （mirabooks IA01-07—HIDDEN LEGACY）〈MIRA文庫 2016年刊の新装版 原書名：BURN FOR ME〉 1018円 ①978-4-596-63724-6
＊目を覚ますとネバダは両手両足を縛られ、冷たい瞳に見つめられていた。小さな探偵事務所を営む彼女は、ターゲットと接触した先先、何者かにさらわれたのだ。無力に横たわる姿を眺めるのはマッド・ローガン—巨億の富を持ち、世界に名を轟かせる非情な権力者。彼は青い瞳で彼女を見据えると、ある人物の調査に協力するよう告げ…。異能が存在する世界を舞台に、壮大な物語がいま幕を開ける！〔0160〕

◇紅玉のリフレイン イローナ・アンドルーズ著, 仁嶋いずる訳 ハーパーコリンズ・ジャパン 2023.2 509p 15cm （mirabooks IA01-06）〈原書名：RUBY FEVER〉 1064円 ①978-4-596-76743-1
＊アレッサンドロからプロポーズされ、将来を誓い合ったカタリーナ。それから半年後、白昼のレストランで大物政治家が殺され、その店のオーナーであり、カタリーナが信頼を寄せる上官が自宅で仮死状態で発見される。宿敵の暗殺者集団とは違う手口、だとするといったい何者の仕業なのか。そ

こに突如、ロシア帝国の皇子と名乗る人物が現れ、カタリーナに協力を申し出る。アレッサンドロが敵意を向ける皇子の真の目的とは…。〔0161〕

◇白き刹那　イローナ・アンドルーズ著，仁嶋いずる訳　ハーパーコリンズ・ジャパン　2024.9　557p　15cm　(mirabooks IA01-08―HIDDEN LEGACY)〈MIRA文庫 2017年刊の新装版 原書名：WHITE HOT〉1027円　①978-4-596-71413-8

＊家族を守るため、生まれ持った強大な魔力が開花したネバダ。しかし表向きは小さな探偵事務所を営む一市民として正体を隠していた。2か月前に去った男―全世界がひれ伏す富と権力を持つマッド・ローガンのことを忘れられずにいたネバダだったが、ある事件の調査依頼をきっかけにローガンと運命の再会を果たす。そしてその先には、恐るべき陰謀と逃れられない愛が待ち受けていた…。人気シリーズ新装版、第2弾。〔0162〕

◇深紅の刻印　イローナ・アンドルーズ著，仁嶋いずる訳　ハーパーコリンズ・ジャパン　2024.10　581p　15cm　(mirabooks IA01-09―HIDDEN LEGACY)〈MIRA文庫 2018年刊の新装版 原書名：WILDFIRE〉1200円　①978-4-596-71569-2

＊超一流能力の持ち主であり探偵業を営むネバダと世界がひれ伏す権力者マッド・ローガン。ようやく結ばれた二人だったが、ある日、ローガンの元婚約者が事務所に現れ、行方不明の夫捜しをネバダに依頼する。しかし直後、依頼人が刺客に襲われ、事態は急転。ネバダたちはいつしか巨大な陰謀に巻き込まれていた。やがて社会を転覆させる恐ろしい計画を知った二人は、命を懸けた決断を迫られ…。"ネバダ編"完結！〔0163〕

◇ダイヤモンドの目覚め　イローナ・アンドルーズ著，仁嶋いずる訳　ハーパーコリンズ・ジャパン　2024.12　197p　15cm　(mirabooks IA01-10―HIDDEN LEGACY)〈原書名：DIAMOND FIRE〉764円　①978-4-596-72024-5

＊姉ネバダの結婚式が間近に迫り、カタリーナはさまざまな準備に追われていた。ところが、夫になるローガンの一族に代々受け継がれてきた花嫁のティアラが忽然と消えてしまう。状況から見て、式に参列するため集まった親族の"能力者"の仕業に違いない。どうやらこの結婚が気に入らない人物がいるようだと、秘密裏に犯人捜しを依頼されたカタリーナだったが、その矢先に最悪の事件が起きて…。〔0164〕

アンドルーズ, エイミー　Andrews, Amy

◇さよならの嘘　エイミー・アンドルーズ作，松本果蓮訳　ハーパーコリンズ・ジャパン　2022.5　156p　17cm　(ハーレクイン・イマージュ I2708―至福の名作選)〈ハーレクイン 2013年の再刊 原書名：THE MIDWIFE'S MIRACLE BABY〉664円　①978-4-596-42794-6

＊クレアは二十歳のときから、恋をあきらめて生きてきた。病に苦しむ母の姿を将来の自分に重ねて、結婚も妊娠もしないと誓い、持てる情熱のすべてを助産師としての仕事に注いできたのだ。それなのに、こんなことになるなんて…。はじまりは、キャンベルという魅力的な医師の着任だった。クレアへの好意を隠そうともしない彼に戸惑いを覚えたものの、拒み続ける自信はあった―たった一度だけ、あの夜までは。キャンベルへの意に目覚め、思いがけず新しい命を授かったことで、それまでクレアが必死に築いてきたものすべてが変わってしまった。ただ一つ、母の病を受け継いでいるかもしれないという事実を除いて。〔0165〕

アンドルーズ, メアリー・レイモンド・シップマン　Andrews, Mary Raymond Shipman

◇アンドルーズ短編集―日本語翻訳版　メアリー・レイモンド・シップマン・アンドルーズ作，K. サイト訳　[東大阪]　デザインエッグ　2023.9　101p　19cm　〈他言語標題：Short stories by Mary Raymond Shipman Andrews〉1270円　①978-4-8150-3986-8

内容　称賛の証ここに極まれり　選ばれし弁護人　注目の的狙う〔0166〕

アンドレーエフ, レオニード　Andreyev, Leonid

◇紅の笑み・七人の死刑囚　レオニード・アンドレーエフ著，徳弘康好訳　未知谷　2024.12　239p　20cm　2600円　①978-4-89642-743-1

内容　紅の笑み　七人の死刑囚

＊世紀末の厭世観が生んだゴシックホラーとも言われる圧倒的恐怖小説。集団的パニックの中、何者でもない一人の心にはいかに乗り越えようとするのか。『紅の笑み』白兵戦の末の敗走そして追走。灼熱の曠野を不眠不休で行軍する兵士。戦場の極限状況につぎつぎと発狂し、やがて累々たる死体の上に紅の笑みが―。両脚を失い帰還した兄、恐怖に感染する弟一。『七人の死刑囚』政府高官の殺害を図った五人の若きテロリストたち。片言のロシア語で働くエストニア人農夫の主人殺し。ジプシーのミーシカと渾名される強盗殺人の確信犯。七人それぞれの死刑宣告から刑の執行まで―。死を目前とした心理、生理、生の状況を克明に―〔0167〕

◇世界怪談名作集　[下]　北極星号の船長ほか九篇　岡本綺堂編訳　新装版　河出書房新社　2022.11　338p　15cm　(河出文庫 お2-3)　900円　①978-4-309-46770-2

内容　ラザルス (アンドレーフ著，岡本綺堂訳)

＊上質な日本語訳によって、これ以上ないほどの恐怖と想像力を搔き立てられる、魅惑の怪談集。「シャーロック・ホームズ」シリーズの著者コナン・ドイルによる隠れた名作「北極星号の船長」や、埋葬の三日後に墓から這いでた男の苦悩と悲哀を描いた「ラザルス」などを収録。百年近く前に刊行されたとは到底思えない、永遠に読まれる

べき名作集。　　　　　　　　　〔0168〕

アンフィテアトロフ, アレクサンドル

◇19世紀ロシア奇譚集　高橋知之編・訳　光文社　2024.8　388p　16cm　〈光文社古典新訳文庫 KAタ1-1〉〈文献あり　年表あり　原書名：Артемий Семенович Берvenkовский Перстеньほか〉　1100円　①978-4-334-10395-8

内容　乗り合わせた男（アレクサンドル・アンフィテアトロフ著, 高橋知之訳）

＊悲劇的な最期を遂げた歌い手の秘密に迫るにつれ…「クララ・ミーリチ一死後」、屋敷に住みつく霊と住人たちとの不思議な関わりを描く「家じゃない、おもちゃだ！」など7篇を収録。重厚長大なリアリズム文学重視の陰で忘れ去られていた豊饒なロシアンホラーの魅力を発掘！　〔0169〕

アンブローズ, スティーヴン・E.

Ambrose, Stephen E.

◇ワイルド・ブルー──米爆撃隊　死の蒼穹　スティーヴン・E.アンブローズ著, 源田孝監訳, 鈴木主税訳　早川書房　2022.9　416p　19cm　〈大木毅監修・シリーズ"人間と戦争"2〉〈原書名：THE WILD BLUE : The Men and Boys Who Flew The B‐24s Over Germany1944‐45〉　4000円　①978-4-15-210169-3

＊1943年。飛ぶことへの憧れと愛国心を胸に米陸軍航空隊に入隊したジョージ・マクガヴァン、当時20歳。航空士官候補生として訓練を積んだのち、彼が操縦を任せられたのはB‐24爆撃機──航続距離や爆弾搭載量に優れる一方で機内環境は最悪、乗りこなすのがきわめて困難な代物だった。相棒「ダコタ・クイーン」号、そして9人のクルーとともに、マクガヴァンはイタリア南部・チェリニョーラの基地を発ちナチス・ドイツの空へと赴く。掩護なし、敵対空砲多数、邀撃必至。地獄でもこれよりましと思える出撃任務の数々を、若者たちはいかに成し遂げたのか？ 極限状況におけるリーダーシップとチームワークとは？ 米政界きってのリベラリストとして知られる政治家マクガヴァンの過去に取材し、戦火のなかの熱きドラマを類まれなストーリーテリングで描く。傑作『バンド・オブ・ブラザース』の著者による全米100万部のベストセラー。　〔0170〕

【イ】

イ, インジク　李 人植

◇血の涙　李人植著, 波田野節子訳　光文社　2024.6　224p　16cm　〈光文社古典新訳文庫 KAイ3-1〉〈年譜あり〉　900円　①978-4-334-10348-4

＊日清戦争の戦場となった平壌。砲弾が降り注ぐなか、多くの市民が逃げ惑い、家族の生死もわからずにいる。親とはぐれた七歳のオンニョンは情に厚い日本人軍医に引き取られ、新しい人生を歩むことになるが…。運命に翻弄される個人の姿を描く、「朝鮮で最初の小説家」と称された著者の代表作。　〔0171〕

イ, カクゲン　伊 格言

◇近未来短篇集　伊格言他著, 三須祐介訳, 呉佩珍, 白水紀子, 山口守編　早川書房　2024.7　346p　19cm　〈台湾文学コレクション 1〉　2900円　①978-4-15-210342-0

内容　バーチャルアイドル二階堂雅紀詐欺事件（伊格言著, 三須祐介訳）

＊恋する相手のデータをひそかに蓄積する秘書がたどりついた結末をユーモラスに語る「USBメモリの恋人」、人間の負の感情の撤去を生業とする青年の日々を絢爛たる筆致で描く「雲を運ぶ」、先端技術を敬遠する母と反発する娘を描く「2042」。伊格言、湖南蟲、黃麗群など第一線で活躍する台湾人作家による傑作近未来文芸8篇を収録したアンソロジー。　〔0172〕

イ, ギョンヒ　Lee, Kyung-hee

◇七月七日　ケン・リュウ, 藤井太洋ほか著, 小西直子, 古沢嘉通訳　東京創元社　2023.6　361p　19cm　〈他言語標題：SEVENTH DAY OF THE SEVENTH MOON〉　2400円　①978-4-488-01127-7

内容　紅真国大別相伝（イギョンヒ著, 小西直子訳）

＊七夕の夜、ユアンは留学で中国を離れる恋人ディンに会いに出かけた。別れを惜しむ二人のもとに、どこからともなくカササギの大群が現れ──東アジア全域に伝えられている七夕伝説をはじめとし、中国の春節に絡んだ年獣伝説、不老不死の薬を求める徐福伝説、済州島に伝わる巨人伝説など、さまざまな伝説や神話からインスピレーションを得て書かれた十の幻想譚。日中韓三ヵ国の著者によるアンソロジー。　〔0173〕

イ, ギョンヘ

◇ある日、僕が死にました　イギョンヘ著, 小笠原藤子訳　KADOKAWA　2022.4　191p　19cm　1400円　①978-4-04-681301-5

＊女子中学生のユミは、バイク事故で亡くなった親友の母親に呼び出されて、一冊の日記を手渡される。事故で死んだはずの親友・ジェジュンの日記には「ある日、僕が死にました」の一文が遺されていた。大事な人の死が実は自殺だったのではないかと頭によぎり、悲しみに打ちひしがれる。日記の続きを読んでほしいと頼まれたユミは、楽しかった日々を思い返しながら、ジェジュンの死の理由に迫る。少年の訃報のニュースを見て涙が止まらなかったという著者が描く、韓国発の優しい物語。　〔0174〕

イ, グミ

◇アロハ、私のママたち　イグミ著, 李明玉訳

イ

双葉社　2023.6　378p　19cm　〈文献あり〉
1700円　①978-4-575-24641-4

＊1918年、日本統治下の朝鮮。山間の小さな村で育った18歳のポドゥルは、ハワイで暮らす朝鮮人男性のもとへ嫁ぐため故郷をあとにした。結婚相手とはお見合い写真を交換しただけで一度も会ったことはなく、ハワイがどこにあるかもわからない。けれど、楽園と呼ばれるその島へ行けば、何不自由ない生活が送れるうえに、女性でも勉強ができると聞いたのだ。一枚の写真だけを頼りに、同じく「写真花嫁」となる同郷のホンジュとソンファと共に海を渡る。だが三人を待っていたのは、波のように押し寄せる試練の連続で…。激動の時代に痛みを背負いながらも明日を信じた彼女たちの、勇気と愛情に満ちた半生とは。　〔0175〕

◇そこに私が行ってもいいですか？　イグミ著, 神谷丹路訳　福岡　里山社　2022.3　527p　19cm　2300円　①978-4-907497-16-3

＊構想10年。国際アンデルセン賞・韓国候補作家が、ア メリカ日系人収容所など、複雑な日韓の近現代史を女の視点から描く傑作エンタテインメント。女とは、階級とは、国とは、人種とは。海を越え運命を切り拓く少女たちの物語。2018年度国際児童図書評議会オナーリスト選定図書！　〔0176〕

イ, コンニム

◇殺したい子　イコンニム著, 矢島暁子訳　アストラハウス　2023.4　189p　19cm　1700円　①978-4-908184-42-0

＊校舎裏で殺された女子生徒。容疑者は"親友"とされる一人の少女。食い違う18の証言——やがて浮かび上がる戦慄の真実。　〔0177〕

イ, サン　李 箱

◇翼——李箱作品集　李箱著, 斎藤真理子訳　光文社　2023.11　310p　16cm　(光文社古典新訳文庫 KAイ2-1)　〈著作目録あり　年譜あり〉　1000円　①978-4-334-10129-9

内容　鳥瞰図．詩第1号　翼　線に関する覚書．1　鳥瞰図．第15号　蜘蛛、豚に会う　山村余情　逢別記　牛とトッケビ　東京　失花　陰鬱一九三六年大晦日の金起林への手紙　失楽園　鳥瞰図．詩第4号　〔0178〕

イ, ジュヘ　李 柱恵

◇その猫の名前は長い　イジュヘ著, 牧野美加訳　福岡　里山社　2024.6　286p　19cm　2100円　①978-4-907497-21-7

内容　今日やること　誰もいない家　夏風邪　わたしたちが坡州に行くといつも天気が悪い　その猫の名前は長い　水の中を歩く人たち　花を描いておくれ　春のワルツ　その時計は夜のあいだに一度ウインクする　〔0179〕

イ, スラ

◇29歳、今日から私が家長です。　イスラ著, 清水知佐子訳　CCCメディアハウス　2024.4　311p　19cm　1700円　①978-4-484-22254-7　〔0180〕

イ, ソス

◇ヘルプ・ミー・シスター　イソス著, 古川綾子訳　アストラハウス　2024.11　355p　19cm　〈他言語標題：Help me sister　文献あり〉　2000円　①978-4-908184-53-6

＊スギョンは30代、わけあって失業中。同居の家族は「個人投資家」の夫と、スギョンの父と母、さらに甥っ子が2人(高校生と小学生)。6人家族で、金を稼いでくる大人が1人もいないだなんて。プラットフォーム労働、ギグワーク…。仕事用のアプリをインストールした携帯電話が一日中手放せない——。韓国で反響を巻き起こしたハイパーリアリズム小説。　〔0181〕

イ, ソヨン

◇蒸気駆動の男——朝鮮王朝スチームパンク年代記　キムイファン, パクエジン, パクハル, イソヨン, チョンミョンソプ著, 吉良佳奈江訳　早川書房　2023.6　252p　19cm　(新☆ハヤカワ・SF・シリーズ 5060)　〈他言語標題：DORO THE MACHINE HUMAN〉　2600円　①978-4-15-335060-1

内容　知申事の蒸気(イソヨン著, 吉良佳奈江訳)

＊1392年、李氏朝鮮王朝を開いた太祖、李成桂。太祖による蒸気機関が導入され発達したこの世界で、ある時は謎の商人、またある時は王の側近と、歴史の転換点で暗躍した男がいた。その名は都老。都老はひそかに噂されるように、蒸気機関で動く「汽機人」なのか？　彼はこの国の敵なのか、味方なのか？　その本当の姿、想いを知る者は——。王とその寵愛を受けた汽機人の愛憎を描く「知申事の蒸気」、ある奴隷とその主人の主従関係が都老に出会ったことで狂っていく「君子の道」など、蒸気機関が発達したもうひとつの李氏朝鮮王朝500年間を舞台に展開する、韓国SF作家5人が競演するスチームパンクアンソロジー！　〔0182〕

イ, チャンドン　李 滄東

◇鹿川(ノクチョン)は糞に塗れて　イ・チャンドン著, 中野宣子訳　アストラハウス　2023.7　380p　20cm　2600円　①978-4-908184-45-1

内容　本当の男　龍泉ベ二イ　運命について　鹿川は糞に塗れて　星あかり

＊韓国文学界に極上の物語を遺し、映像の世界へと歩み出したイ・チャンドン。悲喜交交の生を問う傑作作品集、待望の邦訳。　〔0183〕

イ, ドウ

◇私書箱110号の郵便物　イドウ著, 佐藤結訳　アチーブメント出版　2023.9　508p　19cm　2200円　①978-4-86643-141-3

＊コン・ジンソルはFMラジオ局で働く構成作家、31歳。改編にともない、番組の新ディレクターと

なったイ・ゴンと仕事をすることに。局内での評判は悪くないが、初顔合わせの段階からペースを狂わされ、人付き合いの苦手な彼女は当惑する…。丁寧な情景描写、人物の内面を繊細に描く文体で「ゆっくり大切に読みたい本」と韓国で評されるイ・ドウの処女作、ついに刊行。〔0184〕

イ,ヒヨン　李 喜榮

◇普通のノウル　イヒヨン作，山岸由佳訳　評論社　2022.10　247p　19cm　1500円　①978-4-566-02477-9

＊母さんに"平凡なパートナー"をみつけて、"普通の幸せ"を手に入れてほしいのに。シングルマザーに育てられた17歳の少年ノウル。「今からでも幸せになってほしい」と願っていた母の恋人候補として急浮上したのは、親友の兄、やっと就職が決まったばかりの若者だった。「"平凡"ってそもそもなんなの？」と親友ソンハにたずねられ、その問いについて考え続けることで、ノウルがみつけたものとは…。寒い冬の空の下、少年が次の季節へ歩き出すまでの物語。〔0185〕

イ,ミイェ

◇夢を売る百貨店―本日も完売御礼でございます　イミイェ著，鈴木沙織訳　文響社　2022.7　338p　19cm　1580円　①978-4-86651-545-8

＊"ドルグート夢百貨店"へようこそ。今宵はどんな夢をお探しですか？ 空を飛ぶ夢？ 好きな人に会える夢？ シャチになって悠々と大海原を泳ぐ夢？ 当店では数々の夢を取り揃えております。どうぞゆっくりとご覧くださいませ…気になるあの人、家族の帰りを待ちわびる老犬がみる夢、いまは亡き人との再会。不思議な百貨店の9つの物語。〔0186〕

イ,ヤンジ　李 良枝

◇李良枝セレクション　李良枝著，温又柔編　白水社　2022.9　443p　19cm　2900円　①978-4-560-09454-9

内容 由熙　刻　石の聲　除籍謄本　言葉の杖を求めて　木蓮によせて　私にとっての母国と日本

＊日本と韓国―二つの"母国"の間で揺れ惑う個人の苦悩と葛藤を文学に昇華した作家が未来に託した小説とエッセイ。巻末に年譜を収録。〔0187〕

イ,ヨンイン

◇七月七日　ケン・リュウ，藤井太洋ほか著，小西直子，古沢嘉通訳　東京創元社　2023.6　361p　19cm　〈他言語標題：SEVENTH DAY OF THE SEVENTH MOON〉　2400円　①978-4-488-01127-7

内容 不毛の故郷（イヨンイン著，小西直子訳）

＊七夕の夜、ユアンは留学で中国を離れる恋人ディンに会いに出かけた。別れを惜しむ二人のもとに、どこからともなくカササギの大群が現れ―東アジア全域にわたり伝えられている七夕伝説をはじめとし、中国の春節に絡んだ年獣伝説、不老不死の薬を求める徐福伝説、済州島に伝わる巨人伝説など、さまざまな伝説や神話からインスピレーションを得て書かれた十の幻想譚。日中韓三ヵ国の著者によるアンソロジー。〔0188〕

イ,ヨンド　Lee Young-do

◇涙を呑む鳥　1［上］　ナガの心臓　上　イヨンド著，小西直子訳　早川書房　2024.7　302p　19cm　2400円　①978-4-15-210351-2

＊大陸の北部には人間と、羽毛に覆われた巨大なレコン、火を自在に操るトッケビの三種族が暮らしている。そして南部の密林には、三種族と敵対する、鱗をもつナガが棲まっていた。北部と南部を隔てる限界線にほど近い、砂漠の端にある"最後の酒場"に三種族からそれぞれ一名ずつ―人間のケイガン、レコンのティナハン、トッケビのビヒョン―が集まった。彼らはあるナガを北部に連れていく"救出隊"として、砂漠の向こうのキーボレンの密林を旅することに…。そのころ、キーボレンの密林にあるナガの都市ハテングラジュでは、ナガの少年リュンが心臓を摘出される恐怖に震えていた…。大人気『ドラゴンラージャ』著者による、話題の韓国ファンタジイ『涙を呑む鳥』、刊行スタート！〔0189〕

◇涙を呑む鳥　1［下］　ナガの心臓　下　イヨンド著，小西直子訳　早川書房　2024.7　302p　19cm　2400円　①978-4-15-210352-9

＊大陸の南部に棲むナガは、成人を迎えると、都市の中心にある"心臓塔"で心臓を摘出する。そうすることでほぼ不死となるのだ。だが、少年リュンはその心臓塔で、滅多にありえないはずのナガの死を目撃する。そして、友人の代わりに故郷を発ち、密林を北上することになる。旅の途中、リュンは人間のケイガン、レコンのティナハン、トッケビのビヒョンの三名からなる"救出隊"と出会い、ともに北部へ向かって限界線を越えるのだが…。一方ハテングラジュでは、リュンが敬愛する姉サモが、暗殺剣シクトルを手に、リュンを追って北へと向かう…。大型ゲーム化決定！ 韓国で100万部突破のベストセラー・ファンタジイ！〔0190〕

イ,ラン　李 瀧

◇あなたのことが知りたくて―小説集韓国・フェミニズム・日本　チョナムジュ，松田青子，デュナ，西加奈子，ハンガン，深緑野分，イラン，小山田浩子，パクミンギュ，高山羽根子，パクソルメ，星野智幸著　河出書房新社　2022.8　285p　15cm　（河出文庫 チ7-1）　900円　①978-4-309-46756-6

内容 あなたの能力を見せてください（イラン著，斎藤真理子訳）

＊ベストセラー『82年生まれ、キム・ジヨン』のチョ・ナムジュによる、夫と別れたママ友同士の愛と連帯を描いた「離婚の妖精」をはじめ、人気作家一二名の短編小説が勢揃い！「韓国・フェミニズム・日本」というお題の元に寄稿した、日本＆韓国文学の最前線がわかる豪華アンソロジー。〔0191〕

◇何卒よろしくお願いいたします　イ・ラン，い

イエイツ

がらしみきお，甘栗舎訳　タバブックス　2022.7　243p　19cm　〈翻訳監修：小山内園子〉　1800円　①978-4-907053-55-0　〔0192〕

イェイツ，ウィリアム・バトラー　Yeats, William Butler

◇春の心臓　W.B.イェイツ著，芥川龍之介訳，ホノジロトヲジ絵　立東舎　2022.4　51p　17×19cm　〈乙女の本棚〉〈発売：リットーミュージック　原書名：The Heart of the Spring〉　1800円　①978-4-8456-3728-7

＊少年は薔薇と百合とを両腕に抱えきれぬほど集めた。アイルランドの湖のほとりで、老人と少年は今まさに秘密の儀式を執り行おうとしていた。若き日の芥川龍之介が翻訳したイェイツの『春の心臓』が、有名ゲームのキャラクターデザインなどで知られ、本シリーズでは江戸川乱歩『人間椅子』、夢野久作『死後の恋』、瓶詰地獄』、泉鏡花『外科室』を担当する大人気イラストレーター・ホノジロトヲジによって、鮮やかに現代リミックス。人気シリーズ「乙女の本棚」の第25弾が登場。小説としても画集としても楽しめる魅惑の1冊。　〔0193〕

◇妖精・幽霊短編小説集─『ダブリナーズ』と異界の住人たち　J.ジョイス，W.B.イェイツほか著，下楠昌哉編訳　平凡社　2023.7　373p　16cm　（平凡社ライブラリー　949）　1800円　①978-4-582-76949-4

内容　取り替えっ子（ウィリアム・バトラー・イェイツ，トーマス・クロフトン・クローカー著，下楠昌哉訳）　キャスリーン・ニ・フーリハン（ウィリアム・バトラー・イェイツ，グレゴリー夫人著，下楠昌哉訳）　ハンラハンの幻視（ウィリアム・バトラー・イェイツ著，下楠昌哉訳）　バンシー（ウィリアム・バトラー・イェイツ，ジョン・トッドハンター著，下楠昌哉訳）

＊アイルランドの首都ダブリンに生きる様々な人を描いたジョイスの『ダブリナーズ』。この傑作短編集の作品を、十九世紀末から二十世紀はじめに書かれた妖精・幽霊譚と並べてみると─。名作をこれまでとは異なる文脈に解き放ち、当時の人々が肌で感じていた超自然的世界へと誘う画期的なアンソロジー。　〔0194〕

イエーツ，メイシー　Yates, Maisey

◇王冠とクリスマスベビー　メイシー・イエーツ作，岬一花訳　ハーパーコリンズ・ジャパン　2022.11　156p　17cm　（ハーレクイン・ロマンス R3731）〈原書名：CROWNED FOR HIS CHRISTMAS BABY〉664円　①978-4-596-75457-8

＊クリスマスイブだというのに、エロイーズは憂鬱だった。彼女はヴィンチェンツォ王子に長年、片想いをしていた。国王の愛人の娘だった私に、唯一やさしかった人。でも大きくなると、彼は私を"娼婦"という言葉でののしった。なのに、熱く求めてきたあの一夜だけは違っていた…。エロイーズはため息をつき、大きくなったおなかに手を置いた。ヴィンチェンツォは結婚も世継ぎも望まない。私はそんな男性の赤ちゃんを身ごもってしまった。ああ、聖夜に奇跡が起こって、彼が私と子供を愛してくれたら！　〔0195〕

◇億万長者の小さな天使　メイシー・イエーツ作，中村美穂訳　ハーパーコリンズ・ジャパン　2024.3　156p　17cm　（ハーレクイン・ロマンス R3860─伝説の名作選）〈ハーレクイン2014年刊の再刊　原書名：HEIR TO A DARK INHERITANCE〉673円　①978-4-596-53657-0

＊切望していた子供を授かることなく夫と死別したジェイダは、生まれたばかりの身寄りのない女の子を引き取った。ところが1年後、大富豪アリク・ヴァシンが実の父親だとわかり、裁判所は彼に親権を与えてしまう。血の繋がりがないから、私はもう用済みだというの？　ジェイダはショックで泣き崩れた。するとそこへ母を求めて泣き叫ぶ我が子に手を焼くアリクが現れ、報酬をはずむから子守りにならないかと声をかけた。大金さえ積めば、なんでも解決できると思っているの？　ジェイダの怒りを見て取ると、アリクは挑むように言い放った。「それを拒むなら、僕の妻になるしかないな」　〔0196〕

◇億万長者の無垢な薔薇　メイシー・イエーツ作，中由美子訳　ハーパーコリンズ・ジャパン　2024.11　220p　17cm　（ハーレクイン・ロマンス R3923─伝説の名作選）〈2017年刊の再刊　原書名：CARIDES'S FORGOTTEN WIFE〉673円　①978-4-596-71603-3

＊余命わずかの父に強いられ、21歳のローズはレオンと結婚した。じつは少女の頃からローズは密かに彼に憧れていたが、情熱的な黒い瞳を持つ年上の富豪は彼女を相手にすることはなく、ついに迎えた新婚初夜も、無垢な妻の待つ部屋に夫は現れなかった。2年後。惨めさと孤独に耐えきれず、ローズは離婚を決意するが、その直後、レオンが交通事故に遭い、すべての記憶を失ってしまう。これからどうすれば…？　だが驚くことに、あの冷淡だった夫は別人のように愛情深くなり、やがて二人は熱い夜を分かち合った。これで本当の夫婦になれる─ローズがそう確信した矢先、赤ん坊を抱いた見知らぬ女性が訪れて、レオンの記憶が戻り…。　〔0197〕

◇記憶喪失の灰かぶりの秘密　メイシー・イエーツ作，花苑薫訳　ハーパーコリンズ・ジャパン　2023.5　155p　17cm　（ハーレクイン・ロマンス R3773─純潔のシンデレラ）〈原書名：THE SECRET THAT SHOCKED CINDERELLA〉664円　①978-4-596-77013-4

＊ライオットは昏睡状態から目覚めたとき、記憶の一部を失っていた。やっと貯めたお金で旅に出ようとしたところまでは覚えているのに、自分が豪華な部屋のベッドにいるのかわからない。見たところ、ここは病院ではなく、どこかの屋敷のようだ。すると、枕元に結婚相手だと名乗る男性─クラヴが現れた。私は、この黒髪の印象的な男性に旅先で出会って恋に落ちたの？　初めて私を愛してくれる人に出会ったのに、覚えていないなん

て！ さめざめと涙を流すライオットは、そのとき知りもしなかった。イタリア富豪のクラヴとの間に娘を授かっていたことすら…。〔0198〕

◇傲慢と無垢の尊き愛 ペニー・ジョーダン他著, 山本みと他訳 ハーパーコリンズ・ジャパン 2024.1 377p 17cm （HPA 54―スター作家傑作選）〈「結婚の掟」（ハーレクイン 2013年刊）と「愛は永遠に 2003」（ハーレクイン 2003年刊）ほかからの改題、抜粋、合本 原書名：THE PRICE OF ROYAL DUTY THE KING'S BRIDEほか〉1136円 ①978-4-596-53191-9

内容 砂漠の一夜の代償（メイシー・イエーツ著, 髙木晶子訳）

＊ソフィアは父が無理やり進める縁談から逃れるため、皇族アッシュに恋人を演じてもらうことにする。16歳のとき純潔を捧げようとして拒まれて以来会っていないけど、きっと助けてくれる。ところがすげなく断られたソフィアは、彼の自家用機にそっと忍び込み…。『結婚の掟』。リジーはさる王国の本を書くため、訪英中の若き王ダニエルに会いに行き、舞踏会で誘惑されたえに彼の国へ招かれた。長身で輝く瞳の魅力的な王とまた会えるなんて！ だがダニエルは辛辣だった。「君の本当の目的は違うんだろう？ 妥当な値段を話し合おう」『国王陛下のラブレター』。許婚の大富豪タージに恋するアンジェリーナは、彼の望みは政略結婚と知り、家を飛び出した。3年後、つましく暮らす彼女の前にタージが再び現れる。彼女は誘惑に抗えず純潔を捧げ、やがて妊娠。すぐさま彼の宮殿に連れていかれ、愛なき結婚を迫られるが…。『砂漠の一夜の代償』。挙式の前夜、アリスは婚約者で伯爵のダニエルと初めて言葉を交わし、これが遺産相続のために跡継ぎを作るのが目的の便宜結婚と知って胸を痛めた。そこで、身を密かに慕うアリスは宣言した。「私に求愛し、心を射止めてくれない限りベッドは共にしない」『伯爵の求愛』。〔0199〕

◇最愛の敵に授けられた永遠 メイシー・イエーツ作, 岬一花訳 ハーパーコリンズ・ジャパン 2024.10 156p 17cm （ハーレクイン・ロマンス R3909―純潔のシンデレラ）〈原書名：THE ITALIAN'S PREGNANT ENEMY〉673円 ①978-4-596-71228-8

＊リシアは10代のころからイタリア富豪ダリオに我慢ならなかった。娘には無関心なリシアの父親から息子みたいに大切にされているうえ、なにかと10歳年下の彼女を子供扱いする男性だからだ。ところが吹雪により、二人きりで夜を過ごすことになったとき、リシアは初めて彼にずっと惹かれていた自分に気づいて純潔を捧げた。数週間後、妊娠に気づいた彼女は愕然とする。傲慢でセクシーで誰よりも成功した億万長者であるダリオが、ずっとあざけりの対象だった私を子供の母親に望むわけがない。だが、ダリオは結婚を望んだ。我が子を手に入れるためだけに。〔0200〕

◇身代わり花嫁のため息 メイシー・イエーツ作, 小河紅美訳 ハーパーコリンズ・ジャパン 2024.6 156p 17cm （ハーレクイン・ロマンス R3880―伝説の名作選）〈ハーレクイン 2014年刊の再刊 原書名：HIS RING IS NOT ENOUGH〉673円 ①978-4-596-77660-0

＊結婚式当日、花嫁になるはずのリアの姉が失踪した―黒髪に黒い瞳のたくましい花婿アイアスは、リアの幼い頃からの憧れの人。父に目をかけられた彼は、姉と結婚後、父の会社を引き継ぐはずだった。でないと、すぐさま会社が他人の手に渡ってしまう事情があるから…。でも今、私に何ができるというの？ 美人で華やかな姉の陰でいつも地味に生きてきた、太めで冴えない私に。父の会社を守る方法があるとすれば…。「アイアス、私があなたと結婚するわ」それはリアにとって、人生で初めての大胆な決意だった。〔0201〕

イェホシュア, A.B. Yehoshua, Abraham B.

◇砂漠の林檎―イスラエル短編傑作選 サヴィヨン・リーブレヒト, ウーリー・オルレブほか著, 母袋夏生編訳 河出書房新社 2023.8 258p 20cm ①978-4-309-20890-9

内容 老人の死（A.B.イェホシュア著, 母袋夏生訳）

＊迷宮のような路地で見つけた写真集、不死の老人、ショアの記憶、聖書物語など、イスラエル文学紹介の第一人者による日本語版オリジナル・アンソロジー。ウーリー・オルレブ（国際アンデルセン賞受賞）、シャイ・アグノン（ノーベル文学賞受賞）など、世界が高く評価する作家の傑作を精選。〔0202〕

イエン, チアンリー

◇現代カンボジア短編集 2 岡田知子編訳, 調邦行訳 大阪 大同生命国際文化基金 2023.11 251p 20cm （アジアの現代文芸 カンボジア 4）

内容 ポル・ポト時代の次の世代へ スリルと隣りあわせの勉強（イエン・チアンリー）〔0203〕

イーガン, グレッグ Egan, Greg

◇シリコンバレーのドローン海賊―人新世SF傑作選 グレッグ・イーガン他著, ジョナサン・ストラーン編, 中原尚哉他訳 東京創元社 2024.5 420p 15cm （創元SF文庫 SFン11-2）〈責任表示はカバーによる 原書名：TOMORROW'S PARTIESの抄訳〉1400円 ①978-4-488-79102-5

内容 クライシス・アクターズ（グレッグ・イーガン著, 山london真訳）

＊人新世とは「人間の活動が地球環境に影響を及ぼし、それが明確な地質年代を構成していると考えられる時代」、すなわちまさに現代のことである。パンデミック、世界的経済格差、人権問題、資源問題、そして環境破壊や気候変動問題…未来が破滅的に思えるときこそ、SFというツールの出番だ。グレッグ・イーガンら気鋭の作家たちによる、不透明な未来を見通すためのアンソロジー。〔0204〕

イクバール, ムハンマド　Iqbāl, Muḥammad
◇永遠の書　ムハンマド・イクバール著，片岡弘次訳　大阪　大同生命国際文化基金　2022.12　357p　20cm　（アジアの現代文芸　パキスタン12）〈原書名：Javid name〉〔0205〕

イゴルト
◇ロシア・ノート―アンナ・ポリトコフスカヤを追って　イゴルト作，栗原俊秀訳　花伝社　2023.6　184p　21cm　2000円　①978-4-7634-2067-1
＊ウクライナ侵攻の原型である，チェチェン紛争の想像を絶する非人道的な暴力を描いたグラフィック・ノベル。2006年，モスクワの自宅アパートで殺害されたアンナ・ポリトコフスカヤ。彼女はロシア独立系新聞『ノーヴァヤ・ガゼータ』をリードするジャーナリストだった。ロシア連邦軍と独立派武装勢力，そして現地に暮らす多くの市民たち―ポリトコフスカヤの生前の取材と，友人への聞き取り調査をもとに，「掃討作戦」という名の民間人虐殺，不正にまみれたロシア軍の実態など，無法地帯と化したチェチェンを描く。〔0206〕

イーシェン, イン　Yi-Sheng, Ng
◇イン・クィア・タイム―アジアン・クィア作家短編集　イン・イーシェン，リベイ・リンサンガン・カントー編，村上さつき訳　ころから　2022.8　350,10p　19cm　〈他言語標題：In queer time　原書名：Sanctuary〉2200円　①978-4-907239-63-3
＊「クィアの時代」に香港から届いたアジアンLGBTQ+作家による「クィア小説」17編を収録！〔0207〕

イシグロ, カズオ　Ishiguro, Kazuo
◇クララとお日さま　カズオ・イシグロ著，土屋政雄訳　早川書房　2023.7　490p　16cm　（ハヤカワepi文庫 109）〈原書名：KLARA AND THE SUN〉1500円　①978-4-15-120109-7
＊クララは子供の成長を手助けするAF（人工親友）として開発された人工知能搭載のロボット。店頭から街行く人々や来店する客を観察しながら，自分を買ってくれる人が来ることを待ち続けている。ある日，ジョジーという病弱な少女の家庭に買い取られ，やがて二人は友情を育んでいくが，一家には大きな秘密があった…愛とは，知性とは，家族とは？　根源的な問題に迫る感動作。ノーベル文学賞受賞第一作。〔0208〕

イシグロ, ナオミ　Ishiguro, Naomi
◇逃げ道　ナオミ・イシグロ著，竹内要江訳　早川書房　2023.9　333p　20cm　〈原書名：ESCAPE ROUTES〉2500円　①978-4-15-210267-6
内容 魔法使いたち　くま　ネズミ捕り1　ハートの問題　毛刈りの季節　ネズミ捕り2　王　加速せよ！　フラットルーフ　ネズミ捕り3　新王と旧王
＊身近なひととすれ違い，人生の行きづまりに悩むひとびと。その孤独を温かく想像力豊かに描きだす。作家，カズオ・イシグロを父にもつ新鋭のデビュー短篇集。〔0209〕

イジドーア　Beck, Karl Isidor
◇ドイツ・ヴァンパイア怪縁奇談集　ラウパッハ，シュピンドラー他著，森口大地編訳　幻戯書房　2024.2　458p　19cm　（ルリユール叢書）〈文献あり　年表あり　原書名：Die Todtenbraut Laßt die Todten ruhen.Ein Mährchenほか〉4200円　①978-4-86488-292-7
内容 狂想曲―ヴァンパイア（イジドーア著，森口大地訳）〔0210〕

イーストン, イーライ　Easton, Eli
◇狼と駆ける大地　イーライ・イーストン著，冬斗亜紀訳　新書館　2023.4　383p　16cm　（モノクローム・ロマンス文庫 44）〈原書名：How to Run with the Wolves〉1600円　①978-4-403-56054-5
＊体は大きいが内気なジウスは，内に秘めたセント・バーナード犬の能力を最大限に活かすことができる，マッドクリーク捜索救助隊の一員となったことに誇りを感じていた。ある日地震現場に駆り出されたアラスカで，ジウスはハスキー犬シフターのティモに出会い，強く惹かれる。だがティモの群れではオス同士のつがいの関係は許されていない。一方で少子化によってその群れは絶滅の危機に瀕していた。ジェイソンを中心としたマッドクリークチームが動き出すが―!?　人気シリーズ第5弾!!〔0211〕

◇すてきな命の救いかた　イーライ・イーストン著，冬斗亜紀訳　新書館　2022.2　405p　16cm　（モノクローム・ロマンス文庫 39）〈原書名：How to Save a Life〉1200円　①978-4-403-56049-1
＊つらい経験から人間不信になったラブラドール・レトリーバーのサミーは，保護施設を脱走し，人間に変身できる犬たちが暮らすという楽園のような町マッドクリークを目指す。逃げた犬の足取りを追ってきた動物愛護活動家のラヴは，たどりついた町のダイナーで，探している犬と同じチョコレート色の髪を持つ美しい男の姿を見るのだった…。人気シフター・ロマンス，「月吠え」シリーズ第4弾！〔0212〕

イソップ　Aisōpos
◇イソポ物語―『エソポのハブラス』：ラテン語原典訳付　イソップ著，原澤隆三郎編訳　東京図書出版　2024.3　350p　18cm　〈文献あり　ラテン語一部併記　リフレ出版（発売）〉1200円　①978-4-86641-741-7　〔0213〕

◇夜ふけに読みたいはじまりのイソップ物語　イソップ著，アーサー・ラッカム挿絵，田野崎アンドレーア嵐，和爾桃子編訳　平凡社　2022.2　230p　19cm　〈文献あり　原書名：AESOP'S

FABLES〉 2000円 ①978-4-582-83887-9
＊人気の海外民話集「夜ふけに読みたいおとぎ話」シリーズに、古今東西のおとぎ話の原点ともいえるイソップ物語が満を持して登場。おなじみアーサー・ラッカムのユニークな挿絵もたっぷり楽しめます。イソップならではのおとぎの世界を夜ふかし注意で楽しみましょう。日本でもよく知られたお話のほか全139話を収録！ 〔0214〕

イタリクス, シーリウス　Silius Italicus, Tiberius Catius

◇ポエニー戦争の歌　1　シーリウス・イタリクス著, 高橋宏幸訳　京都　京都大学学術出版会　2023.3　442,30p　20cm　（西洋古典叢書 L038）〈文献あり　年表あり　索引あり　付属資料：8p：月報 159　布装　原書名：Punica〉 4000円　①978-4-8140-0425-6 〔0215〕

◇ポエニー戦争の歌　2　シーリウス・イタリクス著, 高橋宏幸訳　京都　京都大学学術出版会　2023.5　423,31p　20cm　（西洋古典叢書 L039）〈年表あり　索引あり　付属資料：8p：月報 160　布装　原書名：Punica〉 4000円　①978-4-8140-0482-9 〔0216〕

イネス, マイケル　Innes, Michael

◇世界推理短編傑作集　6　エミール・ガボリオ他著, 戸川安宣編　東京創元社　2022.2　725p　15cm　（創元推理文庫　Mン1-6）　1500円　①978-4-488-10012-4

内容：死者の靴 (マイケル・イネス著, 大久保康雄訳)

＊欧米では、世界の短編推理小説の傑作集を編纂する試みが、しばしば行われている。江戸川乱歩編『世界推理短編傑作集』はそれらの傑作集の中から、編者の愛読する珠玉の名作を厳選して5巻に収録し、併せて19世紀半ばから第二次大戦後の1950年代に至るまでの短編推理小説の歴史的展望を読者に提供した。本書では、5巻に漏れた名作を拾遺し、名アンソロジーの補完を試みた。 〔0217〕

イーノック, スーザン　Enoch, Suzanne

◇レディ・ホイッスルダウンからの招待状　ジュリア・クインほか著, 村山美雪訳　竹書房　2024.3　597p　15cm　（ラズベリーブックス ク2-38―ブリジャートン家短編集 2）〈2011年刊の新装版　原書名：Lady Whistledown Strikes Back〉 1500円　①978-4-8019-3907-3

内容：最高の組み合わせ (スーザン・イーノック著, 村山美雪訳)

＊1816年、ロンドン。すべてのはじまりはレディ・ニーリーが開いた晩餐会だった。その夜、出席者が楽しみにしていた豪華な食事は、女主人のブレスレットが紛失するという事件のせいで散々な舞わされることはなかったが、このパーティから思いもかけない4つのロマンスが生まれることに…。亡き兄の親友とその妹が運命の出逢いをはたし、お話し相手は30歳を目前に初めて恋を知った。奥手な令嬢は憧れの放蕩伯爵と言葉を交わし、ある子爵夫妻は12年ぶりに再会して―。それぞれの恋の結末は？　そして消えたブレスレットの真実は…？　ジュリア・クインはじめ4人の人気作家たちが描く、4つの恋物語。RITA賞受賞作品。 〔0218〕

◇レディ・ホイッスルダウンの贈り物　ジュリア・クイン著, スーザン・イーノック, カレン・ホーキンス, ミア・ライアン著, 村山美雪訳　竹書房　2024.1　550p　15cm　（ラズベリーブックス ク2-37―ブリジャートン家短編集 1）〈2011年刊の新装版　原書名：The Further Observations of Lady Whistledown〉 1500円　①978-4-8019-3891-5

内容：たったひとつの真実の愛 (スーザン・イーノック著, 村山美雪訳)

＊1814年初頭のロンドンは例年にないほどの寒さにつつまれていた。テムズ川は凍り、街中に雪が深く積もっている。そのものめずらしさに惹かれ、いつもは郊外で冬を過ごす貴族たちも続々とロンドンに集っていた。ドルリー・レーン劇場は満席、テムズ川ではスケート・パーティ、さらにバレンタイン舞踏会までもが開かれる。そこでは冬の寒さも忘れさせるようないさかいと恋がはじまろうとしていた―。例えば、自分をふった元求婚者の兄とワルツを踊るはめになるような―。全米で1000万部の売り上げを誇る "現代のジェイン・オースティン" ジュリア・クインと3人の人気作家が、謎の新聞記者レディ・ホイッスルダウンを通して描く、冬のロンドンに咲いた4つの恋物語。RITA賞ノミネート作にして、ドラマ "ブリジャートン家" 原作シリーズ！ 〔0219〕

イバウ, ダデラヴァン　Ibau, dadelavan

◇華語文学の新しい風　劉慈欣, ワリス・ノカン, 李娟他著, 王徳威, 高嘉謙, 黄英哲, 張錦忠, 及川茜, 濱田麻矢編, 小笠原淳, 津守陽他訳　白水社　2022.11　357p　20cm　（サイノフォン 1）　3200円　①978-4-560-09875-2

内容：『グッバイ、イーグル』抄 (ダデラヴァン・イバウ作, 津守陽訳)

＊近年注目を集めている華語文学の新たな流れを紹介するシリーズ "サイノフォン" の第1巻。香港の高層ビルからチベットの聖なる湖まで、シカゴのバーからマレーシアの原生林まで。小説、旅行記、詩、SFなど、多様なジャンルから世界を切り取る17篇。 〔0220〕

イプセン, ヘンリック　Ibsen, Henrik

◇野がも　ヘンリック・イプセン著, 毛利三彌訳　論創社　2024.11　238p　19cm　（近代古典劇翻訳〈注釈付〉シリーズ 005）〈年表あり　原書名：Vildanden〉 1600円　①978-4-8460-2481-9 〔0221〕

イマイ・メッシーナ, ローラ　Imai Messina, Laura

◇天国への電話　ラウラ・今井・メッシーナ著,

イム

粒良麻央訳　早川書房　2022.6　316p　19cm　〈文献あり　原書名：QUEL CHE AFFIDIAMO AL VENTO〉　2300円　ⓒ978-4-15-210143-3

＊2011年3月11日。津波が母と娘を呑み込んでから、ゆいの時間は止まったままだった。海から逃れるようにして東京でラジオパーソナリティとして働いていた彼女はある日、「風の電話」の噂を聞く。岩手県大槌町の庭園に置かれたその電話ボックスはどこにもつながっていないが、亡くなった人ともう一度話したい人びとが訪れるという。ゆいは庭園を訪れるものの、なかなか二人に話しかけられない。そんななか、妻を病気で亡くし、娘と暮らす穀に出会う。実在する「風の電話」を通じ、喪失の痛みから癒えていく人びとを、イタリア人作家がやさしい筆致で描く感動の長篇小説。〔0222〕

イム，キョンソン

◇ホテル物語─グラフホテルと5つの出来事　イム・キョンソン，すんみ訳　日之出出版　2024.9　181p　19cm　（ぱらりbooks）〈マガジンハウス〉1600円　ⓒ978-4-8387-3286-9

内容　一か月間のホテル暮らし　フランス小説のように　ハウスキーピング　夜勤　招待されなかった人々

＊この話は、グラフホテルが閉館する、最後の半年間に起きたことである。閉館を半年後に控えた名門グラフホテルで、それぞれの人生の転換点・区切りに直面した人々の悲喜こもごもを描く珠玉の5編。〔0223〕

イム，ソヌ

◇光っていません　イムソヌ著，小山内園子訳　東京創元社　2024.11　237p　19cm　2100円　ⓒ978-4-488-01141-3

内容　幽霊の心で　光っていません　夏は水の光みたいに　見知らぬ夜に、私たちは　家に帰って寝なくちゃ　冬眠する男　アラスカではないけれど　カーテンコール、延長戦、ファイナルステージ

＊事故で2年間植物状態になっている恋人を見舞い続ける"私"の前に、自身を名乗る幽霊が現れる。自分そっくりな幽霊が一向に姿を消去ないため、"私"は仕方なく一緒に暮らし始めるが…（「幽霊の心で」）。人間をクラゲにしてしまう、変種のクラゲが大量発生する。社会に動揺が走るなか、音楽活動をやめた"私"は、自らクラゲになりたがる人をサポートする仕事につき…（「光っていません」）。所属している劇団が行き詰まり、仕方なく役割代行サービスをしている駆けだし俳優の"あたし"。誰かに代わって別れを告げたニセの恋人になったりしているうち、ある男から、「冬眠の準備を手伝ってほしい」という依頼があり…（「冬眠する男」）。閉塞感に満ちた日常に解放をもたらす、韓国発、8つの奇妙な物語！〔0224〕

イム，ソルア

◇最善の人生　イムソルア著，古川綾子訳　光文社　2022.10　188p　19cm　1700円　ⓒ978-4-334-91483-7

＊親に偽装転入させられ、進学率の高いチョンミン洞の中学校に通うカンイ、裕福な家庭でモデルを目指すリーダー格のソヨン、チョンミン洞の貧民街に住むアラム。3人は家出を企て、ソウルに辿り着く。しかし、路上生活は厳しいもので、身も心も疲弊した少女たちは家に戻る。その後、自分が頂点に立つために人を貶めるソヨンの態度に、3人の関係は壊れていく。いじめは暴力にエスカレートし、やり場のない感情は暴走の果てに一格差、搾取など大人の加虐に晒されてきた少女たちは、痛ましい選択を繰り返す。最善を望んで最悪をたぐり寄せた、壮絶なる青春群像物語。第4回韓国文学トンネ大学小説賞受賞。〔0225〕

イム，ソンスン

◇暗殺コンサル　イムソンスン著，カンバンファ訳　ハーパーコリンズ・ジャパン　2023.7　327p　15cm　（ハーパーBOOKS M・ソ2・1）1000円　ⓒ978-4-596-52140-8

＊僕は殺し屋だ。といっても、毎日キーボードを叩くだけの殺し屋だ。僕は会社の依頼を受け、"顧客"に小さな不幸が重なり、事故や自殺で亡くなる筋書きを描く。会社はシナリオに沿って暗殺する。その自然な死は誰にも疑われず、僕は高給を受け取る。リストラのコンサルタントを名乗る僕にとって、唯一恐ろしいのは全てを操る会社の存在だ。会社が僕に何をしたか、これからお話ししよう─。第6回世界文学賞（韓国）受賞！〔0226〕

イラン，ヤロスラフ

◇チェコSF短編小説集　2　カレル・チャペック賞の作家たち　平野清美編訳　ヤロスラフ・オルシャ・jr., ズデニェク・ランパス編　平凡社　2023.2　505p　16cm　（平凡社ライブラリー939）〈原書名：Bílá hůl ráže 7,62　Nikdy mi nedáváš peníze ほか〉1900円　ⓒ978-4-582-76939-5

内容　バーサーの本をお買い求めください（ヤロスラフ・イラン著，平野清美訳）

＊一九六八年のソ連軍を中心とした軍事侵攻以降、冬の時代を迎えていたチェコスロヴァキア。八〇年代、ゴルバチョフのペレストロイカが進むとSF界にも雪融けが訪れる。学生らを中心としたファンダムからは「カレル・チャペック賞」が誕生し、多くの作家がこぞって応募した。アシモフもクラークもディックも知らぬままに手探りで生み出された熱気と独創性溢れる一三編。〔0227〕

イン，コウメイ　尹　厚明

⇒ユン，フミョン　を見よ

イング，セレステ　Ng, Celeste

◇秘密にしていたこと　セレステ・イング著，田栗美奈子訳　アストラハウス　2022.10　341p　19cm　〈原書名：EVERYTHING I NEVER TOLD YOU〉2000円　ⓒ978-4-908184-37-6

＊もっと話せばよかった…。時代を超えて読みたい家族の物語。　〔0228〕

インストール, デボラ　Install, Deborah

◇ロボット・イン・ザ・システム　デボラ・インストール著, 松原葉子訳　小学館　2023.10　411p　15cm　（小学館文庫　イ2-6）〈原書名：A ROBOT IN THE SYSTEM〉1090円　①978-4-09-407023-1
　＊思春期突入で悩み多きロボット・タング、我が道を行く長女ボニー、まだまだ親として成長中のベンとエイミー。老婦人ミセス・カッカーとの同居、人生休暇中だったベンの姉ブライオニーの帰国…。今日もてんやわんやのチェンバーズ家に、突然、東京に住むカトウ一家がやってきた。どこか様子のおかしいカトウ。やがて、チェンバーズ家の固い絆を壊しかねない衝撃の事実が発覚する。背後には、あのタングの生みの親が…？　舞台化、映画化も大反響、ぽんこつロボット＆ダメ男と一家の愛おしい日々を描く英国発人気シリーズ第6弾、衝撃のクライマックスへ！　〔0229〕

◇ロボット・イン・ザ・ホスピタル　デボラ・インストール著, 松原葉子訳　小学館　2022.7　365p　15cm　（小学館文庫　イ2-5）〈原書名：A ROBOT IN THE HOSPITAL〉990円　①978-4-09-407022-4
　＊ぽんこつ可愛いロボット・タングと、父親として絶賛成長中の「元ダメ男」ベン＆一家と仲間たちが帰ってきた！　長かったパンデミックが終息し、チェンバーズ一家にも平穏な日々が戻ってきた…はずなのに、ベンの失敗や怪я、タングの学校問題、娘ボニーの大イベント、家族関係が微妙なベンの姉ブライオニーの選択…。てんやわんやの毎日の中、タングはずっと胸に抱いていた夢に向かって、小さな一歩を踏み出すことに。一作目『ロボット・イン・ザ・ガーデン』は映画化、舞台化と大人気。ロボットと人間の心温まる日々を描くシリーズ、待望の第五弾です！　〔0230〕

【ウ】

ウ, キョウ　于 強

◇桜の花のかがやき　上巻　稲見春男訳, 于強著　東京図書出版　2024.9　275p　19cm　〈リフレ出版〉1280円　①978-4-86641-754-7
　＊「日本留学は父の為、いいえ、私達家族全員の願いなんです」戦時中、祖母と一人の日本人が愛し合って父が生まれた。日本に引き揚げた祖父は必ず戻り一緒に暮らすと誓うが、全くの音信不通。祖母は毎回政治運動の審査を受け、その文化大革命中に苦しみ抜いた挙句に自殺した。父も子供時分には差別され、私までも子供の頃には心の中に暗い影を引きずっていた。日中友好の切なる思いのこもる「長編小説」。　〔0231〕

◇桜の花のかがやき　下巻　稲見春男訳, 于強著　東京図書出版　2024.9　267p　19cm　〈リフレ出版〉1280円　①978-4-86641-755-4
　＊家族を捨てた日本人祖父捜し。日中のメディアを巻き込み、明らかになっていく―。人間愛に満ちた「長編小説」。　〔0232〕

ウ, シンカン　羽 宸寰

◇永遠の1位―We Best Love-No.1 for you　羽宸寰, 林珮瑜著, 李佳歆, 夏海訳　すばる舎　2022.11　252p　19cm　（プレアデスプレス）1800円　①978-4-7991-1085-0
　＊何においても自分の上をいく同級生・高仕徳のせいで、幼い頃から「万年二位」のレッテルを貼られ続けてきた周書逸。二人は大学入学を機に縁が切れたはずだった。しかし、二十二歳のある日、彼らは思わぬ再会を果たす。そのうえ、ある出来事をきっかけに、周書逸は高仕徳の雑用係を務めることに…。大人気台湾BLドラマのノベライズ邦訳版！　〔0233〕

◇2位の反撃―we best love-Fighting Mr.2nd　羽宸寰, 林珮瑜著, 李佳歆, 夏海訳　すばる舎　2023.10　253p　図版5枚　19cm　（プレアデスプレス）1800円　①978-4-7991-1150-5
　＊遠距離恋愛を始めた周書逸と高仕徳。しかし高仕徳からの連絡は段々と減っていき、電話をかければ若い女の声がする。しびれを切らした周書逸がアメリカを訪ねると、そこには片手に赤ちゃんを抱き、金髪の女の子を連れて幸せそうにピクニックを楽しむ高仕徳の姿があった。衝撃のあまりその場を立ち去る周書逸。そして月日は流れ、彼らは社会人となり…。大人気台湾BLドラマのノベライズ邦訳版！　〔0234〕

◇ラブ・トラップ　羽宸寰, 林珮瑜作, 小暮結希訳　すばる舎　2023.9　317p　19cm　（プレアデスプレス―HIStory3）〈他言語標題：LOVE TRAPPED〉2000円　①978-4-7991-1154-3
　〔0235〕

ウ, ダヨン

◇アリス、アリスと呼べば　ウダヨン著, ユンジヨン訳　亜紀書房　2024.4　287p　19cm　（となりの国のものがたり　12）〈他言語標題：CALLING ALICE〉2100円　①978-4-7505-1835-0
　内容　あなたのいた風景の神と眠らぬ巨人　アリス、アリスと呼べば　海辺の迷路　夜の潜泳　チャンモ　人が人を助けねば　夜は輝く一つの石　メゾと近似
　＊ひょっとしたら、一人の人間を完全に理解することは初めから不可能なことかもしれないという気がした。マイノリティへの憎悪やネットヘイトに満ちた世界を生きる今、「人が人を助けねば」という現代社会に求められる声に耳をすました小説集。洗練された文体で描く幻想的な物語をとおして、良かれと思った〝優しさ〟が往々にして他者を傷つける〝独善〟になってしまうような、現実世界の複雑さを見つめていく。　〔0236〕

ヴァイス, ヤロスラフ　Veis, Jaroslav

◇チェコSF短編小説集　2　カレル・チャペック賞の作家たち　平野清美編訳　ヤロスラフ・オルシャ・jr., ズデニェク・ランパス編　平凡社　2023.2　505p　16cm　〈平凡社ライブラリー939〉〈原書名：Bílá hůl ráže 7,62　Nikdy mi nedáváš penízeほか〉1900円　①978-4-582-76939-5

内容　片肘だけの六ヶ月（ヤロスラフ・ヴァイス著, 平野清美訳）

＊一九六八年のソ連軍を中心とした軍事侵攻以降, 冬の時代を迎えていたチェコスロヴァキア。八〇年代, ゴルバチョフのペレストロイカが進むとSF界にも雪融けが訪れる。学生らを中心としたファンダムからは"カレル・チャペック賞"が誕生し, 多くの作家がこぞって応募した。アシモフもクラークもディックも知らぬままに手探りで生み出された熱気と独創性溢れる一三編。〔0237〕

ヴァイル, ウズィ　Weil, Uzi

◇首相が撃たれた日に　ウズィ・ヴァイル著, 母袋夏生, 広岡杏子, 波多野苗子訳　河出書房新社　2022.10　244p　20cm　2900円　①978-4-309-20868-8

＊行き場のない青年の鬱屈した現実を描き, イツハク・ラビン首相暗殺を予見したと評される表題作のほか, ユダヤ人の聖地を海岸に移設する顛末譚「嘆きの壁を移した男」, 2048年にヒトラーとアンネ・フランクのアンドロイドが遭遇する「もうひとつのラブストーリー」など, エトガル・ケレットと並び, イスラエル屈指のストーリーテラーと評される作家の短篇を精選した日本語版オリジナル短篇集。過酷な過去と現実を生きる若者たちの諧謔とペーソスに満ちた優しき世界。〔0238〕

ヴァエズ, ギュスターヴ　Vaëz, Gustave

◇ジョゼフ・プリュドム氏の栄光と凋落—五幕散文喜劇　一八五二年十一月二十三日パリ, オデオン帝国劇場にて初演　アンリ・モニエとギュスターヴ・ヴァエズ作, 中田平, 中田たか子訳　安城　デジタルエステイト　2024.7　215p　21cm　〈原書名：Grandeur et décadence de M. Joseph Prudhomme〉①978-4-910995-23-6〔0239〕

ヴァセラー, ロナ

◇〈閲覧注意〉ネットの怖い話クリーピーパスタ　ミスター・クリーピーパスタ編, 倉田真木, 岡田ウェンディ他訳　早川書房　2022.7　287p　16cm　〈ハヤカワ文庫 NV 1499〉〈原書名：THE CREEPYPASTA COLLECTIONの抄訳〉860円　①978-4-15-041499-3

内容　図書館の地下室で（ロナ・ヴァセラー著, 曽根田愛子訳）

＊ネットの恐怖都市伝説のコピペから生まれたホラージャンル"クリーピーパスタ"。綿密に計画を たて女性の家に忍び込んだ殺人ストーカーが異変に巻き込まれる「殺人者ジェフは時間厳守」や, ジャーナリスト志望者がフロッピーディスクに込められた呪いを目撃する「スマイル・モンタナ」など, アメリカ・クリーピーパスタ界の人気ユーチューバーが厳選した悪夢の物語。身の毛がよだつ15篇の恐怖のショートストーリー傑作集。〔0240〕

ヴァルタリ, ミカ　Waltari, Mika

◇エジプト人シヌヘ　上巻　ミカ・ヴァルタリ著, セルボ貴子訳, 菊川匡監修, 上山美保子編集協力　みずいろブックス　2024.5　493p　20cm　〈静風社　原書名：Sinuhe egyptiläinen〉2500円　①978-4-910731-01-8〔0241〕

◇エジプト人シヌヘ　下巻　ミカ・ヴァルタリ著, セルボ貴子訳, 菊川匡監修, 上山美保子編集協力　みずいろブックス　2024.5　526p　20cm　〈静風社　原書名：Sinuhe egyptiläinen〉2500円　①978-4-910731-03-2〔0242〕

ヴァレンタイン, アラーナ　Valentine, Alana

◇家畜追いの妻　パラマタ・ガールズ　リア・パーセル著, 佐和田敬司訳, アラーナ・ヴァレンタイン著, 佐和田敬司訳　横浜　オセアニア出版社　2024.2　117p　21cm　〈オーストラリア演劇叢書 16〉〈原書名：The Drover's Wife　Parramatta Girls〉2000円　①978-4-87203-120-1

内容　パラマタ・ガールズ（アラーナ・ヴァレンタイン著, 佐和田敬司訳）〔0243〕

ヴァレンタイン, ジュヌヴィエーヴ　Valentine, Genevieve

◇穏やかな死者たち—シャーリイ・ジャクスン・トリビュート　ケリー・リンク, ジョイス・キャロル・オーツ他著, エレン・ダトロウ編, 渡辺庸子, 市田泉他訳　東京創元社　2023.10　570p　15cm　〈創元推理文庫 Fン12-1〉〈責任表示はカバーによる　原書名：WHEN THINGS GET DARK〉1500円　①978-4-488-58407-8

内容　遅かれ早かれあなたの奥さんは…（ジュヌヴィエーヴ・ヴァレンタイン著, 佐田千織訳）〔0244〕

ヴァレンテ, キャサリン M.　Valente, Catherynne M.

◇デシベル・ジョーンズの銀河オペラ　キャサリン・M.ヴァレンテ著, 小野田和子訳　早川書房　2024.7　477p　16cm　〈ハヤカワ文庫 SF 2418〉〈原書名：SPACE OPERA〉1680円　①978-4-15-012418-2

＊地球に突然あらわれた謎のエイリアン, エスカ。銀河系を代表する知的種族たちによって選ばれた使節の彼女は,「人類に本物の知覚力があるかどう

か」をテストすると告げる。テストの内容は、惑星リトストで行われる音楽の祭典で種族の代表が一曲歌うこと。最下位になればその種族は存在を抹消されてしまう！ 人類代表として選ばれたのは落ちぶれたロックスター、デシベル・ジョーンズだった。超弩級破天荒SFエンタメ！　〔0245〕

ヴァレンティノ, ルドルフ　Valentino, Rudolph

◇ユーモア・スケッチ大全　[3]　ユーモア・スケッチ傑作展　3　国書刊行会　2022.2　374p　19cm　〈「ユーモア・スケッチ傑作展3」（早川書房 1983年刊）の改題、増補〉2000円　①978-4-336-07310-5

内容　アンケート—理想の女性（チャップリン, ラードナーほか著）　〔0246〕

ヴァン・ヴォークト, A.E.　Van Vogt, Alfred Elton

◇吸血鬼は夜恋をする—SF&ファンタジイ・ショートショート傑作選　ロバート・F・ヤング, リチャード・マシスン他著, 伊藤典夫編訳　東京創元社　2022.12　387p　15cm　（創元SF文庫 SFヴ12-1）〈文化出版局 1975年刊の増補〉1000円　①978-4-488-79301-2

内容　プロセス（A.E.ヴァン・ヴォークト著）

＊「アンソロジイという言葉のもとになったギリシャ語の意味は「花々を集めたもの」。立ちどまるほどではないが、歩く途中ひょっと目にとまり、見とれる花、つまり、理屈ぬきで楽しんでいただけるような小品を選ぶよう心懸けた」（伊藤典夫）。名翻訳家が初めて単独編纂した伝説のアンソロジイを半世紀ぶりに初文庫化。(SFマガジン）（奇想天外）の掲載作を追加し、全32編とした。　〔0247〕

ヴァン・ダイン, S.S.　Van Dine, S. S.

◇グリーン家殺人事件　S・S・ヴァン・ダイン著, 日暮雅通訳　東京創元社　2024.1　441p　15cm　（創元推理文庫 Mウ1-3—S・S・ヴァン・ダイン全集）〈原書名：THE GREENE MURDER CASE〉1000円　①978-4-488-10321-7

＊発展を続けるニューヨークに孤絶して建つ、古色蒼然たるグリーン屋敷。そこに暮らす名門グリーン一族を惨劇が襲った。ある雪の夜、一族の長女が射殺され、三女が銃創を負った状態で発見されたのだ。物取りの犯行とも思われたが、事件はさらに続き…。不可解な謎が横溢する難事件に、探偵ファイロ・ヴァンスが挑む。『僧正殺人事件』と並び称される不朽の名作が、新訳で登場！　〔0248〕

ヴァン・デア・ゼー, カレン　Van der Zee, Karen

◇涙が乾くまで　カレン・ヴァン・デア・ゼー作, 片山真紀訳　ハーパーコリンズ・ジャパン　2022.10　156p　17cm　（ハーレクイン・イマージュ I2726—至福の名作選）〈ハーレクイン2000年刊の再刊 原書名：A WIFE TO REMEMBER〉673円　①978-4-596-74820-1

＊2年前に別れた夫マイケルが事故に遭ったという一本の電話—それは、エイミーをつらい過去へと引き戻すものだった。事故で記憶を失った彼の面倒を見てほしいと彼の姉に頼まれたが、できれば、二度とマイケルには会いたくなかった。まだ赤ん坊だった愛娘の死にも涙一つ流さなかった冷たい彼には…。けれど放っておけず、気づけばエイミーは元夫のもとに駆けつけていた。元妻のこともあの悲劇のことも忘れ、明るさを取り戻したマイケルに、エイミーは愚かにもすがりたくなってしまう。彼の記憶が戻れば、耐えがたい絶望と孤独に慟哭した、あの時の涙がまた流れるというのに。　〔0249〕

ヴァンディ, カオン

◇現代カンボジア短編集　2　岡田知子編訳, 調邦行訳　大阪　大同生命国際文化基金　2023.11　251p　20cm　（アジアの現代文芸 カンボジア 4）

内容　ポル・ポト時代　魔物の島（ヴァンディ・カオン）　〔0250〕

ヴァン・デル・ポスト, L.　Van der Post, Laurens

◇影の獄にて—the seed and the sower　L.ヴァン・デル・ポスト, 由良君美, 富山太佳夫訳　復刊ドットコム　2023.11　282p　19cm　〈原書名：A bar of shadow〉2000円　①978-4-8354-5901-1

＊戦場のメリークリスマス原作本。　〔0251〕

ヴァン・デン・バーグ, ローラ　Van den Berg, Laura

◇アホウドリの迷信—現代英語圏異色短篇コレクション　岸本佐知子, 柴田元幸訳　スイッチ・パブリッシング　2022.9　227p　20cm　(SWITCH LIBRARY)　2400円　①978-4-88418-594-7

内容　最後の夜（ローラ・ヴァン・デン・バーグ著, 柴田元幸訳）

＊「端っこの変なところ」を偏愛する2人の翻訳家が、新たに発見した、めっぽう面白くて、ちょっと"変"な作家たち。心躍る"掘り出し物"だけを厳選したアンソロジー。対談「競訳余話」も収録。　〔0252〕

ヴァン・ペルト, シェルビー　Van Pelt, Shelby

◇親愛なる八本脚の友だち　シェルビー・ヴァン・ペルト著, 東野さやか訳　扶桑社　2024.1　598p　16cm　（扶桑社ミステリー ウ34-1）〈原書名：REMARKABLY BRIGHT CREATURES〉1450円　①978-4-594-09285-6

＊ぼくはマーセラス。水族館で暮らすミズダコ。ここにとらわれてからもう1300日が経つ。人間たちは知らない——ぼくも人間たちを観察していて、言葉も理解することを。実は水槽からも抜け出せる。館内の夜散歩は秘密の趣味だ。ある夜、徘徊中に窮地に陥ったぼくは清掃員のトーヴァに見つかり…友だちになった。30年前に息子を喪った孤独な女性、トーヴァとの日々をすごすうち、ぼくは気がつく—彼女の家族にまつわるある真実に。全米で100万部を突破した心温まるデビュー作。　　　〔0253〕

ウィアー, アンディ　Weir, Andy

◇フォワード—未来を視る6つのSF　ブレイク・クラウチほか著, ブレイク・クラウチ編, 東野さやか他訳　早川書房　2022.12　447p　16cm　（ハヤカワ文庫 SF 2392）　1240円　①978-4-15-012392-5

内容　乱数ジェネレーター（アンディ・ウィアー著, 小野田和子訳）

＊科学技術の行き着く未来を六人の作家が描く。クラウチは人間性をゲーム開発者の視点から議論し、ジェミシンはヒューゴー賞受賞作で地球潜入ミッションの顛末を語り、ロスは滅亡直前の世界に残る者の思いを綴る。トールズが子に遺伝子操作する親の葛藤を描き、トレンブレイが記憶と自意識の限界を問いかければ、ウィアーが量子物理学でカジノに挑む方法を軽妙に披露する。珠玉の書き下ろしSFアンソロジー。　　　　　〔0254〕

ヴィアン, ボリス　Vian, Boris

◇北京の秋　ボリス・ヴィアン著, 野崎歓訳　河出書房新社　2022.8　358p　20cm〈原書名：L'AUTOMNE À PÉKIN〉2700円　①978-4-309-20862-6

＊殺人、恋愛、実験、遺跡発掘、鉄道工事、存在しない生物たち…黄色い砂漠が広がるナンセンスの大地エグゾタミー。稀代の作家・翻訳者・贋作者・ジャズトランペッターとして短い生を駆け抜けたヴィアンの魅力が詰まった最大最高の長篇、新訳決定版！「いうまでもないことだが、この作品には「中国」も「秋」も出てこない」　　〔0255〕

ウィーヴァー, アシュリー　Weaver, Ashley

◇金庫破りときどきスパイ　アシュリー・ウィーヴァー著, 辻早苗訳　東京創元社　2023.4　445p　15cm　（創元推理文庫 Mウ28-1）〈原書名：A PECULIAR COMBINATION〉1200円　①978-4-488-22208-6

＊第二次世界大戦下のロンドン。錠前師のおじを手伝うエリーは、裏の顔である金庫破りの現場をラムゼイ少佐に押さえられてしまう。投獄されたくなければ命令に従えと脅され、彼とともにある屋敷に侵入し、機密文書が入った金庫を解錠しようとしたが…金庫のそばには他殺体があり、文書が消えていた。エリーは少佐と容疑者を探ることに。凄腕の金庫破りと堅物の青年将校の活躍！　　　〔0256〕

◇金庫破りとスパイの鍵　アシュリー・ウィーヴァー著, 辻早苗訳　東京創元社　2024.4　389p　15cm　（創元推理文庫 Mウ28-2）〈原書名：THE KEY TO DECEIT〉1200円　①978-4-488-22209-3

＊第二次大戦下のロンドンで、鍵のかかったカメオ付きのブレスレットをつけた女性の遺体が発見された。金庫破りのエリーはラムゼイ少佐の依頼で、その鍵を解錠する。カメオの中身と女性が毒殺されていた点から、彼女はスパイ活動にかかわっていたと判明。エリーは少佐に協力して、殺人犯とスパイを捜し出すことに…。凄腕の金庫破りと堅物の青年少佐の活躍を描くシリーズ第2弾！　　〔0257〕

ヴィエイラ・ジュニオール, イタマール　Vieira Junior, Itamar

◇曲がった鋤　イタマール・ヴィエイラ・ジュニオール著, 武田千香, 江口佳子訳　水声社　2023.1　322p　20cm　（ブラジル現代文学コレクション）〈原書名：TORTO ARADO〉3000円　①978-4-8010-0684-3

＊現代のアフロブラジル作家が描きだす"傷跡"の物語。言語の喪失、奴隷制の負の遺産、血に塗れたナイフ、すべてを知る精霊…20世紀後半、奴隷制が色濃く残るバイーア州奥地のアグア・ネグラ農場、この地で暮らすふたりの幼い姉妹は、祖母が隠しているナイフを見つけ、舌にあてがって…　　〔0258〕

ヴィエレック, ジョージ・シルヴェスター　Viereck, George Sylvester

◇吸血鬼ラスヴァン—英米古典吸血鬼小説傑作集　G・G・バイロン, J・W・ポリドリほか著, 夏来健次, 平戸懐古編訳　東京創元社　2022.5　443p　20cm〈他言語標題：THE VAMPYRE 文献あり〉3000円　①978-4-488-01115-4

内容　魔王の館（ジョージ・シルヴェスター・ヴィエレック著, 夏来健次訳）

＊ブラム・ストーカー『吸血鬼ドラキュラ』に先駆けて発表された英米の吸血鬼小説に焦点を当てた画期的アンソロジーが満を持して登場。バイロン、ポリドリらによる名作の新訳、伝説の大著『吸血鬼ヴァーニー—あるいは血の晩餐』抄訳ほか、ブラックユーモアの中に鋭い批評性を潜ませる異端の吸血鬼小説「黒い吸血鬼—サント・ドミンゴの伝説」、芸術家を誘うイタリアの謎めいた邸宅の秘密を描く妖女譚の傑作「カンパーニャの怪」、血液ではなく精神を搾取するサイキック・ヴァンパイアものの先駆となる幻の中篇「魔王の館」など、本邦初紹介の作品を中心に10篇を収録。怪奇小説を愛好し、多彩な翻訳を手がけてきた訳者らによる日本オリジナル編集で贈る。　　　　〔0259〕

ヴィーザー　Wieser, Joseph Ritter

◇ドイツ・ヴァンパイア怪縁奇談集　ラウパッハ, シュピンドラー他著, 森口大地編訳　幻戯書房　2024.2　458p　19cm　（ルリユール叢書）〈文献あり　年表あり　原書名：Die Todtenbraut Laßt die Todten ruhen. Ein Mährchenほか〉4200円　①978-4-86488-292-7

ウィサタ, アンドリス

◇イン・クィア・タイム―アジアン・クィア作家短編集　イン・イーシェン, リベイ・リンサンガン・カントー編, 村上さつき訳　ころから　2022.8　350,10p　19cm　〈他言語標題：In queer time　原書名：Sanctuary〉　2200円　①978-4-907239-63-3

内容　ようアダム（アンドリス・ウィサタ著）
＊「クィアの時代」に香港から届いたアジアンLGBTQ＋作家による「クィア小説」17編を収録！　〔0261〕

ウィース, ヨハン・ダーフィト　Wyss

◇スイスのロビンソン　上　ヨハン・ダーフィト・ウィース作, 宇多五郎訳　岩波書店　2024.6　320p　15cm　（岩波文庫）〈第7刷（第1刷1950年）　原書名：DER SCHWEIZERISCHE ROBINSON〉　1050円　①978-4-00-327621-1
＊スイスの著作家ウィースのこの物語は, あの『ロビンソン・クルーソー』から生まれた。無人島に漂着した一家の波瀾万丈の物語。（全二冊）　〔0262〕

◇スイスのロビンソン　下　ヨハン・ダーフィト・ウィース作, 宇多五郎訳　岩波書店　2024.6　282p　15cm　（岩波文庫）〈第7刷（第1刷1951年）　原書名：DER SCHWEIZERISCHE ROBINSON〉　1000円　①978-4-00-327622-8
＊両親と四人の子どもたちが力をあわせ, 無人島の中に小さな社会をのびのびと築いてゆく。彼らの明るさが読者の心を温くする。（全二冊）　〔0263〕

ヴィスピャンスキ, スタニスワフ　Wyspiański, Stanisław

◇婚礼　スタニスワフ・ヴィスピャンスキ著, 津田晃岐訳　未知谷　2023.12　196p　20cm　（ポーランド文学古典叢書 11）〈原書名：Wesele〉　2500円　①978-4-89642-711-0
〔0264〕

ウィタカー, クリス　Whitaker, Chris

◇終わりなき夜に少女は　クリス・ウィタカー著, 鈴木恵訳　早川書房　2024.5　477p　19cm　〈原書名：ALL THE WICKED GIRLS〉　2200円　①978-4-15-210330-7
＊姉妹はいつだって手を握りあっていた―あの事件が起こるまでは。アメリカ, アラバマ州の小さな町グレイス。嵐が近づきつつあるこの町でかつて起こった連続少女誘拐事件は, 未だ真犯人が捕まらず, 捜査は暗礁に乗り上げていた。そして1995年5月26日の夜, また一人の少女が失踪した。彼女の名前はサマー・ライアン。町の誰からも愛される彼女が, "ごめんなさい"と一言だけ書いた紙を残していなくなってしまったのだ。警察は単なる家出だと判断したが, サマーの双子の妹レインはそうは思わなかった。レインはサマーとは対照的な不良少女だが, 誰よりもサマーのことを愛していた。サマーがレインを置いていなくなるはずがない。レインは捜索を始めるが, その中で彼女は, 自分の知らない姉の姿を知ることになる―。　〔0265〕

◇われら闇より天を見る　クリス・ウィタカー著, 鈴木恵訳　早川書房　2022.8　518p　19cm　〈原書名：WE BEGIN AT THE END〉　2300円　①978-4-15-210157-0
＊アメリカ, カリフォルニア州。海沿いの町ケープ・ヘイヴン。30年前にひとりの少女が命を落とした事件は, いまなお町に暗い影を落としている。自称無法者の少女ダッチェスは, 30年前の事件から立ち直れずにいる母親と, まだ幼い弟とともに世の理不尽に抗いつつ懸命に日々を送っていた。町の警察署長ウォークは, かつての事件で親友のヴィンセントが逮捕されるに至った証言をいまだに悔いており, 過去に囚われたまま生きていた。彼らの町に刑期を終えたヴィンセントが帰ってくる。彼の帰還が町のかりそめの平穏を乱し, ダッチェスとウォークを巻き込んでいく。そして, 新たな悲劇が…。苛烈な運命に翻弄されながらも, 彼女たちがたどり着いたあまりにも哀しい真相とは―？　人生の闇の中に差す一条の光を描いた英国推理作家協会賞最優秀長篇賞受賞作。　〔0266〕

ウィタル, イヴォンヌ　Whittal, Yvonne

◇十二カ月の花嫁　イヴォンヌ・ウィタル作, 岩渕香代子訳　ハーパーコリンズ・ジャパン　2024.10　155p　17cm　（ハーレクイン・イマージュ I2822―至福の名作選）〈ハーレクイン・エンタープライズ日本支社 1986年刊の再刊　原書名：THE DEVIL'S PAWN〉　673円　①978-4-596-71238-7
＊図書館司書のキャラは, 父の書斎で言い争う声を耳にして扉を開けた。父といるのは, 非情な仕事ぶりで知られる商売敵の大富豪ヴィンス。最近, 彼はキャラと顔を合わせるたびに無遠慮な視線を送ってくる。会社の不振に窮した父がヴィンスに多額の借金をし, 今週末までに返せなければ, 会社も家も失うという。なんてこと…。父を救うために, できることならなんでもするわ。目に無慈悲な光を宿して父を追いつめるヴィンスに, たまらずキャラは期限を1年延ばしてほしいと懇願した。ヴィンスは何か思惑ありげにうなずくと, 驚くべき条件を出した。「望みを叶える代わりに, 僕は担保をいただく―僕と結婚してほしい」　〔0267〕

◇白衣の下の片思い　イヴォンヌ・ウィタル作, 山本泉訳　ハーパーコリンズ・ジャパン　2022.2　156p　17cm　（ハーレクイン・イマージュ I2694―至福の名作選）〈2016年刊の再刊　原書名：WHERE TWO WAYS MEET〉　664円　①978-4-596-31632-5
＊「町の向こう側の子か。御用聞き用の出入り口を使うべきだ」仕立ての仕事をする母の使いでメリック家を訪れたマーゴの胸に, 密かに憧れていたジョーダンの言葉が突き刺さる。裕福な家に生まれた彼と, そうでない自分―それを痛烈に意

ウイツクマ

識させられ、17歳のマーゴの心は深く傷ついた。注文の品を届けに来ただけなのに、こんなふうに言われるなんて…。彼女の淡い恋はその日、無残に砕け散ったのだ。ところが7年後、看護師となったマーゴに皮肉な運命がふりかかる。以前よりはるかに魅力を増したジョーダン・メリックが、彼女の働く病院に、上級外科医としてやってきたのだ！ 〔0268〕

ウィックマン, ジーノ Wickman, Gino
◇GET A GRIP ジーノ・ウィックマン，マイク・ペイトン著，福井久美子訳，カール・パイザー，久能克也監訳 ビジネス教育出版社 2022.6 419p 21cm〈本文は日本語 原書名：GET A GRIP〉1800円 ①978-4-8283-0938-5
＊業績停滞。瓦解寸前。瀕死の経営チームがたった1年で「劇的再生」した理由。 〔0269〕

ウィリアムズ, エリー Williams, Eley
◇嘘つきのための辞書 エリー・ウィリアムズ著，三辺律子訳 河出書房新社 2023.5 300p 20cm〈原書名：THE LIAR'S DICTIONARY〉2500円 ①978-4-309-20880-0
＊19世紀のロンドン。スワンズビー社の辞書編纂者ウィンスワースは、日夜ひそかに架空の項目を挿入することで日々の憂いをはらしている。いっぽう現代のスワンズビー社では、インターンであるマロリーが辞書に紛れ込んだ嘘を探しだし取り除く仕事と格闘していた─。言葉の定義に執着しながら定義不可能な現実に振り回される、ふたりの辞書編纂者のひねくれた愛の物語。 〔0270〕

ウィリアムズ, キャシー Williams, Cathy
◇あなたと最後の愛を キャシー・ウィリアムズ作，飯塚あい訳 ハーパーコリンズ・ジャパン 2023.6 156p 17cm（ハーレクイン・ロマンス R3781）〈原書名：A WEEK WITH THE FORBIDDEN GREEK〉664円 ①978-4-596-77166-7
＊ハンサムな黒髪の魅惑のボス、ニコの秘書グレースは、地味な服装にノーメイク。私生活をまったく明かさず、周囲と打ち解けている。彼に恋心を抱いているが、住む世界が違いすぎた。実らぬ恋をあきらめようと、別の男性とデートをしたものの、いやな思いをさせられ困っていたとき、魔法のようにニコが現れ、助けてくれた。ますます彼への想いは断ち切りがたくなるが、ある日、ニコに同行した出張先で、グレースはプレイボーイの彼の誘惑に屈してベッドを共にしてしまい…。 〔0271〕

◇一夜の後悔 キャシー・ウィリアムズ著，飯田冊子訳 ハーパーコリンズ・ジャパン 2024.7 214p 12cm（ハーレクイン文庫 HQB-1240）〈ハーレクイン 1997年刊の再刊 原書名：TO TAME A PROUD HEART〉691円 ①978-4-596-63732-1
＊秘書のフランセスカの上司で社長オリバーは、恵まれない環境から一代で地位と財産を築いた野心家だ。そのせいか横柄で威圧的で…でもぞくっとするほどハンサム。いつも甘やかされた子ども扱いされてきたけれど、フランセスカはいつしかオリバーを愛していた。ある夜、一度だけ情熱が交錯し、彼女はバージンを捧げた。だがそのあとに待っていたのは、冷たい拒絶だった。「ぼくはなんの約束もできない。これは体だけの関係だ」一夜の代償は、思いがけない妊娠─。 〔0272〕

◇九カ月の絆は突然に キャシー・ウィリアムズ作，西江璃子訳 ハーパーコリンズ・ジャパン 2023.6 156p 17cm（ハーレクイン・イマージュ I2757）〈原書名：BOUND BY A NINE-MONTH CONFESSION〉673円 ①978-4-596-77174-2
＊「提案を受け入れたくなったのだろうが、その件はもう締め切ったよ」大富豪レアンドロのオフィスを訪ねたセリアに、彼は冷たく告げた。3週間前、愛を信じない彼にベッドだけの関係を続けようと提案していた。駆け落ちしたレアンドロの婚約者とセリアの兄を二人で捜す間に、互いに惹かれて分かち合った情熱の時はたしかにすばらしかった。でもセリアは自分だけ夢中になることを恐れて彼の提案を断っていた。レアンドロとの関係を続けていれば、リゾートでの休暇や劇場の特等席、最高級の食事、そして何より彼というすてきな恋人が手に入ったのに…。だが今、セリアはそんなことよりはるかに重い現実を告げに来たのだった。「わたしがここに来たのは、妊娠したことをあなたに伝えるためよ」 〔0273〕

◇極上上司と秘密の恋人契約 キャシー・ウィリアムズ作，飯塚あい訳 ハーパーコリンズ・ジャパン 2024.12 156p 17cm（ハーレクイン・ロマンス R3929）〈原書名：A WEDDING NEGOTIATION WITH HER BOSS〉673円 ①978-4-596-71761-0
＊秘書のヘレンは、過去に肉親を事故で失ったことから、恋愛でも生活面でも冒険をせず、安全に生きると決めていた。だからこそ、数多くの女性と短期間だけの交際をくり返す上司ガブリエルのような危険な男性と海外出張するには、絶対に避けなければならないことだった。それなのに、彼とロマンティックなリゾートホテルに泊まり、恋人のふりをすることになってしまう。しだいに惹かれ合うふたりはついにベッドをともにするが、愛を信じようとしないボスとの関係など、帰国すれば終わってしまうとヘレンにはわかっていても…。 〔0274〕

◇スペイン富豪に言えない秘密 キャシー・ウィリアムズ作，高橋庸子訳 ハーパーコリンズ・ジャパン 2023.3 156p 17cm（ハーレクイン・ロマンス R3764─伝説の名作選）〈「スペイン式プロポーズ」（ハーレクイン 2011年刊）の改題 原書名：THE SECRET SPANISH LOVE-CHILD〉664円 ①978-4-596-76787-5
＊大企業で働くアンドレアは、ある日突然の呼び出しを受けた。会社を率いる雲の上の若き社長、ガブリエル・クルスによって。そして彼との初対面を果たしたとたん、あやうく気を失いかけた。5年

前、恋に落ちたスペイン人男性に瓜二つだったのだ。でも名前が違う。まさか、彼は大富豪という素性を偽っていたの？ それなら、逃げなければ！ あの秘密を知られる前に。ガブリエルの前から姿を消そうとしたアンドレアだったが、自宅までやってきた彼に、見られてしまう。まだあどけない、だが彼にそっくりの、4歳の男の子を。〔0275〕

◇天使のもう一つの顔　キャシー・ウィリアムズ著，山根三沙訳　ハーパーコリンズ・ジャパン　2022.4　198p　15cm　〈ハーレクイン文庫　HQB-1116〉　ハーレクイン2001年刊の再刊　原書名：THE BABY SCANDAL〉627円　①978-4-596-33325-4
　＊小さな村で牧師の娘としてつつましく育ったルースは、雑用係として働きはじめたロンドンの会社で、残業していた晩、ゴージャスなCEO、フランコと知りあう。翌朝、なんとフランコのパートナーに大抜擢。彼の誘惑に翻弄されながらも、ひたむきに仕事に取り組んだ。いつしかフランコにすべてをゆるし、情熱を分かちあって、甘く愛される悦びの日々は、突然終わりを告げた。ルースは妊娠したのだ。もうここにはいられない…。どんな絆も束縛も嫌う彼が知れば、きっと軽蔑されてしまうわ。〔0276〕

◇半年だけのシンデレラ　キャシー・ウィリアムズ著，竹内喜訳　ハーパーコリンズ・ジャパン　2022.9　209p　15cm　〈ハーレクイン文庫　HQB-1145〉　ハーレクイン1997年刊の再刊　原書名：THE PRICE OF DECEIT〉627円　①978-4-596-74724-2
　＊キャサリンはドミニクに別れを告げようとしていた。この半年間、彼女は夢の世界に漂っていた。豪華なドレスに身を包み、毎夜パーティーにくりだして、とびきりすてきな富豪の男性と熱い恋に落ちて——でも本当の彼女は、平凡で控えめでまったく目立たないタイプだ。それに比べて身分も魅力的なドミニクは常に女性たちの注目の的。そんな彼にプロポーズされるなんて。やっぱりこれは夢なの？　私がロンドンに来たのは、あとわずかしかない命を輝かせるため。ドミニクを愛している。だからこそ婚約指輪は受け取れない…。〔0277〕

◇秘書の条件　キャシー・ウィリアムズ著，本城静訳　ハーパーコリンズ・ジャパン　2024.9　201p　15cm　〈ハーレクインSP文庫　HQSP-431〉　ハーレクイン2002年刊の再刊　原書名：SECRETARY ON DEMAND〉545円　①978-4-596-71207-3
　＊初めての恋に失敗し、傷心のまま村を飛びだしたシャノンは、ロンドンでウエートレスとして働き始める。もう二度と恋愛はしないと決めて。それなのに、毎朝喫茶店を訪れる年上の男性を意識してしまう。彼の名はケイン・リンドレー。一流企業の社長だという。ある朝、客とのトラブルで彼女は店をくびにされる。途方にくれていると、ケインが信じられないことを口にした。「僕のところで、秘書として働いてみないか？」ただし仕事のあと、毎晩、家に来るのが条件だと言われて…。〔0278〕

◇四日間の恋人　キャシー・ウィリアムズ作，外山恵理訳　ハーパーコリンズ・ジャパン　2022.8　156p　17cm　〈ハーレクイン・イマージュ I2717〉〈原書名：FORBIDDEN HAWAIIAN NIGHTS〉673円　①978-4-596-70856-4
　＊造園家のミアは大規模ホテル建設の仕事に精を出していたが、オーナーの妹である責任者が突然失踪し、建設が中断してしまう。そんなある日、オーナーのマックスが妹と親しいミアのもとを訪れた。「妹の居場所を教えないというなら、君が僕の直属の部下になるんだ」しかたなく従うミアだったが、彼はさらに途方もない命令を下す。プライベートジェットでの視察旅行に同行しろというのだ。仕事とはいえ、4日間もふたりきりで過ごすなんて危険すぎる——罪深いほど、意地悪なほどセクシーなこの男性と。マックスの圧倒的な権力と魅力を前に、ミアはなすすべもなく従った。涼しい顔の下に、千々に乱れる心を押し隠して。〔0279〕

ウィリアムズ，シャーリー・アン　Williams, Shirley Anne

◇デッサ・ローズ　シャーリー・アン・ウィリアムズ著，藤平育子訳　作品社　2023.2　347p　19cm〈原書名：Dessa Rose 原著2018年版の翻訳〉2700円　①978-4-86182-955-0
　＊妊娠中の身を賭して、奴隷隊の反乱に加わった黒人の少女デッサ。逃亡奴隷たちをかくまい、彼らとともに旅に出る白人女性ルース。19世紀アメリカの奴隷制度を描く黒人文学の重要作、本邦初訳！〔0280〕

ウィリアムズ，ピップ　Williams, Pip

◇ジェリコの製本職人　ピップ・ウィリアムズ著，最所篤子訳　小学館　2024.12　554p　19cm〈原書名：THE BOOKBINDER OF JERICHO〉3200円　①978-4-09-356747-3
　＊第一次大戦下の英国オックスフォード。学問への思いを募らせながらも、自分の境遇を理由に諦めていた製本所の女工ペギー。しかしある出会いをきっかけに、彼女の人生が動き出す——。女性と知識、戦争と銃後。そして紙の本への愛。100年以上前、階級の壁を越えて学問に手を伸ばした製本所の女工の青春を描く傑作歴史小説！〔0281〕

◇小さなことばたちの辞書　ピップ・ウィリアムズ著，最所篤子訳　小学館　2022.10　526p　19cm〈年表あり　原書名：THE DICTIONARY OF LOST WORDS〉3000円　①978-4-09-356735-0
　＊母を亡くし辞典編纂者の父が勤める写字室を遊び場にして育ったエズメは、ある日、床に落ちてきたカードを見つける。そこに書かれていたのは「ボンドメイド」(はしため)という単語。そこから、「捨てられたことば」を拾い上げるエズメの人生の旅が始まった。女性参政権運動と第一次大戦に揺れる激動の時代——草創期の英国『オックスフォード英語大辞典』編纂室を舞台に「捨てられたことば」の蒐集に生涯を捧げた女性を描く感動作。〔0282〕

ウイリアム

ウィリアムソン, デヴィッド Williamson, David
◇リムーバリスト―引っ越し屋　クラブ　デッド・ホワイト・メイルズ―女と男とシェイクスピア　デヴィッド・ウィリアムソン, 佐和田敬司訳　横浜　オセアニア出版社　2022.3　162p　21cm　(オーストラリア演劇叢書 14)〈原書名：The removalists　The club　Dead white males〉2000円　①978-4-87203-118-8
[内容] リムーバリスト―引っ越し屋　クラブ　デッド・ホワイト・メイルズ―女と男とシェイクスピア（デヴィッド・ウィリアムソン作, 佐和田敬司訳）
〔0283〕

ウィリンガム, ステイシー Willingham, Stacy
◇すべての罪は沼地に眠る　ステイシー・ウィリンガム著, 大谷瑠璃子訳　早川書房　2023.1　574p　16cm　(ハヤカワ・ミステリ文庫 HM 500-1)〈原書名：A FLICKER IN THE DARK〉1620円　①978-4-15-185201-5
＊クロエにとって夏の湿地は最高の遊び場だった。しかし、12歳の夏に一変する。湿地で少女6人を殺したとして父が逮捕されたのだ。遺体は見つからなかったものの、父は有罪判決を受けた。それから20年、連続殺人犯の娘として生きるクロエは、様々な心の傷に苦しみながらも臨床心理士として成功し、結婚を控えていた。そんな折、またしても彼女の周りで少女を狙った連続殺人事件が起こる。父と同じ手口を使った犯人の目的は？
〔0284〕

ウィリンガム, ミシェル Willingham, Michelle
◇ひとりぼっちの壁の花　ミシェル・ウィリンガム作, 琴葉かいら訳　ハーパーコリンズ・ジャパン　2022.5　252p　17cm　(ハーレクイン・ヒストリカル・スペシャル PHS278)〈原書名：THE HIGHLANDER AND THE WALLFLOWER〉827円　①978-4-596-33426-8
＊時は1813年。"壁の花" "氷のレディ" と陰口をたたかれている伯爵の娘レジーナは、許婚との結婚式に臨もうとしていた。男性恐怖症に悩まされる彼女が、親の決めたこの婚約を受け入れたのは、当面は形だけの結婚で床入りの必要はないと許婚に言われたからだ。ところが式の当日、祭壇の前に許婚は姿を現さなかった。置き去りにされた花嫁として世間の白い目に耐える覚悟をしかけたとき、彼女の前に現れたのは、ハンサムなキャムフォード子爵ダルトン―7年前に一度だけ会ったことがある、許婚の親友だった。彼は驚きざわめく参列者たちを尻目にレジーナを連れ出すと、言った。「私と結婚してほしい。でも、君を誘惑しないという約束はできない」。
〔0285〕

ヴィル, ウジェーヌ Wyl, Eugène
◇禁じられた館　ミシェル・エルベール, ウジェーヌ・ヴィル著, 小林晋訳　扶桑社　2023.3　351p　16cm　(扶桑社ミステリー エ13-1)〈原書名：La Maison interdite〉1100円　①978-4-594-09422-5
＊飲食産業で成功を収めた富豪のヴェルディナージュが、マルシュノワール館に引っ越してきた。これまでの所有者には常に災いがつきまとってきた曰く付きの館だ。再三舞い込む「この館から出ていけ」との脅迫状。果たして雨の夜、謎の男の来訪を受けた直後、館の主は変わり果てた姿で発見される。どこにも逃げ道のない館から忽然と姿を消した訪問者。捜査が難航するなか、探偵トム・モロウが登場し…『黄色い部屋の謎』以降の歴史的空白を埋めるフランス産不可能犯罪小説の傑作、ついに発掘！
〔0286〕

ウィルカーソン, イザベル Wilkerson, Isabel
◇カースト―アメリカに渦巻く不満の根源　イザベル・ウィルカーソン著, 秋元由紀訳　岩波書店　2022.9　451p　21cm〈原書名：CASTE : The Origins of Our Discontents〉3800円　①978-4-00-061556-3
＊アメリカの日常にはびこる黒人差別は決して根絶されず再燃する。ピューリツァー賞受賞・黒人女性作家が自らの体験をもとに、差別の底に潜む、白人、バラモン、アーリア人の「優越」を保持するカースト制度のメカニズムを探る。アメリカの民主主義を蝕むカーストの恐るべき悪とは。世界的ベストセラー、待望の邦訳。
〔0287〕

ウィルキンズ＝フリーマン, メアリ・E. Wilkins-Freeman, Mary Eleanor
◇新編怪奇幻想の文学　5　幻影　紀田順一郎, 荒俣宏監修, 牧原勝志編　新紀元社　2024.7　460p　20cm〈他言語標題：Tales of Horror and Supernatural　原書名：Spiegelbilder　Old Clothesほか〉2500円　①978-4-7753-2150-8
[内容] 薄紫色のシンフォニー（メアリ・E.ウィルキンズ＝フリーマン著, 岩田佳代子訳）
〔0288〕

ヴィルジーリオ, マッシミリアーノ Virgilio, Massimiliano
◇見捨てられた者たち　マッシミリアーノ・ヴィルジーリオ著, 清水由貴子訳　早川書房　2022.1　399p　16cm　(ハヤカワ文庫 NV 1490)〈原書名：L'AMERICANO〉1360円　①978-4-15-041490-0
＊ナポリの犯罪組織カモッラのメンバーの父とイタリア系アメリカ人の母を両親に持つウレオ。銀行員の父と専業主婦の母という典型的な中流家庭に育ったマルチェッロ。本来なら交わるはずのないふたりの人生が出会ったとき…太陽と海と犯罪の街ナポリを舞台に、それぞれのルーツ、家族の歩んだ道のり、降りかかる幾多の試練など30年に及ぶ数奇な軌跡を、精緻なモザイク画のごとくに描き出したポルタ・ドリエンテ文学賞受賞作。
〔0289〕

ウィルソン, ケヴィン　Wilson, Kevin

◇地球の中心までトンネルを掘る　ケヴィン・ウィルソン著, 芹澤恵訳　東京創元社　2023.8　397p　15cm　（創元推理文庫 Fウ10-1）〈原書名：TUNNELING TO THE CENTER OF THE EARTH〉1300円　①978-4-488-56805-4

内容　替え玉　発火点　今は亡き姉ハンドブック：繊細な少年のための手引き　ツルの舞う家　モータルコンバット　地球の中心までトンネルを掘る　弾丸マクシミリアン　女子合唱部の指揮者を愛人にした男の物語（もしくは歯の生えた赤ん坊の）　ゴー・ファイト・ウィン　あれやこれや博物館　ワースト・ケース・シナリオ株式会社

＊代理祖父母派遣会社のエースとして、核家族の子どもの「ばあば」を演じて報酬を得る女性。自分の中の発火遺伝子に怯えながら、製菓店の娘に恋する青年。大学卒業後、何者にもなれず生きてきたある朝、ふと裏庭にトンネルを掘り始めた三人の若者─とびきりヘンで、優しく、がむしゃらな人々を描いた珠玉の短編集。シャーリイ・ジャクスン賞、全米図書館協会アレックス賞受賞作。〔0290〕

◇リリアンと燃える双子の終わらない夏　ケヴィン・ウィルソン著, 芹澤恵訳　集英社　2022.6　389p　19cm　〈原書名：NOTHING TO SEE HERE〉2500円　①978-4-08-773520-8

＊リリアン28歳、人間嫌い。自己肯定感はかなり低め、将来への希望もない。そんな彼女が旧友から世話を頼まれた10歳の双子は、興奮すると"発火"する特異体質だった!?涙と笑いで"リアル"に描く、ほろ苦い愛情と友情の物語。〔0291〕

ウィルソン, スカーレット　Wilson, Scarlet

◇再会愛と大きすぎる秘密　スカーレット・ウィルソン作, 堺谷ますみ訳　ハーパーコリンズ・ジャパン　2023.9　156p　17cm　（ハーレクイン・イマージュ I2769）〈原書名：MARRIAGE MIRACLE IN EMERGENCY〉673円　①978-4-596-52244-3

＊アイリスは幼くして親に捨てられ、子供のいない夫婦の養女となるも、養母に悲願の実子が生まれると厄介者扱いされるようになった。愛のある家庭に人一倍憧れたアイリスは、23歳でラクランと結婚した。しかし子供ができず、養子を迎えようという夫の提案も、不遇な養女だった自らの過去を告げられぬまま拒み、離婚したのだった。あれから8年。今、アイリスが働く病院に、3カ月の短期契約で新しくやってきた医師に、彼女は驚いた。離婚以来ずっと音信不通だった元夫、ラクランが現れたのだ！　アイリスの胸はちくりと痛んだ─彼と家族になれなかった過去に。そして、今は独りで7歳の愛娘を育てているという秘密に。〔0292〕

◇ふたりをつなぐ天使　スカーレット・ウィルソン作, 瀬野莉île子訳　ハーパーコリンズ・ジャパン　2023.2　156p　16cm　（ハーレクイン・イマージュ I2742─至福の名作選）〈2015年刊の再刊　原書名：THE BOY WHO MADE THEM LOVE AGAIN〉673円　①978-4-596-

75839-2

＊美しい海辺の小さな町の病院で働くアビーは、救急科に駆けこんできた医師を見て呆然とした。ルーク…！　二人は学生時代に知り合い、深く愛し合っていた。けれど5年前、ルークは病気の後遺症で子供を作れないことを理由に、アビーに別れを迫った。彼とはもう違う人生を歩み始めたはずなのに。まさかまた会うなんて、夢にも思わなかった。聞けばルークは、身重の患者が旅先のこの町で突然破水したので、しばらく滞在して付き添うことになったという。彼は驚くだろう─わたしの家に、淡いブルーの瞳とプラチナブロンドの髪をした、彼にそっくりな4歳の男の子がいると知ったら…。〔0293〕

ウィルソン, ダニエル・H.　Wilson, Daniel Howard

◇ロボット・アップライジング─AIロボット反乱SF傑作選　アレステア・レナルズ, コリイ・ドクトロウ他著, D・H・ウィルソン, J・J・アダムズ編, 中原尚哉他訳　東京創元社　2023.6　530p　15cm　（創元SF文庫 SFウ10-5）〈責任表示はカバーによる　原書名：ROBOT UPRISINGS〉1400円　①978-4-488-77205-5

内容　小さなもの（ダニエル・H.ウィルソン著, 佐田千織訳）

＊人類よ、恐怖せよ─猛烈な勢いで現代文明に浸透しつつあるAIやロボット。もしもそれらがくびきを逃れ、反旗を翻したら？　ポップカルチャーで繰り返し扱われてきた一大テーマに気鋭の作家たちが挑む。1955年にAI（人工知能）という言葉を初めて提示した伝説の科学者ジョン・マッカーシーの短編を始め、アレステア・レナルズ、コリイ・ドクトロウらによる傑作13編を収録。〔0294〕

ヴィレ, ユルガ　Vilė, Jurga

◇シベリアの俳句　ユルガ・ヴィレ文, リナ板垣絵, 木村文訳　花伝社　2022.2　237p　20cm　〈発売：共栄書房〉2000円　①978-4-7634-0996-6

＊1940年代、シベリアの強制収容所。ソ連軍によって占領地から強制移送された少年は、短く美しい日本の「詩」に出会う一大冒険に憧れる13歳の少年アルギスが辿り着いたのは、極寒のシベリア。それは、長く厳しい「はなればなれの旅」だった─極寒の流刑地で、少年は何を見たか？　実話を元に描かれた、リトアニア発のグラフィックノベル。〔0295〕

ウィンゲイト, マーティ　Wingate, Marty

◇殺人は展示する　マーティ・ウィンゲイト著, 藤井美佐子訳　東京創元社　2023.12　474p　15cm　（創元推理文庫 Mウ25-2─初版本図書館の事件簿）〈原書名：MURDER IS A MUST〉1300円　①978-4-488-23206-1

＊わたしはイングランドのバースにある初版本協会のキュレーター。協会創設者の生涯をテーマにした展覧会を企画中だ。初めての仕事に奮闘してい

ウインスト

たところ、やっと依頼できた展覧会マネージャーが死体で発見されてしまう。事件を解く鍵は、セイヤーズの名作『殺人は広告する』の最高に貴重な一冊にあるのか…？ 本を愛する人々に贈る、"初版本図書館の事件簿"シリーズ第2弾！ 〔0296〕

◇図書室の死体―初版本図書館の事件簿　マーティ・ウィンゲイト著，藤井美佐子訳　東京創元社　2022.6　462p　15cm　（創元推理文庫Mウ25-1）〈著作目録あり　原書名：THE BODIES IN THE LIBRARY〉1200円
①978-4-488-23205-4
＊わたしはイングランドの美しい古都バースにある初版本協会の新米キュレーター。この協会は、アガサ・クリスティなどのミステリの初版本を蒐集していた故レディ・ファウリングが設立した。協会はレディの住まいだった館にあり、図書室には彼女の膨大なコレクションが収められている。ある朝、その図書室で死体が発見され…。本を愛する人々に贈る、ミステリ・シリーズ第1弾！ 〔0297〕

ウィンストン, アン・マリー　Winston, Anne Marie

◇愛を知らない億万長者　アン・マリー・ウィンストン著，杉本ユミ訳　ハーパーコリンズ・ジャパン　2022.3　205p　15cm　（ハーレクインSP文庫 HQSP-311)〈ハーレクイン 2003年刊の再刊　原書名：BILLIONAIRE BACHELORS：STONE〉500円　①978-4-596-01801-4
＊父亡きあと、難病を患う母と残されたフェイス。それでも苦労せずに今日まで暮らしてこられたのは、いつも見守ってくれる若き大富豪、ストーンのおかげだった。フェイスは後見人の彼に幼いころから憧れ続けてきた。だが真実を知った今、彼にはとても顔向けできない。ストーンは財産の管理をしていたのではなく、何もかも私費で面倒を見てくれていたのだ。働き始め、全額を返済したいというフェイスに彼は告げた。「それなら、僕の妻になってもらいたい」 〔0298〕

ウィンズピア, ヴァイオレット　Winspear, Violet

◇あなたを思い出せなくても　シャーロット・ラム他著，馬渕早苗他訳　ハーパーコリンズ・ジャパン　2024.10　345p　17cm　（HPA 63―スター作家傑作選）〈「鏡の中の女」（ハーレクイン・エンタープライズ日本支社 1982年刊）と「アンダルシアにて」（ハーレクイン・エンタープライズ日本支社 1982年刊）の改題，合本　原書名：THE DEVIL'S ARMS　LOVE IN A STRANGER'S ARMS〉1136円　①978-4-596-71399-5
[内容] アンダルシアにて（ヴァイオレット・ウィンズピア著，斉藤雅子訳）
＊「鏡の中の女」（シャーロット・ラム/馬渕早苗訳）目覚めるとそこには、濃い霧に覆われた荒れ地だった。ここはどこ？ わたしはなぜこんなところに？

それより、自分が誰なのかすらわからない！ 寒さと恐怖に震えていると、霧の中に長身の人影が。衰弱した彼女は、通りがかりのその男性に連れられて病院へ行ったが、不可解なのは、ジェイクという名の彼が敵意のまなざしを向けてきたこと…。数日後、退院を許された彼女のもとに、再びジェイクが現れた。いまだ記憶が戻らず途方に暮れる彼女に、彼はあっさり言った。「君の名前はリン・シェリダン。君は僕のものなんだ」「アンダルシアにて」（ヴァイオレット・ウィンズピア/斉藤雅子訳）青白い顔をしたアラベルの病室には、高価な見舞いの品々が毎日届けられる。送り主はスペイン人の名士で、彼女の"夫"であるコルテスだという。記憶喪失のアラベルには、結婚など身に覚えがなかった。そこはかとない不安を感じていた彼女の前に、ある日、夫が現れた。威厳に満ち、尊大な雰囲気漂うコルテスを見て、アラベルが思わず結婚の無効を申し出ると、彼は言った。「君には僕しかいない。君は僕の妻なんだよ」そして、豪奢な屋敷にアラベルを連れて帰ったコルテスは、名実ともに妻となることで要求してきて…。 〔0299〕

◇孔雀宮のロマンス　ヴァイオレット・ウィンズピア著，安引まゆみ訳　ハーパーコリンズ・ジャパン　2024.11　222p　15cm　（ハーレクインSP文庫 HQSP-436―45周年特選 11 V・ウィンズピア）〈ハーレクイン・エンタープライズ日本支社 1980年刊の再刊　原書名：PALACE OF THE PEACOCKS〉600円
①978-4-596-71707-8
＊5年ぶりに南の島で再会した婚約者には、すでに恋人がいた。帰るに帰れずテンプルは途方に暮れ、船着き場へと向かうが、船員に女は断ると言われ、男装して船に乗り込むのだった。2人用船室に待ち受けていたのは、物憂げな美しい男性リック。"孔雀宮の主"だと名乗る貴人は、皮肉めいた笑みを浮かべて、おどおどとした少年姿のテンプルをじっと見つめた―その夜、激しい船酔いに陥ったテンプルは、深い眠りのうちに男装をすべて解かれてしまう。翌朝、怯えるテンプルにリックは、悠然と微笑んだ。「女の子だって、最初からわかっていたよ」 〔0300〕

◇荒野の乙女　ヴァイオレット・ウィンズピア作，長田乃莉子訳　ハーパーコリンズ・ジャパン　2024.12　156p　17cm　（ハーレクイン・イマージュ I2786―至福の名作選）〈ハーレクイン 2015年刊の再刊　原書名：THE STRANGE WAIF〉673円　①978-4-596-53044-8
＊ああ、自分の名字すら思い出せない。わたしはいったい誰なの？ 記憶を失ったリギアがたどり着いたのは、荒れ野にぽつんと立つ屋敷。当主のエイブリーは医師で、親切に面倒を見てくれたが、近くに住む彼の従兄弟ロバートははなから彼女を疑ってかかる。記憶喪失と偽って財産を狙う女狐め！ ロバートは意地悪な秘密とともにリギアに冷たく当たった。つらい、もうここにはいられない…。リギアがいたたまれない思いをしていたある日、ロバートの愛犬を助けたことで、彼の態度が和らいだ。そして雨宿りで寄った彼の家で、ついに記憶の扉が…。 〔0301〕

◇尖塔の花嫁　ヴァイオレット・ウィンズピア著，小林ルミ子訳　ハーパーコリンズ・ジャパン　2023.12　202p　15cm　（ハーレクイン文庫 HQB-1213）〈ハーレクイン 2011年刊の再刊 原書名：THE MAN SHE MARRIED〉627円　①978-4-596-52906-0

＊児童養護施設で育ったグレンダは10歳のとき、亡き娘に似ているという理由で養母に引き取られた。だが養母は死の床で、後ろ暗い秘密を打ち明ける。じつは娘を将来嫁がせる見返りとして、ある大富豪から莫大な援助を受けていたのだと。贅沢な生活を続けるために私を引き取ったの？　グレンダは傷ついたが、養母の名誉を守ろうと結婚を承諾する。ロワールの城に住む大富豪マルローは、結婚式のあと、花嫁が以前会った娘とは瞳の色が違うと気づくが―。〔0302〕

◇隼の伯爵と乙女　ヴァイオレット・ウィンズピア作，小林ルミ子訳　ハーパーコリンズ・ジャパン　2022.5　156p　17cm　（ハーレクイン・イマージュ I2706―至福の名作選）〈ハーレクイン 2014年の再刊 原書名：THE DANGEROUS DELIGHT〉664円　①978-4-596-33434-3

＊骨董店の売り子をしているフェイは、まだ恋をしたことがない。休暇で旅に出たある日、乗っていたバスが立ち往生し、なにげなく外へ出た彼女は森のなかに立つ美しい古城に魅了された。そこへ突然、金色の瞳をした容姿端麗な男性が木陰から現れ、フェイは驚いた弾みで足首を捻挫してしまう。彼こそ、城主のデ・リベロ・ファルカン伯爵、ヴィンセント。伯爵は痛みで歩けない彼女をなんなく抱え上げ、そのまま城へ向かった。人に命令して従わせるタイプの男性にこんなに近づくのは初めて…。ときめきと不安が入りまじるフェイの心に、伯爵の甘い問いが忍びこむ。「さて、とらわれの姫の名前を教えてくれないか？」〔0303〕

ウィンズロウ, ドン　Winslow, Don

◇陽炎の市（まち）　ドン・ウィンズロウ著，田口俊樹訳　ハーパーコリンズ・ジャパン　2023.6　565p　15cm　（ハーパーBOOKS M・ウ3・7）〈原書名：CITY OF DREAMS〉1309円　①978-4-596-77476-7

＊1988年12月。アメリカ東海岸を血に染めた抗争に敗れ、多くの仲間を失ったダニー・ライアンは、わずかな味方とともに西へと逃亡する。禍根を残すイタリア系マフィアとFBIの執拗な追跡に次第に追いつめられるなか、当局から自由と引き換えに危険な仕事を持ちかけられたダニーは賭けに出る―。メキシコ麻薬カルテル、ハリウッドの裏側も巻き込む男たちの争い。全米ベストセラー3部作、第2弾！〔0304〕

◇業火の市（まち）　ドン・ウィンズロウ著，田口俊樹訳　ハーパーコリンズ・ジャパン　2022.5　588p　15cm　（ハーパーBOOKS M・ウ3・6）〈原書名：CITY ON FIRE〉1309円　①978-4-596-42927-8

＊1986年アメリカ東海岸。ダニーは通称ドッグタウンを仕切るアイルランド系マフィア・ファミリーの片隅に身を置いているが、昔からの仲間と平穏に暮らしていた。ところがある日、長らく共存共栄してきたイタリア系マフィア・ファミリーとの間に小さな諍いが起き、歯車が狂い始める。やがて報復は一線を越え、ダニーは否応なく復讐と裏切りに血塗られた抗争に引きずり込まれていく。壮大な叙事詩の幕開け！〔0305〕

◇終の市　ドン・ウィンズロウ著，田口俊樹訳　ハーパーコリンズ・ジャパン　2024.6　613p　15cm　（ハーパーBOOKS M・ウ3・8）〈原書名：CITY IN RUINS〉1527円　①978-4-596-63718-5

＊東海岸マフィアの血塗れの抗争に巻き込まれ、わずかな仲間たちと西へ逃げ延びたダニー・ライアンは、いまやラスベガスに王国を築き、カジノホテル業界の陰の大物にのし上がっていた。だが飽くなき欲望からとった強引な手段が、商売敵のホテル王との関係に禍根を刻み、平穏な生活は終わりを告げる。FBIとマフィアにつけ狙われ、仲間を惨殺されたダニーは、再び血の抗争に身を投じていくが―。〔0306〕

ウィンターズ, エデン　Winters, Eden

◇密計　エデン・ウィンターズ著，冬斗亜紀訳　新書館　2023.6　380p　16cm　（モノクローム・ロマンス文庫 46―ドラッグ・チェイスシリーズ 2）〈原書名：Collusion〉1500円　①978-4-403-56056-9

＊もと薬物の売人のラッキーは、刑期のかわりに政府の薬物捜査組織・SNBの一員となった。処方薬の依存症をかかえた相棒のボーとは、前回の任務から秘密の関係が続いており、二人は今回も組んで小児がんセンターへの潜入捜査を命じられる。全国的な医薬品不足によって治療すら受けられない患者が多数出る中、真面目で融通の利かないボーはその状況に対応できなくなり―!?ドラッグ・チェイスシリーズ第2弾!!〔0307〕

ウィンタース, ベン・H.　Winters, Ben H.

◇その少年は語れない　ベン・H・ウィンタース著，上野元美訳　早川書房　2022.8　469p　19cm　（HAYAKAWA POCKET MYSTERY BOOKS 1982）〈原書名：THE QUIET BOY〉2500円　①978-4-15-001982-2

＊落下事故によって病院へ運ばれた少年ウェス。彼は頭の手術後に感情を表現しなくなってしまった。弁護士シェンクの説得により両親は、医療ミスとして病院に訴訟を起こす。だが、それから十一年が経ったある日、ウェスの父親リチャードが殺人事件の容疑者として起訴されてしまう。シェンクは弁護を依頼されるが…。過去と現在のふたつの時間軸で、医療ミスと殺人事件のふたつの裁判が描かれる物語は思いもよらぬ方向へと進んでいく―。『地上最後の刑事』三部作でミステリ読者の度肝を抜いた著者による最新長篇。〔0308〕

ウインタス

ウィンターズ, メアリー　Winters, Mary

◇前略、駆け落ちしてもいいですか？　メアリー・ウィンターズ著，村山美雪訳　原書房　2024.5　438p　15cm　（コージーブックス　ウ1-2―伯爵夫人のお悩み相談　2）〈原書名：MURDER IN MASQUERADE〉1350円
①978-4-562-06139-6

＊雑誌のお悩み相談欄で正体を隠して回答員をする、若き伯爵未亡人のアミリア。率直な助言は大評判で、上流階級の人々からも相談がよせられるようになった。あるとき届いたのは、友人の侯爵サイモンの妹からの手紙。家族には許されない相手と恋におち、もう、駆け落ちをするしかないと記されていた。サイモンに言わせると相手は、侯爵家に以前仕えていた馬丁で、ろくでなしだという。ふたりがオペラに行くと知ったアミリアとサイモンは、偵察へ向かうことに。過敏になっているサイモンをなだめつつ、久しぶりの華やかな劇場を満喫するアミリア。美しい歌声、笑いあう恋人たち、意味ありげに目を交わす社交シーズンの貴族たち。夢見心地になったのも束の間、上演後に事件が起こる！〔0309〕

◇追伸、奥さまは殺されました　メアリー・ウィンターズ著，村山美雪訳　原書房　2023.10　415p　15cm　（コージーブックス　ウ1-1―伯爵夫人のお悩み相談　1）〈原書名：MURDER IN POSTCRIPT〉1200円　①978-4-562-06133-4

＊19世紀ロンドンで大人気の雑誌のお悩み相談コーナーには、恋愛、美容、育児など読者のあらゆる困りごとの手紙が届く。それらに率直な助言をしている謎の人物レディ・アガニの正体は、実は、若き伯爵未亡人のアミリアだった。あるとき、いかにも急いで書いたように見える手紙がアミリアのもとに届いた。そこには、大変なものを目撃してしまったので助けてほしい、とある。自分の正体がばれると伯爵家の名前に傷がついてしまう、けれど大切な読者を放っておくなんてできない…夜に屋敷をこっそり抜け出して、手紙にあった待ち合わせ場所へ行くと、差出人らしき女性の遺体が。警察にすべての事情を話すことができないアミリアは、その場に居合わせたベインブリッジ侯爵とともに、犯人を捜すことに！〔0310〕

ウインターズ, レベッカ　Winters, Rebecca

◇愛を覚えていて　レベッカ・ウインターズ著，正ис桂子訳　ハーパーコリンズ・ジャパン　2022.4　215p　15cm　（ハーレクイン文庫　HQB-1117）〈ハーレクイン　2000年刊の再刊　原書名：UNDERCOVER BABY〉627円
①978-4-596-33327-8

＊富豪カルは瀟洒な邸宅でのんびり髭を剃りながら、美しい妻ダイアナと愛し合った甘い余韻に浸っていた。と、突然鳴り出した電話が、彼を現実に引き戻した。病院の緊急治療室からだ。妻が通りで転倒して頭を打ち、赤ん坊と一緒に運び込まれたという。ダイアナはほんの30分前に家を出たばかりだ。病院に駆けつけたカルを、妻はおびえた目で迎えた。愛する妻は、夫のぼくが誰だかわからないのか…。そして赤ん坊のことも―。〔0311〕

◇愛の一夜　レベッカ・ウインターズ著，大島ともこ訳　ハーパーコリンズ・ジャパン　2022.2　204p　15cm　（ハーレクイン文庫　HQB-1100―珠玉の名作本棚）〈ハーレクイン　2002年刊の再刊　原書名：CLAIMING HIS BABY〉627円　①978-4-596-31652-3

＊新進ピアニストのヘザーは、有能な医師ラウールと出逢い、魅力的な彼に熱烈に告白されて天にも昇る心地がした。けれど遠い異国で働く彼との結婚は、不可能だった。せめて一夜でも愛されたいと願い、純潔を捧げた3カ月後―突然訪ねてラウールを驚かせようとしたヘザーは、彼の予想外に冷たい態度にショックを受ける。翌朝の飛行機で帰るよう言われたが、不運にも帰国便が墜落。救助されたヘザーはラウールの診療を受けることになった。そして、あろうことか、彼の口から妊娠の事実を告げられ…。〔0312〕

◇愛の都で片想いの婚約を　レベッカ・ウインターズ作，児玉みずうみ訳　ハーパーコリンズ・ジャパン　2023.4　156p　17cm　（ハーレクイン・イマージュ　I2751）〈原書名：CAPTURING THE CEO'S GUARDED HEART〉673円　①978-4-596-76933-6

＊アネリーズはパリにある会社に就職し、忙しい日々を送っていた。1度しか会っていないCEOのニコラと彼女が交際中という、根も葉もない新聞記事のせいでパパラッチが押し寄せてくるまでは。彼はヨーロッパじゅうの王族が結婚相手に望むほどの大富豪だ。このままでは私の存在が迷惑になる。会社を辞めて田舎に引っこもう。ところがニコラはアネリーズを呼び出し、驚くべき提案をしてきた。記事を書かせた者をさがすため、彼の婚約者を演じてほしいというのだ。もちろん自分では分不相応だからと、アネリーズは断ろうとした。けれどニコラに手を握られ、黒い瞳で情熱的に見つめられるうち、唇はいつの間にか「はい」と言っていて…。〔0313〕

◇愛も切なさもすべて　レベッカ・ウインターズ著，平江まゆみ他訳　ハーパーコリンズ・ジャパン　2024.12　291p　17cm　（ハーレクイン・プレゼンツ・スペシャル　PS120）〈原書名：THE RANGER'S SECRET　A PRINCE FOR CHRISTMAS〉1082円
①978-4-596-71777-1

|内容| 秘密と秘密の再会　幸せを呼ぶ王子

＊『秘密と秘密の再会』アニーは結婚を約束していたロバートを異国で亡くし、失意のまま帰国した。でも彼女は独りではなかった―彼の子を授かっていたから。10年後、アニーの乗るヘリコプターが山中に墜落し、彼女は重傷を負った。だが何より驚いたのは、救助に駆けつけた人々の中に、もう一度聞きたいとずっと願っていた声が聞こえてきたこと。目を開けると、死んだはずの最愛の恋人ロバートがいたことだった！『幸せを呼ぶ王子』教師のクリスティーナは、親を亡くしたショックで視力を失った姪を引き取って育てていた。クリスマス間近のある日、姪が広告モデルに選ばれたのが

縁で、北欧の美しい国フリージアの王宮に招待される。姪に同行し、王子エリックに謁見したクリスティンは、叶わぬ恋と知りつつも心を奪われた。明日には帰らなければならないのに。〔0314〕

◇甘く、切なく、じれったく　ダイアナ・パーマー他著，松村和紀子訳　ハーパーコリンズ・ジャパン　2024.4　290p　17cm　（HPA 57—スター作家傑作選）〈「テキサスの恋」（ハーレクイン 2000年刊）と「マイ・バレンタイン」(2016年刊)ほかからの改題、抜粋、合本　原書名：JOBE DODD　HIS GAMBLER BRIDE ほか〉1082円　⓵978-4-596-53859-8

内容　競り落とされた想い人（レベッカ・ウインターズ著，松村和紀子訳）

＊サンディが15歳の頃から、10歳年上のジョブがお目付け役だった。彼女に悪い虫がつこうものなら、彼は容赦なく対応した。かたや彼は次々デート相手を替えて恋を楽しんでいた。そんなジョブにサンディはずっと片想い。会えば喧嘩してしまい、時には密かに涙さえ流す彼女だったが、あるパーティでジョブから熱くキスされて…。（「ジョブ・ドッド」）仕事先の会社社長アレックスに一目惚れしたシー・ジェイ。だが臆病な彼女は募る想いを伝えられない。悩み抜いた末、慈善イベントの独身男性オークションに"出品"された彼を、いちばん人気だったにもかかわらず競り落とすことに成功した。これで1週間、彼を思うままにできる—わたしなしでは生きられないと言わせてみせる！（「競り落とされた想い人」）「手切れ金は払う。父と別れろ」社長の息子ライルに、社長の愛人と誤解されたアシスタントのケルサ。ハンサムだが冷酷な彼に戸惑うなか、社長が心臓発作で急死し、遺書によりライルとケルサが共同で遺産を継ぐことが判明した。憤るライルの口から、驚愕の言葉が飛び出す！「なぜ黙っていた？　君が僕の妹だということを」（「もう一人のケルサ」）〔0315〕

◇イタリア大富豪と小さな命　レベッカ・ウインターズ作，大谷真理子訳　ハーパーコリンズ・ジャパン　2024.2　156p　17cm　（ハーレクイン・イマージュ I2790—至福の名作選）〈2016年刊の再刊　原書名：THE BILLIONAIRE'S BABY SWAP〉673円　⓵978-4-596-53261-9　〔0316〕

◇イタリア大富豪と日陰の妹　レベッカ・ウインターズ作，大谷真理子訳　ハーパーコリンズ・ジャパン　2024.4　156p　17cm　（ハーレクイン・イマージュ I2798—至福の名作選）〈2017年刊の再刊　原書名：THE BILLIONAIRE WHO SAW HER BEAUTY〉673円　⓵978-4-596-53773-7

＊「幻覚かと思ったが、やっぱりきみだ。髪を切ったんだね」アレッサンドラは実家の玄関で、見知らぬ来客に声をかけられた。ギリシア神話の絶世の美青年アドニスを彷彿とさせる男性リニは、華やかで愛嬌のある双子の姉と彼女を勘違いしているようだ。姉は探し求めていた理想の王子様をとうとう見つけたのかしら？　人違いだと言ってアレッサンドラはその場を去ったが、ほどなくして、リニは名門一族の生まれで、才覚、財力、容貌と三拍子そろった独身貴族だと耳にし、彼女は密かに胸を高鳴らせた。しかし、アレッサンドラはその恋心を抑えこむのに必死だった。男性は魅力的な姉のほうを好むから。もう傷つきたくないから…。〔0317〕

◇一輪のすみれの恋わずらい　レベッカ・ウインターズ作，堺谷ますみ訳　ハーパーコリンズ・ジャパン　2023.1　156p　17cm　（ハーレクイン・イマージュ I2737）〈原書名：SECOND CHANCE WITH HIS PRINCESS〉673円　⓵978-4-596-75641-1

＊ベッラは8歳のころから、ずっと2歳年上のルーカに片想いをしていた。しかし、無謀なスキーで雪崩に遭った彼女を助けたせいで、ルーカが重傷を負って以来、10年間彼とは音信不通になってしまう。たとえ憎まれていると知るだけになっても、一度顔を見て話がしたい。兄の結婚式に現れたルーカに、ベッラは勇気を振り絞って声をかけた。そして涙を流しながら、過去の自分の軽率な行動を謝った。ルーカはそんな彼女に、不可解な表情で自分の脚に問題はないと告げた。彼はいつもそうだ。私を友人の妹で、幼なじみとしか見てくれない。それを運命の恋だなんて勘違いをして。ばかね、ベッラ。だが失意の彼女が立ち去ろうとしたとき、ルーカに唇を奪われて…。〔0318〕

◇遅すぎた再会　レベッカ・ウインターズ著，井上きこ訳　ハーパーコリンズ・ジャパン　2022.9　211p　15cm　（ハーレクイン文庫 HQB-1147）〈ハーレクイン 2009年刊の再刊　原書名：THE ITALIAN PLAYBOY'S SECRET SON〉627円　⓵978-4-596-74716-7

＊セザール・ド・ファルコンは、イタリア貴族の若き大富豪。逞しい肉体に銀色の瞳を持つ、すべての女性が憧れる男性だ。そして、平凡なサラの愛する人で、5歳になる息子の父親—。6年前、一夜の恋から身ごもったことを伝えようとした折、サラは渡された期限つきの往復切符を彼の本心と深読みした。だから招待を断って姿を消し、一人で子どもを産んだ。だがそんなある日、セザールが命にかかわる大事故に遭う。サラは自らの過ちを思い知り、病室に駆けつけた。生きて—あなたには息子がいるのだから、と伝えるため。〔0319〕

◇終わらない片想い　レベッカ・ウインターズ作，琴葉かいら訳　ハーパーコリンズ・ジャパン　2024.11　156p　17cm　（ハーレクイン・イマージュ—至福の名作選）〈原書名：THE PRINCESS'S NEW YEAR WEDDING〉673円　⓵978-4-596-71451-0

＊許婚が事故死し、ランツァは心から嘆くも、親の決めた政略結婚から解放されたことにほっとしている自分に後ろめたさを感じていた。そんなある日、今度は亡き許婚の兄ステファノとの結婚を命じられる。彼とは、大人になってからまともに会ったこともないのに。病を患う父を安心させるためにも、ランツァは従うほかなかった。1年後の結婚式の日、祭壇でようやく顔を合わせたステ

ウインタス

ファノは、驚くほど端整な顔だちで、大人の魅力をまとい、きらきら輝いて見えた。そう、ランツァは幼き日から、本当はステファノが好きだったのだ。だが、人知れず頬を染めるランツァに、彼は事務的に告げた。これはあくまでも形だけの結婚で、寝室は別だ、と。　　　　　　　　〔0320〕

◇過去からのラブレター　レベッカ・ウインターズ著，結城玲子訳　ハーパーコリンズ・ジャパン　2023.5　217p　15cm　(ハーレクインSP文庫 HQSP-367)〈ハーレクイン 2006年刊の再刊 原書名：THEIR NEW-FOUND FAMILY〉545円　①978-4-596-77194-0
＊受話器の向こうから聞こえてきたのは、12年間、レイチェルがかたときも忘れたことのない声だった。「トリスという名前に心あたりがありますか？」トリス—豪華客船の旅で惹かれ合い、愛を誓ったのに、消息が知れなくなった大富豪の御曹司。成就しなかった恋。弄ばれたという現実を受けいれるのにどれほど時間がかかったか。つきまとう過去の痛みは、いまなお胸の奥でうずいている…。だがトリスは、レイチェルを捨てたくて捨てたわけではなかった。あのあと事故で彼女の記憶のすべてを失っていたのだ。〔0321〕

◇ガラスの靴のゆくえ　レベッカ・ウインターズ作，後藤美香訳　ハーパーコリンズ・ジャパン　2023.8　156p　17cm　(ハーレクイン・プレゼンツ PB366—作家シリーズ 別冊)〈2016年刊の再刊 原書名：THE MILLIONAIRE'S TRUE WORTH〉664円　①978-4-596-52042-5
＊幼いときに親と死に別れたレイナは、若くして結婚と離婚を経験し、二度と不実で傲慢な男性にはかかわらないと心に誓っていた。あるとき、親友の結婚披露宴のためにギリシアを訪れ、街で美神を彷彿とさせる黒髪の男性とぶつかりそうになった。ほんの一瞬だったのに、彼の顔はレイナのまぶたの裏に焼きついた。翌日、披露宴で花婿付添人を見た彼女は思わず息をのんだ—昨日の彼！ その正体は、ギリシア屈指の大富豪アキス・ジアノポウロスだった。宴の後、ホテルまでリムジンで送ってくれた彼に胸を高鳴らせる一方、レイナの心は沈んだ。また恋に落ちて傷つくのは、耐えられない…。恋心を戒めると、レイナは名も告げずに彼のもとから逃げ出した！　〔0322〕

◇ギリシアを捨てた妻　レベッカ・ウインターズ著，大田朋子訳　ハーパーコリンズ・ジャパン　2023.3　221p　15cm　(ハーレクイン文庫 HQB-1175—珠玉の名作本棚)〈ハーレクイン 2011年刊の再刊 原書名：ACCIDENTALLY PREGNANT！〉627円　①978-4-596-76739-4
＊アテネに暮らすイレーナは、生まれて初めて本当の恋におちた。出張先のイタリアで出逢ったハンサムなヴィンチェンツォ。彼は初対面のときからイレーナへの好意を表し、傲慢なほど臆せず彼女の心に踏み込んできた。最後の日、ついに彼の部屋で一夜を過ごし、愛を分かち合った。ヴィンチェンツォは静かに告げた。「ぼくたちは正反対だ。だから結婚するべきだよ」と。イレーナはア

テネにいる形だけの許婚のことも忘れ、うなずいた。ヴィンチェンツォが、本当は誰なのかも知らないまま…。〔0323〕

◇ギリシアの小さな奇跡　レベッカ・ウインターズ作，氏家真智子訳　ハーパーコリンズ・ジャパン　2022.6　156p　17cm　(ハーレクイン・イマージュ I2710—至福の名作選)〈ハーレクイン 2014年刊の再刊 原書名：THE GREEK'S TINY MIRACLE〉664円　①978-4-596-42872-1
＊"妊娠"を示す検査薬の結果を見て、ステファニーは呆然とした。相手は、3カ月前に旅先で出逢った、カリスマ性漂う男性—たちまち彼の虜になり、生涯忘れられない一夜を経験した。だが翌日、別れのメッセージを残し、彼は忽然と消を消したのだった。父親を知らずに育った彼女に、わが子に同じ思いをさせたくなかった。あらゆる手を尽くし、ギリシアの地でようやく再会を果たすが、そこにいた彼は、まるでステファニーの知る彼ではなかった。彼女の愛した男の正体は、富豪一族の御曹司、ニコス・ヴァサロス。驚きも冷めやらぬなか、辛辣な言葉がステファニーの胸に突き刺さった。「金持ちと寝て妊娠するのが狙いだったのか？」。〔0324〕

◇暗闇の中の愛　レベッカ・ウインターズ著，東山竜子訳　ハーパーコリンズ・ジャパン　2024.4　198p　15cm　(ハーレクインSP文庫 HQSP-408—45周年特選 4 レベッカ・ウインターズ)〈ハーレクイン 1990年刊の再刊 原書名：BLIND TO LOVE〉600円　①978-4-596-54023-2
＊結婚したばかりの夫バンスが事故で失明してしまった。その事実を医師から告げられ、リビーは愕然とした。しかも夫は、リビーには連絡を取りたがらなかったそうだ。バンスは私にとってのすべて。たとえ目が見えなくなっても、ふたりの愛は変わらないのになぜ？ と訝しむ彼女に、医師は視力を失ったことで、バンスが一時的に夫としての資格まで失ったと思い込んでいるせいだろうと慰めてくれた。はやる心を抑え、病室に入ると、バンスの冷たい声が響いた。「君にはここに来てほしくないと手紙で伝えたはずだ」〔0325〕

◇恋する夜よ永遠に　レベッカ・ウインターズ，サラ・モーガン著，木内重子，仁嶋いずる訳　ハーパーコリンズ・ジャパン　2022.12　262p　15cm　(ハーレクイン文庫 HQB-1160—珠玉の名作本棚)〈原書名：THE TYCOON'S CHRISTMAS ENGAGEMENT MIDNIGHT AT TIFFANY'S〉645円　①978-4-596-75537-7
内容　イブの口づけ（レベッカ・ウインターズ）
＊大学院生のアニーは十代の頃から、母が勤める会社の社長の息子に片想い。ところがクリスマスイブのパーティーで、いきなり彼女の唇を奪った相手は、冷徹で凄腕と評判の副社長ミッチだった。なんて無礼な人！ 強引な誘惑に怒りたいのに、なぜか彼の顔が頭から離れなくなって…。(R・ウインターズ『イブの口づけ』)。NYで暮らすマチルダは

ウインタス

今夜、大企業を率いる億万長者チェイスが主催するセレブのパーティでウエイトレスをしていたが、ミスの許されない場で大失態を演じて首に。だがそんな彼女をデートに誘ったのは、チェイスだった！（S・モーガン『億万長者と魔法の一夜』）〔0326〕

◇恋は地中海の香り　レベッカ・ウインターズ，ルーシー・ゴードン，トリッシュ・モーリ著，仁嶋いずる他訳　ハーパーコリンズ・ジャパン　2022.9　378p　17cm　（HPA 38—スター作家傑作選）〈原書名：THE BRIDESMAID'S PROPOSAL　THE SECRET THAT CHANGED EVERYTHINGほか〉1136円　①978-4-596-74770-9

内容 愛のシナリオ（レベッカ・ウインターズ著，仁嶋いずる訳）

＊ギリシア、イタリア、スペインが生んだ美形ヒーローとの、もどかしい恋物語3選！　美しきギリシア人のアレックスと仕事をして2年。美人の恋人がいると噂の世慣れた彼を愛してしまったリースは、大きな決断をしなければならなかった。職を辞し、彼にさよならを告げるのだ。振り向いてくれないのにそばにいるのはつらすぎるから。夜ごと涙で枕を濡らし、いよいよ決心したリースは、最後の仕事へと向かうが…（「愛のシナリオ」（レベッカ・ウインターズ））。失恋旅行でローマへ来たシャーロットがホテルのバーで嘆息していると、魅力的な長身男性が隣に座った。「君、大丈夫？」優しい言葉をかけてきた裕福なイタリア人のルチオに惹かれ、身も心もゆだねるが、眠っていた間に彼は忽然と姿を消した—"すてきな夜をありがとう"と書き残して。数週間後、彼女は妊娠に気づき…（「トレヴィの泉に願いを」（ルーシー・ゴードン））。弟が作った借金に頭を抱えるリアの前に、半年だけ恋人だったスペイン人実業家のアレハンドロが現れた。1人の女性と長続きする関係を持てない彼を本気で愛するようになってしまったリアは、ぼろぼろになる前に自ら身を引いたのだった。しかし今、彼は返り咲きを肩代わりする見返りに、またベッドを共にするよう要求してきた！（「情熱の取り引き」（トリッシュ・モーリ））〔0327〕

◇心の花嫁　レベッカ・ウインターズ著，新井ひろみ訳　ハーパーコリンズ・ジャパン　2024.8　201p　15cm　（ハーレクインSP文庫 HQSP-425）〈ハーレクイン 1995年刊の再刊　原書名：BRIDE OF MY HEART〉545円　①978-4-596-77744-7

＊ニッキーはすべてを忘れて新たな人生を歩むため、恩師ミゲルのもとを去った。密かな恋心を、胸の奥には離婚が成立し、独りに戻った。でも、私が恋人になれる日はこない。彼の私を見る優しいまなざしは、私が妹以上の存在にはなれないと物語っていたから…。だがある日、ミゲルは突然、ニッキーの前に姿を現した。どうして？ニッキーは言葉を失った。〔0328〕

◇三十日間の夢　レベッカ・ウインターズ作，吉田洋子訳　ハーパーコリンズ・ジャパン　2022.1　156p　17cm　（ハーレクイン・プレゼンツ

PB319—作家シリーズ　別冊）〈ハーレクイン 2001年刊の再刊　原書名：HIS VERY OWN BABY〉664円　①978-4-596-01828-1

＊ブレアは元婚約者のアリクに会いに、ニューヨークを訪れた—生まれたばかりの、彼に生き写しの息子を連れて。1年前、学生だったブレアは、13歳年上で大富豪一族出身のアリクと恋におちて婚約したものの、やむなく身を引かなくてはならなかった。ある人物に脅されたから、とは口が裂けても言えなかった。彼と別れたあとに、おなかに赤ちゃんがいるとわかったことも。でも、こうしていま会いに来たのは、彼の黒髪とオリーブ色の肌をみごとに受け継いだ息子の存在を黙っているのは罪だと思ったから。純粋に、それが目的と示すため、婚約者がいることにしたブレアに、アリクは告げた。「これから1カ月、君は僕と一緒にここで暮らすんだ」〔0329〕

◇純愛を秘めた花嫁　ヘレン・ビアンチン，キム・ローレンス，レベッカ・ウインターズ作，愛甲玲，青山有未，高橋美友紀訳　ハーパーコリンズ・ジャパン　2024.5　417p　17cm　（ハーレクイン・プレゼンツ・スペシャル PS116）〈著作目録あり　原書名：THE GREEK'S BOUGHT WIFE　BLACKMAILED BY THE SHEIKHほか〉1364円　①978-4-596-77572-6

内容 結婚はナポリで（レベッカ・ウインターズ著，高橋美友紀訳）

＊『一夜の波紋』ティナはギリシア大富豪ニック・レアンドロスの妻になった。事故死した彼の異母弟の子を宿している彼女は、おなかの子にレアンドロス姓と安定した生活を与えるべきだと主張するニックに説得され、偽装結婚に踏みきったのだ。だがティナは苦しんでいた。決して愛されない名目だけの妻なのに、彼を愛してしまったことに気づいて。『プリンスにさらわれて』ある晩、帰宅した英語教師のブルーはハンサムな侵入者に遭遇する。彼の正体は、さる国の王位継承者カリム。ブルーの教え子である妹が行方不明になり、手がかりを求めて彼女に会いに来たのだった。突然のことに困惑するブルーを、カリムは王になる者らしい尊大な口調で脅した。「一緒に来なければ、君は後悔することになる」『結婚はナポリで』母が死に際に詳細を明かした実の父に会うため、キャサリンはイタリアへ飛んだ。そこで出逢ったのは、父の若き友人でダビデ像のように美しい大富豪アレッサンドロ。彼は妻に先立たれて男手一つで息子を育て、もう結婚はしないつもりだった。そうとは知らない彼女は、父を待つ間、親切にしてくれる彼になす術なく惹かれていく。〔0330〕

◇純白の灰かぶりと十年愛　レベッカ・ウインターズ作，児玉みずうみ訳　ハーパーコリンズ・ジャパン　2023.9　156p　17cm　（ハーレクイン・イマージュ I2771）〈原書名：BILLIONAIRE'S SECOND CHANCE IN PARIS〉673円　①978-4-596-52336-5

＊その日、17歳のフルリーヌは名家出身のラウルに会いに出かけた。横暴な父親が許さないので服は不格好な白いワンピースしかなく、リボンも買え

ウインタス

ないために長い髪はとかすのが精いっぱいだったけれど。だがラウルは気にせず、「君が18歳になったら結婚しよう」と言って熱烈なキスをしてくれ、フルリーヌは最高に幸せだった。父親が現れ、猟銃を突きつけて彼女を連れ去るまでは。10年後、パリで再会したラウルはあの日の約束を忘れてしまったのか、華やかな女性とデートをしては世間を騒がせる億万長者となっていた。そんな彼に、意気地なしのフルリーヌはすっかり自信をなくしてしまう。そもそも二人は住む世界が違う。結婚を夢見た私がばかだったのね…。〔0331〕

◇シンデレラは身代わり母に　レベッカ・ウインターズ他著，小林ルミ子他訳　ハーパーコリンズ・ジャパン　2023.7　316p　17cm　（HPA 48―スター作家傑作選）〈「殿下に捧げる初恋」（ハーレクイン 2014年刊）と「愛に怯える花嫁」（ハーレクイン 2008年刊）の改題，合本　原書名：EXPECTING THE PRINCE'S BABY　THE GREEK PRINCE'S CHOSEN WIFE〉1082円　①978-4-596-77552-8

内容　殿下に捧げる初恋（レベッカ・ウインターズ著，小林ルミ子訳）

＊幼い頃から護衛隊長の父と宮廷で暮らし始めたアビー。ヴィンチェンツォ皇太子を慕っていたが、身分差は明らかだった。やがて彼が近隣国の王女と結婚したのを機に、密かな恋心を封印した。しかし28歳になった今、子宝に恵まれぬ皇太子夫妻のために、アビーは代理母として皇太子の子を身ごもっていた。不幸なことに妃は先日、不慮の事故で亡くなってしまった。彼を励ますためにも、元気な赤ちゃんを産まないと！　だがアビーが宮殿にいられるのは出産までという契約。愛する皇太子との別れが、刻一刻と近づいていた…。『殿下に捧げる初恋』義姉を亡くしたアイビーは、勇気を出して義姉の婚約者だったデミアン・アリステデスを訪ねた。プリンスの称号を持つイギリス人の彼は、ハンサムだがどこか非情な雰囲気を漂わせている。彼の婚約者の義妹だとアイビーが自己紹介しても信じず、金目当ての女と決めつけようとした。「わたしのお腹には、あなたの赤ちゃんがいるのよ！」そう告げた彼女に、デミアンは言った。「ばかばかしい。君とは初対面なんだぞ！」この人は本当に義姉から聞いていないの？　わたしが義姉の代理母として、プリンスの子を宿していることを。『愛に怯える花嫁』〔0332〕

◇ストーリー・プリンセス　レベッカ・ウインターズ作，鴨井なぎ訳　ハーパーコリンズ・ジャパン　2024.6　156p　17cm　（ハーレクイン・イマージュ I2808―至福の名作選）〈ハーレクイン 1992年刊の再刊　原書名：THE STORY PRINCESS〉673円　①978-4-596-63512-9

＊"あなたを見ると、ママを思い出します。ママは天国にいます。弟もじきママのところに行くので、その前にあなたに会いたがっています"子供たちのアイドル"ストーリー・プリンセス"を演じるドミナイは、ファンから大量に寄せられた手紙の中の1通に心を動かされた。不幸な幼い兄弟にすっかり同情し、彼らを共演企画へ招くことにするが、そう決めた理由はじつはほかにもあった。"パパはあなたをB級女優だと言います"というくだりにひっかかり、誤解を解きたかったのだ。楽しい思い出を作れたら、誤解も解けるはず。共演を来週に控えたある日、ジャロッドと名乗る魅力的な男性が現れた。一目で惹かれたドミナイは驚いた。彼が、あの手紙の"パパ"だと知って！〔0333〕

◇大富豪と遅すぎた奇跡　レベッカ・ウインターズ著，宇丹貴代実訳　ハーパーコリンズ・ジャパン　2024.9　210p　15cm　（ハーレクイン文庫 HQB-1249）〈ハーレクイン 2014年刊の再刊　原書名：ALONG CAME TWINS…〉691円　①978-4-596-77853-6

＊ケリーは失意を胸に、ギリシアから祖国アメリカに戻った。2年前、大富豪レアンドロスに嫁いだ日から別れを覚悟していた。彼の心はずっと、別の女性のものだったから…。赤ちゃんを授かれば変わるかもしれないと思っていたが、ケリーの体に問題があるのか、なかなか授からない。私は妻失格なのね…。ついに離婚の申し立てをしたケリーは、なんと双子を授かったことを知る。レアンドロスとの赤ちゃん―。喜びに打ち震えながらも、夫の愛する女性のことが浮かび…。〔0334〕

◇大富豪と名もなき薔薇の出自　レベッカ・ウインターズ作，児玉みずうみ訳　ハーパーコリンズ・ジャパン　2023.6　156p　17cm　（ハーレクイン・イマージュ I2759）〈原書名：FALLING FOR HER SECRET BILLIONAIRE〉673円　①978-4-596-77307-4

＊私が養子だと、両親はなぜ亡くなる前に教えてくれなかったのだろう？　それ以来、フランソワーズは本当の両親を必死にさがしていた。だが探偵によると、情報は厳重に封印されていて調べようがないという。そんな彼女に手を差し伸べてくれたのが、ジャン・ルイだった。三つ子の億万長者の一人である彼は、女性たちの憧れの結婚相手であり、慈善活動にもとても熱心な、高潔で思いやり深い男性でもある。ジャン・ルイになぐさめられ、両親をさがす力になってもらううち、フランソワーズの心はいつしか彼でいっぱいになっていた。でも、ジャン・ルイは誰にでも親切だ。私はそれを愛と勘違いしただけ。親の顔も知らない私を、彼はただ哀れんでいるにすぎないのに…。〔0335〕

◇小さな奇跡は公爵のために　レベッカ・ウインターズ著，山口西夏訳　ハーパーコリンズ・ジャパン　2024.12　206p　15cm　（ハーレクイン文庫 HQB-1258―珠玉の名作本棚）〈「湖の騎士」（ハーレクイン 2008年刊）の改題　原書名：THE DUKE'S BABY〉691円　①978-4-596-71755-9

＊「赤ちゃんができたんですよ、ママさん。おめでとう、パパさん」妊娠3カ月って…私は子供を授かれない体のはずなのに？　湖畔に立つ公爵の古城に滞在するアンドレアは、体調を崩して野に倒れていたところを、彼女を財産狙いの女と思い込む青い瞳の美しき次期公爵ランスに発見されて病院に運ばれた。そこで医師に妊娠を告げられて驚いた

だけでなく、ランスが子供の父親と間違われ、アンドレアは気まずかった。奇跡的に授かったのだ、3カ月前に亡くなった夫の忘れ形見を。するとなんと、ランスが告げた。「その子の父親になりたい」〔0336〕

◇小さな恋、大きな愛　ベティ・ニールズ,マーガレット・ウェイ,レベッカ・ウインターズ著,浜口祐実他訳　ハーパーコリンズ・ジャパン　2022.10　286p　17cm　（HPA 39—スター作家傑作選）〈原書名：AN ORDINARY GIRL THE WEALTHY AUSTRALIAN'S PROPOSALほか〉1082円　①978-4-596-74902-4

内容 ガラスの丘のプリンセス（レベッカ・ウインターズ著,田村たつ子訳）

＊牧師の5人娘の長女フィリーは、美人揃いの妹たちに比べて平凡な容姿の田舎娘だ。ある日、都会から来たハンサムな医師ジェームズに道を教えたとき、彼の碧眼に胸のときめきを覚えた。けれど助手席にはファッション誌から出てきたような完璧なまでに美しい連れの女性がいて、その手には、大きなダイヤの指輪が輝いていた…。（『ドクターにキスを』）。育ての親である祖母に疎まれ、家を追い出されたナイリー。路頭に迷う彼女を救ってくれた恩師が急逝して悲しみに暮れるが、生前の恩師の計らいで広大な地所を相続することに。いざその町へ行ってみると、圧倒的な魅力を放つブラントと出会い、運命を感じた—もはや彼が地所を奪い取ろうとする大企業の後継者とは知りもせず。（『運命のプロポーズ』）。小学校教師のニコルは、突然目の前に現れた凛々しい男性を見て、心を震わせた—ジャン・ジャック！　初恋の人。5年前、彼を愛する私に別れの言葉さえ告げずに、彼はこの町を去った。そして今、大企業CEOとなって帰ってきたのだ。しかし、やっと再会できたというのに、彼の瞳には陰りが、昔のような優しさがなくなっていて…。（『ガラスの丘のプリンセス』）〔0337〕

◇小さなラブレター　レベッカ・ウインターズ作,大田朋子訳　ハーパーコリンズ・ジャパン　2022.7　156p　17cm　（ハーレクイン・イマージュ I2714—至福の名作選）〈2018年刊の再刊　原書名：THE MAGNATE'S HOLIDAY PROPOSAL〉673円　①978-4-596-70694-2

＊"ママが死んでしまってそばにいないから手術はこわいけど、手術でぼくの頭痛をなくして、パパをまた幸せにしたい"病の少年の手紙を読んで、慈善財団で働くギャビは胸がつまった。少しでも支えになりたい一心で幼い少年を訪ねると、そこは世界的な富豪一族の当主ルカ・ベレッティーニの家だった。父親のルカは不在だったが、少年は祖母に迎えられ、病をしばし忘れられるよう、楽しい時を過ごした。ただ、この子の手紙のことはルカには秘密よと祖母に釘を刺される—いつも不幸せそうだった息子が、こんなに喜んでいると知れば傷つくから、と。だが翌日、少年と同じ黒髪碧眼のルカが、突然ギャビの職場に現れた！〔0338〕

◇告げられない愛の証　レベッカ・ウインターズ作,堺谷ますみ訳　ハーパーコリンズ・ジャパン　2022.3　156p　17cm　（ハーレクイン・イマージュ I2700）〈原書名：RECLAIMING THE PRINCE'S HEART〉664円　①978-4-596-31886-2

＊結婚半年の記念日の朝、サン・ヴィターノ王国の皇太子妃ルーナは、王家所有の金鉱視察に赴く夫リーニと別れのキスを交わした。昨夜、妊娠が判明し、彼女は幸せの絶頂にあった。夫が帰宅したら、この朗報を伝えて特別な日を祝おう…。だが彼は帰ってこなかった。地震による落盤事故に巻き込まれて。打ちひしがれながらもルーナは夫の死を受け入れ、気丈にもほかの犠牲者の弔問のため隣国まで足を延ばした。そして、奇跡が起きた。病院で治療中のリーニを発見したのだ。「君は誰だ？　いったい僕は何者なんだ？」ルーナの喜びは一瞬で消えた。夫はすべての記憶を喪失していた。〔0339〕

◇涙の数だけ深まる愛　レベッカ・ウインターズ著,ジェニファー・テイラー,アリソン・ロバーツ著,大谷真理子他訳　ハーパーコリンズ・ジャパン　2023.5　282p　17cm　（HPA 46—スター作家傑作選）〈原書名：ALONG CAME A DAUGHTER THE GREEK DOCTOR'S SECRET SONほか〉1082円　①978-4-596-77126-1

内容 さよなら涙（レベッカ・ウインターズ著,大谷真理子訳）

＊不慮の事故で夫とお腹の子を一度に失い、悲しみのどん底で涙に暮れていたアビー。心の傷も癒えぬまま、独り身で海辺のリゾートに移り、店を開いて6年が経った。ある日、最近雇い入れた学生の父親で富豪のリックが現れ、娘の採用を取り消すようにと圧力をかけてきた。彼の不機嫌な態度に戸惑う一方、忘れていた恋の疼きが…。『さよなら涙』。エイミーが幼い息子をギリシアに連れてきたのは、父の顔を知らぬわが子にルーツを感じてもらうため。恋人だった外科医ニコに子供は欲しくないと言われ、別れて独りで産み育ててきたが、流産したと思っているニコはその存在すら知らない。なのに、ニコと偶然再会するとは！　皮肉にも、ニコと息子はあまりにも生き写しで—『命のかぎり愛を』。ベリンダは双子の子供たちを連れて訪れたミラノで不運にも事故に巻き込まれ、救助に現れた救命救急医を見て息をのんだ—ああ、マリオ！　4年前に純潔を捧げた相手。そして双子の父親。電話番号も名字もわからない彼に、妊娠を伝えられなかったのだ。幸か不幸か、彼は子供たちをベリンダの親友の子と勘違いしており…。『秘密の双子』。〔0340〕

◇野の花の一縷の恋　レベッカ・ウインターズ作,堺谷ますみ訳　ハーパーコリンズ・ジャパン　2022.10　156p　17cm　（ハーレクイン・イマージュ I2725）〈原書名：FALLING FOR THE BALDASSERI PRINCE〉673円　①978-4-596-74818-8

＊獣医師のフランチェスカは愛犬とともに現れたヴィンチェンツォ王子をひと目見るなり、激しい恋に落ちた。しかし王子には婚約者がいたうえ、

ウインタス

フランチェスカには秘密があった。実は私はあなたの婚約者のいとこだと、どうしたら言えるだろう？ 事情があって違う姓を使っているから、気づかなくても当然だけれど。それでも愛する男性に嘘はつけず、彼女は正直に告白した。ヴィンチェンツオはその勇気に感動し、婚約は先日破棄されたので問題はないと言って、それからも二人は会いつづけた。魅力的な彼と過ごせて、フランチェスカは天にものぼる心地だった。まさか、王子の元婚約者が妊娠したと言ってくるとは、夢にも思わず…。〔0341〕

◇伯爵が遺した奇跡　レベッカ・ウインターズ著，宮崎亜美訳　ハーパーコリンズ・ジャパン　2023.12　207p　15cm　（ハーレクイン文庫　HQB-1211―珠玉の名作本棚）〈ハーレクイン 2013年刊の再刊　原書名：THE COUNT'S CHRISTMAS BABY〉627円　①978-4-596-52902-2

＊サミは旅先のオーストリアで雪崩に巻き込まれた。暗闇の中、リックと名乗る男性と閉じ込められた彼女は、互いに励まし合い、残された命を燃やすうにして抱き合った。その後助け出されたサミは、彼が亡くなったことを知る。そして彼女のおなかには、新しい命が宿っていることも…。1年後。サミは幼い息子を連れ、イタリアの地に降り立った。リックの遺族を訪ねるが、なんと死んだはずの彼本人が現れた！ 愛しい人が生きていたなんて…。感涙にむせんだのも束の間、サミはリックの正体を知って驚愕する―彼は、伯爵なの？〔0342〕

◇薄幸のシンデレラ　レベッカ・ウインターズ作，小池桂訳　ハーパーコリンズ・ジャパン　2023.8　156p　17cm　（ハーレクイン・プレゼンツ　PB367―作家シリーズ 別冊）〈2016年刊の再刊　原書名：A WEDDING FOR THE GREEK TYCOON〉664円　①978-4-596-52212-4

＊若くして重い病におかされたゾーイにとって、治療の支援基金を創設したギリシア大富豪ヴァッソは命の恩人だった。火事で両親と住む家を失い、退院後の行くあてがない彼女に、ギリシアにあるヴァッソの基金で働かないかと誘いがかかる。実業家として有能で、思いやり深いうえにハンサムなヴァッソに、ゾーイは胸の高鳴りをおぼえずにはいられなかった。でも、まだいつ病が再発するかもわからない私が、同じく病で父親を亡くした彼を愛していいはずがない。もしものことがあったら、お互いつらい思いをすることになるから。厳しい現実に打ちのめされ、ゾーイは身を引く決心〔0343〕

◇ハッピーエンドの続きを　レベッカ・ウインターズ著，秋庭葉瑠訳　ハーパーコリンズ・ジャパン　2023.7　221p　15cm　（ハーレクイン文庫―珠玉の名作本棚）　627円　①978-4-596-77484-2

＊24歳のステラはある日、1通の手紙を受け取った。差出人はギリシア大富豪、テオ・パンテラス。ステラの生涯で唯一の恋人にして、最愛の息子の父親だ。当時交際を反対されたふたりは、妊娠を機に駆け落ちを決めた。だが約束の日、彼はいつまでたっても姿を現さなかった。おなかの子もろとも私を捨てたのに、また会いたいだなんて。6年間、たったひとりで息子を産み育ててきたけれど、どんなにつらくても、テオを恨むことはできなかった…。千々に乱れる心を抱えたまま、ステラは彼との再会を選んだ。〔0344〕

◇薔薇色の明日　レベッカ・ウインターズ作，有森ジュン訳　ハーパーコリンズ・ジャパン　2023.11　156p　17cm　（ハーレクイン・イマージュ I2778―至福の名作選）〈ハーレクイン 2002年刊の再刊　原書名：THE BABY DISCOVERY〉673円　①978-4-596-52664-9

＊生まれたての赤ん坊が、なぜ白一色の吹雪のなかに!?その夜、病院の当直をしていた看護師メグは、筋肉質の魅力的な男性ゼインが必死に運んできた小さな命に驚いた。懸命な看病の甲斐あって、赤ん坊は一命を取りとめた。メグはもともと人一倍子供好きだったが、数年前に病のため手術を受け、子を望めない体になったこともあり、目の前の小さな患者にこの上ない愛着を抱くようになる。ゼインもまた、幼い頃に死に別れた双子の弟の面影を重ね、赤ん坊に弟の名をつけて、自ら里親になる決心を密かにしていた―そのために偽装結婚を持ちかけられるとは、メグはまだ知らなかった。〔0345〕

◇プロポーズの理由　レベッカ・ウインターズ著，仙波有理訳　ハーパーコリンズ・ジャパン　2023.1　220p　15cm　（ハーレクインSP文庫 HQSP-351）〈ハーレクイン 2005年刊の再刊 原書名：THE BABY PROPOSAL〉545円　①978-4-596-75864-4

＊あと半年で、子供が産めない体になるかもしれない…。医師から衝撃的な診断を下されたアンドレアは打ちのめされ、治療に専念しようと、社長ゲイブに休職を申し出た。だが、なぜか休職への同行を命じる。現地に到着したものの、仕事を始める様子もないゲイブに、不審感を抱いたアンドレアが問いただすと、「きみをパリに連れてきたのは―きみに子供を授けるためだ」 同情からの求婚だとわかり、彼女は思わず言葉を失った。なぜならアンドレアは密かにゲイブを愛していたからだ。〔0346〕

◇三つのお願い　レベッカ・ウインターズ著，吉田洋子訳　ハーパーコリンズ・ジャパン　2024.5　202p　15cm　（ハーレクイン文庫 HQB-1230―珠玉の名作本棚）〈ハーレクイン 1999年刊の再刊　原書名：BRIDE BY DAY〉691円　①978-4-596-77584-9

＊苦学生のサマンサはオフィス清掃のアルバイト先で、経営者である大富豪パーシアスに呼び出された。昨夜、社長室から大切なメモを紛失した責任を取れという。サマンサが、紙くずと間違えて掃除してしまったと謝ると、パーシアスはまさかの取り引きを持ちかけてきた。彼の名目上の新妻となって故郷ギリシアについてくるなら、処分は見送り、さらに願いを3つ叶えてやろうというのだ！ 彼は傲慢にも私を使い、復縁を望む元婚約者を追

い払いたいだけ。でも、死んだ母さんのお墓を建ててもらえるのなら…。〔0347〕

◇もう一度恋して　レベッカ・ウインターズ著，矢部真理江訳　ハーパーコリンズ・ジャパン　2024.8　156p　17cm　（ハーレクイン・プレゼンツ PB391―作家シリーズ 別冊）〈ハーレクイン 2006年刊の再刊 原書名：HUSBAND BY REQUEST〉664円　①978-4-596-96150-1
〔0348〕

◇もしも白鳥になれたなら　ベティ・ニールズ他著，麦田あかり他訳　ハーパーコリンズ・ジャパン　2024.3　316p　17cm　（HPA 56―スター作家傑作選）〈「醜いあひるの恋」（ハーレクイン 2014年刊）と「祝福のシンデレラ・キス」（2017年刊）からの改題、抜粋、合本 原書名：THE MAGIC OF LIVING　HIS PRINCESS OF CONVENIENCE〉1082円　①978-4-596-53649-5

内容 名目だけの花嫁（レベッカ・ウインターズ著，小林ルミ子訳）

＊「醜いあひるの恋」両親を亡くし、叔父に引き取られた看護師見習いのアラベラ。一緒に育った美人でわがままな看護師の従姉とは違い、平凡な顔で控えめな彼女はある日、気の進まない従姉に代わって、小児患者につき添ってオランダ旅行へ。ところが運転手が心臓発作を起こし、バスが横転してしまう。幸い彼女にけがはなく、助けに来たハンサムなオランダ人医師ギデオンが怖がる子供たちをなだめる様子に胸がときめいた。その瞬間、ずっと比べられてきた美しい従姉の顔が脳裏をぎった―たとえ運命を感じても、私なんて恋するだけ無駄よ。『名目だけの花嫁』15歳の頃から恋い慕うアレンチア国皇太子のアントニオと婚約したクリスティーナ。けれども4年も無関心を決め込まれて放置されたため、この婚約はきっと解消されるのだろうと覚悟していた。周囲の人々から密かに "醜いあひるの子" とあだ名されてきた私だし…。しかし予想に反して、結婚式が盛大に挙げられることになったが、クリスティーナの心は複雑だった―ウエディングドレスが着られるなんて夢みたい。でもこの結婚は、アントニオに愛されるためではなく、彼の妹のスキャンダルから国民の目をそらすためなのね。〔0349〕

ウィンターソン，ジャネット　Winterson, Jeanette

◇フランキスシュタイン―ある愛の物語　ジャネット・ウィンターソン著，木原善彦訳　河出書房新社　2022.7　421p　20cm〈原書名：FRANKISSSTEIN〉3800円　①978-4-309-20858-9

＊1816年、レマン湖畔。バイロン卿の別荘では、5人の男女がそれぞれ怪奇譚を披露することになる。そこで幼い子をしたばかりのメアリー・シェリーは、生命の禁忌に触れる怪物を夢想しはじめた。いっぽう現代の英国。若きトランスジェンダーの医師ライ・シェリーは、人体冷凍保存施設で出会った気鋭の人工知能研究者ヴィクター・スタインと関係を持つ。しかし謎多き彼は、秘密裏に危うい研究を進めていた…。繰り返される人類の見果てぬ夢が叶う日はくるのか？　混沌と狂騒の時代におくる、最も危険なラブストーリー。〔0350〕

ヴヴェヂェンスキィ，アレクサンドル

◇ヴヴェヂェンスキィ全集　アレクサンドル・ヴヴェヂェンスキィ著，東海晃久訳　月曜社　2023.8　608p　19cm　6400円　①978-4-86503-171-3

＊20世紀初頭ロシア―革命後の内戦と世界戦争による終末的混沌のはざまで人類の新たなヴィジョンを詩によって創りだした詩人がいた。ハルムスらと共に伝説の文学者集団「オベリウ」によりながら「神・時間・死」を問い続けたヴヴェヂェンスキィの全文学作品。〔0351〕

ウェアマウス，ダレン　Wearmouth, Darren

◇密航者　ジェイムズ・S.マレイ，ダレン・ウェアマウス著，北野寿美枝訳　早川書房　2024.3　378p　16cm　（ハヤカワ文庫 NV 1522）〈原書名：THE STOWAWAY〉1360円　①978-4-15-041522-8

＊連続小児殺人事件で起訴されたバトラーは陪審員の評決不一致で無罪となった。陪審員を務めたマリアは遺族やマスコミに糾弾される、身を隠すため船の旅に出る。その途上、船内で切断された頭部が発見され、その手口はバトラーの犯行に酷似していた。マリアは彼が乗船していると訴えるが取り合ってもらえず、単身、犯人を捜しはじめる。だが船内には彼女を密かに監視する人物が…。脱出不可能ノンストップ・心理サスペンス。〔0352〕

ウェイ，マーガレット　Way, Margaret

◇愛の形見を胸に　マーガレット・ウェイ著，井上京子訳　ハーパーコリンズ・ジャパン　2023.5　201p　15cm　（ハーレクインSP文庫 HQSP-365）〈ハーレクイン 1999年刊の再刊 原書名：ONCE BURNED〉545円　①978-4-596-77190-2

＊鋭いビジネス感覚をもった青年ガイはたちまち社内で頭角を現し、彼を気に入った社長が、孫娘セリーンとガイを婚約させた。セリーンは、兄のようなガイのことを心から好きだった。だからこそ、愛されていない自分はふさわしくないと思ったのだ。婚約解消を申しでたときのガイの静かな沈黙は忘れられない。やがて、家をでて生活する彼女のもとに祖父の訃報が届く。故郷に帰ったセリーンを迎えたのは、未だ独身を貫くガイだった。ふたりの仲を裂こうとする悪意あるものの存在も知らぬげに、セリーンの胸元には、今も婚約指輪がチェーンの先で揺れていた。〔0353〕

◇赤い砂漠の契り　マーガレット・ウェイ著，片山真紀訳　ハーパーコリンズ・ジャパン　2022.4　394p　15cm　（ハーレクイン文庫 HQB-1114）〈ハーレクイン 2010年刊の再刊 原書名：SARAH'S BABY〉727円　①978-4-596-

33329-2
＊貧しい職人の娘サラは、富豪一族の御曹司キャルと恋におちた。だが身分違いの幼い恋は、周囲に引き裂かれた。名門家にふさわしいのは良家の令嬢だと。サラはひとり、故郷の町を出た―。15年後、母の訃報を受け、サラは帰郷する。キャル…。目の前に忘れえぬ愛しい男性の姿があった。キャルは知る由もなかった。かつてあまりに唐突に姿を消した恋人が、町を出たあと、まさか自分の子を産んでいたとは。〔0354〕

◇あなたの子と言えなくて　マーガレット・ウェイ著，槙由子訳　ハーパーコリンズ・ジャパン　2024.6　201p　15cm　（ハーレクイン文庫 HQB-1234―珠玉の名作本棚）〈「きみという名の魔法」(ハーレクイン 2002年刊)の改題 原書名：CLAIMING HIS CHILD〉691円　①978-4-596-99288-8
＊かつてスザンナは最愛の恋人ニックに純潔を捧げたが、ある日を境に、彼は行方知れずになった。じつは、二人の交際を快く思わない彼女の父の策略により、ニックは汚名を着せられ、町を追放されたのだった。父の仕業とも知らず、彼の不在に傷つき混乱したスザンナは、父に突きつけられた政略結婚に同意してしまった。おなかにニックの子がいることを、誰にも言えないまま。だが7年後、スザンナの事故死した夫の葬儀に、今や大成功した実業家となったニックが突然現れる！〔0355〕

◇嘘と秘密と白い薔薇　マーガレット・ウェイ作，皆川孝子訳　ハーパーコリンズ・ジャパン　2023.9　156p　17cm　（ハーレクイン・イマージュ I2772―至福の名作選）〈ハーレクイン 2013年刊の再刊 原書名：THE ENGLISH LORD'S SECRET SON〉673円　①978-4-596-52338-9
＊会社に勤めながら独りで息子を育てるケイトは目の前の顧客に愕然とした。第5代ウィンダム男爵ジュリアン。最初で最後の恋人。18歳の夏、ケイトはイギリスを旅行中に彼と恋に落ちたが、男爵位を継ぐジュリアンに彼女はふさわしくなく、彼の母親から本人も別れを望んでいると告げられ、失意のなか帰国した。彼の子を身ごもっているとわかったのは、2カ月後のことだった…。きっと今頃ジュリアンは貴族令嬢と結婚し、父親になっているでしょう。ときどきそんな思いに胸を痛めていたが、まさか今、再会するなんて！　ああ、片時も忘れたことのない、愛しいジュリアン。だが彼はあの日のままの屈託のない笑みで囁いた。「はじめまして」〔0356〕

◇この恋は宿命　ミランダ・リー，マーガレット・ウェイ，クリスティン・リマー著，庭植奈穂子他訳　ハーパーコリンズ・ジャパン　2022.3　334p　17cm　（HPA 32―スター作家傑作選）〈原書名：SOMETHING BORROWED GENNI'S DILEMMAほか〉1109円　①978-4-596-31888-6
内容 たどりついた愛(マーガレット・ウェイ著,藤倉詩音訳)
＊アシュリーは幼なじみとの結婚式を数時間後に控えていた。だが身支度を整えながらも、悲劇的な結末を迎えた10代の頃の初恋相手―新郎の兄であるジェイクの姿を心から消せずにいた。そのときアシュリーのもとに、ずっと音信不通だったジェイクから、かつて彼女が愛の証として渡した、ハート形のロケットが届いて…(『借りもののハート』)。社交に明け暮れる母の企みで、ジェニーは有力な一族の子息と結婚させられようとしていた。だが式の直前、自分が本当に愛しているのは、幼い頃から見守ってくれた親族のブレーンだと気づく。でも、もう遅い…。引き渡し役のブレーンと腕を組んで教会に入った瞬間、ジェニーは絶望のあまり気を失い、愛しい彼の胸に倒れ込んだ(『たどりついた愛』)。ドレスショップで働くメアリーは眼鏡の内気な女の子。知的でハンサムな弁護士ジェームズに憧れているけれど、棚の陰からそっと見つめるだけで精いっぱい。すると、見かねた店主が彼女にドレスを贈り、ジェームズも出席する舞踏会へ行くよう説得した。メアリーは勇気を出して美しく盛装し、名前も変えて会場に向かった！（『シンデレラへの招待』）。夢の初恋短編集！〔0357〕

◇試された愛　マーガレット・ウェイ著，山本瑠美子訳　ハーパーコリンズ・ジャパン　2023.2　204p　15cm　（ハーレクイン文庫 HQB-1172）〈ハーレクイン 2004年刊の再刊 原書名：MISTAKEN MISTRESS〉627円　①978-4-596-75894-1
＊ずっと両親の冷たさに傷ついてきたイーデンは、母の死をきっかけに、本当の父親は母のかつての恋人と知る。やっと出会えた実父の深い愛に触れ、癒やされていった。父の滞在するホテルで、驚くほど魅力的な男性と顔を合わせた。父の仕事上のパートナーで、親友でもあるラングだ。黒髪の180センチを優に超えるがっしりした体躯。たちまち彼に心奪われたが、ラングの目は冷ややかだ。イーデンはとまどったが、次の瞬間、はっと息をのんだ。ラングは父を愛人だと思い込んでいる！〔0358〕

◇小さな恋、大きな愛　ベティ・ニールズ，マーガレット・ウェイ，レベッカ・ウインターズ著，浜口祐実他訳　ハーパーコリンズ・ジャパン　2022.10　286p　17cm　（HPA 39―スター作家傑作選）〈原書名：AN ORDINARY GIRL THE WEALTHY AUSTRALIAN'S PROPOSALほか〉1082円　①978-4-596-74902-4
内容 運命のプロポーズ(マーガレット・ウェイ著,木内重子訳)
＊牧師の5人娘の長女フィリーは、美人揃いの妹たちに比べて平凡な容姿の田舎娘だ。ある日、都会から来たハンサムな医師ジェームズに道を教えたとき、彼の碧眼に胸のときめきを覚えた。けれど助手席にはファッション誌から出てきたような完璧なまでに美しい連れの女性がいて、その手には、大きなダイヤの指輪が輝いていた…(『ドクターにキスを』)。育ての親である祖母に疎まれ、家を追い出されたナイリー。路頭に迷う彼女を救ってくれた恩師が急逝して悲しみに暮れるが、生前の恩師の計らいで広大な地所を相続することに。いざその町へ行ってみると、圧倒的な魅力を放つブラ

ントと出会い、運命を感じた―よもや彼が地所を奪い取ろうとする大企業の後継者とは知りもせず。(『運命のプロポーズ』)。小学校教師のニコルは、突然目の前に現れた凛々しい男性を見て、心を震わせた―ジャン・ジャック！ 初恋の人。5年前、彼を愛する私に別れの言葉さえ告げずに、彼はこの町を去った。そして今、大企業CEOとなって帰ってきたのだ。しかし、やっと再会できたというのに、彼の瞳は陰り、昔のような優しさがなくなっていて…。(『ガラスの丘のプリンセス』)　〔0359〕

◇罪な再会　マーガレット・ウェイ作, 澁沢亜裕美訳　ハーパーコリンズ・ジャパン　2024.12　156p　17cm　(ハーレクイン・イマージュ I2830―至福の名作選)〈ハーレクイン 2005年刊の再刊　原書名：HIS HEIRESS WIFE〉673円　①978-4-596-71687-3

＊育ての親の大伯父が亡くなり、故郷に戻ることになったオリヴィア。20歳のとき、結婚式の前日に恋人のジェイソンに捨てられて以来だ。あれからジェイソンは別の女性と結ばれ、遠くへ移って行っている。ところが彼は現在、大伯父が遺した仕事を全面的に任されているという！　どうして今まで誰も、そのことを私に教えてくれなかったの？　人生が終わったと思ったあの日から7年が過ぎ、今ようやく、ジェイソンに捨てられた心の痛みと屈辱から解放されつつあったのに…。彼の名前を聞いただけですべてが甦り、苦い涙が彼女の頬を流れ落ちた。故郷に着き、懐かしい屋敷に足を踏み入れたオリヴィアは、憎んでも憎みきれない、かつての恋人の深いブルーの瞳と再会した―　〔0360〕

◇野の花が隠した小さな天使　マーガレット・ウェイ作, 仁嶋いずる訳　ハーパーコリンズ・ジャパン　2024.1　188p　17cm　(ハーレクイン・イマージュ I2785)〈原書名：CATTLE RANCHER,SECRET SON〉694円　①978-4-596-53042-4

＊苦学生の身で妊娠して実家を追い出されたジーナは、今は仕事に就き、太陽のように明るい3歳の息子と平凡ながら幸せに暮らしていた。息子の父親カル・マッケンドリックと出会い、愛し合った4年前、ジーナは彼の叔母に身分をわきまえて身を引くよう諭され、別れを告げることもなく、彼の前からそっと姿を消した。それなのに今、突然カルが玄関に現れ、ジーナは卒倒しそうになった。なぜカルがここに？　もし親権争いになったりしたら、名門マッケンドリック一族の彼に太刀打ちできるはずがないわ！　案の定、自分と同じエメラルド色の瞳の息子を見て、カルが冷たく言った。「どうやら話し合わなきゃいけないことがたくさんありそうだ」　〔0361〕

◇初恋の夢のあとで　マーガレット・ウェイ作, 山本みと訳　ハーパーコリンズ・ジャパン　2023.12　156p　17cm　(ハーレクイン・イマージュ I2782―至福の名作選)〈ハーレクイン 2012年刊の再刊　原書名：WEALTHY AUSTRALIAN,SECRET SON〉673円　①978-4-596-52828-5

＊身代が傾いたシャーロットの一族の屋敷を買い取ったのが、かつて愛を捧げた恋人ローハンと知り、彼女は打ちのめされた。シャーロットの兄が川で溺れて亡くなったあと、兄と一緒にいたローハンは責めを負って、追われるように町を出ていった。その彼が、幾年もの月日を経て今、大富豪となって再び彼女の前に現れた。「これはわたしへの仕返しなの、ローハン？」あまりの衝撃に気が遠くなり、その場に倒れ込んだシャーロットは、彼の強くたくましい腕に抱え上げられたことにも気づかなかった。ただ、ローハンに知られることが怖かった―7歳になる息子が、彼と同じブルーダイヤモンドのような瞳をしていることを…。　〔0362〕

◇領主と無垢な恋人　マーガレット・ウェイ作, 柿原日出子訳　ハーパーコリンズ・ジャパン　2024.7　156p　17cm　(ハーレクイン・イマージュ I2812―至福の名作選)〈ハーレクイン 2009年刊の再刊　原書名：WEDDING AT WANGAREE VALLEY〉673円　①978-4-596-63702-4

＊アラーナは大富豪ガイのことを心ひそかに"谷の領主"と呼んでいる。彼は由緒ある家に生まれ、この地で最も成功した人物。ずっと昔から憧れのヒーローだけれど、年上だし、なにより貧しい家に生まれ育った私とは境遇が全然違う。アラーナは自戒した。彼に恋なんかしてはだめ！　傷つくだけだもの。一方、ガイのほうも、22歳のアラーナをいまだに子ども扱い。ところがある夜、ガイの主催するパーティでダンスに興じている最中に、彼が唐突に囁いた。「きみがまぶしすぎて、ぼくにはほかの女性が見えない」彼の真意を量りかねながらも、アラーナの心は舞い上がったが…。　〔0363〕

ウェイクフィールド, H.R.　Wakefield, H. R.

◇新編怪奇幻想の文学　4　黒魔術　紀田順一郎, 荒俣宏監修, 牧原勝志編　新紀元社　2023.9　477p　20cm〈他言語標題：Tales of Horror and Supernatural〉2500円　①978-4-7753-2042-6

内容　彼のもの来りてのち去るべし (H.R.ウェイクフィールド著, 渦巻栗訳)　〔0364〕

ウェイド, ヘンリー　Wade, Henry

◇ヨーク公階段の謎　ヘンリー・ウェイド著, 中川美帆子訳　論創社　2022.9　334p　20cm　(論創海外ミステリ 287)〈著作目録あり　原書名：The Duke of York's Steps〉3400円　①978-4-8460-2142-9

＊不可解な銀行家の死。それが全ての始まりだった…。ジョン・プール警部、第一の事件簿を初邦訳。　〔0365〕

ウエスト, アニー　West, Annie

◇愛を偽る誓い　アニー・ウエスト作, 熊野寧々子訳　ハーパーコリンズ・ジャパン　2023.4　156p　17cm　(ハーレクイン・ロマンス R3771―伝説の名作選)〈ハーレクイン 2014年

刊の再刊　原書名：IMPRISONED BY A VOW〉664円　①978-4-596-76945-9
＊レイラは母亡き後、横暴な義父に虐げられ続けてきた。ついにはビジネスの道具として、多額の金と引き換えに、見知らぬ男性との結婚を決められても、彼女は逆らえなかった。結婚すれば義父から逃げられる。相手は誰でもかまわない…。強欲で好色な老人を想像していたレイラは、現れた相手を見て、目が釘付けになった。たくましくてセクシーで、なんて魅力的。大富豪ジョス・カーモディ――わたしはこの人の妻になるの？　思わず胸がときめいたが、彼はレイラを蔑んだ目で睨みつけた。"金のためなら、誰にでも身を委ねる女だ"とも言いたげに。〔0366〕

◇愛されない花嫁の愛し子　アニー・ウエスト作，柚野木菫訳　ハーパーコリンズ・ジャパン　2024.3　156p　17cm　（ハーレクイン・ロマンス R3854―純潔のシンデレラ）〈原書名：NINE MONTHS TO SAVE THEIR MARRIAGE〉673円　①978-4-596-53513-9
＊まさか、こんな場所で夫のジャックにでくわすなんて！　友人の結婚式に参列したベスは愕然とした。便宜結婚だったとはいえ、彼から籠の鳥のように扱われ、たまらず家を飛び出して以来、10カ月ぶりの再会だった。離婚を申し出たベスに、ジャックは言った。"僕にはきみが必要なんだ。どうか戻ってきてほしい"今も彼を愛するベスは心を動かされ、情熱の1週間を過ごすが、夫の変わらぬ傲慢ぶりを垣間見て絶望し、再び姿を消した。数週間後、妊娠したベスの前に突然ジャックが現れて…。〔0367〕

◇愛なき富豪と光陰の乙女　ダイアナ・パーマー他著，山田沙羅他訳　ハーパーコリンズ・ジャパン　2023.8　334p　17cm　（HPA 49―スター作家傑作選）〈「悲しい約束」（ハーレクイン 2002年刊）と「命の芽吹くパリで」（2016年刊）の改題、合本　原書名：BLIND PROMISES　A VOW TO SECURE HIS LEGACY〉1109円　①978-4-596-52124-8
内容　命の芽吹くパリで（アニー・ウエスト著、柿沼摩耶訳）
＊『悲しい約束』母を事故で亡くし、失意のどん底にいた看護師デイナ。心機一転するために退職した彼女は、一時的に失明した大富豪ギャノンの看護を住み込みで引き受ける。彼は獅子のように気高く傲慢な反面、どこか憎めない男性だ。扱いづらさに手こずりつつも、気づけばデイナは恋をしていた。そんなある日、ギャノンの主治医から非情な診断が下される。彼の視力が戻る見込みは、ゼロに近いというのだ！　打ちひしがれたギャノンは自暴自棄ぎみにデイナにすがった。僕と結婚してくれ――愛は誓えないが、そばにいてほしい、と…。『命の芽吹くパリで』妹と母を相次いで失ったイモジェンは、さらなる悲劇に襲われる。不治の病で亡くなった母と同じ症状が出始めたのだ。死を覚悟した彼女は残りの人生を楽しもうと憧れのパリへ向かう。そこで知人を介して上流階級のパーティに潜入して、大富豪ティエリーと出逢い、燃えるような一夜を過ごした。彼と満ち足りた2週間を過ごしたあとで彼女はパリを去るが、母国へ帰る間際、予期せぬ妊娠に気づいて動揺する。なんという運命のいたずら。余命わずかな私が新たな命を授かるなんて！　悩んだ末、ティエリーに打ち明けるが…。〔0368〕

◇アマルフィの幻の花嫁　アニー・ウエスト作，平江まゆみ訳　ハーパーコリンズ・ジャパン　2023.2　156p　17cm　（ハーレクイン・ロマンス R3750―純潔のシンデレラ）〈原書名：ONE NIGHT WITH HER FORGOTTEN HUSBAND〉664円　①978-4-596-75827-9
＊意識を取り戻したとき、アリーは見知らぬ男性の腕の中にいた。ハンサムすぎて近寄りがたいほど整った顔。セクシーな肉体。心臓がどきんと鳴った。見覚えがある気がするけれど。「アレクサ、なぜ君がここにいるんだ？」鋭い視線を向けられ、アリーは戸惑った。アレクサ？　私はアリーよ。でも…。「自分でもわからないの。思い出せないの」そこはイタリア人富豪アンジェロの所有する島だった。アンジェロは首を傾げた。派手好きだったアレクサに瓜二つだ。なのに彼女は無垢な乙女にしか見えない。「君は僕の妻だった」〔0369〕

◇アラビアンナイトの誘惑　アニー・ウエスト作，槇由子訳　ハーパーコリンズ・ジャパン　2024.12　156p　17cm　（ハーレクイン・ロマンス R3932―伝説の名作選）〈ハーレクイン 2009年刊の再刊　原書名：THE DESERT KING'S PREGNANT BRIDE〉673円　①978-4-596-71767-2
＊恋人に裏切られ、深く傷ついたマギーは、冷たい雨の中をずぶ濡れになりながら歩いていた。ふと気づくと高級車が傍らに近づき、カリードと名乗る目も覚めるようなハンサムな男性が声をかけてきた。マギーはその黒い瞳に射貫かれ、彼の滞在する屋敷へ同行し、温かいもてなしを受け、あろうことかベッドを共にしてしまう。同情を愛と勘違いするなんて…。恥じたマギーは姿を消した。1カ月後、カリードが異国の王だと知った彼女は愕然とした。じつは彼女のおなかには彼の世継ぎが宿っていたのだ！　だが、待ちわびたカリードの求婚に、あの日の情熱はなくて…。〔0370〕

◇五日間で宿った永遠　アニー・ウエスト作，上田なつき訳　ハーパーコリンズ・ジャパン　2024.4　156p　17cm　（ハーレクイン・ロマンス R3866―純潔のシンデレラ）〈原書名：A PREGNANCY BOMBSHELL TO BIND THEM〉673円　①978-4-596-53845-1
＊ギリシア富豪ヴァシリから「君が欲しい」と言われたとき、その率直な言葉と男らしい魅力に、ローラは胸の高鳴りを覚えた。だから男性不信だったにもかかわらず、彼を信じて純潔を捧げた。けれど出会って5日目、ヴァシリは急にギリシアへ帰ってしまった。一人残されたローラは、なにげなく彼をネットで調べて愕然とした。ヴァシリが帰国したのは婚約している女性と結婚するためだったのだ。失意と屈辱の中、彼女はヴァシリの電話番号を着信拒否にした。だが3カ月後、ヴァシリはロー

ラの前にふたたび現れた。「君は妊娠しているだろう。それなら結婚が唯一の解決策だ」〔0371〕

◆いとしき悪魔のキス　アニー・ウエスト作，槙由子訳　ハーパーコリンズ・ジャパン　2024.7　156p　17cm　〈ハーレクイン・ロマンス R3892―伝説の名作選〉〈ハーレクイン 2009年刊の再刊　原書名：THE BILLIONAIRE'S BOUGHT MISTRESS〉673円　①978-4-596-63698-0
＊浪費三昧だった父が莫大な借金を残して亡くなり、お金の工面に奔走するアントニア。でもわずかな収入しかない彼女にとうてい返せる額ではなく、途方にくれていたとき、何度か見かけたことのある長身の男性、大物実業家レイフが借金返済の一部を肩代わりしていたと知る。困惑するアントニアに、彼は青い目を光らせて言った。「半年間、僕の愛人になれば、借金をすべて肩代わりしよう」なんですって？　あまりの屈辱にアントニアは即座に拒んだ。だが父の横領疑惑が発覚し、どうしてもお金が必要になる。アントニアは悩んだすえ、レイフとの愛人契約に甘んじるが―　〔0372〕

◆神の子を宿した罪　アニー・ウエスト作，山科みずき訳　ハーパーコリンズ・ジャパン　2022.2　220p　17cm　〈ハーレクイン・ロマンス R3658〉〈原書名：A CONSEQUENCE MADE IN GREECE〉664円　①978-4-596-31662-2
＊なんて逞しい人。まるで海の神ね。無人の浜で出会った男性は、コーラに、「ここは僕の秘密の避難所なんだ」と言った。そこは彼女が一人になりたいときに行く隠れ場所でもあった。翌日、コーラの実家が営む小さなホテルに、その男性が現れた。彼が沖合に浮かぶ豪華クルーザーの持ち主のストラトだと知り、コーラは驚愕する。ギリシア屈指の実業家がなんの用かしら？「僕と、1カ月で世界中を回るクルージングを楽しまないか？」昨日会ったばかりの、ハンサムな大富豪と？　そんなの無理よ！　だが、経営難の実家のホテルを助けてやると言われてしまい…。〔0373〕

◆記憶の中のきみへ　アニー・ウエスト著，柿原日出子訳　ハーパーコリンズ・ジャパン　2024.1　214p　15cm　〈ハーレクイン文庫 HQB-1216〉〈ハーレクイン 2010年刊の再刊　原書名：FORGOTTEN MISTRESS,SECRET LOVE-CHILD〉691円　①978-4-596-53165-0
＊なぜ今ごろ会いに来たの？　2年前、突然姿を消したマッターニ伯爵が目の前にいる。夢の日々から一転、カリスは絶望の底へ落ち、やがてひそかに彼の子を産んだ。彼の狙いは…息子なのだろうか？　アレッサンドロ・マッターニはカリスをひと目見て確信した。やはり、この女性は僕のものだと。もちろんカリスには知るよしもなかった―伯爵があの日、事故に遭い、愛の記憶のすべてをなくしたことも。〔0374〕

◆ジゼルの不条理な契約結婚　アニー・ウエスト作，久保奈緒実訳　ハーパーコリンズ・ジャパン　2024.11　156p　17cm　〈ハーレクイン・ロマンス―純潔のシンデレラ〉〈原書名：SIGNED,SEALED,MARRIED〉673円　①978-4-596-71461-9
＊ジゼルは代々続いてきた家業の会社を倒産から救うため、冷酷非情で有名な富豪アダムに助けを求めた。南仏のレストランで会ったアダムはとても大柄で屈強な男性で、いきなり彼女をファーストネームで気安く呼ぶほど傍若無人だった。なんて失礼な人。ジゼルは憤慨したが、彼の機嫌は損ねられなかった。緊張で食べられない彼女と違い、アダムは食欲旺盛に料理を平らげるとにこやかに言った。「僕は君が欲しい。僕と結婚するなら金を出そう」ジゼルは屈辱と怒りで爆発しそうだった。けれど心の奥には、アダムの荒削りな魅力に惹かれるのをとめられない自分がいた…。〔0375〕

◆至福への招待状　アニー・ウエスト著，小泉まや訳　ハーパーコリンズ・ジャパン　2023.1　214p　15cm　〈ハーレクイン文庫 HQB-1168〉〈ハーレクイン 2008年刊の再刊　原書名：THE GREEK TYCOON'S UNEXPECTED WIFE〉627円　①978-4-596-75725-8
＊ギリシアの大富豪スタヴロスの婚約記事を目にしたテサは、疲れきった体でエーゲ海に浮かぶ島へたどり着いた。衝動に駆られるまま地球の裏側まで来たのは、その記事に天に召されたはずのスタヴロスがテサを救うため偽装結婚してくれた、憧れの王子様が写っていたから。彼に会って、4年間お守りにしてきたこの指輪を返さなくては。だが、再会したスタヴロスは別人のように冷淡だった。「婚約パーティの夜に妻が現れるとはね。めあては和解金か？」彼は今になって現れた私を疑っている。でも"妻"というのは？　テサは混乱した。4年前、彼は私と本当に結婚したの？〔0376〕

◆初夜に消えたシンデレラ　アニー・ウエスト作，柚野木童訳　ハーパーコリンズ・ジャパン　2023.6　156p　17cm　〈ハーレクイン・ロマンス R3785〉〈原書名：RECLAIMING HIS RUNAWAY CINDERELLA〉664円　①978-4-596-77231-2
＊「君は独りで眠ればいい。押しつけられた花嫁を抱く気はない」ローマの教会でイタリア貴族チェーザレと結婚式を挙げた日の夜、アイダは夫となった男性が腹立たしげに放った言葉に絶望した。残忍な祖父が極悪非道な手段でチェーザレを脅迫し、私との政略結婚を強要していたとは！　憧れの彼と愛情にあふれた家庭を築くという夢が崩れ去り、アイダは豪華ホテルのスイートルームから急いで姿を消した。4年後、偽名で貧困生活を送る彼女の前にチェーザレが突然現れ、傲慢に命じる。「君は今でも僕の妻だ。トスカーナの別荘へ来い」。〔0377〕

◆大富豪と罪深き純情　アニー・ウエスト作，堺谷ますみ訳　ハーパーコリンズ・ジャパン　2022.10　156p　17cm　〈ハーレクイン・ロマンス R3718―純潔のシンデレラ〉〈原書名：THE INNOCENT'S PROTECTOR IN PARADISE〉664円　①978-4-596-74824-9
＊「財布は必要ない。ここでは君は僕の客だ」ストーカーの脅威に悩まされて心身ともに限界だっ

たローラは、兄の親友ニールの自家用機に乗せられ、目覚めると豪奢な別荘にいた。厚い胸板の前で腕を組んだニールは、厳しく非情に見える。少女のころからあこがれ続けた初恋の人、ニール。大人になってからも、事業で成功を収めて大富豪になった彼を新聞や雑誌の記事で追いかけ続けていたけれど…。強引なニールに過剰な反応を抱くローラだったが、心の奥ではすでに気づいていた。さえない会社員の自分が、身のほど知らずの恋に傷つくことを恐れているのだと。〔0378〕

◇ドラゴン伯爵と家政婦の秘密　アニー・ウエスト作，小長光弘美訳　ハーパーコリンズ・ジャパン　2023.10　156p　17cm　(ハーレクイン・ロマンス R3818―純潔のシンデレラ)〈原書名：THE HOUSEKEEPER AND THE BROODING BILLIONAIRE〉664円　①978-4-596-52590-1　〔0379〕

ウエストリー, サラ　Westleigh, Sarah

◇鷲の男爵と修道院の乙女　サラ・ウエストリー作，糸永光子訳　ハーパーコリンズ・ジャパン　2023.10　284p　17cm　(ハーレクイン・ヒストリカル・スペシャル PHS-313)　827円　①978-4-596-52470-6

＊21歳のジェネヴラは、10年間入れられていた修道院から呼び戻された。たとえ母が貴族でも父を知らぬ婚外子では縁談などないと思っていたが、このたび、急に結婚させられることが決まったのだ。夫となる人物が老人であろうが醜かろうが受け入れるしかない―そう覚悟したジェネヴラだったが、いざ会ってみると、相手は金髪の男爵で鷲を思わせる勇壮な騎士セント・オーバン卿だった。彼が唇に笑みを浮かべた瞬間、純情なジェネヴラは恋に落ちた。この人のために生涯を捧げたい。あの微笑みを何度でも見たい。しかし結婚生活が始まると、セント・オーバン卿は新妻を避け続けた。すばらしいのは夜だけと知って、ジェネヴラは当惑するしかなかった…。〔0380〕

ウエストレイク, ドナルド・E.　Westlake, Donald E.

◇ギャンブラーが多すぎる　ドナルド・E.ウエストレイク著，木村二郎訳　新潮社　2022.8　441p　16cm　(新潮文庫 ウ-26-1)〈著作目録あり　原書名：SOMEBODY OWES ME MONEY〉800円　①978-4-10-240231-3

＊タクシー運転手チェットは大のギャンブル好き。客から入手した競馬の裏情報が的中し、配当金を受け取りにノミ屋のトミーを訪ねるが、彼は撃ち殺されていた。容疑者にされたうえ二つのギャング組織から追われることになったチェットは、トミーの妹と組んで真犯人を探すことになる。手に汗握る脱出劇、ロマンス、全員集合の大騒動に犯人当て。1960年代のNYムード満載、巨匠による幻の逸品。〔0381〕

◇平和を愛したスパイ　ドナルド・E.ウエストレイク，木村浩美訳　論創社　2022.9　275p　20cm　(Ronso kaigai mystery 289)〈原書名：The spy in the ointment〉2800円　①978-4-8460-2164-1

＊ひょんなことからテロリストと誤解された男に課せられた国連ビル爆破計画阻止の任務。敵を欺き、罠をများ。冷戦下のニューヨークで繰り広げられる"ゆっくりスパイ劇"！〔0382〕

ヴェーソス, タリアイ　Vesaas, Tarjei

◇氷の城　タリアイ・ヴェーソス著，朝田千惠，アンネ・ランデ・ペータス訳　国書刊行会　2022.4　344p　20cm　〈TARJEI VESAAS Collection〉〈年譜あり　原書名：Is-slottet〉2400円　①978-4-336-07250-4

＊ノルウェーの雪に閉ざされた田舎町。ある時、11歳の少女シスが通う学校に、同じ年の少女ウンが転入してくる。ふたりは探り合うように距離を縮め、まもなく運命的な絆で結ばれるが、ウンは森深くの滝の麓につくられた神秘的な"氷の城"へ行ったきり、姿を消してしまう…特別な関係、孤独、喪失からの回復を凛とした文体で幻想的かつ象徴的に描き上げたヴェーソスの代表作。1965年度北欧理事会文学賞受賞作。〔0383〕

ヴェッチェ, カルロ　Vecce, Carlo

◇カテリーナの微笑―レオナルド・ダ・ヴィンチの母　カルロ・ヴェッチェ著，日高健一郎訳　みすず書房　2024.10　670p　20cm　〈原書名：IL SORRISO DI CATERINA：La Madre di Leonardo〉5400円　①978-4-622-09728-0

＊歴史家である著者は、フィレンツェ国立古文書館でカフカス出身の奴隷カテリーナの解放証書を発見した。起草者は公証人ピエロ、すなわちレオナルド・ダ・ヴィンチの父であった。持つものすべて、身体、自由、未来を奪われたチェルケス人の女奴隷。彼女がレオナルドの母なのか。関連史料を総動員して謎を解く。壮大な歴史小説である。〔0384〕

ウェッブ, ロン

◇吸血鬼は夜恋をする―SF&ファンタジイ・ショートショート傑作選　ロバート・F・ヤング，リチャード・マシスン他著，伊藤典夫編訳　東京創元社　2022.12　387p　15cm　(創元SF文庫 SFン12-1)〈文化出版局 1975年刊の増補〉1000円　①978-4-488-79301-2

[内容]びんの中の恋人(ロン・ウェッブ著)

＊「アンソロジイという言葉のもとになったギリシャ語の意味は「花々を集めたもの」。立ちどまるほどではないが、歩く途中ふと目にとまり、見とれる花、つまり、理屈ぬきで楽しんでいただけるような小品を選ぶよう心懸けた」(伊藤典夫)。名翻訳家が初めて単独編纂した伝説のアンソロジイを半世紀ぶりに初文庫化。(SFマガジン)(奇想天外)の掲載作を追加し、全32編とした。〔0385〕

ヴェテラニー, アグラヤ　Veteranyi, Aglaja
◇その子どもはなぜ、おかゆのなかで煮えているのか　アグラヤ・ヴェテラニー著, 松永美穂訳　河出書房新社　2024.9　213p　20cm〈原書名：WARUM DAS KIND IN DER POLENTA KOCHT〉2500円　①978-4-309-20914-2
＊祖国ルーマニアの圧政を逃れ、サーカス団を転々としながら放浪生活を送る、一家の末っ子であるわたし。ピエロの父さんに叩かれながら、曲芸師の母さんが演技中に転落死してしまうのではないかといつも心配している。そんな時に姉さんが話してくれるのが、「おかゆのなかで煮えている子ども」のメルヒェン。やがて優しいシュナイダーおじさんがやってきて、わたしと姉さんは山奥の施設へと連れて行かれるのだったが—。世界16カ国で翻訳、奇蹟の傑作がついに邦訳！ シャミッソー賞・ベルリン芸術賞受賞作。　〔0386〕

ウェバー, ケン　Weber, Ken
◇5分間ミステリー　ケン・ウェバー著, 片岡しのぶほか訳　扶桑社　2024.9　287p　16cm（扶桑社ミステリー）〈原書名：FIVE-MINUTE MYSTERIES〉1000円　①978-4-594-09852-0
＊これがミステリークイズの大定番！ 本国では何度も装いを変えて再発売され、日本でも30年以上にわたって好評を博したロングセラー。5分間で読める、バラエティに富んだショートストーリー、全37編。町で有名な男性医師は、毎週木曜に大酒を飲む。今週も酔いつぶれた木曜日、医師の妻が遺体となって発見された。酒の勢いで医師が殺したのか？ だが本人は酔っ払って正体をなくしている。はたして医師の犯行なのか…？ 張りめぐらされた謎を読み解き、あなたは真相にたどりつけるか？　〔0387〕

◇新5分間ミステリー　ケン・ウェバー著, 片岡しのぶほか訳　扶桑社　2024.9　319p　16cm（扶桑社ミステリー）〈原書名：FURTHER FIVE-MINUTE MYSTERIES〉1000円　①978-4-594-09853-7
＊大人気『5分間ミステリー』シリーズ！ 社交界でも知られた夫人の遺体が、大邸宅のなかのあずまやで見つかった。しかも、見知らぬ男性とともに。薬物の過剰摂取によるものと思われたが、敏腕警部は現場の様子から不審をいだく。事件は殺人なのか—？ どの問題も、趣向を凝らしたストーリーで、あなたを翻弄します。緻密な観察眼と推理力ばかりでなく、知識や雑学、直感力など、あらゆる知恵を総動員し、頭脳をフル回転させて挑んでください！　〔0388〕

ウェバー, メレディス　Webber, Meredith
◇涙は砂漠に捨てて　メレディス・ウェバー著, 三浦万里訳　ハーパーコリンズ・ジャパン　2024.9　206p　15cm（ハーレクインSP文庫 HQSP-430）〈ハーレクイン 2008年刊の再刊　原書名：SHEIKH SURGEON〉545円　①978-4-596-71213-4
＊ネルは仕事で砂漠の国を訪れていた。でもそれは表向きの理由。本当は別に目的があるのだ—かつての恋人カルを捜し出すこと。14年前に別れた、忘れえぬ男性。なんとしてもカルに会って、真実を告げなくては。愛しい息子の命を救えるのは、彼だけ。息子は白血病に冒され、骨髄移植が必要だった。しかも、特有の型のため、この国の民族からしか移植できないという。今こそ、どんな非難を受けることになろうと彼に打ち明けるのだ。あなたには息子がいて、あなたの助けを待っているのだと！　〔0389〕

ウェブスター, エレノア　Webster, Eleanor
◇英国貴族と落ちこぼれの淑女　エレノア・ウェブスター作, 琴葉かいら訳　ハーパーコリンズ・ジャパン　2022.7　252p　17cm（ハーレクイン・ヒストリカル・スペシャル PHS282）〈原書名：A DEBUTANTE IN DISGUISE〉827円　①978-4-596-70688-1
＊ダンスは壊滅的に下手、流行のドレスや装飾品には興味なし、お茶会で気のきいた会話もできない—レティは母の悩みの種だった。そんな彼女は、誰にも言えない秘密の二重生活を送っている。男性に扮し、医師として村の人々の命を救っていたのだ。そんなレティのもとに、診てほしい妊婦がいるという手紙が届いた。患者の兄は、レティの初恋の人アンソニー卿だった。医師を続けたいなら、淑女の私を知る彼に会うのは危険すぎる。男装を見破られたら、家族までとんでもない醜聞に巻き込んでしまう。でも、苦しむアンソニー卿の妹を見捨てるわけにはいかない。それに何より、彼に会いたい気持ちを抑えておけなくて…。　〔0390〕

◇公爵の花嫁になれない家庭教師　エレノア・ウェブスター作, 深山ちひろ訳　ハーパーコリンズ・ジャパン　2024.9　251p　17cm（ハーレクイン・ヒストリカル・スペシャル PHS334）〈原書名：THE DUKE'S PROPOSAL FOR THE GOVERNESS〉827円　①978-4-596-77731-7
＊住み込みの家庭教師アビーは、公爵ランズドーン卿に反感を持った。娘を社交界に出したい彼女の雇い主が、遠縁の彼に後ろ盾を請うのだが、彼の顔には貴族特有の礼儀正しい無関心が浮かんでいるのだ。社交界でも最上流の彼には、貧しい家の事情なんてどうでもいいのね！ 一方のランズドーン卿は、時代遅れの地味な姿をした家庭教師の歯に衣着せぬ物言いに面食らっていた。貧しい遠縁の娘を社交界デビューさせるなど面倒きわまりない、いっていよ。いいことを思いついた。彼は社交界デビューの手助けをすることをアビーの雇い主に告げた。「ただし、一つ条件が…アビーにも社交界デビューをしてもらいたい」　〔0391〕

◇伯爵と灰かぶり花嫁の恋　エレノア・ウェブスター作, 藤倉詩音訳　ハーパーコリンズ・ジャパン　2024.4　252p　17cm（ハーレクイン・ヒストリカル・スペシャル PHS324）〈原書名：MARRIED FOR HIS CONVENIENCE〉

827円　①978-4-596-53777-5
＊母が突然病死したあと、サラは父に引き取られて田舎にやってきた。そこで冷ややかに迎えられ、彼女は物語を書いたり、困っている動物を助けたりして孤独を紛らわすのが習慣になった。パリに父も亡くなり、まるで修道女のようにつましく暮らしていたある日、人数合わせのために呼ばれた隣家の夕食会で、黒髪に顔だちの整ったラングフォード伯爵セバスチャンと出逢う。翌日、狐を助けようと危険を冒して増水した小川を渡っていたところ、身を挺して救ってくれた彼に、サラは人生初の胸のときめきを覚えた。すると彼が驚きの言葉を告げた。「君が必要―いや、結婚してください」だがそれは、口のきけない娘の世話をしてほしいという意味で…！　〔0392〕

ウェブスター, ジョン　Webster, John
◇悪魔の訴訟―またのタイトル、女が法に訴える時、悪魔が忙し　ジョン・ウェブスター著, 吉中孝志訳　小鳥遊書房　2023.3　302p　16cm　〈文献あり　原書名：The Devil's Law-Case〉2900円　①978-4-86780-012-6　〔0393〕

ウェブスター, ジーン　Webster, Jean
◇おちゃめなパティ　ジーン・ウェブスター著, 三角和代訳　新潮社　2024.11　341p　16cm　（新潮文庫　ウ-4-3）〈著作目録あり　原書名：Just Patty〉750円　①978-4-10-208205-8
＊アメリカの女子寄宿学校、聖アーシュラ学園で暮らすパティは好奇心旺盛で正義感の強い女の子。ある日、同級生と学外の英国人との恋の噂が学園中を騒がせる。毎週届くスミレの花束。でも、その恋人って実在するの―？　疑問を持ったパティは、親友のコニーとプリシラと共にあるいたずらを仕掛ける。果たして恋人の正体とは？　『あしながおじさん』のウェブスターがおくる永遠の少女小説。　〔0394〕

ヴェラーヘン, ロベルト　Welagen, Robbert
◇アントワネット　ロベルト・ヴェラーヘン著, 國森由美子訳　集英社　2022.1　156p　20cm　〈原書名：Antoinette〉1700円　①978-4-08-773516-1
＊几帳面な「ぼく」と自由なアントワネットは、愛に満ちた理想の二人だった―子どもに恵まれないことをのぞいては。原因が不明のまま時はいたずらに過ぎ、夫婦の間の亀裂は徐々に広がっていく…。選択できない人生のままならなさを、オランダの実力派が静謐な美しい筆致で綴る。　〔0395〕

ヴェリー, ピエール　Véry, Pierre
◇アヴリルの相続人　ピエール・ヴェリー著, 塚原史訳　論創社　2024.10　215p　20cm　（論創海外ミステリ 324―パリの少年探偵団 2）〈著作目録あり　原書名：Les Héritiers d'Avril〉2000円　①978-4-8460-2428-4
＊名探偵ドミニク少年を悩ませる新たな謎はミステリアスな遺言書。アヴリル家の先祖が残した巨額の財産を手にするのは誰だ？　"パリの少年探偵団"シリーズ待望の続編！　レトロモダンなジュブナイル・ミステリ第二弾。　〔0396〕

◇サインはヒバリ―パリの少年探偵団　ピエール・ヴェリー著, 塚原史訳　論創社　2023.10　215p　20cm　（論創海外ミステリ 303）〈著作目録あり　原書名：Signé Alouette〉2200円　①978-4-8460-2320-1
＊誘拐された仲間を探し、知恵と勇気の少年探偵団がパリの街を駆け抜ける。童謡「やさしいヒバリ」が導く先に待ち受ける真実とは…。第一回冒険小説大賞受賞作家が描くレトロモダンなジュブナイル・ミステリ！　〔0397〕

ヴェリッシモ, エリコ　Veríssimo, Erico
◇大使閣下　エリコ・ヴェリッシモ著, 澤木忠男訳　文芸社　2022.2　735p　19cm　〈原書名：O SENHOR EMBAIXADOR〉2100円　①978-4-286-23092-4　〔0398〕

ヴェリトマン, アレクサンドル
◇19世紀ロシア奇譚集　高橋知之編・訳　光文社　2024.8　388p　16cm　（光文社古典新訳文庫 KAタ1-1）〈文献あり　年表あり　原書名：Артемий Семенович Бервенковский Перстеньほか〉1100円　①978-4-334-10395-8
内容　家じゃない、おもちゃだ！（アレクサンドル・ヴェリトマン著, 高橋知之訳）
＊悲劇的な最期を遂げた歌い手の秘密に迫るにつれ…「クララ・ミーリチ―死後」、屋敷に住みつく霊と住人たちとの不思議な関わりを描く「家じゃない、おもちゃだ！」など7篇を収録。重厚長大なリアリズム文学重視の陰で忘れ去られていた豊饒なロシアンホラーの魅力を発掘！　〔0399〕

ウェリントン, デイヴィッド　Wellington, David
◇最後の宇宙飛行士　デイヴィッド・ウェリントン著, 中原尚哉訳　早川書房　2022.5　591p　16cm　（ハヤカワ文庫 SF 2367）〈原書名：THE LAST ASTRONAUT〉1300円　①978-4-15-012367-3
＊20年にわたり宇宙開発が停滞した未来、普通にはありえないコースで地球をめざす天体2Iが発見された。異星の宇宙船だろうか？　NASAは急遽、探査ミッションを始動する。船長はただ一人、有人宇宙探査の経験を持つサリー・ジャンセンだ。だが、未知の異星人との接触を期待して2Iに接近したサリーたちを、衝撃の事実が待ち受けていた…！　名作『宇宙のランデヴー』を彷彿とさせる新世代ファーストコンタクトSF。　〔0400〕

◇妄想感染体　上　デイヴィッド・ウェリントン著, 中原尚哉訳　早川書房　2024.1　508p　16cm　（ハヤカワ文庫 SF 2430）〈原書名：PARADISE-1〉1440円　①978-4-15-012430-4

＊敵は感染する狂気―植民惑星パラダイス-1の調査を命じられた防衛警察の警部補サシャは、パイロットのサムや医師ジャンとともに太陽系から百光年離れた惑星へ向かう。だが、目的の星系で彼らを待ち受けていたのは、無数の宇宙船と、そこに蔓延するさまざまな致死的な妄想だった！理性を失ってゾンビ化した者たちに、彼らの船は攻撃を受ける。そしてサシャもまた狂気に感染した一戦慄のホラー宇宙SFシリーズ開幕。〔0401〕

◇妄想感染体　下　デイヴィッド・ウェリントン著，中原尚哉訳　早川書房　2024.1　479p　16cm　（ハヤカワ文庫 SF 2431）〈原書名：PARADISE-1〉1440円　①978-4-15-012431-1

＊惑星パラダイス-1軌道上のすべての宇宙船で、感染する狂気が猛威を振るっている。どれだけ食べても「肉」が欲しくて止まらない飢餓感、存在しない寄生体に侵入されたという嫌悪感。AIも同じ妄想にとりつかれ、船内は死に蝕まれている。狂気の原因は人間にもAIにも感染する「病原体」バジリスク。その衝撃の正体とは？ サシャたちは狂気の闇から逃れることができるのか!?実力派作家によるノンストップ・ホラーSF。〔0402〕

ヴェルガーニ, M.

◇薔薇のアーチの下で―女性作家集　香川真澄編・訳　山陽小野田　創林舎イタリア文藝叢書編集部　2023.7　194p　21cm　（イタリア文藝叢書 9）〈著：マリア・メッシーナ 他 原書名：Sotto l'arco di rose〉1600円

内容　ちょっとあり得ない事態(M.ヴェルガーニ著，香川真澄訳)　〔0403〕

ウェルズ, マーサ　Wells, Martha

◇システム・クラッシュ　マーサ・ウェルズ著，中原尚哉訳　東京創元社　2024.10　314p　15cm　（創元SF文庫 SFウ15-5―マーダーボット・ダイアリー）〈原書名：SYSTEM COLLAPSE〉1100円　①978-4-488-78005-0

＊暴走人型警備ユニットの"弊機"は、植民惑星で異星遺物汚染事件に巻き込まれるが、ARTこと探査船ペリヘリオン号の協力もあり、窮地を脱する。だがこの惑星を狙う冷酷な企業は、いまだあきらめてはいなかった。しかも弊機は謎の障害に襲われ…ヒューゴー賞4冠＆ネビュラ賞2冠＆ローカス賞5冠＆日本翻訳大賞受賞の大人気シリーズ、待望の第4弾！ ローカス賞受賞作。〔0404〕

◇逃亡テレメトリー　マーサ・ウェルズ著，中原尚哉訳　東京創元社　2022.4　244p　15cm　（創元SF文庫 SFウ15-4―マーダーボット・ダイアリー）〈原書名：FUGITIVE TELEMETRY COMPULSORYほか〉880円　①978-4-488-78004-3

＊かつて大量殺人を犯したとされたが、その記憶を消されていた人型警備ユニットの"弊機"。紆余曲折のすえプリザベーション連合に落ち着いた弊機は、ステーション内で他殺体に遭遇する。弊機はミステリー・メディアを視聴して培った知識をもとにして捜査をはじめるが…。ヒューゴー賞・ネビュラ賞・ローカス賞・日本翻訳大賞受賞"マーダーボット・ダイアリー"シリーズ最新作！〔0405〕

ウェルズ, レイチェル　Wells, Rachel

◇通い猫アルフィーと3匹の教え子　レイチェル・ウェルズ著，中西和美訳　ハーパーコリンズ・ジャパン　2023.7　381p　15cm　（ハーパーBOOKS NV・ウ1・8）〈原書名：ALFIE'S APPRENTICES〉873円　①978-4-596-52142-2

＊新しく3匹の仔猫が家族に加わり、にぎやかになったエドガー・ロードに悲しい出来事が―アルフィーの通い先の一軒が引っ越すことになったのだ。落ちこむアルフィーだが一方で、やんちゃ盛りの仔猫たちのお世話に毎日てんてこ舞い。頭を抱えたアルフィーは3匹を立派な猫にするため"学校"を開こうと思いつき…。猫の授業は波瀾だらけで、またしても事件の予感!?ハートフル猫物語、第8弾。〔0406〕

ウェルズ, H.G.　Wells, Herbert George

◇猿の手　ウィリアム・ワイマーク・ジェイコブズ他原作，富安陽子文，アンマサコ絵　ポプラ社　2023.2　149p　19cm　（ホラー・クリッパー）〈他言語標題：The Monkey's Paw〉1400円　①978-4-591-17710-5

内容　魔法の店(H.G.ウェルズ原作，富安陽子訳)　〔0407〕

◇モダン・ユートピア　H.G.ウェルズ著，小澤正人訳　調布　月曜社　2024.12　511p　19cm　（叢書・エクリチュールの冒険）〈原書名：A Modern Utopia〉3400円　①978-4-86503-196-6

＊実現しうる理想社会か、行きすぎた管理社会か―。シリウスの彼方に位置するもうひとつの地球で優秀なサムライたちが営む世界統一国家の様相を描いた実験的小説A Modern Utopia（1905年）の初めての完訳。その先鋭的な社会像は、ウェルズによる当世批判であり、先人たちのユートピア観を乗り越える、より現代的で実際的な段階的変革の提示でもあった。ウェルズが追い求め続けた理想の可能性と限界は、本書で明らかになる。本作の思想的背景や問題点に光を当てる訳者解説を付す。〔0408〕

◇妖精・幽霊短編小説集―『ダブリナーズ』と異界の住人たち　J.ジョイス，W.B.イェイツほか著，下楠昌哉編訳　平凡社　2023.7　373p　16cm　（平凡社ライブラリー 949）　1800円　①978-4-582-76949-4

内容　赤い部屋(ハーバート・ジョージ・ウェルズ著，下楠昌哉訳)

＊アイルランドの首都ダブリンに生きる様々な人を描いたジョイスの作品を、十九世紀末から二十世紀はじめに書かれた妖精・幽霊譚と並べてみると―。名作をこれまでとは異なる文脈に解き放ち、当時の人々が

肌で感じていた超自然的世界へと誘う画期的なアンソロジー。　　　　　　　　　　　　　〔0409〕

ウェルティ, ユードラ　Welty, Eudora

◇アメリカン・マスターピース　準古典篇　シャーウッド・アンダーソン他著, 柴田元幸編訳　スイッチ・パブリッシング　2023.7　253p　20cm　〈SWITCH LIBRARY─柴田元幸翻訳叢書〉〈他言語標題：AMERICAN MASTERPIECES　原書名：The Book of Harlem　A Party Down at the Squareほか〉　2400円　①978-4-88418-617-3

内容　何度も歩いた道(ユードラ・ウェルティ著, 柴田元幸訳)

＊アメリカ合衆国で書かれた短篇小説, その"名作中の名作"を選ぶ。ヘミングウェイ, フォークナーなどの巨匠から, ハーストン, ウェルティ, オルグレンの本邦初訳作まで。激動の時代, 20世紀前半に執筆・発表された全12篇を収録。
〔0410〕

◇デルタ・ウエディング　ユードラ・ウェルティ著, 本村浩二訳　論創社　2024.5　495p　20cm　〈原書名：DELTA WEDDING〉　3800円　①978-4-8460-2351-5

＊1923年秋, 結婚式のために集ったデルタ地方の大農園一家の日常を, 主に5人の白人女性の複雑な内面を通して緻密に描き出す。アメリカ深南部ミシシッピの作家ウェルティによる傑作長篇小説, 57年ぶりの新訳。
〔0411〕

ヴェルヌ, ジュール　Verne, Jules

◇シャーンドル・マーチャーシュ─地中海の冒険　上　ジュール・ヴェルヌ著, 三枝大修訳　幻戯書房　2023.5　453p　19cm　〈ルリユール叢書〉〈原書名：Mathias Sandorf〉　4200円　①978-4-86488-272-9

＊祖国ハンガリーの独立に向けた蜂起を計画し, 順調に準備を進めていたはずの大貴族シャーンドル伯爵を待ち受ける試練とは─『海底二万里』『八十日間世界一周』の作者ジュール・ヴェルヌが描く, 狂瀾怒涛の海洋冒険物語。全五部のうち, 第三部第四章までを収録。エッツェル版挿絵全点掲載の新訳決定版。
〔0412〕

◇シャーンドル・マーチャーシュ─地中海の冒険　下　ジュール・ヴェルヌ著, 三枝大修訳　幻戯書房　2023.5　375p　19cm　〈ルリユール叢書〉〈年譜あり　原書名：Mathias Sandorf〉　3700円　①978-4-86488-273-6

＊悪党どもに正義の鉄槌を下さんとして, 神出鬼没の謎多き医師アンテキルト博士とその仲間たちが地中海を舞台に躍動する─『海底二万里』『八十日間世界一周』の作者ジュール・ヴェルヌが描く, 狂瀾怒涛の海洋冒険物語。第三部第五章から第五部最終章までを収録。エッツェル版挿絵全点掲載の新訳決定版。
〔0413〕

◇十五少年漂流記─二年間の休暇　ヴェルヌ著, 鈴木雅生訳　光文社　2024.7　704p　16cm　〈光文社古典新訳文庫　KAウ2-4〉〈年譜あり　原書名：Deux Ans de Vacances〉　1580円　①978-4-334-10374-3

＊ニュージーランドのチェアマン寄宿学校の生徒たちを乗せたスルーギ号は, 大人たちが乗り込む前に南太平洋に漂い出てしまう。年長の生徒たちや見習水夫モコの努力で一旦は転覆や座礁の危機を脱するが, 船が漂着したのは苛酷な無人島だった…。少年たちの冒険と成長を描く名作。
〔0414〕

◇ジュール・ヴェルヌ〈驚異の旅〉コレクション　3　エクトール・セルヴァダック　ジュール・ヴェルヌ著　石橋正孝訳・解説　インスクリプト　2023.4　508p　22cm　〈他言語標題：LES VOYAGES EXTRAORDINAIRES　原書名：HECTOR SERVADAC〉　5200円　①978-4-900997-85-1

＊彗星の一撃によって宇宙に攫われた一行がパラレルワールドで展開する, 奇想天外な太陽系ロビンソン漂流記。SFの出発点と目され, "驚異の旅"の転換点を刻す大作, 初の完訳。
〔0415〕

◇ドラキュラ　ドラキュラ─吸血鬼小説集　種村季弘編　新装版　河出書房新社　2023.2　253p　15cm　〈河出文庫　た4-53〉　880円　①978-4-309-46776-4

内容　カルパチァの城(ジュール・ヴェルヌ著, 安東次男訳)
〔0416〕

◇必死の逃亡者　ジュール・ヴェルヌ, 石川湧訳　大陸書館　2022.8　347p　19cm　〈編集：大陸書館, 捕物出版　捕物出版　原書名：Les tribulations d'un Chinois en Chine〉　2140円　①978-4-910621-77-7
〔0417〕

ウェルヘイ・プロダクションズ　WellHey Productions

◇〈閲覧注意〉ネットの怖い話クリーピーパスタ　ミスター・クリーピーパスタ編, 倉田真木, 岡田ウェンディ他訳　早川書房　2022.7　287p　16cm　〈ハヤカワ文庫　NV 1499〉〈原書名：THE CREEPYPASTA COLLECTIONの抄訳〉　860円　①978-4-15-041499-3

内容　感じのいい男(ウェルヘイ・プロダクションズ著, 田中ちよ子訳)

＊ネットの恐怖都市伝説のコピペから生まれたホラージャンル"クリーピーパスタ"。綿密に計画をたて女性の家に忍び込んだ殺人ストーカーが異変に巻き込まれる「殺人者ジェフは時間厳守」や, ジャーナリスト志望者がフロッピーディスクに込められた呪いを目撃する「スマイル・モンタナ」など, アメリカ・クリーピーパスタ界の人気ユーチューバーが厳選した悪夢の物語。身の毛がよだつ15篇の恐怖のショートストーリー傑作集。
〔0418〕

ウエルベック, ミシェル　Houellebecq, Michel

◇セロトニン　ミシェル・ウエルベック著, 関口涼子訳　河出書房新社　2022.9　370p　15cm　(河出文庫　ウ6-5)〈責任表示はカバーによる　2019年刊の加筆修正　原書名：SÉROTONINE〉1100円　①978-4-309-46760-3

＊巨大化学企業モンサントを退職し、農業関係の仕事に携わる46歳のフロランは、恋人の日本人女性ユズの秘密をきっかけに"蒸発者"となる。ヒッチコックのヒロインのような女優クレール、図抜けて敏捷な知性の持ち主ケイト、褐色の目で彼を見つめるカミーユ…過去の恋人たちの記憶とともに描かれる、最も暗く美しい呪われた愛の物語。〔0419〕

◇滅ぼす　上　ミシェル・ウエルベック著, 野崎歓, 齋藤可津子, 木内尭訳　河出書房新社　2023.7　308p　20cm〈原書名：Anéantir〉2200円　①978-4-309-20887-9

＊2027年大統領選を舞台に、現代政治とポピュリズム、謎のテロ組織と陰謀論、家族と夫婦の価値観の崩壊など、世界を覆うさまざまな問題を含みこんだ、ウエルベック最大の長篇!!!〔0420〕

◇滅ぼす　下　ミシェル・ウエルベック著, 野崎歓, 齋藤可津子, 木内尭訳　河出書房新社　2023.7　341p　20cm〈著作目録あり　原書名：Anéantir〉2350円　①978-4-309-20888-6

＊大統領選が山場を迎えるなか、ポールの家族をいくつもの衝撃が襲う。『素粒子』『地図と領土』『服従』など、世界のダークな行く末を予言しつづける鬼才の最高傑作、ついに翻訳刊行!!!〔0421〕

ウェルマン, マンリー・ウェイド　Wellman, Manly Wade

◇新編怪奇幻想の文学　1　怪物　紀田順一郎, 荒俣宏監修, 牧原勝志編　新紀元社　2022.7　460p　20cm〈他言語標題：Tales of Horror and Supernatural〉2500円　①978-4-7753-2022-8

内容　ヤンドロの小屋(マンリー・ウェイド・ウェルマン著, 植草昌実訳)

＊山深く潜む、古来から言い伝えられるもの。身を蝕み、人間としての記憶さえ呪わしく変えるもの。そして、見てはならず、語りえないもの。何ものなのか知るすべもないかれらを、せめてこう呼ぼう―怪物、と。一九七〇年代の名アンソロジー"怪奇幻想の文学"の編者、紀田順一郎・荒俣宏の監修のもと、古典的名作を新訳し、全6巻に集大成。怪奇幻想の真髄を伝えるアンソロジー・シリーズ、ここに刊行開始。〔0422〕

ウェンディグ, チャック　Wendig, Chuck

◇疫神記　上　チャック・ウェンディグ著, 茂木健訳　竹書房　2022.6　751p　15cm(竹書房文庫　う4-1)〈原書名：WANDERERS〉1700円　①978-4-8019-3105-3

＊日本の天文愛好家の発見した新彗星が地球近傍を通過した翌朝、十五歳の少女ネッシーが消えた。そして姉のシャナが発見したときには、無意識状態で歩き続ける不可解な存在と化していた。話しかけても無反応。一方で、行く手を阻めば全身から高熱を発し、激しく痙攣する。鎮静剤を打とうとすれば、注射針が折れるほど皮膚は硬化していた。ネッシーが単なる夢遊病ではないことはすぐに証明される。同じ夢遊状態で現れた男が、強引に押し込まれたパトカーの車内で爆発したからだ。この映像は瞬く間に拡散する。未知の感染症、中東のバイオテロ、合衆国政府の陰謀、ミュータント…数多の憶測が飛び交い、その間にも同じ症状者が次々現れ、ネッシーのうしろで列をなしていく。表舞台に距離を置いていた感染症専門医のベンジーは、事態を洞見していた予測型AI「ブラックスワン」の導きで調査団に参加。ネッシーたちに帯同するが、手がかりすら摑めない。混乱が深まるなか、恐るべき真菌ウイルスが顕現する―。「ワシントン・ポスト」紙の年間ベストに選出されたパンデミック超大作。〔0423〕

◇疫神記　下　チャック・ウェンディグ著, 茂木健訳　竹書房　2022.6　751p　15cm(竹書房文庫　う4-2)〈原書名：WANDERERS〉1700円　①978-4-8019-3106-0

＊奇妙な行進がはじまってから二週間、「夢遊者」と呼ばれるようになったネッシーたちの一団は二百人を超えていた。嵐の夜、その姿を追うテレビカメラの前で悲劇が起こる。引き留める妻を巻きこみ、夢遊者のひとりが爆発したのだ。その光景が多くの人々に恐怖心を植え付けた。そして、とある神父がネッシーたちを"悪魔の巡礼"と称したことが端緒となり、夢遊者を排除する動きが全米に拡大していく。だが、人々は知らなかった。夢遊者が出現する六か月前、きわめて危険な病菌が解き放たれていたことを―。実業家のガーリンは新事業発展のため僻地の鍬入れの儀で岩盤を破壊。飛び出した無数のコウモリに嚙まれ、謎の疫病に感染する。その後、狂気に囚われて姿を消した彼は、白い菌糸に包まれた変死体で発見された。ベンジーは菌糸が驚異的な感染力と致死性を有する病菌であると特定するが、すでにパンデミックは地球規模に拡大しつつあった。世界が崩れゆくなか、夢遊者たちだけは何事もなく歩き続ける。〔0424〕

ウォー, イーヴリン　Waugh, Evelyn

◇世界推理短編傑作集　6　エミール・ガボリオ他著, 戸川安宣編　東京創元社　2022.2　725p　15cm　(創元推理文庫　Mン1-6)　1500円　①978-4-488-10012-4

内容　戦術の演習(イーヴリン・ウォー著, 大庭忠男訳)

＊欧米では、世界の短編推理小説の傑作集を編纂する試みが、しばしば行われている。江戸川乱歩編『世界推理短編傑作集』はそれらの傑作集の中から、編者の愛読する珠玉の名作を厳選して5巻に収録し、併せて19世紀半ばから第二次大戦後の1950年代に至るまでの短編推理小説の歴史的展望を読者に提供した。本書では、5巻に漏れた名作を拾遺

ウオ

し，名アンソロジーの補完を試みた。〔0425〕

◇誉れの剣 3 無条件降伏 イーヴリン・ウォー著，小山太一訳 白水社 2023.1 388p 20cm （エクス・リブリス・クラシックス）〈原書名：UNCONDITIONAL SURRENDER〉4200円 ①978-4-560-09915-5
＊戦争の大義は何処へ，三部作最終章。激戦地クレタ島脱出から二年が経ち，ガイ・クラウチバック大尉はロンドンで無為な日々を送っていた。王立矛槍兵団の戦友たちが戦地へ向かうなか，もうすぐ四十歳という年齢を理由にひとり後に残されたガイは，開戦時に抱いた崇高な大義を見失いつつあった。一方，クレタ島でガイの命を救ったリュードヴィック曹長はいまや情報軍団少佐に昇進し，戦場で書きとめた覚書きに基づく『瞑想録』の出版を画策中。ガイの元妻ヴァージニアは予期せぬ妊娠に途方に暮れていた。ついに情報将校としてイタリア方面への派遣が決まったガイは落下傘降下訓練に参加するが，訓練中の負傷で療養生活を送るはめに。不運続きのガイの戦場は一体どこにあるのか…。自身の軍隊体験をもとに，戦争の醜悪かつ滑稽な現実と古き理想の崩壊を描くイーヴリン・ウォー最後の傑作 "誉れの剣" 三部作完結篇。〔0426〕

ヴォ，ニー Vo, Nghi

◇塩と運命の皇后 ニー・ヴォ著，金子ゆき子訳 集英社 2022.9 270p 16cm （集英社文庫 ウ15-1）〈原書名：THE EMPRESS OF SALT AND FORTUNE WHEN THE TIGER CAME DOWN THE MOUNTAIN〉820円 ①978-4-08-760780-2
＊50年ぶりに湖の封印が解かれるとき，追放された悲劇の皇后の伝説が幕を開ける――。歴史収集の旅をする聖職者チーは，ある時立ち寄った湖のほとりで，ひとりの侍女に出会う。亡き皇后の侍女だったという彼女に導かれ，チーは皇后が幽閉されていた屋敷を訪れる。そこで彼女は思い出の品々を手に語り始める。美しく残酷な真実と運命の物語を。著者デビュー作にして2021年ヒューゴー賞受賞作。全2篇。〔0427〕

ウォーカー，ケイト Walker, Kate

◇失われた愛の記憶 ケイト・ウォーカー著，鏑木ゆみ訳 ハーパーコリンズ・ジャパン 2023.7 201p 15cm （ハーレクインSP文庫） 545円 ①978-4-596-52066-1
＊「二度と逃がさないぞ」とつぜん険しい口調で呼びかけられ，イヴは自宅の玄関先で硬直した。目の前には見知らぬ男性がいる。カイルと名乗るその男は意志の強そうな顔に怒りの表情を浮かべ，自分はイヴの夫であり，消えた妻を捜していたと彼女に告げた。イヴが記憶を失って路頭に迷い，救急病院に駆け込んでから2年。親切な看護師のおかげで住む家を見つけ，図書館の仕事に就き，やっと新たな人生に乗りはじめたところなのに…。わたしは本当に結婚していたの？ こんな

安と期待がイヴの胸を満たした。〔0428〕

◇十二カ月の恋人 ケイト・ウォーカー著，織田みどり訳 ハーパーコリンズ・ジャパン 2024.9 206p 15cm （ハーレクイン文庫 HQB-1248）〈ハーレクイン 2005年刊の再刊 原書名：THE TWELVE-MONTH MISTRESS〉691円 ①978-4-596-77847-5
＊カサンドラの恋人，ホアキンはスペインきっての実業家。だが，恋人とは出会って1年経つと必ず別れを告げるプレイボーイとしても有名だ。カサンドラは今週の金曜日，ホアキンと出会って1年になる。私も過去の恋人たちのように，捨てられるの？ 別れを覚悟した彼女は，ホアキンに愛のないプロポーズをされ，ショックで部屋を飛び出した――すると追いかけてきた彼は，目の前で車にひかれ，この1カ月の記憶を失ってしまったのだ――！〔0429〕

◇情熱を捧げた夜 ケイト・ウォーカー著，春野ひろこ訳 ハーパーコリンズ・ジャパン 2024.1 204p 15cm （ハーレクイン文庫 HQB-1217）〈ハーレクイン 2006年刊の再刊 原書名：THE ANTONAKOS MARRIAGE〉691円 ①978-4-596-53167-4
＊この人に，わたしの純潔を捧げよう。スカイは，酔っぱらいにからまれていたところを助けてくれた黒髪のハンサムな男性アントンと一夜をともにする決意をした。残された時間は今夜だけ。好色な老富豪の金を横領した父の罪を帳消しにしてもらうには，その人と結婚するしかない…。魔法の一夜が明け，アントンへの恋の残り火を消せぬまま，スカイは挙式のためギリシアの小島へと旅立った。だがそこで，思いがけずアントンと再会する。彼はなんと，結婚相手である老富豪の息子だったのだ！〔0430〕

ウォーカー，N.R. Walker, N.R.

◇好きだと言って，月まで行って N.R.ウォーカー著，冬斗亜紀訳 新書館 2024.11 331p 16cm （モノクローム・ロマンス文庫 49）〈原書名：To the Moon and Back〉1540円 ①978-4-403-56059-0
＊生後12週の甥・ベンソンを育てる34歳の財務マネージャー・ギデオン（口髭あり）。素敵な家でシングルファーザーとして悪戦苦闘する彼のもとに，子ども大好きなイタリア系のトビーが住み込みナニーとしてやってきた。明るく楽しくてきぱき切り盛りするトビーは，おかしなあだ名をベンソンにつけたり，疲れ切ったギデオンに癒しと元気と笑顔を与えてくれる。一方トビーのほうもセクシーで真面目なギデオンに自然と惹かれていく。雇い主とナニーとして一線を越えてはいけないと意識する二人。だがそんなある晩，悪夢の「チキン事件」が勃発，ふたりは何故か同じベッドへ――！ 心をじんわり温める，疲労困憊のシングルファーザーとデキるナニーの優しいベビーシッター・ロマンス。〔0431〕

◇BOSSY N・R・ウォーカー著，冬斗亜紀訳 新書館 2023.5 420p 16cm （モノクロー

ム・ロマンス文庫 45)〈本文は日本語 原書名：BOSSY〉1400円　①978-4-403-56055-2
　　　　　　　　　　　　　　　　〔0432〕

ウォーターズ
◇英国古典推理小説集　佐々木徹編訳　岩波書店　2023.4　539p　15cm　（岩波文庫 37-207-1）1300円　①978-4-00-372002-8
　内容　有罪か無罪か（ウォーターズ著, 佐々木徹訳）
＊ディケンズ『バーナビー・ラッジ』とポーによるその書評、英国最初の長篇推理小説と言える『ノッティング・ヒルの謎』を含む、古典的傑作八篇を収録（半数が本邦初訳）。読み進むにつれて推理小説という形式の洗練されていく過程が浮かび上がる、画期的な選集。
　　　　　　　　　　　　　　　　〔0433〕

ウォッシュバーン, カワイ・ストロング　Washburn, Kawai Strong
◇サメと救世主　カワイ・ストロング・ウォッシュバーン著, 日野原慶訳　福岡　書肆侃侃房　2024.2　419p　19cm〈原書名：Sharks in the time of saviors〉2400円　①978-4-86385-616-5
　　　　　　　　　　　　　　　　〔0434〕

ヴォーディン, ナターシャ　Wodin, Natascha
◇彼女はマリウポリからやってきた　ナターシャ・ヴォーディン著, 川東雅樹訳　白水社　2023.1　348,2p　20cm〈原書名：Sie kam aus Mariupol〉2800円　①978-4-560-09467-9
＊半世紀以上を経て娘が探し当てた亡き母の生。二〇一三年のある夏の夜、若くして逝った母の痕跡をたどる旅が始まった。手がかりとなるのは母の名前と残された三枚の写真、二通の書類、そして「わたし」のおぼろげな記憶だけ。忘却に抗い、失われた家族の歴史と、自らのルーツを見いだす瞠目の書。ライプツィヒ書籍見本市賞受賞作。〔0435〕

ウォード, カトリオナ　Ward, Catriona
◇ニードレス通りの果ての家　カトリオナ・ウォード著, 中谷友紀子訳　早川書房　2023.1　371p　20cm〈文献あり　原書名：THE LAST HOUSE ON NEEDLESS STREET〉2800円　①978-4-15-210199-0
＊寂れた住宅が並ぶニードレス通り。その奥の暗い森に面した家に、テッド・バナーマンという男が娘のローレンや猫のオリヴィアと暮らしていた。家の周囲で起きた不審な事態に落ち着かない住人たち。そしてテッドは声を記録していく…十一年前、幼い妹が家の湖畔で行方不明になって以来、ディーの家庭は崩壊した。今なお事件に囚われているディーは、かつて容疑者であったテッドを犯人だと怪しむ。彼女はニードレス通りに引っ越して、テッドの家を窺うが…テッドの家に住む猫オリヴィアは、この通りでの暮らしとテッドを深く愛していた。聖書の言葉を胸に、（主）の思し召しに従って日々を送るオリヴィアだったが、頭に響き渡る「音」に、こ

の家に潜む「何か」に、しだいに脅かされ…折り重なる異様な「語り」が紡ぎ出す、恐るべきホラー小説。
　　　　　　　　　　　　　　　　〔0436〕

ウォード, ジェスミン　Ward, Jesmyn
◇降りていこう　ジェスミン・ウォード著, 石川由美子訳　作品社　2024.11　283p　19cm〈付属資料：南へ降って沼地の中へ　青木耕平著（16p 18cm）原書名：LET US DESCEND〉2700円　①978-4-86793-061-8
＊奴隷の境遇に生まれた少女は、祖母から、そして母から伝えられた知識と勇気を胸に、自由を目指す一。40歳の若さで全米図書賞を二度受賞した、アメリカ現代文学最重要の作家が新境地を開く、二度目の受賞後初の長篇小説！〔0437〕

◇線が血を流すところ　ジェスミン・ウォード著, 石川由美子訳　作品社　2022.12　306p　20cm〈付属資料：狼の街の慈悲深い神　青木耕平著（16p 18cm）原書名：WHERE THE LINE BLEEDS〉2600円　①978-4-86182-951-2
＊高校を卒業して自立のときを迎えた双子の兄弟を取り巻く貧困、暴力、薬物一。そして育ての親である祖母への愛情と両親との墓籍。全米図書賞を二度受賞しフォークナーの再来とも評される、現代アメリカ文学を牽引する書き手の鮮烈なデビュー作。　　　　　　　　　　〔0438〕

ウォード, J.R.　Ward, J. R.
◇この手はあなたに届かない　J.R.ウォード著, 琴葉かいら訳　ハーパーコリンズ・ジャパン　2024.4　334p　15cm　（mirabooks JW01-04)〈MIRA文庫 2014年刊の新装版　原書名：HIS COMFORT AND JOY〉845円　①978-4-596-77606-8
＊湖畔の小さな町で暮らすジョイ。恋愛経験もなく、家族の世話に明け暮れる毎日だが、夏だけは心が浮き立った一避暑のため、名家の御曹司グレイがやってくるからだ。長年彼に思いを寄せながらも、いつものなら挨拶をかわすだけだったが、今年は何かが違った。ひょんなことからNYで彼と数日間過ごすことになったのだ。魔法のような時間のあと、ついに夢見た二人きりの夜が訪れるが、待っていたのは冷たい現実で…。〔0439〕

ウォートン, イーディス　Wharton, Edith
◇アメリカン・マスターピース　準古典篇　シャーウッド・アンダーソン他著, 柴田元幸編訳　スイッチ・パブリッシング　2023.7　253p　20cm　（SWITCH LIBRARY─柴田元幸翻訳叢書）〈他言語標題：AMERICAN MASTERPIECES　原書名：The Book of Harlem　A Party Down at the Squareほか〉2400円　①978-4-88418-617-3
　内容　ローマ熱（イーディス・ウォートン著, 柴田元幸訳）
＊アメリカ合衆国で書かれた短篇小説、その"名作

中の名作"を選ぶ。ヘミングウェイ、フォークナーなどの巨匠による「定番」から、ハーストン、ウェルティ、オルグレンの本邦初訳作品まで。激動の時代、20世紀前半に執筆・発表された全12篇を収録。　　　　　　　　　　　　　　　　〔0440〕

◇イーサン・フロム　イーディス・ウォートン著，宮澤優樹訳　白水社　2024.7　214p　18cm　（白水uブックス　253—海外小説永遠の本棚）〈文献あり　原書名：Ethan Frome〉1700円　①978-4-560-07253-0
＊マサチューセッツ州スタークフィールドで冬を過ごすことになった語り手の「私」は、足をひきずった寡黙な男をたびたび見かけていた。聞くに、イーサン・フロムなるこの土地の男で、かつてひどい「激突」を起こして以来、足が不自由になったのだという。思いがけず「私」はフロムに馬橇で駅まで毎日送迎してもらうことになるが、ある晩、ふたりは帰り道に吹雪に巻き込まれ、フロムは途上にある自宅に「私」を招き入れる。そこで「私」が目にしたものとは―。寒村の孤独、親の介護、挫かれた学業、妻の病…厳冬に生を閉ざされた主人公フロムを襲う苦難、そんな日々に射し込んだささやかな幸福、その果ての悲劇を精緻な技巧で描くアメリカ文学の古典。待望の新訳。　〔0441〕

◇夏　イーディス・ウォートン著，山口ヨシ子，石井幸子訳　彩流社　2022.10　269p　20cm〈原書名：Summer〉2800円　①978-4-7791-2857-8
＊明日はどこへ僕を連れて行ってくれるの？「チャリティ（慈悲）」と名付けられた、複雑な出自をもつ若い娘のひと夏の恋—アメリカ北東部ニューイングランド地方、閉塞的な寂れた村を舞台に、人びとの孤独と夢を描くウォートン中期の名作。　〔0442〕

◇ビロードの耳あて―イーディス・ウォートン綺譚集　イーディス・ウォートン著，中野善夫訳　国書刊行会　2024.9　561p　20cm〈他言語標題：Velvet Ear Pads；The Fullness of Life；The Triumph of Nightほか〉4800円　①978-4-336-07657-1
内容　満ち足りた人生　夜の勝利　鏡　ビロードの耳あて　一瓶のペリエ　眼　肖像画　ミス・メアリ・パスク　ヴェネツィアの夜旅　あとになって　動く指　惑わされて　閉ざされたドア　幼子らしきの谷〉と、その他の寓意詩　〔0443〕

◇無垢の時代　イーディス・ウォートン作，河島弘美訳　岩波書店　2023.6　585,2p　15cm（岩波文庫　32-345-1）〈年譜あり　原書名：THE AGE OF INNOCENCE〉1370円　①978-4-00-323451-8
＊一八七〇年代初頭の冬の宵。若く美しいメイとの婚約発表を控えた青年ニューランドは、社交界の人々が集う歌劇場で幼馴染のエレンと再会する―。二人の女性の間で揺れ惑う姿を通して、時代の変化にさらされる"古き・ニューヨーク"の社会を鮮やかに描く。女性作家初のピューリッツァー賞受賞作。　〔0444〕

ウォーナー，ジョエル　Warner, Joel
◇サド侯爵の呪い―伝説の手稿『ソドムの百二十日』がたどった数奇な運命　ジョエル・ウォーナー著，金原瑞人，中西史子訳　日経ナショナルジオグラフィック　2024.6　315,43p　19cm〈文献あり　日経BPマーケティング　原書名：The Curse of the Marquis de Sade〉2200円　①978-4-86313-569-7　　〔0445〕

ヴォネガット，カート　Vonnegut, Kurt
◇キヴォーキアン先生、あなたに神のお恵みを　カート・ヴォネガット著，浅倉久志，大森望訳　早川書房　2023.5　153p　20cm〈原書名：GOD BLESS YOU, DR. KEVORKIAN LIKE SHAKING HANDS WITH GOD〉2200円　①978-4-15-210238-6
内容　キヴォーキアン先生、あなたに神のお恵みを（カート・ヴォネガット著，浅倉久志，大森望訳）
＊日本でもっとも愛される作家、カート・ヴォネガットがニュートン、シェイクスピア、ヒトラー、アシモフなど、20人の故人＋αに取材した架空インタビュー集。　〔0446〕

ヴォルケル，イジー　Wolker, Jiří
◇製本屋と詩人　イジー・ヴォルケル，大沼有子訳　東久留米　共和国　2022.10　184p　20cm〈原書名：O knihaři a básníkovi〉2500円　①978-4-907986-95-7
＊20世紀初頭のチェコを代表する革命詩人、イジー・ヴォルケル（1900-24）が短い生涯に遺した数多くの童話と詩から精選する、日本初の作品集。子どもと虐げられた者たちの低い視線に映し出された社会を描く物語5篇に、故郷モラヴィア地方や性愛をうたった詩24篇、さらに評論1篇を収録。この稀有な詩人の姿が、没後100年を前についにあきらかになる！　〔0447〕

ウォルターズ，ミネット　Walters, Minette
◇女彫刻家　ミネット・ウォルターズ著，成川裕子訳　新装版　東京創元社　2024.5　490p　15cm（創元推理文庫　Mウ9-2）〈著作目録あり　原書名：THE SCULPTRESS〉1400円　①978-4-488-18714-9
＊オリーヴ・マーティン―母親と妹を切り刻み、それをまた人間の形に並べて、台所に血まみれの抽象画を描いた女。無期懲役囚である彼女には、当初から謎がつきまとった。凶悪な犯行にも拘らず、精神鑑定の結果は正常。しかも罪を認めて一切の弁護を拒んでいる。かすかな違和感は、歳月をへて疑惑の花を咲かせた…本当に彼女の仕業なのか？　MWA最優秀長編賞に輝く戦慄の物語。　〔0448〕

ヴォルニー，ズデニェク
◇チェコSF短編小説集　2　カレル・チャペック賞の作家たち　平野清美編訳　ヤロスラフ・オルシャ・jr., ズデニェク・ランパス編　平凡社

2023.2　505p　16cm　（平凡社ライブラリー939）〈原書名：Bílá hůl ráže 7,62　Nikdy mi nedáváš penízeほか〉1900円　①978-4-582-76939-5

内容 落ását した遠征隊（ズデニェク・ヴォルニー著, 平野清美訳）

＊一九六八年のソ連軍を中心とした軍事侵攻以降, 冬の時代を迎えていたチェコスロヴァキア。八〇年代, ゴルバチョフのペレストロイカが進むとSF界にも雪融けが訪れる。学生らを中心としたファンダムからは"カレル・チャペック賞"が誕生し, 多くの作家がこぞって応募した。アシモフもクラークもディックも知らぬままに手探りで生み出された熱気と独創性溢れる一三編。　〔0449〕

ウォレル, イヴリル　Worrell, Everil

◇新編怪奇幻想の文学　2　吸血鬼　紀田順一郎, 荒俣宏監修, 牧原勝志編　新紀元社　2022.12　436p　20cm〈他言語標題：Tales of Horror and Supernatural〉2500円　①978-4-7753-2040-2

内容 夜の運河（イヴリル・ウォレル著, 宮崎真紀訳）

＊古典・準古典の数々を通し, 怪奇幻想の真髄に触れていただきたい。本書は, 自由な想像力が創りだす豊かな世界への, 恰好の道案内となることだろう。（編者）　〔0450〕

ウォン, ジェフン

◇世の中に悪い人はいない　ウォンジェフン著, 岡崎暢子訳　KADOKAWA　2022.5　263p　19cm　1400円　①978-4-04-681272-8

＊心のいちばん奥にしまった「あのとき」「あのひと」のこと。記憶の断片をやさしく包み長い余韻を生む, 不思議な短編集。　〔0451〕

ウクライーンカ, レーシャ　Ukraïnka, Lesia

◇石の主　レーシャ・ウクライーンカ著, 法木綾子訳　横浜　群像社　2023.5　169p　17cm（群像社ライブラリー　46）〈文献あり〉1700円　①978-4-910100-30-2

＊西ウクライナ生まれの詩人によるスペインのドン・ファン伝説の戯曲化。　〔0452〕

ウグレシッチ, ドゥブラヴカ　Ugrešić, Dubravka

◇きつね　ドゥブラヴカ・ウグレシッチ著, 奥彩子訳　白水社　2023.10　345p　20cm〈原書名：Lisica〉3900円　①978-4-560-09370-2

＊作家とはだれか, 物語とはなにか, 事実と虚構, 記憶, 女性, 戦争, 越境, ナショナリティ…文学をめぐる冒険, その愛とアイロニー。ロシア・アヴァンギャルド研究者としても知られるクロアチア作家の長篇, 待望の翻訳。ピリニャークの日本滞在記を糸口に, あらゆる文学的主題が縦横に語られるオートフィクション。　〔0453〕

ウッズ, シェリル　Woods, Sherryl

◇夏のドレスに着替えたら　ダイアナ・パーマー他著, 寺尾なつ子他訳　ハーパーコリンズ・ジャパン　2024.8　378p　15cm（mirabooks DP01-18）〈原書名：PAPER HUSBAND　HAWAIIAN RETREATほか〉845円　①978-4-596-77882-6

内容 サンフランシスコ物語（シェリル・ウッズ著, 内海規子訳）

＊父が遺した牧場を守るため, 近隣の有力者ハンクに契約結婚を持ちかけたダナ。ひそかに憧れ続けていた彼は意外にもその話を受け入れるが, それと引き換えに驚くべき提案をされ…。テキサスに紡がれる切ない名作『初恋にさよなら』。仕事一筋の女性がハワイで新しい人生に出会う『波打ち際のロマンス』。2週間限定のバカンスから生まれた運命の恋を描く『サンフランシスコ物語』の3篇を収録。　〔0454〕

ウッド, ジョス　Wood, Joss

◇白夜の富豪の十年愛　ジョス・ウッド作, 上田なつき訳　ハーパーコリンズ・ジャパン　2024.10　156p　17cm（ハーレクイン・ロマンス R3913―純潔のシンデレラ）〈原書名：THE TYCOON'S DIAMOND DEMAND〉673円　①978-4-596-71383-4

＊マヤは12年ぶりに故郷ノルウェーに帰ってきた。18歳のとき, 彼女にはイェンスという恋人がいた。交際に反対する権力者の父親から守りたくて彼とは別れたけれど, 外国へ行ってからも忘れたことは一日もなかった。そのイェンスは今や億万長者の実業家として成功している。そして再会するなり, 信じられないことを口にした。「君は僕と結婚すると約束した。その約束を果たしてもらいたい」マヤは知る由もなかった。イェンスが花嫁を教会で捨てる気なのを。12年前よりも彼を愛していると悟り, 富豪の目に夢中だった。　〔0455〕

◇富豪が望んだ双子の天使　ジョス・ウッド作, 岬一花訳　ハーパーコリンズ・ジャパン　2023.10　156p　17cm（ハーレクイン・ロマンス R-3813）664円　①978-4-596-52456-0

＊サディは3歳の双子の男児を育てるシングルマザーとして, ヨハネスブルグで孤軍奮闘の日々を送っていた。4年前, ロンドンで出会った富豪のアンガスと一夜を過ごしたあと, 彼女は連絡先をなくしてしまい, 数カ月後, 妊娠に気づいた。名前しか知らないせいで, 彼のことはさがしようがなかった。二度と会えないとわかったときは, どれだけ泣いたか知れない。そこへ突然, 遠い外国にいるはずのアンガスが彼女を訪ねてくる。記憶にある以上に魅力的な彼に, サディの胸は騒いだ。だが彼は双子が写った写真を突きつけ, 説明を求めても…。　〔0456〕

◇富豪は愛も魔法も信じない　ジョス・ウッド作, 岬一花訳　ハーパーコリンズ・ジャパン　2023.2　156p　17cm（ハーレクイン・ロマンス R3754）〈原書名：THE BILLIONAIRE'S

ONE-NIGHT BABY〉664円　①978-4-596-75922-1

＊両親には長年お荷物として扱われ、恋人には手ひどく捨てられ、唯一愛してくれた祖母まで亡くし、ドディは失意のどん底にいた。国際的な企業を率いるジェイゴに再会したのは、そんなときだ。実は彼とドディには5年前、衝動的にキスをした過去があった。変わらず魅力的なジェイゴに、彼女はついに身を捧げてしまう。1カ月後、ドディは人生初めての動揺とともに彼の会社を訪れた。私たちは母親と父親になる。ジェイゴにはそう告げなくては。ところが返ってきた反応はあまりに予想外で、残酷だった。ジェイゴは大事な会議があるからと、ドディを追い払ったのだ！　〔0457〕

ウッド, ルーシー　Wood, Lucy

◇潜水鐘に乗って　ルーシー・ウッド著, 木下淳子訳　東京創元社　2023.12　301p　20cm〈原書名：DIVING BELLES〉2700円　①978-4-488-01132-1

|内容|潜水鐘に乗って　石の乙女たち　緑のこびと　窓辺の灯り　カササギ　巨人の墓場　浜辺にて　精霊たちの家　願いがかなう木　ミセス・ティボリ　魔犬　語り部の物語

＊すべては、コーンウォールの地ゆえに。48年ぶりに夫と再会するため、旧式の潜水鐘で海にはいっていく老婦人（表題作）、身体が石になる予兆を感じた女性が過ごす最後の一日（「石の乙女たち」）、やがて巨人になる少年と、人間の少女の交流が描かれる日常のひととき（「巨人の墓場」）、数百年を生き、語るべき話を失いながらも再び物語を紡ごうとする語り部（「語り部の物語」）…。妖精、巨人、精霊、願い事をかなえる木、魔犬…さまざまな伝説や伝承がいまなお息づく現代の英国コーンウォール地方を舞台に、現実と幻が交錯する日々をあるがまま受け入れ、つつましく暮らす人々の姿を、新鋭ルーシー・ウッドが繊細かつ瑞々しい筆致で描く12編を収録した短編集。サマセット・モーム賞、ホリヤー・アン・ゴフ賞受賞作。〔0458〕

ウッドハウス, P.G.　Wodehouse, Pelham Grenville

◇アーチー若気の至り　P・G・ウッドハウス著, 森村たまき訳　国書刊行会　2022.2　338p　20cm（ウッドハウス名作選）〈原書名：Indiscretions of Archie〉2400円　①978-4-336-07318-1

＊無垢なキラキラとバカバカしさあふれる傑作連作短編集!!あのウッドハウスの新シリーズ登場！！〔0459〕

◇スウープ！　P.G.ウッドハウス著, 深町悟訳　国書刊行会　2024.6　267p　20cm〈原書名：The SWOOP！〉2400円　①978-4-336-07505-5　〔0460〕

◇ブランディングズ城の救世主　P・G・ウッドハウス著, 佐藤絵里訳　論創社　2023.12　263p　20cm（論創海外ミステリ 310）〈著作目録あり　原書名：Service with a Smile〉2800円　①978-4-8460-2345-4

＊静寂を好み、花々を愛で、愛豚を慈しむ。都会の喧騒を嫌い、"地上の楽園"に帰ってきたエムズワース伯爵を待ち受ける災難とは…。豚盗難計画や富豪令嬢の婚約問題など、次々と巻き起こる珍騒動を円満解決するために奮闘するフレッド叔父さんの"微笑"と"奉仕"。"ブランディングズ城"シリーズ長編第八弾！〔0461〕

◇ブランディングズ城のスカラベ騒動　P・G・ウッドハウス著, 佐藤絵里訳　論創社　2022.3　301p　20cm（論創海外ミステリ 281）〈原書名：Something New〉2800円　①978-4-8460-2129-0

＊これぞ英国流ユーモアの極致！　"ブランディングズ城"シリーズ第一作を初邦訳。アメリカ人富豪の所有する貴重なスカラベがブランディングズ城主の手に渡り、富豪の従者、城の滞在客、伯爵秘書を巻き込んだ珍騒動へと発展。果たしてスカラベは誰の手に？〔0462〕

ウマリ, ラカン

◇イン・クィア・タイム―アジアン・クィア作家短編集　イン・イーシェン, リベイ・リンサンガン・カントー編, 村上さつき訳　ころから　2022.8　350,10p　19cm〈他言語標題：In queer time　原書名：Sanctuary〉2200円　①978-4-907239-63-3

|内容|あのこ（ラカン・ウマリ著）

＊「クィアの時代」に香港から届いたアジアンLGBTQ＋作家による「クィア小説」17編を収録！〔0463〕

ウム, リム

◇現代カンボジア短編集　2　岡田知子編訳, 調邦行訳　大阪　大同生命国際文化基金　2023.11　251p　20cm（アジアの現代文芸　カンボジア　4）

|内容|強者弱者（ウム・リム）　〔0464〕

ヴルチェク, エルンスト　Vlcek, Ernst

◇ヴィーロ宙士の帰郷　エルンスト・ヴルチェク, ロベルト・フェルトホフ著, 嶋田洋一訳　早川書房　2023.1　270p　16cm（ハヤカワ文庫 SF 2393―宇宙英雄ローダン・シリーズ 680）〈原書名：DER LETZTE KRIEGER ABSCHIED DER VIRONAUTEN〉780円　①978-4-15-012393-2

|内容|最後の戦士（エルンスト・ヴルチェク著, 嶋田洋一訳）

＊十二銀河ではプシ定数の正常化によって"エスタルトゥの奇蹟"はことごとく消滅しつつあり、超光速航行は事実上麻痺した。通常路のいたるところで"プシオンの死の領域"である凪ゾーンが生じ、エネルプシ技術に支えられていた文明構造は崩壊していく。そんななか、永遠の戦士イジャルコル

はただひとりほかの戦士たちを糾合し、かれらをシングヴァとの戦いに参加させ、十二銀河にあらたな秩序を樹立すべく奮闘するが…。〔0465〕

◇エスパー大戦　エルンスト・ヴルチェク著, 若松宣子訳　早川書房　2022.7　287p　16cm　（ハヤカワ文庫 SF 2372―宇宙英雄ローダン・シリーズ 669）〈原書名：KRIEG DER ESPER　DIE SECHSTAGEROBOTER〉760円　①978-4-15-012372-7

＊ニュレロ星系でダオ・リン＝ヘイを捕らえて以来、3カ月にわたって、ニッキ・フリッケルひきいる "ワゲイオ" は、カルタン人艦隊による執拗な追撃を受けていた。あらゆるPIG基地はカルタン人の艦隊によって封鎖され、損傷を受けた "ワゲイオ" を修理することもできず、ひたすら逃げまどっていたのだ。やむなく、唯一その存在を知られていないと思われる恒星ムウレダのコロナ内に位置する衛星基地黄昏へと向かうが…。〔0466〕

◇カリュドンの狩り　ペーター・グリーゼ, エルンスト・ヴルチェク著, 若松宣子訳　早川書房　2022.2　280p　16cm　（ハヤカワ文庫 SF 2356―宇宙英雄ローダン・シリーズ 658）〈原書名：DER ROBOTER UND DER KLOTZ DIE KALYDONISCHE JAGD〉760円　①978-4-15-012356-7

内容　カリュドンの狩り（エルンスト・ヴルチェク著）

＊コスモヌクレオチド・ドリフェル近傍の虚無空間に出現した人工物 "丸太" は、ネットウォーカーたちにとって恐怖の存在となっていた。非常に強力なハイパー放射源であるため、周囲のプシオン・ネットが機能しなくなってしまうのだ。その正体はいったいなんなのか？ 謎を解明しようと、ネットウォーカー三名が、ジェフリー・ワリンジャーの開発した特殊機器ストレンジネス・シールドとともに "丸太" に接近したのだが…〔0467〕

◇カルタン人揺籃の地　クルト・マール, エルンスト・ヴルチェク著, 嶋田洋一訳　早川書房　2023.4　261p　16cm　（ハヤカワ文庫 SF 2403―宇宙英雄ローダン・シリーズ 687）〈原書名：IMAGO　WIEGE DER KARTANIN〉800円　①978-4-15-012403-8

内容　カルタン人揺籃の地（エルンスト・ヴルチェク著, 嶋田洋一訳）

＊突如アンクラム宙域にベングエルとジュアタフ・ロボットの大艦隊が押し寄せた。「イマーゴがこの付近にいるはず」というのがかれらの主張だった。困惑したプロジェクト・リーダーのレン・ノに懇願され、ローダンがその代表と会ってみると、惑星トゥヨンで起こっていたのとまったく同じ現象が発生した。ベングエルとジュアタフ・ロボットが謎の放電現象により生命を絶ったのだ！ そしてその場には同様にヴェンノクがいて…〔0468〕

◇コードネームはロムルス　K.H.シェール, エルンスト・ヴルチェク著, 嶋田洋一, 宮下潤子訳　早川書房　2024.9　271p　16cm　（ハヤカワ文庫 SF 2455―宇宙英雄ローダン・シリーズ 720）〈原書名：AGENTEN WEINEN NICHT　DECKNAME ROMULUS〉940円　①978-4-15-012455-7

内容　コードネームはロムルス（エルンスト・ヴルチェク著, 宮下潤子訳）

＊看視奉仕局が全住民を監視し、支配する惑星スティフターマン3。その統計センターで統計部長をつとめるヤルト・フルゲンはヴィッダーの潜伏工作員で、表向きはシステムに従順な下僕としてつねに目を見開き、耳を澄ますのが仕事だった。だがある日突然、中央コンピュータがシャットダウンする。その混乱のさいにフルゲンはハッキングをこころみ、銀河系外から未知の宇宙船二隻が到来したという驚くべき情報を得るが!?〔0469〕

◇サトラングの隠者　クラーク・ダールトン, エルンスト・ヴルチェク著, 鵜田良江訳　早川書房　2024.1　269p　16cm　（ハヤカワ文庫 SF 2428―宇宙英雄ローダン・シリーズ 704）〈原書名：DER EREMIT VON SATRANG EIN TROPFEN EWIGKEIT〉940円　①978-4-15-012428-1

内容　永遠のひとしずく（エルンスト・ヴルチェク著, 鵜田良江訳）

＊隔離された故郷銀河をめざす最初の突入が失敗に終わったあと、銀河系船団は恒星ヘロスの第二惑星サトラングに向かった。"隠者" を名乗る謎の人物からの救難信号を受信したからだ。惑星に到着するや、グッキーは独断でただちに地表へと向かう。信号によれば、その隠者は死の危機に瀕しているらしい。グッキーはさまざまな場所を探すが見つからない。ようやく隠者を発見するが、細胞活性装置を強奪されたその人物は…!?〔0470〕

◇集結ポイントYゲート　エルンスト・ヴルチェク, ペーター・グリーゼ, K・H・シェール著, 若松宣子訳　早川書房　2023.9　280p　16cm　（ハヤカワ文庫 SF 2419―宇宙英雄ローダン・シリーズ 696）〈原書名：DER FÜRST DES FEUERS　TREFFPUNKT Y-GATE〉820円　①978-4-15-012419-9

内容　炎の侯爵（エルンスト・ヴルチェク著, ペーター・グリーゼ著, 若松宣子訳）

＊ドリフェル・ゲートから脱出し、ベングエルとジュアタフ・ロボットの大歓声に迎えられたペリー・ローダンとベオドゥ。だが、巨大複合宇宙船 "ジュナガシュ" で二人を待っていたベングエルの指導者 "亡霊を視る者" は、アフ＝メテムの化身だった。炎の侯爵はローダンを自分の配下にすべくさまざまな手段で懐柔しようとする。ローダンは、ベングエルとジュアタフたちに、自分が囚われの身であることを伝えようとするが…〔0471〕

◇シラグサの公式　ロベルト・フェルトホフ, エルンスト・ヴルチェク著, 赤坂桃子訳　早川書房　2024.12　287p　16cm　（ハヤカワ文庫 SF 2463―宇宙英雄ローダン・シリーズ 726）〈原書名：DIE SIRAGUSA-FORMELN ENTSCHEIDUNG AM EREIGNISHORIZONT〉940円　①978-4-15-012463-2

|内容| 事象の地平線での決断(エルンスト・ヴルチェク,赤坂桃子訳)

＊"ナルガ・サント"からモトの真珠の破片を回収したダオ・リン＝ヘイは、真珠をテラナーに戻すため惑星フェニックスに向かう。その途上、科学者チームは完全な形を取り戻した真珠から、ついに新たなデータを引きだすことに成功した。それはポイント・シラグサとブラックホールに関する16の方程式を納めたもので、ブラック・ゲートの制御方法を解明したものらしい。ダオ・リンは行く先をポイント・シラグサへと変更する！　〔0472〕

◇タルカンへの急使　エルンスト・ヴルチェク,クルト・マール著,星谷馨訳　早川書房　2023.8　269p　16cm　（ハヤカワ文庫SF 2416―宇宙英雄ローダン・シリーズ 694）〈原書名：SIGNALE DER VOLLENDUNG KURIER NACH TARKAN〉820円　①978-4-15-012416-8

|内容| 完結のシグナル(エルンスト・ヴルチェク著,星谷馨訳)

＊時空断層内のハウリ人のかくれ場から脱出した"シマロン"ら三隻は、ハンガイ銀河からの脱出をめざす。だがその中間静止ポイントで、オーグ・アト・タルカンから「いまこの場所で未来を約束する出来ごとが起きる。それを目撃するため、ここにとどまらねばならない」と連絡が入る。半信半疑ながらその宙域にとどまると、やがてベンゲルの巨大船団が到着。"完結のシグナル"を受け取ったのでやってきたというが…。〔0473〕

◇時の目撃者　エルンスト・ヴルチェク著,嶋田洋一訳　早川書房　2024.4　253p　16cm　（ハヤカワ文庫SF 2440―宇宙英雄ローダン・シリーズ 711）〈原書名：ZEITZEUGEN DIE TAGE DER CANTARO〉940円　①978-4-15-012440-3

|内容| 時の目撃者　カンタロの日

＊ローダン一行を乗せた"ハルタ"が、ブラック・スターロードを通って出た先は、NGZ四九〇年の銀河系ペルセウス宙域だった。なんと六百五十三年も昔の世界にきてしまったのだ。一行が混乱するなか、八基の監視テンダーの猛攻撃を受け、"ハルタ"は拿捕されてしまう。捕らわれ尋問を受けるが、相手はだれひとりローダンたちが本物であることを信じようとしない。四十年以上前に、戦死したことになっていたから…!?　〔0474〕

◇ドリフェルへの密航者　エルンスト・ヴルチェク,クルト・マール著,シドラ房子訳　早川書房　2022.2　283p　16cm　（ハヤカワ文庫SF 2357―宇宙英雄ローダン・シリーズ 659）〈原書名：DIE ORPHISCHN LABYRINTHE DORIFER〉760円　①978-4-15-012357-4

|内容| オルフェウスの迷宮(エルンスト・ヴルチェク著)

＊アラスカ・シェーデレアはハトゥアタノのリーダーであるライニシュの傭兵となり、カリュドンの狩りに参加を志願した。惑星ヤグザンのオルフェウス迷宮に囚われたロワ・ダントンとロナルド・テケナーを救いだすためだ。同じころ、ヴェト・レブリアンとその伴侶スリマヴォもヤグザンに入り、狩人としてひそかにダントンとテケナーの行方を追う気でいた。それぞれの思惑を秘めたカリュドンの狩りが、いよいよ開始される！　〔0475〕

◇ナックの墓場　エルンスト・ヴルチェク,ロベルト・フェルトホフ著,渡辺広佐訳　早川書房　2023.5　303p　16cm　（ハヤカワ文庫SF 2406―宇宙英雄ローダン・シリーズ 688）〈原書名：FRIEDHOF DER HAKKEN DIE WERBER DES HEXAMERON〉800円　①978-4-15-012406-9

|内容| ナックの墓場(エルンスト・ヴルチェク著,渡辺広佐訳)　〔0476〕

◇ハイブリッド植物強奪　エルンスト・ヴルチェク,K・H・シェール著,嶋田洋一訳　早川書房　2022.5　271p　16cm　（ハヤカワ文庫SF 2366―宇宙英雄ローダン・シリーズ 665）〈原書名：DER RAUB DER HYBRIDE FLUCHT AUS DEM VERGESSEN〉760円　①978-4-15-012366-6

|内容| ハイブリッド植物強奪(エルンスト・ヴルチェク著)

＊アラスカ・シェーデレアがタルサモン湖底の保養所に帰ると、そこにプシオン共生体のテスタレはいなかった。必死にその行方を捜すが、手がかりは"タルサモン"に残されていた「ロワとロンの妻たちの救出を最優先してほしい」というメッセージだけ。アラスカは、ライニシュに囚われているロワとロンの妻―"エスタルトゥの両性予知者"となったハイブリッドを盗みだすため、五段階の衆の本拠地タロズへと向かうが…。〔0477〕

◇ハンガイ銀河の占星術師　エルンスト・ヴルチェク,クラーク・ダールトン著,若松宣子訳　早川書房　2023.2　280p　16cm　（ハヤカワ文庫SF 2397―宇宙英雄ローダン・シリーズ 683）〈原書名：DIE ASTROLOGEN VON HANGAY DIE FREIHEIT DES BEWUSSTSEINS〉780円　①978-4-15-012397-0

|内容| ハンガイ銀河の占星術師(エルンスト・ヴルチェク著,若松宣子訳)

＊エスタルトゥのシュプールを追うヨルダンに導かれ、ローダンとベオドゥは、ササク星系第三惑星トゥヨンの宇宙港に到着した。だがそこには宇宙船もなければ住民もいない。不審に思いながらもローダン一行は近くの町へと向かうが、そこには巨大な天球儀があった！　どうやら占星術師の評議会がこの町の住民を支配しているようだ。はたしてベンゲルというこの奇妙な種族と、エスタルトゥのあいだにはどのようなつながりが!?　〔0478〕

◇ブラックホール攻防戦　クルト・マール,エルンスト・ヴルチェク著,井門富美子訳　早川書房　2022.10　271p　16cm　（ハヤカワ文庫SF 2381―宇宙英雄ローダン・シリーズ 674）〈原書名：AM EREIGNISHORIZONT DIE

ESTARTU-SAGA〉780円　①978-4-15-012381-9

[内容]エスタルトゥ・サーガ（エルンスト・ヴルチェク著）

＊みずからの艦隊を撃破され、さらに腹心のハンター旅団指揮官ウィンダジ・クティシャを殺されたソト＝ティグ・イアンは激怒し、銀河中央部の超巨大ブラックホールを使って銀河系を殲滅すると宣言した！事態を憂慮したGOI代表ジュリアン・ティフラーは、ギャラクティカム連合艦隊十万隻を銀河中心部に集結させ、ロボット艦隊を使ってソト＝ティグ・イアンのたてこもるウドゥル・ステーションに攻撃をしかけたが…!?〔0479〕

◇ベントゥ・カラパウへの道　マリアンネ・シドゥ，エルンスト・ヴルチェク著，安原実津訳　早川書房　2024.8　287p　16cm　〈ハヤカワ文庫 SF 2454―宇宙英雄ローダン・シリーズ 719〉〈原書名：DER WEG NACH BENTU-KARAPAU　KINDER DER RETORTE〉940円　①978-4-15-012454-0

[内容]アラロンの人工生命体（エルンスト・ヴルチェク著，安原実津訳）

＊ダオ・リン＝ヘイは"ナルガ・サント"を無事に故郷である惑星タルカンへと導いた。メイ・メイ＝ハルから最高位女性の地位を譲りたいと打診されるが、"ナルガ・サント"を襲撃したカラボン人への復讐として、"モトの真珠"の奪取をもくろむダオ・リン＝ヘイはそれを固辞し、カラボン帝国の秘密基地であるベントゥ・カラパウの位置をつきとめるため、最新鋭の戦闘船"マーラ・ダオ"で惑星ヴァルジャディンへと向かった！〔0480〕

◇滅びゆく宇宙タルカン　エルンスト・ヴルチェク，クルト・マール著，嶋田洋一訳　早川書房　2022.10　254p　16cm　〈ハヤカワ文庫 SF 2382―宇宙英雄ローダン・シリーズ 675〉〈原書名：CHRONIK DER KARTANIN TARKAN〉780円　①978-4-15-012382-6

[内容]カルタン人年代記（エルンスト・ヴルチェク著）

＊ストーカーがソト＝ティグ・イアンを倒し、故郷銀河に平安が訪れたことをグッキーから知らされたローダンたちは安堵した。残すは"不吉な前兆のカゲロウ"の問題だけだ。四星系植民国家タルカニウムが保有するバラ露がカゲロウに反応し、その影響で監視役をつとめるエスパーたちがつぎつぎに無残な死を遂げていたのだ！ローダンは永遠の戦士イジャルコルを仲介役に、ナックとカルタン人とを引き合わせようとするが…〔0481〕

ウルフ，ヴァージニア　Woolf, Virginia

◇青と緑―ヴァージニア・ウルフ短篇集　ヴァージニア・ウルフ著，西崎憲編訳　亜紀書房　2022.2　251p　19cm　〈シリーズ ブックスならんですわる 01〉〈年譜あり　「ヴァージニア・ウルフ短篇集」（ちくま文庫 1999年刊）の改題，加筆訂正，追加　原書名：The Complete Shorter Fiction of Virginia Woolf 原著第2版の翻訳〉1800円　①978-4-7505-1692-9

＊イマジズムの詩のような「青と緑」、姪のために書かれたファンタジー「乳母ラグトンのカーテン」、園を行き交う人たちの意識の流れを描いた「キュー植物園」、レズビアニズムを感じさせる「外から見たある女子学寮」など。短篇は一つ一つが小さな絵のよう。言葉によって、時間や意識や目の前に現れる事象を点描していく。21世紀になってますます評価が高まるウルフ短篇小説の珠玉のコレクション。〔0482〕

◇月曜か火曜　ヴァージニア・ウルフ著，片山亜紀訳　エトセトラブックス　2024.7　166p　19cm　〈文献あり　原書名：MONDAY OR TUESDAY〉2000円　①978-4-909910-24-0

[内容]幽霊たちの家　ある協会　月曜か火曜　書かれなかった小説　弦楽四重奏　青と緑　キュー植物園　壁のしみ〔0483〕

◇灯台へ　ヴァージニア・ウルフ，葛原篤訳［川崎］海響舎　2024.12　189p　19cm　〈年譜あり　編：小澤みゆき　作家の手帖　原書名：To the lighthouse（第2部、第3部）〉〔0484〕

◇灯台へ　ヴァージニア・ウルフ著，鴻巣友季子訳　新潮社　2024.10　419p　16cm　〈新潮文庫 ウ-28-1〉〈底本：世界文学全集 2-01（河出書房新社 2009年刊）　原書名：TO THE LIGHTHOUSE〉850円　①978-4-10-210702-7

＊「いいですとも。あした、晴れるようならね」スコットランドの小島の別荘で、哲学者ラムジー氏の妻は末息子に約束した。少年はあの夢の塔に行けると胸を躍らせる。そして十年の時が過ぎ、第一次大戦を経て一家は母と子二人を失い、再び別荘に集うのだった―。二日間のできごとを綴ることによって愛の力を描き出し、文学史を永遠に塗り替え、女性作家の地歩をも確立したイギリス文学の傑作。〔0485〕

◇波―対訳・翻訳比較で味わう『劇詩Playpoem』の旋律　ヴァージニア・ウルフ著，内木宏延訳　幻冬舎メディアコンサルティング　2023.9　494p　19cm　〈幻冬舎（発売）原書名：THE WAVES〉2000円　①978-4-344-94569-2

＊イギリス・モダニズム文学の代表作家"ヴァージニア・ウルフ"による長編小説「波」。男女6人の独白を通して、それぞれの記憶を巡ると共にたどり着く、不思議な感覚とは―。代表的訳者3人との翻訳比較も収録！〔0486〕

ウルフ，ジーン　Wolfe, Gene

◇書架の探偵、貸出中　ジーン・ウルフ著，大谷真弓訳　早川書房　2023.9　270p　19cm　〈新☆ハヤカワ・SF・シリーズ 5061〉〈原書名：INTERLIBRARY LOAN〉2200円　①978-4-15-335061-8

＊推理作家E・A・スミスの生前の記憶や感情を備えた複生体のE・A・スミス。彼は図書館に収蔵され、書架に住む"蔵者"である。このたびスミスは、図書館間相互貸借の制度によって、海沿いの村の図書館に送られた。そこで母親と暮らす少女チャンドラに借り出された彼は、何年も前に姿を消し

た彼女の父親探しを頼まれる。解剖学教授の父親は革装の本を残しており、その本には極寒の氷穴がある"死体の島"の地図が貼りつけられていた…。そんななか、スミスは図書館で自分の古い"版"の死体を発見するが!?巨匠ウルフの未完の遺作となった、『書架の探偵』続篇のSFミステリ。　　　〔0487〕

ウールリッチ, コーネル　Woolrich, Cornell

◇アメリカン・マスターピース　準古典篇　シャーウッド・アンダーソン他著, 柴田元幸編訳　スイッチ・パブリッシング　2023.7　253p　20cm　〈SWITCH LIBRARY—柴田元幸翻訳叢書〉〈他言語標題：AMERICAN MASTERPIECES 原書名：The Book of Harlem　A Party Down at the Squareほか〉　2400円　①978-4-88418-617-3

内容　三時（コーネル・ウールリッチ著, 柴田元幸訳）
＊アメリカ合衆国で書かれた短篇小説、その"名作中の名作"を選ぶ。ヘミングウェイ、フォークナーなどの巨匠による「定番」から、ハーストン、ウェルティ、オルグレンの本邦初訳作まで。激動の時代、20世紀前半に執筆・発表された全12篇を収録。
〔0488〕

【エ】

エイキン, ジョーン　Aiken, Joan

◇お城の人々　ジョーン・エイキン著, 三辺律子訳　東京創元社　2023.12　230p　20cm　〈原書名：THE PEOPLE IN THE CASTLEの抄訳〉　2400円　①978-4-488-01130-7

内容　ロブの飼い主　携帯用エレファント　よこしまな伯爵夫人に音楽を　ハープと自転車のためのソナタ　冷たい炎　足の悪い王　最後の標本　ひみつの壁　お城の人々　ワトキン, コンマ
＊人間の医者と呪いにかけられた妖精の王女の恋を描いたおとぎばなしのような表題作ほか、犬と少女の不思議な絆の物語「ロブの飼い主」、お城に住む伯爵夫人対音楽教師のちょっぴりずれた攻防「よこしまな伯爵夫人に音楽を」、独特の皮肉と暖かさが同居する幽霊譚「ハープと自転車のためのソナタ」など、恐ろしくもあり、優しくもある人外たちと人間の関わりをテーマにした短編全10篇を収録。ガーディアン賞、エドガー賞を受賞した著者の傑作短編集、第3弾。
〔0489〕

◇ルビーが詰まった脚　ジョーン・エイキン著, 三辺律子訳　東京創元社　2022.10　242p　20cm　〈原書名：THE PEOPLE IN THE CASTLEの抄訳〉　2200円　①978-4-488-01118-5

＊中には、見たこともないような鳥がいた。羽根はすべて純金で、目はろうそくの炎のようだ。「わが不死鳥だ」と、獣医は言った。「あまり近づかないように。凶暴なのだ」…「ルビーが詰まった脚」。競売で手に入れた書類箱には目に見えない仔犬の

幽霊が入っていた。可愛い幽霊犬をめぐる心温まる話…「ハンプルパピー」。ガーディアン賞、エドガー賞受賞の著者による不気味で可愛い作品10編を収めた短編集。　　　〔0490〕

エイクマン, ロバート　Aickman, Robert

◇新編怪奇幻想の文学　2　吸血鬼　紀田順一郎, 荒俣宏監修, 牧原勝志編　新紀元社　2022.12　436p　20cm　〈他言語標題：Tales of Horror and Supernatural〉　2500円　①978-4-7753-2040-2

内容　不十分な答え（ロバート・エイクマン著, 若島正訳）
＊古典・準古典の数々を通し、怪奇幻想の真髄に触れていただきたい。本書は、自由な想像力が創りだす豊かな世界への、恰好の道案内となることだろう。（編者）
〔0491〕

◇新編怪奇幻想の文学　5　幻影　紀田順一郎, 荒俣宏監修, 牧原勝志編　新紀元社　2024.7　460p　20cm　〈他言語標題：Tales of Horror and Supernatural　原書名：Spiegelbilder　Old Clothesほか〉　2500円　①978-4-7753-2150-8

内容　ヴェネツィアを訪うなかれ（ロバート・エイクマン著, 植草昌実訳）　　　〔0492〕

エイブラムス, ステイシー　Abrams, Stacey

◇正義が眠りについたとき　上　ステイシー・エイブラムス著, 服部京子訳　早川書房　2022.4　374p　16cm　〈ハヤカワ文庫 NV 1493〉〈原書名：WHILE JUSTICE SLEEPS〉　1280円　①978-4-15-041493-1　　〔0493〕

◇正義が眠りについたとき　下　ステイシー・エイブラムス著, 服部京子訳　早川書房　2022.4　367p　16cm　〈ハヤカワ文庫 NV 1494〉〈原書名：WHILE JUSTICE SLEEPS〉　1280円　①978-4-15-041494-8　　〔0494〕

エイミス, マーティン　Amis, Martin

◇関心領域　マーティン・エイミス著, 北田絵里子訳　早川書房　2024.5　477p　19cm　〈文献あり　原書名：THE ZONE OF INTEREST〉　2500円　①978-4-15-210332-1　〔0495〕

エヴァ・ビョルク・アイイスドッティル　Eva Björg Ægisdóttir

◇軋み　エヴァ・ビョルク・アイイスドッティル著, 吉田薫訳　小学館　2022.12　429p　15cm　〈小学館文庫 ア7-1〉〈原書名：THE CREAK ON THE STAIRS〉　1060円　①978-4-09-407203-7

＊恋人との関係が唐突に終わり、エルマはレイキャヴィーク警察を辞め故郷アークラネスに戻った。地元警察に職を得て間もなく、灯台付近の海岸で不審死体が見つかる。被害者はクヴァールフィヨルズに住むエリーサベトという女性パイロット

だった。彼女は幼少期をアークラネスで過ごしたが、なぜ今そこへ行ったのか分からないと夫は言い。「妻はあの町に行くのを嫌がりました。憎んでいたといってもいい」。エルマが辿り着いたエリーサベツの死の理由とは…？ 英国推理作家協会新人賞受賞作。期待の新鋭による、北欧アイスランド・ミステリの新たな傑作が登場！ 英国推理作家協会新人賞受賞作！　　　　　　　　　〔0496〕

エヴァリスト, バーナディン　Evaristo, Bernardine

◇少女、女、ほか　バーナディン・エヴァリスト著，渡辺佐智江訳　白水社　2023.10　525p　20cm　〈著作目録あり　原書名：GIRL, WOMAN,OTHER〉　4500円　①978-4-560-09366-5

＊今日はアマの『ダホメ王国最後のアマゾン』がナショナル・シアターで上演される初日。黒人として女性として日々受ける差別に立ち向かってきたアマが、50代になってついに栄光をつかんだのだ。記念すべき今宵、家族や友人たちがここに集う。演劇界を共に生き抜いてきた戦友、母の希望とは異なるがしっかりした自分の意見を持つ娘をはじめ、いまだ不遇をかこつ者、努力して社会的な成功を手にしたエリートなど、背景も様々な12人の女性が、それぞれの人生を振り返っていく。子ども時代のレイプ、小さな町での差別、子どもを抱え必死に働いてきたこと、エリートとなった娘との不仲、実の両親を知らないことなど、みな人知れず心に傷を抱えている。大切なのは共にいること。人生、捨てたもんじゃない。笑って泣かせ心揺さぶる真実の物語。2019年度ブッカー賞受賞作。　　〔0497〕

エーヴェルス, H.G.　Ewers, H.G.

◇あるサイノスの死　H.G.エーヴェルス著，シドラ房子訳　早川書房　2024.4　255p　16cm　（ハヤカワ文庫 SF 2439―宇宙英雄ローダン・シリーズ 710）〈原書名：DER TOD EINES CYNOS　STERNENTORE〉　940円　①978-4-15-012439-7

内容 あるサイノスの死　スターゲート

＊宇宙ステーション"永遠"が崩壊し、パウラ星系のブラックホールの事象の地平線下の虚無空間にネットウォーカー船"ハルタ"は押し流された。絶望に包まれた船内で、ローダン一行はイホ・トロトが精神的に過去にさかのぼり、当時なにが起きたかを説明してくれる準備ができるのを待っていた。ブラック・スターロードとはいったいなんなのか、恐るべき力を秘めたミモトの宝石と、ボヴァリスロング王の野望ついになにを…？　　　　〔0498〕

◇カラポン帝国の皇帝　H.G.エーヴェルス，マリアンネ・シドウ著，長谷川圭訳　早川書房　2024.11　271p　16cm　（ハヤカワ文庫 SF 2459―宇宙英雄ローダン・シリーズ 724）〈原書名：STURMWELT AM SCHEIDEWEG　DER KAISER VON KARAPON〉　940円　①978-4-15-012459-5

内容 嵐の惑星（H.G.エーヴェルス著，長谷川圭訳）

＊惑星ブグクリスで謎の物体を探査中に爆発にあい、自分の肉体に帰れなくなったバス＝テトのイルナの回復を待つかたわら"クレイジー・ホース"の一行は難破船"偉大なる母"の調査をおこなっていた。もしこの船載ポジトロニクスから情報を引きだすことができれば、七百年前にハンガイ銀河の内と外でなにが起こったのかの詳細がわかるかもしれないからだ。だがその調査中、エイレーネはあやまってまちがったボタンを…!?　　〔0499〕

◇次元監獄の虜囚　マリアンネ・シドウ，H・G・エーヴェルス著，星谷馨訳　早川書房　2022.12　268p　16cm　（ハヤカワ文庫 SF 2391―宇宙英雄ローダン・シリーズ 679）〈原書名：NACH DEM HOLOCAUST IM DIMENSIONGEFÄNGNIS〉　780円　①978-4-15-012391-8

内容 次元監獄の虜囚（H.G.エーヴェルス著）

＊40億粒のパラ露の爆燃によるカタストロフィの影響は、その震源地である四星系植民国家タルカニウムでもっとも悲惨だった。大多数のエスパーが死亡し、わずかに生き残った女たちも脳内にプシ・エネルギーが過剰供給され、プシ錯乱と呼ばれる狂気におちいっていた。惑星フベイにいたグッキーたちは、この悲惨な状況をなんとか改善すべく（ナルガ・プウル）のプロジェクト調整者バオ・アト・タルカンに救援を依頼するが…　〔0500〕

◇地獄のソトム　H・G・エーヴェルス，アルント・エルマー著，渡辺広佐訳　早川書房　2022.1　287p　16cm　（ハヤカワ文庫 SF 2350―宇宙英雄ローダン・シリーズ 656）〈原書名：HÖLLE SOTHOM　DIE SPUR DER KARTANIN〉　760円　①978-4-15-012350-5

内容 地獄のソトム（H.G.エーヴェルス著）

＊ジュリアン・ティフラーとニア・セレグリスはGOIのバラテンサー三名とともに"神聖寺院作戦"を開始した。ウパニシャド学校チョモランマにあるソト＝ティグ・イアンの司令本部ソトムに侵入して、情報を入手するためだ。バラテンサーのひとり、ティンタ・ラエはチョモランマで身分をいつわり別行動していたが、正体を知られて危機におちいってしまう。そのティンタを救うべく登場したのは、謎めいた白髪の老人だった！　〔0501〕

◇焦点の三角座銀河　H・G・エーヴェルス著，星谷馨訳　早川書房　2023.3　266p　16cm　（ハヤカワ文庫 SF 2399―宇宙英雄ローダン・シリーズ 684）〈原書名：BRENNPUNKT PINWHEEL IRUNA〉　800円　①978-4-15-012399-4

内容 焦点の三角座銀河　ふたつの顔を持つ女

＊アトランの要望を受け、力の集合体エスタルトゥの暗黒空間から局部銀河群へと帰還飛行を試みたトヴァリ・ロコシャンは、四千万光年もの膨大な距離を転移し、なんとか到着できた。すべては守護神ルログの超能力のおかげだった。だがこの広大な三角座銀河でどうやってバス＝テトのイルナを探そうかと考えていたとき、三隻のハウリ船と遭

エウエルス

過する。なんとその一隻には瀕死の状態で冷凍睡眠させられたイルナが乗っていたのだ！　〔0502〕

◇焦点のビッグ・プラネット　H・G・フランシス,H・G・エーヴェルス著，鵜田良江訳　早川書房　2022.3　271p　16cm　（ハヤカワ文庫 SF 2360―宇宙英雄ローダン・シリーズ 661）〈原書名：BRENNPUNKT BIG PLANET REBELLION DER HALUTER〉760円　①978-4-15-012360-4

内容 ハルト人の反乱 (H.G.エーヴェルス著)

＊ティグ・イアンがストーカーに勝利してあらたなソトの地位について以来、ハルト人の居住惑星テルツロックは隔離バリアによって封印されていた。惑星に幽閉状態となったドモ・ソクラトとその友ベンク・モンズは、テルツロック脱出の手立てを探る。一方そのころジュリアン・ティフラーとニア・セレグリスを乗せたスプリンガー船"オスファー1"の船長キャプテン・アハブも、ドモ・ソクラト救出に向けて動きだしたが…？　〔0503〕

◇新編怪奇幻想の文学 3 恐怖　紀田順一郎,荒俣宏監修，牧原勝志編　新紀元社　2023.5　466p　20cm〈他言語標題：Tales of Horror and Supernatural〉2500円　①978-4-7753-2041-9

内容 死んだユダヤ人 (ハンス・ハインツ・エーヴェルス著，垂野創一郎訳)　〔0504〕

◇謎の黒船あらわる　H・G・エーヴェルス,ロベルト・フェルトホフ著，星谷馨訳　早川書房　2022.11　271p　16cm　（ハヤカワ文庫 SF 2385―宇宙英雄ローダン・シリーズ 676）〈原書名：DIE MATERIEQUELLE DIE SCHWARZEN SCHIFFE〉780円　①978-4-15-012385-7

内容 ある銀河の誕生 (H.G.エーヴェルス著)

＊PIGヒッチ前哨基地の指揮官代行ナレン・ムシャクが、赤色恒星の第九惑星で発見した正体不明の施設を探査中、突然、巨大エネルギー爆発が発生した。救助のため急行した"グルウェル"の操縦士タシト・ラヴリンが爆発地点で発見したのは、奇妙な六面体。そのなかには透明な棺に似た容器があり、右胸に半円と放射状の線の不思議なシンボルをつけた黄金の宇宙服姿の、人間に似た生物が横たわっていた！　その正体は…!?　〔0505〕

◇廃墟の王　アルント・エルマー,H・G・エーヴェルス著，若松宣子,林啓子訳　早川書房　2023.11　269p　16cm　（ハヤカワ文庫 SF 2425―宇宙英雄ローダン・シリーズ 701）〈原書名：HERR DER TRÜMMER DIE DRACHENWELT〉940円　①978-4-15-012425-0

内容 ドラゴンの惑星 (H.G.エーヴェルス著，林啓子訳)

＊停滞フィールドに囚われ、695年先の未来に飛ばされた銀河系船団は、状況を確認すべくXドア宙域に向かった。だが到着してみるとそこには"バジス"はおろか、伝令船も宇宙ブイも、その消息を伝えるものはひとつ残されていなかった。ローダンは船団を分散させ宙域内を探索させるが、手がかりはいっさいない。だがようやく、宙域外縁を探査中だった"カシオペア"が、カルタン人の宇宙船を発見、接触を試みるが…!?　〔0506〕

◇パガル特務コマンド　H・G・エーヴェルス,クラーク・ダールトン著，星谷馨訳　早川書房　2023.7　270p　16cm　（ハヤカワ文庫 SF 2413―宇宙英雄ローダン・シリーズ 692）〈原書名：TODESKOMMANDO PAGHAL ORT DER ERFÜLLUNG〉820円　①978-4-15-012413-7

内容 パガル特務コマンド (H.G.エーヴェルス著，星谷馨訳)

＊サラアム・シインの歌唱による混乱に乗じて、アトランとイルナは惑星パガルに潜入した。だが、そこには恐るべき罠が待ち構えていた。惑星じゅうにひろがる精神集合体ハヌマヤが作り出した"アヴァタル夢"に閉じこれられてしまったのだ。一方アトランからの連絡がないことを憂慮したジュリアン・ティフラーは、ラトバー・トスタンをはじめとする七名のパガル特務コマンドをテレポーテーションで惑星に送りこむが…!?　〔0507〕

◇パラディン6の真実　H・G・エーヴェルス,クルト・マール著，星谷馨訳　早川書房　2022.4　271p　16cm　（ハヤカワ文庫 SF 2361―宇宙英雄ローダン・シリーズ 662）〈原書名：PALADIN 6 DER GROSSE BRUDER〉760円　①978-4-15-012361-1

内容 パラディンⅥの真実 (H.G.エーヴェルス著)

＊"ブリー"乗員のGOIメンバーのシド・アヴァリトたちはソト＝ティグ・イアンの護衛部隊であるハンター旅団に襲撃され、自ら"ブリー"を爆破し捕虜となる。GOIメンバーは宇宙要塞七〇三にてハンター旅団の指揮官ウィンダジ・クティシャにより激しい拷問を受け、次々と命を落としていく。そのことを知らされたGOI代表のジュリアン・ティフラーらは、捕虜になったGOIメンバーを救い出すべく動き出すが…！　〔0508〕

◇バリアの破壊者　クルト・マール,H.G.エーヴェルス著，岡本朋子訳　早川書房　2024.7　269p　16cm　（ハヤカワ文庫 SF 2452―宇宙英雄ローダン・シリーズ 717）〈原書名：BLOCKADEBRECHER STATION DER RÄTSEL〉940円　①978-4-15-012452-6

内容 謎の秘密基地 (H.G.エーヴェルス著，岡本朋子訳)

＊カンタロのダアルショが脱走した。調整セレクターを摘出され、身体機能が著しく低下していたが、自力でドロイド体内のシントロニクス部品を調整、運動能力をとりもどしたのだ。逃亡に気づいたアンブッシュ・サトーをパラライザーで意識不明にすると、そのまま行方をくらませた。翌朝、ダアルショの逃亡が発覚すると、ローダンはただちに宇宙港全域に警戒態勢を敷き、捜索を開始するが!?　〔0509〕

◇番人の失われた贈り物　アルント・エルマー,H・G・エーヴェルス著，嶋田洋一訳　早川書

房　2022.7　255p　16cm　（ハヤカワ文庫 SF 2371―宇宙英雄ローダン・シリーズ 668）〈原書名：DIE VERLORENEN GESCHENKE DER HESPERIDEN　DER JÄGER VON GATAS〉760円　①978-4-15-012371-0

内容　ガタスの狩人（H.G.エーヴェルス著）

＊GOIの迎撃を逃れた"番人の贈り物"百万個は銀河系イーストサイドに浸透していった。星系内に出現した贈り物は、その強力なプシオン放射によりブルー族の理性を狂わせ、欲望を増大させ、より好戦的にブルー族を作りかえていく。ブルー族のもとハンザ・スペシャリストのトリュイリイトは、引退して故郷のガタスにもどり、72人の孤児たちの養父として暮らしていた。そんなかれのもとにも、番人の贈り物は現われるが…!?　〔0510〕

◇ポスビの継承者　H・G・エーヴェルス, ロベルト・フェルトホフ著, 赤坂桃子訳　早川書房　2023.12　255p　16cm　（ハヤカワ文庫 SF 2427―宇宙英雄ローダン・シリーズ 703）〈原書名：DIE ERBEN DER POSBIS　BARRIERE IM NICHTS〉940円　①978-4-15-012427-4

内容　ポスビの継承者（H.G.エーヴェルス著, 赤坂桃子訳）

＊「サヤアロンは地獄だ！」ハミラー・チューブは同じ言葉を繰り返す。バス＝テトのイルナは、ペドトランスファー能力を用いてこれまでの約700年のあいだに起きた情報を取りだそうとするがうまくいかない。アンブッシュ・サトーらもさまざまな試行を繰り返すが、チューブは支離滅裂であやふやな情報をほのめかすばかりだ。そんななか、銀河系船団は二百の太陽の星に向かう。ローダンたち四名が"カルミナ"で調査に向かうが!?　〔0511〕

◇目標、アンクラム星系　アルント・エルマー, H・G・エーヴェルス著, シドラ房子訳　早川書房　2023.6　269p　16cm　（ハヤカワ文庫 SF 2409―宇宙英雄ローダン・シリーズ 690）〈原書名：ZIELSTERN ANKLAM　DIE HELDEN VON ZAPURUSH-3〉820円　①978-4-15-012409-0

内容　ザプルシュ第三惑星の英雄（H.G.エーヴェルス著, シドラ房子訳）

＊タルカン宇宙への遷移に成功したアトランひきいる遠征隊は、めざすアンクラム星系に無事到着した。さっそくマン・グロから手わたされたメッセージをコード化し、プロジェクト・リーダーに向けて送信する。だが、なぜかいっこうに返事がない。やがて交信を求めてきたのは、第十三衛星をとりまくベンゲルとジュアタフの巨大船団からだった。ローダンに関する情報を求めて、アトランはベンゲルの宇宙船をおとずれるが…　〔0512〕

◇ローダン救出作戦　アルント・エルマー, H・G・エーヴェルス著, 星谷馨訳　早川書房　2023.9　271p　16cm　（ハヤカワ文庫 SF 2420―宇宙英雄ローダン・シリーズ 697）〈原書名：BOTSCHAFT AUS DER HEIMAT IM AUFTRAG DER TOTEN〉820円　①978-4-15-012420-5

内容　ローダン救出作戦（H.G.エーヴェルス著, 星谷馨訳）

＊スィ・キトゥの助けを借り、タルカン宇宙への遷移に成功した"シマロン"は、メエコラー・プロジェクトの第四段階をつかさどるエレゴ星系に向かう。到着したそこは、多数の衛星が褐色矮星の周囲をとりまき、各衛星のあいだには五十の宇宙要塞が防御を固めていた。ローダンの情報を求めて連絡を取るが、一行は不審な侵入者として疑われ、制御ステーションのサブリーダーであるナックのオッサマにより拘束されてしまった！　〔0513〕

エクストレム, ヤーン　Ekström, Jan

◇ウナギの罠　ヤーン・エクストレム著, 瑞木さやこ訳　扶桑社　2024.4　451p　16cm　（扶桑社ミステリー エ14-1）〈著作目録あり　原書名：ÅLKISTAN〉1250円　①978-4-594-09406-5

＊「スウェーデンのディクスン・カー」と称されたヤーン・エクストレムによる不可能犯罪の名品！ウナギ漁のための小部屋のような仕掛け罠のなかで、地元の大地主の死体が発見された。入り口には外から錠がかけられ、鍵は被害者のポケットに―そう、完璧な密室殺人だったのだ。さらに、遺体には一匹のウナギがからみついていた！被害者をめぐる複雑な人間関係、深まる謎また謎…かつて、ミステリー・ファンを騒然とさせた、幻の一作。　〔0514〕

エシュバッハ, アンドレアス　Eschbach, Andreas

◇NSA　上　アンドレアス・エシュバッハ著, 赤坂桃子訳　早川書房　2022.1　527p　16cm　（ハヤカワ文庫 SF 2352）〈原書名：NSA〉1240円　①978-4-15-012352-9

＊第二次大戦中のドイツで携帯電話とインターネットが発展し、高度な監視システムが構築されたら？　20世紀初頭にほぼ現代同様のコンピュータが開発されたこの改変歴史世界のドイツで、国家保安局NSAはすべてのデータを収集し、保存していた。この日は視察に訪れた親衛隊の高官のため、アナリストのレトケとプログラム作成係のヘレーネはNSAの有用性を示すデモを行うのだが―クルト・ラスヴィッツ賞受賞の大作SF！　〔0515〕

◇NSA　下　アンドレアス・エシュバッハ著, 赤坂桃子訳　早川書房　2022.1　524p　16cm　（ハヤカワ文庫 SF 2353）〈原書名：NSA〉1240円　①978-4-15-012353-6

＊NSAで監視プログラムを作成するヘレーネは、脱走兵の恋人をこっそりかくまっていた。彼が当局に見つからないようNSAのデータに手を加えていくことに。一方アナリストのレトケは、少年時代に受けた屈辱を今も恨みに思い、NSAのデータを利用して女性たちに仕返しをしていく。戦争がつづく中で、二人の行為が明るみに出て―全体主義社会に現代の監視技術を巧妙に外挿した、恐るべき歴史改変SF。　〔0516〕

エスケンス, アレン　Eskens, Allen

◇あの夏が教えてくれた　アレン・エスケンス著, 務台夏子訳　東京創元社　2024.3　398p　15cm　（創元推理文庫　Mエ6-4）〈原書名：NOTHING MORE DANGEROUS〉1260円　①978-4-488-13611-6
＊15歳のボーディは高校に馴染めず、静かすぎる田舎町で孤独な毎日を送っている。そんなある日、黒人女性が不審な失踪を遂げ、ボーディが慕う隣人ホークを保安官が訪ねてくる。女性は実はホークの知人で、彼らのあいだには噂があったというのだ。ホークは失踪に関係しているのか？　事件をきっかけに少年は鮮やかに成長する。『償いの雪が降る』の著者が贈る感動の青春ミステリ！　〔0517〕

◇過ちの雨が止む　アレン・エスケンス著, 務台夏子訳　東京創元社　2022.4　457p　15cm　（創元推理文庫　Mエ6-3）〈原書名：THE SHADOWS WE HIDE〉1260円　①978-4-488-13610-9
＊大学を卒業し、AP通信社の記者となったジョーは、ある日、自分と同じ名前の男の不審死を知らされる。死んだ男は、ジョーが生まれてすぐに姿を消した、顔も知らない実父かもしれない。ジョーは凶行の疑いがあるという事件に興味を抱いて現場の町へ向かい、多数の人々から恨まれていたその男の死の謎に挑むが。家族の秘密に直面する青年を情感豊かに描く『償いの雪が降る』続編。〔0518〕

エヅダマ, エミネ・セヴギ　Özdamar, Emine Sevgi

◇母の舌　エミネ・セヴギ・エヅダマ著, 細井直子訳　白水社　2024.9　195p　20cm　（エクス・リブリス）〈原書名：MUTTERZUNGE〉2600円　①978-4-560-09093-0
内容　母の舌　祖父の舌　アラマニアのカラギョズ、ドイツの黒い目　ある清掃婦の履歴、ドイツの思い出　ゲオルク・ビューヒナー賞受賞記念講演
＊「移民文学の母」と称されるトルコ出身ドイツ語作家の短篇集、初の邦訳！　二〇二二年ビューヒナー賞受賞記念講演も収録。「母の舌」：トルコ人女性である「わたし」は、祖国の政治的混乱から逃れ、ドイツのベルリンで暮らしている。祖国での母との対話や祖母の姿、覚えている単語・友人が殺された記憶などを回想しつつ「わたし」は、どの瞬間に母の舌をなくしたのか、繰り返し自問する。そして母語を取り戻すために、祖父の言葉であるアラビア語を学ぼうと決心する。「祖父の舌」：「わたし」は失われた母語の手がかりを求め、ベルリンのアラビア書道の偉大な師、イブニ・アブドゥラーの門をたたく。指導を受けるうちに互いに愛しあい、「わたし」はイブニ・アブドゥラーの魂を身内に宿すと、アラビア文字たちは「わたし」の身体の中に眠りこんだ獣たちを目覚めさせた…。〔0519〕

エストリング, ラルフ　Ostling, Ralf

◇ユーモア・スケッチ大全　[4]　すべてはイブからはじまった　ミクロの傑作圏　浅倉久志編・訳　国書刊行会　2022.3　376p　19cm〈「すべてはイブからはじまった」（早川書房　1991年刊）と「ミクロの傑作圏」（文源庫　2004年刊）の改題, 合本〉2000円　①978-4-336-07311-2
内容　わが青春に悔いなし（ラルフ・エストリング著）
＊笑いの大博覧会、完結！　名翻訳家浅倉久志のライフワークである"ユーモア・スケッチ"の全4巻に集大成。最終巻は傑作展姉妹篇『すべてはイブからはじまった』とオンデマンドのみの刊行だった『ミクロの傑作圏』をカップリング。〔0520〕

エスペダル, トマス　Espedal, Tomas

◇歩くこと、または飼いならされずに詩的な人生を生きる術　トマス・エスペダル著, 枇谷玲子訳　河出書房新社　2023.2　269p　20cm〈原書名：GÅ〉2650円　①978-4-309-20875-6
＊通りを、アスファルトを、山道を、海岸沿いを、並んで、ひとりで、知覚を冴え渡らせ、無と化し、鳥の声に耳を澄ませ、寡黙に、饒舌に、物悲しく、意気揚々と、自由を求め一歩く。自分の人生を、主体的に歩き続けるとはどういうことだろう？　古今東西の作家、音楽家、思想家たちの言葉に触れながら思策を深める渉猟の記録。現代ノルウェー文学の金字塔的作品、ついに邦訳!!　〔0521〕

エテックス, ピエール　Etaix, Pierre

◇ぼくの伯父さん　ジャック・タチ原案, ジャン＝クロード・カリエール作, 小柳帝訳　KTC中央出版　2022.12　255p　19cm〈原書名：MON ONCLE〉1700円　①978-4-87758-843-4
＊ジャック・タチによるフランス映画の名作、待望の初邦訳。〔0522〕

エドワーズ, アメリア・B.　Edwards, Amelia Blanford

◇英国クリスマス幽霊譚傑作集　チャールズ・ディケンズ他著, 夏来健次編訳　東京創元社　2022.11　382p　15cm　（創元推理文庫　Fン11-1）1100円　①978-4-488-58406-1
内容　わが兄の幽霊譚（アメリア・B・エドワーズ著, 夏来健次訳）
＊ヴィクトリア朝期に『クリスマス・キャロル』がベストセラーとなって以降、定番となった聖夜怪談。幽霊をこよなく愛するイギリスで生まれた佳品を、数々の怪奇幻想小説を紹介する翻訳家が精選する。陰鬱な田舎で休暇を過ごすことになった男が老朽船で体験する恐怖の一夜「幽霊廃船のクリスマス・イヴ」など、知られざる傑作から愛すべき怪作まで、13篇中12篇を本邦初訳で贈る。〔0523〕

エドワーズ, マーティン　Edwards, Martin

◇処刑台広場の女　マーティン・エドワーズ著, 加賀山卓朗訳　早川書房　2023.8　591p　16cm　（ハヤカワ・ミステリ文庫　HM 509-1）〈著作目録あり　原書名：GALLOWS COURT〉1200円　①978-4-15-185651-8
＊1930年、ロンドン。名探偵レイチェル・サヴァナ

クには、黒い噂がつきまとっていた。彼女は、自分が突きとめた殺人者を死に追いやっている―。レイチェルの秘密を暴こうとする新聞記者ジェイコブは、密室での奇妙な自殺や、ショー上演中の焼死といった不可解な事件に巻き込まれる。一連の事件の真犯人はレイチェルなのか？ 真実は全て"処刑台広場"に。英国推理小説界の巨匠による極上の謎解きミステリ。〔0524〕

◇モルグ館の客人　マーティン・エドワーズ著，加賀山卓朗訳　早川書房　2024.7　543p　16cm　（ハヤカワ・ミステリ文庫 HM 509-2）〈原書名：MORTMAIN HALL〉1200円　①978-4-15-185652-5

＊ヨークシャー北部の古い村、モートメインの岬の突端にあるモルグ館と呼ばれる館。名探偵レイチェル・サヴァナクと新聞記者のジェイコブは、館の主人にして犯罪学者のレオノーラから館で催されるパーティに招待される。殺人を犯しながらも、法で裁かれなかった者たちが集うパーティの真の目的を探るうち、レイチェルが直面する意外な殺人事件とは？ 英国ミステリ界の巨匠が放つ、本格謎解きミステリ第二弾。〔0525〕

エ・ニマ・ツェリン

◇チベット幻想奇譚　星泉，三浦順子，海老原志穂編訳　春陽堂書店　2022.4　270p　19cm　2400円　①978-4-394-19027-1

内容　閻魔への訴え　犬になった男（エ・ニマ・ツェリン著，三浦順子訳）

＊伝統的な口承文学や、仏教、民間信仰を背景としつつ、いまチベットに住む人々の生活や世界観が描かれた物語は、読む者を摩訶不思議な世界に誘う―時代も、現実と異界も、生と死も、人間/動物/妖怪・鬼・魔物・神の境界も越える、13の短編を掲載した日本独自のアンソロジー。チベットの現代作家たちが描く、現実と非現実が交錯する物語。〔0526〕

エブラーヒーミー, ナヴァー　Ebrahimi, Nava

◇十六の言葉　ナヴァー・エブラーヒーミー，酒寄進一訳　横浜　駒井組　2023.9　284p　20cm〈原書名：Sechzehn wörter〉2200円　①978-4-911110-00-3　〔0527〕

エマーソン, ラモーナ　Emerson, Ramona

◇鑑識写真係リタとうるさい幽霊　ラモーナ・エマーソン著，中谷友紀子訳　早川書房　2024.6　383p　16cm　（ハヤカワ・ミステリ文庫 HM 519-1）〈原書名：SHUTTER〉1320円　①978-4-15-186151-2

＊アルバカーキ警察鑑識課写真係のリタは、生まれながらに霊能力を持ち孤立し、故郷のナバホ居留地を去った苦い過去を持つ。一方、霊能力は仕事に役立つ面も。幽霊は時折、他の鑑識官が気付かない手がかりを示してくれるのだ。ある日リタが交通事故現場の撮影を始めると、自分は殺されたと主張する被害者の霊アーマが現れた。四六時中つきまとわれ、殺人犯への復讐を強いられたリタは独自に事件を追うことに！〔0528〕

エメ, マルセル　Aymé, Marcel

◇ウラヌス　マルセル・エメ，平山修訳　ブックコム　2022.8　407p　15cm〈原書名：Uranus〉1000円　①978-4-910118-43-7　〔0529〕

エラーヘ・ホセイニー

◇わたしのペンは鳥の翼　アフガニスタンの女性作家たち著，古屋美登里訳　小学館　2022.10　254p　19cm〈原書名：MY PEN IS THE WING OF A BIRD〉2100円　①978-4-09-356742-8

内容　世界一美しい唇（エラーヘ・ホセイニー著）

＊口を塞がれた女性たちがペンを執り、鳥の翼のように自由に紡ぎ出した言葉の数々。女性嫌悪、家父長制、暴力、貧困、テロ、戦争、死。一日一日を生き抜くことに精一杯の彼女たちが、身の危険に晒されても表現したかった自分たちの居る残酷な世界と胸のなかで羽ばたく美しい世界。アフガニスタンの女性作家18名による23の短篇集。〔0530〕

エリオット, カーラ　Elliott, Cara

◇完璧な伯爵の完璧な花嫁　カーラ・エリオット著，石原未奈子訳　竹書房　2022.6　407p　15cm　（ラズベリーブックス　エ3-1）〈原書名：Scandalously Yours〉1300円　①978-4-8019-3152-7

＊トランブル男爵家の長女オリヴィアは、結婚願望がなく、研究家でもあった亡き父のもと勉強に励み、現在は新聞で正体不明のコラムニストとして活躍している。そんなある日、パーティで無人の娯楽室に逃げこんだオリヴィアは、ある男性と鉢合わせに。名乗り合うこともないまま別れたが、彼は"完璧な英雄"と呼ばれるレクサム伯爵だった。伯爵は妻を亡くしており、10歳になる息子プレスコットがいる。ある日、伯爵が堅苦しさの権化のようなレディ・セレナとの再婚をすると知ったプレスコットは、理想の花嫁を新聞広告で募集することを思いつく。広告は社交界の注目を集め、応募が殺到したものの、これという女性は見つからなかった。あきらめかけたそのとき、"レディ・ゆるんだねじ"と名乗る女性からの手紙が届く。この人だ、と確信したプレスコットだったが、実はその正体はオリヴィアで、応募するつもりもなく冗談で書いた文章を、妹が勝手に送ったのだった。不思議な運命に引き寄せられていくオリヴィアと伯爵。この結婚騒動のゆくえは…？〔0531〕

エリオット, ジョージ　Eliot, George

◇ジョージ・エリオット全集　3　フロス河畔の水車場　ジョージ・エリオット著　植松みどり訳　彩流社　2022.8　612p　22cm〈他言語標題：The Complete Works of George Eliot 原書名：THE MILL ON THE FLOSS〉6000円

エリス

①978-4-7791-1743-5
＊希望をすべて、うち捨てることさえできたなら。19世紀英国の田園地帯。少女マギーの安穏な生活は、父の裁判敗訴を引き金に、もろくも崩れ去ってゆく。復讐に燃える兄と宿敵の息子への恋慕の狭間で、少女の心は激しく揺れ動き、そしてまた、いとこの恋人との許されざる愛に苦悩する。 〔0532〕

◇ジョージ・エリオット全集　7［上］　ミドルマーチ　上　ジョージ・エリオット著，福永信哲訳　彩流社　2024.3　599p　22cm〈他言語標題：The Complete Works of George Eliot　原書名：MIDDLEMARCH〉8000円　①978-4-7791-1747-3

＊19世紀後半、イギリス地方都市を舞台に展開する人間模様、キリスト教と科学がせめぎあう時代相を凝視する女流作家の魂の軌跡。 〔0533〕

◇ジョージ・エリオット全集　7［下］　ミドルマーチ　下　ジョージ・エリオット著，福永信哲訳　彩流社　2024.3　572p　22cm〈他言語標題：The Complete Works of George Eliot　原書名：MIDDLEMARCH〉8000円　①978-4-7791-1748-0

＊町のある実力者が自らの後ろ暗い過去を知り抜く昔の相棒と再会し、ゆすり・たかりに遭い、心の牢獄を味わう物語。人はいかにして心の自由を獲得し得るのか？ 〔0534〕

エリス, H.F.　Ellis, Humphry Francis

◇ユーモア・スケッチ大全［4］　すべてはイブからはじまった　ミクロの傑作圏　浅倉久志編・訳　国書刊行会　2022.3　376p　19cm〈「すべてはイブからはじまった」（早川書房 1991年刊）と「ミクロの傑作圏」（文庫版 2004年刊）の改題，合本〉2000円　①978-4-336-07311-2

内容　教訓のない物語（H.F.エリス著）
＊笑いの大博覧会、完結！ 名翻訳家浅倉久志のライフワークである "ユーモア・スケッチ" ものを全4巻に集大成。最終巻は傑作展姉妹篇 "すべてはイブからはじまった" とオンデマンドのみの刊行だった『ミクロの傑作圏』をカップリング。 〔0535〕

エリスン, ラルフ　Ellison, Ralph

◇アメリカン・マスターピース　準古典篇　シャーウッド・アンダーソン他著，柴田元幸編訳　スイッチ・パブリッシング　2023.7　253p　20cm　（SWITCH LIBRARY—柴田元幸翻訳叢書）〈他言語標題：AMERICAN MASTERPIECES　原書名：The Book of Harlem　A Party Down at the Squareほか〉2400円　①978-4-88418-617-3

内容　広場でのパーティ（ラルフ・エリスン著，柴田元幸訳）
＊アメリカ合衆国で書かれた短編小説、その "名作中の名作" を選ぶ。ヘミングウェイ、フォークナーなどの巨匠による "定番" から、ハーストン、ウェルティ、オルグレンの本邦初訳作まで。激動の時代、20世紀前半に執筆・発表された全12篇を収録。 〔0536〕

エリソン, メグ

◇シリコンバレーのドローン海賊—人新世SF傑作選　グレッグ・イーガン他著，ジョナサン・ストラーン編，中原尚哉他訳　東京創元社　2024.5　420p　15cm　（創元SF文庫 SFン11-2）〈責任表示はカバーによる　原書名：TOMORROW'S PARTIESの抄訳〉1400円　①978-4-488-79102-5

内容　シリコンバレーのドローン海賊（メグ・エリソン著，中原尚哉訳）
＊人新世とは「人間の活動が地球環境に影響を及ぼし、それが明確な地質年代を構成していると考えられる時代」、すなわちまさに現代のことである。パンデミック、世界的経済格差、人権問題、資源問題、そして環境破壊や気候変動問題…未来が破滅的に思えるときこそ、SFというツールの出番だ。グレッグ・イーガンら気鋭の作家たちによる、不透明な未来を見通すためのアンソロジー。 〔0537〕

エルクマン＝シャトリアン　Erckmann-Chatrian

◇エルクマン－シャトリアン怪奇幻想短編集　小林晋編訳　書肆盛林堂　2022.4　428p　15cm　（盛林堂ミステリアス文庫）〈著：エルクマン－シャトリアン　原書名：Contes fantastiques d'Erckmann-Chatrian〉 〔0538〕

◇新編怪奇幻想の文学　1　怪物　紀田順一郎, 荒俣宏監修，牧原勝志編　新紀元社　2022.7　460p　20cm〈他言語標題：Tales of Horror and Supernatural〉2500円　①978-4-7753-2022-8

内容　狼ヒューグ（エルクマン＝シャトリアン著, 池畑奈央子訳）
＊山深く潜む、古来から言い伝えられるもの。身を蝕み、人間としての記憶さえ呪わしく変えるもの。そして、見てはならず、語りえないもの。何ものなのか知るすべもないかれらを、ひとびとはこう呼ぼう—怪物、と。一九七〇年代の名アンソロジー "怪奇幻想の文学" の編者、紀田順一郎・荒俣宏の監修のもと、古典的名作を新訳し、全6巻に集大成。怪奇幻想の真髄を伝えるアンソロジー・シリーズ、ここに刊行開始。 〔0539〕

◇人狼ユーグその他の奇譚集—エミール・エルクマン生誕二百年記念出版　エルクマン－シャトリアン，小林晋訳　横浜　Rom　2022.12　267p　21cm　（Rom叢書 20）〈原書名：Hugues-le-Loup et autres contes bizzares〉 〔0540〕

エルストン, アシュリィ　Elston, Ashley

◇ほんとうの名前は教えない　アシュリィ・エルストン著，法村里絵訳　東京創元社　2024.8　492p　15cm　（創元推理文庫 Mエ7-1）〈原書

名：FIRST LIE WINS〉1400円　①978-4-488-12808-1
＊生きるために、他人になりすまして"仕事"をしてきた"わたし"。今回はエヴィという女の経歴を使って、ある男の裏稼業を調査しつづけている。だが突然、驚愕の事態に。パーティで会った女性が、自分そっくりの外見で、自分の本名を名乗り、自分自身が経験した出来事を語ってきたのだ。"わたし"になりすましている彼女は何者なのか？　目的は？　ベストセラー・サスペンス登場！〔0541〕

エルヌ, ヴァシレ　Ernu, Vasile

◇ぼくはソ連生まれ　ヴァシレ・エルヌ著, 篁園誓子訳　横浜　群像社　2022.8　234p　17cm（群像社ライブラリー　45）〈原書名：Născut in URSS 原著第2版の翻訳〉1800円　①978-4-910100-25-8
＊20世紀のはじめに現われ、そして唐突に消滅したソビエト社会主義共和国連邦―ソ連。あの巨大な政治的空間での生活を"わたしたち"はどれほど知っていただろうか。ジーンズへのあこがれ、映画や小説の主人公たちへの熱狂、お酒の飲み方からトイレや台所にまつわる話、品不足の象徴だった行列の意外な効用など…。青春時代までソ連市民だったルーマニアの作家が日々の生活の記憶を掘り起こしたエッセイのジグソーパズルで"彼ら"の暮らしが浮かび上がる。〔0542〕

エルノー, アニー　Ernaux, Annie

◇嫉妬　事件　アニー・エルノー著, 堀茂樹, 菊地よしみ訳　早川書房　2022.10　223p　16cm（ハヤカワepi文庫　106）〈『嫉妬』（2004年刊）の改題　原書名：L'OCCUPATION　L'ÉVÉNEMENT〉1080円　①978-4-15-120106-6
＊別れた男が他の女と暮らすと知り、私はそのことしか考えられなくなる。彼女はどこに住むどんな女なのか、あらゆる手段を使って狂ったように特定しようとしたが―。妄執に取り憑かれた自己を冷徹に描く「嫉妬」。1963年、中絶が違法だった時代のフランスで、妊娠してしまった私。赤ん坊を堕ろして学業を続けたい大学生の苦悩と葛藤、闇で行われていた危険な堕胎の実態を克明に描く「事件」を合わせて収録。〔0543〕

◇若い男／もうひとりの娘　アニー・エルノー著, 堀茂樹訳　早川書房　2024.5　151p　20cm〈原書名：LE JEUNE HOMME　L'AUTRE FILLE〉2400円　①978-4-15-210331-4
＊「若い男」―30歳近く年下の男との恋愛にのめり込む「私」。彼の若さがもたらす快楽を味わい、その激しい嫉妬を悦ぶ。二人の欲望は高まり、やがて…。「もうひとりの娘」―親の愛を独占できる一人っ子だと思い込んでいた幼い頃の「私」。だが、自分が生まれる前に亡くなった姉がいたことを盗み聞きしてしまう。姉の影は「私」の人生につきまとい…。個人的な記憶を掘り起こしながら、社会的な抑圧と不平等を明らかにし、2022年にノーベル文学賞を受賞したアニー・エルノー。その半世紀にわたる作家活動の精華を示す作品集。〔0544〕

エルベール, ミシェル　Herbert, Michel

◇禁じられた館　ミシェル・エルベール, ウジェーヌ・ヴィル著, 小林晋訳　扶桑社　2023.3　351p　16cm（扶桑社ミステリー　エ13-1）〈原書名：La Maison interdite〉1100円　①978-4-594-09422-5
＊飲食産業で成功を収めた富豪のヴェルディナージュが、マルシュノワール館に引っ越してくる。これまでの所有者には常に災いがつきまとった曰く付きの館だ。再三舞い込む「この館から出ていけ」との脅迫状。果たして雨の夜、謎の男の来訪を受けた直後、館の主は変わり果てた姿で発見される。どこにも逃げ道のない館から忽然と姿を消した訪問者。捜査が難航するなか、探偵トム・モロウが登場し…『黄色い部屋の謎』以降の歴史的空白を埋めるフランス産不可能犯罪小説の傑作、ついに発掘！〔0545〕

エル・ボルノ, ヌール

◇物語ることの反撃―パレスチナ・ガザ作品集　リファト・アルアライール編, 藤井光訳, 岡真理監修・解説　河出書房新社　2024.11　264p　20cm〈原書名：GAZA WRITES BACK〉2720円　①978-4-309-20911-1
内容　不眠症への願い（ヌール・エル・ボルノ著, 藤井光訳）
＊「わたしが死なねばならないとしても、きみは生きねばならない」。奪われる家に爆弾を仕掛ける父、木を恐れる子ども、密輸トンネルに閉じこめられた男、瓦礫の下からの独白…。空爆の標的となって殺された詩人が極限の状況下で編み遺した、ガザ・ライツ・バック。作家たちの記憶をつなぐ抵抗の物語集。〔0546〕

エルマー, アルント　Ellmer, Arndt

◇イジャルコル最後の戦い　クルト・マール, アルント・エルマー著, 星谷馨訳　早川書房　2022.8　255p　16cm（ハヤカワ文庫　SF 2373―宇宙英雄ローダン・シリーズ　670）〈原書名：IJARKORS LETZTE SCHLACHT　EPHEMERIDEN-TRÄUME〉760円　①978-4-15-012373-4
内容　カゲロウの夢（アルント・エルマー著）
＊紋章の門の崩壊という敗北を喫して、永遠の戦士イジャルコルは精神的に打ちのめされた。法典ガスを吸って精神を高揚させようとするが、なぜかこれまでと違うものに、失われた過去の記憶を呼び起こしていく。五万年前、自分がコルという名のシフト責任者だったこと、空を眺め、歌や詩をつくるのが好きだったこと…。記憶を取り戻したイジャルコルは、進行役への反感を胸に秘め、艦隊をひきいて反乱者征伐へと向かうが!?〔0547〕

◇M-3の捜索者　アルント・エルマー, クルト・マール著, 小津薫訳　早川書房　2024.1　271p　16cm（ハヤカワ文庫　SF 2429―宇宙英雄

ローダン・シリーズ 705）〈原書名：SUCHER IN M 3 DER DROIDE〉940円 ⓘ978-4-15-012429-8

内容 M-3の捜索者（アルント・エルマー著，小津薫訳）

＊フェニックス＝1を出発した"シマロン"は球状星団M-3へと向かった。ポルレイターからこの約む百年のあいだに銀河系でなにが起きたのかを訊きだすと同時に、銀河系に進入するための援助を得るためだ。だがその途上、突然、サトラングで遭遇したのと同じ亡霊船の攻撃を受ける。ローダンはヴァーチャル・ビルダーを起動し、"シマロン"の虚像を作成、敵がそれを攻撃しているあいだにハイパー空間に逃走しようとするが!? 〔0548〕

◇神々の掟　ロベルト・フェルトホフ，アルント・エルマー著，赤坂桃子訳　早川書房　2024.3　269p　16cm　（ハヤカワ文庫 SF 2435—宇宙英雄ローダン・シリーズ 708）〈原書名：DIE SPUR DES PROPHETEN DAS GEBOT DER GÖTTER〉940円 ⓘ978-4-15-012435-9

内容 神々の掟（アルント・エルマー著，赤坂桃子訳）

＊"ペルセウス"の乗員メリルはカード占いでサララム・シインの不吉な未来を予言した。集合地点フェニックス＝1を離れ、マゼラン星雲で"シマロン"と合流したのちに、恐るべき出来事に遭遇、シインは歌えなくなってしまうと告げたのだ。動揺するシインにたいし、アトランは"シマロン"を捜し、トスタンの死とローダンへの帰還要請を伝えるよう命じた。歌の師はしかたなく"ハーモニー"でマゼラン星雲へと向かうが… 〔0549〕

◇カルタン人の逆襲　クルト・マール，アルント・エルマー著，赤根洋子訳　早川書房　2022.4　271p　16cm　（ハヤカワ文庫 SF 2362—宇宙英雄ローダン・シリーズ 663）〈原書名：DER TOD EINES KRIEGERS GEGENSCHLAG DER KARTANIN〉760円 ⓘ978-4-15-012362-8

内容 カルタン人の逆襲（アルント・エルマー著）　カルタン人の逆襲（アルント・エルマー著） 〔0550〕

◇〈九月の朝〉作戦　アルント・エルマー，クルト・マール著，井口富美子訳　早川書房　2023.4　252p　16cm　（ハヤカワ文庫 SF 2402—宇宙英雄ローダン・シリーズ 686）〈原書名：PROJEKT SEPTEMBERMORGEN ZWÖLF RAUMSCHIFFE NACH TARKAN〉800円 ⓘ978-4-15-012402-1

内容 ＜九月の朝＞作戦（アルント・エルマー著，井口富美子訳） 〔0551〕

◇皇帝の帰還　アルント・エルマー，クルト・マール著，渡辺広佐訳　早川書房　2022.12　271p　16cm　（ハヤカワ文庫 SF 2390—宇宙英雄ローダン・シリーズ 678）〈原書名：DER KAISER KEHRT ZURÜCK DIE BOTSCHAFT DER LETZTEN TAGE〉780円 ⓘ978-4-15-012390-1

内容 皇帝の帰還（アルント・エルマー著）

＊新銀河暦430年、オリンプの皇帝アンソン・アーガイリスひきいる70隻のハンザ・キャラバンは、エスタルトゥ銀河へと向かう途上、ソト＝ティグ・イアンの巨大艦隊により、白色恒星リラの第二惑星オニキスに封じこめられた。惑星全体を包む強力なバリアは破壊不能、180度から600度に変化する地表温度、吹きすさぶハリケーン、地殻変動でできた亀裂から滑落する宇宙船…10万名のキャラバン隊員は地獄の日々を送ることに！ 〔0552〕

◇地獄のソトム　H・G・エーヴェルス，アルント・エルマー著，渡辺広佐訳　早川書房　2022.1　287p　16cm　（ハヤカワ文庫 SF 2350—宇宙英雄ローダン・シリーズ 656）〈原書名：HÖLLE SOTHOM DIE SPUR DER KARTANIN〉760円 ⓘ978-4-15-012350-5

内容 カルタン人の行方（アルント・エルマー著）

＊ジュリアン・ティフラーとニア・セレグリスはGOIのバラテンサー三名とともに"神聖寺院作戦"を開始した。ウパニシャド学校チョモランマにあるソト＝ティグ・イアンの司令本部ソトムに侵入して、情報を入手するためだ。バラテンサーのひとり、ティンタ・ラエはチョモランマで身分をいつわり別行動していたが、正体を知られて危機におちいってしまう。そのティンタを救うべく登場したのは、謎めいた白髪の老人だった！ 〔0553〕

◇都市間戦争　アルント・エルマー，ペーター・グリーゼ著，星谷馨訳　早川書房　2023.2　262p　16cm　（ハヤカワ文庫 SF 2396—宇宙英雄ローダン・シリーズ 682）〈原書名：KRIEG DER STÄDTE AUF DEN SPUREN ESTARTUS〉780円 ⓘ978-4-15-012396-3

内容 都市間戦争（アルント・エルマー著，星谷馨訳）

＊衛星イロンでハウリ人に攻撃されたあと、ローダンが目覚めると見知らぬ部屋にいた。銃もなぜか取り上げられていない。突然、炎の柱が6本出現し、「ここはヘクサメロンの法廷。支配者ヘプタメルに仕えよ」と要求されるが、ローダンは拒否する。「ならば外の世界をよく見て考えよ」との言葉を残して炎は消え、部屋に開口部が現われた。外に出たローダンは、ふたつの都市のあいだで展開する昆虫生物の戦争に巻きこまれる！ 〔0554〕

◇廃墟の王　アルント・エルマー，H・G・エーヴェルス，若松宣子・林啓子訳　早川書房　2023.11　269p　16cm　（ハヤカワ文庫 SF 2425—宇宙英雄ローダン・シリーズ 701）〈原書名：HERR DER TRÜMMER DIE DRACHENWELT〉940円 ⓘ978-4-15-012425-0

内容 廃墟の王（アルント・エルマー著，若松宣子訳）

＊停滞フィールドに囚われ、695年先の未来に飛ばされた銀河系船団は、状況を確認すべくXドア宙域に向かった。だが到着してみるとそこには"バジス"はおろか、伝令船も宇宙ブイも、その消息を伝えるものはひとつとして残されていなかった。ローダンは船団を分散させ宙内を探査させるが、手がかりはいっさいない。だがようやく、宙域外縁を捜査中だった"カシオペア"が、カルタン人の宇

宙船を発見、接触を試みるが…!? 〔0555〕

◇《バジス》復活！　アルント・エルマー著, 井口富美子訳　早川書房　2024.6　266p　16cm（ハヤカワ文庫 SF 2448―宇宙英雄ローダン・シリーズ 715）〈原書名：HAMILLERS HERZ　HAMILLERS PUZZLE〉940円
①978-4-15-012448-9

内容　ハミラーの心臓　"バジス"復活！

＊"バジス"のパーツが漂う瓦礫の墓場にもどった"シマロン"では、サトーとエンザ＆ノックスのシナジー・ペアが必死でハミラー・チューブの修復に取り組んでいた。やがてハミラーが過去のデータを改竄していることを発見、それを手がかりに、カタストロフィ発生後、ネーサンがヴァリオ＝500を派遣し、"バジス"の分散化を命じていたことをつきとめる。だがなぜそんな命令を？　そのあと、ハミラーになにが起こったのか!? 〔0556〕

◇《バルバロッサ》離脱！　アルント・エルマー著, クルト・マール著, 長谷川圭訳　早川書房　2024.10　262p　16cm（ハヤカワ文庫 SF 2457―宇宙英雄ローダン・シリーズ 722）〈原書名：DIE FLUCHT DER BARBAROSSA　LEGENDE UND WAHRHEIT〉940円
①978-4-15-012457-1

内容　《バルバロッサ》離脱！（アルント・エルマー著, 長谷川圭訳）

＊フェル・ムーンはティフラーじきじきに単独での偵察任務を命じられたと偽り、"バルバロッサ"をマウルガ星系から出発させた。「スターロードのあるところ、かならずカンタロが存在する」と確信するフェル・ムーンは、カンタロの手がかりを探すため、まずはブラックホール・ビーリロン近辺にあるタイプロン星系へと向かう。部下とともにその第七惑星バシャールに降り立ったフェル・ムーンはさっそく調査を開始するが…。 〔0557〕

◇番人の失われた贈り物　アルント・エルマー著, H・G・エーヴェルス著, 嶋田洋一訳　早川書房　2022.7　255p　16cm（ハヤカワ文庫 SF 2371―宇宙英雄ローダン・シリーズ 668）〈原書名：DIE VERLORENEN GESCHENKE DER HESPERIDEN　DER JÄGER VON GATAS〉760円　①978-4-15-012371-0

内容　番人の失われた贈り物（アルント・エルマー著）

＊GOIの迎撃を逃れた"番人の贈り物"百万個は銀河系イーストサイドに浸透していった。星系内に出現した物質は、その強力なプシオン放射によりブルー族の理性を狂わせ、欲望を増大させ、より好戦的にブルー族を作りかえていく。ブルー族のもとハンザ・スペシャリストのトリュイレトは、引退して故郷のガタスにもどり、72人の孤児たちの養父としていた。みなかれのもとにも、番人の贈り物は現われるが…!? 〔0558〕

◇ブラック・スターロード　アルント・エルマー著, クルト・マール著, 田中順二訳　早川書房　2024.9　255p　16cm（ハヤカワ文庫 SF 2456―宇宙英雄ローダン・シリーズ 721）〈原書名：SCHWARZE STERNENSTRAßEN　DIE GRAUEN EMINENZEN〉940円
①978-4-15-012456-4

内容　ブラック・スターロード（アルント・エルマー著, 田中順二訳）

＊ジュリアン・ティフラーひきいる"ペルセウス"、"カシオペア"、"バルバロッサ"の三隻はシラグサ・ブラックホールに突入した。ブラックホール内の"スターロード"を通り、封鎖されている銀河系内に侵入するのがその目的だ。三隻は事象の地平線の下にある微小宇宙への侵入に成功し、制御ステーションを発見するや、イホ・トロトが取得したパルスシーケンスを送信するが…はたして"スターロード"は使用可能なのか？ 〔0559〕

◇目標、アンクラム星系　アルント・エルマー著, H・G・エーヴェルス著, シドラ房子訳　早川書房　2023.6　269p　16cm（ハヤカワ文庫 SF 2409―宇宙英雄ローダン・シリーズ 690）〈原書名：ZIELSTERN ANKLAM　DIE HELDEN VON ZAPURUSH-3〉820円
①978-4-15-012409-0

内容　目標、アンクラム星系（アルント・エルマー著, シドラ房子訳）

＊タルカン宇宙への遷移に成功したアトランひきいる遠征隊は、めざすアンクラム星系に無事到着した。さっそくマン・グロから手わたされたメッセージをコード化し、プロジェクト・リーダーに向けて送信する。だが、なぜかいっこうに返事がない。やがて交信を求めてきたのは、第十三衛星をとりまくベンゲルとジュアタフの巨大艦団からだった。ローダンに関する情報を求めて、アトランはベンゲルの宇宙船をおとずれるが… 〔0560〕

◇ローダン救出作戦　アルント・エルマー著, H・G・エーヴェルス著, 星谷馨訳　早川書房　2023.9　271p　16cm（ハヤカワ文庫 SF 2420―宇宙英雄ローダン・シリーズ 697）〈原書名：BOTSCHAFT AUS DER HEIMAT　IM AUFTRAG DER TOTEN〉820円
①978-4-15-012420-5

内容　故郷からのメッセージ（アルント・エルマー著, 星谷馨訳）

＊スィ・キトゥの助けを借り、タルカン宇宙への遷移に成功した"シマロン"は、メエコラー・プロジェクトの第四段階をつかさどるエレゴ星系に向かう。到着したそこは、多数の衛星が褐色矮星の周囲をとりまき、各衛星のあいだには五十の宇宙要塞が防御を固めていた。ローダンの情報を求めて連絡を取るが、一行は不審な侵入者として疑われ、制御ステーションのサブリーダーであるナックのオッサマにより拘束されてしまった！ 〔0561〕

エルワーン, サミーハ

◇物語ることの反撃―パレスチナ・ガザ作品集　リフアト・アルアライール編, 藤井光訳, 岡真理監修・解説　河出書房新社　2024.11　264p　20cm〈原書名：GAZA WRITES BACK〉2720円　①978-4-309-20911-1

エロリ

内容 ガザで歯が痛い（サミーハ・エルワーン著, 藤井光訳）
＊「わたしが死なねばならないとしても、きみは生きねばならない」。奪われる家に爆弾を仕掛ける父、木を恐れる子ども、密輸トンネルに閉じ込められた男、瓦礫の下からの独白…。空爆の標的となって殺された詩人が極限の状況下で編み遺した、ガザ・ライツ・バック。作家たちの記憶をつなぐ抵抗の物語集。〔0562〕

エロリー, R.J.　Ellory, R.J.

◇弟、去りし日に　R.J.エロリー著, 吉野弘人訳　東京創元社　2024.9　586p 15cm （創元推理文庫 Mエ8-1）〈原書名：THE LAST HIGHWAY〉1500円　①978-4-488-15506-3
＊弟の訃報が届いたのは朝食後すぐのことだった。車で何度も轢かれて殺されたのだという。保安官のヴィクターは、弟とは憎しみ合った末に疎遠になっており、悲しみは湧かなかった。だが弟の10歳の娘から、真相を調べてほしいと頼まれて…。姪との交流と真実を追い求める旅路が、ヴィクターの灰色の人生を切なくも鮮やかに彩っていく。一人の男の再生を描く、心震えるミステリ。〔0563〕

エン, レンカ　閻 連科

◇四書　閻連科著, 桑島道夫訳　岩波書店　2023.1　351p 20cm　3300円　978-4-00-061574-7
＊黄河のほとり、第九十九更生区。知識人たちはここで「こども」に監督され、再教育を受ける。解放を夢見て狂騒的な鉄鋼農業生産の道へ突き進む彼らを、やがて無謀な政策の果ての大飢饉が襲い…。不条理な政治に翻弄される人間の痛ましくも聖なる苦闘を、『天の子』『旧河道』『罪人録』『新シーシュポスの神話』―「四つの書」の形式で語る。大躍進時代を彷彿とさせる歴史の暗部に挑んだ代表作。マン・ブッカー国際賞最終候補、フランツ・カフカ賞受賞、フェミナ賞外国小説部門候補、紅楼夢賞審査員賞受賞。〔0564〕

◇太陽が死んだ日　閻連科著, 泉京鹿, 谷川毅訳　河出書房新社　2022.9　339p 20cm　3600円　①978-4-309-20861-9
＊大地の骨が折れるように暑い七月の黄昏、伏牛山脈のある村で謎の病「夢遊」が伝染しはじめる。昼の世界の秩序は崩壊し、隠された欲望をむき出しにする人々。父母が営む葬儀用品店を手伝う一四歳の少年・李念念は、夢遊をのがれて夜の闇を直視する。遺体を火葬する際に出る屍体の油、葬儀用の花輪や金箔の冥紙、果てしない略奪と殺戮、そして念念の隣家に住む著名作家の閻連科…。夢遊の闇をとりはらう太陽は果たして生き返るのか。現代中国の矛盾を正面から描き、本国では発禁処分の続く作家が到達した奇怪なる最高傑作。閻連科文学の極北、第6回紅楼夢賞受賞。〔0565〕

◇中国のはなし―田舎町で聞いたこと　閻連科著, 飯塚容訳　河出書房新社　2023.11　268p 20cm　2950円　①978-4-309-20894-7
＊息子は父に、父は母に、母は息子に殺意を抱く。

「すばらしい中国のはなしを語る」という政治キャンペーンを逆手にとり、改革開放から取り残された家族の「声」を再構成した奇妙な物語。現代中国の闇を撃ち、発禁がつづく巨匠による最新作。〔0566〕

◇年月日　閻連科著, 谷川毅訳　白水社　2022.1　149p 18cm　（白水uブックス 238―海外小説の誘惑）〈2016年刊の再刊〉1300円　①978-4-560-07238-7
＊山深い農村が千年に一度の大日照りに襲われた。村人たちは干ばつから逃れるため、村を捨てて出ていく。73歳の「先じい」は、自分の畑に一本だけ芽を出したトウモロコシを守るため、村に残る決意をする。一緒に残ったのは、目のつぶれた一匹の犬「メナシ」。わずかなトウモロコシの粒をめぐり、ネズミとの争奪戦の日々が続く。やがて井戸も枯れ果て、水を求めて赴いた谷間の池では、オオカミの群れとのにらみ合いに…。トウモロコシに実を結ばせるため、先じいが最後に選んだ驚くべき手段とは―第二回魯迅文学賞受賞の傑作中篇。〔0567〕

エングマン, パスカル　Engman, Pascal

◇黒い錠剤―スウェーデン国家警察ファイル　パスカル・エングマン著, 清水由貴子, 下倉亮一訳　早川書房　2023.11　433p 19cm　（HAYAKAWA POCKET MYSTERY BOOKS 1997）〈原書名：RÅTTKUNGEN〉2600円　①978-4-15-001997-6
＊ストックホルムで女性の惨殺死体が発見された。容疑者である服役中の交際相手カリムは、事件当夜、仮釈放の身だった。彼の靴から被害者の血液が検出され、警察上層部はカリムの犯行と断定する。だが警部のヴァネッサだけは、狡猾なカリムが血のついた靴のまま刑務所に戻ったことに疑問を抱く。やがてカリムの起訴が間近となった頃、「彼は殺していない」と訴える女性が現れ、事件は単純な怨恨殺人とは全く違う様相を見せはじめ…。全世界のミステリファンを熱狂させた『ミレニアム』の系譜を継ぐ警察小説登場。〔0568〕

エングラート, ジェニーン　Englert, Jeanine

◇ハイランダーの秘密の跡継ぎ　ジェニーン・エングラート作, 琴葉かいら訳　ハーパーコリンズ・ジャパン　2024.8　252p 17cm　（ハーレクイン・ヒストリカル・スペシャル PHS332）〈原書名：THE HIGHLANDER'S SECRET SON〉827円　①978-4-596-63915-8
＊フィオナは凶暴な父から逃れるべく、遠くを目指して家出した。道中、湖で沐浴していると背後から声をかけられ、振り返った瞬間、相手を見て驚愕する―1年前まで相思相愛だったブランドン！よりにもよって、ここが彼の領地だったなんて…。かつて二人は双方の父親に交際を反対され、逢い引きを重ねたが、不幸にも氏族間で争いが起き、秘密の恋は終わってしまった。フィオナのせいで氏族に犠牲が出たと考えるブランドンは今、瞳に怒りの炎を燃やしてこちらを鋭く見据えている。そ

のとき、フィオナが地面に置いておいた布包みから赤ん坊の声が響き、彼女は告げた。「ブランドン、あなたの息子を紹介するわ」〔0569〕

エンライト, アン　Enright, Anne

◇グリーン・ロード　アン・エンライト著, 伊達淳訳　白水社　2023.1　366p　20cm　（エクス・リブリス）〈原書名：THE GREEN ROAD〉3400円　①978-4-560-09080-0

＊ロザリーンの子供たちは、"緑の小径"近くのこの家から巣立っていった。司祭になると言って家を飛び出した長男ダンは、ニューヨークのアート界周辺を漂流して久しい。次男エメットは、アフリカ各地で途上国支援に身を捧げている。一番上の長女コンスタンスは、夫と子供たちとの平凡だが穏やかな毎日を送っている。末っ子のハンナは、女優になったものの、いまは赤ん坊を抱えて休業中。そんななか、夫亡き後独りで暮らす母ロザリーンから4人にクリスマスカードが届く。我が家を売ることにしたという一文に驚き、これまで帰郷を避けてきた子供たちがクリスマスに久しぶりに勢ぞろいする。だがぎこちない距離感とそれぞれのわだかまりからたびたび小さな諍いに。たまらずロザリーンは車で出かけてしまうが…。自分の居場所はどこなのか。現代アイルランド文学の第一人者が精巧な筆致でリアルに描き出す、潮の満ち引きのように離れても引き戻す強い家族の愛と変化の物語。2016年度アイルランド文学賞受賞作。〔0570〕

エンリケス, マリアーナ　Enriquez, Mariana

◇寝煙草の危険　マリアーナ・エンリケス著, 宮﨑真紀訳　国書刊行会　2023.5　282p　20cm〈原書名：LOS PELIGROS DE FUMAR EN LA CAMA　原著第6版の翻訳〉3800円　①978-4-336-07465-2

内容　ちっちゃな天使を掘り返す　湧水池の聖母　ショッピングカート　井戸　悲しみの大通り　展望塔　どこにあるの、心臓　肉　誕生会でも洗礼式でもなく　戻ってくる子供たち　寝煙草の危険　わたしたちが死者と話していたとき

＊カズオ・イシグロ絶賛「今年のベスト・ブック」！ "文学界のロック・スター" "ホラー・プリンセス"による、12篇のゴシカルな恐怖の祭典がついに開幕!!!寝煙草の火で老婆が焼け死ぬ臭いで目覚める夜更け、庭から現れどこまでも付き纏う腐った赤ん坊の幽霊、愛するロック・スターの屍肉を貪る少女たち、死んだはずの虚ろな子供が大量に溢れ返る街…。〔0571〕

【オ】

オ, サンウォン　呉 尚源

◇雨日和　池河蓮, 桂鎔默, 金東里, 孫昌渉, 呉尚源, 張龍鶴, 朴景利, 呉尚壽, 黃順元, 呉華順, 姜芳華, 小西直子訳　福岡　書肆侃侃房　2023.12　292p　20cm　（韓国文学の源流―短編選4　1946-1959）〈年表あり〉2900円　①978-4-86385-607-3

内容　猶予（呉尚源著, 小西直子訳）

＊同じ民族が争うことになった朝鮮民族の分断と混乱の続く困難な時代―1950年代―を文学はいかに生き抜いたか。植民地から解放されても朝鮮戦争の戦後、完全に南北に分断され交流を絶された人々の苦悩は続く。〔0572〕

オ, ジョンヒ　呉 貞姫

◇幼年の庭　呉貞姫, 清水知佐子訳　クオン　2024.3　412p　18cm　（CUON韓国文学の名作6）〈編集：藤井久子〉2200円　①978-4-910214-51-1

内容　幼年の庭　中国人街　冬のクイナ　夜のゲーム　夢見る鳥　空っぽの畑　別れの言葉　暗闇の家

＊日常にひそむ不安や欲望、家族の中で抱く孤立感。生きあぐね、もがく女たち。現代女性文学の原点となった呉貞姫の作品集。朝鮮戦争を体験した著者の幼少期が反映された「幼年の庭」「中国人街」のほか、三十代の内面の記録だという六編を収録。繊細で詩的な文章は、父の不在、家族関係のゆがみ、子どもや夫への愛情のゆらぎに波立つ心を描き出す。それは時代の中で懸命に生きる人の肖像でもある。〔0573〕

オ, ヨンス　呉 永壽

◇雨日和　池河蓮, 桂鎔默, 金東里, 孫昌渉, 呉尚源, 張龍鶴, 朴景利, 呉永壽, 黃順元著, 呉華順, 姜芳華, 小西直子訳　福岡　書肆侃侃房　2023.12　292p　20cm　（韓国文学の源流―短編選4　1946-1959）〈年表あり〉2900円　①978-4-86385-607-3

内容　明暗（呉永壽著, オファスン訳）

＊同じ民族が争うことになった朝鮮民族の分断と混乱の続く困難な時代―1950年代―を文学はいかに生き抜いたか。植民地から解放されても朝鮮戦争の戦後、完全に南北に分断され交流を絶された人々の苦悩は続く。〔0574〕

オイェイェミ, ヘレン　Oyeyemi, Helen

◇あなたのものじゃないものは、あなたのものじゃない　ヘレン・オイェイェミ著, 上田麻由子訳　河出書房新社　2023.6　324p　20cm〈原書名：WHAT IS NOT YOURS IS NOT YOURS〉2900円　①978-4-309-20884-8

内容　本と薔薇　「ごめん」でお茶は甘くならない　あなたの血ってこのくらい赤い？　溺れる者たち　気配　ケンブリッジ大学地味子団　ドルニチュカと聖マルティヌスの日の鷲鳥　フレディ・バランドフ、チェック…イン　本に鍵がかかっているのには、それなりの理由があるんじゃない

＊若くより世界から注目を集める女性作家が、独創性溢れる筆致で描く、スターの炎上、姉妹団と兄弟団のバトル、日記に閉じ込められた声…ビガリュールな想像力を無数の鍵が繋ぐ9のストーリー

コレクション。ペン・オープン・ブック賞選出作。　〔0575〕

オイエバンジ, アダム　Oyebanji, Adam

◇ブレーキング・デイ―減速の日　上　アダム・オイエバンジ著, 金子司訳　早川書房　2023.6　415p　16cm　（ハヤカワ文庫 SF 2411）〈原書名：BRAKING DAY〉1360円　①978-4-15-012411-3
  ＊AI統制下の地球を逃れ、植民船団で地球を脱出して132年。全長25キロ、居住区輪8つを備えた世代宇宙船3隻は、長い旅の終わりを目前にしていた。インプラントで機器を操るクルーは、目的地くじら座タウ星へと船を減速させるため、停止中のドライヴ機関を再稼働させる"減速の日"の準備に追われている。そんななか機関部訓練生ラヴィは宇宙空間で一人の少女を見かけた…宇宙服なしの姿で!?新時代の世代宇宙船SF。〔0576〕

◇ブレーキング・デイ―減速の日　下　アダム・オイエバンジ著, 金子司訳　早川書房　2023.6　413p　16cm　（ハヤカワ文庫 SF 2412）〈原書名：BRAKING DAY〉1360円　①978-4-15-012412-0
  ＊ラヴィは腕ききハッカーのいとこボズとともに、船外で姿を消した少女の謎を探るが、ラヴィ以外に彼女を見た者はいないらしい。彼のインプラントの不調だろうか？　調査するうちに、二人は船の上級士官の不審な行動に気づく。そのうえラヴィたちは、船の減速の阻止を企む急進的活動家の陰謀に巻きこまれ…。彼らは無事に"減速の日"を迎えられるのか!?世代宇宙船を舞台に新鋭が鮮やかに描く驚嘆の物語。〔0577〕

オイラー, ローレン　Oyler, Lauren

◇偽者（フェイクアカウント）　ローレン・オイラー著, 岩瀬徳子訳　早川書房　2023.2　373p　19cm〈原書名：FAKE ACCOUNTS〉2900円　①978-4-15-210209-6
  ＊フィリクスは何かを隠しているようだ。"わたし"は浮気を疑い、彼の携帯電話を覗き見してしまう。そこには、SNSで悪名高い陰謀論者がいた。荒唐無稽で差別的な言葉をばらまく彼…これが最も愛した人の本当の姿なのか？　"わたし"が本心を確かめようとした直前、彼が事故死したという報せが届く。謎を抱え、"わたし"は出会いの地を訪れる。さらなる衝撃の事実が待っているとは知らずに―。ニューヨーク・タイムズ、ワシントン・ポストはじめ、米国の有力メディアが激賞するスリルに満ちた文芸作品。〔0578〕

オウ, アンオク　王 安憶

◇黒い雪玉―日本との戦争を描く中国語圏作品集　加藤三由紀編　中国文庫　2022.8　391p　19cm　3800円　①978-4-910887-00-5
  内容　父の本（王安憶著, 松村志乃訳）　〔0579〕

◇長恨歌　王安憶著, 飯塚容訳　アストラハウス　2023.9　643p　20cm〈他言語標題：The Song of Everlasting Sorrow〉3200円　①978-4-908184-46-8
  ＊「ミス上海の死」を描く名作。茅盾文学賞受賞作品。〔0580〕

オウ, カンユ　王 侃瑜

◇宇宙の果ての本屋　立原透耶編　新紀元社　2023.12　477p　20cm　（現代中華SF傑作選）〈他言語標題：The Bookstore at the Edge of the Universe〉2500円　①978-4-7753-2023-5
  内容　消防士（王侃瑜著, 根岸美聡訳）　〔0581〕

◇金色昔日―現代中国SFアンソロジー　夏笳ほか著, ケン・リュウ編, 中原尚哉他訳　早川書房　2022.11　715p　16cm　（ハヤカワ文庫 SF 2387）〈責任表示はカバーによる『月の光』(2020年刊)の改題　原書名：BROKEN STARS〉1380円　①978-4-15-012387-1
  内容　ブレインボックス（王侃瑜著, 大谷真弓訳）　中国SFとファンダムへのささやかな手引き（王侃瑜著, 鳴庭真人訳）
  ＊北京五輪の開会式を彼女と見たあの日から、世界はあまりにも変わってしまった―『三体X』の著者・宝樹が、中国の歴史とある男女の運命を重ね合わせた表題作、『三体』の劉慈欣が描く環境SFの佳品『月の光』、春節シーズンに突如消えた列車の謎を追う「折りたたみ北京」著者の郝景芳による「正月列車」など、14作家による中国SF16篇を収録。ケン・リュウ編による綺羅星のごときアンソロジー第2弾。〔0582〕

◇走る赤―中国女性SF作家アンソロジー　武甜静, 橋本輝幸編, 大恵和実編訳　中央公論新社　2022.4　381p　20cm　2200円　①978-4-12-005523-2
  内容　語膜（王侃瑜著, 上原かおり訳）
  ＊中国で活躍する女性作家14人が放つ珠玉のSF短篇。〔0583〕

オウ, ギョウライ　王 暁磊

◇曹操―卑劣なる聖人　6　王暁磊著, 後藤裕也監訳, 川合章子訳　春日部　曹操社　2022.5　583p　20cm〈発売：はる書房〉2400円　①978-4-910112-05-3
  ＊北伐6年、郭嘉らとともに。官渡の戦いで逆転勝利するも、河北の抵抗は終わらない。袁紹、袁尚、袁譚、そして審配、高幹を討つ戦いが続くのであった。〔0584〕

◇曹操―卑劣なる聖人　7　王暁磊著, 後藤裕也監訳, 濱名晋一, 川合章子訳　春日部　曹操社　2023.7　615p　20cm〈はる書房（発売）〉2400円　①978-4-910112-06-0　〔0585〕

オウ, ゲン　王 元

◇君のために鐘は鳴る　王元著, 玉田誠訳　文藝春秋　2023.9　255p　19cm　1800円　①978-4-16-391777-4
  ＊デジタル機器に囲まれた日常の疲れを癒し、本来

の人間性を取り戻す「デジタルデトックス」のために孤島にやってきたメンバーが次々に死を遂げる。偶然その場に居合わせたミステリ作家がそのすべてを目撃するのだが、なぜかメンバーたちの目には彼の姿が映らないらしい…。中華系マレーシア人の女性作家がミステリ界の巨匠・島田荘司氏が提唱する21世紀本格に応えて放つ"21世紀の十角館"！第7回金車・島田荘司推理小説賞受賞。 〔0586〕

オウ, シイツ 王 子一
◇中国古典名劇選 3 後藤裕也, 田村彩子, 陳駿千, 西川芳樹, 林雅清編訳 東方書店 2022.3 416p 21cm 4200円 ①978-4-497-22204-6
内容 劉晨と阮肇、誤らずも桃源に入る—誤入桃源（王子一撰） 〔0587〕

オウ, ショウヘイ 王 嘯平
◇黒い雪玉—日本との戦争を描く中国語圏作品集 加藤三由紀編 中国文庫 2022.8 391p 19cm 3800円 ①978-4-910887-00-5
内容 さらば友よ（王嘯平著, 松村志乃訳） 〔0588〕

オウ, ショウワ 王 小和
◇動物城2333 荷午, 王小和著, 島田荘司訳 講談社 2024.7 430p 19cm 2200円 ①978-4-06-534386-9
＊動物は人間と並ぶ知能を得独立を試みるが、人間はそれを受け入れずに戦争を起こした。長く続いた戦闘の後、西暦2333年、動物と人間は冷戦状態にある—。動物王国の首都・動物城一番の探偵・ブレーメンのもとに、ワニのネロ将軍がやって来た。人間の大使が殺害されたという。早急に真犯人を見つけ出して公表しなければ、新たな戦争につながりかねない。ブレーメンはカエルのアグアとともに不可解な事件の調査に乗り出す。 〔0589〕

オウ, シンコウ 王 晋康
◇宇宙の果ての本屋 立原透耶編 新紀元社 2023.12 477p 20cm （現代中華SF傑作選）〈他言語標題：The Bookstore at the Edge of the Universe〉 2500円 ①978-4-7753-2023-5
内容 水星播種（王晋康著, 浅田雅美訳） 〔0590〕

オウ, テイコク 王 定国
◇バナナの木殺し—中篇小説集 邱常婷, 王定国, 周芬伶著, 池上貞子訳, 呉佩珍, 白水紀子, 山口守編 作品社 2022.2 258p 19cm （台湾文学ブックカフェ 2） 2400円 ①978-4-86182-878-2
内容 戴美楽嬢の婚礼（王定国）
＊「ほんとうの悲劇にはいつも滑稽な要素があるのよね」大学生の主人公は、乗っていた車に自分からぶつかり飛ばされた謎の少女・品琴に興味をひかれ、調べていくうちに、バナナ畑のなかで暮らす彼女の家族とある宗教団体の関係を突き止める…。新世代作家の期待の星による、家族の秘密をめぐ

る怪奇的で幻想的な表題作のほか、中篇全三篇を収録する小説集。 〔0591〕

オウ, トクイ 王 徳威
◇華語文学の新しい風 劉慈欣, ワリス・ノカン, 李娟他著, 王徳威, 高嘉謙, 黄英哲, 張錦忠, 及川茜, 濱田麻矢編, 小笠原淳, 津守陽他訳 白水社 2022.11 357p 20cm （サイノフォン 1） 3200円 ①978-4-560-09875-2
＊近年注目を集めている華語文学の新たなる流れを紹介するシリーズ"サイノフォン"の第1巻。香港の高層ビルからチベットの聖なる湖まで、シカゴのバーからマレーシアの原生林まで。小説、旅行記、詩、SFなど、多様なジャンルから世界を切り取る17篇。 〔0592〕

オウ, モウ 王 蒙
◇青春万歳 王蒙著, 李海, 堤一直訳 潮出版社 2024.7 524p 19cm 2500円 ①978-4-267-02431-3
＊友情、恋、人生—。私たちは、いかに生きていくべきか!?中華人民共和国建国後まもない、北京の女子高生たちの瑞々しい青春を描く！中国で100万部超えのベストセラー小説、日本語版!! 〔0593〕
◇応報—組み替え人形の家 王蒙著, 林芳訳 尚斯国際出版社 2023.11 11,336p 21cm （あんずの本—現代中国文学 文豪編）〈部分タイトル：応報（むくい）〉 3000円 ①978-4-910378-09-1 〔0594〕

オウ, レイグン 黄 麗群
◇近未来短篇集 伊格言他著, 三須祐介訳, 呉佩珍, 白水紀子, 山口守編 早川書房 2024.7 346p 19cm （台湾文学コレクション 1） 2900円 ①978-4-15-210342-0
内容 雲を運ぶ（黄麗群著, 三須祐介訳）
＊恋する相手のデータをひそかに蓄積する秘書がたどりついた結末をユーモラスに語る「USBメモリの恋人」、人間の負の感情の撤去を生業とする青年の日々を絢爛たる筆致で描く「雲を運ぶ」、先端技術を敬遠する母と反発する娘を描く「2042」。伊格言、湖南蟲、黄麗群など第一線で活躍する台湾人作家による傑作近未来文芸8篇を収録したアンソロジー。 〔0595〕
◇プールサイド—短篇小説集 陳思宏ほか著, 三須祐介訳, 呉佩珍, 白水紀子, 山口守編 作品社 2022.2 246p 19cm （台湾文学ブックカフェ 3） 2400円 ①978-4-86182-879-9
内容 海辺の部屋（黄麗群著）
＊大学受験を控える高校生の少年が夏休みにプールの監視員のバイトをしていると、ある男から小学生の息子に水泳を教えてほしいと頼まれ、少年を自宅に招いた男は長い口づけをする…。高校生から大学生へと成長する少年のひと夏の経験が語られる、本集最年少の新星による表題作のほか、全十一篇を収録。 〔0596〕

オーウィグ, サラ　Orwig, Sara

◇秘められた小さな命　サラ・オーウィグ作，西江璃子訳　ハーパーコリンズ・ジャパン　2024.12　156p　17cm　(ハーレクイン・イマージュ I2829)　〈原書名：THE RANCHER'S SECRET SON〉673円　①978-4-596-71685-9

＊クレアは仕事で思いがけない再会をはたした。4年前にプロポーズされながらも結ばれなかった元恋人ニックと。映画スター顔負けのハンサムなニックとは、妻として支えてほしい彼と、祖父母を支えたい彼女とで折り合えず、最後には喧嘩別れしてしまったのだった…。その後、ニックは高校時代の友人女性と結婚したが、2年前、妊婦だった妻が交通事故でおなかの子もろとも命を落としたと知り、クレアはひどくショックを受けた。もうあのことを隠してはおけない！　じつはニックと別れたあと、彼が婚約したと風の噂に聞いてから、ずっと言えずにいたのだ—独りで産み育ててきた、彼の息子の存在を。〔0597〕

オウィディウス　Ovidius

◇変身物語　上　オウィディウス著，大西英文訳　講談社　2023.9　497p　15cm　(講談社学術文庫　2752)　〈文献あり　索引あり　原書名：Metamorphoses〉1700円　①978-4-06-533285-6

＊内乱吹き荒れるローマに花開いた詩や文学の「黄金時代」をウェルギリウスとともに代表するのがオウィディウス(前四三-後一七／一八年)にほかならない。その代表作にしてラテン文学の最高峰をなす本作は、文学や絵画をはじめ後世に決定的な影響を与えた。長らく待望された文庫版の新訳を名文家が満を持して完成。上には第一巻から第八巻を収録。〔0598〕

◇変身物語　下　オウィディウス著，大西英文訳　講談社　2023.9　511p　15cm　(講談社学術文庫　2753)　〈文献あり　索引あり　原書名：Metamorphoses〉1750円　①978-4-06-533286-3

＊古代ローマ「黄金時代」を代表する詩人オウィディウス(前四三-後一七／一八年)。原初の混沌から世界の創造を歌う「序詞」に始まり、「金・銀・銅・鉄」の四時代、英雄たちの時代、そしてトロイア戦争を経て初期の王の時代に至る歴史を描く本作は、燦然と輝く人類の至宝である。長らく待望された文庫版新訳、完結篇。下には第九巻から一五巻を収録。〔0599〕

オーウェル, ジョージ　Orwell, George

◇一九八四　ジョージ・オーウェル作，山形浩生訳　星海社　2024.9　447p　19cm　(講談社　原書名：Nineteen Eighty-Four〉1800円　①978-4-06-537091-9

＊主人公ウィンストンは、ビッグ・ブラザーと党が支配する、どこが相手かもはっきりしない戦時下の超管理社会イングソックの真実省で、公式の歴史改変を担当している。だがふとしたきっかけで禁断の日記を書き始め、そして若いジュリアとの禁断の逢瀬にふける中で、次第に自分の暮らす社会に対する疑問と反発を強める。しかし反政府組織に参加したと思った瞬間、彼は国家に捕らえられる—現在のハイテク監視社会、情報操作とフェイクニュースによる大衆支配、戦争やテロを口実にした社会的自由の制約、密告と労働改造所や矯正収容所の思考操作、社会階級の固定化と格差社会、その他現代管理社会のありとあらゆる側面が恐ろしいほどの密度で詰め込まれた、不世出の傑作。〔0600〕

◇絵物語動物農場—新訳版　ジョージ・オーウェル著，金原瑞人訳，カンタン・グレバン画　パイインターナショナル　2023.10　190p　20cm　〈原書名：Animal Farm〉1800円　①978-4-7562-5560-0

＊「わたしやほかの仲間が夢みて必死に頑張ったのは、こんな世界のためじゃない」人間にしいたげられてきた動物たちが、運命に立ち向かうが…。美しい絵物語で読むオーウェルの傑作。今こそ読みたい！　ソビエト連邦の歴史をモデルにジョージ・オーウェルが皮肉をこめて見事に描いた動物物語。金原瑞人による巧みな訳文と、美しい挿画でおくる新訳決定版！〔0601〕

◇動物農園　ジョージ・オーウェル著，吉田健一訳　中央公論新社　2022.9　155p　19cm　〈原書名：Animal Farm〉2000円　①978-4-12-005566-9〔0602〕

オーエンズ, ディーリア　Owens, Delia

◇ザリガニの鳴くところ　ディーリア・オーエンズ著，友廣純訳　早川書房　2023.12　614p　16cm　(ハヤカワ文庫　NV 1519)　〈原書名：WHERE THE CRAWDADS SING〉1300円　①978-4-15-041519-8

＊ノース・カロライナの湿地で村の青年の死体が発見された。人々は真っ先に"湿地の少女"カイアに疑いの目を向ける。6歳で家族に見捨てられ、生き延びてきたカイア。村の人々に蔑まれながらも、生き物が自然のままに生きる「ザリガニの鳴くところ」へ思いを馳せ暮らしていた彼女は果たして犯人なのか？　みずみずしい自然に抱かれた少女の人生が不審死事件と交差するとき、物語は予想だにしない結末へ。2021年本屋大賞翻訳小説部門1位。〔0603〕

オオツカ, ジュリー　Otsuka, Julie

◇スイマーズ　ジュリー・オオツカ著，小竹由美子訳　新潮社　2024.6　159p　20cm　(CREST BOOKS)　〈文献あり　原書名：THE SWIMMERS〉1850円　①978-4-10-590195-0

＊必死で泳いでいると、束の間日常生活の悩みを忘れることができる。そのために、ほとんど依存といってよいほどに公営プールに通い詰める人々がいる。ある日、プールの底に原因不明のひびが入ったことから、スイマーたちは戸惑い、しだいにその生活と精神に不調があらわれはじめる。そのうちのひとり、力強く泳いでいたアリスの認知症は自分の名前を思い出せないほどに進行する…。

ひとりの人間の過ごした時間の断片を、現代を生きる我々の喜びと苦しみに共鳴させる傑作中篇小説。カーネギー賞受賞作。〔0604〕

オコーナー, ジョセフ　O'Connor, Joseph

◇シャドウプレイ　ジョセフ・オコーナー著，栩木伸明訳　東京創元社　2024.5　402p　20cm　〈文献あり　原書名：SHADOWPLAY〉　3200円　①978-4-488-01134-5

＊1800年代後半、のちに『吸血鬼ドラキュラ』を生み出すことになる若きブラム・ストーカーは、人気俳優であり劇場経営者でもあったヘンリー・アーヴィングに雇われ、ライシアム劇場の支配人となっていた。仕事に忙殺される慌ただしい毎日だったが、ストーカーの無意識の中で『吸血鬼ドラキュラ』の小説が形をなしていくにつれ、ドラキュラの存在が影絵の芝居のように現実に影を落とし始める。劇場では、ジョナサン・ハーカーという名前の男が働き、屋根裏にはミナという名の幽霊が出る…。アイリッシュ・ブックアワード受賞。ストーカー、アーヴィング、そして一座に加わった名優エレン・テリー。個性的な三人の人生を、虚実織り交ぜたドラマティックな筆致で描く『吸血鬼ドラキュラ』誕生秘話。〔0605〕

オコナー, フラナリー　O'Connor, Flannery

◇アメリカン・マスターピース　戦後篇　シャーリイ・ジャクスンほか著，柴田元幸編訳　スイッチ・パブリッシング　2024.12　257p　20cm　（柴田元幸翻訳叢書）　2700円　①978-4-88418-649-4

内容　善人はなかなかいない（フラナリー・オコナー著，柴田元幸訳）

＊短篇小説の黄金時代。サリンジャー、ナボコフ、オコナー、ボールドウィンなど、重要作家が次々と登場する、1950年代前後の名作10篇を収録。"名作中の名作"でアメリカ文学史をたどる、シリーズ第3弾。〔0606〕

◇母娘短編小説集　フラナリー・オコナー，ボビー・アン・メイスンほか著，利根川真紀編訳　平凡社　2024.4　349p　16cm　（平凡社ライブラリー　964）〈文献あり　原書名：SHILOH Mamaほか〉　1800円　①978-4-582-76964-7

内容　善良な田舎の人たち（フラナリー・オコナー著，利根川真紀訳）

＊すべての女性は母の娘である。出産・育児・恋愛・結婚・離婚・父の不在・反発・世代の差・虐待・差別・介護・老い・希望―時を超え、世代を超えて繰り広げられる「母の娘」と「娘の母」の物語。十九世紀末から二十世紀末、アメリカの女性作家によって書かれた傑作九篇。〔0607〕

オコラフォー, ンネディ　Okorafor, Nnedi

◇ロボット・アップライジング―AIロボット反乱SF傑作選　アレステア・レナルズ，コリイ・ドクトロウ他著，D・H・ウィルソン，J・J・アダムズ編，中原尚哉他訳　東京創元社　2023.6　530p　15cm　（創元SF文庫　SFｎ10-5）〈責任表示はカバーによる　原書名：ROBOT UPRISINGS〉　1400円　①978-4-488-77205-5

内容　芸術家のクモ（ンネディ・オコラフォー著，新井なゆり訳）

＊人類よ、一猛烈な勢いで現代文明に浸透しつつあるAIやロボット。もしもそれらがくびきを逃れ、反旗を翻したら？ ポップカルチャーで繰り返し扱われてきた一大テーマに気鋭の作家たちが挑む。1955年にAI（人工知能）という言葉を初めて提示した伝説的科学者ジョン・マッカーシーの短編を始め、アレステア・レナルズ、コリイ・ドクトロウらによる傑作13編を収録。〔0608〕

オサリバン, コリン　O'Sullivan, Colin

◇サニー　コリン・オサリバン著，堤朝子訳　ハーパーコリンズ・ジャパン　2024.9　365p　15cm　（ハーパーBOOKS　M・オ3・1）〈原書名：SUNNY〉　1164円　①978-4-596-53197-1 〔0609〕

オースター, ポール　Auster, Paul

◇写字室の旅/闇の中の男　ポール・オースター著，柴田元幸訳　新潮社　2022.9　438p　16cm　（新潮文庫　オ-9-17）〈著作目録あり　「写字室の旅」（2014年刊）と「闇の中の男」（2014年刊）の合本　原書名：TRAVELS IN THE SCRIPTORIUM　MAN IN THE DARK〉　800円　①978-4-10-245118-2

＊奇妙な老人が奇妙な部屋にいる。彼は何者なのか、何をしているのか―。オースター作品に登場した人物が次々と現れる「写字室の旅」。ある男が目を覚ますとそこは9・11が起きなかった21世紀のアメリカ。代わりにアメリカ本土では内戦が起きている。闇の中から現れる物語が伝える真実。年間ベスト・ブックと絶賛された「闇の中の男」。傑作中編二作を合本。ここに新たな物語空間が立ち上がる。〔0610〕

◇4321　ポール・オースター著，柴田元幸訳　新潮社　2024.11　796p　22cm　〈著作目録あり　原書名：4321〉　6500円　①978-4-10-521722-8

＊1947年3月3日、ニュージャージー州ニューアークで家具・電化製品店を営む父スタンリーと、写真家のもとで働く母ローズとの間に、アーチボルド・ファーガソンは生まれた。ドジャースLA移転、ケネディ暗殺、ベトナム反戦運動。50～70年代アメリカの歴史的事件とともに、本や映画、スポーツやセックスなどに対する青春の情熱を、少年が大人へと成長してゆく姿を、ポール・オースターは驚くべき仕掛けに満ちた四重奏スタイルで描き出す。現代アメリカ文学を代表する作家による記念碑的超大作。〔0611〕

オースティン, ジェーン　Austen, Jane

◇高慢と偏見　1　ジェイン・オースティン，岡部由梨江訳　アシェット・コレクションズ・ジャパン　〔2022〕　303p　22cm　（恋愛小説

の世界 名作ブックコレクション)〈原書名：Pride and prejudice〉454円　　　〔0612〕

◇高慢と偏見　2　ジェイン・オースティン，岡部由梨江訳　アシェット・コレクションズ・ジャパン　〔2022〕275p　22cm（恋愛小説の世界 名作ブックコレクション）〈原書名：Pride and prejudice〉1817円　　〔0613〕

◇説得　オースティン著，廣野由美子訳　光文社　2024.4　533p　16cm（光文社古典新訳文庫　KAオ1-3）〈文献あり 年譜あり 原書名：PERSUASION〉1300円　①978-4-334-10286-9
＊准男爵家の次女アンは、海軍軍人ウェントワースと結婚の約束を交わしていたが、信頼を置く名付け親の反対に遭い、一方的に破談にしてしまう。それから八年。ひょんなことから再会した二人は、表面上はよそよそしく振る舞いつつも、心穏やかではいられず…。大人の恋愛の機微を描く傑作。
〔0614〕

◇マンスフィールド・パーク　1　ジェイン・オースティン，岡部由梨江訳　アシェット・コレクションズ・ジャパン　〔2022〕284p　22cm（恋愛小説の世界 名作ブックコレクション）〈原書名：Mansfield park〉1817円　〔0615〕

◇マンスフィールド・パーク　2　ジェイン・オースティン，岡部由梨江訳　アシェット・コレクションズ・ジャパン　〔2023〕242p　22cm（恋愛小説の世界 名作ブックコレクション）〈原書名：Mansfield park〉1999円　〔0616〕

◇マンスフィールド・パーク　3　ジェイン・オースティン，岡部由梨江訳　アシェット・コレクションズ・ジャパン　〔2024〕260p　22cm（恋愛小説の世界 名作ブックコレクション）〈原書名：Mansfield park〉1999円　〔0617〕

◇理性と感性　ジェーン・オースティン著，パーカー敬子訳　あさ出版パートナーズ　2024.5　374p　20cm　あさ出版　原書名：Sense and Sensibility〉2000円　①978-4-86667-676-0
＊大地主ダッシュウッド氏の死後残された娘達。長女エリナは理性に富んでいるが、次女マリアンは多感で感情を抑制できない激しい情熱の持ち主。性格は正反対でもお互いを深く愛する姉妹、それぞれの苦しい恋の顛末は一一!?19世紀イングランドの田園を舞台に、対照的な姉妹の恋と結婚への道を描く、オースティン作品で最初に刊行された傑作。　〔0618〕

オズボーン，チャールズ　Osborne, Charles

◇招かれざる客—小説版　アガサ・クリスティー，チャールズ・オズボーン著，羽田詩津子訳　早川書房　2024.9　236p　16cm（ハヤカワ文庫—クリスティー文庫 107）〈講談社文庫 2002年刊の修正　原書名：THE UNEXPECTED GUEST〉1040円　①978-4-15-130107-0
＊11月の寒々とした晩。南ウェールズの霧深い田舎道で車が脱輪し、男は近くの大きな屋敷に助けを求めた。だが、そこには車椅子に座った屋敷の当主の射殺体が。そして傍らには、当主の若く美しい妻が銃を握って立っていた。果たして、妻が犯人なのか？どんでん返し連打の名作戯曲を、チャールズ・オズボーンが小説化！　〔0619〕

オズマン，アリス　Oseman, Alice

◇ソリティア　アリス・オズマン著，石崎比呂美訳　トゥーヴァージンズ　2023.7　395p　19cm〈原書名：Solitaire〉2100円　①978-4-910352-76-3
＊"わたしは無だ。わたしは空虚だ。虚ろで何もない"わたしの名前は、トリ・スプリング。好きなことは、寝ることと、ブログ。去年、わたしには友達がいた。今とは状況がずいぶん違う。だけどもう、終わったことだ。クリスマス休暇が終わり、また意味のない学校生活が始まったあの日、謎のブログ"ソリティア"と、マイケル・ホールデンがわたしの前に現われた。ソリティアが何をしようとしているのかはわからない。マイケル・ホールデンはわたしには関係ない。ほんとうに。　〔0620〕

◇ディス・ウィンター　アリス・オズマン著，石崎比呂美訳　トゥーヴァージンズ　2023.3　135p　19cm〈原書名：This Winter〉1800円　①978-4-910352-64-0
＊ただ"ふつうの"クリスマスを過ごしたかった。トリとチャーリーとオリバーにとって、今年の冬は試練のときだった。せめてこのクリスマスは穏やかに過ごしたいと思っている。それはオリバーにとっては、姉兄と3人で一緒にマリオカートをすることを意味し、トリとチャーリーにとっては、この数か月にあったことを乗り越えて、前を向くことを意味している。このクリスマスは、家族をどんな方向に導くのだろう―。　〔0621〕

◇ニック・アンド・チャーリー　アリス・オズマン著，石崎比呂美訳　トゥーヴァージンズ　2024.1　159p　19cm〈著作目録あり　原書名：Nick and Charlie〉2000円　①978-4-910352-78-7
＊ニックとチャーリーは完璧なカップルだ。彼らはふたりでひとつの存在だと誰もが思っている。けれど、ニックはもうすぐ大学に進学し、チャーリーはひとり高校に取り残されてしまう。その日が近づくにつれて、ふたりの心は揺れはじめる。―僕らの愛は、遠距離に負けないほど強いんだろうか。だって言うじゃないか、初恋は永遠には続かないって…。幸せがずっと続くとも限らない。だからこそ、なんてことのない日常がかけがえのないものだと気づきたい。NETFLIXで実写ドラマも話題のLGBTQ＋コミック『ハートストッパー』の続きを描いた物語"小説シリーズ第3弾！"。YAハードカバー部門NYタイムズベストセラー！　〔0622〕

◇レディオ・サイレンス　アリス・オズマン著，石崎比呂美訳　トゥーヴァージンズ　2024.6　443p　19cm〈著作目録あり　原書名：Radio Silence〉2500円　①978-4-910352-79-4
〔0623〕

オスマン, リチャード　Osman, Richard

◇木曜殺人クラブ ［2］ 二度死んだ男　リチャード・オスマン著, 羽田詩津子訳　早川書房　2022.11　507p　19cm　（HAYAKAWA POCKET MYSTERY BOOKS 1985）〈原書名：THE MAN WHO DIED TWICE〉2100円　①978-4-15-001985-3

＊世界各国で激賞相次ぐ"木曜殺人クラブ"が帰ってきた！ スパイとマフィアが絡む大事件に、老人探偵たちが挑む！ 老人探偵グループ"木曜殺人クラブ"メンバーのエリザベスが、死んだはずの因縁ある英国の諜報員から手紙を受け取った。彼は2千万ポンド相当のダイヤを盗んだ疑いを掛けられて米国のマフィアから狙われており、協力を求めてきたのだ。そしてクラブのメンバーたちは消えたダイヤとスパイ、凶悪な犯罪者たちにまつわる国際的な大事件に巻き込まれる。果たして彼らは解決することができるのか？ 豊かなユーモアに、ときにほろ苦い哀愁を織り交ぜた、傑作謎解きミステリ。待望の第2弾登場。　〔0624〕

◇木曜殺人クラブ ［3］ 逸れた銃弾　リチャード・オスマン著, 羽田詩津子訳　早川書房　2023.7　494p　19cm　（HAYAKAWA POCKET MYSTERY BOOKS 1993）〈付属資料：登場人物表（1枚）原書名：THE BULLET THAT MISSED〉2100円　①978-4-15-001993-8

＊ダイヤモンドと大量のコカインにまつわる国際的事件を経て、"木曜殺人クラブ"はようやく静穏を取り戻した。次に四人の老人たちが目をつけたのは、約十年前の未解決殺人事件。地元ニュース番組の女性キャスターのベサニー・ウェイツが、深夜に車ごと崖から落とされたのだ。手がかりを求めて生前のベサニーと親交のあった有名キャスターのマイク・ワグホーンと対面することになりジョイスは舞い上がるが、そんな中、エリザベスは"バイキング"と名乗る謎の人物に拉致され、前職時代の友人を殺害するように脅される。冴えわたるユーモアと愛すべきキャラクター、いくつもの事件と陰謀、華麗に織りなす伏線で世界的ベストセラーとなった謎解きミステリシリーズ第3弾！　〔0625〕

オーツ, ジョイス・キャロル　Oates, Joyce Carol

◇穏やかな死者たち―シャーリイ・ジャクスン・トリビュート　ケリー・リンク, ジョイス・キャロル・オーツ他著, エレン・ダトロウ編, 渡辺庸子, 市田泉他訳　東京創元社　2023.10　570p　15cm　（創元推理文庫 Fン12-1）〈原書名：WHEN THINGS GET DARK〉1500円　①978-4-488-58407-8

内容　ご自由にお持ちください（ジョイス・キャロル・オーツ著, 中村融訳）　〔0626〕

◇短編回廊―アートから生まれた17の物語　ローレンス・ブロック編, 田口俊樹他訳　ハーパーコリンズ・ジャパン　2022.12　605p, 図版18p　15cm　（ハーパーBOOKS M・フ6・2）〈原書名：ALIVE IN SHAPE AND COLOR〉1264円　①978-4-596-75581-0

内容　美しい日々（ジョイス・キャロル・オーツ著, 芹澤恵訳）

＊探偵スカダーは滞在先で見覚えのある顔にでくわす。それは25年前、まだスカダーが刑事だった頃に恋人殺しの罪で逮捕した男で―L・ブロック『ダヴィデを探して』。考古学者の夫婦は世紀の発見にたどりつくが、待ち受けていたのは恐ろしい真相だった―J・ディーヴァー『意味深い発見』。絵のなかに閉じ込められてしまった少女の悲痛な叫び―J・C・オーツ『美しい日々』他、芸術とミステリーの饗宴短編集！　〔0627〕

オーツ, ネイサン　Oates, Nathan

◇死を弄ぶ少年　ネイサン・オーツ著, 山田佳世訳　早川書房　2024.4　447p　16cm　（ハヤカワ・ミステリ文庫 HM 517-1）〈原書名：A FLAW IN THE DESIGN〉1440円　①978-4-15-186051-5

＊家族と文学を愛する大学教授ギルバートの人生は、両親を亡くした17歳の甥、マシューを引き取ったことで一変する。彼は6年前にある事件を起こしている。妻と娘は知的で優しげに成長したマシューを受け入れているが、ギルは時折冷たい表情を見せる彼に不安を拭えずにいた。そんな警戒を嘲笑うようにマシューはギルの創作講義に現れた。そこで彼が発表した小説はギルの娘の死を想像させる内容で…気鋭が放つ心理スリラー。　〔0628〕

オトゥ, シャロン・ドデュア　Otoo, Sharon Dodua

◇アーダの空間　シャロン・ドデュア・オトゥ著, 鈴木仁子訳　白水社　2023.4　323p　20cm　（エクス・リブリス）〈原書名：Adas Raum〉3600円　①978-4-560-09083-1

＊歴史の大変動期に異なる女として個別の生を生きながら、おのおのが周縁的存在として苦しみ、抗う。そこにくり返し現れる"ウィリアム"という名の男…。500年の時空を超え、4人の女"アーダ"たちの生と死がループする！　〔0629〕

オニエブチ, トチ

◇創られた心―AIロボットSF傑作選　ケン・リュウ, ピーター・ワッツ, アレステア・レナルズ他著, ジョナサン・ストラーン編, 佐田千織他訳　東京創元社　2022.2　564p　15cm　（創元SF文庫 SFン11-1）〈責任表示はカバーによる　原書名：MADE TO ORDER〉1400円　①978-4-488-79101-8

内容　痛みのパターン（トチ・オニエブチ著, 佐田千織訳）

＊人工的な心や生命。ゴーレム、オートマトン、ロボット、アンドロイド、ボット、人工知能―人間によく似た機械、人間のために注文に応じてつくられた存在というアイディアは、古代より我々を魅了しつづけてきた。そしていま、その長い歴史に連

オニオンズ, オリヴァー　Onions, Oliver

◇新編怪奇幻想の文学　5　幻影　紀田順一郎, 荒俣宏監修, 牧原勝志編　新紀元社　2024.7　460p　20cm〈他言語標題：Tales of Horror and Supernatural　原書名：Spiegelbilder　Old Clothesほか〉2500円　Ⓘ978-4-7753-2150-8

内容　紫檀の扉（オリヴァー・オニオンズ著, 圷香織訳）　〔0631〕

オハラ, ジョン　O'Hara, John

◇ユーモア・スケッチ大全　[4]　すべてはイブからはじまった　ミクロの傑作圏　浅倉久志編・訳　国書刊行会　2022.3　376p　19cm〈「すべてはイブからはじまった」（早川書房 1991年刊）と「ミクロの傑作圏」（文源庫 2004年刊）の改題, 合本〉2000円　Ⓘ978-4-336-07311-2

内容　人はパンのみにて（ジョン・オハラ著）

＊笑いの大博覧会、完結！ 名翻訳家浅倉久志のライフワークである"ユーモア・スケッチ"ものを全4巻に集大成。最終巻は傑作展姉妹篇『すべてはイブからはじまった』とオンデマンドのみの刊行だった『ミクロの傑作圏』をカップリング。　〔0632〕

オファーレル, マギー　O'Farrell, Maggie

◇ルクレツィアの肖像　マギー・オファーレル著, 小竹由美子訳　新潮社　2023.6　447p　20cm〈CREST BOOKS〉〈原書名：THE MARRIAGE PORTRAIT〉2800円　Ⓘ978-4-10-590189-9

＊ルネサンス期に実在したメディチ家の娘ルクレツィア・ディ・コジモ・デ・メディチ。わずかな記録のみが残る彼女の「生」を、『ハムネット』の著者が力強く羽ばたかせる。イギリス文学史に残る傑作長篇。　〔0633〕

オフット, クリス　Offutt, Chris

◇キリング・ヒル　クリス・オフット, 山本光伸訳　新潮社　2023.8　316p　16cm（新潮文庫）〈著作目録あり　原書名：The killing hills〉710円　Ⓘ978-4-10-240331-0

＊死ぬには美しすぎる場所だった。人里離れたケンタッキー州山間の窪地で、鬱閑とした自然が見守っていたのは、樹木にもたれた女性の遺体。米陸軍犯罪捜査官ミックは、郡保安官である妹に不審死の捜査協力を依頼されるが、一様に口を閉ざす田舎町特有の歪んだ人間関係の壁が、彼の前に立ちはだかった…。フォークナーに比肩する硬質な文体で悲劇の連鎖を織り上げる、罪と罰のミステリー。　〔0634〕

オブライアン, フィッツ・ジェイムズ　O'Brien, Fitz James

◇妖精・幽霊短編小説集―『ダブリナーズ』と異界の住人たち　J.ジョイス, W.B.イェイツほか著, 下楠昌哉訳　平凡社　2023.7　373p　16cm（平凡社ライブラリー 949）　1800円　Ⓘ978-4-582-76949-4

内容　何だったんだあれは？（フィッツ・ジェイムズ・オブライアン著, 下楠昌哉訳）

＊アイルランドの首都ダブリンに生きる様々な人を描いたジョイスの『ダブリナーズ』。この傑作短編集の作品を、十九世紀末から二十世紀はじめに書かれた妖精・幽霊譚と並べてみると―。名作をこれまでとは異なる文脈に解き放ち、当時の人々が肌で感じていた超自然的世界へと誘う画期的なアンソロジー。　〔0635〕

オブライエン, ダン　O'Brien, Dan

◇紛争地域から生まれた演劇―戯曲集　13　Japanese Centre of International Theatre Institute　2022.3　47p　21cm〈文化庁委託事業令和3年度次代の文化を創造する新進芸術家育成事業〉

内容　発信者不明（ダン・オブライエン作, 月沢李歌子訳）　〔0636〕

オー・ヘンリー　O.Henry

◇O・ヘンリー　ニューヨーク小説集　[2]　街の夢　O・ヘンリー著, 青山南, 戸山翻訳農場訳　筑摩書房　2022.12　350p　15cm（ちくま文庫　お70-2）　1000円　Ⓘ978-4-480-43850-8

＊短編小説の名手O・ヘンリーの才能は、20世紀初頭のニューヨークで花開いた。浮浪者、探偵、ショップガールに恋人たち…その作品では、人びとの人生の一齣が見事に描き出され、120年前のニューヨークがいきいきと蘇る。「賢者の贈り物」「最後の一枚」を含む小説23編、さらにパヴェーゼ, ザ・マーチンの評論も収録。時代背景がわかる解説や挿絵のほか、絵画もカラーで収録した充実の第二弾。　〔0637〕

◇賢者の贈り物―オー・ヘンリーショートセレクション　オー・ヘンリー著, 千葉茂樹訳, ヨシタケシンスケ絵　理論社　2023.12　222p　19cm（世界ショートセレクション 24）〈他言語標題：The Gift of the Magi　「20年後」（2007年刊）と「人生は回転木馬」（2007年刊）ほかからの改題, 抜粋　原書名：One Thousand Dollars　A Madison Square Arabian Nightほか〉1300円　Ⓘ978-4-652-20575-4

内容　千ドルのつかいみち　マディソン街の千一夜　都会の敗北　最後のひと葉　賢者の贈り物　人生は回転木馬　ジミー・ヘイズとミュリエル　20年後　改心　心と手　魔女のパン　アイキーのほれ薬　警官と賛美歌

＊「真実の物語にはうんざり」むせび泣きすすり泣きささやかに笑って眠れ。名作がスラスラよめ

る！ 世界文学旅行へお連れします。〔0638〕

◇恋人たちのいる風景―O・ヘンリーラブ・ストーリーズ　O・ヘンリー著，常盤新平訳　新版　言視舎　2022.4　143p　20cm〈初版：洋泉社 2009年刊〉2000円　①978-4-86565-222-2
＊こんな時代には心あたたまる本を読みたい。ハッピーエンドの恋物語7篇。でも、O・ヘンリーだから、ひと味ちがう。O・ヘンリー生誕160年に再びおくる名翻訳者・常盤新平最後の翻訳書。本邦初訳「牧場のマダム・ボーピープ」収載。〔0639〕

◇ジョニーの身代金　オー・ヘンリー作，千葉茂樹訳，和田誠絵　静山社　2023.9　200p　18cm　〈静山社ペガサス文庫―オー・ヘンリーショートストーリーセレクション〉〈原書名：The ransom of red chief〉780円　①978-4-86389-707-6
内容　ジョニーの身代金　警官と賛美歌　ビアホールとバラ　ありふれた話　ピミエンタのパンケーキ　五月の結婚　「のぞみのものは」
＊エベニーザー・ドーセットの息子の誘拐を企てるサムとビル。エベニーザーからなら二千ドルの身代金くらいはとれるだろうと企んだふたり。しかし誘拐した息子はふたりが手に負えないほどの悪ガキ！ ビルは顔のあちこちについた傷やあざに絆創膏を貼るほど、痛めつけられていた。自分達の身の危険を感じたふたりは、父親宛に身代金要求の手紙を書くことに。すると父親から返信があり…。短編小説の名手、オー・ヘンリーのショートストーリーセレクション全8巻。〔0640〕

◇人生は回転木馬　オー・ヘンリー作，千葉茂樹訳，和田誠絵　静山社　2023.7　209p　18cm　〈静山社ペガサス文庫―オー・ヘンリーショートストーリーセレクション〉〈理論社 2007年刊の再編集 原書名：The Whirligig of Life　By Courierほか〉780円　①978-4-86389-706-9
内容　人生は回転木馬　愛の使者　にせ医師物語　ジミー・ヘイズとミュリエル　待ちびと　犠牲打　一枚うクールキラー〔0641〕

◇千ドルのつかいみち　オー・ヘンリー作，千葉茂樹訳，和田誠絵　静山社　2023.5　196p　18cm　〈静山社ペガサス文庫―オー・ヘンリーショートストーリーセレクション〉〈理論社 2008年刊の再編集 原書名：One Thousand Dollars　The Green Doorほか〉780円　①978-4-86389-705-2
内容　千ドルのつかいみち　緑のドア　詩人と農夫　記憶喪失　カリオープの改心　桃源郷の避暑客　金では買えないもの
＊「千ドルのつかいみち」若きジリアンは、伯父の遺産として千ドルを受け取った。そして千ドルをつかいきり次第、その出費を弁護士に報告しなければならないという。「いったい、千ドルぽっちでなにができると思う？」。あるとき、千ドルのつかいみちを考えるジリアンは、密かに思いを寄せている女性に千ドルを渡すことに。しかし、この千ドルの遺産には、弁護士たちしか知らない

隠された裏の事情があった…。短編小説の名手、オー・ヘンリーのショートストーリーセレクション全8巻。〔0642〕

◇20年後　オー・ヘンリー作，千葉茂樹訳，和田誠絵　静山社　2023.1　212p　18cm　〈静山社ペガサス文庫　ヘ-3-3―オー・ヘンリーショートストーリーセレクション〉〈理論社 2007年刊の再編集 原書名：After Twenty Years　A Retrieved Reformationほか〉780円　①978-4-86389-703-8
内容　20年後　改心　心と手　高度な実利主義　三番目の材料　ラッパの響き　カーリー神のダイヤモンド　バラの暗号　オデュッセウスと犬男
＊「20年後」男たちの約束は、20年後のきっかりおなじ日、おなじ時間に再会すること。「たとえどんな事情があろうとも、たとえどんなに遠くはなれていようとも、ぜったいに会おうってね。20年もたてばおたがいそれなりの人生を歩いて、それなりの財産もあるころあいだろうっていうわけですよ」。ボブはジミーとの再会を願い、待ち続ける。しかし、長身の男から受け取った手紙には衝撃の内容が…。短編小説の名手、オー・ヘンリーのショートストーリーセレクション全8巻。〔0643〕

◇魔女のパン　オー・ヘンリー作，千葉茂樹訳，和田誠絵　静山社　2023.3　204p　18cm　〈静山社ペガサス文庫　ヘ-3-4―オー・ヘンリーショートストーリーセレクション〉〈理論社 2007年刊の再編集 原書名：Witches' Loaves　The Count and the Wedding Guestほか〉780円　①978-4-86389-704-5
内容　魔女のパン　伯爵と結婚式の客　アイキーのほれ薬　同病あいあわれむ　消えたブラック・イーグル　運命の衝撃　ユーモア作家の告白　休息のないドア
＊「魔女のパン」ミス・マーサは、最近ふたつで5セントの古パンを買いにくる彼が気になりはじめていた。彼の指が赤や茶色に汚れているのに気づき、この人は貧しい絵描きだと思ったミス・マーサは、彼を寒々とした屋根裏部屋からつれだして、かさかさの古パンなんかではなく、手料理をごちそうできたらどんなにいいだろうと考えていた。そしてある日、ミス・マーサは彼が喜ぶ、大胆ないたずらを仕掛けたところ…。短編小説の名手、オー・ヘンリーのショートストーリーセレクション全8巻。〔0644〕

◇マディソン街の千一夜　オー・ヘンリー作，千葉茂樹訳，和田誠絵　静山社　2023.11　205p　18cm　〈静山社ペガサス文庫　ヘ-3-8―オー・ヘンリーショートストーリーセレクション〉〈理論社 2007年刊の再編集 原書名：A Madison Square Arabian Night　The Defeat of the Cityほか〉780円　①978-4-86389-708-3
内容　マディソン街の千一夜　都会の敗北　いそがしい株式仲買人のロマンス　愛の女神と摩天楼　パレードのしくじり　あやつり人形　それぞれの流儀　ジャングルの青二才
＊カーソン・チャルマーズは、落ち着きがなかった。

海外旅行に出かけた妻の浮気を疑っているのだ。今日はひとりで夕食をとる気がしない。そこでチャルマーズは、執事のフィリップにホームレスをひとり連れてきてくれと頼む。ディナーに招待されたホームレスの男は、昔自分が画家だったこと、そして自分の描く絵には特別な才能があると話しだし…。 〔0645〕

オマル・ハイヤーム　Omar Khayyam

◇ルバイヤート―トゥーサン版　オマル・ハイヤーム原著，フランツ・トゥーサン仏訳，高遠弘美訳　国書刊行会　2024.2　235p　20cm　〈著作目録あり　表紙のタイトル：RUBÁIYÁT　原書名：Robaiyat de Omar Khayyam〉2600円　①978-4-336-07597-0　〔0646〕

オラフソン, オラフ　Olafsson, Olaf

◇TOUCH／タッチ　オラフ・オラフソン著，川野靖子訳　早川書房　2024.12　275p　19cm　〈原書名：TOUCH〉2700円　①978-4-15-210383-3

＊2020年、アイスランド。75歳のクリストファーは「終わり」を意識していた。妻は7年前に亡くなり、娘はとうに独立している。20年間営んだレストランは、パンデミックの影響もあり閉店した。最近は記憶力の衰えを感じずにはいられない。そんな彼に一通のメッセージが届いた。差出人は、50年前に留学先のロンドンで出会い、恋に落ちた日本人女性ミコ。恋人として幸せな日々を送るなか、彼女は突然姿を消した。あの日、彼女はなぜ自分のもとを去ったのか。消えない想いと悲恋の傷を抱え、薄れゆく記憶をたぐり寄せながらクリストファーはアイスランドからロンドン、日本へと旅をする。アイスランドを代表する作家による傑作恋愛小説。 〔0647〕

オリアリー, チャーリー　O'Leary, Charlie

◇紛争地域から生まれた演劇―戯曲集　13　Japanese Centre of International Theatre Institute　2022.3　47p　21cm　〈文化庁委託事業令和3年度次代の文化を創造する新進芸術家育成事業〉

内容　今回の旅行（チャーリー・オリアリー作，月沢李歌子訳） 〔0648〕

オール, ゼルマ　Orr, Zelma

◇メモリー　ゼルマ・オール作，国東ジュン訳　ハーパーコリンズ・ジャパン　2023.9　217p　17cm　（ハーレクイン・ロマンス R3811―伝説の名作選）〈ハーレクイン・エンタープライズ日本支社　1988年刊の再刊　原書名：WHERE FIRES ONCE BURNED〉691円　①978-4-596-52332-7

＊"きみのキスや愛情で、僕は息がつまりそうだった"6年前、夫のラスが別れ際に言い放ったその言葉を、アプリルは車を走らせながら、今日も思いだしていた。彼との結婚は18歳で天涯孤独の彼女が初めて知った幸せだった。だがラスに妻の愛は重すぎて、ある日突然去っていったのだ。そのときだった―アプリルの車にトラックが突っ込み、目覚めると病院のベッド。彼女は頭を打って記憶を失っていた。そこへ知人だというハンサムな男性が現れる。私を迎えに来てくれたの？ アプリルは疑いもしなかった。まさかその知人が、かつて自分を捨てた最愛の夫だとは。 〔0649〕

オルヴィルール, デルフィーヌ　Horvilleur, Delphine

◇死者と生きる　デルフィーヌ・オルヴィルール著，臼井美子訳　早川書房　2022.10　210p　19cm　〈原書名：VIVRE AVEC NOS MORTS：Petit traité de consolation〉2500円　①978-4-15-210175-4

＊死者はいつもわたしたちのそばにいる。コートのなかに。笑い声のなかに。シャルリ＝エブド襲撃事件の犠牲者、政治家シモーヌ・ヴェイユ、ホロコーストの生存者…数少ない女性ラビのひとりである著者が、自ら執りおこなった葬儀を通じて、死の意味、生きる意味を綴る全仏ベストセラー。 〔0650〕

オルグレン, ネルソン　Algren, Nelson

◇アメリカン・マスターピース　準古典篇　シャーウッド・アンダーソン他著，柴田元幸編訳　スイッチ・パブリッシング　2023.7　253p　20cm　（SWITCH LIBRARY―柴田元幸翻訳叢書）〈他言語標題：AMERICAN MASTERPIECES　原書名：The Book of Harlem　A Party Down at the Squareほか〉2400円　①978-4-88418-617-3

内容　分署長は悪い夢を見る（ネルソン・オルグレン著，柴田元幸訳）

＊アメリカ合衆国で書かれた短篇小説、その"名作中の名作"を選ぶ。ヘミングウェイ、フォークナーなどの巨匠による「定番」から、ハーストン、ウェルティ、オルグレンの本邦初訳作まで。激動の時代、20世紀前半に執筆・発表された全12篇を収録。 〔0651〕

オルコット, ルイザ・メイ　Alcott, Louisa May

◇若草物語　ルイーザ・メイ・オルコット，水谷まさる訳　アシェット・コレクションズ・ジャパン　[2022]　265p　22cm　（恋愛小説の世界　名作ブックコレクション）〈原書名：Little women〉1817円 〔0652〕

◇若草物語　ルイーザ・メイ・オルコット著，小山太一訳　新潮社　2024.11　538p　16cm　（新潮文庫）〈原書名：Little Women〉1000円　①978-4-10-202904-6

＊マーチ家の四姉妹、メグ、ジョー、ベス、エイミーに、出征した父から手紙が届いた。勇気をもっておのれの内なる敵と戦い、美しい心を持ちなさい―。厳しくも優しい母親に見守られ、喧嘩

と失敗を繰り返しながら成長していく姉妹。父危篤の報が届くと、父のもとに向かう切符代を用立てるため、次女ジョーは自慢の長い髪を切って売るのだが…。すべての女性を励まし続け、永遠に瑞々しい名作。〔0653〕

オルシャンスキー, イジー

◇チェコSF短編小説集 2 カレル・チャペック賞の作家たち 平野清美編訳 ヤロスラフ・オルシャ・jr.，ズデニェク・ランパス編 平凡社 2023.2 505p 16cm（平凡社ライブラリー939）〈原書名：Bílá hůl ráže 7,62 Nikdy mi nedáváš peníze ほか〉 1900円 ①978-4-582-76939-5

内容 エイヴォンの白鳥座（イジー・オルシャンスキー著, 平野清美訳）

＊一九六八年のソ連軍を中心とした軍事侵攻以降、冬の時代を迎えていたチェコスロヴァキア。八〇年代、ゴルバチョフのペレストロイカが進むとSF界にも雪融けが訪れる。学生らを中心としたファンダムからは"カレル・チャペック賞"が誕生し、多くの作家がこぞって応募した。アシモフもクラークもディックも知らぬままに手探りで生み出された熱気と独創性溢れる一三編。〔0654〕

オールストン, B.B. Alston, B. B.

◇アマリとナイトブラザーズ 上 B.B.オールストン作, 橋本恵訳 小学館 2023.10 254p 19cm〈原書名：AMARI and The NIGHT BROTHERS〉1700円 ①978-4-09-290664-8

＊お兄ちゃんが行方不明になってからもうすぐ六ヶ月。そんなある日、"極秘デリバリー"から、謎の荷物が届いた。それは、カチカチと大きな音を立てる黒いブリーフケース。ブリーフケースには、お兄ちゃんの手書きのふせんがはってある。「アマリだけが見ること」一体何がはいっているのだろう？お兄ちゃんは、どこにいるの？ スリリングな展開！魅力的な世界観！世界中が大絶賛した冒険ファンタジー。〔0655〕

◇アマリとナイトブラザーズ 下 B.B.オールストン作, 橋本恵訳 小学館 2023.10 287p 19cm〈原書名：AMARI and The NIGHT BROTHERS〉1700円 ①978-4-09-290671-6

＊超常現象局のサマーキャンプに参加したアマリ。お兄ちゃんの極秘任務とは、なんだったの？ アマリは、キャンプで兄と同じ捜査官を目指しながら、兄の情報を得るためにマジシャンガール18と会うことにする。マジシャンガール18の正体は？ アマリの挑戦と冒険は、クライマックスを迎える！〔0656〕

オールスン, ユッシ・エーズラ Adler-Olsen, Jussi

◇特捜部Q カールの罪状 ユッシ・エーズラ・オールスン著, 吉田奈保子訳 早川書房 2023.6 543p 19cm（HAYAKAWA POCKET MYSTERY BOOKS 1992）〈原書名：NATRIUM CHLORID（重訳）〉 2200円 ①978-4-15-001992-1

＊ひとりの女性が60歳の誕生日に自殺した。殺人捜査課課長ヤコプスンは、彼女が不審な爆発事故に巻き込まれて32年前に亡くなった男の子の母親だと気づく。それを発端に、事故や自殺に見せかけた同様な不審死が二年ごとに起こっていた。次の不審死も近いうちに起こることが明らかとなり特捜部Qのメンバーは必死で捜査を続ける。一方カールの自宅から大量の麻薬と現金が見つかる。警察の麻薬捜査班により、カールがある未解決事件の重要参考人になっているとヤコプスンは知らされる―。シリーズ最終章目前の第9弾！〔0657〕

◇特捜部Q〔8-1〕アサドの祈り 上 ユッシ・エーズラ・オールスン著 吉田奈保子訳 早川書房 2022.7 414p 16cm（ハヤカワ・ミステリ文庫 HM 385-15）〈原書名：OFFER 2117（重訳）〉1000円 ①978-4-15-179465-0

＊キプロスの浜辺に、難民とおぼしき老女の遺体が打ち上げられた。新聞で「犠牲者2117」として紹介された彼女の写真を見たアサドは慟哭し、ついに自らの凄絶な過去を特捜部Qのメンバーに打ち明ける。彼女は、彼が生き別れた最愛の家族とつながりを持つ人物だった。一方、Qには謎の男から殺人予告の電話がかかってきた。Qの面々は男が凶行にいたる前にその所在をつきとめられるのか？ 北欧警察小説の最高傑作シリーズ！〔0658〕

◇特捜部Q〔8-2〕アサドの祈り 下 ユッシ・エーズラ・オールスン著 吉田奈保子訳 早川書房 2022.7 414p 16cm（ハヤカワ・ミステリ文庫 HM 385-16）〈原書名：OFFER 2117（重訳）〉1000円 ①978-4-15-179466-7

＊コペンハーゲンの特捜部Qでは謎の男からの度重なる殺人予告の電話に、メンバーたちが対応に追われる。一方アサドは、イラクで生き別れた妻子が囚われ、欧州に連れてこられたことを知る。アサドの家族を人質にしていたのはかつての宿敵、ガーリブだった。ガーリブは妻子を囮にアサドをおびき寄せようとしていたのだ。宿敵との闘いの火ぶたがベルリンで切られる！ 特捜部Qファン必読のシリーズ第8弾！〔0659〕

オルセン, ティリー Olsen, Tillie

◇アメリカン・マスターピース 戦後篇 シャーリイ・ジャクスンほか著, 柴田元幸編訳 スイッチ・パブリッシング 2024.12 257p 20cm（柴田元幸翻訳叢書）2700円 ①978-4-88418-649-4

内容 あたしはここに立ってアイロンをかけていて（ティリー・オルセン著, 柴田元幸訳）

＊短篇小説の黄金時代。サリンジャー、ナボコフ、オコナー、ボールドウィンなど、重要作家が次々と登場する、1950年代前後の名作10篇を収録。"名作中の名作"でアメリカ文学史をたどる、シリーズ第3弾。〔0660〕

◇母娘短編小説集 フラナリー・オコナー, ボビー・アン・メイスンほか著, 利根川真紀編訳

オルソン

平凡社　2024.4　349p　16cm　（平凡社ライブラリー　964）〈文献あり　原書名：SHILOH Mamaほか〉1800円　ⓘ978-4-582-76964-7

内容 私はここに立ってアイロンを掛け（ティリー・オルセン著, 利根川真紀訳）

＊すべての女性は母の娘である。出産・育児・恋愛・結婚・離反・父の不在・反発・世代の差・虐待・差別・介護・老い・希望―時を超え、世代を超えて繰り広げられる「母の娘」と「娘の母」の物語。十九世紀末から二十世紀末、アメリカの女性作家によって書かれた傑作九篇。〔0661〕

オルソン, J.R.　Olson, J.R.

◇極東動乱　デイヴィッド・ブランズ, J・R・オルソン著, 黒木章人訳　早川書房　2022.6　543p　16cm　（ハヤカワ文庫 NV 1497）〈原書名：RULES OF ENGAGEMENT〉1240円　ⓘ978-4-15-041497-9

＊北朝鮮に潜伏する世界最悪のテロリストが、ロシアマフィアから命を受け大規模サイバー攻撃に乗り出した。日中米の軍事勢力は大混乱に陥り、アジアの均衡は崩壊。各国が今にも現実の戦闘へと突き進もうとするなか、合衆国海軍兵学校の教官ライリーは若き士官候補生たちの力を借りて、第三次世界大戦を阻止すべく、壮絶な作戦に挑む。気鋭のコンビ作家が迫力の電子戦＆アクションを展開する現代ミリタリー冒険小説の最前線。〔0662〕

オールダー, ダニエル・ホセ　Older, Daniel Jose

◇STAR WARSハイ・リパブリック―ミッドナイト・ホライズン　上　ダニエル・ホセ・オールダー著, 稲村広香訳　Gakken　2024.5　311p　19cm　〈奥付のタイトル：スター・ウォーズ ハイ・リパブリック　原書名：Star Wars The High Republic：Midnight Horizon〉1400円　ⓘ978-4-05-205839-4

＊息ピッタリのパダワンたちの友情が描かれる「スター・ウォーズ」！　敵がすでに銀河の中央に潜入!?リースとラムが惑星コレリアの上流社会の調査に乗り出す！　STAR WARS THE HIGH REPUBLIC第3弾。若きリース・サイラスの冒険完結編！〔0663〕

◇STAR WARSハイ・リパブリック―ミッドナイト・ホライズン　下　ダニエル・ホセ・オールダー著, 稲村広香訳　Gakken　2024.5　259p　19cm　〈奥付のタイトル：スター・ウォーズ ハイ・リパブリック　原書名：Star Wars The High Republic：Midnight Horizon〉1400円　ⓘ978-4-05-205840-0

＊壮絶な戦いを生き抜いてきた、若きジェダイたちがたどりついた境地とは!?それぞれが心のバランスと自分の道を見つけていく「スター・ウォーズ」！　ナイヒルがジェダイを絶望の淵に突きおとす！　それでも戦おう、光と命のために！　第1部ついに完結。〔0664〕

オールダー, マルカ　Older, Malka

◇九段下駅―或いはナインス・ステップ・ステーション　マルカ・オールダー, フラン・ワイルド, ジャクリーン・コヤナギ, カーティス・C・チェン著, 吉本かな, 野上ゆい, 立川由佳, 工藤澄子訳　竹書房　2022.9　564p　15cm　（竹書房文庫　ん2-1）〈原書名：NINTH STEP STATION〉1400円　ⓘ978-4-8019-3198-5

内容 顔のない死体　決死の逃亡　外患罪（マルカ・オールダー著, 吉本かな訳）

＊西暦2033年。南海地震に襲われた日本を中国が侵略し、東京の西側を掌握。東側はアメリカの管理下に置かれ、緩衝地帯にはASEANが駐留。東京は、もはや日本ではない―。国内では中国への反発が強まり、反中国の急先鋒である大臣が支持を集める。アメリカ大使館の連絡将校は日本の意図を探ろうと、平和維持軍のエマ・ヒガシ中尉を警視庁に送り込む。突然、経験のないアメリカ人と組まされることになり困惑する是枝都刑事だったが、エマを連れ神田駅殺人事件の捜査を開始する。特殊刺青肉腫遺棄事件、中国要人子女誘拐事件、人体改造者鉤爪暴走事件…捜査を続けうちに相棒として絆が芽生えはじめたふたりの前に、ヤクザ、そしてアメリカと中国の思惑が立ちはだかる。分割統治される東京を舞台にしながら日本の現在と未来を巧みに描き出す、連作科幻推理小説。〔0665〕

◇シリコンバレーのドローン海賊―人新世SF傑作選　グレッグ・イーガン他著, ジョナサン・ストラーン編, 中原尚哉他訳　東京創元社　2024.5　420p　15cm　（創元SF文庫 SFイ11-2）〈責任表示はカバーによる　原書名：TOMORROW'S PARTIESの抄訳〉1400円　ⓘ978-4-488-79102-5

内容 軍団（マルカ・オールダー著, 佐田千織訳）

＊人新世とは「人間の活動が地球環境に影響を及ぼし、それが明確な地質年代を構成していると考えられる時代」、すなわちまさに現代のことである。パンデミック、世界の経済格差、人権問題、資源問題、そして環境破壊や気候変動問題…未来が破滅的に思えるときこそ、SFというツールの出番だ。グレッグ・イーガンら気鋭の作家たちによる、不透明な未来を見通すためのアンソロジー。〔0666〕

オルダーマン, ナオミ　Alderman, Naomi

◇パワー　ナオミ・オルダーマン著, 安原和見訳　河出書房新社　2023.5　541p　15cm　（河出文庫 オ7-1）〈責任表示はカバーによる　原書名：THE POWER〉1350円　ⓘ978-4-309-46782-5　〔0667〕

オルテーゼ, A.M.　Ortese, Anna Maria

◇薔薇のアーチの下で―女性作家集　香川真澄編・訳　山陽小野田　創林舎イタリア文藝叢書編集部　2023.7　194p　21cm　（イタリア文藝叢書 9）〈著：マリア・メッシーナ 他　原書名：Sotto l'arco di rose〉1600円

カ

内容 冬の光（A.M.オルテーゼ著，香川真澄訳）
〔0668〕

オルレブ，ウーリー　Orlev, Uri
◇砂漠の林檎―イスラエル短編傑作選　サヴィヨン・リーブレヒト，ウーリー・オルレブほか著，母袋夏生編訳　河出書房新社　2023.8　258p　20cm　2900円　①978-4-309-20890-9
内容 最後の夏休み（ウーリー・オルレブ著，母袋夏生訳）
＊迷宮のような路地で見つけた写真集、不死の老人、ショアの記憶、聖書物語など、イスラエル文学紹介の第一人者による日本語版オリジナル・アンソロジー。ウーリー・オルレブ（国際アンデルセン賞受賞）、シャイ・アグノン（ノーベル文学賞受賞）など、世界が高く評価する作家の傑作を精選。
〔0669〕

オーワラン，ウィチャヤワンナン　MAME
◇ターンタイプストーリー　1　MAME著，エヌ・エイ・アイ株式会社訳　フロンティアワークス　2023.8　322p　19cm　（Daria Series uni）〈他言語標題：TharnType Story〉1950円　①978-4-86657-676-3
＊入学とともに寮生活を始めた大学生・タイプは、幼い頃の出来事がきっかけで、同性愛に対しトラウマを持っていた。ある日、気が合うと思っていたルームメイト・ターンがゲイであることを知り、彼を追い出すためにあれこれと策を企てる。そんな嫌がらせに対して最初は怒っていたターンだが、憎みきれないタイプの言動をだんだんと可愛らしく感じるように。そして彼のことを知っていくにつれ、守りたいという思いが強くなっていく。一方のタイプはターンからのアプローチに戸惑うも、彼の真剣な気持ちに触れ、心が揺れ始めて―!?「嫌い」から始まるラブストーリー、ついに開幕！
〔0670〕

◇ターンタイプストーリー　2　MAME著，エヌ・エイ・アイ株式会社訳　フロンティアワークス　2024.2　351p　19cm　（Daria Series uni）〈他言語標題：TharnType Story〉1950円　①978-4-86657-730-2
＊幼い頃の出来事がきっかけで同性愛に対しトラウマを持っているタイプは、ルームメイト・ターンがゲイであることに嫌悪感を抱いていた。しかしターンの真剣なアプローチにより徐々に距離が縮まり、ついに身体の関係を持つようになる。恋人関係を望むターンに対し、恋愛感情を抱くわけがないと拒むタイプだが、自分の本当の想いを整理しきれずにいた。そんな中、友人からの紹介で、かわいらしい女の子・プイファーイと仲良くなる。彼女と恋人になるという選択肢を前に、ターンとどういう関係になりたいのか思い悩んでしまう―。「嫌い」から始まるラブストーリー、激動の第二巻！
〔0671〕

◇ターンタイプストーリー　3　MAME著，エヌ・エイ・アイ株式会社訳　フロンティアワークス　2024.8　330p　19cm　（Daria Series uni）〈他言語標題：TharnType Story〉1950円　①978-4-86657-753-1
＊誤魔化しきれない自分の想いを受け入れたタイプは、遂にターンと恋人関係になる。寮を出て同棲を始め、それぞれの親友にもカミングアウトし、順風満帆な日々が続くかと思われていた。しかし突然、ずっと音信不通だったターンの元彼・ターが現れる。二人の関係を掻き乱そうとするターの行動に、彼らは戸惑い、やがてすれ違うようになってしまう。一方、ターの行動の裏には、ずっとターンを苦しめていた、ある黒幕の存在があった。「嫌い」から始まった彼らは、最大の困難を乗り越えることができるのか―!?大波乱の最終巻！　五編のスペシャルエピソードも収録！
〔0672〕

オンダーチェ，マイケル　Ondaatje, Michael
◇イギリス人の患者　マイケル・オンダーチェ著，土屋政雄訳　東京創元社　2024.1　375p　15cm　（創元文芸文庫　LAオ1-1）〈著作目録あり　新潮社 1996年刊の再刊　原書名：THE ENGLISH PATIENT〉1200円　①978-4-488-80503-6
＊砂漠に墜落し燃え上がる飛行機から生き延びた男は顔も名前も失い、廃墟のごとき屋敷に辿り着いた。世界からとり残されたような場所へ、ひとりまたひとりと訪れる、戦争の傷を抱えたひとびと。それぞれの哀しみが語られるとともに、男の秘密もまたゆるやかに、しかし抗いがたい必然性をもって解かれてゆく―英国最高の文学賞、ブッカー賞五十年の歴史の頂点に輝く至上の長編小説。
〔0673〕

【カ】

カ，カ　夏笳
◇金色昔日―現代中国SFアンソロジー　夏笳ほか著，ケン・リュウ編，中原尚哉他訳　早川書房　2022.11　715p　16cm　（ハヤカワ文庫　SF 2387）〈責任表示はカバーによる　「月の光」（2020年刊）の改題　原書名：BROKEN STARS〉1380円　①978-4-15-012387-1
内容 おやすみなさい、メランコリー（夏笳著，中原尚哉訳）
＊北京五輪の開会式を彼女と見たあの日から、世界はあまりにも変わってしまった―『三体X』の著者・宝樹が、中国の歴史とある男女の運命を重ね合わせた表題作、『三体』の劉慈欣が描く環境SFの佳作「月の光」、春節シーズンに突如消えた列車の謎を追う「折りたたみ北京」著者の郝景芳による「正月列車」など、14作家による中国SF16篇を収録。ケン・リュウ編による綺羅星のごときアンソロジー第2弾！
〔0674〕

◇走る赤―中国女性SF作家アンソロジー　武甜静，橋本輝幸編，大恵和実編訳　中央公論新社　2022.4　381p　20cm　2200円　①978-4-12-

カ

005523-2
[内容] 独り旅（夏笳著，立原透耶訳）
＊中国で活躍する女性作家14人が放つ珠玉のSF短篇。〔0675〕

ガ, ケイヒン　賀 景濱

◇近未来短篇集　伊格言他著，三須祐介訳，呉佩珍，白水紀子，山口守編　早川書房　2024.7　346p　19cm　（台湾文学コレクション 1）　2900円　①978-4-15-210342-0
[内容] 去年アルバーで（賀景濱著，三須祐介訳）
＊恋する相手のデータをひそかに蓄積する秘書がたどりついた結末をユーモラスに語る「USBメモリの恋人」、人間の負の感情の撤去を生業とする青年の日々を絢爛たる筆致で描く「雲を運ぶ」、先端技術を敬遠する母と反発する娘を描く「2042」。伊格言、湖南蟲、黄麗群など第一線で活躍する台湾人作家による傑作近未来文芸8篇を収録したアンソロジー。〔0676〕

カー, ジェフリー　Kerr, Geoffrey

◇ユーモア・スケッチ大全　[3]　ユーモア・スケッチ傑作展 3　浅倉久志編・訳　国書刊行会　2022.2　374p　19cm　（「ユーモア・スケッチ傑作展 3」（早川書房 1983年刊）の改題，増補）　2000円　①978-4-336-07310-5
[内容] ロング・アイランドの週末（ジェフリー・カー著）〔0677〕

カー, ジャック　Carr, Jack

◇ターミナル・リスト　上　ジャック・カー著，熊谷千寿訳　早川書房　2022.5　325p　16cm　（ハヤカワ文庫 NV 1495）〈原書名：THE TERMINAL LIST〉　1180円　①978-4-15-041495-5
＊アフガニスタンでのテロリスト掃討作戦でSEALの部隊が壊滅した。多くの部下を失った部隊指揮官のリース少佐は責を問われて帰国する。検査で脳腫瘍が見つかった彼に追いうちをかけるように、作戦を生き延びた唯一の隊員が自殺し、さらには妻と娘がギャングに命を奪われた。連続する悲劇の裏には何が？ リースは真相を追う―元特殊部隊員の著者が緻密なディテールと迫真の描写をもってした作り上げた凄絶な復讐劇。〔0678〕

◇ターミナル・リスト　下　ジャック・カー著，熊谷千寿訳　早川書房　2022.5　319p　16cm　（ハヤカワ文庫 NV 1496）〈著作目録あり　原書名：THE TERMINAL LIST〉　1180円　①978-4-15-041496-2
＊愛する妻子を失ったリースは事件の背後に隠れた者たちを必ず葬ると決意する。特殊部隊で培った戦闘技術や人脈を徹底的に駆使してターゲットをひとりひとり追いつめては「リスト」から名前を消していくリース。だが脳に潜む腫瘍が徐々にその体を蝕む。はたして彼は復讐を遂げることができるのか？ マーク・グリーニーやスティーヴン・ハンターをはじめ、現代冒険アクション小説の名手

たちから激賞を浴びたシリーズ第一作。〔0679〕

◇トゥルー・ビリーバー　上　ジャック・カー著，熊谷千寿訳　早川書房　2024.1　413p　16cm　（ハヤカワ文庫 NV 1520―ターミナル・リスト 2）〈原書名：TRUE BELIEVER〉　1360円　①978-4-15-041520-4
＊SEALチーム7の指揮官だったジェイムズ・リース元少佐は、部下と最愛の妻子を惨殺され、陰謀をくわだてた米国国防長官を含む組織の人間すべてを暗殺した。そして今、国家の反逆者となったリースは、荒れ狂う大西洋の大海原でただ一人ヨットを操り、自由の大地をめざし逃亡を続けていた。その行く手に、巨大テロ組織殲滅という新たな任務が待っているとも知らずに…元特殊部隊員の著者が放つ待望のシリーズ第2弾！〔0680〕

◇トゥルー・ビリーバー　下　ジャック・カー著，熊谷千寿訳　早川書房　2024.1　399p　16cm　（ハヤカワ文庫 NV 1521―ターミナル・リスト 2）〈著作目録あり　原書名：TRUE BELIEVER〉　1360円　①978-4-15-041521-1
＊アフリカの奥地で身を隠していたジェイムズ・リースは、旧友の元SEAL隊員で現在はCIA局員のフレディ・ストレインに発見され、リクルートされた。大統領恩赦で自由の身となる条件は、イスラム過激派を操る巨大ネットワークの黒幕を暴き、壊滅させること。成功報酬は脳腫瘍の完全除去だった。二人は最初の手がかりを追い、まずはモロッコへと向かうが…緻密なディテールと迫真の筆致で描く冒険アクション大作！〔0681〕

ガ, シュクホウ　賀 淑芳

◇アミナ　賀淑芳著，及川茜訳　白水社　2023.10　278p　20cm　（エクス・リブリス）〈表紙のタイトル：Aminah〉　2900円　①978-4-560-09088-6
[内容] 湖面は鏡のように　壁　男の子のように黒い箱　夏のつむじ風　ラジオドラマ　十月　小さな町の三月　Aminah　風がパイナップルの葉とプルメリアの花を吹き抜けた　フックのついたチャチャチャ
＊私はどこか遠いところで子供のように生まれ直したい。自分で自分を生みたい。男性優位の社会の中で、国境、民族、宗教などの境界線を越え、制度から抜け出そうともがく女性たち。忍び寄る暴力の影。欧米からも注目される、マレーシアを代表する女性作家、初の短篇小説集。英国PEN翻訳賞受賞。〔0682〕

カー, ジョン・ディクスン　Carr, John Dickson

◇悪魔のひじの家　ジョン・ディクスン・カー著，白須清美訳　東京創元社　2024.6　376p　15cm　（創元推理文庫 Mカ1-46―フェル博士シリーズ）〈新樹社 1998年刊の改稿　原書名：THE HOUSE AT SATAN'S ELBOW〉　1000円　①978-4-488-11851-8
＊偏屈者の前当主の死後落ち着きを見せていた緑樹

館に、新たな遺言状という火種が投げ込まれた。相続人は孫のニコラスとされ、現当主ペニントンの立場は大きく揺らぐ。事態の収拾にニコラスが来訪した折も折、ペニントンは一夜にして二度の銃撃を受けて重傷に陥る。犯人は密室状況からいかにして脱出したのか。三度の食事より奇怪な事件を好むフェル博士の眼光が射貫く真相とは？〔0683〕

◇幽霊屋敷　ジョン・ディクスン・カー著，三角和代訳　東京創元社　2023.4　315p　15cm（創元推理文庫　Mカ1-45—フェル博士シリーズ）〈原書名：THE MAN WHO COULD NOT SHUDDER〉900円　①978-4-488-11850-1

＊かつて老執事が奇怪な死を遂げた幽霊屋敷ことロングウッド・ハウス。イングランド東部のその屋敷を購入した男が、なにかが起きることを期待して、男女六名を屋敷に招待した。不可解な出来事が続くなか、なんと殺人事件が発生。しかも、現場に居合わせた被害者の妻が信じがたいことを口にして—。巨匠カーが持ち味を存分に発揮したフェル博士シリーズの逸品が、新訳で登場！〔0684〕

◇連続自殺事件　ジョン・ディクスン・カー著，三角和代訳　東京創元社　2022.2　300p　15cm（創元推理文庫　Mカ1-13—フェル博士シリーズ）〈原書名：THE CASE OF THE CONSTANT SUICIDES〉900円　①978-4-488-11849-5

＊空襲が迫る1940年の英国。若き歴史学者のキャンベルは、遠縁の老人が亡くなったスコットランドの古城へ旅立った。その老人は、塔の最上階の窓から転落死した。部屋は内側から鍵とかんぬきで閉ざされ、窓から侵入することも不可能。だが老人には自殺しない理由もあった。それでは彼になにが起きたのか？　名探偵フェル博士が、不気味な事件に挑む！〔0685〕

カー，ジーン　Kerr, Jean

◇ユーモア・スケッチ大全　[3]　ユーモア・スケッチ傑作展　3　浅倉久志編・訳　国書刊行会　2022.2　374p　19cm〈「ユーモア・スケッチ傑作展 3」（早川書房　1983年刊）の改題，増補〉2000円　①978-4-336-07310-5

内容　ひな菊を食べないで（ジーン・カー著）　〔0686〕

カー，スザンナ　Carr, Susanna

◇嘘つきな婚約指輪　スザンナ・カー作，春野ひろこ訳　ハーパーコリンズ・ジャパン　2022.3　220p　17cm（ハーレクイン・ロマンスR3664—伝説の名作選）〈2016年刊の再刊　原書名：ILLICIT NIGHT WITH THE GREEK〉664円　①978-4-596-31782-7

＊ジョディの父が、ギリシア名家の女性と再婚した。多感な少女は義理の兄となった御曹司ステリオスに憧れ続けて、18歳のとき、ついに兄妹の一線を越え、純潔を捧げた。だがそれを知った家族はジョディだけを責め、勘当したのだ。4年後、ジョディはいとこの結婚式のために帰省する。ステリオスは彼女の存在が式をぶち壊しにすることを危ぶみ、自分の屋敷に閉じ込めようとするが、突然の嵐で一帯が停電。暗闇の中、二人はあの夜を再現するかのように体を重ねてしまう。逃げるようにギリシアを去った彼女のお腹には、新しい命が—。〔0687〕

カ，ソウメイ　柯 宗明

◇陳澄波を探して—消された台湾画家の謎　柯宗明著，栖来ひかり訳　岩波書店　2024.2　334p　19cm　3000円　①978-4-00-061625-6

＊一九八四年、台北。駆け出しの画家、阿政のもとに奇妙な依頼が持ち込まれた。古い絵画の修復の仕事だが、作者は明かせないという。阿政が新聞記者の方蕓と調査に乗り出すと、戦後長い間歴史から抹消されていた画家・陳澄波の存在が浮かびあがり…。日本統治時代に生まれ、台湾近代美術の先駆者となった画家の生涯をたどる歴史小説。第3回台湾歴史小説賞大賞受賞。〔0688〕

カ，ユウ　何 夕

◇宇宙の果ての本屋　立原透耶編　新紀元社　2023.12　477p　20cm（現代中華SF傑作選）〈他言語標題：The Bookstore at the Edge of the Universe〉2500円　①978-4-7753-2023-5

内容　小雨（何夕著，浅田雅美訳）　〔0689〕

カー，ロビン　Carr, Robyn

◇遙か山なみの隠れ家へ　ロビン・カー著，高橋佳奈子訳　二見書房　2022.6　642p　15cm（二見文庫　カ9-2—ザ・ミステリ・コレクション）〈原書名：Shelter Mountain〉1400円　①978-4-576-22074-1

＊季節はずれの冷たい雨が降る嵐の晩、ヴァージンリバーに一軒だけしかないバーに、幼い子供を連れたひとりの若い女性がやってきた。道に迷ったというその女性ペイジの顔には暴行を受けた跡があり、問題を抱えた様子だったため、料理人のプリーチャーはバーの二階の空いている部屋に泊まるよう勧めた。ペイジは夫から度重なる暴力を受け、身を隠すため逃れる途中だったのだ。大男で強面の外見とは裏腹に女性にうぶなプリーチャーのやさしさに心を開いていくが、異常な夫が執拗に追ってきて…〔0690〕

カイジョウケンチ　海上剣痴

◇仙俠五花剣　海上剣痴原著，八木原一恵編訳　翠琥出版　2022.3　362p　21cm（神怪小説シリーズ）2500円　①978-4-907463-12-0

＊剣仙から授けられた五本の仙剣で縦横無尽の大活劇。唐代伝奇の俠客であった虬髯公、聶陰娘、空空児、黄衫客、紅線らが剣仙となって、再び人界で武芸・秘技を伝授。宋、高宗の時代を舞台に、奸臣・秦桧一派の巨悪を相手に個性豊かなキャラクターが大活躍。剣仙たちの仙剣が宙を舞う！　〔0691〕

カイチェントム　Kai Cheng Thom

◇危険なトランスガールのおしゃべりメモワール　カイ・チェン・トム著，野中モモ訳　晶文社　2024.8　227p　19cm　〈I am I am I am〉〈原書名：FIERCE FEMMES AND NOTORIOUS LIARS A DANGEROUS TRANS GIRL'S CONFABULOUS MEMOIR〉2300円　①978-4-7949-7438-9

＊カンフーの達人で、病的な嘘つきのあたしは、生まれ育った町と家族から逃げ出した。誰かが描いた物語に、閉じ込められないために。エマ・ワトソンが課題図書に選び話題を呼んだ"危険"な小説、ついに邦訳！「I am I am I am」シリーズ、第二弾。〔0692〕

カーヴァー，ウィル　Carver, Will

◇神は俺たちの隣に　ウィル・カーヴァー著，佐々木紀子訳　扶桑社　2023.10　455p　16cm　〈扶桑社ミステリー　カ13-1〉〈原書名：THE DAVES NEXT DOOR〉1350円　①978-4-594-09407-2

＊ロンドン地下鉄サークル線で来る日も来る日も爆破のタイミングを待つ自爆テロリスト（？）は、自問への答えを待ちつづけていた。私は神か？ 俺は死んだのか？ この電車を爆破するのか？ そこに乗り合わせるのは5人の男女。人生に幻滅していた看護師、健脚を失ったアスリート、脚本家志望の男、自殺を試みた老人、脳腫瘍の疑いを抱えた多重人格者…別々の人生が一つの車両で交錯したとき、運命は彼らになにをもたらすのか？ 英国でいまカルト的人気を誇る鬼才が放つ新感覚のサスペンス！〔0693〕

カーヴァ，ヴィンセント・V.

◇〈閲覧注意〉ネットの怖い話クリーピーパスタ　ミスター・クリーピーパスタ編，倉田真木，岡田ウェンディ他訳　早川書房　2022.7　287p　16cm　〈ハヤカワ文庫　NV 1499〉〈原書名：THE CREEPYPASTA COLLECTIONの抄訳〉860円　①978-4-15-041499-3

[内容]殺人者ジェフは時間厳守（ヴィンセント・V.カーヴァ著，倉田真木訳）

＊ネットの恐怖都市伝説のコピペから生まれたホラージャンル"クリーピーパスタ"。綿密に計画をたて女性の家に忍び寄る殺人ストーカーが異変に巻き込まれる「殺人者ジェフは時間厳守」や、ジャーナリスト志望者がフロッピーディスクに込められた呪いを目撃する「スマイル・モンタナ」など、アメリカ・クリーピーパスタ界の人気ユーチューバーが厳選した悪夢の物語。身の毛もよだつ15篇の恐怖のショートストーリー傑作集。〔0694〕

カヴァン，アンナ　Kavan, Anna

◇眠りの館　アンナ・カヴァン著，安野玲訳　文遊社　2024.2　267p　20cm　〈文献あり　原書名：Sleep Has His House〉2500円　①978-4-89257-140-4

＊昼の光を夜の魔法に変えて―。夜の言葉で紡がれた、幻影が織りなす異色の自伝的小説。〔0695〕

ガーウッド，ジュリー　Garwood, Julie

◇不滅の愛に守られて　ジュリー・ガーウッド著，鈴木美朋訳　ハーパーコリンズ・ジャパン　2024.8　654p　15cm　〈mirabooks JG01-01〉〈原書名：GRACE UNDER FIRE〉1400円　①978-4-596-77884-0

＊音楽の道を夢見るイザベルは、休暇中に訪れたボストンで銃撃事件に巻き込まれた。混乱に怯える彼女の前に現れたのは弁護士のマイケル・ブキャナン―司法試験合格後SEALsに入隊したエリート一家の変わり者で、初めて会ったときに恥をかかされた大嫌いな人物だった。4年ぶりの再会にイザベルの心は激しくざわめくが、事件の後から何者かに命を狙われ、否応なしにマイケルと行動を共にすることになり…。〔0696〕

カウフマン，アンドリュー　Kaufman, Andrew

◇銀行強盗にあって妻が縮んでしまった事件/奇妙という名の五人兄妹　アンドリュー・カウフマン著，田内志文訳　東京創元社　2023.6　424p　15cm　〈創元推理文庫　Fカ4-1〉〈著作目録あり　「銀行強盗にあって妻が縮んでしまった事件」（2013年刊）と「奇妙という名の五人兄妹」（2016年刊）の改題、合本　原書名：THE TINY WIFE　BORN WEIRD〉1360円　①978-4-488-57907-4

[内容]銀行強盗にあって妻が縮んでしまった事件　奇妙という名の五人兄妹

＊妻が奇妙な強盗事件に遭遇した。犯人は人々から「もっとも思い入れのあるもの」を奪っていったという。以来、なぜか妻の身長は縮んでいき…。/生まれてきた厄介な"力"に悩まされてきた五人兄妹。祖母から"力"を消してやると言われた三女は、ひと癖もふた癖もある兄妹たちを集めるため奔走する。―おかしな運命が照らし出す家族のつながり。輝かしい小説世界を合本で贈る。〔0697〕

カウリー，マルカム　Cowley, Malcolm

◇ポータブル・フォークナー　ウィリアム・フォークナー著，マルカム・カウリー編，池澤夏樹，小野正嗣，桐山大介，柴田元幸訳　河出書房新社　2022.9　859p　20cm　〈著作目録あり　原書名：THE PORTABLE FAULKNER〉5900円　①978-4-309-20860-2

＊世界文学の巨人が創出したアメリカ南部の伝説の地ヨクナパトーファの全貌を明かす究極の小説選。作家をノーベル賞に導いた奇跡の作品集を最強の翻訳陣による画期的新訳で。〔0698〕

カエプ，ソクンティアロアト　Kep Sokunthearath

◇現代カンボジア短編集　2　岡田知子編訳，調

邦行訳　大阪　大同生命国際文化基金　2023.11　251p　20cm　(アジアの現代文芸　カンボジア　4)
　内容　ポル・ポト時代後の生活　ソ連留学の準備　はじめての渡航　ドゥシャンベでの生活　シンフェロポリでの生活(カエプ・ソクンティアロアト)
〔0699〕

カク，ケイホウ　郝　景芳

◇金色昔日―現代中国SFアンソロジー　夏笳ほか著，ケン・リュウ編，中原尚哉他訳　早川書房　2022.11　715p　16cm　(ハヤカワ文庫　SF 2387)〈責任表示はカバーによる　「月の光」(2020年刊)の改題　原書名：BROKEN STARS〉1380円　①978-4-15-012387-1
　内容　正月列車(郝景芳著，大谷真弓訳)
　＊北京五輪の開会式を彼女と見たあの日から、世界はあまりにも変わってしまった―『三体X』の著者・宝樹が、中国の歴史とある男女の運命を重ね合わせた表題作、『三体』の劉慈欣が描く環境SFの佳品「月の光」、春節シーズンに突如消えた列車の謎を追う「折りたたみ北京」著者の郝景芳による「正月列車」など、14作家による中国SF16篇を収録。ケン・リュウ編による綺羅星のごときアンソロジー第2弾。
〔0700〕

◇絶縁　村田沙耶香、アルフィアン・サアット、郝景芳、ウィワット・ルートウィワットウォンサー、韓麗珠、ラシャムジャ、グエン・ゴック・トゥ、連明偉、チョン・セラン著、藤井光、大久保洋子、福冨渉、及川茜、星泉、野平宗弘、吉川凪訳　小学館　2022.12　413p　19cm　2000円　①978-4-09-356745-9
　内容　ポジティブレンガ(郝景芳著，大久保洋子訳)
　＊アジア9都市9名が集った奇跡のアンソロジー。
〔0701〕

◇走る赤―中国女性SF作家アンソロジー　武甜静，橋本輝幸編，大恵和実編訳　中央公論新社　2022.4　381p　20cm　2200円　①978-4-12-005523-2
　内容　祖母の家の夏(郝景芳著，櫻庭ゆみ子訳)
　＊中国で活躍する女性作家14人が放つ珠玉のSF短篇。
〔0702〕

◇流浪蒼穹　郝景芳著，及川茜，大久保洋子訳　早川書房　2022.3　669p　19cm　(新☆ハヤカワ・SF・シリーズ　5056)〈他言語標題：VAGABONDS　著作目録あり〉2900円　①978-4-15-335056-4
　＊22世紀、地球とその開発基地があった火星のあいだで独立戦争が起き、そして火星の独立で終結した。火星暦35年、友好のために、火星の少年少女たちが使節「水星団」として地球に送られる。彼らは地球での5年にわたる華やかで享楽的な日々を経て、厳粛でひそやかな火星へと帰還するが、どちらの星にも馴染めず、アイデンティティを見いだせずにいた。なかでも火星の総督ハンスを祖父に持つ"火星のプリンセス"ロレインは、その出自ゆえ

に苦悩していた…。ケン・リュウ賞賞、短篇「折りたたみ北京」で2016年ヒューゴー賞を受賞した著者が贈る、繊細な感情が美しい筆致で描かれる火星SF長篇。
〔0703〕

カーク，ラッセル　Kirk, Russell

◇幽霊のはなし　ラッセル・カーク著，横手拓治編訳　彩流社　2024.2　318p　19cm〈著作目録あり〉2500円　①978-4-7791-2953-7
　内容　イザヤおじさん　呪われた館　弔いの鐘　リトルエジプトの地下室　影を求めて　ロストレイク
　＊荒廃した街に、古びた屋敷のなかに、不気味な幽鬼があらわれる。おびえる女、たたかう男。恐怖とロマンが織りなす傑作6編。
〔0704〕

ガーク，ローラ・リー　Guhrke, Laura Lee

◇子爵と忘れな草の恋人　ローラ・リー・ガーク著，清水由貴子訳　ハーパーコリンズ・ジャパン　2022.10　461p　15cm　(mirabooks　LG03-04)〈原書名：NO MISTRESS OF MINE〉1145円　①978-4-596-75463-9
　＊カンザスの貧しい農家に生まれ、15歳で天涯孤独の身となったローラ。以来、生きるために踊り子に身をやつすが、海を渡ったパリで転機が訪れる。英国から来たソマートン子爵と激しい恋に落ちたのだ。しかし、貴族と踊り子に未来はない。悩み、苦しみ、ローラは彼の幸せのために身を引いた―それから6年後、運命は残酷にも二人を再会させる。温かだった子爵の瞳に浮かぶのは、今や憎しみだけで…。
〔0705〕

カークウッド，ルーシー　Kirkwood, Lucy

◇ザ・ウェルキン　ルーシー・カークウッド著，徐賀世子訳　小鳥遊書房　2022.6　237p　19cm　2200円　①978-4-909812-89-6
〔0706〕

カクリ，アシナ　Kakouri, Athina

◇無益な殺人未遂への想像上の反撃―ギリシャ・ミステリ傑作選　ディミトリス・ポサンジス編，橘孝司訳　竹書房　2023.7　443p　15cm　(竹書房文庫　ぽ1-1)〈原書名：Ellinika Egklimata.5〉1500円　①978-4-8019-3279-1
　内容　善良な人間(アシナ・カクリ著，橘孝司訳)
　＊ギリシャに形成されつつある新たな迷宮。本書には、本格ミステリ、ノワール、警察小説など、各ジャンルのギリシャ・ミステリの精鋭たちの作品が収録されている。回天するギリシャ・ミステリの世界へようこそ。あなたは希望の胸膨らませた新人作家が大御所ミステリ作家のもとに持ち込んだ原稿を読む(「ギリシャ・ミステリ文学の将来」)。ナンシー・シナトラの曲が流れる中、ひとりの女の生涯を追体験し(「バン・バン！」)、現実とミステリの狭間をさまよう(表題作)。陽気な警官たちと観るブルース・スプリングスティーンのアテネ公演は最高だ(「ボスの警護」)、最悪の愛が通りを駆け抜けてゆく―(「死ぬまで愛す」)。二千年の時を経て、色合いを変え深度を増した迷宮

カゴ 荷午

◇動物城2333　荷午, 王小和著, 島田荘司訳　講談社　2024.7　430p　19cm　2200円　①978-4-06-534386-9

＊一動物は人間と並ぶ知能を得て独立を試みるが、人間はそれを受け入れずに戦争を起こした。長く続いた戦闘の後、西暦2333年、動物と人間は冷戦状態にある。一動物王国の首都・動物城一番の探偵・ブレーメンのもとに、ワニのネロ将軍がやって来た。人間の大使が殺害されたという。早急に真犯人を見つけ正しい手はずで公表しなければ、新たな戦争につながりかねない。ブレーメンはカエルのアグアとともに不可解な事件の調査に乗り出す。　〔0708〕

カザコフ

◇雑話集一ロシア短編集　5　ロシア文学翻訳グループクーチカ編集　［枚方］　ロシア文学翻訳グループクーチカ　2024.6　180p　19cm〈他言語標題：Пёстрые рассказы〉

内容　ポモールカ（カザコフ著, 尾家順子訳）〔0709〕

カシュニッツ, マリー・ルイーゼ
Kaschnitz, Marie Luise

◇ある晴れたXデイに　マリー・ルイーゼ・カシュニッツ著, 酒寄進一訳　東京創元社　2024.4　245p　20cm（カシュニッツ短編傑作選）〈他言語標題：DER TAG X UND ANDERE GESCHICHTEN 原書名：Marie Luise Kaschnitz Gesammelte Werkeの抄訳〉2100円　①978-4-488-01136-9

内容　雪解け　ポップとミンゲル　太った子　火中の足　財産目録　幸せでいっぱい　作家　脱走兵　いつかあるとき　地滑り　トロワ・サパンへの執着　チューリップ男　ある晴れたXデイに　結婚式の客　旅立ち

＊非行の果てに死んだはずの養子に怯え、戸締まりを厳重にする妻。夫との会話から見えてくる真実とは…（「雪解け」）。知らぬ間に手脚に痣や傷が増えていく会社員の女性。親指の付け根を切ってしまっても気づかず、すねを拳骨で打ってもまったく痛みを感じない。自己観察を続ける彼女の生活は、どんどん異様になっていき…（「火中の足」）。広告塔に大きな写真が貼られ、新聞でも連日報道された、行方不明の少年を探すことに取り憑かれた女性は、その少年を見つけたのだが…（「幸せでいっぱい」）。町が消え、家も、学校も、図書館も、なにもかもがなくなる。みんながいなくなり、あとは地を這う人間の残骸がいるだけ。一世界が滅亡するXデイが気がかりで、ある母親はその日に起こるはずのことについて詳細な手記を執筆する…（「ある晴れたXデイに」）。日常に忍びこむ奇妙な幻想。悲劇

と幸福が結びついた人生観。歪で奇妙な家族たち。戦後ドイツを代表する女性作家による、『その昔、N市では』に続く全15作の傑作短編集！〔0710〕

◇その昔、N市ではーカシュニッツ短編傑作選　マリー・ルイーゼ・カシュニッツ著, 酒寄進一編訳　東京創元社　2022.9　220p　20cm〈他言語標題：SO WAR DAS IN N. UND ANDERE GESCHICHTEN〉2000円　①978-4-488-01117-8

＊兄は船旅に出る妹を見送ったが、それは彼女が乗る予定の船ではなかった。ひと月後、妹から手紙が届く。彼女は、その船では日付も時刻も現在位置も確認できないと書いていた。手紙を読み進めるにつれ、内容はさらに常軌を逸していき…（「船の話」）。ある日突然、部屋の中に謎の大きな鳥が現れる。"わたし"は、なぜか外に出ていかない鳥の正体を突き止めようとするが…（「ロック鳥」）。旅行から帰ったら、自分が死んだとアパートの住人に触れまわった女がいたという奇妙な話を聞かされて…（「六月半ばの真昼どき」）。大都会N市では、死体から蘇生させられた"灰色の者"たちが、清掃や介護などの労働を人間の代わりに行っていた。彼らに生前の記憶は一切なく、恐怖も希望も憎悪も持ちあわせていない。しかしある時、"灰色の者"たちにすさまじい変化が訪れ…（「その昔、N市では」）。日常に忍びこむ奇妙な幻想。背筋を震わせる人間心理の闇。懸命に生きる人々の切なさ。戦後ドイツを代表する女性作家の粋を集めた、全15作の日本オリジナル傑作選！〔0711〕

カジンスキー, A.J.　Kazinski, A.J.

◇被疑者アンデルセンの逃亡　上　A.J.カジンスキー, トーマス・リュダール著, 池畑奈央子訳　竹書房　2022.8　383p　15cm（竹書房文庫か19-1）〈原書名：Mordet På en havfrue〉1000円　①978-4-8019-3216-6

＊一八三四年、デンマーク一路地に娼婦がたむろする退廃の街コペンハーゲンで、無残な水死体が引き揚げられた。被害者は貧しい娼婦のアナであることが判明し、ほどなくして、被疑者も特定される。最後の客がアナの部屋に入るところを、妹のモーリーが目撃していたのだ。その男の名はハンス＝クリスチャン・アンデルセン。名もなき詩人だ。殺人犯として投獄されたアンデルセンだったが、唯一の伝手を使い、期限付きで釈放される。与えられた猶予はたったの三日。その間に無実を証明できなければ、断頭台行きは免れない。限られた時間の中で、アンデルセンは真犯人を見つけ出すことができるのか？　"童話作家アンデルセン"の降誕秘話を読み解くデンマーク発のノワール・ミステリ。〔0712〕

◇被疑者アンデルセンの逃亡　下　A.J.カジンスキー, トーマス・リュダール著, 池畑奈央子訳　竹書房　2022.8　399p　15cm（竹書房文庫か19-2）〈原書名：Mordet På en havfrue〉1000円　①978-4-8019-3217-3

＊真犯人を突き止めるため、アンデルセンはモーリーを説得。強引に協力を取り付けると、アナが

眠る病院へ向かう。引き揚げられたアナの亡骸を見たとき、アンデルセンは奇妙な違和感を抱いていた。その理由を確かめるため忍び込んだ霊安室でアンデルセンは、ついに手掛かりを摑む。アナの胸元に別の誰かの乳房が縫い付けられているのを発見したのだ。違和感の原因はこれだった。恐らく、被害者はもう一人いる。そして、その先に真犯人がいるはずだ。アンデルセンはさらなる証拠を探すも、その動きを察知した真犯人が行動を起こす。無人の倉庫でアンデルセンを襲撃。意識を奪い、急勾配の階下へ転落させることに成功する。……『人魚姫』『マッチ売りの少女』—名作誕生の"if"を探る歴史ミステリ。〔0713〕

ガズダーノフ, ガイト　Gazdanov, Gaito

◇クレールとの夕べ/アレクサンドル・ヴォルフの亡霊　ガイト・ガズダーノフ著，望月恒子訳　白水社　2022.8　357p　20cm　〈ロシア語文学のミノタウロスたち No01〉〈原書名：Вечер у Клэр　Призрак Александра Вольфа〉3200円　①978-4-560-09443-3
＊亡命ロシア文壇でナボコフと並び称された作家の代表作二篇、本邦初訳。追憶に輝くクレールという未来、戦場で殺したヴォルフという傷—ロシア革命で敗走する白軍に身を投じ、パリへと流れる「ぼく」の記憶の物語。〔0714〕

カステル＝ブルーム, オルリ　Castel=Bloom, Orly

◇砂漠の林檎—イスラエル短編傑作選　サヴィヨン・リーブレヒト，ウーリー・オルレブほか著，母袋夏生編訳　河出書房新社　2023.8　258p　20cm　2900円　①978-4-309-20890-9
内容　狭い廊下（オルリ・カステル＝ブルーム著, 母袋夏生訳）
＊迷宮のような路地で見つけた写真集、不死の老人、ショアの記憶、聖書物語など、イスラエル文学紹介の第一人者による日本語版オリジナル・アンソロジー。ウーリー・オルレブ（国際アンデルセン賞受賞）、シャイ・アグノン（ノーベル文学賞受賞）など、世界が高く評価する作家の傑作を精選。〔0715〕

カストロ, アダム＝トロイ　Castro, Adam-Troy

◇黄金の人工太陽—巨大宇宙SF傑作選　ジャック・キャンベル，チャーリー・ジェーン・アンダーズ他著, ジョン・ジョゼフ・アダムズ編，中原尚哉他訳　東京創元社　2022.6　547p　15cm　（創元SF文庫 SFン10-4）〈責任表示はカバーによる　原書名：COSMIC POWERS〉1360円　①978-4-488-77204-8
内容　見知らぬ神々（アダム＝トロイ・カストロ, ジュディ・B.カストロ著, 小野田和子訳）
＊SFとファンタジーの基本はセンス・オブ・ワンダー。そして並はずれたセンス・オブ・ワンダーを味わえるのは、超人的なヒーローが宇宙の命運をかけて銀河のかなたで恐ろしい敵と戦う物語だ（序より）—常識を超える宇宙航行生物、謎の巨大異星構造物、銀河を吹き飛ばす超爆弾。ジャック・キャンベルら豪華執筆陣による、SFならではの圧倒的スケールで繰り広げられる傑作選。〔0716〕

カストロ, ジュディ・B.

◇黄金の人工太陽—巨大宇宙SF傑作選　ジャック・キャンベル，チャーリー・ジェーン・アンダーズ他著, ジョン・ジョゼフ・アダムズ編，中原尚哉他訳　東京創元社　2022.6　547p　15cm　（創元SF文庫 SFン10-4）〈責任表示はカバーによる　原書名：COSMIC POWERS〉1360円　①978-4-488-77204-8
内容　見知らぬ神々（アダム＝トロイ・カストロ, ジュディ・B.カストロ著, 小野田和子訳）
＊SFとファンタジーの基本はセンス・オブ・ワンダー。そして並はずれたセンス・オブ・ワンダーを味わえるのは、超人的なヒーローが宇宙の命運をかけて銀河のかなたで恐ろしい敵と戦う物語だ（序より）—常識を超える宇宙航行生物、謎の巨大異星構造物、銀河を吹き飛ばす超爆弾。ジャック・キャンベルら豪華執筆陣による、SFならではの圧倒的スケールで繰り広げられる傑作選。〔0717〕

カストロ, ロサリア・デ　Castro, Rosalia de

◇新葉　ロサリア・デ・カストロ著，桑原真夫編訳　思潮社　2022.10　405p　20cm　〈文献あり　年譜あり　原書名：Follas Novas〉3800円　①978-4-7837-2632-6
＊1837年スペインのサンティアゴに生まれ、48歳で亡くなるまで、19世紀ガリシアの文芸復興の旗頭ともなったスペインの国民的女性詩人が、ガリシア女性の悲哀を切なくも美しい言葉で綴った長編詩集。騒乱の19世紀において、心身を削りながら書き綴られた連作詩篇が、最適な訳者による待望の全訳版でついに刊行！〔0718〕

ガストン, ダイアン　Gaston, Diane

◇侯爵と雨の淑女と秘密の子　ダイアン・ガストン作, 藤倉詩音訳　ハーパーコリンズ・ジャパン　2023.11　252p　17cm　（ハーレクイン・ヒストリカル・スペシャル PHS314）〈原書名：SECRETLY BOUND TO THE MARQUESS〉827円　①978-4-596-52654-0
＊エリザは家を飛び出し、土砂降りの中、あてどなく彷徨っていた。借金のかたに年寄り貴族に嫁がされそうになっていた彼女を救い、結婚してくれた幼なじみの夫から、同性の想い人がいると告白されたのだ。私は一生夫婦の喜びを経験できないし、子供も持てないんだわ…。すると、そこを通りかかった馬上のたくましき青年ネイトに拾われ、ずぶ濡れのエリザは雨宿りをするうち、彼に身の上を吐露していた。そして、せめてこの瞬間だけはと夢のような一夜を過ごし、互いに名前しか知らぬまま、翌朝、それぞれ元の人生へ戻っていった。7年後、事故で夫を失ったエリザは、ロンドン

で思わぬ再会を果たす―あの雨夜に授かった愛娘の父親、今や侯爵となったネイトと！〔0719〕

カソコ, イアン・ロサレス
◇イン・クィア・タイム―アジアン・クィア作家短編集　イン・イーシェン, リベイ・リンサン, ガン・カントー編, 村上さつき訳　ころから　2022.8　350,10p　19cm〈他言語標題：In queer time　原書名：Sanctuary〉2200円
①978-4-907239-63-3
[内容] リサルストリートの青年たちへ（イアン・ロサレス・カソコ著）
＊「クィアの時代」に香港から届いたアジアンLGBTQ＋作家による「クィア小説」17編を収録！
〔0720〕

カーソン, レイチェル　Carson, Rachel
◇潮風の下で　レイチェル・カーソン著, 上遠恵子翻訳　山と溪谷社　2023.1　281p　15cm（ヤマケイ文庫）〈原書名：UNDER THE SEA-WIND：A Naturalist's Picture of Ocean Life〉1100円　①978-4-635-04951-1
＊北極圏まで渡るアジサシ、捕食者たちから逃れるサバのドラマ、産卵場所である深海に帰るウナギの長い旅路。古典的ベストセラー『沈黙の春』、『センス・オブ・ワンダー』の著者レイチェル・カーソンが、海のエコロジーの魅力を伝えた第一作、待望の復刊。アメリカ漁業局に勤めながら綴った科学と詩情を織り交ぜた名文により、誰もが海辺に生きる生き物の視点で世界を見ることの豊かさと、見事な命のつながりのドラマに引き込まれていくであろう。〔0721〕

◇センス・オブ・ワンダー　レイチェル・カーソン著, 森田真生著・訳, 西村ツチカ絵　筑摩書房　2024.3　182p　20cm　1800円　①978-4-480-86096-5
＊「ここにきてよかったね」。この星はすべての生命を祝福している。世界的ベストセラー『センス・オブ・ワンダー』待望の新訳、さらにその未完の作品を、いま京都から書き継ぐ。〔0722〕

カーター, アンジェラ　Carter, Angela
◇英雄と悪党との狭間で　アンジェラ・カーター著, 井伊順彦訳　論創社　2024.8　250p　20cm（論創海外ミステリ 321）〈原書名：Heroes and Villains〉2500円　①978-4-8460-2418-5
＊終末感漂う近未来。家族を失った少女は異人種と出会い、共同体の"外側に存在する世界"で新たな価値観を知り、肉体的にも精神的にも成長をしていくが―。サマセット・モーム賞受賞の女流作家が壮大なスケールで描く"形而上小説"、原作発表から55年の時を経て初邦訳！〔0723〕

カーター, ニコラス　Carter, Nicholas
◇世界推理短編傑作集　6　エミール・ガボリオ他著, 戸川安宣編　東京創元社　2022.2　725p　15cm（創元推理文庫 Mン1-6）1500円
①978-4-488-10012-4
[内容] ディキンスン夫人の謎（ニコラス・カーター著, 宮脇孝雄訳）
＊欧米では、世界の短編推理小説の傑作集を編纂する試みが、しばしば行われている。江戸川乱歩編『世界推理短編傑作集』はそれらの傑作集の中から、編者の愛読する珠玉の名作を厳選して5巻に収録し、併せて19世紀半ばから第二次大戦後の1950年代に至るまでの短編推理小説の歴史的展望を読者に提供した。本書では、5巻に漏れた名作を拾遺し、名アンソロジーの補定を試みた。〔0724〕

カダルソ, ホセ・デ　Cadalso, José de
◇スペイン新古典悲劇選　富田広樹訳　論創社　2022.3　426p　20cm〈原書名：El Pelayo　Solaya o los circasianos.ほか〉4000円
①978-4-8460-2140-5
[内容] ソラーヤ、あるいはチェルケス人たち（ホセ・デ・カダルソ著）
＊前著『エフィメラル―スペイン新古典悲劇の研究』（2020）で論じた一八世紀スペインを代表する悲劇五作品を収録。理性と情熱が相剋する、スペイン新古典悲劇の精華。〔0725〕

カツ, スイヘイ　葛 水平
◇黒い雪玉―日本との戦争を描く中国語圏作品集　加藤三由紀編　中国文庫　2022.8　391p　19cm　3800円　①978-4-910887-00-5
[内容] 黒い雪玉（葛水平著, 加藤三由紀, 齋藤晴彦訳）
〔0726〕

カッスラー, クライブ　Cussler, Clive
◇悪魔の海の荒波を越えよ　上　クライブ・カッスラー, ダーク・カッスラー著, 中山善之訳　扶桑社　2022.2　286p　16cm（扶桑社ミステリー カ11-49）〈原書名：CLIVE CUSSLER'S THE DEVIL'S SEA.Vol.1〉880円　①978-4-594-08841-5
＊フィリピン沖のルソン海峡で深海流の調査を行っていたダーク・ピット親子とジョルディーノたちは、突然発生した高波に襲われながらも、海底に沈んでいる古いダグラスC-47輸送機を発見する。そんな折、サンデッカー副大統領から、中国が最近発射して海に墜落した超高速ミサイルの残骸を中国に先んじて回収せよとの依頼が入る。ピットとジョルディーノが水中艇でその任務に向かう一方、ダークとサマーは墜落機の機内を探索、スーツケースの中に収められたチベット製の彫像を発見するが…。〔0727〕

◇悪魔の海の荒波を越えよ　下　クライブ・カッスラー, ダーク・カッスラー著, 中山善之訳　扶桑社　2022.2　286p　16cm（扶桑社ミステリー カ11-50）〈原書名：CLIVE CUSSLER'S THE DEVIL'S SEA.Vol.2〉880円　①978-4-594-08842-2
＊ダーク・ピットとジョルディーノは、落下した中

国の高速ミサイルのエンジン部品を回収するが、ふたたび津波のような異常な波に翻弄されてNUMAの調査船から遠く流されることに。一方、ダークとサマーは彫像を本来の収蔵場所へ返還するために、台湾を経由してインド、ヒマラヤへと向かう。ピット親子を執拗につけ狙う中国人工作員たちの狙いとは？ 謎の津波現象の正体と、その背後に隠された中国の恐るべき野望とは？ 海と山で展開されるダーク・ピットたちの奮闘を描くシリーズ最新作！ 〔0728〕

◇宇宙船〈ナイトホーク〉の行方を追え 上 クライブ・カッスラー, グラハム・ブラウン著, 土屋晃訳 扶桑社 2022.9 283p 16cm （扶桑社ミステリー カ11-53）〈原書名：NIGHTHAWK.Vol.1〉 1150円 ①978-4-594-09235-1

＊宇宙空間での試験運転を終えて帰還の途にあったアメリカの超高性能無人宇宙船"ナイトホーク"が突如南太平洋上空で消息を絶った。捜索の応援要請を受けた国立海中海洋機関（NUMA）のオースチンは同機の着水地点と目されるガラパゴス諸島周辺海域へと急行するが、最先端テクノロジーの奪取を目論むロシアと中国も当該海域に艦船を集結させつつあった。工作員も暗躍中。南太平洋はにわかに風雲急を告げる。オースチンは両国を出し抜く秘策を繰り出すが、事態は思わぬ方向へと進んでいく。 〔0729〕

◇宇宙船〈ナイトホーク〉の行方を追え 下 クライブ・カッスラー, グラハム・ブラウン著, 土屋晃訳 扶桑社 2022.9 303p 16cm （扶桑社ミステリー カ11-54）〈原書名：NIGHTHAWK.Vol.2〉 1150円 ①978-4-594-09236-8

＊ロシアと中国の脅威を背に受けて国家安全保障局（NSA）のエマ・タウンゼンドとともに宇宙船の捜索を進めるオースチンにある疑いが兆す。なぜ中ロはかくも激しくこの宇宙船を欲するのか？ なぜ両国はかくも速やかに行動を起こせたのか？ この極秘プロジェクトを進めたNSAの真の目的とは？ そもそも"ナイトホーク"とはなんなのか？ オースチンはやがてその驚くべき秘密にたどり着く。そして宇宙船が発見されたとき、その秘密は今そこにある危機となって世界を慄かせることになる―。 〔0730〕

◇オシリスの呪いを打ち破れ 上 クライブ・カッスラー, グラハム・ブラウン著, 土屋晃訳 扶桑社 2022.4 287p 16cm （扶桑社ミステリー カ11-51）〈原書名：THE PHARAOH'S SECRET.Vol.1〉 950円 ①978-4-594-09069-2

＊地中海で沈没船の調査をしていたNUMA（国立海中海洋機関）のオースチンに不可解な救難連絡を受け取る。「こちらはドクター・レナタ…わたしたちは攻撃されました…」。発信元であるシチリアの離島、ランペドゥーザに急行したオースチンが目にしたのは黒煙に覆われた島と無数の亡骸だった―。同じ頃チュニジアにいたNUMAのトラウト夫妻は、北アフリカ諸国の水源たる地下水が忽然と姿を消してしまったことを知った。今、地中海世界が未曾有の恐怖に呑み込まれようとしていた。 〔0731〕

◇オシリスの呪いを打ち破れ 下 クライブ・カッスラー, グラハム・ブラウン著, 土屋晃訳 扶桑社 2022.4 287p 16cm （扶桑社ミステリー カ11-52）〈原書名：THE PHARAOH'S SECRET.Vol.2〉 950円 ①978-4-594-09070-8

＊ランペドゥーザ島を襲った黒煙の真相を探るべくマルタへ渡ったオースチンは事件の背後にいる組織を突き止める。彼らはマルタで何かを手に入れようと暗躍していた。オースチンはここである歴史的事実に行き当たる―1798年、ナイルの海戦。そのとき古代エジプトから現在へ持ち越された陰謀の輪郭がおぼろげに浮かび上がってくる。死をもたらす"黒い霧"の正体、組織の目的、北アフリカ諸国を苦しめている大旱魃の謎…オースチンは相棒ザバーラとともに組織の本拠地があるエジプトへと乗り込む。 〔0732〕

◇消えたファラオの財宝を探しだせ 上 クライブ・カッスラー, グラハム・ブラウン著, 土屋晃訳 扶桑社 2024.4 271p 16cm （扶桑社ミステリー カ11-63）〈原書名：JOURNEY OF THE PHARAOHS.Vol.1〉 1150円 ①978-4-594-09465-2

＊嵐のスコットランド。当地で休暇を取っていた米国立海中海洋機関（NUMA）のオースチンとザバーラは荒れ狂う波に揉まれるトロール船を発見し、その救援に向かった。危機一髪で乗組員の救助には成功したものの、オースチンは船に不審を抱く。何かがおかしい。船長の挙動には不自然なところがあるし、そもそもなぜ漁船がこんな嵐の夜に―。事実、ふたりが陸に戻ると思わぬ事態が待ち受けていた。やはりあの船には何かある。オースチンは謎を突き止めるべく、再び座礁したトロール船に向かった。 〔0733〕

◇消えたファラオの財宝を探しだせ 下 クライブ・カッスラー, グラハム・ブラウン著, 土屋晃訳 扶桑社 2024.4 266p 16cm （扶桑社ミステリー カ11-64）〈原書名：JOURNEY OF THE PHARAOHS.Vol.2〉 1150円 ①978-4-594-09466-9

＊座礁したトロール船で発見されたのは古代エジプトの遺物だった。これにより謎に包まれたファラオ"ヘリホル"の存在が浮かび上がる。さらにはこの王の出奔とともに忽然と消えた巨大な富があったこと、そして遺物を資金源にする非合法な武器商人グループがこの富を狙っていることも明らかになった。この企てを阻止すべくイギリスのMI5と手を組んだオースチンらNUMAの面々は、手段を選ばぬ武器商人たちと際どく渡り合いながら、古代の財宝へ、そして古代エジプトの真実へと迫っていく。 〔0734〕

◇強欲の海に潜行せよ 上 クライブ・カッスラー, グラハム・ブラウン著, 土屋晃訳 扶桑社 2023.10 279p 16cm （扶桑社ミステリー カ11-61）〈原書名：SEA OF GREED.Vol.1〉 1200円 ①978-4-594-09473-7

◇強欲の海に潜行せよ　下　クライブ・カッスラー,グラハム・ブラウン著,土屋晃訳　扶桑社　2023.10　279p　16cm　(扶桑社ミステリー　カ11-62)〈原書名：SEA OF GREED.Vol.2〉1200円　①978-4-594-09474-4

＊手がかりを追ってバミューダまでやってきたオースチンとザバーラは、コンピュータ・エンジニアのプリヤの手を借りながら、石油をめぐる陰謀の正体と首謀者へ肉薄していく。しかしNUMAの奮闘もむなしく、世界は奸計の徒の強欲に呑み込まれつつあった。推定原油埋蔵量の急激な減少に伴う原油価格の高騰、株価の暴落がいまや現実になった。大混乱は目前に迫っている。すべての背後に中東戦争をめぐる暗い歴史があることを察知したオースチンは、陰謀の完遂を阻止すべく、乾坤一擲の勝負に出る！〔0736〕

◇地獄の焼き討ち船を撃沈せよ！　上　クライブ・カッスラー,マイク・メイデン著,伏見威蕃訳　扶桑社　2023.5　340p　16cm　(扶桑社ミステリー　カ11-59)〈原書名：CLIVE CUSSLER'S HELLBURNER.Vol.1〉1150円　①978-4-594-09481-2

＊ファン・カブリーヨ船長率いるオレゴン号のメンバーに新たな使命が下った。メキシコでもっとも危険な麻薬王のウーゴを生け捕りにするという任務だ。しかし作戦のさなか、実行部隊のひとりが突然の爆発に巻き込まれて命を落とす事態が発生し、カブリーヨは作戦に介入した何者かへの復讐を心に誓う。一方、世界的密輸組織"パイプライン"の頭目たちの間では恐るべき計画が進行していた。ロシアの潜水艦から巨大核魚雷カニオンを強奪し、それを用いて大都市破壊作戦を実行しようというのだ…。〔0737〕

◇地獄の焼き討ち船を撃沈せよ！　下　クライブ・カッスラー,マイク・メイデン著,伏見威蕃訳　扶桑社　2023.5　342p　16cm　(扶桑社ミステリー　カ11-60)〈原書名：CLIVE CUSSLER'S HELLBURNER.Vol.2〉1150円　①978-4-594-09482-9

＊核魚雷で津波を引き起こすことでイスタンブールの街を丸ごと壊滅に追い込み、トルコ人1600万人の命を奪う。この虐殺をきっかけに第三次世界大戦を誘発させ、戦時ビジネスを活性化させる…それが犯罪組織"パイプライン"の目論んでいる遠大な計画の全貌だった。仲間の仇を求めて探索を続けていたカブリーヨたちは、やがて"パイプライン"の存在と彼らの野望を察知し、巨大な敵と対峙

することになる。ひそかにトルコを狙う「焼き討ち船」の恐怖とは？　シリーズ待望の最新刊が2年ぶりに登場！〔0738〕

◇地球沈没を阻止せよ　上　クライブ・カッスラー,グラハム・ブラウン著,土屋晃訳　扶桑社　2023.4　299p　16cm　(扶桑社ミステリー　カ11-57)〈原書名：THE RISING SEA.Vol.1〉1200円　①978-4-594-09237-5

＊世界はかつてない海面の急上昇に見舞われていた。国立海中海洋機関(NUMA)のオースチンは北極海での調査でこの異変が地球温暖化では説明できないと確信した。では原因はいったい―。ここで海底の地質活動に異常はないとする大方の見方に反して地震の頻発を指摘している人物が見つかる。日本の地質学者にして反科学技術運動のリーダー、ケンゾウ・フジハラ。オースチンたちは日本へ飛んだ。フジハラの隠れ処で真相の一端をつかみかけたそのとき、新たな脅威がオースチンたちを襲った―〔0739〕

◇地球沈没を阻止せよ　下　クライブ・カッスラー,グラハム・ブラウン著,土屋晃訳　扶桑社　2023.4　293p　16cm　(扶桑社ミステリー　カ11-58)〈原書名：THE RISING SEA.Vol.2〉1200円　①978-4-594-09238-2

＊フジハラの隠れ処で得た手がかりをたどって、オースチンと相棒のザバーラは陸から、ガメーとポールのトラウト夫妻は海から、恐怖の震源へと距離を詰めていく。片や長崎へ、片や上海へ。同時に地球的危機の背後に隠れていたさまざまな地質学的事実や思惑が姿を見せ始める。そして最先端テクノロジーと政治的陰謀が交錯するところで召喚される失われた日本の遺物―。フジハラの弟子アキコ、警察官ナガノの助力を得て、オースチンたちはついに海の底に秘められた驚くべき真実へと手を伸ばす―〔0740〕

◇超音速ミサイルの密謀を討て！　上　クライブ・カッスラー,マイク・メイデン著,伏見威蕃訳　扶桑社　2024.6　374p　16cm　(扶桑社ミステリー　カ11-65)〈原書名：FIRE STRIKE.Vol.1〉1150円　①978-4-594-09749-3

＊ファン・カブリーヨ―彼こそは、貨物船に見せかけたハイテク機能満載の"オレゴン号"に乗り組み、優秀なチームとともに幾度となく世界を救ってきた現代の騎士である。今回カブリーヨは、厳寒のタジキスタン山岳部へ潜入、危険な作戦に身を投じていた。決死の脱出に成功し、生還したのもつかの間、カブリーヨに新たな指令がもたらされる。イスラエル公安当局が使っていた男が消息を絶ったため、元モサド諜報員に協力して彼の行方を探せというのだ。これが、世界的悪夢の発端になろうとは…。〔0741〕

◇超音速ミサイルの密謀を討て！　下　クライブ・カッスラー,マイク・メイデン著,伏見威蕃訳　扶桑社　2024.6　367p　16cm　(扶桑社ミステリー　カ11-66)〈原書名：FIRE STRIKE.Vol.2〉1150円　①978-4-594-09750-9

＊オレゴン号の医務長ジュリアは、医療任務におも

むいたアマゾンの奥地で、驚くべき光景に遭遇する。現地民と医療関係者が、大量虐殺されていたのだ。そこへ出現したのは、怪物のような巨漢―遺伝子工学によりバイオハッキングされた、超人的な兵士だった。この恐怖の傭兵軍団を使って、巨大な敵の陰謀が動きだす。このままでは、国際社会は大混乱に陥り、中東全域が墓場と化すだろう。カブリーヨとオレゴン号が、敢然と世界の危機に立ち向かう！　巨匠クライブ・カッスラーの海洋謀略サスペンス。〔0742〕

◇ポセイドンの財宝を狙え！　上　クライブ・カッスラー, ロビン・バーセル著, 棚橋志行訳　扶桑社　2022.12　297p　16cm　（扶桑社ミステリー　カ11-55）〈原書名：WRATH OF POSEIDON.Vol.1〉1150円　①978-4-594-09239-9

＊カリフォルニア州ハーモサ・ビーチで、サム・ファーゴとレミ・ロングストリートは初めて出逢った。星空の下お互い強く惹かれ合った二人は、三週間後に再び会うことを北極星に誓う。その後、ギリシャのフルニ群島に沈船探検に赴いたレミは、老人殺害の現場に居合わせたことで、友人のディミトリスとともに何者かに拉致され、ヨットに監禁されてしまう。レミの危機を察知したサムは、すぐさまギリシャの地へと飛び、囚われた二人の救出に向けてディミトリスの父ニコスとともに動き出すが…。〔0743〕

◇ポセイドンの財宝を狙え！　下　クライブ・カッスラー, ロビン・バーセル著, 棚橋志行訳　扶桑社　2022.12　302p　16cm　（扶桑社ミステリー　カ11-56）〈著作目録あり　原書名：WRATH OF POSEIDON.Vol.2〉1150円　①978-4-594-09240-5

＊レミたちを誘拐したのは、アドリアン・キリルとその手下たちだった。実業家の跡取りであるアドリアンは、『ポセイドンの三叉槍』の伝説に登場する財宝を長年狙っていたのだ。殺害・誘拐事件の解決後、首謀者として逮捕されたアドリアンは、服役中もずっとサムとレミに対する恨みを募らせ復讐の機会が来るのを待ち続けていた。やがて10年以上が過ぎて、遂に出所を果たしたアドリアンとファーゴ夫妻との対決の時が迫る。最後に財宝を手にするのは誰か？　トレジャーハンター・シリーズ第12弾！〔0744〕

カッスラー, ダーク　Cussler, Dirk

◇悪魔の海の荒波を越えよ　上　クライブ・カッスラー, ダーク・カッスラー著, 中山善之訳　扶桑社　2022.2　286p　16cm　（扶桑社ミステリー　カ11-49）〈原書名：CLIVE CUSSLER'S THE DEVIL'S SEA.Vol.1〉880円　①978-4-594-08841-5

＊フィリピン沖のルソン海峡で深海流の調査を行っていたダーク・ピット親子とジョルディーノたちは、突然発生した高波に襲われながらも、海底に沈んでいる古いダグラスC-47輸送機を発見する。そんな折、サンデッカー副大統領から、中国が最近発射して海に墜落した超高速ミサイルの残骸を中国に先んじて回収せよとの依頼が入る。ピットとジョルディーノが水中艇でその任務へ向かう一方、ダークとサマーは墜落機の機内を探索、スーツケースの中に収められたチベット製の彫像を発見するが…。〔0745〕

◇悪魔の海の荒波を越えよ　下　クライブ・カッスラー, ダーク・カッスラー著, 中山善之訳　扶桑社　2022.2　286p　16cm　（扶桑社ミステリー　カ11-50）〈原書名：CLIVE CUSSLER'S THE DEVIL'S SEA.Vol.2〉880円　①978-4-594-08842-2

＊ダーク・ピットとジョルディーノは、落下した中国の高速ミサイルのエンジン部品を回収するが、ふたたび津波のような異常な波に翻弄されてNUMAの調査船から遠く流されることに。一方、ダークとサマーは彫像を本来の収蔵場所へ返還するために、台湾を経由してインド、ヒマラヤへと向かう。ピット親子を執拗につけ狙う中国人工作員たちの狙いとは？　謎の津波現象の正体と、その背後に隠された中国の恐るべき野望とは？　海と山で展開されるダーク・ピットたちの奮闘を描くシリーズ最新作！〔0746〕

カッツ, エリカ　Katz, Erica

ボーイズクラブの掟　エリカ・カッツ著, 関西衣斗訳　早川書房　2022.6　638p　16cm　（ハヤカワ・ミステリ文庫　HM 497-1）〈原書名：THE BOYS'CLUB〉1300円　①978-4-15-185051-6

＊マンハッタンの大手法律事務所で働く新人弁護士アレックスは、女性が年に一人しか採用されないというM&A部門に精鋭として引き抜かれる。大きなプロジェクトを任され、一流レストランでの接待が続くが、華やかな生活にも影が差し始める。過重労働、組織の腐敗、不倫、セクハラ、薬物―自身の立場を守るため、男社会のルールに彼女は徐々に染まっていき…。現役弁護士による、組織の中の女性の闘いを描くサスペンス。〔0747〕

カットナー, ヘンリー　Kuttner, Henry

◇猿の手　ウィリアム・ワイマーク・ジェイコブズ他原作, 富安陽子文, アンマサコ絵　ポプラ社　2023.2　149p　19cm　（ホラー・クリッパー）〈他言語標題：The Monkey's Paw〉1400円　①978-4-591-17710-5

|内容| 不思議な下宿人（ヘンリー・カットナー原作, 富安陽子訳）〔0748〕

カッピー, ウィル　Cuppy, William

◇ユーモア・スケッチ大全　[2]　ユーモア・スケッチ傑作展　2　浅倉久志編・訳　国書刊行会　2022.1　372p　19cm〈「ユーモア・スケッチ傑作展　2」（早川書房　1980年刊）の改題、増補〉2000円　①978-4-336-07309-9

|内容| ペリクレス　カッピーの動物百科（ウィル・カッピー著）

＊名翻訳家のライフワークである「ユーモア・ス

ケッチ」ものを全4巻に集大成。第2弾は『ユーモア・スケッチ傑作展2』(全32篇)＋単行本未収録作品12篇。　　　　　　　　　　　　　　〔0749〕

◇ユーモア・スケッチ大全　[3]　ユーモア・スケッチ傑作展 3　浅倉久志編・訳　国書刊行会　2022.2　374p　19cm〈「ユーモア・スケッチ傑作展 3」(早川書房 1983年刊)の改題、増補〉2000円　①978-4-336-07310-5
内容　カッピーの昆虫百科(ウィル・カッピー著)
〔0750〕

◇ユーモア・スケッチ大全　[4]　すべてはイブからはじまった　ミクロの傑作圏　浅倉久志編・訳　国書刊行会　2022.3　376p　19cm〈「すべてはイブからはじまった」(早川書房 1991年刊)と「ミクロの傑作圏」(文源庫 2004年刊)の改題、合本〉2000円　①978-4-336-07311-2
内容　クリストファー・コロンブス(ウィル・カッピー著)
＊笑いの大博覧会、完結！ 名翻訳家浅倉久志のライフワークである"ユーモア・スケッチ"ものを全4巻に集大成。最終巻は傑作展姉妹篇『すべてはイブからはじまった』とオンデマンドのみの刊行だった『ミクロの傑作圏』をカップリング。　〔0751〕

カディガン, パット　Cadigan, Pat

◇ウィリアム・ギブスン　エイリアン3　ウィリアム・ギブスン脚本，パット・カディガン著，入間眞訳　竹書房　2022.7　422p　19cm〈原書名：ALIEN 3〉2000円　①978-4-8019-3170-1
＊リドリー・スコットが作り上げた世界をジェームズ・キャメロンがさらに発展させ世界的大ヒットとなった『エイリアン2』。その続編の脚本家として指名されたのが、当時"サイバーパンク"でSF小説界に革新をもたらしたウィリアム・ギブスン。しかし、その脚本は様々な事情によって映像化されることはなかった。『エイリアン2』で生き残ったリプリー、ヒックス、ニュート、ビショップ―4人の運命をギブスンはどう描いたのか？ 約30年の時を経て、ギブスン版『エイリアン3』の全貌があきらかとなる。　〔0752〕

カーティン, ジェレマイア　Curtin, Jeremiah

◇妖精・幽霊短編小説集―『ダブリナーズ』と異界の住人たち　J.ジョイス,W.B.イェイツほか著，下楠昌哉編訳　平凡社　2023.7　373p　16cm　(平凡社ライブラリー 949)　1800円　①978-4-582-76949-4
内容　死んでしまった母親(ジェレマイア・カーティン著，下楠昌哉訳)
＊アイルランドの首都ダブリンに生きる様々な人を描いたジョイスの『ダブリナーズ』。その傑作短編集の作品を、十九世紀末から二十世紀はじめに書かれた妖精・幽霊譚と並べてみると―。名作をこれまでとは異なる文脈に解き放ち、当時の人々が肌で感じていた超自然的世界へと誘う画期的なアンソロジー。　　　　　　　　〔0753〕

ガードナー, リサ　Gardner, Lisa

◇完璧な家族　リサ・ガードナー著，満園真木訳　小学館　2022.2　556p　15cm　(小学館文庫 カ3-3)〈著作目録あり 原書名：LOOK FOR ME〉1200円　①978-4-09-406885-6
＊ある朝突然、何者かに銃撃された一家。思春期の次女と幼い長男、母親と恋人は一瞬にして命を奪われた。二匹の犬とともに姿を消した十六歳の長女ロクシーの行方と事件の真相を追うのは、ボストン市警の豪腕女刑事D・D・ウォレン。さらにもう一人―四百七十二日間にわたる壮絶な監禁から生還した女性フローラもいる。果たして一家を襲ったのはロクシーなのか。やがて平穏に見えた一家の凄まじい過去が浮かび上がる…。米国のベストセラーシリーズの新作にして、監禁小説の傑作『棺の女』の続編がついに登場！　〔0754〕

◇嘘みの家　リサ・ガードナー著，満園真木訳　小学館　2022.4　569p　15cm　(小学館文庫 カ3-4)〈原書名：NEVER TELL〉1220円　①978-4-09-406884-9
＊ボストンの住宅街に響いた銃声。警察が駆けつけると、部屋には頭を撃ち抜かれた男の遺体と銃を手にしたその妻がいた。逮捕された妊娠中の妻イーヴィは容疑を否認するが、彼女には十六年前に父親を誤って射殺してしまった過去があり、当時彼女を取り調べたD・D・ウォレン刑事が、早速捜査に乗り出す。一方、四百七十二日間にわたる壮絶な監禁事件の生還者フローラは、事件の報道に愕然とする。彼女は監禁中、被害者の男に会っていたのだ…。『棺の女』『完璧な家族』の続編にして、米国で大絶賛されたベストセラーシリーズの最高傑作がついに登場！　〔0755〕

◇夜に啼く森　リサ・ガードナー著，満園真木訳　小学館　2023.9　540p　15cm　(小学館文庫 カ3-5)〈原書名：WHEN YOU SEE ME〉1240円　①978-4-09-407249-5
＊ジョージア州北部の山道で、女性の遺骨の一部が発見された。ボストン市警の部長刑事D・D・ウォレンは、自警団の主宰者フローラら捜査協力者を伴い現地に飛ぶ。フローラはかつて、四百七十二日間にわたり異常犯罪者ジェイコブに監禁された生還者で、発見された遺骨は、ジェイコブの最初の被害者の可能性があるという。彼女たちはFBI捜査官キンバリー率いるチームと共に真相を求め、残りの遺骨を捜索するが…。必ずあの男に報いを受けさせる―傷だらけになりながら「怪物」と対峙する女たちを描く、米国発大人気シリーズ、魂が震える激熱最新作！　〔0756〕

ガードナー, E.S.　Gardner, E.S.

◇世界推理短編傑作集　6　エミール・ガボリオ他著，戸川安宣編　東京創元社　2022.2　725p　15cm　(創元推理文庫 Mん1-6)　1500円　①978-4-488-10012-4
内容　緋の接吻(E・S・ガードナー著，池央耿訳)
＊欧米では、世界の短編推理小説の傑作集を編纂す

ガドン, アーリー・ソル・A.

◇イン・クィア・タイム―アジアン・クィア作家短編集　イン・イーシェン, リベイ・リンサンガン・カントー編, 村上さつき訳　ころから　2022.8　350,10p　19cm　〈他言語標題：In queer time　原書名：Sanctuary〉　2200円　①978-4-907239-63-3

内容　命には命（アーリー・ソル・A.ガドン著）

＊「クィアの時代」に香港から届いたアジアンLGBTQ＋作家による「クィア小説」17編を収録！　〔0758〕

ガナプリヤ, グルアリバム

◇そして私たちの物語は世界の物語の一部となる―インド北東部女性作家アンソロジー　ウルワシ・ブタリア編, 中村唯日本語版監修　国書刊行会　2023.5　286p　20cm　〈原書名：THE MANY THAT I AMの抄訳　THE INHERITANCE OF WORDSの抄訳ほか〉　2400円　①978-4-336-07441-6

内容　夜明けの大禍時（グルアリバム・ガナプリヤ著, 中野眞由美訳）

＊バングラデシュ、ブータン、中国、ミャンマーに囲まれ、さまざまな文化や慣習が隣り合うヒマラヤの辺境。きわ立ってユニークなインド北東部から届いた、むかし霊たちが存在した頃のように語られる現代の寓話。女性たちが、物語の力をとりもどし、自分たちの物語を語りはじめる。　〔0759〕

ガーバー, ジョゼフ　Garber, Joseph

◇垂直の戦場　上　ジョゼフ・ガーバー著, 東江一紀訳　完全版　扶桑社　2022.8　271p　16cm　（扶桑社ミステリー　カ13-1）　〈初版：徳間書店 1996年刊　原書名：Vertical Run.Vol.1〉　900円　①978-4-594-09087-6

＊その日、デイヴはいつものように出社した。だが、ニューヨークの高層ビルにあるオフィスに入ったデイヴを待ち受けていたのは、いつもとはまったくちがう朝だった。会社のCEOが、いきなりデイヴに銃を向けたのだ―本気でデイヴを殺す気だ！　なぜ、なんのために？　なんとか攻撃をかわして逃亡したデイヴが、自分がさらに危機的な状況に陥ったのを知る。謎のプロフェッショナル集団がオフィスビルに潜入し、デイヴの命を狙って、襲いかかってきたのだ。　〔0760〕

◇垂直の戦場　下　ジョゼフ・ガーバー著, 東江一紀訳　完全版　扶桑社　2022.8　287p　16cm　（扶桑社ミステリー　カ13-2）　〈初版：徳間書店 1996年刊　原書名：Vertical Run.Vol.2〉　900円　①978-4-594-09124-8

＊出社早々、あらゆる人間たちから命を狙われることになったビジネスマン、デイヴ。仲間も、家族すらも敵となった極限状況のなか、かつて軍の特殊部隊員として凄絶な経験をしたデイヴの野性が呼び覚まされていく。“垂直の戦場”と化したオフィスビルを舞台に、たったひとりの闘争がはじまった。絶望的な状況を生きのび、デイヴは自分が追われる謎を解くことができるのか―衝撃の展開で「最高のサスペンス」と絶賛されたベストセラーが、削除原稿を復元した完全版で復活！　〔0761〕

カプアーナ, ルイージ　Capuana, Luigi

◇ドラキュラ　ドラキュラ―吸血鬼小説集　種村季弘編　新装版　河出書房新社　2023.2　253p　15cm　（河出文庫　た4-53）　880円　①978-4-309-46776-4

内容　吸血鬼（ルイージ・カプアーナ著, 種村季弘訳）　〔0762〕

カフカ, フランツ　Kafka, Franz

◇田舎医者/断食芸人/流刑地で　カフカ著, 丘沢静也訳　光文社　2022.7　233p　16cm　（光文社古典新訳文庫　KAカ1-3）　〈年譜あり　原書名：Wunsch,Indianer zu werden　Der plötzliche Spaziergangほか〉　860円　①978-4-334-75465-5

＊猛吹雪のなか、往診に向かった先で診た患者とその家族とのやり取りを描く「田舎医者」。人気凋落の断食芸を続ける男、「断食芸人」。奇妙な機械で死刑が執行されている島を舞台にした「流刑地で」など、カフカが生前に発表した8編を収録。「歌姫ヨゼフィーネ、またはハツカネズミ族」も収録。　〔0763〕

◇大阪弁で読む"変身"　フランツ・カフカ作, 西田岳峰訳　幻冬舎メディアコンサルティング　2023.11　110p　19cm　〈文献あり　幻冬舎（発売）　原書名：Das Urteil und andere Erzählungenの抄訳〉　1300円　①978-4-344-94597-5

＊ある日突然、巨大な虫へと変身してしまったグレゴール。と、異常事態にてんやわんやな家族たち…。はたして彼らは平穏な生活を取り戻せるのか？　怒涛のテンポで繰り広げられるドタバタ劇！　カフカの名作小説をまさかの大阪弁で翻訳！　〔0764〕

◇カフカ断片集―海辺の貝殻のようにうつろで、ひと足でふみつぶされそうだ　カフカ著, 頭木弘樹編訳　新潮社　2024.6　222p　16cm　（新潮文庫　カー1-5）　〈文献あり〉　630円　①978-4-10-207107-6

＊カフカは完成した作品の他に、手記やノート等に多くの断片を残した。その短く、未完成な小説のかけらは人々を魅了し、断片こそがカフカだという評価もされている。そこに記された胸をつかれる絶望的な感情、思わず笑ってしまうほどネガティブな嘆き、不条理で不可解な物語、そして息をのむ

ほど美しい言葉。誰よりも弱くて繊細で、人間らしく生きたカフカが贈る極上の断片集。完全新訳で登場。〔0765〕

◇教科書の中の世界文学―消えた作品・残った作品25選　秋草俊一郎,戸塚学編　三省堂　2024.2　285p　21cm〈文献あり〉2500円　ⓘ978-4-385-36237-3
内容　掟の門（フランツ・カフカ著,池内紀訳）〔0766〕

◇決定版カフカ短編集　カフカ著,頭木弘樹編　新潮社　2024.5　252p　16cm　〈新潮文庫　カ-1-4〉〈底本：カフカ全集　1、2、4（1980～1981年刊）〉710円　ⓘ978-4-10-207106-9
内容　判決　火夫　流刑地にて　田舎医者　断食芸人　父の気がかり　天井桟敷にて　最初の悩み　万里の長城　掟の問題　市の紋章　寓意について　ポセイドーン　猟師グラフス　独身者の不幸
＊この物語はまるで本物の誕生のように脂や粘液で蔽われてぼくのなかから生れてきた―。父親との対峙を描く「判決」、特殊な拷問器具に固執する士官の告白「流刑地にて」、檻の中での断食を見世物にする男の生涯を追う「断食芸人」。遺言で原稿の焼却を頼むほど自作への評価が厳しかったカフカだが、その中でも自己評価が高かったといえる15編を厳選。20世紀を代表する巨星カフカの決定版短編集。〔0767〕

◇雑種　フランツ・カフカ著,関由美香訳　米増由香画　市川　のどまる堂　2024.10　59p　21cm　〈絵本で広がる世界文学〉〈年譜あり　文献あり　原書名：Eine Kreuzung〉1800円　ⓘ978-4-9913435-1-3〔0768〕

◇城　カフカ著,丘沢静也訳　光文社　2024.11　592p　16cm　〈光文社古典新訳文庫　KAカ1-4〉〈年譜あり　原書名：DAS SCHLOSS〉1420円　ⓘ978-4-334-10505-1
＊ある冬の夜ふけ、測量士Kは深い雪のなかに横たわる村に到着する。城から依頼された仕事だったが、城に近づこうにもいっこうにたどり着けず、役所の対応に振りまわされてしまう…。奇妙な、喜劇的ともいえる日常のリアルを描いたカフカ最後の未完の長編を、解像度の高い決定訳で。〔0769〕

◇変身　フランツ・カフカ著,川島隆訳　KADOKAWA　2022.2　174p　15cm　〈角川文庫　カ2-6〉〈原書名：Die Verwandlung〉500円　ⓘ978-4-04-109236-1
＊「おれはどうなったんだ？」平凡なサラリーマンのグレゴールはベッドの中で巨大な虫けらに姿を変えていた。変身の意味と理由が明かされることはなく、主人公の家族を巻き込んだ不条理な物語が展開していく―。最新のカフカ研究の成果を踏まえた精緻でテンポよい新訳で贈る不朽の問題作。神話化されつづける作家の実像を、両親や恋人、労災保険局での仕事、ユダヤ人の出自、執筆の背景などから多面的に説き明かす、訳者解説を収録。〔0770〕

カフタン,ヴィラル

◇黄金の人工太陽―巨大宇宙SF傑作選　ジャック・キャンベル,チャーリー・ジェーン・アンダーズ他著,ジョン・ジョゼフ・アダムズ編,中原尚哉他訳　東京創元社　2022.6　547p　15cm　〈創元SF文庫　SFン10-4〉〈責任表示はカバーによる　原書名：COSMIC POWERS〉1360円　ⓘ978-4-488-77204-8
内容　晴眼の時計職人（ヴィラル・カフタン著,中原尚哉訳）
＊SFとファンタジーの基本はセンス・オブ・ワンダーだ。そして並はずれたセンス・オブ・ワンダーを味わえるのは、超人的なヒーローが宇宙の命運をかけて銀河のかなたで恐ろしい敵と戦う物語だ（序文より）―常識を超える宇宙航行生物、謎の巨大異星構造物、銀河を吹き飛ばす超爆弾。ジャック・キャンベルら豪華執筆陣による、SFならではの圧倒的スケールで繰り広げられる傑作選。〔0771〕

カプラン,ロナルド　Caplan, Ronald

◇女仕立屋の物語―神の国カナダケープ・ブレトン島珠玉短編集　ロナルド・カプラン編,堀川徹志訳　京都　文理閣　2022.4　345p　19cm　〈原書名：God's Country〉2000円　ⓘ978-4-89259-899-9〔0772〕

ガブリエル,ティナ　Gabrielle, Tina

◇緑のまなざしに魅了されて　ティナ・ガブリエル著,高橋佳奈子訳　竹書房　2023.8　398p　15cm　〈ラズベリーブックス　ガ2-1〉〈原書名：AN ARTFUL SEDUCTION〉1400円　ⓘ978-4-8019-3653-9
＊1815年ロンドン。版画店を経営しているイライザは、あるオークションで伯爵グレイソンと出会う。高名な美術評論家でもあるグレイソンが狙っていた絵を高値で競り落とす。その絵は、イライザの妹アメリアが描いた贋作だった。姉妹は悪名高い贋作画家ミラーの娘で、父が失踪した直後、生活のためにやむなく売ったのだった。オークションの数日後、イライザは店と妹たちを守るため絵を取り戻そうと、グレイソンの元へ向かう。グレイソンは競り落とした絵が贋作だと見破っており、返してほしければある貴族から盗まれたレンブラントの絵を探す手伝いをするよう告げる。グレイソンはかつてミラーの贋作に騙されて信用を失い、復讐のためその行方を追っていた。娘であるイライザにも腹を立てていたが、美しい緑の瞳と、美術への知識と愛、妹たちを守ろうという決意にいつしか惹かれてしまう。いっぽうのイライザもグレイソンの優しさや美術への熱意に心を動かされて…。身分や立場の違いを超えて惹かれ合ってしまったふたり。この恋の行方は―？〔0773〕

カポーティ,トルーマン　Capote, Truman

◇ここから世界が始まる―トルーマン・カポーティ初期短篇集　トルーマン・カポーティ著,小川高義訳　新潮社　2022.10　205p　16cm　〈新潮文庫　カ-3-9〉〈原書名：THE EARLY STORIES OF TRUMAN CAPOTE〉550円

①978-4-10-209509-6
＊差別の激しい土地に生まれ、同性愛者として長じ、「8歳で作家になった」と豪語したという天才はデビュー前から天才だった。ニューヨーク公共図書館が秘蔵する貴重な未刊行作品を厳選した14篇。ホームレス、老女、淋しい子どもなど、社会の外縁にいる者に共感し、仄暗い祝祭へと昇華させるさまは、作家自身の波乱の生涯を予感させる。明晰な声によって物語を彫琢する手腕の原点を堪能できる選集。〔0774〕

◇サマー・クロッシング　トルーマン・カポーティ著，大園弘訳　開文社出版　2023.2　184p　20cm〈原書名：SUMMER CROSSING〉2000円　①978-4-87571-100-1　〔0775〕

◇遠い声、遠い部屋　トルーマン・カポーティ著，村上春樹訳　新潮社　2023.7　283p　20cm〈原書名：OTHER VOICES,OTHER ROOMS〉2300円　①978-4-10-501409-4
＊新鮮な言語感覚と華麗な文体でアメリカ文学界に衝撃を与え、熱い注目を浴びたカポーティのデビュー長編を村上春樹が新訳。〔0776〕

ガボリオ, エミール　Gaboriau, Emile

◇世界推理短編傑作集　6　エミール・ガボリオ他著，戸川安宣編　東京創元社　2022.2　725p　15cm　（創元推理文庫　Mン1-6）　1500円　①978-4-488-10012-4
内容　バティニョールの老人（エミール・ガボリオ著，太田浩一訳）
＊欧米では、世界の短編推理小説の傑作集を編纂する試みが、しばしば行われている。江戸川乱歩編『世界推理短編傑作集』はそれらの傑作集のなかから、編者の愛読する珠玉の名作を厳選して5巻に収録し、併せて19世紀半ばから第二次大戦後の1950年代に至るまでの短編推理小説の歴史的展望を読者に提供した。本書では、5巻に漏れた名作を拾遺し、名アンソロジーの補完を試みた。〔0777〕

カミニート, ジュリア　Caminito, Giulia

◇甘くない湖水　ジュリア・カミニート著，越前貴美子訳　早川書房　2023.11　367p　19cm　2500円　①978-4-15-210276-8
＊私の母は掃除婦をしながら四人の子どもを育て、障がいを持つ夫を支えた。厳しくも誇り高い母からは、勉学に励み、正しく生きることを強要されてきた。だが私は、貧しさや不条理におしつぶされ、母の厳格さにも息苦しさを覚え、鬱積した心の闇から、次第に暴力的な衝動に駆られていく―。湖畔の町で10代から20代を過ごした少女、ガイアの内面をつぶさに描き、カンピエッロ賞を受賞、ストレーガ賞最終候補となった傑作長篇、待望の邦訳。〔0778〕

カミュ, アルベール　Camus, Albert

◇戒厳令　カミュ著，中村まり子訳　藤原書店　2023.11　219p　20cm〈原書名：L'État de siège〉2200円　①978-4-86578-405-3　〔0779〕

◇誤解―三幕戯曲　アルベール・カミュ作，中田平,中田たか子訳　安城　デジタルエステイト　2022.8　107p　21cm〈原書名：Le malentendu〉①978-4-905028-64-2　〔0780〕

◇正義の人びと　カミュ著，中村まり子訳　藤原書店　2023.11　182p　20cm〈原書名：Les Justes〉2200円　①978-4-86578-404-6　〔0781〕

◇転落―新訳　アルベール・カミュ著，中田平,中田たか子訳　安城　デジタルエステイト　2022.10　104p　21cm〈原書名：La chute〉①978-4-905028-03-1　〔0782〕

◇転落　カミュ著，前山悠訳　光文社　2023.3　228p　16cm　（光文社古典新訳文庫　KAカ4-2）〈年譜あり　原書名：LA CHUTE〉900円　①978-4-334-75477-8
＊アムステルダムの場末のバーでなれなれしく話しかけてきた男。彼はクラマンスという名のフランス人で、元は順風満帆な人生を送る弁護士だったが、いまでは「告解者にして裁判官」として働いているという。五日にわたる自分語りの末に明かされる、彼がこちらに話しかけてきた目的とは？〔0783〕

カーライル, クリスティ　Carlyle, Christy

◇退屈で完璧な公爵の休日　クリスティ・カーライル著，村山美雪訳　竹書房　2023.2　421p　15cm　（ラズベリーブックス　カ2-1）〈原書名：DUKE GONE ROGUE〉1350円　①978-4-8019-3437-5
＊真面目で家柄も最高だが、面白味に欠ける公爵ウィル。亡き父親の放蕩のせいで傾いた公爵家を立て直すため、婚約者も条件で見出した。ところが、ようやく家のことが落ち着いたところで婚約破棄されるはめに。おまけに、手ひどくふられる現場を美しい赤毛の女性に目撃されてしまう。しばらくして、ウィルの妹デイジーの結婚が決まったが、婚約パーティにウィルがいると障りがあると、追い出されるようにコーンウォールの地所での休暇を強要される。雨に降られ、ようやくたどりついた屋敷で、ウィルはあの赤毛の女性、マディーと再会する。マディーは子爵令嬢が庭師と駆け落ちして生まれた娘で、父から花木を受け継いで種苗園を経営していた。地元の様々な役員も務めており、もうじき王女が町を訪問するため公爵邸や庭の復旧をウィルに期待するが、ウィルは父の悪い思い出だらけのこの場所を嫌っていた。新種のバラの開発に夢をかけるマディーと、父親のようにならず一家のため生きようとするウィル。正反対ながらなぜか惹かれ合うふたりの恋は…？〔0784〕

ガラノプロス, ネオクリス　Galanopoulos, Neoklis

◇無益な殺人未遂への想像上の反響―ギリシャ・ミステリ傑作選　ディミトリス・ポサンジス編，橘孝司訳　竹書房　2023.7　443p　15cm　（竹書房文庫　ぽ1-1）〈原書名：Ellinika Egklimata.5〉1500円　①978-4-8019-3279-1

カラン

内容 ギリシャ・ミステリ文学の将来（ネオクリス・ガラノブロス著，橘孝司訳）

＊ギリシャに形成されつつある新たな迷宮。本書には、本格ミステリ、ノワール、警察小説など、各ジャンルのギリシャ・ミステリの精鋭たちの作品が収録されている。回天するギリシャ・ミステリの世界へようこそ。あなたは希望の胸膨らませた新人作家が大御所ミステリ作家のもとに持ち込んだ原稿を読む（「ギリシャ・ミステリ文学の将来」）。ナンシー・シナトラの曲が流れる中、ひとりの女の生涯を追体験し（「バン・バン！」）、現実とミステリの狭間をさまよう（表題作）。陽気な警官たちと観るブルース・スプリングスティーンのアテネ公演は最高だ（「『ボス』の警護」）。そして、最悪の愛が通りを駆け抜けてゆく――（「死ぬまで愛す」）。二千年の時を経て、色合いを変え深度を増した迷宮が、あなたの前に扉を開く。あなたはそこで怪物よりも不可解なものに遭遇するだろう。混沌としたギリシャ・ミステリの謎に。巻末に訳者による詳細な解説と「ギリシャ・ミステリ小史」を付す。　〔0785〕

ガラン, アリックス　Garin, Alix

◇わたしを忘れないで　アリックス・ガラン著，吹田映子訳　太郎次郎社エディタス　2023.3　218p　21cm〈原書名：Ne m'oublie pas〉　2000円　①978-4-8118-0858-1

＊認知症の祖母を施設から連れだしたクレマンスは、ある場所を探して旅に出る。愛おしい記憶、願望と喪失、性、老い…。疾走の果てに探しあてたものは――。　〔0786〕

カリー, シェルドン　Currie, Sheldon

◇女仕立屋の物語――神の国カナダケープ・ブレトン島珠玉短編集　ロナルド・カプラン編，堀川徹志訳　京都　文理閣　2022.4　345p　19cm〈原書名：God's Country〉　2000円　①978-4-89259-899-9

内容 三人のこと（シェルドン・カリー作）　〔0787〕

カリエール, ジャン＝クロード　Carrière, Jean-Claude

◇ぼくの伯父さん　ジャック・タチ原案，ジャン＝クロード・カリエール作，小柳帝訳　KTC中央出版　2022.12　255p　19cm〈原書名：MON ONCLE〉　1700円　①978-4-87758-843-4

＊ジャック・タチによるフランス映画の名作、待望の初邦訳。　〔0788〕

ガリンガー, クラウディア

◇女仕立屋の物語――神の国カナダケープ・ブレトン島珠玉短編集　ロナルド・カプラン編，堀川徹志訳　京都　文理閣　2022.4　345p　19cm〈原書名：God's Country〉　2000円　①978-4-89259-899-9

内容 魚を獲る（クラウディア・ガリンガー作）　〔0789〕

ガルガット, デイモン　Galgut, Damon

◇約束　デイモン・ガルガット著，宇佐川晶子訳　早川書房　2024.6　329p　20cm〈原書名：THE PROMISE〉　3100円　①978-4-15-210339-0

＊言葉がどこへ旅をするかは誰にもわからない。アパルトヘイト以前・以後――社会変革の渦中で激動する「奇跡の国」南アフリカ。プレトリアで農場を営む白人のスワート一家とその黒人メイドとの間に交わされた土地をめぐる約束が、30年以上にわたり一家の運命を翻弄する。圧倒的になめらかな神の視点で描かれる、アフリカ文学の最先端にして英国最高峰ブッカー賞受賞作。　〔0790〕

ガルシーア, ヘスス・カンポス　García, Jesús Campos

◇21世紀のスペイン演劇　2　ライラ・リポイ, フアン・カルロス・ルビオ, フアン・マヨルガ, パチョ・テリェリア, ヘスス・カンポス・ガルシーア, ニエベス・ロドリーゲス, カロリーナ・ロマン著，田尻陽一編，田尻陽一, 岡本淳子訳　水声社　2023.10　276p　22cm〈原書名：Los niños perdidos　Arizonaほか〉　4000円　①978-4-8010-0760-4

内容 そして家は成長して……（ヘスス・カンポス・ガルシーア著，岡本淳子訳）　〔0791〕

ガルシア・デ・ラ・ウエルタ, ビセンテ　García de la Huerta, Vicente

◇スペイン新古典悲劇選　富田広樹訳　論創社　2022.3　426p　20cm〈原書名：El Pelayo　Solaya o los circasianos.ほか〉　4000円　①978-4-8460-2140-5

内容 ラケル（ビセンテ・ガルシア・デ・ラ・ウエルタ著）

＊前著『エフィメラル――スペイン新古典悲劇の研究』（2020）で論じた一八世紀スペインを代表する悲劇五作品を収録。理性と情熱が相剋する、スペイン新古典悲劇の精華。　〔0792〕

ガルシア＝マルケス, G.　García Márquez, Gabriel

◇ガルシア＝マルケス中短篇傑作選　ガブリエル・ガルシア＝マルケス著，野谷文昭編訳　河出書房新社　2022.7　322p　15cm（河出文庫マ11-1）〈責任表示はカバーによる　「純真なエレンディラと邪悪な祖母の信じがたくも痛ましい物語」（2019年刊）の改題〉　1200円　①978-4-309-46754-2

＊「大佐に手紙は来ない」「純真なエレンディラと邪悪な祖母の信じがたくも痛ましい物語」など、世界文学の最高峰が生みだした永遠の傑作たち。世界一美しい鳥かごを作った大工、中庭で見つかった年老いた天使、朽ちることのない少女の遺骸、割れた電球から流れだす金色の光…。多面的な魅力を凝縮した新訳決定版。　〔0793〕

◇出会いはいつも八月　G.ガルシア＝マルケス著，旦敬介訳　新潮社　2024.3　122p　20cm〈原書名：En agosto nos vemos〉2200円　①978-4-10-509021-0

＊アナ・マグダレーナ・バッハ、四十六歳。飽きることなく求めあう指揮者の夫との間に、子どもが二人。満ち足りた暮らしにもかかわらず、アナは毎年八月の母親の命日に訪れるカリブ海の島で、一夜限りの男を探さずにはいられない。「人には、公の生活、私的な生活、そして秘密の生活がある」そう語ったマルケスが肉迫した、ひとりの女の、誰にも知られてはいけない「秘密の生活」とは—。肉体のなかでぶつかり溶けあう生と死。圧巻のラストに息をのむ、ノーベル文学賞作家が最後まで情熱を注いだ未完の傑作。〔0794〕

◇百年の孤独　G. ガルシア＝マルケス，鼓直訳　新潮社　2024.7　661p　16cm　（新潮文庫）〈原書名：Cien años de soledad〉1250円　①978-4-10-205212-9　〔0795〕

◇悪い時　ガブリエル・ガルシア・マルケス著，寺尾隆吉訳　光文社　2024.11　345p　16cm（光文社古典新訳文庫　KAカ5-1）〈年譜あり　原書名：La Mala Hora〉1000円　①978-4-334-10504-4

＊十月の雨の朝、外出しようとラバに跨ったセサル・モンテロは、戸口に貼られた一枚のビラを目にする。行き先を変更した彼は、クラリネット吹きのパストールの家に入り込むと、銃声を響かせたのだった…。「暴力時代」後のコロンビア社会を覆う不穏な空気が蘇る、腐臭と秘密に満ちた物語。〔0796〕

ガルシア＝モラレス, アデライダ　García Morales, Adelaida

◇エル・スール　アデライダ・ガルシア＝モラレス著，野谷文昭，熊倉靖子訳　新装版　インスクリプト　2024.4　131p　20cm〈原書名：El Sur〉1800円　①978-4-86784-005-4　〔0797〕

ガルシン, フセヴォロド　Garshin, Vsevolod

◇教科書の中の世界文学—消えた作品・残った作品25選　秋草俊一郎，戸塚学編　三省堂　2024.2　285p　21cm〈文献あり〉2500円　①978-4-385-36237-3

|内容|信号（フセヴォロド・ガルシン著, 神西清訳）〔0798〕

カルナティラカ, シェハン　Karunatilaka, Shehan

◇マーリ・アルメイダの七つの月　上　シェハン・カルナティラカ著，山北めぐみ訳　河出書房新社　2023.12　281p　20cm〈原書名：The Seven Moons of Maali Almeida〉2700円　①978-4-309-20895-4

＊1990年、内戦下のスリランカ・コロンボ。戦場カメラマンにしてギャンブラー、皮肉屋で放埒なゲイであるマーリ・アルメイダは、気がつくと冥界のカウンターにいた。自分が死んだ記憶はないが、ここに来る前、内戦を終わらせるための写真を撮ったことは覚えている。写真を公表するべく、彼にあたえられた猶予は7回月が昇るまで。生者と死者の入り乱れた狂乱の世界をさまよう、マーリ・アルメイダの地獄めぐりがはじまる。ブッカー賞受賞作。〔0799〕

◇マーリ・アルメイダの七つの月　上　シェハン・カルナティラカ著，山北めぐみ訳　河出書房新社　2023.12　281p　20cm〈原書名：The Seven Moons of Maali Almeida〉2700円　①978-4-309-20895-4　〔0800〕

◇マーリ・アルメイダの七つの月　下　シェハン・カルナティラカ著，山北めぐみ訳　河出書房新社　2023.12　306p　20cm〈原書名：The Seven Moons of Maali Almeida〉2800円　①978-4-309-20896-1

＊親友のジャキと恋人のDDに望みをかけ、写真を見つけるために奮闘するマーリ。そこに立ちはだかるのは、復讐を誓う殺された青年革命家、生者と死者を媒介する隠者、爆破テロの犠牲になった博士、冥界最凶の邪神…。陰謀が錯綜し、三つ巴の内戦は激化していく。報復に満ちたこの世界で、それぞれの悲劇が行きつく先は。血と煙と愛でつむがれる、魔術的タイムリミット・ミステリ。〔0801〕

◇マーリ・アルメイダの七つの月　下　シェハン・カルナティラカ著，山北めぐみ訳　河出書房新社　2023.12　306p　20cm〈文献あり　原書名：The Seven Moons of Maali Almeida〉2800円　①978-4-309-20896-1　〔0802〕

カルフォブロス, コスタス・Th.

◇無益な殺人未遂への想像上の反響—ギリシャ・ミステリ傑作選　ディミトリス・ポサンジス編，橘孝司訳　竹書房　2023.7　443p　15cm（竹書房文庫　ぼ1-1）〈原書名：Ellinika Egklimata.5〉1500円　①978-4-8019-3279-1

|内容|さよなら、スーラ。または美しき始まりは殺しで終わる（コスタス・Th.カルフォブロス著, 橘孝司訳）

＊ギリシャに形成されつつある新たな迷宮。本書には、本格ミステリ、ノワール、警察小説など、各ジャンルのギリシャ・ミステリの精鋭たちの作品が収録されている。回天の思いを馳せるギリシャ・ミステリの世界へようこそ。あなたは希望の胸膨らませた新人作家が大御所ミステリ作家のもとに持ち込んだ原稿を読む（「ギリシャ・ミステリ文学の将来」）。ナンシー・シナトラの曲が流れる中、ひとりの女の生涯を追体験し（「バン・バン！」）、現実とミステリの狭間をさまよう（表題作）。陽気な警官たちと観るブルース・スプリングスティーンのアテネ公演は最高だ（「"ボス"の警護」）。そして、最悪の愛が通りを駆け抜けてゆく（「死ぬまで愛す」）。二千年の時を経て、色合いを変え深度を増した迷宮が、あなたの前に扉を開く。あなたはそこで怪物よりも不可解なものに遭遇するだろう。混沌とし

たギリシャ・ミステリの謎に。巻末に訳者による詳細な解説と「ギリシャ・ミステリ小史」を付す。〔0803〕

ガルブレイス, レティス
◇英国クリスマス幽霊譚傑作集　チャールズ・ディケンズ他著，夏来健次編訳　東京創元社　2022.11　382p　15cm　（創元推理文庫　Fｎ11-1）　1100円　①978-4-488-58406-1

[内容] 青い部屋（レティス・ガルブレイス著，夏来健次訳）

＊ヴィクトリア朝期に『クリスマス・キャロル』がベストセラーとなって以降、定番となった聖夜怪談。幽霊をこよなく愛するイギリスで生まれた佳品を、数々の怪奇幻想小説を紹介する翻訳家が精選する。陰鬱な田舎で休暇を過ごすことになった男が老朽船で体験する恐怖の一夜「幽霊廃船のクリスマス・イヴ」など、知られざる傑作から愛すべき怪作まで、13篇中12篇を本邦初訳で贈る。〔0804〕

◇ロンドン幽霊譚傑作集　W.コリンズ，E.ネズビット他著，夏来健次編　東京創元社　2024.2　389p　15cm　（創元推理文庫　Fｎ11-2）〈原書名：Mrs.Zant and the Ghost　The Last House in C-Streetほか〉1100円　①978-4-488-58408-5

[内容] 降霊会の部屋にて（レティス・ガルブレイス著，夏来健次訳）

＊19世紀ヴィクトリア朝ロンドン。産業・文化ともに栄える一方で、犯罪譚や怪談が流行する魔の都としての貌も持ち合わせていた。陽光あふれる公園の一角で霊に遭遇した美しき寡婦を巡る愛憎劇「ザント夫人と幽霊」、愛人を催眠術で殺害した医師が降霊会で過去の罪と対峙する「降霊会の部屋にて」ほか、ロンドンで囁かれるゴースト・ストーリー13篇を収録。集中12篇が本邦初訳。〔0805〕

ガルマス, ボニー　Garmus, Bonnie
◇化学の授業をはじめます。　ボニー・ガルマス著，鈴木美朋訳　文藝春秋　2024.1　535p　19cm〈原書名：LESSONS IN CHEMISTRY〉2500円　①978-4-16-391797-9

＊1960年代アメリカ。才能ある化学者だが女性ゆえ保守的な科学界で苦闘するエリザベス。未婚のシングルマザーになったうえ失職してしまう。ひょんなことから彼女が得た仕事は、料理番組の出演者だった!?「セクシーに、男性の気を引く料理を教えろ」という命令に反して、科学的に料理を説くエリザベス。しかし意外にもそれが視聴者の心をつかみ―。全米250万部、世界600万部。2022年最高の小説がついに日本上陸！〔0806〕

カレンダー, ケイセン　Callender, Kacen
◇キングと兄ちゃんのトンボ　ケイスン・キャレンダー著，島田明美訳　作品社　2024.4　231p　19cm　（金原瑞人選モダン・クラシックYA）〈原書名：KING AND THE DRAGONFLIES〉2200円　①978-4-86793-022-9

＊全米図書賞受賞作！ 突然死した兄への思い、ゲイだと告げていたクラスメイトの失踪、マイノリティへの差別、友情と恋心のはざま、そして家族の愛情…。アイデンティティを探し求める黒人少年の気づきと成長から、弱さと向き合い、自分を偽らずに生きることの大切さを知る物語。〔0807〕

◇フィリックスエヴァーアフター　ケイセン・カレンダー著，武居ちひろ訳　オークラ出版　2023.5　415p　15cm　（マグノリアブックス MB-48）〈原書名：Felix Ever After〉1250円　①978-4-7755-3015-3

＊フィリックス・ラヴはイラストレーター志望のトランス少年。大学受験のプレッシャーで大スランプに突入中、自分が男かどうかもよくわからなくなってきて、頭のなかは大混乱。ある日、学校で何者かに過去の秘密をばらされたフィリックスは、みずからおとりになって復讐に乗り出す。正体不明の犯人、性別移行後の名前を呼んでくれない父親、親友と宿敵とのありえない三角関係。LGBTQ＋コミュニティの面々に囲まれながら、忘れられない17歳の夏がはじまる。〔0808〕

カロニータ, ジェン　Calonita, Jen
◇ミラー、ミラー――白雪姫の代わりに王子が毒リンゴを食べさせられた〈もしも〉の世界　上　ジェン・カロニータ著，池本尚美訳　Gakken　2023.5　223p　19cm　（ディズニーツイステッドテール―ゆがめられた世界）　1000円　①978-4-05-205686-4

＊もしも白雪姫の代わりに王子が永遠の眠りについてしまったら？ 魔法の鏡の魔力にとりつかれ、邪悪な心で王国を統治する女王イングリッド。王国と自らの自由を取り戻すために白雪姫は立ち上がる。しかし、女王の魔の手は白雪姫を愛する者にまで危害を加えようとせまる！ 女王はなぜ白雪姫の命を狙うのか？ 明かされる衝撃の過去！ 魔法の鏡を中心に交錯する白雪姫、女王、王子の運命！ これまで味わったことのない新感覚の『白雪姫』!! だれもが知る『白雪姫』の"どこか"が変なゆがめられた物語。〔0809〕

◇ミラー、ミラー――白雪姫の代わりに王子が毒リンゴを食べさせられた〈もしも〉の世界　下　ジェン・カロニータ著，池本尚美訳　Gakken　2023.5　221p　19cm　（ディズニーツイステッドテール―ゆがめられた世界）　1000円　①978-4-05-205687-1

＊「父を見つけた？」真実を知ったスノーの反撃が始まる！ 7人の小人たちや王国の民とともに女王との戦いに備えるスノー。じょじょに明かされる魔法の鏡と女王、それぞれの野望。スノーは、魔法ですべての行動を見通し、次々と先手を打ってくる敵に立ち向かう―スノーは奪われた人生と王国を取り戻すことができるのか？「鏡よ、鏡、邪魔者が消え去ったいま、この王国でいちばん美しいのはだれ？」邪悪な女王の悲しき原点を描く、ちょっとダークな『白雪姫』。〔0810〕

◇レット・イット・ゴー――エルサとアナがおたが

いを知らずに育った〈もしも〉の世界　上　ジェン・カロニータ著，池本尚美訳　Gakken　2024.6　191p　19cm　（ディズニーツイステッドテール—ゆがめられた世界）〈「アナと雪の女王〜ひきさかれた姉妹〜」(小学館　2020年刊)の改題，完結版，2分冊　原書名：Conceal,Don't Feel〉　1100円　①978-4-05-205877-6
　＊もしもアナとエルサがおたがいを知らずに育っていたら？　ずっとさびしさをかかえて生きてきた，きょうだいのいないエルサ。あるとき，屋根裏部屋でみつけた嫁入り道具箱に描かれた，イニシャル"A"のなぞを追いはじめる。しかし戴冠式の日，かくされていたエルサの記憶と力が解き放たれ，大混乱となる。—エルサは"A"をつきとめて混乱をおさめられるのか？　〔0811〕

◇レット・イット・ゴー—エルサとアナがおたがいを知らずに育った〈もしも〉の世界　下　ジェン・カロニータ著，池本尚美訳　Gakken　2024.6　201p　19cm　（ディズニーツイステッドテール—ゆがめられた世界）〈「アナと雪の女王〜ひきさかれた姉妹〜」(小学館　2020年刊)の改題，完結版，2分冊　原書名：Conceal,Don't Feel〉　1100円　①978-4-05-205878-3
　＊「アレンデールでだれかがあたしをさがしている！」と直感したアナだったが…。とつぜん氷におおわれたアレンデール王国に向かうアナ。それぞれの存在を感じ，雪の中おたがいをさがし求めるアナとエルサ。しかし，王国をわがものにしようとたくらむ者たちのじゃまが入るのだった…。—求め合うふたりはぶじに出会うことができるのか⁉　〔0812〕

カーン，ヴァシーム　Khan, Vaseem

◇チョプラ警部の思いがけない相続　ヴァシーム・カーン著，舩山むつみ訳　ハーパーコリンズ・ジャパン　2023.5　374p　15cm　（ハーパーBOOKS M・カ8・1）〈原書名：THE UNEXPECTED INHERITANCE OF INSPECTOR CHOPRA〉1018円　①978-4-596-77217-6
　＊ついに警察官人生が終わる退職日の朝，チョプラ警部のもとに想定外の事態が舞い込んだ。放浪癖のある伯父からあろうことか"子象"を相続したのだ。しかも困惑したまま署に到着した警部を待っていたのは少年の水死体。検死解剖もせず事故として処理されたその死に違和感を覚えたチョプラは独自に調査を始めるが，事件はインド裏社会をも巻きこむ大事件に発展し…。"元警部と子象"の異色探偵コンビ，最初の事件！　〔0813〕

◇帝国の亡霊，そして殺人　ヴァシーム・カーン著，田村義進訳　早川書房　2023.2　364p　19cm　（HAYAKAWA POCKET MYSTERY BOOKS 1988）〈原書名：MIDNIGHT AT MALABAR HOUSE〉2300円　①978-4-15-001988-4
　＊1949年，インドボンベイ。共和国化を目前にした大晦日の夜，パーティーの最中に英国外交官ジェームズ・ヘリオット卿が殺された。犯行現場の金庫は空。さらにジェームズ卿の上着からは暗号めいたメモが見つかった。捜査に当たるのはペルシス・ワディア警部。インド初の女性刑事として警察組織の内外で逆境に立たされながらも，明敏な頭脳と不屈の精神で国家を揺るがす大事件の真実に迫る。独立運動の遺恨と共和国化の混沌の只中にあるボンベイを舞台に，女性警部の活躍を描いた英国推理作家協会賞受賞の歴史ミステリ。　〔0814〕

カン，カンケイ　関　漢卿

◇中国古典名劇選　3　後藤裕也，田村彩子，陳駿千，西川芳樹，林雅清編訳　東方書店　2022.3　416p　21cm　4200円　①978-4-497-22204-6
　内容　銭大尹，智をもって謝天香を寵しむ—謝天香（関漢卿撰）　〔0815〕

カン，キホウ　簡　奇峯

◇時をかける愛　三鳳製作，林欣慧，簡奇峯著，吉田庸子訳　KADOKAWA　2022.6　286p　19cm　1500円　①978-4-04-110937-3
　＊職場でも頼りにされている，有能なIT企業社員・黄雨萱。しかし彼女は，飛行機事故に遭った恋人を忘れられない日々を過ごしていた。二〇一九年のある日，雨萱は自分と恋人にそっくりな学生の写真を目にする。恋人の消息に繋がるのではないかと調べはじめた彼女は，あるカセットテープを手にすることに。音楽が再生されると，彼女はなぜか一九九八年の台南で女子高生として目を覚まし，恋人と同じ顔の同級生との思い出を育むが—。現代と過去を行き来する彼女は，二つの時代で巻き起こる運命の事件に巻き込まれていく。　〔0816〕

カン，ショウ　韓　松

◇宇宙の果ての本屋　立原透耶編　新紀元社　2023.12　477p　20cm　（現代中華SF傑作選）〈他言語標題：The Bookstore at the Edge of the Universe〉2500円　①978-4-7753-2023-5
　内容　仏性（韓松著，上原かおり訳）　〔0817〕

◇金色昔日—現代中国SFアンソロジー　夏笳ほか著，ケン・リュウ編，中原尚哉他訳　早川書房　2022.11　715p　16cm　（ハヤカワ文庫 SF 2387）〈責任表示はカバーによる　「月の光」（2020年刊）の改題　原書名：BROKEN STARS〉1380円　①978-4-15-012387-1
　内容　潜水艇　サリンジャーと朝鮮人（韓松著，中原尚哉訳）
　＊北京五輪の開会式を彼女と見たあの日から，世界はあまりにも変わってしまった—『三体X』の著者・宝樹が，中国の歴史とある男女の運命を重ね合わせた表題作，『三体』の劉慈欣が描く環境SFの佳品「月の光」，春節シーズンに突如消えた列車の謎を追う「折りたたみ北京」著者の郝景芳による「正月列車」など，14作家による中国SF16篇を収録。ケン・リュウ編による綺羅星のごときアンソロジー第2弾。　〔0818〕

◇無限病院　韓松著，山田和子訳　早川書房

2024.10　431p　20cm　〈原書名：HOSPITAL〉
3100円　①978-4-15-210369-7
＊病院は街の基盤、病院はテクノロジー、病院はこの世のすべて。平凡なビジネスマン・楊偉は、ある日、仕事の出張先であるC市のホテルでミネラルウォーターを飲んだところ、腹痛で病院の従業員の女性たちに巨大な病院へ連れ込まれるが、外来には大量の患者が詰めかけており、なかなか検査の順番が回ってこない。楊偉は痛みに苦しみながら待つが、やがて病院内ではおそろしいほどに混沌とした状況が広がっていることがわかる。院内で商売をしはじめる者あり、遊ぶ者あり、苦しむ者あり、診断を求めて窓口に殺到している者あり…。楊偉はさまざまな検査を受けるはずが、なぜか治療はしてもらえない。逃げ出そうとするも、エントランスの外には病院に入ろうとする膨大な人の海が広がっていた。いまや"医療の時代"、すべての人が病んでいる社会だったのだ！　中国SF四天王の一角、韓松が放つ、ダークで不条理なSFエンタテインメント"医院"三部作、開幕篇。〔0819〕

カン，ショウコウ　韓　少功
◇黒い雪玉―日本との戦争を描く中国語圏作品集　加藤三由紀編　中国文庫　2022.8　391p　19cm　3800円　①978-4-910887-00-5
内容　咆えるモノ（韓少功著，加藤三由紀訳）〔0820〕

カン，タイリク　姜　大陸
◇近未来短篇集　伊格言他著，三須祐介訳，呉佩珍，白水紀子，山口守編　早川書房　2024.7　346p　19cm　〈台湾文学コレクション 1〉　2900円　①978-4-15-210342-0
内容　小雅（姜天陸著，三須祐介訳）
＊恋する相手のデータをひそかに蓄積する秘書がたどりついた結末をユーモラスに語る「USBメモリの恋人」、人間の負の感情の撤去を生業とする青年の日々を絢爛たる筆致で描く「雲を運ぶ」、先端技術を敬遠する母と反発する娘を描く「2042」。伊格言、湖南蟲、黄麗群など第一線で活躍する台湾人作家による傑作近未来文芸8篇を収録したアンソロジー。〔0821〕

カン，ナムジュ　姜　南周
◇草墳―姜南周短編小説集　森脇錦穂訳　福岡花乱社　2024.4　213p　19cm　〈著：姜南周〉　1800円　①978-4-910038-90-2　〔0822〕

カン，ファギル　姜　禾吉
◇大丈夫な人　カンファギル著，小山内園子訳　白水社　2022.6　281p　20cm　（エクス・リブリス）　2000円　①978-4-560-09073-2
＊女性の日常は、サスペンススリラー。現代社会の弱者の不安を自由自在に奏でる欧米も注目する韓国の奇才が放つ、衝撃の短篇小説集！〔0823〕
◇大仏ホテルの幽霊　カンファギル著，小山内園子訳　白水社　2023.12　296p　20cm　（エクス・リブリス）〈文献あり〉　2400円　①978-4-560-09089-3
＊1950年代後半、朝鮮戦争の傷痕が残る西洋式「大仏ホテル」に居場所を見つけた3人の若者、外国人客の通訳をしながらアメリカ行きを目論むコ・ヨンジュ、アメリカ軍の無差別爆撃で家族を亡くしたチ・ヨンヒョン、韓国人からヘイトの対象とされる華僑のルェ・イハン。悪霊に取り憑かれていると噂のホテルに、ある日、シャーリイ・ジャクスンがチェックイン。エミリー・ブロンテも姿を現し、運命の歯車が回りだす―。韓国社会の"恨"を描くゴシックスリラー。〔0824〕

カン，ミガン
◇赤い袖先　上　カンミガン著，本間裕美ほか訳　双葉社　2023.6　381p　19cm　〈年譜あり〉　2200円　①978-4-575-24642-1
＊父に連れられ、宮中に足を踏み入れた少女ソン・ドギム。宮仕えに出された彼女が最初に命じられたことは、父を亡くしてからふさぎこんでいる世孫の話し相手となることだった。以来、世孫の目はいつも楽しそうに笑っている見習い宮女の姿ばかりを追うようになり…。この感情はなんなのか？　運命の愛が始まる！〔0825〕
◇赤い袖先　中　カンミガン著，本間裕美ほか訳　双葉社　2023.9　398p　19cm　〈年譜あり〉　2200円　①978-4-575-24673-5
＊なかなか世継ぎができない王を案じて、王宮では新たな側室を迎え入れる。選ばれたのは、王の側近ホン・ドンノの妹、元嬪ホン氏。側室をとることに気のりがしない王だが、そのそばで宮女ソン・ドギムは胸が痛むのを感じていた。王妃と側室の間に緊張感が張り詰めるなか、王の心はドギムに向いていた…。〔0826〕
◇赤い袖先　下　カンミガン著，本間裕美ほか訳　双葉社　2023.9　414p　19cm　〈年譜あり〉　2200円　①978-4-575-24674-2
内容　赤い袖先．下　袞龍袍のように赤い色　空の住処　最後に残った人　約束の地
＊サンの腕に抱かれたドギムの前に新たな世界の扉が開く。王の愛を受けた宮女出身の側室―宮女の世界しか知らなかったドギムにとってそれは、慣れない、慣れようにもないものだった。いつ飛び出していくかもわからぬ彼女を守ろうとサンなりに気遣うのだが、彼はあくまでも王だった。やがてふたりの間に王室待望の王子が生まれ…。〔0827〕

カン，ヤオミン　甘　耀明
⇒カン，ヨウメイ　を見よ

カン，ヨウメイ　甘　耀明
◇真の人間になる　上　甘耀明著，白水紀子訳　白水社　2023.8　265p　20cm　（エクス・リブリス）　2400円　①978-4-560-09086-2
＊日本人、漢人、原住民族、高麗人、アメリカ人などが混在し、価値観が倒錯した戦後の混乱のなか、1945年9月に起こった三叉山事件。ブヌン族の少年の成長を重層的に描き、台湾・中華圏の文学賞を制覇した感動の大作、日本上陸！　あの頃を思い出す、

太陽の光、野球、彼と彼はともに輝いていた―物語の力、ここに極まる。　　　　　　　　〔0828〕

◇真の人間になる　下　甘耀明著，白水紀子訳　白水社　2023.8　256p　20cm　（エクス・リブリス）　2400円　①978-4-560-09087-9
　＊戦争で愛する人を失くした悲しみは消えることはない。大切な人の命を引き継ぐとは、彼らの生きた歴史を語り継ぐこと。ミホミサン（mihumisang）。もう一度再会できるように―その日が来るまで僕はちゃんと生きていく。歴史・民族の遺恨を超えた祈り。　　　　　　〔0829〕

◇プールサイド―短篇小説集　陳思宏ほか著，三須祐介訳，呉佩珍，白水紀子，山口守編　作品社　2022.2　246p　19cm　（台湾文学ブックカフェ3）　2400円　①978-4-86182-879-9
　|内容| 告別式の物語 クリスマスツリーの宇宙豚（甘耀明著）
　＊大学受験を控える高校生の少年が夏休みにプールの監視員のバイトをしていると、ある男から小学生の息子に水泳を教えてほしいと頼まれ、やがて、少年を自宅に招いた男は長い口づけをする…。高校生から大学生へと成長する少年のひと夏の経験が語られる、本集最年少の新星による表題作のほか、全十一篇を収録。　　　　　　　〔0830〕

カン，レイシュ　韓 麗珠

◇絶縁　村田沙耶香，アルフィアン・サアット，郝景芳，ウィワット・ルートウィワットウォンサー，韓麗珠，ラシャムジャ，グエン・ゴック・トゥ，連明偉，チョン・セラン著，藤井光，大久保洋子，福冨渉，及川茜，星泉，野平宗弘，吉川凪訳　小学館　2022.12　413p　19cm　2000円　①978-4-09-356745-9
　|内容| 秘密警察（韓麗珠著，及川茜訳）
　＊アジア9都市9名が集った奇跡のアンソロジー。　　　　　　　　　　　　　　　〔0831〕

カンター，エディ　Cantor, Eddie

◇ユーモア・スケッチ大全［3］ユーモア・スケッチ傑作展 3　浅倉久志編・訳　国書刊行会　2022.2　374p　19cm　〈「ユーモア・スケッチ傑作展 3」（早川書房 1983年刊）の改題，増補〉　2000円　①978-4-336-07310-5
　|内容| 二週間の疲労休暇（エディ・カンター著）　〔0832〕

カンタン，アベル　Quentin, Abel

◇エタンプの預言者　アベル・カンタン著，中村佳子訳　KADOKAWA　2023.4　377p　19cm　〈原書名：Le Voyant d'Étampes〉　2400円　①978-4-04-112496-3
　＊かつてタレント歴史学者を夢見たロスコフは、落ちぼれだった。1995年に「冷戦下米国のソ連スパイ事件」を巡る書籍を出版したが、直後CIAが機密解除、本は一夜にして紙くずに。妻とは離婚し大学を退職、酒浸りだったロスコフは、同性愛者の娘のラディカルフェミニストの恋人に刺激され、研究を再開、サルトルやボリス・ヴィアンと親交があったアメリカの詩人・ウィローについての書籍を刊行する。客わずか5人の出版記念トークショーの席上、ロスコフはウィローが黒人であることを記述しなかった理由を問われる。翌朝掲載されたブログ記事が炎上し、ロスコフはレイシストだという非難にさらされる。さらに自分を擁護するツイートに返信したロスコフは、炎上を煽っていた。ツイートした知人は、極右政党に入党していたのだ―。現代社会への痛烈な皮肉。超弩級の注目作！　ゴンクール賞、フェミナ賞、ルノードー賞、アカデミー・フランセーズ賞、ジャン・ジオノ賞…フランスの名だたる文学賞レースで候補作入り!! フロール賞受賞作！　　　　　　　　〔0833〕

カントー，リベイ・リンサンガン　Cantor, Libay Linsangan

◇イン・クィア・タイム―アジアン・クィア作家短編集　イン・イーシェン，リベイ・リンサンガン・カントー編，村上さつき訳　ころから　2022.8　350,10p　19cm　〈他言語標題：In queer time　原書名：Sanctuary〉　2200円　①978-4-907239-63-3
　＊「クィアの時代」に香港から届いたアジアンLGBTQ＋作家による「クィア小説」17編を収録！　　　　　　　　　　　　　　　〔0834〕

【キ】

キ，ウツゼン　紀 蔚然

◇台北プライベートアイ　紀蔚然著，舩山むつみ訳　文藝春秋　2024.5　557p　16cm　（文春文庫 キ19-1）　1250円　①978-4-16-792223-8
　＊劇作家で大学教授の呉誠は50歳を前に全てのしがらみを断ち、路地裏に私立探偵の看板を掲げる。台北中を震撼させる連続殺人事件に巻き込まれた素人探偵は、自らの冤罪をはらすため自力で真犯人を見つけ出すと誓う。シニカルかつ哲学的なモノローグ、台湾らしい丁々発止の会話で読ませる華文ネオ・ハードボイルドの決定版！　翻訳ミステリー大賞＆ファルコン賞ダブル受賞。　〔0835〕

◇DV8　紀蔚然著，舩山むつみ訳　文藝春秋　2024.5　396p　19cm　（台北プライベートアイ2）　本文は日本語　部分タイトル：deviate〉　2000円　①978-4-16-391846-4
　＊元劇作家にして大学教授。異色の私立探偵、呉誠が帰ってきた！　風光明媚な"台湾のベニス"淡水で20年前の連続殺人事件の謎に迫る。　　　　　　　　　　　　　　　〔0836〕

キーオン，オードリー　Keown, Audrey

◇新米フロント係，支配人を憂う　オードリー・キーオン著，寺尾まち子訳　原書房　2022.5　391p　15cm　（コージーブックス キ2-2―歴史と秘密のホテル 2）〈原書名：DUST TO

DUST〉 1000円　①978-4-562-06123-5

＊アイヴィーがフロント係の仕事に慣れてきたころ、ホテルに墓石愛好会と名乗る風変わりな一団がやってきた。彼らのお目当てはホテルの庭に並ぶ数々の彫像。じつは景観を彩る芸術作品などではなく、ここが屋敷だったころに住んでいた一族の墓だというのだ。アイヴィーはその一族である祖父母の秘密がわかるかもしれないと見守っていたが、ある日、メンバーのひとりが部屋で亡くなってしまう。その部屋に行くにはフロントの前を通るしかなく、支配人のミスター・フィグがずっといて、不審な人物など見かけなかったという。ホテルを心から愛する彼がひどいことをするはずがないけれど、では、いったい誰がこんなことを…ミスター・フィグを疑う警察には任せておけないと、アイヴィーはまたもひとりで事件に立ち向かう！
〔0837〕

キーガン, クレア　Keegan, Claire

◇ほんのささやかなこと　クレア・キーガン著，鴻巣友季子訳　早川書房　2024.10　156p　20cm〈原書名：SMALL THINGS LIKE THESE〉2200円　①978-4-15-210366-6

＊1985年、アイルランドの小さな町。クリスマスが迫り、寒さが厳しくなるなか、石炭と木材の商人であるビル・ファーロングは最も忙しい時期を迎えていた。ある日、石炭の配達のために女子修道院を訪れたファーロングは、「ここから出してほしい」と願う娘たちに出くわす。修道院には、未婚で妊娠した娘たちが送り込まれているという噂が立っていたが―隠された町の秘密に触れ、決断を迫られたファーロングは、己の過去と向き合い始める。歴史に光を当てながら、人間の普遍性を見事に描きあげ、英国のオーウェル政治小説賞を受賞。世界30か国で翻訳され愛される現代アイルランド文学の旗手が贈る、史実に基づいた傑作中篇。〔0838〕

ギッシング, ジョージ　Gissing, George

◇下宿人―お嬢さまの行儀見習い　ジョージ・ギッシング作，松岡光治訳　アティーナ・プレス　2024.3　172p　15cm〈原書名：The paying guest〉800円　①978-4-86340-374-1
〔0839〕

キッド, ジェス　Kidd, Jess

◇壜のなかの永遠　ジェス・キッド著，木下淳子訳　小学館　2022.6　586p　15cm（小学館文庫　シ24-1）〈原書名：THINGS IN JARS〉1240円　①978-4-09-407151-1

＊一八六三年のロンドン。探偵と外科医の看板を掲げる女性ブライディのもとを、ある貴族の主治医が訪れた。彼は「館で秘密裏に育てられていた準男爵の娘がさらわれてしまった」と言う。娘の詳細を明かされないままの捜索依頼に戸惑いながらも、ブライディは彼女の前に突然現れた「ルビー」と名乗る元ボクサーの幽霊とともに、少女の行方を追うことに。しかし捜索を進めれば進めるほど、ブライディは迷宮に嵌まり…。英国の新星が、

アイルランドの人魚伝説とビクトリア期ロンドンの誘拐事件を怖ろしくも幻想的に描く、時空を超えた歴史ミステリ。〔0840〕

キニャール, パスカル　Quignard, Pascal

◇もっとも猥雑なもの　パスカル・キニャール著，桑田光平訳　水声社　2022.6　272p　20cm（パスカル・キニャール・コレクション―最後の王国 5）〈原書名：SORDIDISSIMES〉3200円　①978-4-8010-0233-3

＊「この世には、文学ジャンル、講義、演説、新聞、エッセイ、宗教的な説教が、低俗で汚れたものとみなし捨て去った行き場のないものたちを収容するための家が必要なのだ。この住処が「小説」と呼ばれた」言語以前、意味以前の、回復のできない喪失としての「最初の王国」を求めて紡がれる、"最後の王国"という壮大な試み。生きる者を脅かし畏怖の念を引き起こすとともに、失われた「最初の王国」＝楽園へのよすがともなる、「もっとも猥雑なもの」が集積されたトポスについての思索。
〔0841〕

◇楽園のおもかげ　パスカル・キニャール著，小川美登里訳　水声社　2022.6　315p　20cm（パスカル・キニャール・コレクション―最後の王国 4）〈原書名：LES PARADISIAQUES〉3500円　①978-4-8010-0234-0

＊精神分析における「自由連想」のように、複数の深淵を飛び越えながら、規範化された文学像を解体する、新たな想像／創造の試み。
〔0842〕

ギブスン, ウィリアム　Gibson, William

◇ウィリアム・ギブスン エイリアン3　ウィリアム・ギブスン脚本，パット・カディガン著，入間眞訳　竹書房　2022.7　422p　19cm〈原書名：ALIEN 3〉2000円　①978-4-8019-3170-1

＊リドリー・スコットが作り上げた世界をジェームズ・キャメロンがさらに発展させ世界的大ヒットとなった『エイリアン2』。その続編の脚本家として指名されたのが、当時"サイバーパンク"でSF小説界に革新をもたらしたウィリアム・ギブスン。しかし、その脚本は様々な事情によって映像化されることはなかった。『エイリアン2』で生き残ったリプリー、ヒックス、ニュート、ビショップ―4人の運命をギブスンはどう描いたのか？ 約30年の時を経て、ギブスン版『エイリアン3』の全貌があきらかとなる。〔0843〕

ギブソン, マギー　Gibson, Maggi

◇サッシーは大まじめ　[2]　夢見るだけじゃ、はじまらない！　マギー・ギブソン著，松田綾花訳　小鳥遊書房　2024.6　289p　20cm〈文献あり　原書名：Seriously Sassy：Pinch me, I'm Dreaming〉2200円　①978-4-86780-044-7
〔0844〕

ギフト, セオ

◇英国クリスマス幽霊譚傑作集　チャールズ・

ディケンズ他著，夏来健次編訳　東京創元社　2022.11　382p　15cm　（創元推理文庫　Fン11-1）　1100円　①978-4-488-58406-1

内容　メルローズ・スクエア二番地（セオ・ギフト著，夏来健次訳）

＊ヴィクトリア朝期に『クリスマス・キャロル』がベストセラーとなって以降、定番となった聖夜怪談。幽霊をこよなく愛するイギリスで生まれた佳品を、数々の怪奇幻想小説を紹介する翻訳家が精選する。陰鬱な田舎で休暇を過ごすことになった男が老朽船で体験する恐怖の一夜「幽霊廃船のクリスマス・イヴ」など、知られざる傑作から愛すべき怪作まで、13篇中12篇を本邦初訳で贈る。　〔0845〕

キプリング，ラドヤード　Kipling, Rudyard

◇世界怪談名作集［下］　北極星号の船長ほか九篇　岡本綺堂編訳　新装版　河出書房新社　2022.11　338p　15cm　（河出文庫　お2-3）　900円　①978-4-309-46770-2

内容　幻の人力車（キップリング著，岡本綺堂訳）

＊上質な日本語訳によって、これ以上ないほどの恐怖と想像力を掻き立てられる、魅惑の怪談集。「シャーロック・ホームズ」シリーズの著者コナン・ドイルによる隠れた名作「北極星号の船長」や、埋葬の三日後に墓から這いだした男の苦悩と悲哀を描いた「ラザルス」などを収録。百年近く前に刊行されたとは到底思えない、永遠に読まれるべき名作集。　〔0846〕

◇幽霊の物語　ラドヤード・キプリング著，稲垣博訳　書肆盛林堂　2024.4　336p　15cm　（盛林堂ミステリアス文庫―ペガーナ・コレクション　第2期　第2巻）〈原書名：The stories of ghosts〉2364円　①978-4-911229-05-7　〔0847〕

キム，イファン

◇蒸気駆動の男―朝鮮王朝スチームパンク年代記　キムイファン，パクエジン，パクハル，イソヨン，チョンミョンソプ著，吉良佳奈江訳　早川書房　2023.6　252p　19cm　（新☆ハヤカワ・SF・シリーズ　5060）〈他言語標題：DORO THE MACHINE HUMAN〉2600円　①978-4-15-335060-1

内容　朴氏夫人伝（キムイファン著，吉良佳奈江訳）

＊1392年、李氏朝鮮王朝を開いた太祖、李成桂。太祖によって蒸気機関が導入され発達したこの世界で、ある時は謎の商人、またある時は王の側近と、歴史の転換点で暗躍した男がいた。その名は都老。都老はひそかに噂されるように、蒸気機関で動く「汽機人」なのか？　彼はこの国の敵なのか、味方なのか？　その本当の姿を、想いを知る者は一人。王とその寵愛を受けた汽機人の愛憎を描く「知申事の蒸気」、ある奴隷とその主人の主従関係が都老に出会ったことで狂っていく「君子の道」など、蒸気機関が発達したもうひとつの李朝朝鮮王朝500年間を舞台に展開する、韓国SF作家5人が競演するスチームパンクアンソロジー！　〔0848〕

キム，ウォニョン

◇だれも私たちに「失格の烙印」を押すことはできない　キムウォニョン著，五十嵐真希訳　小学館　2022.12　335p　19cm　1800円　①978-4-09-388854-7

＊韓国のベストセラー、日本上陸！　障害、病気、貧困、人とちがった容姿や性的指向…すべて生には価値があって美しいことを論理的に語り尽くす！「今年の人権書」2018年受賞作。　〔0849〕

キム，エラン　金　愛爛

◇唾がたまる　キムエラン著，古川綾子訳　亜紀書房　2023.12　280p　20cm　（キム・エランの本　2）　2200円　①978-4-7505-1822-0

内容　堂々たる生活　唾がたまる　クリスマス特選　子午線を通過するとき　包丁の跡　祈り　四角い場所　フライデータレコーダ

＊自分をいつも守ってくれた豪快な母。何もかもがうまくいかなかった、クリスマスの夜の苦さ。就職難の中で手に入れたささやかな「城」への闖入者。死んでしまった母親との、本当の別れ。大人になろうとする主人公たちの大切な記憶を鮮やかに紡ぐ、作家の自伝的要素もちりばめられた瑞々しい短編小説集。　〔0850〕

◇ひこうき雲　キムエラン著，古川綾子訳　亜紀書房　2022.8　315p　20cm　（キム・エランの本　1）　1900円　①978-4-7505-1747-6

＊タクシー運転手のヨンデは、車内で中国語のテープを聴いている。数ヶ国語を話せた、死んだ妻ミョンファが吹き込んでくれたものだ。何をしても長続きせず、「家族の恥」と周囲に疎まれ、三十六歳で逃げるように上京した彼が、中国の地方から出稼ぎに来ていた親切なミョンファと出会い、貧しいながらも肩を寄せ合うように暮らしていた。だが、やがて彼女はがんを患って…（「かの地に夜、ここに歌」）。韓国社会の片隅で必死に生きる声なき人々を愛と共感を込めて描く、哀切の9篇。　〔0851〕

キム，オンス　金　彦洙

◇野獣の血　キムオンス著，加来順子訳　扶桑社　2023.7　719p　16cm　（扶桑社ミステリー　キ18-1）　1400円　①978-4-594-09499-7

＊1993年、釜山の片隅の港町クアム。万里荘ホテルの支配人ヒスは、18歳の時にクアムの裏社会を仕切るソンに拾われて以来、やくざ稼業に生きてきた。クアムは長年、海を挟んだ影島の組織と睨み合いつつ共存共栄を保っている。だがある日、組が所有する工場が流れ者のやくざヨンガンに襲撃され、平和のバランスは崩れだす。背後に影島がいるのではと疑うヒスは、やがて利権を巡る抗争に否応なく巻き込まれていき…韓国発、裏社会に生きる者の哀切を描く圧巻のノワール遂に上陸。　〔0852〕

キム，ギョンウク　金　勁旭

◇スプレー　キム・ギョンウク著，田野倉佐和子訳　クオン　2023.10　44,32p　17cm　（韓国文学ショートショートきむふなセレクション

キム

20）〈ハングル併記〉 1200円　①978-4-910214-57-3

＊過って持ち帰った他人の宅配便は「彼」に思いがけない快感をもたらしたが窮地にも追い込んだ。
〔0853〕

キム, グミ

◇敬愛の心　キムグミ著, すんみ訳　晶文社　2024.3　433p　19cm　2400円　①978-4-7949-7391-7

＊ミシン会社で働くサンスと敬愛。お荷物社員の二人がチームを組むことになった。すれ違い、空回りしながら距離を探り合う日々。やがて互いの過去が少しずつ関係を変えていく。そんな中、チームはベトナムへの派遣が決まり、それぞれの思いを胸に新しい地を訪れるが—。理不尽な火災事件で親しい人を失い、亡霊のように生きていた男女の転機と再生を描く。
〔0854〕

キム, ジフン

◇本当に大切な君だから—ありのままで　キムジフン著, 呉永雅訳　かんき出版　2022.1　399p　20cm　1700円　①978-4-7612-7588-4

＊愛と別れ、人間関係、仕事、夢、劣等感…私らしくいるために、一歩踏み出すために、自尊心を取り戻そう。SNSで話題の人気作家、渾身の一作。
〔0855〕

キム, ジョンス

◇飴売り　具學永（ク・ハギョン）—関東大震災で虐殺された一朝鮮人青年の物語　キムジョンス文, ハンジョン絵, 山下俊雄, 鍬野保雄, 稲垣優美子訳　展望社　2022.3　112p　19cm　1500円　①978-4-88546-416-4

＊戒厳令のもと、自警団の日本人によって数千人の朝鮮人が虐殺されたが、唯一人名前・年齢がわかっており、墓もある青年とは…。
〔0856〕

キム, ジョンチュル　金 正出

◇土地—完全版　16巻　朴景利著, 金正出監修, 吉川凪訳　クオン　2022.6　409p　20cm　2800円　①978-4-904855-56-0

＊同郷の友であり同志であった寛洙が牡丹江で病死したことで、吉祥は自分の生き方を見つめ直す。主治医だった朴医師の死に衝撃を受けた西姫は、心の奥底に秘めていた思いに気づく。二人は互いの存在が束縛であったことを初めて認め合う。寛洙の死は家族を再会させ、新たな絆をもたらした。還国は家庭を持ち新進気鋭の画家となり、李家に戸籍を移した允紱は女医専に学んでいる。西姫は允国と允紱について意外なことを言い出す。日本は中日戦争の泥沼から抜け出せず、物資が不足して生活は不便になるばかりだ。朝鮮語の言論は弾圧され、志願兵、創氏改名など新たな制度で朝鮮の人々はますます生きづらくなっている。
〔0857〕

キム, スミン

◇君に伝えたいこと。　キムスミン著, ヒジョ絵, 丸木しゅう訳　フォレスト出版　2022.2　203p　19cm　1500円　①978-4-86680-144-5

＊「あなたの人生というアトラクションの安全バーになりたいです。」韓国発"感性エッセイ"の先駆けがリニューアルして日本上陸！
〔0858〕

キム, スム

◇Lの運動靴　キムスム著, 中野宣子訳　アストラハウス　2022.6　237p　19cm　〈他言語標題：The Shoe　文献あり〉　1800円　①978-4-908184-34-5

＊Lの運動靴を最大限修復するか。最小限の保存処理だけですませるか。何もせずに放っておくか。レプリカを作るか。何もしない修復もやはり、修復のうちに入る。分析だけして何の治療もしないことも。—物質と記憶をめぐる物語。
〔0859〕

◇さすらう地　キムスム著, 岡裕美訳　新泉社　2022.6　309p　20cm　（韓国文学セレクション）　2300円　①978-4-7877-2221-8

＊「ママ、ぼくたち"るろうのたみ"になるの？」一九三七年、スターリン体制下のソ連。朝鮮半島にルーツを持つ十七万の人々が突然、行き先を告げられないまま貨物列車に乗せられ、極東の沿海州から中央アジアに強制移送された。狭い貨車の中で語られる人々の声を物語に昇華させ、定着を切望しながら悲哀に満ちた時間を歩んできた「高麗人」の悲劇を繊細に描き出す。
〔0860〕

キム, ソンジュン

◇エディ、あるいはアシュリー　キムソンジュン著, 古川綾子訳　亜紀書房　2023.8　251p　19cm　（となりの国のものがたり 11）　〈他言語標題：Eddie or Ashley〉　2000円　①978-4-7505-1808-4

内容　レオニー　エディ、あるいはアシュリー　海馬と扁桃体　正常人　木の追撃者　ドン・サパテロの冒険　へその唇、噛みつく歯　相続　メイゼル

＊性の多様性。移民。失われた日々。喪失。暴力…。どこにでもあるリアルな世界を、時を越え、現実と幻想とを自由に行き来しながら、未来と希望を信じて描いた短編集。ジェンダー・アイデンティティの不確かさを自らに問いかける表題作「エディ、あるいはアシュリー」、第63回現代文学賞受賞作「相続」など8作品を収録。
〔0861〕

キム, チュイ

◇満ち足りた人生　キム・チュイ著, 関未玲訳　彩流社　2023.1　164p　20cm　〈原書名：MẦN〉　2200円　①978-4-7791-2872-1
〔0862〕

キム, チョヨプ　金 草葉

◇この世界からは出ていくけれど　キムチョヨプ著, カンバンファ, ユンジヨン訳　早川書房　2023.9　292p　19cm　2400円　①978-4-15-

210268-3
内容 最後のライオニ マリのダンス ローラ ブレスシャドー 古の協約 認知空間 キャビン方程式
＊韓国新世代SF作家の旗手が未来へ踏み出す者たちに贈る、優しさと希望に満ちた7篇。〔0863〕

◇地球の果ての温室で キムチョヨプ著，カンバンファ訳 早川書房 2023.1 382p 19cm 〈文献あり〉 2000円 ①978-4-15-210201-0
＊ダストという毒物の蔓延により動植物が死に絶える大厄災から、ようやく復興を遂げて六十年。生態学者のアヨンは、謎の蔓草モスバナの異常繁殖を調査しているとき、その地で青い光が見えたという噂に心惹かれた。アヨンはモスバナの秘密を知る者を探すうち、この世界を復興させたとされる女性の一人ナオミにたどり着く。彼女はアヨンに、自らの過去を語りだす―。それは、食料をめぐり殺し合う時代を生き抜いた幼い姉妹アマラとナオミの物語、そして、今や歴史に埋もれる謎の女性ジスとレイチェルの物語だった…。〔0864〕

◇派遣者たち キムチョヨプ著，カンバンファ訳 早川書房 2024.11 431p 19cm 〈文献あり〉 2700円 ①978-4-15-210375-8
＊地上が正体不明の菌類"氾濫体"に汚染され、人々は地下都市に逃れて氾濫体による錯乱症に怯えながら不自由な生活をおくっていた。地上へ出ることを許されるのは、氾濫体の調査・研究をおこなう"派遣者"だけ。地下都市のラブパワに住む少女テリンは、師匠である派遣者のイゼフに憧れ、難関である派遣者の資格試験に挑む。だがテリンは派遣者の試験の直前、不思議な幻覚を体験する。自分の中に誰かがいる!?―それはテリンの秘められた過去が明らかになるとともに、人類と氾濫体との関係が変わる、運命の大事件の前ぶれだった…。〔0865〕

◇わたしたちが光の速さで進めないなら キムチョヨプ著，カンバンファ，ユンジヨン訳 早川書房 2024.10 314p 16cm （ハヤカワ文庫 NV 1533） 1000円 ①978-4-15-041533-4
内容 巡礼者たちはなぜ帰らない（カンバンファ訳） スペクトラム（カンバンファ訳） 共生仮説（カンバンファ訳） わたしたちが光の速さで進めないなら（ユンジヨン訳 カンバンファ監修） 感情の物性（ユンジヨン訳 カンバンファ監修） 館内紛失（ユンジヨン訳 カンバンファ監修） わたしのスペースヒーローについて（カンバンファ訳） 巡礼者たちはなぜ帰らない スペクトラム 共生仮説 わたしたちが光の速さで進めないなら 感情の物性 館内紛失 わたしのスペースヒーローについて
＊打ち棄てられた宇宙ステーションで、その老人はなぜ家族の星へ行く船を待ち続けているのか…。望まぬ出産を控えたジミンは、記憶を保管する図書館で、疎遠のまま亡くなった母の想いを確かめようとするが…「館内紛失」。新世代作家のデビュー作にしてベストセラー。生きるとは？ 愛するとは？ ―優しく、どこか懐かしい、心の片隅に残り続ける短篇7作。〔0866〕

キム, ドンイン　金 東仁

◇B舎監とラブレター 福岡 書肆侃侃房 2022.7 254p 20cm （韓国文学の源流―短編選 1 (1918-1929)） 〈年表あり〉 2200円 ①978-4-86385-524-3
内容 K博士の研究（金東仁著，岡裕美訳）
＊三従の道からの解放を自ら実践しようとして日本留学も果たした女性瓊姫は、新しい女性としての生き方を模索する「瓊姫」。白痴のように見えて実は、ある特殊な能力を持つ少年は自由を求めて危険な道に踏み出す「白痴？ 天才？」。金を少しでも減らしたくない男。日々寄付を求めてやってくる人々を追い返すために猟犬を飼い始める「猟犬」。死んでから天国に行くより、今のこの世でほんの少しでもいいから、よい暮らしをと願う男「人力車夫」。究極の貧しさゆえ空腹を満たすために腐ったサバを食べ食中毒をおこした息子を救おうと奔走する母親「〈パクトル〉の死」。厳格な舎監が夜な夜な繰り返す秘密の時間。その秘密を垣間見てしまった女学生たち「B舎監とラブレター」。朝鮮人の父と日本人の母を持つ混血の息子の葛藤と生きづらさを時代背景と共に綴る「南忠緒」。韓国最初の創作SF小説。人間の排泄物から人工肉を作る実験に明け暮れる笑えない現実「K博士の研究」。主人に絶対服従を誓って生きてきたもの言えぬ男。屋敷が火事になり、若主人の新婦を救おうと火の中に飛び込んでいく「啞の三龍」。〔0867〕

キム, ドンニ　金 東里

◇雨日和 池河蓮，桂鎔黙，金東里，孫昌渉，呉尚源，張龍鶴，朴景利，呉永壽，黄順元著，呉華順，姜芳華，小西直子訳 福岡 書肆侃侃房 2023.12 292p 20cm （韓国文学の源流―短編選 4 1946-1959） 〈年表あり〉 2900円 ①978-4-86385-607-3
内容 駅馬（金東里著，小西直子訳）
＊同じ民族が争うことになった朝鮮民族の分断と混乱の続く困難な時代―1950年代―を文学はいかに生き抜いたか。植民地から解放されても朝鮮戦争の戦後、完全に南北に分断され交流を絶された人々の苦悩は続く。〔0868〕

キム, ハナ

◇アイデアがあふれ出す不思議な12の対話 キムハナ著，清水知佐子訳 CCCメディアハウス 2022.9 319p 19cm 1500円 ①978-4-484-22109-0
＊女ふたり、暮らしています。話すことを話す、著者の最新邦訳！ ものの見え方が変わる！ 人生の選択肢が増える創造性についての12の発見。舞台は真夜中の小さなバー。酒を飲みながら語り合う男女の会話が凝り固まった頭をほぐし、アイデアの正体を解き明かす―〔0869〕

キム, フン　金 薫

◇火葬 金薫著，柳美佐訳 クオン 2023.4 67, 59p 17cm （韓国文学ショートショートきむ

ふなセレクション 18）〈ハングル併記 編集：藤井久子〉1200円　①978-4910214-46-7
 ＊死の影が忍び寄る妻を看病する「私」の前で「あなた」のあふれる生命力はまばゆい光を放っていた。韓国語でもよめる。〔0870〕

◇ハルビン　キムフン著，蓮池薫訳　新潮社　2024.4　248p　20cm　（CREST BOOKS）〈他言語標題：Harbin〉2150円　①978-4-10-590194-3
 ＊世の中に裸で立ち向かう青年たちは躊躇い、悩み、そして身命を擲つ。短いがゆえになおさら強烈だった彼らの最後の旅路。ひとりの悩める若者としての安重根を描き、韓国で33万部のベストセラーとなった歴史小説。〔0871〕

キム，ヘジョン

◇ファンタスティックガール　キムヘジョン著，清水知佐子訳　小学館　2022.4　285p　19cm　1600円　①978-4-09-356741-1
 ＊17歳の美少女オ・イェスルは、ある日突然10年後にタイムスリップし、27歳の自分に出会う。しかし、夢に描いた自分とはかけ離れた、情けない姿になっていて…。この10年に何があった？　その10年は取り戻せる？　NETFLIX韓国ドラマ原作。〔0872〕

キム，ヘジン　金 恵珍

◇君という生活　キムヘジン著，古川綾子訳　筑摩書房　2022.7　216p　19cm　1700円　①978-4-480-83218-4
 ＊親密な関係なのに、心がすれ違う、「君」と「私」の変奏曲。『娘について』『中央駅』など、疎外された人々の視点から韓国社会を描いてきたキム・ヘジン。胸に迫る8つの傑作短編！　さびれた教会前で野良猫に餌をあげていた私に話しかけてきた君と、地域の再開発話。大学新聞に所属する私と君と、ある嫌疑をかけられる先生の話。パーティで好奇と同情の目にさらされて、当惑するような同性カップル。同等な存在だと思っていたのに、亀裂が入る君と私。寂寥感と抒情があふれる。〔0873〕

キム，ボム

◇おばあさんが帰ってきた　キムボム著，米津篤八訳　光文社　2022.8　285p　19cm　1700円　①978-4-334-91482-0
 ＊病気で死んだことになっていて、家族の誰も口にしなかったおばあさんが、突然巨額の資産を持って帰ってきた!?　優秀な妹と違って、恋に破れ、仕事にもあぶれ、くすぶる僕は、おばあさんも"家族"なのだから仲良くしようとするが…。一族は、みんな"超・大金"を巡って右往左往するばかり。驚天動地のミステリアス・ホームコメディ!!　〔0874〕

キム，ホヨン

◇不便なコンビニ　キムホヨン著，米津篤八訳　小学館　2023.6　287p　19cm　1600円　①978-4-09-356746-6

内容 山海珍味弁当　クレーマーの中のクレーマー　おにぎりの効用　ワン・プラス・ワン　不便なコンビニ　四本で一万ウォン　廃棄商品だけど、まだ大丈夫　ALWAYS
 ＊16カ国で刊行、舞台化され映像化も進行中。2022年韓国最大のベストセラーにしてKヒーリング小説の傑作、ついに上陸！　ソウルの片隅でひっそり息づく不便なコンビニ「ALWAYS」。記憶を失ったホームレスの店員とそこに集う人々の、笑いと涙の物語。〔0875〕

キム，ボヨン

◇どれほど似ているか　キムボヨン著，斎藤真理子訳　河出書房新社　2023.5　370p　20cm　2300円　①978-4-309-20883-1

内容 ママには超能力がある　0と1の間　赤ずきんのお嬢さん　静かな時代　ニエンの来る日　この世でいちばん速い人　鍾路のログズギャラリー　歩く、止まる、戻っていく　どれほど似ているか　同じ重さ
 ＊全米図書賞にノミネートされ、キム・チョヨプら新世代韓国SFに多大な影響を与え続ける「中短篇の神」（ムン・モカ/作家）が、ついに日本上陸！「どれほど似ているか」韓国SFアワード大賞受賞作（中短篇部門）—衛星の避難民を救う任務を負う宇宙船で、人間の姿で目覚めたAIの「私」。人間とは何か？　機械に感情はあるか？　繋がりの可能性を追求する決死の旅。「この世でいちばん速い人」韓国SFアワード優秀賞受賞作（中短篇部門）—事故を未然に防ぎ、人々を救ってきた光速の超人"稲妻"の苛立ちと苦悩。SNSが過熱する中、世代間の対立と融和を描く傑作続編「鍾路のログズギャラリー」も収録。ほか、寡作の作家による集大成となる10篇。〔0876〕

キム，ヨンス　金 衍洙

◇七年の最後　キムヨンス著，橋本智保訳　新泉社　2023.11　235p　20cm　（韓国文学セレクション）2300円　①978-4-7877-2321-5
 ＊書かないことで文学を生き抜いた詩人、白石。北朝鮮での詩人としての道を断たれた白石の後半生を、現代韓国文学を代表する作家がよみがえらせた長篇作。許筠文学作家賞受賞作。〔0877〕

◇波が海のさだめなら　キムヨンス著，松岡雄太訳　駿河台出版社　2022.5　325p　19cm　〈文献あり　年譜あり〉2200円　①978-4-411-04043-5
 ＊「誰も自分の人生の観客にはなれないじゃないですか」真実を求める旅は、アメリカ、韓国、日本、バングラデシュを巡り、再び韓国へ。深淵を超えてあなたと出会う物語。〔0878〕

キャストロ，V.　Castro, V.

◇REBEL MOON—ザック・スナイダー監督作品　パート1　炎の子　V キャストロ著，ザック・スナイダー原案，入間眞訳　竹書房　2023.12　270p　19cm　〈原書名：Rebel Moon Part

One：A Child of Fire The Official Novelization〉2300円　①978-4-8019-3854-0

＊宇宙の最果てにある小さな星。その片隅には人々が平和に暮らす集落があった。ある日、暴君バリサリウスの軍隊が侵攻し、人々を恐怖のどん底に突き落とす。この危機を救える唯一の希望は、村人たちにまぎれ秘かに暮らす一人の女性。彼女の名はコラ─謎の異邦人である。コラは圧政に立ち向かうべく共に戦う戦士を集めるため未知なる星へ旅立つ。そこで出会ったのは、"悲しい過去を持つ燃え上がる剣を振るう剣士" "巨大な獣を手懐ける戦士" "絶望を胸に闘技場に立つ荒くれ将軍"などなど、"団結"とは無縁のクセだらけの問題児たち。果たして彼らは、それぞれの暗い過去を払拭し、銀河の自由を勝ち取れるのか？　〔0879〕

◇REBEL MOON─ザック・スナイダー監督作品　パート1　炎の子　ザック・スナイダー原案，ザック・スナイダー，カート・ジョンスタッド，シェイ・ハッテン脚本，V.キャストロ著，入間眞訳　竹書房　2023.12　270p　19cm〈原書名：Rebel Moon.Part One：A Child of Fire〉2300円　①978-4-8019-3854-0　〔0880〕

◇REBEL MOON─ザック・スナイダー監督作品　パート2　傷跡を刻む者　ザック・スナイダー原案，ザック・スナイダー，カート・ジョンスタッド，シェイ・ハッテン脚本，V.キャストロ著，入間眞訳　竹書房　2024.6　231p　19cm〈原書名：Rebel Moon.Part Two：The Scargiver〉3200円　①978-4-8019-3960-8

＊邪悪な巨大帝国マザーワールドへの復讐を誓った凄腕の戦士コラと、彼女のもとに集結した銀河の反乱者"レベルズ"たち。死闘の末、彼らは宿敵である提督ノーブルを討ち、帝国の軍勢を退けることに成功する。村に帰還したコラたちは平穏なひと時を楽しむが、圧倒的な軍事力を誇る帝国が再び襲いかかってくる。タイタスの指揮のもと、村人たちがついに立ち上がる。全てを懸けた最後の戦いが迫るなか、明かされる戦士たちの壮絶な過去。コラもまた、養父であるバリサリウスとの因縁の過去に思いを馳せていた─。そして、マザーワールドに反旗を翻したレベルズに決戦の時が迫る！　〔0881〕

キャップ，コリン　Kapp, Colin

◇星、はるか遠く─宇宙探査SF傑作選　フレッド・セイバーヘーゲン，キース・ローマー他著，中村融編　東京創元社　2023.12　460p　15cm〈創元SF文庫　SFン6-6〉〈原書名：The Long Way Home　The Wind Peopleほか〉1200円　①978-4-488-71506-9

[内容]　タズー惑星の地下鉄（コリン・キャップ著，中村融訳）

＊いつの日にか人類は、生まれ育った地球をあとにして、宇宙の深淵へ旅立ってゆく。そのとき彼らが目撃するものは─。SFは1世紀以上にわたって、そこに待ちうけるであろう、想像を超えた驚異をさまざまに物語ってきた。その精華たる9編を収録。舞台となるのは、太陽系外縁部の宇宙空間、人類が初めて出会う種属の惑星、あるいは文明の滅び去った世界。本邦初訳作2編を含む。　〔0882〕

キャドリー，リチャード　Kadrey, Richard

◇穏やかな死者たち─シャーリイ・ジャクスン・トリビュート　ケリー・リンク，ジョイス・キャロル・オーツ他著，エレン・ダトロウ編，渡辺庸子，市田泉他訳　東京創元社　2023.10　570p　15cm　〈創元推理文庫　Fン12-1〉〈責任表示はカバーによる　原書名：WHEN THINGS GET DARK〉1500円　①978-4-488-58407-8

[内容]　パリへの旅（リチャード・キャドリー著，新井なゆり訳）　〔0883〕

キャトン，エレノア　Catton, Eleanor

◇ルミナリーズ　エレノア・キャトン著，安達まみ訳　岩波書店　2022.11　732p　22cm〈原書名：THE LUMINARIES〉6600円　①978-4-00-025602-5

＊舞台はゴールドラッシュに沸く一九世紀ニュージーランド。隠者の死、娼婦の悲劇、金鉱掘りの失踪…。事件の真相を求める一二人の男たちの会合に新参者が闖入し、輝く者たちは運命の天球を廻りはじめる。鏤められた手がかりが加速度的に繋ぎ合わされ、緊張ののち全ての謎が解きほどかれる、超大作ミステリー。二〇一三年ブッカー賞受賞。　〔0884〕

ギャニオン，ミシェル　Gagnon, Michelle

◇シリアルキラーに明日はない　ミシェル・ギャニオン著，久賀美緒訳　二見書房　2024.2　545p　15cm（二見文庫　ギ3-1─ザ・ミステリ・コレクション）〈原書名：KILLING ME〉1400円　①978-4-576-23135-8

＊アンバーはテネシー州に住む心理学専攻の大学生。最近この町では殺人事件が多発していた。被害者は髪の毛を剃られ身体にペイントされた状態で絞殺され、遺棄されていた。まさか自分が狙われるとは思いもよらなかったアンバーは、ある日帰宅途中にいきなりヴァンに連れこまれ、目が覚めると地下室で全裸で手足を拘束されていた。ついに自分も被害者の仲間入りかと覚悟したとき、黒ずくめの女性が現われ、奇跡的に助けられる。彼女は何者なのか？　なぜ彼女は連続殺人鬼を追っていたのか？　命がけの追跡劇に巻き込まれる女性たちを描く軽妙なミステリー。　〔0885〕

キャベル，ジェイムズ・ブランチ　Cabell, James Branch

◇土のひとがた　ジェイムズ・ブランチ・キャベル著，安野玲訳　国書刊行会　2022.1　397p　20cm（マニュエル伝）〈原書名：FIGURES OF EARTH〉3400円　①978-4-336-06542-1

＊豚飼いマニュエルは金髪碧眼の美丈夫、母の教えに従っておのれの理想の姿を土の人像に映すべく、日々土をこねては人像作りに精を出す。そこへ怪

しき老人が「邪悪な魔法使いに拐かされた姫君を救って妻となせ」と、マニュエルに一振りの魔剣を与えた。いざ魔法使いを打ち倒さんと旅立ったマニュエルだが、途中で出会った男装の乙女に恋をして、魔法使い成敗はそっちのけ、肝心の姫君には目もくれず、乙女と手に手を取って意気揚々と帰還する。めでたしめでたし――と思いきや、あらわれた死神が愛しい乙女を冥府へと連れ去って… 〔0886〕

キャメロン, シルバー・ドナルド Cameron, Silver Donald

◇女仕立屋の物語――神の国カナダケープ・ブレトン島珠玉短編集　ロナルド・カプラン編，堀川徹志訳　京都　文理閣　2022.4　345p　19cm〈原書名：God's Country〉2000円　①978-4-89259-899-9

[内容] スナップ写真――三人目の酔っぱらい（シルバー・ドナルド・キャメロン作） 〔0887〕

ギャリコ, ポール Gallico, Paul

◇ミセス・ハリス、国会へ行く　ポール・ギャリコ，亀山龍樹，遠藤みえ子訳　KADOKAWA 2023.12 219p 15cm（角川文庫 キ13-4）〈「ハリスおばさん国会へ行く」（講談社文庫 1981年刊）の改題、加筆修正 原書名：MRS HARRIS MP〉1080円　①978-4-04-114146-5

＊ロンドンの家政婦ハリスおばさんは、ある晩、運転手のベイズウォーターさんらと討論番組を見て政治について熱く語る。それを思いのほかほめられ気を良くするが、翌日お得意さんで政界の大物ウィルモット卿にもたっぷり演説したら、選挙に出ないかと誘われ、あれよあれよという間に立候補することに。しかし実は卿にはある企みがあって…。『あんたも私も楽しく生きなきゃ』の標語で本当に当選できるのか?? シリーズ第3弾。 〔0888〕

◇ミセス・ハリス、ニューヨークへ行く　ポール・ギャリコ著，亀山龍樹訳　KADOKAWA 2023.4 294p 15cm（角川文庫 キ13-3）〈「ハリスおばさんニューヨークへ行く」（講談社文庫 1980年刊）の改題、加筆修正 原書名：MRS HARRIS GOES TO NEW YORK〉1080円　①978-4-04-113079-7

＊61歳のハリスおばさんと親友バターフィルドおばさんは夫を亡くしロンドンで家政婦をしている。お隣のヘンリー少年が里親に殴られていると知り、彼を実の父がいる米国へつれていきたいと願うが、貧しい2人には無理だった。ところが得意先の社長夫妻のニューヨーク転任に同行することになりチャンス到来。無謀にも少年を密航させようとするが…。何歳になっても夢をあきらめない大人たちの物語、第2弾。今度は恋も？ 〔0889〕

◇ミセス・ハリス、パリへ行く　ポール・ギャリコ，亀山龍樹訳　KADOKAWA 2022.10 221p 15cm（角川文庫 キ13-2）〈年譜あり「ハリスおばさんパリへ行く」（講談社文庫 1979年刊）の改題、加筆修正 原書名：MRS HARRIS GOES TO PARIS〉900円　①978-4-04-113024-7

＊1950年代のロンドン。ハリスおばさんはもうすぐ60歳の通いの家政婦。夫を亡くし、質素な生活を送っている。ある日、勤め先の衣装戸棚でふるえるほど美しいクリスチャン・ディオールのドレスに出会う。今まで身なりなど気にしてこなかったが、自分もパリでドレスを仕立てようと決意し、必死でお金をためることに。やがて訪れたパリで、新しい出会い、冒険、そして恋？ 何歳になっても夢をあきらめない勇気と奇跡の物語。 〔0890〕

◇ミセス・ハリス、モスクワへ行く　ポール・ギャリコ著，遠藤みえ子，亀山龍樹訳　KADOKAWA 2024.11 321p 15cm（角川文庫 キ13-5）〈「ハリスおばさんモスクワへ行く」（講談社文庫 1982年刊）の改題、加筆修正 原書名：MRS HARRIS GOES TO MOSCOW〉1200円　①978-4-04-114288-2

＊米ソ冷戦時代のロンドン。家政婦のハリスおばさんは、モスクワ旅行の富くじを当てる。ロシアなんて危険な国に行くの!?と嫌がる親友バターフィルドを力技で同伴させ、いざ出発！ 実は、おばさんには秘密の計画があった。ある手紙をロシア人女性に渡すのだ。それは、国の違いに引きさかれた、若い恋人たちのロマンスのためだった。なのに、なぜかKGBにスパイ容疑をかけられ、とんでもないことに！ 涙と笑いの大人気シリーズ完結編！ 〔0891〕

キャロル, ジョナサン

◇我らが影の声　ジョナサン・キャロル著，浅羽莢子訳　東京創元社　2024.3 286p 15cm（創元推理文庫）〈原書名：VOICE OF OUR SHADOW〉1000円　①978-4-488-54705-9

＊兄が死んだのは、ぼくが十三のときだった。線路を渡ろうとして転び、第三軌条に触れて感電死したのだ。いや、それは嘘、ほんとはぼくが…。ぼくは今、ウィーンで作家活動をしている。映画狂のすてきな夫婦とも知り合い、毎日が楽しくてしかたない。兄のことも遠い昔の話になった。それなのに――キャロルの作品中、最も恐ろしい結末。決して誰にも、結末を明かさないで下さい。 〔0892〕

キャロル, ルイス Carroll, Lewis

◇鏡の国のアリス　ルイス・キャロル作，楠本君恵訳　論創社　2022.1 206p 20cm（RONSO fantasy collection）〈原書名：Through the Looking-Glass and What Alice Found There〉1600円　①978-4-8460-2086-6

＊『不思議の国のアリス』の続編が新訳で誕生！ 出版150周年記念！ 未発表の貴重なオリジナル挿絵収録。 〔0893〕

◇完全版アリス物語　ルイス・キャロル著，芥川龍之介，菊池寛共訳，澤西祐典訳補・注解　グラフィック社　2023.2 253p 20cm〈文献あり 底本：アリス物語（興文社 1927年刊）原書名：Alice's Adventures in Wonderland〉1800円　①978-4-7661-3597-8

＊もし『不思議の国のアリス』を日本の文豪が翻訳したら？ そんな夢のような構想が現実となったのが、1927年刊行の書籍『アリス物語』。芥川龍之介と菊池寛による訳文は、アリスや不思議の国の登場人物たちがいきいきとユーモラスに描かれ、今なお色あせない魅力にあふれています。本書は、原書にあったいくつかの不足を補い、注釈や解説を付加した『完全版 アリス物語』です。〔0894〕

キャントレル, キャット　　Cantrell, Kat

◇富豪と無垢と三つの宝物　キャット・キャントレル作，堺谷ますみ訳　ハーパーコリンズ・ジャパン　2024.11　156p　17cm　（ハーレクイン・イマージュ I2827）〈原書名：TRIPLETS UNDER THE TREE〉673円　①978-4-596-71605-7

＊ケイトリンは代理母として産んだ三つ子を育てている。三つ子の両親である姉と夫の大富豪アントニオの乗った飛行機が墜落、乗員乗客全員が亡くなるという悲劇が起きたのが1年前。いまだ家族を突然失った喪失感が癒えないまま、姉夫妻のものだったマリブの豪邸で暮らすケイトリンの前に、にわかには信じられない人物がなんの前触れもなく現れた——死んだはずの義理の兄アントニオが、三つ子の父親が帰ってきたのだ！ 7年前に初めて会ったときから、ケイトリンは密かに彼を愛していた。彼は生きていた！ だが喜びに浸る間もなく、残酷な現実が明らかに。アントニオは事故の衝撃で記憶喪失になり、彼女のことを忘れていた…。〔0895〕

キャンプ, キャンディス　　Camp, Candace

◇伯爵家から落ちた月　キャンディス・キャンプ著，佐野晶訳　ハーパーコリンズ・ジャパン　2024.6　476p　15cm　（mirabooks CC01-50）〈原書名：A ROGUE AT STONECLIFFE〉1200円　①978-4-596-63726-0

＊なぜ彼がここに？ アナベスは祖母とともに訪れた親戚の伯爵邸で、スローンを前にして呆然とした。12年前、一方的にアナベスに婚約破棄を告げて姿を消した、元婚約者スローンは今や裏稼業で莫大な富を得る社交界の反逆者。二度と会うことはないと思っていた彼との再会に動揺するアナベスだが、スローンは冷酷なまなざしを向けると「きみの身に危険が迫っている」と告げ…。〔0896〕

◇伯爵家に拾われたレディ　キャンディス・キャンプ著，佐野晶訳　ハーパーコリンズ・ジャパン　2023.6　494p　15cm　（mirabooks CC01-49）〈原書名：AN AFFAIR AT STONECLIFFE〉1018円　①978-4-596-77554-2

＊ノエルは幼子を抱き、あふれそうな涙をこらえた——愛する夫が急死したうえ、かつて夫を勘当した伯爵家の使いが突然現れ、後継者である息子を買い取りたいと言いだしたのだ。この子は絶対に渡さないと家を見て逃げだしたノエルは、美しい髪を短く切り、人目につかぬ地味な装いで各国を転々とする。しかし5年後、忘れもしない、氷のよ うな瞳をした伯爵家の使いカーライルが再び目の前に現れて…。〔0897〕

◇初恋のラビリンス　キャンディス・キャンプ著，細郷妙子訳　ハーパーコリンズ・ジャパン　2022.12　497p　15cm　（mirabooks CC01-48）〈MIRA文庫 2003年刊の新装版 原書名：IMPULSE〉982円　①978-4-596-75757-9

＊没落貴族の娘アンジェラは、使用人の青年キャメロンと恋に落ちた。だが身分違いの関係を周囲は許さず、彼は屋敷を追放され、アンジェラは資産家と無理やり結婚させられてしまう。13年後、夫のひどい扱いに耐えかね離婚したアンジェラだが、伯爵家の窮状を救うためふたたび意に染まぬ結婚を強いられる。伯爵家の資産を密かに買い占めていたというそのアメリカ人富豪を見たアンジェラは、衝撃のあまり気を失い——。〔0898〕

キャンベル, ジャック　　Campbell, Jack

◇黄金の人工太陽—巨大宇宙SF傑作選　ジャック・キャンベル，チャーリー・ジェーン・アンダーズ他著，ジョン・ジョゼフ・アダムズ編，中原尚哉他訳　東京創元社　2022.6　547p　15cm　（創元SF文庫 SFン10-4）〈責任表示はカバーによる 原書名：COSMIC POWERS〉1360円　①978-4-488-77204-8

内容　目覚めるウロボロス（ジャック・キャンベル著，中原尚哉訳）

＊SFとファンタジーの基本はセンス・オブ・ワンダーだ。そして並はずれたセンス・オブ・ワンダーを味わえるのは、超人的なヒーローが宇宙の命運をかけて銀河のかなたで恐ろしい敵と戦う物語だ（序文より）—常識を超える宇宙航行生物、謎の巨大異星構造物、銀河を吹き飛ばす超爆弾。ジャック・キャンベルら豪華執筆陣による、SFならではの圧倒的スケールで繰り広げられる傑作選。〔0899〕

◇彷徨える艦隊　13　戦艦ウォースパイト　ジャック・キャンベル著，月岡小穂訳　早川書房　2024.5　671p　16cm　（ハヤカワ文庫 SF 2446）〈原書名：THE LOST FLEET OUTLANDS RESOLUTE〉1700円　①978-4-15-012446-5

＊ギアリーと星系同盟艦隊は、人類の支配宙域の辺縁のミッドウェイ星系にいた。ここでの任務が完了しだい、リーセルツ大使率いる使節団とともにダンサー族の宙域へと出発する。だが、そこへ赴くには人類に敵対的な"謎の種族"の支配宙域を通過する必要がある。果たして、出発したギアリーたちの艦の前には謎の種族の艦の大群が待ちかまえていた！ そのうえ、ギアリーの命を狙う陰謀分子が、艦隊内部にも潜入していると判明するが!?〔0900〕

◇彷徨（さまよ）える艦隊　12　特使船バウンドレス　ジャック・キャンベル著，月岡小穂訳　早川書房　2023.10　703p　16cm　（ハヤカワ文庫 SF 2423）〈原書名：THE LOST FLEET OUTLANDS BOUNDLESS〉1680円　①978-4-15-012423-6

＊人類に代理首都として知られる星系で黒い艦隊を

撃破したギアリーは、旗艦"ドーントレス"と侵攻輸送艦"ミストラル"で星系同盟の首都ユニティ星系へ帰還する。驚くべき陰謀の証拠をアライアンス政府に提出するためだ。証拠が精査されるあいだ、ギアリーとアライアンス艦隊は使節団を護衛して異星人の宙域へ向かうことに。だがその彼を、証拠の隠滅を望む者たちが暗殺せんと狙っていた!?　戦争SFの最高峰、第3部開幕! 〔0901〕

キャンベル, パトリック　Campbell, Patrick

◇ユーモア・スケッチ大全［4］すべてはイブからはじまった　ミクロの傑作圏　浅倉久志編・訳　国書刊行会　2022.3　376p　19cm　〈「すべてはイブからはじまった」(早川書房 1991年刊)と「ミクロの傑作圏」(文源庫 2004年刊)の改題、合本〉2000円　①978-4-336-07311-2

[内容] そつのない分身(パトリック・キャンベル著)

* 笑いの大博覧会、完結! 名翻訳家浅倉久志のライフワークである"ユーモア・スケッチ"ものを全4巻に集大成。最終巻は傑作展姉妹篇『すべてはイブからはじまった』とオンデマンドのみの刊行だった『ミクロの傑作圏』をカップリング。 〔0902〕

キャンベル, ラムジー　Campbell, Ramsey

◇グラーキの黙示　1　ラムジー・キャンベル著, 森瀬繚監訳　サウザンブックス社　2022.2　377p　19cm　(クトゥルー神話作品集)〈他言語標題：The revelations of Gla'aki 原書名：Cold print〉2200円　①978-4-909125-34-7 〔0903〕

◇グラーキの黙示　2　ラムジー・キャンベル著, 森瀬繚監訳　サウザンブックス社　2022.2　356p　19cm　(クトゥルー神話作品集)〈他言語標題：The revelations of Gla'aki 原書名：Cold print〉2200円　①978-4-909125-35-4 〔0904〕

◇グラーキの黙示　3　ラムジー・キャンベル著, 森瀬繚訳　サウザンブックス社　2024.12　208p　19cm〈原書名：THE LAST REVELATION OF GLA'AKI〉1800円　①978-4-909125-56-9

* H・P・ラヴクラフトのフォロワーとして、十代でアーカム・ハウスよりデビューを果たしたラムジー・キャンベルは、半世紀を経て英国有数の恐怖小説の大家となった。その彼が、初期の代表作に数えられる「湖の住人」の後日談にして、自身が生み出した神話典籍『グラアキ(グラーキ)の黙示録』を巡る物語の終着駅として二〇一三年に送り出したのが、本巻収録の「グラアキ最後の黙示」だ。『グラーキの黙示』の末尾を飾るのにふさわしい作品である。 〔0905〕

キュウ, ジョウテイ　邱 常婷

◇バナナの木殺し―中篇小説集　邱常婷, 王定国, 周芬伶著, 池上貞子訳, 呉佩珍, 白水紀子, 山口守編　作品社　2022.2　258p　19cm　(台湾文学ブックカフェ　2) 2400円　①978-4-86182-878-2

[内容] バナナの木殺し(邱常婷)

* 「ほんとうの悲劇にはいつも滑稽な要素があるのよね」大学生の主人公は、乗っていた車に自分からぶつかり飛ばされた謎の少女・品琴に興味をひかれ、調べていくうちに、バナナ畑のなかで暮らす彼女の家族とある宗教団体の関係を突き止める…。新世代作家の期待の星による、家族の秘密をめぐるён衒的で幻想的な表題作のほか、中篇全三篇を収録する小説集。 〔0906〕

キュウ, テイホウ　邱 挺峰

◇拡散―大消滅2043　上　邱挺峰著, 藤原由希訳　文藝春秋　2022.10　279p　16cm　(文春文庫 キ18-1) 850円　①978-4-16-791950-4

* 2053年、多国籍企業モンテスキュー社に所属する私はワイン生産地をめぐっていた。10年前、ブドウを死滅させるウイルスがパンデミックを起こしワイン産業は壊滅しかけ、今もモンテスキューの供給するワクチン以外に対抗策はない。あの地球規模の破局の真相とは?　"台湾のダン・ブラウン"と評された華文SFスリラー登場。 〔0907〕

◇拡散―大消滅2043　下　邱挺峰著, 藤原由希訳　文藝春秋　2022.10　289p　16cm　(文春文庫 キ18-2) 870円　①978-4-16-791951-1

* 感染爆発の謎の鍵を握る男、ウェンズデイ。世界に隠然たる影響力を持つ秘密結社"辰星會"。いくつもの謎に導かれて世界をめぐる私は、徐々に2043年の"大消滅"の真相と、ふたたび起ころうとしているパンデミックの陰謀を知ることになる。いま注目を浴びる華文エンタテインメント界に新たに登場した近未来SFスリラー大作。 〔0908〕

キュッパーニ, ベッピ　Chiuppani, Beppi

◇救い　ベッピ・キュッパーニ著, 中嶋浩郎訳　みすず書房　2023.9　598p　20cm〈原書名：SALVEZZA〉5000円　①978-4-622-09654-2

* 「何が起こったのかまったく知られていなかった。宣教師たちの手紙はどれも寡黙だったし、それを否定できたかもしれない数少ない文書は削除され、あるいは失われてしまった。確実に知られていたのは、ヨーロッパ人が日本で茶の湯という不可解な儀式を発見したということだ」。時は1579年(天正7年)。大航海時代のイエズス会宣教師アレッサンドロ・ヴァリニャーノと東方貿易商人のアルヴィーゼ・モーロ。戦国時代の日本にたどり着いた二人のイタリア人の思惑と行動が、西洋(キリスト教)と東洋(茶の湯、禅仏教)の最初の出会い、そしてその後の断絶をもたらした。大友宗麟や高山右近といったキリシタン大名をはじめ、織田信長、千利休、豊臣秀吉との息詰まる交渉も描く、壮大な歴史小説。 〔0909〕

キョ, ジュントウ　許 順鐙

◇近未来短篇集　伊格言他著, 三須祐介訳, 呉佩珍, 白水紀子, 山口守編　早川書房　2024.7　346p　19cm　(台湾文学コレクション　1)

2900円　①978-4-15-210342-0

[内容] 逆関数（許順鏜著，三須祐介訳）

＊恋する相手のデータをひそかに蓄積する秘書がたどりついた結末をユーモラスに語る「USBメモリの恋人」、人間の負の感情の撒去を生業とする青年の日々を絢爛たる筆致で描く「雲を運ぶ」、先端技術を敬遠する母と反発する娘を描く「2042」。伊格言、湖南蟲、黃麗群など第一線で活躍する台湾人作家による傑作近未来文芸8篇を収録したアンソロジー。〔0910〕

キョウ, キツ　喬吉

◇中国古典名劇選　3　後藤裕也，田村彩子，陳駿千，西川芳樹，林雅清編訳　東方書店　2022.3　416p　21cm　4200円　①978-4-497-22204-6

[内容] 李太白，匹配となる金銭の記―金銭記（喬孟符撰）〔0911〕

ギリス, テッシー

◇女仕立屋の物語―神の国カナダケープ・ブレトン島珠玉短編集　ロナルド・カプラン編，堀川徹志訳　京都　文理閣　2022.4　345p　19cm　〈原書名：God's Country〉 2000円　①978-4-89259-899-9

[内容] 罪なき人（テッシー・ギリス作）〔0912〕

ギルバート, ウィリアム　Gilbert, William

◇吸血鬼ラスヴァン―英米古典吸血鬼小説傑作集　G・G・バイロン，J・W・ポリドリほか著，夏来健次，平戸懐古編訳　東京創元社　2022.5　443p　20cm　〈他言語標題：THE VAMPYRE　文献あり〉 3000円　①978-4-488-01115-4

[内容] ガードナル最後の領主（ウィリアム・ギルバート著，平戸懐古訳）

＊ブラム・ストーカー『吸血鬼ドラキュラ』に先駆けて発表された英米の吸血鬼小説に焦点を当てた画期的アンソロジーが満を持して登場。バイロン、ポリドリらによる名作の新訳、伝説の大著『吸血鬼ヴァーニー――あるいは血の晩餐』抄訳ほか、ブラックユーモアの中に鋭い批評性を潜ませる異端の吸血鬼小説「黒い吸血鬼―サント・ドミンゴの伝説」、芸術家を誘うイタリアの謎めいた邸宅の秘密を描く妖女譚の傑作「カンパーニャの怪」、血液ではなく精神を搾取するサイキック・ヴァンパイアものの先駆となる幻の中篇「魔王の館」など、本邦初紹介の作品を中心に10篇を収録。怪奇小説を愛好し、多彩な翻訳を手がけてきた訳者らによる日本オリジナル編集で贈る。〔0913〕

ギルマン, シャーロット・パーキンズ　Gilman, Charlotte Perkins

◇母娘短編小説集　フラナリー・オコナー，ボビー・アン・メイスンほか著，利根川真紀編訳　平凡社　2024.4　349p　16cm　（平凡社ライブラリー　964）〈文献あり　原書名：SHILOH Mamaほか〉 1800円　①978-4-582-76964-7

[内容] 自然にもとる母親（シャーロット・パーキンズ・ギルマン著，利根川真紀訳）

＊すべての女性は母の娘である。出産・育児・恋愛・結婚・離婚・父の不在・反発・世代の差・虐待・差別・介護・老い・希望―時を超え、世代を超えて繰り広げられる「母の娘」と「娘の母」の物語。十九世紀末から二十世紀末、アメリカの女性作家によって書かれた傑作九篇。〔0914〕

ギルマン, デイヴィッド　Gilman, David

◇イングリッシュマン復讐のロシア　デイヴィッド・ギルマン著，黒木章人訳　早川書房　2023.4　559p　16cm　（ハヤカワ文庫　NV 1511）〈原書名：THE ENGLISHMAN〉 1520円　①978-4-15-041511-2

＊土曜の朝、ロンドン金融街の銀行員カーターが襲撃されて、拉致された。わずか27秒の犯行だった。ただちに捜査が開始されたが、手掛かりはいっさいない。事態を憂慮したMI6高官は、凄腕の傭兵でカーターの友人でもある"イングリッシュマン"ダン・ラグランを急遽フランスから呼び寄せた。犯人を追ってロンドン中を駆けるラグラン。そして舞台は、極寒のロシア最深部へ…。ノンストップ・アクション・スリラー登場！〔0915〕

キレ, アヴィニュオ

◇そして私たちの物語は世界の物語の一部となる―インド北東部女性作家アンソロジー　ウルワシ・ブタリア編，中村唯日本語版監修　国書刊行会　2023.5　286p　20cm　〈原書名：THE MANY THAT I AMの抄訳　THE INHERITANCE OF WORDSの抄訳ほか〉 2400円　①978-4-336-07441-6

[内容] 赦す力（アヴィニュオ・キレ著，門脇智子訳）

＊バングラデシュ、ブータン、中国、ミャンマーに囲まれ、さまざまな文化や慣習が隣り合うヒマラヤの辺境。きわ立ってユニークなインド北東部から届いた、むかし霊たちが存在した頃のように語られる現代の寓話。女性たちが、物語の力をとりもどし、自分たちの物語を語りはじめる。〔0916〕

キレ, イースタリン

◇そして私たちの物語は世界の物語の一部となる―インド北東部女性作家アンソロジー　ウルワシ・ブタリア編，中村唯日本語版監修　国書刊行会　2023.5　286p　20cm　〈原書名：THE MANY THAT I AMの抄訳　THE INHERITANCE OF WORDSの抄訳ほか〉 2400円　①978-4-336-07441-6

[内容] 四月の桜（イースタリン・キレ著，門脇智子訳）

＊バングラデシュ、ブータン、中国、ミャンマーに囲まれ、さまざまな文化や慣習が隣り合うヒマラヤの辺境。きわ立ってユニークなインド北東部から届いた、むかし霊たちが存在した頃のように語られる現代の寓話。女性たちが、物語の力をとりもどし、自分たちの物語を語りはじめる。〔0917〕

キン，ウチョウ　金 宇澄

◇繁花　上　金宇澄著，浦元里花訳　早川書房　2022.1　527p　20cm　〈他言語標題：Blossoms　文献あり〉2700円　①978-4-15-210072-6

＊時代に翻弄され、さま変わりゆく上海。その街で育った三人の少年―阿宝、滬生、小毛―は歴史の荒波のすき間に何を見たのか。百人を超える登場人物が咲き乱れる現代中国文学の精華。魯迅文学賞、茅盾文学賞、施耐庵文学賞の中国の主要文学賞三冠！　〔0918〕

◇繁花　下　金宇澄著，浦元里花訳　早川書房　2022.1　567p　20cm　〈他言語標題：Blossoms　文献あり〉2700円　①978-4-15-210073-3

＊姿を変え続ける中国で、成長を遂げた少年たちは―中国で一二〇万部突破のミリオンセラー！　華語文学メディア大賞年度小説家賞、文化中国年度人物大賞受賞著者の代表作。　〔0919〕

キーン，カロリン　Keene, Carolyn

◇都筑道夫創訳ミステリ集成　ジョン・P・マーカンド，カロリン・キーン，エドガー・ライス・バローズ原作，都筑道夫訳　作品社　2022.2　476p　22cm　5600円　①978-4-86182-888-1

内容　象牙のお守り（カロリン・キーン原作，淡路瑛一訳，武部本一郎画）

＊いまふたたび熱い注目を集める作家・都筑道夫が手がけた、翻訳にして創作"創訳"ミステリ小説3作品を一挙復刊！　底本の書影・口絵・挿絵を収録！　エッセイ・解説・註によって「ツヅキ流翻案術」を解剖！　〔0920〕

キング，オーウェン　King, Owen

◇眠れる美女たち　上　スティーヴン・キング，オーウェン・キング著，白石朗訳　文藝春秋　2023.1　647p　16cm　〈文春文庫　キ2-67〉〈原書名：SLEEPING BEAUTIES〉1590円　①978-4-16-791992-4

＊はじまりは小さな町ドゥーリングの女子刑務所だった。受刑者たちが次々と眠りにつき、白い繭に覆われていく。女性だけが眠りに落ち、目覚めなくなるこの奇妙な現象は「オーロラ病」と名付けられ、やがて世界中に発生する。恐怖でパニックに陥る人々。しかし、病を恐れる様子もなく、静観する"謎の女"がいた。キング親子が贈るSFホラー巨編。　〔0921〕

◇眠れる美女たち　下　スティーヴン・キング，オーウェン・キング著，白石朗訳　文藝春秋　2023.1　620p　16cm　〈文春文庫　キ2-68〉〈原書名：SLEEPING BEAUTIES〉1590円　①978-4-16-791993-1

＊女たちが目覚めたのは、廃墟のような異世界だった。年齢も仕事も、生活水準も違い接点のなかった女たち。生き延びるための結託が試みられる。一方、彼女たちの肉体が眠り続ける現実世界では、男たちの恐怖と不安が渦巻いていた。女たちの体を焼いてしまおうとする者も出てきて…。キング親子によるSFホラー巨編は衝撃の結末を迎える！

キング，スティーヴン　King, Stephen

◇アウトサイダー　上　スティーヴン・キング著，白石朗訳　文藝春秋　2024.1　489p　16cm　〈文春文庫　キ2-69〉〈原書名：THE OUTSIDER〉1800円　①978-4-16-792164-4

＊平穏な町で起きた、11歳の少年の惨殺事件。ラルフたち地元警察は、複数の目撃証言を得て、高校の教師で少年野球のコーチとしても慕われるテリーを逮捕した。しかし、彼には完璧なアリバイがあることが判明する。自身の潔白を主張するテリー。一方で、異常犯罪への憎悪を募らせる遺族と住民たち。そして、町を新たな悲劇が襲う。　〔0923〕

◇アウトサイダー　下　スティーヴン・キング著，白石朗訳　文藝春秋　2024.1　477p　16cm　〈文春文庫　キ2-70〉〈原書名：THE OUTSIDER〉1800円　①978-4-16-792165-1

＊テリーが少年の遺族によって殺された。警察は捜査の終結を宣言するが、刑事ラルフは違和感を覚える。探偵の手も借り独自に再捜査をはじめたラルフ。過去の類似事件を辿る中で、他人の姿に変身し凶行に及ぶ"アウトサイダー"の存在が見えてきて…。恐怖の帝王が圧倒的緊迫感で不可能犯罪を描く、傑作巨編。　〔0924〕

◇異能機関　上　スティーヴン・キング著，白石朗訳　文藝春秋　2023.6　361p　20cm　〈原書名：THE INSTITUTE〉2700円　①978-4-16-391717-7

＊王道回帰。抜群の頭脳を持つ神童・ルークが突如巻き込まれた異様な運命。超能力少年少女を集める謎の機関"研究所"の謎とは？　作家デビュー50周年を前に帝王が放つエンタメの極致。　〔0925〕

◇異能機関　下　スティーヴン・キング著，白石朗訳　文藝春秋　2023.6　366p　20cm　〈原書名：THE INSTITUTE〉2700円　①978-4-16-391718-4

＊本領炸裂。"研究所"を逃れたルークに迫る冷酷女所長と手下ども。天才少年と仲間たちは力を合わせ巨悪に立ち向かう。これぞ帝王の本領、『IT』ミーツ『ストレンジャー・シングス』だ！　〔0926〕

◇コロラド・キッド―他二篇　スティーヴン・キング著，高山真由美，白石朗訳　文藝春秋　2024.9　451p　16cm　〈文春文庫　キ2-72〉〈原書名：ELEVATION　THE COLORADO KIDほか〉1600円　①978-4-16-792279-5

内容　浮かびゆく男　コロラド・キッド　ライディング・ザ・ブレット

＊海辺に出現した死体の謎をめぐる「コロラド・キッド」、恐怖と幻想の直球ホラー「ライディング・ザ・ブレット」という長らく入手困難だった"幻の名作"2篇を収録！　体重が減りつづける怪現象に悩まされる男を描く、本邦初訳の中篇「浮かびゆく男」を加えた、日本オリジナル中篇集。ファン必携の逸品！　〔0927〕

◇死者は嘘をつかない　スティーヴン・キング著，土屋晃訳　文藝春秋　2024.6　342p

16cm （文春文庫 キ2-71）〈原書名：LATER〉1500円 ①978-4-16-792240-5
＊ジェイミー少年は死者が見え、彼らと会話できる。そして死者には嘘がつけないのだ—。不思議な能力のせいでたびたび厄介に巻き込まれつつ何とか日々を送るジェイミーだが、ある事件をきっかけにいよいよ奇怪な出来事が…。恐怖の帝王、得意の青春物語＋ホラー。これで面白くないはずがない、円熟の逸品。〔0928〕

◇心霊電流 上 スティーヴン・キング著，峯村利哉訳 文藝春秋 2022.1 295p 16cm （文春文庫 キ2-65）〈原書名：REVIVAL〉1200円 ①978-4-16-791821-7
＊少年時代、僕の町に新任牧師がやってきた。僕は彼の家のガレージで、キリスト像が湖の上を渡る電気仕掛けの模型を見せてもらった。やがて彼の妻と幼い子が突然の事故で無惨に死亡する。敬虔だった彼は、神を呪う説教を最後に姿を消した。27年後、僕は再会する。「電気」にとり憑かれたカルトを率いる人物となった牧師と—。〔0929〕

◇心霊電流 下 スティーヴン・キング著，峯村利哉訳 文藝春秋 2022.1 299p 16cm （文春文庫 キ2-66）〈原書名：REVIVAL〉1200円 ①978-4-16-791822-4
＊ミュージシャンとなった僕は、元牧師の"電気治療"のおかげでヘロイン中毒を克服していた。だが後に、彼の治療を受けた一部の人々が後遺症に苦しんでいる実態を知る。僕は「ヒーリングをやめるべきだ」と進言するが、彼は"神秘なる電気"に執着して…。ジワジワと襲う恐怖、ホラーの帝王、面目躍如の巨編！〔0930〕

◇トム・ゴードンに恋した少女 スティーヴン・キング著，池田真紀子訳 河出書房新社 2024.10 308p 15cm （河出文庫 キ6-1）〈新潮社2002年刊の全面改稿 原書名：The Girl Who Loved Tom Gordon〉900円 ①978-4-309-46806-8
＊ハイキング中に口論を始めた母と兄。9歳の少女トリシアは、黙って用を足そうとコースから外れ、近道で戻ろうとして迷子になる。早々に食料は尽き、スズメバチが襲いかかり、下痢や高熱で衰弱する中、唯一の心の支えはウォークマンから聞こえる野球中継、守護神トム・ゴードンの活躍。しかしそんな少女を正体不明の"何か"が狙っていた—。極限の状況を描いたサバイバルサスペンス！〔0931〕

◇眠れる美女たち 上 スティーヴン・キング，オーウェン・キング著，白石朗訳 文藝春秋 2023.1 647p 16cm （文春文庫 キ2-67）〈原書名：SLEEPING BEAUTIES〉1590円 ①978-4-16-791992-4
＊はじまりは小さな町ドゥーリングの女子刑務所だった。受刑者たちが次々と眠りにつき、白い繭に覆われていく。女性だけが眠りに落ち、目覚めなくなるこの奇妙な現象は「オーロラ病」と名付けられ、やがて世界中に発生する。恐怖でパニックに陥る人々。しかし、病を恐れる様子もなく、静観する"謎の女"がいた。キング親子が贈るSFホラー巨編。〔0932〕

◇眠れる美女たち 下 スティーヴン・キング，オーウェン・キング著，白石朗訳 文藝春秋 2023.1 620p 16cm （文春文庫 キ2-68）〈原書名：SLEEPING BEAUTIES〉1590円 ①978-4-16-791993-1
＊女たちが目覚めたのは、廃墟のような異世界だった。年齢も仕事も、生活水準も違い接点のなかった女たち。生き延びるための結託が試みられる。一方、彼女たちの肉体が眠り続ける現実世界では、男たちの恐怖と不安が渦巻いていた。女たちの体を焼いてしまおうとする者も出てきて…。キング親子によるSFホラー巨編は衝撃の結末を迎える！〔0933〕

◇ビリー・サマーズ 上 スティーヴン・キング著，白石朗訳 文藝春秋 2024.4 307p 20cm〈原書名：BILLY SUMMERS〉2700円 ①978-4-16-391831-0
＊狙いは決して外さない凄腕の殺し屋、ビリー・サマーズ。依頼人たちには、銃撃しか能がないちょっと抜けた男を装っているが、真の顔はエミール・ゾラを愛読する思慮深い人間であり、標的が悪人である殺ししか請け負わない。そんなビリーが、引退を決意して「最後の仕事」を受けた。収監されているターゲットを狙撃するには、やつが裁判所へ移送される一瞬を待つしかない。狙撃地点となる街に潜伏するための偽装身分は、なんと小説家。街に溶け込むべくご近所づきあいをし、事務所に通ってパソコンに向かううち、ビリーは本当に小説を書き始めてしまう。だが、この仕事は何かがおかしい…。ビリーは安全策として、依頼人にも知られぬようさらに別の身分を用意し、奇妙な三重生活をはじめた。そしてついに、運命の実行日が訪れる—。〔0934〕

◇ビリー・サマーズ 下 スティーヴン・キング著，白石朗訳 文藝春秋 2024.4 319p 20cm〈原書名：BILLY SUMMERS〉2700円 ①978-4-16-391832-7
＊狙撃を実行したが結局、警察からも依頼人たちからも身を隠す羽目になったビリー。しかもたまたま、潜伏する家に転がり込んできた若い女性アリスを助けることになってしまった。いったい何が起きているのか。依頼人は何を狙っていたのか—。ビリーは殺しの仕事の真相に近づくべく、策を練りはじめる。しかし、追い出すに追い出せないままのアリスをどうすればいいのか。執筆途中の小説も気にかかる。物語は急転回から加速して、ビリーの運命は思わぬ方向に動き出す！ 事件の真の目的と黒幕とは!?先読み不能な展開の末に、キング史上最も美しい名場面が…。殺し屋史上最高にカッコいい男の罪と罰、贖罪と復讐。そして物語を読むことと紡ぐことへの愛。巨匠がついに生み出した最高のクライム・ノヴェルに、震撼せよ。〔0935〕

キング, ルーシー King, Lucy
◇愛を病に奪われた乙女の恋 ルーシー・キング作，森未朝訳 ハーパーコリンズ・ジャパン 2024.9 156p 17cm （ハーレクイン・ロマン

ス R3906―純潔のシンデレラ）〈原書名：VIRGIN'S NIGHT WITH THE GREEK〉673円　①978-4-596-77845-1

＊ある豪華な披露宴で、ウィローはギリシア富豪レオに強く惹かれた。彼女は病のためベッドから起きあがれないこともしばしばで、恋愛も結婚も出産もあきらめていた。こんなに胸がときめく相手ならと彼に身をまかせたものの、やはり痛みで純潔を捧げられず、失意と屈辱に打ちのめされてしまう。ところが数日後、レオが再び彼女の前に現れた。ウィローは顔を真っ赤にし、あの夜の失敗を責められるのを覚悟した。だが彼は衝撃的な提案をしてきた。「君と恋に落ちるつもりはないが、どんな喜びを得られるか知りたくないかい？　僕はまだ君が欲しい」〔0936〕

◇午前二時からのシンデレラ　ルーシー・キング作，悠木美桜訳　ハーパーコリンズ・ジャパン　2024.11　156p　17cm　（ハーレクイン・ロマンス R3922―純潔のシンデレラ）〈原書名：A CHRISTMAS CONSEQUENCE FOR THE GREEK〉673円　①978-4-596-71599-9

＊「これでパーティは終了。今から僕とときみはただの男と女だ」時間は午前2時。ミアは顧客の大富豪ザンダーにそう囁かれ、思わず身を震わせた。4カ月前に彼の誕生日パーティの企画と、ケータリングを請け負ったときから、二人の間には熱い緊張が張り詰めていた。だが、ミアは彼の誘惑をことごとくはねつけた。父親を知らず、身持ちの悪い母に翻弄されてきた彼女にとって、恋愛は毒。仕事こそが人生の拠り所だったから。でも、もう限界。たった一夜だけ、情熱の渦に身を任せてもいいでしょう？　7週間後、ミアは妊娠していた。ザンダーからの愛なき求婚を一度は拒むが、直後に流産しかけ、彼の援助が必要になって…。〔0937〕

キングフィッシャー, T.　Kingfisher, T.

◇死者を動かすもの　T.キングフィッシャー著，永島憲江訳　東京創元社　2024.12　254p　15cm　（創元推理文庫）〈原書名：WHAT MOVES THE DEAD〉1000円　①978-4-488-51304-7

＊旧友マデリン・アッシャーから手紙をもらった退役軍人アレックス・イーストンは、アッシャー家の館を訪ねた。沼のほとりの館は陰気で憂鬱で、久しぶりに会ったマデリンの兄ロデリックはやせ衰え酷い有様、マデリン自身も病が重いのに夢遊病者の如く歩き回っている…。ヒューゴー賞、ローカス賞、ミソピーイク賞受賞の著者がポオの「アッシャー家の崩壊」に捧げたゴシックホラー。ローカス賞ホラー長編部門受賞。〔0938〕

◇パン焼き魔法のモーナ、街を救う　T・キングフィッシャー著，原島文world訳　早川書房　2022.9　440p　16cm　（ハヤカワ文庫 FT 616）〈原書名：A WIZARD'S GUIDE TO DEFENSIVE BAKING〉1300円　①978-4-15-020616-1

＊魔法使いがそんなには珍しくない世界。パン屋で働く14歳のモーナも、パンをうまく焼いたり、クッキーにダンスさせたりと、パンと焼き菓子限定のちょっとした魔法を使えた。そのモーナが、ある日知らない女の子の死体を見つけてしまう！　そのうえ、陰謀に巻きこまれ、敵の軍勢が攻めてきたとき、魔法使いはモーナただ一人！　街を守れだなんて、どうしたらいい!?ネビュラ賞・ローカス賞など5賞受賞の話題のファンタジィ。〔0939〕

ギンズブルグ, ナタリーア　Ginzburg, Natalia

◇不在―物語と記憶とクロニクル　ナタリーア・ギンズブルグ著，ドメーニコ・スカルパ編，望月紀子訳　みすず書房　2022.9　344p　20cm　〈原書名：UN'ASSENZA〉5600円　①978-4-622-09522-4

＊夫は獄死、家は空っぽ。かつてことばが「魔法」だった少女は作家になり、悲痛と希望を生きる物語を書き続けた。20世紀イタリアの「最も美しい声」、精選37篇。〔0940〕

キンタナ, ピラール　Quintana, Pilar

◇雌犬　ピラール・キンタナ著，村岡直子訳　国書刊行会　2022.4　180p　20cm　〈原書名：La perra〉2400円　①978-4-336-07317-4　〔0941〕

【ク】

ク, ビョンモ　具 炳模

◇破果　クビョンモ著，小山内園子訳　岩波書店　2022.12　274p　20cm　2700円　①978-4-00-061576-1

＊稼業ひとすじ四五年。かつて名を馳せた女殺し屋・爪角も老いからは逃れられず、ある日致命的なミスを犯してしまう。拾ってしまった捨て犬、しきりに突っかかってくる同業者、たまたま秘密を共有することになった医者。周囲の存在に揺り動かされ、みずからの変化を受け入れるとき、人生最後の死闘がはじまる。「生への讃歌」と絶賛された韓国発の新感覚ノワール、待望の邦訳。〔0942〕

◇破砕　クビョンモ著，小山内園子訳　岩波書店　2024.6　112p　18cm　1700円　①978-4-00-061666-9

＊「この車に乗ったら最後、お前の身体は、一から十まで作り変えられる」。師に見出され殺しの道を歩みはじめた彼女は、死と隣り合わせの最終訓練に臨む。人を破壊する術を身につけることは、人として、女としての「普通」の一生を粉々にすると―。伝説の殺し屋誕生を濃密に描き出す、戦慄と陶酔とばしる『破果』外伝。〔0943〕

ク, ユウ　瞿 佑

◇世界怪談名作集　［下］　北極星号の船長ほか九篇　岡本綺堂編訳　新装版　河出書房新社　2022.11　338p　15cm　（河出文庫 お2-3）900円　①978-4-309-46770-2

内容 牡丹燈記（瞿宗吉著, 岡本綺堂訳）
＊上質な日本語訳によって、これ以上ないほどの恐怖と想像力を掻き立てられる、魅惑の怪談集。「シャーロック・ホームズ」シリーズの著者コナン・ドイルによる隠れた名作「北極星号の船長」や、埋葬の三日後に墓から這いだした男の苦悩と悲哀を描いた「ラザルス」などを収録。百年近く前に刊行されたとは到底思えない、永遠に読まれるべき名作集。〔0944〕

クァク, ジェシク

◇七月七日　ケン・リュウ, 藤井太洋ほか著, 小西直子, 古沢嘉通訳　東京創元社　2023.6　361p　19cm 〈他言語標題：SEVENTH DAY OF THE SEVENTH MOON〉2400円　①978-4-488-01127-7
内容 …やっちまった！（クァクジェシク著, 小西直子訳）
＊七夕の夜、ユアンは留学で中国を離れる恋人ディンに会いに出かけた。別れを惜しむ二人のもとに、どこからともなくカササギの大群が現れ―東アジア全域にわたり伝えられている七夕伝説をはじめとし、中国の春節に絡んだ年獣伝説、不老不死の薬を求める徐福伝説、済州島に伝わる巨人伝説など、さまざまな伝説や神話からインスピレーションを得て書かれた十の幻想譚。日中韓三ヵ国の著者によるアンソロジー。〔0945〕

クァーティ, クワイ　Quartey, Kwei

◇ガーナに消えた男　クワイ・クァーティ著, 渡辺義久訳　早川書房　2022.4　461p　19cm 〈HAYAKAWA POCKET MYSTERY BOOKS 1978〉〈原書名：THE MISSING AMERICAN〉2400円　①978-4-15-001978-5
＊ガーナにある探偵事務所を、アメリカ人の青年デレクが訪ねてきた。三カ月前、インターネット詐欺にあった彼の父親は、真相究明のためにこの地で自ら調査を行っていたが、消息を絶ってしまったという。元巡査の探偵エマ・ジャンはただちに捜査を開始するが、当初たんなる失踪と思われた事件は、やがて呪術師に操られる詐欺集団サカワ・ボーイズ、警察幹部の汚職、大統領候補暗殺事件などのさまざまな暗部へとつながっていき…灼熱の地ガーナを舞台に新米女性探偵の活躍を描く2021年度シェイマス賞新人賞受賞作！〔0946〕

クイン, アン　Quin, Ann

◇アホウドリの迷信―現代英語圏異色短篇コレクション　岸本佐知子, 柴田元幸編訳　スイッチ・パブリッシング　2022.9　227p　20cm（SWITCH LIBRARY）2400円　①978-4-88418-594-7
内容 足の悪い人にはそれぞれの歩き方がある（アン・クイン著, 柴田元幸訳）
＊「端っこの変なところ」を偏愛する2人の翻訳家が、新たに発見した、めっぽう面白くて、ちょっと"変"な作家たち。心躍る"掘り出し物"だけを厳選

したアンソロジー。対談「競訳余話」も収録。〔0947〕

◇スリー　アン・クイン著, 西野方子訳　幻戯書房　2024.11　330p　19cm（ルリユール叢書）〈年譜あり　原書名：Three〉3200円　①978-4-86488-307-8
＊B・S・ジョンソンらと並び、1960年代イギリスで実験小説を発表し、女性であることの困難にも向き合った前衛作家アン・クイン。行方不明の少女が遺したテープと日記帳が夫婦二人の日常を軋ませ、次第に蝕んでいく―作者の自伝的要素も組み込まれた奇妙な長編小説。本邦初訳。〔0948〕

クイン, エラ　Quinn, Ella

◇求婚されなかった花嫁　エラ・クイン著, 高橋佳奈子訳　竹書房　2022.2　477p　15cm（ラズベリーブックス　ク6-3）〈原書名：IT STARTED WITH A KISS〉1350円　①978-4-8019-2998-2
＊ロスウェル公爵ギディオンは、父が亡くなったためカナダから帰国した。ところが晩年の父は愛人に入れあげ、公爵家の財政状況は火の車となっていたことがわかる。問題が解決するまで結婚などとんでもないと思っていたギディオンだが、早朝のハイドパークで出会った伯爵令嬢ルイーザと恋に落ちてしまう。ところが、ギディオンはいとこで親友のベントリーがルイーザと自分の仲を取り持ってほしいと頼んできた。友情のためにもこの恋はあきらめようとしたギディオンだったが、ある舞踏会で、ルイーザは誤解から自分とギディオンは婚約しているとうと宣言してしまう。プロポーズなどされていないのに…。次から次へとやっかいごとに巻き込まれてしまい、恋などしている場合ではないのに恋に落ちてしまった公爵と、みずからの運命を切り開こうと奮闘する令嬢。ふたりのままならない"運命の恋"のゆくえは…？〔0949〕

◇伯爵の都合のいい花嫁　エラ・クイン著, 高橋佳奈子訳　竹書房　2024.12　463p　15cm（ラズベリーブックス　ク6-5）〈原書名：YOU NEVER FORGET YOUR FIRST EARL〉1560円　①978-4-8019-4259-2
＊ああ、まったく！自分には妻が必要なのだ。それもすぐに。ハリントン伯爵ジェオフリーは英国大使副官の任務につくための結婚を焦っていた。プロポーズするつもりだった女性はいたが、ほんの少し領地に帰っていた間に、別の相手と婚約してしまったのだ。そんな時、友人の妹であるミス・エリザベスに目星を付ける。ターリー子爵令嬢で、家のことも万事取り仕切れ、外国暮らしに抵抗がなく、おまけに美人だ。なんとしても2週間で結婚しようと決心したジェオフリーは、舞踏会やお茶会に乗り出す。いっぽうのエリザベスもジェオフリーのことを好ましく思っていた。しかし、彼女にとって何より大事なのは愛のある結婚をすること。夫を愛するようになったエリザベスだが、彼は都合のよい花嫁としか自分を見ていないと気づいてしまう。悲しく思うエリザベスだったが、夫の気持ちを測ろうと意外な行動に出る。そして

クイン

ジェオフリーは、条件で選んだ花嫁への自分の気持ちに気づくことができるのか―？　大好評ワーシントンシリーズ、待望の第5弾。　　〔0950〕

◇放蕩侯爵と不本意な花嫁　エラ・クイン著，高橋佳奈子訳　竹書房　2024.9　511p　15cm　（ラズベリーブックス　ク6-4）〈原書名：THE MARQUIS AND I〉1650円　①978-4-8019-4138-0

＊社交界デビューしたばかりの伯爵令嬢シャーロットは、ある日、猫と共に悪漢にさらわれてしまった。彼女を救い出したのは、たまたま誘拐現場に居合わせた侯爵コンスタンティン。シャーロットは監禁された宿屋で無事救出されたものの、ふたりが一緒のところを目撃され、コンスタンティンが婚約の挨拶のための旅だと周囲を納得させた。彼に感謝しつつも、放蕩者として有名で、以前劇場で見かけた際の様子に嫌悪感を抱くシャーロットは、なんとか形ばかりの婚約で済ませられないかと考えていた。ところが、これまで絶対に結婚したくないと花嫁候補たちから逃げ回っていたコンスタンティンは、なぜかシャーロットにひどく惹かれて…。果たして放蕩侯爵は自分を変えることができるのか？　大好評ワーシントン・シリーズ！　　〔0951〕

クイーン, エラリー　　Queen, Ellery

◇境界の扉―日本カシドリの秘密　エラリー・クイーン著，越前敏弥訳　KADOKAWA　2024.6　427p　15cm　（角川文庫　ク19-15）〈原書名：THE DOOR BETWEEN〉1200円　①978-4-04-113926-4

＊日本育ちの女流作家カレンが、ニューヨーク中心部の邸宅で殺された。カレンは癌研究の第一人者マクルーア博士と婚約中で幸福の絶頂にいるはずだった。唯一犯行が可能だったのは、マクルーア博士の20歳の娘エヴァ。だがエヴァは無実を主張し、事件は第一次大戦前夜の日本での出来事へとつながっていく…。エラリーが父クイーン警視と対立しながら難事件に挑み、ついに意外な"真犯人"を突きとめる！　クイーン本格ミステリの傑作!!　〔0952〕

◇靴に棲む老婆　エラリイ・クイーン著，越前敏弥訳　新訳版　早川書房　2022.12　441p　16cm　（ハヤカワ・ミステリ文庫　HM 2-56）〈原書名：THERE WAS AN OLD WOMAN〉1500円　①978-4-15-070156-7

＊製靴業で成功したポッツ家の当主コーネリアには子供が6人いる。先夫の子3人は変人ぞろい、現夫の子3人はまともだがコーネリアによって虐げられていた。ある日名誉毀損されたと長男が異父弟に決闘を申し込んだ。介添人を頼まれたエラリイは悲劇を回避するため一計を案じる。だがそれは、狂気と正気が交錯する恐るべき連続童謡殺人の端緒に過ぎなかった。本格ミステリの巨匠、中期の代表作が新訳で登場。　　〔0953〕

◇Zの悲劇　エラリー・クイーン著，中村有希訳　東京創元社　2024.9　384p　15cm　（創元推理文庫　Mク1-3）〈原書名：THE TRAGEDY OF Z〉900円　①978-4-488-10446-7

＊『Yの悲劇』の事件から十年後。サム警視は市警を退職し、推理の才に恵まれた愛娘ペイシェンスと私立探偵を開業していた。ある日、調査で滞在中の刑務所のある町で、関係者の悪徳上院議員が殺害される。現場の書斎には数通の手紙と謎の黒い箱。それは、名探偵ドルリー・レーンの出馬を必要とするほどの難事件であった―レーン四部作第三弾の傑作本格ミステリ！　　〔0954〕

◇ダブル・ダブル　エラリイ・クイーン著，越前敏弥訳　新訳版　早川書房　2022.8　466p　16cm　（ハヤカワ・ミステリ文庫　HM 2-55）〈原書名：DOUBLE, DOUBLE〉1400円　①978-4-15-070155-0

＊エラリイに匿名の手紙が届く。そこには最近ライツヴィルで起きた事件を記した新聞記事―"町の隠者"の病死、富豪の自殺、"町の物乞い"の失踪―の切り抜きが。そして、父親の失踪の真相を探ってほしいという妖精のように魅力的な娘・リーマに導かれ、エラリイは四度ライツヴィルを訪れる。そこで待ち受けていたのは、さらなる不審死の連続だった…本格ミステリの巨匠、円熟期の傑作が新訳で登場。　　〔0955〕

◇Yの悲劇　エラリー・クイーン著，中村有希訳　東京創元社　2022.8　497p　15cm　（創元推理文庫　Mク1-2）〈原書名：THE TRAGEDY OF Y〉960円　①978-4-488-10445-0

＊ニューヨークの名門ハッター一族を覆う、暗鬱な死の影―自殺した当主の遺体が海に浮かんだ二ヶ月後、屋敷で毒殺未遂が起き、ついには奇怪な殺人事件が発生する。謎の解明に挑む名優にして名探偵のドルリー・レーンを苦しめた、一連の惨劇が秘める恐るべき真相とは？　レーン四部作の雄編であり、海外ミステリのオールタイムベストとして名高い本格ミステリの名作。　　〔0956〕

クイン, ケイト　　Quinn, Kate

◇狙撃手ミラの告白　ケイト・クイン著，加藤洋子訳　ハーパーコリンズ・ジャパン　2023.8　599p　15cm　（ハーパーBOOKS　M・ク3-4）〈原書名：THE DIAMOND EYE〉1336円　①978-4-596-52318-1

＊1941年。狙撃学校を優秀な成績で修了した大学院生のミラ・パヴリチェンコは、ドイツのソ連侵攻を受けて軍隊に志願した。劣勢の前線に送られ、日々仲間を失う苛烈な状況のなか、ライフルを手にひたすら己の任務を遂行する。やがて凄腕の狙撃手として知られるようになったミラは、戦局の鍵を握るアメリカへ渡り支援を仰ぐ派遣団に抜擢されるが、そこには合衆国大統領の暗殺計画が待ちうけていた―。　　〔0957〕

◇不死鳥は夜に羽ばたく　ケイト・クイン，ジェイニー・チャン著，加藤洋子訳　ハーパーコリンズ・ジャパン　2024.9　479p　15cm　（ハーパーBOOKS　M・ク3-5）〈原書名：THE PHOENIX CROWN〉1245円　①978-4-596-71401-5　　〔0958〕

◇ローズ・コード　ケイト・クイン著，加藤洋子

訳　ハーパーコリンズ・ジャパン　2022.7　759p　15cm　〈ハーパーBOOKS M・ク3・3〉〈文献あり　原書名：THE ROSE CODE〉1345円　①978-4-596-70999-8
　＊第二次世界大戦下、社交界の令嬢オスラは国に召喚され、ブレッチリー・パークに辿り着く。そこには秘密裏にドイツの暗号解読に挑む政府暗号学校があった。オスラは下町育ちのマブ、パズルの名手ベスと知り合い友情を育むが、ある事件から3人に悲劇が訪れ—7年後、オスラは差出人不明の暗号文を受け取る。それはかつて自分を裏切った友人が助けを求める手紙で…。陰謀渦巻く歴史ミステリー！　〔0959〕

クイン, シーベリー　Quinn, Seabury

◇新編怪奇幻想の文学　2　吸血鬼　紀田順一郎, 荒俣宏監修, 牧原勝志編　新紀元社　2022.12　436p　20cm　〈他言語標題：Tales of Horror and Supernatural〉2500円　①978-4-7753-2040-2
　内容　クレア・ド・ルナ（シーベリー・クイン著, 植草昌実訳）
　＊古典・準古典の数々を通し、怪奇幻想の真髄に触れていただきたい。本書は、自由な想像力が創りだす豊かな世界への、恰好の道案内となることだろう。（編者）　〔0960〕

クイン, ジュリア　Quinn, Julia

◇幼なじみの醜聞は結婚のはじまり　ジュリア・クイン著, 村山美雪訳　竹書房　2024.7　459p　15cm　〈ラズベリーブックス ク2-41〉〈原書名：FIRST COMES SCANDAL〉1690円　①978-4-8019-4054-3
　＊子爵令嬢ジョージー・ブリジャートンは、持参金目当ての貧乏貴族にさらわれてしまい、独身を貫くか、人生を台無しにした男と結婚するかの2択を迫られる。純潔を疑われるようなことはなかったが、社交界では"傷もの"扱いされてしまうのだ。そんな時、隣家の医学生ニコラスが結婚しようと言ってきた。結婚願望のないニコラスだが、ジョージーのために愛のない求婚をしてくれたのだ。だがジョージーは哀れみから求婚したと感じ、断ってしまう。憮然とするニコラスだったが…。幼なじみを救うための"合理的"求婚の行方は？　"ブリジャートン家"ロークズビーシリーズ待望の第4巻！　〔0961〕

◇海賊のキスは星空の下で　ジュリア・クイン著, 村山美雪訳　竹書房　2023.12　476p　15cm　〈ラズベリーブックス ク2-36〉〈原書名：THE OTHER MISS BRIDGERTON〉1600円　①978-4-8019-3855-7
　＊ブリジャートン子爵の姪ポピーは、2回目の社交シーズンを終え、婚約どころか気になる人もできず、退屈をもて余していた。そんな時、海辺の町に住む友人に誘われて屋敷に滞在することに。ひとり海岸の散歩を楽しんでいると、いかにも海賊が略奪品を隠していそうな洞窟を発見する。わくわくするポピーだったが、そこにはなんと本当に"海賊"がいて連れ去られてしまう。私掠船の船長だというアンドルーは実は元海軍将校で、今は機密文書の受け渡しという政府の任務を帯びていた。おまけにポピーが自分の縁戚であることにも気づく。アンドルーの兄である次期マンストン伯爵がポピーの従姉と結婚しているのだ。ポルトガルへの航海は一刻を争うもので、すぐ解放することはできないが、ポピーの評判を守るには、失踪を内緒にするよう友人に手紙を送り、任務完了後に素早く帰るしかない。さらに船員たちにも存在を秘密にするため、ポピーはアンドルーと船長室で寝泊まりすることに。はじめは憤慨していたポピーだったが、いつしかアンドルーとの会話を楽しむようになっていた。そしてアンドルーもポピーに惹かれて…。好奇心旺盛な令嬢と、秘密を帯びた海賊。ふたりの恋の行方は—？　〔0962〕

◇ブリジャートン家　5　まだ見ぬあなたに野の花を　ジュリア・クイン著, 村山美雪訳　竹書房　2022.1　462p　15cm　〈ラズベリーブックス ク2-31〉〈「まだ見ぬあなたに野の花を」(2009年刊)の改題、新装版　原書名：To Sir Phillip,With Love〉1200円　①978-4-8019-2966-1
　＊レディ・ホイッスルダウンの正体が明かされた舞踏会のさなか、ブリジャートン子爵家の次女、エロイーズはひとりロンドンを抜けだし、誰にも行き先を告げずグロスターシャーへ馬車を走らせた。会ったこともない文通相手、野の花の押し花をくれたサー・フィリップの元へ。親友の結婚にショックを受けたエロイーズは、彼となら真実の愛を手に入れられるのではないかと無茶な賭けに出たのだった。全米で1000万部の売り上げを誇る"現代のジェイン・オースティン"ジュリア・クインが贈る大人気小説。ドラマ"ブリジャートン家"シリーズ原作！　〔0963〕

◇ブリジャートン家　6　青い瞳にひそやかに恋を　ジュリア・クイン著, 村山美雪訳　竹書房　2022.2　477p　15cm　〈ラズベリーブックス ク2-32〉〈「青い瞳にひそやかに恋を」(2009年刊)の改題、新装版　原書名：When He was Wicked〉1200円　①978-4-8019-2999-9
　＊名うての放蕩者、マイケル・スターリングは初めてその青い瞳を見たとき、激しい恋に落ちた。彼女の名はフランチェスカ・ブリジャートン、36時間後に親友で従弟の、キルマーティン伯爵ジョンの花嫁となる女性だった…。フランチェスカの義理の従兄となったマイケルは気さくな友人として関係を築き上げるが、ジョンの不慮の死によって、事態は大きく変わってしまう。全米で1000万部の売り上げを誇る"現代のジェイン・オースティン"ジュリア・クインが贈る大人気小説。ドラマ"ブリジャートン家"シリーズ原作！　〔0964〕

◇ブリジャートン家　7　突然のキスは秘密のはじまり　ジュリア・クイン著, 村山美雪訳　竹書房　2022.4　461p　15cm　〈ラズベリーブックス ク2-33〉〈「突然のキスは秘密のはじまり」(2010年刊)の改題、新装版　原書名：It's in

クイン

His Kiss〉 1300円　①978-4-8019-3071-1

＊ブリジャートン家の末っ子、ヒヤシンスは社交シーズン4年目。年々減っていく求婚者たちにもそれほどあせりを感じておらず、楽しみは仲の良いきょうだいや社交界で"ドラゴン"とあだ名される伯爵夫人レディ・ダンベリーとのやりとり、そしてレディ・ダンベリーの孫で男爵家跡継ぎ、ガレスとの奇妙な友情だった。平穏な日々をすごしていたヒヤシンスだが、ある日ひょんなことからイタリア語で書かれたガレスの祖母の日記の翻訳を頼まれる。そしてその数日後、ガレスから突然キスをされてしまう！　日記に示されたダイヤモンドの謎を解きたいヒヤシンスは、翻訳を続けることに…。全米で1000万部の売り上げを誇る"現代のジェイン・オースティン"ジュリア・クインが贈る大人気小説。ドラマ"ブリジャートン家"シリーズ原作！〔0965〕

◇ブリジャートン家　8　夢の乙女に永遠の誓いを　ジュリア・クイン著，村山美雪訳　竹書房　2022.5　542p　15cm　（ラズベリーブックス ク2-34）〈「夢の乙女に永遠の誓いを」（2010年刊）の改題、新装版　原書名：On the Way to the Wedding〉1300円　①978-4-8019-3100-8

＊子爵家の四男グレゴリーは教会へとたどりついた。愛する女性が、別の男と結婚するのを阻止するために。——その2カ月前、彼は長年の夢だった"運命の恋"に落ちていた。きょうだい達がそれぞれ素晴らしい伴侶を得たのを見るにつけ、当然のように自分もと思っていたのだ。一目ぼれした相手は美しいハーマイオニー。ひとつ年上の地味な親友、ルーシーが親切心から教えてくれたのは彼女には好きな人がいるということだった。気を惹く作戦はことごとく失敗するが、グレゴリーはいつしかルーシーとの会話を楽しむようになっていた。ただしあくまで友人として。ルーシーには昔からの婚約者がいるし、自分は彼女の親友に恋しているのだから…。全米で1000万部の売り上げを誇る"現代のジェイン・オースティン"ジュリア・クインが贈る大人気小説。RITA賞受賞作にしてドラマ"ブリジャートン家"シリーズ原作！〔0966〕

◇ブリジャートン家　9　幸せのその後で——ブリジャートン家後日譚　ジュリア・クイン著，村山美雪訳　竹書房　2022.6　407p　15cm　（ラズベリーブックス ク2-35）〈「幸せのその後で」（2013年刊）の改題、新装版　原書名：THE BRIDGERTONS〉1400円　①978-4-8019-3153-4

＊「…こうして、ふたりはいつまでも幸せに暮らしたのでした」。ハッピーエンドで終わった物語。けれど、ブリジャートン一家のお話には、もう少しだけ続きがありました——。ペネロペと親友エロイーズにレディ・ホイッスルダウンの正体を明かす時…。ヒヤシンスが"家宝"をようやく発見するまで…。報われなかった"あの人"に訪れた愛…。そして、ついに描かれるヴァイオレットと亡き夫との恋の記憶…。幸せを手に入れたブリジャートン家の"その後"の9つの物語。読者からの熱い要望に応えて生まれた、スピンオフ作品！　全米で1000万部の売り上げを誇る"現代のジェイン・

オースティン"ジュリア・クインが贈る大人気小説。RITA賞受賞作にしてドラマ"ブリジャートン家"シリーズ原作！〔0967〕

◇ブリジャートン家　外伝　1　はじめての恋をあなたに奏でて　ジュリア・クイン著，村山美雪訳　竹書房　2024.4　446p　15cm　（ラズベリーブックス）〈原書名：Just Like Heaven〉1300円　①978-4-8019-4014-7

＊伯爵家令嬢ホノーリア・スマイス・スミスは結婚したいと思っている。だが、社交界デビューから二年、これまでに好意を寄せてきた紳士たちは、しばらくするとなぜか彼女から離れていってしまった。三度目の社交シーズン前を友人の家で過ごしていたホノーリアは、子爵家の末っ子グレゴリー・ブリジャートンこそ夫にふさわしいのではと考えていた。そんなとき、幼なじみで伯爵の後継者マーカス・ホルロイドと再会する。実はこれまでホノーリアに言い寄る男性たちを遠ざけていたのはマーカスだった。彼はホノーリアの兄からひそかにお目付け役を頼まれており、ふさわしくない候補者を見極めていたのだ。彼とは兄妹のようなものだから愛が芽生えることはないと信じるホノーリア。彼女を守るのはあくまで幼なじみとしての役目だと自分に言い聞かせるマーカス。だが、ホノーリアがグレゴリーと近づきたいと起こしたある事件をきっかけに、ふたりの気持ちは揺れ動き始める——。"ブリジャートン"シリーズでおなじみのスマイス・スミス一家の恋を描く外伝シリーズ。〔0968〕

◇ブリジャートン家外伝　2　運命のキスは柔らかな雨のように　ジュリア・クイン著，村山美雪訳　竹書房　2024.6　437p　15cm　（ラズベリーブックス ク2-40）〈「運命のキスは柔らかな雨のように」（2014年刊）の改題、新装版　原書名：A Night Like This〉1380円　①978-4-8019-4020-8

＊アンは有閑階級の令嬢だが、とある事情から故郷を去り、いまは家庭教師としてひそやかに暮らしている。だがそんな生活は突如崩れた。教え子たちの親戚であるスマイス・スミス家の音楽会で嫌々ながら代役を務めたアンは初対面のハンサムな男性とキスを交わしてしまったのだ。思わず逃げだしたアンだったが、男性の正体は3年ぶりにイギリスに戻ってきた、スマイス・スミス家の長男でウィンステッド伯爵のダニエルだと判明する。アンにひと目惚れしたダニエルは、早速次の日に従妹たちへの訪問を口実にアンを訪ねるが、アンは芽生えつつあるダニエルへの気持ちを断ち切ろうとする——。しかし、そんな時、ダニエルが何者かに襲われのだ。"ブリジャートン"シリーズでおなじみのスマイス・スミス一家の恋を描く外伝シリーズ。〔0969〕

◇ブリジャートン家外伝　3　大嫌いなあなたと恋のワルツを　ジュリア・クイン著，村山美雪訳　竹書房　2024.8　446p　15cm　（ラズベリーブックス ク2-42）〈「大嫌いなあなたと恋のワルツを」（2014年刊）の改題、新装版　原書名：The Sum of All Kisses〉1500円　①978-4-8019-4136-6

＊伯爵家の長女サラには、大嫌いな相手がいる。ラムズゲイト侯爵の次男、ヒューだ。数年前、彼がサラの従兄ダニエルに決闘を持ちかけたせいで大騒動になり、デビューであるサラが1年遅れた。しかも、よりによってその年には14組もの婚約が成立したのだ。デビューしていたなら、自分も結婚していたかもしれないのに…。ところが、ダニエルの妹ホノーリアの結婚式に先立つハウスパーティで、サラはヒューと再会する。決闘後、ダニエルとの関係が修復したヒューも呼ばれていたのだ。式までの数日を彼と共に過ごすよう頼まれ、腹立たしく思うサラだったが、ひょんなことから真夜中に彼とワルツを踊ることになって…。"ブリジャートン家"シリーズでおなじみのスマイス・スミス一家の恋を描く外伝シリーズ。　〔0970〕

◇ブリジャートン家外伝　4　突然の結婚は恋を招いて　ジュリア・クイン著，村山美雪訳　竹書房　2024.11　486p　15cm　（ラズベリーブックス ク2-43）〈「突然の結婚は恋を招いて」(2016年刊)の改題、新装版　原書名：The Secrets of Sir Richard Kenworthy〉1500円　①978-4-8019-4218-9

＊准男爵リチャード・ケンワージーは焦っていた。すぐに結婚しなければならない。しかし花嫁は誰でもいいというわけではない。知性があって、家族を大事にする、"結婚を焦っている"女性でなければ―。アイリス・スマイス・スミスは地味な壁の花。今年も一族恒例の未婚の女子による音楽会で嫌々チェロを弾いていた。そこへやってきた初対面の紳士―リチャードにじっと見つめられていることに気がつく。翌日には屋敷を訪ねてきたリチャードは1週間でプロポーズ。そしてそのさらに1週間後にはふたりは結婚していた。結婚を急ぐリチャードの秘密とは？　そして、やむを得ず結婚したにもかかわらず、ふたりに芽生え始めた恋の行方は―？　2016年リタ賞ノミネート作品。"ブリジャートン家"でおなじみのスマイス・スミス一家の恋を描く外伝シリーズ、ついに完結！　〔0971〕

◇レディ・ホイッスルダウンからの招待状　ジュリア・クインほか著，村山美雪訳　竹書房　2024.3　597p　15cm　（ラズベリーブックス ク2-38―ブリジャートン家短編集 2）〈2011年刊の新装版　原書名：Lady Whistledown Strikes Back〉1500円　①978-4-8019-3907-3

内容 ファーストキス（ジュリア・クイン著，村山美雪訳）

＊1816年、ロンドン。すべてのはじまりはレディ・ニーリーが開いた晩餐会だった。その夜、出席者が楽しみにしていた豪華な食事は、女主人のブレスレットが紛失するという事件のせいで振る舞われることはなかったが、このパーティから思いもかけない4つのロマンスが生まれることに…。亡き兄の親友と妹が運命の出逢いをはたし、お話し相手は30歳を目前に初めて恋を知った。奥手な令嬢は憧れの放蕩伯爵と言葉を交わし、ある子爵夫妻は12年ぶりに再会して―。それぞれの恋の結末は？　そして消えたブレスレットの真実は…？　ジュリア・クインはじめ4人の人気作家たちが描く、4つの恋物語。RITA賞受賞作品。　〔0972〕

◇レディ・ホイッスルダウンの贈り物　ジュリア・クイン著，スーザン・イーノック，カレン・ホーキンス，ミア・ライアン著，村山美雪訳　竹書房　2024.1　550p　15cm　（ラズベリーブックス ク2-37―ブリジャートン家短編集 1）〈2011年刊の新装版　原書名：The Further Observations of Lady Whistledown〉1500円　①978-4-8019-3891-5

内容 三十六通のバレンタインカード（ジュリア・クイン著，村山美雪訳）

＊1814年初頭のロンドンは例年にないほどの寒さにつつまれていた。テムズ川は凍り、街中に雪が深く積もっている。そのものめずらしさに惹かれ、いつもは郊外で冬を過ごす貴族たちも続々とロンドンに集っていた。ドルリー・レーン劇場は満席、テムズ川ではスケート・パーティ、さらにバレンタイン舞踏会までもが開かれる。そこでは冬の寒さも忘れさせるようなさかいと恋がはじまろうとしていた―。例えば、自分をふった元婚約者の兄とワルツを踊るはめになるような、一件。全米で1000万部の売り上げを誇る"現代のジェイン・オースティン"ジュリア・クインと3人の人気作家が、謎の新聞記者レディ・ホイッスルダウンを通して描く、冬のロンドンに咲いた4つの恋物語。RITA賞ノミネート作にして、ドラマ"ブリジャートン家"原作シリーズ！　〔0973〕

クイン, タラ・T.　Quinn, Tara Taylor

◇あなたと私の双子の天使　タラ・T・クイン作，神鳥奈穂子訳　ハーパーコリンズ・ジャパン　2023.11　188p　17cm　（ハーレクイン・イマージュ I2779）〈原書名：THEIR SECRET TWINS〉694円　①978-4-596-52784-4

＊ずっと音信不通だった元婚約者ジョードンが突然現れ、ミアは思わず息をのんだ―彼が幼い双子の娘を連れていたから。10年前、彼女を捨ててNYへ行き、成功して大富豪となっただけでなく、どうやら運命の人を見つけて、父親にまでなっていたようだ。私にとっては、彼だけが心から愛した人だったのに―。だが、涙をこらえるミアに、ジョードンが信じられないことを告げる。「この子たちは君の娘でもあるんだ」なんですって？　どういうこと？　聞けば、かつて彼とミアが提供した受精卵を使って双子をもうけた不妊の夫妻が先日亡くなり、ジョードンが後見人に指名されたという。ジョードンと私の子！　しかも、彼は結婚していなかった！　内心喜ぶミアだったが、ジョードンは養子に出すつもりで…。　〔0974〕

◇生まれくる天使のために　タラ・T・クイン作，小長光弘美訳　ハーパーコリンズ・ジャパン　2024.5　188p　17cm　（ハーレクイン・イマージュ I2801）〈原書名：HER MOTHERHOOD WISH〉694円　①978-4-596-53981-6

＊おなかの子に白血病の可能性が…。キャシーは相

手がいないけれどどうしても子供が欲しくて、クリニックで人工授精を受けて現在、妊娠4カ月。胎児の異状を知らされた彼女は、骨髄提供をしてもらえるか確かめるため、見知らぬドナーの男性と連絡を取ることにする。不安にさいなまれるキャシーだったが、いざ電話で話すと、ウッドという名の彼はもちろん協力すると言ってくれた。それだけでなく、何くれとなく気遣ってくれる優しい彼に、キャシーは思わず胸をときめかせた。いいえ、だめよ、絶対。声しか知らない男性に恋なんてしている場合じゃないわ…。〔0975〕

◇幸せを呼ぶキューピッド　リン・グレアム他著，春野ひろこ他訳　ハーパーコリンズ・ジャパン　2024.7　269p　17cm　（HPA 60―スター作家傑作選）〈他言語標題：Cupid of Happiness　「シークの隠された妻」（2016年刊）と「マイ・バレンタイン」（ハーレクイン 2001年刊）の改題，抜粋，合本 原書名：THE SHEIKH'S SECRET BABIES　GABE'S SPECIAL DELIVERY〉1082円　①978-4-596-63708-6
内容 愛してると言えなくて（タラ・T.クイン著，青山梢訳）

＊小さな天使の存在が、二人の関係を変える―シークレットベビー・アンソロジー！『シークの隠された妻』「ぼくたちはまだ夫婦らしい。正式な離婚手続が必要だ」突然訪ねてきたジャウルの言葉に、クリシーは驚いた。2年前、マルワン国皇太子の彼は挙式の翌月に忽然と姿を消した―彼女のおなかに双子を残して。やがて代わりに父王が現れ、無情にも結婚は無効だと告げたのだった。なのに今ごろ現れて離婚したいですって？ しかし双子の子供たちの存在を知るやジャウルの態度は豹変し、離婚は撤回すると言いだした。彼の子ならばマルワン国で育てることが法律で決まっているというのだ。私から子供まで奪おうというの？『愛してると言えなくて』引退する雇い主から、学校を引き継ぐには誠実な相手との結婚が条件と言われた教師ベイリー。友人の勧めでゲイブと出逢って彼を愛するようになり、結婚を決めた―動機は仕事のためだと思われないよう、例の条件のことは隠して。だが期せずしてゲイブの知るところとなり、責められた彼女は家を出た。10カ月後。今日はバレンタインデー。ベイリーは赤ん坊を抱き、懐かしい家をめざしていた。"生きたバレンタイン・プレゼント"を、ゲイブはどう思うだろう？ そして今度こそ、私は彼を心から愛してると言えるかしら？　〔0976〕

クエリ，ハリソン　Query, Harrison

◇幽囚の地　マット・クエリ，ハリソン・クエリ著，田辺千幸訳　早川書房　2024.7　398p　19cm　（HAYAKAWA POCKET MYSTERY BOOKS 2005）〈原書名：OLD COUNTRY〉2700円　①978-4-15-002005-7
＊都会の喧騒を離れ、アイダホ州の美しい田舎に家と牧場を買ったブレイクモア夫妻。二人が引っ越してしばらくのち、隣人であるダンが忠告にやってくる。この土地には「山の精霊」が住み着いており、季節ごとに住人を悩ませるため、必ず"精霊よけ"のルールに従ってほしいというのだ。最初に現れた春の精霊は不気味な光となって飛び回る程度だったが、季節が進むにつれて精霊たちは実体をもって夫婦に襲いかかるようになる。精霊を封じようとした二人はその怒りにふれてしまい、凄惨な復讐劇を招くこととなるが…　〔0977〕

クエリ，マット　Query, Matt

◇幽囚の地　マット・クエリ，ハリソン・クエリ著，田辺千幸訳　早川書房　2024.7　398p　19cm　（HAYAKAWA POCKET MYSTERY BOOKS 2005）〈原書名：OLD COUNTRY〉2700円　①978-4-15-002005-7
＊都会の喧騒を離れ、アイダホ州の美しい田舎に家と牧場を買ったブレイクモア夫妻。二人が引っ越してしばらくのち、隣人であるダンが忠告にやってくる。この土地には「山の精霊」が住み着いており、季節ごとに住人を悩ませるため、必ず"精霊よけ"のルールに従ってほしいというのだ。最初に現れた春の精霊は不気味な光となって飛び回る程度だったが、季節が進むにつれて精霊たちは実体をもって夫婦に襲いかかるようになる。精霊を封じようとした二人はその怒りにふれてしまい、凄惨な復讐劇を招くこととなるが…　〔0978〕

グエン，ゴック・トゥ　Nguyễn, Ngọc Tư

◇絶縁　村田沙耶香，アルフィアン・サアット，郝景芳，ウィワット・ルートウィワットウォンサー，韓麗珠，ラシャムジャ，グエン・ゴック・トゥ，連明偉，チョン・セラン著，藤井光，大久保洋子，福冨渉，及川茜，星泉，野平宗弘，吉川凪訳　小学館　2022.12　413p　19cm　2000円　①978-4-09-356745-9
内容 逃避（グエン・ゴック・トゥ著，野平宗弘訳）
＊アジア9都市9名が集った奇跡のアンソロジー。　〔0979〕

クエンティン，パトリック　Quentin, Patrick

◇Re-ClaM ex―rediscovery of classic mystery extrapolation　Vol. 4　Q. パトリック著，三門優祐編訳　Re-ClaM事務局　2023.5　135p　21cm
内容 出口なし（三門優祐訳）　待っていた女（三門優祐訳）　嫌われ者の女（三門優祐訳）　〔0980〕

クオ，チャンシェン　Kuo, Chiang-Sheng

◇ピアノを尋ねて　クオチャンシェン著，倉本知明訳　新潮社　2024.8　174p　20cm　（CREST BOOKS）〈他言語標題：The Piano Tuner〉1950円　①978-4-10-590196-7
＊天賦の才能をもちながらピアニストの夢破れた調律師の「わたし」は、若い妻を喪った初老の男性、林サンと出逢う。亡妻の残したピアノをめぐって二人の運命は絡み合い、やがて中古ピアノの販売事業を手掛けるため、運命の地ニューヨークへと

どり着く…。シューベルト、ラフマニノフ、リヒテルやグールドといったクラシック音楽の巨匠たちが抱えた孤独が綴られた本作は「聴覚小説」と評され、台湾文学金典奨をはじめ主要な文学賞を総なめにしたベストセラー。〔0981〕

クォン, ナヨン・エィミー　Kwon, Nayoung Aimee

◇親密なる帝国―朝鮮と日本の協力、そして植民地近代性　ナヨン・エィミー・クォン著，永岡崇監訳　京都　人文書院　2022.4　395p　20cm〈文献あり　索引あり　原書名：INTIMATE EMPIRE〉4500円　①978-4-409-04119-2

＊日本と朝鮮、戦時下における文化「協力」。"内鮮一体"の掛け声のもと一度は手を取り合いながら、戦後には否認された数々の経験と記憶。忘れ去られたその歴史を掘り起こし、「協力vs抵抗」では捉えきれない朝鮮人作家たちの微細な情動に目を凝らす。日本と朝鮮半島に共有された植民地近代という複雑な体験がもたらす難問に挑み、ポストコロニアル研究に新たな光を当てる画期作。〔0982〕

クカフカ, ダニヤ　Kukafka, Danya

◇死刑執行のノート　ダニヤ・クカフカ著，鈴木美朋訳　集英社　2023.11　439p　16cm　(集英社文庫　ク20-1)〈原書名：NOTES ON AN EXECUTION〉1250円　①978-4-08-760787-1

＊アンセル・パッカーの死刑執行まで残り12時間。「完全な善人も、完全な悪人もいない、だれもが生きるチャンスを与えられてしかるべきだ」彼はそう信じている。獄中で密かに温めた逃亡計画もある―。母ラヴェンダー、元妻の双子の妹ヘイゼル、ニューヨーク州警察捜査官サフィ、3人の女性の心の軌跡が"連続殺人犯"の虚像と実像を浮き彫りにする。エドガー賞最優秀長篇賞受賞、衝撃のサスペンス。〔0983〕

グギ・ワ・ジオンゴ　Ngũgĩ wa Thiong'o

◇したい時に結婚するわ―戯曲　グギ・ワ・ジオンゴ，グギ・ワ・ミリエ著，宮本正興訳　三元社　2024.7　393p　19cm　(多言語文学叢書　もう一つの世界文学　ケニアギクユ語)〈原書名：NGAAHIKA NDEENDA〉3000円　①978-4-88303-560-1　〔0984〕

グギ・ワ・ミリエ　Ngũgĩ wa Mĩriĩ

◇したい時に結婚するわ―戯曲　グギ・ワ・ジオンゴ，グギ・ワ・ミリエ著，宮本正興訳　三元社　2024.7　393p　19cm　(多言語文学叢書　もう一つの世界文学　ケニアギクユ語)〈原書名：NGAAHIKA NDEENDA〉3000円　①978-4-88303-560-1　〔0985〕

クシュナー, レイチェル　Kushner, Rachel

◇アホウドリの迷信―現代英語圏異色短篇コレクション　岸本佐知子，柴田元幸編訳　スイッチ・パブリッシング　2022.9　227p　20cm　(SWITCH LIBRARY)　2400円　①978-4-88418-594-7

内容　大きな赤いスーツケースを持った女の子(レイチェル・クシュナー著，柴田元幸訳)

＊「端っこの変なところ」を偏愛する2人の翻訳家が、新たに発見した、めっぽう面白くて、ちょっと"変"な作家たち。心躍る"掘り出し物"だけを厳選したアンソロジー。対談「競訳余話」も収録。〔0986〕

クシュネル, カミーユ　Kouchner, Camille

◇ファミリア・グランデ　カミーユ・クシュネル著，土居佳代子訳　柏書房　2022.4　227p　20cm〈原書名：La familia grande〉2200円　①978-4-7601-5441-8

＊なぜ誰も継父を告発できなかったのか。父・国境なき医師団創設者のひとり、母・著名な公法学者でフェミニスト、継父・著名な政治学者で憲法学者、被害者・わたしの弟、傍観者・ひとりを除く関係者、全員…エリート一家の醜聞。〔0987〕

クック, ダイアン　Cook, Diane

◇人類対自然　ダイアン・クック著，壁谷さくら訳　白水社　2022.4　268p　20cm　(エクス・リブリス)〈原書名：MAN V. NATURE〉3000円　①978-4-560-09072-5

＊配偶者を亡くし自活できない男女が、収容先で再婚に向けて奇妙な再教育を受ける「前に進む」。大洪水のなか水没をかろうじて逃れた自宅で、助けを乞う人々を追い返して生き延びてきた男が、ある男をボディガードがわりに唯一受け入れたところ…「最後の日々の過ごしかた」。会議中に襲来した怪物から逃げまどいパニックに陥ったエリート役員たちが、死を前にして思い至ったのは…「やつが来る」。友人と出かけたボートが遭難し、来る気配のない救助を待つ男が、長年の友情が幻想であると突きつけられる表題作。特異な生殖能力を持つため、あらゆる女に追い求められる"みんなの男"が、落ち着いた関係を望みはじめたとたん…「おたずね者」。抽選で"不要"と認定された子どもたちが繰り広げる、一瞬も気を抜けない苛酷な生存競争を描く傑作「不要の森」など。不条理な絶望の淵で生き残りをかけてもがく人々の孤独とかすかな希望を、無尽の想像力で巧みに描く、ダークでシュールで、可笑しくて哀しい鮮烈な12篇。〔0988〕

◇静寂の荒野(ウィルダネス)　ダイアン・クック著，上野元美訳　早川書房　2022.9　526p　19cm〈原書名：THE NEW WILDERNESS〉3700円　①978-4-15-210162-4

＊環境破壊が進み、人類の居住地は都市のみとなった近未来。ビーアトリスの5歳になる娘アグネスは、大気汚染で徐々に衰弱していた。アグネスを守るための選択肢はただひとつ、空気の清浄なウィルダネス州で行われる実験―野生動物の保護区として残された原生地で、人類と自然の共存を模索する研究―に参加することだった。広大な土地に取り残された全20名の参加者は、予測不能で

危険な土地でのサバイバルを始める。しかしアグネスが自然での生活に馴染むにつれ、母娘の関係には予期せぬ変化がおとずれる―。〔0989〕

クック, トマス・H. Cook, Thomas H.

◇緋色の記憶　トマス・H・クック著，鴻巣友季子訳　新版　早川書房　2023.4　494p　16cm　（ハヤカワ・ミステリ文庫 HM 395-2）〈著作目録あり　初版：文春文庫 1998年刊　原書名：THE CHATHAM SCHOOL AFFAIR〉1500円　①978-4-15-179952-5

＊あの夏の午後に、チャタム村へとやってきた緋色のブラウスの女性教師―ミス・チャニング。彼女の来訪は、静かな池の水面へ投じられた石のように平穏な村に波紋を起こした。美しい女性教師が同僚を愛したことで起こった"チャタム校事件"。老弁護士が回想する思い出と、公судеб記録の中で語られるこの事件が引き起こした悲劇とは。精緻な文章で人の心の闇を描くアメリカ探偵作家クラブ賞最優秀長篇賞受賞作。〔0990〕

クッツェー, J.M. Coetzee, J.M.

◇スペインの家―三つの物語　J・M・クッツェー著，くぼたのぞみ訳　白水社　2022.12　126p　18cm　（白水uブックス 244―海外小説の誘惑）〈著作目録あり　原書名：Three Stories〉1500円　①978-4-560-07244-8

＊クッツェーが南アフリカからオーストラリアへ移住して、ノーベル文学賞を受賞した時期に書かれた珠玉の三篇。それまでの暮らしに別れを告げて国外に移り住む心づもりを皮肉とユーモアを交えて描く「スペインの家」。幼い頃から暮らした土地への"失われない"愛と惜別の思いが滲む「ニートフェルローレン」。かつてはイギリスの植民地だった土地で生まれ、英語を第一言語として育ち、英語で作品を書くクッツェーが、ロビンソン・クルーソーの物語と自身の体験を寓意のなかに織り込んだノーベル文学賞受賞記念講演「彼とその従者」を収録。〔0991〕

◇その国の奥で　J.M.クッツェー著，くぼたのぞみ訳　河出書房新社　2024.7　257p　20cm　〈原書名：In the Heart of the Country〉2900円　①978-4-309-20907-4

＊20世紀初頭の南アフリカ。異人種間の結婚や性交が禁じられていた時代。白人と褐色の肌の人々が生きる隔絶された空間で事態は推移する。石と太陽で造られた屋敷の仄暗い廊下では、昼も夜も時計が時を刻む。孤独で不美人な未婚の娘マグダ、農場を支配する厳格な父、使用人ヘンドリックと美しく幼い花嫁、不在の兄。肩の上に一気に手斧が振りあげられ、ライフル銃の薬莢は足元で音を立てる。やがて屋敷の秩序は失われ、暴力と欲望が結びつく…。ノーベル賞作家が、検閲の網をかいくぐり、植民地社会の歴史と制度への批判をこめて書きあげた幻視的長篇。新訳決定版!!!〔0992〕

◇ポーランドの人　J・M・クッツェー著，くぼたのぞみ訳　白水社　2023.6　215p　20cm　〈原書名：The Pole〉2500円　①978-4-560-09346-7

＊ショパン弾きの老ピアニストがバルセロナで出会ったベアトリスに一目惚れ、駆け落ちしようと迫るが…。求愛する男と求愛される女のすれ違う心理に迫る、ピリ辛ロマンチック・ラブコメディ！〔0993〕

クット, ソクアン

◇現代カンボジア短編集　2　岡田知子編訳，調邦行訳　大阪　大同生命国際文化基金　2023.11　251p　20cm　（アジアの現代文芸 カンボジア 4）

内容　被疑者（クット・ソクアン）　〔0994〕

グッドナイト, リンダ Goodnight, Linda

◇愛は罪深くとも　リンダ・グッドナイト作，氏家真智子訳　ハーパーコリンズ・ジャパン　2022.4　156p　17cm　（ハーレクイン・イマージュ I2702―至福の名作選）〈ハーレクイン2013年の再刊　原書名：SAVED BY THE BABY〉664円　①978-4-596-31945-6

＊18歳の頃、ジュリーとテイトは熱烈な恋におちた。大きな街に出てそれぞれの夢をかなえ、必ず結婚しよう―そう誓い合っていたのに、二人は悲しい誤解によって別れてしまった。しかし10年後、ジュリーは捨てたはずの故郷へ戻ることにした。密かに産み育てた、愛しいテイトの娘のために。白血病に冒された娘のドナーになれるのは、テイトしかいない。娘の存在は明かさずに、なんとしても彼の協力を取りつけないと！万が一うまくいかなかったとき、残る手段はただひとつ。今もわたしを憎んでいるであろう彼に、こう頼むのだ。きょうだい間の輸血のために、"あなたの子どもを産ませて"と―シークレットベビー物語。10年ぶりに再会したジュリーの頼みに驚き、心乱れるテイト。結婚を条件に提案を受け入れるが…！胸が締めつけられるほど切ない感動作。〔0995〕

◇小さな命、ゆずれぬ愛　リンダ・グッドナイト作，堺谷ますみ訳　ハーパーコリンズ・ジャパン　2024.7　188p　17cm　（ハーレクイン・イマージュ I2811）〈原書名：HER SECRET SON〉694円　①978-4-596-63700-0

＊ハーロウはある嵐の日、意識を失った男性を見つけ、その正体に驚く。それは4年前、故郷を捨てて億万長者になった初恋の人ナッシュだった！彼がフロリダへ発つ前夜、たった一度だけ結ばれたが、その後、彼は故郷に戻らず、いっさい連絡もなかった。やがてハーロウは新しい命を授かったことに気づいたものの、ナッシュの邪魔をしてはいけないと、彼の子とは誰にも言わなかった。それに、子供のこと以外にも、ナッシュに言えない秘密があった。あるとき彼の代理人が現れ、祖父に多額の借金を負わせた結果、母の形見の指輪まで売らざるをえなかったことを祖父に口止めされていた。ナッシュに人生を狂わされた。でも、瀕死の彼を放ってはおけない…。〔0996〕

グッドマン, ジュリアナ　Goodman, Juliana

◇夜明けを探す少女は　ジュリアナ・グッドマン著, 圷香織訳　東京創元社　2024.3　435p　15cm　〈創元推理文庫　Mク29-1〉〈原書名：THE BLACK GIRLS LEFT STANDING〉1260円　①978-4-488-22105-8

＊シカゴの高校に通う黒人の少女ボーは, 卒業を機に街を出ると決めていた。絵の才能を活かし, 盗みも撃ち合いもないどこか遠くへ行くのだ。そんな十六歳の冬, 姉のカティアが不法侵入の疑いで警官に射殺された。外の安全な世界をボーに教えた姉が, 犯罪に手を染めるはずがない。無実を証明するため, ボーは消えた目撃者を探しはじめる。姉妹の絆が胸を打つMWA賞最終候補作！　〔0997〕

グティエレス, ケイティ　Gutierrez, Katie

◇死が三人を分かつまで　ケイティ・グティエレス著, 池田真紀子訳　U-NEXT　2022.10　462p　20cm　〈原書名：MORE THAN YOU'LL EVER KNOW〉2000円　①978-4-910207-23-0

＊2017年7月, 売れない犯罪実話ライターのキャシーはひとつの記事に目をとめた。テキサス州南部の地方紙が, 1986年8月に起きたアルゼンチン人男性銃殺事件の背景を探っていた。二人の男と重婚した女性ローレ, 彼女の夫によるもう一人の夫の殺人。全ての原因となったローレは取材を拒否していた。もし彼女の視点で事件を書けたら。キャシーがローレに接近し, 事件当時のことは話さない条件で取材権を得た。共に秘密を抱えた二人の女性の対決はやがて…。フーダニットを巡って手に汗握る実録系サスペンスの怪作！　〔0998〕

グーデンカウフ, ヘザー　Gudenkauf, Heather

◇招かれざる宿泊者　ヘザー・グーデンカウフ, 久賀美緒訳　二見書房　2023.7　481p　15cm　〈二見文庫—ザ・ミステリ・コレクション〉〈原書名：The overnight guest〉1300円　①978-4-576-23073-3　〔0999〕

クーニー, キャロライン・B.　Cooney, Caroline B.

◇かくて彼女はヘレンとなった　キャロライン・B・クーニー著, 不二淑子訳　早川書房　2022.9　374p　19cm　〈HAYAKAWA POCKET MYSTERY BOOKS 1983〉〈原書名：BEFORE SHE WAS HELEN〉2200円　①978-4-15-001983-9

＊老人たちが暮らすシニアタウンの住人ヘレンは, 知人の安否確認のために訪れた隣家で美しいガラスパイプを見つける。だがそれは麻薬密売に関係する重要な証拠品だった。警察が捜査に来てしまったら, 彼女が50年間隠し通してきた秘密が明るみになってしまうかもしれない。ヘレンとは, 彼女がかつて犯した罪から逃れるためにタレミーという元の名前を捨て, ヘレンと名前を変えて暮らしていること。窮地を脱すべくヘレンは策を練るが, 事件は予想もつかない方へ発展し…過去と現在の謎が交差する衝撃のサスペンス。　〔1000〕

クーパー, ジェイムズ・フェニモア　Cooper, James Fenimore

◇モヒカン族最後の戦士——一七五七年の物語　ジェイムズ・フェニモア・クーパー著, 村山淳彦訳　小鳥遊書房　2024.11　589p　19cm　3200円　①978-4-86780-062-1

＊連作「レザーストッキング物語」のうち, もっとも広く読まれ, 映画や演劇などさまざまなアダプテーションを生み出したアメリカ文学の古典的名作が200年の時を経て蘇る完全版新訳！　冒険ロマンスの香り高い本作の内奥には, 今にもつながる西欧植民地主義が北米先住民に加えた甚大な損害が活写されている。　〔1001〕

クーパー, フランク　Cooper, Frank

◇英国クリスマス幽霊譚傑作集　チャールズ・ディケンズ他著, 夏来健次編訳　東京創元社　2022.11　382p　15cm　〈創元推理文庫　Fン11-1〉　1100円　①978-4-488-58406-1

内容　幽霊廃船のクリスマス・イヴ（フランク・クーパー著, 夏来健次訳）

＊ヴィクトリア朝期に『クリスマス・キャロル』がベストセラーとなって以降, 定番となった聖夜怪談。幽霊をこよなく愛するイギリスで生まれた作品を, 数々の怪奇幻想小説を紹介する翻訳家が精選する。陰鬱な田舎で休暇を過ごすことになった男が老朽船で体験する恐怖の一夜「幽霊廃船のクリスマス・イヴ」など, 知られざる傑作から愛すべき怪作まで, 13篇中12篇を本邦初訳で贈る。　〔1002〕

クーパーマン, スタンリー

◇ユーモア・スケッチ大全　[4]　すべてはイブからはじまった　ミクロの傑作圏　浅倉久志編・訳　国書刊行会　2022.3　376p　19cm　〈「すべてはイブからはじまった」（早川書房 1991年刊）と「ミクロの傑作圏」（文庫版 2004年刊）の改題, 合本〉2000円　①978-4-336-07311-2

内容　グランド・セントラル駅にて（スタンリー・クーパーマン著）

＊笑いの大博覧会, 完結！　名翻訳家浅倉久志のライフワークである"ユーモア・スケッチ"ものを全4巻に集大成。最終巻は傑作展姉妹篇『すべてはイブからはじまった』とオンデマンドのみの刊行だった『ミクロの傑作圏』をカップリング。　〔1003〕

クペールス, ルイ　Couperus, Louis

◇慈悲の糸　ルイ・クペールス著, 國森由美子訳　作品社　2023.3　300p　20cm　〈原書名：Het snoer der ontferming〉2600円　①978-4-86182-961-1

内容　序奏　女流歌人たち　岩塊　扇　蛍　草雲雀　蟻　明かり障子　篠突く雨　野分のあとの百合　枯葉と松の葉　鯉のいる池と滝　着物　花魁たち　屏風　ニシキとミカン　歌麿の浮世絵　吉凶のおみく

じ　源平　蚕　狐たち　鏡　若き巡礼者　蛇乙女と梵鐘　波濤　審美眼の人　雲助　権八と小紫　雪の精　苦行者　銀色にやわらかく昇りゆく月

＊オランダの文豪が描き出す、日本の原風景。大正時代、五か月にわたって日本を旅したオランダを代表する世界的な作家が、各地で見聞・採集した民話・神話・伝承や絵画などから広げたイメージをもとに描いた物語、全30話。〔1004〕

クミーネク, イヴァン

◇チェコSF短編小説集　2　カレル・チャペック賞の作家たち　平野清美編訳　ヤロスラフ・オルシャ・jr., ズデニェク・ランパス編　平凡社　2023.2　505p　16cm　（平凡社ライブラリー939）〈原書名：Bílá hůl ráže 7,62　Nikdy mi nedáváš peníze ほか〉1900円　①978-4-582-76939-5

内容　微罪と罰（イヴァン・クミーネク著，平野清美訳）

＊一九六八年のソ連軍を中心とした軍事侵攻以降、冬の時代を迎えていたチェコスロヴァキア。八〇年代、ゴルバチョフのペレストロイカが進むとSF界にも雪融けが訪れる。学生を中心としたファンダムからは"カレル・チャペック賞"が誕生し、多くの作家がこぞって応募した。アシモフもクラークもディックも知らぬままに手探りで生み出された熱気と独創性溢れる一三編。〔1005〕

クライスト, ハインリヒ・フォン　Kleist, Heinrich von

◇嘘とまこと　ハインリヒ・フォン・クライスト原作，北岡武司翻訳　大阪　澪標　2023.6　116p　20cm　2000円　①978-4-86078-567-3

内容　決闘　聖セシリアー音楽の威力（とある伝説）〔1006〕

◇ミヒャエル・コールハース　チリの地震　他一篇　クライスト作，山口裕之訳　岩波書店　2024.1　325p　15cm　（岩波文庫）〈原書名：DAS ERDBEBEN IN CHILI〉910円　①978-4-00-324166-0

内容　ミヒャエル・コールハース　チリの地震　サント・ドミンゴでの婚約

＊領主の不正により飼い馬と妻を失った馬商人が、正義の回復を求め帝国をも巻き込む戦いを起こす「ミヒャエル・コールハース」など、日常の崩壊とそこで露わになる人間の本性が悲劇的運命へとなだれ込む三作品を収録。カフカをはじめ多くの作家を魅了したクライストの、言葉と世界の多層性を包摂する文体に挑んだ意欲的新訳。〔1007〕

グライツマン, モリス　Gleitzman, Morris

◇カウンティング＆クラッキング　ボーイ・オーバーボード—少年が海に落ちたぞ！　S. シャクティダラン作，モリス・グライツマン原作，パトリシア・コーネリアス脚色，佐和田敬司訳　横浜　オセアニア出版社　2022.11　147p　21cm　（オーストラリア演劇叢書 15）〈部分タイトル：難民たちの物語　原書名：Counting and cracking　Boy overboard〉2000円　①978-4-87203-119-5

内容　ボーイ・オーバーボード～少年が海に落ちたぞ！（モリツ・グライスマン原作，パトリシア・コーネリアス脚色，佐和田敬司訳）〔1008〕

クライマー, エリナー　Clymer, Eleanor

◇パイパーさんのバス　エリナー・クライマー著，小宮由訳　大阪　日本ライトハウス　2022.5　143p　27cm〈原本：徳間書店 2018年刊〉〔1009〕

クライン, アーネスト　Cline, Ernest

◇ロボット・アップライジング—AIロボット反乱SF傑作選　アレステア・レナルズ，コリイ・ドクトロウ他著，D・H・ウィルソン，J・J・アダムズ編，中原尚哉他訳　東京創元社　2023.6　530p　15cm　（創元SF文庫 SFン10-5）〈責任表示はカバーによる　原書名：ROBOT UPRISINGS〉1400円　①978-4-488-77205-5

内容　オムニボット事件（アーネスト・クライン著，原島文世訳）

＊人類よ、恐怖せよ―猛烈な勢いで現代文明に浸透しつつあるAIやロボット。もしもわれらがくびきを逃れ、反旗を翻したら？　ポップカルチャーで繰り返し扱われてきた一大テーマに気鋭の作家たちが挑む。1955年にAI（人工知能）という言葉を初めて提示した伝説的科学者ジョン・マッカーシーの短編を始め、アレステア・レナルズ、コリイ・ドクトロウらによる傑作13編を収録。〔1010〕

グラインズ, アビー　Glines, Abbi

◇伯爵の花嫁はサファイアのように輝く　アビー・グラインズ著，石原未奈子訳　竹書房　2023.6　358p　15cm　（ラズベリーブックス グ2-1）〈原書名：GLITTER〉1300円　①978-4-8019-3574-7

＊社交界よりも本が好きな令嬢ミリアムは、父が借金を残して亡くなり、脚に障害のある妹を支えるために裕福な男性との結婚を余儀なくされていた。伯父の後ろ盾で社交界に登場したミリアムは、その美しさからたちまち注目される。関心を寄せてきた男性の中には、令嬢たちの憧れの的、アッシントン伯爵と異母弟のニコラスがいた。パーティでは傲慢な兄と信用ならなそうな弟に苛立つミリアムだったが、翌日訪ねてきた伯爵に、違った一面を見つける。アッシントンもまた、ある事情のためどうしてもすぐに結婚しなくてはならなかった。公爵の孫娘に白羽の矢を立てていたのが、頑固で自分にまったく関心を示さないミリアムになぜか心惹かれてしまう。さらにニコラスは復讐のため、異母兄の求婚相手に言い寄るつもりだった。兄への対抗心からミリアムにちょっかいをかけたニコラスだったが、やがて本当に好意を抱いて…。誰も恋をするつもりではなかったのに―。3人の思惑が乱れる結婚騒動の行方は？〔1011〕

クラヴァン, アンドリュー　Klavan, Andrew

◇聖夜の嘘　アンドリュー・クラヴァン著，羽田詩津子訳　早川書房　2024.11　254p　19cm　（HAYAKAWA POCKET MYSTERY BOOKS 2009）〈原書名：WHEN CHRISTMAS COMES〉2400円　①978-4-15-002009-5

＊クリスマス間近のある夜、湖畔の町で若い司書ジェニファーが殺された。交際相手のトラヴィスの自宅からは血痕が発見され防犯カメラの映像には遺体を運ぶ姿が残されていた。トラヴィスは素直に犯行を認めたが、2人の熱愛を知る弁護士ヴィクトリアは違和感を覚え、友人の大学教授キャメロンに調査を依頼する。彼には事件を脳内で再構築して真相に辿り着く特殊能力があり、以前にも難事件を解決していた。キャメロンは自身の過去へ向き合うことになりそうな調査の依頼に、重い気持ちを抱えたまま、湖畔の町へ向かう。〔1012〕

クラウス, ダニエル　Kraus, Daniel

◇THE LIVING DEAD　上　ジョージ・A.ロメロ，ダニエル・クラウス共著，阿部清美訳　U-NEXT　2024.10　526p　20cm〈本文は日本語　原書名：THE LIVING DEAD〉3000円　①978-4-911106-00-6

＊10・23、世界は突然に変貌した。未曾有の感染現象になすすべもない人類。同時多発的な異常事態に終わりはあるのか？ ジョージ・A.ロメロの遺稿を継いだ、文明論的カタストロフ小説。〔1013〕

◇THE LIVING DEAD　下　ジョージ・A.ロメロ，ダニエル・クラウス共著，阿部清美訳　U-NEXT　2024.10　518p　20cm〈本文は日本語　原書名：THE LIVING DEAD〉3000円　①978-4-911106-02-0

＊その日から10年。人類は希少生物となった。10年の間に何があったのか、アーカイブに記録された証言の数々。そして大いなる選択の時がくる。現代の黙示録の行く末はいかに?!〔1014〕

クラウス, ニコール　Krauss, Nicole

◇フォレスト・ダーク　ニコール・クラウス著，広瀬恭子訳　白水社　2022.9　316p　20cm（エクス・リブリス）〈原書名：FOREST DARK〉3600円　①978-4-560-09076-3

＊ニューヨークで暮らす作家のニコールは、仕事も家庭生活もスランプに陥っている。閉塞感のなか、現実だと思っているいまの暮らしは夢なのではないかと思いつめ、かつて現実と非現実が交錯する経験をしたテルアビブのヒルトンホテルに飛ぶ。そこで大学の元教授を名乗るフリードマンに出会い、"イスラエルでのカフカの第二の人生"にまつわる仕事を依頼されたことから、夢と現実が交錯する体験をすることに。一方、同じくニューヨークで弁護士として成功していたエプスティーンは、高齢の両親を相次いで亡くしたことから、盤石のはずの人生にふと疑問を感じるようになる。仕事にも趣味にも精力を注ぎ人生を謳歌するうちに、なにか大事なものを見落としてきたのではないか？ 彼はすべてを捨て、生まれ故郷テルアビブへと旅立つ。イスラエルの砂漠で、それぞれの自身と向き合う初老の男と人生半ばの女。喪失と変容をめぐる瞑想を、深い洞察と挑戦的な構成で描く大人の自分探し。〔1015〕

クラウチ, ブレイク　Crouch, Blake

◇フォワード―未来を視る6つのSF　ブレイク・クラウチほか著，ブレイク・クラウチ編，東野さやか他訳　早川書房　2022.12　447p　16cm（ハヤカワ文庫 SF 2392）1240円　①978-4-15-012392-5

[内容] 夏の霜（ブレイク・クラウチ著，東野さやか訳）

＊科学技術の行き着く未来を六人の作家が描く。クラウチは人間性をゲーム開発者の視点から議論し、ジェミシンはヒューゴー賞受賞作で地球潜入ミッションの顛末を語り、ロスは滅亡直前の世界に残る者の思いを綴る。トールズが子に遺伝子操作する親の葛藤を描き、トレンブレイが記憶と自意識の限界を問いかければ、ウィアーが量子物理学でカジノに挑む方法を軽妙に披露する。珠玉の書き下ろしSFアンソロジー。〔1016〕

クラウチャー, レックス　Croucher, Lex

◇淑女たちの無邪気な秘密　レックス・クラウチャー著，相山夏奏訳　二見書房　2022.6　506p　15cm（二見文庫 ク13-1―ザ・ミステリ・コレクション）〈文献あり　原書名：Reputation〉1300円　①978-4-576-22089-5

＊体調のすぐれない母親から離れてしばらく叔父の家に滞在することになったジョージアナは、あるパーティーで、とびきりの美女に出会う。浅黒い肌に豊かな黒髪の巻き毛、贅沢な宝石をまとった女性はフランシスと名乗ると、いきなりコニャックを差し出した。後日、再会したパーティーで友人たちにも紹介されて、ジョージアナは華やかな上流階級の世界に夢中になる。トーマスという男性に淡い恋心も抱くが…中流階級出身のジョージアナのひと夏の経験を描くリージェンシー・ラブコメ！〔1017〕

クラウレン, ハインリヒ　Clauren, H.

◇幽霊綺譚―ドイツ・ロマン派幻想短篇集　ヨハン・アウグスト・アーペル，フリードリヒ・ラウン，ハインリヒ・クラウレン著，識名章喜訳　国書刊行会　2023.7　436p　22cm〈文献あり　原書名：Gespensterbuch.4Bde.の抄訳　Cicaden.Erstes Bändchenの抄訳ほか〉5800円　①978-4-336-07520-8

[内容] 灰色の客間―文字通り本当にあった話　灰色の客間　続（ハインリヒ・クラウレン著，識名章喜訳）

＊ドイツの古城、妖精の森へようこそ。幽霊の花嫁、妖精の女王、死の舞踏、魔法の鏡、七里靴…E.T.A.ホフマンに影響を与えた伝説のアンソロジーを味わう15篇。『フランケンシュタイン』「吸血鬼」を生んだ、一のきっかけの書。〔1018〕

クラカワー, ジョン Krakauer, Jon

◇WILDERNESS AND RISK―荒ぶる自然と人間をめぐる10のエピソード　ジョン・クラカワー著，井上大剛訳　山と渓谷社　2023.1　273p　19cm　1600円　①978-4-635-34040-3

＊ベストセラー『荒野へ』『空へ』で知られるジャーナリスト、ジョン・クラカワーの原点がここに。ビルの高さの大波に乗るサーファー、火星の謎を解くために北米最深の洞窟に潜るNASAの研究者、エベレストで命をかけて酸素ボンベを運ぶシェルパ、ユタ州の荒野で行なわれる矯正キャンプに送りこまれた子どもたち、70歳目になってもなお、未踏ルートに挑み続ける伝説の登山家。それぞれの理由を胸に極限に挑む人間は、荒ぶる自然と対峙したとき、何を考え、どう行動するのか？　徹底した取材をもとに展開する、渾身のルポルタージュ。〔1019〕

クラーク, イライザ Clark, Eliza

◇ブレグジットの日に少女は死んだ　イライザ・クラーク，満園真木訳　小学館　2024.7　565p　15cm　（小学館文庫）〈原書名：Penance〉1280円　①978-4-09-407296-9

＊二〇一六年六月、EU離脱を問う国民投票の日。ヨークシャーの海辺の町で、十六歳の少女が暴行を受け焼き殺された。犯人は同じ高校に通う十六歳と十七歳の少女三人。ジャーナリストのカレリは背景を取材し、被害者と加害者の生い立ちから事件に至るまでをまとめたノンフィクションを発表したが、内容に問題があるとの訴えが寄せられ、本は回収に。凄惨な事件が起きるまでに少女たちに何があったのか―。英国の新星がカポーティ『冷血』にオマージュを捧げた衝撃の疑似ノンフィクション型犯罪小説。〔1020〕

クラーク, ジュリー Clark, Julie

◇私の唇は嘘をつく　ジュリー・クラーク著，小林さゆり訳　二見書房　2023.3　494p　15cm　（二見文庫　ク12-2―ザ・ミステリ・コレクション）〈原書名：THE LIES I TELL〉1300円　①978-4-576-23019-1

＊キャットが10年間、捜しつづけていた女メグをパーティーのテーブルの向こうで目の当たりにしていた。メグと話したのはたった一度―30秒ほどの電話越しの会話だけだが、私の人生はその30秒で一変した。10年前、新聞記者だったキャットはある事件を追っていたが、女からかかってきた一本の匿名電話のせいでレイプ被害に遭ってしまう。女の消息を追ったものの、詐欺師である彼女は名を変え職業を変え、その消息は途絶えた。だがついにその女メグは、この町に戻ってきた。今度は私が彼女に復讐する番だ―。〔1021〕

クラーク, ジョン Clark, John

◇女仕立屋の物語―神の国カナダケープ・ブレトン島珠玉短編集　ロナルド・カプラン編，堀川徹志訳　京都　文理閣　2022.4　345p　19cm　〈原書名：God's Country〉2000円　①978-4-89259-899-9

|内容|　神の国（ジョン・クラーク作）〔1022〕

クラーク, スザンナ Clarke, Susanna

◇ピラネージ　スザンナ・クラーク著，原島文世訳　東京創元社　2022.4　286p　20cm　〈原書名：PIRANESI〉2400円　①978-4-488-01111-6

＊僕が住んでいるのは、無数の広間がある広大な館。そこには古代彫刻のような像がいくつもあり、激しい潮がたびたび押し寄せては引いていく。この世界にいる人間は僕ともうひとり、他は13人の骸骨たちだけだ…過去の記憶を失い、この美しくも奇妙な館に住む「僕」。だが、ある日見知らぬ老人に出会ったことから、「僕」は自分が何者で、なぜこの世界にいるのかに疑問を抱きはじめる。数々の賞を受賞した『ジョナサン・ストレンジとミスター・ノレル』の著者が、異世界の根源に挑む傑作幻想譚。〔1023〕

クラーク, マーシャ Clark, Marcia

◇宿命の法廷―弁護士サマンサ・ブリンクマン　上　マーシャ・クラーク著，高山祥子訳　扶桑社　2023.4　341p　16cm　（扶桑社ミステリー　ク31-1）〈原書名：BLOOD DEFENSE.Vol.1〉1200円　①978-4-594-09089-0

＊サマンサ・ブリンクマンは、苦難の道を経て、ハリウッド近くに法律事務所をかまえるようになった少壮の弁護士だ。だが、内実は火の車。依頼人は犯罪多発地域の懲りない面々で、報酬は安定せず、車の修理費にも事欠くありさま。今夜も、まともな法律家ならことわりそうなケーブルテレビの番組に出演したのはいいが、帰りの街角で強盗に遭遇、生命の危機に直面する。そんな世界が彼女のフィールドなのだ―さて、メディアはいま、女優とそのルームメイトが殺害された事件の話で持ちきりだが…〔1024〕

◇宿命の法廷―弁護士サマンサ・ブリンクマン　下　マーシャ・クラーク著，高山祥子訳　扶桑社　2023.4　326p　16cm　（扶桑社ミステリー　ク31-2）〈著作目録あり　原書名：BLOOD DEFENSE.Vol.2〉1200円　①978-4-594-09210-8

＊注目の事件を担当すれば、名前が売れて、事務所の経営も軌道に乗るだろうが、サマンサはその気になれない。ところが、事件の容疑者から弁護の依頼がもたらされる。彼は地元の刑事で、捜査をつうじて被害者と知りあい、つきあっていたという。警察関係者が殺人事件の容疑者になるという特異な裁判。サマンサ自身の人生を変える、驚くべき展開を見せる―O・J・シンプソン事件の元検察官が、女性弁護士の戦いを描いてベストセラーとなったリーガル・サスペンス。〔1025〕

クラーク, P.ジェリ Clark, P.Djèlí

◇精霊を統べる者　P.ジェリ・クラーク著，鍛治

靖子訳　東京創元社　2024.6　416p　20cm〈創元海外SF叢書 19〉〈原書名：A MASTER OF DJINN〉3600円　①978-4-488-01468-1

＊19世紀後半、伝説の魔術師アル＝ジャーヒズがジン（精霊）の世界の扉を開き、世界は一変した。ジンの魔法と科学の融合によりエジプトは急速な発展を遂げるが、アル＝ジャーヒズはなぜか姿を消す。それから40年後、カイロに彼の名を名乗る謎の男が現れ、彼を崇拝する人々を焼きつくした。エジプト魔術庁の女性エージェント・ファトマは、恋人の女性シティと共に捜査に乗り出す。ネビュラ賞、ローカス賞、イグナイト賞、コンプトン・クルック賞の4冠に輝いた新鋭の第一長編！　〔1026〕

グラス, エイヴァ　Glass, Ava

◇エイリアス・エマ　エイヴァ・グラス著, 池田真紀子訳　集英社　2024.8　415p　16cm　〈集英社文庫 ク21-1〉〈原書名：ALIAS EMMA〉1300円　①978-4-08-760793-2

＊英情報機関の新人スパイ"エマ"に初の重大な指令が下る。亡命したロシア人科学者夫妻の一人息子、医師のマイケルを単独で保護せよ。だが現在、ロンドンの監視カメラ・ネットワークはロシアの諜報員にハッキングされている。二人はカメラを避け、敵の拉致・暗殺チームの追跡をかわしながら市街地を縦断し、自力でMI6本部にたどりつかねばならない…。英国推理作家協会賞スチール・ダガー候補。　〔1027〕

グラスゴー, エレン　Glasgow, Ellen

◇母娘短編小説集　フラナリー・オコナー, ボビー・アン・メイスンほか著, 利根川真紀編訳　平凡社　2024.4　349p　16cm　〈平凡社ライブラリー 964〉〈文献あり　原書名：SHILOH Mamaほか〉1800円　①978-4-582-76964-7

内容　幻の三人目（エレン・グラスゴー著, 利根川真紀訳）

＊すべての女性は母の娘である。出産・育児・恋愛・結婚・離婚・父の不在・反発・世代の差・虐待・差別・介護・老い・希望―時を超え、世代を超えて繰り広げられる「母の娘」と「娘の母」の物語。十九世紀末から二十世紀末、アメリカの女性作家によって書かれた傑作九篇。　〔1028〕

グラック, ジュリアン　Gracq, Julien

◇森のバルコニー　ジュリアン・グラック著, 中島昭和訳　文遊社　2023.5　267p　19cm〈『森のバルコニー　狭い水路』（白水社 1981年刊）の抜粋, 改訂　原書名：Un balcon en forêt〉2500円　①978-4-89257-139-8

＊遠い戦争、森に木霊する様々な徴候―ナチス侵攻前、北仏アルデンヌに動員された兵士たち。深い森の中、研ぎ澄まされた意識が捉えた終極の予兆。　〔1029〕

グーラート, ロン　Goulart, Ron

◇ユーモア・スケッチ大全　[3]　ユーモア・スケッチ傑作展　3　浅倉久志編・訳　国書刊行会　2022.2　374p　19cm〈「ユーモア・スケッチ傑作展 3」（早川書房 1983年刊）の改題, 増補〉2000円　①978-4-336-07310-5

内容　ベンチリー連続殺人の謎（ロン・グーラート著）
〔1030〕

グラネル, ヌリア・ロカ　Roca, Núria

◇クララ―カタツムリはカタツムリであることを知らない　ヌリア・ロカ・グラネル著, 喜多延鷹訳　彩流社　2024.4　298p　19cm〈著者目録あり　原書名：Los caracoles no saben que son caracoles〉2700円　①978-4-7791-2961-2

＊主人公クララは35歳。離婚して、幼稚園児と小学生の二人の男の子を抱え、テレビのプロダクション会社に勤め、番組制作の仕事、アルバイト、離婚した前夫、息子たち、セックスライフなど、問題を抱えながらもごくふつうの生活を送っている。…電気技師だった元夫は、会社経営を始めては失敗ばかり、クララに内緒で家を抵当に銀行から借り入れをするはめに、返済を迫られ大騒ぎになる。…クララに辛く当たる母親、父には昔からの愛人マイテがいて、離婚されるが娘とは連絡し合い、元の妻も愛している。登場人物は、スタイル、長所、欠点など活き活きと描かれ、いつでも市井で知り合えるような人々ばかりである。…あるきっかけで登場人物全員が一堂に会し、歌劇のフィナーレさながらの大団円。　〔1031〕

クラベル, ジェームズ　Clavell, James

◇将軍　1　ジェームズ・クラベル著, 綱淵謙錠監修, 宮川一郎訳　扶桑社　2024.7　487p　19cm〈「将軍　上・中・下」（TBSブリタニカ 1980年刊）の2分冊　原書名：SHOGUN.VOL.1〉2200円　①978-4-594-09806-3

＊暴風雨に遭って伊豆に漂着したオランダ船の水先案内人で英国人のジョン・ブラックソーン。彼は数名の仲間らとともに地元の若い侍、柏木近江に捕らえられ、叔父の領主、柏木矢部のもとで取り調べを受ける。しかし、彼らの漂着を察知した関八州の支配者、吉井虎長は、腹心の大名、戸田広松を秘かに現地に派遣する…。　〔1032〕

◇将軍　2　ジェームズ・クラベル著, 綱淵謙錠監修, 宮川一郎訳　扶桑社　2024.7　479p　19cm〈「将軍　上・中・下」（TBSブリタニカ 1980年刊）の2分冊　原書名：SHOGUN.VOL.2〉2200円　①978-4-594-09807-0

＊時は慶長5年。太閤亡き後、日本の武士は東西に分かれて対立の度を増していた。東の総大将、吉井虎長。西の総大将、石堂和成。謀略渦巻く両勢力の小競り合いのなか、虎長は大坂城から江戸に向けた決死の脱出行を決行する。道中を共にすることになる「按針」ことブラックソーンが見た、「武士道」の真髄とは？　〔1033〕

◇将軍　3　ジェームズ・クラベル著, 綱淵謙錠監修, 宮川一郎訳　扶桑社　2024.8　517p　19cm〈「将軍　上・中・下」（TBSブリタニカ

1980年刊)の4分冊 原書名：SHOGUN.VOL.3〉2200円 ①978-4-594-09808-7

＊死地を脱した虎長は伊豆でブラックソーンに鉄砲隊の整備を命じる。西の大将・石堂と亡き太閤の側室・落葉が虎長への包囲網を狭めており、合戦の日は着実に近づいていたのだ。だがある日、石堂の使者を長門が暗殺し、事態はにわかに風雲急を告げる。窮地の虎長は乾坤一擲の反撃策、「紅天」の始動を宣言するが…。〔1034〕

◇将軍 4 ジェームズ・クラベル著，綱淵謙錠監修，宮川一郎訳 扶桑社 2024.8 494p 19cm〈『将軍 上・中・下』(TBSブリタニカ 1980年刊)の4分冊 原書名：SHOGUN.VOL.4〉2200円 ①978-4-594-09818-6

＊急転直下，降伏を表明した虎長は真意を語らぬまま沈黙を保っている。一方，まり子と按針はそれぞれの思いを抱えつつ大坂へ向かっていた…東と西，カトリックとプロテスタント，男と女─彼らの思惑が交差するとき，運命は誰に微笑むのか。「青い目」を通して描かれる一大スペクタクル，堂々完結。〔1035〕

クランシー，トム　Clancy, Tom

◇殺戮の軍神 上 トム・クランシー，スティーヴ・ピチェニック著，伏見威蕃訳 扶桑社 2023.8 251p 16cm（扶桑社ミステリー ク29-13─トム・クランシーのオプ・センター）〈原書名：TOM CLANCY'S OP-CENTER：GOD OF WAR.Vol.1〉1060円 ①978-4-594-09550-5

＊南アフリカからオーストラリアへ向かうエアバスの機内で，異変は起こった。乗客が次々とはげしい咳に襲われたかと思うと，血を吐き，さらには肺や臓器が口から流れ出すという信じられない状況に陥ったのだ。機は南インド洋に墜落し，乗客乗員は絶望視されるが，インターネットを通じて機内の様子がわかるにつれ，事態は危険な様相を見せはじめる。放射能か？　未知の病原体か？　いずれにしろ，そこには高い致死性を持つ何かが関わっているにちがいない…こうして大国間の暗闘がはじまった！〔1036〕

◇殺戮の軍神 下 トム・クランシー，スティーヴ・ピチェニック著，伏見威蕃訳 扶桑社 2023.8 255p 16cm（扶桑社ミステリー ク29-14─トム・クランシーのオプ・センター）〈原書名：TOM CLANCY'S OP-CENTER：GOD OF WAR.Vol.2〉1060円 ①978-4-594-09551-2

＊大量死をもたらす危険な物質。それを手に入れた者は，世界の覇権を握ることになるだろう─風雲急を告げる事態に，新たな精鋭チーム，ブラック・ワスプが始動する。場所は，南極に近い海域だ。すでに，そこには中国海軍の影が迫っていた。さらに，「軍の神」を名乗る謎の存在が，大規模な惨劇を引き起こす。極寒の戦場に展開するコンバットと，恐怖の無差別テロ！　精鋭部隊は，潰滅の危機を防ぐことができるのか？　トム・クランシーによるミリタリー・サスペンス，オプ・セン ター・シリーズ。〔1037〕

◇ブラック・オーダー破壊指令 上 トム・クランシー，スティーヴ・ピチェニック著，伏見威蕃訳 扶桑社 2024.11 255p 16cm（扶桑社ミステリー ク29-15─トム・クランシーのオプ・センター）〈原書名：TOM CLANCY'S OP-CENTER：THE BLACK ORDER.Vol.1〉1020円 ①978-4-594-09538-3

＊海軍を退役してフィラデルフィアの海軍支援施設で働いていたアトラス・ハミル元大佐が自宅の寝室で殺された。犯人はハミルの妻に「戦争は始まっている」と軍に伝えるよう言い残して立ち去る。時を経ずして，ハミルに秘密任務を与えて調査に当たらせていた海軍情報局のベッキー・ルイス少佐も謎の焼死を遂げる。ミドキフ大統領は，事件の背後に「ブラック・オーダー」を自称する反社会的組織が存在している事実を確信するに至り，特殊作戦チーム「ブラック・ワスプ」を招集することを決意する…。〔1038〕

◇ブラック・オーダー破壊指令 下 トム・クランシー，スティーヴ・ピチェニック著，伏見威蕃訳 扶桑社 2024.11 247p 16cm（扶桑社ミステリー ク29-16─トム・クランシーのオプ・センター）〈原書名：TOM CLANCY'S OP-CENTER：THE BLACK ORDER.Vol.2〉1020円 ①978-4-594-09539-0

＊ブラック・ワスプは大統領直属の特別チームとして，ブラック・オーダーの調査に当たることに。ブラック・オーダーはさらに進歩的な社会活動家であるレイチェル・リードを狙った爆破テロを白昼堂々遂行し，アメリカを恐怖の淵に陥れる。保守的理想主義を妄想するブラック・オーダーの最終的な標的とは？　ブラック・ワスプの面々は彼らの恐るべき計画を阻止することができるのか？　保守・リベラル分断の時代にアメリカの掲げるべき真の正義とは？　巨匠が贈るノンストップ・ミリタリー・サスペンス！〔1039〕

◇ブラック・ワスプ出動指令 上 トム・クランシー，スティーヴ・ピチェニック著，伏見威蕃訳 扶桑社 2022.10 249p 16cm（扶桑社ミステリー ク29-11─トム・クランシーのオプ・センター）〈原書名：TOM CLANCY'S OP-CENTER：STING OF THE WASP.Vol.1〉920円 ①978-4-594-09150-7

＊博物館として繋留されていた空母"イントレピッド"で，化学兵器を用いた大規模テロが発生した。危機を察知することに失敗したオプ・センターは，ミドキフ大統領によって即時解雇を命じられる。長官の座を追われたチェイス・ウィリアムズは自責の念に駆られるが，マット・ベリー大統領次席補佐官からかけられた言葉は意外なものだった。「わたしはふたつの任務を携えてきた」。事件を引き起こしたテロリスト，アフマド・サーレヒ元大佐の追撃。それがチェイスに課された新たな使命だった！〔1040〕

◇ブラック・ワスプ出動指令 下 トム・クランシー，スティーヴ・ピチェニック著，伏見威蕃

訳　扶桑社　2022.10　244p　16cm　（扶桑社ミステリー　ク29-12―トム・クランシーのオプ・センター）〈原書名：TOM CLANCY'S OP-CENTER：STING OF THE WASP.Vol.2〉920円　①978-4-594-09151-4
＊チェイス・ウィリアムズがサーレヒー追跡のために与えられた新たなチーム―その名は「ブラック・ワスプ」。武術の達人グレース、射撃の名手リヴェット、犯罪学者プリーン。チェイスも含めて、たった4人で構成される秘密攻撃部隊。彼らはテロリストの足取りを追って、カリブ海のトリニダード島、さらには中東のイエメンへと飛ぶ。ブラック・ワスプは、果たして最初の「狩り」を成功させることができるのか。風雲急を告げる新展開を迎えたオプ・センター・シリーズ、待望の新章第六弾登場！　〔1041〕

◇米露開戦　上　トム・クランシー，マーク・グリーニー著，田村源二訳　徳間書店　2023.10　553p　15cm　（徳間文庫　ク5-1）〈「米露開戦1～2」（新潮文庫　2015年刊）の合本　原書名：COMMAND AUTHORITY.vol.1〉1150円　①978-4-19-894896-2　〔1042〕

◇米露開戦　下　トム・クランシー，マーク・グリーニー著，田村源二訳　徳間書店　2023.10　570p　15cm　（徳間文庫　ク5-2）〈「米露開戦3～4」（新潮文庫　2015年刊）の合本　原書名：COMMAND AUTHORITY.vol.2〉1150円　①978-4-19-894897-9　〔1043〕

◇黙約の凍土　上　トム・クランシー，スティーヴ・ピチェニック著，伏見威蕃訳　扶桑社　2022.5　246p　16cm　（扶桑社ミステリー　ク29-9―トム・クランシーのオプ・センター）〈原書名：TOM CLANCY'S OP-CENTER：FOR HONOR.Vol.1〉900円　①978-4-594-09140-8
＊老齢のロシア人元武器商人ボリシャコフが長く疎遠になっていた息子ユーリーからの連絡を受けて向かった先は、シベリア北東部アナドゥイリの寒村だった。そこには、1962年のキューバ危機の際、ソ連によってひそかに設置されたサイロと二基の核ミサイルが今も眠っているのだ。一方、オプ・センター長官チェイス・ウィリアムズはイランから米国への亡命を希望するガセミ准将の尋問を行なうなかで、彼の亡命の裏に何か大きな策謀が隠されていることを察知し、メンバーに周辺調査を指示する…。　〔1044〕

◇黙約の凍土　下　トム・クランシー，スティーヴ・ピチェニック著，伏見威蕃訳　扶桑社　2022.5　242p　16cm　（扶桑社ミステリー　ク29-10―トム・クランシーのオプ・センター）〈原書名：TOM CLANCY'S OP-CENTER：FOR HONOR.Vol.2〉900円　①978-4-594-09141-5
＊オプ・センター・メンバーの調査により、イランで拘束され人質に取られているはずのガセミ准将の娘、原子物理学者のバランド博士に不穏な動きが見いだされる。イランによる核爆弾入手計画の可能性に思い至ったチェイスは、部下のマコードをキューバに派遣して、核サイロのありかを知り得る高齢の女性革命家との接触を図るのだが…。ロシアのGRUとイランが結託して展開する核爆弾移送作戦を、オプ・センターの面々は水際で食い止めることができるのか？　緊迫のミリタリー・サスペンス！　〔1045〕

グランジェ，ジャン＝クリストフ　GRANGÉ, Jean‐Christophe

◇ミゼレーレ　上　ジャン＝クリストフ・グランジェ著，平岡敦訳　東京創元社　2024.9　372p　15cm　（創元推理文庫　Mク11-4）〈原書名：MISERERE〉1300円　①978-4-488-21411-1
＊喩えようもなく美しい聖歌『ミゼレーレ』と、パリの教会で起きた聖歌隊指揮者の不可解な殺害事件とはいかなる関わりがあるのか？　凶器はいったい何なのか？　遺体の両耳の鼓膜は破られ、付近には子供の足跡が残っていた。定年退職した元警部と、薬物依存症で休職中の若い青少年保護課刑事がバディを組んでこの怪事件に挑む。『クリムゾン・リバー』の著者による圧巻のミステリ！　〔1046〕

◇ミゼレーレ　下　ジャン＝クリストフ・グランジェ著，平岡敦訳　東京創元社　2024.9　388p　15cm　（創元推理文庫　Mク11-5）〈原書名：MISERERE〉1300円　①978-4-488-21412-8
＊アルメニア使徒教会の事件後、同様の殺人事件が続いた。鼓膜を破られ、周囲に血文字で書かれる『ミゼレーレ』の歌詞。捜査権のないはぐれ者ふたりにより明らかになってゆく聖歌隊の少年たちの失踪、南米のナチ残党の兵器研究、謎のカルト教団の存在…。そしてバディそれぞれの驚愕の過去が明るみに！　グランジェの疾走する筆致に翻弄される読者を待つのは、想像を絶する結末だ。　〔1047〕

グラント，キミ・カニンガム　Grant, Kimi Cunningham

◇この密やかな森の奥で　キミ・カニンガム・グラント著，山崎美紀訳　二見書房　2023.11　418p　15cm　（二見文庫　グ11-1―ザ・ミステリ・コレクション）〈文献あり　原書名：THESE SILENT WOODS〉1300円　①978-4-576-23100-6
＊過去にある罪を犯した元軍人のクーパーは、その罪から逃げるようにアパラチア山脈の山奥の一軒家で8年間、一人娘のフィンチとともに暮らしてきた。電気もない自給自足の生活は年に一度物資を届けてくれる親友のジェイクだけが頼りだが、その冬は何日経ってもジェイクが姿を見せず、数日後に現れたジェイクの妹マリーはその死を知らせる。さらにクーパーが森で見かけた少女が行方不明となっていることから保安官に質問を受けることになり、懸命に築き上げてきた静かな生活は少しずつ崩れていくが―罪と罰と愛と苦悩について考えさせられる重厚なサスペンス！　〔1048〕

グラント, マイケル　Grant, Michael

◇GONE　5　暗闇　マイケル・グラント著，片桐恵理子訳　ハーパーコリンズ・ジャパン　2023.2　591p　15cm　（ハーパーBOOKS F・ク1・9）〈本文は日本語　原書名：FEAR〉1382円　①978-4-596-76841-4
＊15歳以上の人間が忽然と消えた日から1年が経とうとしていた―町は半透明のバリアで封じられたまま、外の様子はいまだまったくわからない。食料不足や諍いを繰り返しながらも必死に生きるサムたちだが、ある日そのバリアに異変が起きる。黒い染みがじわじわと広がって陽光を遮り、町を完全なる暗闇にのみこもうとしていたのだ。皆が絶望し戦慄するなか、時同じくして、バリアの外でも異変が起きていて…。〔1049〕

◇GONE　6　夜明け　マイケル・グラント著，片桐恵理子訳　ハーパーコリンズ・ジャパン　2023.2　518p　15cm　（ハーパーBOOKS F・ク1・10）〈本文は日本語　原書名：LIGHT〉1327円　①978-4-596-76843-8
＊町を覆っていたバリアに異変が起き、ついに外の様子が明らかになった―マスコミや野次馬が押し寄せるなか、子供たちはバリア越しに家族と涙の再会を果たす。その様子を見たサムは、バリアが解けて"フェイズ"が終わる日も近いと予感するが、生き残った仲間と一緒にここを出るためには、終わらせなければいけない戦いがあり…。少年少女を待ち受ける未来とは？　世界累計400万部突破シリーズ、完結編！〔1050〕

クリアリー, アンナ　Cleary, Anna

◇侯爵に言えない秘密　アンナ・クリアリー作，すなみ翔訳　ハーパーコリンズ・ジャパン　2023.7　156p　17cm　（ハーレクイン・ロマンス R3796―伝説の名作選）〈2016年刊の再刊　原書名：AT THE BOSS'S BECK AND CALL〉664円　①978-4-596-77542-9
＊アレッサンドロ・ヴィンチェンティが新しい社長だなんて！　ラーラは残酷な運命に胸を締めつけられた。彼は着任するやいなや全社員を会議室に呼び集め、以前と変わらぬ端整な顔で血も涙もない経営方針を伝えている。アレッサンドロ―6年前、わたしの身も心も奪った男性。ヴェネツィアの侯爵である彼は世界的なプレイボーイで、ラーラと一緒になる約束を踏みにじり、別の女性と結婚した。その後ひそかに産み育ててきた娘の存在は絶対に知られたくない。ラーラはアレッサンドロに気づかれないよう隅に隠れていたが、彼の鋭敏な目をごまかすことなどできず、個別に呼び出され…。〔1051〕

◇天使の赤い糸　ヘレン・ビアンチン，アニー・バロウズ，アンナ・クリアリー著，泉由梨子他訳　ハーパーコリンズ・ジャパン　2022.4　410p　17cm　（HPA 33―スター作家傑作選）〈原書名：PASSION'S MISTRESS　THE RAKE'S SECRET SONほか〉1191円　①978-4-596-33343-8

内容　ためらいの花嫁（アンナ・クリアリー著，松島なお子訳）
＊カーリーが大富豪の夫ステファノの浮気に耐えきれず家出をした直後、妊娠がわかった。密かに産み育てた娘が大病を患い、一刻も早く手術をと焦るカーリーは、やむなく莫大な治療費を貸してほしいとステファノに願い出た。娘の存在を初めて知った彼は、妻に究極の選択を迫る―再び結婚生活に戻るか、娘の親権を彼に渡すか。―（情熱のとき）村の外れで幼い息子と暮らすネルの前にある日、ふらりと現れた男が気を失って倒れた―それは5年前に死んだと聞いた夫のカールトンだった！　ネルは憧れの子爵だった彼と結婚したものの、夫とその家族から財産目当てといじめ抜かれた。あげくのはて、生まれた息子を自分の子とは認めぬまま失踪した彼が、なぜここに…？―（帰ってきた子爵）両親の死後、幼い自分を引き取ってくれたおじ、アリアドネは感謝していた。だが23歳になった今、見知らぬギリシア大富豪に花嫁として売られることを知り、彼女は未来の夫セバスチャンとの対面の瞬間に怯えた。意外にも若くて精悍な彼はしかし、黒い瞳を氷のように冷たく光らせている。私にこの人の妻が務まるかしら…？（ためらいの花嫁）〔1052〕

クリーヴス, アン　Cleeves, Ann

◇哀惜　アン・クリーヴス著，高山真由美訳　早川書房　2023.3　588p　16cm　（ハヤカワ・ミステリ文庫　HM 502-1）〈原書名：THE LONG CALL〉1580円　①978-4-15-185301-2
＊イギリス南西部の町ノース・デヴォンの海岸で死体が発見された。捜査を行うマシュー・ヴェンは、被害者が近頃町へやってきたサイモンというアルコール依存症の男で、マシューの夫が運営する複合施設でボランティアをしていたことを知る。交通事故により子供を死なせたことで心に病を抱えながらも、立ち直ろうとしていた彼を殺ろしたのは何者なのか？　英国ミステリの巨匠が贈る端正で緻密な謎解きミステリ。〔1053〕

◇炎の爪痕　アン・クリーヴス著，玉木亨訳　東京創元社　2022.12　493p　15cm　（創元推理文庫　Mク13-8）〈著作目録あり　原書名：WILD FIRE〉1400円　①978-4-488-24512-2
＊ペレス警部の自宅を訪れたのは、シェトランド本島から一家で移住してきたヘレナ。彼女はまえの持ち主が納屋で自殺して以降、何者かが家に侵入して謎めいた紙片を残していくことに悩まされていた。その納屋で、今度は近所の家の子守りが死体で見つかり、ペレスが捜査担当者となるのだが―CWA最優秀長編賞受賞作『大鴉の啼く冬』に始まった現代本格ミステリ・シリーズ最終巻。〔1054〕

グリシャム, ジョン　Grisham, John

◇冤罪法廷　上巻　ジョン・グリシャム著，白石朗訳　新潮社　2022.1　342p　16cm　（新潮文庫　ク-23-39）〈原書名：THE GUARDIANS〉710円　①978-4-10-240939-8
＊いまから1時間と45分後に、男は死刑を執行され

る。奇跡のような執行停止が認められるかどうかは、ひとりの弁護士にかかっていた。彼の名はカレン・ポスト。事件を徹底的に再調査して無実を証明し冤罪死刑囚の自由を取り戻す。ほぼボランティアの法律事務所"ガーディアン・ミニストリーズ"の専任弁護士。実話と実在の人物を題材に巨匠が新境地に挑む、超絶スリリングな法廷サスペンス。　　　　　　　　　　　　〔1055〕

◇冤罪法廷　下巻　ジョン・グリシャム著，白石朗訳　新潮社　2022.1　335p　16cm　（新潮文庫　ク-23-40）〈著作目録あり　原書名：THE GUARDIANS〉710円　①978-4-10-240940-4
＊身に憶えのない殺人容疑で有罪判決を受け、22年間服役している黒人死刑囚クインシー。絶望の淵にいた彼が頼ったのは、"ガーディアン・ミニストリーズ"だった。専任弁護士ポストは、国中を飛び回り証人の確保に奔走する。だが、冷酷な真犯人グループは証拠を隠蔽し、弁護士を殺すことも厭わない連中だ。冤罪死刑囚を救い出そうとポストの決死の闘いの末、決着は最後の法廷の場へ―。　　　　　　　　　　〔1056〕

◇「グレート・ギャツビー」を追え　ジョン・グリシャム著，村上春樹訳　中央公論新社　2022.11　506p　16cm（中公文庫 む4-13）〈原書名：CAMINO ISLAND〉900円　①978-4-12-207289-3
＊大学図書館の厳重な警備を破りフィッツジェラルドの直筆原稿が強奪された。保険金総額二千五百万ドル。消えた小説五作の捜査が続くなか浮上したのは独立系書店の名物店主ブルース・ケーブル。情熱的に店を切り盛りするこの男には隠されたもう一つの顔があった。真相を探るべく送り込まれた新進作家マーサーが仕掛ける危うい駆け引きの行方は？　本好きの心を沸かせる、最強の文芸ミステリー！　　　　　　　　　　　　〔1057〕

◇告発者　上巻　ジョン・グリシャム著，白石朗訳　新潮社　2024.11　354p　16cm　（新潮文庫）〈原書名：THE WHISTLER〉900円　①978-4-10-240941-1
＊判事の不正を調べる「司法審査会」。フロリダ州司法審査会では、マクドーヴァーという判事がマフィアと組んで、無実の人間に死刑判決を下したという情報が寄せられた。不当判決はほかにもあり、見返りとして多額の賄賂を受け取っているという。この告発は真実か？　調査官のレイシーが捜査を進めていると、先住民が経営するカジノとの関係が見えてくる。グリシャム作品の新ヒロイン、颯爽と登場！　　　　　　　　〔1058〕

◇告発者　下巻　ジョン・グリシャム著，白石朗訳　新潮社　2024.11　367p　16cm　（新潮文庫）〈原書名：THE WHISTLER〉900円　①978-4-10-240942-8
＊マクドーヴァー判事と結託しているマフィアのボス、デュボーズ。彼は先住民のカジノから上納金を巻き上げ、金と暴力で部下を支配していた。邪魔者は躊躇なく始末し、海外企業を使って身を隠しているため、正体は誰にも知られていない。デュボーズの罠により瀕死の重傷を負ったレイ

シーだが、懸命に調査を続け…。ニューヨーク・タイムズのベストセラーリスト1位に輝いた緊迫の司法サスペンス。　　　　　　　　〔1059〕

◇狙われた楽園　ジョン・グリシャム著，星野真理訳　中央公論新社　2024.12　450p　16cm（中公文庫）　1300円　①978-4-12-207597-9
＊ブルース・ケーブルはカミーノ・アイランドの「ベイ・ブックス」店主。書店の経営に日々奮闘し、作家たちとの交流にも熱心だ。真夏のある日、ハリケーンの暴風の中で遺体となった島在住の小説家が発見された。不審を抱くブルースと犯罪小説マニアのアルバイト店員ニックは独自に捜査に乗り出すが、行く手には巨大な陰謀の影が！　書店主が活躍する話題作『「グレート・ギャツビー」を追え』続編。　　　　　　　　　　〔1060〕

クリスティー，アガサ　Christie, Agatha

◇クリスマスの殺人―クリスティー傑作選　2022年版　アガサ・クリスティー著，深町眞理子他訳　早川書房　2022.11　342p　20cm〈原書名：MIDWINTER MURDER〉3200円　①978-4-15-210189-1
＊ミステリの女王アガサ・クリスティーの短篇から、冬をテーマにした作品を収録した傑作選。ポアロ、ミス・マープル、トミーとタペンス、クィン氏と、クリスティーを代表する名探偵たちが勢ぞろい。クリスティー・ファンとミステリ愛好家に贈るクリスマス・プレゼント。　　　〔1061〕

◇チムニーズ館の秘密　アガサ・クリスティ著，山田順子訳　東京創元社　2024.8　411p　15cm　（創元推理文庫　Mク2-31）〈原書名：THE SECRET OF CHIMNEYS〉940円　①978-4-488-10553-2
＊ある小国の元首相の手記を南アフリカからロンドンの出版社に届けてほしいと旧友から頼まれたケイド。実は頼み事はもうひとつあった。イギリスでも有数の大邸宅チムニーズ館に滞在中の婦人に、あるものを届けてほしいというのだ。折しもチムニーズ館では政府の高官も経済界の大物が集まるなか殺人事件が発生、ケイドも巻き込まれるが…。ミステリの女王の冒険活劇、新訳で復活。　　〔1062〕

◇二重の罪―アガサ・クリスティーショートセレクション　アガサ・メアリ・クラリッサ・クリスティー作，堀川志野舞訳，ヨシタケシンスケ絵　理論社　2023.8　198p　19cm　（世界ショートセレクション　21）〈他言語標題：Double Sin　原書名：The Last Séance　A Fruitful Sundayほか〉1300円　①978-4-652-20572-3
内容　最後の降霊会　収穫の多い日曜日　二重の罪　完璧なメイドの事件　ナイチンゲール荘
＊「いまこの瞬間は世界一の名優」。暴かれた謎がすがるは茶番それとも綱渡りか？　名作がスラスラよめる！　世界文学旅行へお連れします。　　　〔1063〕

◇ハロウィーン・パーティ　アガサ・クリスティー著，山本やよい訳　新訳版　早川書房　2023.8　398p　16cm　（ハヤカワ文庫―クリス

クリステイ

ティー文庫 31）〈原書名：HALLOWE'EN PARTY〉1120円　①978-4-15-131031-7

＊推理作家ミセス・オリヴァーが参加したハロウィーン・パーティで少女が殺された。少女が殺人現場を見たことがあると自慢していたことから口封じのための犯行かと思われたが、彼女は虚言癖の持ち主。殺人の話を真に受ける者はいなかった。ただ一人ポアロを除いては。クリスティーらしさが詰まった傑作が新訳で登場。〔1064〕

◇秘密組織　アガサ・クリスティ著，野口百合子訳　東京創元社　2023.2　388p　15cm　（創元推理文庫　Mク2-29）〈原書名：THE SECRET ADVERSARY〉900円　①978-4-488-10551-8

＊第一次世界大戦が終わり、ロンドンで再会した幼馴染みのトミーとタペンス。仕事のない二人は、"若き冒険家商会"を設立し"仕事を求む。内容、場所は不問。高額報酬必須"という広告を出そうと相談していた。偶然それを聞いた男が怪しげな仕事を持ちかけ、二人は英国の命運に関わる秘密文書争奪戦に巻きこまれる！物語の面白さとスリルをたっぷり味わえるスパイ風冒険小説。〔1065〕

◇二人で探偵を　アガサ・クリスティ著，野口百合子訳　東京創元社　2024.2　333p　15cm　（創元推理文庫　Mク2-30）〈原書名：PARTNERS IN CRIME〉860円　①978-4-488-10552-5

＊結婚して幸せに暮らしていたトミーとタペンスは、上司からある提案を受ける。英国に対するスパイ活動が疑われる"国際探偵社"の経営者になりすまし、秘密情報部のために探偵業をしてみないかというのだ。そんなわけで探偵社を引き継いだ二人は、持ちこまれる数々の事件を古今東西の名探偵の捜査法を真似て解決する。ミステリの女王がおくるコンビ探偵ものの白眉、新訳決定版。〔1066〕

◇ポアロのクリスマス　アガサ・クリスティー著，川副智子訳　新訳版　早川書房　2023.11　456p　16cm　（ハヤカワ文庫―クリスティー文庫 17）〈原書名：HERCULE POIROT'S CHRISTMAS〉1160円　①978-4-15-131017-1

＊富豪の血族が一堂に会する聖夜、事件は起きた。偏屈な老当主シメオンが殺されたのだ。部屋は中から鍵がかかり、窓も塞がれていた。館にいたのは家族と使用人だけ。跡継ぎとして父親に振り回されていた長男、犯罪歴のある次男、金に困っている三男、当主に不満を抱く使用人…犯人は誰か？密室殺人にポアロが挑む。〔1067〕

◇招かれざる客―小説版　アガサ・クリスティー，チャールズ・オズボーン著，羽田詩津子訳　早川書房　2024.9　236p　16cm　（ハヤカワ文庫―クリスティー文庫 107）〈講談社文庫 2002年刊の修正　原書名：THE UNEXPECTED GUEST〉1040円　①978-4-15-130107-0

＊11月の寒々とした晩。南ウェールズの霧深い田舎道で車が脱輪し、男は近くの大きな屋敷に助けを求めた。だが、そこには車椅子に座った屋敷の当主の射殺体が。そして傍らには、当主の若く美しい妻が銃を握って立っていた。果たして、妻が犯人なのか？どんでん返し連打の名作戯曲を、チャールズ・オズボーンが小説化！〔1068〕

◇ミス・マープル最初の事件―牧師館の殺人　アガサ・クリスティ著，山田順子訳　東京創元社　2022.7　396p　15cm　（創元推理文庫　Mク2-16）〈原書名：THE MURDER AT THE VICARAGE〉900円　①978-4-488-10550-1

＊セント・メアリ・ミード村の牧師館で治安判事が殺された。被害者は厳しい性格で恨みをもつ人間は多いが、殺すまでとなると…。とはいえ村は謎めいた婦人やスキャンダラスな噂のある画家など、怪しげな人物に事欠かない。難航する捜査をよそに、牧師館の隣人の穿鑿好きな老婦人が、好奇心と人間観察で事件を解決に導く。クリスティの二大探偵のひとりミス・マープル初登場作。〔1069〕

◇ミス・マープルの名推理 火曜クラブ　アガサ・クリスティー著，矢沢聖子訳，藤森カンナイラスト　早川書房　2024.1　373p　19cm　（ハヤカワ・ジュニア・ミステリ）〈原書名：THE THIRTEEN PROBLEMS〉1800円　①978-4-15-210249-2

[内容]　火曜クラブ　アシュタルテ女神の家　消えた金塊　石畳の血のあと　動機と機会　聖ペテロの指のあと　青いゼラニウム　コンパニオン　四人の容疑者　クリスマスの悲劇　死のハーブ　バンガロー事件　溺死

＊「謎解きに一番向いているのはどんな人だろう？」そんな疑問から"火曜クラブ"は生まれた。元警察官に弁護士、作家…謎解きに自信がある人が集まって推理合戦をするのだ。難事件に誰もが頭を抱えるなか、毎回さらりと謎を解く名探偵がいた。その人こそがミス・マープルだ。豊かな人生経験と鋭い知性をもつミス・マープルの名推理をご覧あれ！13篇収録の短篇集。小学校高学年、中学生～。〔1070〕

◇名探偵ポアロ クリスマス・プディングの冒険　アガサ・クリスティー著，奥村章子訳　早川書房　2023.10　429p　19cm　（ハヤカワ・ジュニア・ミステリ）〈原書名：THE ADVENTURE OF THE CHRISTMAS PUDDING〉1800円　①978-4-15-210248-5

[内容]　クリスマス・プディングの冒険　スペイン櫃の秘密　負け犬　二十四羽の黒つぐみ　夢　グリーンショウ氏の阿房宮

＊世界一の名探偵ポアロは宝石泥棒を追って、田舎の屋敷で開かれたクリスマスパーティーに潜入していた。そんな中、殺人事件が起きる！表題作のほか、死ぬ夢を毎晩見続け、本当に死んでしまった男の謎をポアロがあばく「夢」、素人探偵ミス・マープルが大活躍する「グリーンショウ氏の阿房宮」など、6作品を収録。「ミステリの女王」が贈る、とっておきの短篇集。小学校高学年、中学生～（完訳版）。〔1071〕

◇名探偵ポアロ ゴルフ場殺人事件　アガサ・クリスティー著，田村義進訳　早川書房　2023.8　357p　19cm　（ハヤカワ・ジュニア・ミステリ）〈原書名：THE MURDER ON THE

LINKS〉1700円　①978-4-15-210247-8
＊世界一の名探偵ポアロは大富豪のルノーから依頼を受け、フランスに旅立った。しかしルノーはすでに殺され、近所のゴルフ場に埋められていた！そこへパリの名刑事ジローが現れる。彼の活躍で事件は解決。ポアロの出る幕はない。と思ったら、第二の殺人が！　二つの事件に関係はあるのか？　犯人はなぜ目立つ場所に死体を埋めたのか？　ポアロの推理が冴えわたる。小学校高学年、中学生〜。〔1072〕

◇名探偵ポアロ　スタイルズ荘の怪事件　アガサ・クリスティー著，矢沢聖子訳　早川書房　2023.6　347p　19cm　（ハヤカワ・ジュニア・ミステリ）〈原書名：THE MYSTERIOUS AFFAIR AT STYLES〉1700円　①978-4-15-210246-1
＊世界一の名探偵ポアロはイギリスの田舎で暮らしていた。ある日、村の屋敷"スタイルズ荘"で毒殺事件が起こる。悪い噂がある夫、金に困った息子、有名な毒物博士…屋敷には怪しい人ばかり。とても苦い毒薬をこっそり被害者に飲ませる方法は？　毒が効くまでに時間がかかったのはなぜ？　謎だらけの事件を前に、名探偵ポアロの"灰色の脳細胞"が冴えわたる！　〔1073〕

クリストファー, ニコラス　Christopher, Nicholas

◇短編回廊―アートから生まれた17の物語　ローレンス・ブロック編，田口俊樹他訳　ハーパーコリンズ・ジャパン　2022.12　605p, 図版18p　15cm　（ハーパーBOOKS M・フ6・2）〈原書名：ALIVE IN SHAPE AND COLOR〉1264円　①978-4-596-75581-0
内容　扇を持つ娘（ニコラス・クリストファー著, 芹澤恵訳）
＊探偵スカダーは滞在先で見覚えのある顔にでくわす。それは25年前、まだスカダーが刑事だった頃に恋人殺しの罪で逮捕した男で—L・ブロック『ダヴィデを探して』。考古学者の夫婦は世紀の発見にたどりつくが、待ち受けていたのは恐ろしい真相だった—J・ディーヴァー『意味深い発見』。絵のなかに閉じ込められてしまった少女の悲痛な叫び—J・C・オーツ『美しい日々』他、芸術とミステリーの饗宴短編集。　〔1074〕

クリスピン, エドマンド　Crispin, Edmund

◇列をなす棺　エドマンド・クリスピン著，宮澤洋司訳　論創社　2024.6　282p　20cm　（論創海外ミステリ 318）〈原書名：Frequent Hearses〉2800円　①978-4-8460-2389-8
〔1075〕

グリーゼ, ペーター　Griese, Peter

◇イジャルコルの栄光のために　H・G・フランシス, ペーター・グリーゼ著，渡辺広佐訳　早川書房　2022.9　303p　16cm　（ハヤカワ文庫 SF 2368—宇宙英雄ローダン・シリーズ 666）〈原書名：ZU EHREN IJARKORS DIE HÖHLEN DER EWIGKEIT〉760円　①978-4-15-012368-0
内容　永劫の洞窟（ペーター・グリーゼ著）
＊紋章の門から出た15万名のオファルの合唱団は愕然とした。そこが生命ゲームの開催地、惑星ソムの王の門ではなく、バイリアのテラナー門だったからだ。合唱団の一員、トオモアン・タアアンとケエエン・チャアエルは、再度ソムに転送してもらうため、仲間とともに門マスターのところへと向かう。だが、紋章の門からハトゥアタワードのリーダーであるラインシュの愛人アイスクシクサが、みずからの野望を実現すべく暗躍していた！　〔1076〕

◇ウウレマの遺伝子奴隷　K.H.シェール, ペーター・グリーゼ著，長谷川圭訳　早川書房　2024.10　282p　16cm　（ハヤカワ文庫 SF 2458—宇宙英雄ローダン・シリーズ 723）〈原書名：GENSKLAVEN FÜR UULEMA ROBOTERSPOREN〉940円　①978-4-15-012458-8
内容　ロボット胞子（ペーター・グリーゼ著, 長谷川圭訳）
＊ホーマー・G・アダムスと邂逅し、銀河系への侵入をついに成功させたローダン一行は、M‐55にあるヴィッダーの秘密本部、惑星アルヘナに向かった。そしてカンタロがシリカ星系第三惑星ウウレマに大規模な遺伝子工場と捕獲収容所を建設することをつきとめたローダンとヴィッガーは、即座にウウレマに作戦拠点を築くことを決定。カンタロのロボット機械よりも先にウウレマに到着し、そこに地下基地をつくり監視を始めた！　〔1077〕

◇カリュドンの狩り　ペーター・グリーゼ, エルンスト・ヴルチェク著，若松宣子訳　早川書房　2022.2　280p　16cm　（ハヤカワ文庫 SF 2356—宇宙英雄ローダン・シリーズ 658）〈原書名：DER ROBOTER UND DER KLOTZ DIE KALYDONISCHE JAGD〉760円　①978-4-15-012356-7
内容　ロボットと"丸太"（ペーター・グリーゼ著）
＊コスモヌクレオチド・ドリフェル近傍の虚無空間に出現した人工物"丸太"は、ネットウォーカーたちにとって恐怖の存在となっていた。非常に強力なハイパー放射源であるため、周囲のプシオン・ネットが機能しなくなってしまうのだ。その正体はいったいなんなのか？　謎を解明しようと、ネットウォーカー三名が、ジェフリー・ワリンジャーの開発した特殊機器ストレンジネス・シールドとともに"丸太"に接近したのだが…　〔1078〕

◇カンタロ捕獲作戦　H.G.フランシス, ペーター・グリーゼ著，林啓子訳　早川書房　2024.5　282p　16cm　（ハヤカワ文庫 SF 2445—宇宙英雄ローダン・シリーズ 713）〈原書名：EINE FALLE FÜR DIE CANTARO DAARSHOL, DER CANTARO〉940円　①978-4-15-012445-8
内容　囚人の名はダアルショル（ペーター・グリーゼ著, 林啓子訳）　〔1079〕

クリセ

◇銀河ギャンブラー　ペーター・グリーゼ,K・H・シェール著,嶋田洋一訳　早川書房　2022.3　271p　16cm　(ハヤカワ文庫 SF 2359—宇宙英雄ローダン・シリーズ 660)〈原書名：KONFERENZ DER KRIEGER TOSTAN, DER SPIELER〉760円　①978-4-15-012359-8

内容　戦士会議（ペーター・グリーゼ著）

＊エスタルトゥ十二銀河では不穏な噂がひろまっていた。"超越知性体エスタルトゥはもうここにはいない"というもので、永遠の戦士十二名のあいだでも頻繁にささやかれるようになる。超越知性体の居所である惑星エトウスタルに行ったはずの戦士イジャルコルも、そのときの記憶を思いだせない。そこで戦士たちはシオム・ソム銀河、惑星ソムの衛星にあるイジャルコルの宮殿で会合を開くことにした。はたして噂は事実なのか？〔1080〕

◇コマンザタラの冒険　K・H・シェール,ペーター・グリーゼ著,嶋田洋一訳　早川書房　2022.9　286p　16cm　(ハヤカワ文庫 SF 2377—宇宙英雄ローダン・シリーズ 672)〈原書名：DER KÖNIGSTIGER DAS ENDE DER HYBRIDE〉780円　①978-4-15-012377-2

内容　コマンザタラの冒険（ペーター・グリーゼ著）

＊タッファス・ロゾルとロルカ・ヴィセネンは、"丸太"から脱出してきたラトバー・トスタンとポージー・ブースの救出に成功する。"丸太"での15年間の記憶を取り戻させようと、ローダンは"パラ心理尋問"にかけるが、記憶はもどらない。最初は協力していたトスタンだったが、やがて「自分を必要としているのは故郷銀河だ」という思いがつのり、相棒のポージー・ブースとともに、"タアフル"で故郷銀河をめざすが…!?〔1081〕

◇サイコテロリスト　クルト・マール,ペーター・グリーゼ著,宮下潤子訳　早川書房　2024.12　271p　16cm　(ハヤカワ文庫 SF 2464—宇宙英雄ローダン・シリーズ 727)〈原書名：DER UNBEKANNTE FEIND PSYCHOTERROR〉940円　①978-4-15-012464-9

内容　サイコテロリスト（ペーター・グリーゼ著,宮下潤子訳）

＊ペルセウス宙域で満身創痍となった"シマロン"は、五・三光年の距離にあったメガイラ星系へと向かった。その第一惑星シシュフォスに着陸し、修理と同時に周辺の探査を開始する。一方、首席船医ミドメイズはペドラス・フォッホの記憶解剖を開始した。捕虜となっていたときのかれの記憶は消されており、そこに重要な情報があると考えたからだ。やがて記憶解剖により引きだされたシーンのひとつにローダンの妻ゲシールが!?〔1082〕

◇三角座銀河の物質シーソー　クルト・マール,ペーター・グリーゼ著,赤根洋子訳　早川書房　2023.7　281p　16cm　(ハヤカワ文庫 SF 2414—宇宙英雄ローダン・シリーズ 693)〈原書名：DIE MATERIEWIPPE RAUMSTATION URIAN〉820円　①978-4-15-012414-4

内容　宇宙ステーション《ウリアン》（ペーター・グリーゼ著,赤根洋子訳）

＊ヴァリオ＝500が"九月の朝"作戦で入手した敵のデータを解析した結果、物質シーソーが球状星団マルティ・5の惑星アシュカルにあることがわかった。だがわかったのはそこまでで、その惑星の正確な座標は不明。レジナルド・ブルは、二十万個の恒星系のなかからたったひとつの惑星を探しだし、敵の本拠地に潜入するため、ハウリ人が手に入れたがっているハイパートロップ吸引装置を使ったおとり作戦を立案するが…!?〔1083〕

◇集結ポイントYゲート　エルンスト・ヴルチェク,ペーター・グリーゼ,K・H・シェール著,若松宣子訳　早川書房　2023.9　280p　16cm　(ハヤカワ文庫 SF 2419—宇宙英雄ローダン・シリーズ 696)〈原書名：DER FÜRST DES FEUERS TREFFPUNKT Y-GATE〉820円　①978-4-15-012419-9

内容　炎の侯爵（エルンスト・ヴルチェク,ペーター・グリーゼ著,若松宣子訳）

＊ドリフェル・ゲートから脱出し、ベングエルとジュアタフ・ロボットの大歓声に迎えられたペリー・ローダンとベオドゥ。だが、巨大複合宇宙船"ジュナガシュ"で二人を待っていたベングエルの指導者"亡霊を視る者"は、アフ＝メテムの化身だった。炎の侯爵はローダンを自分の配下にすべくさまざまな手段で懐柔しようとする。ローダンは、ベングエルとジュアタフたちに、自分が囚われの身であることを伝えようとするが…〔1084〕

◇戦闘部隊ラグナロク　ペーター・グリーゼ,マリアンネ・シドウ著,林啓子訳　早川書房　2023.10　284p　16cm　(ハヤカワ文庫 SF 2421—宇宙英雄ローダン・シリーズ 698)〈原書名：KAMPFKOMMANDO RAGNARÖK DIE VERBORGENE WELT〉820円　①978-4-15-012421-2

内容　戦闘部隊ラグナロク（ペーター・グリーゼ著,林啓子訳）

＊レジナルド・ブルから時空断層のなかに隠された宇宙ステーション"ウリアン"の報告を受けたギャラクティカムは、ガルブレイス・デイトンひきいる戦闘部隊ラグナロクをただちに編成した。"ツナミ＝コルドバ"級の最新鋭大型戦闘艦五隻からなる小艦隊は、ただちに時空断層のある宙域へと向かう。だが、いかなる機器を使っても構造歪曲の場所を特定できない。しかもその戦闘艦隊は、ハウリ人の戦闘艦隊により封鎖されてしまう！〔1085〕

◇伝令船《コルドバ》遭難！　K・H・シェール,ペーター・グリーゼ著,シドラ房子訳　早川書房　2022.11　286p　16cm　(ハヤカワ文庫 SF 2386—宇宙英雄ローダン・シリーズ 677)〈原書名：CORDOBA RUFT BASIS STRANGENESS-SCHOCK〉780円　①978-4-15-012386-4

内容　ウムバリ船救出指令（ペーター・グリーゼ著）

＊破壊された"タアフル"から救出されたラトバー・

トスタンとボージー・ブースは、ジュリアン・ティフラーとともに、最新鋭の伝令船"コルドバ"で"バジス"へと向かう。当初は順調だった航行もハイパー空間に入ってしばらくしたときに突然、衝撃波前線と衝突し、"空間断層"にまきこまれ異宇宙のアインシュタイン空間に投げだされてしまった。残存エネルギーはごくわずか。はたして、無事に帰還することはできるのか？〔1086〕

◇都市間戦争　アルント・エルマー，ペーター・グリーゼ著，星谷馨訳　早川書房　2023.2　262p　16cm　〈ハヤカワ文庫SF 2396─宇宙英雄ローダン・シリーズ 682〉〈原書名：KRIEG DER STÄDTE　AUF DEN SPUREN ESTARTUS〉780円　①978-4-15-012396-3

内容　謎のシュプールを追え！（ペーター・グリーゼ著，星谷馨訳）

＊衛星イロンでハウリ人に攻撃されたあと、ローダンが目覚めると見知らぬ部屋にいた。銃もなぜか取り上げられていない。突然、炎の柱が6本出現し、「ここはヘクサメロンの法廷。支配者ヘプタメルに仕えよ」と要求されるが、ローダンは拒否する。「ならば外の世界をよく見て考えよ」との言葉を残して炎は消え、部屋に開口部が現われた。外に出たローダンは、ふたつの都市のあいだで展開する昆虫生物の戦争に巻きこまれる！〔1087〕

◇秘密惑星チェオバド　ロベルト・フェルトホフ，ペーター・グリーゼ著，星谷馨訳　早川書房　2023.5　271p　16cm　〈ハヤカワ文庫SF 2407─宇宙英雄ローダン・シリーズ 689〉〈原書名：DER ROTE HAURI　GEHEIMNISWELT CHEOBAD〉800円　①978-4-15-012407-6

内容　秘密惑星チェオバド（ペーター・グリーゼ著，星谷馨訳）

＊暗殺者"水使い"の猛攻をかろうじてかわし、惑星タルウルに転移したローダンは、背教者シャルンの助けをかりて砂漠に潜伏する。三日後、ナイ・レンとベオドゥがタルウルに到着すると、三名で異種族訓練センターで制御マスターになるための訓練を受けることに。講義を受けるかたわら、必死で物質シーソー、あるいはその制御施設が隠された場所を探索する。やがてそれが、第五惑星チェオバドにあることをつきとめるが…。〔1088〕

◇氷結惑星イッサム＝ユ　ペーター・グリーゼ，マリアンネ・シドウ著，宮下潤子訳　早川書房　2024.2　269p　16cm　〈ハヤカワ文庫SF 2432─宇宙英雄ローダン・シリーズ 706〉〈原書名：EISWELT ISSAM-YU　DER PIRAT VON MAGELLAN〉940円　①978-4-15-012432-8

内容　氷結惑星イッサム＝ユ（ペーター・グリーゼ著，宮下潤子訳）

＊ポルレイターとの接触には成功したものの、なんら成果を得られなかったシマロンが次の目的地の自由貿易惑星アイシュラン＝ホに到着するや、そこで待っていたのは驚愕の事件だった。ニッキ・フリッケルが誘拐されたというのだ。"ソロン"乗員のウィド・ヘルフリッチによれば"四本腕の預言者"の情報をもつ媒体伝達士の研究所を訪ねたさい、何者かに連れ去られたのだという。ローダンはただちに真相究明に乗り出す！〔1089〕

◇炎の嵐　ロベルト・フェルトホフ，ペーター・グリーゼ著，嶋田洋一訳　早川書房　2023.10　271p　16cm　〈ハヤカワ文庫SF 2422─宇宙英雄ローダン・シリーズ 699〉〈原書名：DER SÄNGER UND DIE MÖRDER FEUERSTURM〉820円　①978-4-15-012422-9

内容　炎の嵐（ペーター・グリーゼ著，嶋田洋一訳）

＊銀河系船団とベングエル・ジュアタフの合同船団は、ナコード・アズ・クールからハンガイ銀河の最後に残った第四クオーターの宙域に向かっていた。二月二十八日には、最後に残ったこの宙域も通常宇宙へと転移してしまう。故郷宇宙に戻るためには、なんとしてもその期日までにそこに到着している必要があるのだ。だが、同船団の行く手には、イマーゴ暗殺をもくろむハウリ人部隊と、炎の侯爵の恐るべき罠が待ち受けていた！〔1090〕

グリーニー, マーク　Greaney, Mark

◇アーマード生還不能　上　マーク・グリーニー著，伏見威蕃訳　早川書房　2023.6　426p　16cm　〈ハヤカワ文庫 NV 1512〉〈原書名：ARMORED〉980円　①978-4-15-041512-9〔1091〕

◇アーマード生還不能　下　マーク・グリーニー著，伏見威蕃訳　早川書房　2023.6　414p　16cm　〈ハヤカワ文庫 NV 1513〉〈原書名：ARMORED〉980円　①978-4-15-041513-6

＊西シエラマドレ山脈は麻薬カルテルが勢力争いを続ける無法地帯だった。さらに、麻薬カルテルの仲介人カルドーサが和平交渉を利用し策謀をめぐらしていた。道中、アーマード・セイントの車列は、何度も予期せぬ襲撃を受ける。果たして、ジョシュらチームは交渉の地にたどり着けるのか？　そして、無事生還することができるのか？　現代冒険アクション小説の最高峰、グレイマン・シリーズの著者による衝撃の新シリーズ開幕。〔1092〕

◇暗殺者グレイマン　マーク・グリーニー著，伏見威蕃訳　新版　早川書房　2022.7　550p　16cm　〈ハヤカワ文庫 NV 1498〉〈著作目録あり　原書名：THE GRAY MAN〉1140円　①978-4-15-041498-6

＊"グレイマン"と呼ばれる凄腕のエージェント、ジェントリーは所属していたCIAから命を狙われ現在は民間警備会社で闇の仕事を請け負っている。彼の暗殺に復讐心を抱いたのはグレイマンの抹殺を決断。各国の特殊部隊から次々と刺客を送り込む。欧州を横断して繰り広げられる死闘の行方は─？　巧みな展開と迫真のアクションの連続で現代冒険小説に金字塔を打ち立てたシリーズ第一作が新版で登場。〔1093〕

◇暗殺者の回想　上　マーク・グリーニー著，伏見威蕃訳　早川書房　2022.10　463p　16cm

クリフイス

（ハヤカワ文庫 NV 1500）〈原書名：SIERRA SIX〉980円 ①978-4-15-041500-6
＊暗殺者グレイマンことジェントリーは、依頼を受けてアルジェリアのトルコ大使館へ潜入した。パキスタンの情報機関員を探るこの任務には、彼にとってある目論見があった。12年前、CIAの特殊活動部隊地上班であるゴルフ・シエラの一員だったときに関与した南アジアの事件にまつわる情報の獲得だ。そんな彼の前に「死んだはずの男」が現われ…過去のCIA時代と現在の激闘を巧みに交錯させて描くシリーズ新機軸の最新作。〔1094〕

◇暗殺者の回想　下　マーク・グリーニー著，伏見威蕃訳　早川書房　2022.10　445p　16cm　（ハヤカワ文庫 NV 1501）〈原書名：SIERRA SIX〉980円 ①978-4-15-041501-3
＊12年前、ゴルフ・シエラに加入したジェントリーはテロ組織KRF（カシミール抵抗戦線）の副司令官の情報を得るべく、屈強なチームの面々とパキスタンへと向かった。だがKRFは大規模な陰謀を進行させており、彼らはそれに巻き込まれる―そして現在、ジェントリーは拉致されていた仲間の救出と、過去の因縁に決着をつけるため、インドのムンバイに赴く。そこには恐るべき計画が…冒険アクション小説の頂点を極めた傑作。〔1095〕

◇暗殺者の矜持　上　マーク・グリーニー著，伏見威蕃訳　早川書房　2024.12　486p　16cm　（ハヤカワ文庫 NV 1535）〈原書名：THE CHAOS AGENT〉1300円 ①978-4-15-041535-8
＊暗殺者グレイマンことジェントリーは、データ端末をめぐる事件の経緯から、またしてもCIAから追われる身となり、恋人ゾーヤと中米で逃亡生活を送っていた。そんな中、元SVR（ロシア対外情報庁）のゾーヤは亡父の親友に会い、ロシア人エンジニアの逃亡の手助けを依頼される。折しも世界各地で、AIの専門家の暗殺事件が相次いでいた。ジェントリーとゾーヤはAI開発をめぐる国際的な戦いに巻き込まれていく…。〔1096〕

◇暗殺者の矜持　下　マーク・グリーニー著，伏見威蕃訳　早川書房　2024.12　475p　16cm　（ハヤカワ文庫 NV 1536）〈文献あり　原書名：THE CHAOS AGENT〉1300円 ①978-4-15-041536-5
＊AI開発者の暗殺事件には、ランサーと呼ばれる辣腕の殺し屋が関与しており、その魔手はジェントリーとゾーヤにも迫ってきた。二人はランサーの情報を得るため、メキシコに向かうが、そこで無人兵器の予期せぬ襲撃を受ける。一方、CIA特殊任務部のジム・ペイスも一連のAI関連事件の調査を進めていた。ジェントリーはペイスと連携し、人類の未来の敵と対決することに！　冒険アクション小説の最高峰、衝撃の新展開。〔1097〕

◇暗殺者の屈辱　上　マーク・グリーニー著，伏見威蕃訳　早川書房　2023.12　472p　16cm　（ハヤカワ文庫 NV 1517）〈原書名：BURNER〉1100円 ①978-4-15-041517-4
＊暗殺者グレイマンことジェントリーは、今は敵となったCIAから依頼を受ける。彼は自由と引き換えに、アメリカ・ロシアの極秘情報を収めたというデータ端末を確保する任務に就く。その情報はロシア・ウクライナ戦争の停戦協定に影響を及ぼすものでもあった。だがセントルシア島で、ロシア軍の情報機関GRUの工作員ルデンコに先を越されてしまう。ジェントリーは汚名をそそぐべく、端末を追ってヨーロッパに渡るが…〔1098〕

◇暗殺者の屈辱　下　マーク・グリーニー著，伏見威蕃訳　早川書房　2023.12　463p　16cm　（ハヤカワ文庫 NV 1518）〈原書名：BURNER〉1100円 ①978-4-15-041518-1
＊CIAを離れてフリーの身となった元SVR（ロシア対外情報庁）の将校ゾーヤは、ある経緯から、もうひとつのデータ端末を持つスイスの銀行家の男とともにジュネーヴに向かう列車に潜んでいた。だが、銀行家を追うルデンコらGRU工作員の襲撃を受ける。そのさなか、ゾーヤは離ればなれになった恋人ジェントリーと邂逅するが、思わぬ事態に…。やがて、驚愕の真相と衝撃の結末が！　シリーズの重大な転換点となる傑作。〔1099〕

◇米露開戦　上　トム・クランシー，マーク・グリーニー著，田村源二訳　徳間書店　2023.10　553p　15cm　（徳間文庫 ク5-1)〈「米露開戦1～2」(新潮文庫 2015年刊)の合本　原書名：COMMAND AUTHORITY.vol.1〉1150円 ①978-4-19-894896-2 〔1100〕

◇米露開戦　下　トム・クランシー，マーク・グリーニー著，田村源二訳　徳間書店　2023.10　570p　15cm　（徳間文庫 ク5-2)〈「米露開戦3～4」(新潮文庫 2015年刊)の合本　原書名：COMMAND AUTHORITY.vol.2〉1150円 ①978-4-19-894897-9 〔1101〕

グリフィス，エリー　Griffiths, Elly

◇窓辺の愛書家　エリー・グリフィス著，上條ひろみ訳　東京創元社　2022.8　454p　15cm　（創元推理文庫 Mク28-2）〈原書名：THE POSTSCRIPT MURDERS〉1100円 ①978-4-488-17004-2
＊多くの推理作家の執筆に協力していた、本好きの老婦人ペギーが死んだ。死因は心臓発作だが、介護士のナタルカは不審に思い、刑事ハービンダーに相談しつつ友人二人と真相を探りはじめる。しかしペギーの部屋を調べていると、銃を持った覆面の人物が侵入してきて、一冊の推理小説を奪って消えた。謎の人物は誰で、なぜそんな行動を？『見知らぬ人』の著者が贈る傑作謎解き長編。〔1102〕

グリフィス，ニコラ　Griffith, Nicola

◇折れざる槍　ニコラ・グリフィス著，市田泉訳　東京創元社　2024.11　254p　15cm　（創元推理文庫 Fク9-1）〈原書名：SPEAR〉1000円 ①978-4-488-51904-9
＊妖精の谷と怖れられる地で育った少女がいた。母は少女の名を隠し、二人は洞穴でひっそりと暮らしていた。やがて少女は広い世界への憧れが抑えきれなくなり、母からペレティルという名前を受け取

ると王アルトゥルスの戦士団に加わるべく旅立った…。ネビュラ賞受賞作家が、アーサー王伝説群のパーシヴァルの物語を独自の視点で語り直した鮮烈な作品。LAタイムズ文学賞受賞作。〔1103〕

グリム　Grimm

◇グリムドイツ伝説集―新訳版　グリム兄弟編著，鍛治哲郎，桜沢正勝訳　諏訪　鳥影社　2022.3　802p　20cm〈原書名：Deutsche Sagen 原著ヴィンクラー社版の翻訳〉5400円　①978-4-86265-951-4
　＊200年の時を超えて甦る―グリム兄弟の壮大なる企て！　それは、民族と歴史の襞に分け入る試行。完全新訳による583篇と関連地図を収録！
〔1104〕

◇グリム・ドイツ伝説選―暮らしのなかの神々と妖異，王侯貴顕異聞　グリム兄弟編著，鍛治哲郎選訳　諏訪　鳥影社　2023.6　326p　19cm　1800円　①978-4-86782-022-3
〔1105〕

◇グリム童話―こどもと大人のためのメルヘン　グリム著，西本鶏介文・編，藤田新策装丁・さし絵　ポプラ社　2024.7　191p　19cm（子もたちにつたえたい傑作選 3）〈1999年刊の新装版〉1400円　①978-4-591-18016-7
　|内容|　赤ずきん　ヘンゼルとグレーテル　かえるの王さま　ホレおばさん　ラプンツェル　親指小僧　雪白とばら紅　しあわせもののハンス　小人　年おいた犬のズルタン　おいしいおかゆ　わらと炭とそら豆　死神のつかい
〔1106〕

◇グリム童話　3　蛭田尚子訳　船橋　石川書房　2023.6　54p　21cm〈他言語標題：Grimm Märchen〉2500円　①978-4-916150-52-3
〔1107〕

◇死神―アンソロジー　東雅夫編　KADOKAWA　2023.3　269p　15cm（角川ソフィア文庫 C107-2）1040円　①978-4-04-400724-9
　|内容|　死神の名づけ親（グリム兄弟著，金田鬼一訳）
〔1108〕

グリム，T.W.

◇〈閲覧注意〉ネットの怖い話クリーピーパスタ　ミスター・クリーピーパスタ編，倉田真木，岡田ウェンディ他訳　早川書房　2022.7　287p　16cm（ハヤカワ文庫 NV 1499）〈原書名：THE CREEPYPASTA COLLECTIONの抄訳〉860円　①978-4-15-041499-3
　|内容|　ハドリー・タウンシップに黄昏が迫るとき（T.W.グリム著，岡田ウェンディ訳）
　＊ネットの恐怖都市伝説のコピペから生まれたホラージャンル"クリーピーパスタ"。綿密に計画をたて女性の家に忍び込んだ殺人ストーカーが異変に巻き込まれる「殺人者ジェフは時間厳守」や、ジャーナリスト志望者がフロッピーディスクに込められた呪いを目撃する「スマイル・モンタナ」など、アメリカ・クリーピーパスタ界の人気ユーチューバーが厳選した悪夢の物語。身の毛がよだつ15篇の恐怖のショートストーリー傑作集。
〔1109〕

グリーン

◇雑話集―ロシア短編集　5　ロシア文学翻訳グループクーチカ編　［枚方］　ロシア文学翻訳グループクーチカ　2024.6　180p　19cm〈他言語標題：Пёстрые рассказы〉
　|内容|　手（グリーン著，奥水則子訳）
〔1110〕

グリーン，アビー　Green, Abby

◇悪魔は乙女に三度囁く　アビー・グリーン作，中岡瞳訳　ハーパーコリンズ・ジャパン　2022.6　220p　17cm（ハーレクイン・ロマンス R3689）〈原書名：THE FLAW IN HIS RED-HOT REVENGE〉664円　①978-4-596-42957-5
　＊アシュリンは知人に頼まれ、公衆の面前である男性に近づき、恋人のように振る舞ったせいで彼の評判は地に落ちた。4年後、アシュリンは思わぬ再会を果たす。親友の会社のボスがその男性、気鋭の投資家ザックだったのだ！　親友に代わって彼に荷物を届けた彼女はそのままパーティに連れだされ、誘惑されて熱いキスを交わしてしまう。だが直後、彼は豹変し、彼女を冷たく突き放して睨みつけた。「君の顔を忘れたことはない。4年前の代償を払ってもらおう」いったいどうやって？　アシュリンは不安におののいた。
〔1111〕

◇ウェイトレスの秘密の幼子　アビー・グリーン作，東みなみ訳　ハーパーコリンズ・ジャパン　2024.9　156p　17cm（ハーレクイン・ロマンス R3908―伝説の名作選）〈「独裁者に誘惑された夜」（ハーレクイン 2013年刊）の改題　原書名：IN CHRISTOFIDES' KEEPING〉673円　①978-4-596-77857-4
　＊ウェイトレスとして働くレストランで、突然誰かに腕をつかまれ、ふり返ったジプシーは、見覚えのあるグレーの瞳に釘付けになった。この2年間、夢に現れつづけてきた男性、リコが目の前にいる。あの夜、彼女はリコに激しく惹かれ、すばらしい一夜を過ごした。だが翌朝、彼の前から姿を消した。リコは世界的に有名な大物実業家で、亡き父の大敵だったから。逃げなくては―！　あの夜に授かった、愛しい娘の存在を隠し通すために。
〔1112〕

◇エメラルドの落とし子　アビー・グリーン作，飛川あゆみ訳　ハーパーコリンズ・ジャパン　2022.3　220p　17cm（ハーレクイン・ロマンス R3661）〈原書名：BOUND BY HER SHOCKING SECRET〉664円　①978-4-596-31758-2
　＊老舗宝飾ブランドのオーナー、ダニエルに見初められ、幸せの絶頂にあったミアは、一瞬ですべてを失った。彼に長年の婚約者がいることを知り、ショックで流産したのだ。だが泣き暮れている彼女に、医師は驚くべき事実を告げる―赤ん坊は双子で、一人だけは無事に育っていると。ダニエルには頼れない。独りで産もう。ミアはそう決めた。

クリン

2年後。仕事で偶然、彼のブランドの商品を預かったミアは、宝石泥棒と間違われ、ダニエルの前に突きだされてしまう。「大事な娘が発熱して慌てていただけなのよ。娘の父親は…」　　〔1113〕

◇乙女が宿した日陰の天使　アビー・グリーン作，松島なお子訳　ハーパーコリンズ・ジャパン　2024.6　156p　17cm　（ハーレクイン・ロマンス R3881）〈原書名：HEIR FOR HIS EMPIRE〉673円　①978-4-596-63502-0

＊"妊娠しています"という医師の言葉に、エリンは呆然とした。おなかの子の父親は、大富豪エイジャックス・ニコラウ一。出会った瞬間に強く惹かれ、彼の誘惑に抗えず一夜を共にした。さらにもう一夜を共にしたあと、冷たく別れを言い渡されたのだ。今さら彼に妊娠を知らせても、きっと追い払われるだけ。エリンは彼の前から姿を消し、ひとりで産み育てると決めた。2年後、突然エイジャックスがエリンの自宅を訪ねてきた。彼が足を踏み入れると、火がついたように赤ん坊が泣きだす。エイジャックスは鋭く光る眼で言った。「この子は…僕の娘だ」　　〔1114〕

◇海運王と十七歳の純愛　アビー・グリーン作，小池桂訳　ハーパーコリンズ・ジャパン　2022.11　156p　17cm　（ハーレクイン・ロマンス R3727—伝説の名作選）〈「再会は復讐のはじまり」（ハーレクイン 2010年刊）の改題　原書名：THE KOUROS MARRIAGE REVENGE〉664円　①978-4-596-74966-6

＊なぜ、アレクサンドロスがここにいるの？　パリのホテルに足を踏み入れたカリーは目を疑った。優しかった初恋の人は、いまや冷酷な海運王になっていた。アレクサンドロスは傾いたカリーの叔父の会社を後押しし、資金援助も約束した上で、交換条件を突きつけた—カリーに強引に結婚を迫ったのだ。彼は私を愛してなどいない。ただ、罰を与えたいだけ…。7年前、17歳だったカリーはアレクサンドロスに想いを伝え、キスをせがんだ。そのせいで彼が大切な物を失うとも知らずに。これが唯一の償いになると信じて、カリーは花嫁になると決めた。　　〔1115〕

◇カサノヴァと純白の新妻　アビー・グリーン作，飛川あゆみ訳　ハーパーコリンズ・ジャパン　2022.9　220p　17cm　〈原書名：THEIR ONE-NIGHT RIO REUNION〉664円　①978-4-596-74762-4

＊アナは富豪カイオと結婚した。1年間限定、寝室は別との約束で。放蕩者で知られるカイオは先を見据え、"堅実で家庭的な実業家"のイメージを必要としていた。そこへ狡猾なアナの父親が、ビジネスとして娘を差しだし、契約結婚を持ちかけたのだ。だが1年後の離婚成立直前、アナは思わぬ事態に巻きこまれる。誘拐犯に追われ、ひと晩だけカイオと別荘に身を隠すことに。本当はずっと彼に惹かれていた。もう二度と会えなくなるなら、せめて最後に純潔を捧げたい…。あふれだすアナの想いに、カイオは厳しい顔で応えた。これは愛ではなく情事なのだと。　　〔1116〕

◇家政婦がシンデレラになる夜　アビー・グリーン作，児玉みずうみ訳　ハーパーコリンズ・ジャパン　2023.12　157p　17cm　（ハーレクイン・ロマンス R3829）〈原書名：HIS HOUSEKEEPER'S TWIN BABY CONFESSION〉664円　①978-4-596-52818-6

＊家政婦のキャリーは人生のどん底で雇ってもらってから、4年間、リンデン伯爵マッシモに忠実に仕えてきた。すべての女性にとって憧れの的である伯爵をひそかに想いながらも、彼の華やかな恋人たちに嫉妬する資格は自分にはないと思っていた。ある日、彼女はマッシモから舞踏会への同行を頼まれる。給仕や後片づけをするのが仕事の私が、着飾って伯爵と舞踏会へ？　マッシモの指示によってキャリーは美しいドレスや宝石を身につけ、夢の一夜を経験した。そのうえ誘惑されて、身を任せてしまう。甘い日々はそれからも続いた―キャリーが双子を身ごもるまでは。　　〔1117〕

◇甘美な脅迫結婚　アビー・グリーン著，高木晶子訳　ハーパーコリンズ・ジャパン　2022.3　206p　15cm　（ハーレクイン文庫 HQB-1108）〈「恋に落ちた復讐者」（ハーレクイン 2011年刊）の改題　原書名：RUTHLESSLY BEDDED, FORCIBLY WEDDED〉627円　①978-4-596-31830-5

＊両親の死後、粗暴で金銭ずくの兄に虐げられてきたカーラ。兄とその恋人アレグラと3人で出かけた夜、車が事故に遭い、二人は死亡。ひとり助かった罪悪感に苛まれるカーラの前に、黒髪に浅黒い肌をした、世にも優雅な男性エンツォが現れる。彼の誘惑にひとときの慰めを見出したカーラは純潔を捧げる。だがエンツォは翌朝、冷酷に自らの正体を明かした。彼は、亡くなったアレグラの兄でイタリアの富豪だったのだ！　仕返しのために君を抱いたと言ってはばからないエンツォは、カーラの中に、自らの子を宿したことは知らなかった一。　　〔1118〕

◇ギリシア神にキスした乙女　アビー・グリーン作，茅野久枝訳　ハーパーコリンズ・ジャパン　2023.1　220p　17cm　（ハーレクイン・ロマンス R3745—純潔のシンデレラ）〈原書名：THE KISS SHE CLAIMED FROM THE GREEK〉664円　①978-4-596-75799-9

＊相次ぐ病に倒れた親の介護に追われ、自分の夢は諦めていたソフィ。両親亡き後も彼女が用務係として働く病院に、ある日、山で遭遇して意識不明の男性が搬送されてきた。まるでギリシア神のような美貌の持ち主に魅せられ、ソフィはいけないと思いながらも個室で眠る彼にキスをした。すると不意に男性が目を覚ました―記憶喪失の状態で！　行き場のない彼が気の毒で、ソフィは自宅で面倒を見ると申し出る。たちまち緑の瞳の男性と恋に落ちてしまい、彼女は純潔を捧げた。彼がプレイボーイの億万長者アキレス・リカイオスだとも知らず。　　〔1119〕

◇恋の罪、愛の罰　アビー・グリーン著，寺尾なつ子訳　ハーパーコリンズ・ジャパン　2023.2　205p　15cm　（ハーレクイン文庫 HQB-1170

―珠玉の名作本棚〉〈ハーレクイン 2014年刊の再刊 原書名：WHEN FALCONE'S WORLD STOPS TURNING〉627円 ①978-4-596-75890-3

＊「サマンサ？」電話の向こうで、忘れえぬ声がした。サムをそう呼ぶのは、4年前にミラノで激しく愛し合ったラファエレしかいない。その結果が予想外の妊娠。彼のあからさまな拒絶に、サムは流産したふりをして別れた。しかし今、息子の存在を知って激怒したラファエレは、3人で暮らすことを強要し、容赦なく彼女を罰しつづけた―昼も夜も、彼への想いを燃え上がらせることで。かつてどれほど情熱的に求め合ったか、思い出させることで。いくら望んでも、彼に愛される日は二度と来ないのに…。〔1120〕

◇祭壇に捨てられた花嫁 アビー・グリーン作，柚野木菫訳 ハーパーコリンズ・ジャパン 2024.12 156p 17cm （ハーレクイン・ロマンス R3925）〈原書名："I DO" FOR REVENGE〉673円 ①978-4-596-71677-4

＊結婚式当日、花婿のイタリア富豪ヴィトは現れなかった―伯父に強いられた政略結婚で、彼のことはよく知らないけれど、いくらなんでも酷すぎるわ！ フローラはドレス姿のまま、彼のオフィスに押しかけた。だがヴィトから伯父が彼の両親を破滅させたこと、そしてこの結婚は伯父への報復だったことを聞いて呆然とする。伯父は8歳で両親を亡くした彼女を引き取った恩人だが、一方で彼女の両親の遺産を強奪した悪人でもあったから。帰る家もお金も頼れる人もなく、フローラはどん底に落ちた。半年後、ヴィトは出先でウエイトレスとして働くフローラを見つけ驚愕する。「ここで何をしている？ いったい何があったんだ？」〔1121〕

◇十八歳の許嫁 アビー・グリーン著，朝戸まり訳 ハーパーコリンズ・ジャパン 2022.10 204p 15cm （ハーレクイン文庫 HQB-1149―珠玉の名作本棚〉〈ハーレクイン 2013年刊の再刊 原書名：BRIDE IN A GILDED CAGE〉627円 ①978-4-596-74874-4

＊イゾベルが初めて彼に会ったのは、18歳の誕生日。ラファエル・ロメロこそ、彼女の傲慢で冷酷な大富豪で、イゾベルがまだ8歳のときに親が決めた許婚だった。彼の支援がなければ、一家は破産の憂き目に遭う。「あなたと結婚するくらいなら、死んだほうがましよ！」爪を立てる子猫さながら抗う彼女に口づけ、彼は再会を誓った。3年後、パリ。独立し、貧しくも自由に暮らすイゾベルだったが、21歳の誕生日の夜、彼は現れた―妻を迎えに来たと言って。忘れもしないあのキスの記憶が、イゾベルの脳裏を駆け抜けた。〔1122〕

◇情事の報酬 アビー・グリーン著，熊野寧々子訳 ハーパーコリンズ・ジャパン 2023.5 207p 15cm （ハーレクイン文庫 HQB-1183―珠玉の名作本棚〉〈ハーレクイン 2014年刊の再刊 原書名：WHEN CHRISTAKOS MEETS HIS MATCH〉627円 ①978-4-596-77071-4

＊飛行機で航空会社の経営者アレクシオの隣になり、あまりにハンサムですてきな彼に魅了されたシドニー。彼からギリシアの別荘に誘われ、天にも昇る思いだった。世界じゅうの美女が結婚したくて追いかけるような男性が、眼鏡に野暮ったい格好の私を女性として見てくれるの？ 戸惑いながらも、彼とロマンティックな時間を過ごす。だが彼女の亡き母が遺した借金の存在を知ったアレクシオに金目当てと思われ、別れの言葉と手切れの小切手を渡された。それを破り捨てたが、彼女のお腹には小さな命が宿っていた…。〔1123〕

◇妻という名の咎人 アビー・グリーン作，山本翔子訳 ハーパーコリンズ・ジャパン 2023.10 220p 17cm （ハーレクイン・ロマンス R-3816―伝説の名作選）664円 ①978-4-596-52462-1

＊「弟を破滅させた君と、僕は結婚しようと考えている」義兄クルスの蔑むような眼差しに、トリニティは凍りついた。2年前、スペイン大富豪クルスのメイドだったトリニティは、彼の弟リオから息子たちの世話をしてくれと頼まれた。母のない幼子があまりにも哀れでリオと名ばかりの結婚をしたが、いま奔放な夫は急逝し、彼女が子供たちの後見人に指名された。クルスは信じている―悪女の私が弟をたぶらかして死なせたと！ 愛する双子を奪われたくない一心で、彼女はクルスの言葉に従った。乱れた胸の奥で、いまだにうずく彼への想いをもてあましながら。〔1124〕

◇冷酷な彼の素顔 アビー・グリーン作，小沢ゆり訳 ハーパーコリンズ・ジャパン 2022.12 156p 17cm （ハーレクインプレゼンツ PB348―作家シリーズ 別冊）〈ハーレクイン 2012年刊の再刊 原書名：RUTHLESS GREEK BOSS,SECRETARY MISTRESS〉664円 ①978-4-596-75601-5

＊ギリシア人CEOアリストテレスは言わずと知れたプレイボーイ。仕事の実力も男としての魅力も超一流のゴージャスな大富豪だ。しかし女性との仲は長続きせず、別れるときは冷たく切り捨てる―高額の贈り物をして、手切れにするのだ。しかも、その手配さえアシスタントの仕事だった。前任の2人はボスに気のあるそぶりを見せたばかりに首になったけれど、私は大丈夫。ビジネスライクに接してみせる。ところがある日、ルーシーが雨に濡れて着替えているところを、アリストテレスが偶然見ていた。その瞬間、彼は目の色を変えた。地味な服装の下に、彼女がこんな魅力を隠していたとは…！〔1125〕

グリーン，グレイス　Green, Grace

◇始まりのシンデレラ ベティ・ニールズ，グレイス・グリーン，シャロン・サラ著，村山汎子他訳 ハーパーコリンズ・ジャパン 2022.1 426p 17cm （HPA 30―スター作家傑作選）〈原書名：MATILDA'S WEDDING　NEW YEAR…NEW FAMILYほか〉1191円 ①978-4-596-01876-2

内容 星降る夜の奇跡（グレイス・グリーン著，高山恵訳）

＊年金暮らしの両親のため、少しでも家計の助けになればと、診療所の受付係として働き始めたマチルダ。雇主のドクター・ラヴェルは魅力的な男性だったが、彼女は思った。母にさえ不器量と言われる私では彼を惹きつけられない。だから、この想いは隠そう、と。案の定、ドクターは地味な受付係などまるで見えない様子で…（『片思いの日々』）。ローレンは自らの運転中に事故で愛娘を失って以来、心が塞ぎ、すれ違いから会社社長の夫ザックと別居。でも、まだ彼を愛していた。心から。本当の別れを考えては切なさに胸を締めつけられるローレンだったが、ある日、突然弁護士に呼ばれて事務所に赴くと、ザックと鉢合わせした。まさか、とうとう彼は離婚を決意したの…？（『星降る夜の奇跡』）。故郷を離れてシカゴで孤独に暮らすクリスティのもとに、匿名で薔薇の花束とメッセージが届いた。ストーカーの影におびえていた彼女は警察に通報するが、駆けつけた刑事の姿を見て、思わず目を疑った。なんとそこには、かつて彼女が初めて恋し、破れた相手スコットが、すっかりたくましい大人の男性となって立っていたのだ！（『危険な薔薇』）。新たな人生をつかむシンデレラたちの感動ロマンス！ 〔1126〕

グリーン, ジュリアン　Green, Julian

◇モイラ　ジュリアン・グリーン作，石井洋二郎訳　岩波書店　2023.5　472p　15cm（岩波文庫 37-520-1）〈著作目録あり　年譜あり　原書名：MOÏRA〉1160円　①978-4-00-375136-7
＊「君ほどは白からず…」―ジョゼフは白い肌に赤毛の18歳。人の心を騒がす美貌ながら、極度の潔癖さと信仰心ゆえに若者らしい気軽な会話を嫌悪し、好意を示すात्ताたちと事あるごとに衝突する。孤独の中で、夢想にふける彼の前に運命の少女が現れ…。1920年のヴァージニアを舞台に、端正な文章で綴るグリーンの代表作。 〔1127〕

グリーン, ジョージ・ドーズ　Green, George Dawes

◇サヴァナの王国　ジョージ・ドーズ・グリーン作，棚橋志行訳　新潮社　2024.8　552p　16cm（新潮文庫 クー44-1）〈著作目録あり　原書名：THE KINGDOMS OF SAVANNAH〉1100円　①978-4-10-240621-2
＊ジョージア州サヴァナの夜。考古学者の女性がバーの店先で拉致され、阻止しようとした青年が刺殺された。遺体は全焼した空き家で発見され、所有者の住宅開発業者が容疑者となる。彼は、探偵業も営み社交界を牛耳る老婦人モルガナに調査を依頼。やがて明らかになるのは、この地方に秘かに伝わる"歴史の闇"だった―。CWAゴールド・ダガーに輝いた、米南部ゴシック・ミステリーの怪作！ 〔1128〕

クリントン, ヒラリー・ロダム　Clinton, Hillary Rodham

◇ステイト・オブ・テラー　ヒラリー・R.クリントン, ルイーズ・ペニー著，吉野弘人訳　小学館　2022.11　606p　19cm〈原書名：STATE OF TERROR〉2700円　①978-4-09-386658-3
＊国務長官経験者にしか描けない、米国安全保障戦略の複雑な内幕！「政治と外交の舞台では、あらゆることが見た目どおりではない」当選したばかりの大統領は、予備選でライバル候補を支援してきた最大の政敵を国務長官に選んだ。新たな国務長官エレン・アダムスは、過去四年間、前政権が犯罪的な無能ぶりを発揮して合衆国を死に体にしていたのを目の当たりにしてきた。新大統領が議会で一般教書演説を始めた頃、国務省南・中央アジア局の女性職員のデスクに数字と記号だけが並ぶ奇妙なメールが届く。そしてその日の深夜、ロンドンで大規模な爆破事件が起きる。翌朝、米国＋英連邦4か国の諜報部門からなる"ファイブ・アイズ"の緊急会合が始まるが、そのさなか出席者の携帯電話が一斉に鳴った。次なる爆発は、パリで起こった。元アメリカ合衆国国務長官＋英国推理作家協会新人賞・アガサ賞受賞作家による、先読み不能！超一級国際政治スリラー!! 〔1129〕

◇ステイト・オブ・テラー　ヒラリー・R.クリントン, ルイーズ・ペニー著，吉野弘人訳　小学館　2024.9　764p　15cm（小学館文庫 ク11-1）〈原書名：STATE OF TERROR〉1380円　①978-4-09-407390-4
＊当選したばかりの大統領から国務長官に任命されたエレン・アダムス。前政権によって失われた米国の国際的信頼を取り戻すべく、エレンは任務に取りかかっていた。しかし、大統領が議会で一般教書演説を終えた日の深夜、ロンドンで大規模なバス爆破事件が起きる。翌朝、米国＋英連邦四か国の諜報部門の緊急会合が始まるが、そのさなか、さらにパリで爆発が。国務省南・中央アジア局の職員からある奇妙なメールの情報を受けたエレンは、次なる標的を知り愕然とする―元米国国務長官×ベストセラー作家の最強タッグが贈る傑作国際政治スリラー。米大統領選直前、ついに文庫化！ 〔1130〕

クルーガー, ウィリアム・ケント　Krueger, William Kent

◇このやさしき大地　ウィリアム・ケント・クルーガー著，宇佐川晶子訳　早川書房　2022.10　484p　19cm〈原書名：THIS TENDER LAND〉3000円　①978-4-15-210174-7
＊1932年、ミネソタ。ネイティヴアメリカンの子供たちが集団生活を送るリンカーン教護院。施設の中で、唯一の白人である孤児のオディとアルバート兄弟は、生意気な態度で日頃から院長に目を付けられていた。ある日、横暴な管理人をふとしたことから殺してしまったオディは、兄のアルバート、親友でスー族のモーズ、竜巻で母親を失い孤児になったばかりの幼いエミーと共に、教護院から逃げることを余儀なくされてしまう。オディとアルバートのおばが住んでいるというセントポールに行くため、四人はカヌーで川を下り、一路ミシシッピ川を目指す。旅の途中、出会いと別れを繰り返した四人が知った秘密とは―？ エドガー賞受賞『ありふれた祈り』の著者が贈る、少年少女のひと夏の

冒険と成長を描いた感動のミステリー。〔1131〕

クルーズ, ケイトリン Crews, Caitlin

◇生け贄の花嫁は聖夜に祈る　ケイトリン・クルーズ作，中村美穂訳　ハーパーコリンズ・ジャパン　2022.11　220p　17cm　（ハーレクイン・ロマンス R3729―純潔のシンデレラ）〈原書名：THE BRIDE HE STOLE FOR CHRISTMAS〉664円　①978-4-596-75455-4
＊20歳で両親を亡くし、強欲で支配的な叔父から逃れるように生家を飛びだし、ロンドンで暮らし始めたティモニー。実業家クレタと偶然出会って恋に落ち、彼のペントハウスへ移り住むように。半年後、ティモニーはついに愛を告白するが、驚いたことにクレタは拒絶すると、その場で彼女を追いだした。なぜこんな酷い仕打ちを？　わたしは愛されていなかったの？　傷心の彼女は叔父に強いられるまま、高齢の富豪との縁談を受け入れてしまう。だが挙式を翌日に控えた聖夜のパーティに突然クレタが現れ、彼女を担ぎあげると車で連れ去って…。〔1132〕

◇一夜だけ愛された籠の鳥　ケイトリン・クルーズ作，久保奈緒実訳　ハーパーコリンズ・ジャパン　2023.7　156p　17cm　（ハーレクイン・ロマンス R3793）〈原書名：THE ACCIDENTAL ACCARDI HEIR〉664円　①978-4-596-77532-0
＊ヴィクトリアが18歳になって以来、父親は結婚相手をさがしてきた。そして、ヴィクトリアはイタリア貴族アルドの花嫁となった。結婚式の夜、誰からも恐れられている彼は言った。「僕は君を自分のものにしたいんだ。僕のかわいさに怖くてたまらないはずなのに、ヴィクトリアの胸は高鳴っていた。だが数カ月前の夜の庭園で、彼女が熱い想いと純潔を捧げて情熱的なひとときをともにしたアルドはもうどこにもいなかった。アルドが私を妻にしたのは、トスカーナの屋敷に閉じこめるため、世間の目にいっさい触れさせないためだったのだ。なぜなら、結婚する気のなかった彼の子を私が身ごもっているから。〔1133〕

◇売り渡された誇り高き娘　ケイトリン・クルーズ作，高山恵訳　ハーパーコリンズ・ジャパン　2023.5　251p　17cm　（ハーレクイン・ヒストリカル・スペシャル PHS302）〈原書名：THE VIKING'S RUNAWAY CONCUBINE〉827円　①978-4-596-77009-3
＊うら若き娘エンヤは、訳あって老女に身をやつして暮らしている。数年前、唯一の肉親だった兄によって奴隷商人に売り飛ばされ、たまたま市場を通りかかった北欧の戦士ウルフリックの目にとまった。エンヤは買われまいとしたが、ウルフリックはかまわず彼女を手に入れて家へ連れ帰った。その後、彼なりの方法でかわいがられはしたけれど、彼女は隙をついて主人を短剣で切りつけ、逃げ出したのだった。だが、ある町を訪れたとき、エンヤは突然現れた男を見て絶望する。目の前に立ちはだかった大男は、ウルフリック！　彼女のつけた傷痕が今なお残る顔

で、主人がこちらを睨みつけていた…。〔1134〕

◇子を抱く灰かぶりは日陰の妻　ケイトリン・クルーズ作，児玉みずうみ訳　ハーパーコリンズ・ジャパン　2024.12　156p　17cm　（ハーレクイン・ロマンス R3926―純潔のシンデレラ）〈原書名：GREEK'S CHRISTMAS HEIR〉673円　①978-4-596-71679-8
＊アメリカの田舎町に住む天街孤独のコンスタンスは家族が欲しかった。だから精子提供を受けて赤ん坊を産む決意をし、妊娠した。イブの夜、臨月の彼女を、ギリシア富豪アナクスが訪ねてきた。高価そうなコートを身にまとった彼は魅力的だが冷たい表情で、自分がコンスタンスのおなかの子の父親だと告げた。精子提供は本意ではなかったが、赤ん坊のために結婚したいと。コンスタンスは陣痛の中、アナクスの妻となり、子供を産んだ。孤独だった私に今は子供だけでなく夫もいる。クリスマスの奇跡だ。生まれて初めての幸せを嚙みしめる彼女はまだ知らなかった。彼が妻子を世間から隠すための計画を立てていることを…。〔1135〕

◇砂漠の王に囚われて　ケイトリン・クルーズ作，松島なお子訳　ハーパーコリンズ・ジャパン　2023.5　220p　17cm　（ハーレクイン・ロマンス R3774）〈原書名：CHOSEN FOR HIS DESERT THRONE〉664円　①978-4-596-77015-8
＊タレクがアルザラムの国王となって1年足らず。周囲の期待に応えるため、妻を娶り跡継ぎをもうけなければ…。そう考えていたところへ、またとない花嫁候補が現れた。彼の知らぬところで不当に囚われていたアメリカ人女性アニヤだ。突然地下牢に現れた国王タレクに、アニヤは目を見張った。罪なき拘束生活に憤りつつも、長衣の美しい王に胸がときめく。彼女は宮殿の贅を尽くした部屋に通され、法外な提案をされた。あなたの問題と私の問題を解決するため、結婚しようですって？〔1136〕

◇さらわれた亜麻色の花嫁　ケイトリン・クルーズ作，高橋美友紀訳　ハーパーコリンズ・ジャパン　2022.4　252p　17cm　（ハーレクイン・ヒストリカル・スペシャル PHS276）〈原書名：KIDNAPPED BY THE VIKING〉827円　①978-4-596-31951-7
＊両親を亡くし天涯孤独となった王女エルフィンは、非情な叔父に故郷を追い出され、修道院へ向かっていた。道中、突然目の前に筋骨たくましい長身の男が立ちはだかる。「君をいただきに来た」男は高らかに宣言し、彼女を連れ去った。ソールブランドという名の彼は王女を遠くへさらい、無垢な彼女を妻にするつもりだった。だが、無理やり純潔を奪うつもりはない。ゆっくり教え込むのだ…。一方、エルフィンはソールブランドの考えなど露知らず、自分は彼の奴隷になったものと思い込む。しかし、心は乱れていた。私をかごの鳥にした彼を嫌ってもいいはずなのに、胸が甘く疼いて…。ヒストリカル初登場！　若き英ヒロインに心を奪われるつもりはなかったヒーローが、純真な彼女を溺愛せずにいられなくなる。〔1137〕

クルス

◇シチリア富豪の麗しき生け贄　ケイトリン・クルーズ作，雪美月志音訳　ハーパーコリンズ・ジャパン　2023.12　156p　17cm　（ハーレクイン・ロマンス R3830―純潔のシンデレラ）〈原書名：WHAT HER SICILIAN HUSBAND DESIRES〉664円　①978-4-596-52820-9

＊最愛の父を亡くし、途方に暮れていた18歳のクロエ。頼れる人は富豪のラオしかおらず、居城のあるシチリアに飛ぶと、彼は書類上の結婚という形でクロエを守ると約束してくれた。ラオの庇護の下、彼女はロンドンで自立の道を探す猶予を得たが、5年後、突然ラオから呼び出され、再びシチリアへと赴いた。ついに名ばかりの結婚の解消を言い渡されるんだわ…。怯えるクロエはカリスマ的オーラを放つ富豪の言葉に耳を疑った。「僕たちの結婚を本物にする時が来た。毎晩僕のベッドに入れ！」彼女は承諾するしかなかった―跡継ぎ作りのためだけと知りつつ。〔1138〕

◇宿命の花嫁に王は跪く　ケイトリン・クルーズ作，深山咲訳　ハーパーコリンズ・ジャパン　2022.7　156p　17cm　（ハーレクイン・ロマンス R3700―王女と灰かぶり 1）〈原書名：CROWNING HIS LOST PRINCESS〉664円　①978-4-596-70812-0

＊病弱な母を抱えながら農場を営むディレイニーの前に、ある日、見たこともないほど美しく、魅惑的な男性が現れた。高貴な血を引くカエターノと名乗る彼は、驚いたことに、ディレイニーを花嫁にするために迎えに来たという。「君こそ、出生時に取り違えられた、僕の国の真の王女なんだ」二人の結婚が国に平和をもたらす唯一の方法などだと聞き、彼女は混乱する。そんなばかげた話を私が信じると思う？　だが、カエターノの金色に輝く瞳と芽生えた好奇心に抗えず、ディレイニーは地中海に浮かぶ彼の国へと飛び立った。〔1139〕

◇全能神ゼウスの誘惑　ケイトリン・クルーズ作，若葉もこ訳　ハーパーコリンズ・ジャパン　2022.5　220p　17cm　（ハーレクイン・ロマンス R3677）〈原書名：THE SCANDAL THAT MADE HER HIS QUEEN〉664円　①978-4-596-33416-9

＊孤児のニーナはイザボー王女に引き取られ、長年仕えてきた。しかしある夜、神のような容姿を持つゼウス王太子の甘い言葉とまばゆい笑顔を愛と信じ、彼に清らかな身を任せた。直後パパラッチが現れ、ゼウスが王国との婚約を破棄するために自分を利用したのだと知って、ニーナは愕然とする。数カ月後、彼女は妊娠したことに気づくが、仕事は解雇され、国からは追放されていたので無一文というありさまだった。最後の手段として、ニーナはゼウスの王宮を訪ねた。まさか王太子が、彼女のような平民との結婚を望むとも知らず。〔1140〕

◇妻とは知らずにプロポーズ　ケイトリン・クルーズ作，山本翔子訳　ハーパーコリンズ・ジャパン　2022.3　220p　17cm　（ハーレクイン・ロマンス R3662）〈原書名：THE SICILIAN'S FORGOTTEN WIFE〉664円　①978-4-596-31760-5

＊ジョセリンは父に言われるがまま、金の瞳の美貌のイタリア富豪チェンツォと結婚した。そして彼の所有するシチリアの古城で衝撃的な話を聞かされる。「きみと結婚したのは、きみの父親に仕返しするためだ」夫はわたしを手籠めにするつもり？　だが城に着いたその日に、チェンツォは石段を踏み外して頭を打ち、記憶喪失になった。これは天の恵みよ。ジョセリンはいたずら心から彼に告げた。「チェンツォ、あなたはわたしが雇った"召使い"なの」かくして、彼女と大富豪の花婿との奇妙な結婚生活は始まった。〔1141〕

◇鳥籠の姫に大富豪は跪く　ケイトリン・クルーズ作，山本みと訳　ハーパーコリンズ・ジャパン　2022.8　156p　17cm　（ハーレクイン・ロマンス R3705―王女と灰かぶり 2）〈原書名：RECLAIMING HIS RUINED PRINCESS〉664円　①978-4-596-74613-9

＊王女アマリアの人生は、25歳で激変した。出生時に取り違えられ、実は農家の娘だったと判明したのだ。公私にわたる重圧から解放されて宮殿をあとにした彼女は、5年前、スペイン富豪ホアキンと出会ったホテルへ向かった。つらいとき、何度あの夏の甘美な思い出に救われたろう。だが出迎えた彼は、まるで罰するように乱暴なキスをすると、冷たい声で告げた。「あの残酷な仕打ちを償ってもらおう」王女ゆえに別れを選ぶしかなかった私を、今も憎んでいるの？　思わず身震いしたアマリアを、ホアキンの氷の視線が貫いた。〔1142〕

◇名もなきシンデレラの秘密　ケイトリン・クルーズ作，児玉みずうみ訳　ハーパーコリンズ・ジャパン　2024.6　156p　17cm　（ハーレクイン・ロマンス R3878―純潔のシンデレラ）〈原書名：HER VENETIAN SECRET〉673円　①978-4-596-77656-3

＊素行の悪い令嬢を更生させるロンドンの私立学校の校長を辞める日、ベアトリスはイタリア富豪チェーザレに異父妹の家庭教師を頼まれた。トスカーナの大邸宅へやってきた彼女は、雇い主を見て愕然とした。私がヴェネツィアで純潔を捧げた人が目の前にいる。恋いこがれた名も知らぬ男性が、実はチェーザレだったなんて。だが彼の前まで行ったとき、再会の喜びは吹き飛んだ。この人は私が誰なのか、まったくわからない様子。野暮ったい格好のベアトリスを一瞥し、富豪は近々結婚すると告げた。もちろん、花嫁は彼女ではなかった。彼の子を身ごもっていても。〔1143〕

◇花嫁は救いの天使　ケイトリン・クルーズ作，藤倉詩音訳　ハーパーコリンズ・ジャパン　2022.1　156p　17cm　（ハーレクイン・ロマンス R3651―純潔のシンデレラ）〈原書名：HIS SCANDALOUS CHRISTMAS PRINCESS〉664円　①978-4-596-01896-0

＊メロディは生まれつき盲目で、非情な貴族の父親に疎まれてきた。このままでは今にも家から追い出されかねない。メロディの窮状を見かね、地中海の国の王妃となった姉が、国王の弟グリフィン

との縁談をお膳立てしてくれた。そうすれば、メロディは冷酷な父のもとを離れられるし、グリフィンも放蕩王子という悪評を拭い去ることができるから。初対面の時から陽気な王子に密かな想いを抱いていたメロディ。ところが、結婚式とそれに続く舞踏会が終わって初夜に臨む前、彼は言い放った。「後継ぎは必要ないから、体の関係も必要ない」〔1144〕

◇幻を愛した大富豪─妹と呼ばないで　ケイトリン・クルーズ作，麦田あかり訳　ハーパーコリンズ・ジャパン　2022.6　220p　17cm　（ハーレクイン・プレゼンツ PB332─作家シリーズ別冊）〈2016年刊の再刊　原書名：UNWRAPPING THE CASTELLI SECRET〉664円　①978-4-596-42868-4
＊5年前、リリーは車の事故で死んだ─でも本当は、名前を変え、別の場所で暮らしていた。血のつながらない兄ラファエルとの愛に溺れていたリリーにとって、そうするしか中毒のような関係から抜け出すすべがなかったのだ。ところがある日、とうとうラファエルに見つかってしまう。昔、二人の関係を"汚れた秘密"と呼んだ彼に、密かに産み育てている息子のことを知られるわけにはいかない。彼の突然のキスに動揺しつつも、彼女はとっさに言った。「私はリリーじゃないわ。あなたは誰？」これまで1日たりとも、彼を忘れたことなんてないのに…。〔1145〕

◇世継ぎを産んだウェイトレス　ケイトリン・クルーズ作，雪美月志音訳　ハーパーコリンズ・ジャパン　2023.9　156p　17cm　（ハーレクイン・ロマンス R3810）〈原書名：A SECRET HEIR TO SECURE HIS THRONE〉664円　①978-4-596-52330-3
＊マデリンが息子とつましく暮らす小さな家に、ある日突然、イロニア王国の使者が訪れた。すぐに渡航せよとの通達だった。とうとう私の重大な秘密を知られてしまったの？　6年前、短期留学生としてケンブリッジで学んでいた彼女は、イロニア王国の皇太子パリスと激しい恋に落ちた。妊娠がわかったのは帰国後で、密かに出産するしかなかったのだ。今や国王となったパリスと思わぬ形で再会を果たしたマデリンは、「きみは誰だ？」という彼の非情な反応に凍りついた。だが息子の存在を知るやパリスは態度を翻し、彼女に迫り…。〔1146〕

クルーズ，ジョアナ・リン・B．

◇イン・クィア・タイム─アジアン・クィア作家短編集　イン・イーシェン，リベイ・リンサンガン・カントー編，村上さつき訳　ころから　2022.8　350,10p　19cm　〈他言語標題：In queer time　原書名：Sanctuary〉2200円　①978-4-907239-63-3
|内容|上陸さん（ジョアナ・リン・B．クルーズ著）
＊「クィアの時代」に香港から届いたアジアンLGBTQ＋作家による「クィア小説」17編を収録！〔1147〕

クルーズ，ハリー　Crews, Harry

◇ゴスペルシンガー　ハリー・クルーズ著，齋藤浩太訳　扶桑社　2023.11　377p　16cm　（扶桑社ミステリー ク32-1）〈文献あり　原書名：THE GOSPEL SINGER〉1200円　①978-4-594-09510-9
＊ジョージア州エニグマは、行き止まりの町だ。牢には黒人の大男ウィラリーが囚われ、葬儀屋には彼が惨殺したメリーベルの遺体が安置されている。そんな町の誰もが、ゴスペルシンガーの帰還を待ち望んでいた。町出身の輝ける成功者。美しい容姿と天使の歌声を持つカリスマ。メリーベルの恋人。奇跡を行う者…。その彼が町に帰ってくる。黒いキャデラックに乗って。アメリカ南部を舞台に、人の愚かしさと世界の混沌を、魂と臓腑をえぐる危険な筆致で描き出す衝撃の一書、邦訳なる。〔1148〕

グルドーヴァ，カミラ

◇アホウドリの迷信─現代英語圏異色短篇コレクション　岸本佐知子，柴田元幸編訳　スイッチ・パブリッシング　2022.9　227p　20cm　（SWITCH LIBRARY）2400円　①978-4-88418-594-7
|内容|アガタの機械（カミラ・グルドーヴァ著，柴田元幸訳）
＊「端っこの変なところ」を偏愛する2人の翻訳家が、新たに発見した、めっぽう面白くて、ちょっと"変"な作家たち。心躍る"掘り出し物"だけを厳選したアンソロジー。対談「競訳余話」も収録。〔1149〕

グールド＝ボーン，ジェイムズ　Gould-Bourn, James

◇パンダモニウム！　ジェイムズ・グールド＝ボーン著，関根光宏訳　小学館　2022.3　437p　15cm　（小学館文庫 ク9-1）〈原書名：KEEPING MUM〉1080円　①978-4-09-406691-3
＊一年前に妻を交通事故で失った二十八歳のシングルファーザー、ダニー。十一歳の息子ウィルはそれ以来ひと言もしゃべらず、ダニーはウィルとうまく向き合えない。さらに職を失い家賃も払えず、崖っぷちの彼は、パンダの着ぐるみ姿で踊る公園パフォーマンスで日銭を稼ぐことを思いつく。そんなある日、優勝賞金一万ポンドの大道芸人コンテストが開催されることを知ったダニーは、人生を賭けた一発逆転を狙うことに─。心に傷を負った不器用な親子の再生を、懐かしのダンス映画＆ブラックユーモアたっぷりに描く、イギリス発ハートフルコメディ小説！〔1150〕

グルナ，アブドゥルラザク　Gurnah, Abdulrazak

◇楽園　アブドゥルラザク・グルナ著，粟飯原文子訳　白水社　2024.1　294p　20cm　（グルナ・コレクション）〈原書名：Paradise〉3200

クルニアワン, エカ　Kurniawan, Eka

◇美は傷　エカ・クルニアワン著，太田りべか訳　春秋社　2024.12　536p　20cm　〈アジア文芸ライブラリー〉　〈原書名：CANTIK ITU LUKA（BEAUTY IS A WOUND）〉　4000円　①978-4-393-45511-1

＊美しき娼婦、呪われた一族、流転する百年の愛と暴力。ジャワ島南部の架空の港町ハリムンダに生まれた娼婦デウィ・アユとその一族を襲った悲劇。植民地統治、日本軍による占領、独立、政変と弾圧といった暴力の歴史を軸に、伝説、神話、寓話などが渦巻く奇想天外なマジックリアリズム小説。〔1152〕

グルニエ, ロジェ　Grenier, Roger

◇長い物語のためのいくつかの短いお話　ロジェ・グルニエ著，宮下志朗訳　白水社　2023.4　187p　20cm　〈著作目録あり　原書名：BREFS RÉCITS POUR UNE LONGUE HISTOIRE〉　2600円　①978-4-560-09490-7

[内容] ブロッケン現象　ある受刑者　マティニョン　チェロ奏者　動物園としての世界　レオノール　ヴァンプ女優、猛獣使いの女、そして司祭のメイド　サンドイッチマン　裏切り　夫に付き添って　墓参り　記憶喪失　長い物語のための短いお話

＊人生の旨味と苦味と可笑しを洒脱な筆致で描く、著者92歳の到達点！ パリ文壇最長老による生前最後の傑作短篇集。「ある受刑者」「サンドイッチマン」「記憶喪失」ほか全13篇収録。〔1153〕

グルーバー, フランク　Gruber, Frank

◇一本足のガチョウの秘密　フランク・グルーバー著，金井美子訳　論創社　2024.4　237p　20cm　（論創海外ミステリ 316）〈原書名：The Limping Goose〉　2400円　①978-4-8460-2388-1

＊金髪美女、債務取立人、食料品王の息子、ごろつき。"ガチョウの貯金箱"に群がるアブナイ奴ら。相棒サムを拉致されて孤立無援となったジョニーの叡智は難局を切り抜けられるのか？ "笑撃"のクライマックスが待ち受ける"ジョニー＆サム"シリーズ長編第13作。〔1154〕

◇ケンカ鶏の秘密　フランク・グルーバー著，巴妙子訳　論創社　2022.6　245p　20cm　（論創海外ミステリ 284）〈原書名：The Scarlet Feather〉　2400円　①978-4-8460-2130-6

＊知力と腕力で難題解決！ ジョニーとサムの行く先々に騒動あり。凸凹コンビが挑む今度の事件は違法な闘鶏。手強いギャンブラーを向こうに回す素人探偵の運命は？〔1155〕

◇ソングライターの秘密　フランク・グルーバー著，三浦玲子訳　論創社　2024.7　227p　20cm　（論創海外ミステリ 320）〈原書名：Swing Low, Swing Dead〉　2300円　①978-4-8460-2398-0

＊智将ジョニーと怪力男サム、二人の活躍も遂に見納め…。知力と腕力の凸凹コンビが挑む最後の難題は楽曲をめぐる"旋律"の事件！ 2018年刊行の『はらぺこ犬の秘密』を皮切りに始まった"ジョニー＆サムシリーズ長編全作品邦訳プロジェクト"、足掛け七年を経て、ここに堂々の完結！〔1156〕

◇レザー・デュークの秘密　フランク・グルーバー著，中川美帆子訳　論創社　2024.1　238p　20cm　（論創海外ミステリ 312）〈原書名：The Leather Duke〉　2400円　①978-4-8460-2353-9

＊一文無しになった凸凹コンビが革工場に就職！ 出勤初日から殺人事件に遭遇し、"しぶしぶ"事件解決に乗り出すジョニーとサム。そんな二人に忍び寄る怪しい影の正体とは…。命の危機に晒された二人の運命や如何に？ 愉快痛快、呵呵大笑、抱腹絶倒のユーモア・ミステリ。〔1157〕

クルーン, T.J.　Klune, T.J.

◇セルリアンブルー──海が見える家　上　T.J.クルーン著，金井真弓訳　オークラ出版　2022.11　357p　15cm　（マグノリアブックス MB-45）〈原書名：House in the Cerulean Sea〉　1150円　①978-4-7755-2997-3

＊"普通"と異なる孤児の児童保護施設や学校を運営する魔法青少年担当省・通称：ディコミーで、ケースワーカーとして働くライナスは、猫のカリオペと静かに暮らす、きちょうめんでまじめな中年男性。そんな彼が、最高幹部から抜擢されて重大任務を与えられた。マーシャス島にある児童保護施設の謎めいた施設長アーサーと、個性豊かな6人の子どものようすを1カ月間観察し、施設が存続に値するかどうかを調べるという任務だ。危険で重要な指令に戸惑いながら、しぶしぶマーシャス島へ行ったライナス。それは、かけがえのない出会いがもたらした大きな転機のはじまりだった──ライナスの成長を描く心温まる現代ファンタジー。全米図書館協会アレックス賞受賞。〔1158〕

◇セルリアンブルー──海が見える家　下　T.J.クルーン著，金井真弓訳　オークラ出版　2022.11　382p　15cm　（マグノリアブックス MB-46）〈原書名：House in the Cerulean Sea〉　1150円　①978-4-7755-2998-0

＊魔法青少年担当省・通称：ディコミーでケースワーカーとして働くライナスは、マーシャス児童保護施設を存続すべきかどうかを調べる重要任務に抜擢された。1カ月間の視察の期限が終わりに近づくにつれて、施設長アーサーと個性豊かな子どもたちに翻弄されながらも、彼らと向き合い、理解を深めてきた。謎の多い施設長アーサーが気になるライナスは、地下室へとつながる扉を発見し、思いもよらない"事実"を知る。そして、児童保護施設の存在を良く思わない村人たちが不穏な動きを見せたとき、ライナスとアーサーは強い意志で立ち向かうのだった──かけがえのない絆とロマンスを描く現代ファンタジー。全米図書館協会アレックス賞受賞。〔1159〕

クレア, アン　Claire, Ann

◇雪山書店と嘘つきな死体　アン・クレア著, 谷泰子訳　東京創元社　2024.8　518p　15cm（創元推理文庫　Mク30-1―クリスティ書店の事件簿）〈原書名：DEAD AND GONDOLA〉1400円　①978-4-488-23404-1

＊美しい雪山の書店、ブック・シャレー。故郷に帰ってきたエリーは、姉と看板猫とともに、ミステリ好きの集うこの実家の書店を切り盛りしている。ある日、山腹と麓をつなぐゴンドラで男の刺殺体が発見された。彼が死の直前に書店に残したクリスティ『春にして君を離れ』の初版本を手がかりに、エリーは謎解きを始める…謎と雪が降り積もる書店から贈る、ミステリシリーズ開幕！　〔1160〕

グレアム, ウィンストン　Graham, Winston

◇小さな壁　ウィンストン・グレアム著, 藤盛千夏訳　論創社　2023.6　350p　20cm（論創海外ミステリ　299）〈原書名：The Little Walls〉3200円　①978-4-8460-2163-4

＊アムステルダム運河で謎の死を遂げた考古学者。その死に疑問を抱く青年は真実を求め、紺碧のティレニア海を渡って南イタリアの行方を追ってカプリ島へと向かったが―。様々な思惑が入り乱れるカプリ島に嵐警報発令！　第一回クロスド・レッド・ヘリング賞受賞作。　〔1161〕

◇罪の壁　ウィンストン・グレアム著, 三角和代訳　新潮社　2023.1　461p　16cm（新潮文庫　ク-43-1）〈著作目録あり　原書名：THE LITTLE WALLS〉800円　①978-4-10-240251-1

＊第二次大戦の残影色濃い1954年。フィリップは、考古学者の兄がアムステルダムの運河で身を投げたとの報を受ける。死因に不審を抱き、兄の謎めいた友人と恋人らしき女性の行方を追ってカプリ島へと向かったが―。善悪のモラル、恋愛、サスペンスと、さまざまな要素を孕み展開する馥郁たる人間ドラマ。第1回CWA最優秀長篇賞に輝き、戦後欧米ミステリーの可能性を切り拓いた記念碑的作品。　〔1162〕

グレアム, ヘザー　Graham, Heather

◇砂漠に消えた人魚　ヘザー・グレアム著, 風音さやか訳　ハーパーコリンズ・ジャパン　2024.1　573p　15cm（mirabooks HG01-30）〈MIRA文庫　2007年刊の新装版　原書名：RECKLESS〉1073円　①978-4-596-53421-7

＊貧しい画家の娘キャットは、溺れた青年を助けた縁で、当世流行中の、エジプトへの遺跡発掘旅行に誘われた。しかし、"美しい彼女は学生達の心を乱す"と主催者から参加を禁じられてしまう。ある理由から諦めきれないキャットは、最後の手段に打って出た。冒険家、社交界の寵児として名高いハンターに、旅の間だけ婚約者のふりをしてほしいと頼んだのだ。彼は驚きつつも、不敵な笑みを浮かべて…。　〔1163〕

◇白い迷路　ヘザー・グレアム著, 風音さやか訳　ハーパーコリンズ・ジャパン　2023.3　553p　15cm（mirabooks HG01-29）〈MIRA文庫　2007年刊の新装版　原書名：GHOST WALK〉1080円　①978-4-596-76977-0

＊"死者の街"ニューオーリンズのツアー会社で働くニッキは、ある晩、助けを求める友人の声で目が覚めた。おかしな夢だと思い再び眠りにつくが、翌朝、その友人が死んだことを知る。不自然な死に動揺する彼女の前に、漆黒の髪と緑の瞳の不思議な男性ブレントが現れる。その目に見つめられた瞬間気持ちがざわめいたが、彼はなぜかニッキの周囲で起こる不可解な出来事に興味をしめし、協力を申しでて…。　〔1164〕

◇夏色のエンゲージ　リンダ・ハワード, デビー・マッコーマー, ヘザー・グレアム著, 沢田由美子, 大谷真理子, 瀧川紫乃訳　ハーパーコリンズ・ジャパン　2022.8　421p　15cm（mirabooks LH01-52）〈原書名：THE WAY HOME　ROCK-A-BYE BABYほか〉864円　①978-4-596-74750-1

[内容]風の中の誓い（ヘザー・グレアム著, 瀧川紫乃訳）

＊「僕の秘書になるか、愛人になるか決めてくれ」熱く激しく愛を交わした翌日に告げられた"協定"の条件を告げられたアンナ。迷った末に選んだ彼女の答えは思わぬ出来事を引き起こして…。リンダ・ハワードの名作『愛していると伝えたい』。婚約者に裏切られ、人生をやり直すために訪れた町で始まる意外な恋を描くD・マッコーマー『シンデレラは涙をふいて』、H・グレアム『風の中の誓い』の3篇を収録。　〔1165〕

グレアム, リン　Graham, Lynne

◇愛したのは私？　リン・グレアム著, 田村たつ子訳　ハーパーコリンズ・ジャパン　2024.10　198p　15cm（ハーレクインSP文庫　HQSP-434）〈ハーレクイン　2001年刊の再刊　原書名：DON JOAQUIN'S PRIDE〉545円　①978-4-596-71563-0

＊ルシールは、再婚間近の双子の姉に泣きつかれ、姉の代わりに元義父を見舞いに異国を訪ねた。出迎えたのは、隣人だという富豪のホアキン。そこでルシールは、姉が数年にわたり、年老いた元義父を金を無心していたと知り驚愕する。だがホアキンに姉と誤解され、金を全額返済すると誓うまでこの地に監禁する、と脅されてしまった。正体を明かせば彼は姉のもとへ行き、結婚は破談になるだろう―姉を助けるには、囚われの身に甘んじるほかはなかった。　〔1166〕

◇愛するがゆえの罰　リン・グレアム著, 西江璃子訳　ハーパーコリンズ・ジャパン　2022.7　205p　15cm（ハーレクイン文庫　HQB-1130―珠玉の名作本棚）〈ハーレクイン　2011年刊の再刊　原書名：THE GREEK TYCOON'S BLACKMAILED MISTRESS〉627円　①978-4-596-70760-4

＊亡き姉夫婦が遺した幼い娘を引き取るため、エラは姪の後見人アリスタンドロスに会うことにした。

ギリシアの海運富豪である彼とエラは、じつは7年前、熱い恋におちて結婚の約束までしていた。けれども、エラは彼女をかごの鳥にしたい彼に反発して、土壇場で婚約を解消したのだった。再会したアリスタンドロスは、以前と変わらぬ美貌に凄みのある冷たい瞳で、エラの申し出に条件をつけた！「君がここに住み、いつでも要求に応える愛人になるなら」と。〔1167〕

◇愛する人はひとり　リン・グレアム著，愛甲玲訳　ハーパーコリンズ・ジャパン　2024.9　250p　17cm　（ハーレクイン・プレゼンツPB393―作家シリーズ　別冊）〈ハーレクイン2007年刊の再刊　原書名：THE GREEK'S CHOSEN WIFE〉727円　①978-4-596-77867-3

＊プルーデンスがニコロスの妻になって8年。ニコロスはギリシアでも有数の大企業のCEOだが、結婚前は違った。倒れかけた会社を救うという目的のために、大富豪の相続人であるプルーデンスとしかたなく結ばれたのだ。しかも「本当の夫婦」になったことはなく、彼には複数の愛人が…。プルーデンスはそんな関係がいやで、とうとう離婚を切りだした。ところがニコロスの答えは予想外のものだった―形だけの結婚を、本物にしたいと言いだしたのだ！君が妊娠を望むなら、喜んで父親になってもいい、と。今になって、どうして？当然、プルーデンスは拒絶するが…。〔1168〕

◇愛と言わない理由　リン・グレアム作，茅野久枝訳　ハーパーコリンズ・ジャパン　2022.2　156p　17cm　（ハーレクイン・プレゼンツPB323―作家シリーズ　別冊）〈ハーレクイン2002年刊の再刊　原書名：RAFAELLO'S MISTRESS〉664円　①978-4-596-31646-2

＊大企業の御曹司ラファエロと、屋敷の庭師の娘グローリー。5年前、若い二人は自分の差など気にせず愛し合っていた。だが彼の父親に、息子と別れなければ家族を破滅させると脅され、グローリーは泣く泣く一人屋敷を去るしかなかった―何も知らないラファエロに裏切り者だと恨まれながら。そして今、彼女はすがる思いでラファエロを訪ねた。弟が屋敷で騒ぎを起こし、窃盗の疑いまでかけられているのだ。弟を訴えないで。できることはなんでもするから…。そう懇願するグローリーに、ラファエロは冷淡に告げた。「なんとかしてやろう、きみが体を差し出すなら」〔1169〕

◇愛と運命のホワイトクリスマス　リン・グレアム他著，若菜もこ他訳　ハーパーコリンズ・ジャパン　2024.11　448p　17cm　（ハーレクイン・プレゼンツ・スペシャル PS119）〈著作目録あり　『情熱の聖夜と別れの朝』（2017年刊）と『イブの星に願いを』（ハーレクイン2005年刊）ほかからの改題、抜粋、合本　原書名：THE ITALIAN'S CHRISTMAS CHILD COMFORT AND JOYほか〉1364円　①978-4-596-71611-8

内容　情熱の聖夜と別れの朝（リン・グレアム著，若菜もこ訳）

＊『情熱の聖夜と別れの朝』吹雪のイブに車が故障したホリーは、近くの別荘に滞在する裕福なイタリア人ヴィトの厚意で一晩だけ泊めてもらうことに。貧しい自分とはなんの共通点もないかに彼に惹かれ、彼女は運命の恋と信じて純潔を捧げた。やがて妊娠がわかるが、知らせたいヴィトが見つからない。遊び…だったのね。ホリーは孤独のなか子を産み―。『愛と喜びの讃歌』孤児院を営むグエンドリンは、恵まれない子供たちにささやかながらクリスマスのお祝いを贈ろうと、寄付を募りにクーム・リース伯爵邸を訪れた。人嫌いで知られる伯爵の冷酷な態度にもひるまず、やっと説得に成功したころには、館の外は猛烈な吹雪になっていた。グエンドリンは不本意ながら、無礼な伯爵と夜を明かすことに…。『再会のクリスマスから』ロウィーナは夫の会社のクリスマスパーティで社長を目にし、凍りついた。キアが社長！キアはロウィーナの兄の親友で、11年前、突然彼女を捨てた元恋人。夫の裏切りでぼろぼろのロウィーナは、キアへの恋心がくすぶりそうになるのをこらえた。彼を信じちゃだめよ。それに、私が彼の子を育てていることは絶対秘密なのだから。〔1170〕

◇愛ゆえの罪―リン・グレアムの軌跡 10　リン・グレアム著，竹本祐子訳　ハーパーコリンズ・ジャパン　2023.10　198p　15cm　（ハーレクインSP文庫 HQSP-384―ロマンスの巨匠たち）〈ハーレクイン1997年刊の再刊　原書名：CRIME OF PASSION〉600円　①978-4-596-52680-9　〔1171〕

◇愛は炎のように―リン・グレアムの軌跡 4　リン・グレアム著，原淳子訳　ハーパーコリンズ・ジャパン　2022.4　201p　15cm　（ハーレクインSP文庫 HQSP-312―ロマンスの巨匠たち）〈ハーレクイン1996年刊の再刊　原書名：A FIERY BAPTISM〉600円　①978-4-596-31973-9

＊パーティに登場した人物を見て、サラは強い衝撃を受けた。有名画家にして、この5年間別居している夫ラファエル―18歳のときに旅先で出会い、一目で激しい恋に落ちた相手だ。家族の反対を押し切り、おっとりまでしたものの、結婚したとたん彼は、冷酷で不実な夫になってしまった。女性をとりこにする強烈な魅力は今も変わらないが、彼との再会は、サラにとって悪夢でしかなかった。あと3カ月で正式に離婚が成立するというときに、ラファエルが突然わたしの前に現れたのはいったいなぜ？〔1172〕

◇赤毛の家政婦と小さな王子　リン・グレアム作，水月遙訳　ハーパーコリンズ・ジャパン　2022.3　220p　17cm　（ハーレクイン・ロマンス R3665―二つの国、二人の王子 2）〈原書名：HER BEST KEPT ROYAL SECRET〉664円　①978-4-596-31876-3

＊窓の外でヘリコプターが着陸するのを見て、ギャビーは仰天した。あれはテモスの国旗！アンゲル王子がなんの用でこの田舎へ？ギャビーは大学時代、誰もが憧れる彼に熱烈な恋をしていた。5年後アンゲルと再会した彼女は、熱く誘惑されて純潔

を捧げる。翌朝、姿を消した彼の赤ん坊をみごもるとは想像もせずに。ところがギャビーが妊娠を伝えに行っても、アンゲルは信じず、弁護士を従えて"僕の子のはずはない！"と言い放った。あの屈辱から1年、彼は赤ん坊が我が子だと突きとめたらしい。結婚か裁判か迫られ、ギャビーは泣く泣く結婚を選んだ…。〔1173〕

◇熱い罠―リン・グレアムの軌跡 5　リン・グレアム著，沢梢枝訳　ハーパーコリンズ・ジャパン　2022.5　203p　15cm　（ハーレクインSP文庫 HQSP-316―ロマンスの巨匠たち）〈ハーレクイン 1996年刊の再刊 原書名：THE HEAT OF PASSION〉600円　①978-4-596-31981-4
＊ジェシカはある事故をきっかけにカルロと出会う。ギリシアの実業家カルロは情熱的に彼女を求めたが、幼なじみとの結婚を間近に控えていたジェシカは、カルロの誘惑を退け、彼の言葉に耳を塞いで立ち去った。「君は、いずれ僕のものになる」6年後、夫は病死し、ジェシカは未亡人となっていた。突然、カルロから電話で呼び出されたジェシカは、彼女の父親がカルロの会社の金を横領していた事実を知らされる。動揺する彼女に、カルロは脅迫さながらの取り引きを持ちかけた。ジェシカと愛人契約を結びたいというのだ！〔1174〕

◇あの朝の別れから　リン・グレアム著，中野かれん訳　ハーパーコリンズ・ジャパン　2023.6　198p　15cm　（ハーレクイン文庫 HQB-1186―珠玉の名作本棚）〈ハーレクイン 2008年刊の再刊 原書名：THE GREEK TYCOON'S DEFIANT BRIDE〉627円　①978-4-596-77223-7
＊従姉の追悼式が行われている教会で、マリベルは世界に名だたるギリシア富豪レオニダスと再会した。従姉の恋人だった彼にひそかに恋い焦がれ、2年前の従姉の葬儀後、想いを抑えきれず熱い夜を過ごした。けれどそれ以来、彼からの連絡はいっさいなかった…。苦い記憶を振り払い、マリベルは教会をあとにした。だが、不意に家を訪ねてきたレオニダスに問いかけられる。「きみには赤ん坊がいるんだね」マリベルが恐れていた瞬間だった―彼の子と知られたくない！〔1175〕

◇美しき詐欺師　リン・グレアム著，上村悦子訳　ハーパーコリンズ・ジャパン　2023.1　221p　15cm　（ハーレクインSP文庫 HQSP-349）〈ハーレクイン 2002年刊の再刊 原書名：A SAVAGE BETRAYAL〉545円　①978-4-596-75860-6
＊マイナは、重役秘書として働く会社のパーティで、大物の資金提供者だという男性を紹介されて目を疑った。チェザーレ！ 4年前、大学を卒業したばかりの彼女は、イタリアの名家出身の若き大富豪チェザーレの秘書だった。だが憧れが愛に変わり、初めて夜をともにしてまもなく、マイナは理由も告げられずに突然解雇されたのだ…。再会したチェザーレは、マイナと上司の仲を疑ったあげく、なぜか彼女を金目当ての詐欺師と決めつけ、復讐を宣言した。もし、彼の娘の存在を知られたら、どうなるの…？〔1176〕

◇裏切られた夏　リン・グレアム著，小砂恵訳　ハーパーコリンズ・ジャパン　2024.2　201p　15cm　（ハーレクインSP文庫 HQSP-401）〈ハーレクイン 2001年刊の再刊 原書名：THE COZAKIS BRIDE〉545円　①978-4-596-53541-2
＊病身の母を救うため、オリンピアは祖父のもとを訪ねていた。駆け落ちした母は、ギリシア富豪の祖父に勘当されたが、かつてオリンピアは祖父の屋敷に招待されたことがあった。そこで結婚相手にと紹介されたのが、若き実業家ニックだった。魅力的な大富豪に、オリンピアはたちまち夢中になるも、ニックの親友とあらぬ関係を疑われて、疎遠になっていたのだ。援助する代わりに、その彼と結婚しろと祖父に迫られて、戸惑うオリンピアをニックは無遠慮に眺めながら、言い切った。「僕の跡継ぎを産むのが、結婚の条件だ」と。〔1177〕

◇麗しき堕天使の一夜妻　リン・グレアム作，藤村華奈美訳　ハーパーコリンズ・ジャパン　2022.8　220p　17cm　（ハーレクイン・ロマンス R3706―ステファノス家の愛の掟 2）〈原書名：THE HEIRS HIS HOUSEKEEPER CARRIED〉664円　①978-4-596-74615-3
＊失職してロンドンを離れ、元里親の家に身を寄せていたリアは、ある日、臨時の家政婦としてイタリア富豪の留守宅に赴いた。汗だくで掃除を終えたあと、ついに我慢できなくなり、生まれたままの姿で室内プールに飛びこんだ。そこへ男性が現れ、リアは凍りついた。ああ大変！ 庭師かしら？ だが、秘書だという彼の美貌に惹かれ、たちまち夢中になる。一夜限りの恋と知りつつ純潔を捧げた翌朝、彼が屋敷の主人ジオだと知って愕然とし、リアは逃げ帰った。3ヵ月後、リアは彼のオフィスを訪ねた―身重の体で。〔1178〕

◇永遠を誓うギリシア―ボスのプロポーズ　リン・グレアム作，藤村華奈美訳　ハーパーコリンズ・ジャパン　2023.2　156p　17cm　（ハーレクイン・プレゼンツ PB352―作家シリーズ別冊）〈ハーレクイン 2011年刊の再刊 原書名：THE PREGNANCY SHOCK〉664円　①978-4-596-75841-5
＊ビリーは8歳のとき、ギリシアに母と移り住んだ。よそ者扱いされていた彼女をいつも救ってくれた年上の少年、アレクセイは100年続く名門ドラコス家の跡継ぎで、時が経ち、今やビリーは実業家として成功した彼の個人秘書を務めている。でもまさか、ボスの恋の後始末まですることになるなんて…。胸の奥に封印したはずの憧れが、ビリーを苦しめた。そんなとき、アレクセイの両親が事故で急死する。悲嘆に暮れる彼を慰めたい一心のビリーだったが、想いがあふれ、衝動的に純潔を捧げてしまう―妊娠するとも思わずに。事実を告げようとした矢先、アレクセイが倒れて記憶を失い、追いつめられた彼女は"この子は一人で守る"と心に誓うが…。〔1179〕

◇永遠を誓うギリシア―愛する人の記憶　リン・

クレアム

グレアム作，藤村華奈美訳　ハーパーコリンズ・ジャパン　2023.2　156p　17cm　（ハーレクイン・プレゼンツ PB353―作家シリーズ 別冊）〈ハーレクイン 2011年刊の再刊　原書名：A STORMY GREEK MARRIAGE〉664円　①978-4-596-75916-0

＊重大な秘密を抱えたまま、ビリーはアレクセイと結婚した。結婚初夜、花嫁が無垢ではないと気づいたアレクセイは、激怒してビリーを責め立て、追いつめられた彼女は、ようやくすべてを語り始めた―純潔を捧げた夜のこと、妊娠したこと、そして何より、アレクセイが記憶を失ったために真実を伝えることもできず、どれほど惨めでつらかったかを。だが何も思い出せない彼は嘘だと断じると、怒りにまかせて部屋から飛び出していった。これで終わり？　もう二度と、あの愛の記憶は戻らないの？　傷心のビリーは家を出て、息子のもとへ向かった。数週間後、アレクセイが突然、ビリー母子の前に現れて…。〔1180〕

◇王子を宿したシンデレラ　リン・グレアム作，岬一花訳　ハーパーコリンズ・ジャパン　2023.8　156p　17cm　（ハーレクイン・ロマンス R3800）〈原書名：THE BABY THE DESERT KING MUST CLAIM〉664円　①978-4-596-52030-2

＊人生でいちばん緊張した顔で、クレアは贅沢なソファに座っていた。数カ月前、彼女は偶然出会ったレイフに惹かれ、純潔を捧げた。でもまさか、彼が異国の王子だったなんて。彼女は勇気を振り絞って、レイフに妊娠したと告げた。誠実で高潔な彼の対応は早かった。赤ん坊を嫡出子にするためにクレアに結婚を申しこみ、身重の彼女をなにかと気づかってくれた。中絶を望まれるとばかり思っていたので、クレアはほっとした。王子の花嫁なんて恐れ多いけれど、赤ちゃんのためにがんばろう。しかしレイフの次の言葉で、彼女の前向きな気持ちは打ち砕かれた。「君と結婚はするが、僕には長年思いを寄せている人がいる」〔1181〕

◇億万長者は天使にひれ伏す　リン・グレアム作，八坂よしみ訳　ハーパーコリンズ・ジャパン　2024.5　156p　17cm　（ハーレクイン・ロマンス R3870―純潔のシンデレラ）〈原書名：TWO SECRETS TO SHOCK THE ITALIAN〉673円　①978-4-596-53995-3

＊亡き夫の追悼式に現れた見覚えのある男性の姿に、スカーレットは凍りついた。アリスティド！　なぜここに？　2年半前、二人は恋人同士だった。だが億万長者で、名うてのプレイボーイのアリスティドは、結婚も子どもも不要と公言し、スカーレットとの正式な交際すら認めようとはしなかった。妊娠していた彼女は失望して別れを告げ、幼なじみの親友と偽装結婚して、密かに子どもを育ててきたのだ。詰め寄るアリスティドに、スカーレットは身を震わせた。"あなたには双子の子がいる"なんて言えるはずもない…。〔1182〕

◇過去をなくした天使　リン・グレアム作，山田有里訳　ハーパーコリンズ・ジャパン　2022.12　168p　17cm　（ハーレクイン・ロマンス R3735―伝説の名作選）〈「四つの愛の物語 2001」（ハーレクイン 2001年刊）の抜粋　原書名：THE SICILIAN'S MISTRESS〉664円　①978-4-596-75501-8

＊フェイスは空港で見知らぬ男性から"ミリー"と呼びかけられて、困惑した。人違いだと言って逃げるようにその場を立ち去ったが、数日後、その男性、ジャンニが再び現れて写真を突きつけた。「きみは僕の恋人だった。3年間、ずっと捜していたんだ」そこに写るミリーは、まぎれもなくフェイス自身だった。いったいどういうこと？　なぜこんなに胸がざわつくのだろう。3年前、フェイスは身重の体で交通事故に遭い、記憶を失った。以来、両親を名乗る夫妻のもとで、生まれて間もない息子だけを支えに生きてきたのだ。でも、私がミリーならここにはいられない。彼女は衝動的にジャンニの胸に飛びこむが、突然記憶が蘇り…。〔1183〕

◇神様がくれた恋の花　リン・グレアム、シャロン・サラ、リンダ・ハワード作，高木晶子、竹内喜、上木さよ子訳　ハーパーコリンズ・ジャパン　2023.9　398p　17cm　（ハーレクイン・プレゼンツ・スペシャル PS112）〈原書名：THE GREEK TYCOON'S BABY　THE MIRACLE MANほか〉1364円　①978-4-596-52346-4

内容　魅せられた富豪（リン・グレアム著，高木晶子訳）

＊『魅せられた富豪』受付係のスージーは、会社の新オーナーでギリシア富豪のレオスの到着に怯えていた。以前彼の下で働いたとき、二人は恋仲になった―つかのまで終わったけれど。9ヵ月後、スージーは彼の子を密かに産んだ。妊娠を利用する女を忌み嫌うレオスには言えなかったから。だが今、リムジンを降りた彼の目がスージーをとらえ…。『愛は戯れでなく』末妹を心配する7人の兄に囲まれて育ったせいか、アントネットは29歳の今も生涯の伴侶と巡り合えずにいた。結婚しなくてもせめて子供を授かれれば…。そんなことを考えていたとき、ふいに雷が落ち、飛行機が墜落した。アントネットは知る由もなかった―彼女を救い出した男性レインに、抱いてほしいと頼む日が来ようとは。『大停電に祝福を』テキサス州ダラスのオフィスビル。半年前までつき合っていたクインランと、エレベーターに乗り合わせたエリザベスは気まずい。男らしく強引で魅力がありすぎて、一緒にいると怖くなるような人。早く地上階に着かないかしら…。そのとき、がたんと音がして、エレベーターが止まった。7月21日、午後5時23分、大停電発生！〔1184〕

◇危険すぎる契約　リン・グレアム著，茅野久枝訳　ハーパーコリンズ・ジャパン　2022.9　198p　15cm　（ハーレクインSP文庫 HQSP-334）〈ハーレクイン 2003年刊の再刊　原書名：THE DISOBEDIENT MISTRESS〉500円　①978-4-596-70651-5

＊倒産の危機に瀕する会社を立て直そうと、ミスティは必死だった。そんな彼女に救いの手を差し伸べる男性が現れる。美しきイタリア系大企業の

クレアム

重役レオーネ・アンドラッキ。だが、彼は支援する見返りとして、恐るべき条件を提示する。「僕が用意する家に住み、僕が買う服を着て、僕に従うんだ」一奴隷同然の愛人になれというのだ。信じがたい申し出に絶望するも、言うことを聞くほかなく身を任せるしかなかった。初心なミスティには、夜毎の愛のない行為があまりに辛くて…しかも、それは残酷な悲劇の始まりに過ぎなかった。〔1185〕

◇ギリシア式愛の闘争―プレミアムセレクション　リン・グレアム作，春野ひろこ訳　ハーパーコリンズ・ジャパン　2022.9　156p　17cm　（ハーレクイン・プレゼンツ PB341―作家シリーズ 別冊）〈ハーレクイン 2015年刊の再刊 原書名：CHRISTAKIS'S REBELLIOUS WIFE〉664円　①978-4-596-74774-7

＊ギリシア大富豪ニックと離婚協議中のベッツィ。もう引き返せない。夫のあんな秘密と嘘を知ったあとでは。ニックを心から愛していた。だから子供が欲しいと言った。なのに、まさか彼がもう何年も前に避妊手術を受けていたなんて！ 名もなきウエイトレスだった私に、ギリシア名家の跡継ぎを産ませるつもりなどはじめからなかったのだ。だが別居中のニックがふらりと屋敷に立ち寄ったある日、二人は離婚のことも忘れ、何度も激しく求め合ってしまう。尽きることのない情熱と、夫の愛に苛まれるベッツィは、2カ月後、信じられない体の変化に気づく…。〔1186〕

◇ギリシア富豪と薄幸のメイド　リン・グレアム作，飯塚あい訳　ハーパーコリンズ・ジャパン　2024.2　156p　17cm　（ハーレクイン・ロマンス R3845―灰かぶり姉妹の結婚 2）〈原書名：THE MAID'S PREGNANCY BOMBSHELL〉673円　①978-4-596-53269-5〔1187〕

◇ギリシア富豪と路上の白薔薇　リン・グレアム著，漆原麗訳　ハーパーコリンズ・ジャパン　2024.9　205p　15cm　（ハーレクイン文庫 HQB-1246―珠玉の名作本棚）〈「悲しみの先に」（ハーレクイン 2005年刊）の改題 原書名：THE STEPHANIDES PREGNANCY〉691円　①978-4-596-77849-9

＊リムジン運転手のベッツィは、はっとするほどハンサムなギリシア人富豪クリストスを乗せ、ロンド郊外へ向かっていた。初対面なのに言葉巧みに誘惑を仕掛けられ、彼女は困惑した。この堅苦しい制服の下に女性らしさはすべて隠したのに…。たまらずベッツィは毅然とした態度ではねつけたが、「君が僕に関心を寄せているのはお見通しだ」と嘲られる。その直後だった。車が何者かに襲われ、彼女が意識を失ったのは。目を覚ますと、見渡す限りの青い海。ベッツィは愕然とした―ここはどこ？　とんだ笑い物だ。クリストスと二人っきりで！〔1188〕

◇結婚の罠　リン・グレアム作，山ノ内文枝訳　ハーパーコリンズ・ジャパン　2023.2　156p　17cm　（ハーレクイン・ロマンス R3756―伝説の名作選）〈ハーレクイン 1998年刊の再刊 原書名：THE TROPHY HUSBAND〉664円　①978-4-596-75926-9

＊サラは実業家アレックス・ロッシーニの秘書を務めて丸1年で、プレイボーイであるボスの交際相手の調整が仕事のようなもの。しなやかな長身に、日焼けした顔に輝く黄金色の瞳。女性たちが彼を夢中で追いかけるのも無理はない。ある日、サラは婚約者を性悪ないとこに奪われ、衝撃のあまり、優しい言葉で慰めてくれたアレックスの胸に飛び込んだ。さらに一夜限りと知りながら、守り通してきた純潔も捧げた。その後、予期せずボスからプロポーズされ、サラは承諾してしまう。まさかアレックスが用意周到に仕組んだ罠だとも知らず。〔1189〕

◇恋人は聖夜の迷い子　リン・グレアム作，雪美月志音訳　ハーパーコリンズ・ジャパン　2022.12　220p　17cm　（ハーレクイン・ロマンス R3738―ステファノス家の愛の掟 3）〈原書名：THE KING'S CHRISTMAS HEIR〉664円　①978-4-596-75593-3

＊ララはある吹雪の夜、木の下で昏倒している男性を見つけ、家に連れ帰って手厚く介抱した。彼は完全に記憶を失っており、自分の名前すら思いだせなかったが、それでも二人は惹かれ合い、甘く濃密な6週間を過ごしたあと、聖夜に結婚した。だがその直後、突然の見知らぬ訪問者が驚くべき事実を告げる。夫の名はガエターノ。行方不明のモスヴァキア新国王だというのだ。貧しい清掃人の私が王様の花嫁ですって？　とんだ笑い物だ。ララは逃げるように姿を消した―妊娠しているとも知らずに。2年後、幼い息子と暮らすララの前に、ガエターノが現れて…。〔1190〕

◇侯爵夫人と呼ばれて　リン・グレアム著，青海まこ訳　ハーパーコリンズ・ジャパン　2023.4　202p　15cm　（ハーレクインSP文庫 HQSP-363）〈ハーレクイン 2006年刊の再刊 原書名：MARRIED BY ARRANGEMENT〉545円　①978-4-596-77043-1

＊うら若きソフィーは、清掃や内職をしながら身を粉にして働き、亡き姉が遺した幼い娘を育てていた。ある日、姉の亡き夫の兄、アントニオ・ロチャ侯爵が訪ねてくる。姉の遺児である姪の存在を知り、一族に迎えたいというのだ。帝王のように傲慢な侯爵とは、姉の結婚式で出会ったきりだ。引け目を感じる16歳のソフィーを一方的に誘惑したあげく、ふしだらな女と罵って、突然ごみのように捨てた。それなのにいま、苦々しげな顔で、彼女に結婚を申し出たのだ。ただし夫の浮気に口出ししないという、屈辱の条件で！〔1191〕

◇傲慢富豪の情熱　リン・グレアム著，キム・ローレンス，シャロン・ケンドリック著，山ノ内文枝他訳　ハーパーコリンズ・ジャパン　2023.1　314p　17cm　（HPA 42―スター作家傑作選）〈原書名：AN INSATIABLE PASSION　THE MARRIAGE SECRETほか〉1082円　①978-4-596-75787-6

内容　飽くなき情熱（リン・グレアム著，山ノ内文枝訳）

＊貧しい祖父母の家で育ち、身分違いの地主の息子

クレアム

ジェイクの子を宿したキティ。だが初めての一夜のあと、彼に言われたのだ。妊娠しても子供は諦めてほしいと。妊娠を告げる前に、彼は別の女性と結婚。キティは打ちのめされ家を出た。8年後、祖母が亡くなり帰郷すると、長身の男性が現れた。彫りの深い顔立ち―ジェイク?―『飽くなき情熱』エミリーは結婚して3年経った今も大富豪の夫フィンに夢中。だが彼は前妻といまだに親しく、毎晩帰宅も遅いので不安でならない。今日は3度目の結婚記念日なのに、腕によりをかけて作った食事はすっかり冷めてしまった。思い余って夫の会社に行ってみると…そこには、一緒にシャンパンを飲む夫と前妻の睦まじい姿が!『悲しい嫉妬』田舎町の診療所で看護師として働くララ。今年のクリスマスにはドクターの息子ニックが帰ってくるという。7年前のイブの日にダンスパーティでニックに恋したララは、次の日からダイエットに励んだ。今はもう太って未熟な少女ではないわたしを、彼はどう思うかしら? ララは期待に胸を高鳴らせるが、現実は残酷で―。―『始まりはラストダンス』〔1192〕

◇五年契約のシンデレラ リン・グレアム作, 加納亜依訳 ハーパーコリンズ・ジャパン 2023.4 156p 17cm(ハーレクイン・ロマンス R3766)〈原書名:THE ITALIAN'S BRIDE WORTH BILLIONS〉664円 ①978-4-596-76875-9

＊父を知らず、幼くして亡くした母の記憶もないジョゼフィーン。母方の祖父母と大叔母たちの愛に育まれ成長したが、祖父の死後、財政は悪化し、今や屋敷を失う寸前だった。万策尽きて、隣家の富豪で初恋の男性ジャンニを頼るしかなかった。その逞しい肉体と美貌で女性たちを虜にしても、当の彼は女性を一時の快楽を満たす相手としか思っていない。そんなプレイボーイに頼み事をするのはそら恐ろしかったが、意外にも彼は援助を承諾した。交換条件は、5年間の契約結婚!?女性はみな自分のベッドに身を投げ出すと自信満々のジャンニに、彼女は言った。「あなたとはベッドをともにしないわ。絶対に」。〔1193〕

◇拒めない情熱 リン・グレアム作, 西江璃子訳 ハーパーコリンズ・ジャパン 2022.12 156p 17cm(ハーレクイン・プレゼンツ PB347―作家シリーズ 別冊)〈ハーレクイン 2012年刊の再刊 原書名:THE MARRIAGE BETRAYAL〉664円 ①978-4-596-75491-2

＊二十歳のタリーはパーティで出会った美しきギリシア人男性に惹かれた。海運王の孫に持つ将来有望な投資家のプレイボーイ、サンダー。タリーといえば、古風な乳母に育てられ、恋愛経験は皆無だった。このパーティには妹のつき添いとしてやってきたけれど、妹は使用人扱いされているような私を、サンダーはどう思うかしら? 彼の目はしかし、タリーを明らかに女性として賞賛しているようだ。本当の相手が見つかるまでは独りでいいと考えていたけれど、胸が痛いほどのこの情熱を、今こそ解き放ってもいいのでは? タリーは誘惑されるまま、サンダーに純潔を捧げた―まさにその瞬間、彼がはたと気づき、吐き捨てた。「初め

てなのか? 何を企んでいる!」〔1194〕

◇こぼれ落ちたメモリー リン・グレアム他著, 藤村華奈美他訳 ハーパーコリンズ・ジャパン 2023.9 316p 17cm(HPA 50―スター作家傑作選)〈『誰も知らない結婚』(ハーレクイン 2004年刊)と『忍び寄る過去』(ハーレクイン 2003年刊)の改題, 合本 原書名:THE BANKER'S CONVENIENT WIFE ENTICED〉1082円 ①978-4-596-52344-0

[内容] 誰も知らない結婚(リン・グレアム作, 藤村華奈美訳)

＊『誰も知らない結婚』大富豪ロエルが交通事故に遭い、会いたがっていると聞いて、ヒラリーは戸惑った。ある事情から彼と入籍はしたものの、4年前から一度も会っていない。彼女は誰も知らない妻なのだ。ヒラリーが病室に駆けつけると、ロエルは記憶を失っていた。当然のことかもしれないけれど、彼が退院したら、夜には妻を求めてくるだろう…。ロエルは知る由もないが、ヒラリーはじつのところ彼を愛していた。だから、罪悪感にかられる彼女は自分の真実について言い出しかねていた―男性経験すらない、名ばかりの妻だということを。『忍び寄る過去』アンナはロンドンで事故に遭い、病院に運ばれた。身元不明のまま1週間が過ぎた頃、とある新聞記者とアンナが持っていた写真から身元が判明する―彼女はイタリア大富豪リカルドの妻だった。傷は順調に回復していたが、アンナはこの1年間の記憶を失っていた。夫の出自の恐ろしい秘密を知ってしまい、ショックのあまり階段から落ちて流産したことも、心違いの結婚生活に耐えかねて家出したことも忘れているのだった。イタリアの家に戻った彼女は、時折夫が鋭い視線でこちらを見ていることに戸惑うしかなかった…。〔1195〕

◇今夜だけはシンデレラ リン・グレアム作, 飯塚あい訳 ハーパーコリンズ・ジャパン 2023.12 156p 17cm(ハーレクイン・ロマンス R3833―灰かぶり姉妹の結婚 1)〈原書名:THE MAID MARRIED TO THE BILLIONAIRE〉664円 ①978-4-596-52980-0

＊恋人から暴力を受けたスカイは、幼い弟たちを連れ、着の身着のままで逃げ出した。けれど、車が故障してどこにも行けなくなってしまう―どうすればいいの? 車を修理するお金もなければ、連絡できる人もいない。困りきったところを助けてくれたのが、ハンサムなイタリア富豪エンツォだった。琥珀色の瞳をした黒髪で長身の彼は、スタッフに怪我を診させ、スカイにハウスキーパーの仕事を提案。エンツォの屋敷に住みこみで働くことになったスカイは、彼に「偽の恋人役を演じてくれないか?」と頼まれて…!?〔1196〕

◇授かりし受難 リン・グレアム作, 槙由子訳 ハーパーコリンズ・ジャパン 2023.5 220p 17cm(ハーレクイン・プレゼンツ PB359―作家シリーズ 別冊)〈2016年刊の再刊 原書名:THE GREEK DEMANDS HIS HEIR〉664円 ①978-4-596-77007-3

＊10歳で母と死別し、伯父に引き取られたグレイスは、伯母と従姉に虐げられ、みじめな暮らしを送ってきた。あるとき、グレイスは従姉に無理やり連れだされてトルコへ赴き、ギリシア大富豪レオと運命的な出会いを果たす。そして、レオの完璧なエスコートで豪華なヨットに誘われ、身分の違いに臆しながらも、彼の魅力に抗えず一夜を過ごすことに。これはたった一度きりの逢瀬でも、彼に純潔を捧げたいと思ったのだ。富も名声もある彼が苦学生の私に会うことなんてもう二度とないはず。ところが帰国後、グレイスは妊娠に気づいて衝撃を受ける！ しかもそこへ、すべてを察知したかのようにレオが現れて…。 〔1197〕

◇砂漠の花嫁―リン・グレアムの軌跡 11　リン・グレアム著, 山ノ内文枝訳　ハーパーコリンズ・ジャパン　2023.11　202p　15cm　（ハーレクインSP文庫 HQSP-388―ロマンスの巨匠たち）〈ハーレクイン 1997年刊の再刊 原書名：THE DESERT BRIDE〉600円　①978-4-596-52840-7

＊ベサニーがラズルと出逢ったのは学生時代。そのエキゾチックで危険な魅力に一目で惹かれたが、彼から激しく求められても、二人が結ばれることはなかった。異国の皇太子な彼との未来なんてありえないから…。数年後、ベサニーは仕事でラズルの国へ派遣される。一国の権力者がベサニーの入国を知ることなどないはずなのに、なんと彼女は空港で拘束され、まっすぐ宮殿へ連れていかれた。再会したラズルは端整な顔に不敵な笑みを浮かべ、言った。「あのとき僕を拒んだ君に、女の悦びを教えてやろう」 〔1198〕

◇幸せを呼ぶキューピッド　リン・グレアム他著, 春野ひろこ他訳　ハーパーコリンズ・ジャパン　2024.7　269p　17cm　（HPA 60―スター作家傑作選）〈他言語標題：Cupid of Happiness「シークの隠された妻」（2016年刊）と「マイ・バレンタイン」（ハーレクイン 2001年刊）の改題、抜粋、合本 原書名：THE SHEIKH'S SECRET BABIES　GABE'S SPECIAL DELIVERY〉1082円　①978-4-596-63708-6

内容　シークの隠された妻（リン・グレアム著, 春野ひろこ訳）

＊小さな天使の存在が、二人の関係を変える―シークレットベビー・アンソロジー！『シークの隠された妻』「ぼくたちはまだ夫婦らしい。正式な離婚手続が必要だ」突然訪ねてきたジャウルの言葉に、クリシーは驚いた。2年前、マルワン国皇太子の彼は挙式の翌月に忽然と姿を消した―彼女のおなかに双子を残して。やがて代わりに父王が現れ、無情にも結婚は無効だと告げたのに。なのに今ごろ現れて離婚したいですって？ しかし双子の子供たちの存在を知るやジャウルの態度は豹変し、離婚は撤回すると言いだした。彼の子ならマルワン国で育てることが法律で決まっているというのだ。私から子供まで奪おうというの？『愛してると言えなくて』引退する雇い主から、学校を引き継ぐには誠実な相手との結婚が条件と言われた教師ベイリー。友人の勧めでゲイブと出逢って彼を愛するようになり、結婚を決めた一動機が仕事のためだと思われないよう、例の条件のことは隠して。だが期せずしてゲイブの知るところとなり、責められた彼女は家を出る。10カ月後。今日はバレンタインデー。ベイリーは赤ん坊を胸に抱き、懐かしい家をめざしていた。"生きたバレンタイン・プレゼント"を、ゲイブはどう思うだろう？ そして今度こそ、私は彼を心から愛してると言えるかしら。 〔1199〕

◇十七歳の花嫁　リン・グレアム作, 原淳子訳　ハーパーコリンズ・ジャパン　2022.7　158p　17cm　（ハーレクイン・ロマンス R3696―伝説の名作選）〈ハーレクイン 1997年刊の再刊 原書名：THE UNFAITHFUL WIFE〉664円　①978-4-596-70730-7

＊父を訪ねてきたニックに会ったとき、リーはひと目で恋をした。こんなすてきな人のためなら死んでもいいとさえ父に言い、17歳のリーはニックと結婚式を挙げた。だが、結婚初夜からずっと彼はリーに指一本触れようとしない。もう5年も、リーは砂を噛むような空疎な日々を送ってきた。ニックと別れる決心を固めた矢先、彼女は恐ろしい事実を知る。父がニックの家族の重大な秘密を握り、脅迫して、彼に結婚を承諾させたのだという。夫は、別れたくても私と別れるわけにはいかないのだ！ 〔1200〕

◇十七歳の花嫁―リン・グレアムの軌跡 8　リン・グレアム著, 原淳子訳　ハーパーコリンズ・ジャパン　2023.8　203p　15cm　（ハーレクインSP文庫 HQSP-376―ロマンスの巨匠たち）〈ハーレクイン 1997年刊の再刊 原書名：THE UNFAITHFUL WIFE〉600円　①978-4-596-52048-7

＊父を訪ねてきたニックに会ったとき、リーはひと目で恋をした。こんなすてきな人のためなら死んでもいいとさえ父に言い、17歳のリーはニックと結婚式を挙げた。だが、結婚初夜からずっと彼はリーに指一本触れようとしない。もう5年も、リーは砂を噛むような空疎な日々を送ってきた。ニックと別れる決心を固めた矢先、彼女は恐ろしい事実を知る。父がニックの家族の重大な秘密を握り、脅迫して、彼に結婚を承諾させたのだという。夫は、別れたくても私と別れるわけにはいかないのだ！ 〔1201〕

◇純粋すぎる愛人　リン・グレアム作, 霜月桂訳　ハーパーコリンズ・ジャパン　2024.1　156p　17cm　（ハーレクイン・プレゼンツ PB376―作家シリーズ 別冊）〈ハーレクイン 2014年刊の再刊 原書名：A RICH MAN'S WHIM〉664円　①978-4-596-53048-6

＊キャットは父が遺した家を宿にして生計を立ててきたが、不景気で今は差し押さえ寸前まで追い込まれていた。ところがある日、弁護士に呼ばれ、驚くべき話を聞かされる。億万長者の石油王ミハイルが彼女の宿を買い取ったというのだ。ミハイル…つい先日泊まったばかりの、あの謎めいた宿泊客だわ。いったい彼はなんの目的でそんなことを？ キャットは真相を問いただそうとミハイルを

訪ねたが、逆に彼から買い取った見返りとして不可解な提案を受ける。「ひと月だけ僕のクルーザーに滞在してほしい。体の関係抜きで」男性を知らない彼女にとって願ってもない取り引き、のはずが…。〔1202〕

◇条件つきの結婚　リン・グレアム著，槙由子訳　ハーパーコリンズ・ジャパン　2023.10　196p　15cm　(ハーレクイン文庫　HQB-1202―珠玉の名作本棚)〈ハーレクイン 2012年刊の再刊　原書名：JESS'S PROMISE〉627円　①978-4-596-52566-6

＊イタリア大富豪セザリオの使用人である父が騙され、知らずして盗みの片棒を担がされたことを知ったジェシカ。赦しを請うため、勇気を振り絞ってセザリオの屋敷を訪ねる。じつは以前、ジェシカは彼に誘われて食事をしたが、強引に唇を奪われてベッドに運ばれかけ、逃げ出したのだった。あの一件以来、彼を避けていたけれど、やむをえないわ…。ジェシカの必死の頼みに、セザリオは傲慢な笑みを浮かべると、赦す代わりに"条件つきの結婚"を迫り、こう言い放った！「僕との子作りに同意すれば、2年以内には解放してやろう」〔1203〕

◇情熱の罠　リン・グレアム著，有光美穂子訳　ハーパーコリンズ・ジャパン　2023.9　209p　15cm　(ハーレクインSP文庫)　600円　①978-4-596-52478-2

＊友人と誕生日を祝った真夜中の帰り道、ベラは道に迷い、誤って対向車と正面衝突してしまった。幸い相手に怪我はなかったらしく、運転席から男性が降りてくる。さっき見かけた人だわ！　高級車に乗った、スペイン系の伊達男。国中の女性が憧れる富豪の銀行家だと友人は言っていたっけ。彼はなぜかベラを娼婦と決めつけ、侮辱の言葉を並べて始めた。こんな男とかありえないだね。あとは保険会社に任せよう。ところが翌日、保険が切れていたという恐るべき事実が判明した。屈辱的だけれど、彼にもう一度会って話をしなければ…。〔1204〕

◇情熱はほろ苦く―リン・グレアムの軌跡 12　リン・グレアム著，田村たつ子訳　ハーパーコリンズ・ジャパン　2023.12　198p　15cm　(ハーレクインSP文庫　HQSP-392―ロマンスの巨匠たち)〈ハーレクイン 1998年刊の再刊　原書名：BITTERSWEET PASSION〉600円　①978-4-596-53104-9

＊10歳で養父母を失い、裕福な義理の祖父のもとで育ったクレア。ろくに学校にも行かせてもらえず、こき使われる日々だったが、その祖父がついに先日、闘病の末に亡くなる。そして弁護士が遺言を読み上げたとき、クレアは愕然とした。長年祖父に尽くした使用人の老夫婦には何一つ遺されていないが、クレアには、いとこの誰かと結婚すれば全財産が譲られるという。大好きな夫妻を路頭に迷わせないためには、遺産を継がなくちゃ。悩んだ末クレアは、いとこの一人デインに思いきって求婚した。かつて密かに憧れていた、今や財閥トップで遠い存在である彼に。〔1205〕

◇白雪の英国物語　ベティ・ニールズ，リン・グレアム，テリー・ブリズビン作，吉田洋子，上村悦子，名高くらら訳　ハーパーコリンズ・ジャパン　2023.11　404p　17cm　(ハーレクイン・プレゼンツ・スペシャル　PS113―The Christmas Love Stories)〈著作目録あり　「聖夜に祈りを」(ハーレクイン 2005年刊)と「永遠のイブ」(ハーレクイン 1998年刊)ほかからの改題，合本，抜粋　原書名：ALWAYS AND FOREVER　THE WINTER BRIDEほか〉1364円　①978-4-596-52780-6

内容　永遠のイブ(リン・グレアム著，上村悦子訳)

＊小さな宿を独りで切り盛りするアマベルが突然の嵐に心細い思いをしていた夜、オリヴァーという医師が部屋を求めてやってきた。彼の気さくで温かい人柄に安心感を覚えた彼女は、人生で初めて男性に憧れを抱いた。ある日、孤独に苛まれたアマベルが将来への不安に人知れず涙していると、そこへ偶然オリヴァーがやってきて…。(『聖夜に祈りを』)。薄暗い地下の使用人部屋で暮らす執事の娘アンジーは、屋敷の主の跡継ぎレオが妻子を亡くしたとき、慰めたい一心で彼に寄り添い、情熱を交わした。だが妊娠がわかると、出自不詳の子を孕んだ女呼ばわりされて追い出されてしまう。レオも、実の父も、かばってはくれず…。2年後、幼子を育てる彼女の前に、レオが現れた！(『永遠のイブ』)。イアンだわ！　クリスマスの集まりで、ジュリアはずっと想いつづけてきた美しい貴公子を見つけて思わず声をあげた。4年ぶりの再会。彼は事故で瀕死の傷を負って以来、社交界から姿を消していた。ジュリアは喜び勇んで駆け寄ったが、彼の手には杖が握られ、顔も堅苦しいまま。まぶしかったあの笑顔はどこへ行ってしまったの？(『秘めつづけた初恋』)。〔1206〕

◇シンデレラの純潔　リン・グレアム作，霜月桂訳　ハーパーコリンズ・ジャパン　2022.9　157p　17cm　(ハーレクイン・ロマンス　R3716―伝説の名作選)〈ハーレクイン 2014年刊の再刊　原書名：THE DIMITRAKOS PROPOSITION〉664円　①978-4-596-74766-2

＊両親に捨てられ、掃除人として身を粉にして働くタビー。里親の元で姉妹のように育った親友を看取ったあと、遺された生後6ヵ月の赤ん坊の後見人となった。だが、独身で貧しい彼女に福祉局が養育権を認めず、悩んだ末、タビーは会ったこともない遺児の共同後見人―ギリシア富豪アケロンに協力を仰ぐことにした。巨大なビルの最上階で対面した彼は、恐ろしいほどハンサムで、とてつもなく冷酷だった。「その薄汚い女をつまみ出せ」にべもなく追い返されたタビーだったが、なぜか数時間後、態度を急変させたアケロンにプロポーズされて…。〔1207〕

◇世界一の大富豪はまだ愛を知らない　リン・グレアム作，中野恵訳　ハーパーコリンズ・ジャパン　2024.8　156p　17cm　(ハーレクイン・ロマンス R3900)〈原書名：BABY WORTH BILLIONS〉673円　①978-4-596-96140-2

〔1208〕
◇償いの結婚式―リン・グレアムの軌跡 3　リン・グレアム著，三好陽子訳　ハーパーコリンズ・ジャパン　2022.3　210p　15cm　（ハーレクインSP文庫 HQSP-308―ロマンスの巨匠たち）〈ハーレクイン 1996年刊の再刊 原書名：INDECENT DECEPTION〉600円　①978-4-596-01795-6

＊複雑な家庭環境で育ったクリッシーは、まだ二十歳になったばかりだというのに、母が生前、駆け落ちの末に産んだ幼子をかかえ、今日という日を生き延びることに必死だった。次の仕事は、裕福な家で住み込み家政婦―でもまさか、ここがあの人の屋敷だなんて！ 姉の恋人だったスペイン貴族、ブレイズ・ケニアン。目の前にいるとてつもなくセクシーな彼は、今なお、私には決して手の届かない人…。

〔1209〕
◇妻という名の他人　リン・グレアム著，田村たつ子訳　ハーパーコリンズ・ジャパン　2023.2　203p　15cm　（ハーレクイン文庫 HQB-1171―珠玉の名作本棚）「誘惑という名の復讐」（ハーレクイン 2005年刊）の改題 原書名：THE MISTRESS WIFE〉627円　①978-4-596-75892-7

＊2年前、ヴィヴィアンはイタリア富豪の夫ルカの浮気で家出した。退屈でおとなしいだけの妻だから飽きられたのだと思って。お腹には初めての子を身ごもっていたというのに…。ところが、ルカと関係を持ったと吹聴していたモデルが、じつはあれはでっち上げだったと、今になって告白したという。夫は潔白だった！ 私はなんてひどいことをしてしまったの！ ヴィヴィアンはルカのもとを訪れ、涙ながらに赦しを請うが、久しぶりに再会した夫は軽蔑しきった目で告げた。「こんなばかげたことで、ぼくの貴重な時間を潰さないでくれ」

〔1210〕
◇罪の夜　リン・グレアム作，萩原ちさと訳　ハーパーコリンズ・ジャパン　2024.1　156p　17cm　（ハーレクイン・プレゼンツ PB377―作家シリーズ 別冊）〈ハーレクイン 1998年刊の再刊 原書名：THE VERANCHETTI MARRIAGE〉664円　①978-4-596-53189-6

＊幼い息子と質素に暮らすケリーが交通事故を起こしてしまった日、病院に運ばれた彼女の前に、4年前に別れた夫アレックスが現れた。「医師に、僕に会いたくないと言ったそうだね」イタリア大富豪らしい優雅な身のこなしに、挑戦的な琥珀色の瞳も、すべてをかけて愛したあの日のままの彼がそこに立っていた。これまでずっと絶縁状態だったのに、なぜ今になって会いに来たの？ 離婚原因はケリーが浮気したこととされているが、彼女自身はまったく記憶がなく、実のところ異母姉が仕組んだ罠だった。そうとは知らないアレックスはなおも怒りをたたえ、言い放った！「罪の償いをしてもらう。僕たちは再婚するんだ」

〔1211〕
◇貞淑な愛人　リン・グレアム作，茅野久枝訳　ハーパーコリンズ・ジャパン　2023.5　220p　17cm　（ハーレクイン・プレゼンツ PB360―作家シリーズ 別冊）〈2016年刊の再刊 原書名：THE GREEK COMMANDS HIS MISTRESS〉664円　①978-4-596-77122-3

＊父の経営する小さな会社で事務員として働くライラは、会社がギリシア大富豪に買収されたと聞いて驚いた。バスティエン・ジコス！ まさかこんな形で再会するなんて。2年前、ライラは彼に誘惑され、きっぱり拒んだ。本当に愛する人としか深い関係になるべきでないと信じ、プレイボーイと噂の彼が相手だなんて考えられなかったのだ。ところが今、バスティエンは会社の再建と引き替えに、ただでさえ古風なライラに、なんと愛人になるよう迫ってきた！ 父や従業員を救うには、この身を差しだすしかないということ？ なんて非情なの！ でも、私さえ我慢すれば…。ライラは心を決めた。

〔1212〕
◇憎しみが情熱に変わるとき　リン・グレアム著，柿沼摩耶訳　ハーパーコリンズ・ジャパン　2022.11　198p　15cm　（ハーレクイン文庫 HQB-1157）〈ハーレクイン 2011年刊の再刊 原書名：FLORA'S DEFIANCE〉627円　①978-4-596-75431-8

＊妹夫婦が亡くなったと聞き、フローラはオランダに向かった。遺された9カ月になる幼い姪は、今やただ一人の肉親だった。当然引き取り、大切に育てていこうと心に決めていた彼女は、思いがけない人物に養育権を主張されて面食らう。世界的な鉄鋼王アンヘロ・ファン・ザール―妹の夫の兄は、嫌悪の表情をありありと浮かべて、フローラに言い放った。「君のような女に姪を任せるわけにはいかない」フローラの抗議の声はキスでふさがれ、彼女は情熱の炎に炙られるまま、アンヘロにバージンを捧げてしまう。数週間後、フローラは自身の愚かさを呪った。妊娠していたのだ！

〔1213〕
◇憎しみの代償―リン・グレアムの軌跡 6　リン・グレアム著，すなみ翔訳　ハーパーコリンズ・ジャパン　2022.6　206p　15cm　（ハーレクインSP文庫 HQSP-320―ロマンスの巨匠たち）〈ハーレクイン 1997年刊の再刊 原書名：BOND OF HATRED〉600円　①978-4-596-31989-0

＊17歳のときに両親を亡くしてから7年間、セアラは自分を犠牲にして妹の幸せのためだけに生きてきた。だが、最愛の妹は、ギリシア人の愛人に捨てられたあげく、19歳になったばかりで赤ん坊を遺してこの世を去ってしまった。それはすべて愛人の兄アレックス・ターザキス―気が遠くなるほどの富豪で権力を一手に握っている男が、ふたりの結婚を愛として許さなかったせいだった。しかも、アレックスは妹の葬儀の日に現れたばかりで、端整な顔に冷酷さを滲ませて、セアラに赤ん坊を渡すよう告げた。

〔1214〕
◇熱砂の花嫁　リン・グレアム著，中野かれん訳　ハーパーコリンズ・ジャパン　2022.3　194p　15cm　（ハーレクイン文庫 HQB-1106―珠玉の名作本棚）〈ハーレクイン 2008年刊の再刊 原書名：THE DESERT SHEIKH'S CAPTIVE

クレアム

WIFE〉627円　①978-4-596-31838-1
* 母が巨額の借金を抱えていることを知ったティルダ。このままでは家を立ち退かされ、路頭に迷ってしまう…。しかも貸し主は、さる王国の皇太子ラシャド！　かつて無理やりナイトクラブで働かされていたティルダは、客だったラシャドに見初められ、恋人になったことがあった。だが数ヵ月後、彼は理由も告げずに突然彼女を捨てたのだった。とにかく返済を待ってもらおうと、ティルダは彼のもとを訪れた。すると非情な目をしたラシャドから、見返りを要求された。「君が提供できるもので僕が求めるのは、君との情事だけだ」　〔1215〕

◇灰かぶりが命じられた結婚　リン・グレアム作, 若菜もこ訳　ハーパーコリンズ・ジャパン　2022.1　220p　17cm　（ハーレクイン・ロマンス R3649―二つの国、二人の王子 1）〈原書名：CINDERELLA'S DESERT BABY BOMBSHELL〉664円　①978-4-596-01892-2
* 未婚の母から生まれたタティは一族の恥とさげすまれ、おじ一家から使用人同然の扱いを受けながら暮らしていた。今日はいとこのアナの結婚式だが、タティは花嫁から、自分が逃げ出すあいだの身代わりになってと強引に頼まれる。美しいいとこが結婚するのは、アルハリアの王太子サイーフ。そんな大役を野暮ったい私が？　すぐに見破られてしまうわ。案の定、別人と気づかれ、激怒したおばに叩かれそうになる。止めに入った凛々しい花婿を見たときは、助かったと思った。ところが式はそのまま続き、タティは王太子妃にされてしまう！　〔1216〕

◇灰かぶりはかりそめの妻　リン・グレアム作, 藤村華奈美訳　ハーパーコリンズ・ジャパン　2022.5　220p　17cm　（ハーレクイン・ロマンス R3681―ステファノス家の愛の掟 1）〈原書名：PROMOTED TO THE GREEK'S WIFE〉664円　①978-4-596-42820-2
* クレオはギリシアの海運王アリが経営する会社で、臨時の受付係として働きだしたが、初日から大失態を演じ、アリに呼びだされて大目玉を食らってしまう。だが、不覚にも彼女はボスをひと目見るなり陶然となった。こんなに美しい男性がこの世に存在するなんて…。社員旅行先の湖で溺れたところをアリに救われたクレオは、これは運命なのだと信じ、彼に身も心も捧げてしまう。魔法の一夜が明けて、身分違いの恋に怯えた彼女は逃げだすが、彼に異母弟の遺児と会ってほしいと意外な頼み事をされて…。　〔1217〕

◇伯爵の花嫁　リン・グレアム作, 槙由子訳　ハーパーコリンズ・ジャパン　2022.5　156p　17cm　（ハーレクイン・プレゼンツ PB329―作家シリーズ 別冊）〈ハーレクイン 2011年刊の再刊　原書名：NAÏVE BRIDE,DEFIANT WIFE〉664円　①978-4-596-33430-5
* イギリスの田舎で小さな花屋を営むジェマイマは、ある日、見覚えのある高級車が店の前に止まっているのに気づいて青ざめた。別居中の夫、アレハンドロ―ついに彼がやってきた。伯爵の彼とは出逢ったとたん恋に落ちて結婚し、スペインの城へと移り住んだものの、彼の情熱は日ごとに失われた。不運な流産を機に、アレハンドロのベッドからも追い払われ、2年前、ジェマイマは泣く泣く家を出たのだった。警戒心をあらわにする彼女に、アレハンドロが傲慢に言い放った。「僕を裏切った女と離婚するために来た」皮肉ね。あのとき失ったはずの子がじつは生まれたというのに…。　〔1218〕

◇非情なウエディング　リン・グレアム作, 漆原麗訳　ハーパーコリンズ・ジャパン　2023.9　156p　17cm　（ハーレクイン・ロマンス R3807―伝説の名作選）〈ハーレクイン 2010年刊の再刊　原書名：RUTHLESS MAGNATE, CONVENIENT WIFE〉664円　①978-4-596-52240-5
* 「あなたの身代わりで見知らぬ人と結婚しろというの？」双子の妹からの懇願に、アリッサは仰天した。大富豪セルゲイ・アントーノヴィッチ。彼が期限付きの花嫁を募集していると知った妹は、姉の経歴を詐称して応募したらしい。審査を通り、すでに受け取った多額の契約金は母のために使い、恋人の子を妊娠した妹は追いつめられ、泣きついてきたのだった。これは家族を守るためよ。アリッサは覚悟を決めた―契約には、子づくり必須の条項があるとも知らぬまま。夫セルゲイに魅了され、思いがけず身ごもった彼女は、出産後は用済みで契約終了だと聞き、ショックで家を出るが…。　〔1219〕

◇秘密―リン・グレアムの軌跡 2　リン・グレアム著, 久我ひろこ訳　ハーパーコリンズ・ジャパン　2022.2　212p　15cm　（ハーレクイン SP文庫 HQSP-304―ロマンスの巨匠たち）〈ハーレクイン 1996年刊の再刊　原書名：TEMPESTUOUS REUNION〉600円　①978-4-596-01787-1
* キャサリンは18歳のとき、ルーク・サンティニに恋をした。天涯孤独で愛に飢えていた彼女は、ルークにすべてを捧げた。だが、若き大実業家の彼にとって、キャサリンはただの愛人。妊娠を告げても、結婚などする気はないと拒絶されたのだった。そんな彼のもとを去り、一人で息子を産んでから4年―まさか、ばったり再会してしまうとは！　とっさに逃げ出すが、追われたキャサリンは激しく転倒し、なんと記憶を失ってしまう。目覚めたとき、彼女は恋人だと言うルークから優しく求婚され、イタリアへ連れ去られてしまう。愛し子を、知人宅に残したまま。　〔1220〕

◇秘密の妻　リン・グレアム著, 有光美穂子訳　ハーパーコリンズ・ジャパン　2024.5　156p　17cm　（ハーレクイン・プレゼンツ PB384―作家シリーズ 別冊）〈ハーレクイン 1998年刊の再刊　原書名：THE SECRET WIFE〉664円　①978-4-596-53987-8
* 施設育ちのロージーは幸せとはいえない子供時代を過ごしたが、実の父親に見つけだされて一緒に暮らし、真の親の愛を知った。ところが4ヵ月後、父は心臓発作で急死してしまう。幸せは手にしたとたん、指の間からこぼれていく…。悲嘆に暮れる彼女の前に、魅惑的な黒髪に高身長の男性が現

クレアム

れる―。父の養子でギリシア大富豪のコンスタンティン・ヴォーロス。遺言書により、遺産はすべてコンスタンティンに渡るが、彼がそれを受け取る条件は、ロージィと結婚することだという！ロージィのことを養父の愛人だったと固く信じこんでいる彼は、蔑みの目を向けながら、彼女に偽装結婚を持ちかけた。〔1221〕

◇秘密のまま別れて　リン・グレアム著，森島小百合訳　ハーパーコリンズ・ジャパン　2024.6　201p　15cm　（ハーレクイン文庫 HQB-1236）〈ハーレクイン 2013年刊の再刊　原書名：THE SECRETS SHE CARRIED〉691円　①978-4-596-99292-5
＊「社長から、電話を取り次ぐなと言われておりますので」ギリシア大富豪クリストの秘書の返答に、エリンは愕然とした。クリストと同棲していたのに、理由もわからぬまま捨てられ、エリンは気まずくなって、彼が所有するホテルでの仕事を辞めた。だが、すべて忘れよう…と思った矢先、妊娠が判明したのだ。収入が絶たれ、せめて援助をと必死で彼の実家にも連絡したが、"息子はもうすぐ結婚するから関わるな"と釘を刺された…。3年後。困窮するエリンに働き口をくれた現在のボスに呼ばれ、オフィスへ入ると、そこには一忘れえぬクリストがいた。〔1222〕

◇プラトニックな結婚　リン・グレアム作，中村美穂訳　ハーパーコリンズ・ジャパン　2024.10　156p　17cm　（ハーレクイン・ロマンス R3912―伝説の名作選）〈ハーレクイン 2012年刊の再刊　原書名：JEWEL IN HIS CROWN〉673円　①978-4-596-71234-9
＊イギリスの田舎町で暮らすルビーの家に、遠いアシュール国の宮廷顧問だという老人と、目も覚めるようなハンサムな青年が突然訪れた。かつてルビーの母はこの国の王と結婚していたが、世継ぎの男子を望む王が第二夫人を娶ったことで離縁になった。だが現在、血縁は途切れ、ルビーが王家唯一の後継者だという。しかも隣国と和平協定を結ぶためには、どうしてもルビーに隣国のプリンスと結婚してもらわねば困るというのだ。茫然自失となったルビーに、青年は厳しい顔で告げた。「これは義務と責任のためのプラトニックな結婚だ」じつは彼こそが花嫁を迎えに来たプリンス、ラジャだった！〔1223〕

◇街角のシンデレラ　リン・グレアム作，萩原ちさと訳　ハーパーコリンズ・ジャパン　2023.11　156p　17cm　（ハーレクイン・ロマンス R3824―伝説の名作選）〈ハーレクイン 2003年刊の再刊　原書名：THE ITALIAN'S WIFE〉664円　①978-4-596-52652-6
＊赤ん坊を乳母車にのせて、深夜のロンドンの街をさまようホリー。子供の父親に捨てられ、行くあてもない。このままでは…。物思いにふけるあまり、交差点に近づいていると気づかなかった。次の瞬間、車道との段差に足をとられ、ホリーは転倒した。イタリア人の富豪リオ・ロンバルディがリムジンから飛びだし、頭を打って意識を失った、うら若い女性の姿を目にした。婚約を破棄したばか

りの彼は、どうしても妻を必要としていた。この子連れの女性を屋敷に連れ帰り、妻にするのはどうだろうか？〔1224〕

◇未婚の母になっても　リン・グレアム著，槙由子訳　ハーパーコリンズ・ジャパン　2024.9　201p　15cm　（ハーレクインSP文庫 HQSP-428―45周年特選 9 リン・グレアム）〈ハーレクイン 1999年刊の再刊　原書名：CONTRACT BABY〉600円　①978-4-596-71209-7
＊母の心臓手術費を稼ぐため、ある夫婦の代理母になったポリー。しかし妊娠したのもつかの間、手術の甲斐なく母は亡くなり、失意の中で、依頼主が手配した屋敷で出産を待つことになる。そして、近くの森でひとり涙にくれていたとき、黒髪に黒い瞳の魅力的な男性、ラウル・ザフォルテサに出会った。彼の優しさに心癒され、気づけばポリーは恋に落ちていた。だがある日、依頼主夫婦の話は嘘で、彼が代理母の依頼主と知る。結婚はせずに子供だけ欲しいと望む、独身貴族なのだと。騙されたショックに、ポリーは逃げるようにして姿を消すが…。〔1225〕

◇未熟な花嫁　リン・グレアム作，茅野久枝訳　ハーパーコリンズ・ジャパン　2024.3　156p　17cm　（ハーレクイン・ロマンス R3856―伝説の名作選）〈2016年刊の再刊　原書名：THE BILLIONAIRE'S BRIDAL BARGAIN〉673円　①978-4-596-53517-7
＊病身の父と妹と3人、イギリスの田舎で困窮生活を送るリジー。ある日、突然現れたイタリア富豪チェザーレに求婚される！実はリジーには奇妙な遺言のせいで売れずにいる島があるのだが、その島を取り戻したいチェザーレは、同じく奇妙な遺言に従い彼女と契約結婚をして、子どもをもうけなくてはならないという。提示された莫大な金額にリジーは驚く。だが悩んだすえ、一家を救いたい一心で承諾する。ただし一無垢なリジーは子どもは人工授精で作りたいと条件をつけた。身も心もすぐに彼の虜になってしまうとは、夢にも思わずに。〔1226〕

◇もつれた歳月　リン・グレアム著，中野恵訳　ハーパーコリンズ・ジャパン　2023.7　200p　15cm　（ハーレクインSP文庫―ロマンスの巨匠たち）　600円　①978-4-596-52060-9
＊最愛の弟が逮捕されたと聞いて、アシュリーは卒倒しかけた。すべては私のせいだ―弟は私に代わって復讐しようとしただけ。4年前、イタリア名門一族の銀行家ヴィートと交際していた彼女は、ある事情から彼と別れ、その後数々の不運に見舞われてきた。ヴィートにはもう二度と会うつもりなどなかった。だがいま、弟を救えるのは彼以外にいないのだ。意を決してヴィートを訪ねたアシュリーだったが、耳を疑うような取り引きを提示され、衝撃で身をこわばらせた。できないわ。後継ぎを産むためだけに結婚するだなんて！〔1227〕

◇闇のエンジェル―リン・グレアムの軌跡 1　リン・グレアム著，平江まゆみ訳　ハーパーコリンズ・ジャパン　2022.1　210p　15cm　（ハーレクインSP文庫 HQSP-300―ロマンスの巨匠

クレイ

たち〉〈ハーレクイン 1996年刊の再刊 原書名：ANGEL OF DARKNESS〉 600円 ①978-4-596-01779-6

＊ケルダの母が、6年前に別れた元夫トマソと復縁するという。ケルダの義父だったトマソは大富豪で、優しい人。でも…。彼女が母の復縁を喜べないのは、その息子アンジェロのせいだ。冷酷な銀行家で容姿端麗、7歳上の義兄アンジェロとは、ケルダが18歳だったある夜、ふとしたことからキスをしてしまい、それをきっかけに、家族はばらばらになってしまったのだった。アンジェロは私を恨んでいる…また彼と会うことになるの？　再会したアンジェロは、ケルダを義妹としてすら扱わず、嗜虐的なまなざしで言い放った。「君を今度こそ僕の愛人にする」 〔1228〕

◇誘惑の千一夜　リン・グレアム著，霜月桂訳　ハーパーコリンズ・ジャパン　2024.3　207p　15cm　（ハーレクイン文庫 HQB-1222―珠玉の名作本棚〉〈ハーレクイン 2003年刊の再刊　原書名：AN ARABIAN COURTSHIP〉 691円　①978-4-596-53637-2

＊ポリーはダレイン王国の皇太子ラシッドの愛されぬ妻となった。かつて、外交官だった父がダレイン国王の命を救い、感激した国王が、自分の息子と彼の娘を結婚させると約束。実際は、破産寸前の父が巨額の結納金と娘と引き換えにするわけだが、幼い弟妹を貧困に陥らせないために、ポリーは受け入れた。居丈高で、亡くなった前妻の影をいまだに引きずっている夫。愛もロマンスもなく、制約や慣習に縛られる生活…。真の彼に惹かれ始めたポリーは、ある日、夫がパリに愛人を囲っていることを耳にしてしまう―。 〔1229〕

グレイ, アラスター　Gray, Alasdair

◇哀れなるものたち　アラスター・グレイ著，高橋和久訳　早川書房　2023.9　533p　16cm（ハヤカワepi文庫 111〉〈原書名：POOR THINGS〉 1500円　①978-4-15-120111-0

＊19世紀末、グラスゴー。異端の科学者バクスターは驚異の実験に成功する。身寄りのない女性に胎児の脳を移植して蘇生させたのだ。その女性―成熟した肉体と無垢な精神をもつベラは、バクスターの友人マッキャンドルスら男たちを惹きつける。彼らの思いをよそにベラは旧弊な街を飛び出し、旅するなかで急速な成長をとげる。そのとき、彼女が知った真実とは？　知的な仕掛けと奇想によって甦るゴシック小説の傑作。映画化原作。ウィットブレッド賞、ガーディアン賞受賞。スコットランドの奇才による衝撃の書、待望の文庫化。 〔1230〕

◇ほら話とほんとうの話、ほんの十ほど　アラスター・グレイ著，高橋和久訳　新装版　白水社　2024.5　222p　19cm〈原書名：TEN TALES TALL & TRUE〉 2600円　①978-4-560-09296-5

内容　始めてみよう―プロローグ　家と小さな労働党　家路に向かって　黄金の沈黙の喪失　あなた　内部メモ　あなた、レズビアンですか？　結婚の宴会　虚構上の出口　新世界　トレンデレンブルク・ポジション　時間旅行　運転手のそばに　ミスター・ミークル―エピローグ

＊「わたしは目が覚めた。そしてそれが夢だったことを知った、すべてが。というわけではないが」『ラナーク』『哀れなるものたち』で知られるスコットランドの伝説的鬼才の短篇集、待望の復刊！　ファンタジーとリアリズム、笑いと哀しみ、アイロニーとウィットが混淆する饒舌な物語。作家の手になるイラストも満載。 〔1231〕

グレイ, クラウディア　Gray, Claudia

◇STAR WARSハイ・リパブリック―イントゥ・ザ・ダーク　上　クラウディア・グレイ著，稲村広香訳　Gakken　2023.3　261p　19cm〈奥付のタイトル：スター・ウォーズハイ・リパブリック　原書名：Star Wars The High Republic：Into the Dark〉 1300円　①978-4-05-205506-5

＊ここから始まる新世代むけ「スター・ウォーズ」！　冒険ぎらいの少年ジェダイ。遺棄された宇宙ステーションにひそむ暗黒面の謎に挑め！ 〔1232〕

◇STAR WARSハイ・リパブリック―イントゥ・ザ・ダーク　下　クラウディア・グレイ著，稲村広香訳　Gakken　2023.3　263p　19cm〈奥付のタイトル：スター・ウォーズハイ・リパブリック　原書名：Star Wars The High Republic：Into the Dark〉 1300円　①978-4-05-205507-2

＊ジェダイの内面を描く新感覚「スター・ウォーズ」！　"闇"の正体を見極めよ！　それぞれのジェダイが直面する真実は「希望」か「絶望」か!? 〔1233〕

クレイヴン, サラ　Craven, Sara

◇あなたの知らない絆　ミシェル・リード他著，すなみ翔他訳　ハーパーコリンズ・ジャパン　2023.10　318p　17cm　（HPA 51―スター作家傑作選〉〈「忘れられた花嫁」（ハーレクイン 2010年刊）と「青ざめた薔薇」（2016年刊）の改題、合本　原書名：MARCHESE'S FORGOTTEN BRIDE　BRIDE OF DESIRE〉 1082円　①978-4-596-52598-7

内容　青ざめた薔薇（サラ・クレイヴン著，遠藤靖子訳） 〔1234〕

◇海運王と十七歳の幼妻　サラ・クレイヴン作，大沢晶訳　ハーパーコリンズ・ジャパン　2023.2　174p　17cm　（ハーレクイン・ロマンス R3751―伝説の名作選〉〈「イースターマンデー」（ハーレクイン 1981年刊）の改題　原書名：STRANGE ADVENTURE〉 664円　①978-4-596-75829-3

＊レイシーが12歳のとき、最愛の父が再婚した。金目当ての継母にとって彼女は邪魔者でしかなかったらしく、ほどなくしてレイシーは修道院の音楽学校へ預けられた。だが卒業目前になって事態が

一変する。父が病に倒れると同時に事業の経営も悪化。継母から助けてほしいと泣きつかれたのだ。海運王トロイを満足させ、資金を引き出せれば父は助かるのね？ レイシーにしかできないという継母の口車に乗せられ、妖艶なドレスで飾り立てられた彼女はトロイに身を投げだすが、荒々しく唇を奪った彼から思いがけない言葉をかけられる。一夜だけの相手は必要ない。結婚してほしい、と。〔1235〕

◇侯爵と見た夢　サラ・クレイヴン著，青海まこ訳　ハーパーコリンズ・ジャパン　2023.4　216p　15cm　（ハーレクイン文庫 HQB-1181）〈ハーレクイン 2006年刊の再刊 原書名：THE MARCHESE'S LOVE-CHILD〉627円　①978-4-596-76919-0

＊サンドロ！ なぜあなたがここに？ 仕事で3年ぶりにイタリアを訪れたポリーを滞在先のホテルで待っていたのは、かつて愛した男性。3年前、ふたりは恋人同士だった。彼が手切れ金を残し、振り向きもせずにポリーの前から立ち去るまでは。じつはサンドロが侯爵の称号を持つ大富豪なのだと初めて知ってイギリスで待つ幼い息子の姿が脳裏に浮かんだ。サンドロの本当の目的は、捨てた恋人の私などではなく、彼の息子…つまり、彼の後継ぎなの…？〔1236〕

◇涙の婚約指輪　サラ・クレイヴン著，髙木晶子訳　ハーパーコリンズ・ジャパン　2022.9　222p　15cm　（ハーレクインSP文庫 HQSP-333）〈ハーレクイン 2003年刊の再刊 原書名：HIS CONVENIENT MARRIAGE〉500円　①978-4-596-70649-2

＊豪奢な屋敷で何不自由なく育ったチェシーだったが、父亡きあとは使用人部屋に移り、マイルズに雇われていた。頬に傷跡が走る孤独な主人の陰に、チェシーは心惹かれるが、ある日、マイルズに求婚されて、悩んだ末、退職届を出した。彼に愛などないのは明白だったから…。だがマイルズは、仕事を辞めるまでの4週間は少なくとも僕に従うべきだと、執拗に婚約指輪を買おうとする。だから、チェシーは値崩れしないアンティークものを選んだのだ。別れてから彼が売れるように。凍りついた涙のような結晶を。〔1237〕

クレイヴン，M.W.　Craven, M.W.

◇キュレーターの殺人　M・W・クレイヴン著，東野さやか訳　早川書房　2022.9　628p　16cm　（ハヤカワ・ミステリ文庫 HM 481-3）〈原書名：THE CURATOR〉1260円　①978-4-15-184253-5

＊クリスマスの英国カンブリア州で切断された人間の指が次々発見された。プレゼントのマグカップのなか、ミサが行われた教会、そして精肉店の店内で—。現場には"#BSC6"という謎めいた文字列が。三人の犠牲者の身元を明らかにしようと刑事ポーは捜査に乗り出す。だが彼らはまだ知らない。この連続殺人の背後に想像を超える巨悪"キュレーター"が潜んでいることを…驚愕必至のシリーズ第三作。〔1238〕

◇恐怖を失った男　M.W.クレイヴン著，山中朝晶訳　早川書房　2024.6　703p　16cm　（ハヤカワ文庫 NV 1525）〈著作目録あり 原書名：FEARLESS〉1300円　①978-4-15-041525-9

＊連邦保安官局のベン・ケーニグは頭部へ銃弾を受け、恐怖の感情を失った。さらにマフィアから懸賞金をかけられたベンは、任務に支障をきたし逃亡生活を余儀なくされる。ある日、彼は連邦保安官局に拘束され、かつての上司から行方不明になった一人娘の捜索を命じられる。死地に向かうことを躊躇しないベンは、不俱戴天の敵ジェンとと事件を追うが…。"ワシントン・ポー"シリーズ著者による新シリーズ開幕。〔1239〕

◇グレイラットの殺人　M・W・クレイヴン著，東野さやか訳　早川書房　2023.9　729p　16cm　（ハヤカワ・ミステリ文庫 HM 481-4）〈原書名：DEAD GROUND〉1300円　①978-4-15-184254-2

＊貸金庫を襲った強盗団が、身元不明の遺体と鼠の置物を残して姿を消した。三年後、サミット開催が迫る女性要人を搬送するヘリコプター会社の社長が殺される。テロを警戒した政府はポーに事件の捜査を命じるが、MI5の妨害で捜査は遅々として進まない。天才分析官ティリーが発見したデータのおかげで犯人を追いつめたかに見えたが…。二転三転する状況下でポーが辿り着いた真実とは。驚愕のシリーズ第四作。〔1240〕

◇ボタニストの殺人　上　M.W.クレイヴン著，東野さやか訳　早川書房　2024.8　393p　16cm　（ハヤカワ・ミステリ文庫 HM 481-5）〈付属資料：登場人物表（1枚）原書名：THE BOTANIST〉900円　①978-4-15-184255-9

＊生放送のトーク番組で、女性蔑視の持論を展開していた自称ジャーナリストの男性が突然倒れ、搬送先の病院で死亡した。男性は脅迫状を受け取っており、警察は殺人事件として捜査を開始する。そのころ、ポーの元に電話が入り、同僚のドイルが父親を銃で殺害した容疑で逮捕されたという。ポーはロンドンから500キロ離れたノーサンバーランド州にいるドイルの元へ向かうが…。"刑事ワシントン・ポー"シリーズ第5作。〔1241〕

◇ボタニストの殺人　下　M.W.クレイヴン著，東野さやか訳　早川書房　2024.8　399p　16cm　（ハヤカワ・ミステリ文庫 HM 481-6）〈付属資料：登場人物表（1枚）原書名：THE BOTANIST〉900円　①978-4-15-184256-6

＊下院議員の元に第2の脅迫状が届き、ポーはロンドンに戻って捜査を担当するよう命じられる。生放送中に倒れた男性の死因は毒によるもので、投与された経緯が不明だったため、下院議員は24時間監視態勢で警護されていたが…。一方、ドイルの父親が殺害された時刻には雪が降っていて、現場にはドイルの足跡だけが残されていた。ドイルの殺人事件と毒殺犯の両方を追うポーの前に、密室の謎が立ちふさがる。〔1242〕

クレイク

クレイク, ダイナ・マリア Craik, Dinah Maria Mulock
◇ロンドン幽霊譚傑作集　W.コリンズ, E.ネズビット他著, 夏来健次編　東京創元社　2024.2　389p　15cm　（創元推理文庫　Fン11-2）〈原書名：Mrs. Zant and the Ghost　The Last House in C-Streetほか〉1100円　①978-4-488-58408-5
内容　C-ストリートの旅籠（ダイナ・マリア・クレイク著, 夏来健次訳）
＊19世紀ヴィクトリア朝ロンドン。産業・文化ともに栄える一方で、犯罪譚や怪談が流行する魔都としての貌をも持ち合わせていた。陽光あふれる公園の一角で霊に遭遇した美しき寡婦を巡る愛憎劇「ザント夫人と幽霊」、愛人を催眠術で殺害した医師が降霊会で過去の罪と対峙する「降霊会の部屋にて」ほか、ロンドンで囁かれるゴースト・ストーリー13篇を収録。集中12篇が本邦初訳。〔1243〕

グレイシー, アン Gracie, Anne
◇かぐわしき天使　アン・グレイシー作, 江田さだえ訳　ハーパーコリンズ・ジャパン　2022.7　284p　17cm　（ハーレクイン・ヒストリカル・スペシャル PHS283）〈ハーレクイン 2004年刊の再刊　原書名：GALLANT WAIF〉827円　①978-4-596-70690-4
＊天涯孤独のケイトは名家に生まれながら困窮を極め、働きに出るよりほか、もう生きるすべはなかった。ある日、亡き母の名づけ親だという年老いた伯爵夫人が訪ねてきて、みすぼらしいケイトを見るや、孫息子ジャックの邸へ連れていった。社交界一の美貌を誇るジャックは戦傷を負い、今は隠遁生活を送っている。私が連れてこられた理由はわからない。でもここで仕事が見つかれば…。そう願ってケイトが床を磨いていると、そこにジャックが現れた。「ふざけるんじゃない！勝手に私の屋敷の床を磨くとは、何事だ！」怒りの声をあげたジャックは彼女の手をつかみ、じっと見つめた。ブラシの赤い跡がついた掌を恥じ、ケイトは思わず手を引いたが―　〔1244〕

◇聖なる夜に　アン・グレイシー, ミランダ・ジャレット, リン・ストーン著, すなみ翔訳　ハーパーコリンズ・ジャパン　2022.11　284p　17cm　（ハーレクイン・ヒストリカル・スペシャル PHS291）〈ハーレクイン 2004年刊の再刊　原書名：THE VIRTUOUS WIDOW　A GIFT MOST RAREほか〉827円　①978-4-596-74978-9
内容　雪のプロローグ（アン・グレイシー作, すなみ翔訳）
＊貧しくも女手一つで懸命に幼い娘を育てるエリー。ある雪の夜、家の前に見知らぬ男性が倒れていた。記憶喪失の彼を看病するうち、いつしかエリーは彼を愛するように。しかしそれも彼の素性が明らかになるまでのこと。まさか彼の正体が伯爵とはつゆ知らず…。（『雪のプロローグ』）。もとはレディながら家庭教師に身をやつす

セーラの前に、思いもよらない人物が現れた―公爵の弟にして"サファイア王"と呼ばれるほど富を築いた大富豪レヴィールだ。かつては愛し合ったのに、セーラを捨てて去った男との6年ぶりの再会。彼女の心は複雑に揺れた。だが今、一介の使用人と上流階級の来客という身分の壁に阻まれ、セーラは彼と自由に話すことさえままならないのだった。（『サファイアの魔法』）。男爵の娘ベスは生涯独身を通すと決めている。自分勝手な人間の多い貴族社会にはもううんざりだから。そこで、父が決めた意に染まぬ婚約者をかわすため、幼なじみの貴族ジャックに求婚者のふりをしてほしいと頼み、偽りの婚約劇を繰り広げることに。実のところ、ジャックはベスを本当の妻にするつもりでいるとは思いもせずに。（『クリスマスは伯爵と』）。リージェンシー・ロマンスの名手たちが贈る、愛の奇跡がきらめくクリスマス短篇集！〔1245〕

グレイス, キャロル Grace, Carol
◇ボスには言えない　キャロル・グレイス作, 緒川さら訳　ハーパーコリンズ・ジャパン　2024.9　156p　17cm　（ハーレクイン・イマージュ I2820―至福の名作選）〈ハーレクイン 2004年刊の再刊　原書名：PREGNANT BY THE BOSS！〉673円　①978-4-596-77861-1
＊社長のジョーのもとで秘書として働いた3年間、クラウディアはずっと彼に想いを寄せてきた。その恋はクリスマスパーティの夜、成就したかに思えた。翌日、彼が何事もなかったかのように振る舞うまでは。もうこれ以上、彼が美女たちとデートするのを見ていられない。クラウディアは辞表をしたため、ジョーの出張中に会社を去った。ところが彼は、頑として退職を認めないから、戻ってくるよう主張して譲らない。クラウディアはしかたなく、2週間だけの職場復帰に同意した。どんなに望まれても、それ以上は無理よ。身重の体なのだから。〔1246〕

グレイソン, エミー Grayson, Emmy
◇スペイン富豪と黒衣の美女　エミー・グレイソン作, 川合りりこ訳　ハーパーコリンズ・ジャパン　2022.1　220p　17cm　（ハーレクイン・ロマンス R3650）〈原書名：PROOF OF THEIR ONE HOT NIGHT〉664円　①978-4-596-81894-6
＊イベントプランナーのカランドラはふとしたことから、スペイン富豪のアレハンドロと一夜を共にし、妊娠してしまう。プレイボーイに惹かれ、純潔を捧げたことを悔やみつつも、身ごもったことを伝える。意外な反応が返ってきた。「ぼくは生涯結婚する気はないが、子どもの面倒は見る」しかも、妊娠で仕事を辞めた彼女の苦しい懐事情をほのめかし、彼の下で働かないかと言うのだ。莫大な報酬を提示して。アレハンドロの子を宿しながら、彼の妻でも恋人でもなく、彼の仕事を成功させるための駒となったカランドラは…。〔1247〕

◇世継ぎを授かった灰かぶり　エミー・グレイソン作, 柚野木童訳　ハーパーコリンズ・ジャパ

ン　2023.9　156p　17cm　（ハーレクイン・ロマンス R3806）〈原書名：THE PRINCE'S PREGNANT SECRETARY〉664円　①978-4-596-52238-2

＊イギリスから逃げるようにリネア王国へ移り住んで7年、クララは遠からず国王となるアラリックに仕えている―ひそかな想いをずっと押しころしながら。だが、彼が資産家令嬢との政略的な婚約を破棄した夜、クララはほとばしる情熱を抑えきれず、身を捧げた。5週間後、妊娠が明白になると、彼は非情な結婚を申し出た。「きみを愛せないが、子どもには王位を継がせたい」彼女は冷徹な言葉に傷ついたが、我が子のため求婚を受け入れた。ハネムーン先で恐るべき試練が待ち受けているとも知らずに。　〔1248〕

グレイディ, ロビン　Grady, Robyn

◇消えた記憶と愛の絆　ロビン・グレイディ作, 大谷真理子訳　ハーパーコリンズ・ジャパン　2023.7　156p　17cm　（ハーレクイン・ロマンス R3791―伝説の名作選）〈2015年刊の再刊　原書名：AMNESIAC EX, UNFORGETTABLE VOWS〉664円　①978-4-596-77410-1

＊ローラは屋敷の庭で意識を失い、病院に運ばれた。目覚めると、大富豪で新婚の夫ビショップが傍らにいたが、どこかよそよそしい。なぜ抱きしめてもくれないの？ しかも新妻を怪訝な様子でじっと見つめ、赤ちゃんの話に顔をしかめるなんて、あんまりだわ…。まだローラは気づいていなかった―ビショップとの子を流産し、虚しいすれ違いの果てに、みずから離婚を選択したという、つらい記憶を失っていることに。ビショップは、まるで新婚当時のような元妻に戸惑いながらも、ローラに寄り添い、夫を演じきろうと心に決めるが…。　〔1249〕

クレイナー, イーライ　Cranor, Eli

◇傷を抱えて闇を走れ　イーライ・クレイナー著, 唐木田みゆき訳　早川書房　2023.12　298p　19cm　（HAYAKAWA POCKET MYSTERY BOOKS 1998）〈原書名：DON'T KNOW TOUGH〉2200円　①978-4-15-001998-3

＊母親と幼い弟、義父と暮らすビリーは、アメフトの天才選手として活躍をしていた。ある日、ビリーは義父と喧嘩をし、彼を殴り飛ばしてしまう。翌日、家に戻ったビリーが見つけたのは義父の死体だった。一方、新任コーチのトレントは、ビリーが義父を殴り飛ばす瞬間を見ていた。彼が殺人犯となればチームはリーグ優勝できない。トレントはビリーを匿うことを決意するが、警察は事件の犯人がビリーであることを疑っている―。差別、貧困、暴力、犯罪といった、社会の暗い側面を鋭く描くMWA賞最優秀新人賞受賞作。　〔1250〕

クレイパス, リサ　Kleypas, Lisa

◇愛の妖精にくちづけて　リサ・クレイパス著, 緒川久美子訳　原書房　2022.12　435p　15cm　（ライムブックス ク1-41）〈原書名：DEVIL IN DISGUISE〉1200円　①978-4-562-06551-6

＊伯爵家の令嬢ながら亡き夫の海運会社を引き継いで切り盛りするメリットは、積み荷のトラブルの報告を受けた。スコットランドから運ばれた貴重なウイスキー樽が、ロンドンに着いた船から降ろされる際に落下したというのだ。蒸留所の経営者のキアは、いきり立って彼女の事務所に乗り込んできた。補償について話し合ううち、ふたりは惹かれあっていく。一見無骨な大男だが誠実で、伸ばし放題のひげの下に繊細な美しさを隠しているキアは、上流階級のレディであるメリットに自分はつりあわないと身を引こうとする。彼をひきとめたいメリットは自宅での夕食に招待するのだが、そのとき事件が起こり…"壁の花"シリーズ後日譚にして、待望のレイヴネル一族の愛の物語。　〔1251〕

グレゴリイ, ダリル　Gregory, Daryl

◇シリコンバレーのドローン海賊―人新世SF傑作選　グレッグ・イーガン他著, ジョナサン・ストラーン編, 中原尚哉他訳　東京創元社　2024.5　420p　15cm　（創元SF文庫 SFン11-2）〈責任表示はカバーによる　原書名：TOMORROW'S PARTIESの抄訳〉1400円　①978-4-488-79102-5

内容　未来のある日、西部で（ダリル・グレゴリイ著, 小野田和子訳）

＊人新世とは「人間の活動が地球環境に影響を及ぼし、それが明確な地質年代を構成していると考えられる時代」、すなわちまさに現代のことである。パンデミック、世界的経済格差、人権問題、資源問題、そして環境破壊や気候変動問題…未来が破滅的に思えるときこそ、SFというツールの出番だ。グレッグ・イーガンら気鋭の作家たちによる、不透明な未来を見通すためのアンソロジー。　〔1252〕

◇創られた心―AIロボットSF傑作選　ケン・リュウ, ピーター・ワッツ, アレステア・レナルズ他著, ジョナサン・ストラーン編, 佐田千織他訳　東京創元社　2022.2　564p　15cm　（創元SF文庫 SFン11-1）〈責任表示はカバーによる　原書名：MADE TO ORDER〉1400円　①978-4-488-79101-8

内容　ブラザー・ライフル（ダリル・グレゴリイ著, 小野田和子訳）

＊人工的な心や生命。ゴーレム、オートマトン、ロボット、アンドロイド、ボット、人工知能―人間によく似た機械、人間のために注文に応じてつくられた存在というアイディアは、古代より我々を魅了しつづけてきた。そしていま、その長い歴史に連なるアンソロジーがここに登場する。ケン・リュウ、ピーター・ワッツ、アレステア・レナルズら、最高の作家陣による16の物語を収録。　〔1253〕

グレゴリー夫人　Lady Gregory　フルネーム：Isabella Augusta Gregory

◇妖精・幽霊短編小説集―『ダブリナーズ』と異界の住人たち　J.ジョイス,W.B.イェイツほか

クレシヤム

著，下楠昌哉編訳　平凡社　2023.7　373p　16cm　（平凡社ライブラリー 949）　1800円　①978-4-582-76949-4

内容　キャスリーン・ニ・フーリハン（ウィリアム・バトラー・イェイツ，グレゴリー夫人著，下楠昌哉訳）

＊アイルランドの首都ダブリンに生きる様々な人を描いたジョイスの『ダブリナーズ』。この傑作短編集の作品を、十九世紀末から二十世紀はじめに書かれた妖精・幽霊譚と並べてみると―。名作をこれまでとは異なる文脈に解き放ち、当時の人々が肌で感じていた超自然的世界へと誘う画期的なアンソロジー。　〔1254〕

グレシャム，ウィリアム・リンゼイ　Gresham, William Lindsay

◇ナイトメア・アリー　ウィリアム・リンゼイ・グレシャム著，柳下毅一郎訳　早川書房　2022.1　495p　16cm　（ハヤカワ・ミステリ文庫 HM 493-1)　〈原書名：NIGHTMARE ALLEY〉　1000円　①978-4-15-184851-3

＊巡業カーニバルの見世物小屋で働くスタン・カーライルは、野心を抱いていた、いつかのし上がって大金をつかむという。やがて読心術の手ほどきを受けた彼は、観客の秘密を見抜き、手玉に取る喜びを見いだす。美貌の少女モリーを相棒に次々と新たなカモから稼いでゆくスタン。だが、運命を司るタロットには波瀾の人生を暗示していた…。アカデミー賞監督ギレルモ・デル・トロの手で再び映画化された伝説のノワール・ロマン。　〔1255〕

グレン，ヴィクトリア　Glenn, Victoria

◇すてきなエピローグ　ヴィクトリア・グレン著，鳥居まどか訳　ハーパーコリンズ・ジャパン　2022.1　203p　15cm　（ハーレクインSP文庫 HQSP-303)　〈ハーレクイン・エンタープライズ日本支社 1987年刊の再刊　原書名：THE MATTHEWS AFFAIR〉　500円　①978-4-596-01785-7

＊才能も財力もすべてが超一流の作家、ローガン・マシューズは、デニーズにとって決して忘れることのできない大切な人だ。かつて目の前で両親を失い、絶望の淵にいた幼いデニーズは、すんでのところを、16歳年上のローガンに救われた。それから8年の歳月が流れ、二人はあるパーティで再会する。昔と変わらずデニーズを慈しみ、子ども扱いするローガンに、胸の奥で何かがかすかに痛んだ。いや…子ども扱いしないで。ローガンは彼女に、僕の屋敷で助手として働かないかと誘う。彼の側にいられるなら…デニーズは、こくんと頷いた。　〔1256〕

クレーン，レベッカ　Crane, Rebekah

◇翼はなくても　レベッカ・クレーン作，代田亜香子訳　静山社　2024.2　367p　20cm　〈原書名：POSTCARDS FOR A SONGBIRD〉　1750円　①978-4-86389-752-6

＊あたしは、捨てられた愛のかけらの寄せ集め。雨ざらしになっていたピース。あたしにはわかってる。ママが去った理由はあたしだ。すべてをぶちこわしたはピースはあたし。孤独に傷つけられた少女たちは、自分をとりもどす旅に出る。折れた翼も、虹色の背中も、そのままで―。　〔1257〕

クレンツ，ジェイン・アン　Krentz, Jayne Ann

◇素顔のサマーバカンス　ジェイン・アン・クレンツ，ナリーニ・シン，ジェニー・ルーカス著，仁嶋いずる，長田乃莉子，早川麻百合訳　ハーパーコリンズ・ジャパン　2023.8　584p　15cm　（mirabooks JK01-23)　〈原書名：LOVER IN PURSUIT　DESERT WARRIORほか〉　927円　①978-4-596-52358-7

内容　波の数だけ愛して（ジェイン・アン・クレンツ著，仁嶋いずる訳）

＊シアトルでキャリアを積んでいたレイナは、ある男性がきっかけで担当案件が大失敗し、逃げるようにマウイ島へ移り住んだ。この楽園で第二の人生を始めよう、そう思った矢先、夕暮れのビーチで思わぬ再会が…。常夏のリゾートを舞台に贈る『波の数だけ愛して』。アラブのシークとの情熱的で官能的な夢恋物語『シークにさらわれて』。フランスの城で紡がれる訳ありシンデレラストーリー『愛を知らない伯爵』の3篇を収録。　〔1258〕

◇連れ戻された婚約者　ジェイン・A・クレンツ著，山口絵夢訳　ハーパーコリンズ・ジャパン　2022.6　238p　15cm　（ハーレクインSP文庫 HQSP-322)　〈ハーレクイン 2008年刊の再刊　原書名：SAXON'S LADY〉　500円　①978-4-596-31993-7

＊亡き両親に代わり幼い弟の面倒を見てきたデボンは、弟の自立を機に、故郷を離れる決意をした。だが、良き相談相手の富豪ガースにそのことを告げると、ガースの穏やかな態度は一変する。彼は待っていたのだ―デボンが自由になり、自分の従順な妻になってくれる日を。そして、巧みな誘惑にまるめられて彼と一夜をともにしたデボンは、"1年後に迎えに行く"という言葉に、戸惑いつつも頷いてしまう。あれから1年。都会の生活になじんだデボンの前に、約束どおりガースは現れた。今度こそ、デボンを妻にするため。　〔1259〕

クローカー，トーマス・クロフトン　Croker, Thomas Crofton

◇妖精・幽霊短編小説集―『ダブリナーズ』と異界の住人たち　J.ジョイス,W.B.イェイツほか著，下楠昌哉編訳　平凡社　2023.7　373p　16cm　（平凡社ライブラリー 949)　1800円　①978-4-582-76949-4

内容　取り替え子（ウィリアム・バトラー・イェイツ，トーマス・クロフトン・クローカー著，下楠昌哉訳）　卵の殻の醸造（トーマス・クロフトン・クローカー著，下楠昌哉訳）

＊アイルランドの首都ダブリンに生きる様々な人を描いたジョイスの『ダブリナーズ』。この傑作短編

集の作品を、十九世紀末から二十世紀はじめに書かれた妖精・幽霊譚と並べてみると──。名作をこれまでとは異なる文脈に解き放ち、当時の人々が肌で感じていた超自然的世界へと誘う画期的なアンソロジー。〔1260〕

グロス, マリオン　Gross, Marion

◇ユーモア・スケッチ大全　[4]　すべてはイブからはじまった　ミクロの傑作圏　浅倉久志編・訳　国書刊行会　2022.3　376p　19cm〈「すべてはイブからはじまった」(早川書房 1991年刊)と「ミクロの傑作圏」(文源庫 2004年刊)の改題, 合本〉2000円　①978-4-336-07311-2

内容　一家の柱(マリオン・グロス著)

＊笑いの大博覧会、完結！　名翻訳家浅倉久志のライフワークである"ユーモア・スケッチ"ものを全4巻に集大成。最終巻は傑作展姉妹篇『すべてはイブからはじまった』とオンデマンドのみの刊行だった『ミクロの傑作圏』をカップリング。〔1261〕

グロスマン, ワシーリー　Chandler, Robert

◇人生と運命　1　ワシーリー・グロスマン著, 齋藤紘一訳　新装版　みすず書房　2022.8　529p　20cm〈原書名：ЖИЗНЬ И СУДЬБА〉5200円　①978-4-622-09538-5

＊第二次世界大戦で最大の激戦、スターリングラード攻防戦を舞台に、物理学者一家をめぐって展開する叙事詩的歴史小説(全三部)。兵士・科学者・農民・捕虜・聖職者・革命家などの架空人物、ヒトラー、スターリン、アイヒマン、独軍・赤軍の将校などの実在人物が混ざりあい、ひとつの時代が圧倒的迫力で文学世界に再現される。戦争・収容所・密告──スターリン体制下、恐怖が社会生活を支配するとき、人間の自由や優しさや善良さとは何なのか。権力のメカニズムとそれに抗う人間のさまざまな運命を描き、ソ連時代に「最も危険」とされた本書は、後代への命がけの伝言である。グロスマン(1905-64)は独ソ戦中、従軍記者として名を馳せ、トレブリンカ絶滅収容所を取材、ホロコーストの実態を世界で最初に報道した。一方で、故郷ウクライナの町で起きた独軍占領下のユダヤ人大虐殺により母を失う。次第にナチとソ連の全体主義体制の本質的類似に気づき、本書を執筆。刊行をめざしたところ、原稿はKGBによってタイプライターのリボンまで没収された。著者の死後16年、友人が秘匿していた原稿の写しが国外に出、出版された。以来、20世紀の証言、ロシア文学の傑作として欧米各国、日本、中国などで版を重ねる。〔1262〕

◇人生と運命　2　ワシーリー・グロスマン著, 齋藤紘一訳　新装版　みすず書房　2022.8　461p　20cm〈原書名：ЖИЗНЬ И СУДЬБА〉4700円　①978-4-622-09539-2

＊ウクライナの町から狩り出され、移送列車でユダヤ人絶滅収容所に到着した人々をガス室が待っている。生存者グループに選別されて列から離れる夫に結婚指輪とパンを手渡す妻。移送列車で出会った少年の母親がわりをするうちに、生き残る可能性を捨てて少年とガス室に向かった女性外科医──。赤軍記者として解放直後のトレブリンカ収容所を取材したグロスマンは、ナチ占領下のホロコーストの実態を最も知るソヴィエトの人間だった。国家と民族の栄光、一方は革命、他方は第三帝国の名のもとに、スターリニズムとナチズムが鏡像関係にあることを、グロスマンは見抜いていた。イデオロギーの力が死や拷問や収容所と結びつくとき、人々はモラルを失った。ナチの絶滅収容所ガス室施設長は、私が望んだのではない、運命が手をとって導いたのだと語った。普遍的な善の観念はイデオロギーとなって、大きな苦難をもたらす。恐怖と狂気の時代に、善意は無力だった。しかし、ささやかで個人的な、証人のいない善意は、無力だから力をもつ。それは盲目的な無言の愛であり、人間であることの意味である。20世紀の証言が、時空を超えて届く。グロスマンの生涯をかけた哲学的思考が文学に結晶した圧巻の第二部。〔1263〕

◇人生と運命　3　ワシーリー・グロスマン著, 齋藤紘一訳　新装版　みすず書房　2022.8　434p　20cm〈原書名：ЖИЗНЬ И СУДЬБА〉4500円　①978-4-622-09540-8

＊1942年11月、スターリングラードのドイツ第六軍を包囲する赤軍の大攻勢は、百時間で決着した。戦争の帰趨を決する戦闘が終わった。反ファシズムの希望、世界の目をくぎ付けにした都市は廃墟になった。その瞬間からスターリンは、ユダヤ人殲滅の剣をヒトラーからもぎとり、やがて国内のユダヤ人にふり降ろす。戦後の自由な暮らしを夢みて戦った国民に、一国社会主義の独裁者はたがをはめ直した。物理学者ヴィクトルは、核反応を数学的に解明する論文を観念論的と批判される。彼は懺悔をしなかった。失職して逮捕される不安に怯えながら、良心を守ったことで心は澄んでいた。ところが突然、スターリンからヴィクトルに電話がかかってくる。一夜にして、彼は称賛に包まれるが、原子爆弾開発への協力をもはや拒否できない。困難の中で守った自由を、栄誉の後で失う人もいれば、幸せな記憶ゆえに苦難に耐える人もいる。栄光、孤独、絶望と貧窮、ラーゲリと処刑。いかなる運命が待っているにせよ、ひとは人間として生き、人間として死ぬ。この小説は、個人が全体主義の圧力に耐えるのがどれほど困難だったかを描いている。全三部完結。〔1264〕

◇スターリングラード　上　ワシーリー・グロスマン著, ロバート・チャンドラー, エリザベス・チャンドラー校訂, 園部哲訳　白水社　2024.3　408p　20cm〈年表あり　原書名：STALINGRAD〉4900円　①978-4-560-09274-3

＊20世紀の『戦争と平和』、大戦争をつらぬくヒューマニズム。『人生と運命』の読者が待ち望んだその前編となる全三巻。人情味あふれる物語が居間のランプに照らされ、戦場の火炎に炙られる。市民と兵士に、さらにはドイツ兵にも同情の視線が注がれたポリフォニックな群像小説。現代ロシア文学の金字塔、スターリングラード二部作ここに完結。〔1265〕

◇スターリングラード　中　ワシーリー・グロス

マン著，ロバート・チャンドラー，エリザベス・チャンドラー校訂，園部哲訳　白水社　2024.5　398p　20cm〈年表あり　原書名：STALINGRAD〉4900円　①978-4-560-09275-0
＊20世紀の『戦争と平和』、大戦争をつらぬくヒューマニズム。『人生と運命』の読者が待ち望んだその前編となる全三巻。空爆の餌食になったスターリングラード。脱出かなわずヴォルガ川に浮く人々の屍。焼けた街路を正気を失ってさまよう市民、孤児院のすすり泣き、病院の阿鼻叫喚。従軍作家グロスマンのリアリズムが炸裂する。現代ロシア文学の金字塔、スターリングラード二部作ここに完結！〔1266〕

◇スターリングラード　下　ワシーリー・グロスマン著，ロバート・チャンドラー，エリザベス・チャンドラー校訂，園部哲訳　白水社　2024.8　434p　20cm〈文献あり　年表あり　原書名：STALINGRAD〉4900円　①978-4-560-09276-7
＊20世紀の『戦争と平和』、大戦争をつらぬくヒューマニズム。『人生と運命』の読者が待ち望んだその前編となる全三巻。現代ロシア文学の金字塔、スターリングラード二部作ここに完結！〔1267〕

◇万物は流転する　ワシーリー・グロスマン著，齋藤紘一訳　新装版　みすず書房　2022.6　296p　20cm〈原書名：ВСЕ ТЕЧЕТ...〉4000円　①978-4-622-09536-1
＊1953年、スターリンが死んだ。神のような指導者の突然の死が、国土を震撼させる。ラーゲリ（強制労働収容所）からは何百万もの人びとがぞくぞく出所してきた。主人公イワン・グリゴーリエヴィチは自由を擁護する発言を密告され、29年間、囚人であった。かつて家族の希望の星だった青年は、老人となって社会に戻った。地方都市でささやかな職を得たイワンは、白髪が目立つ体が美しい女性アンナと愛しあうようになる。彼女には、ウクライナで農民から穀物を収奪し飢餓に追い込んだ30年代の党の政策に、活動家として従事した過去があった。生涯で一番大事なことを語りあうふたり。しかし…。帝政ロシアと農奴制に抗した多様な結社からレーニンの十月革命へ、スターリン体制へと至った激動のロシア革命史が想起される。物語とドキュメンタリー風回想と哲学的洞察が小説を織りなす。作家グロスマンが死の床でも手離さなかった渾身の遺作。〔1268〕

クローニン，マリアンヌ　Cronin, Marianne
◇レニーとマーゴで100歳　マリアンヌ・クローニン著，村松潔訳　新潮社　2022.1　414p　20cm〈CREST BOOKS〉〈原書名：THE ONE HUNDRED YEARS OF LENNI AND MARGOT〉2500円　①978-4-10-590178-3
＊英国グラスゴーの病院で終末期医療を受ける少女レニーは17歳。好奇心旺盛で老人向けのアートセラピーに潜り込み、83歳のマーゴと知り合う。ふたりは自分たちが生きた証として、合わせて100年の人生を100枚の絵にして残すという計画を立て、1枚の絵を描くごとに、絵にまつわる人生の1コマを相手に語ってゆく――。生と死と愛という、人間にとって根源的な重いテーマを正面から取り上げながら、明るく風変わりなふたりの愛すべきヒロインと、個性ゆたかな登場人物が織りなすデビュー作。〔1269〕

クローニン，A.J.　Cronin, Archibald Joseph
◇城砦　上　A.J.クローニン著，夏川草介訳　日経BP　2024.7　404p　19cm〈日経BPマーケティング　原書名：THE CITADEL〉1800円　①978-4-296-20450-2
＊「西の『城砦』、東の『白い巨塔』」と絶讃されたものの、いつの間にか忘れられていた名著が夏川草介氏の新訳で甦りました。大学を卒業したばかりの医師である主人公が、夢と情熱を持ち医師という仕事に挑む半生を綴ります。無知や打算、諦めなど"大人の事情"が存在する医療現場で、もがき続ける若き医師とそのパートナーの物語です。〔1270〕

◇城砦　下　A.J.クローニン著，夏川草介訳　日経BP　2024.7　379p　19cm〈日経BPマーケティング　原書名：THE CITADEL〉1800円　①978-4-296-20510-3
＊「人生とは、未知に対する戦い。ひどい上り坂を諦めずに上っていくこと。そして、頂上にある城砦を絶対に打ち破らなければいけない」と語っていたアンドルーですが、極貧生活を経て、富や名声への渇望を募らせます。そして悲劇が訪れて…。あなたにとっての"城砦"とは何ですか？　それを打ち破る覚悟はありますか？〔1271〕

クロフォード，アン　Crawford, Anne
◇吸血鬼ラスヴァン―英米古典吸血鬼小説傑作集　G・G・バイロン，J・W・ポリドリほか著，夏来健次，平戸懐古編訳　東京創元社　2022.5　443p　20cm〈他言語標題：THE VAMPYRE　文献あり〉3000円　①978-4-488-01115-4
内容　カンパーニャの怪（アン・クロフォード著，夏来健次訳）
＊ブラム・ストーカー『吸血鬼ドラキュラ』に先駆けて発表された英米の吸血鬼小説に焦点を当てた画期的なアンソロジーが満を持して登場。バイロン、ポリドリらによる名作の新訳、伝説の大著『吸血鬼ヴァーニー―あるいは血の晩餐』抄訳ほか、ブラックユーモアの中に鋭い批評性を潜ませる異端の吸血鬼小説「黒い吸血鬼―サント・ドミンゴの伝説」、芸術家を誘うイタリアの謎めいた邸宅の秘密を描く妖女譚の傑作「カンパーニャの怪」、血液ではなく精神を搾取するサイキック・ヴァンパイアものの先駆となる幻の中篇「魔王の館」など、本邦初紹介の作品を中心に10篇を収録。怪奇小説を愛好し、多彩な翻訳を手がけてきた訳者らによる日本オリジナル編集で贈る。〔1272〕

クロフォード，ジョン　Crawford, John
◇森にさす光の中で　ジョン・クロフォード著，佐伯三恵訳　札幌　柏艪舎（第二編集部）

2023.12　124p　19cm〈星雲社（発売）　原書名：IN FOREST LIGHT〉1200円　⑪978-4-434-33092-6
＊生粋の都会っ子である13歳の少年、リバー・マクリーンは楽しかるべき夏休みの5日間を、ブリティッシュコロンビア沿岸のグレートベアー温帯雨林で過ごす羽目になった。グリズリーと恐怖の遭遇に始まり、群れなすサケ、貧相なオオカミ、間抜けなヘラジカ、生意気なビーバー、直下飛行するカモメ、カナダ西海岸にしか生息する神秘の精霊グマ――これは地球で最も美しい野生動物生息地の一つと称される地帯を巡る冒険物語である。〔1273〕

クローフォード, F.マリオン　Crawford, F. Marion

◇世界怪談名作集　[下]　北極星号の船長ほか九篇　岡本綺堂編訳　新装版　河出書房新社　2022.11　338p　15cm　（河出文庫　お2-3）　900円　⑪978-4-309-46770-2
内容　上床（クラウフォード著，岡本綺堂訳）
＊上質な日本語訳によって、これ以上ないほどの恐怖と想像力を掻き立てられる、魅惑の怪談集。「シャーロック・ホームズ」シリーズの著者コナン・ドイルによる隠れた名作「北極星号の船長」や、埋葬の三日後に墓から這いだした男の苦悩と悲哀を描いた「ラザルス」などを収録。百年近く前に刊行されたとは到底思えない、永遠に読まれるべき名作集。〔1274〕

クロフツ, フリーマン・ウィルス

◇シグニット号の死　フリーマン・ウィルス・クロフツ著，中山善之訳　3版　東京創元社　2023.9　409p　15cm（創元推理文庫）〈原書名：THE END OF ANDREW HARRISON〉1100円　⑪978-4-488-10629-4
＊証券業界の大立者ハリスンの持ち船、シグニット号の船室は密室状態だった。ベッドではハリスン本人が死んでいる。死因は炭酸ガスによる中毒。ベッド脇のテーブルには、ガスの発生源となる塩酸入りデカンタと大理石の入ったボウルが載っていた。フレンチ首席警部の入念な捜査の結果、事件は自殺の線が濃厚になる。だが…。企業ミステリの先駆者でもあるクロフツ、渾身の力作！〔1275〕

クロムハウト, リンデルト　Kromhout, Rindert

◇そして、あの日――エンリコのスケッチブック　リンデルト・クロムハウト作，アンネマリー・ファン・ハーリンゲン絵，野坂悦子訳　岩崎書店　2023.7　127p　20cm〈原書名：Die dag in augustus〉1400円　⑪978-4-265-84042-7
＊その夏エンリコは、羊飼いのじいちゃんがいる谷間へ通い、ガールフレンドのテレサとすごす、あたりまえの日々を送っていた。八月、あの日がくるまでは――イタリアの小さな村を舞台に、災害により破壊された日常と、それでも続く日々の希望と奇跡を描いた物語。〔1276〕

クロンビー, デボラ　Crombie, Deborah

◇警視の慟哭　デボラ・クロンビー著，西田佳子訳　講談社　2023.3　604p　15cm（講談社文庫　く32-17）〈原書名：GARDEN OF LAMENTATIONS〉1100円　⑪978-4-06-527869-7
＊警視庁から所轄署へ異動させられたキンケイド警視は、警察内部の闇の存在から目をつけられていることを知る。一方、妻のジェマはロンドンで、高級住宅に囲まれて外部からの侵入が困難な庭園で若い女性の死体が発見された事件に駆り出される。過去からの因縁と悪意を解きほぐした末に待つ、驚愕の真相とは！〔1277〕

クワ, リディア

◇イン・クィア・タイム――アジアン・クィア作家短編集　イン・イーシェン, リベイ・リンサンガン・カントー編，村上さつき訳　ころから　2022.8　350,10p　19cm〈他言語標題：In queer time　原書名：Sanctuary〉2200円　⑪978-4-907239-63-3
内容　蚵仔煎（リディア・クワ著）
＊「クィアの時代」に香港から届いたアジアンLGBTQ＋作家による「クィア小説」17編を収録！〔1278〕

クンデラ, ミラン　Kundera, Milan

◇ほんとうの自分　ミラン・クンデラ著，西永良成訳　集英社　2024.7　196p　16cm（集英社文庫　ク11-7）〈「ほんとうの私」（1997年刊）の改題　原書名：L'IDENTITÉ〉900円　⑪978-4-08-760792-5
＊幼い子供を亡くした後、シャンタルは年下の男性ジャン＝マルクと出会ってたちまち恋におち、離婚して彼と暮らし始めた。シャンタルは広告代理店勤務、彼は職業を転々としている。更年期の症状を感じ始めたある日、シャンタルのもとに一通の匿名の手紙が届く。「私はスパイのようにあなたの後をつけています、あなたは美しい」――。それを機に、ふたりそれぞれの幻想が現実を脅かしていく。〔1279〕

◇緩やかさ　ミラン・クンデラ著，西永良成訳　集英社　2024.6　174p　16cm（集英社文庫　ク11-6）〈原書名：LA LENTEUR〉850円　⑪978-4-08-760791-8
＊20世紀末。パリ郊外の城に滞在するため車を走らせるクンデラ夫妻。速さに取りつかれた周囲の車は、まるで猛禽のようだ。クンデラは、18世紀の小説に描かれた、ある貴婦人と騎士が城に向かう馬車の旅、そしてその夜の逢瀬に思いを馳せる。一方、城では昆虫学会が開催されていて――。ふたつの世紀のヨーロッパの精神を、かろやかに、優雅に、哲学的に描く、クンデラ初のフランス語執筆による小説。〔1280〕

ケ

【ケ】

ケ, ヨンムク 桂鎔黙
◇雨日和　池河蓮, 桂鎔黙, 金東里, 孫昌渉, 呉尚源, 張龍鶴, 朴景利, 呉永壽, 黄順元著, 呉華順, 姜芳華, 小西直子訳　福岡　書肆侃侃房　2023.12　292p　20cm　〈韓国文学の源流―短編選 4 1946-1959〉〈年表あり〉2900円　⓪978-4-86385-607-3

内容 星を数える(桂鎔黙著, オファスン訳)
＊同じ民族が争うことになった朝鮮民族の分断と混乱の続く困難な時代―1950年代―を文学はいかに生き抜いたか。植民地から解放されても朝鮮戦争の戦後、完全に南北に分断されて交流を絶された人々の苦悩は続く。〔1281〕

ケアリー, エドワード　Carey, Edward
◇呑み込まれた男　エドワード・ケアリー著, 古屋美登里訳　東京創元社　2022.7　244p　20cm　〈著作目録あり　原書名：THE SWALLOWED MAN〉2100円　⓪978-4-488-01114-7

＊巨きな魚の腹のなか。乗っていた舟ごと魚に呑み込まれたジュゼッペは、そこにある朽ちかけた船で発見した航海日誌に、自分の来し方を綴っていく。彼が創った、木彫りの人形ピノッキオに命が宿ったこと。学校に行って戻ってこなかったその子の行方を探し、小さな舟で海に漕ぎだしたこと。そして彼の手記はさらに遡り…。絶望的な状況下、ジュゼッペ老人は何を思い、何を綴ったのか。鬼才ケアリーが描く、もうひとつのピノッキオの物語。〔1282〕

◇望楼館追想　エドワード・ケアリー著, 古屋美登里訳　東京創元社　2023.1　571p　15cm　(創元文芸文庫 LAケ1-1)〈著作目録あり　文藝春秋 2002年刊の再刊　原書名：OBSERVATORY MANSIONS〉1600円　⓪978-4-488-80501-2

＊歳月に埋もれたような古い集合住宅、望楼館。そこに住むのは自分自身から逃れたいと望む孤独な人間ばかり。語り手フランシスは、常に白い手袋をはめ、他人が愛した物を蒐集し、秘密の博物館に展示している。だが望楼館に新しい住人が入ってきたことで、忘れたいと思っていた彼らの過去が揺り起こされていく。創元文芸文庫翻訳部門の劈頭を飾る鬼才ケアリーの比類ない傑作。〔1283〕

ケアンズ, サラ
◇〈閲覧注意〉ネットの怖い話クリーピーパスタ　ミスター・クリーピーパスタ編, 倉田真木, 岡田ウェンディ他訳　早川書房　2022.4　287p　16cm　(ハヤカワ文庫 NV 1499)〈原書名：THE CREEPYPASTA COLLECTIONの抄訳〉860円　⓪978-4-15-041499-3

内容 黄色いレインコート(サラ・ケアンズ著, 古森科子訳)
＊ネットの恐怖都市伝説のコピペから生まれたホラージャンル "クリーピーパスタ"。綿密に計画をたて女性の家に忍び込んだ殺人ストーカーが異変に巻き込まれる「殺人者ジェフは時間厳守」や、ジャーナリスト志望者がフロッピーディスクに込められた呪いを目撃する「スマイル・モンタナ」など、アメリカ・クリーピーパスタ界の人気ユーチューバーが厳選した悪夢の物語。身の毛がよだつ15篇の恐怖のショートストーリー傑作集。〔1284〕

ゲイ, オリヴィエ　Gay, Olivier
◇アサシンクリードフラグメント会津の刃　オリヴィエ・ゲイ著, 阿部清美訳　竹書房　2024.10　318p　19cm　〈原書名：ASSASSIN'S CREED FRAGMENTS THE BLADE OF AIZU〉1800円　⓪978-4-8019-4149-6

＊「アサシンクリード」の新たな歴史を紡ぐ幕末日本を舞台にした完全オリジナル小説。16歳の同馬篤湖は侍の父を持ち、将来を嘱望される兄に憧れている。嫁入りしていてもおかしくない年頃だが、侍を夢見て刀を振り、稽古に明け暮れる毎日を過ごしてきた。1867年11月9日、大政奉還によって江戸幕府はその幕を閉じたものの、ほどなくして旧幕府勢力と新政府が京都で激突。日本史上最大の内戦とされる戊辰戦争が勃発し、父と兄も徴集される。その背中を追うようにして、篤湖も戦いの場に身を投じる。だが、待ち受けていたのは、英仏の思惑が錯綜する陰謀だった。戦の背後で、天皇に与するテンプル騎士団と幕府を支持するアサシン教団が鎬を削っていたのだ。国を蝕む野望を眼前にした篤湖は、己の天命を理解した。家族を、そしてこの国を守る。決意を胸に篤湖は立ち上がる。手にした刀、勇気、そして兄妹の絆を武器に―。〔1285〕

ケイ, マーガリート　Kaye, Marguerite
◇侯爵と疎遠だった極秘妻　マーガリート・ケイ作, 富永佐知子訳　ハーパーコリンズ・ジャパン　2024.1　252p　17cm　(ハーレクイン・ヒストリカル・スペシャル PHS318)〈原書名：HIS RUNAWAY MARCHIONESS RETURNS〉827円　⓪978-4-596-53050-9

＊これから夫と会う―8年間、一度も顔を合わせていない夫と。リリーは亡き兄の最期の願いで、兄の親友オリヴァーと結婚したが、今、侯爵位を継ぐ彼が自由に生きられるよう、離婚を申し出るのだ。この結婚は、内輪だけの挙式後、すぐに別居生活が始まった。だから終わらせるのも簡単なはずが。なのに、なぜこんなに心が乱れるの？　一方、爵位と領地を継ぐには既婚者でなければならないと知り、オリヴァーは困っていた。妻リリーの存在は世間に公表していないのだ。余命わずかな親友の願いを叶えるためも、形ばかりの結婚だったから。そんななか折悪しく、リリーが離婚したいと言いにやってきた。どうしたものか…。妖艶になった妻を見て、彼の悩みは深まるのだった。〔1286〕

ケイ, ヨウモク 桂鎔默
⇒ケ, ヨンムク を見よ

ゲイツ, オリヴィア Gates, Olivia
◇禁断の楽園 オリヴィア・ゲイツ作, 山本みと訳 ハーパーコリンズ・ジャパン 2023.7 156p 17cm (ハーレクイン・イマージュ I2762—至福の名作選) 〈ハーレクイン 2011年の再刊 原書名：THE SURGEON'S RUNAWAY BRIDE〉 673円 ①978-4-596-77416-3
＊「そこにいるのは行方知れずのいとしい妻じゃないか！」その声に、医師のジュエルはどきりとした。元夫ロークの声だ。しかも彼は私を、元妻ではなく、"妻"と呼んだ。8年前、ジュエルはわずか5カ月の結婚生活の後、ロークのもとを去った。それはモデルだった彼女が、新たな人生を踏み出すためだった。ロークを心から愛するがゆえに、そうせざるをえなかったのだ。生まれてくるはずの子供を失った悲しみを忘れるためにも…。そして今、あの頃よりも成熟してたくましくなったロークとふたたび巡り合った一協力して医療活動をするパートナーとして。ジュエルの苦い過去を知る、別れたはずの夫として！〔1287〕

◇砂漠の小さな王子 オリヴィア・ゲイツ作, 清水由貴子訳 ハーパーコリンズ・ジャパン 2022.8 155p 17cm (ハーレクイン・イマージュ I2718—至福の名作選) 〈ハーレクイン 2009年刊の再刊 原書名：THE DESERT SURGEON'S SECRET SON〉 673円 ①978-4-596-70858-8
＊7年前、ヴィヴは異国から来たガーリブを一途に愛した。けれど優秀なドクターでありながら一国の皇太子でもあった彼は二人の関係を汚らわしい秘密のように周囲にひた隠しにした。そのうえ、泣きすがる彼女を、さよならも言わずに捨て去った―思いがけず授かった小さな命を彼女の身に残して。彼が知る由もない小さな命を糧に生きてきたヴィヴは今、ある決意を胸に、ガーリブとの再会に臨もうとしていた。今の彼が真実を知るに値する男性かどうかを見極めるために。それまでは、6歳になる息子のことは隠し続けなければ！息子を奪われ、私だけ追い出されたりしたら、私は生きていけない…。〔1288〕

ゲイリー, サラ Gailey, Sarah
◇シリコンバレーのドローン海賊—人新世SF傑作選 グレッグ・イーガン他著, ジョナサン・ストラーン編, 中原尚哉他訳 東京創元社 2024.5 420p 15cm (創元SF文庫 SFン11-2) 〈責任表示はカバーによる 原書名：TOMORROW'S PARTIESの抄訳〉 1400円 ①978-4-488-79102-5
内容 潮のさすとき (サラ・ゲイリー著, 新井なゆり訳)
＊人新世とは「人間の活動が地球環境に影響を及ぼし、が明確な地質年代を構成していると考えられる時代」、すなわちまさに現代のことである。パンデミック、世界的経済格差、人権問題、資源問題、そして環境破壊や気候変動問題…未来が破滅的に思えるときこそ、SFというツールの出番だ。グレッグ・イーガンら気鋭の作家たちによる、不透明な未来を見通すためのアンソロジー。〔1289〕

ケイン, ハーブ Kane, Herb
◇ユーモア・スケッチ大全 ［3］ユーモア・スケッチ傑作展 3 浅倉久志編・訳 国書刊行会 2022.2 374p 19cm 〈「ユーモア・スケッチ傑作展 3」(早川書房 1983年刊) の改題、増補〉 2000円 ①978-4-336-07310-5
内容 珍客到来 (アート・バックウォルド, ハーブ・ケイン著)〔1290〕

ケイン, ポール Cain, Paul
◇七つの裏切り ポール・ケイン著, 木村二郎訳 扶桑社 2022.12 351p 16cm (扶桑社ミステリー ケ11-1) 〈著作目録あり 原書名：SEVEN SLAYERS〉 900円 ①978-4-594-09088-3
＊レイモンド・チャンドラーが「ウルトラ・ハードボイルド」と評した幻の作家の代表作7編を収録した傑作集。町なかで別人と間違われて呼び止められた男。そのまま倒れこんでしまった相手を助けてタクシーに乗せたものの、彼はすでに絶命していた。こうして町の裏世界に関わることになった男は、驚くべき行動に出る…強靭な文体とスピーディな展開、複雑なプロットと鮮烈な謎解き。1930年代、伝説の雑誌「ブラック・マスク」を飾るも早々に姿を消したポール・ケイン、復活。〔1291〕

ケイン, リディア Kang, Lydia
◇ふたつの心臓を持つ少女 リディア・ケイン著, 桐谷知未訳 竹書房 2023.3 487p 15cm (竹書房文庫 け2-1) 〈原書名：THE IMPOSSIBLE GIRL〉 1300円 ①978-4-8019-3453-5
＊1850年マンハッタン。裕福な令嬢がひそかに出産した女の子コーラは、生後すぐに心臓がふたつあると診断される。当時、めずらしい特徴を持った人体が高値で売買されていたので、コーラは14歳までジェイコブという男の子として育てられた。これで"ふたつの心臓を持つ女の子"はいなくなる。墓掘りの際はふたごの兄"ジェイコブ"としてふるまい、ふたつの人格を使い分けている。珍しい身体的特徴を持った死体や奇妙な死因で亡くなった遺体を専門にするが、それは自分が狙われたときにいち早く察知するためでもあった。あるとき、コーラがマークしている人々が、自然死ではなく次々と殺害されていることに気付く。同時に、一度は消えかけた"ふたつの心臓を持つ女の子"のうわさが街に広がりはじめていた…。医学博士が描く驚愕のミステリ・スリラー。〔1292〕

ケストナー, エーリヒ Kästner, Erich
◇消え失せた密画 エーリヒ・ケストナー著, 小

ケストラ

松太郎訳　中央公論新社　2024.4　372p　16cm　〈中公文庫 ケ9-1〉〈創元推理文庫1982年刊の再刊　原書名：DIE VERSCHWUNDENE MINIATUR〉900円　①978-4-12-207513-9

＊ベルリンで長年真面目に働いてきた肉屋の親方キュルツは、突然すべてが嫌になって家出し、コペンハーゲンにやって来た。そこで高価な密画を運ぼうとする女性に協力を頼まれる。盗賊団や、謎の青年から狙われる密画を、人の良いキュルツは守れるか…。「抵抗の作家」がナチスからの迫害下に著した痛快ユーモアミステリー。〔1293〕

◇独裁者の学校　エーリヒ・ケストナー作，酒寄進一訳　岩波書店　2024.2　198p　15cm　〈岩波文庫 32-471-3〉〈著作目録あり　作品目録あり　原書名：DIE SCHULE DER DIKTATOREN〉650円　①978-4-00-324713-6
〔1294〕

◇ぼくが子どもだったころ　エーリヒ・ケストナー作，ホルスト・レムケ絵，池田香代子訳　岩波書店　2023.8　316p　18cm　〈岩波少年文庫〉〈原書名：ALS ICH EIN KLEINER JUNGE WAR〉880円　①978-4-00-114628-8

＊「いちばん大切なのは、楽しかろうが悲しかろうが、子ども時代だ。忘れられないことは忘れてはいけない！」親子の情愛、たゆまぬ努力…軽妙かつ率直に語られるエピソードが胸にせまる。ケストナーのエッセンスがつまった傑作自伝。中学以上。
〔1295〕

ケストラー，アーサー　Koestler, Arthur

◇日蝕　アーサー・ケストラー著，岩崎克己訳　三修社　2023.5　310p　20cm　〈原書名：SONNENFINSTERINS〉2800円　①978-4-384-06027-0

＊かつて革命の英雄であった主人公ルバショウは、絶対的な権力者「ナンバー・ワン」による粛清の標的にされ、でっち上げられた容疑で逮捕・投獄される。隣の独房の囚人と壁を叩いた音によって会話を交わし、これまでの半生を追想するうちに、革命家としての自分の行動の正当性に対する確信が揺らぎ始める。取り場べを受ける中でルバショウは、でっち上げられたグロテスクな罪を自らの意思で自白していく。〔1296〕

ケストレル，ジェイムズ　Kestrel, James

◇真珠湾の冬　ジェイムズ・ケストレル著，山中朝晶訳　早川書房　2022.12　485p　19cm　〈HAYAKAWA POCKET MYSTERY BOOKS 1986〉〈原書名：FIVE DECEMBERS〉2000円　①978-4-15-001986-0

＊1941年ハワイ。アメリカ陸軍上がりの刑事マグレディは、白人男性と日本人女性が惨殺された奇怪な事件の捜査を始める。ウェーク島での新たな事件を経て容疑者がマニラ・香港方面に向かったことを突き止めた彼はそれを追うが、折しも真珠湾を日本軍が攻撃。太平洋戦争が勃発する。

た香港で日本軍に捕らえられ東京へと流れついたマグレディが出会ったのは…戦乱と死が渦巻く激動の太平洋諸国で連続殺人犯を追う刑事の執念。その魂の彷徨を描く。エドガー賞（アメリカ探偵作家クラブ賞）受賞作〔1297〕

ゲーゼンツヴィ，デジレ　Gezentsvey, Desirée

◇囲われた空—もう一人の〈ジョジョ・ラビット〉　デジレ・ゲーゼンツヴィ著，クリスティン・ルーネンズ原案，河野哲子訳　小鳥遊書房　2023.2　253p　19cm　〈文献あり　原書名：Caging skies〉2400円　①978-4-86780-013-3

＊ヒトラー・ユーゲントに所属する17歳の青年、ヨハニス。爆撃で怪我を負い、自宅療養していた彼が壁の裏に見つけたのは、25歳のユダヤ人女性エルサだった—。〔1298〕

ゲーテ，ヨハン・ヴォルフガング・フォン　Goethe, Johann Wolfgang von

◇ファウスト　ヨハン・ヴォルフガング・フォン・ゲーテ著，粂川麻里生訳　作品社　2022.11　525p　22cm　〈文献あり　原書名：FAUST〉5400円　①978-4-86182-935-2

＊ほぼ全てのセリフが詩であり、韻律を持った言葉として書かれた歌劇の魅力を最大限に引き出した、声に出して読む『ファウスト』！ マルチヴァース"多層宇宙"の世界観が舞台上に展開される稀有な演劇作品の最新訳。〔1299〕

◇ファウスト　第2部 前　J.W. ゲーテ作，勝畑耕一訳　文治堂書店　2023.10　279p　22cm　〈原書名：Faust〉2000円　①978-4-938364-67-0
〔1300〕

◇若きヴェルターの悩み　タウリスのイフィゲーニエ　ヨハン・ヴォルフガング・ゲーテ著，大宮勘一郎訳　作品社　2023.2　401p　20cm　〈原書名：Die Leiden des jungen Werther 原著第2版の翻訳　Iphigenie auf Tauris〉3600円　①978-4-86182-957-4
〔1301〕

◇若きウェルテルの悩み　ゲーテ著，酒寄進一訳　光文社　2024.2　270p　16cm　〈光文社古典新訳文庫 KAケ3-3〉〈年譜あり　原書名：DIE LEIDEN DES JUNGEN WERTHERS〉780円　①978-4-334-10219-7

＊故郷を離れたウェルテルが出会い恋をしたのは、婚約者のいるロッテ。彼女と同じ時間を共有するなかで愛情とともに深まる絶望。自然への憧憬と社会への怒りのあいだで翻弄されもするウェルテルの繊細な心の行き着く先は…。世界文学史に燦然と輝く文豪ゲーテの出世作。〔1302〕

ケニン，ガースン　Kanin, Garson

◇ユーモア・スケッチ大全　[4]　すべてはイブからはじまった　ミクロの傑作圏　浅倉久志編・訳　国書刊行会　2022.3　376p　19cm　〈「すべ

てはイブからはじまった」(早川書房 1991年刊)と「ミクロの傑作圏」(文源庫 2004年刊)の改題、合本) 2000円　①978-4-336-07311-2

内容 晩餐会にて(ガースン・ケニン著)

＊笑いの大博覧会、完結！ 名翻訳家浅倉久志のライフワークである"ユーモア・スケッチ"ものを全4巻に集大成。最終巻は傑作展姉妹篇『すべてはイブからはじまった』とオンデマンドのみの刊行だった『ミクロの傑作圏』をカップリング。　〔1303〕

ケプレル, ラーシュ　Kepler, Lars

◇鏡の男　上　ラーシュ・ケプレル著，品川亮訳　扶桑社　2023.2　397p　16cm　(扶桑社ミステリー ケ10-9)〈原書名：Spegelmannen.vol.1〉1100円　①978-4-594-09228-3

＊ある雨の朝、ストックホルムの公園でジャングルジムに吊された少女が発見された。現場に駆けつけた国家警察刑事ヨーナ・リンナは遺体を一目見て驚愕する。彼女は五年前の誘拐事件で行方不明となった被害者だった…。警察は監視カメラの映像から、現場近くで犬を連れていた男の逮捕に踏み切る。強引な取り調べがおこなわれたが、その男マルティンは精神病を抱えていて供述は要領を得ない。だが、警察内で唯一彼を目撃者とみなすヨーナが催眠療法を試みると、マルティンは途端に饒舌になり—　〔1304〕

◇鏡の男　下　ラーシュ・ケプレル著，品川亮訳　扶桑社　2023.2　399p　16cm　(扶桑社ミステリー ケ10-10)〈原書名：Spegelmannen.vol.2〉1100円　①978-4-594-09229-0

＊捜査線上に浮かぶ謎の男、"シエサル"。彼はいったい何者なのか。ヨーナは公園で吊されていた遺体の頭部に小さな烙印が押されているのを発見し、過去の事件との接点を見出す。催眠で得たマルティンの目撃証言と僅かな手がかりで事件を追うヨーナだったが…。一方、マルティンの夫パメラのもとには犯人からと思しき脅迫状が届き、彼女が養子に迎えようとしていたミアが誘拐されてしまう。パメラ自身にも魔手迫るなか、はたしてヨーナは少女を救うことはできるのか—人気シリーズ待望の最新作。　〔1305〕

◇蜘蛛の巣の罠　上　ラーシュ・ケプレル著，品川亮訳　扶桑社　2024.3　427p　16cm　(扶桑社ミステリー ケ10-11)〈原書名：Spindeln.vol.1〉1200円　①978-4-594-09251-1

＊ユレック・ヴァルテルという殺人鬼との闘いは、ヨーナ・リンナとサーガ・バウエルの捜査をもって終止符を打たれた—はずだった。心に深い傷を負って療養するサーガのもとに、連続殺人をほのめかす絵葉書が届くまでは。「ヨーナを救えるのはきみしかいない」。そう記された葉書をサーガが受け取ってから三年が過ぎた折、国家警察長官マルゴットが失踪、後日遺体で発見される。現場には葉書の記述どおり残された純白の薬莢。それは新たな殺人鬼が練りあげた計画の始まりを告げる声だった—。　〔1306〕

◇蜘蛛の巣の罠　下　ラーシュ・ケプレル著，品川亮訳　扶桑社　2024.3　407p　16cm　(扶桑

社ミステリー ケ10-12)〈原書名：Spindeln.vol.2〉1200円　①978-4-594-09252-8

＊サーガ宛にひとつまたひとつと届く、犯行を予告するフィギュア入りの小包。謎かけを必死に解く刑事たちを嘲笑うかのごとく、"捕食者"による殺人は着実に遂行されていた。サーガと共同捜査を進めるヨーナは、事件をユレック・ヴァルテルの信奉者による犯行と疑い、かつてサーガがユレックへ接近するため潜入した閉鎖病棟の関係者を追う。だが殺人鬼の魔手はヨーナの背後にも迫っていて…計画の最終目的、そして追いつめられたサーガを待つ運命とは—北欧が誇るクライムシリーズ待望の最新作。　〔1307〕

◇墓から蘇った男　上　ラーシュ・ケプレル著，品川亮訳　扶桑社　2022.3　436p　16cm　(扶桑社ミステリー ケ10-7)〈原書名：Lazarus.vol.1〉1050円　①978-4-594-09071-5

＊オスロの集合住宅の住民から悪臭の苦情が寄せられ、警官が向かった先には、腐敗が進行し腹部を膨張させ両足を開いた男の死体があった。一地方警察官として勤務し、数週間後に警察庁の警部に復職することになっているヨーナのもとに、色を失った監察医ノーレンが訪れる。死んだ男の冷凍庫には多数の切断された人体のパーツがあり、その中に亡くなったヨーナの妻スンマの頭蓋骨があったというのだ。スンマの墓が荒らされたことにショックを受けるヨーナは、かつて対峙した怪物の記憶を蘇らせる…。　〔1308〕

◇墓から蘇った男　下　ラーシュ・ケプレル著，品川亮訳　扶桑社　2022.3　379p　16cm　(扶桑社ミステリー ケ10-8)〈原書名：Lazarus.vol.2〉1050円　①978-4-594-09072-2

＊その怪物は、犠牲者からすべてを奪った。その魔の手はヨーナに及んだ。ヨーナは、妻スンミと娘ルーミを守るため彼らが亡くなったと見せかけ、高い代償を払った。一方、怪物の捜査に覆面捜査官として携わった公安警察の警部サーガは、父と和解し、腹違いでダウン症の妹ペレリーナに愛情を注いでいた。そんな矢先、ヨーナに、国家警察長官カルロスから、ドイツ連邦刑事庁の警部が連続レイプ魔の死亡事件について大至急連絡を取りたがっていると電話が入る—二人の轍は断ち切れるのか？　〔1309〕

ケメルマン, ハリイ　Kemelman, Harry

◇世界推理短編傑作集　6　エミール・ガボリオ他著，戸川安宣編　東京創元社　2022.2　725p　15cm　(創元推理文庫 Mソ1-6)　1500円　①978-4-488-10012-4

内容 九マイルは遠すぎる(ハリイ・ケメルマン著，永井淳訳)

＊欧米では、世界の短編推理小説の傑作集を編纂する試みが、しばしば行われている。江戸川乱歩編『世界推理短編傑作集』はそれらの傑作集の中から、編者の愛読する珠玉の名作を厳選して5巻に収録し、併せて19世紀半ばから第二次大戦後の1950年代に至るまでの短編推理小説の歴史的展望を読者に提供した。本書では、5巻に漏れた名作を拾遺

し、名アンソロジーの補完を試みた。〔1310〕

ケラー, デイヴィッド・H.　Keller, David Henry

◇吸血鬼は夜恋をする―SF＆ファンタジイ・ショートショート傑作選　ロバート・F・ヤング，リチャード・マシスン他著，伊藤典夫編訳　東京創元社　2022.12　387p　15cm　〈創元SF文庫　SFン12-1〉〈文化出版局 1975年刊の増補〉1000円　①978-4-488-79301-2

内容　地下室のなか（デイヴィッド・H.ケラー著）

＊「アンソロジイという言葉のもとになったギリシャ語の意味は「花々を集めたもの」。立ちどまるほどではないが、歩く途中ひょっと目にとまり、見とれる花、つまり、理屈ぬきで楽しんでいただけるような小品を選ぼうと心懸けた」（伊藤典夫）。名翻訳家が初めて単独編纂した伝説のアンソロジイを半世紀ぶりに初文庫化。(SFマガジン)（奇想天外）の掲載作を追加し、全32編とした。〔1311〕

◇新編怪奇幻想の文学　5　幻影　紀田順一郎，荒俣宏監修，牧原勝志編　新紀元社　2024.7　460p　20cm　〈他言語標題：Tales of Horror and Supernatural　原書名：Spiegelbilder Old Clothesほか〉2500円　①978-4-7753-2150-8

内容　死んだ女（デイヴィッド・H.ケラー著，森沢くみ子訳）〔1312〕

ケリー, カーラ　Kelly, Carla

◇籠のなかの天使　カーラ・ケリー著，佐野晶訳　ハーパーコリンズ・ジャパン　2022.6　364p　15cm　(mirabooks CK01-05)〈原書名：THE SURGEON'S LADY〉964円　①978-4-596-70814-4

＊子爵の非嫡出子として生まれたローラ。18歳で売られるように老貴族に嫁いだが、短い結婚生活は夫の病死で終わりを告げた。そんなある日、腹違いの妹の存在を知ったローラは、妹がいる港町を訪ねた。そこで出会ったのは妹の隣人、軍医フィレモン。彼の逞しさと穏やかな眼差しに、ローラは生まれて初めて胸の高鳴りを覚える。しかも彼は会ったばかりのローラに思いがけない提案を持ちかけ…。〔1313〕

◇風に向かう花のように　カーラ・ケリー著，佐野晶訳　ハーパーコリンズ・ジャパン　2023.11　410p　15cm　(mirabooks CK01-09)〈原書名：HER HESITANT HEART〉1136円　①978-4-596-52966-4

＊19世紀、アメリカ西部。故郷から遠く離れた地で、スザンナは試練に見舞われていた。夫の暴力からどうにか逃れてこの地にたどりつき、教師として身を立てようと決心したのだが、よそ者を嫌う住民たちから邪険にされる日々―そんななかスザンナを守ってくれたのは、優しい目をした軍医ジョーだった。自らも苛酷な人生を歩んできたジョーは、スザンナの傷ついた心にそっと寄り添い…。〔1314〕

◇灰かぶりの令嬢　カーラ・ケリー著，佐野晶訳　ハーパーコリンズ・ジャパン　2022.6　396p　15cm　(mirabooks CK01-06)〈MIRA文庫2016年刊の新装版　原書名：MARRYING THE CAPTAIN〉891円　①978-4-596-70816-8

＊英国の小さな港町でエレノアはひもじさに耐えていた。子爵の非嫡出子であるばかりに世間から見放され、宿屋を営む祖母と暮らしているが、半年も客が来ない。ついには長い髪を切って売り払ったとき、港に停泊した船の艦長オリヴァーが宿泊しに訪れる。到着するなり体調を崩したオリヴァーを看病したエレノアは、やがて彼の優しさに触れ淡い想いを募らすが、人並みの幸せなど望めるはずもなく…。〔1315〕

◇遥かな地の約束　カーラ・ケリー著，佐野晶訳　ハーパーコリンズ・ジャパン　2023.11　350p　15cm　(mirabooks CK01-07)〈原書名：MARRYING THE ROYAL MARINE〉1082円　①978-4-596-75559-9

＊子爵の非嫡出子として、18歳になるまで女学校に閉じ込められていたポリー。そんな彼女にとって、異国の姉を訪ねるため乗った船上の日々は初めて知る外の世界だった。荒くれ男に囲まれ不安だらけの箱入り娘に手を差し伸べたのは、海兵隊の中佐ヒュー。ハンサムで紳士的な彼にポリーは惹かれていくが、相手は19も年上のエリート将校。自分は美しい姉達に憧れる醜いアヒルの子でしかなく…。〔1316〕

◇拾われた1ペニーの花嫁　カーラ・ケリー著，佐野晶訳　ハーパーコリンズ・ジャパン　2023.4　366p　15cm　(mirabooks CK01-08)〈MIRA文庫 2014年刊の新装版　原書名：THE ADMIRAL'S PENNILESS BRIDE〉927円　①978-4-596-77061-5

＊見知らぬ土地で一人、サリーは困り果てていた。ようやくコンパニオンの勤め口を見つけて赴いた矢先、雇い主の老婦人が亡くなったと知らされたのだ。馬車の運賃を払った今、乏しい蓄えは底をつき、宿代もない。途方に暮れたサリーは最後の銀貨を握りしめて紅茶を頼んだ…するとサリーの様子に気づいたとある紳士が声をかけてきた。彼、海軍提督チャールズ卿はサリーの話を聞くと、驚くべきことを申し出た―彼との結婚を。〔1317〕

◇屋根裏の男爵令嬢　カーラ・ケリー著，佐野晶訳　ハーパーコリンズ・ジャパン　2024.7　382p　15cm　(mirabooks CK01-10)〈MIRA文庫 2015年刊の新装版　原書名：MARRIAGE OF MERCY〉973円　①978-4-596-96130-3

＊男爵令嬢のグレースは涙をこらえ、パン屋の扉を叩いた。借金を残して父が亡くなり、すべて失った自分にもう結婚は望めない。以来、こつこつと働き続けた彼女だったが、10年後、店の常連だった老侯爵から思いがけない遺産を託される。洒落た屋敷と手当、そして、戦争捕虜となっている侯爵の子息を…。遺言に従い、グレースは監獄に向かった。さらに驚くべき運命が待ち受けているとも知らずに。〔1318〕

ゲール, ポーリン

◇ユーモア・スケッチ大全　[2]　ユーモア・スケッチ傑作展　2　浅倉久志編・訳　国書刊行会　2022.1　372p　19cm　〈『ユーモア・スケッチ傑作展 2』（早川書房 1980年刊）の改題、増補〉2000円　①978-4-336-07309-9

内容　夜半楽（ポーリン・ゲール著）

＊名翻訳家のライフワークである『ユーモア・スケッチ』ものを全4巻に集大成。第2弾は『ユーモア・スケッチ傑作展2』（全32篇）＋単行本未収録作品12篇。〔1319〕

ゲン, カレイ　厳 歌苓

◇華語文学の新しい風　劉慈欣、ワリス・ノカン、李娟他著，王徳威、高嘉謙、黄英哲、張錦忠、及川茜、濱田麻矢編，小笠原淳、津守陽他訳　白水社　2022.11　357p　20cm　（サイノフォン 1）3200円　①978-4-560-09875-2

内容　大陸妹（厳歌苓著，白井重範訳）

＊近年注目を集めている華語文学の新たなうねりを紹介するシリーズ"サイノフォン"の第1巻。香港の高層ビルからチベットの聖なる湖まで、シカゴのバーからマレーシアの原生林まで。小説、旅行記、詩、SFなど、多様なジャンルから世界を切り取る17篇。〔1320〕

ゲン, チンケン　玄 鎮健

⇒ヒョン, ジンゴン　を見よ

ケンドリック, シャロン　Kendrick, Sharon

◇愛を宿したウエイトレス　シャロン・ケンドリック作，中村美穂訳　ハーパーコリンズ・ジャパン　2024.9　220p　17cm　（ハーレクイン・ロマンス R3904―伝説の名作選）〈2017年刊の再刊　原書名：SECRETS OF A BILLIONAIRE'S MISTRESS〉673円　①978-4-596-77721-8

＊ウエイトレスのダーシーは、イタリア富豪レンツォに見初められ、誘惑に抗えず純潔を捧げて、彼の愛人になった。太陽の下でデートすることもなく、逢瀬はベッドの上だけ。やがて虚しさに耐えきれなくなったダーシーが別れを申し出ると、レンツォはトスカーナの別荘に彼女を連れ出した。初めて恋人同士のように過ごし、幸せの絶頂を味わった直後、ダーシーはずっと秘密にしてきた出自を彼に咎められ、ひどく侮辱されて、追い出されてしまう。今になって、これほど身分違いを思い知らされるなんて。途方に暮れる彼女は、身ごもっていることさえ気づかず…。〔1321〕

◇愛なき富豪と身重の家政婦　シャロン・ケンドリック作，加納亜依訳　ハーパーコリンズ・ジャパン　2024.2　156p　17cm　（ハーレクイン・ロマンス R3849）〈原書名：THE HOUSEKEEPER'S ONE-NIGHT BABY〉673円　①978-4-596-77785-1

＊家政婦のリジーは、雇い主から屋敷の売却と解雇を告げられ、屋敷の買い手を案内するよう命じられて呆然としていた。そこへ早速現れたのが、イタリア人富豪ニッコロだった。初対面だというのに二人は強く惹かれ合い、誤って狭い納戸に閉じこめられたのを合図に、熱い一夜を共にしてしまう。やがて、妊娠に気づくリジー。すぐにニッコロに知らせるが、彼から、父親や夫になる気はないが"必要経費"は出すと言われ、深く傷ついた。ただの貧しい家政婦に、愛は微塵もないのね？　子どものためと自分に言い聞かせ、彼女はマンハッタンへ飛んだ。〔1322〕

◇あなたを忘れられたら　シャロン・ケンドリック作，竹中町子訳　ハーパーコリンズ・ジャパン　2023.3　156p　17cm　（ハーレクイン・ロマンス R3763―伝説の名作選）〈『復讐はベッドで』（ハーレクイン 2007年刊）の改題　原書名：BEDDED FOR REVENGE〉664円　①978-4-596-76785-1

＊姉の結婚式で花嫁付添人を務めていたソーチャは、最後列に座る招待客を見て、心臓がとまりそうになった。チェーザレ・ディ・アルカンジェロ！　なぜ彼がここに？　7年前の夏、18歳のソーチャは彼に夢中だった。想いが叶い、ついに求婚されるが、それは愛の欠片もない冷酷なものだった。傷ついた彼女は拒絶し、泣く泣く姿を消したのだ。チェーザレが不敵な笑みを浮かべて近づき、思いがけない提案を持ちかけた。傾きかけた会社を立て直すため、きみの協力がぜひ必要だという。いったいチェーザレは何を企んでいるの？　疑いの目を向けた彼女は次の瞬間、強引に唇を奪われて…。〔1323〕

◇イタリア富豪の極秘結婚　シャロン・ケンドリック作，麦田あかり訳　ハーパーコリンズ・ジャパン　2023.1　220p　17cm　（ハーレクイン・ロマンス R3741）〈原書名：CONFESSIONS OF HIS CHRISTMAS HOUSEKEEPER〉664円　①978-4-596-75653-4

＊ルイーズは、突然会社に現れたジャコモを見て驚いた。別居中の夫がなぜここに？　離婚の手続きをする気になったのか？　イタリア人富豪のジャコモは事故で1年分の記憶を失っている、その時期に自分が結婚していたと知って、妻に会いに来たという。記憶を取り戻す手助けを頼まれ、ルイーズは迷った。二人はたしかに誰よりも惹かれ合い、夫婦の誓いを立てた。でも結婚後、なぜか急に冷たくなった夫を思い出すのは今でもつらい。ずたずたにされた心を守りたくて、彼女は条件を出した。「それなら妻としてでなく、家政婦としてでお願い」と。〔1324〕

◇一夜が結んだ絆　シャロン・ケンドリック著，相原ひろみ訳　ハーパーコリンズ・ジャパン　2023.9　199p　15cm　（ハーレクイン文庫 HQB-1199―珠玉の名作本棚）〈ハーレクイン 2013年刊の再刊　原書名：A SCANDAL, A SECRET, A BABY〉627円　①978-4-596-52350-1

＊「ぼくに話すべきことがあるんじゃないか？」元

婚約者のイタリア大富豪ダンテに詰め寄られ、ジャスティナはもう逃げられないことを悟った。9カ月前のあの夜、二人は激しく求めあった。身分差を理由に彼の親族から疎まれて破局した過去も忘れ、最後の一夜のつもりで、ジャスティナは自らを捧げたのだ―彼の子を身ごもってしまうとは、思いも寄らず。妊娠を知って追ってきたダンテの目は怒りに燃えながらも、彼は臨月のお腹を優しく、唇に熱く口づけをしてきて…。〔1325〕

◇遠距離結婚　シャロン・ケンドリック著，大島幸子訳　ハーパーコリンズ・ジャパン　2023.5　207p　15cm　（ハーレクイン文庫 HQB-1185）〈ハーレクイン 1998年刊の再刊　原書名：LONG-DISTANCE MARRIAGE〉627円　①978-4-596-77079-0
＊アレッサンドラの夫キャメロンは、誰もが羨む美貌の裕福な男性。キャリアを邁進する自立した女性が好きだと公言し、仕事のため結婚後もロンドンとマンチェスターに分かれて暮らしている。日に日に夫への思いは募ったが、彼女は平気なふりをしていた。ある週末、アレッサンドラが夫と愛し合いかけたまさにそのとき、ピルをのみ忘れていたことを思い出し、慌てて彼を制止する。だがキャメロンは愛撫の手を止めず、こう囁いて彼女を惑わせた。「きみに、ぼくの子供を宿してほしいんだ…」なぜ？　妊娠して働かなくなった女性なんて、嫌いでしょう？〔1326〕

◇エンジェル・スマイル　シャロン・ケンドリック作，久坂翠訳　ハーパーコリンズ・ジャパン　2023.8　156p　17cm　（ハーレクイン・イマージュ I2768―至福の名作選）〈ハーレクイン 1999年刊の再刊　原書名：THE BABY BOND〉673円　①978-4-596-52118-7
＊夫が突然失踪して1年半、エンジェルは孤独と不安を耐え忍んでいた。そんなある日、彼女がメイドとして働くホテルに、夫の兄で法廷弁護士のローリから電話がかかってくる。弟が―きみの夫が、自動車事故で帰らぬ人となった、と。そればかりか、車には愛人が同乗していたという。打ちのめされたエンジェルのもとに、ローリが訪ねてきている。なんと、まだ生まれて間もない赤ん坊を連れている。「まさか、その子は…」驚くエンジェルに、彼はうなずいた。「そうだ。弟と愛人の子だよ」そして、こう続けた。「エンジェル、この子を僕と一緒に育ててくれないか」〔1327〕

◇王の血を引くギリシア富豪　シャロン・ケンドリック作，上田なつき訳　ハーパーコリンズ・ジャパン　2023.11　156p　17cm　（ハーレクイン・ロマンス R3825）〈原書名：HER CHRISTMAS BABY CONFESSION〉664円　①978-4-596-52794-3
＊気づいたときビアンカはたくましい腕に抱きあげられていた。飛行機が不時着し、同乗していた富豪クサントスに助けられたのだ。雪山の小屋で一夜を明かし、救出されて見知らぬ土地で過ごすうち、恋愛経験の少ないビアンカは冷静で魅力的な彼に惹かれていった。そして熱く誘惑されて純潔を捧げたあとも、彼と会いつづけた。都合のいい女になりたくなかったが、一緒にいたい気持ちは強すぎた。妊娠したときは、子供を望まないクサントスに伝えるのが怖かった。案の定、非情な富豪は他の男を夫にしろと告げ、彼女は悲嘆に暮れる。ところが、一人寂しくイブを過ごすビアンカを彼が訪ねてきて…。〔1328〕

◇幼子は秘密の世継ぎ　シャロン・ケンドリック作，飯塚あい訳　ハーパーコリンズ・ジャパン　2024.5　156p　17cm　（ハーレクイン・ロマンス R3873）〈原書名：THE KING'S HIDDEN HEIR〉673円　①978-4-596-54085-0
＊シングルマザーのエメラルドは悩んでいた。幼い息子の父親に、子どもの存在を打ち明けるべきかを。何しろ、彼―コスタンディンは一国の王なのだから。6年前、仕事先で知り合ったハンサムな王子との一夜限りの関係。妊娠に気づいたときにはコスタンディンは国王に即位し、王妃を迎えていた。けれど今、彼は離婚し、しかもエメラルドの昔の職場でパーティーを開くらしい。息子のことを伝えるなら今しかない！　再会したコスタンディンは、さらに魅力的になっていた。冷静でいなければとわかっていても、ときめきを抑えられず…。〔1329〕

◇オフィスのシンデレラ　シャロン・ケンドリック著，和香ちか子訳　ハーパーコリンズ・ジャパン　2022.3　206p　15cm　（ハーレクイン SP文庫 HQSP-310）〈ハーレクイン 2001年刊の再刊　原書名：SEDUCED BY THE BOSS〉500円　①978-4-596-01799-4
＊秘書のミーガンには最近、気になっていることがある。ボスであるダン宛に何通も、謎めいたラブレターが届くのだ。ダンはハンサムな独身貴族。言い寄る女性も多いだろうが、困りきったダンの様子を見るかぎり何か事情がありそうだ。聞けばダンは手紙の主に長年つきまとわれていて、家族同士が親しいため今週末も顔を合わさねばならないという。誰かを恋人を連れて帰ってはどうでしょう―そう提案すると、ダンは地味で冴えない秘書の全身を思案顔で眺め、おもむろに頷いた。「君が恋人のふりをしてくれないか」〔1330〕

◇家政婦は籠の鳥　シャロン・ケンドリック作，萩原ちさと訳　ハーパーコリンズ・ジャパン　2024.1　156p　17cm　（ハーレクイン・ロマンス R3839―伝説の名作選）〈ハーレクイン 2015年刊の再刊　原書名：THE HOUSEKEEPER'S AWAKENING〉673円　①978-4-596-53056-1
＊わがままな主人に呼びつけられ、家政婦のカーリーは、屋敷内にあるジムへと急いだ。事故で怪我をして以来、在宅療養している富豪ルイスは不機嫌で、今日も案の定、美人の理学療法士にくびを言い渡した。そして驚いたことに、今後はカーリーが代わりをするよう命じたのだ―莫大な報酬と引き換えに。実は彼女は医大に進み、医師になるのが夢だった。だが当時は極貧のうえ父の介護もあり、泣く泣く諦めたのだ。引き受ければ、また夢に挑戦できる。ただ、ひとつだけ、気がかりなのは…ルイスがあまりにもセクシーすぎること。指

ケントリツ

先が彼に触れただけで、なぜこんなに胸が苦しくなるの？ 〔1331〕

◇恋する一夜物語　エマ・ダーシー，シャロン・ケンドリック，アネット・ブロードリック著，加納三由季他訳　ハーパーコリンズ・ジャパン　2022.7　330p　17cm　（HPA 36―スター作家傑作選）〈原書名：THE INCORRIGIBLE PLAYBOY　IN BED WITH THE BOSSほか〉1109円　①978-4-596-70806-9

内容 一夜の記憶（シャロン・ケンドリック著，木内重子訳）

＊「蛾が蝶になったさまをゆっくり鑑賞させてもらうよ」地味でお堅いエリザベスの変身、放蕩富豪ハリーから失礼な賛辞が贈られた。さらに僕の下で働かないかと誘われ、世慣れた彼に不安を抱きながらも、彼女はつい同意してしまう！　遊び人と噂されているけれど実は剃刀のように頭の切れる彼の魅力にはまっていくとも知らず。―『一夜の蝶』ジョゼフィーヌは少女のころから憧れていたブレイクと再会し、長年の想いが叶って彼と情熱の一夜を過ごして天にも昇る心地だった。しかし、彼女にとっては忘れられない夜だったのに、ブレイクは朝が来る前にさっさと立ち去った。その直後、彼が元恋人とよりを戻して婚約したという噂を聞き、ジョゼフィーヌは打ちのめされた。―『一夜の記憶』テスは早朝のしつこい呼び鈴で起こされた。玄関先には、2年は戻らないと言って異国へ旅立ったクレイグがいた。なぜ2カ月もしないうちに帰ってきたの？　ふとテスは彼が発つ前の、一夜の出来事を思い出した。まさか幼なじみだった彼と一線を越えるとは思いもしなかったが―まさか！　昨晩、急な吐き気に襲われたのは…。―『一夜の奇跡』 〔1332〕

◇恋に落ちたシチリア　シャロン・ケンドリック著，中野かれん訳　ハーパーコリンズ・ジャパン　2024.5　198p　15cm　（ハーレクイン文庫 HQB-1233）〈ハーレクイン　2009年刊の再刊　原書名：SICILIAN HUSBAND, UNEXPECTED BABY〉691円　①978-4-596-77582-5

＊生活苦にあえぐエマは、赤ん坊をかかえ絶望の淵にいた。エマが子供を望めない体と診断されたことをきっかけに、シチリア大富豪の夫ヴィンチェンツォと別居したあと、皮肉にも妊娠がわかり、夫には知らせず産んだ子だ。旅先のシチリアで嵐のような恋におち、電撃結婚したものの、誇り高い彼とは何もかもが違いすぎた。子供のためにいくばくか援助してもらえるなら、いっそ…。エマは震える足で夫のもとを訪れ、離婚を申し出た。ヴィンチェンツォは、自分に瓜二つの幼子を見つめると―。 〔1333〕

◇傲慢富豪の情熱　リン・グレアム著，キム・ローレンス，シャロン・ケンドリック著，山ノ内ική枝他訳　ハーパーコリンズ・ジャパン　2023.1　314p　17cm　（HPA 42―スター作家傑作選）〈原書名：AN INSATIABLE PASSION　THE MARRIAGE SECRETほか〉1082円　①978-4-596-75787-6

内容 始まりはラストダンス（シャロン・ケンドリック著，竹生淑子訳）

＊貧しい祖父母の家で育ち、身分違いの地主の息子ジェイクの子を宿したキティ。だが初めての一夜のあと、彼に言われた。妊娠しても子供は女性に譲ってほしいと。妊娠を告げる前に、彼は別の女性と結婚。キティは打ちのめされ家を出た。8年後、祖母が亡くなり帰郷すると、長身の男性が現れた。彫りの深い顔立ち―ジェイク？―『飽くなき情熱』エミリーは結婚して3年経った今も大富豪の夫フィンに夢中。だが彼は前妻といまだに親しく、毎晩帰宅も遅いので不安でならない。今日は3度目の結婚記念日なのに、腕によりをかけて作った食事はすっかり冷めてしまった。思い余って夫の会社に行ってみると…そこには、一緒にシャンパンを飲む夫と前妻の睦まじい姿が！―『悲しい嫉妬』田舎町の診療所で看護師として働くララ。今年のクリスマスにはドクターの息子ニックに会うという。7年前のイブの日にダンスパーティでニックに恋したララは、次の日からダイエットに励んだ。今はもう太って未熟な少女ではないわたしを、彼はどう思うかしら？　ララは期待に胸を高鳴らせるが、現実は残酷で―。―『始まりはラストダンス』 〔1334〕

◇この胸の嵐　シャロン・ケンドリック著，山本瑠美子訳　ハーパーコリンズ・ジャパン　2022.11　203p　15cm　（ハーレクインSP文庫 HQSP-343）〈ハーレクイン　1998年刊の再刊　原書名：MISTRESS MATERIAL〉500円　①978-4-596-74918-5

＊撮影のため南フランスを訪れた、人気モデルのスーキーは、パスクアーレ・カリアンドロに再会し、凍りついた。パスクアーレは今や世界に名を轟かす実業家で、友人の兄。忘れもしない17歳の夏、そんな彼に恋をしたスーキーは、決死の思いで未熟な体を捧げようとした。だがパスクアーレは残酷なほど冷たく、彼女をはねつけた…。あれから7年。セクシーに成長したスーキーの姿をパスクアーレは傲慢な目つきで値踏みするように眺めた。そしておもむろに言った。僕の愛人にならないか、と。 〔1335〕

◇純潔を買われた朝　シャロン・ケンドリック作，柿原日出子訳　ハーパーコリンズ・ジャパン　2024.10　220p　17cm　（ハーレクイン・ロマンス R3916―伝説の名作選）〈2018年刊の再刊　原書名：THE ITALIAN'S CHRISTMAS SECRET〉673円　①978-4-596-71389-6

＊イタリアのホテル王マッテオ・ヴァレンティの視察旅行に同道したタクシー運転手のケーラ。途中、天候の急変で車が立ち往生し、宿を探すが、見つかったのは小さなB&Bの屋根裏部屋だけ。嘘でしょう…こんな狭い場所にセクシーな富豪と二人きり？　互いの身の上話はやがて熱い囁きに変わり、気づけばケーラは純潔を捧げていた。だが翌朝、彼は忽然と姿を消した―大金と命の芽をケーラに残して。10カ月後、出産と引き替えに職も住む家も失った彼女が、恥を忍んでマッテオに連絡すると、なんと彼はローマから飛んできて―？ 〔1336〕

ケントリツ

◇純白の一夜は永遠に　シャロン・ケンドリック作，深山咲訳　ハーパーコリンズ・ジャパン　2022.1　220p　17cm　（ハーレクイン・ロマンス R3645）〈原書名：CINDERELLA'S CHRISTMAS SECRET〉664円　①978-4-596-01807-6

＊パーティの給仕係として働き、疲れた体で帰途についたホリー。天候が急変して困っていると、傍らに1台の高級車が停まり、乗っていくよう促される。声の主はスペイン富豪マキシモ—最近この町の古城を買ったという、世界的な実業家だ。彼の漆黒の瞳に魅入られ、すっかり舞い上がったホリーは、一夜限りの約束で、誘惑されるまま身も心も捧げてしまう。2カ月後、ホリーは愕然とした。まさか妊娠するなんて！報せを聞いたマキシモは、別人のような冷酷さで言い放った。「経済的な援助はする。ただし、その子の父親は手に入らない」〔1337〕

◇ずっとずっと好きな人　ダイアナ・パーマー，シャロン・ケンドリック，レイ・モーガン著，霜月桂他訳　ハーパーコリンズ・ジャパン　2022.5　329p　17cm　（HPA 34—スター作家傑作選）〈原書名：THE RANCHER THE BOSS'S BOUGHT MISTRESSほか〉1109円　①978-4-596-42796-0

内容　フィアンセを演じて（シャロン・ケンドリック著，小池桂訳）

＊どれほど時が過ぎても、やっぱり彼が好き…。忘れえぬ"あの人"への片思いが詰まった珠玉の3篇。〔1338〕

◇征服王の二つの顔　シャロン・ケンドリック作，麦田あかり訳　ハーパーコリンズ・ジャパン　2022.6　220p　17cm　（ハーレクイン・ロマンス R3685）〈原書名：ONE NIGHT BEFORE THE ROYAL WEDDING〉664円　①978-4-596-42880-6

＊ザブリナは隣国の王の花嫁となるために育てられてきた。今日は、彼女がいよいよそのローマン王のもとへ嫁ぐ日だ。征服王と呼ばれる恐ろしい男性には、一度も会ったことはない。そのときザブリナの前に、隣国の護衛長が現れた。銀の瞳を持つ整った顔立ちの彼に、ザブリナの胸はときめき、いけないと思いつつも王室専用列車の中で一線を越えてしまう。しかし護衛長の態度は急に変わり、ザブリナは冷たく見下された。彼女は気づいた。この人は征服王だ。私は試されたのだ！　ローマン王は言った。「君は王を裏切った。結婚はできない」。〔1339〕

◇大富豪と秘密のウェイトレス　シャロン・ケンドリック作，加納亜依訳　ハーパーコリンズ・ジャパン　2023.12　156p　17cm　（ハーレクイン・ロマンス R3834—純潔のシンデレラ）〈原書名：ITALIAN NIGHTS TO CLAIM THE VIRGIN〉664円　①978-4-596-52982-4

＊高級なアートギャラリーで働くニコラには秘密があった。夜はふしだらな姿でナイトクラブのウェイトレスをしているのだ。もちろんそれには理由がある。じつは彼女は父親の顔も知らず、母親にも見捨てられ、学校に通う余裕すらなく弟を養っていた。ある日、ニコラはクラブでギャラリーの顧客、富豪アレッシオと偶然でくわした。問われるまま困窮している事情を明かすが、思いがけない提案をされる。"僕の母親の誕生日パーティに同伴してくれたら、高額の報酬を支払おう"と。人生最高のご褒美。でも私にできるの？　ニコラの心は揺れた。〔1340〕

◇花言葉を君に　シャロン・ケンドリック著，高杉啓子訳　ハーパーコリンズ・ジャパン　2024.6　217p　15cm　（ハーレクインSP文庫 HQSP-418）〈ハーレクイン 2003年刊の再刊　原書名：FINN'S PREGNANT BRIDE〉545円　①978-4-596-63616-4

＊ギリシアの美しい島でキャサリンは、旅行中の世界的な億万長者フィンと運命的な恋に落ちる。だがフィンとの関係を、キャサリンの上司が嗅ぎつけ、著名人の醜聞として暴露してしまう。その日、フィンは花を抱えて現れた。いつもと変わらぬ熱心さで彼女を求め安堵した一瞬も束の間、フィンの表情が一変し、辛辣な言葉で別れを告げたのだった。キャサリンは泣きながら、花をバラバラにした。予期せぬ妊娠に気づいたのは何もかも終わったあと…。〔1341〕

◇華やかな情事　シャロン・ケンドリック著，有森ジュン訳　ハーパーコリンズ・ジャパン　2024.1　198p　15cm　（ハーレクイン文庫 HQB-1215—珠玉の名作本棚）〈ハーレクイン 2009年刊の再刊　原書名：THE GREEK TYCOON'S CONVENIENT WIFE〉691円　①978-4-596-53163-6

＊アリスは10年前の恋人、ギリシア大富豪キュロスを待っていた。故郷で同国の女性と結婚し、子供を沢山作ると明言していた彼は、一方的に別れを告げてアリスの心に深い傷を残した男。なのに突然電話してきて、ちょっと立ち寄るだなんて！　それでもアリスは、別れたことを後悔させたくて、黒いサテンのドレスで美しくセクシーに装い、彼を出迎えた。浅黒い肌、海賊のようにたくましい体—すべて昔のままだ。その姿を見たとたん、アリスの心はかき乱された。彼の魅力には抵抗できない。いくら歳月が流れても…。〔1342〕

◇秘密を身ごもったナニー　シャロン・ケンドリック作，山科みずき訳　ハーパーコリンズ・ジャパン　2022.9　220p　17cm　（ハーレクイン・ロマンス R3710）〈原書名：PENNILESS AND PREGNANT IN PARADISE〉664円　①978-4-596-74677-1

＊住みこみでナニーをしているキティは一家の家族旅行に同行した。ある夜、束の間の休暇を楽しもうと高級リゾートのバーへ赴くが、みすぼらしい身なりを咎められ、追いだされてしまう。するとそこへ目も覚めるような美麗な男性、サンティアゴが現れて陶然とする彼女を誘惑し、別世界のスイートへといざなった。真面目に生きてきた私への、神様からのご褒美かしら？　キティは純潔を捧げるが、なぜか彼は怒り、苦い別れとなった。帰国後、雇い主から解雇され、直後に妊娠が判明したキ

ティは、ショックで言葉を失った。サンティアゴ…彼を頼ってもいいの？〔1343〕

◇舞踏会の灰かぶり　シャロン・ケンドリック作，加納亜依訳　ハーパーコリンズ・ジャパン　2022.9　156p　17cm　（ハーレクイン・ロマンス R3715）〈原書名：STOLEN NIGHTS WITH THE KING〉664円　①978-4-596-74764-8

＊7年前、ロージーの初恋は終わりを告げた。父が教育係をしていたコルソは、地中海を望む王国の皇太子。コルソの25歳の誕生日の舞踏会に招かれたとき、ロージーは18歳で、貧しい家から何とか出席した。そして、王宮で部屋が隣り合わせた女性が、電話で話す声を耳にする。コルソを誘惑し、彼の子供を妊娠するつもりだと。大変だわ！　意を決してコルソに打ち明けるが、彼は信じない。幼い恋心を打ち砕かれ、ロージーは逃げ帰った―。7年後、国王となったコルソが、美しく成長した彼女を訪ねてくる。〔1344〕

◇プリンスを愛した夏　シャロン・ケンドリック著，加藤由紀訳　ハーパーコリンズ・ジャパン　2024.8　203p　15cm　（ハーレクイン文庫 HQB-1244）〈ハーレクイン 2011年刊の再刊　原書名：THE ROYAL BABY REVELATION〉691円　①978-4-596-63997-4

＊ロンドンでパーティ・プランナーの助手として働くメリッサは、2年ぶりに地中海の美しい国ザフィリンソスを訪れていた。近々開かれる、カジミーロ国王が主催する舞踏会を手伝うため―そして、かつて束の間の情熱を分かち合った国王の子を密かに産み育てていると、告げるためだ。カジミーロには私の口からきちんと真実を話したい…。国王への謁見を許されたメリッサはしかし、心を打ち砕かれた。カジミーロは彼女のことなどまったく覚えていないばかりか、耳を覆いたくなるような罵声を浴びせ、手酷く追い払ったのだ。〔1345〕

◇メイドは秘密の妻　シャロン・ケンドリック作，中野恵訳　ハーパーコリンズ・ジャパン　2023.7　156p　17cm　（ハーレクイン・ロマンス R3789―純潔のシンデレラ）〈原書名：INNOCENT MAID FOR THE GREEK〉664円　①978-4-596-77406-4

＊ミアがメイドとして働くホテルに、突然"夫"が迎えに現れた。テオ・アエトン。6年前、ギリシア富豪の彼と恋に落ち、夢のような結婚式を挙げた夜、ミアはどん底に突き落とされた。結婚の目的は彼女の祖父の財産。愛などなかったと知ったのだ。すぐに家から飛び出し、二度とテオのもとへは戻らなかった。だが今、祖父の余命が幾ばくもないと聞かされて、ミアはギリシアへ戻ることを決めた。病床の祖父の前に進むと、テオは表情一つ変えず彼女の手を引き寄せ、驚きのひと言を放った。「安心してください。ごらんのとおり、僕たちは復縁しました」〔1346〕

◇屋根裏の聖母　シャロン・ケンドリック作，中村美穂訳　ハーパーコリンズ・ジャパン　2023.6　220p　17cm　（ハーレクイン・ロマンス R3787―伝説の名作選）〈2016年刊の再刊　原書名：CLAIMED FOR MAKAROV'S BABY〉664円　①978-4-596-77237-4〔1347〕

◇雪の花のシンデレラ　ノーラ・ロバーツ他著，中川礼子他訳　ハーパーコリンズ・ジャパン　2024.12　379p　17cm　（HPA 65―スター作家傑作選）〈原書名：HOME FOR CHRISTMAS THE PASSIONATE WINTERほか〉1136円　①978-4-596-71779-5

内容 クリスマスに間に合えば（シャロン・ケンドリック著，霜月桂訳）

＊『クリスマスの帰郷』田舎町に住むフェイスは女手一つで愛娘を育てている。クリスマス間近のある日、かつての恋人ジェイソンが現れた。私の心をずたずたにして去り、この10年、一度も連絡をくれなかったのになぜ今？　一方の彼は、フェイスがなぜほかの男と結婚したのか確かめに来たのだった。彼女は身構えた―愛娘にまつわる"秘密"を思って。『青い果実』18歳のリーは、知り合ってまもない同い年の男友達に誘われて彼の父が所有する美しい別荘へ。だが執拗に酒を飲ませようとしてくる友人に追いつめられ、絶体絶命かと思われた瞬間、低い声が響いた。「床に転がって何をしている」黒いシルクシャツの胸元をはだけたその男性こそ友人の父ピアーズ。リーの心臓が早鐘を打ち出した！『クリスマスに間に合えば』結婚に破れ、故郷の町に戻ってきたクレミーは、引っ越してすぐに信じられない偶然を知る。12年前の高校卒業記念ダンスパーティの夜、熱いキスを交わしながら結ばれなかった2歳年上のアレックが隣人だとわかったのだ。動揺しつつも、アレックの娘を家に引き入れて娘たちと遊ばせていると、彼が怒りの形相でやってきて…。〔1348〕

【コ】

ゴ，エイジュ　呉　永壽
⇒オ，ヨンス　を見よ

コー，カッサンドラ

◇穏やかな死者たち―シャーリイ・ジャクスン・トリビュート　ケリー・リンク，ジョイス・キャロル・オーツ他著，エレン・ダトロウ編，渡辺庸子，市田泉他訳　東京創元社　2023.10　570p　15cm　（創元推理文庫 Fン12-1）〈責任表示はカバーによる　原書名：WHEN THINGS GET DARK〉1500円　①978-4-488-58407-8

内容 穏やかな死者たち（カッサンドラ・コー著，佐田千織訳）〔1349〕

ゴ，ギョウラク　呉　暁楽

◇子供はあなたの所有物じゃない　呉暁楽著，木内貴子訳　光文社　2022.10　337p　19cm　1800円　①978-4-334-91493-6

コ

＊ある家庭教師の見た情景―苛烈な家庭教育、歪んだ親子関係の実態を描く衝撃の家族小説。過熱する学歴社会に翻弄される親と子。教育の意味と本質を問いかける、台湾で大きな話題を呼んだベストセラー小説。〔1350〕

コ, ケツセイ　胡 絜青
◇黒い雪玉―日本との戦争を描く中国語圏作品集　加藤三由紀編　中国文庫　2022.8　391p　19cm　3800円　①978-4-910887-00-5
内容　北平から重慶まで（胡絜青著，福島俊子，布施直子訳）〔1351〕

ゴ, ショウゲン　呉 尚源
⇒オ，サンウォン　を見よ

ゴ, ショウレイ　呉 昌齢
◇中国古典名劇選　3　後藤裕也，田村彩子，陳駿千，西川芳樹，林雅清編訳　東方書店　2022.3　416p　21cm　4200円　①978-4-497-22204-6
内容　張天師，風花雪月を断ぐ―張天師（呉昌齢撰）〔1352〕

ゴ, ソウ　呉 霜
◇金色昔日―現代中国SFアンソロジー　夏笳ほか著，ケン・リュウ編，中原尚哉他訳　早川書房　2022.11　715p　16cm　（ハヤカワ文庫 SF 2387）〈責任表示はカバーによる　「月の光」（2020年刊）の改題　原書名：BROKEN STARS〉1380円　①978-4-15-012387-1
内容　宇宙の果てのレストラン―臘八粥（呉霜著，大谷真弓訳）

＊北京五輪の開会式を彼女と見たあの日から、世界はあまりにも変わってしまった―『三体X』の著者・宝樹が、中国の歴史とある男女の運命を重ね合わせた表題作、『三体』の劉慈欣が描く環境SFの佳作「月の光」、春節シーズンに突如消えた列車の謎を追う「折りたたみ北京」著者の郝景芳による「正月列車」など、14作家による中国SF16篇を収録。ケン・リュウ編による綺羅星のごときアンソロジー第2弾。〔1353〕

コ, テキ　顧 適
◇宇宙の果ての本屋　立原透耶編　新紀元社　2023.12　477p　20cm　（現代中華SF傑作選）〈他言語標題：The Bookstore at the Edge of the Universe〉2500円　①978-4-7753-2023-5
内容　生命のための詩と遠方（顧適著，大久保洋子訳）〔1354〕
◇金色昔日―現代中国SFアンソロジー　夏笳ほか著，ケン・リュウ編，中原尚哉他訳　早川書房　2022.11　715p　16cm　（ハヤカワ文庫 SF 2387）〈責任表示はカバーによる　「月の光」（2020年刊）の改題　原書名：BROKEN STARS〉1380円　①978-4-15-012387-1
内容　鏡（顧適著，大谷真弓訳）

＊北京五輪の開会式を彼女と見たあの日から、世界はあまりにも変わってしまった―『三体X』の著者・宝樹が、中国の歴史とある男女の運命を重ね合わせた表題作、『三体』の劉慈欣が描く環境SFの佳作「月の光」、春節シーズンに突如消えた列車の謎を追う「折りたたみ北京」著者の郝景芳による「正月列車」など、14作家による中国SF16篇を収録。ケン・リュウ編による綺羅星のごときアンソロジー第2弾。〔1355〕

◇走る赤―中国女性SF作家アンソロジー　武甜静，橋本輝幸編，大恵和実編訳　中央公論新社　2022.4　381p　20cm　2200円　①978-4-12-005523-2
内容　メビウス時空（顧適著，大久保洋子訳）

＊中国で活躍する女性作家14人が放つ珠玉のSF短篇。〔1356〕

コ, ナンチュウ　湖 南蟲
◇近未来短篇集　伊格言他著，三須祐介訳，呉佩珍，白水紀子，山口守編　早川書房　2024.7　346p　19cm　（台湾文学コレクション　1）　2900円　①978-4-15-210342-0
内容　USBメモリの恋人（湖南蟲著，三須祐介訳）

＊恋する相手のデータをひそかに蓄積する秘書がたどりついた結末をユーモラスに語る「USBメモリの恋人」、人間の負の感情の撤去を生業とする青年の日々を絢爛たる筆致で描く「雲を運ぶ」、先端技術を敬遠する母と反発する娘を描く「2042」。伊格言、湖南蟲、黄麗群など第一線で活躍する台湾人作家による傑作近未来文芸8篇を収録したアンソロジー。〔1357〕

ゴ, ネンシン　呉 念真
◇黒い雪玉―日本との戦争を描く中国語圏作品集　加藤三由紀編　中国文庫　2022.8　391p　19cm　3800円　①978-4-910887-00-5
内容　美満（呉念真著，倉持リツコ訳）〔1358〕

ゴ, メイエキ　呉 明益
◇プールサイド―短篇小説集　陳思宏ほか著，三須祐介訳，呉佩珍，白水紀子，山口守編　作品社　2022.2　246p　19cm　（台湾文学ブックカフェ　3）　2400円　①978-4-86182-879-9
内容　虎爺（呉明益著）

＊大学受験を控える高校生の少年が夏休みにプールの監視員のバイトをしていると、ある男から小学生の息子に水泳を教えてほしいと頼まれる。やがて、少年を自宅に招いた男は長い口づけをする…。高校生から大学生へと成長する少年のひと夏の経験が語られる、本集最年少の新星による表題作のほか、全十一篇を収録。〔1359〕

コイル, クレオ　Coyle, Cleo
◇バター・コーヒーの舞台裏　クレオ・コイル著，小川敏子訳　原書房　2024.8　499,34p　15cm　（コージーブックス　コ1-10―コクと深

みの名推理 20)〈原書名：BULLETPROOF BARISTA〉1400円 ①978-4-562-06142-6
＊ついにビレッジブレンドが撮影ロケ地に選ばれた！往年の大スター、ジェリー・サリバンがコーヒーハウスにやってくるとあって、クレアは大喜び。寂しい幼少期を過ごしたクレアにとってジェリーのコメディ番組は、心を明るくしてくれる唯一の存在だった。そんなジェリーは大スターのオーラを放ちながらもとても気さくな人物で、すぐにバリスタたちとも打ち解けた。だから何もかもが順調に進むかに思えたのに、撮影は初日からトラブル続き。撮影クルーはあろうことかよその店のコーヒートラックを連れてきたうえ、そのコーヒーを口にした撮影クルーが倒れて救急搬送されてしまう事態に。しかし悲劇はそれで終わらない。小道具の銃で、バリスタのタッカーが本当に撃たれてしまい…!? 〔1360〕

◇ハニー・ラテと女王の危機 クレオ・コイル著，小川敏子訳 原書房 2022.7 506,20p 15cm （コージーブックス コ1-9―コクと深みの名推理 19)〈原書名：HONEY ROASTED〉1300円 ①978-4-562-06124-2
＊マンハッタンのど真ん中で、ビルの屋上を利用した都市養蜂が大流行り。なかでも都市養蜂の女王ビーの作るハチミツは、一流シェフが競って手に入れようとするほどの極上品。ビーはマダムの昔馴染みで、大切な友人でもある。ところが、そのビーのミツバチたちが逃げ出し、焙煎機の温かさに誘われて、クレアの店に迷い込んできてしまったから、さあ大変！なんとかプロの力を借りてミツバチを捕獲したものの、大事なハチたちを迷子にさせるなんて、ビーらしくない。心配になったクレアがビーのもとを訪れてみると、なんと屋上養蜂場から転落したビーの姿が！最後の力を振り絞って大事なハチの世話をクレアにたくしたあと、ビーは昏睡状態に。警察は自殺を図った可能性が高いというが、どうしても信じられないクレアは何者かの犯行に違いないと捜査に乗り出す。 〔1361〕

コイン, イルムガルト Keun, Irmgard
◇この夜を越えて イルムガルト・コイン著，田丸理砂訳 左右社 2022.8 218p 20cm〈文献あり 原書名：NACH MITTERNACHT〉2500円 ①978-4-86528-094-4
＊水晶の夜の2年前、1936年3月のフランクフルト。ヒトラー総統の来訪に沸き立つ街で、19歳のザナは兄嫁が開くパーティーの準備に奔走していた。食い扶持を稼ぐためにナチスにおもねらざるをえない小説家の兄、愛と夢に生きる兄嫁、美しい友人とそのユダヤ系の恋人、仕事を干された反ナチのジャーナリストに、親衛隊や突撃隊の青年たち。ザナの周りの人々は、それぞれの生活と思想を守るのに精一杯だ。パーティーの夜、恋人フランツがケルンからザナを訪ねてくる。ある凶報とともに…。ワイマール時代を代表する女性作家が、ナチスが台頭する瞬間のドイツをリアルタイムで描いた群像劇。 〔1362〕

コウ, カケン 高 嘉謙
◇華語文学の新しい風 劉慈欣，ワリス・ノカン，李娟他著，王徳威，高嘉謙，黄英哲，張錦忠，及川茜，濱田麻矢編，小笠原淳，津守陽他訳 白水社 2022.11 357p 20cm （サイノフォン 1) 3200円 ①978-4-560-09875-2
＊近年注目を集めている華語文学の新たな流れを紹介するシリーズ"サイノフォン"の第1巻。香港の高層ビルからチベットの聖なる湖まで、シカゴのバーからマレーシアの原生林まで。小説、旅行記、詩、SFなど、多様なジャンルから世界を切り取る17篇。 〔1363〕

コウ, シュンメイ 黄 春明
◇黒い雪玉―日本との戦争を描く中国語圏作品集 加藤三由紀編 中国文庫 2022.8 391p 19cm 3800円 ①978-4-910887-00-5
内容 ある懐中時計（黄春明著，西端彩訳） 〔1364〕

コウ, ハ 江 波
◇宇宙の果ての本屋 立原透耶編 新紀元社 2023.12 477p 20cm （現代中華SF傑作選）〈他言語標題：The Bookstore at the Edge of the Universe〉2500円 ①978-4-7753-2023-5
内容 宇宙の果ての本屋（江波著，根岸美聡訳） 〔1365〕

◇銀河之心 1［上］ 天垂星防衛 上 江波著，中原尚哉，光吉さくら，ワンチャイ訳 早川書房 2024.11 426p 16cm （ハヤカワ文庫 SF 2461) 1350円 ①978-4-15-012461-8
＊遠未来、銀河の辺境。事故で三百年後に飛ばされてしまい放浪者となった李約素は、オンボロ宇宙船とそのAI、ブリンを相棒に無頼の生活を送っていた。李約素は一攫千金を狙い、黄金を産出する伝説の黄金星を探していたが、ある日銀河を漂う無人の巨大環形宇宙船を発見する。強大な勢力"雷電ファミリー"の家紋が記されたこの宇宙船の中には謎の青年の凍結死体があり!?壮大なる中国産スペースオペラ三部作開幕篇！ 〔1366〕

◇銀河之心 1［下］ 天垂星防衛 下 江波著，中原尚哉，光吉さくら，ワンチャイ訳 早川書房 2024.11 420p 16cm （ハヤカワ文庫 SF 2462) 1350円 ①978-4-15-012462-5
＊巨大な空間災害に遭った放浪者の李約素は、天垂星の防衛部隊を率いる軍人の古力特に救助された。回復した李約素は、凍結から蘇生した記憶喪失の青年佳上、傭兵の天狼7ともに星間文明の強大勢力"雷電ファミリー"の依頼をうけ、巨大戦艦平徳号を探すはめになる。いっぽう古力特は、謎の暗黒勢力が次々に送り込んでくる空間発生器・黒変球から天垂星を防衛していたが!?中国SF作家江波が放つ、宇宙SFの傑作三部作第一部。 〔1367〕

コウ, マンドウ 高 満堂
◇老中医―Experienced TCM Specialist 高満堂，李洲著，田中寛之訳 市川 東洋学術出版

社　2024.3　756p　21cm　3800円　Ⓘ978-4-910643-85-4
〔1368〕

ゴヴリン, ミハル　Govrin, Michal

◇砂漠の林檎―イスラエル短編傑作選　サヴィヨン・リーブレヒト，ウーリー・オルレブほか著，母袋夏生編訳　河出書房新社　2023.8　258p　20cm　2900円　Ⓘ978-4-309-20890-9

内容　太陽を摑む（ミハル・ゴヴリン著，母袋夏生訳）

＊迷宮のような路地で見つけた写真集、不死の老人、ショアの記憶、聖書物語など、イスラエル文学紹介の第一人者による日本語版オリジナル・アンソロジー。ウーリー・オルレブ（国際アンデルセン賞受賞）、シャイ・アグノン（ノーベル文学賞受賞）など、世界が高く評価する作家の傑作を精選。
〔1369〕

コエーリョ, パウロ　Coelho, Paulo

◇マクトゥーブ―An Inspirational Companion to The Alchemist　パウロ・コエーリョ著，木下眞穂訳　KADOKAWA　2024.9　193p　15cm　（角川文庫 iコ11-14）〈角川書店 2011年刊の加筆修正　原書名：Maktub〉880円　Ⓘ978-4-04-115425-0

＊世界的ベストセラー『アルケミスト』の全編を通してキーワードとなる言葉「マクトゥーブ」。アラビア語で「それは（神によって）書かれている」という意味でさえも実はチャンスだと気づけば、運命は夢の実現を助けてくれるという教えを含む。世界最高峰の作家が、まさに自身の人生に多大な影響を与えた先人たちの言葉を採録。宝物を探す少年の旅に秘められた神髄を、短いエピソードで堪能する最良の副読本。〔1370〕

コシマノ, エル　Cosimano, Elle

◇サスペンス作家が殺人を邪魔するには　エル・コシマノ著，辻早苗訳　東京創元社　2023.10　490p　15cm　（創元推理文庫 Mコ14-2）〈原書名：FINLAY DONOVAN KNOCKS 'EM DEAD〉1400円　Ⓘ978-4-488-18004-1

＊オンラインの掲示板に、元夫の殺害依頼が投稿された！しかも、プロの殺人請負人らしき人物が依頼に食いつこうとしている。サスペンス作家のフィンレイは、子育てに奮闘しつつ原稿の執筆に取り組んでいたが、この件が気になって仕事が手につかない。同居人のヴェロと一緒に、元夫の殺害を阻止しようと奔走するが…。極上の巻きこまれ型ジェットコースター・サスペンス第2弾！
〔1371〕

◇サスペンス作家が人をうまく殺すには　エル・コシマノ著，辻早苗訳　東京創元社　2022.9　461p　15cm　（創元推理文庫 Mコ14-1）〈原書名：FINLAY DONOVAN IS KILLING IT〉1200円　Ⓘ978-4-488-18003-4

＊売れない作家、フィンレイの朝は爆発状態だ。大騒ぎする子どもたち、請求書の山。だれでもいいから人を殺したい気分――でも、本当に殺人の依頼が舞いこむとは！レストランで執筆中の小説の打ち合わせをしていたら、隣席の女性に殺し屋と勘違いされてしまったのだ。依頼を断ろうとするが、なんと本物の死体に遭遇して…。本国で話題沸騰の、一気読み系巻きこまれサスペンス！
〔1372〕

ゴーシュ, アミタヴ　Ghosh, Amitav

◇飢えた潮　アミタヴ・ゴーシュ著，岩堀兼一郎訳　未知谷　2023.4　511p　20cm　〈原書名：THE HUNGRY TIDE〉3000円　Ⓘ978-4-89642-690-8
〔1373〕

ゴス, シオドラ　Goss, Theodora

◇メアリ・ジキルと怪物淑女たちの欧州旅行　1　ウィーン篇　シオドラ・ゴス著，原島文世訳　早川書房　2023.1　445p　19cm　（新☆ハヤカワ・SF・シリーズ 5058）〈原書名：EUROPEAN TRAVEL FOR THE MONSTROUS GENTLEWOMAN〉2400円　Ⓘ978-4-15-335058-8

＊ヴィクトリア朝ロンドンで暮らすメアリ・ジキルら"モンスター娘"こと"アテナ・クラブ"の令嬢たちのもとに、ウィーンから手紙が届いた。ルシンダ・ヴァン・ヘルシングと名乗るその差出人は、父親のヴァン・ヘルシング教授が行う実験の被験者にされた自分を救い出してほしいという。背後に、"錬金術師協会"に属する自分たちの父親の陰謀を嗅ぎ取った"アテナ・クラブ"の面々は、メアリの雇い主である探偵シャーロック・ホームズの力も借りながら、ルシンダを救うため一路ウィーンを目指すことに！ヨーロッパ大陸で繰り広げられる大冒険を描く、ローカス賞受賞作続篇にしてシリーズ三部作の第二部前篇。
〔1374〕

◇メアリ・ジキルと怪物淑女たちの欧州旅行　2　ブダペスト篇　シオドラ・ゴス著，原島文世訳　早川書房　2023.2　371p　19cm　（新☆ハヤカワ・SF・シリーズ 5059）〈原書名：EUROPEAN TRAVEL FOR THE MONSTROUS GENTLEWOMAN〉2400円　Ⓘ978-4-15-335059-5

＊父親ヴァン・ヘルシング教授によって囚われの身となった令嬢ルシンダから助けてほしいという手紙を受け取り、ウィーンまでやってきたメアリ・ジキルら"アテナ・クラブ"の令嬢たち。みごとルシンダを救出したものの、メアリの父親であるマッド・サイエンティストのジキル博士により、いわくありげなシュタイアーマルクの古城に囚われてしまう。"錬金術師協会"に属するジキルやヴァン・ヘルシングには、ルシンダを使って是が非でも実現したい野望があったのだ…メアリたちは脱出し、父親たちの野望を打ち砕くことができるのか。ヨーロッパ大陸での大冒険を描く、シリーズ三部作の第二部堂々の完結篇。
〔1375〕

◇メアリ・ジキルと囚われのシャーロック・ホームズ　シオドラ・ゴス著，鈴木潤訳　早川書房　2023.12　534p　19cm　（新☆ハヤカワ・SF・シリーズ 5063）〈原書名：THE SINISTER

MYSTERY OF THE MESMERIZING GIRL〉2800円　①978-4-15-335063-2
＊ヨーロッパ大陸での大冒険から帰還したメアリ・ジキルら"モンスター娘"こと"アテナ・クラブ"の令嬢たち。ロンドンで彼女たちを待ち受けていたのは、メアリの雇い主である探偵シャーロック・ホームズと"アテナ・クラブ"のメイドのアリスが忽然と姿を消したという知らせだった。メアリたちはさっそくふたりの行方を捜すことに。そのころホームズはアリスとともに宿敵モリアーティに囚われていた。モリアーティの一味はホームズを生贄にして大地の力を操る古代エジプトの女王を復活させ、大英帝国の征服を企てていたのだ…！ 古典名作をもとにしたSFミステリ三部作完結篇。〔1376〕

コスビー, S.A.　Cosby, S.A.
◇黒き荒野の果て　S・A・コスビー著，加賀山卓朗訳　ハーパーコリンズ・ジャパン　2022.2　430p　15cm　〈ハーパーBOOKS M・コ3・1〉〈原書名：BLACKTOP WASTELAND〉1100円　①978-4-596-31923-4
＊米国南部の町で自動車修理工場を営むボーレガード。裏社会で語り継がれる伝説のドライバーだった彼は、足を洗い家族と暮らしていた。だが工場の経営が傾きだしたことで運命の歯車は再び狂い始める。金策に奔走するボーレガードに昔の仲間が持ちかけてきたのは宝石店強盗の運転役。それは家族を守るための最後の仕事になるはずだった。ギャングの抗争に巻き込まれるまでは一。2021年マカヴィティ賞、アンソニー賞、バリー賞、3冠！〔1377〕

◇すべての罪は血を流す　S.A.コスビー著，加賀山卓朗訳　ハーパーコリンズ・ジャパン　2024.5　511p　15cm　〈ハーパーBOOKS M・コ3・3〉〈原書名：ALL THE SINNERS BLEED〉1318円　①978-4-596-82396-0
＊ヴァージニア州の高校で教師が銃撃され、容疑者の黒人青年が白人保安官補に射殺された。人種対立の残る町に衝撃が走るなか、元FBI捜査官の黒人保安官タイタスは捜査を開始する。容疑者は銃を捨てるよう説得するタイタスに奇妙な言葉を残していたのだ。「先生の携帯を見ろ」と。被害者の携帯電話を探ると、そこには彼と"狼"のマスクを被った男たちによる残忍な殺人が記録されていた。〔1378〕

◇頬に哀しみを刻め　S・A・コスビー著，加賀山卓朗訳　ハーパーコリンズ・ジャパン　2023.2　493p　15cm　〈ハーパーBOOKS M・コ3・2〉〈原書名：RAZORBLADE TEARS〉1200円　①978-4-596-76655-7
＊殺人罪で服役した黒人のアイク。出所後庭師として地道に働き、小さな会社を経営する彼は、ある日警察から息子が殺害されたと告げられる。白人の夫とともに顔を撃ち抜かれたのだ。一向に捜査が進まぬなか、息子たちの墓が差別主義者によって破壊され、アイクは息子の夫の父親で酒浸りのバディ・リーと犯人捜しに乗り出す。息子を拒絶してきた

父親2人が真相に近づくにつれ、血と暴力が増してゆき一。アンソニー賞、マカヴィティ賞、バリー賞総なめ！ MWA賞長篇賞最終候補作！〔1379〕

コセ, ロランス　Cossé, Laurence
◇新凱旋門物語—ラ・グランダルシュ　ロランス・コセ著，北代美和子訳　草思社　2024.6　461p　20cm〈原書名：LA GRANDE ARCHE〉3500円　①978-4-7942-2726-3
＊世界的な国際設計競技を経て、パリの新名所として計画された「テート＝デファンス」の設計者として選ばれたのは、名も知られぬデンマークの建築家、ヨハン・オットー・フォン・スプレッケルセンだった。過剰な端正さを求められるこの建築をなんとか実現させようとするポール・アンドリューと、この建築を気に入り自らのシンボルにしようと情熱を注ぐ時の権力者、フランソワ・ミッテランほか、さまざまな人物の思惑がうごめく中、建設計画は進んでゆく。当のスプレッケルセンは、デンマークとあまりに違うフランスの考え方に戸惑いながらも、自身の信念を貫き通そうとするが…。パリを彩る名所「新凱旋門」＝"ラ・グランダルシュ"。この建築が生まれるまでの壮大な過程を、サン＝テグジュペリを大叔父にもつ著者が描き切る。新国立競技場、大阪万博と、巨大建築に揺られ続ける日本人必読の傑作建築小説。〔1380〕

コックス, A.B.　Cox, A.B.
◇黒猫になった教授　A・B・コックス著，森沢くみ子訳　論創社　2023.9　332p　20cm　〈論創海外ミステリ 302〉〈著作目録あり 原書名：The Professor on Paws〉3400円　①978-4-8460-2144-3〔1381〕

ゴットフリード, バーナード　Gotfryd, Bernard
◇アントンが飛ばした鳩―ホロコーストをめぐる30の物語　バーナード・ゴットフリード著，柴田元幸，広岡杏子訳　白水社　2023.4　335p　19cm〈原書名：ANTON THE DOVE FANCIER：And Other Tales of the Holocaust〉3500円　①978-4-560-09341-2
内容 テーブル泥棒　サーカスが町にやってくる　吃る人　音楽の先生　結婚写真　バイオリン　デビュー　万年筆　Gさん　マーシャ　祝祭日の鶏　アレクサンドラ　クルト　ヘルムート・ライナー　最後の朝　アントンが飛ばした鳩　罪の意識　三つの卵　死刑執行　兄の友人　ハンス・ビュルガー　15252　最後の収容所　リンツの出会い　再会　インゲ　ついにアメリカへ　昔の友だち　少年時代の足跡をたどって　雨の夜に　記憶について
＊ユダヤ人、キリスト教系ポーランド人、ロシア人捕虜、ドイツ人ながら収容された者、ナチス関係者…それぞれの人生のポートレート。PEN／マーサ・アルブランド賞ノンフィクション部門クリストファー賞受賞。〔1382〕

コッパー, ベイジル　Copper, Basil

◇新編怪奇幻想の文学　5　幻影　紀田順一郎, 荒俣宏監修, 牧原勝志編　新紀元社　2024.7　460p　20cm　〈他言語標題：Tales of Horror and Supernatural　原書名：Spiegelbilder　Old Clothesほか〉　2500円　①978-4-7753-2150-8

内容　アンバー・プリント（ベイジル・コッパー著, 植草昌実訳）

〔1383〕

コッパード, A.E.　Coppard, Alfred Edgar

◇迷いの谷　A・ブラックウッド他著, 平井呈一訳　東京創元社　2023.5　613p　15cm　（創元推理文庫　Fん10-2—平井呈一怪談翻訳集成）　1500円　①978-4-488-58509-9

内容　シルヴァ・サアカス（A.E.コッパード著, 平井呈一訳）

＊20世紀英国を代表する怪奇小説の三巨匠としてマッケンの他に平井が名を挙げたのが、優れた古典の素養と洗練された話術で人気を博したM・R・ジェイムズ、緻密な描写で純粋な恐怖を顕現せしめるアルジャーノン・ブラックウッドだ。両者の魅力が横溢する短篇群とコッパード「シルヴァ・サアカス」、ホフマン「古城物語」に加え、ハーンの怪奇文学講義、多彩なエッセーを併録する。

〔1384〕

コッブ, ベルトン　Cobb, Belton

◇善意の代償　ベルトン・コッブ著, 菱山美穂訳　論創社　2023.1　228p　20cm　（論創海外ミステリ　294）　〈原書名：Murder：Men Only〉　2000円　①978-4-8460-1836-8

＊ロンドン警視庁女性捜査部に属する才色兼備のキティ・パルグレーヴ巡査、独身時代の事件簿！下宿屋"ストレトフィールド・ロッジ"を見舞う悲劇。完全犯罪の誤算とは…。越権捜査に踏み切ったキティ巡査は難局を切り抜けられるか？

〔1385〕

◇善人は二度、牙を剥く　ベルトン・コッブ著, 菱山美穂訳　論創社　2024.3　223p　20cm　（論創海外ミステリ　315）　〈原書名：I Never Miss Twice〉　2200円　①978-4-8460-2379-9

＊闇夜に襲撃されるアーミテージ。凶弾に倒れるチェンバーズ。警官殺しも厭わない恐るべき"善人"が研ぎ澄まされた牙を剥く！ダイヤモンド強盗事件を捜査するアーミテージ巡査部長は大胆な潜入捜査を決行。捨て身の捜査によって暴かれた意外な真犯人の正体とは…。

〔1386〕

コーディ, リン

◇女仕立屋の物語—神の国カナダケープ・ブレトン島珠玉短編集　ロナルド・カプラン編, 堀川徹志訳　京都　文理閣　2022.4　345p　19cm　〈原書名：God's Country〉　2000円　①978-4-89259-899-9

内容　どうしたのよマーディーナ（リン・コーディ作）

〔1387〕

ゴーティエ, テオフィル　Gautier, Théophile

◇死霊の恋/化身—ゴーティエ恋愛奇譚集　テオフィル・ゴーティエ著, 永田千奈訳　光文社　2023.8　393p　16cm　（光文社古典新訳文庫　KAコ13-1）〈年譜あり　原書名：LA MORTE AMOUREUSE　AVATARほか〉　1240円　①978-4-334-10012-4

内容　死霊の恋　アッリア・マルケッラ—ポンペイの追憶　化身

＊聖職者としての人生が始まる瞬間に絶世の美女に見初められた男を描く「死霊の恋」、人妻に片思いする青年がインドの秘術を使ってその夫の肉体を乗っ取ろうと企てる「化身」など、フローベール、ボードレールらに愛された「文学の魔術師」ゴーティエによる官能の三篇。

〔1388〕

◇世界怪談名作集　[上]　信号手・貸家ほか五篇　岡本綺堂編訳　新装版　河出書房新社　2022.11　300p　15cm　（河出文庫　お2-2）　900円　①978-4-309-46769-6

内容　クラリモンド（ゴーチェ著, 岡本綺堂訳）

＊「半七捕物帳」で知られる岡本綺堂は、古今東西の怪奇小説にも造詣が深く、怪談の名手としても知られた。そんな著者が欧米の作品を中心に自ら厳選し、翻訳。いまだに数多くの作家に影響を与え続ける大家による、不思議でゾッとする名作怪談アンソロジー。リットン、プーシキン、ビヤース、ゴーチェ、ディッケンズ、デフォー、ホーソーンを収録。

〔1389〕

ゴドウィン, ジョスリン　Godwin, Joscelyn

◇ポリフィルス狂戀夢　フランチェスコ・コロンナ, ジョスリン・ゴドウィン著, 高山宏訳　東洋書林　2024.2　522p　22cm〈原書名：HYPNEROTOMACHIA POLIPHILI〉　7500円　①978-4-88721-832-1

＊嗚呼ポリア, ポリア, きみ何處にかあらむ！一龍や猛き獣に苛まれ乍らも宿命の女精を追い求め、独り彷徨うは廃墟か仙境か、はたまた不可思議な機械構造か。戀に病い愛に跪く男の地獄天國ないまぜとなったゆめくるめく内宇宙の道行きを描く冒険的ルネサンス文學の妖星、達意の訳筆を得て待望の刊行。

〔1390〕

ゴードン, ルーシー　Gordon, Lucy

◇愛を忘れた理由　ルーシー・ゴードン作, 山口西夏訳　ハーパーコリンズ・ジャパン　2022.8　156p　17cm　（ハーレクイン・プレゼンツ　PB337—作家シリーズ　別冊）〈ハーレクイン2011年刊の再刊　原書名：THE GREEK TYCOON'S ACHILLES HEEL〉　664円　①978-4-596-70854-0

＊ペトラがどこか陰のあるギリシアの青年リサンドロスと偶然出逢い、恋におちたのは、17歳のとき。初恋だった。短い時間だったが言葉を交わし、軽く口づけて別れただけなのに、彼との思い出はその後もペトラの心に深く刻まれ続けた。15年後、

女優である母の結婚式に出席したペトラは、今や造船業界で世界のトップに昇りつめたリサンドロスと再会する。噂では、多くの女性と浮き名を流し、女性を使い捨てにすると聞く。少し怖いけれど、彼は大人になった私に気づいてくれるかしら？ 勇気を出して近づいていったペトラに、リサンドロスが告げた。「僕の目につかないところに消えてくれ」〔1391〕

◇愛は心の瞳で，心の声で　ダイアナ・パーマー他著，宮崎亜美他訳　ハーパーコリンズ・ジャパン　2024.8　316p　17cm　（HPA 61―スター作家傑作選）〈「この愛が見えない」（2020年刊）と「あなたの声が聞こえる」（ハーレクイン 2001年刊）の改題，合本　原書名：DARK SURRENDER　FOR THE SAKE OF HIS CHILD〉1082円　①978-4-596-96146-4
内容 あなたの声が聞こえる（ルーシー・ゴードン著，三好陽子訳）〔1392〕

◇いたずらな愛の使者　ルーシー・ゴードン作，大田朋子訳　ハーパーコリンズ・ジャパン　2023.5　156p　17cm　（ハーレクイン・イマージュ I2754―至福の名作選）〈2017年刊の再刊　原書名：EXPECTING THE FELLANI HEIR〉673円　①978-4-596-77003-5
＊法律事務所で働くエリーはイタリア大富豪レオニツィオを担当している。"レオ"の名のとおり獅子のごとく専制君主的な彼は、すでに結婚生活が破綻して別居している妻と離婚協議中で、妊娠している妻に対して親権を要求していた。ところが妻側の弁護士から、出生前DNA鑑定の結果、レオニツィオの子ではないと知らされ、離婚は決定的となった。彼にとって、不実な妻などどうでもよかったが、この腕に抱くはずだった我が子がいなくなった事実は大きな衝撃だった。エリーはそんな彼を支えようと慰めるうち、情熱の夜を過ごしてしまう。まさか、レオニツィオの子を身ごもることになるとも思わずに。〔1393〕

◇恋は地中海の香り　レベッカ・ウインターズ，ルーシー・ゴードン，トリッシュ・モーリ著，仁嶋いずる他訳　ハーパーコリンズ・ジャパン　2022.9　378p　17cm　（HPA 38―スター作家傑作選）〈原書名：THE BRIDESMAID'S PROPOSAL　THE SECRET THAT CHANGED EVERYTHINGほか〉1136円　①978-4-596-74770-9
内容 トレヴィの泉に願いを（ルーシー・ゴードン著，立石ゆかり訳）
＊ギリシア、イタリア、スペインが生んだ美形ヒーローとの、もどかしい恋物語3選！ 美しきギリシア人のアレックスと仕事をして2年。美人の恋人がいると噂の世慣れた彼を愛してしまったリースは、大きな決断をしなければならなかった。職を辞し、彼にさよならを告げるため。振り向いてくれないのにそばにいるのはつらすぎるから。夜ごと涙で枕を濡らし、いよいよ決心したリースは、最後の仕事へと向かうが…（「愛のシナリオ」（レベッカ・ウインターズ））。失恋旅行でローマへ来たシャーロットがホテルのバーで嘆息していると、魅力的な長身男性が隣に座った。「君、大丈夫？」優しい言葉をかけてきた裕福なイタリア人のルチオに惹かれ、身も心もゆだねるが、眠っている間に彼は忽然と姿を消した―"すてきな夜をありがとう"と書き残して。数週間後、彼女は妊娠に気づき…（「トレヴィの泉に願いを」（ルーシー・ゴードン））。弟が作った借金に頭を抱えるリアの前に、半年だけ恋人だったスペイン人実業家のアレハンドロが現れた。1人の女性と長続きする関係を持てない彼を本気で愛するようになってしまったリアは、ぼろぼろになる前に自ら身を引いたのだった。しかし今、彼は借金を肩代わりする見返りに、またベッドを共にするよう要求してきた！（「情熱の取り引き」（トリッシュ・モーリ））〔1394〕

◇傲慢と無垢の尊き愛　ペニー・ジョーダン他著，山本みと他訳　ハーパーコリンズ・ジャパン　2024.1　377p　17cm　（HPA 54―スター作家傑作選）〈「結婚の掟」（ハーレクイン 2013年刊）と「愛は永遠に 2003」（ハーレクイン 2003年刊）ほかからの改題，抜粋，合本　原書名：THE PRICE OF ROYAL DUTY　THE KING'S BRIDEほか〉1136円　①978-4-596-53191-9
内容 国王陛下のラブレター（ルーシー・ゴードン著，江美れい訳）
＊ソフィアが父が無理やり進める縁談から逃れるため、皇族アッシュに恋人を演じてもらうことにする。16歳のとき純潔を捧げようとして拒まれて以来会っていないけど、きっと助けてくれる。ところがすげなく断られたソフィアは、彼の自家用機にそっと忍び込み…。『結婚の掟』。リジーはさる王国の本を書くため、訪英中の若き王ダニエルに会いに行き、舞踏会で誘惑されたうえに彼の国へ招かれた。長身で輝く瞳の魅力的な王とまた会えるなんて！ だがダニエルは辛辣だった。「君の本当の目的は違うんだろう？ 妥当な値段を話し合おう」『国王陛下のラブレター』。許婚の大富豪タージに恋するアンジェリーナは、彼の望みは政略結婚と知り、家を飛び出した。3年後、つましく暮らす彼女の前にタージが再び現れる。彼女は誘惑に抗えず純潔を捧げ、やがて妊娠。すぐさま彼の宮殿に連れていかれ、愛なき結婚を迫られるが…（「砂漠の一夜の代償」）。挙式の前夜、アリスは婚約者で伯爵のダニエルと初めて言葉を交わし、これが遺産相続のために跡継ぎを作るのが目的の便宜結婚と知って胸を痛めた。そこで、彼を密かに慕うアリスは宣言する。「私に求愛し、心を射止めてくれない限りベッドは共にしない」『伯爵の求愛』。〔1395〕

◇聖夜に見つけた奇跡　ペニー・ジョーダン他著，高田ゆう他訳　ハーパーコリンズ・ジャパン　2024.11　394p　15cm　（mirabooks PJ01-25）〈原書名：BRIDE AT BELLFIELD MILL　CHRISTMAS IN VENICEほか〉909円　①978-4-596-71879-2
内容 恋に落ちたマリア（ルーシー・ゴードン著，槇由子訳）
＊北風のなかマリアンは赤ん坊を抱え、荒れた屋敷

コナリ

を訪れた。行き場がない自分を家政婦として雇ってほしいと頼むものの、氷のような瞳の主人は、一夜の滞在しか許さない。けれど、彼女には秘めた目的があって──19世紀英国の名作『旅路の果てに』。心の離れた夫がいるベネチアで再び愛に巡り会う『恋に落ちたマリア』。ボストン行き列車で起きた奇跡に涙する『忘れえぬクリスマス』の3篇を収録。〔1396〕

◇手紙　ルーシー・ゴードン作，高杉啓子訳　ハーパーコリンズ・ジャパン　2022.10　156p　17cm　〈ハーレクイン・イマージュ I2728─至福の名作選〉〈ハーレクイン 2000年刊の再刊　原書名：FARELLI'S WIFE〉673円　①978-4-596-74892-8

＊太陽のような笑顔と艶やかな黒髪をした、楽しく魅力的なフランコ。18歳のジョアンは留学先のイタリアで出会った瞬間、恋に落ちた。フランコが妹のようにしか見てくれなくても幸せだった──ジョアンとよく似た年上のいとこ、ローズマリーが訪ねてくるまでは。いとこの優雅で繊細な大人の女性の魅力に惹かれたフランコは、ジョアンの目の前で、ローズマリーと結婚してしまったのだ。あれから8年。久しぶりに再会したフランコは病で妻を失い、あの頃とはまるで別人のように暗く沈んでいた。いまだ彼への愛を秘めたジョアンは、張り裂けそうな心で思った。いとこの身代わりでもいい。それで彼を癒やせるのなら…。〔1397〕

◇花嫁には秘密　ルーシー・ゴードン著，青山ひかる訳　ハーパーコリンズ・ジャパン　2022.7　206p　15cm　〈ハーレクインSP文庫 HQSP-326〉〈ハーレクイン 1996年刊の再刊　原書名：THIS MAN AND THIS WOMAN〉500円　①978-4-596-70637-9

＊ウエディング・プランナーのゲイルは、何人もの花嫁を幸せへと導きながらも、自分の恋には消極的だ。そんなある日、担当することになった老富豪の結婚式で、ゲイルは、花婿の長男で敏腕企業家のアレクサンダーと出会う。彼は父親の再婚に反対で、花嫁は金目当てと難癖をつける始末。怒って反論するゲイルとのあいだには、火花が散った。だが、迎えた披露宴─二人でダンスを踊る最中、不意にアレクサンダーがゲイルの耳元にささやいた。それは、あまりに傲慢で気まぐれな、愛人契約の提案だった。〔1398〕

◇パリがくれた最後の恋　ルーシー・ゴードン作，秋庭葉瑠訳　ハーパーコリンズ・ジャパン　2024.3　156p　17cm　〈ハーレクイン・イマージュ I2794─至福の名作選〉〈ハーレクイン 2012年刊の再刊　原書名：MISS PRIM AND THE BILLIONAIRE〉673円　①978-4-596-53521-4

＊ひっつめ髪に眼鏡をかけ、女看守と揶揄されながらも地道に働くキャシー。かつて彼女はトップモデルとして華々しく活躍していた十代の頃、金持ちの男たちには見向きもせず、マルセルという青年と恋におちた。だが嫉妬した金持ちが彼に瀕死の重傷を負わせたことで、悲恋に終わった。10年が過ぎた今も彼女の心はマルセルを求め、夢に見ることもある。そんなある日、経営に行きづまった雇い主から次の仕事の面接を勧められ、キャシーはしぶしぶ面接の会場に指定されたホテルへ向かった。そして、バーで待つホテル王の顔を見て、彼女は卒倒しかけた─嘘よ、マルセル！　私のマルセル！　いえ、もう私の彼ではない…。激しく動揺するキャシーをよそに、マルセルは彼女が誰か気づかぬまま、淡々と面接を進めて告げた。「結構。君は僕のアシスタントに適任だ」〔1399〕

◇マスカレードの告白　ルーシー・ゴードン作，麦田あかり訳　ハーパーコリンズ・ジャパン　2022.3　156p　17cm　〈ハーレクイン・イマージュ I2699─至福の名作選〉〈ハーレクイン 2009年刊の再刊　原書名：THE ITALIAN'S CINDERELLA BRIDE〉664円　①978-4-596-31884-8

＊1年前の夜、ルースは婚約者と共に暴漢に襲われ、記憶を失った。気づいたときには婚約者は消えており、今も捜し続けている。彼がイタリアの名家バグネリ家の一員だという情報を頼りにベネチアを訪れた彼女は、嵐の夜、その大邸宅の前に辿り着いた。雨に打たれずぶ濡れになっていた彼女を迎えたのは、精悍な顔つきにどこか陰を感じる、ピエトロ・バグネリ伯爵。彼は婚約者が見つかるまで邸宅に滞在することを勧めてくれ、ルースはしばらくピエトロの手伝いをすることになった。白紙のままの彼女の記憶に、ピエトロとの日々が描かれていく─彼を愛し始めた頃、後ろめたそうな顔をした婚約者が戻ってきた。〔1400〕

◇忘れられた愛の夜　ルーシー・ゴードン著，杉本ユミ訳　ハーパーコリンズ・ジャパン　2024.2　216p　15cm　〈ハーレクイン文庫 HQB-1221〉〈ハーレクイン 2014年刊の再刊　原書名：A NIGHT OF PASSION〉691円　①978-4-596-53365-4　〔1401〕

コナリー, ジョン　Connolly, John

◇失われたものたちの国　ジョン・コナリー著，田内志文訳　東京創元社　2024.6　510p　19cm　〈原書名：THE LAND OF LOST THINGS〉2700円　①978-4-488-01137-6

＊ロンドンに暮らすセレスは、ひとりで8歳の娘を育てていたが、ある日、娘が交通事故で昏睡状態となってしまった。医師の勧めで、セレスは田舎にあるケア施設に娘を移すことにする。その施設の敷地には、『失われたものたちの本』という物語を書いた作家の古い屋敷がある。娘の看病を続けるセレスが限界を迎えた日、彼女は何者かに呼び寄せられるようにして屋敷の屋根裏部屋に入り込み、さまざまな本が呼びかけてくる声を聴いた。そこに突然現れた怪物に襲われ、屋敷から逃げ出すが、気がつくと知らない場所に迷い込んでいた。そこは魔女や人狼、巨人たちが存在する、美しくも残酷な世界だった。セレスは元の世界に戻れるのか？　異世界冒険譚『失われたものたちの本』続編！〔1402〕

◇キャクストン私設図書館　ジョン・コナリー著，田内志文訳　東京創元社　2024.10　400p

15cm 〈創元推理文庫 Fコ2-2〉〈原書名：NIGHT MUSIC〉1200円 ⓘ978-4-488-51707-6

内容 キャクストン私設図書館 虚ろな王 裂かれた地図書―五つの断片 ホームズの活躍：キャクストン私設図書館での出来事

＊もしも小説の登場人物に会い、その物語を変えられたら…。シャーロック・ホームズ、ドラキュラ伯爵などが暮らす図書館で起きた大事件を描き、アメリカ探偵作家クラブ賞最優秀短編賞を受賞した表題作ほか、同図書館で語り継がれるホームズの逸話、『失われたものたちの本』の世界から贈る短編、次々と怪現象を起こす奇書にまつわる中編の四編収録。本と物語がテーマの作品集！〔1403〕

コナリー, マイクル　Connelly, Michael

◇潔白の法則　上　マイクル・コナリー著, 古沢嘉通訳　講談社　2022.7　368p　15cm　〈講談社文庫 こ59-48―リンカーン弁護士〉〈原書名：THE LAW OF INNOCENCE〉900円 ⓘ978-4-06-524988-8

＊高級車リンカーンをオフィス代わりにしている刑事弁護士、ミッキー・ハラーが殺人容疑で逮捕された。被害者の射殺体はハラーの車のトランクにあり、銃弾が彼の自宅ガレージで見つかったのだ。収監されたハラーは、自分自身を弁護する本人訴訟に臨む。彼を救うため異母兄ハリー・ボッシュや元妻たちが集結。〔1404〕

◇潔白の法則　下　マイクル・コナリー著, 古沢嘉通訳　講談社　2022.7　380p　15cm　〈講談社文庫 こ59-49―リンカーン弁護士〉〈著作目録あり 原書名：THE LAW OF INNOCENCE〉900円 ⓘ978-4-06-528304-2

＊保釈を勝ち取ったハラーだったが容疑は晴れておらず、再逮捕によって改めて自由を奪われてしまう。さらに拘置中の身で命を狙われたハラーは、絶体絶命の危機に陥る―。有罪ではないことと無実であることは違う。獄中から自己を弁護する彼は、内外の敵に立ち向かい、「真実」にたどりつくことができるのか!?〔1405〕

◇正義の弧　上　マイクル・コナリー著, 古沢嘉通訳　講談社　2023.7　328p　15cm　〈講談社文庫 こ59-52〉〈原書名：DESERT STAR〉920円 ⓘ978-4-06-531860-7

＊未解決事件班の責任者になったバラードはボッシュをチームに引き入れる。優先すべきは約三十年前の女子校生殺人事件だったが、ボッシュは夫婦と子ども二人が砂漠に埋められていた一家殺害事件に没頭して言うことを聞かない。班員には事物に触れて見えない事情を感じるという共感能力者もいてバラードを困らせる。〔1406〕

◇正義の弧　下　マイクル・コナリー著, 古沢嘉通訳　講談社　2023.7　316p　15cm　〈講談社文庫 こ59-53〉〈著作目録あり 原書名：DESERT STAR〉920円 ⓘ978-4-06-531861-4

＊ボッシュが見つけた糸口から女子校生殺しの容疑者が浮上する。バラードたちはDNAを採取するための罠を仕掛けたが、事態は思わぬ展開を見せる。さらにボッシュは一家殺害犯の正体に迫り、潜伏先へと単身乗り込んでいく。彼を狩りへと突き動かすものはあまりに激しく、正義を為すための道は、暗く険しい―。〔1407〕

◇ダーク・アワーズ　上　マイクル・コナリー著, 古沢嘉通訳　講談社　2022.12　334p　15cm　〈講談社文庫 こ59-50〉〈原書名：THE DARK HOURS〉900円 ⓘ978-4-06-529912-8

＊ブラック・ライヴズ・マター運動がロス市警にも逆風となった二〇二〇年。深夜勤務刑事のバラードは二人組のレイプ犯を追って大晦日の警戒態勢に入っていた。年越しの瞬間に銃による殺人事件が発生し、薬莢から十年前の未解決事件で同じ銃が使われていることが判明する。その担当は現役時代のボッシュだった。〔1408〕

◇ダーク・アワーズ　下　マイクル・コナリー著, 古沢嘉通訳　講談社　2022.12　334p　15cm　〈講談社文庫 こ59-51〉〈著作目録あり 原書名：THE DARK HOURS〉900円 ⓘ978-4-06-530226-2

＊二人組のレイプ犯も同夜に犯行を重ねており、バラードは忙殺される。射殺事件でボッシュの協力を得た彼女は、動機の解明につながるギャング団の内通者に接触しようとする。だが、その行動から彼女は警察の暗部を敵に回してしまった―。ボッシュとバラード、孤高の二人が夜のロサンジェルスを駆け巡る。〔1409〕

◇短編回廊―アートから生まれた17の物語　ローレンス・ブロック編, 田口俊樹他訳　ハーパーコリンズ・ジャパン　2022.12　605p, 図版18p　15cm　〈ハーパーBOOKS M・フ6・2〉〈原書名：ALIVE IN SHAPE AND COLOR〉1264円 ⓘ978-4-596-75581-0

内容 第三のパネル（マイクル・コナリー著, 古沢嘉通訳）

＊探偵スカダーは滞在先で見覚えのある顔にでくわす。それは25年前、まだスカダーが刑事だった頃に恋人殺しの罪で逮捕した男で―L・ブロック『ダヴィデを探して』。考古学者の夫婦は世紀の発見にたどりつくが、待ち受けていたのは恐ろしい真相だった―J・ディーヴァー『意味深い発見』。絵のなかに閉じ込められてしまった少女の悲痛な叫び―J・C・オーツ『美しい日々』他、芸術とミステリーの饗宴短編集！〔1410〕

◇復活の歩み　上　マイクル・コナリー著, 古沢嘉通訳　講談社　2024.9　334p　15cm　〈講談社文庫 こ59-54―リンカーン弁護士〉〈原書名：RESURRECTION WALK〉1000円 ⓘ978-4-06-536016-3

＊無実の罪の服役囚を救い出した刑事弁護士ミッキー・ハラーには、冤罪を訴える囚人からの手紙が殺到していた。元ロス市警刑事のハリー・ボッシュがその選別をし、前夫殺害犯のルシンダ・サンズに目をとめる。凶器が未発見など不可解な点を探り始める二人だが、その矢先、それぞれの自宅に

コナントイ

◇復活の歩み 下 マイクル・コナリー著, 古沢嘉通訳 講談社 2024.9 331p 15cm (講談社文庫 こ59-55——リンカーン弁護士)〈著作目録あり 原書名：RESURRECTION WALK〉1000円 ①978-4-06-536017-0

＊サンズの無罪を証明する裁判が始まり、ハラーは犯行の再現映像や携帯電話の位置追跡などあらゆる手を尽くす。だが、検察側は意外な証人を用意して、新証拠の採用を認めさせない。ボッシュの証言の反証に立ったのは、ハラーの元妻マギーだった。窮地に陥ったハラーは、さらに法廷侮辱罪で拘束されてしまう！ 〔1412〕

コナン・ドイル, アーサー　Conan Doyle, Arthur

◇空家の冒険 コナン・ドイル著, 三和書籍編 三和書籍 2024.2 363p 21cm (大活字本シリーズ—コナン・ドイル 5) 3500円 ①978-4-86251-520-9
　[内容] 空家の冒険 ノーウッドの建築業者 踊る人形 自転車乗りの影 〔1413〕

◇唇のねじれた男 コナン・ドイル著, 三和書籍編 三和書籍 2023.11 425p 21cm (大活字本シリーズ—コナン・ドイル 2) 3500円 ①978-4-86251-517-9
　[内容] 唇のねじれた男 まだらのひも オレンジの種五つ 青い紅玉 技師の親指 〔1414〕

◇グロリア・スコット号 コナン・ドイル著, 三和書籍編 三和書籍 2023.12 407p 21cm (大活字本シリーズ—コナン・ドイル 3) 3500円 ①978-4-86251-518-6
　[内容] グロリア・スコット号 白銀号事件 入院患者 曲れる者 ライギット・パズル 〔1415〕

◇最後の挨拶 コナン・ドイル著, 三和書籍編 三和書籍 2024.4 459p 21cm (大活字本シリーズ—コナン・ドイル 7) 3500円 ①978-4-86251-522-3
　[内容] サセックスの吸血鬼 ソア橋 瀕死の探偵 ボール箱 赤い輪 最後の挨拶 〔1416〕

◇最後の事件 コナン・ドイル著, 大久保ゆう訳, 三和書籍編 三和書籍 2024.1 363p 21cm (大活字本シリーズ—コナン・ドイル 4)〈原書名：The Final Problem〉3500円 ①978-4-86251-519-3
　[内容] 株式仲買人 黄色い顔 ギリシャ語通訳 マスグレーヴ家の儀式 最後の事件 〔1417〕

◇ササッサ谷の怪—コナン・ドイル奇譚集 コナン・ドイル著, 小池滋監訳, 北原尚彦編 中央公論新社 2024.5 347p 16cm (中公文庫 ト9-1) 900円 ①978-4-12-207522-1
　[内容] ササッサ谷の怪 アメリカ人の話 退役軍人の話 幽霊選び—ゴアズソープ屋敷の幽霊 辻馬車屋の話—ロンドンの四輪辻馬車屋の奇妙な経験 ハンプシャー州の淋しい家 エヴァンジェリン号の運命 真夜中の客 やりきれない話 連隊のスキャンダル 薬剤師ウィルキーの思い出話 死の航海 教区雑誌 最後の手段

＊十九世紀、「シャーロック・ホームズ」シリーズでヴィクトリア朝ロンドンの人々を魅了した稀代の探偵小説家コナン・ドイル。その幻のデビュー作「ササッサ谷の怪」(一八七九年)から、最後の小説「最後の手段」(一九三〇年)まで、知られざる名短篇十四作を収録。 〔1418〕

◇シャーロック・ホームズ全集 1 緋色の習作 アーサー・コナン・ドイル著, 小林司, 東山あかね訳 新装版 河出書房新社 2023.9 364p 19cm〈年譜あり 原書名：A Study in Scarlet〉3700円 ①978-4-309-72941-1

＊待望の新装版！ オックスフォード大学版の"注"と"解説"を完全収録！ 日本を代表するシャーロキアン、小林司・東山あかねが不朽の名作「シャーロック・ホームズ物語」全作品を全訳した決定版！「シャーロック・ホームズ物語」初版原本のイラストをすべて復刻掲載！ 〔1419〕

◇シャーロック・ホームズ全集 2 四つのサイン アーサー・コナン・ドイル著, 小林司, 東山あかね訳 新装版 河出書房新社 2023.9 269p 19cm〈原書名：The Sign of the Four〉3200円 ①978-4-309-72942-8

＊待望の新装版！ 日本を代表するシャーロキアンが、不朽の名作「シャーロック・ホームズ物語」全作品を全訳した決定版！ オックスフォード大学版の"注"と"解説"を完全収録！「シャーロック・ホームズ物語」初版原本のイラストをすべて復刻掲載！ 〔1420〕

◇シャーロック・ホームズ全集 3 シャーロック・ホームズの冒険 アーサー・コナン・ドイル著, 小林司, 東山あかね訳 新装版 河出書房新社 2023.9 701p 19cm〈原書名：The Adventures of Sherlock Holmes〉3900円 ①978-4-309-72943-5
　[内容] ボヘミアの醜聞 花婿失踪事件 赤毛組合 ボスコム谷の惨劇 オレンジの種五つ 唇の捩れた男 青いガーネット まだらの紐 技師の親指 花嫁失踪事件 緑柱石の宝冠 ぶな屋敷

＊オックスフォード大学版の"注"と"解説"を完全収録！ 待望の新装版！ ドイル自身がもっとも愛した短篇であり、探偵小説史上の記念碑的な作品「まだらの紐」。そのほか、"ボヘミアの醜聞"、"赤毛組合"など、名探偵ホームズの人気を確立した最初の短篇集。夢、喜劇、幻想が入り混じる、ドイルの最高傑作！ 〔1421〕

◇シャーロック・ホームズ全集 4 シャーロック・ホームズの思い出 アーサー・コナン・ドイル著, 小林司, 東山あかね訳 新装版 河出書房新社 2023.10 589p 19cm〈原書名：The Memoirs of Sherlock Holmes〉3900円 ①978-4-309-72944-2
　[内容] 白銀号事件 ボール箱 黄色い顔 株式仲買店員 グロリア・スコット号 マスグレーヴ家の儀式 ライゲイトの大地主 曲がった男 入院患者 ギリ

シャ語通訳　海軍条約文書事件　最後の事件
＊待望の新装版！　日本を代表するシャーロッキアン、小林司・東山あかねが不朽の名作「シャーロック・ホームズ物語」全作品を全訳した決定版！　オックスフォード大学版の"注"と"解説"を完全収録！「シャーロック・ホームズ物語」初版原本のイラストをすべて復刻掲載！　宿敵モリアーティとの緊迫感あふれる対決 "最後の事件" など、第2短篇集。〔1422〕

◇シャーロック・ホームズ全集　5　バスカヴィル家の犬　アーサー・コナン・ドイル著, 小林司, 東山あかね訳　新装版　河出書房新社　2023.10　390p　19cm〈原書名：The Hound of the Baskervilles〉3700円　①978-4-309-72945-9
　＊オックスフォード大学版の"注"と"解説"を完全収録！　待望の新装版！　日本を代表するシャーロッキアンが、不朽の名作「シャーロック・ホームズ物語」全作品を全訳した決定版！「シャーロック・ホームズ物語」初版原本のイラストをすべて復刻掲載！　魔犬伝説にとりつかれた当主の不可解な死。圧倒的人気の長篇大傑作。〔1423〕

◇シャーロック・ホームズ全集　6　シャーロック・ホームズの帰還　アーサー・コナン・ドイル著, 小林司, 東山あかね訳　新装版　河出書房新社　2023.10　707p　19cm〈原書名：The Return of Sherlock Holmes〉3900円　①978-4-309-72946-6
　内容　空き家の冒険　ノーウッドの建築士　孤独な自転車乗り　踊る人形　プライオリ学校　黒ピータ　犯人は二人　六つのナポレオン　三人の学生　金縁の鼻めがね　スリー・クォーターの失踪　アビ農園　第二の汚点
　＊待望の新装版！　日本を代表するシャーロッキアンが、不朽の名作「シャーロック・ホームズ物語」全作品を全訳した決定版！　オックスフォード大学版の"注"と"解説"を完全収録！"最後の事件"で滝底に消えたホームズ。しかしドイルは巧妙なトリックでホームズを「帰還」させた。独自のプロットで読者を魅了する第3短篇集。〔1424〕

◇シャーロック・ホームズ全集　7　恐怖の谷　アーサー・コナン・ドイル著, 小林司, 東山あかね訳　新装版　河出書房新社　2023.11　469p　19cm〈原書名：The Valley of Fear〉3700円　①978-4-309-72947-3
　＊「シャーロック・ホームズ物語」初版原本のイラストをすべて復刻掲載！「ホームズ物語」最後の長篇作！　背後にひそむホームズ最大の敵、モリアーティ教授の影。ホームズが導きだした意外な答えとは？〔1425〕

◇シャーロック・ホームズ全集　8　シャーロック・ホームズ最後の挨拶　アーサー・コナン・ドイル著, 小林司, 東山あかね訳　新装版　河出書房新社　2023.11　503p　19cm〈原書名：His Last Bow〉3700円　①978-4-309-72948-0
　内容　ウィステリア荘　ブルース・パーティントン設計図　悪魔の足　赤い輪　フランシス・カーファックスの失踪　瀕死の探偵　最後の挨拶
　＊日本を代表するシャーロッキアンが、不朽の名作「シャーロック・ホームズ物語」全作品を全訳した決定版！　ドイル円熟期の傑作群！　探偵業引退後のホームズも、数奇な発端とあざやかな解決に満ちた第4短篇集。〔1426〕

◇シャーロック・ホームズ全集　9　シャーロック・ホームズの事件簿　アーサー・コナン・ドイル著, 小林司, 東山あかね訳　新装版　河出書房新社　2023.11　601p　19cm〈文献あり　著作目録あり　原書名：The Case-Book of Sherlock Holmes〉3900円　①978-4-309-72949-7
　内容　マザリンの宝石　トール橋　這う男　サセックスの吸血鬼　三人ガリデブ　高名な依頼人　三破風館（スリー・ゲイブルズ）　白面の兵士　ライオンのたてがみ　隠居絵具屋　覆面の下宿人　ショスコム荘
　＊オックスフォード大学版の"注"と"解説"を完全収録！　日本を代表するシャーロッキアンが、不朽の名作「シャーロック・ホームズ物語」全作品を全訳した決定版！　晩年のドイルが描く最後のホームズ。40年にわたる物語がついに幕を閉じる。「全集への前書き」「参考文献抄」付。〔1427〕

◇シャーロック・ホームズの復活―ストランド版　アーサー・コナン・ドイル著, 寺本あきら訳　ジョージ・ニューンズ社　2022.10　197p　25cm〈タイトルページ・背・表紙のタイトル：The Strand magazine　原書名：The return of Sherlock Holmes〉〔1428〕

◇世界怪談名作集　[下]　北極星号の船長ほか九篇　岡本綺堂編訳　新装版　河出書房新社　2022.11　338p　15cm（河出文庫　お2-3）900円　①978-4-309-46770-2
　内容　北極星号の船長（ドイル著, 岡本綺堂訳）
　＊上質な日本語訳によって、これ以上ないほどの恐怖と想像力を掻き立てられる、魅惑の怪談集。「シャーロック・ホームズ」シリーズの著者コナン・ドイルによる隠れた名作「北極星号の船長」や、埋葬の三日後に墓から這いだした男の苦悩と悲哀を描いた「ラザルス」などを収録。百年近く前に刊行されたとは到底思えない、永遠に読まれるべき名作集。〔1429〕

◇ドラキュラ　ドラキュラ―吸血鬼小説集　種村季弘編　新装版　河出書房新社　2023.2　253p　15cm（河出文庫　た4-53）880円　①978-4-309-46776-4
　内容　サセックスの吸血鬼（コナン・ドイル著, 延原謙訳）〔1430〕

◇緋色の研究　コナン・ドイル著, 三和書籍編　三和書籍　2024.3　421p　21cm（大活字本シリーズ―コナン・ドイル　6）3500円　①978-4-86251-521-6〔1431〕

◇不思議の探偵/稀代の探偵―『シャーロック・ホームズの冒険』/『マーチン・ヒューイット、探偵』より　アーサー・コナン・ドイル, アーサー・モリスン著, 南陽外史訳, 高木直二編

コニエツテ

作品社　2022.12　407p　19cm　3600円
①978-4-86182-950-5
[内容]　帝王秘密の写真　禿頭倶楽部　紛失の花婿　親殺の疑獄　暗殺党の船長　乞食の大王　奇怪の鴨の胃　毒蛇の秘密　片手の機関師　紛失の花嫁　歴代の王冠　散髪の女教師（アーサー・コナン・ドイル著，南陽外史訳）
　＊明治32年に「中央新聞」に連載された『シャーロック・ホームズの冒険』全12作の翻案と、翌33年に同紙に連載された「マーチン・ヒューイット」シリーズからの5作品の翻案。日本探偵小説の黎明期に生み出された記念碑的な作品の数々を、120年以上の時を経て初単行本化！　〔1432〕

◇ボヘミアの醜聞　コナン・ドイル著，三和書籍編　三和書籍　2023.10　453p　21cm　（大活字本シリーズ—コナン・ドイル 1）　3500円
①978-4-86251-516-2
[内容]　ボヘミアの醜聞　赤毛連盟　花嫁失踪事件　ボスコム谷の惨劇　独身の貴族　〔1433〕

◇名探偵ホームズとワトソン少年―武田武彦翻訳セレクション　アーサー・コナン・ドイル著，武田武彦訳，北原尚彦編　論創社　2023.8　285p　20cm　〈論創海外ミステリ 300〉〈原書名：The Hound of the Baskervillesほか〉3000円　①978-4-8460-2300-3
[内容]　まぼろしの犬　四つの署名　金ぶちめがねのなぞ　賞金をねらう男
　＊呪われた魔犬の伝説、毒矢による殺人、残された眼鏡の謎、奇妙な遺産相続騒動。名探偵ホームズと相棒のワトソン "少年" が挑む四つの難事件。探偵雑誌『宝石』の編集長を務めた武田武彦によるオリジナル翻訳がよみがえる！　〔1434〕

◇名探偵ホームズ瀕死の探偵　アーサー・コナン・ドイル著，千葉茂樹訳，ヨシタケシンスケ絵　理論社　2023.10　222p　19cm　〈世界ショートセレクション 23―コナン・ドイルショートセレクション 2〉〈他言語標題：Sherlock Holmes：The Adventure of the Dying Detective　原書名：The Red-Headed League　The Adventure of the Blue Carbuncleほか〉1300円　①978-4-652-20574-7
[内容]　赤毛連盟　青いガーネット　瀕死の探偵　サセックスの吸血鬼　競技場バザー
　＊「バカバカしいほど簡単な推理だよ」人類に大いに役立つ退屈しのぎをごうぞうじろ。名作がスラスラよめる！　世界文学旅行へお連れします。　〔1435〕

◇炉端物語　上　コナン・ドイル，笹野史隆訳　[釧路]　笹野史隆　2022.8　142p　19cm　〈コナン・ドイル小説全集 第56巻〉〈原書名：Round the fire stories〉3000円　〔1436〕

◇炉端物語　中　コナン・ドイル，笹野史隆訳　[釧路]　笹野史隆　2023.12　184p　19cm　〈コナン・ドイル小説全集 第57巻〉〈原書名：Round the fire stories〉3500円
[内容]　火遊び　ユダヤ人の胸当て　消えた臨時列車　エビ足の食料品雑貨商　封印された部屋　ブラジル猫　付録試しのメッセージ　〔1437〕

◇炉端物語　下　アーサー・コナン・ドイル著，笹野史隆訳　[釧路]　笹野史隆　2024.11　173p　19cm　〈コナン・ドイル小説全集 第58巻〉〈著作目録あり　笹野聡子　原書名：Round the fire stories〉3500円　〔1438〕

コニェッティ, パオロ　Cognetti, Paolo

◇狼の幸せ　パオロ・コニェッティ著，飯田亮介訳　早川書房　2023.4　229p　19cm　〈原書名：LA FELICITÀ DEL LUPO〉2400円
①978-4-15-210227-0　〔1439〕

コーニック, ニコラ　Cornick, Nicola

◇貴公子と無垢なメイド　ニコラ・コーニック著，佐野晶訳　ハーパーコリンズ・ジャパン　2024.1　442p　15cm　（mirabooks NC01-04）〈MIRA文庫 2013年刊の新装版　原書名：FORBIDDEN〉964円　①978-4-596-53423-1
　＊昼はレディ付きメイド、夜は娼館に手作り菓子を持ち込んで生計をたてるマージェリー。ある夜、館を訪れた彼女は、謎めいた紳士ヘンリーと出会う。驚いたことに彼は突然マージェリーの唇を奪い、姿を消した。動揺と胸の高鳴りに混乱する彼女だったが、数日後、驚愕の真実が明らかになる。彼は告げた―「無垢な君は伯爵家に迎えるのにふさわしい。僕は、伯爵の孫である君を迎えに来たんだ」　〔1440〕

◇寂しき婚礼　ニコラ・コーニック作，井上碧訳　ハーパーコリンズ・ジャパン　2023.2　284p　17cm　（ハーレクイン・ヒストリカル・スペシャル PHS297）〈ハーレクイン 2005年刊の再刊　原書名：THE NOTORIOUS MARRIAGE〉827円　①978-4-596-75837-8
　＊エレナは親の決めた意に染まぬ結婚相手から逃れるため、出会った当初から惹かれていたキットと駆け落ち同然で結ばれた。式を挙げた直後に、彼が行方をくらましてしまうとも思わずに。ぽつんと独り屋敷に取り残されたエレナを、社交界の口さがない人々は、"捨てられた花嫁" と呼んだ。世間の陰口なんて気にしなければいいとは思っても、夫がヨーロッパでオペラ歌手と恋仲になっているという噂には傷ついた。そして失踪から5カ月後、突然、キットが姿を現す。しかしエレナは夫に打ち明けられない "秘密" を思い、切なくなった。彼がいない間に、お腹に宿っていた小さな命を失ったのだ…。　〔1441〕

◇伯爵夫人の出自　ニコラ・コーニック作，田中淑子訳　ハーパーコリンズ・ジャパン　2023.11　284p　17cm　（ハーレクイン・ヒストリカル・スペシャル PHS315）〈ハーレクイン 2006年刊の再刊　原書名：THE PENNILESS BRIDE〉827円　①978-4-596-52656-4
　＊漆黒の髪、黒の上着とスカートに、黒いブーツ。煙突掃除人の娘ジェマイマは伝統的な盛装で、貴

族の結婚式の余興に出た。上流階級の人々に気後れしていたところ、一人の男性が声をかけてきた。見目麗しきその男性は、第15代セルボーン伯爵ロブ。結婚式に煙突掃除人とキスをすると幸せになれる—そんな言い伝えに則って彼に口づけされ、ジェマイマの胸はときめいた。一方ロブは、亡き父と祖父の奇妙な遺言に頭を痛めていた。伯爵領と莫大な資産を継ぐ条件で、父からは4週間以内の結婚を、祖母からは100日間の禁欲を命じられたが、適した相手がいないのだ。いや、待てよ。この煙突掃除人の娘を、名ばかりの妻にしたら…？ 〔1442〕

◇放蕩貴族と未練の乙女　ニコラ・コーニック作, 鈴木たえ子訳　ハーパーコリンズ・ジャパン　2023.3　284p　17cm　（ハーレクイン・ヒストリカル・スペシャル PHS299）〈「後悔と真実」（ハーレクイン 2004年刊）の改題　原書名：LADY POLLY〉827円　①978-4-596-76661-8
＊19人目の求婚者を断り、ポリーは憂鬱な気分に沈んでいた。5年前、社交界で注目の的だったヘンリー卿に熱烈に求愛され、彼女自身も魅力的な彼への想いに胸を焦がしていた。しかし放蕩者で通る彼は、ポリーの親からすれば"要注意人物"。まだ若すぎた彼女は親の言いなりになるしかできず、ヘンリー卿からの駆け落ちの誘いを泣く泣く拒んだのだった。あのとき、もしも彼の胸に飛び込む勇気があったら…。その後のヘンリー卿はといえば、さらに放蕩に拍車がかかった様子だ。ある夜、舞踏会で誤って飲酒したポリーは酔った勢いのままにヘンリー卿との過去を清算しようとして、逆に彼にキスされてしまう！〔1443〕

コネリー, クレア　Connelly, Clare

◇十六歳で宿した恋のかけら　クレア・コネリー作, 上田なつき訳　ハーパーコリンズ・ジャパン　2023.9　156p　17cm　（ハーレクイン・ロマンス R3805）〈原書名：THE SECRET SHE MUST TELL THE SPANIARD〉664円　①978-4-596-52236-8
＊ヘリコプターが着陸し、アリシアは必死に仕事用の顔を作った。彼女を待っていたのはスペイン富豪グラシアーノ—10年前に純潔を捧げて以来、一度も会っていなかった男性だ。機体から降りようとしたアリシアは緊張のあまりぶざまに転び、グラシアーノに抱きあげられて彼の家へ運ばれた。手当てをされる間、アリシアは10年前に戻った気分だった。相変わらずグラシアーノは自信と気品にあふれている。でも以前、この人は私に「二度と電話をするな」と言った。だからグラシアーノは知らない。一度だけ結ばれたあの夜、私が妊娠したことも。彼には今、9歳になる娘がいることも。〔1444〕

◇鳥籠から逃げたプリンセス　クレア・コネリー作, 小長弘美訳　ハーパーコリンズ・ジャパン　2023.4　156p　17cm　（ハーレクイン・ロマンス R3770—純潔のシンデレラ）〈原書名：PREGNANT PRINCESS IN MANHATTAN〉664円　①978-4-596-76943-5
＊ちょっとだけ。今夜だけだよ。公務で訪れたニューヨークで王女シャーロットは、迫る政略結婚をひととき忘れたくて、こっそり会場を抜け出した。おそるおそる店を踏み入れたバーで、たくましくセクシーなイタリア人男性ロッコに声をかけられる。金融関係の仕事をしていると言う彼と、身分を隠して話すうちすっかり心奪われ、彼のペントハウスで熱い一夜を過ごした。だがシャーロットがバージンと知るや、ロッコは激怒する。「知っていたら誘わなかった！」と。そして立ち去った—。やがて妊娠に気づいた彼女はやむなくニューヨークへ向かう。王女という身分を明かし、お腹の子は自分で育てると言うために。〔1445〕

◇七年越しのプロポーズ　クレア・コネリー作, 茅野久枝訳　ハーパーコリンズ・ジャパン　2022.4　220p　17cm　（ハーレクイン・ロマンス R3674）〈原書名：AN HEIR CLAIMED BY CHRISTMAS〉664円　①978-4-596-33337-7
＊兄の突然の死に打ちのめされていたアニーのもとに、ある夜、ずっと憧れていた兄の親友ディミトリオスが現れた。彼のギリシア彫刻のように端整な顔に浮かぶ、深い憂い。二人は悲しみをぶつけ合うようにしてベッドを共にする。だが翌朝、彼は去った—あれは単なる情事だと念を押して。7年後、アニーは困窮し、クリスマスを前に頭を悩ませていた。せめて愛しい息子にだけはプレゼントを買ってやりたい…。そこへ再び、今や億万長者となったディミトリオスが姿を現す。「ぼくの息子に会わせろ。今すぐに！」なぜわかったの？　いぶかるアニーに、彼は結婚を迫る。〔1446〕

◇水の都のシンデレラ　クレア・コネリー作, 雪美月志音訳　ハーパーコリンズ・ジャパン　2022.6　156p　17cm　（ハーレクイン・ロマンス R3691）〈原書名：CINDERELLA'S NIGHT IN VENICE〉664円　①978-4-596-42961-2
＊なんてすてきな人なのかしら！　PR会社で働くビーは会社した長身で逞しくハンサムな男性に妙な頼み事をされた。その夜開かれる慈善イベントに同行してくれないかというのだ。彼が最上客アレス・リカイオスと知って断れず承諾した行き先はなんとヴェネツィアの舞踏会。初めてのキスに酔わされた帰途、ビーは半ば誘拐される形で彼のプライベート機に連れこまれる。ギリシアのアレスの邸で"緊急事態"が発生したというのだ。彼の邸に入ると、生後間もない赤ん坊が泣きわめいていた。「1カ月だけ、ベビーシッターの代わりを務めてくれないか」〔1447〕

コーネリアス, パトリシア　Cornelius, Patricia

◇カウンティング&クラッキング　ボーイ・オーバーボード—少年が海に落ちたぞ！　S. シャクティダラン作, モリス・グライツマン原作, パトリシア・コーネリアス脚色, 佐和田敬司訳　横浜　オセアニア出版社　2022.11　147p　21cm　（オーストラリア演劇叢書 15）〈部分

コネル

タイトル：難民たちの物語 原書名：Counting and cracking Boy overboard〉2000円
①978-4-87203-119-5　　　　　　　　〔1448〕

コネル, リチャード　Connell, Richard

◇ユーモア・スケッチ大全　〔2〕　ユーモア・スケッチ傑作展 2　浅倉久志編・訳　国書刊行会　2022.1　372p　19cm〈「ユーモア・スケッチ傑作展 2」(早川書房 1980年刊)の改題、増補〉2000円　①978-4-336-07309-9
[内容] 半ドルの物語(リチャード・コネル著)
＊名翻訳家のライフワークである「ユーモア・スケッチ」ものを全4巻に集大成。第2弾は『ユーモア・スケッチ傑作展2』(全32篇)＋単行本未収録作品12篇。　　　　　　　　　　　　〔1449〕

コーノ, ジュリエット・S.　Kono, Juliet S.

◇暗愁　ジュリエット・S・コーノ著、前田一平訳　あけび書房　2023.12　460p　19cm〈原書名：DARK SORROW〉2400円　①978-4-87154-247-0
＊ハワイから東京、京都、そしてヒロシマへ。戦禍の苦難を生きた日系二世少女の成長物語。東京大空襲を生きまどい、広島で被爆者として戦後を生きる。原爆で幼子を失った罪意識を背負い、京都で学んだ仏教の教えから「暗愁」にとり憑かれ生き抜くヒューマン・ドラマ。　　　　　〔1450〕

コハノフスキ, ヤン　Kochanowski, Jan

◇歌とフラシュキ　ヤン・コハノフスキ著、関口時正訳　未知谷　2022.11　265p　20cm(ポーランド文学古典叢書 10)〈他言語標題：Pieśni i fraszki 原書名：Pieśni Fraszki〉3000円　①978-4-89642-710-3　　〔1451〕

コーフマン, ジョージ・S.　Kaufman, George Simon

◇ユーモア・スケッチ大全　〔2〕　ユーモア・スケッチ傑作展 2　浅倉久志編・訳　国書刊行会　2022.1　372p　19cm〈「ユーモア・スケッチ傑作展 2」(早川書房 1980年刊)の改題、増補〉2000円　①978-4-336-07309-9
[内容] もし男が女のようにポーカーをしたら(ジョージ・S.コーフマン著)
＊名翻訳家のライフワークである「ユーモア・スケッチ」ものを全4巻に集大成。第2弾は『ユーモア・スケッチ傑作展2』(全32篇)＋単行本未収録作品12篇。　　　　　　　　　　　　〔1452〕

◇ユーモア・スケッチ大全　〔3〕　ユーモア・スケッチ傑作展 3　浅倉久志編・訳　国書刊行会　2022.2　374p　19cm〈「ユーモア・スケッチ傑作展 3」(早川書房 1983年刊)の改題、増補〉2000円　①978-4-336-07310-5
[内容] コーフマンいじめ株式会社(ジョージ・S.コーフマン著)　　　　　　　　　　　　〔1453〕

◇ユーモア・スケッチ大全　〔4〕　すべてはイブからはじまった ミクロの傑作圏　浅倉久志編・訳　国書刊行会　2022.3　376p　19cm〈「すべてはイブからはじまった」(早川書房 1991年刊)と「ミクロの傑作圏」(文源庫 2004年刊)の改題、合本〉2000円　①978-4-336-07311-2
[内容] 給仕学校(ジョージ・コーフマン著)
＊笑いの大博覧会、完結！ 名翻訳家浅倉久志のライフワークである"ユーモア・スケッチ"ものを全4巻に集大成。最終巻は傑作展姉妹篇『すべてはイブからはじまった』とオンデマンドのみの刊行だった『ミクロの傑作圏』をカップリング。　　〔1454〕

コーベット, エリザベス・バーゴイン

◇英国クリスマス幽霊譚傑作集　チャールズ・ディケンズ他著、夏来健次編訳　東京創元社　2022.11　382p　15cm（創元推理文庫 Fン11-1）1100円　①978-4-488-58406-1
[内容] 残酷な冗談(エリザベス・バーゴイン・コーベット著、夏来健次訳)
＊ヴィクトリア朝期に『クリスマス・キャロル』がベストセラーとなって以降、定番となった聖夜怪談。幽霊をこよなく愛するイギリスで生まれた作品を、数々の怪奇幻想小説を紹介する翻訳家が精選する。陰鬱な田舎で休暇を過ごすことになった男が老朽船で体験する恐怖の一夜「幽霊廃船のクリスマス・イヴ」など、知られざる傑作から愛すべき怪作まで、13篇中12篇を本邦初訳で贈る。〔1455〕

コーヘン, アディール

◇砂漠の林檎―イスラエル短編傑作選　サヴィヨン・リーブレヒト, ウーリー・オルレブほか著、母袋夏生編訳　河出書房新社　2023.8　258p　20cm　2900円　①978-4-309-20890-9
[内容] 聖書物語(アディール・コーヘン編、母袋夏生訳)
＊迷宮のような路地で見つけた写真集、不死の老人、ショアの記憶、聖書物語など、イスラエル文学紹介の第一人者による日本語版オリジナル・アンソロジー。ウーリー・オルレブ(国際アンデルセン賞受賞)、シャイ・アグノン(ノーベル文学賞受賞)など、世界が高く評価する作家の傑作を精選。
　　　　　　　　　　　　　　　　　〔1456〕

コーベン, ハーラン　Coben, Harlan

◇WIN　ハーラン・コーベン著、田口俊樹訳　小学館　2022.11　557p　15cm（小学館文庫 コ3-4)〈著作目録あり　本文は日本語 原書名：WIN〉1200円　①978-4-09-407069-9
＊"これまでの長い歴史がさらりと詰めこまれた一冊が、あたらしいウィン推しをたくさん獲得することを心から願う。みんな、こっちにおいで"(「マイロン・ボライター」シリーズサポーター／翻訳家・三角和代さんによる解説より) 容姿端麗、頭脳明晰、武術の達人で大富豪。あの大人気シリーズの名キャラが四十代になって帰ってきた！ 盗まれた名画と殺人事件、迷宮入りした学生運動事件、一

族の謎。ずるいほど魅力的な主人公と怒涛の展開に、ページをめくる手が止まらない。推しもそうでない人も必読の、極上のスピンオフ＆最高のノンストップ・エンタメ小説！　　　　〔1457〕

◇THE MATCH　ハーラン・コーベン著，田口俊樹，北綾子訳　小学館　2023.11　583p　15cm　（小学館文庫　コ3-5）〈本文は日本語　原書名：THE MATCH〉1280円　Ⓘ978-4-09-407223-5

＊幼い頃に独り森で育った調査員ワイルドは、DNA鑑定サイトを使い生みの親を捜していた。亡き親友の母・豪腕弁護士ヘスターの協力を得て父親と思われる男を捜し出したものの、母親が誰なのか、なぜ自分が森に捨てられたのかは依然としてわからなかった。その後、母方の血縁者と思しき男PBからのメールに気づいたワイルド。PBはリアリティ番組のスターだったが、あることが大炎上し、行方不明になっていた。ワイルドは彼の身辺調査を始めるが、思わぬ事件に巻き込まれ…。世界的ヒットメーカーが放つ、傑作ミステリ『森から来た少年』、待望の続編。　　〔1458〕

◇森から来た少年　ハーラン・コーベン著，田口俊樹訳　小学館　2022.1　601p　15cm　（小学館文庫　コ3-3）〈原書名：THE BOY FROM THE WOODS〉1260円　Ⓘ978-4-09-406833-7

＊ある日忽然と姿を消した、いじめられっ子の高校生ナオミ。豪腕弁護士ヘスターは、彼女の行方を捜してほしいと孫のマシュウから相談を受けた。ヘスターが協力を仰いだのは、亡き息子の親友にして幼い頃に独り森で育った過去を持つ、謎多き天才調査員ワイルド。二人の捜索は予想外の過去をあぶり出しし、やがて巨大な闇へと辿り着く。秀逸過ぎるキャラクター、先の読めない展開、衝撃の真実…アメリカで刊行されるや、主要メディアで軒並み初登場一位を獲得。世界にその名をとどろかせエンタメ界を牽引する、大ヒットメーカーが放つ傑作サスペンス！　　〔1459〕

ゴメ・ツェラン・タシ

◇チベット幻想奇譚　星泉，三浦順子，海老原志穂編訳　春陽堂書店　2022.4　270p　19cm　2400円　Ⓘ978-4-394-19027-1

内容　一九八六年の雨合羽（ゴメ・ツェラン・タシ著，星泉訳）

＊伝統的な口承文学や、仏教、民間信仰を背景としつつ、いまチベットに住む人々の生活や世界観が描かれた物語は、読む者を摩訶不思議な世界に誘う―時代も、現実と異界も、生と死も、人間/動物/妖怪・鬼・魔物・神の境界も越える、13の短編を掲載した日本独自のアンソロジー。チベットの現代作家たちが描く、現実と非現実が交錯する物語。　　〔1460〕

コヤナギ，ジャクリーン　Koyanagi, Jacqueline

◇九段下駅―或いはナインス・ステップ・ステーション　マルカ・オールダー，フラン・ワイルド，ジャクリーン・コヤナギ，カーティス・C・チェン著，吉本かな，野上ゆい，立川由佳，工藤澄子訳　竹書房　2022.9　564p　15cm　（竹書房文庫　ん2-1）〈原書名：NINTH STEP STATION〉1400円　Ⓘ978-4-8019-3198-5

内容　停電殺人　鉤爪の手（ジャクリーン・コヤナギ著，立川由佳訳）

＊西暦2033年。南海地震に襲われた日本を中国が侵略し、東京の西側を掌握。東側はアメリカの管理下に置かれ、緩衝地帯にはASEANが駐留。東京は、もはや日本ではない―。国内では中国への反発が強まり、反中国の急先鋒である大臣が支持を集める。アメリカ大使館の連絡将校は日本の意図を探ろうと、平和維持軍のエマ・ヒガシ中尉を警視庁に送り込む。突然、経験のないアメリカ人と組まされることになり困惑する是枝都刑事だったが、エマを連れ神田駅殺人事件の捜査を開始する。特殊刺青片腕遺棄事件、中国要人子女誘拐事件、人体改造者鉤爪暴走事件…捜査を続けるうちに相棒として絆が芽生えはじめたふたりの前に、ヤクザ、そしてアメリカと中国の思惑が立ちはだかる。分割統治される東京を舞台にしながら日本の現在と未来を巧みに描き出す、連作科幻推理小説。　　〔1461〕

コラールト，サンダー　Kollaard, Sander

◇ある犬の飼い主の一日　サンダー・コラールト著，長山さき訳　新潮社　2023.4　185p　20cm　（CREST BOOKS）〈原書名：UIT HET LEVEN VAN EEN HOND〉1950円　Ⓘ978-4-10-590188-2

＊本好きの中年男ヘンクは、離婚して老犬スフルク（ならずぎ）と暮らすICUのベテラン看護師。ある朝、運河沿いを散歩中、へばってしまった老犬をすばやく介抱してくれた女性がいた。この日は、かわいい姪の17歳の誕生日。元妻の情事の現場に出くわして以来、恋なんていうものとは無縁に生きてきたヘンクだが、けさ出会った同世代の女性にときめいている自分を発見する。戸惑う彼の背中を、姪のローザがどんと押す。離婚、不遇だった兄の死、やり手の弟との不仲、忍び寄る老い…人生の辛苦をさまざまに経験してきた男が、生きるよろこびを取りもどしていくさまをつぶさに描く。2020年、コロナに見舞われたオランダで、多くの人たちを慰め、励ましたベストセラー小説。リブリス文学賞受賞。　　〔1462〕

コリア，ジョン　Collier, John

◇吸血鬼は夜恋をする―SF＆ファンタジイ・ショートショート傑作選　ロバート・F・ヤング，リチャード・マシスン他著，伊藤典夫編訳　東京創元社　2022.12　387p　15cm　（創元SF文庫　SFン12-1）〈文化出版局　1975年刊の増補〉1000円　Ⓘ978-4-488-79301-2

内容　恋人たちの夜（ジョン・コリア著）

＊「アンソロジイという言葉のもとになったギリシャ語の意味は「花々を集めたもの」。立ちどまるほどではないが、歩く途中ひょっと目にとまり、見とれる花、つまり、理屈ぬきで楽しんでいただけるような小品を選ぶよう心懸けた」（伊藤典夫）。名翻

コリンス

訳家が初めて単独編纂した伝説のアンソロジイを半世紀ぶりに初文庫化。(SFマガジン)(奇想天外)の掲載作を追加し、全32編とした。〔1463〕

◇新編怪奇幻想の文学　1　怪物　紀田順一郎, 荒俣宏監修, 牧原勝志編　新紀元社　2022.7　460p　20cm〈他言語標題：Tales of Horror and Supernatural〉2500円　①978-4-7753-2022-8

内容　みどりの想い(ジョン・コリア著, 植草昌実訳)

＊山深く潜む、古来から言い伝えられるもの。身を蝕み、人間としての記憶さえ呪わしく変えるもの。そして、見てはならず、語りえないもの。何ものなのか知るすべもないかれらを、せめてこう呼ぼう――怪物、と。一九七〇年代の名アンソロジー"怪奇幻想の文学"の編者、紀田順一郎・荒俣宏の監修のもと、古典的名作を新訳し、全6巻に集大成。怪奇幻想の真髄を伝えるアンソロジー・シリーズ、ここに刊行開始。〔1464〕

コリンズ, ウィルキー　Collins, William Wilkie

◇英国古典推理小説集　佐々木徹編訳　岩波書店　2023.4　539p　15cm（岩波文庫 37-207-1）1300円　①978-4-00-372002-8

内容　誰がゼビディーを殺したか(ウィルキー・コリンズ著, 佐々木徹訳)

＊ディケンズ『バーナビー・ラッジ』とポーによるその書評、英国最初の長篇推理小説と言える『ノッティング・ヒルの謎』を含む、古典的傑作八篇を収録(半数が本邦初訳)。読み進むにつれて推理小説という形式の洗練されていく過程が浮かび上がる、画期的な選集。〔1465〕

◇ロンドン幽霊譚傑作集　W.コリンズ, E.ネズビット他著, 夏来健次編　東京創元社　2024.2　389p　15cm（創元推理文庫 Fン11-2）〈原書名：Mrs.Zant and the Ghost　The Last House in C-Streetほか〉1100円　①978-4-488-58408-5

内容　ザント夫人と幽霊(ウィルキー・コリンズ著, 平戸懐斗訳)

＊19世紀ヴィクトリア朝ロンドン。産業・文化ともに栄える一方で、犯罪譚や怪談が流行する魔の都としての貌も持ち合わせていた。陽光あふれる公園の一角で霊に遭遇した美しき寡婦を巡る愛憎劇「ザント夫人と幽霊」、愛人を催眠術で殺害した医師が降霊会で過去の罪と対峙する「降霊会の部屋にて」ほか、ロンドンで囁かれるゴースト・ストーリー13篇を収録。集中12篇が本邦初訳。〔1466〕

コリンズ, ダニー　Collins, Dani

◇あなたに言えない片想い　ダニー・コリンズ作, 藤峰みちか訳　ハーパーコリンズ・ジャパン　2022.6　220p　17cm（ハーレクイン・ロマンス R3686）〈原書名：ONE SNOWBOUND NEW YEAR'S NIGHT〉664円　①978-4-596-42882-0

＊暴君の父から逃れ、異国で働き始めた貧しい育ちのベッカ。仕事先でハンサムな富豪ヴァンと嵐のような恋におち、周囲の猛反対を押し切って、駆け落ち同然に結婚した。だが母が病に倒れたとの報せを受け故郷に帰った折、なんと自身が子供を産めない病と知る。ああ、私は夫に何も与えてあげられない…。夫を愛するがゆえ事実を告げられぬまま、ベッカは別れを切り出し、家を出た。4年後、ベッカは母の形見を取りに新婚時代を過ごした家を訪れた。ヴァンの留守を狙って。ところが、そこになぜか彼が現れ…。〔1467〕

◇エーゲ海に散った愛　ダニー・コリンズ作, 中野恵美訳　ハーパーコリンズ・ジャパン　2023.1　220p　17cm（ハーレクイン・ロマンス R3742）〈原書名：WHAT THE GREEK'S WIFE NEEDS〉664円　①978-4-596-75655-8

＊ああ、まさかそんな！　ターニャは息をのんだ。乱れた黒髪、鋭い光を放つ瞳、無精髭の生えた精悍な顔。なぜレオンがここに？　5年前の結婚直後、父親の訃報に接し、ギリシアへ帰国した夫は、それきり音信不通になっていた。「やっと会えたな。きみを連れ戻しに来た」夫の美貌は冷ややかでひどく険しいのに、抱きしめられると、愚かにも恋心のなごりがターニャの体内で脈打った。やがてレオンは部屋の中にいる幼い女の子に目を留めた。自分と同じ、カールした黒髪の―。〔1468〕

◇壁の花と愛を拒む億万長者　ダニー・コリンズ作, 藤村華奈美訳　ハーパーコリンズ・ジャパン　2022.1　220p　17cm（ハーレクイン・ロマンス R3646）〈原書名：HER IMPOSSIBLE BABY BOMBSHELL〉664円　①978-4-596-01805-2

＊「おなかの子の父親はぼくだというのか？　ありえない！」世界的複合企業の社長、ジュン・リーに妊娠を告げたとたん、黒い瞳に冷たく見据えられ、アイビーは呆然とした。あの夜、情熱に陰る黒い瞳で愛を囁いた彼とは別人のようで、ふとした夢の一夜には想像もしなかった、辛い現実だった。けれど彼女は涙をこらえて言った。子供は私一人で育てると。すると彼の豪邸に連れていかれ、父子鑑定を受けることに。自分の子に違いないと知るや、彼にプロポーズされたが、アイビーは拒んだ。彼とは住む世界が違いすぎる。でも…。〔1469〕

◇コウノトリが来ない結婚　ダニー・コリンズ作, 久保奈緒実訳　ハーパーコリンズ・ジャパン　2024.8　156p　17cm（ハーレクイン・ロマンス R3893）〈原書名：THE SECRET OF THEIR BILLION-DOLLAR BABY〉673円　①978-4-596-63901-1

＊サーシャがギリシア富豪ラファエルと出会ってすぐに結婚したのは、裕福な権力者で横暴な継父の支配から逃れたかっただけだ。ラファエルも彼女が持つ豊かな人脈を必要としていたから、どちらにも都合はよく、愛がなくてもかまわないはずだった。けれど妻を大切にし、対等に扱う夫にサーシャはいつしか恋をし、愛を求めるようになっていた。今、夫は自分の後継者である赤ちゃんを欲しがっている。けれどいくら不妊治療を続けても子供を授かることはなく、サーシャはつら

い気持ちを押し殺し、代理母による出産を提案した。私が愛する夫の願いをかなえるにはもうその方法しかないから…。〔1470〕

◇白騎士と秘密の家政婦　ダニー・コリンズ作，松尾当子訳　ハーパーコリンズ・ジャパン　2022.8　220p　17cm　（ハーレクイン・ロマンス R3702）〈原書名：CINDERELLA FOR THE MIAMI PLAYBOY〉664円　①978-4-596-70910-3

＊ビアンカは非道な元婚約者から逃れるため、人目を忍び、マイアミへ向かう飛行機に乗り込んだ。機内で思いがけず魅力的な男性エヴァレットに誘惑され、熱い夜を共にした翌日、彼女は追手を恐れて素性を隠し、大富豪の留守邸の住み込み家政婦となった。半年後、突然帰宅した屋敷の主を見てビアンカは仰天する。エヴァレット！　なぜあなたがここに？　これは…何かの罠？　混乱するビアンカを前に、彼は謎めいた笑みをたたえている。彼が自邸を隠れ家にした真の理由を、彼女は知る由もない。〔1471〕

◇シンデレラは秘密の子を抱く　ダニー・コリンズ作，岬一花訳　ハーパーコリンズ・ジャパン　2023.5　156p　17cm　（ハーレクイン・ロマンス R3778―純潔のシンデレラ）〈原書名：CINDERELLA'S SECRET BABY〉664円　①978-4-596-77110-0

＊いつもと変わらない朝、アメリアは父に急かされて車を出した。向かった先はワイナリーで、脳裏にある一夜の記憶がよみがえる。1年前、アメリアは富豪ハンターと出会い、純潔を捧げた。しかしその後、彼からは"婚約したから二度と連絡するな"という無情なメールで別れを告げられた。ふと見ると、飾りつけられた黒板には凝った文字が綴られている。"ハンター＆エデン、結婚おめでとう"まさか、だめよ。アメリアは動転し、気を失いそうになった。父は私たちの存在を、よりによって彼の結婚式で暴露するつもりだ。アメリアの腕の中で、生後2カ月の娘が純真無垢の瞳を母親に向けた。〔1472〕

◇捨てられた花嫁の究極の献身　ダニー・コリンズ作，久保奈緒実訳　ハーパーコリンズ・ジャパン　2023.11　156p　17cm　（ハーレクイン・ロマンス R3822―純潔のシンデレラ）〈原書名：WEDDING NIGHT WITH THE WRONG BILLIONAIRE〉664円　①978-4-596-52648-9

＊この結婚に愛はない。花嫁のエデンは浮かない顔だった。亡き父の会社を守るため、想いを寄せる男性のことはあきらめた。だが花婿に隠し子がいるとわかり、式は一転、中止となってしまう。失意と屈辱の彼女を救ったのは、富豪のレミーだった。私を嫌っていた人がなぜ？　私は彼に恋いこがれていたけれど。レミーの真意はすぐにわかった。「僕は君が欲しい」ただし、一度ベッドをともにしたら、あとは他人に戻りたいという。1時間でもそばにいたくて、エデンは彼に純潔を捧げた。他人に戻るどころか、妊娠によってさらに深く結びつくとも知らず。〔1473〕

◇大富豪と乙女の秘密の関係　ダニー・コリンズ作，上田なつき訳　ハーパーコリンズ・ジャパン　2024.2　156p　17cm　（ハーレクイン・ロマンス R3846―純潔のシンデレラ）〈原書名：A CONVENIENT RING TO CLAIM HER〉①978-4-596-53271-8　〔1474〕

◇秘書は秘密の代理母　ダニー・コリンズ作，岬一花訳　ハーパーコリンズ・ジャパン　2024.7　156p　17cm　（ハーレクイン・ロマンス R3885）〈原書名：THE BABY HIS SECRETARY CARRIES〉673円　①978-4-596-63550-1

＊ニュージャージー州の田舎町出身のモリーは念願のロンドン本社勤務となり、忙しくも刺激的な毎日を送っていた。それは社長兼CEOのイタリア富豪ジオに恋をしていたから。あるとき、モリーはその憧れのボスから頼みごとをされた。「余命わずかな祖父を喜ばせるため、婚約者のふりをしてほしい」と。ジオの気持ちを思うと一も二もなく承知したかったが、親友夫妻の代理母を引き受け、妊娠中の彼女は断るしかなかった。ところがジオはあきらめず、結局モリーは婚約者役を引き受ける。代理母と言えないまま、ほかの男性と子をなしたと誤解されたまま。〔1475〕

◇独りぼっちで授かった奇跡　ダニー・コリンズ作，久保奈緒実訳　ハーパーコリンズ・ジャパン　2024.5　156p　17cm　（ハーレクイン・ロマンス R3869）〈原書名：A BABY TO MAKE HER HIS BRIDE〉673円　①978-4-596-53993-9

＊最近の体調不良の原因が妊娠と知って、ヴィエナは愕然とした。医者から"妊娠できない"と言われていたのはなんだったのだろう？　だが子供の父親一富豪ジャスパーはこの知らせを歓迎しないはずだ。私は数日一緒に過ごしただけの、ただのベッドの相手だから。でも、男らしい彼は私を大切にしてくれた。そんな人は初めてだった。悩んだ末に、ヴィエナはジャスパーに赤ん坊ができたと告げた。ジャスパーがすぐに子供の父親になりたいと言ったのはうれしかった。けれど、彼が続いて口にしたのは"義務"という言葉ばかりだった。私がいちばん欲しいのは愛なのに、愛のない結婚が答えなんて…。〔1476〕

コール, アリッサ　Cole, Alyssa

◇ブルックリンの死　アリッサ・コール著，唐木田みゆき訳　早川書房　2022.3　495p　16cm　（ハヤカワ・ミステリ文庫 HM 495-1）〈原書名：WHEN NO ONE IS WATCHING〉1280円　①978-4-15-184951-0

＊褐色砂岩の由緒ある住宅が並ぶブルックリンの一角。ここで育ったシドニーは、古くからの隣人がつぎつぎと新しい住民に入れ替わっているのに気づく。そんな中、彼女は地域の歴史探訪ツアーを新住民のセオと企画することになる。街の歴史を調べるうちに明らかにされたさらなる不穏な状況は、偶然と妄想の産物か、それとも危険な陰謀か。

その驚くべき真相とは―都市再開発の負の側面を背景に描いたエドガー賞受賞スリラー。〔1477〕

コール, G.D.H.　Cole, George Douglas Howard

◇クロームハウスの殺人　G.D.H.コール, M・コール著, 菱山美穂訳　論創社　2022.5　329p　20cm　（論創海外ミステリ 283）〈原名：The Murder at Crome House〉3200円
①978-4-8460-1793-4

＊老齢の富豪を殺害した容疑で告発された男性は本当に人を殺したのか？ 探偵小説愛読者の大学講師ジェームズ・フリントが未解決事件の謎に挑む。〔1478〕

コール, M.　Cole, Margaret

◇クロームハウスの殺人　G.D.H.コール, M・コール著, 菱山美穂訳　論創社　2022.5　329p　20cm　（論創海外ミステリ 283）〈原名：The Murder at Crome House〉3200円
①978-4-8460-1793-4

＊老齢の富豪を殺害した容疑で告発された男性は本当に人を殺したのか？ 探偵小説愛読者の大学講師ジェームズ・フリントが未解決事件の謎に挑む。〔1479〕

コールズ, リチャード　Coles, Richard

◇殺人は夕礼拝の前に　リチャード・コールズ著, 西谷かおり訳　早川書房　2024.9　291p　19cm　（HAYAKAWA POCKET MYSTERY BOOKS 2007）〈原名：MURDER BEFORE EVENSONG〉2600円　①978-4-15-002007-1

＊1988年、英国の田舎町チャンプトン。英国教会の司祭ダニエル・クレメントは悩んでいた。教会にトイレを設置するか否かをめぐり、村が真っ二つに分かれてしまったのだ。そんななか、夜の教会で事件が起こる。地主一族ド・フローレス家の関係者が剪定ばさみで喉を掻き切られ殺されたのだ。犯人は村民なのか？ 動機は一体？ ダニエルが司祭として遺族や住民に寄り添い、話を聞くうちに、村の歴史と住民の裏の顔、そして事件の全貌が浮き彫りになっていく…。英国国教会の現役司祭による注目作！〔1480〕

コルディ, ミシェル

◇ユーモア・スケッチ大全　[3]　ユーモア・スケッチ傑作展　3　浅倉久志編・訳　国書刊行会　2022.2　374p　19cm　「ユーモア・スケッチ傑作展 3」（早川書房 1983年刊）の改題、増補　2000円　①978-4-336-07310-5

内容 洪水の前（ミシェル・コルディ著）〔1481〕

ゴールド, クリスティ　Gold, Kristi

◇心の瞳で見つめたら　クリスティ・ゴールド著, 原淳子訳　ハーパーコリンズ・ジャパン　2022.4　286p　15cm　（mirabooks KG02-01）〈ハーレクイン 2008年刊の再刊　原名：THROUGH JENNA'S EYES〉791円
①978-4-596-42792-2

＊送迎サービス会社を経営するローガンは深夜、1本の電話に呼びだされた。他に人手がなく自ら車を走らせた彼を待っていたのは大物実業家の一人娘ジェンナ・フォーダイス。怪我をして足取りも覚束ないジェンナを見て、どうせ酔っ払った金持ちのわがまま娘だろうと冷ややかに思うローガンだったが、診察した医師は意外な言葉を口にした。彼女は酔ってなどいない、目がほとんど見えないのだと。〔1482〕

ゴールドコイン　Goldc01n

◇〈閲覧注意〉ネットの怖い話クリーピーパスタ　ミスター・クリーピーパスタ編, 倉田真木, 岡田ウェンディ他訳　早川書房　2022.7　287p　16cm　（ハヤカワ文庫 NV 1499）〈原名：THE CREEPYPASTA COLLECTIONの抄訳〉860円　①978-4-15-041499-3

内容 「うつ」は魔もの（Goldc01n著, 高増春代訳）

＊ネットの恐怖都市伝説のコピペから生まれたホラージャンル "クリーピーパスタ"。綿密に計画をたて女性の家に忍び込んだ殺人ストーカーが異変に巻き込まれる「殺人者ジェフは時間厳守」や、ジャーナリスト志望者がフロッピーディスクに込められた呪いを目撃する「スマイル・モンタナ」など、アメリカ・クリーピーパスタ界の人気ユーチューバーが厳選した悪夢の物語。身の毛がよだつ15篇の恐怖のショートストーリー傑作集。〔1483〕

ゴールドラット, エリヤフ　Goldratt, Eliyahu M.

◇在庫管理の魔術―「ザ・ゴール」シリーズ　エリヤフ・ゴールドラット著, 岸良裕司監訳, 三本木亮訳　ダイヤモンド社　2024.8　316p　19cm　「ザ・クリスタルボール」（2009年刊）の改版、新装　原名：ISN'T IT OBVIOUS？〉2000円　①978-4-478-12088-0　〔1484〕

ゴールドリック, エマ　Goldrick, Emma

◇恋が盲目なら　エマ・ゴールドリック著, 高木晶子訳　ハーパーコリンズ・ジャパン　2022.4　206p　15cm　（ハーレクインSP文庫 HQSP-315）〈ハーレクイン・エンタープライズ日本支社 1988年刊の再刊　原名：IF LOVE BE BLIND〉500円　①978-4-596-31979-1

＊27歳にして両親亡きあと3人の妹を育ててきたフィルは、会社でも女性社員のリーダー的存在だ。ある日いつものように出社したフィルは、今後は社長の息子のベンが、経営を取り仕切ると告げられた。怪我で一時的に目が見えないベンはひどく傲慢で、さっそく女性社員を泣かせ、おのずと彼のサポート役はフィルに。そして、すっかり彼に気に入られたフィルはしばらくの間、ベンの屋敷に

住み込み、彼の世話まですることになった。ただペンは、フィルを年配の女性と勘違いしているようで…。〔1485〕

◇言葉はいらない　エマ・ゴールドリック作，橘高弓枝訳　ハーパーコリンズ・ジャパン　2024.7　156p　17cm　(ハーレクイン・イマージュI2810—至福の名作選)〈ハーレクイン1991年刊の再刊　原書名：SILENCE SPEAKS FOR LOVE〉673円　①978-4-596-63560-0

＊異国に滞在中、医師である両親が目の前で命を落とし、ショックから口をきけなくなってしまったマンディ。後見人に庇護されながらも孤独な少女時代を過ごしたが、21歳になったとたんにその契約も打ち切られてしまい、とうとう身寄りをなくした彼女は途方に暮れていた。そんなときに慈善舞踏会で出逢ったのが、主催者のブライアンだった。酔っ払いに絡まれたマンディを助けてくれた年上の紳士だ。だが彼はマンディの境遇を知ると、考えこんだあとで申し出た。「口答えしないなんて最高だ！僕の屋敷で住みこみの秘書にならないか」私が口がきけないからって、扱いやすくて従順だと思っているのね…。〔1486〕

◇恋愛後見人　エマ・ゴールドリック著，富田美智子訳　ハーパーコリンズ・ジャパン　2023.11　203p　15cm　(ハーレクインSP文庫HQSP-390)〈ハーレクイン1989年刊の再刊　原書名：MY BROTHER'S KEEPER〉545円　①978-4-596-52896-4

＊「ハリー！」ミシェルは喜びの声とともに義兄に抱きついた。8歳のときにミシェルの母とハリーの父が再婚して新しい家族になったときから、ミシェルはハリーに夢中だった。だが母はそんな娘に釘を刺し、以来その想いは封印された。ひさしぶりに我が家へ帰ってきた大好きな義兄さん。弁護士で、セクシーで、ユーモアのセンスがあって…。ハリーにぴったりの女性を見つけようとミシェルは張りきった。つい最近婚約したばかりだと報告するミシェルに、ハリーが物思わしげな目を向けたことなど知る由もなく。〔1487〕

コルマン，クロエ　Korman, Cloé

◇姉妹のように　クロエ・コルマン著，岩津航訳　早川書房　2024.3　222p　19cm　〈原書名：LES PRESQUE SŒURS〉2200円　①978-4-15-210316-1

＊1942年、ドイツ占領下フランス。小さな田舎町モンタルジにも、ユダヤ人一斉検挙の波が押し寄せていた。同じ町に住むコルマン三姉妹とカミンスキ三姉妹が本当の姉妹のように仲を深めたのは、両親を検挙された後だった。その友情は、何年も続いていく"時の宮殿"にあるように思われた。この先に強制収容所が待っているとは、彼女たちには想像できなかったから—。写真、おままごと道具、生き残った者たちの証言。残された物や記憶から、現代を生きる著者が、姉妹たちの人生の物語を描き出す。第2回日本の学生が選ぶゴンクール賞を受賞し、普遍性に富む歴史小説として高い評価を得た傑作長篇。〔1488〕

コレリッツ，ジーン・ハンフ　Korelitz, Jean Hanff

◇盗作小説　ジーン・ハンフ・コレリッツ著，鈴木恵訳　早川書房　2023.3　387p　19cm　(HAYAKAWA POCKET MYSTERY BOOKS 1989)〈原書名：THE PLOT〉2500円　①978-4-15-001989-1

＊かつてのベストセラー作家ジェイコブは、どうしても新作を書けずにいた。小説創作講座で教えるだけの日々に鬱々とし、受講生のエヴァンに怒りと嫉妬の炎を燃やしていた。授業を受ける意義がないとうそぶきながらも、彼の語る小説のプロットは素晴らしいものだったからだ。その三年後、ふとしたことからジェイコブはエヴァンが死んだことを知る。彼は、エヴァンが自分に語ったプロットを盗用して小説を書くことを決意する。かくして、新作『クリブ』はベストセラーとなるが、そこに何者かから脅迫メールが届き…〔1489〕

コロンナ，フランチェスコ　Colonna, Francesco

◇ポリフィルス狂戀夢　フランチェスコ・コロンナ，ジョスリン・ゴドウィン著，高山宏訳　東洋書林　2024.2　522p　22cm　〈原書名：HYPNEROTOMACHIA POLIPHILI〉7500円　①978-4-88721-832-1

＊嗚呼ポリア、ポリア、きみ何處にかあらむ！一龍や猛き獸に苛まれ乍らも宿命の女精を追ひ求め、獨り彷徨うは廢墟か仙境か、はたまた不可思議な機械構造か。戀に病ひ愛に跪く男の地獄天國ないまぜとなっためくるめく内宇宙の道行きを描く冒險的ルネサンス文學の妖星、達意の譯筆を得て待望の刊行。〔1490〕

コロンバニ，レティシア　Colombani, Laetitia

◇あなたの教室　レティシア・コロンバニ著，齋藤可津子訳　早川書房　2022.9　235p　19cm　〈原書名：LE CERF-VOLANT〉1600円　①978-4-15-210164-8

＊理不尽の連鎖をこの子に残したくない。レナは20年続けた教師を辞め、フランスから遠く離れたインドに来ていた。ある日、海で溺れかけたところを少女に救われる。その子、ホーリーは、養父母の店で働かされ学校に通っていなかった。まだ十歳だ。レナ恩返しに、読み書きを教えようとする。だが「女に勉強はいらない。家のために働き、嫁にいくべきだ」。因習にとらわれた養父母と村人、それに従う子供たち。これが、小さな恩人に許された唯一の人生なのか。レナは決意する。この子たちが学べる教室をつくろう。読書の喜びと、知識が世界を広げることを伝えよう。レナの小さな一歩は、村の女たちの助けも得て希望のプロジェクトにつながってゆく。『三つ編み』の著者が未来への願いを込めてつむいだ、連帯の物語。〔1491〕

◇三つ編み　レティシア・コロンバニ著，齋藤可津子訳　早川書房　2024.10　300p　16cm

〈ハヤカワepi文庫 113〉〈原書名：LA TRESSE〉980円　①978-4-15-120113-4
* 国も境遇も違う三人の女性。唯一重なるのは、自分の意志を貫く勇気。インド、不可触民のスミタは娘に教育を受けさせようとするが、願いは潰される。イタリア、ジュリアは、家族経営の会社を倒産から救うため、金持ちとの望まぬ結婚を母に懇願される。カナダ、弁護士のサラは女性初のトップの座を目前に、癌の告知を受ける。三人が運命と闘うことを選んだとき、髪をたどってつながるはずのない物語が交差する。　〔1492〕

コワル, メアリ・ロビネット　Kowal, Mary Robinette

◇無情の月　上　メアリ・ロビネット・コワル著，大谷真弓訳　早川書房　2022.9　495p　16cm　〈ハヤカワ文庫 SF 2379〉〈原書名：THE RELENTLESS MOON〉1460円　①978-4-15-012379-6
* 巨大隕石落下の影響で人類が宇宙進出を迫られ、月面基地が設立された世界。1963年、初の有人探査船が火星への旅路のなかばに到達したある日、カンザス宇宙港で打ち上げ直後の貨物ロケットが爆発する。宇宙開発に反対する過激派のテロ工作らしい。月面にも一味が侵入した形跡があるとわかり、極秘調査のため、宇宙飛行士で州知事夫人のニコールが月へ送りこまれることに…。主要SF三賞受賞『宇宙へ』シリーズ第三弾！　〔1493〕

◇無情の月　下　メアリ・ロビネット・コワル著，大谷真弓訳　早川書房　2022.9　495p　16cm　〈ハヤカワ文庫 SF 2380〉〈文献あり　原書名：THE RELENTLESS MOON〉1460円　①978-4-15-012380-2
* ニコールは大統領選への出馬を目指す夫を地球に残して月へ向かうが、彼女の乗った宇宙船が月着陸時に事故を起こす。それも過激派の破壊工作と判明し、以降も月面基地での伝染病の蔓延、原因不明の停電発生と危機的状況が続く。ニコールは謎の破壊工作者の正体を突き止めるため調査に取り組むが、さらなる悲劇が起きた…。宇宙開発が進んだ世界の女性宇宙飛行士たちの活躍を描く、改変歴史SF第三弾。　〔1494〕

コンウェイ, ヒュー　Conway, Hugh

◇コールド・バック　ヒュー・コンウェイ著，高木直二，門脇智子訳　論創社　2024.5　233p　20cm　〈論創海外ミステリ 317〉〈原書名：Called Back〉2400円　①978-4-8460-2381-2
* 愛する妻に付き纏う疑惑の影。真実を求め、青年は遠路シベリアへ旅立つ。ヒュー・コンウェイの長編第一作、141年の時を経て初邦訳！　〔1495〕

コーンウェル, パトリシア　Cornwell, Patricia

◇禍根　上　パトリシア・コーンウェル著，池田真紀子訳　講談社　2023.12　297p　15cm　〈講談社文庫 こ33-47〉〈原書名：AUTOPSY〉1200円　①978-4-06-529897-8
* ヴァージニア州検屍局長に復帰したスカーペッタは怠慢な前任者の後始末を押しつけられ、妨害や敵意にさらされていた。女性が頸動脈と両手首を切断、殺害される事件が発生。被害者はマリーノとドロシーが結婚して暮らす新居の隣人だった。遺体の近くの線路に置かれていた一セント硬貨は何を意味するのか。　〔1496〕

◇禍根　下　パトリシア・コーンウェル著，池田真紀子訳　講談社　2023.12　273p　15cm　〈講談社文庫 こ33-48〉〈原書名：AUTOPSY〉1200円　①978-4-06-534116-2
* 遺体の発見状況から犯人は鉄道殺人鬼と呼ばれるようになる。スカーペッタは大統領官邸で大統領の直命を受け、地上五百kmの宇宙で起きた惨劇に検屍官として立ち向かう。驚くべきことに二つの事件にはつながりがあった。何者かが仕込んだ毒物により生命の危機に陥りながら、彼女は衝撃の真相へと迫っていく。　〔1497〕

◇憤怒　上　パトリシア・コーンウェル著，池田真紀子訳　講談社　2024.12　296p　15cm　〈講談社文庫 こ33-49〉〈原書名：LIVID〉1200円　①978-4-06-536836-7
* スカーペッタは検屍官の仕事を貶める魔女狩り裁判に晒され、全米から注目と非難を浴びていた。地元の名家の娘が殺された事件で、元部下が判断を誤った上に自殺したからだった。判事はスカーペッタの大学時代のルームメートだったが、あろうことか公判の日に判事の妹が、前代未聞の方法で殺害されてしまう。　〔1498〕

◇憤怒　下　パトリシア・コーンウェル著，池田真紀子訳　講談社　2024.12　285p　15cm　〈講談社文庫 こ33-50〉〈原書名：LIVID〉1200円　①978-4-06-536837-4
* 被害者に接触することなく命を奪ったのはマイクロ波の照射だとスカーペッタは見抜く。だが続いて付近から、縛られ喉をかき切られた死体が見つかる。さらにこれらの事件の背後にはテロ組織による大統領暗殺計画があった。彼女は抗議の声や身内からの裏切りを受けながら、複雑な事態の根源を探ろうとする。　〔1499〕

コンウェル, ラッセル　Conwell, Russell

◇ダイヤモンドを探せ―成功はあなたのすぐそばにある　ラッセル・コンウェル著，佐藤弥生訳　KADOKAWA　2023.2　110p　15cm　〈角川文庫〉〈原書名：Acres of Diamonds〉700円　①978-4-04-113275-3
* 「チャンスは目の前にある」「お金儲けは善である」―著者はそう説いて回った。ある男が手放した農場から大量のダイヤモンドが見つかったゴルコンダ鉱山、行きかう女性たちの帽子を観察し、同じものを店に置くことで米国初の億万長者となったジョン・ジェイコブ・アスター等を例に、成功への道筋を示す。全米各地で6000回以上行われた伝説の講演をベースに、100年以上読み継がれてきた不朽の名作を新訳で文庫化。　〔1500〕

コンガー, レスリー

◇ユーモア・スケッチ大全 ［4］ すべてはイブからはじまった ミクロの傑作圏 浅倉久志・訳 国書刊行会 2022.3 376p 19cm 〈『すべてはイブからはじまった』（早川書房 1991年刊）と「ミクロの傑作圏」（文源庫 2004年刊）の改題、合本〉2000円 ①978-4-336-07311-2

内容 最高のもてなし（レスリー・コンガー著）

＊笑いの大博覧会、完結！ 名翻訳家浅倉久志のライフワークである"ユーモア・スケッチ"ものを全4巻に集大成。最終巻は傑作展姉妹篇『すべてはイブからはじまった』とオンデマンドのみの刊行だった『ミクロの傑作圏』をカップリング。〔1501〕

コンコリー, スティーヴン　Konkoly, Steven

◇救出 上 スティーヴン・コンコリー著, 熊谷千寿訳 扶桑社 2023.12 318p 16cm （扶桑社ミステリー コ20-1）〈原書名：The RESCUE.vol.1〉1000円 ①978-4-594-09254-2

＊スティール上院議員の娘メガンが誘拐された！ アメリカを震撼させる事件に際し議員は人質奪還を専門とする民間軍事組織ワールド・リカバリー・グループに依頼をおこなう。元海兵隊員のライアン・デッカーが創設したその組織は、事件にロシアン・マフィアの人身売買ネットワークが絡んでいることを突き止め、同時に、マフィアの隠れ家にはメガンの他にも多数の子どもたちが囚われの身になっていると知り、急襲を決行する。だが万全の態勢を整えたはずの作戦は、予期せぬ出来事に翻弄され—〔1502〕

◇救出 下 スティーヴン・コンコリー著, 熊谷千寿訳 扶桑社 2023.12 333p 16cm （扶桑社ミステリー コ20-2）〈著作目録あり 原書名：The RESCUE.vol.2〉1000円 ①978-4-594-09255-9

＊メガン奪還作戦は大失敗に終わった。組織の報復は苛烈だった—WRGの隊員らは家族までも殺されたのだ。2年後、作戦失敗の咎により投獄されていたデッカーはある日釈放される。突然の放免に困惑するデッカーだったが、そこに私立探偵ハーロウ・マッケンジーが現れ、事件にまつわる情報を告げる—それは、ある陰謀の存在を示すものだった。全てを奪った者に復讐のため、デッカーはハーロウと共に一世一代の闘いに身を投じていく。新時代のアクションシリーズ開幕！〔1503〕

コン・ゼチェン=ミンジ, デスモンド　Kon Zhicheng‐Mingdé, Desmond

◇イン・クィア・タイム—アジアン・クィア作家短編集 イン・イーシェン, リベイ・リンサンガン・カントー編, 村上さつき訳 ころから 2022.8 350,10p 19cm 〈他言語標題：In queer time 原書名：Sanctuary〉2200円 ①978-4-907239-63-3

内容 スノードームの製図技師（デスモンド・コン・ゼチェン・ミンジ著）

＊「クィアの時代」に香港から届いたアジアンLGBTQ＋作家による「クィア小説」17編を収録！〔1504〕

ゴンチャロフ　Goncharov, Ivan Aleksandrovich

◇オブローモフの夢 ゴンチャロフ著, 安岡治子訳 光文社 2024.5 280p 16cm （光文社古典新訳文庫 KAコ14-1）〈年譜あり 原書名：СОН ОБЛОМОВА〉1000円 ①978-4-334-10321-7

内容 オブローモフの夢 オブローモフ 抄訳

＊役所勤めもやめ、怠惰な日々を送る青年貴族オブローモフ。朝、目覚めても起き上がる気力も湧かない彼が微睡むうちに見る夢を綴った「オブローモフの夢」。長編『オブローモフ』完成の十年前に発表され、作品全体の土台となったこの一章を独立させて文庫化。全編の抄訳付き。〔1505〕

コンデ, マリーズ　Condé, Maryse

◇心は泣いたり笑ったり—マリーズ・コンデの少女時代 マリーズ・コンデ著, くぼたのぞみ訳 白水社 2024.12 225p 18cm （白水uブックス 256—海外小説の誘惑）〈著作目録あり 青土社 2002年刊の再刊 原書名：Le cœur à rire et à pleurer〉2000円 ①978-4-560-07256-1

＊フランスの植民地だったカリブ海のグアドループ。裕福な黒人家庭の八人兄弟の末子に生まれ、"貧しい黒人"のようにはならないように家ではクレオール語を使わず、何でもフランス式が最高なのだとして育てられた少女が、日常生活のなかで黒人の歴史を知らないまま特に白人少女から差別を受け、留学先のパリで出会った友人や書物によって、本物の人生に目覚めていくメモワール。ユルスナール賞受賞作。〔1506〕

コンラッド, ジョゼフ　Conrad, Joseph

◇放浪者—あるいは海賊ペロル ジョウゼフ・コンラッド著, 山本薫訳 幻戯書房 2022.4 407p 19cm （ルリユール叢書）〈年譜あり 原書名：The Rover〉3800円 ①978-4-86488-242-2

＊憂鬱は、ペロルには馴染みのない感情だった。というのも、そんなものは海賊、つまり「沿岸の兄弟」の一員の人生には関係がないからだ。…陰気な憤怒や狂ったようなお祭り気分が外からやって来て一時的に爆発したことならあった。しかし、すべては空しいというこの深い内なる感覚、自らの内なる力を疑うあの気持ちを味わったことは彼には一度もなかった。若くして祖国を離れ、他郷での船乗り体験から作家へと転身、複数の言語と文化を越境しながら、政治小説、海洋小説の名作を世界文学に残した"二重の生を持つ人"コンラッド—ナポレオン戦争期の南仏・地中海の、老練の船乗りの帰郷と静かな戦いを描く、知られざる歴史小説。本邦初訳。〔1507〕

◇闇の奥 ジョゼフ・コンラッド著, 高見浩訳

新潮社　2022.11　248p　16cm　〈新潮文庫　コ-26-1〉〈年譜あり　責任表示はカバーによる　原書名：HEART OF DARKNESS〉550円
①978-4-10-240241-2

＊19世紀末。アフリカ大陸の中央部に派遣された船乗りマーロウは、奥地出張所で象牙貿易に辣腕をふるっているという社員、クルツの噂を聞く。鬱蒼たる大密林を横目に河を遡航するマーロウの蒸気船は、原住民の襲撃に見舞われながらも最奥に辿り着く。そこで見出したクルツの戦慄の実像とは—。著者の実体験をもとにした、大自然の魔性と植民地主義の闇を凝視した、世界文学史に異彩を放つ傑作。〔1508〕

コンロイ, ヴィヴィアン　Conroy, Vivian

◇プロヴァンス邸の殺人　ヴィヴィアン・コンロイ著、西山志緒訳　ハーパーコリンズ・ジャパン　2024.1　477p　15cm　〈ハーパーBOOKS M・コ4・1〉〈原書名：MYSTERY IN PROVENCE〉1200円　①978-4-596-53427-9

＊1930年。スイスで教師をするアタランテのもとに疎遠だった祖父の訃報が届く。祖父は莫大な財産を孫娘に遺す代わりに、自分の"探偵業"を継ぐようにと遺言を遺していた。かくして祖父のパリの屋敷に移り住んだアタランテの前にさっそく依頼人が—名声ある伯爵との結婚を控えたその令嬢は誰かに脅迫されているらしく、披露宴が催される南仏の伯爵邸へともに向かうことに。だが地所内で一人の男の死体が発見され…。〔1509〕

【サ】

サイ, シュン　蔡駿

◇忘却の河　上　蔡駿著、高野優監訳、坂田雪子、小野和香子、吉野さやか訳　竹書房　2023.7　455p　15cm　〈竹書房文庫 さ12-1〉〈原書名：LA RIVIÈRE DE L'OUBLI〉1400円
①978-4-8019-2808-4

＊1995年6月19日、名門高校の教師申明は何者かに殺された。殺害された生徒と恋愛関係にあったのではないかと疑われていた直後のことだった。慕っていた生徒や同僚、そして婚約者の谷秋莎からも見放されて—。先に起きた女子高校生殺人事件との関係などが疑われたが、結局真相はわからず事件は未解決となった。時は流れ、2004年。谷秋莎は訪れた小学校で、すらすらと漢詩を暗誦する小学3年生司望と出逢う。父が経営する私立学園の良い広告塔になると思ったのだが、次第に司望に執着していく秋莎。ある日、ふたりは廃車のトランクから死体を発見する。それはあの申明の旧友の死体だった。忘れたはずの因縁が甦り、そして司望にちらつく申明の影。天才小学生は申明の生まれ変わりなのか？いま、輪廻が巡り始める—。〔1510〕

◇忘却の河　下　蔡駿著、高野優監訳、坂田雪子、小野和香子、吉野さやか訳　竹書房　2023.7　426p　15cm　〈竹書房文庫 さ12-2〉〈原書名：LA RIVIÈRE DE L'OUBLI〉1400円
①978-4-8019-2809-1

＊司望は突出した才能を示していた。天才と言ってもいいほどだが、非常に謎めいた少年だ。自分は申明の生まれ変わりだと語るが、当然そんなことをまともに受け取る者はいない。しかし、生まれる前に起きた申明殺人事件に異常な関心を持っているのはなぜなのか。漢詩などの好みが申明と同じなのはなぜなのか。2011年に至っても1996年に起きた殺人事件の真相はわからないままだ。警察は動き続けているが、捜査は難航していた。事件の関係者が次々と死んでいるのも捜査を混乱させていたのだ。まるで申明が復讐しているかのようだった。1995年6月19日、名門高校の教師申明を殺したのはだれだったのか。輪廻の輪が閉じるとき、すべての謎は明らかとなる。〔1511〕

◇幽霊ホテルからの手紙　蔡駿著、舩山むつみ訳　文藝春秋　2023.4　350p　19cm　〈他言語標題：GHOST HOTEL〉1950円　①978-4-16-391690-3

＊女優から託された木匣を手に幽霊宿客を訪ねた作家—。12通の手紙が物語る狂気と惨劇とは？〔1512〕

サイ, ショカイ　崔　曙海

⇒チェ, ソヘ を見よ

ザイナブ・アフラーキー

◇わたしのペンは鳥の翼　アフガニスタンの女性作家たち　著、古屋美登里訳　小学館　2022.10　254p　19cm　〈原書名：MY PEN IS THE WING OF A BIRD〉2100円　①978-4-09-356742-8

内容　花（ザイナブ・アフラーキー著）

＊口を塞がれた女性たちがペンを執り、鳥の翼のように自由に紡ぎ出した言葉の数々。女性嫌悪、家父長制、暴力、貧困、テロ、戦争、死。一日一日を生き抜くことに精一杯の彼女たちが、身の危険に晒されても表現したかった自分たちの居る残酷な世界と胸のなかで羽ばたく美しい世界。アフガニスタンの女性作家18名による23の短篇集。〔1513〕

サイモン, クリスティーヌ　Simon, Christine

◇嘘つき村長はわれらの味方　クリスティーヌ・サイモン著、金井真弓訳　早川書房　2022.12　349p　19cm　〈文献あり　原書名：THE PATRON SAINT OF SECOND CHANCES〉2700円　①978-4-15-210196-9

＊プロメット村の村長、スペランツァは困っていた。七万ユーロを用意して水道管を直さないと、村の水道が止まってしまうというのだ。だがこの村にはそんなお金はない。金策に走るため、映画スター、ダンテ・リナルディがプロメット村で映画の撮影を始めるという噂を広めてしまう。ちょっとした小さな嘘だったはずが、村のみんなは勝手

に乗り気に。そしてついに村長は本当に映画を撮影する羽目に―。監督も素人。俳優も素人。機材はおんぼろ。みんなの愛された村長が村のためについた小さな嘘が、今、村に奇跡を起こす。イタリアが舞台のくすっと笑えるハートウォーミング小説。〔1514〕

ザイラー, ルッツ　Seiler, Lutz
◇クルーゾー　ルッツ・ザイラー著，金志成訳　白水社　2023.3　503p　20cm　〈エクス・リブリス〉〈原書名：KRUSO〉4000円　①978-4-560-09081-7
＊1989年夏の東ドイツ。大学で文学を学ぶエドは、恋人を事故で亡くして絶望し、人生からの逃亡を決意する。向かったのはバルト海に浮かぶ小さな島、ヒッデンゼー。対岸にデンマークを望むこの島は、自由を求める人々の憧れの地だ。島に到着したエドは、さしあたり一夏を過ごそうと「隠者亭」の皿洗いの職に就く。実質、島はクルーゾーというカリスマの男によって統治されていた。強烈なパワーで周囲を動かすクルーゾーに、エドは畏怖と憧れを抱く。やがて、クルーゾーは詩への情熱からエドを特別な存在として認め、二人は心を通わせ、深い絆で結ばれていく。だが、夏が終わり、秘かに国境を越えようと住人が一人また一人と去っていくと、平穏な日々に亀裂が…。最後に一人、島に残った男が知る世界の大転換と、友との約束とは？　夢と現実の境界を溶かす語りで国家の終焉を神話に昇華させた、ドイツ書籍賞受賞作。〔1515〕

ザヴァッティーニ, チェーザレ
◇ぼくのことをたくさん話そう　チェーザレ・ザヴァッティーニ著，石田聖子訳　光文社　2024.12　164p　16cm　（光文社古典新訳文庫）960円　①978-4-334-10532-7
＊眠れない夜が明ける頃、ひとりの幽霊がぼくをあの世の旅へと連れ出してくれるという。寝間着のまま壁を通り抜けて世界を飛び回り、地獄から天国までの愉快な場面を見物することになるが…。映画『自転車泥棒』『ひまわり』の脚本家として知られる著者の、鮮烈な小説デビュー作。〔1516〕

サウード, フムード
◇現代オマーン文学選集　Muscat　オマーン文化協会運営委員会　2022.1　253p　22cm　①978-99969-3-890-0
内容 死者からの手紙（フムード・サウード）〔1517〕

サエール, フアン・ホセ　Saer, Juan José
◇グロサ　フアン・ホセ・サエール著，浜田和範訳　水声社　2023.3　273p　20cm　（フィクションのエル・ドラード）〈原書名：GLOSA〉3000円　①978-4-8010-0700-0
＊1961年10月23日の朝、二人の青年アンヘル・レトとマテマティコが「街」の目抜き通り21ブロックを一時間ほど共に散歩する。両者とも出席が叶わなかった詩人ワシントンの誕生日会の詳細を耳にし

たマテマティコは、散歩のさなかその真相をレトに語って聞かせるが…プラトン、ジョイス、フロベール、ボルヘスら巨人たちの文業を受け止めつつ"同一の場所、同一の一度"を語り明かそうと試みる、ひとつの広大な物語世界。〔1518〕

サエンス, ベンジャミン・アリーレ　Sáenz, Benjamin Alire
◇アリとダンテ、宇宙の秘密を発見する　ベンジャミン・アリーレ・サエンス著，川副智子訳　小学館　2023.8　415p　19cm　〈原書名：Aristotle and Dante Discover the Secrets of the Universe〉1800円　①978-4-09-356744-2
＊1987*88年夏。心揺れ動く15歳の少年たちの出会い、葛藤、友情、愛。すべての世代に刺さるLGBTQ＋小説の金字塔！〔1519〕

サガン, フランソワーズ　Sagan, Françoise
◇ブラームスはお好き　サガン著，河野万里子訳　新潮社　2024.5　207p　16cm　（新潮文庫　サ-2-4）〈原書名：AIMEZ-VOUS BRAHMS…〉710円　①978-4-10-211829-0
＊パリに暮らすインテリアデザイナーのポールは、離婚歴のある39歳。美しいがもう若くないことを自覚している。恋人のロジェを愛しているけれど、移り気な彼との関係に孤独を感じていた。そして出会った美貌の青年、シモン。ポールの悲しげな雰囲気に一目惚れした彼は、14歳年上の彼女に一途な愛を捧げるが―。二人の男の間で揺れる大人の女の感情を繊細に描く、酒脱で哀切な恋愛小説の名品。〔1520〕

サザーランド, トゥイ・タマラ　Sutherland, Tui T.
◇ウイングス・オブ・ファイア　1　運命のドラゴン―泥の翼のクレイ　トゥイ・タマラ・サザーランド著，田内志文訳，山村れぇイラスト　平凡社　2024.7　411p　20cm　〈原書名：WINGS OF FIRE〉2000円　①978-4-582-31531-8
＊戦が二十年つづいたら…ドラゴンの子らがあらわれる。極光の夜、五つの卵がかえり戦を終わらせる五頭のドラゴンが生を受ける。暗闇が立って光をもたらすドラゴンの子らがあらわれる…。食いしん坊で仲間思いな泥の翼のクレイ。ピリア大陸で20年続く戦争をとめる"運命のドラゴンの子"のひとりとして、ツナミ、グローリー、スターフライト、サニーと生まれたときから山の地底できびしい訓練のもと育てられてきた。予言たちがうたわれた運命を選ぶか、仲間とともに自由を選ぶか…。いま若きドラゴンの子どもたちの冒険が始まる。小学校高学年以上。〔1521〕

◇ウイングス・オブ・ファイア　2　帰ってきた王女―海の翼のツナミ　トゥイ・タマラ・サザーランド著，田内志文訳，山村れぇイラスト　平凡社　2024.11　379p　20cm　〈付属資料：ポストカード（1枚）　原書名：WINGS OF FIRE〉2200円　①978-4-582-31532-5

＊家族を選ぶか、仲間を選ぶか。ドラゴンたちの"海の王国"の冒険。小学校高学年以上。〔1522〕

ササルマン, ギョルゲ　Săsărman, Gheorghe
◇方形の円―偽説・都市生成論　ギョルゲ・ササルマン著，住谷春也訳　東京創元社　2023.9　217p　15cm　（創元SF文庫 SFサ1-1）〈原書名：CUADRATURA CERCULUI〉840円　①978-4-488-79601-3

内容　ヴァヴィロン―格差市　アラパバード―憧憬市　ヴィルジニア―処女市　トロパエウム―凱歌市　セネティア―老成市　プロトポリス―原型市　イソポリス―同位市　カストルム―城砦市　ザアルゼック―太陽市　グノッソス―迷宮市　ヴァーティシティ―垂直市　ポセイドニア―海中市　ムセーウム―学芸市　ホモジェニア―等質市　クリーグブルグ―戦争市　モエビア，禁断の都　モートピア―モーター市　アルカ―方舟　コスモヴィア―宇宙市

　＊七重の階層構造を持つヴァヴィロン（格差市）、幻影の都市アラパバード（憧憬市）、天上と地下に永遠に続いていくヴァーティシティ（垂直市）…36の断章から浮かび上がる、架空都市、幻想建築、虚像国家の創造と崩壊。イタロ・カルヴィーノ『見えない都市』と同時期に構想され、アーシュラ・K・ル＝グインが愛し自ら英訳を手がけた、ルーマニアが生んだ異才の傑作掌編集。〔1523〕

サジ, レオン　Sazie, Léon
◇ジゴマ　上　レオン・サジ著，安川孝訳　国書刊行会　2022.7　513p　20cm　（ベル・エポック怪人叢書）〈原書名：Zigomar〉3200円　①978-4-336-07355-6

　＊覆面姿の怪人ジゴマ‼久生十蘭の抄訳から幾星霜、遂に待望の完訳！ パリ黄金期を震撼させる、国際的犯罪組織Z団降臨！首領ジゴマを追え、ポーラン・ブロケ刑事！〔1524〕

◇ジゴマ　下　レオン・サジ著，安川孝訳　国書刊行会　2022.7　508p　20cm　（ベル・エポック怪人叢書）〈原書名：Zigomar〉3200円　①978-4-336-07356-3

　＊稀代のダークヒーロー犯罪小説！ 江戸川乱歩の怪人二十面相に影響を与えし怪人vs.刑事！フランス新聞連載小説の伝説的大ヒット作！〔1525〕

サックヴィル, トマス　Sackville, Thomas
◇近代初期イギリス演劇選集　鹿児島近代初期英国演劇研究会訳　福岡　九州大学出版会　2023.5　595p　20cm〈文献あり 布装〉6000円　①978-4-7985-0344-8

内容　ゴーボダック一五六五年（トマス・ノートン，トマス・サックヴィル作，小林潤司ほか訳）〔1526〕

ザッハー＝マゾッホ, レオポルト・フォン　Sacher-Masoch, Leopold von
◇毛皮を着たヴィーナス　ザッハー＝マゾッホ著，許光俊訳　光文社　2022.8　302p　16cm（光文社古典新訳文庫 KAサ5-1）〈年譜あり 原書名：VENUS IM PELZ〉960円　①978-4-334-75466-2

　＊保養地で出会った美しい寡婦ヴァンダと理想の男女関係を築こうとする夢見がちな青年ゼヴェリン。やがて女王と奴隷の支配関係に行き着き、彼女による残酷な扱いに身をゆだねていくが、その嗜虐行為はエスカレートしていき…。かの「マゾヒズム」の語源となった著者の代表作。〔1527〕

サティヤバティ, ニンゴンバム
◇そして私たちの物語は世界の物語の一部となる―インド北東部女性作家アンソロジー　ウルワシ・ブタリア編，中村唯日本語版監修　国書刊行会　2023.5　286p　20cm〈原書名：THE MANY THAT I AMの抄訳　THE INHERITANCE OF WORDSの抄訳ほか〉2400円　①978-4-336-07441-6

内容　我が子の写真（ニンゴンバム・サティヤバティ著，中野眞由美訳）

　＊バングラデシュ、ブータン、中国、ミャンマーに囲まれ、さまざまな文化や慣習が隣り合うヒマラヤの辺境。きわ立ってユニークなインド北東部から届いた、むかし霊たちが存在したように語られる現代の寓話。女性たちが、物語の力をとりもどし、自分たちの物語を語りはじめる。〔1528〕

サティヤバティ, ハオバム
◇そして私たちの物語は世界の物語の一部となる―インド北東部女性作家アンソロジー　ウルワシ・ブタリア編，中村唯日本語版監修　国書刊行会　2023.5　286p　20cm〈原書名：THE MANY THAT I AMの抄訳　THE INHERITANCE OF WORDSの抄訳ほか〉2400円　①978-4-336-07441-6

内容　夫の子（ハオバム・サティヤバティ著，中野眞由美訳）

　＊バングラデシュ、ブータン、中国、ミャンマーに囲まれ、さまざまな文化や慣習が隣り合うヒマラヤの辺境。きわ立ってユニークなインド北東部から届いた、むかし霊たちが存在したように語られる現代の寓話。女性たちが、物語の力をとりもどし、自分たちの物語を語りはじめる。〔1529〕

サトクリフ, ローズマリ　Sutcliff, Rosemary
◇アーサー王最後の戦い　ローズマリ・サトクリフ著，山本史郎訳　普及版　原書房　2023.11　265p　19cm〈原書名：The Road to Camlann〉1500円　①978-4-562-07370-2

　＊アーサー王、王妃グィネヴィアとランスロットの愛と葛藤。モルドレッドの憎しみ。死の国アヴァロンへの戦いがはじまった。不朽の名作「アーサー王三部作」の第三弾‼〔1530〕

◇アーサー王と円卓の騎士　ローズマリ・サトクリフ著，山本史郎訳　普及版　原書房　2023.11　422p　19cm〈原書名：The Sword and the Circle〉1600円　①978-4-562-07368-9

＊不朽の名作「アーサー王三部作」の第一弾!!美しくも神秘的で、魔術的な物語。〔1531〕

◇アーサー王と聖杯の物語 ローズマリ・サトクリフ著，山本史郎訳 普及版 原書房 2023.11 265p 19cm〈原名：The Light Beyond the Forest〉1500円 ①978-4-562-07369-6
＊不朽の名作「アーサー王三部作」の第二弾!!〔1532〕

サートン, メイ　Sarton, May

◇終盤戦79歳の日記 メイ・サートン著，幾島幸子訳 みすず書房 2023.3 405p 19cm〈原書名：ENDGAME：A Journal of the Seventy-ninth Year〉3600円 ①978-4-622-09570-5
＊多くの収穫を期待したのに、病気と闘う一年になった。でも入れ替わり訪れる友人たちに元気をもらい、読書欲は衰えず、日々新たな希望をみつける詩人は健在だ。〔1533〕

サーバー, ジェイムズ　Thurber, James

◇吸血鬼は夜恋をする──SF＆ファンタジイ・ショートショート傑作選 ロバート・F・ヤング, リチャード・マシスン他著，伊藤典夫編訳 東京創元社 2022.12 387p 15cm（創元SF文庫 SFン12-1）〈文化出版局 1975年刊の増補〉1000円 ①978-4-488-79301-2
内容 レミングとの対話（ジェイムズ・サーバー著）
＊「アンソロジイという言葉のもとになったギリシャ語の意味は「花々を集めたもの」。立ちどまるほどではないが、歩く途中ひょっと目にとまり、見とれる花、つまり、理屈ぬきで楽しんでいただけるような小品を選ぶよう心懸けた」（伊藤典夫）。名翻訳家が初めて単独編纂した伝説のアンソロジイを半世紀ぶりに初文庫化。(SFマガジン)(奇想天外)の掲載作を追加し、全32編とした。〔1534〕

◇ユーモア・スケッチ大全〔4〕すべてはイブからはじまった ミクロの傑作圏 浅倉久志・訳 国書刊行会 2022.3 376p 19cm〈「すべてはイブからはじまった」（早川書房 1991年刊）と「ミクロの傑作圏」（文源庫 2004年刊）の改題、合本〉2000円 ①978-4-336-07311-2
内容 九本の針（ジェイムズ・サーバー著）
＊笑いの大博覧会、完結！名翻訳家浅倉久志のライフワークである"ユーモア・スケッチ"ものを全4巻に集大成。最終巻は傑作展姉妹篇『すべてはイブからはじまった』とオンデマンドのみの刊行だった『ミクロの傑作圏』をカップリング。〔1535〕

サピエンツァ, G.

◇薔薇のアーチの下で──女性作家集 香川真澄編・訳 山陽小野田 創林舎イタリア文藝叢書編集部 2023.7 194p 21cm（イタリア文藝叢書 9）〈著：マリア・メッシーナ他 原書名：Sotto l'arco di rose〉1600円
内容 白蠟の像（G.サピエンツァ著，香川真澄訳）〔1536〕

サプコフスキ, アンドレイ　Sapkowski, Andrzej

◇ウィッチャー嵐の季節 アンドレイ・サプコフスキ著，川野靖子訳 早川書房 2024.11 557p 16cm（ハヤカワ文庫 FT 623）〈原書名：SEZON BURZ〉1500円 ①978-4-15-020623-9
＊鋼と銀の二本の剣を持ち、怪物と闘うウィッチャーのゲラルト。港町ケラクを訪れた彼は、理不尽な冤罪をかけられ、とらえられることに。ゲラルトを自分たちの計画に協力させようとする女魔法使いコーラルの企みだった。彼はなんとか釈放されるが、その間に大事な二本の剣を何者かに盗まれてしまった!?ゲラルトはウィッチャーの剣を持たぬまま、魔法使いたちに指示されて、異界の邪悪な悪魔に取りつかれた男を追うが…。〔1537〕

◇ウィッチャー短篇集 2 運命の剣 アンドレイ・サプコフスキ著，川野靖子訳 早川書房 2022.3 607p 16cm（ハヤカワ文庫 FT 612）〈原書名：MIECZ PRZEZNACZENIA〉1380円 ①978-4-15-020612-3
＊魔法と剣を武器に怪物を退治するウィッチャーのゲラルトは、竜退治の一行に同行することになり、女魔法使いイェネファーと再会するのだが…。ゲラルトが伝説の黄金の竜と対峙する「可能性の限界」のほか、ニルフガード帝国のシントラ国への侵攻前の、運命に選ばれた少女シリとゲラルトとの出会いを描く表題作「運命の剣」など、珠玉の六篇を収録。ゲームやドラマで人気沸騰中、"ウィッチャー"シリーズの第二短篇集！〔1538〕

サマター, ソフィア　Samatar, Sofia

◇創られた心──AIロボットSF傑作選 ケン・リュウ, ピーター・ワッツ, アレステア・レナルズ他著，ジョナサン・ストラーン編，佐田千織他訳 東京創元社 2022.2 564p 15cm（創元SF文庫 SFン11-1）〈責任表示はカバーによる 原書名：MADE TO ORDER〉1400円 ①978-4-488-79101-8
内容 ロボットのためのおとぎ話（ソフィア・サマター著, 市田泉訳）
＊人工的な心や生命。ゴーレム、オートマトン、ロボット、アンドロイド、ボット、人工知能──人間によく似た機械、人間のために注文に応じてつくられた存在というアイディアは、古代より我々を魅了しつづけてきた。そしていま、その長い歴史に連なるアンソロジーがここに登場する。ケン・リュウ、ピーター・ワッツ、アレステア・レナルズら、最高の作家陣による16の物語を収録。〔1539〕

◇図書館島 ソフィア・サマター著, 市田泉訳 東京創元社 2022.5 534p 15cm（創元推理文庫 Fサ2-1）〈原書名：A Stranger in Olondria〉1300円 ①978-4-488-55604-4
＊文字を持たぬ辺境の島に生まれ、異国の師に導かれて書物に耽溺して育った青年は、長じて憧れの帝都に旅立つ。だが航海中、不治の病に冒された娘と出会ったがために、彼の運命は一変。世界じゅうの

サモン

書物を収めた王立図書館のある島で幽閉されるが——デビュー長編にして世界幻想文学大賞、英国幻想文学大賞、キャンベル新人賞、クロフォード賞の四冠を制覇した傑作本格ファンタジイ。 〔1540〕

◇図書館島異聞翼ある歴史 ソフィア・サマター著，市田泉訳 東京創元社 2022.10 497p 15cm （創元推理文庫 Fサ2-2）〈「翼ある歴史」(2019年刊)の改題 原書名：THE WINGED HISTORIES〉1300円 ①978-4-488-55605-1
＊帝国オロンドリアを二分した、書物と言葉を巡る大乱。そのただ中を生きた四人の女性——貴族出身ながら戦いにその身を投じた剣の乙女、彼女を愛した遊牧民の歌い手、帝国を支配する思想の創始者を父に持つ女司祭、そして反乱の秘密を知る王家の娘。正史の陰に秘められた真実を今、彼女たちが語りはじめる。世界幻想文学大賞など四冠『図書館島』姉妹編の傑作本格ファンタジイ。 〔1541〕

サモン　Sammon

◇Grab a Bite　Sammon著，リリー訳 KADOKAWA 2022.1 461p 15cm （角川文庫 ん201-1）〈本文は日本語〉840円 ①978-4-04-111793-4
＊大学生のエークは、食事の宅配サービスでバイト中。シェフになるのが夢だが、故郷の母のため、卒業後は企業に就職するつもりだ。ある日、人気レストランの料理を依頼されたエークは、手違いで長時間待たされる。責任を感じたオーナーシェフのウアは、エークに謝ろうと彼を見て、一目で恋に落ちてしまう。そうとは知らず後日、店に呼び出されたエークは、ウアに才能を認められ、料理を教わることに!?シンデレラ的ラブストーリー！〔1542〕

サラ，シャロン　Sala, Sharon

◇愛にほころぶ花　シャロン・サラ著，平江まゆみ，山田沙羅訳 ハーパーコリンズ・ジャパン 2024.4 274p 15cm （ハーレクイン文庫 HQB-1226——珠玉の名作本棚）〈原書名：THE PROMISE　MIRACLE BRIDE〉710円 ①978-4-596-53811-6
内容 小さな約束　奇跡の花嫁
＊『小さな約束』恋人のサムに浮気を疑われ、嫌われたと思ったリビーは妊娠を告げずに姿を消した。移住先でサムにそっくりな息子サミーを産むと、貧しくも幸せな日々を送っていた。だが8年後、彼女は交通事故で意識不明の重体に。母を案じたサミーは、名前も知らない父親に助けを求めることを思いつく。『奇跡の花嫁』体形に劣等感を抱くハリィは四姉妹の長女で、いまだ独身。既婚の妹たちから結婚相手を探すための旅行を贈られ、しぶしぶ出発した彼女は滞在先で実業家ジェイクに一目惚れする。だが、グラマーなブロンド美女が彼を熱く抱擁し…。 〔1543〕

◇愛は時空を越えて　シャロン・サラ著，藤峰みちか訳 ハーパーコリンズ・ジャパン 2023.10 294p 15cm （ハーレクインSP文庫 HQSP-385）〈ハーレクイン 2003年刊の再刊 原書名：THE WAY TO YESTERDAY〉545円 ①978-4-596-52682-3 〔1544〕

◇明日の欠片をあつめて　シャロン・サラ著，岡本香訳 ハーパーコリンズ・ジャパン 2022.4 414p 15cm （mirabooks SS01-45）〈原書名：THE LAST STRAW〉891円 ①978-4-596-42790-8
＊数々の事件を解決してきた私立探偵チャーリーとジェイドのもとに新たな事件が舞い込んだ。古い地区のアパートから若い女性が忽然と姿を消したらしく、やがて過去にもこの部屋で失踪事件があったとわかる。調査を進める一方、特殊な力が世に知られたジェイドはメディアや悪意ある集団に追われていた。このままではチャーリーに迷惑がかかる一彼を守るためジェイドが下した決断は…シリーズ堂々の完結！ 〔1545〕

◇あたたかな雪　シャロン・サラ著，富永佐知子訳 ハーパーコリンズ・ジャパン 2023.11 442p 15cm （mirabooks SS01-48）〈［MIRA文庫］2008年刊の新装版 原書名：THE SURVIVORS〉891円 ①978-4-596-52964-0
＊幼い頃から不思議な力を持つデボラ。世間から疎まれ、ひとり山奥で暮らしていたある日、飛行機の墜落現場から幼い少年と女性が助けを呼んでいるのを知る。ふたりに命の危機が迫っていると予知したデボラは吹雪の山へと向かうが、そこで出会ったのは少年の親族だという元軍人、マイクだった。デボラの能力に不信感を隠そうともしないマイクだが、デボラには近く結ばれる自分たち二人の姿が見えて——。 〔1546〕

◇偽りの任務　シャロン・サラ作，井野上悦子訳 ハーパーコリンズ・ジャパン 2023.1 220p 17cm （ハーレクイン・プレゼンツ PB349——作家シリーズ 別冊）〈ハーレクイン 2001年刊の再刊 原書名：MISSION：IRRESISTIBLE〉727円 ①978-4-596-75647-3
＊両親にほったらかされ、孤独な子供時代を過ごしたアリー。今、諜報員となった彼女は、カリフォルニアへ向かっていた。10年前から任務を離れている伝説的人物イーストを説得し、なんとしても復帰させなければならない密命を帯びて。だが初めて会った瞬間、アリーは心を奪われてしまう。わたしは彼を待っていた気がする。生まれてから、ずっと。冷静な判断力でこれまで任務に失敗したことのないアリーだが、今回は思った以上に困難なものになりそうだった。彼といると孤独が癒やされ、仕事さえ忘れそうになるから…。ところが、アリーがやってきた目的を知るや、イーストは彼女に憤然と告じた。「口を閉じてここから出てってくれ」 〔1547〕

◇運命の夜が明けて　シャロン・サラ著，沢田由美子，宮崎亜美訳 ハーパーコリンズ・ジャパン 2024.12 294p 15cm （ハーレクイン文庫 HQB-1259——珠玉の名作本棚）〈原書名：SYMPATHY PAINS　IT HAPPENED ONE

NIGHT〉740円　①978-4-596-71757-3
[内容] 花嫁の困惑　熱いハプニング
＊『花嫁の困惑』ウエイトレスとして働く天涯孤独のマリリーは、大富豪でいつも優しい笑顔の客ジャスティンに密かに憧れていた。吹雪で足止めされた彼を自宅に泊めた晩、想いが通じて結ばれたが、翌朝、彼はさよならも告げずに姿を消した…。半年後、身重でおなかの目立ってきたマリリーの前に、彼が現れー。『熱いハプニング』ある朝、ハーレーは目覚めて呆然とした。ベッドの隣に見知らぬ男性が寝ている！だが、昨夜は親友の結婚式で、相当酔っていたせいか何も思い出せない。すると、起きてきた男性が魅力的な笑顔で言った。「ぼくは君の夫だ」　　　　　　〔1548〕

◇永遠をさがして　シャロン・サラ著，槙由子訳　ハーパーコリンズ・ジャパン　2024.6　281p　15cm　（ハーレクインSP文庫　HQSP-416—45周年特選6　シャロン・サラ）〈ハーレクイン2005年刊の再刊　原書名：HONOR'S PROMISE〉600円　①978-4-596-63620-1
＊オナーはその日、見上げるほど豪奢なマローン家の門をくぐった。かつて誘拐されたマローン財閥の令嬢と判明し、26年ぶりに帰ってきたのだ。代理人トレースとともに。だが、オナーを高慢な親族たちが歓迎するわけもなく、あまつさえ財産目当ての偽者と拒絶した。冷え冷えとした屋敷のなかで、味方はトレースだけだったが、彼の出張中、オナーは暗闇のエレベーターに閉じ込められる。闇を引き裂き、「このあま」と吐き捨てるような声が響き—そして落下してゆくなか、思い浮かぶのはトレースの黒い瞳…。　　　　　　〔1549〕

◇笑顔の行方　シャロン・サラ著，宇野千里訳　ハーパーコリンズ・ジャパン　2023.7　314p　15cm　（ハーレクインSP文庫）　545円　①978-4-596-52062-3
＊妊娠2カ月のチャーリーを恋人は捨て去り、急死した。以来、誰かとかかわって傷つくことを恐れるチャーリーは、幼い娘と二人ひっそりと暮らしていたが、予期せぬ事件が起きる。いつものように牧草地で娘を遊ばせていた、そのときに、突如、牛が襲いかかってきたのだ。瞬間、娘の死を覚悟した。誰かが車ごと突進して、間一髪で救ってくれるまでは。車から出てきたのは凍てついた瞳をした精悍な容貌の男性だった。何かかけがえのないものを失ったような、虚ろでその顔に、チャーリーの胸はざわめいた。何かが始まる予感がして。　〔1550〕

◇遅れてきた恋人　シャロン・サラ著，土屋恵訳　ハーパーコリンズ・ジャパン　2023.4　302p　15cm　（ハーレクインSP文庫　HQSP-361）〈ハーレクイン2006年刊の再刊　原書名：KING'S RANSOM〉545円　①978-4-596-77039-4
＊幼くして孤児となったジェシーは、父の友人に引き取られ、富裕なマッキャンドレス家の子供たちと成長した。けれど12歳のとき、長男キングへの恋心に気づいて愕然とする。兄妹のように育てられ、彼は妹としてしか見てくれないのに。思い悩んだジェシーは家を出て、別の町で暮らした。だが、ある日、一命は取り留めたものの暴漢に襲われてジェシーは深い傷を負い、キングに屋敷に連れ戻された—魅力的な義兄と暮らさなくてはならないらずっと。忘れていた。忘れたかった。ずっと忘れていたかった恋いが、いま再び蘇る。　〔1551〕

◇哀しみの絆　シャロン・サラ著，皆川孝子訳　ハーパーコリンズ・ジャパン　2024.5　460p　15cm　（mirabooks SS01-49）〈MIRA文庫2006年刊の新装版　原書名：BLOODLINES〉973円　①978-4-596-99298-7
＊資産家令嬢オリヴィアは今、心から怯えていた。幼かった彼女が何者かに誘拐されたのは25年前のこと—すぐに保護され事件は解決したが、誘拐事件と時同じくして殺された少女の白骨遺体が、最近になり発見されたのだ。本当のオリヴィアは殺された少女だったのでは？　令嬢の出自をめぐり世間が騒ぐなか、捜査に現れた刑事を見てオリヴィアはさらに動揺する。彼は、あまりに切ない別れを遂げた、高校時代の恋人で…。　　〔1552〕

◇神様がくれた恋の花　リン・グレアム，シャロン・サラ，リンダ・ハワード作，髙木晶子，竹内喜，上木さよ子訳　ハーパーコリンズ・ジャパン　2023.9　398p　17cm　（ハーレクイン・プレゼンツ・スペシャル　PS112）〈原書名：THE GREEK TYCOON'S BABY　THE MIRACLE MANほか〉1364円　①978-4-596-52346-4
[内容] 愛は戯れでなく（シャロン・サラ著，竹内喜訳）
＊『魅せられた富豪』受付係のスージーは、会社の新オーナーでギリシア富豪のレオスの到着に怯えていた。以前彼の下で働いたとき、二人は恋仲になった一つかの間で終わった恋だった。9ヵ月後、スージーは彼の子を密かに産んだ。妊娠を利用する女を忌み嫌うレオスには言えなかったから。だが今、リムジンを降りた彼の目がスージーをとらえ…。『愛は戯れでなく』末妹を心配する7人の兄に囲まれて育ったせいか、アントネットは29歳の今も生涯の伴侶と巡り合えずにいた。結婚しなくてもせめて子供を授かれれば…。そんなことを考えていたとき、ふいに雷が落ち、飛行機が墜落した。アントネットは知る由もなかった—彼女が救い出した男性レインに、抱いてほしいと頼む日が来ようとは。『大停電に祝福を』テキサス州ダラスのオフィスビル。半年前までつき合っていたクインランと、エレベーターに乗り合わせたエリザベスは気まずかった。男らしく強引で魅力がありすぎて、一緒にいると怖くなるような人。早く地上階に着かないかしら…。そのとき、がたんと音がして、エレベーターが止まった。7月21日、午後5時21分、大停電発生！　　　　　　〔1553〕

◇傷ついたレディ　シャロン・サラ著，春野ひろこ訳　ハーパーコリンズ・ジャパン　2024.10　220p　17cm　（ハーレクイン・プレゼンツ　PB395—作家シリーズ　別冊）〈ハーレクイン2004年刊の再刊　原書名：ALWAYS A LADY〉727円　①978-4-596-71397-1
＊"彼女もあんな顔で式を挙げたくないでしょう…"元婚約者の心ない言葉を思いだし、リリーは涙をぬ

サラ

ぐった。事故のせいで頬に残った醜い傷跡にそっと触れる。いっそのこと、誰も知らない土地へ行って人生をやり直そう。そう思った矢先、ふと新聞の求人広告に目がとまった。"料理人求む。オクラホマ州クリントン"秘書の経験しかないリリーだったが、応募に迷いはなかった。そして雇い主の大富豪ケイスに会った瞬間、彼女は確信した。ロサンゼルスからはるばるここへ来たのは間違いではなかったのか。ケイスはたじろぐこともなく、澄んだ瞳でリリーを見つめていた――。〔1554〕

◇きみの声が聞こえる シャロン・サラ著,青山梢訳 ハーパーコリンズ・ジャパン 2022.2 297p 15cm (ハーレクイン文庫 HQB-1103)〈ハーレクイン 2006年刊の再刊 原書名:WHEN YOU CALL MY NAME〉673円 ①978-4-596-31674-5
＊未来や遠くの出来事が見えてしまうグローリーは、人々から"魔女"と疎まれ、ずっと孤立してきた。吹雪の夜、グローリーは凄惨な事故の幻影を見て飛び起きた。横転した車、血まみれの男性…"彼"が助けを求めている! 病院に駆けつけ、救命に協力した。稀な血液型が一致したのだ。その男性ワイアットに絆を感じつつ、名も告げず去った数カ月後。放火で最愛の父と兄、そして家を失ったグローリーは、恐怖と哀しみに震えながら、虚空を見つめていた。ワイアット、どこにいるの? 私を助けて!〔1555〕

◇グッバイ・エンジェル シャロン・サラ著,新井ひろみ訳 ハーパーコリンズ・ジャパン 2022.11 573p 15cm (mirabooks SS01-46)〈MIRA文庫 2006年刊の新装版 原書名:OUT OF THE DARK〉982円 ①978-4-596-75561-2
＊ジェイドは幼い頃に母に連れられ、カルト教団で暮らしはじめた。だがまもなく母は亡くなり、一人残された少女は想像を絶する日々を送る。そして12歳で教団を抜け出すと、絵の才能だけを頼りに人目を避け暮らしてきた。それから15年。彼女が描いた母の絵を見たという、ルークと名乗る長身の男性が訪ねてきた。「お父さんがあなたを捜してる」その優しくも真剣な目を見たジェイドは再び運命が動き出すのを感じた。〔1556〕

◇シンデレラの白銀の恋 シャロン・サラ他著,葉山笹他訳 ハーパーコリンズ・ジャパン 2023.12 380p 17cm (HPA'53―スター作家傑作選)〈「愛すれど君は遠く」(ハーレクイン 2005年刊)と「もう一つのクリスマス」(ハーレクイン 2009年刊)の改題、合本 原書名:SARA'S ANGEL TWINS FOR A CHRISTMAS BRIDE〉1136円 ①978-4-596-52968-8
内容 愛すれど君は遠く(シャロン・サラ著,葉山笹訳)
＊「愛すれど君は遠く」生死の境を彷徨い、意識朦朧としたサラが目を開けると、大きな人影が―孤高の男、マッケンジー・ホーク。行方不明になった兄を救えるのは彼しかいないと、サラは命がけで厳寒の雪道をひた走ってきたのだ。「わたしの名前はサラ。助けて…お願い」彼女は低体温症で瀕死のところを救ってくれたホークを、美しい天使のように感じて安堵しながら、また眠りに落ちた。だが、元CIA局員の彼はあり余る財産はあれど、人を信じる心は持ち合わせていなかった。彼女が目覚めたら、こう告げるしかない―帰ってくれ、と。『もう一つのクリスマス』魅力的な同僚医師ダンとの将来をかつて密かに考えていたセイラは今、彼の子を妊娠していた。でもそれは切ないことに、不妊症の妹の代理母としてにすぎなかった。セイラの知らぬ間に妹がダンを誘惑して、結婚してしまったのだ。ダンとはもう結ばれることはないと頭ではわかっても、いまだに彼への思いを断ち切ることができずにいた。そんなある日、セイラは車にはねられそうになり、重傷を負う。ダンが私の身を案じてくれるのは、おなかの赤ちゃんが大切だから。それ以外の気持ちがあるなんて、望むべくもない…。〔1557〕

◇ダーク・シークレット シャロン・サラ著,平江まゆみ訳 ハーパーコリンズ・ジャパン 2024.12 379p 15cm (mirabooks SS01-50)〈MIRA文庫 2005年刊の新装版 原書名:DARK WATER〉927円 ①978-4-596-72026-9
＊セーラのもとにかかってきた一本の電話。それは白骨化した父親の遺体が発見されたというものだった。20年前、銀行員だった父は金を横領し失踪、家族と幸せな日々を奪われたセーラはその記憶を封印して生きてきた。しかし、父は冤罪だった真実を知るため故郷へ戻った彼女の前に、端正で危険な魅力をもつ男シルクが現れる。初恋相手との再会は固く閉ざしたセーラの心を少しずつ溶いていき…。〔1558〕

◇地上より永遠へ シャロン・サラ作,仁嶋いずる訳 ハーパーコリンズ・ジャパン 2023.3 220p 17cm (ハーレクイン・ロマンス R3759―伝説の名作選)〈ハーレクイン 2009年刊の再刊 原書名:ANNIE AND THE OUTLAW〉691円 ①978-4-596-76673-1
＊出会ったばかりの男性にボディガードを頼むなんて。アニーは自身の思いがけない行動に驚いていた。悪党に絡まれているところを救ってくれた、ゲイブと名乗る謎めいた放浪者に、ひと目で強烈に惹かれてしまったのだ。その日以来、ゲイブは片時もアニーのそばを離れることなく、ときに厳しく見守り、またときに情熱の炎で包みこんでくれた。じつはアニーは不治の病を患っていた。残された時間はあと僅か。どうか1日でも長く、彼と一緒にいられますように。アニーはまだ知らなかった―ゲイブの驚くべき正体も、彼がアニーを救うためにすべてを投げ打とうとしていることも。〔1559〕

◇月影のレクイエム シャロン・サラ著,皆川孝子訳 ハーパーコリンズ・ジャパン 2023.5 411p 15cm (mirabooks SS01-47)〈MIRA文庫 2005年刊の新装版 原書名:THE RETURN〉873円 ①978-4-596-77361-6
＊あなたはわたしの実の孫ではない―愛する祖母の最期の言葉にキャサリンは愕然とした。27年前、

サラ

◇天使を拾った夜　シャロン・サラ著，麻生ミキ訳　ハーパーコリンズ・ジャパン　2023.2　294p　15cm　（ハーレクインSP文庫 HQSP-353）〈ハーレクイン 2000年刊の再刊　原書名：ROYAL'S CHILD〉545円　①978-4-596-76687-8

＊エンジェルは7歳で最愛の母を亡くしたあと、暴力を振るう父から逃れ、里親の家を転々としてきた。大人になった今も"我が家"を知らず、方々を渡り歩いている。先日、雇主から嫌がらせを受けて勤め先を辞めたのを機に、新天地を求めてヒッチハイクをすることに決めた。ある大雨の夜、エンジェルは美しい瞳の男に拾われた。ロイヤルと名乗る彼は、今夜家に泊めてくれるだけでなく、家政婦の仕事を提供してくれるという。あまりに親切な申し出に戸惑いながらも彼女は承諾するが…。〔1561〕

◇涙は真珠のように　シャロン・サラ著，青山梢，仁嶋いずる訳　ハーパーコリンズ・ジャパン　2023.9　246p　15cm　（ハーレクイン文庫 HQB-1198—珠玉の名作本棚）〈原書名：PENANCE　THE FIERCEST HEART〉645円　①978-4-596-52348-8

内容 優しさに包まれるとき　初恋を取り戻して

＊『優しさに包まれるとき』ニコールは6週間前、事件に巻き込まれ、頭を撃たれた。記憶障害で言葉もまだ話せず、日常生活に支障をきたした彼女を、恋人ドミニクが優しく支えてくれた。そんななかニコールの身に突然、不思議な出来事が一世間が注目する幼女誘拐事件の白昼夢を繰り返し見るようになったのだ。『初恋を取り戻して』冷たい親に育てられた18歳のヘイリーにとって、恋人マックが心の支え。だがドライブ中の事故でマックだけが重傷を負ってしまう。彼の家族に面会すら拒絶され、失意のヘイリーは彼に別れも告げずに故郷を去った。10年後—〔1562〕

◇始まりのシンデレラ　ベティ・ニールズ，グレイス・グリーン，シャロン・サラ著，村山汎子他訳　ハーパーコリンズ・ジャパン　2022.1　426p　17cm　（HPA 30—スター作家傑作選）〈原書名：MATILDA'S WEDDING　NEW YEAR…NEW FAMILYほか〉1191円　①978-4-596-01876-2

内容 危険な薔薇（シャロン・サラ著，西江璃子訳）

＊年金暮らしの両親のため、少しでも家計の助けになればと、診療所の受付係として働き始めたマチルダ。雇主のドクター・ラヴェルは魅力的な男性だったが、彼女は思った。母にさえ不器量と言われる私では彼を惹きつけられない。だから、この想いは隠そう、と。案の定、ドクターは地味な受付係などまるで見えない様子で…（『片思いの日々』）。ローレンは自らの運転中に事故で愛娘を失って以来、心が塞ぎ、すれ違いから会社社長の夫ザックと別居。でも、まだ彼を愛していた。心から。本当の別れを考えては切なさに胸を締めつけられるローレンだったが、ある日、突然弁護士に呼ばれて事務所に赴くと、ザックと鉢合わせた。まさか、とうとう彼は離婚を決意したのは…？（『星降る夜の奇跡』）。故郷を離れてシカゴで孤独に暮らすクリスティのもとに、匿名で薔薇の花束とメッセージが届いた。ストーカーの影におびえていた彼女は警察に通報するが、駆けつけた刑事の姿を見て、思わず目を疑った。なんとそこには、かつて彼女が初めて恋し、破れた相手スコットが、すっかりたくましい男性となって立っていたのだ！（『危険な薔薇』）。新たな人生をつかむシンデレラたちの感動ロマンス！〔1563〕

◇初恋の日のように　シャロン・サラ作，西山ゆう訳　ハーパーコリンズ・ジャパン　2023.1　221p　17cm　（ハーレクイン・プレゼンツ PB350—作家シリーズ 別冊）〈ハーレクイン 2009年刊の再刊　原書名：FAMILIAR STRANGER〉727円　①978-4-596-75795-1

＊遠い夏。16歳のキャラはデビッドと出逢い、恋に落ちた。だが必ず迎えに来ると誓ったのに、デビッドは戦場に赴き…永遠に帰らぬ人となったのだ。キャラのお腹に赤ん坊を残して。いまは静かに暮らすキャラの前に、ある日、ひとりの男性が現れた。「キャラ」懐かしい声…ああ、デビッド！ 彼は生きていた！ キャラの頰に涙が伝う。これが夢なら、覚めてほしくない。あの頃と変わらぬしぐさで、デビッドに抱かれ、キャラは恍惚に浸った。まるで時を取り戻そうとするかのように、甘い蜜月を過ごす二人。けれど別れは唐突に訪れた。ほどなくして、彼が姿を消したのだ。"愛している"という走り書きと婚約指輪を残して。〔1564〕

◇日陰の花が恋をして　シャロン・サラ他著，谷原めぐみ他訳　ハーパーコリンズ・ジャパン　2024.6　316p　17cm　（HPA 59—スター作家傑作選）〈「夜は別の顔」（ハーレクイン 2004年刊）と「バレンタインの夜に」（ハーレクイン 1997年刊）の改題、合本　原書名：AMBER BY NIGHT　THE ONE AND ONLY〉1082円　①978-4-596-63520-4

内容 夜は別の顔（シャロン・サラ著，谷原めぐみ訳）

＊図書館司書のアメリアは夜間にウェイトレスの仕事を始めた。品行方正な彼女がめがねを外し、きわどい服を着るのは、退屈な人生を変えるためにどうしても資金が必要だから。このことが知れたら、町中が大騒ぎになるだろう。ある晩、思わぬ客が—アメリアが長年片思いをしているタイラー・サヴィジが来店した。こんな姿をタイラーに見られたのも衝撃だったが、彼の注文にはさらに驚いた。彼は目の前のセクシーなウェイトレスがお堅い司書とは気づかず、陶酔したまなざしで「俺が欲しいのはきみだよ」と言ったのだ！（『夜は別の顔』）。田舎暮らしの司書ジョイはバレンタインの夜、初めて訪れたロンドンのレストランで著名な大物スターのマーカス・バレンタインと出逢い、ひと目で心を奪われてしまう。そして思いがけず彼

からダンスに誘われたとき、彼女は勇気を出して承諾した。いつもは地味な私だって、今夜くらいは楽しんでもいいはず。そう思いながら踊っていると、不意に唇を重ねられ、ジョイは我を忘れて激しく応えた。するとその直後、彼女をふしだらな女性だと思い込んだマーカスは打って変わって険しい顔になり、侮蔑の言葉を浴びせてきた！（『蝶になった司書』）。　　　　　　　　〔1565〕

◇秘密の夢　シャロン・サラ作，山田沙羅訳　ハーパーコリンズ・ジャパン　2023.4　220p　17cm　（ハーレクイン・プレゼンツ PB357—作家シリーズ　別冊）〈ハーレクイン 2006年刊の再刊　原書名：FOR HER EYES ONLY〉727円　①978-4-596-76861-2　　　〔1566〕

◇炎のメモリー　シャロン・サラ著，小川孝江訳　ハーパーコリンズ・ジャパン　2024.8　220p　17cm　（ハーレクイン・プレゼンツ PB390—作家シリーズ　別冊）〈ハーレクイン 2000年刊の再刊　原書名：ROMAN'S HEART〉727円　①978-4-596-63919-6
  ＊ある日、ホリーは恋人がたくらむ悪事の計画を立ち聞きした。恐ろしくなって逃げ出そうとしたところ、気づかれて無理やり飛行機に乗せられてしまった！ このまま殺されて空の塵になるものと覚悟したが、運よくパラシュートで脱出し、頭を負傷しながらも着地に成功した。やっとのことで一軒のキャビンにたどり着くと、そこにはセクシーで魅力的な男性がいて、ホリーは思わず息をのんだ。だが相手はこちらに銃口を向け、名を名乗るよう鋭く命令してきた。いったい…私は誰？ なんと、彼女はすべての記憶を失っていた！ 男が言った。「記憶喪失なんてへたな言い訳が通用すると思うな」　　　　　　　　　　　　〔1567〕

サラマーゴ, ジョゼ　Saramago, José

◇見ること　ジョゼ・サラマーゴ著，雨沢泰訳　河出書房新社　2023.7　300p　20cm　〈著作目録あり　原書名：ENSAIO SOBRE A LUCIDEZ〉3200円　①978-4-309-20886-2
  ＊突然目が見えなくなる「白の闇」事件から4年後、首都の総選挙は土砂降りに見舞われる。午後4時になると人びとは投票所に押し寄せるが、7割以上が白票、再投票では8割を超える。政府は非常事態宣言を発し、首都を封鎖する。政府組織が市外に脱出する一方、首都では市民たちの自治が始まるが、彼らを組織する首謀者は見えず地下鉄中央駅で大規模なテロが発生する。市民たちの平和的なデモ、地下鉄前広場での共同葬儀、権力維持と自己保身に走る閣僚たち…。やがて1通の手紙が大統領に届き、「白の闇」事件でみんなを勇気づけた優しい女性の捜査が始まる。傑作『白の闇』と対をなすノーベル賞作家による警鐘の書。　　〔1568〕

サリヴァン, フランク　Sullivan, Frank

◇ユーモア・スケッチ大全　[2]　ユーモア・スケッチ傑作展　2　浅倉久志編・訳　国書刊行会　2022.1　372p　19cm（「ユーモア・スケッチ傑作展2」（早川書房 1980年刊）の改題、増補〉2000円　①978-4-336-07309-9
  [内容]　ひとりものの朝食考　紋切型博士、恋を語る　紋切型博士、バカンスを語る　鈍行列車　ある隣人に宛てて　テキサスの旅がらす（フランク・サリヴァン著）
  ＊名翻訳家のライフワークである「ユーモア・スケッチ」ものを全4巻に集大成。第2弾は『ユーモア・スケッチ傑作展2』（全32篇）＋単行本未収録作品12篇。　　　　　　　　〔1569〕

◇ユーモア・スケッチ大全　[4]　すべてはイブからはじまった　ミクロの傑作圏　浅倉久志編・訳　国書刊行会　2022.3　376p　19cm〈「すべてはイブからはじまった」（早川書房 1991年刊）と「ミクロの傑作圏」（文源庫 2004年刊）の改題、合本〉2000円　①978-4-336-07311-2
  [内容]　くよくよしよう　みにくいモラスクの冒険（フランク・サリヴァン著）
  ＊笑いの大博覧会、完結！ 名翻訳家浅倉久志のライフワークである"ユーモア・スケッチ"ものを全4巻に集大成。最終巻は傑作展姉妹篇『すべてはイブからはじまった』とオンデマンドのみの刊行だった『ミクロの傑作圏』をカップリング。　　　　　〔1570〕

ザリーツェ＝コンテッサ, K.W.

◇ドイツロマン派怪奇幻想傑作集　ホフマン，ティーク他著，遠山明子編訳　東京創元社　2024.9　413p　15cm　（創元推理文庫 Fン13-1）〈原書名：Der blonde Eckbert　Der Runenbergほか〉1200円　①978-4-488-58409-2
  [内容]　死の天使　宝探し（K.W.ザリーツェ＝コンテッサ著、遠山明子訳）
  ＊18世紀末ヨーロッパで興隆したロマン主義運動。その先陣を切ったドイツロマン派は、不合理なものを尊び、豊かな想像力を駆使して、怪奇幻想の物語を数多く紡ぎだした。本書はティーク「金髪のエックベルト」、フケー「絞首台の小男」、ホフマン「砂男」等9篇を収録。不条理な運命に翻弄され、底知れぬ妄想と狂気と正気の狭間でもがき苦しむ主人公たちの姿を描く、珠玉の作品集。〔1571〕

サリヴァン, マクシーン　Sullivan, Maxine

◇ボスの十二カ月の花嫁　マクシーン・サリヴァン作，すなみ翔訳　ハーパーコリンズ・ジャパン　2023.9　157p　17cm　（ハーレクイン・ロマンス R3808—伝説の名作選）〈ハーレクイン 2013年刊の再刊　原書名：VALENTE'S BABY〉664円　①978-4-596-52242-9
  ＊ラーナはヴァレンテ社重役のボス―マットに夢中だった。その端整な容姿と自信に満ちた態度は、全女性の憧れのだから。ある夜、ついに誘惑され、夢のような一夜を過ごしたものの、妊娠に気づくと、彼に何も言わず会社を去って赤ん坊を産んだ。1年半後、突然マットが家に現れ、ラーナは驚きに言葉を失った。名うてのプレイボーイであるマットは、結婚するつもりも父親になるつもりもないはずなのに！ ところがマットは赤ん坊に自

分の誇り高き姓を与えるため、1年限りの結婚をラーナに提案し、拒むなら法に訴えると脅した。寄る辺のないラーナは式場で誓いのキスを交わすしかなく…。〔1572〕

サリンジャー, J.D.　Salinger, J.D.

◇アメリカン・マスターピース　戦後篇　シャーリイ・ジャクスンほか著，柴田元幸編訳　スイッチ・パブリッシング　2024.12　257p　20cm　〈柴田元幸翻訳叢書〉　2700円　①978-4-88418-649-4
内容　バナナフィッシュ日和（J.D.サリンジャー著，柴田元幸訳）
＊短篇小説の黄金時代。サリンジャー、ナボコフ、オコナー、ボールドウィンなど、重要作家が次々と登場する、1950年代前後の名作10篇を収録。"名作中の名作"でアメリカ文学史をたどる、シリーズ第3弾。〔1573〕

◇彼女の思い出／逆さまの森　J.D.サリンジャー著，金原瑞人訳　新潮社　2022.7　271p　20cm　〈新潮モダン・クラシックス〉　1600円　①978-4-10-591008-2
＊きらめく才能を示しながら本国では出版されないままの幻の名作を集成！　これが最後の9つの物語。大戦前に欧州で出会った美少女、急病で倒れた黒人ジャズシンガー、行方不明となる天才詩人…。〔1574〕

◇このサンドイッチ、マヨネーズ忘れてる　ハプワース16、1924年　サリンジャー著，金原瑞人訳　新潮社　2024.10　318p　16cm　〈新潮文庫　サ-5-4〉〈2018年刊の再刊　原書名：This Sandwich Has No Mayonnaise　Hapworth 16,1924ほか〉　710円　①978-4-10-205705-6
内容　マディソン・アヴェニューのはずれでのささいな抵抗　ぼくはちょっとおかしい　最後の休暇の最後の日　フランスにて　このサンドイッチ、マヨネーズ忘れてる　他人　若者たち　ロイス・タゲットのロングデビュー　ハプワース16、1924年
＊人生って、目を見開いてさえいれば、心躍る楽しいことに出会えるんだな―。「バナナフィッシュにうってつけの日」で自殺したグラース家の長兄シーモアが、七歳のときに家族に宛てて書いていた手紙「ハプワース」。『ライ麦畑でつかまえて』以前にホールデンを描いていた稀少な短編。その死まで続いた長い沈黙の前に、サリンジャーが生への切実な祈りをこめて発表した充実の中短編九篇を収録。〔1575〕

◇ナイン・ストーリーズ　J・D・サリンジャー著，柴田元幸訳　河出書房新社　2024.1　315p　15cm　〈河出文庫　サ8-1〉〈著作目録あり　ヴィレッジブックス 2009年刊の再刊　原書名：NINE STORIES〉　810円　①978-4-309-46793-1
内容　バナナフィッシュ日和　コネチカットのアンクル・ウィギリー　エスキモーとの戦争前夜　笑い男　ディンギーで　エズメ、愛と悲惨をこめて　可憐なる口もと緑なる君が瞳　ド・ドーミエ＝スミスの

青の時代　テディ〔1576〕

サルヴィオーニ, ベアトリーチェ　Salvioni, Beatrice

◇マルナータ不幸を呼ぶ子　ベアトリーチェ・サルヴィオーニ著，関口英子訳　河出書房新社　2023.8　276p　20cm　〈原書名：LA MALNATA〉　2250円　①978-4-309-20889-3
＊"不幸を呼ぶ子"と忌み嫌われる少女が、揺るがぬ友情を手にしたとき、いかなる力を発揮するのか。ファシズムが台頭するイタリアで、境遇も性格も正反対の二人の少女が出会い、社会の理不尽に立ち向かう様子を描いた傑作。〔1577〕

サロメーヤ, ネリス　Salomeja Nèris

◇へびの王妃エグレ　サロメーヤ・ネリス著，木村文訳　調布　ふらんす堂　2022.2　123p　19cm　〈リトアニア語併記〉　2200円　①978-4-7814-1437-9
＊バルト三国・リトアニアに伝わる民話、詩人サロメーヤ・ネリスが物語詩に仕立てた名作。物語は、水浴びを終えて帰り支度をする三姉妹のもとへへびの王子が求婚しにくるところからはじまる。舞台は、主人公エグレの生まれ育った漁村、へびの王の住む海の底にある豪華絢爛の琥珀の城、夏至祭りの短い夜の妖しく恐ろしい森、そして、静かに凪いだバルト海…。1940年の刊行から今日まで、リトアニアで愛され続けてきた作品を、リトアニア語・日本語の対訳でお楽しみください。〔1578〕

サローヤン, ウィリアム　Saroyan, William

◇アメリカン・マスターピース　準古典篇　シャーウッド・アンダーソン他著，柴田元幸編訳　スイッチ・パブリッシング　2023.7　253p　20cm　〈SWITCH LIBRARY―柴田元幸翻訳叢書〉〈他言語標題：AMERICAN MASTERPIECES　原書名：The Book of Harlem　A Party Down at the Squareほか〉　2400円　①978-4-88418-617-3
内容　心が高地にある男（ウィリアム・サローヤン著，柴田元幸訳）
＊アメリカ合衆国で書かれた短編小説、その"名作中の名作"を選ぶ。ヘミングウェイ、フォークナーなどの巨匠による「定番」から、ハーストン、ウェルティ、オルグレンの本邦初訳作まで。激動の時代、20世紀前半に執筆・発表された全12篇を収録。〔1579〕

サンソム, ウィリアム　Sansom, William

◇教科書の中の世界文学―消えた作品・残った作品25選　秋草俊一郎，戸塚学編　三省堂　2024.2　285p　21cm　〈文献あり〉　2500円　①978-4-385-36237-3
内容　垂直な梯子（ウィリアム・サンソム著，前川祐一訳）〔1580〕

サンティニ, X.B.　Saintine, X.B.

◇熊とパシャ―スクリーブ傑作ヴォードヴィル選　外交官―スクリーブ傑作ヴォードヴィル選　スクリーブとサンティニ作，中田平訳　安城　デジタルエステイト　2022.12　163p　21cm〈原書名：L'ours et le Pacha　Le diplomate〉①978-4-910995-05-2　〔1581〕

サン＝テグジュペリ　Saint-Exupéry, Antoine de

◇星の王子さま―新訳：王子さまがくれたバトン　サン＝テグジュペリ，詩月心訳　姫路　学術研究出版　2024.4　133p　21cm〈原書名：Le petit prince〉1200円　①978-4-911008-56-0　〔1582〕

◇星の王子さま　アントワーヌ・ド・サン＝テグジュペリ著，青木智美訳　80周年記念・愛蔵版　玄光社　2024.10　95p　27cm〈原書名：Le Petit Prince〉1800円　①978-4-7683-1976-5　〔1583〕

サンド, ジョルジュ　Sand, George

◇ジョルジュ・サンドセレクション　別巻　サンド・ハンドブック―主要作品紹介他　ジョルジュ・サンド著，M・ペロー，持田明子，大野一道責任編集　持田明子，大野一道編，M・ペロー，持田明子，大野一道，宮川明子［著］　藤原書店　2023.12　377p　20cm〈他言語標題：Les Chefs-d'œuvre de George Sand　年譜あり〉4200円　①978-4-86578-409-1

内容〈ルソーの精神的娘〉として　一八四八年革命とパリ・コミューン（ジョルジュ・サンド著）〔1584〕

サンドラール, ブレーズ　Cendrars, Blaise

◇世界の果てまで連れてって！…　ブレーズ・サンドラール著，生田耕作訳　筑摩書房　2022.9　414p　15cm（ちくま文庫 さ52-1）〈白水社1989年刊の再刊　原書名：EMMÈNE-MOI AU BOUT DE MONDE！…〉1100円　①978-4-480-43799-0

＊第二次大戦後のパリの混沌、謎に満ちた突発的事件、齢七十九にして夜ごと男をあさり舞台に全てを賭ける伝説の女優テレーズの「とてつもない」生、恋愛、友情、狂気…。二十世紀パリで芸術に多大な影響を与え、世界を放浪した作家・詩人サンドラール。その横溢する言葉の力に圧倒される、伝説的怪作。〔1585〕

サントロファー, ジョナサン　Santlofer, Jonathan

◇最後のモナ・リザ　ジョナサン・サントロファー著，髙山祥子訳　アストラハウス　2023.12　492p　19cm〈原書名：THE LAST MONA LISA〉2200円　①978-4-908184-48-2

＊1911年、"モナ・リザ"は盗まれ、2年間行方不明だった。"彼"はなぜ盗み、そして返したのか？　あの"モナ・リザ"は、贋作か、否か？　ルークは、謎の追跡者に殺される前に"曽祖父の真実"を見つけなければならない―。画家で美術史家の主人公、フィレンツェで出会った女性、インターポールの捜査官、美術品贋作者、億万長者のコレクター…。過去と現在が交錯するなか、濃やかな人間模様が描かれ、エキサイティングなアクションシーンが展開する。フィレンツェ、パリ、南仏プロヴァンスの村の描写も魅力的な、アート・ミステリの真髄。〔1586〕

◇短編回廊―アートから生まれた17の物語　ローレンス・ブロック編，田口俊樹他訳　ハーパーコリンズ・ジャパン　2022.12　605p, 図版18p　15cm（ハーパーBOOKS M・フ6・2）〈原書名：ALIVE IN SHAPE AND COLOR〉1264円　①978-4-596-75581-0

内容 ガス燈（ジョナサン・サントロファー著，芹澤恵訳）

＊探偵スカダーは滞在先で見覚えのある顔にでくわす。それは25年前、まだスカダーが刑事だった頃に恋人殺しの罪で逮捕した男で―L・ブロック『ダヴィデを探して』。考古学者の夫婦は世紀の発見にたどりつくが、待ち受けていたのは恐ろしい真相だった―J・ディーヴァー『意味深い発見』。絵のなかに閉じ込められてしまった少女の悲痛な叫び―J・C・オーツ『美しい日々』他、芸術とミステリーの饗宴短編集！〔1587〕

サン・ブリス, ポール　Saint Bris, Paul

◇モナ・リザのニスを剥ぐ　ポール・サン・ブリス著，吉田洋之訳　新潮社　2024.12　317p　20cm（CREST BOOKS）〈原書名：L'ALLÈGEMENT DES VERNIS〉2400円　①978-4-10-590198-1

＊ルーヴルの至宝を500年前の素顔に戻せ！　古きを愛する学芸員オレリアンは、実利優先のヤリ手新館長ダフネにこんな修復プロジェクトを無茶ぶりされる。《モナ・リザ》の表面を覆う酸化して緑がかったニスを剥がし、本来の姿に蘇らせて来館者数を増やそうというのだ。失敗は絶対に許されない仕事を任せられる人物を探して、オレリアンはフィレンツェを訪ね、天才修復士ガエタノの協力を得る。やがて国家をも巻き込む大騒動の末、姿を現した《モナ・リザ》の本来の顔とは？　視覚情報に溢れたSNS時代に、美とは何か、本物とは何かを問いかける絶品アート小説。驚異の21冠受賞。フランスの大型新人、衝撃のデビュー作。〔1588〕

サンポウセイサク　三鳳製作

◇時をかける愛　三鳳製作，林欣慧，簡奇峯著，吉田庸子訳　KADOKAWA　2022.6　286p　19cm　1500円　①978-4-04-110937-3

＊職場でも頼りにされている、有能なIT企業社員・黄雨萱。しかし彼女は、飛行機事故に遭った恋人を忘れられない日々を過ごしていた。二〇一九年のある日、雨萱は自分と恋人にそっくりな学生の写真を目にする。恋人の消息に繋がるのではないか

と調べはじめた彼女は、あるカセットテープを手にすることに。音楽が再生されると、彼女はなぜか一九九八年の台南で女子高生として目を覚まし、恋人と同じ顔の同級生との思い出を育むが—。現代と過去を行き来する彼女は、二つの時代で巻き起こる運命の事件に巻き込まれていく。〔1589〕

【シ】

シ, キンチン　紫 金陳

◇検察官の遺言　紫金陳著, 大久保洋子訳　早川書房　2024.1　397p　16cm　(ハヤカワ・ミステリ文庫 HM 489-3)　1120円　①978-4-15-184653-3　〔1590〕

◇知能犯の時空トリック　紫金陳著, 阿井幸作訳　福岡　行舟文化　2023.3　326p　19cm　(官僚謀殺シリーズ)　1500円　①978-4-909735-13-3
＊計画停電の夜、県検察院のトップが殺害された。唯一の目撃証言が指し示した容疑者は、地域の人々から愛されるベテラン警察・葉援朝。葉には娘を有力政治家の息子に殺されながら、示談に甘んじ隠蔽に協力させられた過去があり、被害者も事件の関係者だった。数日後、今度は人民法院の裁判長が死亡する。事故死と見られたが、捜査責任者の高棟は力学の知識に長けた人物による計画犯罪を疑う。葉援朝には、彼を慕う物理教師の甥がいた—。〔1591〕

シ, シュクセイ　施 叔青

◇風の前の塵　施叔青著, 池上貞子訳　早川書房　2024.7　366p　19cm　(台湾文学コレクション 2)　〈文献あり　年表あり〉　2900円　①978-4-15-210343-7
＊険しい山々に抱かれた花蓮の町の近くで、あたしの級友の真子さんは原住民の青年ハロクに恋をしたー日本統治下の東台湾で生まれ育った亡き母が、一人娘の琴子に語った古い恋物語。そのどこまでが真実だったのか？戦前の台湾と戦後の日本を生きる人々の歩む道と思いが交錯する幻惑に満ちた文芸長篇。〔1592〕

ジウ, ユエシー　玖 月晞

◇少年の君　玖月晞著, 泉京鹿訳　新潮社　2024.12　515p　16cm　(新潮文庫 シー44-1)　〈付属資料：特別小冊子(15p 14cm)　著作目録あり〉　1150円　①978-4-10-240641-0
＊大学受験を控えた陳念は、いじめを苦に自殺した同級生に代わって、次なる標的となってしまう。辛い日々のなか、集団暴行を受ける北野を見かけ救おうとする陳念だったが、不良少年たちに強引に北野とキスをさせられる羽目に。やがて二つの孤独な魂は惹かれ合ってゆくが、更なる暴力が陳念を闇へと追いつめていく。中国でベストセラーとなった純愛物語。二人のその後を綴った特別小冊子付き。〔1593〕

ジヴコヴィチ, ゾラン　Živković, Zoran

◇図書館　ゾラン・ジヴコヴィチ著, 渦巻栗和訳　書肆盛林堂　2023.2　184p　15cm　(盛林堂ミステリアス文庫—ゾラン・ジヴコヴィチ ファンタスチカ)　〈著作目録あり　原書名：The library　Библиотека〉
内容　仮想の図書館　自宅の図書館　夜の図書館　地獄の図書館　最小の図書館　高貴な図書館　〔1594〕

◇フョードル・ミハイロヴィチの四つの死と一つの復活　ゾラン・ジヴコヴィチ著, 三門優祐和訳　書肆盛林堂　2024.6　182p　15cm　(盛林堂ミステリアス文庫—ゾラン・ジヴコヴィチ ファンタスチカ)　〈原書名：The four deaths and one resurrection of Fyodor Mikhailovich〉　1455円　①978-4-911229-07-1
内容　公園　食堂車　精神科医の診察室　トルコ式浴場　〔1595〕

◇本を読む女　ゾラン・ジヴコヴィチ著, 三門優祐和訳　書肆盛林堂　2024.3　162p　15cm　(盛林堂ミステリアス文庫—ゾラン・ジヴコヴィチ ファンタスチカ)　〈部分タイトル：本を読む女(ひと)　原書名：Čitateljka(重訳)　Miss Tamara the reader〉　1364円　①978-4-911229-04-0
内容　リンゴ　レモン　ブラックベリー　バナナ　アプリコット　グーズベリー　メロン　フルーツサラダ　〔1596〕

シェイクスピア, ウィリアム　Shakespeare, William

◇ウィンザーの陽気な女房たち　ウィリアム・シェイクスピア著, 竹村はるみ編注　大修館書店　2022.12　222p　20cm　(大修館シェイクスピア双書 第2集)　〈他言語標題：THE MERRY WIVES OF WINDSOR　文献あり〉　2800円　①978-4-469-14267-9
＊大酒飲みの大食漢で女好き。大言壮語を吐くが、小心者。道徳観念はかけらもなく、己の欲望にはとことん正直。愛すべき名物キャラクターのフォルスタッフがウィンザーの陽気な住人達と巻き起こす大騒動。創造性溢れる毒舌の応酬に、豊饒な言語世界が広がる。原文と対訳で読めるシェイクスピア。〔1597〕

◇ヴェニスの商人—七五調訳シェイクスピア　今西薫「姫路」ブックウェイ　2022.4　219p　15cm　400円　①978-4-910733-38-8　〔1598〕

◇真訳シェイクスピア傑作選—ロミオとジュリエット・夏の夜の夢・お気に召すまま・十二夜・冬物語・テンペスト　ウィリアム・シェイクスピア著, 石井美樹子訳　河出書房新社　2024.10　465p　20cm　〈他言語標題：William Shakespeare Six Selections　原書名：Romeo and Juliet　A Midsummer Night's Dreamほか〉　4800円　①978-4-309-20915-9

シエイコフ

＊すべての語彙を真に理解し、新たな作品世界を開く新訳。オックスフォード英語辞典、聖書、歴史史料を駆使し、原文を徹底的に検証。400年の時を超え、シェイクスピアの言葉探しの旅に伴走する。〔1599〕

◇新訳ジュリアス・シーザー　シェイクスピア著，河合祥一郎訳　KADOKAWA　2023.6　239p　15cm　（角川文庫　シ6-20─Shakespeare Collection）〈原書名：The Tragedy of Julius Caesar〉860円　①978-4-04-113721-5　〔1600〕

◇新訳テンペスト　シェイクスピア著，河合祥一郎訳　KADOKAWA　2024.2　207p　15cm　（角川文庫　シ6-21─Shakespeare Collection）〈原書名：The Tempest〉880円　①978-4-04-114195-3　〔1601〕

◇新訳ハムレット　シェイクスピア著，河合祥一郎訳　増補改訂版　KADOKAWA　2024.9　255p　15cm　（角川文庫　シ6-22─Shakespeare Collection）〈初版：角川書店　2003年刊　原書名：The Tragedy of Hamlet, Prince of Denmark〉660円　①978-4-04-114992-8
＊「生きるべきか、死ぬべきか、それが問題だ」父王を亡くした王子ハムレットは、母を娶って王座を奪った叔父を憎む。ある夜、父の亡霊から、自分は叔父に毒殺されたと聞かされるが、はたしてそれは真実か？　迷いつつも気がふれたふりをして復讐の時を待つが…。日本初、原文のリズムとライムを全訳した驚異の新訳！　声に出して読めばわかる！　最新研究を反映し増補改訂。F（フォーリオ）版に基づき、Q（クオート）版との違いも全て注記した決定版。後口上：野村萬斎。〔1602〕

◇タイタス・アンドロニカス　ウィリアム・シェイクスピア著，清水徹郎編注　大修館書店　2022.12　226p　20cm　（大修館シェイクスピア双書　第2集）〈他言語標題：TITUS ANDRONICUS　文献あり〉2800円　①978-4-469-14271-6
＊復讐が復讐を呼ぶ流血の古代ローマ。究極の悪党エアロンが身を捨てて愛児を守る。「ルーシアス、子供は助けろ。…さなくば何が起ころうと知らぬ。復讐に憑かれて皆滅ぶがいい。」ゴートの軍勢を率い皇帝位を窺う軍人政治家ルーシアスは、聞く耳を持つのか？　原文と対注で読めるシェイクスピア。〔1603〕

◇テンペスト　シェイクスピア著，今西薫著　大阪　風詠社　2023.2　156p　15cm　（七五調訳シェイクスピアシリーズ　4）〈星雲社（発売）〉400円　①978-4-434-31693-7　〔1604〕

◇冬物語　シェイクスピア作，桒山智成訳　岩波書店　2023.2　299p　15cm　（岩波文庫　32-205-11）〈原書名：THE WINTER'S TALE〉850円　①978-4-00-372510-8　〔1605〕

◇マクベス　シェイクスピア，今西薫著　大阪　風詠社　2022.10　205p　15cm　（七五調訳シェイクスピアシリーズ　2）〈発売：星雲社〉400円　①978-4-434-30970-0　〔1606〕

◇リチャード二世　ウィリアム・シェイクスピア著，篠崎実編注　大修館書店　2022.12　239p　20cm　（大修館シェイクスピア双書　第2集）〈他言語標題：RICHARD 2　文献あり〉2800円　①978-4-469-14268-6
＊チューダー朝神話の原点となる王位喪失の悲劇。本文史のはらむ問題を解き明かし、歴史劇中白眉の詩がちりばめられた本文をあますところなく読み解く。原文と対注で読めるシェイクスピア。〔1607〕

ジェイコブズ, ウィリアム・ワイマーク　Jacobs, William Wymark

◇猿の手　ウィリアム・ワイマーク・ジェイコブズ他原作，富安陽子文，アンマサコ絵　ポプラ社　2023.2　149p　19cm　（ホラー・クリッパー）〈他言語標題：The Monkey's Paw〉1400円　①978-4-591-17710-5
内容　猿の手（ウィリアム・ワイマーク・ジェイコブズ原作，富安陽子訳）〔1608〕

シェイファー, メグ　Shaffer, Meg

◇時計島に願いを　メグ・シェイファー著，杉田七重訳　東京創元社　2024.10　444p　20cm　〈原書名：THE WISHING GAME〉3400円　①978-4-488-01138-3
＊新しい本を書きました。今回の本は世界に一冊しかありません。とても勇敢で、賢く、願いを叶える方法を知っている人に差し上げます。遠い昔、最も勇敢だった読者のみなさん各位に、今回特別な招待状をお送りします。ルーシーは大好きな作家ジャックからの招待状を手に"時計島"に渡った。そこには彼女を含め四人の男女が招待されていた。ジャックの出す問題に答えて優勝した者が"時計島"シリーズ最新作の版権を得られる。ルーシーはゲームを勝ち抜くことができるのか、そして心からの願いを叶えることができるのか？　現代版『チャーリーとチョコレート工場』、本があなたを幸せにする、心あたたまる物語。〔1609〕

ジェイムズ, ジュリア　James, Julia

◇愛を禁じられた灰かぶり　ジュリア・ジェイムズ作，深山咲訳　ハーパーコリンズ・ジャパン　2023.2　220p　17cm　（ハーレクイン・ロマンス　R3749）〈原書名：DESTITUTE UNTIL THE ITALIAN'S DIAMOND〉664円　①978-4-596-75825-5
＊ラナは朝から晩まで身を粉にして働いていた。信じていた人が勝手に彼女の名義で莫大な借金を作ったからだ。そんなある日、偶然知り合ったイタリア富豪サルヴァトーレから、ラナは耳を疑うような依頼を持ちかけられた。「つきまとう女性を退けるため、契約結婚をしてくれないか？」期間は1年間。その見返りに借金を肩代わりしてくれるという。窮地にあるラナは法外な話に不安を覚えながらも受け入れた—"彼に惹かれ、ベッドを共にするなんて絶対だめ"と自戒した上で。それなのに、

ある夜、ついに愛の炎が燃え上がり身を捧げて…。
〔1610〕

◇悪魔に捧げた純愛　ジュリア・ジェイムズ作, さとう史緒訳　ハーパーコリンズ・ジャパン　2023.12　220p　17cm　（ハーレクイン・ロマンス R3835―伝説の名作選）〈2018年刊の再刊　原書名：THE GREEK'S SECRET SON〉664円　Ⓘ978-4-596-52984-8

＊夫の葬儀の日、クリスティンはアナトールと再会した。夫の甥で、一族が率いる企業帝国のCEO、そして…元恋人。彼は私を、伯父を罠にかけて妻の座にありついた金目当ての女と決めつけ、容赦ない言葉を浴びせてくるだろう。でも5年前、当時、余命僅かだった彼の伯父と結婚したのは、生まれてくる我が子に家と家族を与えるためだった。クリスティンがアナトールに捨てられたあと、妊娠に気づいて途方に暮れていたとき、彼の伯父が現れて、形だけの結婚を提案してくれたのだ。だからこそ、いまアナトールに真実を打ち明けるつもりはない。とくに息子の出生の秘密については。
〔1611〕

◇雨に濡れた天使　ジュリア・ジェイムズ作, 茅野久枝訳　ハーパーコリンズ・ジャパン　2024.12　156p　17cm　（ハーレクイン・ロマンス R3931―伝説の名作選）〈ハーレクイン 2008年刊の再刊　原書名：BEDDED, OR WEDDED？〉313円　Ⓘ978-4-596-71765-8

＊2年前、リサと妹は家族旅行中に事故に遭って両親を亡くし、一命は取りとめたが、妹は脚の大怪我で歩けなくなってしまった。でも高度な治療を受ければ、きっとまた歩けるようになるはず。リサは治療費を稼ぐため、昼は会社員、夜はカジノで懸命に働いた。そんなある日、カジノの顧客で実業家のグザヴィエから誘惑されて心が揺れるが、リサは拒んでしまう。妹を差し置いて、私だけ幸せになるなんてできない……。やがて妹の恋人の援助で受けた治療が功を奏し、安堵したリサは、ついにグザヴィエに身も心も捧げるが、直後、彼が豹変した。「僕の弟の恋人というのはきみか？ やはり金目当てなんだな！」
〔1612〕

◇イタリア富豪と最後の蜜月　ジュリア・ジェイムズ作, 上田なつき訳　ハーパーコリンズ・ジャパン　2024.3　156p　17cm　（ハーレクイン・ロマンス R3853―純潔のシンデレラ）〈原書名：CONTRACTED AS THE ITALIAN'S BRIDE〉673円　Ⓘ978-4-596-53511-5

＊雨の夜、ウエイトレスのコニーは富豪ダンテの車に乗せられていた。認知症の祖母をかかえ、家を立ち退くよう迫られていた彼女は、切羽詰まって思わずダンテにその事情を打ち明けてしまう。彼は意外な返事をした―自分と結婚してくれるなら、家の権利証を君のものにし、介護にかかる費用も負担しようと。コニーは驚いたが、これ以上ない申し出にダンテの求婚を受け入れた。結婚してからも二人はイギリスとイタリアで別居生活を送っていたが、いつしか彼女ある望みか胸を焦がしているのに気づいた。プレイボーイのダンテが私になんの興味もないのはわかっている。でも一度でいいから、夫に女性として求められてみたい…。
〔1613〕

◇傲慢富豪の父親修行　ジュリア・ジェイムズ作, 悠木美桜訳　ハーパーコリンズ・ジャパン　2024.4　156p　17cm　（ハーレクイン・ロマンス R3865）〈原書名：THE HEIR SHE KEPT FROM THE BILLIONAIRE〉673円　Ⓘ978-4-596-53843-7

＊ロンドンのホテルで働くアレイナは、一人の男性客を目にして凍りついた。嘘でしょう？ なぜラファエロがここにいるの？ イタリアの富豪弁護士である彼とは5年前、カリブで出会った。互いに惹かれ合って逢瀬を重ね、アレイナは永遠の愛を夢見た。ところが突然彼に"僕は誰とも結婚しない"と冷たく拒絶され、涙を堪えて、帰国するラファエロを見送るしかなかった。呆然とするアレイナのもとに、4歳になる息子が駆け寄ってきた。じつは別れた直後に妊娠がわかり、密かに産み育ててきたのだ。するとラファエロが表情を一変させ、彼女に詰め寄って…。
〔1614〕

◇黒衣のシンデレラは涙を隠す　ジュリア・ジェイムズ作, 加納亜依訳　ハーパーコリンズ・ジャパン　2024.11　156p　17cm　（ハーレクイン・ロマンス―純潔のシンデレラ）〈原書名：GREEK'S TEMPORARY CINDERELLA〉673円　Ⓘ978-4-596-71463-3

＊エリアナはパーティ会場で見覚えのある顔を見つけ、凍りついた。元婚約者のレアンドロス！ 6年前、エリアナは婚約指輪を返し、別の男性と政略結婚した。病床の父と困窮した家を守るための決断だったが、彼は知る由もない。しかも夫は事故死してしまい、エリアナは遺産も屋敷もすべて義父に奪われて放り出され、今は薄給のパート従業員の身。だが彼はその弱みを知ってか、強引に彼女をパリへ連れ出し、贅沢に着飾らせ、オペラに同伴し、ついにはベッドへ組み敷いた。ああ、これが新婚旅行だったら…。すると突然彼女が苦悶の声をあげ、レアンドロスはショックで呆然とした。「きみは初めてだったのか？ どういうことだ？」
〔1615〕

◇大富豪と灰かぶりの乙女　ジュリア・ジェイムズ作, 麦田あかり訳　ハーパーコリンズ・ジャパン　2022.7　220p　17cm　（ハーレクイン・プレゼンツ PB335―作家シリーズ 別冊）〈2017年刊の再刊　原書名：A CINDERELLA FOR THE GREEK〉664円　Ⓘ978-4-596-70796-3

＊私はいま、彫像のような美貌のギリシア大富豪、マックス・ヴァシリコスにエスコートされている。鏡の中の自分を見て、エレンは息が止まりそうになった。これが"象みたいに大柄で醜い"と継姉に嘲られている私なの？ マックスが手配した美容師たちの手で麗しく変身したエレン。華やかな慈善舞踏会で彼と踊り、翌日からは彼に誘われるまま美しいリゾートで夢のようなバカンスを過ごした。夜ごと情熱的な愛撫に溺れながら、エレンは自分に言い聞かせた。ときめいてはだめ！ 彼にとって、これは蜜月にすぎない―亡き父が唯一遺してくれた、私の命より大切な屋敷を奪うための。
〔1616〕

◇小さな秘密の宝物　ダイアナ・パーマー, ビバ

シエイムス

リー・バートン，ジュリア・ジェイムズ著，沖多美他訳　ハーパーコリンズ・ジャパン　2022.2　313p　17cm　（HPA 31―スター作家傑作選）〈原書名：ENAMORED FAITH,HOPE AND LOVEほか〉1082円　①978-4-596-31650-9

内容　愛人の秘密（ジュリア・ジェイムズ著，小池桂訳）

＊メリッサは暴漢に襲われ、隣家の跡取り息子ディエゴに救われた。それを機に二人は結ばれて夫婦となったが、この結婚はメリッサの罠と信じ込む彼と、その家族の仕打ちに耐えられず、彼女は妊娠を告げぬまま姿を消した。5年後、事故で瀕死状態に陥ったメリッサは、面会に来た夫に言い張った。「息子はあなたの子じゃない」と（『もう一度抱きしめて』）。孤児として育ったフェイスは運命の人との出会いを待ちわびていた。だから、誘拐犯だった彼女を救ってくれたワースに純潔を捧げたのだ。"2カ月後のクリスマスに町の広場にあるツリーの下で会おう"そう約束して別れたが、当日、いくら待てどもワースは現れない。フェイスは絶望に打ちひしがれた―お腹に宿る、彼の子とともに（『星降る夜の出来事』）。レオン！　アラーナはギリシア大富豪との予期せぬ再会に驚嘆した。5年前、たった半年だったけれど、貧しかった彼女に夢のような愛と贅に満ちた日々を与えてくれた人。でも最後には誤解がもとで、ひどく罵られながら彼のもとを去ったのだった。今もまだ冷たい彼の瞳に、アラーナは震えた。もし彼に息子の存在を知られたら…（『愛人の秘密』）。切なく胸に迫る、シークレットベビー＆再会愛。　〔1617〕

◇灰かぶりは儚き夢に泣く　ジュリア・ジェイムズ作，雪名月志音訳　ハーパーコリンズ・ジャパン　2023.7　156p　17cm　（ハーレクイン・ロマンス R3794―純潔のシンデレラ）〈原書名：THE COST OF CINDERELLA'S CONFESSION〉664円　①978-4-596-77538-2

＊アリアナは知人の誕生日パーティで実業家ルカと出会い、ひと目で激しい恋に落ちて一夜を共にした。だが翌朝、「僕は結婚する。きみとは二度と会わない」と告げ、冷酷にも彼は立ち去った。傷心のアリアナに、程なく従妹からの助けを乞う連絡が届く。横暴な祖父の計略で見知らぬ男性と結婚させられるというのだ。しかも、結婚相手が…ルカ？　婚約者のいる身で私の純潔を奪ったというの？　酷すぎる。結婚式に参列したアリアナは、意を決して祭壇の彼に叫んだ。「この結婚は無効よ。私は…ルカの子を身ごもっているの！」　〔1618〕

◇花嫁になる条件　ジュリア・ジェイムズ著，柿原日出子訳　ハーパーコリンズ・ジャパン　2022.9　205p　15cm　（ハーレクイン文庫 HQB-1144）〈ハーレクイン 2005年刊の再刊　原書名：THE ITALIAN'S TOKEN WIFE〉627円　①978-4-596-74722-8

＊21歳の掃除人マグダは、派遣先の豪邸で、若きイタリア人実業家ラファエッロと初めてはち合わせた。ハンサムな顔に思わず見とれていると、いきなりこう言われた。「10万ポンドの報酬で、半年だけ僕の妻になってくれないか」亡き友人の赤ん坊を育てる彼女は、戸惑いながらも引き受ける。だが、跡取り息子が不器量で貧しいシングルマザーを妻にしたと、由緒あるラファエッロの実家の両親の逆鱗に触れてしまう。それこそ彼の思惑どおりだったが、責めを受けるマグダが不憫で彼女を美容室に連れていき、ドレスも買ってやる。すると…。　〔1619〕

◇非情な救世主　ジュリア・ジェイムズ作，藤村華奈美訳　ハーパーコリンズ・ジャパン　2022.2　156p　17cm　（ハーレクイン・ロマンス R3660―伝説の名作選）〈ハーレクイン 2006年刊の再刊　原書名：BABY OF SHAME〉664円　①978-4-596-31666-0

＊いわれのない誤解をされても、まだ愛しているのは、息子の父親だから？　4歳の息子をおひとりで育てながら貧困にあえぐリアナは、昔の美しい面影は見る影もなく痩せ細り、疲れ果てていた。ついに過労で倒れ、病院に担ぎ込まれた彼女の前に現れたのは、ギリシアの大富豪で息子の父親、アレクシス・ペトラキスだった。5年前に人生を共にし、翌朝、侮蔑の言葉を吐いて消えた人―ああ、でも彼はついに私と息子を助けに来てくれたのね！　だがアレクシスは、リアナが薬に溺れ育児放棄しているときき、初めて子の存在を知った息子を、救いに出来たのだった。彼は息子を保護し、リアナもギリシアへ伴った―乳母として。　〔1620〕

◇富豪と幼子と愛の証明　ジュリア・ジェイムズ作，東みなみ訳　ハーパーコリンズ・ジャパン　2022.4　220p　18cm　（ハーレクイン・ロマンス R3669）〈原書名：CINDERELLA'S BABY CONFESSION〉664円　①978-4-596-31955-5

＊アリスは陽性の妊娠検査薬を手に絶望した。私が妊娠した？　ローンが払えず、家を奪われそうな今？　最後の手段として、彼女はおなかの子の父親に手紙を書いた。ロンドンで情熱の一夜を過ごした、ギリシア富豪ニコスに。彼から返事がきたときは、天にも昇る気持ちだった。よかった、ニコスも赤ちゃんの父親になりたいんだわ！　しかしギリシアへ招かれたアリスは、現実を思い知らされた。現れたニコスはにこりともせず、ただ妊娠が本当か確かめた。彼女は金目当てと誤解されたまま、冷徹にプロポーズされ…。ヒロインは屈辱的な求婚に耐えられず、ギリシアから故郷へ帰ろうとするが、ヒーローにつかまり、ひどいパニック状態に陥ってしまう。そんな彼女を見てヒーローは態度を改め、償いをさせてほしいと申し出るのだった。　〔1621〕

◇魔法が解けた朝に　ジュリア・ジェイムズ著，鈴木けい訳　ハーパーコリンズ・ジャパン　2024.2　210p　15cm　（ハーレクイン文庫 HQB-1219―珠玉の名作本棚）〈ハーレクイン 2009年刊の再刊　原書名：GREEK TYCOON, WAITRESS WIFE〉691円　①978-4-596-53369-2　〔1622〕

ジェイムズ，ヘンリー　James, Henry

◇アメリカ人　上　ヘンリー・ジェイムズ著，高

橋昌久訳　大阪　風詠社　2024.2　332p　19cm　〈マテーシス古典翻訳シリーズ 9-1〉〈星雲社（発売）　原書名：The American〉2000円　①978-4-434-33026-1　〔1623〕

◇アメリカ人　下　ヘンリー・ジェイムズ著，高橋昌久訳　大阪　風詠社　2024.2　348p　19cm　〈マテーシス古典翻訳シリーズ 9-2〉〈星雲社（発売）　原書名：The American〉2000円　①978-4-434-33027-8　〔1624〕

ジェイムズ, M.R.　James, Montague Rhodes

◇新編怪奇幻想の文学　3　恐怖　紀田順一郎，荒俣宏監修，牧原勝志編　新紀元社　2023.5　466p　20cm　〈他言語標題：Tales of Horror and Supernatural〉2500円　①978-4-7753-2041-9

内容 丘からの眺め（M.R.ジェイムズ著，紀田順一郎訳）　〔1625〕

◇迷いの谷　A・ブラックウッド他著，平井呈一訳　東京創元社　2023.5　613p　15cm　〈創元推理文庫 Fン10-2―平井呈一怪談翻訳集成〉1500円　①978-4-488-58509-9

内容 消えた心臓　マグナス伯爵（M.R.ジェイムズ著，平井呈一訳）

＊20世紀英国を代表する怪奇小説の三巨匠としてマッケンの他に平井が名を挙げたのが、優れた古典の素養と洗練された話術で人気を博したM・R・ジェイムズ、緻密な描写で純粋な恐怖を顕現せしめるアルジャーノン・ブラックウッドだ。両者の魅力が横溢する短篇群とコッパード「シルヴァ・サアカス」、ホフマン「古城物語」に加え、ハーンの怪奇文学講義、多彩なエッセーを併録する。　〔1626〕

ジェイムズ, P.D.　James, P.D.

◇死の味　上　P・D・ジェイムズ著，青木久惠訳　新版　早川書房　2022.2　444p　16cm　〈ハヤカワ・ミステリ文庫 HM 129-18〉〈原書名：A TASTE FOR DEATH〉1220円　①978-4-15-076618-4

＊教会の聖具室で血溜まりの中に横たわっていた二つの死体。殺されていたのは、浮浪者ハリーと元国務大臣のポール・ベロウン卿だった。一見何の関係もないような二人がなぜ同じ場所で死んでいたのか。そして、死の直前のポール卿の不可解な行動は事件にどうつながるのか？　繊細な感性と鋭敏な知性で難事件を解決してきたダルグリッシュ警視長がベロウン家の秘密を解き明かす。著者の代表作にして英国推理作家協会賞受賞作。　〔1627〕

◇死の味　下　P・D・ジェイムズ著，青木久惠訳　新版　早川書房　2022.2　446p　16cm　〈ハヤカワ・ミステリ文庫 HM 129-19〉〈原書名：A TASTE FOR DEATH〉1220円　①978-4-15-076619-1

＊ポール卿の周りでは、不可解な事件がいくつも起こっていたことがわかる。前妻の事故死、看護師の自殺、家政婦の溺死…。ふたたび捜査線上に浮かびあがったこれらの事件は、今回の事件とどのようなつながりがあるのか？　名門ベロウン家の複雑な人間関係の糸を解きほぐし、ダルグリッシュ警視長が導き出した事件の真相とは。緻密な構成と重厚な筆致で人間心理を巧みに描いた、英国を代表する巨匠の渾身の一冊。英国推理作家協会賞受賞。　〔1628〕

シェクリイ, ロバート　Sheckley, Robert

◇吸血鬼は夜恋をする―SF＆ファンタジイ・ショートショート傑作選　ロバート・F・ヤング，リチャード・マシスン他著，伊藤典夫編訳　東京創元社　2022.12　387p　15cm　〈創元SF文庫 SFン12-1〉〈文化出版局 1975年刊の増補〉1000円　①978-4-488-79301-2

内容 たとえ赤い人殺しが（ロバート・シェクリー著）

＊「アンソロジイという言葉のもとになったギリシャ語の意味は『花々を集めたもの』。立ちどまるほどではないが、歩く途中ひょっと目にとまり、見とれる花、つまり、理屈ぬきで楽しんでいただけるような小品を選ぶよう心懸けた」（伊藤典夫）。名翻訳家が単独編纂した伝説のアンソロジイを半世紀ぶりに初文庫化。（SFマガジン）（奇想天外）の掲載作を追加し、全32編とした。　〔1629〕

◇残酷な方程式　ロバート・シェクリー著，酒匂真理子訳　6版　東京創元社　2023.9　264p　15cm　〈創元推理文庫〉〈原書名：THE SAME TO YOU DOUBLED〉1040円　①978-4-488-61402-7

内容 倍のお返し　コードルが玉ネギに、玉ネギがニンジンに　石化世界　試合：最初の設計図　ドクター・ゾンビーと小さな毛むくじゃらの友人たち　残酷な方程式　こうすると感じるかい？　そのかゆみから始まった　記憶売り　トリップアウト　架空の相違の識別にかんする覚え書　消化管を下ってマントラ、タントラ、斑入り爆弾の宇宙へ　シェフとウェイターと客のパ・ド・トロワ　ラングラナの諸相　疫病巡回路　災難へのテールパイプ

＊手違いで惑星基地から締めだされた探検家の一員。融通の利かないロボットを言いくるめなければ命が危うい。彼のとった奇策とは？　表題作ほか、気弱な男の突拍子もない人格改造術「コードルが玉ネギに、玉ネギがニンジンに」、大戦以後失われた文学の "記憶" を売る男と村人の交流を描く「記憶売り」など、黒いユーモアとセンチメントが交錯する、奇想作家シェクリーの佳作16編。　〔1630〕

ジェス

◇結婚するとは思いませんでした。　ジェス著，呉永雅訳　KADOKAWA　2022.7　319p　19cm　〈他言語標題：I didn't think things would turn out like this〉1600円　①978-4-04-112408-6

＊「ここに書いてくれた嫌いなこと10個は、これからも絶対にしないから、僕とつきあいませんか？」恋と無縁だった漫画家「ジェス」が「隊長」と出会い結婚し、3匹の元野良猫とくらすことに。韓国で大人気のイラストエッセイ。　〔1631〕

シェツツイ

シェッツィング, フランク　Schätzing, Frank

◇深海のYrr　1　フランク・シェッツィング著，北川和代訳　新版　早川書房　2023.2　510p　16cm　〈ハヤカワ文庫 NV 1507〉〈原書名：DER SCHWARM〉1000円　ⓣ978-4-15-041507-5

＊ノルウェー海で発見された無数の異様な生物。海洋生物学者ヨハンソンの努力で、それらが海底で新燃料メタンハイドレートの層を掘り続けていると判明する。カナダ西岸では、タグボートやホエールウォッチングの船をクジラやオルカの群れが襲い、気鋭のクジラ研究者アナワクが調査を始める。母なる海に何が起きたのか？ 木村拓哉ら世界各国の豪華俳優陣が出演、話題の海洋SFサスペンスドラマ「THE SWARM」原作を新版で刊行。〔1632〕

◇深海のYrr　2　フランク・シェッツィング著，北川和代訳　新版　早川書房　2023.2　422p　16cm　〈ハヤカワ文庫 NV 1508〉〈原書名：DER SCHWARM〉1000円　ⓣ978-4-15-041508-2

＊海洋の異変はさらに続く。世界各地で猛毒のクラゲが出現、海難事故が続発し、フランスではロブスターに潜む病原体が猛威を振るう。そしてノルウェー沖の大陸棚で大規模な海底地滑りが発生した！ この未曾有の事態を収拾すべく、アメリカ海軍のジューディス・リーの指揮のもと、アナワクら優秀な科学者が世界中から集められて異変の原因を探ることになるが―ドイツで二百万部超えの記録的ベストセラーとなった衝撃の巨篇。〔1633〕

◇深海のYrr　3　フランク・シェッツィング著，北川和代訳　新版　早川書房　2023.3　494p　16cm　〈ハヤカワ文庫 NV 1509〉〈原書名：DER SCHWARM〉1000円　ⓣ978-4-15-041509-9

＊ノルウェー沖で発生した海底地滑りは、巨大な津波を引き起こし、ヨーロッパ北部で都市がいくつも壊滅した。愛する人たちや故郷を失った失意のなか、調査を続けるヨハンソンやアナワクら科学者たちは、異常な行動をとった海洋生物がある共通の物質を持っていることに気づく。だがその矢先、フランスを襲った病原体が奇怪なカニの大群としてアメリカに上陸した。それはニューヨークを死の町と変え、さらに首都ワシントンへ向かう！〔1634〕

◇深海のYrr　4　フランク・シェッツィング著，北川和代訳　新版　早川書房　2023.3　459p　16cm　〈ハヤカワ文庫 NV 1510〉〈原書名：DER SCHWARM〉1000円　ⓣ978-4-15-041510-5

＊海洋生物学者ヨハンソンは、一連の事態が起きた原因をようやく突き止めた。その衝撃の仮説を証明するため、彼はアナワクやリー司令官らとともにヘリで空母USSインディペンデンスに乗り、グリーンランド海へと向かう。そこで彼らが目にした想像を絶する真実とは？ そして深海で彼らを待ち受けていたYrr（イール）の正体とは何か？ ドイツで二百万部超の記録的ベストセラーとなった、驚異の海洋冒険サスペンス巨篇！〔1635〕

ジェトニル＝キジナー, キャシー　Jetnil-Kijiner, Kathy

◇開かれたかご―マーシャル諸島の浜辺から　キャシー・ジェトニル＝キジナー著，一谷智子訳　みすず書房　2023.2　204p　19cm　〈原書名：IEP JALTOK：Poems from a Marshallese Daughter〉2700円　ⓣ978-4-622-09589-7

＊気候変動の影響を世界でもっとも受けている国々のひとつ、マーシャル諸島。若き活動家が、母であり娘でもある自らの生、常に「大国」に翻弄されてきた祖国の歴史、刻々と国土をむしばむ温暖化などをテーマに創りあげた28篇。〔1636〕

シェニス, クロード・F.　Cheiniss, Claude Francois F.

◇吸血鬼は夜恋をする―SF＆ファンタジイ・ショートショート傑作選　ロバート・F・ヤング, リチャード・マシスン他著, 伊藤典夫編訳　東京創元社　2022.12　387p　15cm　〈創元SF文庫 SFン12-1〉〈文化出版局 1975年刊の増補〉1000円　ⓣ978-4-488-79301-2

内容　ジュリエット（クロード・F.シェニス著）

＊「アンソロジイという言葉のもとになったギリシャ語の意味は「花々を集めたもの」。立ちどまるほどではないが、歩く途中ひょっと目にとまり、見とれる花、つまり、理屈ぬきで楽しんでいただけるような小品を選ぶよう心懸けた」（伊藤典夫）。名翻訳家が初めて単独編纂した伝説のアンソロジイを半世紀ぶりに初文庫化。〈SFマガジン〉〈奇想天外〉の掲載作を追加し、全32編とした。〔1637〕

ジェニングズ, ポール　Jennings, Paul

◇ユーモア・スケッチ大全　[2]　ユーモア・スケッチ傑作展　2　浅倉久志編・訳　国書刊行会　2022.1　372p　19cm　〈「ユーモア・スケッチ傑作展 2」（早川書房 1980年刊）の改題, 増補〉2000円　ⓣ978-4-336-07309-9

内容　御愛用者各位（ポール・ジェニングズ著）

＊名翻訳家のライフワークである「ユーモア・スケッチ」ものを全4巻に集大成。第2弾は『ユーモア・スケッチ傑作展2』（全32篇）＋単行本未収録作品12篇。〔1638〕

ジェニングス, ルーク　Jennings, Luke

◇キリング・イヴ　1　コードネーム・ヴィラネル　ルーク・ジェニングス著, 細美遙子訳　U-NEXT　2023.7　283p　19cm　〈他言語標題：KILLING EVE　原書名：CODENAME VILLANELLE〉1700円　ⓣ978-4-910207-91-9

＊MI5の捜査官イヴ・ポラストリは、ある殺人事件の目撃者の証言から容疑者が女性だと知り、さらにここ最近起こった未解決の殺人事件がいずれも同じ犯人によるものなのではと疑っている。一方、暗殺者ヴィラネルはトゥエルヴと呼ばれる組織から次の任務を命じられる。ターゲットはロシア人

の極右論者、場所はロンドン。追う者と追われる者の対決の行方は？ ヴィラネルが暗殺者になるまでの過去も描かれるシリーズ第1作目。〔1639〕

◇キリング・イヴ 2 ノー・トゥモロー ルーク・ジェニングス著, 細美遙子訳 U-NEXT 2023.7 327p 19cm〈他言語標題：KILLING EVE 原書名：NO TOMORROW〉1700円 ⓘ978-4-910207-94-0

＊不手際を問われMI5を追われたイヴは非公式に暗殺者を探り続け、中国政府の高官から教えられた情報から、MI5の大物デニス・クレイドルが暗殺組織と関係があると突き止めるが、そこにまたヴィラネルの手が迫ってくる。徐々に近づく二人に組織が下した次の命令は？ 捜査官と暗殺者というだけではない二人のアンビバレントな関係が物語をよりスリリングにするシリーズ第2作品目。〔1640〕

◇キリング・イヴ 3 ダイ・フォー・ミー ルーク・ジェニングス著, 細美遙子訳 U-NEXT 2023.7 299p 19cm〈他言語標題：KILLING EVE 原書名：DIE FOR ME〉1700円 ⓘ978-4-910207-97-1

＊組織の命に背いたヴィラネルと、彼女に命を救われたイヴは共にイギリスからロシアへと逃げる。しかしトゥエルヴの魔の手は迫り、生命を脅かされた二人はついに組織に手を貸すことになり、それは世界を驚かす大事件を招く。捜査官と暗殺者、二人の結末は？ サスペンスからシスターフッド、さらにガールズラブへ、怒濤の展開を見せるシリーズ完結編。〔1641〕

シェパード, エヴァ　Shepherd, Eva

◇公爵に恋した身代わり花嫁 エヴァ・シェパード作, 高山恵訳 ハーパーコリンズ・ジャパン 2023.12 252p 17cm（ハーレクイン・ヒストリカル・スペシャル PHS316）〈原書名：BEGUILING THE DUKE〉827円 ⓘ978-4-596-52832-2

＊ロージーは早くに両親を亡くして貧するしかない身だったところを、資産家の娘で親友のアラベラに救われ、居候させてもらっていた。今、アラベラが意に反して結婚させられそうになっていると知り、恩返しをしようと、ロージーは身代わりになることを決意する。"アラベラ"に扮した彼女が花婿候補の公爵アレグザンダーに会い、奇行を演じて嫌われることで、縁談を台なしにする計画だ。だが、強欲で鼻持ちならないはずの公爵は実際、ハンサムで高潔だった。心ならずも惹かれ、彼について唇を許してしまったロージーはしかし、自分が本当はアラベラではないことを言い出せなかった。しかも、元婚約者に騙された経験のある公爵は、嘘が何より嫌いで…。〔1642〕

シェパード, キャンディ　Shepherd, Kandy

◇シンデレラの置き手紙 キャンディ・シェパード作, 外山恵理訳 ハーパーコリンズ・ジャパン 2022.11 156p 17cm（ハーレクイン・イマージュ I2729）〈原書名：SECOND CHANCE WITH HIS CINDERELLA〉673円 ⓘ978-4-596-74982-6

＊仕事を失ったうえ恋人にも裏切られ、キティの心はぼろぼろだった。そんななか、友人と立ち上げた会社に思わぬ依頼が――依頼主は由緒正しき准男爵家の新当主セバスチャン・デルフォント。ロンドンの高級住宅街にある屋敷へ移り住むのだという。黒髪に精悍な顔だち、たくましくて長身の彼を一目見た瞬間、キティは心を奪われてしまった！ そして丁寧な仕事ぶりが認められたのか、爵位の継承を広く知らせるための仕事もすることになる。6週間の契約でセバスチャンが催すパーティを手伝ううち、いつしかキティは彼の"恋人"として寄り添える日を夢見るように…。〔1643〕

◇もう一人の花嫁 キャンディ・シェパード作, 川合りりこ訳 ハーパーコリンズ・ジャパン 2022.5 156p 17cm（ハーレクイン・イマージュ I2707）〈原書名：FROM BRIDAL DESIGNER TO BRIDE〉664円 ⓘ978-4-596-42788-5

＊2歳で母と死別し、養父母に引き取られたエロイーズ。今はウエディングドレスのデザイナーとして活躍しているが、恋愛には臆病で、みずからの結婚はまだまだ遠そうだった。ある日、顧客の一人に、根拠のない悪口を広められていた。結婚という夢をばかにした女性がウエディングドレスを作っている、と。顧客離れに悩む彼女に、ボストンの億万長者ジョシュが手をさしのべた。ジョシュは最近知り合ったばかりだけれど、頼りになる魅力的な男性だ。週末に出席予定の結婚式に彼を婚約者として同伴すれば、汚名返上できるはずだという彼の提案に、エロイーズの胸は高鳴った。彼がまさか、彼女の生き別れた姉妹のために近づいてきたとも知らず。〔1644〕

シェパード, ジーン　Shepherd, Jean

◇ワンダ・ヒッキーの最高にステキな思い出の夜 ジーン・シェパード著, 若島正編訳, 浅倉久志訳 河出書房新社 2024.11 289p 20cm〈著作目録あり 原書名：Duel in the Snow, or Red Ryder Nails the Cleveland Street Kid Miss Bryfogel and the Frightening Case of the Speckle-throated Cuckoldほか〉2700円 ⓘ978-4-309-20916-6

|内容| 雪の中の決闘あるいはレッド・ライダーがクリーヴランド・ストリート・キッドをやっつける ブライフォーゲル先生とノドジロカッコールの恐ろしい事件 スカット・ファーカスと魔性のマライア ジョゼフィン・コズノウスキの薄幸のロマンス ダフネ・ビグローとカタツムリがびっしりついた銀ピカ首吊り砲弾の背筋も凍るロマンス ワンダ・ヒッキーの最高にステキな思い出の夜

＊思春期の通過儀礼たるロマンチックなプロムの顛末を描く表題作のほか、クールな殺人兵器レッド・ライダーBB銃をめぐるクリスマスの思い出、恋に疼き目が霞んだわたしが提出した"読書感想文"が招く思わぬ波紋、無敵の喧嘩ゴマが嵐を吹き寄せる運動場の決闘、隣家に越してきたポーランド人

シェパード, ナン　Shepherd, Nan

◇いきている山　ナン・シェパード著，芦部美和子，佐藤泰人訳　みすず書房　2022.10　230p　19cm〈原書名：THE LIVING MOUNTAIN〉3200円　①978-4-622-09529-3

＊スコットランド北部のケアンゴーム山群。深成岩塊が突き上げられ、氷と水の力により削られてできた約4000フィート（1219m）の山々、プラトーが広がり、湖や池が点在し、泉が湧く。この地にほど近いアバディーンに生を享けた作家ナン・シェパード（1893‐1981）は、生涯、この山に通い、この山を愛した。ナンの登山は、高さや速さを競うものではない。山の「内側」や「奥地」を求めて山に入る。山に会いに行き、山と共に過ごす。ナンは犬のように山々を歩き回る。五感を解放し、いきている山の営み―光、影、水、風、土、岩、木、草花、虫、鳥、獣、雨、雲、雪、人―に出会い直す。引き出しにしまわれていたこの作品は、時を経て、運命的に、山を愛する人々により見出された。そして今日、詩性溢れる文章で自然と肉体の交感を語るこの書は、あらゆる表現活動に関わる人々に影響を与えている。ネイチャーライティングの名作。　〔1646〕

シェパード, ルーシャス　Shepard, Lucius

◇美しき血　ルーシャス・シェパード著，内田昌之訳　竹書房　2023.11　278p　15cm（竹書房文庫　し7-3―竜のグリオールシリーズ）〈原書名：BEAUTIFUL BLOOD〉1250円　①978-4-8019-3756-7

＊動かぬ巨竜グリオール。テオシンテ市に横たわる彼の体には、川が流れ村があり、体内では四季が巡る。その巨体には、いまだ解明されていない多くの謎がある。グリオールの血液を研究していたロザッハーは、黄金色にきらめく美しき血に混沌とした多彩な快感を与える効用があることを発見する。四年後、ロザッハーは"マブ"と名付けた竜の血から精製した麻薬により巨大な富を成していく。しかし彼はその代償として、テオシンテに渦巻く権力と暴力、そして決して逃れられぬ巨竜の思念に翻弄されていく―。"竜のグリオール"シリーズ、唯一の長篇にして最終作。　〔1647〕

ジェミシン, N.K.　Jemisin, N.K.

◇輝石の空　N・K・ジェミシン著，小野田和子訳　東京創元社　2023.2　557p　15cm（創元SF文庫　SFシ10-3）〈原書名：THE STONE SKY〉1500円　①978-4-488-78403-4

＊古代絶滅文明が遺した巨大な力を、数百年をかけて文明を滅ぼしてきた"第五の季節"を永久に終わらせ世界を救おうとする母。同じ力を用いて、憎しみに満ちた世界を破壊しようとする娘。地球の裏側にある古代文明の遺跡都市をめざし、二人の最後の闘いがはじまる。前人未踏、3年連続ヒューゴー賞長編部門受賞の三部作完結編！　ヒューゴー賞・ネビュラ賞・ローカス賞受賞作。　〔1648〕

◇フォワード―未来を視る6つのSF　ブレイク・クラウチほか著，ブレイク・クラウチ編，東野さやか他訳　早川書房　2022.12　447p　16cm（ハヤカワ文庫　SF 2392）1240円　①978-4-15-012392-5

[内容]　エマージェンシー・スキン（N・K・ジェミシン著，幹遙子訳）

＊科学技術の行き着く未来を六人の作家が描く。クラウチは人間性をゲーム開発者の視点から議論し、ジェミシンはヒューゴー賞受賞作で地球潜入ミッションの顛末を語り、ロスは滅亡直前の世界に残る者の思いを綴る。トールズが子に遺伝子操作する親の葛藤を描き、トレンブレイが記憶と自意識の限界を問いかければ、ウィアーが量子物理学でカジノに挑む方法を軽妙に披露する。珠玉の書き下ろしSFアンソロジー。　〔1649〕

ジェームス, アナ　James, Anna

◇ページズ書店の仲間たち　1　ティリー・ページズと魔法の図書館　アナ・ジェームス作，池本尚美訳，淵絵　文響社　2023.3　428p　19cm〈原書名：PAGES & CO.1：TILLY AND THE BOOKWANDERERS〉1680円　①978-4-86651-612-7　〔1650〕

ジェームズ, ジュリー　James, Julie

◇あの夜のことは…　ジュリー・ジェームズ著，村岡栞訳　二見書房　2023.1　529p　15cm（二見文庫　ジ8-3―ザ・ミステリ・コレクション）〈原書名：ABOUT THAT NIGHT〉1350円　①978-4-576-22189-2

＊シカゴ検事局で上席検事補として働くことになったライリーンは、学生時代を過ごしたシカゴに戻ってきた。恋人のジョンとは結婚を巡って仲違いしたが、心機一転、キャメロンという素晴らしい上司にも出会えた。初日に、担当してほしいと言われた事件のファイルを見て息が止まりそうになった。カイル・ローズ！　学生だった9年前、偶然にもキスをかわした億万長者の息子。青い瞳と素敵な笑顔、引き締まった筋肉質の体が頭に浮かぶ。ある事情から逮捕された彼を担当することになるが…　〔1651〕

◇恋が始まるウィークエンド　ジュリー・ジェームズ著，屋代やよい訳　二見書房　2022.1　504p　15cm（二見文庫　ジ8-2―ザ・ミステリ・コレクション）〈原書名：A Lot Like Love〉1200円　①978-4-576-21204-3

＊大富豪の娘ジョーダンは、FBIの依頼で、高級レストランで行われるパーティーに捜査官ニックを連れていくことになる。パーティーの主催者エックハルトの犯罪の証拠をつかみ、その見返りに、ハッキング罪で逮捕された弟を釈放してもらえる約束だったのだ。だがエックハルトが強引に

ジョーダンを口説きはじめ、彼女を守るため、ニックは恋人のふりをするはめになる。会ったときからジョーダンをわがまま娘と決めつけていたニックだが、送り届けた自宅前でキスまですることになり…。〔1652〕

シェリー，メアリー　Shelley, Mary

◇新編怪奇幻想の文学　1　怪物　紀田順一郎，荒俣宏監修，牧原勝志編　新紀元社　2022.7　460p　20cm〈他言語標題：Tales of Horror and Supernatural〉2500円　①978-4-7753-2022-8

内容　変化（メアリ・シェリー著，和爾桃子訳）

＊山深く潜む、古来から言い伝えられるもの。身を蝕み、人間としての記憶さえ呪わしく変えるもの。そして、見てはならず、語りえないもの。何ものなのか知るすべもないかれらを、せめてこう呼ぼう──怪物、と。一九七〇年代の名アンソロジー"怪奇幻想の文学"の編者、紀田順一郎・荒俣宏の監修のもと、古典的名作を新訳し、全6巻に集大成。怪奇幻想の真髄を伝えるアンソロジー・シリーズ、ここに刊行開始。〔1653〕

シェール，K.H.　Scheer, K.H.

◇ウウレマの遺伝子奴隷　K.H.シェール，ペーター・グリーゼ著，長谷川圭訳　早川書房　2024.10　282p　16cm〈ハヤカワ文庫SF 2458─宇宙英雄ローダン・シリーズ 723〉〈原書名：GENSKLAVEN FÜR UULEMA ROBOTERSPOREN〉940円　①978-4-15-012458-8

内容　ウウレマの遺伝子奴隷（K.H.シェール著，長谷川圭訳）

＊ホーマー・G・アダムスと邂逅し、銀河系への侵入をついに成功させたローダン一行は、M-55にあるヴィッダーの秘密本部、惑星アルヘナに向かった。そしてカンタロがシリカ星系第三惑星ウウレマに大規模な遺伝子工場と捕獲収容所を建設することをつきとめたローダンとヴィッダーは、即座にウウレマに作戦拠点を築くことを決定。カンタロのロボット機械よりも先にウウレマに到着し、そこに地下基地をつくり監視を始めた！〔1654〕

◇銀河ギャンブラー　ペーター・グリーゼ，K・H・シェール著，嶋田洋一訳　早川書房　2022.3　271p　16cm〈ハヤカワ文庫SF 2359─宇宙英雄ローダン・シリーズ 660〉〈原書名：KONFERENZ DER KRIEGER TOSTAN, DER SPIELER〉760円　①978-4-15-012359-5

内容　銀河ギャンブラー（K.H.シェール著）

＊エスタルトゥ十二銀河では不穏な噂がひろまっていた。"超越知性体エスタルトゥはもうここにはいない"というもので、永遠の戦士十二名のあいだでも頻繁にささやかれるようになる。超越知性体の居所である惑星エトゥスタルに行ったはずの戦士イジャルコルも、そのときの記憶を思いだせない。そこで戦士たちはシオム・ソム銀河、惑星ソムの衛星にあるイジャルコルの宮殿で会合を開くことにした。はたして噂は事実なのか？〔1655〕

◇クロノパルス壁の飛び地　H・G・フランシス，K・H・シェール著，岡本朋子訳　早川書房　2024.2　271p　16cm〈ハヤカワ文庫SF 2433─宇宙英雄ローダン・シリーズ 707〉〈原書名：ENKLAVE CHRONOPULS-WALL DER LETZTE AUFBRUCH〉940円　①978-4-15-012433-5

内容　最期の旅立ち（K.H.シェール著，岡本朋子訳）

＊クロノパルス壁を探査中、"ラクリマルム"の全シントロニクスが突然クラッシュした。外部からの攻撃と思われたが、原因は不明。周辺宙域を精査すると、なんとクロノパルス壁に開口部が発見された！　開口部がつくる通路の先の飛び地には恒星系がひとつあり、ヘラ星系と命名された。ヘラ星系には三つの惑星があり、ヘラ1とヘラ2には生命体が存在した。アトランは"ラクリマルム"と"シグヌス"に調査を命じるが…!?〔1656〕

◇コードネームはロムルス　K.H.シェール，エルンスト・ヴルチェク著，嶋田洋一，宮下潤子訳　早川書房　2024.9　271p　16cm〈ハヤカワ文庫SF 2455─宇宙英雄ローダン・シリーズ 720〉〈原書名：AGENTEN WEINEN NICHT DECKNAME ROMULUS〉940円　①978-4-15-012455-7

内容　工作員は泣かない（K.H.シェール著，嶋田洋一訳）

＊看視奉仕局が全住民を監視し、支配する惑星スティフターマン3。その統計センターで統計部チーフをつとめるヤルト・フルゲンはヴィッダーの潜伏工作員で、表向きはシステムに従順な下僕としてつねに目を見開き、耳を澄ますのが仕事だった。だがある日突然、中央コンピュータがシャットダウンする。その混乱のさいにフルゲンはハッキングをこころみ、銀河系外から未知の宇宙船二隻が到来したという驚くべき情報を得るが!?〔1657〕

◇コマンザタラの冒険　K・H・シェール，ペーター・グリーゼ著，嶋田洋一訳　早川書房　2022.9　286p　16cm〈ハヤカワ文庫SF 2377─宇宙英雄ローダン・シリーズ 672〉〈原書名：DER KÖNIGSTIGER DAS ENDE DER HYBRIDE〉780円　①978-4-15-012377-2

内容　虎の王（K.H.シェール著）

＊タッフェス・ロゾルとロルカ・ヴィセネルは、"丸太"から脱出してきたラトバー・トスタンとポージー・ブースの救出に成功する。"丸太"での15年間の記憶を取り戻させようと、ローダンは"パラ心理尋問"にかけるが、記憶はもどらない。最初は協力していたトスタンだったが、やがて「自分を必要としているのは故郷銀河だ」という思いがつのり、相棒のポージー・ブースとともに、"タアフル"で故郷銀河をめざすが…!?〔1658〕

◇支配者ヘプタメルへの讃歌　マリアンネ・シドウ，K・H・シェール著，嶋田洋一訳　早川書房　2023.6　268p　16cm〈ハヤカワ文庫SF 2410─宇宙英雄ローダン・シリーズ 691〉〈原

シエル

書名：ROMANZE IN PSI DAS SIEGESZEUGNIS〉820円　①978-4-15-012410-6

内容　"勝利の証し"の守護者(K.H.シェール著, 嶋田洋一訳)

＊アトラン率いる遠征隊はウシャアル星系に到着した。だが、安全な距離からデータを収集した結果、ハウリ人によりこの星系が厳重に防御されていることが判明する。アトランはサラアム・シインにその歌唱によって星系内を混乱させてほしいと依頼する。"ハーモニー"が、支配者ヘプタメルへの讃歌を星系じゅうに響かせ、ハウリ人たちを魅了しているあいだに、物質シーソーのある惑星パガルに潜入しようと計画したのだが……〔1659〕

◇集結ポイントYゲート　エルンスト・ヴルチェク, ペーター・グリーゼ, K・H・シェール著, 若松宣子訳　早川書房　2023.9　280p　16cm　(ハヤカワ文庫 SF 2419—宇宙英雄ローダン・シリーズ 696)〈原書名：DER FÜRST DES FEUERS TREFFPUNKT Y-GATE〉820円　①978-4-15-012419-9

内容　集結ポイントYゲート(K.H.シェール著, 若松宣子訳)

＊ドリフェル・ゲートから脱出し、ベングエルとジュアタフ・ロボットの大歓声に迎えられたペリー・ローダンとベオドゥ。だが、巨大複合宇宙船"ジュナガシュ"で二人を待っていたベングエルの指導者"亡霊を視る者"は、アフ＝メテムの化身だった。炎の侯爵はローダンを自分の配下にすべくさまざまな手段で懐柔しようとする。ローダンは、ベングエルとジュアタフたちに、自分が囚われの身であることを伝えようとするが……〔1660〕

◇ストレンジネス狂詩曲　K・H・シェール, マリアンネ・シドウ著, 嶋田洋一訳　早川書房　2023.3　269p　16cm　(ハヤカワ文庫 SF 2400—宇宙英雄ローダン・シリーズ 685)〈原書名：STRANGENESS-RHAPSODIE AMOKLAUF DER WISSENDEN〉800円　①978-4-15-012400-7

内容　ストレンジネス狂詩曲(K.H.シェール著, 嶋田洋一訳)

＊447年7月、新造艦"ツナミ＝コルドバ"は、この宇宙に物質化したハンガイ銀河に向けスタートした。乗員はラトバー・トスタンとボージー・ブース、5名の司令室要員、ストレンジネス・ショックの被験者150名。その目的はハンガイの星図データを作成し、タルカン宇宙に転移可能な星域を探すこと。だが突入後すぐにトスタンとボージーは覚醒したが、ほかの全乗員は昏睡状態に！　この難関に立ち向かうことになった2名は…!?　〔1661〕

◇伝令船《コルドバ》遭難！　K・H・シェール, ペーター・グリーゼ著, シドラ房子訳　早川書房　2022.11　286p　16cm　(ハヤカワ文庫 SF 2386—宇宙英雄ローダン・シリーズ 677)〈原書名：CORDOBA RUFT BASIS STRANGENESS-SCHOCK〉780円　①978-4-15-012386-4

内容　伝令船《コルドバ》遭難！(K.H.シェール著)

＊破壊された"タアフル"から救出されたラトバー・トスタンとボージー・ブースは、ジュリアン・ティフラーとともに、最新鋭の伝令船"コルドバ"で"バジス"へと向かう。当初は順調だった航行もハイパー空間に入ってしばらくしたときに突然、衝撃波前線と衝突し、"空間断層"にまきこまれ異宇宙のアインシュタイン空間に投げだされてしまった。残存エネルギーはごくわずか。はたして、無事に帰還することはできるのか？〔1662〕

◇ハイブリッド植物強奪　エルンスト・ヴルチェク, K・H・シェール著, 嶋田洋一訳　早川書房　2022.5　271p　16cm　(ハヤカワ文庫 SF 2366—宇宙英雄ローダン・シリーズ 665)〈原書名：DER RAUB DER HYBRIDE FLUCHT AUS DEM VERGESSEN〉760円　①978-4-15-012366-6

内容　忘却からの脱出(K.H.シェール著)

＊アラスカ・シェーデレアがタルサモン湖底の保養所に帰ると、そこにプシオン共生体のテスタレはいなかった。必死にその行方を捜すが、手がかりは"タルサモン"に残されていた「ロワとロンの妻たちの救出を最優先してほしい」というメッセージだけ。アラスカは、ラインシュに囚われているロワとロンの妻——"エスタルトゥの両性了知者"となったハイブリッドを盗みだすため、五段階の衆の本拠地タロズへと向かうが…。〔1663〕

◇未来から来た盗賊　マリアンネ・シドウ, K・H・シェール著, 井口富美子, 増田久美子訳　早川書房　2023.12　271p　16cm　(ハヤカワ文庫 SF 2426—宇宙英雄ローダン・シリーズ 702)〈原書名：DIE FLIEGENDEN MENSCHEN DIEBE AUS DER ZUKUNFT〉940円　①978-4-15-012426-7

内容　未来から来た盗賊(K.H.シェール著, 増田久美子訳)

＊ローダンとアトラン, グッキーの3名は、約700年前の記録である『ログ』を求めて、山の民"テラの子供たち"のリーダー、コヴァル・インガードのあとを追った。コヴァルは前兆の印の刺青をもつ"選ばれし者"だったが、婚礼の日にサシヨイ帝国のIQハンターの襲撃を受けて連れ去られ、苦難の日々を過ごした経歴があった。ローダン一行がけわしい断崖絶壁を登り山の民の村テラニアに着いたとき、そこで待っていたのは!?　〔1664〕

◇惑星フェニックスの反乱　K.H.シェール, クルト・マール著, 若松宣子訳　早川書房　2024.5　271p　16cm　(ハヤカワ文庫 SF 2444—宇宙英雄ローダン・シリーズ 712)〈原書名：WER IST ADVOK？　REVOLTE AUF PHÖNIX〉940円　①978-4-15-012444-1

内容　アドヴォクという男(K.H.シェール著, 若松宣子訳)

＊球状星団M‐30で基地となる惑星を探索中だった"リブラ"に、突如、謎の球形船が襲いかかる。"リブラ"も反撃するが、敵宇宙船は無傷。やがて"リブラ"を翻弄し満足したのか、「銀髪の年よりに伝

えろ、このわたしアドヴォクとルイペッチの世界で会おう」というメッセージを残して消えた。報告を聞いたアトランは、「ルイペッチ」が最近ニッキ・フリッケルが発見した惑星と関係があることをつきとめ、その惑星に向かう！　〔1665〕

ジェルマン, シルヴィー　Germain, Sylvie
◇小さくも重要ないくつもの場面　シルヴィー・ジェルマン著、岩坂悦子訳　白水社　2024.5　222p　20cm　〈エクス・リブリス〉〈原書名：PETITES SCÈNES CAPITALES〉2800円　①978-4-560-09092-3

＊幼い頃から母のいないリリは、赤ん坊時代の自分の写真を見て、自分はいったいどこから来たのか、母はどこへなぜ行ってしまったのかと疑問を抱いてきた。父が再婚し、祖母を亡くしてからは、継母ヴィヴィアンや異母兄姉との関係を模索しながらも心からに馴染めずにいた。ある日、家族そろって出かけたピクニックで写真を撮るため、子どもたちをぎゅうぎゅうに身を寄せ合った。それが悲劇につながるとは知らずに…。やがて兄姉たちがそれぞれの道に進んでいく一方、リリはどこへ向かえばいいのかわからず、左翼グループと共同生活をしてみたり彫刻に打ち込んでみたりするものの、どれも長続きせずさまよう。リリは愛する人を見つけ、自分の居場所にたどり着けるのか。知りたかった秘密は明らかになるのか。自分自身や周りの人間と向き合うことの尊さを詩的に静謐に描く。　〔1666〕

ジェレプツォワ
◇雑話集―ロシア短編集　5　ロシア文学翻訳グループクーチカ編集　［枚方］　ロシア文学翻訳グループクーチカ　2024.6　180p　19cm　〈他言語標題：Пёстрые рассказы〉

内容　入り海の国にて（ジェレプツォワ著、木村恭子訳）　〔1667〕

ジェローム, ジェローム・K.　Jerome, Jerome Klapka
◇妖精・幽霊短編小説集―『ダブリナーズ』と異界の住人たち　J.ジョイス、W.B.イェイツほか著、下楠昌哉編訳　平凡社　2023.7　373p　16cm　（平凡社ライブラリー 949）　1800円　①978-4-582-76949-4

内容　科学の人（ジェローム・K.ジェローム著、下楠昌哉訳）

＊アイルランドの首都ダブリンに生きる様々な人を描いたジョイスの『ダブリナーズ』。この傑作短編集の作品を、十九世紀末から二十世紀はじめに書かれた妖精・幽霊譚と並べてみると―。名作をこれまでとは異なる文脈に解き放ち、当時の人々が肌で感じていた超自然的世界へと誘う画期的なアンソロジー。　〔1668〕

ジェロムスキ　Zeromski, Stefan
◇ジェロムスキ短篇集　ステファン・ジェロムスキ著、小原雅俊監訳　未知谷　2024.11　276p　20cm　（ポーランド文学古典叢書 12）〈著作目録あり　年譜あり〉3000円　①978-4-89642-740-0

内容　ああ！　もしも私が生きながらえて、いつかあの喜びを味わえるなら……（小林晶子、小原雅俊訳）　セダンの戦いの後で（夏井徹明、小原雅俊訳）　アナンケー（鈴川典世、小原雅俊訳）　強い女性（夏井徹明、鈴川典世、小林晶子ほか訳）　何が起ころうとも、我が身を打つがよい…（スプリスガルト友美訳）　黄昏（小原雅俊訳）　悪い予感（鈴川典世、小原雅俊訳）　ピョトル博士（前田理絵、小原雅俊訳）　われらを啄ばむ鴉たち（小原雅俊訳）　自分の神のもとへ（辰巳知広、小原雅俊訳）　禁忌（阿部優子訳）　悪い視線……（鈴川典世、小原雅俊訳）　ヴィシュクフの司祭館にて（夏井徹明、小原雅俊訳）　海からの風―魔女（小林晶子、小原雅俊訳）　海からの風―スメンテクの旅立ち（小林晶子、小原雅俊訳）　ああ！　もしも私が生きながらえて、いつかあの喜びを味わえるなら…　セダンの戦いの後で　アナンケー　強い女性　「何が起ころうとも、我が身を打つがよい…」　黄昏　悪い予感　ピョトル博士　われらを啄ばむ鴉たち　自分の神のもとへ　禁忌　悪い視線…　ヴィシュクフの司祭館にて　海からの風―魔女　海からの風―スメンテクの旅立ち　〔1669〕

ジェンセン, エリク　Jensen, Erik
◇紛争地域から生まれた演劇―戯曲集　13　Japanese Centre of International Theatre Institute　2022.3　47p　21cm　〈文化庁委託事業令和3年度次代の文化を創造する新進芸術家育成事業〉

内容　無敵（ジェシカ・ブランク＆エリク・ジェンセン作、月沢李歌子訳）　〔1670〕

ジェンティル, サラーリ　Gentill, Sulari
◇ボストン図書館の推理作家　サラーリ・ジェンティル著、不二淑子訳　早川書房　2024.3　541p　16cm　（ハヤカワ・ミステリ文庫 HM 516-1）〈原書名：THE WOMAN IN THE LIBRARY〉1640円　①978-4-15-186001-0

＊オーストラリア在住の人気推理作家ハンナは、ボストン在住の作家志望者レオにメールで助言を仰ぎつつ、新作に取り組んでいた。作品の舞台はボストン公共図書館だ。物語は、偶然同じ閲覧机についた4人の男女が女性の悲鳴を聞く場面からはじまる。事件の調査を通して仲を深める4人だが、犯人は彼らの中に…!?　レオのメールに刺激を受けるハンナだが、メールの内容は次第に不穏さを増してゆき―手に汗握るメタミステリ。　〔1671〕

シェンデローヴィチ　Shenderovich, Victor Anatol'evich
◇雑話集―ロシア短編集　5　ロシア文学翻訳グループクーチカ編集　［枚方］　ロシア文学翻訳グループクーチカ　2024.6　180p　19cm　〈他言語標題：Пёстрые рассказы〉

シオノ

[内容] 滞在目的（シェンデローヴィチ著，吉田差和子訳） 〔1672〕

ジオノ, ジャン　Giono, Jean

◇メルヴィルに挨拶するために　ジャン・ジオノ著，山本省訳　彩流社　2022.1　298p　19cm　〈原書名：Pour saluer Melville　Le Déserteur〉　3000円　①978-4-7791-2793-9

＊仏語訳『白鯨』の序文作品。誰もが知る大作『白鯨』。フランスではジオノたちの翻訳が広く愛読されている。 〔1673〕

シーガー, モーラ　Seger, Maura

◇過去をなくした伯爵令嬢　モーラ・シーガー著，中原聡美訳　ハーパーコリンズ・ジャパン　2024.12　283p　15cm　（ハーレクインSP文庫 HQSP-443）〈「ナイトに抱かれて」（ハーレクイン・エンタープライズ日本支社　1987年刊）の改題　原書名：COMES A STRANGER〉　545円　①978-4-596-71923-2

＊フラワーショップを経営するビクトリアには長年の悲願があった。それは自分の素性を明らかにすること。幼い頃に記憶を失い、養護施設を転々とした彼女にとって、自分の拠り所を求める思いはごく自然なものだった。そんなある日、アントニーと名乗る謎めいた客が店を訪れる。貴族的な顔立ち、上品な仕立ての服に包まれたたくましい体。その抗いがたい魅力に甘いおののきを覚えたのもつかのま、彼が口にした思いがけない言葉にビクトリアは度を失った―「落ち着いて僕の話を聞いてほしい。君は伯爵の孫娘なんだ」 〔1674〕

ジーグフェルド, フローレンツ　Ziegfeld, Florenz

◇ユーモア・スケッチ大全　3　ユーモア・スケッチ傑作展　3　浅倉久志編・訳　国書刊行会　2022.2　374p　19cm　〈「ユーモア・スケッチ傑作展3」（早川書房　1983年刊）の改題、増補〉　2000円　①978-4-336-07310-5

[内容] アンケート―理想の女性（チャップリン、ラードナーほか著） 〔1675〕

シグラー, スコット　Sigler, Scott

◇ロボット・アップライジング―AIロボット反乱SF傑作選　アレステア・レナルズ，コリイ・ドクトロウ他著，D・H・ウィルソン，J・J・アダムズ編，中原尚哉他訳　東京創元社　2023.6　530p　15cm　（創元SF文庫 SFン10-5）〈責任表示はカバーによる　原書名：ROBOT UPRISINGS〉　1400円　①978-4-488-77205-5

[内容] 神コンプレックスの行方（スコット・シグラー著，小路真木子訳）

＊人類よ、恐怖せよ―猛烈な勢いで現代文明に浸透しつつあるAIやロボット。もしもそれらがくびきを逃れ、反旗を翻したら？　ポップカルチャーで繰り返し扱われてきた一大テーマに気鋭の作家たちが挑む。1955年にAI（人工知能）という言葉を初めて提示した伝説的科学者ジョン・マッカーシーの短編を始め、アレステア・レナルズ、コリイ・ドクトロウらによる傑作13編を収録。 〔1676〕

ジ・ケイロス, ハケウ　de Queiroz, Rachel

◇ブラジル文学傑作短篇集　アニーバル・マシャード，マルケス・ヘベーロほか著，岐部雅之編，伊藤秋仁，神谷加奈子，岐部雅之，平田恵津子，フェリッペ・モッタ訳　水声社　2023.3　207p　20cm　（ブラジル現代文学コレクション）〈原書名：O melhor do conto brasileiro〉　2000円　①978-4-8010-0721-5

[内容] 白い丘の家（ハケウ・ジ・ケイロス著，神谷加奈子訳）　タンジェリン・ガール（ハケウ・ジ・ケイロス著，平田恵津子訳）

＊少女の視点から世界の残酷さとシングル・マザーの寄る辺なさが浮かび上がるアニーバル・マシャード「タチという名の少女」、20世紀ブラジル社会の活力と喧噪を伝える全12篇。 〔1677〕

シーゲル, ラリー

◇ユーモア・スケッチ大全　3　ユーモア・スケッチ傑作展　3　浅倉久志編・訳　国書刊行会　2022.2　374p　19cm　〈「ユーモア・スケッチ傑作展3」（早川書房　1983年刊）の改題、増補〉　2000円　①978-4-336-07310-5

[内容] 少年連合軍―第一次大戦秘話（ラリー・シーゲル著） 〔1678〕

シスガル, オスカー　Schisgall, Oscar

◇ユーモア・スケッチ大全　4　すべてはイブからはじまった　ミクロの傑作圏　浅倉久志編・訳　国書刊行会　2022.3　376p　19cm　〈「すべてはイブからはじまった」（早川書房　1991年刊）と「ミクロの傑作圏」（文源庫　2004年刊）の改題、合本〉　2000円　①978-4-336-07311-2

[内容] おれと九百ドル（オスカー・シスガル著）

＊笑いの大博覧会、完結！　名翻訳家浅倉久志のライフワークである"ユーモア・スケッチ"ものを全4巻に集大成。最終巻は傑作展姉妹篇『すべてはイブからはじまった』とオンデマンドのみの刊行だった『ミクロの傑作圏』をカップリング。 〔1679〕

ジッティレイン　JittiRain

◇Theory of Love　1　JittiRain著，南知沙訳　フロンティアワークス　2022.11　406p　19cm　（Daria Series uni）〈本文は日本語〉　1850円　①978-4-86657-604-6

＊大学の映画科で学んでいるサードは、イケメンでプレイボーイなカイと親友同士。強引なカイに振り回されることもあるけれど、何をするにも一緒の大切な存在だった。しかし、サードには誰にも言えない秘密がある。それは―出会った頃からずっと、カイに恋をしていること。恋人や遊び相手が途絶えないカイの恋愛相談を聞きながら、"親

友"という近いようで遠い距離に一喜一憂する日々。そんな中、突然カイの態度が恋人に接するかのように甘くなって…!?繊細な恋心を描いたタイBL感動作。　　　　　　　　　　　〔1680〕

ジッド, アンドレ　Gide, André

◇地の糧　ジッド著, 今日出海訳　新版　新潮社
2023.4　215p　16cm　（新潮文庫　シー2-5）
〈原書名：Les Nourritures terrestres〉550円
①978-4-10-204514-5　　　　　　　　〔1681〕

◇法王庁の抜け穴　ジッド著, 三ツ堀広一郎訳
光文社　2022.1　489p　16cm　（光文社古典新訳文庫　KAシ7-3）〈年譜あり　原書名：LES CAVES DU VATICAN〉1240円　①978-4-334-75456-3
＊奇蹟によって回心したフリーメーソン会員のアンティムと、幽閉されたローマ法王を救い出すという詐欺を企てる"百足組"の首領プロトス。そして、予期せぬ遺産を手にしながらも「無償の行為」に走るラフカディオ。それぞれの偶然の出来事が複雑に絡み合い…。時代を画したジッドの傑作。
〔1682〕

シッランパー, フランス・エーミル
Sillanpää, Frans Eemil

◇若く逝きしもの　フランス・エーミル・シッランパー著, 阿部知二訳　みずいろブックス
2022.9　389p　20cm〈著作目録あり　初版：筑摩書房 1953年刊　原書名：Nuorena nukkunut（重訳）〉2000円　①978-4-910731-00-1　　　　　　　　　　　　　　〔1683〕

シドウ, マリアンネ　Sydow, Marianne

◇アルドゥスタアルへの旅　マリアンネ・シドウ, ロベルト・フェルトホフ著, 宮下潤二訳　早川書房　2024.6　287p　16cm　（ハヤカワ文庫 SF 2447―宇宙英雄ローダン・シリーズ 714）
〈原書名：DIE REISE NACH ARDUSTAAR WÄCHTER DER BASIS〉940円　①978-4-15-012447-2
内容　アルドゥスタアルへの旅（マリアンネ・シドウ著, 宮下潤二著）
＊"ナルガ・サント"がギャラクティカーに発見された。船首部分のみ、全体の五分の一の残骸となって。しかもその内部には、650年にわたる漂流を生きのびたカルタン人の末裔が暮らしているという。その人々を救い、"ナルガ・サント"を故郷アルドゥスタアルに帰還させるためにダオ・リン＝ヘイは立ちあがった。ローダンに協力を要請し、アスポルクの商人から中古のリニア・エンジンを購入、"ヘラクレス"で救援に向かうが！　〔1684〕

◇カラポン帝国の皇帝　H.G.エーヴェルス, マリアンネ・シドウ著, 長谷川圭訳　早川書房
2024.11　271p　16cm　（ハヤカワ文庫 SF 2459―宇宙英雄ローダン・シリーズ 724）〈原書名：STURMWELT AM SCHEIDEWEG DER KAISER VON KARAPON〉940円
①978-4-15-012459-5
内容　カラポン帝国の皇帝（マリアンネ・シドウ著, 長谷川圭訳）
＊惑星ブグクリスで謎の物体を探査中に爆発にあい、自分の肉体に帰れなくなったバス＝テトのイルナの回復を待つかたわら"クレイジー・ホース"の一行は難破船"偉大なる母"の調査をおこなっていた。もしこの船載ポジトロニクスから情報を引きだすことができれば、七百年前にハンガイ銀河の内と外でなにが起こったのかの詳細がわかるかもしれないからだ。だがその調査中、エイレーネはあやまってまちがったボタンを…!?　〔1685〕

◇決戦！　宇宙要塞三二〇一　マリアンネ・シドウ, クルト・マール著, 星谷馨訳　早川書房
2022.9　271p　16cm　（ハヤカワ文庫 SF 2378―宇宙英雄ローダン・シリーズ 673）〈原書名：GRUFT DER ERLEUCHTUNG ENTSCHEIDUNG IM RAUMFORT 3201〉780円　①978-4-15-012378-9
内容　悟りの霊廟（マリアンネ・シドウ著）
＊巨大宇宙船"ナルガ・サント"のコンピュータ複合体は、数百万光年はなれたラオ＝シンで、恐るべきカタストロフィが起ころうとしていると全知者たちに知らせる。そして、この危機を救えるのは、"悟りの霊廟"に眠る睡眠者だけであると。ダオ・リンはニッキ・フリッケルとポエル・アルカウンとともに、霊廟へと向かうことを決意する。三人はさまざまな罠が待ちうける、恐るべき死の迷宮と化した霊廟に入っていくが…!?　〔1686〕

◇次元監獄の虜囚　マリアンネ・シドウ, H・G・エーヴェルス著, 星谷馨訳　早川書房　2022.12　268p　16cm　（ハヤカワ文庫 SF 2391―宇宙英雄ローダン・シリーズ 679）〈原書名：NACH DEM HOLOCAUST IM DIMENSIONGEFÄNGNIS〉780円　①978-4-15-012391-8
内容　カタストロフィの爪痕（マリアンネ・シドウ著）
＊40億光粒のパラ露の爆燃による カタストロフィの影響は、その震源地である四星系植民国家タルカニウムでもっとも悲惨だった。大多数のエスパーが死亡し、わずかに生き残った女たちも脳内にプシ・エネルギーが過剰供給され、プシ錯乱と呼ばれる狂気におちいっていた。惑星フべいにいたクッキーたちは、この悲惨な状況をなんとか改善すべく（ナルガ・ブウル）のプロジェクト調整者バオ・アト・タルカンに救援を依頼するが…　〔1687〕

◇死者のハーモニー　マリアンネ・シドウ, ロベルト・フェルトホフ著, 林啓子訳　早川書房
2022.5　301p　16cm　（ハヤカワ文庫 SF 2365―宇宙英雄ローダン・シリーズ 664）〈原書名：DAS GEHEIMNIS DER WISSENDEN DIE HARMONIE DES TODES〉760円　①978-4-15-012365-9
内容　全知者の秘密（マリアンネ・シドウ著）
＊カルタン人の背後に全知者と呼ばれる指導グループがいると知った三角銀河情報局のチーフ、

シトウ

ニッキ・フリッケルは、彼女たちの持つ秘密を突きとめるべく、盗聴能力を持つポエル・アルカウンとともに"ワゲイオ"で出発した。めざすは三角座銀河辺縁の星々のない宙域。やがて全知女性の宇宙船を発見し、追跡を開始する！だが全知女性もまた、みずからの秘密を守るため、恐るべき陥穽をその行く手にしかけていた…!?　　　〔1688〕

◇支配者ヘプタメルへの讃歌　マリアンネ・シドウ，K・H・シェール著，嶋田洋一訳　早川書房　2023.6　268p　16cm　（ハヤカワ文庫SF 2410―宇宙英雄ローダン・シリーズ 691）〈原書名：ROMANZE IN PSI　DAS SIEGESZEUGNIS〉820円　①978-4-15-012410-6

内容 支配者ヘプタメルへの讃歌（マリアンネ・シドウ著，嶋田洋一訳）

＊アトラン率いる遠征隊はウシャール星系に到着した。だが、安全な距離からデータを収集した結果、ハウリ人によりこの星系が厳重に防御されていることが判明する。アトランはサラアム・シインにその歌唱によって星系内を混乱させてほしいと依頼する。"ハーモニー"が、支配者ヘプタメルへの讃歌を星系じゅうに響かせ、ハウリ人たちを魅了しているあいだに、物質シーソーのある惑星パガルに潜入しようと計画したのだが……　〔1689〕

◇ストレンジネス狂詩曲　K・H・シェール，マリアンネ・シドウ著，嶋田洋一訳　早川書房　2023.3　269p　16cm　（ハヤカワ文庫SF 2400―宇宙英雄ローダン・シリーズ 685）〈原書名：STRANGENESS-RHAPSODIE AMOKLAUF DER WISSENDEN〉800円　①978-4-15-012400-7

内容 全知者たちの暴虐（マリアンネ・シドウ著，嶋田洋一訳）

＊447年7月、新造艦"ツナミ＝コルドバ"は、この宇宙に物質化したハンガイ銀河に向けスタートした。乗員はラトバー・トスタンとポージー・プース、5名の司令室要員、ストレンジネス・ショックの被験者150名。その目的はハンガイの星図データを作成し、タルカン宇宙に転移可能な星域を探すこと。だが突入後すぐにトスタンとポージーは覚醒したが、ほかの全乗員は昏睡状態に！　この難関に立ち向かうことになった2名は…!?　〔1690〕

◇戦闘部隊ラグナロク　ペーター・グリーゼ，マリアンネ・シドウ著，林啓子訳　早川書房　2023.10　284p　16cm　（ハヤカワ文庫SF 2421―宇宙英雄ローダン・シリーズ 698）〈原書名：KAMPFKOMMANDO RAGNARÖK　DIE VERBORGENE WELT〉820円　①978-4-15-012421-2

内容 かくされた世界（マリアンネ・シドウ著，林啓子訳）

＊レジナルド・ブルから時空断層のなかに隠された宇宙ステーション"ウリアン"の報告を受けたギャラクティカムは、ガルブレイス・デイトンひきいる戦闘部隊ラグナロクをただちに編成した。"ツナミ＝コルドバ"級の最新鋭大型戦闘艦五隻からなる小艦隊は、ただちに時空断層のある宙域へと向かう。だが、いかなる機器を使っても構造歪曲の場所を特定できない。しかもその宙域は、ハウリ人の戦闘艦隊により封鎖されていた！　〔1691〕

◇盗聴拠点ピンホイール　マリアンネ・シドウ，H・G・フランシス著，井口富美子訳　早川書房　2022.1　271p　16cm　（ハヤカワ文庫SF 2351―宇宙英雄ローダン・シリーズ 657）〈原書名：DIE KOLONISTEN VON LAO-SINH　HORCHPOSTEN PINWHEEL〉760円　①978-4-15-012351-2

内容 ラオ＝シンの入植者（マリアンネ・シドウ著）

＊カルタン人にとり"ラオ＝シン"とは、種族のあいだで古代から伝わる楽園であり、約束の地のことだった。そこに種族の全員を移住させるため、カルタン人はラオ＝シン入植計画を実行する。かれらがアルドゥスタアルと呼ぶ三角座銀河から四千万光年の距離にあるラオ＝シンで、庇護者ダオ・リン＝ヘイの指揮のもと、入植地は着実な発展を遂げていた。だが、そのダオ・リン＝ヘイにアルドゥスタアルへの帰還命令が出される！　〔1692〕

◇氷結惑星イッサム＝ユ　ペーター・グリーゼ，マリアンネ・シドウ著，宮下潤子訳　早川書房　2024.2　269p　16cm　（ハヤカワ文庫SF 2432―宇宙英雄ローダン・シリーズ 706）〈原書名：EISWELT ISSAM-YU　DER PIRAT VON MAGELLAN〉940円　①978-4-15-012432-8

内容 マゼランの宙賊（マリアンネ・シドウ著，宮下潤子訳）

＊ポルレイターとの接触には成功したものの、なんら成果を得られなかった"シマロン"が次の目的地の自由貿易惑星アイシュラン＝ホに到着するや、そこで待っていたのは驚愕の事件だった。ニッキ・フリッケルが誘拐されたというのだ。"ソロン"乗員のウィド・ヘルフリッチによれば"四本腕の預言者"の情報をもつ媒体伝達士の研究所を訪ねたさい、何者かに連れ去られたのだという。ローダンはただちに真相究明に乗り出す！　〔1693〕

◇ベントゥ・カラパウへの道　マリアンネ・シドウ，エルンスト・ヴルチェク著，安原実津訳　早川書房　2024.8　287p　16cm　（ハヤカワ文庫SF 2454―宇宙英雄ローダン・シリーズ 719）〈原書名：DER WEG NACH BENTU-KARAPAU　KINDER DER RETORTE〉940円　①978-4-15-012454-0

内容 ベントゥ・カラパウへの道（マリアンネ・シドウ著，安原実津訳）

＊ダオ・リン＝ヘイは"ナルガ・サント"を無事に故郷である惑星タルカンへと導いた。メイ・メイ＝ハルから最高位女性の地位を譲りたいと打診されるが、"ナルガ・サント"を襲撃したカラボン人への復讐と、"モトの真珠"の奪取をもくろむダオ・リン＝ヘイはそれを固辞し、カラボン帝国の秘密基地であるベントゥ・カラパウの位置をつきとめるため、最新鋭の戦闘船"マーラ・ダオ"で惑星ヴァルジャディンへと向かった！　〔1694〕

シムノン

◇未来から来た盗賊　マリアンネ・シドウ, K・H・シェール著, 井口富美子, 増田久美子訳　早川書房　2023.12　271p　16cm　〈ハヤカワ文庫 SF 2426―宇宙英雄ローダン・シリーズ 702〉〈原書名：DIE FLIEGENDEN MENSCHEN DIEBE AUS DER ZUKUNFT〉940円　①978-4-15-012426-7
　内容　空飛ぶ民（マリアンネ・シドウ著, 井口富美子訳）
　＊ローダンとアトラン、グッキーの3名は、約700年前の記録である『ログ』を求めて、山の民"テラの子供たち"のリーダー、コヴァル・インガードのあとを追った。コヴァルは前兆の印の刺青をもつ"選ばれし者"だったが、婚礼の日にサショイ帝国のIQハンターの襲撃を受けて連れ去られ、苦難の日々を過ごした経歴があった。ローダン一行がわしい断崖絶壁を登り山の民の村テラニアに着いたとき、そこで待っていたのは!?　〔1695〕

◇モトの真珠　マリアンネ・シドウ, H.G.フランシス著, 岡本朋子訳　早川書房　2024.11　286p　16cm　〈ハヤカワ文庫 SF 2460―宇宙英雄ローダン・シリーズ 725〉〈原書名：DIE PERLE MOTO　DIE HERREN DER STRAßEN〉940円　①978-4-15-012460-1
　内容　モトの真珠（マリアンネ・シドウ著, 岡本朋子訳）
　＊モトの真珠を奪い、皇帝ソイ・パングを人質にしたダオ・リン=ヘイは"マーラ・ダオ"で帝国の首都惑星を脱出、カルタンをめざした。その途上、ダオ・リンは真珠のデータにアクセスする方法を模索するがうまくいかない。プシ能力を使って皇帝に働きかけ、特定の周波数のハイパーインパルスを発生させるとデータ・ファイルが開くことをようやくつきとめた。そのファイルでエルンスト・エラートが語った驚くべき真実とは!?　〔1696〕

シートン, アーネスト・トンプソン
Seton, Ernest Thompson

◇シートン動物記―ロボ カランポーのオオカミ王ほか　アーネスト・トンプソン・シートン著, 石崎洋司訳, つがおか一孝画　講談社　2023.1　189p　19cm　1500円　①978-4-06-530354-2
　＊シートンの飼い犬だった、いたずら好きの「ビンゴ」。けっして人間につかまらず、「人狼」とおそれられたオオカミ王「ロボ」。ニューヨークの下町で力強く生きるノラネコ「キティ」。するどい観察と、暖かいまなざしを通して、人間と動物の共存をうったえる感動の3編！　大自然に生きる動物たちの愛と戦い、悲しみを描いた不朽の名作を読みやすい完訳で！　〔1697〕

◇二人の小さな野蛮人―インディアンになって生活した二人の少年の冒険と、二人が学んだこと　アーネスト・T.シートン著者・挿絵, 中山理訳　第2版　秀英書房　2023.5　556p　20cm　〈原書名：Two Little Savages〉2700円　①978-4-87957-152-6　〔1698〕

シプステッド, マギー　Shipstead, Maggie

◇グレート・サークル　マギー・シプステッド著, 北田絵里子訳　早川書房　2023.8　826p　20cm　〈原書名：GREAT CIRCLE〉3700円　①978-4-15-210262-1
　＊飛行機は、わたしの一部で飛ぶことは、世界のすべてだった。1950年、地球一周飛行挑戦中に消息を絶った女性飛行士。2014年、その飛行士を演じることになったハリウッド女優。残された航空日誌が繋ぐ、二つの人生の円。英国最高峰ブッカー賞最終候補作。　〔1699〕

シブリー, アダニーヤ　Shibli, Adania

◇とるに足りない細部　アダニーヤ・シブリー著, 山本薫訳　河出書房新社　2024.8　165p　19cm　〈他言語標題：MINOR DETAIL〉2000円　①978-4-309-20909-8
　＊1949年に起きたイスラエル軍によるベドウィン少女のレイプ殺人と、秘匿されてきたその事件の真実を追い求めるパレスチナ人女性。現代パレスチナ文学の旗手が描出する、けたたましい沈黙と張り詰めた不在の物語。　〔1700〕

シムノン, ジョルジュ　Simenon, Georges

◇運河の家　人殺し　ジョルジュ・シムノン著, 森井良訳　幻戯書房　2022.5　413p　19cm　（ルリユール叢書）〈年譜あり　原書名：La Maison du canal　L'Assassin〉3200円　①978-4-86488-246-0
　＊"メグレ警視"シリーズの作家が、人間であることの病いをどこまでも灰色に、"イヤミス"以上にほろ苦く描く―シムノン初期の、「純文学」志向の"硬い小説"の傑作2篇がついに本邦初訳で登場！　シムノン研究家の顔をもつ小説家・瀬名秀明による、決定版シムノン「解説」を収録。　〔1701〕

◇サン=フォリアン教会の首吊り男　ジョルジュ・シムノン著, 伊禮規与美訳　新訳版　早川書房　2023.5　223p　16cm　〈ハヤカワ・ミステリ文庫 HM 16-4〉〈原書名：LE PENDU DE SAINT-PHOLIEN〉1160円　①978-4-15-070954-9
　＊駅の待合室で不審な男を見かけたメグレは、男が大事そうに抱える鞄を自分のものとすり替え、彼を尾行し始める。だが、男は鞄がすり替わっていることを知ると、苦悩の表情を浮かべ、拳銃で自殺してしまう。驚いたメグレは鞄を確かめるが、入っていたのは着古された洋服だけだった。奇妙な事件の捜査に当たるメグレは、男の哀切な過去と事件の陰にちらつく異様な首吊り男の絵の真相へと近づいていくが…。　〔1702〕

◇世界推理短編傑作集　6　エミール・ガボリオ他著, 戸川安宣編　東京創元社　2022.2　725p　15cm　（創元推理文庫 Mン1-6）　1500円　①978-4-488-10012-4
　内容　メグレのパイプ（ジョルジュ・シムノン著, 平岡敦訳）

＊欧米では、世界の短編推理小説の傑作集を編纂する試みが、しばしば行われている。江戸川乱歩編『世界推理短編傑作集』はそれらの傑作集の中から、編者の愛読する珠玉の名作を厳選して5巻に収録し、併せて19世紀半ばから第二次大戦後の1950年代に至るまでの短編推理小説の歴史的展望を読者に提供した。本書では、5巻に漏れた名作を拾遺し、名アンソロジーの補完を試みた。〔1703〕

◇猫　ジョルジュ・シムノン著，三輪秀彦訳　4版　東京創元社　2023.9　244p　15cm　〈創元推理文庫〉〈原書名：LE CHAT〉1100円　①978-4-488-13904-9

＊エミール七十三歳、マルグリット七十一歳。再婚同士の二人が式を挙げてから八年になるが、かれこれ四年前から言葉を交わすこともなくなった。相手の存在を痛いほど意識しながら互いに無視しあい、一つ屋根の下で際限のないゲームに飽かず興じる。理解しがたいようでいて妙に頷ける老夫婦の執念。屈折した愛と呼べなくもない二人の駆け引きは、夫が飼っていたトントンという猫の死に始まった。〔1704〕

◇メグレとマジェスティック・ホテルの地階—新訳版　ジョルジュ・シムノン著，高野優訳　早川書房　2023.10　271p　16cm　〈ハヤカワ・ミステリ文庫 HM 16-5〉〈原書名：LES CAVES DU MAJESTIC〉1180円　①978-4-15-070955-6

＊パリの高級ホテルの地階で女性の死体が発見された。発見者はホテルで働くドンジュという男。メグレは捜査の中で、被害者がカンヌのキャバレーで働いていた時に、ドンジュと関係があったことを知る。状況証拠は彼が犯人であることを示しているが、メグレは真犯人が別にいるとにらんでいた。だが匿名の告発によって、ドンジュは勾留されてしまう。そして第二の事件が…。様々な謎が渦巻く中、メグレが真実を解き明かす。〔1705〕

◇メグレと若い女の死　ジョルジュ・シムノン著，平岡敦訳　新訳版　早川書房　2023.2　255p　16cm　〈ハヤカワ・ミステリ文庫 HM 16-3〉〈原書名：MAIGRET ET LA JEUNE MORTE〉1020円　①978-4-15-070953-2

＊パリ、ヴァンティミユ広場で女の死体が発見された。場違いなサテンのイブニングドレスをまとった被害者を見たメグレは、事件が複雑なものになると直感する。ルイーズと名乗る女性はなぜ殺されたのか。メグレはルイーズの人生をなぞるように捜査を行う。犯人を追うという、孤独と苦悩の中にあった彼女の人生を理解することが事件を解き明かす鍵だとわかっていたからだ。シリーズの代表作がついに新訳。〔1706〕

◇ロニョン刑事とネズミ　ジョルジュ・シムノン著，宮嶋聡訳　論創社　2024.3　194p　20cm　〈論創海外ミステリ 314〉〈原書名：Monsieur La Souris〉2000円　①978-4-8460-2366-9

＊死体が持っていた財布に入った紙幣を狙う浮浪者の"ネズミ"。彼に不審を抱くパリ九区担当のロニョン刑事。遺失物扱いされた財布を巡り、それぞれの思惑が交叉する中、事態は思わぬ展開を見せ始める…。煌びやかな花の都パリが併せ持つ灰暗い世界を描いた"メグレ警視"シリーズ番外編！〔1707〕

シモタカハラ，レスリー　Shimotakahara, Leslie

◇リーディング・リスト　レスリー・シモタカハラ著，加藤洋子訳　北烏山編集室　2024.5　333p　21cm　〈文献あり　原書名：The reading list〉2800円　①978-4-911068-02-1

＊日系カナダ人4世の著者の手による自伝小説（オートフィクション）。本書の著者であり主人公でもあるレスリー・シモタカハラは、名門ブラウン大学で文学博士号を取得、カナダの田舎の大学で文学を講じている。だが、学生から"史上最悪の教授"と揶揄され、転職も恋愛も失敗、精神的にひどく追いつめられてトロントの実家へ帰郷。定年退職した父のために作った「リーディングリスト」＝読むべき本リストに添って、日系カナダ人としての両親や祖父母の人生をたどり、自分自身の生と死を見つめる日々を送ることになる。〔1708〕

シモン，クロード　Simon, Claude

◇ガリバー　クロード・シモン著，芳川泰久訳　幻戯書房　2024.1　476p　19cm　〈ルリユール叢書〉〈年譜あり　原書名：Gulliver〉4500円　①978-4-86488-290-3　〔1709〕

シャ，キンギョ　謝　金魚

◇1930・台湾烏山頭—水がめぐる平野の物語　謝金魚著，頼政勳，林容萱絵，台南市政府文化局編訳　台南市政府文化局，（金沢）北國新聞社〔発売〕2022.2　135p　22×20cm　1364円　①978-4-8330-2249-1　〔1710〕

ジャオ，シーラン・ジェイ　Zhao, Xiran Jay

◇鋼鉄紅女　シーラン・ジェイ・ジャオ著，中原尚哉訳　早川書房　2023.5　575p　16cm　〈ハヤカワ文庫 SF 2408〉〈原書名：IRON WIDOW〉1500円　①978-4-15-012408-3

＊華夏の辺境の娘、則天は、異星の機械生物・渾沌と戦う人類解放軍に入隊する。巨大戦闘機械・霊蛹機に搭乗し、人類を滅亡させんとする渾沌と戦うのだ。霊蛹機は男女一組で乗り、"気"で操るが、ペアの女子は多くが精神的重圧から死ぬ。ある密計のため、則天はあえてパイロットに志願し、過酷な戦いに身を投じるが…。中国古代史から創造された世界で、巨大メカが戦場を駆ける。英国SF協会賞受賞の傑作アクションSF。〔1711〕

シャオ，フイティン　邵　慧婷

◇あの日—MAKE OUR DAYS COUNT　冬彌，邵慧婷作，李響，武石文子訳　すばる舎　2023.9　309p　19cm　〈プレアデスプレス—HIStory3〉2000円　①978-4-7991-1153-6

＊学校の人気者・項豪廷。家族や多くの友人に囲まれ華やかな高校生活を謳歌する彼だったが、とあ

るトラブルをきっかけに、成績トップの一匹狼・于希顧の存在を知ることに。彼の泣き顔がどうしても頭から離れない、彼を前にすると感情がコントロールできない、気がつけば彼の姿を目で追ってしまう。「お前のことが好きだ!」自分の気持ちに気がついた項豪廷は、その日から于希顧への猛アタックを開始する。不器用ながらも自分の気持ちにまっすぐで豪放な項豪廷は次第に心を開き始め…。本編とは異なる結末を描いた「IFエンディング―あの日、君はまだいる」も収録。〔1712〕

シャーキー, ジョー　Sharkey, Joe
◇死体とFBI―情報提供者を殺した捜査官の告白　ジョー・シャーキー著，倉田真木訳　早川書房　2022.3　441p　19cm　〈原書名：ABOVE SUSPICION〉3200円　①978-4-15-210093-1
* 1987年。若きFBI捜査官マーク・パットナムは聡明な妻と幼い娘とともに、生まれ育った東海岸を離れ、ケンタッキー州の山間の田舎町パイクビルに赴任した。新しく入る者を拒むヒルビリーの町、出世を望むには厳しすぎる地でよすがとなったのは、彼の情報提供者となった麻薬中毒者の女、スーザン・スミスだった。麻薬と元夫の暴力、二人の子どもによってがんじがらめにされたスーザンに、マークの中に光を見出し、依存を強めていく。家庭にまで浸食してくるスーザンに疲弊しきったマークの妻、強い性的欲求と悪意を持つFBIの同僚。谷間によどんだ狂気はマークを深い谷底へと導いていく。史上初めてFBI捜査官が殺人で有罪判決を受けた衝撃の事件を、ニューヨーク・タイムズ紙のベテラン記者が徹底取材した犯罪実録。〔1713〕

ジャクスン, シャーリイ　Jackson, Shirley
◇アメリカン・マスターピース 戦後篇　シャーリイ・ジャクスンほか著，柴田元幸編訳　スイッチ・パブリッシング　2024.12　257p　20cm　〈柴田元幸翻訳叢書〉　2700円　①978-4-88418-649-4
内容　くじ（シャーリイ・ジャクスン著、柴田元幸訳）
* 短篇小説の黄金時代。サリンジャー、ナボコフ、オコナー、ボールドウィンなど、重要作家が次々と登場する、1950年代前後の名作10篇を収録。"名作中の名作"でアメリカ文学史をたどる、シリーズ第3弾。〔1714〕

ジャクソン, ブレンダ　Jackson, Brenda
◇忘れ形見の名に愛をこめて　ブレンダ・ジャクソン作，清水由貴子訳　ハーパーコリンズ・ジャパン　2024.5　156p　17cm　〈ハーレクイン・イマージュ I2803〉〈原書名：HIS SECRET SON〉673円　①978-4-596-54093-5
* ブリストルはウェイトレスのアルバイトをしていたとき、精悍でセクシーな男性客クープことララミー・クーパーと恋に落ちた。たった3夜でも、彼と過ごした時間は一生忘れられない思い出となったが、赤ちゃんができたとわかって彼に送った手紙は戻ってきてしまった。彼女が衝撃の事実を耳にしたのは、それからしばらくしてからのこと。クープが任務中に死んだという悲しすぎる知らせだった…。3年後、ブリストルは天国の父にちなんでララミー・クーパーと名づけた幼い息子を育て、母である彼女自身も改姓してクーパーとなった。それで問題ないはずだった―死んだはずのクープが現れるまでは。彼は生きていた!　そして言った。「きみはなぜ俺の姓を名乗っている?」〔1715〕

ジャクソン, ホリー　Jackson, Holly
◇受験生は謎解きに向かない　ホリー・ジャクソン著，服部京子訳　東京創元社　2024.1　172p　15cm　〈創元推理文庫 Mシ17-4〉〈原書名：KILL JOY〉800円　①978-4-488-13508-9
* 高校生のピップにある招待状が届いた。試験が終わった週末、友人宅で架空の殺人の犯人当てゲームが開催されるという。舞台は1924年、孤島に建つ大富豪の館という設定で、参加者は同級生とその兄の7人。開始早々、館の主の刺殺死体が発見される。当初は乗り気ではなかったピップだが、次第にゲームにのめり込んでいき…。爽やかで楽しい『自由研究には向かない殺人』前日譚!〔1716〕
◇卒業生には向かない真実　ホリー・ジャクソン著，服部京子訳　東京創元社　2023.7　681p　15cm　〈創元推理文庫 Mシ17-3〉〈原書名：AS GOOD AS DEAD〉1500円　①978-4-488-13507-2
* 大学入学直前のピップに、ストーカーの仕業と思われる出来事が起きていた。無言電話に匿名のメール。敷地内に置かれた、首を切られたハト…。それらの行為が、6年前の連続殺人の被害者に起きたことと酷似していることに気づいたピップは、調査に乗りだす。―この真実を、誰が予想できただろう?『自由研究には向かない殺人』から始まる、ミステリ史上最も衝撃的な三部作完結編!〔1717〕
◇優等生は探偵に向かない　ホリー・ジャクソン著，服部京子訳　東京創元社　2022.7　548p　15cm　〈創元推理文庫 Mシ17-2〉〈原書名：GOOD GIRL,BAD BLOOD〉1300円　①978-4-488-13506-5
* 高校生のピップは、友人から失踪した兄ジェイミーの行方を探してくれと依頼され、ポッドキャストで調査の進捗を配信し、リスナーから手がかりを集めることに。関係者へのインタビューやSNSも調べ、少しずつ明らかになっていく、失踪までのジェイミーの行動。やがてピップの類い稀な推理が、恐るべき真相を暴きだす。『自由研究には向かない殺人』に続く傑作謎解きミステリ!〔1718〕

ジャクソン, ミック　Jackson, Mick
◇こうしてイギリスから熊がいなくなりました　ミック・ジャクソン著，田内志文訳　東京創元社　2022.11　205p　15cm　〈創元推理文庫 Fシ10-2〉〈原書名：BEARS OF ENGLAND〉840円　①978-4-488-59404-6
* 電灯もオイル・ランプもない時代、森を忍び歩く悪魔として恐れられた「精霊熊」。死者への供物を食べさせられ、故人の罪を押しつけられた「罪食い

熊」。スポットライトの下、人間の服装で綱渡りをさせられた「サーカスの熊」—彼らはなぜ、どのようにしていなくなったのでしょう。『10の奇妙な話』の著者であるブッカー賞最終候補作家が皮肉とユーモアを交えて紡ぐ8つの物語。〔1719〕

◇10の奇妙な話　ミック・ジャクソン著，田内志文訳　東京創元社　2022.1　221p　15cm　（創元推理文庫 Fシ10-1）〈原書名：TEN SORRY TALES〉840円　①978-4-488-59403-9
＊命を助けた若者に、つらい人生を歩んできたゆえの奇怪な風貌を罵倒され、心が壊れた老姉妹。敷地内に薄暗い洞穴を持つ金持ち夫婦に雇われて、"隠者"となった男。"蝶の修理屋"を志し、手術道具を使って標本の蝶を蘇らせようとする少年。—ブッカー賞最終候補の著者による、日常と異常の境界を越えてしまい、異様な事態を引き起こした人々を描いた珠玉の短編集。〔1720〕

シャクティダラン, S.　Shakthidharan, S.

◇カウンティング＆クラッキング　ボーイ・オーバーボード—少年が海に落ちたぞ！　S. シャクティダラン作，モリス・グライツマン原作，パトリシア・コーネリアス脚色，佐和田敬司訳　横浜　オセアニア出版社　2022.11　147p　21cm　（オーストラリア演劇叢書 15）〈部分タイトル：難民たちの物語　原書名：Counting and cracking　Boy overboard〉2000円　①978-4-87203-119-5
|内容|カウンティング＆クラッキング（S・シャクティダラン作，佐和田敬司訳）〔1721〕

ジャコビ, カール　Jacobi, Carl

◇新編怪奇幻想の文学　2　吸血鬼　紀田順一郎，荒俣宏監修，牧原勝志編　新紀元社　2022.12　436p　20cm　〈他言語標題：Tales of Horror and Supernatural〉2500円　①978-4-7753-2040-2
|内容|黒の啓示（カール・ジャコビ著，渦巻栗訳）
＊古典・準古典の数々を通し、怪奇幻想の真髄に触れていただきたい。本書は、自由な想像力が創りだす豊かな世界への、恰好の道案内となることだろう。（編者）〔1722〕

ジャスティス, ジュリア　Justiss, Julia

◇イタリアの花嫁　ジュリア・ジャスティス作，長沢由美訳　ハーパーコリンズ・ジャパン　2024.11　330p　17cm　（ハーレクイン・ヒストリカル・スペシャル）〈原書名：ROGUE'S LADY〉827円　①978-4-596-71471-8
＊天涯孤独のアレグラは優しい親戚のもとに身を寄せていたが、親戚が亡くなるや、その新妻によるいじめが始まった。半分イタリアの血を引くアレグラは疎ましく思う新妻は、彼女を薄汚れた屋根裏の倉庫に追いやり、メイド扱いしようとした。そんな不遇なアレグラだったが、ある夜会で運命の出逢いを果たす—。女性を誘惑してもてあそぶと噂の悪名高き放蕩男爵ウィリアム。若い娘はみな怖がってこの男爵に近づこうとしないというのに、アレグラは彼の魅力に痺れている自分に戸惑った。さらに、その夜会で親戚の新妻がアレグラを見世物にしようとしたとき、ウィリアムが颯爽と前に進み出て、そつなく彼女を辱めから救い…。〔1723〕

◇男爵と売れ残りの花嫁　ジュリア・ジャスティス作，高山恵訳　ハーパーコリンズ・ジャパン　2024.7　252p　17cm　（ハーレクイン・ヒストリカル・スペシャル PHS330）〈原書名：THE WALLFLOWER'S LAST CHANCE SEASON〉827円　①978-4-596-63564-8
＊牧師の娘イライザは高貴な生まれではなく、持参金もわずかばかり。社交界デビュー2年目となる今年こそ、結婚を決めるか、それがだめなら一生独身か、二つに一つ—最後のチャンスだ。だがいまだに、地味で縁故もない彼女に関心を示す若者は現れない。ある日、舞踏会で中老の子爵が転びそうになったところを助け、子爵と仲よくなったイライザは、互いに好きな読書の話に花を咲かせていた。それを苦々しく見ていたのは、子爵の息子のストラサム男爵ジャイルズ。あの若くて貧しい娘は、裕福な子爵の後妻の座を狙っているのでは？　そこでジャイルズは監視するために自らイライザに近づくが、一緒にダンスを踊り、連弾をし、会話を交わすうち、彼女に魅了され…。〔1724〕

◇富豪伯爵に解かれた封印　ジュリア・ジャスティス作，鈴木たえ子訳　ハーパーコリンズ・ジャパン　2022.4　283p　17cm　（ハーレクイン・ヒストリカル・スペシャル PHS277）〈「解かれた封印」（ハーレクイン 2003年刊）の改題　原書名：MY LADY'S TRUST〉827円　①978-4-596-31953-1
＊英国屈指の富豪で有力者でもあるボウリュー伯爵は、弟が田舎で銃の暴発事故に遭って瀕死と聞き、急いで駆けつけた。見ると、ベッドに力なく横たわる弟のそばに、不格好な茶色のドレスに頭巾といういでたちの老婆がいた。なんでも、この村に暮らしている薬草医だという。今は夜で、目深にかぶった頭巾の陰になって顔がよく見えないが、こんな老婆にだいじな弟の命をまかせられるものか！　苛立ちを募らせるボウリュー伯爵はしかし、朝の訪れとともに、思いがけない光景を目にした—陽の光を浴びた"老婆"は、なんと若く美しい知性に富んだ顔の淑女だったのだ！—ヒロイン、ローラが身をやつして、ひっそりと暮らしているのは、以前の不幸せな人生から逃げ出してきたから。それを誰にも知られないようにしてきたのに、"謎解き名人"としても知られるヒーローは、何やら秘密を抱えている様子の彼女に興味深々で…。〔1725〕

◇ふさわしき妻は　ジュリア・ジャスティス作，遠坂恵子訳　ハーパーコリンズ・ジャパン　2023.8　284p　17cm　（ハーレクイン・ヒストリカル・スペシャル PHS309）〈ハーレクイン 2004年刊の再刊　原書名：THE PROPER WIFE〉827円　①978-4-596-52038-8
＊しおれた花束を手に、クラリサはメイドのお古を着て広場に立っていた。舞踏会の夜、不良貴族に

臆病者呼ばわりされて黙っていられず、花売り娘になれるか否かという賭けに応じてしまったのだ。レディが一人で夜の暗がりに立つなど危険すぎることも忘れて。案の定、通りがかりの粗暴な大男に路地裏へ引きずり込まれ、絶体絶命と思われたそのとき、長身の救世主が颯爽と現れた。彼の正体は、訳あって花嫁探しをしている不機嫌な子爵、シンジン！ 先ほどの舞踏会でクラリサに向かって、妻に求める条件を満たさない—慎みがなく、率直さも、節度もないと言い放った男性だ。ああ！ こんな惨めな姿を、誰よりも見られたくなかった相手なのに…。 〔1726〕

シャトーブリアン, フランソワ＝ルネ・ド　Chateaubriand, François René

◇アタラ　ルネ　フランソワ＝ルネ・ド・シャトーブリアン著，高橋昌久訳　大阪　風詠社　2023.6　159p　19cm　（マテーシス古典翻訳シリーズ 2）〈他言語標題：Atala et René　星雲社（発売）原書名：Atala　René〉1400円　①978-4-434-32134-4

内容　アタラ　ルネ 〔1727〕

シャーパー, エツァルト　Schaper, Edzard

◇星をみつめて　エツァルト・シャーパー著，阿部祐司訳　女子パウロ会　2022.5　103p　18cm　〈原書名：Die Legende vom vierten König〉1200円　①978-4-7896-0829-9

＊キリストの誕生を告げる星を追って、小さな王は祖国を旅立った。すべての贈り物を苦しむ人々に差し出し、長い年月を費やして、たどりついたのはエルサレム—戦時中ナチス・ドイツとソビエト連邦から死刑を宣告され、亡命先で強制送還の危機に陥った著者の壮絶な体験に根差した物語。 〔1728〕

シャープ, テス　Sharpe, Tess

◇詐欺師はもう嘘をつかない　テス・シャープ著，服部京子訳　早川書房　2023.1　598p　16cm　（ハヤカワ・ミステリ文庫 HM 501-1）〈原書名：THE GIRLS I'VE BEEN〉1480円　①978-4-15-185251-0

＊十七歳の少女ノーラは、恋人のアイリス、親友のウェスと銀行を訪れる。アイリスとウェスがぎくしゃくしていることに悩む彼女だったが、そんな状況を銃声が吹き飛ばす。銀行強盗によって人質にとられてしまう彼女たち。だが、ノーラはやつらを出し抜く術を考えていた。詐欺師の母と様々な修羅場を潜り抜けてきたノーラは、恋人と親友を助け出すため母とともに捨てた詐欺の技をもう一度使うことを決意する… 〔1729〕

シャーマン, ハワード　Sherman, Howard

◇紛争地域から生まれた演劇—戯曲集　13　Japanese Centre of International Theatre Institute　2022.3　47p　21cm　〈文化庁委託事業令和3年度次代の文化を創造する新進芸術家育成事業〉

内容　なによりつらいこと（ハワード・シャーマン作，月沢李歌子訳） 〔1730〕

ジャミール, エミセンラ

◇そして私たちの物語は世界の物語の一部となる—インド北東部女性作家アンソロジー　ウルワシ・ブタリア編，中村唯日本語版監修　国書刊行会　2023.5　286p　20cm　〈原書名：THE MANY THAT I AMの抄訳　THE INHERITANCE OF WORDSの抄訳ほか〉2400円　①978-4-336-07441-6

内容　丘に家が生えるところ　語り部（エミセンラ・ジャミール著，門脇智子訳）

＊バングラデシュ、ブータン、中国、ミャンマーに囲まれ、さまざまな文化や慣習が隣り合うヒマラヤの辺境。きわ立ってユニークなインド北東部から届いた、むかし霊たちが存在したころのように語られる現代の寓話。女性たちが、物語の力をとりもどし、自分たちの物語を語りはじめる。 〔1731〕

シャムジー, カミーラ　Shamsie, Kamila

◇帰りたい　カミーラ・シャムジー著，金原瑞人，安納令奈訳　白水社　2022.7　326p　19cm　〈原書名：HOME FIRE〉2900円　①978-4-560-09074-9

＊ロンドンで暮らすムスリムの3人姉弟の末っ子が、ジハード戦士だった父に憧れ、イスラム国に参加する。姉たちは弟を救い出そうとするが…。ブッカー賞最終候補、女性小説賞受賞作！ BBCが選ぶ「わたしたちの世界をつくった小説ベスト100」（過去300年に書かれた英語の小説が対象）の政治・権力・抗議活動部門で10作品に選ばれた傑作長篇！ 〔1732〕

シャーラ, マイクル　Shaara, Michael

◇吸血鬼は夜恋をする—SF＆ファンタジイ・ショートショート傑作選　ロバート・F・ヤング，リチャード・マシスン他著，伊藤典夫編訳　東京創元社　2022.12　387p　15cm　（創元SF文庫 SFシ12-1）〈文化出版局 1975年刊の増補〉1000円　①978-4-488-79301-2

内容　不滅の家系（マイクル・シャーラ著）

＊「アンソロジイという言葉のもとになったギリシャ語の意味は「花々を集めたもの」。立ちどまるほどではないが、歩く途中ひょっと目にとまり、見とれる花、つまり、理屈ぬきで楽しんでいただけるような小品を選ぶよう心懸けた」（伊藤典夫）。名翻訳家が初めて単独編纂した伝説のアンソロジイを半世紀ぶりに初文庫化。（SFマガジン）（奇想天外）の掲載作を追加し、全32編とした。 〔1733〕

シャランスキー, ユーディット　Schalansky, Judith

◇キリンの首　ユーディット・シャランスキー著，細井直子訳　河出書房新社　2022.7　239p

シャリ

20cm 〈原書名：DER HALS DER GIRAFFE〉2700円 ①978-4-309-20859-6
＊4年後の廃校が決まっている旧東ドイツのギムナジウム。生物教師インゲ・ローマルクの授業に、自由は存在しない。例年のごとく、生態系、遺伝、進化論を講ずる彼女だが、一人の女子生徒の存在とともに、完璧な教室に亀裂が生じはじめる。ヘッケルのクラゲの細密画、アナグマの剝製、あちこち折れた骨格標本、臓器のプラスチック模型⋯⋯美しい自然とさびれた村を舞台に綴られる驚異の物語。「もっとも美しいドイツの本」に選定。図版多数。　〔1734〕

ジャリ, アルフレッド　Jarry, Alfred

◇昼と夜　絶対の愛　アルフレッド・ジャリ著，佐原怜訳　幻戯書房　2023.7　313p　19cm　〈ルリユール叢書〉〈年譜あり　原書名：Les Jours et les Nuits　L'Amour absolu〉3000円　①978-4-86488-277-4
内容　昼と夜―ある脱走兵の小説　絶対の愛
＊アポリネール、ブルトン、レーモン・クノー、イヨネスコ、ボリス・ヴィアンら20世紀フランスの前衛作家たちに多大な影響を与えた、不条理の作家アルフレッド・ジャリ―兵役体験における生と存在を夢幻的に描く『昼と夜』、催眠術によって新しい世界を創造しようとする『絶対の愛』の小説2篇を収録。　〔1735〕

シャリーファ・パスン

◇わたしのペンは鳥の翼　アフガニスタンの女性作家たち著，古屋美登里訳　小学館　2022.10　254p　19cm　〈原書名：MY PEN IS THE WING OF A BIRD〉2100円　①978-4-09-356742-8
内容　遅番　なんのための友だち？（シャリーファ・パスン著）
＊口を塞がれた女性たちがペンを執り、鳥の翼のように自由に紡ぎ出した言葉の数々。女性嫌悪、家父長制、暴力、貧困、テロ、戦争、死。一日一日を生き抜くことに精一杯の彼女たちが、身の危険に晒されても表現したかった自分たちの居る残酷な世界と胸のなかの望む世界が羽ばたく美しい世界。アフガニスタンの女性作家18名による23の短篇集。　〔1736〕

シャルヴィス, ジル　Shalvis, Jill

◇かわいい秘書にご用心　ジル・シャルヴィス著，佐々木真澄訳　ハーパーコリンズ・ジャパン　2024.8　251p　15cm　〈ハーレクインSP文庫　HQSP-426〉〈ハーレクイン　2000年刊の再刊　原書名：WHO'S THE BOSS？〉545円　①978-4-596-77746-1
＊嘘でしょう？　働いたこともない私が"秘書"をするだなんて。ケイトリンは思わず天を仰いだ。彼女は確かに令嬢だった―昨日までは。だが彼女を甘やかしてくれた父は亡くなり、残ったのは多額の負債と理不尽な遺言だけ。父の経営する会社の子会社で社長秘書として働けというのだ。出社したケイトリンは初仕事として、受付のセクシーな男性と、まだ姿すら見たこともない社長の噂話をすることにした。だが、それが運の尽き⋯彼こそソフト開発の天才にして難物な仕事の鬼、社長のジョゼフ・ブラウンリーだった！　〔1737〕

ジャレット, ミランダ　Jarrett, Miranda

◇黄金の公爵と名もなき乙女　ミランダ・ジャレット作，永幡みちこ訳　ハーパーコリンズ・ジャパン　2023.5　284p　17cm　〈ハーレクイン・ヒストリカル・スペシャル PHS303〉〈「黄金の誓い」（ハーレクイン 2005年刊）の改題　原書名：THE GOLDEN LORD〉827円　①978-4-596-77011-0
＊洒落者の公爵ブラントは事業にも成功し、満ち足りた日々を送っていた。頭の回転が速く、スポーツ万能で、神秘的な雰囲気の彼は学生時代、"金の王"と呼ばれていた―数字に強くてカードの才能があり、彼が手にした賭金の金貨同様、黄金に輝く髪がその名の由来だ。そんなブラントにとってただ一つの不安は、ある秘密をあばかれること。どれだけ努力しても、文字が理解できないのだ。この秘密がある限り、愛する女性とも、結婚とも無縁だと考えていた。ところがある日、彼は林に倒れている娘を発見する。じつに美しい！　その娘はブラントの顔を見ると、さもしおらしげな様子で囁いた。「わたし⋯自分の名前がわからないわ」　〔1738〕

◇聖なる夜に　アン・グレイシー，ミランダ・ジャレット，リン・ストーン著，すなみ翔訳　ハーパーコリンズ・ジャパン　2022.11　284p　17cm　〈ハーレクイン・ヒストリカル・スペシャル PHS291〉〈ハーレクイン 2004年刊の再刊　原書名：THE VIRTUOUS WIDOW　A GIFT MOST RAREほか〉827円　①978-4-596-74978-9
内容　サファイアの魔法（ミランダ・ジャレット作，すなみ翔訳）
＊貧しくも女手一つで懸命に幼い娘を育てるエリー。ある雪の夜、家の前に見知らぬ男性が倒れていた。記憶喪失の彼を看病するうち、いつしかエリーは彼を愛するように。しかしそれも彼の素性が明らかになるまでのこと。まさか、彼の正体が伯爵とはつゆ知らず⋯。（『雪のプロローグ』）
もとはレディでありながら家庭教師に身をやつすセーラの前に、思いもよらぬ人物が現れた―公爵の弟にして"サファイア王"と呼ばれるほど富を築いた大富豪レヴィール。かつては愛し合ったのに、セーラを捨て去った男との6年ぶりの再会。彼女の心は複雑に揺れた。だが今、一介の使用人と上流階級の来客という身分の壁に阻まれ、セーラは彼と自由に話すことさえままならないのだった。（『サファイアの魔法』）　男爵の娘ベスは生涯独身を通すと決めている。自分勝手な人間の多い貴族社会にはもううんざりだから。そこで、父が決めた意に染まぬ婚約者をかわすために、幼なじみの貴族ジャックに求婚者のふりをしてほしいと頼み、偽りの婚約劇を繰り広げることに。実のところ、ジャックはベスを本当の妻にするつもりでい

るとは思いもせずに。(『クリスマスは伯爵と』)。リージェンシー・ロマンスの名手たちが贈る、愛の奇跡がきらめくクリスマス短篇集！〔1739〕

ジャン, C.パム　Zhang, C.Pam

◇その丘が黄金ならば　C・パム・ジャン著, 藤井光訳　早川書房　2022.7　381p　19cm〈原書名：HOW MUCH OF THESE HILLS IS GOLD〉2700円　①978-4-15-210151-8

＊ゴールドラッシュが過ぎ去った黄昏のアメリカ。かつて黄金が埋まっていたこの地も、今は乾いた金色の草だけが覆っている。炭坑の町で暮らす中国系移民一家の子供、11歳のサムと12歳のルーシーは、明け方に爸(ちち)が亡くなっていることに気づいた。媽を数年前に失った二人には、もう居場所はない。だから町から逃げ出し、爸の亡骸を葬る旅に出る。現実的で、協調性を重んじるルーシーと、奔放で、自らの信念を貫こうとするサム。二人で始めたはずの旅はやがて、それぞれの居場所を問うものへと変わっていく—現実と幻想、歴史と神話を織り交ぜながら、ある移民一家の喪失と再生を描く長篇。〔1740〕

ジャンツ, キャロライン　Jantz, Caroline

◇天使の靴音　キャロライン・ジャンツ作, 田村たつ子訳　ハーパーコリンズ・ジャパン　2023.5　156p　17cm（ハーレクイン・ロマンス R3775—伝説の名作選）〈ハーレクイン・エンタープライズ日本支社 1987年刊の再刊　原書名：SEPARATE LIVES〉664円　①978-4-596-77017-2

＊20歳のグウェンは朝から晩まで働きづめだった。車の衝突事故で両親と義兄をいっぺんに亡くし、重傷の姉と姪の医療費は彼女が支払うしかなかったのだ。限界を迎えたグウェンが過労で倒れかけたとき、思いがけない救いの手が差し伸べられた。「1年間の契約で僕と結婚してくれたら15万ドル支払おう」突然現れた実業家ブラッドは冷淡な顔で言い放った。ビジネスで結婚？ 愛などは必要ないというの？ だが、その青い瞳に一瞬で魅せられたグウェンは決めた。彼のことをもっと知りたい。たとえ1年だけだとしても。〔1741〕

ジュ, イー

◇紛争地域から生まれた演劇―戯曲集　13　Japanese Centre of International Theatre Institute　2022.3　47p　21cm〈文化庁委託事業令和3年度次代の文化を創造する新進芸術家育成事業〉

[内容]訪ねてきてくれてありがとう(ジュ・イー作, 月沢李歌子訳)〔1742〕

シュ, テンシン　朱 天心

◇華語文学の新しい風　劉瓊欣, ワリス・ノカン, 李娟他著, 王德威, 高嘉謙, 黃英哲, 張錦忠, 及川茜, 濱田麻矢編, 小笠原淳, 津守陽他訳　白水社　2022.11　357p　20cm（サイノフォン 1）3200円　①978-4-560-09875-2

[内容]『三十三年京都の夢』抄(朱天心作, 濱田麻矢訳)

＊近年注目を集めている華語文学の新たな流れを紹介するシリーズ"サイノフォン"の第1巻。香港の高層ビルからチベットの聖なる湖まで、シカゴのバーからマレーシアの原生林まで。小説、旅行記、詩、SFなど、多様なジャンルから世界を切り取る17篇。〔1743〕

シュ, ヨウショウ　朱 耀燮

⇒チュ, ヨソブ を見よ

シュ, ワシ　朱 和之

◇南光　朱和之著, 中村加代子訳　春秋社　2024.5　383p　20cm（アジア文芸ライブラリー）2600円　①978-4-393-45506-7

＊ライカを手に変わりゆく台湾を写し続けたひとりの写真家がいた。日本統治時代の台湾に生まれ、法政大学カメラ部でライカと出会った南光こと鄧騰煇。モダン都市・東京と戦争と戦後の動乱、台湾写真史を鮮やかに描き出す。巻末に南光による写真12点を掲載。歴史小説の名手・朱和之が南光の残した写真をもとに、たぐいまれな想像力で写真家の人生と台湾写真史を描き出す。羅曼・羅蘭百萬小說賞受賞作。〔1744〕

シュウ, コウキ　周 浩暉

◇7人殺される　周浩暉著, 阿井幸作訳　ハーパーコリンズ・ジャパン　2024.12　511p　15cm（ハーパーBOOKS）〈原書名：THE SEVEN SINS〉1545円　①978-4-596-52926-8

＊高層マンションの一室から女性の遺体が発見された。刑事羅飛が現場に急行すると、女性は毒薬の風呂に浸かり、肌を火傷しながら恍惚の表情を浮かべていた。さらに、被害者の元恋人で傲慢な金持ちの息子が局部から大量出血し死亡した。いずれの現場にも直前に宅配便が届き、その差出人が次の被害者になると読んだ羅飛は事件を防ごうと奔走する。だがそれを嘲笑うかのように次々と犠牲者が生まれ—。〔1745〕

◇邪悪催眠師　周浩暉著, 阿井幸作訳　ハーパーコリンズ・ジャパン　2022.8　550p　15cm（ハーパーBOOKS M・シ6・1）〈他言語標題：WOUND IN THE HEART〉1200円　①978-4-596-74734-1

＊龍州市で怪事件が発生した。ある男はゾンビのように人の顔を食いちぎり、またある男はハトのようにビルから飛び立ち死亡。まもなく"生死を操れる"という催眠師による犯行予告がネット上で発見され、数日後に開かれる催眠師大会への参加が判明。刑事の羅飛は、大会主催者で催眠療法の第一人者といわれる凌明棋に協力を仰ぎ、捜査を進めるが、その先には恐るべき陥穽が待ち受けていた—。〔1746〕

シュヴァホウチェク, スタニスラフ

◇チェコSF短編小説集 2 カレル・チャペック賞の作家たち　平野清美編訳　ヤロスラフ・オルシャ・jr., ズデニェク・ランパス編　平凡社　2023.2　505p　16cm　（平凡社ライブラリー939）〈原書名：Bílá hůl ráže 7,62　Nikdy mi nedáváš peníze ほか〉1900円　①978-4-582-76939-5

内容　原始人（スタニスラフ・シュヴァホウチェク著, 平野清美訳）

＊一九六八年のソ連軍を中心とした軍事侵攻以降、冬の時代を迎えていたチェコスロヴァキア。八〇年代、ゴルバチョフのペレストロイカが進むとSF界にも雪融けが訪れる。学生らを中心としたファンダムからは"カレル・チャペック賞"が誕生し、多くの作家がこぞって応募した。アシモフもクラークもディックも知らぬままに手探りで生み出された熱気と独創性溢れる一三編。〔1747〕

シュヴァルツェンバッハ, アンネマリー　Schwarzenbach, Annemarie

◇雨に打たれて—アンネマリー・シュヴァルツェンバッハ作品集　アンネマリー・シュヴァルツェンバッハ, 酒寄進一訳　福岡　書肆侃侃房　2022.9　223p　20cm　〈原書名：Bei diesem regen〉2000円　①978-4-86385-540-3

＊1930年代、ナチスに迎合する富豪の両親に反発し、同性の恋人と共に中近東を旅したスイス人作家がいた。同じように世界に居場所を失い、中近東に流れ着いた人々がいた。旅先で出会った人々を繊細な筆致で描いた、さすらう魂の吹き溜まりのような短編集。〔1748〕

シュヴァルツ＝バルト, アンドレ　Schwarz-Bart, André

◇さらばボゴタ　シモーヌ・シュヴァルツ＝バルト, アンドレ・シュヴァルツ＝バルト著, 中里まき子訳　水声社　2023.11　237p　20cm　（フィクションの楽しみ）〈原書名：ADIEU BOGOTA〉2700円　①978-4-8010-0786-4

＊火山の噴火でカリブ海の故郷を追われ、世界を彷徨し、最期にパリの施設にたどり着いたマリオットが紡ぐ、ある一族の歴史＝人生の物語。奴隷たちの先頭に立って戦い、出産後すぐに処刑された実在の黒人女性から始まる家族の物語、ユダヤ系フランス人アンドレとグアドループ出身のシモーヌによる代表作！〔1749〕

シュヴァルツ＝バルト, シモーヌ　Schwarz-Bart, Simone

◇さらばボゴタ　シモーヌ・シュヴァルツ＝バルト, アンドレ・シュヴァルツ＝バルト著, 中里まき子訳　水声社　2023.11　237p　20cm　（フィクションの楽しみ）〈原書名：ADIEU BOGOTA〉2700円　①978-4-8010-0786-4

＊火山の噴火でカリブ海の故郷を追われ、世界を彷徨し、最期にパリの施設にたどり着いたマリオットが紡ぐ、ある一族の歴史＝人生の物語。奴隷たちの先頭に立って戦い、出産後すぐに処刑された実在の黒人女性から始まる家族の物語、ユダヤ系フランス人アンドレとグアドループ出身のシモーヌによる代表作！〔1750〕

シュウェブリン, サマンタ　Schweblin, Samanta

◇救出の距離　サマンタ・シュウェブリン著, 宮﨑真紀訳　国書刊行会　2024.9　189p　20cm　〈原書名：DISTANCIA DE RESCATE〉3000円　①978-4-336-07633-5　〔1751〕

シューウェル, アンナ　Sewell, Anna

◇黒馬物語—世界で最も愛読されている動物物語 "馬の自叙伝"　アンナ・シューエル作, ヴィクター・アンブラス画, 阿部和江訳　メトロポリタンプレス　2022.7　64p　26cm　〈文園社2003年刊の再刊　原書名：Black Beauty〉1800円　①978-4-909908-52-0

＊名馬ブラック・ビューティが活躍するこの物語は、動物を愛する世界中の子どもたちの愛読書として、時代を越えて読みつがれています。この要約版では、ビューティが、その波瀾に満ちた半生の中で、共に働いた友達や人間たち、さまざまな思い出、自分の住んだ町や村について語っています。アンナ・シューエルは19世紀後半、心ない人によってむごい扱いを受けていた馬たちの境遇を改善しようと、この物語を書きました。我々21世紀の読者にとっては、ビクトリア時代のロンドンを知る格好の書であり、また、誰もがページの端々にあふれる動物愛護の祈りに心打たれずにはいられないことでしょう。この版では、美しい挿絵によって、お子さま方を、物語のそれぞれの場面に誘うように編集されています。また、ビューティが語る物語をよりよく理解できるように、ページの左右に"豆知識欄"を設け、たくさんの写真や絵によって、当時のロンドンや田舎にいた馬や馬車馬の事実、馬の扱い方などについて学べるように工夫してあります。この魅力にあふれた本は、動物を愛する新しい世代の方々にも、きっと楽しく理解していただけるでしょう。〔1752〕

◇黒馬物語　アンナ・シューウェル著, 三辺律子訳　光文社　2024.5　438p　16cm　（光文社古典新訳文庫 KAシ13-1）〈年譜あり　原書名：BLACK BEAUTY〉1300円　①978-4-334-10320-0

＊馬の扱いに長けた人間たちや、仲間のメリーレッグスやジンジャーと楽しく暮らしていたブラックビューティー。ときに浅はかな人間に酷使される馬たちの姿に心を痛めたが、彼にも都会の馬車馬としての過酷な運命が待っていたのだった。馬の視点から語られた動物文学の歴史的傑作。〔1753〕

シュウォーツ, デルモア　Schwartz, Delmore

◇アメリカン・マスターピース　準古典篇　シャーウッド・アンダーソン他著, 柴田元幸編

訳　スイッチ・パブリッシング　2023.7　253p　20cm　〈SWITCH LIBRARY―柴田元幸翻訳叢書〉〈他言語標題：AMERICAN MASTERPIECES　原書名：The Book of Harlem　A Party Down at the Squareほか〉　2400円　①978-4-88418-617-3

内容　夢の中で責任が始まる（デルモア・シュウォーツ著，柴田元幸訳）

＊アメリカ合衆国で書かれた短篇小説、その "名作中の名作" を選ぶ。ヘミングウェイ、フォークナーなどの巨匠による「定番」から、ハーストン、ウェルティ、オルグレンの本邦初訳作まで。激動の時代、20世紀前半に執筆・発表された全12篇を収録。　〔1754〕

シュオッブ, マルセル　Schwob, Marcel

◇ドラキュラ　ドラキュラ―吸血鬼小説集　種村季弘編　新装版　河出書房新社　2023.2　253p　15cm　（河出文庫　た4-53）　880円　①978-4-309-46776-4

内容　吸血鳥（マルセル・シュオッブ著，種村季弘訳）　〔1755〕

◇夢の扉―マルセル・シュオッブ名作名訳集　マルセル・シュオッブ著，上田敏ほか訳　国書刊行会　2023.11　309p　20cm　〈原書名：La Porte des rêves〉　4200円　①978-4-336-07594-9

内容　絵師パオロ・ウッチェロ（渡辺一夫訳）　犬儒哲人クラテース（渡辺一夫訳）　神となつたエンペドクレス（渡辺一夫訳）　小説家ペトロニウス（渡辺一夫訳）　土占師スフラア（矢野目源一訳）　大地炎上（矢野目源一訳）　モッフレエヌの魔宴（矢野目源一訳）　卵物語（矢野目源一訳）　尊者（矢野目源一訳）　081号列車（鈴木信太郎訳）　黄金仮面の王（松室三郎訳）　骸骨（青柳瑞穂訳）　木乃伊つくる女（日影丈吉訳）　ミレーの女達（日影丈吉訳）　睡れる市（日影丈吉訳）　吸血鳥（種村季弘訳）　浮浪学生の話（上田敏訳）　遊行僧の話（堀口大學訳）　癲病やみの子供の話（上田敏訳）　法王の祈禱（上田敏訳）　三人の子供の話（山内義雄訳）　三人童子の話（日夏耿之介訳）　エンペドクレス〈抄〉（澁澤龍彥訳）　パオロ・ウッチェロ〈抄〉（澁澤龍彥訳）　絵師パオロ・ウッチェロ　犬儒哲人クラテース　神となつたエンペドクレス　小説家ペトロニウス　土占師スフラア　大地炎上　モッフレエヌの魔宴　卵物語　尊者　081号列車　黄金仮面の王　骸骨　木乃伊つくる女　ミレーの女達　睡れる市　吸血鳥　浮浪学生の話　遊行僧の話　癲病やみの話　法王の祈禱　三人の子供の話　三人童子の話

＊初の単行本化となる渡辺一夫訳の『架空の伝記』をはじめ、上田敏、堀口大學、日夏耿之介、日影丈吉、澁澤龍彥、種村季弘ほか12人、空前絶後の豪華翻訳陣による絢爛たる幻想短篇集。バルビエ他の挿絵も多数収録。　〔1756〕

シュピルマン, ウワディスワフ　Szpilman, Władysław

◇戦場のピアニスト　ウワディスワフ・シュピルマン著，佐藤泰一訳　新装版　春秋社　2023.11　275p　19cm　〈2003年刊の増補　原書名：THE PIANIST〉　2000円　①978-4-393-49542-1　〔1757〕

シュピンドラー, カール　Spindler, Karl

◇ドイツ・ヴァンパイア怪縁奇談集　ラウパッハ、シュピンドラー他著，森口大地編訳　幻戯書房　2024.2　458p　19cm　（ルリユール叢書）〈文献あり　年表あり　原書名：Die Todtenbraut Laßt die Todten ruhen.Ein Mährchenほか〉　4200円　①978-4-86488-292-7

内容　ヴァンパイアの花嫁（カール・シュピンドラー著，森口大地訳）　〔1758〕

シュペルヴィエル, ジュール　Supervielle, Jules

◇教科書の中の世界文学―消えた作品・残った作品25選　秋草俊一郎，戸塚学編　三省堂　2024.2　285p　21cm　〈文献あり〉　2500円　①978-4-385-36237-3

内容　動作（ジュール・シュペルヴィエル著，安藤元雄訳）　〔1759〕

シュミッツ, ジェイムズ・H.　Schmitz, James H.

◇惑星カレスの魔女　ジェイムズ H.シュミッツ著，鎌田三平訳　新版　東京創元社　2024.12　432p　15cm　（創元SF文庫）〈原書名：THE WITCHES OF KARRES〉　1000円　①978-4-488-70802-3

＊商業宇宙船のパウサート船長は、寄港先でひとの揉め事に首を突っ込み、ついつい幼い奴隷三姉妹を助けてしまったのが運のつき。彼女らがよりによって惑星カレスから来た魔女だったとは！　禁断の星カレスと接触し恋人も故郷も失って行き場をなくした船長は、銀河じゅうを騒動の渦に巻き込むこの星と命運を共にすることに。ユーモア・スペース・オペラの傑作。ヒューゴー賞候補作。　〔1760〕

シュリンク, ベルンハルト　Schlink, Bernhard

◇別れの色彩　ベルンハルト・シュリンク著，松永美穂訳　新潮社　2023.2　261p　20cm　（CREST BOOKS）〈原書名：Abschiedsfarben〉　2100円　①978-4-10-590186-8

内容　人工知能　アンナとのピクニック　姉弟の音楽　ペンダント　愛娘　島で過ごした夏　ダニエル、マイ・ブラザー　老いたるがゆえのシミ　記念日

＊年齢を重ねた今だからわかる、あの日の別れの本当の意味を―。男と女、親と子、友だち、親しい隣人…。ドイツの人気作家が、さまざまな別離をカ

ラフルに描き出す円熟の最新短篇集。〔1761〕

シュルツェ, シャロン　Schulze, Sharon
◇麗しの男装の姫君　シャロン・シュルツェ作, 石川園枝訳　ハーパーコリンズ・ジャパン　2023.4　284p　17cm　(ハーレクイン・ヒストリカル・スペシャル PHS301)〈「塔を守る貴婦人」(ハーレクイン 2006年刊)の改題　原書名：BRIDE OF THE TOWER〉827円　①978-4-596-76869-8

＊亡き父に代わり、男装して城を守っているジュリアナは、身も心も男になりきるために純潔を守り、修道女のように暮らしてきた。美しい貴婦人のガウンに袖も通さず、ささやかなレディの嗜みといえば、母が遺してくれた香りのよい石鹸をそっと使うことだけ…。ある夜、彼女は、何者かに襲われて深手を負った騎士を森で発見する。顔面蒼白で意識を失ったその男性を城に連れ帰り、寝ずの看病をするうち、ジュリアナは今まで感じたことのない、感じてはいけない興奮を覚えた。私が女であると強く思わせる、彼のたくましい体、ハンサムな容姿。いいえ、そんなことを考えちゃだめよ！彼は敵かもしれないのに！だが、目を覚ました彼の青く美しい瞳に、ジュリアナは心を奪われた―。〔1762〕

シュルマン, アレックス　Schulman, Alex
◇生存者　アレックス・シュルマン著, 坂本あおい訳　早川書房　2023.7　255p　19cm〈原書名：ÖVERLEVARNA〉3400円　①978-4-15-210253-9

＊スウェーデン、夏。湖畔のコテージ。9歳のベンヤミンは三兄弟の真ん中で、弟のピエールは7歳、兄のニルスは13歳。湖で水泳競争をしたり、白樺の森を探検したり、黄金のひとときを過ごしていた―両親の機嫌を損ねないようにしながら。そして、ある日を境にコテージを訪れることはなくなった。20年後、三兄弟は母親の骨壺を持ってコテージに戻ってくる。目を背け、沈黙に覆われてきたあの夏の真実と対峙するために―スウェーデンを代表する作家が、少年時代の「過去」と、時間に逆行して語られる「現在」を巧みに交差させて描く家族の物語。〔1763〕

シュレイダー, カール　Schroeder, Karl
◇黄金の人工太陽―巨大宇宙SF傑作選　ジャック・キャンベル, チャーリー・ジェーン・アンダーズ他著, ジョン・ジョゼフ・アダムズ編, 中原尚哉他訳　東京創元社　2022.6　547p　15cm　(創元SF文庫 SFん10-4)〈責任表示はカバーによる　原書名：COSMIC POWERS〉1360円　①978-4-488-77204-8

|内容| 黄金の人工太陽 (カール・シュレイダー著, 中原尚哉訳)

＊SFとファンタジーの基本はセンス・オブ・ワンダーだ。そして並はずれたセンス・オブ・ワンダーを味わえるのは、超人的なヒーローが宇宙の命運をかけて銀河のかなたで恐ろしい敵と戦う物語だ(序文より)―常識を超える宇宙航行生物、謎の巨大異星構造物、銀河を吹き飛ばす超爆弾。ジャック・キャンベルら豪華執筆陣による、SFならではの圧倒的スケールで繰り広げられる傑作選。〔1764〕

シュレーゲル, フリードリヒ　Schlegel, Friedrich
◇ルツィンデ―他三篇　フリードリヒ・シュレーゲル著, 武田利勝訳　幻戯書房　2022.2　354p　19cm　(ルリユール叢書)〈他言語標題：Lucinde und drei kritische Schriften　年譜あり　原書名：Kritische Friedrich-Schlegel-Ausgabeの抄訳〉3600円　①978-4-86488-240-8

＊「精神と官能」「男と女」―色鮮やかな生の無限の混沌を、あふれる機知とイロニーでもって、めくるめくアラベスクへと織りあげたマニエリスム小説の傑作『ルツィンデ』のほか、文学と哲学、そして愛をめぐるフリードリヒ・シュレーゲルの初期批評3篇を収録。〔1765〕

シュローフ＝シャー, ミッティ　Shroff-Shah, Meeti
◇テンプルヒルの作家探偵　ミッティ・シュローフ＝シャー著, 国弘喜美代訳　早川書房　2024.11　431p　16cm　(ハヤカワ・ミステリ文庫 HM 522-1)〈原書名：A MUMBAI MURDER MYSTERY〉1500円　①978-4-15-186301-1

＊スランプに陥った作家ラディは、ニューヨークからムンバイの高級住宅街テンプルヒルへと戻ってきた。彼女は、妊娠中の親友サンジャナの父親キルティが自宅の書斎で死んだことを知る。警察は自殺だと結論付けたが、ラディは疑問をおぼえ調査に乗り出す。書斎に残された二つのカップ。何かを隠す殺害者家族。そして被害者が抱えていた秘密が明らかになり…インドのアガサ・クリスティーによる痛快無比の謎解きミステリ！〔1766〕

シュワブ, V.E.　Schwab, Victoria E.
◇アディ・ラルーの誰も知らない人生　上　V・E・シュワブ著, 高里ひろ訳　早川書房　2022.2　326p　19cm〈原書名：THE INVISIBLE LIFE OF ADDIE LARUE〉1700円　①978-4-15-210082-5　〔1767〕

◇アディ・ラルーの誰も知らない人生　下　V・E・シュワブ著, 高里ひろ訳　早川書房　2022.2　326p　19cm〈原書名：THE INVISIBLE LIFE OF ADDIE LARUE〉1700円　①978-4-15-210083-2　〔1768〕

シュワルツ, デルモア　Schwartz, Delmore
◇夢のなかで責任がはじまる　デルモア・シュワルツ著, 小澤身和子訳　河出書房新社　2024.7　304p　20cm〈原書名：In Dreams Begin Responsibilities and Other Stories〉2900円

①978-4-309-20908-1
内容 夢のなかで責任がはじまる　アメリカ！　アメリカ！　この世界は結婚式　大晦日　卒業式のスピーチ　陸上競技会　生きる意味は子どもにあり　スクリーノ
＊「夢のなかで責任がはじまる」という一作の短編により鮮烈な登場を果たすや、ウラジーミル・ナボコフ、T.S.エリオットらにその鋭い才能を絶賛され、20世紀アメリカ文学史上に一条の軌跡を残した伝説的作家デルモア・シュワルツ。サリンジャー、チーヴァー、フィッツジェラルドの系譜に連なる、若者たちの焦りと輝きをクールな筆致で捉えた「新世代の代弁者」、待望の本邦初作品集。　〔1769〕

ショー, シャンテル　Shaw, Chantelle

◇偽りの復縁　シャンテル・ショー作，柿原日出子訳　ハーパーコリンズ・ジャパン　2023.12　156p　17cm　（ハーレクイン・ロマンス R3831—伝説の名作選）〈2015年刊の再刊　原書名：TO WEAR HIS RING AGAIN〉664円　①978-4-596-52822-3
＊3年前、イザベルは秘書の代理として派遣された先で、イタリア人侯爵で実業家のコンスタンティンに見初められた。貧しい炭鉱の村で育ったイザベルとは身分が違いすぎたが、二人の情熱は激しく燃え上がり、彼女はやがて妊娠。コンスタンティンは責任を取って結婚を申し込んだ。だが、ほどなくして不幸にもイザベルは流産してしまう。急によそよそしく冷淡になった夫に、彼女は言葉を失った。大切な我が子が亡くなったというのに、なぜ平気でいられるの？　結局、あなたが愛情深く振る舞うのはベッドの上だけ―傷心のイザベルは家を出るが、彼から復縁を打診されて…。　〔1770〕

◇公爵の跡継ぎを宿した乙女　シャンテル・ショー作，柿原日出子訳　ハーパーコリンズ・ジャパン　2023.2　156p　17cm　（ハーレクイン・ロマンス R3752—伝説の名作選）〈「スペイン公爵の愛人」（ハーレクイン 2012年刊）の改題　原書名：HIS UNKNOWN HEIR〉664円　①978-4-596-75831-6
＊その夜、ローレンは愛するラモンに妊娠を伝えるつもりだった。ところが二人の将来に話を向けたとたん、衝撃の事実を告げられた。ラモンは、実は巨大コングロマリットのCEOであり、さらにはスペインの公爵家の跡取りだというのだ。いずれ貴族の血を引く"ふさわしい女性"を花嫁に迎える、とも。ローレンは、何も言えずに彼のもとを去るしかなかった。1年半後、育児と仕事に忙殺される毎日を送るローレンの前に、ラモンが再び現れて命じる。「愛人として戻ってこい」怒りと屈辱、愛し子の存在を知られる恐怖にローレンは震えた。　〔1771〕

◇白騎士にさらわれた花嫁　シャンテル・ショー作，さとう史緒訳　ハーパーコリンズ・ジャパン　2022.4　156p　17cm　（ハーレクイン・ロマンス R3675—純潔のシンデレラ）〈原書名：THE ITALIAN'S BARGAIN FOR HIS BRIDE〉664円　①978-4-596-33339-1
＊祖父が急死し、たった一人の孫であるパロマは突然、巨額の遺産と会社を引き継がねばならなくなった。何者かに命を狙われ、劣悪な役員たちの妨害に遭う中、パロマに救いの手を差しのべたのは祖父の右腕だったダニエレ、彼女が十代のころから憧れ続けているイタリア人実業家だった。さらに彼は驚くべき提案をする。偽装結婚を申し込んだのだ。僕がボディガード代わりになり、会社経営も助けるからと。彼の言葉に、一瞬胸を躍らせたパロマはすぐに自分を戒めた。私は偽りの花嫁になるのよ。だってこれは契約だもの。　〔1772〕

◇スペインから来た悪魔　シャンテル・ショー作，山本翔子訳　ハーパーコリンズ・ジャパン　2024.5　220p　17cm　（ハーレクイン・ロマンス R3876—伝説の名作選）〈2018年刊の再刊　原書名：THE SECRET HE MUST CLAIM〉673円　①978-4-596-54091-1
＊誕生日の夜、コルテスと名乗る黒髪の男性にひと目で惹かれ、純潔を捧げたエリン。だが翌朝、彼は消えていた。1年後、養父が亡くなり無一文になったエリンのもとに、コルテスが現れ、裕福なスペインの銀行家だと明かす。黒髪に黒い目、そして瞳には金色の斑点―彼が消えたあと、必死に産み育ててきた息子ハリーと同じ。「あなたの子よ」溢れる想いとともに告げたエリンの言葉を、コルテスは信じないばかりか、彼女を金目当てと決めつけた。だが後日、DNA鑑定でハリーが我が子だと知るや彼は言った。「1000万ポンドで、息子の監護権を買いたい」　〔1773〕

◇大富豪と百万分の一の奇跡　シャンテル・ショー作，上田なつき訳　ハーパーコリンズ・ジャパン　2023.4　156p　17cm　（ハーレクイン・ロマンス R3769—純潔のシンデレラ）〈原書名：A BABY SCANDAL IN ITALY〉664円　①978-4-596-76941-1
＊「君との間に子供を作るようなまねはしなかったはずだ」イタリア富豪ラファの言葉に、アイヴィーはひどく傷ついた。最後の蓄えを使ってローマまでの格安航空券を買ったのは、亡き姉が育てていた子の父親に会いに行くためだった。しかし、父親のはずのラファはアイヴィーを赤ん坊の母親と誤解して事実無根だと否定し、彼女は追い払われてしまう。十代で白血病になってから、私は恋愛も出産もあきらめた。女らしさはなくしたと思ったのに、なぜあんな人に胸がときめいたの？　ところがその後ラファは再び現れ、アイヴィーに結婚を迫ってきた。そしてとまどう彼女に熱い視線を向け、無垢な唇を奪って勝ち誇った。　〔1774〕

◇ホテル王に隠した秘密　シャンテル・ショー作，神鳥奈穂子訳　ハーパーコリンズ・ジャパン　2022.2　156p　17cm　（ハーレクイン・ロマンス R3655—純潔のシンデレラ）〈原書名：NINE MONTHS TO TAME THE TYCOON〉664円　①978-4-596-31640-0
＊いまいましいタキス・サマラス！　リサはベッドで枕を叩いた。姉の結婚式で、リサは新婦の付添人、タキスは新郎の付添人で、初対面なのに強く惹かれ合った。少なくともリサはそう感じた。長身で逞

しい彼は、ギリシアでホテルチェーンを率いる富豪。恋人は作らない主義と公言してはばからない彼は、リサがヴァージンだと告げると、信じず去っていった。そんなタキスのことなどきっぱり忘れたはずだった――ある夜、チャリティパーティで再会するまでは。彼は鋼のようなグレーの瞳で見つめて言う。「君と最高の一夜を共にしたい」 〔1775〕

◇貧しき乙女は二度恋におちる シャンテル・ショー作，悠木美桜訳 ハーパーコリンズ・ジャパン 2024.1 156p 17cm 〈ハーレクイン・ロマンス R3841〉〈原書名：PENNILESS CINDERELLA FOR THE GREEK〉 673円 ①978-4-596-53175-9

＊父が詐欺罪で逮捕され、莫大な借金を残して獄死したあと、サヴァンナは難病の母を介護しながら必死で働いてきた。ある日、知り合ったばかりのデート相手に誘われるまま、彼女がホテルに足を踏み入れると、怒りもあらわな男性にいきなり詰め寄られた。ディミトリス！ どうしてここに？「その男は僕の婚約者だ。きみは妹の結婚を台なしにした！」10年前、サヴァンナを捨てて去った彼は今や有名な大富豪だ。優しかったディミトリスはもういない。でも誤解だけは解きたい。夢中で抗議するうち、サヴァンナは彼の腕にかき抱かれて…。 〔1776〕

◇無垢な公爵夫人 シャンテル・ショー著，森島小百合訳 ハーパーコリンズ・ジャパン 2024.5 205p 15cm （ハーレクイン文庫 HQB-1231―珠玉の名作本棚）〈ハーレクイン 2008年刊の再刊 原書名：THE SPANISH DUKE'S VIRGIN BRIDE〉 691円 ①978-4-596-77586-3

＊グレースは父が銀行の金を横領したと知り、衝撃を受ける。重病の母を救いたい一心で治療法を探し回っていた父は、やがて心を病んで、勤め先の金に手をつけてしまったのだ。こうなったら、銀行頭取の公爵ハビエルに赦しを乞うしかない。スペインの"獅子城"に向かったグレースを迎えた公爵は、背が高くて恐ろしく威圧的な、琥珀色の瞳の美しい男だった。「なんでもします。父を助けてください」そう懇願した彼女に、公爵は交換条件を出した――1年間、ぼくの妻になるなら、と！ 愛と、誇りと、純潔。すべてを捨てる覚悟で、グレースは頷いた。 〔1777〕

ショー, バーナード　Shaw, Bernard

◇バーナード・ショー戯曲集 上 フェミニズムの地平 バーナード・ショー著，日本バーナード・ショー協会編訳 横浜 春風社 2024.4 504,2p 21cm 〈原書名：The Bodley Head Bernard Shaw.7vols〉 4500円 ①978-4-86110-938-6
内容 ウォレン夫人のお仕事（森川寿訳） 分からぬもんですよ（山本博行訳） 結婚しかけて（松本承子訳） ファニーの初めての戯曲（大浦龍一訳） ピグマリオン（大江麻里子訳） ミリオネアレス（山口美知代訳） 〔1778〕

◇バーナード・ショー戯曲集 下 民族主義と帝国主義の相克 バーナード・ショー著，日本バーナード・ショー協会編訳 横浜 春風社 2024.4 531,35p 21cm 〈文献あり 年譜あり 年表あり 原書名：The Bodley Head Bernard Shaw.7vols〉 4500円 ①978-4-86110-939-3
内容 ブラスバウンド船長の改宗（大塚辰夫，森岡稔訳） ジョン・ブルの別島（小木曽雅文訳） アンドロクレスとライオン（新熊清訳） 聖女ジャンヌ（磯部祐実子訳） 本当すぎて良いわけがない（的場淳子，飯田敏博訳） 善き王チャールズの黄金時代に（河野賢司訳） 〔1779〕

ショー, フランセスカ　Shaw, Francesca

◇男装のレディの片恋結婚 フランセスカ・ショー作，下山由美訳 ハーパーコリンズ・ジャパン 2024.10 252p 17cm （ハーレクイン・ヒストリカル・スペシャル PHS337）〈「スキャンダラスな結婚」（ハーレクイン 2010年刊）の改題 原書名：THE REBELLIOUS BRIDE〉 827円 ①978-4-596-71244-8

＊家族に自由を奪われてきたソフィアはある夜、こっそり外出に成功した。だが帰り道に何者かによって、見知らぬ屋敷へ連れ去られてしまう。そこにいたのは、なんと彼女が密かに想いを寄せるワイアット卿！ 彼は駆け落ちした妹を捜していて、ソフィアは人違いされたのだった。そうと知った彼女は彼の力になりたいと、妹と妹捜しを始める。しかし行方がつかめないまま、宿を取らざるをえなくなった夜、ワイアット卿からキスと抱擁を受け、ソフィアは思わずつぶやいた。「愛しているわ」その瞬間、拒絶されて、彼女の頬に涙がこぼれ落ちた。このままでは、彼に置き去りにされてしまう…。意を決した彼女は、翌朝まるで別人になった――男装をし、長い髪をばっさり切り落として！ 〔1780〕

ジョイス, ジェイムズ　Joyce, James

◇フィネガンズ・ウェイク 1・2 ジェイムズ・ジョイス，柳瀬尚紀訳 河出書房新社 2024.7 474p 22cm 〈原書名：Finnegans wake(3rd edition)〉 ①978-4-309-20903-6（セット） 〔1781〕

◇フィネガンズ・ウェイク 3・4 ジェイムズ・ジョイス，柳瀬尚紀訳 河出書房新社 2024.7 309p 22cm 〈原書名：Finnegans wake(3rd edition)〉 ①978-4-309-20903-6（セット） 〔1782〕

◇妖精・幽霊短編小説集―『ダブリナーズ』と異界の住人たち J.ジョイス，W.B.イェイツほか著，下楠昌哉編訳 平凡社 2023.7 373p 16cm （平凡社ライブラリー 949） 1800円 ①978-4-582-76949-4
内容 遭遇 姉妹たち 痛ましい事件 エヴァリーン 蔦の日に委員会室で 粘土 恩寵 死者たち―抄訳（ジェイムズ・ジョイス著，下楠昌哉訳）

＊アイルランドの首都ダブリンに生きる様々な人を

描いたジョイスの『ダブリナーズ』。この傑作短編集の作品を、十九世紀末から二十世紀はじめに書かれた妖精・幽霊譚と並べてみると―。名作をこれまでとは異なる文脈に解き放ち、当時の人々が肌で感じていた超自然的世界へと誘う画期的なアンソロジー。　　　　　　　　　　〔1783〕

ジョイス, ブレンダ　Joyce, Brenda
◇仮面舞踏会はあさき夢　ブレンダ・ジョイス著, 立石ゆかり訳　ハーパーコリンズ・ジャパン　2023.5　622p　15cm　（mirabooks BJ01-06―ド・ウォーレン一族の系譜）〈MIRA文庫2008年刊の新装版　原書名：THE MASQUERADE〉945円　①978-4-596-77363-0
＊リジーは長年、伯爵家の長男ティレルを慕ってきた。実らぬ恋とわかっているがせめて美しい姿を見せたい―その思いで懸命に着飾り、伯爵邸での仮面舞踏会に赴いたリジーは、海賊に扮したティレルから「深夜12時に西の庭で待っている」と誘われる。だが喜びも束の間、ドレスを汚した姉に衣裳を交換してほしいと頼まれ、リジーはやむなく帰宅することに…まさか姉がティレルとの約束の場所へ向かうなど知る由もなく。　〔1784〕

ジョイス, レイチェル　Joyce, Rachel
◇ハロルド・フライのまさかの旅立ち　レイチェル・ジョイス著, 亀井よし子訳　講談社　2024.5　505p　15cm　（講談社文庫 し112-2）〈「ハロルド・フライの思いもよらない巡礼の旅」(2016年刊)の改題, 一部修正　原書名：THE UNLIKELY PILGRIMAGE OF HAROLD FRY〉1100円　①978-4-06-535920-4
＊65歳のハロルドに元同僚の女性から、末期癌でホスピスにいるという手紙が届く。彼は20年会っていない彼女に返事を書くが、ポストへの投函を躊躇ううちに、一人で1000キロの道を歩き、直接気持ちを届けようと決意する。家族の秘密に世界が泣いた感動作。(『ハロルド・フライの思いもよらない巡礼の旅』改題）2014年本屋大賞「翻訳小説部門」第2位。2012年ナショナル・ブック・アワード新人賞受賞。　　　　　　〔1785〕

ショウ, グン　蕭 軍
◇黒い雪玉―日本との戦争を描く中国語圏作品集　加藤三由紀編　中国文庫　2022.8　391p　19cm　3800円　①978-4-910887-00-5
内容　職業―ハルピンの物語（蕭軍著, 下出鉄男訳）
　　　　　　　　　　　　　　　　〔1786〕

ショウ, コウ　蕭 紅
◇黒い雪玉―日本との戦争を描く中国語圏作品集　加藤三由紀編　中国文庫　2022.8　391p　19cm　3800円　①978-4-910887-00-5
内容　原野の叫び（蕭紅著, 下出宣子訳）〔1787〕

ショウ, シュウ　蕭 熠
◇近未来短篇集　伊格言他著, 三須祐介訳, 呉佩珍, 白水紀子, 山口守編　早川書房　2024.7　346p　19cm　（台湾文学コレクション 1）　2900円　①978-4-15-210342-0
内容　2042（蕭熠著, 三須祐介訳）
＊恋する相手のデータをひそかに蓄積する秘書がたどりついた結末をユーモラスに語る「USBメモリの恋人」、人間の負の感情の撤去を生業とする青年の日々を絢爛たる筆致で描く「雲を運ぶ」、先端技術を敬遠する母と反発する娘を描く「2042」。伊格言、湖南蟲、黄麗群など第一線で活躍する台湾人作家による傑作近未来文芸8篇を収録したアンソロジー。　　　　　　　　　　〔1788〕

ショウ, ビンズイ　鍾 旻瑞
◇プールサイド―短篇小説集　陳思宏ほか著, 三須祐介訳, 呉佩珍, 白水紀子, 山口守編　作品社　2022.2　246p　19cm　（台湾文学ブックカフェ 3）　2400円　①978-4-86182-879-9
内容　プールサイド（鍾旻瑞著）
＊大学受験を控える高校生の少年が夏休みにプールの監視員のバイトをしていると、ある男から小学生の息子に水泳を教えてほしいと頼まれ、やがて、少年を自宅に招いた男は長い口づけをする…。高校生から大学生へと成長する少年のひと夏の経験が語られる、本集最年少の新星による表題作のほか、全十一篇を収録。　　　　　〔1789〕

ジョージ, キャサリン　George, Catherine
◇朝、あなたのそばで　キャサリン・ジョージ作, 平敦子訳　ハーパーコリンズ・ジャパン　2023.1　155p　17cm　（ハーレクイン・ロマンス R3744―伝説の名作選）〈ハーレクイン・エンタープライズ日本支社 1988年刊の再刊　原書名：TOUCH ME IN THE MORNING〉664円　①978-4-596-75659-6
＊ロンドンでの独り暮らしのために仕事が必要なテオドラは、建設会社の社長ジェイムズが秘書を探していると聞いて応募した。前任の秘書たちに色目を使われ辟易していたというので、髪を引っつめ極度に地味な姿で面接を受け、首尾よく採用になる。ジェイムズは噂どおり高慢なボスだが、抗いがたいほど魅力的。こんな外見のおかげで、彼が目もくれずにすんで助かったわ。だが、ある朝、テオドラはやむを得ぬ事情で出社が大幅に遅れ、すごい剣幕で住まいを訪ねてきたボスに素顔を見られてしまう。辞職を伝えるテオドラに、なんと彼は出張旅行への同行を命じ…。　〔1790〕

ジョージ, ルイーザ　George, Louisa
◇あなたによく似た子を授かって　ルイーザ・ジョージ作, 琴葉かいら訳　ハーパーコリンズ・ジャパン　2024.10　156p　17cm　（ハーレクイン・イマージュ I2821）〈原書名：REUNITED BY THE NURSE'S SECRET〉

シヨタン

673円 ①978-4-596-71236-3

＊看護師のミアはある夜、たくましくて魅力的な男性ブリンと出逢い、パーティの喧騒から逃げてきた者同士意気投合し、一夜を共にした。だが翌日には彼が異国へ渡ってしまい、それきりとなった。3年後、ミアはあの夜に授かった娘を独りで産み育てていた。小さくてかわいい、私に生きる目的を与えてくれた大切な娘。父親にそっくりなのに、父親のことを知らない娘…。ところが彼女の住む地域が嵐に襲われたとき、救急救命士としてドクターヘリで現れたのはなんと、忘れもしないブリンだった！ 思いがけない再会にミアは戸惑いながらも、娘の存在を彼に告げた―予期せぬ反応に打ちのめされるとも思わず。「僕は親子鑑定を要求する」〔1791〕

◇愛し子がつなぐ再会愛　ルイーザ・ジョージ作，神鳥奈穂子訳　ハーパーコリンズ・ジャパン　2024.8　156p　17cm　（ハーレクイン・イマージュ I2813）〈原書名：REUNITED BY THEIR SECRET SON〉673円 ①978-4-596-63909-7

＊保健師のソフィーは女手一つで幼い一人息子ラキーを育てている。ラキーには生まれつき足に問題があり、相談のため連れていった病院で、ソフィーは思いがけない相手と再会した―2年あまり前、一夜を共にしたあと音信不通になった不実な男性、フィン！ 電話すると約束してくれたのに、待てど暮らせど連絡はなく、彼の子を身ごもったことを伝えようにも伝えられなかった…。自分の息子と気づかず診察する彼に、ソフィーの心は千々に乱れた。もしもフィンがいてくれたら、育児も日々の生活もずっと楽だったろう。でも彼が私を捨てた事実は変わらない。息子は私が独りで守るわ！ だがラキーが1歳半と知ったフィンは月日を逆算するような顔になり―。〔1792〕

ジョーダン, ペニー　Jordan, Penny

◇愛を請う予感　ペニー・ジョーダン著，萩原ちさと訳　ハーパーコリンズ・ジャパン　2023.9　156p　17cm　（ハーレクイン・マスターピース MP77―特選ペニー・ジョーダン）〈ハーレクイン 2009年刊の再刊 原書名：VIRGIN FOR THE BILLIONAIRE'S TAKING〉664円 ①978-4-596-52252-8

＊友人の結婚式と仕事のため、異国の地を訪れたキーラ。豪華ホテルでの式が終わり、中庭で披露宴が始まる前のこと。穏やかな低い声がして振り向くと、長身で黒髪の美男が立っていた。これほどの色気を放つ男性に会うのは初めてだわ…。言葉を交わすうち、抗いがたい魅力に囚われ、気づけば彼に唇を奪われていた。ああ、なんということを！ 娼婦の娘と蔑まれてきた生い立ちから、男性とは関わらないと誓っていた。破滅の予感に怯え、キーラは彼の腕を振り払ってその場を逃げ出した。ところが翌日、仕事の依頼先の宮殿に足を運んだ彼女を迎えたのは、なんとキスの相手―現代のマハラジャと名高い実業家ジェイだった！〔1793〕

◇愛を捨てた理由　ペニー・ジョーダン著，水間

朋訳　ハーパーコリンズ・ジャパン　2024.11　210p　15cm　（ハーレクイン文庫）〈原書名：MISTRESS TO HER HUSBAND〉691円 ①978-4-596-71585-2

＊ショーン？ 現れた新社長を見て、ケイトはわが目を疑った。5年前、ほかに女性ができたと告げて彼女のもとを去った元夫が目の前にいるのだ。今でも心は血を流しているというのに、彼の下でなんか働けるはずないわ。ケイトはその日のうちに退職願を出して帰宅したが、ショーンはなぜか家にまで押しかけてきたばかりか、いきなり抱き寄せられ、ケイトは激しく動揺する。別れたあと身ごもったと気づいて、ひとり育ててきた息子の存在。それだけは知られたくないのに…！〔1794〕

◇愛を告げるとき　ペニー・ジョーダン著，高木晶子訳　ハーパーコリンズ・ジャパン　2022.8　156p　17cm　（ハーレクイン・マスターピース MP51―特選ペニー・ジョーダン）〈ハーレクイン 1992年刊の再刊 原書名：SECOND TIME LOVING〉664円 ①978-4-596-70852-6

＊亡き父の会社を引き継いだ一人娘のアンジェリカは、恋には奥手の28歳。仕事は順調にみえ、そこには落とし穴があった。彼女が心を奪われ、愛してくれていると信じた相手が、じつは財産目当てで近づいてきたことがわかったのだ。傷ついた心を癒やそうとアンジェリカは海辺の町のコテージを訪れるが、とつぜん激しい胃の痛みに襲われ、意識を失って倒れてしまう。気づけば数日が過ぎていて…なんと、見知らぬ男性に看病されていた！ 彼の正体は、隣のコテージに滞在している会社社長のダニエル。男性経験のないアンジェリカは、無防備な状態で介抱され、体を見られたことがショックだった。と同時に、彼を強く意識し…。〔1795〕

◇愛してはいけない人　ペニー・ジョーダン著，安引まゆみ訳　ハーパーコリンズ・ジャパン　2023.6　155p　17cm　（ハーレクイン・マスターピース MP71―特選ペニー・ジョーダン）〈ハーレクイン 1992年刊の再刊 原書名：A FORBIDDEN LOVING〉664円 ①978-4-596-77182-7

＊高校時代、恋人がバイク事故で他界したヘイゼルは、やがて妊娠に気づき、学校も行かずに娘を産み育ててきた。その娘も18歳になり、この夏大学に入って家を離れたが、今日久々に戻ってくるという。「友達を連れていくわ。特別な人なの」娘がそう連絡してきてから、母として不安でたまらなかった。ベルの音に玄関へ急いだヘイゼルは、40代くらいの男性を見て驚く。「サイラス・ジャーディンです」優雅に手を差し出す相手を前に、ヘイゼルの頭は大混乱した。これが娘の特別な人？ こんなに年上の？ 若い女性を餌食にする吸血鬼のような男かもしれない！ にわかに怒りが湧いた―男らしくてたくましい彼に惹かれている自分に。〔1796〕

◇愛する資格―妹と呼ばないで　ペニー・ジョーダン作，平江まゆみ訳　ハーパーコリンズ・ジャパン　2022.6　156p　17cm　（ハーレクイン・プレゼンツ PB333―作家シリーズ 別冊）〈ハーレクイン・エンタープライズ日本支社

1988年刊の再刊　原書名：INJURED INNOCENT〉664円　①978-4-596-42953-7
＊明るい姉の陰に隠れて育った不器量で世間知らずのリサは、15歳のときから姉の夫の兄ジョエルに軽蔑されてきた。それは年頃のちょっとした出来心が原因だったが、リサは彼にふしだらなレッテルを貼られ、心に傷を負った。以来、聡かしさと悔しさから彼とは会わないようにしてきたのに…。8年後、姉夫婦が亡くなり、ジョエルとリサの2人が遺された子供たちの後見人に指名されたことで、再会を余儀なくされる。またあの軽蔑のまなざしを向けられるなんて耐えられない！　怯えるリサに、冷たい瞳のジョエルは驚くべきことを言い放った。「子どもたちとともにいたければ、ぼくと結婚するしかない」〔1797〕

◇憧れから愛へ　ペニー・ジョーダン著，前田雅子訳　ハーパーコリンズ・ジャパン　2022.7　155p　17cm　（ハーレクイン・マスターピース　MP49―特選ペニー・ジョーダン〉〈ハーレクイン・エンタープライズ日本支社 1988年刊の再刊　原書名：A SAVAGE ADORATION〉664円　①978-4-596-70698-0
＊手術を受けた母の面倒を見るため帰郷したクリスティは、主治医がドミニク・サビッジと知り、動揺した。8年前の夏、クリスティはませた友人に教えられるがまま、幼い頃から憧れていたドミニクに純潔を捧げようとした。だが残酷なまでに拒絶され、逃げるように故郷を去ったのだった。いったいどんな顔をして彼に会えばいいの…？　往診の日、いたたまれずドミニクを避けようと外に出た彼女は、ちょうど降り出した雪に足をすべらせて転んでしまう。そのとき、すっと手を差しだしたのはほかならぬ、ドミニクだった―かつて胸を躍らせ心惹かれた、あの呪縛するような雰囲気のままの。〔1798〕

◇あなたしか知らない　ペニー・ジョーダン著，富田美智子訳　ハーパーコリンズ・ジャパン　2024.11　155p　17cm　（ハーレクイン・マスターピース―特選ペニー・ジョーダン〉〈原書名：A REASON FOR MARRIAGE〉664円　①978-4-596-71455-8
＊「永遠に君を愛する」―繰り返される口づけ。18歳の切ない誓い。義兄ジェイクと結ばれたジェイミーは幸せの輝きに包まれていた。だがその日、ジェイクがほかの女性と抱きあう姿を見て、彼女はすべてに絶望し、無言のまま家を去ったのだった。6年がたち、義兄との思いもよらぬ突然の再会が、あの日の苦痛よりはるかに酷な傷をジェイミーに刻みつけた。すでに婚約者がいる、大企業社長となったジェイクが唇を歪め、辛辣な言葉を浴びせてきたのだ。「あれから何人の男を知ったんだ？」ああ、なぜそんなことを。わたしは…あなたしか知らないのに。ジェイミーは心の中でつぶやき、胸に巣くう孤独感にもだえた。〔1799〕

◇あなただけを愛してた　ペニー・ジョーダン著，高木晶子訳　ハーパーコリンズ・ジャパン　2024.7　156p　17cm　（ハーレクイン・マスターピース　MP97―特選ペニー・ジョーダン）〈ハーレクイン 2003年刊の再刊　原書名：PHANTOM MARRIAGE〉664円　①978-4-596-63562-4
＊17歳の春、タラは親友の若き義父ジェームズに恋をした。叶うはずのない恋だったけれど、彼のそばにいられるだけで幸せだった。だが、純潔を捧げたただ一度の関係で、タラの人生は急転。妊娠がわかったときには、彼は何も言わず海外へ飛び立ったあとで、拒絶されたことを理解したタラはひどく打ちのめされた。世間は父親のいない子を産む女性を冷たい目で見ていて、彼女の母親とて例外ではなく、おなかの子をあきらめるよう言われた。それでもタラは学校を中退し、住む場所も変え、独りで双子を産んだ。その子供たちも今は6歳になり、裕福でないながらも平穏に暮らしていた。偶然再会した親友に誘われて訪れた別荘で、ジェームズに会うまでは！〔1800〕

◇甘い果実　ペニー・ジョーダン著，田村たつ子訳　ハーパーコリンズ・ジャパン　2024.2　196p　15cm　（ハーレクイン文庫 HQB-1218―珠玉の名作本棚〉〈ハーレクイン・エンタープライズ日本支社 1988年刊の再刊　原書名：TOO SHORT A BLESSING〉691円　①978-4-596-53367-8
〔1801〕

◇アレジオ公国の花嫁―愛に惑う二人　ペニー・ジョーダン作，槇由子訳　ハーパーコリンズ・ジャパン　2023.6　156p　17cm　（ハーレクイン・プレゼンツ PB362―作家シリーズ　別冊）〈ハーレクイン 2011年刊の再刊　原書名：THE RELUCTANT SURRENDER〉664円　①978-4-596-77184-1
＊幼くして家族を失ったジゼルは、引き取って育ててくれた大叔母のため、いい介護施設の費用を稼ぐべく一生懸命に働いている。たとえ好戦的な実業家サウルがクライアントであっても。王族出身の彼は世界が思いどおりになると信じているようで、意のままにならないジゼルを何かと目の敵にした。だがある日、ジゼルは不用意な発言でサウルの怒りを買った際、感情が高ぶった彼に唇を奪われ、思わず情熱的に応えてしまう！　その後、サウルから彼の祖国への一時帰国に同行するよう命じられ、ジゼルは気まずいながらも仕事のために現地へ飛んだ―サウルを執拗に誘惑する妃をかわす"道具"にされるとも知らず。〔1802〕

◇アレジオ公国の花嫁―悲しみの宮殿　ペニー・ジョーダン作，春野ひろこ訳　ハーパーコリンズ・ジャパン　2023.6　156p　17cm　（ハーレクイン・プレゼンツ PB363―作家シリーズ　別冊）〈ハーレクイン 2011年刊の再刊　原書名：THE DUTIFUL WIFE〉664円　①978-4-596-77319-7
＊「結婚1周年だよ、ミセス・バレンティ」大富豪の夫サウルの甘いささやきに、ジゼルの胸は幸福感で満たされた。ところが、愛を確かめ合った直後、衝撃の一報が―サウルのいとこ、アレジオ公国の大公アルドが暗殺事件に巻き込まれたというのだ。駆けつけたサウルに跡を継ぐことを約束させ、アルドは息を引き取った。"子供は作らない"それが

サウルとジゼルの婚前の取り決めだったのに、サウルが大公の座に就けば、世継ぎをもうけざるをえなくなる。幼い頃に家族を失い、命の儚さを痛いほど知るジゼルは野婚をも考えた。サウルも子供を作らないという決意は固く、どうにか道を模索すると言う。だが運命は思わぬ方向へ転がる。ジゼルの予期せぬ妊娠が判明したのだ！〔1803〕

◇いつかレディに　ペニー・ジョーダン著, 高木晶子訳　ハーパーコリンズ・ジャパン　2022.1　156p　17cm　（ハーレクイン・マスターピース MP37―特選ペニー・ジョーダン）〈ハーレクイン 1998年刊の再刊　原書名：MISSION〉 664円　①978-4-596-01813-7

＊ルシアナは1歳半で母親を亡くし、父親と兄たちに育てられた。4人の兄弟と男同然に育ったせいで、女らしさのかけらもない。そんな彼女にも、近ごろ、ほのかな想いを抱く男性ができた。彼の心を射止めるには、どうしたらいいのだろう…？すると、長兄の親友ジェイクが指南役を買って出た。ルシアナを、大人の女性らしく変身させてくれるというのだ。ハンサムで裕福なプレイボーイのジェイクは、ルシアナにとってむしろ苦手とするタイプだった。彼の助言なんて要らないのに。ところが彼の巧みな指導に、なぜか胸は熱くざわつく……〔1804〕

◇失われた七年　ペニー・ジョーダン作, 高田真紗子訳　ハーパーコリンズ・ジャパン　2022.10　156p　17cm　（ハーレクイン・ロマンス R3720―伝説の名作選）〈ハーレクイン 2003年刊の再刊　原書名：YOU OWE ME〉 664円 ①978-4-596-74828-7

＊モデルのクリスは滞在先のニューヨークで驚愕の手紙を受け取った。疎遠になっていた従姉妹が突然亡くなり、その一人娘の後見人にクリスが指名されているのだという。急いで帰郷したクリスを、亡き従姉妹の夫スレイターが迎えた。19歳のころ、クリスは恋人のスレイターに夢中だったが、彼と従姉妹との親密な場面を目撃し、故郷を飛び出したのだった。それから7年、懸命に彼を忘れようとしてきたのに…。懐かしい屋敷で再会したとたんスレイターは嘲りの笑みを浮かべ、冷ややかな声で言った。「きみはぼくに借りがある」借りですって？戸惑うクリスに、彼はいきなりキスを浴びせ…。〔1805〕

◇美しき侵入者　ペニー・ジョーダン著, 愛甲玲訳　ハーパーコリンズ・ジャパン　2023.4　155p　17cm　（ハーレクイン・マスターピース MP67―特選ペニー・ジョーダン）〈ハーレクイン 2003年刊の再刊　原書名：THE TYCOON'S VIRGIN〉 664円　①978-4-596-76871-1

＊地味で実用的な服装ばかりのきまじめなジョディは、恋愛とはまるで無縁。仕事熱心で小学校の校長に抜擢された彼女の目下の悩みは、子どもたちの親の大半が勤める村の工場が買収され、閉鎖の危機に追い込まれていることだ。買収したのは、気鋭の有名実業家レオ・ジェファーソン―傲慢な乗っ取り屋が会社の利益のために村の心臓をもぎ取ろうだなんて！　レオのような大企業トップには

そうそう会えないと聞き、それならばと、彼の滞在先であるホテルの最高級スイートで待つことに。ところがジュースと間違えてお酒を飲んで、夢うつつのうちに、まったくいつもの彼女らしくなく、レオに純潔を捧げてしまい…。〔1806〕

◇裏切られた再会　ペニー・ジョーダン著, 槙由子訳　ハーパーコリンズ・ジャパン　2024.1　156p　17cm　（ハーレクイン・マスターピース MP85―特選ペニー・ジョーダン）〈ハーレクイン 2000年刊の再刊　原書名：THE MARRIAGE RESOLUTION〉 664円 ①978-4-596-53046-2

＊ディーは父の遺志を継ぎ、故郷のために慈善活動に力を尽くしている。あるとき、不幸な若者たちを救うアイディアを思いつき、大学の恩師に相談しに行くと、そこに思わぬ再会が待っている一同じゼミで学び、今は国連で働く元恋人ヒューゴがいたのだ！　長身で現実離れした美しい顔だちの彼は、女子学生の憧れだった。その強烈な魅力は10年経った今もまるで変わらない。けれども、彼との再会はけっして甘いものではなかった。ヒューゴがことさらに冷たく接してきたのだ。10年前、私が一方的に彼の人生から身を引いたせい？　彼にやむなく別れを告げた本当の理由は、今もまだ言えない…。〔1807〕

◇エスタンシアの雄牛　ペニー・ジョーダン著, 小谷正子訳　ハーパーコリンズ・ジャパン　2022.1　195p　15cm　（ハーレクイン文庫 HQB-1098）〈ハーレクイン・エンタープライズ日本支社 1986年刊の再刊　原書名：THE CAGED TIGER〉 627円　①978-4-596-01880-9

＊3年前、スペイン人伯爵の夫ルイの愛が偽りと知って、ダヴィーナは、生後まもない息子を連れイギリスに帰国した。自分は夫が本当に愛する女性の身代わりすぎない―その事実に傷つき、身を引くほかなかったのだ。ところが最近になってルイが手紙をよこし、息子ジャミーを跡継ぎとして自分のもとで育てたいと言う。いまになって、なぜ…？　悩んだ末、ダヴィーナは、息子のためを思い、屈辱を覚悟のうえで、スペインのルイの城へ戻ることにした。〔1808〕

◇オアシスのハネムーン　ペニー・ジョーダン著, 中原もえ訳　ハーパーコリンズ・ジャパン　2022.12　203p　15cm　（ハーレクイン文庫 HQB-1163）〈ハーレクイン・エンタープライズ日本支社 1984年刊の再刊　原書名：FALCON'S PREY〉 627円　①978-4-596-75541-4

＊ごく平凡な会社員のフェリシアは、中東からの留学生に一方的に熱愛され、求婚された。彼は故国屈指の大財閥の息子で、家長である叔父ラシッドが結婚を認めなければならない。ラシッドの許可を得るため、フェリシアはひょんなことから一人で彼の地に赴くことに。だが着くなり、「金目当ての女」と罵倒されてしまった。圧倒的なカリスマ性で一族の尊敬を集めるラシッドが、なぜかフェリシアにだけはつらく当たる。そればかりか、侮辱の言葉を浴びせながら、彼女の唇を熱く塞い

だのだ！　　　　　　　　　　　　　　〔1809〕
◇思いがけない婚約　ペニー・ジョーダン著，春野ひろこ訳　ハーパーコリンズ・ジャパン　2024.4　156p　17cm　（ハーレクイン・マスターピース MP91―特選ペニー・ジョーダン）〈ハーレクイン 2004年刊の再刊 原書名：THE BLACKMAIL MARRIAGE〉664円　①978-4-596-53775-1

＊18歳の夏、キャリーはさる公国の大公リュクに恋をし、純潔を捧げた。だが翌日、彼は名づけ親を通して別れの意思を伝えることで、彼女を公国から追い出しにかかったのだった。用意された"一夜のお相手代"には目もくれず城を去ったキャリーは、やがてリュクの子を身ごもっていることに気づいたが、子宮外妊娠だったため出産はあきらめざるをえなかった。そんな辛く悲しい出来事を記憶の奥底に閉じこめ、8年が過ぎた。そして今、思わぬ再会を果たしたリュクから、プロポーズされる！ ほとんど脅迫ともいえる強引な求婚に戸惑いながらも、彼への恋心をくすぶらせていたキャリーは受けることにするが…。　　　〔1810〕

◇思い出の罠　ペニー・ジョーダン著，田村たつ子訳　ハーパーコリンズ・ジャパン　2022.4　156p　17cm　（ハーレクイン・マスターピース MP43―特選ペニー・ジョーダン）〈ハーレクイン 2002年刊の再刊 原書名：THE MARRIAGE DEMAND〉664円　①978-4-596-31947-0

＊児童養護施設に暮らすフェイスは、同じ施設の少女にいじめられてつらい思いをしていたが、病母に心配をかけまいと我慢していた。そんななか、近くの豪奢な屋敷ハットンハウスで夏をすごすことになり、トパーズのような瞳を持つ青年ナッシュと出逢って、恋におちた。7歳年上の彼と一緒にいると世界のすべてが薔薇色に見え、フェイスは純粋な想いを打ち明けたが、彼の反応は冷たかった。きみには自分の言っている言葉の意味がわかっていない、と。さらに、件のいじめっ子に謀られ、とんだ濡れ衣を着せられて以来、ナッシュにも誤解されて疎遠になり、彼女の初恋は終わったのだった。あれから10年。思い出のハットンハウスで、二人は再会を果たすが…。生まれる前に亡くなった父の背中を追うように建築士の資格を取り、仕事でハットンハウスと再び関わることになったフェイス。貧しい彼女が大学を卒業できたのは、匿名の支援者のおかげだったが、それが今や大実業家となった初恋の人ナッシュとは知る由もなく…。　　　　　　　　　　〔1811〕

◇過去の忘れ物　ペニー・ジョーダン著，佐々木志緒訳　ハーパーコリンズ・ジャパン　2022.5　195p　15cm　（ハーレクイン文庫 HQB-1118―珠玉の名作本棚）〈ハーレクイン 1994年刊の再刊 原書名：PAST LOVING〉627円　①978-4-596-42770-0

＊ホリーにとって、ロバートは単なる初恋の人以上の存在だった。彼と家庭を持ち、彼の子を産みたいと、すべてを捧げたのだ。だがロバートにとって、彼女は遊び相手にすぎなかった。18歳のホリーを捨て、彼がアメリカへ旅立って十余年。ロバートが帰国するという話を耳にし、ホリーは動揺する。今や世界を股にかける大富豪の彼が、イギリス田舎町になぜ？ もう彼の顔もはっきりと思い出せないとうそぶいてみても、ホリーの胸にはロバートへの恋心と失恋の苦い味が広がった。逃げたい。でも、会いたい。彼女の心は千々に乱れ…。　〔1812〕

◇風に吹かれる砂のように　ペニー・ジョーダン著，柿原日出子訳　ハーパーコリンズ・ジャパン　2023.5　156p　17cm　（ハーレクイン・マスターピース MP69―特選ペニー・ジョーダン）〈ハーレクイン 2008年刊の再刊 原書名：TAKEN BY THE SHEIKH〉664円　①978-4-596-77005-9

＊サディーはロンドンでも指折りの金融機関に就職した。だが喜んだのもつかのま、半年後には不当解雇の憂き目に。さらに、仕事を求めてやってきた遠い異国の地では、雇主の横暴により失業し、帰国の旅費もなく途方に暮れていた。そんなとき、彼女に仕事を提供しようという人物が現れる。雇主の家で一度すれ違った黒髪に美しい緑の瞳の男性、ドゥラックスだ。しかも驚くべきことに、彼は隣の国を治める権力者だという。本当かしら？ まるで千夜一夜物語だわ。不思議に思いつつも、彼の圧倒的な魅力に抗いきれず承諾した。"仕事"の中身が、彼の双子の兄の花嫁になることとも知らずに…。　　　　　　　　　〔1813〕

◇家族のレッスン　ペニー・ジョーダン著，平江まゆみ訳　ハーパーコリンズ・ジャパン　2022.6　156p　17cm　（ハーレクイン・マスターピース MP47―特選ペニー・ジョーダン）〈ハーレクイン 1993年刊の再刊 原書名：LESSON TO LEARN〉664円　①978-4-596-42878-3

＊教師のセアラは悩みや問題のある生徒を見捨てておけないたちで、思い入れが強いあまり疲れて、休養することにした。ある日、森の中で、家出して道に迷った幼い少年と出会う。父親に厄介者扱いされたと感じている彼に同情しつつも、この少年を家に帰らせなくては、とセアラは思った。そこへ、行方を捜しに来た父親グレイ、いきなり怒鳴った。「息子と何を話しているんだ。誘拐でもするつもりか！」セアラは傲慢な彼に反感を覚えたが、惹かれてもいる自分に気づいて驚く。後日、突然学校を首になり、企業を経営しているグレイからの、子守りをしてほしいという申し出を受けざるをえなくなるとも知らず。　〔1814〕

◇危険な妹　ペニー・ジョーダン著，常藤可子訳　ハーパーコリンズ・ジャパン　2024.6　195p　15cm　545円　①978-4-596-63614-0

＊ギリシアの島を旅行で訪れていたクロエは、運悪くパスポートを盗まれてしまう。ホテルの計らいでアテネ行きのヘリに乗り込み、安堵した矢先、降ろされたのは見知らぬ小島。そこで待っていたのは、レオン・ステファニデス―3年前、クロエの胸を引き裂いた夫だった。大富豪の夫は彼女を取り戻すためにすべてを仕組んだのだ！ レオンは冷たい笑みを浮かべて言い放った。「ぼくの子を産むん

シヨタン

だ。わざと流産した子の代わりにね」〔1815〕

◇危険な嘘　ペニー・ジョーダン著，永幡みちこ訳　ハーパーコリンズ・ジャパン　2023.8　155p　17cm　（ハーレクイン・マスターピースMP75―特選ペニー・ジョーダン）〈ハーレクイン 1992年刊の再刊 原書名：PAYMENT DUE〉 664円　①978-4-596-52040-1

＊11年前、タニアは若気の至りで予期せぬ妊娠をし、独りで出産した。娘のために都会を離れてチェシャーの小さな町に引っ越した今、念願の子供靴専門店を開き、新生活を始めようとしているところだ。身寄りのない母と子だけの生活は苦しかった…。でもこれからは、大事な一人娘に古着以外の服だって買ってあげられるかもしれない。そこへ、町の有力者で大富豪のジェイムズが現れ、不穏な言葉を放った。「義弟に手を出すのはやめろ。さもないと、あらゆる手段で店を妨害する」いったい何のこと？ 完全な言いがかりだわ！ 身に覚えがないというタニアの抗議に耳も貸さず、24時間以内に返事をしろと言い置いて、ジェイムズは去っていった。〔1816〕

◇刻まれた記憶　ペニー・ジョーダン著，古澤紅訳　ハーパーコリンズ・ジャパン　2024.12　156p　17cm　（ハーレクイン・マスターピースMP107―特選ペニー・ジョーダン）〈ハーレクイン・エンタープライズ日本支社 1988年刊の再刊 原書名：FOR ONE NIGHT〉 664円　①978-4-596-71689-7

＊白血病で親友を亡くしたばかりのダイアナは、ともに暮らした家に独りで帰るのがつらくてホテルで眠りについた。ふいに部屋の明かりがつき、信じられない光景を目にする―長身で黒髪のセクシーな、しかし見知らぬ男性がこちらを見ている！ ダイアナは自分が部屋を間違えていたことに気づいたが、今夜だけは…今夜だけは、独りでいられない、そう思った。そして感情の高ぶるままに彼と結ばれた。小さな命を授かるとも思わず。翌朝には姿を消していたその相手に知らせることもできず、ダイアナは仕事をやめて新しい町でひっそり暮らし始める。そこで、あの夜の彼、大富豪のマーカスに再び出会い…。〔1817〕

◇キスのレッスン　ペニー・ジョーダン著，大沢晶訳　ハーパーコリンズ・ジャパン　2023.2　156p　17cm　（ハーレクイン・マスターピースMP63―特選ペニー・ジョーダン）〈ハーレクイン 1989年刊の再刊 原書名：AN EXPERT TEACHER〉 664円　①978-4-596-75833-0

＊教師のジェマは校長に退職を迫られ、落ち込んでいた。財政難ゆえのリストラで、実家が裕福な彼女に白羽の矢が立ったのだ。教師の仕事はジェマにとって生きがいだったし、古い価値観の両親とは折り合いが悪く、実家に頼りたくはない。そんななか兄の結婚式で帰郷したジェマは、思わぬ人物と再会する。ルーク・オウローク。十代半ばで出逢い、心の友となった年上の男性。若気の至りで「キスのしかたを教えて」と彼にお願いし、些細なことから口論になって、疎遠になってしまったけれど…。あれから10年。美しく成長したジェマと、冷酷無比な大物実業家ルーク。痛いほど胸を高鳴らせるジェマに、ルークから思わぬ申し出が―これから2カ月間、僕のアシスタントとして働かないかね。〔1818〕

◇脅迫　ペニー・ジョーダン著，大沢晶訳　ハーパーコリンズ・ジャパン　2024.12　203p　15cm　（ハーレクインSP文庫 HQSP-442）〈ハーレクイン・エンタープライズ日本支社 1987年刊の再刊 原書名：DESIRE NEVER CHANGES〉 545円　①978-4-596-71921-8

＊サマーは凍りついた。あれはチェイス・ロリマーではないか。二人の出会いは、5年前の夏の日までさかのぼる。恋人の浮気現場を目撃し、心が傷つけられたサマーに、チェイスは大人の魅力を漂わせ、近づいてきたのだ。若く未熟なサマーはわけもわからず、彼の掌中で弄ばれ―ひどい男性不信に陥った彼女は、そのせいで未だ純潔だった。望まぬ再会を果たしたサマーを見つめ、彼は冷笑して告げた。「僕と結婚するんだ。さもなければ例の写真を…」なぜいまごろになって？ 思い出したくもない古傷がまた疼く。〔1819〕

◇脅迫結婚　ペニー・ジョーダン著，高木晶子訳　ハーパーコリンズ・ジャパン　2023.2　202p　15cm　（ハーレクイン文庫 HQB-1173）〈ハーレクイン 2003年刊の再刊 原書名：THE BLACKMAIL BABY〉 627円　①978-4-596-75896-5

＊イモジェンは18歳の時、ドラッコと婚約した。亡き父の右腕だったドラッコは、子供の頃からの憧れの人。すばらしい男性。やっと実った初恋。幸せいっぱいだった。だが結婚式の前、ドラッコと義母の関係を義母に匂わされ、否定しようともしない彼に絶望し、教会を逃げ出した…。4年後、一度は放棄した父の遺産が必要になり、弁護士に連絡をとってイモジェンは帰郷することに。待ち合わせ場所に現れたのは―なんとドラッコだった！「君はまだ僕の妻だ。僕の子供を産んでもらう」〔1820〕

◇ギリシア海運王の隠された双子　ペニー・ジョーダン作，柿原日出子訳　ハーパーコリンズ・ジャパン　2024.4　156p　17cm　（ハーレクイン・ロマンス R3868―伝説の名作選）〈「望まれぬプロポーズ」（ハーレクイン 2011年刊）の改題 原書名：MARRIAGE TO CLAIM HIS TWINS〉 673円　①978-4-596-53849-9

＊「ぼくの息子たちは我が一族の屋敷で育てる」現れたゴージャスなギリシアの海運王サンダーの言葉に、ルビーは愕然とした―6年前、17歳の彼女は、両親を失った悲しみから、ぬくもりを求めて彼と一夜を共にした。サンダーはいつ知ったのだろう？ 双子の息子たちの存在を。学もなく貧しい私から二人を奪うなど巨万の富を誇る彼にはたやすいこと。いったいどうすれば…？ そうだけれど、この条件なら彼はきっと拒むはず。「どうしても息子たちがほしいなら…私と結婚して」〔1821〕

◇クリスマスの恋の贈り物　ヘレン・ビアンチン，ペニー・ジョーダン，アニー・バロウズ著，柿原日出子他訳　ハーパーコリンズ・ジャパン

2022.11 281p 17cm （HPA 40―スター作家傑作選）〈原書名：A CHRISTMAS MARRIAGE ULTIMATUM　FIGGY PUDDINGほか〉1082円　①978-4-596-75461-5

内容　プディングの中は…〈ペニー・ジョーダン著, 緒川さら訳〉

＊幼い愛息に南半球のクリスマスを見せるため、オーストラリアに帰郷したシャンテル。パーティに出席したとき、ギリシア大富豪ディミトリと思いがけず再会し、息子のことが―彼こそが息子の父親なのだが、シャンテルはその事実を告げずに独りで産み育ててきたのだ。自分にそっくりな息子を見たディミトリの目に、怒りが宿った！（『真夏のサンタクロース』）23歳のヘブンは手作りのお菓子を売って、どうにか日々の生活費を賄っている。本当は腕のいい料理人なのに。というのも、元雇主にあらぬ醜聞を流され、仕事も信用も恋も台なしにされたのだ。そこで彼女は、本名を隠して元雇主のパーティに出張料理人として潜り込む。だがそこには心惹かれていた元雇主の義弟ジョンの姿が…。（『プディングの中は…』）両親を失ったアリスは、身を寄せた伯父の屋敷で従姉妹たちにこき使われていた。クリスマスの季節になり、伯父一家が泊まりがけで外出した夜、玄関先に伯爵のジャックが現れた。吹雪から逃れる場所を求めて来たという。食べるものも充分にない中、かいがいしくもてなすアリスを見て、伯爵は彼女を無垢なメイドだと思い…。（『ある伯爵とシンデレラの物語』）　　　　　　　　　　〔1822〕

◇結婚相手は最高？　ペニー・ジョーダン著, 春野ひろこ訳　ハーパーコリンズ・ジャパン　2022.3 156p 17cm （ハーレクイン・マスターピース MP41―特選ペニー・ジョーダン）〈ハーレクイン 1998年刊の再刊 原書名：BEST MAN TO WED？〉664円　①978-4-596-31770-4

＊ポピーの初恋相手は、いとこのクリスだった。幼いころは、彼の兄ジェームズが大好きだったが、思春期になり、優しいクリスに淡い恋心を抱くようになると、それに気づいたジェームズは、ひどく冷たく、意地悪になった。大人になり、ポピーの初恋はクリスの結婚で無残に散った。ほどなくして上司でもあるジェームズの出張に同行したポピーは、あるささいなきっかけで、彼の腕に抱かれてしまう。思いがけず、クリスには感じたことのない情熱をかきたてられ、ポピーはみずからジェームズを求め、純潔を捧げた。その一夜で身ごもってしまうとは、思いもせずに―。　　　　　〔1823〕

◇恋をするのが怖い　ペニー・ジョーダン著, 槙由子訳　ハーパーコリンズ・ジャパン　2023.12 156p 17cm （ハーレクイン・マスターピース MP83―特選ペニー・ジョーダン）〈ハーレクイン 2000年刊の再刊 原書名：A TREACHEROUS SEDUCTION〉664円　①978-4-596-52830-8

＊うぶなベスは恋人と信じていた男性の手酷い裏切りに傷つき、傷心を癒やそうと、世界でいちばん美しい街プラハへ旅立った。自身の店に並べるクリスタルを買いつける旅でもあるため、現地で出逢ったギリシア神のごとき美男子アレックスに通訳を頼むことに。「ベス、ぼくはどうやらきみに恋をしてしまったらしい」あるとき彼から言われて、ベスは極度の男性不信に陥っていながらも、優しくて知的な彼に急速に惹かれ、とうとう枕を交わしてしまう。でも、アレックスに本気で恋をしたって、どうせまた傷つくだけ…。臆病になるあまり、ベスは彼に愛の存在をきっぱりと否定し、帰国した。数週間後に、後悔の嵐に襲われることになるとも知らず―　〔1824〕

◇恋の代役　ペニー・ジョーダン著, 高木とし訳　ハーパーコリンズ・ジャパン　2022.9 153p 17cm （ハーレクイン・マスターピース MP53―特選ペニー・ジョーダン）〈ハーレクイン・エンタープライズ日本支社 1985年刊の再刊 原書名：RESCUE OPERATION〉664円　①978-4-596-74687-0

＊恋の仕返しを心に決めたプレイボーイが、"にせ妊婦"を相手に本領を発揮し―。まだ17歳の姪が年上の男性に弄ばれていると聞いたチェルシーは、姪をプレイボーイから救うため、一計を案じる。チェルシーが世慣れた妖婦を装って近づくことで、相手の大富豪スレードの気をそらし、姪を引き離すのだ。苦い初恋から男性を避けてきたわたしに、そんなことができるかしら？　不安をよそに、チェルシーの演技が功を奏していい雰囲気になった直後、彼女はスレードの欲望の手をかわしてその場から姿を消した。ところが後日、思いもよらない場所で再会してしまった！しかも、スレードはチェルシーを悪女と思い込んだままで、"あのときの借りは返してもらう"とばかりに彼女に迫り…。　　　　　　　　　　〔1825〕

◇恋のルール　ペニー・ジョーダン著, 田村たつ子訳　ハーパーコリンズ・ジャパン　2022.8 192p 15cm （ハーレクインSP文庫 HQSP-329）〈ハーレクイン・エンタープライズ日本支社 1985年刊の再刊 原書名：RULES OF THE GAME〉500円　①978-4-596-70647-8

＊バネッサは兄とともに、苦労して写真スタジオを維持してきた。おかげで最近は、腕のいい兄妹として認められるまでになった。ところがある日、バネッサは大変な失敗をしてしまう。スタジオを訪ねてきた実業家のジェイを男性モデルと勘違いして、あろうことかヌード写真のポーズをとらせてしまったのだ！誤りに気づいて途方に暮れたバネッサは、彼に謝罪しようとした。だがジェイは耳も貸さず、嘲笑とともにこう言った。「始まっているゲームを途中で終わらせることはできない」同時にいきなり唇を奪われ、バネッサの頭は真っ白になった。　　　　　　　　　〔1826〕

◇恋は炎のように　ペニー・ジョーダン作, 須賀孝子訳　ハーパーコリンズ・ジャパン　2022.8 154p 17cm （ハーレクイン・ロマンス R3704―伝説の名作選）〈ハーレクイン・エンタープライズ日本支社 1987年刊の再刊 原書名：FIRE WITH FIRE〉664円　①978-4-

シヨタン

596-70914-1
＊母の死後、いつも妹の後始末をしてきたエマは頭を抱えた。敏腕実業家として知られるドレイクの車を、妹が壊したのだ。代償に、エマは扇情的な雑誌に出るよう求められ愕然とする。断れば訴訟を起こすと脅され、承諾するほかなかった。実際には、彼が要求したのは婚約者のふりをすることだった。共に過ごすドレイクの男性的魅力が息苦しいほどでも、エマは愛のない関係を結ぶ気はなかった。ある日、街へ出たエマは暴漢に襲われて頭を打ち、記憶を失う。退院したあと、情熱が導くまま"婚約者"と枕を交わすが─。〔1827〕

◇傲慢と無垢の尊き愛　ペニー・ジョーダン他著，山本みと他訳　ハーパーコリンズ・ジャパン　2024.1　377p　17cm　(HPA 54—スター作家傑作選)〈「結婚の掟」(ハーレクイン 2013年刊)と「愛は永遠に 2003」(ハーレクイン 2003年刊)ほかからの改題，抜粋，合本　原書名：THE PRICE OF ROYAL DUTY　THE KING'S BRIDEほか〉1136円　①978-4-596-53191-9
[内容] 結婚の掟 (ペニー・ジョーダン著，山本みと訳)
＊ソフィアは父が無理やり進める縁談から逃れるため、皇族アッシュに恋人を演じてもらうことにする。16歳のとき純潔を捧げようとして拒まれて以来会っていないけれど、きっと助けてくれる。ところがすげなく断られたソフィアは、彼の自家用機にそっと忍び込み…。『結婚の掟』。リジーはさる王国の本を書くため、訪英中の若き王ダニエルに会いに行き、舞踏会で誘惑されたれ彼の宮殿に招かれる。長身で輝く瞳の魅力的な王とまた会えるなんて！ だがダニエルは辛辣だった。「君の本当の目的は違うんだろう？ 妥当な値段を話し合おう」『国王陛下のラブレター』。許婚の大富豪タージに恋するアンジェリーナは、彼の望みは政略結婚と知り、家を飛び出した。3年後、つましく暮らす彼女の前にタージが再び現れる。彼女は誘惑に抗えず純潔を捧げ、やがて妊娠。すぐさま彼の宮殿に連れていかれ、愛なき結婚を迫られる。『砂漠の一夜の代償』。挙式の前夜、アリスは婚約者で伯爵のダニエルと初めて言葉を交わし、これが遺産相続のために跡継ぎを作るのが目的の便宜結婚と知って胸を痛めた。そこで、彼を密かに慕うアリスは宣言する。「私に求愛し、心を射止めてくれない限りベッドは共にしない」『伯爵の求愛』。〔1828〕

◇心まで奪われて　ペニー・ジョーダン著，茅野久枝訳　ハーパーコリンズ・ジャパン　2024.8　156p　17cm　(ハーレクイン・マスターピース MP99—特選ペニー・ジョーダン)〈ハーレクイン 2006年刊の再刊　原書名：BEDDING HIS VIRGIN MISTRESS〉664円　①978-4-596-63913-4
＊生後まもなく、ごみ溜めに捨てられていたカーリーを養父母に引き取られたが疎んじられ、他人に心を許すことができない。彼女は今、社交界のパーティを企画する会社で働いていて、ある日、有望な顧客候補の大富豪リカルド・サルヴァトーレに引き合わされる。逢った瞬間、無垢なカーリーは彼の男性的魅力に衝撃を受けた。一方、リカルドはまったく違った目で彼女を見ていた。金のためなら簡単に体を許すパーティ好きの貪欲な女に違いない、ならば迷わず誘惑して、ひとときの情事を楽しもう。そんなこととはつゆ知らず、カーリーは彼との視察旅行へと旅立った。生まれて初めて覚える、甘く疼くような感覚に怯えながら…。〔1829〕

◇拒めない誘惑─幻のフィアンセでも　ペニー・ジョーダン作，松本果蓮訳　ハーパーコリンズ・ジャパン　2022.9　220p　17cm　(ハーレクイン・プレゼンツ PB339—作家シリーズ 別冊)〈2017年刊の再刊　原書名：GENTLE DECEPTION〉664円　①978-4-596-74689-4
＊大学卒業後、天涯孤独のロージーは親戚夫婦の家に身を寄せていたが、夫を略奪しようとしていると周囲に疑われ、思わず家を飛び出す。見知らぬ土地で、働き口もない。ロージーはそんな不安から、偶然出会った目尻の笑い皺の魅力的なカラムにすべてを打ち明けた。すると彼はロージーに秘書の仕事を与えたうえに、驚くべき提案をする。「僕が恋人のふりをして、君にかけられた疑いを晴らそう」しかも、信憑性を持たせるため、彼の自宅で同棲をするのはどうか、と。カラムはどんな女性にも落とすことができないと言われる男性だ。その彼のそばに、昼は秘書として、夜は恋人として寄り添うなんて、男性恐怖症でキスの経験すらない私に、できるのかしら…？〔1830〕

◇裁きの宴　ペニー・ジョーダン著，小林町子訳　ハーパーコリンズ・ジャパン　2024.3　156p　17cm　(ハーレクイン・マスターピース MP89—特選ペニー・ジョーダン)〈ハーレクイン 1989年刊の再刊　原書名：WITHOUT TRUST〉664円　①978-4-596-53523-8
＊個人秘書のラークはいま、絶体絶命の苦境に立たされていた。従兄が会社のお金を勝手に使ったうえに自死を図り、ラークにそそのかされたと偽りの証言をして息を引きとったのだ。会社側の凄腕弁護士ジェームス・ウルフの徹底的で冷酷な態度、容赦ない攻撃にさらされ、ラークは泣き崩れたかった。ところが意外にも、会社が訴えをとりさげたため事なきを得るが、ラークは働き口を失い、部屋代さえ払えない状況に陥ってしまう。そんなとき、ある夫人の住み込み秘書の仕事が舞い込み、運命に感謝しつつラークは意気揚々と働き始めた─まさか夫人の一人息子が、ジェームス・ウルフとも知らずに！〔1831〕

◇砂漠は魔法に満ちて　ペニー・ジョーダン作，槙由子訳　ハーパーコリンズ・ジャパン　2023.4　156p　17cm　(ハーレクイン・ロマンス R3772—伝説の名作選)〈ハーレクイン 2009年刊の再刊　原書名：THE SHEIKH'S BLACKMAILED MISTRESS〉664円　①978-4-596-76947-3
＊砂漠の王国を長期の仕事で訪れたサマンサは、宿泊先で大柄な男性と衝突し、弾みで抱擁とキスを交わした。以来、エメラルドのような瞳の男性の面影が心から離れなくなる。数カ月後、オアシスのほと

りでの再会にサマンサの心は躍った。彼が私を捜しだし、会いに来てくれたんだわ！ だが彼は、以前とは別人のように厳しい表情で立ち去ってしまう。ほどなく公式な謁見の場で、その理由が明らかになる。彼こそサマンサを呼び寄せた国王ビアハムだったのだ。あのキスは戯れだったのよ…。傷心の癒えぬ彼女は、予期もしなかった。王に誘惑され、愛人の地位を用意されるとは！〔1832〕

◇至上の愛　ペニー・ジョーダン著，田村たつ子訳　ハーパーコリンズ・ジャパン　2024.2　156p　17cm　〈ハーレクイン・マスターピース MP87―特選ペニー・ジョーダン〉〈ハーレクイン 2013年刊の再刊 原書名：THE INWARD STORM〉664円　①978-4-596-53263-3
〔1833〕

◇純愛の城　ペニー・ジョーダン著，霜月桂訳　ハーパーコリンズ・ジャパン　2024.6　156p　17cm　〈ハーレクイン・マスターピース MP95―特選ペニー・ジョーダン〉〈ハーレクイン 2012年刊の再刊 原書名：A SECRET DISGRACE〉664円　①978-4-596-77666-2

＊ルイーズは祖父母の遺灰を埋葬するため、シチリアを訪れた。10年前、18歳だった彼女はこの地で忘れえぬ過ちをおかした―1400年続く公爵家の若き当主、シーザー・ファルコナリと。二人は愛し合っていると信じ、ルイーズは彼に純潔を捧げたが、翌朝、当主を誘惑したと周囲から断罪され、村を追われたのだった。彼からの連絡はなく、だからルイーズもその後のことは伝えていない。もう二度と会うことはないと思っていたのに、まさか、遺灰の理葬に彼の許可をもらわないといけないなんて…。10年ぶりに会うシーザーは、鋭いまなざしと言葉で彼女を凍りつかせた！「ぼくたちの息子も、連れてきているのか？」〔1834〕

◇情熱は罪　ペニー・ジョーダン著，霜月桂訳　ハーパーコリンズ・ジャパン　2024.5　156p　17cm　〈ハーレクイン・マスターピース MP93―特選ペニー・ジョーダン〉〈ハーレクイン・エンタープライズ日本支社 1985年刊の再刊 原書名：FORGOTTEN PASSION〉664円　①978-4-596-53985-4

＊ある嵐の夜、ライザは血のつながらない義兄ロークと結ばれた。クルージングに出た船上で、激情に駆られてのことだった。だが、直前にマストから落ちて脳震盪を起していたロークは、断片的に記憶を失い、翌朝には彼女と結ばれたことを忘れてしまう。義妹への潜在的な罪の意識からか、以来、彼はライザに冷たくなった。あの一夜の思い出に胸を焦がしても、報われることはないんだわ。耐えかねたライザは書き置きも残さずに家を出た―一身重の体で。5年後、無事に生まれた息子を育てながらロンドンで自活する彼女の前に、突然、以前と変わらぬ非情さを漂わせたロークが現れる！ しかも彼は、幼い息子を、ほかの男性の子供だと信じこんでいて…。〔1835〕

◇聖夜に誓いを　ペニー・ジョーダン作，高木晶子訳　ハーパーコリンズ・ジャパン　2024.10　156p　17cm　〈ハーレクイン・ロマンス R3915―伝説の名作選〉〈ハーレクイン 2005年刊の再刊 原書名：CHRISTMAS EVE WEDDING〉673円　①978-4-596-71387-2

＊デザイナーのジャスミンは富豪一族の御曹司カイドと恋に落ちた。出会い頭のエレベーターでのキス。親密さを分かち合うベッド。何もかもが完璧で、ふたりの情熱は永遠に続くかに思えた。だが彼から、華麗なキャリアを捨てて、彼の経営する牧場で、妻や母として尽くしてくれる女性が理想なのだと聞き、絶句した。努力をして、ようやく幼い頃からの夢だった仕事に就けたのに、簡単に捨てるなんてできない…。ジャスミンは泣く泣く彼のもとを去るしかなかった。4カ月後、彼女の職場に突然カイドが現れる。和解に来てくれたの？ ジャスミンは胸を弾ませて駆け寄るが、カイドはまるで別人のように冷たくにらみつけるばかりで…。〔1836〕

◇聖夜に見つけた奇跡　ペニー・ジョーダン他著，髙田ゆう他訳　ハーパーコリンズ・ジャパン　2024.11　394p　15cm　〈mirabooks PJ01-25〉〈原書名：BRIDE AT BELLFIELD MILL　CHRISTMAS IN VENICEほか〉909円　①978-4-596-71879-2

内容 旅路の果てに（ペニー・ジョーダン著，髙田ゆう訳）

＊北風のなかマリアンは赤ん坊を抱え、荒れた屋敷を訪れた。行き場がない自分を家政婦として雇ってほしいと頼むものの、氷のような瞳の主人は、一夜の滞在しか許さない。けれど、彼女には秘めた目的があって―19世紀英国の名作『旅路の果てに』。心の離れた夫がいるベネチアで再び愛に巡り会う『恋に落ちたマリア』。ボストン行き列車で起きた奇跡に涙する『忘れえぬクリスマス』の3篇を収録。〔1837〕

◇罪深い喜び　ペニー・ジョーダン著，萩原ちさと訳　ハーパーコリンズ・ジャパン　2024.10　156p　17cm　〈ハーレクイン・マスターピース MP103―特選ペニー・ジョーダン〉〈ハーレクイン 2007年刊の再刊 原書名：BLACKMAILING THE SOCIETY BRIDE〉664円　①978-4-596-71240-0

＊ルーシーが長年片想いしている大富豪社長マーカスは、彼女を愚かな小娘と決めつけ、顔を合わせればお説教ばかり。だから、今、ルーシーの会社が倒産の危機に瀕していても、惨めな姿をさらしたくなくて、彼にだけは相談できなかった。ある夜、財界の大物が集うパーティに出たルーシーは、会社再建の協力者を見つけた喜びでシャンパンを飲みすぎてしまう。すると、同じパーティに出席していたマーカスに見咎められ、強引に屋敷へ連れて帰られたうえに、突然、唇を奪われて！ すつてつに憧れのマーカスと結ばれ、ルーシーは幸せをかみしめた―やがて彼に跡継ぎを作るための"合理的"な結婚を求められるまでは。〔1838〕

◇冷たさと情熱と　ペニー・ジョーダン著，山科みずき訳　ハーパーコリンズ・ジャパン　2022.10　156p　17cm　〈ハーレクイン・マスター

シヨタン

ピース MP55—特選ペニー・ジョーダン）〈ハーレクイン 2012年刊の再刊 原書名：WANTING〉664円　①978-4-596-74812-6

＊深く傷ついた初恋のせいで男性を信じられなくなったモデルのヘザー。24歳になった今も、彼女が恋愛未経験であることは誰も知らない。その証拠に、ヘザーには、美貌を武器に次々と恋人を作っては容赦なく捨てる女だという評判がいつもつきまとっていた。そんな彼女に、またも言い寄る男がひとり一女性との噂が絶えない、危険な魅力をたたえた会社重役のレイス。「僕はきみが欲しい。きみも僕を求めるようにさせてみせる」高らかに宣言する彼に恐れをなしたヘザーは、ロンドンを出てスコットランドにある知人の別荘へ逃れた。翌朝目覚めると、驚愕の光景が待っていた。なぜ…レイスがここに！〔1839〕

◇塔の館の花嫁　ペニー・ジョーダン著，桜井りりか訳　ハーパーコリンズ・ジャパン　2022.11　156p　17cm　（ハーレクイン・マスターピース MP57—特選ペニー・ジョーダン）〈ハーレクイン 2012年刊の再刊 原書名：PASSIONATE PROTECTION〉664円　①978-4-596-74980-2

＊まさかセバスチャンが、重要な取引先の社長だったなんて…。デザイナーの卵のジェシカはセビリアにある会社を訪れ、服作りに最高の素材と出会うが、社長が誰かを知って愕然とした。豪壮な館に住むスペイン伯爵のセバスチャンとは、従妹の恋の不始末を巡って激しい言葉の応酬を繰り広げたばかりだった。彼は、話をするため伯爵邸を訪れたジェシカを従妹だと思い込み、金目当ての性悪女と、一方的に罵ったのだ。商談の席でも侮辱を続ける相手の頬を、ジェシカが思わず平手で打つと、セバスチャンは気高い顔に軽蔑と怒りの色を浮かべ、言い放った。「我が一族に手をあげた者は、必ず報いを受けるぞ！」〔1840〕

◇閉ざされた記憶　ペニー・ジョーダン作，橘由美訳　ハーパーコリンズ・ジャパン　2022.11　155p　17cm　（ハーレクイン・プレゼンツ PB345—作家シリーズ 別冊）〈ハーレクイン 2001年刊の再刊 原書名：BACK IN THE MARRIAGE BED〉664円　①978-4-596-75465-3

＊5年前、アニーは交通事故で心身に大きな傷を負い、記憶も失った。それ以来、他人を避けて孤独に生きてきたが、ある日、"夢の恋人"とそっくりな男性とすれ違った。夜ごと夢に現れては彼女を抱きすくめる、たくましい体、長い手足…。直感のままに車を走らせると、どこか見覚えのある屋敷にたどり着いた。中から出てきたのは―あの"夢の恋人"だった。威圧的だけど魅力をたたえる彼に、アニーは目を奪われ、陶然となる。しかし夢では美しいはずの"恋人"の顔は今、苦悶の形に歪み、アニーに軽蔑と怒りのまなざしを向けていた。「君は僕の妻だ。なぜ平然と戻ってきた」〔1841〕

◇長い冬　ペニー・ジョーダン著，高木晶子訳　ハーパーコリンズ・ジャパン　2024.3　202p　15cm　（ハーレクインSP文庫 HQSP-404—45周年特選 3 ペニー・ジョーダン）〈ハーレクイン・エンタープライズ日本支社 1984年刊の再刊 原書名：LONG COLD WINTER〉600円　①978-4-596-53801-7

＊現れた男の姿を見るなり、オータムはその場に凍りついた。ヨーク・レイン―世界的に有名な航空会社の社長。19歳のときにオータムが結婚した、自尊心の強い億万長者だ。若かったオータムは彼が属する上流社会の華やしさになじめず、結局、短い結婚生活は破綻し、ロンドンを逃げ出した。いったいなぜ、そのヨークがここにいるの？　戸惑うオータムに、ヨークは酷な提案を無遠慮にも突きつけた。急遽妻が必要になったから、4カ月だけ戻ってこい。そうすれば離婚に応じよう、と。〔1842〕

◇新妻を演じる夜　ペニー・ジョーダン作，柿原日出子訳　ハーパーコリンズ・ジャパン　2023.10　156p　17cm　（ハーレクイン・ロマンス R3820—伝説の名作選）〈ハーレクイン 2011年刊の再刊 原書名：THE WEALTHY GREEK'S CONTRACT WIFE〉664円　①978-4-596-52594-9〔1843〕

◇眠り姫は目覚めた　ペニー・ジョーダン著，織田みどり訳　ハーパーコリンズ・ジャパン　2023.7　156p　17cm　（ハーレクイン・マスターピース MP73—特選ペニー・ジョーダン）〈ハーレクイン 1999年刊の再刊 原書名：MARRIAGE MAKE UP〉664円　①978-4-596-77426-2

＊「君が妊娠するなんて、あり得ない。少なくとも僕の子ではない」23年前、学生だったアビーは6歳年上のサムと恋におちて結婚したが、ほどなくして新しい命を身ごもったことを知らせると、彼は別の男との間にできた子供だろうと一方的に彼女を責めた。信じてくれない夫に深く傷つけられたアビーは離婚の道を選び、独りで娘を産んで、娘のために身を粉にして働いてきた。今、その娘が婚約し、両親揃って結婚式に出てほしいと言い始めたので、アビーは激しく動揺した―娘の幸せのためならなんでもしたいけれど、別れた冷たい夫と顔を合わせることだけは避けたい！　だがある夜、以前より男らしく魅力を増したサムが目の前に現れた。〔1844〕

◇伯爵夫人の条件　ペニー・ジョーダン著，井上京子訳　ハーパーコリンズ・ジャパン　2024.9　156p　17cm　（ハーレクイン・マスターピース MP101—特選ペニー・ジョーダン）〈ハーレクイン 2006年刊の再刊 原書名：EXPECTING THE PLAYBOY'S HEIR〉664円　①978-4-596-77727-0

＊会社員のジュリアはパーティで男に言い寄られて困っていたとき、突然割って入ってきた人物を見て驚いた。「サイラス！」近い将来、伯爵の爵位と広大な領地を受け継ぐ名家の御曹司で、つねに絶対の自信を持ち、大勢の女性に取り囲まれている。彼の遠縁であるジュリアは、そんな彼に憧れの念と反発心を抱いていた。今もサイラスは彼女に向かって軽蔑もあらわに、「きみもあの男に気がある

のだろう」と疑惑を投げかけてきた。事実無根のことで責められ、断固否定するジュリアに、サイラスは思いもよらぬ提案をする―「それならば、僕の恋人を演じてあの男を追い払えばいい」〔1845〕

◇花を咲かせて　ペニー・ジョーダン著，久我ひろこ訳　ハーパーコリンズ・ジャパン　2023.1　155p　17cm　（ハーレクイン・マスターピース MP61―特選ペニー・ジョーダン）〈ハーレクイン 1991年刊の再刊　原書名：SO CLOSE AND NO CLOSER〉664円　ⓘ978-4-596-75645-9

＊ルー・リヴシィ、25歳。花やハーブを育てながら、自分で修繕した古いコテージで、愛犬と穏やかに暮らしている。たとえ隠居した老婦人のような生活と思われてもかまわない。5年前、若すぎた結婚に大失敗して借金を背負わされたせいで、亡き父が遺した屋敷を手放さなければならなかったのだ。以来、ルーはもう決して男性に心を開くまいと決めていた。彼らが女性に言い寄る裏には、いつも何か別の理由があるのよ。隣に越してきたばかりの大富豪ニール・サクストンも同じ。「家政婦用に、きみのコテージが欲しい」いきなり強引に迫ってきて、ほかにも欲しいものがあるかのような目で、ルーをじっと見つめたのだ！〔1846〕

◇二人の年月　ペニー・ジョーダン著，久我ひろこ訳　ハーパーコリンズ・ジャパン　2023.5　202p　15cm　（ハーレクイン文庫 HQB-1182―珠玉の名作本棚）〈ハーレクイン 1989年刊の再刊　原書名：PAYMENT IN LOVE〉627円　ⓘ978-4-596-77069-1

＊最愛の父が心臓発作で倒れ、手術しないと余命は短いと知り、ヘザーはもう一人の家族、実業家のカイルに頼る決意をする。昔、両親はヘザーの6歳年上だった彼を里子に迎えたが、まだ幼かった彼女は嫉妬心から何かとカイルに反発した。17歳のとき、ヘザーは両親の注意を引こうと薬を過剰摂取して死の一歩手前までいき、その一件でカイルは家を出たのだった。その後に成功して大富豪となった彼との6年ぶりの再会。病床の父が会いたがっているので会ってほしいと頼むと、カイルは冷たく言い放った。「いくら欲しいんだ、ヘザー？」〔1847〕

◇無邪気なかけひき　ペニー・ジョーダン著，橘由美訳　ハーパーコリンズ・ジャパン　2022.5　156p　17cm　（ハーレクイン・マスターピース MP45―特選ペニー・ジョーダン）〈ハーレクイン 2004年刊の再刊　原書名：THE SHEIKH'S VIRGIN BRIDE〉664円　ⓘ978-4-596-33424-4

＊ペトラは疎遠の祖父が勝手に縁談を進めていることを知った。相手はシーク・ラシードという見も知らぬ男性だという。祖父はわたしをビジネスの道具として利用するつもりなんだわ…。結婚するなら愛し愛されたいと願うペトラはある計画を思いつく。プレイボーイと噂のブレイズに、誘惑するふりをしてほしいと頼み、あえて自分の評判を落として、意に染まぬ縁談を壊すのだ。ブレイズに話を持ちかけると、理由を話すのが条件だと言われ、ペトラはすべてを洗いざらい話した。「交渉成立だ」彼はそう告げると、いきなり彼女の唇を奪った！ペトラは夢にも思わずにいた―彼こそがじつはシーク・ラシードとは。〔1848〕

◇目覚めたら恋人同士　ペニー・ジョーダン著，雨宮朱里訳　ハーパーコリンズ・ジャパン　2023.11　156p　17cm　（ハーレクイン・マスターピース MP81―特選ペニー・ジョーダン）〈ハーレクイン 2000年刊の再刊　原書名：LOVER BY DECEPTION〉664円　ⓘ978-4-596-52660-1

＊地味ながらも穏やかに暮らすアンナの家にある日突然、見知らぬ大富豪ウォードが現れ、一方的に言いがかりをつけてきた。彼の弟から大金をだまし取ったと責められても、まるで身に覚えがない。だが、百獣の王のような圧倒的存在感を放つウォードは、彼女に反論の余地も与えぬまま、憤然と立ち去った。ばかな。私。彼に怒るべきなのに、魅力を感じてしまうなんて…。その後、アンナは庭仕事中に頭を怪我して気を失うが、たまたま戻ってきたウォードに発見され、病院へ運ばれた。目覚めると彼女は、記憶を失っていた―そして、ウォードに言った。「あなたとは特別なものを感じる。私たちは、恋人同士なんでしょう？」〔1849〕

◇闇の向こうに　ペニー・ジョーダン著，高木晶子訳　ハーパーコリンズ・ジャパン　2022.2　156p　17cm　（ハーレクイン・マスターピース MP39―特選ペニー・ジョーダン）〈ハーレクイン・エンタープライズ日本支社 1985年刊の再刊　原書名：DESIRE'S CAPTIVE〉664円　ⓘ978-4-596-31642-4

＊嘘よ…サフランは信じられない思いでニコを見つめた。ニコはサフランが生まれて初めて心惹かれた男性。その彼があろうことか犯罪グループの一味で、サフランを誘拐して人質にとったの。誘拐犯の一味は凶暴だったが、ニコだけはなぜか優しかった。死の恐怖に怯えるなか、サフランのニコへの想いは愛に変わる。一味の一人に乱暴されそうになったとき、サフランは誓った。このまま死ぬのはいや。愛する人にすべてを捧げたい…。だがニコと結ばれた直後、彼はサフランを狙った銃弾に倒れ―。〔1850〕

◇誘惑の落とし穴　ペニー・ジョーダン著，槙由子訳　ハーパーコリンズ・ジャパン　2023.10　156p　17cm　（ハーレクイン・マスターピース MP79―特選ペニー・ジョーダン）664円　ⓘ978-4-596-52474-4

＊結婚詐欺師に騙されて傷心した親友のため一肌脱ぐことにしたケリー。舞踏会で魅力的な女性を演じて結婚詐欺師の男を誘惑し、首尾よく惹きつけたら、鉄槌を下す計画だ。じつのところ、恋もろくにしたことがないケリーには荷が重かったが。ところが会場で出逢ったのは、鋭いダークブルーの瞳の大富豪ブラフ。魂まで見透かされそうなまなざしに、ケリーは警戒した。私の役目は、この舞踏会で妖艶な大人の女を演じきることよ！しかし、ケリーが時折見せる不安そうな様子に疑念を抱いたブラフは、心の中で豪語した。"最初のキスでだいていのことはわかる"そして、彼女の隙をついて、熱く激しく唇を奪った―！〔1851〕

ショツトウ

◇雪どけの朝　ペニー・ジョーダン著，杉和恵訳　ハーパーコリンズ・ジャパン　2022.7　197p　15cm　（ハーレクイン文庫 HQB-1133）〈ハーレクイン 1991年刊の再刊　原書名：VALENTINE'S NIGHT〉627円　⑪978-4-596-70766-6
＊ソレルは24歳だが、男性恐怖症で恋愛にも怯えている。少女のころ見てしまった場面に恐怖心を植えつけられたのだ。あるとき、遠縁にあたるというヴァルが訪ねてくることになり、ソレルが滞在中の彼女の世話をすることになった。初対面のヴァルの滞在を心地よいものにしてあげたかった。だが現れたのは女性ではなく、十も年上のハンサムな男性だった！しかも猛吹雪で停電し、プレイボーイ然とした彼と二人きり、別荘に閉じ込められてしまうのだ。ソレルは震えた。一体どうすればいいの？〔1852〕

◇領主館のアメリカ人　ペニー・ジョーダン著，三好陽子訳　ハーパーコリンズ・ジャパン　2022.12　156p　17cm　（ハーレクイン・マスターピース MP59―特選ペニー・ジョーダン）〈ハーレクイン・エンタープライズ日本支社 1988年刊の再刊　原書名：RETURN MATCH〉664円　⑪978-4-596-75485-1
＊父が急逝し、ルーシーは長年住み慣れた領主館を離れようとしていた。館を維持する財力はなく、継母と弟妹の面倒も見なければならない。領主館は、アメリカ人のいとこ、ソールが相続することになっている。じつはルーシーは12年前に彼に会ったことがあったが、当時、子供ゆえの幼さで意地悪をしていたし、それをずっと後悔してきた。再会したソールは今や、いくつもの企業を切り回す大富豪となっていた。ルーシーは美しい黒髪の彼に魅了され、大いに心を揺さぶられた。しかし、二人のあいだのしこりは消えてはいなかった―ソールは彼女に領主館から一秒でも早く出ていけと言わんばかりに、軽蔑のまなざしと辛辣な言葉以外、微笑み一つ向けてはくれなくて…。〔1853〕

◇恋愛キャンペーン　ペニー・ジョーダン著，小林町子訳　ハーパーコリンズ・ジャパン　2024.7　199p　15cm　（ハーレクイン文庫 HQB-1241）〈ハーレクイン・エンタープライズ日本支社 1985年刊の再刊　原書名：CAMPAIGN FOR LOVING〉691円　⑪978-4-596-63734-5
＊ジェイムにとって、夫のブレークはすべてだった。年上で裕福、しかもセクシーで優しい夫。でも若い彼女には結婚は早すぎたのか、多忙で不在がちな夫にちらつく女性の影に不安をあおられ、家を飛び出した。ほどなくして妊娠がわかると、一転、ジェイムは有頂天になる。きっと彼は私とこの子を迎えに来てくれる！だが夫に知らせたものの返事はない、絶望した―。3年後、ジェイムの近隣の屋敷に、ふらりと夫が移り住んできた。いったい何が目的なの？娘を見たら、彼はなんて言うだろう？〔1854〕

◇忘れえぬ日々　ペニー・ジョーダン著，富田美智子訳　ハーパーコリンズ・ジャパン　2023.3　155p　17cm　（ハーレクイン・マスターピース MP65―特選ペニー・ジョーダン）〈ハーレクイン 1991年刊の再刊　原書名：BITTER BETRAYAL〉664円　⑪978-4-596-76657-1
＊ジェニスがこの世でいちばん会いたくない男性、ルーク・ラスビー。8年前、外科医のルークはジェニスと婚約していながら、突然一方的に婚約を解消してほかの女性と結婚してしまったのだ。いま故郷に戻り、親友の結婚式に出席したジェニスは、目を疑うような光景に出会い、胸がつぶれそうになった―昔と変わらぬ、深い緑色の美しい瞳をしたルーク。あのとき結婚した妻を失い、かわいらしい幼い娘を連れている…。ルークと別れて8年も経つのにジェニスにいまだ恋人がいないのは、じつは、いまもまだ彼を忘れられないから。愛しているから。その事実がつらくて、その場を逃げようとするジェニスだったが…。〔1855〕

◇忘れない夏　ペニー・ジョーダン著，富田美智子訳　ハーパーコリンズ・ジャパン　2022.6　198p　15cm　（ハーレクインSP文庫 HQSP-321）〈ハーレクイン・エンタープライズ日本支社 1989年刊の再刊　原書名：LEVELLING THE SCORE〉500円　⑪978-4-596-31991-3
＊ジェンナの部屋を、親友のスージーが泣きながら訪ねてきた。兄サイモンが決めた相手と、無理やり結婚させられそうだという。束の間でも兄の目から逃れ、好きな男性と休暇を過ごしたい―そう訴える親友のため、ジェンナは口裏をあわせることにした。サイモンが電話してきたら、スージーはここにいると答える、と。ティーンエイジャーの夏、ジェンナはサイモンに夢中だったが、年上のガールフレンドを見せつけられて、憧れはたちまち冷めた。わたしたちをいつまでも子供扱いする鼻持ちならない男を、この機会にうまくだまして、ささやかな仕返しをしてやるわ！〔1856〕

ショットウェル, アーロン　Shotwell, Aaron

◇〈閲覧注意〉ネットの怖い話クリーピーパスタ　ミスター・クリーピーパスタ編，倉田真木，岡田ウェンディ他訳　早川書房　2022.7　287p　16cm　（ハヤカワ文庫 NV 1499）〈原書名：THE CREEPYPASTA COLLECTIONの抄訳〉860円　⑪978-4-15-041499-3
内容　無名の死（アーロン・ショットウェル著，倉田真木訳）　スマイル・モンタナ（アーロン・ショットウェル著，岡田ウェンディ訳）
＊ネットの恐怖都市伝説のコピペから生まれたホラージャンル"クリーピーパスタ"。綿密に計画をたて女性の家に忍び込んだ殺人ストーカーが異変に巻き込まれる「殺人者ジェフは時間厳守」や、ジャーナリスト志望者がフロッピーディスクに込められた呪いを目撃する「スマイル・モンタナ」など、アメリカ・クリーピーパスタ界の人気ユーチューバーが厳選した悪夢の物語。身の毛がよだつ15篇の恐怖のショートストーリー傑作集。〔1857〕

ジョニオー, ジャン　Jauniaux, Jean

◇デルヴォーの知覚―対訳：小説　ジャン・ジョ

ニオー，染川隆俊訳，Herman Dekeŭnink訳　豊中　日本エスペラント図書刊行会　2023.3　23p　21cm〈他言語標題：La percepto de Delvaux　エスペラント語併記〉500円　①978-4-930785-82-4　〔1858〕

ジョハンセン, アイリス　Johansen, Iris

◇あどけない復讐　アイリス・ジョハンセン著，矢沢聖子訳　ハーパーコリンズ・ジャパン　2022.12　425p　15cm　(mirabooks IJ01-11)〈原書名：SHADOW PLAY〉1100円　①978-4-596-75755-5

＊森で少女の白骨遺体が発見された。依頼を受けた復顔彫刻家イヴは少女の「顔」を取り戻すが、直後に捜査関係者が殺され像を奪われてしまう。すべてを葬るため真犯人が動き出したのだ。調べを進めるうち似た容姿の少女が何人も消えているとわかり、事件は典型的なシリアルキラーによるものと思われたが、待ちうけていたのは想像を絶する真実で—。イヴの運命が大きく動きだす、急展開のシリーズ最新作！　〔1859〕

◇霧に眠る殺意　アイリス・ジョハンセン著，矢沢聖子訳　ハーパーコリンズ・ジャパン　2024.2　493p　15cm　(mirabooks IJ01-12)〈原書名：HIDE AWAY〉1190円　①978-4-596-53679-2

＊死者の骨から生前の姿を復元する復顔彫刻家イヴ。麻薬カルテルの抗争に巻き込まれ負傷した彼女は、搬送先の病院で思いがけない妊娠を知る。カルテルに執拗に命を狙われる11歳の少女カーラとお腹の子を守るべく、知人の伝手でスコットランドへ飛んだイヴだったが、その地では古代ローマの財宝にまつわる伝説と、新たなる戦いが待ち受けていた—ロマンティック・サスペンスの最高峰シリーズ。　〔1860〕

◇最果ての天使　アイリス・ジョハンセン著，矢沢聖子訳　ハーパーコリンズ・ジャパン　2024.11　494p　15cm（mirabooks IJ01-13）〈原書名：NIGHT AND DAY〉1182円　①978-4-596-71881-5

＊復顔彫刻家イヴは少女カーラの行方を追っていた。母親から命を狙われる彼女をスコットランドに潜伏させたものの、あえなく連れ去られてしまったのだ。悲しみに暮れるイヴだったが、ジョーが懸命に手がかりを追い、モスクワにいることを突き止める。イヴはお腹の我が子を守りながら極寒の地へ飛び、カーラを取り戻すべく作戦を開始する。しかし、容赦ない罠がイヴに牙をむき—三部作完結編。　〔1861〕

◇死線のヴィーナス　アイリス・ジョハンセン著，矢沢聖子訳　ハーパーコリンズ・ジャパン　2022.5　478p　15cm　(mirabooks IJ01-10)〈原書名：CHAOS〉1000円　①978-4-596-42929-2

＊孤児として育ち、その能力を見出されCIA課員となったアリサ。任務のためなら手段を選ばない非情な一匹狼として名を馳せるが、ただひとり心を許した家族代わりの少女が、モロッコで発生した女学生集団誘拐事件に巻き込まれてしまう。アリサは少女たちを救出するため、誘拐の首謀者を長年追っているという大富豪コーガンに接触を図る。彼は何もかも見透かすような瞳でアリサを見据え、ある提案を持ちかけてきて—。　〔1862〕

ジョルソン, アル　Jolson, Al

◇ユーモア・スケッチ大全　〔3〕ユーモア・スケッチ傑作展　3　浅倉久志編・訳　国書刊行会　2022.2　374p　19cm〈「ユーモア・スケッチ傑作展 3」(早川書房 1983年刊)の改題、増補〉2000円　①978-4-336-07310-5

内容　アンケート—理想の女性（チャップリン, ラードナーほか著）　〔1863〕

ジョルダーノ, パオロ　Giordano, Paolo

◇タスマニア　パオロ・ジョルダーノ著，飯田亮介訳　早川書房　2024.1　357p　20cm〈原書名：TASMANIA〉3100円　①978-4-15-210298-0

＊2015年11月パリ。同時多発テロ直後の街を、ローマ在住の作家が訪れた。国連の気候変動会議COP21の取材のためだった。もう一つ、理由があった。不妊治療で妻とすれ違い、家を離れたかったのだ。それからも作家は、執筆を口実に、トリエステや世界各地をさまよう。そこで出会ったのは、親権争い中の物理学者、自爆テロ事件を追うフリージャーナリスト、研究の末に心の病に冒された宇宙物理学者。個人的で切実な問題と、つぎつぎと起こる世界的危機に引き裂かれながら、作家は対話と自問を重ねる。そして日本に向かい、広島・長崎で彼がたどり着いた答えとは。『コロナの時代の僕ら』の著者が、困難を生きる姿を赤裸々に描き、国際的に高く評価される傑作長篇小説。35カ国で刊行決定。　〔1864〕

ジョン, ジー　鄭　執

⇒テイ, シツ　を見よ

ジョーンズ, スティーヴン・グレアム　Jones, Stephen Graham

◇穏やかな死者たち—シャーリイ・ジャクスン・トリビュート　ケリー・リンク, ジョイス・キャロル・オーツ他著，エレン・ダトロウ編，渡辺庸子，市田泉他訳　東京創元社　2023.10　570p　15cm　(創元推理文庫　Fン12-1)〈責任表示はカバーによる　原書名：WHEN THINGS GET DARK〉1500円　①978-4-488-58407-8

内容　精錬所への道（スティーヴン・グレアム・ジョーンズ著, 原島文世訳）　〔1865〕

ジョンスタッド, カート　Johnstad, Kurt

◇REBEL MOON—ザック・スナイダー監督作品　パート1　炎の子　ザック・スナイダー原案，ザック・スナイダー，カート・ジョンスタッ

ド，シェイ・ハッテン脚本，V.キャストロ著，入間眞訳　竹書房　2023.12　270p　19cm〈原書名：Rebel Moon.Part One：A Child of Fire〉2300円　①978-4-8019-3854-0　〔1866〕

○REBEL MOON―ザック・スナイダー監督作品　パート2　傷跡を刻む者　ザック・スナイダー原案，ザック・スナイダー，カート・ジョンスタッド，シェイ・ハッテン脚本，V.キャストロ著，入間眞訳　竹書房　2024.6　231p　19cm〈原書名：Rebel Moon.Part Two：The Scargiver〉3200円　①978-4-8019-3960-8

＊邪悪な巨大帝国マザーワールドへの復讐を誓った凄腕の戦士コラと、彼女のもとに集結した銀河の反乱軍"レベルズ"たち。死闘の末、彼らは宿敵である提督ノーブルを討ち、帝国の軍勢を退けることに成功する。村に帰還したコラたちは平穏なひと時を楽しむが、圧倒的な軍事力を誇る帝国が再び襲いかかってくる。タイタスの指揮のもと、村人たちがついに立ち上がる。全てを懸けた最後の戦いが迫るなか、明かされる戦士たちの壮絶な過去。コラもまた、養父であるバリサリウスとの因縁の過去に思いを馳せていた。そして、マザーワールドに反旗を翻したレベルズに決戦の時が迫る！　〔1867〕

ジョンストン，ダグ　Johnstone, Doug

◇ダークマター―スケルフ葬儀社の探偵たち　ダグ・ジョンストン著，菅原美保訳　小学館　2023.4　521p　15cm　（小学館文庫　シ25-1）〈原書名：A DARK MATTER〉1200円　①978-4-09-407139-9

＊エディンバラで創業百年、十年前からは探偵業も営むスケルフ葬儀社。亡くなった当主ジムを火葬した直後、妻ドロシーは夫の秘密を知ってしまい愕然とする。バツイチの娘ジェニーは解雇通告を受け、仕方なく探偵業を引き継ぐことに。孫娘の大学生ハナは失踪した親友の捜索に乗り出す。三世代の悩める女たちはそれぞれの案件を解決しようと体当たりで突き進むが、次々と衝撃の事実が判明し…。苦笑、失笑、毒もたっぷり、傷つきながら必死に生きる各世代の女のリアル満載。美しい古都を舞台に繰り広げられる、スコットランド発ブラックユーモア・ミステリー。　〔1868〕

ジョンストン，E.K.　Johnston, E. K.

◇STAR WARSアソーカ　上　E.K.ジョンストン著，村上清幸訳　Gakken　2023.6　213p　19cm〈奥付のタイトル：スター・ウォーズアソーカ　原書名：Star Wars Ahsoka〉1300円　①978-4-05-205504-1

＊『クローン・ウォーズ』以後自らの存在意義を見つけようとするアソーカの心情を描く物語。ジェダイは自分に面と向かって対等でいることが嫌だった―苦痛でしかない。そう、自分が生き残ったのは、ジェダイと袂を分かっていたからだ。あの時は彼らの元をすでに立ち去っていた。そうしてきたからこそ自分はいまだに生きている

―生きるに値するかどうかは別として。　〔1869〕

◇STAR WARSアソーカ　下　E.K.ジョンストン著，村上清幸訳　Gakken　2023.6　197p　19cm〈奥付のタイトル：スター・ウォーズアソーカ　原書名：Star Wars Ahsoka〉1300円　①978-4-05-205505-8

＊いよいよアソーカが立ち上がる！『反乱者たち』以前を描く、反乱同盟の起点となる物語。もはや自分はジェダイではないと理屈をこねたところで、やはり修行の成果が邪魔をする。助けを必要としている人々にあっさりと背を向けるなどできようもないのだ。どういうわけだか自分は銀河の悪―帝国の悪が我慢ならないらしい。そして、自分を曲げるのもやはり我慢がならない、とアソーカは思った。　〔1870〕

ジョンスン，ロジャー　Johnson, Roger

◇シャーロック・ホームズのすべて　ロジャー・ジョンスン，ジーン・アプトン著，日暮雅通訳　集英社インターナショナル　2022.6　269p　18cm　（インターナショナル新書　104）〈文献あり　著作目録あり　発売：集英社　原書名：THE SHERLOCK HOLMES MISCELLANY〉960円　①978-4-7976-8104-8

＊一九世紀後半に登場して以来、探偵の代名詞として常に最高の人気を保ち続けるシャーロック・ホームズ。六○を数える作品と、ホームズというキャラクターについて多角的に紹介し、登場から一○○年以上を経た現在も常にアップデートされ続けるホームズのトリビアを網羅。フィクションの世界の人物であるにもかかわらず、実在の人物を超えて世界中の人々を現在も魅了し続ける探偵ホームズとその背後にあるミステリーにせまる。　〔1871〕

ジョンソン，サミュエル　Johnson, Samuel

◇王子ラセラス、幸福への彷徨　サミュエル・ジョンソン著，高橋昌久訳　大阪　2024.2　211p　19cm　（マテーシス古典翻訳シリーズ　6）〈星雲社（発売）　原書名：The History of Rasselas, Prince of Abissinia〉1600円　①978-4-434-33023-0　〔1872〕

ジョンソン，ジョアンナ　Johnson, Joanna

◇十九世紀の白雪の恋　アニー・バロウズ、ララ・テンプル、ジョアンナ・ジョンソン著，富永佐知子訳　ハーパーコリンズ・ジャパン　2024.11　265p　17cm　（ハーレクイン・ヒストリカル・スペシャル）827円　①978-4-596-71469-5

内容　子爵の身代わりシンデレラ（ジョアンナ・ジョンソン作, 富永佐知子訳）

＊慈善学校の教師助手のクララは、クリスマスに老公爵と結婚する教え子に招かれ、公爵邸を訪れることに。8歳で両親と死に別れた貧しいクララにとって、夢でしか見たことのない上流階級のクリスマスは楽しみで仕方なかった。だが迎えに来た公爵の跡継ぎヒューゴはみすぼらしい姿の彼女を見つけると、険しい顔で首をかしげ…。（『クリス

マスを知らない壁の花』）。ベラは従妹の駆け落ちを阻止しようと、待ち合わせ場所に向かった。ところがそこに現れたのは、従妹の恋人ではなく、その従兄のデヴィル伯爵ニコラス。ベラと同じく、従弟の駆け落ちを止めに来たという彼は、傲慢で不機嫌で冷たくて、まさに"デビル伯爵"だった。しかし大雪になり、ベラは彼と一緒に屋敷に滞在することに—！（『魅惑の魔王伯爵と永遠の愛を』）。農園の娘マリアは、足をくじいた兄に代わった七面鳥の行商に出たものの道に迷ってしまった。すると黒髪の魅力的な紳士が現れ、親切にも道案内してくれるという。優しい彼に胸を高鳴らせたマリアはしかし、彼の自己紹介に驚愕する！「ぼくはアレックス。スタンフォード子爵だ」しかも、彼には奥ゆかしく優雅な婚約者がいた。（『子爵の身代わりシンデレラ』）。　〔1873〕

ジョンソン, ジョスリン・ニコール　Johnson, Jocelyn Nicole

◇モンティチェロ終末の町で　ジョスリン・ニコール・ジョンソン著，石川由美子訳　集英社　2024.5　285p　19cm〈原書名：My Monticello〉2400円　①978-4-08-773523-9

　内容　コントロール・ニグロ　バージニアはあなたの故郷ではない　なにか甘いものを　世界の終わりに向けて家を買う　サンドリアの王　モンティチェロ終末の町で

　＊鳴り響くアメリカ国歌、まき散らされる炎、光る銃に流れる血。崩壊する町で逃げ惑う住民たちが辿りついた先は、元大統領邸宅だった—。"現代アメリカ"の極地を描く近未来ディストピア作品集。秘密裏に息子をサンプルとした社会実験をおこなう教授、世界滅亡前に家を買おうと奮闘するシングルマザー、白人至上主義者たちが暴徒化した世界で立ち上がる、偉人と奴隷の子孫の女子学生、これはSFなのか？　それとも現実なのか？　衝撃のデビュー作。表題作の中編ほか5作品を収録。　〔1874〕

ジョンソン, スペンサー　Johnson, Spencer

◇プレゼント　スペンサー・ジョンソン著，門田美鈴訳　扶桑社　2022.7　110p　19cm〈原書名：THE PRESENT〉1000円　①978-4-594-08743-2

　＊『チーズはどこへ消えた？』の著者が、いままた、あなたの人生を変える！「プレゼント」—それは、幸せと成功をもたらしてくれる、すばらしい贈り物。「プレゼント」とは、なんでしょう？「プレゼント」を探しもとめる物語をとおして、真に充実した生きかたをあなたに贈ります。現代最高の人生の達人が、長年の思索を結実させた貴重な1冊です。　〔1875〕

ジョンソン, デイジー　Johnson, Daisy

◇アホウドリの迷信—現代英語圏異色短篇コレクション　岸本佐知子，柴田元幸編訳　スイッチ・パブリッシング　2022.9　227p　20cm（SWITCH LIBRARY）2400円　①978-4-88418-594-7

　内容　アホウドリの迷信（デイジー・ジョンソン著，岸本佐知子訳）

　＊「端っこの変なところ」を偏愛する2人の翻訳家が、新たに発見した、めっぽう面白くて、ちょっと"変"な作家たち。心躍る"掘り出し物"だけを厳選したアンソロジー。対談「競訳余話」も収録。　〔1876〕

◇九月と七月の姉妹　デイジー・ジョンソン著，市田泉訳　東京創元社　2023.6　198p　20cm〈原書名：SISTERS〉2000円　①978-4-488-01126-0

　＊わたしは姉のセプテンバーの誕生から十か月後に生まれた。でも、互いの誕生日を混ぜ合わせて同じ日にしている。セプテンバーがそう決めたから。セプテンバーはゲームをする。セプテンバーが指示する側、わたしが操り人形。彼女の言うことをなんでも聞かなくてはいけない。指示通りにできなかった場合、わたしは命を一つなくしてしまう。そうやって遊ぶときはたいてい、わたしには命が五つあって、全部なくしたら何かが起こることになっていた。内気で意志の弱いジュライは、姉のセプテンバーの支配下にあるが、二人の絆は揺るぎないものだった。春先に学校で起きたある事件をきっかけに、母とともに町を出て亡父の生家へと引っ越したが、それを機にジュライの中には奇妙な不安と違和感が芽生え…　〔1877〕

ジョンソン, B.S.　Johnson, Bryan Stanley

◇老人ホーム—一夜の出来事　B.S.ジョンソン著，青木純子訳　東京創元社　2024.2　348p　15cm（創元ライブラリ　Lシ1-1）〈原書名：HOUSE MOTHER NORMAL〉1400円　①978-4-488-07089-2

　＊ある老人ホームの一夜。八人の老人と一人の寮母・食事と作業とお楽しみ会…。体力も知力も異なる八人の老人たちと寮母に、時は等しく流れる。登場人物九人の同時進行小説。同じ場面のそれぞれの行動、意識（があれば、だが）が、各人に割り当てられた章の同じページ、同じ行に浮かび上がる。傑作実験小説！　〔1878〕

シラー, フリードリヒ　Schiller, Friedrich

◇シラー名作集　フリードリヒ・シラー著，内垣啓一，岩淵達治，石川實，野島正城訳　新装復刊　白水社　2022.5　447p　20cm　6500円　①978-4-560-09442-6

　＊十八世紀ドイツ文学を代表する劇作家シラーの代表的な四篇『群盗』『メアリ・スチュアート』『オルレアンの乙女』『ヴィルヘルム・テル』を収録。　〔1879〕

◇ドン・カルロス—スペインの王子　フリードリヒ・シラー著，青木敦子訳　幻戯書房　2023.9　541p　19cm（ルリユール叢書—シラー戯曲傑作選）〈他言語標題：Don Karlos　文献あり　年譜あり　原書名：Theater von Schiller〉5200円　①978-4-86488-281-1　〔1880〕

シラツハ

◇メアリー・ステュアート　フリードリヒ・シラー著，津崎正行訳　幻戯書房　2023.9　401p　19cm　（ルリュール叢書―シラー戯曲傑作選）〈他言語標題：Maria Stuart　年譜あり　原書名：Schillers Werke.Bd.9,Teil 1：Maria Stuart　原書新版の翻訳〉3900円　①978-4-86488-280-4
〔1881〕

シーラッハ, フェルディナント・フォン　Schirach, Ferdinand von

◇神　フェルディナント・フォン・シーラッハ著，酒寄進一訳　東京創元社　2023.9　167p　20cm　〈原書名：GOTT〉1700円　①978-4-488-01129-1
〔1882〕

◇刑罰　フェルディナント・フォン・シーラッハ著，酒寄進一訳　東京創元社　2022.10　236p　15cm　（創元推理文庫　Mシ15-5）〈原書名：STRAFE〉720円　①978-4-488-18606-7

＊赤ん坊を死なせた夫の罪を肩代わりし、3年後に出所の日を迎えた母親。静寂の中で余生を暮らし、夏の終わりに小銃に弾を込めた湖畔の住人―唐突に訪れる犯罪の瞬間には、彼ら彼女らの人生が異様な迫力をもってあふれだす。刑事専門の弁護士であり、デビュー作『犯罪』で本屋大賞「翻訳小説部門」第1位に輝いた当代随一の短篇の名手が、罪と罰の在り方を鮮烈に問う12の物語。
〔1883〕

シール, M.P.　Shiell, Matthew Phipps

◇新編怪奇幻想の文学　1　怪物　紀田順一郎, 荒俣宏監修, 牧原勝志編　新紀元社　2022.7　460p　20cm　〈他言語標題：Tales of Horror and Supernatural〉2500円　①978-4-7753-2022-8

|内容|青白い猿（M・P・シール著，植草昌実訳）

＊山深く潜む、古来から言い伝えられるもの。身を包み、人間としての記憶さえ呪わしく変えるもの。そして、見てはならず、語りえないもの。何ものなのか知るすべもないかれらを、せめてこう呼ぼう―怪物、と。一九七〇年代の名アンソロジー"怪奇幻想の文学"の編者、紀田順一郎・荒俣宏の監修のもと、古典的名作を新訳し、全6巻に集大成。怪奇幻想の真髄を伝えるアンソロジー・シリーズ、ここに刊行開始。
〔1884〕

◇新編怪奇幻想の文学　3　恐怖　紀田順一郎, 荒俣宏監修, 牧原勝志編　新紀元社　2023.5　466p　20cm　〈他言語標題：Tales of Horror and Supernatural〉2500円　①978-4-7753-2041-9

|内容|音のする家（M.P.シール著，植草昌実訳）
〔1885〕

◇世界推理短編傑作集　6　エミール・ガボリオ他著，戸川安宣編　東京創元社　2022.2　725p　15cm　（創元推理文庫　Mン1-6）　1500円　①978-4-488-10012-4

|内容|エドマンズベリー僧院の宝石（M・P・シール著，中村能三訳）

＊欧米では、世界の短編推理小説の傑作集を編纂する試みが、しばしば行われている。江戸川乱歩編『世界推理短編傑作集』はそれらの傑作集の中から、編者の愛読する珠玉の名作を厳選して5巻に収録し、併せて19世紀半ばから第二次大戦後の1950年代に至るまでの短編推理小説の歴史的展望を読者に提供した。本書では、5巻に漏れた名作を拾遺し、名アンソロジーの補完を試みた。
〔1886〕

シルヴァ, ダニエル　Silva, Daniel

◇償いのフェルメール　ダニエル・シルヴァ著，山本やよい訳　ハーパーコリンズ・ジャパン　2024.6　566p　15cm　（ハーパーBOOKS　M・シ1・13）〈原書名：THE COLLECTOR〉1418円　①978-4-596-63720-8

＊アマルフィの豪邸で黒い噂のある実業家が殺害され、一枚の絵画が盗まれた。イタリア当局から協力を求められたガブリエル・アロンは消えたのはフェルメールの幻の名画であり、殺人はプロの手口だと見定める。手がかりを追ううち、Zのタトゥーのある暗殺者の襲撃を受けたガブリエルは、事件の裏に"コレクター"と呼ばれるロシアの謎の新興財閥の存在と、隠された核を巡る陰謀を突き止め―
〔1887〕

◇報復のカルテット　ダニエル・シルヴァ著，山本やよい訳　ハーパーコリンズ・ジャパン　2022.4　615p　15cm　（ハーパーBOOKS　M・シ1・11）〈文献あり　原書名：THE CELLIST〉1309円　①978-4-596-42925-4

＊英国でロシア人富豪が暗殺された。使われたのは神経剤。旧友がクレムリンに繋がる機密を追っていたと知ったイスラエル諜報機関の長官ガブリエルは、MI6と弔いの作戦を始動させる。狙いは西側の体制を挫く目的で張り巡らされた巨額のロシアマネー。ガブリエルはスイス在住の新興財閥を標的に、チェロの名手にして世界一ダーティな銀行に勤める1人の女性を通じ、大胆不敵な罠を仕掛けるが―
〔1888〕

◇謀略のカンバス　ダニエル・シルヴァ著，山本やよい訳　ハーパーコリンズ・ジャパン　2023.6　646p　15cm　（ハーパーBOOKS　M・シ1・12）〈文献あり　原書名：PORTRAIT OF AN UNKNOWN WOMAN〉1327円　①978-4-596-77478-1

＊イスラエル諜報機関長官を引退したガブリエルはヴェネツィアに居を構え、美術修復師として静かな生活を送ろうとしていた。そんな矢先、画廊経営者の友人からある事件を調べてほしいと依頼される。先日取引されたファン・ダイクの名画に懸念があると知らせてきた女性が、事故死したという。やがて正体不明の超一流の贋作師と背後に蠢く組織の存在が浮上し―。伝説のスパイ×美術ミステリー！
〔1889〕

シルヴェラ, アダム　Silvera, Adam

◇今日、僕らの命が終わるまで　アダム・シルヴェラ著，五十嵐加奈子訳　小学館集英社プロダクション　2023.3　429p　19cm　（ShoPro

Books）〈原書名：THEY BOTH DIE AT THE END〉2200円　①978-4-7968-8043-5
＊全米100万部突破!!!2021年アメリカで最も売れたYA小説！　真夜中0時に、その日死ぬ人に通告がくる"デス＝キャスト"が普及した世界。死を告げられたふたりの孤独な少年は、最後の一日をともに過ごす友人となる…。〔1890〕

シールド, キャット　Schield, Cat
◇ナニーの秘密の宝物―ハーレクイン・ディザイア・スペシャル　キャット・シールド作，長田乃莉子訳　ハーパーコリンズ・ジャパン　2022.6　156p　17cm　（ハーレクイン・ディザイア　D1907―Desire）〈2016年刊の再刊　原書名：THE NANNY TRAP〉673円　①978-4-596-42967-4
＊保育士のベラのもとにある日、大富豪ブレイクが訪ねてきた。高級なスーツに身を包み、ベラの産んだ赤ん坊を抱いて―。9カ月前、ベラは代理母出産したのち、黙って彼のもとを去った。子供の成長をともに見守る約束だったのに、出産後、彼の妻から二度と現れないでと冷たく突き放されたから。何も知らないブレイクは、瞳に非難の色をたたえて言った。「妻と離婚した。さしあたってきみに、息子の面倒を見てほしい」わたしがこの子のナニーに？　もちろん、引き受けたくてたまらない。ブレイクの育てる子供は、本当はわたしの血を分けた実の子―。でも、それは絶対に知られてはならない秘密。いったいどうしたら…。〔1891〕

ジロー, ブリジット　Giraud, Brigitte
◇生き急ぐ　ブリジット・ジロー著，加藤かおり訳　早川書房　2024.11　183p　20cm〈原書名：VIVRE VITE〉2400円　①978-4-15-210376-5
＊20年前、ブリジットは、夫のクロードをバイク事故で失った。享年41。二人で購入し、引っ越しを間近に控えた家に、夫が住むことはなかった。いま、再開発のため家を手放すことになったとき、ブリジットはまるで夫の魂を売ったかのように感じた。そして再び問いに向き合う。もしも、あのとき、違う選択をしていたら事故は避けられたのか？　まぶたに浮かぶ、家族の"あのとき"の数々。別れの時へと至る回想のカウントダウンが始まる。癒えることない痛みと向き合い、運命の意味を問う長篇小説。フランス文学最高峰のゴンクール賞受賞作。〔1892〕

シン, キョウシュク　申 京淑
◇父のところに行ってきた　申京淑著，姜信子，趙倫子訳　アストラハウス　2024.4　461p　20cm　2400円　①978-4-908184-50-5
＊―父は、いつかの風の音、いつかの戦争、いつかの飛んでいってしまった鳥、いつかの大雪、いつかの生きなくてはという意志、それらが集まってどうにか一個の塊になっている匿名の存在。父の内に抑え込まれたまま表現することもならず、だまったまま語られなかったことども…。過酷な現代史の渦が残した傷を負い、それでも生き抜いた名もなき父の物語。〔1893〕

ジン, シュンセイ　陳 春成
◇夜の潜水艦　陳春成著，大久保洋子訳　アストラハウス　2023.5　262p　20cm　2200円　①978-4-908184-43-7
[内容]　夜の潜水艦　竹峰寺　鍵と碑の物語　彩筆伝承　裁雲記　杜氏　李茵の湖　尺波　音楽家
＊―九六六年のある寒い夜、ボルヘスは汽船の甲板に立ち、海に向けて一枚の硬貨を抛った。―『夜の潜水艦』僕は、この鍵はUSBメモリで、家はまだ完全な状態でこのメモリの中に保存されているだけなのだと想像した。―『竹峰寺鍵と碑の物語』奇妙なペンは、液状のオーロラで満たした試験管のようでもあった。―『彩筆伝承』僕の日常業務は雲の剪定やメンテナンス、広告の印刷、剪定所の運営維持だ。―『裁雲記』しなやかな始まり、雄大な続き、玄妙な転換、そして虚無の終わり。―『杜氏』変な感じがする、と彼女は言った。ちょっと感動するし、とても「ちゅんとする」ような気もする。―『李茵の湖』隕鉄は夜空の星屑だから、夜空そのものを煮つめた液体で焼き入れをしなければならない。―『尺波』彼の内心の聴覚はとても強く、楽譜を読みさえすれば音符の奥底に潜むイメージを見ることができた。―『音楽家』〔1894〕

ジン, ダイリン　任 大霖
◇『虹の図書室』代表作選―中国語圏児童文学の作家たち　日中児童文学美術交流センター編　小峰書店　2022.2　221p　20cm　2800円　①978-4-338-08166-5
[内容]　龍の風(任大霖作，片桐園訳)
＊中国語圏のすぐれた児童文学作品を紹介しつづける『虹の図書室』。この雑誌に掲載された中から、八篇を厳選しました。国際アンデルセン賞作家・曹文軒の作品もあります。これまで目にする機会が少なかった、中国児童文学の"今"にふれてください。〔1895〕

シン, ナリーニ　Singh, Nalini
◇素顔のサマーバカンス　ジェイン・アン・クレンツ，ナリーニ・シン，ジェニー・ルーカス著，仁嶋いずる，長田乃莉子，早川麻百合訳　ハーパーコリンズ・ジャパン　2023.8　584p　15cm　（mirabooks　JK01-23）〈原書名：LOVER IN PURSUIT　DESERT WARRIORほか〉927円　①978-4-596-52358-7
[内容]　シークにさらわれて(ナリーニ・シン著，長田乃莉子訳)
＊シアトルでキャリアを積んでいたレイナは、ある男性がきっかけで担当案件が大失敗し、逃げるようにマウイ島へ移り住んだ。この楽園で第二の人生を始めよう、そう思った矢先、夕暮れのビーチで思わぬ再会が…。常夏のリゾートを舞台に贈る『波の数だけ愛して』。アラブのシークとの情熱的で官能的な夢恋物語『シークにさらわれて』。フラ

ンスの城で紡がれる訳ありシンデレラストーリー『愛を知らない伯爵』の3篇を収録。　　　〔1896〕

シン，フギョ　申 賦漁
◇申の村の話―十五人の職人と百年の物語　申賦漁著，水野衛子訳　アストラハウス　2022.9　365p　19cm〈他言語標題：Le village en cendres〉2200円　①978-4-908184-36-9
＊江南を舞台にした一大叙事詩。彼らは一つの時代を形作り、その時代に呑み込まれていった。粗削りで暖かい温もりのあるそこに、故郷は確かにあったのだ。　　　〔1897〕

シン，ブンクン　秦 文君
◇『虹の図書室』代表作選―中国語圏児童文学の作家たち　日中児童文学美術交流センター編　小峰書店　2022.2　221p　20cm　2800円　①978-4-338-08166-5
内容　おさげのヤーヤ（秦文君作，寺前君子訳）
＊中国語圏のすぐれた児童文学作品を紹介しつづける『虹の図書室』。この雑誌に掲載された中から、八篇を厳選しました。国際アンデルセン賞作家・曹文軒の作品もあります。これまで目にする機会が少なかった、中国児童文学の"今"にふれてください。　　　〔1898〕

ジン，ミニョン
◇私は、持ちモノたちも生きている、と思うことにした　ジンミニョン著，簗田順子訳　主婦の友社　2022.9　223p　19cm　1400円　①978-4-07-452475-4
＊仕事、プライベート、タスクに追われて疲れてしまったあなたへ。持ちモノを減らして、心を豊かにしませんか？　小さな暮らしを始めたら…持ちモノたちが、人生で大切なことを教えてくれました。　　　〔1899〕

シンガー，アイザック・B.　Singer, Isaac Bashevis
◇新編怪奇幻想の文学　4　黒魔術　紀田順一郎，荒俣宏監修，牧原勝志編　新紀元社　2023.9　477p　20cm〈他言語標題：Tales of Horror and Supernatural〉2500円　①978-4-7753-2042-6
内容　魔女（アイザック・バシェヴィス・シンガー著，植草昌実訳）　　　〔1900〕
◇モスカット一族　アイザック・バシェヴィス・シンガー著，大﨑ふみ子訳・解説　未知谷　2024.1　869p　20cm〈原書名：The Family Moskat〉6000円　①978-4-89642-717-2
＊ニューヨークのイディッシュ語新聞への足掛け三年の連載、邦訳一八〇〇枚に及ぶ『モスカット一族』は作者自身が「一つの時代を再現することが目的だった」と語るように、分割支配下のポーランドのイディッシュ文化圏を四世代百余人を登場させ具体的事実を連ねて十全に語り継いでいる。この物語はまた、二千年に及ぶユダヤの伝統社会が近代化という世界の潮流の中で崩壊していく、一つの社会を生きた最後の人々を赤裸々に描き切っている。あるいはまた、われわれ人類の末路を予見させる物語であるかも知れない。いずれにせよ読み始めたら頁を繰る手の止まらない、読む度に味わい深くなる傑作長篇である。ノーベル文学賞受賞宜なるかな。（三度読んだ編集人一推しの書）　〔1901〕

シングルトン，リンダ・ジョイ　Singleton, Linda Joy
◇キュリアス・キャット・スパイ・クラブ―消えたペットの謎を解け！　リンダ・ジョイ・シングルトン著，羽田詩津子訳　早川書房　2022.9　326p　19cm（ハヤカワ・ジュニア・ミステリ）〈原書名：THE CURIOUS CAT SPY CLUB〉1900円　①978-4-15-210173-0
＊私はケルシー。スパイを目指す中学1年生。ピンチの動物を助ける探偵クラブ"キュリアス・キャット・スパイ・クラブ"の作戦担当だ。私たちの最初のミッションは、路地裏に子ネコを捨てた悪者を探すこと。同級生のベッカとレオと調査を進めると、町では16匹ものペットが行方不明になっていることがわかった。いくらなんでも多すぎる。この町で何が起きてるの!?小学校高学年～。　　〔1902〕

シンクレア，トレイシー　Sinclair, Tracy
◇百通りの愛し方　トレイシー・シンクレア著，東海林ゆかり訳　ハーパーコリンズ・ジャパン　2023.2　294p　15cm（ハーレクインSP文庫HQSP-355）〈ハーレクイン・エンタープライズ日本支社　1988年刊の再刊　原書名：FORGIVE AND FORGET〉545円　①978-4-596-76683-0
＊飛行機事故に遭ったダニーは乗客を助けて有名になった。怪我のため自宅療養していたある日、見知らぬ男が訪ねてきた。ランドと名乗るその男はモナコの大富豪クリーブの使いで、彼に顔を見せるためにモナコに来てほしいと言う。クリーブは両親を別れさせた冷酷な祖父で、会ったこともない。たちまち怒りがこみあげ、ダニーはすぐさま追い返そうとした。だがランドは唯一の肉親にチャンスを与えるよう懇願してきた。彼のやさしさや、誘うようなほほえみはきっと仕事のためだろう。警戒しながらも、ダニーは根負けしてモナコへ旅立った。　　　〔1903〕
◇プレイボーイ公爵　トレイシー・シンクレア著，河相玲子訳　ハーパーコリンズ・ジャパン　2023.12　286p　15cm（ハーレクインSP文庫HQSP-395）〈ハーレクイン　1994年刊の再刊　原書名：GRAND PRIZE WINNER！〉545円　①978-4-596-53110-0
＊宝くじでささやかなお金を手にしたケリーは、退屈な毎日を忘れ、つかの間の冒険と贅沢を楽しむためにウィーンへ旅立った。機内で知り合った男性は親切にも、知り合いがいない彼女を、ウィーン社交界で高名な伯爵夫人のパーティーに招待してくれた。華やかな紳士淑女たちに圧倒されるケリーの目を引きつけたのは、プレイボーイとして名を馳せるハンサムなタスブルク公爵。すると公

爵は魅力にあふれる笑みを浮かべてデートに誘ってきた。最初は警戒したものの、甘い言葉に負けてケリーは承諾した。別世界に暮らす彼が本気で私を相手にするはずがないけれど…。〔1904〕

◇身代わりプリンセス　トレイシー・シンクレア著，公庄さつき訳　ハーパーコリンズ・ジャパン　2023.7　297p　15cm　（ハーレクインSP文庫）　545円　①978-4-596-52064-7
＊国連本部で通訳を務めるミーガンは親友との旅行で地中海の美しい王国ポマールを訪れた。おりしも、王女と隣国の皇太子の婚約祝賀行事が行われ、美男美女のロイヤルカップルに国中が沸き立っているさなか。だがじつは、この結婚は親同士が強引に決めたものだった。反発して姿を消してしまった王女にそっくりだったことから、ミーガンは目下の行事のあいだだけ代役を引き受けることに。身代わりが終わったら二度と会えないとわかっていながら、彼女は王子ニコラに惹かれずにいられない自分に気づき…。〔1905〕

シンボルスカ, ヴィスワヴァ　Szymborska, Wisława

◇瞬間　ヴィスワヴァ・シンボルスカ著，沼野充義訳・解説　未知谷　2022.4　111p　20cm　〈原書名：Chwila〉　1400円　①978-4-89642-659-5
＊またやって来たからといって春を恨んだりはしないと始まる詩で人々のこころに刻まれた詩集。『終わりと始まり』から九年。ノーベル文学賞受賞後初、七十九歳、最晩年の詩集。〔1906〕

【ス】

スー, ユーチェン

◇イン・クィア・タイム―アジアン・クィア作家短編集　イン・イーシェン, リベイ・リンサンガン・カントー編，村上さつき訳　ころから　2022.8　350,10p　19cm　〈他言語標題：In queer time　原書名：Sanctuary〉　2200円　①978-4-907239-63-3
内容　お茶休憩（スーユーチェン著）
＊「クィアの時代」に香港から届いたアジアンLGBTQ＋作家による「クィア小説」17編を収録！〔1907〕

スウィーニー＝ビアード, クリスティーナ　Sweeney-Baird, Christina

◇男たちを知らない女　クリスティーナ・スウィーニー＝ビアード著，大谷真弓訳　早川書房　2022.2　574p　16cm　（ハヤカワ文庫SF2358）〈原書名：THE END OF MEN〉　1360円　①978-4-15-012358-1
＊災厄は英国、グラスゴーから始まった。救急外来にきた男性が次々に死んでいったのだ。最初は一般的なインフルエンザの症状に思えたが、男だけ

が数日で息を引きとってしまう。男児は生まれてすぐ死んでいき、免疫のある男性は十人に一人。この恐るべき疫病はまたたくまに広がり、やがて全世界で人類の半分が亡くなった。愛する者を失い、男性のいない新しい世界を生きていく女たち。衝撃の近未来破滅SF。〔1908〕

スウィフト, ジョナサン　Swift, Jonathan

◇ガリバー旅行記　ジョナサン・スウィフト著，柴田元幸訳　朝日新聞出版　2022.10　491p　19cm　〈原書名：GULLIVER'S TRAVELS〉　2000円　①978-4-02-251865-1　〔1909〕

スウェレン＝ベッカー, ダニエル　Sweren-Becker, Daniel

◇キル・ショー　ダニエル・スウェレン＝ベッカー著，矢口誠訳　扶桑社　2024.5　467p　16cm　（扶桑社ミステリー　ス35-1）〈原書名：KILL SHOW〉　1350円　①978-4-594-09572-7
＊アメリカ東部の田舎町フレデリックで、16歳の女子高校生サラ・パーセルが失踪した。手がかりゼロ、目撃者ゼロ。家族の同意のもと、大手テレビ・ネットワークによってその事件をリアルタイムで報道する連続リアリティ番組が制作され、全米は不安と熱狂の渦に叩きこまれる。いくつもの悲劇とスキャンダルを引き起こした番組の放送から10年。26人の事件関係者の証言から浮かびあがる謎に包まれた事件の真相とは？　特異な叙述形式と意想外の展開。才気煥発の「実録犯罪」ミステリーをご堪能あれ！〔1910〕

スヴェン, ガード　Sveen, Gard

◇地獄が口を開けている　上　ガード・スヴェン著，田口俊樹訳　竹書房　2023.10　302p　15cm　（竹書房文庫　す8-3）〈原書名：Helvete Åpent〉　1200円　①978-4-8019-3720-8
＊二〇〇四年十一月、異国の少女娼婦が無残な姿で発見された。少女の名はダイナ。ダクトテープで拘束され、全身をナイフとかなづちで傷つけられていた。その光景を目にした警察関係者は、誰もが呪われた過去の事件を思い出した。一九七八年からはじまった連続少女殺人事件。犠牲者は激しく乱暴されたあと、指一本と女性器を切り取られていた。だが、犯人のアンデシュ・ラスクは精神病院に強制収容されている。同一犯でないことは確かだ。ラスクは自白と有力な状況証拠で有罪判決を受けたが、最近になってクリスティアンヌ・トーステンセンという少女殺しの自白を撤回し、再審請求がなされていた。そして、ダイナとクリスティアンヌの身体から検出されたDNAが一致したため、その請求が受理されてしまう。一連の事件の捜査を命じられたトミー・バーグマンは、手がかりさえつかめないままダイナの葬儀に参列し、そこでクリスティアンヌの母親エリザベスを見かける。そして、クリスティアンヌが遺体で発見されたあのとき、彼女が口にした言葉を思い出す。"わたしのせい"。謎とスリルとサスペンス―三拍子そろった北欧発の警察小説待望の第二弾がつ

いに登場!! 〔1911〕

◇地獄が口を開けている　下　ガード・スヴェン著，田口俊樹訳　竹書房　2023.10　302p　15cm　〈竹書房文庫　す8-4〉〈原書名：Helvete Åpent〉1200円　①978-4-8019-3721-5

＊一九八八年十一月、二十三歳のバーグマンはゴミ袋につめこまれたクリスティアンヌの亡骸を発見する。顔は美しいままだったが、身体は原形をとどめていなかった。無慈悲な報告を聞いた母親のエリザベス・トーステンセンの悲しみは深く、何度も「わたしのせい」と繰り返していた…。回想を重ねるうち、エリザベスとは事件より以前に出会っていたことをバーグマンは思い出す。彼女はバーグマンの母親が勤めていた精神病院に入院していた。バーグマンは若く美しかったころのエリザベスと邂逅していたのだ。その少し前からバーグマンの身辺で異変が起こる。ラスクの元同僚に話を聞いたころから、自宅に侵入者の気配が感じるようになり、ほどなくして母親の写真が盗まれたのだ。そしてある日、差出人不明の手紙が届く。そこには「地獄が口を開けている」と書かれていた。何者かの警告か？　解けない謎を抱えたままラスクに接近したバーグマンは、彼の口からクリスティアンヌが禁断の愛に溺れて殺されたと示唆される。やはり犯人は別にいるのか——。過去と現在の事件が絡み合い、混迷を極める中、新たな犯人像が浮かび上がる。スカンジナビア屈指の圧倒的な筆勢。気鋭作家が贈る珠玉の北欧ミステリ。〔1912〕

スヴェンソン，パトリック

◇ウナギが故郷に帰るとき　パトリック・スヴェンソン著，大沢章子訳　新潮社　2023.8　371, 6p　16cm　〈新潮文庫〉800円　①978-4-10-220171-8

＊アリストテレスの時代から不思議な生態で人々を魅了してきたウナギ。彼らはどこから来てどこへ行くのか？　ウナギの一生を解き明かしながら、その謎に挑んだ古今の学者たちの苦闘、ウナギとともに生きる漁師の暮らしぶり、幼き日の父とのウナギ釣りの思い出までを縦横に語り、生きることの意味を静かに問う。スウェーデンで最も権威ある文学賞を受賞した世界のベストセラー。〔1913〕

スウェンドソン，シャンナ　Swendson, Shanna

◇偽のプリンセスと糸車の呪い　シャンナ・スウェンドソン著，今泉敦子訳　東京創元社　2022.6　326p　15cm　〈創元推理文庫　Fス5-14〉〈原書名：SPINDLED〉940円　①978-4-488-50315-4

＊今日はルーシーと親友ドーンの16歳の誕生日。ずっといっしょに祝ってきたのに、今年に限ってドーンは育ての親である3人のおばさんから、家から出ることを禁止される。ひとりさびしい誕生日を過ごしていたルーシーは、奇妙な騎馬の男たちに拉致される。巨大な光る門を通って着いたのは、おとぎ話の世界だった…。（株）魔法製作所の著者が贈る、ロマンチックなファンタジイ。〔1914〕

◇魔法使いの失われた週末　シャンナ・スウェンドソン著，今泉敦子訳　東京創元社　2022.2　235p　15cm　〈創元推理文庫　Fス5-13—（株）魔法製作所〉880円　①978-4-488-50314-7

＊（株）マジック・スペル＆イリュージョンは、ニューヨークの魔法界で魔術を開発販売する会社。CEOはなんと伝説の大魔法使いマーリンだ。シャイで赤面症の研究開発部理論魔術課の責任者オーウェンと養母、素直に愛情を表現できない二人の心の交流を描いた表題作ほか、本国でも未発表の特別な短編一編を含む全四編を収録。日本オリジナル編集で贈る、大ヒットシリーズ初の短編集。〔1915〕

スカイ，イヴリン　Skye, Evelyn

◇ダムゼル—運命を拓きし者　イヴリン・スカイ著，杉田七重訳　東京創元社　2024.3　430p　15cm　〈創元推理文庫　Fス7-1〉〈原書名：DAMSEL〉1300円　①978-4-488-54005-0

＊貧しい公国のプリンセス、エロディに、豊かな島国オーリア国の王子から結婚の申しこみがあった。結婚と引き換えに国を援助してくれるというのだ。いざオーリア国に行ってみれば、豪華な婚礼衣装、贅沢な料理といいことずくめ。だがエロディは、どこか違和感を覚えていた。そして結婚式の夜…。貧乏国のプリンセスが機知と勇気で運命を切り拓く、Netflix映画原作のファンタジイ。〔1916〕

スカルパ，ドメーニコ　Scarpa, Domenico

◇不在—物語と記憶とクロニクル　ナタリーア・ギンズブルグ著，ドメーニコ・スカルパ編，望月紀子訳　みすず書房　2022.9　344p　20cm　〈原書名：UN'ASSENZA〉5600円　①978-4-622-09522-4

＊夫は獄死、家は空っぽ。かつてことばが「魔法」だった少女は作家になり、悲痛と希望を生きる物語を書き続けた。20世紀イタリアの「最も美しい声」、精選37篇。〔1917〕

スキナー，コーネリア・O.　Skinner, Cornelia Otis

◇ユーモア・スケッチ大全　[3]　ユーモア・スケッチ傑作展　3　浅倉久志編・訳　国書刊行会　2022.2　374p　19cm　〈ユーモア・スケッチ傑作展　3〉（早川書房　1983年刊）の改題、増補　2000円　①978-4-336-07310-5

内容 絵になるタイプ（コーネリア・O.スキナー著）〔1918〕

スクリーブ，ウジェーヌ　Scribe, Eugène

◇貴婦人たちの闘い—恋の鞘当て：三幕喜劇：初演フランス座一八五一年　スクリーブとルグヴェ作，中田平，中田たか子訳　安城　デジタルエステイト　2022.11　174p　21cm　〈原書名：La bataille de dames〉①978-4-910995-01-4 〔1919〕

◇鎖―五幕喜劇:初演コメディ・フランセーズ一八四一年　ウジェーヌ・スクリーブ，中田平，中田たか子訳　安城　デジタルエステイト　2023.2　234p　21cm〈原書名：Une chaîne〉
①978-4-910995-07-6　〔1920〕

◇熊とパシャ―スクリーブ傑作ヴォードヴィル選　外交官―スクリーブ傑作ヴォードヴィル選　スクリーブ作，サンティニ作，中田平訳　安城　デジタルエステイト　2022.12　163p　21cm〈原書名：L'ours et le Pacha　Le diplomate〉
①978-4-910995-05-2　〔1921〕

◇水のグラス―または結果と原因:五幕喜劇:初演コメディ・フランセーズ一八四〇年　ウジェーヌ・スクリーブ，中田平,中田たか子訳　安城　デジタルエステイト　2023.4　183p　21cm　〈原書名：Le verre d'eau〉①978-4-910995-09-0　〔1922〕

スケスリン・チャールズ, ジャネット　Skeslien Charles, Janet

◇あの図書館の彼女たち　ジャネット・スケスリン・チャールズ著, 髙山祥子訳　東京創元社　2022.4　460p　19cm〈原書名：THE PARIS LIBRARY〉2200円　①978-4-488-01113-0

＊1939年パリ。20歳のオディールは、アメリカ図書館の司書に採用された。本好きな彼女は水を得た魚のように熱心に仕事に取り組み、女性館長や同僚、そして個性豊かな図書館利用者たちとの絆を深めていく。やがてドイツとの戦争が始まり、図書館は病院や戦地にいる兵士に本を送るプロジェクトに取り組み始める。しかしドイツ軍がやってきてパリを占領し、ユダヤ人の利用者に危機が訪れ…。1983年アメリカ、モンタナ州フロイド。12歳の少女リリーは、"戦争花嫁"と呼ばれる孤独な隣人、オディールと知り合いになる。リリーはオディールの家に出入りしてフランス語を教わるようになり、二人の間には世代を超えた友情が芽生えていく。だがリリーは、しだいにオディールの謎めいた過去が気になりはじめ…。人々にかけがえのない本を届け続けた、図書館員たちの勇気と絆を描く感動作！　〔1923〕

スケナンドール, アマンダ　Skenandore, Amanda

◇にせ者が看護師になる方法　アマンダ・スケナンドール著, 佐藤満里子訳　原書房　2024.6　495p　15cm　〈コージーブックス S1-1〉〈原書名：THE NURSE'S SECRET〉1300円
①978-4-562-06140-2

＊1883年、ニューヨーク。生きるためにスリを続けているウーナは、ましな暮らしを夢見ていた。そんなある夜、偶然にも殺人事件を目撃してしまう。警察はウーナを犯人と決めつけるし、普段は匿うさいスリの元締めも助けてくれない。自分を守れるのは自分だけ。そこでウーナは身を隠すため、創立されたばかりのベルビュー病院看護学校にもぐりこんだ。ここにいれば、部屋は与えられるし、食事も出る。ほとぼりがさめたらすぐに出ていくつもりだったのに、自分を騙したりしない友人や、ちょっと気になる研修医、なにより、自分の世話で元気になっていく患者たちに心惹かれていく。私は殺人容疑のかかったスリなのに…悩みながらウーナが選んだ道は!?　〔1924〕

スコヴロネク, ナタリー　Skowronek, Nathalie

◇私にぴったりの世界　ナタリー・スコヴロネク著, 宮林寛訳　みすず書房　2022.3　209p　20cm〈原書名：UN MONDE SUR MESURE〉3600円　①978-4-622-09076-2

＊流行服を売ることが家業だった少女の目から、二人の祖母と母そして自らの来し方と、ユダヤ系アパレル業界という世界の終わりを描いた、力強いベルギー文学。　〔1925〕

スコット, ジャスティン　Scott, Justin

◇短編回廊―アートから生まれた17の物語　ローレンス・ブロック編，田口俊樹他訳　ハーパーコリンズ・ジャパン　2022.12　605p,図版18p　15cm　〈ハーパーBOOKS M・フ6・2〉〈原書名：ALIVE IN SHAPE AND COLOR〉1264円　①978-4-596-75581-0

内容　陽だまりの中の血（ジャスティン・スコット著, 田口俊樹訳）

＊探偵スカダーは滞在先で見覚えのある顔にでくわす。それは25年前、まだスカダーが刑事だった頃に恋人殺しの罪で逮捕した男で―L・ブロック『ダヴィデを探して』。考古学者の夫婦は世紀の発見にたどりつくが、待ち受けていたのは恐ろしい真相だった―J・ディーヴァー『意味深い発見』。絵のなかに閉じ込められてしまった少女の悲痛な叫び―J・C・オーツ『美しい日々』他、芸術とミステリーの饗宴短編集！　〔1926〕

スコット, レジーナ　Scott, Regina

◇冷静沈着な令嬢アンの結婚　レジーナ・スコット著, 細田利江子訳　竹書房　2024.10　334p　15cm　〈ラズベリーブックス S3-1〉〈原書名：The Unflappable Miss Fairchild〉1420円　①978-4-8019-4179-3

＊冷静沈着で真面目な令嬢アンは、とあるパーティで厄介な状況に陥った伯爵家の次男チャスを機転を利かせて救う。放蕩者として有名なチャスは、これまで付き合ってきた女性たちとは全く異なる、控えめで聡明なアンに興味を抱くが、アンは礼儀を重んじて彼に名前も教えなかった。ところがその後も偶然が重なり、アンはたびたびチャスの窮地を救うことに。三度助けられたチャスは、アンのことが気になってたまらなくなってしまう。アンもまた、かつてないほど自由な気持ちにさせてくれる彼に惹かれていく。だがアンは、両親亡き後に育ててくれたふたりのおばの生活を支えるため、爵位を持った裕福な男性と結婚しなければならないという言いつけに囚われていた。おばのひとりレディ・クロフォードは、次男であるチャスを

軽んじ、アンを訪ねてくることさえ拒むほど。想いをつのらせたチャスは、彼女の愛を得ようと悪戦苦闘するが、アンはおばの言いつけどおりロンドンを離れようとする…。正反対のふたりの恋の行方は？　日本初登場作家のヒストリカル・ロマン。　　　　　　　　　　　　　　　　〔1927〕

スコルジー, ジョン　　Scalzi, John

◇怪獣保護協会　ジョン・スコルジー著，内田昌之訳　早川書房　2023.8　367p　19cm　〈原書名：THE KAIJU PRESERVATION SOCIETY〉2400円　①978-4-15-210259-1
　＊2020年。パンデミックのさなか、会社を解雇されたジェイミー。たまたま再会した昔の知りあいの紹介で「大型動物」の権利を守る組織とやらに雇われて、急遽、「現場」に向かうことに。だが、ジェイミーが連れていかれた先は、なんと並行世界の地球「怪獣惑星」だった！　保護する動物とは、体長150メートルの「怪獣」!?　驚きながらもジェイミーは、「怪獣保護協会」の一員として、巨大怪獣の生態を研究し、ある事情から絶滅の危機に瀕しているという彼らを保護する任務にとりかかる。だが、組織への資金提供者として地球からやってきた億万長者が怪獣を悪用しようとしたため、怪獣惑星と地球に危険が迫る…！　"老人と宇宙"シリーズで知られるアメリカSF界の第一人者スコルジーがあふれんばかりの怪獣映画愛を注ぎこんだ傑作怪獣SF。　　　　　　　　　　〔1928〕

スタインベック, ジョン　　Steinbeck, John

◇赤い小馬／銀の翼で―スタインベック傑作選　ジョン・スタインベック著，芹澤恵訳　光文社　2024.10　410p　16cm　〈光文社古典新訳文庫 KAス4-1〉〈年譜あり　原書名：THE LONG VALLEYの抄訳　With Your Wings〉1240円　①978-4-334-10468-9
　内容　赤い小馬　菊　蛇　白いウズラ　朝めし　正義の執行者　装具　銀の翼で　　〔1929〕

◇教科書の中の世界文学―消えた作品・残った作品25選　秋草俊一郎，戸塚学編　三省堂　2024.2　285p　21cm　〈文献あり〉2500円　①978-4-385-36237-3
　内容　朝めし（ジョン・スタインベック著，大久保康雄訳）　　　　　　　　　　　　〔1930〕

◇ハツカネズミと人間　ジョン・スタインベック，齊藤昇訳　講談社　2023.9　195p　15cm　〈講談社文庫〉〈年譜あり　原書名：Of mice and men〉620円　①978-4-06-532731-9
　＊いつか自分たちの土地を持ち、ニワトリやウサギを飼い、土地からとれる極上のものを食べて暮らす―。しっかり者のジョージと怪力のレニーは、小さな夢をもっていた。自然豊かな一九三〇年代のカリフォルニア。貧しい渡り労働者の、苛酷な日常と無垢な心の絆を描く哀しくも愛おしい名作が新訳で登場！　　　　　　　　　〔1931〕

スタウト, レックス　　Stout, Rex

◇殺人は自策で　レックス・スタウト著，鬼頭玲子訳　論創社　2022.2　229p　20cm　〈論創海外ミステリ 279〉〈原書名：Plot It Yourself〉2400円　①978-4-8460-2127-6
　＊人気作家への連続盗作訴訟。ネロ・ウルフ、出版界の悪意に挑む！　　　　　　〔1932〕

◇シャンパンは死の香り　レックス・スタウト著，渕上瘦平訳　論創社　2024.12　228p　20cm　〈論創海外ミステリ〉〈原書名：Champagne for One〉2300円　①978-4-8460-2486-4
　＊パーティー会場で不可解な毒殺事件が発生。誰が、何故、どうやって被害者に"毒入りシャンパンを飲ませた"のか？　容疑者は11人。名探偵ネロ・ウルフが真相究明に挑む。　　〔1933〕

◇ネロ・ウルフの災難　激怒編　レックス・スタウト著，鬼頭玲子編訳　論創社　2023.3　291p　20cm　〈論創海外ミステリ 295〉〈原書名：Nero Wolfe Mysteries：Unfortunate Cases in all his fury〉2800円　①978-4-8460-2221-1
　内容　悪い連"左"　犯人、だれにしようかな　苦い話　ウルフとアーチーの"仲間たち"の紹介
　＊FBI、弁護士、食べ物を冒瀆する者。怒りに燃える巨漢の名探偵が三つの事件を解き明かす。　　　　　　　　　　　　　　　　〔1934〕

◇母親探し　レックス・スタウト著，鬼頭玲子訳　論創社　2024.2　239p　20cm　〈論創海外ミステリ 313〉〈原書名：The Mother Hunt〉2500円　①978-4-8460-2367-6
　＊世界一赤ん坊が苦手な探偵ネロ・ウルフと、世界一女性が得意な助手アーチー・グッドウィンが、捨て子に悩める美しい未亡人を救うため捜査に乗り出す。二人を待ち受ける事件とは…。家族問題に切り込んだシリーズ後期の傑作を初邦訳！　〔1935〕

スタージョン, シオドア　　Sturgeon, Theodore

◇夢みる宝石　シオドア・スタージョン著，川野太郎訳　筑摩書房　2023.10　287p　15cm　〈ちくま文庫　す31-1〉〈原書名：THE DREAMING JEWELS〉950円　①978-4-480-43913-0　　　　　　　　　　　〔1936〕

スタックポール, マイケル・A.　　Stackpole, Michael A.

◇小説ダークソウル―弁明の仮面劇　マイケル・A・スタックポール著，安田均，羽田紗久椰訳　KADOKAWA　2022.10　327p　19cm　〈原書名：DARK SOULS the novel〉1800円　①978-4-04-074649-4
　＊世界はもう、おれの知っていた世界ではないのだ―封印された魔術師、覚醒。死んでいたはずの男が地下の墓所で目を醒ます。男は名前を含め記憶のほとんどを失っていた。埋葬者たちは男の復活を予期し墓場に閉じ込めようと目論むも、墓荒らしの侵入で封印が解かれたようだ。暗闇の中、転

がっていた墓荒らしの死体が動き出す。男は無意識に左手から銀色の光を放ち、墓荒らしを葬る。すると男の中で何かが呼び覚まされた─そうだ、おれは魔術の達人だったはずだ！ 目の前に広がるのは夜の砂漠。天の星は男の死後はるかな時間が経過していることを示す。男は外壁に刻まれた文字「フェーラノス」を自分の名前と決め、嵐の予感が漂う砂丘へ、壮大な旅路への一歩を踏み出した─。　〔1937〕

スタッシ, ファビオ　Stassi, Fabio

◇読書セラピスト　ファビオ・スタッシ著, 橋本勝雄訳　東京創元社　2022.2　245p　20cm　〈海外文学セレクション〉　文献あり　原書名：La lettrice scomparsa〉2100円　①978-4-488-01679-1　〔1938〕

スタットラー, O.　Statler, Oliver

◇ニッポン歴史の宿　O. スタットラー著, 三浦朱門訳　新版　静岡　鈴与　2022.10　477p　20cm　〈頒布：静岡新聞社　原書名：Japanese inn〉2400円　①978-4-7838-8051-6　〔1939〕

◇ニッポン歴史の宿　O. スタットラー著, 三浦朱門訳　新版, 文庫版　静岡　鈴与　2022.10　481p　15cm　〈頒布：静岡新聞社　原書名：Japanese inn〉900円　①978-4-7838-8052-3　〔1940〕

スタティウス　Statius, P. Papinius

◇テーバイ物語　1　スタティウス著, 山田哲子訳　京都　京都大学学術出版会　2024.9　385p　20cm　〈西洋古典叢書 L041〉〈付属資料：8 p：月報 164　布装　原書名：Thebaid〉3700円　①978-4-8140-0545-1　〔1941〕

◇テーバイ物語　2　スタティウス著, 山田哲子訳　京都　京都大学学術出版会　2024.10　416,22p　20cm　〈西洋古典叢書 L042〉〈索引あり　付属資料：8 p：月報 165　布装　原書名：Thebaid〉4000円　①978-4-8140-0546-8　〔1942〕

スタマトプロス, スタマティス

◇ノヴァ・ヘラス─ギリシャSF傑作選　フランチェスカ・T・バルビニ, フランチェスコ・ヴァルソ編, 中村融他訳　竹書房　2023.4　271p　15cm　〈竹書房文庫 ば3-1〉〈原書名：α2525（重訳）　NOVA HELLAS〉1360円　①978-4-8019-3280-7

内容　蜜蜂の問題（イアニス・パパドプルス, スタマティス・スタマトプルス著, ディミトラ・ニコライドウ, ヴァヤ・プセフタキ英訳, 中村融訳）

＊あなたは生活のために水没した都市に潜り働くひとびとを見る（「ローズウィード」）。風光明媚な島を訪れれば観光客を人造人間たちが歓迎しているだろう（「われらが仕える者」）。ひと休みしたいときはアバコス社の製剤をどうぞ（「アバコス」）。高き山の上に登れば原因不明の病を解明しようと奮闘する研究者たちがいる（「いにしえの疾病」）。輝きだした新たなる星たちがあなたの前に降臨する。あなたは物語のなかに迷い込んだときに感じるはずだ─。隆盛を見せるギリシャSFの第一歩を。　〔1943〕

スタール夫人　Staël, Anne-Louise-Germaine

◇三つの物語　スタール夫人著, 石井啓子訳　幻戯書房　2022.9　226p　19cm　〈ルリユール叢書〉〈他言語標題：Trois Nouvelles　年譜あり　原書名：Mirza ou Lettre d'un voyageur Adélaïde et Théodoreほか〉2400円　①978-4-86488-253-8

＊ナポレオンとの政治的対立から追放されながら、個人の自由と寛容を重んじ、政治的リベラリズムを貫き通したスタール夫人─奴隷制度廃止宣言の翌年に刊行された、三角貿易の拠点セネガル、アンティル諸島、ル・アーヴルを舞台にした3人のヒロインたちによる「愛と死」の理想を描く中編小説集。本邦初訳。　〔1944〕

スタントン, ウィル　Stanton, Will

◇吸血鬼は夜恋をする─SF＆ファンタジイ・ショートショート傑作選　ロバート・F・ヤング, リチャード・マシスン他著, 伊藤典夫編訳　東京創元社　2022.12　387p　15cm　〈創元SF文庫　SFン12-1〉〈文化出版局 1975年刊の増補〉1000円　①978-4-488-79301-2

内容　バーニイ（ウィル・スタントン著）

＊「アンソロジイという言葉のもとになったギリシャ語の意味は「花々を集めたもの」。立ちどまるほどではないが、歩く途中ひょっと目にとまり、見とれる花、つまり、理屈ぬきで楽しんでいただけるような小品を選ぶよう心懸けた」（伊藤典夫）。名翻訳家が初めて単独編纂した伝説のアンソロジイを半世紀ぶりに初文庫化。(SFマガジン)（奇想天外）の掲載作を追加し、全32編とした。　〔1945〕

スチュアート, アン　Stuart, Anne

◇清らかな背徳　アン・スチュアート著, 小林町子訳　ハーパーコリンズ・ジャパン　2023.1　468p　15cm　〈mirabooks AS01-19〉〈MIRA文庫 2005年刊の新装版　原書名：HIDDEN HONOR〉982円　①978-4-596-75986-3

＊燃えるような赤い髪のエリザベスは新しい門出を迎えようとしていた。父から役立たずな娘だと虐げられるのも今日でおしまい。これからは修道女として新たな人生を生きるのだ。遠隔地の聖堂へは、贖罪の旅の途上だという国王の非嫡出子一行とともに向かうことになったものの、ウィリアム公は悪名高く、黒い噂が絶えない。エリザベスはウィリアム公を警戒していたが、旅を続けるうち、噂とは違う真摯な彼に惹かれていき…。　〔1946〕

スチュアート, キャンベル

◇クルーハウスの秘密─第一次世界大戦の英国プロパガンダ戦争の内幕　キャンベル・スチュ

スチュアト

アート著，松田あぐり，小田切しん平訳　緑風出版　2022.9　257p　19cm　2600円　①978-4-8461-2214-0
＊第一次世界大戦で大英帝国が遂行した対敵プロパガンダ戦争の物語。〔1947〕

スチュアート, ダグラス　Stuart, Douglas

◇シャギー・ベイン　ダグラス・スチュアート著，黒原敏行訳　早川書房　2022.4　609p　20cm　〈原書名：SHUGGIE BAIN〉　3500円　①978-4-15-210125-9

＊1980年代、英国グラスゴー。"男らしさ"を求める時代に馴染めない少年シャギーにとって、自分を認めてくれる母アグネスの存在は彼の全てだった。アグネスは、エリザベス・テイラー似の美女。誇り高く、いつも周囲を魅了していた。貧しさが国全体を覆っていくなか、彼女は家族をまとめようと必死だった。しかし、浮気性の夫がアグネスを捨ててから、彼女は酒に溺れていき、唯一の収入である給付金さえも酒代に費やしてしまう。共に住む姉兄は、母を見限って家を離れていくが、まだ幼いシャギーはひとり必死にアグネスに寄り添い―。けっして生きる誇りを忘れなかった母子の絆を描く、デビュー作にして、英米の文学界を席巻したブッカー賞受賞作。〔1948〕

スチュアート, レイチェル　Stewart, Rachael

◇隠された十六年愛　レイチェル・スチュアート作，琴葉かいら訳　ハーパーコリンズ・ジャパン　2023.2　158p　17cm　〈ハーレクイン・イマージュ I2743〉〈原書名：SECRETS BEHIND THE BILLIONAIRE'S RETURN〉　673円　①978-4-596-75912-2

＊セバスチャン―？　フェリシティは我が目を疑った。16年前、自分を捨てて消えた恋人が、目の前にいる。今や世界的ホテル王となったセバスチャン・デュボワ―忘れえぬ初恋の人が、16年ぶりに村を訪れたのだった。フェリシティは胸を締めつける痛みをこらえた。この16年、いったいどこにいたの？　ああ、どんなにあなたが恋しかったか！　セバスチャンは結婚指輪はしていなかった。恋人はいるのかしら。ききたいことは山ほどあった。でもその前に話すべきことがある…。「私、子供がいるの―私たちの子よ」〔1949〕

スティーヴンズ, ジェイムズ　Stephens, James

◇新編怪奇幻想の文学　4　黒魔術　紀田順一郎，荒俣宏監修，牧原勝志編　新紀元社　2023.9　477p　20cm　〈他言語標題：Tales of Horror and Supernatural〉　2500円　①978-4-7753-2042-6
内容　ねじけジャネット（ロバート・ルイス・スティーヴンスン著，夏来健次訳）〔1950〕

◇月かげ　ジェイムズ・スティーヴンズ著，阿部大樹訳　河出書房新社　2023.3　194p　20cm　〈原書名：ETCHED IN MOONLIGHT〉　2200円　①978-4-309-20876-3
内容　欲望　飢餓　同級生　月かげ　愛しい人　狼　支配人
＊「ジェイムズ・ジョイスの分身」にしてアイルランド独立運動に身を投じた20世紀の知られざる巨匠による奇蹟の短篇集。「すべて差しおいて欲しいものはありますか」―ある男の言葉で、夫婦の運命は動きだす。（「欲望」）旧友を道の向こうに見つけると、彼は死に物狂いで追いかけてきた。（「同級生」）3人の男女、20年の終わらない夢―。（「月かげ」）輝くばかりの成功を求める男が、気に入らない部下を貶しようと決意するが―。（「支配人」）ほか3篇。〔1951〕

スティーヴンス, スーザン　Stephens, Susan

◇罪な手ほどき　スーザン・スティーヴンス作，高橋たまこ訳　ハーパーコリンズ・ジャパン　2023.4　188p　17cm　〈ハーレクイン・ロマンス R3768―伝説の名作選〉〈ハーレクイン2009年刊の再刊　原書名：HOUSEKEEPER AT HIS BECK AND CALL〉　691円　①978-4-596-76879-7

＊突然、屋敷を訪ねてきた女性をひと目見て、裕福な陸軍中佐ケイド・グラントは言葉を失った。雨でびしょ濡れのウエディングドレスを着た女性リブは、彼が出した"家政婦募集"の張り紙を見て、面接に来たという。どこにも行くあてがなく震える彼女を、ケイドは雇うことにした。いずれは自分の屋敷を、戦争で傷ついた兵士のためのリハビリセンターにしたいと考えていたケイド。看護師の資格を持つリブは、まさに願ってもない女性だ。だが、彼女がその引き換えに求めた条件は"愛のレッスン"で…。〔1952〕

◇ボスは冷たいスペイン富豪　スーザン・スティーヴンス作，松島なお子訳　ハーパーコリンズ・ジャパン　2022.3　220p　17cm　〈ハーレクイン・ロマンス R3666〉〈原書名：FORBIDDEN TO HER SPANISH BOSS〉　664円　①978-4-596-31878-7

＊ローズが仕える敏腕でハンサムなボスは、ハイテク企業を経営するスペイン富豪ラファだ。ラファの妹の結婚式に花嫁付添人として参列したローズは、式後のパーティで彼と一緒にダンスを踊り、否応なく惹かれる。だが、ローズは弾む気持ちに歯止めをかけた。故郷の実家には母亡き後、難しい病気で苦しむ父が残され、治療のためにお金を送らなければならない。職場での恋愛沙汰で失業するような事態は絶対に避けなければ。ボスは誰も愛さず、結婚などしないと決めている男性なのだから。〔1953〕

◇招かれざる愛人　スーザン・スティーヴンス作，小長光弘美訳　ハーパーコリンズ・ジャパン　2024.8　156p　17cm　〈ハーレクイン・ロマンス R3899―伝説の名作選〉〈ハーレクイン2009年刊の再刊　原書名：COUNT MAXIME'S VIRGIN〉　673円　①978-4-596-

96138-9　　　　　　　　　　　　　　〔1954〕

スティーヴンス, ロビン　　Stevens, Robin

◇グッゲンハイムの謎　シヴォーン・ダウド原案, ロビン・スティーヴンス著, 越前敏弥訳　東京創元社　2022.12　265p　20cm〈著作目録あり　原書名：THE GUGGENHEIM MYSTERY〉1900円　①978-4-488-01120-8

＊夏休みを迎えた十二歳のテッドは、母と姉といっしょに、グロリアおばさんといとこのサリムが住むニューヨークを訪れた。おばさんはグッゲンハイム美術館の主任学芸員で、休館日に特別に入館させてくれた。ところが改装中の館内を見学していると、突然、何かのきついにおいと白くて濃い煙が。火事だ！　テッドたちは、大急ぎで美術館の外に避難した。だが火事は見せかけで、館内の全員が外に出た隙に、カンディンスキーの名画 "黒い正方形のなかに" が盗まれていたのだ。しかも、おばさんが犯人だと疑われて逮捕されてしまう。なんとしても絵を取りもどして、おばさんの無実を証明しなければ。「ほかの人とはちがう」不思議な頭脳を持つテッドは、絵の行方と真犯人を探すため謎解きに挑む。『ロンドン・アイの謎』につづく爽快なミステリ長編！　〔1955〕

スティーヴンスン, ニール　　Stephenson, Neal

◇スノウ・クラッシュ　上　ニール・スティーヴンスン著, 日暮雅通訳　新版　早川書房　2022.1　438p　16cm（ハヤカワ文庫 SF 2354）〈原書名：SNOW CRASH〉1080円　①978-4-15-012354-3

＊連邦政府が無力化し資本家によるフランチャイズ国家が国土を分割統治する一方、オンライン上に仮想世界「メタヴァース」が築かれた近未来のアメリカ。アヴァター技術を開発した凄腕ハッカーにして、マフィアが経営する高速デリバリーピザの "配達人" ヒロ・プロタゴニストはある日、メタヴァースで出会った男に「スノウ・クラッシュ」なる謎のドラッグを手渡されるが…。本書が未来を書き換え、SFは現実と接続された。　〔1956〕

◇スノウ・クラッシュ　下　ニール・スティーヴンスン著, 日暮雅通訳　新版　早川書房　2022.1　462p　16cm（ハヤカワ文庫 SF 2355）〈著作目録あり　原書名：SNOW CRASH〉1080円　①978-4-15-012355-0

＊スノウ・クラッシュを使用したアヴァターは制御不能となり、現実世界の実体までもが意識不明に陥る―"特急便屋"の少女Y・Tとともにこの怪事件の調査に乗り出すヒロ。アメリカとメタヴァースを駆けめぐり、ライブラリアンAIの導きで自意識や言語の発生源へと古代シュメール史を遡行する大活劇の果て、明らかになる人類の陥穽とは？　Google, PayPal, Metaの創業者たちに霊感を与え続けるヴィジョン。　〔1957〕

スティーヴンソン, ロバート・ルイス　　Stevenson, Robert Louis

◇カトリアナ―デイビッド・バルフォアの冒険　続　R.L.スティーブンソン著, 佐復秀樹訳　平凡社　2022.2　511p　16cm（平凡社ライブラリー　927）〈原書名：Catriona〉2000円　①978-4-582-76927-2

＊財産を得たデイビッドは自らを危機にさらす裁判にあえてかかわるのか。偶然に逢った高地の娘になぜかくも魅かれるのか。逃亡中のアランとは再会できるのか。拘束された孤島からどうやって脱出するのか。暗黒の政治裁判から無実の者らを救い出すことができるのか。18世紀スコットランドの歴史を背景に、少年は行動し、恋し、成長する。スティーブンソン最高傑作の完結篇を新訳で。　〔1958〕

◇新アラビア夜話　第2部　臨海楼綺譚　スティーヴンスン著, 南條竹則訳　光文社　2022.4　285p　16cm（光文社古典新訳文庫 KA ス 2-4）〈年譜あり　原書名：NEW ARABIAN NIGHTS〉980円　①978-4-334-75461-7

＊学生時代の友をふと思い出し、放浪のさなか訪ねた「草砂原の楼閣」で事件に巻き込まれる「臨海楼綺譚」。見知らぬ屋敷に入り込んだ一夜の出来事を描く「その夜の宿」「マレトロワの殿の扉」。芸術という宿命に取り憑かれた旅芸人の「天意とギター」。前作『新アラビア夜話』と合わせ待望の全訳。　〔1959〕

◇水車小屋のウィル　ロバート・ルイス・スティーヴンソン著, 有吉新吾訳　新装版　西田書店　2024.5　85p　20cm〈原書名：Will O' the Mill〉1500円　①978-4-88866-691-6

＊『宝島』『ジキル博士とハイド氏』の作者スティーヴンソンが、故郷スコットランドの山峡を舞台に著した不朽の名作。世代をこえる人生哲学。いま、私たちが読むべき本。　〔1960〕

スティール, ジェシカ　　Steele, Jessica

◇甘く、切なく、じれったく　ダイアナ・パーマー他著, 松村和紀子訳　ハーパーコリンズ・ジャパン　2024.4　290p　17cm（HPA 57―スター作家傑作選）〈「テキサスの恋」（ハーレクイン　2000年刊）と「マイ・バレンタイン」（2016年刊）ほかからの改題、抜粋、合本　原書名：JOBE DODD　HIS GAMBLER BRIDE ほか〉1082円　①978-4-596-53859-8

内容　もう一人のケルサ（ジェシカ・スティール著, 松村和紀子訳）

＊サンディが15歳の頃から、10歳年上のジョブがお目付け役だった。彼女に悪い虫がつこうものなら、彼は容赦なく対応した。かたや彼自身は次々デート相手を替えて恋を楽しんでいた。そんなジョブにサンディはずっと片想い。会えば喧嘩してしまい、時には密かに涙さえ流す彼女だったが、あるパーティでジョブから熱くキスされて…。（「ジョブ・ドッド」）仕事先の会社社長アレックスに一目惚れしたシー・ジェイ。だが臆病な彼女は募る想いを

ステイル

伝えられない。悩み抜いた末、慈善イベントの独身男性オークションに"出品"された彼を、いちばん人気だったにもかかわらず競り落とすことに成功した。これで1週間、彼を思うままにできる―わたしなしでは生きられないと言わせてみせる！（「競り落とされた想い人」）「手切れ金は払う。父と別れろ」社長の息子ライルに、社長の愛人と誤解されたアシスタントのケルサ。ハンサムだが冷酷な彼に戸惑うなか、社長が心臓発作で急死し、遺書によりライルとケルサが共同で遺産を継ぐことが判明した。憤るライルの口から、驚愕の言葉が飛び出す！「なぜ黙っていた？ 君が僕の妹だということを」「もう一人のケルサ」　　　　　　　〔1961〕

◇偽りの代償　ジェシカ・スティール作，吉田洋子訳　ハーパーコリンズ・ジャパン　2022.1　156p　17cm　（ハーレクイン・イマージュ I2692―至福の名作選）〈ハーレクイン 2005年刊の再刊　原書名：A PRETEND ENGAGEMENT〉664円　①978-4-596-01900-4

＊失恋の傷を癒やしに別荘へ出かけたヴァーニーは仰天した。なんと主寝室のベッドにたくましい男性が寝ていたのだ―兄の雇い主で、実業界の大物レオン・ボーモントが！常にスポットライトに照らされ、美女とマスコミに追われる彼に、兄がしばらくここで身を潜めるよう勧めたのだろうか。「誰だ、君は？ ここで何をしている？」苛立った口調で彼が聞く。が、もちろんレオンはヴァーニーのことなど知らない。兄の立場を考えれば、彼の機嫌を損ねないほうがよさそう…。「わ、私はあなたのお世話をするよう雇われた、家政婦です」とっさに口をついて出た言葉が、二人の関係を思わぬ方向へ導き―　　　　　　　　　　〔1962〕

◇危険な同居人　ジェシカ・スティール著，塚田由美子訳　ハーパーコリンズ・ジャパン　2024.10　205p　15cm　（ハーレクイン文庫 HQB-1253）〈ハーレクイン 1998年刊の再刊　原書名：THE TROUBLE WITH TRENT！〉691円　①978-4-596-71282-0

＊姉が夫に愛想をつかし、3人の子供たちと一緒に戻ってきた。アレシアが手狭な家を出ようと考えていると、姉に泣きつかれる。先日アレシアがパーティで知り合ったトレントは、奇遇にも夫の会社のオーナーだという。会社の金を着服して停職処分中の夫を告訴しないよう頼んでほしいと言うのだ。アレシアは断りきれず、しぶしぶトレントに会って話をした。だがあっさり承諾した彼がアレシアに出した交換条件は…彼の屋敷に住み、ベッドを含め、すべてを共有することだった！　　　　　　　　　　〔1963〕

◇婚約は偶然に　ジェシカ・スティール作，高橋庸子訳　ハーパーコリンズ・ジャパン　2023.10　156p　17cm　（ハーレクイン・イマージュ I-2774―至福の名作選）673円　①978-4-596-52466-9

＊どうしよう…自分の名前すら思い出せないなんて！ 病院で目覚めた彼女は、クレアという名前であること、交通事故で頭を強打して記憶を失ったことを看護師から説明された。だが何より彼女を不安にさせたのは、左手の薬指に光るダイヤの指輪。もしかしてわたしは誰かと婚約しているの？ そこへ、背の高いハンサムな男性が訪ねてきた。タイラスと名乗る裕福そうな彼は、クレアの婚約者だという。クレアはタイラスの豪華な大邸宅で静養することになり、思い出せなくとも彼への愛情は日々育っていった―その朝までは。突如として記憶を取り戻した彼女は絶句した。彼は…誰なの？　　　　　　　　　　〔1964〕

◇ジェシカ・スティールの恋世界　ジェシカ・スティール著，柿原日出子他訳　ハーパーコリンズ・ジャパン　2022.12　314p　17cm　（HPA 41―スター作家傑作選）〈「親密な契約」（ハーレクイン 2002年刊）と「罪なジェラシー」（ハーレクイン 1998年刊）の改題、合本　原書名：PART-TIME MARRIAGE　TEMPORARY GIRLFRIEND〉1082円　①978-4-596-75607-7

＊「息子が欲しい。だが、妻が欲しいわけじゃない」「手持ちの相手の中から臨時の妻をみつくろったらどうだ？」エレクサはそんな男同士の会話を漏れ聞いて憤然とした。繁殖用の雌馬を選ぶみたい！ でも、ちょっと待って…。最近、結婚しろとうるさい母に困っていたエレクサは、息子が欲しいと言った男性ノアと、無謀な契約を交わす―偽装結婚をし、妊娠の可能性のあるときだけベッドを共にするのだ。そして子を産んだら、離婚。なのに彼女の胸は高鳴る一方で…。―『親密な契約』。友人に貸した車が高級車にぶつかり、弁償を余儀なくされたエリス。けれども家業は倒産し、薄給の身ではとても支払えず、猶予を請うために高級車の持ち主に会いに行った。大企業の次期社長ソールは女性には不自由しないとの噂どおり、黒髪とグレイの瞳が魅力的で、思わず息をのんだ。借金の埋め合わせに、社長夫妻のパーティに彼の恋人役で同行したエリスは、ソールと社長の若妻の睦まじい様子を目撃する。まさか！ 彼は私を、不倫のカムフラージュとして利用したの？―『罪なジェラシー』。〔1965〕

◇囚われの社長秘書　ジェシカ・スティール作，小泉まや訳　ハーパーコリンズ・ジャパン　2022.8　156p　17cm　（ハーレクイン・イマージュ I2720―至福の名作選）〈「復讐は恋に似て」（ハーレクイン 2009年刊）の改題　原書名：DISTRUST HER SHADOW〉673円　①978-4-596-74605-4

＊派遣社員のダーシーはある日、書類の配達を頼まれてホテルへ向かった。だが指定された部屋にいたのは不穏な表情をした屈強な男2人で、中に引きずりこまれた彼女は、恐怖のあまり気を失ってしまう。次に目覚めたとき、ダーシーはネーヴという名の見知らぬ大富豪が住む豪邸に連れてこられていた。先ほどの男たちは彼の用心棒だった。ダーシーをなぜか脅迫犯と誤解したネーヴは彼女を囚われの身にしたのだ。一瞬だけ強引なキスをされたとき以外、冷徹な態度の彼に恐怖を覚え、彼女は隙をついてどうにかこうにか自宅へ逃げ帰った。その翌週、新しい派遣先で念願の秘書として働くことが決まり、喜んだのもつかの間、ダーシーは社長の顔を見て驚愕する―ネーヴ！　　〔1966〕

◇ばら屋敷　ジェシカ・スティール著，三木たか子訳　ハーパーコリンズ・ジャパン　2022.6　197p　15cm　（ハーレクインSP文庫 HQSP-323）〈ハーレクイン・エンタープライズ日本支社 1985年刊の再刊　原書名：RELUCTANT RELATIVE〉500円　①978-4-596-31995-1
＊7年前に父親を亡くして以来、アランドラは一人で病弱な母親の世話をしてきた。最愛の母を看取ったあと、彼女は遺言と1通の手紙を見つける。両親が駆け落ちしたことは知っていたが、父方の祖父が母に宛てた手紙に込められた侮蔑を見てとった瞬間、アランドラの中の反発心がふいにかき立てられた。祖父に直接会って、この手紙を突き返そう。祖父の屋敷を訪ねた彼女を迎えたのは、マットという男だった。会うなり彼はアランドラを"金目当て"と決めつけて…。〔1967〕

◇ハロー、マイ・ラヴ　ジェシカ・スティール著，田村たつ子訳　ハーパーコリンズ・ジャパン　2023.10　198p　15cm　（ハーレクイン文庫 HQB-1204）〈ハーレクイン 1990年刊の再刊　原書名：WHEN THE LOVING STOPPED〉627円　①978-4-596-52570-3
＊出席したパーティになじめず、邸宅の静かな2階へ逃れ、寝室でつい眠り込んでしまった秘書のホイットニー。女性の叫び声で目覚めたとき、大変な事態に巻き込まれていた。隣に見知らぬハンサムな男性が肌もあらわに横たわっていた！彼は館の主の大富豪スローンで、叫んでいたのは婚約者だった。ホイットニーに気づかずベッドに入っただけのようだが、婚約は破棄となり、彼女は申し訳なさでいっぱいになった。償いに何でもしますと謝罪すると、スローンは言った。「結婚を待ちわびる母のために、婚約者の代役を務めてもらう」〔1968〕

◇秘書と結婚？　ジェシカ・スティール著，愛甲玲訳　ハーパーコリンズ・ジャパン　2024.3　216p　15cm　（ハーレクイン文庫 HQB-1224）〈ハーレクイン 2003年刊の再刊　原書名：A PROFESSIONAL MARRIAGE〉691円　①978-4-596-53641-9
＊結婚なんて絶対にしない—チェズニーは心に誓っていた。両親や姉たちの結婚生活は悲惨そのものだったから。仕事に生きがいを求めようと決め、大企業の取締役であるジョエル・デヴェンポートの個人秘書に首尾よく採用されるや、金髪で青い瞳の彼に、チェズニーはたちまち魅せられてしまう。でも、秘書が上司に恋するなんてもってのほか。つのる思いを秘めて仕事をこなしていたある日、チェズニーはジョエルの突然の言葉に呆然とする。「2年間の期限付きで結婚してほしい」〔1969〕

◇踏みにじられた十七歳の純情　ジェシカ・スティール著，中井京子訳　ハーパーコリンズ・ジャパン　2023.11　197p　15cm　（ハーレクインSP文庫 HQSP-391）〈ハーレクイン・エンタープライズ日本支社 1986年刊〉の改題　原書名：FACADE〉545円　①978-4-596-52842-1
＊身支度を整えたソレルは、鏡に映る自分の姿を確認した。一分の隙もなく、流行のドレスを美しく着こなした女性がいる。かつて、若き実業家エリスに恋慕の情を抱き、一心に結婚を願った、無垢な少女の面影はそこにはない。17歳のあの日。信じていた人に憎悪に満ちた目で拒絶され、辛い失恋を経験したソレルは、今も心の傷を引きずっているのだ。あれから生きる意味を失って、ひどい神経衰弱を患ったのだ。冷ややかな表情で、高級車に向かった彼女は夢にも思わなかった。このあとパーティでエリスに再会し、胸を引き裂かれようとは。〔1970〕

◇ボス運の悪い人　ジェシカ・スティール著，進藤あつ子訳　ハーパーコリンズ・ジャパン　2022.10　202p　15cm　（ハーレクインSP文庫 HQSP-338）〈ハーレクイン 2000年刊の再刊　原書名：A NINE-TO-FIVE AFFAIR〉500円　①978-4-596-74908-6
＊22歳のエミリーは、とことんボス運に見放されている。5社目の会社も、またしても上司のセクハラが原因で解雇。その後ようやく得られた、一流企業の社長秘書の職に。今度のボス、バーデンは、ハンサムなばかりか紳士的で敏腕で、まさに完璧だった—ただひとつ、女性問題を抜きにすれば。毎日のようにかかってくる、違う女性からの誘いの電話。しかも、見境なく友人の奥さんとまで戯れている様子だ。ボスの女性関係など秘書の自分には関係ない、そうわかっていつつも、エミリーはなぜか苛立ってしまい…。〔1971〕

スティール，ジョン　Steele, John

◇鼠の島　ジョン・スティール著，青木創訳　早川書房　2024.12　429p　19cm　（HAYAKAWA POCKET MYSTERY BOOKS 2010）〈原書名：RAT ISLAND〉2500円　①978-4-15-002010-1
＊香港返還が2年後に迫った1995年。マフィアの首領ラウに命を狙われる王立香港警察の警部カラムの元に、ニューヨーク市警から連絡が入る。返還を前に香港から逃れてくる中国系犯罪組織撲滅のため、潜入捜査をしてほしいというのだ。だが、組織に潜入したカラムが命じられた仕事は、人身売買の斡旋や死体の解体という地獄だった。一方で返還を見据えた香港のラウは拠点を移すためニューヨークへ進出していた。そこで彼はカラムの姿を見かけ…。香港暗黒街の終焉を描く、デイヴィッド・ピース激賞の傑作犯罪小説。〔1972〕

ステック，ライアン　Steck, Ryan

◇燎原の死線　上　ライアン・ステック著，棚橋志行訳　扶桑社　2024.2　331p　16cm　（扶桑社ミステリー S34-1)〈原書名：FIELDS OF FIRE〉1300円　①978-4-594-09627-4
＊米国海兵隊特殊部隊に所属するマシュー・レッドは、FBIの要請に応じて、ウィロウと呼ばれる生物兵器専門家の捕獲作戦に参加するべく基地へと向かうが、その途上で謎の女に薬を盛られて意識を失う。やむなくレッド抜きで現地へ赴いた小隊は、待伏せに遭って全滅。作戦情報漏洩の廉で憲兵隊

に逮捕されたレッドに、非名誉除隊の処分が下る。釈放後、牧場主の養父JBから携帯に着信があったことに気づいたレッドは故郷モンタナへと急行するが、JBが落馬事故で亡くなったことを知る…。〔1973〕

◇療原の死線　下　ライアン・ステック著, 棚橋志行訳　扶桑社　2024.2　319p　16cm　〈扶桑社ミステリー　ス34-2〉〈著作目録あり　原書名：FIELDS OF FIRE〉1300円　①978-4-594-09673-1
＊牧場を相続したレッドに対し、実業家アントン・ゲージの息子で、土地開発会社を運営するワイアットは市場価値の2倍で土地を買い取りたいと申し出る。経験豊富なJBが落馬するとは信じられず、自分で犯人を突き止めるつもりでいたレッドはその申し出を断るが…。やがて周辺で漂い始めるウィロウの影。レッドはいつしか絶体絶命の窮地へと追い詰められてゆく。全てを奪われた男の壮絶なる戦いを描いた、驚異の新人が贈る圧巻のアクション・スリラー巨編、遂に登場！〔1974〕

ステッドマン, A.F.　Steadman, A. F.

◇スカンダーと裏切りのトライアル　A.F.ステッドマン, 金原瑞人, 西田佳子訳　潮出版社　2024.6　579p　22cm　〈原書名：Skandar and the Chaos Trials〉2200円　①978-4-267-02323-1
＊3年目の訓練を生き残るために、スカンダーと仲間たちは、島の各ゾーンで繰り広げられる過酷なトライアルに合格しなければならない。友情、忠誠、ライダーとユニコーンの信頼関係が、限界点まで試される。勝利を手にするのは最強の者だけ。一方、スカンダーの姉のケンナが、ようやくエアリーにやってきた。しかし、連れているのは、偽の絆で結ばれた野生のユニコーン。ケンナは疎外感と孤独に苦しむ。そして明らかになった恐ろしい事実。島の未来を危険にさらすのはだれなのか。疑いの目を一身に浴びるのは…。暗黒の力が集まり、ひとつになる。決断のときが来た。スカンダーはケンナのために闘うのか、それともエアリーを救うのか。意外な登場人物の活躍、元素の魔法、空中戦、太古の秘密、凶暴なユニコーン―胸躍る興奮を楽しめるシリーズ第3部。〔1975〕

◇スカンダーと幻のライダー　A・F・ステッドマン著, 金原瑞人, 吉原菜穂訳　潮出版社　2023.6　571p　22cm　〈原書名：Skandar and the Phantom Rider〉2200円　①978-4-267-02322-4
＊スカンダー・スミスは夢をかなえ、ユニコーンライダーとしての訓練をはじめる。スカンダーと仲間たちがエアリーでの訓練2年目を迎えたとき、新たな問題が起こる。永遠の命を持つはずの野生のユニコーンが次々に殺され、島が災いにみまわれるとの予言のとおり、元素の魔法が島を破壊しはじめた。一方、スカンダーの姉のケンナは、島をライダーの訓練を受けることを熱共望していた。スカンダーはなんとしても姉の夢をかなえてあげたい。進みつつある島の崩壊を、スカ

ダーは止められるのか？　タイムリミットは迫っている！　意外な人物の活躍、元素の魔法、空中戦、太古の秘密、凶暴なユニコーン―叙事詩を思わせる壮大な冒険ファンタジー、第2部。〔1976〕

ステープルドン, オラフ　Stapledon, Olaf

◇最後にして最初の人類　オラフ・ステープルドン著, 浜口稔訳　筑摩書房　2024.6　523p　15cm　（ちくま文庫　す26-2）〈国書刊行会2004年刊の改訳再刊　原書名：LAST AND FIRST MEN〉1500円　①978-4-480-43954-3
＊20億年後の"最後の人類"が現在の人類に語る未来の歴史。数度の世界戦争、疫病の蔓延と地球規模の環境激変、火星人類の侵略など度重なる災禍によって退行した人類は、やがて再び進化の階梯を登り始める。超人類の創造と諸文明の興亡、果てしなき流れの果てに人類が辿り着いた場所とは…。20億年に及ぶ壮大な人類進化の年代記を驚異の想像力と神話的ヴィジョンで描いた伝説的名作。改訳文庫化。〔1977〕

ステュアート, ドナルド・オグデン　Stewart, Donald Ogden

◇ユーモア・スケッチ大全　[3]　ユーモア・スケッチ傑作展　3　浅倉久志編・訳　国書刊行会　2022.2　374p　19cm　〈「ユーモア・スケッチ傑作展 3」（早川書房 1983年刊）の改題、増補〉2000円　①978-4-336-07310-5
内容　カスター最後の反撃（ドナルド・オグデン・ステュアート著）〔1978〕

◇ユーモア・スケッチ大全　[4]　すべてはイブからはじまった　ミクロの傑作圏　浅倉久志編・訳　国書刊行会　2022.3　376p　19cm　〈「すべてはイブからはじまった」（早川書房 1991年刊）と「ミクロの傑作圏」（文藝春秋 2004年刊）の改題、合本〉2000円　①978-4-336-07311-2
内容　ハドック夫妻の海外旅行（ドナルド・オグデン・ステュアート著）
＊笑いの大博覧会、完結！　名翻訳家浅倉久志のライフワークである"ユーモア・スケッチ"ものを全4巻に集大成。最終巻は傑作展姉妹篇『すべてはイブからはじまった』とオンデマンドのみの刊行だった『ミクロの傑作圏』をカップリング。〔1979〕

ストウ, ハリエット・ビーチャー　Stowe, Harriet Beecher

◇アンクル・トムの小屋　上　ハリエット・ビーチャー・ストウ著, 土屋京子訳　光文社　2023.2　518p　16cm　（光文社古典新訳文庫　KAヒ4-1）〈原書名：UNCLE TOM'S CABIN〉1240円　①978-4-334-75475-4
＊正直で有能、分別と信仰心を持つ奴隷頭のトムは、ケンタッキーのシェルビー農園で何不自由なく暮らしていたが、主人の借金返済のために、奴隷商人に売却されることに。トムが家族との別離を甘受する一方、幼子を売られることになった女奴隷イライ

ザは、自由の地カナダへの逃亡を図る。〔1980〕
◇アンクル・トムの小屋 下 ハリエット・ビーチャー・ストウ著, 土屋京子訳 光文社 2023.2 591p 16cm （光文社古典新訳文庫 KAヒ4-2）〈年譜あり 原書名：UNCLE TOM'S CABIN〉1460円 ①978-4-334-75476-1
 ＊ルイジアナ州の気の良い大農園主に買われ、その家の天使のような娘エヴァとも友情を結んだトム。だが運命の非情な手はトムから大切なものを次々と奪っていく…。読者の心情を揺さぶる小説の形で、奴隷制度の非人道性を告発し、米国社会を変革した、アメリカ文学の記念碑的作品。〔1981〕

ストーカー, ブラム　Stoker, Bram

◇吸血鬼ドラキュラ ブラム・ストーカー原作, 三田村信行文, 鈴木し乃絵 ポプラ社 2022.4 197p 19cm （ホラー・クリッパー）〈他言語標題：Dracula〉1400円 ①978-4-591-17350-3
 ＊19世紀末のロンドンにあらわれた恐怖の吸血鬼、ドラキュラ。ドラキュラはどこから来たのか、そしてその弱点は？ 不死者ドラキュラに人間は勝つことができるのだろうか。〔1982〕

◇新編怪奇幻想の文学 2 吸血鬼 紀田順一郎, 荒俣宏監修, 牧原勝志編 新紀元社 2022.12 436p 20cm〈他言語標題：Tales of Horror and Supernatural〉2500円 ①978-4-7753-2040-2
 内容 ドラキュラの客（ブラム・ストーカー著, 夏来健次訳）
 ＊古典・準古典の数々を通し、怪奇幻想の真髄に触れていただきたい。本書は、自由な想像力が創りだす豊かな世界への、恰好の道案内となることだろう。(編者) 〔1983〕

◇ドラキュラ ブラム・ストーカー著, 唐戸信嘉訳 光文社 2023.10 837p 16cm （光文社古典新訳文庫 KAス3-1）〈年譜あり 原書名：DRACULA〉1600円 ①978-4-334-10085-8
 ＊トランシルヴァニアの城に潜んでいたドラキュラ伯爵は、さらなる獲物を求め、嵐の中の帆船を意のままに操って海を渡り、英国へ向かう。時にコウモリに姿を変えて忍び寄る魔の手から、ロンドン市民は逃れることができるのか。吸血鬼文学の代名詞たる不朽の名作を、読みやすい新訳で。〔1984〕

ストックトン, フランク・R.　Stockton, Frank R.

◇世界怪談名作集 〔下〕 北極星号の船長ほか九篇 岡本綺堂編訳 新装版 河出書房新社 2022.11 338p 15cm （河出文庫 お2-3）900円 ①978-4-309-46770-2
 内容 幽霊の移転（ストックトン著, 岡本綺堂訳）
 ＊上質な日本語訳によって、これ以上ないほどの恐怖と想像力を搔き立てられる、魅惑の怪談集。「シャーロック・ホームズ」シリーズの著者コナン・ドイルによる隠れた名作『北極星号の船長』や、埋葬の三日後に墓から這いだした男の苦悩と悲哀を描いた『ラザルス』などを収録。百年近く前

に刊行されたとは到底思えない、永遠に読まれるべき名作集。〔1985〕

ストーネクス, エマ　Stonex, Emma

◇光を灯す男たち エマ・ストーネクス著, 小川高義訳 新潮社 2022.8 382p 20cm （CREST BOOKS）〈原書名：THE LAMPLIGHTERS〉2400円 ①978-4-10-590183-7
 ＊1972年末、英国コーンウォールの灯台から3人の灯台守が忽然と姿を消した。灯台は内側から施錠され、食事も手つかずのままであった。8週間の任務、狭いベッド、夫婦の距離…。孤絶したコミュニティの中で、灯台守とその妻たちに何が起きていたのか？ 事件から20年後、ひとりの作家が関係者への取材を始めた。残された家族のひとりひとりが光として抱えてきた思いが、未解決事件の謎を解き明かす。〔1986〕

ストラウト, エリザベス　Strout, Elizabeth

◇ああ、ウィリアム！ エリザベス・ストラウト著, 小川高義訳 早川書房 2023.12 229p 20cm〈原書名：OH WILLIAM！〉2700円 ①978-4-15-210293-5
 ＊ルーシー・バートンと元夫のウィリアムは、離婚してからも穏やかな付き合いを続けていた。ある日、亡き母の秘密を知って動揺するウィリアムに助けを求められ、ふたりは短い旅に出る。家族という、時に厄介で時にいとおしい存在は何なのか。結婚とは、人を知るとは何なのか。静かな感慨に満ちたブッカー賞最終候補作。〔1987〕

◇私の名前はルーシー・バートン エリザベス・ストラウト著, 小川高義訳 早川書房 2022.6 229p 16cm （ハヤカワepi文庫 102）〈原書名：MY NANE IS LUCY BARTON〉960円 ①978-4-15-120102-8
 ＊ルーシー・バートンの入院は、予想外に長引いていた。幼い娘たちや夫に会えないのが辛かった。そんなとき、思いがけず母が田舎から出てきて彼女を見舞う。疎遠だった母と交わした五日間の他愛ない会話から、喜び、寂しさ、痛み——いくつもの繊細な感情がこみ上げる。それはルーシーにとって忘れがたい思い出となる。ピュリッツァー賞受賞作『オリーヴ・キタリッジの生活』の著者が描く、ある家族の物語。〔1988〕

ストラウド, ジョナサン　Stroud, Jonathan

◇ノトーリアス ジョナサン・ストラウド著, 金原瑞人, 松山美保訳 静山社 2024.2 535p 20cm （スカーレット＆ブラウン 2）〈原書名：THE NOTORIOUS SCARLETT & BROWNE〉2300円 ①978-4-86389-767-0
 ＊荒れ果てたイングランドをわたり歩く無法者の少女、スカーレット・マッケイン。無人地帯のバス事故唯一の生存者で、"ストーンムア"で培った特殊能力ゆえに追われ続ける少年、アルバート・ブラウン。ふたりが手を組んで半年。今や"スカーレッ

トとブラウン"は全英七国屈指の強盗コンビとなった。強大な力で国々をおさめる"信仰院"の富を奪い、敵に回したふたりは、過酷な運命とともに"埋没都市"へと向かう―。〔1989〕

ストラーン, ジョナサン　Strahan, Jonathan

◇創られた心―AIロボットSF傑作選　ケン・リュウ, ピーター・ワッツ, アレステア・レナルズ他著, ジョナサン・ストラーン編, 佐田千織他訳　東京創元社　2022.2　564p　15cm　(創元SF文庫 SFン11-1)〈責任表示はカバーによる　原書名：MADE TO ORDER〉1400円　①978-4-488-79101-8

内容 われわれが必要とする「他者」をつくるということ（ジョナサン・ストラーン）

＊人工的な心や生命。ゴーレム、オートマトン、ロボット、アンドロイド、ボット、人工知能―人間によく似た機械、人間のために注文に応じてつくられた存在というアイディアは、古代より我々を魅了しつづけてきた。そしていま、その長い歴史に連なるアンソロジーがここに登場する。ケン・リュウ、ピーター・ワッツ、アレステア・レナルズら、最高の作家陣による16の物語を収録。〔1990〕

ストランベリ, マッツ　Strandberg, Mats

◇ブラッド・クルーズ　上　マッツ・ストランベリ著, 北綾子訳　早川書房　2023.8　398p　16cm　(ハヤカワ文庫 NV 1514)〈原書名：FÄRJAN〉1380円　①978-4-15-041514-3

＊スウェーデンとフィンランドを毎日往復する大型クルーズ船バルティック・カリスマ号は、千二百人の客を乗せ、いつものように出航した。二十四時間の船旅を飲み明かす男女に交じり、冒険を求める孤独な老婦人や家族の秘密に悩む養子の少年など、さまざまな事情を抱えた人々が乗りこんでいる。その船内で、血の饗宴が始まろうとしていた！「スウェーデンのスティーヴン・キング」と称される著者が贈る、驚愕の北欧ホラー。〔1991〕

◇ブラッド・クルーズ　下　マッツ・ストランベリ著, 北綾子訳　早川書房　2023.8　406p　16cm　(ハヤカワ文庫 NV 1515)〈原書名：FÄRJAN〉1380円　①978-4-15-041515-0

＊「彼ら」は血を欲しがっている…。船内では、カラオケ・バーで司会をつとめる歌手が、いち早く彼らの仲間になった。彼の手引きでブリッジと機関室は制圧され、船内の通信機器はすべて破壊された。外部と連絡を取る手段は何もない。生き残った乗組員と乗客は協力して脱出の策を探るが…。世界から完全に切り離されたクルーズ船で、繰り広げられる恐るべき血の惨劇。極限の恐怖を生き延びられるのか!?〔1992〕

ストリンガー, リー　Stringer, Lee

◇キヴォーキアン先生、あなたに神のお恵みを　カート・ヴォネガット著, 浅倉久志, 大森望訳　早川書房　2023.5　153p　20cm〈原書名：GOD BLESS YOU,DR.KEVORKIAN LIKE SHAKING HANDS WITH GOD〉2200円　①978-4-15-210238-6

内容 神さまと握手―書くことについての対話（リー・ストリンガー述, 大森望訳）

＊日本でもっとも愛される作家、カート・ヴォネガットがニュートン、シェイクスピア、ヒトラー、アシモフなど、20人の故人＋αに取材した架空インタビュー集。〔1993〕

ストリンドベリ, アウグスト　Strindberg, August

◇赤い部屋―芸術家ならびに作家の日々の素描　アウグスト・ストリンドベリ作, 寺倉巧治訳　上尾　プレスポート　2023.7　371p　19cm　(1000点世界文学大系 北欧篇 9)〈原書名：Röda rummet〉2200円　①978-4-905392-15-6〔1994〕

◇令嬢ジュリー　アウグスト・ストリンドベリ著, 毛利三彌訳　論創社　2022.3　142p　19cm　(近代古典劇翻訳〈注釈付〉シリーズ 004)〈年譜あり　原書名：FRÖKEN JULIE〉1300円　①978-4-8460-2168-9

＊19世紀末ヨーロッパの混沌を生き抜き、20世紀現代演劇を主導した異端児ストリンドベリの衝撃的な自然主義悲劇！　オリジナル原稿による新全集版を注釈付きで新たに翻訳。〔1995〕

ストレンジ, ルーシー　Strange, Lucy

◇迷い沼の娘たち　ルーシー・ストレンジ作, 中野怜奈訳　静山社　2024.11　333p　20cm〈原書名：Sisters of the Lost Marsh〉1800円　①978-4-86389-775-5

＊サーカスの一座「満月座」を追い、「沼の王」の鬼火が人をまどわすという、湿地を旅するウィラ。忽然と消えた姉を見つけだすために。古い言い伝えからのがれるために。失われた未来を取りもどすために―。〔1996〕

ストーン, リン　Stone, Lyn

◇聖なる夜に　アン・グレイシー, ミランダ・ジャレット, リン・ストーン著, すなみ翔訳　ハーパーコリンズ・ジャパン　2022.11　284p　17cm　(ハーレクイン・ヒストリカル・スペシャル PHS291)〈ハーレクイン 2004年刊の再刊　原書名：THE VIRTUOUS WIDOW　A GIFT MOST RAREほか〉827円　①978-4-596-74978-9

内容 クリスマスは伯爵と（リン・ストーン作, すなみ翔訳）

＊貧しくも女手一つで懸命に幼い娘を育てるエリー。ある雪の夜、家の前に見知らぬ男性が倒れていた。記憶喪失の彼を看病するうち、いつしかエリーは彼を愛するように。しかしそれも彼の素性が明らかになるまでのこと。まさか、彼の正体が伯爵とはつゆ知らず…。(「雪のプロローグ」)。もとはレディでありながら家庭教師に身をやつす

セーラの前に、思いもよらない人物が現れた—公爵の弟にして"サファイア王"と呼ばれるほど富を築いた大富豪レヴィールだ。かつては愛し合ったのに、セーラを捨て去った男との6年ぶりの再会。彼女の心は複雑に揺れた。だが今、一介の使用人と上流階級の来客という身分の壁に阻まれ、セーラは彼と自由に話すことさえままならないのだった。(『サファイアの魔法』)。男爵の娘ベスは生涯独身を通すと決めている。自分勝手な人間の多い貴族社会にはもううんざりだから。そこで、父が決めた意に染まぬ婚約者をかわすため、幼なじみの貴族ジャックに求婚者のふりをしてほしいと頼み、偽りの婚約劇を繰り広げることに。実のところ、ジャックはベスを本当の妻にするつもりでいるとは思いもせずに。(『クリスマスは伯爵と』)。リージェンシー・ロマンスの名手たちが贈る、愛の奇跡がきらめくクリスマス短篇集! 〔1997〕

スナイダー, ザック　Snyder, Zack

◇REBEL MOON—ザック・スナイダー監督作品　パート1　炎の子　V.キャストロ著, ザック・スナイダー原案, 入間眞訳　竹書房　2023.12　270p　19cm　〈原書名：Rebel Moon Part One：A Child of Fire The Official Novelization〉2300円　①978-4-8019-3854-0

＊宇宙の最果てにある小さな星。その片隅には人々が平和に暮らす集落があった。ある日、暴君バリサリウスの軍隊が侵攻し、人々を恐怖のどん底に突き落とす。この危機を救える唯一の希望は、村人たちにまぎれ秘かに暮らすある女性。彼女の名はコラ—謎の異邦人である。コラは圧政に立ち向かうべく共に戦う戦士を集めるため未知なる星へ旅立つ—。そこで出会ったのは、"悲しい過去を持つ燃え上がる剣を振るう剣士""絶望を胸に闘技場に立つ荒くれ将軍"など、"団結"とは無縁のクセだらけの問題児たち。果たして彼らは、それぞれの暗い過去を払拭し、銀河の自由を勝ち取れるのか？ 〔1998〕

◇REBEL MOON—ザック・スナイダー監督作品　パート1　炎の子　ザック・スナイダー原案, ザック・スナイダー, カート・ジョンスタッド, シェイ・ハッテン脚本, V.キャストロ著, 入間眞訳　竹書房　2023.12　270p　19cm　〈原書名：Rebel Moon.Part One：A Child of Fire〉2300円　①978-4-8019-3960-8 〔1999〕

◇REBEL MOON—ザック・スナイダー監督作品　パート2　傷跡を刻む者　ザック・スナイダー原案, ザック・スナイダー, カート・ジョンスタッド, シェイ・ハッテン脚本, V.キャストロ著, 入間眞訳　竹書房　2024.6　231p　19cm　〈原書名：Rebel Moon.Part Two：The Scargiver〉3200円　①978-4-8019-3854-0

＊邪悪な巨大帝国マザーワールドへの復讐を誓った凄腕の戦士コラと、彼女のもとに結集した銀河の反乱者"レベルズ"たち。死闘の末、彼らは宿敵である提督ノーブルを討ち、帝国の軍勢を退けることに成功した。村に帰還したコラたちは平穏なひと時を楽しむが、圧倒的な軍事力を誇る帝国が再び襲いかかってくる。タイタスの指揮のもと、村人たちがついに立ち上がる。全てを懸けた最後の戦いが迫るなか、明かされる戦士たちの壮絶な過去。コラもまた、養父であるバリサリウスとの因縁の過去に思いを馳せていた—。そして、マザーワールドに反旗を翻したレベルズに決戦の時が迫る! 〔2000〕

スパイサー, バート　Spicer, Bart

◇嘆きの探偵　バート・スパイサー著, 菱山美穂訳　論創社　2022.1　289p　20cm　(論創海外ミステリ 278)〈原書名：The Taming of Carney Wilde〉2800円　①978-4-8460-2111-5

＊巧妙な逃亡計画を企む真犯人。追いつめる探偵。追う者と追われる者、息詰まる騙し合いの結末とは…。銀行強盗事件の容疑者を追う私立探偵カーニー・ワイルド、ミシシッピ川を下る船内で決死の隠密捜査! 〔2001〕

スパイスアンドキティ　Spice & Kitty

◇ある継母のメルヘン　Spice & Kitty著, 簗田順子訳　KADOKAWA　2024.3　425p　19cm　(B's-LOG presents)〈他言語標題：A STEPMOTHER'S MARCHEN〉1400円　①978-4-04-737752-3 〔2002〕

スピンドラー, エリカ　Spindler, Erica

◇天使は同じ夢を見る　エリカ・スピンドラー著, 佐野利恵訳　ハーパーコリンズ・ジャパン　2023.12　583p　15cm　(mirabooks ES01-24)〈MIRA文庫 2007年刊の新装版 原書名：COPYCAT〉1073円　①978-4-596-53239-8

＊5年前に起きた少女連続殺人事件。眠る天使のように美しい遺体から犯人はSAK—スリーピング・エンジェル・キラーと呼ばれ世間を騒がせ、事件は迷宮入りした。そして今、ふたたび少女が殺された。かつて目の前で犯人を取り逃がした刑事キットは、新たな相棒メアリーと雪辱を誓うも、直後にSAKを名乗る男から1本の電話が入る。男は、自分の手口を真似した模倣犯を捕まえたいと言い…。 〔2003〕

スペイト, トマス・ウィルキンソン　Speight, Thomas Wilkinson

◇ロンドン幽霊譚傑作集　W.コリンズ,E.ネズビット他著, 夏来健次編　東京創元社　2024.2　389p　15cm　(創元推理文庫 Fン11-2)〈原書名：Mrs.Zant and the Ghost　The Last House in C-Streetほか〉1100円　①978-4-488-58408-5

|内容|ファージング館の出来事(トマス・ウィルキンソン・スペイト著, 夏来健次訳)

＊19世紀ヴィクトリア朝ロンドン。産業・文化ともに栄える一方で、犯罪譚や怪談が流行する魔の都としての貌も持ち合わせていた。陽光あふれる公園の一角で霊に遭遇した美しき寡婦を巡る愛憎劇「ザント夫人と幽霊」、愛人を催眠術で殺害した医

師が降霊会で過去の罪と対峙する「降霊会の部屋にて」ほか、ロンドンで囁かれるゴースト・ストーリー13篇を収録。集中12篇が本邦初訳。〔2004〕

スペンサー, エリザベス　Spencer, Elizabeth

◇母娘短編小説集　フラナリー・オコナー，ボビー・アン・メイスンほか著．利根川真紀編訳　平凡社　2024.4　349p　16cm　（平凡社ライブラリー 964）〈文献あり　原書名：SHILOH Mamaほか〉1800円　①978-4-582-76964-7

内容　暮れがた（エリザベス・スペンサー著，利根川真紀訳）

＊すべての女性は母の娘である。出産・育児・恋愛・結婚・離婚・父の不在・反発・世代の差・虐待・差別・介護・老い・希望—時を超え、世代を超えて繰り広げられる「母の娘」と「娘の母」の物語。十九世紀末から二十世紀末、アメリカの女性作家によって書かれた傑作九篇。〔2005〕

スペンサー, キャサリン　Spencer, Catherine

◇思い出のなかの結婚　キャサリン・スペンサー作，鈴木けい訳　ハーパーコリンズ・ジャパン　2022.11　156p　17cm　（ハーレクイン・プレゼンツ PB344—作家シリーズ 別冊）〈ハーレクイン 2010年刊の再刊　原書名：THE COSTANZO BABY SECRET〉664円　①978-4-596-74974-1

＊事故で1ヵ月も昏睡状態にあったメイブは、記憶を失っていた。退院した彼女を迎えたのは、夫のダリオ・コスタンツォ。世界的大企業の創業者一族の御曹司で、とびきりのハンサムだ。自家用ジェットで飛んだ静養先は楽園のように豪華なヴィラで、メイブはともに過ごすうち、ダリオに強く惹かれていった。こんなにもすてきな大富豪が、わたしの夫だなんて…。ダリオは彼女を気遣い、情熱的に見つめても、触れようとはしない。もし記憶が戻ったら、本当の夫婦に戻れる？　子どもを作れるかしら。だがまもなくして、メイブにとって衝撃的な事実が明らかになる。二人にはすでに赤ん坊がいた。夫はそれを、ひた隠しにしていたのだ！〔2006〕

◇ドクターと悪女　キャサリン・スペンサー作，高杉啓子訳　ハーパーコリンズ・ジャパン　2024.8　156p　17cm　（ハーレクイン・ロマンス R3898—伝説の名作選）〈ハーレクイン 2004年刊の再刊　原書名：THE DOCTOR'S SECRET CHILD〉673円　①978-4-596-96136-5　〔2007〕

◇春を待ちながら　キャサリン・スペンサー著，苅谷京子訳　ハーパーコリンズ・ジャパン　2022.4　206p　15cm　（ハーレクイン文庫 HQB-1115）〈ハーレクイン 2005年刊の再刊　原書名：CONSTANTINO'S PREGNANT BRIDE〉627円　①978-4-596-33323-0

＊イタリア人実業家ベネディクト・コンスタンティーノに、カサンドラは出会ったその瞬間から心奪われた。あるパーティの夜、二人は結ばれ、カサンドラは妊娠。ベネディクトにプロポーズされ、イエスと答えた。夢心地で。だが、ベネディクトのイタリアの豪邸には彼の母親がおり、カサンドラはあからさまな敵意を向けられた。そしてある日、あろうことか身重の若妻は、階段から突き落とされたのだ！　愛する夫に、義母から危害を加えられたとは絶対に言えない。結婚は間違いだったの？　カサンドラは涙ながらに家を出た。〔2008〕

◇非情なプロポーズ　キャサリン・スペンサー著，春野ひろこ訳　ハーパーコリンズ・ジャパン　2023.10　201p　15cm　（ハーレクイン文庫 HQB-1203—珠玉の名作本棚）〈ハーレクイン 2005年刊の再刊　原書名：THE ITALIAN'S SECRET CHILD〉627円　①978-4-596-52568-0

＊ステファニーは休暇でイタリアの避暑地を訪れたとき、別荘の庭を散歩中、思いもよらぬ人物と再会した。片時も忘れたことのない元恋人、マテオ・デ・ルーカ。10年前の夏、19歳の彼女はマテオに恋して純潔を捧げたが、ほどなく彼に飽きられ、一方的に捨てられたのだった…。「ママ？」そのときふと、庭に息子が出てきて彼女を呼んだ。ステファニーは慌ててマテオにいとまを告げ、心に思った。家族さえ知らない秘密を、彼に明かすわけにはいかない—最愛の息子の父親が、マテオだということは！〔2009〕

◇未来なき情熱　キャサリン・スペンサー作，森島小百合訳　ハーパーコリンズ・ジャパン　2023.11　156p　17cm　（ハーレクイン・ロマンス R3828—伝説の名作選）〈ハーレクイン 2010年刊の再刊　原書名：THE GREEK MILLIONAIRE'S SECRET CHILD〉664円　①978-4-596-52788-2

＊旅先で負傷したギリシアの裕福な老人に気に入られ、看護師のエミリーは彼の屋敷に住みこんで世話をすることになった。老人の息子ニコは罪深いほど魅力にあふれた男性だが、父親とはいつも角突き合わせていて、優しさが感じられない。エミリーに対しても、父の財産を狙う悪女だと疑っている様子で、あまりにもひどい邪推に彼女は怒りを抑えきれなかった。ところが落雷による停電で屋敷が真っ暗になったとき、ふと触れ合った二人はいつしか唇を重ねていた。エミリーはニコのとりこになり、身を捧げて妊娠してしまった。彼の父から、息子は女性をおもちゃにする男だと言われていたのに。〔2010〕

スマート, ミシェル　Smart, Michelle

◇王子と土曜日だけの日陰妻　ミシェル・スマート作，柚野木菫訳　ハーパーコリンズ・ジャパン　2023.10　156p　17cm　（ハーレクイン・ロマンス R3817）〈原書名：RULES OF THEIR ROYAL WEDDING NIGHT〉664円　①978-4-596-52588-8　〔2011〕

◇修道院育ちの無垢な花嫁　ミシェル・スマート作，西江璃子訳　ハーパーコリンズ・ジャパン　2022.3　156p　17cm　（ハーレクイン・ロマン

ス R3663―純潔のシンデレラ）〈原書名：A BABY TO BIND HIS INNOCENT〉664円　①978-4-596-31762-9
＊クラウディアは3歳で母を亡くし、16歳まで修道院で育った。21歳で過保護な父から逃れ、一人暮らしを始めた矢先、チーロ・トラパニと名乗る長身のセクシーな富豪が訪ねてきた。以前この家に住んでいたというチーロとはなぜか話がはずんだ。クラウディアは彼の虜になり、2カ月後、二人は結婚した。だが幸せな日々はあっけなく消え去る。彼がプロポーズしたのは私を愛しているからではなかった…。クラウディアは孤独と絶望のなか、家を出た。妊娠に気づいたのはその直後で―。〔2012〕

◇シンデレラを買った富豪　ミシェル・スマート作，仁嶋いずる訳　ハーパーコリンズ・ジャパン　2022.4　156p　17cm　（ハーレクイン・ロマンス R3671―純潔のシンデレラ）〈原書名：THE BILLIONAIRE'S CINDERELLA CONTRACT〉664円　①978-4-596-31959-3
＊ミアは仕事の依頼があると言われ、指示された店へ行った。現れたのは見たこともないほど魅力的な億万長者ダミアンだった。彼は安っぽいバッグを抱えたミアを座らせ、いきなり切り出した。「ぼくの恋人として、家族の家へいっしょに行ってほしい」報酬はわたしの年収の10倍？　本気なのかしら？　けれど同じ部屋に泊まり、同じベッドを使うと聞くと、男性経験のないミアにはとてもできるとは思えなかった。どうしてダミアンは初対面のわたしに恋人のふりをしてもらうのか？「ほかの誰かじゃない、きみがほしい」と情熱的な目で。―ヒロインに"恋人"という仕事を依頼するヒーロー。人目に触れるようにおしゃれしてデートしたり、彼の家に泊まったりするうち、ヒロインは偽りの恋に夢中になってしまい。週末が終われば、魔法が解けたシンデレラみたいに貧しい自分に戻ると知りつつも。〔2013〕

◇スペイン富豪と傷心の乙女　ミシェル・スマート作，湯川杏奈訳　ハーパーコリンズ・ジャパン　2022.10　156p　17cm　（ハーレクイン・ロマンス R3721―純潔のシンデレラ）〈原書名：THE FORBIDDEN INNOCENT'S BODYGUARD〉664円　①978-4-596-74894-2
＊18歳のエルサはある夜、幼い頃から兄のように慕ってきた、サンティの家のベッドに潜り込んで彼を待った。黒い瞳のハンサムな彼への恋心を抑えきれずに。だが冷たく拒絶され、傷心を抱えて進学先のウィーンへ。5年後、ウィーンで働き始めた彼女の前にサンティが現れる。190センチ近い長身。エルサの腿ほどもある二の腕。今や巨万の富をもつ富豪となった彼は、ある犯罪集団から彼女を守りに来たという。よりによって、なぜサンティが？「僕についてこい。二人になるまで質問はなしだ」〔2014〕

◇花嫁は偽りの愛を捨てられない　ミシェル・スマート作，久保奈緒実訳　ハーパーコリンズ・ジャパン　2024.2　156p　17cm　（ハーレクイン・ロマンス R3850―純潔のシンデレラ）〈原書名：INNOCENT'S WEDDING DAY WITH THE ITALIAN〉673円　①978-4-596-53385-2
＊教師のレベッカはイタリアでいちばんの独身富豪エンツォに出会った日から熱烈に迫られ、薔薇色の日々を送っていた。しかしフィレンツェの大聖堂で結婚式をあげる直前、エンツォの本当の目的が彼女の祖父の遺産にあったのを知る。いいえ、あのやさしくて完璧な紳士の彼が私をだますわけがない。私はこの日のためにイギリスの生活を引き払い、仕事も辞めたのだ。レベッカはウエディングドレス姿で泣きながら本当なのかときいた。だが、彼は「君への気持ちに嘘はなかった」と繰り返すばかり。しかもすべてを知られたあとも、レベッカを手放そうとはせず…。〔2015〕

◇富豪は天使しか望まない　ミシェル・スマート作，岬一花訳　ハーパーコリンズ・ジャパン　2022.7　156p　17cm　（ハーレクイン・ロマンス R3698）〈原書名：THE COST OF CLAIMING HIS HEIR〉664円　①978-4-596-70808-3
＊ドッグシッターのベッキーは、仕事を辞める決心をした。理由は雇ってくれたエミリアーノへかなわぬ恋をしていたからだ。誰もが憧れるプレイボーイの彼は、誰とも真剣につき合わない。しかしある夜、真っ青な顔で現れたエミリアーノを慰めるうち、ベッキーは彼に求められるまま一夜をともにしてしまう。彼女は空でも飛べる気分だったが、エミリアーノは違った。バージンだったことを責められ、幸せな瞬間はだいなしになった。その後妊娠したベッキーは、エミリアーノからプロポーズされた。ただし、彼が口にするのは「義務」や「責任」ばかりで…。〔2016〕

◇ベールの奥の一夜の証　ミシェル・スマート作，久保奈緒実訳　ハーパーコリンズ・ジャパン　2023.8　156p　17cm　（ハーレクイン・ロマンス R3801―純潔のシンデレラ）〈原書名：PREGNANT INNOCENT BEHIND THE VEIL〉664円　①978-4-596-52108-8
＊私は愛された花嫁じゃない。こんなにみじめな結婚式がある？　結婚行進曲はなし、写真撮影もなし、ドレスも理想とはほど遠い。切なさと悲しみの中、アレッシアはベールの奥から花婿を見つめた。すべては月の美しい夜、私が謎めいた億万長者ガブリエルを白馬の王子と信じ、純潔を捧げたことから始まった。冷たい目すら魅力的な彼が"花嫁"を欲しいのは間違いない。でも、決して相手が"私"だから欲しいわけじゃない。ガブリエルが手に入れたいのは私のおなかに宿った赤ちゃんだ。こんなに胸が苦しい理由ならひとつ。私が夫となる男性に愛されたいと願っているせい…。〔2017〕

◇無垢のまま母になった乙女　ミシェル・スマート作，雪美月志音訳　ハーパーコリンズ・ジャパン　2024.10　156p　17cm　（ハーレクイン・ロマンス R3914―純潔のシンデレラ）〈原書名：CINDERELLA'S ONE-NIGHT BABY〉673円　①978-4-596-71385-8
＊ガブリエルは仕事で知り合った実業家アンドレス

から、宮殿で催される女王の誕生日パーティーへの同伴を頼み込まれ、戸惑いつつ承諾した。幼い息子とつましく暮らすシングルマザーが人生で一度だけシンデレラになってもいいでしょう？　きらびやかなパーティーのあと、ガブリエルは彼に誘われるまま、一夜限りのベッドで情熱に身を焦がした。だが翌朝、夢から覚めた彼女は早々に逃げだす——私が処女だったことに、気づかれていませんように。やがて彼女の妊娠が判明。アンドレスは認めるも、一方で厳しく問うた。「きみの息子の母親は、本当は誰なんだ？」　　　　　　　　〔2018〕

◇忘れ形見と愛の奇跡　ミシェル・スマート作，湯川杏奈訳　ハーパーコリンズ・ジャパン　2023.3　156p　17cm　（ハーレクイン・ロマンス R3757）〈原書名：THE SECRET BEHIND THE GREEK'S RETURN〉664円　①978-4-596-76669-4
　＊富豪ニコスは敵を欺くべく自らの死を装って1年半を過ごした後、スペインにやってきた。そこで待ち続けていた驚愕の事実とは、かつて交際していた女性マリサが彼の息子を産んでいたこと。僕の跡継ぎとなるあの子は絶対誰にも渡すものか！　純潔と情熱を捧げた男性ニコスが突然目の前に現れ、マリサは激しい衝撃を受けた。彼は生きていたなんて！　安堵と歓喜もつかの間、マリサはニコスの言動から思い知る。彼が必要としているのは私ではなく、私の産んだ子供…。　　　　　〔2019〕

スミス，アリ　Smith, Ali

◇五月その他の短篇　アリ・スミス著，岸本佐知子訳　河出書房新社　2023.3　206p　20cm〈原書名：THE WHOLE STORY AND OTHER STORIES〉2000円　①978-4-309-20877-0
　内容　普遍的な物語　ゴシック　生きるということ　五月　浸食　天国　ブックログ　信じてほしい　スコットランドのラブソング　ショートリストの季節　物語の温度　始まりにもどる
　＊近所の木に身も世もなく恋をする「五月」、地下鉄駅構内で死神とすれちがう「生きるということ」、他人に見えないバグパイプの楽隊につきまとわれる「スコットランドのラブソング」、恋人がベッドの中で唐突に浮気を告白する「信じてほしい」、クリスマスイブの夜、三人の酔っぱらい女が教会のミサに乱入する「物語の温度」。重層的な物語に身をゆだね、言葉の戯れを愉しむうちに、思いがけない場所に到達する12の短篇集。　　　〔2020〕

◇夏　アリ・スミス著，木原善彦訳　新潮社　2022.6　398p　20cm　（CREST BOOKS）〈原書名：SUMMER〉2500円　①978-4-10-590181-3
　＊イギリス南部ブライトンに暮らす少女サシャは、環境破壊や貧困問題に憤慨しながら、問題行動を繰り返す弟ロバートに日々手を焼いている。サシャはある日、母の形見の丸い石を返す旅の途中というアートと、一緒にブログを書いているシャーロットに出会った。二人は姉弟の母グレースと意気投合し、ロバートはシャーロットに一目ぼれ。家族三人はアートたちの旅に同行することになった。一方、石の元の持ち主で百歳を超える老人ダニエルは、ベッドで夢を見ている。戦時中、ドイツ系ユダヤ人として敵性外国人と見なされ収容所に入れられた記憶、そしてフランスで行方を絶った妹のこと——EU離脱による分断を描くことから始まった四部作の、パンデミック下で書かれた最終巻。　〔2021〕

◇春　アリ・スミス著，木原善彦訳　新潮社　2022.3　331p　20cm　（CREST BOOKS）〈原書名：SPRING〉2300円　①978-4-10-590180-6
　＊かつては記憶に残るテレビ映画を多く作ってきた演出家リチャードは、長年の相棒だった女性脚本家パディーを病で亡くした絶望から、ある日打ち合わせをすっぽかし北へ向かう列車に乗った。一方、移民収容施設で働くブリタニーは、収容者の処遇を恋人に批判されながらも仕事をやめられない。その彼女の前に、収容所長に直談判し収容者用トイレの清掃を実現したと噂の少女フローレンスが現れた。北へ向かうというフローレンスを追い列車に乗るブリタニー。二人はスコットランドの片田舎でリチャードと出会い、フローレンスと知っているらしい地元女性の車に乗る。偶然から始まった旅は四人をどこへ導くのか。EU離脱で混迷が深まるイギリスを描く「四季四部作」の春篇。〔2022〕

スミス，イーヴリン・E.　Smith, Evelyn E.

◇ユーモア・スケッチ大全 [4] すべてはイブからはじまった　ミクロの傑作圏　浅倉久志編・訳　国書刊行会　2022.3　376p　19cm〈「すべてはイブからはじまった」（早川書房 1991年刊）と「ミクロの傑作圏」（文源庫 2004年刊）の改題、合本〉2000円　①978-4-336-07311-2
　内容　ゲルダ（イーヴリン・E.スミス著）
　＊笑いの大博覧会、完結！　名翻訳家浅倉久志のライフワークである"ユーモア・スケッチ"ものを全4巻に集大成。最終巻は傑作展姉妹篇『すべてはイブからはじまった』とオンデマンドのみの刊行だった『ミクロの傑作圏』をカップリング。　〔2023〕

スミス，カレン・ローズ　Smith, Karen Rose

◇大富豪の望み　カレン・ローズ・スミス作，睦月愛訳　ハーパーコリンズ・ジャパン　2022.8　220p　17cm　（ハーレクイン・ロマンス R3708—伝説の名作選）〈ハーレクイン 2004年刊の再刊　原書名：EXPECTING THE CEO'S BABY〉691円　①978-4-596-74619-1
　＊ジェナは人工授精で、亡くなった夫の子どもを身ごもった。ところがその半年後、病院から驚くべき事実を知らされる。担当者のミスで、ほかの男性の精子と取り違えたというのだ。しかもその男性は有名な大富豪、ブレイク・ウィンストンだった。彼は跡継ぎとなる赤ん坊が生まれたら当然引き取ると主張したが、ジェナは日に日に育っていく小さな命を手放す気はなかった。亡夫の子ではないけれど、愛しい我が子に違いないわ。そんなジェナをブレイクは豪奢な屋敷へ招待すると、

驚くべき提案を切りだした—結婚して一緒に育てないか、と。愛はなくても、この子を守れるなら…。ジェナは心を決めた。　　　　　〔2024〕

スミス, クラーク・アシュトン　Smith, Clark Ashton

◇新編怪奇幻想の文学　4　黒魔術　紀田順一郎, 荒俣宏監修, 牧原勝志編　新紀元社　2023.9　477p　20cm〈他言語標題：Tales of Horror and Supernatural〉2500円　①978-4-7753-2042-6

内容 魔術師の復活（クラーク・アシュトン・スミス著, 植草昌実訳）　　　　　〔2025〕

スミス, リー

◇母娘短編小説集　フラナリー・オコナー, ボビー・アン・メイスンほか著, 利根川真紀編訳　平凡社　2024.4　349p　16cm　（平凡社ライブラリー 964）〈文献あり　原書名：SHILOH Mamaほか〉1800円　①978-4-582-76964-7

内容 ダーシー夫人と青い眼の見知らぬ男（リー・スミス著, 利根川真紀訳）

＊すべての女性は母の娘である。出産・育児・恋愛・結婚・離婚・父の不在・反発・世代の差・虐待・差別・介護・老い・希望—時を超え、世代を超えて繰り広げられる「母の娘」と「娘の母」の物語。十九世紀末から二十世紀末、アメリカの女性作家によって書かれた傑作九篇。　　　　　〔2026〕

スミス, H.アレン　Smith, Harry Allen

◇ユーモア・スケッチ大全　〔2〕　ユーモア・スケッチ傑作展　2　浅倉久志編・訳　国書刊行会　2022.1　372p　19cm〈『ユーモア・スケッチ傑作展 2』（早川書房 1980年刊）の改題, 増補〉2000円　①978-4-336-07309-9

内容 J・D・サリンジャーとは何者？（H.アレン・スミス著）

＊名翻訳家のライフワークである「ユーモア・スケッチ」ものを全4巻に集大成。第2弾は『ユーモア・スケッチ傑作展2』（全32篇）+ 単行本未収録作品12篇。　　　　　〔2027〕

◇ユーモア・スケッチ大全　〔3〕　ユーモア・スケッチ傑作展　3　浅倉久志編・訳　国書刊行会　2022.2　374p　19cm〈『ユーモア・スケッチ傑作展 3』（早川書房 1983年刊）の改題, 増補〉2000円　①978-4-336-07310-5

内容 ベッドの虹　マンハッタン降霊会始末　フェトリッジの法則（H.アレン・スミス著）　　　　　〔2028〕

◇ユーモア・スケッチ大全　〔4〕　すべてはイブからはじまった　ミクロの傑作圏　浅倉久志編・訳　国書刊行会　2022.3　376p　19cm〈「すべてはイブからはじまった」（早川書房 1991年刊）と「ミクロの傑作圏」（文源庫 2004年刊）の改題, 合本〉2000円　①978-4-336-07311-2

内容 エイヴァリー、ウサギを撃つ（H.アレン・スミス著）

＊笑いの大博覧会、完結！ 名翻訳家浅倉久志のライフワークである"ユーモア・スケッチ"ものを全4巻に集大成。最終巻は傑作展姉妹篇『すべてはイブからはじまった』とオンデマンドのみの刊行だった『ミクロの傑作圏』をカップリング。　〔2029〕

スミト, ショハム

◇砂漠の林檎—イスラエル短編傑作選　サヴィヨン・リーブレヒト, ウーリー・オルレブほか著, 母袋夏生編訳　河出書房新社　2023.8　258p　20cm　2900円　①978-4-309-20890-9

内容 皇帝ハドリアヌスと苗を植える老人（ショハム・スミト再話, 母袋夏生訳）

＊迷宮のような路地で見つけた写真集、不死の老人、ショアの記憶、聖書物語など、イスラエル文学紹介の第一人者による日本語版オリジナル・アンソロジー。ウーリー・オルレブ（国際アンデルセン賞受賞）、シャイ・アグノン（ノーベル文学賞受賞）など、世界が高く評価する作家の傑作を精選。　〔2030〕

スミルノフ, カーリン　Smirnoff, Karin

◇ミレニアム　7〔上〕　鉤爪に捕らわれた女　上　カーリン・スミルノフ著, 山田文, 久山葉子訳　早川書房　2024.4　275p　19cm〈他言語標題：MILLENNIUM　原書名：HAVSÖRNENS SKRIK〉1800円　①978-4-15-210320-8

＊雑誌『ミレニアム』は紙の雑誌としての発行を終え、ポッドキャストに移行することになった。意気消沈したミカエルは、娘ペニラの結婚式に出席するためスウェーデン北部の町ガスカスに向かう。しかし、のどかな田舎町をイメージしていた彼は、列車のなかで奇妙な噂を聞く。ガスカスでは、行方不明になる住民が多いというのだ—。到着した町は、風力発電所の建設をめぐり開発側と土地所有者が激しく対立していた。そのころ、リスベットも同じ町にいた。ガスカスに住む姪の母親が失踪し、姪の身元保証人に指定されていた彼女が呼び出されたのだ。リスベットは、初対面の13歳の姪スヴァラの聡明さに感嘆すると同時に、その周囲にスヴァーヴェルシェー・オートバイクラブの影を感じ取って慄然とする。　〔2031〕

◇ミレニアム　7〔下〕　鉤爪に捕らわれた女　下　カーリン・スミルノフ著, 山田文, 久山葉子訳　早川書房　2024.4　276p　19cm〈他言語標題：MILLENNIUM　原書名：HAVSÖRNENS SKRIK〉1800円　①978-4-15-210321-5

＊天然資源に満ちた自然豊かなスウェーデン北部。建設予定の風力発電所の利権を我がものにしようと画策するマルクス・ブランコは、ガスカス町長ヘンリィ・サロの秘密をつかんで脅迫する。ミカエルもまた、義理の息子となるサロにどこか後ろ暗い面があると感じていた。彼はさりげなく調査を始める。リスベットは、13歳の姪スヴァラと徐々に距離を縮めていく。しかし、スヴァラは何者かに狙われているようだ。失踪した母親が組織犯罪に関係していたことが理由なのだろうか？ リスベットは母親を探し出すと決意するが…。そし

スモルウツ

て、ベニラとサロの結婚式の日、町で蠢いていた陰謀が凄惨な暴力となって噴出する―。人気シリーズ再始動！ ページを繰る手が止まらないスリルに満ちた展開。あの二人が帰ってきた！〔2032〕

スモールウッド, クリスティン　Smallwood, Christine

◇精神の生活　クリスティン・スモールウッド著, 佐藤直子訳　福岡　書肆侃侃房　2023.8　277p　19cm〈原書名：THE LIFE OF THE MIND〉2100円　①978-4-86385-587-8

＊不安定な地位にある大学非常勤講師のドロシーは、図書館のトイレで出血を確認する。流産したことを親友にも母親にも打ち明けることはできない。大学で講義し、セラピーに通い、産婦人科を訪れるが、どこにいても何をしていても世界から認めてもらえない気がしてしまう。3月の終わりからの1ヶ月半、予測不能なキャリアのなかで、自分の身体に起きた「流産」という不可解な出来事と知性によってなんとか折り合いをつけていく。〔2033〕

スモレット, トバイアス

◇ハンフリー・クリンカー　トバイアス・スモレット著, 根岸彰訳　鳥影社　2024.12　558p　20cm　2800円　①978-4-86782-107-7

＊鋭い社会批評とユーモアが織りなす、紀行小説の傑作。18世紀のイギリス社会を活き活きと描き、人間の運命の「劇的な展開」をテーマにした書簡体の作品。画期的新訳ついに完成！〔2034〕

スラデック, ジョン　Sladek, John Thomas

◇チク・タク・チク・タク・チク・タク・チク・タク・チク・タク・チク・タク・チク・タク・チク・タク　ジョン・スラデック著, 鯨井久志訳　竹書房　2023.9　262p　15cm（竹書房文庫 す9-1）〈原書名：TIK-TOK〉1350円　①978-4-8019-3667-6

＊もはやロボットを使うことは当たりまえになった。家事から医療、さらにロボットの製造すべての分野でロボットが使役されている。人間の安全のためにロボットたちにはロボット三原則を遵守させる「アシモフ回路」が組み込まれていた。だが、ペンキ塗りをしていたチク・タクには何も入っていなかった。ペンキ塗りをしていたチク・タクは少女を殺し、その血で壁に絵を描く。おかしなことにその壁画が美術評論家に評価され、チク・タクは芸術家として世の注目を集める。使役から解放され金を手に入れたチク・タクは、人間への "実験"（殺人、強盗、扇動などなど）を開始する―。奇才スラデックによる英国SF協会賞受賞作のロボット・ピカレスク。〔2035〕

スーリ, J.　Soori, J.

◇セマンティックエラー　Vol.1　J.Soori作, ハンナオ, 武石文子訳　すばる舎　2023.3　461p　19cm（プレアデスプレス）〈他言語標題：SEMANTIC ERROR〉1800円　①978-4-7991-1086-7

＊2進法の世界で生きるコンピュータ言語ネイティブの「チュ・サンウ」の日常に、同じ大学でグラフィックデザインを学ぶ感覚で生きる先輩「チャン・ジェヨン」がウイルスのように侵入してきた。サンウは人生を狂わすセマンティックエラー（文法的には正しくとも機能しないコンピュータ構文）を正すことができるのか…。2進法のサンウの視点と総天然色のジェヨンの視点が織りなす、コミカルラブコメディ。〔2036〕

◇セマンティックエラー　Vol.2　J.Soori作, ハンナオ, 武石文子訳　すばる舎　2023.12　421p　19cm（プレアデスプレス）〈他言語標題：SEMANTIC ERROR〉1800円　①978-4-7991-1180-2

＊まるで「ロボット掃除機」や「Siri」のような「チュ・サンウ」と人生そのものがカラフルで混沌を好む「チャン・ジェヨン」。交わるはずのない二人がゲーム制作を通じて、なぜかセックスパートナーに！ しかし、ジェヨンはじきに大学を卒業し米国に留学してしまう…。そもそもすれ違ってばかりの二人が、それぞれ選ぶ結末とは!?韓国発の大人気キャンパスラブコメ、ついに完結。5つの外伝と設定集も収録。〔2037〕

スリーマーン, ムハンマド

◇物語ることの反撃―パレスチナ・ガザ作品集　リファアト・アルアライール編, 藤井光訳, 岡真理監修・解説　河出書房新社　2024.11　264p　20cm〈原書名：GAZA WRITES BACK〉2720円　①978-4-309-20911-1

内容　戦争のある一日（ムハンマド・スリーマーン著, 藤井光訳）

＊「わたしが死なねばならないとしても、きみは生きねばならない」。奪われる家に爆弾を仕掛ける父、木を恐れる子ども、密輸トンネルに閉じ込められた男、瓦礫の下からの独白…。空爆の標的となって殺された詩人が極限の状況下で編み遺した、ガザ・ライツ・バック。作家たちの記憶をつなぐ抵抗の物語集。〔2038〕

スルジーチェリ

◇雑話集―ロシア短編集　5　ロシア文学翻訳グループクーチカ編集　[枚方]　ロシア文学翻訳グループクーチカ　2024.6　180p　19cm〈他言語標題：Пёстрые рассказы〉

内容　かもめ（スルジーチェリ著, 尾家順子訳）〔2039〕

スルマ, ニンゴンバム

◇そして私たちの物語は世界の物語の一部となる―インド北東部女性作家アンソロジー　ウルワシ・ブタリア編, 中村唯日本語版監修　国書刊行会　2023.5　286p　20cm〈原書名：THE MANY THAT I AMの抄訳　THE INHERITANCE OF WORDSの抄訳ほか〉2400円　①978-4-336-07441-6

[内容] 敗北(ニンゴンバム・スルマ著,中野眞由美訳)
＊バングラデシュ、ブータン、中国、ミャンマーに囲まれ、さまざまな文化や慣習が隣り合うヒマラヤの辺境。きわ立ってユニークなインド北東部から届いた、むかし霊たちが存在した頃のように語られる現代の寓話。女性たちが、物語の力をともにし、自分たちの物語を語りはじめる。 〔2040〕

スレーデン, サイモン　Sladen, Simon

◇アリス—へんてこりん、へんてこりんな世界—　ケイト・ベイリー, サイモン・スレーデン編集, 高山宏翻訳監修, 富原まさ江訳　玄光社　2022.7　224p　31cm〈文献あり　索引あり　原書名：Alice Curiouser and Curiouser〉3100円
①978-4-7683-1619-1
[内容] アリスを演じる(サイモン・スレーデン)
〔2041〕

スロウカム, ブレンダン　Slocumb, Brendan

◇バイオリン狂騒曲　ブレンダン・スロウカム著, 東野さやか訳　集英社　2023.7　527p　16cm（集英社文庫　ス13-1）〈原書名：THE VIOLIN CONSPIRACY〉1450円　①978-4-08-760785-7
＊国際コンクール目前。黒人バイオリニスト、レイの楽器が突然ホテルから消えた。残されたのは1枚の脅迫状。盗まれたのは、かの名器ストラディヴァリウスだった—差別と偏見に耐えようやく掴んだ大舞台への切符。バイオリンを狙う思惑と計略が渦巻く中レイは決勝の舞台に立つことができるのか!?そして明らかとなるバイオリンに隠された衝撃の秘密とは!?手に汗握る、青春音楽ミステリー。 〔2042〕

スローター, カリン　Slaughter, Karin

◇偽りの眼　上　カリン・スローター著, 鈴木美朋訳　ハーパーコリンズ・ジャパン　2022.6　405p　15cm（ハーパーBOOKS M・S2・20）〈原書名：FALSE WITNESS〉909円
①978-4-596-70826-7
＊2021年アトランタ。大手法律事務所に勤める弁護士リーは、大企業の御曹司による陰惨なレイプ事件の担当を突如命じられる。残忍な犯行を裏付ける複数の証拠が揃い、類似事件の犯行も疑われるなか、男は無罪を主張していた。しかし大事な公判直前になって、なぜ自分を指名したのか？ 依頼人に面会したリーは衝撃とともに悟る。23年前、完璧に葬ったはずの過去が報復に訪れたのだ—。 〔2043〕

◇偽りの眼　下　カリン・スローター著, 鈴木美朋訳　ハーパーコリンズ・ジャパン　2022.6　357p　15cm（ハーパーBOOKS M・S2・21）〈原書名：FALSE WITNESS〉891円
①978-4-596-70828-1
＊23年前の秘密を男はなぜ知っているのか—。あの日を境にリーはゆっくり壊れていった。妹のキャリーは薬物依存を繰り返し、苦学して弁護士になったリーもまた問題を抱えている。そして今、非道なレイプを繰り返す男を弁護し、被害女性を貶めて無罪を勝ち取らなければ、全てを失うことになる。追いつめられたリーのもとに、新たな女性が襲われ、猟奇的な手口で殺されたという一報が届き—。 〔2044〕

◇暗闇のサラ　カリン・スローター著, 鈴木美朋訳　ハーパーコリンズ・ジャパン　2023.12　695p　15cm（ハーパーBOOKS M・S2・24）〈原書名：AFTER THAT NIGHT〉1345円　①978-4-596-53199-5
＊19歳の医学生がERに搬送され亡くなった。当直医サラは、生々しい暴行の跡が残る彼女から最期の言葉を託される。あいつを止めて、と。やがて起訴された男子学生の母親は、偶然にも研修医時代のサラの同僚で、裁判後の動揺の中で妙なことを口走った。今回の件は15年前のサラの事件につながっていると。サラの恋人で捜査官のウィルが捜査を開始するなか、再び大学生が失踪し—。シリーズ最高峰！ 〔2045〕

◇報いのウィル　カリン・スローター著, 田辺千幸訳　ハーパーコリンズ・ジャパン　2024.12　746p　15cm（ハーパーBOOKS）〈原書名：THIS IS WHY WE LIED〉1491円　①978-4-596-72006-1
＊隔絶された山奥の高級ロッジを妻と旅行で訪れた捜査官ウィル。インターネットも携帯電話もつながらないその場所で、ウィルはめった刺しにされた血塗れの女性を発見する。被害者は代々ロッジを経営する一族の娘マーシー。犯人はここに暮らす彼女の家族と4組の宿泊客の中にいるに違いない。だが、マーシーは家族各々と揉めていたうえ、宿泊客の素性も怪しい。誰もが嘘をつくなか、ウィルは真相を追うが…。 〔2046〕

◇忘れられた少女　上　カリン・スローター著, 田辺千幸訳　ハーパーコリンズ・ジャパン　2023.1　365p　15cm（ハーパーBOOKS M・S2・22）〈原書名：GIRL, FORGOTTEN〉891円　①978-4-596-75988-7
＊連邦保安局の新米保安官補アンドレア・オリヴァーは、最初の任務として、殺害を予告する脅迫状を受け取った判事の身辺警護を命じられる。その判事は、38年前に18歳の娘エミリーを殺害されていた。誰もが一目置く人気者で優等生だった少女は、プロムの翌朝、裸をさらした無惨な姿でゴミ置き場で発見されたのだ。そして迷宮入りした事件の真相を突き止めることが、アンドレアのもうひとつの任務だった—。 〔2047〕

◇忘れられた少女　下　カリン・スローター著, 田辺千幸訳　ハーパーコリンズ・ジャパン　2023.1　330p　15cm（ハーパーBOOKS M・S2・23）〈原書名：GIRL, FORGOTTEN〉891円　①978-4-596-75990-0
＊脅迫事件を追うアンドレアは、ベテラン保安官補のパートナーとともに捜査を始め、自殺が相次ぐという不審な農場に目を留める。その矢先、自殺した女性の遺体が新たに発見され、駆けつけた噂

の"農場"には、奇妙なことに、痩せ細った女性たちと、かつてエミリー殺害事件の容疑者だったふたりの男の姿があった―。過去と現在、ふたつの悲劇の背後に隠された恐ろしい秘密とは!?『彼女のかけら』関連作! 〔2048〕

スワイ, リメン

◇現代カンボジア短編集 2 岡田知子編訳, 調邦行訳 大阪 大同生命国際文化基金 2023.11 251p 20cm (アジアの現代文芸 カンボジア 4)

内容 ショートヘアの女性の物語(スワイ・リメン) 〔2049〕

スワンソン, ピーター Swanson, Peter

◇アリスが語らないことは ピーター・スワンソン著, 務台夏子訳 東京創元社 2022.1 430p 15cm (創元推理文庫 Mス16-3) 〈原書名:ALL THE BEAUTIFUL LIES〉1100円 ①978-4-488-17307-4

＊大学生のハリーは、父親の事故死を知らされる。急ぎ実家に戻ると、傷心の美しい継母アリスが待っていた。刑事によれば、海辺の遊歩道から転落する前、父親は頭を殴られていたという。しかしアリスは事件について話したがらず、ハリーは疑いを抱く。―これは悲劇か、巧妙な殺人か？ 過去と現在を行き来する物語は、ある場面で予想をはるかに超えた展開に！ 圧巻のサスペンス。 〔2050〕

◇だからダスティンは死んだ ピーター・スワンソン著, 務台夏子訳 東京創元社 2023.1 446p 15cm (創元推理文庫 Mス16-4) 〈原書名:BEFORE SHE KNEW HIM〉1100円 ①978-4-488-17308-1

＊ボストン郊外に越してきたヘンと夫のロイドは、隣の夫婦マシューとマイラの家に招待された。マシューの書斎に入ったとき、ヘンは二年半前に起きた殺人事件で、犯人が被害者宅から持ち去ったとされる置き物を目にする。マシューは殺人犯にちがいない。そう思ったヘンは彼について調べ、跡をつけるが。複数視点で進む物語は読者を幻惑し、衝撃の結末へなだれ込む。超絶サスペンス！ 〔2051〕

◇時計仕掛けの恋人 ピーター・スワンソン著, 棚橋志行訳 ハーパーコリンズ・ジャパン 2022.8 399p 15cm (ハーパーBOOKS M・Sス6・1) 〈ヴィレッジブックス 2014年刊の一部修正, 再版 原書名:THE GIRL WITH A CLOCK FOR A HEART〉900円 ①978-4-596-74728-0

＊出版社に勤める中年男性ジョージは会社帰りの金曜日、バーで魅惑的な女に目を奪われる。それは学生時代に"死んだ"はずの恋人リアナだった。「ある男に狙われていて助けてほしい」―関わるべきでないと知りながらジョージは否応なくリアナの言葉に引き込まれてゆくが、やがて周囲で殺人事件が起き、自らが容疑者としてとんでもない悪夢の渦中にいると気づく…先読み不能の極上ミステリー！ 〔2052〕

◇8つの完璧な殺人 ピーター・スワンソン著, 務台夏子訳 東京創元社 2023.8 403p 15cm (創元推理文庫 Mス16-5) 〈原書名:EIGHT PERFECT MURDERS〉1100円 ①978-4-488-17309-8

＊ミステリー専門書店の店主マルコムのもとに、FBI捜査官が訪れる。マルコムは以前、"完璧な殺人"が登場する犯罪小説8作を選んで、ブログのリストを掲載していた。ミルン『赤い館の秘密』、クリスティ『ABC殺人事件』、ハイスミス『見知らぬ乗客』…。捜査官によれば、それら8つの作品の手口に似た殺人事件が続いているというが…。ミステリーを心から愛する著者が贈る傑作！ 〔2053〕

スンゴン, レキ

◇そして私たちの物語は世界の物語の一部となる―インド北東部女性作家アンソロジー ウルワシ・ブタリア編, 中村唯日本語版監修 国書刊行会 2023.5 286p 20cm 〈原書名:THE MANY THAT I AMの抄訳 THE INHERITANCE OF WORDSの抄訳ほか〉2400円 ①978-4-336-07441-6

内容 消えた炎(レキ・スンゴン著, 安藤五月訳)

＊バングラデシュ、ブータン、中国、ミャンマーに囲まれ、さまざまな文化や慣習が隣り合うヒマラヤの辺境。きわ立ってユニークなインド北東部から届いた、むかし霊たちが存在した頃のように語られる現代の寓話。女性たちが、物語の力をとりもどし、自分たちの物語を語りはじめる。 〔2054〕

スーントーンヴァット, クリスティーナ Soontornvat, Christina

◇闇に願いを クリスティーナ・スーントーンヴァット著, こだまともこ, 辻村万実訳 静山社 2024.3 419p 20cm 〈原書名:A Wish in the Dark〉1800円 ①978-4-86389-753-3

＊刑務所の庭の巨大なマンゴーの木の下で、街の光を眺めている少年の名前はポン。彼は法律により、13歳になるその日まで、刑務所を出ることができません。何の罪をおかしたのでしょう？ いいえ、ただ「刑務所で生まれた」というだけで。ポンは、あの光の下には自由が待っていると信じていました。ところが、ポンは知ってしまったのです。13歳になってここを出たあとも、自分はけっして本当の自由を手にすることはないのだと。一方、刑務所長の"完ぺきな娘"ノックは、父の名誉を守るため、脱獄犯となったポンを追いかけます。ノックにとって、法を守ることは絶対であり、ポンは再びつかまって罰をうけ、一生を刑務所ですごすべきなのです。しかし外の世界は、ポンに、そしてノックに、思いもよらなかった真実をつきつけるのでした―。ニューベリー賞候補作となった感動のファンタジー！ 〔2055〕

【セ】

セイ, カイ　盛 可以
◇子宮　盛可以著，河村昌子訳　河出書房新社　2022.10　300p　20cm〈文献あり〉2800円　①978-4-309-20869-5
* 中国湖南省益陽の農村に生まれた初家の四世代の女たち、五人の姉妹。"生命最初の繁殖地"をめぐり翻弄され躍動する運命とは—。〔2056〕

セイ, レイ　靚 霊
◇走る赤—中国女性SF作家アンソロジー　武甜静，橋本輝幸編，大恵和実編訳　中央公論新社　2022.4　381p　20cm　2200円　①978-4-12-005523-2
内容　珞珈（靚霊著，山河多々訳）
* 中国で活躍する女性作家14人が放つ珠玉のSF短篇。〔2057〕

セイガー, ライリー　Sager, Riley
◇夜を生き延びろ　ライリー・セイガー著，鈴木恵訳　集英社　2023.3　439p　16cm（集英社文庫 セ3-2）〈原書名：SURVIVE THE NIGHT〉1300円　①978-4-08-760783-3
* 1991年、冬の深夜零時、人けのないダイナーの駐車場から発進する一台の車。助手席には、映画オタクの女子大学生チャーリーが座っている。ハンドルを握るのは正体不明の男。ふたりは知り合ってもいない。だが、チャーリーはすでに確信している。この男、二か月前に親友のマディを殺した連続殺人犯にちがいない、と—。アクセル全開で驚愕のラストへと突き進む、極上のノンストップ・サスペンス。〔2058〕

セイセイ　西西
◇華語文学の新しい風　劉慈欣，ワリス・ノカン，李娟他著，王徳威，高嘉謙，黄英哲，張錦忠，及川茜，濱田麻矢編，小笠原淳，津守陽他訳　白水社　2022.11　357p　20cm（サイノフォン 1）3200円　①978-4-560-09875-2
内容　浮都ものがたり（西西作，濱田麻矢訳）
* 近年注目を集めている華語文学の新たな流れを紹介するシリーズ"サイノフォン"の第1巻。香港の高層ビルからチベットの聖なる湖まで、シカゴのバーからマレーシアの原生林まで。小説、旅行記、詩、SFなど、多様なジャンルから世界を切り取る17篇。〔2059〕

セイバーヘーゲン, フレッド　Saberhagen, Frederick
◇星、はるか遠く—宇宙探査SF傑作選　フレッド・セイバーヘーゲン，キース・ローマー他著，中村融編　東京創元社　2023.12　460p　15cm（創元SF文庫 SFソ6-6）〈原書名：The Long Way Home　The Wind Peopleほか〉1200円　①978-4-488-71506-9
内容　故郷への長い道（フレッド・セイバーヘーゲン著，中村融訳）
* いつの日にか人類は、生まれ育った地球をあとにして、宇宙の深淵へと旅立ってゆく。そして彼らが目撃するものは—。SFは1世紀以上にわたって、そこに待ち受けるであろう、想像を超えた驚異をさまざまに物語ってきた。その精華たる9編を収録。舞台となるのは、太陽系外縁部の宇宙空間、人類が初めて出会う種属の惑星、あるいは文明の滅び去った世界。本邦初訳作2編を含む。〔2060〕

セイヤーズ, ドロシー・L.　Sayers, Dorothy Leigh
◇雲なす証言　ドロシー・L.セイヤーズ著，浅羽莢子訳　10版　東京創元社　2023.9　390p　15cm（創元推理文庫）〈原書：CLOUDS OF WITNESS〉1000円　①978-4-488-18303-5
* ピーター・ウィムジイ卿の兄ジェラルドが殺人容疑で逮捕された。しかも、被害者は妹メアリの婚約者だという。お家の大事にピーター卿は悲劇の舞台へと駆けつけたが、待っていたのは、家族の証言すら信じることができない雲を摑むような事件の状況だった…！　兄の無実を証明すべく東奔西走するピーター卿の名推理と、思いがけない冒険の数々。活気に満ちた物語が展開する第二長篇。〔2061〕

◇ストロング・ポイズン　ドロシー・L. セイヤーズ，大西寿明訳　幻戯書房　2022.10　378p　19cm（ルリユール叢書）〈年譜あり　原書名：Strong poison〉3600円　①978-4-86488-255-2
* アガサ・クリスティらと、1920〜30年代の"探偵小説の黄金期"を牽引した女性作家ドロシー・L. セイヤーズ—探偵らしさと男らしさの狭間で存在の不安に揺れ動く男性探偵の危うさに焦点を当てた、"ピーター・ウィムジイ卿"シリーズの重要な転換期となる奇妙な探偵小説。〔2062〕

ゼヴィン, ガブリエル　Zevin, Gabrielle
◇トゥモロー・アンド・トゥモロー・アンド・トゥモロー　ガブリエル・ゼヴィン著，池田真紀子訳　早川書房　2023.10　559p　19cm〈文献あり　原書名：TOMORROW, AND TOMORROW, AND TOMORROW〉2200円　①978-4-15-210273-7
* セイディはゲーム作りを学んでいるMITの学生。才能はあるものの、なかなか周囲からは理解されない。ボストンでのある寒い冬、セイディは幼馴染でハーヴァード大学に通っているサムに再会する。二人は昔、ロサンゼルスの病院の待合室で一緒に"スーパーマリオブラザーズ"をプレイした仲だった。セイディに、ゲーム制作の天賦の才を見出したサムは、一緒にゲームを作ろうと彼女を誘う。苦労の末、二人ではじめて完成させたゲーム"イチゴ"は瞬く間に成功を収め、二人は一躍ゲーム界の寵児となる。だが、自分の作りたいゲームを制作したいセイディと、商業面でのプロモーションに

長けたサムは、次第に溝を深め、すれ違いを重ねていき、二人の仲は雲行きが怪しくなっていく。そんな中、セイディとサムをある悲劇が襲うが…。ゲーム制作を通してつながった男女の30年近くにわたる友情の物語。英語圏100万部突破。〔2063〕

セオドラコプル, ケリー

◇ノヴァ・ヘラス―ギリシャSF傑作選　フランチェスカ・T・バルビニ, フランチェスコ・ヴァルソ編, 中村融他訳　竹書房　2023.4　271p　15cm（竹書房文庫　ば3-1）〈原書名：α2525（翻訳）NOVA HELLAS〉1360円　①978-4-8019-3280-7

内容　T2（ケリー・セオドラコプル著, ディミトラ・ニコライドウ, ヴァヤ・プセフタキ英訳, 佐田千織訳）

＊あなたは生活のために水没した都市に潜り働くひとびとを見る（「ローズウィード」）。風光明媚な島を訪れれば観光客を人造人間たちが歓迎しているだろう（「われらが仕える者」）。ひと休みしたいときはアバコス社の製剤をどうぞ（「アバコス」）。高き山の上に登れば原因不明の病を解明しようと奮闘する研究者たちがいる（「いにしえの疾病」）。輝きだした新たなる星たちがあなたの前に降臨する。あなたは物語のなかに迷い込んだときに感じるはずだ―。隆盛を見せるギリシャSFの第一歩を。〔2064〕

セクストン, マリー　Sexton, Marie

◇デザートにはストロベリィ　マリー・セクストン著, 一瀬麻利訳　新書館　2023.2　358p　16cm（モノクローム・ロマンス文庫　43―codaシリーズ）〈原書名：Strawberries for Dessert〉1400円　①978-4-403-56050-7

＊コールとの最初のデートは惨憺たるものだった。仕事に追われるジョナサンの携帯はその日ずっと鳴りっぱなしで、お互いの話もろくにできずに終わってしまった。派手なコールは正直タイプではなかったものの、電話すると二度目のチャンスに応じてくれた。忙しい合間をぬってデートを重ねる中、気まぐれで傲慢なコールの複雑で秘密めいた魅力に惹かれてゆくジョナサン。そんなある日、ジョナサンに以前から話題に出ていた異動の話が持ち上がり―。平凡な日常に飛びこんできた刺激的な恋。コーダシリーズ、第3弾!!〔2065〕

ゼーターラー, ローベルト　Seethaler, Robert

◇野原　ローベルト・ゼーターラー著, 浅井晶子訳　新潮社　2022.10　245p　20cm（CREST BOOKS）〈原書名：DAS FELD〉2000円　①978-4-10-590184-4

＊小さな町の墓所に眠る29人が語る、人生の一瞬の輝きと、失意の底にあっても損なわれない人間の尊厳。国際ブッカー賞候補作『ある一生』のオーストリアの作家が描く、魂の奥深くに触れる物語。〔2066〕

セッジマン, サム　Sedgman, Sam

◇列車探偵ハル　2　アメリカ横断列車の誘拐事件　M・G・レナード, サム・セッジマン著, 武富博子訳　早川書房　2022.7　409p　19cm（ハヤカワ・ジュニア・ミステリ）〈原書名：ADVENTURES ON TRAINS KIDNAP ON THE CALIFORNIA COMET〉1800円　①978-4-15-210152-5

＊12歳のハルは、旅行作家のおじさんとアメリカ横断列車に乗りこんだ。二泊三日の楽しい旅のはじまりだ。ところが、途中駅で、ハルの目の前で大富豪の娘マリアンがさらわれてしまった。犯人は、身代金を払わないとマリアンに危害をくわえるという。はやくしないとマリアンがあぶない！　終着駅につくまでにハルは事件を解決できるのか!?全英図書賞受賞シリーズ。小学校中学年～。完訳版。〔2067〕

ゼナッティ, ヴァレリー　Zenatti, Valérie

◇ジャコブ, ジャコブ　ヴァレリー・ゼナッティ著, 長坂道子訳　新日本出版社　2023.8　228p　19cm〈原書名：Jacob, Jacob〉2200円　①978-4-406-06761-4〔2068〕

セバスチャン, キャット　Sebastian, Cat

◇キットとパーシー　CAT SEBASTIAN作, 北綾子訳　すばる舎　2023.1　410p　19cm（ブレアデスプレス―ロンドンの小悪党シリーズ　1）〈原書名：THE QUEER PRINCIPLES OF KIT WEBB〉1800円　①978-4-7991-1094-2

＊かつてイングランドを股にかける大強盗として名を馳せていたキット・ウェブ。現在はコーヒーハウスの店主として平凡な日々を過ごすキットのもとに、ある日、パーシーと名乗る美しい紳士が訪ねてくる。「仕事を依頼したい」退屈な毎日に突如舞い込んだ強盗計画。待ち望んでいたスリルと平和な日常との間で葛藤するキットに、幾度となく誘惑を繰り返すパーシー。逢瀬を重ねるうち、二人は互いに惹かれ始め…。〔2069〕

◇ロブとマリアン　CAT SEBASTIAN作, 北綾子訳　すばる舎　2024.4　394p　19cm（ブレアデスプレス―ロンドンの小悪党シリーズ　2）〈原書名：THE PERFECT CRIMES OF MARIAN HAYES〉1800円　①978-4-7991-1111-6

＊キットとパーシーによる強盗計画が失敗に終わったその夜。夫を銃で撃った公爵夫人―マリアン・ヘイズは、今の自分が唯一頼ることのできる相手であり自分を脅迫してきた張本人でもある赤毛の男―ロブ・ブルックスを連れ、ロンドンをあとにする。脅迫する者とされる者。いびつな形で始まった関係だったが、旅をするうちに二人は少しずつ心を交わしていく。しかしマリアンには、異性と関係を持つことにある懸念があり…。〔2070〕

セバール, レイラ　Sebbar, Leïla

◇ファティマ―辻公園のアルジェリア女たち　レイラ・セバール著，石川清子訳　水声社　2023.7　228p　20cm　〈叢書《エル・アトラス》〉〈原書名：FATIMA OU LES ALGÉRIENNES AU SQUARE〉2500円　①978-4-8010-0247-0

＊本作では、パリ郊外の団地で暮らす移民女性たちのおしゃべりを通して、家族問題、セクシュアリティ、ジェンダー、宗教問題に直面するムスリム女性たちの声をすくいだす。〔2071〕

ゼーバルト, W.G.　Sebald, W.G.

◇鄙の宿　W.G.ゼーバルト著，鈴木仁子訳　新装版　白水社　2023.3　186p　19cm　〈原書名：LOGIS IN EINEM LANDHAUS〉3600円　①978-4-560-09486-0

＊「魂の近親者」であった作家たちの肖像が、歴史を越えて浮かびあがる。「孤独な散歩者―ローベルト・ヴァルザーを心に刻むために」ほか、ジャン＝ジャック・ルソーなど不遇な作家たちの生涯と近代へのまなざし。〔2072〕

セペティス, ルータ　Sepetys, Ruta

◇モノクロの街の夜明けに　ルータ・セペティス作，野沢佳織訳　岩波書店　2023.9　398p　19cm　〈文献あり　原書名：I MUST BETRAY YOU〉2500円　①978-4-00-116048-2

＊一九八九年、ルーマニア。独裁がつづくこの街で、ぼくは密告者になった。抑圧された人々の自由への祈りが、ついに国を動かすとき一十七歳のぼくがみつめた革命の希望と痛みを描く、渾身の歴史フィクション。カーネギー賞シャドワーズ・チョイス受賞作。〔2073〕

セメル, ナヴァ　Semel, Nava

◇ガラスの帽子　ナヴァ・セメル著，樋口範子訳　東宣出版　2023.6　205p　19cm　〈他言語標題：Hats of Glass〉2200円　①978-4-88588-111-4

内容　ガブリエルとファニー　ガラスの帽子　でも、音楽は守ってくれない　ルル　二つのスーツケース　フォンダと同乗した日　ファイユームの肖像画　ハルニレの木　家族写真

＊戦後30年以上経てもなお、アメリカ合衆国司法省特別調査員がかつての個人の戦争犯罪を追求する「二つのスーツケース」、キリスト教からユダヤ教に改宗したドイツ人女性ヴェロニカが、結婚前夜に夫になるウリヤに宛てた手紙「でも、音楽は守ってくれない」、イスラエル建国当時の世界各地に出自をもつ移民同士の距離感を子どもの目線で描く「ルル」、1942年の強制連行から約3年間の収容所生活とロシア軍による解放を綴った表題作「ガラスの帽子」など、9篇を収録。〔2074〕

セラ, フランチェスカ　Serra, Francesca

◇翼っていうのは嘘だけど　フランチェスカ・セラ著，伊禮規与美訳　早川書房　2022.9　714p　19cm　〈原書名：ELLE A MENTI POUR LES AILES〉3300円　①978-4-15-210165-5

＊15歳のガランスにとって、SNSは世界の全てだった。平凡な高校生だった彼女は、ハロウィーンの夜、上級生の人気グループに仲間入りを果たし、一躍スクールカーストの上位に躍り出る。だが、常に注目の的だったガランスはある日突然謎の失踪を遂げる。SNSアカウントは全て閉鎖されていた。警察が捜査に乗り出したところ、ガランスの失踪前、彼女の動画がネット上に流出していたことが判明し―。Z世代のスマホとSNSの闇を繊細な筆致で暴き出す、ル・モンド文学賞受賞のフランスの新星による激烈なデビュー作。〔2075〕

セラーオ, M.　

◇薔薇のアーチの下で―女性作家集　香川真澄編・訳　山陽小野田　創林舎イタリア文藝叢書編集部　2023.7　194p　21cm　（イタリア文藝叢書 9）〈著：マリア・メッシーナ 他　原書名：Sotto l'arco di rose〉1600円

内容　ひたむきな愛（M.セラーオ著，香川真澄訳）〔2076〕

ゼラズニイ, ロジャー　Zelazny, Roger

◇ロードマークス　ロジャー・ゼラズニイ著，植草昌実訳　新紀元社　2024.12　255p　19cm　〈原書名：ROADMARKS〉2000円　①978-4-7753-1988-8

＊時空を貫く一本の"道"。おしゃべりなコンピュータ"華"を相棒に、路上を自在に往来する運び屋レッド・ドラキーンは、殺人ゲーム"黒の十殺"の標的にされた！　彼を追うは異星からの戦闘ロボット、改造兵士、明朝の武術僧、サイボーグ戦車…そしてティラノサウルス・レックス！　敵手をかわし疾走するレッドの行く先は何処？〔2077〕

セリーヌ, ルイ＝フェルディナン　Céline, Louis-Ferdinand

◇戦争　ルイ＝フェルディナン・セリーヌ著，森澤友一朗訳　幻戯書房　2023.12　265p　19cm　（ルリユール叢書）〈年譜あり　原書名：GUERRE〉2500円　①978-4-86488-288-0

＊20世紀のスキャンダル作家セリーヌの死後60年の時を経て発見され、「21世紀の文学史的事件」と国内外で話題を呼んだ幻の草稿群のひとつ、『戦争』―『夜の果てへの旅』に続いて執筆された未発表作品にして、第一次大戦下の剥き出しの生を錯乱の文体で描き出した自伝的戦争小説が本邦初訳で登場！〔2078〕

セルカス, ハビエル　Cercas, Javier

◇テラ・アルタの憎悪　ハビエル・セルカス著，白川貴子訳　早川書房　2024.1　368p　19cm　（HAYAKAWA POCKET MYSTERY BOOKS 1999）〈原書名：TERRA ALTA〉2300円　①978-4-15-001999-0

セン

＊スペイン、カタルーニャ州の田舎町テラ・アルタ。町いちばんの富豪であるアデル美術印刷の社長夫妻が、惨殺された。夫妻は見るも無残な状態で血だまりの中に横たわっており、激しい拷問の末に殺されていた。獄中でユゴーの『レ・ミゼラブル』と出会い、犯罪から足を洗い警察官となったメルチョールが事件の捜査に当たるが、彼は想像だにしない地獄へと引きずり込まれていくことになる…。正義と悪とは何かという根源的な問いを突き付ける、英国推理作家協会賞最優秀翻訳小説賞受賞のスペイン・ミステリの傑作。　〔2079〕

ゼン, ショウコク　全 商国
◇偶像の涙　全商国著，金子博昭訳　クオン　2024.11　116p　B6変判　（韓国文学ショートショート　きむふなセレクション）　1200円　①978-4-910214-66-5
＊心の平和を望み孤独になりたくない「僕」らが畏怖するのはただの乱暴者なのかそれとも孤高の存在なのか。韓国語でもよめる。　〔2080〕

セント・クレア, マーガレット　St.Clair, Margaret
◇吸血鬼は夜恋をする―SF＆ファンタジイ・ショートショート傑作選　ロバート・F・ヤング，リチャード・マシスン他著，伊藤典夫訳　東京創元社　2022.12　387p　15cm　（創元SF文庫　SFン12-1）〈文化出版局　1975年刊の増補〉　1000円　①978-4-488-79301-2
内容：地球のワイン（マーガレット・セント・クレア著）
＊「アンソロジイという言葉のもとになったギリシャ語の意味は「花々を集めたもの」。立ちどまるほどではないが、歩く途中ひょっと目にとまり、見とれる花、つまり、理屈ぬきで楽しんでいただけるような小品を選ぼうと心懸けた」(伊藤典夫)。名翻訳家が初めて単独編纂した伝説のアンソロジイを半世紀ぶりに初文庫化。(SFマガジン)(奇想天外)の掲載作を追加し、全32編とした。　〔2081〕

◇星、はるか遠く―宇宙探査SF傑作選　フレッド・セイバーヘーゲン，キース・ローマー他著，中村融編　東京創元社　2023.12　460p　15cm　（創元SF文庫　SFン6-6）〈原書名：The Long Way Home　The Wind Peopleほか〉　1200円　①978-4-488-71506-9
内容：鉄壁の砦（マーガレット・セント・クレア著，安野玲訳）
＊いつの日にか人類は、生まれ育った地球をあとにして、宇宙の深淵へ旅立ってゆく。そのとき彼らが目撃することは一。SFは1世紀以上にわたって、そこに待ち受けるであろう、想像を超えた驚異をさまざまに物語ってきた。その精華たる9編を収録。舞台となるのは、太陽系外縁部の宇宙空間、人類が初めて出会う種類の惑星、あるいは文明の滅び去った世界。本邦初訳作2編を含む。　〔2082〕

センバイモ　川貝母
◇プールサイド―短篇小説集　陳思宏ほか著，三須祐介訳，呉佩珍，白水紀子，山口守編　作品社　2022.2　246p　19cm　（台湾文学ブックカフェ　3）　2400円　①978-4-86182-879-9
内容：名もなき人物の旅（川貝母著）
＊大学受験を控える高校生の少年が夏休みにプールの監視員のバイトをしていると、ある男から小学生の息子に水泳を教えてほしいと頼まれ、やがて、少年を自宅に招いた男は長い口づけをする…。高校生から大学生へと成長する少年のひと夏の経験が語られる、本集最年少の新星による表題作のほか、全十一篇を収録。　〔2083〕

センプル, マリア　Semple, Maria
◇バーナデットをさがせ！　マリア・センプル著，北村みちよ訳　彩流社　2022.11　421p　19cm　〈原書名：WHERE'D YOU GO, BERNADETTE〉　3200円　①978-4-7791-2669-7　〔2084〕

【ソ】

ソ, イジェ
◇0％に向かって　ソイジェ著，原田いず訳　左右社　2024.11　381p　19cm　2400円　①978-4-86528-439-3
内容：迷信　セルロイドフィルムのための禅　仮のスケッチ線　SoundCloud　グループサウンズ全集から削除された曲　(その)場所で　0％に向かって
＊市場における観客占有率が「0％に向かって」減少の一途をたどっている独立映画をテーマとした表題作ほか、映画のシーンナンバーをつけられた章が散らばる「セルロイドフィルムのための禅」、公務員試験予備校のあつまる鷺梁津(ノリャンジン)を舞台に、勉強はそっちのけで恋と音楽にのめり込む"俺"の物語「SoundCloud」など。若者たちの若い日々がオフビートに展開する7篇。　〔2085〕

ソ, カンブン　蘇莞雯
◇走る赤―中国女性SF作家アンソロジー　武甜静，橋本輝幸編，大恵和実編訳　中央公論新社　2022.4　381p　20cm　2200円　①978-4-12-005523-2
内容：走る赤（蘇莞雯著，立原透耶訳）
＊中国で活躍する女性作家14人が放つ珠玉のSF短篇。　〔2086〕

ソー, ピナ
◇現代カンボジア短編集　2　岡田知子訳，調邦行訳　大阪　大同生命国際文化基金　2023.11　251p　20cm　（アジアの現代文芸　カンボジア　4）
内容：社会主義政権下の社会　シェルター　はじめて

の自転車　最後の抱擁　新時代に抱える問題　黒い犬（ソー・ビナ）　〔2087〕

ソ，ミン　蘇民
◇走る赤―中国女性SF作家アンソロジー　武甜静，橋本輝幸編，大恵和実編訳　中央公論新社　2022.4　381p　20cm　2200円　①978-4-12-005523-2
内容　ポスト意識時代（蘇民著，池田智恵訳）
＊中国で活躍する女性作家14人が放つ珠玉のSF短篇。　〔2088〕

ソ，ユミ　徐 柳美
◇イライラ文学館―不安や怒りで爆発しそうなときのための9つの物語　頭木弘樹編　毎日新聞出版　2024.4　265p　19cm〈他言語標題：library of irritations〉1800円　①978-4-620-32803-4
内容　当面人間（ソ・ユミ著，斎藤真理子初訳）
〔2089〕

◇終わりの始まり　ソ・ユミ，金みんじょん訳　福岡　書肆侃侃房　2022.10　173p　19cm（Woman's best 15―韓国女性文学シリーズ 12）1600円　①978-4-86385-538-0
＊末期がんで苦しむ母の看病，妻との別れを目前にし，幼いころの父の死が亡霊のように付きまとうヨンム。夫とはすれ違い，愛を渇望するも満たされず，若い男とのひとときの恋に走るヨンムの妻・ヨジン。貧困の連鎖から逃れられず，社会に出てもルールを転々とし，恋人との環境の違いに悩むヨンムの部下ソジンの物語とが交錯する。「甘ったるい春夜の空気を物悲しく」感じる人々のストーリーは不幸という共通分母の中で一つになり，三人の人物が感じる「静かにうごめく喪失感」が小説の根底に流れている。それぞれがその喪失感を乗り越え，成長していく四月の物語を，やさしい視点で描き出す。　〔2090〕

◇誰もが別れる一日　ソユミ著，金みんじょん，宮里綾羽訳　明石書店　2024.8　216p　19cm　1700円　①978-4-7503-5808-6
内容　エートル　犬の日々　休暇　後ろ姿の発見　その後の人生　変わっていく
＊人生に訪れる危機や不安。「普通の人々の、平凡でどうでもいいと考えていた、だけど歪んでしまった一日」。時代と社会の病を敏感に捉え平凡な人間群像を暖かく包み込む、篤実なリアリズム小説。　〔2091〕

ソウ，シモク　双 翅目
◇走る赤―中国女性SF作家アンソロジー　武甜静，橋本輝幸編，大恵和実編訳　中央公論新社　2022.4　381p　20cm　2200円　①978-4-12-005523-2
内容　ヤマネコ学派（双翅目著，大久保洋子訳）
＊中国で活躍する女性作家14人が放つ珠玉のSF短篇。　〔2092〕

ソウ，タクライ　宋 沢莱
◇華語文学の新しい風　劉慈欣，ワリス・ノカン，李娟他著，王徳威，高嘉謙，黄英哲，張錦忠，及川茜，濱田麻矢編，小笠原淳，津守陽他訳　白水社　2022.11　357p　20cm（サイノフォン 1）3200円　①978-4-560-09875-2
内容　傷痕（宋沢莱著，津守陽訳）
＊近年注目を集めている華語文学の新たな流れを紹介するシリーズ"サイノフォン"の第1巻。香港の高層ビルからチベットの聖なる湖まで、シカゴのバーからマレーシアの原生林まで。小説、旅行記、詩、SFなど、多様なジャンルから世界を切り取る17篇。　〔2093〕

ソウ，ブンケン　曹 文軒
◇『虹の図書室』代表作選―中国語圏児童文学の作家たち　日中児童文学美術交流センター編　小峰書店　2022.2　221p　20cm　2800円　①978-4-338-08166-5
内容　赤いひょうたん（曹文軒作，中由美子訳）
＊中国語圏のすぐれた児童文学作品を紹介しつづけるこの雑誌『虹の図書室』。これまで掲載された中から、八篇を厳選しました。国際アンデルセン賞作家・曹文軒の作品もあります。これまで目にする機会が少なかった、中国児童文学の"今"にふれてください。　〔2094〕

ソウ，メイイ　宋 明煒
◇金色昔日―現代中国SFアンソロジー　夏笳ほか著，ケン・リュウ編，中原尚哉他訳　早川書房　2022.11　715p　16cm（ハヤカワ文庫 SF 2387）〈責任表示はカバーによる　「月の光」（2020年刊）の改題　原書名：BROKEN STARS〉1380円　①978-4-15-012387-1
内容　中国研究者にとっての新大陸（宋明煒著，鳴庭真人訳）
＊北京五輪の開会式を彼女と見たあの日から、世界はあまりにも変わってしまった！『三体X』の著者・宝樹が、中国の歴史とある男女の運命を重ね合わせた表題作、『三体』の劉慈欣が描く環境SFの佳作「月の光」、春節シーズンに突如消えた列車の謎を追う「折りたたみ北京」著者の郝景芳による「正月列車」など、14作家による中国SF16篇を収録。ケン・リュウ編による綺羅星のごときアンソロジー第2弾。　〔2095〕

ソック，チャンポル
◇現代カンボジア短編集 2　岡田知子編訳，調邦行訳　大阪　大同生命国際文化基金　2023.11　251p　20cm（アジアの現代文芸 カンボジア 4）
内容　幽霊百話（ソック・チャンポル）　〔2096〕

ソユン
◇小さな星だけど輝いている　ソユン著，吉川南訳　かんき出版　2022.9　255p　19cm　1500

円　①978-4-7612-7625-6
＊輝く瞬間はいつも永遠ではない。それでも、時には堂々と、時には淡々と、私らしく輝けばいい。静かな夜、ひとりで読みたくなる珠玉のエッセイ。
〔2097〕

ゾラ，エミール　Zola, Émile
◇ボヌール・デ・ダム百貨店　エミール・ゾラ著，伊藤桂子訳　論創社　2023.2　611p　20cm　（ルーゴン＝マッカール叢書　第11巻）〈2002年刊の新版　原書名：Au Bonheur des Dames〉3800円　①978-4-8460-2226-6
＊消費文化の光と影。ゾラが24年をかけて完成させた『ルーゴン＝マッカール叢書』（全20巻）中の『ボヌール・デ・ダム百貨店』は、消費社会を"贅沢・労働・恋愛"の視座から描いて先駆的な作品！
〔2098〕

◇マルセイユの秘密　エミール・ゾラ著，中田平，中田たか子訳　安城　デジタルエステイト　2024.6　430p　21cm　①978-4-910995-22-9
〔2099〕

ソルジェニーツィン，A.I.　Solzhenitsyn, Alexandr Isaevich
◇ソルジェニーツィン短篇集　ソルジェニーツィン著，木村浩編訳　岩波書店　2022.6　344p　15cm　（岩波文庫）〈第8刷（第1刷1987年）〉920円　①4-00-326352-9
＊どんな不幸にも決しておおらかな気持を失わず、馬鹿がつくほどの正直者で他人のためにただ働きばかりしているお人好しの老婆。無限のいつくしみをもって描かれたこの『マトリョーナの家』の主人公の姿には「古き良きロシア」のすべてがぬり込められている。ほかに『クレチェトフカ駅の出来事』『公共のためには』など珠玉の3篇。〔2100〕

ソロー，ヘンリー・D.　Thoreau, Henry David
◇コッド岬―浜辺の散策　ヘンリー・D.ソロー著，齊藤昇訳　平凡社　2023.9　412p　16cm　（平凡社ライブラリー）〈原書名：Cape Cod〉1800円　①978-4-582-76953-1
＊「海岸はいわば中立地帯のような場所であり、この世界について熟考するにはとても適している」―。アメリカ・ロマン派の作家ソローは、四度にわたり、マサチューセッツ州のコッド岬を旅した。浜辺の見慣れない植物、生き生きと飛び交う海鳥、荒々しい波と難破船、素朴な漁村の風景…。博物学者でもあるソローの細やかな視点と、静謐な情景描写が光る紀行文学。〔2101〕

ソロヴィヨフ，フセヴォロド　Solovyov, Vsevolod
◇19世紀ロシア奇譚集　髙橋知之編・訳　光文社　2024.8　388p　16cm　（光文社古典新訳文庫　KAソ1-1）〈文献あり　年表あり　原書名：Артемий Семенович Бервенковский Перстеньほか〉1100円　①978-4-334-10395-8
内容　どこから？（フセヴォロド・ソロヴィヨフ著，髙橋知之訳）
＊悲劇的な最期を遂げた歌い手の秘密に迫るにつれ…「クララ・ミーリチ―死後」、屋敷に住みつく霊と住人たちとの不思議な関わりを描く「家じゃない、おもちゃだ！」など7篇を収録。重厚長大なリアリズム文学重視の陰で忘れ去られていた豊饒なロシアンホラーの魅力を発掘！〔2102〕

ソローキン，ウラジーミル　Sorokin, Vladimir
◇愛　ウラジーミル・ソローキン著，亀山郁夫訳　新装版　国書刊行会　2023.2　301p　20cm　〈原書名：Сборник рассказов〉2600円　①978-4-336-07460-7
内容　愛　愛別れ　自習　競争　可能性　地質学者たち　樫の実峡谷　セルゲイ・アンドレーエヴィチ　真夜中の客　巾着　しごとの話　シーズンの始まり　弔辞　はじめての土曜労働　寄り道　出来事　記念像
＊愛の物語を一切省き突然の狂気へと読者をひきすりこむ、ゼロ形式の恋愛小説ともいうべき表題作「愛」。女教師と教え子のアブノーマルな"授業"を即物的に描いた「自習」。故人に関する驚愕の事実が友人によって明かされる「弔辞」。そのほか「真夜中の客」「競争」など、日常の風景のさなかに悪意を投げ込んで練りあげた文学的オブジェの数々。あまりの過激さに植字工が活字を組むことを拒否したとされる、最もスキャンダラスな作家が放つ、グロテスクかつアンチ・モラルな短篇集。〔2103〕

◇親衛隊士の日　ウラジーミル・ソローキン著，松下隆志訳　河出書房新社　2022.9　274p　15cm　（河出文庫　ソ2-2）〈著作目録あり　責任表示はカバーによる　2013年刊の加筆修正　原書名：День опричника〉1280円　①978-4-309-46761-0
＊帝国が復活した2028年のロシア。皇帝の親衛隊士たちは、犬の首と箒を装着した車に乗って、暴力の限りを尽くす。貴族や民衆からの強奪、謎の魚の集団トリップ、真実を見通す力をもつ天眼女、ちらつく中国の影、蒸し風呂の奇妙な儀式…怪作『青い脂』の著者が、ロシアの現在を予言したと称される傑作長篇。〔2104〕

◇吹雪　ウラジーミル・ソローキン著，松下隆志訳　河出書房新社　2023.5　231p　20cm　〈著作目録あり　原書名：Метель〉2900円　①978-4-309-20881-7
＊人間がゾンビ化する「黒い病」のワクチンを村に届けるため、インテリ地方医師プラトン・イリイチ・ガーリンは吹雪をついて旅に出る。御者セキコフが操るソリ車にはヤマウズラのような小馬50頭がボンネットに収まる。小人の粉屋と豊満な妻、謎の透明物質でできたピラミッド状の麻薬装置、ホログラムを映しだすラジオ、身の丈6メートルにおよぶ巨人、三階建てほどの巨大な馬…吹き荒れる嵐のなか、二人はいつしか暗闇と吹雪の世界に迷いこむ。『青い脂』『氷三部作』『ロマン』『愛』など、現代文学のモンスターと称される作家随一の

人気作!!!　　　　　　　　　　　〔2105〕

◇ロマン　ウラジーミル・ソローキン著，望月哲男訳　新装版　国書刊行会　2023.2　801p　20cm〈文献あり　著作目録あり　原書名：POMAH〉5400円　①978-4-336-07461-4

＊"彼女が目を上げ，二人の目は出会った。「どうか教えて下さい」彼女の視線に胸の内に熱い波がわきたち，思わず身が震えるのを感じながら，ロマンは言った。「教えて…」彼が繰り返すと，彼女はすべてを悟ってまた目を外した。その頬がさっと赤く染まった。「ああ，なんと早く！」ロマンの頭にそんな思いがよぎった…"優秀な弁護士としての首都での暮らしにピリオドをうった青年ロマンは，画家として第二の人生を歩むために，故郷の村クルトイ・ヤールへと戻ることにした。旧知の友や親類に囲まれた素晴らしく愉快な日々。都会では忘れていた人間としての生活に，彼は大きな喜びを感じる。そして，やがて彼は運命の女性にめぐり会う…。"現代文学のモンスター"の異名をとる作者が，ツルゲーネフ，チェーホフ，ゴーゴリといった19世紀ロシア文学の精髄を戯画化しながら描く，衝撃のスプラッター・ノヴェル。　〔2106〕

ソログッド，ロバート　Thorogood, Robert

◇マーロー殺人クラブ　ロバート・ソログッド著，髙山祥子訳　アストラハウス　2022.8　439p　19cm〈原書名：The Marlow Murder Club〉2000円　①978-4-908184-35-2

＊ジュディス・ポッツは77歳。ロンドン郊外マーローの古びた邸宅に独り住まいで幸せな日々を送っている。まわりには，仕事やウィスキーの量に口をさしはさむ人などおらず，退屈しのぎに「タイムズ」紙向けのクロスワード・パズルを考案している。ある夜，テムズ川で泳いでいると，ジュディスは残忍な殺人を目撃してしまう。地元警察は彼女の話を信じず，ジュディスは自ら事件の調査に乗り出すと決め，ドッグ・ウォーカーのスージーと，司祭の妻であるベックスを仲間に加え，「マーロー殺人クラブ」が誕生する。やがて他の死体が現れたとき，3人は自分たちの行動範囲内に連続殺人犯がいることに気づく。3人が解こうとしたパズルは，逃れることができない罠となる―。　〔2107〕

ソログープ

◇雑話集―ロシア短編集　5　ロシア文学翻訳グループクーチカ編　[枚方]　ロシア文学翻訳グループクーチカ　2024.6　180p　19cm〈他言語標題：Пёстрые рассказы〉

[内容]騎馬警官（ソログープ著，丸尾美保訳）　〔2108〕

ソン，ウォンピョン　孫 元平

◇アーモンド　ソンウォンピョン著，矢島暁子訳　祥伝社　2024.7　289p　16cm〈祥伝社文庫　そ4-1〉〈2019年刊の加筆修正〉750円　①978-4-396-35060-4

＊扁桃体が小さく，怒りや恐怖を感じることができない十六歳の高校生，ユンジェ。祖母から「かわいい怪物」と呼ばれた彼は，目の前で祖母と母が通り魔に襲われたときも，黙ってその光景を見つめているだけだった。事件によって一人ぼっちになった彼の前に現れたのは，もう一人の"怪物"ゴニ。激しい感情を持つその少年との出会いは，ユンジェの人生を大きく変えていく―。2020年本屋大賞翻訳小説部門第1位。　〔2109〕

◇他人の家　ソンウォンピョン著，吉原育子訳　祥伝社　2023.2　266p　20cm〈表紙のタイトル：HOUSE OF SOMEONE ELSE〉1700円　①978-4-396-63638-8

[内容]四月の雪　怪物たち　zip　アリアドネの庭園　他人の家　箱の中の男　文学とは何か　開いていない本屋

＊彼氏に振られ，職場をクビになり，賃料の値上げによって，今住んでいる部屋からの退去を余儀なくされた，踏んだり蹴ったりのション。部屋探しのアプリで，格安の超優良物件に出会った彼女は即、入居を決める。格安なのには，理由あった―本来二人で暮らすはずの部屋を，四人で違法にルームシェアしていたからだ。優雅な独り暮らしには程遠いものの，そこそこ不自由のない生活を送っていたションだが，ある日，オーナーが急遽，部屋を訪れる。慌てた四人は共同生活の痕跡を消すべく，その場しのぎの模様替えをし，借主の親族のふりをするが…（「他人の家」）。表題作ほか，人間心理の深淵をまっすぐに見つめた，傑作揃いの短編集！　〔2110〕

◇TUBE　ソンウォンピョン著，矢島暁子訳　祥伝社　2024.8　259p　19cm〈本文は日本語〉1700円　①978-4-396-63665-4

＊どこにでもいる平凡な中年男，キム・ソンゴン。仕事にも家族にも運にも見放され，彼はついにこの世に別れを告げる決意をする…が，それさえもあえなく失敗してしまう。この世に舞い戻ったソンゴンが見つけたのは，とある一枚の写真―そこには若かりし頃の彼が家族とともに写っていた。何もかもの今の自分とは違いすぎることに愕然とした彼は，写真の中の自分を真似てみようと，まずは姿勢矯正から始めることに。そんな取るに足りない小さなチャレンジが，やがてソンゴンの人生を大きく変えていく―。2020年本屋大賞翻訳小説部門第1位。　〔2111〕

◇プリズム　ソンウォンピョン著，矢島暁子訳　祥伝社　2022.7　251p　20cm〈他言語標題：Prism〉1600円　①978-4-396-63628-9
〔2112〕

ソン，ジヒョン

◇夏にあたしたちが食べるもの　ソンジヒョン著，金子博昭訳　クオン　2024.11　84p　A6変判　〈韓国文学ショートショート　きむふなセレクション〉1200円　①978-4-910214-67-2

＊人生をやり直そう。糸をほどきさえすれば何にでもつくり直せる編み物のように。韓国語でもよめる。　〔2113〕

ソン, シンブン　孫 沁文

◇厳冬之棺　孫沁文著, 阿井幸作訳　早川書房　2023.9　388p　16cm　(ハヤカワ・ミステリ文庫 HM 511-1)　1140円　①978-4-15-185751-5

＊湖のほとりに建つ陸家の半地下の貯蔵室で、当主陸仁の遺体が発見された。この地下小屋は大雨により数日間水没していたにもかかわらず、その床は乾いており、誰かが外から侵入した形跡はない。まさに完全な密室状態だった。そして殺害現場には、なぜか嬰児のへその緒が。梁良刑事は直ちに捜査を開始するが、それを嘲笑うかのように新たな密室殺人が陸家を襲う…。華文ミステリ界の「密室の王」が放つ、本格謎解き小説。　〔2114〕

ソン, チャンソプ　孫 昌渉

◇雨日和　池河蓮, 桂鎔黙, 金東里, 孫昌渉, 呉尚源, 張龍鶴, 朴景利, 呉永壽, 黃順元著, 呉華順, 姜芳華, 小西直子訳　福岡　書肆侃侃房　2023.12　292p　20cm　(韓国文学の源流―短編選 4 1946-1959)〈年表あり〉2900円　①978-4-86385-607-3

内容　雨日和(孫昌渉著, カンバンファ訳)

＊同じ民族が争うことになった朝鮮民族の分断と混乱の続く困難な時代―1950年代―を文学はいかに生き抜いたか。植民地から解放されても朝鮮戦争の戦後、完全に南北に分断され交流を絶された人々の苦悩は続く。　〔2115〕

ソン, ボミ　孫 步休

◇小さな町　ソン・ボミ, 橋本智保訳　福岡　書肆侃侃房　2023.9　223p　19cm　(Woman's best 17―韓国女性文学シリーズ 14)　1800円　①978-4-86385-592-2

＊病床の母から繰り返し聞かされた、幼少期をすごしたあの小さな町の記憶。そこでは火事で多くの人が亡くなり、私の兄もそのとき死んだのだという。ある日、家出してたどり着いた森の中の家には、女性が隠れ住んでいた。それを機に母と親しくしはじめた彼女が起こした騒動をきっかけに、私の家族は壊れてしまう。最期まで語られなかった母の秘密。記憶をたどる中、父との再会で告げられた思いもよらない真実とは…。　〔2116〕

ソン, ホンギュ　孫 洪奎

◇イスラーム精肉店　ソンホンギュ著, 橋本智保訳　新泉社　2022.1　253p　20cm　(韓国文学セレクション)　2100円　①978-4-7877-2123-5

＊その日、僕はこの世界を養子に迎えることにした―。朝鮮戦争の数十年後、ソウルのイスラム寺院周辺のみすぼらしい街。孤児院を転々としていた少年は、精肉店を営む老トルコ人に引き取られる。朝鮮戦争時に国連軍に従軍した老人は、休戦後も故郷に帰らず韓国に残り、敬虔なムスリムなのに豚肉を売って生計を立てている。家族や故郷を失い、心身に深い傷を負った人たちが集う街で暮らすなかで、少年は固く閉ざしていた心の扉を徐々に開いていく。　〔2117〕

ソン, ミファ

◇あなたを応援する誰か　ソンミファ著, 桑畑優香訳　辰巳出版　2023.2　239p　19cm　(&books)　1300円　①978-4-7778-2981-1

＊毎日を懸命に生きるあなたへの手紙。この瞬間、何よりも大切なのはゆっくり今を見つめること。韓国で27刷のロングセラー、待望の邦訳！　〔2118〕

ソン, ヨウグン　孫 幼軍

◇『虹の図書室』代表作選―中国語圏児童文学の作家たち　日中児童文学美術交流センター編　小峰書店　2022.2　221p　20cm　2800円　①978-4-338-08166-5

内容　ぼくの身がわり(孫幼軍作, 木全恵子訳)

＊中国語圏のすぐれた児童文学作品を紹介しつづける『虹の図書室』。この雑誌に掲載された中から、八篇を厳選しました。国際アンデルセン賞作家・曹文軒の作品もあります。これまで目にする機会が少なかった、中国児童文学の"今"にふれてください。　〔2119〕

ソーンダーズ, ジョージ　Saunders, George

◇十二月の十日　ジョージ・ソーンダーズ著, 岸本佐知子訳　河出書房新社　2023.7　349p　15cm　(河出文庫 ソ3-2)〈原書名：TENTH OF DECEMBER〉1200円　①978-4-309-46785-6

内容　ビクトリー・ラン　棒きれ　子犬　スパイダーヘッドからの逃走　訓告　アル・ルーステン　センプリカ・ガール日記　ホーム　わが騎士道, 轟沈せり　十二月の十日

＊愛する長女のために素敵な誕生パーティを開こうと格闘する父親、中世テーマパークで働き、思考も語彙も騎士となる男、人間モルモットとして感覚を増幅する薬を投与される若者たち…報われない人々の愛情や優しさや尊厳を、奇想に満ちた物語と独創的な文体で描きだす現代アメリカ最重要作家の傑作短編集。　〔2120〕

ソンメズ, ブルハン　Sönmez, Burhan

◇イスタンブル、イスタンブル　ブルハン・ソンメズ著, 最所篤子訳　小学館　2023.10　303p　19cm〈原書名：ISTANBUL ISTANBUL〉2500円　①978-4-09-356739-8　〔2121〕

【タ】

ダイ, ママング

◇そして私たちの物語は世界の物語の一部となる―インド北東部女性作家アンソロジー　ウルワシ・ブタリア編, 中村唯日本語版監修　国書刊行会　2023.5　286p　20cm〈原書名：THE MANY THAT I AMの抄訳　THE INHERITANCE OF WORDSの抄訳ほか〉

2400円　①978-4-336-07441-6
　　内容　ザ・サミット—ティーネ・メナのインタビュー（ティーネ・メナ，ママング・ダイ述，安藤五月訳）
　　＊バングラデシュ、ブータン、中国、ミャンマーに囲まれ、さまざまな文化や慣習が隣り合うヒマラヤの辺境。きわ立ってユニークなインド北東部から届いた、むかし霊たちが存在した頃のように語られる現代の寓話。女性たちが、物語の力をとりもどし、自分たちの物語を語りはじめる。　〔2122〕

ダイアモンド, I. A. L.　Diamond, I. A. L.
◇アパートの鍵貸します　ビリー・ワイルダー, I. A. L.ダイアモンド著，町田暁雄訳　論創社　2024.12　299p　20cm　〈論創海外ミステリ323—シナリオ・コレクション〉〈文献あり　作品目録あり　原書名：The Apartment〉　3000円　①978-4-8460-2424-6
　　＊映画史に燦々と輝く名画の傑作シナリオが初の完訳！縦横に張り巡らされた伏線が相互に重なり繋がり合うクロスワードパズルのような緊密な構成！ビリー・ワイルダー作品への愛情溢れる三谷幸喜氏のインタビューを併録！脚本家を目指す全ての人々に捧げる。　〔2123〕

タイス, ハリエット　Tyce, Harriet
◇嘘は校舎のいたるところに　ハリエット・タイス著，服部京子訳　早川書房　2022.10　557p　16cm　〈ハヤカワ・ミステリ文庫 HM 491-2〉〈原書名：THE LIES YOU TOLD〉　1900円　①978-4-15-184752-3
　　＊夫に家を追い出され、ロンドンに戻ってきた弁護士のセイディ。娘ロビンと暮らすため、亡き母の家に住み、通っていた母校に娘を通わせることになる。学校で起きた性犯罪として世間の注目を集める裁判を担当しながら、生徒の母親たちと親交を深めようとするセイディだったが、彼女は母親同士の権力争いに巻き込まれてしまう。そして、ロビンが学校でいじめにあっていることが判明し…家庭と学校で複雑に展開するミステリ。　〔2124〕

タイナン, キャサリン　Tynan, Katharine
◇キャサリン・タイナン短篇集　キャサリン・タイナン著，高橋歩編訳　未知谷　2023.12　157p　20cm　〈他言語標題：Katharine Tynan Short Stories〉　1800円　①978-4-89642-716-5
　　内容　海の死　先妻　試合　死の縄　裕福な女　神さまの敵　迷子の天使　聖人の厚意　幽霊
　　＊100余篇の小説から9篇厳選。　〔2125〕

タイラー, アン　Tyler, Anne
◇この道の先に、いつもの赤毛　アン・タイラー著，小川高義訳　早川書房　2022.3　239p　20cm　〈原書名：REDHEAD BY THE SIDE OF THE ROAD〉　2900円　①978-4-15-210091-7
　　＊ボルティモア郊外で、コンピュータの便利屋をしながら独り暮らす43歳のマイカ・モーティマー。人付き合いの少ない彼は、毎朝7：15になるとランニングに出かけ、その後シャワー、朝食、掃除…というように決まった日課を守って毎日を過ごしている。そんなある日、マイカの息子だと名乗る青年が彼の元を訪れる。さらに、恋仲の女性には、とあるすれ違いで別れを告げられ—。予想外の出来事が続き、日常のテンポがズレ始めたマイカの行き着く先とは。アン・タイラーらしいユーモラスで滋味深い仕掛けが光る、2020年ブッカー賞候補作。　〔2126〕

ダヴ, レイチェル　Dove, Rachel
◇愛し子の秘密の父　レイチェル・ダヴ作，神鳥奈穂子訳　ハーパーコリンズ・ジャパン　2022.10　156p　17cm　〈ハーレクイン・イマージュ I2727〉〈原書名：THE PARAMEDIC'S SECRET SON〉　673円　①978-4-596-74890-4
　　＊アナベルはロンドンの病院で働く救急救命士。日夜患者の救助にあたりながら、女手一つで7歳の息子を育てている。同僚や友人に恵まれ、今でこそ暮らしは落ち着いたが、8年前は違った。当時、恋人のハリーとともに救命士を目指していた。先に彼の就職が決まり、勤務地のドバイへ一緒に旅立つことにしたのに、彼は空港で突然アナベルに別れを告げ、一人で行ってしまったのだ。妊娠に気づいた彼女が連絡をしても、返事さえよこさなかった。音信不通のまま時が過ぎ、半年前に息子が大けがで死線を彷徨ったとき、最後に一度だけ留守電にメッセージを残した。「帰ってきて」と。そして今、アナベルは乗客救助に向かった空港で、ハリーと再会する—。　〔2127〕

ダウド, シヴォーン　Dowd, Siobhan
◇グッゲンハイムの謎　シヴォーン・ダウド原案，ロビン・スティーヴンス著，越前敏弥訳　東京創元社　2022.12　265p　20cm　〈著作目録あり　原書名：THE GUGGENHEIM MYSTERY〉　1900円　①978-4-488-01120-8
　　＊夏休みを迎えた十二歳のテッドは、母と姉といっしょに、グロリアおばさんとこのサリムが住むニューヨークを訪れた。おばさんはグッゲンハイム美術館の主任学芸員で、休館日に特別に入館させてくれた。ところが改装中の館内を見学していると、突然、何かのきついにおいと白くて濃い煙が。火事だ！テッドたちは、大急ぎで美術館の外に避難した。だが火事は見せかけで、館内の全員が外に出た隙に、カンディンスキーの名画"黒い正方形のなかに"が盗まれていたのだ。しかも、おばさんが犯人だと疑われて逮捕されてしまう。なんとしても絵を取りもどして、おばさんの無実を証明しなければ。「ほかの人とはちがう」不思議な頭脳を持つテッドは、絵の行方と真犯人を探すため謎解きに挑む。『ロンドン・アイの謎』につづく爽快なミステリ長編！　〔2128〕

◇ロンドン・アイの謎　シヴォーン・ダウド著，越前敏弥訳　東京創元社　2022.7　252p　20cm　〈著作目録あり　原書名：THE LONDON EYE MYSTERY〉　1900円　①978-

4-488-01116-1
＊十二歳のテッドは、いとこのサリムの希望で、巨大な観覧車ロンドン・アイにのりにでかけた。テッドと姉のカット、サリムの三人でチケット売り場の長い行列に並んでいたところ、見知らぬ男が話しかけてきて、自分のチケットを一枚ゆずってくれると言う。テッドとカットは下で待っていることにして、サリムだけが、たくさんの乗客といっしょに大きな観覧車のカプセルに乗りこんでいった。だが、一周しておりてきたカプセルに、サリムの姿はなかった。サリムは、閉ざされた場所からどうやって、なぜ消えてしまったのか？ 人の気持ちを理解するのは苦手だが、事実や物事の仕組みについて考えるのは得意で、気象学の知識は専門家並み。「ほかの人とはちがう」、優秀な頭脳を持つ少年テッドが謎に挑む。カーネギー賞受賞作家の清々しい謎解き長編ミステリ！ ビスト最優秀児童図書賞受賞作。〔2129〕

ダウニング, サマンサ　Downing, Samantha
◇とむらい家族旅行　サマンサ・ダウニング著，唐木田みゆき訳　早川書房　2022.5　574p　16cm　〈ハヤカワ・ミステリ文庫 HM 485-2〉〈著作目録あり 原書名：HE STARTED IT〉 1440円　①978-4-15-184452-2
＊ずっと疎遠でいた兄妹、エディーとベス、ポーシャは、亡くなった祖父の莫大な遺産を受け取るため遺言にしたがっていっしょに旅に出ることになる。20年前に祖父が彼らを連れていったアメリカ横断ドライブ旅行を、祖父の遺灰を車に載せて完全再現するのだ。彼らの過去の旅は、奇妙で危険な秘密を孕んだものだった。そして現在の旅も、はじまりから狭い車内には不穏な空気が…。『殺人記念日』著者が放つ驚愕のサスペンス。〔2130〕

タウンゼンド, ヤロー　Townsend, Yarrow
◇葉っぱの地図　ヤロー・タウンゼンド作，井上里訳　小学館　2023.7　367p　20cm　〈原書名：THE MAP OF LEAVES〉 1800円
①978-4-09-290669-3 〔2131〕

ダ・エンポリ, ジュリアーノ　Da Empoli, Giuliano
◇クレムリンの魔術師　ジュリアーノ・ダ・エンポリ著，林昌宏訳　白水社　2022.12　270p　20cm　〈原書名：LE MAGE DU KREMLIN〉 2900円　①978-4-560-09468-6
＊彼は「クレムリンの魔術師」として知られていた。ヴァディム・バラノフは、ロシアの皇帝の黒幕になる前はTVのリアリティ番組のプロデューサーだったという。"私"はある夜、SNSで知り合った人物からモスクワ郊外の邸宅に招かれて、その祖父の代からの「ロシアの権力の歴史」を知る。ヴァディム・バラノフには、舞台芸術アカデミーで演劇を学んだ青春時代、ヒッピーの両親をもつクセニアという美しい恋人がいたという。ロシアのプロパガンダ戦略や、ウクライナとの戦争において、ヴァディム・バラノフはどんな役割を担っていたのだろうか？ エリツィン、クリントン、メルケル…実在の政治家たちも実名で登場し、ソチ冬季オリンピック開会式で赤軍合唱団にダフト・パンクを歌わせた史実なども挿話され、プーチンの権力掌握術やロシアの国民感情が語られてゆく。迫真のリアルポリティーク小説（全31章）。2022年バルザック賞受賞、ゴンクール賞最終候補など、話題沸騰のベストセラー！ アカデミー・フランセーズ賞受賞作品。〔2132〕

ダーキンズ, エリー　Darkins, Ellie
◇家なきベビーシッター　エリー・ダーキンズ作，北園えりか訳　ハーパーコリンズ・ジャパン　2022.4　156p　17cm　〈ハーレクイン・イマージュ I2703〉〈原書名：REUNITED BY THE TYCOON'S TWINS〉 664円　①978-4-596-33345-2
＊マデリンは夢と希望を胸に大学へ入学したものの、教授からセクハラを受けて男性不信に陥り、中退した。ほそぼそと仕事をしながら暮らしていたが、ある日突然、その職も追われ、住まいも失ってしまう。路頭に迷った彼女を救ったのは、大企業CEOのフィン。男手一つで生後半年の双子の赤ちゃんを育てている彼は、次のベビーシッターが見つかるまでのあいだ、住み込みで育児の手伝いをしてほしいと言ってきたのだ。ありがたく引き受けたマデリンだったが、初日の夜にいきなり彼の寝室に通され、ひどく取り乱してしまい…。〔2133〕

◇王子に選ばれた花売り娘　エリー・ダーキンズ作，深山咲訳　ハーパーコリンズ・ジャパン　2022.12　156p　17cm　〈ハーレクイン・イマージュ I2733〉〈原書名：PRINCE'S CHRISTMAS BABY SURPRISE〉 673円
①978-4-596-75493-6
＊生後間もなく親に捨てられ、里親宅を転々として育ったヘイリー。フラワーデザイナーとなり、結婚式の打ち合わせをしていたある日、同席していた顧客の友人からディナーに誘われた。彼こそは、ヨーロッパのアドリア王国皇太子ジオだった。今まで出会った中で最も美しい男性との夢のようなひととき。ヘイリーは彼の魅力にあらがえず、一夜を共にしてしまった。2ヵ月後、彼女はジオに会いに行く─今度は妊娠を伝えるために。だが、独りで産んで育てると言う彼女に、ジオは結婚を申しこんだ。この天涯孤独の私がお后になるですって？ まさか！ うれしいはずのプロポーズなのに、とまどいしか感じられず…。〔2134〕

ダーク, アリス・エリオット　Dark, Alice Elliott
◇フェローシップ岬　アリス・エリオット・ダーク著，金井真弓訳　早川書房　2024.12　787p　19cm　〈著作目録あり 原書名：FELLOWSHIP POINT〉 4500円　①978-4-15-210384-0
＊まるで異なる人生を歩んできた老女たちの友情の物語。人気児童書作家のアグネスと、その親友で専業主婦のポリー。彼女たちには、80年にわたる思い出、理解し合えないお互いの男たちへの愛憎、

心の奥底で分かち合っている秘密があった。そこへ若いシングルマザーの編集者モードが現れたとき、アグネスが長いあいだ封印してきた、愛と悲しみに満ちた過去が明らかになる。風光明媚な岬を舞台に、喪失を抱えた女性たちの友情と支え合いを描き出す長篇小説。〔2135〕

ダグラス, ジャック Douglas, Jack
◇ユーモア・スケッチ大全 [3] ユーモア・スケッチ傑作展 3 浅倉久志編・訳 国書刊行会 2022.2 374p 19cm〈「ユーモア・スケッチ傑作展 3」(早川書房 1983年刊)の改題、増補〉 2000円 ①978-4-336-07310-5
内容 恐竜だあ！(ジャック・ダグラス著) 〔2136〕

ダグラス, トレイシー Douglass, Traci
◇捨てられた聖母と秘密の子 トレイシー・ダグラス作, 仁嶋いずる訳 ハーパーコリンズ・ジャパン 2024.7 156p 17cm（ハーレクイン・イマージュ I2809）〈原書名：THE GP'S ROYAL SECRET〉 673円 ①978-4-596-63558-7
＊ケイトはこれから2週間、地中海を巡る豪華ヨットに乗船し、アシスタントドクターとして働く予定だ。独りで育てる幼い娘を連れて。娘にあらゆるすばらしいものを見せ、体験させてやりたかった。楽しい旅になると期待に胸を膨らませた矢先、急患が発生する。すばやく処置を施そうとしたケイトが周囲に協力を頼んだとき、聞き覚えのある声がし、思いも寄らぬ男性が現れた―デヴィッド！ いいえ、それは偽わ。彼の正体は、さる国の王子ダヴィアン・デ・ロロソ。私に一般人と信じこませてあげく、ある日忽然と姿を消した不実な元恋人。彼がいなくなった直後、身ごもったことに気づいたのだった…。そのことを、娘と同じ黒髪に空色の瞳の彼に秘密にしておけるだろうか？ 〔2137〕

タゴール, ラビンドラナート Tagore, Rabindranath
◇幼な子ボラナト ラビンドラナート・タゴール著, 神戸朋子訳 而立書房 2022.2 157p 19cm〈原書名：Sisú Bholānāth〉 2000円 ①978-4-88059-432-3
＊タゴールは1920年にアメリカを訪問した折、富への飽くなき追及が人間性を蝕んでいく様を見て心を痛めた。その反動から、幼な子の世界の真理を「ボラナト (シヴァ神の別名)」の無垢でこだわりのない姿に託し、詩集『幼な子ボラナト』は書き上げられた。タゴールはすでに百年前から、物質文明の果てなき欲望が、自然破壊や人間性喪失をもたらすことになると警鐘を鳴らしていたのである。〔2138〕

◇教科書の中の世界文学―消えた作品・残った作品25選 秋草俊一郎, 戸塚学編 三省堂 2024.2 285p 21cm〈文献あり〉2500円 ①978-4-385-36237-3
内容 チャンパの花(ラビンドラナート・タゴール著, 山室静訳) 〔2139〕

◇少年時代 ラビンドラナート・タゴール著, 大西正幸訳・解説 めこん 2022.10 215p 22cm〈文献あり〉2000円 ①978-4-8396-0332-8
＊ラビンドラナート・タゴール(ロビンドロナト・タクル、1861〜1941)はインドとバングラデシュの国民詩人。近代ベンガル語の韻文・散文を確立、詩・小説・劇・評論・旅行記・書簡などあらゆる分野に傑作を残した。両国の国歌を含む3000曲あまりの歌曲の作詞作曲者、優れた画家としても知られる。1913年、詩集『ギーターンジャリ』(英語版)によって、ヨーロッパ人以外で最初のノーベル文学賞受賞者となった。岡倉天心・横山大観等と交流があり、日本にも5度訪れている。自然の下での全人教育を目指して彼がシャンティニケトンに設立した学び舎は、現在、国立ビッシュ=バロティ大学(タゴール国際大学)に発展している。〔2140〕

◇タゴール10の物語 ラビンドラナート・タゴール著, 大西正幸訳・解説 めこん 2024.9 357p 20cm 2000円 ①978-4-8396-0339-7
内容 郵便局長 坊っちゃまの帰還 骸骨 カーブルの行商人 処罰 完結 夜更けに 飢えた石 非望 宝石を失って 〔2141〕

ダーシー, エマ Darcy, Emma
◇愛を拒むひと エマ・ダーシー著, 三好陽子訳 ハーパーコリンズ・ジャパン 2022.11 204p 15cm（ハーレクイン文庫 HQB-1156）〈ハーレクイン・エンタープライズ日本支社 1985年刊の再刊 原書名：TANGLE OF TORMENT〉 627円 ①978-4-596-75433-2
＊イアンとは、マギーが勤める会社の新社長として出会った。若く才覚に溢れる彼は、有能なマギーを一瞬にして認め、ふたりはすぐさま意気投合。互いに婚約者がいる身なのに、イアンと出会ったその日から、マギーの心はざわめきだす。そしてイアンに、「彼は本当に君にふさわしい男なのか？」と君は美しいと言うだけの婚約者のことをきかれたとき気づいた。イアンこそ私が生涯愛する男性だわ。マギーは婚約を解消した。だがイアンは違った。彼女への愛を認めないまま、「僕は決して君を選ばない」と冷たく突き放したのだ。〔2142〕

◇愛と運命のホワイトクリスマス リン・グレアム他著, 若菜もこ他訳 ハーパーコリンズ・ジャパン 2024.11 448p 17cm（ハーレクイン・プレゼンツ・スペシャル PS119）〈著作目録あり 「情熱の聖夜と別れの朝」(2017年刊)と「イブの星に願いを」(ハーレクイン 2005年刊)ほかからの改題、抜粋、合本 原書名：THE ITALIAN'S CHRISTMAS CHILD COMFORT AND JOYほか〉1364円 ①978-4-596-71611-8
内容 再会のクリスマスから(エマ・ダーシー著, 岡聖子訳)
＊『情熱の聖夜と別れの朝』吹雪のイブに車が故障したホリーは、近くの別荘に滞在する裕福なイタ

リア人ヴィトの厚意で一晩だけ泊めてもらうことに。貧しい自分とはなんの共通点もないのに彼に惹かれ、彼女は運命の恋と信じて純潔を捧げた。やがて妊娠がわかるが、知らせたいヴィトが見つからない。遊び…だったのね。ホリーは孤独のなか子を産み―。『愛と喜びの讃歌』孤児院を営むグエンドリンは、恵まれない子供たちにささやかながらクリスマスのお祝いを贈ろうと、寄付を募りにクーム・リース伯爵邸を訪れた。人嫌いで知られる伯爵の冷酷な態度にもひるまず、やっと説得に成功した頃には、館の外は猛烈な吹雪になっていた。グエンドリンは不本意ながら、無礼な伯爵と夜を明かすことに…。『再会のクリスマスから』ロウィーナは夫の会社のクリスマスパーティで社長を目にし、凍りついた。キアが社長？キアはロウィーナの兄の親友で、11年前、突然彼女を捨てた元恋人。夫の裏切りでぼろぼろのロウィーナは、キアへの恋心がくすぶりそうになるのをこらえた。彼を信じちゃだめよ。それに、私が彼の子を育てていることは絶対秘密なのだから。〔2143〕

◇愛の岐路　エマ・ダーシー作，霜月桂訳　ハーパーコリンズ・ジャパン　2024.8　156p　17cm　（ハーレクイン・イマージュ I2816―至福の名作選）〈ハーレクイン 1993年刊の再刊　原書名：BREAKING POINT〉673円　①978-4-596-96144-0　〔2144〕

◇愛の使者のために　エマ・ダーシー著，藤峰みちか訳　ハーパーコリンズ・ジャパン　2024.3　156p　17cm　（ハーレクイン・プレゼンツ PB380―作家シリーズ 別冊）〈ハーレクイン 1998年刊の再刊　原書名：JACK'S BABY〉664円　①978-4-596-53529-0

＊8カ月前、ニーナは恋人ジャックに別れを告げた。ジャックの子供嫌いが原因でいさかいになった末の決断だった―そのときすでにおなかには小さな命が宿っていたけれど、彼女はそれを隠したまま、独りで産み育てるつもりでいた。ニーナ自身、幼い頃に両親に疎まれてつらい思いをしたので、我が子には絶対に同じ気持ちを味わわせたくなかったのだ。いよいよ出産の時を迎え、性別にかわいらしい女の子を産んだ彼女に、衝撃の再会が待っていた。なぜ産婦人科医院にジャックがいるの?! たまたま友人の出産祝いで訪れていた彼も驚いた様子だったが、事情を察した彼から驚愕の一言が出た。「できるだけ早く結婚式を挙げたい」〔2145〕

◇あなたの最愛でいられたら　ヘレン・ビアンチ他著，塚田由美子他訳　ハーパーコリンズ・ジャパン　2023.4　316p　17cm　（HPA 45―スター作家傑作選）〈「苦いアンコール」（ハーレクイン・エンタープライズ日本支社 1986年刊）と「完璧な結婚」（ハーレクイン 1999年刊）の改題、合本　原書名：BITTER ENCORE MARRIAGE MELTDOWN〉1082円　①978-4-596-76931-2

内容　完璧な結婚（エマ・ダーシー著，山本瑠美子訳）〔2146〕

◇過去への扉　エマ・ダーシー著，やまのまや訳　ハーパーコリンズ・ジャパン　2022.5　198p　15cm　（ハーレクインSP文庫 HQSP-318）〈ハーレクイン 1995年刊の再刊　原書名：DARK HERITAGE〉500円　①978-4-596-31985-2

＊幼くして死に別れた母のことをもっと知りたい―レブルはその一心で、亡き母の思い出の場所だったという、デイヴンポート・ホールを訪れた。屋敷の主の伯爵ヒューは、若くして長身の見目麗しい男性。だが、兄夫婦が遺した姪の世話にはほとほと手を焼いているらしく、冷淡と言うほかないような態度で少女に接していた。周囲から疎まれ、意固地に心を閉ざす幼い少女の姿に、レブルは天涯孤独だった昔の自分を重ね合わせた。そして衝動的に、1週間屋敷にとどまると申し出るが…。〔2147〕

◇恋する一夜物語　エマ・ダーシー，シャロン・ケンドリック，アネット・ブロードリック著，加納三由季他訳　ハーパーコリンズ・ジャパン　2022.7　330p　17cm　（HPA 36―スター作家傑作選）〈原書名：THE INCORRIGIBLE PLAYBOY　IN BED WITH THE BOSSほか〉1109円　①978-4-596-70806-9

内容　一夜の蝶（エマ・ダーシー著，加納三由季訳）

＊「蛾が蝶になったさまをゆっくり鑑賞させてもらうよ」地味でお堅いエリザベスの変身に、放蕩富豪ハリーから失礼な賛辞が贈られた。さらに僕の下で動かないかと誘われ、世慣れた彼に不安を抱きながらも、彼女はつい同意してしまう！　遊び人と噂されているけれど実は剃刀のように頭の切れる彼の魅力にはまっていくとも知らず。―『一夜の蝶』ジョゼフィーンは少女のころから憧れていたブレイクと再会し、長年の想いが叶って彼と情熱の一夜を過ごして天にも昇る心地だった。しかし、彼女にとっては忘れられない夜だったのに、ブレイクは朝が来る前にさっさと立ち去った。その直後、彼が元恋人とよりを戻して婚約したという噂を聞き、ジョゼフィーンは打ちのめされた。―『一夜の記憶』テスは早朝のしつこい呼び鈴で起こされた。玄関先には、2年は戻らないと言って異国へ旅立ったクレイグがいた。なぜ2カ月もしないうちに帰ってきたの？　ふとテスは彼が発つ前の、一夜の出来事を思い出した。まさか幼なじみだった彼と一線を越えるとは思いもしなかったが―まさか！　昨晩、急な吐き気に襲われたのは…。―『一夜の奇跡』〔2148〕

◇三人のメリークリスマス　エマ・ダーシー著，吉田洋子訳　ハーパーコリンズ・ジャパン　2024.6　156p　17cm　（ハーレクイン・プレゼンツ PB387―作家シリーズ 別冊）〈ハーレクイン 1999年刊の再刊　原書名：MERRY CHRISTMAS〉664円　①978-4-596-63516-7

＊メレディスはある小包を待ちわびながらも、不安を募らせていた。13年前に手放さざるをえなかった娘の成長を知るすべは、養母が送ってくれる写真しかないのに、それが今年は届かないのだ。まさか、何かあったんじゃ―。病気、あるいは事故とか…？　最悪の事態を考え始めたころ、突然玄関のチャイムが鳴り響いた。扉の前には、片時も忘

なかったニック―娘の父親の姿があった。ああ、ニック！　もしかして、やっと私に会いに来てくれたの？　たちまち封印したはずの愛がよみがえり、期待に胸が高鳴る。だが彼の瞳を見つめたとたん、メレディスは気づいた。二人が愛し合った記憶を、彼がいまだに取り戻していないことに。〔2149〕

◇ダーリンと呼ばないで　エマ・ダーシー作，上村悦子訳　ハーパーコリンズ・ジャパン　2022.10　157p　17cm　（ハーレクイン・プレゼンツ PB342―作家シリーズ 別冊）〈ハーレクイン 2000年刊の再刊　原書名：THE MARRIAGE DECIDER〉664円　①978-4-596-74810-2
＊エイミーが社長ジェイクの個人秘書になって2年、女性を大勢泣かせてきた彼の犠牲者にならぬよう慎重にふるまってきた。そんなとき、エイミーは不実な恋人に捨てられてどん底にあっても、ボスの前では弱った姿を見せるわけにいかなかった。なのに、秘書が失恋したと知ったジェイクはすかさず、甘く優しい誘いをかけてきた。警戒を怠らないエイミーだったが、元恋人が不意に現れ、あてつけのためジェイクとの親密さを見せつけた。そしてとうとう、長年避けてきた事態を迎えてしまう―甘美な一夜を。でも、職場で気まずくなりたくない。この関係は続けられない。そうボスに告げたエイミーはやがて、彼の子を妊娠したことに気づく…。〔2150〕

◇誓いの季節　エマ・ダーシー，シャーロット・ラム，ケイシー・マイケルズ著，戸田早紀他訳　ハーパーコリンズ・ジャパン　2022.6　427p　17cm　（HPA 35―スター作家傑作選）〈他言語標題：The Season of the Vow　原書名：IN NEED OF A WIFE　SURRENDERほか〉1191円　①978-4-596-42947-6
内容　花嫁が二人（エマ・ダーシー著，戸田早紀訳）
＊『花嫁が二人』サーシャは会ったばかりのネイサンのプロポーズに耳を疑った。今まで会った中で最もセクシーとはいえ、いきなり結婚などできない。しかも愛ゆえでなく"便宜上"なんて…。それでもしだいにサーシャは彼に惹かれていき、ある日宣言した。「あなたと結婚するわ」しかし時すでに遅く、彼は別の女性と結婚の約束をした後だった。『六月の花嫁』ジーナは敵対するヨーロッパ屈指の大富豪ニックの誘惑に屈し、情熱の一夜を明かしたが、彼の心に真実の愛があると思えず自己嫌悪に陥った。一方のニックは、頑なな態度で戻ってきた彼女に怒りをぶつける。そんななか仕事で彼を失脚させようという者が現れ、ジーナも協力を迫られるが、彼女が真に求めているのはニックの愛で…。『勝ち気な花嫁』身重の姉を屋敷に送り届ける途中、エレナは宿屋に泊まった。運命の悪戯で、エレナは伯爵ニコラスの部屋に誤って入り、眠ってしまう―ニコラスが正体もなく酔っ払い、一糸まとわぬまま寝ていたベッドで。翌朝、目覚めた二人は仰天した。運悪くその場面を牧師に見られ、ニコラスはやむなく名誉のために結婚を申し出たが…。形はいろいろあるけれど、真実の愛は一つだけ。豪華3作家の至福のウエディング・アンソロジー！〔2151〕

◇月夜の魔法　エマ・ダーシー著，霜月桂訳　ハーパーコリンズ・ジャパン　2023.3　208p　15cm　（ハーレクイン文庫 HQB-1177）〈ハーレクイン 2004年刊の再刊　原書名：THE BLIND-DATE BRIDE〉627円　①978-4-596-76735-6
＊つらい過去のせいで恋愛を遠ざけていたキャサリンは、お節介やきの妹に連れだされ、セクシーな男性と引き合わされた。ザック・フリーマン―長身で黒髪の裕福な実業家だ。彼にたちまち心奪われ、月の光に導かれるように、ひとけのない海岸で一夜限りという約束をかわして結ばれた。9カ月後、妹の結婚式でザックと再会したキャサリンは、ふたたび情熱の炎に身を任せてしまう。今夜だけ―もう彼には二度と会わない。しかし予想外の妊娠に驚愕する。キャサリンは一人で産み育てようと心を決めるが…。〔2152〕

◇虹色のシンデレラ　エマ・ダーシー著，片山真紀訳　ハーパーコリンズ・ジャパン　2022.1　202p　15cm　（ハーレクイン文庫 HQB-1099）〈ハーレクイン 2008年刊の再刊　原書名：THE BILLIONAIRE'S CAPTIVE BRIDE〉627円　①978-4-596-01882-3
＊売れっ子童話作家のエリンは大のマスコミ嫌い。ある日、公園で子供たちにおとぎばなしを聞かせていると、輝くブルーの瞳の、凛々しい男性が目に飛びこんできた。エリンには彼が王子様に見えた―世間に疎い彼女は、彼が大富豪ピーター・ラムジーとは知らなかったのだ。二人は互いの素性を知らぬまま強烈に惹かれ合う。だがやがて、彼女が自分に劣らぬ有名人だと知ったピーターは、なぜ素性を隠していたのかと彼女をなじり、別れを告げた。その直後、エリンは妊娠に気づくが…。〔2153〕

◇ばらよりも赤く　エマ・ダーシー作，山田信子訳　ハーパーコリンズ・ジャパン　2022.9　156p　17cm　（ハーレクイン・イマージュ I2722―至福の名作選）〈ハーレクイン 1990年刊の再刊　原書名：A PRICELESS LOVE〉673円　①978-4-596-74693-1
＊視力を失いつつある幼い娘の手術費用を貯めるため、ジーナは3つの仕事を掛け持ちする過酷な日々を送っていた。そんなある日、昼の事務仕事のオフィスに、一人の男性が現れた―忘れたくても忘れられない、リアム・シャノン！　亡き夫の友人でありながら、結婚式の日に私を誘惑した男。私は不躾なキスをされて驚き、参列客の前で彼を平手打ちしたのだった。あれから6年のあいだ音信不通だったのに、なぜ今になって…？　2年前に夫が事故死したことをジーナが伝えると、リアムは一瞬ひるんだのち、昔と変わらぬ傲慢さで残酷にも言い放った。「彼が亡くなったのなら、僕を止めるものは何もない」〔2154〕

◇非情な結婚　エマ・ダーシー著，平江まゆみ訳　ハーパーコリンズ・ジャパン　2022.9　206p　15cm　（ハーレクイン文庫 HQB-1143―珠玉の名作本棚）〈ハーレクイン 2012年刊の再刊　原書名：AN OFFER SHE CAN'T REFUSE〉

627円　①978-4-596-74718-1
＊ティナは姉の結婚式のため、幼い息子とギリシアへ向かった。旅の途中で、宿命の人、大富豪アリと再会するとは思わず。6年前、ティナはアリに激しく惹かれ、すべてを捧げたが、ほどなく彼は別れを告げ、彼女は身重の体で残されたのだった。不意の再会に動揺するティナとは違って、屈託のないアリに怒りを覚え、彼女は思わず秘密を告げた——わたしの息子は、あなたの息子でもあるわ、と。ティナはもう二度と会わないつもりで颯爽とその場を去った。ところが、結婚式でふたたびアリに会い、結婚を迫られるとは！　　　　［2155］

◇ふたりで作る明日　エマ・ダーシー作，森いさな訳　ハーパーコリンズ・ジャパン　2022.2　156p　17cm　〈ハーレクイン・イマージュ I2696—至福の名作選〉〈ハーレクイン 1994年刊の再刊 原書名：THE VELVET TIGER〉664円　①978-4-596-31670-7
＊仕事しか愛せない男性を、なぜ、愛してしまったの？　出張に行った恋人のケインから、3週間なんの音沙汰もない。従順な恋人を演じてきたリサだが、もはや我慢の限界だった。ケインはとてもハンサムで女心をそそる危険な男だ。けれど会社経営者の彼にとって大切なのはあくまで仕事。まるで添え物のように扱われるリサは、すっかり傷ついていた。彼が私に求めているのは、ベッドでの慰めだけなの？　意を決してついにリサが別れを告げると、ケインは言った。「僕が君を愛していると言ったら、どうする？」嘘に決まっているわ——私が何より求めているものを知っていて、そんなことを言うなんて。ケインのずるさが、リサは苦しかった。　　　　　　　　　　　　　　［2156］

◇炎のキスをもう一度　エマ・ダーシー作，片山真紀訳　ハーパーコリンズ・ジャパン　2024.2　156p　17cm　〈ハーレクイン・イマージュ I2792—至福の名作選〉〈ハーレクイン 1998年刊の再刊 原書名：THE FATHER OF HER CHILD〉673円　①978-4-596-53393-7
＊仕事で全国各地を回ることになった広報のローレン。壮行パーティーで、同行者として大富豪マイケルを紹介されて、長身で上品な彼に一目惚れしてしまう。でも、なぜ初対面の私を値踏みするように見つめてくるのかしら？　そんな小さな疑問は、強引に誘われて彼とダンスを踊るうちに消え、情熱に火がついたままに、気づけば彼のベッドで朝を迎えていた。だが甘い余韻に浸っていられたのも、ほんのつかの間だった——じつは彼はかつてローレンの同僚と結婚していて、彼女が妻をそそのかしたのが離婚原因だと思っているらしい！　この出逢いは仕返しの罠？　傷ついたローレンはやがて妊娠に気づき…。　［2157］

◇マグノリアの木の下で　エマ・ダーシー著，小池桂訳　ハーパーコリンズ・ジャパン　2024.12　198p　15cm　〈ハーレクインSP文庫HQSP-441〉〈ハーレクイン 1995年刊の再刊 原書名：NO RISKS,NO PRIZES〉545円　①978-4-596-71919-5　　　　　　　［2158］

◇身代わりのシンデレラ　エマ・ダーシー著，柿沼摩耶訳　ハーパーコリンズ・ジャパン　2023.11　205p　15cm　〈ハーレクイン文庫 HQB-1209〉〈ハーレクイン 2009年刊の再刊 原書名：RUTHLESSLY BEDDED BY THE ITALIAN BILLIONAIRE〉627円　①978-4-596-52730-1
＊病院のベッドで昏睡状態から目覚めたジェニーは、医師や看護師に"イザベラ"と呼ばれて困惑する。車に同乗して事故に遭い亡くなった友人イザベラと取り違えられたらしい。そこへイザベラの従兄を名乗る、イタリア大財閥の後継者ダンテ・ロッシーニが現れた。余命わずかな祖父に会ってほしいと彼は言い、人違いだと告白した彼女に、カリスマ性漂う美貌で冷淡に言った。「刑務所に入りたくなければ、イザベラとして一緒に来るんだ」脅されて従った彼女が、やがて蝶のように美しく変身すると…。　　　　　　　　　　　　　［2159］

ダーシー, ユライア・デリック　D'Arcy, Uriah Derick

◇吸血鬼ラスヴァン—英米古典吸血鬼小説傑作集　G・G・バイロン,J・W・ポリドリほか著，夏来健次,平戸懐古編訳　東京創元社　2022.5　443p　20cm　〈他言語標題：THE VAMPYRE 文献あり〉　3000円　①978-4-488-01115-4
内容 黒い吸血鬼—サント・ドミンゴの伝説（ユライア・デリック・ダーシー著，平戸懐古訳）
＊ブラム・ストーカー『吸血鬼ドラキュラ』に先駆けて発表された英米の吸血鬼小説に焦点を当てた画期的アンソロジーが満を持して登場。バイロン、ポリドリらによる名作の新訳、伝説の大著『吸血鬼ヴァーニー—あるいは血の晩餐』抄訳ほか、ブラックユーモアの中に鋭い批評性を潜ませる異端の吸血鬼小説「黒い吸血鬼—サント・ドミンゴの伝説」、芸術家を誘うイタリアの謎めいた邸宅の秘密を描く妖女譚の傑作「カンパーニャの怪」、血液ではなく精神を搾取するサイキック・ヴァンパイアものの先駆となる幻の中篇「魔王の館」など、本邦初紹介の作品を中心に10篇を収録。怪奇小説を愛好し、多彩な翻訳を手がけてきた訳者らによる日本オリジナル編集で贈る。　　　　　　　　　［2160］

ダス, ジェマ　Dass, Gemma

◇イン・クィア・タイム—アジアン・クィア作家短編集　イン・イーシェン，リベイ・リンサンガン・カントー編，村上さつき訳　ころから　2022.8　350,10p　19cm　〈他言語標題：In queer time　原書名：Sanctuary〉　2200円　①978-4-907239-63-3
内容 シャドーガール（ジェマ・ダス著）
＊「クィアの時代」に香港から届いたアジアンLGBTQ＋作家による「クィア小説」17編を収録！
　　　　　　　　　　　　　　　［2161］

タチ, ジャック　Tati, Jacques

◇ぼくの伯父さん　ジャック・タチ原案，ジャン＝クロード・カリエール作，小柳帝訳　KTC

中央出版　2022.12　255p　19cm　〈原書名：MON ONCLE〉1700円　Ⓒ978-4-87758-843-4
＊ジャック・タチによるフランス映画の名作、待望の初邦訳。〔2162〕

タッブ,マック　Tabb, Mark

◇いのちをかけた疾走　ロペス・ロモング,マック・タッブ共著,中西眞喜訳　プリズムBOOKS,星雲社〔発売〕　2023.2　276p　19×15cm　1800円　Ⓒ978-4-434-31799-6
＊第二次スーダン内戦の最中、多くの少年が兵士たちに拉致され、地獄のような収容所に監禁された。ロペス・ロモングも拉致された少年の一人であった。だが、彼は絶望的な状況にあっても希望を失わず、人事を尽くして天命を待った。彼は謎の三人の少年の助けを得て収容所を脱出せんとしたら、矢のように走った。その前途に彼を待っていたのは、アメリカとオリンピックと偉大な使命であった…愛と勇気と希望と感動の実話の初邦訳!!〔2163〕

タートン,スチュアート　Turton, Stuart

◇イヴリン嬢は七回殺される　スチュアート・タートン著,三角和代訳　文藝春秋　2022.7　591p　16cm　（文春文庫　タ18-1）〈原書名：THE SEVEN DEATHS OF EVELYN HARDCASTLE〉1280円　Ⓒ978-4-16-791913-9
＊舞踏会の夜、イヴリン嬢は殺される。その謎を解くのがおまえの任務だ。ルール#1：事件を解決するまで、この一日はずっとループする。ルール#2：新たなループに入ると意識は別の人間に転移している。ルール#3：探偵役はおまえ一人ではない。ルール以上だ。さあ事件に挑め。究極の特殊設定ミステリ登場。〔2164〕

◇名探偵と海の悪魔　スチュアート・タートン著,三角和代訳　文藝春秋　2022.2　439p　20cm　〈原書名：THE DEVIL AND THE DARK WATER〉2500円　Ⓒ978-4-16-391507-4
＊「この船は呪われている、乗客は破滅を迎えるだろう」バタヴィアからオランダへ向かう帆船ザーンダム号に乗船しようとしていた名探偵サミー・ピップスと助手のアレントらに、包帯で顔を覆った怪人がそう宣言した。そして直後、男は炎に包まれて死を遂げた。しかし名探偵は罪人として護送される途上にあり、この怪事件を前になすすべもなかった。オランダへと帰国するバタヴィア総督一家らを乗せ、ザーンダム号が出航し、新たな凶兆が起こる。風を受けてひるがえった帆に、悪魔"トム翁"の印が黒々と浮かび上がったのだ！　やがて死んだはずの包帯男が船内に跳梁し、存在しないはずの船の灯りが夜の海に出現、厳重に保管されていた極秘の積荷"愚物"が忽然と消失する。わきおこる謎また謎。だが名探偵は牢にいる。元兵士の助手アレントは、頭脳明晰な総督夫人サラとともに捜査を開始するも、鍵のかかった密室で殺人が!?　驚愕のSFミステリ『イヴリン嬢は七回殺される』の鬼才の第二作。海洋冒険譚と怪奇小説を組み込んだ全方位型エンタテインメ

ント本格ミステリ！　ガーディアン、フィナンシャルタイムズ、サンデータイムズほか"ベスト・ブック・オブ・ザ・イヤー"。英国推理作家協会"スチール・ダガー賞"最終候補作。英国歴史作家協会"ゴールド・クラウン賞"最終候補作。〔2165〕

ダネリ,ティティナ　Danelli, Titina

◇無益な殺人未遂への想像上の反響―ギリシャ・ミステリ傑作選　ディミトリス・ポサンジス編,橘孝司訳　竹書房　2023.7　443p　15cm　（竹書房文庫　ぽ1-1）〈原書名：Ellinika Egklimata.5〉1500円　Ⓒ978-4-8019-3279-1
内容　最後のボタン（ティティナ・ダネリ著,橘孝司訳）
＊ギリシャに形成されつつある新たな迷宮。本書には、本格ミステリ、ノワール、警察小説など、各ジャンルのギリシャ・ミステリの精鋭たちの作品が収録されている。回天するギリシャ・ミステリの世界へようこそ。あなたは希望の胸膨らませた新人作家が大御所ミステリ作家のもとに持ち込んだ原稿を読む（「ギリシャ・ミステリ文学の将来」）。ナンシー・シナトラの曲が流れる中、ひとりの女の生涯を追体験し（「バン・バン！」）、現実とミステリの狭間をさまよう（表題作）。陽気な警官たちと観るブルース・スプリングスティーンのアテネ公演は最高だ（「"ボス"の警護」）。そして、最悪の愛が通りを駆け抜けてゆく―（「死ぬまで愛す」）。二千年の時を経て、色合いを変え深度を増した迷宮が、あなたの前に扉を開く。あなたはそこで怪物よりも不可解なものに遭遇するだろう。混沌としたギリシャ・ミステリの謎に。巻末に訳者による詳細な解説と「ギリシャ・ミステリ小史」を付す。〔2166〕

ダネリス,ヴァシリス　Vassilis, Danellis

◇無益な殺人未遂への想像上の反響―ギリシャ・ミステリ傑作選　ディミトリス・ポサンジス編,橘孝司訳　竹書房　2023.7　443p　15cm　（竹書房文庫　ぽ1-1）〈原書名：Ellinika Egklimata.5〉1500円　Ⓒ978-4-8019-3279-1
内容　バン・バン！（ヴァシリス・ダネリス著,橘孝司訳）
＊ギリシャに形成されつつある新たな迷宮。本書には、本格ミステリ、ノワール、警察小説など、各ジャンルのギリシャ・ミステリの精鋭たちの作品が収録されている。回天するギリシャ・ミステリの世界へようこそ。あなたは希望の胸膨らませた新人作家が大御所ミステリ作家のもとに持ち込んだ原稿を読む（「ギリシャ・ミステリ文学の将来」）。ナンシー・シナトラの曲が流れる中、ひとりの女の生涯を追体験し（「バン・バン！」）、現実とミステリの狭間をさまよう（表題作）。陽気な警官たちと観るブルース・スプリングスティーンのアテネ公演は最高だ（「"ボス"の警護」）。そして、最悪の愛が通りを駆け抜けてゆく―（「死ぬまで愛す」）。二千年の時を経て、色合いを変え深度を増した迷宮が、あなたの前に扉を開く。あなたはそこで怪物よりも不可解なものに遭遇するだろう。混沌とし

タハ

たギリシャ・ミステリの謎に。巻末に訳者による詳細な解説と「ギリシャ・ミステリ小史」を付す。〔2167〕

タバ, スビ

◇そして私たちの物語は世界の物語の一部となる—インド北東部女性作家アンソロジー— ウルワシ・ブタリア編, 中村唯日本語版監修 国書刊行会 2023.5 286p 20cm〈原書名：THE MANY THAT I AMの抄訳 THE INHERITANCE OF WORDSの抄訳ほか〉2400円 ①978-4-336-07441-6

内容 森の精霊（スビ・タバ著, 安藤五月訳）

＊バングラデシュ、ブータン、中国、ミャンマーに囲まれ、さまざまな文化や慣習が降り合うヒマラヤの辺境。きわ立ってユニークなインド北東部から届いた、むかし霊たちが存在した頃のように語られる現代の寓話。女性たちが、物語の力をとりもどし、自分たちの物語を語りはじめる。〔2168〕

タブロ　TABLO

◇BLONOTE　タブロ著, 清水知佐子訳　Begin 2022.2 263p 19cm〈著作目録あり 作品目録あり 本文は日本語 発売：世界文化社〉1300円　①978-4-418-22601-6

＊韓国人気ヒップホップグループ・EPIK HIGHのTABLOが綴る、深夜のラジオ番組で読み上げたメッセージ集！ まっすぐな言葉のかけらが切なく心に響き、感情を揺り動かす。〔2169〕

タマキ, マリコ

◇ローラ・ディーンにふりまわされてる　ローズマリー・ヴァレロ・オコーネル画, マリコ・タマキ作, 三辺律子訳　岩波書店　2023.5 295p 21cm〈原書名：LAURA DEAN KEEPS BREAKING UP WITH ME〉2500円　①978-4-00-116047-5

＊その恋は、あなたを幸せにしてくれる？ フレディは17歳。同性の恋人ローラに夢中で、彼女にずっとふりまわされてる一恋の痛みを切実に描き、自尊心と依存の問題に切りこむ最高にパワフルな青春グラフィック・ノベル。アイズナー賞2020年3部門、マイケル・L・プリンツ賞オナー2019年、ハーベイ賞2019年児童書・YA部門、イグナッツ賞2019年3部門、アメリカで漫画・児童文学作品に贈られる賞を数多く受賞し、各誌が絶賛した話題作、待望の邦訳。〔2170〕

ダーラ, エヴァン　Dara, Evan

◇失われたスクラップブック　エヴァン・ダーラ著, 木原善彦訳　幻戯書房　2024.12 580p 19cm（ルリユール叢書）〈年譜あり 原書名：THE LOST SCRAPBOOK〉5200円　①978-4-86488-310-8

＊"ポスト・ギャディス"と目され、リチャード・パワーズが正体とも噂されている、トマス・ピンチョン以上に謎めくポスト・ポストモダン作家エヴァン・ダーラー"読まれざる傑作"として話題となった、ピリオドなしの、無数にして無名の語りで綴られる大長編の奇書がついに本邦初訳で登場！ 〔2171〕

タランティーノ, クエンティン　Tarantino, Quentin

◇その昔、ハリウッドで　クエンティン・タランティーノ著, 田口俊樹訳　文藝春秋　2023.5 452p 20cm〈原書名：ONCE UPON A TIME IN HOLLYWOOD〉2750円　①978-4-16-391703-0

＊1969年、ハリウッドー俳優リック・ダルトンは人生の岐路に立っていた。キャリアが下り坂の彼に大物エージェントがイタリア製作のウェスタン映画に出ないかという話を持ちかけてきたのだ。悩みを抱えながらTVドラマの撮影に出かけたリックが現場で出会ったのは…リックの長年の相棒、クリフは謎の多い男だった。妻を殺したが罪を逃れ、戦争中には大勢殺したと豪語する男。今日もリックの車でハリウッドを流していたクリフはヒッピー娘を拾い、彼女らがチャーリー・マンソンなる男と暮らす牧場へと向かう…女優シャロン・テートは気鋭の映画監督ポランスキーと結婚し、リックの隣に住みはじめたところだった。折しも自分の出演作『サイレンサー/破壊部隊』が劇場にかかっているのを目にした彼女は、うきうきとチケット売り場の女の子に声をかけ…アカデミー賞2部門受賞、ゴールデングローブ賞3部門受賞の『ワンス・アポン・ア・タイム・イン・ハリウッド』をタランティーノ自ら小説化。映画にはない場面、映画にはない物語、映画とは異なる結末—これは単なるノベライズではない。同じ種子から生み出された堂々たる長編小説なのである。オフビートな小説を愛し、自身の映像言語としてきた巨匠がみせるグルーヴィな語りの才能に瞠目せよ！ 〔2172〕

ダール, フレデリック　Dard, Frédéric

◇夜のエレベーター　フレデリック・ダール著, 長島良三訳　扶桑社　2022.8 219p 16cm（扶桑社ミステリー タ10-1）〈著作目録あり 原書名：Le Monte-Charge〉880円　①978-4-594-09215-3

＊「ぼく」は6年ぶりにパリへ帰ってきた。ともに暮らしていたママが死んでしまい、からっぽのアパートは孤独を深めるだけだった。だが今日はクリスマス・イヴ。にぎわう街の憧れの店へ食事に入ると、小さな娘を連れた美しい女性に出会う。かつて愛した運命の人に似た、若い母親に…彼女が思いもかけないドラマへと、「ぼく」を導いていく！「戦後フランス・ミステリー界最高の人気作家」と称されるフレデリック・ダールが贈る、まさに予測不能、謎と驚きに満ちた名品。〔2173〕

ダルウィシュ, ジハド

◇ナスレディン スープのスープージハド・ダルウィシュ ショートセレクション　ジハド・ダルウィシュ著, 松井裕史訳　理論社　2023.9 214p 19cm（世界ショートセレクション

22)〈原書名：SAGESSES ET MALICES DE NASREDDINE, LE FOU QUI ÉTAIT SAGE〉1300円　①978-4-652-20573-0

内容　ナスレディンの息子　医者のナスレディン　ナスレディンのマント　なべ　知恵のあるネズミ　人生　明かり　おどし　留守番　ロバが十頭　ジェラバが落ちた　ジェラバ泥棒　ロバの言葉　洗濯縄　肉と猫　釘　釘の値段　ロバに化けた　強い者の側　クスクスが降った夜

＊「人の言うことなどを気にするな」知恵は愚かで賢い能力。器量を生かすか殺すか。名作がスラスラよめる！ 世界文学旅行へお連れします。〔2174〕

タルコフスキイ

◇雑話集―ロシア短編集編集　5　ロシア文学翻訳グループクーチカ編集　［枚方］　ロシア文学翻訳グループクーチカ　2024.6　180p　19cm　〈他言語標題：Пёстрые рассказы〉

内容　精選鉱（タルコフスキイ著, 前田恵訳）〔2175〕

ダールトン, クラーク　　Darlton, Clark

◇永遠への飛行　クラーク・ダールトン, クルト・マール著, 長谷川圭訳　早川書房　2024.3　271p　16cm　（ハヤカワ文庫 SF 2436―宇宙英雄ローダン・シリーズ 709）〈原書名：FLUG IN RICHTUNG EWIGKEIT　DIE HÖHLE DES GIGANTEN〉940円　①978-4-15-012436-6

内容　永遠への飛行（クラーク・ダールトン著, 長谷川圭訳）

＊ローダンたち六名は、永遠の奉仕者となる"選ばれし者"のベカッスとともに、惑星カッスバンで永遠の船に乗船した。つぎの寄港地のトゥールス3につくまでのあいだに、一行は手分けして船内を探るが、この船はロボット制御された無人船で、約七百名のベカッスしかいなかった。客室は船首部分に、エンジンは船尾部分にあるようだが、金属壁に遮られ通行不能。グッキーは、テレポーテーションで船尾部分へと潜入するが…!?〔2176〕

◇グッキー、危機一髪！　クルト・マール, クラーク・ダールトン著, 星谷馨訳　早川書房　2022.6　270p　16cm　（ハヤカワ文庫 SF 2369―宇宙英雄ローダン・シリーズ 667）〈原書名：IM BANN DES PSICHOGONS　DER ZWECK HEILIGT DIE MITTEL〉760円　①978-4-15-012369-7

内容　謀略の惑星アスポルク（クラーク・ダールトン著）

＊ラオ＝シンの故郷惑星フベイ探索中のレジナルド・ブルのもとに、「ピナフォルで会おう。フベイの手がかりがあるかも」との連絡がグッキーから入った。急遽ブルは"エクスプローラー"でピナフォルに向かう。そこは原住種族ナフォルが暮らす、未開だが牧歌的な惑星だった。ブル一行は村人たちに歓待されるが、肝心のグッキーの姿がない。なんらかのトラブルに巻きこまれたのか？ その行方を求め、ブルは探索を開始する！〔2177〕

◇サトラングの隠者　クラーク・ダールトン, エルンスト・ヴルチェク著, 鵜田良江訳　早川書房　2024.1　269p　16cm　（ハヤカワ文庫 SF 2428―宇宙英雄ローダン・シリーズ 704）〈原書名：DER EREMIT VON SATRANG　EIN TROPFEN EWIGKEIT〉940円　①978-4-15-012428-1

内容　サトラングの隠者（クラーク・ダールトン著, 鵜田良江訳）

＊隔離された故郷銀河をめざす最初の突入が失敗に終わったあと、銀河系船団は恒性ヘロスの第二惑星サトラングに向かった。"隠者"を名乗る謎の人物からの救難信号を受信したからだ。惑星に到着するや、グッキーは独断でただちに地表へと向かう。信号によれば、その隠者は死の危機に瀕しているらしい。グッキーはさまざまな場所を隠者を探すが見つからない。ようやく隠者を発見するが、細胞活性装置を強奪されたその人物は…!?〔2178〕

◇パガル特務コマンド　H・G・エーヴェルス, クラーク・ダールトン著, 星谷馨訳　早川書房　2023.7　270p　16cm　（ハヤカワ文庫 SF 2413―宇宙英雄ローダン・シリーズ 692）〈原書名：TODESKOMMANDO PAGHAL　ORT DER ERFÜLLUNG〉820円　①978-4-15-012413-7

内容　成就の地、到達！（クラーク・ダールトン著, 星谷馨訳）

＊サラアム・シインの歌唱による混乱に乗じて、アトランとイルナは惑星パガルに潜入した。だが、そこには恐るべき罠が待ち構えていた。惑星じゅうにひろがる精神集合体ハヌマヤが作り出した"アヴァタル夢"に閉じこれられてしまったのだ。一方アトランとの連絡がないことを危惧したジュリアン・ティフラーは、ラトバー・トスタンをはじめとする七名のパガル特務コマンドをテレポーテーションで惑星に送りこんだが…!?〔2179〕

◇ハンガイ銀河の占星術師　エルンスト・ヴルチェク, クラーク・ダールトン著, 若松宣子訳　早川書房　2023.2　280p　16cm　（ハヤカワ文庫 SF 2397―宇宙英雄ローダン・シリーズ 683）〈原書名：DIE ASTROLOGEN VON HANGAY　DIE FREIHEIT DES BEWUSSTSEINS〉780円　①978-4-15-012397-0

内容　成就の地、探索の旅路（クラーク・ダールトン著, 若松宣子訳）

＊エスタルトゥのシュブールを追うヨルダンに導かれ、ローダンとベオドゥは、ササク星系第三惑星トゥヨンの宇宙港に到着した。だがそこには宇宙船もなければ住民もいない。不審に思いながらもローダン一行は近くの町へと向かうが、そこには巨大な天球儀があった！ どうやら占星術師の評議会がこの町の住民を支配しているようだ。はたしてベングエルという奇妙な種族と、エスタルトゥとのあいだにはどのようなつながりが…!?〔2180〕

◇惑星キオンのビオント　クラーク・ダールトン＆ロベルト・フェルトホフ, 長谷川早苗訳　早

川書房　2024.8　269p　16cm　(ハヤカワ文庫SF―宇宙英雄ローダン・シリーズ 718)　〈原書名：Im Halo der Galaxis Die Bionten von Kyon〉940円　①978-4-15-012453-3

内容　故郷銀河のハロー部で　惑星キオンのビオント
＊パルス・コンヴァーターの試験は成功したものの、クロノパルス壁の先にはさらに第二の壁があることが判明した。ローダンは"シマロン"と自由商人の船"ブルージェイ"の二隻で、第二の壁の調査のため出発する。だが、パルス・コンヴァーターによって無事にクロノパルス壁を突破した直後、コンヴァーターが謎の爆発をとげて破損してしまう。さらに壁突破後80光年の宙域にさしかかったところで、第二の壁の恐るべき罠が!?　〔2181〕

ダルトン, マーゴット　Dalton, Margot
◇惑わされた女　マーゴット・ダルトン著, 霜月桂訳　ハーパーコリンズ・ジャパン　2023.7　515p　15cm　(Mira―ジャッキー・カミンスキー 1)　1000円　①978-4-596-52088-3
＊ワシントン州の小さな町で起きた男児誘拐事件。事件を担当することになった若手女性刑事のジャッキーは聴取を進めるも、思うように捜査は進まずにいた。そんななか、ポールという男が情報提供者として現れる。長身で精悍ながら礼儀正しく優雅、その不思議な魅力にジャッキーは一瞬で胸がときめいた。しかし彼の証言はどこか謎めいているばかりか、警察内部の人間しか知りえない情報で…。　〔2182〕

ダーレス, オーガスト　Derleth, August
◇新編怪奇幻想の文学　4　黒魔術　紀田順一郎, 荒俣宏監修, 牧原勝志編　新紀元社　2023.9　477p　20cm　〈他言語標題：Tales of Horror and Supernatural〉2500円　①978-4-7753-2042-6
内容　ロスト・ヴァレー行き夜行列車(オーガスト・ダーレス著, 岩田佳代子訳)　〔2183〕

ダローザ, ルアナ　DaRosa, Luana
◇愛されなかった娘の愛の子　ルアナ・ダローザ作, 神鳥奈穂子訳　ハーパーコリンズ・ジャパン　2023.7　156p　17cm　(ハーレクイン・イマージュ I2761)　〈原書名：HER SECRET RIO BABY〉673円　①978-4-596-77414-9
＊エリアナは疎遠だった父の葬儀のため故郷に戻った。母は婚外子のエリアナを出産した際に命を落とし、父は経済的援助をするのみで、彼女は誰からも愛されたことがなかった。結局、複雑な思いから葬儀には出ずにホテルで過ごしたエリアナは、バーで官能のオーラを漂わせる絶世の美男子ディエゴと出逢う。強烈に惹かれ合い、一夜限りと知りつつ熱い時を過ごして別れるが、1カ月後、エリアナは父の遺した病院を継ぐために再び故郷を訪れた。するとその病院には、なんとディエゴがいた！彼は外科医だったのだ！驚きのさなか、吐き気とめまいに襲われたエリアナは気を失ってしまう。まさかディエゴによって運ばれた救急外来で妊娠が明らかになるとは…。　〔2184〕

タワダ, ヨウコ　多和田 葉子
◇パウル・ツェランと中国の天使　多和田葉子著, 関口裕昭訳　文藝春秋　2023.1　196p　20cm　〈原書名：Paul Clean und der chinesische Engel〉2100円　①978-4-16-391636-1
＊コロナ禍のベルリン。若き研究者のパトリックはカフェで、ツェランを愛読する謎めいた中国系の男性に出会う。"死のフーガ" "糸の太陽たち" "子午線"…。2人は想像力を駆使しながらその詩の世界に接近していく…。　〔2185〕

タン, カイ　譚 楷
◇宇宙の果ての本屋　立原透耶編　新紀元社　2023.12　477p　20cm　(現代中華SF傑作選)　〈他言語標題：The Bookstore at the Edge of the Universe〉2500円　①978-4-7753-2023-5
内容　死神の口づけ(譚楷著, 林久之訳)　〔2186〕

タン, トゥアンエン　Tan, Twan Eng
◇夕霧花園　タン・トゥアンエン著, 宮崎一郎訳　彩流社　2023.2　493p　20cm　〈文献あり　原書名：The Garden of Evening Mists〉3500円　①978-4-7791-2764-9
＊1980年代のマレーシア。連邦裁判所判事の職を離れたテオ・ユンリンは、キャメロン高原の日本庭園「夕霧」を再訪する。そこは、30数年前、日本庭園を愛する姉の慰霊のために、日本人庭師ナカムラ・アリトモに弟子入りした場所だった。日本軍のマレー半島侵攻、戦後マラヤの「非常事態」を背景に、戦争で傷ついた人びとの思いが錯綜する。マン・アジア文学賞受賞。マン・ブッカー賞最終候補作。　〔2187〕

タン, ラン　湛 藍
◇君の心に刻んだ名前　湛藍著, 大洞敦史訳　幻冬舎　2022.2　245p　19cm　1600円　①978-4-344-03906-3
＊1987年、長きにわたる戒厳令が解除された台湾―。全寮制のカトリック系男子高校に通うアハンと、転校生のバーディは、校内のブラスバンド部で出会い、次第に惹かれ合うようになる。特別な愛情に戸惑いながらも青春を謳歌する二人だったが、学校が男女共学になったことで、その微妙な関係が狂い始め…。大手書店チェーン「台湾誠品書店」で12週連続第1位(小説部門)！台湾最大ネット書店「Books.com.tw」で年間TOP100ランクイン！アジアで初めて同性婚を法制化した台湾で6万部突破、異例の大ヒットを記録した長篇小説。　〔2188〕

【チ】

チ,ハリョン 池 河蓮
◇雨日和　池河蓮,桂鎔默,金東里,孫昌渉,呉尚源,張龍鶴,朴景利,呉永壽,黄順元著，呉華順,姜芳華,小西直子訳　福岡　書肆侃侃房　2023.12　292p　20cm　（韓国文学の源流—短編選 4 1946-1959）〈年表あり〉　2900円　Ⓟ978-4-86385-607-3
　内容　道程—小市民（池河蓮著,カンバンファ訳）
　＊同じ民族が争うことになった朝鮮民族の分断と混乱の続く困難な時代—1950年代—を文学はいかに生き抜いたか。植民地から解放されても朝鮮戦争の戦後、完全に南北に分断され交流を絶された人々の苦悩は続く。　〔2189〕

チ,ブンヒョウ 冶 文彪
◇824人の四次元事件簿　第3冊　冶文彪著,金錦珠,梅亦,銭愛琴訳,太田成人監修　芦屋　ヒロガワ　［2022］　380p　21cm〈原名：清明上河図密碼〉2800円　Ⓟ978-4-908989-03-2　〔2190〕
◇824人の四次元事件簿　第4冊　冶文彪著　芦屋　ヒロガワ　［2022］　404p　22cm〈訳：梅亦,銭愛琴,金錦珠,監修：太田成人　原書名：清明上河図密碼〉2800円　Ⓟ978-4-908989-16-2　〔2191〕
◇824人の四次元事件簿　第5冊　冶文彪著　芦屋　ヒロガワ　2022.10　9p,p5-465　22cm〈訳：馮乾,宋善花,監修：太田成人　原書名：清明上河図密碼〉2800円　Ⓟ978-4-908989-17-9　〔2192〕
◇824人の四次元事件簿　第6冊　冶文彪著　芦屋　ヒロガワ　2022.10　486p　21cm〈訳：金錦珠,宋善花,監修：太田成人　原書名：清明上河図密碼〉2800円　Ⓟ978-4-908989-18-6　〔2193〕
◇824人の四次元事件簿　第8冊　冶文彪著　芦屋　ヒロガワ　2022.10　379p　22cm〈訳：薛華民,監修：太田成人　原書名：清明上河図密碼〉2800円　Ⓟ978-4-908989-20-9　〔2194〕
◇824人の四次元事件簿　第9冊　冶文彪著　芦屋　ヒロガワ　2022.11　10,448p　22cm〈訳：薛華民,劉雪琴,監修：太田成人　原書名：清明上河図密碼〉2800円　Ⓟ978-4-908989-21-6　〔2195〕
◇824人の四次元事件簿　第10冊　冶文彪著　芦屋　ヒロガワ　2022.11　506p　21cm〈訳：宋善花,金錦珠,監修：太田成人　原書名：清明上河図密碼〉2800円　Ⓟ978-4-908989-22-3　〔2196〕
◇824人の四次元事件簿　第11冊　冶文彪著　芦屋　ヒロガワ　2022.11　6,518p　22cm〈訳：金錦珠,冶文玲,監修：太田成人　原書名：清明上河図密碼〉3500円　Ⓟ978-4-908989-23-0　〔2197〕
◇824人の四次元事件簿　第7冊　冶文彪著　芦屋　ヒロガワ　2022.12　9,474p　22cm〈訳：銭愛琴,金錦珠,劉雪琴,宋華花,冶文玲,監修：太田成人　原書名：清明上河図密碼〉3500円　Ⓟ978-4-908989-19-3　〔2198〕
◇824人の四次元事件簿　第12冊　冶文彪著　芦屋　ヒロガワ　2023.3　4,479p　22cm〈訳：宋善花,冶文玲,金錦珠,薛華民,監修：太田成人　原書名：清明上河図密碼〉3500円　Ⓟ978-4-908989-24-7　〔2199〕

チーヴァー,ジョン
◇チーヴァー短篇選集　ジョン・チーヴァー著,川本三郎訳　筑摩書房　2024.12　333p　15cm（ちくま文庫）　1100円　Ⓟ978-4-480-43995-6
　内容　さよなら、弟　小さなスキー場で　クリスマスは悲しい季節　離婚の季節　貞淑なクラリッサ　ひとりだけのハードル・レース　ライソン夫妻の秘密　兄と飾り箪笥　美しい休暇　故郷をなくした女　ジャスティーナの死　父との再会　海辺の家　世界はときどき美しい　橋の天使
　＊ジョン・チーヴァーは、サリンジャーと同時代に都会派の小説家として活躍した。小説世界は繊細で、精妙で、静かな緊張感に満ちている。サバービアの憂鬱、中産階級の孤独、東海岸を書きつづけた。長篇小説もあるが、本領は短篇にある。ピュリッツァー賞、全米批評家協会賞を受賞した『The Stories of John Cheever』のなかから選んだ、メランコリーが漂う極上の15篇。　〔2200〕

チェ,ウニョン 崔 恩栄
◇明るい夜　チェウニョン著,古川綾子訳　亜紀書房　2023.2　395p　20cm（ものがたりはやさし 1）　2200円　Ⓟ978-4-7505-1780-3
　＊夫の不倫で結婚生活に終止符を打ち、ソウルでの暮らしを清算した私は、九歳の夏休みに祖母と楽しい日々を過ごした思い出の地ヒリョンに向かう。絶縁状態にあった祖母と二十二年ぶりに思いがけなく再会を果たすと、それまでに知ることのなかった家族の歴史が明らかになる…。家父長制に翻弄されながらも植民地支配や戦争という動乱の時代を生き抜いた曾祖母や祖母、そして私へとつながる、温かく強靭な女性たちの百年の物語。2021年"書店員が選ぶ"今年の小説""第29回大山文学賞受賞。　〔2201〕

チェ,ジニョン
◇ディア・マイ・シスター　チェジニョン著,すんみ訳　亜紀書房　2024.9　235p　19cm（となりの国のものがたり 13）〈他言語標題：Dear my sister〉2000円　Ⓟ978-4-7505-1851-0
　＊雨の降るある日、いつもやさしかった親戚の男から性暴力を受けた高校生のジェヤ。絶望に陥りながらも告発するが、周囲の大人たちの態度は冷た

い。性被害を受けた女性に対する偏見とそれを許容してしまう歪んだ社会…。他者に起きた暴力に無関心でいることが、どれだけ暴力に加担することになるのか？　未来への不安の中、どのように自分の生きる道を探していくのか？　性暴力がもたらす恐れと怒りを日記形式で切々とつづった、隣にいる"あなた"に届けたい物語。〔2202〕

チェ, ジョンシク

◇ジャズ・ラヴァーズ　チェジョンシク著，佐藤光希訳　幻冬舎メディアコンサルティング　2022.4　232p　20cm　〈発売：幻冬舎〉1700円　①978-4-344-93400-9
＊抗えぬ運命に絶望する彼に訪れた、唯一愛した女性との再会。次第に惹かれあう2人の時間が、30年の時を経て動きだす。彼女と音楽への閉じ込めてきた愛を取り戻す、純粋な恋愛物語。〔2203〕

チェ, ソヘ　崔 曙海

◇B舎監とラブレター　福岡　書肆侃侃房　2022.7　254p　20cm　（韓国文学の源流―短編選 1 (1918-1929)）〈年表あり〉2200円　①978-4-86385-524-3
内容　朴乭の死(崔曙海著, 岡裕美訳)
＊三従の道からの解放を自ら実践しようとして日本留学も果たした女性瓊姫は、新しい女性としての生き方を模索する「瓊姫」。白痴のように見えて実は、ある特殊な能力を持つ少年は自由を求めて危険な道に踏み出す「白痴？　天才？」。金を少しでも減らしたくない男。日々寄付を求めてやってくる人々を追い返すために犬を飼い始める「猟犬」。死んでから天国に行くより、今のこの世でほんの少しでもいいから、よい暮らしをと願う男「人力車夫」。究極の貧しさゆえ空腹を満たすために腐ったサバを食べ食中毒をおこした息子の命を救おうと奔走する母親「〈パクトル〉の死」。厳格な舎監が夜な夜な繰り返す秘密の時間。その秘密を垣間見てしまった女学生たち「B舎監とラブレター」。朝鮮人の父と日本人の母を持つ混血の息子の葛藤と生きづらさを時代背景と共に綴る「南忠緒」。韓国最初の創作SF小説。人間の排泄物から人工肉を作る実験に明け暮れる笑えない現実「K博士の研究」。主人に絶対服従を誓って生きてきたもの言えぬ男。屋敷が火事になり、若主人の新婦を救おうと火の中に飛び込んでいく「啞の三龍」。〔2204〕

チェイニー, J.N.　Chaney, J.N.

◇戦士強制志願　J.N.チェイニー，ジョナサン・P.ブレイジー著，金子浩訳　早川書房　2024.4　559p　16cm　（ハヤカワ文庫 SF 2441）〈原書名：SENTENCED TO WAR〉1580円　①978-4-15-012441-0
＊正体不明の異星種族ケンタウルス人の戦闘メカが、人類の惑星を侵略し始めた。そんななか、惑星セーフハーバーの若者レヴは交通違反により25年の強制労働か3年の戦闘任務の選択を迫られることに。彼は海兵隊に志願するが、その死亡率は78パーセント！　レヴは過酷な訓練とさまざ

な身体拡張を受け、ボディアーマーを装備して戦場へ向かうが…。現代版『宇宙の戦士』と人気の傑作ミリタリSF。〔2205〕

チェスター, カミラ　Chester, Camilla

◇ダンス★フレンド　カミラ・チェスター作，櫛田理絵訳，早川世詩男絵　小峰書店　2024.10　206p　20cm　（ブルーバトンブックス）〈原書名：Call Me Lion〉1700円　①978-4-338-30813-7
＊レオは、ダンスが大好きな11歳の男の子。場面かんもく症のため、家族としかしゃべることができず、学校では、いつもひとりぼっち。ある日、同い年のリカが、となりの家に引っ越してきた。明るくて、レオがだまっていても気にせずに話しかけてくるリカ。リカとなら、友だちになれるかも―。勇気を出して、しゃべれないわけを手紙に書いたレオだが…。秘密をかかえた少女と、場面かんもく症の少年の、勇気と友情の物語。〔2206〕

チェスタトン, G.K.　Chesterton, Gilbert Keith

◇英国古典推理小説集　佐々木徹編訳　岩波書店　2023.4　539p　15cm　（岩波文庫 37-207-1）1300円　①978-4-00-372002-8
内容　イズリアル・ガウの名誉(G.K.チェスタトン著, 佐々木徹訳)
＊ディケンズ『バーナビー・ラッジ』とポーによるその書評、英国最初の長篇推理小説と言える『ノッティング・ヒルの謎』を含む、古典的傑作八篇を収録（半数が本邦初訳）。読み進むにつれて推理小説という形式の洗練されていく過程が浮かび上がる、画期的な選集。〔2207〕

◇マンアライヴ　G・K・チェスタトン著，南條竹則訳　東京創元社　2023.1　285p　15cm　（創元推理文庫 Mチ3-14）〈原書名：MANALIVE〉820円　①978-4-488-11022-2
＊常ならぬ突風がロンドンを襲ったその日、下宿屋ビーコン・ハウスを緑衣の男が訪った。ある下宿人の旧友で、イノセント・スミスと呼ばれていた男は、出会ったばかりの女相続人の話相手に求婚し、そののち来訪していた医師に向けて拳銃を発砲するという奇矯な行為に及んで消え失せた。謎の男を巡る私的裁判が明かす眩惑的な真相を描いた巨匠初期の幻の傑作長編、新訳決定版にて登場。〔2208〕

チェーホフ, アントン　Chekhov, Anton

◇イライラ文学館―不安や怒りで爆発しそうなときのための9つの物語　頭木弘樹編　毎日新聞出版　2024.4　265p　19cm　〈他言語標題：library of irritations〉1800円　①978-4-620-32803-4
内容　ねむい(アントン・チェーホフ著, 神西清訳)〔2209〕

◇ヴェーロチカ／六号室―チェーホフ傑作選　チェーホフ著，浦雅春訳　光文社　2023.5　420p　16cm　（光文社古典新訳文庫 KAチ2-3）

チエンハス

〈年譜あり 原書名：ВЕРОЧКА ПАЛАТА No6ほか〉1220円　①978-4-334-75479-2
内容 ヴェーロチカ　カシタンカ　退屈な話　グーセフ　流刑地にて　六号室　　　　〔2210〕

◇かもめ　アントン・チェーホフ著，内田健介訳　論創社　2022.3　154p　19cm　〈近代古典劇翻訳〈注釈付〉シリーズ　003〉〈年表あり　原書名：Чайка〉1300円　①978-4-8460-2038-5
＊日本の現代演劇に多大な影響を与えてきたチェーホフ。初演舞台の失敗から一転して、モスクワ芸術座の至宝となった傑作『かもめ』を詳細な注釈付で新訳する！　　　　〔2211〕

◇『かもめ』＆『ワーニャ伯父さん』　今西薫　姫路　ブックウェイ　2022.1　245p　15cm　（現代語訳チェーホフ四大劇　1）　1500円　①978-4-910733-01-2　　　　〔2212〕

◇『かもめ』＆『ワーニャ伯父さん』　今西薫　[姫路]　ブックウェイ　2022.8　245p　15cm　（現代語訳チェーホフ四大劇　1）　600円　①978-4-910733-62-3　　　　〔2213〕

◇狩場の悲劇　アントン・チェーホフ著，原卓也訳　中央公論新社　2022.6　365p　16cm　（中公文庫 チ3-3）〈責任表示はカバーによる　底本：世界推理小説大系　5（東都書房　1963年刊）〉1000円　①978-4-12-207224-4
＊モスクワの新聞社へ持ち込まれた、ある殺人事件をめぐる小説原稿。そのテクストの裏に隠された「おそろしい秘密」、そして「もう一つの謎」とは何か？　近代ロシア文学を代表する作家が若き日に書いた唯一の長篇小説にして、世界ミステリ史上に残る大トリックを駆使した恋愛心理サスペンスの古典。　　　　〔2214〕

◇教科書の中の世界文学—消えた作品・残った作品25選　秋草俊一郎，戸塚学編　三省堂　2024.2　285p　21cm〈文献あり〉2500円　①978-4-385-36237-3
内容 カメレオン（アントン・チェーホフ著，原卓也訳）　　　　〔2215〕

チェン，カーティス・C.　Chen, Curtis C.

◇九段下駅—或いはナインス・ステップ・ステーション　マルカ・オールダー，フラン・ワイルド，ジャクリーン・コヤナギ，カーティス・C・チェン著，吉本かな，野上ゆい，立川由佳，工藤澄子訳　竹書房　2022.9　564p　15cm　（竹書房文庫 ん2-1）〈原書名：NINTH STEP STATION〉1400円　①978-4-8019-3198-5
内容 堕ちた重役　盗まれた娘（カーティス・C・チェン著，工藤澄子訳）　暗殺者の巣（カーティス・C・チェン，フラン・ワイルド著，工藤澄子訳）
＊西暦2033年。南海地震に襲われた日本を中国が侵略し、東京の西側を掌握。東側はアメリカの管理下に置かれ、緩衝地帯にはASEANが駐留。東京は、もはや日本の首都ではない—。国内では中国への反発が強まり、反中国の急先鋒である大臣が支持を集める。アメリカ大使館の連絡将校は日本の意図を探ろうと、平和維持軍のエマ・ヒガシ中尉を警視庁に送り込む。突然、経験のないアメリカ人と組まされることになり困惑するは是枝ади刑事だったが、エマを連れ神田駅殺人事件の捜査を開始する。特殊刺青片腕遺棄事件、中国要人子女誘拐事件、人体改造者鉤爪暴走事件…捜査を続けるうちに相棒としての絆が芽生えはじめたふたりの前に、ヤクザ、そしてアメリカと中国の思惑が立ちはだかる。分割統治される東京を舞台にしながら日本の現在と未来を巧みに描き出す、連作科幻推理小説。　　　　〔2216〕

チェン，スーホン　陳 思宏
⇒チン，シコウ を見よ

チェン，ヤオチャン　陳 耀昌
⇒チン，ヨウショウ を見よ

チェンティグローリア公爵　Centigloria, Duka di

◇僕は美しいひとを食べた　チェンティグローリア公爵著，大野露井訳　彩流社　2022.2　277p　20cm〈原書名：Ich fraß die weiße Chinesin〉2400円　①978-4-7791-2784-7
＊男は美しいひとを食べた—真実の愛ゆえに。全篇にちりばめられた、古今東西の食人にまつわる膨大な逸話。この、妖しい輝きを発する告白体の小説こそ、カニバリズム文学のイデアへの最接近を果たした奇書と呼んでも過言ではない。　　　　〔2217〕

チェンバーズ，ベッキー　Chambers, Becky

◇黄金の人工太陽—巨大宇宙SF傑作選　ジャック・キャンベル，チャーリー・ジェーン・アンダーズ他著，ジョン・ジョゼフ・アダムズ編，中原尚哉他訳　東京創元社　2022.6　547p　15cm　（創元SF文庫 SFン10-4）〈責任表示はカバーによる　原書名：COSMIC POWERS〉1360円　①978-4-488-77204-8
内容 甲板員ノヴァ・ブレード、大いに歌われた経典（ベッキー・チェンバーズ著，細美遙子訳）
＊SFとファンタジーの基本はセンス・オブ・ワンダーだ。そして並はずれたセンス・オブ・ワンダーを味わえるのは、超人的なヒーローが宇宙の命運をかけて銀河のかなたで恐ろしい敵と戦う物語だ（序文より）—常識を超える宇宙航行生物、謎の巨大異星構造物、銀河を吹き飛ばす超爆弾。ジャック・キャンベルら豪華執筆陣による、SFならではの圧倒的スケールで繰り広げられる傑作選。　　　　〔2218〕

◇ロボットとわたしの不思議な旅　ベッキー・チェンバーズ著，細美遙子訳　東京創元社　2024.11　346p　15cm　（創元SF文庫 SFチ2-3）〈原書名：A PSALM FOR THE WILD-BUILT　A PRAYER FOR THE CROWN-SHY〉1200円　①978-4-488-77603-9
内容 緑のロボットへの賛歌　はにかみ屋の樹冠への祈り
＊「ちょっと休憩が必要なすべての人に捧ぐ」—ロボットたちと人間が平和裏にたもとを分かってから

幾歳月。悩みを抱えた人々のためにお茶を淹れる"喫茶僧"のデックスは、ある日思い立って文明社会を離れ、大自然に向かう。そこで出会ったのは、変わり者の古びたロボットだった。心に染み入る優しさに満ちた、ヒューゴー賞、ローカス賞、ユートピア賞受賞の二部作を一冊に収録。〔2219〕

チーニ, M.

◇薔薇のアーチの下で―女性作家集　香川真澄編・訳　山陽小野田　創林舎イタリア文藝叢書編集部　2023.7　194p　21cm　〈イタリア文藝叢書 9〉〈著：マリア・メッシーナ 他 原書名：Sotto l'arco di rose〉1600円

内容 演習1(M.チーニ著, 香川真澄訳)　〔2220〕

チネッリ, アマンダ　Cinelli, Amanda

◇黄金の獅子は天使を望む　アマンダ・チネッリ作，児玉みずうみ訳　ハーパーコリンズ・ジャパン　2024.9　156p　17cm　（ハーレクイン・ロマンス R3901）〈原書名：THE BUMP IN THEIR FORBIDDEN REUNION〉673円
①978-4-596-77711-9

＊天涯孤独のイジーは2年前に亡くなった夫の精子で人工授精を受け、シングルマザーになる決意をした。ところがスイスへ行き、クリニックで診察台に横たわっていたとき、億万長者グレイソンがスタッフの制止を振りきって彼女の前に現れた。"黄金の獅子"の二つ名で知られる元伝説のレーサーで、今は会社のCEOを務める亡き夫の親友がなぜここに？ 憧れた時期もあったけれど、私はずっと嫌われていたはず。彼はとまどうイジーに、亡き夫は不妊で精子は自分のものだったこと、どうしても子供が欲しい精子提供者になってもいいことを告げた。「だが僕と体を重ねることを考えてほしい。よければすぐに始めよう」〔2221〕

◇億万長者と契約結婚　アマンダ・チネッリ作，飯塚あい訳　ハーパーコリンズ・ジャパン　2022.12　156p　17cm　（ハーレクイン・ロマンス R3739）〈原書名：THE BILLIONAIRE'S LAST-MINUTE MARRIAGE〉664円　①978-4-596-75595-7

＊パンドラは世界的企業のCEO代理ザンダーのアシスタント。ギリシア彫刻のような美貌と肉体を持つ彼は、女性なら誰もが夢中になるような魅惑の上司だ。でもパンドラにはザンダーに絶対言えない秘密があった。ここにいるのは彼の父親に母の弱みを握られたから。そして彼をスパイするため屋敷に忍びこんだある夜、ザンダーに見つかってしまった。ああ、どうしよう？ だが彼の口からは予想外の言葉が。「きみはぼくと結婚しなければならない」〔2222〕

◇略奪された純白の花嫁　アマンダ・チネッリ作，仁嶋いずる訳　ハーパーコリンズ・ジャパン　2022.10　156p　17cm　（ハーレクイン・ロマンス R3722―純潔のシンデレラ）〈原書名：STOLEN IN HER WEDDING GOWN〉664円　①978-4-596-74896-6

＊「結婚式だけでなく、きみをめちゃくちゃにしに来たんだ」見知らぬ男性がリムジンの後部座席で邪悪な笑みを浮かべた。この世のものとは思えないほど美しい男性の正体は、いま祭壇の前でブリヤを待つ花婿の異母弟、エロースだった。エロースは父親の遺産を総取りしようともくろむ異母兄に対抗し、相続の条件である結婚を壊しに来たのだという。一方、愛する父が遺した会社と従業員を守るために泣く泣く契約結婚をしようとしていたブリヤは、エーゲ海の別荘へと連れ去られてもなお、心のどこかで安堵していた。罪深いほど魅惑的なエロースに、愛なき結婚を迫られるまでは。〔2223〕

チム, ウェイ　Chim, Wai

◇アンナは、いつか蝶のように羽ばたく　ウェイ・チム著，冬木恵子，山本真奈美訳　アストラハウス　2023.4　397p　19cm　〈原書名：THE SURPRISING POWER OF A GOOD DUMPLING〉2000円　①978-4-908184-41-3

＊オーストラリアで暮らす16歳の少女アンナは、三人きょうだいの長女で、思春期の妹と幼い弟がいる。香港で生まれ育った両親は、幼かったアンナを連れてオーストラリアに移住したものの、母親は異国での暮らしになじめず、部屋に引きこもることが増えていく。中華料理店を営む父親は、妻のそんな状態から目を背け、仕事を逃げ場にして夜も帰宅せず、家のことは長女に任せきり。アンナは両親の教えを守って常に家族を最優先に考え、家事をこなしたり弟の面倒をみたりと、知らず知らずのうちに"ヤングケアラー"の立場にたたされ…オーストラリアの独立系書店の書店員が選出する賞インディ・ブック・アワーズ2020ブック・オブ・ザ・イヤー(YA部門)受賞作！〔2224〕

チャ, フランシス　Cha, Frances

◇あのこは美人　フランシス・チャ著，北田絵里子訳　早川書房　2022.2　366p　19cm　〈原書名：IF I HAD YOUR FACE〉2700円
①978-4-15-210084-9

＊「わたしがその顔の持ち主だったら、あなたよりずっと上手に生きていけるのに」整形手術で手に入れた美貌でルームサロン嬢として働くキュリは、美容外科の待合室で見かけた美しいアイドルを見て思った。キュリのルームメイトで孤児院出身のアーティストであるミホは、生まれつき美しい容姿に恵まれ、彼氏は財閥の御曹司だが、最近浮気を疑っている。キュリとミホの向かいの部屋に住む美容師のアラは、全面的に顔のお直しをした手術の後遺症に苦しんでいる幼馴染を心配しつつ、推しのアイドルに夢中だ。裕福な家庭の出身ではない20代の彼女たちが暮らすのは、ソウルの一角にある賃貸アパート。下の階には、妊娠しながら仕事を続けているものの、韓国で子どもを育てていくことに不安を抱える30代の会社員のウォナが暮らしていた。ある日、アラは下の階から聞こえてくる悲鳴に気づき―。美容整形大国、韓国の厳しい社会を逞しく生き抜く彼女たちの物語。〔2225〕

チャイルズ, ローラ　Childs, Laura

◇クリスマス・ティーと最後の貴婦人　ローラ・チャイルズ著，東野さやか訳　原書房　2022.11　455p　15cm　（コージーブックス　チ1-18—お茶と探偵 23）〈原書名：TWISTED TEA CHRISTMAS〉1150円　①978-4-562-06126-6

＊チャールストンの街で屈指の富豪として知られるミス・ドルシラから，クリスマスパーティのケータリングを任せられたセオドシア。美しい音楽にシャンパンの泡が弾ける音，そしてうっとりするようなスイーツが並び，紳士淑女たちが集う華やかなパーティは大成功。気を良くしたドルシラは，このパーティの真の目的をセオドシアにこっそり打ち明けた。ところがその直後，ひと気のない廊下でドルシラは何者かに襲撃され，命を落としてしまう。これまで慈善活動に身を捧げてきた，尊敬すべき偉大な女性に誰がこんなひどい仕打ちを？「最後の貴婦人」と称されたドルシラの無念を晴らすべく，セオドシアは真犯人をなんとしても探し出すことに。　〔2226〕

◇ティー・ラテと夜霧の目撃者　ローラ・チャイルズ著，東野さやか訳　原書房　2024.3　416p　15cm　（コージーブックス　チ1-19—お茶と探偵 24）〈原書名：A DARK AND STORMY TEA〉1150円　①978-4-562-06137-2

＊7年前，チャールストンの街を恐怖に陥れた無差別連続殺人事件。犯人は決まって霧深い日に現れ，若い女性を狙った。マスコミは「切り裂きジャックの再来」と大騒ぎしたが，警察は犯人を逮捕できないまま，時は無情にも流れた。そして長い沈黙を破り，いまふたたびチャールストンで同一犯と思われる連続殺人事件が発生。不運にもその犯行現場を目撃し，唯一の生存者となったセオドシアは，犯人につながる貴重な証言をすることに。彼女のティーショップはたちまち臨時の捜査本部へと様変わりし，大勢の強面の刑事たちに温かいお茶や焼き立てのお菓子にふるまうのに大忙し。しかし懸命に捜査するセオドシアたちをあざ笑うかのように，またもや深い霧が街を包んだ。そして次の犠牲者は…。　〔2227〕

◇ハイビスカス・ティーと幽霊屋敷　ローラ・チャイルズ著，東野さやか訳　原書房　2022.1　416p　15cm　（コージーブックス　チ1-17—お茶と探偵 22）〈原書名：HAUNTED HIBISCUS〉1080円　①978-4-562-06121-1

＊暗紫色の空のなかに不気味に立つ，廃墟と化した屋敷。主を失って長い年月を経た屋敷は地元の歴史協会に寄贈され，ハロウィンにあわせて「幽霊屋敷」として一般公開されることに。さらに地元の幽霊伝説を描いた人気の女性作家がサイン会を催すとあって初日とは思えないほどの盛況ぶりだ。セオドシアも，怖がるドレイトンを尻目にすっかりイベントを楽しんでいた。ところがそこに，夜の闇を切り裂くような悲鳴が！　見ると，屋敷の三階窓から女性作家がロープで吊り下げられている。すでに息はない。演出ではなく殺人事件が起きたのだ。誰がこんなむごいことを？　被害者の書いた本が，事件をまるで予言していたかのような内容だったのはただの偶然？　それとも…。　〔2228〕

◇レモン・ティーと危ない秘密の話　ローラ・チャイルズ著，東野さやか訳　原書房　2024.11　439p　15cm　（コージーブックス　チ1-20—お茶と探偵 25）〈原書名：LEMON CURD KILLER〉1200円　①978-4-562-06145-7

＊春のうららかな午後。レモン畑で開催する「レモンのお茶会」のために，セオドシアはたっぷりのレモネードとスコーンを用意した。おとぎ話のように美しいお茶会が幕を開け，続いて行われる野外のファッションショーに会場の期待は高まるばかり。ところがナディーンとデレインの姉妹は，ショーの運営をめぐって口喧嘩が止まらない。セオドシアはため息をつきながらも，仲裁ならお手のもの。いつもどおり二人を引き離して無事に解決…と思った矢先，厨房でナディーンが遺体となって発見された。どうしてこんなことに!?彼女は後頭部を撃たれ，現場からはコカインの跡が見つかった。好奇心旺盛なナディーンは，何かいけないものを見聞きしてしまったのだろうか？　姉を失ったデレインは，思わぬ行動に出る。　〔2229〕

チャイルド, モーリーン　Child, Maureen

◇愛なき結婚指輪　モーリーン・チャイルド作，広瀬夏希訳　ハーパーコリンズ・ジャパン　2023.12　156p　17cm　（ハーレクイン・ロマンス　R3836—伝説の名作選）〈ハーレクイン2008年刊の再刊　原書名：SEDUCED BY THE RICH MAN〉664円　①978-4-596-52986-2

＊「妻としてきみを雇いたい」偶然出会った男性の言葉に，ジャニーンは目をまるくした。彼の名はマックス―ロンドンから来たハンサムで裕福な実業家だ。復縁を執拗に求める不実な元妻を追い払うため，ジャニーンに新しい妻のふりをしてほしいのだという。報酬として提示されたのは，途方もない大金だ。ジャニーンが経済的に困っていることを知ったマックスは，臨時の妻役として彼女に白羽の矢を立てたらしい。悩んだあげく，ジャニーンはマックスの提案を受け入れた。愛を信じない男性への報われぬ想いに苦しむはめになるとも知らず。　〔2230〕

◇富豪に隠した小さな秘密—ハーレクイン・ディザイア・スペシャル　モーリーン・チャイルド作，神鳥奈穂子訳　ハーパーコリンズ・ジャパン　2022.4　156p　17cm　（ハーレクイン・ディザイア　D1906—Desire）〈原書名：ONE LITTLE SECRET〉673円　①978-4-596-33353-7

＊1年あまり前，長身で逞しい企業家ジャスティンが，父のホテルを買いたいと訪ねてきた瞬間，セイディはひと目で恋におちた。夢のような2週間が過ぎ，ある夜，想いがあふれ出し，ささやいた。「愛しているわ」と。翌朝，彼は姿を消していた…。やがて妊娠に気づいた彼女は，生まれた赤ん坊をイーサンと名づけた。自分をごみのように捨てたジャスティンが財力にものを言わせ，息子を取りあげるかもしれない。だから息子の存在は秘密だった。でも父が倒れて高額な手術費が必要な今，彼

に頼るしか道はない。連絡を受け即座に現れた彼は、セイディを鋭い口調で問いただす。「君は何か僕に隠していることがあるのか──？」　〔2231〕

チャイルド，リー　Child, Lee

◇消えた戦友　上　リー・チャイルド著，青木創訳　講談社　2023.8　331p　15cm　（講談社文庫　ち5-29）〈原書名：BAD LUCK AND TROUBLE〉1000円　①978-4-06-532200-0
＊特別捜査部隊時代の盟友が砂漠で遺体となって見つかった。損傷状況から見て、拷問を受けヘリコプターから落とされたようだ。リーチャーはかつての同僚を集め真相を突き止めようとするも、なぜか皆の消息がつかめない。見えない敵との戦いが静かに始まる。アクションサスペンスの醍醐味が詰まった傑作長編。　〔2232〕

◇消えた戦友　下　リー・チャイルド著，青木創訳　講談社　2023.8　356p　15cm　（講談社文庫　ち5-30）〈著作目録あり　原書名：BAD LUCK AND TROUBLE〉1000円　①978-4-06-532790-6
＊やつらは特別捜査官に喧嘩を売ったのに、われわれは手出しできず友人の仇をとれない。墜落死の事件と、戦友らと連絡がとれないことは関係があるのか。やがてリーチャーの記憶の糸がつながる。トム・クルーズ主演映画に続きAmazon Primeビデオのシリーズも圧倒的に支持される、究極のアクション・ミステリ！　〔2233〕

◇奪還　上　リー・チャイルド著，青木創訳　講談社　2022.8　346p　15cm　（講談社文庫　ち5-27）〈原書名：THE HARD WAY〉1000円　①978-4-06-528947-1
＊舞台はニューヨーク・マンハッタン。民間軍事会社を経営するレインの妻と娘が拉致された。身代金の受け渡し現場にたまたま居合わせたリーチャーは、請われて妻子の救出に協力することに。犯人はリーチャーの読みを何度も出し抜き、身代金をさらにせしめて連絡を絶つ。シリーズ最高度の頭脳戦、その行方は？　〔2234〕

◇奪還　下　リー・チャイルド著，青木創訳　講談社　2022.8　345p　15cm　（講談社文庫　ち5-28）〈著作目録あり　原書名：THE HARD WAY〉1000円　①978-4-06-528948-8
＊妻と娘のために、索敵殲滅作戦を胸に誓ったリーチャー。レインに恨みを持つ人物から犯人を絞り込む試みが少しずつ実を結び、またレインの裏の顔が明らかに。やがてリーチャーはこれまで見落としていた手がかりを結ぶことで、事件の核心へと向かう。数々の伏線が一気に回収される、シリーズ最大級の傑作！　〔2235〕

◇短編回廊──アートから生まれた17の物語　ローレンス・ブロック編，田口俊樹他訳　ハーパーコリンズ・ジャパン　2022.12　605p，図版18p　15cm　（ハーパーBOOKS　ブ7の6-2）〈原書名：ALIVE IN SHAPE AND COLOR〉1264円　①978-4-596-75581-0
内容　ピエール、ルシアン、そしてわたし（リー・チャイルド著，小林宏明訳）
＊探偵スカダーは滞在先で見覚えのある顔にでくわす。それは25年前、まだスカダーが刑事だった頃に恋人殺しの罪で逮捕した男で──L・ブロック『ダヴィデを探して』。考古学者の夫婦は世紀の発見にたどりつくが、待ち受けていたのは恐ろしい真相だった──J・ディーヴァー『意味深い発見』。絵のなかに閉じ込められてしまった少女の悲痛な叫び──J・C・オーツ『美しい日々』他、芸術とミステリーの饗宴短編集！　〔2236〕

◇副大統領暗殺　上　リー・チャイルド著，青木創訳　講談社　2024.8　388p　15cm　（講談社文庫　ち5-31）〈原書名：WITHOUT FAIL〉1100円　①978-4-06-536665-3
＊放浪中のリーチャーのもとに奇妙な依頼が届く。依頼主は亡兄の元恋人でシークレットサーヴィス幹部のフレイリック。内容は殺害予告が届いた次期アメリカ副大統領の警護だった。リーチャーは依頼に応じ、戦友のニーグリーに協力を仰ぐ。シリーズ最高ランクの緊迫感、とびきりタフで繊細なヒーローが活躍！　〔2237〕

◇副大統領暗殺　下　リー・チャイルド著，青木創訳　講談社　2024.8　360p　15cm　（講談社文庫　ち5-32）〈著作目録あり　原書名：WITHOUT FAIL〉1100円　①978-4-06-536666-0
＊副大統領を狙う暗殺犯からの、執拗な脅迫。その意図は、なにか。そして感謝祭に賑わうワシントンDCで決戦の幕が上がる。リーチャーの推理は冴えわたり、ニーグリーとの息の合った共闘は読み応え十分。Amazon Videoのシリーズ・シーズン2も世界的なブームとなった、アクション・ミステリ決定版！　〔2238〕

チャージェフ

◇雑話集──ロシア短編集　5　ロシア文学翻訳グループクーチカ編集　[枚方]　ロシア文学翻訳グループクーチカ　2024.6　180p　19cm　〈他言語標題：Пёстрые рассказы〉
内容　必要な人（チャージェフ著，中野朗子訳）
〔2239〕

チャップマン，ジョージ　Chapman, George

◇ビュッシイ・ダンボア　ジョージ・チャップマン作，川井万里子訳　横浜　春風社　2022.2　318p　20cm　〈文献あり　原書名：Bussy d'Ambois〉3100円　①978-4-86110-777-1
＊ものごとの有様をきめるのは、道理ではなく運なのだ─十六世紀フランス・ヴァロア王朝末期、爛熟、頽廃、閉塞のアンリ三世の宮廷に実在した美貌の剣士、ビュッシイ・ダンボアの愛と死の悲劇に、宇宙における人間の地位とその運命の行方を問う。「美徳によって宮廷で出世したい」というビュッシイの高邁な志を裏切るモンシュリ伯爵夫人タミラとの密通。宮廷一の貞淑な月処女神と謳われる清らかな表情にふと蠱惑的な微笑を浮かべるタミラ。王弟の内奥にわだかまる王位簒奪の野望、妻タミラ

の背信に「嫉妬の溶鉱炉」を開け放つモンシュリ伯の狂気。敬虔な告解僧でありながら女狂でもある怪僧コメレット。理性と情熱の狂気、貞淑と淫蕩、忠誠と背信、高貴と卑俗。「自分の敵を自分の腕の中にひしと抱きしめている」近代人の矛盾心理の表出が、現代の不条理演劇を先取りする。シェイクスピアのライヴァル劇詩人の最高傑作。〔2240〕

チャップリン, チャールズ　Chaplin, Charles

◇ユーモア・スケッチ大全　[3]　ユーモア・スケッチ傑作展　3　浅倉久志編・訳　国書刊行会　2022.2　374p　19cm〈『ユーモア・スケッチ傑作展　3』(早川書房　1983年刊) の改題、増補〉2000円　①978-4-336-07310-5

内容　アンケート—理想の女性 (チャップリン、ラードナーほか著)　〔2241〕

チャペック, カレル　Čapek, Karel

◇カレル・チャペックの見たイギリス　カレル・チャペック著，栗栖茜訳　海山社　2022.10　219p　20cm〈原書名：Anglické listy〉2000円　①978-4-904153-13-0　〔2242〕

◇教科書の中の世界文学—消えた作品・残った作品25選　秋草俊一郎，戸塚学編　三省堂　2024.2　285p　21cm〈文献あり〉2500円　①978-4-385-36237-3

内容　切手蒐集 (カレル・チャペック著，関根日出男訳)　〔2243〕

◇マクロプロスの処方箋　カレル・チャペック作，阿部賢一訳　岩波書店　2022.8　203p　15cm（岩波文庫　32-774-4）〈原書名：VĚC MAKROPULOS〉600円　①978-4-00-327744-7

＊莫大な遺産の相続を巡り、百年近く続いた訴訟の判決が出る日。関係者の前に突如現れた美貌の歌手エミリアは、なぜか誰も知らなかった遺言書の所在を言い当て—緊迫する模擬裁判でついに明かされる、「不老不死」の処方箋とは？　現代的な問いに満ちた名作戯曲。〔2244〕

チャールズ, KJ　Charles, KJ

◇カササギの王　KJ・チャールズ著，鷺谷祐実訳　新書館　2022.12　290p　16cm（モノクローム・ロマンス文庫　40—カササギの魔法シリーズ　1）〈原書名：THE MAGPIE LORD〉1250円　①978-4-403-56051-4

＊父と兄の原因不明の死のせいで、伯爵位を継承するため戻りたくもなかった故郷のイギリスへ帰ってきたクレーンは、強烈な自殺願望に襲われる。追いつめられた彼は超常的な力に救いを求め、能力者のスティーヴン・デイを頼るが、スティーヴンにはクレーンの家族を憎む十分な理由があった。彼の家族は暴君であったクレーンの父親によって、破滅させられていたのだ―。KJ・チャールズ、待望の新シリーズ開幕！　短篇「刺青に纏わる間奏曲」も収録。〔2245〕

◇カササギの飛翔　KJ・チャールズ著，鷺谷祐実訳　新書館　2023.2　318p　16cm（モノクローム・ロマンス文庫　42—カササギの魔法シリーズ　3）〈原書名：FLIGHT OF MAGPIES〉1250円　①978-4-403-56053-8

＊審犯者として多忙な生活を送るスティーヴンに対し、恋人クレーンの不満はますます募る。共に過ごしたある晩、クレーンの部屋に何者かが侵入し、カササギ王の指輪が奪われる。クレーンは犯人の姿に目覚えがあった。そんな中、姿の見えない犯人による警官を狙った連続殺人事件が起きていた。事件解決に乗り出したスティーヴンだったが、その危険はクレーンにも迫る―。短篇「スティーヴンの祝祭」「五つは天国のため」も収録した、人気シリーズ最終巻!!　〔2246〕

◇捕らわれの心　KJ・チャールズ著，鷺谷祐実訳　新書館　2023.1　277p　16cm（モノクローム・ロマンス文庫　41—カササギの魔法シリーズ　2）〈原書名：A CASE OF POSSESSION〉1200円　①978-4-403-56052-1

内容　捕らわれの心　酒を巡る事件

＊思いがけず貴族の地位を相続し、望みさえすれば英国最上階級の仲間入りをすることも可能となったクレーンだが、神出鬼没で超常能力を監視する審犯者として多忙を極める恋人・スティーヴンとの時間はつくれず、想いを募らせていた。そんなある日、そのスティーヴンからクレーンあてに助けを求めるメモが届く。ロンドンの貧困街で巨大な化けネズミがらみの殺人事件が起き、スティーヴンの属する審犯者チームがその調査に乗り出していたのだ―。カササギの魔法シリーズ、第二弾!!　短篇「酒を巡る事件」も収録。〔2247〕

チャン　CHYANG

◇同船異夢のデュエット—Please call me LEONE　1　CHYANG著，川上笑理子訳　三栄　2023.8　321p　19cm　1300円　①978-4-7796-4864-9

＊誰もが恐れる宇宙犯罪組織「アニキラシオン」若干20代のそのボスは生まれながら心臓が弱く信頼する部下たちの勧めで心臓移植手術に踏み切ることに…しかし、それが全ての災いの元だったのだ。少女型セクサロイドに義体化されたアニキラシオンのボス「セロン・C・レオネ」とその正体を知らないまま一攫千金を夢見る賞金稼ぎ「ビル・クライド」まったく噛み合わないコンビがそれぞれの目的のために宇宙をさまよい、そして闘いの渦に飲まれていく!?　韓国の小説投稿サイトに掲載されるとたちまち人気を誇ったこの作品をローカライズ化!!　そのジェットコースターのような軽快なストーリーに魅了されること間違いなし!!　〔2248〕

チャン, ヴァネッサ　Chan, Vanessa

◇わたしたちが起こした嵐　ヴァネッサ・チャン著，品川亮訳　春秋社　2024.6　437p　20cm（アジア文芸ライブラリー）〈原書名：THE STORM WE MADE〉2700円　①978-4-393-

45505-0
 ＊1945年、日本占領下のマラヤ（マレーシア）では少年たちが次々と姿を消し始める…。日本軍のスパイに協力した主婦・セシリーと、その家族に起こった数々の悲劇。大胆な想像力を駆使して新たな視点から戦争を描き、発売前から世界中で話題を呼んだデビュー作。〔2249〕

チャン, ウンジン　章 恩珍

◇僕のルーマニア語の授業　チャン・ウンジン著，須見春奈訳　クオン　2023.4　57,45p　17cm　（韓国文学ショートショートきむふなセレクション 19）〈ハングル併記　編集：藤井久子〉1200円　①978-4-910214-47-4
 ＊秋のような瞳の君と君のために翻訳するルーマニアの小説、それが僕の世界だった。韓国語でもよめる。〔2250〕

チャン, ガンミョン　張 康明

◇極めて私的な超能力　チャンガンミョン著，吉良佳奈江訳　早川書房　2022.6　332p　19cm　（新☆ハヤカワ・SF・シリーズ 5057）〈他言語標題：EICHMANN IN ALASKA　著作目録あり〉2200円　①978-4-15-335057-1
 ＊「自分には予知能力がある、あなたは私とは二度と会えない」手首に傷痕をもつ元カノが、いつか僕にそう言った。とある男女のふとした日常に不思議が射し込む表題作、第二次大戦後にユダヤ人自治区ができたアラスカで、ユダヤ人虐殺に関わったアドルフ・アイヒマンを、人の感情を移植できる"体験機械"を利用して裁いた顛末を描く「アラスカのアイヒマン」、カップルの関係持続性を予測するアルゴリズムに翻弄される、近未来のロマンスを描いた「データの時代の愛」などヴァラエティ豊かな全10篇を収録。韓国で多数の文学賞を受賞した気鋭の文芸作家が放つSF作品集。〔2251〕

◇鳥は飛ぶのが楽しいか　チャン・ガンミョン，吉良佳奈江訳　八王子　堀之内出版　2022.3　365p　19cm　1800円　①978-4-909237-55-2
 ＊職場、就職活動、フランチャイズ店舗、ストライキ現場、学校で生きるために"希望"を求めて闘う人々が交差する10編の連作小説。〔2252〕

チャン, ジェイニー　Chang, Janie

◇不死鳥は夜に羽ばたく　ケイト・クイン，ジェイニー・チャン著，加藤洋子訳　ハーパーコリンズ・ジャパン　2024.9　479p　15cm　（ハーパーBOOKS M・ク 3・5）〈原書名：THE PHOENIX CROWN〉1245円　①978-4-596-71401-5　〔2253〕

チャン, テッド　Chiang, Ted

◇息吹　テッド・チャン著，大森望訳　早川書房　2023.8　606p　16cm　（ハヤカワ文庫 SF 2415）〈原書名：EXHALATION〉1100円　①978-4-15-012415-1
 内容　商人と錬金術師の門　息吹　予期される未来　ソフトウェア・オブジェクトのライフサイクル　デイジー式全自動ナニー　偽りのない事実、偽りのない気持ち　大いなる沈黙　オムファロス　不安は自由のめまい
 ＊AIの未来の姿・可能性を描いた傑作中篇「ソフトウェア・オブジェクトのライフサイクル」、人間がひとりも出てこない世界で、その世界の秘密を探求する科学者の驚異の物語を描く表題作、『千夜一夜物語』の枠組みを使い、科学的にあり得るタイムトラベルを描く「商人と錬金術師の門」、創造説テーマの秀作「オムファロス」ほか、科学・思想・文学の最新の知見を取り入れた珠玉の全9篇を収録した、世界最高水準の作品集。〔2254〕

チャン, ヨンハク　張 龍鶴

◇雨日和　池河蓮，桂鎔默，金東里，孫昌渉，呉尚源，張龍鶴，朴景利，呉永壽，黄順元著，呉華順，姜芳華，小西直子訳　福岡　書肆侃侃房　2023.12　292p　20cm　（韓国文学の源流―短編選 4　1946-1959）〈年表あり〉2900円　①978-4-86385-607-3
 内容　ヨハネ詩集（張龍鶴著、カンバンファ訳）
 ＊同じ民族が争うことになった朝鮮民族の分断と混乱の続く困難な時代―1950年代―を文学はいかに生き抜いたか。植民地から解放されても朝鮮戦争の戦後、完全に南北に分断されて交流を絶された人々の苦悩は続く。〔2255〕

チャン, リュジン　張 琉珍

◇月まで行こう　チャンリュジン著，バーチ美和訳　光文社　2023.1　284p　19cm　1800円　①978-4-334-91510-0
 ＊大手製菓会社「マロン製菓」に勤めるタヘ、ウンサン、チソン。20代後半、独身、経済的余裕がなくワンルームで一人暮らし、業務評価はいつも「無難」ランクと共通点が多く仲が良い。あるとき、財テクに詳しいウンサンが仮想通貨・イーサリアムへの投資を始め、面白いように儲かるという。最初は懐疑的だったタヘとチソンも、今の給料では先が見えない！　とイーサリアム投資を始めることに。3人は通貨価格のアップダウンに一喜一憂しながら、自らの人生を見つめていくことになるが―日本と同じく厳しい時代を生きる若者たちの、切実ながらも逞しい姿を描いた韓国の"ハイパーリアリズム"小説。〔2256〕

チャンキジャ, ナロラ

◇そして私たちの物語は世界の物語の一部となる―インド北東部女性作家アンソロジー　ウルワシ・ブタリア編，中村唯日本語版監修　国書刊行会　2023.5　286p　20cm　〈原書名：THE MANY THAT I AM の抄訳　THE INHERITANCE OF WORDS の抄訳ほか〉2400円　①978-4-336-07441-6
 内容　いけない本（ナロラ・チャンキジャ著，門脇智子訳）
 ＊バングラデシュ、ブータン、中国、ミャンマーに

囲まれ、さまざまな文化や慣習が隣り合うヒマラヤの辺境。きわ立ってユニークなインド北東部から届いた、むかし霊たちが存在した頃のように語られる現代の寓話。女性たちが、物語の力をとりもどし、自分たちの物語を語りはじめる。　〔2257〕

チャンドラー, レイモンド　Chandler, Raymond

◇ザ・ロング・グッドバイ　レイモンド・チャンドラー著, 市川亮平訳　小鳥遊書房　2023.5　454p　19cm　〈原書名：THE LONG GOODBYE〉2600円　①978-4-86780-018-8
　〔2258〕

◇世界推理短編傑作集　6　エミール・ガボリオ他著, 戸川安宣編　東京創元社　2022.2　725p　15cm　（創元推理文庫　Mン1-6）　1500円　①978-4-488-10012-4
　内容　雨の殺人者（レイモンド・チャンドラー著, 稲葉明雄訳）
　＊欧米では、世界の短編推理小説の傑作集を編纂する試みが、しばしば行われている。江戸川乱歩編『世界推理短編傑作集』はそれらの傑作集の中から、編者の愛読する珠玉の名作を厳選して5巻に収録し、併せて19世紀半ばから第二次大戦後の1950年代に至るまでの短編推理小説の歴史的展望を読者に提供した。本書では、5巻に漏れた名作を拾遺しアンソロジーの補完を試みた。　〔2259〕

◇長い別れ　レイモンド・チャンドラー著, 田口俊樹訳　東京創元社　2022.4　599p　15cm　（創元推理文庫　Mチ1-7）〈原書名：THE LONG GOOD-BYE〉1100円　①978-4-488-13107-4
　＊酔っぱらい男テリー・レノックスと友人になった私立探偵フィリップ・マーロウは、テリーに頼まれ彼をメキシコに送り届けて戻ると警察に勾留されてしまう。テリーに妻殺しの嫌疑がかかっていたのだ。そして自殺した彼から、ギムレットを飲んですべて忘れてほしいという手紙が届く…。男の友情を描くチャンドラー畢生の大作を名手渾身の翻訳で贈る新訳決定版。　〔2260〕

◇フィリップ・マーロウの教える生き方　レイモンド・チャンドラー著, マーティン・アッシャー編, 村上春樹訳　早川書房　2022.2　247p　16cm　（ハヤカワ・ミステリ文庫　HM 7-18）〈原書名：PHILIP MARLOWE'S GUIDE TO LIFE〉860円　①978-4-15-070468-1
　＊「厳しい心を持たずに生きのびてはいけない。優しくなれないようなら、生きるに値しない」…偉大な名文家と知られる巨匠チェンドラーが生み出した私立探偵フィリップ・マーロウ。名編集者がテーマ別にピックアップした珠玉の至言集を、シリーズ全長篇の翻訳を成し遂げた村上春樹の訳文でおくる。愛、女、死、酒、警官、建築、チェス、煙草、文学、ハリウッドについて一さらに訳者が選んだ名句名文と解説文を巻末に収録。　〔2261〕

◇プレイバック　レイモンド・チャンドラー, 市川亮平訳　小鳥遊書房　2024.3　229p　19cm　〈原書名：Playback〉1900円　①978-4-86780-037-9
　＊調査対象の女性、そして消えた死体の謎…。緻密な構造、巧みなプロットとさりげなく埋め込まれた伏線の数々。フィリップ・マーロウの生き方を確かめたい。チャンドラー最後の長編を新訳でお届けします。より具体的に作品を読んでもらうために、架空の町エスメラルダの地図やホテルの見取り図の挿し絵、そして物語の時系列表が掲載されています。　〔2262〕

◇プレイバック　レイモンド・チャンドラー著, 田口俊樹訳　東京創元社　2024.4　276p　15cm　（創元推理文庫　Mチ1-8）〈原書名：PLAYBACK〉900円　①978-4-488-13108-1
　＊私立探偵マーロウは、ある弁護士からひとりの女を尾行し宿泊先を報告せよと依頼される。目的は知らされぬままに女を尾けるが、彼女は男につきまとわれ、脅されているらしい。ホテルに着いても、状況は変わらない。マーロウは依頼主の思惑とは無関係に、女の秘密をさぐり始める。『長い別れ』に続く、死の前年刊行の名作。伝説の名台詞が胸を打つ新訳決定版！　〔2263〕

チュー, ジョン　Chu, John

◇創られた心―AIロボットSF傑作選　ケン・リュウ, ピーター・ワッツ, アレステア・レナルズ他著, ジョナサン・ストラーン編, 佐田千織他訳　東京創元社　2022.2　564p　15cm　（創元SF文庫　SFン11-1）〈責任表示はカバーによる　原書名：MADE TO ORDER〉1400円　①978-4-488-79101-8
　内容　死と踊る（ジョン・チュー著, 佐田千織訳）
　＊人工的な心も生命。ゴーレム、オートマトン、ロボット、アンドロイド、ボット、人工知能―人間によく似た機械、人間のために注文に応じてつくられた存在というアイディアは、古代より我々を魅了しつづけてきた。そしていま、その長い歴史に連なるアンソロジーがここに登場する。ケン・リュウ、ピーター・ワッツ、アレステア・レナルズら、最高の作家陣による16の物語を収録。　〔2264〕

チュ, ヨソブ　朱 耀燮

◇B舎監とラブレター　福岡　書肆侃侃房　2022.7　254p　20cm　（韓国文学の源流―短編選 1（1918-1929））〈年表あり〉2200円　①978-4-86385-524-3
　内容　人力車夫（朱耀燮著, ユン・ジョン訳）
　＊三従の道からの解放を自ら実践しようとして日本留学も果たした女性瓊姫は、新しい女性としての生き方を模索する「瓊姫」。白痴のように見えて実は、ある特殊な能力を持つ少年は自由を求めて危険な道に踏み出す「白痴？ 天才？」。金を少しでも減らしたくない男。日々寄付を求めてやってくる人々を追い返すために猟犬を飼い始める「猟犬」。死んでから天国に行くより、今のこの世でほんの少しでもいいから、よい暮らしをと願う男「人力車夫」。究極の貧しさゆえ空腹を満たすために腐った

サバを食べ食中毒をおこした息子を救おうと奔走する母親「〈バクトル〉の死」。厳格な舎監が夜な夜な繰り返す秘密の時間。その秘密を垣間見てしまった女学生たち「B舎監とラブレター」。朝鮮人の父と日本人の母を持つ混血の息子の葛藤と生きづらさを時代背景と共に綴る「南思緒」。韓国最初の創作SF小説。人間の排泄物から人工肉を作る実験に明け暮れる笑えない現実「K博士の研究」。主人に絶対服従を誓って生きてきたものしか言えない、屋敷が火事になり、若主人の新婦を救おうと火の中に飛び込んでいく「啞の三龍」。〔2265〕

チュウ, オン　昼温
◇宇宙の果ての本屋　立原透耶編　新紀元社　2023.12　477p　20cm　(現代中華SF傑作選)〈他言語標題：The Bookstore at the Edge of the Universe〉2500円　①978-4-7753-2023-5
内容 人生を盗んだ少女(昼温著, 阿井幸作訳)
〔2266〕

◇走る赤―中国女性SF作家アンソロジー　武甜静, 橋本輝幸編, 大恵和実編訳　中央公論新社　2022.6　381p　20cm　2200円　①978-4-12-005523-2
内容 完璧な破れ(昼温著, 浅田雅美訳)
＊中国で活躍する女性作家14人が放つ珠玉のSF短篇。〔2267〕

チュウ, ヤンシィー　Choo, Yangsze
◇彼岸の花嫁　ヤンシィー・チュウ著, 圷香織訳　東京創元社　2022.3　536p　15cm　(創元推理文庫 Fチ2-3)〈原書名：THE GHOST BRIDE〉1400円　①978-4-488-59106-9
＊リーランは父から富豪のリン家が彼女を、亡き皇子の花嫁に望んでいると言われる。十八歳の娘にとって幽霊の花嫁なんてあんまりだ。おまけに数日後リン家に招待された彼女は、そこで当主の甥の青年と恋に落ちてしまう。リーランは幽霊との結婚を阻止すべく、死者の世界に向かうことを決意するが…。Netflixドラマ『彼岸の花嫁』原作。死者と生者の世界が交錯する幻想的な恋物語。〔2268〕

チョ, イェウン
◇カクテル、ラブ、ゾンビ　チョイェウン著, カンバンファ訳　かんき出版　2024.9　189p　19cm〈他言語標題：cocktAiL,Love,zombie〉1600円　①978-4-7612-7756-7
内容 インビテーション　湿地の愛　カクテル、ラブ、ゾンビ　オーバーラップナイフ、ナイフ
＊銃とナイフ、鮮血と悲鳴、憎悪と愛情―。赤く染まった日を取り合って、ただ前に進むだけだ。ドラマ化された鮮烈のデビュー作「オーバーラップナイフ、ナイフ」収録。韓国の新鋭No.1ホラー作家が誘う、没入感120％短篇集。〔2269〕

チョ, ウリ　趙 羽利
◇私の彼女と女友達　チョウリ著, カンバンファ訳　福岡　書肆侃侃房　2023.5　209p　19cm　(Woman's Best 16―韓国女性文学シリーズ 13)　1800円　①978-4-86385-570-0
内容 私たちがハンドルをつかむとき　11番出口　ミッション　私の彼女と女友達　ねじ　物々交換　ブラック・ゼロ　犬五匹の夜
＊五年間同棲している私の彼女、ジョンユンには四人の大親友がいる。ミンジ、ジヘ、ジヨン、スジン。「ジョンユンの彼女なら、私たちの友達も同然でしょ」彼女たちはみんな私に会いたがるけど、私はその誰にも会ったことがない。ジョンユンに誘われても、誰の結婚式にも行かない。ついにジョンユンの親友たちに会ってみることを決めた日、かつて私が憧れを抱くも苦い決別を迎えたひとりの女性から手紙が届く。「非婚式にご招待します」。クィア・労働・女性問題など、今を生きる女性たちをときにリアルに、ときにさわやかな余韻で描き出すチョ・ウリ初の短編集。表題作「私の彼女と女友達」など八編を収録。初邦訳。〔2270〕

チョ, セヒ　趙 世熙
◇こびとが打ち上げた小さなボール　チョセヒ著, 斎藤真理子訳　河出書房新社　2023.7　443p　15cm　(河出文庫 チ8-1)〈2016年刊の修正〉1300円　①978-4-309-46784-9
内容 メビウスの帯　やいば　宇宙旅行　こびとが打ち上げた小さなボール　陸橋の上で　軌道回転　機械都市　ウンガン労働者家族の生計費　過ちは神にもある　クラインのびん　トゲウオが僕の網にやってくる
＊「生きることは戦争だった。そしてその戦争で、僕らは毎日、負けつづけた。」家屋が密集するスラムに暮らす「こびと」一家を、急速な都市開発の波が襲う。国家という暴力装置と戦う、蹴散らされた者たちのリリシズム。独裁体制下の過酷な時代に書かれ、その後韓国で三百刷を超えるロングセラーとなり、世代を超えて読み継がれる不朽の名作。〔2271〕

チョ, ソニ
◇三人の女―二〇世紀の春　上　チョソニ著, 梁澄子訳　アジュマ　2023.8　353p　19cm〈年表あり〉2400円　①978-4-910276-08-3
＊ソ連から持ち込まれた一枚の白黒写真。夏の陽差しを受け、小川に足をひたしながらおしゃべりする三人の女―植民地朝鮮の「新女性」許貞淑、朱世竹、高明子は、共産主義運動に人生をかけ、世界をまたにかけて激動の時代を生きぬった。朝鮮共産主義運動史に埋もれた驚異の女性たちを女性作家があざやかによみがえらせ、韓国で4万部のベストセラーとなった骨太の歴史小説！〔2272〕

◇三人の女―二〇世紀の春　下　チョソニ著, 梁澄子訳　アジュマ　2023.8　355p　19cm〈年表あり〉2400円　①978-4-910276-12-0
＊許貞淑が八路軍の政治指導員として太行山へと行軍していた一九三九年、親友の朱世竹はカザフスタン・クズロルダの流刑地で命をつないでいた。いっぽう転向書を書かされ、京城で静かに暮らしていた高明子のもとにある日、親日雑誌『東洋之

チョ, ナムジュ

◇あなたのことが知りたくて―小説集韓国・フェミニズム・日本　チョナムジュ, 松田青子, デュナ, 西加奈子, ハンガン, 深緑野分, イラン, 小山田浩子, パクミンギュ, 高山羽根子, パクソルメ, 星野智幸著　河出書房新社　2022.8　285p　15cm　（河出文庫 チ7-1）　900円　Ⓘ978-4-309-46756-6

内容　離婚の妖精（チョナムジュ著, 小山内園子, すんみ訳）

＊ベストセラー『82年生まれ、キム・ジヨン』のチョ・ナムジュによる, 夫と別れたママ友同士の愛と連帯を描いた「離婚の妖精」をはじめ, 人気作家一二名の短編小説が勢揃い！「韓国・フェミニズム・日本」というお題の元に寄稿された, 日本＆韓国文学の最前線がわかる豪華アンソロジー。〔2274〕

◇ソヨンドン物語　チョナムジュ著, 古川綾子訳　筑摩書房　2024.7　215p　19cm　1700円　Ⓘ978-4-480-83221-4

内容　春の日パパ（若葉メンバー）　警告マン　シェリーのママ, ウンジュ　ドキュメンタリー番組の監督, アン・ボミ　百雲学院連合会の会長, ギョンファ教養あるソウル市民, ヒジン　不思議の国のエリー

＊コミュニティサイトへの投稿で, 住民を混乱に陥れた「春の日パパ」とは誰か？　警備員になったユジョンの父のその後は？　一人デモをするアン・スンボクの動機とは？　極狭い考試院に住み, 塾でアルバイトをするアヨンの夢とは？　不動産バブル, 過剰な教育熱, 格差に翻弄される住民たちの喜びと悲しみ。資産価値にこだわる者の果てしない欲望と苦悩。持たざる者の苦労と, 未来への希望。架空の町のマンションを舞台にした連作小説。〔2275〕

◇82年生まれ、キム・ジヨン　チョナムジュ著, 斎藤真理子訳　筑摩書房　2023.2　255p　15cm　（ちくま文庫 ち19-1）　680円　Ⓘ978-4-480-43858-4

＊キム・ジヨンの人生を克明に振り返る中で, 女性が人生で出会う差別を描き, 絶大な共感で世界を揺るがした"事件的"小説, 待望の文庫化！　BTSのRMらが言及, チョン・ユミ, コン・ユ共演で映画化。韓国で136万部, 日本で23万部を突破。フェミニズム, 韓国文学隆盛の契機となる。文庫化にあたり, 新たな著者メッセージと訳者あとがき, 評論を収録。〔2276〕

◇耳をすませば　チョナムジュ著, 小山内園子訳　筑摩書房　2024.3　317p　19cm　1700円　Ⓘ978-4-480-83220-7

＊『82年生まれ、キム・ジヨン』著者チョ・ナムジュのデビュー作！　抜群の聴力を持ちつつも, 周囲からさげすまれる少年。衰退する市場の起死回生を図る店主。業界での生き残りを賭けたTVディレクター。三者三様の悲喜こもごもは, 壮大なサバイバルゲームへとなだれ込み, 三つのカップのように渦を描く。文学トンネ小説賞受賞の傑作！〔2277〕

◇私たちが記したもの　チョナムジュ著, 小山内園子, すんみ訳　筑摩書房　2023.2　262p　19cm　1600円　Ⓘ978-4-480-83219-1

内容　梅の木の下　誤記　家出　ミス・キムは知っている　オーロラの夜　女の子は大きくなって　初恋2020

＊『キム・ジヨン』の多大な反響と毀誉褒貶, 著者自身の体験から一部素材にしたような衝撃の短編「誤記」ほか, 10代の初恋, 子育て世代の悩み, 80歳前後の姉妹の老境まで, 全世代を応援する短編集。〔2278〕

チョ, ヘジン

◇天使たちの都市　チョヘジン著, 呉華順訳　新泉社　2022.12　249p　20cm　（韓国文学セレクション）　2200円　Ⓘ978-4-7877-2223-2

＊「韓国人男性が女性にやさしいのは知ってるわ。韓国ドラマを毎日観てるから。これからうちの姉も韓国人よね。だから韓国の男の人が韓国人女性に接するように, 同じように大事にしてあげてね。お義兄さんに望むのはそれだけ」米国に養子に出され, 十五年ぶりに一時帰国した十九歳の"きみ", 結婚移民としてウズベキスタンから渡韓した高麗人三世の"彼女", 父の家庭内暴力の跡をからだじゅうに残している"わたし"―。癒えない傷を抱えた人の心を繊細に描き, 世代を超えて支持される七篇の中短篇。〔2279〕

◇光の護衛　チョヘジン著, 金敬淑訳　彩流社　2023.4　285p　20cm　2300円　Ⓘ978-4-7791-2869-1

内容　光の護衛　翻訳のはじまり　モノとの別れ　東の伯の林　散策者の幸福　じゃあね, お姉ちゃん　時間の拒絶　ムンジュ　小さき者たちの歌

＊著者チョ・ヘジンが二〇一三年から二〇一六年までに発表した九つの短篇を収録した本書。傷つき忘却される人びとを記憶し続けなければならないという作家の切実な思いは, 優しくも力強い言葉に乗って誰かの希望となり, 強者に押し込められた孤独から, 救う者と救われる者を護り照らす, ぬくもりに満ちた一筋の光となるだろう。〔2280〕

◇ロ・ギワンに会った　チョヘジン著, 浅田絵美訳　新泉社　2024.2　217p　20cm　（韓国文学セレクション）　2000円　Ⓘ978-4-7877-2322-2

＊脱北者の青年ロ・ギワンの足跡を辿るなかで, 失意と後悔から再生していく人びとの物語。〔2281〕

チョウ, カイコウ　趙 海虹

◇宇宙の果ての本屋　立原透耶編　新紀元社　2023.12　477p　20cm　（現代中華SF傑作選）　〈他言語標題：The Bookstore at the Edge of the Universe〉　2500円　Ⓘ978-4-7753-2023-5

内容　一九二三年の物語（趙海虹著, 林久之訳）〔2282〕

チョウ

チョウ, ガクトウ　張 学東
◇ヤージュンと犬の物語　張学東著, 関口美幸, 倉持リツコ訳　教育評論社　2024.8　317p　19cm　（海外文学adventure）　2600円　①978-4-86624-103-6
＊少年少女＆犬。時代の波に翻弄されながらも、生きることを諦めず、時にぶつかり、友情を育み、ともに成長していく。〔2283〕

チョウ, キコウ　張 貴興
◇華語文学の新しい風　劉慈欣, ワリス・ノカン, 李娟他著, 王徳威, 高嘉謙, 黄英哲, 張錦忠, 及川茜, 濱田麻矢編, 小笠原淳, 津守陽他訳　白水社　2022.11　357p　20cm　（サイノフォン 1）　3200円　①978-4-560-09875-2
内容 パトゥ（張貴興著, 松浦恆雄訳）
＊近年注目を集めている華語文学の新たな流れを紹介するシリーズ"サイノフォン"の第1集。香港の高層ビルからチベットの聖なる湖まで、シカゴのバーからマレーシアの原生林まで。小説、旅行記、詩、SFなど、多様なジャンルから世界を切り取る17篇。〔2284〕

チョウ, コウメイ　張 康明
⇒チャン, ガンミョン を見よ

チョウ, コクリツ　張 國立
◇炒飯狙撃手　張國立著, 玉田誠訳　ハーパーコリンズ・ジャパン　2024.3　479p　15cm　（ハーパーBOOKS M・チ2・1）　〈他言語標題：THE SNIPER〉　1264円　①978-4-596-53907-6
＊イタリアの小さな炒飯店で腕を振るう台胞の潜伏工作員、小艾はある日命令を受け、ローマで標的の東洋人を射殺する。だが根城に戻ったところを何者かに襲撃され、命を狙われる身に。一方、定年退職を12日後に控えた刑事老伍は、台湾で発生した海軍士官と陸軍士官の連続不審死を追っていた。やがて遺体に彫られた"家"という刺青が二つの事件をつなげー。背後に蠢く巨大な陰謀とは!?〔2285〕

チョウ, シロ　張 之路
◇『虹の図書室』代表作選ー中国語圏児童文学の作家たち　日中児童文学美術交流センター編　小峰書店　2022.2　221p　20cm　2800円　①978-4-338-08166-5
内容 ボタン（張之路作, 渡邊晴夫訳）
＊中国語圏のすぐれた児童文学作品を紹介しつづける『虹の図書室』。この雑誌に掲載された中から、八篇を厳選しました。国際アンデルセン賞作家・曹文軒の作品もあります。これまで目にする機会が少なかった、中国児童文学の"今"にふれてください。〔2286〕

チョウ, ゼン　張 冉
◇金色昔日ー現代中国SFアンソロジー　夏笳ほか著, ケン・リュウ編, 中原尚哉他訳　早川書房　2022.11　715p　16cm　（ハヤカワ文庫 SF 2387）〈責任表示はカバーによる　「月の光」（2020年刊）の改題　原書名：BROKEN STARS〉　1380円　①978-4-15-012387-1
内容 晋陽の雪（張冉著, 中原尚哉訳）
＊北京五輪の開会式を彼女と見たあの日から、世界はあまりにも変わってしまったー『三体X』の著者・宝樹が、中国の歴史とある男女の運命を重ね合わせた表題作、『三体』の劉慈欣が描く環境SFの佳品「月の光」、春節シーズンに突如消えた列車の謎を追う「折りたたみ北京」著者の郝景芳による「正月列車」など、14作家による中国SF16篇を収録。ケン・リュウ編による綺羅星のごときアンソロジー第2弾。〔2287〕

チョウ, レイコウ　趙 麗宏
◇木彫りの男の子シューハイ　趙麗宏著, 城田千枝子訳　大阪　芳編社　2023.7　266p　21cm　1800円　①978-4-9909156-8-1〔2288〕

チョウドゥリー, アジェイ　Chowdhury, Ajay
◇謎解きはビリヤニとともに　アジェイ・チョウドゥリー著, 青木創訳　早川書房　2022.12　477p　16cm　（ハヤカワ・ミステリ文庫 HM 499-1）〈原書名：THE WAITER〉　1500円　①978-4-15-185151-3
＊元インド警察刑事部警視監の父を持つカミル・ラーマンは、ボリウッド・スター殺害事件の捜査が原因となって刑事の職を追われてしまう。父の伝手をたどりロンドンのインド料理店のウェイターとして新たな生活を始めることになったカミルだったが、給仕を担当した大富豪の誕生日パーティーで殺人事件に巻き込まれてしまいー過去と現在の事件を解き明かした先にある、驚愕の真相とは？　スパイスの利いた、謎解きミステリ。〔2289〕

チョン, イヒョン　鄭 梨賢
◇優しい暴力の時代　チョンイヒョン著, 斎藤真理子訳　河出書房新社　2024.2　302p　15cm　（河出文庫 チ9-1）〈2020年刊の修正〉　1100円　①978-4-309-46795-5
内容 優しい暴力の時代　三豊百貨店
＊「人間には人間が必要だ。恨むために、欲望するために、打ち明けるために」（「アンナ」より）。何かに傷つき誰かを傷つける時代の、奥底に流れる痛みと、新たな歩みをまっすぐに描き出した『優しい暴力の時代』に、現代文学賞を受賞した「三豊百貨店」を加えた日本オリジナル編集版。希望も絶望も消費する時代の、生活の鎮魂歌。〔2290〕

チョン, ジア　鄭 智我
◇父の革命日誌　チョンジア著, 橋本智保訳　河出書房新社　2024.2　265p　19cm　2100円　①978-4-309-20898-5

＊パルチザンとして闘争を繰り広げ、投獄され、それでも社会主義者として生きた父。そんな父の葬儀のために故郷に帰ったアリの前に現れたのは、思いもよらない弔問客たちだった。かつて武装し闘った敵、生涯確執のあった叔父、元パルチザンの盟友たち、謎の見知らぬ少女…。知らなかった父を知るたびに、歴史の痛みで絡まった糸がほどけてゆく。悲しみと笑いが乱反射する、父と娘の葬儀の三日間。発禁作家による長編話題作。〔2291〕

チョン,ジェシカ　Jung, Jessica

◇Bright　ジェシカ・チョン著, 代田亜香子訳　河出書房新社　2022.9　325p　19cm　〈本文は日本語　原書名：Bright〉2250円　①978-4-309-20864-0

＊過酷なレッスンを経て、練習生からトップアイドルグループ「ガールズ・フォーエヴァー」のメンバーとしてデビューした。韓国系アメリカ人のレイチェル。8人のメンバーと同じ屋根の下で暮らしながら、多くの仕事をこなしていく毎日の中で、幼馴染の紹介で知り合ったアレックスに次第に惹かれていく。彼の後押しもあり夢だったファッションデザイナーへの道が開け、順調に見えたレイチェルの人生だったが…。K‐POP界伝説のガールズグループ「少女時代」の元メンバー、ジェシカ・チョンが、華やかだけどシビアでリアルなK‐POP界を描いたエンターテイメント作品。〔2292〕

チョン,セラン　鄭 世朗

◇J・J・J三姉弟の世にも平凡な超能力　チョンセラン著, 古川綾子訳　亜紀書房　2024.12　172p　19cm　（チョン・セランの本 07）1600円　①978-4-7505-1863-3

＊科学者のジェイン、アラブの建設現場で働くジェウク、年の離れた高校生の末っ子ジェフンの三姉弟。海でのバカンスから戻ると突然超能力を持ったことに気がつく。身に覚えのない、しかも"超"というにはあまりにもビミョーな"能力"に戸惑う三人。そして、「誰かを救え」というメッセージと小包が届く。いったい誰を…どうやって救えと!?〔2293〕

◇シソンから、　チョンセラン著, 斎藤真理子訳　亜紀書房　2022.1　358p　19cm　（チョン・セランの本 04）1800円　①978-4-7505-1725-4

＊20世紀を生き抜いた女性たちに捧げる、21世紀を生きる女性たちからの温かな視線。『フィフティ・ピープル』『保健室のアン・ウニョン先生』のチョン・セランが贈る家族三代の物語。韓国で16万部を突破した待望の最新長編小説。〔2294〕

◇絶縁　村田沙耶香、アルフィアン・サアット、郝景芳、ウィワット・ルートウィワットウォンサー、韓麗珠、ラシャムジャ、グエン・ゴック・トゥ、連明偉、チョン・セラン著, 藤井光、大久保洋子、福冨渉、及川茜、星泉、野平宗弘、吉川凪訳　小学館　2022.12　413p　19cm　2000円　①978-4-09-356745-9

内容　絶縁（チョンセラン著, 吉川凪訳）

＊アジア9都市9名が集った奇跡のアンソロジー。〔2295〕

◇地球でハナだけ　チョンセラン著, すんみ訳　亜紀書房　2022.8　237p　19cm　（チョン・セランの本 05）1600円　①978-4-7505-1753-7

＊やさしい心を持つハナは、つき合って11年になるキョンミンに振り回されてばかり。この夏休みだってハナを置いて、流星群を見にカナダへひとりで出かけてしまう。そしてカナダで隕石落下事故が起こり音信不通に。心配をよそに無事帰国したキョンミンだが、どうも様子がおかしい。いつもとは違ってハナを思いやり、言葉づかいだってやさしい。嫌いだったナスも食べている。ついには…口から青いビームを出しはじめて…。〔2296〕

◇フィフティ・ピープル　チョンセラン著, 斎藤真理子訳　新版　亜紀書房　2024.11　487p　19cm　（となりの国のものがたり 14）〈他言語標題：FIFTY PEOPLE　索引あり〉2200円　①978-4-7505-1859-6

内容　ソン・スジョン　イ・ギュン　クォン・ヘジョン　チョ・ヤンソン　キム・ソンジン　チェ・エソン　イム・デヨル　チャン・ユラ　イ・ファンユ・チェウォン　ブリタ・フルセン　ムン・ウナム　ハン・スンジョ　カン・ハニョン　キム・ヒョッキョン　ペ・ユンナ　イ・ホ　ムン・ヨンニン　チョ・ヒラク　キム・イジン

＊ガンで余命宣告を受けた母に結婚式を急かされるスジョン。血みどろの手術に嬉々として臨むアドレナリン・ジャンキーの医師ギュン。事故に巻き込まれてふさぎこむ義理の娘の枕元に、祈る思いであずきの御守りを置く姑エソン…。死と痛みと悲しみ、回復と再生の物語がすれちがい、交錯する。〔2297〕

◇八重歯が見たい　チョンセラン著, すんみ訳　亜紀書房　2023.10　231p　19cm　（チョン・セランの本 06）1800円　①978-4-7505-1818-3

＊かつての恋人たちを夢中にさせた八重歯の持ち主ジェファ。エンタメ作家の彼女は、執筆中の短編集の中で元カレのヨンギを殺した。しかも九回も。すると作品を発表するたびに、ヨンギの体にはジェファの文章がタトゥーになって浮き出るという不思議な現象が！　そんな時、ジェファの背後にストーカーの影が忍び寄り…。〔2298〕

◇私たちのテラスで、終わりを迎えようとする世界に乾杯　チョンセラン著, すんみ訳　早川書房　2024.11　190p　19cm　2300円　①978-4-15-210374-1

＊恋人のアート作品の真意が理解できずにフラれた男が、美術館のバイトを始める「楽しいオスの楽しい美術館」。お気に入りの傘を大事にしながら、大量消費社会に抵抗するのはぼちぼちで、海外旅行なんて行けないけれど、家に帰ればルームメイトと乾杯できる。毎日の小さな楽しみを描いた表題作「私たちのテラスで、終わりを迎えようとする世界に乾杯」――明るい未来が見えない世界でもささやかな希望を失わずに生きる人々を、おかしみをもって描いたショートショートや詩を

収録した作品集。　　　　　　　　〔2299〕

チョン,ハナ

◇親密な異邦人　チョンハナ著，古川綾子訳　講談社　2024.9　207p　19cm　2000円　①978-4-06-532047-1

＊小説家の「私」は、目にとめた新聞広告に衝撃を受ける。そこには、「この本を書いた人を探しています」という文章とともに、「私」がデビュー前に書いた小説の一部が掲載されていた。事情を調べ始めた「私」は、謎の多い女性「イ・ユミ」に辿り着き、彼女の人生を追うことになる。ある時は、キラキラした女子大生。ある時は、評判のいいピアノ教師。ある時は、センスのある大学講師。ある時は、優しい医師。またある時は、─。幾重もの仮面の裏から徐々に表れる真実とは。　〔2300〕

チョン,ミョンソプ

◇消えたソンタクホテルの支配人　チョンミョンソプ著，北村幸子訳　影書房　2022.12　237p　19cm　（YA！ STAND UP）　2000円　①978-4-87714-494-4

＊慶運宮・大漢門の横の道から貞洞に入り、教会を過ぎて、梨花学堂の向こうに建つ西洋式建物がソンタクホテルだ。伊藤博文統監が主催する晩餐会が催された翌日、ホテルの支配人が消えた！ ソンタク女史はどこにいるのか？ 高宗皇帝の密使は万国平和会議に出席できるのか？　〔2301〕

◇記憶書店─殺人者を待つ空間　チョンミョンソプ著，吉川凪訳　講談社　2023.7　262p　19cm　2100円　①978-4-06-528944-0

＊残忍な男によって、目の前で妻と娘の命を奪われたユ・ミョンウ。犯人は捕まらず、未解決のまま15年を迎えた。犯人が古書に異常な執着を持っていることを見抜いたユ・ミョンウは、犯人を誘き出すために古書だけを扱う“記憶書店"を開店した。そこに現れた4人の怪しい客。「この中に犯人がいる」と確信し、調査をはじめるが…。家族を失った怒れる男のかつてない復讐劇が、いま始まる。　〔2302〕

◇蒸気駆動の男─朝鮮王朝スチームパンク年代記　キムイファン，パクエジン，パクハル，イソヨン，チョンミョンソプ著，吉良佳奈江訳　早川書房　2023.6　252p　19cm　（新☆ハヤカワ・SF・シリーズ　5060）〈他言語標題：DORO THE MACHINE HUMAN〉2600円　①978-4-15-335060-1

内容　蒸気の獄（チョンミョンソプ著,吉良佳奈江訳）

＊1392年、李成桂が李氏朝鮮王朝を開いた太祖、李成桂。太祖によって蒸気機関が導入され発達したこの世界で、ある時は謎の商人、またある時は王の側近と、歴史の転換点で暗躍した男がいた。その名は都老。都老はひそかに噂されるように、蒸気機関で動く"汽機人"なのか？ 彼はこの国の宝なのか、味方なのか？ その本当の姿を、想いを知る者は─。王とその寵愛を受けた汽機人の愛憎を描く「知中事の蒸気」、ある奴隷とその主人の主従関係が都老に出会ったことで狂っていく「君子の道」など、蒸気機関が発達したもうひとつの李氏朝鮮王朝500年間を

舞台に展開する、韓国SF作家5人が競演するスチームパンクアンソロジー！　〔2303〕

チョン,ヨンテク　田 栄沢

◇B舎監とラブレター　福岡　書肆侃侃房　2022.7　254p　20cm　（韓国文学の源流─短編選1（1918-1929））〈年表あり〉2200円　①978-4-86385-524-3

内容　白痴？ 天才？（田栄沢著，カン・バンファ訳）

＊三従の道からの解放を自ら実践しようとして日本留学も果たした女性瓊姫は、新しい女性としての生き方を模索する「瓊姫」。白痴のように見えて実は、ある特殊な能力を持つ少年は自由を求めて危険な道に踏み出す「白痴？ 天才？」。金を少しでも減らしたくない男。日々寄付を求めてやってくる人々を追い返すために猟犬を飼い始める「猟犬」。死んでから天国に行くより、今のこの世でほんの少しでもいいから、よい暮らしをと願う男「人力車夫」。究極の貧しさゆえ空腹を満たすために腐ったサバを食べ食中毒をおこした息子を救おうと奔走する母親「〈バクトル〉の死」。厳格な舎監が夜な夜な繰り返す秘密の時間。その秘密を垣間見てしまった女学生たち「B舎監とラブレター」。朝鮮人の父と日本人の母を持つ混血の息子の葛藤と生きづらさを時代背景と共に綴る「南忠緒」。韓国最初の創作SF小説。人間の排泄物から人工肉を作る実験に明け暮れる笑えない現実「K博士の研究」。主人に絶対服従を誓って生きてきたもの言えぬ男。屋敷が火事になり、若主人の新婦を救おうと火の中に飛び込んでいく「唖の三龍」。　〔2304〕

チン,キ　陳 輝

◇黒い雪玉─日本との戦争を描く中国語圏作品集　加藤三由紀編　中国文庫　2022.8　391p　19cm　3800円　①978-4-910887-00-5

内容　日本兵がひとり（陳輝著,加藤三由紀訳）
　　　　　　　　　　　　　　　　〔2305〕

チン,ゲン　陳 彦

◇主演女優　上　陳彦，菱沼彬晁訳　晩成書房　2023.6　474p　21cm〈原書名：主角〉2900円　①978-4-89380-514-0　〔2306〕

◇主演女優　中　陳彦，菱沼彬晁訳　晩成書房　2023.6　484p　21cm〈原書名：主角〉2900円　①978-4-89380-515-7　〔2307〕

◇主演女優　下　陳彦，菱沼彬晁訳　晩成書房　2023.6　450p　21cm〈原書名：主角〉2900円　①978-4-89380-516-4　〔2308〕

チン,シコウ　陳 思宏

◇二階のいい人　陳思宏著，白水紀子訳　早川書房　2024.8　429p　19cm　（台湾文学コレクション　3）　3100円　①978-4-15-210344-4

＊ベルリンに住む弟のもとに滞在することになった台湾の高校教師。疎遠だった弟とぎこちなく交流しながら、彼女は持ってきた亡き母のノートをめくる。美容師だった母は、自宅の二階でひそかに

営んでいたもう一つの「仕事」の顧客、「いい人」たちについて書き記していたのだった…。『亡霊の地』の注目作家が放つ新たな傑作。〔2309〕

◇プールサイド―短篇小説集　陳思宏ほか著，三須祐介訳，呉佩珍，白水紀子，山口守編　作品社　2022.2　246p　19cm　（台湾文学ブックカフェ 3）　2400円　①978-4-86182-879-9

内容　ぺちゃんこ　いびつな　まっすぐな（陳思宏著）

＊大学受験を控える高校生の少年が夏休みにプールの監視員のバイトをしていると、ある男から小学生の息子に水泳を教えてほしいと頼まれ、やがて、少年を自宅に招いた男は長い口づけをする…。高校生から大学生へと成長する少年のひと夏の経験が語られる、本集最年少の新星による表題作のほか、全十一篇を収録。〔2310〕

◇亡霊の地　陳思宏著，三須祐介訳　早川書房　2023.5　422p　19cm〈文献あり〉　3500円　①978-4-15-210239-3

＊同性愛者として生きることへの抑圧から逃れるため、台湾の故郷の村、永靖を離れ、ベルリンで暮らしていた作家の陳天宏は恋人を殺してしまう。刑期を終え、よるべのないドイツから、生まれ育った永靖に十数年ぶりに戻って来た。折しも中元節を迎えていた故郷では、死者の魂を迎える準備が進んでいた。天宏のいなくなった両親と結婚した姉たち、狂った姉、そして兄。生者と死者の語りで、家族が引き裂かれた理由と天宏が恋人を殺した理由、土地の秘密、過ぎ去りし時代の恐怖と無情が徐々に明らかになっていく。2020年、台湾文学賞金典年度大賞と金鼎賞文学図書賞を受賞。2022年秋、ニューヨーク・タイムズから「最も読みたい本」に選出された、最注目の台湾の若手作家が贈る慟哭の物語。〔2311〕

チン，ジュウシン　陳　柔縉

◇高雄港の娘　陳柔縉著，田中美帆訳　春秋社　2024.10　355p　20cm　（アジア文芸ライブラリー）　2500円　①978-4-393-45509-8

＊女性の視点で振り返る、台湾の近現代。日本統治時代に台湾の港町・高雄で生まれ、戦後は日本に渡って台湾独立運動に奔走する夫を支えつつ、自らも実業家として活躍した孫愛雪。時代の制約を乗り越えて道を切り拓き、力強く生きた女性の生涯を描く。〔2312〕

チン，シュウハン　陳　楸帆

◇宇宙の果ての本屋　立原透耶編　新紀元社　2023.12　477p　20cm　（現代中華SF傑作選）〈他言語標題：The Bookstore at the Edge of the Universe〉　2500円　①978-4-7753-2023-5

内容　女神のG（陳楸帆著，池田智恵訳）　〔2313〕

◇金色昔日―現代中国SFアンソロジー　夏笳ほか著，ケン・リュウ編，中原尚哉他訳　早川書房　2022.11　715p　16cm　（ハヤカワ文庫SF 2387）〈責任表示はカバーによる　「月の光」（2020年刊）の改題　原書名：BROKEN STARS〉　1380円　①978-4-15-012387-1

内容　開光　未来病史（陳楸帆著，中原尚哉訳）

＊北京五輪の開会式を彼女と見たあの日から、世界はあまりにも変わってしまった―『三体X』の著者・宝樹が、中国の歴史とある男女の運命を重ね合わせた表題作、『三体』の劉慈欣が描く環境SFの佳品「月の光」、春節シーズンに突如消えた列車の謎を追う「折りたたみ北京」著者の郝景芳による「正月列車」など、14作家による中国SF16篇を収録。ケン・リュウ編による綺羅星のごときアンソロジー第2弾。〔2314〕

◇シリコンバレーのドローン海賊―人新世SF傑作選　グレッグ・イーガン他著，ジョナサン・ストラーン編，中原尚哉他訳　東京創元社　2024.5　420p　15cm　（創元SF文庫　SFン11-2）〈責任表示はカバーによる　原書名：TOMORROW'S PARTIESの抄訳〉　1400円　①978-4-488-79102-5

内容　菌の歌（陳楸帆著，中原尚哉訳）

＊人新世とは「人間の活動が地球環境に影響を及ぼし、それが明確な地質年代を構成していると考えられる時代」、すなわちまさに現代のことである。パンデミック、世界的経済格差、人権問題、資源問題、そして環境破壊や気候変動問題…未来が破滅的に思えるときこそ、SFというツールの出番だ。グレッグ・イーガンら気鋭の作家たちによる、不透明な未来を見通すためのアンソロジー。〔2315〕

チン，シュクヨウ　陳　淑瑤

◇プールサイド―短篇小説集　陳思宏ほか著，三須祐介訳，呉佩珍，白水紀子，山口守編　作品社　2022.2　246p　19cm　（台湾文学ブックカフェ 3）　2400円　①978-4-86182-879-9

内容　白猫公園（陳淑瑤著）

＊大学受験を控える高校生の少年が夏休みにプールの監視員のバイトをしていると、ある男から小学生の息子に水泳を教えてほしいと頼まれ、やがて、少年を自宅に招いた男は長い口づけをする…。高校生から大学生へと成長する少年のひと夏の経験が語られる、本集最年少の新星による表題作のほか、全十一篇を収録。〔2316〕

チン，シン　陳　忱

◇水滸後伝　陳忱著，寺尾善雄訳　第2版　秀英書房　2023.3　305p　20cm　（中国古典文学シリーズ 2）　2500円　①978-4-87957-150-2

〔2317〕

チン，ゼン　陳　漸

◇大唐泥犁獄　陳漸著，緒方茗苞訳　福岡　行舟文化　2022.8　496p　19cm　（「西遊八十一事件」シリーズ）　2000円　①978-4-909735-11-9

＊大唐帝国、二代皇帝李世民の世。僧の玄奘は、師を殺め出奔した兄・長捷の行方を捜す旅をしている。兄が先の霍邑県令・崔珏が自殺した事件に関わっていたらしいと聞いた玄奘は、従者の波羅葉とともに当地を訪れる。崔珏は名君の誉れ高く、霍邑の民は彼が死後、地獄の判官となったと噂し、

チン

廟を立てて信仰していた。現県令の郭宰の屋敷に逗留した玄奘は、何者かによって二度にわたって命を狙われる。やがて玄奘は、自身が朝廷における仏教・道教両勢力の対立に端を発した陰謀の渦中にいることを知る—。衝撃の真相が明らかになったとき、読者は中国古典名著『西遊記』とのつながりを理解する！　　〔2318〕

チン, ダイイ　陳　大為

◇華語文学の新しい風　劉慈欣, ワリス・ノカン, 李娟他著, 王徳威, 高嘉謙, 黄英哲, 張錦忠, 及川茜, 濱田麻矢編, 小笠原淳, 津守陽他訳　白水社　2022.11　357p　20cm　(サイノフォン 1)　3200円　①978-4-560-09875-2

内容　南洋にて(陳大為著, 及川茜訳)

＊近年注目を集めている華語文学の新たな流れを紹介するシリーズ"サイノフォン"の第1巻。香港の高層ビルからチベットの聖なる湖まで、シカゴのバーからマレーシアの原生林まで。小説、旅行記、詩、SFなど、多様なジャンルから世界を切り取る17篇。　　〔2319〕

チン, トウゲン　陳　登元

◇敗走千里　陳登元著, 別院一郎訳　復刻版　普及版　ハート出版　2022.12　351p　18cm　1200円　①978-4-8024-0148-7

＊GHQによって廃棄、隠蔽された幻の"問題作"。中国兵士が自ら語った中国軍の腐敗と略奪の記録。"支那事変"ある中国青年の戦争体験。100万部を超えるベストセラーとなった、「知られざる」戦争ドキュメントの名著が、現代に甦る！　"南京大虐殺"のカギを握る「便衣兵」とは何なのか。南京市街にあったという「死体の山」は誰が築いたのか。日本兵は、一般市民に対して、本当に残虐なことをしたのか。—こうした疑問に対する答えは、すべて本書の中にある！　　〔2320〕

チン, ハクゲン　陳　柏言

◇プールサイド—短篇小説集　陳思宏ほか著, 三須祐介訳, 呉佩珍, 白水紀子, 山口守編　作品社　2022.2　246p　19cm　(台湾文学ブックカフェ 3)　2400円　①978-4-86182-879-9

内容　わしらのところでもクジラをとっていた(陳柏言著)

＊大学受験を控える高校生の少年が夏休みにプールの監視員のバイトをしていると、ある男から小学生の息子に水泳を教えてほしいと頼まれ、やがて、少年を自宅に招いた男は長い口づけをする…。高校生から大学生へと成長する少年のひと夏の経験が語られる、本集最年少の新星による表題作のほか、全十一篇を収録。　　〔2321〕

チン, ヨウショウ　陳　耀昌

◇フォルモサに吹く風—オランダ人、シラヤ人と鄭成功の物語　陳耀昌著, 大洞敦史訳　東方書店　2022.9　8,397p　21cm　2400円　①978-4-497-22213-8　　〔2322〕

◇フォルモサの涙—獅頭社戦役　陳耀昌著, 下村作次郎訳　東方書店　2023.8　337p　21cm　〈年譜あり〉　2400円　①978-4-497-22314-2

＊一八七四年、日本軍が台湾に出兵した(牡丹社事件)。清朝政府は台湾防衛のため精鋭部隊「淮軍」を派遣する。だが、彼らは日本軍ではなく、原住民と闘うことになった—。「開山撫番」政策下で起こった最初の原住民と漢族の戦争「獅頭社戦役」を描く歴史小説。　　〔2323〕

チン, ヨウシン　陳　又津

◇霊界通信　陳又津著, 明田川聡士訳　名古屋　あるむ　2023.10　340p　20cm　(台湾文学セレクション 5)〈原書名：跨界通訊〉　2300円　①978-4-86333-198-3

＊人類史上最大の高齢者時代がやってきた！　暴走老人＋家出美少女＋クラウド・ベイビー＋台湾一周青年＝インターネットコミュニティ「霊界通信」。台湾"新二代"作家による長篇小説の初邦訳。　　〔2324〕

【ツ】

ツァルカ, ダン

◇砂漠の林檎—イスラエル短編傑作選　サヴィヨン・リーブレヒト, ウーリー・オルレブほか著, 母袋夏生編訳　河出書房新社　2023.8　258p　20cm　2900円　①978-4-309-20890-9

内容　弟子(ダン・ツァルカ著, 母袋夏生訳)

＊迷宮のような路地で見つけた写真集、不死の老人、ショアの記憶、聖書物語など、イスラエル文学紹介の第一人者による日本語版オリジナル・アンソロジー。ウーリー・オルレブ(国際アンデルセン賞受賞)、シャイ・アグノン(ノーベル文学賞受賞)など、世界が高く評価する作家の傑作を精選。　　〔2325〕

ツェー, ユーリ　Zeh, Juli

◇人間の彼方　ユーリ・ツェー著, 酒寄進一訳　東宣出版　2023.11　413p　19cm　〈著作目録あり〉　原書名：Über Menschen〉　2700円　①978-4-88588-112-1

＊ベルリンの広告代理店でコピーライターとして働く36歳のドーラは、愛犬を連れて田舎の小さな村ブラッケンに逃げてきた。表向きはロックダウンした都会から人の少ない田舎に避難したようにみえるが、本当の理由は別にある。環境問題にのめりこむパートナーとの間にはしばらく前から隔たりができていて、コロナを機に過激の度合いを増す彼の態度に辟易したドーラは、彼と距離を置くことにしたのだ。のどかな田園生活を夢見ていたドーラだが、隣人のゴートはスキンヘッドのマッチョなネオナチで、もとは空き家だったドーラの家の鍵をまだ持っていて、勝手に出入りするなど、ひと筋縄ではいかない村人たちに振りまわされる

ことになる。ゴートは無愛想ながらドーラにベッドを作ってくれたりといろいろ親切にしてくれるが、ドーラは心情的に受け入れることができない。しかしある事をきっかけにドーラの心は変わりはじめる。〔2326〕

◇メトーデ——健康監視国家　ユーリ・ツェー著，浅井晶子訳　河出書房新社　2024.7　243p　20cm〈原書名：CORPUS DELICTI〉2400円　①978-4-309-20910-4

＊結婚は免疫システムによるマッチング、日々の運動量の報告義務、犯罪の物的証拠は体内に埋め込まれたチップやDNA…国家による究極の健康監視システム"メトーデ"に、罪を着せられて自殺した弟の遺志を継いで挑む！　近未来サイエンス・ディストピア小説。〔2327〕

ツェマフ, エディ

◇砂漠の林檎——イスラエル短編傑作選　サヴィヨン・リーブレヒト，ウーリー・オルレブほか著，母袋夏生編訳　河出書房新社　2023.8　258p　20cm　2900円　①978-4-309-20890-9

内容　ショレシュ・シュタイム（エディ・ツェマフ著，母袋夏生訳）

＊迷宮のような路地で見つけた写真集、不死の老人、ショアの記憶、聖書物語など、イスラエル文学紹介の第一人者による日本版オリジナル・アンソロジー。ウーリー・オルレブ（国際アンデルセン賞受賞）、シャイ・アグノン（ノーベル文学賞受賞）など、世界が高く評価する作家の傑作を精選。〔2328〕

ツェラン・トンドゥプ

◇チベット幻想奇譚　星泉，三浦順子，海老原志穂編訳　春陽堂書店　2022.4　270p　19cm　2400円　①978-4-394-19027-1

内容　カタカタカタ　神降ろしは悪魔憑き（ツェラン・トンドゥプ著，海老原志穂訳）

＊伝統的な口承文学や、仏教、民間信仰を背景としつつ、いまチベットに住む人々の生活や世界観が描かれた物語は、読む者を摩訶不思議な世界に誘う——時代も、現実と異界も、生と死も、人間／動物／妖怪・鬼・魔物・神の境界も越える、13の短編を掲載した日本独自のアンソロジー。チベットの現代作家たちが描く、現実と非現実が交錯する物語。〔2329〕

ツェリン, ヤンキー　Tshe-ring-dbyangs-skyid

◇花と夢　ツェリン・ヤンキー著，星泉訳　春秋社　2024.4　304p　20cm　（アジア文芸ライブラリー）〈文献あり〉2400円　①978-4-393-45510-4

＊チベット発、シスターフッドの物語。ラサのナイトクラブ"ばら"で働く4人の女性たち。花の名前を源氏名として、小さなアパートで共同生活を送る彼女たちは、それぞれが事情を抱えてこの町にやってきた。暴力や搾取、不平等の犠牲となりながらも支え合って生きる彼女たちの心の交流と、やがて訪れる悲痛な運命を、慈悲に満ちた筆致で描き出す。〔2330〕

ツェリン・ノルブ

◇チベット幻想奇譚　星泉，三浦順子，海老原志穂編訳　春陽堂書店　2022.4　270p　19cm　2400円　①978-4-394-19027-1

内容　人殺し（ツェリン・ノルブ著，海老原志穂訳）

＊伝統的な口承文学や、仏教、民間信仰を背景としつつ、いまチベットに住む人々の生活や世界観が描かれた物語は、読む者を摩訶不思議な世界に誘う——時代も、現実と異界も、生と死も、人間／動物／妖怪・鬼・魔物・神の境界も越える、13の短編を掲載した日本独自のアンソロジー。チベットの現代作家たちが描く、現実と非現実が交錯する物語。〔2331〕

ツェワン・ナムジャ

◇チベット幻想奇譚　星泉，三浦順子，海老原志穂編訳　春陽堂書店　2022.4　270p　19cm　2400円　①978-4-394-19027-1

内容　ごみ（ツェワン・ナムジャ著，星泉訳）

＊伝統的な口承文学や、仏教、民間信仰を背景としつつ、いまチベットに住む人々の生活や世界観が描かれた物語は、読む者を摩訶不思議な世界に誘う——時代も、現実と異界も、生と死も、人間／動物／妖怪・鬼・魔物・神の境界も越える、13の短編を掲載した日本独自のアンソロジー。チベットの現代作家たちが描く、現実と非現実が交錯する物語。〔2332〕

ツルゲーネフ, I.S.　Turgenev, Ivan Sergeevich

◇19世紀ロシア奇譚集　高橋知之編・訳　光文社　2024.8　388p　16cm　（光文社古典新訳文庫KAツ1-1）〈文献あり　年表あり　原書名：Артемий Семенович Бервенковский Перстеньほか〉1100円　①978-4-334-10395-8

内容　クララ・ミーリチ——死後（イワン・トゥルゲーネフ著，高橋知之訳）

＊悲劇的な最期を遂げた歌い手の秘密に迫るにつれ…「クララ・ミーリチ——死後」、屋敷に住みつく霊と住人たちとの不思議な関わりを描く「家じゃない、おもちゃだ！」など7篇を収録。重厚長大なリアリズム文学重視の陰で忘れ去られていた豊饒なロシアンホラーの魅力を発掘！〔2333〕

◇ムムー　I.S.ツルゲーネフ作，大森巳喜生訳　都城　都城印刷　2023.10　65p　21cm〈原書名：Муму〉〔2334〕

【テ】

デアンジェリス, カミーユ　DeAngelis, Camille

◇ボーンズ・アンド・オール　カミーユ・デアンジェリス著，川野靖子訳　早川書房　2023.1　383p　16cm　〈ハヤカワ文庫 NV 1504〉〈原書名：BONES ＆ ALL〉960円　①978-4-15-041504-4

＊十六歳のマレンは「悪いこと」をする衝動を抑えきれないでいた。ふつうの人のように愛されたいのに、愛情を感じる相手を食べ殺してしまうのだ。その行為を繰り返し、逃げ続けている彼女には、友だちもいない。唯一の家族だった母親にも捨てられたマレンは、それまで存在も知らなかった父親を捜す旅に出ることに。その途中で同じ秘密をもつ若者リーに出会うが…。ティモシー・シャラメ主演映画原作、禁断の純愛ホラー！　〔2335〕

テイ, ウン　鄭 薳

◇探偵久美子　鄭薳著，厳水陽子訳　大阪　芳草社　[2022]　158p　21cm　1200円　①978-4-9909156-7-4　〔2336〕

テイ, シツ　鄭 執

◇ハリネズミ・モンテカルロ食人記・森の中の林　鄭執著，関根謙訳　アストラハウス　2024.10　298p　20cm　2200円　①978-4-908184-52-9

|内容| ハリネズミ　モンテカルロ食人記　森の中の林

＊シャーマニズム色濃い街で繰り広げられる魂の交流と不条理な茶番劇。(『ハリネズミ』)。鬱屈した若者の愛憎の相剋が起こす吹雪の街の奇譚。(『モンテカルロ食人記』)。四人で五つの良い目を持つ家族三代の人生と愛、そして一つのミステリー。(『森の中の林』)。第1回「匿名作家計画」最優秀賞。『ハリネズミ』が原作の映画『刺猬』で上海国際映画祭最優秀脚本賞受賞。　〔2337〕

テイ, シュンカ　鄭 春華

◇『虹の図書室』代表作選―中国語圏児童文学の作家たち　日中児童文学美術交流センター編　小峰書店　2022.2　221p　20cm　2800円　①978-4-338-08166-5

|内容| でっかちくんとスマートパパ(鄭春華作, 中由美子訳)

＊中国語圏のすぐれた児童文学作品を紹介しつづける『虹の図書室』。この雑誌に掲載された中から、八篇を厳選しました。国際アンデルセン賞作家・曹文軒の作品もあります。これまで目にする機会がなかった、中国児童文学の"今"にふれてください。　〔2338〕

デイ, ズーリ　Day, Zuri

◇あなたに言えない秘密―ハーレクイン・ディザイア・スペシャル　ズーリ・デイ作，花苑薫訳　ハーパーコリンズ・ジャパン　2022.10　156p　17cm　〈ハーレクイン・ディザイア D1909―Desire〉〈原書名：THE LAST LITTLE SECRET〉673円　①978-4-596-74884-3

＊インテリアデザインの仕事をしていたサマンサは、ホテル王ニックと知り合い、熱い一夜を共にして息子を授かった。だが、彼は妻や子供はいらないと公言し、独身貴族の生活を謳歌中。サマンサは自らの妊娠をニックに告白することなどできず、遠い異国へ移住し、子供を密かに産み育てようと決めたのだった。5年後、サマンサはラスベガスの豪華なオフィスでニックと再会した。やむを得ない事情で帰国して仕事の再開をネットで告知したところ、ニックがさっそく連絡をくれ、緊急の仕事を依頼してきたのだ。生活の糧を得られて安堵しながらも、彼女は大きな不安に苛まれた。息子の父親が誰かをニックに知られたら、いったいどうするの？　〔2339〕

テイ, セイハ　程 婧波

◇宇宙の果ての本屋　立原透耶編　新紀元社　2023.12　477p　20cm　〈現代中華SF傑作選〉〈他言語標題：The Bookstore at the Edge of the Universe〉2500円　①978-4-7753-2023-5

|内容| 猫嫌いの小松さん(程婧波著, 立原透耶訳)　〔2340〕

◇金色昔日―現代中国SFアンソロジー　夏笳ほか著，ケン・リュウ編，中原尚哉他訳　早川書房　2022.11　715p　16cm　〈ハヤカワ文庫 SF 2387〉〈責任表示はカバーによる　「月の光」(2020年刊)の改題　原書名：BROKEN STARS〉1380円　①978-4-15-012387-1

|内容| さかさまの空(程婧波著, 中原尚哉訳)

＊北京五輪の開会式を彼女と見たあの日から、世界はあまりにも変わってしまった―『三体』の著者・宝樹が、中国の歴史とある男女の運命を重ね合わせた表題作、『三体』の劉慈欣が描く環境SFの佳品「月の光」、春節シーズンに突如消えた列車の謎を追う「折りたたみ北京」著者の郝景芳による「正月列車」など、14作家による中国SF16篇を収録。ケン・リュウ編による綺羅星のごときアンソロジー第2弾。　〔2341〕

◇走る赤―中国女性SF作家アンソロジー　武甜静，橋本輝幸編，大恵和実編訳　中央公論新社　2022.4　381p　20cm　2200円　①978-4-12-005523-2

|内容| 夢喰い貘少年の夏(程婧波著, 浅田雅美訳)

＊中国で活躍する女性作家14人が放つ珠玉のSF短篇。　〔2342〕

テイ, テイギョク　鄭 廷玉

◇中国古典名劇選　3　後藤裕也, 田村彩子, 陳駿千, 西川芳樹, 林雅清編訳　東方書店　2022.3　416p　21cm　4200円　①978-4-497-22204-6

|内容| 楚昭王、疎き者より船を下ろす―楚昭王(鄭廷

玉撰）　　　　　　　　　　　　　〔2343〕

デイ, プライス　Day, Price

◇ユーモア・スケッチ大全　［4］　すべてはイブからはじまった　ミクロの傑作圏　浅倉久志編・訳　国書刊行会　2022.3　376p　19cm〈「すべてはイブからはじまった」（早川書房 1991年刊）と「ミクロの傑作圏」（文源庫 2004年刊）の改題、合本〉2000円　①978-4-336-07311-2
　内容（午後四時（プライス・デイ著）
　＊笑いの大博覧会、完結！ 名翻訳家浅倉久志のライフワークである"ユーモア・スケッチ"ものを全4巻に集大成。最終巻は傑作展姉妹篇『すべてはイブからはじまった』とオンデマンドのみの刊行だった『ミクロの傑作圏』をカップリング。〔2344〕

ディアズ, エルナン　Díaz, Hernán

◇トラスト—絆／わが人生／追憶の記／未来　エルナン・ディアズ著，井上里訳　早川書房　2023.5　479p　20cm〈原書名：TRUST〉3600円　①978-4-15-210236-2
　内容『絆』ハロルド・ヴァナー　『わが人生』アンドルー・ベヴル　『追憶の記』アイダ・パルテンツァ　『未来』ミルドレッド・ベヴル
　＊1920年代、ニューヨーク。投資家ベンジャミン・ラスクは、冷徹無慈悲な読みでニューヨーク金融界の頂点に登り詰める。一方、妻のヘレンは社交界で名声をほしいままにするが、やがて精神に支障をきたす。一世を風靡した夫妻の、巨万の富の代償とは一体何だったのか―。こうして1937年に発表され、ベストセラーとなった小説『絆』。しかし、ここに描かれた大富豪夫妻には、別の記録も存在していた。『絆』への反駁として大富豪が刊行しようとした自伝『わが人生』。『わが人生』を代筆した秘書の回想録『追憶の記』。そして、大富豪の妻の死後発見された日記『未来』。夫妻を全く異なる視点から描く四篇を読み進めるうち、浮かび上がる真実とは…。ブッカー賞候補になり、カーカス賞を受賞し、2023年にはピュリッツァー賞を受賞。ニューヨーカー、タイム、エスクァイア他、多くの媒体のベストブックに輝き、オバマ元大統領も絶賛した、現代アメリカ文学の最先端が贈る長篇小説。〔2345〕

デイヴ, ローラ　Dave, Laura

◇彼が残した最後の言葉　ローラ・デイヴ著，竹内要江訳　早川書房　2023.6　375p　19cm〈原書名：THE LAST THING HE TOLD ME〉2700円　①978-4-15-210244-7
　＊ハンナは木工作家として38年間、独身生活を送ってきたがオーウェンという最愛のパートナーと出会い結婚した。日々は幸せに満ちていた。彼の娘ベイリーが自分を「母」として認めてくれなくても。結婚生活が1年と少しを過ぎたころ、突然オーウェンが消えた。ハンナに残されたのは、「彼女を守って」と書かれたメモ。ベイリーには大金の入った鞄。やがてオーウェンの働く会社に詐欺の疑いがかかり、FBIが家にやってくる。一体、彼は何に追われ、逃げているのか。娘を守る使命を託されたハンナは、ベイリーと共に失踪の謎に迫る。全米200万部のベストセラーサスペンス。〔2346〕

ディーヴァー, ジェフリー　Deaver, Jeffery

◇ウォッチメイカーの罠　ジェフリー・ディーヴァー著，池田真紀子訳　文藝春秋　2024.9　373p　20cm〈原書名：THE WATCHMAKER'S HAND〉3200円　①978-4-16-391891-4
　＊時計職人のごとく緻密な計画をひっさげ、宿敵が帰ってきた。名探偵ライムを殺すために。ウォッチメイカー最後の事件、開幕。高層ビル建設現場で大型クレーンが倒壊し、作業員が死亡、周囲に多大な損害をもたらした。犯行声明を出したのは富裕層のための都市計画に反対する過激派組織。開発を中止せねば同じ事故がまた起こるというのだ。タイムリミットは24時間、科学捜査の天才リンカーン・ライムに捜査協力が要請された。微細証拠の分析と推論の結果、ライムはおそるべき結論に達する。犯人は—ウォッチメイカーだ。さまざまな勢力に雇われて完全犯罪を立案する天才チャールズ・ヘイル。またの名を「ウォッチメイカー」。これまでも精妙緻密な犯罪計画でライムを苦しめてきた好敵手。その犯罪の天才がニューヨークに潜伏し、クレーン倒壊に始まる複雑怪奇なプランを始動させたのだ！ ウォッチメイカーの真の目的はいったい何なのか？ 二重底三重底の犯罪計画を立案する天才ウォッチメイカーvsその裏の裏を読むリンカーン・ライム。21世紀を代表する名探偵と犯罪王、最後の頭脳戦が始まる！〔2347〕

◇カッティング・エッジ　上　ジェフリー・ディーヴァー著，池田真紀子訳　文藝春秋　2022.11　376p　16cm　（文春文庫　テ11-48）〈原書名：THE CUTTING EDGE〉900円　①978-4-16-791965-8
　＊ニューヨークのダイヤモンド地区にある宝石商で、経営者と客の男女3人が惨殺された。報せをうけたリンカーン・ライムは、妻で刑事のアメリア・サックスらと捜査に乗り出す。しかし、現場の状況には不可解な点が多く、防犯カメラのデータも持ち去られていた。匿名の通報者の行方もわからない。焦りが募る中、次なる犠牲者が！〔2348〕

◇カッティング・エッジ　下　ジェフリー・ディーヴァー著，池田真紀子訳　文藝春秋　2022.11　345p　16cm　（文春文庫　テ11-49）〈原書名：THE CUTTING EDGE〉900円　①978-4-16-791966-5
　＊事件の直前に宝石商を訪れていた男も殺害された。結婚間近のカップルまで襲撃され、被害者は増えていく。ダイヤモンドに病的な執着を示す連続殺人犯。彼は、最近アメリカに来たばかりの人物らしい—。犯人を追うライム。そこに意外な人物からの連絡が。どんでん返しの連続に息をのむリンカーン・ライム・シリーズ第14作！〔2349〕

◇死亡告示　ジェフリー・ディーヴァー著，池田真紀子訳　文藝春秋　2022.5　457p　16cm　（文春文庫　テ11-47—トラブル・イン・マイン

ド 2）〈原書名：TROUBLE IN MINDの抄訳〉1200円　①978-4-16-791884-2
＊故郷に出張したセールスマンが知った亡父の思わぬ真実。心理カウンセラーが戦う、人間を操る超常存在。オタクの「数学刑事」と無頼派刑事の凸凹コンビが追う奇妙な連続心中事件。リンカーン・ライム、死す!?真骨頂の超絶技巧に加えて、不可思議なムードが読者を翻弄する、ドンデン返しの帝王の企みに満ちた6編。〔2350〕

◇短編回廊――アートから生まれた17の物語　ローレンス・ブロック編，田口俊樹他訳　ハーパーコリンズ・ジャパン　2022.12　605p, 図版18p　15cm　（ハーパーBOOKS M・フ6・2）〈原書名：ALIVE IN SHAPE AND COLOR〉1264円　①978-4-596-75581-0
内容　意味深い発見（ジェフリー・ディーヴァー著，池田真紀子訳）
＊探偵スカダーは滞在先で見覚えのある顔にでくわす。それは25年前、まだスカダーが刑事だった頃に恋人殺しの罪で逮捕した男で――L・ブロック『ダヴィデを探して』。考古学者の夫婦は世紀の発見にたどりつくが、待ち受けていたのは恐ろしい真相だった――J・ディーヴァー『意味深い発見』。絵のなかに閉じ込められてしまった少女の悲痛な叫び――J・C・オーツ『美しい日々』他、芸術とミステリの饗宴短編集！〔2351〕

◇ネヴァー・ゲーム　上　ジェフリー・ディーヴァー著，池田真紀子訳　文藝春秋　2023.11　313p　16cm　（文春文庫　テ11-50）〈原書名：THE NEVER GAME〉900円　①978-4-16-792134-7
＊シリコンヴァレーで19歳の女子大学生が失踪した。警察は事件性はなさそうだと判断するが、単なる家出ではないと考えた父親が1万ドルの懸賞金を設ける。人捜しの懸賞金ハンターであるコルター・ショウは彼女の行方を追うが、事態はやがて連続誘拐事件に発展し、死者が出るに到り…。新たなヒーロー誕生。新シリーズが開幕！〔2352〕

◇ネヴァー・ゲーム　下　ジェフリー・ディーヴァー著，池田真紀子訳　文藝春秋　2023.11　302p　16cm　（文春文庫　テ11-51）〈文献あり　原書名：THE NEVER GAME〉900円　①978-4-16-792135-4
＊幼少期に父親からサバイバル訓練をうけたコルター・ショウはその能力を発揮し、連続誘拐事件の真相を追う。あるゲームを想起させる事件現場。残忍な舞台を設定した真犯人とは――？　シリコンヴァレー、そしてゲーム業界の光と闇を鮮明に描きながら、どんでん返しが読者を翻弄する、ディーヴァーの真骨頂！〔2353〕

◇ハンティング・タイム　ジェフリー・ディーヴァー著，池田真紀子訳　文藝春秋　2023.9　377p　20cm　〈原書名：HUNTING TIME〉2800円　①978-4-16-391758-0
＊逃亡する天才エンジニアを追う暴力のプロ2組。彼らより先に彼女を発見・救出せよ。全ての予測を裏切るショウ・シリーズ最高傑作。〔2354〕

◇ファイナル・ツイスト　ジェフリー・ディーヴァー著，池田真紀子訳　文藝春秋　2022.6　367p　20cm　〈原書名：THE FINAL TWIST〉2600円　①978-4-16-391561-6
＊流浪の名探偵コルター・ショウは父の秘密を探っていた。大学教授だった父は、民間諜報企業ブラックブリッジが政界をもとりこんで進めている"都市部活用構想"なるプロジェクトを調査するうちに不可解な事故死を遂げた。父が遺した手がかりを追うコルターは、ブラックブリッジの秘密を追う者が次々に変死していること、そして父が探っていた陰謀の核心が百年前の公文書にあることを知った。陰謀家はそれを"エンドゲーム・サンクション"と呼ぶ――いったいどんな文書が、多くの人命を奪うに足るというのか？　陰謀の核心に迫るコルターを待つ幾重もの罠。強大な敵に単身たちむかうコルターに手をさしのべた意外な人物。『007白紙委任状』でみせた陰謀スリラーの手腕を発揮して、名手ディーヴァーが緊迫とアクションの果てに用意した「最後の大逆転」とは？　コルター・ショウ・シリーズ、白熱の第一期完結編。〔2355〕

◇フルスロットル　ジェフリー・ディーヴァー著，池田真紀子訳　文藝春秋　2022.4　447p　16cm　（文春文庫　テ11-46――トラブル・イン・マインド 1）〈原書名：TROUBLE IN MIND〉1200円　①978-4-16-791869-9
＊キャサリン・ダンスの尋問が通用しないテロリスト、リンカーン・ライムの科学捜査を逆手に取る犯人!?久々登場のジョン・ペラムが爆走し、再起を懸ける中年俳優が緊迫のポーカー勝負に挑む。次から次に繰り広げられる攻防はまさにフルスロットル。シリーズ看板スターが総出演、サプライズの魔術師が魅せる息もつかせぬ6編。〔2356〕

◇魔の山　上　ジェフリー・ディーヴァー著，池田真紀子訳　文藝春秋　2024.11　303p　16cm　（文春文庫　テ11-52）〈原書名：THE GOODBYE MAN〉1100円　①978-4-16-792304-4
＊姿を消した人間を追跡するエキスパート、コルター・ショウの眼前で若者は死を遂げた。彼は"オシリス財団"の研修を受けていたという。山中に施設を持つ同財団は謎に包まれ、調査していた新聞記者が殺害されていた。真相を追ってショウは単身、敵地に潜入する。ドンデン返しの名手が生んだ新ヒーローが活躍する冒険ミステリー。〔2357〕

◇魔の山　下　ジェフリー・ディーヴァー著，池田真紀子訳　文藝春秋　2024.11　309p　16cm　（文春文庫　テ11-53）〈文献あり　原書名：THE GOODBYE MAN〉1100円　①978-4-16-792305-1
＊ショウが潜入した施設は、指導者イーライが統治するカルト村だった。その正体と目的とは？　全ての偽装を見破り、険しい山中から脱出せよ。名手ディーヴァーが生み出した新ヒーロー。怜悧な頭脳で危機を見抜き、叩きこまれたサバイバル術で生き延びる。伏線、逆転、緊迫。隅々まで計算されたこれぞ知的エンタテインメント！〔2358〕

◇真夜中の密室　ジェフリー・ディーヴァー著，

池田真紀子訳　文藝春秋　2022.9　383p　20cm〈原書名：THE MIDNIGHT LOCK〉2600円　①978-4-16-391601-9

＊"ロックスミス"と名乗る男が夜のニューヨークに跳梁していた。男は厳重に鍵のかかった部屋に侵入し、住人に危害を加えることもなく、破った新聞紙に書いたメッセージを残して去った。犯人はいかにして短時間で錠を破ったのか。犯行は無差別なのか、それとも被害者を結ぶ線があるのか。そして何より、この奇怪な犯人の真の目的は？ニューヨーク市警からの依頼で、四肢麻痺の科学捜査の天才リンカーン・ライムが捜査に乗り出した。だがライムは警察内部の政争にまきこまれ、別件の裁判での失態を理由にニューヨーク警との契約を解除されてしまった。捜査を続行すれば逮捕される危険すらあるが…。密室を破る怪人"ロックスミス"VS現代の名探偵リンカーン・ライム。警察も敵に回り、犯罪組織に命を狙われながらもライムはあくまで知力で戦いに挑む。そしていくつもの事件と謎と犯罪がより合わさったとき、多重ドンデン返しが華麗に発動する！　魔術師ディーヴァーが3年ぶりに書き上げた現代謎解きミステリーの新たなる傑作。〔2359〕

ディヴァイン, D.M.　Devine, D.M.

◇すり替えられた誘拐　D・M・ディヴァイン著，中村有希訳　東京創元社　2023.5　374p　15cm　（創元推理文庫　Mテ7-11）〈原書名：DEATH IS MY BRIDEGROOM〉1200円　①978-4-488-24013-4

＊問題はすべて親の金で解決、交際相手は大学の講師—。そんな素行不良の学生バーバラを誘拐する計画があるという怪しげな噂が、大学当局に飛びこんでくる。そして数日後、学生たちが主催する集会の最中に、彼女は本当に拉致された。ところが、この事件は思いもよらぬ展開を迎え、ついには殺人へと発展する！　謎解き職人作家ディヴァインが誘拐テーマに挑んだ、最後の未訳長編。〔2360〕

◇ロイストン事件　D.M.ディヴァイン著，野中千恵子訳　東京創元社　2024.11　358p　15cm　（創元推理文庫　Mテ7-12）〈社会思想社 1995年刊の再刊　原書名：THE ROYSTON AFFAIR〉1000円　①978-4-488-24014-1

＊「おまえの助けが要る。たった今、きわめて重大と思われることがわかった。おまえの異母弟のデレクは—」四年ぶりに帰郷したマークは、父の手紙の下書きに不穏な記述を見つける。その直後、父はデレクが働く新聞社で死体となって発見された。どうやら父は、マークが町を去る原因となった「ロイストン事件」の再調査をしていたらしい—。犯人当ての名手の傑作ミステリ。〔2361〕

デイヴィス, オーエン　Davis, Owen

◇九番目の招待客　オーエン・デイヴィス著，白須清美訳　国書刊行会　2023.9　233p　19cm〈奇想天外の本棚〉〈原書名：The Ninth Guest〉2300円　①978-4-336-07410-2〔2362〕

デイヴィス, リディア　Davis, Lydia

◇サミュエル・ジョンソンが怒っている　リディア・デイヴィス著，岸本佐知子訳　白水社　2023.3　265p　18cm　（白水uブックス 247―海外小説の誘惑）〈作品社 2015年刊の再刊　原書名：SAMUEL JOHNSON IS INDIGNANT〉1800円　①978-4-560-07247-6

[内容] 相棒　退屈な知り合い　都会の人間　不貞　白い部族　特別な椅子　ヘロドトスを読んで得た知識　面談　優先順位　ブラインド・デート

＊『分解する』『ほとんど記憶のない女』につづく、「アメリカ文学の静かな巨人」の三作目の短編集。内容もジャンルも形式も長さも何もかもが多様なまま自在に紡がれる言葉たちは、軽やかに、鋭敏に「小説」の結構を越えていく。作家が触れた本から生まれたミニマルな表題作「サミュエル・ジョンソンが怒っている」をはじめ、肌身離さず作家が持ち歩くという「小さな黒いノート」から立ち現れたとおぼしき作品など、鋭くも愛おしい56編を収録。〔2363〕

◇話の終わり　リディア・デイヴィス著，岸本佐知子訳　白水社　2023.1　297p　18cm　（白水uブックス 245―海外小説の誘惑）〈作品社 2010年刊の再刊　原書名：THE END OF THE STORY〉1800円　①978-4-560-07245-5〔2364〕

◇分解する　リディア・デイヴィス著，岸本佐知子訳　白水社　2023.2　211p　18cm　（白水uブックス 246―海外小説の誘惑）〈作品社 2016年刊の再刊　原書名：BREAK IT DOWN〉1700円　①978-4-560-07246-2

[内容] 話　オーランド夫人の恐れ　意識と無意識のあいだ―小さな男　分解する　バードフ氏、ドイツに行く　彼女が知っていること　魚　ミルドレッドとオーボエ　鼠　手紙　ある人生（抄）　設計図　義理の兄　W・H・オーデン、人知れずわが家で一夜を過ごす　母親たち　完全に包囲された家　夫を訪ねる　秋のゴキブリ　骨　私に関するいくつかの好ましくない点　ワシーリィの生涯のためのスケッチ　街の仕事　姉と妹　母親　セラピー　フランス語講座 その1―Le Meurtre　昔、とても愚かな男が　メイド　コテージ　安全な恋　問題　年寄り女の着るもの　靴下　情緒不安定の五つの徴候

＊「アメリカ文学の静かな巨人」のデビュー短編集。言葉と自在に戯れるデイヴィスの作風はすでに顕在。小説、伝記、詩、寓話、回想録、エッセイ…長さもスタイルも多様、つねに意識的で批評的な全34編。ある女との短命に終わった情事を、男が費用対効果という観点から総括しようとする表題作「分解する」をはじめ、長編『話の終わり』の原型とおぼしきファン必読の短編も。〔2365〕

デイヴィッドソン, アヴラム　Davidson, Avram

◇エステルハージ博士の事件簿　アヴラム・デイヴィッドソン著，池央耿訳　河出書房新社　2024.2　325p　15cm　（河出文庫　テ8-2）〈著

作目録あり　責任表示はカバーによる　原書名：THE ENQUIRIES OF DOCTOR ESZTERHAZY〉1200円　①978-4-309-46796-2

内容　眠れる童女、ポリー・チャームズ　エルサレムの宝冠　または、告げ口頭　熊と暮らす老女　神聖伏魔殿　イギリス人魔術師ジョージ・ペンバートン・スミス卿　真珠の擬母　人類の夢　不老不死　夢幻泡影　その面差しは王に似て

＊二十世紀初頭、三重帝国に不可思議な事件が起きたとき、帝都ベラの誇る博覧強記の法学博士、医学博士、文学博士ほか何でも博士のエステルハージが動き出す。ミステリ、幻想譚、怪奇小説、喜劇…ジャンルの壁が融解して幽玄なベールに包まれた、唯一無比の異色作家の代表作。世界幻想文学大賞受賞　〔2366〕

◇不死鳥と鏡　アヴラム・デイヴィッドスン，福森典子訳　論創社　2022.9　305p　20cm　(Ronso kaigai mystery 288)〈原書名：The phoenix and the mirror〉3200円　①978-4-8460-2151-1

＊古代ナポリの地下水路を彷徨う男。奇妙な冒険の行く先に待ち受けるのは永遠なる命の秘密か、運命の女性か、それともフェニックスの狡猾な罠か？　〔2367〕

ディヴィヤ, S.B.　Divya, S.B.

◇マシンフッド宣言　上　S・B・ディヴィヤ著，金子浩訳　早川書房　2022.11　344p　16cm　(ハヤカワ文庫 SF 2388)〈原書名：MACHINEHOOD〉1200円　①978-4-15-012388-8

＊21世紀末、AIソフトウェアに仕事を奪われた人間は心身の強化薬剤を摂取し、労働は高度専門職か安い請け負い仕事に二極化した。大富豪のビル資金提供者を警護する元海兵隊特殊部隊員のウェルガは、ある日襲われクライアントを殺害される。敵は"機械は同胞"と名乗り、機械知性の権利と人間のビル使用停止を要求する宣言文を公表。ウェルガは独自の調査を開始する―近未来技術をリアルに描くハード・サスペンスSF！　〔2368〕

◇マシンフッド宣言　下　S・B・ディヴィヤ著，金子浩訳　早川書房　2022.11　329p　16cm　(ハヤカワ文庫 SF 2389)〈著作目録あり　原書名：MACHINEHOOD〉1200円　①978-4-15-012389-5

＊遺伝子工学者のニティヤは、薬剤の副作用に苦しむ義姉ウェルガの治療法を調べる過程で業界の不正に気づくが、その調査は困難であった。"機械は同胞"は宣言どおり地球のネットワーク通信網を崩壊させ、高高度ドローンや地球低軌道衛星が一斉に墜落する。かれらの正体は、まだ実現していないはずの意識を持つAIか？　ウェルガは、その正体を突き止めるべく奮闘するが…人とAIの労働を問い直す傑作テクノスリラー。　〔2369〕

ディオップ, ダヴィド　Diop, David

◇夜、すべての血は黒い　ダヴィド・ディオップ著，加藤かおり訳　早川書房　2024.7　199p　20cm〈文献あり　原書名：FRÈRE D'ÂME〉2400円　①978-4-15-210346-8

＊百年前の戦争の苦しみと哀しみ、歴史に埋もれた声がよみがえる。セネガル歩兵のアルファは、瀕死の友をまえに決断を迫られていた。第一次世界大戦でフランスに動員された20歳のアルファと同郷の友マデンバ。対ドイツ軍の塹壕戦で、マデンバは死に瀕していた。腹を切り裂かれた苦しみは凄まじく、一思いに殺してほしいというマデンバの懇願に、アルファは―。この日を境にアルファは変わった。ドイツ兵を捕らえ、腹を引き裂き、苦しむ相手を殺してやり、手を切り落としてゆく。仲間からは英雄扱いされるものの、持ち帰る手が増えるたびに、恐れられていった。それでもアルファの復讐は止まらずに…。戦争という極限状況におかれ、人間性と非人間性、服従と自由に引き裂かれてゆく青年の心理を鮮烈に描き出す、新たな戦争文学の傑作。ブッカー国際賞、高校生が選ぶゴンクール賞受賞作。フランスで25万部突破。　〔2370〕

ディカミロ, ケイト　DiCamillo, Kate

◇ベアトリスの予言　ケイト・ディカミロ作，ソフィー・ブラッコール絵，宮下嶺夫訳　評論社　2023.4　303p　22cm〈原書名：THE BEATRYCE PROPHECY〉1800円　①978-4-566-01461-9

＊ある日、ひとりの少女があらわれて、悪しき心を持った王を追放するだろう。記憶をなくして修道院のヤギ小屋にたおれていたベアトリス。はたして彼女は予言に書かれた少女なのだろうか？　かぎられた人しか読み書きがゆるされなかった時代、「言葉」で運命をひらいていく少女と、その仲間たちのきずなをえがく物語。　〔2371〕

ティーク, ルートヴィヒ　Tieck, Ludwig

◇ドイツロマン派怪奇幻想傑作集　ホフマン，ティーク他著，遠山明子編訳　東京創元社　2024.9　413p　15cm　(創元推理文庫 Fン13-1)〈原書名：Der blonde Eckbert　Der Runenbergほか〉1200円　①978-4-488-58409-2

内容　金髪のエックベルト　ルーネンベルク（ルートヴィヒ・ティーク著，遠山明子訳）

＊18世紀末ヨーロッパで興隆したロマン主義運動。その先陣を切ったドイツロマン派は、不合理なものを尊び、豊かな想像力を駆使して、怪奇幻想の物語を数多く紡ぎだした。本書はティーク「金髪のエックベルト」、フケー「絞首台の小男」、ホフマン「砂男」等9篇を収録。不条理な運命に翻弄され、底知れぬ妄想と狂気と正気の狭間でもがき苦しむ主人公たちの姿を描く、珠玉の作品集。　〔2372〕

◇フランツ・シュテルンバルトの遍歴―ドイツの古い物語　ルートヴィヒ・ティーク著，片山耕二郎訳　国書刊行会　2023.8　485p　22cm〈原書名：Franz Sternbalds Wanderungen〉4500円　①978-4-336-07473-7

＊ドイツ・ロマン主義を具現した"元祖"芸術家小説。ホフマン、ルンゲも熱狂した、「ロマン主義の王」ティークがあらゆる時代の若者に贈る愛と青春の物語。ルネサンス期に画家デューラーの若き弟子が北へ南へと美を求めて遍歴修業。ゲーテとノヴァーリスをつなぐ文学史上の古典にして、笑いあり涙ありのエンタメ小説、本邦初訳。〔2373〕

ティクシエ, ジャン＝クリストフ　Tixier, Jean-Christophe

◇10分あったら　ジャン＝クリストフ・ティクシエ著，ダニエル遠藤みのり訳　大阪　日本ライトハウス　2022.9　2冊　27cm〈原本：文研出版　2020年刊〉〔2374〕

ディクスン, カーター　Dickson, Carter

◇五つの箱の死　カーター・ディクスン著，白須清美訳　国書刊行会　2023.6　333p　19cm〈奇想天外の本棚〉〈原書名：Death in Five Boxes〉2600円　①978-4-336-07408-9
＊深夜一時、ジョン・サンダース医師は研究室を閉めた。今週中に、ある毒殺事件の報告書を提出しなければならず、遅くまで顕微鏡を覗いていたのだ。頭をすっきりさせて帰ろうと、小雨の降りはじめた道を歩いていたサンダースは、十八世紀風の赤煉瓦造りの家のすぐ外に立つ街灯のそばに一人の若い女性がたたずんでいるのに気づいた。ガス灯に照らされ、ただならぬ雰囲気を漂わせた女性は、サンダースを呼び止め、この建物の窓に明かりが灯った部屋に一緒に行ってほしいと懇願する。この女性に請われるまま、建物に入り、部屋に足を踏み入れたサンダースが目にしたのは、細長い食卓の周りを物いわぬまま囲み、蠟人形か剝製のように座った四人の人間であった。いずれも麻酔性毒物を飲んでいる症状が見られ、そのうちの三人にはまだ息はあったが、この部屋の住人であるフェリックス・ヘイは細身の刃で背中から刺されてすでに事切れていた。そして奇妙なことに、息のある三人のポケットやハンドバッグには、四つの時計、目覚まし時計のベルの仕掛け、凸レンズ、生石灰と燐の瓶などの品々が入っていた。事件の捜査を開始したロンドン警視庁のハンフリー・マスターズ首席警部は、奇妙な事件の解明のため、ヘンリー・メリヴェール卿を呼び寄せる。〔2375〕

ディクスン, ゴードン・R.　Dickson, Gordon Rupert

◇星、はるか遠く―宇宙探査SF傑作選　フレッド・セイバーヘーゲン、キース・ローマー他著，中村融編　東京創元社　2023.12　460p　15cm（創元SF文庫 SFn6-6）〈原書名：The Long Way Home　The Wind Peopleほか〉1200円　①978-4-488-71506-9
内容　ジャン・デュプレ（ゴードン・R.ディクスン著，中村融訳）
＊いつの日にか人類は、生まれ育った地球をあとにして、宇宙の深淵へ旅立ってゆく。そのとき彼らが目撃するものは―。SFは1世紀以上にわたって、そこに待ち受けるであろう、想像を超えた驚異をさまざまに物語ってきた。その精華たる9編を収録。舞台となるのは、太陽系外縁部の宇宙空間、人類が初めて出会う種類の惑星、あるいは文明の滅び去った世界。本邦初訳作2編を含む。〔2376〕

ディクソン, ヘレン　Dickson, Helen

◇裏切られたレディ　ヘレン・ディクソン作，飯原裕美訳　ハーパーコリンズ・ジャパン　2023.9　284p　17cm（ハーレクイン・ヒストリカル・スペシャル PHS311）〈ハーレクイン2009年刊の再刊　原書名：A SCOUNDREL OF CONSEQUENCE〉827円　①978-4-596-52250-4
＊外科医の娘カサンドラは馬車に乗っていたある朝、不穏な銃声を聞いた。見ると、整った鼻筋と官能的な唇を持つ優美な男性が倒れていた。痛みに顔を歪めながらカーロウ伯爵と名乗った彼に、応急処置を施す。カーロウ伯爵といえば、傲慢で、ロンドン中の美女との噂がある男性だ。とても魅力的だけれど、私とは住む世界の違う人だわ…。しかしその後、カサンドラの妹がカーロウ伯爵のいとこと駆け落ちし、彼女は伯爵と一緒に、いなくなった二人を追いかけることになった。しだいに惹かれ合い、カサンドは生まれて初めての恋をした―伯爵が彼女を誘惑できるか友人と賭けをしていると、偶然立ち聞きしてしまうことになるとも知らずに…。〔2377〕

◇さらわれた手違いの花嫁　ヘレン・ディクソン作，名高くらら訳　ハーパーコリンズ・ジャパン　2024.12　284p　17cm（ハーレクイン・ヒストリカル・スペシャル PHS341）〈「さらわれたレディ」（ハーレクイン 2009年刊）の改題　原書名：HIGHWAYMAN HUSBAND〉827円　①978-4-596-71695-8
＊ローラはある夜、婚約者と馬車で移動中に何者かにさらわれた。洗練された身のこなしに、魅惑的な瞳を持つその男が顔を覆い隠していたハンカチを外した瞬間、ローラは目を疑った―彼に、海で死んだはずの夫、ルーカス！　最愛の夫が生きていた！「きみの婚約も今日までだ。きみはぼくと結婚しているんだぞ」ルーカスをいまだ愛するローラの心はしかし、複雑に揺れた。そもそも二人の結婚は、ルーカスの手違いによるものだったから。そう、私は手違いの花嫁…愛されぬ花嫁だった。ローラのそんな切ない思いを裏づけるかのように、ルーカスはかつて彼が結婚を望んだ別の女性を屋敷で匿うと言いだし…。〔2378〕

◇子爵が見初めた蕾　ヘレン・ディクソン作，琴葉かいら訳　ハーパーコリンズ・ジャパン　2022.1　252p　17cm（ハーレクイン・ヒストリカル・スペシャル PHS270）〈原書名：A VISCOUNT TO SAVE HER REPUTATION〉827円　①978-4-596-01830-4
＊18歳のルーシーは、遠方の父親から思いも寄らぬ手紙を受け取った。なんと彼女を結婚させるとい

テイケル

うのだ。ずっと年上の、中年男と！　婚約を社交界公認のものにするため、彼女は無理やり盛装させられ、婚約者となる男とともに、華やかな舞踏会に連れていかれた。と、二人の間に割って入ったハンサムな男性がいた。ロックリー子爵だ。彼はルーシーを静かな庭園に連れ出すと、優しく慰めた。「君は無垢で、若すぎる」そう言いながらも、甘いくちづけをして…。ルーシーは、子爵こそ私の愛する人と悟ったが、このキスによって婚約は破談になり、ルーシー自身も欧州に身を隠すことになる。1年後、美しい淑女となって戻った彼女に、ロックリー子爵は──　〔2379〕

◇灰かぶりは伯爵の愛し子を抱く　ヘレン・ディクソン作，飯塚あい訳　ハーパーコリンズ・ジャパン　2022.10　251p　17cm　（ハーレクイン・ヒストリカル・スペシャル PHS288）〈原書名：WEDDED FOR HIS SECRET CHILD〉827円　①978-4-596-74814-0

＊乗馬中にぶつかった男性が顔を上げた瞬間、メリッサは息をのんだ。シルバーグレーの瞳。傲慢そうな顎。間違いない。ローレンスだわ。この20カ月、かたときも頭を離れなかった男性──ファーストネームしか知らなかった娘の父親が、目の前にいる。「メリッサじゃないか──」「ローレンス…」腕のなかの娘を強く抱きしめ、一歩後ずさる。都会に憧れる世間知らずの男爵令嬢が、使用人の姿で訪れたロンドンで素性の知れない男と恋におち、身ごもった。家名に泥を塗ったと激怒する両親の反対を押し切って、メリッサは娘を産み育ててきた──。「とても美しい子だね。君の夫は幸せ者だ」「夫はいないわ」その言葉に"ウィンチカム伯爵"は顔色を変えた。　〔2380〕

◇伯爵に拾われた娘　ヘレン・ディクソン作，杉本ユミ訳　ハーパーコリンズ・ジャパン　2024.8　252p　17cm　（ハーレクイン・ヒストリカル・スペシャル PHS333）〈2015年刊の再刊　原書名：THE EARL AND THE PICKPOCKET〉827円　①978-4-596-63917-2

＊伯爵アダムはある日、ロンドンの路地裏で時計を盗られ、スリを働いた相手を捕まえてみると、小柄な少年だった。エドと名乗った少年は意外にも聡明そうで、誇り高ささえ感じられた。少年に同情し、路地裏生活から救い出してやろうと考えていた矢先、アダムはそのときエドウィナが何者かに殴られて路上に倒れているのを発見した。急いで知人の館へ運びこむと、そこで驚きの事実が判明する。少年はなんと、エドウィナという名の麗しき18歳の娘だったのだ！　だがそのときアダムはまだ知らなかった──エドウィナが本当はさる男爵家の令嬢であることも、アダムの横顔を見ただけで胸の高鳴りを抑えられずにいることも。　〔2381〕

ディケール, ジョエル　Dicker, Joël

◇ゴールドマン家の悲劇　上　ジョエル・ディケール著，橘明美，荷見明子訳　東京創元社　2022.3　330p　15cm　（創元推理文庫 Mテ15-3）〈原書名：LE LIVRE DES BALTIMORE〉1000円　①978-4-488-12106-8

＊作家であるぼく、マーカス・ゴールドマンは新作を書きに訪れたフロリダで、かつての恋人アレクサンドラと再会する。彼女とぼくは、ある出来事のせいで別れたのだ。それはぼくと叔父叔母夫婦、そして近所のアレクサンドラと弟の関わる悲劇だった。その悲劇とは何だったのか？　『ハリー・クバート事件』で衝撃的なデビューを飾った著者による鮮烈なビルドゥングス・ミステリ。　〔2382〕

◇ゴールドマン家の悲劇　下　ジョエル・ディケール著，橘明美，荷見明子訳　東京創元社　2022.3　331p　15cm　（創元推理文庫 Mテ15-4）〈原書名：LE LIVRE DES BALTIMORE〉1000円　①978-4-488-12107-5

＊ぼくと両親は質素なゴールドマン家、父の兄で弁護士の伯父夫婦と息子ヒレル、そして従弟同様に暮らす少年ウッディの一家は裕福なゴールドマン家。ぼくは伯父一家に憧れ、入りびたっていた。そこに近所に越してきた美しいアレクサンドラと難病の弟スコットが加わり、少年たちの微妙な均衡がくずれる。成長、挫折、恋、葛藤、親族間の行き違いがもたらした悲劇の真相とは？　〔2383〕

ディケンズ, チャールズ　Dickens, Charles

◇英国クリスマス幽霊譚傑作集　チャールズ・ディケンズ他著，夏来健次編訳　東京創元社　2022.11　382p　15cm　（創元推理文庫 Fン11-1）　1100円　①978-4-488-58406-1

内容　クリスマス・ツリー（チャールズ・ディケンズ著, 平戸懐古訳）

＊ヴィクトリア朝期に『クリスマス・キャロル』がベストセラーとなって以降、定番となった聖夜怪談。幽霊をこよなく愛するイギリスで生まれた佳品を、数々の怪奇幻想小説を紹介する翻訳家が精選する。陰鬱な田舎で休暇を過ごすことになった男が老朽船で体験する恐怖の一夜「幽霊廃船のクリスマス・イヴ」など、知られざる傑作から愛すべき怪作まで、13篇中12篇を本邦初訳で贈る。　〔2384〕

◇世界怪談名作集　［上］　信号手・貸家ほか五篇　岡本綺堂編訳　新装版　河出書房新社　2022.11　300p　15cm　（河出文庫 お2-2）　900円　①978-4-309-46769-6

内容　信号手（ディッケンズ著, 岡本綺堂訳）

＊「半七捕物帳」で知られる岡本綺堂は、古今東西の怪奇小説にも造詣が深く、怪談の名手としても知られた。そんな著者が欧米の作品を中心に自ら厳選し、翻訳。いまだに数多くの作家に影響を与え続ける大家による、不思議でゾッとする名作怪談アンソロジー。リットン、プーシキン、ビヤース、ゴーチェ、ディッケンズ、デフォー、ホーソーンを収録。　〔2385〕

◇ディケンズ全集　［1下］　ドンビー父子　下　ディケンズ著，田辺洋子訳　奈良　萌書房　2022.2　480p　22cm　〈原書名：Dombey and Son〉4800円　①978-4-86065-149-7

＊小説作品はもとより、映画・舞台・ミュージカル作品としても翻案され、今なお世界中の多くの人に読まれ親しまれ続ける作品群を生み出した英国

ヴィクトリア朝時代の国民的作家チャールズ・ディケンズの個人訳による本邦初の全集。〔2386〕

◇ディケンズ全集 [2上] ニコラス・ニクルビー 上 田辺洋子訳 奈良 萌書房 2023.11 22,468p 22cm〈原書名：Nicholas Nickleby〉5000円 ①978-4-86065-165-7
＊正義感が強く血気盛んな青年ニコラス・ニクルビー。父の急逝後、母妹とともに狡猾な高利貸しの伯父ラルフ・ニクルビーをロンドンに訪ねるが…。伯父の謀略によって惹き起こされる困難を克服しつつ繰り広げられる波瀾に富んだ物語。〔2387〕

◇ディケンズ全集 [2下] ニコラス・ニクルビー 下 ディケンズ著，田辺洋子訳 奈良 萌書房 2024.1 483p 22cm〈原書名：Nicholas Nickleby〉5000円 ①978-4-86065-166-4
＊正義感が強く血気盛んな青年ニコラス・ニクルビー。父の急逝後、母妹とともに狡猾な高利貸しの伯父ラルフ・ニクルビーをロンドンに訪ねるが…。伯父の謀略によって惹き起こされる困難を克服しつつ繰り広げられる波瀾に富んだ物語。〔2388〕

◇ディケンズ全集 [3] オリヴァー・トゥイスト ディケンズ著，田辺洋子訳 奈良 萌書房 2024.6 496p 22cm〈原書名：Oliver Twist〉6000円 ①978-4-86065-170-1 〔2389〕

◇妖精・幽霊短編小説集―『ダブリナーズ』と異界の住人たち J.ジョイス,W.B.イェイツほか著，下楠昌哉編訳 平凡社 2023.7 373p 16cm（平凡社ライブラリー 949） 1800円 ①978-4-582-76949-4
内容 第一支線―信号手（チャールズ・ディケンズ著，下楠昌哉訳）
＊アイルランドの首都ダブリンに生きる様々な人を描いたジョイスの『ダブリナーズ』。この傑作短編集の作品を、十九世紀末から二十世紀はじめに書かれた妖精・幽霊譚と並べてみると―。名作をこれまでとは異なる文脈に解き放ち、当時の人々が肌で感じていた超自然的世界へと誘う画期的なアンソロジー。〔2390〕

ティジャン Tijan

◇この夜を終わらせない ティジャン著，阿尾正子訳 二見書房 2022.3 661p 15cm（二見文庫 テ4-1―ザ・ミステリ・コレクション）〈原書名：The Insiders〉1500円 ①978-4-576-22024-6
＊22歳の女子学生ベイリーの平穏な日常は、ある夜を境に一変した。まず何者かに誘拐されかけた。次に、死んだと聞かされていた父親がじつは生きていた。しかも世界屈指のサイバー・セキュリティ企業のCEOで億万長者。誘拐未遂は彼の隠し子であることが原因だった。身の安全のため、ベイリーは厳重な警備が敷かれた父の屋敷に移ることに。ボディガードとして彼女の前にあらわれたのは、カシュトン・コレロ。ベイリーはひと目で彼に惹かれるが、カシュトンには暗い秘密があった…。〔2391〕

ディック, フィリップ・K. Dick, Philip Kindred

◇アメリカン・マスターピース 戦後篇 シャーリイ・ジャクスンほか著，柴田元幸編訳 スイッチ・パブリッシング 2024.12 257p 20cm（柴田元幸翻訳叢書） 2700円 ①978-4-88418-649-4
内容 プリザビング・マシン（フィリップ・K.ディック著，柴田元幸訳）
＊短篇小説の黄金時代。サリンジャー、ナボコフ、オコナー、ボールドウィンなど、重要作家が次々と登場する、1950年代前後の名作10篇を収録。"名作中の名作"でアメリカ文学史をたどる、シリーズ第3弾。〔2392〕

ディーディーエス D・D・S

◇ユーモア・スケッチ大全 [3] ユーモア・スケッチ傑作展 3 浅倉久志編・訳 国書刊行会 2022.2 374p 19cm（「ユーモア・スケッチ傑作展 3」(早川書房 1983年刊)の改題、増補） 2000円 ①978-4-336-07310-5
内容 ジニーの肖像（D・D・S著） 〔2393〕

ティドハー, ラヴィ Tidhar, Lavie

◇ロボットの夢の都市 ラヴィ・ティドハー著，茂木健訳 東京創元社 2024.2 246p 20cm（創元海外SF叢書 18）〈原書名：NEOM〉2400円 ①978-4-488-01467-4
＊太陽系を巻きこんだ大戦争から数百年。宇宙への脱出を夢見て時間膨張爆弾の殻の買い手を探しているジャンク掘りの少年、それ自体がひとつの街のような移動隊商宿で旅をつづける少年、そして砂漠の巨大都市の片隅で古びた見慣れぬロボットと出会った女性。彼らの運命がひとつにより合わさるとき、かつて一夜にしてひとつの都市を滅ぼしたことのある戦闘ロボットが、長い眠りから目覚めて…。世界幻想文学大賞作家が贈る、どこか懐かしい未来の、ふしぎなSF物語。〔2394〕

ディトレウセン, トーヴェ Ditlevsen, Tove Irma Margit

◇結婚／毒―コペンハーゲン三部作 トーヴェ・ディトレウセン著，枇谷玲子訳 みすず書房 2023.6 437p 20cm〈原書名：BARNDOM UNGDOMほか〉4200円 ①978-4-622-09616-0
内容 子ども時代 青春時代 結婚／毒 〔2395〕

ディドロ, D. Diderot, Denis

◇運命論者ジャックとその主人 ドニ・ディドロ著，王寺賢太，田口卓臣訳 新装版 白水社 2022.5 363p 20cm〈原書名：Jacques le fataliste et son maître〉3600円 ①978-4-560-09899-8
＊「ひとは自分がどこへ行くのかなんてことを知ってるものでしょうか?」飛躍につぐ飛躍、逸脱につ

ぐ逸脱。主人は聞けるか、ジャックの恋の話—旅する二人と出会う人びと、首を突っ込む語り手らによる快活、怒濤の会話活劇！ 〔2396〕

ディノスキー, キャシー DeNosky, Kathie
◇ボスに贈る宝物　キャシー・ディノスキー作, 井上円訳　ハーパーコリンズ・ジャパン　2023.8　156p　17cm　（ハーレクイン・ロマンス R3799—伝説の名作選）〈ハーレクイン 2010年刊の再刊　原書名：BOSSMAN BILLIONAIRE〉664円　①978-4-596-52028-9
＊「代理出産してくれる女性を早急に探してくれ」胸がうずくほど魅力的なボス—ルーク・ガルニエの突然の命令に、秘書のヘイリーは言葉をなくした。将来、会社の経営を任せられる後継者が必要になったという。密かにボスを想い続けてきたヘイリーは、ほかの女性がルークの子供を産むと考えただけで打ちのめされ、入社5年目にして初めて早退し、翌日も会社を休んだ。すると驚いたこと に、ルークが家まで訪ねてきたのだ。彼は理想的な候補者を見つけたと言いながらヘイリーの手を取った。「ヘイリー、ぼくの子供を産んでくれないか？」〔2397〕

ディマースキー, マット Dymerski, Matt
◇〈閲覧注意〉ネットの怖い話クリーピーパスタ ミスター・クリーピーパスタ編, 倉田真木, 岡田ウェンディ他訳　早川書房　2022.7　287p　16cm　（ハヤカワ文庫 NV 1499）〈原書名：THE CREEPYPASTA COLLECTIONの抄訳〉860円　①978-4-15-041499-3
[内容] 妄想患者（マット・ディマースキー著, 山藤奈穂子訳）
＊ネットの恐怖都市伝説のコピペから生まれたホラージャンル"クリーピーパスタ"。綿密に計画をたて女性の家に忍び込んだ殺人ストーカーが異変に巻き込まれる「殺人者ジェフは時間厳守」や、ジャーナリスト志望者がフロッピーディスクに込められた呪いを目撃する「スマイル・モンタナ」など、アメリカ・クリーピーパスタ界の人気ユーチューバーが厳選した悪夢の物語。身の毛がよだつ15篇の恐怖のショートストーリー傑作集。〔2398〕

テイラー, ウォード Taylor, Ward
◇空をさまよって帰る—小説　ウォード・テイラー著, 川合二三男訳　22世紀アート　2023.2　574p　21cm　〈東京図書出版会 2005年刊の加筆修正　日興企画（発売）　原書名：ROLL BACK THE SKY〉1600円　①978-4-88877-176-4　〔2399〕

テイラー, ジェニファー Taylor, Jennifer
◇奇跡が街に訪れて　ジェニファー・テイラー作, 望月希訳　ハーパーコリンズ・ジャパン　2022.12　156p　17cm　（ハーレクイン・イマージュ I2734—至福の名作選）〈ハーレクイン 2010年刊の再刊　原書名：THEIR LITTLE CHRISTMAS MIRACLE〉673円　①978-4-596-75495-0
＊アナはダルヴァーストン総合病院で働く産婦人科医。さまざまな悩みや事情を抱える患者を親身に見守る彼女にも、スタッフにさえ打ち明けていない秘密があった。それは3年前に離婚したこと。夫サムを愛していなかったわけではない。むしろ愛していたから、彼に本当の理由を告げずにつらい別れを選んだ。けれど今、新しくやってきた救急医が彼と知り、アナは激しく動揺する。別々の人生を歩むなら、同僚としてうまく接しなくてはならない。アナは必死にサムへの愛を抑えこもうとするが、結婚当時は気づかなかった幸せな日々ばかりがよみがえってくる。欲しかった子供が持てないとわかった、あの日の記憶と共に…。〔2400〕

◇こぼれ落ちたメモリー　リン・グレアム他著, 藤村華奈美他訳　ハーパーコリンズ・ジャパン　2023.9　316p　17cm　（HPA 50—スター作家傑作選）〈「誰も知らない結婚」（ハーレクイン 2004年刊）と「忍び寄る過去」（ハーレクイン 2003年刊）の改題, 合本　原書名：THE BANKER'S CONVENIENT WIFE ENTICED〉1082円　①978-4-596-52344-0
[内容] 忍び寄る過去（ジェニファー・テイラー作, 井上きこ訳）
＊『誰も知らない結婚』大富豪ロエルが交通事故に遭い、会いたがっていると聞いて、ヒラリーは戸惑った。ある事情から彼と入籍はしたものの、4年前から一度も会っていない。彼女は誰も知らない妻なのだ。ヒラリーが病室に駆けつけると、ロエルは記憶を失っていた。当然のことかもしれないけれど、彼が退院したら、夜には妻を求めてくるだろう…。ロエルは知る由もないが、ヒラリーはじつのところ彼を愛していた。だから、罪悪感にかられながらも彼女は自分の真実について言い出しかねていた—男性経験すらない、名ばかりの妻だということを。『忍び寄る過去』アンナはロンドンで事故に遭い、病院に運ばれた。身元不明のまま1週間が過ぎた頃、とある新聞記者とアンナが持っていた写真から身元が判明する—彼女はイタリア大富豪リカルドの妻だった。傷は順調に回復していたが、アンナはこの1年間の記憶を失っていた。夫の出ない恐ろしい秘密を知ってしまい、ショックのあまり階段から落ちて流産したことも、すれ違いの結婚生活に耐えかねて家出したことも忘れているのだった。イタリアの家に戻った彼女は、時折夫が鋭い視線でこちらを見ていることに戸惑うしかなかった…。〔2401〕

◇授かった天使は秘密のまま　ジェニファー・テイラー作, 泉智子訳　ハーパーコリンズ・ジャパン　2023.7　156p　17cm　（ハーレクイン・イマージュ I2763）〈原書名：THEIR BABY SURPRISE〉673円　①978-4-596-77544-3
＊十代で妊娠したものの相手に逃げられ、独りで息子を育てたレイチェル。その息子が、レイチェルの同僚医師マシューの娘と婚約したが、結婚式当日に花嫁が逃げ出し、式は中止となってしまった。

レイチェルとマシューはやるせない気持ちを分かち合ううち、いつしか互いを心の支えとして、そして異性として強く意識し始めた。黒髪に白いものがまざり、円熟味のある魅力を放つマシューはしかし、8年前に最愛の妻を病で失って以来、恋愛をする気になれずにいた。それでもある日、二人はとうとう一線を越え、一夜を共にする。やがてレイチェルはマシューの子を身ごもったことに気づくが、再婚を望んでいない彼に迷惑はかけられないと、町を去る決意をし…。〔2402〕

◇三人のホワイトクリスマス ジェニファー・テイラー作, 泉智子訳 ハーパーコリンズ・ジャパン 2023.12 188p 17cm （ハーレクイン・イマージュ I2781）〈原書名：A REAL FAMILY CHRISTMAS〉694円 ①978-4-596-52826-1

＊生後すぐに捨てられて施設で育った看護師のエマにとって、クリスマスは独りで自宅で過ごすのが常だった。ある日、町へ買い物に出かけた彼女は、容姿端麗な新任ドクターのダニエルに出くわした。親を亡くした幼い姪を引き取って育てている彼は、エマの身の上を知り、クリスマスを一緒に過ごそうと提案してきた。看護師たちがこぞって憧れる彼と特別な時間を過ごせるなんて！ 人生で初の幸せなクリスマス。そのまま自然と二人は結ばれた。ところが翌朝出勤すると、入院患者の指輪がないと大騒ぎになっていて、エマが犯人扱いされてしまう――そして、ダニエルからも疑われ…。〔2403〕

◇幸せへの扉 ジェニファー・テイラー作, 岡聖子訳 ハーパーコリンズ・ジャパン 2022.5 156p 17cm （ハーレクイン・プレゼンツ PB330―作家シリーズ 別冊）〈ハーレクイン 1999年刊の再刊 原書名：WIFE FOR REAL〉664円 ①978-4-596-42798-4

＊キャサリンは1年前、父を破産から救うために形だけの結婚に応じた。相手は有能な実業家ジョーダン。別居同然の夫は世界を飛び回り、彼女はともにパーティに出席するときだけ妻としてふるまっていた。だが今度は兄が借金を作り、またもジョーダンが救いの手をさしのべる。ただし、彼が出した条件に、キャサリンは茫然とした。実際に夫婦として暮らし、子どもを作らなければならない、と。彼女の脳裏に、結婚式の夜―忘れられない夜のことが浮かんだ。ジョーダンに抱きすくめられたあのとき、彼が手を離さなければ、身を任せていたかもしれない。キャサリンは奔放な母の血を怖れていた。いま夫の提案を受け入れた場合、私はどうなってしまうの…？〔2404〕

◇天使が眠りにつく前に ジェニファー・テイラー作, 深山咲訳 ハーパーコリンズ・ジャパン 2022.9 156p 17cm （ハーレクイン・イマージュ I2723）〈原書名：SAVING HIS LITTLE MIRACLE〉673円 ①978-4-596-74776-1

＊「あなたの子供をもう一人産ませて。私たちの娘を助けるために」イタリアにあるヴィンチェンツォの豪邸を訪れ、ローリは懇願した。忘れられていても、頭がおかしいと思われても当然だわ。ヴィンチェンツォにとって私は、5年も前のゆきずりの女なのだから。私にとってあの夢のような日々は、生涯忘れえぬ恋だけれど…。その後ひそかに独りで産み育ててきた娘が難病とわかり、適合するドナーが見つからない今、父親である彼にすがるしか道はない。震える声で人工授精の手順を説明しようとするローリの心を、ヴィンチェンツォの冷徹な声が切り裂いた。「僕の人生計画に子供は入っていない。今までも、これからも」〔2405〕

◇遠回りのラブレター ジェニファー・テイラー作, 泉智子訳 ハーパーコリンズ・ジャパン 2024.10 156p 17cm （ハーレクイン・イマージュ I2824―至福の名作選）〈2019年刊の再刊 原書名：REUNITED BY THEIR BABY〉673円 ①978-4-596-71393-3

＊ベスと夫のカラムは平凡ながらも幸せな夫婦…のはずだった。なかなか子供を授かれず、不妊治療も失敗が続いた末に、カラムから離婚を切り出されるまでは。ベスが妊娠に気づいたのは、皮肉にも、離婚後のこと。けれど、待ち望んだ赤ちゃんのことを知らせる手紙を送っても、返事すらよこさなかったカラムに、彼女は絶望した。ただのすれ違いではなく、愛が冷めたから彼は私を捨てたのだ。それから1年後、小さな娘を大切に育てるベスの前に現れたのは、変わらず魅力的なカラムだった。「会いに来た―君と、僕らの子供に」もっと早く来ることだってできたはずなのに、なぜ今になって？〔2406〕

◇涙の雨のあとで ジェニファー・テイラー作, 東みなみ訳 ハーパーコリンズ・ジャパン 2022.11 156p 17cm （ハーレクイン・イマージュ I2730―至福の名作選）〈ハーレクイン 2010年刊の再刊 原書名：A BABY OF HIS OWN〉673円 ①978-4-596-74984-0

＊数カ月の休暇のあと、看護師のルーシーは仕事に復帰した。その初日、彼女は信じられない話を耳にする。コナーが小児科長として病院に戻ってきたというのだ。なによりも仕事を優先し、恋人だったルーシーを捨てていった彼。医師としてさらに出世するためアメリカへ渡ったはずなのに、なぜ今になって戻ってきたのかしら…？ その答えは、ルーシーが恐れていたとおりだった。コナーは、別れたあとで彼女が密かに産んだ娘に会いに来たのだ！ そして、娘の正式な父親になるためならなんでもすると言い放つ。ルーシーは不実な彼を信じられず、なんとしても娘を守ると心に誓った。〔2407〕

◇涙の数だけ深まる愛 レベッカ・ウインターズ著, ジェニファー・テイラー, アリスン・ロバーツ著, 大谷真理子他訳 ハーパーコリンズ・ジャパン 2023.5 282p 17cm （HPA 46―スター作家傑作選）〈原書名：ALONG CAME A DAUGHTER THE GREEK DOCTOR'S SECRET SONほか〉1082円 ①978-4-596-77126-1

内容 命のかぎりの愛を (ジェニファー・テイラー著, 泉智子訳)

テイラ

＊不慮の事故で夫とお腹の子を一度に失い、悲しみのどん底で涙に暮れていたアビー。心の傷も癒えぬまま、独り身で海辺のリゾートに移り、店を開いて6年が経った。ある日、最近雇い入れた学生の父親で富豪のリックが現れ、娘の採用を取り消すようにと圧力をかけてきた。彼の不機嫌な態度に戸惑う一方、忘れていた恋の疼きが…。『さよなら涙』。エイミーが幼い息子をギリシャに連れてきたのは、父の顔を知らぬわが子にルーツを感じてもらうため。恋人だった外科医ニコに子供は欲しくないと言われ、別れて独りで産み育ててきたが、流産したと思っているニコはその存在さえ知らない。なのに、偶然再会するとは！　皮肉にも、ニコと息子はあまりにも生き写しで—『命のかぎりの愛を』。ベリンダは双子の子供たちを連れて訪れたミラノで不運にも事故に巻き込まれ、救助に現れた救命救急医を見て息をのんだ——ああ、マリオ！　4年前に純潔を捧げた相手。そして双子の父親。電話番号も名字もわからない彼に、妊娠を伝えられなかったのだ。幸か不幸か、彼は子供たちをベリンダの親友の子と勘違いしており…。『秘密の双子』。〔2408〕

◇瞳の中の切望　ジェニファー・テイラー作，山本瑠美子訳　ハーパーコリンズ・ジャパン　2024.4　156p　17cm　（ハーレクイン・イマージュ—至福の名作選）〈原書名：DR FERRERO'S BABY SECRET〉673円　①978-4-596-53851-2

＊赴任先のイタリアの病院で上司となる男性を見て、ケリーは絶句した。ルカ・フェレーロ！　2年前、彼は恋人だった私のもとを突然去った。ただ一言、別の女性と結婚することになった、とだけ告げて。ケリーは深く傷つき、やっとその痛手から立ち直って、今まさに、新しい人生の一歩を踏み出そうとしたところだった。まさかこんな形で再会するなんて…。もう忘れたつもりでいたのに！　いえ、彼はただの上司。距離をおいて冷静にふるまわなくちゃ。どう転んでも、ルカはもう、別の女性の夫になったのだから。だが、ケリーはまだ知らなかった—ルカが今は独身であることも、彼の結婚には、彼女が想像もしなかった理由が隠されていたことも。〔2409〕

◇二つの小さな宝物　ジェニファー・テイラー作，宮野真綾訳　ハーパーコリンズ・ジャパン　2023.5　156p　17cm　（ハーレクイン・イマージュ I2755）〈原書名：THE MOTHERHOOD MIX-UP〉673円　①978-4-596-77116-2

＊「あなたが産んだ子は、事実、僕の息子なんだ」圧倒的にハンサムで尊大な男性レオの言葉に、ミアの頭は真っ白になった。この人は突然、私の前に現れて、いったい何を言っているの？　不妊治療のすえ人工授精で授かった息子はもう5歳になる。看護師をしながら女手一つで子育てするのは大変だけれど、楽しい毎日だ。なのに、互いの息子が受精卵のときに取り違えられたと彼は主張する。最愛の息子を奪われる恐怖から、ミアは逃げるようにその場を去った。翌日、仕事先の病院で新しい科に配属されたミアは、あまりの厳しさに仕事の鬼と恐れられる医師を見て驚愕する！　まさか、信じられない…なぜこんなところに、レオが？　〔2410〕

◇宿した天使を隠したのは　ジェニファー・テイラー作，泉智子訳　ハーパーコリンズ・ジャパン　2024.9　155p　17cm　（ハーレクイン・イマージュ I2819）〈原書名：SURGEON IN CRISIS〉673円　①978-4-596-77859-8

＊看護師のレイチェルは亡き姉の娘を引き取って育ててきた苦労人。その姪が成長してようやく手が離れたのを機に、世界で救護活動をおこなう仕事に応募して合格する。リーダーで名高い外科医のシャイローが放つ威圧感に圧倒される一方、彼がときおり見せる温かでセクシーな笑顔に、彼女は強く惹かれた。しかし、妻を亡くしたシャイローは二度と恋はしないと誓っていて、それを知ったレイチェルは彼のために身を引くつもりだった。なのに、理性とは裏腹に、二人は求め合って一夜をともにしてしまう。数ヵ月後、小さな命を身ごもったことに気づいたレイチェルが独りで産み育てる決意をすると、シャイローが彼女の家を訪ねてきて—。〔2411〕

◇路地裏のシンデレラ　ジェニファー・テイラー作，泉智子訳　ハーパーコリンズ・ジャパン　2022.7　156p　17cm　（ハーレクイン・イマージュ I2713）〈原書名：ONE MORE NIGHT WITH HER DESERT PRINCE…〉673円　①978-4-596-70692-8

＊6年前、サマンサは王子にして外科医のハリドと恋に落ちた。突然、花嫁としてふさわしくないと、彼がサマンサを切り捨てるまでは。彼女はずっと異性関係の派手な母と、服役中の兄に苦しめられてきた。そんな育ちのわたしが、王子の配偶者としてふさわしいわけがない。しかしそのハリドから、自分の祖国で一緒に働いてくれないか、という依頼が飛びこんできて、サマンサの心は揺れた。恐れていたとおり、再会するなり彼女の目はハリドに釘づけになった。その堂々とした姿は相変わらずで、いかにも王族らしい。サマンサの胸は締めつけられた。だから、わたしは分不相応だったのだ。頭ではわかっている。でもなぜか、ときめく胸は言うことを聞いてくれない…。〔2412〕

テイラー，ブランドン　Taylor, Brandon

◇その輝きを僕は知らない　ブランドン・テイラー著，関麻衣子訳　早川書房　2023.3　342p　19cm　〈原書名：REAL LIFE〉3300円　①978-4-15-210220-1

＊ある輝かしい夏の日。生物化学の研究をする大学院生のウォレスが夏のすべてを費やした線虫の培地に、カビが生えていた。ウォレスはただ、笑った。数週間前に父が死んだ。心配している友人たちをよそに、ウォレスはこれっぽっちも悲しみを感じなかった。感情と向き合うことを避けていた中、同級生の同性の友人と一夜を共に過ごした。ウォレスの中に眠っていた過去のトラウマと、温もりへの渇望が目を覚ました。ニューヨーク・タイムズ紙ほか、欧米の各紙誌で年間ベストブックに選出。デビュー作にしてブッカー賞最終候補作

となった注目の一冊。　　　　　　　〔2413〕

テイラー, P.A.　Taylor, Phoebe Atwood
◇アゼイ・メイヨと三つの事件　P・A・テイラー著, 清水裕子訳　論創社　2023.12　276p　20cm　〈論創海外ミステリ 308〉〈原書名：Three Plots for Asey Mayo〉2800円　①978-4-8460-2339-3
内容　ヘッドエイカー事件　ワンダーバード事件　白鳥ボート事件
＊"ケープコッドのシャーロック"と呼ばれる粋でいなせな名探偵, アゼイ・メイヨが挑む三つの難事件。謎と論理の切れ味鋭い中編セレクション！
〔2414〕

ティリー, マルセル　Thiry, Marcel
◇時間への王手（チェック）　マルセル・ティリー著, 岩本和子訳　京都　松籟社　2023.6　244p　19cm　〈原書名：ÉCHEC AU TEMPS〉1800円　①978-4-87984-439-2
＊ベルギー発のSF/幻想小説。　　　　〔2415〕

ディーン, アビゲイル　Dean, Abigail
◇レックスが囚われた過去に　アビゲイル・ディーン著, 国弘喜美代訳　早川書房　2022.6　410p　19cm　〈HAYAKAWA POCKET MYSTERY BOOKS 1980〉〈原書名：GIRL A〉2500円　①978-4-15-001980-8
＊企業で弁護士として働くレックスは, 子供時代をすっかり捨て去ったつもりだった―実の両親からきょうだい七人が虐待されていたことを。いまは充実した毎日を送っている彼女は, 刑務所で亡くなった母親の遺言をきっかけに, 事件後ばらばらになったきょうだいのそれぞれと連絡をとる。"恐怖の館"と呼ばれる家で, あのころ彼らきょうだいは監禁されていた。ろくに食事も与えられず, 鎖につながれて。その過去の絶望がよみがえるとき, レックスは…。読む人の心を揺さぶる, 衝撃のサイコサスペンス。　〔2416〕

ティンティ, ハンナ　Tinti, Hannah
◇父を撃った12の銃弾　上　ハンナ・ティンティ著, 松本剛史訳　文藝春秋　2023.5　290p　16cm　〈文春文庫 テ19-1〉〈原書名：THE TWELVE LIVES OF SAMUEL HAWLEY〉880円　①978-4-16-792047-0　〔2417〕
◇父を撃った12の銃弾　下　ハンナ・ティンティ著, 松本剛史訳　文藝春秋　2023.5　303p　16cm　〈文春文庫 テ19-2〉〈原書名：THE TWELVE LIVES OF SAMUEL HAWLEY〉890円　①978-4-16-792048-7　〔2418〕

デヴィ, チョンタム・ジャミニ
◇そして私たちの物語は世界の物語の一部となる―インド北東部女性作家アンソロジー　ウルワシ・ブタリア編, 中村唯日本語版監修　国書刊行会　2023.5　286p　20cm　〈原書名：THE MANY THAT I AMの抄訳　THE INHERITANCE OF WORDSの抄訳ほか〉2400円　①978-4-336-07441-6
内容　台所仕事（チョンタム・ジャミニ・デヴィ著, 中野典由美訳）
＊バングラデシュ, ブータン, 中国, ミャンマーに囲まれ, さまざまな文化や慣習が隣り合うヒマラヤの辺境。きわ立ってユニークなインド北東部から届いた, むかし霊たちが存在した頃のように語られる現代の寓話。女性たちが, 物語の力をとりもどし, 自分たちの物語を語りはじめる。　〔2419〕

テヴィス, ウォルター・S.　Tevis, Walter S.
◇吸血鬼は夜恋をする―SF＆ファンタジイ・ショートショート傑作選　ロバート・F・ヤング, リチャード・マシスン他著, 伊藤典夫編訳　東京創元社　2022.12　387p　15cm　〈創元SF文庫 SFン12-1〉〈文化出版局 1975年刊の増補〉1000円　①978-4-488-79301-2
内容　受話器のむこう側　ふるさと遠く（ウォルター・S.テヴィス著）
＊「アンソロジイという言葉のもとになったギリシャ語の意味は「花々を集めたもの」。立ちどまるほどではないが, 歩く途中ひょっと目にとまり, 見とれる花, つまり, 理屈ぬきで楽しんでいただけるような小品を選ぶよう心懸けた」(伊藤典夫)。名翻訳家が初めて単独編纂した伝説のアンソロジイを半世紀ぶりに初文庫化。（SFマガジン）（奇想天外）の掲載作を追加し, 全32編とした。　〔2420〕

デ・ウィンド, エディ　de Wind, Eddy
◇アウシュヴィッツで君を想う　エディ・デ・ウィンド著, 塩﨑香織訳　早川書房　2023.3　317p　16cm　〈ハヤカワ文庫 NF 599〉〈原書名：EINDSTATION AUSCHWITZ〉1360円　①978-4-15-050599-8　〔2421〕

テオドリドゥ, ナタリア　Theodoridou, Natalia
◇ノヴァ・ヘラス―ギリシャSF傑作選　フランチェスカ・T・バルビニ, フランチェスコ・ヴァルソ編, 中村融他訳　竹書房　2023.4　271p　15cm　〈竹書房文庫 ば3-1〉〈原書名：α2525（重訳）　NOVA HELLAS〉1360円　①978-4-8019-3280-7
内容　アンドロイド娼婦は涙を流せない（ナタリア・テオドリドゥ著, 安野玲訳）
＊あなたは生活のために水没した都市に潜り働くひとびとを見る（「ローズウィード」）。風光明媚な島を訪ねれば観光客を人造人間たちが歓迎しているだろう（「われらが仕える者」）。ひと休みしたいときはアバコス社の製剤をどうぞ（「アバコス」）。高き山の上に登れば原因不明の病を解明しようと奮闘する研究者たちがいる（「いにしえの疾病」）。輝きだした新たなる星たちがあなたの前に降臨する。あなたは物語のなかに迷い込んだときに感じるは

テオトル

ずだ―。隆盛を見せるギリシャSFの第一歩を。
〔2422〕

テオドル, リナ

◇ノヴァ・ヘラス―ギリシャSF傑作選　フランチェスカ・T・バルビニ, フランチェスコ・ヴァルソ編, 中村融他訳　竹書房　2023.4　271p　15cm　（竹書房文庫　ば3-1）〈原書名：α2525（重訳）　NOVA HELLAS〉1360円　①978-4-8019-3280-7

内容 アバコス（リナ・テオドル著, ディミトラ・ニコライドウ, ヴァヤ・プセフタキ英訳, 市田泉訳）
＊あなたは生活のために水没した都市に潜り働くひとびとを見る（「ローズウィード」）。風光明媚な島を訪れれば観光客を人造人間たちが歓迎しているだろう（「われらが仕える者」）。ひと休みしたいときはアバコス社の製剤をどうぞ（「アバコス」）。高き山の上に登れば原因不明の病を解明しようと奮闘する研究者たちがいる（「いにしえの疾病」）。輝きだした新たなる星たちがあなたの前に降臨する。あなたは物語のなかに迷い込んだときに感じるはずだ―。隆盛を見せるギリシャSFの第一歩を。
〔2423〕

デ・グラモン, ニーナ　de Gramont, Nina

◇アガサ・クリスティー失踪事件　ニーナ・デ・グラモン著, 山本やよい訳　早川書房　2023.4　445p　19cm〈著作目録あり　原書名：THE CHRISTIE AFFAIR〉2700円　①978-4-15-210229-4

＊1926年12月3日、『アクロイド殺し』などで注目を集める気鋭の作家アガサ・クリスティーが失踪した。ときにアガサ、36歳。最愛の母親を亡くし、夫のアーチーは年若い下流階級の娘ナンと愛人関係にあって、ひどく落ち込んでいたという。そして失踪当日の朝、離婚を切り出した夫と大喧嘩をしたアガサは、夫と幼い娘テディの乳母に手紙を残して、煙のように姿を消した。捜索には延べ数千人の警官が動員されたが、アガサは一向に見つからず、夫による殺害と遺体遺棄まで疑われた―11日後、ホテル滞在中に発見されるまでは。一方、アガサからアーチーを略奪したナンは、ある秘密を抱えていた…不可解な失踪のあいだ、アガサとナンに何が起こったのか？　世界でも最も有名なミステリ作家の実際の失踪事件をもとに描かれた衝撃のサスペンス。
〔2424〕

デ・ジョバンニ, マウリツィオ　De Giovanni, Maurizio

◇寒波　マウリツィオ・デ・ジョバンニ著, 直良和美訳　東京創元社　2023.2　369p　15cm　（創元推理文庫　Mテ19-3―P分署捜査班）〈著作目録あり　原書名：GELO〉1100円　①978-4-488-29606-3

＊冷えこみの厳しい十一月の朝、P分署に二重殺人発生の通報がはいる。被害者は同居する兄妹―化学者の兄と、モデルの妹。ふたりを殺したのは何者か。いっぽう署を訪れた中学校教師は、受け持ちの女子生徒が家族に虐待されている疑いがあると打ち明けて…。ナポリの街で発生する事件を解決するため、型破りな刑事たちは悩み、怒り、走る！　21世紀の"87分署"シリーズ最新刊。
〔2425〕

◇鼓動　マウリツィオ・デ・ジョバンニ著, 直良和美訳　東京創元社　2024.6　342p　15cm　（創元推理文庫―P分署捜査班）〈原書名：Cuccioli〉1100円　①978-4-488-29607-0
〔2426〕

デゼラブル, フランソワ＝アンリ　Désérable, François-Henri

◇傷ついた世界の歩き方―イラン縦断記　フランソワ＝アンリ・デゼラブル著, 森晶羽訳　白水社　2024.10　215p　20cm　（エクス・リブリス）〈原書名：L'USURE D'UN MONDE〉2700円　①978-4-560-09094-7

＊逆風に髪をなびかせる女性たちのために。フランスで刊行されるやいなやベストセラーを記録！　アカデミー・フランセーズ賞受賞作家による、待望の日本デビュー作。女性、命、自由！　デモの叫び声が響くテヘランで、ニコラ・ブーヴィエの名著をたどりなおす冒険が始まる―。旅先で出会った人びとを通して、イランの国内事情を細密画のようにリアルに描く「旅行記」。
〔2427〕

テツ, ヨウ　鉄揚

◇黒い雪玉―日本との戦争を描く中国語圏作品集　加藤三由紀編　中国文庫　2022.8　391p　19cm　3800円　①978-4-910887-00-5

内容 黒（鉄揚著, 加藤三由紀訳）
〔2428〕

テッソン, シルヴァン　Tesson, Sylvain

◇シベリアの森のなかで　シルヴァン・テッソン著, 高柳和美訳　みすず書房　2023.9　275p　19cm〈原書名：DANS LES FORÊTS DE SIBÉRIE〉3600円　①978-4-622-09595-8

＊冒険家で作家のテッソンがバイカル湖畔の小屋で半年を過ごした日記。孤独と内省のなかで人生の豊かさを見つめ直す、現代版『森の生活』。メディシス賞受賞。
〔2429〕

デドプロス, ティム　Dedopulos, Tim

◇シャーロック・ホームズ10の事件簿　ティム・デドプロス著, 日暮雅通監訳・解説, 高橋知子訳　二見書房　2023.1　231p　21cm〈文献あり　原書名：SIY SHERLOCK HOLMES CASE BOOK〉2400円　①978-4-576-22197-7

内容 バーチフィールドの謎　ブリッジ街の強盗　ダイヤモンド柄のヘビ　サンデー・タイムズ　カーナビー・ルームの殺人　クレイン氏　寒波　エッピングの王冠　悪天候　エドワード・ビターズの死
〔2430〕

デフォー, ダニエル　Defoe, Daniel
◇世界怪談名作集　[上]　信号手・貸家ほか五篇　岡本綺堂編訳　新装版　河出書房新社　2022.11　300p　15cm　(河出文庫　お2-2)　900円　①978-4-309-46769-6

内容　ヴィール夫人の亡霊(デフォー著, 岡本綺堂訳)

＊「半七捕物帳」で知られる岡本綺堂は、古今東西の怪奇小説に造詣が深く、怪談の名手としても知られた。そんな著者が欧米の作品を中心に自ら厳選し、翻訳。いまだに数多くの作家に影響を与え続ける大家による、不思議でゾッとする名作怪談アンソロジー。リットン、プーシキン、ビヤース、ゴーチェ、ディッケンズ、デフォー、ホーソーンを収録。〔2431〕

テプフェール, ロドルフ
◇ジュネーヴ短編集　ロドルフ・テプフェール著, 加藤一輝訳　幻戯書房　2024.11　504p　B6変判　(ルリユール叢書)　4500円　①978-4-86488-308-5

内容　伯父の書斎　遺産　アンテルヌ峠　ジェール湖　トリヤン渓谷　渡航　グラン・サン=ベルナール　恐怖

＊手書きの文字と線画を組み合わせ、コマ割マンガの創始者となったジュネーヴの作家ロドルフ・テプフェール─諧謔精神あふれる半自伝的小説「伯父の書斎」、アルプスの風土をスイスことばで描いた冒険譚「アンテルヌ峠」など珠玉の全8篇をテプフェール自身の挿絵つきで収録。本邦初訳。〔2432〕

テメルソン, ステファン　Themerson, Stefan
◇缶詰サーディンの謎　ステファン・テメルソン著, 大久保譲訳　国書刊行会　2024.9　332p　20cm　(DALKEY ARCHIVE)〈著作目録あり　原書名：THE MYSTERY OF THE SARDINE〉　2800円　①978-4-336-06061-7
〔2433〕

デュサパン, エリザ・スア　Dusapin, Élisa Shua
◇ソクチョの冬　エリザ・スア・デュサパン著, 原正人訳　早川書房　2023.1　183p　20cm〈原書名：HIVER À SOKCHO〉　2400円　①978-4-15-210202-7

＊わたしの父親はフランス人で、母親が韓国人。韓国で生まれ育ち、父親とは一度も会ったことがない。フランスに行ったこともない。今は北朝鮮国境近くの町、ソクチョの小さな旅館で働いている。ある日、旅館にフランス人のバンド・デシネ作家がやって来る。わたしは作家の世話をするうち、何を描いているのかに興味を持ち、スケッチブックを覗き見る─。自らもフランス人の父と韓国人の母をもち、スイスで執筆する著者による、全米図書賞翻訳部門受賞作。〔2434〕

デュナ　DJUNA
◇あなたのことが知りたくて─小説集韓国・フェミニズム・日本　チョナムジュ, 松田青子, デュナ, 西加奈子, ハンガン, 深緑野分, イラン, 小山田浩子, パクミンギュ, 高山羽根子, パクソルメ, 星野智幸著　河出書房新社　2022.8　285p　15cm　(河出文庫　チ7-1)　900円　①978-4-309-46756-6

内容　追憶虫(デュナ著, 斎藤真理子訳)

＊ベストセラー『82年生まれ、キム・ジヨン』のチョ・ナムジュによる、夫と別れたママ友同士の愛と連帯を描いた「離婚の妖精」をはじめ、人気作家一二名の短編小説が勢揃い！「韓国・フェミニズム・日本」というお題の元に寄稿された、日本＆韓国文学の最前線がわかる豪華アンソロジー。〔2435〕

デュポン=モノ, クララ　Dupont-Monod, Clara
◇うけいれるには　クララ・デュポン=モノ著, 松本百合子訳　早川書房　2023.3　190p　19cm〈原書名：S'ADAPTER〉　1800円　①978-4-15-210218-8

＊フランス、セヴェンヌ地方。両親、長男、長女。幸せな家庭に待望の第三子が生まれた。愛らしい子どもだったが、次第に彼が重度の障がいを抱えていることが分かる。長男は弟の世話にのめり込んでいくが、長女は弟の存在に徹底的に反抗する。だが、介護に疲れ果てた家族を救うために立ち上がったのは長女だった─。障がいを持つ子どもが生まれた家庭の葛藤を、庭の石の視点から克明に描き、フランスでは高校生が選ぶゴンクール賞、フェミナ賞、ランデルノー賞を受賞し、日本では第1回日本の学生が選ぶゴンクール賞を受賞した話題作。〔2436〕

デュマ, アレクサンドル(フィス)　Dumas, Alexandre
◇放蕩親父─五幕喜劇：初演パリ、ジムナーズ・ドラマティック劇場一八五九年十一月三十日　アレクサンドル・デュマ・フィス, 中田平, 中田たか子訳　安城　デジタルエステイト　2023.6　293p　21cm　①978-4-910995-13-7〔2437〕

デュマ, アレクサンドル(ペール)　Dumas, Alexandre
◇カリフォルニアのジル・ブラス　アレクサンドル・デュマ著, 中田平, 中田たか子訳　安城　デジタルエステイト　2023.7　207p　21cm〈原書名：Un Gil Blas en Californie〉　①978-4-910995-15-1〔2438〕

◇〈新訳〉モンテ・クリスト伯　1　アレクサンドル・デュマ著, 西永良成訳　平凡社　2024.7　447p　16cm　(平凡社ライブラリー　970)〈原書名：Le Comte de Monte-Cristo.1〉　1800円　①978-4-582-76970-8

＊漆黒の髪に黒い瞳の船乗り、エドモン・ダンテス。船長への昇進が決まり、美しいメルセデスとの婚約も果たし、目の前には明るい未来が広がっているはずだった。だが、その幸せを妬む者たちの姦計により、無実の罪を着せられた彼は、島の牢獄へ送られ、幸福の絶頂から一転、地獄に突き落とされる。ああ哀れ、エドモン・ダンテスの運命やいかに――暗く孤独な牢獄の一室から長い長い復讐の物語が始まる。〔2439〕

◇〈新訳〉モンテ・クリスト伯 2 アレクサンドル・デュマ著，西永良成訳 平凡社 2024.8 493p 16cm （平凡社ライブラリー 972）〈原書名：Le Comte de Monte-Cristo〉1900円 ①978-4-582-76972-2

＊無実の罪で投獄された船乗り、エドモン・ダンテス。牢獄で出会った神父の導きにより脱獄し、巨万の富を手に入れた彼は、モンテ・クリスト伯と名乗り、自分を陥れた者たちの捜索と復讐に取りかかる。孤島の淫靡な洞窟、謝肉祭に沸くローマの街と、舞台は移り変わり、巧妙に張られた復讐の網にさまざまな人物が交錯する。〔2440〕

◇〈新訳〉モンテ・クリスト伯 3 アレクサンドル・デュマ著，西永良成訳 平凡社 2024.9 447p 16cm （平凡社ライブラリー 974）〈原書名：Le Comte de Monte-Cristo〉1800円 ①978-4-582-76974-6

＊異邦の大富豪を演じる船乗り、エドモン・ダンテス。「シンドバッド」として恩人一家を救ったのち、奴隷をしたがえ、舞台はパリへ。無尽蔵の富と滔々たる弁を武器に人心を惑わし、モンテ・クリスト伯として、かつて己を陥れた人物たちと再会する。謎のギリシャ美女、毒薬の秘法、血腥い館…巧妙に仕掛けられる復讐の罠に、社交界の名士たちの運命が狂いはじめる。〔2441〕

◇〈新訳〉モンテ・クリスト伯 4 アレクサンドル・デュマ著，西永良成訳 平凡社 2024.10 479p 16cm （平凡社ライブラリー 975）〈原書名：Le Comte de Monte-Cristo〉1900円 ①978-4-582-76975-3

＊青白い肌に残忍な目をした復讐者、エドモン・ダンテス。仇討ちの準備を整えた伯爵の周囲に、ついにひとり、またひとりと死者が出はじめる。ゆらめく憎悪の炎に罪なき青年が犠牲になろうとする刹那、かつて愛した女が、ひとりの船乗りの名を叫ぶ――〔2442〕

◇〈新訳〉モンテ・クリスト伯 5 アレクサンドル・デュマ著，西永良成訳 平凡社 2024.11 447p 16cm （平凡社ライブラリー 977）〈原書名：Le Comte de Monte-Cristo〉1800円 ①978-4-582-76977-7

＊自責の念に苛まれる復讐者、エドモン・ダンテス。許嫁を攫った男の極悪非道の蛮行を暴き、ついに自らの正体を明かした後は、残る二人の復讐へと取りかかる。だが、綿密な計画が果たされようとするとき、彼の足元に懐疑と悔恨の深淵が口を開ける…。自由も未来も愛も希望も奪われたのち、ふたたび生を取り戻す日は来るか。かつて船乗りだった男の復讐の旅の果て。〔2443〕

◇二月二十四日――一幕ドラマ：Z. ヴェルナーによるドイツの戯曲から模倣：一八五〇年三月三十日ゲテ・リリック劇場初演 アレクサンドル・デュマ作，中田平訳 安城 デジタルエステイト 2022.8 92p 21cm 〈ゲンミ山（「スイス旅行記」より）付き 原書名：Le vingt-quatre février〉①978-4-905028-97-0 〔2444〕

◇ホロスコープ――宗教戦争前夜のルーヴル宮 アレクサンドル・デュマ著，中田平,中田たか子訳 安城 デジタルエステイト 2023.11 375p 21cm ①978-4-910995-17-5 〔2445〕

デ・ラ・メア, ウォルター　De La Mare, Walter

◇アーモンドの樹 ウォルター・デ・ラ・メア著，脇明子訳，橋本治絵 東洋書林 2023.1 162p 22cm （ウォルター・デ・ラ・メア作品集 2）〈牧神社 1976年刊の再刊〉2400円 ①978-4-88721-830-7

|内容| アーモンドの樹　鉢　姫君　はじまり

＊不思議で、寂しげで、そして少し怖い"お噺"たち…1970年代に"大人の童話"の走りとなった定番の傑作選が耽美的装画の名品とともに待望の再臨!!〔2446〕

◇アーモンドの木 ウォルター・デ・ラ・メア著，和爾桃子訳 白水社 2022.9 298p 18cm （白水uブックス 241――海外小説永遠の本棚）〈原書名：THE ALMOND TREE〉1800円 ①978-4-560-07241-7

＊ヒースの原野に建つ家で孤立した生活を送る一家に、父親の不倫という暗い影が差す。聖バレンタインの日、父親は家を出ていくが…少年の目を通して家庭の悲劇を描いた「アーモンドの木」。級友のシートンに誘われ彼の伯母の家を訪れるが、なぜかシートンは伯母をひどく怖れ憎んでいた…謎めいた暗示に満ちた「シートンの伯母さん」ほか全七篇。生と死のあわいのかそけき恐怖、子供の想像力や幻想の世界を繊細なタッチで描いたデ・ラ・メア傑作選。〔2447〕

◇アリスの教母さま ウォルター・デ・ラ・メア著，脇明子訳，橋本治絵 東洋書林 2022.12 164p 22cm （ウォルター・デ・ラ・メア作品集 1）〈牧神社 1976年刊の再刊〉2400円 ①978-4-88721-829-1

＊幻想領、再び。不思議で、寂しげで、そして少し怖い"お噺"たち…1970年代に"大人の童話"の走りとなった定番の傑作選が耽美的装画の名品とともに待望の再臨!!〔2448〕

◇新編怪奇幻想の文学 4 黒魔術 紀田順一郎,荒俣宏監修，牧原勝志編 新紀元社 2023.9 477p 20cm 〈他言語標題：Tales of Horror and Supernatural〉2500円 ①978-4-7753-2042-6

|内容| オール・ハロウズ大聖堂（ウォルター・デ・ラ・メア著，和爾桃子訳）〔2449〕

◇トランペット　ウォルター・デ・ラ・メア著，和爾桃子訳　白水社　2023.7　299p　18cm　（白水uブックス 248―海外小説永遠の本棚）〈原書名：THE TRUMPET〉1800円　①978-4-560-07248-6
[内容] 失踪　トランペット　豚　ミス・ミラー　お好み三昧―風流小景　アリスの代母さま　姫君
＊天使像が持つ木製のトランペットを吹き鳴らしたら、いったい何が起こるのか。深夜の教会に忍び込んだ二人の少年の冒険を描く『トランペット』。ある暑い日、ロンドンの喫茶店で出会った男が語り続ける同居女性の失踪話に薄気味悪さがにじむ「失踪」。三百五十年の歳月を生きてきた老女の誕生日にお屋敷に招かれた少女の話「アリスの代母さま」ほか全7篇、繊細な描写に仄かな毒と戦慄がひそむデ・ラ・メア傑作選。　〔2450〕

◇まぼろしの顔　ウォルター・デ・ラ・メア著，脇明子訳，橋本治絵　東洋書林　2023.2　178p　22cm　（ウォルター・デ・ラ・メア作品集 3）〈牧神社 1976年刊の再刊〉2400円　①978-4-88721-831-4
[内容] ミス・ジマイマ　盗人　ピクニック　まぼろしの顔
＊不思議で、寂しげで、そして少し怖い"お噺"たち…1970年代に"大人の童話"の走りとなった定番の傑作選が耽美的装画の名品とともに待望の再臨！！　〔2451〕

デ・ラ・モッツ, アンデシュ　de la Motte, Anders

◇山の王　上　アンデシュ・デ・ラ・モッツ著，井上舞，下倉亮一訳　扶桑社　2024.10　381p　16cm　（扶桑社ミステリー　テ12-1―The Leo Asker Series #1）〈原書名：BORTBYTAREN.Vol.1〉1250円　①978-4-594-09451-5
＊レオ・アスカーはスウェーデン・マルメ警察署重大犯罪課の女性警部だ。彼女は、資産家の娘スミラ・ホルストと元恋人のマリクの失踪事件について捜査を進めようとするが、ホルスト家の顧問弁護士で自身の母親でもあるイザベルの差し金で、国家作戦局から派遣された元上司のヨナス・ヘルマンに捜査権を横取りされたうえ、突然事件の担当からも外され、署の地下にある「リソース・ユニット」へと異動させられる。そこは得体の知れない曲者たちの集う「迷宮入り事件」専門の謎の部署だった…。　〔2452〕

◇山の王　下　アンデシュ・デ・ラ・モッツ著，井上舞，下倉亮一訳　扶桑社　2024.10　390p　16cm　（扶桑社ミステリー　テ12-2―The Leo Asker Series #2）〈原書名：BORTBYTAREN.Vol.2〉1250円　①978-4-594-09452-2
＊「迷宮入り事件とさまよいし魂の課」の長となったアスカーは、心臓発作で倒れた前任者サンドグレン警視の、スミラ失踪事件につながる重大な手がかりを追っていたことに気付き、独自に事件の調査を進める。アスカーは幼馴染で廃墟研究家でもあるマーティン・ヒルと協力して真相に肉薄していくが、連続誘拐殺人犯「山の王」もまたアスカーのことを標的に据えていた…。魅力的なキャラクター、サイコ犯との息詰まる攻防、意想外の展開。北欧警察小説の新たな傑作、ここに登場！　〔2453〕

テリエリア, パチョ

◇21世紀のスペイン演劇 2　ライラ・リポイ, フアン・カルロス・ルビオ, フアン・マヨルガ, パチョ・テリエリア, ヘスス・カンポス・ガルシーア, ニエベス・ロドリーゲス, カロリーナ・ロマン著，田尻陽一編，田尻陽一, 岡本淳子訳　水声社　2023.10　276p　22cm〈原書名：Los niños perdidos　Arizonaほか〉4000円　①978-4-8010-0760-4
[内容] 膵臓（パチョ・テリエリア著, 田尻陽一訳）　〔2454〕

デリオン, ジャナ　DeLeon, Jana

◇嵐にも負けず　ジャナ・デリオン著，島村浩子訳　東京創元社　2024.4　328p　15cm　（創元推理文庫）〈原書名：HURRICANE FORCE〉1100円　①978-4-488-19610-3
＊新町長シーリア就任のせいで、シンフルの町はいまだ落ち着かない。長年、行方不明だったシーリアの怪しい夫も現れ、不穏さは増すばかり。そんななかハリケーンが襲来。なんとかやり過ごしたのもつかの間、嵐はとんでもない置き土産を残していった。今度は偽札に殺人?!型破りすぎな老婦人ふたりの助けを借りてフォーチュンは町と自分の窮地を救えるか？ 好評シリーズ第七弾。　〔2455〕

◇幸運には逆らうな　ジャナ・デリオン著，島村浩子訳　東京創元社　2023.8　333p　15cm　（創元推理文庫　Mテ17-6―ワニの町へ来たスパイ）〈原書名：SOLDIERS OF FORTUNE〉1100円　①978-4-488-19609-7
＊独立記念日を迎えたシンフルの町。だが新町長が宿敵シーリアとあっては、フォーチュンら三人は祝賀ムードではいられない。そんなとき、湿地で爆発が発生。密造酒の製造所での事故かと思いきや、作られていたのは覚醒剤と判明する。爆発の巻き添えで友人が負傷し怒りに燃えるアイダ・ベルとガーティと共に、フォーチュンは悪党探しにまっしぐら！ "ワニ町"シリーズ第六弾。　〔2456〕

◇どこまでも食いついて　ジャナ・デリオン著，島村浩子訳　東京創元社　2022.10　330p　15cm　（創元推理文庫　Mテ17-5―ワニの町へ来たスパイ）〈原書名：GATOR BAIT〉1100円　①978-4-488-19608-0
＊保安官助手カーターとの初デートを成功させたフォーチュンのもとに、アイダ・ベルとガーティの宿敵シーリアが町長に立候補したとの報が入る。三人が当選阻止に動こうとした矢先、なんとカーターが何者かに銃撃されてしまう。命は助かったものの、彼は病院行きに…。お目付役のいないフォーチュンたちが、犯人をさがして町を史上最大の混

乱に陥れる"ワニ町"シリーズ第五弾！〔2457〕

◇町の悪魔を捕まえろ　ジャナ・デリオン著，島村浩子訳　東京創元社　2024.10　331p　15cm　（創元推理文庫　Mテ17-8――ワニの町へ来たスパイ）〈原書名：FORTUNE HUNTER〉1140円　①978-4-488-19611-0

＊先の事件で心に傷を負ったフォーチュン。それでもシンフルは平常どおり一なのに、またもや事件が起こった。町の中年女性がネットのロマンス詐欺に遭ったのだ。犯人は町の住民のフォーチュンとスーパーおば（あ）さまふたりは、義憤にかられて立ちあがった。さらに町一番の善人に悲惨な出来事が起こる…。シンフルのパワフルトリオが懲りずに大暴れ、「ワニ町」シリーズ第八弾！　〔2458〕

デリコ, エツィオ　D'Errico, Ezio

◇悪魔を見た処女（おとめ）――吉良運平翻訳セレクション　エツィオ・デリコ、カルロ・アンダーセン著，吉良運平訳　論創社　2022.4　429p　20cm　（論創海外ミステリ　280）〈原書名：La Donna che ha Visto Krigstestamentet〉3800円　①978-4-8460-2128-3

内容　悪魔を見た処女（エツィオ・デリコ）〔2459〕

テーリス, リジア・ファグンジス　Telles, Lygia Fagundes

◇三人の女たち　リジア・ファグンジス・テーリス著，江口佳子訳　水声社　2022.9　285p　20cm　（ブラジル現代文学コレクション）〈文献あり　原書名：AS MENINAS〉3000円　①978-4-8010-0666-9

＊"貝殻"と名付けた自室に籠るロレーナ、アルジェリアへの渡航に新たな希望を見出すリア、アルコールと薬物に溺れるアナ・クララ…。軍事政権による権威主義体制と男性優位思想が支配する1960年代末のサンパウロを舞台に、異なる境遇を生きる女性たちが織り成すポリフォニックな物語。〔2460〕

◇ブラジル文学傑作短篇集　アニーバル・マシャード，マルケス・ヘベーロほか著，岐部雅之編，伊藤秋仁、神谷加奈子、岐部雅之、平田惠津子、フェリッペ・モッタ訳　水声社　2023.3　207p　20cm　（ブラジル現代文学コレクション）〈原書名：O melhor do conto brasileiro〉2000円　①978-4-8010-0721-5

内容　蟻（リジア・ファグンジス・テーリス著，神谷加奈子訳）　肩に手が…（リジア・ファグンジス・テーリス著，フェリッペ・モッタ訳）

＊少女の視点から世界の残酷さとシングル・マザーの寄る辺なさが浮かび上がるアニーバル・マシャード「タチという名の少女」、20世紀ブラジル社会の活力と喧噪を伝える全12篇。〔2461〕

デリーベス, ミゲル　Delibes Setién, Miguel

◇無垢なる聖人　ミゲル・デリーベス著，喜多延鷹訳　彩流社　2023.2　172p　20cm　〈原書名：Los santos inocentes〉2700円　①978-4-7791-2838-7

内容　アサリアス　ちび・パコ　トンビちゃん　狩猟助手　事故　犯罪

＊荘園制の残り香がかおるスペイン南西エストレマドゥーラの大農園。還暦を過ぎ認知症を患ったアサリアスは暇を出され、義弟の家へやっかいになる。義弟はすぐれた嗅覚をもち、主人の狩りのお供にと重宝されていたが、ある日事故で足を骨折してしまう。義弟のかわりにアサリアスがお供をするも、いつもどおりとはいかない。狩りの調子は振るわず、苛立った主人が怒りをぶつけた先は…。広がる果てない原野と鬱蒼とした森、そして無垢なる労働者たち。生命の息づかいは漂い流れる――エストレマドゥーラの乾いた風に乗って…。戦後スペイン文学の巨匠ミゲル・デリーベスによる名著。農園主とその労働者たちの生きる姿を圧倒的な筆致で描き出す。〔2462〕

デリーロ, ドン　DeLillo, Don

◇ゼロK　ドン・デリーロ著，日吉信貴訳　水声社　2023.6　311p　20cm　（フィクションの楽しみ）〈原書名：ZERO K〉3000円　①978-4-8010-0732-1

＊アメリカの大富豪ロス・ロックハートは、難病に冒された愛する妻の身体を凍結し、未来の医療に託そうと目論んでいた。プロジェクトに大金を投じる父に招かれ、中央アジアの地下研究施設を訪れた息子ジェフリーが見たものは…？　生か、死か、死のない死か――科学技術の進歩は肉体の復活と人類の更新、永遠への到達を約束しうるのか。そして愛は絶対零度の世界でも生き長らえるのか。極限状況において人間の限界を問う、異色の恋愛小説。〔2463〕

◇ホワイトノイズ　ドン・デリーロ著，都甲幸治、日吉信貴訳　水声社　2022.12　337p　20cm　（フィクションの楽しみ）〈原書名：WHITE NOISE〉3000円　①978-4-8010-0681-2

＊世界には二種類の人間がいる。一甚大な汚染事故、消費社会の猖威、情報メディアの氾濫、オカルトの蔓延、謎の新薬の魔手、いびつな家族関係、愛の失墜、そして、来るべき"死"に対する底なしの恐怖…。日常を引き裂くこの混沌を、不安を、哀切を、はたして人々は乗り越えられるのか？　現代アメリカ文学の鬼才ドン・デリーロの代表作にして問題作、そして今なお人間の実存を穿つポストモダン文学随一の傑作が、より深く胸を打つ魅力的な"新訳"として装いも新たに登場！！〔2464〕

デルボー, シャルロット

◇無益な知識――アウシュビッツとその後　第2巻　シャルロット・デルボー著，亀井佑佳訳　月曜社　2024.2　261p　19cm　〈原書名：UNE CONNAISSANCE INUTILE〉2400円　①978-4-86503-183-6

＊アウシュヴィッツとラーフェンスブリュックへの強制収容体験を経て、その記憶を書きしるすことで証言したフランス人レジスタンス女性、シャル

ロット・デルボー。ともに逮捕された夫を銃殺され、一緒に闘った仲間たちを次々と喪った彼女は、収容所内で演劇を上演し、パンと引き換えに本を手に入れる。あらゆるものを剝ぎとられてなお、戯曲を暗唱し、詩を想起する。「息を引きとった者たちは歌わない。でも、息を吹き返すやいなや演劇を上演するのだ」—死の知識の無益さに抗う、文学の力。〔2465〕

デレッダ, G.

◇薔薇のアーチの下で—女性作家集　香川真澄編・訳　山陽小野田　創林舎イタリア文藝叢書編集部　2023.7　194p　21cm　〈イタリア文藝叢書 9〉〈著：マリア・メッシーナ 他 原書名：Sotto l'arco di rose〉1600円

内容 愛の封印　やまどり（G.デレッダ著, 香川真澄訳）〔2466〕

テレヘン, トーン　Tellegen, Toon

◇いちばんの願い　トーン・テレヘン著, 長山さき訳　新潮社　2023.12　172p　20cm　〈原書名：DE LIEFSTE WENS〉1600円　①978-4-10-506994-0

＊リスは夏のはじめについて考えたい。クマは二度とケーキを食べたくない。スズメは冷静さを身につけたい。アリはリスと真剣に話したい。イカはだれかに招かれたい。カブトムシはみんな陰気になってほしい。マンモスは絶滅をとりやめたい。カメはカタツムリにやさしくされたい。トカゲは目立ちたい。ザリガニは最悪なことに見舞われたい。カゲロウは明日死にたい。ハリネズミはなにもほしくない…。63のどうぶつそれぞれに、まったくばらばらの、奇妙で切実な願いがある。その奇妙さが鏡となって、わたしたちの心をうつしだす。『ハリネズミの願い』『きげんのいいリス』『キリギリスのしあわせ』につづく、トーン・テレヘンの"どうぶつ物語"第4弾。〔2467〕

テン, ウィリアム　Tenn, William

◇吸血鬼は夜恋をする—SF＆ファンタジイ・ショートショート傑作選　ロバート・F・ヤング, リチャード・マシスン他著, 伊藤典夫編訳　東京創元社　2022.12　387p　15cm　〈創元SF文庫 SFン12-1〉〈文化出版局 1975年刊の増補〉1000円　①978-4-488-79301-2

内容 吸血鬼は夜恋をする（ウィリアム・テン著）

＊「アンソロジイという言葉のもとになったギリシャ語の意味は「花々を集めたもの」。立ちどまるほどではないが、歩く途中ひょっと目にとまり、見とれる花、つまり、理屈ぬきで楽しんでいただけるような小品を選ぼうよ心懸けた」（伊藤典夫）。名翻訳家が初めて単独編纂した伝説のアンソロジイを半世紀ぶりに初文庫化。(SFマガジン)(奇想天外)の掲載作を追加し、全32編とした。〔2468〕

デン, エイタク　田 栄沢

⇒チョン, ヨンテク を見よ

テンプル, ウィラード　Temple, Willard

◇ユーモア・スケッチ大全　[4]　すべてはイブからはじまった ミクロの傑作圏　浅倉久志編・訳　国書刊行会　2022.3　376p　19cm　〈「すべてはイブからはじまった」（早川書房 1991年刊）と「ミクロの傑作圏」（文源庫 2004年刊）の改題, 合本〉2000円　①978-4-336-07311-2

内容 罠にはまった青年（ウィラード・テンプル著）

＊笑いの大博覧会、完結！ 名翻訳家浅倉久志のライフワークである"ユーモア・スケッチ"ものを全4巻に集大成。最終巻は傑作展姉妹篇『すべてはイブからはじまった』とオンデマンドのみの刊行だった『ミクロの傑作圏』をカップリング。〔2469〕

テンプル, ララ　Temple, Lara

◇黒伯爵と罪深きワルツを　ララ・テンプル作, 高橋美友紀訳　ハーパーコリンズ・ジャパン　2022.11　252p　17cm　〈ハーレクイン・ヒストリカル・スペシャル PHS290〉〈原書名：THE EARL'S IRRESISTIBLE CHALLENGE〉827円　①978-4-596-74976-5

＊「君はそうとう変わった小娘だ。自覚はあるのかい？」伯爵に見つめられ、オリビアは逃げ出したい衝動を懸命にこらえた。物憂げな黒い瞳と漆黒の髪。危険な魅力にあふれた強烈な存在感。彼がシンフル・シンクレア—罪深きシンクレア伯爵と呼ばれるのは、名字の語呂合わせと黒い噂のせいだけではないらしい。オリビアは勇気をかき集め、ある私的な調査に行きづまったが、その調査で先代伯爵の汚名を晴らせる可能性があることを説明した。一笑に付されながらも必死に協力を仰ぐオリビアだったが、ふいに伯爵は身をかがめ、彼女の柔らかな唇に指をすべらせた。「帰ってくれ。夜の楽しみを台無しにした償いをさせたくなる前に」〔2470〕

◇十九世紀の白雪の恋　アニー・バロウズ, ララ・テンプル, ジョアンナ・ジョンソン著, 富永佐知子訳　ハーパーコリンズ・ジャパン　2024.11　265p　17cm　〈ハーレクイン・ヒストリカル・スペシャル〉827円　①978-4-596-71469-5

内容 魅惑の魔王伯爵と永遠の愛を（ララ・テンプル作, 富永佐知子訳）

＊慈善学校の教師助手のクララは、クリスマスに老公爵と結婚する教え子に招かれ、公爵邸を訪れることに。8歳で両親と死に別れた貧しいクララにとって、夢でしか見たことのない上流階級のクリスマスは楽しみで仕方なかった。だが迎えに来た公爵の跡継ぎヒューゴはみすぼらしい姿の彼女を見つけると、険しい顔で首をかしげ…。『クリスマスを知らない壁の花』。ベラは従妹の駆け落ちを阻止しようと、待ち合わせ場所に向かった。ところがそこに現れたのは、従妹の恋人ではなく、従兄のデヴリル伯爵ニコラス。ベラと同じく、従弟の駆け落ちを止めに来たという彼は、傲慢で

不機嫌で冷たくて、まさに"デビル伯爵"だった。しかし大雪になり、ベラは彼と一緒に屋敷に滞在することに―!(『魅惑の魔王伯爵と永遠の愛を』)。農園の娘マリアは、足をくじいた兄に代わって七面鳥の行商に出たものの道に迷ってしまった。すると黒髪の魅力的な紳士が現れ、親切にも道案内してくれるという。優しい彼に胸を高鳴らせたマリアはしかし、彼の自己紹介に驚愕する。「ぼくはアレックス。スタンフォード子爵だ」しかも、彼には奥ゆかしく優雅な婚約者がいた。(『子爵の身代わりシンデレラ』)。〔2471〕

【ト】

ドーア, アンソニー Doerr, Anthony

◇すべての見えない光 アンソニー・ドーア著, 藤井光訳 早川書房 2023.11 718p 16cm (ハヤカワepi文庫 112)〈新潮社 2016年刊の改訂 原書名：ALL THE LIGHT WE CANNOT SEE〉1480円 ①978-4-15-120112-7

＊ドイツ軍の侵攻が迫るパリ。盲目の少女マリー＝ロールは父に連れられ、大伯父の住む海辺の町サン・マロへと避難する。一方ドイツの孤児院で育ち、ヒトラーユーゲントに加わったヴェルナーは、ラジオ修理の技術を買われ、やがてレジスタンスの放送を傍受すべく占領下のフランスへ。戦争が時代を翻弄するなかで、交差するはずのなかった二人の運命が"見えない光"を介して近づく―ピュリッツァー賞受賞の傑作小説を文庫化。〔2472〕

ドイル, キャサリン Doyle, Catherine

◇嵐の守り手 3 戦いの行方 キャサリン・ドイル作, 村上利佳訳 評論社 2022.4 390p 19cm〈原書名：THE STORM KEEPER'S BATTLE〉1600円 ①978-4-566-02469-4

＊立ちあがれ、闇が世界をおおいつくす前に。キャンドルをともすことで過去と現在を行き来し、悪をおさえてきた"嵐の守り手"たち。最後の戦いに向けて、力を結集する時がきた！ファンタジー三部作、いよいよ完結。〔2473〕

トウ, イン 唐 隠

◇蘭亭序之謎（コード）上 唐隠著, 立原透耶監訳, 立原透耶, 大恵和実, 根岸美聡, 柿本寺和智訳 福岡 行舟文化 2023.8 431p 16cm（行舟文庫 GSとー1-1―大唐懸疑録シリーズ）1200円 ①978-4-909735-17-1

＊皇ற்றの重臣・裴度の姪である裴玄静は、地元では「女名探偵」として知られていたが、地方官僚だった父の死後、継母に故郷を追われる。叔父を頼って長安に向かった玄静は、そこで叔父の親友で時の宰相・武元衡の暗殺事件に遭遇する。死の直前、正体不明の相手から脅迫を受けていた武大臣は、周りに気取られぬよう暗号の形で「王羲之の『蘭亭序』に隠された秘密を解き明かし、皇帝や自分たちの命を狙う黒幕の正体を暴いてくれ」と玄静に託していた―。〔2474〕

◇蘭亭序之謎（コード）下 唐隠著, 立原透耶監訳, 根岸美聡, 井田綾, 齊藤正高, 柿本寺和智訳 福岡 行舟文化 2023.8 347p 16cm（行舟文庫 GSとー1-2―大唐懸疑録シリーズ）1000円 ①978-4-909735-18-8

内容 蘭亭序之謎. 下 人跡板橋霜

＊河陰県を訪れた裴玄静と崔淼。しかし、泊まった宿場が何者かに放火される。辛くも大火事から逃れたふたりだったが、今度は放火犯の容疑をかけられ逮捕されてしまう。当地に赴任していた元宰相の権徳輿は玄静を救おうとするが、彼女は火をつけたのは崔淼かもしれないと申し出た。そこに都から事態鎮圧のために派遣された将軍・吐突承璀が到着し、法廷が開かれた。吐突将軍は玄静も一連の事件に関わっていることを疑うが、崔淼が突如、奇妙な証言を始め―。〔2475〕

トウ, カホウ 唐 嘉邦

◇台北野球倶楽部の殺人 唐嘉邦著, 玉田誠訳 文藝春秋 2022.8 255p 19cm 1600円 ①978-4-16-391586-9

＊台湾人と日本人の刑事コンビが難事件に挑む！日本統治下の台湾。野球愛好家の集まり「球兒会」の会員二名が、同じ夜に別々の列車の車内で死体となって発見された。その頃、台湾球界に現れた希代の逸材・大下弘を巡って東京六大学OBたちによるスカウト合戦が繰りひろげられていた。台北南署の本島人（台湾人）刑事・李山海は相棒の北澤とともに球兒会メンバーのアリバイと動機を洗い直していく。果たして事件の動機はスカウト合戦の軋轢なのか、それとも―。第6回金車・島田荘司推理小説賞。〔2476〕

トウ, ヒ 糖 匪

◇金色昔日―現代中国SFアンソロジー 夏笳ほか著, ケン・リュウ編, 中原尚哉他訳 早川書房 2022.11 715p 16cm（ハヤカワ文庫 SF 2387）〈責任表示はカバーによる 「月の光」（2020年刊）の改題 原書名：BROKEN STARS〉1380円 ①978-4-15-012387-1

内容 壊れた星（糖匪著, 大谷真弓訳）

＊北京五輪の開会式を彼女と見たあの日から、世界はあまりにも変わってしまった―『三体X』の著者・宝樹が、中国の歴史とある男女の運命を重ね合わせた表題作、『三体』の劉慈欣が描く環境SFの佳品「月の光」、春節シーズンに突如消えた列車の謎を追う「折りたたみ北京」著者の郝景芳による「正月列車」など、14作家による中国SF16篇を収録。ケン・リュウ編による綺羅星のごときアンソロジー第2弾。〔2477〕

◇走る赤―中国女性SF作家アンソロジー 武甜静, 橋本輝幸編, 大恵和実編訳 中央公論新社 2022.4 381p 20cm 2200円 ①978-4-12-005523-2

内容 無定西行記（糖匪著, 大恵和実訳）

＊中国で活躍する女性作家14人が放つ珠玉のSF短篇。〔2478〕

トウ, フクエイ　唐 福睿

◇台北裁判　唐福睿著，よしだかおり訳　早川書房　2024.12　666p　16cm　（ハヤカワ・ミステリ文庫 HM 523-1）　1850円　Ⓣ978-4-15-186351-6

＊台湾の少数民族アミ族の、マグロ漁の船長一家が惨殺された。インドネシア人の船員が逮捕され、一審で死刑判決が下る。二審担当の公設弁護人の佟（トン）は、台湾漁業を牛耳る巨大企業の圧力により早期結審を強いられる。しかし被告が中国語を話せないことを知った佟は調書に疑問を抱き、冤罪を疑う。佟の弁護で報道は過熱、死刑制度を巡る国民的論争が起き、与党は国民投票を目論むが、裁判は意外な結末へ。驚愕の法廷ミステリ。〔2479〕

ド・ヴィガン, デルフィーヌ　De Vigan, Delphine

◇子供が王様　デルフィーヌ・ド・ヴィガン著，河村真紀子訳　東京創元社　2022.8　318p　19cm　（海外文学セレクション）〈原書名：LES ENFANTS SONT ROIS〉2200円　Ⓣ978-4-488-01681-4

＊青春時代にテレビのリアリティ番組に夢中になったメラニー。彼女は今や、サミーとキミーという兄妹の母となり、YouTubeで彼らの動画を公開し、何百万人もの視聴者を獲得している。サミーとキミーはキッズインフルエンサーとして有名になり、たくさんのスポンサーがついていた。しかしある日、かくれんぼの最中に六歳のキミーの姿が消えた。誘拐が疑われ脅迫状も届く。金目当てか？　成功者への嫉妬か？　怨恨か？　小児性愛者か？　パリ司法警察局が捜査を開始し、メラニーと同世代の警察官で捜査記録官のクララも事件を精査しはじめる。クララもかつては、親に隠れてリアリティ番組を見ていた少女だった。ネット社会で翻弄される人たち…。そしてSNSネイティブの子供たちの未来を知る人はまだいない。SNS全盛の現代、子供たち、そして人々を待ち受ける闇をミステリ的筆致で描いた恐ろしくも予言的な問題作。母親は言う。「我が家では、子供が王様なんです」と。〔2480〕

トウェイン, マーク　Twain, Mark

◇トム・ソーヤーの冒険　マーク・トウェイン著，市川亮平訳　小鳥遊書房　2022.5　360p　21cm〈原書名：THE ADVENTURES OF TOM SAWYER〉2500円　Ⓣ978-4-909812-88-9　〔2481〕

ドゥーセ　Duse, Samuel August

◇スミルノ博士の日記　ドゥーセ著，宇野利泰訳　中央公論新社　2024.7　333p　16cm　（中公文庫 ト10-2）〈底本：世界推理小説大系 5（東都書房 1963年刊）　原書名：Doktor Smirnos Dagbok（重訳）Das Tagebuch des Doktor Smirno〉1000円　Ⓣ978-4-12-207543-6

＊天才法医学者ワルター・スミルノはある晩、女優アスタ・ドゥールの殺害事件に遭遇。容疑者として、かつての恋人スティナ・フェルセンが挙げられる。名探偵レオ・カリングの手を借り、不可解な謎に挑むのだが…。江戸川乱歩・横溝正史ら日本作家にも多大な影響を与えた、世界ミステリ史上に名を刻む傑作本格推理長篇。〔2482〕

ドゥーセ, クライブ　Doucet, Clive

◇女仕立屋の物語―神の国カナダケープ・ブレトン島珠玉短編集　ロナルド・カプラン編，堀川徹志訳　京都　文理閣　2022.4　345p　19cm〈原書名：God's Country〉2000円　Ⓣ978-4-89259-899-9

[内容] フィルバート天国へ（クライブ・ドゥーセ作）〔2483〕

トゥーバー, タイン　Touber, Tijn

◇タイムベンダー―時を歪める者　タイン・トゥーバー著，岩田七生美訳　扶桑社　2024.3　335p　19cm〈原書名：TIME BENDER〉1700円　Ⓣ978-4-594-09694-6

＊ロック・スターでもある著者が自らの神秘体験をもとに、世界の真理と人間のあるべき未来の姿を明らかにする!!1980年12月、ジョン・レノンが死んだ翌日。涙にくれる"僕"のもとを、山高帽をかぶった謎の紳士が訪れる。彼は「タイムベンダー」と名乗り、地球（マザー）からのメッセージをことづかっていると切り出す…。彼が語る壮大な宇宙の秘密とは？　瞑想とヨガ、アマゾンでの神秘体験を経て、"僕"が得た深遠なる啓示とは？〔2484〕

トゥラウ, シンディ・ゾタンプイ

◇そして私たちの物語は世界の物語の一部となる―インド北東部女性作家アンソロジー　ウルワシ・ブタリア編，中村唯日本語版監修　国書刊行会　2023.5　286p　20cm〈原書名：THE MANY THAT I AMの抄訳　THE INHERITANCE OF WORDSの抄訳ほか〉2400円　Ⓣ978-4-336-07441-6

[内容] まだ見ぬ肖像画（シンディ・ゾタンプイ・トゥラウ著，中野眞由美訳）

＊バングラデシュ、ブータン、中国、ミャンマーに囲まれ、さまざまな文化や慣習が隣り合うヒマラヤの辺境。きわ立ってユニークなインド北東部から届いた、むかし霊たちが存在した頃のように語られる現代の寓話。女性たちが、物語の力をとりもどし、自分たちの物語を語りはじめる。〔2485〕

ドゥラクロア, シビル　Delacroix, Sibylle

◇ネネット―こころのなかにとりのつばさをもつおんなのこ　アレクサンドラ・ガリバル作，シビル・ドゥラクロア絵，はしづめちよこ日本語翻訳　アンドエト　2022.9　1冊（ページ付な

し）　24cm〈フランス語併記　原書名：Des oiseaux plein la tête〉1800円　①978-4-910204-05-5　〔2486〕

トゥール, ジョン・ケネディ　Toole, John Kennedy

◇愚か者同盟　ジョン・ケネディ・トゥール著, 木原善彦訳　国書刊行会　2022.7　544p　20cm〈原書名：A Confederacy of Dunces〉3800円　①978-4-336-07364-8

＊無職、肥満、哲学狂、傍若無人な怠け者にして、口達者なひねくれ者の30歳崖っぷち問題児が、母がこさえた借金返済のためしぶしぶ就活を開始。混沌の街ニューオーリンズの愚か者たちと、大騒動を巻き起こす―!!!デヴィッド・ボウイも愛読したアメリカカルト文学史上の伝説的傑作にして、変人奇人たちが大暴走する労働ブラックコメディ!!!全世界200万部超のロングセラー＆ピュリツァー賞受賞作。　〔2487〕

トゥルッソーニ, ダニエル　Trussoni, Danielle

◇ゴッド・パズル―神の暗号　ダニエル・トゥルッソーニ著, 廣瀬麻微, 武居ちひろ訳　早川書房　2024.10　423p　19cm〈原書名：THE PUZZLE MASTER〉3000円　①978-4-15-210370-3

＊どんな難問パズルもたちどころに解いてしまう天才パズル作家マイク・ブリンクは、ある日、心理士のセサリー・モーゼスに刑務所に呼び出される。セサリーの担当する囚人ジェス・プライスが作成したパズルを解いてほしいというのだ。マイクはジェスのパズルを解き明かすが、そのパズルの中には、彼女が助けを求めていることと、世界を揺るがす巨大な陰謀が進行していることを伝えるメッセージが隠されていた。ジェスを救うため、マイクは彼女が犯した殺人事件の再調査を始める。事件の現場となったハドソン川のほとりに建つセッジ館で彼は、13世紀のユダヤの神秘家アブラハム・アブーラフィアが作った奇妙な暗号 "神のパズル" にであうが…。"ワシントン・ポスト" が選ぶ2023年のベスト・スリラー。　〔2488〕

トゥルン, モニク　Truong, Monique

◇かくも甘き果実　モニク・トゥルン著, 吉田恭子訳　集英社　2022.4　317p　20cm〈原書名：The Sweetest Fruits〉2400円　①978-4-08-773517-8

＊「小泉八雲」となった男ラフカディオ・ハーンを愛した、3人の女たち。あなたを語ることは、あなたを蘇らせること―。母、最初の妻、二番目の妻、陰の存在だった彼女たちの「声」が、時を超えて響きわたる。　〔2489〕

ドクトロウ, コリイ　Doctorow, Cory

◇ロボット・アップライジング―AIロボット反乱SF傑作選　アレステア・レナルズ, コリイ・ドクトロウ他著, D・H・ウィルソン, J・J・アダムズ編, 中原尚哉他訳　東京創元社　2023.6　530p　15cm〈創元SF文庫 SFン10-5〉〈責任表示はカバーによる　原書名：ROBOT UPRISINGS〉1400円　①978-4-488-77205-5　内容　時代（コリイ・ドクトロウ著, 金子浩訳）

＊人類よ、恐怖せよ―猛烈な勢いで現代文明に浸透しつつあるAIやロボット。もしもそれらがくびきを逃れ、反旗を翻したら？ ポップカルチャーで繰り返し扱われてきた一大テーマに気鋭の作家たちが挑む。1955年にAI（人工知能）という言葉を初めて提示した伝説的科学者ジョン・マッカーシーの短編を始め、アレステア・レナルズ、コリイ・ドクトロウらによる傑作13編を収録。　〔2490〕

ド・クレッツァー, ミシェル　De Kretser, Michelle

◇旅の問いかけ　ミシェル・ド・クレッツァー著, 有満保江, 佐藤渉訳　現代企画室　2022.1　622p　19cm〈オーストラリア現代文学傑作選〉〈原書名：Questions of Travel〉2500円　①978-4-7738-2112-3

＊驚きに満ちていて悲しい。それが旅だった。オーストラリアとスリランカ。遠く隔たった二人の主人公の半生と束の間交錯するその道のりが紡ぎ出す、現代世界をめぐる「旅」の諸相。各国の批評家から絶賛され、著者を一躍世界の作家に仲間入りさせたオーストラリア現代文学屈指の傑作、待望の邦訳。　〔2491〕

ド・ケメテール, フィリップ　De Kemmeter, Philippe

◇ブラディとトマ―ふたりのおとこのこふたつの国それぞれの目にうつるもの　シャルロット・ベリエール文, フィリップ・ド・ケメテール絵, ふしみみさを訳　神戸 BL出版　2022.12　[34p]　31cm〈原書名：Bradi & Thomas〉1600円　①978-4-7764-1069-0

＊遠い国から家族とやってきたブラディと、むかえいれるトマと家族。はじめはあたがい、けげんに思っていたふたりですが、少しずつ心を通わせていき…。「たたかい」「ふね」…同じ言葉でも、ふたりが思いうかべるのはまったくちがう世界。目のまえにいる相手のことをわかろうとする気持ちが大切、とつたえます。難民について、こどもの目線でえがいた絵本。　〔2492〕

ドーシ, アヴニ　Doshi, Avni

◇母を燃やす　アヴニ・ドーシ著, 川副智子訳　早川書房　2022.1　385p　19cm〈原書名：BURNT SUGAR〉2800円　①978-4-15-210076-4

＊毒母に苦しむ裕福な女性の視点を通して描かれる普遍的な母娘の物語。インド系アメリカ人作家による、デビュー作にして2020年ブッカー賞最終候補作。　〔2493〕

ドーズ, N.R.　Daws, Neil R.

◇空軍輸送部隊の殺人　N・R・ドーズ著, 唐木田みゆき訳　早川書房　2023.5　580p　16cm　(ハヤカワ・ミステリ文庫 HM 505-1)〈著作目録あり　原書名：A QUIET PLACE TO KILL〉1680円　①978-4-15-185451-4

＊1940年、イギリス。農村部の空軍駐屯地に女性飛行士だけで構成された後方支援組織"補助航空部隊"が配属された。戦線で命をかけんとする彼女たちをまず襲ったのは、敵国の攻撃ではなく刃物を持った殺人者だった。切り裂きジャック事件を模した連続殺人事件に挑むのは、優秀な飛行士でありながら犯罪心理学の博士であるリジー。女性蔑視が色濃く残る空軍内で煙たがられながらも、地元警察の堅物刑事ケンバーと共に事件を追う。〔2494〕

ドストエフスキー, フョードル　Dostoyevsky, Fyodor

◇カラマーゾフの兄弟　1　フョードル・ドストエフスキー, 米川正夫訳, 上妻純一郎編集　アシェット・コレクションズ・ジャパン　[2023]　278p　22cm　(恋愛小説の世界 名作ブックコレクション)〈原書名：The brothers Karamazov〉1817円　〔2495〕

◇カラマーゾフの兄弟　2　フョードル・ドストエフスキー, 米川正夫訳, 上妻純一郎編集　アシェット・コレクションズ・ジャパン　[2023]　281p　22cm　(恋愛小説の世界 名作ブックコレクション)〈原書名：The brothers Karamazov〉1999円　〔2496〕

◇カラマーゾフの兄弟　3　フョードル・ドストエフスキー, 米川正夫訳, 上妻純一郎編集　アシェット・コレクションズ・ジャパン　[2023]　288p　22cm　(恋愛小説の世界 名作ブックコレクション)〈原書名：The brothers Karamazov〉1999円　〔2497〕

◇カラマーゾフの兄弟　4　フョードル・ドストエフスキー, 米川正夫訳, 上妻純一郎編集　アシェット・コレクションズ・ジャパン　[2024]　290p　22cm　(恋愛小説の世界 名作ブックコレクション)〈原書名：The brothers Karamazov〉1999円　〔2498〕

◇カラマーゾフの兄弟　5　フョードル・ドストエフスキー, 米川正夫訳, 上妻純一郎編集　アシェット・コレクションズ・ジャパン　[2024]　205p　22cm　(恋愛小説の世界 名作ブックコレクション)〈原書名：The brothers Karamazov〉1999円　〔2499〕

◇カラマーゾフの兄弟　6　フョードル・ドストエフスキー, 米川正夫訳, 上妻純一郎編集　アシェット・コレクションズ・ジャパン　[2024]　218p　22cm　(恋愛小説の世界 名作ブックコレクション)〈原書名：The brothers Karamazov〉1999円　〔2500〕

◇ステパンチコヴォ村とその住人たち　ドストエフスキー著, 高橋知之訳　光文社　2022.9　536p　16cm　(光文社古典新訳文庫 KAト1-24)〈年譜あり　原書名：СЕЛО СТЕПАНЧИКОВО И ЕГО ОБИТАТЕЛИ〉1360円　①978-4-334-75467-9

＊都会で暮らす私は、育ての親であるおじの召使から、故郷での異常事態について知らされる。祖母に取り入った居候が口八丁を弄して家庭の権力をほしいままにしているというのだ。彼と対決すべくかの地に向かうが、癖のある客人や親戚たちの思惑にも翻弄され、予想外の展開に…。〔2501〕

◇未成年　2　ドストエフスキー著, 亀山郁夫訳　光文社　2022.6　399p　16cm　(光文社古典新訳文庫 KAト1-23)〈原書名：ПОДРОСТОК〉980円　①978-4-334-75463-1

＊主人公のアルカージーは、とつぜん変身した姿を読者の前に現す。高級レストラン通い、最新モードの服装、お抱え御者とルーレット賭博。「ロスチャイルドになる夢」はどこに？　かつて父を愛した謎の女性との虚々実々のかけひきが繰り広げられ、ついに彼はある企てを実行しようと決断する。〔2502〕

◇未成年　3　ドストエフスキー著, 亀山郁夫訳　光文社　2023.1　597p　16cm　(光文社古典新訳文庫 KAト1-25)〈年譜あり　原書名：ПОДРОСТОК〉1400円　①978-4-334-75474-7

＊ドタバタ劇は一気に加速する。"ぼく"アルカージーは、臨終の床にある戸籍上の父マカールと出会い、その数奇な放浪譚と信仰に清冽な衝撃を受け、「復活」に向かう。謎の手紙をめぐる陰謀、父ヴェルシーロフとの熱く長い会話。もつれる愛の行方、驚愕の結末…。全3巻、完結。〔2503〕

トッドハンター, ジョン　Todhunter, John

◇妖精・幽霊短編小説集―『ダブリナーズ』と異界の住人たち　J.ジョイス,W.B.イェイツほか著, 下楠昌哉編訳　平凡社　2023.7　373p　16cm　(平凡社ライブラリー 949)　1800円　①978-4-582-76949-4

内容　バンシー(ウィリアム・バトラー・イェイツ, ジョン・トッドハンター著, 下楠昌哉訳)　いかにしてトーマス・コノリーはバンシーと出会ったか(ジョン・トッドハンター著, 下楠昌哉訳)

＊アイルランドの首都ダブリンに生きる様々な人を描いたジョイスの『ダブリナーズ』。この傑作短編集の作品を、十九世紀末から二十世紀はじめに書かれた妖精・幽霊譚と並べてみると―。名作をこれまでとは異なる文脈に解き放ち、当時の人々が肌で感じていた超自然的世界へと誘う画期的なアンソロジー。〔2504〕

ドーデ, アルフォンス　Daudet, Alphonse

◇教科書の中の世界文学—消えた作品・残った作品25選　秋草俊一郎, 戸塚学編　三省堂　2024.2　285p　21cm〈文献あり〉2500円　①978-4-385-36237-3
　内容　最後の授業（アルフォンス・ドーデ著, 桜田佐訳）　〔2505〕

◇最後の授業—ドーデショートセレクション　アルフォンス・ドーデ作, 平岡敦訳, ヨシタケシンスケ画　理論社　2024.3　222p　19cm（世界ショートセレクション 25）〈他言語標題：La Dernière Classe〉1300円　①978-4-652-20576-1
　内容　コルニーユ親方の秘密　スガンさんのヤギ　星　アルルの女　セミヤント号の最期　キュキュニャンの司祭　ビクシウの紙入れ　黄金の脳味噌を持った男の話　三つのミサ　二軒の宿屋　ゴーシェ神父の薬用酒　最後の授業（『月曜物語』より）　少年の裏切り（『月曜物語』より）　小さなパイ（『月曜物語』より）　フランスの魔女（『月曜物語』より）　ジラルダンが約束した三万フランで（『月曜物語』より）
　＊「罪は犯すはしから、赦される」その手は救いか誘惑か重い足どり響く空樽。名作がスラスラよめる！ 世界文学旅行へお連れします。　〔2506〕

ドナヒュー, エマ　Donoghue, Emma

◇聖なる証　エマ・ドナヒュー著, 吉田育未訳　オークラ出版　2023.4　455p　15cm（マグノリアブックス MB-47）〈文献あり　原書名：The Wonder〉1200円　①978-4-7755-3013-9
　＊1859年、アイルランドの田舎町。絶食を続けているにもかかわらず健やかに生きる少女アナの謎に迫る英国人看護師リブ・ライト。少女はほんとうに奇跡の存在なのか？ 少女はいったい何者なのか？ リブがアナを「救うべきなのか？ 少女はいったい何者なのか？ リブがアナを「救うべきなのか？ 少女の生存に必要なのは、信仰か科学か、それとも…？ 喪失と再生、愛の形を描く歴史フィクション。　〔2507〕

ドナルド, ロビン　Donald, Robyn

◇愛と気づくまで　ロビン・ドナルド作, 森島小百合訳　ハーパーコリンズ・ジャパン　2024.3　156p　17cm（ハーレクイン・ロマンス R3855—伝説の名作選）〈ハーレクイン 2010年刊の再刊　原書名：THE VIRGIN AND HIS MAJESTY〉673円　①978-4-596-53515-3
　＊18歳の夏、ロージーは初恋の人ガードとキスを交わした。それは体中に電流が走るほどの、甘く衝撃的な体験だった。それから3年。カラシア国大公となるガードの戴冠式に、ロージーは招待された。祝賀舞踏会で彼と久々に顔を合わせ、その腕に抱かれたとたん、抑えてきた熱い想いが溢れ出た。あろうことか身分を忘れ、彼と一夜を共にしてしまったのだ。ガードにはすでに花嫁候補もいる。私は身を引くしかない…。ところが、盗撮された二人の熱愛写真が流出してしまい、ガードは態度を翻して、ロージーに求婚した。これは愛のためでなく、国の平和のための結婚だと言って。　〔2508〕

◇こよなく甘い罠　ロビン・ドナルド作, 富田美智子訳　ハーパーコリンズ・ジャパン　2023.3　155p　17cm（ハーレクイン・イマージュ I2746—至福の名作選）〈ハーレクイン 1989年刊の再刊　原書名：THE SWEETEST TRAP〉673円　①978-4-596-76667-0
　＊ヨットで航海中に父が急逝し、天涯孤独になった18歳のクレシダ。ただひとり気丈に荒波と闘う彼女を救ったのは、目をみはるほどの美貌とたくましさを併せ持つ大人の男性ルークだった。ためらいもせず救助船から海に飛び込んで助けてくれた彼はまさに、クレシダのヒーロー、そして密かに想いを寄せる初恋の人となった。その後、裕福なルークに引き取られたクレシダは、これはたんなる思春期の恋心にすぎないと自分に言い聞かせた。けれど、ルークとヨットで出かけて嵐に見舞われた夜、島陰で急接近したふたりは、ついに結ばれる一家に帰れば、ルークと親しくしている美女が、妊娠の知らせを持って待っているなど夢にも思わずに…。　〔2509〕

◇潮風のラプソディー　ロビン・ドナルド著, 塚田由美子訳　ハーパーコリンズ・ジャパン　2024.3　197p　15cm（ハーレクイン文庫 HQB-1225）〈ハーレクイン・エンタープライズ日本支社 1989年刊の再刊　原書名：A LATE LOVING〉691円　①978-4-596-53643-3
　＊信じられない思いで、アンバーは目の前に現れた男を見つめた。夫から離れて9年…ずっと私を捜し続けていたというの？ 父に命じられ、ギリシア人富豪アレックスと政略結婚したアンバーはまだ恋すら知らない17歳の学生だった。手練れのプレイボーイの夫はすぐさまうぶな妻を籠絡すると、愛人との同居生活を強いた。半年後、傷ついた彼女は妊娠を隠し、出奔。以来ひとり元に身を寄せ、息子を産み育ててきた。アレックスが端整な顔を怒りで歪め、尊大に言い放つ。「さあ、今すぐ出発するんだ。僕と2度目のハネムーンへ」　〔2510〕

◇もうひとりの女　ロビン・ドナルド著, 富田美智子訳　ハーパーコリンズ・ジャパン　2022.2　203p　15cm（ハーレクイン文庫 HQB-1105）〈ハーレクイン・エンタープライズ日本支社 1985年刊の再刊　原書名：MANSION FOR MY LOVE〉627円　①978-4-596-31678-3
　＊まあ、あの人！ 図書館司書のフェインは密かに胸を躍らせた。今朝、花屋で出会ったハンサムな男性が、本を借りに来たのだ。貸し出しカードの名前は…バーク・ハーディング！ 経済界に彗星のごとく現れた気鋭の実業家だ。その彼にデートに誘われ、ひと月後、豪奢な新居の鍵とともにプロポーズを受けた。友人の羨望、家族からの手放しの祝福。なのにフェインは胸の奥に巣くう微かな不安を払えずにいた。なぜ、バークは私に"愛している"と言ってくれないの？ 結婚当日の夜、フェインはその理由を知ることになる—。　〔2511〕

◇忘れるために一度だけ　ロビン・ドナルド著, 秋元由紀子訳　ハーパーコリンズ・ジャパン

2022.11 204p 15cm （ハーレクイン文庫 HQB-1159）〈ハーレクイン 2002年刊の再刊 原書名：THE DEVIL'S BARGAIN〉 627円 ①978-4-596-75429-5

＊氷のような瞳を持つたくましい年上の富豪キアに、ひそかに想いを寄せる18歳のホープ。ある日、継父とキアの会話を偶然聞いてしまった。会社買収の見返りに、キアにホープを差しだすというのだ！「ホープは欲しいが妻に迎える気はさらさらない」キアの言葉に深く傷つき、ホープは逃げるように家を出る。4年後、彼女が働く宝石店に、キアは突然現れた。彼を忘れられずにいた彼女は、一夜だけと誓い純潔を捧げるが、キアのもとを去ってほどなく、妊娠に気づく。 〔2512〕

ドノソ, ホセ Donoso, José

◇閉ざされた扉―ホセ・ドノソ全短編　ホセ・ドノソ著，寺尾隆吉訳　水声社　2023.9　313p　20cm （フィクションのエル・ドラード）〈原書名：Los mejores cuentos de José Donoso〉3000円　①978-4-8010-0751-2

内容 休暇　同名の二人　シロンボ　ある夫人　盛大なお祝い　二通の手紙　デンマーク人　チャールストン　閉ざされた扉　アナ・マリア　散歩　小男　"中国"　サンテリセス

＊眠ることで世界の神秘を見つけようとする男を描く表題作「閉ざされた扉」をはじめ、ネコ科動物の絵を蒐集する主人公が狂気にはまり込んでいく様を描く「サンテリセス」、失踪した老人と不思議な少女とが出会う「アナ・マリア」、厳格で気位の高い独身女性がはからずも野良犬と気脈投合する「散歩」など、日常からつまはじきにされた者たちの世界を優れた洞察力で描き出す著者の全短編。 〔2513〕

トハリ, アフマッド Tohari, Ahmad

◇赤いブキサル　アフマッド・トハリ著，山根しのぶ訳　大阪　大同生命国際文化基金　2022.10　371p　20cm （アジアの現代文芸　インドネシア 6）〈原書名：Bekisar merah〉 〔2514〕

トービイ, フレッド Tobey, Fred

◇ユーモア・スケッチ大全　[4]　すべてはイブからはじまった　ミクロの傑作圏　浅倉久志・訳　国書刊行会　2022.3　376p　19cm〈「すべてはイブからはじまった」（早川書房 1991年刊）と「ミクロの傑作圏」（文源庫 2004年刊）の改題、合本〉2000円　①978-4-336-07311-2

内容 カフェテリア・コンプレックス（フレッド・トービイ）

＊笑いの大博覧会、完結！ 名翻訳家浅倉久志のライフワークである"ユーモア・スケッチ"ものを全4巻に集大成。最終巻は傑作展姉妹篇『すべてはイブからはじまった』とオンデマンドのみの刊行だった『ミクロの傑作圏』をカップリング。 〔2515〕

トビーン, コルム Toíbín, Colm

◇マジシャン―トーマス・マンの人と芸術　コルム・トビーン著，伊藤範子訳　論創社　2024.4　548p　20cm〈原書名：THE MAGICIAN〉4800円　①978-4-8460-2357-7

＊現在最も注目されるアイルランド作家、トビーンによる長編歴史小説。トーマス・マンを主人公に、第一次世界大戦から第二次世界大戦・冷戦まで、二十世紀ドイツ文化の様相を包括的に描写した壮大な家族の物語。公の顔とプライバシー、愛国心と幻滅の間でバランスをとりつつ揺れ動くマンの内奥世界を重厚に描き出す。 〔2516〕

ド・ボダール, アリエット De Bodard, Aliette

◇黄金の人工太陽―巨大宇宙SF傑作選　ジャック・キャンベル、チャーリー・ジェーン・アンダーズ他著，ジョン・ジョゼフ・アダムズ編，中原尚哉他訳　東京創元社　2022.6　547p　15cm （創元SF文庫 SFン10-4）〈責任表示はカバーによる　原書名：COSMIC POWERS〉1360円　①978-4-488-77204-8

内容 竜が太陽から飛び出す時（アリエット・ド・ボダール著, 大島豊訳）

＊SFとファンタジーの基本はセンス・オブ・ワンダーだ。そして並はずれたセンス・オブ・ワンダーを味わえるのは、超人的なヒーローが宇宙の命運をかけて銀河のかなたで恐ろしい敵と戦う物語だ（序文より）―常識を超える宇宙航行生物、謎の巨大異星構造物、銀河を吹き飛ばす超爆弾。ジャック・キャンベルら豪華執筆陣による、SFならではの圧倒的スケールで繰り広げられる傑作選。 〔2517〕

トーマス, ロス Thomas, Ross

◇愚者の街　上巻　ロス・トーマス，松本剛史訳　新潮社　2023.6　356p　16cm （新潮文庫）〈原書名：The fools in town are on our side〉710円　①978-4-10-240311-2

＊「街をひとつ腐らせてほしい」諜報員としての任務の過程で何者かの策略により投獄され失踪したダイに持ち込まれたのは、不正と暴力で腐敗した街の再生計画。1937年の上海爆撃で父親を失うも、娼館のロシア人女性に拾われ生きのびてきた。度重なる不運から心に虚無を抱えるダイは、この無謀な計略に身を投じる―。二度のMWA賞に輝く犯罪小説の巨匠が描く、暴力と騙りの重厚なる狂騒曲。 〔2518〕

◇愚者の街　下巻　ロス・トーマス，松本剛史訳　新潮社　2023.6　398p　16cm （新潮文庫）〈著作目録あり　原書名：The fools in town are on our side〉750円　①978-4-10-240312-9

＊元悪ныя警官、元娼婦に、元秘密諜報員。街を丸ごと腐らせる計画を託されたダイたちは、賭博や買春を黙認し賄賂を受け取る警察や風紀犯罪取締班の不正を訴え、スワンカートンの要人たちを次々に排斥していく。弱体化した街には各地のマフィアが群がり、かくして悪党どもの凄惨な共食いが

はじまる―。予測不能な展開に一癖も二癖もある輩たち。濃密なる"悪の神話"も、ついにクライマックス！〔2519〕

◇狂った宴　ロス・トーマス作，松本剛史訳　新潮社　2024.8　535p　16cm　〔新潮文庫　トー25-3〕〈原書名：THE SEERSUCKER WHIPSAW〉1000円　①978-4-10-240313-6〔2520〕

ドライサー, セオドア　Dreiser, Theodore

◇アメリカの悲劇　上　セオドア・ドライサー著，村山淳彦訳　花伝社　2024.9　564p　22cm〈共栄書房　原書名：AN AMERICAN TRAGEDY〉3000円　①978-4-7634-2136-4

＊夢を求めてアメリカ社会の中で生き抜こうとした青年…。貧困と差別、性の在り方、資本家と労働者、宗教の役割、陪審制度と死刑問題、新聞の役割など、現代に繋がるアメリカ社会の断面を浮き彫りにしながら、その中に生きる人々の苦闘を描く。〔2521〕

◇アメリカの悲劇　下　セオドア・ドライサー著，村山淳彦訳　花伝社　2024.11　564p　22cm〈共栄書房　原書名：An American Tragedy〉3000円　①978-4-7634-2144-9

＊ついにロバータが湖で溺死した。上流階級のソンドラとの恋とその名声に目がくらみ、意図せずとはいえ女工ロバータを見殺しにした、青年クラウド。事件発覚を契機に、水面下では政治、メディア、法廷が動き出す。そして、ついにその審判の時がきた―平凡な若者が落ち込んだ苦境を通じて、近代アメリカ社会の闇を克明に描き出す、20世紀アメリカ小説の先駆的傑作。「現代アメリカ文学の開拓者」セオドア・ドライサーによる「成功と破滅の物語」。〔2522〕

ドラヴィーニュ, ジェルマン　Delavigne, Germain

◇熊とパシャ―スクリーブ傑作ヴォードヴィル選　外交官―スクリーブ傑作ヴォードヴィル選　スクリーブとサンティニ作，中田平訳　安城　デジタルエステイト　2022.12　163p　21cm〈原書名：L'ours et le Pacha　Le diplomate〉①978-4-910995-05-2〔2523〕

ドラグミス, サノス　Dragoumis, Thanos

◇無益な殺人未遂への想像上の反響―ギリシャ・ミステリ傑作選　ディミトリス・ポサンジス編，橘孝司訳　竹書房　2023.7　443p　15cm〔竹書房文庫　ぽ1-1〕〈原書名：Ellinika Egklimata.5〉1500円　①978-4-8019-3279-1

内容　死せる時（サノス・ドラグミス著，橘孝司訳）

＊ギリシャに形成されつつある新たな迷宮。本書には、本格ミステリ、ノワール、警察小説など、各ジャンルのギリシャ・ミステリの精鋭たちの作品が収録されている。回天するギリシャ・ミステリの世界へようこそ。あなたは希望の胸膨らませた新人作家が大御所ミステリ作家のもとに持ち込んだ原稿を読む（「ギリシャ・ミステリ文学の将来」）。ナンシー・シナトラの曲が流れる中、ひとりの女の生涯を体験し（「バン・バン！」）、現実とミステリの狭間をさまよう（表題作）。陽気な警官たちと観るブルース・スプリングスティーンのアテネ公演は最高だ（「"ボス"の警護」）。そして、最悪の愛が通りを駆け抜けてゆく―（「死ぬまで愛す」）。二千年の時を経て、色合いを変え深度を増した迷宮が、あなたの前に扉を開く。あなたはそこで怪物よりも不可解なものに遭遇するだろう。混沌としたギリシャ・ミステリの謎に。巻末に訳者による詳細な解説と「ギリシャ・ミステリ小史」を付す。〔2524〕

トラス, リン　Truss, Lynne

◇図書館司書と不死の猫　リン・トラス著，玉木亨訳　東京創元社　2023.1　295p　15cm〔創元推理文庫　Fト5-1〕〈原書名：CAT OUT OF HELL〉900円　①978-4-488-58607-2

＊図書館を定年退職したばかりのわたしに届いた、不思議な猫についてのメール。なぜか人の言葉をしゃべるその猫は、死ぬたびに生き返る数奇な半生を送ってきたそうで…。本を愛する不死の猫と、その周囲で起こる不可解な事件。好奇心をくすぐられ、調査を始めたわたしを待ち受ける意外な展開とは？　元・図書館司書と謎めいた猫が織りなす、ブラックで奇妙で、なのに心躍る物語。〔2525〕

ドラッツィオ, コスタンティーノ　D'Orazio, Costantino

◇ミケランジェロの焔　コスタンティーノ・ドラッツィオ著，上野真弓訳　新潮社　2023.11　218p　20cm（CREST BOOKS）〈原書名：MICHELANGELO.IO SONO FUOCO〉2150円　①978-4-10-590191-2

＊ルネサンス随一の天才、その奥に秘められた哀しみと孤独。圧倒的才能を誇りながら、周囲との軋轢が絶えなかった孤高の芸術家。イタリアの人気美術キュレーターが、ミケランジェロになり切って、一人でその複雑なパーソナリティと人生を描く伝記的小説。〔2526〕

ドーラン, エヴァ　Dolan, Eva

◇終着点　エヴァ・ドーラン著，玉木亨訳　東京創元社　2024.8　539p　15cm〔創元推理文庫　Mト11-1〕〈原書名：THIS IS HOW IT ENDS〉1400円　①978-4-488-19009-5

＊ここはロンドンの集合住宅の一室。女性がひとり。死体がひとつ。見知らぬ男に襲われ、身を守ろうとして殺してしまったと女性は語る。死体は名も明かされぬまま、古びたエレベーターシャフトに隠された…謎に満ちた事件が冒頭で描かれたのち、過去へ遡る章と未来へ進む章が交互し、物語はその「始まり」と「終わり」に向けて疾走する！　英国ミステリ界の俊英が放つ衝撃的傑作。〔2527〕

トルキン

トランボ, ダルトン　Trumbo, Dalton
◇〈新訳〉ジョニーは戦場へ行った　ダルトン・トランボ著, 波多野理彩子訳　KADOKAWA　2024.9　308p　18cm　〈角川新書 K-462〉〈原書名：JOHNNY GOT HIS GUN〉1360円
①978-4-04-082504-5
＊『ローマの休日』『スパルタカス』…赤狩りでハリウッドから追放されながら数々の歴史的名作を生んだ稀代の脚本家、トランボ。彼が第二次世界大戦中に発表し、過激な反戦小説として波紋を呼んだ問題作、待望の新訳！ 仏戦線で触覚以外の感覚と、四肢を失った青年・ジョー。世界から追い出された彼が思索と闘争の果てに見つけた希望とは？ 主人公が絶望に抗いアメリカの実像を問う。〔2528〕

トリアンダフィル, エヴゲニア
Triantafyllou, Eugenia
◇ノヴァ・ヘラス―ギリシャSF傑作選　フランチェスカ・T・バルビニ, フランチェスコ・ヴァルソ編, 中村融他訳　竹書房　2023.4　271p　15cm　〈竹書房文庫 ば3-1〉〈原書名：α2525（重訳）　NOVA HELLAS〉1360円　①978-4-8019-3280-7
|内容| われらが仕える者（エヴゲニア・トリアンダフィル著, 市田泉訳）
＊あなたは生活のために水没した都市に潜り働くひとびとを見る（「ローズウィード」）。風光明媚な島を訪れれば観光客を人造人間たちが歓迎しているだろう（「われらが仕える者」）。ひと休みしたいときはアバコス社の製剤をどうぞ（「アバコス」）。高き山の上に登れば原因不明の病を解明しようと奮闘する研究者たちがいる（「いにしえの疾病」）。輝きだした新たなる星たちが次々と目の前に降臨する。あなたは物語のなかに迷い込んだときに感じるはずだ―。隆盛を見せるギリシャSFの第一歩を。〔2529〕

トリュック, オリヴィエ　Truc, Olivier
◇白夜に沈む死　上　オリヴィエ・トリュック著, 久山葉子訳　東京創元社　2023.1　296p　15cm　〈創元推理文庫 Mト10-3〉〈原書名：LE DÉTROIT DU LOUP〉1100円　①978-4-488-22705-0
＊石油景気に沸く沿岸の町ハンメルフェスト。町に侵入するトナカイをめぐりトナカイ所有者と住人とのトラブルが絶えない。そんななか、トナカイ所有者のサーミ人青年がトナカイの移動中に死亡、数日後同じ場所で市長が死体で見つかる。臍に落ちないものを感じたトナカイ警察のクレメットとニーナ。日の沈まない夏の北極圏、北欧三国にまたがり活躍する特殊警察コンビが事件を追う。〔2530〕

◇白夜に沈む死　下　オリヴィエ・トリュック著, 久山葉子訳　東京創元社　2023.1　309p　15cm　〈創元推理文庫 Mト10-4〉〈原書名：LE DÉTROIT DU LOUP〉1100円　①978-4-488-22706-7
＊油田の開発に各国の石油会社が群がる町ハンメルフェスト。死亡した青年の幼馴染は、石油採掘のダイバーだった。伝統と利権に引き裂かれるサーミの人々。トナカイ所有者、かつて石油会社に関わっていた市長に続き、石油会社の代表者二名が悲惨な死を遂げるに至り、クレメットとニーナは一連の出来事のつながりを疑い始める。23の賞を受賞した『影のない四十日間』に続く第二弾。〔2531〕

ドール, J.H.　Doll, J.H.
◇ユーモア・スケッチ大全　[3]　ユーモア・スケッチ傑作展 3　浅倉久志編・訳　国書刊行会　2022.2　374p　19cm　〈ユーモア・スケッチ傑作展 3〉（早川書房 1983年刊）の改題、増補〉2000円　①978-4-336-07310-5
|内容| 恐怖の脱出人間（J.H.ドール著）〔2532〕

ドルヴ, ニコラ・デスティエンヌ
d'Orves, Nicolas d'Estienne
◇エッフェル塔～創造者の愛～　ニコラ・デスティエンヌ・ドルヴ著, 田中裕子訳　早川書房　2023.2　376p　16cm　〈ハヤカワ文庫 NV 1505〉〈年表あり　原書名：EIFFEL〉1220円
①978-4-15-041505-1
＊十九世紀末。鉄の魔術師の異名を持つ建築技師、ギュスターヴ・エッフェル。彼は三年後に迫ったパリ万博に向けて、パリの中心地に三百メートルの鉄の塔を建設することに没頭していた。エッフェルがこだわったのは高さだけでなく、塔の美しいシルエットだ。そこに隠されていたのはかつて彼が愛した女性、アドリエンヌの姿だった。困難にめげず世界最大の鉄の塔の建設に挑んだ男の奮闘と秘められた愛と情熱の物語。映画の小説版。〔2533〕

トールキン, クリストファー　Tolkien, Christopher
◇終わらざりし物語　上　J・R・R・トールキン著, クリストファ・トールキン編, 山下なるや訳　河出書房新社　2022.2　560p　15cm　〈河出文庫 ト12-1〉〈2003年刊の改訂　原書名：UNFINISHED TALES〉1520円　①978-4-309-46739-9
＊『指輪物語』の世界を深く知るために欠かせない、必読の未発表文書集。アラゴルンの祖トゥオルの勇姿、『シルマリルの物語』でもお馴染みのトゥーリンの悲劇、第二紀の終わりに海中に没したヌーメノールの島の地誌、その島の王と王妃の愛と破局の物語など、秘められた歴史がここに明かされる。註釈や補遺も充実した決定版。〔2534〕

◇終わらざりし物語　下　J・R・R・トールキン著, クリストファ・トールキン編, 山下なるや訳　河出書房新社　2022.2　443p　15cm　〈河出文庫 ト12-2〉〈文献あり　索引あり　2003年刊の改訂　原書名：UNFINISHED TALES〉1520円　①978-4-309-46740-5
＊イシルドゥルの最期、騎馬の民ローハンの建国

トルキン

譚、ガンダルフが語る『ホビットの冒険』の隠された物語、アイゼンの浅瀬でのローハン軍とサルマン軍の攻防、謎の民ドルーアダンからバランティールの秘密に至るまで、トールキン世界の空白を埋める貴重な未発表文書集。巻末の索引も充実した、永久保存版。〔2535〕

トールキン, J.R.R. Tolkien, John Ronald Reuel

◇終わらざりし物語 上 J・R・R・トールキン著, クリストファ・トールキン編, 山下なるや訳 河出書房新社 2022.2 560p 15cm (河出文庫 ト12-1)〈2003年刊の改訂 原書名:UNFINISHED TALES〉1520円 ⓘ978-4-309-46739-9

＊『指輪物語』の世界を深く知るために欠かせない、必読の未発表文書集。アラゴルンの祖トゥオルの勇姿、『シルマリルの物語』でもお馴染みのトゥーリンの悲劇、第二紀の終わりに海中に没したヌーメノールの島の地誌、その島の王と王妃の愛と破局の物語など、秘められた歴史がここに明かされる。註釈や補遺も充実した決定版。〔2536〕

◇終わらざりし物語 下 J・R・R・トールキン著, クリストファ・トールキン編, 山下なるや訳 河出書房新社 2022.2 443p 15cm (河出文庫 ト12-2)〈文献あり 索引あり 2003年刊の改訂 原書名:UNFINISHED TALES〉1520円 ⓘ978-4-309-46740-5

＊イシルドゥルの最期、騎馬の民ローハンの建国譚、ガンダルフが語る『ホビットの冒険』の隠された物語、アイゼンの浅瀬でのローハン軍とサルマン軍の攻防、謎の民ドルーアダンからバランティールの秘密に至るまで、トールキン世界の空白を埋める貴重な未発表文書集。巻末の索引も充実した、永久保存版。〔2537〕

◇サー・ガウェインと緑の騎士――トールキンのアーサー王物語 J・R・R・トールキン著, 山本史郎訳 普及版 原書房 2022.12 258p 19cm〈文献あり 原書名:SIR GAWAIN AND THE GREEN KNIGHT〉1300円 ⓘ978-4-562-07226-2

＊最も美しく、最も壮大なダーク・ファンタジー！〔2538〕

◇シルマリルの物語 上 J.R.R.トールキン作, クリストファー・トールキン編, 田中明子訳 最新版 評論社 2023.11 431p 15cm (評論社文庫)〈原書名:THE SILMARILLION 原著第2版の翻訳〉1200円 ⓘ978-4-566-02396-3

＊唯一なる神「エル」の天地創造、大宝玉「シルマリル」をめぐる争い、不死のエルフ族と有限の命を持つ人間の創世記のドラマ『シルマリルの物語』。エルフ語研究の深化により、固有名詞を全面的に見直した日本語訳の完成形として、最新版をお届けします。「エルは聖なる者たちに語り給い、音楽の主題をかれらに与え給うた。―」音楽から始まる天地創造の物語から、フンゴルフィンがモルゴスに一騎打ち挑んだ「ベレリアンドの滅亡とフィンゴルフィンの死のこと」までを収録。〔2539〕

◇シルマリルの物語 下 J.R.R.トールキン作, クリストファー・トールキン編, 田中明子訳 最新版 評論社 2023.11 470p 15cm (評論社文庫)〈索引あり 原書名:THE SILMARILLION 原著第2版の翻訳〉1200円 ⓘ978-4-566-02397-0

＊唯一なる神「エル」の天地創造、大宝玉「シルマリル」をめぐる争い、不死のエルフ族と有限の命を持つ人間の創世記のドラマ『シルマリルの物語』。エルフ語研究の深化により、固有名詞を全面的に見直した日本語訳の完成形として、最新版をお届けします。人間とエルフの乙女の恋物語「ベレンとルーシェン」から、エルダールにとっての物語と歌の終わり「力の指輪と第三紀のこと」までを収録。巻末には物語を読み進めるうえでのガイドとなる「語句解説及び索引」などの資料もおさめました。〔2540〕

◇指輪物語 1 旅の仲間 上 J.R.R.トールキン著, 瀬田貞二, 田中明子訳 最新版 評論社 2022.10 631p 15cm (評論社文庫)〈原書名:THE FELLOWSHIP OF THE RING〉1200円 ⓘ978-4-566-02389-5

＊黒の乗手の追跡から、辛くも逃れたフロドが目を覚ましたところは、「裂け谷」のエルロンドの館。翌朝、モルドールに抵抗する種族―魔法使い、エルフ、人間、ドワーフ、ホビット―の代表が参加する会議がエルロンドの主催で開かれ、指輪をどのように扱うかについて話し合われた。さて、その決定は…。〔2541〕

◇指輪物語 3 二つの塔 上 J.R.R.トールキン著, 瀬田貞二, 田中明子訳 最新版 評論社 2022.10 545p 15cm (評論社文庫)〈原書名:THE TWO TOWERS〉1200円 ⓘ978-4-566-02391-8

＊ガンダルフを失った悲しみを、ロスローリエンで癒した一行は、大河アンドゥインを漕ぎ下り、とうとう別れ道へ差し掛かる。フロドの指輪棄却の決意を知ったボロミルは、それを奪おうとする。逃げ出すフロド。悔悟したボロミルは、オークとの戦いに倒れ、メリーとピピンはさらわれる。ここに旅の仲間は離散した…。〔2542〕

◇指輪物語 4 二つの塔 下 J.R.R.トールキン著, 瀬田貞二, 田中明子訳 最新版 評論社 2022.10 418p 15cm (評論社文庫)〈原書名:THE TWO TOWERS〉900円 ⓘ978-4-566-02392-5

＊ボロミルから逃れて一人モルドールに向かおうとするフロド。しかし、忠実なサムは、出しぬかれずに後を追う。大河アンドゥインの東側に連なる急峻エミュン・ムイルの荒涼たる山中を、やっとのことでぬけ出した二人だったが、その後ろに忍び寄る一つの影が…。〔2543〕

◇指輪物語 5 王の帰還 上 J.R.R.トールキン著, 瀬田貞二, 田中明子訳 最新版 評論社 2022.10 436p 15cm (評論社文庫)〈原書

名：THE RETURN OF THE KING〉900円　①978-4-566-02393-2
　＊堕落した魔法使いサルマンが所持していたパランティールを、好奇心に勝てずに覗き込んだピピンは、魔王サウロンの見出すところとなる。ガンダルフは、パランティールをアラゴルンに預け、ピピンを連れてミナス・ティリスへ。一方ローハン軍召集のためにエドラスに向かう騎士たち。空にはナズグールが飛び交い、風雲急を告げる中、物語は佳境へと近づく。　　　　　　〔2544〕

◇指輪物語　6　王の帰還　下　J.R.R.トールキン著，瀬田貞二，田中明子訳　最新版　評論社　2022.10　403p　15cm　（評論社文庫）〈原書名：THE RETURN OF THE KING〉900円　①978-4-566-02394-9
　＊フロドをオークの手から奪い返した忠実なサム。二人は、助け合いながら最後の使命を果たすべく滅びの罅裂を目指す。一方、冥王の目をフロドたちから逸らすべく、黒門前に兵を進めたガンダルフやアラゴルンをはじめとする西国の勇士たちは、圧倒的な兵力の差のため暗黒の渦に呑み込まれようとしていた…ここに「一つの指輪」をめぐる物語の大団円を迎える。　　　　　〔2545〕

◇指輪物語　7　追補編　J.R.R.トールキン著，瀬田貞二，田中明子訳　最新版　評論社　2023.5　482p　15cm　（評論社文庫）〈原書名：Appendices of THE LORD OF THE RINGS〉1200円　①978-4-566-02395-6
　＊ファンタジーの最高峰『指輪物語』が今、再び輝く日本語訳完全版。　　　　　　〔2546〕

トルジュ，エマ　Törzs, Emma

◇血の魔術書と姉妹たち　エマ・トルジュ著，田辺千幸訳　早川書房　2024.8　485p　19cm　〈原書名：INK BLOOD SISTER SCRIBE〉3100円　①978-4-15-210355-0
　＊血のインクで綴られた本に導かれ、再会した姉妹の運命が動き出す。バーモント州の片田舎に屋敷を構えるカロテイ家は、祖父の代から蒐集した魔術書を守って暮らしてきた。本に記された、命を奪ったり火を放ったりするような数々の魔術は世界の理を揺るがすもので、魔術書を手に入れ、その力を手にしたいと狙う人間が後を絶えなかった。カロテイ家の異母姉妹、エスターとジョアンナは、父エイブとともに、本を守る結界の呪文が張られた家でひっそりと隠れ暮らしていたが、魔術が効かない姉エスターは家を離れ、各地を転々とする生活を送るようになる。いっぽう、父の死後、魔術を使う力を父から受け継いだ妹のジョアンナは家に閉じこもり、魔術書と生きる生活を続けていた。だがエスターに魔術書を狙う者の魔の手が迫り、それをきっかけに姉妹は再会し、魔術書をめぐる陰謀渦巻く世界に足を踏み入れることになる―。"ニューヨーク・タイムズ"紙の「2023年ベストSF＆ファンタジー」の一冊に選ばれた、秘密の書物と姉妹をめぐるミステリアス・ファンタジー。　〔2547〕

トールズ，エイモア　Towles, Amor

◇フォワード―未来を視る6つのSF　ブレイク・クラウチほか著，ブレイク・クラウチ編，東野さやか他訳　早川書房　2022.12　447p　16cm　（ハヤカワ文庫 SF 2392）　1240円　①978-4-15-012392-5
　内容　目的地に到着しました（エイモア・トールズ著，宇佐川晶子訳）
　＊科学技術の行き着く未来を六人の作家が描く。クラウチは人間性をゲーム開発者の視点から議論し、ジェミシンはヒューゴー賞受賞作で地球潜入ミッションの顛末を語り、ロスは滅亡直前の世界に残る者の思いを綴る。トールズが子に遺伝子操作する親の葛藤を描き、トレンブレイが記憶と自意識の限界を問いかければ、ウィアーが量子物理学でカジノに挑む方法を軽妙に披露する。珠玉の書き下ろしSFアンソロジー。　　〔2548〕

◇リンカーン・ハイウェイ　エイモア・トールズ著，宇佐川晶子訳　早川書房　2023.9　679p　20cm　〈原書名：THE LINCOLN HIGHWAY〉3700円　①978-4-15-210265-2
　＊1954年、アメリカ。18歳のエメットは更生施設を出所し、弟が待つネブラスカの自宅に戻って来たが、そこには施設から逃げ出したダチェスとウーリーもいた。エメットと弟は、母が暮らしているはずのカリフォルニアに行き、心機一転、新しい生活を始めるはずだった。だが、ダチェスとウーリーに愛車のスチュードベーカーを奪われ、仕方なく二人の後を追ってニューヨークに行くことに。ダチェスは、上流階級出身のウーリーの一族がニューヨーク州北部に所有する屋敷の金庫の金を、みんなで山分けすると豪語していたのだ。孤児院のシスター、胡散臭い牧師、妻と別れた善良な黒人男性、売れないシェイクスピア俳優、憧れの作家―道中、エメットと弟は多くの出会いと別れを経験する。『モスクワの伯爵』著者が、少年たちの出会いと10日間の冒険を描く、アメリカで100万部超のニューヨーク・タイムズ・ベストセラー。　〔2549〕

トルスタヤ

◇雑話集―ロシア短編集　5　ロシア文学翻訳グループクーチカ編集　［枚方］　ロシア文学翻訳グループクーチカ　2024.6　180p　19cm　〈他言語標題：Пёстрые рассказы〉
　内容　ちょろまかしたりくすねたり（トルスタヤ著，木村祥子訳）　　　　　　　　　　〔2550〕

トルストイ，アレクセイ・K.　Tolstoy, Aleksei Konstantinovich

◇19世紀ロシア奇譚集　高橋知之編・訳　光文社　2024.8　388p　16cm　（光文社古典新訳文庫 KAタ1-1）〈文献あり　年表あり　原書名：Артемий Семенович Бервенковский Перстеньほか〉1100円　①978-4-334-10395-8
　内容　アルテーミー・セミョーノヴィチ・ベルヴェンコーフスキー（アレクセイ・トルストイ著，高橋知之訳）

トルストイ

＊悲劇的な最期を遂げた歌い手の秘密に迫るにつれ…「クララ・ミーリチ一死後」、屋敷に住みつく霊と住人たちとの不思議な関わりを描く「家じゃない、おもちゃだ！」など7篇を収録。重厚長大なリアリズム文学重視の陰で忘れ去られていた豊饒なロシアンホラーの魅力を発掘！〔2551〕

◇新編怪奇幻想の文学　2　吸血鬼　紀田順一郎，荒俣宏監修，牧原勝志編　新紀元社　2022.12　436p　20cm　〈他言語標題：Tales of Horror and Supernatural〉2500円　①978-4-7753-2040-2

内容　吸血鬼（A・K・トルストイ著，植草昌実訳）

＊古典・準古典の数々を通し、怪奇幻想の真髄に触れていただきたい。本書は、自由な想像力が創りだす豊かな世界への、恰好の道案内となることだろう。(編者)〔2552〕

トルストイ，レフ　Tolstoy, Leo

◇アンナ・カレーニナ　1　レフ・トルストイ，米川正夫訳，上妻純一郎編集　アシェット・コレクションズ・ジャパン　〔2022〕273p　22cm　（恋愛小説の世界　名作ブックコレクション）〈原書名：Anna Karenina〉1817円〔2553〕

◇アンナ・カレーニナ　2　レフ・トルストイ，米川正夫訳，上妻純一郎編集　アシェット・コレクションズ・ジャパン　〔2023〕272p　22cm　（恋愛小説の世界　名作ブックコレクション）〈原書名：Anna Karenina〉1999円〔2554〕

◇アンナ・カレーニナ　3　レフ・トルストイ，米川正夫訳，上妻純一郎編集　アシェット・コレクションズ・ジャパン　〔2023〕276p　22cm　（恋愛小説の世界　名作ブックコレクション）〈原書名：Anna Karenina〉1999円〔2555〕

◇アンナ・カレーニナ　4　レフ・トルストイ，米川正夫訳，上妻純一郎編集　アシェット・コレクションズ・ジャパン　〔2024〕285p　22cm　（恋愛小説の世界　名作ブックコレクション）〈原書名：Anna Karenina〉1999円〔2556〕

◇アンナ・カレーニナ　5　レフ・トルストイ，米川正夫訳，上妻純一郎編集　アシェット・コレクションズ・ジャパン　〔2024〕242p　22cm　（恋愛小説の世界　名作ブックコレクション）〈原書名：Anna Karenina〉1999円〔2557〕

◇トルストイ童話集　トルストイ原著，水谷まさる編・訳　新訂版　富山房企畫　2024.8　565p　図版26p　22cm　〈初版：富山房 1927年刊　富山房インターナショナル〉5500円　①978-4-86600-126-5

内容　子供たちのために　神は真を知るが時の来るのを待つ　百姓と胡瓜　大きな炉　しあわせな人　兄弟と黄金　鶏卵のように大きな種子　イリヤス　愛のあるところに神はいます　年とった馬　馬乗りの稽古　捨児　火事　柳　ブウルカ　ブウルカと猪　雉子　ミルトンとブウルカ　ブウルカと狼　泥亀　野兎　危なかったブウルカ　ブウルカとミルトンの死　熊狩　イワンの馬鹿　三人の隠者　がらんどの

太鼓　小悪魔とパン片　コウカサスの捕虜　人はどれだけの土地がいるか　悪魔の意地にも神は勝つ　教え子　なにで人は生きるか

＊トルストイの燃えあがる愛の情。情景を語る川上四郎の軽妙な絵。すべての人の心の糧。〔2558〕

ドルフマン，アリエル　Dorfman, Ariel

◇死と乙女　アリエル・ドルフマン作，飯島みどり訳　岩波書店　2023.8　219,3p　15cm　（岩波文庫 37-790-1）〈年譜あり　原書名：LA MUERTE Y LA DONCELLA〉720円　①978-4-00-377013-9〔2559〕

トールマン，チャールズ・フィッツヒュー　Talman, Charles Fitzhugh

◇ユーモア・スケッチ大全　［3］　ユーモア・スケッチ傑作展 3　浅倉久志編・訳　国書刊行会　2022.2　374p　19cm　〈「ユーモア・スケッチ傑作展 3」（早川書房 1983年刊）の改題、増補〉2000円　①978-4-336-07310-5

内容　笑みだけ虎の顔の上（チャールズ・フィッツヒュー・トールマン著）〔2560〕

ドレイク，オリヴィア　Drake, Olivia

◇恋の手ほどきはひとつ屋根の下　オリヴィア・ドレイク著，緒川久美子訳　原書房　2022.4　411p　15cm　（ライムブックス ド2-9）〈原書名：WHEN A DUKE LOVES A GOVERNESS〉1300円　①978-4-562-06547-9

＊帽子店で働くテッサは、店頭でカーリン公爵が娘の家庭教師を探しているというわさ話を聞く。家庭教師になれたなら、自分のお店の開店資金を貯金して、父親探しもできるかもしれないと空想をするテッサ。彼女の母はメイドで、かつて貴族と恋におちてテッサが生まれたのだ。母が上流階級の話し方を教えてくれたので、テッサはそれらしくふるまうことができたが、教育は最低限しかうけていない。ある日、店主の横暴に耐えかねて店を飛び出した彼女は、やぶれかぶれで家庭教師の面接を受けに行く。娘が暴れんぼうであるため家庭教師が居つかないことに困りはてていた公爵ガイは、テッサが資格について嘘をついているのではないかと不信に思いつつも彼女を採用する。こうして館での同居生活が始まった…RITA賞受賞作家の話題作！〔2561〕

トレヴァー，ウィリアム　Trevor, William

◇ディンマスの子供たち　ウィリアム・トレヴァー著，宮脇孝雄訳　国書刊行会　2023.3　318p　20cm　（ウィリアム・トレヴァー・コレクション）〈原書名：THE CHILDREN OF DYNMOUTH〉2800円　①978-4-336-05918-5

＊イングランド・ドーセットの海辺の町ディンマス。復活祭を前に人々の生活は活気づいている。教会運営に悩む若い牧師夫婦、海岸を徘徊する退役軍人とその妻、息子に家出された老夫婦、互いの親が再婚して同居するようになった少年と少女、

そしてタレント発掘番組に出演することを夢見る孤独な少年ティモシー。やがて彼は悪魔的な言動で人々の平和な生活の裏に潜む欲望・願望・夢を暴き出していく…トレヴァーのダーク面が炸裂する群像劇にして、1976年ウィットブレッド賞を受賞した傑作長篇がついに邦訳。〔2562〕

トレメイン, ピーター　Tremayne, Peter

◇風に散る煙　上　ピーター・トレメイン著，田村美佐子訳　東京創元社　2024.7　268p　15cm　（創元推理文庫 Mト6-22―修道女フィデルマ）〈原書名：SMOKE IN THE WIND〉1000円　①978-4-488-21828-7

＊海路カンタベリーに向かっていたフィデルマとエイダルフは、時化のためダヴェド王国に上陸を余儀なくされる。先を急ぎたいふたりだったが、フィデルマの評判を聞きつけた国王から、小さな修道院の修道士がすべて消え失せるという不可解な出来事の謎を解いてほしいとの要請を受ける。捜査を引き受けたフィデルマは…。王の妹にして弁護士、美貌の修道女が活躍するシリーズ第十弾。〔2563〕

◇風に散る煙　下　ピーター・トレメイン著，田村美佐子訳　東京創元社　2024.7　308p　15cm　（創元推理文庫 Mト6-23―修道女フィデルマ）〈原書名：SMOKE IN THE WIND〉1040円　①978-4-488-21829-4

＊事件が起きた修道院への途上、フィデルマ一行は少女を殺した疑いで私刑に遭いそうになっている若者を保護する。若者は修道士失踪事件の目撃者でもあった。ふたつの事件に関連はあるのか？　ダヴェド王国とサクソンとの確執のせいでサクソン人であるエイダルフは神経を尖らせ、フィデルマとのあいだもぎくしゃくする始末。慣れない異国の地の怪事件をフィデルマは解明できるのか。〔2564〕

◇昏き聖母　上　ピーター・トレメイン著，田村美佐子訳　東京創元社　2023.3　292p　15cm　（創元推理文庫 Mト6-20―修道女フィデルマ）〈原書名：OUR LADY OF DARKNESS〉1000円　①978-4-488-21826-3

＊巡礼の旅に出ていたフィデルマは、良き友である修道士エイダルフが殺人罪で捕らえられたとの知らせに、急ぎラーハン王国に向かった。ラーハンはフィデルマの兄が治めるモアン王国とは揉めごとの絶えない隣国。どうやらエイダルフは12歳の少女に対する暴行と殺人の容疑で捕まったらしい。処刑は翌朝だと告げられたフィデルマは、彼の無実を証明すべく事件の捜査を始めるが…。〔2565〕

◇昏き聖母　下　ピーター・トレメイン著，田村美佐子訳　東京創元社　2023.3　284p　15cm　（創元推理文庫 Mト6-21―修道女フィデルマ）〈原書名：OUR LADY OF DARKNESS〉1000円　①978-4-488-21827-0

＊ラーハンのブレホンはフィデルマとは因縁の仲。処刑延期の訴えを却下され状況は絶望的だったが、フィデルマは諦めなかった。捜査を続けるうちに次々と不審な事実が判明し、さらに処刑を目前にエイダルフが消えてしまう。誰かが彼を助けようと連れ出したのか、それとも牢から出して殺そうとしているのか。謎が謎を呼ぶ事件をフィデルマはどう解き明かす？　人気シリーズ第九弾。〔2566〕

◇修道女フィデルマの采配―修道女フィデルマ短編集　ピーター・トレメイン著，田村美佐子訳　東京創元社　2022.2　251p　15cm　（創元推理文庫 Mト6-19）〈原書名：THE HEIR-APPARENT AND OTHER STORIES FROM WHISPERS OF THE DEAD〉940円　①978-4-488-21825-6

＊法廷弁護士にして裁判官の資格を持つ美貌の修道女フィデルマが、アイルランドの各地を巡り難事件を解決する。占星術でみずから占ったとおりに殺された修道士をめぐる事件を描いた「みずからの殺害を予言した占星術師」、小王国の族長の跡継ぎを選定するための会合で、有力な候補者を毒殺した犯人を推理する「法定推定相続人」など全5編を収録。待望の日本オリジナル短編集第5弾。〔2567〕

トレンブレイ, ポール　Tremblay, Paul

◇穏やかな死者たち―シャーリイ・ジャクスン・トリビュート　ケリー・リンク, ジョイス・キャロル・オーツ他著，エレン・ダトロウ編，渡辺庸子, 市田泉他訳　東京創元社　2023.10　570p　15cm　（創元推理文庫 Fン12-1）〈責任表示はカバーによる　原書名：WHEN THINGS GET DARK〉1500円　①978-4-488-58407-8

内容　パーティー（ポール・トレンブレイ著, 原島文世訳）〔2568〕

◇終末の訪問者　ポール・トレンブレイ著，入間眞訳　竹書房　2023.3　383p　15cm　（竹書房文庫 と5-1）〈原書名：THE CABIN AT THE END OF THE WORLD〉1200円　①978-4-8019-3506-8

＊その選択の結末は、家族の犠牲か、世界の終焉か。七歳のウェンと両親のエリックとアンドリューは、ニュー・ハンプシャー州北部の人里離れたキャビンで夏の休暇をすごしている。ある日、ウェンがキャビンの庭で遊んでいると、突然、見知らぬ巨体の男が訪ねてくる。男の温かい笑顔にウェンはすぐに魅了されてしまう。ふたりが遊んでいると、さらに女ふたりと男ひとりがやってくる―奇妙でまがまがしい道具を手に。ウェンはうろたえ、帰ろうとすると男にこう告げられる―「これから起こることは、何ひとつきみのせいじゃない。きみは悪いことを何もしていない。けれど、きみたち家族はある厳しい決断を下さなきゃならない。この世界を救うには、きみたちの助けが必要なんだ」『シックス・センス』のM.ナイト・シャマラン監督最新作『ノック　終末の訪問者』原作小説！　ブラム・ストーカー賞／ローカス賞受賞！　スティーヴン・キング絶賛の全米ベストセラー小説、待望の邦訳版。〔2569〕

◇フォワード―未来を視る6つのSF　ブレイク・クラウチほか著，ブレイク・クラウチ編，東野さやか他訳　早川書房　2022.12　447p　16cm

(ハヤカワ文庫 SF 2392) 1240円 ⓘ978-4-15-012392-5
内容 最後の会話（ポール・トレンブレイ著，鳴庭真人訳）
＊科学技術の行き着く未来を六人の作家が描く。クラウチは人間性をゲーム開発者の視点から議論し、ジェミシンはヒューゴー賞受賞作で地球潜入ミッションの顛末を語り、ロスは滅亡直前の世界に残る者の思いを綴る。トールズが子に遺伝子操作する親の葛藤を描き、トレンブレイが記憶と自意識の限界を問いかければ、ウィアーが量子物理学でカジノに挑む方法を軽妙に披露する。珠玉の書き下ろしSFアンソロジー。〔2570〕

トロイカック, D.C.

◇女仕立屋の物語—神の国カナダケープ・ブレトン島珠玉短編集　ロナルド・カプラン編，堀川徹志訳　京都　文理閣　2022.4　345p　19cm　〈原書名：God's Country〉2000円　ⓘ978-4-89259-899-9
内容 重荷（D.C.トロイカック作）〔2571〕

トロロープ, アンソニー　Trollope, Anthony

◇今の生き方　上　アンソニー・トロロープ著，木下善貞訳　開文社出版　2023.7　609p　20cm　〈原書名：The Way We Live Now〉2900円　ⓘ978-4-87571-891-8
＊金融業者にして稀代の詐欺師メルモットは、得体の知れない鉄道建設を名目として、ロンドンに重役会を設置。大衆の投機熱を煽って、株価を浮揚させ、濡れ手で粟の利益をつかむ。一人娘のマリーは父が決めた侯爵の長男ニダーデイル卿との結婚を拒否、文なしの准男爵とニューヨークへ駆け落ちを試みるが…。〔2572〕

◇今の生き方　下　アンソニー・トロロープ著，木下善貞訳　開文社出版　2024.5　595p　20cm　〈原書名：The Way We Live Now〉2900円　ⓘ978-4-87571-892-5
＊メルモットは栄華を極める。田舎に広大な地所を購入し、中国皇帝を大晩餐会でもてなし、保守党から国会議員として当選する。一度に莫大な出費だ。この出費のどれか一つでも控えていたら、破滅を免れていただろう。ある噂のせいで、メキシコ鉄道の株価が暴落する。彼は苦し紛れに隠し資産に頼ろうとするが…。トロロープ後期の傑作！　本邦初訳完結！　稀代の詐欺師が突き当たった悲劇的状況！　大金融詐欺の結末は？〔2573〕

トロワイヤ, アンリ　Troyat, Henri

◇モーパッサン伝　アンリ・トロワイヤ著，足立和彦訳　水声社　2023.3　316p　21cm　〈原書名：MAUPASSANT〉5000円　ⓘ978-4-8010-0696-6
＊19世紀のフランス文壇において、自由を求め、権威に縛られることなく自立した芸術家として数々の名作を遺したギイ・ド・モーパッサン（1850-1893）。母親から芸術家になるべく育てられた青年時代、フロベールとの邂逅から作家として名を馳せたのち43歳で夭折するまで、短くも激しい生涯を駆け抜けた作家の人生を稀代の伝記作家が描く。〔2574〕

ドロンフィールド, ジェレミー　Dronfield, Jeremy

◇飛蝗の農場　ジェレミー・ドロンフィールド著，越前敏弥訳　新装版　東京創元社　2024.1　508p　15cm　（創元推理文庫 Mト5-1）〈著作目録あり　原題：THE LOCUST FARM〉1400円　ⓘ978-4-488-23510-9　〔2575〕

トン, ミ　冬彌

◇あの日—MAKE OUR DAYS COUNT　冬彌，邵慧婷作，李響，武石文子訳　すばる舎　2023.9　309p　19cm　（プレアデスプレス—HIStory3）2000円　ⓘ978-4-7991-1153-6
＊学校の人気者・項豪廷。家族や多くの友人に囲まれ華やかな高校生活を謳歌する彼だったが、とあるトラブルをきっかけに、成績トップの一匹狼・于希顧の存在を知ることに。彼の泣き顔がどうしても頭から離れなくなり、彼を前にすると感情がコントロールできない、気がつけば彼の姿を目で追ってしまう。「お前のことが好きだ！」自分の気持ちに気がついた項豪廷は、その日から于希顧への猛アタックを開始する。不器用ながらも自分の気持ちにまっすぐな項豪廷に、于希顧も次第に心を開き始め…。本編とは異なる結末を描いた「IFエンディング—あの日、君はまだいる」も収録。〔2576〕

トン・クオン, ヴァレリー　Tong Cuong, Valérie

◇ル・アーヴルの愛—大戦下の物語　ヴァレリー・トン・クオン著，藪﨑利美訳　未知谷　2022.10　363p　20cm　〈文献あり　布装　原書名：Par amour〉3000円　ⓘ978-4-89642-676-2
＊ル・アーヴルは、かつてヨーロッパで最も美しい港といわれモネが"印象、日の出"を描いた築港の街。しかし第二次世界大戦下、連合軍が上陸を目指すノルマンディー地方のこの港町は英独両軍の爆撃で壊滅。アルジェリアまで疎開した多くの子供達がいた。この物語は、当時のル・アーヴルを舞台に、避難命令の出た一九四〇年六月十日から子供達がアルジェリアから引き揚げてくる。一九四五年八月まで、二つの家族の8人と友人が大人も子供も、それぞれが一人称で語るコーラス小説である。著者の母と祖父母はル・アーヴルの出身。地道な取材で沈黙する年長者の話を聞いて執筆。フランスでは読者賞をはじめ12の賞を受賞。戦時下、犠牲を強いられる一般市民の苦悩を克明に描く。〔2577〕

トンプキンス, ジョアン　Tompkins, JoAnne

◇内なる罪と光　ジョアン・トンプキンス著，矢島真理訳　早川書房　2024.1　686p　16cm　（ハヤカワ・ミステリ文庫 HM 514-1）〈原書

名：WHAT COMES AFTER〉1680円　①978-4-15-185901-4

＊ワシントン州、太平洋沿岸の町でジョナという少年が幼なじみのダニエルを殺し、自殺した。宗教に救いを求めるダニエルの父、アイザックのもとに、エヴァンジェリンと名乗る謎の少女が現れる。帰る家がなく、行くあてもない彼女をアイザックは家に招き入れ、二人の奇妙な共同生活が始まった。少女は妊娠しているという、それを隠す素振りを見せている。さらにアイザックとの出会いも偶然ではなかった…。〔2578〕

トンプスン, ジム　Thompson, Jim

◇ゴールデン・ギズモ　ジム・トンプスン著，森田義信訳　文遊社　2023.8　316p　19cm〈原書名：The Golden Gizmo〉2500円　①978-4-89257-162-6　〔2579〕

◇テキサスのふたり　ジム・トンプスン著，田村義進訳　文遊社　2022.6　299p　19cm〈原書名：Texas by the Tail〉2500円　①978-4-89257-160-2

＊ヒューストンに流れ着いた賭博師。迫りくる破綻、赤毛の娘への愛。ダイスが転がる永遠の一秒——　〔2580〕

◇反撥　ジム・トンプスン著，黒原敏行訳　文遊社　2022.10　299p　19cm〈原書名：Recoil〉2500円　①978-4-89257-161-9

＊ドアは刑務所に通じていた―謎の身元引受人、やがて起こる事件。仮釈放中の窮地に出口はあるのか。　〔2581〕

トンプスン, C.ホール　Thompson, C. Hall

◇新編怪奇幻想の文学　3　恐怖　紀田順一郎，荒俣宏監修，牧原勝志編　新紀元社　2023.5　466p　20cm〈他言語標題：Tales of Horror and Supernatural〉2500円　①978-4-7753-2041-9

内容　クロード・アーシュアの思念（C.ホール・トンプスン著，夏来健次訳）　〔2582〕

トンプソン, アーサー・ルイス　Thompson, Arthur Lewis

◇イン・クィア・タイム―アジアン・クィア作家短編集　イン・イーシェン，リベイ・リンサンガン・カントー編，村上さつき訳　ころから　2022.8　350,10p　19cm〈他言語標題：In queer time　原書名：Sanctuary〉2200円　①978-4-907239-63-3

内容　重ね着（アーサー・ルイス・トンプソン著）

＊「クィアの時代」に香港から届いたアジアンLGBTQ＋作家による「クィア小説」17編を収録！　〔2583〕

トンプソン, テイド

◇シリコンバレーのドローン海賊―人新世SF傑作選　グレッグ・イーガン他著，ジョナサン・ストラーン編，中原尚哉他訳　東京創元社　2024.5　420p　15cm　（創元SF文庫　SFン11-2）〈責任表示はカバーによる　原書名：TOMORROW'S PARTIESの抄訳〉1400円　①978-4-488-79102-5

内容　エグザイル・パークのどん底暮らし（テイド・トンプスン著，小野田和子訳）

＊人新世とは「人間の活動が地球環境に影響を及ぼし、それが明確な地質年代を構成していると考えられる時代」、すなわちまさに現代のことである。パンデミック、世界的経済格差、人権問題、資源問題、そして環境破壊や気候変動問題…未来が破滅的に思えるときこそ、SFというツールの出番だ。グレッグ・イーガンら気鋭の作家たちによる、不透明な未来を見通すためのアンソロジー。　〔2584〕

【ナ】

ナ, ドヒャン　羅 稲香

◇B舎監とラブレター　福岡　書肆侃侃房　2022.7　254p　20cm　（韓国文学の源流―短編選 1　(1918-1929)）〈年表あり〉2200円　①978-4-86385-524-3

内容　啞の三龍（羅稲香著，オ・ファスン訳）

＊三従の道からの解放を自ら実践しようとして日本留学も果たした女性瓊姫は、新しい女性としての生き方を模索する「瓊姫」。白痴のように見えて実は、ある特殊な能力を持つ少年は自由を求めて危険な道に踏み出す「白痴？ 天才？」。金を少しでも減らしたくない男。日々寄付を求めてやってくる人々を追い返すために猟犬を飼い始める「猟犬」。死んでから天国に行くより、今のこの世でほんの少しでもいいから、よい暮らしをと願う男「人力車夫」。究極の貧しさゆえ空腹を満たすために腐ったサバを食べ食中毒をおこした息子を救おうと奔走する母親「〈パクトル〉の死」。厳格な舎監が夜な夜な繰り返す秘密の時間。その秘密を垣間見てしまった女学生たち「B舎監とラブレター」。朝鮮人の父と日本人の母を持つ混血の息子の葛藤と生きづらさを時代背景と共に綴る「南忠緒」。韓国最初の創作SF小説。人間の排泄物から人工肉を作る実験に明け暮れる笑えない現実「K博士の研究」。主人に絶対服従を誓って生きてきたもの言えぬ男。屋敷が火事になり、若主人の新婦を救おうと火の中に飛び込んでいく「啞の三龍」。　〔2585〕

ナ, ヘソク　羅 蕙錫

◇B舎監とラブレター　福岡　書肆侃侃房　2022.7　254p　20cm　（韓国文学の源流―短編選 1　(1918-1929)）〈年表あり〉2200円　①978-4-86385-524-3

内容　瓊姫（羅恵錫著，オ・ファスン訳）

＊三従の道からの解放を自ら実践しようとして日本留学も果たした女性瓊姫は、新しい女性としての生き方を模索する「瓊姫」。白痴のように見えて実

は、ある特殊な能力を持つ少年は自由を求めて危険な道に踏み出す「白痴？ 天才？」。金を少しでも減らしたくない男。日々寄付を求めてやってくる人々を追い返すために、猟犬を飼い始める「猟犬」。死んでから天国に行くより、今のこの世でほんの少しでもいいから、よい暮らしをと願う男「人力車夫」。究極の貧しさゆえ空腹を満たすために腐ったサバを食べ食中毒をおこした息子を救おうと奔走する母親「〈バクトル〉の死」。厳格な舎監が夜な夜な繰り返す秘密の時間。その秘密を垣間見てしまった女学生たち「B舎監とラブレター」。朝鮮人の父と日本人の母を持つ混血の息子の葛藤と生きづらさを時代背景と共に綴る「南思緒」。韓国最初の創作SF小説。人間の排泄物から人工肉を作る実験に明け暮れる笑えない現実「K博士の研究」。主人に絶対服従を誓って生きてきたもの言えぬ男。屋敷が火事になり、若主人の新婦を救おうと火の中に飛び込んでいく「唖の三龍」。　　　　〔2586〕

ナイト, ルネ　　Knight, Renee
◇完璧な秘書はささやく　ルネ・ナイト著，古賀弥生訳　東京創元社　2022.12　389p　15cm（創元推理文庫 Mナ3-2）〈原書名：THE SECRETARY〉1200円　①978-4-488-28507-4
＊人里はなれたところにある"ザ・ローレルズ"で、わたしは回想する一大企業の社長マイナの秘書として活躍した日々を。長らくわたしは、私生活を犠牲にして完璧に彼女に仕えてきた。そして、強い信頼で結ばれたふたりの関係がずっと続くと思っていた─オフィスに警察がやってくるまでは…。予測不能な展開に、じわじわとにじみ出る怖さ。俊英が放つ、傑作サスペンス！　　　　〔2587〕

ナイドゥー, ビヴァリー　　Naidoo, Beverley
◇ぼくの心は炎に焼かれる─植民地のふたりの少年　ビヴァリー・ナイドゥー作，野沢佳織訳　徳間書店　2024.3　231p　19cm〈原書名：Burn my heart〉1700円　①978-4-19-865796-3
＊一九五一年、ケニア。十一歳の白人少年マシューが寄宿学校から自宅の農場へもどってくると、家のまわりのフェンスが以前よりも高くなっていた。白人から土地を取り返そうとするキクユ人の集団におそわれる農場がふえているせいだ。そうした集団を、白人は"マウマウ"と呼び、恐れていた。キクユ人のムゴは、マシューの住む邸宅の台所で下働きをしていて、マシューから兄のようにしたわれている。しかし、マシューに頼みこまれてついたうそのせいで、主人であるマシューの父にしかられることもあった。そんなある夜、ムゴの家にマウマウの一団がやってきて、ムゴの両親や農場で働くキクユ人たちを仲間に引き入れようとするが…？ イギリス植民地時代のケニアを舞台に、白人と黒人、ふたりの少年の視点から、アフリカの歴史の一場面を描きだす。南アフリカで生まれ育ったカーネギー賞受賞作家による、心がひりひりする歴史フィクション。　　〔2588〕

ナイーマ・ガニー
◇わたしのペンは鳥の翼　アフガニスタンの女性作家たち著，古屋美登里訳　小学館　2022.10　254p　19cm〈原書名：MY PEN IS THE WING OF A BIRD〉2100円　①978-4-09-356742-8

|内容| 赤いブーツ（ナイーマ・ガニー著）

＊口を塞がれた女性たちがペンを執り、鳥の翼のように自由に紡ぎ出した言葉の数々。女性嫌悪、家父長制、暴力、貧困、テロ、戦争、死。一日一日を生き抜くことに精一杯の彼女たちが、身の危険にも晒されても表現したかった自分たちの居る残酷な世界と胸のなかで羽ばたく美しい世界。アフガニスタンの女性作家18名による23の短篇集。　　〔2589〕

ナカザト, オスカール　　Nakasato, Oscar
◇ニホンジン　オスカール・ナカザト著，武田千香訳　水声社　2022.6　227p　20cm（ブラジル現代文学コレクション）〈文献あり 原書名：NIHONJIN〉2000円　①978-4-8010-0648-5
＊1908年6月18日、ブラジルのサントス港に、781人の労働移民を乗せた一隻の船「笠戸丸」が到着する─。後に世界最大の日系人コミュニティが形成されることになるかの地で、希望に胸を膨らませたヒデオ・イナハタは、いつか故郷に帰る日を夢見ながら、農場オウロ・ヴェルジで身を粉にして働くことになるのだが─。日本人移民の歴史を、ある家族の歩みに重ね合わせる、日系人作家によるジャブチ賞受賞作。　　〔2590〕

ナガタ, リンダ　　Nagata, Linda
◇黄金の人工太陽─巨大宇宙SF傑作選　ジャック・キャンベル，チャーリー・ジェーン・アンダーズ他著，ジョン・ジョゼフ・アダムズ編，中原尚哉他訳　東京創元社　2022.6　547p　15cm（創元SF文庫 SFン10-4）〈責任表示はカバーによる 原書名：COSMIC POWERS〉1360円　①978-4-488-77204-8

|内容| ダイヤモンドとワールドブレイカー（リンダ・ナガタ著，中原尚哉訳）

＊SFとファンタジーの基本はセンス・オブ・ワンダーだ。そして並はずれたセンス・オブ・ワンダーを味わえるのは、超人的なヒーローが宇宙の命運をかけて銀河のかなたで恐ろしい敵と戦う物語だ（序文より）─常識を超える宇宙航行生物、謎の巨大異星構造物、銀河を吹き飛ばす超爆弾。ジャック・キャンベルら豪華執筆陣による、SFならではの圧倒的スケールで繰り広げられる傑作選。　　〔2591〕

ナガマツ, セコイア　　Nagamatsu, Sequoia
◇闇の中をどこまで高く　セコイア・ナガマツ著，金子浩訳　東京創元社　2024.3　315p　20cm（海外文学セレクション）〈原書名：HOW HIGH WE GO IN THE DARK〉2800円　①978-4-488-01688-3
＊アーシュラ・K・ル＝グイン賞特別賞受賞作。未知のパンデミックに襲われ、人々の絆や社会が崩

壊しかけた近未来。余命わずかな子供たちを安楽死させる遊園地で働くコメディアンの青年、亡くなった人との短い別れを提供するホテルの従業員、地球を離れて新天地をめざす宇宙移民船…消えない喪失を抱えながらも懸命に生きる人々の姿を描く、切なくも美しい新鋭の第一長編。　〔2592〕

ナギービン　Nagibin

◇雑話集―ロシア短編集　5　ロシア文学翻訳グループクーチカ編集　［枚方］　ロシア文学翻訳グループクーチカ　2024.6　180p　19cm〈他言語標題：Пёстрые рассказы〉

[内容] 大きな運命の小さな物語（ガガーリン）（ナギービン著, 吉田差和子訳）　〔2593〕

ナース, アラン・E.　Nourse, Alan Edward

◇吸血鬼は夜恋をする―SF＆ファンタジイ・ショートショート傑作選　ロバート・F・ヤング, リチャード・マシスン他著, 伊藤典夫編訳　東京創元社　2022.12　387p　15cm　（創元SF文庫 SFン12-1）〈文化出版局 1975年刊の増補〉　1000円　①978-4-488-79301-2

[内容] 旅行かばん（アラン・E.ナース著）

＊「アンソロジイという言葉のもとになったギリシャ語の意味は「花々を集めたもの」。立ちどまるほどではないが、歩く途中ひょっと目にとまり、見とれる花、つまり、理屈ぬきで楽しんでいただけるような小品を選ぶよう心懸けた」（伊藤典夫）。名翻訳家が初めて単独編纂した伝説のアンソロジイを半世紀ぶりに初文庫化。（SFマガジン）（奇想天外）の掲載作を追加し、全32編とした。　〔2594〕

◇ユーモア・スケッチ大全　［4］　すべてはイブからはじまった　ミクロの傑作圏　浅倉久志編・訳　国書刊行会　2022.3　376p　19cm〈「すべてはイブからはじまった」（早川書房 1991年刊）と「ミクロの傑作圏」（文源庫 2004年刊）の改題, 合本〉　2000円　①978-4-336-07311-2

[内容] 取引は取引（アラン・E.ナース著）

＊笑いの大博覧会、完結！ 名翻訳家浅倉久志のライフワークである"ユーモア・スケッチ"ものを全4巻に集大成。最終巻は傑作姉妹篇『すべてはイブからはじまった』とオンデマンドのみの刊行だった『ミクロの傑作圏』をカップリング。　〔2595〕

ナッシュ, N.リチャード　Nash, N.Richard

◇クライ・マッチョ　N.リチャード・ナッシュ著, 古賀紅美訳　扶桑社　2022.1　495p　16cm　（扶桑社ミステリー ナ3-1）〈原書名：CRY MACHO〉　1300円　①978-4-594-09058-6

＊かつてロデオスターとして盛名を馳せたマイク・マイロは、落馬事故のあと雇い主のハワードから首を宣告される。一方、メキシコで母親と住む息子のラファエルを米テキサスに住む自分のもとに送り届けることができれば、5万ドルを支払うという仕事の依頼を受ける。メキシコに向かったマイクは、路上で闘鶏に生きる少年ラファエルを遂に見出すが…。熾烈な逃避行と、道の交流を通じて再生してゆくふたりの姿を描き出す、C・イーストウッド監督＆主演映画の原作本、遂に本邦初訳！　〔2596〕

ナット・オ・ダーグ, ニクラス　Natt och Dag, Niklas

◇1793　ニクラス・ナット・オ・ダーグ著, ヘレンハルメ美穂訳　小学館　2022.7　573p　15cm　（小学館文庫 ナ1-1）〈本文は日本語 原書名：1793〉　1220円　①978-4-09-407162-7

＊一七九三年、フランス革命の余波はここスウェーデンにも及んでいた。前年には国王が暗殺され、庶民は無意味な戦争の後遺症と貧困にあえいでいる―そんな混沌のストックホルム。秋のある日、湖で男性の遺体が発見された。四肢は切り落とされ、眼球と舌と歯が奪われ、美しい金髪だけが残されていた。重い結核に冒された法律家ヴィンゲは、戦場帰りの風紀取締官カルデルと共に捜査に乗り出す。貧しく汚く腐敗した十八世紀の北の都と、その中で正義を貫こうとする者たちを、大胆かつ繊細に描く、北欧発大ヒット歴史ミステリー三部作の第一弾、待望の文庫化！　〔2597〕

◇1794　ニクラス・ナット・オ・ダーグ著, ヘレンハルメ美穂訳　小学館　2022.9　636p　15cm　（小学館文庫 ナ1-2）〈本文は日本語 原書名：1794〉　1300円　①978-4-09-407147-4

＊一七九四年、ストックホルム。その前年、植民地サン・バルテルミー島での過酷な日々を終えて故国に帰還した若者エリックは、幾多の困難を乗り越え将来を誓い合った娘と結ばれようとしていた。しかし婚礼の日の夜、歓喜のもとにいたことを一夜にして地獄に突き落とされた。戦場帰りの風紀取締官カルデルと、亡き相棒の弟エーミルは共に深い傷を抱えながらも、"怪物"の正体を暴くため、暴力と奸計渦巻く北の都を奔走する―。スウェーデンのベストセラー『1793』の続編がついに登場。混沌の時代に己の正義を貫かんとする者たちを描く、超弩級の歴史ミステリー。　〔2598〕

◇1795　ニクラス・ナット・オ・ダーグ著, ヘレンハルメ美穂訳　小学館　2022.10　586p　15cm　（小学館文庫 ナ1-3）〈本文は日本語 原書名：1795〉　1240円　①978-4-09-407148-1

＊フランス革命の影響が色濃く残る、暴力と奸計に満ちた一七九五年のストックホルム。事件を捜査することで立ち直りつつあった、戦場帰りの引っ立て屋カルデルと心を病んだ学生エーミルは、自らの善意が惨劇を招いたことにうちのめされていた。愛する子どもたちを喪ったアンナ・スティーナは姿を消した。一方、追い詰められた"怪物"は、自らの起死回生を賭けたおぞましい計画を立てていた―。戦争、暗殺、人権蹂躙。腐敗しきった北の都で、己の正義に従い生きる者たちを力強く描く、北欧ミステリーの歴史を塗り替えた至高の三部作、堂々の完結篇！　〔2599〕

ナッパー, T.R.　Napper, T.R.

◇ALIENSビショップ　T.R.ナッパー著, 入間眞訳　竹書房　2024.9　493p　19cm〈原書名：

ナハロ

ALIENS BISHOP〉 2700円 ⓘ978-4-8019-4173-1

＊合成人間ビショップは永久に停止されることを望んだが、創造主マイケル・ビショップによって新たな体を与えられた。マイケルは、ビショップに復活させた理由をこう説明する。「おまえの頭脳に保存されているゼノモーフの知識は、医療科学を飛躍的に発展させる。それは人類にとって恩恵だ」研究に必要な財源をマイケルがどこから得ているのかは謎だ。その頃、植民地海兵隊のマーセル・アボーン艦長は"USCSSパトナ"号を追っていた。だが、その追跡任務の周辺には"ウェイランド・ユタニ"社の傭兵部隊の影が怪しくちらつく。ランス・ビショップが有する宇宙最強生物に関する詳細な知見から利益を得ようと、大勢の者たちがうごめいていた。そしてゼノモーフもまた…。〔2600〕

ナバロ, エルビラ　Navarro, Elvira

◇兎の島　エルビラ・ナバロ著，宮崎真紀訳　国書刊行会　2022.10　232p　20cm〈原書名：LA ISLA DE LOS CONEJOS〉3200円
ⓘ978-4-336-07363-1

＊今、世界の文芸シーンでブームの渦中にある"スパニッシュ・ホラー"の旗手による、11篇の鮮烈な迷宮的悪夢が本邦初上陸!!!川の中洲で共食いを繰り返す異常繁殖した白兎たち、耳から生えてきた肢が身体を乗っ取られた作家、レストランで供される怪しい肉料理と太古の絶滅動物の目撃譚、死んだ母親から届いたフェイスブックの友達申請…骨まで貪る宴が始まる。〔2601〕

ナボコフ, ウラジーミル　Nabokov, Vladimir

◇アメリカン・マスターピース 戦後篇　シャーリイ・ジャクスンほか著，柴田元幸編訳　スイッチ・パブリッシング　2024.12　257p　20cm（柴田元幸翻訳叢書）2700円　ⓘ978-4-88418-649-4

内容　記号と象徴（ウラジーミル・ナボコフ著，柴田元幸訳）

＊短篇小説の黄金時代。サリンジャー、ナボコフ、オコナー、ボールドウィンなど、重要作家が次々と登場する、1950年代前後の名作10篇を収録。"名作中の名作"でアメリカ文学史をたどる、シリーズ第3弾。〔2602〕

◇ディフェンス　ウラジーミル・ナボコフ著，若島正訳　河出書房新社　2022.7　333p　15cm（河出文庫 ナ2-5）〈新装版 2008年刊の加筆修正　原書名：Zashchita Luzhina（重訳）　THE DEFENSE〉1150円　ⓘ978-4-309-46755-9

＊どこか特別な少年ルージンは、チェスの神童として注目される。家族と離れ、世界で対局を続けるうちに、芸術家として彼を敬愛する女性と出会う。ベルリンの大会を絶好調で過ごす彼は、手強いイタリア人トゥラーティとの対決を迎える。〔2603〕

ナポリターノ, アン　Napolitano, Ann

◇エドワードへの手紙　アン・ナポリターノ著，桑原洋子訳　河出書房新社　2022.6　404p　20cm〈原書名：DEAR EDWARD〉2250円
ⓘ978-4-309-20856-5　〔2604〕

ナム, セオ

◇七月七日　ケン・リュウ、藤井太洋ほか著，小西直子，古沢嘉通訳　東京創元社　2023.6　361p　19cm〈他言語標題：SEVENTH DAY OF THE SEVENTH MOON〉2400円
ⓘ978-4-488-01127-7

内容　徐福が去った宇宙で（ナムセオ著, 小西直子訳）

＊七夕の夜、ユアンは留学で中国を離れる恋人ヂィンに会いに出かけた。別れを惜しむ二人のもとに、どこからともなくカササギの大群が現れ―東アジア全域にわたり伝えられている七夕伝説をはじめとし、中国の春節に絡めた年獣伝説、不老不死の薬を求める徐福伝説、済州島に伝わる巨人伝説など、さまざまな伝説や神話からインスピレーションを得て書かれた十の幻想譚。日中韓三ヵ国の著者によるアンソロジー。〔2605〕

ナム, ユハ

◇七月七日　ケン・リュウ、藤井太洋ほか著，小西直子，古沢嘉通訳　東京創元社　2023.6　361p　19cm〈他言語標題：SEVENTH DAY OF THE SEVENTH MOON〉2400円
ⓘ978-4-488-01127-7

内容　巨人少女（ナムユハ著, 小西直子訳）

＊七夕の夜、ユアンは留学で中国を離れる恋人ヂィンに会いに出かけた。別れを惜しむ二人のもとに、どこからともなくカササギの大群が現れ―東アジア全域にわたり伝えられている七夕伝説をはじめとし、中国の春節に絡めた年獣伝説、不老不死の薬を求める徐福伝説、済州島に伝わる巨人伝説など、さまざまな伝説や神話からインスピレーションを得て書かれた十の幻想譚。日中韓三ヵ国の著者によるアンソロジー。〔2606〕

ナムギ, キム

◇『虹の図書室』代表作選―中国語圏児童文学の作家たち　日中児童文学美術交流センター編　小峰書店　2022.2　221p　20cm　2800円
ⓘ978-4-338-08166-5

＊中国語圏のすぐれた児童文学作品を紹介しつづける『虹の図書室』。この雑誌に掲載された中から、八篇を厳選しました。国際アンデルセン賞作家・曹文軒の作品もあります。これまで目にする機会が少なかった、中国児童文学の"今"にふれてください。〔2607〕

ナンパイサンシュー　南派三叔

◇盗墓筆記　1　地下迷宮と七つの棺/怒れる海に眠る墓　南派三叔著，光吉さくら，ワンチャイ訳　KADOKAWA　2024.10　431p　19cm〈他言語標題：The Lost Tomb〉2100円
ⓘ978-4-04-074647-0

内容　地下迷宮と七つの棺　怒れる海に眠る墓

＊Episode1「地下迷宮と七つの棺」かつて土夫子と呼ばれる墓泥棒たちが、長沙の墓で絹に文字が書かれた絹本を掘り当てた。そこには未盗掘の陵墓の位置が記されていたが、土夫子たちは恐ろしい怪異に遭遇し、そのほとんどの者が命を落とした一五十年後、その土夫子の孫・呉邪が営む骨董店に奇妙な帛書が持ち込まれた。叔父の三叔は、その帛書には貴重な神器が埋葬されている戦国時代に存在した魯国の貴族の墓の位置が記されていると語る。呉邪と三叔は、手練れの盗掘仲間とともに、まだ見ぬ悠久の墓と財宝を目指し、旅に出るが—。Episode2「怒れる海に眠る墓」呉邪は三叔から過去の海底墳墓盗掘での苦々しい経験を聞かされる。死者が出てしまった悔しい思い出に三叔は涙するが、突然ある恐ろしい事実に気付いてしまう。そして、そのまま「俺にはわかった」という意味深な言葉を残し、かつて潜った海へ向かっていくのだった。やがて、その三叔が行方不明になったとの一報が呉邪にもたらされ—。〔2608〕

◇盗墓筆記　2　青銅の神樹　南派三叔著，光吉さくら，ワンチャイ訳　KADOKAWA　2024.11　310p　19cm　1900円　①978-4-04-074648-7
＊地中深くに眠る神秘の巨木の謎を解く若者たちの新たな冒険が始まる。海底墳墓の探索から帰還した呉邪のもとに、三年前に盗掘で捕まり収監されていた幼馴染みの老癢が現れた。なんでもかつて訪れた、とある樹海の遺跡の地下で、とてつもない価値を持つ青銅製の巨木が根を張っているという。そしてそこから持ち帰ったという貴重な宝物を見せつけてくる老癢に煽られた呉邪は、新たな冒険に旅立つことを決意する。かくして呉邪は老癢とともに、謎多き秦嶺山脈へ。しかし、前回の冒険をも上回る怪異の数々と驚愕の展開が、彼らを待ち受けていた—!?中国発、盗掘ミステリーの金字塔、壮大かつ謎が深まる3番目のエピソード！〔2609〕

【ニ】

ニエル, コラン　Niel, Colin
◇悪なき殺人　コラン・ニエル著，田中裕子訳　新潮社　2023.11　388p　16cm　〈新潮文庫ニ-4-1〉〈著作目録あり　原書名：SEULES LES BÊTES〉850円　①978-4-10-240351-8
＊吹雪の夜、フランス山間の町で一人の女性が殺害された。事件に関係していたのは、人間嫌いの羊飼い、彼と不倫関係にあるソーシャルワーカーとその夫、デザイナー志望の若い娘という、4人の男女。それぞれの報われぬ愛への執着を描く物語は、遠くアフリカに住むロマンス詐欺師の青年の物語と結びつき、やがて不可解な事件の真相を明らかにしていく。思わぬ結末が待ち受ける心理サスペンス。ランデルノー賞（ミステリー部門）受賞。〔2610〕

ニグリオファ, デーリン　Ní Ghríofa, Doireann
◇喉に棲むひとりの幽霊　デーリン・ニグリオファ著，吉田育未訳　作品社　2024.8　248, 43p　20cm　〈文献あり　アイルランド語英語一部併記　原書名：A GHOST IN THE THROAT〉2700円　①978-4-86793-040-3
＊殺害された夫の死体を発見した貴婦人アイリーン・ドブ・ニコネル（18世紀アイルランドに実在）は、その血を手ですくって飲み、深い悲しみから哀歌を歌った。アイリーン・ドブの詩は何世紀にもわたって旅をし、3人の子どもと夫とともに暮らす、ある母親のもとにたどり着く。家事、育児、度重なる引っ越しの両立に疲れ果てた彼女は、自身の人生と共鳴するアイリーン・ドブの世界に夢中になり、やがて彼女の日常を詩が侵食し始める—。他者の声を解放することで自らの声を発見していく過程を描き、"ニューヨーク・タイムズ"ほか各紙で話題となった、日記、哀歌、翻訳、詩人たちの人生が混交する、異色の散文作品。ジェイムズ・テイト・ブラック記念賞ほか受賞。ラスボーンズ・フォリオ賞最終候補。「18世紀アイルランド／イギリスで書かれた最高の詩」とも称される『アート・オレイリーのための哀歌』の全編訳付き。〔2611〕

ニコライドウ, ディミトラ
◇ノヴァ・ヘラス—ギリシャSF傑作選　フランチェスカ・T・バルビニ，フランチェスコ・ヴァルソ編，中村融他訳　竹書房　2023.4　271p　15cm　〈竹書房文庫ば3-1〉〈原書名：α2525（重訳）　NOVA HELLAS〉1360円　①978-4-8019-3280-7
内容　いにしえの疾病（ディミトラ・ニコライドウ著，安野玲訳）
＊あなたは生活のために水没した都市に潜り働くひとびとを見る（「ローズウィード」）。風光明媚な島を訪れれば観光客を人造人間たちが歓迎しているだろう（「われらが仕える者」）。ひと休みしたいときはアバコス社の製剤をどうぞ（「アバコス」）。高き山の上に登れば原因不明の病を解明しようと奮闘する研究者たちがいる（「いにしえの疾病」）。輝きだした新たなる星たちがあなたの前に降臨する。あなたは物語のなかに迷い込んだときに感じるはずだ。隆盛を見せるギリシャSFの第一歩を。〔2612〕

ニコラエンコ
◇雑話集—ロシア短編集　5　ロシア文学翻訳グループクーチカ編　[枚方]　ロシア文学翻訳グループクーチカ　2024.6　180p　19cm　〈他言語標題：Пёстрые рассказы〉
内容　また明日（ニコラエンコ著，松下則子訳）
〔2613〕

ニシーザ, ファビアン　Nicieza, Fabian
◇郊外の探偵たち　ファビアン・ニシーザ著，田村義進訳　早川書房　2023.8　437p　19cm　〈HAYAKAWA POCKET MYSTERY BOOKS 1994〉〈原書名：SUBURBAN DICKS〉2700円　①978-4-15-001994-5

＊第5子を妊娠中のアンドレアはニュージャージー州郊外に住む専業主婦で、かつてはFBIの優秀なプロファイラーだった。殺人事件の現場に偶然出くわしそこで末っ子がお漏らしをしてしまったことをきっかけに、彼女は落ち目のジャーナリストのケニーと調査を開始する。50年前に地元で発見された骨と今回の事件との関連に気づいた彼女は、隠された町の秘密に迫る。やがて明らかになったのは人種差別をめぐる暗い過去だった。「いまはイケてない」探偵コンビが郊外の町で犯人を追い詰めるオフビートな痛快ミステリ。〔2614〕

ニステル, デル　Nister

◇二匹のけだもの　なけなしの財産　ドヴィド・ベルゲルソン著, 田中壮泰, 赤尾光春訳, デル・ニステル著, 田中壮泰, 赤尾光春訳　幻戯書房　2024.5　395p　19cm　（ルリユール叢書）〈年譜あり　タイトル関連情報：他5篇　原書名：Tsvey Rotskhim　Fun Mayne Giterほか〉　3600円　①978-4-86488-297-2

内容　酔いどれ　塀のそばで－レヴュー　なけなしの財産（デル・ニステル著, 田中壮泰, 赤尾光春訳）

＊東欧ユダヤ文化の「生き証人」としてポグロム（虐殺）と亡命の記憶を活写した、ドヴィド・ベルゲルソン。「隠者」の筆名でスターリニズムのテロルを予感させる幻想的な作品を発表した、デル・ニステル。スターリン時代に粛清されたイディッシュ文学の代表作家二人の傑作短編集。〔2615〕

ニューイッツ, アナリー　Newitz, Annalee

◇創られた心─AIロボットSF傑作選　ケン・リュウ, ピーター・ワッツ, アレステア・レナルズ他著, ジョナサン・ストラーン編, 佐田千織他訳　東京創元社　2022.2　564p　15cm　（創元SF文庫　SFン11-1）〈責任表示はカバーによる　原書名：MADE TO ORDER〉　1400円　①978-4-488-79101-8

内容　翻訳者（アナリー・ニューイッツ著, 細美遙子訳）

＊人工的な心や生命。ゴーレム、オートマトン、ロボット、アンドロイド、ボット、人工知能─人間によく似た機械、人間のために注文に応じてつくられた存在というアイディアは、古代より我々を魅了しつづけてきた。そしていま、その長い歴史に連なるアンソロジーがここに登場する。ケン・リュウ, ピーター・ワッツ, アレステア・レナルズら、最高の作家陣による16の物語を収録。〔2616〕

ニュージェント, リズ　Nugent, Liz

◇サリー・ダイヤモンドの数奇な人生　リズ・ニュージェント著, 能田優訳　ハーパーコリンズ・ジャパン　2024.8　550p　15cm　（ハーパーBOOKS M・ニ1・1）〈原書名：STRANGE SALLY DIAMOND〉　1382円　①978-4-596-77875-8

＊町外れで父と孤立して暮らす"変わり者"サリーは6歳までの記憶がない。ある日父が病気で亡くなり、言いつけどおりに家の裏の焼却炉で遺体を焼いたところ、警察が駆けつけ大騒ぎになってしまう（何かまずかったようだ）。マスコミが殺到するなか、赤い帽子を被って葬儀を終えたサリーは父が遺した手紙を開く。そこには人とかかわるようにという願いとともに、ある凄惨な事件の記録が記されていた─。〔2617〕

ニューマン, T.J.　Newman, T.J.

◇フォーリング─墜落─　T・J・ニューマン著, 吉野弘人訳　早川書房　2022.3　382p　19cm〈原書名：FALLING〉　2000円　①978-4-15-210097-9

＊コースタル航空416便の機長ビル・ホフマンの元へ謎の男から送られてきたメール。そこには、爆弾を巻き付けられた家族の姿が─「飛行機を墜落させろ。さもないとあんたの家族を殺す」さらに男は機内へ毒ガスを撒くことを要求する。指示に従わなければ彼の仲間が代わりに行うと言うが、それは機内に裏切り者がいることを意味していた…。高度三万八千フィートの攻防を描いた航空冒険小説の傑作！〔2618〕

ニールズ, ベティ　Neels, Betty

◇愛を告げる日は遠く　ベティ・ニールズ著, 霜月桂訳　ハーパーコリンズ・ジャパン　2024.10　156p　17cm　（ハーレクイン・マスターピース　MP104─ベティ・ニールズ・コレクション）〈ハーレクイン　2010年刊の再刊　原書名：HEAVEN IS GENTLE〉　664円　①978-4-596-71395-7

＊イライザは雨に濡れながら、人里離れたロッジにたどりついた。2人の教授の研究を、看護師として手伝うためにやってきたのだ。きっと老教授たちが、ここで実験に夢中になっているのだろう。ところが目の前に現れたのは、そんな彼女の予想を裏切る、エレガントなスーツをまとった30代後半ぐらいの男性だった。一目見た瞬間からイライザに対して辛口の論評をしてきた彼に、彼女は思わず、わたしはあなたに雇われるわけではない、と反論した。すると彼は笑みを浮かべて言った。「きみはぼくの下でも働くんだよ」そう、彼こそがオランダから来たクリスチャン・ファン・ドイル教授。イライザに手伝いを頼んできた老教授のパートナーだったのだ…。〔2619〕

◇愛が始まる日　ベティ・ニールズ著, 竹本祐子訳　ハーパーコリンズ・ジャパン　2022.9　154p　17cm　（ハーレクイン・マスターピース　MP54─ベティ・ニールズ・コレクション）〈ハーレクイン　1995年刊の再刊　原書名：AT ODDS WITH LOVE〉　664円　①978-4-596-74768-6

＊看護師のジェインは祖母の看護のために仕事を辞めたが、祖母が亡くなり、途方に暮れていた。屋敷は見舞いにさえ来なかった従兄が相続するうえ、遺された祖母の愛犬1匹と愛猫2匹を連れて、数日中に出ていくようにと言い渡されてしまったのだ！　新しく勤め先が見つかれば糊口をしのげるけ

れど、以前働いていた病院には空きがなく、行くあてもない。目の前が真っ暗になったとき、祖母を生前診てくれたヴァン・ダー・ヴォーレンホヴ教授が弔問に訪れた。ジェインは気がつくと、彼の胸に顔をうずめて泣いていた…。　〔2620〕

◇愛はめぐって　ベティ・ニールズ著, 結城玲子訳　ハーパーコリンズ・ジャパン　2024.1　156p　17cm　（ハーレクイン・マスターピース MP86―ベティ・ニールズ・コレクション）〈ハーレクイン 2007年刊の再刊 原書名：HENRIETTA'S OWN CASTLE〉664円　①978-4-596-53187-2

＊ロンドンで10年間働いてきた身寄りなき看護師ヘンリエッタは、ある日、ほとんど会ったことのない伯母から遺産を譲り受けた。それはオランダのある村に立つ、城下の小さな家だった。もうすぐ20代が終わるというのに、私には何かを遺す相手もいない…。一抹の寂しさを抱えながら、ヘンリエッタは古びた愛車で現地へ向かった。みぞれ降る中ようやく到着したのは夜で、家は暗闇に包まれていた。そこで城の主でもあるマルニクス・ファン・ヘッセルと出逢う。背が高く、かなり年上だけれど魅力的な彼はしかし、横柄に告げた。「私がここを貸す権利を持っているのだと思いなさい」あれこれ指図する彼に腹を立てつつも、彼女の胸はぽっと温かくなり…。　〔2621〕

◇赤いばらは君に　ベティ・ニールズ作, 塚田由美子訳　ハーパーコリンズ・ジャパン　2022.7　156p　17cm　（ハーレクイン・ロマンス R3699―伝説の名作選）〈ハーレクイン 1997年刊の再刊 原書名：FATE TAKES A HAND〉664円　①978-4-596-70810-6

＊花屋で働くユーレイリアは、家族の生活を支える大黒柱だ。ある日、長身でとても趣味のいい、けれどひどく不機嫌な男性が店に現れ、彼の婚約者に花束を届けるよう注文した。花を贈るのは喧嘩の謝罪らしい。でも、うまくいくかしら？　案の定、届けた花束を彼の婚約者はユーレイリアに叩き返した。同じことが何度かあり、ついに婚約者は高価な蘭を踏みにじった。そしてこの女性が腹立ちまぎれに、花屋の店主にあらぬことを告げ口し、ユーレイリアは解雇されてしまった。わびしい雨のなか、必死で職探しをするユーレイリアを、そっと見ていたのは、花を注文したヴァン・リンセンだった。　〔2622〕

◇秋冷えのオランダで　ベティ・ニールズ著, 泉智子訳　ハーパーコリンズ・ジャパン　2023.10　156p　17cm　（ハーレクイン・マスターピース MP80―ベティ・ニールズ・コレクション）〈ハーレクイン 2010年刊の再刊 原書名：VISITING CONSULTANT〉664円　①978-4-596-52596-3　〔2623〕

◇あなたのいる食卓　ベティ・ニールズ作, 永幡みちこ訳　ハーパーコリンズ・ジャパン　2022.11　155p　17cm　（ハーレクイン・ロマンス R3728―伝説の名作選）〈ハーレクイン 1989年刊の再刊 原書名：A GENTLE AWAKENING〉664円　①978-4-596-74968-0

＊夕暮れの田舎道で、フロリナは高級車に乗った父娘と出会った。背が高くハンサムな男性と、かわいらしい女の子。それからひと月後、父娘は村の屋敷を買い取り、引っ越してきた。病みあがりの父をかかえて生活に追われているフロリナは、料理の腕を買われ、その屋敷で働くことになる。週末を田舎でのんびりと過ごす医師の主人、サー・ウィリアムのために心をこめて食事をつくる―それが彼女のささやかな喜びになった。雇い主の彼から見れば、フロリナはただの使用人にすぎないし、彼は再婚相手も決まっていたのだけれど。　〔2624〕

◇いくたびも夢の途中で　ベティ・ニールズ著, 細郷妙子訳　ハーパーコリンズ・ジャパン　2024.4　156p　17cm　（ハーレクイン・マスターピース）〈原書名：NEVER TOO LATE〉664円　①978-4-596-53855-0

＊牧師のプルーデンスは今夜、一大決心をしていた。仕事にかこつけて4年も待たされた婚約を破棄するのだ。身勝手な婚約者には、結婚はやめて職に就くと伝えるつもりだけれど、まだ働くあてもみつかっていないのに、どう言えばいいだろう？　悩むプルーデンスに、意外な人物から声がかかる。義弟の親友のオランダ人医師ベネディクト・ファン・フィンケルに、身の回りの世話をする住み込みの助手になってほしいと言われたのだ。渡りに船とばかりに、プルーデンスは申し出を受けることにした。いくらベネディクトが理知的ですてきな男性だといえ、ほとんど知らない彼とオランダへ行くことに一抹の不安を覚えながら…。　〔2625〕

◇打ち明けられない恋心　ベティ・ニールズ著, 後藤美香訳　ハーパーコリンズ・ジャパン　2024.2　204p　15cm　（ハーレクイン文庫 HQB-1220）〈ハーレクイン 2011年刊の再刊 原書名：UNCERTAIN SUMMER〉691円　①978-4-596-53371-5　〔2626〕

◇運河の街　ベティ・ニールズ著, 中原もえ訳　ハーパーコリンズ・ジャパン　2022.7　156p　17cm　（ハーレクイン・マスターピース MP50―ベティ・ニールズ・コレクション）〈ハーレクイン 1990年刊の再刊 原書名：THE FATEFUL BARGAIN〉664円　①978-4-596-70800-7

＊病院で実習中の看護学生エミリーは、下宿で倹約生活をしながら、車椅子で一人暮らしをする父のために手術費を貯金している。冷たい雨の朝、夜勤明けでくたくたに疲れたエミリーがうつむきぎみに歩いていたとき、長身の男性と正面衝突してしまった。相手ははじめこそ不機嫌な声で文句を言ったものの、散乱したものを拾い集め、親切にも彼女を下宿まで送ってくれた。それが後日、エミリーが転属することになった科のオランダ人名医、セバスチャンだとわかり、彼女は驚きとともに胸の高鳴りを覚えた。しかも、彼はエミリーの父の手術を無償で行うかわりに、病後の妹につき添ってほしいと、エミリーをオランダへ連れていき…。　〔2627〕

◇オーガスタに花を　ベティ・ニールズ著, 山本

ニルス

みと訳　ハーパーコリンズ・ジャパン　2024.8　156p　17cm　（ハーレクイン・マスターピース MP100―ベティ・ニールズ・コレクション）〈ハーレクイン 2012年刊の再刊 原書名：TULIPS FOR AUGUSTA〉664円　①978-4-596-96148-8　〔2628〕

◇思い出の海辺　ベティ・ニールズ著，南あさこ訳　ハーパーコリンズ・ジャパン　2023.12　196p　15cm　（ハーレクインSP文庫 HQSP-393）〈ハーレクイン 2004年刊の再刊 原書名：NOT ONCE BUT TWICE〉545円　①978-4-596-53106-3

＊一緒に住んでいた兄が結婚するのをきっかけに、看護師クリスティーナは生活の場をオランダに移そうと決めた。兄の美しい婚約者に邪魔者扱いされて悩んでいたときに、ちょうど仕事を紹介してくれる人がいたのだ。希望に満ちてオランダへやってきたものの、現実はそう甘くない。何よりも、怜悧な美貌の院長ドゥアートが平然と、クリスティーナを無視するばかりか、批判的な態度すらとる。「君は美人でもないのに、ずいぶん自分に自信があるんだな」着任するや浴びせられた言葉に、彼女は頬をこわばらせた。　〔2629〕

◇オランダの休日　ベティ・ニールズ著，松村和紀子訳　ハーパーコリンズ・ジャパン　2022.5　156p　17cm　（ハーレクイン・マスターピース MP46―ベティ・ニールズ・コレクション）〈ハーレクイン 1991年刊の再刊 原書名：THE GIRL WITH GREEN EYES〉664円　①978-4-596-42786-1

＊心優しいけれどとても引っ込み思案なルーシーは、華やかで充実した生活を送る姉と妹に挟まれ、目立たぬ存在の娘だ。児童養護施設での仕事に生きがいを感じてはいるものの、この子は結婚できないかもしれないと悲観されていた。そんなある日、ルーシーは児童を連れていった病院で、笑顔のすてきなドクター・サーロウに一目で恋におちてしまう。背が高く、女性なら誰もが振り返らずにはいられないほど整った顔立ち。いつもは控えめなルーシーも、このときばかりは一大決心をした―どんなことをしても、私は彼と結婚したい！　けれども、恋に慣れないルーシーのがんばりは空回りするばかりで…。　〔2630〕

◇教授と私　ベティ・ニールズ著，霜月桂訳　ハーパーコリンズ・ジャパン　2022.1　156p　17cm　（ハーレクイン・マスターピース MP38―ベティ・ニールズ・コレクション）〈ハーレクイン・エンタープライズ日本支社 1988年刊の再刊 原書名：TWO WEEKS TO REMEMBER〉664円　①978-4-596-01878-6

＊高校を卒業後、経済的な理由で大学進学をあきらめたチャリティは、速記とタイプを習い、今はロンドン市内の病院で秘書を務めている。彼女の収入をあてにする家族と暮らす平凡な日々の中、内科医長のワイリーライアン教授のことが、心の片隅で気になっていた。院内の事情通たちも、彼の私生活についてはほとんど知らない。住まいや、結婚しているかどうかさえ。でも、チャリティは知っていた。以前、教授に手紙のタイプを頼まれた際、彼がまだ独身とわかったが、それを誰にも話さず、自分の心の中だけにとどめておいたのだ。そんなある日、チャリティは教授に引き抜かれ、彼の診療所の秘書となる。舞い上がったのもつかのま、彼が近々婚約するという噂を耳にし…。　〔2631〕

◇禁断の林檎　ベティ・ニールズ著，桃里留加訳　ハーパーコリンズ・ジャパン　2023.12　156p　17cm　（ハーレクイン・マスターピース MP84―ベティ・ニールズ・コレクション）〈ハーレクイン 2009年刊の再刊 原書名：AN APPLE FROM EVE〉664円　①978-4-596-52978-7

＊父の遺言が明かされ、看護師のユーフィーミアは衝撃を受けた。父はこの住み慣れた愛する家を担保に借金をしていたのだ。悩んだ末、ユーフィーミアは家を人に貸すことにした。家賃収入を借金の返済に充てれば、大切な家を手放さずにすむから。だがようやく見つかった借り手は思いもよらない人物だった―父の治療を巡って激しく対立したドクター・ファン・ディードレイク！　一分の隙もない身なりをした、冷淡、傲慢、無礼、尊大なオランダ人だ。とはいえ、契約さえ交わしてしまえば顔を合わせることもないはず。ユーフィーミアのそんな期待は、ほどなく裏切られるのだった…。　〔2632〕

◇クラシック・ラブ　ベティ・ニールズ著，高田真紗子訳　ハーパーコリンズ・ジャパン　2023.4　196p　15cm　（ハーレクイン文庫 HQB-1179―珠玉の名作本棚）〈ハーレクイン 1994年刊の再刊 原書名：AN OLD-FASHIONED GIRL〉627円　①978-4-596-76923-7

＊現代わりの大叔母が財産を失ったことから、住み慣れた屋敷を引き払い、つましく暮らすペーシェンス。ある日、空いた屋敷をしばらく借りたいという話が舞い込む。しかも借り手のオランダ人医師ユリウスは、執筆に専念するため、ペーシェンスを庶務係として雇い入れたいらしい。未払い請求書の束を思い、彼女は引き受けることにした。でも、執筆中は絶対に静かでいるように要求するなんて、私の雇主になる人は、きっと横柄なご老人ね。だが現れたのは、にこりともしないけれどハンサムな男性で…。　〔2633〕

◇結婚から始めて　ベティ・ニールズ著，小林町子訳　ハーパーコリンズ・ジャパン　2023.7　206p　15cm　（ハーレクイン文庫）　627円　①978-4-596-77486-6

＊浪費癖のある父と病弱な妹と暮らす、ヘルパーのアラミンタは、母が早くに他界したあと、仕事も家事も一人でこなしてきた。あるとき、上流階級の医師ジェイスンの屋敷に派遣され、彼の妹の子供たちの世話をすることになった。誠実でハンサムな彼に心惹かれるが、契約は半月あまりで終了。次の仕事は老人の世話をする過酷な労働だった。だが一週間後、現れたジェイスンに、なんと結婚を申し込まれる！　"愛していなくても、一緒に暮らすうちに愛が生まれればいい"ただ彼のそばにいたくて、プロポーズを受けたけれど…。　〔2634〕

◇恋の後遺症　ベティ・ニールズ著，麦田あかり訳　ハーパーコリンズ・ジャパン　2024.3　156p　17cm　（ハーレクイン・マスターピース MP90─ベティ・ニールズ・コレクション）〈ハーレクイン 2008年刊の再刊　原書名：SUN AND CANDLELIGHT〉　664円　①978-4-596-53663-1

＊恋人にプロポーズされると思って食事に出かけた看護師のアレシーア。だが、用件は週末泊まりがけで遊びに行こうというもので、いいかげんなつき合いはできないとつっぱねると、怒った相手は勘定もすませないままレストランに彼女を置き去りにした。どうしよう。給料日前の私がフルコース2名分なんて払えるはずもない。待てど暮らせど恋人は戻ってこず、いよいよ切羽詰まったアレシーアは、不意に現れたオランダ人紳士サレ・ファン・ディーデレイクに救われる。彼はアレシーアに代わってそつなく勘定をすませ、寮まで送ってくれた。そのとき彼女はまだ知らなかった─翌日病院でサレと再会することも、彼から子供たちの母親になってほしいとプロポーズされることも。〔2635〕

◇高原の魔法　ベティ・ニールズ作，高木晶子訳　ハーパーコリンズ・ジャパン　2024.1　156p　17cm　（ハーレクイン・ロマンス R3840─伝説の名作選）〈ハーレクイン 1993年刊の再刊　原書名：A KIND OF MAGIC〉　673円　①978-4-596-53060-8

＊祖母の旅行のつき添いをすることになったロージー。口やかましい祖母のお供をするのは気が重いが、故郷であるスコットランド高地への列車の旅は楽しみだった。だが途中、立ち寄ったホテルの裏庭で祖母が転んで足を痛め、二人はやむをえずアーブルートを抜けてそのホテルにとどまることに。往診に駆けつけたのは、ドクター・キャメロン。医師としての腕や患者の扱いは見事なものだが、無愛想な態度を見て、ロージーの胸は波立つ。祖母に向けた彼の笑顔はとても魅力的なのに…。〔2636〕

◇古城のロマンス　ベティ・ニールズ著，三木たか子訳　ハーパーコリンズ・ジャパン　2022.3　155p　17cm　（ハーレクイン・マスターピース MP42─ベティ・ニールズ・コレクション）〈ハーレクイン・エンタープライズ日本支社 1986年刊の再刊　原書名：HEIDELBERG WEDDING〉　664円　①978-4-596-31894-7

＊ドクター・グレンフェルの下で働く看護師のユージニア。外科部長の彼とはもう3年も一緒だというのに、いまだにお互い他人行儀でよそよそしい態度のままだ。長身で悠然としていて、誰からも尊敬されるドクターが相手では、ユージニアが緊張してしまうのは無理もなかった。それでもふとした拍子に、こちらを見ている彼と目が合うと、なぜかユージニアの頬はぽっと赤く染まるのだった。そんなある日、彼女はグレンフェルから突然、驚きの指名を受ける。「海外に出張する予定が入ったので、君を連れていくことにした」なぜ私を？　思わず心に恋の期待をかき消すユージニアだったが…。〔2637〕

◇湖畔の休日　ベティ・ニールズ著，竹本祐子訳　ハーパーコリンズ・ジャパン　2022.10　156p　17cm　（ハーレクイン・マスターピース MP56─ベティ・ニールズ・コレクション）〈ハーレクイン 1999年刊の再刊　原書名：AN IDEAL WIFE〉　664円　①978-4-596-74886-7

＊なんてすてきな先生！　ハンサムで、有能で、落ちついていて…。ルイーザが秘書兼受付係をする診療所の新しい顔で、たちまち患者やスタッフの注目の的となったギフォード医師。けれどルイーザだけは、皆に同調して浮かれたりはしなかった。気まずい出会い方をして以来、先生はわたしを敬遠しているみたい。視線は冷たいし、無表情で何を考えているかわからない。ところがギフォード付きとなったルイーザは、彼の自宅へ同行してまで仕事をすることになり、しだいに思慕の念を抱くようになる。しかし彼には、婚約者がいた。美しいけれど意地悪な婚約者が。あの女性は先生にふさわしくない─でも、誰だったらふさわしいの？　〔2638〕

◇さまよう恋心　ベティ・ニールズ著，桃里留加訳　ハーパーコリンズ・ジャパン　2024.2　156p　17cm　（ハーレクイン・マスターピース MP88─ベティ・ニールズ・コレクション）〈ハーレクイン 2008年刊の再刊　原書名：MIDNIGHT SUN'S MAGIC〉　664円　①978-4-596-53397-5

＊小児病棟の看護師長で働き者のアニスは、心機一転したくて、ノルウェーの北の果ての島に暮らす弟の誘いに応じることにした。そこで働いていた料理人兼看護師の代わりを務めてほしいというのだ。弟の仕事仲間たちはアニスを大歓迎してくれたが、一緒に働く医師ヤーケ・ファン・ヘルメルトだけは、無愛想でそっけなく、アニスとはろくに言葉を交わそうともしない。初対面のときから彼の瞳は冷たく、声には嘲りのような響きがあった。こめかみに白いものがまざってはいても、整った顔だちはすてきなのに。しかたがないわ。無関心を装うアニスはまだ気づいていなかった─ヤーケこそが、彼女が心から夢中になれる男性だということに。〔2639〕

◇さよならは言わない　ベティ・ニールズ著，安引まゆみ訳　ハーパーコリンズ・ジャパン　2022.4　156p　17cm　（ハーレクイン・マスターピース MP44─ベティ・ニールズ・コレクション）〈ハーレクイン 1990年刊の再刊　原書名：NO NEED TO SAY GOODBYE〉　664円　①978-4-596-33349-0

＊夜勤の看護師ルイーズが昼夜逆の生活をするのは、理由があった。2年前に父を追うようにして母が亡くなってから、弟や妹たちを養うために、楽しみも忘れて働いているからだ。それがある日突然、大家から立ち退きを求められ、やむなく引っ越した先で、驚きの事実が判明する─ルイーズが長年にわたって尊敬してきたとびきりハンサムな顧問医師、ドクター・ファン・デル・リンデンが近くに住んでいるというのだ。彼はルイーズたちに何くれとなく親切にしてくれるが、美しい妹のほうを気に入っている様子で、ルイーズは内心落胆した。そんな気持ちの反動か、いつしかドクターを避け

◇サンライズ・ヒル　ベティ・ニールズ著，江口美子訳　ハーパーコリンズ・ジャパン　2022.6　156p　17cm　（ハーレクイン・マスターピース MP48―ベティ・ニールズ・コレクション）〈ハーレクイン 1991年刊の再刊 原書名：HILLTOP TRYST〉664円　①978-4-596-42955-1

＊父の仕事を手伝いながら、のどかで単調な毎日を送るビアトリス。ある日突然、父が心臓発作で倒れて動転するが、幸い、近くにいた医師オリバーのおかげで一命をとりとめた。オリバーとは先日、日の出を見にのぼった丘で偶然出逢い、長身で感じのいい彼が著名な医師だということを、のちに知った。父の入院から留守宅のことまで世話をしてくれるオリバーに、彼女はいつしか特別な気持ちを抱くようになっていく。そして、元ボーイフレンドからの迷惑行為について相談すると、オリバーは親切に、ぼくと婚約したふりをすればいいと提案してくれた。でも切ない…だって、彼はもうすぐ別の誰かと結婚してしまうのだから。〔2641〕

◇幸せをさがして　ベティ・ニールズ著，和香ちか子訳　ハーパーコリンズ・ジャパン　2024.1　196p　15cm　（ハーレクインSP文庫 HQSP-396―45周年特選 1 ベティ・ニールズ）〈ハーレクイン 2005年刊の再刊 原書名：THE PROMISE OF HAPPINESS〉600円　①978-4-596-53283-1

＊継母に虐げられ続けて、耐えられず家を飛び出した孤児ベッキー。雨の中で途方にくれていると、ロールスロイスに乗った優雅な身のこなしの、見知らぬオランダ紳士が声をかけてきた。医師でもある男爵ティーレ―彼は濡れそぼったベッキーを連れ帰り、足の悪い母親の付き添いとして屋敷での滞在を許した。生まれて初めて優しくされてどうしようもなく彼に惹かれていくベッキー。だが、ある日、ティーレが自分のことを、「やせすぎのねずみみたいな娘に僕は魅力を感じない」と話しているのをもれ聞いて、思わず涙ぐんでしまう。〔2642〕

◇白雪の英国物語　ベティ・ニールズ，リン・グレアム，テリー・ブリズビン作，吉田洋子，上村悦子，名高くらら訳　ハーパーコリンズ・ジャパン　2023.11　404p　17cm　（ハーレクイン・プレゼンツ・スペシャル PS113―The Christmas Love Stories）〈著作目録あり 「聖夜に祈りを」（ハーレクイン 2005年刊）と「永遠のイブ」（ハーレクイン 1998年刊）ほかからの改題、合本、抜粋 原書名：ALWAYS AND FOREVER　THE WINTER BRIDEほか〉1364円　①978-4-596-52780-6

内容　聖夜に祈りを（ベティ・ニールズ著，吉田洋子訳）

＊小さな宿を独りで切り盛りするアマベルが突然の嵐に心細い思いをしていた夜、オリヴァーという医師が部屋を求めてやってきた。彼の気さくで温かい人柄に安心感を覚えた彼女は、人生で初めて男性に憧れを抱いた。ある日、孤独に苛まれたアマベルが将来への不安に人知れず涙していると、そこへ偶然オリヴァーがやってきて…。（『聖夜に祈りを』）。薄暗い地下の使用人部屋で暮らす執事の娘アンジーは、屋敷の主の跡継ぎレオが妻子を亡くしたとき、慰めたい一心で彼に寄り添い、情熱を交わした。だが妊娠がわかると、出自不詳の子を孕んだ女呼ばわりされて追い出されてしまう。レオも、実の父も、かばってはくれず…。2年後、幼子を育てる彼女の前に、レオが現れた！（『永遠のイブ』）。イアンだわ！　クリスマスの集まりで、ジュリアはずっと想いつづけてきた美しい貴公子を見つけて思わず声をあげた。4年ぶりの再会。彼は事故で瀕死の傷を負って以来、社交界から姿を消していた。ジュリアは喜び勇んで駆け寄ったが、彼の手には杖が握られ、顔も堅苦しいまま。まぶしかったあの笑顔はどこへ行ってしまったの？（『秘めつづけた初恋』）。〔2643〕

◇シンデレラを探して―プレミアムセレクション　ベティ・ニールズ作，上木治子訳　ハーパーコリンズ・ジャパン　2023.5　156p　17cm　（ハーレクイン・プレゼンツ PB361―作家シリーズ 別冊）〈ハーレクイン 1997年刊の再刊 原書名：THE RIGHT KIND OF GIRL〉664円　①978-4-596-77124-7

＊エマは口うるさい雇い主の秘書をしながら、病弱な母の面倒を見、わずかな給金と母の年金で質素に暮らしている。そんな彼女が今いちばん気になっているのは、雇い主のもとに往診に来た魅力的な外科医のワイアット医師。かなり年上だけど、なんて優しくてすてきな男性なんでしょう！　遠出中にエマの母が発作で倒れたときも、一命を取り留めたのは、たまたま会った彼が病院に運び込んで手術をしてくれたからだった。しかし退院して1カ月以上経った頃、母はとうとう帰らぬ人となる。たった一人の肉親を失ったエマのもとに、ワイアット医師が現れ、思いがけない提案をした。「僕と結婚してくれないか？」〔2644〕

◇シンデレラの小さな恋　ベティ・ニールズ他著，大島ともこ訳　ハーパーコリンズ・ジャパン　2024.5　316p　17cm　（HPA 58―スター作家傑作選）〈「恋はあせらず」（ハーレクイン 1998年刊）と「独りぼっちのシンデレラ」（ハーレクイン 2008年刊）の改題、合本 原書名：LOVE CAN WAIT　THE MILLIONAIRE'S PREGNANT WIFE〉1082円　①978-4-596-77574-0

内容　恋はあせらず（ベティ・ニールズ著，大島ともこ訳）

＊『恋はあせらず』家政婦のケイトはいつか自分の店を開きたくて、雇い主のわがままや薄給に耐え、こつこつとお金を貯めていた。ある日、雇い主の甥で高名な医師ミスター・テイト＝ブーヴァリと出逢い、ハンサムな彼に恋心を抱く。こんな人と結婚できたら…。叶うはずもない淡い願いをそっと胸の奥にしまった彼女に、思いもよらぬ不幸が起こる。不良集団に大事な給金を盗まれてしまったのだ！　悲嘆に暮れるケイトを、ミスター・

テイト＝ブーヴァリが優しく慰めるが、彼女にはわかっていた—これは単なる同情で、愛ゆえではないと。『独りぼっちのシンデレラ』両親を早くに亡くしたケルシーは夢をあきらめ、家事代行業で3人の弟を育てあげた。これからは自由を満喫し、自分らしく生きていくつもりだ。そこへ、悪名高きプレイボーイ大富豪のルークが仕事を頼んできた。男らしい魅力を放つ彼に、ケルシーはどぎまぎした。しかも、夢を書き連ねたリストを偶然彼に見られてしまう—"熱烈な情事を経験したい"と記したものを。ルークは目を輝かせてリゾートにケルシーを誘った。「熱烈なひとときなら、この僕にまかせてくれ」ケルシーにはとてもあらがえない、魅力的な提案だった。〔2645〕

◇シンデレラの涙　ベティ・ニールズ著, 古澤紅訳　ハーパーコリンズ・ジャパン　2022.8　156p　17cm　（ハーレクイン・マスターピース MP52—ベティ・ニールズ・コレクション）〈ハーレクイン 1993年刊の再刊 原書名：AN UNLIKELY ROMANCE〉664円　①978-4-596-74601-6
　＊幼いとき両親が事故死し、トリクシーは伯父夫妻に引き取られた。だが愛情は美しいいとこのみに注がれ、トリクシーはまるで使用人扱い。23歳になった今は家を出て、看護師見習いとして寮暮らしをしている。ある日、病棟で転びそうになり、憧れのクレイン教授に抱きとめられた。思わず胸を高鳴らせたが、いとこの誕生パーティで偶然会った教授は、トリクシーのことなどよく覚えていない様子だった。当然よね、わたしは彼を遠くからこっそり見つめていただけなんだから。それに、クレイン教授はどうやらいとこが気に入ったようだわ…。意気消沈するトリクシーだったが、後日、教授から食事に誘われ、予想だにせぬ台詞を聞く！「きみは妻にふさわしい女性だと思う」〔2646〕

◇シンデレラのままならぬ恋　ダイアナ・パーマー, ベティ・ニールズ作, 香野純, 秋庭葉瑠訳　ハーパーコリンズ・ジャパン　2024.9　431p　17cm　（ハーレクイン・プレゼンツ・スペシャル PS118）〈著作目録あり 原書名：MAGNOLIA　THE PROPOSAL〉1364円　①978-4-596-77865-9
　内容　すてきなプロポーズ（ベティ・ニールズ著, 秋庭葉瑠訳）
　＊『あなたが見えなくて』（ダイアナ・パーマー／香野純訳）二十歳のクレアは自動車整備工の叔父を手伝い、すすだらけになりながらも楽しく暮らしていた。だが最愛の叔父が急死。不安と悲しみに押し潰されそうになっていたとき、彼女がかねてより慕う裕福な銀行家ジョンから突然結婚を申し込まれた。驚き、胸を高鳴らせるクレアだったが、ほどなく打ちのめされる—この結婚はただの見せかけにすぎないと、彼から露骨に冷淡な態度で示されたのだ！　『すてきなプロポーズ』（ベティ・ニールズ／秋庭葉瑠訳）意地悪な雇い主の下で住み込みの秘書をしているフランセスカ。少ない給金でも、年の離れた妹と暮らすために我慢するしかなかった。つらい日々の中、日課の犬の散歩で知り合った男性レニエと会うのを心待ちにしている。ある日、雇い主が家に高名な医師を呼ぶと、現れたのはなんとレニエ！　だが彼は、なぜかつれない態度で…。〔2647〕

◇少しだけ回り道　ベティ・ニールズ著, 原田美知子訳　ハーパーコリンズ・ジャパン　2024.4　208p　15cm　（ハーレクイン文庫 HQB-1228）〈ハーレクイン 1996年刊の再刊 原書名：A SECRET INFATUATION〉691円　①978-4-596-53813-0
　＊ロンドンで看護師として働くユージェニーは、病身の父を世話するため仕事を休み、しばらく地方の実家にいた。父が全快したら復職するが、ひと月後には退職が決まっている。ある日、濃霧で道に迷っていたオランダ人医師アデリクと出会い、辺りが晴れるのを待つあいだ、実家で彼と楽しい時間を過ごした。やがて彼は霧と共に去っていった。彼女の心に恋の種を植えつけて。その後、一時復帰したロンドンの病院でアデリクと再会を果たすが、彼の思いがけない申し出に、ユージェニーは耳を疑った。「オランダで、僕専属の看護師になってくれないか？」〔2648〕

◇聖なる夜に願う恋　ベティ・ニールズ他著, 松果果蓮他訳　ハーパーコリンズ・ジャパン　2024.11　379p　17cm　（HPA 64—スター作家傑作選）〈「純白の奇跡」（ハーレクイン 2006年刊）と「美しき誤解」（ハーレクイン・エンタープライズ日本支社 1980年刊）の改題、抜粋、合本 原書名：ROSES FOR CHRISTMAS　JAKE HOWARD'S WIFE〉1136円　①978-4-596-71613-2
　内容　聖夜には薔薇を（ベティ・ニールズ著, 松果果蓮訳）
　＊英国の大人気作家のクラシック・ロマンス。愛が煌めくクリスマス・アンソロジー！『聖夜には薔薇を』看護師エレナーは故郷でフルクと再会した。彼と最後に会ったのはもう15年も前のこと。昔のフルクはエレナーの髪を引っ張るような年上の少年だったが、今や著名な医師で、長身の大人の男性になっていた。でもエレナーの家族にはにこやかなのに、彼女には相変わらずそっけない。もう、意地悪ね！　すると不意に、結婚はしたのかとフルクに問われ、していないと答えて同じ質問を返すと、彼は「婚約はしている」と言った。エレナーは激しく動揺した。なぜこんなに胸が苦しいの？　フルクなんか、ずっと嫌いだったのに。『美しき誤解』貴族令嬢ヘレンの世界は一夜にして崩壊した。父が賭事で大損をしたあげく事故死し、一文無しとなったヘレンは途方に暮れていた。そんな彼女に目をつけたのは、億万長者ジェイク・ハワード。優美な"調度品"としての妻を欲する彼からぞっとするほど冷ややかに、寝室を共にしない白い結婚を持ちかけられ、不安ながらも承諾した。それから3年、夫婦らしい時間はほとんどなく、ヘレンはお飾りの妻としての役割を淡々とこなす日々だったが、幼なじみの男性と外出した夜、ジェイクが激怒し、封印されてきた情熱が解き放たれる！〔2649〕

◇せつない秋　ベティ・ニールズ著, 和香ちか子

訳　ハーパーコリンズ・ジャパン　2023.9　201p　15cm　（ハーレクインSP文庫）　545円　①978-4-596-52481-2
　＊婚約者にほかに女性がいると知って、サファーは病院を辞め、専属看護師として、ある老男爵夫人の屋敷に勤めることにした。ところが男爵家の嫡子、ロルフ・ファン・ドイレンの存在が、すべてを忘れたい、傷ついたサファーの心を波立たせる。冷たい態度で接する一方で、サファーを見つめる目が熱い。真意がつかめないサファーは、この奇妙な誘惑に戸惑いつつも、秀麗な貴公子ぶりの美貌の彼から、磁石のように目が離せない。ある日、ロルフに思わせぶりな言葉を囁かれ、動揺した。「僕には好きな人がいるが、その人には恋人がいる」と…。〔2650〕

◇せつないプレゼント　ベティ・ニールズ著，和香ちか子訳　ハーパーコリンズ・ジャパン　2023.11　156p　17cm　（ハーレクイン・マスターピース MP82—ベティ・ニールズ・コレクション）〈ハーレクイン 2006年刊の再刊 原書名：WINTER OF CHANGE〉664円　①978-4-596-52782-0
　＊ロンドンで多忙な日々を送る看護師メアリー・ジェーンは、余命幾ばくもない祖父の看病をするため帰郷した。すると、彼女の唯一の肉親である祖父は、オランダから呼び寄せた外科医ファビアンを紹介して言った。「私が死んだら、ファビアンがおまえの後見人を務めてくれる」もう22歳なのになぜ後見人が必要なの？　メアリー・ジェーンは思った。かなり年上のファビアンは、見た目は満点の男性だけれど、ひどく傲慢で、まるでばかにしたように私を見てくる。だがほどなくして祖父が亡くなると、彼女はファビアンに連れられてオランダへ行くことになるのだった…。〔2651〕

◇小さな愛の願い　ベティ・ニールズ作，久坂翠訳　ハーパーコリンズ・ジャパン　2023.10　156p　17cm　（ハーレクイン・ロマンス R3819—伝説の名作選）〈ハーレクイン 1998年刊の再刊 原書名：ONLY BY CHANCE〉664円　①978-4-596-52592-5　〔2652〕

◇小さな恋、大きな愛　ベティ・ニールズ，マーガレット・ウェイ，レベッカ・ウインターズ著，浜口祐実他訳　ハーパーコリンズ・ジャパン　2022.10　286p　17cm　（HPA 39—スター作家傑作選）〈原書名：AN ORDINARY GIRL THE WEALTHY AUSTRALIAN'S PROPOSALほか〉1082円　①978-4-596-74902-4
　[内容]ドクターにキスを（ベティ・ニールズ著，浜口祐実訳）
　＊牧師の5人娘の長女フィリーは、美人揃いの妹たちに比べて平凡な容姿の田舎娘だ。ある日、都会から来たハンサムな医師ジェームズに道を教えたとき、彼の碧眼に胸のときめきを覚えた。けれど助手席にはファッション誌から出てきたような完璧なまでに美しい連れの女性がいて、その手には、大きなダイヤの指輪が輝いていた…。（『ドクターにキスを』）。育ての親である祖母に疎まれ、家を追い出されたナイリー。路頭に迷う彼女を救ってくれた恩師が急逝して悲しみに暮れるが、生前の恩師の計らいで広大な地所を相続することに。いざその町へ行ってみると、圧倒的な魅力を放つブラントと出会い、運命を感じた—よもや彼が地所を奪い取ろうとする大企業の後継者とは知りもせず。（『運命のプロポーズ』）。小学校教師のニコルは、突然目の前に現れた凛々しい男性を見て、心を震わせた—ジャン・ジャック！　初恋の人。5年前、彼を愛する私に別れの言葉さえ告げずに、彼はこの町を去った。そして今、大企業CEOとなって帰ってきたのだ。しかし、やっと再会できたというのに、彼の瞳には陰りが、昔のような優しさがなくなっていて…。（『ガラスの丘のプリンセス』）〔2653〕

◇デイジーの小さな願い　ベティ・ニールズ著，大島ともこ訳　ハーパーコリンズ・ジャパン　2023.6　198p　15cm　（ハーレクインSP文庫 HQSP-369）〈ハーレクイン 2000年刊の再刊 原書名：DISCOVERING DAISY〉545円　①978-4-596-77446-0
　＊デイジーは、海辺の小さな町で父親の骨董品店を手伝っている、控えめで静かな平凡な娘だ。ある日、浜辺を散歩していた彼女は、すてきな男性に出会う。彼はオランダの医師でユールス・デル・ホイズマと名乗り、数回店を訪れて、デイジーは淡い恋心を抱いてしまう。すぐに彼には婚約者がいると知らされて、かき消したけれど。ところが彼女は、ある骨董品をオランダまで運ぶことになり、ユールスと再会するのだ。運河に落ち、助けを求めた手を彼がつかんでひっぱり上げるという冴えない状況で。〔2654〕

◇ときめきの丘で　ベティ・ニールズ作，駒月雅子訳　ハーパーコリンズ・ジャパン　2024.8　156p　17cm　（ハーレクイン・ロマンス R3895—伝説の名作選）〈ハーレクイン 2001年刊の再刊 原書名：A GOOD WIFE〉673円　①978-4-596-63905-9
　＊掃除、洗濯、買い物、料理…すべての家事をこなしながら、セリーナはもう何年も、わがままで気難しい父の世話をしてきた。26歳の誕生日、彼女が休息を求めて近くの丘にのぼると、いつもは誰もいない頂上に、見知らぬハンサムな男性がいた。なぜか初対面の彼に親しみが湧いておしゃべりに興じるまま、気づけばセリーナの心はほぐれ、笑顔を取り戻していた。その後すぐ父が心臓発作で倒れ、主治医と共に現れた医師、ファンドーレンを見て、彼女は驚く—丘の上の想い人だった！　父の死後に家を失い、仕事もなく追いつめられたセリーナは、ファンドーレンから思いがけず"友情結婚"を申し込まれて…。〔2655〕

◇ドクターとわたし　ベティ・ニールズ作，原淳子訳　ハーパーコリンズ・ジャパン　2024.12　156p　17cm　（ハーレクイン・ロマンス R3928—伝説の名作選）〈ハーレクイン 1997年刊の再刊 原書名：MARRYING MARY〉673円　①978-4-596-71683-5
　＊両親と年の離れた妹の世話に明け暮れる、家事手

伝いのメアリー。ある日、病後の大伯母につき添って訪れた病院で、オランダ人ドクターのルール・ヴァン・ラケスマ教授と出会った。髪に白いものが交じった青い瞳の長身の彼をひと目見た瞬間、メアリーの胸に恋の矢が突き刺さった。だが、彼は高名な医師だった―私とは釣り合うはずもない。もう会うこともないなら、せめて心の中でだけでも先生に会いたい。メアリーは叶わぬ恋心を白昼夢でなだめる日々を過ごすが、運命のいたずらか、体調を崩した大伯母の家で教授と再会を果たす。思いがけず親身に接してくれる彼に、封じた想いはあふれそうで…。 〔2656〕

◇突然のキスと誘惑　ベティ・ニールズ著，サラ・モーガン，キャロル・モーティマー著，和香ちか子他訳　ハーパーコリンズ・ジャパン　2023.2　292p　17cm　（HPA 43―スター作家傑作選）〈原書名：CRUISE TO A WEDDING　DIAMONDS AND DESIREほか〉1082円　①978-4-596-75920-7

内容　幸せへの航海（ベティ・ニールズ著，和香ちか子訳）

＊「幸せへの航海」忙しい日々を送る看護師のラヴデイは、親友に頼み事をされた。恋人との結婚を後見人のアダムに認めてもらえるよう協力してほしいと。翌日偶然アダムと顔を合わせると、彼は自己紹介のあとで突然ラヴデイにキスをしたかと思うと、続けて彼女のことを"お節介な出しゃばり"と非難したのだ。ラヴデイは激しく動揺して…。「愛と情熱の日々」ローレンは親に捨てられ、児童養護施設で孤独な子供時代を過ごした。難読症を抱え、過酷な現実にひとり立ち向かってきた彼女にとって、おとぎ話のようなロマンスは縁のないものだった。ある日、運命のいたずらにより、豪華なパーティーで、まるで別世界に住むギリシアの大富豪、アレクサンドロスと出会うまでは。「いきなり結婚？」ひとりで娘を産み育ててきたメリー。年頃になった娘の友人のおじだという長身で澄んだ青い瞳の社長ザックが訪ねてきて、二人が結婚するつもりだと聞かされ仰天する。しかしそれは勘違いだった。ザックはお詫びにとメリーを食事に誘う。断れず応じたメリーだったが、ザックに突然結婚したいと言われ、呆然とする！ 〔2657〕

◇とっておきのキス　ベティ・ニールズ著，竹生淑子訳　ハーパーコリンズ・ジャパン　2023.9　157p　17cm　（ハーレクイン・マスターピース MP78―ベティ・ニールズ・コレクション）〈ハーレクイン 1998年刊の再刊　原書名：A KISS FOR JULIE〉664円　①978-4-596-52340-2

＊ジュリーが秘書を務める教授が退官することになり、新しいボスとして、世界的権威のオランダ人医師シモンがやってきた。女性なら誰もが夢みる長身で魅力的な姿にときめくジュリーだったが、彼は仕事に一途で何かにつけ厳しい態度で接してくる。その冷たさと、たまに見せる笑顔との落差に戸惑いながらも、ボスの要求に応えようと、ジュリーは懸命に働いた。あるとき、オランダ出張への同行を命じられた彼女は、不安と同時に密かな喜びを感じた。ボスと二人きりになるなんて！ ところがそこで、彼が若い女性を抱き寄せるのを目撃してしまい、ジュリーの淡い恋心ははかなく散ったのだった。 〔2658〕

◇友達にさよなら　ベティ・ニールズ著，苅谷京子訳　ハーパーコリンズ・ジャパン　2022.11　156p　17cm　（ハーレクイン・マスターピース MP58―ベティ・ニールズ・コレクション）〈ハーレクイン 1995年刊の再刊　原書名：THE AWAKENED HEART〉664円　①978-4-596-75469-1

＊ロンドンで屋根裏部屋暮らしをする夜勤の看護師ソフィ。ある日の夕方、帰宅する人々でにぎわう雑踏の中、彼女は石畳にハイヒールを取られて立ち往生してしまった。すると、どこからともなく現れた背の高い男性に助けられた。親切さとは裏腹に、彼のハンサムな顔は不愛想で冷たく、ソフィはなんだかみじめな気持ちで礼を告げ、その場を立ち去った。やがて病院に出勤し、思わぬ人物を目にする。さっきの親切で冷たい人！ 彼は大事な手術での執刀を請われてこの病院へやってきた、オランダ人医師のファン・ターク・テル・ヴェイスマ教授だった。再会できた嬉しさを必死に隠し、ソフィは仕事に徹しようとするが…。 〔2659〕

◇夏の気配　ベティ・ニールズ著，宮地謙訳　ハーパーコリンズ・ジャパン　2024.7　157p　17cm　（ハーレクイン・マスターピース MP98―ベティ・ニールズ・コレクション）〈ハーレクイン・エンタープライズ日本支社 1986年刊の再刊　原書名：A SUMMER IDYLL〉664円　①978-4-596-63704-8

＊ロンドンで見習い看護師をしていたフィーベは、病気の叔母の面倒をみるためサフォーク州の村へやってきた。口うるさく偏狭な叔母の世話は苦労つづきだったが、主治医ジョージの温かな見守りと励ましのおかげもあり、なんとか最期まで看取ることができた。ところがその直後、フィーベに思わぬ災難が襲いかかる。叔母が財産をすべて寄付したため、住む家を失ってしまったのだ！ 看護の勉強をやめてまで来たのに、1ペニーも遺してくれないなんて…。呆然とするフィーベに、ジョージが突然、驚くべき言葉をかけた。「僕らが結婚するのがいちばんいいと思うんだ」 〔2660〕

◇始まりのシンデレラ　ベティ・ニールズ，グレイス・グリーン，シャロン・サラ著　村山汎子他訳　ハーパーコリンズ・ジャパン　2022.1　426p　17cm　（HPA 30―スター作家傑作選）〈原書名：MATILDA'S WEDDING　NEW YEAR…NEW FAMILYほか〉1191円　①978-4-596-01876-2

内容　片思いの日々（ベティ・ニールズ著，村山汎子訳）

＊年金暮らしの両親のため、少しでも家計の助けになればと、診療所の受付係として働き始めたマチルダ。雇主のドクター・ラヴェルは魅力的な男性だったが、彼女は思った。母にさえ不器量と言われる私では彼を惹きつけられない。だから、この想いは隠そう、と。案の定、ドクターは地味な受付

係などまるで見えない様子で…(『片思いの日々』)。ローレンは自らの運転中に事故で愛娘を失って以来、心が塞ぎ、すれ違いから会社社長の夫ザックと別居。でも、まだ彼を愛していた。心から。本当の別れを考えては切なさに胸を締めつけられるローレンだったが、ある日、突然弁護士に呼ばれて事務所に赴くと、ザックと鉢合わせした。まさか、とうとう彼は離婚を決意したの…?(『星降る夜の奇跡』)。故郷を離れてシカゴで孤独に暮らすクリスティのもとに、匿名で薔薇の花束とメッセージが届いた。ストーカーの影におびえていた彼女は警察に通報するが、駆けつけた刑事の姿を見て、思わず目を疑った。なんとそこには、かつて彼女が初めて恋し、破れた相手スコットが、すっかりたくましい大人の男性となって立っていたのだ!(『危険な薔薇』)。新たな人生をつかむシンデレラたちの感動ロマンス!〔2661〕

◇初めての恋　ベティ・ニールズ著，早川麻百合訳　ハーパーコリンズ・ジャパン　2022.11　198p　15cm　(ハーレクインSP文庫　HQSP-341)〈ハーレクイン 1995年刊の再刊　原書名：A VALENTINE FOR DAISY〉500円　①978-4-596-74914-7

＊保育士のデイジーは平凡な娘だが、園児たちには人気がある。あるとき園で食中毒が発生し、そのとき知り合った園児の叔父、医師セイマアが、以来、何かと声をかけてくるようになった。まだ恋すら知らないデイジーはひたすら困惑するばかりで、「先生は皮肉屋で傲慢で怖いわ」と反発してしまう。だが、内心では淡い期待を胸に、医師が訪ねてくるのを心待ちにしている自分がいるのだ。今日も彼の声が聞こえ、デイジーの胸は思わず高鳴る。ところが、セイマア医師は息をのむほど美しい人と一緒だった。〔2662〕

◇花嫁の誓い　ベティ・ニールズ著，真咲理央訳　ハーパーコリンズ・ジャパン　2024.9　156p　17cm　(ハーレクイン・マスターピース　MP102―ベティ・ニールズ・コレクション)〈ハーレクイン 2005年刊の再刊　原書名：CAROLINE'S WATERLOO〉664円　①978-4-596-77863-4

＊旅行でオランダを訪れていた元孤児の看護師カロラインは、道に迷った末に事故で負傷し、近くの大きな屋敷へ運ばれた。幸い、屋敷の主人はラディンクという男爵の称号を持つ医師だ。頭は白髪交じりだが顔は端整で、女性なら誰もが夢みる理想の男性だ。ところが、使用人たちは手厚く看護してくれたものの、ラディンク自身はカロラインに対してひどくそっけない。やがて回復した彼女は、仕事の待つイギリスへ戻った―助けてくれたラディンクに、えも言われぬ複雑な感情を抱きながら。数日後、彼がカロラインの働く病院に突然現れ、こう告げた。「君に会いに来た。話は5分ですむ。僕と結婚してくれないか」〔2663〕

◇花嫁は片思い?　ベティ・ニールズ著，大林日名子訳　ハーパーコリンズ・ジャパン　2022.3　203p　15cm　(ハーレクイン文庫　HQB-1107―珠玉の名作本棚)〈ハーレクイン 1995年刊の再刊　原書名：WEDDING BELLS FOR BEATRICE〉627円　①978-4-596-31840-4

＊パーティでオランダ人医師ヘイスと出逢った秘書のベアトリス。失礼のないようにと丁寧に社交辞令を述べると、回りくどい挨拶より思ったことをはっきり言うべきだと返される。ずば抜けてハンサムなのに、なんてぶしつけな人なの…。でもなぜだかわからないけれど、彼女の心は妙に騒ぐのだった。そんなある日、利己的で無神経な恋人と別れ、みじめな思いで泣いていた彼女を、突然、大きな手がつかんだ。あなたは、ヘイス! 彼は低く優しい声で言った。「よかったら、泣いているわけを聞かせてくれないかな」〔2664〕

◇ばらに秘めた思い　ベティ・ニールズ著，岸田さち江訳　ハーパーコリンズ・ジャパン　2022.2　195p　15cm　(ハーレクインSP文庫　HQSP-305)〈ハーレクイン 1992年刊の再刊　原書名：ROSES HAVE THORNS〉500円　①978-4-596-01789-5

＊セアラは父の死後、継母に家を出ていくように言われ、ロンドンで病院の受付をしながら寂しく暮らしていた。この先、胸がときめくようなこともなく生きていくのだろう。親しい友人も恋人もいないセアラは、猫だけが友達だった。そんなある日、セアラは病院の医師であるノータ教授から、2週間、オランダに住む彼の祖母の世話を頼まれる。引き受ければ、退屈な毎日から解放されるかもしれない…。いつも不機嫌そうな教授の申し出に驚きながらも、セアラは休暇を取り、オランダへ旅立った。〔2665〕

◇春の嵐が吹けば　ベティ・ニールズ著，高浜えり訳　ハーパーコリンズ・ジャパン　2023.4　156p　17cm　(ハーレクイン・マスターピース　MP68―ベティ・ニールズ・コレクション)〈ハーレクイン 2012年刊の再刊　原書名：TEMPESTUOUS APRIL〉664円　①978-4-596-76937-4

＊看護師のハリエットは、休暇でオランダの友人宅を訪ねた。色鮮やかな花々にあふれる早春のオランダは世界一美しい。胸を高鳴らせて町を闊歩する彼女の前に、信号待ちの車が停まった。端整な顔立ちの運転手と目が合い、ハリエットは思わずほほえんだ。なぜか、ずっと昔に会ったことがあるような気がして…。ところがその男性は冷ややかなまなざしのまま走り去り、ハリエットは恥ずかしさに、一瞬でも浮かれた心をたしなめた。翌日、診療所を経営する友人の父親を、医師のフリソが訪ねてきた。まあ! あの車の男性だわ! 驚くハリエットに、彼は詰問した。「昨日、君はなぜほほえんだ? 僕のことなど知らないはずなのに」〔2666〕

◇氷雨降るハーグ　ベティ・ニールズ著，小林節子訳　ハーパーコリンズ・ジャパン　2023.1　204p　15cm　(ハーレクイン文庫　HQB-1166―珠玉の名作本棚)〈ハーレクイン・エンタープライズ日本支社 1983年刊の再刊　原書名：NEVER WHILE THE GRASS GROWS〉627円　①978-4-596-75719-7

＊ロンドンで働く勤勉な看護師のオクタヴィアは、

地中海を巡る客船ソクラテス号で出張看護をすることになった。船上で、以前病院に患者を運び込んできた傲慢な男性と再会する。あのとき彼は"多分…いや、必ずまた会う"と言って去り、彼女の脳裏に強烈な印象を刻みつけたのだった。オランダ人医師として乗船している彼、ルーカスは過ごすうち、彼の無愛想だけれど親切な人柄にオクタヴィアは心惹かれていく。ところが航海が終わると、残酷な仕打ちが彼女を待っていた——それは、愛のかけらもない、便宜的な結婚の申し出だった！〔2667〕

◇ひそやかな賭　ベティ・ニールズ著，桃里留加訳　ハーパーコリンズ・ジャパン　2024.5　156p　17cm　（ハーレクイン・マスターピース MP94―ベティ・ニールズ・コレクション）〈ハーレクイン 2008年刊の再刊　原書名：THE LITTLE DRAGON〉664円　①978-4-596-54097-3

＊派遣看護師のコンスタンシアは仕事先のオランダで、イエルン・ファン・デル・ヒーセンという医師と出会った。年上のドクターは優しく穏やかで、笑顔がすてきな男性だ。一緒にいると心が安らぎ、いつしか彼女は恋に落ちていた。人づてに聞いた話では、彼は決して裕福ではないようだけれど、コンスタンシアはむしろそのほうがいいと思っていた。これまでに会ったお金持ちは皆、心が貧しく不幸な人ばかりだった。お金なんてなくていい。ささやかな幸せのほうが大切なのだから、と。しかし、コンスタンシアはまだ知らなかった。まさかドクターが本当は、お金持ちの男爵だったとは…。〔2668〕

◇不機嫌な教授　ベティ・ニールズ著，神鳥奈穂子訳　ハーパーコリンズ・ジャパン　2024.6　156p　17cm　（ハーレクイン・マスターピース MP96―ベティ・ニールズ・コレクション）〈ハーレクイン 2010年刊の再刊　原書名：POLLY〉664円　①978-4-596-63514-3

＊十人並みの器量だが賢さではきょうだいで一番のポリーは、学術書の手書き原稿を清書するアルバイトに応募し、採用された。ところが雇い主の友人で"教授"と呼ばれる医師サムの登場により、楽しいはずのアルバイトはとたんに緊張の連続となった。ある日、雇い主が突然の病で亡くなり、故人の遺志を継ぐため、ポリーがサムの屋敷に住み込んで清書を完成させることになったのだ！　サムは気品があり、とてもハンサムだが、いつも不機嫌そうだ。彼と同じ家に住み、美しい婚約者から冷たい目で見られるのに耐えられず、ポリーは急いで仕事を終えると屋敷をあとにした。だがサムとの再会は、新しい職場となった病院で、不意に訪れた—〔2669〕

◇二人のティータイム　ベティ・ニールズ著，久我ひろこ訳　ハーパーコリンズ・ジャパン　2024.10　206p　15cm　（ハーレクイン文庫 HQB-1251―珠玉の名作本棚）〈ハーレクイン 1996年刊の再刊　原書名：DEAREST MARY JANE〉691円　①978-4-596-71278-3

＊早くに親を亡くし、姉妹で伯父に引き取られたメリー・ジェーン。美貌の姉は今、売れっ子モデルとして活躍しているが、平凡なメリー・ジェーンは伯父が遺したコテージでお菓子を焼き、小さな喫茶店を独りで切り盛りして生計を立てている。そんなある日、客として現れた高名な医師サー・トマスと出逢い、深みのある大人の魅力を持つ彼に憧れの念を抱く。私が彼につり合わないことぐらい、自分でもよくわかってるわ。それでも、サー・トマスに姉を紹介してからというもの、華やかな姉にのめり込んでいく彼を見るのがつらくて…。〔2670〕

◇ふたりのパラダイス　ベティ・ニールズ著，小林町子訳　ハーパーコリンズ・ジャパン　2022.5　205p　15cm　（ハーレクイン文庫 HQB-1121）〈ハーレクイン 1990年刊の再刊　原書名：PARADISE FOR TWO〉627円　①978-4-596-42764-9

＊求職中の看護師プルーデンスはある日、名付け親から、オランダへ一緒に行ってほしいと頼まれる。病気の姉エマを見舞いたいのだが、ひとり旅が不安だという。断りきれず、しぶしぶ同行したプルーデンスは、エマの甥であり主治医でもあるハーソーを紹介されて驚く。さっき庭園で出会った失礼な人だわ。庭師だと思っていたのに。ハーソーの尊大な態度に腹を立てながらも、プルーデンスは彼の美しい瞳に、これまで感じたことのないときめきを覚えていた。〔2671〕

◇冬きたりなば…　ベティ・ニールズ著，麻生恵訳　ハーパーコリンズ・ジャパン　2022.2　156p　17cm　（ハーレクイン・マスターピース MP40―ベティ・ニールズ・コレクション）〈ハーレクイン・エンタープライズ日本支社 1988年刊の再刊　原書名：STORMY SPRINGTIME〉664円　①978-4-596-31648-6

＊冬のさなか、病床にあったメグたち三姉妹の母親が亡くなった。家を売って、お金は姉妹で分けましょうという長女の提案に、ロンドンで華やかに暮らす末の妹も大賛成。家を守り、母の看病に明け暮れた次女のメグは気が重かったけれど、自己主張が苦手で、ひと言も反論できないままだった。ところがいざ売りに出してみると、なかなか買い手がつかない。誰もこの家を買わないかもしれないわ—そんな諦めが芽生え始めた頃、ロンドンからハンサムな医師ラルフが現れた。魅力的な彼に思わず胸をときめかせるメグだったが、彼は母のために家を探していると言って、彼女に目もくれず…。〔2672〕

◇冬の恋物語　ベティ・ニールズ著，久坂翠訳　ハーパーコリンズ・ジャパン　2023.1　156p　17cm　（ハーレクイン・マスターピース MP62―ベティ・ニールズ・コレクション）〈ハーレクイン 2004年刊の再刊　原書名：A WINTER LOVE STORY〉664円　①978-4-596-75797-5

＊ああ、今日もくたくただわ…。病院の住み込み庶務係のクローディアは、きつい仕事をこなしてはベッドに倒れ込む日々。お世話になっていた大おじが亡くなったのを境に、これまで住んでいた家を追い出されてしまったのだ。そんな彼女に手を差し伸べたのが、大おじを診ていた年上のハンサムな医師トマスだった。「結婚すればきみは自由

を、ぼくはよき友人を手に入れられる」愛のかけらもない申し出と知りつつも、彼が時折見せるやさしさに淡い期待を抱き、クローディアは思わずうなずいてしまうが…。〔2673〕

◇冬は恋の使者　ベティ・ニールズ著，麦田あかり訳　ハーパーコリンズ・ジャパン　2024.12　156p　17cm　（ハーレクイン・マスターピースMP108―ベティ・ニールズ・コレクション）〈ハーレクイン 2013年刊の再刊　原書名：THE EDGE OF WINTER〉664円　①978-4-596-71773-3
＊アラミンタは休暇中、崖下の浜辺で怪我をした少女に出会った。けれども自分だけでは少女を抱きかかえて町まで戻れない。するとヨットに乗った長身の男性が現れ、町まで送り届けてくれたが、名前も告げずに立ち去ってしまった。お礼も言えないまま…。アラミンタは看護師長としての忙しい日々に戻り、ささやかで平凡な人生がこの先もずっと続いていくかに思えた一夜、彼女の住むフラットに、あの男性が訪ねてきたのだ！　クリスピン・ファン・シーベルトと名乗ったオランダ人の彼は、人づてに彼女の住所を聞いてやってきたらしい。訪問の理由を尋ねると、彼は言った。「君にもう一度会いたかったんだ」〔2674〕

◇プロポーズを夢見て　ベティ・ニールズ著，伊坂奈々訳　ハーパーコリンズ・ジャパン　2024.7　198p　15cm　（ハーレクイン文庫 HQB-1238―珠玉の名作本棚）〈ハーレクイン 2007年刊の再刊　原書名：BRITANNIA ALL AT SEA〉691円　①978-4-596-63728-4
＊ナースのブリタニアが働く病院に、優秀なオランダ人外科医、ファン・ティーン教授が高度な手術を行うためにやってきた。年上の品格漂う彼を見て、彼女は直感した。この人と結婚する！　だが、教授は帰国してしまった。また彼に会いたい…。そこでブリタニアは、休暇にオランダへ向かった。自転車で散策中に、傷ついた小鳥を見つけて拾った瞬間、立派なロールス・ロイスが、彼女の目と鼻の先で急停車した。中から現れたのは、ファン・ティーン教授！「君は大ばかだ」彼はそう言って小鳥を預け、彼女を置いて走り去った。〔2675〕

◇星に守られて　ベティ・ニールズ著，古川倫子訳　ハーパーコリンズ・ジャパン　2023.7　156p　17cm　（ハーレクイン・マスターピースMP74―ベティ・ニールズ・コレクション）〈ハーレクイン 2010年刊の再刊　原書名：MIDSUMMER STAR〉664円　①978-4-596-77548-1
＊年老いた両親と暮らす22歳のセリーンは、ある日、父が密かに投資に失敗して家計が苦しいと気づいた。自宅の屋敷で宿泊業を営むことを思いついた彼女は、一日中働いて部屋を磨き上げ、夜は疲れきってベッドに突っ伏した。そんな努力の甲斐あって、仕事が軌道に乗り始めた頃、客の老紳士が突然、体調を崩して倒れてしまい、彼の甥で医師のオリヴァーが呼ばれた。老紳士の息子によると、オリヴァーは退屈で我慢ならない男だという。翌日、白髪交じりの魅力的なオリヴァーが高級車に乗って颯爽と現れた。噂と違って親切な彼に、セリーンは思わず胸をときめかせるが…。〔2676〕

◇ほろ苦いプロポーズ　ベティ・ニールズ著，有森ジュン訳　ハーパーコリンズ・ジャパン　2023.5　156p　17cm　（ハーレクイン・マスターピース MP70―ベティ・ニールズ・コレクション）〈ハーレクイン 2006年刊の再刊　原書名：THE MOON FOR LAVINIA〉664円　①978-4-596-77120-9
＊イギリスで看護師として働くラヴィニアの夢は、両親亡きあと伯母に引き取られた妹と、また一緒に暮らすこと。自分たち姉妹につらく当たる伯母と早く縁を切りたいのだ。ラヴィニアは思いきって、好条件で働けるオランダに渡った。妹を残してきたのは心配だけれど、落ち着いたらこちらへ呼び寄せよう。新しい勤務先には、病理学の権威テル・バフィンク教授がいた。端整な容姿と優しい人柄で、女性たちの憧れの的だ。そんな教授から食事に誘われ、ラヴィニアは天にも昇る思いだったが、やがて「結婚しないか？」と言われて戸惑う。彼が望むのは、恋愛感情を交えない便宜的な友情結婚だったから…。〔2677〕

◇魔法の都ウィーン　ベティ・ニールズ著，小谷正子訳　ハーパーコリンズ・ジャパン　2023.3　196p　15cm　（ハーレクインSP文庫 HQSP-357）〈ハーレクイン・エンタープライズ日本支社 1986年刊の再刊　原書名：MAGIC IN VIENNA〉545円　①978-4-596-76901-5
＊コーデリアは父亡きあと、継母にずっと粗末に扱われてきた。だから、住み込み家庭教師の職を得たときはうれしかった。教え子の少女の同行で、ウィーンに赴くことになったのだ。少女の伯父の家にしばらく滞在するのだという。伯父のチャールズは長身の、とてもハンサムな麻酔医だった。冴えない容姿の彼女をちらりと見て、見下した顔をしたので、コーデリアは芽生えかけた恋心を封印した。永遠に―。でも人々は言うのだ。ウィーンには不思議な魔法がある、と。だから願わずにはいられなかった。先生に魔法をかけられたら。〔2678〕

◇湖の秘密　ベティ・ニールズ著，塚田由美子訳　ハーパーコリンズ・ジャパン　2023.2　156p　17cm　（ハーレクイン・マスターピース MP64―ベティ・ニールズ・コレクション）〈ハーレクイン・エンタープライズ日本支社 1987年刊の再刊　原書名：THE SECRET POOL〉664円　①978-4-596-75918-4
＊ウエディングドレスはみごとに仕上がった。サテンにレースを飾った、優美でかわいいドレス。それは、はつかねずみの一家の物語を描いた絵本の中で、ねずみの花嫁が着ているドレスとそっくり同じものだった。看護師のフランはこれを着て、花嫁に、いや、リサのママになるのだ。そう、愛されていないと知りながら、今日、フランは憧れのオランダ人医師リトリックと結婚する―彼の余命わずかな一人娘リサの最期の日々を幸せにするために、リサの願いどおり、絵本そっくりのドレスを着

て。これは、やがて小さな命とともに終わりを告げる、切なすぎる契約結婚。〔2679〕

◇魅惑のドクター　ベティ・ニールズ著, 庭植奈穂子訳　ハーパーコリンズ・ジャパン　2024.11　158p　17cm　(ハーレクイン・マスターピース MP106―ベティ・ニールズ・コレクション)〈「四つの愛の物語」(ハーレクイン 2012年刊)の抜粋　原題名：THE FIFTH DAY OF CHRISTMAS〉664円　①978-4-596-71609-5

＊看護師ジュリアは患者宅で大雪に閉ざされ、宿泊することに。深夜、道に迷ったので朝まで滞在させてほしいという、アイヴォと名乗る青い瞳のハンサムな男性が現れた。彼は偶然にも医師で、高熱を出した患者を手際よく治療する姿に、ジュリアは胸を高鳴らせた。彼といると、なぜか安心するのだ。だが今はオランダに帰る途中だと知り、彼女は早くも喪失感に襲われた。彼はもうすぐイギリスを去り、二度と会うこともないのね…。肩を落とすジュリアだったが、アイヴォから思わぬ誘いが―彼が自宅で面倒をみている患者の専属看護師として、オランダまでついてきてほしいというのだ！〔2680〕

◇霧氷　ベティ・ニールズ作, 大沢晶訳　ハーパーコリンズ・ジャパン　2024.5　156p　17cm　(ハーレクイン・ロマンス R3871―伝説の名作選)〈ハーレクイン・エンタープライズ日本支社 1984年刊の再刊　原題名：THE SILVER THAW〉673円　①978-4-596-53997-7

＊手術室専属看護師長のアミリアは27歳。やりがいのある仕事と良い仲間に恵まれ、充実した毎日を送っているものの、唯一、婚約者のことで気を揉んでいた。昇進と俊約には熱心だが、結婚はおろか、そもそもアミリア本人に無関心すぎるのだ。釣り好きの父に誘われた北欧への3人旅も、結局彼は父娘を残し、仕事を理由に先に帰国してしまった。もう諦めるしかないの？　そんなとき旅先で出会ったのが、ハンサムな医師ギデオンだった。父と同じ釣り好きで話は弾み、気遣いのできる穏やかな彼に、アミリアは急速に惹かれていく。でも…私には婚約者がいるわ。お見通しだと言わんばかりに彼が呟いた。「僕と結婚すればいい」〔2681〕

◇もしも白鳥になれたなら　ベティ・ニールズ他著, 麦田あかり他訳　ハーパーコリンズ・ジャパン　2024.3　316p　17cm　(HPA 56―スター作家傑作選)〈「醜いあひるの恋」(ハーレクイン 2014年刊)と「祝福のシンデレラ・キス」(2017年刊)からの改題、抜粋、合本　原書名：THE MAGIC OF LIVING　HIS PRINCESS OF CONVENIENCE〉1082円　①978-4-596-53649-5

内容　醜いあひるの恋(ベティ・ニールズ著, 麦田あかり訳)

＊『醜いあひるの恋』両親を亡くし、叔母に引き取られた看護師見習いのアラベラ。一緒に育った美人でわがままな看護師の従姉とは違い、平凡な顔で控えめな彼女はある日、気の進まない従姉に代わって、小児患者につき添ってオランダ旅行へ。ところが運転手が心臓発作を起こし、バスが横転してしまう。幸い彼女にけがはなく、助けに来たハンサムなオランダ人医師ギデオンが怖がる子供たちをなだめる様子に胸がときめいた。その胸元、ずっと比べられてきた美しい従姉の顔が脳裏をよぎった―たとえ運命を感じても、私なんて恋するだけ無駄よ。『名目だけの花嫁』15歳の頃から恋い慕うアレンチア国皇太子のアントニオと婚約したクリスティーナ。けれども4年も無関心を決め込まれて放置されたため、この婚約はきっと解消されるのだろうと覚悟していた。周囲の人々から密かに"醜いあひるの子"とあだ名されてきた私だし…。しかし予想に反して、結婚式が盛大に挙げられることになったが、クリスティーナの心は複雑だった―ウエディングドレスが着られるなんて夢みたい。でもこの結婚は、アントニオに愛されるためではなく、彼の妹のスキャンダルから国民の目をそらすためなのね。〔2682〕

◇やどりぎの下のキス　ベティ・ニールズ著, 南あさこ訳　ハーパーコリンズ・ジャパン　2023.12　202p　15cm　(ハーレクイン文庫 HQB-1210―珠玉の名作本棚)〈ハーレクイン 2004年刊の再刊　原書名：THE MISTLETOE KISS〉627円　①978-4-596-52900-8

＊病院の電話交換手エミーはある日、高名なオランダ人医師で教授のルエルドに書類を届けた。初めて会う教授はよそよそしくて人を寄せつけず、彼女は追い払われたように退室し、しょんぼりと家路に就いた。だがその後、ルエルドは夜勤明けのエミーを家まで送ったり、子猫を拾って上司に叱られたときにはかばってくれたりした。なぜ地位も名誉もある魅力的な彼が、地味で平凡な私に親切を？　でも素直に喜べなかった―彼には美しい婚約者がいるから。そんな中、エミーはクリスマスのオランダに招かれ…。〔2683〕

◇雪に舞う奇跡　ベティ・ニールズ著, 麻生りえ訳　ハーパーコリンズ・ジャパン　2022.12　156p　17cm　(ハーレクイン・マスターピース MP60―ベティ・ニールズ・コレクション)〈ハーレクイン 2009年刊の再刊　原題名：A GIRL TO LOVE〉664円　①978-4-596-75599-5

＊セイディは独りぼっち。唯一の肉親だった祖母が亡くなり、残された借金を返すために思い出の家も売りに出さなければならない。これからは住み慣れた村を出て、仕事も見つけなくては。幸い、すぐに買い手が現れ、住み込みの家政婦も探しているらしく、セイディはここに住み続けられるならと、その求人に飛びついた。雇主となるオリヴァーは中年の物書きだと聞いていたが、いざ会った彼は背が高くて、女性なら誰もが憧れるような顔立ちだった。思わず心を奪われたセイディは、未来は薔薇色などと夢みていたが、オリヴァーの言葉に、彼女の浮ついた心は地面へと叩き落とされた。「僕は思慮深い田舎の女性を雇いたかったんだ。君に家政婦は無理だ」〔2684〕

◇ようこそ愛へ　ベティ・ニールズ著, 佐々木志緒訳　ハーパーコリンズ・ジャパン　2022.9

206p　15cm　（ハーレクイン文庫 HQB-1142
―珠玉の名作本棚〉〈ハーレクイン 1996年刊
の再刊 原書名：WAITING FOR
DEBORAH〉627円　①978-4-596-74720-4
＊母亡きデボラは、寝ずに看病した甲斐なく継父を失うと、冷酷な義理の兄と姉に家を追い出されてしまった。どうにか年老いた夫人を看護する住み込みの仕事に就いたが、遺産を狙う家族の冷たい本心を知り、デボラは思い悩んだ。不憫な夫人を元気にしてあげたいけれど、彼女の人生で初めて、恋のつぼみがほころんだ。〔2685〕

◇レイチェルの青い鳥　ベティ・ニールズ著，吉本ミキ訳　ハーパーコリンズ・ジャパン　2023.6　156p　17cm　（ハーレクイン・マスターピース MP72―ベティ・ニールズ・コレクション〉〈ハーレクイン 2006年刊の再刊 原書名：OFF WITH THE OLD LOVE〉664円
①978-4-596-77186-5
＊若き看護師長レイチェルは仕事熱心で、充実した毎日を送っている。ただ、自分勝手なボーイフレンドに振り回されるのが悩みだ。そんな彼女を見て、上司のファン・トゥーレ教授が助言をくれた。「彼が望む女性になろうとせずに、そのままの君でいなさい」胸を打たれたレイチェルはいつしか教授を意識するようになり、ボーイフレンドと会っていても、思わず教授と比べてしまうのだった。彼の下で働き始めて2年、有能な外科医として尊敬してはいたが、彼がどこに住み、どんな暮らしをしているのかさえ知らなかった。今まで気づいていなかったけれど、教授はいつも私を見守ってくれていた。でも、それはなぜ…？〔2686〕

◇忘れえぬ思い　ベティ・ニールズ著，松本果蓮訳　ハーパーコリンズ・ジャパン　2023.8　156p　17cm　（ハーレクイン・マスターピース MP76―ベティ・ニールズ・コレクション〉
〈ハーレクイン 2006年刊の再刊 原書名：PINEAPPLE GIRL〉664円　①978-4-596-52120-0
＊看護師エロイーズとティモンの出逢いは、一風変わっていた。エロイーズが階段で派手に転んだ際、持っていたパイナップルをティモンにぶつけてしまったのだ。驚いたことに、彼はつぶれたパイナップルの代わりにと、たくさんのフルーツを贈ってくれた。もう会うこともない相手とはいえ、エロイーズの心はときめいた。ところが思いがけず、彼女は友人の家でティモンと再会する。彼は裕福で家柄もよく、とても優秀な医師だった。私なんてお呼びじゃない。彼とは住む世界が違いすぎるわ。でも、そっと見つめているだけなら、許されるはず…。〔2687〕

◇忘れがたき面影　ベティ・ニールズ著，加納三由季訳　ハーパーコリンズ・ジャパン　2023.3　156p　17cm　（ハーレクイン・マスターピース MP66―ベティ・ニールズ・コレクション〉

〈ハーレクイン 2008年刊の再刊 原書名：A CHRISTMAS WISH〉664円　①978-4-596-76775-2
＊オリビアは父の死後、母とともに祖母の家に身を寄せていた。資格や技能はないものの少しでも家計を助けたくて、病院の事務員として熱心に働いている。そんなある日、カルテを取りに来た外科医ハソと短い会話を交わした。わたしよりかなり年上のようだけれど、とてもハンサムで感じのいい男性だったわ―少し話しただけでも気持ちが温かくなるような。しかし職場では人員削減が始まり、同僚をかばったオリビアは自ら申し出て退職してしまう。次の仕事も見つからず、くじけそうになっていたとき、彼女は町で偶然、ハソと出くわした…。〔2688〕

ニン, アナイス　Nin, Anaïs

◇四分室のある心臓　アナイス・ニン著，山本豊子訳　鳥影社　2023.4　262p　20cm　〈原書名：THE FOUR-CHAMBERED HEART〉2200円　①978-4-86782-001-8　〔2689〕

ニンゴンバム, スニータ

◇そして私たちの物語は世界の物語の一部となる―インド北東部女性作家アンソロジー　ウルワシ・ブタリア編，中村唯日本語版監修　国書刊行会　2023.5　286p　20cm　〈原書名：THE MANY THAT I AMの抄訳　THE INHERITANCE OF WORDSの抄訳ほか〉2400円　①978-4-336-07441-6
内容　ツケの返済（スニータ・ニンゴンバム著，中野眞由美訳）
＊バングラデシュ、ブータン、中国、ミャンマーに囲まれ、さまざまな文化や慣習が隣り合うヒマラヤの辺境。きわ立ってユニークなインド北東部から届いた、むかし霊たちが存在した頃のように語られる現代の寓話。女性たちが、物語の力をとりもどし、自分たちの物語を語りはじめる。〔2690〕

ニントゥホンジャム, ナタリディタ

◇そして私たちの物語は世界の物語の一部となる―インド北東部女性作家アンソロジー　ウルワシ・ブタリア編，中村唯日本語版監修　国書刊行会　2023.5　286p　20cm　〈原書名：THE MANY THAT I AMの抄訳　THE INHERITANCE OF WORDSの抄訳ほか〉2400円　①978-4-336-07441-6
内容　女性の肌（ナタリディタ・ニントゥホンジャム著，中野眞由美訳）
＊バングラデシュ、ブータン、中国、ミャンマーに囲まれ、さまざまな文化や慣習が隣り合うヒマラヤの辺境。きわ立ってユニークなインド北東部から届いた、むかし霊たちが存在した頃のように語られる現代の寓話。女性たちが、物語の力をとりもどし、自分たちの物語を語りはじめる。〔2691〕

【ネ】

ネイヴィン, ジャクリーン　Navin, Jacqueline

◇眠れる美女　ジャクリーン・ネイヴィン作, 江田さだえ訳　ハーパーコリンズ・ジャパン　2022.9　284p　17cm　（ハーレクイン・ヒストリカル・スペシャル PHS287）〈ハーレクイン2002年刊の再刊　原書名：THE SLEEPING BEAUTY〉　827円　①978-4-596-74685-6

＊"眠れる美女"との結婚が許される条件は一真実の愛。時は1852年。イングランドの北の果て、ノーサンバーランドに、美貌と気品と富を兼ねそなえた"眠れる美女"が隠れ住むという。ロンドンで放蕩三昧に明け暮れる伊達男アダムは興味を持ち、その娘レディ・ヘレナ・ラスフォードに求婚しようと思い立った。ところが行ってみると、ラスフォード邸は暗く荒れ果てた屋敷で、当の"眠れる美女"はやせたみすぼらしい娘だった。はじめは使用人と見間違えたが、よく見ると美しく不思議な魅力がある。求婚は彼女の父に受け入れられたが、結婚に条件がつけられた一娘を放っておかず、やさしく接し、子を作るべく夫婦の契りを結ぶこと。アダムは確信が持てぬまま、気づけば答えていた。「約束します」　〔2692〕

ネイサン, ジョージ・ジーン　Nathan, George Jean

◇ユーモア・スケッチ大全　[3]　ユーモア・スケッチ傑作展　3　浅倉久志編・訳　国書刊行会　2022.2　374p　19cm　〈『ユーモア・スケッチ傑作展 3』（早川書房 1983年刊）の改題、増補〉　2000円　①978-4-336-07310-5

内容　アンケート―理想の女性（チャップリン、ラードナーほか著）　〔2693〕

ネヴォ, エシュコル　Nevo, Eshkol

◇三階―あの日テルアビブのアパートで起きたこと　エシュコル・ネヴォ著, 星薫子訳　五月書房新社　2022.9　338p　19cm　〈原書名：SHALOSH KOMOT（重訳）　THREE FLOORS UP〉　2300円　①978-4-909542-42-7　〔2694〕

ネグリ, A.　Negri, Ada

◇薔薇のアーチの下で―女性作家集　香川真澄編・訳　山陽小野田　創林舎イタリア文藝叢書編集部　2023.7　194p　21cm　（イタリア文藝叢書 9）〈著：マリア・メッシーナ 他　原書名：Sotto l'arco di rose〉　1600円

内容　シルヴェストラ（A.ネグリ著, 香川真澄訳）　〔2695〕

ネズビット, イーディス　Nesbit, Edith

◇ロンドン幽霊譚傑作集　W.コリンズ, E.ネズビット他著, 夏来健次編　東京創元社　2024.2　389p　15cm　（創元推理文庫 Fン11-2）〈原書名：Mrs.Zant and the Ghost　The Last House in C-Streetほか〉　1100円　①978-4-488-58408-5

内容　黒檀の額縁（イーディス・ネズビット著, 夏来健次訳）

＊19世紀ヴィクトリア朝ロンドン。産業・文化ともに栄える一方で、犯罪譚や怪談が流行する魔の都としての貌も持ち合わせていた。陽光あふれる公園の一角で遭遇した美しき寡婦を巡る愛憎劇「ザント夫人と幽霊」、愛人を催眠術で殺害した医師が降霊会で過去の罪と対峙する「降霊会の部屋にて」ほか、ロンドンで囁かれるゴースト・ストーリー13篇を収録。集中12篇が本邦初訳。　〔2696〕

ネスボ, ジョー　Nesbo, Jo

◇失墜の王国　ジョー・ネスボ著, 鈴木恵次訳　早川書房　2024.12　540p　20cm〈原書名：THE KINGDOM〉　3400円　①978-4-15-210388-8

＊ノルウェーの深い谷に阻まれた村、オース。ロイと弟のカールは、父親が"王国"と呼ぶふすばらしい農場で暮らしていた。ある夜、ロイはカールを守るために村の保安官を殺し、農場の奥にある谷に死体を隠した。その罪は、兄弟ふたりで背負っていくはずだった。しかし、罪から逃れるようにカールはアメリカへ渡ってしまう。15年後、二度と会うことはないと思っていたカールが戻ってくる。農場の土地にリゾートホテルを建てる計画と、美しい新妻シャノンを連れて。ロイは、詐欺まがいのリゾート計画の裏にはシャノンの思惑があると察したが、カールの願いを無下にはできなかった。ホテル建設と結婚を認めたロイは、シャノンに兄弟の罪を告白してしまう。その数日後、ロイは新任の保安官から、ホテルの着工前に農場の谷を再調査させてほしいと要請を受けるが…。逃れざる罪を背負った兄弟の黙示録を描く、重厚なノワール・ミステリ。　〔2697〕

ネッター, ジョー　Knetter, Joe

◇ブッカケ・ゾンビ　ジョー・ネッター著, 風間賢二訳　扶桑社　2023.2　318p　16cm　（扶桑社ミステリー ネ2-1）〈原書名：ZOMBIE BUKKAKE〉　1200円　①978-4-594-09226-9

＊美しい妻と娘に囲まれ、満ち足りた生活を送る男には、やめられない悪癖があった。エロ動画だ。今日もまた家族の目を盗んでアクセスしたポルノ掲示板に大ニュースが。憧れのセクシー女優が主演するAVがこの町で撮影され、エキストラ男優を募集しているのだ。家族に知られたら終わりだが、あの女優にブッカケる機会を逃す手はない！しかし、撮影現場の墓地で起きたのは―そう、ゾンビの襲撃だ。食人集団も現われ地獄と化した町を行く彼の、そして愛する妻子の運命は？　超絶エログロ・ホラー。　〔2698〕

ネッテル, グアダルーペ　Nettel, Guadalupe

◇花びらとその他の不穏な物語　グアダルーペ・ネッテル著，宇野和美訳　現代書館　2022.12　141p　20cm〈原書名：PÉTALOS Y OTRAS HISTORIAS INCÓMODAS〉2000円　①978-4-7684-5931-7

＊まぶたに魅了されたカメラマン（「眼瞼下垂」）、夜、むかいの集合住宅に住む元恋人を見つめる女性（「ブラインド越しに」）、植物園に通い、自分はサボテンであり、妻はつる植物だと気づく男性（「盆栽」）、小さな島で"ほんものの孤独"を探す十代の少女（「桟橋の向こう側」）、トイレに残った香りの主を探す若者（「花びら」）、似た者同士の恋人とこじれた関係に陥る女性（「ベゾアール石」）。パリ、東京、メキシコシティ、ヨーロッパの架空都市を舞台に、ひと癖持ち合わせた登場人物たちが大いに躍動する。メキシコの実力派作家グアダルーペ・ネッテルの世界観全開の6篇の珠玉の短編小説集。〔2699〕

ネーピア, スーザン　Napier, Susan

◇言えない秘密　スーザン・ネーピア著，吉本ミキ訳　ハーパーコリンズ・ジャパン　2023.9　204p　15cm　（ハーレクイン文庫 HQB-1200）〈ハーレクイン 1999年刊の再刊　原書名：HONEYMOON BABY〉627円　①978-4-596-52352-5

＊小さな宿を営むジェニファーは、人工授精で子供を産む条件で余命幾ばくもない老資産家セバスチャンと便宜結婚した。後継者が欲しい彼と、結婚は諦めていても子供の欲しい彼女には好都合だった。ただ…その精子提供者が問題だった。やがてセバスチャンが亡くなると、彼の息子レイフが現れた。長身でセクシーな億万長者の言葉にジェニファーは震え上がる。「君のおなかの子の父親が僕だってことは、知っているんだ」彼が精子提供者だということは、秘密のはずだったのに…。なんのためにやってきたの？　まさか、私の子供を奪いに？〔2700〕

ネフ, オンドジェイ

◇チェコSF短編小説集　2　カレル・チャペック賞の作家たち　平野清美編訳　ヤロスラフ・オルシャ・jr., ズデニェク・ランパス編　平凡社　2023.2　505p　16cm　（平凡社ライブラリー 939）〈原書名：Bílá hůl ráže 7.62　Nikdy mi nedáváš peníze ほか〉1900円　①978-4-582-76939-5

|内容| 口径七・六二ミリの白杖（オンドジェイ・ネフ著，平野清美訳）

＊一九六八年のソ連軍を中心とした軍事侵攻以降、冬の時代を迎えていたチェコスロヴァキア。八〇年代、ゴルバチョフのペレストロイカが進むとSF界にも雪融けが訪れる。学生らを中心としたファンダムからは"カレル・チャペック賞"が誕生し、多くの作家がこぞって応募した。アシモフもクラークもディックも知らぬままに手探りで生み出された熱気と独創性溢れる一三編。〔2701〕

ネミロフスキー, イレーヌ　Némirovsky, Irène

◇アスファール　イレーヌ・ネミロフスキー著，芝盛行訳・解説　未知谷　2022.5　265p　20cm〈他言語標題：Asfar　原書名：Le Maître des âmes〉2700円　①978-4-89642-661-8

＊ユダヤ人の中でも"異邦人"だった一医師ダリオ・アスファール。民族間、階級間、世代間、先住民と移民、オクシデントとオリエントの対立、フランス社会の退廃と精神の荒廃、その真っ只中で、彼は彼がそうでしかありえない形で真剣に人生を生きていた。理解していたのは同じ出自の、妹のような妻－「俺はもう汚点と悪を発見せずに人間の魂を見ることはできないんだ…」。〔2702〕

◇誤解　イレーヌ・ネミロフスキー著，芝盛行訳・解説　未知谷　2023.3　190p　20cm〈原書名：Le Malentendu〉2200円　①978-4-89642-689-2

＊愛されずして愛す。眠れずしてベッドにいる。来るのが分からずして待つ。人を殺すのはこの三つ。どうしたの？　何を考えてるの？　私を愛してないの？　フランス最南西部の避暑地アンディエとパリ、若い恋の一部始終。21〜22歳で執筆、23歳の時雑誌発表となった最初の長篇作品。〔2703〕

◇ジェザベル　イレーヌ・ネミロフスキー著，芝盛行訳　未知谷　2024.5　251p　20cm〈原書名：Jézabel〉2700円　①978-4-89642-726-4〔2704〕

ネルソン, ケイレブ・アズマー　Nelson, Caleb Azumah

◇オープン・ウォーター　ケイレブ・アズマー・ネルソン著，下田明子訳　左右社　2023.4　215p　19cm〈原書名：Open Water〉2300円　①978-4-86528-364-8

＊「きみ」は写真家で、「彼女」はダンサー。2017年冬のサウスイースト・ロンドンで出逢ったふたりは、アフリカ系イギリス人のコミュニティやカルチャーのなかですぐに「一番の親友」になり、やがて恋人になる。季節の移ろいとともに関係はさまざまに揺れ動き、トラウマや悲しみ、人種差別が、時に大波を起こして「きみ」と「彼女」をさらっていく。それでも二人は、心の中の大海原で途方にくれて溺れている相手に手を差し伸べ、愛することを諦めない。2021年英国コスタ新人賞、2022年ブリティッシュ・ブック・アワード新人賞を受賞した注目の書き手が優しく詩的に描く、デビュー長篇小説。〔2705〕

ネン, カニタ

◇現代カンボジア短編集　2　岡田知子編訳，調邦行訳　大阪　大同生命国際文化基金　2023.11　251p　20cm　（アジアの現代文芸 カンボジア 4）

|内容| 小さき者の声は聞こえず（ネン・カニタ）

【ノ】

ノイバウアー, エリカ・ルース　Neubauer, Erica Ruth

◇ウェッジフィールド館の殺人　エリカ・ルース・ノイバウアー著，山田順子訳　東京創元社　2023.7　413p　15cm　〈創元推理文庫　Mノ5-2〉〈原書名：MURDER AT WEDGEFIELD MANOR〉1200円　①978-4-488-28608-8
＊ジェーンは英国の領主屋敷に滞在していた。一緒に旅行している叔母が館の主である男爵とかつて恋仲で、ふたりのあいだに生まれた娘が彼の養女になっていたのだ。ある晩、館の使用人が主の車で衝突事故を起こして死亡、車を調べてみたらブレーキが細工されていた。娘の身を案じる叔母に頼まれ、ジェーンは事件を調べはじめる。アガサ賞最優秀デビュー長編賞受賞シリーズ第二弾。　〔2707〕

◇メナハウス・ホテルの殺人　エリカ・ルース・ノイバウアー著，山田順子訳　東京創元社　2023.2　406p　15cm　〈原書名：MURDER AT THE MENA HOUSE〉1140円　①978-4-488-28607-1
＊若くして寡婦となったジェーンは、叔母の付き添いでカイロのメナハウス・ホテルに滞在していた。だが客室で若い女性客が殺害され、第一発見者となったジェーンは、地元警察から疑われる羽目になってしまう。疑いを晴らすべく真犯人を見つけようと奔走するが、さらに死体が増え……。アガサ賞最優秀デビュー長編賞受賞、エジプトの高級ホテルを舞台にした、旅情溢れるミステリ。　〔2708〕

ノイハウス, ネレ　Neuhaus, Nele

◇友情よここで終われ　ネレ・ノイハウス著，酒寄進一訳　東京創元社　2024.2　624p　15cm　〈創元推理文庫　Mノ4-10〉〈文献あり　原書名：IN EWIGER FREUNDSCHAFT〉1600円　①978-4-488-27614-0
＊著名な編集者であるハイケが失踪した。彼女の家のドアには血の痕があり、二階には鎖でつながれた老人がいた。捜査が始まり、老人は彼女が介護していた父親で、血痕はハイケのものと判明する。殺人の動機を持つ者として、彼女に作品の剽窃を暴かれたベストセラー作家が浮かぶが、出版社の社長をはじめ、怪しい人物が増えていく。刑事オリヴァーとピアが出版業界をめぐる事件に挑む！　〔2709〕

ノヴィク, ナオミ　Novik, Naomi

◇死のエデュケーション　Lesson2　闇の覚醒　ナオミ・ノヴィク著，井上里訳　静山社　2022.10　585p　20cm　〈原書名：THE LAST GRADUATE〉2300円　①978-4-86389-679-6
＊虚空の闇に浮かぶ魔法使い養成校"スコロマンス"。入学した生徒たちは絶え間なく襲ってくる怪物たちから身を守り、最大のサバイバル試練の場となる4年後の卒業式を生き延びて、現実世界に戻らなくてはいけない。昨年、最凶の怪物"目玉さらい"を倒したガラドリエルも、いよいよ最終学年。孤高のはぐれ者だったエルにも、今や心強いチームの仲間がいる。初めて経験する友情に心を熱くしながら力を合わせて卒業式をサバイブしようと鍛錬の日々を重ねるうち、次第に仲間たちと前代未聞の計画を打ち立てていく…。　〔2710〕

◇死のエデュケーション　Lesson3　闇の礎　ナオミ・ノヴィク著，井上里訳　静山社　2023.11　607p　20cm　〈原書名：THE GOLDEN ENCLAVES〉2500円　①978-4-86389-830-1
＊虚空の闇に浮かぶ魔法使い養成校"スコロマンス"。学園生活最大のサバイバル試練となる卒業式を生き抜いたガラドリエル（エル）らだったが、学校と怪物たちを葬り去った虚空には、エルの最愛の友人・オリオンが自らの意志でサバイブしようとともに残ってしまった。一方、エルが戻った現実世界では、次々と世界各地の魔法自治領が破壊されていた。果たして、エルはオリオンを、そして世界を救うことができるのか？　〔2711〕

◇テメレア戦記　2［上］　翡翠の玉座　上　ナオミ・ノヴィク作，那波かおり訳　静山社　2022.2　364p　15cm　〈静山社文庫　ノ-1-3—テメレア戦記シリーズ　3〉〈ヴィレッジブックス2008年刊の改訂、2分冊　原書名：THRONE OF JADE〉900円　①978-4-86389-642-0
＊中国がテメレアの返還を求めて、ヨンシン皇子を代表とする怒りの使節団を送り込んできた。ナポレオンの猛攻に苦しむ英国は、中国との友好関係を築きたい。政府代理の外交官ハモンドとともにローレンスとテメレアは、はるか中国をめざすことになった。　〔2712〕

◇テメレア戦記　2［下］　翡翠の玉座　下　ナオミ・ノヴィク作，那波かおり訳　静山社　2022.2　317p　15cm　〈静山社文庫　ノ-1-4—テメレア戦記シリーズ　4〉〈ヴィレッジブックス2008年刊の改訂、2分冊　原書名：THRONE OF JADE〉860円　①978-4-86389-643-7
＊大嵐に見舞われ、大海蛇に遭遇し、苦難の末にようやくたどり着いた中国でテメレアは熱烈な歓迎を受ける。そして、英国とはまったく異なるドラゴンの暮らしを目にする。一方、航海中にヨンシン皇子の従者に殺されかけたローレンスは、中国側への疑問を抱き始めていた。　〔2713〕

◇テメレア戦記　3［上］　黒雲の彼方へ　上　ナオミ・ノヴィク作，那波かおり訳　静山社　2022.4　299p　15cm　〈静山社文庫　ノ-1-5—テメレア戦記シリーズ　5〉〈ヴィレッジブックス2009年刊の改訂、2分冊　原書名：BLACK POWDER WAR〉840円　①978-4-86389-644-4　〔2714〕

◇テメレア戦記　3［下］　黒雲の彼方へ　下　ナオミ・ノヴィク作，那波かおり訳　静山社

ノウイク

2022.4 334p 15cm 〈静山社文庫 ノ-1-6―テメレア戦記シリーズ 6〉〈ヴィレッジブックス 2009年刊の改訳、2分冊 原書名：BLACK POWDER WAR〉860円 ⓘ978-4-86389-645-1 〔2715〕

◇テメレア戦記 4［上］ 象牙の帝国 上 ナオミ・ノヴィク作，那波かおり訳 静山社 2022.6 342p 15cm 〈静山社文庫 ノ-1-7―テメレア戦記シリーズ 7〉〈ヴィレッジブックス 2011年刊の改訳、2分冊 原書名：EMPIRE OF IVORY〉880円 ⓘ978-4-86389-646-8

＊プロイセンから敗走後も、幼い火噴き竜イスキエルカを抱えての苦戦がつづく。英国まであとわずかだというのに、援軍はまったくやってこない。祖国で何が起きているのか？ 嫌な予感とともに帰国したテメレアとローレンスを待ち受けていたものは…。仲間を救う手立てを求めて、テメレアたちは旅へ出る。 〔2716〕

◇テメレア戦記 4［下］ 象牙の帝国 下 ナオミ・ノヴィク作，那波かおり訳 静山社 2022.6 319p 15cm 〈静山社文庫 ノ-1-8―テメレア戦記シリーズ 8〉〈ヴィレッジブックス 2011年刊の改訳、2分冊 原書名：EMPIRE OF IVORY〉860円 ⓘ978-4-86389-647-5

＊アリージャンス号でアフリカにたどり着いたテメレアとドラゴン艦隊の仲間たち。祖国を救う手立てを求め、ローレンスらは奥地に分け入るも、民が奴隷狩りの犠牲になったことに憤るツワナ王国の竜王モカカーンに囚われ、窮地に―。一方、テメレアたちの奮闘により苦境から脱した英国では、不穏な計画が進行していた。 〔2717〕

◇テメレア戦記 5［上］ 鷲の勝利 上 ナオミ・ノヴィク作，那波かおり訳 静山社 2022.8 341p 15cm 〈静山社文庫 ノ-1-9―テメレア戦記シリーズ 9〉〈ヴィレッジブックス 2013年刊の改訳、2分冊 原書名：VICTORY OF EAGLES〉880円 ⓘ978-4-86389-648-2

＊世界のドラゴンを救うため命を賭けた代価は国家への反逆罪だった―。大切な担い手と引き離されたテメレアだったが、仏軍侵攻により国家存亡の危機にある英国を守るため、ふたたび嘆きの淵より立ち上がる。一方、ローレンスにも英国軍より戦線復帰の命令が―テメレアとの再会を求め、落ちこぼれドラゴンが集まる繁殖地へ向かうも、そこには…。 〔2718〕

◇テメレア戦記 5［下］ 鷲の勝利 下 ナオミ・ノヴィク作，那波かおり訳 静山社 2022.8 307p 15cm 〈静山社文庫 ノ-1-10―テメレア戦記シリーズ 10〉〈ヴィレッジブックス 2013年刊の改訳、2分冊 原書名：VICTORY OF EAGLES〉840円 ⓘ978-4-86389-649-9

＊仏軍がロンドンに迫り、苦戦続きの英国軍。スコットランドに本営を移し、反撃の機会を狙う一方で、テメレアは繁殖地の落ちこぼれドラゴンたちを率いてドラゴン隊を結成、徐々に戦功を挙げていった。そしてついに仏軍が新たな進撃をはじめる。ローレンスらも参戦し、陸海空の総力を集めたナポレオンとの死闘が幕あける。 〔2719〕

◇テメレア戦記 6［上］ 大海蛇の舌 上 ナオミ・ノヴィク作，那波かおり訳 静山社 2022.10 311p 15cm 〈静山社文庫 ノ-1-11―テメレア戦記シリーズ 11〉〈ヴィレッジブックス 2015年刊の改訳、2分冊 原書名：TONGUES OF SERPENTS〉840円 ⓘ978-4-86389-650-5

＊英国を侵略から守ったローレンスとテメレアは、反逆罪による死刑からオーストラリア大陸への流罪に減刑となった。英国政府から新たな竜の卵を3つ託されて到着したサウスウェールズ植民地では、総督に対する軍の反乱が起きていた。ローレンスらは混迷を極めるシドニーを離れ、内陸に道を求めて荒野を突き進む。 〔2720〕

◇テメレア戦記 6［下］ 大海蛇の舌 下 ナオミ・ノヴィク作，那波かおり訳 静山社 2022.10 327p 15cm 〈静山社文庫 ノ-1-12―テメレア戦記シリーズ 12〉〈ヴィレッジブックス 2015年刊の改訳、2分冊 原書名：TONGUES OF SERPENTS〉860円 ⓘ978-4-86389-651-2

＊基地建設と物資輸送ルート開拓のため内陸部に入ったローレンスら遠征隊。政府から託された3つの竜の卵のうち2つが孵るも、問題の多い幼竜を抱え、一行の旅路は過酷を極めた。ちらつく密輸団の影、新たな竜の出現。苦しい旅の果てに、ようやくたどり着いた北海岸で一行が目にしたのは…！ 〔2721〕

◇テメレア戦記 7 黄金のるつぼ ナオミ・ノヴィク著，那波かおり訳 静山社 2023.5 501p 20cm 〈6までの出版者：ヴィレッジブックス 原書名：CRUCIBLE OF GOLD〉2300円 ⓘ978-4-86389-744-1 〔2722〕

◇テメレア戦記 8 暴君の血 ナオミ・ノヴィク著，那波かおり訳 静山社 2024.9 675p 20cm 〈原書名：BLOOD OF TYRANTS〉2900円 ⓘ978-4-86389-746-5

＊南米大陸での任務を果たし、帰国の途につこうとしたテメレアとドラゴン戦隊の仲間たちだったが、ミエンニン皇太子の側近であった料理人ゴン・スーの招きを受け、一路中国を目指すこととなった。しかしその途上、ポテンテート号は激しい嵐に呑まれ、座礁してしまう。その頃、極東の島国の浜辺に、ひとりの西洋人男性が漂着した。しかも彼は、頭部に深い傷を負い、長きにわたる記憶を失っていた。"―「ウィリアム・ローレンス」"と、男は口にした。そう、これが自分の名"。各国のドラゴンたちとともに、記憶の深い淵をたどりながら、日本から中国、そしてロシアへと至る果てしない旅のゆくえは―。 〔2723〕

◇ドラゴンの塔 上 魔女の娘 ナオミ・ノヴィク著，那波かおり訳 並製版 静山社 2023.4 374p 19cm 〈原書名：UPROOTED〉1600円 ⓘ978-4-86389-783-0

＊東欧のとある谷間の村には、奇妙な風習があっ

た。100年以上生きていると言われる魔法使い"ドラゴン"によって、10年に一度、17歳になる娘がひとり選ばれる。その娘は、谷はずれの塔に連れていかれ、"ドラゴン"とともに暮らさなければならない。10年経って塔から出てきた娘は、まるで別人のようになり、村に戻ってくることはないという。アグニシュカは17歳。そして今年は"ドラゴン"がやってくる年。平凡で何の取り柄もない自分が選ばれることはない、と思っていたが…。ネビュラ賞受賞のノヴィク渾身の話題作！〔2724〕

◇ドラゴンの塔　下　森の秘密　ナオミ・ノヴィク著，那波かおり訳　並製版　静山社　2023.4　359p　19cm〈原書名：UPROOTED〉1600円　①978-4-86389-784-5

＊アグニシュカたちは計り知れない犠牲を払い、長いあいだ"森"に囚われていた王妃を奪還した。だが、王妃はまるで人形のように何にも反応しない。"森"の侵入を食い止めようと奮闘する"ドラゴン"を残し、アグニシュカは援軍を請いに、国王の住まう都に向かう。しかし、待ち受けていたのは、彼女の「能力」を認めようとしない魔法使いたちと、"森"の恐るべき罠だった。何とか都を脱し、"ドラゴン"の塔を目指すアグニシュカだったが…。次々に暴かれる真相と、"ドラゴン"とアグニシュカのロマンスから目が離せない怒涛のラスト！〔2725〕

ノク　noc

◇走る赤—中国女性SF作家アンソロジー　武甜静，橋本輝幸編，大恵和実編訳　中央公論新社　2022.4　381p　20cm　2200円　①978-4-12-005523-2

内容　遥か彼方（noc著，山河多々訳）

＊中国で活躍する女性作家14人が放つ珠玉のSF短篇。〔2726〕

ノーダン, ルイス　Nordan, Lewis

◇アホウドリの迷信—現代英語圏異色短篇コレクション　岸本佐知子，柴田元幸編訳　スイッチ・パブリッシング　2022.9　227p　20cm〈SWITCH LIBRARY〉2400円　①978-4-88418-594-7

内容　オール女子フットボールチーム（ルイス・ノーダン著，岸本佐知子訳）

＊「端っこの変なところ」を偏愛する2人の翻訳家が、新たに発見した、めっぽう面白くて、ちょっと"変"な作家たち。心躍る"掘り出し物"だけを厳選したアンソロジー。対談「競訳余話」も収録。〔2727〕

ノックス, ジョセフ　Knox, Joseph

◇トゥルー・クライム・ストーリー　ジョセフ・ノックス著，池田真紀子訳　新潮社　2023.9　696p　16cm〈新潮文庫 ノ-1-4〉〈著作目録あり　原書名：TRUE CRIME STORY〉1150円　①978-4-10-240154-5

＊マンチェスター大学の学生寮から女子学生ゾーイが姿を消して6年が経過していた。イヴリンはこの失踪事件にとり憑かれ、関係者への取材と執筆を開始。作家仲間ジョセフ・ノックスに助言を仰ぐ。だが、拉致犯特定の証拠を入手直後、彼女は帰らぬ人に。ノックスは遺稿をもとに犯罪ノンフィクションを完成させたが—。被害者も関係者も、作者すら信用できない、サスペンス・ノワールの問題作。〔2728〕

ノッタコーン　Nottakorn

◇Tonhon Chonlatee　Nottakorn著，ファー訳　U-NEXT　2023.8　558p　19cm〈本文は日本語〉2000円　①978-4-910207-46-9

＊ずっと想いを寄せていたトンホンが、恋人と別れた！ 大学進学を目前に控えたタイミングでチョンラティーは二歳上の幼馴染のトンホンと再会し、失恋で傷ついた彼の側にいることに。今後はずっと一緒にいたいから、絶対にゲイだとバレるわけにはいかない。寮の同室で暮らせるようになって、大学内でも"トンホンの弟"として一番近くにいられるけれど、片思いはどんどん欲深くなってトンホンを手に入れたいと思ってしまう。隣で眠るトンホンにキスをしてみたり葛藤しながらも幸福感を味わっていたが、ある夜、トンホンはなぜかチョンラティーの素肌に触れてきて—！純情と欲情が入り交じる青春初恋BL人気作の日本語翻訳版！〔2729〕

ノートン, トマス　Norton, Thomas

◇近代初期イギリス演劇選集　鹿児島近代初期英国演劇研究会訳　福岡　九州大学出版会　2023.5　595p　20cm〈文献あり　布装〉6000円　①978-4-7985-0344-8

内容　ゴーボダック—一五六五年（トマス・ノートン，トマス・サックヴィル作，小林潤司ほか訳）〔2730〕

ノーブリー, ジェームズ　Norbury, James

◇大きなパンダと小さなドラゴン　ジェームズ・ノーブリー著，せきねみつひろ訳　サンマーク出版　2023.2　159p　22cm〈原書名：Big Panda and Tiny Dragon〉1800円　①978-4-7631-3986-3　〔2731〕

【ハ】

ハ, ジウン

◇氷の木の森　ハジウン著，カンバンファ訳　ハーパーコリンズ・ジャパン　2022.6　525p　19cm〈他言語標題：THE ICE FOREST〉2200円　①978-4-596-70830-4

＊すべての音楽家の故郷であり聖地であるエダン。この平和な都市のはずれで惨たらしい殺人が起きる。その中心にいたのは孤高の天才バイオリニスト、アナトーゼ・バイエル。そして、数多の音楽家を魅了し、その命を奪ってきた罪深きバイオリン"黎明"。稀代の音楽家と伝説の名器、導かれた者

ハ

しかたどり着けない幻の場所『氷の木の森』。数奇な運命がもたらすのは世にも美しい旋律か、残酷な死の呪いか—。世代を超えて愛される韓国ファンタジーの名作待望の邦訳！〔2732〕

ハ, ジン　Ha Jin

◇華語文学の新しい風　劉慈欣, ワリス・ノカン, 李娟他著, 王徳威, 黄嘉謙, 黄英哲, 張錦忠, 及川茜, 濱田麻矢編, 小笠原淳, 津守陽他訳　白水社　2022.11　357p　20cm　(サイノフォン 1)　3200円　①978-4-560-09875-2

内容　子どもの本性(ハ・ジン著, 小笠原淳訳)

*近年注目を集めている華語文学の新たな流れを紹介するシリーズ"サイノフォン"の第1巻。香港の高層ビルからチベットの聖なる湖まで、シカゴのバーからマレーシアの原生林まで。小説、旅行記、詩、SFなど、多様なジャンルから世界を切り取る17篇。〔2733〕

バ, ハクヨウ　馬 伯庸

◇金色昔日—現代中国SFアンソロジー　夏笳ほか著, ケン・リュウ編, 中原尚哉他訳　早川書房　2022.11　715p　16cm　(ハヤカワ文庫 SF 2387)〈責任表示はカバーによる　『月の光』(2020年刊)の改題　原書名：BROKEN STARS〉1380円　①978-4-15-012387-1

内容　始皇帝の休日(馬伯庸著, 中原尚哉訳)

*北京五輪の開会式を彼女と見たあの日から、世界はあまりにも変わってしまった—『三体X』の著者・宝樹が、中国の歴史とある男女の運命を重ねわせた表題作、『三体』の劉慈欣が描く環境SFの佳品「月の光」、春節シーズンに突如消えた列車の謎を追う「折りたたみ北京」著者の郝景芳による「正月列車」など、14作家による中国SF16篇を収録。ケン・リュウ編による綺羅星のごときアンソロジー第2弾。〔2734〕

◇両京十五日　1　凶兆　馬伯庸著, 齊藤正高, 泊功訳　早川書房　2024.2　477p　19cm (HAYAKAWA POCKET MYSTERY BOOKS 2000)〈付属資料：登場人物表(1枚)　文献あり　著作目録あり〉2200円　①978-4-15-002000-2

*1425年、明の皇太子・朱瞻基は遷都を図る皇帝に命じられ、首都の北京から南京へと遣わされる。だが、長江を下り南京へと到着したその時、朱瞻基の船は爆破され、彼の命が狙われていることが判明する。皇帝に恨みを持つ、反逆者の仕業なのか？さらに皇帝が危篤との報が届き朱瞻基は、窮地で出会った切れ者の捕吏・呉定縁、不満に満ちた下級役人・于謙、秘密を抱えた女医・蘇荊溪らと南京脱出と北京帰還を目指す。敵が事を起こすまで十五日。幾千里にも亘る決死行が、今始まる。歴史サスペンス×冒険小説の超大作！〔2735〕

◇両京十五日　2　天命　馬伯庸著, 齊藤正高, 泊功訳　早川書房　2024.3　517p　19cm (HAYAKAWA POCKET MYSTERY BOOKS 2001)〈付属資料：登場人物表(1枚)〉2300円　①978-4-15-002001-9

*宿敵の白蓮教徒・梁興甫によって分断されてしまった皇太子・朱瞻基一行。攫われた呉定縁を救出すべく朱瞻基は一計を案じるが、予想だにしない過酷な危機が彼を襲う。一方、呉定縁の前についに姿を現した白蓮教徒の指導者は、衝撃の真相を語り始める。明王朝の存亡が決まるまでに猶予は残り七日。朱瞻基の大義、于謙の策謀、呉定縁の運命、蘇荊溪の秘密…。彼らはそれぞれの天命を背負い、最終目的地である北京・紫禁城へと向かっていく—。かつてない興奮と衝撃が訪れる、華文冒険小説の傑作、万感の完結。〔2736〕

ハアネル, チャールズ・F.　Haanel, Charles F.

◇ザ・マスターキー—成功の鍵　チャールズ・F. ハアネル著, 長澤あかね訳　KADOKAWA　2023.3　333p　15cm　(角川文庫)〈原書名：The Master Key System〉960円　①978-4-04-113305-7

*1910年代に初版が発行された原書The Master Key Systemは、世界的ベストセラー『思考は現実化する』著者のナポレオン・ヒルや、『ザ・シークレット』著者のロンダ・バーンに多大な影響を与えたことで知られる。24のレッスンを1週間に1つずつ実践しながら読み進める構成で、金銭的な成功のみならず、心身の健康を含む真の豊かさを得るための「鍵」をすべての人に提供する。一生ものの「引き寄せの法則」を得られる書。〔2737〕

パイアトート, ベス　Piatote, Beth H.

◇アンティコニ—北米先住民のソフォクレス　ベス・パイアトート著, 初見かおり訳　横浜　春風社　2024.2　151p　19cm〈文献あり　原書名：Antikoni〉1950円　①978-4-86110-913-3　〔2738〕

ハイスミス, パトリシア　Highsmith, Patricia

◇動物好きに捧げる殺人読本　パトリシア・ハイスミス著, 榊優子, 中村凪子, 吉野美恵子, 大村美根子訳　8版　東京創元社　2023.9　335p　15cm　(創元推理文庫)〈原書名：THE ANIMAL-LOVER'S BOOK OF BEASTLY MURDER〉1200円　①978-4-488-22401-1

内容　コーラス・ガールのさよなら公演　駱駝の復讐　バブシーと老犬バロン　最大の獲物　松露狩りシーズンの終わりに　ヴェニスでいちばん勇敢な鼠　機関車馬　総決算の日　ゴキブリ紳士の手記　空巣狙いの猿　ハムスター対ウェブスター　鼬のハリー　山羊の遊覧車

*犬、猫、駱駝、象、鼬、…。彼らが人を殺してしまったのには、やはりそこにいたるまでの事情というものがあったのです。最新式の養鶏場を舞台に悲劇と狂気が描かれる「総決算の日」、滑稽にしてブラックな、少年の日の物語「ハムスター対ウェブスター」など、13種類の動物たちの物語を収録。〔2739〕

毒とユーモアの組み合わせが、ハイスミスならではの独特の妙味を生み出す傑作短編集。〔2739〕

◇水の墓碑銘　パトリシア・ハイスミス著，柿沼瑛子訳　河出書房新社　2022.3　443p　15cm　（河出文庫 ハ2-19）〈著作目録あり　1991年刊の改訳版　責任表示はカバーによる　原書名：Deep Water〉1100円　①978-4-309-46750-4
＊郊外で出版業を営む資産家ヴィクの妻メリンダは美しく奔放で、次々と愛人と関係を持つ。偶然そのー人が殺害されたとき、ヴィクは今の愛人を脅すために、自分が殺したと吹聴するや、町じゅうの噂になる。またもや妻が新たな愛人をつくると、ヴィクはその男をプールの底に沈めてしまう…巨匠ハイスミスの傑作長編、改訳版。〔2740〕

パイパー，クリスティン　Piper, Christine

◇暗闇の後で―豪州ラブデー収容所の日本人医師　クリスティン・パイパー著，北條正司訳　花伝社　2023.8　333p　19cm〈共栄書房（発売）　原書名：After Darkness〉2500円　①978-4-7634-2076-3
＊731部隊と繋がる防疫研究室で石井四郎の部下として働いていた医師、茨木智和。最高機密とされる仕事の当たりにした数々の事実により、彼は愛する人を失い、人生は流転を始める。たどり着いた地・オーストラリアで開戦を境に"敵"となった彼は、強制収容所での日々を通じ、どう「暗闇」と向き合ったのか―日豪にルーツを持つ作家が描く、戦時下のエリート医師の苦悩と決意。〔2741〕

バイヤーニ，アンドレア　Bajani, Andrea

◇家の本　アンドレア・バイヤーニ著，栗原俊秀訳　白水社　2022.10　331p　20cm（エクス・リブリス）〈原書名：Il libro delle case〉3600円　①978-4-560-09077-0 〔2742〕

バイロン，ジョージ・ゴードン　Byron, George Gordon

◇吸血鬼ラスヴァン―英米古典吸血鬼小説傑作集　G・G・バイロン,J・W・ポリドリほか著，夏来健次,平戸懐古編訳　東京創元社　2022.5　443p　20cm〈他言語標題：THE VAMPYRE　文献あり〉3000円　①978-4-488-01115-4
内容　吸血鬼ダーヴェル―断章（ジョージ・ゴードン・バイロン著、平戸懐古訳）
＊ブラム・ストーカー『吸血鬼ドラキュラ』に先駆けて発表された英米の吸血鬼小説に焦点を当てた画期的アンソロジーが満を持して登場。バイロン、ポリドリらによる名作の新訳、伝説の大著『吸血鬼ヴァーニー―あるいは血の晩餐』抄訳ほか、ブラックユーモアの中に鋭い批評性を潜ませる異端の吸血鬼小説「黒い吸血鬼―サント・ドミンゴの伝説」、芸術家を誘うイタリアの謎めいた邸宅の秘密を描く妖女譚の傑作「カンパーニャの怪」、血液ではなく体温を搾取するサイキック・ヴァンパイアものの先駆となる幻の中編「魔王の館」など、本邦初紹介の作品を中心に10篇を収録。怪奇小説を愛好する

多彩な翻訳を手がけてきた訳者らによる日本オリジナル編集で贈る。〔2743〕

バイロン，ロバート　Byron, Robert

◇オクシアーナへの道　ロバート・バイロン著，小川高義訳　素粒社　2024.10　413p　19cm〈原書名：The Road to Oxiana〉2800円　①978-4-910413-12-9
＊戦間期の1933年、才気煥発な20代の青年ロバート・バイロンは、イスラム建築の源流をもとめて、地中海からペルシャをめぐり、アフガニスタン北部"オクシアーナ"と呼ばれる地をめざす―。未だ見ぬ異国の美と精神への渇望につき動かされつつ、その地の風土、文化、人心を犀利な批評眼で描き切った20世紀の傑作旅行記が、ついに本邦初訳。〔2744〕

ハインライン，ロバート・A．　Heinlein, Robert Anson

◇明日をこえて　ロバート・A・ハインライン著，内田昌之訳　扶桑社　2022.10　348p　16cm（扶桑社ミステリー ハ33-1）〈著作目録あり　原書名：SIXTH COLUMN〉950円　①978-4-594-08925-2
＊アメリカ合衆国は占領された！　世界侵略をつづけてきたパンアジア帝国によって、政府中枢は壊滅、全土が一気に制圧されたのだ。だが、ロッキー山脈の奥に、精鋭の科学者たちが集う軍の秘密基地があった。いまやここが唯一の希望となったのだ―が、予想外の実験事故で壊滅に近い状態に陥っていた。そして、それこそが、逆襲の切り札となる大発見だった！　ひと握りの軍人と科学者は、苦闘しながら反撃計画を作りあげていくが…巨匠ハインラインが遺した問題作、邦訳。〔2745〕

パーヴ，ヴァレリー　Parv, Valerie

◇結婚は偽りの香り　ヴァレリー・パーヴ作，鴨井なぎ訳　ハーパーコリンズ・ジャパン　2022.9　156p　17cm（ハーレクイン・イマージュ I2724―至福の名作選）〈ハーレクイン 1994年刊の再刊　原書名：FLIGHT OF FANTASY〉673円　①978-4-596-74778-5
＊ファーストクラス？　エコノミーで予約したはずなのに。休暇旅行へ向かうために訪れた空港で、イーデンは眉をひそめた。そこへ、デザイナースーツを着こなした高身長の男性が現れる―スレイド！　先日、私の昇進を阻んだ傲慢社長―。病気の母を楽にさせたい一心で仕事を頑張りたいのに、彼は私のことを、野心ばかりが先走った未熟者だと思っているのだ。その彼がなぜここに？　まさか、私の休暇を取り消すつもり？　頭が混乱したまま、イーデンは豪華な出発ラウンジへといざなわれ、スレイドから彼が彼女の予約を変更した驚きの理由を聞かされる！「これから何日か、ぼくの妻になってほしいんだ」〔2746〕

ハウイー，ヒュー　Howey, Hugh

◇ロボット・アップライジング―AIロボット反乱

SF傑作選　アレステア・レナルズ，コリイ・ドクトロウ他著，D・H・ウィルソン，J・J・アダムズ編，中原尚哉他訳　東京創元社　2023.6　530p　15cm　〈創元SF文庫　SFン10-5〉〈責任表示はカバーによる　原書名：ROBOT UPRISINGS〉1400円　①978-4-488-77205-5

内容　執行可能（ヒュー・ハウイー著，原島文世訳）

＊人類よ、恐怖せよ―猛烈な勢いで現代文明に浸透しつつあるAIやロボット。もしもそれらがくびきを逃れ、反旗を翻したら？　ポップカルチャーで繰り返し扱われてきた一大テーマに気鋭の作家たちが挑む。1955年にAI（人工知能）という言葉を初めて提示した伝説的科学者ジョン・マッカーシーの短編を始め、アレステア・レナルズ、コリイ・ドクトロウらによる傑作13編を収録。〔2747〕

ハーヴィー, W.F.　Harvey, William Fryer

◇五本指のけだもの―W・F・ハーヴィー怪奇小説集　ウィリアム・フライアー・ハーヴィー著，横山茂雄訳　国書刊行会　2024.7　248p　20cm　〈他言語標題：The Beast with Five Fingers and other stories　原書名：Midnight Talesの抄訳〉2700円　①978-4-336-07420-1

内容　炎ത　ミス・アヴェナル　アンカードン家の専用礼拝席　ミス・コーニリアス　追随者　道具　セアラ・ベネットの憑依　ピーター・レヴィシャム　五本指のけだもの〔2748〕

ハーヴェイ, クライヴ　Harvey, Clive

◇ヤンの戦争　クライヴ・ハーヴェイ著，藤井英子，岡内幸子，村上潤子共訳　東洋出版　2022.8　261p　15cm　〈原名：YANG'S WAR〉720円　①978-4-8096-8659-7

＊借金のかたとして、父親の手で奴隷の如く英国軍に売られたヤンは、中国人労働者部隊（CLC）の一員としてフランスの最前線に送られる。中国人への様々な偏見や差別にもかかわらず、持ち前の語学力と技術を生かし、通訳兼戦車修理長となった彼は、戦闘中危機に瀕した戦車と司令官を命がけで助ける。果たして、それは英雄行為として報われるのか？　忽然と姿を消した恋人マガリーは、一体どこへ行ってしまったのか？　親友シェンとの絆は…？　本書は、第一次世界大戦の史実に基づく、ある中国人青年の物語である。〔2749〕

ハヴェル, ヴァーツラフ　Havel, Václav

◇通達/謁見　ヴァーツラフ・ハヴェル著，阿部賢一，豊島美波訳　京都　松籟社　2022.1　245p　20cm　〈東欧の想像力 20〉〈原書名：Vyrozumění Audience〉2200円　①978-4-87984-416-3

＊チェコスロヴァキアの民主化運動を牽引し、のちに大統領に就任したヴァーツラフ・ハヴェル。しかし彼の本領は、「言葉の力」を駆使した戯曲の執筆にあった。官僚組織に人工言語「プティデペ」が導入される顛末を描いた『通達』、ビール工場を舞台に上司が部下に奇妙な取引をもちかける『謁見』の二編を収め、「力なき者たちの力」を考究したこの特異な作家の、不条理かつユーモラスな作品世界へ誘う戯曲集。〔2750〕

ハウスホーファー, マルレーン　Haushofer, Marlen

◇人殺しは夕方やってきた―マルレーン・ハウスホーファー短篇集　マルレーン　ハウスホーファー著，松永美穂訳　福岡　書肆侃侃房　2024.4　223p　20cm　2100円　①978-4-86385-621-9

内容　美しきメルジーネ　ぞっとするような話　雌牛事件　さくらんぼ　初めてのキス　おばあちゃんが死ぬ　ドラゴン　懺悔　小さな幸せ　人殺しは夕方やってきた　日曜日の散歩　おもしろい夢を見る女性　ミルテの木、もしくは軽率なマティルデ　フォン・ガイエン氏の夜の出逢い　お話　とりわけ奇妙な愛の物語　人喰い　クワガタムシ　司令官の死　一九四五年の春　国家の反逆者　間借り人たちのクリスマス　恐るべき忠節　ウィロー夫妻　変身　もろびと声あげ〔2751〕

ハウフ, ヴィルヘルム　Hauff, Wilhelm

◇ドイツロマン派怪奇幻想傑作集　ホフマン，ティーク他著，遠山明子訳　東京創元社　2024.9　413p　15cm　〈創元推理文庫　Fン13-1〉〈原書名：Der blonde Eckbert　Der Runenbergほか〉1200円　①978-4-488-58409-2

内容　幽霊船の話（ヴィルヘルム・ハウフ著，遠山明子訳）

＊18世紀末ヨーロッパで興隆したロマン主義運動。その先陣を切ったドイツロマン派は、不合理なものを尊び、豊かな想像力を駆使して、怪奇幻想の物語を数多く紡ぎだした。本書はティーク「金髪のエックベルト」、フケー「絞首台の小男」、ホフマン「砂男」等9篇を収録。不条理にも翻弄され、底知れぬ妄想と狂気と正気の狭間でもがき苦しむ主人公たちの姿を描く、珠玉の作品集。〔2752〕

バウムヴォリ, ラヒリ

◇バウムヴォリの小さなお話　ラヒリ・バウムヴォリ著，相場妙訳　群像社　2024.11　205p　19cm　〈群像社ライブラリー〉〈原書名：FAIRY TALES OF BOYMVOL〉1800円　①978-4-910100-38-8

＊「おとぎ話はやめてください！」そんなことを言う人には、おとぎ話をしてあげましょう。怒りを忘れるような、子どもたちがつまらない大人にならないような、そんなおとぎ話を―。うっかり見すごしてしまいそうな小さな生き物や自然のなかのかすかな動き、日々の暮らしのなかの小さな出来事。そこから生まれてくるお話が、いたずら心も、すなおな感動も、大人も子どもも包み込んでいく…。イディッシュ語詩人としてスタートし、ロシア語の児童文学作家として人気を博した女性作家が贈る101の小さなお話。〔2753〕

パオリーニ, クリストファー　Paolini, Christopher

◇星命体　上　銀河の悪夢　クリストファー・パオリーニ著, 堀川志野舞訳　静山社　2022.7　598p　20cm　〈原書名：TO SLEEP IN A SEA OF STARS〉　2300円　①978-4-86389-653-6

＊西暦2257年—宇宙生物学者のキラは調査中の衛星で異星人が造った地下室を発見した。そこで, 全身を奇妙な埃に覆われ意識を失ったキラは, 気がついたとき謎の異生物に寄生されていた。それは, 人類とエイリアンの宇宙戦争勃発の序章だった…。〔2754〕

◇星命体　中　奪われた思惑　クリストファー・パオリーニ著, 堀川志野舞訳　静山社　2022.7　551p　20cm　〈原書名：TO SLEEP IN A SEA OF STARS〉　2200円　①978-4-86389-654-3

＊宇宙戦争を止められるのは, わたしだ！寄生する異生物によって気づかされたキラは, 違法行為を行う"ウォールフィッシュ"号のクセある乗組員たちとともに, 宇宙を制する"蒼き杖"を目指して旅立った。エイリアンたちとの抗争を繰り広げながら, ようやくたどり着いた惑星で手に入れたかったものを発見したとき…。〔2755〕

◇星命体　下　星の海に眠る　クリストファー・パオリーニ著, 堀川志野舞訳　静山社　2022.7　602p　20cm　〈原書名：TO SLEEP IN A SEA OF STARS〉　2300円　①978-4-86389-655-0

＊完全体になったキラ＋ソフト・ブレイドと, "ウォールフィッシュ"号の乗組員たちは, エイリアンの戦艦に決死の覚悟で乗り込んでいく。新たな敵, 仲間との再会。自分たちの選択は正しかったのか？　迷いながらも強敵に立ち向かうキラは, 本当に自分がやるべきことの答えを見出す。この果てしない宇宙のために…。〔2756〕

パーカー, ドロシー　Parker, Dorothy

◇ユーモア・スケッチ大全　[3]　ユーモア・スケッチ傑作展　3　浅倉久志編・訳　国書刊行会　2022.2　374p　19cm　〈「ユーモア・スケッチ傑作展 3」（早川書房 1983年刊）の改題, 増補〉　2000円　①978-4-336-07310-5

内容　二つの性　電話ください　男ども‐憎しみの歌（ドロシー・パーカー著）〔2757〕

バーカー, パット　Barker, Pat

◇女たちの沈黙　パット・バーカー著, 北村みちよ訳　早川書房　2023.1　457p　20cm　〈文献あり　原書名：THE SILENCE OF THE GIRLS〉　3600円　①978-4-15-210198-3

＊トロイア戦争, 最後の年。トロイアの近隣都市リュルネソスが, ギリシア連合軍によって滅ぼされた。都市の王妃ブリセイスは囚われ, 奴隷となった。主は, 英雄アキレウス—彼女の家族と同胞を殺した男。ブリセイスは, やはり「戦利品」として囚われたイービスらと, 新たな日常を築いていく。ところが事態は急変する。アキレウスと不仲である総大将アガメムノンが, ブリセイスを無理やり自分のものにしようというのだ。男たちの争いは激化し, 軍内部は混乱を極める。そんななか, 女たちに与えられた選択肢は, 服従か死か。だが, ブリセイスが選んだのは—。戦々の戦争小説を手掛けてきたブッカー賞作家が, 西洋文学の起源にある暴力へ遡り, 抑圧された者たちの声を高らかに響き渡らせる傑作歴史小説！〔2758〕

ハーカウェイ, ニック　Harkaway, Nick

◇タイタン・ノワール　ニック・ハーカウェイ著, 酒井昭伸訳　早川書房　2024.12　495p　16cm　（ハヤカワ文庫 SF 2465）〈著作目録あり　原書名：TITANIUM NOIR〉　1780円　①978-4-15-012465-6

＊探偵サウンダーが調査を依頼されたのは, 壮年にしか見えない90代の巨大な男の死—トンファミカスカ一族が開発したタイタン化技術により, 人類は永遠の命を手にした。巨額の富を持つ数千人が, 若返ると同時に巨大化した体を持つ「タイタン」になっている。富豪には見えないものの, 死んだ男もその一人だった。男の過去と死の謎を追って, サウンダーはトンファミカスカを巡る闇に巻き込まれていく…。傑作SFノワール。〔2759〕

バカン, ジョン　Buchan, John

◇三十九階段　ジョン・バカン著, 小西宏訳　東京創元社　2024.1　189p　20cm　〈創元推理文庫　1980年刊の再刊　原書名：THE THIRTY-NINE STEPS〉　1800円　①978-4-488-01135-2

＊第一次世界大戦前夜の英国。南アフリカから帰国し, 退屈しきっていたスコットランド出身の青年リチャード・ハネーのもとに謎のアメリカ人が来訪する。数日後, 彼は死体となって発見された。殺人の容疑をかけられ, 追われる身となったハネーだが, ヨーロッパを世界大戦に巻き込む大いなる陰謀を知り, これを阻止すべく立ち上がる。そして追いつ追われつの大冒険に…。スパイ小説の原点ともいうべき傑作がエドワード・ゴーリーの魅力的なイラスト入りで蘇る。〔2760〕

パーキス, キャサリン・ルイーザ　Pirkis, Catherine Louisa

◇英国古典推理小説集　佐々木徹編訳　岩波書店　2023.4　539p　15cm　（岩波文庫 37-207-1）　1300円　①978-4-00-372002-8

内容　引き抜かれた短剣（キャサリン・ルイーザ・パーキス著, 佐々木徹訳）

＊ディケンズ『バーナビー・ラッジ』とポーによるその書評, 英国最初の長篇推理小説と言える『ノッティング・ヒルの謎』を含む, 古典的傑作八篇を収録（半数が本邦初訳）。読み進むにつれて推理小説という形式の洗練されていく過程が浮かび上がる, 画期的な選集。〔2761〕

パギス, ダン　Pagis, Dan

◇砂漠の林檎―イスラエル短編傑作選　サヴィヨン・リーブレヒト, ウーリー・オルレブほか著, 母袋夏生編訳　河出書房新社　2023.8　258p　20cm　2900円　①978-4-309-20890-9

[内容] 父（ダン・パギス著, 母袋夏生訳）

＊迷宮のような路地で見つけた写真集, 不死の老人, ショアの記憶, 聖書物語など, イスラエル文学紹介の第一人者による日本語版オリジナル・アンソロジー。ウーリー・オルレブ（国際アンデルセン賞受賞）, シャイ・アグノン（ノーベル文学賞受賞）など, 世界が高く評価する作家の傑作を精選。〔2762〕

パク, エジン

◇蒸気駆動の男―朝鮮王朝スチームパンク年代記　キムイファン, パクエジン, パクハル, イソヨン, チョンミョンソプ著, 吉良佳奈江訳　早川書房　2023.6　252p　19cm　(新☆ハヤカワ・SF・シリーズ 5060)〈他言語標題：DORO THE MACHINE HUMAN〉2600円　①978-4-15-335060-1

[内容] 君子の道（パクエジン著, 吉良佳奈江訳）

＊1392年, 李氏朝鮮王朝を開いた太祖, 李成桂。太祖によって蒸気機関が導入され発達したこの世界で, ある時は謎の商人, またある時は王の側近に, 歴史の転換点で暗躍した男がいた。その名は都老。都老はひそかに噂されるように, 蒸気機関で動く「汽機人」なのか？ 彼はこの国の敵なのか, 味方なのか？ その本当の姿を, 想いを知る者は―。王とその寵愛を受けた汽機人の愛憎を描く「知申事の蒸気」, ある奴隷とその主人の主従関係が都老に出会ったことで狂っていく「君子の道」など, 蒸気機関が発達したもう一つの李氏朝鮮王朝500年間を舞台に展開する, 韓国SF作家5人が競演するスチームパンクアンソロジー！〔2763〕

ハク, オンジュウ　白 温柔

⇒ ペク, オニュ を見よ

パク, キョンニ　朴 景利

◇雨日和　池河蓮, 桂鎔黙, 金東里, 孫昌渉, 呉尚源, 張龍鶴, 朴景利, 呉永壽, 黄順元著, 呉華順, 姜芳華, 小西直子訳　福岡　書肆侃侃房　2023.12　292p　20cm（韓国文学の源流―短編選 4 1946-1959）〈年表あり〉2900円　①978-4-86385-607-3

[内容] 不信時代（朴景利著, オファスン訳）

＊同じ民族が争うことになった朝鮮民族の分断と混乱の続く困難な時代―1950年代―を文学はいかに生き抜いたか。植民地から解放されても朝鮮戦争の戦後, 完全に南北に分断され交流を絶たれた人々の苦悩は続く。〔2764〕

◇土地―完全版　16巻　朴景利著, 金正出監修, 吉川凪訳　クオン　2022.6　409p　20cm　2800円　①978-4-904855-56-0

＊同郷の友であり同志であった寛洙が牡丹江で病死したことで, 吉祥は自分の生き方を見つめ直す。主治医だった朴医師の死に衝撃を受けた西姫は, 心の奥底に秘めていた思いに気づく。二人は互いの存在が束縛であったことを初めて認め合う。寛洙の死は家族を再会させ, 新たな絆をもたらした。還国は家庭を持ち新進気鋭の画家となり, 李家に戸籍を移した良絃は女医専に学んでいる。西姫は允国と良絃について意外なことを言い出す。日本は中日戦争の泥沼から抜け出せず, 物資が不足して生活は不便になるばかりだ。朝鮮語の言論は弾圧され, 志願兵, 創氏改名など新たな制度で朝鮮の人々はますます生きづらくなっている。〔2765〕

◇土地―完全版　17巻　朴景利著, 金正出監修, 清水知佐子訳　クオン　2023.2　421p　20cm〈編集：藤井久子〉2800円　①978-4-904855-57-7

＊日中戦争に行き詰まった日本は仏領インドシナに進駐し, 朝鮮人への抑圧も増している。拘束される日が近いと予感する吉祥は智異山周辺の独立運動組織の解散を決めた。新京で自動車整備工場を営んでいた弘は妻の軽率な行為から夫婦共に密輸容疑で朝鮮に連行された。これを機に工場を畳んだ弘は単身, 満州に戻るつもりだ。統営で弘を訪ねた栄光は, 栄善夫婦を通じて父・寛洙につながる人たちと交流を深める。平沙里では属旨老人が世を去ったが, 錫の母ら女たちは健在だ。崔参判家を巡る人々の運命は, 世代を超えて複雑に絡み合っていく。他方, ハルビンで偶然に燦夏と出会った仁実は, 十余年ぶりに緒方と再会する。〔2766〕

◇土地―完全版　18巻　朴景利著, 金正出監修, 吉川凪訳　クオン　2023.9　469p　20cm　2800円　①978-4-904855-58-4

＊日本の敗色が濃厚ななか, キリスト教徒の一斉検挙で投獄された麗玉は釈放されるが, その凄惨な姿に明姫は衝撃を受けた。栄光への愛と兄嫁との葛藤に苦しむ良絃は医師となって家を出て…。韓国を舞台にした民族史的長編ロマン。〔2767〕

◇土地―完全版　19巻　朴景利, 金正出監修, 吉川凪訳　クオン　2024.10　448p　20cm　2800円　①978-4-904855-59-1

＊戦争の暗雲は平沙里にも漂っている。母の家を逃げ出してきた南姫は心身ともに病んでいた。成煥の祖母は成煥の出征を知って失明してしまう。允国は戦地に出征し, 還国はひどくやつれた母の姿に衝撃を受ける。李府使家の民甫も日本で行方をくらました。もはや親日派すら何の力もなく, 禹介東は面事務所を解雇され, 裵雪子には悲惨な結末が待っていた。他方, 栄光は仁実に良絃を訪ね束の間の逢瀬に喜びを得るが, 二人の未来を信じられない。麗玉はソウルに来た翔吉に自らの決意を伝え, 緒方は父親と名乗れないまま荘次と満州への旅に出る。女学校四年生になった尚義は日本人教師の理不尽な振る舞いに敢然と立ち向かう。〔2768〕

◇土地―完全版　20巻　朴景利, 金正出監修, 清水知佐子訳　クオン　2024.10　445p　20cm　2800円　①978-4-904855-60-7

＊弘を頼ってハルビンに行った栄光は, 独立運動

関わり父と親しかった錫、良紘の実父・相鉉らと出会う。栄善は智異山の家に母が来たことで、兄の満州行きを知る。西姫は仁川の良紘を気遣い、平沙里の屋敷に連れ戻した。永八が死んで平沙里の来歴を知る人も少なくなり、代々続く家同士の因縁も新しい世代に払拭されていく。南姫は延鶴の配慮で晋州の参判家に身を寄せ、尚義は女学校を卒業した。自分の意思が希薄だった人生を悔やみ、明姫は周囲を驚かせる行動に出る。これを機に集まった海道士やカンセラ山の男たちは、スパイを捉えたとの知らせに緊張感を高めた。そうした中、とうとう皆が待ち望んだ日を迎える。〔2769〕

バク, ゲン　莫 言

◇黒い雪玉―日本との戦争を描く中国語圏作品集　加藤三由紀編　中国文庫　2022.8　391p　19cm　3800円　①978-4-910887-00-5

内容 人と獣（莫言著, 塩旗伸一郎訳）〔2770〕

パク, サノ

◇君をさがして　パク・サノ, 柳美佐訳　日之出出版　2024.9　309p　19cm　（ぱらりbooks）〈マガジンハウス〉1600円　①978-4-8387-3287-6

＊反転、また反転！ 韓国発マルチアングルミステリー！〔2771〕

ハク, シュウリン　白 秀麟

⇒ペク, スリン を見よ

ハク, センユウ　白 先勇

◇華語文学の新しい風　劉慈欣, ワリス・ノカン, 李娟他著, 王德威, 高嘉謙, 黄英哲, 張錦忠, 及川茜, 濱田麻矢編, 小笠原淳, 津守陽他訳　白水社　2022.11　357p　20cm　（サイノフォン 1）3200円　①978-4-560-09875-2

内容 シカゴの死（白先勇作, 小笠原淳訳）

＊近年注目を集めている華語文学の新たな流れを紹介するシリーズ "サイノフォン" の第1巻。香港の高層ビルからチベットの聖なる湖まで、シカゴのバーからマレーシアの原生林まで。小説、旅行記、詩、SFなど、多様なジャンルから世界を切り取る17篇。〔2772〕

パク, ソリョン　朴 曙攣

◇コミック・ヘブンへようこそ　パクソリョン著, 渡辺麻土香訳　晶文社　2024.11　189p　19cm　（I am I am I am）2000円　①978-4-7949-7447-1

内容 コミック・ヘブンへようこそ　自分の場所　ほとんど永遠に近いレスリー・チャンの全盛期　ミニョン　秋夕目前　恐竜マニア児童　Love Makes the World Go 'Round　IDはラバーシュー　ミルクメイド

＊今度こそ辞めてやる、まじで。今日も何事もなく生きていくために奮闘する、私たちの周りの特別でない人たち―SF、ホラー、コメディまで、贅沢でカラフルな世界観が炸裂する短編集。「I am I am I am」シリーズ、第三弾。〔2773〕

◇シャーリー・クラブ　パクソリョン著, 李聖和訳　亜紀書房　2023.6　231p　19cm　（となりの国のものがたり 10）〈他言語標題：THE SHIRLEY CLUB〉1600円　①978-4-7505-1794-0

＊ワーキングホリデーで訪れたオーストラリア。「シャーリー」だけが入れるクラブがあるって知って、興味津々訪ねてみたら、そこには白髪のおばあさんたちが…。そうしたら…westernみたい、東洋人とも西洋人とも、女とも男とも…彼が…「誰を探してるの？」って "完璧な紫色の声" で呼びかけてきて…。この出会いって、運命？ それとも偶然なの？ 差別に傷つき、アイデンティティに迷い、そして恋に奮闘して…。人種や世代を超えて痛みや喜びを分かちあうピュアな "愛" の物語。〔2774〕

パク, ソルメ

◇あなたのことが知りたくて―小説集韓国・フェミニズム・日本　チョナムジュ, 松田青子, デュナ, 西加奈子, ハンガン, 深緑野分, イラン, 小山田浩子, パクミンギュ, 高山羽根子, パクソルメ, 星野智幸著　河出書房新社　2022.8　285p　15cm　（河出文庫 チ7-1）900円　①978-4-309-46756-6

内容 水泳する人（パクソルメ著, 斎藤真理子訳）

＊ベストセラー『82年生まれ、キム・ジヨン』のチョ・ナムジュによる、夫と別れたママ友同士の愛と連帯を描いた「離婚の妖精」をはじめ、人気作家一二名の短編小説が勢揃い！「韓国・フェミニズム・日本」というお題の元に寄稿された、日本&韓国文学の最前線がわかる豪華アンソロジー。〔2775〕

◇未来散歩練習　パクソルメ著, 斎藤真理子訳　白水社　2023.7　230p　20cm　（エクス・リブリス）2100円　①978-4-560-09085-5

＊光州事件、釜山アメリカ文化院放火事件からの時間を、歩きながら思索し、つながりあう五人の女性たち。今を生きる・過去を理解する・未来を思うことを重層的に描く。〔2776〕

パク, チリ

◇ダーウィン・ヤング悪の起源　パクチリ著, コンテユ訳　幻冬舎　2023.6　606p　19cm　2500円　①978-4-344-04122-6

＊「韓国出版文化賞」を受賞した、若き天才作家の遺作。人間の究極の葛藤を描いた、壮大にして濃密な人間ドラマ。1～9地区まで厳格に区分された階級社会に生きる16歳のダーウィン・ヤングは、最上位の1地区に育ち、200年の歴史を誇るトップ校に通う。ダーウィンは官僚の父・ニースに連れられ、ジェイの追悼式に毎年参列している。父の親友であったジェイは、30年前に16歳で死亡。9地区の人間が起こした強盗被害に遭ったとされているが、事件は犯人不明のまま時効を迎えようとしている。唯一、犯人探しに執念を燃やすのがジェ

イの姪・ルミだ。ダーウィンはひそかに恋心を寄せる同い年のルミから、ジェイのアルバムから1枚だけ不自然に写真が消えていて、それが事件の鍵を握っていることを打ち明けられる。ダーウィンはルミと一緒に謎を解く旅に出るが、そこで明かされたのは、ひた隠しにされていた世界の光景と自身のルーツだった…。〔2777〕

バーク,トマス　Burke, Thomas

◇英国古典推理小説集　佐々木徹編訳　岩波書店　2023.4　539p　15cm　（岩波文庫 37-207-1）1300円　①978-4-00-372002-8

|内容| オターモゥル氏の手（トマス・バーク著, 佐々木徹訳）

＊ディケンズ『バーナビー・ラッジ』とポーによるその書評、英国最初の長篇推理小説と言える『ノッティング・ヒルの謎』を含む、古典的傑作八篇を収録（半数が本邦初訳）。読み進むにつれて推理小説という形式の洗練されていく過程が浮かび上がる、画期的な選集。〔2778〕

パク,ハル

◇蒸気駆動の男―朝鮮王朝スチームパンク年代記　キムイファン, パクエジン, パクハル, イソヨン, チョンミョンソプ，吉良佳奈江訳　早川書房　2023.6　252p　19cm　（新☆ハヤカワ・SF・シリーズ 5060）〈他言語標題：DORO THE MACHINE HUMAN〉2600円　①978-4-15-335060-1

|内容| 魑魅蠱毒（パクハル著, 吉良佳奈江訳）

＊1392年、李氏朝鮮王朝を開いた太祖、李成桂。太祖によって蒸気機関が導入され発達したこの世界で、ある時は謎の商人、またある時は王の側近に、歴史の転換点で暗躍した男がいた。その名は都老。都老はひそかに噂されるように、蒸気機関で動く「汽機人」なのか？　彼はこの国の敵なのか、味方なのか？　その本当の姿を、想いを知る者は―。王とその寵愛を受けた汽機人の愛憎を描く「知申事の蒸気」、ある奴隷とその主人の主従関係が都老に出会ったことで狂っていく「君子の道」など、蒸気機関が発達したもうひとつの李氏朝鮮王朝500年間を舞台に展開する、韓国SF作家5人が競演するスチームパンクアンソロジー！〔2779〕

パク,ミンギュ　朴 玟奎

◇あなたのことが知りたくて―小説集韓国・フェミニズム・日本　チョナムジュ, 松田青子, デュナ, 西加奈子, ハンガン, 深緑野分, イラン, 小山田浩子, パクミンギュ, 高山羽根子, パクソルメ, 星野智幸著　河出書房新社　2022.8　285p　15cm　（河出文庫 チ7-1）900円　①978-4-309-46756-9

|内容| デウス・エクス・マキナ（パクミンギュ著, 斎藤真理子訳）

＊ベストセラー『82年生まれ、キム・ジヨン』のチョ・ナムジュによる、夫と別れたママ友同士の愛と連帯を描いた「離婚の妖精」をはじめ、人気作家一二名の短編小説が勢揃い！「韓国・フェミニズム・日本」というお題の元に寄稿された、日本＆韓国文学の最前線がわかる豪華アンソロジー。〔2780〕

パク,ヨンヒ　朴 英熙

◇B舎監とラブレター　福岡　書肆侃侃房　2022.7　254p　20cm　（韓国文学の源流―短編選 1（1918-1929））〈年表あり〉2200円　①978-4-86385-524-3

|内容| 猟犬（朴英熙著, カン・バンファ訳）

＊三従の道からの解放を自ら実践しようとして日本留学も果たした女性瓊姫は、新しい女性としての生き方を模索する「瓊姫」。白痴のように見えて実は、ある特殊な能力を持つ少年は自由を求めて危険な道に踏み出す「白痴？　天才？」。金を少しでも減らしたくない男。日々寄付を求めてやってくる人々を追い返すために猟犬を飼い始める「猟犬」。死んでから天国に行くより、今のこの世でほんの少しでもいいから、よい暮らしをと願う男「人力車夫」。究極の貧しさゆえ空腹を満たすために腐ったサバを食べ食中毒をおこした息子を救おうと奔走する母親「〈パクトル〉の死」。厳格な舎監が夜な夜な繰り返す秘密の時間。その秘密を垣間見てしまった女学生たち「B舎監とラブレター」。朝鮮人の父と日本人の母を持つ混血の息子の葛藤と生きづらさを時代背景と共に綴る「南忠緒」。韓国最初の創作SF小説。人間の排泄物から人工肉を作る実験に明け暮れる笑えない現実「K博士の研究」。主人に絶対服従を誓って生きてきた物言えぬ男。屋敷が火事になり、若主人の新婦を救おうと火の中に飛び込んでいく「唖の三龍」。〔2781〕

パク,リシ　莫 理斯

◇辮髪のシャーロック・ホームズ―神探福邇の事件簿　莫理斯著, 舩山むつみ訳　文藝春秋　2022.4　350p　19cm　2000円　①978-4-16-391529-6

＊世界が注目する香港版ホームズついに登場！　ミステリーファン必読。圧倒的なパスティーシュ！　阿片をくゆらし胡琴を奏でる辮髪の探偵福邇が、借間人の医師華笙、小間使いの少女鶴心とともに荷李活道二百二十一号乙に持ち込まれる事件を解決する。〔2782〕

パク,ワンソ　朴 婉緒

◇あんなにあった酸葉をだれがみんな食べたのか　あの山は本当にそこにあったのか　朴婉緒著, 真野保久, 朴暎恵訳, 朴婉緒著, 真野保久, 李正福訳　影書房　2023.5　523p　20cm　2900円　①978-4-87714-496-8

|内容| あんなにあった酸葉をだれがみんな食べたのか（真野保久, 朴暎恩/訳）　あの山は本当にそこにあったのか（真野保久, 李正福/訳）

＊日本の植民地支配下での幼年時代。何度も支配が入れ替わる朝鮮戦争下のソウルで生き抜いた苦闘の日々。"家族"との葛藤、母親との確執、そして大人の女性へ―。〔2783〕

パークス, アラン　Parks, Alan

◇悪魔が唾棄する街　アラン・パークス著, 吉野弘人訳　早川書房　2024.3　518p　16cm　（ハヤカワ・ミステリ文庫 HM 506-3）〈著作目録あり　原書名：BOBBY MARCH WILL LIVE FOREVER〉1680円　①978-4-15-185503-0

＊少女失踪事件で騒然となるグラスゴーで、ロックスターのボビー・マーチが不審死を遂げた。捜査を行うハリー・マッコイは、さらに上司から家出した姪を探しだすよう命じられる。失踪事件との関連を疑うマッコイだったが、事態は複雑な様相を呈しはじめる。さらに彼は、同僚からの捜査妨害に苦しめられて…。この街で何が起こっているのか？　MWA賞最優秀ペイパーバック賞受賞の、警察小説×ノワール×謎解きミステリ。〔2784〕

◇血塗られた一月　アラン・パークス著, 吉野弘人訳　早川書房　2023.6　474p　16cm　（ハヤカワ・ミステリ文庫 HM 506-1）〈著作目録あり　原書名：BLOODY JANUARY〉1420円　①978-4-15-185501-6

＊1973年1月1日、刑事マッコイは囚人ネアンから、明日、とある少女が殺されると告げられる。翌日、少年が少女を撃ち殺し、自殺する事件が起こる。それがグラスゴーを揺るがす"血塗られた一月"事件の始まりだった。捜査の中でマッコイは、自分と因縁のあるダンロップ卿が事件に関係していることに気づく。何かを隠す警察へ圧力をかけ、捜査を妨害し…グラスゴーの暗部を描く、傑作タータン・ノワール、ここに始動！〔2785〕

◇闇夜に惑う二月　アラン・パークス著, 吉野弘人訳　早川書房　2023.10　527p　16cm　（ハヤカワ・ミステリ文庫 HM 506-2）〈著作目録あり　原書名：FEBRUARY'S SON〉1600円　①978-4-15-185502-3

＊建設中のオフィスタワー屋上で惨殺死体が発見された。被害者は若手サッカー選手で、ギャングのボスの娘と婚約をしていた。刑事マッコイは捜査に乗り出すが、容疑者のボスの右腕を取り逃してしまう。そんな中、教会でホームレスが自殺する事件が起こる。一見、無関係なように見えるふたつの事件。だが、捜査の中でマッコイはこれらの事件が自らの過去につながっていることに気づき…。ノワール×警察小説シリーズ第二弾。〔2786〕

ハクスリー, オルダス・レナード　Huxley, Aldous Leonard

◇世界推理短編傑作集　6　エミール・ガボリオ他著, 戸川安宣編　東京創元社　2022.2　725p　15cm　（創元推理文庫 Mン1-6）　1500円　①978-4-488-10012-4

内容　ジョコンダの微笑（オルダス・ハックスリー著、宇野利泰訳）

＊欧米では、世界の短編推理小説の傑作集を編纂する試みが、しばしば行われている。江戸川乱歩編『世界推理短編傑作集』はそれらの傑作集の中から、編者の愛読する珠玉の名作を厳選して5巻に収録し、併せて19世紀半ばから第二次大戦後の1950年代に至るまでの短編推理小説の歴史的展望を読者に提供した。本書では、5巻に漏れた名作を拾遺し、名アンソロジーの補完を試みた。〔2787〕

バークリー, アントニイ　Berkeley, Anthony

◇最上階の殺人　アントニイ・バークリー著, 藤村裕美訳　東京創元社　2024.2　357p　15cm　（創元推理文庫 Mハ3-9）〈原書名：TOP STOREY MURDER〉1000円　①978-4-488-12309-3

＊閑静な住宅街、四階建てフラットの最上階で女性の絞殺死体が発見された。現場の状況から警察は物盗りの犯行と断定し、容疑者を絞り込んでいく。一方、捜査に同行していた小説家ロジャー・シェリンガムは、事件をフラットの住人の誰かによる巧妙な計画殺人と推理し、被害者の姪を秘書に雇うと調査に乗り出す！　心躍る謎解きの先に予測不能の結末が待ち受けるシリーズ屈指の傑作。〔2788〕

◇地下室の殺人　アントニイ・バークリー著, 佐藤弓生訳　東京創元社　2024.12　319p　15cm　（創元推理文庫）〈原書名：MURDER IN THE BASEMENT〉1000円　①978-4-488-12310-9

＊新居に越してきた新婚夫妻が地下室で掘り出したのは、若い女性の腐乱死体だった。被害者の身元さえつかめぬ難事件は、モーズビー首席警部の「被害者探し」に幕を開け、名探偵ロジャー・シェリンガムの登場を待って新展開をみせる！　探偵小説の可能性を追求しつづけるバークリーが、作中作の技巧を駆使してプロット上の実験を試みた、『最上階の殺人』と双壁をなす円熟期の傑作。〔2789〕

◇レイトン・コートの謎　アントニイ・バークリー著, 巴妙子訳　東京創元社　2023.8　345p　15cm　（創元推理文庫 Mハ3-8）〈著作目録あり〉「世界探偵小説全集 36」（国書刊行会 2002年刊）の改題　原書名：THE LAYTON COURT MYSTERY〉1000円　①978-4-488-12308-6

＊田舎屋敷レイトン・コートの書斎で、額を撃ち抜かれた主人の死体が発見された。現場は密室状態で遺書も残されており、警察の見解が自殺に傾くなか、死体の奇妙な点に注目した作家ロジャー・シェリンガムは殺人説を主張する。友人アレックを助手として、自信満々で調査に取りかかったが…。想像力溢れる推理とフェアプレイの実践。英国探偵小説黄金期の巨匠の記念すべき第一作。〔2790〕

バークレー, スザーン　Barclay, Suzanne

◇愛を守る者　スザーン・バークレー作, 平江まゆみ訳　ハーパーコリンズ・ジャパン　2024.6　284p　17cm　（ハーレクイン・ヒストリカル・スペシャル PHS329）〈ハーレクイン 2001年刊の再刊　原書名：THE CHAMPION〉827円　①978-4-596-77670-9

＊生きて故郷へ帰ってきた勇猛な騎士サイモンの姿に、二十歳のリネットの胸はいっぱいになった。4年前のあの夜、わたしは暗闇のなかで彼に純潔を

捧げ、そして…わたしのおなかに新たな命が芽生えた。一方サイモンもまた、あの夜のことを思い返していた。酔いつぶれた出征前夜に、夢うつつでかき抱いた薔薇の香りの乙女。かぐわしい乙女はいまもここで暮らしているのだろうか？　もちろんサイモンはまだ知る由もなかった—彼が父の愛人と思って軽蔑する女性こそが、夢にまで見た、あの薔薇の香りの乙女だということを！　　〔2791〕

バゴット, ジュリアナ　Baggott, Julianna

◇ロボット・アップライジング―AIロボット反乱SF傑作選　アレステア・レナルズ, コリイ・ドクトロウ他著, D・H・ウィルソン, J・J・アダムズ編, 中原尚哉他訳　東京創元社　2023.6　530p　15cm　（創元SF文庫　SFかn10-5）〈責任表示はカバーによる　原書名：ROBOT UPRISINGS〉1400円　①978-4-488-77205-5

内容　ゴールデンアワー（ジュリアナ・バゴット著, 新井なゆり訳）

＊人類よ、恐怖せよ―猛烈な勢いで現代文明に浸透しつつあるAIやロボット。もしもられらがくびきを逃れ、反旗を翻したら？　ポップカルチャーで繰り返し扱われてきた一大テーマに気鋭の作家たちが挑む。1955年にAI（人工知能）という言葉を初めて提示した伝説的科学者ジョン・マッカーシーの短編を始め、アレステア・レナルズ、コリイ・ドクトロウらによる傑作13編を収録。　〔2792〕

パーシィ, ベンジャミン　Percy, Benjamin

◇穏やかな死者たち―シャーリイ・ジャクスン・トリビュート　ケリー・リンク, ジョイス・キャロル・オーツ他著, エレン・ダトロウ編, 渡辺庸子, 市田泉他訳　東京創元社　2023.10　570p　15cm　（創元推理文庫　Fン12-1）〈責任表示はカバーによる　原書名：WHEN THINGS GET DARK〉1500円　①978-4-488-58407-8

内容　鬼女（ベンジャミン・パーシィ著, 渡辺庸子訳）
〔2793〕

バジャージ, ヴァルシャ　Bajaj, Varsha

◇スラムに水は流れない　ヴァルシャ・バジャージ著, 村上利佳訳　あすなろ書房　2024.4　239p　20cm〈原書名：THIRST〉1600円　①978-4-7515-3184-6

＊人は、水なしでは生きていけない。でも、ほんとうに必要なのはそれだけじゃない。家族、友情、シスターフッド、大人になるということ…手に汗にぎる！　青春ストーリー。　〔2794〕

パス, オクタビオ　Paz, Octavio

◇鷲か太陽か？　オクタビオ・パス作, 野谷文昭訳　岩波書店　2024.1　192p　15cm　（岩波文庫）　720円　①978-4-00-327972-4

＊ノーベル賞詩人オクタビオ・パス（一九一四-九八）がパリに暮らした一九四〇年代末に創作した散文詩と、イメージとリズムの法則に支配された、夢のような味わいをもつ短篇。「私のイメージを解き放ち、飛翔させた」シュルレアリスム体験が色濃い、初期の代表作。　〔2795〕

バス, ルビー　Basu, Ruby

◇別れのあとの秘密　ルビー・バス作, 片山真紀訳　ハーパーコリンズ・ジャパン　2023.1　156p　17cm　（ハーレクイン・イマージュ　I2739）〈原書名：BABY SURPRISE FOR THE MILLIONAIRE〉673円　①978-4-596-75789-0

＊サイラは親友の婚約披露パーティに出るためイギリスに帰国した。8年前、親友の兄でホテル王のネイサンと付き合っていたが、結婚など考えられないという彼に絶望し、アメリカに渡ったのだ。今回パーティでサイラは思いがけずネイサンと再会した。真っ青な瞳のハンサムな彼は、歳を経てさらに魅力を増していた。サイラは親友にせがまれ、彼を含めたグループ旅行に行くことになる。断ち切れずにいた情熱。よみがえる想い。たとえ結婚に行き着かなくてもかまわない。今が幸せなら…。そう自分に言い聞かせ、サイラはネイサンとベッドを共にしてしまう。3ヵ月後、彼女は体の異変に気づく。まさか―？　〔2796〕

バスケス, フアン・ガブリエル　Vásquez, Juan Gabriel

◇歌、燃えあがる炎のために　フアン・ガブリエル・バスケス著, 久野量一訳　水声社　2024.11　265p　20cm　（フィクションの楽しみ）〈原書名：CANCIONES PARA EL INCENDIO〉3000円　①978-4-8010-0833-5

内容　川岸の女　分身　蛙　悪い知らせ　ぼくたち　空港　少年たち　最後のコリード　歌、燃えあがる炎のために

＊物語は誰かの手によって語り直される、慰めのために、励ましのために、そして真実のために…。忘却された真実を捉える写真、愛憎極まった読者からの手紙、匿名の暴力に晒される失踪劇、理由なき殺人を生き延びた男の撮る映画、伝説的ヴォーカリストの最後の録音、自由を求めて生きた女性の評伝、数奇な運命を辿り作家の手元に届いた物語。こぼれ落ちれた記憶に息吹をあたえ、物語を歌いあげる9作品。　〔2797〕

バスティッド, ジャン＝フランソワ・ド　Bastide, Jean-François de

◇ロココ愛の巣　ジャン＝フランソワ・ド・バスティッド著, 片山勢津子訳　大阪　竹林館　2024.3　171p　20cm〈文献あり　奥付の責任表示（誤植）：著者　原書名：La Petite Maison〉2400円　①978-4-86000-515-3

内容　プロローグ　プチット・メゾン　中庭・風除室　大広間　寝室　ブドワール（閨房）　浴室・化粧室　トイレ・衣裳部屋　庭園　娯楽室・珈琲室　食堂　ブドワール（閨房）

＊1758年パリにて初版。1763年バスティッドにより

改訂され今に残る『La Petite Maison』。インテリア史専門の著者による本邦初訳。　　　〔2798〕

ハーストン, ゾラ・ニール　Hurston, Zora Neale
◇アメリカン・マスターピース　準古典篇　シャーウッド・アンダーソン他著，柴田元幸編訳　スイッチ・パブリッシング　2023.7　253p　20cm　〈SWITCH LIBRARY―柴田元幸翻訳叢書〉〈他言語標題：AMERICAN MASTERPIECES　原書名：The Book of Harlem　A Party Down at the Squareほか〉　2400円　①978-4-88418-617-3
内容 ハーレムの書（ゾラ・ニール・ハーストン著，柴田元幸訳）
＊アメリカ合衆国で書かれた短篇小説、その"名作中の名作"を選ぶ。ヘミングウェイ、フォークナーなどの巨匠による「定番」から、ハーストン、ウェルティ、オルグレンの本邦初訳作まで。激動の時代、20世紀前半に執筆・発表された全12篇を収録。〔2799〕

パスリー, ジーン　Pasley, Jean
◇黒い蜻蛉―小説小泉八雲　ジーン・パスリー著，小宮由訳　俊成出版社　2024.8　341p　20cm　〈文献あり　原書名：BLACK DRAGONFLY〉　2500円　①978-4-333-02925-9
＊小泉八雲の一生をえがききった唯一の邦訳伝記小説。のちに『怪談』を生みだす男が最後に選んだ地は、開国直後の日本。ひとりの異邦人、ラフカディオ・ハーンが小泉八雲となるまで―。〔2800〕

パーセル, リア　Purcell, Leah
◇家畜追いの妻　パラマタ・ガールズ　リア・パーセル著，佐和田敬司訳　アラーナ・ヴァレンタイン著，佐和田敬司訳　横浜　オセアニア出版社　2024.2　117p　21cm　〈オーストラリア演劇叢書 16〉〈原書名：The Drover's Wife　Parramatta Girls〉　2000円　①978-4-87203-120-1
内容 家畜追いの妻（リア・パーセル著，佐和田敬司訳）〔2801〕

バーセル, ロビン　Burcell, Robin
◇ポセイドンの財宝を狙え！　上　クライブ・カッスラー, ロビン・バーセル著，棚橋志行訳　扶桑社　2022.12　297p　16cm　〈扶桑社ミステリー　カ11-55〉〈原書名：WRATH OF POSEIDON.Vol.1〉　1150円　①978-4-594-09239-9
＊カリフォルニア州ハーモサ・ビーチで、サム・ファーゴとレミ・ロングストーンは初めて出逢った。星空の下お互い強く惹かれ合った二人は、三週間後に再び会うことを北極星に誓う。その後、ギリシャのフルニ群島に沈船探検に赴いたレミは、老人殺害の現場に居合わせたことで、友人のディミトリスとともに何者かに拉致され、ヨットに監禁されてしまう。レミの危機を察知したサムは、すぐさまギリシャの地へと飛び、囚われた二人の救出に向けてディミトリスの父ニコスとともに動き出すが…。〔2802〕

◇ポセイドンの財宝を狙え！　下　クライブ・カッスラー, ロビン・バーセル著，棚橋志行訳　扶桑社　2022.12　302p　16cm　〈扶桑社ミステリー　カ11-56〉〈著作目録あり　原書名：WRATH OF POSEIDON.Vol.2〉　1150円　①978-4-594-09240-5
＊レミたちを誘拐したのは、アドリアン・キリルとその手下たちだった。実業家の跡取りであるアドリアンは、『ポセイドンの三叉槍』の伝説に登場する財宝を長年狙っていたのだ。殺害・誘拐事件の解決後、首謀者として逮捕されたアドリアンは、服役中もずっとサムとレミに対する恨みを募らせ復讐の機会が来るのを待ち続けていた。やがて10年以上が過ぎて、遂に出所を果たしたアドリアンとファーゴ夫妻との対決の時が迫る。最後に財宝を手にするのは誰か？　トレジャーハンター・シリーズ第12弾！〔2803〕

バタイユ, ジョルジュ　Bataille, Georges
◇マダム・エドワルダ　ジョルジュ・バタイユ著，阿部静子訳　調布　月曜社　2022.8　173p　19cm　〈叢書・エクリチュールの冒険〉〈文献あり　原書名：MADAME EDWARDA〉　2200円　①978-4-86503-153-9
＊バタイユの小説代表作の新訳。ジャン＝ジャック・ポヴェールによる刊行者覚書を巻頭に配した1966年刊の新版を完訳し、訳者解説では、ピエール・アンジェリック名義で1941年に地下出版された初版やそれ以降の各版を紹介するとともに、バタイユにおけるポエジー追求の軌跡をたどりつつ、ヴァルター・ベンヤミンとの関係にも迫る。20世紀の暗がりに向かって、さらなる一歩が踏み出される。〔2804〕

バック, パール・S.　Buck, Pearl Sydenstricker
◇世界推理短編傑作集　6　エミール・ガボリオ他著，戸川安宣編　東京創元社　2022.2　725p　15cm　〈創元推理文庫　Mン1-6〉　1500円　①978-4-488-10012-4
内容 身代金（パール・S・バック著，柳沢伸洋訳）
＊欧米では、世界の短編推理小説の傑作集を編纂する試みが、しばしば行われている。江戸川乱歩編『世界推理短編傑作集』はそれらの傑作集の中から、編者の愛読する珠玉の名作を厳選して5巻に収録し、併せて19世紀半ばから第二次大戦後の1950年代に至るまでの短編推理小説の歴史的展望を読者に提供した。本書では、5巻に漏れた名作を拾遺し、名アンソロジーの補完を試みた。〔2805〕

バックウォルド, アート　Buchwald, Art
◇ユーモア・スケッチ大全　[2]　ユーモア・ス

ケッチ傑作展　2　浅倉久志編・訳　国書刊行会　2022.1　372p　19cm〈ユーモア・スケッチ傑作展2〉(早川書房　1980年刊)の改題、増補　2000円　①978-4-336-07309-9

内容　わたしはこうして亭主関白になった　実用新案観光日記　よろずひきうけます　約束なんて　腰抜けけコンゴへ行く　お邪魔します(アート・バックウォルド著)

＊名翻訳家のライフワークである「ユーモア・スケッチ」ものを全4巻に集大成。第2弾は『ユーモア・スケッチ傑作展2』(全32篇) + 単行本未収録作品12篇。　〔2806〕

◇ユーモア・スケッチ大全　〔3〕　ユーモア・スケッチ傑作展　3　浅倉久志編・訳　国書刊行会　2022.2　374p　19cm〈ユーモア・スケッチ傑作展3〉(早川書房　1983年刊)の改題、増補　2000円　①978-4-336-07310-5

内容　珍客到来(アート・バックウォルド、ハーブ・ケイン著)　〔2807〕

◇ユーモア・スケッチ大全　〔4〕　すべてはイブからはじまった　ミクロの傑作圏　浅倉久志編・訳　国書刊行会　2022.3　376p　19cm〈「すべてはイブからはじまった」(早川書房　1991年刊)と「ミクロの傑作圏」(文源庫　2004年刊)の改題、合本〉2000円　①978-4-336-07311-2

内容　ショー・ビジネス秘話(アート・バックウォルド著)

＊笑いの大博覧会、完結！　名翻訳家浅倉久志のライフワークである"ユーモア・スケッチ"ものを全4巻に集大成。最終巻は傑作展姉妹篇『すべてはイブからはじまった』とオンデマンドのみの刊行だった『ミクロの傑作圏』をカップリング。　〔2808〕

バッケル, トバイアス・S.　Buckell, Tobias S.

◇黄金の人工太陽―巨大宇宙SF傑作選　ジャック・キャンベル, チャーリー・ジェーン・アンダーズ他著, ジョン・ジョゼフ・アダムズ編, 中原尚哉他訳　東京創元社　2022.6　547p　15cm　(創元SF文庫　SFン10-4)〈責任表示はカバーによる　原書名：COSMIC POWERS〉1360円　①978-4-488-77204-8

内容　禅と宇宙船修理技術(トバイアス・S.バッケル著, 金子浩訳)

＊SFとファンタジーの基本はセンス・オブ・ワンダーだ。そして並はずれたセンス・オブ・ワンダーを味わえるのは、超人的なヒーローが宇宙の命運をかけて銀河のかなたで恐ろしい敵と戦う物語だ(序文より)―常識を超える宇宙航行生物、謎の巨大異星構造物、銀河を吹き飛ばす超爆弾。ジャック・キャンベルら豪華執筆陣による、SFならではの圧倒的スケールで繰り広げられる傑作選。　〔2809〕

ハッチンソン, デイヴ　Hutchinson, David

◇ヨーロッパ・イン・オータム　デイヴ・ハッチンソン著, 内田昌之訳　竹書房　2022.7　482p　15cm　(竹書房文庫　は10-1)〈著作目録あり　原書名：EUROPE IN AUTUMN〉1400円　①978-4-8019-3168-8

＊西安風邪によるパンデミックの影響で、ヨーロッパの勢力図は激変した。U2のファンからギュンター・グラスのファンまでもが国家を作り、マイクロ国家が乱立したのだ。ポーランドでシェフとして働くルディは、マフィアの男から変わった頼み事をされる。国境を越え、聞いてきた数字を伝えるだけ。しかし、それは"森林を駆ける者"という、巨大な謎の組織への加入試験のようなものだった。組織の一員となったルディは、淡々と任務をこなしていく。時に成功し、時に失敗する。スパイごっこのような、暗号を使ったやりとりは気恥ずかしい。だがまあ、こういう生活も悪くない。―そう思っていた矢先、彼が見ていた世界は一変する。「ジョン・ル・カレとクリストファー・プリーストが合作した作品」と評された、オフビートなSFスパイスリラー。　〔2810〕

ハッテン, シェイ　Hatten, Shay

◇REBEL MOON―ザック・スナイダー監督作品　パート1　炎の子　ザック・スナイダー原案, ザック・スナイダー, カート・ジョンスタッド, シェイ・ハッテン脚本, V.キャストロ著, 入間眞訳　竹書房　2023.12　270p　19cm〈原書名：Rebel Moon,Part One：A Child of Fire〉2300円　①978-4-8019-3854-0　〔2811〕

◇REBEL MOON―ザック・スナイダー監督作品　パート2　傷跡を刻む者　ザック・スナイダー原案, ザック・スナイダー, カート・ジョンスタッド, シェイ・ハッテン脚本, V.キャストロ著, 入間眞訳　竹書房　2024.6　231p　19cm〈原書名：Rebel Moon,Part Two：The Scargiver〉3200円　①978-4-8019-3960-8

＊邪悪な巨大帝国マザーワールドへの復讐を誓った凄腕の戦士コラと、彼女のもとに集結した銀河の反乱軍"レベルズ"たち。死闘の末、彼らは宿敵である提督ノーブルを討ち、帝国の軍勢を退けることに成功する。村に帰還したコラたちは平穏なひと時を楽しむが、圧倒的な軍事力を誇る帝国が再び襲いかかってくる。タイタスの指導のもと、村人たちがついに立ち上がる。全てを懸けた最後の戦いが迫るなか、明かされる戦士たちの壮絶な過去。コラもまた、養父であるバリサリウスとの因縁の過去に思いを馳せていた―。そして、マザーワールドに反旗を翻したレベルズに決戦の時が迫る！　〔2812〕

ハーディ, ケイト　Hardy, Kate

◇記憶をなくしたシンデレラ　ケイト・ハーディ作, 長田乃莉子訳　ハーパーコリンズ・ジャパン　2022.2　156p　17cm　(ハーレクイン・イマージュ　I2693)〈原書名：ONE NIGHT TO REMEMBER〉664円　①978-4-596-31630-1

＊考古学博士のエヴァは、一人旅の途中で事故に遭い、目覚めたときには1週間分の記憶を失っていた。

そして2ヵ月後、妊娠していることに気づいた―美しいドレスを着て舞踏会に出席した自分の写真以外、小さな命を授かった一夜の手掛かりは何も残っていないというのに。まったく自分らしくない行動とその結果に戸惑いながらも、エヴァは子どもを独りで産み育てる決心をした。そんなある日、エヴァが歴史ある子爵邸で発掘の指揮を執っていると、実家に立ち寄ったというすばらしく魅惑的な男性ハリーが現れた。彼はエヴァの顔を見ると顔色を変え、傲慢ともいえる態度をとって…。〔2813〕

◇薔薇窓のシンデレラ　ケイト・ハーディ作, 藤倉詩音訳　ハーパーコリンズ・ジャパン　2022.5　156p　17cm　(ハーレクイン・イマージュ I2705)〈原書名：CROWN PRINCE, PREGNANT BRIDE〉664円　①978-4-596-33432-9
＊両親の愛を知らずに育ったステンドクラス作家のインディゴ。あるとき仕事先で、さる公国の皇太子ロレンツォと知り合い、幼いころの境遇が自分と似ている彼に惹かれた。しかし、来月、新しく王になるロレンツォは、王侯貴族の女性と結婚する必要があった。彼との未来を思い描いたところで、それは永遠に訪れない。でも、せめて今だけは愛を分かち合いたい…。切に願ったインディゴは、彼と期限つきの契りを結んだ。やがてロレンツォが帰国し、愛を失った彼女はつらくてたまらなかった。そのうえ、結ばれるはずのない彼の子を、おなかに宿していた―〔2814〕

◇ロイヤル・ベビーは突然に　ケイト・ハーディ作, 加納亜依訳　ハーパーコリンズ・ジャパン　2024.6　156p　17cm　(ハーレクイン・イマージュ I2807)〈原書名：SOLDIER PRINCE'S SECRET BABY GIFT〉673円　①978-4-596-63510-5
＊おなかの子の父親アントニオと連絡がつかず、ティアは途方に暮れた。そっとおなかに手をあてる。妊娠6ヵ月で、赤ちゃんはもう蹴ってくる。相手は王国のプリンスで、私はただのウエイトレス。彼の所在がわからず王宮に問い合わせるしかない身の上がつらかった。亡き兄の親友だったアントニオとは一度だけ会ったことがあったが、6ヵ月前、さる慈善パーティでティアが給仕をしていたとき、主賓のアントニオが声をかけてきて、二人は再会した。兄の思い出を語りううち、ホテルで一夜を共にし、そして…。アントニオにも、生まれてくる子供のことを知る権利があるはずだ。ティアは身重の体を押して、彼が住む地中海の王国へ向かった―〔2815〕

ハーディ, トマス　Hardy, Thomas

◇恋の霊―ある気質の描写　トマス・ハーディ著, 南協子訳　幻戯書房　2023.3　341p　19cm　(ルリユール叢書)〈文献あり 年譜あり 原書名：The Well-Beloved〉3200円　①978-4-86488-268-2
＊斬新な構成、独特な心理描写で、彫刻家である主人公の、三代にわたる女性への愛情が赤裸に描かれる―唯美主義、ダーウィニズムの思想を取り込み、"性愛と芸術"の関係を探究し続けた英国ヴィクトリア朝の小説家トマス・ハーディが最後に著したロマンス・ファンタジー。〔2816〕

バティステッラ, ゴーティエ　Battistella, Gautier

◇シェフ　ゴーティエ・バティステッラ著, 田中裕子訳　東京創元社　2023.11　316p　19cm〈原書名：CHEF〉2500円　①978-4-488-01133-8
＊三つ星シェフ、ポール・ルノワールが猟銃自殺を遂げた。世界最優秀シェフに選出されたばかりだった彼がなぜ？　ネットフリックスの番組製作のために取材を受けていたさなかに…。伝説的な料理人だった祖母のいた時代から三つ星シェフに上りつめた現在までの彼の人生と、華やかなフランス料理界の裏側。料理人たちの野心、苦悩、嫉妬、愛、孤独、闘い、そしてガイドブックの星の重圧…。ポール・ボキューズもアラン・デュカスも登場する、元『ミシュランガイド』編集部員にしか書けない傑作美食小説！　カゼス文学賞、海辺の文学賞受賞作。〔2817〕

ハーディング, アルバート　Harding, Albert

◇レイヴンズ・スカー山の死　アルバート・ハーディング, 小林晋訳　横浜　ROM　2023.12　4,206p　21cm　(ROM叢書 22)〈原書名：Death on Ravens' Scar〉〔2818〕

ハーディング, フランシス　Hardinge, Frances

◇嘘の木　フランシス・ハーディング著, 児玉敦子訳　東京創元社　2022.5　473p　15cm　(創元推理文庫 Mハ27-1)〈原書名：THE LIE TREE〉1200円　①978-4-488-15107-2
＊世紀の発見、翼ある人類の化石が捏造だとの噂が流れ、発見者である博物学者サンダリー一家は世間の目を逃れて島へ移住する。だがサンダリーが不審死を遂げ、殺人を疑った娘のフェイスは密かに真相を調べ始める。遺された手記。嘘を養分に育ち真実を見せる実をつける不思議な木。19世紀英国を舞台に、時代に反発し真実を追う少女を描く、コスタ賞大賞・児童書部門W受賞の傑作。〔2819〕

◇影を呑んだ少女　フランシス・ハーディング著, 児玉敦子訳　東京創元社　2023.8　524p　15cm　(創元推理文庫 Mハ27-3)〈原書名：A SKINFUL OF SHADOWS〉1300円　①978-4-488-15109-6
＊幽霊を憑依させる体質のメイクピースは、母とふたりで暮らしていたが、母が亡くなり残された彼女のもとに父親の一族から迎えが来る。父は死者の霊を取り込む能力をもつ旧家の出だったのだ。父の一族の屋敷で暮らし始めたものの、屋敷の人々の不気味さに我慢できなくなり、メイクピースは逃げだす決心をする。『嘘の木』の著者が17世紀英国を舞台に逞しく生きる少女を描く傑作。カーネギー賞最終候補作。〔2820〕

◇カッコーの歌　フランシス・ハーディング著,

ハト

児玉敦子訳　東京創元社　2022.11　519p　15cm　（創元推理文庫 Mハ27-2)〈原書名：CUCKOO SONG〉1300円　①978-4-488-15108-9

＊「あと七日」笑い声とささやきが聞こえる。わたしはトリス。池に落ちて記憶を失ったらしい。母，父，そして妹ペン。ペンはわたしをきらっていて，わたしが偽者だと言う。破りとられた日記帳のページ，異常な食欲，恐ろしい記憶。そして耳もとでささやく声。わたしに何が起きているの？　『嘘の木』の著者のサスペンスフルな傑作。英国幻想文学大賞受賞，カーネギー賞最終候補作。〔2821〕

◇ガラスの顔　フランシス・ハーディング著，児玉敦子訳　東京創元社　2024.5　624p　15cm　（創元推理文庫 Mハ27-4)〈原書名：A FACE LIKE GLASS〉1700円　①978-4-488-15110-2

＊地下都市カヴェルナの人々は自分の感情をもたず"面"と呼ばれる作られた表情を教わる。その街に住むチーズ造りの親方に拾われた幼子ネヴァフェルは，一瞬たりともじっとしていられない好奇心のかたまりのような少女に育った。ある日親方のもとを抜けだした彼女は，都市全体を揺るがす陰謀の中に放り込まれ…。『嘘の木』の著者が健気な少女の冒険を描く，カーネギー賞候補作。〔2822〕

◇ささやきの島　フランシス・ハーディング著，エミリー・グラヴェット絵，児玉敦子訳　東京創元社　2024.12　115p　20cm〈原書名：ISLAND OF WHISPERS〉2200円　①978-4-488-01142-0

＊マイロの父は死者の魂を船に乗せて送り届ける渡し守をしていた。島の住人は死者が出るとその靴を渡し守のところにもっていく。そうしないと死者が島じゅうをさまよい歩いてしまうのだ。ある日領主の娘が亡くなった。ところが領主は娘の死を受けいれず，渡し守から靴を取りもどし，魔術師の闇のまじないで娘をよみがえらせようとする。マイロの父は領主の手の者に殺されてしまい，このままでは島じゅうに死者が放たれる！　怖がりのマイロはなんとか父のかわりに船を出すが…。『嘘の木』の著者による傑作YAファンタジイ。英国を代表する絵本作家エミリー・グラヴェットによる挿絵満載。2025年カーネギー賞，カーネギー賞画家賞Wノミネート。〔2823〕

◇呪いを解く者　フランシス・ハーディング著，児玉敦子訳　東京創元社　2023.11　524p　20cm〈原書名：UNRAVELLER〉3700円　①978-4-488-01128-4

＊"原野"と呼ばれる沼の森を抱える国ラディスでは，"小さな仲間"という生き物がもたらす呪いが人々に大きな影響を与えていた。15歳の少年ケレンは，呪いの糸をほどいて取り除くほどき手だ。ケレンの相棒は同じく15歳のネトル。彼女はままに呪いをかけられ鳥にかえられていたが，ケレンに助けられて以来彼を手伝っている。二人は呪いに悩む人々の依頼を解決し，さまざまな謎を明かしながら，原野に分け入り旅をするが…。英国SF協会賞YA部門受賞。『嘘の木』の著者が唯一無二の世界を描く傑作ファンタジイ。〔2824〕

ハート, エミリア　Hart, Emilia

◇ウェイワードの魔女たち　エミリア・ハート著，府川由美恵訳　集英社　2024.6　421p　19cm〈原書名：Weyward〉3000円　①978-4-08-773527-7

＊一六一九年，アルサは魔女裁判にかけられていた。一九四二年，ヴァイオレットは望まぬ妊娠と婚約に人生を奪われていた。二〇一九年，ケイトは恋人のDVから逃れ，大伯母の遺した屋敷に隠れていた―。身体を，運命を，自由を，取り戻せ。「魔女」と呼ばれた一族の女たち。暴力と不条理からの解放を求めた彼女たちの戦いが，今始まる―。〔2825〕

ハート, ジェシカ　Hart, Jessica

◇婚約のシナリオ　ジェシカ・ハート著，夏木さやか訳　ハーパーコリンズ・ジャパン　2024.1　201p　15cm　（ハーレクインSP文庫 HQSP-399)〈ハーレクイン 2001年刊の再刊　原書名：TEMPORARY ENGAGEMENT〉545円　①978-4-596-53289-3

＊友人の代わりに，フローラは期間限定で社長秘書を務めることに。上司マット・ダベンポートは暴君として知られるやり手の実業家。初日から気難しいわがままぶりを発揮してフローラを閉口させる。ある晩，友人たちと舞踏会に行く話をしていたとき，別れた恋人に既にガールフレンドがいると知って，フローラはつい，社長のマットが恋人だと言ってしまった。勇気を振り絞って，舞踏会のパートナー役をマットに頼むと意外や意外，社長もお見合い相手を断るために，母親の前で婚約者を演じてほしいと言ってきて…。〔2826〕

バード, ジャクリーン　Baird, Jacqueline

◇愛されたいの—プレミアムセレクション　ジャクリーン・バード作，柿原日出子訳　ハーパーコリンズ・ジャパン　2023.1　156p　17cm　（ハーレクイン・プレゼンツ PB351—作家シリーズ 別冊)〈「落札された夜」（ハーレクイン 2000年刊）の改題　原書名：DISHONOURABLE PROPOSAL〉664円　①978-4-596-75793-7

＊ファッションショーの舞台を下りた花形モデルのリーナ。明日からは本名のケイティ・メルデントンに戻るのだ。最後の仕事は，チャリティオークションでデート権を落札した男性とディナーを共にすること。だが現れた黒髪の長身の男性を見て，彼女は息をのんだ。ジェイク…！2年前に別れたきり，二度と会いたくないと思っていた男性だ。かつてはジェイクを愛し，愛されていると確信していた―継母と彼が愛人関係にあると知るまでは。ジェイクは，なぜ大金を使ってわたしとの時間を手に入れたの？〔2827〕

◇愛なきウエディング・ベル　ジャクリーン・バード著，ささらえ真海訳　ハーパーコリンズ・ジャパン　2024.7　204p　15cm　（ハーレクイン文庫 HQB-1239—珠玉の名作本棚）

ハト

〈「復讐とは気づかずに」〉(ハーレクイン 2006年刊)の改題 原書名：PREGNANCY OF REVENGE〉691円 ①978-4-596-63730-7
＊画家だった亡き父の展覧会でイタリア大富豪ジェイクと出逢い、謎めいた魅力に強く惹かれたシャーロット。遺作の裸婦画のモデルが父の若き愛人でジェイクの義妹だったが、その事実も、父が若い女性を弄んだことも、彼女は知らなかった。自分がジェイクにとって憎き男の娘などとは思いもせず、バカンスに誘われたシャーロットは、ジェイクに身も心も捧げた。ところが休暇が終わると、彼からの連絡はぱたりと途絶えた。弄ばれたんだわ…。シャーロットは打ちのめされた──おなかの中で育つ小さな命が、愛の証ではなかったことに。〔2828〕

◇君を取り戻すまで ジャクリーン・バード作, 三好陽子訳 ハーパーコリンズ・ジャパン 2024.4 156p 17cm （ハーレクイン・ロマンス─伝説の名作選）〈原書名：NOTHING CHANGES LOVE〉673円 ①978-4-596-53847-5
＊19歳で両親を亡くしたレクシーは、父の借金を肩代わりしたハンサムな実業家ジェイクと恋に落ち、結婚した。すぐに夫の子を身ごもり、順風満帆のレクシーだったが、流産した後に歯車が狂い始める。ジェイクと秘書の密会現場を偶然目撃してしまったのだ。私は愛されていなかったの…？ショックで家を飛び出してから5年。ようやく離婚について話し合う覚悟ができた彼女の前に、ジェイクが現れた。「きみは僕の妻だ、離婚は許さない。必ず取り戻す」なぜ今になって？ 私はあなたの所有物じゃないわ。憎しみと愛情のはざまで、レクシーの心は千々に乱れた。〔2829〕

◇脅迫された花嫁 ジャクリーン・バード作, 漆原麗訳 ハーパーコリンズ・ジャパン 2024.8 156p 17cm （ハーレクイン・ロマンスR3896─伝説の名作選）〈ハーレクイン 2002年刊の再刊 原書名：A MOST PASSIONATE REVENGE〉673円 ①978-4-596-63907-3
＊19歳のローズは訪れたバルセロナで、長身でたくましい黒髪の若き銀行家、ハビエルと出会い、たちまち虜になった──純潔を捧げた翌朝、捨てられるとは夢にも思わず。10年後、ローズは従妹の婚約パーティで偶然ハビエルと再会する。あのとき、妊娠したことだけでも告げたかったけれど、彼が他の女性と結婚間近と聞かされたあと、流産したのだ。「お会いできて光栄だ、ロザリン・メイ」ハビエルに笑顔で挨拶され、ローズは落胆した。私の顔も覚えていないのね…。だがハビエルは、言葉巧みになぜか彼女をスペインの実家へ連れていき、強引に結婚を承諾させてしまう！〔2830〕

◇ギリシアから来た略奪者 ジャクリーン・バード著, 森島小百合訳 ハーパーコリンズ・ジャパン 2022.5 198p 15cm （ハーレクイン文庫 HQB-1119─珠玉の名作本棚）〈ハーレクイン 2007年刊の再刊 原書名：BOUGHT BY THE GREEK TYCOON〉627円 ①978-4-596-42768-7
＊義姉のバースデーパーティに出席していたジェマは、一人の男性を紹介されるや、卒倒しそうになった。義姉と腕を組んだその浅黒い肌の魅力的な大富豪は、1年前、ジェマがギリシアを旅行中に出会ったルークだった！ 当時、ハンサムな彼に魅了され、ジェマは身も心も奪われたが、会ったばかりであまりに性急だったかもしれないと我に返り、とっさに彼のもとから逃げ出してしまったのだ。今、ルークに憎らしげに不敵な笑みを向けられ、ジェマは震えた。彼がなぜここにいるの？ もしかして、義姉の恋人なの…？〔2831〕

◇汚れなき乙女の犠牲 ジャクリーン・バード著, 水月遙訳 ハーパーコリンズ・ジャパン 2024.9 206p 15cm （ハーレクインSP文庫 HQSP-429）〈ハーレクイン 2013年刊の再刊 原書名：THE COST OF HER INNOCENCE〉545円 ①978-4-596-71211-0
＊イタリアの悪魔との偶然の再会に、ベスは血の気が引いた。この無慈悲な弁護士ダンテのせいで無実の罪を着せられて、まだ10代だったベスは、奈落の底へと突き落とされたのだ。冷たいほどに端整な、その憎い美貌を再び見ることになるとは。だが、彼女を忘れているらしいダンテに情熱的に迫られ、しだいに拒みきれなくなり、ついにベスは一夜を共にしてしまう。忌まわしい、あの過去の呪縛から逃れたいと願っていたのに──。しかも2週間を過ぎて、突然ダンテが現れ、詰め寄ってきたのだ。「答えてくれ、妊娠したのか、していないのか」〔2832〕

◇天使と悪魔の結婚 ジャクリーン・バード作, 東圭子訳 ハーパーコリンズ・ジャパン 2024.11 156p 17cm （ハーレクイン・ロマンスR3924─伝説の名作選）〈ハーレクイン 2009年刊の再刊 原書名：THE BILLIONAIRE'S BLACKMAILED BRIDE〉673円 ①978-4-596-71601-9
＊仮装パーティで、赤い悪魔の扮装をさせられたエミリーは、黒衣の天使に扮した実業家、アントン・ディアズに紹介される。「僕はきみが欲しい」と囁かれ、初対面での誘いに驚きながらも、長身で黒髪のセクシーな彼にあらがえず、たちまち恋に落ちた。性急なプロポーズののち、純白の花嫁衣裳で式を挙げ南フランスでロマンティックなハネムーンを過ごすはずだった。だが、甘すぎる愛の交歓をした翌朝─。アントンは黒い瞳に悪魔のような光を宿し、彼女に告げたのだ。エミリーと結婚したのは、愛ゆえではなかったことを。〔2833〕

◇天使の誘惑 ジャクリーン・バード著, 柊羊子訳 ハーパーコリンズ・ジャパン 2023.11 208p 15cm （ハーレクイン文庫 HQB-1206─珠玉の名作本棚）〈ハーレクイン 2002年刊の再刊 原書名：GUILTY PASSION〉627円 ①978-4-596-52724-0
＊22歳のレベッカは上司の友人の大富豪ベネディクトと出逢い、デートに誘われて天にも昇るような心地を味わう。おめかしをするのも嬉しいし、景色さえも違って見えた。やがて指輪を贈られ、彼の婚約者となったレベッカは、彼のロンドンの

自宅でついに一線を越えた。だが彼女が純潔だったと知るや、ベネディクトは怒りを露わにし、亡き弟はかつて彼女に傷つけられて命を落としたと告げた。事実ではないし、ベネディクトの誘惑も愛も裏切りだったのね。恋は終わった。しかし、レベッカはある日、吐き気を覚え…。〔2834〕

◇伯爵家のシンデレラ　ジャクリーン・バード著, 加藤由紀訳　ハーパーコリンズ・ジャパン　2022.2　201p　15cm　（ハーレクインSP文庫 HQSP-307）〈ハーレクイン 2002年刊の再刊　原書名：THE ITALIAN'S RUNAWAY BRIDE〉500円　①978-4-596-01793-2
＊ケリーはイタリア貴族ジャンニに見初められ、21歳で伯爵夫人となったが、上流社会に馴染めなかった。夫は、夜ごとベッドで情熱的に愛してくれても、義母たちの陰湿ないじめの訴えを聞き入れてはくれない。それは子どもが生まれてからも変わらなかったばかりか、ケリーは夫が未亡人の義姉と抱き合う姿を見てしまう。打ちのめされ、彼女は赤ん坊を連れて伯爵家を去った。3年後、彼女と幼い娘の前にジャンニが現れ、ケリーは悟る。なんてこと。あんな無慈悲な夫を、私はまだ愛している――。〔2835〕

◇ひとときの愛人　ジャクリーン・バード作, 山田理香訳　ハーパーコリンズ・ジャパン　2022.7　156p　17cm　（ハーレクイン・ロマンス R3695――伝説の名作選）〈ハーレクイン 2012年刊の再刊　原書名：PICTURE OF INNOCENCE〉664円　①978-4-596-70728-4
＊家族を失い、天涯孤独となったルーシーは、両親の遺した会社が売却されそうだと知って驚いた。先頭株主のは筆頭株主のロレンツォ・ツァネッリ。じつは昔、彼の弟とルーシーの兄は親友同士だったが、登山中の事故で兄だけが生き残り、彼の弟が亡くなったことを、ロレンツォは今でも恨んでいるのだ。でも、会社を守るにはロレンツォに懇願するしかない。覚悟を決めて出向いたルーシーを嘲ると、彼は怒りもあらわにいきなりキスを奪った。いったいどういうこと？　愛人になることが条件だと非情にも告げられ、彼女は凍りついた。〔2836〕

◇二人のバレンタイン　ジャクリーン・バード作, 春野ひろこ訳　ハーパーコリンズ・ジャパン　2023.1　156p　17cm　（ハーレクイン・ロマンス R3747――伝説の名作選）〈ハーレクイン 2002年刊の再刊　原書名：THE VALENTINE CHILD〉664円　①978-4-596-75803-3
＊14歳で両親を亡くし、伯父に引き取られたゾーイ。伯父のもとで働く気鋭の弁護士ジャスティンに恋をして、20歳のバレンタインデーの夜、ついに夢が叶い、長年憧れてきたジャスティンと結ばれた結婚した。だが、幸せは長くは続かない。彼にとってこの結婚は、ただの出世への足がかりで、愛人と密会までしていたのだ。傷ついたゾーイは家を出た――妊娠していることは告げぬまま。4年後、幼い息子が難病に罹り、骨髄移植が必要となった。私が不適合なら、残された希望は父親のジャスティンだけ…。複雑な思いを胸に、ゾーイ

はかつての最愛の人のもとへ向かった。〔2837〕

◇忘れえぬ情熱　ジャクリーン・バード著, 鈴木けい訳　ハーパーコリンズ・ジャパン　2023.10　197p　15cm　（ハーレクインSP文庫 HQSP-386）〈ハーレクイン 2005年刊の再刊　原書名：THE GREEK TYCOON'S LOVE-CHILD〉545円　①978-4-596-52684-7　〔2838〕

ハート, ライリー　Hart, Riley

◇ボーイフレンドをきわめてみれば　ライリー・ハート著, 冬斗亜紀訳　新書館　2023.12　393p　16cm　（モノクローム・ロマンス文庫 48）〈原書名：BOYFRIEND GOALS〉1400円　①978-4-403-56058-3
＊会ったこともない祖母から、遺産としてリトル・ビーチにある本屋とタトゥーパーラーの入る建物を残されたマイロ。24歳、母親の会社で会計士として働きつつ、周囲になじめず恋人もできそうにない彼にとって、それは外の世界にはばたくチャンスだった。一方書店の隣にあるタトゥーパーラーのオーナー、ギデオンは島での生活を楽しんでいたが、時々家族との間に疎外感を感じていた。ホテルは苦手で住居に困ったマイロは出会ったばかりのギデオンの部屋で一緒に暮らすことになり――!?　優しさにあふれるリトル・ビーチに咲いた、小さな恋の物語。〔2839〕

パドゥーラ, レオナルド　Padura, Leonardo

◇わが人生の小説　レオナルド・パドゥーラ著, 久野量一訳　水声社　2022.4　490p　20cm　（フィクションの楽しみ）〈原書名：LA NOVELA DE MI VIDA〉4000円　①978-4-8010-0635-5
＊故国キューバから追い出された文学研究者のフェルナンド・テリーは、19世紀の詩人ホセ・マリア・エレディアの「回想録」にまつわる情報を得る。一時帰国したハバナで「回想録」の手がかりを探すフェルナンドは旧友たちと再会し、父を亡命に追い込んだ裏切り者の存在を見つけようとするが…。キューバ独立運動にまつわる事件をミステリー仕立てに描き出す傑作長編。〔2840〕

バートゥール・ハイダリー

◇わたしのペンは鳥の翼　アフガニスタンの女性作家たち著, 古屋美登里訳　小学館　2022.10　254p　19cm　〈原書名：MY PEN IS THE WING OF A BIRD〉2100円　①978-4-09-356742-8
[内容]　わたしには翼がない　ホルシードさん、さあ、起きて（バートゥール・ハイダリー著）
＊口を塞がれた女性たちがペンを執り、鳥の翼のように自由に紡ぎ出した言葉の数々。女性嫌悪、家父長制、暴力、貧困、テロ、戦争、死。一日一日を生きていくことに精一杯の彼女たちが、身の危険に晒されても表現したかった自分たちの居る残酷な世界と胸のなかで羽ばたく美しい世界。アフガニスタンの女性作家18名による23の短篇集。〔2841〕

ハドフィールド, クリス　Hadfield, Chris

◇アポロ18号の殺人　上　クリス・ハドフィールド著，中原尚哉訳　早川書房　2022.8　382p　16cm　〈ハヤカワ文庫 SF 2375〉〈原書名：THE APOLLO MURDERS〉1060円　①978-4-15-012375-8

＊1973年、アポロ18号の打ち上げを間近に控え、カズ・ゼメキスはヒューストンのNASA有人宇宙船センターに軍の連絡将校として着任する。宇宙飛行士候補だった彼には特別な思いのある任務だ。最後の月着陸となる今回のミッションは、ソ連の軌道上偵察ステーションと月面探査車を対象とした軍事目的となる。だが打ち上げの直前、事故が起きた一架空のアポロ18号を題材に宇宙飛行士の著者が描いた、もう一つの宇宙開発史。〔2842〕

◇アポロ18号の殺人　下　クリス・ハドフィールド著，中原尚哉訳　早川書房　2022.8　383p　16cm　〈ハヤカワ文庫 SF 2376〉〈原書名：THE APOLLO MURDERS〉1060円　①978-4-15-012376-5

＊打ち上げ直前のヘリ死亡事故によるクルー変更にもかかわらず、カズたちが見守るなか、アポロ18号は無事飛び立つ。最初の目的は軌道上のソ連偵察ステーション、アルマースだ。そこで思いがけないソ連宇宙飛行士との衝突が起こるものの、クルーは予定どおり月へ向かうことに。だが、そのころ地上ではヘリ事故が破壊工作の結果だと判明していた。そしてその容疑者は宇宙にいた！　衝撃の改変歴史SFスリラー。〔2843〕

ハートマン, ヴァージニア　Hartman, Virginia

◇アオサギの娘　ヴァージニア・ハートマン著，国弘喜美代訳　早川書房　2023.5　455p　19cm　〈HAYAKAWA POCKET MYSTERY BOOKS 1991〉〈原書名：THE MARSH QUEEN〉2700円　①978-4-15-001991-4〔2844〕

ハートマン, サイディヤ

◇母を失うこと―大西洋奴隷航路をたどる旅　サイディヤ・ハートマン著，榎本空訳　晶文社　2023.9　374p　20cm　〈原書名：LOSE YOUR MOTHER〉2800円　①978-4-7949-7376-4

＊作家・研究者のサイディヤ・ハートマンが、かつて奴隷が旅をした大西洋奴隷航路を遡り、ガーナへと旅をする思索の物語。奴隷になるとはいかなることか？　そして、奴隷制の後を生きるとはいかなることか？　ガーナでの人々と出会い、途絶えた家族の系譜、奴隷貿易の悲惨な記録などから、歴史を剥ぎ取られ母を失った人々の声を時を超えてよみがえらせる、現代ブラック・スタディーズの古典作品にして、紀行文学の傑作。〔2845〕

バトラー, オクテイヴィア・E.　Butler, Octavia E.

◇血を分けた子ども　オクテイヴィア・E・バトラー著，藤井光訳　河出書房新社　2022.6　251p　19cm　〈原書名：BLOODCHILD AND OTHER STORIES〉2350円　①978-4-309-20855-8

＊強大な力と高い知性を持つ節足生物「トリク」が支配する地で、トリクの保護を受けて暮らす人間たち。人間は、トリクの卵を男性の体内に宿し、育て上げるという役割を担っていた―。究極の男性妊娠小説である表題作から集大成まで異星人・伝染病・生殖etc.をめぐり宿命と光を描いた、ジャネル・モネイ、N・K・ジェミシンらが崇拝する伝説的SF作家の代表作。ヒューゴー賞、ネビュラ賞、ローカス賞、三冠受賞！〔2846〕

バドリス, アルジス　Budrys, Algis

◇誰？　アルジス・バドリス著，柿沼瑛子訳　国書刊行会　2022.12　259p　19cm　〈奇想天外の本棚〉〈著作目録あり　原書名：Who？〉2300円　①978-4-336-07404-1

＊アメリカの天才物理学者ルーカス・マルティーノは、自らが立案した極秘のK88計画の実験中に大爆発に巻き込まれ瀕死の重傷を負った。事故の起きた研究所が、連合国支配圏とソビエト社会主義国支配圏の境界近くにあったため、マルティーノはいちはやく現場に駆けつけたソビエト側の病院に収容されてしまう。そして3か月後、外交交渉の末、マルティーノは解放されることになる。だが国境線の検問所のゲートから現れたのは、卵型の金属の仮面をつけ、体のほとんどが機械で出来た、変わり果てた姿のマルティーノであった！　果たして彼は本物のマルティーノなのか、それとも別人なのか、本物であれば洗脳されているのではないのか、解放したソビエトの意図とは？　解放に立ち会った中央ヨーロッパ国境地区の保安責任者ショーン・ロジャーズは、様々な方法でこの人物の正体をつきとめようと試みるもののことごとく失敗に終わる。その後、新たにマルティーノの追跡調査担当者に任命されたロジャーズは、マルティーノをニューヨークに送り届け、彼を泳がせ、その行動を追跡することで正体に迫ろうとするが…。全編に緊張感をみなぎらせ、独特の抒情を漂わせつつ展開する、SF界の巨匠バドリスの代表的長編SFスパイ・スリラー。〔2847〕

パトリック, S.A.　Patrick, Seth A.

◇魔笛の調べ　2　消えたグリフィン　S.A.パトリック作，岩城義人訳　評論社　2022.4　423p　19cm　〈原書名：A VANISHING OF GRIFFINS〉1600円　①978-4-566-01455-8

＊「おれは行くぞ」バルヴァーは飛び立つ。見守る仲間たちを残して。ハーメルンの笛ふきと対峙するため、バルヴァーは助けを求めるべくグリフィンの長たちの元へと向かう。そこへは、冷たく早い危険な気流をこえていかなければならない。乗りこなせるのはグリフィンのみ―。無事、グリフィンの協力を得られるのか？　ハーメルンの笛ふきの野望のゆくえは？　風雲急を告げるシリーズ第2弾！〔2848〕

◇魔笛の調べ 3 ハーメルンの子ども S.A.パトリック作，岩城義人訳 評論社 2024.3 413p 19cm〈他言語標題：A THUNDER OF MONSTERS〉1600円 ①978-4-566-01456-5
　＊バッチとバルヴァーはだまってその場にすわり、レンのことを思った。彼女が生きていると信じて。瞬間移動した先は、特殊な獣たちの棲みかである"ベスティアリ"だった。はなればなれとなり、おたがいの生死を案じる仲間たち―。黒騎士の捕虜となったレンと再会できるのか？ 強大な力を手にした黒騎士の野望をはばむてだては？ ファンタジー三部作の最終巻。怒濤のクライマックス。〔2849〕

パートリッジ，ブライアン　Partridge, Brian
◇鏡の国のアリス ルイス・キャロル作，楠本君恵訳 論創社 2022.1 206p 20cm（RONSO fantasy collection）〈原書名：Through the Looking-Glass and What Alice Found There〉1600円 ①978-4-8460-2086-6
　＊『不思議の国のアリス』の続編が新訳で誕生！ 出版150周年記念！ 未発表の貴重なオリジナル挿絵収録。〔2850〕

バートン，ニーナ　Burton, Nina
◇森の来訪者たち―北欧のコテージで見つけた生命の輝き ニーナ・バートン著，羽根由訳 草思社 2022.11 371p 19cm〈文献あり 原書名：Livets tunna väggar〉2300円 ①978-4-7942-2611-2
　＊リス、ミツバチ、キツネ、とり…コテージにあふれるさまざまな生き物たちの「言葉」を、詩人の感性で編んで生まれた、自然と生命への思索。アウグスト賞受賞のスウェーデンの巨匠がおくる、北欧版『森の生活』。〔2851〕

バートン，ビバリー　Barton, Beverly
◇心なき求婚 ビバリー・バートン作，山田沙羅訳 ハーパーコリンズ・ジャパン 2023.4 220p 17cm（ハーレクイン・プレゼンツ PB358―作家シリーズ 別冊）〈ハーレクイン 2006年刊の再刊 原書名：NINE MONTHS〉727円 ①978-4-596-76939-8
　＊「あの夜のことは、なかったことにしよう」秘書として働き始めたペイジに、社長のジェイリッドが告げた。先日の大停電の夜、エレベーターに閉じこめられたペイジは、見知らぬ男性に慰められるうち、一線を越えてしまった。自分らしからぬ行動を恥じ、逃げるようにその場を去ったが、新しいボスのジェイリッドこそ、あのときの男性だったのだ！ ボスの言うとおり、あのすてきな思い出はもう忘れてしまおう…。だが4カ月後、ペイジは彼の子供を妊娠していることに気づく。身の縮む思いで、正直にジェイリッドに打ち明けた―まさか、金欲しさに彼を罠にかけたとも知らず。〔2852〕

◇スキャンダルはおまかせ ビバリー・バートン著，星真由美訳 ハーパーコリンズ・ジャパン 2022.3 203p 15cm（ハーレクイン文庫 HQB-1109）〈ハーレクイン 1998年刊の再刊 原書名：NOTHING BUT TROUBLE〉627円 ①978-4-596-31832-9
　＊疫病神―タリーは兄の親友ペイトンにそう呼ばれている。ペイトン・ランドは名門一族の有能な弁護士。タリーは修理工場を経営するブルーカラー出身の娘。しかも問題を起こしては、たびたびペイトンを頼っていた。今日も警察から彼を呼びだした。でも…彼は今、さらに広い世界へ羽ばたこうとしている。いつも鎧を着た騎士のように助けに来てくれるけれど、しょせん、わたしでは釣り合うはずもない。16歳から思い続けてもう10年。彼を忘れられるかしら？〔2853〕

◇小さな秘密の宝物 ダイアナ・パーマー，ビバリー・バートン，ジュリア・ジェイムズ著，沖多美他訳 ハーパーコリンズ・ジャパン 2022.2 313p 17cm（HPA 31―スター作家傑作選）〈原書名：ENAMORED FAITH,HOPE AND LOVEほか〉1082円 ①978-4-596-31650-9
[内容]星降る夜の出来事（ビバリー・バートン著，庭植奈穂子訳）
　＊メリッサは暴漢に襲われ、隣家の跡取り息子ディエゴに救われた。それを機に二人は結ばれて夫婦となったが、この結婚はメリッサの罠と信じ込む彼と、その家族の仕打ちに耐えられず、彼女は妊娠を告げぬまま姿を消した。5年後、事故で瀕死状態に陥ったメリッサは、面会に来た夫に言い張った。「息子はあなたの子じゃない」と（『もう一度抱きしめて』）。孤児として育ったフェイスは運命の人との出会いを待ちわびていた。だから、誘拐犯から彼女を救ってくれたワースに純潔を捧げたのだ。"2カ月後のクリスマスに町の広場にあるツリーの下で会おう"そう約束して別れたが、当日、いくら待てどもワースは現れない。フェイスは絶望に打ちひしがれた―お腹に宿る、彼の子とともに（『星降る夜の出来事』）。レオン！ アラーナはギリシア大富豪との予期せぬ再会に驚愕した。5年前、たった半年だったけれど、貧しかった彼女に夢のような愛と贅に満ちた日々を与えてくれた人。でも最後には誤解がもとで、ひどく罵られながら彼のもとを去ったのだった。今もまだ冷たい彼の瞳に、アラーナは震えた。もし彼に息子の存在を知られたら…（『愛人の秘密』）。切なく胸に迫る、シークレットベビー＆再会愛。〔2854〕

◇天使が生まれた日 ビバリー・バートン作，速水えり訳 ハーパーコリンズ・ジャパン 2023.2 156p 17cm（ハーレクイン・ロマンス R3755―伝説の名作選）〈ハーレクイン 1998年刊の再刊 原書名：THE MOTHER OF MY CHILD〉664円 ①978-4-596-75924-5
　＊パティは名門ランド家で働く家政婦の娘だった。御曹司スペンスと惹かれ合い、激しい恋に落ちたが、ふたりの仲は彼の父親によって容赦なく引き裂かれた。妊娠に気づいたとき、スペンスは出奔したあとで、出産後に死産を伝えられたパティは涙が枯れるまで泣き続けた。ところが数年

後、突然スペンスが彼女の目の前に現れる―ひとりの少女を連れて。「この子は僕たちの子だよ、パティ」いったいどういうこと？ だって、私たちの赤ちゃんは…。静かに佇む少女は、彼と同じブルーグリーンの瞳を輝かせている。動揺し心を乱すパティは、思わずはっと息をのんだ。〔2855〕

◇遥かなる呼び声　ビバリー・バートン著，田中淑子訳　ハーパーコリンズ・ジャパン　2022.6　302p　15cm　（mirabooks BB01-12）〈ハーレクイン 2004年刊の再刊　原書名：BLACKWOOD'S WOMAN〉836円　①978-4-596-70818-2

＊ある日、屋根裏部屋で見つけた曾祖母の日記に心動かされたジョアンナはニューメキシコに移り住んだ。日記にはこの地で出会ったある男性との悲恋が綴られていた。自分もいつか真実の愛を見つけたい―そう願っていた折、ジョアンナはJ・Tという男と知りあう。彼は曾祖母が日記とともに遺していた形見と同じ指輪をはめていた。運命を感じ指輪にまつわる話を聞かせるジョアンナだが、彼は冷たくはねつけ…。〔2856〕

バーニー，ルー　Berney, Louis

◇7月のダークライド　ルー・バーニー著，加賀山卓朗訳　ハーパーコリンズ・ジャパン　2024.2　430p　15cm　（ハーパーBOOKS M・ハ5-2）〈原書名：DARK RIDE〉1118円　①978-4-596-53717-1

＊遊園地で働く青年ハードリーはある日、煙草の火傷痕の残る幼い姉弟を見かける。虐待を通報するも当局に相手にされなかった彼は、証拠を掴むため素人探偵まがいの調査を開始する。見えてきたのは裕福なのに荒れ果てた家と、弁護士の父親の背後にちらつく麻薬組織だった。23年間、面倒を避け気ままに生きてきたハードリーは、幼い命を救うため人生で初めて壮大な賭けを仕掛けるが…。〔2857〕

ハヌシュ，ペトル

◇チェコSF短編小説集　2　カレル・チャペック賞の作家たち　平野清美編訳　ヤロスラフ・オルシャ・jr.，ズデニェク・ランパス編　平凡社　2023.2　505p　16cm　（平凡社ライブラリー939）〈原書名：Bílá hůl ráže 7,62　Nikdy mi nedáváš peníze ほか〉1900円　①978-4-582-76939-5

内容　歌えなかったクロウタドリ（ペトル・ハヌシュ著，平野清美訳）

＊一九六八年のソ連軍を中心とした軍事侵攻以降、冬の時代を迎えていたチェコスロヴァキア。八〇年代、ゴルバチョフのペレストロイカが進むとSF界にも雪融けが訪れる。学生らを中心としたファンダムからは"カレル・チャペック賞"が誕生し、多くの作家がこぞって応募した。アシモフもクラークもディックも知らぬままに手探りで生み出された熱気と独創性溢れる一三編。〔2858〕

バーネット，F.H.　Burnett, Frances Hodgson

◇秘密の花園　F・H・バーネット作，谷口由美子訳　講談社　2023.11　463p　19cm　〈「秘密の花園　1～3」（講談社青い鳥文庫 2013年刊）の合本、加筆・修正　原書名：The Secret Garden〉1900円　①978-4-06-532196-6

＊あたし、庭を盗んじゃったの。でも、それはだれの庭でもないの―あなたは秘密を守れる人？ ふきげんな少女メアリ、動物と話せる少年ディコン、そして、小さな暴君コリン。三人だけの秘密の庭へ、ようこそ。2024年バーネット没後100周年記念。いま読み返したい自然文学の最高峰。〔2859〕

ハバシー，ハナーン

◇物語ることの反撃―パレスチナ・ガザ作品集　リファアト・アルアライール編，藤井光訳，岡真理監修・解説　河出書房新社　2024.11　264p　20cm　〈原書名：GAZA WRITES BACK〉2720円　①978-4-309-20911-1

内容　Lは生命のL（ハナーン・ハバシー著，藤井光訳）

＊「わたしが死なねばならないとしても、きみは生きねばならない」。奪われる家に爆弾を仕掛ける父、木を恐れる子ども、密輸トンネルに閉じ込められた男、瓦礫の下からの独白…。空爆の標的となって殺された詩人が極限の状況下で編み遺した、ガザ・ライツ・バック。作家たちの記憶をつなぐ抵抗の物語集。〔2860〕

パパディミトリウ，ヒルダ　Papadimitriou, Hilda

◇無益な殺人未遂への想像上の反響―ギリシャ・ミステリ傑作選　ディミトリス・ポサンジス編，橘孝司訳　竹書房　2023.7　443p　15cm　（竹書房文庫 ぽ1-1）〈原書名：Ellinika Egklimata.5〉1500円　①978-4-8019-3279-1

内容　《ボス》の警護（ヒルダ・パパディミトリウ著，橘孝司訳）

＊ギリシャに形成されつつある新たな迷宮。本書には、本格ミステリ、ノワール、警察小説など、各ジャンルのギリシャ・ミステリの精鋭たちの作品が収録されている。回天するギリシャ・ミステリの世界へようこそ。あなたは希望の胸膨らませた新人作家が大御所ミステリ作家のもとに持ち込んだ原稿を読む（「ギリシャ・ミステリ文学の将来」）。ナンシー・シナトラの曲が流れる中、ひとりの女の生涯を追体験し（「バン・バン！」）、現実とミステリの狭間をさまよう（表題作）。陽気な警官たちと観るブルース・スプリングスティーンのアテネ公演は最高だ（「『ボス』の警護」）。そして、最悪の愛が通りを駆け抜けてゆく―（「死ぬまで愛す」）。二千年の時を経て、色合いを変え深度を増した迷宮が、あなたの前に扉を開く。あなたはそこで怪物よりも不可解なものに遭遇するだろう。混沌としたギリシャ・ミステリの謎に。巻末に訳者による詳細な解説と「ギリシャ・ミステリ小史」を付す。〔2861〕

ハバード, エルバート　Hubbard, Elbert

◇ガルシアへの手紙　エルバート・ハバード, アンドリュー・S.ローワン著, 三浦広訳　KADOKAWA　2023.1　158p　15cm　（角川文庫）〈原書名：A Message to Garcia〉800円　①978-4-04-113274-6
＊男は何も聞かずにキューバへ急いだ—。米西戦争時、マッキンレー大統領はキューバのリーダー・ガルシアへ宛てた手紙をローワンに託した。居所不明のままボートに飛び乗り、4週間後には手紙を届けて無事生還。自国に勝利をもたらしたという。物語を通じ、物事に積極的に取り組む「自主性」、課題に挑む「行動力」の重要性を説く。100年にわたり支持され続け、1億人以上が読んだ自己啓発の世界的名著。〔2862〕

ハーバート, フランク　Herbert, Frank

◇デューン砂丘の子供たち　上　フランク・ハーバート著, 酒井昭伸訳　新訳版　早川書房　2024.3　527p　16cm　（ハヤカワ文庫 SF 2437）〈原書名：CHILDREN OF DUNE〉1480円　①978-4-15-012437-3
＊皇帝ポール・アトレイデスが砂漠の中へと歩き去り、10年が過ぎた。惑星アラキスは緑のオアシスが散在する別天地になりつつある。だがこの緑化は帝国を破滅に導く陥穽だった！ そんななか、宿敵コリノ家はポールの双子の遺児レトとガニーマを暗殺し、帝国の覇権を取りもどさんとする。砂の惑星は恐るべき危機を迎えていた—ドゥニ・ヴィルヌーヴ監督により映画化された『デューン 砂の惑星』。その傑作未来史第三部の新訳版！〔2863〕

◇デューン砂丘の子供たち　下　フランク・ハーバート著, 酒井昭伸訳　新訳版　早川書房　2024.3　495p　16cm　（ハヤカワ文庫 SF 2438）〈原書名：CHILDREN OF DUNE〉1480円　①978-4-15-012438-0
＊帝国の未来たる双子レトとガニーマに対する企みは、アトレイデス家内部にもあった。仇敵ハルコンネン男爵の悪霊にとりつかれ、忌み子と化した双子の摂政アリア。ベネ・ゲセリットに加担したかのようにも見える祖母ジェシカの謎の行動…。みずから死を偽装し、砂漠へひとり旅立ったレトは、メランジによる幻視のなかで、全人類を救済する"黄金の道"を見出すが！ 権謀術数渦巻く伝説の未来史シリーズ第三部。〔2864〕

◇デューン砂漠の救世主　上　フランク・ハーバート著, 酒井昭伸訳　新訳版　早川書房　2023.4　271p　16cm　（ハヤカワ文庫 SF 2404）〈原書名：DUNE MESSIAH〉840円　①978-4-15-012404-5
＊ポール・アトレイデスが、惑星アラキスで帝国の権力を奪いとり、遂に帝座について12年。彼を救世主と妄信する砂漠の民フレメンは聖戦を敢行、人類をたった一つにした。だがいま、ベネ・ゲセリット結社、航宙ギルド、そして、ベネ・トレイラクスの踊面術士"フェイスダンサー"ら旧勢力は、糾合して皇帝への陰謀を企み、ひそかに策略の手を伸ばしていた！ ドゥニ・ヴィルヌーヴ監督により映画化された伝説的傑作『デューン 砂の惑星』続篇の新訳版。〔2865〕

◇デューン砂漠の救世主　下　フランク・ハーバート著, 酒井昭伸訳　新訳版　早川書房　2023.4　286p　16cm　（ハヤカワ文庫 SF 2405）〈原書名：DUNE MESSIAH〉840円　①978-4-15-012405-2
＊ポールは、その予知能力をもってしても陰謀者の策謀を止めることができないでいた。彼に忠誠を誓っているはずのフレメン内部の裏切りや、名義上の皇妃イルーランの暗躍に、死から蘇ったダンカン・アイダホの偶人"ゴウラ"を用いた計略—そんななか、ポールの愛妃チェイニーが帝座を継ぐ子を懐妊する。だが月が墜ちる幻視に苦悩するポールは、過酷な選択を迫られることに…。壮大な未来叙事詩、悲劇の第二部。〔2866〕

パパドプルス, イアニス

◇ノヴァ・ヘラス—ギリシャSF傑作選　フランチェスカ・T・バルビニ, フランチェスコ・ヴァルソ編, 中村融他訳　竹書房　2023.4　271p　15cm　（竹書房文庫 ば3-1）〈原書名：α2525（重訳）　NOVA HELLAS〉1360円　①978-4-8019-3280-7
|内容|蜜蜂の問題（イアニス・パパドプルス, スタマティス・スタマトプルス著, ディミトラ・ニコライドウ, ヴァヤ・プセフタキ英訳, 中村融訳）
＊あなたは生活のために水没した都市に潜り働くひとびとを見る（「ローズウィード」）。風光明媚な島を訪れれば観光客を人造人間たちが歓迎しているだろう（「われらが仕える者」）。ひと休みしたいときはアバコス社の製剤をどうぞ（「アバコス」）。高き山の上に登れば原因不明の病を解明しようと奮闘する研究者たちがいる（「いにしえの疾病」）。輝きだした新たなる星たちがあなたの前に降臨する。あなたは物語のなかに迷い込んだときに感じるはずだ—。隆盛を見せるギリシャSFの第一歩を。〔2867〕

ハビーブ, マーズィン

◇現代オマーン文学選集　Muscat　オマーン文化協会運営委員会　2022.1　253p　22cm　①978-99969-3-890-0
|内容|カイマクの虫（マーズィン・ハビーブ）〔2868〕

ハプカ, キャサリン　Hapka, Cathy

◇くまのプーさんささやかだけど大切にすることキャサリン・ハプカ文, マイク・ウォールイラスト, 海老根祐子訳, 講談社編　講談社　2022.5　125p　20cm〈原書名：The little things in life〉1540円　①978-4-06-527940-3
＊あなたの探し物は、なんですか—？ かけがえのないものが見つかる珠玉の物語。〔2869〕

パブリー, ボグダン　Pavliĭ, Bohdan

◇あなたの家がどこかに残るように　ボグダン・パブリー　八尾　ドニエプル出版　2022.11　62p　22cm　〈ウクライナ語併記　頒布：新風書房〉2700円　①978-4-88269-925-5　〔2870〕

バブリッツ, ジャクリーン　Bublitz, Jacqueline

◇わたしの名前を消さないで　ジャクリーン・バブリッツ著，宮脇裕子訳　新潮社　2024.3　486p　16cm　〈新潮文庫 ハ-61-1〉〈原書名：BEFORE YOU KNEW NY NAME〉1050円　①978-4-10-240461-4

＊現金とカメラだけを持ってニューヨークにやってきた18歳のアリス。わずかひと月後、彼女は殺害されてしまう。一方、遺体発見者のルビーもまた再出発を目的にこの街に移り住んだばかり。アリスの魂は、自分の身元と死の真相をルビーが解き明かしてくれることを願うが、殺人鬼の魔手はルビーにも迫っていた…。殺された少女の魂が都会に暮らす女性の孤独を物語る、サスペンス・ストーリー。　〔2871〕

バーベリ, イサーク　Babel', Isaak

◇騎兵隊　イサーク・バーベリ著，中村唯史訳　京都　松籟社　2022.1　248p　19cm　〈他言語標題：КОНАРМИЯ　原書名：Собрание сочинений в трех томах. Том 2〉1800円　①978-4-87984-415-6

＊第一次大戦後に勃発したソヴィエト・ポーランド戦争。オデッサ出身のユダヤ系作家イサーク・バーベリは自らの文学の題材を見出すために、この戦争に従軍する。戦争の過酷な現実を描写する散文と、生の豊穣な本質を顕現させる詩との境界線上で、危うい均衡を保ちながら奇跡的に成立したバーベリの傑作が、新訳で蘇る。　〔2872〕

ハマー, クリス　Hammer, Chris

◇渇きの地　クリス・ハマー著，山中朝晶訳　早川書房　2023.9　541p　19cm　〈HAYAKAWA POCKET MYSTERY BOOKS 1995〉〈原書名：SCRUBLANDS〉2100円　①978-4-15-001995-2

＊オーストラリア内陸の町リバーセンドの教会で、牧師が銃を乱射し五人を殺害する事件が起きた。一年後、取材に訪れた新聞記者のマーティンは、住民が牧師を庇う証言をすることに気づく。だが、町外れに住む男だけは、住民の言葉を信用するなと警告するのだった。そんな中、山火事が町を襲い、火災現場からかつて行方不明になった観光客の他殺体が発見される。この事件にも牧師が関わっていたのか―？　牧師の過去と、彼が事件を起こした真の理由とは。英国推理作家協会賞最優秀新人賞受賞作。　〔2873〕

パーマー, スザンヌ　Palmer, Suzanne

◇巡航船〈ヴェネチアの剣〉奪還！―ファインダー・ファーガソン　スザンヌ・パーマー著，月岡小穂訳　早川書房　2023.2　700p　16cm　〈ハヤカワ文庫 SF 2398〉〈原書名：FINDER〉1600円　①978-4-15-012398-7

＊捜し屋ファーガソンは、盗まれた巡航船"ヴェネチアの剣"を取り戻す仕事を引き受け、辺境星系のコロニー群、セルネカン連邦にやってくる。だが到着直後、地衣類農場主が殺される現場に遭遇。犯人が船を盗んだ本人だと判明したことで、彼は宙域の勢力争いの戦争に巻きこまれていく。不気味な異星人アシイグが徘徊するなか、船を奪還するためファーガソンがくりだした奇策は!?新時代スペースオペラ傑作。　〔2874〕

◇創られた心―AIロボットSF傑作選　ケン・リュウ，ピーター・ワッツ，アレステア・レナルズ他著，ジョナサン・ストラーン編，佐田千織他訳　東京創元社　2022.2　564p　15cm　〈創元SF文庫 SFン11-1〉〈責任表示はカバーによる　原書名：MADE TO ORDER〉1400円　①978-4-488-79101-8

内容　赤字の明暗法（スザンヌ・パーマー著，佐田千織訳）

＊人工的な心や生命。ゴーレム、オートマトン、ロボット、アンドロイド、ボット、人工知能―人間によく似た機械、人間のために注文に応じてつくられた存在というアイディアは、古代より我々を魅了しつづけてきた。そしていま、その長い歴史に連なるアンソロジーがここに登場する。ケン・リュウ、ピーター・ワッツ、アレステア・レナルズら、最高の作家陣による16の物語を収録。　〔2875〕

パーマー, ダイアナ　Palmer, Diana

◇愛と祝福の花束を　ダイアナ・パーマー著，アン・メイジャー，スーザン・マレリー著，平江まゆみ訳　ハーパーコリンズ・ジャパン　2023.3　332p　17cm　〈HPA 44―スター作家傑作選〉〈「ホワイトホーン・マーヴェリック」（ハーレクイン 2000年刊）の改題　原書名：THE BRIDE WHO WAS STOLEN IN THE NIGHT　BRIDE,BABY AND ALLほか〉1109円　①978-4-596-76769-1

内容　好きと言わないで（ダイアナ・パーマー著，平江まゆみ訳）

＊ブーケを胸に、未来の花嫁は愛の夢を見る―大作家が描く歓喜のウエディング短篇集！　〔2876〕

◇愛なき富豪と花陰の乙女　ダイアナ・パーマー他著，山田沙羅他訳　ハーパーコリンズ・ジャパン　2023.8　334p　17cm　〈HPA 49―スター作家傑作選〉〈「悲しい約束」（ハーレクイン 2002年刊）と「命の芽吹くパリで」（2016年刊）の改題、合本　原書名：BLIND PROMISES　A VOW TO SECURE HIS LEGACY〉1109円　①978-4-596-52124-8

内容　悲しい約束（ダイアナ・パーマー著，山田沙羅訳）

＊『悲しい約束』母を事故で亡くし、失意のどん底

にいた看護師デイナ。心機一転するために退職した彼女は、一時的に失明した大富豪ギャノンの看護を住み込みで引き受ける。彼は獅子のように気高く傲慢な反面、どこか憎めない男性だ。扱いづらさに手こずりつつも、気づけばデイナは恋をしていた。そんなある日、ギャノンの主治医から非情な診断が下される。彼の視力が戻る見込みは、ゼロに近いというのだ！ 打ちひしがれたギャノンは自暴自棄ぎみにデイナにすがった。僕と結婚してくれ―愛は誓えないが、そばにいてほしい、と…。『命の芽吹くパリで』妹と母を相次いで失ったイモジェンは、さらなる悲劇に襲われた。不治の病で亡くなった母と同じ症状が出始めたのだ。死を覚悟した彼女は残りの人生を楽しもうと憧れのパリへ向かう。そこで知人を介して上流階級のパーティに潜入して、大富豪ティエリーと出逢い、燃えるような一夜を過ごした。彼と満ち足りた2週間を過ごしたあとで彼女はパリを去るが、母国へ帰る間際、予期せぬ妊娠に気づいて動揺する。なんという運命のいたずら。余命わずかな私が新たな命を授かるなんて！ 悩んだ末、ティエリーに打ち明けるが…。〔2877〕

◇愛の闇、夜のささやき　ダイアナ・パーマー著, 上木さよ子訳　ハーパーコリンズ・ジャパン　2022.2　206p　15cm　〈ハーレクイン文庫　HQB-1104〉〈ハーレクイン 1994年刊の再刊　原書名：NIGHT OF LOVE〉627円　①978-4-596-31676-9
＊バレリーナのメグは元婚約者の住む故郷にもどってきた。4年前、お互いに激しい愛を感じていながら、ささいな誤解で二人は喧嘩し、メグは夢を口実にニューヨークへと去ったのだ。再会したメグにスティーヴンは冷たい言葉を浴びせ、なみいる愛人の存在を皮肉たっぷりに見せつける。かと思えば、メグを強く抱き寄せてキスを奪い、彼女の欲望をもてあそぶ。あげく、メグが所属するバレエ団の資金難を知るや、実業家として財力を誇る彼は傲慢にも言った。「金を出してもいい。一晩いっしょに過ごすことが条件だ」〔2878〕

◇愛は心の瞳で、心の声で　ダイアナ・パーマー他著, 宮崎亜美他訳　ハーパーコリンズ・ジャパン　2024.8　316p　17cm　〈HPA 61―スター作家傑作選〉〈「この愛が見えない」(2020年刊)と「あなたの声が聞こえる」(ハーレクイン 2001年刊)の改題、合本　原書名：DARK SURRENDER　FOR THE SAKE OF HIS CHILD〉1082円　①978-4-596-96146-4
内容　この愛が見えない(ダイアナ・パーマー著, 宮崎亜美訳)　〔2879〕

◇熱いレッスン　ダイアナ・パーマー著, 横田緑訳　ハーパーコリンズ・ジャパン　2023.11　203p　15cm　〈ハーレクインSP文庫 HQSP-389〉〈ハーレクイン 1997年刊の再刊　原書名：UNLIKELY LOVER〉545円　①978-4-596-52838-1
＊テキサスの牧場で家政婦をしている叔母からの電話に、マリアンは心を揺さぶられた。油田王でもある雇主が病にかかり、余命僅かな彼は回顧録を書く手伝いを必要としているというのだ。私で役に立つのなら―マリアンはすぐさまテキサスへ発った。空港で彼女を迎えたのは、長身で男らしいセクシーな男性だった。彼が叔母の雇主ウォード・ジェソップだと名乗るや、マリアンは愕然とした。こんなに若いのに不治の病だなんて…。ところがウォードはなぜかマリアンを男性不信だと決めつけて、病人とは思えぬ熱心さでいきなり誘惑をはじめた。〔2880〕

◇甘い記憶―ダイアナ・パーマー傑作選 1　ダイアナ・パーマー著, 松下佑子訳　ハーパーコリンズ・ジャパン　2023.1　201p　15cm　〈ハーレクインSP文庫 HQSP-348―ロマンスの巨匠たち〉〈ハーレクイン 1990年刊の再刊　原書名：RELUCTANT FATHER〉600円　①978-4-596-75858-3
＊存在すら知らなかった幼い娘を引き取ることになったとき、穏やかだったブレークの暮らしはとつぜん大混乱に陥った。その娘とは、先日死んだ元妻が5年前の離婚時に宿していた子で、育児などしたこともない彼はかつてない不安にさいなまれていた。そんな折、ブレークは地元紙の一面記事に目を留めた。"人気小説家メレディス・キャルホーンが故郷の書店でサイン会"はるか昔、ある出来事を機に町を去り、成功を手にした彼女。あのとき自分がした仕打ちは、今も苦い記憶として刻まれている。彼女に会いたい―目下の悩みをひととき忘れ、彼はそう願った。〔2881〕

◇甘く、切なく、じれったく　ダイアナ・パーマー他著, 松村和紀子訳　ハーパーコリンズ・ジャパン　2024.4　290p　17cm　〈HPA 57―スター作家傑作選〉〈「テキサスの恋」(ハーレクイン 2000年刊)と「マイ・バレンタイン」(2016年刊)ほかからの改題、抜粋、合本　原書名：JOBE DODD　HIS GAMBLER BRIDE ほか〉1082円　①978-4-596-53859-8
内容　ジョブ・ドッド(ダイアナ・パーマー著, 松村和紀子訳)
＊サンディが15歳の頃から、10歳年上のジョブがお目付け役だった。彼女に悪い虫がつこうものなら、彼は容赦なく対処した。かたや彼は次々デート相手を替えて恋を楽しんでいた。そんなジョブにサンディはずっと片思い。会えば喧嘩してしまい、時には密かに涙さえ流す彼女だったが、あるパーティでジョブから熱くキスされて…。(「ジョブ・ドッド」)仕事先の会社社長アレックスに一目惚れしたシー・ジェイ。だが臆病な彼女は募る想いを伝えられない。悩み抜いた末、慈善イベントの独身男性オークションに"出品"された彼を、いちばん人気だったにもかかわらず競り落とすことに成功した。これで1週間、彼を思うままにできる―わたしなしでは生きられないと言わせてみせる！(「競り落とされた想い人」)「手切れ金は払う。父と別れろ」社長の息子ライルに、社長の愛人と誤解されたアシスタントのケルサ。ハンサムだが冷酷な彼に戸惑うなか、社長が心臓発作で急死し、遺書によりライルとケルサが共同で遺産を継ぐことが判明した。憤るライルの口から、驚愕の言葉が飛

び出す！「なぜ黙っていた？　君が僕の妹だということを」(「もう一人のケルサ」) 〔2882〕

◇雨の日突然に　ダイアナ・パーマー著，三宅初江訳　ハーパーコリンズ・ジャパン　2024.4　217p　15cm　（ハーレクインSP文庫 HQSP-410）〈ハーレクイン・エンタープライズ日本支社 1986年刊の再刊　原書名：THE RAWHIDE MAN〉545円　①978-4-596-54025-6
＊2年におよぶ介護の末、母を亡くした名家の令嬢ベスは、財産がすっかりなくなってしまったことを知って愕然とする。相続した株のおかげで飢えることはないが、屋敷は手放すしかない。思い悩んでいたとき、ドアチャイムが鳴った。雨の中、立っていたのはその株を望む会社経営者ジュード。お嬢様育ちの彼女を毛嫌いしている、冷徹な男だ。母親の遺言によれば、ベスが彼と結婚しないかぎり、ジュードは株を手に入れることができないらしい。するとベスは突然、彼に抱き上げられ、屋敷に連れ去られた。〔2883〕

◇いくつものジェラシー　ダイアナ・パーマー作，村山氾子訳　ハーパーコリンズ・ジャパン　2022.3　220p　17cm　（ハーレクイン・プレゼンツ PB325―作家シリーズ　別冊）〈ハーレクイン 1996年刊の再刊　原書名：MAGGIE'S DAD〉727円　①978-4-596-31890-9
＊白血病に冒された教師アントニアは、残された日々を家族と過ごすため、二度と戻るつもりのなかった故郷の町へ戻ってきた。9年前の、壊れてしまいそうなほど傷ついた記憶がよみがえる―愛する恋人パウエルとの結婚を控え、幸せの絶頂にいたさなか、アントニアには愛人関係にある別の男がいるという噂が立てられた。もちろん根も葉もない作り話だったが、パウエルは怒って婚約を破棄し、あろうことか、噂を流した彼女の親友と結婚してしまったのだ。思い出すだけでもつらいのに、今、さらなる皮肉な運命が待っていた。代任教師を務めることになった母校の担任クラスに、町の有力者となったパウエルと、今は亡き妻の娘がいるとわかったのだ！〔2884〕

◇悲しきロック　ダイアナ・パーマー作，三谷ゆか訳　ハーパーコリンズ・ジャパン　2023.2　158p　17cm　（ハーレクイン・イマージュ I2744―至福の名作選）〈ハーレクイン・エンタープライズ日本支社 1987年刊の再刊　原書名：AFTER THE MUSIC〉673円　①978-4-596-75914-6
＊サビナは18歳で養護施設を出たあと、貧しい日々を生き抜いてきた。そんな彼女をずっと支え続けてくれた親友の片想いがようやく成就しそうだと聞いて、サビナは喜んだ。ところが二人の恋路を相手の兄が邪魔しているという。血も涙もない冷血漢の悪名を持つ、石油会社社長のソーン一次から次に女性とつき合っては無情に捨てると噂される大富豪らしい。政略結婚させるために弟の恋を阻もうとするなんて、ひどすぎるわ！　ある日、親友のホームパーティに出かけたサビナは、尊大だが魅力的な男性に強引に誘惑をしかけられ、体に電流が走るのを感じた。サビナは夢にも思わなかった…彼こそが、ソーンであるとは！〔2885〕

◇かなわぬ恋　ダイアナ・パーマー著，長田乃莉子訳　ハーパーコリンズ・ジャパン　2022.10　282p　15cm　（ハーレクインSP文庫 HQSP-337）〈ハーレクイン 2002年刊の再刊　原書名：THE LAST MERCENARY〉500円　①978-4-596-74906-2
＊母の恋人にレイプされかかり、階段から突き落とされた挙げ句、母親には、「お前が誘惑したんだろう」と責めたてられた―。少女期のトラウマを引きずったまま大人になり、極度に男性を恐れるようになったキャリーにとって、寡黙で優しい義兄マイカは、初めて愛した男性だった。誰にも知られてはいけない、密かなる想い…。だが、彼への初恋は無残にも打ち砕かれる。義兄と母親がキスしている場面を目撃してしまったあの日、キャリーの心の一部は死んだ。〔2886〕

◇彼女が大人になるまで　ダイアナ・パーマー作，平江まゆみ訳　ハーパーコリンズ・ジャパン　2022.7　188p　17cm　（ハーレクイン・プレゼンツ PB334―作家シリーズ　別冊）〈2016年刊の再刊　原書名：TEXAS BORN〉691円　①978-4-596-70696-6
＊幼いころに母を亡くした17歳のミシェルは、あと数か月で高校を卒業するというとき、悲劇に襲われた。医師だった父が治療のかいなく病死し、意地悪で自分勝手な継母との地獄のような日々が始まったのだ。生きる希望を失った彼女は、走る車の前へ衝動的に身を投げ出した。そのとき、間一髪のところを救ったのは、謎めいた隣人ガブリエル―ミシェルが密かに想いを寄せていた天使のように美しい男性だった。事情を知ったガブリエルは彼女の後見人となり、自宅へ呼び寄せた。やがてミシェルは募る想いを抑えきれなくなって愛を告白するが、ガブリエルに冷たく突き放される。「君はまだ子供だ」と言って。〔2887〕

◇危険なハネムーン　ダイアナ・パーマー著，桂幸子訳　ハーパーコリンズ・ジャパン　2022.6　205p　15cm　（ハーレクイン文庫 HQB-1124―珠玉の名作本棚）〈ハーレクイン・エンタープライズ日本支社 1986年刊の再刊　原書名：THE TENDER STRANGER〉627円　①978-4-596-42915-5
＊すてきな恋を夢見る26歳のダニーは、休暇で海辺の町を訪れ、美しさと男らしさを兼ねそなえたエリックと出逢った。純真でうぶなダニーを見つめる彼の瞳は、こう語っていた―男女の楽しみや嗜みすべてを、きみに教えてあげたい。やがて大人の彼に導かれ、ダニーは夢のような夜を過ごした。「今ここで、きみを妻にすると誓う。あした教会へ行こう」人生で初めて感じた幸せに、ダニーは大粒の涙を流した。ほどなく、エリックが子どもは不要だと明言し、彼女は言葉を失う。いつか母になりたくて…。〔2888〕

◇キス、キス、メリークリスマス　ダイアナ・パーマー作，新月あかり，横田緑訳　ハーパーコリンズ・ジャパン　2022.12　314p　17cm

ハマ

（ハーレクイン・プレゼンツ・スペシャル PS110）〈「なんてミステリアス！」（ハーレクイン 1998年刊）と「婚約のルール」（ハーレクイン 1996年刊）の改題，合本 原書名：MYSTERY MAN COLTRAIN'S PROPOSAL〉1082円 ⓘ978-4-596-75609-1

＊ジャニーンは弱冠24歳にして売れっ子のミステリー作家。ビーチハウスに滞在して執筆に勤しんでいるが，隣人の，かつてビジネス界の風雲児として名を馳せ，巨万の富を築いたカンテン・ロークなる男性が彼女の心を騒がせる。彼は初対面から傲慢な態度で，彼女を変わり者と決めつけ，「けっこう。君の不潔な話は聞きたくない」とまで言って敬遠した。だがカンテンは気づいていなかった—彼が愛読する作家ダイアン・ウッディこそ，ジャニーンであることに。—『なんてミステリアス！』。ルイーズは同僚のドクター・コルトレーンに密かに想いを寄せていた。でも彼はといえば，一方的にしゃべるが，彼女の話をさえぎるかのどちらかで，いつだって刺々しい態度だ。その原因がルイーズの父にあることを知り，彼女がいたたまれず病院を移ることにすると，なぜかドクター・コルトレーンがプロポーズしてきて…。—『婚約のルール』。〔2889〕

◇キスして，王子さま—ダイアナ・パーマー傑作選 2 ダイアナ・パーマー著，上木さよ子訳 ハーパーコリンズ・ジャパン 2023.2 198p 15cm （ハーレクインSP文庫 HQSP-352—ロマンスの巨匠たち）〈ハーレクイン 1990年刊の再刊 原書名：HIS GIRL FRIDAY〉600円 ⓘ978-4-596-76685-4

＊ネッタは2年前から社長のケイプの秘書として働いている。クリスマスの夜，やどりぎの下で彼にキスされてからというもの，彼女の胸にはくすぐったいような気持ちがずいていた—プレイボーイともっぱらの噂の彼はタイプではないはずなのに。ところがケイプは，その後彼女をダンと呼び始め，まるで弟扱い。仕事をしていても，口をひらけば喧嘩ばかりだ。そんなある日，いつものように言い合っていると，彼が言った。「君がほかの男のデートを断るのは，僕に憧れているからか？」慌てて否定する彼女だったが，赤く染まった顔は正直で…。〔2890〕

◇傷ついたダイヤモンド ダイアナ・パーマー作，平江まゆみ訳 ハーパーコリンズ・ジャパン 2022.6 252p 17cm （ハーレクイン・プレゼンツ・スペシャル PS109）〈原書名：NOTORIOUS〉1082円 ⓘ978-4-596-42965-0

＊ギャビーは16歳のとき，祖父によって借金の形に売られ，男たちの餌食になりかけたところを間一髪で逃れ，男性恐怖症に陥った。有罪だった祖父が8年後の今，不服申し立てをするという噂を聞き，ギャビーは当時祖父を弁護したニックを訪ねることにした。シカゴで最も優秀な彼がまた担当するつもりかが確かめるだけのつもりが，事態は予想もしなかった方向へと転がりだす。獅子のような体格のニックが，突然自宅へ来た彼女に言った。「遅刻だぞ」どうやらギャビーを住み込みスタッフの志望者と思い込んでいるようだ。今から面接をすると言われ，言葉を失うギャビーだったが，あれよあれよと彼のもとで働くことになる—しかも，ひとつ屋根の下で。〔2891〕

◇嫌いになれなくて ダイアナ・パーマー作，庭植奈穂子訳 ハーパーコリンズ・ジャパン 2023.10 168p 17cm （ハーレクイン・プレゼンツ PB371—作家シリーズ 別冊）〈「せつない季節」（ハーレクイン 2007年刊）の抜粋 原書名：DARLING ENEMY〉664円 ⓘ978-4-596-52586-4 〔2892〕

◇薬指は片想いのまま ダイアナ・パーマー作，平江まゆみ訳 ハーパーコリンズ・ジャパン 2023.12 300p 17cm （ハーレクイン・プレゼンツ・スペシャル PS114）〈原書名：THE LONER〉1082円 ⓘ978-4-596-52976-3

＊亡き母に代わり，重い心臓病を患う父の世話をしてきたステイシアは，幼い頃から隣の大牧場の長男タナーを慕ってきたが相手にされなかった。ところが彼女が19歳のとき，片想いの恋に転機が訪れる。父の遺言を機に，タナーとステイシアは結婚することになったのだ。さもないとタナーのビジネスに悪影響が及ぶからという理由だった。しぶしぶ形だけの結婚を選んだ彼はしかし，欲望に負けて妻を抱いた。そしてそんな自分を嫌悪し，新妻を置いてギリシアへ旅立ってしまった。独り取り残されたステイシアは，まもなくおなかに命が宿ったことを知る。タナーが帰ってきてこのことを知っても，きっと喜ばないでしょうね。だが，妊娠を歓迎されないより不幸な運命が，彼女を待ち受けていた…。〔2893〕

◇結婚の代償 ダイアナ・パーマー著，津田藤子訳 ハーパーコリンズ・ジャパン 2024.10 156p 17cm （ハーレクイン・プレゼンツ PB394—作家シリーズ 別冊）〈ハーレクイン 2000年刊の再刊 原書名：CALLAGHAN'S BRIDE〉664円 ⓘ978-4-596-71246-2

＊天涯孤独のテスは大牧場主ハート兄弟のもとで家政婦をしている。彼女にとって初めて得た家庭のようなものだけれど，次男のキャグだけは怖くてたまらなかった。かつて特殊部隊にいた彼は眼光鋭くいつも彼女を監視し，ことあるごとに冷たい態度をとるからだ。それでもテスはキャグの誕生日に心をこめてケーキを焼いたが，彼はそれを見るや猛烈に怒り，バースデーケーキを壁に投げつけた！ ひどいわ！ まさか，これほどまで嫌われていたなんて…。じつは密かに想いを寄せていた彼からの仕打ちにショックを受け，テスは荷物をまとめて牧場を出ていこうとするが—〔2894〕

◇心，とけあうとき—ハーレクイン・ディザイア・スペシャル ダイアナ・パーマー作，青山陽子訳 ハーパーコリンズ・ジャパン 2023.6 156p 17cm （ハーレクイン・ディザイア D1912—Desire）〈ハーレクイン 1992年刊の再刊 原書名：NELSON'S BRAND〉673円 ⓘ978-4-596-77239-8

＊傷ついたような緑の暗い瞳。傾けたグラス越しの

深い声。バーで見かけた陰のある男性ジーンに、アリソンは魅了されてしまった。女性関係が派手で、危険な男だともっぱらの噂なのに。両親を亡くして以来、ひっそりと生きてきたアリソンは、人一倍恋に臆病だった—25歳のいままで男性経験もない。けれど、彼に気に入られたくて精いっぱい大人の女を演じた。飲んだこともないお酒を飲んで、遊び慣れたふりをして…。そしてついに結ばれた夜、怯えるアリソンが無垢だったと知るや、ジーンは激高した。「ぼくは遊び慣れた女としかつきあわない」アリソンの胸を、惨めさと哀しみがえぐった。〔2895〕

◇この恋、絶体絶命！　ダイアナ・パーマー著，上木さよ子訳　ハーパーコリンズ・ジャパン　2024.5　209p　15cm　（ハーレクイン文庫　HQB-1232）〈ハーレクイン 1993年刊の再刊　原書名：THE CASE OF THE MESMERIZING BOSS〉691円　①978-4-596-77580-1

＊天涯孤独のテスは、デインの探偵事務所で秘書をしている。父が再婚予定だったデインの母とともに事故死し、途方にくれていたとき救ってくれたのが、12歳年上のデイン。ある日、事件に巻き込まれて怪我をしたテスは、デインの家に泊めてもらうことに。私はもう子供じゃないわ。長年の想いがあふれ、バージンを捧げたテスに、デインはしかし、愛の言葉を口にすることはなかった。「あれはただのセックスだ。きみと結婚はできない」絶望の中、テスは妊娠に気づく—。〔2896〕

◇蔑まれた純情　ダイアナ・パーマー著，柳まゆこ訳　ハーパーコリンズ・ジャパン　2024.7　155p　17cm　（ハーレクイン・プレゼンツ PB388—作家シリーズ 別冊）〈ハーレクイン 2004年刊の再刊　原書名：TO LOVE AND CHERISH〉664円　①978-4-596-63568-6

＊シェルビーは男友達のダニーに頼みこまれ、婚約者のふりをして一緒に帰省することになった。だが、彼の実家に着いたとき、シェルビーは唖然とした。不在のはずのダニーの兄で大富豪のキングが現れたのだ。キングはシェルビーのことを甘やかされた小娘と軽蔑しており、こちらを圧倒するような態度で事あるごとにつらく当たってくる。キングがいると知っていたら、ここへは来なかったのに…。案の定、シェルビーが弟と婚約したと聞いた彼は怒りに燃え、彼女に向かって冷ややかに、だが内なる激情をこめて言い放った！「きみのような女と弟を結婚させはしない、絶対に」ファンが選んだ最高のヒーロー！ベスト作品コンテスト各部門上位入賞作。〔2897〕

◇さよなら、初恋　ダイアナ・パーマー作，平江まゆみ訳　ハーパーコリンズ・ジャパン　2023.7　156p　17cm　（ハーレクイン・プレゼンツ PB365—作家シリーズ 別冊）〈2020年刊の再刊　原書名：A WAITING GAME〉664円　①978-4-596-77550-0

＊キーナは18歳のときに初恋を経験したが、その後に待っていたのは、相手が陰で彼女を酷評する冷たい声だった。傷つき、逃げるように故郷を去ったキーナは、夜は工場で働きながらデザイン学校を卒業し、ファッション業界の帝王ニコラスに雇われた。当時、妻を亡くしたばかりのニコラスはその冷徹さが話題にもっぱらの噂だった—キーナは知っていた—彼が美しき妻の生前の写真を、大事にデスクに飾っていることを。恋に臆病になっていなかったら、私も好きになっていたかも…。そんなニコラスと出逢って6年。食事を共にしたある夜、彼がキーナに思いがけない申し出をする。「僕は君の愛人になるつもりだ」〔2898〕

◇ジェラシー　ダイアナ・パーマー著，尾林玲子訳　ハーパーコリンズ・ジャパン　2022.1　217p　15cm　（ハーレクインSP文庫 HQSP-301）〈サンリオ 1984年刊の再刊　原書名：FRIENDS AND LOVERS〉500円　①978-4-596-01781-9

＊ひどい失恋以来、二度と恋はしないと誓っているマデリンは、あるパーティでやきもきし、無性に腹が立っていた。評判の悪いブロンド美女が、親友のジョンにつきまとっている。マデリンは彼のためよと自分に言い聞かせ、忠告しに行った。翌日「昨夜のきみは嫉妬していたね」とジョンにからかわれ、マデリンが強く否定すると、突然むさぼるように唇を奪われた。そのとたん衝撃が体を駆け抜け、膝の力が抜けていく。我に返ったマデリンは、あわててその場を立ち去った。友人のはずの彼に惹かれてしまう自分から逃げたくて…。〔2899〕

◇純白のウエディング　ダイアナ・パーマー著，山野紗織訳　ハーパーコリンズ・ジャパン　2024.2　217p　15cm　（ハーレクインSP文庫 HQSP-400—45周年特選 2 ダイアナ・パーマー）〈ハーレクイン 2003年刊の再刊　原書名：THE WEDDING IN WHITE〉600円　①978-4-596-53539-9

＊幼くして両親を失った天涯孤独のナタリーにとって、隣人で、大牧場の所有者、キレイン家の人々は家族も同然だ。なかでもマックは、ある日を境にかけがえのない存在になった。友人を亡くし、涙にくれる17歳のナタリーの肩を抱き、甘い口づけでなぐさめてくれたあの夜から…。愚かにも彼に純潔を捧げる日を心待ちにしていたのだ。あるとき、マックの妹の恋人を奪ったと誤解され、それを信じた彼の、冷たい言葉にナタリーの心は砕け散った。「二度とこの家に来るな」彼女は誰にも告げず故郷を去った。〔2900〕

◇シンデレラに情熱の花を　ダイアナ・パーマー他著，松村和紀子他訳　ハーパーコリンズ・ジャパン　2024.2　315p　17cm　（HPA 55—スター作家傑作選）〈「テキサスの恋」（ハーレクイン 2000年刊）と「恋はラテン風に」（ハーレクイン 2007年刊）ほかからの改題，抜粋、再録　原書名：DREW MORRIS　BILLIONAIRE'S BABYほか〉1082円　①978-4-596-53395-1

[内容] ドルー・モーリス（ダイアナ・パーマー著，松村和紀子訳）

＊『ドルー・モーリス』ドクター・ドルー・モーリスの医院の受付係に採用された天涯孤独のキティ。喘息持ちながら一生懸命働くが、妻を失ってから

仕事一筋の気難しいドルーを怒らせてばかり。とところがある日、ドルーが悲しみに耐えかねて慰めを求めるようにキスを迫ってきて…。『御曹子の嘘』ヘイリーは学生時代、運命の人リックと一夜を共にしたが、その晩彼は忽然と姿を消した。4年後、勤め先が大企業に買収され、彼女は新経営者を見て息をのんだ―なんと、あの"リック"だったのだ！ああ、どうしよう！彼がまだ知らない、息子の存在を…。『誘惑のローマ』"情熱のないお堅い女"と元夫に嘲られたベサニーは、傷心旅行でローマ一人旅を敢行。現地でハンサムな銀行理事長アンドレと出逢い、急速に惹かれる。だが情熱を分かち合った直後、何も告げずに彼は姿を消した。そのあとで、ベサニーは妊娠に気づくのだった―。『秘密のキス』地味で眼鏡のジェーンは新聞に載った匿名のラブレターと、突然届いた花束に胸が騒いだ。もしやマット？彼は高校時代、彼女への悪戯で退学になったものの今は同僚。意識するジェーンだったが、一方のマットもラブレターの書き手を彼女だと思っていて…。〔2901〕

◇シンデレラのままならぬ恋　ダイアナ・パーマー, ベティ・ニールズ作　香野純, 秋庭葉瑠訳　ハーパーコリンズ・ジャパン　2024.9　431p　17cm　（ハーレクイン・プレゼンツ・スペシャル PS118）〈著作目録あり　原書名：MAGNOLIA　THE PROPOSAL〉1364円　①978-4-596-77865-9

内容　あなたが見えなくて（ダイアナ・パーマー著, 香野純訳）

＊『あなたが見えなくて』（ダイアナ・パーマー／香野純訳）二十歳のクレアは自動車整備工の叔父を手伝い、すすだらけになりながらも楽しく暮らしていた。だが最愛の叔父が急死。不安と悲しみに押し潰されそうになっていたとき、叔父がかねてより慕う裕福な銀行家ジョンから突然結婚を申し込まれた。驚き、胸を高鳴らせるクレアだったが、ほどなく打ちのめされる―この結婚はただの見せかけにすぎないと、彼から露骨に冷淡な態度で示されたのだ！『すてきなプロポーズ』（ベティ・ニールズ／秋庭葉瑠訳）意地悪な雇い主の下で住み込みの秘書をしているフランチェスカ。少ない給金でも、年の離れた妹と暮らすために我慢するしかなかった。つらい日々の中で、日課の犬の散歩で知り合った男性レニエと会うのを心待ちにしている。ある日、雇い主が家に高名な医師を呼ぶと、現れたのはなんとレニエ！だが彼は、なぜかつれない態度で…。〔2902〕

◇ずっとずっと好きな人　ダイアナ・パーマー, シャロン・ケンドリック, レイ・モーガン著, 霜月桂他訳　ハーパーコリンズ・ジャパン　2022.5　329p　17cm　（HPA 34―スター作家傑作選）〈原書名：THE RANCHER　THE BOSS'S BOUGHT MISTRESSほか〉1109円　①978-4-596-42796-0

内容　片想いのゆくえ（ダイアナ・パーマー著, 霜月桂訳）

＊どれほど時が過ぎても、やっぱり彼が好き…。忘れえぬ"あの人"への片想いが詰まった珠玉の3篇。〔2903〕

◇大富豪と淑女　ダイアナ・パーマー著, 松村和紀子訳　ハーパーコリンズ・ジャパン　2024.5　220p　17cm　（ハーレクイン・プレゼンツ PB385―作家シリーズ　別冊）〈ハーレクイン2001年刊の再刊　原書名：MATT CALDWELL〉727円　①978-4-596-54099-7

＊ジェイコブズビルの大企業で役員秘書の仕事を得たレスリー。人に言えない悲劇的な過去から逃れたくて、心機一転この町へ来たのに、大富豪社長マット・コールドウェルが彼女の前に立ちはだかる。前評判によると、気さくで感じがいいと言われていたマットはしかし、初対面から傲慢で、レスリーにつらく当たってばかり。ああ、彼は私の過去を知っているのかもしれない…。彼女は内心怯えるが、あるパーティでマットからダンスに誘われる。不思議なことにふたりの息はぴったりで、男性恐怖症にもかかわらずレスリーは彼と楽しく踊ることができた―過去の悲劇のせいで後遺症がある脚が、痛みに耐えられなくなるまでは。〔2904〕

◇代理恋愛―ダイアナ・パーマー傑作選 5　ダイアナ・パーマー著, 鹿野伸子訳　ハーパーコリンズ・ジャパン　2023.5　206p　15cm　（ハーレクインSP文庫 HQSP-364―ロマンスの巨匠たち）〈ハーレクイン・エンタープライズ日本支社 1987年刊の再刊　原書名：LOVE BY PROXY〉600円　①978-4-596-77188-9

＊田舎から出てきたばかりのアメリアは、親友に頼まれて、やむなく、奇妙ないたずらを引き受けることに。肌もあらわな格好で、ビジネス一辺倒の、横暴と噂のワース社長のオフィスに乗り込んだのだ。当然のことながら、ワースには激高され、罰として、彼の祖母のための住み込み秘書兼彼の恋人役を命じられた。偽りの恋人なのに、彼に触れられると落ち着かないのはなぜ？そんなある日、彼の祖母が倒れる。アメリアは慰めたい一心で純潔を捧げるが、翌日、ワースは露骨に冷たくなって…。〔2905〕

◇小さな秘密の宝物　ダイアナ・パーマー, ビバリー・バートン, ジュリア・ジェイムズ著, 沖多美他訳　ハーパーコリンズ・ジャパン　2022.2　313p　17cm　（HPA 31―スター作家傑作選）〈原書名：ENAMORED　FAITH,HOPE AND LOVEほか〉1082円　①978-4-596-31650-9

内容　もう一度抱きしめて（ダイアナ・パーマー著, 沖多美訳）

＊メリッサは暴漢に襲われ、隣家の跡取り息子ディエゴに救われた。それを機に二人は結ばれて夫婦となったが、この結婚はメリッサの罠と信じ込む彼、その家族の仕打ちに耐えられず、彼女は妊娠を告げぬまま姿を消した。5年後、事故で瀕死状態に陥ったメリッサは、面会に来た夫に言い張った。「息子はあなたの子じゃない」と（『もう一度抱きしめて』）。孤児として育ったフェイスは運命の人との出会いを待ちわびていた。だから、誘拐犯から彼女を救ってくれたワースに純潔を捧げたのだ。"2カ月後のクリスマスに町の広場にあるツリーの下で会おう"そう約束して別れたが、当日、いくら

待てどもワースは現れない。フェイスは絶望に打ちひしがれた――お腹に宿る、彼の子とともに(『星降る夜の出来事』)。レオン！ アラーナはギリシア大富豪との予期せぬ再会に驚愕した。5年前、たった半年だったけれど、貧しかった彼女に夢のような愛と贅に満ちた日々を与えてくれた人。でも最後には誤解がもとで、ひどく罵られながら彼のもとを去ったのだった。今もまだ冷たい彼の瞳に、アラーナは震えた。もし彼に息子の存在を知られたら…(『愛人の秘密』)。切なく胸に迫る、シークレットベビー＆再会愛。〔2906〕

◇ちぎれたハート ダイアナ・パーマー著，竹原麗訳 ハーパーコリンズ・ジャパン 2024.7 206p 15cm （ハーレクインSP文庫 HQSP-423）〈ハーレクイン 1998年刊の再刊 原書名：THE PATIENT NURSE〉545円 ①978-4-596-63929-5
＊ノリーンは幼い頃に自動車事故で両親を亡くしたあと、伯父夫婦に引き取られ、その娘である従姉とともに育った。やがて従姉は心臓外科医として名高いラモンと結婚。彼を密かに慕っていたノリーンは、祝福の陰で人知れず涙した。あるとき、彼が学会に出席するためパリへ赴くというので、看護師であるノリーンが体調の悪い従姉の世話を引き受けた。ところがノリーンが目を離した隙に、あろうことか、従姉は不慮の死をとげてしまう。自らを責め苛み、真実を告げようとするノリーンにラモンは酷い罵声を浴びせた！ 〔2907〕

◇夏のドレスに着替えたら ダイアナ・パーマー他著，寺尾なつ子他訳 ハーパーコリンズ・ジャパン 2024.8 378p 15cm （mirabooks DP01-18）〈原書名：PAPER HUSBAND HAWAIIAN RETREATほか〉845円 ①978-4-596-77882-6
内容 初恋にさよなら（ダイアナ・パーマー著，寺尾なつ子訳）
＊父が遺した牧場を守るため、近隣の有力者ハンクに契約結婚を持ちかけたダナ。ひそかに憧れ続けていた彼は意外にもその話を受け入れるが、それと引き換えに驚くべき提案をされ…。テキサスに紡がれる切ない名作『初恋にさよなら』。仕事一筋の女性がハワイで新しい人生に出会う『波打ち際のロマンス』。2週間限定のバカンスから生まれた運命の恋を描く『サンフランシスコ物語』の3篇を収録。〔2908〕

◇なにも言わないで ダイアナ・パーマー著，清水民恵訳 ハーパーコリンズ・ジャパン 2022.4 217p 15cm （ハーレクインSP文庫 HQSP-313）〈ハーレクイン・エンタープライズ日本支社 1987年刊の再刊 原書名：RAWHIDE AND LACE〉500円 ①978-4-596-31975-3
＊タイスンは事故死した弟の遺言を聞かされて、耳を疑った。驚いたことに、全遺産をあのエリンに譲るというのだ。エリンはモデルだった。弟が初めて屋敷に連れてきたとき、その妖精のような容姿に、タイスンはひと目で心を奪われた。だが不器用なタイスンはエリンに冷たくあたることしかできず、あげくに弟が不在の夜、強引な形でベッドをともにすると、弟への後ろめたさから、彼女を追い出してしまったのだ。自己嫌悪に苦しみながら、タイスンは考えた。彼女は戻ってくるだろうか――復讐さながらの遺言を受け入れて。〔2909〕

◇涙の湖 ダイアナ・パーマー著，杉本ユミ訳 ハーパーコリンズ・ジャパン 2023.8 205p 15cm （ハーレクインSP文庫 HQSP-377）〈ハーレクイン 2005年刊の再刊 原書名：STORM OVER THE LAKE〉545円 ①978-4-596-52050-0
＊病気の母の療養費を稼ぐため、記者のダナは身分を偽って有名会社社長のエイドリアンに近づき、潜入取材を行った。だが彼女の記事の誤りのせいで、彼の会社は破滅してしまう。3年後、まだ罪悪感を拭えずにいるダナを思わぬ事態が襲う。みごとに会社を建て直したエイドリアンが、宣伝のために記事を書いてほしいとダナを指名してきたのだ。きっと復讐する気だわ！ 恐る恐る彼を訪ねたダナは、エイドリアンの本当の目的を聞いて、思わず耳を疑った。「半年間、僕の秘書として働け。償いをしてもらう」〔2910〕

◇涙は愛のために ダイアナ・パーマー著，仁嶋いずる訳 ハーパーコリンズ・ジャパン 2024.2 381p 15cm （mirabooks DP01-17）〈ハーレクイン 2009年刊の再刊 原書名：FEARLESS〉970円 ①978-4-596-53681-5
＊幼いころから実の母親や里親家族に虐げられ、過酷な人生を余儀なくされてきたグローリー。猛勉強の末検事補になり、孤独でも満ち足りた生活をようやく手に入れたはずが、ある事件のせいで命を狙われ、テキサスの農場に身を隠さねばならなくなってしまう。彼女を迎えたのは農場の監督役ロドリゴ。粗野で荒々しく、どこか孤独をにじませる彼との出会いは、苦しい片思いの始まりで…。〔2911〕

◇24時間見つめてて ダイアナ・パーマー著，下山由美訳 ハーパーコリンズ・ジャパン 2022.11 206p 15cm （ハーレクイン文庫 HQB-1154―珠玉の名作本棚）〈ハーレクイン 1994年刊の再刊 原書名：SECRET AGENT MAN〉627円 ①978-4-596-75439-4
＊キリーはあらぬ誤解から、元婚約者ラングの愛を失った。泣きながら潔白を訴える彼女に耳も貸さず、彼は去っていった。あれから5年。ラング以上に愛せる男性とは巡りあえないまま、23歳のキリーは仕事が生き甲斐の日々を送っていた。ところが最近、警備員の男からの執拗なセクハラに悩まされ、元CIA捜査官のボディガードがつくことになる。オフィスでその人物を迎えたキリーは、思わず息をのんだ――そこに現れたのは、片時も忘れたことのない、ラングだった！ 私の心を引き裂いた彼と、24時間一緒に過ごすだなんて…。〔2912〕

◇眠れない夜―ダイアナ・パーマー傑作選 6 ダイアナ・パーマー著，小早川桃子訳 ハーパーコリンズ・ジャパン 2023.6 206p 15cm （ハーレクインSP文庫 HQSP-368―ロマンスの巨匠たち）〈ハーレクイン・エンタープライズ

ハマ

日本支社　1987年刊の再刊　原書名：EYE OF THE TIGER〉600円　①978-4-596-77442-2
＊あの夜、エレノアが婚約しないでほしいと頼めば、すべては変わっていただろうか。葉のそよぎが聞こえる川辺で、16歳のエレノアは、憧れの御曹司キーガンに身をまかせた。だが翌朝、彼は別の女性を選び、エレノアは彼から逃げたのだ。わたしでは相手にふさわしくないと、必死に言い聞かせて。久しぶりに帰郷した夜、夕食会にキーガンが招かれていた。暗い熱を孕んだ瞳でエレノアを見つめてくる。あの夜と同じ瞳で。「エリー」とささやく、キーガンのかすれた声が聞こえた。あれほど傷ついたのに。また彼に惹かれていく自分が——怖い。〔2913〕

◇はかない初恋—ダイアナ・パーマー傑作選 3　ダイアナ・パーマー著，森山りつ子訳　ハーパーコリンズ・ジャパン　2023.3　198p　15cm　（ハーレクインSP文庫 HQSP-356—ロマンスの巨匠たち）〈ハーレクイン 2004年刊の再刊　原書名：DREAM'S END〉600円　①978-4-596-76899-5
＊ひっつめ髪に、黒縁めがね。垢抜けない簡素な服。敬虔な母親の影響で、地味な装いを好む秘書のエリナーは、この3年間、ボスのカリーにずっと恋している。振り向いてもらえなくても、そばにいられればいい——そんなある日、偶然聞いてしまった。ボスが彼女のことを"男に見向きもされない田舎娘"と言うのを。しかも、傷ついた心に追い打ちをかけるかのように、カリーは美しく洗練された恋人との婚約を発表する。絶望の淵に落とされ、エリナーは辞職を申し出るが…。〔2914〕

◇初恋は切なくて　ダイアナ・パーマー著，古都まい子訳　ハーパーコリンズ・ジャパン　2024.1　205p　15cm　（ハーレクイン文庫 HQB-1214—珠玉の名作本棚）〈ハーレクイン 2000年刊の再刊　原書名：CHAMPAGNE GIRL〉691円　①978-4-596-53162-9
＊大学卒業後、故郷を離れてNYで働くことにしたキャサリン。ところがただ一人、それに猛反対する者がいた。義理のいとこの大牧場主マット——キャサリンの初恋の人だ。彼にとってキャサリンは、いつまでたっても"妹"なのだ。守られはしても、愛されはしない。彼には恋人がいるから。報われない片想いからも、やっと卒業できると思ったのに。「私を支配するのはもうやめて！」キャサリンが絞りだすように放った抗議の言葉は、次の瞬間、マットの荒々しいキスで遮られた——〔2915〕

◇初恋は秘めやかに　ダイアナ・パーマー作，野原はるか訳　ハーパーコリンズ・ジャパン　2024.3　412p　17cm　（ハーレクイン・プレゼンツ・スペシャル PS115）〈著作目録あり　2016年刊の再刊　原書名：LACY〉1364円　①978-4-596-53645-7
＊16歳で孤児となり、ホワイトホール家に引き取られたレイシー。兄のような存在の長男コールに憧れを抱き、寡黙で無愛想な彼がときおり見せる優しさに胸を躍らせる青春を送った。けれど時代は非情だった。コールが出征のため旅立ったのだ——今にもくずおれそうな彼女に、「待っていてくれ」とだけ言い残して。レイシーはひたすら無事を祈りながら待ち続けた。だが帰還した彼は人を寄せつけず、彼女をひどく戸惑わせた。やがてコールはある出来事の責任をとってレイシーと結婚するが、初夜を最後に、二度と新妻に触れなくなってしまった…。最愛の夫との赤ちゃんがほしいと願うことさえ、私には許されないの？〔2916〕

◇バハマの光と影　ダイアナ・パーマー作　ハーパーコリンズ・ジャパン　2023.10　156p　17cm　（ハーレクイン・プレゼンツ PB-370—作家シリーズ 別冊）〈訳：姿絢子〉664円　①978-4-596-52472-0
＊1年前、信じていた人に裏切られて傷ついたニッキは、心の傷を癒やすため青い海を見渡せるリゾート地へやってきた。浜辺で物思いに耽るニッキを、じっと見つめる男が一人——先ほどホテルで会った、尊大な雰囲気漂う彼は、冷たい瞳で彼女を隅々まで見回すと、表情一つ変えずに立ち去った。いけない、彼の豹のような獰猛さと美しさに魅せられてしまいそう。ニッキは怖ろしさと同時に、ときめきにも似た感情に身を震わせた。だがほどなく、人も信じられなくなっていた彼女には、大人の色香漂うその男、実業家キャル・スティールから意外すぎる言葉をかけられることになる。「ぼくと恋をしないか？」〔2917〕

◇浜辺のビーナス　ダイアナ・パーマー著，小林ルミ子訳　ハーパーコリンズ・ジャパン　2024.8　204p　15cm　（ハーレクイン文庫 HQB-1242—珠玉の名作本棚）〈サンリオ 1984年刊の再刊　原書名：FIRE AND ICE〉691円　①978-4-596-63999-8
＊「きみの妹がぼくの家族の一員になろうとするのは、ねずみが猫の集会に入り込もうとするようなものだ」財閥一族の長男キャノンの辛辣な言葉に、マージーは絶句した。自分の弟と貧しい家の娘の結婚など、絶対に許さないらしい。唯一の肉親の妹に頼まれて彼の説得を試みたけれど、失敗だわ。彼は"専制君主"そのもの…。なんて傲慢なの？ところが後日、思いがけない展開がマージーを待っていた。キャノンがフロリダの別荘に彼女も来るよう迫ってきたのだ。さもなくば、弟ときみの妹の仲を引き裂くぞと言って！〔2918〕

◇バラの館—ダイアナ・パーマー傑作選 4　ダイアナ・パーマー著，寺平笙訳　ハーパーコリンズ・ジャパン　2023.4　206p　15cm　（ハーレクインSP文庫 HQSP-360—ロマンスの巨匠たち）〈ハーレクイン・エンタープライズ日本支社 1985年刊の再刊　原書名：ROOMFUL OF ROSES〉600円　①978-4-596-77037-0
＊親代わりの遺産管財人マッケイブが、仕事で大けがをしたために、同居することになったウィン。野性的な魅力を放つマッケイブに、顔をあわせるたびに、美しくなったと見とれられ、ウィンの胸はときめく。ある夜、衝動を抑えかねたマッケイブにふいに抱きすくめられ、驚いたウィンは思わず拒絶してしまう。すると目に燃えるような怒りを浮かべ、彼は乱暴にキスをしてきた。怯えて震え

るウィンに「君だってぼくがほしいんだろう」と耳打ちしながら。　　　　　　　　　〔2919〕

◇秘密を宿したシンデレラ　ダイアナ・パーマー著，クリスティン・リマー，アン・メイジャー，松村和紀子他訳　ハーパーコリンズ・ジャパン　2023.6　362p　17cm　（HPA 47―スター作家傑作選）〈原書名：TOM WALKER RACHEL'S BUNDLE OF JOYほか〉1136円　①978-4-596-77321-0

内容　トム・ウォーカー（ダイアナ・パーマー著，松村和紀子訳）

＊『トム・ウォーカー』NYの広告代理店に勤める秘書イリージアは憧れの上司トムと一夜を過ごし，純潔を捧げた。だが翌日には打って変わって目も合わせようとしない彼の態度に傷つき，彼女は退職して故郷に帰った―おなかに小さな命がめばえていたけれど。数年後，密かに娘を産み育てていたイリージアの前に，思いがけず，トムが突然姿を現す！『恋人たちの長い一日』幼い頃に父に捨てられた看護師レイチェルは，異性に対して慎重であった。いつかまっとうな男性が現れるまでは空想で充分だと，独り身のまま人工授精で子を授かる。ある日，ついに理想の男性，会社CEOのブライスと出逢い，夢の一夜を過ごした。だが，彼が名門一族の跡取りで夜ごと違う美女を連れているかと知り，身を引くことに…。『永遠の居場所』ストーカーから逃げる途中，コナーという男性と知り合ったアンナ。瞬く間に惹かれ合って電撃結婚するが，ハネムーン最後の夜，牧場主のはずの彼が行方不明者捜索の専門会社社長と偶然知ってしまう。まさか，ストーカーに雇われた探偵？　アンナは怖くなって逃げ出した―コナーの子を宿したとわかったのは，その後のことだった。―密かに産んだ娘，独りで授かった子，思わぬ妊娠。人生を変える恋を綴ったベビー・アンソロジー！　　　　〔2920〕

◇秘密の命を抱きしめて　ダイアナ・パーマー作，平江まゆみ訳　ハーパーコリンズ・ジャパン　2024.6　265p　17cm　（ハーレクイン・プレゼンツ・スペシャル PS117―ワイオミングの風）〈原書名：WYOMING PROUD〉1082円　①978-4-596-63518-1

＊エリンは16歳のときから，親友の兄で社長のタイに片想い。25歳になった今は，恋心を隠して彼の下で働いている。そんなある日，エリンはタイにデートに誘われ，胸をときめかせた。目的が彼にしつこく迫る女性を退けるためとはいえ，長年の夢が叶うのだ。二人の距離は急速に縮まり，エリンはついに純潔を捧げたが，その直後から，彼女の人生は不幸のどん底へと突き進む。父が急逝したうえ，生前に家を売っていたため，住む場所を失った。さらに，他社へ情報を売ったとタイに疑われ，会社も追い出されたのだ！「君はもう我が家でも歓迎されない」ひどい，私はやっていないのに…。何もかもなくしたエリンは町を去った―タイの子を，その身に宿して。　　　　　〔2921〕

◇ボスと秘書の恋の密約　ダイアナ・パーマー作，琴葉かいら訳　ハーパーコリンズ・ジャパン　2023.7　156p　17cm　（ハーレクイン・プレゼンツ PB364―作家シリーズ 別冊）〈2019年刊の再刊 原書名：A LOVING ARRANGEMENT〉664円　①978-4-596-77428-6

＊秘書のアビーが高名な富豪弁護士グレイの下で働き始めて1年。ボスは傲慢で実に扱いにくい反面，とても優秀で魅力的な男性だ。そんな彼が求める秘書であろうと，アビーはしかつめらしい服に眼鏡とひっつめ髪のスタイルで，まじめに働いてきた。だがある日，ボスの予定帳に書かれた取引相手の名に，激しく動揺する。二度と会いたくないと思っていた，卑劣で薄情な元恋人…。やむをえずグレイに事情を話し，もうここにはいられないと告げるが，ボスは僕たちが公然と同棲すれば，相手は手出しできなくなると言う。二人で寝食をともに…？　戸惑いを見せるアビーに，彼は釘を刺した。「ベッドの心配なら無用だ。君は僕の好みじゃないから」　　　　　　　　　　〔2922〕

◇炎を消さないで　ダイアナ・パーマー著，皆川孝子訳　ハーパーコリンズ・ジャパン　2023.6　208p　15cm　（ハーレクイン文庫 HQB-1188）〈サンリオ 1983年刊の再刊 原書名：SEPTEMBER MORNING〉627円　①978-4-596-77227-5

＊厳格な学校から，半年ぶりに帰郷したキャスリン。年の離れた義兄ブレイクの姿が見当たらず，ほっとした。両親を失い養女となったわたしを，ずっと見守ってくれた義兄。でも，最近のブレイクはなぜかかたくなに男女交際を禁じ，行動を制限しようとする。わたしはもう二十歳なのに。パーティの日，ちょうど出張から戻ったブレイクに，「ドレスがセクシーすぎる！」と叱責され，思わず反発した。わずか数時間後，ブレイクに荒々しく唇を重ねられ，衝撃と興奮に身をこわばらせることになるとは夢にも思わず。　　〔2923〕

◇無邪気なシンデレラ　ダイアナ・パーマー著，片桐ゆか訳　ハーパーコリンズ・ジャパン　2023.8　207p　15cm　（ハーレクイン文庫 HQB-1194―珠玉の名作本棚）〈ハーレクイン 2012年刊の再刊 原書名：DIAMOND IN THE ROUGH〉627円　①978-4-596-52154-5

＊高校を出たばかりのサッシーは，病の母と幼い妹を養うため，地元の小さな店で身を粉にして働いていた。横柄な店長にこき使われ，嫌がらせをされても毎日必死だ。そんなサッシーの前に，一人のハンサムな男性が現れた。最近引っ越してきた彼，ジョンは何くれとなく彼女を気遣い，ついには店長の横暴な振る舞いを諫め，救いだしてくれた。なんてすてきな人なの！　初めてのときめきに戸惑いつつ，サッシーはジョンへの想いをつのらせていった―彼が世界的な大富豪で，手の届かぬ存在とも知らず。　　　　　　　　　　〔2924〕

◇無邪気な誘惑　ダイアナ・パーマー作，山田沙羅訳　ハーパーコリンズ・ジャパン　2023.8　156p　17cm　（ハーレクイン・ロマンス R3803―伝説の名作選）〈ハーレクイン 2003年刊の再刊 原書名：LADY LOVE〉664円　①978-4-596-52112-5

＊財産目当てで言い寄る男たちにうんざりした令嬢マーリンは、"もし1カ月間、身近に気づかれずに働き続けられたら、もう二度と結婚を強要しない"という賭を、父に願い出た。住み込みの職を見つけ、彼女は意気揚々と働き始めるが、雇い主の息子の銀行家キャメロンに早々に心を乱されてしまう。卑しい育ちの下品な女だと侮辱され、くびにすると脅されて、激しい口論の果て、昂った感情で一夜を共にしてしまったのだ。キャメロンには裕福な婚約者がいる。もしや私の正体を知り、打算で乗り換えようとしているの？　傷ついたマーリンは、想いを秘めたまま、キャメロンの前から姿を消す〔2925〕

◇誘惑のゆくえ　ダイアナ・パーマー著，山田沙羅訳　ハーパーコリンズ・ジャパン　2022.8　198p　15cm　（ハーレクイン文庫 HQB-1138）〈ハーレクイン 2004年刊の再刊　原書名：LOVE ON TRIAL〉627円　①978-4-596-70991-2
＊少女の頃から、シリは年上のハンサムなホークに夢中だった。でも想いを隠せない彼女を、敏腕弁護士の彼は子ども扱いする。彼の髪につい指を絡めたシリを脅したこともある。「男を挑発したらどんな目に遭うか思い知れ」と熱く口づけた。ある日、父の共同経営者でもある彼と出張に行くことになり、シリは胸を躍らせる。ふたりの距離を縮められるチャンスだわ。だが、ホークはまたも残酷な仕打ちで応える。「子守りなんぞごめんだ」そう言い捨てると、かつての婚約者とディナーに出かけ、朝まで帰らなかったのだ。〔2926〕

◇夜明けのまえに　ダイアナ・パーマー著，泉智子訳　ハーパーコリンズ・ジャパン　2022.9　414p　15cm　（mirabooks DP01-16）〈ハーレクイン 2009年刊の再刊　原書名：BEFORE SUNRISE〉864円　①978-4-596-74849-2
＊ノースカロライナで小さな博物館の館長をしているフィービーのもとにある晩、見知らぬ男から電話があった。ところが翌日、その人物が何者かに殺されてしまう。事件の捜査を担当するFBI捜査官の顔を見たフィービーはその場に凍りついた。3年前、フィービーの一途な恋心を踏みにじったコルテスだったのだ。きらめく黒曜石のような瞳に見つめられ、彼女の心は揺れ動くが、ふたりの背後には危険な影が迫り…。〔2927〕

◇理不尽な棘と愛　ダイアナ・パーマー作，平江まゆみ訳　ハーパーコリンズ・ジャパン　2023.6　300p　17cm　（ハーレクイン・プレゼンツ・スペシャル PS111—ワイオミングの風）〈原書名：WYOMING HOMECOMING〉1082円　①978-4-596-77317-3
＊父の家庭内暴力に苦しみ、アビーは男性恐怖症に陥った。そんな彼女を引き取ってくれた兄夫婦が6年前に事故で亡くなり、遺された幼い姪を育てながらの暮らしも、今も困窮していた。あるとき、親戚の葬儀に参列するため故郷に戻ってきたアビーは、最も会いたくなかった男性、コーディ・バンクスと再会してしまう。彼の妻はアビーの兄夫婦の葬儀に参列した際に感染症にかかり、それがアビーと姪のせいだと、鬼のような剣幕で罵倒してきたのだ。理不尽な言いがかりによる心の傷は6年経った今も癒えておらず、恐怖に怯えたアビーは姪の手をとり、その場から逃げ出した—まさかコーディ・バンクスが隣人になろうとは、夢にも思わずに！〔2928〕

◇恋愛劇場　ダイアナ・パーマー作，泉智子訳　ハーパーコリンズ・ジャパン　2023.5　188p　17cm　（ハーレクイン・ロマンス R3776—伝説の名作選）〈ハーレクイン・エンタープライズ日本支社 1988年刊の新訳版　原書名：LOVEPLAY〉691円　①978-4-596-77019-6
＊ベットは町の劇団で出会った年上の男性カルと惹かれ合い、身を捧げようとしたが制止された—バージンを理由に。やがて彼への想いが無残にも打ち砕かれる日がやってきた。彼が芝居の演出のため単身でニューヨークへ行くと言ったのだ。捨てられたベットは、涙がかれるまで泣いたあと決心した。"小劇団止まりの女優"という彼の侮言が間違いだと証明するわ！　カルのあとを追うようにニューヨークに来て6年、ベットは舞台女優として着実に成功をおさめていた。そんな折、主役の座を射止めたい芝居のオーディション会場に、突然カルが脚本家として現れ宣言する。「芝居は僕が演出する！」〔2929〕

◇若すぎた恋人　ダイアナ・パーマー作，山田沙羅訳　ハーパーコリンズ・ジャパン　2023.9　155p　17cm　（ハーレクイン・イマージュ I2770—至福の名作選）〈ハーレクイン 2001年刊の再刊　原書名：MERCENARY'S WOMAN〉673円　①978-4-596-52246-7
＊故郷ジェイコブズビルに戻ってきた小学校教師のサリーは、事故で失明したおばとその幼い息子の面倒をみている。ある日、二度と会いたくなかった相手、エビニーザと再会した。6年前の春、10代だったサリーは憧れていた彼に、ドライブデートに連れていってほしいとお願いした。意外にもエビニーザはすんなり聞き入れてくれたが、30分後、サリーは彼の車の助手席から逃げ出すはめになった一年上の彼の強烈すぎる男性的魅力と強引さに恐れをなして。無垢な彼女にとって、あのことはいまだに深い心の傷となっていた。それなのに、エビニーザは何事もなかったかのように接近してきて…。〔2930〕

パミー，タラ　Pammi, Tara

◇愛されぬ妹の生涯一度の愛　タラ・パミー作，上田なつき訳　ハーパーコリンズ・ジャパン　2024.6　156p　17cm　（ハーレクイン・ロマンス R3882—純潔のシンデレラ）〈原書名：AN INNOCENT'S DEAL WITH THE DEVIL〉673円　①978-4-596-63504-4
＊母親が娘の名で作った莫大な借金に、ヤナは途方に暮れていった。そこへ現れたのがかつての義兄、富豪ナジールだった。「君が必要なんだ」そう言うと彼は借金の清算と引き換えに、妻の死以来、心を閉ざしてしまった幼い娘の世話を頼んできた。忘れたい初恋の記憶がよみがえり、ヤナは気を失っ

てしまう。19歳のとき、私はナジールに純潔を捧げようとして拒絶された。その後彼は結婚し、病気で妻を亡くしたが、彼女は私の親友だった。決して振り向いてくれない人と一つ屋根の下で暮らすのはつらすぎる。けれどヤナはわかっていた。彼のためなら自分がなんでもすると。〔2931〕

◇愛し子と八年目の秘密　タラ・パミー作，松尾当子訳　ハーパーコリンズ・ジャパン　2023.3　220p　17cm　（ハーレクイン・ロマンス R3761）〈原書名：RETURNING FOR HIS UNKNOWN SON〉664円　①978-4-596-76781-3

＊婚約者が急死し、プリヤは悲嘆に暮れていたが、婚約者の親友クリスチャンの献身的な支えで立ち直った。ほどなく二人は友情を保ったままの便宜結婚に合意し、暮らし始めるが、吹雪の夜、情熱に抗えず一線を越えてしまう。私は夫を愛し始めている―プリヤは妊娠と同時に確信した。だがその直後、クリスチャンも飛行機事故で帰らぬ人に。彼女は泣く暇もなく、夫の忘れ形見を独りで育てるほかなかった。8年後、プリヤと息子の前に見覚えのある男性が現れた。クリスチャン！嘘でしょう。いったい何が起こったの？〔2932〕

◇逃げた花嫁と授かった宝物　タラ・パミー作，児玉みずうみ訳　ハーパーコリンズ・ジャパン　2024.3　156p　17cm　（ハーレクイン・ロマンス R3858―純潔のシンデレラ）〈原書名：THE REASON FOR HIS WIFE'S RETURN〉673円　①978-4-596-53653-2

＊祖父の葬儀の日、ミラは別居中の夫アリストスがいるのに気づいた。1年前、二人は赤ん坊をもうけるために契約結婚をした。だが、プレイボーイのギリシア富豪が秘書と抱き合っている姿を見て衝撃を受け、彼女は家を出たのだった。契約結婚を承諾したのはアリストスが初恋の人だからだったのに。しかし再会した夜、悲しみにくれるミラに彼はやさしく、惹かれる気持ちを抑えられなくなった彼女は夫に純潔を捧げた。数カ月後、アリストスが事故にあったという知らせが入り、ミラは夫のもとに駆けつける。おなかに新しい命を宿して…。〔2933〕

◇放蕩富豪と鈴蘭の眠り姫　タラ・パミー作，山本翔子訳　ハーパーコリンズ・ジャパン　2023.3　220p　17cm　〈原書名：THE PLAYBOY'S 'I DO' DEAL〉664円　①978-4-596-76671-7

＊亡父の借金のせいでギャングに追われているクレアは、女性の噂が絶えない大富豪デーヴの豪華クルーザーに逃げこみ、彼のキャビンのクローゼットに身を隠した。数時間後、眠りこんでしまったクレアは、激怒したデーヴに叩き起こされ、追いだされそうになって、涙ながらに懇願した。見捨てられたら、お金だけでなく命の危険もあるのだ、と。考えを巡らせたデーヴが持ちかけたのは契約結婚だった。「きみの安全は保障するし、僕は放蕩者の汚名を返上できる」彼を愛さなければ問題ないはず。だがなぜかクレアの心は揺れた。〔2934〕

ハミルトン, ダイアナ　Hamilton, Diana

◇億万長者の恋　ダイアナ・ハミルトン著，久我ひろこ訳　ハーパーコリンズ・ジャパン　2022.7　202p　15cm　（ハーレクイン文庫 HQB-1132）〈ハーレクイン 2002年刊の再刊　原書名：THE BILLIONAIRE AFFAIR〉627円　①978-4-596-70764-2

＊私にそっくりだわ―キャロラインは勤務先の画廊が発見した、"初恋"と題された幻の名画を見て、言葉を失った。今夜、早くも買い手がつきそうな気配だが、彼女も"初恋"が早く画廊の手を離れることをのぞんでいた。肖像画が呼びおこした過去の記憶に、胸を締めつけられるから。17歳のあの夏、野性的なベン・デクスターに出会った。裏切られ、冷酷に捨てられて、狂おしい恋は終わったけれど…。画廊の経営者が連れてきた、絵を買いたいという客は―なんとベン！彼はすっかり洗練された男性に変わっていた。〔2935〕

◇蝶になるとき　ダイアナ・ハミルトン著，高木晶子訳　ハーパーコリンズ・ジャパン　2024.5　201p　15cm　（ハーレクインSP文庫 HQSP-413）〈ハーレクイン 2006年刊の再刊　原書名：THE ITALIAN MILLIONAIRE'S VIRGIN WIFE〉545円　①978-4-596-82332-8

＊広告代理店を経営する、イタリア屈指の大富豪アンドレア一家政婦のマーシーは雇い主の彼に、密かに想いを寄せていた。そんなある日、"君にぴったりの役だから"と頼みこまれ、マーシーはアンドレアの会社が制作する広告に出ることになる。彼の会社が手がけるのは、美しい宝石や高級品の広告ばかり。戸惑いつつも、抜擢された喜びにマーシーの胸はふくらむが、撮影当日に言い渡されたのは、垢抜けない不格好な女の役だった。やっぱり彼の目に、私はそう映っているのね…。屈辱と悲しみに頬を染めながら、マーシーはある決意をした。〔2936〕

◇トスカーナの花嫁　ダイアナ・ハミルトン作，愛甲玲訳　ハーパーコリンズ・ジャパン　2023.8　156p　17cm　（ハーレクイン・ロマンス R3798―伝説の名作選）〈ハーレクイン 2003年刊の再刊　原書名：THE ITALIAN'S BRIDE〉664円　①978-4-596-52026-5

＊カフェで働くポーシャは、貧しい青年の客に言い寄られ、熱意にほだされて結婚の約束をした。ところが身ごもった直後、彼とまったく連絡がつかなくなった。いったい何があったの？ふと手にした新聞の一面を見て、彼女は凍りついた。彼が事故死？しかも、じつはイタリア財閥の次男で、妻までいたなんて…。秘密裏に出産したポーシャの前に、ある夜、美麗な紳士が現れる。赤ん坊の伯父にあたるルチェンゾは、ポーシャ母子をイタリアへ招くために来たのだと、蔑みに満ちた冷たい目で告げた。本当は息子を奪いに来たのでしょう？この子は私が守るわ。息子をしっかりと胸に抱き、ポーシャは覚悟を決めた。〔2937〕

◇名ばかりの結婚　ダイアナ・ハミルトン著，前田雅子訳　ハーパーコリンズ・ジャパン　2023.

ハミルトン

5　193p　15cm　(ハーレクインSP文庫 HQSP-366)〈ハーレクイン 1997年刊の再刊 原書名：IN NAME ONLY〉545円　①978-4-596-77192-6

＊妹の赤ん坊を育てるため、キャシーはイラストを描いて、なんとか生計を立てていた。そんな彼女のもとを、ある日突然一人の男性が訪れる。見るからに高慢そうなスペインの名門一族の当主ハビエルは、自分は赤ん坊の伯父だと告げ、亡くなった弟の忘れ形見を、なんとしてもスペインへ連れ帰ると主張するのだ。しかも彼はキャシーを赤ん坊の母親と人違いしているらしく、脅迫同然に彼女の同行をも促した。悩んだ末、キャシーは正体を隠したままスペインへと赴いた。〔2938〕

◇誘惑は蜜の味　ダイアナ・ハミルトン著，三好陽子訳　ハーパーコリンズ・ジャパン　2024.11　195p　15cm　(ハーレクインSP文庫 HQSP-439)〈ハーレクイン 1997年刊の再刊 原書名：A HONEYED SEDUCTION〉545円　①978-4-596-71705-4

＊広告代理店に勤めるチェルシーは困り果てていた。上司のマイルズが昇進の代償として関係を迫ってきたのだ。なんとか穏便にすませたいチェルシーは、あるパーティで同じアパートメントの住人クインを見かけたとき、とんでもない妙案を思いつく。陽気で気ままなプレイボーイだという噂の彼に頼みこんで、しばらく婚約者のふりをしてもらえばいいわ！　かくしてチェルシーの願いを聞き入れたクインだったが、大々的に婚約発表をするや、驚くべき正体を明らかにして…。〔2939〕

ハミルトン，ピーター・F.　Hamilton, Peter F.

◇創られた心——AIロボットSF傑作選　ケン・リュウ，ピーター・ワッツ，アレステア・レナルズ他著，ジョナサン・ストラーン編，佐田千織他訳　東京創元社　2022.2　564p　15cm　(創元SF文庫 SFン11-1)〈責任表示はカバーによる　原書名：MADE TO ORDER〉1400円　①978-4-488-79101-8

内容　ソニーの結合体(ピーター・F.ハミルトン著，佐田千織訳)

＊人工的な心や生命。ゴーレム、オートマトン、ロボット、アンドロイド、ボット、人工知能——人間によく似た機械、人間のために注文に応じてつくられた存在というアイディアは、古代より我々を魅了しつづけてきた。そしてこの、長い歴史に連なるアンソロジーがここに登場する。ケン・リュウ、ピーター・ワッツ、アレステア・レナルズら、最高の作家陣による16の物語を収録。〔2940〕

パムク，オルハン　Pamuk, Orhan

◇ペストの夜　上　オルハン・パムク著，宮下遼訳　早川書房　2022.11　431p　20cm〈原書名：Veba Geceleri〉2700円　①978-4-15-210185-3

＊オスマン帝国末期の1901年。東地中海に浮かぶミンゲル島では、ペスト流行の噂が囁かれていた。ペスト禍を抑え込むため皇帝アブデュルハミト二世の命で派遣された疫学者が、何者かの手によって惨殺される。代わりに送り込まれたヌーリー医師と、その妻、アブデュルハミト二世の姪にあたるパーキーゼ姫は、ペスト撲滅のために島に降り立つ。だが二人は秘密裡に、疫学者殺害の謎を解き明かす使命も負っていた——。トルコ初のノーベル文学賞作家、オルハン・パムクが、架空の島を舞台に人間と疫病との苛烈な闘いを克明に描く傑作歴史長篇、ついに開幕！〔2941〕

◇ペストの夜　下　オルハン・パムク著，宮下遼訳　早川書房　2022.11　429p　20cm〈原書名：Veba Geceleri〉2700円　①978-4-15-210186-0

＊ミンゲル島では日に日にペスト感染が拡大し、島民は島から逃げ出そうとしていた。感染拡大を懸念し、海上封鎖を進める西欧列強諸国とイスタンブルの中央政府。そんな中、疫学者に続いて彼の助手までもが殺される。ますます孤立を深める島に取り残されてしまったパーキーゼ姫とヌーリー医師。二人が目撃する島の運命と、殺人事件の真犯人とは——？　トルコ初のノーベル文学賞作家、オルハン・パムクが五年ぶりに放つ待望の新作！〔2942〕

◇無垢の博物館　上　オルハン・パムク著，宮下遼訳　早川書房　2022.8　503p　16cm　(ハヤカワepi文庫 103)〈2010年刊の加筆修正　原書名：MASUMİYET MÜZESİ〉1280円　①978-4-15-120103-5

＊三十歳のケマルは一族の輸入会社の社長を務め、業績は上々だ。美しく気立ての良いスィベルと近々婚約式を挙げる予定で、彼の人生は誰の目にも順風満帆に映った。だが、ケマルはその存在すら忘れかけていた遠縁の娘、十八歳のフュスンと再会してしまう。フュスンの官能的な美しさに抗いがたい磁力を感じケマルは危険な一歩を踏み出すのだった——。トルコの近代化を背景に、愛に忠実に生きた男の数奇な一生を描く長篇小説。〔2943〕

◇無垢の博物館　下　オルハン・パムク著，宮下遼訳　早川書房　2022.8　554p　16cm　(ハヤカワepi文庫 104)〈2010年刊の加筆修正　原書名：MASUMİYET MÜZESİ〉1280円　①978-4-15-120104-2

＊「これから、わたしたちはどうなるの？」二人の愛する女から突きつけられた言葉に、ケマルは答えようがなかった。彼の心はスィベルとフュスンの間を揺れ動き、終わりのない苦悩に沈む。焦れた女たちはそれぞれの決断を下すのだが——。ケマルは心配する家族や友人たちから距離を置き、次第に孤立を深める。会社の経営にも身が入らず徐々にその人生は破綻していく。トルコ初のノーベル文学賞作家が描く、狂気の愛の物語。〔2944〕

ハーモス，グラシリアノ　Ramos, Graciliano

◇乾いた人びと　グラシリアノ・ハーモス著，高橋都彦訳　水声社　2022.2　173p　20cm　(ブラジル現代文学コレクション)〈原書名：Vidas Sêcas　原著第7版の翻訳〉2000円　①978-4-

8010-0623-2
＊資本主義の発展からとり残され，文明から遠く離れたブラジル北東部の奥地。搾取に喘ぐ牛飼いとその一家は，干魃により土地を追われ，焼けつくような太陽のもと，荒野へと歩みを進めるのだが…。沈黙の世界に住まう登場人物たちの孤独と渇きを巧みに描きだす，ブラジル・モデルニズモを代表する作家の心理小説。〔2945〕

パラッツェージ，マルタ　Palazzesi, Marta
◇フォグ―霧の色をしたオオカミ　マルタ・パラッツェージ作，杉本あり訳，Naffyイラスト　岩崎書店　2023.9　219p　20cm〈原書名：NEBBIA〉1600円　①978-4-265-86055-5
＊十九世紀末のロンドン。ストリートチルドレンのクレイは，泥をあさり，金目の物を探し，縄張りを守り，必死に生きている。そんなある日，町にサーカスがやってきた。チラシに書かれた「オオカミ」の文字に，胸をおどらせクレイだったが…。ストレーガ賞児童書部門受賞作。〔2946〕

バラトゥインスキー，エヴゲーニー
Baratynsky, Yevgeny
◇19世紀ロシア奇譚集　高橋知之編・訳　光文社　2024.8　388p　16cm　（光文社古典新訳文庫 KAタ1-1）〈文献あり　年表あり　原書名：Артемий Семенович Бервенковский Перстеньほか〉1100円　①978-4-334-10395-8
|内容| 指輪（エヴゲーニー・バラトゥインスキー著，高橋知之訳）ほか
＊悲劇的な最期を遂げた歌い手の秘密に迫るにつれ…「クララ・ミーリチ―死後」，屋敷に住みつく霊と住人たちとの不思議な関わりを描く「家じゃない，おもちゃだ！」など7篇を収録。重厚長大なリアリズム文学重視の陰で忘れ去られていた豊饒なロシアンホラーの魅力を発掘！〔2947〕

パラニューク，チャック　Palahniuk, Chuck
◇インヴェンション・オブ・サウンド　チャック・パラニューク著，池田真紀子訳　早川書房　2023.1　255p　19cm〈原書名：THE INVENTION OF SOUND〉2200円　①978-4-15-210200-3
＊ミッツィ・アイヴズは音響効果技師だ。彼女が作り出す恐怖の映画音声は，まるで本当に人間を拷問しているかのような迫力を持っている。ゲイツ・フォスターは行方不明になった娘を探す父親だ。手がかりを求めてダークウェブをめぐり，児童ポルノへの憎悪をたぎらせている。二人の物語が交錯するとき，ハリウッドに史上最悪の惨事が訪れる―『ファイト・クラブ』のパラニュークが二〇二〇年代の世界へ捧げる傑作。〔2948〕

◇サバイバー　チャック・パラニューク著，池田真紀子訳　新版　早川書房　2022.1　443,8p　16cm　（ハヤカワ文庫 NV 1491）〈原書名：SURVIVOR〉1200円　①978-4-15-041491-7
＊上空で燃料が底をつき，エンジンが一基ずつ停止を始めた航空機のコクピット。ただ独り残ったハイジャック犯である僕は，ブラックボックスに自身の半生を物語る。カルト教団で過ごした過去。外の世界での奉仕活動。とある電話を通じて狂い始めた日常。集団自殺で崩壊した教団の生き残りとしてメディアから持て囃される狂騒。それら全てが最悪の方向へ転んでしまった人生を―『ファイト・クラブ』を超える傑作カルト小説。〔2949〕

パランド　Parand
◇わたしのペンは鳥の翼　アフガニスタンの女性作家たち著，古屋美登里訳　小学館　2022.10　254p　19cm〈原書名：MY PEN IS THE WING OF A BIRD〉2100円　①978-4-09-356742-8
|内容| 夢のてっぺんから転がり落ちる（パランド著）
＊口を塞がれた女性たちがペンを執り，鳥の翼のように自由に紡ぎ出した言葉の数々。女性嫌悪，家父長制，暴力，貧困，テロ，戦争，死。一日一日を生き抜くことに精一杯の彼女たちが，身の危険にも晒されても表現したかった自分たちの居る残酷な世界と胸のなかで羽ばたく美しい世界。アフガニスタンの女性作家18名による23の短篇集。〔2950〕

バリー，セバスチャン　Barry, Sebastian
◇終わりのない日々　セバスチャン・バリー著，木原善彦訳　白水社　2023.6　278p　20cm（エクス・リブリス）〈原書名：DAYS WITHOUT END〉3400円　①978-4-560-09084-8
＊語り手は，19世紀半ばの大飢饉に陥ったアイルランドで家族を失い，命からがらアメリカ大陸に渡ってきたトマス・マクナルティ。頼るもののない広大な国でトマスを孤独から救ったのは，同じ年頃の宿無しの少年ジョン・コールだった。美しい顔立ちに幼さの残る二人は，ミズーリ州の鉱山町にある酒場で，女装をして鉱夫たちのダンスの相手をする仕事を見つける。初めてドレスに身を包んだとき，トマスは生まれ変わったような不思議な解放感を覚える。やがて体つきが男っぽくなると，二人は食いっぱぐれのない軍隊に入り，先住民との戦いや南北戦争をともに戦っていく―。西部劇を彷彿とさせる銃撃戦，先住民の少女と育む絆，はらはらする脱走劇，胸に迫る埋葬場面など，勇敢な兵士でありながら女としてのアイデンティティーに目覚めたトマスによって生き生きと語られる。〔2951〕

バリ，J.M.　Barrie, J.N.
◇ピーター・パン―ミナリマ・デザイン版　J.M.バリ作，MINALIMAブックデザイン＆イラスト，小松原宏子訳　静山社　2024.11　251p　25cm〈原書名：PETER PAN〉6800円　①978-4-86389-842-4
＊さあ，想像の翼を広げ，ピーター・パン，ティンカー・ベル，ダーリング家のきょうだいたちといっしょに，冒険に出かけよう！　J.M.バリの古典的名作に，数々の受賞歴をほこるミナリマ・スタジオが

新しい魔法をかけました。ページをめくるたびにあらわれる独創的で魅力的なフルカラーのイラストと10個の仕掛けで、みなさんをネバーランドへお連れします。この物語を旅することができるのは、子どものみなさんだけではありません。大人のみなさんだって、すてきなことを考えること、そしてほんの少しの妖精の粉を使うだけで、魔法に満ちた冒険物語をお楽しみいただけます。〔2952〕

バリェ゠インクラン, ラモン・デル Valle-Inclán, Ramón del

◇暗い庭―聖人と亡霊、魔物と盗賊の物語　ラモン・デル・バリェ゠インクラン著，花方寿行訳　国書刊行会　2023.6　226p　20cm〈著作目録あり　原書名：JARDÍN UMBRÍO〉2800円　①978-4-336-07515-4

内容 フアン・キント　三賢王の礼拝　恐怖　夢の悲劇　ベアトリス　頭目　聖エレクトゥスのミサ　仮面の王　我が姉アントニア　神秘について　真夜中に　我が曾祖父　ロサリート　夢のコメディア　ミロン・デ・ラ・アルノーヤ　手本　聖夜

＊神秘主義的なキリスト教と土俗的な民間信仰、背徳的な罪咎の宴―高貴な輝きと隠通の雰囲気を湛えた昏い廃園は、夢うつつに微睡みながら、訪れる客人を待ちわびる。スペインを代表する作家バリェ゠インクランのエッセンスを凝縮した、芳醇なる1冊。爛熟の世紀末文学。〔2953〕

ハリス, ザキヤ・ダリラ Harris, Zakiya Dalila

◇となりのブラックガール　ザキヤ・ダリラ・ハリス著，岩瀬徳子訳　早川書房　2023.9　463p　19cm〈原書名：THE OTHER BLACK GIRL〉2800円　①978-4-15-210269-0

＊ニューヨークの名門出版社ワーグナー・ブックスで、編集アシスタントとして働く26歳の黒人女性ネラ。いつかは名作を送り出したいと夢見ているが、昇進は遠く、恵まれた白人ばかりの同僚の無神経さに苛立つ日々だった―隣の席に、職場で二人目の黒人女性、新人のヘイゼルがやってくるまでは。黒人女性としての自信も存在意義を持つへイゼルとなら、手を取り合って出版界に蔓延する差別や偏見と闘っていけそうだった。しかし喜びもつかの間、トラブルが起きてネラの評価は下がる一方、うまく立ち回ったヘイゼルは上層部に目をかけられるようになる。落ち込むネラに追い打ちをかけたのは、「ワーグナーを去れ」と告げる手紙だった。誰が書いたのか？　畏怖される編集長か、怒らせてしまった作家か、不満げな上司か。それとも、得体が知れないヘイゼルか？　皮肉と風刺に満ちた、お仕事小説にしてスリラー。〔2954〕

ハリス, リン・レイ Harris, Lynn Raye

◇砂漠に消えた妻　リン・レイ・ハリス作，高木晶子訳　ハーパーコリンズ・ジャパン　2022.8　156p　17cm　（ハーレクイン・ロマンス　R3703―伝説の名作選）〈ハーレクイン　2012年刊の再刊　原書名：STRANGERS IN THE DESERT〉664円　①978-4-596-70912-7

＊ジャーファル国の王子アダンは、我が耳を疑った。2年前に砂漠へと姿を消し、亡くなったと思われていた新妻、イザベラを見かけた者がいるというのだ。王位継承を目前に、アダンは再婚を控えていた。だが妻が生きているとわかった以上、このまま先へは進めない。アダンは自らの目で確かめるために現地へ飛ぶが、そこにいたのは、別人のように美しく成長したイザベラだった。驚いたことに、彼女は夫がいることも、幼い息子のことも、すべての記憶をなくしていた。「お願い、息子に会わせて」彼女の申し出を聞くまでもなく、アダンは妻を連れ帰るが…。〔2955〕

ハリスン, ハリー Harrison, Harry

◇星、はるか遠く―宇宙探査SF傑作選　フレッド・セイバーヘーゲン，キース・ローマー他著，中村融編　東京創元社　2023.12　460p　15cm　（創元SF文庫　SFン6-6）〈原書名：The Long Way Home　The Wind Peopleほか〉1200円　①978-4-488-71506-9

内容 異星の十字架（ハリー・ハリスン著，浅倉久志訳）

＊いつの日にか人類は、生まれ育った地球をあとにして、宇宙の深淵へ旅立ってゆく。そのとき彼らが目撃するものは―。SFは1世紀以上にわたり、そこに待ち受けるであろう、想像を超えた驚異をさまざまに物語ってきた。その精華たる9編を収録。舞台となるのは、太陽系外縁部の宇宙空間、人類が初めて出会う種属の惑星、あるいは文明の滅び去った世界。本邦初訳作2編を含む。〔2956〕

ハリスン, M.ジョン Harrison, Michael John

◇ヴィリコニウム―パステル都市の物語　M・ジョン・ハリスン著，大和田始訳　アトリエサード　2022.1　319p　19cm　（TH Literature Series）〈著作目録あり　発売：書苑新社　原書名：The Virconium Knights　The Lamia and Lord Cromisほか〉2500円　①978-4-88375-460-1

＊スチームパンクの祖型とも評され広範な影響を及ぼしてきた、傑作ダークファンタジー！〔2957〕

ハリトス, コスタス

◇ノヴァ・ヘラス―ギリシャSF傑作選　フランチェスカ・T・バルビニ，フランチェスコ・ヴァルソ編，中村融他訳　竹書房　2023.4　271p　15cm　（竹書房文庫　ば3-1）（重訳）〈原書名：α2525　NOVA HELLAS〉1360円　①978-4-8019-3280-7

内容 社会工学（コスタス・ハリトス著，ディミトラ・ニコライドウ，ヴァヤ・プセフタキ英訳，藤川新京訳）

＊あなたは生活のために水没した都市に潜り働くひとびとを見る（「ローズウィード」）。風光明媚な島を訪れれば観光客を人造人間たちが歓迎している

だろう（「われらが仕える者」）。ひと休みしたいときはアバコス社の製剤をどうぞ（「アバコス」）。高き山の上に登れば原因不明の病を解明しようと奮闘する研究者たちがいる（「いにしえの疾病」）。輝きだした新たなる星たちがあなたの前に降臨する。あなたは物語のなかに迷い込んだときに感じるはずだ—。隆盛を見せるギリシャSFの第一歩を。
〔2958〕

ハル, モーリーン　Hull, Maureen

◇女仕立屋の物語—神の国カナダケープ・ブレトン島珠玉短編集　ロナルド・カプラン編, 堀川徹志訳　京都　文理閣　2022.4　345p　19cm　〈原書名：God's Country〉2000円　Ⓘ978-4-89259-899-9

内容　マリーゴールド（モーリーン・ハル作）
〔2959〕

ハルエヴェン, シュラミット

◇砂漠の林檎—イスラエル短編傑作選　サヴィヨン・リーブレヒト, ウーリー・オルレブほか著, 母袋夏生編訳　河出書房新社　2023.8　258p　20cm　2900円　Ⓘ978-4-309-20890-9

内容　オーニスサイド（シュラミット・ハルエヴェン著, 母袋夏生訳）

＊迷宮のような路地で見つけた写真集, 不死の老人, ショアの記憶, 聖書物語など, イスラエル文学紹介の第一人者による日本語版オリジナル・アンソロジー。ウーリー・オルレブ（国際アンデルセン賞受賞）, シャイ・アグノン（ノーベル文学賞受賞）など, 世界が高く評価する作家の傑作を精選。
〔2960〕

バルガス=リョサ, マリオ　Vargas Llosa, Mario

◇ケルト人の夢　マリオ・バルガス=リョサ著, 野谷文昭訳　音訳グループ山びこ　〔2022.10〕CD-ROM1枚　12cm〈原本：岩波書店,2021年刊　所要時間：19時間49分30秒〉
〔2961〕

◇フリアとシナリオライター　マリオ・バルガス=リョサ著, 野谷文昭訳　河出書房新社　2023.9　589p　15cm（河出文庫 ハ9-2）〈国書刊行会 2004年刊の再刊　原書名：LA TÍA JULIA Y EL ESCRIBIDOR〉1500円　Ⓘ978-4-309-46787-0

＊奇想天外なラジオドラマでリスナーを魅了する天才シナリオライター, ペドロ・カマーチョ。かたや, 小説家志望の「僕」は義理の叔母フリアと恋に落ちるが, 一族の猛反対に遭う。やがて, 精神に変調を来したカマーチョのドラマは錯綜し, 虚構と現実が混じてゆく…。ノーベル文学賞作家が放つ, 半自伝的スラップスティック青春コメディ。
〔2962〕

◇街と犬たち　バルガス・ジョサ著, 寺尾隆吉訳　光文社　2022.6　675p　16cm（光文社古典新訳文庫 KAハ11-1）〈年譜あり　原書名：La ciudad y los perros〉1540円　Ⓘ978-4-334-75460-0

＊厳格な規律の裏で不埒な行いが横行するペルーのレオンシオ・プラド軍人学校。ひとつの密告がアルベルト,「奴隷」, ジャガーら少年たちのいびつな連帯を揺るがし, 一発の銃弾に結びついて…。ラテンアメリカ文学を牽引するノーベル賞作家による圧巻の長編デビュー作。
〔2963〕

バルカノフ, ベネリン　Valkanov, Venelin

◇いのちの水　八百板洋子再話, ベネリン・バルカノフ絵　福音館書店　2022.4　39p　27cm（世界傑作絵本シリーズ—ブルガリアの昔話）1300円　Ⓘ978-4-8340-8656-0

＊永遠の命をもたらす水を求めて旅立った三人の王子。ドラゴンや金の鳥にみちびかれ, 水を手にするのはだれか—ブルガリアで愛される, ファンタジックな昔話。ヨーロッパの東に位置し, 東西の文化が入り交じるブルガリア。現地の語り部から著者が採話した「いのちの水」をめぐる昔話を, ブルガリアを代表する絵本作家が描きおろした絵と共にお楽しみください。読んであげるなら5才から, じぶんで読むなら小学校低学年から。
〔2964〕

バルザック, オノレ・ド　Balzac, Honoré de

◇うんこ文学—漏らす悲しみを知っている人のための17の物語　頭木弘樹編　筑摩書房　2023.2　356p　15cm（ちくま文庫 か71-4）880円　Ⓘ978-4-480-43866-9

内容　ルイ十一世の陽気ないたずら〈抄〉（バルザック著, 品川亮訳）
〔2965〕

◇「人間喜劇」総序　金色の眼の娘　バルザック作, 西川祐子訳　岩波書店　2024.6　291,18p　15cm（岩波文庫 32-530-15）〈著作目録あり　年譜あり　原書名：L'AVANT-PROPOS DE LA COMÉDIE HUMAINE　LA FILLE AUX YEUX D'OR〉910円　Ⓘ978-4-00-375091-9

内容　「人間喜劇」総序　金色の眼の娘

＊十九世紀フランス社会全体を写し取るバルザックの「人間喜劇」。壮大な構想を作家自ら述べた「総序」は近代文学の方法論としても重要なマニフェスト。その詩的応用編として, 植民地生まれの美少女とパリ随一の非情な伊達男の恋物語『金色の眼の娘』を併収する。
〔2966〕

◇ラブイユーズ　バルザック著, 國分俊宏訳　光文社　2022.10　745p　16cm（光文社古典新訳文庫 KAハ3-3）〈年譜あり　原書名：La Rabouilleuse〉1680円　Ⓘ978-4-334-75469-3

＊元近衛竜騎兵のフィリップは, 酒や賭博に興じ, 勤め先や家族の金を使い込んだ挙げ句, 軍の謀議に関与して収監される始末。息子を溺愛する母は, 釈放に必要な金を工面しようと実家の兄に援助を求めるが, そこでは美貌の家政婦とその恋人が家長を籠絡して実権を握っていたのだった…。
〔2967〕

バルツァーノ, マルコ　Balzano, Marco

◇この村にとどまる　マルコ・バルツァーノ著,

関口英子訳　新潮社　2024.1　254p　20cm　(CREST BOOKS)〈原書名：RESTO QUI〉2150円　ⓘ978-4-10-590192-9

＊独伊のはざまでダム湖に沈んだ村。ファシズム、失われた母語、環境破壊…。母から娘に、忘れてはいけない村の歴史。世界35ヵ国以上で翻訳。50万部超のベストセラー。ストレーガ賞最終候補／イーゾラ・デルバ賞／ドロミーティ・ユネスコ賞／ヴィアダーナ賞など受賞。　　〔2968〕

バルドリー, トラヴィス　Baldree, Travis

◇伝説とカフェラテ―傭兵、珈琲店を開く　トラヴィス・バルドリー著，原島文世訳　東京創元社　2024.5　396p　15cm　(創元推理文庫 Fハ3-1)〈原書名：LEGENDS & LATTES〉1200円　ⓘ978-4-488-55905-2

＊珈琲店を開きたい。それがヴィヴの夢だった。幸運の輪を引き寄せるというスカルヴァートの石を懐に、いちから店作りに着手する。最初は閑古鳥が鳴いていた店も、募集広告を見てやってきた店員が描いたセンス抜群の看板や、隠れた天才パン職人のつくるうっとりするようなパンや菓子のおかげで、次第に繁盛しはじめるが…。ネビュラ賞最終候補の心温まるコージーファンタジイ。　〔2969〕

ハルファーン, ブシュラー　Khalfan, Bushra

◇現代オマーン文学選集　Muscat　オマーン文化協会運営委員会　2022.1　253p　22cm
ⓘ978-99969-3-890-0

内容　「果樹園の家」より(ブシュラー・ハルファーン)　〔2970〕

バルベリ, ミュリエル　Barbery, Muriel

◇京都に咲く一輪の薔薇　ミュリエル・バルベリ著，永田千奈訳　早川書房　2022.11　219p　20cm〈原書名：UNE ROSE SEULE〉2400円　ⓘ978-4-15-210176-1

＊フランスで生まれ育ったローズは、日本人の父の顔を一度も見たことがなかった。鬱に苦しんだフランス人の母は五年前に自殺し、自分を可愛がってくれた祖母も他界している。ひとりぼっちになった40歳のローズのもとに、ある日、父が亡くなったという報せが届く。相続の手続きに向かった京都で出会ったのは、父のアシスタントを務めていたポールという男性だった。何のためかも知らされず、父が好きだった寺をポールと共に巡るローズ。いつしか彼女は、父が愛した街の優しさに包み込まれている自分を見つける一生。世界的ベストセラー『優雅なハリネズミ』のフランス人著者が京都を舞台に贈る傑作長篇。　〔2971〕

バルボ・ド・ヴィルヌーヴ, ガブリエル＝シュザンヌ　Villeneuve, Gabrielle-Suzanne Barbot Gallon

◇美女と野獣―ミナリマ・デザイン版　ガブリエル＝シュザンヌ・バルボ・ド・ヴィルヌーヴ作，MINALIMAブックデザイン＆イラスト，小松原宏子訳　静山社　2023.10　201p　25cm〈原書名：La Belle et la Bete (重訳)　THE BEAUTY AND THE BEAST〉5800円
ⓘ978-4-86389-765-6

＊世界で最も愛されている童話のひとつ、『美女と野獣』。獰猛な野獣と心優しい少女となる作家ディエゴ。のラブストーリーは、1740年に出版されて以来、幅広い世代の人たちを夢中にしてきました。その古典的物語の新たな一面を、数々の受賞歴を誇るミナリマ・スタジオが引き出します！　これまでにない鮮やかなイラストとワクワクする仕掛けで、物語に登場するベル、野獣、そして魔法の生き物たちを魅力的に仕上げました。テキストは、現代の多くのみなさんになじみのある『美女と野獣』の物語の原典となる、ガブリエル＝シュザンヌ・バルボ・ド・ヴィルヌーヴ版を採用。ポップなイラストと、本当の『美女と野獣』の物語を、ぜひお楽しみください。　〔2972〕

パルマ, フェリクス・J.　Palma, Félix J.

◇怪物のゲーム　上　フェリクス・J・パルマ著，宮﨑真紀訳　ハーパーコリンズ・ジャパン　2022.9　381p　15cm　(ハーパーBOOKS M・ハ6・1)〈原書名：EL ABRAZO DEL MONSTRUO〉891円　ⓘ978-4-596-74852-2

＊連続誘拐殺人犯"怪物"が登場するミステリ小説が大ヒットし、一躍時の人となった作家ディエゴ。だがその後は何を書いても鳴かず飛ばずで、気づけば10年が経っていた。そんなある夜ディエゴが帰宅すると、7歳の娘の姿がどこにもなく書斎が血まみれに。呆然とするディエゴが目にしたのは一通の黒い封筒。それは小説の中で、少女を誘拐した"怪物"が現場に残していくものと同じで―。　〔2973〕

◇怪物のゲーム　下　フェリクス・J・パルマ著，宮﨑真紀訳　ハーパーコリンズ・ジャパン　2022.9　415p　15cm　(ハーパーBOOKS M・ハ6・2)〈原書名：EL ABRAZO DEL MONSTRUO〉891円　ⓘ978-4-596-74854-6

＊"怪物"を名乗る何者かに娘を誘拐されたディエゴ。犯人は小説と同じように、娘の命を助ける条件として3つの課題をディエゴに突きつける。小説の中でその残酷な課題をやり遂げられた父親はおらず、少女たちは拷問のすえ無残に殺されていった―いったい誰が、なぜ今ごろになって"怪物"を模倣するのか？　ただの愉快犯か、それとも…。謎が謎を呼ぶなか、ディエゴは戦慄のゲームに立ち向かう。　〔2974〕

ハルムス, ダニイル　Kharms, Daniil

◇ハルムスの世界　ダニイル・ハルムス著，増本浩子，ヴァレリー・グレチュコ訳　白水社　2023.8　288p　18cm　(白水uブックス 249―海外小説永遠の本棚)〈ヴィレッジブックス2010年刊の増補〉1700円　ⓘ978-4-560-07249-3

内容　出来事　ひとりの男がいた　交響曲第二番　親愛なるニカンドル・アンドレーエヴィチ…　ひとりのフランス人にソファがプレゼントされた…　プー

シキンについて　四本足のカラス　眼に小石の刺さった、背の低い紳士が…　現象と存在について No.1　現象と存在について No.2　あるエンジニアが…　スケッチ　講義　本物の自然愛好家は…　通りで起きたこと　レジ係　物語　ひとりの男が干しエンドウばかり食べているのに飽きて…　みんなお金が好きだ　朝　午後二時にネフスキー大通りで…　騎士　イヴァン・ヤーコヴレヴィチ・ボーボフは…　おじいさんの死　寓話　邪魔　公案　画家と時計　卑しい人物　私はカプチン会の坊主と呼ばれている　私は塵を舞い上げた　名誉回復　権力　転落　私の妻に起きたこと　多面的な診察　なぜみんなが私のことを天才だと思うのか…　私たちは部屋が二つあるアパートに住んでいた　関係　私がどんなふうに生まれたか、話そう　孵卵器の時期　コケドリについてお話ししましょうか？　ムィシンの勝利　こんなふうに隣室での出来事は起きた　使者がどのように私のもとを訪れたかについて　インクを買おうとしたおばあちゃんの話　七匹のねこ　「ねえ、レーノチカ」とおばさんが言った　びっくりのねこ
＊新訳10篇からなる"アンコール、ハルムス"を加え、待望の復刊！　〔2975〕

ハーレイ, カメロン　Hurley, Kameron
◇黄金の人工太陽─巨大宇宙SF傑作選　ジャック・キャンベル, チャーリー・ジェーン・アンダーズ他著, ジョン・ジョゼフ・アダムズ編, 中原尚哉他訳　東京創元社　2022.6　547p　15cm　（創元SF文庫 SFン10-4）〈責任表示はカバーによる　原書名：COSMIC POWERS〉1360円　①978-4-488-77204-8
内容　迷宮航路（カメロン・ハーレイ著, 中原尚哉訳）
＊SFとファンタジーの基本はセンス・オブ・ワンダーだ。そして並はずれたセンス・オブ・ワンダーをква́えるのは、超人的なヒーローが宇宙の命運をかけて銀河のかなたで恐ろしい敵と戦う物語だ（序文より）─常識を超える宇宙航行生物、謎の巨大異星構造物、銀河を吹き飛ばす超爆弾。ジャック・キャンベルら豪華執筆陣による、SFならではの圧倒的スケールで繰り広げられる傑作選。　〔2976〕

バレイジ, A.M.　Burrage, Alfred McLelland
◇新編怪奇幻想の文学　5　幻影　紀田順一郎, 荒俣宏監修, 牧原勝志編　新紀元社　2024.7　460p　20cm〈言語標題：Tales of Horror and Supernatural　原書名：Spiegelbilder　Old Clothesほか〉2500円　①978-4-7753-2150-8
内容　主のいない家（A.M.バレイジ著, 高澤真弓訳）　〔2977〕

パレツキー, サラ　Paretsky, Sara
◇コールド・リバー　上　サラ・パレツキー著, 山本やよい訳　早川書房　2024.2　383p　16cm　（ハヤカワ・ミステリ文庫 HM 104-32）〈原書名：OVERBOARD〉1300円　①978-4-15-075382-5
＊シカゴもパンデミックに晒されていた。ワクチン接種後もマスクを手放さず、友人とハグもできないことがヴィクにはつらかった。多くの人が先の見えない状況にいらだち、その鬱憤は移民へと向けられていった。ある日、シナゴーグの壁が傷つけられる事件が起きて、ヴィクは夜間の見張りを依頼された。見張りを終えた帰り道、ヴィクは瀕死の少女を発見する。2年ぶり待望の新作"V・I・ウォーショースキー"シリーズ第21作。　〔2978〕
◇コールド・リバー　下　サラ・パレツキー著, 山本やよい訳　早川書房　2024.2　319p　16cm　（ハヤカワ・ミステリ文庫 HM 104-33）〈原書名：OVERBOARD〉1300円　①978-4-15-075383-2
＊瀕死の少女はヴィクを見ると「ナギー」とつぶやいて意識を失った。少女は病院に搬送されたが、数日後に姿を消してしまう。警察は少女から渡されたものをよこせと執拗に迫るが、ヴィクには心当たりがなかった。警察に調査を妨害されながら、ようやく少女の家を突き止めたヴィクは、そこで謎の男に襲撃される。警察だけでなくマフィアも少女を追っているようで…。シカゴの闇と対峙するヴィクの闘いが熾烈さを増してゆく。　〔2979〕
◇ペインフル・ピアノ　上　サラ・パレツキー著, 山本やよい訳　早川書房　2022.11　383p　16cm　（ハヤカワ・ミステリ文庫 HM 104-30）〈原書名：DEAD LAND〉1180円　①978-4-15-075380-1
＊名付け子バーニーと、彼女の友人レオが出席するシカゴの環境問題に関する集会に参加したヴィク。彼女はそこでクーブという男を目撃する。その帰り道、おもちゃのピアノを弾くホームレスの女性と出会う。彼女の正体は、かつて一世を風靡した歌姫だった。不思議な出会いに驚くヴィクだったが、そこに突然クーブが現れ、奇妙な警告を残して去っていく。ヴィクはこれを機にシカゴを揺るがす事件に巻き込まれることになり…　〔2980〕
◇ペインフル・ピアノ　下　サラ・パレツキー著, 山本やよい訳　早川書房　2022.11　379p　16cm　（ハヤカワ・ミステリ文庫 HM 104-31）〈原書名：DEAD LAND〉1180円　①978-4-15-075381-8
＊ホームレスの元歌姫リディアが失踪し、その行方を追うヴィクの元にバーニーの友人レオが殺されたという情報が入る。犯行現場は、リディアが住処にしていた高架下近くの公園。犯人の姿をリディアが目撃しているかもしれないと考え、捜索を続けるヴィクだったが彼女の前にまたしても謎の男クーブが現れる。彼はレオ殺しの犯人はシカゴの経済を動かす大物だと示唆するが…"V・I・ウォーショースキー"シリーズ第二十作。　〔2981〕

ハレット, ジャニス　Hallett, Janice
◇アルパートンの天使たち　ジャニス・ハレット著, 山田蘭訳　集英社　2024.11　751p　16cm　（集英社文庫 ハ23-2）〈原書名：THE MYSTERIOUS CASE OF THE ALPERTON ANGELS〉1900円　①978-4-08-

760794-9
＊2003年、ロンドン北西部の廃倉庫で、自分たちは人間の姿をした天使だと信じるカルト教団"アルバートンの天使"信者数人の凄惨な遺体が見つかった。指導者の自称・大天使ガブリエルは逮捕され、現場で保護された17歳の男女と生後まもない乳児のその後は不明…。事件から18年、巧妙に隠蔽されてきた不都合な真実を、犯罪ノンフィクション作家の"取材記録"があぶり出す。圧巻のミステリー！〔2982〕

◇ポピーのためにできること　ジャニス・ハレット著，山田蘭訳　集英社　2022.5　703p　16cm　（集英社文庫　ハ23-1）〈原書名：THE APPEAL〉1500円　①978-4-08-760777-2
＊イギリスの田舎町で劇団を主宰するマーティ・ヘイワードは地元の名士。次回公演を控えたある日、彼は劇団員に一斉メールを送り、2歳の孫娘ポピーが難病を患っていると告白。高額な治療費を支援するため人々は募金活動を開始したが、この活動が思わぬ悲劇を引き起こすことに一。関係者が残したメール、供述調書、新聞記事など、資料の山から浮かび上がる驚愕の真相とは!? 破格のデビュー作。〔2983〕

バロウズ, アニー Burrows, Annie

◇お忍びの子爵と孝行娘　アニー・バロウズ作，富永佐知子訳　ハーパーコリンズ・ジャパン　2023.4　252p　17cm　（ハーレクイン・ヒストリカル・スペシャル　PHS300）〈原書名：HOW TO CATCH A VISCOUNT〉827円　①978-4-596-76867-4
＊ベッツィーは丘の上に立つオークの木の下で、人知れず泣いていた。人生でたった一度の社交シーズンに失敗したあと、野心家の母に命じられた、恥ずべき玉の輿作戦にも失敗した。さる貴族にキスを迫ろうとしたところ、相手が既婚だとわかったのだ。親孝行と思って、望まぬことも頑張ってきたけれど、もう限界…。地べたに座りこんで涙を流す彼女に、声をかける者があった。隣の伯爵家を代理で管理しに来たという、たくましくハンサムな執事だ。そのジェームズに小作農の娘と間違えられ、ベッツィーはむっとするが、なぜか彼とは気安く話せて、いつしか涙は乾いていた。本当は、ジェームズは執事などではなく、由緒正しき子爵とも知らず―。〔2984〕

◇クリスマスの恋の贈り物　ヘレン・ビアンチン，ペニー・ジョーダン，アニー・バロウズ著，柿原日出子他訳　ハーパーコリンズ・ジャパン　2022.11　281p　17cm　（HPA 40―スター作家傑作選）〈原書名：A CHRISTMAS MARRIAGE ULTIMATUM　FIGGY PUDDINGほか〉1082円　①978-4-596-75461-5
内容　ある伯爵とシンデレラの物語（アニー・バロウズ著，長田乃莉子訳）
＊幼い愛息に南半球のクリスマスを見せるため、オーストラリアに帰郷したシャンテル。パーティに出席したとき、ギリシア大富豪ディミトリと思いがけず再会し、息をのむ―彼こそが息子の父親なのだが、シャンテルはその事実を告げずに独りで産み育ててきたのだ。自分にそっくりな息子を見たディミトリの目に、怒りが宿った。（『真夏のサンタクロース』）23歳のヘブンは手作りのお菓子を売って、どうにか日々の生活費を賄っている。本当は腕のいい料理人なのに。というのも、元雇主にあらぬ醜聞を流され、仕事も信用も恋も台なしにされたのだ。そこで彼女は、身を隠して元雇主のパーティに出張料理人として潜り込む。だがそこには心惹かれていた元雇主の義弟ジョンの姿が…。（『プディングの中は…』）両親を失ったアリスは、身を寄せた伯父の屋敷で従姉妹たちにこき使われていた。クリスマスの季節になり、伯父一家が泊まりがけで外出した夜、玄関先に伯爵のジャックが現れた。吹雪から逃れる場所を求めて来たという。食べるものも充分にない中、かいがいしくもてなすアリスを見て、伯爵は彼女を無垢なメイドだと思い…。（『ある伯爵とシンデレラの物語』）〔2985〕

◇十九世紀の白雪の恋　アニー・バロウズ，ララ・テンプル，ジョアンナ・ジョンソン著，富永佐知子訳　ハーパーコリンズ・ジャパン　2024.11　265p　17cm　（ハーレクイン・ヒストリカル・スペシャル）　827円　①978-4-596-71469-5
内容　クリスマスを知らない壁の花（アニー・バロウズ作，富永佐知子訳）
＊慈善学校の教師助手のクララは、クリスマスに老公爵と結婚する教え子に招かれ、公爵邸を訪れることに。8歳で両親と死に別れた貧しいクララにとって、夢でしか見たことのない上流階級のクリスマスは楽しみで仕方なかった。だが迎えに来た公爵の跡継ぎヒューゴはみすぼらしい姿の彼女を見つけると、険しい顔で首をかしげ…。（『クリスマスを知らない壁の花』）ベラは従妹の駆け落ちを阻止しようと、待ち合わせ場所に向かった。ところがそこに現れたのは、従妹の恋人ではなく、その従弟のデヴィル伯爵ニコラス。ベラと同じく、従弟の駆け落ちを止めに来たという彼は、傲慢で不機嫌で冷たくて、まさに"デビル伯爵"だった。しかし大雪になり、ベラは彼と一緒に屋敷に滞在することに―！（『魅惑の魔王伯爵と永遠の愛』）。農園の娘マリアは、足をくじいた兄に代わった七面鳥の行商に出たものの道に迷ってしまった。すると黒髪の魅力的な紳士が現れ、親切にも道案内してくれるという。優しい彼に胸を高鳴らせたマリアはしかし、彼の自己紹介に驚愕する！「ぼくはアレックス。スタンフォード子爵だ」しかも、彼には奥ゆかしく優雅な婚約者がいた。（『子爵の身代わりシンデレラ』）〔2986〕

◇天使の赤い糸　ヘレン・ビアンチン，アニー・バロウズ，アンナ・クリアリー著，泉由梨子他訳　ハーパーコリンズ・ジャパン　2022.4　410p　17cm　（HPA 33―スター作家傑作選）〈原書名：PASSION'S MISTRESS　THE RAKE'S SECRET SONほか〉1191円　①978-4-596-33343-8
内容　帰ってきた子爵（アニー・バロウズ著，名高くら

ら訳）
＊カーリーが大富豪の夫ステファノの浮気に耐えきれず家出をした直後、妊娠がわかった。密かに産み育てた娘が大病を患い、一刻も早く手術をと焦るカーリーは、やむなく莫大な治療費を貸してほしいとステファノに願い出た。娘の存在を初めて知った彼は、妻に究極の選択を迫る―再び結婚生活に戻るか、娘の親権を彼に渡すか。―（情熱のとき）村の外れで幼い息子と暮らすネルの前にある日、ふらりと現れた男が気を失って倒れた―それは5年前に死んだと聞いた夫のカールトンだった！ネルは憧れの子爵だった彼と結婚したものの、夫とその家族から財産目当てといじめ抜かれた。あげくのはて、生まれた息子を自分の子とは認めぬまま失踪した彼が、なぜここに…？―（帰ってきた子爵）両親の死後、幼い自分を引き取ってくれたおじに、アリアドネは感謝していた。だが23歳になった今、見知らぬギリシア大富豪に花嫁として売られることを知り、彼女は未来の夫セバスチャンとの対面の瞬間に怯えた。意外にも若くて精悍な彼はしかし、黒い瞳を氷のように冷たく光らせている。私にこの人の妻が務まるかしら…？（ためらいの花嫁）　　　　　〔2987〕

◇伯爵と片恋の婚礼　アニー・バロウズ作，富永佐知子訳　ハーパーコリンズ・ジャパン　2022.9　252p　17cm　（ハーレクイン・ヒストリカル・スペシャル PHS286）〈原書名：A SCANDAL AT MIDNIGHT〉827円　①978-4-596-74683-2
＊あの夏、淡い想いを踏みにじった彼となりゆきで結婚することになるなんて…。長いあいだ兄弟たちの悪ふざけに悩まされてきたデイジーは、男性不信のため社交界デビューにも失敗し、両親にも失望されていた。そんな折、デイジーは兄とその友人たちの信じがたい会話を聞いてしまう。兄が「君たちの誰でもいいから妹と結婚してほしい」と頼み、友人たちは「氷柱を抱いて寝るほうがよっぽどましだ」と答えたのだ！　何より傷ついたのは、その中に初恋の伯爵ベンがいたことだった。夜になり、デイジーは湖上の小島でひとときの安息を得ていると、舟で湖に繰り出した友人たちが悪戯で半裸の彼女を小島に置き去りにした。心優しいデイジーがベンを説得して自分の舟で岸に連れ帰ったとたん、あらぬ誤解を呼んで家族中に激怒され、ふたりは結婚を強いられて…。　〔2988〕

◇路地裏をさまよった伯爵夫人　アニー・バロウズ作，琴葉かいら訳　ハーパーコリンズ・ジャパン　2024.5　252p　17cm　（ハーレクイン・ヒストリカル・スペシャル PHS326）〈原書名：THE COUNTESS'S FORGOTTEN MARRIAGE〉827円　①978-4-596-53989-2
＊ロンドンの路地裏の下宿屋に暮らすパーディタは、3カ月前に市場町で旅一座に拾われ、経理や衣装管理の仕事をしている。じつは彼女にはそれ以前の記憶がない。"パーディタ"も仮の名だ。ある日、仕立屋で用事を済ませ、急ぎ自宅に足を向けたつもりが、なぜか下宿屋ではなく立派な大きなお屋敷に帰り着いてしまった。"お、奥様"驚き顔の執事に中へ招き入れられ、彼女は混乱した。奥様って…？

私は何者でもない、名もなき路地裏の住人だけれど。しかし、どこか見覚えのある部屋に通されてしばらくすると、怒った男性―エピング伯爵が雷のごとく飛び込んできて言い放った！「君への要求はただ1つ。私たちの子供がどうなったかを話すことだ！」　〔2989〕

◇忘れられた婚約者　アニー・バロウズ作，佐野晶訳　ハーパーコリンズ・ジャパン　2024.9　252p　17cm　（ハーレクイン・ヒストリカル・スペシャル PHS335）〈原書名：DEVILISH LORD,MYSTERIOUS MISS〉827円　①978-4-596-77733-1
＊6年前にロンドンに出てきたメアリーは仕立屋でお針子をしている。今の生活以前の記憶はまったくなく、天涯孤独の身だ。ロンドンでも指折りの優秀なお針子にもかかわらず無給だが、食事と眠る場所の心配がないだけでも感謝していた。そんなある日の朝、メアリーはお使いの帰りがけに黒髪に全身黒ずくめの紳士に追いかけられ、怯えながら店に戻った。あれは誰だったの？　なぜだか胸騒ぎが止まらない。数日後、メアリーはその謎の紳士、マシソン卿と思わぬ場所で再会し、激しい怒りに燃えた様子の彼から一方的に問いただされる！「結婚式の前に、きみがぼくのもとから逃げた理由を教えてくれ！」　〔2990〕

バログ，メアリ　Balogh, Mary

◇想いはベールに包まれて　メアリ・バログ著，山本やよい訳　原書房　2023.9　444p　15cm　（ライムブックス バ2-18）〈原書名：SOMEONE TO WED〉1400円　①978-4-562-06555-4
＊社交も人目に触れることも避けて生きてきたレン・ヘイデンは、育ての親のおじの工場経営を手伝い、女性ながら実業家として手腕を発揮していた。だが、おじ、おばが亡くなりひとりになり、生きる伴侶がほしいと思いはじめる。そこで経済的に困っていそうな上流階級の男性を夫として迎えようと考えた。リヴァーデイル伯爵を継いだアレグザンダー・ウェスコットは、長年放置され価値のなくなった領地まで管理することになり困窮していた。そんな折、レンから会って話したいという申し入れがある。「わたしたちが協力しあえば、望みのものをそれぞれ手にできると思います」と言われ戸惑うが、レンの抱える悲しみに触れたとき、アレグザンダーは彼女を守りたいと思い…優しさ溢れるメアリ・バログの世界の最新巻。　〔2991〕

◇本当の心を抱きしめて　メアリ・バログ著，山本やよい訳　原書房　2022.10　459p　15cm　（ライムブックス バ2-17）〈原書名：SOMEONE TO HOLD〉1300円　①978-4-562-06550-9
＊伯爵家の長女として何不自由なく育てられたカミール。しかし亡くなった父の重婚が判明し、彼女は非嫡出子の肩書きもない身分という扱いになってしまった。貴族社会から距離を置いたすえ、自分の力で生きようと決意したカミールは、バースの孤児院で教職に就くことにする。孤児院で絵

の指導をしている画家のジョエルは、当初カミールを高慢な女性だと思ったが、彼女が子供たちに向ける献身的な愛情や、境遇に負けることなく人生を切り拓こうとしている姿に触れて見方を改め、反目しあっていた二人の心は徐々に近づいていく。カミールは感情を抑え家名を守ることを使命と思って生きてきたが、彼と出会い、心を解放して幸せを求める生き方があるのだと知り…大人気 "ウェスコット家" シリーズ第2弾！　　　　　〔2992〕

バローズ, エドガー・ライス　Burroughs, Edgar Rice

◇都筑道夫創訳ミステリ集成　ジョン・P・マーカンド, カロリン・キーン, エドガー・ライス・バローズ原作, 都筑道夫訳　作品社　2022.2　476p　22cm　5600円　①978-4-86182-888-1

内容 火星のくも人間(エドガー・ライス・バローズ原作, 都筑道夫訳, 司修画)

＊いまふたたび熱い注目を集める作家・都筑道夫が手がけた、翻訳にして創作 "創訳" ミステリ小説3作品を一挙復刻！ 底本の書影・口絵・挿絵を収録！ エッセイ・解説・註によって「ツヅキ流翻案術」を解剖！　　　　　　　　　〔2993〕

パーロース, ニコール　Perlroth, Nicole

◇サイバー戦争　終末のシナリオ　上　ニコール・パーロース著, 江口泰子訳, 岡嶋裕史監訳　早川書房　2022.8　382p　19cm〈原書名：This Is How They Tell Me the World Ends〉2300円　①978-4-15-210154-9

＊21世紀の戦争を語る上で外せない傑作、誕生。セキュリティホールの情報を高額で闇取引するサイバー武器商人。システムに罠を仕掛け金融、医療、原発など敵国のインフラを壊滅させるタイミングを窺う政府機関やテロリスト―。気鋭のジャーナリストが、ウクライナからロシア、中東、中国、北朝鮮、シリコンバレーまで世界中を舞台に水面下で繰り広げられる「見えない軍拡競争」の実態を体当たりで取材。スパイ小説さながらの臨場感あふれる筆致で、今そこにある「サイバー最終戦争」の危機を浮き彫りにする。　　　〔2994〕

◇サイバー戦争　終末のシナリオ　下　ニコール・パーロース著, 江口泰子訳, 岡嶋裕史監訳　早川書房　2022.8　346p　19cm〈原書名：THIS IS HOW THEY TELL ME THE WORLD ENDS：The Cyberweapons Arms Race〉2300円　①978-4-15-210155-6

＊サイバー大量破壊兵器の標的はアメリカ、欧州、そして日本一。今すぐ備えよ政府、企業、発電所、交通、病院…。すべてが突然 "停止" する。"ニューヨーク・タイムズ" 紙ベストセラー、"フィナンシャル・タイムズ" "タイムズ" 紙年間ベストブック。　　　　　　　　　　〔2995〕

バロネ, イルゼ　Barone, Ilze

◇だれかがいちばん―ラトビアの民話をもとにした物語　三木卓文, イルゼ・バロネ絵　〔東川町(北海道)〕 写真文化首都北海道「写真の町」東川町　2022.8　31p　27cm〈他言語標題：Who Will Be the Strongest？　＝Kurš būs stiprākais？　英語ラトビア語併記　英語訳：アルタ・ボイツェホブスカ　ラトビア語訳：アルタ・ボイツェホブスカ　発売：かまくら春秋社〉1600円　①978-4-7740-0866-0　〔2996〕

バロネス・オルツィ　Baroness Orczy

◇紅はこべ　バロネス・オルツィ著, 圷香織訳　東京創元社　2022.9　407p　15cm（創元推理文庫　Fオ1-1）〈原書名：THE SCARLET PIMPERNEL〉900円　①978-4-488-50703-9

＊1789年フランス革命が勃発、貴族が次々とギロチン台の餌食となっていった。窮地に陥った彼らに救いの手を差し伸べたのが、謎の集団 "紅はこべ"。その計画は大胆無比、紅はこべの花のしるしが入った予告状が届いて数時間のうちに、厳重な警戒もなんのその、貴族たちを安全なイギリスへ逃がしてしまうのだ。激動の時代の英仏を舞台に繰り広げられる絢爛たる歴史冒険大ロマン小説。　　　〔2997〕

バロン, レアード　Barron, Laird

◇穏やかな死者たち―シャーリイ・ジャクスン・トリビュート　ケリー・リンク, ジョイス・キャロル・オーツ他著, エレン・ダトロウ編, 渡辺庸子, 市田泉他訳　東京創元社　2023.10　570p　15cm（創元推理文庫　Fン12-1）〈責任表示はカバーによる　原書名：WHEN THINGS GET DARK〉1500円　①978-4-488-58407-8

内容 抜き足差し足(レアード・バロン著, 小野田和子訳)　　　　　　　　　　　　〔2998〕

パワーズ, リチャード　Powers, Richard

◇黄金虫変奏曲　リチャード・パワーズ著, 森慎一郎, 若島正訳　みすず書房　2022.4　866p　20cm〈原書名：THE GOLD BUG VARIATIONS〉5200円　①978-4-622-09078-6

＊『黄金虫』のように暗号に駆り立てられ、DNA二重鎖のように互いを紡ぎ合う二組の男女の物語がゴルトベルク変奏曲と響き合う。初期パワーズのマスターピース。　　　　　　〔2999〕

◇惑う星　リチャード・パワーズ著, 木原善彦訳　新潮社　2022.11　387p　20cm〈原書名：Bewilderment〉3100円　①978-4-10-505877-7

＊地球外生命を探る研究者シーオの幼い息子ロビンは、母アリッサの急逝で情緒が不安定らしい。シーオは、妻の知人が取り組むfMRI（機能的磁気共鳴映像法）を用いた実験に息子を参加させる。生前のアリッサが残した脳のスキャンデータを元に、母の感情をロビンに追体験させ、彼の精神を解放しようというのだ。その効果は目覚ましく、ロビンは周囲が驚くほどの聡明さを発揮し始め、母が生涯をかけて取り組んだ動物保護への意識も研ぎ澄まされていく。彼の眼には、人間がこの惑星にとって有害と映っていた―ブッカー賞最終候補作。　　　　　　　　　　〔3000〕

ハワード, アマリー　Howard, Amalie

◇黄金の人工太陽―巨大宇宙SF傑作選　ジャック・キャンベル, チャーリー・ジェーン・アンダーズ他著, ジョン・ジョゼフ・アダムズ編, 中原尚哉他訳　東京創元社　2022.6　547p　15cm　（創元SF文庫 SFン10-4）〈責任表示はカバーによる　原書名：COSMIC POWERS〉1360円　①978-4-488-77204-8

|内容| ポケットのなかの宇宙儀（カット・ハワード著, 中原尚哉訳）

＊SFとファンタジーの基本はセンス・オブ・ワンダーだ。そして並はずれたセンス・オブ・ワンダーを味わえるのは、超人的なヒーローが宇宙の命運をかけて銀河のかなたで恐ろしい敵と戦う物語だ（序文より）―常識を超える宇宙航行生物、謎の巨大異星構造物、銀河を吹き飛ばす超爆弾。ジャック・キャンベルら豪華執筆陣による、SFならではの圧倒的スケールで繰り広げられる傑作選。〔3001〕

◇公爵とかりそめの花嫁　アマリー・ハワード著, 阿尾正子訳　竹書房　2022.12　439p　15cm　（ラズベリーブックス ハ3-1）〈原書名：ALWAYS BE MY DUCHESS〉1350円　①978-4-8019-3370-5

＊仕事一筋で生きてきた冷徹な公爵、ストーンはある領地を買い取り、そこの城を取り壊して鉄道を延伸する計画を立てた。ところが、売り主である伯爵は妻との思い出の場所である城を維持することを条件とし、家族で暮らしてほしいので既婚者にしか売らないと言う。そんな時、ロンドンの治安のよくない場所でならず者たちに絡まれたストーンを、美しいバレリーナ、ネーヴが助けてくれた。彼女の本当の名はジュヌヴィエーヴ。フランス人バレリーナと、勘当されたイギリス子爵の跡取りの間に生まれた娘で、ひどく辛辣な言葉を使うにもかかわらず、上流階級の立ち居ふるまいも身につけていた。そんなネーヴを見てストーンは、ある計画を思いつく。土地を売ってもらうため、ネーヴに婚約者のふりを依頼したのだ。ストーンは実際に結婚する気はないため、結婚願望のある婚約者は困る。そして、ネーヴは足を怪我してバレエが踊れない姉への仕送りと、バレエ教室を開くという夢をかなえるためにお金が必要だった。利害関係が一致したふたりだったが、かりそめの関係にも関わらず、お互いひどく惹かれてしまって…。〔3002〕

◇放蕩貴族の花嫁　アマリー・ハワード著, 山田香里訳　二見書房　2022.12　558p　15cm　（二見文庫 ハ12-2―ザ・ミステリ・コレクション）〈原書名：The Rakehell of Roth〉1350円　①978-4-576-22174-8

＊子爵家の次女イソベルは、ロンドン社交界でも随一の美男子ロス候爵ウインターと結婚。そして新婚初夜―夫は純真無垢な妻をやさしく扱い、婚姻のつとめは無事に果たされた。しかし、その夜から三年と五か月。イソベルは夫と一度も会うことなく、屋敷に放置されたままだ。夫はロンドンで放蕩三昧の生活を送り、その噂は新聞にも載る始末。さすがのイソベルも我慢の限界をこえ、とうとう ロンドンに向かうことになるが、妻を放置する彼なりの理由があった…大胆で刺激的なヒストリカル・ロマンス。〔3003〕

ハワード, キャサリン・ライアン　Howard, Catherine Ryan

◇56日間　キャサリン・ライアン・ハワード著, 髙山祥子訳　新潮社　2022.10　571p　16cm　（新潮文庫 ハ-59-1）〈著作目録あり　原書名：56 DAYS〉950円　①978-4-10-240221-4

＊新型コロナウイルスが猛威をふるうなか、ダブリン市内の集合住宅で身元不明の男性の遺体が見つかる。遡ること56日、独身女性キアラは謎めいた男性オリヴァーと出会っていた。関係が深まるにつれ二人には、互いに明かせぬ秘密があるとわかるが…。遺体発見の現在と過去の日々を交互に描き、徐々に明かされる過去。そして待ちうける慟哭のラスト。コロナ禍に生まれた奇跡のサスペンス小説。〔3004〕

◇ナッシング・マン　キャサリン・ライアン・ハワード著, 髙山祥子訳　新潮社　2024.1　462p　16cm　（新潮文庫 ハ-59-2）〈原書名：THE NOTHING MAN〉900円　①978-4-10-240222-1

＊12歳のとき、連続殺人鬼"ナッシング・マン"に家族を惨殺されたイヴ。唯一の生存者である彼女は成人し、一連の事件を取材した犯罪実録『ナッシング・マン』を上梓する。一方、偶然この本を読んだ警備員ジムは、自分の犯行であることが暴かれそうだと知り焦燥にかられていた―。犯人逮捕への執念で綴られた一冊の本が凶悪犯をあぶり出す！作中作を駆使し巧緻を極めた、圧巻の報復サスペンス。〔3005〕

ハワード, ステファニー　Howard, Stephanie

◇あなたに言えたら　ステファニー・ハワード著, 杉和恵訳　ハーパーコリンズ・ジャパン　2023.12　207p　15cm　（ハーレクイン文庫 HQB-1212）〈ハーレクイン 1995年刊の再刊　原書名：NO GOING BACK〉627円　①978-4-596-52904-6

＊ローラには辛い過去があった。勤務先の社長の御曹司ファルコと身分違いの恋におち、彼の父親に仲を裂かれたのだ。多額の慰謝料をローラが受け取ったように見せかけた父親の嘘をファルコは見抜けず、誤解されたまま別れた―。その後、ローラはお腹に宿ったファルコの娘ベルをひとりで育てながら、彼を忘れようと仕事に打ち込んできた。だが別荘の改装を依頼され、イタリアを訪れたとき、依頼主がファルコだと知り愕然とする。なぜ私をここへ呼び寄せたの？　まさかベルのことを知って…？〔3006〕

ハワード, リンダ　Howard, Linda

◇愛は命がけ　リンダ・ハワード著, 霜月桂訳　ハーパーコリンズ・ジャパン　2024.4　220p　17cm　（ハーレクイン・プレゼンツ PB382―

作家シリーズ 別冊）〈ハーレクイン 1997年刊の再刊 原書名：MACKENZIE'S PLEASURE〉727円　①978-4-596-53781-2

＊母と弟を亡くした悲しみが今も消えないベアリー。そんな彼女がある日、何者かに連れ去られ、異国で囚われの身となった。暗い部屋でじっと心身の痛みに耐えるベアリーに、黒い影が忍び寄る――「合衆国の救出隊員、ゼイン・マッケンジーだ」ゼインに導かれて建物を抜け出し、深夜まで身を潜めた。その間、ベアリーは彼の強さと優しさに激しく惹かれ、命がけの状況のなか救いを求めるように、純潔を捧げたのだった。それから2ヵ月。あの夜の結果、人知れず小さな命を宿したベアリーは、事件後、なぜかゼインと彼女を会わせまいと妨害する父を避け、密かに姿をくらまそうと考えた。そこへ突然、愛しのゼインが現れる！〔3007〕

◇熱い闇　リンダ・ハワード作，上村悦子訳　ハーパーコリンズ・ジャパン　2024.4　222p　17cm　（ハーレクイン・プレゼンツ―作家シリーズ 別冊）〈原書名：MACKENZIE'S MISSION〉727円　①978-4-596-53857-4

＊これまでひたむきに勉学に励んできたキャロラインは、あまりに奥手で、異性にたいして素直にふるまうすべを知らない。そんなキャロラインが、病で倒れた同僚に代わって、男社会ともいえる仕事場に突如放りこまれることになった。そこで彼女を待っていたのは、数々の功績を築き、要求の厳しさで部下から畏れられる上役のジョー・マッケンジー。ジョーのオフィスにおもむいたキャロラインは、彼女の身元調査ファイルを手にした彼の言葉に、耳を疑った。「君は男とつきあったことがないか。男ばかりのこの職場ではトラブルのもとになる。連中が手を出せないように、僕のものになれ」〔3008〕

◇美しい悲劇　リンダ・ハワード著，入江真奈子訳　ハーパーコリンズ・ジャパン　2023.2　334p　15cm　(mirabooks LH01-53)〈MIRA文庫 2005年刊の新装版 原書名：AGAINST THE RULES〉873円　①978-4-596-76745-5

＊3年ぶりに故郷のテキサスへ帰ってきたキャサリンを出迎えたのは、彼女が継いだ牧場を管理するルールだった。彼はオーナーのキャサリンを差し置いて牧場主として采配をふっている。その手腕はたしかなものだったけれど、彼女は激しい憤りを感じていた。でも、広い肩、長く力強い脚、鼻をくすぐる彼のにおい。8年前、ルールに触れられたあの日から、彼を忘れることができなくて…。〔3009〕

◇神様がくれた恋の花　リン・グレアム，シャロン・サラ，リンダ・ハワード作，高木晶子，竹内喜，上木さよ訳　ハーパーコリンズ・ジャパン　2023.9　398p　17cm　（ハーレクイン・プレゼンツ・スペシャル PS112）〈原書名：THE GREEK TYCOON'S BABY　THE MIRACLE MANほか〉1364円　①978-4-596-52346-4

内容　大停電に祝福を（リンダ・ハワード著，上木さよ子訳）

＊『魅せられた富豪』受付係のスージーは、会社の新オーナーでギリシア富豪のレオスの到着に怯えていた。以前彼の下で働いたとき、二人は恋仲になった一つかのまで終わってしまったから。9ヵ月後、スージーは彼の子を密かに産んだ。妊娠を利用する女を忌み嫌うレオスには言えなかったから。だが今、リムジンを降りた彼の目がスージーをとらえ…。『愛は戯れでなく』末妹を心配するエリザベスは、幼い頃から7人の兄に囲まれて育ったせいか、アントネットは29歳の今も生涯の伴侶と巡り合えずにいた。結婚しなくてもせめて子供を授かれれば…。そんなことを考えていたとき、ふいに雷が落ち、飛行機が墜落した。アントネットは知る由もなかった一彼女が救い出した男性レインに、抱いてほしいと頼む日が来ようとは。『大停電に祝福を』テキサス州ダラスのオフィスビル。半年前までつき合っていたクインランと、エレベーターに乗り合わせたエリザベスは気まずかった。男らしく強引で魅力がありすぎて、一緒にいると怖くなるような人。早く地上階に着かないかしら…。そのとき、がたんと音がして、エレベーターが止まった。7月21日、午後5時23分、大停電発生！〔3010〕

◇疎遠の妻から永遠の妻へ　リンダ・ハワード他著，小林令子他訳　ハーパーコリンズ・ジャパン　2023.11　380p　17cm　(HPA 52―スター作家傑作選)〈「もう一度愛して」(サンリオ 1983年刊)の新訳版と「秘密の電撃結婚」(ハーレクイン 2013年刊)の改題、合本 原書名：AN INDEPENDENT WIFE　THE TYCOON TAKES A WIFE〉1136円　①978-4-596-52778-3

内容　もう一度愛して（リンダ・ハワード著，小林令子訳）

＊サリー・ジェロームはみぞおちを蹴られたような気分だった。来週から新しいボスが来る―ライ・ベインズ、7年前に私を捨てた男。18歳で両親を失ったサリーにとって兄のような存在で、ライにプロポーズされて結婚したのに、そばにいてほしいと願った彼女を振りきって、彼は出ていったのだった…。私の存在を知れば、ライは解雇を言い渡すに違いない。どうか見つかりませんように！だが非情にも再会の時は訪れた。グレーの瞳に怒りをたぎらせ、彼は残忍に言い放った。「どうして名前を変えたんだ？　君は今でも僕の妻だ」(『もう一度愛して』)。1年かかって、ついにジョナは花嫁を見つけだした―スペインで燃えるような恋におちて結婚したのに、翌朝、忽然と姿を消した花嫁エロイーサ。世界を股にかける権力者一族のジョナは、サングラスを外すと、彼女ににっこりと笑いかけた。エロイーサは驚きに言葉も出ないらしい。あれほど情熱的な恋人だった彼女が、なぜあんなふうに逃げだしたのか。その理由をどうしても知りたくて、ジョナはやってきた。そして、最後にもう一度ベッドをともにしてから彼女を無慈悲に捨てるという究極の目的を果たすために。(『秘密の電撃結婚』)〔3011〕

◇夏色のエンゲージ　リンダ・ハワード，デビー・マッコーマー，ヘザー・グレアム著，沢田由美子，大谷真理子，瀧川紫乃訳　ハーパーコリン

ズ・ジャパン　2022.8　421p　15cm　〈mirabooks LH01-52〉〈原書名：THE WAY HOME　ROCK-A-BYE BABYほか〉　864円　⓵978-4-596-74750-1

内容　愛していると伝えたい（リンダ・ハワード著，沢田由美子訳）

＊「僕の秘書になるか，愛人になるか決めてくれ」熱く激しく愛を交わした翌日に突然，"協定"の条件を告げられたアンナ。迷った末に選んだ彼女の答えは思わぬ出来事を引き起こして…。リンダ・ハワードの名作『愛していると伝えたい』。婚約者に裏切られ，人生をやり直すために訪れた町で始まる意外な恋を描くD・マッコーマー『シンデレラは涙をふいて』，H・グレアム『風の中の誓い』の3篇を収録。〔3012〕

◇瞳に輝く星　リンダ・ハワード著，米崎邦子訳　ハーパーコリンズ・ジャパン　2022.2　283p　15cm　〈mirabooks LH01-51〉〈MIRA文庫2003年刊の新装版　原書名：HEARTBREAKER〉　836円　⓵978-4-596-31904-3

＊フロリダの牧場で亡き父の机を整理していたミシェルは，ある書類を見つけて青ざめた。どうやら父は隣人の牧場主ジョン・ラファティーに10万ドルもの借金をしていたらしい。ジョンは女性との噂が絶えない男で，ミシェルは関わりを避けていた。その彼に頭を下げなければいけないなんて―だが他に選択肢もなく返済延長を頼んだ彼女に，ジョンは君がベッドを共にするなら借金を帳消しにしようと言い出し…。〔3013〕

◇炎のコスタリカ　リンダ・ハワード著，松田信子訳　ハーパーコリンズ・ジャパン　2024.3　281p　15cm　〈mirabooks LH01-54〉〈MIRA文庫2002年刊の新装版　原書名：MIDNIGHT RAINBOW〉　900円　⓵978-4-596-53949-6

＊国際的なスパイ事件に巻き込まれた富豪の娘ジェーンは，コスタリカの有力者によって密林の奥地に軟禁されていた。相手に気に入られようと悠々自適に過ごしていたが，それはすべて脱出計画のため。準備がととのい，ついに決行のときを迎えた彼女の前に突然，謎の男が現れる。黄金の瞳，影の中に生きる獣のような彼は，敵？　それとも味方？　灼熱の地の逃避行は，やがて激しい恋の火花を呼び起こし…。〔3014〕

ハワード，ロバート・E.　Howard, Robert Ervin

◇愛蔵版英雄コナン全集　1　風雲篇　ロバート・E・ハワード著，宇野利泰,中村融訳　新紀元社　2022.7　509p　20cm　〈他言語標題：COMPLETE CONAN COLLECTOR'S EDITION　「黒い海岸の女王」（創元推理文庫2006年刊）と「魔女誕生」（創元推理文庫2006年刊）ほかからの改題、再編集　原書名：The Frost-Giant's Daughter　The Tower of the Elephantほか〉　2200円　⓵978-4-7753-1884-3　〔3015〕

◇愛蔵版英雄コナン全集　2　征服篇　ロバート・E・ハワード著，宇野利泰,中村融訳　新紀元社　2022.11　500p　20cm　〈他言語標題：COMPLETE CONAN COLLECTOR'S EDITION　「魔女誕生」（創元推理文庫2006年刊）と「黒い予言者」（創元推理文庫2007年刊）からの改題、再編集、新たな資料を追加　原書名：Shadows in Zamboula　The Devil in Ironほか〉　2200円　⓵978-4-7753-1885-0　〔3016〕

◇愛蔵版英雄コナン全集　3　降魔篇　ロバート・E・ハワード著，宇野利泰,中村融訳　新紀元社　2023.7　532p　20cm　〈他言語標題：COMPLETE CONAN COLLECTOR'S EDITION　「黒河を越えて」（創元推理文庫2007年刊）と「真紅の城砦」（創元推理文庫2009年刊）からの改題、再編集　原書名：Red Nails　Jewels of Gwahlurほか〉　2200円　⓵978-4-7753-1886-7

内容　赤い釘　古代王国の秘宝　黒河を越えて　黒い異邦人　赤い釘　古代王国の秘宝　黒河を越えて　黒い異邦人　西方辺境地帯に関する覚え書き　辺境の狼たち

＊シリーズ最高傑作の呼び声も高い「黒河を越えて」を収録。〔3017〕

◇愛蔵版英雄コナン全集　4　覇王篇　ロバート・E.ハワード著，中村融訳　新紀元社　2024.8　508p　20cm　〈他言語標題：COMPLETE CONAN COLLECTOR'S EDITION　「魔女誕生」（創元推理文庫2006年刊）と「黒河を越えて」（創元推理文庫2007年刊）ほかからの改題、再編集　原書名：The Phoenix on the Sword　The Scarlet Citadelほか〉　2200円　⓵978-4-7753-1887-4

内容　不死鳥の剣　真紅の城砦　龍の刻　資料編

＊最凶の敵、現わる！　彼の原始の本能すべてが目を醒ました。この薄紗をかぶった人物から発する脅威と力の霊気を感じとったのだ。風もないのに高い草が揺れれば、蛇が通っているとわかるが、それに負けないほどはっきりした脅威を。（「龍の刻」より）〔3018〕

ハン，イン　範 穏

◇重慶爆撃　範穏著，原田衣里奈訳　グローバル科学文化出版　2022.2　477p　22cm　〈監訳：劉偉〉　3400円　⓵978-4-86516-057-4　〔3019〕

ハン，ガン　韓 江

◇あなたのことが知りたくて―小説集韓国・フェミニズム・日本　チョナムジュ,松田青子,デュナ,西加奈子,ハンガン,深緑野分,イラン,小山田浩子,パクミンギュ,高山羽根子,パクソルメ,星野智幸著　河出書房新社　2022.8　285p　15cm　〈河出文庫 チ7-1〉　900円　⓵978-4-309-46756-6

内容：京都、ファサード（ハンガン著，斎藤真理子訳）
＊ベストセラー『82年生まれ、キム・ジヨン』のチョ・ナムジュによる、夫と別れたママ友同士の愛と連帯を描いた「離婚の妖精」をはじめ、人気作家一二名の短編小説が勢揃い！「韓国・フェミニズム・日本」というお題の元に寄稿された、日本＆韓国文学の最前線がわかる豪華アンソロジー。〔3020〕

◇すべての、白いものたちの　ハンガン著，斎藤真理子訳　河出書房新社　2023.2　196p　15cm　（河出文庫　ハ16-1）〈2018年刊の修正、追加〉　850円　①978-4-309-46773-3

内容：私　彼女　すべての、白いものたちの　作家の言葉
＊おくるみ、うぶぎ、しお、ゆき、こおり、つき、こめ…。「白いもの」の目録を書きとめ紡がれた六十五の物語。生後すぐ亡くなった姉をめぐり、ホロコースト後に再建されたワルシャワの街と、朝鮮半島の記憶が交差する、儚くも偉大な命の鎮魂と恢復への祈り。アジアを代表する作家による奇蹟的傑作。〔3021〕

◇引き出しに夕方をしまっておいた　ハンガン著，きむふな，斎藤真理子訳　クオン　2022.6　189p　20cm　（セレクション韓・詩01）　2200円　①978-4-910214-28-3　〔3022〕

◇別れを告げない　ハンガン著，斎藤真理子訳　白水社　2024.4　321p　20cm　（エクス・リブリス）　2500円　①978-4-560-09091-6

＊作家のキョンハ（「私」）は2014年の夏、虐殺に関する本を出してから、何かを暗示するような悪夢を見るようになる。何度も脳裏に浮かぶ黒い木々の光景がずっと気がかりで、よい場所に丸木を植えることを思い立つ。ドキュメンタリー映画作家だった友人のインソンに相談し、それを短編映画にすると約束して4年が過ぎた。一人っ子のインソンは、認知症の母親の介護のため、8年前に済州島の村の家に帰り、4年間母親を看病して看取った。キョンハがこの夢の話をインソンにしたのは母親の葬儀の時だった。インソンはその後も済州島の家にとどまることに。キョンハはその間に家族や職を失い、ソウル近郊の古いマンションに引っ越してきた。心身は疲弊し、遺書も何度か書いた。その年の12月、キョンハのもとへ、インソンから「すぐ来て」とメールが届く。インソンは病院にいた。木工作業中に指を切断してしまい、苦痛のとぎれることがない治療を受けているところだった。インソンはキョンハに、済州島の家に今すぐ行って、残してきた鳥を助けてほしいと頼む。大雪の中、キョンハは、済州島のインソンの家に何とかたどりつく。4・3事件を生き延びたインソンの母親が、夢でうなされないように布団の下に糸鋸を敷いて寝ていた部屋にも入る。夢とも現実ともつかない中でインソンがあらわれ、鳥を仲立ちにして静かに語り合う。そこで初めてキョンハはインソンのこの4年間ここで何をし、何を考えていたかを知る。認知症が進んだ母親の壮絶な介護、そして、母親が命ある限りあきらめず追い求めた真実への執念も…。韓国人として初のメディシス賞受賞作。〔3023〕

バーン，ジェイムズ　Byrne, James

◇カリフォルニア独立戦争　ジェイムズ・バーン著，渡辺義久訳　早川書房　2022.12　559p　16cm　（ハヤカワ文庫　NV 1503）〈原書名：THE GATEKEEPER〉　1360円　①978-4-15-041503-7

＊傭兵を引退してカリフォルニアにやってきたデズ・リメリックは、ホテルで武装した男たちに誘拐されかけていた女性を偶然助けることに。彼女ペトラは世界的民間軍事会社創業者の娘で、自身も会社幹部。誘拐事件の調査を依頼されたデズは、調べを進めていくうちに、軍人たちと極右メディアによる全米を揺るがす騒乱のただなかに！　そして背後にちらつく外国の影!?　冒険小説界の新星がおくるノンストップ・アクション傑作。〔3024〕

ハン，スーイン　Han, Suyin

◇慕情　上巻　ハン・スーイン，深町真理子訳　[横浜]　大陸書館　2023.2　257p　21cm〈捕物出版　原書名：A many splendored thing〉　1660円　①978-4-910621-79-1　〔3025〕

◇慕情　下巻　ハン・スーイン，深町真理子訳　[横浜]　大陸書館　2023.3　260p　21cm〈捕物出版　原書名：A many splendored thing〉　1700円　①978-4-910621-80-7　〔3026〕

バン，ソバタナ　Van, Sovathana

◇現代カンボジア短編集　2　岡田知子編訳，調邦行訳　大阪　大同生命国際文化基金　2023.11　251p　20cm　（アジアの現代文芸　カンボジア　4）

内容：怪物スマル　子どもの頃の思い出　玉虫の翅　にわか旅館　初舞台　微笑みのさつま揚げ　新年パーティー　霊魂のお告げ（バン・ソバタナ）〔3027〕

ハン，ユンソブ

◇ボンジュール，トゥール　ハンユンソブ著，キムジナ絵，呉華順訳　影書房　2024.2　217p　19cm　1800円　①978-4-87714-499-9

＊「愛するわが祖国、愛するわが家族、生きぬかなければ」―古い机に書かれたきみような文章。転校先で出会ったミステリアスな日本人トシ。12歳の韓国人少年ボンジュの好奇心は、思いがけない出会いをひきよせた！　第11回文学トンネ児童文学賞大賞受賞作。対象：小学5～6年以上。〔3028〕

ハーン，ラフカディオ　Hearn, Lafcadio

◇怪談　ラフカディオ・ハーン著，円城塔訳　KADOKAWA　2022.9　212p　20cm〈原書名：KWAIDAN〉　2000円　①978-4-04-112606-6

＊一九〇四年に英・米国で発表された『KWAIDAN』には、遥かなたの異国、JAPANの物語が描かれていた。小泉八雲が世界に紹介した驚異の書—。その真の姿が、円城塔の「直訳」で明

らかに。〔3029〕

◇怪談・骨董　小泉八雲著，平川祐弘訳　河出書房新社　2024.2　413p　15cm　〈河出文庫　コ12-1〉〈著作目録あり　「骨董・怪談」（2014年刊）の改題・再編集　原書名：Kwaidan Kottō〉900円　①978-4-309-42085-1

内容　耳なし芳一の話　おしどり　お貞の話　乳母桜　策略　鏡と鐘と　食人鬼　貉　轆轤首　葬られた秘密　雪女　青柳の話　十六桜　安芸之介の夢　力ばか　ひまわり　蓬莱　蝶　蚊　蟻　幽霊滝の伝説　茶碗の中　常識　生霊　死霊　お亀の話　蠅の話　雉の話　忠五郎の話　ある女の日記　平家蟹　螢　露の一滴　餓鬼　日常の事　夢想　病理的なるもの　真夜中に　草ひばり　夢を食らうもの〔3030〕

◇迷いの谷　A・ブラックウッド他著，平井呈一訳　東京創元社　2023.5　613p　15cm　〈創元推理文庫　Fん10-2—平井呈一怪談翻訳集成〉1500円　①978-4-488-58509-9

内容　「モンク・ルイス」と恐怖怪奇派　小説における超自然の価値（ラフカディオ・ハーン著，平井呈一訳）

＊20世紀英国を代表する怪奇小説の三巨匠としてマッケンの他に平井が名を挙げたのが、優れた古典の素養と洗練された話術で人気を博したM・R・ジェイムズ、緻密な描写で純粋な恐怖を顕現せしめるアルジャーノン・ブラックウッドだ。両者の魅力が横溢する短篇群とコッパード「シルヴァ・サアカス」、ホフマン「古城物語」に加え、ハーンの怪奇文学講義、多彩なエッセーを併録する。〔3031〕

◇雪女　夏の日の夢　ラフカディオ・ハーン著，脇明子訳　岩波書店　2024.9　254p　19cm　〈岩波少年文庫〉〈第10刷（第1刷2003年）〉790円　①978-4-00-114563-2

内容　耳なし芳一の話　ムジナ　雪女　食人鬼　お茶のなかの顔　常識　天狗の話　弁天さまの情け　果心居士の話　梅津忠兵衛の話　鏡の乙女　伊藤則資の話　東洋の土をふんだ日　盆踊り　神々の集う国の都　夏の日の夢

＊明治期の日本をこよなく愛し、小泉八雲と名乗ったハーン。日本の不思議な物語を題材とした短編「耳なし芳一の話」「常識」をはじめ、新鮮な日本の印象をつづった「東洋の土をふんだ日」など随筆も収録。〔3032〕

◇妖精・幽霊短編小説集—『ダブリナーズ』と異界の住人たち　J.ジョイス,W.B.イェイツほか著，下楠昌哉編訳　平凡社　2023.7　373p　16cm　〈平凡社ライブラリー　949〉　1800円　①978-4-582-76949-4

内容　雪女（ラフカディオ・ハーン著，下楠昌哉訳）

＊アイルランドの首都ダブリンに生きる様々な人を描いたジョイスの『ダブリナーズ』。この傑作短篇集の作品を、十九世紀末から二十世紀はじめに書かれた妖精・幽霊譚と並べてみると—。名作をこれまでとは異なる文脈に解き放ち、当時の人々が肌で感じていた超自然的世界へと誘う画期的なアンソロジー。〔3033〕

パンキェヴィチ, タデウシュ　Pankiewicz, Tadeusz

◇クラクフ・ゲットーの薬局　タデウシュ・パンキェヴィチ著，田村和子訳　大月書店　2024.11　248,7p　20cm　〈索引あり　原書名：Apteka w getcie krakowskim 原著第3版の翻訳〉2400円　①978-4-272-51018-4〔3034〕

バンクス, マヤ　Banks, Maya

◇一夜の夢が覚めたとき　マヤ・バンクス作，庭植奈穂子訳　ハーパーコリンズ・ジャパン　2023.11　156p　17cm　〈ハーレクイン・ロマンス　R3823—伝説の名作選〉〈ハーレクイン2011年刊の再刊　原書名：THE TYCOON'S SECRET AFFAIR〉664円　①978-4-596-52650-2

＊ジュエルは楽園のようなリゾートのホテルで、幸運にもオーナーのアシスタントの職を得た。その夜、バーの前で見知らぬゴージャスな男性に誘惑され、心を奪われて、普段はありえないことだが、彼と熱い夜を共にしてしまう。出勤初日、オーナーのギリシア富豪ピアズと顔を合わせた瞬間、ジュエルは凍りついた。なぜ彼がここにいるの？　まさか一夜の恋人が、ピアズ・アネタキスだったなんて。しかもなんの説明もなく、彼女は即刻解雇されてしまった。冷淡な仕打ちに傷つき、逃げるように去ったジュエルの身に、さらなる試練が振りかかる—ピアズの子を妊娠していたのだ！〔3035〕

◇いつか想いが届くまで　マヤ・バンクス著，深山ちひろ訳　ハーパーコリンズ・ジャパン　2022.1　237p　15cm　〈mirabooks MB03-15〉〈「愛を知らない花婿」（ハーレクイン 2013年刊）の改題　原書名：TEMPTED BY HER INNOCENT KISS〉782円　①978-4-596-31682-0

＊若き実業家デヴォンに夢のようなプロポーズをされ、アシュリーは天にも昇る心地だった。父が会社社長のため金目当てで近づいてくる男も多く、誰とも深い関係にならずにきたが、ついに心から愛し合える人に出会えたのだ。皆に祝福されるような結婚式をあげ幸せの絶頂にいたアシュリーだが、ハネムーンの最中、デヴォン宛てのメールを偶然見てしまう。そしてこの結婚が、父と彼の間で交わされた会社の合併条件だと知り…。〔3036〕

◇心があなたを忘れても—記憶の白いページ　マヤ・バンクス作，庭植奈穂子訳　ハーパーコリンズ・ジャパン　2022.4　156p　17cm　〈ハーレクイン・プレゼンツ　PB327—作家シリーズ別冊〉〈ハーレクイン 2011年刊の再刊　原書名：THE TYCOON'S PREGNANT MISTRESS〉664円　①978-4-596-31949-4

＊クリュザンダーの子が、わたしのおなかの中にいる。その事実を知ったマーリーは、彼に打ち明けるべきか悩んだ。同棲しているものの、セクシーなギリシア大富豪の彼は、いまだにふたりの関係をはっきりさせようとしないのだ。マーリーはさっそく、仕事から戻ったクリュザンダーに問い

ハンクス

かけた。「僕は"関係"なんて結ばない。わかってるだろう、きみは愛人だ」返ってきた辛辣すぎるその言葉にマーリーが失望する暇もなく、クリュザンダーは30分以内にこの家を出ていけと彼女に命じた。訳もわからず放り出された彼女は、ほどなく何者かに誘拐されてしまう。3カ月後、ようやく解放されたマーリーは、記憶を失っていた…。病院からマーリーを引き取るため、クリュザンダーは彼女の婚約者と名乗る。けれども、彼との"関係"を望んでいたはずのマーリーは皮肉にも、彼の顔を忘れているのだった。この人が私の恋人。赤ちゃんの父親。でも心が乱れるのはなぜ? そう不安になり…。　　　　　　　　　　　　〔3037〕

◇この手を離してしまえば　マヤ・バンクス著, 八坂よしみ訳　ハーパーコリンズ・ジャパン　2022.5　245p　15cm　(mirabooks MB03-16)〈「愛を拒む大富豪」(ハーレクイン 2013年刊)の改題 原書名:UNDONE BY HER TENDER TOUCH〉800円　①978-4-596-42931-5

＊ピッパは密かに、裕福な実業家のキャムに憧れていた。親友が彼の友人と結婚したため何かにつけ顔を合わせるが、私生活はヴェールに包まれているうえ、ピッパを女として見ていないことは明らかだ。だがあるパーティの日、情熱に駆られた二人はめくるめく一夜を過ごす。ただ一度のことと知りながら喜びを嚙み締めるピッパは、まさかその夜に彼の子を身ごもったとは夢にも思わず…。　　　　　　　　　　　　〔3038〕

◇忘却のかなたの楽園　マヤ・バンクス著, 小林ルミ子訳　ハーパーコリンズ・ジャパン　2022.6　214p　15cm　(ハーレクイン文庫 HQB-1126)〈ハーレクイン 2012年刊の再刊 原書名:ENTICED BY HIS FORGOTTEN LOVER〉627円　①978-4-596-42919-3

＊「どこかで会いましたか?」あんなにも狂おしく愛した、ラファエルの心ない言葉。ブライアニーは彼の頬を打っていた。5カ月前、島を購入したいと現れたリゾート開発会社社長の彼と熱い恋におちた。契約書を手に本社へ戻ったラファエルからの連絡が途絶えても、妊娠に気づいたあとも、彼を信じて待った。私は契約のために利用されただけなの…? そんな疑惑を必死に打ち消して。ついに意を決して会いに来た彼女に、彼は驚くべき告白をする。「事故の後遺症で、君についての記憶をなくしたかもしれない」　　　〔3039〕

バンクス, リアン　Banks, Leanne

◇あなたの記憶　リアン・バンクス作, 寺尾なつ子訳　ハーパーコリンズ・ジャパン　2024.7　156p　17cm　(ハーレクイン・ロマンス R3887―伝説の名作選)〈ハーレクイン 2002年刊の再刊 原書名:THE MILLIONAIRE'S SECRET WISH〉673円　①978-4-596-63554-9

＊幼なじみのディランとアリサは、固い友情で結ばれていた。やがてそれは淡い恋心へと変わり、大学で再会した二人は、まるで運命であるように恋人としてつき合いはじめた。だが、幸せは一瞬で崩れ去る―泥酔したディランが別の女性とキスしているところを、偶然アリサが目撃してしまったのだ。彼女はディランを二度と信頼するまいと誓い、姿を消した。8年後、思わぬ形で二人は再会を果たす。事故で頭部を強打し、記憶を失くしたアリサを、富豪となったディランが引き取った。私を熱い目で見ながら冷たい態度をとるのはなぜ? 彼に日ごと惹かれていくアリサは、ただ戸惑うばかりで…。　　　　　　　　　　　　〔3040〕

◇シンデレラに情熱の花を　ダイアナ・パーマー他著, 松岡和紀子他訳　ハーパーコリンズ・ジャパン　2024.2　315p　17cm　(HPA 55―スター作家傑作選)〈「テキサスの恋」(ハーレクイン 2000年刊)と「恋はラテン風に」(ハーレクイン 2007年刊)ほかからの改題, 抜粋, 合本 原書名:DREW MORRIS BILLIONAIRE'S BABYほか〉1082円　①978-4-596-53395-1

内容　御曹子の嘘(リアン・バンクス著, 仁嶋いずる訳)

＊『ドルー・モーリス』ドクター・ドルー・モーリスの医院の受付係に採用された天涯孤独のキティ。喘息持ちながら一生懸命働くが、妻を失ってから仕事一筋の気難しいドルーを怒らせてばかり。ところがある日、ドルーが悲しみに耐えかねて慰めを求めるようにキスを迫ってきて…。『御曹子の嘘』ヘイリーは学生時代、運命の人リックと一夜を共にしたが、その晩彼は忽然と姿を消した。4年後、勤め先が大企業に買収され、彼女は新経営者を見て息をのんだ―なんと、あの"リック"だったのだ! ああ、どうしよう! 彼がまだ知らない、息子の存在を…。『誘惑のローマ』"情熱のないお堅い女"と元夫に嘲られたベサニーは、傷心旅行でローマ一人旅を敢行。現地でハンサムな銀行理事長アンドレと出逢い、急速に惹かれる。だが情熱を分かち合った直後、何も告げずに彼は姿を消した。そのあとで、ベサニーは妊娠に気づくのだった―。『秘密のキス』地味で眼鏡のジェーンは新聞に載った匿名のラブレターと、突然届いた花束に胸を騒いだ。もしやマット? 彼は高校時代、彼女への悪戯で退学になったものの今は同僚。意識するジェーンだったが、一方のマットもラブレターの書き手を彼女だと思っていて…。　〔3041〕

◇夏のドレスに着替えたら　ダイアナ・パーマー他著, 寺尾なつ子他訳　ハーパーコリンズ・ジャパン　2024.8　378p　15cm　(mirabooks DP01-18)〈原書名:PAPER HUSBAND HAWAIIAN RETREATほか〉845円　①978-4-596-77882-6

内容　波打ち際のロマンス(リアン・バンクス著, 松村和紀子訳)

＊父が遺した牧場を守るため、近隣の有力者ハンクに契約結婚を持ちかけたダナ。ひそかに憧れ続けていた彼は意外にもその話を受け入れるが、それと引き換えに驚くべき提案をする。テキサスに紡がれる切ない名作『初恋にさよなら』。仕事一筋の女性がハワイで新しい人生に出会う『波打ち際のロマンス』。2週間限定のバカンスから生まれた

運命の恋を描く『サンフランシスコ物語』の3篇を収録。〔3042〕

パングボーン, エドガー　Pangborn, Edgar
◇吸血鬼は夜恋をする―SF&ファンタジイ・ショートショート傑作選　ロバート・F・ヤング, リチャード・マシスン他著, 伊藤典夫編訳　東京創元社　2022.12　387p　15cm　（創元SF文庫 SFシ12-1）〈文化出版局 1975年刊の増補〉1000円　①978-4-488-79301-2
内容　良き隣人〔エドガー・パングボーン著〕
  *「アンソロジイという言葉のもとになったギリシャ語の意味は「花々を集めたもの」。立ちどまるほどではないが、歩く途中ひょっと目にとまり、見とれる花、つまり、理屈ぬきで楽しんでいただけるような小品を選ぶよう心懸けた」（伊藤典夫）。名翻訳家が初めて単独編纂した伝説のアンソロジイを半世紀ぶりに初文庫化。〈SFマガジン〉〈奇想天外〉の掲載作を追加し、全32編とした。〔3043〕

バーンズ, エリザベス　Barnes, Elizabeth
◇六月の贈り物　エリザベス・バーンズ作, 藤波耕代訳　ハーパーコリンズ・ジャパン　2022.3　155p　17cm　（ハーレクイン・プレゼンツ PB324―作家シリーズ 別冊）〈ハーレクイン 1991年刊の再刊　原書名：NOW AND FOREVER〉664円　①978-4-596-31780-3
  * あと5年。それがマリに残された時間だった。余命宣告を受けた彼女は賑やかなNYを離れ、いつかくる"その日"を待ちながら、独り静かに暮らしていた。そんな6月のある朝、身なりのよい紳士が気球に乗って現れた。彼の正体は、NYの大富豪実業家、アンガス・オニール。裏手の広大な土地を買ったという彼はマリの新しい隣人となり、惹かれ合った二人は一緒に過ごすときが多くなった。やがてマリはアンガスに求婚されるが、頑なに拒み続ける―みずからの儚い運命のことは言えないままに。〔3044〕

ハンター, ケリー　Hunter, Kelly
◇望まれぬ王妃　ケリー・ハンター作, 中野恵訳　ハーパーコリンズ・ジャパン　2022.2　156p　17cm　（ハーレクイン・ロマンス R3659―純潔のシンデレラ）〈原書名：PREGNANT IN THE KING'S PALACE〉664円　①978-4-596-31664-6
  * 身分違いの関係が行き着くのは、またしても悲劇なの…？　アンジェリクはタラシア王国の王宮で働いていたとき、傲慢で奔放な王子ヴァレンタインに見初められ、純潔を捧げた。ほどなく若い二人の関係は噂になり、激怒した彼の父の命令で、アンジェリクは王宮から追放されたのだった。10年後、彼女は今や王国となったヴァレンタインと再会する。富と権力と名声をほしいままにしてきた彼だが、病気のせいで子供の作れない体となり、退位を考え始めているという。そんな彼から王宮で1カ月暮らさないかと提案されたとき、彼女は腹立た

しくも悟る。彼への想いがまだ消えていないことを。〔3045〕

ハンター, スティーヴン　Hunter, Stephen
◇銃弾の庭　上　スティーヴン・ハンター著, 染田屋茂訳　扶桑社　2023.7　365p　16cm　（扶桑社ミステリー ハ19-42）〈原書名：THE BULLET GARDEN. Vol.1〉1200円　①978-4-594-09511-6
  * 第二次世界大戦末期。連合軍はノルマンディー上陸作戦を決行したものの、「銃弾の庭」と呼ばれる緑なす地で停滞を余儀なくされていた。そこにはドイツ軍の狙撃兵が配され、アメリカ兵たちを夜陰に乗じて次々と撃ち倒していたのだ。見かねた米軍部隊はドイツの狙撃部隊に対抗するため、ひとりの伝説的な戦士を本国の海兵隊から召喚する。一等軍曹アール・スワガー。太平洋戦争の英雄。天才的な狙撃の名手。戦況を一変させる重大な任務を身に帯びて、スワガーはロンドン経由で現地へと向かう―。〔3046〕
◇銃弾の庭　下　スティーヴン・ハンター著, 染田屋茂訳　扶桑社　2023.7　367p　16cm　（扶桑社ミステリー ハ19-43）〈著作目録あり　原書名：THE BULLET GARDEN. Vol.2〉1200円　①978-4-594-09512-3
  * 陸軍少佐としてロンドンに飛んだアール・スワガーは、戦場事務局のジム・リーツ中尉とともに対ドイツ狙撃兵作戦の立案にあたる。いよいよ準備が整い、海峡を渡って最前線へと身を投じたスワガーとリーツが目にしたのは、過酷な戦地の現況だった。二人はドイツの誇る「田園地帯の狙撃手」を制して連合軍の血路を開くことができるのか？　息詰まる狙撃戦。男の友情。緻密な銃器描写。意想外の展開。巨匠ハンターの魅力の全てがつまった戦時スナイプ・アクションの傑作、登場！　〔3047〕
◇囚われのスナイパー　上　スティーヴン・ハンター著, 公手成幸訳　扶桑社　2022.6　294p　16cm　（扶桑社ミステリー ハ19-40）〈原書名：TARGETED. Vol.1〉950円　①978-4-594-09143-9
  * アメリカに潜入したアラブ人の凄腕テロリスト"ジューバ"を、息詰まる狙撃戦のすえなんとか打ち倒した退役海兵隊一等軍曹ボブ・リー・スワガー。だがその際負った胸の傷は深く、長い冬を療養生活に費やすことに。翌夏、NYタイムズがジューバを仕留めた狙撃手がボブ・リーであることをすっぱ抜き、彼は一躍「英雄」として祀り上げられるが、その反動もまた大きかった。下院司法委員会から届いた一通の召喚状。彼は下院議員シャーロット・ヴェナブルによって訴追の「標的」に選ばれたのだ…。〔3048〕
◇囚われのスナイパー　下　スティーヴン・ハンター著, 公手成幸訳　扶桑社　2022.6　303p　16cm　（扶桑社ミステリー ハ19-41）〈原書名：TARGETED. Vol.2〉950円　①978-4-594-09144-6
  * ハイウェイで銃撃戦を展開したすえ、警察官を死に至らしめて逮捕されたヴァハら5人の男。彼らは

エイダ郡拘置所に収監されるが、一瞬の隙を見て脱獄を成功させる。彼らの向かった先は、アイダホ州ボイシのフランク・チャーチ・ハイスクール講堂。そこではまさにボブ・リーを標的とした公聴会が開催されていた。凶悪犯に占拠された講堂で、車椅子の老英雄は、自らの使命を果たすため、再び銃を手に立ち上がる!「現代アメリカの正義」の在処を問う巨匠の最新作、遂に堂々登場! 〔3049〕

◇フロント・サイト 1 シティ・オブ・ミート スティーヴン・ハンター著, 染田屋茂訳 扶桑社 2024.12 319p 16cm (扶桑社ミステリー ハ19-44)〈カバー背のシリーズ内番号(誤植):ス19-44 原書名:FRONT SIGHT. Vol.1〉 1200円 ①978-4-594-09800-1

＊1934年シカゴ。チャールズ・F・スワガーは上級捜査官の命令で、シカゴのユニオン・ストックヤードに潜伏していると噂されるギャング、ベビーフェイス・ネルソンの追跡を始める。収穫もなく帰ろうとした矢先、工場の労働者らしい黒人にナイフで襲われたスワガーは、相手の胸に3発の銃弾を撃ち込んで殺害する。死んだ男の家族を弔問したのち、ここ2ヵ月間で急に精神に変調を来した黒人が他にも10人近くいたことを聞かされたスワガーは、黒人警官のワシントンとともに事件の捜査に乗り出す…。〔3050〕

パンディアン, ジジ　Pandian, Gigi

◇壁から死体?―〈秘密の階段建築社〉の事件簿 ジジ・パンディアン著, 鈴木美朋訳 東京創元社 2024.7 403p 15cm (創元推理文庫 M ハ28-1)〈著作目録あり 原書名:UNDER LOCK & SKELETON KEY〉 1200円 ①978-4-488-29006-1

＊合言葉を唱えると現れる読書室や、秘密の花園へのドアが隠された柱時計。そんな仕掛けに特化した工務店 "秘密の階段建築社" がテンペスト・ラージの実家の家業だ。イリュージョニストとして活躍していた彼女だったが、ある事故をきっかけに家業を手伝うことに。その初日、仕事先の古い屋敷の壁を崩したら、なんと死体が見つかって…。楽しい不思議が満載のシリーズ第1弾! 〔3051〕

ハンド, エリザベス　Hand, Elizabeth

◇穏やかな死者たち―シャーリイ・ジャクスン・トリビュート ケリー・リンク, ジョイス・キャロル・オーツ他著, エレン・ダトロウ編, 渡辺庸子, 市田泉他訳 東京創元社 2023.10 570p 15cm (創元推理文庫 Fン12-1)〈責任表示はカバーによる 原書名:WHEN THINGS GET DARK〉 1500円 ①978-4-488-58407-8

内容 所有者直販物件(エリザベス・ハンド著, 市田泉訳) 〔3052〕

ハント, レアード　Hunt, Laird

◇インディアナ, インディアナ レアード・ハント, 柴田元幸訳 twililight 2023.3 249p 20cm (原書名:Indiana,Indiana) 2100円 ①978-4-9912851-1-0

＊切れぎれの回想、現在のノアの心理、オーバルからの手紙、ノアの父ヴァージルや母ルービーをめぐる一連の奇妙な逸話―事実は見えなくても、ノアの胸に満ちる強い喪失感は、一ページ目からはっきり伝わってくる。その静かな哀しみが、ノアと猫たちとのどこかとぼけたやりとりや、ノアの父親ヴァージルのやたらと街学的な物言いなどから浮かび上がる淡いユーモアと絶妙に混じりあい、それらすべてが、文章教室の規範から逸脱することを恐れない自在の文章で語られることによって、この作品を、昨今の小説には稀な、美しい小説にしている。(訳者・柴田元幸)哀しみを抱えるすべての人へ。2006年刊行の「とても美しい小説」を復刊。〔3053〕

ハントケ, ペーター　Handke, Peter

◇カスパー ペーター・ハントケ著, 池田信雄訳 論創社 2023.4 167p 20cm〈原書名:Kaspar〉 1800円 ①978-4-8460-2257-0 〔3054〕

◇ハントケ・コレクション 1 ペーター・ハントケ著, 服部裕, 元吉瑞枝訳 法政大学出版局 2023.9 344p 20cm〈原書名:Der kurze Brief zum langen Abschied Wunschloses Unglück〉 3500円 ①978-4-588-48611-1

内容 長い別れのための短い手紙(服部裕訳) 幸せではないが、もういい(元吉瑞枝訳) ノーベル文学賞受賞講演(元吉瑞枝訳)

＊新たな文学表現を求めてアメリカを舞台に描く『長い別れのための短い手紙』、母の自殺に直面し書き始めた『幸せではないが、もういい』、創作の原点と平和への思いを語ったノーベル文学賞受賞講演を収録。〔3055〕

◇ハントケ・コレクション 2 反復 作家の午後 ペーター・ハントケ著, 阿部卓也訳 法政大学出版局 2024.11 373p 20cm〈原書名:Die Wiederholung Nachmittag eines Schriftstellers〉 4000円 ①978-4-588-48612-8

内容 反復 作家の午後

＊スロヴェニアへの旅を書き記した自伝的長篇『反復』、その「小さな後奏曲」と呼ばれる中篇『作家の午後』。日立たぬものを言葉によって救い出し「物語」の中に保存する試み。ノーベル文学賞受賞作家の転換期となった80年代の名作。物語よ、反復せよ。〔3056〕

ハンプソン, アン　Hampson, Anne

◇愛のいけにえ アン・ハンプソン著, 平敦子訳 ハーパーコリンズ・ジャパン 2024.8 222p 15cm (ハーレクインSP文庫 HQSP-427)〈ハーレクイン・エンタープライズ日本支社1982年刊の再刊 原書名:AN EAGLE SWOOPED〉 545円 ①978-4-596-77748-5

＊美しく狡猾な姉に虐げられ続け、幸福すらテッサは奪われた。焦がれていたギリシア人富豪ポールと、姉は婚約したばかりか、テッサの恋心を「気味

が悪い」と嘲笑ったのだ。骨の髄まで恥辱を味わわされたテッサは、耐えきれずに家を出た。2年後—帰郷したテッサはあまりに残酷な現実を知らされる。ポールが火傷を負い失明したというのだ。しかも姉は彼を捨てた。身代わりでいい。そばにいられるなら。一途な想いを貫くため、テッサはいまも姉を待つポールが住む、キプロス島へと向かった。姉のふりをして。そして…彼の妻になった。〔3057〕

◇悪魔のばら　アン・ハンプソン著，安引まゆみ訳　ハーパーコリンズ・ジャパン　2024.1　204p　15cm　（ハーレクインSP文庫 HQSP-397）〈ハーレクイン・エンタープライズ日本支社 1985年刊の再刊　原書名：A ROSE FROM LUCIFER〉545円　①978-4-596-53285-5
＊コレットは母親の再婚相手から疎まれ、こき使われていた。おまけに美人の義姉は、コレットの顔の痣をいつもからかう。そんなコレットにも、心惹かれる人がいる。義姉の知人、ルーク。神の如く美しいギリシア人富豪だ。醜い彼女を歯牙にもかけない。それどころか、義姉と一緒に彼女の恋心を嘲笑しているのをもれ聞いた刹那…コレットは肩を震わせて泣いた—。しかし、7年後、彼女は別人のような美貌を手に入れる。事故で顔に重傷を負ったために、形成手術で痣も消えたのだ。そして、コレットとは気づかず、彼女に見惚れるルークがいた。〔3058〕

◇一ペニーの花嫁　アン・ハンプソン著，須賀孝子訳　ハーパーコリンズ・ジャパン　2023.10　204p　15cm　（ハーレクインSP文庫 HQSP-387）〈ハーレクイン・エンタープライズ日本支社 1983年刊の再刊　原書名：WIFE FOR A PENNY〉545円　①978-4-596-52686-1　〔3059〕

◇オリンピアの春—プレミアムセレクション　アン・ハンプソン作，木原毅訳　ハーパーコリンズ・ジャパン　2023.3　155p　17cm　（ハーレクイン・プレゼンツ PB356—作家シリーズ 別冊）〈ハーレクイン・エンタープライズ日本支社 1983年刊の再刊　原書名：WHEN THE BOUGH BREAKS〉664円　①978-4-596-76779-0
＊「この船で一夜を過ごすんだ。僕と二人きりで」あざけるような黒い瞳を、リザは呆然と見返した。ギリシアの血を引く実業家ラルフ・リンガード—いにしえのころから家同士が敵対する一族の男性。いまラルフは私を誘拐し、汚名を着せて報復しようとしている。彼の母親が亡くなるのは私のせいではないというのに…。ラルフの思惑どおり、リザは婚約者に去られ、醜聞にまみれた。だがリザの父が心労で危篤となり、やむなく二人は結婚する。互いの生活にはいっさい干渉しないという契約のもとに。弱冠19歳にして、リザは "愛されない妻" となったのだ—　〔3060〕

◇黒鷲の大富豪　アン・ハンプソン作，深山咲訳　ハーパーコリンズ・ジャパン　2022.10　220p　17cm　（ハーレクイン・ロマンス R3724—伝説の名作選）〈「悪魔に娶られて」（2016年刊）の改題　原書名：THE BLACK EAGLE〉664円　①978-4-596-74900-0
＊ロクサーヌは生まれてすぐに母親を亡くし、父親と乳母から厳格なしつけを受けて育った。ある日、ロクサーヌは親友のバースデーパーティで、スペインの血を引く大富豪フアン・アルマンド・ラミレスと出会う。漆黒の髪と鋭い瞳を持つ彼は、鷲を思わせるような威圧感を漂わせている。射抜くような視線を向けられ、ロクサーヌはおののきながらも、経験のない胸のときめきを感じ、気づけば彼とダンスを踊っていた。これが運命の出会い？ だが、うぶな彼女は想像もしていなかった。まさかフアンが意図的に彼女の名誉のために彼の妻にならざるを得ない状況を作り出すとは！　〔3061〕

◇絶体絶命の花嫁　アン・ハンプソン著，加藤しをり訳　ハーパーコリンズ・ジャパン　2022.1　230p　15cm　（ハーレクイン文庫 HQB-1096）〈「復讐のゆくえ」（ハーレクイン・エンタープライズ日本支社 1984年刊）の改題　原書名：SOUTH OF MANDRAKI〉627円　①978-4-596-01868-7
＊ギリシアに魅せられ、クレタ島で働くトニは、ある日、困っていた老人を車で家に送ると、突然切りつけられた。老人の妹をトニの兄が弄んでねた—それが理由だった。家族の制止でことなきを得たが、問題を解決する方法は1つ。トニが、老人の孫で富豪のダロスと結婚すること。ここギリシアでは、親戚には仕返しをしない習わしだから、と。ダロスは浅黒い肌の精悍な男性だった。傲慢そうな黒い瞳にトニはなぜか魅せられ、彼のプロポーズを受けていた。1週間後、豪奢な別荘で彼との結婚生活が幕を開けるが…。　〔3062〕

◇僧院のジュリアン　アン・ハンプソン作，福田美子訳　ハーパーコリンズ・ジャパン　2022.11　174p　17cm　（ハーレクイン・ロマンス R3730—伝説の名作選）〈ハーレクイン・エンタープライズ日本支社 1980年刊の再刊　原書名：BY FOUNTAINS WILD〉664円　①978-4-596-42828-8
＊男性不信のキムは、生まれてこのかた恋をしたことがない。そんなある日、友人から頼みごとの電話を受けた。つい3週間前に社会的地位につられて婚約してしまった、冷徹な男性と何とかして別れたいという相談だった。怯えている友人にかわって、富豪のジュリアン・パーネルにキムは会いに行くはめになる。そのときはまだ、キムは知る由もなかった。キムの美貌に目をつけたジュリアンに、僧院に閉じ込められ、いますぐ関係を結ぶか、結婚するかの決断を迫られようとは。　〔3063〕

◇残された日々　アン・ハンプソン著，田村たつ子訳　ハーパーコリンズ・ジャパン　2024.12　156p　17cm　（ハーレクイン・プレゼンツ PB398—作家シリーズ 別冊）〈ハーレクイン・エンタープライズ日本支社 1982年刊の再刊　原書名：WHEN THE CLOUDS PART〉664円　①978-4-596-71691-0

＊父とふたり、貧しいけれど幸せに暮らしてきたジュディ。だが父の再婚により、継母に厄介者扱いされる日々が始まった。しかも、継母の娘で女優の義姉がジュディの名前を気に入り、なかば強引に芸名として使うことを決めてしまった。ある日、義姉の"ジュディ"宛てに手紙が届く。それは、会ったこともないギリシア海運王ビダスからの求婚だったが、折しも大役が決まった義姉は1年待つよう返事を書き、家を留守にした。その間になんと、魅力的な大富豪ビダスが訪ねてきて、ジュディを自分の"ジュデ"と間違え、結婚を申し込んできた！「あなたと結婚します」ジュディはそう応えた――彼は余命半年なのに。〔3064〕

◇不機嫌な後見人　アン・ハンプソン著，柿沼摩耶訳　ハーパーコリンズ・ジャパン　2022.6　219p　15cm　（ハーレクイン文庫 HQB-1127）〈原書名：THE PLANTATION BOSS〉627円　①978-4-596-42921-6
＊幼いころ両親を亡くしたケリーは、生き別れた妹2人の消息を13年後、ようやく突き止めた。大富豪のもとで裕福に暮らす上の妹とは正反対に、下の妹は、貧しい家庭で使用人同然にこき使われていた。ケリーは下の妹を引き取りたい一心で、上の妹の後見人である大富豪ウェインに面会を求めた。現れた逞しく精悍な彼にしかし、金目当ての偽者と追い払われたのだった。帰国費用を稼ぐかたわら、密かに上の妹と会っていたある日、ウェインに見つかってしまう。そして突然、熱いキスをされ…？〔3065〕

◇木曜日になれば　アン・ハンプソン著，神谷あゆみ訳　ハーパーコリンズ・ジャパン　2022.7　217p　15cm　（ハーレクインSP文庫 HQSP-327）〈ハーレクイン・エンタープライズ日本支社　1983年刊の再刊 原書名：THE HAWK AND THE DOVE〉500円　①978-4-596-70633-1
＊頼れる家族も親戚もいない18歳のジャニスは、住み込みの子守の仕事を首になり、あてもなく歩いていた。疲れはて、ぼんやりしていた彼女は車にひかれそうになる。その車を運転していた、貴族然とした男性に言われるまま、ジャニスは病院に運ばれたのちに、彼の屋敷に連れてこられた。見たこともないほど立派な屋敷で手厚く世話をされ、この屋敷でメイドとして働かせてもらえたらと願う彼女に、主にペレグリン・ケイトンは突然の提案をした。「ぼくと結婚してくれないか」〔3066〕

◇やすらぎ　アン・ハンプソン著，三木たか子訳　ハーパーコリンズ・ジャパン　2024.5　219p　15cm　（ハーレクインSP文庫 HQSP-414）〈ハーレクイン・エンタープライズ日本支社　1983年刊の再刊 原書名：DARK HILLS RISING〉545円　①978-4-596-82336-6
＊あの事故から、9年――ゲイルに残されたのは痛みだけだった。髪の生え際と両腿、右肩から背中にかけての傷跡。こんな体では誰とも結婚できないと諦めかけていたところに、女嫌いで有名な、名門の大地主アンドルーに求婚される。子供の面倒を見るための肉体関係のない結婚でいいと言われ、鵜呑みにしたゲイルは周囲の反対を押し切って、子供が産めない体だという事実を言えないまま承諾してしまう。そのせいで、どれほど彼を愛したくても愛せない、新たな痛みを生み出すことになろうとも知らずに。〔3067〕

◇ゆえなき嫉妬　アン・ハンプソン著，霜月桂訳　ハーパーコリンズ・ジャパン　2024.10　206p　15cm　（ハーレクインSP文庫 HQSP-433）〈原書名：FETTERS OF HATE〉545円　①978-4-596-71561-6
＊秘書のヘレンは、ギリシア人社長ニックから誘惑され、逃げるように故郷に帰るが、そこでも災難が待っていた。よりにもよって親友の夫にしつこく言い寄られ、求愛されたのだ。困り果てていたヘレンの前に、ニックがふたたび現れる。「きみを手に入れるためなら、結婚してやってもいい」という傲慢なニックとの結婚を、ヘレンは親友を傷つけたくない、それだけの理由で受け入れたのだった。ところがニックは、彼女が別の男性と視線を交わすだけで激高する、潔癖な夫だった。だから親友の夫の執着を知られるや、痛烈な嫉妬を浴びせられ――。〔3068〕

ハンムーダ, タスニーム

◇物語ることの反撃――パレスチナ・ガザ作品集　リフアト・アルアライール編，藤井光訳，岡真理監修・解説　河出書房新社　2024.11　264p　20cm〈原書名：GAZA WRITES BACK〉2720円　①978-4-309-20911-1
内容　ネバーランド　ぼくのパンなんだ（タスニーム・ハンムーダ著, 藤井光訳）
＊「わたしが死なねばならないとしても、きみは生きねばならない」。奪われる家に爆弾を仕掛ける父、木を恐れる子ども、密輸トンネルに閉じこめられた男、瓦礫の下からの独白…。空爆の標的となって殺された詩人が極限の状況下で編み遺した、ガザ・ライツ・バック。作家たちの記憶をつなぐ抵抗の物語集。〔3069〕

【ヒ】

ヒ, キ　飛気
⇒フェイ, ダオ を見よ

ビアス, アンブローズ　Bierce, Ambrose

◇新編怪奇幻想の文学　1　怪物　紀田順一郎, 荒俣宏監修, 牧原勝志編　新紀元社　2022.7　460p　20cm〈他言語標題：Tales of Horror and Supernatural〉2500円　①978-4-7753-2022-8
内容　怪物（アンブローズ・ビアス著, 宮﨑真紀訳）
＊山深く潜む、古来から言い伝えられるもの。身を蝕み、人間としての記憶さえ呪わしく変えるもの。そして、見てはならず、語りえないもの。何ものなのかを知るすべもないかれらを、せめてこう呼ぼう

―怪物、と。一九七〇年代の名アンソロジー"怪奇幻想の文学"の編者、紀田順一郎・荒俣宏の監修のもと、古典的名作を新訳し、全6巻に集大成。怪奇幻想の真髄を伝えるアンソロジー・シリーズ、ここに刊行開始。〔3070〕

◇世界怪談名作集 [上] 信号手・貸家ほか五篇 岡本綺堂編訳 新装版 河出書房新社 2022.11 300p 15cm (河出文庫 お2-2) 900円 ①978-4-309-46769-6

内容 妖物(ビヤース著,岡本綺堂訳)

＊「半七捕物帳」で知られる岡本綺堂は、古今東西の怪奇小説にも造詣が深く、怪談の名手としても知られた。そんな著者が欧米の作品を中心に自ら厳選し、翻訳。いまだに数多くの作家に影響を与え続ける大家による、不思議でゾッとする名作怪談アンソロジー。リットン、プーシキン、ビヤース、ゴーチェ、ディッケンズ、デフォー、ホーソーンを収録。〔3071〕

ピアース, パトリック　Pearse, Padraic

◇パトリック・ピアース短篇集　パトリック・ピアース著, 高橋歩編訳　未知谷　2022.6　141p　20cm 〈文献あり〉 1500円　①978-4-89642-662-5

＊一九一六年四月二十四日、アイルランドの民族主義者達は武装蜂起、ダブリンの町を制圧した。総司令官としてパトリック・ピアースは「アイルランド共和国の樹立宣言」を読み上げた。しかし…反乱は一週間でイギリス軍に鎮圧され、彼は処刑された―。アイルランド(ゲール)語の普及にも尽力したピアースはアイルランド西部コナハト地方を舞台に選びゲール語で物語を残した―作品中8篇を厳選。短い言葉の織りなす文章の一つひとつが素朴な人々の慎ましい姿を映し出し、アイルランドの風が滲みわたる―何度でも味わいたくなる麗しい体験。〔3072〕

ビアンチン, ヘレン　Bianchin, Helen

◇愛に怯えて　ヘレン・ビアンチン著, 高杉啓子訳　ハーパーコリンズ・ジャパン　2024.12　156p　17cm (ハーレクイン・プレゼンツ PB399―作家シリーズ 別冊) 〈ハーレクイン 1998年刊の再刊 原書名：AN IDEAL MARRIAGE?〉664円 ①978-4-596-71775-7

＊ギャビーはハンサムなスペイン系大富豪の夫ベネディクトと、オーシャンビューの大邸宅で、誰もが羨む豪華な生活を送っていた。しかし、ベネディクトがビジネス帝国を築くために政略結婚したことは、上流階級の人々のあいだでは周知の事実だった。どこか距離を置こうとする夫の心をつかみきれないギャビーは、ベッドの上でしか愛されない悲しみを氷の仮面で隠してきた。本当は彼を心から愛しているのに…私の役目は跡継ぎを産むことだけ。あるとき、ギャビーの血のつながらない美貌の妹が町に帰ってきた。姉を敵視する妹は不敵な笑みで告げた―ベネディクトを奪ってみせる。その日から、ギャビーの嫉妬と不安に苛まれる日々が始まった！〔3073〕

◇愛に震えて　ヘレン・ビアンチン著, 古澤紅訳　ハーパーコリンズ・ジャパン　2024.5　205p　15cm (ハーレクインSP文庫 HQSP-415) 〈ハーレクイン 1997年刊の再刊 原書名：DANGEROUS ALLIANCE〉545円　①978-4-596-82334-2

＊大好きな母が癌におかされ、余命幾ばくもないなんて…。故郷に舞い戻ったリーアンを空港で出迎えたのは、二度と顔を合わせたくなかった義兄のディミートリだった。母が彼の父と再婚してからずっと、彼女は血のつながらない兄に恋していた。だが、21歳を迎えた夜、彼女の淡い想いは冷たく拒まれ、傷ついたリーアンは彼を避け続けてきたのだ。そんな彼女にディミートリは思いがけない提案をしてきた。死の床にいる母を安心させるために偽装結婚をしよう、と。〔3074〕

◇愛の惑い　ヘレン・ビアンチン著, 鈴木けい訳　ハーパーコリンズ・ジャパン　2022.12　206p　15cm (ハーレクインSP文庫 HQSP-346) 〈ハーレクイン 2003年刊の再刊 原書名：THE GREEK BRIDEGROOM〉500円 ①978-4-596-74924-6

＊リベカは姉の夫のいとこにあたる実業家ジェイスを避けていた。いかにもギリシア人らしい自信たっぷりな振る舞いと、女性たちを惹きつけずにおかないセクシーな容姿―しかも彼は1年前、初対面でリベカの唇を堂々と奪ったのだ。彼女はかつての夫の酷いDVが原因で離婚しており、男性に対する不信感と警戒心は人一倍強かった。なのにジェイスは臆することなくリベカをデートに誘い続け、しだいに彼女の心と体はほぐされていった。しかし、リベカを監視していた元夫が予想外の暴挙に出て…。〔3075〕

◇愛は脅迫に似て　ヘレン・ビアンチン作, 萩原ちさと訳　ハーパーコリンズ・ジャパン　2023.12　156p　17cm (ハーレクイン・プレゼンツ PB374―作家シリーズ 別冊) 〈ハーレクイン 2001年刊の再刊 原書名：THE MARRIAGE DEAL〉664円 ①978-4-596-52836-0

＊サンドリンは10歳年上の実業家ミシェルと電撃結婚した。知的で官能的な夫を愛していたが、新婚半年で早くも暗雲が垂れ込める。彼女が4週間海外の仕事をすることに、彼が強硬に反対したのだ。妻を鳥かごに閉じ込めようとするなんて、と若いサンドリンは抗い、書き置きを残してNYを飛び立った。だが仕事でトラブルが発生し、滞在が延びて資金が底をついたとき、長身で黒髪の男性が救世主さながら現れ、援助を申し出た―ミシェル！彼は怒りを込めたキスで妻を罰し、投資の対象はきみだと告げる。サンドリンが断れないことを承知で、彼は激しく妻を求めた！〔3076〕

◇愛は喧嘩の後で　ヘレン・ビアンチン作, 平江まゆみ訳　ハーパーコリンズ・ジャパン　2024.7　155p　17cm (ハーレクイン・ロマンス R3888―伝説の名作選) 〈ハーレクイン 1992年刊の再刊 原書名：THE STEFANOS MARRIAGE〉673円　①978-4-596-63556-3

ヒアンチン

＊亡き妹の遺児と暮らすアリーズは、弁護士から突然呼びだされた。そこで子供の父親の兄、アレクシ・ステファーノスと対面し、怒りに震えた。先日妹を亡くした彼は、弟に子供がいたことを初めて知り、自分が赤ん坊を引き取って育てたいと言い張るのだ。冗談でしょう？ 身ごもっていた妹を手酷く捨てた男の身内に、愛する甥を渡すなんて、絶対にできない。だが巨万の富を誇る富豪アレクシが相手では勝ち目もなく、追いつめられたアリーズに、彼は非情なひと言を放った。「この子と離れたくないなら、僕と結婚するしかない」形だけの結婚のはずが、やがて二人の関係は熱を帯びて…。〔3077〕

◇悪魔に捧げられた花嫁　ヘレン・ビアンチン著，槇由子訳　ハーパーコリンズ・ジャパン　2024.6　206p　15cm　（ハーレクイン文庫 HQB-1235―珠玉の名作本棚）〈「憎しみのかなたに」（ハーレクイン 2010年刊）の改題 原書名：SAVAGE PAGAN〉691円　①978-4-596-99290-1

＊完璧な美貌の持ち主にして巨万の富を誇る金融界の大物、リック・アンドレアスの傲慢な取り引きに、リーサは絶句した。破産寸前に追い込まれた兄の会社を救ってほしければ、リーサが彼の花嫁になるのが条件だというのだ。なんて非常識な申し出なの！ でも…。リックの尊大さに反感を覚える一方、カリスマ性に惹かれる。彼女は悩んだすえ、取り引きに応じることを伝えた。すると、リックは彼女に5年以内の離婚を禁じたうえ、容赦ないキスでリーサを翻弄するのだった…。〔3078〕

◇あなたの最愛でいられたら　ヘレン・ビアンチン他著，塚田由美子他訳　ハーパーコリンズ・ジャパン　2023.4　316p　17cm　（HPA 45―スター作家傑作選）〈「苦いアンコール」（ハーレクイン・エンタープライズ日本支社 1986年刊）と「完璧な結婚」（ハーレクイン 1999年刊）の改題、合本 原書名：BITTER ENCORE　MARRIAGE MELTDOWN〉1082円　①978-4-596-76931-2

内容　苦いアンコール（ヘレン・ビアンチン著，塚田由美子訳）〔3079〕

◇入江のざわめき　ヘレン・ビアンチン作，古澤紅訳　ハーパーコリンズ・ジャパン　2024.3　155p　17cm　（ハーレクイン・ロマンス R3859―伝説の名作選）〈ハーレクイン 1991年刊の再刊 原書名：THE TIGER'S LAIR〉673円　①978-4-596-53655-6

＊インテリアデザイナーのサキは、意外な客からの依頼に驚いた。大富豪ドミニク・プレストンが、わざわざ私を指名するなんて！ じつは彼は苦学生時代にサキの実家で庭師として働いており、思春期の彼女の憧れの的だった一姉と親密な仲だと知るまでは。サキの家が没落した後、彼が広壮な屋敷を買い取ったと聞く。複雑な思いを抱えたまま、彼女はドミニクを訪ねた。改装してほしいという寝室に案内されたとき、彼が突然宣言した。この寝室で妻とくつろぎたい。その妻になるのはきみだ、と。サキは仰天した。これはプロポーズ？ いったいどういうつもり？ 訝しみながらも抗えず、甘い言葉を受け入れてしまうが…。〔3080〕

◇運命に身を任せて　ヘレン・ビアンチン著，水間朋訳　ハーパーコリンズ・ジャパン　2023.7　216p　15cm　（ハーレクイン文庫―珠玉の名作本棚）627円　①978-4-596-77482-8

＊テイラーは姉の義理の兄となったイタリア大富豪ダンテに、初めて会ったときから密かに憧れていた。ところが数年後、姉夫婦が事故で亡くなり、幼い甥をテイラーが引き取ると、ダンテが異議を唱えた。彼は自分にも後見人としての責任があると主張して譲らず、テイラーと甥に彼の屋敷で一緒に暮らすよう迫ってきた。ダンテのそばで恋心を隠しながら母親代わりをするのは無理よ！ でも、かわいい甥を一方的に奪われてしまうのも耐えられない。彼の強引な要求をのむよりほか選択肢はなく…。〔3081〕

◇買われた妻　ヘレン・ビアンチン著，馬場あきこ訳　ハーパーコリンズ・ジャパン　2023.3　219p　15cm　（ハーレクイン文庫 HQB-1174―珠玉の名作本棚）〈ハーレクイン 2010年刊の再刊 原書名：BRIDE, BOUGHT AND PAID FOR〉627円　①978-4-596-76737-0

＊ロミーは意を決し、社長シャビエルのオフィスに向かっていた。3年前、彼女は初めて恋をしてシャビエルに純潔を捧げたが、彼から「君を愛していない」と突き放され、追い払われた。今もまだ、そのときの痛みは完全に消え去ってはいないけれど、父を窮状から救うため、どうしても彼に会う必要があった。じつはロミーの父はシャビエルの会社の経理を担当していて、病の母の治療費などに困り、とうとう横領してしまったのだ。必死に許しを乞うロミーに、シャビエルは冷たく言い放った！「君が僕の妻になり、子供を産むのなら許そう」〔3082〕

◇記憶を返して―記憶の白いページ　ヘレン・ビアンチン作，中原もえ訳　ハーパーコリンズ・ジャパン　2022.4　156p　17cm　（ハーレクイン・プレゼンツ PB328―作家シリーズ 別冊）〈ハーレクイン 1997年刊の再刊 原書名：FORGOTTEN HUSBAND〉664円　①978-4-596-33351-3

＊目を開けたくない。いまはまだ―そこにあの人がいるから。誰もが羨む、ハンサムで献身的な理想の夫アレハンドロ。でも、交通事故のショックで記憶喪失に陥り、病室のベッドに横たわる私には見知らぬ、怖い人。若くして多国籍企業の頂点に君臨し、社交界でも際立つ存在、スペイン系の大富豪が夫だと言われても、何も覚えていない。なぜかしら？ 出会ってわずか1カ月で熱烈な恋愛結婚をし、2カ月の赤ちゃんまでおなかにいるというのに、何も感じない。それどころか、夫の瞳の奥にくすぶる欲望の炎が私をおびやかす。今朝も彼は甘く囁き、私は目を開けた。「エリーズ、愛している」〔3083〕

◇拒絶された花婿　ヘレン・ビアンチン著，山田理香訳　ハーパーコリンズ・ジャパン　2022.1

215p 15cm （ハーレクイン文庫 HQB-1095 一珠玉の名作本棚）〈ハーレクイン 2011年刊の再刊 原書名：THE ANDREOU MARRIAGE ARRANGEMENT〉627円 ①978-4-596-01866-3

＊父が急逝し、アリーシャは遺言の内容に愕然とした。彼女は大富豪ルーカス・アンドレオと結婚しなければならず、さもないと父の会社が人手に渡ってしまうというのだ。ルーカスは父が見込んだ実業家で、セクシーなギリシア海運王。過去の酷い経験から男性が怖くなっていたアリーシャだったが、大切なものを守るためには、遺言に従うしかなかった。紙の上だけの結婚。寝室は別。私生活も別。それなら……。だが、ルーカスはアリーシャとはまったく違う考えを披露した。「結婚して後継者を作ると、僕の親と約束したんだ」 〔3084〕

◇クリスマスの恋の贈り物　ヘレン・ビアンチン，ペニー・ジョーダン，アニー・バロウズ著，柿原日出子他訳　ハーパーコリンズ・ジャパン　2022.11　281p　17cm　（HPA 40—スター作家傑作選）〈原書名：A CHRISTMAS MARRIAGE ULTIMATUM　FIGGY PUDDINGほか〉1082円　①978-4-596-75461-5

内容　真夏のサンタクロース（ヘレン・ビアンチン著，柿原日出子訳）

＊幼い愛息に南半球のクリスマスを見せるため、オーストラリアに帰郷したシャンテル。パーティに出席したとき、ギリシア大富豪ディミトリと思いがけず再会し、息をのむ―彼こそが息子の父親なのだが、シャンテルはその事実を告げずに独りで産み育ててきたのだ。自分にそっくりな息子を見たディミトリの目に、怒りが宿った！（『真夏のサンタクロース』）23歳のヘブンは手作りのお菓子を売って、どうにか日々の生活費を賄っている。本当は腕のいい料理人なのに。というのも、元雇主にあらぬ醜聞を流され、仕事も信用も恋も台なしにされたのだ。そこで彼女は、本名を隠して元雇主のパーティに出張料理人として潜り込む。だがそこには心惹かれていた元雇主の義弟ジョンの姿が…。（『プディングの中は…』）両親を失ったアリスは、身を寄せた伯父の屋敷で従姉妹たちにこき使われていた。クリスマスの季節になり、伯父一家が泊まりがけで外出した夜、玄関先に伯爵のジャックが現れた。吹雪から逃れる場所を求めて来たという。食べるものも充分にない中、かいがいしくもてなすアリスを見て、伯爵は彼女を無垢なメイドだと思い…。（『ある伯爵とシンデレラの物語』） 〔3085〕

◇恋のかけらを拾い集めて　ヘレン・ビアンチン他著，若菜もこ他訳　ハーパーコリンズ・ジャパン　2024.9　286p　17cm　（HPA 62—スター作家傑作選）〈原書名：ALEXEI'S PASSIONATE REVENGE　FANCY'S MAN〉1082円　①978-4-596-77869-7

内容　断罪のギリシア富豪（ヘレン・ビアンチン著，若菜もこ訳）

＊「断罪のギリシア富豪」（ヘレン・ビアンチン／若菜もこ訳）元恋人アレクシスが、父の会社を吸収した会社のトップだと知り、ナタリアは悪夢かと思った。かつてアレクシスが突然姿を消したせいで、生き地獄を味わわされたのだ…。彼を捜す間に流産してから5年。私の愛とおなかの子を捨てた人間の下で働くなんて耐えられない！　だが非情なアレクシスは、ナタリアに父の横領と不倫をつきつけ、世間に公表されたくなければ彼に従うよう脅してきた。母を傷つけたくない彼女に、選択肢はなかった。なぜかアレクシスに憎まれ、彼が父娘共々どん底に叩き落とそうとしているとしても。「欲しいのはあなただけ」（アン・メイジャー／名高くらら訳）ある朝、ファンシーは幸せな気分で目覚め、薬指の指輪を確かめた。昨夜、10年ぶりに再会した元恋人ジムと結婚したのだ。かつてファンシーは世界的デザイナーになる夢を叶えるため、ジムとの恋に終止符を打って故郷を飛び出した。夢は叶ったものの心に空虚さを抱えていた彼女は、ジムの懐かしい声や姿や存在を前に、確信したのだ―やっぱりわたしは彼を愛してる！　ところが今、ジムのハンサムな顔が灰色に、苦悶に歪んでいる。そして唇をかみながら、彼が告げた。「きみと結婚するなんて大ばかを…離婚したい」 〔3086〕

◇純愛を秘めた花嫁　ヘレン・ビアンチン，キム・ローレンス，レベッカ・ウインターズ作，愛甲玲，青山有未，高橋美友紀訳　ハーパーコリンズ・ジャパン　2024.5　417p　17cm　（ハーレクイン・プレゼンツ・スペシャル PS116）〈著作目録あり 原書名：THE GREEK'S BOUGHT WIFE　BLACKMAILED BY THE SHEIKHほか〉1364円　①978-4-596-77572-6

内容　一夜の波紋（ヘレン・ビアンチン著，愛甲玲訳）

＊『一夜の波紋』ティナはギリシア大富豪ニック・レアンドロスの妻になった。事故死した彼の異母弟の子を宿している彼女は、おなかの子にレアンドロス姓と安定した生活を与えるべきだと主張するニックに説得され、偽装結婚に踏みきったのだ。だがティナは苦しんでいた。決して愛されない名目だけの妻なのに、彼を愛してしまったことに気づいて。『プリンスにさらわれて』ある晩、帰宅した英語教師のブルーはハンサムな侵入者に遭遇する。彼の正体は、さる国の王位継承者カリム。ブルーの教え子である妹が行方不明になり、手がかりを求めて彼女に会いに来たのだった。突然のことに困惑するブルーを、カリムは王になる者らしい尊大な口調で脅した。「一緒に来なければ、君は後悔することになる」『結婚はナポリで』母が死に際に詳細を明かした実の父に会うため、キャサリンはイタリアへ飛んだ。そこで出逢ったのは、父の若き友人でダビデ像のように美しい大富豪アレッサンドロ。彼は妻に先立たれて男手一つで息子を育て、もう結婚はしないつもりだった。そうとは知らない彼女は、父を待つ間、親切にしてくれる彼になす術なく惹かれていく。 〔3087〕

◇捨てたはずの愛　ヘレン・ビアンチン著，桜井りりか訳　ハーパーコリンズ・ジャパン　2023.9　217p　15cm　（ハーレクインSP文庫）　545円　①978-4-596-52482-9

ヒアンチン

＊シャネイは3歳の娘と一緒に、カーニバルの喧騒を楽しんでいた。そこで思わぬ相手とでくわしてしまう―夫の弟夫婦と。スペインの名家の一員で、億万長者のマルチェロと結婚し、上流社会に溶けこもうと努力したシャネイだったが、嫌がらせを受けたうえに、夫に愛人までいるとわかり、逃げるようにして、故国オーストラリアに帰ったのだ。その後に妊娠が判明し、娘を産んだことを隠してきたのに、このままではマルチェロにすべてを知られてしまう。案の定、夫は自家用飛行機ですぐさま現れた。娘を奪うために。〔3088〕

◇天使の赤い糸　ヘレン・ビアンチン，アニー・バロウズ，アンナ・クリアリー著　泉由梨子他訳　ハーパーコリンズ・ジャパン　2022.4　410p　17cm　（HPA 33—スター作家傑作選）〈原書名：PASSION'S MISTRESS　THE RAKE'S SECRET SONほか〉1191円
①978-4-596-33343-8
内容　情熱のとき（ヘレン・ビアンチン著，泉由梨子訳）

＊カーリーが大富豪の夫ステファノの浮気に耐えきれず家出をした直後、妊娠がわかった。密かに産み育てた娘が大病を患い、一刻も早く手術をと焦るカーリーは、やむなく莫大な治療費を貸してほしいとステファノに願い出た。娘の存在を初めて知った彼は、妻に究極の選択を迫る―再び結婚生活に戻るか、娘の親権を彼に渡すか。――（情熱のとき）村の外れで幼い息子と暮らすネルの前にある日、ふらりと現れた男が気を失って倒れた―それは5年前に死んだと聞いた夫のカールトンだった！ネルは憧れの子爵だった彼と結婚したものの、夫とその家族から財産目当てといじめ抜かれた。あげくのはて、生まれた息子を自分の子とは認めぬまま失踪した彼が、なぜここに…？―（帰ってきた子爵）両親の死後、幼い自分を引き取ってくれたおじに、アリアドネは感謝していた。だが23歳になった今、見知らぬギリシア大富豪に花嫁として売られることを知り、彼女は未来の夫セバスチャンとの対面の瞬間に怯えた。意外にも若くて精悍な彼はしかし、黒い瞳を氷のように冷たく光らせている。私にこの人の妻が務まるかしら…？（ためらいの花嫁）〔3089〕

◇囚われの結婚　ヘレン・ビアンチン作　久我ひろこ訳　ハーパーコリンズ・ジャパン　2023.10　155p　17cm　（ハーレクイン・ロマンス R-3815—伝説の名作選）664円　①978-4-596-52460-7

＊ケイトは妹とふたり、片田舎でひっそりと暮らしている。4年前、亡き母の親友の息子で大富豪のニコラスと結婚したが、艶聞を耳にして深く傷つき、家を出て別居しているのだ。彼にとって結婚はただの隠れ蓑。本当に愛していたのは、社交界の華と謳われる人妻だったなんて…。ある日、反抗期の妹が家を飛び出して行方がわからなくなり、ケイトが狼狽していると、家の前に見覚えのある車が停まった。ニコラス！なぜここにいるの？彼は悠然と妹の無事を告げ、自分が後見人になると申し出た。だがその見返りは、ケイトが妻として彼の元に戻ることだった！〔3090〕

◇翡翠色の情熱　ヘレン・ビアンチン作，萩原ちさと訳　ハーパーコリンズ・ジャパン　2022.5　156p　17cm　（ハーレクイン・ロマンス R3680—伝説の名作選）〈ハーレクイン2005年刊の再刊　原書名：THE SPANIARD'S BABY BARGAIN〉664円　①978-4-596-33422-0

＊なんてカリスマ性にあふれた人なのかしら！世界的実業家マノロ・デル・グアルドの屋敷を仕事で訪れ、アリアンは颯爽と現れた長身で黒髪の彼にひと目で魅了された。妻を亡くしてまもない彼は、赤ん坊が泣くたび中座した。生後半年の幼い娘がなつかず、ナニーが辞めてしまったという。その夜―。屋敷に響き渡る赤ん坊の激しい泣き声が心配で、アリアンは声を頼りに子供部屋へ向かい、懸命にあやした。アリアンの腕の中で安らかな寝息をたてはじめた娘を見て、部屋に入ってきたマノロが驚くべき提案をする。「このまま屋敷に残って、娘の面倒を見てくれないか」。〔3091〕

◇振り向けばいつも　ヘレン・ビアンチン作，春野ひろこ訳　ハーパーコリンズ・ジャパン　2023.12　156p　17cm　（ハーレクイン・プレゼンツ PB375—作家シリーズ 別冊）〈ハーレクイン2001年刊の再刊　原書名：THE HUSBAND ASSIGNMENT〉664円　①978-4-596-52974-9

＊信じた男に傷つけられて男性不信になったステファニーは、女手一つで4歳の娘を育てながら、身を粉にして働いていた。そんなある日、彼女はブルーグレーの美しい瞳の顧客、ラウルと出会う。莫大な富を築いたその若き大富豪はしかし、恐ろしく尊大だった。最愛の娘を時間がなくなるほど遅くまで彼女を働かせたうえ、夜はパーティに同伴するよう要求してきたのだ。まるで愛人のように。一瞬でも彼をハンサムですてきな人と思った自分が信じられない！反発心が芽生えたステファニーは、自戒の念を込めて、彼といると胸の鼓動が速くなるのは怒りのせいだと思おうとした。なのに、ラウルは彼女の娘も、さらには母さえも魅了してしまい…。〔3092〕

◇まやかしの社交界　ヘレン・ビアンチン著，高木晶子訳　ハーパーコリンズ・ジャパン　2024.10　217p　15cm　（ハーレクインSP文庫 HQSP-432—45周年特選 10 ヘレン・ビアンチン）〈ハーレクイン2007年刊の再刊　原書名：THE HIGH-SOCIETY WIFE〉600円
①978-4-596-71559-3　〔3093〕

◇魅惑の独裁者　ヘレン・ビアンチン作，植田登紀子訳　ハーパーコリンズ・ジャパン　2023.5　157p　17cm　（ハーレクイン・ロマンス R3780—伝説の名作選）〈ハーレクイン・エンタープライズ日本支社1986年刊の再刊　原書名：DARK TYRANT〉664円　①978-4-596-77114-8

＊3週間前に亡くなった父が、多額の借金を遺すとは…。寝耳に水の知らせに途方に暮れていたサマンサだったが、せめてもの気分転換にと叔母に強く誘われ、旅に出ることにした。連れていかれ

た先は、シドニーの高級住宅街にある豪華な邸宅。あまりの壮麗さに目を奪われていたとき、屋敷の主が姿を現した。アレックス・ニコラオス！ 父がお金を借りていた大富豪だわ。黒い瞳のギリシア人は彼女を書斎に招き、驚愕の事実を告げる。「生前、君のお父さんは約束した——借金の形に大事な娘を託すと。返済が無理なら今すぐ僕と結婚し、僕の子供を産んでもらおう」〔3094〕

◇無口なイタリア人　ヘレン・ビアンチン著, 井上圭子訳　ハーパーコリンズ・ジャパン　2022.6　202p　15cm　〈ハーレクイン文庫 HQB-1128〉〈ハーレクイン・エンタープライズ日本支社 1984年刊の再刊　原書名：THE WILLING HEART〉627円　①978-4-596-42923-0

＊父の死後、マリサはひどく荒れだした弟に手を焼いてきた。飲酒運転や暴力沙汰に明け暮れる毎日を送り、法外な額の罰金、家賃の滞納——マリサは金銭問題に頭を抱え、銀行に相談に行こうと車を出すが、タイヤがパンクしてしまう。惨めな思いで佇んでいると、身なりのいい紳士が助けてくれた。チェーザレ・ジャネリー。名前に聞き覚えのあるその男性こそ、マリサが家賃を滞納している借金の家主の大実業家だった。マリサの困窮を知った彼は、なんと突然彼女に求婚した。「家政婦代わりの妻が欲しい」と、恐ろしく失礼な言葉に。〔3095〕

◇もう一度恋に落ちて　ヘレン・ビアンチン著, 田村たつ子訳　ハーパーコリンズ・ジャパン　2022.10　217p　15cm　〈ハーレクイン文庫 HQB-1152〉〈ハーレクイン 2012年刊の再刊　原書名：PUBLIC MARRIAGE,PRIVATE SECRETS〉627円　①978-4-596-74872-0

＊ラウル！ ジアンナは電話に出るなり、夫と気づいて青ざめた。3年前から別居しているスペイン人大富豪の夫、大企業のCEOが、驚いたことに戻ってくるようにというのだ。末期癌を宣告された彼の母が、ジアンナに会いたがっていると。もう二度とあの家には戻らないと決めたのに…。初めて会ったとき、ラウルは情熱的で優しい完璧な恋人だった。だが、ジアンナの予期せぬ妊娠を機になぜかよそよそしくなり、結婚後、不幸にも流産した彼女に冷たく背を向けたのだ。いまだ燻る夫への想いを隠して、"名ばかりの妻"は旅立った。〔3096〕

◇許せないプロポーズ　ヘレン・ビアンチン作, 春野ひろこ訳　ハーパーコリンズ・ジャパン　2022.1　156p　17cm　〈ハーレクイン・ロマンス R3648—伝説の名作選〉〈ハーレクイン 2004年刊の再刊　原書名：THE PREGNANCY PROPOSAL〉664円　①978-4-596-01811-3

＊わたしが妊娠？ ターシャは、医師の診断に愕然とした。相手は、ブリスベーンきっての法廷弁護士ジャレットだ。彼はいったいどう思うかしら…？ 体を重ねるときはとても情熱的な二人だが、今まで一度だって、将来について口にしたことはない。ためらいながら妊娠を告げると、彼は急に冷ややかになり、「そんなことをしてくれとぼくが頼んだか？」と言い放った。だがそのあと、静かに「結婚しよう」と告げられ、ひどく傷ついたターシャは、彼のもとを去ることにした—。〔3097〕

◇夜ごとの情熱　ヘレン・ビアンチン著, 鈴木けい訳　ハーパーコリンズ・ジャパン　2022.5　206p　15cm　〈ハーレクインSP文庫 HQSP-317〉〈ハーレクイン 2003年刊の再刊　原書名：THE WEDDING ULTIMATUM〉500円　①978-4-596-31983-8

＊スペイン王朝の血を引く名家の令嬢ダニエルは困窮していた。母と財産を切り売りしながらのいのできたが、生活は苦しく、いよいよ1週間以内に家を引き払わなければならない。最後の手段として、ダニエルは自宅の持ち主であるレイフ・バルデスに面会を申し込む。スペイン出身の実業家で、黒い噂のつきまとうレイフは、ある交換条件を満たせば、莫大な援助をしてくれるという。それは、彼と結婚して息子を産むこと一成功した彼が、高貴な血を引く完璧な跡取りを手に入れるために。〔3098〕

ピエール・ド・マンディアルグ, A.
Pieyre de mandiargues, André

◇汚れた歳月　A・P・ド・マンディアルグ著, 松本完治訳　京都　エディシオン・イレーヌ　2023.2　205p　22cm　〈原書名：DANS LES ANNÉES SORDIDES〉2800円　①978-4-9912885-0-0

内容　汚れた歳月　絹と石炭

＊悪夢とエロスが混淆した"奇態なイメージ"が炸裂する、極彩色の「幻象綺譚集」。マンディアルグ、待望の本邦初訳作品。〔3099〕

ビオイ＝カサーレス, アドルフォ　Bioy-Casares, Adolfo

◇ドン・イシドロ・パロディ六つの難事件　ホルヘ・ルイス・ボルヘス, アドルフォ・ビオイ＝カサーレス著, 木村榮一訳　白水社　2024.9　272p　18cm　〈白水uブックス 255—海外小説永遠の本棚〉〈岩波書店 2000年刊の再刊　原書名：SEIS PROBLEMAS PARA DON ISIDRO PARODI〉1800円　①978-4-560-07255-4

＊イスラム教の加入儀礼の最中に宗派の指導者が殺され、容疑をかけられた新聞記者。急行列車内で起きたダイヤ窃盗と殺人事件に巻き込まれた舞台俳優。雲南の至聖所から盗まれた宝石を追ってブエノスアイレスへやって来た中国人魔術師の探索行…。身に覚えのない殺人の罪で投獄された元理髪店主イシドロ・パロディが、面会人が持ち込む数々の難事件を解き明かす。ボルヘスとその盟友ビオイ＝カサーレスによる奇想と逆説に満ちた探偵小説連作集。"2001本格ミステリ・ベスト10"第1位。〔3100〕

ピカード, バーバラ・レオニ　Picard, Barbara Leonie

◇バーバラ・レオニ・ピカード7つの国のおとぎ話　バーバラ・レオニ・ピカード作, 安藤紀子訳　洋洋社　2023.1　202p　19cm　〈ロクリン

ヒキンス

社（発売）原書名：The Mermaid and the Simpletonの抄訳　The Lady of the Linden Treeの抄訳）1700円　①978-4-86761-003-9
[内容]魔術師の庭　炎のかなたの国　メリセント姫王の友人　婚礼衣裳　千人目の贈り物　首飾り
＊姫と王子と王様と。愛する人をみつけだす、それぞれの物語。どんな時もけしてあきらめず、前に進んだ者たちが手にした「幸せ」とは？「おとぎ話」の名手がつづった、古くて新しい7つの短編童話。〔3101〕

ヒギンズ, コリン　Higgins, Colin

◇ハロルドとモード　コリン・ヒギンズ著, 阿尾正子訳　二見書房　2022.10　207p　20cm〈原書名：Harold and Maude 原著新装版の翻訳〉2000円　①978-4-576-22149-6
＊自殺を演じるのが趣味という十九歳の青年ハロルド。規則に縛られることを嫌い、ひたすら自由に生きる七十九歳の女性モード。六十歳の年齢差がある二人を結びつけたのは、縁もゆかりもない他人の葬式だった。しだいにハロルドは天衣無縫に行動するモードに惹かれていく―特異なユーモア感覚で哀しい現実を描き、高く評価される映画の小説化。〔3102〕

ヒグエラ, ドナ・バーバ　Higuera, Donna Barba

◇最後の語り部　ドナ・バーバ・ヒグエラ著, 杉田七重訳　東京創元社　2023.4　365p　20cm〈原書名：THE LAST CUENTISTA〉2800円　①978-4-488-01124-6
＊新天地を目指して家族とともに恒星間植民船に乗り込んだ少女ペトラ。眠っているあいだに目的地に到着するはずだったが、380年後に目覚めてみると船内で革命がおき、ペトラ以外の乗客は地球の記憶をすべて消去されてしまっていた。ただひとり、地球の記憶を持っているペトラは、故郷のおばあちゃんが語ってくれた昔話、そして人類の歴史の中で生み出されてきた膨大な物語を武器に、恐ろしい計画を実行しようとする大人たちに戦いを挑む。ニューベリー賞、プーラ・ベルプレ賞を受賞。物語の力で世界を変えようとする少女の姿を描く傑作。〔3103〕

ピグリア, リカルド　Piglia, Ricardo

◇燃やされた現ナマ　リカルド・ピグリア著, 大西亮訳　水声社　2022.3　239p　20cm〈フィクションのエル・ドラード〉2400円　①978-4-8010-0622-5
＊1965年のブエノスアイレス郊外、命知らずの4人の若者たちが現金輸送車を襲撃するという無謀な計画を立てた。まんまと大金の"現ナマ"をせしめた強盗団は警察からの逃走をはたし、アパートの一室に立てこもる。籠城作戦のすえに彼らが取った行動とは…？　幼年時代の思い出、娼婦たちとの出会い、獄中生活、セックスとドラッグへの耽溺など、強盗団のメンバーたちそれぞれの過去をフラッシュバックの手法で描き出し、"社会を震撼さ

せた衝撃的事件"をフィクションの力で描き出した傑作。〔3104〕

ビーグル, ピーター・S.　Beagle, Peter S.

◇最後のユニコーン　ピーター・S・ビーグル著, 鏡明訳　新版　早川書房　2023.8　410p　16cm　〈ハヤカワ文庫 FT 620〉〈原書名：THE LAST UNICORN〉1400円　①978-4-15-020620-8
＊たんぽぽの綿毛のように柔らかなたてがみと貝殻色に光る角を持った、この世で最も美しい生き物、ユニコーン。そのかれらがいつのまにか世界中から姿を消してしまっていた。ライラックの森にひとり残された最後のユニコーンは、蝶が残していった「赤い牡牛」の言葉を手がかりに消えた仲間を求めて旅に出る一水晶のような感性とリリカルな文体が紡ぎだすモダン・ファンタジイの最高傑作。〔3105〕

◇最後のユニコーン旅立ちのスーズ　ピーター・S・ビーグル著, 井辻朱美訳　早川書房　2023.10　255p　16cm　〈ハヤカワ文庫 FT 621〉〈著作目録あり　原書名：THE WAY HOME〉1280円　①978-4-15-020621-5
[内容]二つの心臓　スーズ
＊9歳の少女スーズは、子どもたちを襲う怪物グリフィンから村を守るため、ひとりで旅に出る。そして、かつてユニコーンに愛されたという老王リーアに助けを求めるが…。ヒューゴー賞/ネビュラ賞受賞の「二つの心臓」と、その8年後、妖精郷へと誘いこまれて姿を消した姉を探し、再び旅立つ彼女を描いた「スーズ」の中篇二作を収録。モダン・ファンタジイの最高傑作として名高い『最後のユニコーン』続篇、珠玉の中篇集。〔3106〕

ヒコウ　非淊

◇走る赤―中国女性SF作家アンソロジー　武甜静, 橋本輝幸編, 大恵和実編訳　中央公論新社　2022.8　381p　20cm　2200円　①978-4-12-005523-2
[内容]木魅（非淊著, 大恵和実訳）
＊中国で活躍する女性作家14人が放つ珠玉のSF短篇。〔3107〕

ビーコン, エリザベス　Beacon, Elizabeth

◇子爵の身代わり花嫁は羊飼いの娘　エリザベス・ビーコン作, 長田乃莉子訳　ハーパーコリンズ・ジャパン　2023.10　252p　17cm　〈ハーレクイン・ヒストリカル・スペシャル PHS-312〉　827円　①978-4-596-52468-3
＊マーサは幼い頃、上流階級にのし上がりたい父方の祖父から"不義の子"の烙印を押され、邪魔とばかりに屋敷を追い出された。今は農場でかいがいしく羊の世話をする毎日を送っている。そんなある日、祖父の手元に残された異母妹が、さる子爵と政略結婚させられそうになっていることを知る。だが妹には別に恋人がいて、子どもまで身ごもっているらしい。姉妹は外見がそっくりなので、婚

約披露の舞踏会から結婚式までの1週間、マーサに時間稼ぎをしてもらっている間に駆け落ちしたいと妹は言う。妹の幸せを願い、マーサは身代わり花嫁として祖父の屋敷へ向かった―新郎の子爵ザカリーと会い、一目で激しく心を揺さぶられるとも思わずに。〔3108〕

ビジョルド, ロイス・マクマスター　Bujold, Lois McMaster

◇魔術師ペンリックの仮面祭　ロイス・マクマスター・ビジョルド著, 鍜治靖子訳　東京創元社　2023.5　599p　15cm　(創元推理文庫 Fヒ5-16)〈原書名：MASQUERADE IN LODI THE ORPHANS OF RASPAYほか〉1600円
①978-4-488-58716-1

内容　ロディの仮面祭　ラスペイの姉妹　ヴィルノックの医師

＊運河の町ロディ。大神官庁での仕事にいそしんでいたペンリックは、診療所から患者を診てほしいとの依頼を受ける。海から救出されたその若者は、魔に憑かれて錯乱していた。ペンリックは魔を引き剥がすことができる聖者とともに、庶子神祭を目前にした町に逃げだした若者を追うが…。「ロディの仮面祭」など中編3作を収録。ヒューゴー賞シリーズ部門受賞の大人気シリーズ第三弾。〔3109〕

ビジョーロ, フアン　Villoro, Juan

◇証人　フアン・ビジョーロ著, 山辺弦訳　水声社　2023.7　594p　20cm　(フィクションのエル・ドラード)〈原書名：El testigo〉4000円
①978-4-8010-0745-1

＊ヨーロッパの大学で文学を研究するフリオ・バルディビエソはサバティカル休暇を取得し、24年ぶりに祖国メキシコへと帰還する。従妹ニエベスとの淡い記憶、親族との再会、旧友との思いがけぬ邂逅を経るうちに、無数の思惑に囲まれたフリオは不穏な事件に巻き込まれていく…。政権交代を果たした転換期のメキシコを舞台に、自身の記憶と祖国の記憶を重層的に描き出した、鮮烈な歴史=物語。〔3110〕

ヒース, ヴァージニア　Heath, Virginia

◇男装の天使と憂いの伯爵　ヴァージニア・ヒース作, 高山恵訳　ハーパーコリンズ・ジャパン　2022.3　252p　17cm　(ハーレクイン・ヒストリカル・スペシャル PHS274)〈原書名：REDEEMING THE RECLUSIVE EARL〉827円
①978-4-596-31776-6

＊海軍で輝かしい戦果を残した後に負傷して帰郷した、第10代ライブンホール伯爵マックスは、世を儚んでいた。ある日、領地を馬で駆けていると、奇妙なものが目に入った。男物のズボンに包まれた尻がもぞもぞ動き、しきりに何かを掘っている。何やつ、盗賊か？　鋭い声で呼び咎めると、男ははっと顔を上げた。眼鏡越しに見開いた大きな丸い目、麻のシャツの開いた胸元一女か？「伯爵さま、どうか怒らないで。古代遺物を発掘したいだけなんです」エフィは近くに住む天涯孤独の若い女性で、歴史が好きなのだと言う。失せろと命じたが、彼女は夜中にこっそり領地に入ってきているようだ。女性が夜に一人では危険だ！　マックスはつい手を差し伸べてしまい―。〔3111〕

◇7日間の婚約者　ヴァージニア・ヒース著, 岸川由美訳　原書房　2023.6　459p　15cm　(ライムブックス ヒ1-1)〈原書名：NEVER FALL FOR YOUR FIANCÉE〉1400円
①978-4-562-06554-7

＊放蕩三昧の伯爵ヒューは困りはてていた。結婚せよと口うるさい母親に対し、自分にはミネルヴァという婚約者がいると二年も嘘をついてきたが、長らくアメリカにいた母が二週間後に帰国することになったからだ。思案しながらロンドンの街を歩いていたとき、ある女性が仕事の支払いをめぐって押し問答をしているところに出くわした。行きがかり上手助けをすると、感謝を述べてきた彼女の名はなんと「ミネルヴァ」。愛くるしく気品ある彼女を見てヒューは、一週間ハンプシャーの屋敷に一緒に行って、偽物の婚約者を演じてほしいと頼み込む。父親が家をふらりと出て行って以来、木版画の依頼を受け妹二人を養ってきたミネルヴァだが、仕事が途絶え窮状にあった。突拍子もないヒューの頼みを一度は断るものの、謝礼を提示されて引き受けることに―。〔3112〕

◇伯爵と踊れない壁の花　ヴァージニア・ヒース作, 堺谷ますみ訳　ハーパーコリンズ・ジャパン　2023.6　252p　17cm　(ハーレクイン・ヒストリカル・スペシャル PHS304)〈原書名：HOW TO WOO A WALLFLOWER〉827円
①978-4-596-77178-0

＊大事な社交界デビューを前にして、ハティは恐ろしくてたまらなかった。事故で脚に大怪我をした私は、一生不格好にしか歩けない。世間からは、花嫁としての価値が下がった女、と同情されている。ところが、ボーフォート伯爵ジャスパーだけは違った。ハティの兄の親友は世間では手のつけられない放蕩者として有名だが、とても男らしくて優しく、彼女は幼いころからずっと憧れていた。おどおどと赤面してばかりで、ろくに口をきいたこともなくても。そのジャスパーが私に、ワルツを踊ってほしいと言ってくれた。しかし当日、伯爵が現れることはなく、ハティはみじめな壁の花として踊る男女を見つめるしかなかった…。〔3113〕

ヒース, ロレイン　Heath, Lorraine

◇悪魔侯爵の初恋　ロレイン・ヒース著, さとう史緒訳　ハーパーコリンズ・ジャパン　2024.12　509p　15cm　(mirabooks LH02-14)〈原書名：THE DUCHESS HUNT〉1300円
①978-4-596-72022-1

＊公爵キングの有能な秘書ペネロペは頭を抱えていた。これまであらゆる無理難題に応えてきたが、「公爵の花嫁候補を選ぶ」という仕事は遅々として進まない。悪魔のようにハンサムで今夕の公爵だが、彼が望む花嫁の条件を満たすレディはなかなか見つからずにいたのだ。密かに公爵を想い続けていたペネロペも、身分違いのこの恋が叶うこと

はけっしてないとわかっていたが、一通の手紙が運命を大きく変えることに…。〔3114〕

◇公爵令嬢と月夜のビースト　ロレイン・ヒース著，さとう史緒訳　ハーパーコリンズ・ジャパン　2023.7　606p　15cm　(Mira)　1145円　①978-4-596-52086-9
＊反逆者の父のせいですべてを失った公爵令嬢アルシア。貧しさにあえぎながら酒場で働く日々の中、ある男性が現れる。2メートル近い長身、長い黒髪、不埒な者に即鉄槌を下す荒々しさで"野獣"と恐れられるビーストは、黒曜石のような瞳をひたと据え、突然彼女に提案した。所有する娼館の女性達に淑女教育を施してほしいと。驚きつつもアルシアは答えた──「それなら、私には誘惑の作法を教えて」。〔3115〕

◇伯爵と窓際のデビュタント　ロレイン・ヒース著，さとう史緒訳　ハーパーコリンズ・ジャパン　2022.8　590p　15cm　(mirabooks LH02-11)〈原書名：THE EARL TAKES A FANCY〉1045円　①978-4-596-74752-5
＊ロンドンの貧民街の書店。19歳の店主ファンシーは、ある伯爵夫人が夫へ遺した手紙に、うっとりとため息をついた。"貴族と結婚して極上の人生を"と願う家族のため、箱入り娘に甘んじてきたけれど、この手紙は貴族界にも真実の愛があると教えてくれる。そこへ現れたのは、界隈では見かけないような優雅で見目麗しい紳士。彼こそ、愛なき結婚生活に傷つき、社交界から逃れてきた伯爵本人で…。〔3116〕

◇放蕩貴族の最後の恋人　ロレイン・ヒース著，さとう史緒訳　ハーパーコリンズ・ジャパン　2024.5　445p　15cm　(mirabooks LH02-13)〈原書名：SCOUNDREL OF MY HEART〉1127円　①978-4-596-99296-3
＊伯爵令嬢のキャサリンは悩んでいた──25歳の誕生日までに結婚しなければ、祖母が遺してくれた大事な別荘を取り上げられてしまうのだ。奥手な彼女の縁談に手を貸してくれたのは幼馴染のグリフ。放蕩者の彼とは犬猿の仲だったが、その素顔に触れ、キャサリンは密かに育っていた恋心に気づく。だが直後、彼の父親が企てた謀反でグリフは社交界を追われてしまう。数カ月後に現れた彼は暗く危険なオーラをまとっていて…。〔3117〕

ビーチ，シルヴィア　Beach, Sylvia

◇シェイクスピア・アンド・カンパニイ書店　シルヴィア・ビーチ著，中山末喜訳　河出書房新社　2023.3　426p　15cm　(河出文庫)〈原書名：SHAKESPEARE AND COMPANY, 1959〉1300円　①978-4-309-46777-1
＊一九一九年、パリ・オデオン通りに伝説の書店は開かれた。ジョイス、ヘミングウェイ、フィッツジェラルド、ジイド…国際色も豊かに多くの作家が集ったその書店の、書物への愛に満ちた輝かしい日々。『ユリシーズ』の出版社としても名高い店主が鋭い観察眼とユーモアで綴る、二〇世紀文学の舞台裏。〔3118〕

ピチェニック，スティーヴ　Pieczenik, Steve

◇殺戮の軍神　上　トム・クランシー，スティーヴ・ピチェニック著，伏見威蕃訳　扶桑社　2023.8　251p　16cm　(扶桑社ミステリー　ク29-13─トム・クランシーのオプ・センター)〈原書名：TOM CLANCY'S OP-CENTER：GOD OF WAR.Vol.1〉1060円　①978-4-594-09550-5
＊南アフリカからオーストラリアへ向かうエアバスの機内で、異変は起こった。乗客が次々とはげしい咳に襲われたかと思うと、血を吐き、さらには肺や臓器が口から流れ出すという信じられない状況に陥ったのだ。機は南インド洋に墜落し、乗客乗員は絶望視されたが、インターネットを通して機内の様子がわかるにつれ、事態は危険な様相を見せはじめる。放射能か？　未知の病原体か？　いずれにしろ、そこには高い致死性を持つ何かが関わっているにちがいない…こうして大国間の暗闘がはじまった！〔3119〕

◇殺戮の軍神　下　トム・クランシー，スティーヴ・ピチェニック著，伏見威蕃訳　扶桑社　2023.8　255p　16cm　(扶桑社ミステリー　ク29-14─トム・クランシーのオプ・センター)〈原書名：TOM CLANCY'S OP-CENTER：GOD OF WAR.Vol.2〉1060円　①978-4-594-09551-2
＊大量死をもたらす危険な物質。それを手に入れた者は、世界の覇権を握ることになるだろう──風雲急を告げる事態に、新たな精鋭チーム、ブラック・ワスプが始動する。場所は、南極に近い海域。だがすでに、そこには中国海軍の影が迫っていた。さらに、「軍の神」を名乗る謎の存在が、大規模な惨劇を引き起こす。極寒の戦場に展開するコンバットと、恐怖の無差別テロ！　精鋭部隊は、潰滅的危機を防ぐことができるのか？　トム・クランシーによるミリタリー・サスペンス、オプ・センター・シリーズ。〔3120〕

◇ブラック・オーダー破壊指令　上　トム・クランシー，スティーヴ・ピチェニック著，伏見威蕃訳　扶桑社　2024.11　255p　16cm　(扶桑社ミステリー　ク29-15─トム・クランシーのオプ・センター)〈原書名：TOM CLANCY'S OP-CENTER：THE BLACK ORDER.Vol.1〉1020円　①978-4-594-09538-3
＊海軍を退役してフィラデルフィアの海軍支援施設で働いていたアトラス・ハミル元大佐が自宅の寝室で殺された。犯人はハミルの妻に「戦争は始まっている」と軍に伝えるよう言い残して立ち去る。時を経ずして、ハミルに秘密任務を与えて調査に当たらせていた海軍情報局のベッキー・ルイス少佐も謎の焼死を遂げる。ミドキフ大統領は、事件の背後に「ブラック・オーダー」を自称する反社会的組織が存在している事実を確信するに至り、特殊作戦チーム「ブラック・ワスプ」を招集することを決意する…。〔3121〕

◇ブラック・オーダー破壊指令　下　トム・クランシー，スティーヴ・ピチェニック著，伏見威

蕃訳　扶桑社　2024.11　247p　16cm　〈扶桑社ミステリー　ク29-16——トム・クランシーのオプ・センター〉〈原書名：TOM CLANCY'S OP-CENTER：THE BLACK ORDER.Vol.2〉1020円　①978-4-594-09539-0
＊ブラック・ワスプは大統領直属の特別チームとして、ブラック・オーダーの調査に当たることに。ブラック・オーダーはさらに進歩的な社会活動家であるレイチェル・リードを狙った爆破テロを白昼堂々遂行し、アメリカを恐怖の淵に陥れる。保守的理想主義を妄信するブラック・オーダーの最終的な標的とは？　ブラック・ワスプの面々は彼らの恐るべき計画を阻止することができるのか？　保守・リベラル分断の時代にアメリカの掲げるべき真の正義を問う。巨匠が贈るノンストップ・ミリタリー・サスペンス！　　　　〔3122〕

◇ブラック・ワスプ出動指令　上　トム・クランシー, スティーヴ・ピチェニック著, 伏見威蕃訳　扶桑社　2022.10　249p　16cm　〈扶桑社ミステリー　ク29-11——トム・クランシーのオプ・センター〉〈原書名：TOM CLANCY'S OP-CENTER：STING OF THE WASP.Vol.1〉920円　①978-4-594-09150-7
＊博物館として繋留されていた空母"イントレピッド"で、化学兵器を用いた大規模テロが発生した。危機を察知することに失敗したオプ・センターは、ミドキフ大統領によって即時解隊を命じられる。長官の座を追われたチェイス・ウィリアムズは自責の念に駆られるが、マット・ベリー大統領次席補佐官からかけられた言葉は意外なものだった。「わたしはきみにつぎの任務を携えてきた」。事件を引き起こしたテロリスト、アフマド・サーレヒー元大佐の追撃。それがチェイスに課された新たな使命だった！　　　　〔3123〕

◇ブラック・ワスプ出動指令　下　トム・クランシー, スティーヴ・ピチェニック著, 伏見威蕃訳　扶桑社　2022.10　244p　16cm　〈扶桑社ミステリー　ク29-12——トム・クランシーのオプ・センター〉〈原書名：TOM CLANCY'S OP-CENTER：STING OF THE WASP.Vol.2〉920円　①978-4-594-09151-4
＊チェイス・ウィリアムズがサーレヒー追跡のために与えられた新たなチームの名は「ブラック・ワスプ」。武術の達人グレース、射撃の名手リヴェット、犯罪学者ブリーン。チェイスも含めて、たった4人で構成される秘密攻撃部隊。彼らはテロリストの足取りを追って、カリブ海のトリニダード島、さらには中東のイエメンへと飛ぶ。ブラック・ワスプは、果たして最初の「狩り」を成功させることができるのか。風雲急を告げる新展開を迎えたオプ・センター・シリーズ、待望の新章第六弾登場！　　　　〔3124〕

◇黙約の凍土　上　トム・クランシー, スティーヴ・ピチェニック著, 伏見威蕃訳　扶桑社　2022.5　246p　16cm　〈扶桑社ミステリー　ク29-9——トム・クランシーのオプ・センター〉〈原書名：TOM CLANCY'S OP-CENTER：FOR HONOR.Vol.1〉900円　①978-4-594-09140-8
＊老齢のロシア人元武器商人ボリシャコフが長く疎遠になっていた息子ユーリーからの連絡を受けて向かった先は、シベリア北東部アナドゥイリの寒村だった。そこには、1962年のキューバ危機の際、ソ連によってひそかに設置されたサイロと二基の核ミサイルが今も眠っているのだ。一方、オプ・センター長官チェイス・ウィリアムズは、イランから米国への亡命を希望するガセミ准将の尋問を行なうなかで、彼の亡命の裏に何か大きな策謀が隠されていることを察知し、メンバーに周辺調査を指示する…。　　　　〔3125〕

◇黙約の凍土　下　トム・クランシー, スティーヴ・ピチェニック著, 伏見威蕃訳　扶桑社　2022.5　242p　16cm　〈扶桑社ミステリー　ク29-10——トム・クランシーのオプ・センター〉〈原書名：TOM CLANCY'S OP-CENTER：FOR HONOR.Vol.2〉900円　①978-4-594-09141-5
＊オプ・センター・メンバーの調査により、イランで拘束され人質に取られているはずのガセミ准将の娘、原子物理学者のバランド博士に不穏な動きが見いだされる。イランによる核爆弾入手計画の可能性に思い至ったチェイスは、部下のマコードをサイロに派遣して、核サイロのありかを知り得る高齢の女性革命家との接触を図るのだが…。ロシアのGRUとイランが結託して展開する核爆弾移送作戦を、オプ・センターの面々は水際で食い止めることができるのか？　緊迫のミリタリー・サスペンス！　　　　〔3126〕

ピックハート, カラーニ　Pickhart, Kalani

◇わたしは異国で死ぬ　カラーニ・ピックハート著, 髙山祥子訳　集英社　2024.1　379p　19cm　〈原書名：I WILL DIE IN A FOREIGN LAND〉2400円　①978-4-08-773526-0
＊ウクライナ系米国人医師カーチャ、チョルノービリ原発近郊出身の鉱山技術者ミーシャ、青い髪の活動家スラヴァ、独立広場でピアノを弾く元KGBスパイ…冬のウクライナ、首都キーウ。それぞれの過去を抱えた人々の運命が交錯する——喪失と、希望への物語。ニューヨーク公共図書館若獅子賞受賞作。　　　　〔3127〕

ヒッチェンズ, ドロレス　Hitchens, Dolores

◇はなればなれに　ドロレス・ヒッチェンズ著, 矢口誠訳　新潮社　2023.3　382p　16cm　〈新潮文庫　ヒ-5-1〉〈著作目録あり　原書名：FOOLS' GOLD〉750円　①978-4-10-240271-9
＊ともに二十二歳の前科者スキップとエディは、夜間学校で天涯孤独な十七歳の娘カレンと知り合う。彼女が身を寄せる未亡人宅に大金が保管されていることを知り、二人は現金を奪う計画を思いつくのだったが——。運命に翻弄された若い三人の男女を待ちうける転落と絶望のマディソン・ダンス。トリュフォーが魅了されゴダールに映画化を推した、伝説の傑作青春ノワール小説、待望の本邦初訳。　　　　〔3128〕

ヒッリース, イルハーム

◇物語ることの反撃―パレスチナ・ガザ作品集　リフアト・アルアライール編, 藤井光訳, 岡真理監修・解説　河出書房新社　2024.11　264p　20cm〈原書名：GAZA WRITES BACK〉2720円　①978-4-309-20911-1

内容　あっというまに失って（イルハーム・ヒッリース, 藤井光訳）

＊「わたしが死なねばならないとしても、きみは生きねばならない」。奪われる家に爆弾を仕掛ける父、木を恐れる子ども、密輸トンネルに閉じ込められた男、瓦礫の下からの独白…。空爆の標的となって殺された詩人が極限の状況下で編み遺した、ガザ・ライツ・バック。作家たちの記憶をつなぐ抵抗の物語集。〔3129〕

ヒートン, ルイーザ　Heaton, Louisa

◇愛をつなぐ小さき手　ルイーザ・ヒートン作, 大田朋子訳　ハーパーコリンズ・ジャパン　2022.8　156p　17cm（ハーレクイン・イマージュ I2719）〈原書名：HEALED BY HIS SECRET BABY〉673円　①978-4-596-74603-0

＊レインは亡き親友とした約束で、診療所の看護助手として働き始めた。目的は医師のコールに「あなたには8ヵ月の娘がいる」と伝えること。彼は自分に子供がいると知らない。赤ん坊の母親がこの世にいないのも。レインは親友の名前すら聞いていないコールを許せなかった。でも医師としてすばらしいうえ、男性としての魅力にもあふれる彼に知らず知らずのうちに惹かれ、夢中になってしまう。コールに娘の存在を明かしたとき、レインはある過ちに気づいた。彼が赤ん坊を引き取りたがったら、わたしはまた一人ぼっちになる。でも、コールが言う「ぼくたち」にわたしの入れる隙間はあるの？ どんなに愛情深く育てていても、しょせんは母親の代用品なのに…。〔3130〕

◇奇跡の双子は愛の使者　ルイーザ・ヒートン作, 堺谷ますみ訳　ハーパーコリンズ・ジャパン　2024.1　156p　17cm（ハーレクイン・イマージュ I2787）〈原書名：TWINS FOR THE NEUROSURGEON〉673円　①978-4-596-53183-4

＊サマンサは実の母に「おまえの体は壊れている」と言われ続け、必要のない手術を何度も受けて心身に深い傷を負いながら育った。そのせいで自分も母のようになるのではという不安から子を持つ気はない。ある日、彼女は勤務先の病院で手術を執刀中に吐き気を覚えた。疲れがたたったせいだと考えていたとき、手術室のドアが開き、入ってきた外科医を見て、彼女は驚きと動揺のあまり失神してしまう。11週間前、短期のパリ出張で出逢った一夜の恋人ヤニスだった！ サマンサを抱きとめたヤニスが彼女の体調を心配して血液検査をした結果、なんと妊娠していることが判明した―もちろん、ヤニスの子を。だが、ヤニス側にもまた、子を望まない理由があった…。〔3131〕

◇クリスマスの受胎告知　ルイーザ・ヒートン作, 北園えりか訳　ハーパーコリンズ・ジャパン　2022.11　156p　17cm（ハーレクイン・イマージュ I2731）〈原書名：THE ICELANDIC DOC'S BABY SURPRISE〉673円　①978-4-596-75471-4

＊小児科医のメリーはイギリスから飛行機でアイスランドに来ていた。今は山道にいて、頭から爪先まで雪まみれでこごえている。彼女には大事な目的があった。一夜をともにしたクリスチャンに、"あなたの子を妊娠した"と言わなくてはならないのだ。段ボールに入れられて教会に捨てられていた私のように、おなかの赤ちゃんを父親のいない子にはしたくないから。でも、つかの間の関係以上を求めなかった彼には何も期待していない。寒さに震えながらクリスチャンが勤める病院に着いたメリーは、雪で道が通行止めになり、町から出ていけなくなったことを知る。さらにクリスチャンは意外にも、「父親になりたい」と言い出して…。〔3132〕

ビートン, M.C.　Beaton, M.C.

◇アガサ・レーズンとけむたい花嫁　M・C・ビートン著, 羽田詩津子訳　原書房　2024.1　358p　15cm（コージーブックス ビ1-20―英国ちいさな村の謎 20）〈原書名：THERE GOES THE BRIDE〉1250円　①978-4-562-06135-8

＊アガサの最大の欠点は、極度の負けず嫌いだということ。かつて探偵助手だった若くて有能なトニが自分を捨てて独立したことも、元夫のジェームズが再婚することも気に食わない。おまけにお相手は、年下で美しいときている。いっぽうのジェームズは、ふと婚約者が自分にふさわしくない下品な女性なのではと疑問を抱きはじめていた。結婚から逃げたいとアガサに打ち明けると、「だったら花嫁を撃ち殺せば？」と冷たい態度。ところが、いざ結婚式当日を迎えてみると、いっこうに花嫁が姿を現さない。なんと花嫁は、ウェディングドレス姿のまま自宅で何者かに撃ち殺されていた。犯行動機、アリバイの不確かさ…警察は、嫉妬に駆られたアガサと、結婚が嫌になったジェームズが共謀したと疑い…!?〔3133〕

◇アガサ・レーズンと告げ口男の死　M.C.ビートン著, 羽田詩津子訳　原書房　2024.4　343p　15cm（コージーブックス ビ1-21―英国ちいさな村の謎 21）〈原書名：BUSY BODY〉1300円　①978-4-562-06138-9

＊村からクリスマスが消えた。何かにつけて安全管理にケチをつけるサンデーという名の役人が現れたせいで、教会にツリーを立てることも、電球を大通りに飾り付けることもできなくなってしまったからだ。アガサからしてみれば、クリスマスのわずらわしさから解放されてせいせいするくらいだったが、毎年恒例のお楽しみを奪われた村人たちは違ったようだ。問題のサンデーがある日突然、何者かに刺し殺されてしまった。いったい誰がこんなことを？ アガサは探偵事務所の面々を引き連れて聞き込みを開始するものの、誰もかれもがサンデーへの恨みを口外してはばからない。村人全

員が容疑者候補という探偵泣かせの状況にアガサが手を焼くなか、村では新たな殺人事件が発生し…　　　　　　　　　　　　　　〔3134〕

◇アガサ・レーズンと毒入りジャム　M・C・ビートン著，羽田詩津子訳　原書房　2023.5　359p　15cm　（コージーブックス　ビ1-19―英国ちいさな村の謎19）〈原書名：AGATHA RAISIN AND A SPOONFUL OF POISON〉1200円　①978-4-562-06130-3　　　　　〔3135〕

◇アガサ・レーズンの奇妙なクリスマス　M・C・ビートン著，羽田詩津子訳　原書房　2022.9　359p　15cm　（コージーブックス　ビ1-18―英国ちいさな村の謎18）〈原書名：Kissing Christmas Goodbye〉1100円　①978-4-562-06125-9

＊まだ10月だというのに、早くもクリスマスの計画に心躍らせるアガサ。退屈で小さな事件は別の人間に任せてしまおうと、探偵見習いを募集することに。しかし目ぼしい人材が見つからず諦めかけたとき、現れたのが10代のトニだった。とても頭が切れる女の子で、探偵としてめきめき頭角を現していく。しかし、不遇な家庭環境で育ったトニは誰かの助けを必要としていて、まるで若い頃のアガサそのものだった。周囲の驚きをよそにアガサはせっせと世話を焼き、トニもアガサを母親のように慕った。ところが、老女が毒殺された難事件の捜査で、大事なトニの身に危険が迫り…!?　アガサの忙しいクリスマス・シーズンが幕を開ける！　〔3136〕

◇アガサ・レーズンの復縁旅行　M・C・ビートン著，羽田詩津子訳　原書房　2022.3　366p　15cm　（コージーブックス　ビ1-17―英国ちいさな村の謎17）〈原書名：AGATHA RAISIN AND LOVE,LIES AND LIQUOR〉1150円　①978-4-562-06122-8

＊長らく会っていなかった元夫のジェームズが、突然アガサの前に姿を現した！　そればかりかサプライズ旅行に行こうと誘われ、アガサはすっかり有頂天に。ところが到着したのは、期待とはかけ離れた、うら寂しい海辺のリゾート地。ジェームズが最高の場所と記憶していた高級ホテルも、いまやすっかり老朽化していた。失敗に気づいた二人はすぐには計画を変更して海外へ発つことに。しかし、宿泊客が殺される事件に巻き込まれ、ホテルに足止めされてしまう。一刻も早く犯人を探しだして、バカンスをやり直さなくては！　さっそく探偵事務所のスタッフを招集するアガサ。いっぽう、昔のようにアガサと二人で捜査するものと期待していたジェームズは思いがけない行動に出る！　〔3137〕

◇ゴシップ屋の死　M.C.ビートン，松井光代訳　文芸社　2022.12　250p　19cm　（マクベス巡査シリーズ 1）〈原書名：Death of a gossip〉1300円　①978-4-286-23936-1　　　　〔3138〕

ビネ，ローラン　Binet, Laurent

◇HHhH―プラハ、1942年　ローラン・ビネ著，高橋啓訳　東京創元社　2023.4　462p　15cm　（創元文芸文庫 LAヒ1-1）〈原書名：HHhH〉1300円　①978-4-488-80502-9

＊ナチによるユダヤ人大量虐殺の首謀者ハイドリヒ暗殺計画は、二人の青年によってプラハで決行された。それに続くナチの報復、青年たちの運命。ハイドリヒとは何者だったのか？　ナチとはいったい何だったのか？　史実を題材に小説を書くことに全力で挑みながら、著者は小説を書くことの本質を自らに、読者に問いかける。小説とは何か…？　2014年本屋大賞・翻訳小説部門第1位。　〔3139〕

◇文明交錯　ローラン・ビネ著，橘明美訳　東京創元社　2023.3　409p　20cm　（海外文学セレクション）〈原書名：CIVILIZATIONS〉3000円　①978-4-488-01685-2

＊インカ帝国がスペインにあっけなく征服されてしまったのは、彼らが鉄、銃、馬、そして病原菌に対する免疫をもっていなかったから…と言われている。しかし、もしも、インカの人々がそれらをもっていたとしたら？　そしてスペインがインカ帝国を、ではなく、インカ帝国がスペインを征服したのだとしたら、世界はどう変わっていただろうか？　『HHhH―プラハ、1942』と『言語の七番目の機能』で世界の読書人を驚倒させた著者が挑んだ、大胆かつ魅力溢れる歴史改変小説。常に事実とフィクションについて考え続けるローラン・ビネならではの傑作。アカデミー・フランセーズ小説大賞受賞。　　　　　　　　　　〔3140〕

ヒメネス，フアン・ラモン

◇プラテーロとぼく　フアン・ラモン・ヒメネス作，宇野和美訳，早川世詩男絵　小学館　2024.11　317p　19cm　（小学館世界J文学館セレクション）　1600円　①978-4-09-290679-2

＊スペインで最も愛されたロバの散文詩が全138章の「完訳」で読める！　詩人の「ぼく」は心を病み、故郷のスペインの村、モゲールで療養する。「ぼく」の相棒は、やわらかい毛並み、黒い宝石のような瞳を持つ小さなロバ、プラテーロ。素朴で純粋な心の持ち主として、「ぼく」はプラテーロといっしょに喜んだり、驚いたりしながら、見たものや聞いたものをプラテーロに語りかけていく。　〔3141〕

ヒューイット，ケイト　Hewitt, Kate

◇愛されない花嫁　ケイト・ヒューイット作，氏家真智子訳　ハーパーコリンズ・ジャパン　2024.11　156p　17cm　（ハーレクイン・イマージュ I2828―至福の名作選）〈ハーレクイン 2010年刊の再刊　原書名：THE ITALIAN'S CHOSEN WIFE〉673円　①978-4-596-71607-1

＊「ミーガン、僕の妻になってくれ」なぜイタリア屈指の大富豪が、下働きの私にプロポーズを？　故郷アメリカでつらい経験をしたミーガンは、イタリアに渡ってウエイトレスとして働き始めたばかりだった。驚くほど端整な顔だちをした客の大富豪アレッサンドロに誘われて、彼の私邸で給仕をしたのをきっかけに急速に惹かれ合う二人。だからといって、出会って数日で結婚とは性急すぎる。ミーガンは思わず、愛してくれているのかアレッ

サンドロにきくと、彼は答えた。「いいや。愛のように安っぽい感情に興味はない」一生愛されない花嫁になれと？ 断るべきなのに、彼女の心は揺れ……。〔3142〕

◇失われた愛の記憶と忘れ形見 ケイト・ヒューイット作，上田なつき訳 ハーパーコリンズ・ジャパン 2023.12 156p 17cm （ハーレクイン・イマージュ I2783）〈原書名：BACK TO CLAIM HIS ITALIAN HEIR〉673円 ⓘ978-4-596-52970-1

＊エマは里親を転々とし、誰にも愛されずに苦労しながら成長した。だからイタリア富豪ニコとも、いつかは別れると覚悟して結婚した。しかし、彼との別れは意外なものだった。結婚後1週間で、彼は飛行機事故により帰らぬ人となってしまったのだ。エマは涙にくれたが、たちまち生活に困窮するようになって、やむにやまれず親切な男性とのプラトニックな結婚を決意する。ところが結婚式当日、亡くなったはずの夫ニコが教会に現れて叫んだ。「異議あり！」怒りの形相もすごく彼は花嫁のエマに詰め寄ってきた。実は、彼女にはどうしても結婚しなければならない理由があった。おなかに宿った命─ニコの子供を産んで育てるために。〔3143〕

◇ギリシャ富豪と契約妻の約束 ケイト・ヒューイット作，堺谷ますみ訳 ハーパーコリンズ・ジャパン 2024.4 156p 17cm （ハーレクイン・イマージュ I2800）〈原書名：PREGNANCY CLAUSE IN THEIR PAPER MARRIAGE〉673円 ⓘ978-4-596-53853-6

＊NYの一流ホテルで開かれた実業界トップのパーティで、ラーナはギリシャ系大富豪の夫クリストス・ディアコスを捜していた。クリストスとは結婚して3年になるが、一緒に住んだことも、ベッドを共にしたことも、キスしたことさえもない。じつのところ、夫のことはろくに知らなかった。独身でいると望まぬ相手から誘われるのが煩わしくて、既婚者の身分がお互いにとって好都合という理由で便宜結婚したのだ。でも今後、ラーナは彼にどうしても伝えたいことがあった─"あなたの赤ちゃんが欲しい"と。病のせいで、彼女にはあと3カ月しか時間が残されていないのだった…。〔3144〕

◇午前零時の壁の花 ケイト・ヒューイット作，瀬野莉子訳 ハーパーコリンズ・ジャパン 2023.10 156p 17cm （ハーレクイン・イマージュ I-2773） 673円 ⓘ978-4-596-52464-5

＊NYの語学教師リアーンは、母や姉妹と今季最大のパーティへ。名うてのイタリア大富豪アレッサンドロ・ロッシが主催者だという。美しい漆黒の髪に彫りの深い顔立ちの男性にふと見とれたリアーンは、それがアレッサンドロであることに気づいて心臓が早鐘を打った。だが彼の興味を引いたのは、明るく社交的な妹のほうで…。壁の花となったリアーンが独りテラスに足を運ぶと、真夜中の鐘が鳴った。ふと、会場から駆け出していく妹を見つけて外へ捜しに行くと、階段のところにアレッサンドロがガラスの靴を持って立っていた。その靴は妹が落としていったもの。切なさをこらえるリアーンに、アレッサンドロが言った。「彼女を見つけるのを手伝ってもらいたい」〔3145〕

◇週末だけの妻 ケイト・ヒューイット著，松村和紀子訳 ハーパーコリンズ・ジャパン 2022.7 221p 15cm （ハーレクイン文庫 HQB-1131─珠玉の名作本棚）〈ハーレクイン 2010年刊の再刊 原書名：RUTHLESS BOSS, HIRED WIFE〉627円 ⓘ978-4-596-70762-8

＊カリスマ建築家コーマックの秘書を務めるリジーはある日、海外リゾートへの出張に同行するよう急に言い渡される。2年以上もボスに密かな想いを抱いているけれど、地味な私に、彼は仕事の指示以外は話しかけてもくれない…。なのに、二人きりで出張？ しかもままで押しかけてきて、秘書にふさわしい服を今から買い揃えようと言い出したりして。戸惑うばかりのリジーだったが、翌朝の飛行機で、彼女はコーマックが口にした言葉に、耳を疑った。「この週末、きみは秘書ではない。妻だ」〔3146〕

◇大富豪と孤独な蝶の恋 ケイト・ヒューイット作，西江璃子訳 ハーパーコリンズ・ジャパン 2024.8 156p 17cm （ハーレクイン・イマージュ I2815）〈原書名：IN THE HEAT OF THE SPOTLIGHT〉673円 ⓘ978-4-596-96142-6 〔3147〕

◇まぼろしのローマ ケイト・ヒューイット作，清水由貴子訳 ハーパーコリンズ・ジャパン 2023.5 156p 17cm （ハーレクイン・イマージュ I2756─至福の名作選）〈2019年刊の再刊 原書名：THE SECRET HEIR OF ALAZAR〉673円 ⓘ978-4-596-77118-6

＊グレーシーは19歳のときに一人旅をしたローマで美男マリクと出逢い、彼の滞在する豪華ホテルのスイートでめくるめく初めての夜をすごした。ところが直後、彼の祖父が部屋に押し入ってきて、みずからを一国の君主と名乗ると、マリクは後継者だと告げた。そのうえグレーシーは低俗な娼婦と蔑まれ、傷つけられ、恋は儚く散ったのだった。彼女のお腹に小さな命を宿して。あれから10年、グレーシーは独りで子育てと仕事に励んできた。貧しいながらも幸せで、息子を授かったことは決して後悔していない。なのに今、なぜあの日のままの美しいマリクが目の前に現れたの？ 彼女の唯一の宝物である息子が、彼の跡継ぎにされようとしていた…。〔3148〕

ヒューズ, トマス　Hughes, Thomas

◇近代初期イギリス演劇選集 鹿児島近代初期英国演劇研究会訳 福岡 九州大学出版会 2023.5 595p 20cm 〈文献あり 布装〉6000円 ⓘ978-4-7985-0344-8

内容 アーサー王の悲運──五八八年（トマス・ヒューズ作，大和高行ほか訳）〔3149〕

ヒューズ, ラングストン　Hughes, Langston

◇教科書の中の世界文学─消えた作品・残った作品25選 秋草俊一郎，戸塚学編 三省堂 2024.

2　285p　21cm　〈文献あり〉　2500円　①978-4-385-36237-3

内容　夢（ラングストン・ヒューズ著，木島始訳）

〔3150〕

ヒューズ, リチャード　Hughes, Richard

◇ユーモア・スケッチ大全　［4］　すべてはイブからはじまった　ミクロの傑作圏　浅倉久志編・訳　国書刊行会　2022.3　376p　19cm　〈「すべてはイブからはじまった」（早川書房　1991年刊）と「ミクロの傑作圏」（文源庫　2004年刊）の改題，合本〉　2000円　①978-4-336-07311-2

内容　住むならクジラの腹のなか（リチャード・ヒューズ著）

＊笑いの大博覧会、完結！ 名翻訳家浅倉久志のライフワークである"ユーモア・スケッチ"ものを全4巻に集大成。最終巻は傑作展姉妹篇『すべてはイブからはじまった』とオンデマンドでのみの刊行だった『ミクロの傑作圏』をカップリング。

〔3151〕

ビュッシ, ミシェル　Bussi, Michel

◇恐るべき太陽　ミシェル・ビュッシ著，平岡敦訳　集英社　2023.5　558p　14cm　（集英社文庫　ビ8-5）　〈原書名：AU SOLEIL REDOUTÉ〉　1650円　①978-4-08-760784-0

＊画家ゴーギャンや歌手ジャック・ブレルが愛した南太平洋仏領ポリネシアのヒバオア島。謎めいた石像ティキたちが見守るこの島に、人気ベストセラー作家と、彼の熱烈なファンでもある作家志望の女性5人が"創作アトリエ"のために集まった。だが作家は失踪、彼女らは次々に死体となって発見され…。最後に残るのは、誰？ 叙述ミステリーの巨匠ビュッシが満を持して放つクリスティーへの挑戦作。

〔3152〕

ヒューム, ジョン　Home, John

◇ダグラス　ジョン・ヒューム著，三原穂訳　横浜　春風社　2022.11　160p　20cm　〈文献あり　原書名：Douglas〉　2400円　①978-4-86110-833-4

＊もしこの戦いで倒れても、息子を咎めないでいただきたい。名誉をえられずに生きるのであれば死んだ方がましなのです。シェイクスピアの影響を受けた、ゴシック演劇の先駆『ダグラス』（悲劇/初演1756年）が、時代の香気をたたえた格調高い日本語訳でよみがえる。

〔3153〕

ヒューラー, カレン

◇穏やかな死者たち―シャーリイ・ジャクスン・トリビュート　ケリー・リンク，ジョイス・キャロル・オーツ他著，エレン・ダトロウ編，渡辺庸子，市田泉他訳　東京創元社　2023.10　570p　15cm　（創元推理文庫　Fン12-1）　〈責任表示はカバーによる　原書名：WHEN THINGS GET DARK〉　1500円　①978-4-488-58407-8

内容　冥銭（カレン・ヒューラー著，井上知訳）

〔3154〕

ビュル, エステル=サラ　Bulle, Estelle-Sarah

◇犬が尻尾で吠える場所　エステル=サラ・ビュル著，山﨑美穂訳　作品社　2022.12　302p　19cm　〈原書名：LÀ OÙ LES CHIENS ABOIENT PAR LA QUEUE〉　2700円　①978-4-86182-940-6

＊パリの街外れに生まれ、父がルーツを持つカリブ海のグアドループ島とは肌色と休暇時の記憶のみでしか接点を持たない若い女性である「姪」が、家族のルーツを求めて自身の父と父方の伯母たちに話を聞きながら一族の歴史を掘り起こし、自らの混血としてのアイデンティティを練り上げていく―。カリブ海/全=世界カルベ賞などを受賞し、各所で好評を博した著者デビュー小説。

〔3155〕

ビョー, グレーテ　Boe, Grethe

◇メーデー極北のクライシス　グレーテ・ビョー著，久賀美緒訳　二見書房　2023.2　478p　15cm　（二見文庫　ビ3-1―ザ・ミステリ・コレクション）　〈原書名：MAYDAY（重訳）〉　1300円　①978-4-576-22139-7

〔3156〕

ヒョン, ジンゴン　玄 鎮健

◇B舎監とラブレター　福岡　書肆侃侃房　2022.7　254p　20cm　（韓国文学の源流―短編選 1（1918-1929））　〈年表あり〉　2200円　①978-4-86385-524-3

内容　B舎監とラブレター（玄鎮健著，カン・バンファ訳）

＊三従の道からの解放を自ら実践しようとして日本留学も果たした女性瓊姫は、新しい女性としての生き方を模索する「瓊姫」。白痴のように見えて実は、ある特殊な能力を持つ少年は自由を求めて危険な道に踏み出す「白痴？ 天才？」。金を少しでも減らしたくない男。日々寄付を求めてやってくる人々を追い返すために猟犬を飼い始める「猟犬」。死んでから天国に行くより、今のこの世でほんの少しでもいいから、よい暮らしを得たいと願う男「人力車夫」。究極の貧しさゆえ空腹を満たすために腐ったサバを食べ食中毒をおこした息子を救おうと奔走する母親「〈バクトル〉の死」。厳格な舎監が夜な夜な繰り返す秘密の時間。その秘密を垣間見てしまった女学生たち「B舎監とラブレター」。朝鮮人の父と日本人の母を持つ混血の息子の葛藤と生きづらさを時代背景と共に綴る「南忠緒」韓国最初の創作SF小説。人間の排泄物から人工肉を作る実験に明け暮れる笑えない現実「K博士の研究」。主人に絶対服従を誓って生きてきたもの言えぬ男。屋敷が火事になり、若主人の新婦を救おうと火の中に飛び込んでいく「啞の三龍」。

〔3157〕

ヒラタ, アンドレア　Hirata, Andrea

◇少年は夢を追いかける　アンドレア・ヒラタ著，福武慎太郎，久保瑠美子訳　Sophia University Press 上智大学出版　2023.4　219p　19cm　（インドネシア現代文学選集　4）　〈ぎょうせい

（発売）原書名：Sang Pemimpi：Original Story〉1700円　①978-4-324-11267-0　〔3158〕

◇虹の少年たち―オリジナル・ストーリー　アンドレア・ヒラタ著，加藤ひろあき，福武慎太郎訳　Sophia University Press上智大学出版　2022.12　299p　19cm　（インドネシア現代文学選集 3）〈文献あり　発売：ぎょうせい　原書名：LASKAR PELANGI：Original Story〉2000円　①978-4-324-11238-0
＊10人集まらなければ廃校といわれた学校に、やっとのことで集まった貧しい子どもたち。情熱をもった校長と新米女性教師のもと、個性豊かな彼らは、それぞれの才能を開花させていく。そして奇跡的な入学式を迎えた日から5年、今まで決して勝てなかった裕福な名門校との、決戦の日を迎える―。主人公の少年イカルが成長していく物語を描く、新三部作の第1弾。　〔3159〕

ヒラナンダニ, ヴィーラ　Hiranandani, Veera

◇夜の日記　ヴィーラ・ヒラナンダニ著，山田文訳　作品社　2024.7　229p　19cm　（金原瑞人選モダン・クラシックYA）〈原書名：THE NIGHT DIARY〉2200円　①978-4-86793-041-0
＊ニューベリー賞オナー賞受賞作！ イギリスからの独立とともに、ふたつに分かれてしまった祖国。ちがう宗教を信じる者たちが、互いを憎みあい、傷つけあっていく。少女とその家族は安全を求めて、長い旅に出た。自分の思いをことばにできない少女は亡き母にあてて、揺れる心を日記につづる。　〔3160〕

ヒラハラ, ナオミ　Hirahara, Naomi

◇クラーク・アンド・ディヴィジョン　平原直美著，芹澤恵訳　小学館　2024.6　533p　15cm　（小学館文庫　ヒ2-4）〈文献あり　原書名：CLARK AND DIVISION〉1210円　①978-4-09-407268-6
＊一九四四年、シカゴ。父母とともにマンザナー強制収容所を出てシカゴに着いた日系二世のアキ・イトウは、一足先にシカゴで新生活を始めていた姉のローズが前日にクラーク・アンド・ディヴィジョン駅で列車に轢かれて死んだと知らされる。警察の自殺説に疑問を感じたアキは、真相を求めて自ら調査を始める。二〇二一年NYタイムズベストミステリー小説選出、翌年メアリー・H・クラーク賞、マカヴィティ賞最優秀歴史ミステリー小説賞受賞。綿密な調査から戦時中の日系人たちの知られざる歴史を掘り起こした、著者渾身の歴史ミステリー第一弾。　〔3161〕

ピランデッロ, ルイジ　Pirandello, Luigi

◇ピランデッロ戯曲集　2　エンリーコ四世／裸体に衣服を　ルイジ・ピランデッロ著，斎藤泰弘編訳　水声社　2022.9　288p　22cm　〈原書名：Enrico IV　Vestire gli ignudi〉4000円　①978-4-8010-0667-6
＊狂気から覚めた主人公が失った時間に抗おうと、他人を巻き込んで狂人の世界を演じる『エンリーコ四世』、嗜虐本能をテーマにし、ある女性に起きた事件の真相が次第に明らかになる『裸体に衣服を』を収録。　〔3162〕

◇ピランデッロ戯曲集　3　どうしてそうなったのか分からない／山の巨人たち　ルイジ・ピランデッロ著，斎藤泰弘編訳　水声社　2024.11　290p　22cm　〈原書名：Non si sa come　I giganti della montagna〉4000円　①978-4-8010-0830-4
[内容] どうしてそうなったのか分からない　山の巨人たち　取り替えられた子供の話　〔3163〕

ヒル, ジョー　Hill, Joe

◇ブラック・フォン　ジョー・ヒル著，白石朗，安野玲，玉木亨，大森望訳　ハーパーコリンズ・ジャパン　2022.7　674p　15cm　（ハーパーBOOKS F・ヒ2・3）〈他言語標題：THE BLACK PHONE　「20世紀の幽霊たち」(小学館文庫 2008年刊)の改題、改稿　原書名：20th Century Ghosts〉1100円　①978-4-596-31925-8
＊誘拐された少年が閉じこめられた地下室で、黒電話が鳴り響く。それはこれまで攫われた"死者"からの電話だった―。映画原作「ブラック・フォン」を始め、アンソロジストが謎の作家の自宅を訪ねて恐怖に直面する「年間ホラー傑作選」、"風船"の友人との奇妙で温かな友情物語「ポップ・アート」他、ブラム・ストーカー賞などを多数受賞した傑作短篇集『20世紀の幽霊たち』を改題・改稿した特別版！　〔3164〕

ヒルシャー, ヨーゼフ・エマニュエル　Hilscher, Joseph Emanuel

◇ドイツ・ヴァンパイア怪縁奇談集　ラウパッハ, シュピンドラー他著，森口大地編訳　幻戯書房　2024.2　458p　19cm　（ルリユール叢書）〈文献あり　年表あり　原書名：Die Todtenbraut Laßt die Todten ruhen.Ein Mährchenほか〉4200円　①978-4-86488-292-7
[内容] ヴァンパイア　アルスキルトの伝説 (J.E.H著, 森口大地訳)　〔3165〕

ピール, ジョージ　Peele, George

◇近代初期イギリス演劇選集　鹿児島近代初期英国演劇研究会訳　福岡　九州大学出版会　2023.5　595p　20cm　〈文献あり　布装〉6000円　①978-4-7985-0344-8
[内容] ダビデとバテシバ―一五九四年 (ジョージ・ピール作, 丹羽佐紀ほか訳)　〔3166〕

ヒル, ジョゼフ・アレン　Hill, Joseph Allen

◇黄金の人工太陽―巨大宇宙SF傑作選　ジャック・キャンベル、チャーリー・ジェーン・アン

ダーズ他著，ジョン・ジョゼフ・アダムズ編，中原尚哉他訳　東京創元社　2022.6　547p　15cm　（創元SF文庫 SFン10-4）〈責任表示はカバーによる　原書名：COSMIC POWERS〉1360円　①978-4-488-77204-8

[内容] 無限の愛（ジョゼフ・アレン・ヒル著，小路真木子訳）

＊SFとファンタジーの基本はセンス・オブ・ワンダーだ。そして並はずれたセンス・オブ・ワンダーを味わえるのは、超人的なヒーローが宇宙の命運をかけて銀河のかなたで恐ろしい敵と戦う物語（序文より）―常識を超える宇宙航行生物、謎の巨大異星構造物、銀河を吹き飛ばす超爆弾。ジャック・キャンベルら豪華執筆陣による、SFならではの圧倒的スケールで繰り広げられる傑作選。　〔3167〕

ビルクロウ，アンマリー　Bilclough, Annemarie

◇アリス―へんてこりん、へんてこりんな世界―　ケイト・ベイリー，サイモン・スレーデン編集，高山宏翻訳監修，富原まさ江訳　玄光社　2022.7　224p　31cm〈文献あり　索引あり　原書名：Alice Curiouser and Curiouser〉3100円　①978-4-7683-1619-1

[内容] アリスの成立（アンマリー・ビルクロウ）
　〔3168〕

ヒルシュ　Hirsch, Rudolf

◇ドイツ・ヴァンパイア怪緑奇談集　ラウパッハ，シュピンドラー他著，森口大地編訳　幻戯書房　2024.2　458p　19cm（ルリユール叢書）〈文献あり　年表あり　原書名：Die Todtenbraut Laßt die Todten ruhen.Ein Mährchenほか〉4200円　①978-4-86488-292-7

[内容] ヴァンパイアとの駆け落ち（ヒルシュ，ヴィーザー著，森口大地訳）
　〔3169〕

ピルチャー，ロザムンド　Pilcher, Rosamunde

◇ロザムンドおばさんの花束　ロザムンド・ピルチャー著，中村妙子訳　日野　朔北社　2022.8　276p　19cm〈晶文社 1994年刊の修正　原書名：THE BLUE BEDROOM AND OTHER STORIESの抄訳　FLOWERS IN THE RAIN AND OTHER STORIESの抄訳〉1200円　①978-4-86085-138-5

＊ロザムンド・ピルチャーの描く、小さな物語の数々。出会いや別れ、日々の中に変わりゆく心の動き。何気ない日々の家のことやつや、宝物のような庭…。家族や隣人、友や恋人との関係を描く、心温まるストーリー。短篇集第三弾。
　〔3170〕

ピンスカー，サラ　Pinsker, Sarah

◇いずれすべては海の中に　サラ・ピンスカー著，市田泉訳　竹書房　2022.6　454p　15cm（竹書房文庫 ぴ2-2）〈原書名：SOONER OR LATER EVERYTHING FALLS INTO THE SEA〉1600円　①978-4-8019-3117-6

＊最新の義手が道路と繋がった男の話（「一筋に伸びる二車線のハイウェイ」）、世代間宇宙船の中で受け継がれる記憶と歴史と音楽（「風はさまよう」）、クジラを運転して旅をするという奇妙な仕事の終わりに待つ予想外の結末（「イッカク」）、多元宇宙のサラ・ピンスカーたちが集まるサラコンで起きた殺人事件をサラ・ピンスカーのひとりで解決するSFミステリ（「そして（Nマイナス1）人しかいなくなった」）など。奇想の海に呑まれ、たゆたい、息を継ぎ、詠ぎ続ける。その果てに待つものは―。静かな筆致で描かれる、不思議で愛おしいフィリップ・K・ディック賞を受賞した異色短篇集。　〔3171〕

◇創られた心―AIロボットSF傑作選　ケン・リュウ，ピーター・ワッツ，アレステア・レナルズ他著，ジョナサン・ストラーン編，佐田千織他訳　東京創元社　2022.2　564p　15cm（創元SF文庫 SFン11-1）〈責任表示はカバーによる　原書名：MADE TO ORDER〉1400円　①978-4-488-79101-8

[内容] もっと大事なこと（サラ・ピンスカー著，佐田千織訳）

＊人工的な心や生命。ゴーレム、オートマトン、ロボット、アンドロイド、ボット、人工知能―人間によく似た機械、人間のために注文に応じてつくられた存在というアイディアは、古代より我々を魅了しつづけてきた。そしていま、その長い歴史に連なるアンソロジーがここに登場する。ケン・リュウ、ピーター・ワッツ、アレステア・レナルズら、最高の作家陣による16の物語を収録。　〔3172〕

【フ】

ブ，カンシン　武　漢臣

◇中国古典名劇選　3　後藤裕也，田村彩子，陳駿千，西川芳樹，林雅清編訳　東方書店　2022.3　416p　21cm　4200円　①978-4-497-22204-6

[内容] 包待制、智をもって生金閣を賺す―生金閣（武漢臣撰）
　〔3173〕

ファイヤーストーン，キャリー　Firestone, Carrie

◇わたしたち地球クラブ　キャリー・ファイヤーストーン著，服部理佳訳　小学館　2023.12　382p　20cm〈原書名：THE FIRST RULE OF CLIMATE CLUB〉1500円　①978-4-09-290666-2

＊環境問題への理解を深め、自分たちにできることを考える9人の中学生たち。その名も「地球クラス」！　不器用でまっすぐな子どもたちが、それぞれの悩みに立ちむかいながら地球のためにできる小さな一歩を踏みだします。　〔3174〕

ファイルズ, ジェマ Files, Gemma
◇穏やかな死者たち―シャーリイ・ジャクスン・トリビュート ケリー・リンク, ジョイス・キャロル・オーツ他著, エレン・ダトロウ編, 渡辺庸子, 市田泉他訳 東京創元社 2023.10 570p 15cm （創元推理文庫 Fn12-1）〈責任表示はカバーによる 原書名：WHEN THINGS GET DARK〉 1500円 ①978-4-488-58407-8

内容 苦悩の梨（ジェマ・ファイルズ著, 小野田和子訳） 〔3175〕

ファインマン, モートン Fineman, Morton
◇ユーモア・スケッチ大全 ［4］ すべてはイブからはじまった ミクロの傑作圏 浅倉久志編・訳 国書刊行会 2022.3 376p 19cm〈「すべてはイブからはじまった」（早川書房 1991年刊）と「ミクロの傑作圏」（文庫版 2004年刊）の改題, 合本〉 2000円 ①978-4-336-07311-2

内容 バランスシート（モートン・ファインマン著）
＊笑いの大博覧会, 完結！ 名翻訳家浅倉久志のライフワークである "ユーモア・スケッチ" ものを全4巻に集大成。最終巻は傑作展姉妹篇『すべてはイブからはじまった』とオンデマンドのみの刊行だった『ミクロの傑作圏』をカップリング。 〔3176〕

ファーガソン, イアン Ferguson, Ian
◇ミステリーしか読みません イアン・ファーガソン, ウィル・ファーガソン著, 吉嶺英美訳 ハーパーコリンズ・ジャパン 2024.4 510p 15cm （ハーパーBOOKS M・フ8・1）〈原書名：I ONLY READ MURDER〉 1336円 ①978-4-596-77600-6
＊空手チョップが得意技の探偵役で15年前に一世を風靡した女優ミランダ。今は仕事もなく, 遂にエージェントにクビを言い渡されてしまう。再起にはあのドラマの続編しかない―ミランダは脚本担当だった別居中の夫を説得するため, 彼が暮らす町の劇団公演に参加することに。癖だらけの団員たちと殺人劇の稽古に励むが, 出演者の一人が舞台上で小道具のシャンパンを飲んだ直後に死んでしまい…。 〔3177〕

ファーガソン, ウィル Ferguson, Will
◇ミステリーしか読みません イアン・ファーガソン, ウィル・ファーガソン著, 吉嶺英美訳 ハーパーコリンズ・ジャパン 2024.4 510p 15cm （ハーパーBOOKS M・フ8・1）〈原書名：I ONLY READ MURDER〉 1336円 ①978-4-596-77600-6
＊空手チョップが得意技の探偵役で15年前に一世を風靡した女優ミランダ。今は仕事もなく, 遂にエージェントにクビを言い渡されてしまう。再起にはあのドラマの続編しかない―ミランダは脚本担当だった別居中の夫を説得するため, 彼が暮らす町の劇団公演に参加することに。癖だらけの団員たちと殺人劇の稽古に励むが, 出演者の一人が舞台上で小道具のシャンパンを飲んだ直後に死んでしまい…。 〔3178〕

フアシエ, エリック Fouassier, Éric
◇鏡の迷宮―パリ警視庁怪事件捜査室 エリック・フアシエ著, 加藤かおり訳 早川書房 2022.10 377p 19cm （HAYAKAWA POCKET MYSTERY BOOKS 1984）〈文献あり 原書名：LE BUREAU DES AFFAIRES OCCULTES〉 2300円 ①978-4-15-001984-6
＊1830年秋, 七月革命の熱狂が冷めやらぬパリで, 前途洋々たる代議士の息子が, 盛大な夜会のさなか, 二階の窓から身を投げた。死の直前, その青年は魅せられたように鏡に見入っていたという。父の遺志を継いで化学者から警官に転身したパリ警視庁の若き警部ヴァランタン・ヴェルスは, 突然の異動とともにこの事件の担当を命じられる。元徒刑囚にして元治安局長の探偵ヴィドックの助けを借り, 新政権を揺さぶる奇怪な謎を解くため奔走するが…。科学の知見を武器にしたヴァランタンの活躍を描く傑作歴史ミステリ！ 〔3179〕

ファージョン, J.J. Farjeon, J.J.
◇すべては〈十七〉に始まった J.J.ファージョン著, 小倉さなえ訳 論創社 2024.6 271p 20cm （論創海外ミステリ 319）〈原書名：No.17〉 2800円 ①978-4-8460-2380-5
＊霧深いロンドンの街で "十七" という数字に付きまとわれた不定期船の船乗りが "十七番地" の家で体験した "世にも奇妙な物語"。ヒッチコック映画「第十七番」の原作小説, 待望の初邦訳！ 〔3180〕

ファーティマ・サーダート Fatima Saadat
◇わたしのペンは鳥の翼 アフガニスタンの女性作家たち著, 古屋美登里訳 小学館 2022.10 254p 19cm〈原書名：MY PEN IS THE WING OF A BIRD〉 2100円 ①978-4-09-356742-8

内容 虫（ファーティマ・サーダート著）
＊口を塞がれた女性たちがペンを執り, 鳥の翼のように自由に紡ぎ出した言葉の数々。女性嫌悪, 家父長制, 暴力, 貧困, テロ, 戦争, 死。一日一日を生き抜くことに精一杯の彼女たちが, 身の危険に晒されても表現したかった自分たちの居る残酷な世界と胸のなかで羽ばたく美しい世界。アフガニスタンの女性作家18名による23の短篇集。 〔3181〕

ファーティマ・ハイダリー
◇わたしのペンは鳥の翼 アフガニスタンの女性作家たち著, 古屋美登里訳 小学館 2022.10 254p 19cm〈原書名：MY PEN IS THE WING OF A BIRD〉 2100円 ①978-4-09-356742-8

内容 共通言語（ファーティマ・ハイダリー著）
＊口を塞がれた女性たちがペンを執り, 鳥の翼のように自由に紡ぎ出した言葉の数々。女性嫌悪, 家父長制, 暴力, 貧困, テロ, 戦争, 死。一日一日を生

き抜くことに精一杯の彼女たちが、身の危険に晒されても表現したかった自分たちの居る残酷な世界と胸のなかで羽ばたく美しい世界。アフガニスタンの女性作家18名による23の短篇集。 〔3182〕

ファーティマ・ハーヴァリー　Fatema Khavari

◇わたしのペンは鳥の翼　アフガニスタンの女性作家たち著，古屋美登里訳　小学館　2022.10　254p　19cm〈原書名：MY PEN IS THE WING OF A BIRD〉2100円　①978-4-09-356742-8

内容　アジャ（ファーティマ・ハーヴァリー著）

＊口を塞がれた女性たちがペンを執り、鳥の翼のように自由に紡ぎ出した言葉の数々。女性嫌悪、家父長制、暴力、貧困、テロ、戦争、死。一日一日を生き抜くことに精一杯の彼女たちが、身の危険に晒されても表現したかった自分たちの居る残酷な世界と胸のなかで羽ばたく美しい世界。アフガニスタンの女性作家18名による23の短篇集。 〔3183〕

ファーナス, J.C.　Furnas, Joseph Chamberlain

◇ユーモア・スケッチ大全　［3］　ユーモア・スケッチ傑作展　3　浅倉久志編・訳　国書刊行会　2022.2　374p　19cm（「ユーモア・スケッチ傑作展 3」〔早川書房 1983年刊〕の改題、増補）2000円　①978-4-336-07310-5

内容　シャギー・ドッグ・ストーリー（J.C.ファーナス著） 〔3184〕

ファーバンク, ロナルド　Firbank, Ronald

◇足に敷かれた花　ロナルド・ファーバンク著，浦出卓郎訳　彩流社　2022.8　297p　20cm〈原書名：The Flower Beneath the Foot　The Artificial Princess〉2500円　①978-4-7791-2839-4

＊架空の王国ピスエルガに仕えるラウラ・デ・ナジアンジは疲倦宮ユーセフ親王と恋仲だった。宮中ではさまざまな悪謀が渦巻き、ゴシップが囁かれる。そこにユーセフとエルジー姫の結婚の話が持ち上がってくると同時にユーセフの女ったらしぶりも明らかとなり、ラウラは遊ばされていただけであることがはっきりする。裏切られたと感じたローラは、宮廷から身を引き、修道院へ向かうことになるが…。 〔3185〕

ファーユ, エリック　Faye, Éric

◇プラハのショパン　エリック・ファーユ著，松田浩則訳　水声社　2022.6　265p　20cm（フィクションの楽しみ）〈原書名：La télégraphiste de Chopin〉2500円　①978-4-8010-0651-5

＊1995年、プラハで奇妙な噂が流れた―あの世で作曲を続けているショパンの声を聞き、楽譜に書き起こしている女がいる。メディアは連日インタビューに押しかけ、レコード会社は音源化を熱望

する。事の真相を究明するべく取材を始めたルドヴィーク・スラニーは、思いもかけない出来事に次々と遭遇する…。日常と非日常の境界を巧みにゆるがすストーリーテラーの最新作！ 〔3186〕

ファランギース・エリヤースィー

◇わたしのペンは鳥の翼　アフガニスタンの女性作家たち著，古屋美登里訳　小学館　2022.10　254p　19cm〈原書名：MY PEN IS THE WING OF A BIRD〉2100円　①978-4-09-356742-8

内容　わたしの枕は一万一八七六キロメートルを旅した（ファランギース・エリヤースィー著）

＊口を塞がれた女性たちがペンを執り、鳥の翼のように自由に紡ぎ出した言葉の数々。女性嫌悪、家父長制、暴力、貧困、テロ、戦争、死。一日一日を生き抜くことに精一杯の彼女たちが、身の危険に晒されても表現したかった自分たちの居る残酷な世界と胸のなかで羽ばたく美しい世界。アフガニスタンの女性作家18名による23の短篇集。 〔3187〕

ファリネッリ, アリアンナ　Farinelli, Arianna

◇なぜではなく、どんなふうに　アリアンナ・ファリネッリ著，関口英子，森敦子訳　東京創元社　2022.12　318p　19cm（海外文学セレクション）〈文献あり　原書名：GOTICO AMERICANO〉2300円　①978-4-488-01684-5

＊大学で政治学とグローバリゼーションを講じながら子育てをするイタリア系女性ブルーナは、自立心が強く進歩的だ。しかし医師である夫もその両親も保守的で差別と偏見に満ちている。両親に逆らえない夫、性同一性障害の幼い息子…。仕事と家庭の板挟みに苦しむブルーナの人生が教え子のムスリム青年の出現で覆る。そして彼の突然のISISへの出立。人種差別、性差別、移民問題…分断化が進む現代アメリカ社会で生きる彼女の人生が、今を生きる私たちすべての人生に重なり、訴えかけてくる。本書は著者のデビュー小説で、イタリアの著名なジャーナリスト、ロベルト・サヴィアーノ監修のフィクション＆ソンフィクションのシリーズ「弾薬庫」叢書の第一弾として刊行された作品である。 〔3188〕

ファレ, I.

◇薔薇のアーチの下で―女性作家集　香川真澄編・訳　山陽小野田　創林舎イタリア文藝叢書編集部　2023.7　194p　21cm（イタリア文藝叢書 9）〈著：マリア・メッシーナ 他　原書名：Sotto l'arco di rose〉1600円

内容　ナポリのスウィーツ、その濃厚な味（I.ファレ著，香川真澄訳） 〔3189〕

ファン, ジョンウン　黄 貞殷

◇年年歳歳　ファンジョンウン著，斎藤真理子訳　河出書房新社　2022.3　190p　20cm　1950円　①978-4-309-20848-0

ファン

* "従順な子"と呼ばれ壮絶な人生を歩んだ母と、今を手探りで生きるふたりの娘たち―戦争で消えた人々、大規模デモ、そして「46年生まれ、順子」の子どもたちが拓く未来。2020年「小説家50人が選ぶ今年の小説」第1位。韓国を代表する作家の最新作にて最高傑作。　〔3190〕

◇百の影　ファンジョンウン著，オヨンア訳　亜紀書房　2023.11　183p　20cm　（ものがたりはやさし　2）〈他言語標題：ONE HUNDRED SHADOWS〉2000円　①978-4-7505-1819-0
* 大都会の中心に位置する築四十余年の電子機器専門ビル群。再開発による撤去の話が持ち上がり、ここで働く人たちは"存在していないもの"のように扱われる。弱き者たちに向かう巨大な暴力を、この場所を生活の基盤とするウンギョとムジェを取り巻く環境はきびしくなっていく。しかし、そんな中でも二人はささやかな喜びで、互いをあたたかく支えあう。二人が歩く先にはどんな希望が待っているのか…。　〔3191〕

ファン, スンウォン　黄 順元

◇雨日和　池河蓮，桂鎔默，金東里，孫昌涉，呉尚源，張龍鶴，朴景利，呉永壽，黄順元著，呉華順，姜芳華，小西直子訳　福岡　書肆侃侃房　2023.12　292p　20cm　（韓国文学の源流―短編選 4　1946-1959）〈年表あり〉2900円　①978-4-86385-607-3

|内容|すべての栄光は（黄順元著，小西直子訳）
* 同じ民族が争うことになった朝鮮民族の分断と混乱の続く困難な時代―1950年代―を文学はいかに生き抜いたか。植民地から解放されても朝鮮戦争の戦後、完全に南北に分断され交流を絶たされた人々の苦悩は続く。　〔3192〕

◇木々、坂に立つ　黄順元，白川豊訳　福岡　書肆侃侃房　2022.7　283p　20cm　（韓国文学の源流）2400円　①978-4-86385-526-7
* いつの時代も戦争で被害に遭わない若者はいない。戦地に送られ生死の境をさまよったあげく、除隊後も不安定な精神状態から逃れられないのだ。残され、ただ待ち続けた女性たちも例外ではない。南北分断と朝鮮戦争をめぐる若者群像。　〔3193〕

ファン, ボルム

◇ようこそ、ヒュナム洞書店へ　ファンボルム著，牧野美加訳　集英社　2023.9　364p　19cm　2400円　①978-4-08-773524-6
* ソウル市内の住宅街にできた『ヒュナム洞書店』。会社を辞めたヨンジュは、追いつめられたかのようにその店を立ち上げた。書店にやってくるのは、就活に失敗したアルバイトのバリスタ・ミンジュン、夫の愚痴をこぼすコーヒー業者のジミ、無気力高校生ミンチョルとその母ミンチョルオンマ、ネットでブログが炎上した作家のスンウ…。それぞれに悩みを抱えたふつうの人々が、今日もヒュナム洞書店で出会う。ネットの電子出版プロジェクトから瞬く間に人気を博した、本と書店が人をつなぐ物語。　〔3194〕

ファン, モガ

◇モーメント・アーケード　ファンモガ著，廣岡孝弥訳　クオン　2022.4　54,42p　17cm　（韓国文学ショートショートきむふなセレクション 17）〈ハングル併記〉1200円　①978-4-910214-36-8　〔3195〕

ファン, ヨンミ

◇優等生サバイバル―青春を生き抜く13の法則　ファンヨンミ作，キムイネ訳　評論社　2023.7　230p　19cm　1500円　①978-4-566-02479-3
* テスト、課題、進路、SNS、そして恋…。1日は24時間。やらなきゃいけないこと、考えなきゃいけないことは満載!!ハードな高校生活を生き抜くために、"優等生"のジュノが見つけた法則とは?　〔3196〕

ファンテ, ジョン　Fante, John

◇塵に訊け　ジョン・ファンテ著，栗原俊秀訳・解説　未知谷　2024.1　276p　20cm〈原書名：ASK THE DUST〉3000円　①978-4-89642-715-8
* 30年代の頽廃、ビートニクの先駆者は照りつける太陽と視界を奪う砂漠の塵が舞うロサンゼルス―ワラチを履いたメキシコ娘カミラ作家志望のイタリア系アルトゥーロ差別される者どうしの共感が恋に震え、疾駆し、うなり、転げる生80年の再刊で沸騰した名著の新訳。　〔3197〕

ビコフ

◇雑話集―ロシア短編集　5　ロシア文学翻訳グループクーチカ編集　[枚方]　ロシア文学翻訳グループクーチカ　2024.6　180p　19cm〈他言語標題：Пёстрые рассказы〉

|内容|間違い直し（ビコフ著，片山ふえ訳）　〔3198〕

フィツェック, セバスチャン　Fitzek, Sebastian

◇座席ナンバー7Aの恐怖　セバスチャン・フィツェック著，酒寄進一訳　文藝春秋　2023.4　460p　16cm　（文春文庫 フ34-2）〈著作目録あり　原書名：FLUGANGST 7A〉1060円　①978-4-16-792034-0
* ベルリン行きの機上で脅迫電話を受けた精神科医マッツ。今乗っている飛行機を落とさなければ、誘拐された娘の命はないというのだ。しかもチーフパーサーは彼の元患者。彼は元恋人に犯人の捜索を遠隔で依頼するが、機内で次々に不可思議な出来事が…。息もつかせぬドイツ最強のパニック・サスペンス。　〔3199〕

フィッシュ, ロバート・L.　Fish, Robert Lloyd

◇吸血鬼は夜恋をする―SF&ファンタジイ・ショートショート傑作選　ロバート・F・ヤング，リチャード・マシスン他著，伊藤典夫編訳

東京創元社　2022.12　387p　15cm　（創元SF文庫　SFﾝ12-1）〈文化出版局　1975年刊の増補〉　1000円　①978-4-488-79301-2
　内容　橋は別にして（ロバート・L.フィッシュ著）
　＊「アンソロジイという言葉のもとになったギリシャ語の意味は「花々を集めたもの」。立ちどまるほどではないが、歩く途中ひょっと目にとまり、見とれる花、つまり、理屈ぬきで楽しんでいただけるような小品を選ぼうと心懸けた」（伊藤典夫）。名翻訳家が初めて単独編纂した伝説のアンソロジイを半世紀ぶりに初文庫化。(SFマガジン)〈奇想天外〉の掲載作を追加し、全32編とした。　〔3200〕

フィッツジェラルド，F.スコット　Fitzgerald, Francis Scott

◇アメリカン・マスターピース　準古典篇　シャーウッド・アンダーソン他著，柴田元幸編訳　スイッチ・パブリッシング　2023.7　253p　20cm　（SWITCH LIBRARY―柴田元幸翻訳叢書）〈他言語標題：AMERICAN MASTERPIECES　原書名：The Book of Harlem　A Party Down at the Squareほか〉　2400円　①978-4-88418-617-3
　内容　失われた十年（F.スコット・フィッツジェラルド著，柴田元幸訳）
　＊アメリカ合衆国で書かれた短篇小説、その"名作中の名作"を選ぶ。ヘミングウェイ、フォークナーなどの巨匠による「定番」から、ハーストン、ウェルティ、オルグレンの本邦初訳作まで。激動の時代、20世紀前半に執筆・発表された全12篇を収録。　〔3201〕

◇グレート・ギャツビー　フィッツジェラルド著，大貫三郎訳　改版　KADOKAWA　2022.6　268p　15cm　（角川文庫　フ2-6）〈初版のタイトル等：夢淡き青春（角川書店 1972年刊）　原書名：The Great Gatsby〉　720円　①978-4-04-112652-3
　＊かつて、戦争と貧しさによって恋人と引き裂かれたギャツビーは、帰還後、巨万の富を築いてニューヨーク郊外のロングアイランドに豪邸を構え、夜ごと豪華なパーティを催す。それらはすべて、人妻となった恋人と過去をとり戻すためだった。だがこの一途な情熱が、やがて思いがけない悲劇を引き起こす―。1920年代のアメリカに生きた人人の栄耀と退廃、失われた青春の夢を描くフィッツジェラルドの最高傑作。　〔3202〕

◇最後の大君　スコット・フィッツジェラルド著，村上春樹訳　中央公論新社　2022.4　315p　20cm　〈原書名：THE LAST TYCOON〉　1800円　①978-4-12-005502-7
　＊非情なまでの辣腕と、桁外れの熱意、全盛を極めハリウッドに君臨するこの男を待ち受けるのは一　運命の出会い、そして悲劇の影。"ギャツビー"の先を目指した最後の長編小説。　〔3203〕

◇フィッツジェラルド10―傑作選　スコット・フィッツジェラルド著，村上春樹編訳　中央公論新社　2023.11　557p　16cm　（中公文庫　む4-14）　1100円　①978-4-12-207444-6
　内容　残り火　氷の宮殿　リッチ・ボーイ（金持の青年）　カットグラスの鉢　バビロンに帰る　冬の夢　メイデー　クレイジー・サンデー　風の中の家族壊れる　貼り合わせる　取り扱い注意
　＊この一冊で見渡す作品世界―。若くして洞察に富むデビュー期の輝き、早すぎる晩年の作ににじむ哀切。二十年でついえた作家としてのキャリアの中で、フィッツジェラルドが生み出した幾多の小説から、思い入れ深く訳してきた短篇を村上春樹が厳選。「エッセイ三部作」を加えたベスト十作を収録。　〔3204〕

フィーニー，アリス　Feeney, Alice

◇彼は彼女の顔が見えない　アリス・フィーニー著，越智睦訳　東京創元社　2022.7　412p　15cm　（創元推理文庫　Mフ38-2）〈原書名：ROCK PAPER SCISSORS〉　1180円　①978-4-488-17908-3
　＊アダムとアメリアの夫婦はずっとうまくいっていなかった。そんな立ちいから、カウンセラーの助言を受け、旅行へと出かける。夫婦だけで滞在することになったのは、泊まれるように改装された山奥の古いチャペル。不審な出来事が続発するなか、ふたりを大雪で身動きがとれない。だれが何を狙っているのか？『彼と彼女の衝撃の瞬間』の著者が贈る、驚愕の傑作サスペンス！　〔3205〕

◇グッド・バッド・ガール　アリス・フィーニー著，越智睦訳　東京創元社　2024.6　391p　15cm　（創元推理文庫　Mフ38-3）〈著作目録あり　原書名：GOOD BAD GIRL〉　1200円　①978-4-488-17909-0
　＊ロンドンのケアホームで暮らす80歳のエディスと、職員で18歳のペイシェンス。世代はちがえど友情を築いているふたりは、家族とのあいだに問題を抱えていた。そんなある日、エディスがホームから失踪。時を同じくして、施設の所長の奇妙な死体が発見され…。冒頭から企みが始まる、母と娘をめぐる傑作サスペンス！『彼と彼女の衝撃の瞬間』のどんでん返しの女王が見せる新境地。　〔3206〕

フィニイ，ジャック　Finney, Jack

◇アメリカン・マスターピース　戦後篇　シャーリイ・ジャクスンほか著，柴田元幸編訳　スイッチ・パブリッシング　2024.12　257p　20cm　（柴田元幸翻訳叢書）　2700円　①978-4-88418-689-4
　内容　愛の手紙（ジャック・フィニイ著，柴田元幸訳）
　＊短篇小説の黄金時代。サリンジャー、ナボコフ、オコナー、ボールドウィンなど、重要作家が次々と登場する、1950年代前後の名作10篇を収録。"名作中の名作"でアメリカ文学史をたどる、シリーズ第3弾。　〔3207〕

フィニガン，マイク

◇女仕立屋の物語―神の国カナダケープ・ブレトン島珠玉短編集　ロナルド・カプラン編，堀川

フイリクス

徹志訳　京都　文理閣　2022.4　345p　19cm　〈原書名：God's Country〉2000円　①978-4-89259-899-9

内容　パッションサンデー（マイク・フィニガン作）

〔3208〕

フィーリクス, チャールズ

◇英国古典推理小説集　佐々木徹編訳　岩波書店　2023.4　539p　15cm　（岩波文庫 37-207-1）1300円　①978-4-00-372002-8

内容　ノッティング・ヒルの謎─(付)ボウルトン家関係系図主要人物略年表（チャールズ・フィーリクス著, 佐々木徹訳）

＊ディケンズ『バーナビー・ラッジ』とポーによるその書評、英国最初の長篇推理小説と言える『ノッティング・ヒルの謎』を含む、古典的傑作八篇を収録（半数が本邦初訳）。読み進むにつれて推理小説という形式の洗練されていく過程が浮かび上がる、画期的な選集。

〔3209〕

フィリップス, トーリ　Phillips, Tori

◇道化師は恋の語りべ　トーリ・フィリップス作, 古沢絵里訳　ハーパーコリンズ・ジャパン　2022.5　286p　17cm　（ハーレクイン・ヒストリカル・スペシャル PHS279）〈ハーレクイン 1997年刊の再刊　原書名：FOOL'S PARADISE〉827円　①978-4-596-33428-2

＊荘園の娘エリザベスは独り、必死に宮廷を目指していた。父の急死につけこんで結婚を迫る不気味な婚約者から逃れるには、名付け親である女王陛下に助けを求めるしかないのだ。その途中、彼女は宮廷道化師のタールトンと巡りあった。まさに水も滴るいい男といった風情の彼は、美しい歌声に、陽気な性格、そして鋭い頭脳を持つ魅力あふれる人物だった。心細かったエリザベスが思わず宮廷までの護衛を頼むと、彼は追っ手の目をくらますため、弟子になりすますよう彼女に提案した。戸惑うエリザベスだったが、美しい金髪を切り捨て、少年を装った―厳しくも優しいタールトンを、愛してしまうことになるとも知らず。

〔3210〕

フィリプ, フィリポス

◇無益な殺人未遂への想像上の反響─ギリシャ・ミステリ傑作選　ディミトリス・ポサンジス編, 橘孝司訳　竹書房　2023.7　443p　15cm　（竹書房文庫 ぽ1-1）〈原書名：Ellinika Egklimata.5〉1500円　①978-4-8019-3279-1

内容　ゲーテ・インスティトゥートの死（フィリポス・フィリプ著, 橘孝司訳）

＊ギリシャに形成されつつある新たな迷宮。本書には、本格ミステリ、ノワール、警察小説など、各ジャンルのギリシャ・ミステリの精鋭たちの作品が収録されている。回天するギリシャ・ミステリの世界へようこそ。あなたは希望の胸膨らませた新人作家が大御所ミステリ作家のもとに持ち込んだ原稿を読む「ギリシャ・ミステリ文学の将来」。ナンシー・シナトラの曲が流れる中、ひとりの女の生涯を追体験し（「バン・バン！」）、現実とミステリの狭間をさまよう（表題作）。陽気な警官たちと観るブルース・スプリングスティーンのアテネ公演は最高だ（「"ボス"の警護」）。そして、最悪の愛が通りを駆け抜けてゆく―（「死ぬまで愛す」）。二千年の時を経て、色合いを変え深度を増した迷宮が、あなたの前に扉を開く。あなたはそこで怪物よりも不可解なものに遭遇するだろう。混沌としたギリシャ・ミステリの謎に。巻末に訳者による詳細な解説と「ギリシャ・ミステリ小史」を付す。

〔3211〕

フィールド, サンドラ　Field, Sandra

◇シンデレラの小さな恋　ベティ・ニールズ他著, 大島ともこ他訳　ハーパーコリンズ・ジャパン　2024.5　316p　17cm　（HPA 58─スター作家傑作選）〈「恋はあせらず」（ハーレクイン 1998年刊）と「独りぼっちのシンデレラ」（ハーレクイン 2008年刊）の改題、合本　原書名：LOVE CAN WAIT　THE MILLIONAIRE'S PREGNANT WIFE〉1082円　①978-4-596-77574-0

内容　独りぼっちのシンデレラ（サンドラ・フィールド著, 吉本ミキ訳）

＊『恋はあせらず』家政婦のケイトはいつか自分の店を開きたくて、雇い主のわがままや薄給に耐え、こつこつとお金を貯めていた。ある日、雇い主の甥で高名な医師ミスター・テイト＝ブーヴァリと出逢い、ハンサムな彼に恋心を抱く。こんな人と結婚できたら…。叶うはずもない大それた願いをそっと胸の奥にしまった彼女に、思いもよらぬ不幸が起こる。不良集団に大事な給金を盗まれてしまったのだ！　悲嘆に暮れるケイトを、ミスター・テイト＝ブーヴァリが優しく慰めるが、彼女にはわかっていた―これは単なる同情で、愛ゆえではないと。『独りぼっちのシンデレラ』両親を早くに亡くしたケルシーは夢をあきらめ、家事代行業で3人の弟を育てあげた。これからは自由を満喫し、自分らしく生きていくつもりだ。そこへ、悪名高きプレイボーイ大富豪のルークが仕事を頼んできた。男らしい魅力を放つ彼に、ケルシーはどぎまぎした。しかも、夢を書き連ねたリストを偶然彼に見られてしまう―"熱烈な情事を経験したい"と記したものを。ルークは目を輝かせてリゾートにケルシーを誘った。「熱烈なひとときなら、この僕にまかせてくれ」ケルシーにはとてもあらがえない、魅力的な提案だった。

〔3212〕

フィールド, ルシャッド

◇ラスト・バリアー─スーフィーの教え　ルシャッド・フィールド著, 山川紘矢訳　KADOKAWA　2024.2　307p　15cm　（角川文庫）1240円　①978-4-04-114473-2

＊ロンドンの骨董品店での偶然の出会いをきっかけに、トルコへ渡り自分自身を発見する旅に出る。自らを束縛していた思い込みや感情から自由になって、内なる自分に気づき、出会いの必然性を知り、ついに真実に触れられると思った矢先─。キリス

ト教もイスラム教も関係なく、超越的なものに触れるまでを描くスピリチュアルの古典。数々の名作を訳してきた山川亜希子氏が「文学的に美しく一番好きな本」と絶賛の作品、待望の文庫化。〔3213〕

フィルポッツ，イーデン　Phillpotts, Eden

◇孔雀屋敷—フィルポッツ傑作短編集　イーデン・フィルポッツ著，武藤崇恵訳　東京創元社　2023.11　298p　15cm　〈創元推理文庫 M フ2-6〉〈原書名：Peacock House and other mysteriesの抄訳ほか〉1000円　①978-4-488-11107-6

内容 孔雀屋敷　ステパン・トロフィミッチ　初めての殺人事件　三人の死体　鉄のパイナップル　フライング・スコッツマン号での冒険

＊一夜のうちに発生した三人の変死事件。不可解な事態の真相が鮮やかに明かされる「三人の死体」。奇妙な味わいが忘れがたい「鉄のパイナップル」。不思議な能力を持つ孤独な教師の体験を描く表題作。そして"クイーンの定員"に選ばれた幻の「フライング・スコッツマン号での冒険」など、『赤毛のレドメイン家』で名高い巨匠の傑作六編を収め、いずれも初訳・新訳の短編集！〔3214〕

フィルヨー，ディーシャ

◇チャーチ・レディの秘密の生活　ディーシャ・フィルヨー著，押野素子訳　勁草書房　2024.12　202p　20cm　〈原書名：THE SECRET LIVES OF CHURCH LADIES〉2400円　①978-4-326-85203-1

内容 ユーラ　ノット＝ダニエル—ダニエルではない男　ディア・シスター　ピーチ・コブラー　降雪　物理学者との愛し合いかた　ジャエル　既婚クリスチャン男性のための手引き書　エディ・リヴァートがやって来る時

＊生きのびるため、自分自身であるために、愛を求めた—4世代・9つの彼女たちの物語。PEN／フォークナー賞（2021）。全米図書賞小説部門最終候補作（2020）。ロサンゼルス・タイムズ文学賞（2020）〔3215〕

フウ，シ　冯至

◇黒い雪玉—日本との戦争を描く中国語圏作品集　加藤三由紀編　中国文庫　2022.8　391p　19cm　3800円　①978-4-910887-00-5

内容 平楽を憶う（冯至著，佐藤普美子訳）〔3216〕

フーヴァー，コリーン　Hoover, Colleen

◇あなたの遺したもの—リマインダーズ・オブ・ヒム　コリーン・フーヴァー著，相山夏奏訳　二見書房　2024.4　413p　19cm　〈原書名：REMINDERS OF HIM〉1800円　①978-4-576-24023-7

＊悲痛でありながらも希望に満ちた物語。悲劇的なあやまちのために5年間服役したカナは、4歳の娘との再会を願って、すべてがうまくいかなかった町に戻ってきた。しかしすぐに、過去を修復する

ことがいかに困難であることがわかってくる。娘の人生に関わる誰もが、カナがどんなに努力しても、彼女を締めだそうとしてくるのだ。唯一、カナを完全に拒絶していないのは、地元のバーのオーナーで、カナの娘がなつくレジャーだけだ。ところが、レジャーとカナがお互いの気持ちを確かめあい、親しくなることは、どちらも大切な人たちからの信頼を失う危険があった。二人が未来を築くためには、過去のあやまちの許しを得る方法を見つけなければならなかった。〔3217〕

◇イット・エンズ・ウィズ・アス—ふたりで終わらせる　コリーン・フーヴァー著，相山夏奏訳　二見書房　2023.4　450p　19cm　〈「世界の終わり、愛のはじまり」（二見文庫 2020年刊）の改題、改訳 原書名：IT ENDS WITH US〉2300円　①978-4-576-23034-4

＊フラワーショップを開業したばかりのリリーと脳神経外科医のライルは、情熱的な恋に落ち結婚。仕事もプライベートも充実した毎日だったが、ライルには幼い頃のトラウマがあることが発覚…最後の最後まで心を揺さぶりつづけ、全米の女性をとりこにした恋愛小説。〔3218〕

◇イット・スターツ・ウィズ・アス—ふたりから始まる　コリーン・フーヴァー著，相山夏奏訳　二見書房　2023.8　370p　19cm　〈原書名：IT STARTS WITH US〉2000円　①978-4-576-23092-4

＊ボストンの街角で偶然再会したふたりは、過去から未来へ歩みだす。異次元のベストセラー作家が贈る話題沸騰のラブストーリー。『イット・エンズ・ウィズ・アス』待望の続篇。〔3219〕

◇ヴェリティ／真実　コリーン・フーヴァー著，相山夏奏訳　二見書房　2023.12　398p　19cm　〈「秘めた情事が終わるとき」（二見文庫 2020年刊）の改題・改訳、追加した特別編集版 原書名：Verity〉2000円　①978-4-576-23117-4

＊目立つことが苦手で社交下手な無名作家、ローウェン。介護していた母を亡くし、身も心もすり減らしていた彼女に、ある日不可解な仕事のオファーが舞い込む。交通事故にあい、寝たきりとなった女性作家ヴェリティの共著者として、ベストセラー作品の続きを執筆してほしいというのだ。なぜ自分が選ばれたのか疑念をもちながらも了承し、資料を整理するためヴェリティの屋敷に滞在することを決める。そこでローウェンは、『運命のままに』という題名の自叙伝らしき原稿を仕事部屋で見つける。そこに描かれていたのは、思わず目を背けたくなるほど生々しく恐ろしい、夫との性愛と双子の娘への冷酷な心情だった。嫌悪を感じながらも、ローウェンは、ヴェリティが抱えていた暗闇をのぞき込むことをやめられなくなる。〔3220〕

◇スローンはもう手遅れだから　コリーン・フーヴァー著，阿尾正子訳　二見書房　2024.10　465p　19cm　〈原書名：TOO LATE〉2000円　①978-4-576-24072-5

＊背筋が凍る×胸に迫る恋愛小説。21歳の女子大生のスローンにとって、恋人アサとの生活は地獄だった。アサは麻薬密売グループのリーダーで、

支配欲が強く、スローンに異常な執着心を抱いていた。しかし自閉症の弟を支えるにはアサの"汚いカネ"に頼るしかなかった。そんな折、スローンはカーターという男子学生と知り合い、好意を抱く。だが、彼はアサを逮捕するべく大学に潜入中の麻薬捜査官だった。そして、彼女が下した最後の決断とは？　　　　　　　　　　　　　〔3221〕

フェーア, アンドレアス　Föhr, Andreas

◇急斜面　アンドレアス・フェーア著, 酒寄進一訳　小学館　2023.2　445p　15cm　(小学館文庫　フ8-4)〈原書名：Schwarze Piste〉1080円　①978-4-09-407090-3

＊違法を覚悟でおじの遺灰を撒くべく、クロイトナー上級巡査はヴァルベルク山に登った。山頂近くのレストランで奇妙な女と出会い、その後スキーで一緒に下山することになった。夜が迫る上級者コースをしばらく滑ると、月を雲が覆い、辺りが闇に包まれた。ゲレンデを外れた二人は森の中の空き地に迷い込み、雪の積もったベンチを見つける。そこに雪だるまが座っていた。ミースバッハ刑事警察の敏腕警部ヴァルナー（ただし寒がり）と、はみ出し巡査クロイトナーの迷コンビシリーズ。今作はクロイトナーの逸脱行為が事件解決(？)に大きくからむ。待望の第4弾！〔3222〕

◇聖週間　アンドレアス・フェーア著, 酒寄進一訳　小学館　2022.8　410p　15cm　(小学館文庫　フ8-3)〈原書名：Karwoche〉1040円　①978-4-09-407089-7

＊クリスマスの朝、女優カタリーナ・ミルルートの娘レーニが散弾銃で撃ち殺された。四月、復活祭前の聖週間に配送車の荷室から女性の遺体が発見される。十数年前、ミルルート家の前で交通事故に遭っていた元女優だった。運転手は女性との関係を否定したが、運送会社の防犯カメラには前日の晩、管理棟の入口で女性が運転手に何かの紙を見せている姿が映っていた。やがて女性と関わりがあったルーマニア人の娘が行方不明になっていることが判明する。寒がりのヴァルナー警部と問題児クロイトナー、二人の人間ドラマが物語に彩りを添える傑作シリーズ、第三弾！〔3223〕

フェイ, ダオ　飛氘

◇金色昔日―現代中国SFアンソロジー　夏笳ほか著, ケン・リュウ編, 中原尚哉他訳　早川書房　2022.11　715p　16cm　(ハヤカワ文庫　SF 2387)〈責任表示はカバーによる　「月の光」（2020年刊）の改題　原書名：BROKEN STARS〉1380円　①978-4-15-012387-1

内容　ほら吹きロボット（飛氘著, 中原尚哉訳）　サイエンス・フィクション（飛氘著, 鳴庭真人訳）

＊北京五輪の開会式を彼女と見たあの日から、世界はあまりにも変わってしまった――『三体X』の著者・宝樹が、中国の歴史とある男女の運命を重ね合わせた表題作、『三体』の劉慈欣が描く環境SFの佳品「月の光」、春節シーズンに突如消えた列車の謎を追う「折りたたみ北京」著者の郝景芳による「正月列車」など、14作家による中国SF16篇を収録。

ケン・リュウ編による綺羅星のごときアンソロジー第2弾。　　　　　　　　　　　〔3224〕

フェイガン, ブライアン　Fagan, Brian

◇歴史を変えた気候大変動―中世ヨーロッパを襲った小氷河期　ブライアン・フェイガン著, 東郷えりか, 桃井緑美子訳　新装版　河出書房新社　2023.4　408p　15cm　(河出文庫)〈原書名：THE LITTLE ICE AGE：How Climate Made History 1300 - 1850〉980円　①978-4-309-46775-7

＊十九世紀中ごろまでの五世紀間、ヨーロッパは凍えるような寒気に繰り返し襲われた。農作物がしおれ、食糧を失った民衆が次々と倒れ、膨大な餓死者が増えていく。それはのちに小氷期と呼ばれ、本書で気候変動のしくみとともに説明される。気候と歴史を初めて大胆に結びつけた記念すべき名著近未来を暗示する黙示録。〔3225〕

フェイト, ヴァージニア　Feito, Virginia

◇ミセス・マーチの果てしない猜疑心　ヴァージニア・フェイト著, 青木千鶴訳　早川書房　2023.7　496p　16cm　(ハヤカワ・ミステリ文庫　HM 507-1)〈原書名：MRS.MARCH〉1620円　①978-4-15-185551-1

＊人気作家の妻、ミセス・マーチは誰もが羨む幸福な日々を送っていた。しかし、夫の新作小説の主人公である醜い娼婦は自分をモデルにしているという不名誉な噂により精神のバランスを崩してしまう。誰もが私を馬鹿にしているにちがいない、この家にはゴキブリがいるにちがいない、世間を賑わす殺人犯の正体は夫にちがいない。疑心暗鬼に取り憑かれたミセス・マーチが辿り着いた結末は？　現実が妄想に侵される異色のミステリ。　〔3226〕

フェキセウス, ヘンリック　Fexeus, Henrik

◇罪人たちの暗号　上　カミラ・レックバリ, ヘンリック・フェキセウス著, 富山クラーソン陽子訳　文藝春秋　2024.2　434p　16cm　(文春文庫　レ6-3)〈原書名：KULT〉1250円　①978-4-16-792178-1

＊ストックホルム警察特捜班に届いたのは幼児誘拐事件の報告だった。白昼堂々、保育中の子供を連れ去るという大胆な手口。過去の少女誘拐殺人との類似から特捜班は最悪の事態を想定するも、捜査は難航。刑事ミーナは2年前に捜査協力を仰いだメンタリスト、ヴィンセントに接触する。北欧ミステリの女王の大人気シリーズ第2弾。〔3227〕

◇罪人たちの暗号　下　カミラ・レックバリ, ヘンリック・フェキセウス著, 富山クラーソン陽子訳　文藝春秋　2024.2　420p　16cm　(文春文庫　レ6-4)〈原書名：KULT〉1250円　①978-4-16-792179-8

＊事件は連続誘拐殺人だと判明、ミーナとヴィンセントは過去の遺体発見現場から「馬」を意味する遺留品を発見した。次の犯行は、いつ、どこで？　数学を駆使して、ヴィンセントは犯人の仕掛けた謎

に挑む。北欧ミステリーの女王がメンタリストと組んで贈る人気シリーズ、ミーナとヴィンセントの必死の捜査が暴いた真相とは？〔3228〕

◇魔術師の匣 上 カミラ・レックバリ, ヘンリック・フェキセウス著, 富山クラーソン陽子訳 文藝春秋 2022.8 407p 16cm （文春文庫 レ6-1）〈原書名：BOX〉1100円 ①978-4-16-791926-9

＊女は箱に幽閉され、剣で貫かれて殺されていた。まるで失敗した奇術のように…ストックホルム警察の刑事ミーナは、メンタリストで奇術に造詣の深いヴィンセントに協力を依頼する。奇術に見立てた連続殺人が進行中なのだ…。スウェーデン・ミステリーの女王が一流メンタリストとコンビを組んで送り出した新シリーズ第1作。〔3229〕

◇魔術師の匣 下 カミラ・レックバリ, ヘンリック・フェキセウス著, 富山クラーソン陽子訳 文藝春秋 2022.8 396p 16cm （文春文庫 レ6-2）〈原書名：BOX〉1100円 ①978-4-16-791927-6

＊被害者の身体に刻まれた数字。犯人からの挑戦状。連続殺人犯の目的は何か。ともに生きづらさを抱えた女性刑事と男性メンタリストのコンビが"奇術連続殺人"を追う。40年前、牧場に住む母子に何が起きたのか？ 加速するサスペンス、意外な犯人、そして痛ましい真相。本国で20万部突破、ミステリーの女王の新シリーズ誕生。〔3230〕

フェルトホフ, ロベルト　Feldhoff, Robert

◇アルドゥスタアルへの旅 マリアンネ・シドウ, ロベルト・フェルトホフ著, 宮下潤子訳 早川書房 2024.6 287p 16cm （ハヤカワ文庫SF 2447—宇宙英雄ローダン・シリーズ 714）〈原書名：DIE REISE NACH ARDUSTAAR WÄCHTER DER BASIS〉940円 ①978-4-15-012447-2

内容 《バジス》の守護者（ロベルト・フェルトホフ著, 宮下潤子訳）

＊"ナルガ・サント"がギャラクティカーに発見された。船首部分のみ、全体の五分の一の残骸となって。しかもその内部には、650年にわたる漂流を生きのびたカルタン人の末裔が暮らしているという。その人々を救い、"ナルガ・サント"を故郷アルドゥスタアルに帰還させるためにダオ・リン＝ヘイは立ちあがった。ローダンに協力を要請し、アスポルクの商人から中古のリニア・エンジンを購入、"ヘラクレス"で救援に向かう！ 〔3231〕

◇ヴィーロ宙航士の帰郷 エルンスト・ヴルチェク, ロベルト・フェルトホフ著, 嶋田洋一訳 早川書房 2023.1 270p 16cm （ハヤカワ文庫SF 2393—宇宙英雄ローダン・シリーズ 680）〈原書名：DER LETZTE KRIEGER ABSCHIED DER VIRONAUTEN〉780円 ①978-4-15-012393-2

内容 ヴィーロ宙航士の帰郷（ロベルト・フェルトホフ著, 嶋田洋一訳）

＊十二銀河ではプシ定数の正常化によって"エスタルトゥの奇蹟"はことごとく消滅しつつあり、超光速航行は事実上麻痺した。通常路のいたるところに"プシオン的死の領域"である凪ゾーンが生じ、エネルギ技術に支えられていた文明構造は崩壊していく。そんななか、永遠の戦士イジャルコルはただひとりほかの戦士たちを糾合し、かれらをシングヴァとの戦いに参加させ、十二銀河にあらたな秩序を樹立すべく奮闘するが…。〔3232〕

◇神々の掟 ロベルト・フェルトホフ, アルント・エルマー著, 赤坂桃子訳 早川書房 2024.3 269p 16cm （ハヤカワ文庫 SF 2435—宇宙英雄ローダン・シリーズ 708）〈原書名：DIE SPUR DES PROPHETEN　DAS GEBOT DER GÖTTER〉940円 ①978-4-15-012435-9

内容 預言者のシュプール（ロベルト・フェルトホフ著, 赤坂桃子訳）

＊"ペルセウス"の乗員メリルはカード占いでサラアム・シインの不吉な未来を予言した。集合地点フェニックス＝1を離れ、マゼラン星雲で"シマロン"と合流したのちに、恐るべき出来事に遭遇、シインは動きがとれなくなってしまうと占ったのだ。動揺するシインにたいし、アトランは"シマロン"を捜し、トスタンの死とローダンへの帰還要請を伝えるよう命じた。歌の師はしかたなく"ハーモニー"でマゼラン星雲へと向かうが…〔3233〕

◇死者のハーモニー マリアンネ・シドウ, ロベルト・フェルトホフ著, 林啓子訳 早川書房 2022.5 301p 16cm （ハヤカワ文庫 SF 2365—宇宙英雄ローダン・シリーズ 664）〈原書名：DAS GEHEIMNIS DER WISSENDEN　DIE HARMONIE DES TODES〉760円 ①978-4-15-012365-9

内容 死者のハーモニー（ロベルト・フェルトホフ著）

＊カルタン人の背後に全知者と呼ばれる指導グループがいると知った三角座銀河情報局のチーフ、ニッキ・フリッケルは、彼女たちの持つ秘密を突きとめるべく、盗聴能力を持つポエル・アルカウンとともに"ワゲイオ"で出発した。めざすは三角座銀河辺縁の星々のない宙域。やがて全知女性の宇宙船を発見し、追跡を開始する！ だが全知女性もまた、みずからの秘密を守るため、恐るべき陥穽をその行く手にしかけていた…!?〔3234〕

◇シラグサの公式 ロベルト・フェルトホフ, エルンスト・ヴルチェク著, 赤坂桃子訳 早川書房 2024.12 287p 16cm （ハヤカワ文庫 SF 2463—宇宙英雄ローダン・シリーズ 726）〈原書名：DIE SIRAGUSA-FORMELN ENTSCHEIDUNG AM EREIGNISHORIZONT〉940円 ①978-4-15-012463-2

内容 シラグサの公式（ロベルト・フェルトホフ著, 赤坂桃子訳）

＊"ナルガ・サント"からモトの真珠の破片を回収したダオ・リン＝ヘイは、真珠をテラナーに戻すため惑星フェニックスに向かう。その途上、科学者チームは完全な形を取り戻した真珠から、ついに新たなデータを引きだすことに成功した。それは

ポイント・シラグサとブラックホールに関する16の方程式を納めたもので、ブラック・ゲートの制御方法を解明したものらしい。ダオ・リンは行く先をポイント・シラグサへと変更する！〔3235〕

◇スカラベの道　H・G・フランシス, ロベルト・フェルトホフ著, 嶋田洋一訳　早川書房　2023.8　268p　16cm　（ハヤカワ文庫SF 2417—宇宙英雄ローダン・シリーズ 695）〈原書名：STRASSE DER SKARABÄEN　DIE TORE DORIFERS〉820円　①978-4-15-012417-5

内容　ドリフェル・ゲート（ロベルト・フェルトホフ著, 嶋田洋一訳）

＊ウシャアル星系の惑星チェオバドから脱出したのち、ローダン一行は"永遠なる穴"の所在の手がかりを求めて、謎の通信インパルスを発していた惑星ラムに着陸する。だが何も発見できず、廃墟で謎の生物にナイ・レングが襲われ、精神に異常をきたす。そこでの唯一の成果は、ベオドゥが手がかりになりそうな夢を見たことだけだ。惑星フンドロにある巨大ピラミッドに、"永遠なる穴"へと至る秘密の部屋があるというのだが…〔3236〕

◇潜入捜査官ブル　ロベルト・フェルトホフ, H・G・フランシス著, 林啓子訳　早川書房　2022.8　298p　16cm　（ハヤカワ文庫SF 2374—宇宙英雄ローダン・シリーズ 671）〈原書名：DER SPION VON KUMAI　TOD AUS DER UNENDLICHKEIT〉760円　①978-4-15-012374-1

内容　潜入捜査官ブル（ロベルト・フェルトホフ著）

＊カルタン人の秘密を追うレジナルド・ブルは、惑星ピナフォルで入手したラオ＝シンの植民地惑星の座標をもとに、惑星クマイへと向かう。イルミナ・コチストワに作成してもらった病気のカルタン人のバイオ・マスクをもちいて、潜入捜査を行なおうと考えたのだ。"エクスプローラー"がクマイに到着し、"ラヴリー・アンド・ブルー"で地表に降りたブルは、その変装に気づかれることなく、医療施設への潜入に成功するが…〔3237〕

◇謎の黒船あらわる　H・G・エーヴェルス, ロベルト・フェルトホフ著, 星谷馨訳　早川書房　2022.11　271p　16cm　（ハヤカワ文庫SF 2385—宇宙英雄ローダン・シリーズ 676）〈原書名：DIE MATERIEQUELLE　DIE SCHWARZEN SCHIFFE〉780円　①978-4-15-012385-7

内容　謎の黒船あらわる（ロベルト・フェルトホフ著）

＊PIGヒッチ前哨基地の指揮官代行ナレン・ムシャクが、赤色恒星の第九惑星で発見した正体不明の施設を探査中、突然、巨大エネルギー爆発が発生した。救助のため急行した"グルウェル"の操縦士タシト・ラヴリンが爆発地点で発見したのは、奇妙な六面体。そのなかには透明な棺に似た容器があり、右胸に半円と放射状の線の不思議なシンボルをつけた黄金の宇宙服姿の、人間に似た生物が横たわっていた！　その正体は…!?〔3238〕

◇ナックの墓場　エルンスト・ヴルチェク, ロベルト・フェルトホフ著, 渡辺広佐訳　早川書房　2023.5　303p　16cm　（ハヤカワ文庫SF 2406—宇宙英雄ローダン・シリーズ 688）〈原書名：FRIEDHOF DER HAKKEN　DIE WERBER DES HEXAMERON〉800円　①978-4-15-012406-9

内容　ヘクサメロンの奉仕者（ロベルト・フェルトホフ著, 渡辺広佐訳）〔3239〕

◇秘密惑星チェオバド　ロベルト・フェルトホフ, ペーター・グリーゼ著, 星谷馨訳　早川書房　2023.5　271p　16cm　（ハヤカワ文庫SF 2407—宇宙英雄ローダン・シリーズ 689）〈原書名：DER ROTE HAURI　GEHEIMNISWELT CHEOBAD〉800円　①978-4-15-012407-6

内容　思いがけない味方（ロベルト・フェルトホフ著, 星谷馨訳）

＊暗殺者"水使い"の猛攻をかろうじてかわし、惑星タルウルに転移したローダンは、背教者シャルンの助けをかりて砂漠に潜伏する。三日後、ナイ・レングとベオドゥがタルウルに到着すると、三名で異種族訓練センターで制御マスターになるための訓練を受けることに。講義を受けるかたわら、必死で物資シーソー、あるいはその制御施設が隠された場所を探索する。やがてそれが、第五惑星チェオバドにあることをつきとめるが…。〔3240〕

◇ポスビの継承者　H・G・エーヴェルス, ロベルト・フェルトホフ著, 赤坂桃子訳　早川書房　2023.12　255p　16cm　（ハヤカワ文庫SF 2427—宇宙英雄ローダン・シリーズ 703）〈原書名：DIE ERBEN DER POSBIS　BARRIERE IM NICHTS〉940円　①978-4-15-012427-4

内容　虚無のバリア（ロベルト・フェルトホフ著, 赤坂桃子訳）

＊「サヤアロンは地獄だ！」ハミラー・チューブは同じ言葉を繰り返す。バス＝テトのイルナは、ベドトランスファー能力を用いてこれまでの約700年のあいだに起きた情報を取りだそうとするがうまくいかない。アンブッシュ・サトーらはさまざまな試行を繰り返すが、チューブは支離滅裂であやふやな情報をほのめかすばかりだ。そんななか、銀河系船団は二百の太陽の星に到着。ローダンたち四名が"カルミナ"で調査に向かうが!?〔3241〕

◇炎の嵐　ロベルト・フェルトホフ, ペーター・グリーゼ著, 嶋田洋一訳　早川書房　2023.10　271p　16cm　（ハヤカワ文庫SF 2422—宇宙英雄ローダン・シリーズ 699）〈原書名：DER SÄNGER UND DIE MÖRDER　FEUERSTURM〉820円　①978-4-15-012422-9

内容　歌手と殺し屋（ロベルト・フェルトホフ著, 嶋田洋一訳）

＊銀河系船団とベングル・ジュアタフの合同船団は、ナコード・アズ・クールからハンガイ銀河の最後に残った第四クオーターの宙域に向かっていた。二月二十八日には、最後に残ったこの宙域も通常

宇宙へと転移してしまう。故郷宇宙に戻るためには、なんとしてもその期日までにそこに到着している必要があるのだ。だが、同船団の行く手には、イマーゴ暗殺をもくろむハウリ人部隊と、炎の侯爵の恐るべき罠が待ち受けていた！〔3242〕

フェルナンデス, ラウラ　Fernández, Laura
◇ミセス・ポッターとクリスマスの町　上　ラウラ・フェルナンデス著, 宮崎真紀訳　早川書房　2024.10　380p　19cm〈原書名：LA SEÑORA POTTER NO ES EXACTAMENTE SANTA CLAUS〉2900円　①978-4-15-210371-0

＊なぜか年じゅう雪が降る町キンバリー・クラーク・ウェイマスは、高名な作家ルイーズ・キャシディ・フェルドマンが児童書『ミセス・ポッターはじつはサンタクロースではない』の舞台としたことで有名だ。小説関連グッズ店"ミセス・ポッターはここにいた"を目指して大勢の観光客がやってくる町は、年じゅうクリスマスの電飾で彩られている。そんな町で不動産屋を開いたスタンピーのもとに、グッズ店の店主ビリーがやってきた—なんと店を閉めるというのだ！ 店がなくなったら、町はいったいどうなるのか!?スペインの書店員が選ぶ"リブレリアス・レコミエンダン賞"ほか、各賞受賞の話題作。〔3243〕

◇ミセス・ポッターとクリスマスの町　下　ラウラ・フェルナンデス著, 宮崎真紀訳　早川書房　2024.10　389p　19cm〈原書名：LA SEÑORA POTTER NO ES EXACTAMENTE SANTA CLAUS〉2900円　①978-4-15-210372-7

＊年じゅうクリスマスの町キンバリー・クラーク・ウェイマス最大の観光名所である小説関連グッズ店を閉め、町を出ていくという衝撃のニュースに、町は大騒動に！ 探偵ドラマの影響で優秀な捜査員ぞろいの住人や記者たちは、さっそく調査に乗りだした。そんな町に、幽霊屋敷にしか住まないホラー作家夫妻が興味を示す。幽霊を雇い、ビリーの家を幽霊屋敷に改装する!?そして、この町の危機は『ミセス・ポッターはじつはサンタクロースではない』の著者ルイーズ・キャシディ・フェルドマンその人にも知らされた…。不思議な町の風変わりな人々の物語。〔3244〕

フェレシュタ・ガニー
◇わたしのペンは鳥の翼　アフガニスタンの女性作家たち著, 古屋美登里訳　小学館　2022.10　254p　19cm〈原書名：MY PEN IS THE WING OF A BIRD〉2100円　①978-4-09-356742-8

内容：八番目の娘　銀の指輪（フェレシュタ・ガニー著）

＊口を塞がれた女性たちがペンを執り、鳥の翼のように自由に紡ぎ出した言葉の数々。女性嫌悪、家父長制、暴力、貧困、テロ、死。一日一日を生き抜くことに精一杯の彼女たちが、身の危険に晒されても表現したかった自分たちの居る残酷な世界と胸のなかで羽ばたく美しい世界。アフガニスタンの女性作家18名による23の短篇集。〔3245〕

フェレンツ, モルナール　Ferenc, Molnár
◇ユーモア・スケッチ大全　[3]　ユーモア・スケッチ傑作展　3　浅倉久志編・訳　国書刊行会　2022.2　374p　19cm〈「ユーモア・スケッチ傑作展 3」（早川書房　1983年刊）の改題, 増補〉2000円　①978-4-336-07310-5

内容：別れ——一幕劇（モルナール・フェレンツ著）〔3246〕

フェン, ウィリアム・ウィルシュー　Fenn, William Wilthew
◇英国クリスマス幽霊譚傑作集　チャールズ・ディケンズ他著, 夏来健次編訳　東京創元社　2022.11　382p　15cm〈創元推理文庫 Fン11-1〉1100円　①978-4-488-58406-1

内容：鋼の鏡, あるいは聖夜の夢（ウィリアム・ウィルシュー・フェン著, 平戸懐古訳）

＊ヴィクトリア朝期に『クリスマス・キャロル』がベストセラーとなって以降, 定番となった聖夜怪談。幽霊をこよなく愛するイギリスで生まれた作品を, 数々の怪奇幻想小説を紹介する翻訳家が精選する。陰鬱な田舎で休暇を過ごすことになった男が老朽船で体験する恐怖の一夜「幽霊廃船のクリスマス・イヴ」など, 知られざる傑作から愛すべき怪作まで, 13篇中12篇を本邦初訳で贈る。〔3247〕

フェンキノス, ダヴィド　Foenkinos, David
◇君の名はダニエル　ダヴィド・フェンキノス著, 澤田理恵訳　アストラハウス　2022.12　325p　19cm〈原書名：NUMÉRO DEUX〉2000円　①978-4-908184-39-0

＊少年マーティンは両親の離婚に伴い, 父の住むロンドンと母の住むパリを行き来しながら成長する。ある日, マーティンは父に連れられて行った撮影現場でプロデューサーの目に留まる。世界的大ベストセラーの映画化で主役になれるのか？ だが, 最終セッションで, もう一人の少年が主役に選ばれてしまう—。居場所が見つからなかったマーティンの希望は潰え, いやでもライバルの栄光を見続けることになる。マーティンは人生を棒に振ってしまったのか？〔3248〕

フォー, ダリオ　Fo, Dario
◇ダリオ・フォー喜劇集　ダリオ・フォー, フランカ・ラーメ著, 高田和文訳, ジョヴァンニ・デサンティス, イタリア文化会館・大阪監修　京都　松籟社　2023.7　447p　22cm〈原書名：Le Commedie di Dario Foの抄訳　Teatroの抄訳〉3500円　①978-4-87984-441-5

内容：天使たちはピンボールをしない　アナーキストの事故死　払えない！ 払わない！　クラクションを吹き鳴らせ　法王と魔女　泥棒もたまには役に立

フオクナ

つ（ダリオ・フォー著，高田和文訳）　開かれたカップル（ダリオ・フォー，フランカ・ラーメ著，高田和文訳）　〔3249〕

フォークナー，ウィリアム　Faulkner, William

◇アメリカン・マスターピース　準古典篇　シャーウッド・アンダーソン他著，柴田元幸編訳　スイッチ・パブリッシング　2023.7　253p　20cm　（SWITCH LIBRARY―柴田元幸翻訳叢書）〈他言語標題：AMERICAN MASTERPIECES　原書名：The Book of Harlem　A Party Down at the Squareほか〉2400円　①978-4-88418-617-3

内容　納屋を焼く（ウィリアム・フォークナー著，柴田元幸訳）

＊アメリカ合衆国で書かれた短編小説、その"名作中の名作"を選ぶ。ヘミングウェイ、フォークナーなどの巨匠による「定番」から、ハーストン、ウェルティ、オルグレンの本邦初訳作品まで。激動の時代、20世紀前半に執筆・発表された全12篇を収録。〔3250〕

◇エミリーに薔薇を　ウィリアム・フォークナー著，高橋正雄訳　中央公論新社　2022.4　349p　16cm　（中公文庫　フ17-1）〈責任表示はカバーによる　福武書店 1988年刊の追加〉1000円　①978-4-12-207205-3　〔3251〕

◇響きと怒り　ウィリアム・フォークナー著，桐山大介訳　河出書房新社　2024.9　347p　20cm〈著作目録あり　原書名：THE SOUND AND THE FURY〉3600円　①978-4-309-20913-5

＊家を去った放縦な長女への三兄弟の激しい想いを軸に破滅の宿命を負うアメリカ南部の名家の悲劇を描く、痛ましくも美しい愛と喪失の物語。〔3252〕

◇フォークナー短編小説集　ウィリアム・フォークナー著，依藤道夫訳　英宝社　2022.11　401p　19cm〈原書名：The Short Stories of William Faulkner〉2800円　①978-4-269-82058-6　〔3253〕

◇ポータブル・フォークナー　ウィリアム・フォークナー著，マルカム・カウリー編，池澤夏樹，小野正嗣，桐山大介，柴田元幸訳　河出書房新社　2022.9　859p　20cm〈著作目録あり　原書名：THE PORTABLE FAULKNER〉5900円　①978-4-309-20860-2

＊世界文学の巨人が創出したアメリカ南部の伝説の地ヨクナパトーファの全貌を伝える究極の小説選。作家をノーベル賞に導いた奇跡の作品集を最強の翻訳陣による画期的新訳で。〔3254〕

◇野生の棕櫚　ウィリアム・フォークナー著，加島祥造訳　中央公論新社　2023.11　459p　16cm　（中公文庫　フ17-2）〈責任表示はカバーによる　底本：世界文学全集 5（学習研究社 1978年刊）原書名：The Wild Palms〉1300円　①978-4-12-207447-7

＊一九三七年―若き人妻と恋に落ちた元研修医が、二人の世界を求める彷徨する（「野生の棕櫚」）。一九二七年―ミシシッピ河の洪水対策中、漂流したボートで囚人が妊婦を救助する（「オールド・マン」）。異なる二つの物語を交互に展開する斬新な構成で二十世紀文学に最大級の方法的インパクトを与えた、著者の代表作。〔3255〕

フォーサイス，フレデリック　Forsyth, Frederick

◇ザ・フォックス　フレデリック・フォーサイス著，黒原敏行訳　KADOKAWA　2022.5　312p　15cm　（角川文庫　フ6-33）〈原書名：THE FOX〉1000円　①978-4-04-112564-9

＊米国家安全保障局の不可侵と思われたシステムに侵入したのは、英国の18歳の若者だった。引き渡しを要求する米国。英国安全保障のアドバイザーであるウェストンは、英米両首脳に"トロイ作戦"と名付けた諜報活動を提案、この天才ハッカーに任務を与える。コードネームは"フォックス"。手始めにロシアの巡洋艦をハッキングしたフォックスは、対外情報局に命を狙われることに。実在事件を基にした、緊迫の国際軍事サスペンス。〔3256〕

◇ジャッカルの日　上　フレデリック・フォーサイス著，篠原慎訳　改版　KADOKAWA　2022.10　303p　15cm　（角川文庫　フ6-34）〈初版：角川書店 1979年刊　原書名：The Day of the Jackal〉1040円　①978-4-04-113132-9

＊フランス、秘密軍事組織が企てたドゴール大統領暗殺――。依頼を受けたのは、一流の腕を持つ外国人殺し屋、暗号名"ジャッカル"。国内全土で頻発する強盗事件を捜査するなか浮かび上がってきた暗殺計画に、政府には激震が走った。殺し屋の正体を突き止め、計画を阻止すべく、極秘捜査が始まる。国家最大の難題に挑むのは、国内一の刑事、クロード・ルベル。国際諜報小説の巨匠、デビュー作にして最高傑作！〔3257〕

◇ジャッカルの日　下　フレデリック・フォーサイス著，篠原慎訳　改版　KADOKAWA　2022.10　256p　15cm　（角川文庫　フ6-35）〈初版：角川書店 1979年刊　原書名：The Day of the Jackal〉1040円　①978-4-04-113133-6

＊改造銃と偽造身分証を手にパリを目指す、暗殺者ジャッカル。英国警察の全面協力によりその正体をつかんだ捜査陣は、ターゲットを猛追、潜伏先で殺人を犯したジャッカルを指名手配する。10万人規模に膨れ上がる捜査、組織スパイからの情報も途絶えるなか、厳戒態勢の下で迎えた"決行の日"。ジャッカルは大統領に照準を合わせる―。暗殺者と官憲の攻防を圧倒的リアリティで描く、国際諜報小説の金字塔。〔3258〕

フォスター，アラン・ディーン　Foster, Alan Dean

◇黄金の人工太陽―巨大宇宙SF傑作選　ジャック・キャンベル，チャーリー・ジェーン・アンダーズ他著，ジョン・ジョゼフ・アダムズ編，中原尚哉他訳　東京創元社　2022.6　547p

15cm 〈創元SF文庫 SFン10-4〉〈責任表示はカバーによる 原書名：COSMIC POWERS〉1360円 ①978-4-488-77204-8

内容 俺たちは宇宙地質学者、なのに（アラン・ディーン・フォスター著，中原尚哉訳）

＊SFとファンタジーの基本はセンス・オブ・ワンダーだ。そして並はずれたセンス・オブ・ワンダーを味わえるのは、超人的なヒーローが宇宙の命運をかけて銀河のかなたで恐ろしい敵と戦う物語だ（序文より）―常識を超える宇宙航行生物、謎の巨大異星構造物、銀河を吹き飛ばす超爆弾。ジャック・キャンベルら豪華執筆陣による、SFならではの圧倒的スケールで繰り広げられる傑作選。〔3259〕

フォスター，チャールズ　Foster, Charles

◇人間のはじまりを生きてみる―四万年の意識をたどる冒険　チャールズ・フォスター著，西田美緒子訳　河出書房新社　2022.11　419p　19cm〈原書名：BEING A HUMAN〉2700円　①978-4-309-20873-2

＊"アトランティック""カーカス""ニュー・ステイツマン"2021年ベストブック。"人類史"体験タイムリップ・サバイバル記。森、海岸、墓地、洞窟、シャーマンの家―原始の生活を試みた父と子の美しく壮絶な日々。〔3260〕

フォスター，ローリー　Foster, Lori

◇いまはただ瞳を閉じて　ローリー・フォスター著，兒嶋みなこ訳　ハーパーコリンズ・ジャパン　2024.3　506p　15cm（mirabooks LF01-27）〈原書名：NO HOLDING BACK〉1182円　①978-4-596-53947-2

＊12年前の辛い過去から立ち直り、長距離ドライバーとして身を立てる女性スター。全米を移動する根無し草のような日々のなか、山あいの小さなバーで休息を取るのが彼女のお決まりだった。店主の逞しい長身と冷たいブルーの瞳を持つ男ケイド。スターは気づいていた。彼がただのバーテンダーではないこと、そして彼女同様、大きな秘密を抱えているということに…。〔3261〕

◇午後三時のシュガータイム　ローリー・フォスター著，兒嶋みなこ訳　ハーパーコリンズ・ジャパン　2022.7　494p　15cm（mirabooks LF01-24）〈原書名：THE SOMERSET GIRLS〉982円　①978-4-596-70959-2

＊設計士として働きつつ、牧場で動物保護に奔走するオータム。日々の疲れを癒すのは、甘い恋…ではなくアイスクリームだけ。そんなある日、学生時代の憧れの先輩がシングルファーザーとして町に戻ってきた。人気者だった彼は大人の包容力とセクシーさをまとい、ますます魅力的になっていた。7歳の娘の部屋作りを依頼されたオータムは、久しぶりのときめきをひた隠し、二人の家に通い始めて―。〔3262〕

◇午前零時のサンセット　ローリー・フォスター著，兒嶋みなこ訳　ハーパーコリンズ・ジャパン　2023.9　489p　15cm（Mira）　1118円　①978-4-596-52494-2

＊湖がきらめく町サンセット。獣医師のアイヴィーは、しばらく前から冷めきっていた恋を清算し、この夏はお堅い自分から卒業すると決意した。そんな矢先に出会ったのは、年下男性コービン。最高にハンサムで紳士的で、"ひと夏の恋"にはぴったり…と思いきや、彼は10歳の息子を持つシングルファーザーだった。軽はずみに近づくわけにはいかない相手なのに、アイヴィーの恋心は加速して―　〔3263〕

◇その胸の鼓動を数えて　ローリー・フォスター著，兒嶋みなこ訳　ハーパーコリンズ・ジャパン　2024.9　492p　15cm（mirabooks LF01-28）〈原書名：STRONGER THAN YOU KNOW〉1127円　①978-4-596-71409-1

＊旅先から戻ったケネディは、燃え落ちるアパートを前に呆然とした。新しい町に越してきたばかりだというのに、全財産と行き場を失ってしまったのだ。唯一頼れるのは通い始めたジムのオーナー、レイエスだけ。鋼のような肉体にどこか危険な香りをまとう彼は、すぐさまケネディを連れ帰る。ひとつ屋根の下で過ごす夜、二人はいつしか口にしていた―誰にも言えなかった、つらい過去と秘密を。〔3264〕

◇ファーストラブにつづく道　ローリー・フォスター著，岡本香訳　ハーパーコリンズ・ジャパン　2023.5　494p　15cm（mirabooks LF01-25）〈原書名：ALL FIRED UP〉982円　①978-4-596-77359-3

＊ハンサムで腕っぷしの強い名物兄弟が営む運送会社で働くシャーロット。早くに親を亡くし、過保護な兄弟から妹同然に溺愛されてきたため、25歳の今も恋を知らないままだ。そんなある日、車の故障で立ち往生しているところを見知らぬ男性に助けられる。紳士的で、でもどこか激しさを秘めた不思議なその男性ミッチに、シャーロットは初めてのときめきを覚えるが、彼には大きな秘密があって…。〔3265〕

フォースター，E.M.　Forster, Edward Morgan

◇E.M.フォースター短篇集　E.M.フォースター著，井上義夫編訳　筑摩書房　2022.6　329p　15cm（ちくま文庫　ふ16-3）　900円　①978-4-480-43809-6

＊ケンブリッジ大学で古典語を専攻したE.M.フォースターは、卒業後の一年間をイタリアに遊び、ギリシャ巡航クルーズにも参加した。本書は、そうした深い学識と新鮮な体験から生まれた、神話と現実世界の間にたゆたう「コロヌスからの道」「パニックの話」などに加え、ホモセクシュアルを扱ったがゆえに生前は公刊されなかった「アーサー・スナッチフォールド」、近代文明の末路を予告した幻想小説「機械は止まる」を収録する。〔3266〕

◇インドへの道　E・M・フォースター著，小野寺健訳　河出書房新社　2022.10　555p　15cm（河出文庫　フ21-1）〈「E.M.フォースター著作集　4」（みすず書房　1995年刊）の改題　原書名：

フォツクス

A PASSAGE TO INDIA〉1500円 ①978-4-309-46767-2
＊大英帝国統治下、泥のような貧民街と緑豊かなイギリス人居留地が隣接する地方都市。インド人青年医師と「本物のインド」を知りたいイギリス人令嬢が、古代の闇の神秘が宿るマラバー洞窟を訪れる。当地に渦巻くさまざまな文化的葛藤。支配と被支配、西洋と東洋、人種や宗教といった社会的分断を壮大なスケールで描いた不朽の名作。〔3267〕

フォックス, スーザン　Fox, Susan

◇愛を偽る花嫁　スーザン・フォックス作，堺谷ますみ訳　ハーパーコリンズ・ジャパン　2022.6　155p　17cm　（ハーレクイン・イマージュ I2712―至福の名作選）〈ハーレクイン 2013年刊の再刊　原書名：THE BRIDAL CONTRACT〉664円　①978-4-596-42951-3
＊1年前に家族を事故で失い、天涯孤独の身となったフェイは、抜け殻のような心を抱えたまま、身を粉にして働いてきた。ある嵐の日、自暴自棄になって馬を走らせた彼女は落馬して、痛みと朦朧とする意識の中で最期を覚悟する。そのときだった、たくましい腕に抱き起こされたのは。フェイが目を開けるとそこには、隣人チェイスの心配顔があった。幼い頃から恋い焦がれてきた人。なぜ今になつて私の構うの？ そんなフェイの心中を知ってか知らずか、チェイスは彼女を家まで運ぶと、予想外の驚くべき提案をした。「君の家業はすべて僕が買い取る。代わりに僕の妻にならないか？」〔3268〕

◇仮面の妖精　スーザン・フォックス著，青山陽子訳　ハーパーコリンズ・ジャパン　2023.9　206p　15cm　（ハーレクインSP文庫）　545円　①978-4-596-52484-3
＊牧場の権利を一部買い取り、ゾーイはヘイズ牧場にやってきた。血の繋がらない養父母のもと、愛のない冷め切った家庭で育ち、すべてに幻滅していたゾーイは、この牧場に本当の家族がいると突きとめたのだ。正体を明かさぬまま、両親を捜そうとするゾーイをうろんに見つめる男性がいた。J・D―ヘイズ牧場の経営者だ。一度結婚に失敗しているJ・Dは、都会育ちのゾーイを別れた妻のように派手好きな女に違いないと決めつけていた。〔3269〕

◇ガラス越しの記憶　スーザン・フォックス著，原淳子訳　ハーパーコリンズ・ジャパン　2022.4　197p　15cm　（ハーレクインSP文庫 HQSP-314）〈ハーレクイン 2006年刊の再刊　原書名：A HUSBAND TO BELONG TO〉500円　①978-4-596-31977-7
＊幼いころに受けた虐待から、ひどい男性恐怖症になったマーラ。誰にも愛されず、孤児のマーラが背負ってきた運命は過酷だった。ところが、ある日、生き別れの双子の姉が彼女を捜しだし、マーラは生まれて初めて家族のぬくもりを知ったのだ。姉は、マーラのことを大富豪の養父母にどう伝えるべきか悩んでいるようだった。だから二人のことは、誰にも秘密。姉の義兄ジェイクは突然、現れた"妹の親友"に警戒している。マーラといえば、ジェイクに惹かれていく自分に、混乱していた。そんな矢先、姉が事故にあい、マーラの記憶だけ失ってしまう。〔3270〕

◇禁じられた結婚　スーザン・フォックス作，飯田冊子訳　ハーパーコリンズ・ジャパン　2024.9　156p　17cm　（ハーレクイン・イマージュ I2818―至福の名作選）〈ハーレクイン 2003年刊の再刊　原書名：HER FORBIDDEN BRIDEGROOM〉673円　①978-4-596-77725-6
＊こんなに身近に、私の異父妹がいたなんて！ 母に捨てられ、里親の家を転々として育ったローナにとって、父親違いでも血を分けた妹は大切な家族。彼女の心は浮き立った。だが今や富豪の妻となった母が、ローナと妹が親しくしているのを知り、ローナに過去を暴露されることを恐れて悪知恵を働かせ一姉妹の仲を裂くよう、富豪の息子で油田王のミッチをそそのかしたのだ。ローナは突然現れたミッチから高額の小切手を叩きつけられたうえ、仕事も辞めてどこか遠くへ去るよう恫喝され、ショックで気を失った。驚いたことに、目覚めるとミッチの腕の中にいて、優しい声を聞いた。「動くんじゃない。僕に任せて、ダーリン」〔3271〕

◇結婚と償いと　スーザン・フォックス著，飯田冊子訳　ハーパーコリンズ・ジャパン　2022.7　195p　15cm　（ハーレクインSP文庫 HQSP-325）〈ハーレクイン 2004年刊の再刊　原書名：THE PRODIGAL WIFE〉500円　①978-4-596-70635-5
＊憧れの人との結婚はレイニーにとって不幸に始まりだった。亡父の遺言に従い牧場主ガブの花嫁になったものの、彼の狙いが財産だと気づき、レイニーは母親の家へ逃げこんだ。あれから5年、ガブからの電話や手紙はすべて拒み続けてきた。だが同居していた母の死後、遺品を整理していたレイニーは、想像だにしなかった秘密を知ることになる。ガブは潔白で、むしろ貪欲な母から彼女を守ってくれていたのだ！ 酷い衝撃を受けたレイニーは、自分のおかした過ちを責め苛んだ。彼は償わせてくれるだろうか？―名ばかりの愚かな妻に。〔3272〕

◇幸せのそばに　スーザン・フォックス著，大島ともこ訳　ハーパーコリンズ・ジャパン　2024.7　196p　15cm　（ハーレクインSP文庫 HQSP-422）〈ハーレクイン 2002年刊の再刊　原書名：THE WIFE HE CHOSE〉545円　①978-4-596-63927-1
＊ある日コリーンは、車を運転中トレーラーに衝突され、全身に傷を負ったばかりか、同乗していた妹も亡くした。遺された妹の幼い子供たちは、コリーンの入院中に、伯父である富豪ケイドの家に引き取られたらしい。子供たちを忘れなくてたまらず、コリーンは彼の家を訪ねるが、ケイドに冷酷そのもののまなざしを向けられ、愛する甥にも"ママを殺した"と非難されてしまう。コリーンはあまりのショックにその場で気を失った。そして目覚めたとき、介抱してくれたのは意外にもケイドで…。〔3273〕

◇十六歳の傷心　スーザン・フォックス著，藤峰みちか訳　ハーパーコリンズ・ジャパン　2022.2　205p　15cm　〈ハーレクイン文庫 HQB-1101―珠玉の名作本棚〉〈ハーレクイン 2014年刊の再刊　原書名：VOWS OF THE HEART〉627円　①978-4-596-31654-7
＊半年前、ヴェロニカは結婚式当日に花婿のせいで大怪我をし、婚姻を無効にされたうえ、ごみのように捨てられた。不幸のどん底で脳裏に浮かんだのは、継父の優しい顔。すがる思いで訪ねると、継父の息子コールに迎えられた。16歳のころ、ヴェロニカはコールに熱い想いを寄せていたが、なぜかひどく疎んじられ、いつも冷たくあしらわれていた。時を経て男らしさを増したコールは、まさに大人の男性。目を奪われていたヴェロニカを、彼は冷徹に切り捨てた。「父は半年前に亡くなった。どうせ遺産で目当てなんだろう？」　〔3274〕

◇野の花に寄せて　スーザン・フォックス作，藤峰みちか訳　ハーパーコリンズ・ジャパン　2022.2　156p　17cm　〈ハーレクインプレゼンツ PB322―作家シリーズ 別冊〉〈ハーレクイン 1998年刊の再刊　原書名：WILD AT HEART〉664円　①978-4-596-31624-0
＊リオは11歳で天涯孤独となり、牧場主のサムに引き取られた。その後も、酒癖の悪かった亡き父の醜聞を十字架のように背負い、人々に白い目を向けられるなか、サムだけは温かい味方だった。なのに、その息子ケインはいつもリオを厄介者扱いした。彼女が密かに彼を愛していることなど気づきもせずに。今、唯一の理解者だったサムが病のため死を目前にしている。恩人との別れを考えるだけでリオは胸を締めつけられた。しかもケインが跡を継げば、わたしは追い出される運命に…。そう覚悟したリオを、ケインはある晩抱きすくめ、唇を奪った。激しい情熱、そして不可解な怒りと、軽蔑を瞳に宿して。　〔3275〕

◇花嫁の契約　スーザン・フォックス著，飯田冊子訳　ハーパーコリンズ・ジャパン　2024.1　196p　15cm　〈ハーレクインSP文庫 HQSP-398〉〈ハーレクイン 2004年刊の再刊　原書名：CONTRACT BRIDE〉545円　①978-4-596-53287-9
＊その日リアとリースは判事の前で、手短に結婚の手続きをした。4カ月ほど前に亡くなったリースの妻は、リアの親友。妻の突然の死に、悲嘆と途方に暮れたリースは、遺された生後間もない赤ん坊のためだけに、リアに求婚したのだ。彼と親友が恋に落ちるずっと前から、リアがリースへの想いに苦しんでいたことなど知らず。たとえ愛されなくても、大切な彼と親友の子をそばで支えよう―自身の愛を押し殺す覚悟を決め、リアは彼の妻になった。だが始まった結婚生活は、想像以上につらいものだった…。　〔3276〕

◇ヒロインになれなくて　スーザン・フォックス作，大島ともこ訳　ハーパーコリンズ・ジャパン　2022.12　156p　17cm　〈ハーレクイン・イマージュ I2736―至福の名作選〉〈ハーレクイン 2000年刊の再刊　原書名：TO CLAIM A WIFE〉673円　①978-4-596-75605-3
＊父危篤の知らせを受け、ケイトリンは再び故郷の土を踏んだ。父の再婚で義兄となったリノに片想いをしていた十代のころ、彼女はリノの弟の事故死の責めを負わされ、無実ながら故郷を去った。皆の冷遇には耐えられても、リノの憎しみの視線は胸にこたえた。5年ぶりに再会した今なお、その瞳からは敵意が消えていない。とうとう父が亡くなって通夜と告別式が営まれたが、周囲の人々もやはりケイトリンに冷たくよそよそしい態度をとった。ここに私の居場所はないのね…。最後にもう一度、リノに伝えたくてかつての事故の真実を話そうとしたが、彼は聞く耳を持たなかった。だがその後、火事に巻き込まれ、生死の境を彷徨う彼女を見たリノは―。　〔3277〕

フォッセ，ヨン　Fosse, Jon

◇朝と夕　ヨン・フォッセ著，伊達朱実訳　国書刊行会　2024.8　149p　20cm　〈原書名：Morgon og kveld〉2200円　①978-4-336-07644-1
＊第1部、誕生。ノルウェー、フィヨルドの辺の家。息子の誕生を待つオーライ。生まれた子はオーライの父親と同じヨハネスと名付けられ、やがて漁師になる。第2部、死。コーヒーを沸かしパンに山羊のチーズをのせる…老いたヨハネスの、すべてが同じでまったく異なる一日がはじまる…フィヨルドの風景に誕生の日と死の一日を描き出した神秘的で神話的な幻想譚。　〔3278〕

◇だれか、来る　ヨン・フォッセ著，河合純枝訳　白水社　2024.1　192p　20cm　〈原書名：NOKON KJEM TIL Å KOMME　DEI STORE FISKEAUGO〉2300円　①978-4-560-09397-9
[内容] だれか、来る　魚の大きな目　〔3279〕

◇三部作　ヨン・フォッセ著，岡本健志，安藤佳子訳　早川書房　2024.9　255p　20cm　〈原書名：TRILOGIEN〉2950円　①978-4-15-210359-8
[内容] 眠れない　オーラヴの夢　疲れ果てて
＊アスレは冷たい雨の中をさまよっていた。船に乗って故郷を離れ、海岸沿いの街ビョルグヴィンで、妊娠中の妻アリーダとともに宿をさがしていた。街に知り合いはおらず、孤独で貧しい17歳の二人を助けてくれる者はいなかった。彼らを支えるのは、出会ったときの幸福な記憶。故郷で行われた結婚式で、アリーダは給仕として働き、アスレはフィドルを演奏していた。この人となら、どんな困難も乗り越えられると思えた。だが、いま、アリーダは出産間近なのに雨に濡れ、疲れ果てている。もう時間がない。決死の思いでアスレが選んだ行動は―。居場所をさがしともとめる恋人たちの人生を描き、北欧理事会文学賞を受賞。ノーベル文学賞に輝くノルウェー人作家の代表作の一つである連作短篇集。　〔3280〕

◇ヨン・フォッセ 1　名前/スザンナ/ぼくは風　ヨン・フォッセ著，アンネ・ランデ・ペータス，長島確訳　早川書房　2024.9　396p　16cm

フォト

（ハヤカワ演劇文庫 53）〈他言語標題：JON FOSSE 原書名：NAMNET SUZANNAHほか〉2200円 ①978-4-15-140053-7

[内容] 名前 スザンナ ぼくは風 〔3281〕

フォード, コーリイ　Ford, Corey

◇ユーモア・スケッチ大全 [2] ユーモア・スケッチ傑作展 2 浅倉久志編・訳 国書刊行会 2022.1 372p 19cm「ユーモア・スケッチ傑作展2」（早川書房 1980年刊）の改題、増補〉2000円 ①978-4-336-07309-9

[内容] 透明人間の手記 テレビをやめるには 人類の未来 クリスマス・パーティ（コーリイ・フォード著）

＊名翻訳家のライフワークである「ユーモア・スケッチ」ものを全4巻に集大成。第2弾は『ユーモア・スケッチ傑作展2』（全32篇）＋単行本未収録作品12篇。〔3282〕

◇ユーモア・スケッチ大全 [3] ユーモア・スケッチ傑作展 3 浅倉久志編・訳 国書刊行会 2022.2 374p 19cm「ユーモア・スケッチ傑作展3」（早川書房 1983年刊）の改題、増補〉2000円 ①978-4-336-07310-5

[内容] やあ、ひさしぶり ロロ・ボーイズ万歳！（コーリイ・フォード著）〔3283〕

◇ユーモア・スケッチ大全 [4] すべてはイブからはじまった ミクロの傑作圏 浅倉久志編・訳 国書刊行会 2022.3 376p 19cm「すべてはイブからはじまった」（早川書房 1991年刊）と「ミクロの傑作圏」（文源庫 2004年刊）の改題、合本〉2000円 ①978-4-336-07311-2

[内容] 女の言い分（コーリイ・フォード著）

＊笑いの大博覧会、完結！ 名翻訳家浅倉久志のライフワークである"ユーモア・スケッチ"ものを全4巻に集大成。最終巻は傑作展姉妹篇『すべてはイブからはじまった』とオンデマンドのみの刊行だった『ミクロの傑作圏』をカップリング。〔3284〕

フォード, ジェフリー　Ford, Jeffrey

◇穏やかな死者たち―シャーリイ・ジャクスン・トリビュート ケリー・リンク, ジョイス・キャロル・オーツ他著, エレン・ダトロウ編, 渡辺庸子, 市田泉他訳 東京創元社 2023.10 570p 15cm〈創元推理文庫 Fン12-1〉〈責任表示はカバーによる 原書名：WHEN THINGS GET DARK〉1500円 ①978-4-488-58407-8

[内容] 柵の出入り口（ジェフリー・フォード著, 谷垣暁美訳）〔3285〕

◇最後の三角形 ジェフリー・フォード著, 谷垣暁美編訳 東京創元社 2023.8 446p 20cm〈海外文学セレクション ジェフリー・フォード短篇傑作選〉〈他言語標題：THE LAST TRIANGLE AND OTHER STORIES 著作目録あり〉3500円 ①978-4-488-01683-8

[内容] アイスクリーム帝国 マルスージアンのゾビ トレンティーノさんの息子 タイムマニア 恐怖譚 本棚遠征隊 最後の三角形 ナイト・ウィスキー 星椋鳥の群翔 ダルサリー エクソスケルトン・タウン ロボット将軍の愛情 ばらばらになった運命機械 イーリン＝オク年代記

＊アコースティックギターの調べは、ぼくの目の前に金色の雨として現われる。指で絹をなでたときには、レモンメレンゲの風味とろけるような感触を舌に感じる。ぼくは「共感覚」と呼ばれるものの持ち主だった―コーヒー味を通してのみ互いに認識できる少年と少女の交流を描くネビュラ賞受賞作「アイスクリーム帝国」、エミリー・ディキンスンが死神の依頼を受けて詩を書くべく奮闘する「恐怖譚」、マッドサイエンティストが瓶の中につくりあげたメトロポリスの物語「ダルサリー」、町に残される奇妙なしるしに潜む魔術的陰謀を孤独な男女が追う表題作ほか、繊細な技巧と大胆な奇想に彩られた全十四篇を収録する。〔3286〕

フォード, ジャスパー　Fforde, Jasper

◇クォークビーストの歌 ジャスパー・フォード著, ないとうふみこ訳 竹書房 2023.4 319p 15cm〈竹書房文庫 ふ7-4〉〈原書名：THE SONG OF THE QUARKBEAST〉1480円 ①978-4-8019-3487-0

＊魔力が衰えた世界。かつて魔術師は、恐れられ敬われていた。携帯電話ネットワークもカラーテレビも電鳴レンジもGPSも、すべては魔法で動いていた。魔力が衰えた現在では、魔術師は魔法の絨毯でピザ配達をしたり、魔法で樹を植え替えたりして、なんとか生計を立てている。そんな魔術師たちを抱える会社、カザム魔法マネジメントの社長代理は十七歳のジェニファー・ストレンジ。気むずかしい魔術師たちに振り回されるのにも慣れてきた。ところが、魔法の独占をたくらむ魔術師ブリックスと国王のせいで、ブリックスの会社と魔術合戦をおこなうことになってしまう。対決の方法は、どちらが先に橋を修理できるか。魔術界の未来はジェニファーたちにかかっているのだが…。魔法を悪用する前にさあ…。もっとやらなきゃいけないことがあるよね？〔3287〕

フォード, レスリー　Ford, Leslie

◇ウィリアムズバーグの殺人事件 レスリー・フォード, 山之内朗子訳 横浜 山之内朗子 2022.7 261p 20cm〈原書名：The town cried murder〉1800円 〔3288〕

フォレット, ケン　Follett, Ken

◇大聖堂―夜と朝と 上 ケン・フォレット著, 戸田裕之訳 扶桑社 2022.11 479p 16cm〈扶桑社ミステリー フ44-7〉〈原書名：THE EVENING AND THE MORNING.Vol.1〉1200円 ①978-4-594-08722-7

＊997年、イングランドの港町コームは、襲来したヴァイキングによって掠奪の限りを尽くされ、壊滅的な被害を受ける。船大工を営んでいたエドガーの一家も、父が殺され、造船作業所も灰燼に帰

してしまう。大黒柱を喪った家族はシャーリング司教ウィンスタンを頼って、ドレングズ・フェリーという郊外の集落に移り住む。痩せた土地で小作農として苦労するなか、船着き場の渡し守の職を得たエドガーは、遠くフランスから州太守の元に興入れしてきた伯爵令嬢ラグナと運命的な出会いを果たす…。〔3289〕

◇大聖堂―夜と朝と 中 ケン・フォレット著, 戸田裕之訳 扶桑社 2022.11 473p 16cm (扶桑社ミステリー フ44-8)〈原書名：THE EVENING AND THE MORNING.Vol.2〉 1200円 ⓘ978-4-594-08723-4

＊フランス、シェルブールの伯爵令嬢ラグナは、ヴァイキングへの対処を要請しに城を訪ねてきたイングランドのシャーリング州太守ウィルウルフと恋に落ちる。嵐の海を渡りきって、無事ウィルウルフの妻として迎えられたラグナだったが、新婚生活を始めるやいなや、驚くべき事態に直面することに。一方、ドレングズ・フェリーでは、ウィルウルフの弟ウィンスタン司教が権力にまかせて、恐るべき陰謀に手を染めていた。エドガーと修道士オルドレッドは、司教の犯罪行為を暴こうと画策するが…。〔3290〕

◇大聖堂―夜と朝と 下 ケン・フォレット著, 戸田裕之訳 扶桑社 2022.11 479p 16cm (扶桑社ミステリー フ44-9)〈原書名：THE EVENING AND THE MORNING.Vol.3〉 1200円 ⓘ978-4-594-08724-1

＊ウェールズとの戦いに遠征に出たウィルウルフの帰還を待ちわびるラグナ。ドレングズ・フェリーの修道院長として、院と村の発展に精力を傾けるオルドレッド。そして、建築職人として腕を上げ新たな夢に踏み出そうとするエドガー。そんな三人の前に、果てなき野望を増大させたウィンスタンの一派が立ちはだかる…。長く続いた暗黒の中世が終わり、夜明けを迎えようとする時代の変換点で、それぞれの人生が交錯し、思いもかけない光彩を放つ。巨匠フォレットが満を持して贈る『大聖堂』の前日譚！〔3291〕

◇光の鎧 上 ケン・フォレット著, 戸田裕之訳 扶桑社 2024.8 421p 16cm (扶桑社ミステリー フ44-10)〈原書名：THE ARMOUR OF LIGHT.Vol.1〉 1200円 ⓘ978-4-594-09540-6

＊18世紀末の英国。バドフォード近郊の集落で小作農をしていたハリー・クリスローは、収穫作業の最中、地元の息子のウィル・リディックの不注意から荷馬車の下敷きになり、死んでしまう。妻のサルは紡糸の内職をしていたが、夫を失って主たる収入が絶え、地元のリディック一族から賠償金ももらえず、途方に暮れる。仕方なく、まだ6歳にしかならない一人息子のキットを、キングズブリッジにあるリディック家の使用人として住みこませることになり、キットの命に係わる馬の暴走事故が起きて…。〔3292〕

◇光の鎧 中 ケン・フォレット著, 戸田裕之訳 扶桑社 2024.8 413p 16cm (扶桑社ミステリー フ44-11)〈原書名：THE ARMOUR OF LIGHT.Vol.2〉 1200円 ⓘ978-4-594-09541-3

＊18世紀末のキングズブリッジでは産業革命が進行し、紡績業が大きな発展を見せていた。エイモス・バロウフィールドは亡父の後を継いで家業の生地屋をつづけようとするが、同業者で大きな権力を持つジョゼフ・ホーンビームとの対立は日増しに深まっていく。織物職人のスペイド、メソディスト派の牧師や大学で学ぶロジャーなどの助力を得てエイモスは事業の拡大を目指すが、機械織りの普及は必然的に労働者の仕事を奪うことになり、新たな労使問題や旧勢力との摩擦に直面せざるを得なくなる。〔3293〕

◇光の鎧 下 ケン・フォレット著, 戸田裕之訳 扶桑社 2024.8 413p 16cm (扶桑社ミステリー フ44-12)〈原書名：THE ARMOUR OF LIGHT.Vol.3〉 1200円 ⓘ978-4-594-09542-0

＊18世紀末からヨーロッパを吹き荒れた「革命」の時代。フランスのナポレオンが軍事侵攻を繰り返し、英国もまた長期にわたる戦争に巻き込まれていた。キングズブリッジの住人たちも、第一〇七歩兵連隊として戦いの地に出向くことに。そんななか、囚われのナポレオンが復権を果たし、ついにワーテルローの地で一大決戦の幕が切って落とされる―。労働問題、侵略と戦争、市民と国家。現代にも当てはまるテーマで、巨匠フォレットが絢爛たる筆致で挑む。キングズブリッジ・シリーズ堂々の完結編！〔3294〕

フォン・ヴァクスマン, K.A. Von Wachsmann, Karl Adolf

◇新編怪奇幻想の文学 2 吸血鬼 紀田順一郎, 荒俣宏監修, 牧原勝志編 新紀元社 2022.12 436p 20cm〈他言語標題：Tales of Horror and Supernatural〉2500円 ⓘ978-4-7753-2040-2

内容 謎の男（K・A・フォン・ヴァクスマン著, 垂野創一郎訳）

＊古典・準古典の数々を通し、怪奇幻想の真髄に触れていただきたい。本書は、自由な想像力が創りだす豊かな世界への、恰好の道案内となることだろう。(編者)〔3295〕

ブキャナン, グレッグ Buchanan, Greg

◇災厄の馬 グレッグ・ブキャナン著, 不二淑子訳 早川書房 2022.3 395p 19cm (HAYAKAWA POCKET MYSTERY BOOKS 1977)〈原書名：SIXTEEN HORSES〉2200円 ⓘ978-4-15-001977-8

＊11月初旬の早朝、英国にある海辺の小さな町、イルマーシュ郊外の農場で、16頭の馬の惨殺死体が発見された。湿地のぬかるみに円を描くように埋められた馬の首は、まるで何かの儀式のように犯罪現場を飾っていた。地元警察の刑事アレック・ニコルズは、獣医学の専門家であるクーパー・アレンの協力を得て捜査に乗りだす。しかし、捜査は混迷を極め、このさびれた町で起こった奇怪な事件は、やがて町じゅうをパニックに陥れる事態へと発展し…。不気味な事件に翻弄される人々の混乱を描いた、戦慄のミステリ。〔3296〕

フケ

フケー, フリードリヒ　Fouqué, Friedrich

◇皇帝ユリアヌスと騎士たちの物語　ユリアーン　フリードリヒ・ド・ラ・モット・フケー著，小黒康正訳，ヨーゼフ・フォン・アイヒェンドルフ著，小黒康正訳　同学社　2023.6　287p　19cm〈文献あり　原書名：Die Geschichten vom Kaiser Julianus und seinen Rittern Werke in sechs Bänden〉1500円　①978-4-8102-0338-7

内容：皇帝ユリアヌスと騎士たちの物語（フリードリヒ・ド・ラ・モット・フケー著，小黒康正訳）

〔3297〕

◇ドイツロマン派怪奇幻想傑作集　ホフマン，ティーク他著，遠山明子編訳　東京創元社　2024.9　413p　15cm〈創元推理文庫　Fン13-1〉〈原書名：Der blonde Eckbert　Der Runenbergほか〉1200円　①978-4-488-58409-2

内容：絞首台の小男（フリードリヒ・ド・ラ・モット・フケー著，遠山明子訳）

＊18世紀末ヨーロッパで興隆したロマン主義運動。その先陣を切ったドイツロマン派は、不合理なものを尊び、豊かな想像力を駆使して、怪奇幻想の物語を数多く紡ぎだした。本書はティーク「金髪のエックベルト」、フケー「絞首台の小男」、ホフマン「砂男」等9篇を収録。不条理な運命に翻弄され、底知れぬ妄想と狂気と正気の狭間でもがき苦しむ主人公たちの姿を描く、珠玉の作品集。

〔3298〕

フゲン　普玄

◇痛むだろう，指が　普玄著，倉持リツコ訳　勉誠社（制作）〔2023.2〕261p　19cm〈勉誠出版（発売）〉2800円　①978-4-585-39021-3

＊言葉が話せず、指を噛むという自傷行為を続ける息子。父親は様々な自閉症治療を試すが効果は見られない。苦しみと絶望の中、父親は粘り強く息子と向き合う。その祖母もまた、障がいを持つ夫と長男を持ち、文化大革命中の障がい者への差別や暴力という困難の中で、家族を支え続けてきた。中国の大江健三郎とも言われる作家が実体験に基づき、苦難に満ちた十数年の道程を綴った感動のノンフィクション小説。現在中国の世相と社会問題をリアルに描き出した受賞作。

〔3299〕

ブコウスキー, チャールズ　Bukowski, Charles

◇勝手に生きろ！　C.ブコウスキー著，都甲幸治訳　新装版　河出書房新社　2024.5　283p　15cm〈河出文庫　フ3-5〉〈文献あり　著作目録あり　原書名：FACTOTUM〉950円　①978-4-309-46803-7

＊ヘンリー・チナスキーはさまざまな職を転々としながらアメリカを放浪する。雑誌の配送、犬のビスケット工場、蛍光灯の取付け、イエロー・キャブ…。単調な労働の果てには、手ひどい二日酔いが待ち受ける。ユーモアと陽気な女たちに助けられながら、短篇を書いて編集部に送るも原稿はいてい不採用。二十代ブコウスキーの体験をもとに綴られた人間の自由をめぐる物語。映画化。

〔3300〕

◇くそったれ！少年時代　C.ブコウスキー著，中川五郎訳　新装版　河出書房新社　2024.9　440p　15cm〈河出文庫　フ3-2〉〈原書名：HAM ON RYE　原著第9版の翻訳〉1300円　①978-4-309-46805-1

＊「まったく、ろくでなしどもばっかりだね！」。父からの虐待、母への屈折した思い、少年たちとの対立、性への目覚め、飲酒の魔法…そして文学との出会い。ロサンジェルスの下町で、学校や社会への強烈な違和感を抱きつつ、おのれの道を貫きとおす主人公チナスキー。ドイツ生まれの幼少期から、真珠湾戦争のニュースを聞く青年期までを綴った自伝的小説の傑作。

〔3301〕

◇詩人と女たち　C.ブコウスキー著，中川五郎訳　新装版　河出書房新社　2024.10　539p　15cm〈河出文庫　フ3-1〉〈原書名：WOMEN〉1500円　①978-4-309-46809-9

＊「わたしは五十歳。この四年間というもの女性とベッドを共にしたことはない」。チナスキーのもとに次々と現れる女たち。情熱的でパーティ好きのリディア、人生が何たるかを知っているディー・ディー、美しいキャサリン…。酒場と競馬場と朗読会をめぐりつつ、彼女たちと逢瀬を重ねた七年間。痛快エピソード満載の究極のブコウスキー小説。

〔3302〕

◇郵便局　チャールズ・ブコウスキー著，都甲幸治訳　光文社　2022.12　322p　16cm（光文社古典新訳文庫　KAフ16-1）〈年譜あり　原書名：POST OFFICE〉1000円　①978-4-334-75472-3

＊仕事は楽勝、配達先で女ともヤレて…のはずが、試験を受けて代用の郵便配達人になってみるとむちゃくちゃキツい。正職員の連中はひどい雨の日や配達量が多い日には欠勤しちまうし、上司は意地悪だ。それでも働き、飲んだくれ、女性と過ごす、そんな無頼生活を赤裸々に描いた自伝的長篇。

〔3303〕

プーシキン, アレクサンドル　Pushkin, Aleksandr

◇世界怪談名作集　［上］　信号手・貸家ほか五篇　岡本綺堂編訳　新装版　河出書房新社　2022.11　300p　15cm（河出文庫　お2-2）900円　①978-4-309-46769-6

内容：スペードの女王（プーシキン著，岡本綺堂訳）

＊「半七捕物帳」で知られる岡本綺堂は、古今東西の怪奇小説にも造詣が深く、怪談の名手としても知られる。そんな著者が欧米の作品を中心に自ら厳選し、翻訳。いまだに数多くの作家に影響を与え続ける大家による、不思議でゾッとする名作怪談アンソロジー。リットン、プーシキン、ビヤース、ゴーチェ、ディッケンズ、デフォー、ホーソーンを収録。

〔3304〕

フセイン, サード・Z.　Hossain, Saad Z.

◇シリコンバレーのドローン海賊—人新世SF傑作選　グレッグ・イーガン他著, ジョナサン・ストラーン編, 中原尚哉他訳　東京創元社　2024.5　420p　15cm　（創元SF文庫　SFン11-2）〈責任表示はカバーによる　原書名：TOMORROW'S PARTIESの抄訳〉1400円　①978-4-488-79102-5

内容　渡し守（サード・Z.フセイン著, 佐田千織訳）

＊人新世とは「人間の活動が地球環境に影響を及ぼし、それが明確な地質年代を構成していると考えられる時代」、すなわちまさに現代のことである。パンデミック、世界的経済格差、人権問題、資源問題、そして環境破壊や気候変動問題…未来が破滅的に思えるときこそ、SFというツールの出番だ。グレッグ・イーガンら気鋭の作家たちによる、不透明な未来を見通すためのアンソロジー。〔3305〕

◇創られた心—AIロボットSF傑作選　ケン・リュウ, ピーター・ワッツ, アレステア・レナルズ他著, ジョナサン・ストラーン編, 佐田千織他訳　東京創元社　2022.2　564p　15cm　（創元SF文庫　SFン11-1）〈責任表示はカバーによる　原書名：MADE TO ORDER〉1400円　①978-4-488-79101-8

内容　エンドレス（サード・Z.フセイン著, 佐田千織訳）

＊人工的な心も生命。ゴーレム、オートマトン、ロボット、アンドロイド、ボット、人工知能—人間によく似た機械、人間のために注文に応じてつくられた存在というアイディアは、古代より我々を魅了しつづけてきた。そしていま、その長い歴史に連なるアンソロジーがここに登場する。ケン・リュウ、ピーター・ワッツ、アレステア・レナルズら、最高の作家陣による16の物語を収録。〔3306〕

ブチャーニー, ベフルーズ

◇山よりほかに友はなし—マヌス監獄を生きたあるクルド難民の物語　ベフルーズ・ブチャーニー著, オミド・トフィギアン英訳, 一谷智子, 友永雄吾監修・監訳　明石書店　2024.2　443p　20cm　〈原書名：No Friend but the Mountains：Writing from Manus Prison〉3000円　①978-4-7503-5712-6

＊「文学は読者を難民収容所へと誘い、被収容者たちの生活を体験させ、目撃させる」全豪伝記文学賞、ヴィクトリア州首相文学賞、ニューサウスウェールズ州首相文学賞、オーストラリア図書産業賞などを受賞し、これまで18の言語に翻訳された世界的ベストセラー、待望の邦訳！〔3307〕

ブッツァーティ, ディーノ　Buzzati, Dino

◇新編怪奇幻想の文学　5　幻影　紀田順一郎, 荒俣宏監修, 牧原勝志編　新紀元社　2024.7　460p　20cm　〈他言語標題：Tales of Horror and Supernatural　原書名：Spiegelbilder Old Clothesほか〉2500円　①978-4-7753-2150-8

内容　山崩れ（ディーノ・ブッツァーティ著, 脇功訳）〔3308〕

◇動物奇譚集　ディーノ・ブッツァーティ著, 長野徹訳　東宣出版　2022.3　282p　19cm　〈原書名：BESTIARIOの抄訳〉2500円　①978-4-88588-105-3

＊ソ連の畜産学研究所で行われた戦慄の実験を語る「アスカニア・ノヴァの実験」、一匹のネズミに手玉に取られる企業をコミカルに描く「恐るべきルチエッタ」、釣り上げられた奇妙な魚をめぐる怪談「海の魔女」、飼い主とペットの立場が入れ替わったあべこべの世界を舞台に、動物であることの体感をユーモラスに語る「警官の夢」、自然界の逆襲をアイロニカルに表現した「蠅」など、デビュー当時から最晩年に至るまでに書かれた"動物"が登場する物語を集め、ブッツァーティの作品世界の重要な側面に光をあてたアンソロジー。没後50年、追悼出版第一弾。未発表作品2篇を含む、全36篇が初邦訳！〔3309〕

◇ババウ　ディーノ・ブッツァーティ著, 長野徹訳　東宣出版　2022.12　217p　19cm　〈原書名：LE NOTTI DIFFICILIの抄訳〉2500円　①978-4-88588-109-1

＊人里離れたアルプスの一角にある療養所で行われている驚くべき安楽死法を語る「誰も信じないだろう」、全人類の滅亡の可能性をSF的な奇想を用いて描く「十月十二日に何が起こる？」、一匹の野良犬の死がきっかけで中国とアメリカの核戦争が勃発する「ブーメラン」、美人コンテストに担ぎ上げられた障害のある少女の絶望が引き起こすカタストロフィ「チェネレントラ」、夢の中に入りこむ夜の巨獣の退治譚「ババウ」など、老いや死、現代社会の孤独や閉塞感といったテーマを、幻想とアイロニーと諧謔を織り交ぜたシンプルな文体で描く26篇。〔3310〕

◇山のバルナボ　ディーノ・ブッツァーティ作, 川端則子訳, 山村浩二絵　岩波書店　2024.7　187p　18cm　（岩波少年文庫　629）〈原書名：BARNABO DELLE MONTAGNE〉790円　①978-4-00-114629-5

＊若き森林警備隊員バルナボは、山の火薬庫が盗賊に襲われたとき、怖気づいて逃げ隠れてしまう…。峰々のそそり立つ美しい大自然を舞台に、恥の意識にとらわれる苦悩と心の平安を描きだした、イタリアの人気作家のデビュー作。中学生以上。〔3311〕

プティマンジャン, ローラン　Petitmangin, Laurent

◇夜の少年　ローラン・プティマンジャン著, 松本百合子訳　早川書房　2022.5　173p　20cm　〈原書名：CE QU'IL FAUT DE NUIT〉2200円　①978-4-15-210134-1〔3312〕

フープス, ナタリー　Hoopes, Natalie

◇ほん　デイビッド・マイルズ作, ナタリー・フープス絵, 上田勢子, 堀切リエ訳　子どもの未来社　2022.10　[32p]　22×27cm　〈原書名：

Book〉1600円　①978-4-86412-225-2　〔3313〕

フラー, ルイーズ　Fuller, Louise

◇メイドは薔薇のシンデレラ　ルイーズ・フラー作，雪美月志音訳　ハーパーコリンズ・ジャパン　2023.1　156p　17cm　〈ハーレクイン・ロマンス R3746〉〈原書名：MAID FOR THE GREEK'S RING〉664円　①978-4-596-75801-9

＊メイドとして働くエフィは胸を躍らせ、銀行の面談に向かった。夢だった香水会社の立ち上げに必要な融資を受けられそうなのだ。ところが途中、富豪アキレスが起こしたトラブルに巻きこまれ、約束の時刻に間に合わず、融資の話は白紙となってしまう。もう夢をあきらめるしかないの？ 失意のエフィの前に、事情を知ったアキレスが再び現れると、いきなり切りだした。「僕と結婚してほしい。病床の父のため、すぐに妻が必要なんだ。もし妻になってくれるなら、きみの希望額の3倍を出そう」彼の熱いまなざしに魅入られ、気づけばエフィはうなずいていた。　〔3314〕

ブラヴァツキー, ヘレナ・P.　Blavatsky, Helena Petrovna

◇新編怪奇幻想の文学　4　黒魔術　紀田順一郎，荒俣宏監修，牧原勝志編　新紀元社　2023.9　477p　20cm　〈他言語標題：Tales of Horror and Supernatural〉2500円　①978-4-7753-2042-6

内容　魂を宿したヴァイオリン（ヘレナ・P.ブラヴァツキー著，熊井ひろ美訳）　〔3315〕

フラヴィチカ, ヤン

◇チェコSF短編小説集　2　カレル・チャペック賞の作家たち　平野清美編訳　ヤロスラフ・オルシャ・jr.，ズデニェク・ランパス編　平凡社　2023.2　505p　16cm　〈平凡社ライブラリー939〉〈原書名：Bílá hůl ráže 7,62　Nikdy mi nedáváš peníze ほか〉1900円　①978-4-582-76939-5

内容　あの頃、どう時間が誘うことになるか（ヤン・フラヴィチカ著，平野清美訳）

＊一九六八年のソ連軍を中心とした軍事侵攻以降、冬の時代を迎えていたチェコスロヴァキア。八〇年代、ゴルバチョフのペレストロイカが進むとSF界にも雪融けが訪れる。学生らを中心としたファンダムからは"カレル・チャペック賞"が誕生し、多くの作家がこぞって応募した。アシモフもクラークも知らぬままに手探りで生み出された熱気と独創性溢れる一三編。　〔3316〕

ブラウニング, アマンダ　Browning, Amanda

◇あなたのすべてになるまで　アマンダ・ブラウニング著，霜月桂訳　ハーパーコリンズ・ジャパン　2024.6　156p　17cm　〈ハーレクイン・プレゼンツ PB386—作家シリーズ　別冊〉〈ハーレクイン　1998年刊の再刊　原書名：A HUSBAND FOR THE TAKING〉664円　①978-4-596-77672-3

＊疎遠な双子の妹ナターリャの事故の知らせを受けたナターシャ。病院に駆けつけると、妹は無事で、婚約者のチェイスが重傷を負っていた。彼は富豪弁護士だが、体に障害が残る可能性を耳にしたナターリャは指輪を外し、彼を見捨てて病院から出ていった。一方、ナターシャは彼を放っておけず、そばで見守った。「ナターシャ…」意識を取り戻したチェイスがつぶやいた。ああ、妹はまた私の名を騙ったのね。昔から姉の名を気に入っていたから。だがチェイスに妹と勘違いされても、ナターシャは否定できなかった。いつしか彼に恋してしまった自分に気づいて。間違いを正せぬまま、ナターシャは彼と結婚し、小さな命を宿した一。本作は1998年上半期、日本デビュー作にして栄えあるベスト作品賞第2位に輝いた、感涙必至の秀作です！　〔3317〕

ブラウン, イーライ　Brown, Eli

◇シナモンとガンパウダー　イーライ・ブラウン著，三角和代訳　東京創元社　2022.8　494p　15cm　〈創元推理文庫 Mフ40-1〉〈原書名：CINNAMON AND GUNPOWDER〉1200円　①978-4-488-28506-7

＊海賊団に主人を殺され、海賊船に拉致された貴族のお抱え料理人ウェッジウッド。女船長マボットから脅され、週に一度、彼女だけに極上の料理を作る羽目に。食材も設備もお粗末極まるなかで、ウェッジウッドは経験とひらめきを総動員して工夫を重ねる。徐々に船での生活にも慣れていくが、マボットの敵たちとの壮絶な戦いが待ち受けていて…。面白さ無類の海賊冒険×お料理小説！　〔3318〕

ブラウン, カーマ　Brown, Karma

◇良妻の掟　カーマ・ブラウン著，加藤洋子訳　集英社　2022.12　364p　19cm　〈原書名：RECIPE FOR A PERFECT WIFE〉2500円　①978-4-08-773522-2

＊元バリキャリ・現小説家志望のアリスは不満だった。夫に伴い渋々引越した古い屋敷は、相当な手入れが必要な物件だったのだ。いざ掃除すると、古い料理本や1950年代の雑誌など、前の女主人ネリーの暮らしていた痕跡が見つかった。庭と植物を愛する、良妻の鑑であったはずのネリーは、どうやら深い秘密がありそうで…。異なる時代に生きるふたりの女性。70年の間に変化したもの、そして変わらないものとは？　〔3319〕

ブラウン, グラハム　Brown, Graham

◇宇宙船〈ナイトホーク〉の行方を追え　上　クライブ・カッスラー，グラハム・ブラウン著，土屋晃訳　扶桑社　2022.9　283p　16cm　〈扶桑社ミステリー カ11-53〉〈原書名：NIGHTHAWK.Vol.1〉1150円　①978-4-594-09235-1

＊宇宙空間での試験運転を終えて帰還の途にあった

アメリカの超高性能無人宇宙船"ナイトホーク"が突如南太平洋上空で消息を絶った。捜索の応援要請を受けた国立海中海洋機関（NUMA）のオースチンは同機の着水地点と目されるガラパゴス諸島周辺海域へと急行するが、最先端テクノロジーの奪取を目論むロシアと中国も当該海域に艦船を集結させつつあった。工作員も暗躍しだす。南太平洋はにわかに風雲急を告げる。オースチンは両国を出し抜く秘策を繰り出すが、事態は思わぬ方向へと進んでいく。
〔3320〕

◇宇宙船〈ナイトホーク〉の行方を追え　下　クライブ・カッスラー，グラハム・ブラウン著，土屋晃訳　扶桑社　2022.9　303p　16cm　（扶桑社ミステリー　カ11-54）〈原書名：NIGHTHAWK.Vol.2〉1150円　①978-4-594-09236-8

＊ロシアと中国の脅威を背に受けて国家安全保障局（NSA）のエマ・タウンゼンドとともに宇宙船の捜索を進めるオースチンにある疑いが兆す。なぜ中ロはかくも激しくこの宇宙船を欲するのか？　なぜ両国はかくも速やかに行動を起こせたのか？　この極秘プロジェクトを進めたNSAの真の目的とは？　そもそも"ナイトホーク"とはなんなのか？　オースチンはやがて驚くべき秘密にたどり着く。そして宇宙船が発見されたとき、その秘密は今そこにある危機となって世界を慄かせることになる―。
〔3321〕

◇オシリスの呪いを打ち破れ　上　クライブ・カッスラー，グラハム・ブラウン著，土屋晃訳　扶桑社　2022.4　287p　16cm　（扶桑社ミステリー　カ11-51）〈原書名：THE PHARAOH'S SECRET.Vol.1〉950円　①978-4-594-09069-2

＊地中海で沈没船の調査をしていたNUMA（国立海中海洋機関）のオースチンはそこで不可解な救難連絡を受け取る。「こちらはドクター・レナタ…わたしたちは攻撃されました…」。発信元であるシチリアの離島、ランペドゥーザに急行したオースチンが目にしたのは黒煙に覆われた島と無数の亡骸だった―。同じ頃チュニジアにいたNUMAのトラウト夫妻は、北アフリカ諸国の水源たる地下水が忽然と姿を消してしまったことを知った。今、地中海世界が未曾有の恐怖に呑み込まれようとしている。
〔3322〕

◇オシリスの呪いを打ち破れ　下　クライブ・カッスラー，グラハム・ブラウン著，土屋晃訳　扶桑社　2022.4　287p　16cm　（扶桑社ミステリー　カ11-52）〈原書名：THE PHARAOH'S SECRET.Vol.2〉950円　①978-4-594-09070-8

＊ランペドゥーザ島を襲った黒煙の真相を探るべくマルタへ渡ったオースチンは事件の背後にいる組織を突き止める。彼らはマルタで何かを手に入れようと暗躍していた。オースチンはここである歴史的事実に行き当たる―1798年、ナイルの海戦。そのとき古代エジプトから現在へ持ち越された陰謀の輪郭がおぼろげに浮かび上がってくる。死をもたらす"黒い霧"の正体、組織の目的、北アフリカ諸国を苦しめている大旱魃の謎―オースチンは相棒ザバーラとともに組織の本拠地があるエジプ

トへと乗り込む。
〔3323〕

◇消えたファラオの財宝を探しだせ　上　クライブ・カッスラー，グラハム・ブラウン著，土屋晃訳　扶桑社　2024.4　271p　16cm　（扶桑社ミステリー　カ11-63）〈原書名：JOURNEY OF THE PHARAOHS.Vol.1〉1150円　①978-4-594-09465-2

＊嵐のスコットランド。当地で休暇を取っていた米国立海中海洋機関（NUMA）のオースチンとザバーラは荒れ狂う波に揉まれるトロール船を発見し、その救助に向かった。危機一髪で乗組員の救助には成功したものの、オースチンは船に不審を抱く。何かがおかしい。船長の挙動には不自然なところがあるし、そもそもなぜ漁船がこんな嵐の夜に―。事実、ふたりが陸に戻ると思わぬ事態が待ち受けていた。やはりあの船には何かある。オースチンは謎を突き止めるべく、再び座礁したトロール船に向かった。
〔3324〕

◇消えたファラオの財宝を探しだせ　下　クライブ・カッスラー，グラハム・ブラウン著，土屋晃訳　扶桑社　2024.4　266p　16cm　（扶桑社ミステリー　カ11-64）〈原書名：JOURNEY OF THE PHARAOHS.Vol.2〉1150円　①978-4-594-09466-9

＊座礁したトロール船で発見されたのは古代エジプトの遺物だった。これにより謎に包まれたファラオ"ヘリホル"の存在が浮かび上がる。古には王の出奔とともに忽然と消えた巨大な富があったこと、そして遺物を資金源にする非合法な武器商人グループがこの富を狙っていることも明らかになった。この全てを阻止せんとするイギリスのMI5と手を組んだオースチンらNUMAの面々は、手段を選ばぬ武器商人たちと際どく渡り合いながら、古代の財宝へ、そして古代エジプトの真実へと迫っていく。
〔3325〕

◇強欲の海に潜行せよ　上　クライブ・カッスラー，グラハム・ブラウン著，土屋晃訳　扶桑社　2023.10　279p　16cm　（扶桑社ミステリー　カ11-61）〈原書名：SEA OF GREED.Vol.1〉1200円　①978-4-594-09473-7

＊メキシコ湾の石油プラットフォームで異変が発生した。同じ海域で作業をしていた国立海中海洋機関（NUMA）のオースチンとザバーラは爆発を確認して潜水艇で現場へ急行する。そこで作業員の救助に当たりながら、オースチンはありえない現象を目にする―海中で燃え盛る幾筋もの火柱。いったい海底で何が起きているのか。プラットフォームの爆発原因もわからない。現場近くで遭遇した正体不明の潜水艇が残した部品を手がかりに、オースチンとザバーラはフロリダへ、そしてさらに東へと向かう。
〔3326〕

◇強欲の海に潜行せよ　下　クライブ・カッスラー，グラハム・ブラウン著，土屋晃訳　扶桑社　2023.10　279p　16cm　（扶桑社ミステリー　カ11-62）〈原書名：SEA OF GREED.Vol.2〉1200円　①978-4-594-09474-4

＊手がかりを追ってバミューダまでやってきたオー

スチンとザバーラは、コンピュータ・エンジニアのブリヤの手を借りながら、石油をめぐる陰謀の正体と首謀者へ肉薄していく。しかしNUMAの奮闘もむなしく、世界は奸計の徒の強欲に呑み込まれつつあった。推定原油埋蔵量の急激な減少に伴う原油価格の高騰、株価の暴落がいまや現実になった。大混乱は目前に迫っている。すべての背後に中東戦争をめぐる暗い歴史があることを察知したオースチンは、陰謀の完遂を阻止すべく、乾坤一擲の勝負に出る！〔3327〕

◇地球沈没を阻止せよ　上　クライブ・カッスラー，グラハム・ブラウン著，土屋晃訳　扶桑社　2023.4　299p　16cm　（扶桑社ミステリー　カ11-57）〈原書名：THE RISING SEA.Vol.1〉1200円　①978-4-594-09237-5
＊世界はかつてない海面の急上昇に見舞われていた。国立海中海洋機関（NUMA）のオースチンは北極海での調査でこの異変が地球温暖化では説明できないと確信した。では原因はいったい——。ここで海底の地質活動に異常はないとする大方の見方に反して地震の頻発を指摘している人物が見つかる。日本の地質学者にして反科学技術運動のリーダー、ケンゾウ・フジハラ。オースチンたちは日本へも飛んだ。フジハラの隠れ処で真相の一端をつかみかけたそのとき、新たな脅威がオースチンたちを襲った——〔3328〕

◇地球沈没を阻止せよ　下　クライブ・カッスラー，グラハム・ブラウン著，土屋晃訳　扶桑社　2023.4　293p　16cm　（扶桑社ミステリー　カ11-58）〈原書名：THE RISING SEA.Vol.2〉1200円　①978-4-594-09238-2
＊フジハラの隠れ処で得た手がかりをたどって、オースチンと相棒のザバーラは陸から、ガメーとポールのトラウト夫妻は海から、恐怖の震源へと距離を詰めていく。片や長崎へ、片や上海へ。同時に地球の危機の背後に隠されていたさまざまな地質学的事実や思惑が姿を見せ始める。そして最先端テクノロジーと政治的陰謀が交錯するところで召喚される失われた日本の遺物——。フジハラの弟子アキコ、警察官ナガノの助力を得て、オースチンたちはついに海の底に秘められた驚くべき真実へと手を伸ばす——〔3329〕

ブラウン，サンドラ　Brown, Sandra
◇いきすぎた悪意　サンドラ・ブラウン著，林啓恵訳　集英社　2023.12　477p　16cm　（集英社文庫　フ18-36）〈原書名：OVERKILL〉1300円　①978-4-08-760788-8
＊4年前に起きた暴行事件。被害者女性の元夫でアメフト選手のザックは、彼女の延命治療の決定権を持つことになりその後引き出し隠遁生活を送っていた。しかし、元妻を暴行した男が早期釈放されたことで事態は動きだす。男を追う州検事の女ケイト。元妻の運命を握り、重圧と決断に揺れるザック。そして彼らに迫る男の影——。それぞれの思惑と葛藤が交錯しせめぎ合う、怒涛のサスペンス！〔3330〕

◇星をなくした夜　サンドラ・ブラウン著，霜月桂訳　ハーパーコリンズ・ジャパン　2024.9　361p　15cm　（mirabooks SB01-28）〈MIRA文庫 2001年刊の新装版 原書名：THE DEVIL'S OWN〉891円　①978-4-596-71411-4
＊内戦の嵐吹き荒れる地で教師をしているケリーには、9人の子どもたちを国境まで送り届ける使命があった。しかし、そのためには、屈強な傭兵が必要だ。兵士たちが集う酒場で、彼女はもっともたくましく危険なオーラを放つ男に目をつける。計画は完璧なはずだった。誤算は、彼が世界の写真家だったこと。そして、ケリーを守るはずの彼自身が、彼女の心を脅かす存在になったこと…。〔3331〕

◇湖は知っている　サンドラ・ブラウン著，林啓恵訳　集英社　2022.12　508p　16cm　（集英社文庫　フ18-35）〈原書名：THICK AS THIEVES〉1300円　①978-4-08-760782-6
＊20年前に起きた窃盗事件。その晩、4人の実行犯の計画は頓挫し、ひとりが殺されひとりが失踪。金は行方不明となり、残るふたりは沈黙を貫き牽制しあってきた。だが、失踪した男の娘アーデンが故郷に舞い戻ったことで均衡が崩れだす。父が消えた謎を探るため奮闘するアーデン。彼女を見守る男と、見張る男。過去を知る者たちがそろった時、美しい湖を抱く町に隠された衝撃の真実が明らかとなる！〔3332〕

◇ワイルド・フォレスト　サンドラ・ブラウン著，松村和紀子訳　ハーパーコリンズ・ジャパン　2022.11　365p　15cm　（mirabooks SB01-27）〈MIRA文庫 2008年刊の新装版 原書名：TWO ALONE〉891円　①978-4-596-75563-6
＊衝撃がおさまり、静寂が訪れた。おそるおそる目を開けた社交令嬢ラスティは、目前に広がる惨状に呆然とした。彼女が乗った飛行機が墜落したのは、人里離れた山の奥らしい。乗客は全員死んでしまい、助けを呼ぶ術もない。そのとき、隣に倒れていた男が意識を取り戻した。暗い眼をした、屈強そうな元軍人一頼れるのはこの人しかいない。見知らぬ同士の男と女の、壮絶なサバイバル生活がいま始まった。〔3333〕

ブラウン，ジャネル　Brown, Janelle
◇インフルエンサーの原罪　上　ジャネル・ブラウン著，奥村章子訳　早川書房　2023.7　393p　16cm　（ハヤカワ・ミステリ文庫　HM 508-1）〈原書名：PRETTY THINGS〉1320円　①978-4-15-185601-3
＊貯金がゼロになった日、ニーナは詐欺師ラクランの相棒になることを決意した。母の治療費が必要だったのだ。SNSを駆使して詐欺を働くようになったふたりは、次の標的としてインフルエンサーで資産家のヴァネッサを選ぶ。ふたりはニセのウェブサイトを開設して別人になりすまし、SNSを通じてヴァネッサに近づくが…。スマートフォンに依存し、ネット情報を信じ込む人々の深層心理を鋭くえぐる、全米大絶賛のミステリ。〔3334〕

◇インフルエンサーの原罪　下　ジャネル・ブラウン著，奥村章子訳　早川書房　2023.7　367p

フラサト

16cm 〈ハヤカワ・ミステリ文庫 HM 508-2〉〈原書名：PRETTY THINGS〉 1320円
①978-4-15-185602-0
＊インスタグラムのフォロワー50万人を誇るインフルエンサーのヴァネッサは、相続した屋敷に移り住み、孤独をまぎらわすためコテージを貸すことを思いつく。ある日彼女が持つ大金を騙し取ろうと、別人になりすましたニーナとラクランが屋敷へとやってくる。はじめはふたりを歓迎していたヴァネッサだったが、ニーナの怪しい挙動に疑念を抱くようになる。彼女は、ニーナを罠にはめるためにディナーへ招待するのだが…。〔3335〕

ブラウン, ジョージ・マッカイ　Brown, George Mackay
◇ヴィンランド　ジョージ・マッカイ・ブラウン著，山田修訳　鳥影社　2023.12　367p　20cm〈原書名：VINLAND〉2500円　①978-4-86782-062-9
＊英国グレートブリテン島北東のオークニー諸島に生まれ、ヴィンランドへの密航等、波乱に富んだ主人公の一代記。11世紀北欧の知られざる歴史物語。〔3336〕

ブラウン, ダグラス・アーサー
◇女仕立屋の物語―神の国カナダケープ・ブレトン島珠玉短編集　ロナルド・カプラン編，堀川徹志訳　京都　文理閣　2022.4　345p　19cm〈原書名：God's Country〉2000円　①978-4-89259-899-9
内容　不幸の手紙（ダグラス・アーサー・ブラウン作）〔3337〕

ブラウン, フレドリック　Brown, Fredric
◇死の10パーセント―フレドリック・ブラウン短編傑作選　フレドリック・ブラウン著，小森収編，越前敏弥，高山真由美他訳　東京創元社　2023.9　445p　15cm〈創元推理文庫 Mフ1-21〉〈責任表示はカバーによる　原書名：The Moon for a Nickel　Bonerほか〉1260円　①978-4-488-14625-2
内容　5セントのお月さま（越前敏弥訳）　へま（広瀬恭子訳）　女が男を殺すとき（高山真由美訳）　消えた役者（高山真由美訳）　どうしてなんだベニー、いったいどうして（広瀬恭子訳）　球形の食屍鬼（廣瀬麻微訳）　フルートと短機関銃のための組曲（越前敏弥訳）　死の警告（越前敏弥訳）　愛しのラム（武居ちひろ訳）　殺しのプレミアショー（国弘喜美代訳）　殺意のジャズソング（越前敏弥訳）　死の10パーセント（越前敏弥訳）　最終列車（越前敏弥訳）　5セントのお月さま　へま　女が男を殺すとき　消えた役者　どうしてなんだベニー、いったいどうして　球形の食屍鬼　フルートと短機関銃のための組曲　死の警告　愛しのラム　殺しのプレミアショー　殺意のジャズソング　死の10パーセント　最終列車
＊「これから起こる殺人」を通報した男による不可能犯罪の真相「死の警告」。『シカゴ・ブルース』の探偵エドとアムおじの活躍譚「女が男を殺すとき」「消えた役者」。ある男に10パーセントの取り分でマネジメントを任せた俳優志望の青年の運命を描く表題作。謎解きミステリや"奇妙な味"等、本邦初訳3作を含む13編。『短編ミステリの二百年』編者の手による名作短編のフルコース！〔3338〕

ブラウン, レベッカ　Brown, Rebecca
◇天国ではなく、どこかよそで　レベッカ・ブラウン著，柴田元幸訳　ignition gallery　2024.10　131p　17cm〈著作目録あり　twililight 原書名：Not Heaven, Somewhere Else〉2000円
①978-4-9912851-8-9
内容　豚たち　狼と叫んだ女の子　誰かほかに　穴　デビーとアンジ　大皿に載ったあなたの首　ヘンゼルとグレーテル　セメントの二つのバージョン　天国ではなく、どこかよそで　双子　ご婦人と犬　人魚　ハンプティ・ダンプティ　わたしをここにとどめているもの　兄弟たち　ゼペット　おばあさまの家に
＊「ヘンゼルとグレーテル」「ハンプティ・ダンプティ」「ゼペット」…夢* な書きなおされた物語たち。〔3339〕

ブラウン, ローズアン・A.　Brown, Roseanne A.
◇ズィーラーン国伝　1　神霊の血族　ローズアン・A.ブラウン作，三辺律子訳　評論社　2024.7　359p　19cm〈原書名：A SONG OF WRAITHS AND RUIN〉1600円　①978-4-566-02481-6
＊砂漠に囲まれた豊かな都市国家・ズィーラーンに、新しい生活を求めて逃れてきた難民の少年・マリク。心に傷を抱え、後継者でありながら、自国を逃れ、遠くで暮らしたいと願う王女・カリーナ。出会うはずのないふたりが神霊の謀略によって出会うとき、運命が動きはじめる―。西アフリカの神話を下敷きにえがかれる、まったく新しいハイファンタジー！〔3340〕

◇ズィーラーン国伝　2　王の心臓　ローズアン・A.ブラウン作，三辺律子訳　評論社　2024.7　326p　19cm〈原書名：A SONG OF WRAITHS AND RUIN〉1600円　①978-4-566-02482-3
＊心が近づくほどに、相手の命を奪うことへの葛藤が深まるマリクとカリーナ。カリーナの願いもむなしく、マリクはソルスタシアの試練に勝ち進んでいく。それは、決断のときが近づいていることを意味していた。惹かれ合うほど、運命は非情さを増していく―。西アフリカの神話を下敷きにえがかれる、まったく新しいハイファンタジー！〔3341〕

プラサド, ヴィナ・ジエミン　Prasad, Vina Jie-Min
◇創られた心―AIロボットSF傑作選　ケン・リュウ，ピーター・ワッツ，アレステア・レナルズ他著，ジョナサン・ストラーン編，佐田千織

他訳　東京創元社　2022.2　564p　15cm　（創元SF文庫　SFン11-1）〈責任表示はカバーによる　原書名：MADE TO ORDER〉1400円　①978-4-488-79101-8

内容　働く種族のための手引き（ヴィナ・ジェミン・プラサド著，佐田千織訳）

＊人工的な心や生命。ゴーレム、オートマトン、ロボット、アンドロイド、ボット、人工知能─人間によく似た機械、人間のために注文に応じてつくられた存在というアイディアは、古代より我々を魅了しつづけてきた。そしていま、その長い歴史に連なるアンソロジーがここに登場する。ケン・リュウ、ピーター・ワッツ、アレステア・レナルズら、最高の作家陣による16の物語を収録。〔3342〕

プラス，シルヴィア　Plath, Sylvia

◇ベル・ジャー　シルヴィア・プラス著，小澤身和子訳　晶文社　2024.7　383p　19cm　（I am I am I am）〈原書名：The Bell Jar〉2500円　①978-4-7949-7435-8

＊わたしはぜんぶ覚えている。あの痛みも、暗闇も。世の中は欺瞞だらけだと感じる人、かつてそう思ったことがある人たちに刺さりつづける、ピュリツァー賞受賞の天才詩人が書き残した唯一の長編小説、20年ぶりの新訳！「I am I am I am」シリーズ、第一弾。〔3343〕

◇メアリ・ヴェントゥーラと第九王国─シルヴィア・プラス短篇集　シルヴィア・プラス著，柴田元幸訳　集英社　2022.5　213p　20cm　〈著作目録あり　原書名：MARY VENTURA AND THE NINTH KINGDOM〉2100円　①978-4-08-773519-2　〔3344〕

ブラスウェル，リズ　Braswell, Liz

◇ビューティ＆ビースト─野獣に呪いをかけた魔女がベルの母親だった〈もしも〉の世界　上　リズ・ブラスウェル著，池本尚美訳　Gakken　2024.10　303p　19cm　（ディズニーツイステッドテール─ゆがめられた世界）「美女と野獣　上」（小学館　2017年刊）の改題、改訳　原書名：As Old As Time〉1100円　①978-4-05-205988-9

＊あの魔女があなたに呪いをかけたのはなぜ？　ベルの家族のダークな過去と秘密がいま明かされる！『美女と野獣』の"どこか"が変なゆがめられた物語。〔3345〕

◇ビューティ＆ビースト─野獣に呪いをかけた魔女がベルの母親だった〈もしも〉の世界　下　リズ・ブラスウェル著，池本尚美訳　Gakken　2024.10　309p　19cm　（ディズニーツイステッドテール─ゆがめられた世界）「美女と野獣　下」（小学館　2017年刊）の改題、改訳　原書名：As Old As Time〉1100円　①978-4-05-205989-6

＊ベルの呪いをとくために立ち上がる！　ビーストの心まで野獣になってしまう前に！　謎が謎を呼ぶ！　ミステリー仕立ての新時代の『美女と野獣』〔3346〕

ブラスコ・イバーニェス，ビセンテ　Blasco Ibáñez, Vicente

◇教科書の中の世界文学─消えた作品・残った作品25選　秋草俊一郎，戸塚学編　三省堂　2024.2　285p　21cm〈文献あり〉2500円　①978-4-385-36237-3

内容　鮪釣り（ビセンテ・ブラスコ・イバーニェス著，永田寛定訳）〔3347〕

ブラゾプル，イオナ

◇ノヴァ・ヘラス─ギリシャSF傑作選　フランチェスカ・T・バルビニ，フランチェスコ・ヴァルソ編　中村融他訳　竹書房　2023.4　271p　15cm　（竹書房文庫　ば3-1）〈原書名：α2525（重版）　NOVA HELLAS〉1360円　①978-4-8019-3280-7

内容　人間都市アテネ（イオナ・ブラゾプル著，ディミトラ・ニコライドウ，ヴァヤ・プセフタキ英訳，佐田千織訳）

＊あなたは生活のために水没した都市に潜り働くひとびとを見る（「ローズウィード」）。風光明媚な島を訪れれば観光客を人造人間たちが歓迎しているだろう（「われらが仕える者」）。ひと休みしたいときはアバコス社の製剤をどうぞ（「アバコス」）。高き山の上に登れば原因不明の病を解明しようと奮闘する研究者たちがいる（「いにしえの疾病」）。輝きだした新たなる星たちがあなたの前に降臨する。あなたは物語のなかに迷い込んだときに感じるはずだ─。隆盛を見せるギリシャSFの第一歩を。〔3348〕

ブラック，ジュノー　Black, Juneau

◇狐には向かない職業　ジュノー・ブラック著，田辺千幸訳　早川書房　2023.9　303p　16cm　（ハヤカワ・ミステリ文庫　HM 510-1）〈原書名：SHADY HOLLOW〉1280円　①978-4-15-185701-0

＊森の動物が暮らす平和な村"シェイディ・ホロウ"で、ある朝、気難しいヒキガエルの死体が発見される。彼は毒殺されたうえ、ナイフで刺されていた！　キツネの地元紙記者ヴェラは、ヒグマの警察副署長と対立しつつ、友人のミステリ好きなカラスの書店主と事件を追うことに。調査するうちに、のどかな村の住人はそれぞれが秘密を抱えているとわかり、さらに新たな被害者が…!?動物たちの村を舞台にした謎解きミステリ。〔3349〕

ブラック，スー　Black, Sue

◇死体解剖有資格者─法人類学者が見た生と死との距離　スー・ブラック著，横田淳監訳，倉骨彰訳　草思社　2023.1　585p　19cm　〈原書名：ALL THAT REMAINS : a life in death〉3800円　①978-4-7942-2601-3

＊法人類学・解剖学の世界的権威、英国BBC Two

局「長期未解決怪事件ファイル：歴史上のコールドケース」の進行役、ブラック教授が綴る、個人識別技術と身元鑑定にまつわるミステリー風回顧録。死体解剖資格認定の解剖学教授として後進の指導にあたるかたわら、時には法人類学調査官として警察捜査を支援、時には英国法医学チームの一員として大惨事、大災害、ジェノサイドの現場に赴き、犠牲者の身元の特定に奮闘する。骨片、爪、毛髪等の硬組織のみならず、軟組織付きの遺体の剖検を通じ、先端科学技法を駆使し死体を精査、故人がいかなる最期を迎えたかを見極める。サルティア・ソサイエティ賞ミステリー部門賞受賞作品。〔3350〕

ブラック, トマス　Pluck, Thomas
◇短編回廊―アートから生まれた17の物語　ローレンス・ブロック編, 田口俊樹他訳　ハーパーコリンズ・ジャパン　2022.12　605p, 図版18p　15cm　〈ハーパーBOOKS M・フ6・2〉〈原書名：ALIVE IN SHAPE AND COLOR〉 1264円　ⓘ978-4-596-75581-0

内容　真実は井戸よりいでて人類を恥じ入らせる（トマス・ブラック著, 田口俊樹訳）

＊探偵スカダーは滞在先で見覚えのある顔にでくわす。それは25年前、まだスカダーが刑事だった頃に恋人殺しの罪で逮捕した男で―L・ブロック『ダヴィデを探して』。考古学者の夫婦は世紀の発見にたどりつくが、待ち受けていたのは恐ろしい真相だった―J・ディーヴァー『意味深い発見』。絵のなかに閉じ込められてしまった少女の悲痛な叫び―J・C・オーツ『美しい日々』他、芸術とミステリーの饗宴短編集！〔3351〕

ブラック, ベンジャミン　Black, Benjamin
◇黒い瞳のブロンド　ベンジャミン・ブラック著, 小鷹信光訳　早川書房　2023.6　494p　16cm　〈ハヤカワ・ミステリ文庫 HM 7-19〉〈原書名：THE BLACK-EYED BLONDE〉 1480円　ⓘ978-4-15-070469-8

＊私立探偵フィリップ・マーロウの元に現れたクレアと名乗る黒い瞳のブロンドの女性。マーロウは彼女から、消えた愛人を探してほしいと依頼される。裕福な女性がなぜ自分に依頼をと訝りながら調査を開始するが、愛人は2カ月前に死亡しており、彼女もそれを知っていたことが判明する。問い質すマーロウに、クレアは「先週、生きている彼を見た」と告げ…。チャンドラー『ロング・グッドバイ』の公認続篇！〔3352〕

ブラックウッド, アルジャーノン　Blackwood, Algernon
◇新編怪奇幻想の文学　3　恐怖　紀田順一郎, 荒俣宏監修, 牧原勝志編　新紀元社　2023.5　466p　20cm　〈他言語標題：Tales of Horror and Supernatural〉 2500円　ⓘ978-4-7753-2041-9

内容　木に愛された男（アルジャーノン・ブラックウッド著, 渦巻栗訳）〔3353〕

◇新編怪奇幻想の文学　4　黒魔術　紀田順一郎, 荒俣宏監修, 牧原勝志編　新紀元社　2023.9　477p　20cm　〈他言語標題：Tales of Horror and Supernatural〉 2500円　ⓘ978-4-7753-2042-6

内容　五月祭前夜（アルジャーノン・ブラックウッド著, 渦巻栗訳）〔3354〕

◇新編怪奇幻想の文学　5　幻影　紀田順一郎, 荒俣宏監修, 牧原勝志編　新紀元社　2024.7　460p　20cm　〈他言語標題：Tales of Horror and Supernatural　原書名：Spiegelbilder　Old Clothesほか〉 2500円　ⓘ978-4-7753-2150-8

内容　古い衣（アルジャーノン・ブラックウッド著, 渦巻栗訳）〔3355〕

◇迷いの谷　A・ブラックウッド他著, 平井呈一訳　東京創元社　2023.5　613p　15cm　〈創元推理文庫 Fン10-2―平井呈一怪談翻訳集成〉 1500円　ⓘ978-4-488-58509-9

内容　人形　部屋の主　猫町　片袖　約束　迷いの谷（アルジャーノン・ブラックウッド著, 平井呈一訳）

＊20世紀英国を代表する怪奇小説の三巨匠としてマッケンの他に平井が名を挙げたのが、優れた古典の素養と洗練された話術で人気を博したM・R・ジェイムズ、緻密な描写で純粋な恐怖を顕現せしめるアルジャーノン・ブラックウッドだ。両者の魅力が横溢する短篇群とコッパード「シルヴァ・サアカス」、ホフマン「古城物語」に加え、ハーンの怪奇文学講義、多彩なエッセーを併録する。〔3356〕

ブラックハースト, J.L.　Blackhurst, J. L.
◇スリー・カード・マーダー　J.L.ブラックハースト著, 三角和代訳　東京創元社　2024.3　401p　15cm　〈創元推理文庫 Mフ42-1〉〈著作目録あり　原書名：THREE CARD MURDER〉 1260円　ⓘ978-4-488-21706-8

＊被害者は、2月5日、火曜日の午後4時5分に空から降ってきた。喉には無残な切り傷。落下したと思われたフラット5階の男の部屋は無人のうえ、玄関ドアは内側から釘と板で封じられていた。この不可解な密室殺人に臨むのは、サセックス警察のテス・フォックス警部補と、その異母姉妹の凄腕詐欺師。正反対の姉妹が、思わぬ展開を見せる不可能犯罪に挑む、期待の新シリーズ開幕！〔3357〕

ブラッドフォード, ローラ　Bradford, Laura
◇レンタル友人、はじめました　ローラ・ブラッドフォード著, 田辺千幸訳　原書房　2023.3　399p　15cm　〈コージーブックス ブ1-1―崖っぷちエマの事件簿 1〉〈原書名：A PLUS ONE FOR MURDER〉 1100円　ⓘ978-4-562-06129-7

＊「だったら、あなたは"こういうこと"を仕事にすればいいのよ」小さな旅行代理店の運営がうまくいかず崖っぷちのエマに、「友人になる」というビジネスを勧めてくれたのは、一人の高齢女性だった。半信半疑のままレンタル友人業をはじめてみ

フラットヘ

ると、次々に依頼が舞い込んできて順調なすべりだし。孤独な老人のダンス相手から、ジム仲間まで一世の中には意外にも孤独だったり、忙しすぎて友人を作る暇もない人たちが多いとか。その依頼人たちはちょっぴりクセが強くて欠点が多いけれど、エマは彼らに寄り添って、励ましたり、力になれることが嬉しかった。ところがある日、「友人として拍手を贈る」だけの簡単な依頼だったはずが、依頼人がエマの目の前で殺される事件が起きてしまう？　〔3358〕

◇レンタル友人は裏切らない　ローラ・ブラッドフォード著，田辺千幸訳　原書房　2023.8　398p　15cm　（コージーブックス ブ1-2―崖っぷちエマの事件簿 2）〈原書名：A PERILOUS PAL〉1100円　①978-4-562-06132-7
＊新しい依頼人は専業主婦のキム。家族のために尽くし、だれもがこんな母親が欲しいと羨むような心優しい女性だった。でも、子どもたちが巣立ってからは一人で寂しい日々を送っていた。小さな楽しみといえば、自分を捨てて若い秘書に走った夫をどうやってこらしめるか、空想してはノートに書きつけることくらい。エマはレンタル友人として、そんなキムが本当にやりたいことを見つけ、再出発するお手伝いをすることに。ケーキ屋巡りにお菓子作り、読書会…キムのやりたいことリストが楽しいことで埋まりはじめたそのとき、キムの夫が何者かに絞殺される事件が発生。そして、復讐計画を書きつけていたキムのノートが動かぬ証拠となり…？　〔3359〕

ブラッドベリ，レイ　Bradbury, Ray

◇吸血鬼は夜恋をする―SF＆ファンタジイ・ショートショート傑作選　ロバート・F・ヤング，リチャード・マシスン他著，伊藤典夫編訳　東京創元社　2022.12　387p　15cm　（創元SF文庫 SFヤ12-1）〈文化出版局 1975年刊の増補〉1000円　①978-4-488-79301-2
[内容]　お墓の引越し（レイ・ブラッドベリ著）
＊「アンソロジイという言葉のもとになったギリシャ語の意味は「花々を集めたもの」。立ちどまるほどではないが、歩く途中ひょっと目にとまり、見とれる花、つまり、理屈ぬきで楽しんでいただけるような小品を選ぼうと心懸けた」（伊藤典夫）。名翻訳家が初めて単独編纂した伝説のアンソロジイを半世紀ぶりに初文庫化。《SFマガジン》《奇想天外》の掲載作を追加し、全32編とした。　〔3360〕

◇10月はたそがれの国　レイ・ブラッドベリ著，中村融訳　東京創元社　2024.11　524p　15cm　（創元SF文庫 SFブ1-2）〈原書名：THE OCTOBER COUNTRY〉1500円　①978-4-488-61208-5
[内容]　こびと　つぎの番　アンリ・マチスのポーカー・チップの目　骨　壜　みずうみ　使者　熱気のうちで　小さな暗殺者　群集　びっくり箱　大鎌　アイナーおじさん　風　二階の下宿人　ある老女の話　下水道　集会　ダドリー・ストーンのふしぎな死
＊ポオの衣鉢をつぐ幻想文学の第一人者にしてSF

叙情詩人と謳われた名匠ブラッドベリ。本書は幻の第1短編集『闇のカーニヴァル』から15編を選び、新たに4つの作品を加えた珠玉の短編集である。その後のSF、ファンタジーを中心とした作品と異なり、ここには怪異と幻想と夢魔の世界がなまなましく息づいている。ジョゼフ・ムニャイニのカラー口絵1葉と挿絵12葉を収めた。　〔3361〕

◇たんぽぽのお酒　レイ・ブラッドベリ著，北山克彦訳　ベスト版　晶文社　2023.11　403p　19cm　〈著作目録あり　1997年刊の再刊　原書名：DANDELION WINE〉2000円　①978-4-7949-7390-0
＊輝く夏の陽ざしのなか、12歳の少年ダグラスはそよ風にのって走る。その多感な心にきざまれる数々の不思議な事件と黄金の夢…。夏のはじめに仕込んだタンポポのお酒一壜一壜にこめられた、少年の愛と孤独と夢と成長の物語。「イメージの魔術師」ブラッドベリがおくる少年ファンタジーの永遠の名作。　〔3362〕

◇塵よりよみがえり　R.ブラッドベリ著，中村融訳　新装版　河出書房新社　2024.10　257p　15cm　（河出文庫）〈原書名：FROM THE DUST RETURNED〉1000円　①978-4-309-46808-2
＊小高い丘の上に建つ一軒の屋敷。そこに住むのは、ミイラのおばあちゃん、心を自由に飛ばす魔女、鏡に映らない夫婦、そしてたったひとりの人間の子…。ときは万聖節前夜。その屋敷では、夜に歩く風に乗り、世界に散らばって永遠を生きる、魔の一族の"集会"がはじまる！　五十五年の歳月をかけて紡がれた、奇妙で切ない特別な物語。　〔3363〕

◇とうに夜半を過ぎて　R.ブラッドベリ著，小笠原豊樹訳　新装版　河出書房新社　2024.3　471p　15cm　（河出文庫 フ6-2）〈原書名：LONG AFTER MIDNIGHT〉1100円　①978-4-309-46798-6
[内容]　青い壜　いつ果てるとも知れぬ春の日　親爺さんの知り合いの鸚鵡　灼ける男　木製の道具　救世主　第五号ロボットGBS　非の打ち所ない殺人　罪なき罰　なんとか日曜を過ごす　全量服用、群集の狂気を阻む薬　日照りのなかの幕間　ある恋の物語　願いごと　永遠と地球の中を　語られぬ部分にこそいとしいアドルフ　ジェイミーの奇蹟　十月のゲーム　黒パン　とうに夜半を過ぎて　板チョコ一枚おみやげです！
＊荒廃した火星に隠された伝説の青い壜（「青い壜」）、いじめっ子を殺しに故郷に帰った男の完璧な復讐（「非の打ち所ない殺人」）、すべてを与える代わりに結婚を望む魔女（「全量服用、群集の狂気を阻む薬」）…。恐怖の愉悦と幻想の遊戯に満ちた、めくるめく二十二篇。SFの詩人が贈る、とっておきの作品集。　〔3364〕

◇何かが道をやってくる　レイ・ブラッドベリ，中村融訳　東京創元社　2023.7　412p　15cm　（創元SF文庫）〈原書名：Something wicked this way comes〉1100円　①978-4-488-61207-8
＊その年、ハロウィーンはいつもより早くやってき

た。そしてジムとウィル、ふたりの13歳の少年は、一夜のうちに永久に子供ではなくなった。夜の町に現れたカーニヴァルの喧噪のなか、回転木馬の進行につれて、人の姿は未来から過去へ、過去から未来へ変わりゆき、魔女の徘徊する悪夢の世界が現出する。SFの叙情詩人を代表する一大ファンタジー。著者自身によるあとがきを付す。〔3365〕

◇猫のパジャマ　R.ブラッドベリ著，中村融訳　新装版　河出書房新社　2024.5　347p　15cm〈河出文庫　フ6-3〉〈原題：THE CAT'S PAJAMAS〉1000円　①978-4-309-46799-3

内容　さなぎ　島　夜明け前　酋長万歳　ふだんどおりにすればいいのよ　まさしく、オロスコ！　シケイロス、煮り！　屋敷　ジョン・ウィルクス・ブース/ワーナー・ブラザーズ/MGM/NBC葬儀列車　用心深い男の死　猫のパジャマ　三角関係　マフィオーソ・セメント・ミキサー　幽霊たち　帽子はどこだ、急ぎはなんだ？　変身　ルート66　趣味の問題　雨が降ると憂鬱になる　おれの敵はみんなくたばった　完全主義者　エピローグ—R・B、G・K・C&G・B・S永遠なるオリエント急行　連れて帰ってくれ

＊仔猫を拾った見知らぬ男女の極上のラブストーリー（「猫のパジャマ」）、賭けで合衆国を巻き上げられた大統領の最後の大勝負（「酋長万歳」）、素晴らしく知的で優しい異星人との恐怖の邂逅（「趣味の問題」）…。初期の傑作「さなぎ」をはじめ、人生のほろ苦い奇跡に満ちた巨匠による魅惑の二十一篇。絶筆となった自伝的エッセイを特別収録。〔3366〕

ブラッドリー，マリオン・ジマー　Bradley, Marion Zimmer

◇星、はるか遠く—宇宙探査SF傑作選　フレッド・セイバーヘーゲン，キース・ローマー他著，中村融編　東京創元社　2023.12　460p　15cm〈創元SF文庫　SFン6-6〉〈原書名：The Long Way Home　The Wind Peopleほか〉1200円　①978-4-488-71506-9

内容　風の民（マリオン・ジマー・ブラッドリー著，安野玲訳）

＊いつの日にか人類は、生まれ育った地球をあとにして、宇宙の深淵へ旅立ってゆく。そのとき彼らが目撃するものは—。SFは1世紀以上にわたって、そこに待ち受けるであろう、想像を超えた驚異をさまざまに物語ってきた。その精華たる9編を収録。舞台となるのは、太陽系外縁部の宇宙空間、人類が初めて出会う種属の惑星、あるいは文明の滅び去った世界。本邦初訳作2編を含む。〔3367〕

ブラッドレー，ジェイムズ

◇シリコンバレーのドローン海賊—人新世SF傑作選　グレッグ・イーガン他著，ジョナサン・ストラーン編，中原尚哉他訳　東京創元社　2024.5　420p　15cm〈創元SF文庫　SFン11-2〉〈責任表示はカバーによる　原書名：TOMORROW'S PARTIESの抄訳〉1400円　①978-4-488-79102-5

内容　嵐のあと（ジェイムズ・ブラッドレー著，金子浩訳）

＊人新世とは「人間の活動が地球環境に影響を及ぼし、それが明確な地質年代を構成していると考えられる時代」、すなわちまさに現代のことである。パンデミック、世界的経済格差、人権問題、資源問題、そして環境破壊や気候変動問題…未来が破滅的に思えるときこそ、SFというツールの出番だ。グレッグ・イーガンら気鋭の作家たちによる、不透明な未来を見通すためのアンソロジー。〔3368〕

ブラッドン，メアリ・エリザベス　Braddon, Mary Elizabeth

◇吸血鬼ラスヴァン—英米古典吸血鬼小説傑作集　G・G・バイロン，J・W・ポリドリほか著，夏来健次，平戸懐古編訳　東京創元社　2022.5　443p　20cm〈他言語標題：THE VAMPYRE　文献あり〉3000円　①978-4-488-01115-4

内容　善良なるデュケイン老嬢（メアリ・エリザベス・ブラッドン著，夏来健次訳）

＊ブラム・ストーカー『吸血鬼ドラキュラ』に先駆けて発表された英米の吸血鬼小説に焦点を当てた画期的アンソロジーが満を持して登場。バイロン、ポリドリらによる名作の新訳、伝説の大著『吸血鬼ヴァーニー—あるいは血の晩餐』抄訳ほか、ブラックユーモアの中に鋭い批評性を潜ませる短編吸血鬼小説「黒い吸血鬼—サント・ドミンゴの伝説」、芸術家を誘うイタリアの謎めいた邸宅の秘密を描く妖女譚の傑作「カンパーニャの怪」、血液ではなく精神を搾取するサイキック・ヴァンパイアものの先駆となる幻の中篇「魔王の館」など、本邦初紹介の作品を中心に10篇を収録。怪奇小説を愛好し、多彩な翻訳を手がけてきた訳者らによる日本オリジナル編集で贈る。〔3369〕

◇ロンドン幽霊譚傑作集　W.コリンズ，E.ネズビット他著，夏来健次編　東京創元社　2024.2　389p　15cm（創元推理文庫　Fン11-2）〈原書名：Mrs.Zant and the Ghost　The Last House in C-Streetほか〉1100円　①978-4-488-58408-5

内容　女優の最後の舞台（メアリ・エリザベス・ブラッドン著，夏来健次訳）

＊19世紀ヴィクトリア朝ロンドン。産業・文化ともに栄える一方で、犯罪譚や怪談が流行する魔の都としての貌も持ち合わせていた。陽光あふれる公園の一角で霊に遭遇した美しき寡婦を巡る愛憎劇「ザント夫人と幽霊」、愛人を催眠術で殺害した医師が降霊会で過去の罪と対峙する「降霊会の部屋にて」ほか、ロンドンで囁かれるゴースト・ストーリー13篇を収録。集中12篇が本邦初訳。〔3370〕

フラド，アラン　Hlad, Alan

◇リスボンのブック・スパイ　アラン・フラド著，髙山祥子訳　東京創元社　2024.9　441p　19cm〈文献あり　原書名：THE BOOK SPY〉2500円　①978-4-488-01139-0

＊第二次世界大戦下のヨーロッパで敵国の書物を収

集せよー。実在の図書館司書に材をとり、本を愛する者たちの闘いを描いた、心揺さぶる傑作長編！〔3371〕

プラトーノフ, アンドレイ Platonov, Andreĭ
◇幸福なモスクワ　アンドレイ・プラトーノフ著，池田嘉郎訳　白水社　2023.6　251p　20cm　〈ロシア語文学のミノタウロスたち No02〉〈原書名：Счастливая Москва〉3000円　①978-4-560-09344-3
＊特異な世界観と言語観で生成するソ連社会を描いたプラトーノフ―共産主義を象るモスクワ・チェスノワと彼女をめぐる「幸福」の物語。〔3372〕

◇チェヴェングール　アンドレイ・プラトーノフ著，工藤順，石井優貴訳　作品社　2022.6　624p　20cm　〈付属資料：付録(11p 18cm)　原書名：Чевенгур〉4500円　①978-4-86182-919-2
＊愛と憂鬱の"ユートピア"。ロシア文学の肥沃な森に残された最後の傑作、本邦初訳。〔3373〕

◇ポトゥダニ川―プラトーノフ短編集　アンドレイ・プラトーノフ著，正村和子，三浦みどり訳　横浜　群像社　2023.6　227p　17cm　〈群像社ライブラリー 47〉〈原書名：РЕКА ПОТУДАНЬ〉1800円　①978-4-910100-31-9　〔3374〕

ブラナー, ジョン Brunner, John
◇吸血鬼は夜恋をする―SF&ファンタジイ・ショートショート傑作選　ロバート・F・ヤング, リチャード・マシスン他著，伊藤典夫編訳　東京創元社　2022.12　387p　15cm　〈創元SF文庫 SFﾌ12-1〉〈文化出版局 1975年刊の増補〉1000円　①978-4-488-79301-2
内容　思考の檻（ジョン・ブラナー著）
＊「アンソロジイという言葉のもとになったギリシャ語の意味は「花々を集めたもの」。立ちどまるほどではないが、歩く途中ひょっと目にとまり、見とれる花、つまり、理屈ぬきで楽しんでいただけるような小品を選ぼうと心懸けた」(伊藤典夫)。名翻訳家として初めて単独編纂した伝説のアンソロジイを半世紀ぶりに初文庫化。〈SFマガジン〉〈奇想天外〉の掲載作を追加し、全32篇とした。〔3375〕

フラナガン, エリン Flanagan, Erin
◇鹿狩りの季節　エリン・フラナガン著，矢島真理訳　早川書房　2023.1　350p　19cm　〈HAYAKAWA POCKET MYSTERY BOOKS 1987〉〈原書名：DEER SEASON〉2200円　①978-4-15-001987-7
＊1985年11月、ネブラスカ州ガンスラム。鹿狩りの季節を迎えた田舎町で、女子高生ペギーが失踪した。当初は家出と見られたが、弟マイロは不審に思い、周囲に聞き込みをする。やがてペギーに好意を抱いていた知的障害のある青年ハルが鹿狩り

の帰りに血が付いたトラックに乗っていたことから疑惑の目を向けられる。ハルの無実を信じて事件を調べる保護者代わりの中年夫婦、姉の行方を追うマイロ、何かを隠している町の人々とハル…様々な思惑の果てに浮かぶ真実とは？ アメリカ探偵作家クラブ賞最優秀新人賞受賞作。〔3376〕

フラナガン, リチャード Flanagan, Richard
◇グールド魚類画帖―十二の魚をめぐる小説　リチャード・フラナガン著，渡辺佐智江訳　新装版　白水社　2024.6　414p　20cm　〈原書名：GOULD'S BOOK OF FISH〉4500円　①978-4-560-09110-4
内容　ポットベリード・シーホース　ケルピー　ポーキュパイン・フィッシュ　スターゲイザー　レザージャケット　サーペント・イール　ソートゥース・シャーク　ストライプト・カウフィッシュ　クレステッド・ウィードフィッシュ　フレッシュウォーター・クレイフィッシュ　シルバー・ドーリー　ウィーディー・シードラゴン
＊英連邦作家賞受賞作品。タスマニアの孤島に流刑された画家グールドは、島の外科医殺害の罪で絞首刑を宣告される。残虐な獄につながれ、魚の絵を描き、処刑を待つグールド…その衝撃の最期とは？〔3377〕

フラバル, ボフミル Hrabal, Bohumil
◇十一月の嵐　ボフミル・フラバル著，石川達夫訳　京都　松籟社　2022.12　309p　19cm　〈フラバル・コレクション〉〈原書名：LISTOPADOVÝ URAGÁN〉2200円　①978-4-87984-431-6
＊作家自身が見つめ、経験した、ナチスのチェコ侵略、「プラハの春」の挫折、そして「ビロード革命」。歴史の大きな出来事についての語りはしかし奔放に、自在に逸脱し、メランコリーとグロテスクとユーモアがまじりあう中に、シュールで鮮烈なイメージが立ち上がってくる―。フラバル後期の傑作短編集。〔3378〕

プラープ Prapt
◇The Miracle of Teddy Bear　上　Prapt著，福冨渉訳　U-NEXT　2023.8　383p　19cm　〈本文は日本語〉1850円　①978-4-910207-43-8
＊テディベアのタオフーは、あるとき目覚めたら人間の身体になっていた！ どうしてこんなことが起こったのかわからず混乱していたけれど、でも持ち主である大好きなナットくんがいれば大丈夫！…のはずが、突然現れた見知らぬ男にナットくんは警戒心をあらわにし、タオフーを警察に連れて行こうとしたり、寝室に入れてくれなくなったりと想定外の困難だらけになってしまった。家にいる「物」たちと力を合わせながら少しずつナットくんの警戒を解き、タオフーはぬいぐるみだった頃より深くナットくんを知っていく。ずっと一緒にいるために、タオフーは自分の起源を探し始めて…？ これは"ふつう"の日々の中に訪れた奇跡と愛の物語―。〔3379〕

◇The Miracle of Teddy Bear 下 Prapt著，福冨渉訳 U-NEXT 2023.8 413p 19cm〈本文は日本語〉1850円 ①978-4-910207-44-5
＊ナットくんとの甘い日々は、幸せに満ちているようでいて、ちらちらと不穏な棘が見え隠れしていた。ナットくんを深く知れば知るほど、愛せば愛すほどそれは避けて通れないと思い知らされる。だが、どれだけ困難だったとしても、ナットくんと一緒にいたいからこそタオフーはどうして自分が人間になったのか探し求めていくしかない。しかし、家の中の「物」たちが次々と眠っていっていることが発覚！タオフーは自分にも眠りの時が迫っているのではないかと焦り始める。そしてついに、ナットくんが隠してきた初恋の真相も、さらにそれが自分に繋がっていたとわかって!? 奇跡に秘められた愛の真実とは一。奇跡の向こうに訪れた後日談番外編も収録。〔3380〕

フランク，ウォルドー　Frank, Waldo
◇ユーモア・スケッチ大全 [4] すべてはイブからはじまった ミクロの傑作圏 浅倉久志編・訳 国書刊行会 2022.3 376p 19cm〈「すべてはイブからはじまった」（早川書房 1991年刊）と「ミクロの傑作圏」（文源庫 2004年刊）の改題、合本〉2000円 ①978-4-336-07311-2
内容 一夜の宿（ウォルドー・フランク201）
＊笑いの大博覧会、完結！ 名翻訳家浅倉久志のライフワークである "ユーモア・スケッチ" ものを全4巻に集大成。最終巻は傑作展姉妹篇『すべてはイブからはじまった』とオンデマンドのみの刊行だった『ミクロの傑作圏』をカップリング。〔3381〕

ブランク，ジェシカ　Blank, Jessica
◇紛争地域から生まれた演劇―戯曲集 13 Japanese Centre of International Theatre Institute 2022.3 47p 21cm〈文化庁委託事業令和3年度次代の文化を創造する新進芸術家育成事業〉
内容 無敵（ジェシカ・ブランク＆エリク・ジェンセン作、月沢李歌子訳） 〔3382〕

ブランコ，セルヒオ　Blanco, Sergio
◇ナルキッソスの怒り セルヒオ・ブランコ作，仮屋浩子訳 北隆館 2022.6 122p 19cm〈原名：La ira de Narciso〉1500円 ①978-4-8326-1032-3
＊大学で教鞭をとり、作家でもあるセルヒオ。彼は、学会に出席するためスロベニアの首都リュブリャナを訪れる。イゴールという美しい青年と知り合い、彼との情事に溺れていく。そして滞在先の部屋で発見した数々の染み―。この2つの事象が、セルヒオを戦慄の真実へと導いていく。2021年にオフ・ウエストエンド新作賞（ロンドン）を受賞。『テーバスランド』（2019年北隆館刊）に続く、待望の邦訳第2作である。本作で語られるギリシャ神話に出てくるナルキッソスとその眼差しについての、著者セルヒオの独自の詩学。「ナルキッソスの眼差しとは、自分自身への眼差しでありながら、他者を探求するものである」。自分とは、他者の眼差しを通して存在する。自分を見つめる時に、他者からの問いかけが常にある。自分自身への探求を通して、他者との関わりをもつ。つまり、新たな他者に出会うのだ。そして、本作は著者セルヒオ・ブランコが織りなす、リアルと虚構が交差する世界（オートフィクション）を、最後の頁までスリリング堪能するものとなっている。〔3383〕

フランシス，H.G.　Francis, H.G.
◇イジャルコルの栄光のために H・G・フランシス，ペーター・グリーゼ著，渡辺広佐訳 早川書房 2022.6 303p 16cm（ハヤカワ文庫SF 2368―宇宙英雄ローダン・シリーズ 666）〈原書名：ZU EHREN IJARKORS DIE HÖHLEN DER EWIGKEIT〉760円 ①978-4-15-012368-0
内容 イジャルコルの栄光のために（H.G.フランシス著）
＊紋章の門から出た15万名のオファルの合唱団は愕然とした。そこが生命ゲームの開催地、惑星ソムの王の門ではなく、パイリアのテラナー門だったからだ。合唱団の一員、トオモアン・タアアンとケエエン・チャアエルは、再度ソムに転送してもらうため、仲間とともに門マスターのところへと向かう。だが、紋章の門ではハトゥアタノのリーダーであるライニシュの愛人アイスクシクサが、みずからの野望を実現すべく暗躍していた！〔3384〕

◇カンタロ捕獲作戦 H.G.フランシス，ペーター・グリーゼ著，林啓子訳 早川書房 2024.5 282p 16cm（ハヤカワ文庫SF 2445―宇宙英雄ローダン・シリーズ 713）〈原書名：EINE FALLE FÜR DIE CANTARO DAARSHOL, DER CANTARO〉940円 ①978-4-15-012445-8
内容 カンタロ捕獲作戦（H.G.フランシス著，林啓子訳）〔3385〕

◇クロノパルス壁の飛び地 H・G・フランシス，K・H・シェール著，岡本朋子訳 早川書房 2024.2 271p 16cm（ハヤカワ文庫SF 2433―宇宙英雄ローダン・シリーズ 707）〈原書名：ENKLAVE CHRONOPULS-WALL DER LETZTE AUFBRUCH〉940円 ①978-4-15-012433-5
内容 クロノパルス壁の飛び地（H.G.フランシス著，岡本朋子訳）
＊クロノパルス壁を探査中、"ラクリマルム" の全シントロニクスが突然クラッシュした。外部からの攻撃と思われるが、原因は不明。周辺宙域を精査すると、なんとクロノパルス壁に開口部が発見された！ 開口部がつくる通路の先の飛び地には恒星系がひとつあり、ヘラ星系と命名された。ヘラ星系には三つの惑星があり、ヘラ1とヘラ2には生命体が存在した。アトランは "ラクリマルム" と "シグヌス" に調査を命じるが…!? 〔3386〕

◇焦点のビッグ・プラネット H・G・フランシ

フランス

ス,H・G・エーヴェルス著,鵜田良江訳　早川書房　2022.3　271p　16cm　(ハヤカワ文庫SF 2360—宇宙英雄ローダン・シリーズ 661)〈原書名:BRENNPUNKT BIG PLANET REBELLION DER HALUTER〉760円　①978-4-15-012360-4

[内容] 焦点のビッグ・プラネット(H.G.フランシス著)
*ティグ・イアンがストーカーに勝利してあらたなソトの地位について以来、ハルト人の居住惑星テルツロックは隔離バリアによって封印されていた。惑星に幽閉状態となったドモ・ソクラトとその友ベンク・モンズは、テルツロック脱出の手立てを探る。一方そのころジュリアン・ティフラーとニア・セレグリスを乗せたスプリンガー船"オスファー1"の船長キャプテン・アハブも、ドモ・ソクラト救出に向けて動きだしたが…? 〔3387〕

◇スカラベの道　H・G・フランシス,ロベルト・フェルトホフ著,嶋田洋一訳　早川書房　2023.8　268p　16cm　(ハヤカワ文庫SF 2417—宇宙英雄ローダン・シリーズ 695)〈原書名:STRASSE DER SKARABÄEN DIE TORE DORIFERS〉820円　①978-4-15-012417-5

[内容] スカラベの道(H.G.フランシス著,嶋田洋一訳)
*ウシャアル星系の惑星チェオバドから脱出したのち、ローダン一行は"永遠なる穴"の所在の手がかりを求めて、謎の通信インパルスを発していた惑星ラムに着陸した。だが何も発見できず、廃墟で謎の生物からナイ・レングが襲われ、精神に異常をきたす。そこでの唯一の成果は、ベオドゥが手がかりになりそうな夢を見たことだけだ。惑星フンドロにある巨大ピラミッドに、"永遠なる穴"へと至る秘密の部屋があるというのだが… 〔3388〕

◇潜入捜査官ブル　ロベルト・フェルトホフ,H・G・フランシス著,林啓子訳　早川書房　2022.8　298p　16cm　(ハヤカワ文庫SF 2374—宇宙英雄ローダン・シリーズ 671)〈原書名:DER SPION VON KUMAI TOD AUS DER UNENDLICHKEIT〉760円　①978-4-15-012374-1

[内容] 無限からきたる死(H.G.フランシス著)
*カルタン人の秘密を追うレジナルド・ブルは、惑星ピナフォルで入手したラオ=シンの植民地惑星の座標をもとに、惑星クマイへと向かう。イルミナ・コチストワに作成してもらった病気のカルタン人のバイオ・マスクをもちいて、潜入捜査を行なおうと考えたのだ。"エクスプローラー"がクマイに到着し、"ラヴリー・アンド・ブルー"で地表に降りたブルは、その変装に気づかれることなく、医療施設への潜入に成功するが… 〔3389〕

◇盗聴拠点ピンホイール　マリアンネ・シドウ,H・G・フランシス著,井口富美子訳　早川書房　2022.1　271p　16cm　(ハヤカワ文庫SF 2351—宇宙英雄ローダン・シリーズ 657)〈原書名:DIE KOLONISTEN VON LAO-SINH HORCHPOSTEN PINWHEEL〉760円　①978-4-15-012351-2

[内容] 盗聴拠点ピンホイール(H.G.フランシス著)
*カルタン人にとり"ラオ=シン"とは、種族のあいだで古代から伝わる楽園であり、約束の地のことだった。そこに種族の全員を移住させるため、カルタン人はラオ=シン入植計画を実行している。かれらがアルドゥスタアルと呼ぶ三角座銀河から四千万光年の距離にあるラオ=シンで、庇護者ダオ・リン=ヘイの指揮のもと、入植地は着実な発展を遂げていた。そのダオ・リン=ヘイにアルドゥスタアルへの帰還命令が出される! 〔3390〕

◇ヒューマニドローム　H.G.フランシス著,赤坂桃子訳　早川書房　2024.7　287p　16cm　(ハヤカワ文庫SF 2451—宇宙英雄ローダン・シリーズ 716)〈原書名:DAS HUMANIDROM FLUCHTZIEL GEVONIA〉940円　①978-4-15-012451-9

[内容] ヒューマニドローム　ジェヴォニアへの逃走
*ロクヴォルト=テルム大学を優秀な成績で卒業したアルバート・ホルムは、いまスペースフェリーで地上を離れ、軌道上で建造途上にある宇宙ステーション、ヒューマニドロームへと向かっている。銀河系でもっとも豊かなスカルファル星系の惑星ロクヴォルトがその総力を結集する一大事業に、自分もエンジニアとして参加するのだ。やがてアルバートは首席エンジニア、エンデハル・ロフの右腕としてその手腕を発揮してゆくが… 〔3391〕

◇モトの真珠　マリアンネ・シドウ,H.G.フランシス著,岡本朋子訳　早川書房　2024.11　286p　16cm　(ハヤカワ文庫SF 2460—宇宙英雄ローダン・シリーズ 725)〈原書名:DIE PERLE MOTO DIE HERREN DER STRAßEN〉940円　①978-4-15-012460-1

[内容] ロードの支配者(H.G.フランシス著,岡本朋子訳)
*モトの真珠を奪い、皇帝ソイ・バングを人質にしたダオ・リン=ヘイは"マーラ・ダオ"で帝国の首都惑星を脱出、カルタンをめざした。その途上、ダオ・リンは真珠のデータにアクセスする方法を模索するがうまくいかない。プシ能力を使って皇帝に働きかけ、特定の周波数のハイパーインパルスを発生させるとデータ・ファイルが開くことをようやくつきとめた。そのファイルでエルンスト・エラートが語った驚くべき真実とは!? 〔3392〕

フランス,アナトール　France, Anatole

◇世界怪談名作集　[下]　北極星号の船長ほか九篇　岡本綺堂編訳　新装版　河出書房新社　2022.11　338p　15cm　(河出文庫 お2-3)　900円　①978-4-309-46770-2

[内容] 聖餐祭(フランス著,岡本綺堂訳)
*上質な日本語訳によって、これ以上ないほどの恐怖と想像力を掻き立てられる、魅惑の怪談集。「シャーロック・ホームズ」シリーズの著者コナン・ドイルによる隠れた名作「北極星号の船長」や、埋葬の三日後に墓から這いだした男の苦悩と悲哀を描いた「ラザルス」などを収録。百年近く前に刊行されたとは到底思えない、永遠に読まれる

べき名作集。〔3393〕

フランス, カルロス　Franz, Carlos
◇僕の目で君自身を見ることができたなら　カルロス・フランス著，富田広樹訳　水声社　2024.4　437p　20cm　（フィクションのエル・ドラード）〈原書名：SI TE VIERAS CON MIS OJOS〉4500円　①978-4-8010-0756-7
＊19世紀半ば、南米大陸の調査旅行に同行した画家ルゲンダスは、チリに寄港した折に美しい貴婦人カルメンと邂逅する。お互いに惹かれ合い、一線を越えたふたりの前に現れたのは、ビーグル号で航海中のチャールズ・ダーウィンだった。情熱的な画家と理性的な科学者、対照的な二人の男はアンデスの高みで対峙することとなる…。史実とフィクションを巧みに織り交ぜ、見事な想像力で"愛"を描きだす野心的長編。〔3394〕

ブランズ, デイヴィッド　Bruns, David
◇極東動乱　デイヴィッド・ブランズ,J・R・オルソン著，黒木章人訳　早川書房　2022.6　543p　16cm　（ハヤカワ文庫 NV 1497）〈原書名：RULES OF ENGAGEMENT〉1240円　①978-4-15-041497-9
＊北朝鮮に潜伏する世界最悪のテロリストが、ロシアマフィアから命を受け大規模サイバー攻撃に乗り出した。日中米の軍事勢力は大混乱に陥り、アジアの均衡は崩壊。各国が今にも現実の戦闘へと突き進もうとするなか、合衆国海軍兵学校の教官ライリーは若き士官候補生たちの力を借りて、第三次世界大戦を阻止すべく、壮絶な作戦に挑む。気鋭のコンビ作家が迫力の電子戦＆アクションを展開する現代ミリタリー冒険小説の最前線。〔3395〕

ブランチ, パメラ　Branch, Pamela
◇死体狂躁曲　パミラ・ブランチ著，小林晋訳　国書刊行会　2022.11　353p　19cm　（奇想天外の本棚）〈原書名：The Wooden Overcoat〉2400円　①978-4-336-07403-4　〔3396〕
◇ようこそウエストエンドの悲喜劇へ　パメラ・ブランチ著，大下英津子訳　論創社　2022.8　357p　20cm　（論創海外ミステリ 286）〈原書名：Murder's Little Sister〉3400円　①978-4-8460-2162-7
＊不幸の連鎖と不運の交差が織りなす悲喜交々の物語。横溢するイギリスならではのダークなユーモアとジョーク。ようこそ、喧騒に包まれたウェストエンドの悲喜劇の舞台へ！〔3397〕

ブランド, クリスチアナ　Brand, Christianna
◇濃霧は危険　クリスチアナ・ブランド著，宮脇裕子訳　国書刊行会　2023.2　259p　19cm　（奇想天外の本棚）〈原書名：Welcome to Danger〉2300円　①978-4-336-07406-5
＊過保護に育てられたレデヴン館の相続人ビル・レデヴン少年は、同年代の少女のいる知人宅で休暇を過ごすよう親に命じられ、気乗りしないまま、シルバーのロールスロイスに乗せられ目的地に向かっていた。ところが、霧が濃くたちこめた荒れ地の途中で、いきなり、意味も分からないまま、お抱え運転手のブランドンに車からつまみ出されてしまう。同じころ、周到な計画のもとに、"ナイフ"と呼ばれる若者がボースタル少年院から逃亡する。ビルは荒れ地をさまよううちに少年バッチと知り合い、行動をともにするようになる。二人は思わぬ形で手に入れた暗号で書かれた文書を解読しながら、"にやついた若者"、"ヴァイオリン"、片手が鉤爪の男との、追いつ追われつの冒険へと踏み出してゆく。オールタイムベスト級の傑作を次々と発表し、いわゆる英国ミステリ小説の黄金時代最後の作家としてゆるぎない地位を築いたクリスチアナ・ブランドが、すべての少年少女のために、みずみずしい筆致で、荒涼とした大地と海が思わぬイギリス南部のダートムアを舞台に繰り広げられる冒険を描いたジュヴナイルの傑作。〔3398〕

ブランドワイン, レベッカ　Brandewyne, Rebecca
◇雇われた夫　レベッカ・ブランドワイン著，原たまき訳　ハーパーコリンズ・ジャパン　2022.11　270p　15cm　（ハーレクインSP文庫 HQSP-342）〈ハーレクイン 2002年刊の再刊　原書名：HIRED HUSBAND〉500円　①978-4-596-74916-1
＊一族の経営する化粧品会社で働くキャロラインは、社長である祖母の提案に、驚きのあまり言葉を失った。研究開発部トップのロシア人化学者ニックと結婚しろですって？ 彼がスパイ容疑で国外追放されるのを阻止するためとはいえ、まさか私が彼と結婚しなければならないなんて…。キャロラインは元婚約者に傷つけられたせいで恋愛を封じ、気軽に誘惑してくるニックのことも以前から避けていた。だが彼が社運を懸けた新製品開発に欠かせない存在なのもまた事実。底知れぬ不安と闘いながら、彼女はやむなく提案を受け入れた。〔3399〕

フランプトン, ミーガン　Frampton, Megan
◇結婚しないつもりの公爵　ミーガン・フランプトン著，旦紀子訳　竹書房　2023.4　399p　15cm　（ラズベリーブックス フ2-1）〈原書名：TALL, DUKE, AND DANGEROUS〉1400円　①978-4-8019-3508-2
＊マルヴァーン公爵ナッシュは残虐だった亡き父のようになることを恐れ、結婚しないと誓っていた。だが祖母から、彼の跡を継ぐ縁戚に父と同じ傾向があると聞き、跡継ぎを設けるためしぶしぶ花嫁探しを始める。大事に思える女性ではなく、結婚は契約と互いに認識し、子どもが生まれたら別の人生を歩める相手を。そんな時、ナッシュはパーティで幼なじみのアナ・マリアと再会する。アナ・マリアは公爵令嬢なのに意地悪な継母にメイド同然にこき使われていたが、継母と父が事故死し、突然本来の令嬢として花婿探しを余儀なくされていた。おまけに新公爵が用意してくれた寛大な持参金のせいで、今度はよからぬ男性達から狙われる立場に。

ナッシュは悪漢から彼女を救い出したことをきっかけに、護身術を教えることにする。〔3400〕

プリア, エレオノール　Pourriat, Éléonore

◇さよなら、ステラ　エレオノール・プリア著，小野和香子訳　アストラハウス　2023.2　261p　19cm　〈原書名：POUPÉES〉2000円　①978-4-908184-40-6

＊あなたはわたしの人生そのもの。すべては、わたしの夢だったの？　熱い友情で結ばれていたジョイとステラ。長い沈黙が破られた時、心が再び動き出す。〔3401〕

フリスウェル, ジェイムズ・ヘイン

◇英国クリスマス幽霊譚傑作集　チャールズ・ディケンズ他著，夏来健次編訳　東京創元社　2022.11　382p　15cm　〈創元推理文庫 Fん11-1〉1100円　①978-4-488-58406-1

内容　死者の怪談（ジェイムズ・ヘイン・フリスウェル著，平戸懐古訳）

＊ヴィクトリア朝に『クリスマス・キャロル』がベストセラーとなって以降、定番となった聖夜怪談。幽霊をこよなく愛するイギリスで生まれた佳作を、数々の怪奇幻想小説を紹介する翻訳家が精選する。陰鬱な田舎で休暇を過ごすことになった男が老朽船で体験する恐怖の一夜「幽霊廃船のクリスマス・イヴ」など、知られざる傑作から愛すべき怪作まで、13篇中12篇を本邦初訳で贈る。〔3402〕

プリスターフキン

◇雑話集—ロシア短編集　5　ロシア文学翻訳グループクーチカ編集　〔枚方〕　ロシア文学翻訳グループクーチカ　2024.6　180p　19cm　〈他言語標題：Пёстрые рассказы〉

内容　銃殺（プリスターフキン著，木村恭子訳）〔3403〕

プリースト　Priest

◇鎮魂—Guardian　1　Priest著，許源源訳，内野佳織監訳　すばる舎　2022.8　405p　19cm　（プレアデスプレス）2200円　①978-4-7991-1058-4

＊「生者の魂を鎮め、亡者の心を安らげる。生きている者に罪を償わせ、為されなかった輪廻を成す」人間界と冥界、いずれものが存在する世界、舞台は大都市龍城。悪鬼を退治する「鎮魂令」の持ち主である趙雲瀾は警察の秘密組織、特別調査所の所長を勤めていた。特別調査所とは、文字通り警察では処理できないような事件、いわゆる鬼鬼たちが引き起こした事件を解決する場所である。ある事件に呼ばれた趙雲瀾は、龍城大学の教授、沈巍と出会う。初めて会ったその瞬間から、趙雲瀾は沈巍の自分を見る目線がおかしいことに気づいていた。何か言いたげな、情緒に満ちたその視線。彼と関わっていく中で、自分たちの間には切っても切れない縁があることがわかっていく—。〔3404〕

◇鎮魂—Guardian　2　Priest著，許源源訳，内野佳織監訳　すばる舎　2023.5　345p　19cm　（プレアデスプレス）2000円　①978-4-7991-1126-0

＊罪を犯したあらゆる魂魄を斬ることができ、人間からも鬼からも恐れられる存在—斬魂使。その正体は、趙雲瀾があの手この手で猛アタックを繰り返してきた龍城大学の教授・沈巍だった。「君が斬魂使であれなんであれ、俺は君がいいんだ」人と鬼では歩む道が違う。自らの不吉な出自が趙雲瀾を傷つけてしまうことを恐れる沈巍に対し、趙雲瀾は素直な気持ちを告げる。時を同じくして、特別調査所に新たな事件が舞い込んできた。捜査を進めていく中で、自分の中に眠っていたなにかが急速に蘇っていくのを感じる趙雲瀾。自らの前世、沈巍の過去、そして天地を切り開き人間を創造した太古の神々。複雑に絡み合う運命を紐解きながら、趙雲瀾は真実に近づき始める。〔3405〕

◇鎮魂—Guardian　3　Priest著，許源源訳，内野佳織監訳　すばる舎　2024.8　437p　19cm　（プレアデスプレス）2200円　①978-4-7991-1171-0

＊特別調査所所長であり「鎮魂令主」でもある趙雲瀾。彼が想いを寄せる大学教授で「斬魂使」でもある、命が果てることがない沈巍とついに心も体も結ばれた。甘い新年を迎える二人だが、趙雲瀾の具合は悪くなる一方だった。その原因を知る沈巍は「煎じ薬」を趙雲瀾に飲ませる。うっすらと遠い昔の前世の記憶を取り戻しつつある趙雲瀾。そんな時に、特調を悩ませる「四つの聖器」の最後のひとつ"鎮魂灯"が絡む大事件が襲いかかる。果たして、特調のメンバーは無事なのか、そして趙雲瀾と沈巍はどうなってしまうのか—ドラマもいよいよ結末がいまここに!!特調のその後を伝える後日談、遙か昔の趙雲瀾と沈巍の出会いと別れを描いた前日譚など外伝も収録。〔3406〕

フリストウ, ヴァッソ

◇ノヴァ・ヘラス—ギリシャSF傑作選　フランチェスカ・T・バルビニ，フランチェスコ・ヴァルソ編，中村融他訳　竹書房　2023.4　271p　15cm　（竹書房文庫 ば3-1）〈原書名：α2525〉（重訳）NOVA HELLAS〉1360円　①978-4-8019-3280-7

内容　ローズウィード（ヴァッソ・フリストウ著，ディミトラ・ニコライドウ，ヴァヤ・プセフタキ英訳，佐田千織訳）

＊あなたは生活のために水没した都市に潜り働くひとびとを見る（「ローズウィード」）。風光明媚な島を訪れば観光客を人造人間たちが歓迎しているだろう（「われらが仕える者」）。ひと休みしたいときはアバコス社の製剤をどうぞ（「アバコス」）。高き山の上に登れば原因不明の病を解明しようと奮闘する研究者たちがいる（「いにしえの疾病」）。輝きだした新たなる星たちがあなたの前に降臨する。あなたは物語のなかに迷い込んだときに感じるはずだ—。隆盛を見せるギリシャSFの第一歩を。

ブリストウ, グウェン　Bristow, Gwen

◇姿なき招待主(ホスト)　グウェン・ブリストウ,ブルース・マニング著, 中井京子訳　扶桑社　2023.12　294p　16cm　(扶桑社ミステリー　F45-1)〈原書名：THE INVISIBLE HOST〉1200円　①978-4-594-09470-6

＊クリスティーの名作『そして誰もいなくなった』の9年前に刊行された先駆的作品がついに邦訳！奇妙な電報によって,摩天楼のペントハウスに集められた,街の名士8人。夜のパーティーと思いきや,それはおそるべき死のゲームへのいざないだった―ラジオから語りかける姿なき招待主が,1時間に1人ずつ,客を殺していくというのだ！ 密室状況のなか進行する巧緻な殺人計画。犯人は誰か,そしてその目的は？『九番目の招待客』の原作となったサスペンスフルなミステリー。　〔3408〕

ブリズビン, テリー　Brisbin, Terri

◇修道院から来た身代わり花嫁　テリー・ブリズビン作, 琴葉かいら訳　ハーパーコリンズ・ジャパン　2023.3　252p　17cm　(ハーレクイン・ヒストリカル・スペシャル　PHS298)〈原書名：THE HIGHLANDER'S SUBSTITUTE WIFE〉827円　①978-4-596-76659-5

＊女子修道院に暮らすイリサは突然,非情な父の命令により連れ戻された。「お前は結婚することになった。相手には花嫁が,私には同盟が必要だ」政略結婚の相手はマクミラン氏族の支族長,ロス・マクミラン。視界を遮るようなベールをかぶせられ,式に臨んだイリサが知ったのは,相手方からは,花婿本人ではなく代理人しか現れなかったこと。そして,本当はイリサの姉が花嫁になる約束だったが,どういうわけか日陰の妹である自分が代わりに差し出されるという事実だった！ 修道女のような私に,美しい姉の代わりなんて務まらないのに…。一方のロスは,醜いと噂のイリサをあてがわれたと知って憤慨した。やがて,目の前に連れてこられた花嫁がベールを脱いだとき,ロスと氏族の者は一斉に息をのんだ―花嫁の,その無垢な美しさに！　〔3409〕

◇修道院の花嫁　テリー・ブリズビン作, 石川園枝訳　ハーパーコリンズ・ジャパン　2023.7　283p　17cm　(ハーレクイン・ヒストリカル・スペシャル　PHS307)「結ばれた真実」(ハーレクイン　2006年刊)の改題　原書名：THE COUNTESS BRIDE〉827円　①978-4-596-77422-4

＊3年前,逆境にいたところを,さる伯爵に救われて以来,伯爵夫妻が主のグレイストーン城に身を寄せている19歳のキャサリン。そこに集まったうら若き令嬢たちを前に,彼女は気後れしていた。伯爵の弟で,キャサリンが唯一心を許せる幼なじみのジェフリーが今,6人の花嫁候補と会うために,この城へ向かっているという。令嬢たちのように着飾ってもいないし,気の利いた会話もできない彼女は居たたまれず,以前いた修道院に今すぐ戻りたいとさえ願った。でも,もう少し耐えよう。ジェフリーの顔を最後にもう一度見るまでは。彼が結婚したら,キャサリンは修道誓願を立てるつもりだった―大好きなジェフリーの笑顔も,もう見納め。私は修道女になる…。　〔3410〕

◇白雪の英国物語　ベティ・ニールズ, リン・グレアム, テリー・ブリズビン作, 吉田洋子, 上村悦子, 名高くらら訳　ハーパーコリンズ・ジャパン　2023.11　404p　17cm　(ハーレクイン・プレゼンツ・スペシャル　PS113―The Christmas Love Stories)〈著作目録あり　「聖夜に祈りを」(ハーレクイン 2005年刊)と「永遠のイブ」(ハーレクイン 1998年刊)ほかからの改題, 合本, 抜粋　原書名：ALWAYS AND FOREVER　THE WINTER BRIDEほか〉1364円　①978-4-596-52780-6

内容　秘めつづけた初恋(テリー・ブリズビン著, 名高くらら訳)

＊小さな宿を独りで切り盛りするアマベルが突然の嵐に心細い思いをしていた夜,オリヴァーという医師が部屋を求めてやってきた。彼の気さくで温かい人柄に安心感を覚えた彼女は,人生で初めて男性に憧れを抱いた。ある日, 孤独に苛まれたアマベルが将来への不安に人知れず涙していると,そこへ偶然オリヴァーがやってきて…。(「聖夜に祈りを」)。薄暗い地下の使用人部屋で暮らす執事の娘アンジーは,屋敷の主の跡継ぎレオを妻子を亡くしたとき,慰めたい一心で彼に寄り添い,情熱を交わした。だが妊娠がわかると,出自不詳の子を孕んだ女呼ばわりされて追い出されてしまう。レオも,実の父も,かばってはくれず…。2年後,幼子を育てる彼女の前に,レオが現れた！(「永遠のイブ」)。イアンだわ！ クリスマスの集まりで,ジュリアはずっと想いつづけてきた美しい貴公子を見つけて思わず声をあげた。4年ぶりの再会。彼は事故で瀕死の傷を負って以来,社交界から姿を消していた。ジュリアは喜び勇んで駆け寄ったが,彼の手には杖が握られ,顔も堅苦しいまま。まぶしかったあの笑顔はどこへ行ってしまったの？(「秘めつづけた初恋」)。　〔3411〕

◇ハイランダーの花嫁の秘密　テリー・ブリズビン作, 深山ちひろ訳　ハーパーコリンズ・ジャパン　2024.3　252p　17cm　(ハーレクイン・ヒストリカル・スペシャル　PHS322)〈原書名：THE HIGHLANDER'S RUNAWAY BRIDE〉827円　①978-4-596-53525-2

＊冷emo非情な父の決めた政略結婚から逃れるため家出をしたエヴァは,外を彷徨い歩くうち,ひどい高熱に倒れて洞窟で気を失った。目を覚ますと,暗闇の中ほのかに,たくましい男の姿が。男の顔は天使のように見えた次の瞬間,悪魔のようにも見えた。誰なの？ まさか,怒った父が送り込んできた追っ手？「おれはロバート・マッキントッシュだ。あんたの婚約者でもある」政略結婚の相手とわかって驚くエヴァだったが,意識不明の間,彼が看病してくれていたと知って胸が温かった。だがエヴァにはどうしても彼と結婚できない"秘密"のわけがあった―それを口にしようものなら,

フリツシュ

◇ハイランドの白き花嫁　テリー・ブリズビン作, すずきいづみ訳　ハーパーコリンズ・ジャパン　2023.12　284p　17cm　(ハーレクイン・ヒストリカル・スペシャル PHS317)〈「禁断の花嫁」(ハーレクイン 2010年刊)の改題 原書名：POSSESSED BY THE HIGHLANDER〉827円　①978-4-596-52834-6

＊マリアンはある日、好色な輩に絡まれていたところを助けられ、見知らぬ救世主の魅力的な瞳が脳裏から離れなくなった。でも、私は"ロバートソンの淫売"と呼ばれ、一族から追放された女。誰かに恋するなんてありえない…。一方、美しい娘を助けたダンカンは彼女のことが気になりつつ、同盟を結ぶためにロバートソン氏族長のもとを訪れた。友好の印に酒がふるまわれ、不覚にも酩酊したダンカンは、マリアンの家に行くと、彼女を胸に抱いて唇を奪い、地面に倒れ込んだ。それを氏族長に見咎められ、二人は結婚を余儀なくされる。だが初夜の床でダンカンは驚いた—悪名高き妻はなんと、純潔だった！〔3413〕

ブリッシュ, ジェイムズ　Blish, James

◇星、はるか遠く—宇宙探査SF傑作選　フレッド・セイバーヘーゲン, キース・ローマー他著, 中村融編　東京創元社　2023.12　460p　15cm　(創元SF文庫 SFン6-6)〈原書名：The Long Way Home　The Wind Peopleほか〉1200円　①978-4-488-71506-9

内容　表面張力 (ジェイムズ・ブリッシュ著, 中村融訳)

＊いつの日にか人類は、生まれ育った地球をあとにして、宇宙の深淵へ旅立ってゆく。そのとき彼らが目撃するものは—。SFは1世紀以上にわたって、そこに待ち受けるであろう、想像を超えた驚異をさまざまに物語ってきた。その精華たる9編を収録。舞台となるのは、太陽系外縁部の宇宙空間、人類が初めて出会う種類の惑星、あるいは文明の滅び去った世界。本邦初訳作2編を含む。〔3414〕

ブリッツィ, ファウスト　Brizzi, Fausto

◇さいごのじかん　ファウスト・ブリッツィ, 鈴木孝子訳　文芸社　2024.12　514p　15cm　(文芸社セレクション)〈他言語標題：The last 100 days 原書名：Cento giorni di felicità〉1000円　①978-4-286-24910-0　〔3415〕

フリードマン, ブルース・J.

◇ユーモア・スケッチ大全 [2]　ユーモア・スケッチ傑作展 2　浅倉久志編・訳　国書刊行会　2022.1　372p　19cm〈「ユーモア・スケッチ傑作展 2」(早川書房 1980年刊)の改題、増補〉2000円　①978-4-336-07309-9

内容　ドアに片足 (ブルース・ジェイ・フリードマン著)

＊名翻訳家のライフワークである「ユーモア・スケッチ」ものを全4巻に集大成。第2弾は『ユーモア・スケッチ傑作展2』(全32篇)＋単行本未収録作品12篇。〔3416〕

ブリトン, クリスティーナ　Britton, Christina

◇放蕩子爵のやっかいな約束　クリスティーナ・ブリトン著, 辻早苗訳　竹書房　2022.8　415p　15cm　(ラズベリーブックス ブ5-2)〈原書名：THE VISCOUNT'S PROMISE〉1300円　①978-4-8019-3224-1

＊モーリー子爵マルコムは、親友の侯爵ケイレブから、屋敷で2週間に渡り開かれる結婚パーティの期間中、内気な妹エミリーの面倒を見てもらえないかと頼まれた。エミリーは、12歳の時に不慮の事故で双子の兄を目の前で亡くし、自らは顔に消えない傷を負い、以来、心を閉ざしてひっそりと暮らしていた。しぶしぶイエスと答えたマルコムは、約束通りエミリーのお目付け役として気を配ることにした。いっぽう、エミリーは幼い頃に憧れていたマルコムとの再会に心を躍らせていた。だがそれもつかの間、目の前に現れたマルコムは、なぜか自分にだけ不愛想で意地悪を言い、思い出の中の優しい男性とは変わってしまっていた。マルコムは最初はこの役割をやっかいだと思っていたものの、エミリーの中に本人ですら存在を知らない気骨を感じ取り、ないがしろにされていい存在ではないと周囲に示させようとしたのだ。"約束"に縛られて付き添っているだけだと思っていたマルコムと、彼の本心を知らないエミリー。互いに心を閉ざしていたふたりはすれ違いながら惹かれ合って—。ゴールデンハート賞受賞作続編！〔3417〕

フリーマン, リチャード・オースティン　Freeman, Richard Austin

◇ヘレン・ヴァードンの告白　リチャード・オースティン・フリーマン著, 松本真一訳　大阪風詠社　2024.11　530p　19cm〈星雲社 原書名：Helen Vardon's Confession〉2000円　①978-4-434-34766-5

＊ソーンダイク博士は尋ねました。「杖はあなたが持っていましたか、それとも…」リチャード・オースティン・フリーマンの"Helen Vardon's Confession (1922年)"は、20世紀初めに多数登場したシャーロック・ホームズのライバルたちの中でも最も人気を博した名探偵ソーンダイク博士が登場する長編作品です。若く美しいヘレン・ヴァードンは、ある日、父親の書斎のドア越しに、父とある男との激しい口論を耳にします。それは、後に彼女の運命を大きく変えることになる事件へと発展し、窮地に立たされます。ソーンダイク博士は、科学的捜査の実証をもって謎を解き明かしていきます。本格ミステリであるとともに自立しようと努力する一人の女性の物語でもあります。〔3418〕

フリン, ローリー・エリザベス　Flynn, Laurie Elizabeth

◇あの夜、わたしたちの罪　ローリー・エリザベ

ス・フリン著，山田佳世訳　早川書房　2023.3　527p　16cm　〈ハヤカワ・ミステリ文庫 HM 503-1〉〈原書名：THE GIRLS ARE ALL SO NICE HERE〉1720円　①978-4-15-185351-7

＊アムとサリーは大学中の視線を集める"最高の女の子"だった。学生寮でとある事件が起きるまでは―。事件から十四年、新たな人生を歩むアムのもとに同窓会の招待状と脅迫状が届く。「あの夜わたしたちがしたことについて話がしたい」。こんなものを寄こすのはサリーしかいない。そう考え同窓会に出席するも、サリーのもとにも同じ脅迫状が届いていた。何者かがふたりの罪を暴こうというのだ。彼女たちが犯した罪とは？〔3419〕

フルーガー，ネロ・オリッタ

◇イン・クィア・タイム―アジアン・クィア作家短編集　イン・イーシェン，リベイ・リンサンガン・カントー編，村上さつき訳　ころから　2022.8　350,10p　19cm　〈他言語標題：In queer time　原書名：Sanctuary〉2200円　①978-4-907239-63-3

内容 サンクチュアリ（ネロ・オリッタ・フルーガー著）

＊「クィアの時代」に香港から届いたアジアン LGBTQ＋作家による「クィア小説」17編を収録！〔3420〕

ブルガーコフ，ミハイル　Bulgakov, Mikhail

◇犬の心―怪奇な物語　ミハイル・A.ブルガーコフ著，石井信介訳・解説　未知谷　2022.11　271p　20cm　〈原書名：Собачье сердце〉2400円　①978-4-89642-678-6

＊レーニンの死から一年、スターリン統治下に執筆。ペレストロイカの87年迄ソ連国内で62年間発禁。現在はロシアの高校生の必読作品となった。ブルガーコフ33歳の大問題作、新訳！〔3421〕

◇ウクライナの大作家ミハイル・ブルガーコフ作品集―権力への諧謔　ミハイル・ブルガーコフ，宮澤淳一，大森雅子，杉谷倫枝訳　文化科学高等研究院出版局　2022.4　253p　18cm　〈知の新書 A2―Sondeos〉〈年譜あり〉1800円　①978-4-910131-30-6　〔3422〕

フルーク，ジョアン　Fluke, Joanne

◇ココナッツ・レイヤーケーキはまどろむ　ジョアン・フルーク著，上條ひろみ訳　ハーパーコリンズ・ジャパン　2023.1　412p　15cm　（mirabooks JF01-04）〈著作目録あり　原書名：COCONUT LAYER CAKE MURDER〉1145円　①978-4-596-75984-9

＊たびかさなる心配事でストレスがたまっていたハンナは、気分転換に友人の住むロサンゼルスへやってきた。穏やかな気候、にぎわう街、華やかなセレブたち…。いつもと違う世界に感動していたハンナだったが、末の妹ミシェルから緊急の連絡が入る。なんと、妹の恋人で保安官助手のロニーが殺人事件の第一容疑者になってしまったのだという。急いでレイク・エデンに戻ったハンナは、前代未聞の事件の調査を始めるが…。〔3423〕

◇チョコレートクリーム・パイが知っている　ジョアン・フルーク著，上條ひろみ訳　ハーパーコリンズ・ジャパン　2022.1　417p　15cm　（mirabooks JF01-03）〈著作目録あり　原書名：CHOCOLATE CREAM PIE MURDER〉1091円　①978-4-596-31616-5

＊ハンナは傷つき悲しみに暮れていた。愛するロスの裏切りが発覚したのだ。家族や友人たちに支えられながらなんとか立ち直ろうとしていたその矢先、行方不明だったロスが突然現れ、ハンナを愛している、もう一度やり直すために銀行に預けてあるお金を引き出してきてくれて告げる。彼の身勝手さに怒りを覚えるも、人が変わったようにハンナは戸惑う。そんななか、信じられない事件が起きて…。〔3424〕

◇トリプルチョコレート・チーズケーキが噂する　ジョアン・フルーク著，上條ひろみ訳　ハーパーコリンズ・ジャパン　2024.1　396p　15cm　（mirabooks JF01-05）〈著作目録あり　原書名：TRIPLE CHOCOLATE CHEESECAKE MURDER〉1145円　①978-4-596-53419-4

＊横暴で嫌われ者のレイク・エデン町長。その日も夫を侮辱されたハンナの妹アンドリアの逆鱗に触れ、張り倒されるはめに。ところが数時間後、ハンナの新作ケーキを手に謝罪に訪れたアンドリアが発見したのは、彼の死体だった！　イースターの注文に大忙しのハンナも、妹のピンチを救うため調査を開始する。けれど町長に恨みを持つ人物はあちこちにいて…史上最多の容疑者にハンナもお手上げ状態!?〔3425〕

プルジェワルスキー，ニコライ　Przhevalsky, Nikolay

◇黄河源流からロブ湖へ　ニコライ・プルジェワルスキー著，加藤九祚訳，井上靖，梅棹忠夫，前嶋信次，森本哲郎監修　河出書房新社　2022.12　328p　19cm　（世界探検全集）2500円　①978-4-309-71189-8

＊一八八八年、ロシアの探検家・プルジェワルスキーは、自身四度目の中央アジア探検へ赴いた。ゴビ砂漠を経てチベット高原の黄河源へ。そしてタクラマカン砂漠へと北上した一行はロブ・ノール住民に出会う。その計画性と科学性によって学術探検の基礎を築き、中央アジア探検史に偉大な足跡を残した不朽の探検記。シルクロードに暮らす人々の営みが鮮やかに蘇る。〔3426〕

プルス，ボレスワフ　Prus, Bolesław

◇教科書の中の世界文学―消えた作品・残った作品25選　秋草俊一郎，戸塚学編　三省堂　2024.2　285p　21cm　〈文献あり〉2500円　①978-4-385-36237-3

内容 休暇に（ボレスワフ・プルス著，塚田充訳）〔3427〕

ブルース, レオ　Bruce, Leo

◇ブレッシントン海岸の死　レオ・ブルース, 小林晋訳　横浜 Rom　2022.12　5,266p　21cm　(Rom叢書 19)〈原書名：Our Jubilee is death〉　　　　　　　　　　　　　　　〔3428〕

◇レオ・ブルース短編全集　レオ・ブルース著, 小林晋訳　扶桑社　2022.5　396,3p　16cm　(扶桑社ミステリー フ42-5)〈他言語標題：Complete Short Stories of Leo Bruce〉1200円　①978-4-594-09082-1

＊本格黄金期を代表する探偵小説作家レオ・ブルースの全短編をここに収録。パーティーの夜に起きた秘書殺しの謎をビーフ巡査部長が快刀乱麻の名推理で解決する「ビーフのクリスマス」、遺産相続をめぐる練り上げられた策謀を暴く「逆向きの殺人」など、短い紙幅に「魅力的な謎の呈示」と「合理的解決」という本格の醍醐味が凝縮された珠玉の短編全40編。図書館で発掘された未刊のタイプ原稿から直接邦訳した11編(内、世界初紹介9編)と発見者による解説を含む、ファン垂涎の真の「完全版」の登場！　　　　　　　　　　　　　　〔3429〕

ブルックス, アンディ　Brooks, Andi

◇英国人が書いた日本の怪談　アンディ・ブルックス, 松尾健太郎, 京子・ブルックス翻訳　喜久井プレス　[2022]　210p　23cm〈原書名：Ghostly tales of Japan〉①9798834614821
　　　　　　　　　　　　　　　　　　　〔3430〕

ブルックス, ジェラルディン　Brooks, Geraldine

◇古書の来歴　ジェラルディン・ブルックス著, 森嶋マリ訳　東京創元社　2023.11　587p　15cm　(創元推理文庫 Mフ41-1)〈ランダムハウス講談社 2010年刊の再刊　原書名：PEOPLE OF THE BOOK〉1500円　①978-4-488-21607-8

＊伝説の古書『サラエボ・ハガダー』が発見された——その電話が、数世紀を遡る謎解きの始まりだった。この本は焚書や戦火の時代を経ながら、誰に読まれ、守られ、現代まで生き延びてきたのか？ 古書鑑定家のハンナは、ページに挟まった蝶の羽からその旅路をひも解いてゆく。一科学調査に基づく謎解きの妙と、哀惜に満ちた人間ドラマが絡み合う、第2回翻訳ミステリー大賞受賞作！　　　〔3431〕

ブルックス, ヘレン　Brooks, Helen

◇悲しみの館　ヘレン・ブルックス著, 駒月雅子訳　ハーパーコリンズ・ジャパン　2023.11　203p　15cm　(ハーレクイン文庫 HQB-1208)〈ハーレクイン 1998年刊の再刊　原書名：HUSBAND BY CONTRACT〉627円　①978-4-596-52728-8

＊児童養護施設で育ち、イギリスからイタリアへ渡ったグレイス。名家の御曹司ドナートに見初められ、19歳の時に結婚した。まるで夢のようだった。財力、名声、容貌、知力、すべてに最高のものを備えた男性の妻になるなんて。彼は熱愛してくれた。1年が過ぎ、王のような男の子に恵まれ、幸せの絶頂にいたある日しかし、突然息子を亡くしたのだ。そして悲しみの淵で心の傷が癒える間もなく、夫の浮気を知る。絶望したグレイスは家を出た。ドーナツに置き手紙を残して。だが夫から返事はこなかった。1年後…。　　　　　〔3432〕

◇屋根裏部屋のクリスマス　ヘレン・ブルックス作, 春野ひろこ訳　ハーパーコリンズ・ジャパン　2024.11　156p　17cm　(ハーレクイン・ロマンス—伝説の名作選)〈原書名：SNOWBOUND SEDUCTION〉673円　①978-4-596-71465-7

＊三姉妹の末娘で、美人の姉たちと比べられて育ったレイチェル。周りからは"シンデレラ"などと呼ばれ励まされるけれど、私は醜いアヒルの子。きっと愛も知らずに一生を終えるのだろう。そんな折、レイチェルは親友のいとこのザックと偶然出会う。目も覚めるようなハンサムな実業家で、自信たっぷりな彼は、他の女性には目もくれず、なぜか彼女だけを熱心に口説いてきた。私をからかっているの？ いったい何が狙いなのかしら。訝しみながらも彼の魅力に抗えず、レイチェルは誘われるまま車に乗り込むが、天候が急変して近くの宿に避難する羽目に。しかも案内された屋根裏部屋にはベッドがひとつしかなくて…。〔3433〕

ブルックス, マックス　Brooks, Max

◇モンスター・パニック！　マックス・ブルックス著, 浜野アキオ訳　文藝春秋　2023.3　364p　20cm〈原書名：DEVOLUTION〉2600円　①978-4-16-391666-8

＊火山噴火で孤絶した集落。森の中から彼らに忍び寄る群れ—作家マックス・ブルックスのもとに届いた手記。それはレーニア山噴火後、廃墟となって発見されたエココミュニティの住人が残したものだった。未だ原因が明かされていない集落全滅の真相とは？ 武器も食糧もないひとびと。地面に刻まれた人間そっくりの巨大な足跡。闇にひびく咆哮。森の中に散乱した動物の残骸。そして牙を剥いて襲い来る凶暴な群れ。傷だらけになった人間たちの反撃、果たして成るか？　　　〔3434〕

ブルックス＝ダルトン, リリー　Brooks-Dalton, Lily

◇世界の終わりの天文台　リリー・ブルックス＝ダルトン著, 佐田千織訳　東京創元社　2022.8　322p　15cm　(創元SF文庫 SFフ12-1)〈原書名：GOOD MORNING, MIDNIGHT〉1000円　①978-4-488-79201-5

＊どうやら人類は滅亡するらしい。最後の撤収便に乗ることを拒み、北極圏の天文台に残った孤独な老学者は、取り残された幼い少女とふたりきりの奇妙な同居生活を始める。一方、帰還途中だった木星探査船の乗組員は、地球との通信が途絶えて不安に駆られながも航行を続ける。旅路の果てに彼らは何を見つけるのか？ ジョージ・クルーニー監

督主演『ミッドナイト・スカイ』原作。〔3435〕

ブルディエ, エマニュエル　Bourdier, Emmanuel

◇ジョン　エマニュエル・ブルディエ著，平岡敦訳　あすなろ書房　2024.2　189p　20cm〈原書名：JOHN〉1600円　①978-4-7515-3180-8
〔3436〕

フルネル, ポール　Fournel, Paul

◇編集者とタブレット　ポール・フルネル著，高橋啓訳　東京創元社　2022.3　190p　20cm（海外文学セレクション）〈原書名：LA LISEUSE〉1800円　①978-4-488-01680-7

＊編集者ロベール・デュボワが週末に原稿の束を抱えて帰ることはもうない。持ち帰るのは何本もの原稿の入ったタブレットのみだ。紙の本は消えてしまうのか？　読者は何を求めているのか？　なじみのレストランでの、ワインと料理に舌鼓を打ちながらの著者との打合せも、もうなくなるのだ。今や、ワインよりビール、コーラとハンバーガーの若者たちが中心となり…彼らの提案の新鮮さに驚かされもする。おまけに行きつけの昔ながらのビストロはスシ・レストランに身売り！　紙に埋もれて生きてきた昔ながらの編集者デュボワが直面する時代の変化の嵐。当惑そして諦め…しかし軽やかに飄々とそれらを超越する彼。変わりつつある出版界と読書人たちに捧げる、小品でありながらも風格ある一冊。〔3437〕

ブルワー, ウィリアム　Brewer, William

◇レッド・アロー　ウィリアム・ブルワー著，上野元美訳　早川書房　2024.1　327p　19cm〈原書名：THE RED ARROW〉2700円　①978-4-15-210305-5

＊ぼくはローマから高速鉄道 "フレッチャロッサ（赤い矢）" に乗ってモデナへと向かっている。多額の借金を返済すべく、イタリア人物理学者の回顧録のゴーストライターをしていたけれど、失踪してしまった彼をさがし出すために。車中でぼくは思い出す―画家として失敗し、まぐれ当たりで作家になった日々、書くことも書けずにいる苦悩、カリフォルニアでの幻覚剤療法。そして、物理学者の回顧録はこう始まる―"時間は起点と終点のある一本線ではない。さまざまな先端を持つ一本の矢なのだ"。自身も最初の詩集で高評価を受けた作家が、自信喪失の作家の苦悩をユーモアを交えながら描き出す、デビュー長編にして傑作。〔3438〕

ブルワー＝リットン, エドワード　Bulwer-Lytton, Edward

◇ポンペイ最後の日　上　エドワード・ブルワー＝リットン著，田中千惠子訳　幻戯書房　2024.7　416p　19cm（ルリユール叢書）〈原書名：The Last Days of Pompeii〉4000円　①978-4-86488-301-6

＊華麗な古代ポンペイを舞台にギリシア人美女をめぐり青年貴族と魔術師が対決。魔術、占星術、イシス女神を駆使し、人間の愛憎、キリスト教の黎明、剣闘士の死闘を描く。小説『ペラム』で一世を風靡したブルワー＝リットンの波乱万丈の歴史小説─不朽の名作が待望の完訳でよみがえる。〔3439〕

◇ポンペイ最後の日　下　エドワード・ブルワー＝リットン著，田中千惠子訳　幻戯書房　2024.8　368p　19cm（ルリユール叢書）〈文献あり　年譜あり　原書名：The Last Days of Pompeii〉4000円　①978-4-86488-302-3
〔3440〕

ブレイク, オリヴィー　Blake, Olivie

◇アトラス6　上　オリヴィー・ブレイク著，佐田千織訳　早川書房　2023.3　463p　16cm（ハヤカワ文庫 FT 617）〈原書名：THE ATLAS SIX〉1200円　①978-4-15-020617-8

＊選ばれし魔法使いたちが、世界中の貴重な蔵書を守護する秘密組織 "アレクサンドリアン協会"。10年に一度、"協会" により6人の候補者が選ばれ、そのうち5人が入会を果たす。入会者には富と名声が約束されていた。そしてまた "管理人" アトラスの導きによって6人が選ばれた―リビー、ニコ、レイナ、トリスタン、カルム、パリサ。あらゆる異能をもつ彼らのうち、選ばれるのは5人だけ！　謎と危険に満ちたゲームが開幕した。〔3441〕

◇アトラス6　下　オリヴィー・ブレイク著，佐田千織訳　早川書房　2023.3　404p　16cm（ハヤカワ文庫 FT 618）〈原書名：THE ATLAS SIX〉1200円　①978-4-15-020618-5

＊富と名声を手にできる "アレクサンドリアン協会" の会員になるためには、6人の候補者のうち1人を殺さなければならない─"協会" の真の狙いに戸惑うリビー、ニコ、レイナ、トリスタン、カルム、パリサの6人の魔法使いたち。誰が敵で味方なのか、自らの能力を頼みにしながら策謀を巡らせるが…。TikTokで大きな話題を呼びニューヨーク・タイムズ・ベストセラー入りした、魔法使いたちの魅惑あふれるファンタジイ！〔3442〕

ブレイク, マヤ　Blake, Maya

◇愛なき王の花嫁リスト　マヤ・ブレイク作，山本みと訳　ハーパーコリンズ・ジャパン　2022.4　220p　17cm（ハーレクイン・ロマンス R3673）〈原書名：RECLAIMED FOR HIS ROYAL BED〉664円　①978-4-596-33335-3

＊デルフィーヌは300万ドルの負債を抱え、窮地に立たされていた。そこへサンカリアーノの国王ルッカから直々に仕事が舞いこむ。王国の発展に協力すれば、報酬は300万ドル。ただし、彼の恋人として振る舞うことが絶対条件だという。じつはルッカとデルフィーヌは1年半前まで恋人同士だった。だが、王妃どころか愛人にさえふさわしくないと誹謗され、追いつめられたデルフィーヌは、黙って姿を消したのだった。しかも直後に妊娠に気づくも流産し、深く傷ついていた。彼は私を恨んでいるの？　涙を隠し、彼女は要求を受け入れた。

ブレイク

◇億万長者の冷たい寝室　マヤ・ブレイク作，深山咲訳　ハーパーコリンズ・ジャパン　2022.12　156p　17cm　（ハーレクイン・ロマンス R3740—伝説の名作選）〈ハーレクイン 2014年刊の再刊　原書名：MARRIAGE MADE OF SECRETS〉664円　①978-4-596-75597-1

＊「君がどんなに魅力的でも、僕は君と結婚するべきではなかった」夫のチェーザレの口から放たれた言葉に、アーヴァは凍りついた。イタリアの湖畔に大邸宅を構える億万長者との出会いは電撃的で、二人とも瞬時に燃えあがり、気づけば純潔を捧げていた。そのあとの妊娠と結婚は、家族との縁が薄いアーヴァにとって、やっと安らぎの地を見つけたような奇跡だった。ところが娘が生まれるやいなやチェーザレは仕事に没頭し、まったく家庭を顧みなくなる。理由を聞いても無視されるだけ。もう愛は終わったの？　独りの寝室で、アーヴァは涙に暮れ…。　〔3444〕

◇海運王に贈られた白き花嫁　マヤ・ブレイク作，悠木美桜訳　ハーパーコリンズ・ジャパン　2023.10　156p　17cm　（ハーレクイン・ロマンス R-3814—純潔のシンデレラ）　664円　①978-4-596-52458-4

＊10カ月前にヨットから落ちて行方不明だった夫が見つかった？　探偵からの連絡を受け、すぐさまギリシアへ飛んだイミーは、夫のゼフに会うなり仰天した。嘘でしょう？　あの冷酷だった海運王が、こんな優しい笑顔を見せるなんて。ゼフは妻の存在はもちろん、すべての記憶を失っていた。じつはイミーは3年契約の偽りの夫婦だった。仇敵の娘であるイミーを強引に娶った彼は、妻に指一本触れず、ずっと蔑んできた。彼女に残された希望は契約満了後の離婚だけ。だがゼフにキスされた瞬間、イミーは不覚にもときめいて…。　〔3445〕

◇大富豪は愛すら略奪する　マヤ・ブレイク作，東みなみ訳　ハーパーコリンズ・ジャパン　2022.8　220p　17cm　（ハーレクイン・ロマンス R3701—華麗なる富豪兄弟 1）〈原書名：BOUND BY HER RIVAL'S BABY〉664円　①978-4-596-70908-0

＊アメリは十代のころからアトゥに熱烈な恋をしていた。二人の家はお互いに長子を亡くすという悲劇を経験して以来、ビジネス上の争いを続けていた。つまり、不倶戴天の敵だった。それから8年後のある日、アトゥが突然アメリを訪ねてきた。今や成功者となった富豪の目的は、彼女の家族の財産を奪うこと。だが同時に、実らなかった恋をかなえればいいとも告げる。アメリは一度だけと決めて誘われるまま一緒に外国へ行き、アトゥのために長年守ってきた純潔を捧げた。旅から帰ってきた彼女のおなかには、新しい命が宿っていて…。　〔3446〕

◇秘書以上、愛人未満　マヤ・ブレイク作，小泉まや訳　ハーパーコリンズ・ジャパン　2023.4　156p　17cm　（ハーレクイン・ロマンス R3767—伝説の名作選）〈ハーレクイン 2015年刊の再刊　原書名：WHAT THE GREEK'S MONEY CAN'T BUY〉664円　①978-4-596-76877-3

＊ギリシアの海運王、サキスの有能な秘書ブリアナ。ロボットのように黙々とボスの命令に従いながら、じつは彼への恋心を胸の奥に秘めている。だがサキスに熱いまなざしを向けられるたび、彼女はおびえた。いくら興味を持たれたからといって、恋に目がくらんではだめ。愛なんてなくても生きていけるはずよ。名前を変えるほどの事件が起きた過去を彼に知られたら、私は生きていけない。ああ、もっと早く彼に出会えていたら。だから今は秘書としてそばにいられればそれだけでいい…。　〔3447〕

◇秘書が薬指についた嘘　マヤ・ブレイク作，雪美月志音訳　ハーパーコリンズ・ジャパン　2024.6　156p　17cm　（ハーレクイン・ロマンス R3877）〈原書名：ACCIDENTALLY WEARING THE ARGENTINIAN'S RING〉673円　①978-4-596-77654-9

＊ボスはこのダイヤの婚約指輪を誰に贈るのかしら？　指輪を戯れにはめてみた秘書マレカの胸中は複雑だった。ボスである大富豪カエタノに頼まれて指輪の選定に来たものの、彼への密かな憧れは隠せない。そのとき、高級宝石店の店内に突然火災報知器が鳴り響いた。指輪をはめたままのマレカは、店に飛びこんできたカエタノに抱きかかえられて救出された。だが、この写真と共に彼女が婚約者だと誤って報道されてしまう。呆然とするマレカ、彼には百万ドルの契約結婚をもちかけられ、結婚初夜の一夜限りの関係=偽りの夫婦だったはずが…。　〔3448〕

◇百万ドルは天使の対価　マヤ・ブレイク作，若菜もこ訳　ハーパーコリンズ・ジャパン　2022.9　220p　17cm　（ハーレクイン・ロマンス R3709—華麗なる富豪兄弟 2）〈原書名：A VOW TO CLAIM HIS HIDDEN SON〉664円　①978-4-596-74675-7

＊両親のいないエヴァは貧しい中、必死に家族のために働いていた。ある夜、彼女の家の前に高級車が何台もとまった。そこから降りてきた男性を見て、エヴァは仰天する。億万長者のエコウとは、かつて一夜をともにしたことがあった。警察を従えた富豪は、彼女の15歳の弟を犯罪者と決めつけていた。けれど、エヴァが守りたい"秘密"については一言もふれない。覚悟していたとはいえ、彼女の胸は悲しみでいっぱいになった。なぜ前も今も、あの夜授かった命などなかったふりをするの？　なのに実際に赤ん坊を目にするなり、「妻になれ」なんて…。　〔3449〕

◇富豪とベビーと無垢な薔薇　マヤ・ブレイク作，西江璃子訳　ハーパーコリンズ・ジャパン　2024.3　156p　17cm　（ハーレクイン・ロマンス R3857）〈原書名：PREGNANT AND STOLEN BY THE TYCOON〉673円　①978-4-596-53651-8

＊両親の死後、養護施設で育ったジーニーには密かな夢がある。天才的頭脳を金儲けに利用した両親

からもらえなかった愛情を、子供を産んで注ぎたい。苦学して、ソフトウェアの設計で生計を立てる彼女のもとにある日、浅黒い肌の官能的な富豪セヴェが訪ねてくる。購入提示額があまりに莫大で驚くが、彼に一目惚れして、彼女は「子供を授けること」を売却の条件にした。すると一笑に付されたものの、契約で彼の家を訪れた夜、誘われるままジーニーは身を捧げてしまう。やがて妊娠が判明。動揺しつつも、仕事のため外国行きの飛行機に乗り込んだはずが、離陸直後、セヴェが現れた。「僕の国で子供を産んでもらう」〔3450〕

◇富豪の無慈悲な結婚条件　マヤ・ブレイク作，森未朝訳　ハーパーコリンズ・ジャパン　2024.12　156p　17cm　（ハーレクイン・ロマンス R3930―純潔のシンデレラ）〈原書名：GREEK PREGNANCY CLAUSE〉673円　①978-4-596-71763-4

＊父の葬儀の日、オデッサは絶望の中にいた。ずっと娘を支配してきた父はいなくなったが、彼女と裕福な老人との結婚が立ち消えになることはなかったからだ。その男に手首をつかまれ、もう逃げられないと観念したとき、オザッサは氷のような美貌を持つギリシア富豪アレスに救われた。10年前に自分を捨てた恋人の彼にすがるしかもはや道はなく、彼女は痛む手首をさすりながら懇願した。「私をここから連れ出して。あなたの欲しいものはなんでもあげるから」だが、富豪が突きつけた条件はあまりに残酷だった。「君には僕と5年間、結婚してもらう。そして子供を2人産み、親権を僕に渡せ」〔3451〕

◇放蕩王と乙女の氷の結婚　マヤ・ブレイク作，深山ちひろ訳　ハーパーコリンズ・ジャパン　2023.7　155p　17cm　（ハーレクイン・ロマンス R3790―純潔のシンデレラ）〈原書名：HIS PREGNANT DESERT QUEEN〉664円　①978-4-596-77408-8

＊ああ、なんてこと…。リヤール王妃の侍女アナイスは悲嘆にくれた。国王夫妻が悲劇的な飛行機事故で亡くなっただなんて―。いつ涸れるとも知れぬ涙を流す彼女に、寝耳に水の縁談が舞い込む。新国王が、堅物で有名だった彼に白羽の矢を立てたのだ！　プレイボーイのジャビド王子が、なぜ？　数年前、フィアンセに裏切られたアナイスは傷心を抱え、逃げるように、この遠い異国へとやってきたのだ。悩むものの、彼女は求婚を受け入れた。まさか、世継ぎをその身に宿すことになるとは夢にも思わず。私がまだ本当は清い体だなんて、絶対に彼に知られてはだめよ…。〔3452〕

◇喪服の愛人　マヤ・ブレイク作，麦田あかり訳　ハーパーコリンズ・ジャパン　2023.5　156p　17cm　（ハーレクイン・ロマンス R3779―伝説の名作選）〈ハーレクイン 2015年刊の再刊　原書名：WHAT THE GREEK CAN'T RESIST〉664円　①978-4-596-77112-4

＊夫を事故で亡くしたばかりのパーラは街をさまよっていた。身寄りのない彼女を名ばかりの妻にして、虐げ続けてきた夫からようやく解放されたものの、不安でたまらなくなったのだ。バーに入った パーラは、一人の男性に思わず目を奪われた。美しい横顔に刻まれた深い孤独と哀しみの陰―生まれて初めての情熱に溺れ、彼女は純潔を捧げてしまう。ところが葬儀の当日、斎場で彼と鉢合わせして仰天した。アリオン・パンテライデス？　夫のボスの兄だったなんて…。恥知らずな女だと蔑まれ、傷ついたパーラはまだ知らなかった。まさかおなかに彼の子を身ごもっていようとは。〔3453〕

フレイザー，アン　Fraser, Anne

◇シンデレラは孤独な夜に　アン・フレイザー作，泉智子訳　ハーパーコリンズ・ジャパン　2022.6　156p　17cm　（ハーレクイン・イマージュ I2711）〈原書名：FALLING FOR DR. DIMITRIOU〉664円　①978-4-596-42949-0

＊「ぼくはアレクサンダー・ディミトライデス？　きみがバルコニーから見ているのには気づいていたよ」キャサリンは慌てて否定しながら、頬が火照るのを感じていた。彼は幼い娘が邪魔をしたお詫びにと、キャサリンを食事に誘った。亡き母の故郷にほど近いギリシアの村で独り静養しているけれど、わたしがここにいるのは既婚者とデートするためではないわ！　しかし、彼が妻を亡くしていると知り、互いに医師であることからともに感染症の対応にあたるうち、二人の距離は急速に近づいた。つかのまの恋でいい。わたしは幸せになれない人間だから…。そう自分に言い聞かせ、亡き妻を愛する彼にキャサリンは全てを捧げた。〔3454〕

ブレイジー，ジョナサン・P.　Brazee, Jonathan P.

◇戦士強制志願　J.N.チェイニー，ジョナサン・P.ブレイジー著，金子浩訳　早川書房　2024.4　559p　16cm　（ハヤカワ文庫 SF 2441）〈原書名：SENTENCED TO WAR〉1580円　①978-4-15-012441-0

＊正体不明の異星種族ケンタウルス人の戦闘メカが、人類の惑星を侵略し始めた。そんななか、惑星セーフハーバーの若者レヴは、些細な交通違反により25年の強制労働か3年の戦闘任務の選択を迫られることに。彼は海兵隊に志願するが、その死亡率は78パーセント！　レヴは過酷な訓練とさまざまな身体拡張を受け、ボディアーマーを装備して戦場へ向かうが…。現代版『宇宙の戦士』と人気の傑作ミリタリSF。〔3455〕

プレヴォー，アベ　Prévost

◇マノン・レスコー　アベ・プレヴォー，久米正雄訳，上妻純一郎改訳編集　アシェット・コレクションズ・ジャパン　[2023]　241p　22cm　（恋愛小説の世界 名作ブックコレクション）〈原書名：Manon Lescaut〉1817円　〔3456〕

フレサン，ロドリゴ　Fresán, Rodrigo

◇ケンジントン公園　ロドリゴ・フレサン著，内田兆史訳　白水社　2022.3　494p　20cm　（エクス・リブリス）〈原書名：JARDINES DE

KENSINGTON〉 4200円 ①978-4-560-09070-1

＊児童文学の歴史に燦然と輝く永遠の古典『ピーター・パン』。その作者J・M・バリーに着想を与え、ピーター・パンのモデルとなったルウェリン＝デイヴィス家の五人兄弟のひとりで、のちに出版社社主となったピーターの自殺で物語は幕を開ける。続いて、バリーの幼少期のエピソードに重ね合わせるようにして語り手自身の物語が始まる。章が進むうち、この謎の語り手には、今や知らぬ者はいない子供たちのヒーロー、永遠の少年ジム・ヤングを主人公に据えた冒険小説シリーズの作者ピーター・フックであることが次第に明らかになる。バリーが生きたヴィクトリア朝からエドワード朝にかけてのロンドンと、自分が子供時代を過ごした1960年代のスウィンギング・ロンドンを奇妙に交錯させつつ、語り手は『ピーター・パン』の物語とバリーの生涯をなぞっていく。だが、そこにはある恐ろしい計画が隠されていた… 〔3457〕

プレスコット, ラーラ　Prescott, Lara

◇あの本は読まれているか　ラーラ・プレスコット著, 吉澤康子訳　東京創元社　2022.8　522p　15cm　（創元推理文庫　Mプ39-1）〈文献あり　原書名：THE SECRETS WE KEPT〉1200円　①978-4-488-27007-0

＊冷戦下のアメリカ。ロシア移民の娘であるイリーナは、CIAにタイピストとして雇われる。だが実際はスパイの才能を見こまれており、訓練を受けて、ある特殊作戦に抜擢された。その作戦の目的は、共産圏で禁書とされた小説『ドクトル・ジバゴ』をソ連国民の手に渡し、言論統制や検閲で人々を迫害するソ連の現状を知らしめること。危険な極秘任務に挑む女性たちを描いた傑作長編！ 〔3458〕

プレスト, トマス・プレスケット

◇吸血鬼ラスヴァン―英米古典吸血鬼小説傑作集　G・G・バイロン, J・W・ポリドリほか著, 夏来健次, 平戸懐古編訳　東京創元社　2022.5　443p　20cm〈他言語標題：THE VAMPYRE　文献あり〉3000円　①978-4-488-01115-4

内容 吸血鬼ヴァーニー―あるいは血の晩餐〈抄訳〉〈ジェイムズ・マルコム・ライマー, トマス・プレスケット・プレスト著, 夏来健次訳〉

＊ブラム・ストーカー『吸血鬼ドラキュラ』に先駆けて発表された英米の吸血鬼小説に焦点を当てた画期的アンソロジーが満を持して登場。バイロン、ポリドリらによる名作の新訳、伝説の大著『吸血鬼ヴァーニー――あるいは血の晩餐』抄訳ほか、ブラックユーモアの中に鋭い批評性を潜ませる異端の吸血鬼小説「黒い吸血鬼―サント・ドミンゴの伝説」、芸術家を誘うイタリアの謎めいた邸宅の秘密を描く妖女譚の傑作「カンパーニャの怪」、血液ではなく精神を搾取するサイキック・ヴァンパイアものの先駆となる幻の中篇「魔王の館」など、本邦初紹介の作品を中心に10篇を収録。怪奇小説を愛好し、多彩な翻訳を手がけてきた訳者らによる日本オリジナル編集で贈る。 〔3459〕

プレスト, トマス・ペケット　Prest, Thomas Peckett

◇吸血鬼ヴァーニー――或いは血の饗宴　第1巻　ジェームズ・マルコム・ライマー, トマス・ペケット・プレスト著, 三浦玲子, 森沢くみ子訳　国書刊行会　2023.3　408p　19cm（奇想天外の本棚）〈原書名：Varney the Vampire, or the Feast of Blood〉2500円　①978-4-336-07407-2

＊雷と雨と雷鳴の狂乱とも形容すべきすさまじい嵐の夜、没落した名家バナーワース家の館の一室で眠るフローラは、ふと得体の知れない何者かが窓を破って部屋に侵入しようとしていることに気づく。恐怖で凍り付き、四肢を硬直させ、「助けて」ととつぶやくことしかできないフローラが目にしたのは、血の気のない蒼白な顔、磨かれたぶりきのような目、深く裂けた唇、そしてぞっとするような瞳にも増して、なにより目を引く、白くぎらぎらした鋭い牙のような、猛獣のそれを思わせる突き出た醜悪な歯を持つおぞましい生き物であった。部屋に侵入した怪物は、不気味な咆哮をあげながらフローラに近づき、その長い髪を手にからめとって彼女をベッドに押しつけると、鋭い金切り声を上げるフローラの喉笛に牙のような歯を突き立てた。ほとばしる血潮が滾々とあふれ、室内にはそれを吸う異様な音が響いた…ヴィクトリア朝時代のイギリスで、週刊の安価な媒体に連載された"ペニー・ドレッドフル"の代表的な作品であり、以後のあらゆる吸血鬼作品や吸血鬼造型の原点ともなったゴシック・ホラー小説の伝説的作品、世紀を超えて、ついに刊行開始！ 〔3460〕

プレストン, ジャニス　Preston, Janice

◇侯爵家の家庭教師は秘密の母　ジャニス・プレストン作, 高山恵訳　ハーパーコリンズ・ジャパン　2024.12　252p　17cm（ハーレクイン・ヒストリカル・スペシャル PHS340）〈原書名：THE GOVERNESS'S SECRET BABY〉827円　①978-4-596-71693-4

＊孤児のグレースは9歳で女学校に入り、家庭教師になる訓練を受けてきた。16歳のとき、ハンサムな青年と恋に落ちて妊娠したが、相手は愛さなくて軍隊に逃げたすえに戦死した。ひっそり出産したグレースはやむにやまれず娘を養子に出したものの、自身の愛されぬ少女時代に娘を重ね、そのことを悔いない日はなかった。娘が幸せでいるか、いつか絶対にこの目で確かめようと心に誓った。今、養親を亡くした娘が、人々から恐れられる侯爵に引き取られたと知り、心配でたまらないグレースはレイブンウェル侯爵邸を訪れた。そして、運よく住み込みの家庭教師として雇われることに――2歳の侯爵家令嬢クララの生みの母であることは、極秘のままで。 〔3461〕

プレストン, トマス　Thomas, Preston

◇近代初期イギリス演劇選集　鹿児島近代初期英国演劇研究会訳　福岡　九州大学出版会　2023.5　595p　20cm〈文献あり　布装〉6000

円　①978-4-7985-0344-8
　内容　キャンバイシーズ―ペルシア王カンビュセスの生涯，一五六九年？（トマス・プレストン作，山下孝子ほか訳）　〔3462〕

ブレットナー, R.
◇吸血鬼は夜恋をする―SF＆ファンタジイ・ショートショート傑作選　ロバート・F・ヤング，リチャード・マシスン他著，伊藤典夫編訳　東京創元社　2022.12　387p　15cm　〈創元SF文庫　SFN12-1〉〈文化出版局 1975年刊の増補〉　1000円　①978-4-488-79301-2
　内容　頂上の男（R.ブレットナー著）
　＊「アンソロジイという言葉のもとになったギリシャ語の意味は「花々を集めたもの」。立ちどまるほどではないが、歩く途中ひょっと目にとまり、見とれる花、つまり、理屈ぬきで楽しんでいただけるような小品を選ぶよう心懸けた」（伊藤典夫）。名翻訳家が初めて単独編纂した伝説のアンソロジイを半世紀ぶりに初文庫化。(SFマガジン)(奇想天外)の掲載作を追加し、全32編とした。　〔3463〕

フレンチ, タナ　French, Tana
◇捜索者　タナ・フレンチ著，北野寿美枝訳　早川書房　2022.4　681p　16cm　〈ハヤカワ・ミステリ文庫　HM 496-1〉〈原書名：THE SEARCHER〉　1620円　①978-4-15-185001-1
　〔3464〕

ブレント, ケイティ　Brent, Katy
◇男を殺して逃げ切る方法　ケイティ・ブレント著，坂本あおい訳　武蔵野 海と月社　2024.12　393p　19cm　〈原書名：HOW TO KILL MEN AND GET AWAY WITH IT〉　1800円　①978-4-903212-87-6
　＊キティ・コリンズ29歳。美人でお金持ちの人気インスタグラマー。だけどそれは表の顔。じつは、かなりワケあり。"切れ味抜群"のダークヒロイン、ここに誕生。　〔3465〕

プローズ, ニタ　Prose, Nita
◇メイドの秘密とホテルの死体　ニタ・プローズ著，村山美雪訳　二見書房　2022.9　533p　15cm　〈二見文庫 プ5-1―ザ・ミステリ・コレクション〉〈原書名：THE MAID〉　1300円　①978-4-576-22125-0
　＊社会性に乏しく、他人の意図を読みとることができないモーリー。彼女は9カ月前に亡くなった祖母の教えを頼りに、地元の高級ホテルで客室メイドとして働いていた。ところがある日、清掃に入った客室で悪名高い大富豪ブラックの死体を発見。警察の捜査が始まると、人づきあいが苦手で誤解を招きやすい性格が災いし、人々から疑惑の目を向けられる。さいわい、ずっと見守ってくれていた老ドアマンをはじめ、頼れる仲間が現われ、危機一髪を脱する作戦にでるが…予想もしない展開に

奇妙な味のミステリー。　〔3466〕

ブロック, アマンダ　Block, Amanda
◇父から娘への7つのおとぎ話　アマンダ・ブロック著，吉澤康子訳　東京創元社　2023.1　453p　19cm　〈原書名：THE LOST STORYTELLER〉　2500円　①978-4-488-01121-5
　＊イギリス南西部の建築事務所で非正規社員として働くレベッカは、幼いときに父親が家を出ていってしまい、母親に育てられた。父親のレオには20年近く会っていない。ある日、男性記者エリスが取材目的でレオの行方を尋ねてきた。レオはかつてBBCの子ども番組に出演していた人気俳優だったのだ。エリスはレオが現在どこにいるのか見つけられないという。父親など存在しないかのように暮らしてきたレベッカが母親や親戚に聞いても、「ろくな男じゃない」としか教えてもらえず、生死すらわからない。だが、祖母がこっそり一冊の本を渡してくれる。それは、父親が自分のために書いてくれたらしいおとぎ話の本だった。レベッカはエリスの取材に協力しつつ、本を手がかりに父親を探そうとするが…。"収集家と水の精""世界の果てへの航海""魔女とスフィンクス"…7つの奇妙なおとぎ話が収められた本が、知らなかった父親の想いを描き出す。本をこよなく愛する著者が贈る、切なくも心温まる家族の物語。　〔3467〕

ブロック, アンディ　Brock, Andie
◇放蕩貴公子とエマの結婚　アンディ・ブロック作，中村美穂訳　ハーパーコリンズ・ジャパン　2022.12　220p　17cm　〈ハーレクイン・ロマンス R3733―純潔のシンデレラ〉〈原書名：FROM EXPOSÉ TO EXPECTING〉　664円　①978-4-596-75497-4
　＊数多の女性と浮名を流すハンサムな実業家レオ・ラヴェニーロ。彼にインタビューすることになった新米記者エマは、高級クラブのダンスフロアで、無敵のオーラを漂わせる彼に見つめられた瞬間、虜になり、誘惑されるがまま純潔を捧げた。だが翌朝、彼は黙って姿を消し、心をもずたずたに引き裂かれる。気持ちを落ち着かせようとレオの女性遍歴を書き連ねてみたが、なんと手違いでその文章が新聞に掲載されてしまった。記事に激怒したレオの圧力でエマは解雇され、路頭に迷う。追い討ちをかけるように妊娠が発覚、エマはしかたなく彼を訪ねた。「妊娠？　今度はたかりに来たのか？」　〔3468〕

ブロック, ジル・D.
◇短編回廊―アートから生まれた17の物語　ローレンス・ブロック編，田口俊樹他訳　ハーパーコリンズ・ジャパン　2022.12　605p, 図版18p　15cm　〈ハーパーBOOKS M・フ6・2〉〈原書名：ALIVE IN SHAPE AND COLOR〉　1264円　①978-4-596-75581-0
　内容　安全のためのルール（ジル・D・ブロック著，田口俊樹訳）

＊探偵スカダーは滞在先で見覚えのある顔にでくわす。それは25年前、まだスカダーが刑事だった頃に恋人殺しの罪で逮捕した男で―L・ブロック『ダヴィデを探して』。考古学者の夫婦は世紀の発見にたどりつくが、待ち受けていたのは恐ろしい真相だった―J・ディーヴァー『意味深い発見』。絵のなかに閉じ込められてしまった少女の悲痛な叫び―J・C・オーツ『美しい日々』他、芸術とミステリーの饗宴短編集！　〔3469〕

ブロック, ロバート　Bloch, Robert

◇新編怪奇幻想の文学　3　恐怖　紀田順一郎,荒俣宏監修, 牧原勝志編　新紀元社　2023.5　466p　20cm〈他言語標題：Tales of Horror and Supernatural〉2500円　①978-4-7753-2041-9

内容　影にあたえし唇は（ロバート・ブロック著, 植草昌実訳）　〔3470〕

◇新編怪奇幻想の文学　5　幻影　紀田順一郎,荒俣宏監修, 牧原勝志編　新紀元社　2024.7　460p　20cm〈他言語標題：Tales of Horror and Supernatural　原書名：Spiegelbilder　Old Clothesほか〉2500円　①978-4-7753-2150-8

内容　創造の帽子（ロバート・ブロック著, 植草昌実訳）　〔3471〕

ブロック, ローレンス　Block, Lawrence

◇エイレングラフ弁護士の事件簿　ローレンス・ブロック著, 田村義進訳　文藝春秋　2024.9　366p　16cm　（文春文庫　フ35-1）〈原書名：DEFENDER OF THE INNOCENT〉1100円　①978-4-16-792278-8

内容　エイレングラフの弁護　エイレングラフの推定　エイレングラフの経験　エイレングラフの選任　エイレングラフの反撃　エイレングラフの義務　エイレングラフの代案　エイレングラフの毒薬　エイレングラフの肯定　エイレングラフの反転　エイレングラフの決着　エイレングラフと悪魔の舞踏

＊ミステリ史上最高で最凶、絶対負けない弁護士エイレングラフ。法外な報酬でどんな被告人も必ず無罪にしてみせる。そう、たとえ真犯人でも…。エラリイ・クイーンが太鼓判を押した第1作から、38年にわたってじっくり書き継がれた12編を全収録。黒い笑いとキレキレの逆転が絶妙にブレンドされた珠玉の短編集。　〔3472〕

◇短編回廊―アートから生まれた17の物語　ローレンス・ブロック編, 田口俊樹他訳　ハーパーコリンズ・ジャパン　2022.12　605p, 図版18p　15cm　（ハーパーBOOKS M・フ6・2）〈原書名：ALIVE IN SHAPE AND COLOR〉1264円　①978-4-596-75581-0

内容　ダヴィデを探して（ローレンス・ブロック著, 田口俊樹訳）

＊探偵スカダーは滞在先で見覚えのある顔にでくわす。それは25年前、まだスカダーが刑事だった頃に恋人殺しの罪で逮捕した男で―L・ブロック『ダヴィデを探して』。考古学者の夫婦は世紀の発見にたどりつくが、待ち受けていたのは恐ろしい真相だった―J・ディーヴァー『意味深い発見』。絵のなかに閉じ込められてしまった少女の悲痛な叫び―J・C・オーツ『美しい日々』他、芸術とミステリーの饗宴短編集！　〔3473〕

◇マット・スカダーわが探偵人生　ローレンス・ブロック著, 田口俊樹訳　二見書房　〔2024.10〕　358p　20cm〈原書名：THE AUTOBIOGRAPHY OF MATTHEW SCUDDER〉2500円　①978-4-576-24102-9

＊父と母、幼い弟の死。警官時代の相棒との逸話。はじめて犯罪者を射殺した日。復讐者との因縁。そして少女を死なせてしまったあの日―。記憶を探りながら諦念を交え静かに語る最後のマット・スカダー。　〔3474〕

ブロックマイヤー, ケヴィン　Brockmeier, Kevin

◇いろいろな幽霊　ケヴィン・ブロックマイヤー著, 市田泉訳　東京創元社　2024.4　268p　20cm　（海外文学セレクション）〈索引あり　原書名：THE GHOST VARIATIONS〉2400円　①978-4-488-01689-0

＊失恋した瞬間を永遠に繰り返す幽霊、方向音痴の幽霊、雨となって降り注ぐ幽霊、転送装置が生み出す幽霊…イタロ・カルヴィーノ短編賞受賞作家が贈る、時に切なく、時におかしく、そして時にはちょっぴり怖い幽霊たちの物語を100編収めた、ふしぎな短編集。　〔3475〕

ブロックマン, スーザン　Brockmann, Suzanne

◇美しき容疑者　スーザン・ブロックマン著, 泉智子訳　ハーパーコリンズ・ジャパン　2023.6　301p　15cm　（mirabooks SB02-22）〈MIRA文庫 2007年刊の新装版　原書名：HERO UNDER COVER〉845円　①978-4-596-77556-6

＊工芸品鑑定士のアニーは窮地に立たされていた。ヨーロッパで相次ぐ美術品窃盗事件の容疑者として当局にマークされたうえ、何者かに命を狙われているのだ。そんなある日、ピートと名乗る男がアニーの前に現れる。アニーの身を案じた顧客が手配したボディガードだったが、寝室まで一緒にしようとする彼にアニーは反発する。一方で、ハンサムでどこか陰のあるピートの魅力に、抗いつつも惹かれてしまい…。　〔3476〕

◇悲しい罠　スーザン・ブロックマン著, 葉月悦子訳　ハーパーコリンズ・ジャパン　2022.3　291p　15cm　（mirabooks SB02-21）〈MIRA文庫 2006年刊の新装版　原書名：LOVE WITH THE PROPER STRANGER〉836円　①978-4-596-33333-9

＊FBI捜査官ジョンは、結婚しては夫を殺して財産を奪う連続殺人犯"ブラック・ウィドウ"を追っていた。ついに足取りを掴んだジョンは、女の次の獲物になるべく資産家になりすまし、容疑者が潜

伏する島で囮捜査を開始する。顔のわからない容疑者をおびき寄せる唯一の手がかりは、その友人と思しきマライアという女性。だがマライアに近づいたジョンは、あろうことか彼女に惹かれてしまい…。〔3477〕

ブロッホ, ヘルマン　Broch, Hermann

◇ウェルギリウスの死─ドイツ文学　上　ヘルマン・ブロッホ, 川村二郎訳　我孫子　あいんしゅりっと　2024.5　411p　18cm〈原書名：Der tod des vergil〉2500円　①978-4-911290-00-2

＊20世紀ドイツ文学の記念碑的小説復刊！　古代ローマの大詩人ウェルギリウスの死の直前の18時間を描いたヘルマン・ブロッホの畢生の大作。詩人ウェルギリウスは、アテナイからローマへの帰国の途中ブルンディシウムの港で熱病に侵され、死の思いに耽り詩人としての自分に思い及び、やがて未完の大作『アエネーイス』についてある決断をすることに。現実と非現実、過去と現在と未来、意識と超意識が内的独白で融解していく。1977年発行集英社版『世界の文学』に収録の同書名の復刊し、解説（原田義人）を追加。〔3478〕

◇ウェルギリウスの死─ドイツ文学　下　ヘルマン・ブロッホ, 川村二郎訳　我孫子　あいんしゅりっと　2024.5　507p　18cm〈原書名：Der tod des vergil〉2700円　①978-4-911290-01-9

＊20世紀ドイツ文学の記念碑的小説復刊！　古代ローマの大詩人ウェルギリウスの死の直前18時間を描いたヘルマン・ブロッホの畢生の作。詩人ウェルギリウスは自らの決断を友人たちに伝え、やがてそれを知った皇帝アウグストゥスが現れる。詩人と皇帝は芸術、詩、生と死について激しく語り合っていく。そしてついに肉体の死を迎える。オーストリア出身でユダヤ系の著者がナチスに拘禁された際の個人的な死の覚悟から、抒情的作品にまで発展させた大作。1977年発行集英社版『世界の文学』に収録の同書名の復刊。〔3479〕

◇誘惑者　上　ヘルマン・ブロッホ, 古井由吉訳　我孫子　あいんしゅりっと　2024.12　571p　18cm〈原書名：Der Versucher〉2900円　①978-4-911290-02-6

＊都会から流れついた「誘惑者」の妄想に浸透されていく山間部で暮らす村人たちの空疎な熱狂と荘厳なる自然。〔3480〕

◇誘惑者　下　ヘルマン・ブロッホ, 古井由吉訳　我孫子　あいんしゅりっと　2024.12　571p　18cm〈原書名：Der Versucher〉2900円　①978-4-911290-03-3

＊「誘惑者」に浸透されていく村人たちと、侵されることのないひとりの老婆。やがて語り手である田舎医師も眩惑されていき…。〔3481〕

ブロードリック, アネット　Broadrick, Annette

◇恋する一夜物語　エマ・ダーシー、シャロン・ケンドリック, アネット・ブロードリック著, 加納三由季他訳　ハーパーコリンズ・ジャパン　2022.7　330p　17cm　（HPA 36─スター作家傑作選）〈原書名：THE INCORRIGIBLE PLAYBOY　IN BED WITH THE BOSSほか〉1109円　①978-4-596-70806-9

|内容|一夜の奇跡（アネット・ブロードリック著, 松村和紀子訳）

＊「蛾が蝶になったさまをゆっくり鑑賞させてもらうよ」地味でお堅いエリザベスの変身に、放蕩富豪ハリーから失礼な賛辞が贈られた。さらに僕の下で働かないかと誘われ、世慣れた彼に不安を抱きながらも、彼女はつい同意してしまう！　遊び人と噂されているけれど実は剃刀のように頭の切れる彼の魅力にはまっていくとも知らず。─『一夜の蝶』ジョゼフィーンは少女のころから憧れていたブレイクと再会し、長年の想いが叶って彼と情熱の一夜を過ごして天にも昇る心地だった。しかし、彼女にとっては忘れられない夜だったのに、ブレイクは朝が来る前にさっさと立ち去った。その直後、彼が元恋人とよりを戻して婚約したという噂を聞き、ジョゼフィーンは打ちのめされた。─『一夜の記憶』テスは早朝のしつこい呼び鈴で起こされた。玄関先には、2年は戻らないと言って異国へ旅立ったクレイグがいた。なぜ2カ月もしないうちに帰ってきたの？　ふとテスは彼が発つ前の、一夜の出来事を思い出した。まさか幼なじみだった彼と一線を越えるとは思いもしなかったのだから！　昨晩、急な吐き気に襲われたのは…。─『一夜の奇跡』〔3482〕

◇わたしの中の他人　アネット・ブロードリック著, 島野めぐみ訳　ハーパーコリンズ・ジャパン　2024.10　286p　15cm　（ハーレクインSP文庫 HQSP-435）〈ハーレクイン 1995年刊の再刊　原書名：MYSTERY WIFE〉545円　①978-4-596-71565-4

＊病院のベッドで目を覚ましたとき、彼女は記憶を失っていた。傍らにはラウールという魅力的な男性が付き添っており、彼の口から語られる話は驚くべきものだった。彼女の名はシェリー。ラウールの妻であり、二児の母だという。自動車事故を起こしたものの奇跡的に大きな怪我はなく、記憶だけが失われたらしい。退院後、彼女はラウールとともにパリ郊外の自宅で暮らし始める。だが部屋も別々だった二人が初めてベッドを共にした翌朝、電話が鳴った。知らされた驚くべき事実─わたしは…シェリーではない。〔3483〕

ブロードリブ, ステフ　Broadribb, Steph

◇殺人は太陽の下で─フロリダ・シニア探偵クラブ　ステフ・ブロードリブ著, 安達眞弓訳　二見書房　2023.10　539p　15cm　（二見文庫 ブ14-1─ザ・ミステリ・コレクション）〈原書名：DEATH IN THE SUNSHINE〉1400円　①978-4-576-23111-2

＊元ロンドン市警刑事で、過去の潜入捜査のせいでパニック障害に悩む58歳のモイラは穏やかな生活を送ろうとフロリダの高齢者向け高級住宅に家を

購入するが、ある早朝、敷地内で若い女性の遺体を発見する。警察に通報したものの、発作のせいでふらふらしていると警官に続いてやってきたのはフィリップという隣人だった。元刑事で71歳のフィリップは殺人事件と聞いていても立ってもいられず現場に押しかけてきたのだが、元麻薬捜査官リックと元科学捜査官の妻リジーも巻き込んで、4人は高齢者の話には耳も貸してくれない警察を尻目に独自の調査を開始する…。〔3484〕

ブロートン, ローダ　Broughton, Rhoda

◇ロンドン幽霊譚傑作集　W.コリンズ,E.ネズビット他著，夏来健次編　東京創元社　2024.2　389p　15cm　(創元推理文庫　Fン11-2)〈原書名：Mrs.Zant and the Ghost　The Last House in C-Streetほか〉1100円　①978-4-488-58408-5

内容　事実を、事実のすべてを、なによりも事実を（ローダ・ブロートン著，夏来健次訳）

＊19世紀ヴィクトリア朝ロンドン。産業・文化ともに栄える一方で、犯罪譚や怪談が流行する魔の都としての貌も持ち合わせていた。陽光あふれる公園の一角で霊に遭遇した美しき寡婦を巡る愛憎劇「ザント夫人と幽霊」、愛人を催眠術で殺害した医師が降霊会で過去の罪と対峙する「降霊会の部屋にて」ほか、ロンドンで囁かれるゴースト・ストーリー13篇を収録。集中12篇が本邦初訳。〔3485〕

プロハースカ, イジー・ウォーカー

◇チェコSF短編小説集　2　カレル・チャペック賞の作家たち　平野清美編訳　ヤロスラフ・オルシャ・jr.，ズデニェク・ランパス編　平凡社　2023.2　505p　16cm　(平凡社ライブラリー939)〈原書名：Bílá hůl ráže 7,62　Nikdy mi nedáváš peníze ほか〉1900円　①978-4-582-76939-5

内容　…および次元喪失の刑に処す（イジー・ウォーカー・プロハースカ著，平野清美訳）

＊一九六八年のソ連軍を中心とした軍事侵攻以降、冬の時代を迎えていたチェコスロヴァキア。八〇年代、ゴルバチョフのペレストロイカが進むとSF界にも雪融けが訪れる。学生らを中心としたファンダムからは"カレル・チャペック賞"が誕生し、多くの作家がこぞって応募した。アシモフもクラークもディックも知らぬままに手探りで生み出された熱気と独創性溢れる一三編。〔3486〕

フローベール, ギュスターヴ　Flaubert, Gustave

◇ボヴァリー夫人　1　ギュスターヴ・フローベール，淀野隆三訳，上妻純一郎編集　アシェット・コレクションズ・ジャパン　[2023]　247p　22cm　(恋愛小説の世界 名作ブックコレクション)〈原書名：Madame Bovary〉1817円　〔3487〕

◇ボヴァリー夫人　2　ギュスターヴ・フローベール，淀野隆三訳，上妻純一郎編集　アシェット・コレクションズ・ジャパン　[2023]　268p　22cm　(恋愛小説の世界 名作ブックコレクション)〈原書名：Madame Bovary〉1999円　〔3488〕

◇三つの物語　十一月　フローベール著，蓮實重彦訳　講談社　2023.2　342p　16cm　(講談社文芸文庫　フD1)〈底本：世界文学全集 37（1975年刊）原書名：Trois Contes　Œuvres de Jeunesse〉2200円　①978-4-06-529421-5

内容　三つの物語　十一月　〔3489〕

ブロンテ, エミリー　Brontë, Emily

◇嵐が丘　1　エミリー・ブロンテ，三宅幾三郎訳，上妻純一郎編集改訳　アシェット・コレクションズ・ジャパン　[2022]　297p　22cm　(恋愛小説の世界 名作ブックコレクション)〈原書名：Wuthering heights〉1817円　〔3490〕

◇嵐が丘　2　エミリー・ブロンテ，三宅幾三郎訳，上妻純一郎編集改訳　アシェット・コレクションズ・ジャパン　[2023]　284p　22cm　(恋愛小説の世界 名作ブックコレクション)〈原書名：Wuthering heights〉1817円　〔3491〕

ブロンテ, シャーロット　Brontë, Charlotte

◇ジェーン・エア　1　シャーロット・ブロンテ，十一谷義三郎訳，上妻純一郎編集　アシェット・コレクションズ・ジャパン　[2022]　292p　22cm　(恋愛小説の世界 名作ブックコレクション)〈原書名：Jane Eyre〉1817円　〔3492〕

◇ジェーン・エア　2　シャーロット・ブロンテ，十一谷義三郎訳，上妻純一郎編集　アシェット・コレクションズ・ジャパン　[2023]　269p　22cm　(恋愛小説の世界 名作ブックコレクション)〈原書名：Jane Eyre〉1817円　〔3493〕

◇ジェーン・エア　3　シャーロット・ブロンテ，十一谷義三郎訳，上妻純一郎編集　アシェット・コレクションズ・ジャパン　[2023]　231p　22cm　(恋愛小説の世界 名作ブックコレクション)〈原書名：Jane Eyre〉1999円　〔3494〕

【ヘ】

ぺ, スア

◇遠きにありて、ウルは遅れるだろう　ペスア著，斎藤真理子訳　白水社　2023.1　211p　20cm　(エクス・リブリス)　2000円　①978-4-560-09079-4

＊存在を規定する記憶をすべて失い、"ウル"と名づけられた女性が、混沌の中から意識の底にある感覚を浮上させ、自分が何者であるのかを夢幻的に探っていく三つの物語。〔3495〕

ペ，ミョンフン

◇タワー　ペミョンフン著，斎藤真理子訳　河出書房新社　2022.9　327p　19cm　2200円
①978-4-309-20865-7
＊犬の俳優Pの謎、愛国の低所恐怖症、デモ隊vs.インド見учる、大陸間弾道ミサイル、テロリストの葛藤…。韓国SFの金字塔にして笑いと涙の摩天楼エンタテインメント！〔3496〕

ベア，グレッグ　Bear, Greg

◇鏖戦　凍月　グレッグ・ベア著，酒井昭伸訳，グレッグ・ベア著，小野田和子訳　早川書房　2023.4　270p　20cm〈原書名：HARDFOUGHT HEADS〉2900円　①978-4-15-210226-3

内容　鏖戦（酒井昭伸/訳）　鏖戦凍月（小野田和子/訳）

＊はるか未来、容姿も社会体制も変貌しきった人類は、古い歴史をもつ異星種族セネクスと果てしない戦いを続けていた。原始星群をめぐる巡航艦 "混濁" で、敵の抹殺だけを教えられて育った少女プルーフラックスはきたる初陣に思いを馳せていた…。圧倒的なスケールと美しいヴィジョンで人類と異星人との戦いを描いたネビュラ賞受賞作「鏖戦」。近未来、200万の人口を擁する月コロニー。そこにある天然の洞穴を利用した科学研究施設 "氷穴" では、絶対零度達成の実験が進行中だった。ここに、100年以上ものあいだ冷凍保存されていた人間の頭部410個を地球から持ち込み、一大データベース化しようとする新たなプロジェクトが動き出す。月世界での壮絶かつ衝撃的な実験を描いた星雲賞受賞作「凍月」。2022年11月に逝去したベアの真骨頂たる、ハードSFの代表中篇2篇を収録した一冊。〔3497〕

ヘアー，シリル　Hare, Cyril

◇Re-ClaM ex—rediscovery of classic mystery extrapolation　Vol. 5　エドワード・D・ホック他著，宇佐見崇之他訳　Re-ClaM事務局　2023.11　63p　21cm〈編集・販売委託：書肆盛林堂〉

内容　エイミー・ロブサートは死んだ（シリル・ヘアー著、三門優祐訳）〔3498〕

ペイヴァー，ミシェル　Paver, Michelle

◇クロニクル千古の闇　7　魔導師の娘　ミシェル・ペイヴァー作，さくまゆみこ訳，酒井駒子装画　評論社　2023.8　368p　19cm〈原書名：CHRONICLES OF ANCIENT DARKNESS.7：VIPER'S DAUGHTER〉1800円　①978-4-566-02438-0
＊紀元前4000年の太古の世界。兄弟のきずなで結ばれたオオカミと共に、トラクは何度も邪悪なものと戦ってきた。今はワタリガラス族のレンをパートナーに、おだやかな毎日を送っている。しかし、ある日とつぜん、レンが彼のもとを去ってしまった。なぜ？　なんのために？―レンのあとを追うトラクの前に、きびしい極北の地と、"魂食らい"の呪いが立ちはだかる。11年の時を経て新たに発表された「クロニクル千古の闇」シリーズ、待望の続巻！〔3499〕

◇クロニクル千古の闇　8　皮はぐ者　ミシェル・ペイヴァー作，さくまゆみこ訳　ジェフ・テイラー本文イラスト　評論社　2024.8　390p　19cm〈原書名：CHRONICLES OF ANCIENT DARKNESS.8：SKIN TAKER〉1800円　①978-4-566-02439-7
＊紀元前4000年の太古の世界。巨大なカミナリ星が落ち、森のほとんどが焼失してしまった。混乱の中、皮ハガシと呼ばれる邪悪な存在が生まれ、さらなる恐怖をあおる。生き残った氏族たちは、森をよみがえらせる方法をさぐるため、トラクとレンを深い森へと送りだした。「クロニクル千古の闇」シリーズ、待望の第8巻！〔3500〕

ベイカー，マシュー　Baker, Matthew

◇アメリカへようこそ　マシュー・ベイカー著，田内志文訳　KADOKAWA　2023.3　493p　19cm〈原書名：WHY VISIT AMERICA〉2500円　①978-4-04-111085-0

内容　売り言葉　儀式　変転　終身刑　楽園の凶日　女王陛下の告白　スポンサー　幸せな大家族　出現　魂の争奪戦　ツアー　アメリカへようこそ　逆回転

＊「幽霊語」を作る辞書編纂者の正義、儀式での絶命することを名誉とする一家の恥曝しな伯父、社会に辟易デジタル・データになる告白をした息子と母親の葛藤、穏やかな日々を送る男が終身刑で消去された人生の記憶、生物園の檻で暮らす男と逢瀬を重ねる女、女王陛下と揶揄された少女の絶望と幸福の告白、空っぽの肉体をもつ新生児が生まれ始めた世界の恐るべき魂の争奪戦、合衆国から独立したテキサスの町「アメリカ」で繰り広げられる群像悲喜劇、逆回転する世界に生まれた僕の四次元の物語—。現代アメリカの暗部と矛盾、恐れと欲望、親密さと優しさ。奇想天外な世界の住人たちのリアルな情動に息を呑む、驚異的作品集。〔3501〕

ヘイグ，マット　Haig, Matt

◇ミッドナイト・ライブラリー　マット・ヘイグ著，浅倉卓弥訳　ハーパーコリンズ・ジャパン　2022.2　438p　19cm〈原書名：THE MIDNIGHT LIBRARY〉1800円　①978-4-596-31906-7
＊ノーラはその日人生のどん底にいた。飼っていた猫を亡くし、仕事をクビになり、いくら悲しくても話を聞いてくれる家族も友人もいない。頭をめぐるのは後悔ばかり。「私がもっといい飼い主だったら」「両親にも亡くなる前にもっと親孝行ができていたら」「恋人と別れなければよかった」「故郷に戻らなければよかった」生きている意味などもうな

いと、ノーラは衝動的に自らの命を絶とうとする。だが目覚めたとき、目の前には不思議な図書館が佇んでいた―。2020年Goodreads Choice Awardフィクション部門受賞。〔3502〕

ベイジ, アルハム
◇イン・クィア・タイム―アジアン・クィア作家短編集　イン・イーシェン, リベイ・リンサンガン・カントー編, 村上さつき訳　ころから　2022.8　350,10p　19cm〈他言語標題：In queer time　原書名：Sanctuary〉2200円　ⓘ978-4-907239-63-3

内容　ラベルの名前（アルハム・ベイジ著）
＊「クィアの時代」に香港から届いたアジアンLGBTQ＋作家による「クィア小説」17編を収録！〔3503〕

ペイショット, ジョゼ・ルイス　Peixoto, José Luís
◇無のまなざし　ジョゼ・ルイス・ペイショット著, 細山田純子訳, 黒澤直俊監訳　現代企画室　2022.9　237p　20cm（現代ポルトガル文学選集）〈原書名：Nenhum Olhar〉2400円　ⓘ978-4-7738-2209-0　〔3504〕

ペイトン, マイク　Paton, Mike
◇GET A GRIP　ジーノ・ウィックマン, マイク・ペイトン著, 福井久美子訳, カール・バイザー, 久能克也監訳　ビジネス教育出版社　2022.6　419p　21cm〈本文は日本語　原書名：GET A GRIP〉1800円　ⓘ978-4-8283-0938-5
＊業績停滞。瓦解寸前。瀕死の経営チームがたった1年で「劇的再生」した理由。〔3505〕

ペイトン・ウォルシュ, ジル　Paton Walsh, Jill
◇ウィンダム図書館の奇妙な事件　ジル・ペイトン・ウォルシュ著, 猪俣美江子訳　東京創元社　2022.11　307p　15cm　（創元推理文庫 Mウ26-1）〈原書名：THE WYNDHAM CASE〉1000円　ⓘ978-4-488-20008-4
＊1992年2月の朝。ケンブリッジ大学の貧乏寮セント・アガサ・カレッジの学寮付き保健師イモージェン・クワイのもとに、学寮長が駆け込んできた。おかしな規約で知られる"ウィンダム図書館"で、テーブルの角に頭をぶつけた学生の死体が発見されたのだ…。巨匠セイヤーズのピーター・ウィムジイ卿シリーズを書き継ぐことを託された実力派作家による、英国ミステリの逸品！〔3506〕

◇ケンブリッジ大学の途切れた原稿の謎　ジル・ペイトン・ウォルシュ著, 猪俣美江子訳　東京創元社　2023.10　311p　15cm　（創元推理文庫 Mウ26-2）〈原書名：A PIECE OF JUSTICE〉1100円　ⓘ978-4-488-20009-1
＊ケンブリッジ大学の貧乏学寮セント・アガサ・カレッジ。その学寮付き保健師イモージェン・クワイの家に下宿する学生が、著名な数学者の伝記を執筆することになった。これまでなぜか伝記の原稿の執筆は途切れてきたのだが、どうやらその原因は、数学者の経歴でどうしても詳細が不明な、ある夏の数日間にありそうで…。『ウィンダム図書館の奇妙な事件』に続く、好評シリーズ第二弾！〔3507〕

◇貧乏カレッジの困った遺産　ジル・ペイトン・ウォルシュ著, 猪俣美江子訳　東京創元社　2024.10　358p　15cm　（創元推理文庫）〈原書名：DEBTS OF DISHONOUR〉1100円　ⓘ978-4-488-20010-7
＊セント・アガサ・カレッジはケンブリッジ大学屈指の貧乏学寮。その学寮付き保健師イモージェン・クワイのもとに、卒業生で国際的大企業の経営者の訃報が届いた。誤って崖から転落したというのだが、以前イモージェンは彼から、さまざまな相手に命を狙われていると打ち明けられていた…。『ウィンダム図書館の奇妙な事件』にはじまる、"イモージェン・クワイ"シリーズ第三弾。〔3508〕

ヘイヤー, ジョージェット　Heyer, Georgette
◇やかましい遺産争族　ジョージェット・ヘイヤー著, 木村浩美訳　論創社　2023.10　321p　20cm　（論創海外ミステリ 304）〈原書名：They Found Him Dead〉3200円　ⓘ978-4-8460-2291-4
＊ハナサイド警視、第三の事件簿を初邦訳！ 莫大な財産の相続と会社の経営方針を巡る一族の確執。その先に待ち受けるのは新たな秩序と成功を生み出す希望か、それとも全てを奪い去る破滅か…。〔3509〕

ベイリー, ケイト　Bailey, Kate
◇アリス―へんてこりん、へんてこりんな世界―ケイト・ベイリー, サイモン・スレーデン編集, 高山宏翻訳監修, 富原まさ江訳　玄光社　2022.7　224p　31cm〈文献あり　索引あり　原書名：Alice Curiouser and Curiouser〉3100円　ⓘ978-4-7683-1619-1
内容　新たなアリス像（ケイト・ベイリー）〔3510〕

ベイリー, レイチェル　Bailey, Rachel
◇隠された愛の証　レイチェル・ベイリー作, すなみ翔訳　ハーパーコリンズ・ジャパン　2023.8　156p　17cm　（ハーレクイン・ロマンス R3804―伝説の名作選）〈2016年刊の再刊　原書名：THE BLACKMAILED BRIDE'S SECRET CHILD〉664円　ⓘ978-4-596-52114-9
＊「兄の忘れ形見に会わせてもらいたい」ベスが愛した唯一の男性ニコが、ふたたび目の前に現れた。―快活な面影は失せ、冷徹な大富豪のオーラをまとって。5年前、ベスはニコのことを心の底から愛していた。だが、ニコの出生の秘密を盾にした彼の兄に結婚を強要され、愛する人を傷つけたくなく、何も言わずに去ったのだった。あれから連絡

を断っていたのに、まさか訪ねてくるなんて！亡夫との地獄のような結婚生活の中、心の支えは息子だけだった。オリーブ色の肌と黒髪をニコから受け継いだ、男の子…。絶対だめ。ニコにそっくりな息子を会わせるわけにはいかない。〔3511〕

ベイリー, ロバート　Bailey, Robert

◇嘘と聖域　ロバート・ベイリー著，吉野弘人訳　小学館　2023.2　440p　15cm　（小学館文庫 ヘ2-5）〈原書名：LEGACY OF LIES〉1080円　①978-4-09-407158-0
＊テネシー州プラスキ。無敵の検事長ヘレン・エヴァンジェリン・ルイスは、街の実業家による女子高生レイプ事件の裁判に臨もうとしていた。だがその矢先、元夫の殺人容疑で逮捕されてしまう。彼女は最も信頼を寄せる弁護士ボーセフィス・ヘインズに弁護を依頼する。愛する妻ジャズと心の師トムを喪い失意の底にいたボーだが、たった一人で圧倒的不利な裁判に挑むことに。しかし事件の背後には三十八年間隠され続けていた禁忌があった…。話題の胸アツ法廷エンタメ「トーマス・マクマートリー」四部作に続く、待望の新シリーズがついに始動！〔3512〕

◇ザ・ロング・サイド　ロバート・ベイリー著，吉野弘人訳　小学館　2024.2　492p　15cm（小学館文庫 ヘ2-6）〈原書名：THE WRONG SIDE〉1200円　①978-4-09-407159-7
＊テネシー州プラスキ。ジャイルズ・カウンティ高校のフットボールチームがライバル校に勝利を収め、試合後には地元の人気バンドがスタジアムでコンサートを開いた翌朝、ボーカルのブリタニーが遺体となって発見された。容疑者は彼女の恋人でスター選手のオデル。証拠はどれも彼を犯人と示していたが、彼は無実を主張し、父のように慕うボーに弁護を依頼。街の黒人コミュニティがよそ者のオデルを犯人と見なすなか、子どもたちとの平穏な生活を手に入れたばかりのボーは弁護を逡巡する。心揺さぶる人気法廷エンタメシリーズ、激アツの完結編！〔3513〕

ベイリー, H.C.　Bailey, H.C.

◇ブラックランド、ホワイトランド　H・C・ベイリー著，水野恵訳　論創社　2022.12　363p　20cm（論創海外ミステリ 293—ホームズのライヴァルたち）〈文献あり 原書名：Black Land, White Land〉3200円　①978-4-8460-2211-2
＊有罪と無罪の間で揺れる名探偵フォーチュン氏の苦悩。白亜の海岸で化石に混じって見つかった少年の骨。彼もまた肥沃な黒い土地を巡る悲劇の犠牲者なのか…。未来を切り拓く正義の裁きが下されるべき者は誰だ！〔3514〕

ヘイル, デボラ　Hale, Deborah

◇闇夜の男爵と星のシンデレラ　デボラ・ヘイル作，吉田和代訳　ハーパーコリンズ・ジャパン　2022.12　283p　17cm（ハーレクイン・ヒストリカル・スペシャル PHS293）〈「美女と悪魔」(ハーレクイン 2004年刊)の改題 原書名：BEAUTY AND THE BARON〉827円　①978-4-596-75489-9
＊貧しくも心やさしい娘アンジェラのもとへある日、隣の伯爵家の跡継ぎダヴェントリ卿が訪ねてきた。かつて英国一の美男子と謳われたこともある彼は、戦場で醜い傷を負ってからというもの、仮面で顔を覆い隠していた。そうやって隠遁生活を送る彼を、村人は"悪魔卿"と呼んで恐れた。そのダヴェントリ卿が、私にいったいなんの用かしら？アンジェラが恐る恐る尋ねると、彼は重い口を開いた。「妻になってくれとは言わない。わたしの婚約者になってほしい」彼の余命幾ばくもない祖父を喜ばせるための、偽りの婚約。アンジェラは承諾した一心を閉ざした彼に恋してしまうとも知らず。〔3515〕

ベガーグ, アズーズ　Begag, Azouz

◇シャアバの子供　アズーズ・ベガーグ著，下境真由美訳　水声社　2022.1　277p　20cm（叢書《エル・アトラス》）〈原書名：LE GONE DU CHAÂBA〉2800円　①978-4-8010-0246-3
＊かつてフランスのリヨン郊外にあったスラム街"シャアバ"。幼少時にマグレブから移住してきた少年は、貧しい家庭から勉学によって立身出世し、大臣にまで登りつめ作家となった…。作家自身が体験した青春時代を描きだした代表作。〔3516〕

ペク, オニュ　白温柔

◇ユ・ウォン　ペクオニュ著，吉原育子訳　祥伝社　2022.3　250p　20cm　1600円　①978-4-396-63621-0
＊十八歳のユ・ウォンは有名な女子高生だった。十二年前のマンション火災事故の奇跡の生存者として。彼女の姉は、幼い妹を布団で巻いて十一階から投げ落とした後、帰らぬ人となった。地上で彼女を受け止めたおじさんは、足に重い障害を負った。ユ・ウォンは奇跡の象徴として、おじさんは英雄として、一躍、時の人となった。あれから十二年。いまだに世間は「あの事故の子」という眼差しで彼女を見る。姉は神格化され、「英雄」のおじさんは家をたびたび訪ねてきてはお金を無心していく。そんななか、ユ・ウォンは同じ高校に通うシュョンと知り合う。自分とは正反対のシュョンに影響され、初めて他人に心を開いていくが…。過酷な運命を背負った少女の軌跡を描く、感動の成長小説！「チャンビ青少年文学賞」受賞作品。〔3517〕

ペク, スリン　白秀麟

◇夏のヴィラ　ペク・スリン，カン・バンファ訳　福岡　書肆侃侃房　2022.3　227p　19cm（Woman's best 14—韓国女性文学シリーズ 11）　1700円　①978-4-86385-499-4
＊初めてのヨーロッパ旅行で出会い親交を温めてきたドイツ人夫婦に誘われ、苦しい講師生活のなか気持ちがすれ違っていた夫と共に訪れたカンボジアのヴィラ。数日過ごすうち、夫とドイツ人夫婦の間に小さな諍いが起こり…「夏のヴィラ」。夫の

ヘク

希望で仕事を辞め、変わらない毎日を過ごすなかでの楽しみは、子供を送迎するときに見かける赤い屋根の家に住む空想をすることだった。そんななか、親友が開業したイタリアンレストランで出会った若い男性とのささやかな会話が引き起こした心のさざ波に…「まだ家には帰らない」。人と人、世界と世界の境界線を静かに描いた八つの短編を収録。〔3518〕

ペク,ナムリョン　白 南龍

◇友　ペクナムリョン著，和田とも美訳　小学館　2023.4　261p　19cm〈他言語標題：Friend〉2100円　①978-4-09-356740-4

＊離婚を望む歌手である妻と、寡黙な技術者の夫──離婚の審議にあたる判事と、野菜の研究者として生きる妻──。二組の夫婦の姿を軸に、彼らをとりまく社会と家族の姿を描く。2020年、米国の「ライブラリー・ジャーナル」Best Books翻訳文学部門の10冊に選出。韓国、フランス、アメリカで翻訳出版された北朝鮮の文学作品。〔3519〕

ベケット,サミュエル　Beckett, Samuel

◇新訳ベケット戯曲全集　3　フィルム─映画・ラジオ・テレビ作品集　サミュエル・ベケット著，岡室美奈子，長島確監修　岡室美奈子，長島確，木内久美子，久米宗隆，鈴木哲平訳　白水社　2022.2　334p　19cm〈他言語標題：THE COMPLETE PLAYS OF SAMUEL BECKETT〉4700円　①978-4-560-09333-7

＊わかりやすくて明快な21世紀のベケット！　幽玄夢幻の、絵になる「放送劇」。喜劇王キートンが主演した表題作をはじめ、本邦初訳の「なつかしい曲」やTVドラマ「クワッド」など13作品を収録。本邦初訳の作品もふくむ、日本オリジナルの完全版！〔3520〕

◇どんなふう　サミュエル・ベケット著，宇野邦一訳　河出書房新社　2022.10　239p　20cm〈原書名：COMMENT C'EST〉3200円　①978-4-309-20867-1

＊50年ぶりの新訳刊行！『ゴドーを待ちながら』『モロイ』など、ジャンルを超えて未踏の地を切りひらいたノーベル賞作家による、世界文学に燦然と輝く金字塔。旧邦題『事の次第』。〔3521〕

ベケット,ティナ　Beckett, Tina

◇愛の証をフィレンツェに　ティナ・ベケット作，神鳥奈穂子訳　ハーパーコリンズ・ジャパン　2024.3　156p　17cm（ハーレクイン・イマージュ I2795）〈原書名：THE SURGEON'S SURPRISE BABY〉673円　①978-4-596-53659-4

＊生後4カ月の赤ん坊を連れ、エリースはフィレンツェに降り立った──元恋人のドクター・ルカ・ヴェネツィオに、この子はあなたの娘です、と告げるために。今まで子どものことを知らせなかったのは、失恋の傷心に加えて、切迫流産の危険があったから。それ以上に、かつてルカに子どもは要らないと言われたからだった。とはいえ、いつまでも知らせないままにしておけないと、意を決してイタリアにやってきたエリースの告白に、ルカは驚愕した。DNA鑑定なんて必要ない。我が子であることは一目瞭然だ！　そしてルカの口から、思いも寄らぬ言葉が飛び出した。「結婚しよう」〔3522〕

◇クリスマスの最後の願いごと　ティナ・ベケット作，神鳥奈穂子訳　ハーパーコリンズ・ジャパン　2024.12　156p　17cm（ハーレクイン・イマージュ I2831）〈原書名：THE BILLIONAIRE'S CHRISTMAS WISH〉673円　①978-4-596-71769-6

＊幼いときに母と生き別れ、里親のもとを転々としたマディソン。イギリスの子ども病院の経営者で外科医のセオに招かれ、海を渡った。長身で魅力的なセオは5年前のクリスマスに交通事故で妻を喪い、5歳の娘アイビーは筋力が徐々に落ちる原因不明の病で入院中。診断医のマディソンはその病の正体を突き止める大仕事に取り組みつつ、母を知らないアイビーにみずからの少女時代を重ね、寄り添う。アイビーの"クリスマスの願いごとリスト"も手伝った。一番の願いごと──パパにクリスマスを好きになってもらうこと。マディソン自身、クリスマスは好きではないけれど力になりたいと思った。でもたとえセオに想いを寄せても、彼はまだ亡き妻を愛している…。〔3523〕

ベサント,ウォルター　Besant, Walter

◇ロンドン幽霊譚傑作集　W.コリンズ,E.ネズビット他著，夏来健次編　東京創元社　2024.2　389p　15cm（創元推理文庫 Fン11-2）〈原書名：Mrs.Zant and the Ghost　The Last House in C-Streetほか〉1100円　①978-4-488-58408-5

[内容] 令嬢キティー（ウォルター・ベサント,ジェイムズ・ライス著，夏来健次訳）

＊19世紀ヴィクトリア朝ロンドン。産業・文化ともに栄える一方で、犯罪譚や怪談が流行する魔の都としての貌も持ち合わせていた。陽光あふれる公園の一角で霊に遭遇した美しき寡婦を巡る愛憎劇「ザント夫人と幽霊」、愛人を催眠術で殺害した医師が降霊会で過去の罪と対峙する「降霊会の部屋にて」ほか、ロンドンで囁かれるゴースト・ストーリー13篇を収録。集中12篇が本邦初訳。〔3524〕

ペーション,エーリン　Persson, Elin

◇アフガンの息子たち　エーリン・ペーション著，ヘレンハルメ美穂訳　小学館　2024.2　175p　20cm〈原書名：DE AFGHANSKA SÖNERNA〉1800円　①978-4-09-356743-5

＊わたしの職場は、指示通りに仕事をすることを求められる場所。そこで出会ったのは、たった一人で祖国から逃れてきた14歳のザーヘルと、17歳のアフメドとハーミドだった。ぼくたち家族いないよ。だれが面会に来てくれる？　ぼくたちは、アフガニスタンの息子なんだ。静かな筆致で難民児童の現実と収容施設の新人職員の葛藤を描いた、2021年北欧理事会文学賞（YA＆児童書部門）受賞作。

〔3525〕

ペーション, レイフ・G.W.　Persson, Leif G.W.

◇二度死んだ女　レイフ・GW・ペーション著, 久山葉子訳　東京創元社　2023.6　574p　15cm　（創元推理文庫　Mへ19-7）〈原書名：KAN MAN DÖ TVÅ GÅNGER？〉1600円　①978-4-488-19211-2

＊事件は意外なところから持ち込まれた。ベックストレームと同じアパートに住む10歳の少年が, 夏のキャンプで人間の頭蓋骨を見つけたのだ。骨の主はアジア系女性, 死後数年が経過しているものと思われた。ところが警察の調べが進むうちにこの女性が12年前にタイで死亡したという記録が見つかる。人は二度死ぬことができるのか？　規格外の刑事ベックストレーム・シリーズ第4弾。〔3526〕

◇悪い弁護士は死んだ　上　レイフ・GW・ペーション著, 久山葉子訳　東京創元社　2022.3　354p　15cm　（創元推理文庫　Mへ19-5）〈原書名：DEN SANNA HISTORIEN OM PINOCCHIOS NÄSA〉1100円　①978-4-488-19209-9

＊その日はベックストレーム警部にとって人生最良の日だった。マフィアお抱え弁護士として警察を悩ませてきたエリクソンが殺害されたのだ。死因は鈍器による殴打, 同じ場所で被害者の犬の死体も発見された。だが奇妙なことに, 犬は主人が死んだ四時間後に殺されていたことが判明。なぜ犯人はわざわざ引き返して犬を殺したのか？　CWAインターナショナル・ダガー賞最終候補作。〔3527〕

◇悪い弁護士は死んだ　下　レイフ・GW・ペーション著, 久山葉子訳　東京創元社　2022.3　375p　15cm　（創元推理文庫　Mへ19-6）〈原書名：DEN SANNA HISTORIEN OM PINOCCHIOS NÄSA〉1100円　①978-4-488-19210-5

＊弁護士が殺害された日に犯人らしき男を轢きそうになったという情報が, タクシー運転手から警察に寄せられた。一方ベックストレームの元には, なじみの美術商が被害者から美術コレクションの鑑定を頼まれたという話が持ちこまれる。どうやらこの件にはある男爵が絡んでいるらしい。錯綜する難事件, ベックストレームの手にかかれば未解決などありえない。好調シリーズ第3弾。CWAインターナショナル・ダガー賞最終候補作。〔3528〕

ベスター, アルフレッド　Bester, Alfred

◇吸血鬼は夜恋をする―SF&ファンタジイ・ショートショート傑作選　ロバート・F・ヤング, リチャード・マシスン他著, 伊藤典夫編訳　東京創元社　2022.12　387p　15cm　（創元SF文庫　SFヤ12-1）〈文化出版局　1975年刊の増補〉1000円　①978-4-488-79301-2

内容　くたばりぞこない（アルフレッド・ベスター著）

＊「アンソロジイという言葉のもとになったギリシャ語の意味は「花々を集めたもの」。立ちどまるほどではないが, 歩く途中ひょっと目にとまり, 見とれる花, つまり, 理屈ぬきで楽しんでいただけるような小品を選ぶよう心懸けた」（伊藤典夫）。名翻訳家が編纂して単独編纂した伝説のアンソロジイを半世紀ぶりに初文庫化。（SFマガジン）（奇想天外）の掲載作を追加し, 全32編とした。〔3529〕

ペツィノフスキー, ヨゼフ

◇チェコSF短編小説集　2　カレル・チャペック賞の作家たち　平野清美編訳　ヤロスラフ・オルシャ・jr., ズデニェク・ランパス編　平凡社　2023.2　505p　16cm　（平凡社ライブラリー　939）〈原書名：Bílá hůl ráže 7,62　Nikdy mi nedáváš peníze ほか〉1900円　①978-4-582-76939-5

内容　ユー・ネヴァー・ギヴ・ミー・ユア・マネー（ヨゼフ・ペツィノフスキー著, 平野清美訳）

＊一九六八年のソ連軍を中心とした軍事侵攻以降, 冬の時代を迎えていたチェコスロヴァキア。八〇年代, ゴルバチョフのペレストロイカが進むとSF界にも雪融けが訪れる。学生らを中心としたファンダムからは"カレル・チャペック賞"が誕生し, 多くの作家がこぞって応募した。アシモフもクラークもディックも知らぬままに手探りで生み出された熱気と独創性溢れる一三編。〔3530〕

ペック, リー　Peck, Leigh

◇コヨーテのはなし―アメリカ先住民のむかしばなし　リー・ペック著, 安藤紀子訳　大阪　日本ライトハウス　2022.6　127p　27cm〈原本：徳間書店　2020年刊〉〔3531〕

ヘッド, マシュー　Head, Matthew

◇贖いの血　マシュー・ヘッド著, 板垣節子訳　論創社　2023.12　263p　20cm　（論創海外ミステリ　309）〈原書名：The Smell of Money〉2800円　①978-4-8460-2344-7

＊金の匂いを嗅ぎつけた人々を引き寄せる, 大富豪の地所"ハッピー・クロフト"。殺人, 盗難, 変死が続発し, 平和な土地に暗雲が立ち込める…。事件関係者が口にした"ビリー・ボーイ"とは何者なのか？　美術評論家でもあったマシュー・ヘッドのデビュー作, 80年の時を経た初邦訳。〔3532〕

ベッヒャー, ヨハネス　Becher, Johannes

◇教科書の中の世界文学―消えた作品・残った作品25選　秋草俊一郎, 戸塚学編　三省堂　2024.2　285p　21cm〈文献あり〉2500円　①978-4-385-36237-3

内容　共有（ヨハネス・ベッヒャー著, 神崎巖訳）〔3533〕

ヘッベル, フリードリヒ　Hebbel, Friedrich

◇教科書の中の世界文学―消えた作品・残った作品25選　秋草俊一郎, 戸塚学編　三省堂　2024.2　285p　21cm〈文献あり〉2500円　①978-4-

ヘツヘルシ

385-36237-3
内容 ルビー（フリードリヒ・ヘッベル著, 実吉捷郎訳）　〔3534〕

ペッペルシテイン, パーヴェル　Peppershteĭn, Pavel

◇地獄の裏切り者　パーヴェル・ペッペルシテイン著, 岩本和久訳　水声社　2022.1　217p　20cm　（フィクションの楽しみ）〈原書名：Предатель ада の抄訳〉2200円　①978-4-8010-0587-7
＊冷戦時代、ソ連の全住民を瞬時に天国の救済へと送る"音響麻酔兵器"がアメリカで開発される…。平和な最終兵器をめぐる応酬をコミカルに描く表題作ほか、モスクワ・コンセプチュアリズムのアーティストにして小説家による、性愛の快楽や宇宙の虚無を讃え、忙しない資本主義社会を忘れて心地よい赤子の眠りに還る、優しいロシア・ポストモダン短編小説七編。　〔3535〕

ペナー, サラ　Penner, Sarah

◇薬屋の秘密　サラ・ペナー著, 新井ひろみ訳　ハーパーコリンズ・ジャパン　2023.9　421p　15cm　（ハーパーBOOKS M・ヘ1・1）〈原書名：THE LOST APOTHECARY〉1164円　①978-4-596-52526-0
＊18世紀、ロンドンの路地裏にひっそりと佇む薬屋があった。客は男に苦しめられた女性のみで、店主ネッラがつくる"毒"に助けを求めやってくる。ネッラは女たちのため毒を処方し続けたが、ある少女が店を訪れたことで運命の歯車が狂いだす―時は変わり現在、大学で歴史学を学んだキャロラインは古びた瓶を拾ったのを機に、かつて謎の薬屋がおかした連続殺人を調べることに…全米100万部の話題作！　〔3536〕

ペニー, ルイーズ　Penny, Louise

◇ステイト・オブ・テラー　ヒラリー・R・クリントン, ルイーズ・ペニー著, 吉野弘人訳　小学館　2022.11　606p　19cm〈原書名：STATE OF TERROR〉2700円　①978-4-09-386658-3
＊国務長官経験者にしか描けない、米国安全保障戦略の複雑な内幕！「政治と外交の舞台では、あらゆることが見た目どおりではない」当選したばかりの大統領は、予備選でライバル候補を支援してきた最大の政敵を国務長官に選んだ。新たな国務長官エレン・アダムスは、過去四年間、前政権が犯罪的な無能ぶりを発揮して合衆国をむしばんでいくのを目の当たりにしてきた。新大統領が議会で一般教書演説を始めた頃、国務省南・中央アジア局の女性職員のデスクに数字と記号だけが並んだ奇妙なメールが届く。そしてその日の深夜、ロンドンで大規模な爆破事件が起きる。翌朝、米国＋英連邦4か国の諜報部門からなる"ファイブ・アイズ"の緊急会合が始まるが、そのさなか出席者の携帯電話が一斉に鳴った。次なる爆発はパリで起こった。元アメリカ合衆国国務長官＋英国推理作家協会新人賞・アガサ賞受賞作家による、先読み不能！　超一級国際政治スリラー!!　〔3537〕

◇ステイト・オブ・テラー　ヒラリー・R.クリントン, ルイーズ・ペニー著, 吉野弘人訳　小学館　2024.9　764p　15cm　（小学館文庫　ク11-1）〈原書名：STATE OF TERROR〉1380円　①978-4-09-407390-4
＊当選したばかりの大統領から国務長官に任命されたエレン・アダムス。前政権によって失われた米国の国際的信頼を取り戻すべく、エレンは任務に取りかかっていた。しかし、新大統領が議会で一般教書演説を終えた日の深夜、ロンドンで大規模なバス爆破事件が起きる。翌朝、米国＋英連邦4か国の諜報部門の緊急会合が始まるが、そのさなか、さらにパリで爆発が。国務省南・中央アジア局の職員からある奇妙なメールの情報を受けたエレンは、いなる標的を知り愕然とする―元米国国務長官×ベストセラー作家の最強タッグが贈る傑作国際政治スリラー。米大統領選直前、ついに文庫化！　〔3538〕

ベネット, ブリット　Bennett, Brit

◇ひとりの双子　ブリット・ベネット著, 友廣純訳　早川書房　2022.3　478p　19cm〈原書名：THE VANISHING HALF〉2100円　①978-4-15-210090-0
＊自分らしくいるために嘘をついた。それは、許されない罪なのか。アメリカ南部、肌の色の薄い黒人ばかりが住む小さな町。自由をもとめて、16歳の双子は都会をめざした。より多くを望んだ姉のデジレーは、失意のうちに都会を離れ、みなが自分を知る故郷に帰った。妹のステラは、その何年も前に、デジレーのもとから姿を消していた。いまは、誰も自分を知らない場所で、裕福に暮らしているという。白人になりすまして。いつもいっしょだった、よく似た2人は、分断された世界に生きる。だが、切れたように見えたつながりが、ふいに彼女たちの人生を揺さぶる。人種、貧富、性差―社会の束縛のなかで、懸命に生きる女性たちを描く感動長篇。　〔3539〕

ベネット, S.J.　Bennett, S.J.

◇エリザベス女王の事件簿―ウィンザー城の殺人　S・J・ベネット著, 芹澤恵訳　KADOKAWA　2022.7　423p　15cm　（角川文庫　ヘ17-1）〈原書名：THE WINDSOR KNOT〉1300円　①978-4-04-111019-5
＊英国ウィンザー城で若い男の遺体がクロゼットから発見される。晩餐会に呼ばれたロシア人ピアニストで、遺体はあられもない姿だった。事件について城では箝口令が敷かれ、警察とMI5はロシアのスパイによると見なし捜査するが、容疑者が50名もいて難航する。でも大丈夫。城には秘密の名探偵がいるのだ。その名もエリザベス2世。御年90歳。世界最高齢の女王が華麗に事件を解決する！英国で10万部突破、18ヵ国で翻訳！　〔3540〕

◇エリザベス女王の事件簿　[2]　バッキンガム宮殿の三匹の犬　S・J・ベネット著, 芹澤恵訳　KADOKAWA　2023.2　570p　15cm　（角川

文庫 ヘ17-2)〈原書名：A THREE DOG PROBLEM〉1700円 ①978-4-04-111020-1
＊英国のEU離脱で沸く2016年。バッキンガム宮殿の屋内プールで王室家政婦ミセス・ハリスが不慮の死を遂げる。最初は事故死とされていたが、「人殺し」と罵る脅迫の手紙を彼女が受け取っていたとわかり、事態は急変。女王は秘書官補ロージーとともに殺人事件の線で極秘裏に捜査に乗り出す。謎を解く鍵は、50年前に寄贈された、女王のお気に入りの悪趣味な絵画？ 現実と創作が交叉する、世界最高齢の女王ミステリ第2弾！ 〔3541〕

ヘベーロ, マルケス　Rebelo, Marques

◇ブラジル文学傑作短篇集　アニーバル・マシャード, マルケス・ヘベーロほか著, 岐部雅之編, 伊藤秋仁, 神谷加奈子, 岐部雅之, 平田惠津子, フェリッペ・モッタ訳　水声社　2023.3　207p 20cm（ブラジル現代文学コレクション）〈原書名：O melhor do conto brasileiro〉2000円　①978-4-8010-0721-5
内容 嘘の顛末（マルケス・ヘベーロ著, 岐部雅之訳）　扉を開けてくれたステラ（マルケス・ヘベーロ著, 伊藤秋仁訳）
＊少女の視点から世界の残酷さとシングル・マザーの寄る辺なさが浮かび上がるアニーバル・マシャード「タチという名の少女」、20世紀ブラジル社会の活力と喧噪を伝える全12篇。 〔3542〕

ペマ・ツェテン　Pad-ma-tshe-brtan

◇チベット幻想奇譚　星泉, 三浦順子, 海老原志穂編訳　春陽堂書店　2022.4　270p 19cm　2400円　①978-4-394-19027-1
内容 屍鬼物語・銃（ペマ・ツェテン著, 星泉訳）
＊伝統的な口承文学や、仏教、民間信仰を背景としつつ、いまチベットに住む人々の生活や世界観が描かれた物語は、読む者を摩訶不思議な世界に誘う―時代も、現実と異界も、生と死も、人間／動物／妖怪・鬼・魔物・神の境界も越える、13の短編を掲載した日本独自のアンソロジー。チベットの現代作家たちが描く、現実と非現実が交錯する物語。 〔3543〕

ヘミングウェイ, アーネスト　Hemingway, Ernest

◇アメリカン・マスターピース　準古典篇　シャーウッド・アンダーソン他著, 柴田元幸編訳　スイッチ・パブリッシング　2023.7　253p 20cm（SWITCH LIBRARY―柴田元幸翻訳叢書）〈他言語標題：AMERICAN MASTERPIECES 原書名：The Book of Harlem　A Party Down at the Squareほか〉2400円　①978-4-88418-617-3
内容 インディアン村（アーネスト・ヘミングウェイ著, 柴田元幸訳）
＊アメリカ合衆国で書かれた短篇小説、その"名作中の名作"を選ぶ。ヘミングウェイ、フォークナーなどの巨匠による「定番」から、ハーストン、ウェルティ、オルグレンの本邦初訳作まで。激動の時代、20世紀前半に執筆・発表された全12篇を収録。 〔3544〕

◇新訳老人と海　アーネスト・ヘミングウェイ著, 今村楯夫訳　左右社　2022.9　192p 20cm〈文献あり 原書名：The Old Man and the Sea〉2000円　①978-4-86528-334-1 〔3545〕

◇老人と海　ヘミングウェイ著, 越前敏弥訳　KADOKAWA　2024.1　158p 15cm（角川文庫 ヘ4-2）〈年譜あり 原書名：The Old Man and the Sea〉700円　①978-4-04-113925-7
＊老漁師サンティアーゴには、84日間も釣果がなく、老人を師と慕うマノーリンは、一人前の漁師となった今も老人のことを気づかっていた。翌朝、ひとりで海に出た老人は、巨大カジキと遭遇し、運命をかけた闘いに挑む。死闘のすえ満身創痍となった老人に、しかし海は、さらなる試練を課すのだった―。老人に寄りそう"相棒"マノーリンを、少年ではなく若者とする新解釈により、未知の魅力を引き出した新訳！ ノーベル賞作品を新解釈で味わう！ 〔3546〕

◇老人と海―挿し絵入り版　アーネスト・ヘミングウェイ著, Ｃ・Ｆ・タニクリフ, レイモンド・シェパード絵, 島村法夫訳　小鳥遊書房　2023.5　236p 19cm〈年譜あり 原書名：The Old Man and the Sea〉1800円　①978-4-86780-017-1 〔3547〕

ヘモン, アレクサンダル　Hemon, Aleksandar

◇ブルーノの問題　アレクサンダル・ヘモン著, 柴田元幸, 秋草俊一郎訳　福岡　書肆侃侃房　2023.11　287p 20cm〈原書名：THE QUESTION OF BRUNO〉2700円　①978-4-86385-596-0
内容 島（柴田元幸訳）　アルフォンス・カウダースの生涯と作品（秋草俊一郎訳）　ゾルゲ諜報団（秋草俊一郎訳）　アコーディオン（柴田元幸訳）　心地よい言葉のやりとり（秋草俊一郎訳）　コイン（柴田元幸訳）　ブラインド・ヨゼフ・プロネク＆死せる魂たち（柴田元幸訳）　人生の模倣（秋草俊一郎訳）　島　アルフォンス・カウダースの生涯と作品　ゾルゲ諜報団　アコーディオン　心地よい言葉のやりとり　コイン　ブラインド・ヨゼフ・プロネク＆死せる魂たち　人生の模倣
＊現代アメリカ文学を代表する作家のひとり、アレクサンダル・ヘモンの最初期短篇集。 〔3548〕

ペラン, ヴァレリー　Perrin, Valérie

◇あなたを想う花　上　ヴァレリー・ペラン著, 高野優監訳, 三本松里佳訳　早川書房　2023.4　351p 19cm〈原書名：CHANGER L'EAU DES FLEURS〉1800円　①978-4-15-210231-7
＊ヴィオレットは、ブルゴーニュにある小さな町でたったひとりで墓地管理人をしている。彼女が住

ヘリ

む管理人用の家の一階には、墓地に来る人の待合室——のような空間がある。墓参者はここで悲しみに浸り、故人との思い出を語り、死にまつわる秘密を打ち明ける。そして二階には、ヴィオレットだけの部屋があり誰も踏み入ることはできない。彼女の過去と同じように——。そんなある時、一緒の墓に入ると決めた男女の存在が、彼女の人生を大きく揺るがし、あきらめていた感情に血が通い始める。フランスで130万部のベストセラー長篇。〔3549〕

◇あなたを想う花　下　ヴァレリー・ペラン著，高野優監訳，三本松里佳訳　早川書房　2023.4　332p　19cm〈原書名：CHANGER L'EAU DES FLEURS〉1800円　①978-4-15-210232-4

＊ヴィオレットが管理する墓地は美しい。通路には樹齢百年になる菩提樹が並んでいて、多くの墓が花で飾られている。誰も訪れなくなった墓が淋しく見えないよう、ヴィオレットが花を手向けているから。墓地管理人の仕事は、そこに眠る者たちの世話をするということなのだ。ある日、ジュリアンという警視が母親の遺言をもって突然やってきた。母親が、家族には秘密で愛人と同じ墓に入ると約束していたのだという。50歳を間近にして、何度も絶望に襲われ、新しい人生をあきらめていたヴィオレットにとって、この男女の物語は大きな衝撃を与える。花が新鮮な水で生き返るように、彼女の人生もまだ終わってはいないのだ、と——。〔3550〕

ベリー，スティーヴ　Berry, Steve

◇セドナの幻日　ジェームズ・ロリンズ著，桑田健訳　竹書房　2022.12　271p　15cm（竹書房文庫　ろ1-38）〈原書名：UNRESTRICTED ACCESS〉800円　①978-4-8019-3375-0

内容 アマゾンの悪魔——シグマフォース未公開ファイル（ジェームズ・ロリンズ，スティーヴ・ベリー著）

＊全世界でベストセラー"シグマフォース"シリーズの著者ジェームズ・ロリンズが贈る短編集。シグマフォースの秘密兵器こと元軍人＆軍用犬の"タッカー＆ケイン"。アリゾナの砂漠で科学者の拉致事件に遭遇したコンビは、事件の裏側に謎の鉱石——"時間結晶"が存在していることを知る。心の奥底の恐怖を呼び覚ますとされる鉱石が、タッカーのトラウマ—ケインの弟犬アベルとの悲しい記憶をよみがえらせる…。表題作「セドナの幻日」をはじめ、全4作品を収録。ロリンズが親友でもある作家スティーヴ・ベリーと共著した「アマゾンの悪魔」では、シグマのリーダーであるグレイ・ピアースとベリーの作品の主人公コットン・マローンが協力して事件解決にあたる姿を描く。そのほか、デビュー当時、別名義でファンタジー作品も書いていたロリンズが原点回帰した「LAの魔除け」や、高校生時代からファンだったというジョージ・R・R・マーティン（「ゲーム・オブ・スローンズ」）編集の"兵士"をテーマにしたアンソロジーに寄稿した「ブルータスの戦場」も。〔3551〕

ヘリオドロス

◇エティオピア物語　上　ヘリオドロス作，下田立行訳　岩波書店　2024.10　306p　15cm（岩波文庫）　910円　①978-4-00-321271-4

＊ナイル河口の丘の上から盗賊一味が見たものは、財物満載の無人の船、生々しい死体の山、そして手負いの凜々しい若者と女神のごとき美貌の娘であった——。映画さながらに波瀾万丈のストーリーが展開する、古代ギリシアで生まれた恋愛冒険小説巨編。〔3552〕

◇エティオピア物語　下　ヘリオドロス作，下田立行訳　岩波書店　2024.11　328,6p　15cm（岩波文庫）　910円　①978-4-00-321272-1

＊「汝　紅玉を身にまとわば　火勢恐るるにたらず」——神々に導かれるかのように、苦難の旅を続ける若き二人。死者の蘇り、姦婦の悪巧み、都市の水攻め、暴れ牛との格闘など、語りの妙技によって読者を物語の渦中に引きこむ、古代小説の最高峰。〔3553〕

ヘリス，アン　Herries, Anne

◇サタンの花嫁　アン・ヘリス作，愛甲玲訳　ハーパーコリンズ・ジャパン　2022.3　284p　17cm（ハーレクイン・ヒストリカル・スペシャル PHS275）〈ハーレクイン 2005年刊の再刊　原書名：SATAN'S MARK〉827円　①978-4-596-31778-0

＊質素を好む厳格な叔父に育てられ、その教えを忠実に守るアネリス。ある日、彼女にはセントジョン侯爵という後見人がいるとわかり、住み慣れた村からロンドンに出て、レディ教育を受けることになった。屋敷に着き、現れた侯爵を見て、アネリスは息をのんだ。村で偶然知り合って、ついに心を奪われた王党派の人。世にも危ない王党派の方が、わたしの後見人だったなんて！　叔父によれば、贅沢を好む王党派は皆、悪魔—サタンの弟子だという。そんな考えも、アネリスの恋心を消し去ることはできなかった。やがて魅惑的なレディに変身した彼女は華やかな宮廷生活に飛び込む。しかし国王たちの注目を引くも、愛する侯爵だけは彼女に厳しくて…。〔3554〕

◇花嫁の身の代金　アン・ヘリス作，杉野さつき訳　ハーパーコリンズ・ジャパン　2022.6　284p　17cm（ハーレクイン・ヒストリカル・スペシャル PHS281）〈ハーレクイン 2002年刊の再刊　原書名：THE ABDUCTED BRIDE〉827円　①978-4-596-42876-9

＊16歳のデボラは宮廷で、ド・ヴィア侯爵ニコラスと出会った。フランス貴族の彼はイギリス国王の覚えがめでたい一方、海賊も同然の行為を働いていると囁かれ、"悪魔"と呼ばれている。たった一瞥で女性を落とせると言われる瞳はたしかに魅力的だが、デボラは不埒者の彼に誘惑されても、応えるつもりはなかった。彼女はスペインの名門コルテス家の子息との婚約を控えているのだ。だが3週間後、仮面舞踏会で再会し、デボラの未来の嫁ぎ先を知ると、ニコラスは目に炎を燃やしながら、高らかに宣言した！「警告しておこう。わたしはコルテス家のものであるならなんでも奪い取る—花嫁も例外ではない」〔3555〕

ベリャーエフ, アレクサンドル・ロマノビッチ　Beliaev, Aleksandr R.

◇両棲人間　アレクサンドル・ロマノビッチ・ベリャーエフ著，細江ひろみ訳　このごろ堂書房　2022.8　288p　19cm〈原書名：Человек-амфибия〉①9798752169342　　〔3556〕

ペリン, クリスティン　Perrin, Kristen

◇白薔薇殺人事件　クリスティン・ペリン著，上條ひろみ訳　東京創元社　2024.7　472p　15cm　（創元推理文庫 Mヘ23-1)〈原書名：HOW TO SOLVE YOUR OWN MURDER〉1200円　①978-4-488-23905-3

＊ミステリ作家志望のアニーは、キャッスルノール村に住む大叔母を訪れた。資産家の大叔母は、16歳のとき占い師に告げられたいつかおまえは殺されるという予言を信じつづけている。だが大叔母は屋敷の図書室で死んでおり、そばに白薔薇が落ちていた。予言が的中したときのために大叔母が約60年をかけた調査記録を手がかりに、アニーは犯人探しに挑む。犯人当てミステリの大傑作！　　〔3557〕

ペリン, ドン　Perrin, Don

◇ドラゴンランスレイストリン戦記 3 戦場の双子 上　マーガレット・ワイス，ドン・ペリン著，安田均，羽田紗久椰訳　KADOKAWA　2022.12　374p　19cm〈原書名：The Raistlin Chronicles〉2800円　①978-4-04-109486-0

＊「たった数日で、人生が様変わりしてしまった！丈夫な体で、自信を持ってここ"上位魔法の塔"に立ち入った。出ていく今、弱りきって打ちのめされている。視覚は呪われ、体は虚弱だ。でも、勝利を収めて出ていくんだ。魔法を手に入れていく。これを手に入れるためなら、魂だって差し出しただろう…」命がけの試練である"大審問"を通過し、赤ローブ（中立）の魔術師として歩み出したレイストリン。肌は金色になり、ちょっとした魔法を使用するだけですぐに咳き込んで倒れ込む脆弱な肉体となり、全ての者が老いさらばえていく姿に見える呪いを目に受けた彼と、陽気で屈強な兄とが、新たなる友であるハーフ・ケンダーの"寸借屋"らとともに傭兵として成長、活躍していく姿を描く第3巻。一方、双子の異父姉であるキティアラは、"暗黒の女王"タキシスの降臨をもくろむ邪悪なドラゴン軍へと接近し、その最高司令官であるアリアカスからある重大な試練を受けることになり…世界数千万部ファンタジー「ドラゴンランス」の待望の前日譚を初邦訳！　　〔3558〕

◇ドラゴンランスレイストリン戦記 4 戦場の双子 下　マーガレット・ワイス，ドン・ペリン著，安田均，羽田紗久椰訳　KADOKAWA　2022.12　391p　19cm〈原書名：The Raistlin Chronicles〉2900円　①978-4-04-109487-7

＊ホープス・エンドの街に、アリアカスの配下であるコロス（ゴブリン族の血を引く将官）が率いる、邪悪なドラゴン軍の厳しい包囲網が迫る―残酷極まりない略奪と隷属化を受け入れての降伏か、あるいは死か―そんな中、ドラゴン軍の友軍の傭兵である若き魔術師レイストリンは、自分と兄を救うために理想を捨てなければならないのか…？　こうしてレイストリンと双子の兄キャラモンが傭兵として訓練され、成長をしていく一方で、また違う場所では、戦いの熱気の中、別の魂が鍛えられていた―双子の異父姉、キティアラ・ウス＝マタールの魂が。その後に勃発する"竜槍（ドラゴンランス）戦争"に重大な影響をもたらすある宝を守る「パラダインの神殿」の守護者と出会った彼女が選択した、もう1つの道…こうして今、未来のドラゴン卿が誕生する！　壮大なる冒険譚「レイストリン戦記」を締めくくる完結編。　　〔3559〕

ベール, アレックス　Beer, Alex

◇狼たちの宴　アレックス・ベール著，小津薫訳　扶桑社　2022.7　436p　16cm　（扶桑社ミステリー ヘ9-2)〈原書名：UNTER WÖLFEN-DER VERBORGENE FEIND〉1300円　①978-4-594-09105-7

＊ニュルンベルク、1942年。ユダヤ人の元古書店主イザーク・ルビンシュタインの悪夢は続いていた。逃走中にゲシュタポ犯罪捜査官アドルフ・ヴァイスマンと再会してしまったまま、女優密室殺人の謎を見事に解明してみせた彼は、街からの脱出をぎりぎりまで延ばして機密文書の奪取を試みるが、そこで新たに発生した女性絞殺事件の謎に捜査官として再び立ち向かうことに。正体が露見する前に「死」という究極の状況下で、「狼たちのなかの羊」は生き残ることができるのか？『狼たちの城』の続編登場！　　〔3560〕

ベル, フィン　Bell, Finn

◇壊れた世界で彼は　フィン・ベル著，安達眞弓訳　東京創元社　2022.5　359p　15cm　（創元推理文庫 Mヘ20-2)〈原書名：THE EASTER MAKE BELIEVERS〉1040円　①978-4-488-16206-1

＊ニュージーランドの小さな町で人質事件が発生。民家に銃を持った男たちが立てこもったと知らされ、刑事ニックは現場に急行する。銃声をきっかけに狙撃班が銃弾を浴びせたところ、大爆発が！　機動隊が妻と娘たちを救出。爆発跡からギャング5人の死体が見つかるが、夫の姿はない。警察は犯人グループのひとりが夫を連れて逃亡したと考え、捜索を開始するが。意外性抜群の衝撃作。　　〔3561〕

ベル, マルセラ　Bell, Marcella

◇月夜の秘密の授かり物　マルセラ・ベル作，片山真紀訳　ハーパーコリンズ・ジャパン　2022.12　220p　17cm　（ハーレクイン・ロマンス R3734)〈原書名：HIS BRIDE WITH TWO ROYAL SECRETS〉664円　①978-4-596-75499-8

＊輝く褐色の肌、神秘的な琥珀色の瞳…なんて素敵な人なの。リタは新しい顧客の異国の皇太子ジャグに一瞬で心を奪われた。近く彼の国で開かれる

国際的な展示会にリタは興味を持っており、ぜひ参加したいと彼に懇願するが、驚くべき交換条件を出された。即位の際に、完璧なお后を迎えて国民の支持を高める必要がある。そのために期限付きで僕と結婚してほしい、というのだ。舞い上がったリタは受諾する。だが結婚式を終え、月夜の砂漠で夢のような一夜を過ごしたあと、なぜかジャグは冷淡になった。私は嫌われたの？ 不安を抱えるリタに妊娠の兆候が表れて…。〔3562〕

◇百合の公爵と眠れる聖母 マルセラ・ベル作, 中野恵訳 ハーパーコリンズ・ジャパン 2022.6 220p 17cm （ハーレクイン・ロマンス R3690）〈原書名：PREGNANT AFTER ONE FORBIDDEN NIGHT〉 664円 ①978-4-596-42959-9

 ＊貧しく美人でもないジェナは長年働く王宮で疎外感に悩んでいた。公爵セバスチャンが彼女に興味を持ち、近づいてくるまでは。彼は国王とも親しいらしい。つまりは権力者だ。しかしセバスチャンの誘惑を愛と勘違いし、純潔を捧げた直後、国王にその関係を知られて、ジェナは王宮から追放されてしまう。失意の中、実家に戻り、ベッドで眠りについていたときだった。突然、闇の中からセバスチャンが現れ、ジェナは飛び起きた。どういう手段を使ったのか、公爵は彼女の妊娠を知っていた。そして、ジェナは夜明けが来る前に彼の屋敷へ連れ去られた…。〔3563〕

ベルゲルソン, ドウィド　Bergelson, David

◇二匹のけだもの なけなしの財産 ドウィド・ベルゲルソン著, 田中壮泰, 赤尾光春訳, デル・ニステル著, 田中壮泰, 赤尾光春訳 幻戯書房 2024.5 395p 19cm （ルリユール叢書）〈年譜あり タイトル関連情報：他5篇 原書名：Tsvey Rotskhim　Fun Mayne Giterほか〉 3600円　①978-4-86488-297-2

 内容 改宗者　二匹のけだもの　盲目　生き証人（ドウィド・ベルゲルソン著, 田中壮泰, 赤尾光春訳）

 ＊東欧ユダヤ文化の「生き証人」としてポグロム（虐殺）と亡命の記憶を活写した、ドウィド・ベルゲルソン。「隠遁者」の筆名でスターリニズムのテロルを予感させる幻想的な作品を発表した、デル・ニステル。スターリン時代に粛清されたイディッシュ文学の代表作家二人の傑作短編集。〔3564〕

ペルツツ, レオ　Perutz, Leo

◇テュルリュパン―ある運命の話 レオ・ペルツツ著, 垂野創一郎訳 筑摩書房 2022.4 238p 15cm （ちくま文庫 ヘ13-3）〈著作目録あり 原書名：TURLUPIN〉 900円　①978-4-480-43790-7

 ＊17世紀パリ、ルイ13世の宰相リシュリュー枢機卿は貴族勢力の一掃を決意し、陰謀をめぐらしていた。一方、運命がその企てを阻止するため選んだのは、自らを高貴の生まれと信じる町の床屋テュルリュパンだった。フランス大革命の150年前に画策された共和革命という奇想、時計仕掛けたプロットがきりきり動いて物語は転がり落ちるよう

に展開していく。稀代のストーリーテラーによる伝奇歴史小説。〔3565〕

ヘルツル, テオドール　Herzl, Theodor

◇古くて新しい国―ユダヤ人国家の物語 テオドール・ヘルツル著, 村山雅人訳 法政大学出版局 2024.7 410p 20cm （叢書・ウニベルシタス 1168）〈著作目録あり 原書名：Altneuland〉 4000円　①978-4-588-01168-9

 ＊「イスラエルとは何か」そのはじまりを考える重要作。シオニズム運動の推進者であり、イスラエル建国の立役者として知られるユダヤ人作家、テオドール・ヘルツル（1860‐1904）。政治的シオニズムの宣言書『ユダヤ人国家』での構想をより克明に描き出し、1902年に発表後、大きな反響を巻き起こした近未来小説の初邦訳。〔3566〕

ヘルマン, エリザベート　Herrmann, Elisabeth

◇最終法廷 エリザベート・ヘルマン著, 浅井晶子訳 小学館 2023.1 653p 15cm （小学館文庫 ヘ5-1）〈原書名：Die letzte Instanz〉 1320円　①978-4-09-407132-0

 ＊名門フンボルト大学の法学部を出ながら、破産寸前の法律事務所を営む弁護士ヨアヒム。ある日、ヨアヒムが弁護を担当したホームレスの若者が、裁判者の前でいきなり老女に発砲してしまう。弾は当たらず、老女はその場で倒れてしまう。老女はマルガレーテという名で、ポーランド国境の小さな町から巡礼にやって来たメンバーの一人だった。ヨアヒムはマルガレーテの依頼で彼女の家へ行き、指定された木巻の箱を持ち帰ろうとするが、食事に誘われ家を空けていた隙に、箱は消えていた。ドイツ本国で770万人が視聴した超人気ドラマの原作にしてエリザベート・ヘルマン作品の初邦訳。傑作です！〔3567〕

ベルリン, ルシア　Berlin, Lucia

◇すべての月、すべての年―ルシア・ベルリン作品集 ルシア・ベルリン著, 岸本佐知子訳 講談社 2022.4 373p 20cm 〈他言語標題：Toda Luna, Todo Año 原書名：A MANUAL FOR CLEANING WOMENの抄訳〉 2400円　①978-4-06-524166-0

 ＊魂の作家による十九の短編。『掃除婦のための手引き書』のルシア・ベルリン、待望の新邦訳作品集。〔3568〕

◇すべての月、すべての年―ルシア・ベルリン作品集 ルシア・ベルリン著, 岸本佐知子訳 講談社 2024.9 434p 15cm （講談社文庫 ヘ11-2）〈原書名：A MANUAL FOR CLEANING WOMENの抄訳〉 1000円　①978-4-06-536675-2

 内容 虎に噛まれて　エル・ティム　視点　緊急救命室ノート　一九七七年　失われた時　すべての月、すべての年　メリーナ　友人　野良犬　哀しみ　ブルーボネット　コンチへの手紙　泣くなんて馬鹿

情事　笑ってみせてよ　カルメン　ミヒート　502　B・Fとわたし
＊中学でスペイン語を教える新米女性教師が、聡明な不良少年のティムにとことん振り回される（「エル・ティム」）。夫を失った傷を癒やすために訪れたメキシコの小さな漁村で、女がダイビングを通じて新たな自分と出会う（「すべての月、すべての年」）。世界中で驚きと喜びをもって迎えられた、至高の短篇集。
〔3569〕

◇掃除婦のための手引き書―ルシア・ベルリン作品集　ルシア・ベルリン著，岸本佐知子訳　講談社　2022.3　367p　15cm　（講談社文庫　へ11-1）〈原書名：A MANUAL FOR CLEANING WOMEN〉900円　①978-4-06-527307-4
＊毎日バスに揺られて他人の家に通いながら、ひたすら死ぬことを思う掃除婦（「掃除婦のための手引き書」）。道路の舗装材を友だちの名前みたいだと感じてしまう、独りぼっちの少女（「マカダム」）。波乱万丈の人生から紡いだ鮮やかな言葉で、本国アメリカで衝撃を与えた奇跡の作家。2020年本屋大賞翻訳小説部門第2位、第10回Twitter文学賞海外編第1位。大反響を呼んだ初の邦訳短篇集。
〔3570〕

◇楽園の夕べ　ルシア・ベルリン著，岸本佐知子訳　講談社　2024.9　387p　20cm　（ルシア・ベルリン作品集）〈原書名：EVENING IN PARADISE〉2600円　①978-4-06-533229-0
内容　オルゴールつき化粧ボックス　夏のどこかで　アンダードーあるゴシック・ロマンス　塵は塵に　旅程表　リード通り、アルバカーキ　聖夜、テキサス　一九五六年　日干しレンガのブリキ屋根の家　霧の日　桜の花咲くころ　楽園の夕べ　幻の船　わたしの人生は開いた本　妻たち　聖夜、一九七四年　ポニー・バー、オークランド　娘たち　雨の日　われらが兄弟の守り手　ループにで迷子　陰　新月
＊人生を物語に刻んで。『掃除婦のための手引き書』『すべての月、すべての年』に続く待望の新短編集。
〔3571〕

ベルンハルト, トーマス　Bernhard, Thomas

◇息―一つの決断　トーマス・ベルンハルト著，今井敦訳　京都　松籟社　2023.4　141p　19cm〈原書名：Der Atem〉1700円　①978-4-87984-432-3
〔3572〕

◇樵る―激情　トーマス・ベルンハルト著，初見基訳　河出書房新社　2022.11　271p　20cm〈原書名：Holzfällen〉3300円　①978-4-309-20871-8
＊暗黒の巨匠トーマス・ベルンハルトが国際的評価をえる画期をなした後期の重要作にして世界の残酷を切り裂く最も異様なモノローグ。
〔3573〕

◇寒さ―一つの隔離　トーマス・ベルンハルト著，今井敦訳　京都　松籟社　2024.12　147p　19cm〈原書名：Die Kälte〉1800円　①978-4-87984-456-9
〔3574〕

◇石灰工場　トーマス・ベルンハルト著，飯島雄太郎訳　河出書房新社　2024.9　254p　20cm〈原書名：DAS KALKWERK〉2950円　①978-4-309-20912-8
＊廃墟の石灰工場で聴覚の研究を続けていた男はなぜ妻を射殺したのか―。加害と被害、妄想と錯乱が反転しながら破滅へとつきすすむ戦慄の代表作。日本にベルンハルトを知らしめた伝説的長編、43年目に新訳。
〔3575〕

ベレスト, アンヌ　Berest, Anne

◇ポストカード　アンヌ・ベレスト著，田中裕子訳　早川書房　2023.8　549p　20cm〈原書名：LA CARTE POSTALE〉3200円　①978-4-15-210260-7
＊2003年1月、パリ。著者アンヌの母のもとに差出人不明のポストカードが届けられた。メッセージ欄には、アンヌの祖母の両親と妹と弟の名前だけがあった。4人は1942年にアウシュヴィッツで亡くなっていた。誰が、なんのために61年の時を経てこのポストカードを投函したのか。調査を続けるうち、著者の母方の一族の知られざる歴史が明らかになる。ロシア革命から逃れ、東欧やパレスチナを経てパリに安住したものの、その後ナチスにより離散したユダヤ人一家と、一人だけ生き残った祖母。なぜ祖母だけが強制収容所への移送を免れ、生き延びたのか。著者の母のもとに実際に届いたポストカードから、あるユダヤ人家族の苦難の歴史をひもとく、フランスの高校生が選ぶルノードー賞とアメリカの学生が選ぶゴンクール賞受賞の感動の長篇小説。
〔3576〕

ペレス=レベルテ, アルトゥーロ　Pérez-Reverte, Arturo

◇フェンシング・マエストロ　アルトゥーロ・ペレス=レベルテ著，高城高訳　論創社　2022.11　336p　20cm　（論創海外ミステリ270）〈原書名：El maestro de esgrima〉3600円　①978-4-8460-2072-9
＊俗世間に関心を持たぬ老練な剣術師範を、革命の陰謀の暗がりから招く謎の女のすみれ色の瞳。その剣の技は敵か？　味方か？　灼熱のマドリードにロマンというには危うい複合攻撃の波が交錯して、命がけの死闘へと誘い込んでくる―。
〔3577〕

ペレルマン, S.J.　Perelman, Sidney Joseph

◇ユーモア・スケッチ大全　[2]　ユーモア・スケッチ傑作展　2　浅倉久志編・訳　国書刊行会　2022.1　372p　19cm（「ユーモア・スケッチ傑作展2」(早川書房　1980年刊)の改題、増補）2000円　①978-4-336-07309-9
内容　どこかでハジキが…　チャイナタウン大乱戦（S.J.ペレルマン著）
＊名翻訳家のライフワークである「ユーモア・スケッチ」ものを全4巻に集大成。第2弾は『ユーモア・スケッチ傑作展2』(全32篇)＋単行本未収録作品12篇。
〔3578〕

◇ユーモア・スケッチ大全　[3]　ユーモア・ス

ケッチ傑作展　3　浅倉久志編・訳　国書刊行会　2022.2　374p　19cm〈「ユーモア・スケッチ傑作展 3」(早川書房 1983年刊)の改題、増補〉2000円　①978-4-336-07310-5

内容　偶像の目　恋のとりこ(S.J.ペレルマン著)
〔3579〕

◇ユーモア・スケッチ大全　[4]　すべてはイブからはじまった　ミクロの傑作圏　浅倉久志・訳　国書刊行会　2022.3　376p　19cm〈「すべてはイブからはじまった」(早川書房 1991年刊)と「ミクロの傑作圏」(文源庫 2004年刊)の改題、合本〉2000円　①978-4-336-07311-2

内容　サンタを待ちながら(S.J.ペレルマン著)

＊笑いの大博覧会、完結！ 名翻訳家浅倉久志のライフワークである"ユーモア・スケッチ"ものを全4巻に集大成。最終巻は傑作展姉妹篇『すべてはイブからはじまった』とオンデマンドのみの刊行だった『ミクロの傑作圏』をカップリング。
〔3580〕

ベレン　Berendt, Erick

◇ドラキュラ　ドラキュラ―吸血鬼小説集　種村季弘編　新装版　河出書房新社　2023.2　253p　15cm（河出文庫 た4-53）880円　①978-4-309-46776-4

内容　吸血鬼を救いにいこう(ベレン著、種村季弘、橋本綱訳)
〔3581〕

ベーレン, カチャ　Balen, Katya

◇わたしの名前はオクトーバー　カチャ・ベーレン作、こだまともこ訳　評論社　2024.1　258p　19cm（原書名：October, October）1600円　①978-4-566-02480-9

＊父さんとわたしは、森で暮らしている。わたしたちは野生だ。―思いがけない出来事が起こって、「母親とかいう女のひと」の家で過ごすことになったオクトーバー。森で育った少女が、ロンドンの街で、自分だけの「物語」を見つけるまでを描く。2022年カーネギー賞受賞作。
〔3582〕

ペロー, ミシェル　Perrot, Michelle

◇ジョルジュ・サンドセレクション　別巻　サンド・ハンドブック―主要作品紹介他　ジョルジュ・サンド著、M・ペロー、持田明子、大野一道責任編集　持田明子、大野一道編、M・ペロー、持田明子、大野一道、宮川明子［著］藤原書店　2023.12　377p　20cm〈他言語標題：Les Chefs-d'œuvre de George Sand　年譜あり〉4200円　①978-4-86578-409-1

内容　自由への道(ミシェル・ペロー著、持田明子訳)
〔3583〕

ベロウ, ノーマン　Berrow, Norman

◇幻想三重奏　ノーマン・ベロウ著、松尾恭子訳　論創社　2024.11　347p　20cm（論創海外ミステリ 325）〈原書名：The Three Tiers of Fantasy〉3400円　①978-4-8460-2396-6

＊人が消え、部屋も消え、路地までも消えた…。悪夢のような消失事件が奏でる幻想曲。果たして悪霊による心霊現象か、それとも犯罪者の巧妙なトリックか？ 全編に横溢するオカルト趣味と不可能犯罪の合奏曲。"L・C・スミス警部"シリーズの第一作を初邦訳。
〔3584〕

ベンジャミン, ポール　Benjamin, Paul

◇スクイズ・プレー　ポール・ベンジャミン著、田口俊樹訳　新潮社　2022.9　395p　16cm（新潮文庫 オ-9-101）〈著作目録あり　原書名：SQUEEZE PLAY〉800円　①978-4-10-245119-9

＊私立探偵マックスが受けた依頼は、元大リーガー、チャップマンからのものだった。キャリアの絶頂期に交通事故で片脚を失い、今は議員候補と目される彼に脅迫状が送られてきたのだ。殺意を匂わす文面から、かつての事故にまで疑いを抱いたマックスは、いつしか底知れぬ人間関係の深淵へ足を踏み入れることになる…。ポール・オースター幻のデビュー作にして正統派ハードボイルド小説の逸品。
〔3585〕

ベンスン, E.F.　Benson, Edward Frederic

◇新編怪奇幻想の文学　1　怪物　紀田順一郎、荒俣宏監修、牧原勝志編　新紀元社　2022.7　460p　20cm〈他言語標題：Tales of Horror and Supernatural〉2500円　①978-4-7753-2022-8

内容　かくてさえずる鳥はなく(E・F・ベンスン著、渦巻栗訳)

＊山深く潜む、古来から言い伝えられるもの。身を蝕み、人間としての記憶さえ呪わしく変えるもの。そして、見てはならず、語りえないもの。何ものなのか知るすべもないものを、せめてこう呼ぼう―怪物、と。一九七〇年代の名アンソロジー"怪奇幻想の文学"の編者、紀田順一郎・荒俣宏の監修のもと、古典的名作を新訳し、全6巻に集大成。怪奇幻想の真髄を伝えるアンソロジー・シリーズ、ここに刊行開始。
〔3586〕

◇新編怪奇幻想の文学　3　恐怖　紀田順一郎、荒俣宏監修、牧原勝志編　新紀元社　2023.5　466p　20cm〈他言語標題：Tales of Horror and Supernatural〉2500円　①978-4-7753-2041-9

内容　顔(E.F.ベンスン著、圷香織訳)
〔3587〕

◇新編怪奇幻想の文学　4　黒魔術　紀田順一郎、荒俣宏監修、牧原勝志編　新紀元社　2023.9　477p　20cm〈他言語標題：Tales of Horror and Supernatural〉2500円　①978-4-7753-2042-6

内容　願いの井戸(E.F.ベンスン著、圷香織訳)
〔3588〕

ベンチリー, ロバート　Benchley, Robert

◇ユーモア・スケッチ大全　[2]　ユーモア・ス

ケッチ傑作展　2　浅倉久志編・訳　国書刊行会　2022.1　372p　19cm〈「ユーモア・スケッチ傑作展2」(早川書房 1980年刊)の改題、増補〉2000円　①978-4-336-07309-9

|内容| スケート再訪　エンサイクロペディア国の恋　あの人に聞けば？　博物館にて　家の中の他人　イーディサとクリスマスの泥棒　魔のダイヤ(ロバート・ベンチリー著)　進化こぼれ話——ベンチリー小品集　フォービア——ベンチリー小品集　誰がアルフレッド・ロビンを殺したか？——ベンチリー小品集(ベンチリー著)

＊名翻訳家のライフワークである「ユーモア・スケッチ」ものを全4巻に集大成。第2弾は『ユーモア・スケッチ傑作展2』(全32篇)＋単行本未収録作品12篇。〔3589〕

◇ユーモア・スケッチ大全　〔3〕　ユーモア・スケッチ傑作展　3　浅倉久志編・訳　国書刊行会　2022.2　374p　19cm〈「ユーモア・スケッチ傑作展3」(早川書房 1983年刊)の改題、増補〉2000円　①978-4-336-07310-5

|内容| わが大学教育　決算報告　世界のオペラ総解説　目は信じられるか？(ロバート・ベンチリー著)　〔3590〕

◇ユーモア・スケッチ大全　〔4〕　すべてはイブからはじまった　ミクロの傑作圏　浅倉久志編・訳　国書刊行会　2022.3　376p　19cm〈「すべてはイブからはじまった」(早川書房 1991年刊)と「ミクロの傑作圏」(文源庫 2004年刊)の改題、合本〉2000円　①978-4-336-07311-2

|内容| 魅惑の犯罪　ゴビ砂漠の大発見(ロバート・ベンチリー著)

＊笑いの大博覧会、完結！ 名翻訳家浅倉久志のライフワークである「ユーモア・スケッチ」ものを全4巻に集大成。最終巻は傑作展姉妹篇『すべてはイブからはじまった』とオンデマンドのみの刊行だった『ミクロの傑作圏』をカップリング。〔3591〕

ベンツ, シャネル　Benz, Chanelle

◇おれの眼を撃った男は死んだ　シャネル・ベンツ, 高山真由美訳　東京創元社　2023.5　373p　15cm　(創元推理文庫)〈原書名：The man who shot out my eye is dead〉1200円　①978-4-488-15403-5

|内容| よくある西部の物語　アデラ　思いがけない出来事　外交官の娘　オリンダ・トマスの人生における非凡な出来事の奇妙な記録　ジェイムズ三世　蜻蛉　私を悼む人々　認識　われらはみなおなじ囲いのなかの羊、あるいは、何世紀ものうち最も腐敗した世界

＊恩人である兄に付き従ううち、銀行強盗に加担することになった西部の少女。服役中の父親と暴力的な継父の間で苦悩する少年。根拠薄弱な治療の果てに母親が病死し、医者への復讐心に囚われた双子の妹——。秩序なき犯罪と暴力の渦中で、血まみれになりながらも生きる人々の息遣いが、気高く、美しく描き出される。O・ヘンリー賞受賞作を含む全10編、凄絶な迫力を放つ傑作短編集！〔3592〕

ヘンデル, ユーディット

◇砂漠の林檎——イスラエル短編傑作選　サヴィヨン・リーブレヒト, ウーリー・オルレブほか著, 母袋夏生編訳　河出書房新社　2023.8　258p　20cm　2900円　①978-4-309-20890-9

|内容| 息子の墓(ユーディット・ヘンデル著, 母袋夏生訳)

＊迷宮のような路地で見つけた写真集、不死の老人、ショアの記憶、聖書物語など、イスラエル文学紹介の第一人者による日本版オリジナル・アンソロジー。ウーリー・オルレブ(国際アンデルセン賞受賞)、シャイ・アグノン(ノーベル文学賞受賞)など、世界が高く評価する作家の傑作を精選。〔3593〕

ヘンドリクス, グレイディ　Hendrix, Grady

◇吸血鬼ハンターたちの読書会　グレイディ・ヘンドリクス著, 原島文世訳　早川書房　2022.4　487p　19cm〈文献あり　原書名：THE SOUTHERN BOOK CLUB'S GUIDE TO SLAYING VAMPIRES〉2900円　①978-4-15-210126-6

＊アメリカ南部の高級住宅地に暮らすパトリシアの毎日は忙しい。息抜きは主婦仲間との殺人ノンフィクションの読書会だけ——そんなある晩、読書会から帰ってきたパトリシアは、血まみれでアライグマの死骸をむさぼっていた近所の嫌味な老婦人に襲われ、片方の耳たぶを失うことに。そしてそれがきっかけで、老婦人の新戚だという、町に越してきたハンサムな男ジェイムズと出会う。危険なときめきを感じるパトリシア。だがそのころ、町の貧しい地区では女性や子どもたちの行方不明や不可解な死が続いていた。そしてパトリシアの家族にも不幸な事件が起き、彼女はそれらとジェイムズのかかわりに気づく——ジェイムズは吸血鬼だったのだ！ 愛する家族を守るため、パトリシアはジェイムズと対決するが…!? 不安と興奮に満ちた傑作ホラー・エンターテインメント！〔3594〕

◇ファイナルガール・サポート・グループ　グレイディ・ヘンドリクス著, 入間眞訳　竹書房　2022.11　509p　15cm　(竹書房文庫　ヘ1-1)〈原書名：THE FINAL GIRL SUPPORT GROUP〉1300円　①978-4-8019-3737-8

＊ホラー映画でエンドロールが流れるラストまで生き残った者のこと。だが…顧客が立ち去ったあと、彼女はどうなるのか？ リネットは22年前の大殺戮を生き延びた現実のファイナルガール。その経験は以後の彼女の生きる日々を決定づけた。彼女はひとりではない。ほかの5人のファイナルガールたちとセラピストとともに、壊されてしまった人生を立て直そうとしている。ある日、ひとりのメンバーが失踪。そして最初の犠牲者が…。犯人は誰か？ 真の目的は？ 彼女たちは、"再び"生き残ることができるのか——。〔3595〕

ベントレー, ドン　Bentley, Don

◇イラク・コネクション　ドン・ベントレー著,

黒木章人訳　早川書房　2022.11　557p　16cm　（ハヤカワ文庫 NV 1502）〈原書名：THE OUTSIDE MAN〉1280円　①978-4-15-041502-0

＊テキサスの街中、元米国防情報局員マット・ドレイクは何者かの銃撃を受ける。襲撃者たちの一人はかつてマットが命を奪ったシリア人武装勢力の指導者サイードに酷似していた。これはサイードの息子の復讐なのか？　米国防情報局の協力を得たマットは、手がかりを追ってイラク第二の都市モスルへと飛ぶ。背後にはIS分派と思しき性的人身売買組織の影が…傑作冒険小説『シリア・サンクション』続篇登場！　　　　　　　〔3596〕

◇奪還のベイルート　上巻　ドン・ベントレー著、村上和久訳　新潮社　2023.2　309p　16cm　（新潮文庫 ク-28-77—トム・クランシー ジャック・ライアン・ジュニアシリーズ）〈原書名：TOM CLANCY TARGET ACQUIRED〉710円　①978-4-10-247277-4

＊テルアヴィヴのカフェで任務遂行中、何者かに襲われたアメリカ人母子を救ったアメリカ大統領子息ジャック・ライアン・ジュニア。狙われたのは物理学者である母親の研究技術であることが判明。イラン、中国、ロシアそれぞれの思惑で動く何者かが黒幕と思われた。執拗な襲撃の末に母子は拉致されてしまう。二人を救うため、己の信念を貫き単身敵地へと乗り込むジュニアを、敵の狡猾な罠が待ち受けていた！　　　　　　　　　　〔3597〕

◇奪還のベイルート　下巻　ドン・ベントレー著、村上和久訳　新潮社　2023.2　315p　16cm　（新潮文庫 ク-28-78—トム・クランシー ジャック・ライアン・ジュニアシリーズ）〈著作目録あり　原書名：TOM CLANCY TARGET ACQUIRED〉710円　①978-4-10-247278-1

＊拉致された母子を取り返すべく、イスラエル特殊部隊と共にベイルートへと乗り込んだジュニアに襲いかかったのは、イランのテロ支援組織による銃弾の嵐。窮地に次ぐ窮地を乗りきり、はたして母子奪還は成功するのか？　CIA、イランのコッズ部隊、シン・ベト、中国国家安全部、ロシア人傭兵が入り乱れての暗闘に、ジュニアが徒手空拳で挑む。シリーズを代表する軍事謀略サスペンスの白眉。　　　　　　　　　　　　　　〔3598〕

ペンブルック, ケイト　Pembrooke, Kate

◇結婚すべきではない伯爵　ケイト・ペンブルック著、高橋佳奈子訳　竹書房　2022.10　461p　15cm　（ラズベリーブックス ペ1-1）〈原書名：NOT THE KIND OF EARL YOU MARRY〉1350円　①978-4-8019-3298-2

＊ある日、男爵令嬢シャーロットが兄と朝食を摂っていると、激高したハンサムな男性が訪ねてきた。イギリス政界の期待の若手であるノーウッド伯爵が手にしていた新聞には、彼とシャーロットの婚約広告が掲載されていた。結婚相手としても大人気の伯爵と、社交界デビューには遅いとされる23歳の上、2カ月前にロンドンに出てきたばかりで大人気の令嬢とは言い難いシャーロットが不釣り合いなのはシャーロットもわかっていたが、突然料弾されてもまったく身に覚えはない。むっとしたシャーロットは、自分は人格を重視しているのであなたのような人とは絶対に結婚しないとたんかを切る。　〔3599〕

ペンブローク, ソフィー　Pembroke, Sophie

◇クララの秘密　ソフィー・ペンブローク作、北園えりか訳　ハーパーコリンズ・ジャパン　2023.6　156p　17cm　（ハーレクイン・イマージュ I2760—至福の名作選）〈2017年刊の再刊　原書名：THE UNEXPECTED HOLIDAY GIFT〉673円　①978-4-596-77309-8

＊仕事に夢中な大富豪ジェイコブとの結婚に耐えてきたクララは、都合のいい妻でいるのがつらくなり、身の回り品だけを手に家を出た。その後、新たな命を授かっていることに気づいたが、子供は欲しくないと明言していた夫に知らせるつもりはなかった。愛されないならいっそ別れたいと再三訴えるクララに対し、彼はつねに弁護士を通じて、離婚には応じないと伝えてきた。だが5年後、イベント業を営むクララのもとにジェイコブが現れ、余命わずかな父のために家族パーティを企画してほしいと言われる。密かに産んだ娘の存在、いまだくすぶる彼への愛は、知られたくない！　悩み苦しむ妻に、夫は言った。「引き受けてくれるなら、離婚に応じる」　　　　　　　　　〔3600〕

◇子爵がくれたガラスの靴　ソフィー・ペンブローク作、川合りりこ訳　ハーパーコリンズ・ジャパン　2023.3　156p　17cm　（ハーレクイン・イマージュ I2747）〈原書名：VEGAS WEDDING TO FOREVER〉673円　①978-4-596-76771-4

＊天涯孤独のオータムは騙されて全財産を失い、カジノの接客係になった。ある日、彼女は酔客の喧嘩のとばっちりを受けて首になってしまう。路頭に迷いかけたとき、思いがけず救いの手がさしのべられる一当の酔客トビーが責任を感じて、オータムがイギリスで働けよう偽装結婚して彼女を連れて帰りたいというのだ。ハンサムな彼の提案に興味を抱いたオータムは、申し出を受け入れた。ところが翌朝、目を覚ましたトビーは昨夜の記憶がない様子で、指にはめられた結婚指輪に激しく動揺し、自分は実は子爵だと告げた。オータムは驚き、気後れして身を引こうとするが、トビーは言った。「しばらく子爵夫人として僕を支えてほしい。その後、離婚すればいい」　〔3601〕

◇シンデレラの十六年の秘密　ソフィー・ペンブローク作、川合りりこ訳　ハーパーコリンズ・ジャパン　2023.11　156p　17cm　（ハーレクイン・イマージュ I2777）〈原書名：BABY ON THE REBEL HEIR'S DOORSTEP〉673円　①978-4-596-52662-5

＊レナはあるパーティで、忘れもしない男性と思いがけず再会した。マックス—今はロンドンで大成功した34歳の大富豪だけれど、かつては無責任に私の体を利用してポイ捨てした少年だった…。誘

惑されるまま純潔を捧げた自分も愚かだったかもしれない。でも、彼が翌日にはまるで何事もなかったかのように忽然と姿を消し、以来、ずっと連絡が途絶えたままになるとは思わなかった。あれから16年が過ぎ、マックスはついに故郷に帰ってきたのだ。もう傷つきたくない…。彼には二度と身も心も渡さないぞ！そう誓うレナだったが、マックスの屋敷の玄関前に赤ちゃんが置き去りにされているのを二人で一緒に見つけて―　〔3602〕

◇大富豪の十五年愛の奇跡　ソフィー・ペンブローク作，川合りりこ訳　ハーパーコリンズ・ジャパン　2023.8　156p　17cm　（ハーレクイン・イマージュ I2765）〈原書名：THEIR SECOND CHANCE MIRACLE〉673円　①978-4-596-52032-6
＊1年半前に、子爵だった夫と息子を不慮の事故で亡くしたビクトリア。ある日、爵位を継いだ義理の弟からディナーに招待され、彼女はかつて自分が家族と幸せに暮らした子爵の館を訪れた。そこで現子爵夫人が跡継ぎを懐妊したことを知り、心からの祝福の気持ちと、胸が張り裂けそうなほどの喪失感が交錯した。複雑な胸中から思わず中座した彼女を追いかけてきたのは、15年来の友人で大富豪のフィンだった。彼に励まされるうち、やがて一線を越えてしまうが、ビクトリアの心はいまだ亡き夫への想いに揺れていた。そのとき、おなかの中に小さな命がめばえたことなど知る由もなく…。　〔3603〕

ヘンリー，エミリー　Henry, Emily
◇あなたとわたしの夏の旅　上　エミリー・ヘンリー著，西山詩音訳　扶桑社　2024.3　319p　16cm　（扶桑社ロマンス へ10-1）〈原書名：PEOPLE WE MEET ON VACATION.VOL.1〉1200円　①978-4-594-09467-6
＊旅行ブロガーとして人気を博し、念願かなってトラベルライターとなり、雑誌で働くポピー。だが、なぜか満ち足りない生活を送っていた。自分が幸せを感じていたのは、いつのことだったろう…そう、大学時代の男友達アレックスと旅をしていた頃だった。アレックスとポピーは、趣味も好みも、なにもかも正反対でかみあわず、当然ながら、恋愛にはほど遠い関係。それなのに2人で旅に出ることになり、アルバイトで費用を貯めては、さまざまな土地へ出かける、バケーション仲間になったのだ。　〔3604〕

◇あなたとわたしの夏の旅　下　エミリー・ヘンリー著，西山詩音訳　扶桑社　2024.3　319p　16cm　（扶桑社ロマンス へ10-2）〈文献あり　原書名：PEOPLE WE MEET ON VACATION.VOL.2〉1200円　①978-4-594-09468-3
＊それから十年以上、ポピーとアレックスは連れだって旅をつづけてきた。おたがいの恋愛も見てきたし、それでも2人は一線を越えることはなかった。そんな関係がおかしくなったのは、そう、2年前。ポピーの行動によって、旅の仲間どうしの関係が壊れてしまったのだ。以来、疎遠になってし

まった2人。ポピーは意を決して、アレックスに連絡し、もう一度バケーションに出かけることになったのだが―いま人気沸騰のエミリー・ヘンリーの2人の旅とその最高の結末を描く、全米ベストセラー！　〔3605〕

◇本と私と恋人と　エミリー・ヘンリー著，林啓恵訳　二見書房　2023.6　618p　15cm　（二見文庫 へ5-1―ザ・ミステリ・コレクション）〈文献あり　原書名：Book Lovers〉1600円　①978-4-576-23064-1
＊母亡きあと、妹のリビーの面倒を見るため、ノーラは文芸エージェントとして奮闘してきた。冷酷至極で無愛想でツンツンした仕事人間―周囲からはそう評価され、つき合う男性にはフラレてばかりだけど、すべては愛する妹のため。そんなある日、その妹が、三人目の子供を出産する前に休息したいと姉妹だけの田舎町へのバケーションを提案する。つい同意したものの、たどり着いた田舎町のカフェで出くわした男性の姿に声を失った。チャーリー・ラストラ！　かつて本を売り込んだとき、けんもほろろに拒絶された相手。だが悪夢はそこで終わらず…。　〔3606〕

ヘンリー，オー　Henry, O.
⇒オー・ヘンリー　を見よ

ヘンリー・ウッド夫人　Mrs. Henry Wood
◇英国古典推理小説集　佐々木徹編訳　岩波書店　2023.4　539p　15cm　（岩波文庫 37-207-1）1300円　①978-4-00-372002-8
内容　七番の謎（ヘンリー・ウッド夫人著，佐々木徹
＊ディケンズ『バーナビー・ラッジ』とポーによるその書評、英国最初の長篇推理小説と言える『ノッティング・ヒルの謎』を含む、古典的傑作八篇を収録（半数が本邦初訳）。読み進むにつれて推理小説という形式の洗練されていく過程が浮かび上がる、画期的な選集。　〔3607〕

【ホ】

ポー，エドガー・アラン　Poe, Edgar Allan
◇Xだらけの社説　エドガー・アラン・ポー著，河合祥一郎訳　KADOKAWA　2023.3　397p　15cm　（角川文庫 ホ22-3―ポー傑作選 3 ブラックユーモア編）900円　①978-4-04-113078-0
内容　Xだらけの社説　悪魔に首を賭けるな―教訓のある話　アクロスティック　煙に巻く　一週間に日曜が三度　エリザベス　メッツェンガーシュタイン　謎の人物　本能と理性―黒猫　ヴァレンタインに捧ぐ　天邪鬼　謎　息の喪失―『ブラックウッド』誌のどこを探してもない作品　ソネット―科学に寄せる　長方形の箱　夢の中の夢　構成の原理　鋸山奇譚　海中の都　『ブラックウッド』誌流の作品の書

ホ

き方/苦境　マージナリア　オムレット公爵　独り
＊ポーの真骨頂はブラックユーモアにあり!?―いがみあう新聞社同士の奇妙な論争を描く「Xだらけの社説」。大言壮語が嵩じて地獄の門が開く「悪魔に首を賭けるな」。ありえないはずのことが起きる科学トリック「一週間に日曜が三度」。ダークな風刺小説や謎かけ詩、創作論など知られざる名作を23編収録。巻末には「人名辞典」「ポーの文学闘争」他、ポー待望の論考が100頁超。訳出不可能だった言葉遊びを見事に新訳した第3弾！〔3608〕

◇黒猫　エドガー・アラン・ポー著，河合祥一郎訳　KADOKAWA　2022.2　345p　15cm　〈角川文庫　ホ22-1―ポー傑作選１ ゴシックホラー編〉〈年譜あり〉760円　①978-4-04-109243-9
＊おとなしい動物愛好家の「私」は、酒におぼれすっかり人が変わり、可愛がっていた黒猫を虐め殺してしまう。やがて妻も手にかけ、遺体を地下室に隠すが…。戦慄の復讐譚「黒猫」他「アッシャー家の崩壊」「ウィリアム・ウィルソン」「赤き死の仮面」といった傑作ゴシックホラーや代表的な詩「大鴉」など14編を収録。英米文学研究の第一人者である訳者による解説やポー人物伝、年譜も掲載。世紀の天才ポーの怪異の世界を堪能できる新訳・傑作選！〔3609〕

◇黒猫　エドガー・アラン・ポー著，斎藤寿葉訳，まくらくらま絵　立東舎　2023.10　61p　17×19cm　〈乙女の本棚〉〈リトーミュージック（発売）〉原書名：The Black Cat　1800円　①978-4-8456-3924-3
＊動物好きで、賢い黒猫を飼う男。ある晩の行いから、少しずつ彼の人生が崩れていく。ポーの名作が、アンティークのような不思議な魅力を放つイラストで話題の大人気イラストレーターで本シリーズでは中原中也『詩集「山羊の歌」より』を担当するまくらくらまによって、鮮やかに現代リミックス。人気シリーズ「乙女の本棚」の第35弾が登場。小説としても画集としても楽しめる魅惑の1冊。全イラスト描き下ろし。〔3610〕

◇モルグ街の殺人　エドガー・アラン・ポー著，河合祥一郎訳　KADOKAWA　2022.3　349p　15cm　〈角川文庫　ホ22-2―ポー傑作選２ 怪奇ミステリー編〉760円　①978-4-04-109244-6
＊本作がなければ、ホームズもポワロも金田一も生まれなかった一世界初の推理小説「モルグ街の殺人」。パリで起きた密室母娘惨殺事件の謎を名探偵デュパンが華麗に解き明かす。同じく初の暗号解読小説「黄金虫」や、最高傑作と名高い「盗まれた手紙」、死の直前に書かれた詩「アナベル・リー」など傑作を全11編収録。ポーの死の謎に迫る解説や用語集も。世紀の天才の推理と分析に圧倒される新訳！ミステリーの原点。〔3611〕

ボ, メイ　慕 明

◇走る赤―中国女性SF作家アンソロジー　武甜静，橋本輝幸編，大恵和実編訳　中央公論新社　2022.4　381p　20cm　2200円　①978-4-12-005523-2

内容　世界に彩りを（慕明著，浅田雅美訳）
＊中国で活躍する女性作家14人が放つ珠玉のSF短篇。〔3612〕

ボイル, エリザベス　Boyle, Elizabeth

◇放蕩貴族と片隅の花　エリザベス・ボイル著，富永佐知子訳　ハーパーコリンズ・ジャパン　2022.3　542p　15cm　〈mirabooks EB02-05〉〈原書名：THE KNAVE OF HEARTS〉982円　①978-4-596-33331-5
＊社交界デビューに向け常に品格ある振る舞いに努めてきたラヴィニア。だがデビューは大失敗に終わった。"女たらしの悪魔"と呼ばれる次期男爵タックから半ば無理やりダンスに誘われたところ、転倒して周囲の紳士淑女を巻き添えにしてしまう大騒ぎになったのだ。翌日、涙に暮れるラヴィニアのもとに、責任を感じたらしいタックが訪ねてきて申し出た。君を最高のレディに変身させ、社交界の花にしてみせよう、と。〔3613〕

ボウ, イ　房 偉

◇黒い雪玉―日本との戦争を描く中国語圏作品集　加藤三由紀編　中国文庫　2022.8　391p　19cm　3800円　①978-4-910887-00-5

内容　中国の雪男（房偉著，塩旗伸一郎訳）〔3614〕

ホウ, ジュ　宝 樹

◇宇宙の果ての本屋　立原透耶編　新紀元社　2023.12　477p　20cm　〈現代中華SF傑作選〉〈他言語標題：The Bookstore at the Edge of the Universe〉2500円　①978-4-7753-2023-5

内容　円環少女（宝樹著，立原透耶訳）〔3615〕

◇金色昔日―現代中国SFアンソロジー　夏笳ほか著，ケン・リュウ編，中原尚哉他訳　早川書房　2022.11　715p　16cm　〈ハヤカワ文庫 SF 2387〉〈責任表示はカバーによる「月の光」（2020年刊）の改題　原書名：BROKEN STARS〉1380円　①978-4-15-012387-1

内容　金色昔日（宝樹著，中原尚哉訳）
＊北京五輪の開会式を彼女と見たあの日から、世界はあまりにも変わってしまった―「三体X」の著者・宝樹が、中国の歴史とある男女の運命を重ね合わせた表題作、「三体」の劉慈欣が描く環境SFの佳作「月の光」、春節シーズンに突如消えた列車の謎を追う「折りたたみ北京」著者の郝景芳による「正月列車」など、14作家による中国SF16篇を収録。ケン・リュウ編による綺羅星のごときアンソロジー第2弾。〔3616〕

◇三体X―観想之宙　宝樹著，大森望，光吉さくら，ワンチャイ訳　早川書房　2022.7　343p　20cm　〈他言語標題：The Redemption of time〉1900円　①978-4-15-210133-4
＊異星種属・三体文明の太陽系侵略に対抗する「階梯計画」。それは、敵艦隊の懐に、人類のスパイをひとり送るという奇策だった。航空宇宙エンジニアの程心（チェン・シン）はその船の推進方法を考

案。船に搭載されたのは彼女の元同級生・雲天明（ユン・ティエンミン）の脳だった…。太陽系が潰滅したのち、青色惑星（プラネット・ブルー）で程心の親友・艾（アイ）AAと二人ぼっちになった天明は、秘めた過去を語り出す。三体艦隊に囚われていた間に何があったのか？『三体3 死神永生』の背後に隠された驚愕の真相が明かされる第一部「時の内側の過去」。和服姿の智子が意外なかたちで再登場する第二部「茶の湯会談」。太陽系を滅ぼした"歌い手"文明の壮大な死闘を描く第三部「天幕」。そして—。"三体"熱狂的ファンの著者・宝樹は、第三部『死神永生』を読み終えた直後、喪失感に耐えかね、三体宇宙の空白を埋める物語を勝手に執筆。ネットに投稿したところ絶大な反響を呼び、"三体"著者・劉慈欣の公認を得て"三体"の版元から刊行された。ファンなら誰もが知りたかった裏側が描かれる衝撃の公式外伝(スピンオフ)。〔3617〕

ホウ, セイジュン　方 清純

◇プールサイド—短篇小説集　陳思宏ほか著, 三須祐介訳, 呉佩珍, 白水紀子, 山口守編　作品社　2022.2　246p　19cm　(台湾文学ブックカフェ 3)　2400円　①978-4-86182-879-9

内容 鶏婆の嫁入り(方清純著)

＊大学受験を控える高校生の少年が夏休みにプールの監視員のバイトをしていると、ある男から小学生の息子に水泳を教えてほしいと頼まれ、やがて、少年を自宅に招いた男は長い口づけをする…。高校生から大学生へと成長する少年のひと夏の経験が語られる、本集最年少の新星による表題作のほか、全十一篇を収録。〔3618〕

ボウエン, エリザベス　Bowen, Elizabeth

◇マルベリーツリー　エリザベス・ボウエン著, ハーマイオニー・リー編, 甘ొ夏実ほか訳　而立書房　2024.4　388,10p　22cm　〔索引あり〕　原書名：THE MULBERRY TREE　3800円　①978-4-88059-442-2　〔3619〕

ボウエン, リース　Bowen, Rhys

◇恋のスケッチはヴェネツィアで　リース・ボウエン著, 矢島真理訳　早川書房　2022.10　662p　16cm　(ハヤカワ・ミステリ文庫 HM 521-1)　〈原書名：THE VENICE SKETCHBOOK〉　1800円　①978-4-15-186251-9

＊大伯母レティが今際の際にキャロラインに託したのは、スケッチブックと3本の鍵、そして「ヴェネツィア」の一言だった。大伯母が60年前、ヴェネツィアで画家を目指していたことを知ったキャロラインは、鍵の謎を解き明かすため水の都へ向かう。ゴンドラが行き交う優美な街で、大伯母の人生を追ううちに、第二次世界大戦下で燃え上がった秘められた恋が浮かび上がり…。キャロラインが最後にたどり着いた驚愕の真実とは。〔3620〕

◇貧乏お嬢さまと毒入りタルト　リース・ボウエン著, 田辺千幸訳　原書房　2024.10　390p　15cm　(コージーブックス ボ1-17—英国王妃の事件ファイル 17)　〈原書名：THE PROOF OF THE PUDDING〉　1200円　①978-4-562-06144-0

＊出産を目前に控えたジョージーは、ようやく腕のいい料理人を雇うことができてほっとしていた。フランス人シェフのピエールは、いささかプライドが高すぎるが、彼の作る料理はまるで魔法のようにおいしい。その味はまたたく間に評判となり、隣人が催す豪華な晩餐会でも腕を振るうことに。招待客たちはピエールが作り出す最高の料理に舌鼓を打ち、至福の時を味わった。翌日、招待客のひとりが命を落とすまでは—。ジョージーは警察に疑いをかけられたシェフの無実を証明しようとするが、いっこうに手がかりがつかめないうえ、出産予定日も迫っている。そんなとき、焦る彼女に救いの手を差し伸べてくれたのは「あの」女性推理小説家で…!?アガサ賞受賞のミステリシリーズ！〔3621〕

◇貧乏お嬢さまの困った招待状　リース・ボウエン著, 田辺千幸訳　原書房　2023.1　414p　15cm　(コージーブックス ボ1-15—英国王妃の事件ファイル 15)　〈原書名：GOD REST YE, ROYAL GENTLEMEN〉　1000円　①978-4-562-06127-3

＊結婚して初めて迎えるクリスマスをジョージーは心待ちにしていた。でも、パーティーの準備は問題が山積み。来てほしい客はみんな空振りで、腕のいい料理人も見つからない。それでもどうにか準備が整い、ほっとしたのもつかの間。サンドリンガムで暮らす伯母から思わぬ招待状が届いた。今さら予定を変更して自分のパーティーに来てほしいですって？でもどうやら、急な招待の裏で、伯母と親しい王妃さまが糸を引いているらしい。断るに断れず、ジョージーがサンドリンガムの伯母と王妃を訪ねると、いつになく王妃の顔色が悪い。なんでも近ごろ、王子の周辺で奇妙な事故が続いていて、不吉な予感がするという。ジョージーは力になることを約束するが、王妃の予感は現実のものとなってしまい…!?アガサ賞受賞のミステリシリーズ！〔3622〕

◇貧乏お嬢さま、花の都へ　リース・ボウエン著, 田辺千幸訳　原書房　2023.11　398p　15cm　(コージーブックス ボ1-16—英国王妃の事件ファイル 16)　〈原書名：PERIL IN PARIS〉　1100円　①978-4-562-06134-1

＊妊娠中のジョージーは体調も落ち着いたことから、パリにいる親友ベリンダを訪ねることに。ベリンダはいまココ・シャネルの助手として忙しい日々を送っている。憧れのエッフェル塔に、カフェでのクロワッサン—春のパリはとても華やかだった。ところが夫のダーシーは到着したとたん、こそこそと別行動を取るように。じつは彼がパリで命がけの危険な任務にあたっていると知り、ジョージーはとても旅行を楽しむどころではなくなってしまった。おまけに、シャネルがジョージーのために特別なマタニティドレスをデザインすると言い出し、モデルとしてファッションショーに出演させると強引に決めてしまったから、

ホウホウ

さあ大変。前回のショーでの悪夢を思い出し、ジョージーは必死に断ろうとするが…!? 〔3623〕

ホウホウ　方方

◇柩のない埋葬　方方著, 渡辺新一訳　河出書房新社　2022.4　373p　20cm　2750円　①978-4-309-20849-7

＊その女はずっと自分と闘ってきた。記憶を失った一人の女。その波乱の人生の秘密が明かされたとき、浮かび上がる「人が生きる意味」とは―。中国本国で発禁処分、『武漢日記』著者による傑作長編。第3回路遙文学大賞（中国の民間による文学賞）受賞。アジア文学賞2020（フランス・ギメ東洋美術館主催）受賞。〔3624〕

ボウルズ, ポール　Bowles, Paul

◇アメリカン・マスターピース 戦後篇　シャーリイ・ジャクスンほか著, 柴田元幸編訳　スイッチ・パブリッシング　2024.12　257p　20cm　（柴田元幸翻訳叢書）　2700円　①978-4-88418-649-4

内容 あんたはあたしじゃない（ポール・ボウルズ著, 柴田元幸訳）

＊短篇小説の黄金時代。サリンジャー、ナボコフ、オコナー、ボールドウィンなど、重要作家が次々と登場する、1950年代前後の名作10篇を収録。"名作中の名作"でアメリカ文学史をたどる、シリーズ第3弾！〔3625〕

ホーガン, ジェイムズ・P.　Hogan, James P.

◇内なる宇宙　上　ジェイムズ・P・ホーガン著, 池央耿訳　新版　東京創元社　2023.10　373p　15cm　（創元SF文庫　SFホ1-17）〈原書名：ENTOVERSE〉1000円　①978-4-488-66334-6

＊惑星ジェヴレンを管理・運営する超電子頭脳ジェヴェックスは、一方で人々を仮想世界漬けにしていた。架空戦争敗戦後、ある指導者による惑星規模の一大陰謀が密かに進行するジェヴレンに、ハント博士らは急遽向かうことに…。月面で発見された宇宙服姿の遺骸は5万年前のものだった―という不朽の傑作『星を継ぐもの』に続くシリーズ第4弾。第25回星雲賞海外長編部門受賞作。〔3626〕

◇内なる宇宙　下　ジェイムズ・P・ホーガン著, 池央耿訳　新版　東京創元社　2023.10　362p　15cm　（創元SF文庫　SFホ1-18）〈原書名：ENTOVERSE〉1000円　①978-4-488-66335-3

＊ある日突然、人格が他者のものと入れ替わってしまう奇異な現象が多発するジェヴレン社会に、ハント博士らは直面した。この人格変容は単なる精神異常の類ではなく、別の宇宙からコンピュータ・ネットワークを通じてデータが送り込まれているというが…。人類の想像を超えたところに存在する宇宙とは？博士らはジェヴレンを狙う"内なる宇宙"を阻止できるのか？第25回星雲賞海外長編部門受賞作。〔3627〕

◇ガニメデの優しい巨人　ジェイムズ・P・ホーガン著, 池央耿訳　新版　東京創元社　2023.8　340p　15cm　（創元SF文庫　SFホ1-2）〈原書名：THE GENTLE GIANTS OF GANYMEDE〉800円　①978-4-488-66332-2

＊木星の衛星ガニメデで発見された2500万年前の異星の宇宙船。その正体をつきとめるべく総力をあげるハント博士とダンチェッカー教授たち木星探査隊に向かって、宇宙の一角から急速に接近してくる未確認物体があった。はるか昔に飛び立ったガニメアンの宇宙船が相対論的時差のため現代に戻ってきたのだ。不朽の名作『星を継ぐもの』に続き、数々の謎が解明されるシリーズ第2弾！〔3628〕

◇巨人たちの星　ジェイムズ・P・ホーガン著, 池央耿訳　新版　東京創元社　2023.9　494p　15cm　（創元SF文庫　SFホ1-3）〈原書名：GIANTS' STAR〉1100円　①978-4-488-66333-9

＊冥王星の彼方から、"巨人たちの星"にいるガニメアンの通信が再び届きはじめた。地球を知っているガニメアンとは接触していないにもかかわらず、相手は地球人の言語のみならず、データ伝送コードを知りつくしている。ということは、この地球という惑星そのものが、どこかから監視されているに違いない…それも、もうかなり以前から…『星を継ぐもの』に続くシリーズ第3弾！〔3629〕

◇星を継ぐもの　ジェイムズ・P・ホーガン著, 池央耿訳　新版　東京創元社　2023.7　326p　15cm　（創元SF文庫　SFホ1-1）〈原書名：INHERIT THE STARS〉800円　①978-4-488-66331-5

＊月面で発見された、真紅の宇宙服をまとった死体。綿密な調査の結果、驚くべき真実が判明する。死体はどの月面基地の所属でもないだけでなく、この世界の住人でさえなかった。彼は5万年前に死亡していたのだ！いったい彼の正体は？調査チームに招集されたハント博士は壮大な謎に挑む。現代ハードSFの巨匠ジェイムズ・P・ホーガンのデビュー長編にして、不朽の名作！〔3630〕

◇未踏の蒼穹　ジェイムズ・P・ホーガン著, 内田昌之訳　東京創元社　2022.1　440p　15cm　（創元SF文庫　SFホ1-28）〈原書名：ECHOES OF AN ALIEN SKY〉1200円　①978-4-488-66328-5

＊金星文明は、かつて栄華を誇りながら絶滅した文明が存在する惑星、地球の探査計画に取り組んでいた。テラ文明はなぜ滅んだのか？月の遺跡で発見された、テラ人が持っていたはずのない超技術の痕跡は、何を示唆しているのか？科学探査隊の一員カイル・リーンは、テラ文明が遺した数々の謎に挑む。ハードSFの巨星が放つ、もうひとつの『星を継ぐもの』ついに邦訳！〔3631〕

◇ミネルヴァ計画　ジェイムズ・P・ホーガン著, 内田昌之訳　東京創元社　2024.12　570p　15cm　（創元SF文庫　SFホ1-29）〈原書名：MISSION TO MINERVA〉1400円　①978-4-488-66336-0

＊ハント博士を驚愕の事態が襲う。並行宇宙に存在

する別バージョンの自分自身から通信が入ってきたのだ。ハントたち地球人とテューリアンは協力し、マルチヴァースを横切る時空間移動の可能性を探る。一方、5万年前の惑星ミネルヴァ近傍で再実体化したジェヴレン人ブローヒリオらは、ひそかに再起を図っていた…不朽の名作『星を継ぐもの』シリーズ第5部にして堂々の最終巻！　〔3632〕

ホーガン, チャック　Hogan, Chuck

◇ギャングランド　チャック・ホーガン著, 渡辺義久訳　早川書房　2024.5　585p　16cm　（ハヤカワ・ミステリ文庫　HM 518-1）〈原書名：GANGLAND〉1680円　①978-4-15-186101-7
＊ギャング組織アウトフィットが支配する街シカゴ。ニッキーは、組織のボスであるアッカルドの邪魔となる人間を暗殺し、組織の重要人物にまで上り詰める。だが、彼の真の目的はFBIの潜入捜査官として組織を瓦解させることだった。ある日、下っ端の男がアッカルドに断りなく宝石店を襲ったことがきっかけで、ニッキーは組織の内部にいる裏切り者を全員、始末することを命じられるが…。史実の裏側を描く濃厚な犯罪小説。　〔3633〕

ホーキンス, カレン　Hawkins, Karen

◇レディ・ホイッスルダウンからの招待状　ジュリア・クインほか著, 村山美雪訳　竹書房　2024.3　597p　15cm　（ラズベリーブックス ク2-38―ブリジャートン家短編集 2）〈2011年刊の新装版　原書名：Lady Whistledown Strikes Back〉1500円　①978-4-8019-3907-3
内容　かけがえのないあなた（カレン・ホーキンス著, 村山美雪訳）
＊1816年、ロンドン。すべてのはじまりはレディ・ニーリーが開いた晩餐会だった。その夜、出席者が楽しみにしていた豪華な食事は、女主人のブレスレットが紛失するという事件のせいで振る舞われることはなかった。しかし、このパーティから思いもかけない4つのロマンスが生まれることに…。亡き兄の親友とその妹が運命の出逢いをはたし、お話し相手は30歳を目前に初めて恋を知った。奥手な令嬢は憧れの放蕩伯爵と言葉を交わし、ある子爵夫妻は12年ぶりに再会して―。それぞれの恋の結末は？　そして消えたブレスレットの真実は…？　ジュリア・クインはじめ4人の人気作家たちが描く、4つの恋物語。RITA賞受賞作品。　〔3634〕

◇レディ・ホイッスルダウンの贈り物　ジュリア・クイン著, スーザン・イーノック, カレン・ホーキンス, ミア・ライアン著, 村山美雪訳　竹書房　2024.1　550p　15cm　（ラズベリーブックス ク2-37―ブリジャートン家短編集 1）〈2011年刊の新装版　原書名：The Further Observations of Lady Whistledown〉1500円　①978-4-8019-3891-5
内容　ふたつの心（カレン・ホーキンス著, 村山美雪訳）
＊1814年初頭のロンドンは例年にないほどの寒さにつつまれていた。テムズ川は凍り、街中に雪が深く積もっている。そのものめずらしさに惹かれ、いつもは郊外で冬を過ごす貴族たちも続々とロンドンに集っていた。ドルリー・レーン劇場は満席、テムズ川ではスケート・パーティ、さらにバレンタイン舞踏会までもが開かれる。そこでは冬の寒さも忘れさせるようないさかいと恋がはじまろうとしていた―。例えば、自分をふった元求婚者の兄とワルツを踊るはめになるような―。全米で1000万部の売り上げを誇る"現代のジェイン・オースティン"ジュリア・クインと3人の人気作家が、謎の新聞記者レディ・ホイッスルダウンを通して描く、冬のロンドンに咲いた4つの恋物語。RITA賞ノミネート作にして、ドラマ"ブリジャートン家"原作シリーズ！　〔3635〕

ボク, エイキ　朴 英熙
⇒パク, ヨンヒ　を見よ

ボク, ケイリ　朴 景利
⇒パク, キョンニ　を見よ

ボク, ビンケイ　朴 玟奎
⇒パク, ミンギュ　を見よ

ボクコウドウシュウ　墨香銅臭

◇天官賜福　1　墨香銅臭著, 鄭穎馨訳　フロンティアワークス　2022.7　410p　19cm　（Daria Series uni）　1800円　①978-4-86657-531-5
＊仙楽国の太子・謝憐は、十七歳の若さで飛昇し天界の武神となった。しかし、自らの行動が原因で二度も天界を追放されてしまう。それから八百年後―。三度目の飛昇を果たし天界に復帰したものの、今や謝憐の信徒は残っておらず、他の神官たちからもはみ出し者扱いされてしまうのだった。地道に信徒を獲得しようと下界で一人奮闘する謝憐は、ある日、三郎と名乗る美しい少年に出会う。行くあてがないと言われ共に過ごすようになり、慕ってくれる彼と仲を深める謝憐。だが、なぜか天界や鬼界に詳しい三郎には秘密があるようで―？　〔3636〕

◇天官賜福　1　墨香銅臭著　特装版　フロンティアワークス　2022.7　410p　19cm　（Daria series uni）〈付属資料：ブックカバー1枚＋アクリルパネル 1枚＋アクリルスタンド 1枚＋イラストカード 1枚　翻訳：鄭穎馨〉7000円　①978-4-86657-532-2　〔3637〕

◇天官賜福　2　墨香銅臭著, 鄭穎馨訳　フロンティアワークス　2023.2　427p　19cm　（Daria Series uni）　2000円　①978-4-86657-629-9
＊二度の追放を経て、八百年ぶりに神官に復帰した謝憐は、下界で三郎という少年に出会い、ほんの数日の間に絆を深めていた。謝憐のことを「兄さん」と呼び、常に悠然と笑っている三郎。しかしその正体は、天界の神々ですら恐れるほどの絶大な力を持つ鬼王、花城だった―！　再会を約束するかのように、指輪を一つ残して姿を消した花城。一方、天界に戻った謝憐だったが、失踪した神官の捜索とい

◇天官賜福　3　墨香銅臭著，鄭穎馨訳　フロンティアワークス　2024.4　407p　19cm　（Daria Series uni）　2050円　①978-4-86657-687-9

＊郎千秋、そして四大害・戚容との複雑な関係が明らかになった謝憐。その過去にさに天界は騒然として、三度目の追放を願い出た謝憐は君吾から禁足を命じられる。だが、そんな彼を天界から攫い、「あなたは間違っていない」—そう言って千々に乱れた心を受け止めてくれたのは、他でもない花城だった。菩薩観へ戻り、戚容や子供たちと奇妙な共同生活を送る謝憐は、依頼を受けてとある異象の調査へ。霊との攻防の中で湖へ飛び込むと、突然水中で誰かに口づけられる！瞠目しながら謝憐が感じたのは、柔らかな唇、力強く腰を抱く腕、そして眩い赤色で—。〔3639〕

ポージス，アーサー　Porges, Arthur

◇吸血鬼は夜恋をする—SF＆ファンタジイ・ショートショート傑作選　ロバート・F・ヤング，リチャード・マシスン他著，伊藤典夫編訳　東京創元社　2022.12　387p　15cm　（創元SF文庫　SFｎ12-1）〈文化出版局 1975年刊の増補〉　1000円　①978-4-488-79301-2

内容 一ドル九十八セント（アーサー・ポージス著）

＊「アンソロジイという言葉のもとになったギリシャ語の意味は「花々を集めたもの」。立ちどまるほどではないが、歩く途中ふと目にとまり、見とれる花、つまり、理屈ぬきで楽しんでいただけるような小品を選ぼうと心懸けた」（伊藤典夫）。名翻訳家が初めて単独編纂した伝説のアンソロジイを半世紀ぶりに初文庫化。《SFマガジン》《奇想天外》の掲載作を追加し、全32編とした。〔3640〕

ホジスン，ウィリアム・ホープ　Hodgson, William Hope

◇新編怪奇幻想の文学　1　怪物　紀田順一郎，荒俣宏監修，牧原勝志編　新紀社　2022.7　460p　20cm　〈他言語標題：Tales of Horror and Supernatural〉　2500円　①978-4-7753-2022-8

内容 夜の声（W・H・ホジスン著，植草昌実訳）

＊山深く潜む、古来から言い伝えられるもの。身を蝕み、人間としての記憶さえ呪わしく変えるもの。そして、見てはならず、語りえないもの。何ものなのかを知るすべもないかれらを、せめてこう呼ぼう—怪物、と。一九七〇年代の名アンソロジー"怪奇幻想の文学"の編者、紀田順一郎・荒俣宏の監修のもと、古典的名作を新訳し、全6巻に集大成。怪奇幻想の真髄を伝えるアンソロジー・シリーズ、ここに刊行開始。〔3641〕

ホーソーン，ナサニエル　Hawthorne, Nathaniel

◇教科書の中の世界文学—消えた作品・残った作品25選　秋草俊一郎，戸塚学編　三省堂　2024.2　285p　21cm〈文献あり〉2500円　①978-4-385-36237-3

内容 人面の大岩（ナサニエル・ホーソーン著，福原麟太郎訳）〔3642〕

◇新編怪奇幻想の文学　4　黒魔術　紀田順一郎，荒俣宏監修，牧原勝志編　新紀社　2023.9　477p　20cm〈他言語標題：Tales of Horror and Supernatural〉2500円　①978-4-7753-2042-6

内容 若いグッドマン・ブラウン（ナサニエル・ホーソーン著，植草昌実訳）〔3643〕

◇世界怪談名作集　[上]　信号手・貸家ほか五篇　岡本綺堂編訳　新装版　河出書房新社　2022.11　300p　15cm　（河出文庫　お2-2）　900円　①978-4-309-46769-6

内容 ラッパチーニの娘（ホーソーン著）

＊「半七捕物帳」で知られる岡本綺堂は、古今東西の怪奇小説にも造詣が深く、怪談の名手としても知られた。そんな著者が欧米の作品を中心に自ら厳選し、翻訳。いまだに数多くの作家に影響を与え続ける大家による、不思議でゾッとする名作怪談アンソロジー。リットン、プーシキン、ビヤース、ゴーチェ、ディッケンズ、デフォー、ホーソーンを収録。〔3644〕

ポーター，ジェイン　Porter, Jane

◇涙にぬれたプロポーズ　ジェイン・ポーター作，三好陽子訳　ハーパーコリンズ・ジャパン　2022.4　156p　17cm　（ハーレクイン・ロマンス　R3672—伝説の名作選）〈ハーレクイン2003年刊の再刊　原書名：THE SECRETARY'S SEDUCTION〉664円　①978-4-596-31961-6

＊ウイニーがモーガンの秘書になって5カ月。ニューヨークでいちばんセクシーな男性と言われる彼は、いつも美女たちに囲まれ、ウイニーの名前はおろか、毎夜、彼を想って眠れぬ夜を過ごしているとは知る由もない。職場を変われば、きっと彼のことを忘れられる—ウイニーはついに転職を決意した。ところが、新しい会社での採用が決まったばかりのウイニーを空港で迎えたのは、ほかならぬモーガンだった！呆然とする彼女をリムジンに乗せると、彼は切り出した。「僕と結婚してくれ。ただし、これはビジネスだ」—ベテラン作家が筆をとる、大人気のボス＆秘書テーマの作品。〔3645〕

ホック，アビエル・Y.

◇イン・クィア・タイム—アジアン・クィア作家短編集　イン・イーシェン，リベイ・リンサンガン・カントー編，村上さつき訳　ころから　2022.8　350,10p　19cm〈他言語標題：In queer time　原書名：Sanctuary〉2200円

①978-4-907239-63-3

[内容] 砂時計（アビエル・Y.ホック著）

＊「クィアの時代」に香港から届いたアジアンLGBTQ＋作家による「クィア小説」17編を収録！〔3646〕

ホック, エドワード・D.　Hoch, Edward D.

◇フランケンシュタインの工場　エドワード・D・ホック著, 宮澤洋司訳　国書刊行会　2023.5　284p　19cm　〈奇想天外の本棚〉〈原書名：The Frankenstein Factory〉2600円　①978-4-336-07409-6

＊『フランケンシュタイン』＋『そして誰もいなくなった』…ホラー、ミステリの「優良物件」を名匠が料理！ バハ・カリフォルニア沖に浮かぶホースシューアイランド、この島に設立された国際低温工学研究所（ICI）のホッブズ博士は、極秘裏にある実験計画を進めていた。長期間冷凍保存していた体から外科手術によって脳や臓器を取り出して移植し、人間を蘇らすというのだ。ICIの活動に疑念を抱いたコンピュータ検察局は、捜査員ジャジーンをこの島に送り込む。潜入捜査を開始したジャジーンは、やがて思わぬ事態に直面する。手術によって「彼」が心拍と脈拍を取り戻した翌日から、手術のために集められた医師が一人、また一人と殺されていく！ SFミステリ「コンピュータ検察局シリーズ」最終作。本邦初訳。〔3647〕

◇ユーモア・スケッチ大全　[4]　すべてはイブからはじまった ミクロの傑作圏　浅倉久志編・訳　国書刊行会　2022.3　376p　19cm　〈すべてはイブからはじまった」（早川書房 1991年刊）と「ミクロの傑作圏」（文源庫 2004年刊）の改題、合本〉2000円　①978-4-336-07311-2

[内容] 最後のユニコーン（エドワード・D.ホック著）

＊笑いの大博覧会、完結！ 名翻訳家浅倉久志のライフワークである"ユーモア・スケッチ"ものを全4巻に集大成。最終巻は傑作展姉妹篇『すべてはイブからはじまった』とオンデマンドのみの刊行だった『ミクロの傑作圏』をカップリング。〔3648〕

◇Re-ClaM ex—rediscovery of classic mystery extrapolation Vol. 5　エドワード・D. ホック他著, 宇佐見崇之他訳　Re-ClaM事務局　2023.11　63p　21cm　〈編集・販売委託：書肆盛林堂〉

[内容] レオポルド警部と深夜の放火　ダブルCを信じたスパイ（エドワード・D.ホック著, 宇佐見崇之訳）〔3649〕

ホッグ, ジェイムズ　Hogg, James

◇義とされた罪人の手記と告白　ジェイムズ・ホッグ著, 高橋和久訳　白水社　2024.4　391p　18cm　〈白水uブックス 252―海外小説永遠の本棚〉〈『悪の誘惑』（国書刊行会 1980年刊）の改題 原書名：THE PRIVATE MEMOIRS AND CONFESSIONS OF A JUSTIFIED SINNER〉2300円　①978-4-560-07252-3

＊17世紀末のスコットランド、領主コルウァンの二人の息子は、両親の不和により別々に育てられた。明朗快活な兄ジョージと、厳格な母親のもとで陰鬱な宗教的狂熱の虜となった弟ロバート。議会開催中のエディンバラで出会った兄弟の宿命的な確執はついに恐ろしい悲劇へ…。奇怪な事件をめぐる重層的な語りが読者を解釈の迷宮へと誘う。フィクションの可能性を極限まで追求し、現代作家にも多大な影響を与える傑作ゴシック小説。（『悪の誘惑』改題）〔3650〕

ボック, デニス　Bock, Dennis

◇オリンピア　デニス・ボック, 越前敏弥訳　北烏山編集室　2023.12　245p　21cm　〈原書名：Olympia〉2500円　①978-4-911068-00-7

[内容] 結婚式　オリンピア　ゴーレム　ルビー　荒天　スペイン　マドリード上水道

＊記憶と鎮魂のファミリー・ヒストリー。第2次世界大戦をきっかけにドイツからカナダへ移住した家族を描く連作短編集。静かで平和に見える一族の生と死が詩情豊かに語られる。点景としてのオリンピック、断片としての家族の歴史。〔3651〕

ボックス, C.J.　Box, C.J.

◇暁の報復　C.J.ボックス著, 野口百合子訳　東京創元社　2024.6　446p　15cm　〈創元推理文庫 Mホ16-5）〈原書名：VICIOUS CIRCLE〉1300円　①978-4-488-12717-6

＊猟区管理官ジョー・ピケットの留守電に、知人のファーカスから伝言が残されていた。ダラス・ケイツと仲間が、ジョーを襲う密談の情報を盗み聞いたという。ダラスは、家族ともども破滅させられたとしてジョーに強烈な恨みを抱いていた。ほどなく、銃殺されたファーカスの遺体が発見され捜査が始まったが、ピケット一家にも危機が…。サスペンスみなぎる人気シリーズ新作！〔3652〕

◇嵐の地平　C・J・ボックス著, 野口百合子訳　東京創元社　2022.6　468p　15cm　〈創元推理文庫 Mホ16-3）〈原書名：ENDANGERED〉1260円　①978-4-488-12715-2

＊猟区管理官ジョー・ピケットの養女エイプリルが、頭を殴られ意識不明の状態で発見された。彼女が駆け落ちした青年ダラスは、かつて少女への暴行事件を起こした疑惑があった。だがダラスの両親から、彼は大怪我をして実家に戻っており、無関係だと言われてしまう。ジョーはダラスを疑いながらも犯人を探すが、一方、盟友ネイトにも危機が迫っており…。大人気シリーズ最新作！〔3653〕

◇熱砂の果て　C・J・ボックス著, 野口百合子訳　東京創元社　2023.6　465p　15cm　〈創元推理文庫 Mホ16-4）〈原書名：OFF THE GRID〉1300円　①978-4-488-12716-9

＊猟区管理官ジョー・ピケットの盟友ネイトのもとへ、政府の男たちが人質を取って現れた。彼らはネイトの容疑を抹消することと引き換えに、州南部の砂漠地帯で大規模テロを計画している可能性がある男の動静を探れと要求した。ネイトは引き受けざるを得なかったが、この件には裏がありそうで…。

ホトツキ

一方のジョーも、ネイト失踪の情報を得て砂漠地帯へ向かう。大人気冒険サスペンス。〔3654〕

ポトツキ, ヤン　Potocki, Jan

◇サラゴサ手稿　上　ヤン・ポトツキ作，畑浩一郎訳　岩波書店　2022.9　506p　15cm　（岩波文庫 37-519-1）〈年譜あり 原書名：MANUSCRIT TROUVÉ À SARAGOSSE〉1140円　①978-4-00-375133-6

＊ポーランドの貴族ポトツキ（一七六一−一八一五）が仏語で著した奇想天外な物語。シエラ・モレナの山中をさまようアルフォンソの六十一日間の手記によって、彼が出会った謎めいた人々と、その数奇な運命が語られる。二十一世紀に全容が復元された幻の長篇、初の全訳。〔3655〕

◇サラゴサ手稿　中　ヤン・ポトツキ作，畑浩一郎訳　岩波書店　2022.11　442p　15cm　（岩波文庫 37-519-2）〈原書名：MANUSCRIT TROUVÉ À SARAGOSSE〉1070円　①978-4-00-375134-3

＊「僕は貴族の生まれです。下僕には身を落とせません」—スペイン山中で族長が明かす波乱の半生。シドニア公爵夫人の秘密、厄介者ブスケロスの騒動、神に見棄てられた男の悲劇など、物語は次なる物語を生み、時に語り手も変えつつ、六十一日間続く。〔3656〕

◇サラゴサ手稿　下　ヤン・ポトツキ作，畑浩一郎訳　岩波書店　2023.1　456p　15cm　（岩波文庫 37-519-3）〈原書名：MANUSCRIT TROUVÉ À SARAGOSSE〉1070円　①978-4-00-375135-0　〔3657〕

◇サラゴサ手稿　上　ヤン・ポトツキ著，工藤幸雄訳　東京創元社　2024.5　380p　15cm　（創元ライブラリ Lホ1-1）〈原書名：Manuscrit trouvé à Saragosse〉1200円　①978-4-488-07059-5

＊サラゴサ包囲戦中、無人の館でエスパーニャ語の手稿を発見したフランス軍士官がその後捕虜となる。彼の持つ手稿が自分の先祖の物語だと知った敵の隊長は喜び、その物語を彼にフランス語に訳し聞かせた。それを書き取ったものが本書だという。真正完全版で削除された逸話を多く収録し、物語の配列も異なる、異本の工藤幸雄訳だ。〔3658〕

◇サラゴサ手稿　中　ヤン・ポトツキ著，工藤幸雄訳　東京創元社　2024.6　391p　15cm　（創元ライブラリ Lホ1-2）〈著作目録あり 年譜あり 原書名：Manuscrit trouvé à Saragosse〉1200円　①978-4-488-07060-1

＊まだまだ続くヒターノの親方の驚くべき物語の数々、数学者ベラスケスの奇妙な生い立ちの物語、大商人の息子ロペス・ソワレスの恋と、彼につきまとう妙な男ドン・ロック・ブスケロスの物語、そして真正完全版では削除された"さまよえるユダヤ人"の物語…。奇想天外で混沌とした迷路のようなポトツキの世界がさらに広がる。〔3659〕

◇サラゴサ手稿　下　ヤン・ポトツキ作，工藤幸雄訳　東京創元社　2024.8　405p　15cm　（創元ライブラリ Lホ1-3）〈原書名：Manuscrit trouvé à Saragosse〉1200円　①978-4-488-07061-8

＊迷路のように複雑で奇想天外な物語は、六十六日間に亘り読者を翻弄し続けたが、ついに思いもよらぬ形でその円環を閉じる。今世紀に入り真正版にあらぬ異本とされた本版だが、その魔術的なほどの魅力で読者を惹きつけてやまない。巻末に付録として「第四十七日」の別版も併録、訳者による「ヤン・ポトツキについて」も収めた。〔3660〕

ホーナング, E.W.　Hornung, Ernest William

◇世界推理短編傑作集　6　エミール・ガボリオ他著，戸川安宣編　東京創元社　2022.2　725p　15cm　（創元推理文庫 Mン1-6）　1500円　①978-4-488-10012-4

内容　仮装芝居（E・W・ホーナング著、浅倉久志訳）

＊欧米では、世界の短編推理小説の傑作集を編纂する試みが、しばしば行われている。江戸川乱歩編『世界推理短編傑作集』はそれらの傑作集の中から、編者の愛読する珠玉の名作を厳選して5巻に収録し、併せて19世紀半ばから第二次大戦後の1950年代に至るまでの短編推理小説の歴史的展望を読者に提供した。本書では、5巻に漏れた名作を拾遺し、名アンソロジーの補完を試みた。〔3661〕

ポニアトウスカ, エレナ　Poniatowska, Elena

◇乾杯、神さま　エレナ・ポニアトウスカ著，鋤柄史子訳　幻戯書房　2023.8　535p　19cm　（ルリユール叢書）〈文献あり 年譜あり 原書名：Hasta no verte Jesús mío〉4800円　①978-4-86488-278-1　〔3662〕

ホーニグ, マイケル　Honig, Michael

◇ウラジーミルPの老年時代　マイケル・ホーニグ，梅村博昭訳　東久留米　共和国　2024.7　429p　19cm　（世界浪漫派）〈原書名：The senility of Vladimir P〉3000円　①978-4-907986-56-8

＊ウクライナとベラルーシの一部を占領した2030年代のロシア。引退して別邸で暮らす元大統領ウラジーミルPは認知症を患い、夜な夜なチェチェン人に襲われる夢を見る。その介護人シェレメーチェフは誠実に元大統領に尽くすが、反政府活動によって逮捕された甥を獄中から救い出すために多額の賄賂が必要となる。金策に行き詰まった彼は、ついに元大統領の私物に手を出して、物語は急展開を見せるが…。現代ロシアの暗部を巧みに諷刺するカオスな「滅茶フィクション」。〔3663〕

ホブズボーム, エリック・J.　Hobsbawm, E.J.

◇帝国の時代　1　1875 - 1914　エリック・J.ホブズボーム著，野口建彦，野口照子訳　新装版　みすず書房　2023.1　231,7p　21cm　6000円

①978-4-622-09592-7

＊歴史家ホブズボームによる『革命の時代』『資本の時代』に続く、本書『帝国の時代』は、フランス革命(1789年)から第一次世界大戦勃発(1914年)に至る「長い19世紀」を展望する三部作のクライマックスとなっている。「帝国の時代」は、地球の表面積の4分の1がほんのひと握りの国々の間で植民地として分配ないしは再分配された時代である。このいわゆる帝国の時代の様相を、著者は流麗な筆致と新鮮な視角で重層的に描き出す。それは豊富な事実と数字に裏打ちされ、視野はアフリカ、ラテン・アメリカ、インド、中国、日本に及ぶ。時代は経済面では、家族経営の小さな会社から、雇われ経営者と事務職・技術者によるビッグ・ビジネスに変わりつつあった。自動車や飛行機、無線電信、蓄音機、映画が姿を現わし、大量消費の時代の幕が開こうとしていた。しかしこの時代、ブルジョワジーは、存立の危機に瀕していたのである。その伝統的道徳的基盤は自らの蓄積した富の影響下で崩れ去ろうとしていた。また、労働者階級の大規模な組織運動も台頭する。進歩と文明の名の下にブルジョワジーが、ブルジョワジーのために作り出した世界に「奇妙な死」が迫っていた。20世紀につながるナショナリズムの変容を描き、21世紀の現在にも示唆に富む書。〔*3664*〕

◇帝国の時代 2 1875-1914 エリック・J.ホブズボーム著、野口建彦、長尾史郎、野口照子訳 新装版 みすず書房 2023.1 258,36p 21cm 〈原書名：THE AGE OF EMPIRE〉 6300円 ①978-4-622-09593-4

＊オーストリアに生まれ、中等学校の卒業祝いに海外旅行をプレゼントされた18歳の良家の子女と、イギリス生まれで船会社に職を得たスポーツ万能の若者が、第一次大戦が始まった直後のエジプトで出会い結ばれ、著者が誕生する。「帝国の時代」を象徴するエピソードで始まる本書は、1875年から第一次大戦勃発までの40年間を、西欧世界が外にあっては国際競争、内にあっては労働運動に動揺する、資本主義内部の矛盾が顕在化する時代と捉える。だが、資本主義は直線的な帝国主義論に沿って変化・発展はしなかった。ホブズボームの語る帝国の時代が出色なのは、時代の変化に対応する資本主義社会を的確に捉えながらも、不安と希望に生きる人々と時代を、それを包み込む経済、政治、科学、文化の諸側面と重ね合わせ論じる点にある。「帝国の時代」の人々、とりわけ西欧世界の多くの人々に共通する言い知れぬ不安やためらい、新・旧が交わる時の価値観のゆらぎを著者は見逃さない。ブルジョワジーのライフ・スタイルと動揺、労働者の意識変化、解放をめざす新しい女性の誕生、教育熱の拡がり、スポーツの変容、科学技術の発達、大衆芸術の出現、マス・メディアの発達、広告産業の興隆等々、歴史小説的な語り口で浮き彫りにしつつ描かれる帝国主義の時代の様相に、読者の気づきがあろう。今日の大衆社会の起源と問題が、ここにあると。〔*3665*〕

ホフマン，メアリ Hoffman, Mary

◇ダヴィデ―ミケランジェロの美しき"弟" メアリ・ホフマン著、西本かおる訳 求龍堂 2022.3 366p 20cm 〈原書名：DAVID〉 2400円 ①978-4-7630-2118-2

＊物語の舞台は16世紀初頭のイタリア・フィレンツェ。主人公は、巨匠ミケランジェロの乳兄弟、傑作"ダヴィデ像"のモデルになった18歳の美しい青年ガブリエル。田舎から出てきた若者が、貴族の未亡人の愛人となり、ほかに複数の女性と関わりながら、フィレンツェの複雑な政治情勢の中で共和派のスパイとなって、"ダヴィデ像"の完成を機に始まったメディチ派と共和派の戦闘に巻きこまれていく…。ミケランジェロ、レオナルド・ダ・ヴィンチ、モナ・リザ、ボッティチェリ、枢機卿ジョヴァンニ・デ・メディチ、フラ・ジローラモ・サヴォナローラなど、歴史上の人物が登場する、イタリア・ルネサンスの時代を描く本格歴史エンターテインメント。〔*3666*〕

ホフマン，E.T.A. Hoffmann, E.T.A.

◇牡猫ムルの人生観 E.T.A.ホフマン著、酒寄進一訳 東京創元社 2024.11 459p 20cm 〈年譜あり 原書名：LEBENS-ANSICHTEN DES KATERS MURR〉 3600円 ①978-4-488-01690-6

＊猫のムルは生まれたての子猫の時、稀代の知識人にして奇術師アブラハム氏によって、橋の下から拾いあげられ、大切に育てられた。アブラハム氏の家にいるあいだにムルは、氏が書き物をするそば近くに陣取って、読み書きを習得したのだった。そして、自らの人生を回想する原稿を書き始めたが、羽根ペンで書いては、近くにあった一冊の本、『楽長ヨハネス・クライスラーの伝記』のページをちぎり、吸取紙や下敷として原稿にはさんだのだった。いざ、原稿を出版する運びとなった折、印刷所が、はさまれた『クライスラー伝』をうっかりそのまま組み込んで印刷してしまったというのが、本書である。つまり、牡猫ムルが自らの人生を語っている文章のそこここに、音楽家クライスラーの伝記が、はさみ込まれているという二重構造の物語(二重小説)なのである。猫が主人公の動物小説であり、怪奇小説であり、犯罪小説であり恋愛小説でもあるという贅沢なこの物語は、当初は全三巻を予定していたのだったが、著者ホフマンの死によって、第二巻で未完のまま終わっている。〔*3667*〕

◇世界怪談名作集 ［下］ 北極星号の船長ほか九篇 岡本綺堂編訳 新装版 河出書房新社 2022.11 338p 15cm （河出文庫 お2-3） 900円 ①978-4-309-46770-2

内容 廃宅（ホフマン著，岡本綺堂訳）

＊上質な日本語訳によって、これ以上ないほどの恐怖と想像力を掻き立てられる、魅惑の怪談集。「シャーロック・ホームズ」シリーズの著者コナン・ドイルによる隠れた名作「北極星号の船長」や、埋葬の三日後に墓から這いだした男の苦悩と悲哀を描いた「ラザルス」などを収録。百年近く前に刊行されたとは到底思えない、永遠に読まれるべき名作集。〔*3668*〕

◇ドイツロマン派怪奇幻想傑作集 ホフマン，

ホフマンス

ティーク他著，遠山明子編訳　東京創元社　2024.9　413p　15cm　〈創元推理文庫　Fン13-1〉〈原書名：Der blonde Eckbert　Der Runenbergほか〉1200円　①978-4-488-58409-2

内容　からくり人形　砂男（E.T.A.ホフマン著，遠山明子訳）

＊18世紀末ヨーロッパで興隆したロマン主義運動。その先陣を切ったドイツロマン派は，不合理なものを尊び，豊かな想像力を駆使して，怪奇幻想の物語を数多く紡ぎだした。本書はティーク「金髪のエックベルト」，フケー「絞首台の小男」，ホフマン「砂男」等9篇を収録。不条理な運命に翻弄され，底知れぬ妄想と狂気と正気の狭間でもがき苦しむ主人公たちの姿を描く，珠玉の作品集。〔3669〕

◇ドラキュラ　ドラキュラ—吸血鬼小説集　種村季弘編　新装版　河出書房新社　2023.2　253p　15cm　（河出文庫　た4-53）　880円　①978-4-309-46776-4

内容　吸血鬼の女（E.Th.A.ホフマン著，種村季弘訳）〔3670〕

◇ネコのムル君の人生観　上　ホフマン著，鈴木芳子訳　光文社　2024.9　451p　16cm　（光文社古典新訳文庫　KAホ3-4）〈原書名：LEBENSANSICHTEN DES KATERS MURR〉1400円　①978-4-334-10420-7

＊人のことばを理解し，読み書きを習得した雄ネコのムルが綴る自伝と，架空の音楽家クライスラーの伝記が交差する傑作長編。上巻はムルの生い立ちから，友だちのプードル犬ポントとの友情，美猫との恋話など青年時代まで。愛猫家必読！　ネコ愛あふれる訳者による抜群に読みやすい新訳。〔3671〕

◇ネコのムル君の人生観　下　ホフマン著，鈴木芳子訳　光文社　2024.10　461p　16cm　（光文社古典新訳文庫　KAホ3-5）〈文献あり　年譜あり　原書名：LEBENSANSICHTEN DES KATERS MURR〉1400円　①978-4-334-10467-2　〔3672〕

◇ホフマン小説集成　上　E.T.A.ホフマン著，石川道雄訳　国書刊行会　2022.4　663p　22cm　〈布装〉7000円　①978-4-336-07331-0

＊ホフマン文学の翻訳として夙外の訳業に比肩する名訳と絶賛される石川道雄訳ホフマンを集大成。『くるみ割り人形』『砂鬼』『ブラムビラ姫』『廃屋』ほか，幻想文学の巨匠の傑作20編が絢爛たる訳筆で甦る。鬼才クービン，シュタイナー＝プラーグ，谷中安規の挿絵も多数収載。〔3673〕

◇ホフマン小説集成　下　E.T.A.ホフマン著，石川道雄訳　国書刊行会　2022.7　700p　22cm　〈布装〉7000円　①978-4-336-07332-7

＊天才芸術家E・T・A・ホフマン，怪奇と諧謔溢れる傑作が風雅絶妙の名訳で蘇る。魔的な戦慄に満ちみちたドッペルゲンガー長編『悪魔の美酒』，緑金の小蛇のメルヒェン『黄金宝壺』，鏡影綺譚『歳晩祭夜話』ほか，様々な分野で影響を与え続ける幻妖美につつまれた幻想小説。挿絵多数。〔3674〕

◇迷いの谷　A・ブラックウッド他著，平井呈一訳　東京創元社　2023.5　613p　15cm　（創元推理文庫　Fン10-2—平井呈一怪談翻訳集成）1500円　①978-4-488-58509-9

内容　古城物語（E.T.A.ホフマン著，平井呈一訳）

＊20世紀英国を代表する怪奇小説の三巨匠としてマッケンの他に平井が名を挙げたのは，優れた古典の素養と洗練された話術で人気を博したM・R・ジェイムズ，緻密な描写で純粋な恐怖を顕現せしめるアルジャーノン・ブラックウッドだ。両者の魅力が横溢する短篇群とコッパード「シルヴァ・サアカス」，ホフマン「古城物語」に加え，ハーンの怪奇文学講義，多彩なエッセーを併録する。〔3675〕

ホフマンスタール, フーゴ・フォン　Hofmannsthal, Hugo von

◇アンドレアス　フーゴ・フォン・ホフマンスタール著，高橋昌久訳　大阪　風詠社　2024.2　119p　19cm　（マテーシス古典翻訳シリーズ10）〈星雲社（発売）　原書名：Andreas〉1300円　①978-4-434-33028-5

内容　アンドレアス　エピロゴス〔3676〕

ホベリャーノス, ガスパール・メルチョール・デ　Jovellanos, Gaspar Melchor de

◇スペイン新古典悲劇選　富田広樹訳　論創社　2022.3　426p　20cm　〈原書名：El Pelayo　Solaya o los circasianos.ほか〉4000円　①978-4-8460-2140-5

内容　ペラーヨ（ガスパール・メルチョール・デ・ホベリャーノス著）

＊前著『エフィメラル—スペイン新古典悲劇の研究』（2020）で論じた一八世紀スペインを代表する悲劇五作品が相剋する，スペイン新古典悲劇の精華。〔3677〕

ホーム, マイケル　Home, Michael

◇奇妙な捕虜　マイケル・ホーム著，福森典子訳　論創社　2024.1　335p　20cm　（論創海外ミステリ　311）〈著作目録あり　原書名：The Strange Prisoner〉3400円　①978-4-8460-2348-5

＊ドイツ人捕虜を翻弄する数奇な運命。謀略の飛行機事故や英国空軍パイロット射殺事件が見え隠れする中，"奇妙な捕虜"の過去が徐々に明かされていく…。「100％アリバイ」の作者であるクリストファー・ブッシュが別名義で書いた異色のミステリ！〔3678〕

ボーム, ライマン・フランク　Baum, Lyman Frank

◇オズの魔法使い　ライマン・フランク・ボーム著，麻生九美訳　光文社　2022.11　348p　16cm　（光文社古典新訳文庫　KAホ9-1）〈著作目録あり　年譜あり　原書名：THE WONDERFUL WIZARD OF OZ〉960円

①978-4-334-75471-6
＊竜巻に飛ばされたドロシーと犬のトトが下り立ったのは、美しい魔法の国だった。だが故郷カンザスに帰るには、エメラルドの都に住む偉大なる魔法使いオズの力を借りる必要があるという。道すがら、脳みそのないかかし、心のないブリキの木こり、臆病なライオンを旅のお供にするが…。 〔3679〕

ホームズ, ルパート　Holmes, Rupert

◇マクマスターズ殺人者養成学校　ルパート・ホームズ著, 奥村章子訳　早川書房　2024.6　501p　19cm　（HAYAKAWA POCKET MYSTERY BOOKS 2004）〈原書名：MURDER YOUR EMPLOYER〉2800円　①978-4-15-002004-0
＊航空機メーカーに勤めるクリフは、コストカットのために人命を軽視した設計変更を強制される。どうしても命令に従いたくない彼は、上司の殺害を企てるが計画は失敗し、クリフはあっけなく逮捕された。と思いきや彼が連れていかれたのは警察ではなく殺人者養成学校だった。そこでは、殺人技術―毒草についての知識や武器の扱い方、性的誘惑の方法まで―を専門に教えており、クリフは憎き上司を殺すため、学友たちと勉強に励むこととなる。卒業できる条件はたった一つ、上司の殺害に成功することだったが…。 〔3680〕

ホームズ, H.H.　Holmes, H.H.

◇九人の偽聖者の密室　H・H・ホームズ著, 白須清美訳　国書刊行会　2022.9　358p　19cm　〈奇想天外の本棚〉〈原書名：Nine Times Nine〉2200円　①978-4-336-07401-0
＊伝説の「さまよえるユダヤ人」を名乗るアハスヴェルが主宰する教団「光の子ら」を糾弾すべく準備を進めていたカルト宗教の研究者ウルフ・ハリガンは、ひょんなことから作家志望の青年マット・ダンカンの協力を得、二人は「光の寺院」で開かれる教団の集会に参加する。その集会の場で、全身に黄色い僧衣をまとった教祖アハスヴェルは、信者たちとともに「ナイン・タイムズ・ナイン」の呪いを唱え、ウルフの死を予言する。その翌日、ハリガンの家族とクロッケー場でゲームに興じていたマットがふとウルフのいる書斎を見ると、ウルフの机に身をかがめている黄色い僧衣をした人物の姿が目に入る。窓は施錠されており、邸内の扉から書斎に入ろうとするものの、やはり鍵がかかっていて中に入れない。再び外に出て窓から中をのぞくと、ウルフは顔面を撃たれて床に倒れており、存在したはずの黄色い衣の人物は消え失せていた…。この不可解な密室殺人の謎に直面したダンカンは、探偵小説嫌いのマーシャル警部補と共に、「密室派の巨匠」ジョン・ディクスン・カーの"密室講義"を参照しながら推理・検証をするのだが、なんと"密室講義"のどの分類にも当て嵌まらないことが判明する。困惑する捜査陣を前に、難事件の経緯を知った尼僧アーシュラは、真相究明のために静かに祈りを捧げるのだった。果たして異色の尼僧探偵の祈りが通じ、神をも畏れぬ密室犯罪の真相が看破されるのだろうか!? ジョ

ン・ディクスン・カーに捧げられ、エドワード・D・ホックが主催する歴代密室ミステリ・ベストテンにも選出された、都市伝説的密室ミステリが新訳によって半世紀の時を経てここに甦る！ 〔3681〕

◇密室の魔術師―ナイン・タイムズ・ナインの呪い　アントニイ・バウチャー著, 高橋泰邦訳　扶桑社　2022.10　421p　16cm　（扶桑社ミステリー ハ34-1）〈原書名：Nine Times Nine〉1200円　①978-4-594-09306-8
＊名だたる作家批評家による密室ミステリーのオールタイム・ベストで9位となった歴史的名作！ 邪教集団の研究者が、室内で執筆中に、謎の教祖から襲われるのが窓から目撃された。関係者が駆けつけようとしたが、戸口は2つとも密閉されている。窓から再確認したところ、犯人の姿は消え、被害者の無惨な遺体が残されていた…書評家としても名高いバウチャーが、ジョン・ディクスン・カーに捧げた密室！ カーの密室講義でも解けない不可能犯罪の真相とは？ 〔3682〕

ホメーロス　Homēros

◇イーリアス　上巻　ホメーロス, 小川政恭訳　POD［版］　大阪　せせらぎ出版　2024.10　582p　21cm　3700円　①978-4-88416-930-5
〔3683〕

◇イーリアス　下巻　ホメーロス, 小川政恭訳　POD［版］　大阪　せせらぎ出版　2024.10　556p　21cm　3700円　①978-4-88416-931-2
〔3684〕

◇オデュッセイア　ホメロス著, 中務哲郎訳　京都　京都大学学術出版会　2022.7　762,19p　20cm　（西洋古典叢書 G119）〈文献あり　索引あり　布装　原書名：Homerus Odyssea〉4900円　①978-4-8140-0422-5
＊二〇年の艱苦の末、ついに帰還を果たす英雄の冒険譚。 〔3685〕

ボーモント, ジャック　Beaumont, Jack

◇狼の報復　ジャック・ボーモント著, 渡辺義久訳　早川書房　2023.10　607p　16cm　（ハヤカワ文庫 NV 1516）〈原書名：THE FRENCHMAN〉1540円　①978-4-15-041516-7
＊フランスの諜報機関、対外治安総局工作員アレック・ド・パイヤンはシチリアで任務を遂行していた。簡単な任務のはずが大失敗に終わり、あろうことか内通者の疑いをかけられてしまう。疑いが晴れぬままド・パイヤンは生物兵器調査のためパキスタンへ。現地での潜入工作が功を奏し生物兵器開発者に接触するが、ド・パイヤンの正体が暴かれ、決死の脱出を図るはめに…。仏対外治安総局の元工作員の著者が描く迫真のスパイ小説。 〔3686〕

ボーモント, チャールズ　Beaumont, Charles

◇新編怪奇幻想の文学　3　恐怖　紀田順一郎, 荒俣宏監修, 牧原勝志編　新紀元社　2023.5

466p　20cm〈他言語標題：Tales of Horror and Supernatural〉2500円　①978-4-7753-2041-9

内容　とむらいの唄（チャールズ・ボーモント著, 植草昌実訳）　　　　　　　　　　〔3687〕

ポーラン, ジャン　Paulhan, Jean

◇かなり緩やかな愛の前進　ジャン・ポーラン著, 榊原直文訳　水声社　2022.8　245p　20cm〈他言語標題：Progrès en amour assez lents 原書名：Œuvres complètes.Tome1〉2500円　①978-4-8010-0660-7

＊20世紀フランス文壇の中心人物のひとり、ジャン・ポーラン。その知られざる初期短篇小説集。内向的な性格を矯正するために三人の女性と愛を試みる男が登場する表題作、戦場で負傷することに世界との繋がりを見出す主人公を描く「ひたむきな戦士」をはじめ、マダガスカル滞在と第一次世界大戦の経験を色濃く残す全五作品を収録。　〔3688〕

ボーランダー, ブルック

◇創られた心―AIロボットSF傑作選　ケン・リュウ, ピーター・ワッツ, アレステア・レナルズ他著, ジョナサン・ストラーン編, 佐田千織他訳　東京創元社　2022.2　564p　15cm（創元SF文庫 SFン11-1）〈責任表示はカバーによる 原書名：MADE TO ORDER〉1400円　①978-4-488-79101-8

内容　過激化の用語集（ブルック・ボーランダー著, 佐田千織訳）

＊人工的な心や生命。ゴーレム、オートマトン、ロボット、アンドロイド、ボット、人工知能―人間によく似た機械、人間のために注文に応じてつくられた存在というアイディアは、古代より我々を魅了しつづけてきた。そしていま、その長い歴史に連なるアンソロジーがここに登場する。ケン・リュウ、ピーター・ワッツ、アレステア・レナルズら、最高の作家陣による16の物語を収録。　〔3689〕

ボランド, シルヴィア

◇ねこのおせわをしてください。　シルヴィア・ボランドさく, 清水玲奈やく　ダイヤモンド社　2024.3　1冊　18×21cm　（えほんのペットシリーズ）〈原書名：IL LIBRO GATTO〉1000円　①978-4-478-11976-1

＊ねこのおせわをしてください。なまえをつけて、なでてあげて。ぎゅっとだっこして。ずっとずっとかわいがってね。イタリア発の「お世話体験型」絵本。　〔3690〕

ポリツィアーノ, アンジェロ　Poliziano, Angelo

◇シルウァエ　アンジェロ・ポリツィアーノ著, 沓掛良彦訳　調布　月曜社　2023.12　293p　22cm（シリーズ・古典転生 28）〈原書名：SILVAE〉5400円　①978-4-86503-178-2

〔3691〕

ポリトプル, マルレナ

◇無益な殺人未遂への想像上の反響―ギリシャ・ミステリ傑作選　ディミトリス・ポサンジス編, 橘孝司訳　竹書房　2023.7　443p　15cm（竹書房文庫 ぽ1-1）〈原書名：Ellinika Egklimata.5〉1500円　①978-4-8019-3279-1

内容　死への願い（マルレナ・ポリトプル著, 橘孝司訳）

＊ギリシャに形成されつつある新たな迷宮。本書には、本格ミステリ、ノワール、警察小説など、各ジャンルのギリシャ・ミステリの精鋭たちの作品が収録されている。回天するギリシャ・ミステリの世界へようこそ。あなたは希望の胸膨らませた新人作家が大御所ミステリ作家のもとに持ち込んだ原稿を読む（「ギリシャ・ミステリ文学の将来」）。ナンシー・シナトラの曲が流れる中、ひとりの女の生涯を追体験し（「バン・バン！」）、現実とミステリの狭間をさまよう（表題作）。陽気な警官たちと観るブルース・スプリングスティーンのアテネ公演は最高だ（「"ボス"の警護」）。そして、最悪の愛が通りを駆け抜けてゆく―（「死ぬまで愛す」）。二千年の時を経て、色合いを変え深度を増した迷宮が、あなたの前に扉を開く。あなたはそこで怪物よりも不可解なものに遭遇するだろう。混沌としたギリシャ・ミステリの謎に。巻末に訳者による詳細な解説と「ギリシャ・ミステリ小史」を付す。　〔3692〕

ポリドリ, ジョン

◇吸血鬼ラスヴァン―英米古典吸血鬼小説傑作集　G・G・バイロン, J・W・ポリドリほか著, 夏来健次, 平戸懐古訳　東京創元社　2022.5　443p　20cm〈他言語標題：THE VAMPYRE 文献あり〉3000円　①978-4-488-01115-4

内容　吸血鬼ラスヴァン―奇譚（ジョン・ウィリアム・ポリドリ著, 平戸懐古訳）

＊ブラム・ストーカー『吸血鬼ドラキュラ』に先駆けて発表された英米の吸血鬼小説に焦点を当てた画期的アンソロジーが満を持して登場。バイロン、ポリドリらによる名作の新訳、伝説の大著『吸血鬼ヴァーニー―あるいは血の晩餐』抄訳ほか、ブラックユーモアの中に鋭い批評性を潜ませる異端の吸血鬼小説「黒い吸血鬼―サント・ドミンゴの伝説」、芸術家を誘うイタリアの謎めいた邸宅の秘密を描く妖女譚の傑作「カンパーニャの怪」、血液ではなく精神を搾取するサイキック・ヴァンパイアものの先駆となる幻の中篇「魔王の館」など、本邦初紹介の作品を中心に10篇を収録。怪奇小説を愛好し、多彩な翻訳を手がけてきた訳者らによる日本オリジナル編集で贈る。　〔3693〕

◇ドラキュラ　ドラキュラ―吸血鬼小説傑作集　種村季弘編　新装版　河出書房新社　2023.2　253p　15cm（河出文庫 た4-53）880円　①978-4-309-46776-4

内容　吸血鬼（ジョン・ポリドリ著, 佐藤春夫訳）

〔3694〕

ポール, フレデリック Pohl, Frederik

◇吸血鬼は夜恋をする—SF&ファンタジイ・ショートショート傑作選 ロバート・F・ヤング, リチャード・マシスン他著, 伊藤典夫編訳 東京創元社 2022.12 387p 15cm （創元SF文庫 SFン12-1）〈文化出版局 1975年刊の増補〉 1000円 ①978-4-488-79301-2

内容 デイ・ミリオン（フレデリック・ポール著）

＊「アンソロジイという言葉のもとになったギリシャ語の意味は「花々を集めたもの」。立ちどまるほどではないが、歩く途中ひょっと目にとまり、見とれる花、つまり、理屈ぬきで楽しんでいただけるような小品を選ぶよう心懸けた」（伊藤典夫）。名翻訳家的が謎めく義王編纂した伝説のアンソロジイを半世紀ぶりに初文庫化（SFマガジン）〈奇想天外〉の掲載作を追加し、全32編とした。 〔3695〕

ホール, ロレイン Hall, Lorraine

◇秘書は一夜のシンデレラ ロレイン・ホール作, 中野恵理訳 ハーパーコリンズ・ジャパン 2024.1 156p 17cm （ハーレクイン・ロマンス R3838—純潔のシンデレラ）〈原書名：PREGNANT AT THE PALACE ALTAR〉 673円 ①978-4-596-53058-5

＊カリヴァ国王ディアマンディスの秘書カテリーナは、長年恋い焦がれていた彼と、ある夜ついに結ばれた。一夜の夢と知りながら。けれど思いがけず双子を身ごもり、パニックに陥る。身分違いの恋が幸せな結末を迎えるはずがない。愛するひとの子を守るため、カテリーナはひそかに国を出た。だがアテネで独り暮らし始めた彼女のもとを訪ねてきたのは、誰あろう、怒りの形相のディアマンディスだった！ カテリーナを強引に連れ帰り、結婚を宣言。愛を信じぬ冷酷な国王の、愛されぬ花嫁となるが—。 〔3696〕

◇無垢な義妹の花婿探し ロレイン・ホール作, 悠木美桜訳 ハーパーコリンズ・ジャパン 2024.7 156p 17cm （ハーレクイン・ロマンス R3886—純潔のシンデレラ）〈原書名：A DIAMOND FOR HIS DEFIANT CINDERELLA〉 673円 ①978-4-596-63552-5

＊婚約者に騙され、マティがスコットランドに引きこもって3年。スペインから、亡き父の再婚相手の息子ハビエルがやってきた。ハンサムなのにどこか謎めく義兄が黒い瞳を光らせる。「一緒に帰るんだ。金目当てでない花婿を見つけてやる」亡父の遺言どおりマティを25歳の誕生日までに結婚させる—さもないと相続財産を失うのだ。マティはしぶしぶ帰国し、義兄の選んだ花婿候補と次々会う。でも結婚なんてしたくない。「私は競売にかけられる牛じゃないわ」それに…私が好きなのは、ハビエル—あなたなのに！ 〔3697〕

◇路地裏で拾われたプリンセス ロレイン・ホール作, 中野恵理訳 ハーパーコリンズ・ジャパン 2023.11 156p 17cm （ハーレクイン・ロマンス R3821）〈原書名：HIRED FOR HIS ROYAL REVENGE〉 664円 ①978-4-596-52646-5

＊路上で生きのびるため、情報屋のアルは少年のふりをしている。女らしい体のラインをだぶだぶの服で隠して。路上に放り出される前の記憶はなく、本当の名前もわからない。ある日、古代ローマ時代の剣闘士を思わせる男性が訪ねてきた。鋭い光を放つ瞳は金色で、そのオーラに誰もが道を空けた。彼は大富豪リシアス。行方不明のカリヴァ王国プリンセス、ザンドラの情報を集めるようアルに依頼してきた。だが折しも暴漢に襲われ、アルは実は女だと気づかれてしまう！ するとリシアスは大金と引き換えに途方もない仕事を依頼する。「きみにプリンセスのふりをしてほしい」 〔3698〕

ホルスト, ヨルン・リーエル Horst, Jørn Lier

◇悪意 ヨルン・リーエル・ホルスト著, 吉田薫訳 小学館 2022.3 428p 15cm （小学館文庫 ホ2-3—警部ヴィスティング）〈原書名：ILLVILJE（重訳） THE INNER DARKNESS〉 1060円 ①978-4-09-407091-0

＊二人の女性に対する暴行・殺人・死体遺棄の罪で服役中の男が、第三の殺人を告白した。死体を遺棄した場所を供述する見返りに、世界一人道的とされる刑務所へ身柄を移送となるという。ラルヴィク警察の主任警部ヴィスティングらが警備態勢を敷く中、手足を拘束された男が現場に到着した。転倒を繰り返すため足枷が外されると、一瞬の隙をついて男が走り出す。直後爆発が起こり、男の姿は忽然と消えた。残虐な犯罪を繰り返してきた男には、共犯者がいるとされていた。今回の逃亡にもその人物が関与したのか。目の前で逃亡を許したヴィスティングの追跡が始まる。 〔3699〕

◇疑念 ヨルン・リーエル・ホルスト著, 中谷友紀子訳 小学館 2023.3 445p 15cm （小学館文庫 ホ2-4—警部ヴィスティング）〈原書名：SAK1569（重訳） A Question of Guilt〉 1080円 ①978-4-09-407092-7

＊その日、ヴィスティングの自宅の郵便箱に差出人不明の封書が届いた。中にあったのは、12・1569/99と数字だけが書かれた一枚の紙。数字は事件番号で、隣接する警察管内で99年に起きた1569号事件を意味していた。九九年七月、十七歳のトーネ・ヴァーテランが行方不明となり、二日後に絞殺体で発見された。トーネの体内から検出された精液のDNA型が元恋人のものと一致し、男は禁固十七年の刑に服していた。作者が現役警官だった時代、捜査に当たって深い心の傷を負ったという事件を下敷きにした、コールドケース四部作の最終作にして、最高傑作！ 〔3700〕

ボールドウィン, ジェームズ Baldwin, James

◇アメリカン・マスターピース 戦後篇 シャーリイ・ジャクスンほか著, 柴田元幸編訳 スイッチ・パブリッシング 2024.12 257p 20cm （柴田元幸翻訳叢書） 2700円 ①978-4-88418-649-4

ホルトウイ

内容 サニーのブルース（ジェームズ・ボールドウィン著，柴田元幸訳）

＊短篇小説の黄金時代。サリンジャー、ナボコフ、オコナー、ボールドウィンなど、重要作家が次々と登場する、1950年代前後の名作10篇を収録。"名作中の名作"でアメリカ文学史をたどる、シリーズ第3弾。〔3701〕

◇ジョヴァンニの部屋　ジェームズ・ボールドウィン著，大橋吉之輔訳　白水社　2024.8　303p　18cm　（白水uブックス　254—海外小説の誘惑）〈1984年刊の再刊　原書名：Giovanni's Room〉2100円　①978-4-560-07254-7

＊パリに遊学中のアメリカ人青年デイヴィッドは、婚約者ヘラが長期旅行で不在の間に、ふとしたことからゲイの世界に踏み込み、ジョヴァンニと知りあう。ジョヴァンニの部屋で二人は同棲生活を送るうちに、デイヴィッドは封印してきた過去がよみがえり、苦しみを募らせる…。〔3702〕

ボールドウィン, ルイーザ

◇英国クリスマス幽霊譚傑作集　チャールズ・ディケンズ他著，夏来健次編訳　東京創元社　2022.11　382p　15cm　（創元推理文庫　Fン11-1）　1100円　①978-4-488-58406-1

内容 本物と偽物（ルイーザ・ボールドウィン著，夏来健次訳）

＊ヴィクトリア朝期に『クリスマス・キャロル』がベストセラーとなって以降、定番となった聖夜怪談。幽霊をこよなく愛するイギリスで生まれた佳品、数々の怪奇幻想小説を紹介する翻訳家が精選する。陰鬱な田舎で休暇を過ごすことになった男が老朽船で体験する恐怖の一夜「幽霊廃船のクリスマス・イヴ」など、知られざる傑作から愛すべき怪作まで、13篇中12篇を本邦初訳で贈る。〔3703〕

◇ロンドン幽霊譚傑作集　W.コリンズ,E.ネズビット他著，夏来健次編　東京創元社　2024.2　389p　15cm　（創元推理文庫　Fン11-2）〈原書名：Mrs.Zant and the Ghost　The Last House in C-Streetほか〉1100円　①978-4-488-58408-5

内容 隣林の患者（ルイーザ・ボールドウィン著，夏来健次訳）

＊19世紀ヴィクトリア朝ロンドン。産業・文化ともに栄える一方で、犯罪譚や怪談が流行する魔都としての貌も持ちあわせていた。陽光あふれる公園の一角で霊に遭遇した美しき寡婦を巡る愛憎劇「ザント夫人と幽霊」、愛人を催眠術で殺害した医師が降霊会で過去の罪と対峙する「降霊会の部屋にて」ほか、ロンドンで囁かれるゴースト・ストーリー13篇を収録。集中12篇が本邦初訳。〔3704〕

ボルトン, シャロン　Bolton, Sharon

◇身代りの女　シャロン・ボルトン著，川副智子訳　新潮社　2024.5　664p　16cm　（新潮文庫　ホ-25-1）〈著作目録あり　原書名：THE PACT〉1200円　①978-4-10-240541-3

＊卒業を間近に控えたパブリック・スクールの優等生6人が自動車で逆走。母娘3人の命を奪う大事故を起こしてしまう。20年後、一人で罪を被り刑期を務めあげたメーガンが、国会議員、辣腕弁護士ら、いつも成功を収めている5人の前に姿を現す。彼らと交わした"約束"を果たさせるために…。身代り契約の果ての惨劇を、周到に仕組まれたプロットと圧倒的筆力で展開する、予測不能サスペンス。〔3705〕

ボルヘス, ホルヘ・ルイス　Borges, Jorge Luis

◇シェイクスピアの記憶　J.L.ボルヘス作，内田兆史,鼓直訳　岩波書店　2023.12　158p　15cm　（岩波文庫　32-792-10）〈原書名：LA MEMORIA DE SHAKESPEARE〉630円　①978-4-00-377014-6

内容 一九八三年八月二十五日　青い虎　パラケルススの薔薇　シェイクスピアの記憶

＊分身、夢、記憶、不死、神の遍在などのテーマが作品間で響き合う、巨匠ボルヘスの白鳥の歌。本邦初訳の表題作のほか「一九八三年八月二十五日」「青い虎」「パラケルススの薔薇」を収録。精緻で広大、深遠で澄明な、磨きぬかれた四つの珠玉。巨匠の文学の遺言。〔3706〕

◇新編怪奇幻想の文学　5　幻影　紀田順一郎,荒俣宏監修，牧原勝志編　新紀元社　2024.7　460p　20cm　〈他言語標題：Tales of Horror and Supernatural　原書名：Spiegelbilder　Old Clothesほか〉2500円　①978-4-7753-2150-8

内容 あまたの岐路の庭（ホルヘ・ルイス・ボルヘス著，西崎憲訳）〔3707〕

◇ドン・イシドロ・パロディ六つの難事件　ホルヘ・ルイス・ボルヘス,アドルフォ・ビオイ＝カサーレス著，木村榮一訳　白水社　2024.9　272p　18cm　（白水uブックス　255—海外小説永遠の本棚）〈岩波書店　2000年刊の再刊　原書名：SEIS PROBLEMAS PARA DON ISIDRO PARODI〉1800円　①978-4-560-07255-4

＊イスラム教の加入儀礼の最中に宗派の指導者が殺され、容疑をかけられた新聞記者。急行列車内で起きたダイヤ窃盗と殺人事件に巻き込まれた舞台俳優。雲南の至聖所から盗まれた宝石を追ってブエノスアイレスへやって来た中国人魔術師の探索行…。人も覚えのない殺人の罪で投獄された元理髪店主イシドロ・パロディが、面会人が持ち込む数々の難事件を解き明かす。ボルヘスとその盟友ビオイ＝カサーレスによる奇想と逆説に満ちた探偵小説連作集。"2001本格ミステリ・ベスト10"第1位。〔3708〕

ホロヴィッツ, アンソニー　Horowitz, Anthony

◇殺しへのライン　アンソニー・ホロヴィッツ著，山田蘭訳　東京創元社　2022.9　456p　15cm　（創元推理文庫　Mホ15-7）〈原書名：A LINE TO KILL〉1100円　①978-4-488-26513-7

＊『メインテーマは殺人』の刊行まであと3ヵ月。プロモーションとして文芸フェスに参加するため、探偵ダニエル・ホーソーンとわたし、アンソニー・ホロヴィッツは、チャンネル諸島のオルダニー島を訪れた。フェス関係者の間に不穏な雰囲気が漂うなか、そのうちのひとりが死体で発見される。現場の不可解な状況は何を意味するのか？　"ホーソーン＆ホロヴィッツ"シリーズ最新刊！　〔3709〕

◇死はすぐそばに　アンソニー・ホロヴィッツ著，山田蘭訳　東京創元社　2024.9　487p　15cm　（創元推理文庫　Mホ15-9）〈原書名：CLOSE TO DEATH〉1100円　①978-4-488-26515-1

＊ロンドンはテムズ川沿いの高級住宅地で、金融業界のやり手がクロスボウの矢を喉に突き立てられて殺された。理想的な住環境を騒音やプール建設計画などで乱してきた新参者の被害者に、容疑者の住民たちは我慢を重ねてきていた。誰もが同じ動機を持つ難事件を前に、警察は探偵ホーソーンを招聘する―。あらゆる期待を超えつづける"ホーソーン＆ホロヴィッツ"シリーズ第5弾！　〔3710〕

◇ナイフをひねれば　アンソニー・ホロヴィッツ著，山田蘭訳　東京創元社　2023.9　450p　15cm　（創元推理文庫　Mホ15-8）〈原書名：THE TWIST OF A KNIFE〉1100円　①978-4-488-26514-4

＊「われわれの契約は、これで終わりだ」彼が主人公のミステリを書くことに耐えかねて、わたし、作家のホロヴィッツは探偵ホーソーンにこう告げた。翌週、わたしの戯曲を酷評した劇評家の死体が発見される。凶器はなんとわたしの短剣。かくして逮捕されたわたしには分かっていた。自分を救ってくれるのは、あの男だけだと。"ホーソーン＆ホロヴィッツ"シリーズの新たな傑作！　〔3711〕

◇ホロヴィッツホラー　アンソニー・ホロヴィッツ作，田中奈津子訳　講談社　2022.10　236p　19cm〈原書名：HOROWITZ HORROR〉1300円　①978-4-06-528306-6

＊主人公は全員、中・高校生…！　これから話す物語は、おれの全く知らない男の死から始まる。〔3712〕

ボロズビト, ナタリア

◇紛争地域から生まれた演劇―戯曲集　14　国際演劇協会日本センター　2023.3　115p　21cm〈文化庁委託事業令和4年度次代の文化を創造する新進芸術家育成事業〉

内容　Bad roads（ナタリア・ボロズビト作　一川華訳）　〔3713〕

ポロック, ドナルド・レイ　Pollock, Donald Ray

◇悪魔はいつもそこに　ドナルド・レイ・ポロック著，熊谷千寿訳　新潮社　2023.5　457p　16cm　（新潮文庫　ホー24-1）〈著作目録あり　原書名：THE DEVIL ALL THE TIME〉900円　①978-4-10-240291-7

＊戦後まもないオハイオ州南部の田舎町。病弱な母親の死後、父親も喉をかき切り後追い自殺し、祖母に引き取られたアーヴィンは、義妹レノラとともに育つ。狂信的だった亡父にまつわるトラウマを抱えながら家族を守ろうと懸命にもがく彼の運命は、欲望にまみれた牧師、殺人鬼夫婦、悪徳保安官らの思惑と絡み合い、暴力の連鎖へと引きずり込まれていく―。狂信と暴力をまとった、慟哭の黙示録。〔3714〕

ホワイト, ジェイムズ　White, James

◇生存の図式　ジェイムズ・ホワイト著，伊藤典夫訳　東京創元社　2023.3　317p　15cm　（創元SF文庫　SFホ6-1）〈早川書房　1983年刊の再刊　原書名：THE WATCH BELOW〉1000円　①978-4-488-79401-9

＊第二次世界大戦のさなか、連合国輸送船団の改装タンカーがUボートの急襲をうけ沈められる。だが船内は当面生存可能な条件が保たれており、閉じこめられた男女5人は生き延びるための闘いをはじめる。一方、はるか恒星間宇宙をゆく異星人の大移民船団があった。冷凍睡眠のもと新天地を目指す彼らだが、計画の根幹を揺るがす事実が判明する。交互に語られる、二つの生存の物語。〔3715〕

ホワイト, ライオネル　White, Lionel

◇気狂いピエロ　ライオネル・ホワイト著，矢口誠訳　新潮社　2022.5　302p　16cm　（新潮文庫　ホ-23-1）〈著作目録あり　原書名：OBSESSION〉630円　①978-4-10-240191-0

＊真夜中をとうに過ぎた。やつらがここに到着するまで二時間はあるだろう。おれはキッチンテーブルの椅子にすわって、ノートに文章をしたためる。アリーというたぐいなき魅力を秘めた娘との出会い、見知らぬ男の死体、白いジャガー、逃亡の旅、そしてオートマティック拳銃に―。一人の男の安堵を描き、トリュフォーに愛されゴダール映画永遠の名作の原作となった、犯罪ノワールの金字塔。〔3716〕

ホワイト, E.B.　White, Elwyn Brooks

◇ユーモア・スケッチ大全　〔2〕　ユーモア・スケッチ傑作展　2　浅倉久志・訳　国書刊行会　2022.1　372p　19cm〈「ユーモア・スケッチ傑作展2」（早川書房　1980年刊）の改題、増補〉　2000円　①978-4-336-07309-9

内容　人生の鍵　死者の街（E.B.ホワイト著）

＊名翻訳家のライフワークである「ユーモア・スケッチ」ものを全4巻に集大成。第2弾は『ユーモア・スケッチ傑作展2』（全32篇）＋単行本未収録作品12篇。〔3717〕

ホワイトハウス, マイケル

◇〈閲覧注意〉ネットの怖い話クリーピーパスタ　ミスター・クリーピーパスタ編，倉田真木，岡田ウェンディ他訳　早川書房　2022.7　287p　16cm　（ハヤカワ文庫　NV 1499）〈原書名：

ホワイトフ

THE CREEPYPASTA COLLECTIONの抄訳〉860円　①978-4-15-041499-3

内容 香り（マイケル・ホワイトハウス著，岡田ウェンディ訳）

＊ネットの恐怖都市伝説のコピペから生まれたホラージャンル"クリーピーパスタ"。綿密に計画をたて女性の家に忍び込んだ殺人ストーカーが異変に巻き込まれる「殺人者ジェフは時間厳守」や，ジャーナリスト志望者がフロッピーディスクに込められた呪いを目撃する「スマイル・モンタナ」など，アメリカ・クリーピーパスタ界の人気ユーチューバーが厳選した悪夢の物語。身の毛がよだつ15篇の恐怖のショートストーリー傑作集。

〔3718〕

ホワイトフェザー，シェリ Whitefeather, Sheri

◇あなたがいたから　シェリ・ホワイトフェザー作，葉月悦子訳　ハーパーコリンズ・ジャパン　2022.12　156p　17cm　（ハーレクイン・ロマンス R3737―伝説の名作選）〈ハーレクイン2002年刊の再刊　原書名：WARRIOR'S BABY〉664円　①978-4-596-75591-9

＊コルト・レインツリーが代理母を求めている―噂を聞いたメラニーは，勇気を振り絞って彼に電話をし，面会をとりつけた。これでやっと，恩返しができる…。昔，"がり勉ガーティ"と呼ばれ，仲間外れにされていた私に，ただ一人やさしくしてくれた，初恋の男性コルト。住む場所は離れても，恋心が消えることはなかった。数年前，事故に遭った私は手術で顔が変わり，名前も変えた。会っても，コルトは"がり勉ガーティ"とはわからないはず。それどころか私の存在さえ忘れていても，構わない。妻と娘を亡くし絶望に沈む彼に，子供を授けてあげたい…。

〔3719〕

◇十八年前の恋人たちに　シェリ・ホワイトフェザー作，加納亜依訳　ハーパーコリンズ・ジャパン　2022.12　172p　17cm　（ハーレクイン・イマージュ I2735）〈原書名：LOST AND FOUND FATHER〉673円　①978-4-596-75603-9

＊ヴィクトリアにはどうしても会いたい少女がいた。16歳で妊娠し，養子に出さざるをえなかった実の娘だ。出産後，養子斡旋業者に託す前に一度だけ腕に抱いたのが最後だった。その切なく悲しかった瞬間とともにいつも思い出されるのは，娘の父親で高校時代の恋人だったライアンのこと。出産の日が来たら，私たちの子を一緒に迎え，一緒に送り出そうと約束してあったのに，彼は電話にも出ず，ついぞ姿を現さなかった…。今，ヴィクトリアは18歳になった娘とどうにか再会を果たし，胸がはち切れそうなほどの感謝と感激に包まれていた。しかし，娘が実の父親にも会いたいと言いだし―

〔3720〕

ホワイトヘッド，コルソン Whitehead, Colson

◇ハーレム・シャッフル　コルソン・ホワイトヘッド著，藤井光訳　早川書房　2023.11　410p　19cm　〈原書名：HARLEM SHUFFLE〉2700円　①978-4-15-210286-7

内容 トラック　ドーヴェイ　落ち着けよ，ベイビー

＊1959年ニューヨーク。ハーレムにある中古家具店で働くアフリカ系アメリカ人のレイ・カーニー。近頃，店にはガラの悪い男たちが出入りしていた。数々の罪を犯した父親とはちがい，カーニーはまっとうな人生を築くために誠実に働いた。愛する妻と娘もいる。だが，食べていくのは容易じゃない。時には，従弟のフレディがもちこむ盗品も売るしかなかった。ある日，フレディたちの起こした強盗事件にカーニーは巻き込まれる。そうしてギャングと悪徳警官が，カーニーに目を留めたのだった。妻子と自分を守るため，カーニーはならず者との裏取引を重ねていく。結局，自分も悪党なのだろうか？　そのときフレディの危機を知らされ，カーニーが選んだのは―。人種，貧富，性差の問題が渦巻く街を舞台に，『地下鉄道』著者が放つエンタメ長篇！　ニューヨーク・タイムズ・ベストセラー，全米批評家協会賞（小説部門）最終候補。

〔3721〕

ホワイトヘッド，ヘンリー・S.

◇新編怪奇幻想の文学　1　怪物　紀田順一郎，荒俣宏監修，牧原勝志編　新紀元社　2022.7　460p　20cm　〈他言語標題：Tales of Horror and Supernatural〉2500円　①978-4-7753-2022-8

内容 黒いけだもの（ヘンリー・S・ホワイトヘッド著，野村芳夫訳）

＊山深く潜むか，古来から言い伝えられるもの。身を蝕み，人間としての記憶さえ呪わしく変えるもの。そして，見てはならず，語りえないもの。何ものなのか知るすべもないかれらを，せめてこう呼ぼう―怪物，と。一九七〇年代の名アンソロジー『怪奇幻想の文学』の編者，紀田順一郎・荒俣宏の監修のもと，古典的名作を新訳し，全6巻に集大成。怪奇幻想の真髄を伝えるアンソロジー・シリーズ，ここに刊行開始。

〔3722〕

ボワーズ，ドロシー Bowers, Dorothy

◇アバドンの水晶　ドロシー・ボワーズ著，友田葉子訳　論創社　2022.12　297p　20cm　（論創海外ミステリ 292）〈原書名：Fear for Miss Betony〉2800円　①978-4-8460-2161-0

＊寄宿学校を恐怖に陥れる怪事件の数々。散り行く命は"奈落の王"への供物なのか？　陰鬱な連続怪死事件にロンドン警視庁のダン・パードウ警部が挑む！

〔3723〕

◇未来が落とす影　ドロシー・ボワーズ著，友田葉子訳　論創社　2023.11　334p　20cm　（論創海外ミステリ 306）〈著作目録あり　原書名：Shadows Before〉3400円　①978-4-8460-2338-6

＊野草入りのハーブティーを飲んだ精神衰弱の夫人がヒ素中毒で死亡。その後も不穏な出来事が相次ぎ，ロンドン警視庁のダン・パードウ警部は犯人と

目される人物に罠を仕掛けるのだが…。〔3724〕

ホン, ジウン

◇七月七日　ケン・リュウ, 藤井太洋ほか著, 小西直子, 古沢嘉通訳　東京創元社　2023.6　361p　19cm〈他言語標題：SEVENTH DAY OF THE SEVENTH MOON〉2400円　①978-4-488-01127-7

内容　九十九の野獣が死んだら（ホンジウン著, 小西直子訳）

＊七夕の夜、ユアンは留学で中国を離れる恋人ヂィンに会いに出かけた。別れを惜しむ二人のもとに、どこからともなくカササギの大群が現れ―東アジア全域にわたり伝えられている七夕伝説をはじめとし、中国の春節に絡んだ年獣伝説、不老不死の薬を求める徐福伝説、済州島に伝わる巨人伝説など、さまざまな伝説や神話からインスピレーションを得て書かれた十の幻想譚。日中韓三ヵ国の著者によるアンソロジー。〔3725〕

ホーン, マギー　Horne, Maggie

◇はなしをきいて―決戦のスピーチコンテスト　マギー・ホーン著, 三辺律子訳　理論社　2024.5　301p　20cm〈原書名：HAZEL HILL IS GONNA WIN THIS ONE〉1800円　①978-4-652-20625-6

＊ミドルスクール2年目―今年のスピーチコンテストは、ぜったい負けられない！あたしにとって宿敵は、昨年の優勝者エラ・クイン。学校じゅうの人気者エラと、地味で友だちがいないあたしは、ほとんど接点がなかったけど…。ある出来事をきっかけに、あたしたちは急接近しはじめた。ハラスメント、LGBTQ、SNSトラブル…。中学生をめぐる問題は、世界共通。ユーモラスな語り口のなかに今日的なテーマを鋭く織り込んだ青春小説登場！〔3726〕

ホーンビィ, ニック　Hornby, Nick

◇ハイ・フィデリティ　ニック・ホーンビィ著, 森田義信訳　早川書房　2022.12　510p　16cm（ハヤカワepi文庫 107）〈著作目録あり　新潮文庫 1999年刊の改訂　原書名：HIGH FIDELITY〉1540円　①978-4-15-120107-3

＊ロブ、35歳、さえないレコードショップの店主。最近、恋人に振られたばかり。でも気にしない。弁護士の恋人は、出世してから変わってしまって、音楽の趣味も合わなくなっていたから。自分には店があり、家に自慢のコレクションが並んでいる…それで満足だと思っていたのに、この寂しさはなんだろう？　こじれた青春の行き着く果てにロブが出会ったものは？　映画化・ドラマ化もされた90年代英国の名作。〔3727〕

【マ】

マイクリーディーズ, アレックス　Michaelides, Alex

◇ザ・メイデンズ―ギリシャ悲劇の殺人　アレックス・マイクリーディーズ著, 坂本あおい訳　早川書房　2024.2　533p　16cm（ハヤカワ・ミステリ文庫 HM 515-1)〈原書名：THE MAIDENS〉1700円　①978-4-15-185951-9〔3728〕

マイケルズ, ケイシー　Michaels, Kasey

◇誓いの季節　エマ・ダーシー, シャーロット・ラム, ケイシー・マイケルズ著, 戸田早紀他訳　ハーパーコリンズ・ジャパン　2022.6　427p　17cm（HPA 35―スター作家傑作選）〈他言語標題：The Season of the Vow　原書名：IN NEED OF A WIFE　SURRENDERほか〉1191円　①978-4-596-42947-6

内容　勝気な花嫁（ケイシー・マイケルズ著, 杉浦よしこ訳）

＊『花嫁が二人』サーシャは会ったばかりのネイサンのプロポーズに耳を疑った。今まで会った中で最もセクシーとはいえ、いきなり結婚などできない。しかも愛ゆえでなく"便宜上"なんて…。それでもしだいにサーシャは彼に惹かれていき、ある日宣言した。「あなたと結婚するわ」しかし時すでに遅く、彼は別の女性と結婚の約束をした後だった。『六月の花嫁』ジーナは敵対するヨーロッパ屈指の大富豪ニックの誘惑に屈し、情熱の一夜を明かしたが、彼の心に真実の愛があると思えず自己嫌悪に陥った。一方のニックは、頑なな態度に戻った彼女に怒りをぶつける。そんななか仕事で彼を失脚させようという者が現れ、ジーナも協力を迫られるが、彼女が真に求めているのはニックの愛で…。『勝ち気な花嫁』身重の姉を屋敷に送り届ける途中、エレナは宿屋に泊まった。運命の悪戯で、エレナは伯爵ニコラスの部屋に誤って入り、眠っていて―ニコラスが正体もなく酔っ払い、一糸まとわぬまま寝ていたベッドで。翌朝、目覚めた二人は仰天した。運悪くその場面を牧師に見られ、ニコラスはやむなく名誉のために結婚を申し出たが…。形はいろいろあるけれど、真実の愛は一つだけ。豪華3作家の至福のウエディング・アンソロジー！〔3729〕

マイリンク, グスタフ　Meyrink, Gustav

◇新編怪奇幻想の文学　5　幻影　紀田順一郎, 荒俣宏監修, 牧原勝志編　新紀元社　2024.7　460p　20cm〈他言語標題：Tales of Horror and Supernatural　原書名：Spiegelbilder　Old Clothesほか〉2500円　①978-4-7753-2150-8

内容　鏡像（グスタフ・マイリンク著, 垂野創一郎訳）〔3730〕

マイルス

マイルズ, デイビッド　Miles, David
◇ほん　デイビッド・マイルズ作, ナタリー・フープス絵, 上田勢子, 堀切リエ訳　子どもの未来社　2022.10　[32p]　22×27cm〈原書名：Book〉1600円　①978-4-86412-225-2　〔3731〕

マカリスター, ジリアン　McAllister, Gillian
◇ロング・プレイス、ロング・タイム　ジリアン・マカリスター著, 梅津かおり訳　小学館　2024.3　509p　15cm　(小学館文庫　マ9-1)〈原書名：WRONG PLACE WRONG TIME〉1220円　①978-4-09-407267-9
　＊愛する夫ケリー、十八歳の息子トッドと平凡で幸せな生活を送っていた離婚弁護士のジェン。十月三十日に日付が替わったばかりの深夜、帰宅したトッドが目の前で見知らぬ男性を刺し殺してしまう。トッドは逮捕され、呆然としながら眠りについたジェンが目覚めると、十月二十八日の朝に戻っていた。それ以降、ジェンは眠るたびに時間を遡っていく。混乱しながらも事態を把握した彼女は、何とかして息子の殺人を事前に食い止めようとするが…。「一気読み必至」「主人公に共感」と英米で話題、三十五か国語以上に翻訳されたタイムリープ×ミステリ×家族小説！　〔3732〕

マーカンド, ジョン・P.　Marquand, John Phillips
◇都筑道夫創訳ミステリ集成　ジョン・P・マーカンド, カロリン・キーン, エドガー・ライス・バローズ原作, 都筑道夫訳　作品社　2022.2　476p　22cm　5600円　①978-4-86182-888-1
　内容　銀のたばこケースの謎(ジョン・P.マーカンド原作, 伊藤照夫訳, 小松崎茂画)
　＊いまふたたび熱い注目を集める作家・都筑道夫が手がけた、翻訳にして創作「創訳」ミステリ小説3作品を一挙復刻！　底本の書影・口絵・挿絵を収録し、エッセイ・解説・註によって「ツヅキ流翻案術」を解剖！　〔3733〕

マキャフリー, アン　McCaffrey, Anne
◇歌う船　アン・マキャフリー著, 嶋田洋一訳　完全版　東京創元社　2024.7　492p　15cm　(創元SF文庫　SFマ1-1)〈著作目録あり　原書名：THE SHIP WHO SANG HONEYMOONほか〉1400円　①978-4-488-68311-5
　内容　船は歌った　船は悼んだ　船は殺した　劇的任務　船は欺いた　船はパートナーを得た　ハネムーン　船は還った
　＊この世に生まれ出た彼女の頭脳は申し分ないものだった。だが身体のほうは、機械の助けなしには生きていけない状態だった。そこで「中央諸世界」は彼女に宇宙船の身体を与えた―優秀なサイボーグ宇宙船となった彼女は銀河を思うさま駆けめぐる。少女の心とチタン製の身体を持つ宇宙船ヘルヴァの活躍と成長を描く旧版の6編に、のちに書かれた短編2編を追加収録した、新訳完全版！　〔3734〕

マキューアン, イアン　McEwan, Ian
◇夢みるピーターの七つの冒険　イアン・マキューアン著, 真野泰訳, 金子恵絵　改版　中央公論新社　2023.9　221p　20cm〈原書名：THE DAYDREAMER〉1800円　①978-4-12-005644-4
　内容　ピーターはこんな子ども　人形　ネコ　消えるクリーム　いじめっ子　どろぼう　赤ちゃん　大人　〔3735〕

マーク, サブリナ・オラ　Mark, Sabrina Orah
◇アホウドリの迷信―現代英語圏異色短篇コレクション　岸本佐知子, 柴田元幸編訳　スイッチ・パブリッシング　2022.9　227p　20cm (SWITCH LIBRARY) 2400円　①978-4-88418-594-7
　内容　野良のミルク　名簿　あなたがわたしの母親ですか？(サブリナ・オラ・マーク著, 岸本佐知子訳)
　＊「端っこの変なところ」を偏愛する2人の翻訳家が、新たに発見した、めっぽう面白くて、ちょっと"変"な作家たち。心躍る"掘り出し物"だけを厳選したアンソロジー。対談「競訳余話」も収録。　〔3736〕

マクイストン, ケイシー　McQuiston, Casey
◇赤と白とロイヤルブルー　ケイシー・マクイストン著, 林啓恵訳　コレクターズ・エディション　二見書房　2024.7　563p　20cm〈原書名：RED,WHITE & ROYAL BLUE 原書特別版の翻訳〉4000円　①978-4-576-24062-6
　＊アメリカ大統領の息子とイギリス王子が恋に落ちたら…。本編カミングアウト後、二人が始める静かな生活をヘンリー視点で振り返って描く新章を追加した特別編集版。　〔3737〕
◇明日のあなたも愛してる　ケイシー・マクイストン著, 林啓恵訳　二見書房　2022.3　679p　15cm (二見文庫　マ23-2―ザ・ミステリ・コレクション)〈原書名：One Last Stop〉1400円　①978-4-576-22007-9
　＊23歳で自分探しの旅を続けるオーガストはニューヨークの大学に編入し、一風変わったルームメイトたちと暮らしはじめ、パンケーキ店でのアルバイトも見つける。映画みたいな恋なんてないから、ひとりで生きていく。そう決心していたオーガストだったが、ある日、地下鉄でゴージャスな美人を見かけ、ひと目で恋に落ちた。毎朝同じ列車に乗り合わせ夢中になるが、彼女は恋に落ちてはいけない人だった―特別でない女の子たちの特別な恋を描くドラマティックなロマンス！　〔3738〕

マクイストン, ジェニファー　McQuiston, Jennifer

◇放蕩貴族にときめかない方法　ジェニファー・マクイストン著, 琴葉かいら訳　ハーパーコリンズ・ジャパン　2022.9　557p　15cm　(mirabooks JM02-03)〈原書名：THE PERKS OF LOVING A SCOUNDREL〉1091円　①978-4-596-74847-8

＊伯爵令嬢でありながら、26歳まで田舎に引きこもっていたメアリー。姉の出産に付き添うため嫌々ロンドンに出てきたものの、到着早々、泥酔した男のあられもない姿を目撃してしまう。最悪のトラウマを残したこの男は、数日後、別人のような見目麗しい姿で再び現れた。彼こそ、ベッドの前に女達が列をなすという社交界一の放蕩者ウエスト。警戒するメアリーだったが、なぜかとんでもないスキャンダルに巻き込まれ…。〔3739〕

マクカーテン, アンソニー　McCarten, Anthony

◇ゴーイング・ゼロ　アンソニー・マクカーテン著, 堀川志野舞訳　小学館　2024.5　509p　15cm　(小学館文庫 マ10-1)〈原書名：GOING ZERO〉1180円　①978-4-09-407202-0

＊CIAと巨大IT企業"ワールド・シェア"社は、共同事業として最先端技術を駆使した犯罪者追跡システム"フュージョンイニシアティブ"実用化の準備を進めていた。一か月間見つからずに逃げ切れば三百万ドルが手に入るという条件で十名の参加者を集め、実証実験"ゴーイング・ゼロ"βテストを開始する。だが、ある女性の存在が大きな誤算となり、事態は思いもよらない方向へ…。国家の威信を賭けたゲーム、からの反転。超監視社会、超デジタル化社会への問い。四度のオスカーノミネート、ハリウッドの寵児が放つ、二〇二四年最驚スリラー上陸！　2024年バリー賞ベスト・スリラーノミネート！〔3740〕

マークス, マイケル　Marks, Michael

◇〈閲覧注意〉ネットの怖い話クリーピーパスタ　ミスター・クリーピーパスタ編, 倉田真木, 岡田ウェンディ他訳　早川書房　2022.7　287p　16cm　(ハヤカワ文庫 NV 1499)〈原書名：THE CREEPYPASTA COLLECTIONの抄訳〉860円　①978-4-15-041499-3

内容　這いずる深紅　樹の下の女　スピリット・ボックスから聞こえる声(マイケル・マークス著, 山藤奈穂子訳)

＊ネットの恐怖都市伝説のコピペから生まれたホラージャンル"クリーピーパスタ"。綿密に計画をたて女性の家に忍び込んだ殺人ストーカーが異変に巻き込まれる「殺人者ジェフは時間厳守」や、ジャーナリスト志望者がフロッピーディスクに込められた呪いを目撃する「スマイル・モンタナ」など、アメリカ・クリーピーパスタ界の人気ユーチューバーが厳選した悪夢の物語。身の毛がよだつ15篇の恐怖のショートストーリー傑作集。〔3741〕

マクスイーン, R.J.

◇女仕立屋の物語―神の国カナダケープ・ブレトン島珠玉短編集　ロナルド・カプラン編, 堀川徹志訳　京都　文理閣　2022.4　345p　19cm〈原書名：God's Country〉2000円　①978-4-89259-899-9

内容　焼けた森(R.J.マクスイーン作)〔3742〕

マクスウェル, ロージー　Maxwell, Rosie

◇夫を愛しすぎたウエイトレス　ロージー・マクスウェル作, 柚野木童訳　ハーパーコリンズ・ジャパン　2024.7　156p　17cm　(ハーレクイン・ロマンス R3889)〈原書名：BILLIONAIRE'S RUNAWAY WIFE〉673円　①978-4-596-63692-8

＊多忙で妻を顧みない夫ドメニコから逃げだして4カ月後、レイは彼の伯母の弔問のため、ヴェネチアの屋敷を訪れた。なんて愚かなの？　出迎えた夫にうっかりときめくなんて…。翌日、ドメニコの親代わりだった故人の遺言が読みあげられ、レイは思わず耳を疑った。彼が屋敷を相続する条件として、2回目の結婚記念日を妻と共に迎えることが必須だという。「屋敷は絶対手放さない。半年間、夫婦円満のふりをしてくれ」ドメニコの懇願に屈し、レイは渋々"従順な富豪の妻"に戻るが、接触は頬へのキスまでというルールはすぐに破られて…。〔3743〕

マクドゥーガル, アンガス

◇女仕立屋の物語―神の国カナダケープ・ブレトン島珠玉短編集　ロナルド・カプラン編, 堀川徹志訳　京都　文理閣　2022.4　345p　19cm〈原書名：God's Country〉2000円　①978-4-89259-899-9

内容　祈り(アンガス・マクドゥーガル作)〔3744〕

マクドナルド, イアン　McDonald, Ian

◇時ありて　イアン・マクドナルド著, 下楠昌哉訳　早川書房　2022.11　161p　20cm〈原書名：TIME WAS〉2000円　①978-4-15-210184-6

＊古書ディーラーのエメット・リーが、閉店する書店の在庫の山から偶然手にした詩集『時ありて』。凝った造本の古ぼけた詩集には、一枚の手紙が挟まれ、エジプトで書かれたと思われるその手紙には、第二次大戦下を生きた二人の男、トムとベンの人生の破片が刻まれていた。エメットはその手紙に隠された謎を追いうちに、二人の男の人生の迷宮を彷徨うことになる。英国SF界きっての技巧派として知られるマクドナルドが、歴史の襞に取り込まれた男たちの人生を綴った傑作。〔3745〕

◇ロボット・アップライジング―AIロボット反乱SF傑作選　アレステア・レナルズ, コリイ・ドクトロウ他著, D・H・ウィルソン, J・J・アダ

ムズ編，中原尚哉他訳　東京創元社　2023.6　530p　15cm　（創元SF文庫 SFン10-5)〈責任表示はカバーによる　原書名：ROBOT UPRISINGS〉1400円　①978-4-488-77205-5

内容　ナノノート対ちっぽけなデスサブ（イアン・マクドナルド著，金子浩訳）

＊人類よ、恐怖せよ―猛烈な勢いで現代文明に浸透しつつあるAIやロボット。もしもそれらがくびきを逃れ、反旗を翻したら？　ポップカルチャーで繰り返し扱われてきた一大テーマに気鋭の作家たちが挑む。1955年にAI（人工知能）という言葉を初めて提示した伝説的科学者ジョン・マッカーシーの短編を始め、アレステア・レナルズ、コリイ・ドクトロウらによる傑作13編を収録。　〔3746〕

マクドナルド，ジョージ　MacDonald, George

◇世界怪談名作集　［下］　北極星号の船長ほか九篇　岡本綺堂編訳　新装版　河出書房新社　2022.11　338p　15cm　（河出文庫 お2-3）　900円　①978-4-309-46770-2

内容　鏡中の美女（マクドナルド著，岡本綺堂訳）

＊上質な日本語訳によって、これ以上ないほどの恐怖と想像力を搔き立てられる、魅惑の怪談集。「シャーロック・ホームズ」シリーズの著者コナン・ドイルによる隠れた名作「北極星号の船長」や、埋葬の三日後に墓から這いだした男の苦悩と悲哀を描いた「ラザルス」などを収録。百年近く前に刊行されたとは到底思えない、永遠に読まれるべき名作集。　〔3747〕

マクドナルド, D.R.

◇女仕立屋の物語―神の国カナダケープ・ブレトン島珠玉短編集　ロナルド・カプラン編，堀川徹志訳　京都　文理閣　2022.4　345p　19cm　〈原書名：God's Country〉2000円　①978-4-89259-899-9

内容　航海（D.R.マクドナルド作）　〔3748〕

マクドネル，クイーム　McDonnell, Caimh

◇平凡すぎて殺される　クイーム・マクドネル著，青木悦子訳　東京創元社　2022.2　502p　15cm　（創元推理文庫 Mマ30-1)〈著作目録あり　原書名：A MAN WITH ONE OF THOSE FACES〉1300円　①978-4-488-16504-8

＊"平凡すぎる"顔が特徴の青年・ポールは、わけあって無職のまま、彼を身内と思いこんだ入院中の老人を癒す日々を送っていた。ある日、慰問した老人に誰かと間違えられて刺されてしまう。実は老人は有名な誘拐事件に関わったギャングだった。そのためポールの命も狙われ、さらに…。身を守るには逃げながら誘拐の真相を探るしかない⁉これぞノンストップ・ミステリ！　〔3749〕

◇有名すぎて尾行ができない　クイーム・マクドネル著，青木悦子訳　東京創元社　2024.2　499p　15cm　（創元推理文庫 Mマ30-2)〈原書名：THE DAY THAT NEVER COMES〉1300円　①978-4-488-16505-5

＊平凡すぎる顔が特徴の青年ポールは、恋人のブリジット、元警官のバニーと探偵事務所を始めることに。そこへ謎の美女が依頼に訪れる。彼女は国中が注目する不動産開発詐欺の被害3人組のひとりの愛人で、その男の浮気調査をしてほしいと言う。ポールは依頼を引き受けるが、尾行しているうちに殺人事件に巻きこまれる。『平凡すぎて殺される』に続くノンストップ・ミステリ第2弾！　〔3750〕

マクドーマン，ダン　Mcdorman, Dann

◇ポケミス読者よ信ずるなかれ　ダン・マクドーマン著，田村義進訳　早川書房　2024.4　374p　19cm　（HAYAKAWA POCKET MYSTERY BOOKS 2002）〈原書名：WEST HEART KILL〉2600円　①978-4-15-002002-6

＊私立探偵のマカニスは、とある人物から招待されて、人里離れた会員制狩猟クラブを訪れた。会員たちがクラブの存続問題などで揉めているなか、湖で一つの死体が発見される。さらに、嵐によってクラブは陸の孤島となり…。名探偵、密室、クローズドサークル、連続殺人、古今東西のミステリへの言及―。すべては本格ミステリの舞台として完璧かと思われた。しかし、夢想だにしない展開の末に読者を待ち受けるものは、困惑か狂喜か。これはミステリなのか、それとも。ポケミス読者よ、信ずるなかれ―。　〔3751〕

マクニール，グレッチェン　McNeil, Gretchen

◇孤島の十人　グレッチェン・マクニール著，河井直子訳　扶桑社　2023.3　431p　16cm　（扶桑社ミステリー マ35-1）〈著作目録あり　原書名：TEN〉1300円　①978-4-594-09227-6

＊休暇をすごしに孤島の別荘に集まった十人の若者たち。家族に内緒で参加したメグは、予想外の事態に直面する。親友のために恋愛を断念した憧れの相手が来ているのだ。嵐が島を襲うなか、何者かの恨みを示す謎の動画が出現し、ついに犠牲者が！　通信が遮断され、完全に孤立した状況下で、人間関係はもつれ、十人は次々命を落としていく。いったいなぜ？　そして犯人は？　映画化・ドラマ化で人気の著者が『そして誰もいなくなった』の世界に挑んだサスペンスフルなミステリー。　〔3752〕

マクニール，ベアトリス

◇女仕立屋の物語―神の国カナダケープ・ブレトン島珠玉短編集　ロナルド・カプラン編，堀川徹志訳　京都　文理閣　2022.4　345p　19cm　〈原書名：God's Country〉2000円　①978-4-89259-899-9

内容　ファミリー・ツリー（ベアトリス・マクニール作）　〔3753〕

マクバード, ボニー　MacBird, Bonnie

◇シャーロック・ホームズの事件録　[3]　悪魔の取り立て　ボニー・マクバード著，日暮雅通訳　ハーパーコリンズ・ジャパン　2022.12　455p　15cm　（ハーパーBOOKS M・マ2・3）〈原題名：THE DEVIL'S DUE〉1100円　Ⓒ978-4-596-75765-4

＊1890年。ロンドンでは不可解な殺人事件が相次いでいた。そのひとつで富豪アンソン卿が殺し―ベッドの上で寝間着のまま死んでいるのが見つかったが、死因は溺死だという。やがてホームズとワトスンは、殺害手口こそバラバラだが被害者は皆、とある慈善事業団体のメンバーだと突き止めた。そしてもうひとつ、どうやら殺人は"A"に始まり、名前順に行われているようで…。　〔3754〕

マクベイン, エド　McBain, Ed

◇キングの身代金　エド・マクベイン著，堂場瞬一訳　新訳版　早川書房　2024.8　351p　16cm　（ハヤカワ・ミステリ文庫）〈原書名：King's ransom〉1180円　Ⓒ978-4-15-070810-8

＊アメリカの大都市アイソラで、大会社重役ダグラス・キングの運転手の息子が誘拐された。犯人はキングの子と間違えたのだ。身代金を払えばキングは破産。しかし人道的には……一方、アイソラ市警87分署のキャレラ刑事らは犯人との交渉のためキング邸に赴くが、主人が非協力的で捜査は難航。まもなく身代金の受け渡し時刻が迫る。警察小説の金字塔にして映画「天国と地獄」の原作が堂場瞬一の新訳で蘇る。　〔3755〕

マクラウド, イアン・R.

◇創られた心―AIロボットSF傑作選　ケン・リュウ，ピーター・ワッツ，アレステア・レナルズ他著，ジョナサン・ストラーン編，佐田千織他訳　東京創元社　2022.2　564p　15cm　（創元SF文庫 SFン11-1）〈責任表示はカバーによる　原書名：MADE TO ORDER〉1400円　Ⓒ978-4-488-79101-8

[内容] 罪喰い（イアン・R.マクラウド著, 嶋田洋一訳）＊人工的な心や生命。ゴーレム、オートマトン、ロボット、アンドロイド、ボット、人工知能―人間によく似た機械、人間のために注文に応じてつくられた存在というアイディアは、古代より我々を魅了しつづけてきた。そしていま、さらなるアンソロジーがここに登場する。ケン・リュウ、ピーター・ワッツ、アレステア・レナルズら、最高の作家陣による16の物語を収録。　〔3756〕

マグリス, クラウディオ　Magris, Claudio

◇ミクロコスミ　クラウディオ・マグリス，二宮大輔訳　東久留米　共和国　2022.1　325p　19cm　（世界浪曼派）〈著作目録あり　原書名：Microcosmi〉3400円　Ⓒ978-4-907986-55-1

＊境界都市トリエステ、小宇宙への旅。現代イタリア文学の巨匠による最高傑作にして、ストレーガ賞（1997年）受賞作、ついに邦訳刊行。　〔3757〕

マグリス, M.M.

◇薔薇のアーチの下で―女性作家集　香川真澄編・訳　山陽小野田　創林舎イタリア文藝叢書編集部　2023.7　194p　21cm　（イタリア文藝叢書 9）〈著：マリア・メッシーナ 他　原題名：Sotto l'arco di rose〉1600円

[内容] 四月（M.M.マグリス著, 香川真澄訳）　〔3758〕

マクリーン, サラ　MacLean, Sarah

◇愛がふたたび始まるならば　サラ・マクリーン著，辻早苗訳　原書房　2022.6　516p　15cm　（ライムブックス マ4-3）〈原書名：THE DAY OF THE DUCHESS〉1400円　Ⓒ978-4-562-06548-6

＊ヘイヴン公爵のマルコムと、平民の父親が爵位を買って貴族となった家の娘セラフィーナは舞踏会で出会い、深く愛し合うようになった。身分違いの二人の仲は人目につき、社交界であらぬ噂をたてられる。名誉を失わないうちに離れるよう、彼女は家族に説得されるが、それでも愛する彼と結婚していたいという願いを捨てられない。そこでセラフィーナの母は、マルコムが求婚せざるをえないように彼を追い込んだ。結ばれたものの、罠にかけられた思いのマルコムは彼女を拒絶する。不幸な出来事も重なり、義母から別れをうながされてセラフィーナは家を出た。マルコムは後悔にさいなまれ、姿を消したセラフィーナをなんとしても取り戻したく捜索を続けた。そして3年が過ぎようとするころ、突然マルコムの前に現れた彼女が望んだことは…　〔3759〕

◇悪魔は壁の花に恋をする　サラ・マクリーン著，岸田由美訳　原書房　2023.12　587p　15cm　（ライムブックス マ4-4）〈原書名：WICKED AND THE WALLFLOWER〉1600円　Ⓒ978-4-562-06556-1

＊公爵の息子にして裏社会の顔役であるデヴィル。異母きょうだいの弟は爵位を継ぐも世捨て人のように生きていたが、突如花嫁を探し始める。弟が公爵邸で舞踏会を催した夜、デヴィルは庭にいて様子をうかがっていた。するとバルコニーに一人のレディが現れる。あるスキャンダルが原因で婚期を逃しかけているフェリシティは、かつて友人だった令嬢たちにつまはじきにされ、耐えられず舞踏室を出たところだった。暗闇から話しかけてきた男性に驚くが、顔の見えない彼とは、なぜか素直に話ができた。そして帰宅すると、闇にまぎれて彼がふたたび目の前に現れたのだった。デヴィルと名乗る、うっとりするほど美しいその男性は、彼女の望みをかなえてやると言うが…危険な冒険に導かれ、フェリシティの運命が変わってゆく。　〔3760〕

マグロクリン, ニナ　MacLaughlin, Nina

◇覚醒せよ、セイレーン　ニナ・マグロクリン著，小澤身和子訳　左右社　2023.5　365p　19cm

〈原書名：Wake,Siren〉3000円　①978-4-86528-367-9

内容　ダプネ　アラクネ　カリスト　アガウエ　テイレシアス　シュリンクス　エコー　ミュラー　イオ　スキュラ　シビュラ　セメレ　メドゥーサ　カイネウス　アレテューサ　ヘリアデスたち　アルクメネ　プロクネとピロメラ　バウキス　アイボリー・ガール

＊海神ネプトゥーヌスに襲われ、襲われた罰を受けて人を石にする髪をまとうメドゥーサ、ユピテルに狙われたことが引き金となっておおぐま座にされたカリスト、愛する夫の死を悲しんで海に身を投げ、カワセミになったアルキュオネ、いなくなってしまった友達を捜すために翼を得て歌い、その歌に男たちが引き寄せられるようになってしまったセイレーンたち…。オイディウスによるラテン語文学の最高峰『変身物語』からこぼれ落ちた女性たちの声をすくいあげ、燃える怒りと深い悲しみ、そして生き延びるための願いをこめて語り直す、注目の短篇集。〔3761〕

マクロスキー, デイヴィッド　Mccloskey, David

◇弔いのダマスカス　デイヴィッド・マクロスキー著, 堤朝子訳　ハーパーコリンズ・ジャパン　2023.3　607p　15cm　(ハーパーBOOKS M・マ5・1)〈原書名：DAMASCUS STATION〉1300円　①978-4-596-76897-1

＊シリアの首都ダマスカスで、CIA局員が拘束された。ラングレーの工作担当官サムは新たな作戦を始動すべく、パリに出張中のシリア官邸職員マリアムに接触する。大統領顧問の参事官で数か国語を操るエリートでありながら、彼女には米国に協力する"理由"があった。やがてマリアムから化学兵器攻撃に関する情報が届くが、ダマスカスでは情報機関が新顔の大使館職員サムの存在をマークし始め—〔3762〕

マクロード, アリスター

◇女仕立屋の物語—神の国カナダケープ・ブレトン島珠玉短編集　ロナルド・カプラン編, 堀川徹志訳　京都　文理閣　2022.4　345p　19cm　〈原書名：God's Country〉2000円　①978-4-89259-899-9

内容　ボート(アリスター・マクロード作)〔3763〕

マクローン, メリッサ　McClone, Melissa

◇絆のプリンセス　メリッサ・マクローン作, 山野紗織訳　ハーパーコリンズ・ジャパン　2024.8　156p　17cm　(ハーレクイン・イマージュ I2814—至福の名作選)〈ハーレクイン 2012年刊の再刊　原書名：EXPECTING ROYAL TWINS！〉673円　①978-4-596-63911-0

＊幼い頃に両親を亡くし、車の整備士の伯父に育てられたイジー。その伯父も亡き今、天涯孤独の彼女に遺されたたった一つの母の形見は家族に伝わるという古い木箱だが、鍵がないため中身を知らない。ある日、イジーの職場に黒塗りのリムジンが横づけされた。側近を従えて降りてきたのは、ブルーグリーンの瞳の端整な若い男性。「イザベル・ベルノニアの皇太子ニコラだ」親しい人しか知らない彼女の本名を口にした彼は、驚きの告白をした。「君が持ってる箱は、君が赤ん坊のときに僕が贈ったものだ。王子が結婚するとき、妻に"花嫁の箱"を贈る。僕は君のだ」口をぽかんと開けたイジーをまっすぐに見据え、ニコラは鍵を差し出した。〔3764〕

マグワイア, グレゴリー　Maguire, Gregory

◇ウィキッド—誰も知らない、もう一つのオズの物語　上　グレゴリー・マグワイア著, 市ノ瀬美麗訳　早川書房　2024.5　476p　16cm　(ハヤカワ文庫 NV 1523)〈文献あり　ソフトバンククリエイティブ 2007年刊の改訂　原書名：WICKED〉1000円　①978-4-15-041523-5

＊オズの国にドロシーが来る数十年前、一人の赤ん坊が生まれた。緑の肌をもつエルファバ。愛に飢えて育った彼女は、大学でガリンダという女性に出会う。何もかも違う二人は反発するが、やがて友となる。そのとき事件が起こる。それは国中を揺るがす騒動となり、彼女たちに問う。魔法使いの支配に従うか、すべてを捨てて戦うか。エルファバが選ぶのは—。『オズの魔法使い』を魔女の視点から描いた、同名ミュージカルの原作。〔3765〕

◇ウィキッド—誰も知らない、もう一つのオズの物語　下　グレゴリー・マグワイア著, 市ノ瀬美麗訳　早川書房　2024.5　393p　16cm　(ハヤカワ文庫 NV 1524)〈文献あり　ソフトバンククリエイティブ 2007年刊の改訂　原書名：WICKED〉960円　①978-4-15-041524-2

＊事件から十数年後、エルファバは西方のキアモ・コにいた。一緒に暮らす人からは魔女と呼ばれている。一方、オズの各地では衝突が絶えず、南方で虐殺が行われ、東方でエルファバの妹ネサローズが総督として圧政を敷いていた。そこへ、竜巻に乗ってドロシーがやって来た。彼女はグリンダに導かれ、魔法使いに会うと、"西の悪い魔女"のもとへ送り込まれる。エルファバは待ち受けていた。運命の時が迫る。〔3766〕

マグワイア, ショーニン

◇黄金の人工太陽—巨大宇宙SF傑作選　ジャック・キャンベル, チャーリー・ジェーン・アンダーズ他著, ジョン・ジョゼフ・アダムズ編, 中原尚哉他訳　東京創元社　2022.6　547p　15cm　(創元SF文庫 SFン10-4)〈責任表示はカバーによる　原書名：COSMIC POWERS〉1360円　①978-4-488-77204-8

内容　子どもたちを連れて過去を再訪し、レトロな移動遊園地へ行ってみよう！(ショーニン・マグワイア著, 原島文世訳)

＊SFとファンタジーの基本はセンス・オブ・ワンダーだ。そして並はずれたセンス・オブ・ワンダーを味わえるのは、超人的なヒーローが宇宙の命運を

かけて銀河のかなたで恐ろしい敵と戦う物語だ（序文より）─常識を超える宇宙航行生物、謎の巨大異星構造物、銀河を吹き飛ばす超爆弾。ジャック・キャンベルら豪華執筆陣による、SFならではの圧倒的スケールで繰り広げられる傑作集。〔3767〕

◇穏やかな死者たち─シャーリイ・ジャクスン・トリビュート　ケリー・リンク，ジョイス・キャロル・オーツ他著，エレン・ダトロウ編，渡辺庸子，市田泉他訳　東京創元社　2023.10　570p　15cm　（創元推理文庫　Fン12-1）〈責任表示はカバーによる　原書名：WHEN THINGS GET DARK〉1500円　①978-4-488-58407-8
[内容] 深い森の中で─そこでは光が違う（ショーニン・マグワイア著，原島文世訳）〔3768〕

◇ロボット・アップライジング─AIロボット反乱SF傑作選　アレステア・レナルズ，コリイ・ドクトロウ他著，D・H・ウィルソン，J・J・アダムズ編，中原尚哉他訳　東京創元社　2023.6　530p　15cm　（創元SF文庫　SFン10-5）〈責任表示はカバーによる　原書名：ROBOT UPRISINGS〉1400円　①978-4-488-77205-5
[内容] ビロード戦争で残されたいびつなおもちゃたち（ショーニン・マグワイア著，原島文世訳）
＊人類よ、恐怖せよ─猛烈な勢いで現代文明に浸透しつつあるAIやロボット。もしもそれらがくびきを逃れ、反旗を翻したら？　ポップカルチャーで繰り返し扱われてきた一大テーマに気鋭の作家たちが挑む。1955年にAI（人工知能）という言葉を初めて提示した伝説的科学者ジョン・マッカーシーの短編を始め、アレステア・レナルズ、コリイ・ドクトロウらによる傑作13編を収録。〔3769〕

マグワイア，マーゴ　Maguire, Margo
◇マリアの決断　マーゴ・マグワイア作，すなみ翔訳　ハーパーコリンズ・ジャパン　2024.7　284p　17cm　（ハーレクイン・ヒストリカル・スペシャル PHS331）〈ハーレクイン2005年刊の再刊　原書名：HIS LADY FAIR〉827円　①978-4-596-63566-2
＊出生時に母を失い、父も知らずに育ったマリアは、母方の伯母のもとで、召使い同然に働かされていた。そんなある日、さる客人の口から衝撃の事実を漏れ聞く─なんと、死んだ母はどこぞの名高き公爵の妻だったというのだ！　しかも、母が所有していた領地は娘のマリアに遺された、と。私は名もなき娘などではなかった。ああ、すぐにでも父に会いたい。居ても立ってもいられず、まだ見ぬ領地へと馬を走らせたマリアだったが、不運にもカーカム侯爵ニコラスの駆る馬と衝突しかけ、落馬してしまう。怪我の手当てを申し出た彼をマリアが警戒する一方、姓を明かさない謎めいた彼女に、ニコラスはただならぬ興味を抱き…。〔3770〕

マーケッタ，メリーナ　Marchetta, Melina
◇ヴァイオレットだけが知っている　メリーナ・マーケッタ著，小林浩子訳　東京創元社　2023.3　526p　15cm　（創元推理文庫　Mマ31-1）〈著作目録あり　原書名：TELL THE TRUTH, SHAME THE DEVIL〉1300円　①978-4-488-21308-4
＊ロンドンの警察官ビッシュは、娘の参加したバスツアーのバスがフランスで爆破されたと連絡を受ける。娘は無事だったが死傷者多数。さらにツアー参加者のひとりが、かつて23人を殺害した爆弾犯の孫だと判明する。その17歳の少女ヴァイオレットは、事情聴取のあとでツアー参加者の少年と姿を消してしまい、ビッシュは彼女たちの行方を追うが…。謎に満ちた追跡サスペンス！〔3771〕

マコックラン，ジェラルディン　McCaughrean, Geraldine
◇アフェイリア国とメイドと最高のウソ　ジェラルディン・マコックラン著，大谷真弓訳　小学館　2024.1　443p　19cm〈原書名：THE SUPREME LIE〉1800円　①978-4-09-290655-6〔3772〕
◇世界のはての少年　ジェラルディン・マコックラン著，杉田七重訳　東京創元社　2022.12　304p　15cm　（創元推理文庫　Fマ14-1）〈原書名：WHERE THE WORLD ENDS〉1000円　①978-4-488-53903-0
＊子ども9人と大人3人を乗せた船が、スコットランドのヒルタ島から無人島へと出航した。孤島で海鳥を獲る旅が大人への通過儀礼なのだ。だが、約束の3週間が経っても迎えの船は姿を現さず、不安が皆の心を蝕み始める。そんななか、少年クイリアムは、仲間を励まし、生きのびるために闘うのだが…。カーネギー賞受賞作。YAの名手が実際の事件をもとに描いた、勇気と成長の物語。〔3773〕

マコーマック，ウーナ　McCormack, Una
◇自叙伝ミスター・スポック　バルカンのスポック著，ウーナ・マコーマック編，有澤真庭訳，岸川靖監修　竹書房　2022.3　311p　20cm〈原書名：THE AUTOBIOGRAPHY OF MR.SPOCK〉3000円　①978-4-8019-2945-6
＊惑星連邦の伝説的人物、その人生。"U.S.S.エンタープライズ"での5年間に及ぶ宇宙への探査、祖国の統一、地球、バルカンへの思い─全連邦民から尊敬されたレジェンドが初めて明かす心の裡─バルカンのスポックよりジャン＝リュック・ピカードに託された「叡智の書」を元に編纂。〔3774〕

マコーマック，エリック　McCormack, Eric P.
◇ミステリウム　エリック・マコーマック著，増田まもる訳　東京創元社　2023.12　317p　15cm　（創元ライブラリ　Lマ1-2）〈国書刊行会2011年刊の再刊　原書名：THE MYSTERIUM〉1300円　①978-4-488-07088-5
＊ある炭鉱町に、水の研究をする水文学者を名乗る男が現れる。以来、その町では墓地や図書館が荒らされ、住人たちは正体不明の奇怪な病に侵され次々と死んでいく。伝染病なのか、それとも飲料

水に毒でも投げ込まれたのか？ マコーマックらしさ全開の不気味な奇想小説。巻末に柴田元幸氏のエッセー「座りの悪さのよさ」を再録。〔3775〕

マゴーン, ジル　McGown, Jill

◇騙し絵の檻　ジル・マゴーン著，中村有希訳　新装版　東京創元社　2024.3　313p　15cm　（創元推理文庫 Mマ11-3）〈原書名：THE STALKING HORSE〉1040円　①978-4-488-11206-6

＊無実の主張もむなしく、二人を殺めた冷酷な犯罪者として投獄されたビル・ホルト。そして十六年が過ぎ、仮釈放された彼は推理の鬼となる―自分を罠に嵌めた真犯人を突き止め、殺すために。疑惑を追い、仮説を検討しつくした果てに、明らかになる驚愕の真相！　識者により、2000年代の十年間に翻訳された海外本格ミステリの頂点に選ばれた、犯人当ての大傑作。〔3776〕

マーシー, エドワード

◇ロンドン幽霊譚傑作集　W.コリンズ,E.ネズビット他著，夏来健次編　東京創元社　2024.2　389p　15cm　（創元推理文庫 Fン11-2）〈原書名：Mrs.Zant and the Ghost　The Last House in C-Streetほか〉1100円　①978-4-488-58408-5

内容　ウェラム・スクエア十一番地（エドワード・マーシー著, 夏来健次訳）

＊19世紀ヴィクトリア朝ロンドン。産業・文化ともに栄える一方で、犯罪譚や怪談が流行する魔の都としての貌も持ち合わせていた。陽光あふれる公園の一角で霊に遭遇した美しき寡婦を巡る愛憎劇「ザント夫人と幽霊」、愛人を催眠術で殺害した医師が降霊会で過去の罪と対峙する「降霊会の部屋にて」ほか、ロンドンで囁かれるゴースト・ストーリー13篇を収録。集中12篇が本邦初訳。〔3777〕

マシスン, リチャード

◇奇蹟の輝き　リチャード・マシスン著，尾之上浩司訳　4版　東京創元社　2023.9　424p　16cm　（創元推理文庫）〈原書名：WHAT DREAMS MAY COME〉1360円　①978-4-488-58101-5

＊不慮の事故で命を落としたクリスがたどり着いたのは、「常夏の国」と呼ばれる楽園だった。だが、まもなく信じがたい知らせが届く。最愛の妻アンが、彼を亡くした悲しみに耐えきれず自殺してしまったというのだ。クリスは旅立つ―アンを救うため、想像を絶する苦難が待つ地獄へと！　愛のみが成し遂げうる魂の救済を描き、『ある日どこかで』と並び称されるファンタジイの傑作。〔3778〕

◇吸血鬼は夜恋をする―SF＆ファンタジイ・ショートショート傑作選　ロバート・F・ヤング，リチャード・マシスン他著，伊藤典夫編訳　東京創元社　2022.12　387p　15cm　（創元SF文庫 SFン12-1）〈文化出版局 1975年刊の増補〉1000円　①978-4-488-79301-2

内容　死線　指あと　白絹のドレス　わが心のジュリー　コールガールは花ざかり（リチャード・マシスン著）

＊「アンソロジイという言葉のもとになったギリシャ語の意味は「花々を集めたもの」。立ちどまるほどではないが、歩く途中でひょっと目にとまり、見とれる花、つまり、理屈ぬきで楽しんでいただけるような小品を選ぶよう心懸けた」（伊藤典夫）。名翻訳家が初めて単独編纂した伝説のアンソロジイを半世紀ぶりに初文庫化。（SFマガジン）（奇想天外）の掲載作を追加し、全32篇とした。〔3779〕

◇新編怪奇幻想の文学　2　吸血鬼　紀田順一郎，荒俣宏監修，牧原勝志編　新紀元社　2022.12　436p　20cm〈他言語標題：Tales of Horror and Supernatural〉2500円　①978-4-7753-2040-2

内容　血の末裔白い絹のドレス（リチャード・マシスン著, 植手昌実訳）

＊古典・準古典の数々を通し、怪奇幻想の真髄に触れていただきたい。本書は、自由な想像力が創りだす豊かな世界への、恰好の道案内となることだろう。（編者）〔3780〕

マシャード, アニーバル　Machado, Aníbal

◇ブラジル文学傑作短篇集　アニーバル・マシャード, マルケス・ヘベーロほか著，岐部雅之編，伊藤秋仁，神谷加奈子，岐部雅之，平田惠津子，フェリッペ・モッタ訳　水声社　2023.3　207p　20cm　（ブラジル現代文学コレクション）〈原書名：O melhor do conto brasileiro〉2000円　①978-4-8010-0721-5

内容　タチという名の少女（アニーバル・マシャード著, 岐部雅之訳）　サンバガールの死（アニーバル・マシャード著, フェリッペ・モッタ訳）

＊少女の視点から世界の残酷さとシングル・マザーの寄る辺なさから浮かび上がるアニーバル・マシャード「タチという名の少女」、20世紀ブラジル社会の活力と喧噪を伝える全12篇。〔3781〕

マーシャル, アーチボルド

◇ユーモア・スケッチ大全　[4]　すべてはイブからはじまった　ミクロの傑作圏　浅倉久志編・訳　国書刊行会　2022.3　376p　19cm〈「すべてはイブからはじまった」（早川書房 1991年刊）と「ミクロの傑作圏」（文源庫 2004年刊）の改題, 合本〉2000円　①978-4-336-07311-2

内容　バス（アーチボルド・マーシャル著）

＊笑いの大博覧会、完結！　名翻訳家浅倉久志のライフワークである"ユーモア・スケッチ"ものを全4巻に集大成。最終巻は傑作展姉妹篇『すべてはイブからはじまった』とオンデマンドのみの刊行だった『ミクロの傑作圏』をカップリング。〔3782〕

マーシャル, ポーラ　Marshall, Paula

◇運命の逆転　ポーラ・マーシャル作，横山あつ子訳　ハーパーコリンズ・ジャパン　2024.3

286p　17cm　〈ハーレクイン・ヒストリカル・スペシャル　PHS323〉〈ハーレクイン　2000年刊の再刊　原書名：THE WOLFE'S MATE〉827円　⑤978-4-596-53527-6
＊平凡な容姿のスザンナは4年前に婚約を破棄されたのを境に、継父に財産を奪われたあげく、行き遅れとして厄介払いされた。今、彼女はロンドンで令嬢の付き添いをして生計を立てていたが、令嬢の婚約を機にまた新たに働き口を探さなければならなかった。そんなある日、スザンナは何者かによって誘拐されてしまう！　一文無しの私をさらうなんて、いったい何が目的なの？　連れていかれた豪壮な屋敷で待っていたのは大富豪ベンジャミン・ウルフ。漆黒の髪に冷たい灰色の瞳の彼は、その名のとおり狼のような男性だ。先日、舞踏会で私のことをじっと見つめていた社交界の寵児だわ…。だがスザンナはまだ知らなかった―令嬢と間違われて誘拐されたとは！　〔3783〕

◇遅れ咲きの幼な妻　ポーラ・マーシャル作，辻早苗訳　ハーパーコリンズ・ジャパン　2022.1　284p　17cm　〈ハーレクイン・ヒストリカル・スペシャル　PHS271〉〈「十年目の蜜月」（ハーレクイン　1999年刊）の改題　原書名：THE DESERTED BRIDE〉827円　⑤978-4-596-01832-8
＊「叔父さん、ぼくを猿と結婚させるなんてひどいよ！」紅顔の美少年が口にしたその言葉が、幼き花嫁ベスの心をえぐった。訳もわからず父に手を引かれて祭壇に連れてこられただけなのに…。少年の名はドルー。将来、高貴な伯爵家の跡を継ぐ、若き花婿だ。ベスは泣きながら結婚したくないと訴えたが、結局儀式は行われた。しかし、まもなくしてドルーは妻を置いて去っていった。歳月が過ぎ、ベスは外出先でばったり再会した―10年ぶりに、夫と。誰もが振り返るその美貌は以前と変わらず、すぐに彼とわかった。だがドルーは目の前にいるのが妻のベスとはわからぬ様子で、彼女のうなじに唇を寄せ、囁いた。「美しい妖精さん、きみの名は？」　〔3784〕

◇貴婦人の条件　ポーラ・マーシャル作，下山由美訳　ハーパーコリンズ・ジャパン　2023.1　283p　17cm　〈ハーレクイン・ヒストリカル・スペシャル　PHS295〉〈ハーレクイン　2003年刊の再刊　原書名：A BIDDABLE GIRL？〉827円　⑤978-4-596-75651-0
＊亡き伯爵の遺言状が、今まさに読み上げられようとしている。後継者のジャックは、12年前に勘当されて行方知れず。莫大な遺産は、いったいだれが受け継ぐのか？　ざわめく人々を、伯爵の養女キャスは部屋の片隅でそっと眺めていた。「スクラップ」―厄介者と親類に呼ばれる彼女は、今日で屋敷を追われる運命なのだ。そのとき、ひとりの男が現れて、全員が息をのんだ。ジャック…放蕩息子は生きていた。遺産も爵位も彼のものとなる。ところが、驚きはそれだけでは終わらなかった―新伯爵はいきなり、キャスに結婚を申し込んだのだ！　〔3785〕

マーシュ，ウィラード

◇ユーモア・スケッチ大全　［4］　すべてはイブからはじまった　ミクロの傑作圏　浅倉久志編・訳　国書刊行会　2022.3　376p　19cm〈「すべてはイブからはじまった」（早川書房 1991年刊）と「ミクロの傑作圏」（文庫版 2004年刊）の改題，合本〉2000円　⑤978-4-336-07311-2
[内容] 別れのセリフ（ウィラード・マーシュ著）
＊笑いの大博覧会、完結！　名翻訳家浅倉久志のライフワークである"ユーモア・スケッチ"ものを全4巻に集大成。最終巻は傑作展姉妹篇『すべてはイブからはじまった』とオンデマンドのみの刊行だった『ミクロの傑作圏』をカップリング。　〔3786〕

マーシュ，ナイオ　Marsh, Ngaio

◇楽員に弔花を　ナイオ・マーシュ著，渕上痩平訳　論創社　2024.9　379p　20cm　〈論創海外ミステリ 322〉〈原書名：Swing, Brother, Swing〉3600円　⑤978-4-8460-2427-7
＊リボルバーは彼を狙って確かに発砲された。しかし、それは空包の筈だった…。夜間公演の余興を一転して惨劇に変えた恐るべき罠。誰が、何故、どのように仕組んだのか。夫婦揃って演奏会場を訪れていたロデリック・アレン主任警部が不可解な事件に挑む。シリーズ長編第十五作を初邦訳！　〔3787〕

◇幕が下りて　ナイオ・マーシュ著，松本真一訳　大阪　風詠社　2023.7　441p　19cm〈星雲社（発売）　原書名：FINAL CURTAIN〉1500円　⑤978-4-434-32248-8
＊"FINAL CURTAIN"（1947年）は、ロデリック・アレン警部をフューチャーしたシリーズの第14作。前半はアレン警部の妻トロイの視点でアンクレトン館の様子と事件の推移が描かれる。アンクレトン館の人々のやや異様とも思える人間関係の微妙な均衡が崩れ、まるで運命に導かれるように悲劇的な結末へと進んでいく。アレン警部は丁寧な聴取を重ね、ついに驚くべき真相にたどり着くのだが…。英国女流推理作家"ビッグ4"の一人、ナイオ・マーシュのベストとの呼び声も高い傑作、ついに初邦訳！　〔3788〕

◇闇が迫る―マクベス殺人事件　ナイオ・マーシュ著，丸山敬子訳　論創社　2023.5　343p　20cm　〈論創海外ミステリ 297〉〈原書名：LIGHT THICKENS〉3200円　⑤978-4-8460-2262-4
＊シェイクスピアの戯曲"マクベス"上演中に起きる不可解な事件。容疑者は関係者のみ。シリーズ探偵のアレン警部が謎に挑む！　〔3789〕

マシューズ，ミミ　Matthews, Mimi

◇ナポレオンを咬んだパグ、死を嘆く猫―絵で見る人と動物の歴史物語　ミミ・マシューズ著，川副智子訳　原書房　2022.12　253,9p　19cm〈原書名：THE PUG WHO BIT NAPOLEON：Animal Tales of the 18th and

19th Centuries〉2300円　①978-4-562-07227-9
＊18、19世紀当時の新聞や書簡、絵画から見えてくる、人と動物たちの絆。ナポレオンに咬みついたパグ、飼い主の死を悼む猫、ヴィクトリア女王が愛した犬、ディケンズに着想を与えたカラス、はてはノミのサーカスまで—。身分の低い者から歴史上の偉人まで、誰もがペットだけに見せる意外な一面があった。「心温まる話」から「歴史的事件にかかわった動物」の逸話まで、27のエピソード集。〔3790〕

マースーマ・コウサリー

◇わたしのペンは鳥の翼　アフガニスタンの女性作家たち著，古屋美登里訳　小学館　2022.10　254p　19cm〈原書名：MY PEN IS THE WING OF A BIRD〉2100円　①978-4-09-356742-8

内容　犬は悪くない　防壁の痕跡（マースーマ・コウサリー著）

＊口を塞がれた女性たちがペンを執り、鳥の翼のように自由に紡ぎ出した言葉の数々。女性嫌悪、家父長制、暴力、貧困、テロ、戦争、死。その一日一日を生き抜くことに精一杯の彼女たちが、身の危険に晒されても表現したかった自分たちの居る残酷な世界と胸のなかで羽ばたく美しい世界。アフガニスタンの女性作家18名による23の短篇集。〔3791〕

マーセット，ジェーン　Mrs. Marcet

◇マーセット夫人のおはなし集　ジェーン・マーセット著，兼子美奈子訳　水瀬書房　2024.7　81p　21cm〈原書名：Mrs. Marcet's storybook〉1000円　〔3792〕

マーチ，ネヴ　March, Nev

◇ボンベイのシャーロック　ネヴ・マーチ著，高山真由美訳　早川書房　2022.5　557p　19cm（HAYAKAWA POCKET MYSTERY BOOKS 1979）〈原書名：MURDER IN OLD BOMBAY〉2700円　①978-4-15-001979-2

＊1892年インド、ボンベイ。騎兵連隊を除隊し病院で療養生活を送っていたジム・アグニホトリは、二人の女性がボンベイにある時計塔から転落死した事件の記事を見つける。二人の死に違和感を覚えたジムは、被害者の夫であるアディが書いた投書を読み違和感を確信に変える。アディから事件の調査を依頼されたジムは、敬愛するシャーロック・ホームズに倣い、変装を駆使し、事件の手掛かりを再構築することで真相を究明していくが…。植民地時代の活気溢れる、インドの描写が豊かなエドガー賞最優秀新人賞候補作。〔3793〕

マチャード，カルメン・マリア　Machado, Carmen Maria

◇穏やかな死者たち―シャーリイ・ジャクスン・トリビュート　ケリー・リンク，ジョイス・キャロル・オーツ他著，エレン・ダトロウ編，渡辺庸子，市田泉他訳　東京創元社　2023.10　570p　15cm（創元推理文庫　Fン12-1）〈責任表示はカバーによる　原書名：WHEN THINGS GET DARK〉1500円　①978-4-488-58407-8

内容　百マイルと一マイル（カルメン・マリア・マチャード著，井上知訳）〔3794〕

マーチャント，スザンヌ　Merchant, Suzanne

◇アドニスと飛べない白鳥　スザンヌ・マーチャント作，大田朋子訳　ハーパーコリンズ・ジャパン　2024.2　156p　17cm（ハーレクイン・イマージュ I2791）〈原書名：BALLERINA AND THE GREEK BILLIONAIRE〉673円　①978-4-596-53391-3

＊生まれたときに母を亡くしたソフィアは祖父母に引き取られ、父は死んだと聞かされて、愛のない家庭で育った。そんななか生きがいとなったのはバレエだったが、不幸にも交通事故に遭い、右脚の負傷で夢をあきらめた。けれど今では美術の道に進み、ギリシア大富豪ルーカス・アリティが名付け親から相続したコレクションの鑑定をするまでになった。黒髪と黒い瞳を持つ長身の彼は人を寄せつけない雰囲気だが魅力的で、同じく幼い頃に両親を亡くした者同士慰め合うように一夜を共に。ところがその後、思ってもみなかった血縁が判明する―ルーカスの屋敷に眠っていた古い写真から、なんとソフィアの父親が…。〔3795〕

マッカーサー，フィオナ　McArthur, Fiona

◇愛を結ぶ小さな命　フィオナ・マッカーサー作，瀬野莉子訳　ハーパーコリンズ・ジャパン　2023.4　155p　17cm（ハーレクイン・イマージュ I2752―至福の名作選）〈ハーレクイン2014年刊の再刊　原書名：THEIR SPECIAL-CARE BABY〉673円　①978-4-596-76935-0

＊目が覚めると、彼女は記憶をなくしていた。列車事故が起き、偶然現場にいた医師スチュアートに命を救われたが、彼女は意識を失う前、赤ん坊を大事にしているという。その子は彼の姪で、彼女は亡き兄の妻デザレイだと聞かされる。彼は兄と長く疎遠だったため、その妻である彼女とは初対面らしい。わたしに夫がいたなんて、まったく身に覚えがないけれど…。これまでの人生を失った不安に押しつぶされそうななか、親身に支えてくれるスチュアートに、いつしか心を許していた。そこから、彼女のデザレイとしての人生が始まるかに見えた―だが、やがて驚きの真実が判明する。彼女はデザレイではなかった！〔3796〕

マッカーシー，コーマック　McCarthy, Cormac

◇アウター・ダーク―外の闇　コーマック・マッカーシー，山口和彦訳　横浜　春風社　2023.12　320p　19cm〈原書名：Outer dark〉2500円　①978-4-86110-895-2

＊近親相姦により赤子をもうけた兄と妹が、彷徨を重ね、行きついた先に見たものとは？　アメリカ南

部で極度の貧困にあえぎながら生きる人々の暗澹たる世界を寓意的に描く。現代アメリカ文学を代表する作家の長編第二作の初訳。〔3797〕

◇果樹園の守り手　コーマック・マッカーシー，山口和彦訳　横浜　春風社　2022.9　323p　19cm〈原書名：The orchard keeper〉2500円　①978-4-86110-832-7

＊権力や法の支配を避け、社会の末端で暴力に晒されながらも生きる者たちの姿を描き出す。1930年代のテネシー州、アパラチア山脈南部を舞台とした、交差する三人の物語。現代アメリカ文学を代表する作家のデビュー作初訳。〔3798〕

◇ステラ・マリス　コーマック・マッカーシー著，黒原敏行訳　早川書房　2024.3　263p　20cm〈原書名：STELLA MARIS〉2800円　①978-4-15-210310-9

＊一九七二年秋。二十歳のアリシア・ウェスタンは、自ら望んで精神科病棟へ入院する。医師に問われ、彼女は語る。異常な聡明さのため白眼視された子供時代。数学との出会い。物理と哲学。狂人の境界線。常に惹かれる死というものについて。そして家族―原爆の開発チームにいた物理学者の父、早世した母、慈しんでくれた祖母について。唯一話したくないのは、今のこの場所に彼女が行き着いた理由である、兄ボビーのこと。静かな対話から孤高の魂の痛みと渇望が浮かび上がる、巨匠の遺作となる二部作完結篇。『通り過ぎゆく者』の裏面を描いた異色の対話篇。〔3799〕

◇通り過ぎゆく者　コーマック・マッカーシー著，黒原敏行訳　早川書房　2024.3　569p　20cm〈原書名：THE PASSENGER〉3800円　①978-4-15-210309-3

＊一九八〇年。ルイジアナ州の沖に小型飛行機が沈んだ。サルベージダイバーのボビー・ウェスタンは、海中の機内で九名の死者を確認する。だがブラックボックスがなくなっており、彼は十人目の乗客がいたのではないかと推測する。この奇妙な一件の後、彼の周囲を怪しい男たちがうろつきはじめる。徐々に居場所を失った彼は、追われるように各地を転々とする。テネシー州の故郷の家、メキシコ湾の海辺の小屋、雪に閉ざされた古い農家―原爆の開発チームにいた父の影を振り払えないまま、そして亡き妹への思いを胸底に秘め、苦悶しながら。喪失と絶望を描き切ったアメリカ文学の巨匠、最後の二部作。妹の物語を綴る長篇『ステラ・マリス』と対をなす傑作。〔3800〕

◇ノー・カントリー・フォー・オールド・メン　コーマック・マッカーシー著，黒原敏行訳　早川書房　2023.3　414p　16cm（ハヤカワepi文庫 108）〈『血と暴力の国』（扶桑社ミステリー 2007年刊）の改題、改訂　原書名：NO COUNTRY FOR OLD MEN〉1500円　①978-4-15-120108-0

＊1980年。ヴェトナム帰還兵のモスは、メキシコ国境付近で麻薬密売人の殺戮現場に遭遇する。男たちの死体と残された莫大な現金を前にして、モスは決断を迫られる。この金を持ち出せばすべてが変わるだろう―モスを追って残忍な殺し屋が動き

始め、その逃亡劇はやがて更なる"血と暴力"を呼ぶ。実直な保安官ベルは、相次ぐ凄惨な事件の捜査を進めるが…。アメリカ純文学界の巨匠による犯罪小説の傑作。〔3801〕

マッカーシー, ジョン　McCarthy, John

◇ロボット・アップライジング―AIロボット反乱SF傑作選　アレステア・レナルズ，コリイ・ドクトロウ他著，D・H・ウィルソン，J・J・アダムズ編，中原尚哉他訳　東京創元社　2023.6　530p　15cm　（創元SF文庫 SFシ10-5）〈責任表示はカバーによる　原書名：ROBOT UPRISINGS〉1400円　①978-4-488-77205-5

内容 ロボットと赤ちゃん（ジョン・マッカーシー著，新井なゆり訳）

＊人類よ、恐怖せよ―猛烈な勢いで現代文明に浸透しつつあるAIやロボット。もしもそれらがくびきを逃れ、反旗を翻したら？ ポップカルチャーで繰り返し扱われてきた一大テーマに気鋭の作家たちが挑む。1955年にAI（人工知能）という言葉を初めて提示した伝説的科学者ジョン・マッカーシーの短編を始め、アレステア・レナルズ、コリイ・ドクトロウらによる傑作13編を収録。〔3802〕

マッカラーズ, カーソン　McCullers, Carson

◇哀しいカフェのバラード　カーソン・マッカラーズ著，村上春樹訳　新潮社　2024.9　157p　20cm〈原書名：THE BALLAD OF THE SAD CAFÉ〉2200円　①978-4-10-507182-0

＊愛はいつでも儚い一方通行。独身で背の高いアミーリアは、どういうわけか町に突然現れた小男に惚れこんで、同居してカフェを始めた。そこに元夫が刑務所から帰郷。奇妙な三角関係の行方は―。村上春樹がいつか訳したいと願っていた名作を彩る山本容子の銅版画。豪華コラボレーション新訳版。〔3803〕

◇心は孤独な狩人　カーソン・マッカラーズ著，村上春樹訳　新潮社　2023.10　606p　16cm（新潮文庫 マ-31-1）〈原書名：THE HEART IS A LONELY HUNTER〉1050円　①978-4-10-204203-8

＊1930年代末、恐慌の嵐が吹き荒れるアメリカ。南部の町のカフェに聾唖の男シンガーが現れた。店に集う人々の痛切な告白を男は静かに聞き続ける。貧しい家庭の少女ミック。少女に想いを寄せる店主。流れ者の労働者。同胞の地位向上に燃える黒人医師―。だがシンガーの身に悲劇が起きると、報われない思いを抱えた人々はまた孤独へと帰っていくのだった。著者23歳の鮮烈なデビュー作を新訳。〔3804〕

◇マッカラーズ短篇集　カーソン・マッカラーズ著，ハーン小路恭子編訳，西田実訳　筑摩書房　2023.5　265p　15cm（ちくま文庫 ま55-1）〈『悲しき酒場の唄』（白水社 1992年刊）の改題、一部修正、増補　原書名：The Ballad of the Sad Café　The Mortgaged Heartの抄訳〉1000円　①978-4-480-43871-3

内容　悲しき酒場の唄　騎手　家庭の事情　木、石、雲　天才少女　マダム・ジレンスキーとフィンランド国王　渡り者　そういうことなら
＊再評価が進むマッカラーズの短篇集。奇妙な片思いが連鎖する「悲しき酒場の唄」、アルコール依存症の妻に対する夫の愛憎を描いた苦みのある佳作「家庭の事情」、思春期の少女が必死に失うまいとする親愛と愛の形を細やかに描いた「そういうことなら」。異質な存在とクィアな欲望が響きあう触発の物語八編を収録。〔3805〕

マッキャン, コラム　McCann, Colum
◇無限角形——1001の砂漠の断章　コラム・マッキャン著, 栩木玲子訳　早川書房　2023.4　685p　20cm〈原書名：APEIROGON〉4200円　①978-4-15-210230-0 〔3806〕

マッキンティ, エイドリアン　McKinty, Adrian
◇ポリス・アット・ザ・ステーション　エイドリアン・マッキンティ著, 武藤陽生訳　早川書房　2022.6　607p　16cm（ハヤカワ・ミステリ文庫 HM 462-8）〈年表あり　原書名：POLICE AT THE STATION AND THEY DON'T LOOK FRIENDLY〉1660円　①978-4-15-183308-3
＊キャリックファーガスの団地で麻薬密売人の男が射殺される。自警団の犯行として捜査が行われるがショーン・ダフィ警部補は、事件がそう単純なものではないことを直感する。事件当夜に被害者と会っていた不審な男、何かを隠す被害者の妻…。さらに捜査中、ショーンは何者かに命を狙われてしまう。そして事件は北アイルランドの闇へとつながっていき一現代警察小説の新たな地平を拓くシリーズ第六弾。〔3807〕

マッキントッシュ, クレア　Mackintosh, Clare
◇ホステージ——人質　クレア・マッキントッシュ著, 高橋尚子訳　小学館　2023.5　586p　15cm（小学館文庫 マ6-2）〈原書名：HOSTAGE〉1250円　①978-4-09-407149-8
＊CAのミナは五歳の娘ソフィアを別居中の夫アダムに預け、ロンドン・シドニー直行便に搭乗した。この歴史的フライトに世間の注目が集まる一方で、長時間飛行による環境破壊に抗議する人々の声は高まっている。物々しい雰囲気のなか、三百五十三名の乗客を乗せ離陸したボーイング777。やがてミナの元に何者かからの手紙が届く。「従わなければ、娘は死ぬ」。ロンドンの自宅にいるアダムとソフィアには魔の手が忍び寄っていた。二十時間のフライト、乗っ取られた旅客機、選択を迫られるミナ。英国サスペンスの女王が放つ、航空パニックスリラー！〔3808〕

マッキントッシュ, ソフィー・L.
◇妖精・幽霊短編小説集——『ダブリナーズ』と異界の住人たち　J.ジョイス,W.B.イェイツほか著, 下楠昌哉編訳　平凡社　2023.7　373p　16cm（平凡社ライブラリー 949）1800円　①978-4-582-76949-4
内容　夜の叫び（ソフィー・L.マッキントッシュ著, 下楠昌哉訳）
＊アイルランドの首都ダブリンに生きる様々な人を描いたジョイスの『ダブリナーズ』。この傑作短編集の作品を、十九世紀末から二十世紀はじめに書かれた妖精・幽霊譚と並べてみると一。名作をこれまでとは異なる文脈に解き放ち、当時の人々が肌で感じていた超自然的世界へと誘う画期的なアンソロジー。〔3809〕

マッグローリー, イヴォンヌ　MacGrory, Yvonne
◇魔法のルビーの指輪　イヴォンヌ・マッグローリー作, 加島葵訳, 深山まや絵　日野 朔北社　2024.7　323p　20cm〈原書名：The Secret of The Ruby Ring〉1700円　①978-4-86085-146-0
＊十一さいの誕生日の前日に、指輪を贈られたルーシー。その指輪は、おばあちゃんのそのまたおばあちゃんのおじさんにあたる、ジェームズおじさんから代々受け継がれてきたものだった…。1991年ビスト賞・最優秀新人賞受賞作品。〔3810〕

マッケイブ, パトリック　McCabe, Patrick
◇ブッチャー・ボーイ　パトリック・マッケイブ著, 矢口誠訳　国書刊行会　2022.1　348p　20cm〈原書名：The Butcher Boy〉2400円　①978-4-336-07296-2
＊いまから二十年か三十年か四十年くらいまえ、ぼくがまだほんの子供だったときのこと、小さな田舎町に住んでいたぼくはミセス・ニュージェントにやったことが原因で町のやつらに追われていた。1960年代初頭のアイルランド、飲んだくれの父と精神不安定な母のもとで、フランシー・ブレイディーは親友のジョーと共に愉快な日々を送っていた。そう、ミセス・ニュージェントから「あんたらはブタよ！」という言葉を浴びるまでは…あらゆる不幸に見舞われて、やがて"肉屋の小僧"となったフランシーが狂気と妄想と絶望の果てに見い出したものとは何か？　この世の美しいものなんてどれもこれもすべて嘘なんだ。センセーショナルな内容ゆえに物議を醸し、アイルランド版"ライ麦畑でつかまえて"＋"時計じかけのオレンジ"と称され映画化された伝説の問題作がついに邦訳。ブッカー賞最終候補、エア・リンガス文学賞受賞。〔3811〕

マッケナ, シャノン　McKenna, Shannon
◇愛より速く、闇より深く　シャノン・マッケナ著, 寺下朋子訳　二見書房　2022.2　429p　15cm（二見文庫 マ14-16—ザ・ミステリ・コレクション）〈原書名：Hellbent〉1150円　①978-4-576-22008-6
＊DJ、クラブ経営者として大成功をおさめるアント

ンのもとに幼なじみのフィオナが訪ねてきた。ふたりは"ゴッドエーカー"で共に育てられたが、キンボールという邪悪な科学者と幼かったフィオナが結婚させられそうになったため、アントンは彼女を逃亡させたのだ。それから13年、まばゆいばかりに美しく成長したフィオナにたちまち心を奪われたアントンだったが、火事で焼死したはずのキンボールが実は生きているという彼女の訴えに、"ゴッドエーカー"の謎を調査することになる…。〔3812〕

◇永遠が終わる頃に　シャノン・マッケナ著，新井ひろみ訳　ハーパーコリンズ・ジャパン　2023.12　318p　15cm　(mirabooks SM03-04)〈原書名：THEIR MARRIAGE BARGAIN〉1000円　①978-4-596-53237-4
＊35歳までに結婚しなければ、会社の経営権を剥奪する―祖母の突然の宣言に、富と名声を集める辣腕CEOケイレブは呆然とした。仕事ひと筋で恋人もつくらずにいた自分に、たった2カ月でいったいどうしろと？　そこへ結婚相手として連れてこられたのは、9年前に絶縁した元恋人ティルダ。彼女は取り引きとして契約結婚を受け入れるが、ケイレブが知らない"ある秘密"を抱えていて…。〔3813〕

◇完璧な大富豪との甘い密約―ハーレクイン・ディザイア・スペシャル　シャノン・マッケナ作，新井ひろみ訳　ハーパーコリンズ・ジャパン　2022.2　221p　17cm　(ハーレクイン・ディザイア　D1905―Desire)〈「この恋が偽りでも」(mirabooks 2021年刊)の改題　原書名：HIS PERFECT FAKE ENGAGEMENT〉694円　①978-4-596-31680-6
＊断るべきよ、だって絶対無理だわ…。兄のフィアンセ役を演じてほしいと、親友に懇願され、ジェンナは悩んでいた。なぜなら親友の兄で放蕩富豪と名高い、とてつもなくセクシーな大企業CEO、ドリュー・マドックスこそ、ジェンナが学生時代にひとめ惚れして以来、忘れられない男性だから。彼の緑の瞳に見つめられると、どんな女の子もたちまち虜になった。そんな彼と、いつもパーティの壁の花だった私が釣り合うわけないわ。でも結局、親友の頼みを断りきれず、ジェンナは承諾した。そしてドリューのオフィスで、彼と再会する―妖しく輝く彼の瞳。ロビーに押し寄せたカメラの前で、二人は熱いキスを交わして…!?〔3814〕

◇唇が嘘をつけなくて　シャノン・マッケナ著，新井ひろみ訳　ハーパーコリンズ・ジャパン　2024.7　302p　15cm　(mirabooks SM03-05)〈原書名：THE MARRIAGE MANDATE〉1000円　①978-4-596-96128-0
＊近頃マディは憂鬱だった。"2カ月後までに結婚できなければ、家族経営の会社から追放"と聞いた男達が、美貌の妻と地位を得ようと群がってくるのだ。愛のない結婚など絶対にしない―そう決意した矢先、彼女は初恋相手のジャックと再会する。かつてマディの一族を裏切り失踪した彼が相手なら結婚命令も撤回されるかもしれない。とんでもない思いつきながら、彼はある条件と引き替えに承諾をする。〔3815〕

◇ボスには内緒の恋心―ハーレクイン・ディザイア・スペシャル　シャノン・マッケナ作，新井ひろみ訳　ハーパーコリンズ・ジャパン　2022.8　214p　17cm　(ハーレクイン・ディザイア　D1908―Desire)〈「口づけは扉に隠れて」(mirabooks 2021年刊)の改題　原書名：CORNER OFFICE SECRETS〉694円　①978-4-596-74621-4
＊国際的大企業に入社したソフィーは、その熱心な仕事ぶりで一目置かれる存在となった。でも最高財務責任者であるセクシーな上司、ヴァンの前ではそうはいかない。ある日、彼の出張に同行したソフィーは、滞在先のホテルでハンサムな彼の黒い瞳に宿る、欲望の色に気づく。初めてヴァンが見せる男の顔。だめよ、彼に隙を見せては。ソフィーは二つの秘密を抱えていた。この会社に来た目的。そしてもう一つは…彼への秘やかな恋心。なのにあろうことか彼と結ばれてしまうなんて、予定外だわ！　彼女は狼狽した。ヴァンが企業スパイと疑って近づいてきたとも知らず。〔3816〕

◇真夜中が満ちるまで　シャノン・マッケナ著，新井ひろみ訳　ハーパーコリンズ・ジャパン　2023.3　300p　15cm　(mirabooks SM03-03)〈原書名：TALL, DARK AND OFF LIMITS〉1000円　①978-4-596-76975-6
＊エヴァはその日、世界で一番近づきたくない男性を前に心乱されていた。セキュリティ専門家のザックとは、6年前に苦い夜をともにして以来、互いに距離を置いている。けれど、美貌の経営者として有名なエヴァを叩くネットの嫌がらせが激化し、相談せざるを得なくなったのだ。話を聞いた彼は、冷淡だった瞳に危険な熱を浮かべ言った。"これからは24時間、僕の目の届かない所には行かせない"と。〔3817〕

◇目覚めの朝までふたりで　シャノン・マッケナ著，寺下朋子訳　二見書房　2022.5　390p　15cm　(二見文庫　マ14-17―ザ・ミステリ・コレクション)〈原書名：Heedless〉1150円　①978-4-576-22057-4
＊町ではエリックとデミの結婚式が盛大に行なわれようとしていた。その準備に追われながら複雑な思い抱いているのが、デミのレストランで働くエリサだった。数カ月前にふらりと現われたエリサは、素性を明かさず、いつも何かに怯えているようだった。そんな彼女を初対面のときから気にかけていたネイトは、事情を聞いて彼女の力になろうと申し出るが、拒絶される。彼女の命を狙う恐ろしい追手が迫っている気配を感じ、エリサは結婚式の翌朝ひそかに町を出ることを決めていたのだ…。〔3818〕

◇夜明けの光のなか永遠に　シャノン・マッケナ著，寺下朋子訳　二見書房　2022.11　435p　15cm　(二見文庫　マ14-18―ザ・ミステリ・コレクション)〈原書名：Havoc〉1250円　①978-4-576-22159-5
＊トラスク兄弟の三男メースは、"ゴッドエーカー"の洞窟に不審な女性がはいっていくのを見つけて

あとを追う。女性はウイルス学者のケイト・ラモットだった。14年まえに突然姿を消した父の身に何が起きたのかを探っているところだった。同じウイルス学者だった父は、新たなウイルスのワクチンを作っていたという。ケイトの話はほんとうなのか、あるいはキンボールの罠なのか、確信を持てないメースはしばらく様子を探ることにしたが…。すべての"呪い"が解け、驚愕の真実が明らかになる最終巻！〔3819〕

マッケラン, クリスティ　McKellen, Christy

◇富豪伯爵と秘密の妻　クリスティ・マッケラン作，神鳥奈穂子訳　ハーパーコリンズ・ジャパン　2022.4　156p　17cm　（ハーレクイン・イマージュ I2704—至福の名作選）〈2017年刊の再刊　原書名：A COUNTESS FOR CHRISTMAS〉664円　①978-4-596-33347-6

＊父が莫大な借金を残して急逝したため、エマは夢をあきらめ、メイドとして働きながらこつこつ返済している。ロンドンの高級住宅街にある屋敷でのパーティに派遣された夜、ずっと音信不通だった最愛の男性の姿を目にし、彼女は息をのんだー ああ、あれはレッドミンスター伯爵ジャック・ウエストウッド！　6年前に渡米し、今や世界的企業の社長となった彼が、なぜここに？　激しく動揺したエマは派手な失態を演じてしまい、烈火のごとく怒った屋敷の主人に乱暴されそうになる。すると、突然ジャックが現れ、威嚇するように言い放った。「僕の妻に、手を出さないでくれないか」〔3820〕

マッケン, アーサー　Machen, Arthur

◇新編怪奇幻想の文学　4　黒魔術　紀田順一郎，荒俣宏監修，牧原勝志編　新紀元社　2023.9　477p　20cm〈他言語標題：Tales of Horror and Supernatural〉2500円　①978-4-7753-2042-6

内容　変身（アーサー・マッケン著，平井呈一訳）〔3821〕

マッコイ, ホレス　McCoy, Horace

◇屍衣にポケットはない　ホレス・マッコイ著，田口俊樹訳　新潮社　2024.2　397p　16cm（新潮文庫 マー34-1）〈著作目録あり　原書名：NO POCKETS IN A SHROUD〉750円　①978-4-10-240441-6

＊地方紙『タイムズ・ガゼット』の人気記者ドーランは、報道より広告収入重視の社の体制と縁を切り、自ら雑誌を創刊。告発記事を次々発表することで報道の信義を貫き、多くの読者を獲得する。そんな彼に対し、古巣の新聞社からの圧力、資金難、告発された関係者による雑誌強奪騒動など、幾多の苦難が立ちはだかる一方。真実のみを追究する記者の孤闘を描き、疾走する人間像を浮き彫りにする名作。〔3822〕

マッコーマー, デビー　Macomber, Debbie

◇聖夜に見つけた奇跡　ペニー・ジョーダン他著，高田ゆう他訳　ハーパーコリンズ・ジャパン　2024.11　394p　15cm　(mirabooks PJ01-25)〈原書名：BRIDE AT BELLFIELD MILL　CHRISTMAS IN VENICEほか〉909円　①978-4-596-71879-2

内容　忘れえぬクリスマス（デビー・マッコーマー著，島野めぐみ訳）

＊北風のなかマリアンは赤ん坊を抱え、荒れた屋敷を訪れた。行き場がない自分を家政婦として雇ってほしいと頼むものの、氷のような瞳の主人は、一夜の滞在しか許さない。けれど、彼女には秘めた目的があって―19世紀英国の名作『旅路の果てに』。心の離れた夫がいるベネチアで再び愛に巡り会う『恋に落ちたマリア』。ボストン行き列車で起きた奇跡に涙する『忘れえぬクリスマス』の3篇を収録。〔3823〕

◇夏色のエンゲージ　リンダ・ハワード，デビー・マッコーマー，ヘザー・グレアム著，沢田由美子，大谷真理子，瀧川紫乃訳　ハーパーコリンズ・ジャパン　2022.8　421p　15cm（mirabooks LH01-52）〈原書名：THE WAY HOME　ROCK-A-BYE BABYほか〉864円　①978-4-596-74750-1

内容　シンデレラは涙をふいて（デビー・マッコーマー著，大谷真理子訳）

＊「僕の秘書になるか、愛人になるか決めてくれ」熱く激しく愛を交わした翌日に突然、"協定"の条件を告げられたアンナ。迷った末に選んだ彼女の答えは思わぬ出来事を引き起こして…。リンダ・ハワードの名作『愛していると伝えたい』。婚約者に裏切られ、人生をやり直すために訪れた町で始まる意外な恋を描くD・マッコーマー『シンデレラは涙をふいて』、H・グレアム『風の中の誓い』の3篇を収録。〔3824〕

マッコルラン, ピエール　MacOrlan, Pierre

◇北の橋の舞踏会　世界を駆けるヴィーナス　ピエール・マッコルラン著，太田浩一，平岡敦，永田千奈訳　国書刊行会　2022.7　422p　20cm（マッコルラン・コレクション）〈布装　原書名：Maliceの抄訳　Le Bal du Pont du Nordほか〉5800円　①978-4-336-07256-6

＊ロシア革命の不安を背景に現れる美貌の密偵と放浪インテリ乞食集団…奔放過激な幻想や黒いユーモアが爆発する幻視的予言の書『世界を駆けるヴィーナス』。夜と海と砂丘の探偵小説『北の橋の舞踏会』。推理小説の要素を兼ね備えた傑作長編2編に、澁澤龍彦が短編『マドンナの真珠』の藍本とした幽霊船綺譚『薔薇王』を併録。〔3825〕

◇真夜中の伝統　夜霧の河岸　ピエール・マッコルラン著，渋谷豊訳，ピエール・マッコルラン著，昼間賢訳　国書刊行会　2023.7　388p　20cm　（マッコルラン・コレクション）〈布装　原書名：Pierre Mac Orlan,Œuvres complètesの抄訳　Le Quai des brumesほか〉5800円　①978-4-336-07257-3

[内容] 真夜中の伝統(渋谷豊訳)　赤線地区(昼間賢訳)　夜霧の河岸(昼間賢訳)　真夜中の伝統　赤線地区　夜霧の河岸

＊映画『霧の波止場』の原作として名高い、ニヒルな傑作長編『夜霧の河岸』。久生十蘭が『金狼』の下敷きにした、パリの幻影の夜をめぐる暗黒小説『真夜中の伝統』。港町の娼家が舞台となる珠玉の推理短編『赤線地区』。3編すべてが初訳。本邦初の3冊本選集がついに完結！。　　〔3826〕

マッスン, デイヴィッド・I.　Masson, David I.

◇星、はるか遠く―宇宙探査SF傑作選　フレッド・セイバーヘーゲン, キース・ローマー他著, 中村融編　東京創元社　2023.12　460p　15cm　(創元SF文庫 SFン6-6)〈原書名：The Long Way Home　The Wind Peopleほか〉1200円　①978-4-488-71506-9

[内容] 地獄の口(デイヴィッド・I.マッスン著, 中村融訳)

＊いつの日にか人類は、生まれ育った地球をあとにして、宇宙の深淵へ旅立ってゆく。そのとき彼らが目撃するものは―。SFは1世紀以上にわたって、そこに待ち受けるであろう、想像を超えた驚異をさまざまに物語ってきた。その精華たる9編を収録。舞台となるのは、太陽系外縁部の宇宙空間、人類が初めて出会う種族の惑星、あるいは文明の滅び去った世界。本邦初訳作2編を含む。　〔3827〕

マティソン, ナディーン　Matheson, Nadine

◇ジグソー・キラー　ナディーン・マティソン著, 堤朝子訳　ハーパーコリンズ・ジャパン　2022.1　662p　15cm　(ハーパーBOOKS M・マ4・1)〈原書名：THE JIGSAW MAN〉1345円　①978-4-596-31684-4

＊テムズ川の河岸で人体の一部が相次ぎ見つかった。検死の結果、異なる男女のものであると判明。さらに遺体には服役中の連続殺人犯"ジグソー・キラー"のシンボル―関係者しか知りえないはずの図形が刻まれていた。ロンドンを震撼させた凶悪なシリアルキラー逮捕から2年半。特捜班の警部補ヘンリーはジグソー事件との関連を調べるため刑務所に面会に赴くが、時を置かず新たな切断遺体が発見され…。　　〔3828〕

マーティーン, アーカディ　Martine, Arkady

◇平和という名の廃墟　上　アーカディ・マーティーン著, 内田昌之訳　早川書房　2022.10　399p　16cm　(ハヤカワ文庫 SF 2383)〈原書名：A DESOLATION CALLED PEACE〉1600円　①978-4-15-012383-3

＊銀河を支配する帝国テイクスカラアンに、採鉱ステーションルスエルから派遣されてきた新任大使マヒート。帝国で勃発した皇位継承権をめぐる陰謀劇に巻き込まれながらも難局を乗り切った彼女は休暇を取りルスエルへ帰還していた。その前に現れたのは帝国で彼女と行動をともにしていた案内役のスリー・シーグラスで！？前作『帝国という名の記憶』に続いてヒューゴー賞を受賞、あわせてローカス賞を受賞した傑作宇宙SF。　〔3829〕

◇平和という名の廃墟　下　アーカディ・マーティーン著, 内田昌之訳　早川書房　2022.10　441p　16cm　(ハヤカワ文庫 SF 2384)〈原書名：A DESOLATION CALLED PEACE〉1600円　①978-4-15-012384-0

＊銀河帝国テイクスカラアン艦隊司令官のナイン・ハイビスカスは、宇宙で自軍の戦闘機と操縦士たちが謎のエイリアン船に溶かされ食い破られる恐るべき光景を目撃する。この得体の知れない相手との停戦交渉役として、帝国の特使スリー・シーグラスがあたることになった。彼女は既知のルスエル大使マヒートとともに、最悪のファーストコンタクトへと挑むのだが…。ヒューゴー賞を連続受賞した二部作完結篇。　　〔3830〕

マーティン, キャット　Martin, Kat

◇永遠の旋律　キャット・マーティン著, 岡聖子訳　ハーパーコリンズ・ジャパン　2022.5　536p　15cm　(mirabooks KM01-13)〈MIRA文庫 2007年刊の新装版 原書名：THE HANDMAIDEN'S NECKLACE〉945円　①978-4-596-70621-8

＊シェフィールド公爵ラファエルはある舞踏会で思いがけない再会を果たす。ダニエル―5年前、彼と婚約していながら他の男とベッドをともにし、英国社交界を追われた罪深い女。今なお身の潔白を主張するダニエルを一蹴したラファエルだったが、改めて探偵に調査させたところ、すべては仕組まれた嘘で彼女の言葉が真実だったとわかる。アメリカへ渡ったダニエルを、ラファエルは固い決意を胸に追いかけるが…。　　〔3831〕

◇緑の瞳に炎は宿る　キャット・マーティン著, 小長光弘美訳　ハーパーコリンズ・ジャパン　2023.9　505p　15cm　(Mira)　1000円　①978-4-596-52496-6

＊早くに両親を亡くし、貧乏暮らしをしていたリリーは、6年前、裕福な親戚に引き取られた。ある日、いとこの縁談のため相手方の公爵邸へ向かっていた彼女は、道中で追いはぎに襲われてしまう。リリーを救ったのは、地上に降りた天使のような端麗さと優しさを兼ね備えた公爵家長男のロイヤルだった。お互いの立場を知りながらも強く惹かれあうふたりだったが、彼にはリリーを選べない理由があり…。　　〔3832〕

マーティン, ローラ　Martin, Laura

◇伯爵を愛しすぎた家なき家政婦　ローラ・マーティン作, 加納亜依訳　ハーパーコリンズ・ジャパン　2023.9　252p　17cm　(ハーレクイン・ヒストリカル・スペシャル PHS310)〈原書名：THE HOUSEKEEPER'S FORBIDDEN EARL〉827円　①978-4-596-52248-1

＊両親に家を追い出されて以来、イギリス中をさまよったケイトは、半年前にとうとう無一文になってしまった。運よく、湖水地方にある主人不在の伯爵邸で家政婦の仕事を得て、この使用人と屋敷の切り盛りをしながら平和に暮らしていた。だがある日、主人である伯爵ヘンダーソン卿が突然イタリアから帰国。2人の妻を妊娠と出産で亡くした過去を持つ彼は、不幸な思い出の残る屋敷を売り払うために帰ってきたのだ。ケイトは思いとどまらせるため、伯爵を楽しませようと心を砕くうち、いつしか密かな恋心を抱くようになっていった。そうとも知らず、彼はケイトにひとときの愛人契約を持ちかけて…。〔3833〕

マートン, サンドラ　Marton, Sandra

◇彼の名は言えない　サンドラ・マートン著, 漆原麗訳　ハーパーコリンズ・ジャパン　2023.8　215p　15cm　（ハーレクイン文庫 HQB-1196）〈ハーレクイン 2002年刊の再刊 原書名：THE ALVARES BRIDE〉627円　①978-4-596-52158-3

＊義兄夫婦の結婚記念パーティに出るため実家に帰ったキャリン。失恋のショックでいつしかグラスを重ね、酔ってしまった彼女を黒い髪に黒い瞳の精悍な男性がたしなめ、会場から連れだした。ラフェ・エドゥアルド・アルバレス―世界的な大富豪だった。キャリンはたちまちラフェに心奪われ、情熱に身を任せるが、翌朝、自分の行動を恥じ、彼に冷たくしてしまう。姿を消したラフェに、やがて知った妊娠を告げられぬまま、9カ月後、キャリンは赤ん坊を産んだ。そこへラフェが突然姿を現し…!?　〔3834〕

◇シンデレラは身代わり母に　レベッカ・ウインターズ他著, 小林ルミ子他訳　ハーパーコリンズ・ジャパン　2023.7　316p　17cm　（HPA 48―スター作家傑作選）〈「殿下に捧げる初恋」（ハーレクイン 2014年刊）と「愛に怯える花嫁」（ハーレクイン 2008年刊）の改題, 合本　原書名：EXPECTING THE PRINCE'S BABY　THE GREEK PRINCE'S CHOSEN WIFE〉1082円　①978-4-596-77552-8

内容　愛に怯える花嫁（サンドラ・マートン著, 漆原麗訳）

＊幼い頃から護衛隊長の父と宮殿で暮らし始めたアビー。ヴィンチェンツォ皇太子を慕っていたが、身分差は明らかだった。やがて彼が近隣国の王女と結婚したのを機に、密かな恋心を封印した。しかし28歳になった今、子宝に恵まれぬ皇太子夫妻のために、アビーは代理母として皇太子の子を身ごもっていた。不幸なことに妃は先日、不慮の事故で亡くなってしまった。彼を励ますためにも、元気な赤ちゃんを産まないと！　だがアビーが宮殿にいられるのは出産までという契約。愛する皇太子との別れが、刻一刻と近づいていた…。「殿下に捧げる初恋」義姉を亡くしたアイビーは、勇気を出して義姉の婚約者だったデミアン・アリステデスを訪ねた。プリンスの称号を持つイギリス人の彼は、ハンサムだがどこか非情な雰囲気を漂わせている。彼の婚約者の義妹だとアイビーが自己紹介しても信じず、金目当ての女と決めつけようとした。「わたしのお腹には、あなたの赤ちゃんがいるのよ！」そう告げた彼女に、デミアンが言った。「ばかばかしい。君とは初対面なんだぞ！」この人は本当に義姉から聞いていないの？　わたしが義姉の代理母として、プリンスの子を宿していることを…。「愛に怯える花嫁」　〔3835〕

◇夢をかなえた一夜　サンドラ・マートン著, 漆原麗訳　ハーパーコリンズ・ジャパン　2022.8　219p　15cm　（ハーレクイン文庫 HQB-1139）〈ハーレクイン 2000年刊の再刊　原書名：SLADE BARON'S BRIDE〉627円　①978-4-596-70993-6

＊夫に虐げられても生活のために別れられない母と姉を見て育ち、ララは強い男性不信に陥っていた。でも、赤ちゃんがほしい―それは到底叶わぬ夢のように思えた。ある雪の夜、ララは空港で足止めされ、裕福そうでセクシーなスレイド・バロンと名乗る男性と恋におちた。1年半後、ララはかわいい坊やを産み、ひとりで育てていた。幸せだった。一夜では満足できなかったスレイド・バロンが、富の力でララを捜しだして、現れるまでは。彼は自分そっくりの男の子の存在を知ってしまったのだ！　〔3836〕

マニング, オリヴィア

◇ユーモア・スケッチ大全　［4］　すべてはイブからはじまった　ミクロの傑作圏　浅倉久志編・訳　国書刊行会　2022.3　376p　19cm 〈「すべてはイブからはじまった」（早川書房 1991年刊）と「ミクロの傑作圏」（文庫版 2004年刊）の改題, 合本〉2000円　①978-4-336-07311-2

内容　あなた、横を向いてちょうだい（オリヴィア・マニング著）

＊笑いの大博覧会、完結！　名翻訳家浅倉久志のライフワークである"ユーモア・スケッチ"ものを全4巻に集大成。最終巻は傑作展姉妹篇『すべてはイブからはじまった』とオンデマンドのみの刊行だった『ミクロの傑作圏』をカップリング。〔3837〕

マニング, ブルース　Manning, Bruce

◇姿なき招待主（ホスト）　グウェン・ブリストウ, ブルース・マニング著　中井京子訳　扶桑社　2023.12　294p　16cm（扶桑社ミステリー F45-1）〈原書名：THE INVISIBLE HOST〉1200円　①978-4-594-09470-6

＊クリスティーの名作『そして誰もいなくなった』の9年前に刊行された先駆的作品がついに邦訳！　奇妙な電報によって、摩天楼のペントハウスに集められた、街の名士8人。夜のパーティーと思いきや、それはおそるべき死のゲームへのいざないだった―ラジオから語りかける姿なき招待主が、1時間に1人ずつ、客を殺していくというのだ！　密室状況のなか進行する巧緻な殺人計画。犯人は誰か、そしてその目的は？　『九番目の招待客』の原作となったサスペンスフルなミステリー。〔3838〕

マノリオス, ミカリス

◇ノヴァ・ヘラス―ギリシャSF傑作選　フランチェスカ・T・バルビニ，フランチェスコ・ヴァルソ編，中村融他訳　竹書房　2023.4　271p　15cm　（竹書房文庫　ば3-1）〈原書名：α2525（重訳）　NOVA HELLAS〉1360円　①978-4-8019-3280-7

内容　バグダッド・スクエア（ミカリス・マノリオス著，ディミトラ・ニコライドウ，ヴァヤ・プセフタキ英訳，白川眞訳）

＊あなたは生活のために水没した都市に潜り働くひとびとを見る（「ローズウィード」）。風光明媚な島を訪れれば観光客を人造人間たちが歓迎しているだろう（「われらが仕える者」）。ひと休みしたいときはアバコス社の製剤をどうぞ（「アバコス」）。高き山の上に登れば原因不明の病を解明しようと奮闘する研究者たちがいる（「いにしえの疾病」）。輝きだした新たなる星たちがあなたの前に降臨する。あなたは物語のなかに迷い込んだときに感じるはずだ―。隆盛を見せるギリシャSFの第一歩を。〔3839〕

マバンク, アラン　Mabanckou, Alain

◇もうすぐ二〇歳（はたち）　アラン・マバンク著，藤沢満子，石上健二訳　晶文社　2023.1　403p　20cm〈原書名：DEMAIN J'AURAI VINGT ANS〉2700円　①978-4-7949-7351-1

＊舞台は1970年代終わり頃のコンゴの大都市ポワント＝ノワール。主人公はアルチュール・ランボーの『地獄の季節』を愛読し、ブラッサンスを愛聴する少年ミシェル、12歳。ガールフレンドは愛くるしい同級生のカロリヌ。父親はフランス人所有のホテルで働き、白人客が残した本を家に持ち帰ってくる。母親はもう一人子供をほしがっていて、「お腹を開く鍵」はミシェルがもっていると呪術師が告げる。飛行機が頭上を横切り、ミシェルは年上の友人ルネスは着陸する国を夢見ている。自国はマルクス・レーニン主義一党独裁体制。ラジオからはテヘランアメリカ大使館人質事件、イラン皇帝シャーの死などのニュースが流れる。少年ミシェルの周りにおこる数々の波瀾、ユーモラスな出来事、不思議な経験を作家アラン・マバンクは淡々と暖かい眼差しで描いていく。幼年、青春の思い出を下敷きにした感動の自伝小説。〔3840〕

マフフーズ, ナギーブ　Mahfouz, Naguib

◇ミダック横町　ナギーブ・マフフーズ著，香戸精一訳　作品社　2023.2　363p　19cm　2700円　①978-4-86182-956-7

＊ミダック横町が過ぎ去りし時代の偉大なる遺産で、かつてはカイロの街に真珠のごとく光り輝いていたであろうことは間違いない。カイロの下町に生きる個性豊かな人々の姿を軽妙に描く、ノーベル文学賞作家による円熟の傑作長編、本邦初訳！〔3841〕

マホーニー, ディノ

◇イン・クィア・タイム―アジアン・クィア作家短編集　イン・イーシェン，リベイ・リンサンガン・カントー編，村上さつき訳　ころから　2022.8　350,10p　19cm〈他言語標題：In queer time 原書名：Sanctuary〉2200円　①978-4-907239-63-3

内容　バナナに関する劇的な話（ディノ・マホーニー著）

＊「クィアの時代」に香港から届いたアジアンLGBTQ＋作家による「クィア小説」17編を収録！〔3842〕

マムレーエフ, ユーリー　Mamleev, IUriĭ

◇穴持たずども　ユーリー・マムレーエフ著，松下隆志訳　白水社　2024.2　304p　20cm（ロシア語文学のミノタウロスたち　No03）〈原書名：Shatuny〉3800円　①978-4-560-09392-4

＊ドストエフスキー、プラトーノフらの衣鉢を継ぎ、ソローキン、ペレーヴィン、スタロビネツらに影響を与えた、ソ連地下文学の巨匠マムレーエフの怪作。神秘主義やエゾテリスムを湛えた、生と性、死と不死、世界、神、自我をめぐるリベルタンたちの禍々しき饗宴。〔3843〕

マヤ, ネプラム

◇そして私たちの物語は世界の物語の一部となる―インド北東部女性作家アンソロジー　ウルワシ・ブタリア編，中村唯日本版監修　国書刊行会　2023.5　286p　20cm〈原書名：THE MANY THAT I AM の抄訳　THE INHERITANCE OF WORDS の抄訳ほか〉2400円　①978-4-336-07441-6

内容　深紅のうねり（ネプラム・マヤ著，中野眞由美訳）

＊バングラデシュ、ブータン、中国、ミャンマーに囲まれ、さまざまな文化や慣習が隣り合うヒマラヤの辺境。きわだってユニークなインド北東部から届いた、むかし霊たちが存在した頃のように語られる現代の寓話。女性たちが、物語の力をともどもし、自分たちの物語を語りはじめる。〔3844〕

マヨルガ, フアン　Mayorga, Juan

◇21世紀のスペイン演劇　2　ライラ・リポイ，フアン・カルロス・ルビオ，フアン・マヨルガ，パチョ・テリェリア，ヘス・カンポス・ガルシーア，ニエベス・ロドリーゲス，カロリーナ・ロマン著，田尻陽一編，田尻陽一，岡本淳子訳　水声社　2023.10　276p　22cm〈原書名：Los niños perdidos　Arizonaほか〉4000円　①978-4-8010-0760-4

内容　粉々に砕け散った言葉（フアン・マヨルガ著，田尻陽一訳）〔3845〕

マライーニ, D.

◇薔薇のアーチの下で―女性作家集　香川真澄編・訳　山陽小野田　創林舎イタリア文藝叢書編集部　2023.7　194p　21cm（イタリア文藝

マラテイ

叢書 9）〈著：マリア・メッシーナ 他 原書名：Sotto l'arco di rose〉 1600円
|内容| 女神セクメト（D.マライーニ著、香川真澄訳）
〔3846〕

マラディ，アムリヤ　Malladi, Amulya

◇デンマークに死す　アムリヤ・マラディ著，棚橋志行訳　ハーパーコリンズ・ジャパン　2023.8　454p　15cm　（ハーパーBOOKS M・マ7・1）〈原書名：A DEATH IN DENMARK〉1300円　①978-4-596-52316-7

＊コペンハーゲンの私立探偵ガブリエル・プレストは、元恋人の弁護士レイラから冤罪疑惑の調査を依頼される。右派で知られる法務長官メルゴーの殺害事件で、犯人のイラク系移民は息子を強制送還され、ISに処刑されていた。動機と証拠から有罪判決は決定的に思えたが、調べを進めるうちメルゴーがナチスに関するある本を極秘出版しようとしていた事が判明、関係者の惨たらしい死体が見つかり―。
〔3847〕

マラマッド，バーナード　Malamud, Bernard

◇アメリカン・マスターピース 戦後篇　シャーリイ・ジャクスンほか著，柴田元幸編訳　スイッチ・パブリッシング　2024.12　257p　20cm　（柴田元幸翻訳叢書）　2700円　①978-4-88418-649-4
|内容| 白痴が先（バーナード・マラマッド著、柴田元幸訳）

＊短編小説の黄金時代。サリンジャー、ナボコフ、オコナー、ボールドウィンなど、重要作家が次々と登場する、1950年代前後の名作10篇を収録。"名作中の名作"でアメリカ文学史をたどる、シリーズ第3弾。
〔3848〕

◇教科書の中の世界文学―消えた作品・残った作品25選　秋草俊一郎，戸塚学編　三省堂　2024.2　285p　21cm 〈文献あり〉2500円　①978-4-385-36237-3
|内容| 夏の読書（バーナード・マラマッド著、加島祥造訳）
〔3849〕

マラーマン，ジョシュ　Malerman, Josh

◇穏やかな死者たち―シャーリイ・ジャクスン・トリビュート　ケリー・リンク，ジョイス・キャロル・オーツ他著，エレン・ダトロウ編，渡辺庸子，市田泉他訳　東京創元社　2023.10　570p　15cm　（創元推理文庫 Fﾝ12-1）〈責任表示はカバーによる 原書名：WHEN THINGS GET DARK〉1500円　①978-4-488-58407-8
|内容| 晩餐（ジョシュ・マラーマン著、新井なゆり訳）
〔3850〕

マリネッリ，キャロル　Marinelli, Carol

◇愛しのロイヤル・ベビー　キャロル・マリネッリ作，大田朋子訳　ハーパーコリンズ・ジャパン　2023.6　156p　17cm　（ハーレクイン・イマージュ I2758―至福の名作選）〈2018年刊の再刊 原書名：THEIR SECRET ROYAL BABY〉673円　①978-4-596-77176-6

＊旅先のギリシアで気品に満ちた男性エリアスと出逢ったベスは、言葉を交わすうちに強く惹かれ合い、めくるめく夜を過ごした。一名字も連絡先も告げず、ただ思い出だけを分かち合って。やがて妊娠に気づいたベスは厳格な両親と対立して実家を出るが、仕事でロンドンにいる間に激痛に襲われ、破水してしまう。搬送先の病院でベスの早産の処置をすることになったのは、なんと、あの忘れえぬ一夜の相手、エリアスだった！ 再会の衝撃に動揺するベスとは対照的に、彼はいたって冷静だ。生まれてくるのが我が子だと知ったら、彼はなんと言うかしら？ しかし、エリアスにもまた、重大な秘密があるのだった…。
〔3851〕

◇億万長者とかりそめの秘書　キャロル・マリネッリ作，西江璃子訳　ハーパーコリンズ・ジャパン　2022.7　156p　17cm　（ハーレクイン・ロマンス R3694）〈原書名：FORBIDDEN TO THE POWERFUL GREEK〉664円　①978-4-596-70726-0

＊ゲイレンが帰ってきた。19年ぶりに。ルーラの勤め先のリゾートホテルで行われる、親友の結婚式に出席予定だ。彼は今や大企業の経営者。親の言いなりに結婚した私には、幸せなど無縁だった―5年前、暴力的な夫を亡くして以来、ひっそりと生きてきた。ゲイレンに再び会ってしまった今、ルーラの胸には昔の彼との幸福な日々が次々よみがえってくる。折しもゲイレンは産休中の秘書の代理を探しており、なんとルーラは彼の臨時秘書となることになって―?！
〔3852〕

◇神様からの処方箋　キャロル・マリネッリ作，大田朋子訳　ハーパーコリンズ・ジャパン　2024.5　156p　17cm　（ハーレクイン・イマージュ I2804―至福の名作選）〈2019年刊の再刊 原書名：EMERGENCY〉673円　①978-4-596-54095-9

＊それはローナが新たな人生に踏み出した矢先の交通事故だった。子宮外妊娠で第一子を失い、すれ違いから夫ジェイムズとも別れて以来、いつか大切な命を産みたいと、おなかの痛みにも耐えてきた。10年が過ぎた今、ようやく子供をあきらめて手術を受ける決心をし、故郷を離れてロンドンで暮らそうとしていたところだったのだ。病院に運ばれ、病室で意識を取り戻した彼女の耳に懐かしい声が届く。「ローナ…」ああ、なんてこと。ここはジェイムズの病院！ 思わぬ再会後、やがて快復したローナは、彼と一緒に過ごすことになる。その前に過去のわだかまりを解くように、二人は一夜を共にした。ローナは彼の腕の中で、じきに手術で子を望めなくなる切なさに震えた。
〔3853〕

◇きらめきの一夜　キャロル・マリネッリ著，東みなみ訳　ハーパーコリンズ・ジャパン　2022.12　206p　15cm　（ハーレクイン文庫 HQB-1161―珠玉の名作本棚）〈ハーレクイン 2008年刊の再刊 原書名：EXPECTING HIS LOVE-CHILD〉627円　①978-4-596-75535-3

＊ミリーは画家になる夢を叶えるため3カ月メルボルンに滞在し、夜はレストランでウエイトレスとして働いた。夢叶わず迎えた帰国の前日、信じられない出来事が待っていた。世界を股にかける実業家レヴァンデルに誘われ、惹かれるままにめくるめくような一夜を過ごしたのだ。こんなにも幸せを感じたのは、人生で初めてのことだった。でも私はしがないウエイトレスで、彼はこの国随一の大富豪。身のほどを恥じたミリーは、逃げるように帰国した──レヴァンデルの子を身ごもってしまったとも知らず。〔3854〕

◇ギリシア富豪の貴い贈り物　キャロル・マリネッリ作，小長光弘美訳　ハーパーコリンズ・ジャパン　2022.3　156p　17cm　（ハーレクイン・ロマンス R3667―純潔のシンデレラ）〈原書名：CLAIMING HIS HIDDEN HEIR〉664円　①978-4-596-31880-0

＊セシリアは上司のルカに密かな恋心を抱いていたが、彼のあまりの放蕩ぶりに退職を決めた。もう限界だ。だが、ルカに辞意を告げた日の夜、サプライズが待っていた。彼が豪華なネックレスをくれたのだ──誕生日プレゼントとして。誰にも祝われることなく終わると寂しく思っていた彼女は、ルカの心遣いに胸を打たれ、情熱の赴くまま彼に身を委ねた。数週間後、彼女はもうひとつ、贈り物を受け取ったことを知る。放蕩者の彼は、きっと父親になることなど望まない…。セシリアは妊娠を誰にも告げぬまま、会社を去った。〔3855〕

◇薬指についた嘘―幻のフィアンセでも　キャロル・マリネッリ作，深山咲訳　ハーパーコリンズ・ジャパン　2022.9　156p　17cm　（ハーレクイン・プレゼンツ PB340―作家シリーズ　別冊）〈ハーレクイン 2011年刊の再刊　原書名：THE LAST KOLOVSKY PLAYBOY〉664円　①978-4-596-74772-3

＊世界に冠たる高級ブランドの社長アレクセイは、セクシーな魅力あふれる、女泣かせのプレイボーイ。ケイトがそんなアレクセイの秘書に抜擢されたのは、ちょっと太めで冴えない彼女となら過ちを犯さずにすむからだった。だからずっと、ケイトは彼への密かな想いを隠しつづけてきた。ところが、事故に遭ったアレクセイが療養中に事態は一変。会社の経営権を奪おうとする者を退けるために、アレクセイが役員たちを味方につけようと一計を案じたのだ。見せかけの婚約劇を演じ、彼の私生活にまつわる悪評を返上するという。そして相手役として彼が選んだのは、なんとケイトだった！〔3856〕

◇修道院育ちのシンデレラ　キャロル・マリネッリ作，八坂よしみ訳　ハーパーコリンズ・ジャパン　2022.10　156p　17cm　（ハーレクイン・ロマンス R3717）〈原書名：THE SICILIAN'S DEFIANT MAID〉664円　①978-4-596-74822-5

＊親に捨てられ、シチリアの小さな村の修道院で育ったアリーチャ。ミラノに出て、ホテルの客室係として働き始めたのは、この街で消息不明になった親友を捜すためだ。偶然にも初恋の人ダンテがホテルに滞在しているとわかり、アリーチャは今や大富豪となった彼に協力を願い出ることに。だがすぐさま金目当てだろうと罵られ、はねつけられてしまう。ひどいわ！　あの優しかったダンテはもういないの？　呆然とするアリーチャに、彼は思いがけない提案を持ちかける。「ただし僕の家族の会食に恋人として同行するなら、考え直す」〔3857〕

◇透明な私を愛して　キャロル・マリネッリ作，小長光弘美訳　ハーパーコリンズ・ジャパン　2024.10　156p　17cm　（ハーレクイン・イマージュ I2823）〈原書名：ONE MONTH TO TAME THE SURGEON〉673円　①978-4-596-71391-9

＊重い病におかされた姉に両親がかかりきりだったため、ピッパは幼い頃から、誕生日のお祝いも含めていろいろ我慢をしてきた。だが16歳のとき、女子生徒憧れの上級生ルークに図書館で声をかけられ、彼とつかのま会話を楽しんだピッパは天にも昇るような心地を味わった。しかしその日の夜、ルークが学校のダンスパーティで姉を誘ったと知り、ピッパの初恋は目の前ではかなく散ったのだった…。14年後、看護師として忙しく働く彼女を、運命の再会が待っていた。外科医となったルークが代理医師として同じ職場にやってきたのだ！　今は亡き姉と初恋の思い出がよみがえり動揺するピッパの胸に、ルークの悪気のない言葉が突き刺さる。「君とはどこかで会ったことが？」〔3858〕

◇白衣のメアリー・ポピンズ　キャロル・マリネッリ作，北園えりか訳　ハーパーコリンズ・ジャパン　2022.1　156p　17cm　（ハーレクイン・イマージュ I2691）〈原書名：THE ACCIDENTAL ROMEO〉664円　①978-4-596-01902-8

＊マーニーは勤務先の病院で医師のハリーと再会した。数年前、短期間だが別の病院で一緒に働いていたのだ。当時、プレイボーイと名を馳せていた彼は、マーニーのことを覚えてすらいなかった。今の彼も相変わらずハンサムで凛々しいけれど、双子の子育てに追われるシングルファーザーだという。彼は生真面目なマーニーを煙たがり、二人は何かとぶつかるが、同僚の葬儀の夜、慰め合うように一夜を共にしてしまう。亡き妻を今も愛する彼との間に、未来は望めないのに…。そんな矢先、感染症に罹った双子をマーニーが世話することになる。〔3859〕

◇富豪と灰かぶりの契約旅行　キャロル・マリネッリ作，西江璃子訳　ハーパーコリンズ・ジャパン　2022.5　156p　17cm　（ハーレクイン・ロマンス R3679―純潔のシンデレラ）〈原書名：THE GREEK'S CINDERELLA DEAL〉664円　①978-4-596-33420-6

＊住み込みで美容院の下働きをしている施設育ちのメアリーは、誕生日の夜、店長に命じられ顧客とのディナーに送りだされた。そこは商談の席で、彼女はまるでデート嬢のように扱われ、ショックを受けるが、その様子を商談相手のギリシア富豪、コスタは見逃さなかった。彼女をバーへ誘い、身の上話を聞き、誕生日を祝ってくれたのだ。メア

リーは涙を浮かべて感激した。こんな素敵な男性が、私の恋人だったら…。数日後、彼から多額の報酬とともに、週末の3日間だけ恋人として同行してほしいと頼まれ、メアリーは仰天する。〔3860〕

マリーハ・ナジー

◇わたしのペンは鳥の翼 アフガニスタンの女性作家たち,古屋美登里訳 小学館 2022.10 254p 19cm〈原書名：MY PEN IS THE WING OF A BIRD〉2100円 ①978-4-09-356742-8

内容 サンダル（マリーハ・ナジー著）
＊口を塞がれた女性たちがペンを執り、鳥の翼のように自由に紡ぎ出した言葉の数々。女性嫌悪、家父長制、暴力、貧困、テロ、戦争、死。一日一日を生き抜くことに精一杯の彼女たちが、身の危険に晒されても表現したかった自分たちの居る残酷な世界と胸のなかで羽ばたく美しい世界。アフガニスタンの女性作家18名による23の短篇集。〔3861〕

マリー・バーミヤーニー

◇わたしのペンは鳥の翼 アフガニスタンの女性作家たち,古屋美登里訳 小学館 2022.10 254p 19cm〈原書名：MY PEN IS THE WING OF A BIRD〉2100円 ①978-4-09-356742-8

内容 冬の黒い鳥（マリー・バーミヤーニー著）
＊口を塞がれた女性たちがペンを執り、鳥の翼のように自由に紡ぎ出した言葉の数々。女性嫌悪、家父長制、暴力、貧困、テロ、戦争、死。一日一日を生き抜くことに精一杯の彼女たちが、身の危険に晒されても表現したかった自分たちの居る残酷な世界と胸のなかで羽ばたく美しい世界。アフガニスタンの女性作家18名による23の短篇集。〔3862〕

マリヤット,フローレンス

◇ロンドン幽霊譚傑作集 W.コリンズ,E.ネズビット他著,夏来健次編 東京創元社 2024.2 389p 15cm（創元推理文庫 Fン11-2）〈原書名：Mrs.Zant and the Ghost The Last House in C-Streetほか〉1100円 ①978-4-488-58408-5

内容 シャーロット・クレイの幽霊（フローレンス・マリヤット著,夏来健次訳）
＊19世紀ヴィクトリア朝ロンドン。産業・文化ともに栄える一方で、犯罪譚や怪談が流行する魔の都としての貌も持ち合わせていた。陽光あふれる公園の一角で遭遇した美しき寡婦を巡る愛憎劇「ザント夫人と幽霊」、愛人を催眠術で殺害した医師が降霊会で過去の罪と対峙する「降霊会の部屋にて」ほか、ロンドンで囁かれるゴースト・ストーリー13篇を収録。集中12篇が本邦初訳。〔3863〕

マール,クルト　Mahr, Kurt

◇アンクラム・プロジェクト クルト・マール著,林啓子訳 早川書房 2023.1 271p 16cm（ハヤカワ文庫 SF 2394―宇宙英雄ローダン・シリーズ 681）〈原書名：DAS ANKLAM-PROJEKT DER SONNENSUCHER〉780円 ①978-4-15-012394-9

内容 アンクラム・プロジェクト　恒星探索者
＊ハウリ人の秘密基地ベンタングから脱出したペリー・ローダンは、パルス化された信号をはなつブルーの恒星へと向かった。その星系は三つの褐色矮星が中心天体をめぐり、それぞれが多くの衛星を連れていた。だが、突然「レダ」は小型宇宙艇十四機に包囲される。ヴェンノクと名乗るかれらはアンクラム・プロジェクトを守る守備隊で、スパイ容疑をかけられたローダンは褐色矮星ラングライの第五衛星ガンガに連行されるが…〔3864〕

◇イジャルコル最後の戦い クルト・マール,アルント・エルマー著,星谷馨訳 早川書房 2022.8 255p 16cm（ハヤカワ文庫 SF 2373―宇宙英雄ローダン・シリーズ 670）〈原書名：IJARKORS LETZTE SCHLACHT EPHEMERIDEN-TRÄUME〉760円 ①978-4-15-012373-4

内容 イジャルコル最後の戦い（クルト・マール著）
＊紋章の門の崩壊という敗北を喫し、永遠の戦士イジャルコルは精神的に打ちのめされた。法典ガスを吸って精神を高揚させようとするが、なぜかこれまでと異なり、法典ガスは失われた過去の記憶を呼び起こしていく。五万年前、自分がコルという名のシフト責任者だったこと、空を眺め、歌や詩をつくるのが好きだったこと…。記憶を取り戻したイジャルコルは、進行役への反感を胸に秘め、艦隊をひきいて反乱者征伐へと向かうが!?〔3865〕

◇永遠への飛行 クラーク・ダールトン,クルト・マール著,長谷川圭訳 早川書房 2024.3 271p 16cm（ハヤカワ文庫 SF 2436―宇宙英雄ローダン・シリーズ 709）〈原書名：FLUG IN RICHTUNG EWIGKEIT DIE HÖHLE DES GIGANTEN〉940円 ①978-4-15-012436-6

内容 巨人の洞窟（クルト・マール著,長谷川圭訳）
＊ローダンたち六名は、永遠の奉仕者となる"選ばれし者"のベカッスとともに、惑星カッスバンで永遠の船に乗船した。つぎの寄港地のトゥールス3につくまでのあいだに、一行は手分けして船内を探るが、この船はロボット制御された無人船で、約七百名のベカッスしかいなかった。客室は船首部分に、エンジンは船尾部分にあるようだが、金属壁に遮られ通行不能。グッキーは、テレポーテーションで船尾部分へと潜入するが…!?〔3866〕

◇エスタルトゥ クルト・マール著,星谷馨訳 早川書房 2023.11 271p 16cm（ハヤカワ文庫 SF 2424―宇宙英雄ローダン・シリーズ 700）〈著作目録あり 原書名：ESTARTU GÖTTER DER NACHT〉820円 ①978-4-15-012424-3

内容 エスタルトゥ　夜空の神々
＊NGZ448年2月28日深夜、ローダンとアトランひきいる銀河系船団と、ベングエル・ジュアタフ大船団は、ハンガイ銀河の最後の四分の一と一緒にタ

ルカン宇宙から通常宇宙に遷移した。そして3月1日になるやいなや、突然、ベングエル・ジュアタフ大船団が動きだした。どうやらハイパー通信で"集合の呼びかけ"を受身し、そのシグナルに導かれて、ナルナという惑星へと向かうらしい。ローダンたちもその惑星へと向かうが… 〔3867〕

◇M-3の捜索者 アルント・エルマー，クルト・マール著，小津薫訳 早川書房 2024.1 271p 16cm （ハヤカワ文庫 SF 2429—宇宙英雄ローダン・シリーズ 705）〈原書名：SUCHER IN M 3 DER DROIDE〉940円 ①978-4-15-012429-8

|内容| 宇宙ハンザの特使（クルト・マール著，小津薫訳）

＊フェニックス＝1を出発した"シマロン"は球状星団M-3へと向かった。ポルレイターからこの約七百年のあいだに銀河系になにが起きたのかを訊きだすと同時に、銀河系に進入するための援助を得るためだ。だがその途上、突然、サトラングで遭遇したのと同じ亡霊船の攻撃を受ける。ローダンはヴァーチャル・ビルダーを起動し、"シマロン"の虚像を作成、敵がそれを攻撃しているあいだにハイパー空間に逃走しようとするが!? 〔3868〕

◇カルタン人の逆襲 クルト・マール，アルント・エルマー著，赤根洋子訳 早川書房 2022.4 271p 16cm （ハヤカワ文庫 SF 2362—宇宙英雄ローダン・シリーズ 663）〈原書名：DER TOD EINES KRIEGERS GEGENSCHLAG DER KARTANIN〉760円 ①978-4-15-012362-8

|内容| ある戦士の死（クルト・マール著） 〔3869〕

◇カルタン人揺籃の地 クルト・マール，エルンスト・ヴルチェク著，嶋田洋一訳 早川書房 2023.4 261p 16cm （ハヤカワ文庫 SF 2403—宇宙英雄ローダン・シリーズ 687）〈原書名：IMAGO WIEGE DER KARTANIN〉800円 ①978-4-15-012403-8

|内容| イマーゴ（クルト・マール著，嶋田洋一訳）

＊突如アンクラム宙域にベングエルとジュアタフ・ロボットの大艦隊が押し寄せた。「イマーゴがこの付近にいるはず」というのがかれらの主張だった。困惑したプロジェクト・リーダーのレン・ノに懇願され、ローダンがその代表と会ってみると、惑星トゥヨンで起こったのとまったく同じ現象が発生した。ベングエルとジュアタフ・ロボットが謎の放電現象により生命を絶ったのだ！ そしてその場には同様にヴェンノクがいて… 〔3870〕

◇〈九月の朝〉作戦 アルント・エルマー，クルト・マール著，井口富美子訳 早川書房 2023.4 252p 16cm （ハヤカワ文庫 SF 2402—宇宙英雄ローダン・シリーズ 686）〈原書名：PROJEKT SEPTEMBERMORGEN ZWÖLF RAUMSCHIFFE NACH TARKAN〉800円 ①978-4-15-012402-1

|内容| タルカン遠征隊、発進！（クルト・マール著，井口富美子訳） 〔3871〕

◇グッキー、危機一髪！ クルト・マール，クラーク・ダールトン著，星谷馨訳 早川書房 2022.6 270p 16cm （ハヤカワ文庫 SF 2369—宇宙英雄ローダン・シリーズ 667）〈原書名：IM BANN DES PSICHOGONS DER ZWECK HEILIGT DIE MITTEL〉760円 ①978-4-15-012369-7

|内容| グッキー、危機一髪！（クルト・マール著）

＊ラオ＝シンの故郷惑星フベイ探索中のレジナルド・ブルのもとに、「ビナフォルで会おう。フベイの手がかりがあるかも」との連絡がグッキーから入った。急遽ブルは"エクスプローラー"でビナフォルに向かう。そこは原住種族ナフォルが暮らす、未開だが牧歌的な惑星だった。ブル一行は村人たちに歓待されるが、肝心のグッキーの姿がない。なんらかのトラブルに巻きこまれたのか？ その行方を求め、ブルは探索を開始する！ 〔3872〕

◇決戦！ 宇宙要塞三二〇一 マリアンネ・シドウ，クルト・マール著，星谷馨訳 早川書房 2022.9 271p 16cm （ハヤカワ文庫 SF 2378—宇宙英雄ローダン・シリーズ 673）〈原書名：GRUFT DER ERLEUCHTUNG ENTSCHEIDUNG IM RAUMFORT 3201〉780円 ①978-4-15-012378-9

|内容| 決戦！ 宇宙要塞三二〇一（クルト・マール著）

＊巨大宇宙船"ナルガ・サント"のコンピュータ複合体は、数百万光年はなれたラオ＝シンで、恐るべきカタストロフィが起ころうとしていると全知者たちに知らせる。そして、この危機を救えるのは"悟りの霊廟"に眠る睡眠者だけであると。ダオ・リンはニッキ・フリッケルとポエル・アルカウンとともに、霊廟へと向かうことを決意する。三人はさまざまな罠が待ちうける、恐るべき死の迷宮と化した霊廟に入っていくが…!? 〔3873〕

◇皇帝の帰還 アルント・エルマー，クルト・マール著，渡辺広佐訳 早川書房 2022.12 271p 16cm （ハヤカワ文庫 SF 2390—宇宙英雄ローダン・シリーズ 678）〈原書名：DER KAISER KEHRT ZURÜCK DIE BOTSCHAFT DER LETZTEN TAGE〉780円 ①978-4-15-012390-1

|内容| ネットウォーカーの終焉（クルト・マール著）

＊新銀河暦430年、オリンプの皇帝アンソン・アーガイリスひきいる70隻のハンザ・キャラバンは、エスタルトゥ銀河へと向かう途上、ソト＝ティグ・イアンの巨大艦隊により、白色恒星リラの第二惑星オニキスに封じこめられた。惑星全体を包む強力なバリアは破壊不能、180度から600度に変化する地表温度、吹きすさぶハリケーン、地殻変動でできた亀裂へと滑落する宇宙船…10万名のキャラバン隊員は地獄の日々を送ることに！ 〔3874〕

◇サイコテロリスト クルト・マール，ペーター・グリーゼ著，宮下潤子訳 早川書房 2024.12 271p 16cm （ハヤカワ文庫 SF 2464—宇宙英雄ローダン・シリーズ 727）〈原書名：DER UNBEKANNTE FEIND

マル

PSYCHOTERROR〉940円 ①978-4-15-012464-9

内容 未知なる敵（クルト・マール著，宮下潤二訳）

＊ペルセウス宙域で満身創痍となった"シマロン"は、五・三光年の距離にあったメガイラ星系へと向かった。その第一惑星シシュフォスに着陸し、修理と同時に周辺の探査を開始する。一方、首席船医ミドメイズはペドラス・フォッホの記憶解剖を開始した。捕虜となっていたときのかれの記憶は消されており、そこに重要な情報があると考えたからだ。やがて記憶解剖により引きだされたシーンのひとつにローダンの妻ゲシールが!?〔3875〕

◇三角座銀河の物質シーソー クルト・マール，ペーター・グリーゼ著，赤根洋子訳 早川書房 2023.7 281p 16cm（ハヤカワ文庫 SF 2414—宇宙英雄ローダン・シリーズ 693）〈原書名：DIE MATERIEWIPPE RAUMSTATION URIAN〉820円 ①978-4-15-012414-4

内容 三角座銀河の物質シーソー（クルト・マール著，赤根洋子訳）

＊ヴァリオ＝500が"九月の朝"作戦で入手した敵のデータを解析した結果、物質シーソーが球状星団マルティ-5の惑星アシュカルにあることがわかった。だがわかったのはそこまでで、その惑星の正確な座標は不明。レジナルド・ブルは、二十万個の恒星系のなかからたったひとつの惑星を探しだし、敵の本拠地に潜入するため、ハウリ人が手に入れたがっているハイパートロップ吸引装置を使ったおとり作戦を立案するが⋯!?〔3876〕

◇タルカンへの急使 エルンスト・ヴルチェク，クルト・マール著，星谷馨訳 早川書房 2023.8 269p 16cm（ハヤカワ文庫 SF 2416—宇宙英雄ローダン・シリーズ 694）〈原書名：SIGNALE DER VOLLENDUNG KURIER NACH TARKAN〉820円 ①978-4-15-012416-8

内容 タルカンへの急使（クルト・マール著，星谷馨訳）

＊時空断層内のハウリ人のかくれ場から脱出した"シマロン"ら三隻は、ハンガイ銀河からの脱出をめざす。だがその中間静止ポイントで、オーグ・アト・タルカンから「いまいるこの場所で未来を約束する出来ごとが起きる。それを目撃するため、ここにとどまらねばならない」と連絡が入る。半信半疑ながらその宙域にとどまると、やがてベングエルの巨大船団が到着。"完結のシグナル"を受け取ったのだというが⋯。〔3877〕

◇ドリフェルへの密航者 エルンスト・ヴルチェク，クルト・マール著，シドラ房子訳 早川書房 2022.2 283p 16cm（ハヤカワ文庫 SF 2357—宇宙英雄ローダン・シリーズ 659）〈原書名：DIE ORPHISCHN LABYRINTHE DORIFER〉760円 ①978-4-15-012357-4

内容 ドリフェルへの密航者（クルト・マール著）

＊アラスカ・シェーデレーアはハトウアタノのリーダーであるライニシュの傭兵となり、カリュドンの狩りに参加を志願した。惑星ヤグザンのオルフェウス迷宮に囚われたロワ・ダントンとロナルド・テケナーを救いだすためだ。同じころ、ヴェト・レブリアンとその伴侶スリマヴォもヤグザンに入り、狩人としてひそかにダントンとテケナーの行方を追う気でいた。それぞれの思惑を秘めたカリュドンの狩りが、いよいよ開始される！〔3878〕

◇パラディン6の真実 H・G・エーヴェルス，クルト・マール著，星谷馨訳 早川書房 2022.4 271p 16cm（ハヤカワ文庫 SF 2361—宇宙英雄ローダン・シリーズ 662）〈原書名：PALADIN 6 DER GROSSE BRUDER〉760円 ①978-4-15-012361-1

内容 ビッグ・ブラザー（クルト・マール著）

＊"ブリー"乗員のGOIメンバーのシド・アヴァリトたちはソト＝ティグ・イアンの護衛部隊であるハンター旅団に襲撃され、自ら"ブリー"を爆破し捕虜となる。GOIメンバーは宇宙要塞七〇三にてハンター旅団の指揮官ウィンダジ・クティシャにより激しい拷問を受け、次々と命を落としていく。そのことを知らされたGOI代表のジュリアン・ティフラーらは、捕虜になったGOIメンバーを救い出すべく動き出すが⋯！〔3879〕

◇バリアの破壊者 クルト・マール，H.G.エーヴェルス著，岡本朋子訳 早川書房 2024.7 269p 16cm（ハヤカワ文庫 SF 2452—宇宙英雄ローダン・シリーズ 717）〈原書名：BLOCKADEBRECHER STATION DER RÄTSEL〉940円 ①978-4-15-012452-6

内容 バリアの破壊者（クルト・マール著，岡本朋子訳）

＊カンタロのダアルショルが脱走した。調整セレクターを摘出され、身体機能が著しく低下していたが、自力でドロイド体内のシントロニクス部品を調整、運動能力をとりもどしたのだ。逃亡に気づいたアンブッシュ・サトーをパラライザーで意識不明にすると、そのまま行方をくらました。翌朝、ダアルショルの逃亡が発覚すると、ローダンはただちに宇宙港全域に警戒態勢を敷き、捜索を開始するが!?〔3880〕

◇《バルバロッサ》離脱！ アルント・エルマー，クルト・マール著，長谷川圭訳 早川書房 2024.10 262p 16cm（ハヤカワ文庫 SF 2457—宇宙英雄ローダン・シリーズ 722）〈原書名：DIE FLUCHT DER BARBAROSSA LEGENDE UND WAHRHEIT〉940円 ①978-4-15-012457-1

内容 伝説と真実（クルト・マール著，長谷川圭訳）

＊フェル・ムーンはティフラーじきじきに単独での偵察任務を命じられたと偽り、"バルバロッサ"をマウルーダ星系から出発させた。「スターロードのあるところ、かならずカンタロが存在する」と確信するフェル・ムーンは、カンタロの手がかりを探すため、まずはブラックホール・ピーリロン近辺にあるタイブロン星系へと向かう。部下とともに第七惑星バシャールに降り立ったフェル・ムーンはさっそく調査を開始するが⋯。〔3881〕

◇ブラック・スターロード　アルント・エルマー，クルト・マール著，田中順子訳　早川書房　2024.9　255p　16cm　〈ハヤカワ文庫SF 2456―宇宙英雄ローダン・シリーズ 721〉〈原書名：SCHWARZE STERNENSTRAẞEN DIE GRAUEN EMINENZEN〉940円　①978-4-15-012456-4

内容　スターゲートの管理者（クルト・マール著，田中順子訳）

＊ジュリアン・ティフラーひきいる"ペルセウス"，"カシオペア"，"バルバロッサ"の三隻はシラグサ・ブラックホールに突入した。ブラックホール内の"スターロード"を通り，封鎖されている銀河系内に侵入するのがその目的だ。三隻は事象の地平線の下にある微小宇宙への侵入に成功し，制御ステーションを発見するや，イホ・トロトが取得したパルスシーケンスを送信するが…はたして"スターロード"は使用可能なのか？〔3882〕

◇ブラックホール攻防戦　クルト・マール，エルンスト・ヴルチェク著，井口富美子訳　早川書房　2022.10　271p　16cm　〈ハヤカワ文庫SF 2381―宇宙英雄ローダン・シリーズ 674〉〈原書名：AM EREIGNISHORIZONT DIE ESTARTU-SAGA〉780円　①978-4-15-012381-9

内容　ブラックホール攻防戦（クルト・マール著）

＊みずからの艦隊を撃破され，さらに腹心のハンター旅団指揮官ウィンダジ・クティシャを殺されたソト＝ティグ・イアンは激怒し，銀河中央部の超巨大ブラックホールを使って銀河系を殲滅すると宣言した！　事態を憂慮したGOI代表ジュリアン・ティフラーは，ギャラクティカム連合艦隊十万隻を銀河中心部に集結させ，ロボット艦隊を使ってソト＝ティグ・イアンのたてこもるウドゥル・ステーションに攻撃をしかけたが…!?〔3883〕

◇滅びゆく宇宙タルカン　エルンスト・ヴルチェク，クルト・マール著，嶋田洋一訳　早川書房　2022.10　254p　16cm　〈ハヤカワ文庫SF 2382―宇宙英雄ローダン・シリーズ 675〉〈原書名：CHRONIK DER KARTANIN TARKAN〉780円　①978-4-15-012382-6

内容　滅びゆく宇宙タルカン（クルト・マール著）

＊ストーカーがソト＝ティグ・イアンを倒し，故郷銀河に平安が訪れたことをグッキーから知らされたローダンたちは安堵した。残すは"不吉な前兆のカゲロウ"の問題だけだ。四星系植民国家タルカニスが保有するバラ露がカゲロウに反応し，その影響で監視役をつとめるエスパーたちがつぎつぎに無残な死を遂げていたのだ！　ローダンは永遠の戦士イジャルコルを仲介役に，ナックとカルタン人とを引き合わせようとするが…〔3884〕

◇惑星フェニックスの反乱　K.H.シェール，クルト・マール著，若松宣子訳　早川書房　2024.5　271p　16cm　〈ハヤカワ文庫SF 2444―宇宙英雄ローダン・シリーズ 712〉〈原書名：WER IST ADVOK？　REVOLTE AUF PHÖNIX〉940円　①978-4-15-012444-1

内容　惑星フェニックスの反乱（クルト・マール著，若松宣子訳）

＊球状星団M-30で基地となる惑星を探索中だった"リブラ"に，突如，謎の球型船が襲いかかる。"リブラ"も反撃するが，敵宇宙船は無傷。やがて「銀髪の年よりに伝えろ，このわたしアドヴォクとルイペッチの世界で会おう」というメッセージを残して消えた。報告を聞いたアトランは，「ルイペッチ」が最近ニッキ・フリッケルが発見した惑星と関係があることをつきとめ，その惑星に向かう！〔3885〕

マルカリス, ペトロス　Markaris, Petros

◇無益な殺人未遂への想像上の反響―ギリシャ・ミステリ傑作選　ディミトリス・ポサンジス編，橘孝司訳　竹書房　2023.7　443p　15cm　〈竹書房文庫 ぽ1-1〉〈原書名：Ellinika Egklimata.5〉1500円　①978-4-8019-3279-1

内容　三人の騎士（ペトロス・マルカリス著，橘孝司訳）

＊ギリシャに形成されつつある新たな迷宮。本書には，本格ミステリ，ノワール，警察小説など，各ジャンルのギリシャ・ミステリの精鋭たちの作品が収録されている。回天するギリシャ・ミステリの世界へようこそ。あなたは希望の胸膨らませた新人作家が大御所ミステリ作家のもとに持ち込んだ原稿を読む（「ギリシャ・ミステリ文学の将来」）。ナンシー・シナトラの曲が流れる中，ひとりの女の生涯を追体験し（「バン・バン！」），現実とミステリの狭間をさまよう（表題作）。陽気な警官たちと観るブルース・スプリングスティーンのアテネ公演は最高だ（「"ボス"の警護」）。そして，最悪の愛が通りを駆け抜けてゆく―（「死ぬまで愛す」）。二千年の時を経て，色合いを変え深度を増した迷宮が，あなたの前に扉を開く。あなたはそこで怪物よりも不可解なものに遭遇するだろう。混沌としたギリシャ・ミステリの謎に。巻末に訳者による詳細な解説と「ギリシャ・ミステリ小史」を付す。〔3886〕

マルキス, ダリア　Marchiş, Daria

◇ザニア―星の少女とエレメントの仲間たち　マルキス　ダリア著，ひなこ訳　文芸社　2024.1　250p　19cm　〈原書名：Zania〉1500円　①978-4-286-24821-9〔3887〕

マルセル, ガブリエル　Marcel, Gabriel

◇稜線の路　ガブリエル・マルセル著，古川正樹訳　幻戯書房　2023.10　328p　19cm　〈ルリユール叢書〉〈年譜あり　原書名：Le Chemin de crête〉3500円　①978-4-86488-284-2〔3888〕

マルチン, エドゥアルト

◇チェコSF短編小説集　2　カレル・チャペック賞の作家たち　平野清美編訳　ヤロスラフ・オルシャ・jr.，ズデニェク・ランパス編　平凡社

2023.2　505p　16cm　（平凡社ライブラリー939）〈原書名：Bílá hůl ráže 7,62　Nikdy mi nedáváš penízeほか〉　1900円　①978-4-582-76939-5

内容　新星（エドゥアルト・マルチン著,平野清美訳）

＊一九六八年のソ連軍を中心とした軍事侵攻以降、冬の時代を迎えていたチェコスロヴァキア。八〇年代、ゴルバチョフのペレストロイカが進むとSF界にも雪融けが訪れる。学生らを中心としたファンダムからは"カレル・チャペック賞"が誕生し、多くの作家がこぞって応募した。アシモフもクラークもディックも知らぬままに手探りで生み出した熱気と独創性溢れる一三編。　〔3889〕

マルティネス, ギジェルモ　Martínez, Guillermo

◎アリス連続殺人　ギジェルモ・マルティネス著,和泉圭亮訳　扶桑社　2023.10　427p　16cm　（扶桑社ミステリー　マ25-3）〈著作目録あり　原書名：LOS CRÍMENES DE ALICIA〉　1400円　①978-4-594-09241-2

＊「私」はアルゼンチンから来たオックスフォード大学の給費留学生。2年目の課題として筆跡に関するプログラムの開発に取り組むなか、旧知の数学者セルダム教授から秘密の依頼を受ける。ルイス・キャロルの喪われた日記にまつわる、新出の書類の筆跡鑑定をしてくれというのだ。ルイス・キャロル同好団内部に蠢く不穏な空気を破ってやがて幕を開ける悲劇。アリスと数理数列に彩られた知の迷宮に挑むセルダムの叡智が見出した真実とは。アルゼンチン発、本格ミステリーの新地平！ スペイン最高の文学賞、ナダール賞を受賞！　〔3890〕

マルパス, ジョディ・エレン　Malpas, Jodi Ellen

◎愛の迷路にさまよって　ジョディ・エレン・マルパス著,寺下朋子訳　二見書房　2023.6　622p　15cm　（二見文庫　マ24-1―ザ・ミステリ・コレクション）〈原書名：THE BRIT〉　1500円　①978-4-576-23063-4

＊偶然出会ったマイアミマフィアのボスに拾われ、養子となったダニー。20年後父が病死し、跡を継ぐことになるが、ダニーは組織拡大のためどうしても手に入れたいマリーナがあった。そこで、マリーナの所有者の弁護士で、次期マイアミ市長の座を狙う男の選挙戦を支援していた。しかし、多額の選挙資金を貸付けていたにもかかわらず、成果を上げられないことに業を煮やしたダニーは、その弁護士に同行する赤いドレスの女、ローズを人質として連れ去る。ところが、ふたりは突然、激しい銃撃戦に巻き込まれることに…大人気のアクション＆ロマンス。　〔3891〕

マルヤム・マフジョーバ

◎わたしのペンは鳥の翼　アフガニスタンの女性作家たち著,古屋美登里訳　小学館　2022.10　254p　19cm　〈原書名：MY PEN IS THE WING OF A BIRD〉　2100円　①978-4-09-356742-8

内容　話し相手　エアコンをつけてくれませんか（マルヤム・マフジョーバ著）

＊口を塞がれた女性たちがペンを執り、鳥の翼のように自由に紡ぎ出した言葉の数々。女性嫌悪、家父長制、暴力、貧困、テロ、戦争、死。一日一日を生き抜くことに精一杯の彼女たちが、身の危険に晒されても表現したかった自分たちの居る残酷な世界と胸のうちで羽ばたく美しい世界。アフガニスタンの女性作家18名による23の短篇集。　〔3892〕

マレイ, ジェイムズ・S.　Murray, James S.

◎密航者　ジェイムズ・S.マレイ, ダレン・ウェアマウス著, 北野寿美枝訳　早川書房　2024.3　378p　16cm　（ハヤカワ文庫 NV 1522）〈原書名：THE STOWAWAY〉　1360円　①978-4-15-041522-8

＊連続小児殺人事件で起訴されたバトラーは陪審員の評決不一致で無罪となった。陪審員を務めたマリアは遺族やマスコミに糾弾され、身を隠すため船の旅に出る。その途上、船内で切断された頭部が発見され、その手口はバトラーの犯行に酷似していた。マリアは彼が乗船していると訴えるが取り合ってもらえず、単身、犯人を捜しはじめる。だが船内には彼女を密かに監視する人物が…。脱出不可能ノンストップ・心理サスペンス。　〔3893〕

マレリー, スーザン　Mallery, Susan

◎愛をなくした大富豪　スーザン・マレリー作, 中野恵訳　ハーパーコリンズ・ジャパン　2022.1　156p　17cm　（ハーレクイン・イマージュ I2689）〈原書名：BEFORE SUMMER ENDS〉　664円　①978-4-596-01824-3

＊急なトラブルで夏休みのあいだ宿なしになったニッサは、長年の友人デズモンドの屋敷に居候させてもらうことになった。10年前、憧れのデズモンドがエスコートしてくれたハイスクールのダンスパーティは夢のようなひとときだったけれど、あの夜、恋に落ちたのはわたしだけだった。そしていま、わたしは平凡な教師で、彼はセクシーな大富豪。住む世界が違いすぎるデズモンドとひとつ屋根の下で暮らすなんて…。胸のざわめきを押し隠しながら、ニッサは彼のもとへと向かった。かつての失恋が誤解によるすれ違いだったことなど―デズモンドもニッサを強烈に意識していることなど知るよしもなく。　〔3894〕

◎愛と祝福の花束を　ダイアナ・パーマー著, アン・メイジャー, スーザン・マレリー著, 平江まゆみ訳　ハーパーコリンズ・ジャパン　2023.3　332p　17cm　（HPA 44―スター作家傑作選）〈「ホワイトホーン・マーヴェリック」（ハーレクイン 2000年刊）の改題　原書名：THE BRIDE WHO WAS STOLEN IN THE NIGHT BRIDE,BABY AND ALLほか〉　1109円　①978-4-596-76769-1

内容　届かなかった手紙（スーザン・マレリー著, 平江まゆみ訳）

＊ブーケを胸に、未来の花嫁は愛の夢を見る―大作家が描く歓喜のウエディング短篇集！〔3895〕

◇あなたに片思い　スーザン・マレリー著，高田恵子訳　ハーパーコリンズ・ジャパン　2024.6　494p　15cm　(mirabooks SM01-06)〈MIRA文庫 2013年刊の新装版 原書名：FALLING FOR GRACIE〉991円　①978-4-596-63722-2
＊妹の結婚式のため、14年ぶりに帰郷したグレイシーは憂鬱だった。かつてグレイシーは初恋の人ライリーに夢中になりすぎて、その"ストーカーぶり"が町中に知れ渡り、新聞記事にもなったほど。一方のライリーは今や銀行頭取としてエリート街道を歩んでいるらしいが、あれほど迷惑をかけた彼には絶対に会いたくない―グレイシーのそんな願いもむなしく、運命は最悪の再会を用意していて…。〔3896〕

マレル，デイヴィッド

◇短編回廊―アートから生まれた17の物語　ローレンス・ブロック編，田口俊樹他訳　ハーパーコリンズ・ジャパン　2022.12　605p，図版18p　15cm　(ハーパーBOOKS M・フ6・2)〈原書名：ALIVE IN SHAPE AND COLOR〉1264円　①978-4-596-75581-0
内容　オレンジは苦悩、ブルーは狂気(デイヴィッド・マレル著，浅倉久志訳)
＊探偵スカダーは滞在先で見覚えのある顔にでくわす。それは25年前、まだスカダーが刑事だった頃に恋人殺しの罪で憎んだ男―L・ブロック『ダヴィデを探して』。考古学者の夫婦が世紀の発見にたどりつくが、待ち受けていたのは恐ろしい真相だった―J・ディーヴァー『意味深い発見』。絵のなかに閉じ込められてしまった少女の悲痛な叫び―J・C・オーツ『美しい日々』他、芸術とミステリーの饗宴短編集！〔3897〕

マレン，ケイトリン　Mullen, Caitlin

◇塩の湿地に消えゆく前に　ケイトリン・マレン著，国弘喜美代訳　早川書房　2022.1　412p　19cm　(HAYAKAWA POCKET MYSTERY BOOKS 1975)〈原書名：PLEASE SEE US〉1900円　①978-4-15-001975-4
＊ニュージャージー州アトランティックシティ。叔母のデズとともに暮らす少女クララは、他人の強い思いをビジョンとして視ることができる能力を持っていた。その力を使った占いで生計を立てていた彼女は、ある日行方不明になった少女を捜し出してほしいという依頼を受ける。その日を境に、女性たちが傷つけられる不吉なビジョンを頻繁に視るようになったクララは、カジノホテルのスパ施設で働くリリーの協力を得て彼女たちを救おうとする。だが犯人の魔の手はクララたちにもおよび…エドガー賞最優秀新人賞受賞作。〔3898〕

マロリー，サラ　Mallory, Sarah

◇隠れ公爵がくれた愛の果実　サラ・マロリー作，藤倉詩音訳　ハーパーコリンズ・ジャパン　2023.8　252p　17cm　(ハーレクイン・ヒストリカル・スペシャル PHS308)〈原書名：THE DUKE'S FAMILY FOR CHRISTMAS〉827円　①978-4-596-52036-4
＊母亡き幼いトビーを我が子のように大切に育てているリリー。そろそろ高い教育を受けさせてやりたいと考えていたある日、異国から戻ってきたばかりのハンサムなレオ・デヴェローと知り合う。レオがトビーの家庭教師をしてくれることになったのを機に、リリーは彼に友情を、いや、それ以上の好意を抱き始めた。一方、レオには秘密があった―7年前、美しい女性と恋に落ち、父には言わず結婚したが、すぐに引き裂かれて異国へ追いやられた。そして最近になって、じつは息子が生まれていたことを知ったのだ！ トビーが本当に我が子かどうかを確かめるために、レオはテイン公爵という身分を隠して、ここへやってきたのだった…。〔3899〕

◇子爵が愛したかりそめの妻　サラ・マロリー作，藤倉詩音訳　ハーパーコリンズ・ジャパン　2023.1　252p　17cm　(ハーレクイン・ヒストリカル・スペシャル PHS294)〈原書名：CINDERELLA AND THE SCARRED VISCOUNT〉827円　①978-4-596-75649-7
＊意地悪な継母と異母妹たちの冷酷な仕打ちに耐えるカレンジ。継母に1ペニーもドレスの仕立て代をもらえず、年頃になっても社交界デビューもせず、病弱な父を支えてひっそり暮らしている。ある日、オースターフィールド子爵が屋敷に滞在することになり、現れた子爵の並外れた容貌に、邸内は色めき立つ。妹たちは着飾って子爵の気を引こうと必死だ。カレンジは古びた服で庭の花を摘み、子爵に色目を使ったと継母と妹たちに心ない言葉を浴びせられてもなんとかこらえた。それを子爵に見られたのは、少し悲しかったけれど…。翌朝、散歩をしているとオースターフィールド子爵が小道に現れた。「僕と結婚してほしいんです。あなたを子爵夫人にしたい」〔3900〕

◇伯爵の知らない妻　サラ・マロリー作，清水由貴子訳　ハーパーコリンズ・ジャパン　2022.6　252p　17cm　(ハーレクイン・ヒストリカル・スペシャル PHS280)〈原書名：HIS COUNTESS FOR A WEEK〉827円　①978-4-596-42874-5
＊アラベラは今、ウェストレイ伯爵夫人になりすましていた。新婚早々、夫が亡くなり、その不審な死の真相を突き止めるには、正体を隠して関係者に近づく必要がどうしてもあったのだ。最近、爵位を継いだ新伯爵は海外にいるというから問題ないはずよ。6年ぶりに祖国イギリスの地を踏んだ新伯爵ランドルフは、領地を訪れたとき、使用人の言葉に耳を疑った。「奥様がお留守で…」奥様だと？ 未婚のぼくに、妻などいるはずがない？ いぶかしんだ彼は、"伯爵夫人"が出かけたという館を訪れ、華やかなドレスに身を包んだ見知らぬ美女アラベラを見つけ―〔3901〕

◇ベールの下の見知らぬ花嫁　サラ・マロリー作，藤倉詩音訳　ハーパーコリンズ・ジャパン　2024.10　252p　17cm　(ハーレクイン・ヒス

マン

トリカル・スペシャル PHS336）〈原書名：LADY BENEATH THE VEIL〉827円 ①978-4-596-71242-4

＊花嫁姿のドミニクは分厚いベールに顔を隠し、新郎ギデオンの隣にいた。この2カ月間、ギデオンを陰からひっそり見つめるうち、ドミニクは誠実そうで温かな笑顔の彼にいつしか恋をしていた。だが今、彼女の心は落ち着かなかった―本当に私がギデオンと結婚を？ これは従兄弟が考えた悪ふざけの計画。彼女の貧しい母に家を与え、一生涯年金も払うと約束され、やむなく計画に協力してしまったのだ。一方、ギデオンの心は浮き立っていた―ついに愛しの女性と結婚した！ 金髪に青い瞳の美しい彼女は、この2カ月間、僕を魅了してきた。ギデオンはたまらなくキスがしたくなり、新妻の顔を覆うベールを…。その瞬間、彼は驚きに声を失った。このこげ茶色の髪の女性は、誰だ?! 〔3902〕

マン, キャサリン　Mann, Catherine

◇疎遠の妻から永遠の妻へ　リンダ・ハワード他著, 小林令子他訳　ハーパーコリンズ・ジャパン　2023.11　380p　17cm　（HPA 52―スター作家傑作選）〈「もう一度愛して」（サンリオ 1983年刊）の新訳版と「秘密の電撃結婚」（ハーレクイン 2013年刊）の改題, 合本 原書名：AN INDEPENDENT WIFE　THE TYCOON TAKES A WIFE〉1136円 ①978-4-596-52778-3

内容　秘密の電撃結婚（キャサリン・マン著, 秋庭葉瑠訳）

＊サリー・ジェロームはみぞおちを蹴られたような気分だった。来週から新しいボスが来る―ライ・ベインズ、7年前に私を捨てた男。18歳で両親を失ったサリーにとって兄のような存在で、ライにプロポーズされて結婚したのに、そばにいてほしいと願った彼女を振りきって、彼は出ていったのだった…。私の存在を知れば、ライは解雇を言い渡すに違いない。どうか見つかりませんように！ だが非情にも再会の時は訪れた。グレーの瞳に怒りをたぎらせ、彼は残忍に囁いた。「どうして名前を変えたんだ？　君は今でも僕の妻だ」（『もう一度愛して』）。1年かかって、ついにジョナは花嫁を見つけだした―スペインで燃えるような恋におちて結婚したのに、翌朝、忽然と姿を消した美しき花嫁エロイーサを。世界を股にかける権力者一族のジョナは、サングラスを外すと、彼女ににっこりと笑いかけた。エロイーサは驚きに言葉も出ないらしい。あれほど情熱的な恋人だった彼女が、なぜあんなふうに逃げだしたのか？　その理由をどうしても知りたくて、ジョナはやってきた。そして、最後にもう一度ベッドをともにしてから彼女を無慈悲に捨てるという究極の目的を果たすために。（『秘密の電撃結婚』）。〔3903〕

マン, ハインリヒ　Mann, Heinrich

◇ウンラート教授―あるいは一暴君の末路　ハインリヒ・マン作, 今井敦訳　岩波書店　2024.5　409p　15cm　（岩波文庫 32-474-1）〈松籟社 2007年刊の訳文を一部修正 原書名：PROFESSOR UNRAT〉1110円 ①978-4-00-324741-9

＊ハインリヒ・マンの名を世界に知らしめた小説。「ウンラート（汚物）教授」とあだ名される教師は、生徒を追いかけ入った酒場で美しい歌姫の虜となる。転落していく主人公を通して帝国社会を諧謔的に描いた本書は、マレーネ・ディートリヒ出演の映画『嘆きの天使』原作であり、ファシズムを予見した作とされる。〔3904〕

マン, マイケル　Mann, Michael

◇ヒート 2　マイケル・マン＆メグ・ガーディナー, 熊谷千寿訳　ハーパーコリンズ・ジャパン　2023.5　775p　15cm　（ハーパーbooks）〈原書名：Heat 2〉1445円 ①978-4-596-77440-8

＊1988年シカゴ。クリスは切れ者のニール率いる強盗団の仲間とメキシコの麻薬カルテルの現金貯蔵庫を狙っている。一方、殺人課の刑事ハナは高級住宅地を襲う残忍な連続強盗殺人事件を追っていた―7年後、LAの銀行強盗事件で男たちの運命が交錯したとき、血で血を洗う悲劇が産声をあげる。追う者と追われる者、米国、南米、アジアを跨ぐ犯罪組織の抗争を壮大なスケールで描く、伝説の映画『ヒート』続編！ 〔3905〕

マン, マンジート　Mann, Manjeet

◇僕たちは星屑でできている　マンジート・マン作, 長友恵子訳　岩波書店　2024.1　397p　19cm　（STAMP BOOKS）〈原書名：THE CROSSING〉2200円 ①978-4-00-116426-8

＊高校生のナタリーはドーバー海峡横断泳へのチャレンジを決心する。難民支援の募金活動のためだ。そのときサミーは、アフリカの独裁国家エリトリアから逃れ、命がけではるかイギリスをめざしていた。運命のいたずらが痛みを抱えたふたりを結びつける。そこに希望は生まれるのか。カーネギー賞最終候補作。〔3906〕

マンケル, ヘニング　Mankell, Henning

◇イタリアン・シューズ　ヘニング・マンケル著, 柳沢由実子訳　東京創元社　2022.10　407p　15cm　（創元推理文庫 Mマ13-23）〈原書名：ITALIENSKA SKOR〉1260円 ①978-4-488-20924-7

＊ひとり小島に住む元医師フレドリックのもとに、37年前に捨てた恋人がやってきた。不治の病に冒された彼女は、白夜の空の下、森に広がる美しい湖に連れていくという約束を果たすよう求めに来たのだ。願いをかなえるべく、フレドリックは島をあとにする。だが、その旅が彼の人生を思いがけない方向へと導く。"刑事ヴァランダー・シリーズ"の著者が描く、孤独な男の再生と希望の物語。〔3907〕

◇スウェーディッシュ・ブーツ　ヘニング・マンケル著, 柳沢由実子訳　東京創元社　2023.4

478p 19cm 〈原書名：SVENSKA GUMMISTÖVLAR〉 2600円 ①978-4-488-01122-2

＊小島に一人で暮らす元医師のフレドリックは、就寝中の火事で住む家も家財道具もすべて失った。その後警察の調べで火事の原因が放火であったことが判明、フレドリックは保険金目当ての自作自演だと疑いをかけられてしまう。ところが、火事はそれだけではおさまらなかった。付近の群島の家々が続けて放火されたのだ…。幸い死者は出ていない。犯人の目的はどこにあるのか？ "刑事ヴァランダー・シリーズ"で人気の北欧ミステリの帝王最後の作品。CWAインターナショナルダガー受賞。〔3908〕

マンゴーベア　MangoBear

◇ハーフライン　1　マンゴーベア作，加藤智子訳　すばる舎　2023.11　413p　19cm　（プレアデスプレス）　2000円　①978-4-7991-1173-4

＊恵まれた才能に加えルックスもよく、英国プレミアリーグでの活躍が華々しいワールドスター・サッカー選手－キム・ムギョン。期間限定で故郷・韓国のサッカーチームにレンタル移籍してきたムギョンだったが、チームメイトにスキャンダルの多さを注意され、性欲を発散できずに悶々とした日々を過ごしていた。そんな中、ムギョンはある出来事をきっかけに所属チームの新人コーチ・イ・ハジュンとセックスパートナーになることに。男慣れしているかと思えば初心な反応を見せ、誰にでもにこやかに接するくせにムギョンにだけはそよそしい態度をとるハジュン。実はハジュンには秘めた想いがあって…。〔3909〕

◇ハーフライン　2　マンゴーベア作，加藤智子訳　すばる舎　2024.7　415p　19cm　（プレアデスプレス）　2000円　①978-4-7991-1252-6

＊英国プレミアリーグで活躍するワールドスター・サッカー選手キム・ムギョンは期間限定で故郷・韓国のサッカーチームにレンタル移籍中。所属チームの新米コーチ・ハジュンとひょんなことからセックスパートナーに。ハジュンは密かにムギョンだけをずっと想ってきていた。ハジュンの告白に対して「ロンドンに戻るまではかわいがってやる」というムギョン。だが、ある出来事をきっかけにムギョンから距離を置くことをハジュンは決意する。二人の壮絶な過去が交差し、心と体はすれ違う…。〔3910〕

マンショウ，ホウネン　万象 峰年

◇宇宙の果ての本屋　立原透耶編　新紀元社　2023.12　477p　20cm　（現代中華SF傑作選）〈他言語標題：The Bookstore at the Edge of the Universe〉2500円　①978-4-7753-2023-5

内容　時の点灯人（万象峰年著,大恵和実訳）〔3911〕

マンスフィールド，キャサリン　Mansfield, Katherine

◇アロエ　キャサリン・マンスフィールド，宗洋訳　横浜　春風社　2023.8　187p　20cm　〈原書名：The aloe〉2400円　①978-4-86110-837-2

内容　アロエ　ケザイアとトゥイ　パットのこと

＊花は咲かないの？　咲くわ、百年に一度ね。遠いニュージーランドの夏の思い出。三世代の女性の日常を繊細な筆致で描いた名作「プレリュード」。生前には出版されなかったそのロング・ヴァージョン。著者没後100年、初の邦訳。短編「ケザイアとトゥイ」「パットのこと」も併せて収録。〔3912〕

◇郊外のフェアリーテール―キャサリン・マンスフィールド短篇集　キャサリン・マンスフィールド著，西崎憲編訳　亜紀書房　2022.4　324p　19cm　（ブックスならんですわる 02）〈「マンスフィールド短篇集」（ちくま文庫 2002年刊）の改題、改稿、追加　原書名：The Collected Short Stories 原著1981年版の翻訳〉1900円　①978-4-7505-1735-3

＊薔薇、お茶、リボン、焼き菓子―幸福の中にひそむ死、誘惑、心変わりや別離。外から来た少女は、世界の裂け目を覗き込む。ニュージーランド生まれ。ヴァージニア・ウルフのよきライヴァル。短篇の革新者の小世界。〔3913〕

マンスール，アターッラー　Mansour, Atallah

◇砂漠の林檎―イスラエル短編傑作選　サヴィヨン・リーブレヒト，ウーリー・オルレブほか著，母袋夏生編訳　河出書房新社　2023.8　258p　20cm　2900円　①978-4-309-20890-9

内容　コーヒーふたつ（アターッラー・マンスール著，母袋夏生訳）

＊迷宮のような路地で見つけた写真集、不死の老人、ショアの記憶、聖書物語など、イスラエル文学紹介の第一人者による日本語版オリジナル・アンソロジー。ウーリー・オルレブ（国際アンデルセン賞受賞）、シャイ・アグノン（ノーベル文学賞受賞）など、世界が高く評価する作家の傑作を精選。〔3914〕

マンチネッリ，L.

◇薔薇のアーチの下で―女性作家集　香川真澄編・訳　山陽小野田　創林舎イタリア文藝叢書編集部　2023.7　194p　21cm　（イタリア文藝叢書 9）〈著：マリア・メッシーナ 他 原書名：Sotto l'arco di rose〉1600円

内容　盗まれた演奏会（L.マンチネッリ著，香川真澄訳）〔3915〕

マンプーン，ネリー・N.

◇そして私たちの物語は世界の物語の一部となる―インド北東部女性作家アンソロジー　ウルワシ・ブタリア編，中村唯日本語版監修　国書刊行会　2023.5　286p　20cm　〈原書名：THE MANY THAT I AMの抄訳　THE INHERITANCE OF WORDSの抄訳ほか〉2400円　①978-4-336-07441-6

マンロ

|内容| 夜と私（ネリー・N.マンブーン著，安藤五月訳）
＊バングラデシュ，ブータン，中国，ミャンマーに囲まれ，さまざまな文化や慣習が隣り合うヒマラヤの辺境。きわ立ってユニークなインド北東部から届いた，むかし霊たちが存在した頃のように語られる現代の寓話。女性たちが，物語の力をとりもどし，自分たちの物語を語りはじめる。　〔3916〕

マンロー，アリス　Munro, Alice

◇小説のように　アリス・マンロー著，小竹由美子訳　東京創元社　2024.7　490p　16cm　（創元文芸文庫 LAマ1-1）〈新潮社 2010年刊の再刊　原書名：TOO MUCH HAPPINESS〉 1400円　①978-4-488-80504-3
|内容| 次元　小説のように　ウェンロック・エッジ　深い穴　遊離基　顔　女たち　子供の遊び　木　あまりに幸せ
＊音楽家がふと手にした小説には，彼女自身の若き日が，ある少女の目を通じて綴られていた。ページをめくるにつれ，過去が思いもかけない景色を見せる表題作「小説のように」ほか，孤独な女性と殺人犯との対話が震えるほどの余韻をもたらす「遊離基」など，長い人生に訪れる，あまりにも忘れがたい一瞬を捉えた十の物語。ノーベル文学賞に輝く短篇小説の女王，待望の初文庫化。　〔3917〕

【ミ】

ミケシュ，ジョージ

◇ユーモア・スケッチ大全　〔2〕　ユーモア・スケッチ傑作展　2　浅倉久志編・訳　国書刊行会　2022.1　372p　19cm〈ユーモア・スケッチ傑作展2』（早川書房 1980年刊）の改題，増補〉2000円　①978-4-336-07309-9
|内容| 英国人入門（ジョージ・ミケシュ著）
＊名翻訳家のライフワークである「ユーモア・スケッチ」ものを全4巻に集大成。第2弾は『ユーモア・スケッチ傑作展2』（全32篇）＋単行本未収録作品12篇。　〔3918〕

◇ユーモア・スケッチ大全　〔4〕　すべてはイブからはじまった　ミクロの傑作圏　浅倉久志編・訳　国書刊行会　2022.3　376p　19cm〈「すべてはイブからはじまった」（早川書房 1991年刊）と「ミクロの傑作圏」（文源庫 2004年刊）の改題，合本〉2000円　①978-4-336-07311-2
|内容| 貧乏論　結婚について（ジョージ・ミケシュ著）
＊笑いの大博覧会，完結！　名翻訳家浅倉久志のライフワークである「ユーモア・スケッチ」ものを全4巻に集大成。最終巻は傑作展姉妹篇「すべてはイブからはじまった」とオンデマンドのみの刊行だった『ミクロの傑作圏』をカップリング。　〔3919〕

ミシャロン，クレマンス　Michallon, Clémence

◇寡黙な同居人　クレマンス・ミシャロン著，高山真由美訳　早川書房　2024.9　583p　16cm　（ハヤカワ・ミステリ文庫 HM 520-1）〈原書名：THE QUIET TENANT〉1680円
①978-4-15-186201-4
＊レイチェルは監禁されている。しかし，好人物として知られるエイダンを誰も連続監禁殺人犯だと思っていない。ある日エイダンの妻が亡くなり，引っ越し先で，エイダンと娘のセシリア，そしてレイチェルの奇妙な同居生活が始まった。父を愛するセシリアに真実を告げられないレイチェルだが，そこにエイダンに恋する女が現われる。恋心が暴走した彼女はエイダンの家に無断で侵入し，レイチェルと出会ってしまったことで…。　〔3920〕

ミション，ピエール　Michon, Pierre

◇小さき人びと─折々の肖像　ピエール・ミション著，千葉文夫訳　水声社　2023.9　268p　20cm　（フィクションの楽しみ）〈著作目録あり　原書名：VIES MINUSCULES〉2700円
①978-4-8010-0753-6
|内容| アンドレ・デュフルノー　アントワーヌ・プリュシェ　ウジェーヌとクララ　バクルート兄弟　フーコー爺さん　ジョルジュ・バンディ　クローデット　幼くして死んだ娘
＊列伝ふうの体裁のもとに，語り手の記憶に深く沈み込む"名もなき人びと"の肖像が浮かびあがる─フランス現代作家が濃密な文体で描く自伝的フィクション。　〔3921〕

ミスター・クリーピーパスタ　Mr. CreepyPasta

◇〈閲覧注意〉ネットの怖い話クリーピーパスタ　ミスター・クリーピーパスタ編，倉田真木，岡田ウェンディ他訳　早川書房　2022.7　287p　16cm　（ハヤカワ文庫 NV 1499）〈原書名：THE CREEPYPASTA COLLECTIONの抄訳〉860円　①978-4-15-041499-3
＊ネットの恐怖都市伝説のコピペから生まれたホラージャンル"クリーピーパスタ"。綿密に計画をたて女性の家に忍び込んだ殺人ストーカーが異変に巻き込まれる「殺人者ジェフは時間厳守」や，ジャーナリスト志望者がフロッピーディスクに込められた呪いを目撃する「スマイル・モンタナ」など，アメリカ・クリーピーパスタ界の人気ユーチューバーが厳選した悪夢の物語。身の毛がよだつ15篇の恐怖のショートストーリー傑作集。　〔3922〕

ミストレル，ジャン　Mistler, Jean

◇ドラキュラ　ドラキュラ─吸血鬼小説集　種村季弘編　新装版　河出書房新社　2023.2　253p　15cm　（河出文庫 た4-53）880円　①978-4-309-46776-4
|内容| 吸血鬼（ジャン・ミストレル著，種村季弘訳）

ミード, トム　Mead, Tom

◇死と奇術師　トム・ミード著，中山宥訳　早川書房　2023.4　249p　19cm　〈HAYAKAWA POCKET MYSTERY BOOKS 1990〉〈原書名：DEATH AND THE CONJUROR〉1800円　①978-4-15-001990-7

ミニエ, ベルナール　Minier, Bernard

◇黒い谷　ベルナール・ミニエ著，青木智美訳　ハーパーコリンズ・ジャパン　2024.11　742p　15cm　〈ハーパーBOOKS M・ミ1・9〉〈原書名：LA VALLÉE〉1527円　①978-4-596-71853-2

＊ピレネー山中で男性の惨殺体が見つかった。死体の傍には謎の記号が描かれた石が残されていた。8年前に拉致されていた元恋人を追って村を訪れていた刑事セルヴァズは、捜査を担う憲兵隊大尉ジーグラーから以前にもこの地で同様の手口の殺しが起きていたと聞き、拉致事件との関連を調べ始める。その矢先、何者かによって道が寸断され、一行は村に閉じこめられることに。そしてさらなる殺人が発生し―。

◇姉妹殺し　ベルナール・ミニエ著，坂田雪子訳　ハーパーコリンズ・ジャパン　2022.4　677p　15cm　〈ハーパーBOOKS M・ミ1・8〉〈原書名：SOEURS〉1309円　①978-4-596-42830-1

＊1993年、トゥールーズの森で大学生の姉妹が殺された。駆け出しの刑事セルヴァズが目にしたのは、白いドレス姿で木につながれた異様な遺体。姉のほうは美しい顔を潰されていた。容疑者に浮上したのは人気ミステリー作家。犯行手口が彼の小説と酷似しており、姉妹との関係も判明するが、事件は意外な幕引きを迎える。だが25年後、今度は作家の妻が白いドレス姿で作中の手口で殺されて…。

ミハイリディス, テフクロス

◇無益な殺人未遂への想像上の反響—ギリシャ・ミステリ傑作選　ディミトリス・ポサンジス編，橘孝司訳　竹書房　2023.7　443p　15cm　〈竹書房文庫 ぽ1-1〉〈原書名：Ellinika Egklimata.5〉1500円　①978-4-8019-3279-1

内容　双子素数（テフクロス・ミハイリディス著，橘孝司訳）

＊ギリシャに形成されつつある新たな迷宮。本書には、本格ミステリ、ノワール、警察小説など、各ジャンルのギリシャ・ミステリの精鋭たちの作品が収録されている。回天するギリシャ・ミステリの世界へようこそ。あなたは希望の胸膨らませた新人作家が大御所ミステリ作家のもとに持ち込んだ原稿を読む（「ギリシャ・ミステリ文学の将来」）。ナンシー・シナトラの曲が流れる中、ひとりの女の生涯を追体験し（「バン・バン！」）、現実とミステリの狭間をさまよう（表題作）。陽気な警官たちと観るブルース・スプリングスティーンのアテネ公演は最高だ（「"ボス"の警護」）。そして、最悪の愛が通りを駆け抜けてゆく—（「死ぬまで愛す」）。二千年の時を経て、色合いを変え深度を増した迷宮が、あなたの前に扉を開く。あなたはそこで怪物よりも不可解なものに遭遇するだろう。混沌としたギリシャ・ミステリの謎に。巻末に訳者による詳細な解説と「ギリシャ・ミステリ小史」を付す。

ミュア, タムシン　Muir, Tamsyn

◇ギデオン—第九王家の騎士　上　タムシン・ミュア著，月岡小穂訳　早川書房　2022.7　441p　16cm　〈ハヤカワ文庫 FT 613〉〈原書名：GIDEON THE NINTH〉1200円　①978-4-15-020613-0

＊第一王家の"不死の王"たる銀河帝国の皇帝が即位して一万年。配下の八王家から、王位継承者の死霊術師とその首席騎士が召集される。皇帝がその治世で初めて、絶大な力と悠久の命を持つ側近リクトルの候補を選ぶというのだ。第九王家の女剣士ギデオンは、幼いころから確執のある骨の魔術師"聖なる娘"ハロウハークとともに、第一王家の惑星へと向かうが…。ローカス賞、クロフォード賞受賞の死と魔法のファンタジイ。

◇ギデオン—第九王家の騎士　下　タムシン・ミュア著，月岡小穂訳　早川書房　2022.7　431p　16cm　〈ハヤカワ文庫 FT 614〉〈原書名：GIDEON THE NINTH〉1200円　①978-4-15-020614-7

＊新リクトル選考会のため、三人の司祭とスケルトンの召使が管理する宮殿の廃墟に招き入れられたギデオンとハロウハーク。八つの王家の候補者たちは、それぞれキー・リングが与えられ、迷路のような建物内で危険な謎解きを命じられる。不仲な第九王家の二人がしぶしぶ協力し始めたとき、ある王家の候補が死体となって発見された！ 事故なのか、殺人なのか、それとも…。新鋭によるノンストップ・ゴシック・ファンタジイ。

ミュッソ, ギヨーム　Musso, Guillaume

◇人生は小説（ロマン）　ギヨーム・ミュッソ著，吉田恒雄訳　集英社　2023.8　295p　16cm　〈集英社文庫 ミ5-5〉〈原書名：LA VIE EST UN ROMAN〉1000円　①978-4-08-760786-4

＊著名な小説家フローラ・コンウェイの娘、3歳のキャリーがニューヨークの自宅アパートメントから忽然と姿を消した。身代金を狙った誘拐か？ 事件の鍵を握る唯一の人物は、パリに住むベストセラー作家ロマン・オゾルスキ。彼の存在を察知したフローラは、拳銃を手に、一対一の危険な対決に挑もうとする―。2人の小説家の人生が巧妙に交錯する"フィクション"という名の迷宮。驚異のミステリー。

ミュラー, ヘルタ　Müller, Herta

◇呼び出し　ヘルタ・ミュラー著，小黒康正，高村俊典訳　三修社　2022.5　315p　20cm　〈原書名：Heute wär ich mir lieber nicht

ミュライユ

begegnet〉 2800円　①978-4-384-05984-7
＊独裁政権下のルーマニアのある町。毎回10時きっかりの少佐の呼び出しに向かう路面電車の中で「私」の意識に過去の出来事が浮かび上がる。路面電車内で起こる出来事に過去と現在のエピソードが絡み合いながら、物語は進行する。「今日」の自分に出会いたくなかった「私」は新たな『ユリシーズ』を紡ぐ。歴史に翻弄される辺境のマイノリティを描き出す。
〔3931〕

ミュライユ, マリー＝オード　Murail, Marie‐Aude

◇シンプルとウサギのパンパンくん　マリー＝オード・ミュライユ作, 河野万里子訳　小学館　2024.7　325p　19cm〈原書名：SIMPLE〉1800円　①978-4-09-290661-7
＊高校生のクレベールは、知的障碍をかかえる兄シンプルと、親元を離れ、パリで暮らす決意をする。弟の不安をよそに、シンプルはぬいぐるみのパンパンくんと遊んでばかり。シェアアパルトマンで学生たちと共同生活を始めると、二人の日常はどんどんフクザツになっていき…。国際アンデルセン賞受賞作家による、兄弟の絆の物語。
〔3932〕

ミラーニ, M.

◇薔薇のアーチの下で―女性作家集　香川真澄編・訳　山陽小野田　創林舎イタリア文藝叢書編集部　2023.7　194p　21cm　（イタリア文藝叢書 9）〈著：マリア・メッシーナ 他 原書名：Sotto l'arco di rose〉1600円
内容　バスルームの母（M.ミラーニ著, 香川真澄訳）
〔3933〕

ミルズ, マグナス　Mills, Magnus

◇鑑識レコード倶楽部　マグナス・ミルズ著, 柴田元幸訳　アルテスパブリッシング　2022.4　199p　17cm〈著作目録あり 原書名：THE FORENSIC RECORDS SOCIETY〉1700円　①978-4-86559-252-8
〔3934〕

ミルバーン, メラニー　Milburne, Melanie

◇九カ月後の再会は産声とともに　メラニー・ミルバーン作, 雪美月志音訳　ハーパーコリンズ・ジャパン　2023.4　156p　17cm（ハーレクイン・ロマンス R3765）〈原書名：NINE MONTHS AFTER THAT NIGHT〉664円　①978-4-596-76873-5
＊私は天国に行くのかしら―27歳の若さで？ ハーパーは腹部の痛みに耐えかね、救急外来に駆け込んだ。そこで医師から告げられた診断に、驚愕する。激しい痛みは陣痛で、まもなく母親になるという。9カ月前、ハーパーは億万長者のジャックと熱い夜を過ごしたが、住む世界が違うと悟り、翌朝、彼の前から姿を消したのだった。ああ、気づかないうちに身ごもっていたなんて！ 頼れる人もおらず、仕方なくジャックに連絡すると、彼は出産に立ち会ったうえ、娘のための結婚を申し出て…。
〔3935〕

◇契約結婚は逃げた花嫁と　メラニー・ミルバーン作, 飯塚あい訳　ハーパーコリンズ・ジャパン　2023.3　156p　17cm（ハーレクイン・ロマンス R3762）〈原書名：A CONTRACT FOR HIS RUNAWAY BRIDE〉664円　①978-4-596-76783-7
＊エロディは最愛の人との挙式直前、教会から逃げ出した。花婿―ハンサムで完璧な大富豪リンカーンを置き去りにして。なぜなら彼に愛されていないと感じたから…。あれから7年。彼を忘れたくて仕事に打ち込んできたが、仕事に必要な資金の調達ができず頭を悩ませていたとき、謎の援助者から連絡が入った。一縷の望みをかけて会いに行くと、現れたのは誰あろうリンカーンだった！「結婚してほしいんだ―」なんですって？ エロディは耳を疑った。「余命いくばくもない母のために」
〔3936〕

◇恋を忘れた無垢な薔薇　メラニー・ミルバーン作, 飯塚あい訳　ハーパーコリンズ・ジャパン　2022.5　156p　17cm（ハーレクイン・ロマンス R3683―純латの シンデレラ）〈原書名：SHY INNOCENT IN THE SPOTLIGHT〉664円　①978-4-596-42824-0
＊エルスペスは耳を疑った。双子の姉でモデルのエロディに、友人の結婚式のリハーサルでの代役を頼まれたからだ。いくらそっくりでも、私にはとても無理だわ！ 外交的な姉とは正反対で内気なう え、ファーストキスでひどいアレルギー反応を起こして以来、恋愛も結婚も諦め、大好きな本をたくさん読める仕事を選んだ。でも、もしこれが新しい人生に一歩踏み出すチャンスだったら？ スコットランドへ飛んだ彼女を待っていた、魅惑の黒髪の男性。裕福なプレイボーイで有名な、新郎の兄マックの厳しい視線に、エルスペスはなぜか息が止まりそうになって―。
〔3937〕

◇盗まれたのは心　メラニー・ミルバーン作, 萩原ちさと訳　ハーパーコリンズ・ジャパン　2022.1　156p　17cm（ハーレクイン・ロマンス R3652―伝説の名作選）〈ハーレクイン 2008年刊の再刊 原書名：BOUGHT FOR HER BABY〉664円　①978-4-596-01898-4
＊シャーロットの働く美術館では、ギリシア彫刻展を控えていた。そのスポンサーが、まさかデイモン・ラトゥサキスだったとは！ デイモンは、美しい容貌と巨万の富を持つギリシア人実業家で、かつてシャーロットに愛の手ほどきをしてくれた恋人だった。だが身に覚えのないことで責められ、別れたのだ。美術館主催のパーティで、二人は4年ぶりに再会する。父親と同じ目をした娘のことだけは、隠し通さなければ―不安に震える彼女の緊張をよそに、デイモンは再び誘ってきた。高額の手当と引き換えに、愛人にならないか、と。
〔3938〕

ミルン, ニーナ　Milne, Nina

◇白鳥になれない妹　ニーナ・ミルン作, 堺谷ますみ訳　ハーパーコリンズ・ジャパン　2022.11　156p　17cm（ハーレクイン・イマージュ I2732―至福の名作選）〈2017年刊の再刊 原書

名：RAFAEL'S CONTRACT BRIDE〉673円　①978-4-596-75473-8
＊「僕と結婚してほしい」大富豪のラファエルから突然求婚され、彼の経営するホテルで働くコーラは我が耳を疑った。頼みたい新しい仕事があるからとスペインへ連れてこられたけれど、驚を思わせる、危ういほど美しい彼からまさか妻に指名されるとは…。彼は土地買収の必要条件として便宜的に結婚したいのだと言い、せいぜい数週間で結婚は解消され、莫大な報酬も約束されるらしい。兄や姉と違い、どじで美しくもないコーラは両親に愛されずに育ち、先日も大事な家宝を他人に騙し盗られて叱責されたばかりだった。その損失を補って両親に認めてもらいたい一心で彼女は申し出を受けた。心の隅で、なぜ醜いあひるの子の自分が選ばれたのか、いぶかりながら。　〔3939〕

ミルン, A.A.　Milne, Alan Alexander

◇赤屋敷殺人事件―横溝正史翻訳セレクション　A・A・ミルン著, 横溝正史訳　論創社　2022.12　225p 20cm　（論創海外ミステリ 290）〈原書名：The Red House Murder〉2200円　①978-4-8460-2157-3
＊現在推理小説とよばれている探偵小説が、摩訶不思議な謎の提供と、一分の隙もない論理的の解明という、長篇小説の形で定着したのは、一九二〇年代から三〇年代の初期のことではなかったろうか。私がはじめてそういう傾向の探偵小説にぶつかったのは、大阪薬専の学生時代のことであった。物はA・A・ミルンの「赤い家の秘密」であった。当時神戸から大阪の学校へ汽車通学をしていた私は、神戸の古本屋で全冊見つけて揃えると、汽車の中で、教室で、講義もそっちのけにして、教師にかくれて貪り読んだ。（横溝正史「推理小説の故郷」より）　〔3940〕

◇くまのプーさんの作者、ミルンの演劇選集―こころ温まる珠玉の十二作　A.A. ミルン原作, 愛川今生翻訳　[愛川今生]　[2022]　323p 26cm　①9798846492325　〔3941〕

ミン, ジヒョン

◇僕の狂ったフェミ彼女　ミンジヒョン著, 加藤慧訳　イースト・プレス　2022.3　335p 19cm　1600円　①978-4-7816-2063-3
＊「世の中が私をフェミニストにするんだよ」主人公「僕」の視点で描かれる、フェミニストの彼女の姿。そこには、今をいきる私たちの「現実」が詰まっている―。韓国でドラマ化・映画化決定の衝撃作。　〔3942〕

◇私の最高の彼氏とその彼女　ミンジヒョン著, 加藤慧訳　イースト・プレス　2023.10　394p 19cm　1600円　①978-4-7816-2257-6
＊30代半ばの女性・ミレは、職場で魅力的な男性・シウォンと出会う。シウォンは清潔感があってイケメンで…。恋人になれる可能性を感じないような、完璧な男性。だったのに…「あの、ミレさん、僕どうですか？」急接近したふたり。手と手が触れ合う寸前に届いた、シウォンの驚きの"事前通告"は―「僕にはオープン・リレーションシップの関係にある彼女がいます。それでもよければ―」オープン・リレーションシップ…互いを独占せず、他の人と関係を持つことも許容する"非独占恋愛"。戸惑い、不快、少しの好奇心。でもこの先に、答えがあるかもしれない。　〔3943〕

【ム】

ム, ケイセキ　梦溪石

◇千秋　1　梦溪石著, 呉聖華訳　日販アイ・ピー・エス　2023.9　325p 19cm　（VOILIER Books）〈他言語標題：Thousand Autumns〉2100円　①978-4-86505-540-5
|内容| 千秋. 1　番外編　〔3944〕

◇千秋　2　梦溪石著, 呉聖華訳　日販アイ・ピー・エス　2024.3　325p 19cm　（VOILIER Books）〈他言語標題：Thousand Autumns〉2100円　①978-4-86505-542-9
|内容| 千秋. 2　番外編
＊晏無師と周帝・宇文邕に謁見する沈嶠。長安で自らの門派を立ち上げないかと周帝に誘われるものの、沈嶠はそれを断った。二人は宇文邕に遣わされ、宇文慶の南下を護衛することに。その後、沈嶠は晏無師と別れ、玄都山の掌教となった郁藹を追う。一度は視力と武功を失った沈嶠だが、少しずつ回復していた。しかし、そこへ別れたはずの晏無師が再び現れ…。心を尽くそう、たとえ何ひとつ報われなくとも―　〔3945〕

◇千秋　3　梦溪石著, 高階佑訳　日販アイ・ピー・エス　2024.10　308p 19cm　（ヴォワリエブックス）2100円　①978-4-86505-545-0
＊玉髓を求め、陳恭一行と砂漠を進む沈嶠。しかし、吹き荒れる砂嵐の中、道案内の男が姿を消した。舞い上がる黄砂に視界を奪われ、足を踏み外した沈嶠は晏無師とともに、地底に沈んだ古城に辿り着いた。陳恭一行と再び合流した二人は、何者かに襲われながらも、玉髓を目指して地下宮を進む。だがその途中、陳恭が毒に侵され、解毒するには玉菩蓉の実が必要だと判明する。光の届かぬ闇の中、負傷して人格が変わった晏無師と、沈嶠は…その頃、長安の都では異変が起きていた。梦溪石の描く雄大な長編中華BL、待望の第三巻。　〔3946〕

ムーア, ウォーレン

◇短編回廊―アートから生まれた17の物語　ローレンス・ブロック編, 田口俊樹他訳　ハーパーコリンズ・ジャパン　2022.12　605p, 図版18p 15cm　（ハーパーBOOKS M・フ6・2）〈原書名：ALIVE IN SHAPE AND COLOR〉1264円　①978-4-596-75581-0
|内容| アンプルダン（ウォーレン・ムーア著, 芹澤恵訳）
＊探偵スカダーは滞在先で見覚えのある顔にでくわす。それは25年前、まだスカダーが刑事だった頃

に恋人殺しの罪で逮捕した男で—L・ブロック『ダヴィデを探して』。考古学者の夫婦は世紀の発見にたどりつくが、待ち受けていたのは恐ろしい真相だった—J・ディーヴァー『意味深い発見』。絵のなかに閉じ込められてしまった少女の悲痛な叫び—J・C・オーツ『美しい日々』他、芸術とミステリーの饗宴短編集！　　　　　　　　　　〔*3947*〕

ムーア, マーガレット　Moore, Margaret

◇愛と運命のホワイトクリスマス　リン・グレアム他著，若菜もこ他訳　ハーパーコリンズ・ジャパン　2024.11　448p　17cm　〈ハーレクイン・プレゼンツ・スペシャル PS119〉〈著作目録あり　「情熱の聖夜と別れの朝」（2017年刊）と「イブの星に願いを」（ハーレクイン 2005年刊）ほかからの改題，抜粋，合本　原書名：THE ITALIAN'S CHRISTMAS CHILD COMFORT AND JOYほか〉1364円　①978-4-596-71611-8

内容 愛と喜びの讃歌（マーガレット・ムーア著，柿沼瑛子訳）

＊『情熱の聖夜と別れの朝』吹雪のイブに車が故障したホリーは、近くの別荘に滞在する裕福なイタリア人ヴィトの厚意で一晩だけ泊めてもらうことに。貧しい自分とはなんの共通点もないのに彼に惹かれ、彼女は運命の恋と信じて純潔を捧げた。やがて妊娠がわかるが、知らせたいヴィトが見つからない。遊び…だったのね。ホリーは孤独のなか子を産み—。『愛と喜びの讃歌』孤児院を営むグエンドリンは、恵まれない子供たちにささやかながらクリスマスのお祝いを贈ろうと、寄付を募りにクーム・リース伯爵邸を訪れた。人嫌いで知られる伯爵の冷酷な態度にもひるまず、やっと説得に成功した頃には、館の外は猛烈な吹雪になっていた。グエンドリンは不本意ながら、無礼な伯爵と夜を明かすことに…。『再会のクリスマスから』ロウィーナは夫の会社のクリスマスパーティで社長を目にし、凍りついた。キアが社長？　キアはロウィーナの兄の親友で、11年前、突然彼女を捨てた元恋人。夫の裏切りでロウィーナは、キアへの恋心がくすぶりそうになるのをこらえた。彼を信じちゃだめよ。それに、私が彼の子を育てていることは絶対秘密なのだから。〔*3948*〕

ムカジー, アビール　Mukherjee, Abir

◇阿片窟の死　アビール・ムカジー著，田村義進訳　早川書房　2022.2　353p　19cm　〈HAYAKAWA POCKET MYSTERY BOOKS 1976〉〈原書名：SMOKE AND ASHES〉2500円　①978-4-15-001976-1

＊1921年12月、英領カルカッタ。寄付帝国警察の英国人警部ウィンダムが阿片窟でキセルの夢に溺れていると、警察のガサ入れが。慌てて逃げだす途中、両眼をえぐられ腹を刺された男が現れ眼前で息を引き取る。だが翌日、死体の目撃情報はなく、阿片が見た幻にも思えた。その場所で同様の死体が発見される。折しも英国皇太子とガンジーの側近のカルカッタ訪問で独立運動が激化するな

か、ウィンダムと相棒のインド人部長刑事バネジーはこの奇妙な連続殺人の謎を解けるのか？　傑作歴史ミステリのシリーズ第3弾。〔*3949*〕

ムカソンガ, スコラスティック　Mukasonga, Scholastique

◇ナイルの聖母　スコラスティック・ムカソンガ著，大西愛子訳　講談社　2024.7　254p　19cm　〈原書名：NOTRE-DAME DU NIL〉2200円　①978-4-06-536154-2

＊ルワンダの山岳地帯にあるカトリックの寄宿制女子校で起きる小さな差別、区別、妬みや美望。女性エリートを育成する学校の生徒たちは、誇り高く規律を守った日常を送るが、それぞれの「うまくいかない日々」への不満は、大きな溝に取り込まれていく。誰しもが持つ小さな負の感情は、いつしか避けがたい衝突へと導かれ…。ルワンダ虐殺から30年。争いを繰り返さないための、ただひとつの道。和解のためにはまず、なぜ分裂したかを理解しなければならない。ルノードー賞受賞。〔*3950*〕

ムージル, ロベルト　Musil, Robert

◇古井由吉翻訳集成　ムージル・リルケ篇　古井由吉訳，ロベルト・ムージル，ライナー・マリア・リルケ著　草思社　2024.9　275p　20cm　〈原書名：Die Vollendung der Liebe　Die Versuchung der stillen Veronikaほか〉2600円　①978-4-7942-2741-6

内容 愛の完成　静かなヴェロニカの誘惑（ロベルト・ムージル著，古井由吉訳）　　　　〔*3951*〕

ムズラキス, コスタス

◇無益な殺人未遂への想像上の反響—ギリシャ・ミステリ傑作選　ディミトリス・ポサンジス編，橘孝司訳　竹書房　2023.7　443p　15cm　〈竹書房文庫 ぽ1-1〉〈原書名：Ellinika Egklimata.5〉1500円　①978-4-8019-3279-1

内容 冷蔵庫（コスタス・ムズラキス著，橘孝司訳）

＊ギリシャに形成されつつある新たな迷宮。本書には、本格ミステリ、ノワール、警察小説など、各ジャンルのギリシャ・ミステリの精鋭たちの作品が収録されている。回天するギリシャ・ミステリの世界へようこそ。あなたは希望の胸膨らませた新人作家が大御所ミステリ作家のもとに持ち込んだ原稿を読む（「ギリシャ・ミステリ文学の将来」）。ナンシー・シナトラの曲が流れる中、ひとりの女の生涯を追体験し（「バン・バン！」）、現実とミステリの狭間をさまよう（表題作）。陽気な警官たちと観るブルース・スプリングスティーンのアテネ公演は最高だ（「"ボス"の警護」）。そして、最悪の愛が通りを駆け抜けてゆく—（「死ぬまで愛す」）。二千年の時を経て、色合いを変え深度を増した迷宮が、あなたの前に扉を開く。あなたはそこで怪物よりも不可解なものに遭遇するだろう。混沌としたギリシャ・ミステリの謎に。巻末に訳者による詳細な解説と「ギリシャ・ミステリ小史」を付す。〔*3952*〕

ムブガル＝サール, モハメド　Mbougar Sarr, Mohamed

◇純粋な人間たち　モハメド・ムブガル＝サール著，平野暁人訳　英治出版　2022.12　229p　20cm〈原書名：DE PURS HOMMES〉2300円　①978-4-86276-312-9

＊セネガル人の若き文学教員はある日，ネット上で拡散されていたとある動画を目にする。そこに映っていたのは，死んだ男性の墓を人々が暴いている様子だった。同性愛をめぐる問題には無関心な彼だったが，思いがけずこの事件を取り巻く騒動に巻きこまれていくうちに，墓を暴かれた人物について興味が湧き始める。さまざまな人に話を聞くうちに，彼が直面した真実，そして選択とは―。〔3953〕

◇人類の深奥に秘められた記憶　モアメド・ムブガル・サール著，野崎歓訳　集英社　2023.10　476p　20cm〈原書名：LA PLUS SECRÈTE MÉMOIRE DES HOMMES〉3300円　①978-4-08-773525-3

＊1938年に一冊の本でパリの文壇の話題をさらい，剽窃のかどで消えてしまったセネガル人作家T・C・エリマン。彼は一体何者だったのか？　現代のくすぶる若手小説家ジェガーヌがその軌跡を追い求めるうちに，エリマンを巡る物語は語り手を変え，時を超え，パリ，アムステルダム，ブエノスアイレス，ダカール，セネガルの名もなき村へと舞台を変貌させていく…。文学へのあくなき欲望の迷宮を恐ろしいほどの気迫で綴る，衝撃の傑作小説。〔3954〕

ムリシュ, ハリー　Mulisch, Harry

◇襲撃　ハリー・ムリシュ著，長山さき訳　河出書房新社　2023.6　261p　20cm〈原書名：DE AANSLAG〉2700円　①978-4-309-20885-5

＊1945年1月，終戦間近なオランダの夜間外出禁止の夜に鳴り響く6発の銃声。親ナチス警視殺害の報復で家族を失った少年が，戦後に知る衝撃の事実とは何か。暴力に屈する裁判所書記の父，警官のピストルを奪って逃走した兄，慈愛に満ちた母のぬくもり，警察署の独房で遭遇した女性の柔らかい声…戦後，医師として働くアントンのもとに，忌まわしい事実の波紋が押し寄せてくる。対独協力者の父とユダヤ人の母から生を享け，「わたしが第二次大戦だ」と発言した巨匠が，戦争や罪や運命について精緻に織りあげた静かなる傑作，ついに邦訳!!!アカデミー外国語映画賞受賞『追想のかなた』。〔3955〕

ムン, ジウォン

◇ウ・ヨンウ弁護士は天才肌―完全版　上　ムンジウォン著，深田あゆみ訳　実業之日本社　2024.8　415p　19cm　2000円　①978-4-408-65054-8

＊不思議で変わっていますが，価値があって美しいヨンウの世界へ，皆さんをご招待します。カットシーンまで完全網羅！　世の中は想像以上に生きづらく，また美しい。〔3956〕

◇ウ・ヨンウ弁護士は天才肌―完全版　下　ムンジウォン著，深田あゆみ訳　実業之日本社　2024.8　423p　19cm　2000円　①978-4-408-65103-3

＊「私の人生は不思議で変わっていますが，価値があって美しいです」。世界中が涙した感動作！　不器用な姿に誰もが背中を押され，勇気づけられる。〔3957〕

ムンテヤーヌ, フランチスク　Munteanun, Francisc

◇教科書の中の世界文学―消えた作品・残った作品25選　秋草俊一郎，戸塚学編　三省堂　2024.2　285p　21cm〈文献あり〉2500円　①978-4-385-36237-3

内容　一切れのパン（フランチスク・ムンテヤーヌ著，直野敦訳）〔3958〕

【メ】

メイアー, スーザン　Meier, Susan

◇孤高の富豪を愛したら　スーザン・メイアー作，大田朋子訳　ハーパーコリンズ・ジャパン　2022.3　156p　17cm（ハーレクイン・イマージュ I2697）〈原書名：TUSCAN SUMMER WITH THE BILLIONAIRE〉664円　①978-4-596-31772-8

＊トスカーナのワイナリーを父親と切り盛りしていたマルシアは，元婚約者に資金を持ち逃げされ，絶望のどん底に突き落とされた。経営難に陥ったワイナリーを家屋敷ごと買い取り，引っ越してきた新オーナーは，アメリカの大富豪トレイス。マルシアは1年間，彼の下で働くことになった。ワイナリーの付属品として買われたも同然の状況だったが，自分のせいで家族が失業し，住む家を追われたという罪悪感から，マルシアは身を粉にして働き，夜はトレイスに料理もふるまった。しかしある夜，ふいに唇を奪われた瞬間，否応なく気づいてしまう。ひとつ屋根の下で暮らすには，彼は魅惑的すぎるということに。〔3959〕

◇十二年目のシンデレラ　スーザン・メイアー作，瀬野莉子訳　ハーパーコリンズ・ジャパン　2022.4　156p　17cm（ハーレクイン・イマージュ I2701）〈原書名：THE BILLIONAIRE'S ISLAND REUNION〉664円　①978-4-596-31943-2

＊「起きろ！　ぼくの別荘でいったい何をしている？」リーズが驚いて顔をあげると，目の前に初恋の人がいた。12年前より背が高く，たくましくて魅惑的なケイド―彼はいまや成功した実業家で，わたしとは別世界の住人だ。その証拠に，フロリダのこの高級リゾート一帯は彼のものだという。たがいに戸惑いながら言葉を交わすうち，ケイドの父親によって引き合わされたのだと気づいたときには，ふたりは嵐のせいで彼の別荘から出られ

なくなっていた。1週間の間だけ―そう自分に言い聞かせ、リーズは夢見ることにした。美しく静かなこの場所で、かなうことのない夢のすべてを忘れて、昼夜を問わず自由奔放に愛し合うふたり。やがてケイドが愛を告げ、リーズはかつて彼のもとを去った理由と秘密をついに告白せざるを得なくなり…。救いのない世界で生き延びた乙女の、切なくも美しい恋物語。『孤高の富豪を愛したら』関連作。〔3960〕

◇秘密の愛し子と永遠の約束　スーザン・メイアー作，飛川あゆみ訳　ハーパーコリンズ・ジャパン　2024.6　156p　17cm　（ハーレクイン・イマージュ I2806―至福の名作選）〈「あの千切れた愛を」（ハーレクイン 2013年刊）の改題 原書名：THE TYCOON'S SECRET DAUGHTER〉673円　①978-4-596-77664-8
　＊大富豪マックスとケイトは、誰もが羨む理想の夫婦だった。しかし、巨大で高圧的な父親との不和に悩むマックスがしだいに人が変わったようになり、ケイトは耐えきれず家を出た。まだ彼に知らせていないお腹の子のために、できるだけ遠くへ。時が過ぎ、ケイトは入院中の家族を見舞いに訪れた病院で偶然、マックスと8年ぶりの再会をはたす。恐れられるのではないかとケイトはおそれおののくが、彼は初めて恋した頃の、穏やかな自信あふれる男に戻っていた。でもマックスの魅力に屈してはだめ。だってわたしには秘密が…。そのときエレベーターの扉が開き、7歳になる娘が走り寄ってきた！〔3961〕

◇摩天楼の大富豪と永遠の絆　スーザン・メイアー作，川合りりこ訳　ハーパーコリンズ・ジャパン　2024.11　156p　17cm　（ハーレクイン・イマージュ）〈原書名：ONE-NIGHT BABY TO CHRISTMAS PROPOSAL〉673円　①978-4-596-71453-4
　＊ローマにできたばかりの新しいホテルで働くエレノラ。オープニングパーティの夜、直属のボスでホテル王のマルコへの長年の片想いがようやく報われ、情熱の一夜を過ごした。愛しい彼の肌のぬくもり…この瞬間を、私はずっと思い描いていた。だが翌朝目を覚ましたとき、マルコの姿はすでになかった。早朝の便でNYへ帰ったのだと知った数日後、彼から電話で、きみと過ごしたあの一夜は間違いだったと謝罪された。2カ月後、エレノラは彼の薄情な言葉を思い出し、ぎゅっと目を閉じた。身ごもってしまったのだ―マルコの子を。部下と過ごした一夜をなかったことにしたがっているボスの子を。〔3962〕

メイザー, アン　Mather, Anne

◇哀愁のプロヴァンス　アン・メイザー著，相磯佳正訳　ハーパーコリンズ・ジャパン　2024.12　214p　15cm　（ハーレクインSP文庫 HQSP-440―45周年特選 12 アン・メイザー）〈ハーレクイン・エンタープライズ日本支社 1979年刊の再刊 原書名：THE NIGHT OF THE BULLS〉600円　①978-4-596-71917-1
　＊病弱な幼い息子ジョナサンに転地療養が必要と医師に告げられ、ダイアンはうなだれた。私にそんなお金なんてないわ。いいえ、1つだけ残された希望はあるけれど…。ダイアンは意を決して、3年ぶりにプロヴァンスを訪れた。当時と変わらない美しい風景の中に、変わり果てた彼が現れた。本当にマノエルなの？ 熱く輝いていた瞳は、今や氷のようだ。「なぜ会いに来た？ 目的は金か？」嘲るように彼が言った。あなたの息子のためだとは口が裂けても言うつもりはない。富豪の彼に知られたら最後、奪われてしまうとわかっているから。〔3963〕

◇青い傷心　アン・メイザー作，馬場あきこ訳　ハーパーコリンズ・ジャパン　2022.3　156p　17cm　（ハーレクイン・ロマンス R3668―伝説の名作選）〈2016年刊の再刊 原書名：TAKE WHAT YOU WANT〉664円　①978-4-596-31882-4
　＊ロバートに会える…！ ソフィーの胸は高鳴った。寄宿学校を卒業した彼女は、列車で故郷へ向かっていた。彼女が4歳のときに父が再婚し、ソフィーには2人の義兄ができた。どちらの兄も優しかったが、とくに長兄のロバートは特別な存在だ。忘れもしない。一昨年、クリスマス休暇で実家へ帰ったとき、ふいに彼にキスをされた。それは初めて味わう大人の口づけだった。ロバートはすぐに身を引いて謝ると、翌朝早く家を出ていった。あれ以来、顔を合わせていない。ところが久しぶりに再会した彼は、まるで別人のように冷淡でよそよそしく、ソフィーは深く傷ついた。それもそのはず、彼の傍らには、美しい婚約者が寄り添っていた。〔3964〕

◇アンダルシアの休日　アン・メイザー著，青山有未訳　ハーパーコリンズ・ジャパン　2023.12　206p　15cm　（ハーレクインSP文庫 HQSP-394）〈ハーレクイン 2002年刊の再刊 原書名：THE SPANIARD'S SEDUCTION〉545円　①978-4-596-53108-7
　＊カッサンドラは大資産家の息子に求婚されるが、彼の兄のエンリケに恋してしまう。しかしそれは、結婚を阻止するための罠だったのだ。スペインの旧家デ・モンテーヤ家出身のエンリケは、彼女を金目当てのふしだらな女だと決めつけた。罠に気づいたときは、抗しきれず純潔を捧げたあとだった。男性に幻滅したカッサンドラは妊娠したことさえ告げず、彼の一族と関わりを絶った―そしてひそかに息子を産んだ。10年後、運命はいたずらにふたりを引き寄せる。〔3965〕

◇嘘と秘密と一夜の奇跡　アン・メイザー作，深山咲訳　ハーパーコリンズ・ジャパン　2024.2　220p　17cm　（ハーレクイン・ロマンス R3848―伝説の名作選）〈2018年刊の再刊 原書名：AN HEIR MADE IN THE MARRIAGE BED〉673円　①978-4-596-53273-2　〔3966〕

◇永遠の一夜　アン・メイザー著，茅野久枝訳　ハーパーコリンズ・ジャパン　2024.4　198p　15cm　（ハーレクインSP文庫 HQSP-411）〈ハーレクイン 2005年刊の再刊 原書名：THE RODRIGUES PREGNANCY〉545円　①978-4-596-54027-0

◇＊カリブ海の小島に身を隠したオリヴィアのもとに，亡夫の会社を継いだクリスチャンから電話が入った。義理の息子が，事故で大怪我をしたのだという。足場を失ったかのように，オリヴィアはその場にくずおれた。すぐにでも飛んでいきたかったが，クリスチャンに居場所を突き止められたショックが大きすぎる。彼の子を身ごもっているのを知られたらどうしよう？幻滅していた夫が死んだ夜に，犯した過ちを繕う術はもうない。オリヴィアは誰にも告げず，ひとり出産しようとしていた。〔3967〕

◇拒絶された億万長者　アン・メイザー著，松尾当子訳　ハーパーコリンズ・ジャパン　2022.12　217p　15cm　（ハーレクイン文庫 HQB-1165）〈ハーレクイン 2010年刊の再刊　原書名：THE BRAZILIAN MILLIONAIRE'S LOVE-CHILD〉627円　①978-4-596-75533-9
＊アレジャンドロ！イザベルは，出張先のディナーの席で，仕事相手に義理の息子を紹介されて凍りついた。3年前，運命的に出会い，燃えるような一夜をともにした翌朝，「かならず戻ってくる」—そう言い残して姿を消した男性。巨大企業を経営しているというアレジャンドロは，片足が不自由になり，すっかり気難しい人物に変貌していた。いったいこの3年でアレジャンドロに何が起きたというの？しかも，彼が"秘密"を知っていたなんて！あの一夜で授かった，かわいい娘がいるということを。〔3968〕

◇偶然のシンデレラ　アン・メイザー作，高木晶子訳　ハーパーコリンズ・ジャパン　2022.6　156p　17cm　（ハーレクイン・ロマンス R3687—伝説の名作選）〈ハーレクイン 1994年刊の再刊　原書名：RICH AS SIN〉664円　①978-4-596-42884-4
＊パーティのケータリングサービスをするサマンサは，エキゾチックな面差しの男性，マシューに声をかけられ驚いた。イギリスとギリシアの血を引く，海運王の後継者で有名だ。彼に祖父の誕生パーティの手伝いをしてほしいと言われたが，彼のまなざしと態度が親密すぎる気がして警戒する。でも…彼のような別世界の人が私に興味を持つわけないわね。それに，私には婚約者がいるのだから。慌てて仕事を請け負ったが，そのパーティが催される間ずっと，マシューと一つ屋根の下で寝食をともにすることになるとは—しかもそれこそが彼の思惑だとは，彼女は知るよしもなかった。〔3969〕

◇苦しみのあとに　アン・メイザー著，天野恵訳　ハーパーコリンズ・ジャパン　2022.10　217p　15cm　（ハーレクインSP文庫 HQSP-339）〈ハーレクイン・エンタープライズ日本支社 1982年刊の再刊　原書名：THE PLEASURE AND THE PAIN〉500円　①978-4-596-74910-9
＊ここに来たことを，ローラはもう後悔し始めていた。家庭教師の求人広告を新聞で見たばかりに。そこには5年前，ローラのもとを去った男と同じ名があった。ラファエロ・マドラレーナ。それを見たとたん，ひとめでいい，ただ会いたいという欲望にかられるままに，ここまで来たのだ。マドラレーナ家—彼は代々続くスペインの領主で，やがて国に帰り，許嫁と結婚するのは免れない運命だった。わかっていたのに。辛い過去がよみがえりローラの胸は痛んだ。あれほど愛されていたのに，なぜ別れなければならなかったの…。〔3970〕

◇今夜だけあなたと　アン・メイザー著，槙由子訳　ハーパーコリンズ・ジャパン　2024.8　209p　15cm　（ハーレクイン文庫 HQB-1243—珠玉の名作本棚）〈ハーレクイン 2007年刊の再刊　原書名：JACK RIORDAN'S BABY〉691円　①978-4-596-63995-0
＊レイチェルと大富豪の夫ジャックの仲は冷えきっていた。度重なる流産を怖れ，寝室を別にするようになって2年。仕事人間のジャックも外で過ごす時間が長くなる一方だった。彼とまた愛しあえる日は，きっともうこないんだわ…。そんなある日，かつて夫の会社に勤めていた女性が現れ，自分はジャックの愛人だと豪語しつつ，得意げに言い放った。「妊娠したのよ。早く離婚して，彼に父親になるチャンスをあげて」ああ，愛する夫を失わないために，私はいったいどうすれば？レイチェルはとっさに返した。「実は私も妊娠しているの」〔3971〕

◇再会にご用心—プレミアムセレクション　アン・メイザー作，青海まこ訳　ハーパーコリンズ・ジャパン　2022.11　156p　17cm　（ハーレクイン・プレゼンツ PB346—作家シリーズ別冊）〈ハーレクイン 2008年刊の再刊　原書名：THE GREEK TYCOON'S PREGNANT WIFE〉664円　①978-4-596-75467-7
＊5年前に別居して以来，初めて夫のデメトリが訪ねてきた。ゆえあって再婚したいらしく，正式に離婚を申し入れるために。ジェーンはギリシア海運王である夫の浮気を許せず家出したのだが，自分でも意外なほどショックを受けた。夫は今も変わらず魅力的。私はまだ彼をこんなにも愛しているんだわ！彼女はパニックに陥り，慰めようとしてきた夫と枕を交わしてしまう。数週間後，妊娠が判明。でも，再婚を考えている彼に言えるはずもない。悲嘆に暮れているとき，デメトリから電話があった。「もう長くない父に君に会いたがっているから，来てほしい」迷い抜いたすえに彼女は旅立った。愛しい彼のいるギリシアへ。〔3972〕

◇砂の城　アン・メイザー著，奥船桂訳　ハーパーコリンズ・ジャパン　2023.6　206p　15cm　（ハーレクイン文庫 HQB-1187—珠玉の名作本棚）〈ハーレクイン・エンタープライズ日本支社 1984年刊の再刊　原書名：CASTLES OF SAND〉627円　①978-4-596-77225-1
＊名門校の教師アシュレイは新学期に向けて名簿を調べていた。ふと，思わぬ名前に目をとめた—フセイン・ゴーチェ，7歳。この世に，この年齢の，この名前の子が2人といるだろうか？一度も胸に抱くことなく引き離された我が子に間違いない。驚く彼女の前に，元恋人の大富豪アレインが現れ，息子を入学させる条件は，彼女が学校を去ることだと迫る。まだ私を苦しめたいの？私は息子のそばにいたいのに…。アシュレイはたまらず申し出

メイシヤ

た―母親と打ち明けなくてもいい、息子の家庭教師になりたい、と。〔3973〕

◇聖なる夜に願う恋　ベティ・ニールズ他著，松本果蓮他訳　ハーパーコリンズ・ジャパン　2024.11　379p　17cm　（HPA 64―スター作家傑作選）〈「純白の奇跡」（ハーレクイン 2006年刊）と「美しき誤解」（ハーレクイン・エンタープライズ日本支社 1980年刊）の改題、抜粋、合本　原書名：ROSES FOR CHRISTMAS　JAKE HOWARD'S WIFE〉1136円　①978-4-596-71613-2

内容　美しき誤解（アン・メイザー著，高木晶子訳）

＊英国の大人気作家のクラシック・ロマンス。愛が煌めくクリスマス・アンソロジー！『聖夜には薔薇を』看護師エレナーは故郷でフルクと再会した。彼と最後に会ったのはもう15年も前のこと。昔のフルクはエレナーの髪を引っ張るような年上の少年だったが、今や著名な医師で、長身の大人の男性になっていた。でもエレナーの家族にはにこやかなのに、彼女には相変わらずそっけない。もう、意地悪ね！すると不意に、結婚はしたのかとフルクに問われ、していないと答えて同じ質問を返すと、彼は「婚約はしている」と言った。エレナーは激しく動揺した。なぜこんなに胸が苦しいの？フルクなんか、ずっと嫌いだったのに…。『美しき誤解』貴族令嬢ヘレンの世界は一夜にして崩壊した。父が賭事で大損をしたあげく事故死し、一文無しとなったヘレンは途方に暮れていた。そんな彼女に目をつけたのは、億万長者ジェイク・ハワード。優美な"調度品"としての妻を欲する彼からぞっとするほど冷ややかに、寝室を共にしない白い結婚を持ちかけられ、不安ながらも承諾した。それから3年、夫婦らしい時間はほとんどなく、ヘレンはお飾りの妻としての役割を淡々とこなす日々だったが、幼なじみの男性と外出した彼女にジェイクが激怒し、封印されてきた情熱が解き放たれる！〔3974〕

◇名ばかりの幼妻でも　アン・メイザー著，岩田澄夫訳　ハーパーコリンズ・ジャパン　2022.7　222p　15cm　（ハーレクイン文庫 HQB-1134）〈「サンチェス家の花嫁」（ハーレクイン・エンタープライズ日本支社 1979年刊）の改題　原書名：THE SANCHEZ TRADITION〉627円　①978-4-596-70768-0

＊二十歳のレイチェルは、ロンドンへ出張に来ていた年上の富豪、アンドレ・サンチェスと熱い恋におち、結婚した一幸せの絶頂のあとに絶望が待っているとは夢にも思わず。異国での孤独な暮らし、仕事中毒の夫、流産。疲弊し帰国したレイチェルだったが、5年後、死の床にある父の会社を救うため、夫を訪ねる。そこで目にしたのは、夫の冷たい視線と、見知らぬ女性の姿。その瞬間、レイチェルは胸の痛みを覚えてどきりとした。まさか…嫉妬？　私は今もこの人を求めているの？〔3975〕

◇冬の白いバラ　アン・メイザー著，長沢由美訳　ハーパーコリンズ・ジャパン　2024.2　228p　15cm　（ハーレクインSP文庫 HQSP-402）〈ハーレクイン・エンタープライズ日本支社 1980年刊の再刊　原書名：WHITE ROSE OF WINTER〉545円　①978-4-596-53543-6

＊ジュディは幼い娘を伴い、ロンドンの屋敷へ帰ってきていた。二度とここへは戻ってこないつもりでいたのに。誰よりも深く愛したロバートの心につけられた傷が疼くから。彼との別離に、傷ついた彼女を絶望の淵から引き上げ、生きる意味を与えてくれたのは、夫―ロバートの兄だった。だが夫亡きいま、ロバートのいる婚家に居るよりほか術はなかった。「ジュディ」声音の低さに、苦いものがありありとこもる。振り返らなくてもわかる。忘れもしない声。自分の娘を、兄の子だと思い込んでいる、かつての恋人…。〔3976〕

◇やさしい略奪者　アン・メイザー著，三好陽子訳　ハーパーコリンズ・ジャパン　2023.6　206p　15cm　（ハーレクインSP文庫 HQSP-370）〈ハーレクイン 1994年刊の再刊　原書名：TENDER ASSAULT〉545円　①978-4-596-77448-4

＊エメラルドグリーンの海に浮かぶ、バハマ諸島の小さな島―インディアが義父の所有するこの島へやってきて14年。義兄のネイサンを慕う無邪気な少女は、美しい女性へと成長した。それでも今なお、過去の出来事は心に暗い影を落とす。ネイサンが幼い私にやさしかったのは、美しい母の気を引くため。だからこそ、あの忌まわしい事件を起こし、島を追われたのだ。ところが義父は遺言で、そのネイサンを島の相続人に指定した。再会した義兄の野性的な魅力を前に、インディアの胸は震えた。彼はこの島だけでなく、私の運命をも握っている…。〔3977〕

◇ローレンの赤ちゃん　アン・メイザー作，富田美智子訳　ハーパーコリンズ・ジャパン　2023.1　155p　17cm　（ハーレクイン・イマージュ I2740―至福の名作選）〈ハーレクイン・エンタープライズ日本支社 1983年刊の再刊　原書名：LOREN'S BABY〉673円　①978-4-596-75819-4

＊ケリーンの18歳になる妹が亡くなった―生まれたばかりの我が子の父親の名を言い残して。富も名声も手に入れた著名人、トリスタン・ロスが父親だなんて！つい最近まで、妹はトリスタンの秘書として働いていた。妹の訃報を知っているはずなのに、連絡ひとつよこさない男。ケリーンの胸に怒りがふつふつと沸きあがった。矢も楯もたまらず、ケリーンはトリスタンの邸宅を訪ねると、驚いたことに、彼は即座に子どもの父親ではないと断言したうえで、聞くに堪えない妹への侮辱の言葉を並べたてた。ケリーンは衝撃に打ちのめされた。いったい何が真実なの？〔3978〕

メイジャー，アン　Major, Ann

◇愛と祝福の花束を　ダイアナ・パーマー著，アン・メイジャー，スーザン・マレリー著，平江まゆみ訳　ハーパーコリンズ・ジャパン　2023.3　332p　17cm　（HPA 44―スター作家傑作選）〈「ホワイトホーン・マーヴェリック」（ハーレクイン 2000年刊）の改題　原書名：THE BRIDE

メイシヤ

WHO WAS STOLEN IN THE NIGHT BRIDE,BABY AND ALLほか〉1109円 ①978-4-596-76769-1

内容 プレイボーイはお断り(アン・メイジャー著,平江まゆみ訳)

＊ブーケを胸に、未来の花嫁は愛の夢を見る—大作家が描く歓喜のウエディング短篇集！　〔3979〕

◇風のむこうのあなた　アン・メイジャー著,千草ひとみ訳　ハーパーコリンズ・ジャパン　2022.10　205p　15cm　(ハーレクイン文庫 HQB-1148—珠玉の名作本棚)〈ハーレクイン 1991年刊の再刊　原書名：PASSION'S CHILD〉627円　①978-4-596-74876-8

＊7年前、エイミーは恋人のニックを愛していた。誰よりも。なのに、妹がニックの子を身ごもったと訴え、愛は崩壊した。エイミーは別れの理由も告げずに彼の前から姿を消すと、妹とともに小さな村に身を隠し、やがて男の子が生まれた。若い妹に代わり、エイミーが母として育てていたところ、人づてにエイミーが出産したと聞いたニックが現れ、強引に結婚を迫った。そして今や、ふたりは名ばかりの夫婦だ。彼の裏切りが憎い、いまだに彼を愛している私の本心が、憎い。そんなある日、幼い息子が病に襲われて生死の境を彷徨い—　〔3980〕

◇恋のかけらを拾い集めて　ヘレン・ビアンチン他著,若菜もこ他訳　ハーパーコリンズ・ジャパン　2024.9　286p　17cm　(HPA 62—スター作家傑作選)〈原書名：ALEXEI'S PASSIONATE REVENGE FANCY'S MAN〉1082円　①978-4-596-77869-7

内容 欲しいのはあなただけ(アン・メイジャー著,名高くらら訳)

＊「断罪のギリシア富豪」(ヘレン・ビアンチン/若菜もこ訳)元恋人アレクシスが、父の会社を吸収した会社のトップだと知り、ナタリアは悪夢かと思った。かつてアレクシスが突然姿を消したせいで、生き地獄を味わわされたのだ…。彼を捜す間に流産してから5年。私の愛とおなかの子を捨てた人間の下で働くなんて耐えられない！　だが非情なアレクシスは、ナタリアに父の横領と不倫をつきつけ、世間に公表されたくなければ彼に従うよう脅してきた。母を傷つけたくない彼女に、選択肢はなかった。なぜかアレクシスに憎まれ、彼が父娘共々どん底に叩き落とそうとしているとしても。「欲しいのはあなただけ」(アン・メイジャー/名高くらら訳)ある朝、ファンシーは幸せな気分で目覚め、薬指の指輪を確かめた。昨夜、10年ぶりに再会した元恋人ジムと結婚したのだ。かつてファンシーは世界的デザイナーになる夢を叶えるため、ジムとの恋に終止符を打って故郷を飛び出した。夢は叶ったものの心に空虚さを抱えていた彼女は、ジムの懐かしい声や姿や存在を前に、確信したのだ—やっぱりわたしは彼を愛してる！　ところが今、ジムのハンサムな顔は灰色で、苦悶に歪んでいる。そして唇をかみながら、彼が告げた。「きみと結婚するなんて大ばかをした…離婚したい」　〔3981〕

◇シンデレラに情熱の花を　ダイアナ・パーマー他著,松村和紀子他訳　ハーパーコリンズ・ジャパン　2024.2　315p　17cm　(HPA 55—スター作家傑作選)〈「テキサスの恋」(ハーレクイン 2000年刊)と「恋はラテン風に」(ハーレクイン 2007年刊)ほかからの改題、抜粋、合本　原書名：DREW MORRIS BILLIONAIRE'S BABYほか〉1082円　①978-4-596-53395-1

内容 秘密のキス(アン・メイジャー著,藤田由美訳)

＊『ドルー・モーリス』ドクター・ドルー・モーリスの医院の受付係に採用された天涯孤独のキティ。喘息持ちながら一生懸命働くが、妻を失ってから仕事一筋の気難しいドルーを怒らせてばかり。ところがある日、ドルーが悲しみに耐えかねて慰めを求めるようにキスを迫ってきて…。『御曹子の嘘』ヘイリーは学生時代、運命の人リックと一夜を共にしたが、その晩彼は忽然と姿を消した。4年後、勤め先が大企業に買収され、彼女は新経営者を見て息をのむ—なんと、あの"リック"だったのだ！　ああ、どうしよう！　彼がまだ知らない、息子の存在を…。『誘惑のローマ』"情熱のないお堅い女"と元夫に嘲られたベサニーは、傷心旅行でローマ一人旅を敢行。現地でハンサムな銀行理事長アンドレと出逢い、急速に惹かれる。だが情熱を分かち合った直後、何も告げずに彼は姿を消した。そのあとで、ベサニーは妊娠に気づくのだった—。『秘密のキス』地味で眼鏡のジェーンは新聞に載った匿名のラブレターと、突然届いた花束に胸が騒いだ。もしやマット？　彼は高校時代、彼女への悪戯で退学になったものの今は同僚。意識するジェーンだったが、一方のマットもラブレターの書き手を彼女だと思っていて…。　〔3982〕

◇離れないでいて　アン・メイジャー著,山野紗織訳　ハーパーコリンズ・ジャパン　2024.10　223p　15cm　(ハーレクイン文庫 HQB-1250—珠玉の名作本棚)〈ハーレクイン 1998年刊の再刊　原書名：NOBODY'S CHILD〉691円　①978-4-596-71276-9

＊ある日、浜辺に漂着した男性を助けたシャイアンは、魅力的な彼を看病するうちに惹かれ合い、純潔を捧げた。だが後日、彼が大実業家カッター・ロードだったとわかる。彼はシャイアンのことを、弟をたぶらかす女だと思い込み、排除するために近づいてきたのだった！　私は騙されたのだ…。絶望し、シャイアンは結局、カッターの弟と白い結婚をした。7年後、寡婦となった彼女は、皮肉なことに、カッターに頼らざるをえない状況に追い込まれる。最愛の息子が—7年前に授かったカッターの子が誘拐されて！　〔3983〕

◇秘密を宿したシンデレラ　ダイアナ・パーマー著,クリスティン・リマー,アン・メイジャー著,松村和紀子他訳　ハーパーコリンズ・ジャパン　2023.6　362p　17cm　(HPA 47—スター作家傑作選)〈原書名：TOM WALKER RACHEL'S BUNDLE OF JOYほか〉1136円　①978-4-596-77321-0

内容 永遠の居場所(アン・メイジャー著,藤峰みちか訳)

＊『トム・ウォーカー』NYの広告代理店に勤める秘書イリージアは憧れの上司トムと一夜を過ごし、

メイスン

純潔を捧げた。だが翌日には打って変わって目も合わせようとしない彼の態度に傷つき、彼女は退職して故郷に帰った—おなかに小さな命がめばえていたけれど。数年後、密かに娘を産み育てていたイリージの前に、思いがけず、トムが突然姿を現す!『恋人たちの長い一日』幼い頃に父に捨てられた看護師レイチェルは、異性に対して慎重だった。いつかすてきな男性が現れるまでは空想で充分と、独り身のまま人工授精で子を授かる。ある日、ついに理想の男性、会社CEOのブライスと出逢い、夢の一夜を過ごした。だが、彼が名門一族の跡取りで夜ごと違う美女を連れていると知り、身を引くことに…。『永遠の居場所』ストーカーから逃げる途中、コナーという男性と知り合ったアンナ。瞬く間に惹かれ合って電撃結婚するが、ハネムーン最後の夜、牧場主のはずの彼が行方不明者捜索の専門会社社長と偶然知ってしまう。まさか、ストーカーに雇われた探偵? アンナは怖くなって逃げ出した—コナーの子を宿したとわかったのは、その後のことだった。—密かに産んだ娘、独りで授かった子、思わぬ妊娠。人生を変える恋を綴ったベビー・アンソロジー! 〔3984〕

◇まだ見ぬ我が子のために アン・メイジャー作, 秋元美由起訳 ハーパーコリンズ・ジャパン 2023.9 156p 17cm (ハーレクイン・ロマンス R3812—伝説の名作選)〈「愛の秘薬はいかが?」(ハーレクイン 1995年刊)の改題 原書名:THE ACCIDENTAL BRIDEGROOM〉 664円 ①978-4-596-52334-1

 *世界で五本の指に入る大富豪の義理の娘—キャシー。うぶな彼女はレイフを一目見たとたん恋におち、純潔を捧げた。だが夢のような日々は、またたく間に終わりを告げた。残酷すぎるレイフの裏切りが義父の非道な企みとも知らず…。6年半後、キャシーがフランス人貴族と政略結婚させられる直前、衝撃の事実を知ったレイフは急いで彼女のもとにやってきた。今も忘れられない最愛の女性がお腹を痛めて産んだ、まだ見ぬ我が子に会うために。 〔3985〕

◇夢のあとさき—ハーレクイン・ディザイア・スペシャル アン・メイジャー作, 早川麻百合訳 ハーパーコリンズ・ジャパン 2023.4 156p 17cm (ハーレクイン・ディザイア D1911—Desire)〈「情熱が生まれるとき」(サンリオ 1983年刊)の新訳改題 原書名:DREAM COME TRUE〉 673円 ①978-4-596-76973-2

 *アンバーは突然の元夫バロンからの電話におびえた。世界的スター俳優のバロンが数年前、町を撮影で訪れたとき、たちまち熱い恋におち、結婚した。そえゆえの情熱に駆られるままに。彼が女好きのプレイボーイだと知ったのは、結婚後のことだった。離婚してからはいっさい連絡を取り合わなかった。今日までは。妊娠に気づいたあとひっそりと彼の子を産み育てていたことをバロンは知るよしもない。彼とかかわるわけにはいかないか。電話を切ろうとするアンバーに、彼は冷ややかに言った。「なぜ君がぼくを避けるかわかっている」まさか…この子の存在を知っているの? 〔3986〕

メイスン, ボビー・アン Mason, Bobbie Ann

◇母娘短編小説集 フラナリー・オコナー, ボビー・アン・メイスンほか著, 利根川真紀編訳 平凡社 2024.4 349p 16cm (平凡社ライブラリー 964)〈文献あり 原書名:SHILOH Mamaほか〉 1800円 ①978-4-582-76964-7

 内容 シャイロー(ボビー・アン・メイスン著,利根川真紀訳)

 *すべての女性は母の娘である。出産・育児・恋愛・結婚・離婚・父の不在・反発・世代の差・虐待・差別・介護・老い・希望—時を超え、世代を超えて繰り広げられる「母の娘」と「娘の母」の物語。十九世紀末から二十世紀末、アメリカの女性作家によって書かれた傑作九篇。 〔3987〕

メイスン, A.E.W. Mason, Alfred Edward Woodley

◇オパールの囚人 A・E・W・メイスン著, 金井美子訳 論創社 2023.5 413p 20cm (論創海外ミステリ 296)〈原書名:The Prisoner in the Opal〉 3600円 ①978-4-8460-2160-3

 *収穫祭に湧くボルドーでアノー警部&リカードの名コンビを待ち受ける怪事件。"ガブリエル・アノー探偵譚"の長編第三作、原著刊行から95年を経た完訳! 〔3988〕

メイソン, ベラ Mason, Bella

◇王が選んだ家なきシンデレラ ベラ・メイソン作, 悠木美桜訳 ハーパーコリンズ・ジャパン 2024.5 156p 17cm (ハーレクイン・ロマンス R3905)〈原書名:HIS CHOSEN QUEEN〉 673円 ①978-4-596-77843-7

 *養護施設で育った王宮図書館司書の私が、王の花嫁に? 即位したての国王ヴァシリから直々に指名され、ヘリアは驚いた。ただ遠くから憧れるだけで、話したこともないのに。平民から王妃が選ばれることは稀で、当然彼女は悩んだが、王妃として不幸な子供たちを一人でも多く救えるならと受諾した。ところが彼は結婚初夜に姿を消し、翌朝戻ると言い放った。「きみを愛することはないし世継ぎも不要。今後は指一本触れない」ヘリアはあまりに身勝手な夫の宣告に傷つき、身を震わせた。あのすばらしい結婚式の誓いのキスは嘘だったというの? 〔3989〕

◇伯爵に選ばれた醜いあひるの子 ベラ・メイソン作, 上田なつき訳 ハーパーコリンズ・ジャパン 2023.6 155p 17cm (ハーレクイン・ロマンス R3786)〈原書名:AWAKENED BY THE WILD BILLIONAIRE〉 664円 ①978-4-596-77233-6

 *エマは家族の中の、いわゆる"醜いあひるの子"だった。姉にも妹にもやさしい父は、彼女にだけつらく当たる。だが、次期伯爵のアレックスが舞踏会で見初めたのはエマだった。美しい姉の目の前で選ばれ、彼女は驚きを抑えられなかった。ア

レックスから所有する豪勢なアパートメントへ誘われ、二人でめくるめく一夜を過ごす間、エマは夢の中にいる気分だった。翌朝、携帯電話に"何をしているの?""家に顔を出しなさい""パパはかんかんよ"と家族からメールがしつこく届くまでは。アレックスとの関係に永遠なんてないのは承知している。でも、私にはつかの間の恋をすることさえ許されないの?　〔3990〕

メイデン, マイク　Maden, Mike

◇超音速ミサイルの密謀を討て！　上　クライブ・カッスラー, マイク・メイデン著, 伏見威蕃訳　扶桑社　2024.6　374p　16cm　(扶桑社ミステリー カ11-65)〈原書名：FIRE STRIKE. Vol.1〉1150円　①978-4-594-09749-3

＊ファン・カブリーヨ一彼こそは、貨物船に見せかけたハイテク機能満載の"オレゴン号"に乗り組み、優秀なチームとともに幾度となく世界を救ってきた現代の騎士である。今回カブリーヨは、厳寒のタジキスタン山岳部へ潜入、危険な作戦に身を投じていた。決死の脱出に成功し、生還したのもつかの間、カブリーヨに新たな指令がもたらされる。イスラエル公安当局が使っていた男が消息を絶ったため、元モサド諜報員に協力して彼の行方を探せというのだ。これが、世界的悪夢の発端になろうとは！　〔3991〕

◇超音速ミサイルの密謀を討て！　下　クライブ・カッスラー, マイク・メイデン著, 伏見威蕃訳　扶桑社　2024.6　367p　16cm　(扶桑社ミステリー カ11-66)〈原書名：FIRE STRIKE. Vol.2〉1150円　①978-4-594-09750-9

＊オレゴン号の医療長ジュリアは、医療任務におもむいたアマゾンの奥地で、驚くべき光景に遭遇する。現地民と医療関係者が、大量虐殺されていたのだ。そこへ出現したのは、怪物のような巨漢一遺伝子工学によりバイオハッキングされた、超人的な兵士だった。この恐怖の傭兵軍団を使って、巨大な敵の陰謀が動きだす。このままでは、国際社会は大混乱に陥り、中東全域が墓場と化すだろう。カブリーヨとオレゴン号が、敢然と世界の危機に立ち向かう！　巨匠クライブ・カッスラーの海洋謀略サスペンス。　〔3992〕

メイン, F.

◇ユーモア・スケッチ大全　〔4〕　すべてはイブからはじまった　ミクロの傑作圏　浅倉久志編・訳　国書刊行会　2022.3　376p　19cm〈「すべてはイブからはじまった」(早川書房 1991年刊)と「ミクロの傑作圏」(文源庫 2004年刊)の改題, 合本〉2000円　①978-4-336-07311-2

内容　強欲(F.メイン著)

＊笑いの大博覧会、完結！　名翻訳家浅倉久志のライフワークである"ユーモア・スケッチ"ものを全4巻に集大成。最終巻は傑作展姉妹篇『すべてはイブからはじまった』とオンデマンドのみの刊行だった『ミクロの傑作圏』をカップリング。　〔3993〕

メグレ, ウラジーミル

◇アナスタ　ウラジーミル・メグレ著, にしやまやすよ訳, 岩砂晶子監修　直日　2024.10　359p　19cm　(アナスタシアーロシアの響きわたる杉シリーズ 9)　2200円　①978-4-9908678-6-7

＊紡がれた叡智のバトンを受け取ろう！　いよいよ、最終章へ。シリーズの集大成。隠された大宇宙の法則、未知の文明からのメッセージ、サイコ・テレポーテーション、愛の強化方法、人間を蝕むウイルスの正体、地球規模の大災害を防ぐ方法。　〔3994〕

メジャー, ティム　Major, Tim

◇新シャーロック・ホームズの冒険　ティム・メジャー著, 駒月雅子訳　KADOKAWA　2022.8　330p　15cm　(角川文庫 メ9-1)〈原書名：THE NEW ADVENTURES OF SHERLOCK HOLMES〉1080円　①978-4-04-112587-8

＊ロンドンで初老の男性が服毒死を遂げた翌日、1人の女性がベイカー街221Bへホームズを訪ねてきた。彼女はアビゲイル・ムーンと名乗り、ペンネームでミステリを書く人気作家。変死した男性は、彼女が次作の被害者として選んだ人物で、創作ノートに書き留めた犯行手口をそっくり盗まれたという。なぜ事件は起きたのか。ホームズとワトスンはムーンの無実を証明できるのか。2人の新たな冒険が始まる！　〔3995〕

◇新シャーロック・ホームズの冒険　〔2〕　顔のない男たち　ティム・メジャー著, 駒月雅子訳　KADOKAWA　2023.6　359p　15cm　(角川文庫 メ9-2)〈文献あり 原書名：THE NEW ADVENTURES OF SHERLOCK HOLMES：THE DEFACED MEN〉1280円　①978-4-04-113602-7

＊映画の先駆けとなる"動く写真"の発明で名声を博したマイブリッジがベイカー街を訪れた。何者かに脅迫され命を狙われているという。調査に乗りだした探偵ホームズとワトスン医師。講演会でマイブリッジの画像に疵と"地獄行き"の文字が浮かび、聴衆の悲鳴が上がる。その頃、ロンドンから離れたある館では火事で青年が焼死していた。2つの事件につながりはあるのか？　名コンビが躍動する迫力のパスティーシュ。　〔3996〕

メッシーナ, マリア

◇薔薇のアーチの下で一女性作家集　香川真澄編・訳　山陽小野田　創林舎イタリア文藝叢書編集部　2023.7　194p　21cm　(イタリア文藝叢書 9)〈著：マリア・メッシーナ 他 原書名：Sotto l'arco di rose〉1600円

内容　薔薇のアーチの下で(M.メッシーナ著, 香川真澄訳)　〔3997〕

メッシーナ, マリオン　Messina, Marion

◇窒息の街　マリオン・メッシーナ著, 手束紀子

訳　早川書房　2024.10　245p　19cm　〈原書名：FAUX DÉPART〉2700円　①978-4-15-210368-0

＊オーレリーは18歳。グルノーブル郊外にある団地に生まれ、地元の大学に入ったばかり。勉学に励み、輝かしいキャリアを積み、両親の属する労働者階級から離れようと思ったのに、待っていたのは、息もできないほどの退屈と孤独だった。「平等社会」とは名ばかりのシステムに閉じ込められただけだった。友達も恋人もできず、鬱々としていたある日、コロンビア人留学生のアレハンドロに出会う。彼を通してオーレリーは外の世界を知るも、アレハンドロはやがて別の地へ行ってしまう。ここにとどまる意味を見失った彼女はパリへ向かう。華やかな街での惨めな日々が待っているとはまだ知らずに──。経済危機と社会格差にあえぐ世代の人々のリアルを突きつけ、鬼才「ウエルベックの後継者」と評される、フランスの新鋭のデビュー作！　〔3998〕

メッシーナ, リン　Messina, Lynn

◇公爵さま、いい質問です　リン・メッシーナ著, 箸本すみれ訳　原書房　2023.7　318p　15cm（コージーブックス メ1-2──行き遅れ令嬢の事件簿 2）〈原書名：A Scandalous Deception〉1050円　①978-4-562-06131-0

＊ベアトリスは窮地に陥っていた。いくら事情があったとはいえ、「泣く泣く別れた身分違いの恋人がいた」と、彼女らしくもない大胆な嘘をついたせいで、叔母たちがいもしない悲恋のお相手を見つけ出そうと、躍起になりはじめたからだ。そこでベアトリスは妙案を思いつく。架空の元恋人の「死亡記事」を新聞に載せればいい。ところが訪れた新聞社で、不運にも目の前で男性が刺殺されてしまう。ここでかかわったら、自分の立場が危うくなると知りつつも、ベアトリスは目にした手がかりがどうしても頭から離れない。被害者の背中に刺さっていたのは、大英博物館に展示されていた短剣にそっくりだった。しかし真相を探ろうにも学芸員に軽くあしらわれてしまう。そんなとき、手を差し伸べてくれたのは意外にも公爵さまで…!?　〔3999〕

◇公爵さまが、あやしいです　リン・メッシーナ著, 箸本すみれ訳　原書房　2023.2　359p　15cm（コージーブックス メ1-1──行き遅れ令嬢の事件簿 1）〈原書名：A BRAZEN CURIOSITY〉1050円　①978-4-562-06128-0

＊19世紀英国。幼い頃に両親を亡くしたベアトリス嬢は、叔母の家に身を寄せる居候。内気で読書好きな性格も災いして、すっかり婚期を逃していた。だからその日も、肩身の狭いハウスパーティーが一刻も早く終わることを願っていたのに、事件は起こってしまった。頭部を殴打された男性の死体を図書室で発見してしまったばかりか、であろうことか公爵と鉢合わせ。彼は頭脳明晰で美しいけれど、とても高慢な人物だ。案の定ベアトリスを早々に現場から追い出し、「男性は自殺だった」と嘘を吹聴した。公爵さまが犯人だからなの？　しかし嘘の真意を知ったベアトリスは公爵と

協力して事件の真相を探ることに。誰にも注目されずに情報を集められる冴えない令嬢と、絶対的な発言権をもつ公爵──身分違いの凸凹バディの運命は!?　〔4000〕

◇公爵さま、これは罠です　リン・メッシーナ著, 藤沢町子訳　原書房　2024.12　499p　15cm（コージーブックス メ1-5──行き遅れ令嬢の事件簿 5）〈原書名：A Treacherous Performance〉1300円　①978-4-562-06146-4

＊ベアトリスと公爵は大事な家族のことを思いやって、結婚を一週間だけ先延ばしにすることに決めた。そんなとき、思いがけない女性が突然訪ねてきた。彼女こそ、ベアトリスに「くすみちゃん」という不名誉なあだ名をつけ、社交界デビューをさんざんなものにした張本人。ところが、かつての意地悪さはなく、ベアトリスの謎解きの能力を見込んで、どうしても頼みたいことがあると言う。先祖から受け継いだ幻のダイヤモンドの在り処をいっしょに捜してほしいというのだ。未来の公爵夫人たるもの、過去を水に流す寛大さも必要よね？　そこでベアトリスは快く協力することに。でもまさかふたたび、不可解な殺人事件に巻き込まれることになるなんて!?　〔4001〕

◇公爵さま、前代未聞です　リン・メッシーナ著, 箸本すみれ訳　原書房　2024.7　334p　15cm（コージーブックス メ1-4──行き遅れ令嬢の事件簿 4）〈原書名：A Nefarious Engagement〉1300円　①978-4-562-06141-9

＊公爵と婚約したベアトリス。これまで社交界の片隅で誰の目にも留まらなかった行き遅れ令嬢が、最高位の爵位を持つ公爵の心を射止めたとあって、前代未聞の大騒ぎに。これではもう、こっそり探偵の真似事を続けることも難しい。このまま公爵の婚約者らしく、大人しくしているべき？　いや、そうはいかない。両親が亡くなった20年前のボートの事故──そこに何か裏があったことを知ったベアトリスは、またしても男装して捜査に乗り出すことに。しかしそんな自分の行動を、公爵に素直に打ち明けることができなかった。そればかりか婚約したというもの、ベアトリスは公爵を目の前にすると恥ずかしくてうつむいてばかり。これでは以前の臆病な自分に逆戻りしてしまうだけだというのに、どうしたらいいの？　〔4002〕

◇公爵さま、それは誤解です　リン・メッシーナ著, 箸本すみれ訳　原書房　2024.2　334p　15cm（コージーブックス メ1-3──行き遅れ令嬢の事件簿 3）〈原書名：An Infamous Betrayal〉1250円　①978-4-562-06136-5

＊ケスグレイブ公爵と二度も殺人事件の謎を解いたベアトリスは、いつのまにか彼に想いを寄せるようになっていた。身分違いの恋心を払拭するには、何か「新しい謎」が必要だ。それもとっておきの事件が。そんなふうに願っていた矢先、知人から殺人事件の捜査を依頼される。突然もがき苦しんで死を遂げた男性の謎──ベアトリスは読書家ならではの知識を総動員して、現場検証に乗り出す。毒殺に使われたのは、インドに自生している植物の毒だろうか？　しかし大きな謎に直面したとたん、公爵

への想いがふたたび募る。そんなとき舞踏会で目にしたのは、彼が社交界のダイヤモンドと囁かれる令嬢と踊る姿。まばゆいほど美しく、お似合いのふたりを目の当たりにして動揺し、立ち去ったベアトリスに公爵は…。　〔4003〕

メーテルリンク, モーリス　Maeterlinck, Maurice

◇青い鳥　モーリス・メーテルリンク作, 山崎剛訳　PUBFUNパブ・ファンセルフ　2024.5　241p　19cm〈原書名：L'Oiseau bleu〉2000円　①978-4-8020-8640-0　〔4004〕

◇ペレアスとメリザンド―その他・十五篇の唄　モーリス・メーテルリンク, 山崎剛訳　インプレスR&Dネクパブ・オーサーズプレス　2022.3　153p　19cm〈文献あり〉2000円　①978-4-8020-8237-2　〔4005〕

◇マレーヌ姫　モーリス・メーテルリンク, 山崎剛訳　PUBFUNネクパブ・オーサーズプレス　2022.6　180p　19cm〈文献あり　原書名：La princesse Maleine〉1500円　①978-4-8020-8298-3　〔4006〕

メトカーフ, ジョージー　Metcalfe, Josie

◇シンデレラの白銀の恋　シャロン・サラ他著, 葉山笹他訳　ハーパーコリンズ・ジャパン　2023.12　380p　17cm（HPA 53―スター作家傑作選）〈「愛すれど君は遠く」(ハーレクイン 2005年刊)と「もう一つのクリスマス」(ハーレクイン 2009年刊)の改題、合本　原書名：SARA'S ANGEL　TWINS FOR A CHRISTMAS BRIDE〉1136円　①978-4-596-52968-8

内容　もう一つのクリスマス（ジョージー・メトカーフ著, 逢坂かおる訳）

＊『愛すれど君は遠く』生死の境を彷徨い、意識朦朧としたサラが目を開けると、大きな人影が―孤高の男、マッケンジー・ホーク。行方不明になった兄を救えるのは彼しかいないと、サラは命がけで厳寒の雪道をひた走ってきたのだ。「わたしの名前はサラ。助けて…お願い」彼女は低体温症で瀕死のところを救ってくれたホークを、美しい天使のように感じて安堵しながら、また眠りに落ちた。だが、元CIA局員の彼はあり余る財産はあれど、人を信じる心は持ち合わせていなかった。彼女が目覚めたら、こう告げるしかない―帰ってくれ、と。『もう一つのクリスマス』魅力的な同僚医師ダンとの将来をかつて密かに考えていたセイラは今、彼の子を妊娠していた。でもそれは切ないことに、不妊症の妹の代理母としてにすぎなかった。セイラの知らぬ間に妹がダンを誘惑して、結婚してしまったのだ。ダンとはもう終わると頭ではわかっていても、いまだ彼への想いを断ち切ることができずにいた。そんなある日、セイラは車にはねられそうになり、重傷を負う。ダンが私の身を案じてくれるのは、おなかの赤ちゃんが大切だから。それ以外の気持ちがあるなんて、望むべくもない…。　〔4007〕

◇秘密は罪、沈黙は愛　ジョージー・メトカーフ作, 堺谷ますみ訳　ハーパーコリンズ・ジャパン　2022.8　156p　17cm（ハーレクイン・プレゼンツ PB338―作家シリーズ 別冊）〈2017年刊の再刊　原書名：LIKE DOCTOR,LIKE SON〉664円　①978-4-596-74609-2

＊フェイスは恋人クインと医学を志し、卒業後は結婚しようと誓っていた。だが大学進学を前に、彼女は理由も告げず、突然彼の前から姿を消した。あれから17年。亡き母の葬儀で帰郷したフェイスは、医師となって母の最期を看取ってくれたクインと再会を果たす。「フェイス？」以前より深みが増した彼の声を聞いた瞬間、なつかしさと、やるせない悲しみの涙が、彼女の頬を伝った。ああ、彼への想いは、あの頃と少しも変わっていない。でも…。一方、クインは彼女に寄り添っている若者に敵意を向けた。不穏な空気を察したフェイスは、いとまを告げてその場を後にした―傍らに立つ若者の、17年前のクインとよく似た声に促されながら。　〔4008〕

メナ, ティーネ

◇そして私たちの物語は世界の物語の一部となる―インド北東部女性作家アンソロジー　ウルワシ・ブタリア編, 中村唯日本版版監修　国書刊行会　2023.5　286p　20cm〈原書名：THE MANY THAT I AMの抄訳　THE INHERITANCE OF WORDSの抄訳ほか〉2400円　①978-4-336-07441-6

内容　ザ・サミット―ティーネ・メナのインタビュー（ティーネ・メナ, ママング・ダイ述, 安藤五月訳）

＊バングラデシュ、ブータン、中国、ミャンマーに囲まれ、さまざまな文化や慣習が隣り合うヒマラヤの辺境。もぎ立ってユニークなインド北東部から届いた、むかし霊たちが存在した頃のように語られる現代の寓話。女性たちが、物語の力をとりもどし、自分たちの物語を語りはじめる。　〔4009〕

メフォ, ニケヒェニュオ

◇そして私たちの物語は世界の物語の一部となる―インド北東部女性作家アンソロジー　ウルワシ・ブタリア編, 中村唯日本版版監修　国書刊行会　2023.5　286p　20cm〈原書名：THE MANY THAT I AMの抄訳　THE INHERITANCE OF WORDSの抄訳ほか〉2400円　①978-4-336-07441-6

内容　母さんの娘（ニケヒェニュオ・メフォ著, 門脇智子訳）

＊バングラデシュ、ブータン、中国、ミャンマーに囲まれ、さまざまな文化や慣習が隣り合うヒマラヤの辺境。もぎ立ってユニークなインド北東部から届いた、むかし霊たちが存在した頃のように語られる現代の寓話。女性たちが、物語の力をとりもどし、自分たちの物語を語りはじめる。　〔4010〕

メリーニ, A.

◇薔薇のアーチの下で―女性作家集　香川真澄編・訳　山陽小野田　創林舎イタリア文藝叢書編集部　2023.7　194p　21cm　（イタリア文藝叢書 9）〈著：マリア・メッシーナ 他　原書名：Sotto l'arco di rose〉1600円

内容 画家とモデル（A.メリーニ著, 香川真澄訳）
〔4011〕

メリメ, プロスペル　Mérimée, Prosper

◇ドラキュラ ドラキュラ―吸血鬼小説集　種村季弘編　新装版　河出書房新社　2023.2　253p　15cm （河出文庫 た4-53）880円　①978-4-309-46776-4

内容 グスラ（抄）（プロスペル・メリメ著, 根津憲三訳）
〔4012〕

メリル, クリスティン　Merrill, Christine

◇悪役公爵より愛をこめて　クリスティン・メリル作, 富永佐知子訳　ハーパーコリンズ・ジャパン　2024.6　251p　17cm （ハーレクイン・ヒストリカル・スペシャル PHS328）〈原書名：A DUKE FOR THE PENNILESS WIDOW〉827円　①978-4-596-77668-6

＊若きセリーナは亡くなった夫に莫大な借金を背負わされ、困窮していた。債権者の男から、借金を返済するか、さもなくば体で払えと迫られ、家財を売ってなんとか返すので月末まで待ってほしいと願い出る。男がひとまず帰ると、今度はグレンムーア公爵アレックスが弔問に訪れた。この公爵こそ、亡き夫から賭けで全財産を巻き上げた張本人。気品に溢れ、誇り高く、見目麗しい姿は魔王ルシファーそのものだけれど、絶対に心を奪われてはいけない！ セリーナは公爵を追い返した。気丈に振る舞いつつも本当は心細さを感じていた彼女のもとに、ある日、見知らぬ紳士“ミスター・アボット”から支援の申し出の手紙が届く。文通を続けるうち、セリーナはいつしか彼を恋い慕うようになっていた。愛しのミスター・アボットが、あの憎むべき公爵であるとも知らず。
〔4013〕

◇疎遠の妻、もしくは秘密の愛人　クリスティン・メリル作, 長田乃莉子訳　ハーパーコリンズ・ジャパン　2024.2　252p　17cm （ハーレクイン・ヒストリカル・スペシャル PHS321）〈ハーレクイン 2014年刊の再刊　原書名：LADY FOLBROKE'S DELICIOUS DECEPTION〉827円　①978-4-596-53267-1
〔4014〕

メルヴィル, ハーマン　Melville, Herman

◇詐欺師―假面芝居の物語　ハーマン・メルヴィル　仙臺　圭書房　2023.12　493p　24cm〈譯：留守晴夫　原書名：The confidence-man〉2700円　①978-4-9904811-7-9

＊「モービー・ディック」に次ぐメルヴィルの傑作とも評せられる、異色の作品の正統表記による新譯。自國アメリカの自明の理を徹底的に疑ひ、知的怠惰を辛辣に批判した、「眞實を追ふ狩人」メルヴィルの最後の長編小説。「今日こそ讀まれるべき作品だ」と、二〇一七年、フィリップ・ロスは語った。
〔4015〕

◇バートルビー―偶然性について　ジョルジョ・アガンベン著, 高桑和巳訳　新装版　調布　月曜社　2023.2　205p　19cm〈原書名：Bartleby o della contingenza〉2600円　①978-4-86503-142-3

内容 バートルビー（ハーマン・メルヴィル著, 高桑和巳訳）

＊"することができない"のではなく、"しないことができる"のだ。潜勢力をめぐる史的系譜に分け入り、メルヴィルの小説『バートルビー』（1853年）に忽然と現れた奇妙な主人公―働かないのに事務所に居座り続ける青年バートルビー―を、あらゆる可能性の全的回復者として読み解く。小説の新訳を附す。
〔4016〕

◇ピエール―黙示録よりも深く　上　ハーマン・メルヴィル著, 牧野有通訳　幻戯書房　2022.12　417p　20cm （ルリユール叢書）〈原書名：Pierre〉4000円　①978-4-86488-261-3

＊理想と現実に引き裂かれる曖昧なる人間の愚かさを見つめ、キリスト教社会の欺瞞、西欧社会の偽善を炙り出す―『白鯨』の著者メルヴィルが世界の破滅絵図として描いた大長編の問題作。全二十六の書のうち、イザベル登場によりピエールの反逆の人生の火蓋が切られる"第十二の書"までを収録。
〔4017〕

◇ピエール―黙示録よりも深く　下　ハーマン・メルヴィル著, 牧野有通訳　幻戯書房　2022.12　391p　20cm （ルリユール叢書）〈年譜あり　原書名：Pierre〉4000円　①978-4-86488-262-0

＊理想と現実に引き裂かれる曖昧なる人間の愚かさを見つめ、キリスト教社会の欺瞞、西欧社会の偽善を炙り出す―『白鯨』の著者メルヴィルが世界の破滅絵図として描いた大長編の問題作。故郷からの旅立ち、作家への道と破天荒な人生行路が待ち受ける"第十三の書"から"第二十六の書"までを収録。
〔4018〕

メルチョール, フェルナンダ　Melchor, Fernanda

◇ハリケーンの季節　フェルナンダ・メルチョール著, 宇野和美訳　早川書房　2023.12　250p　20cm〈原書名：TEMPORADA DE HURACANES〉3100円　①978-4-15-210290-4

＊"魔女"が死んだ。都市から離れた村で、外界と隔絶していた魔女。鉄格子のある家にこもり、誰も本当の名を知らない。村人から恐れられつつ、秘かに頼られてもいた。困窮する女たちの悩みを聞き、様々な薬をあたえ、堕胎の手助けをしていたのだ。大きな遺産があるという噂もあった。魔女は殺された。暴力が吹き荒れるこの村の誰かに。魔女の家の前にいた男たちを目撃したジェセニア、その徒弟で麻薬常習者のルイスミとその悪友ブラ

ンド，売春宿を営むチャベラとその夫ムンラ，継父の性虐待から逃れてきた少女ノルマ…。村の人びとの言葉が導く，あまりに悲痛な真実とは―。荒々しくも詩的な言葉で暴力の根源に迫り，世界の文学界に強烈な衝撃をあたえたメキシコの新鋭の傑作。ブッカー国際賞最終候補，全米図書賞翻訳文学部門候補，文学ジャーナリスト賞（メキシコ）受賞，アンナ・ゼーガース賞（ドイツ）受賞，国際文学賞（ドイツ）受賞。〔4019〕

メレディス，ジョージ　Meredith, George

◇エゴイスト―物語仕立ての喜劇　上　ジョージ・メレディス作，荻野昌利訳　大阪　大阪教育図書　2023.11　418p　21cm　〈原書名：The Egoist〉6000円　①978-4-271-31039-6
 * イギリスの伝統的喜劇の設定を施した十九世紀屈指の名作小説。イギリス・フェミニズムの歴史研究に必携不可欠の資料であり夏目漱石に大きな影響を与えた作品ということで漱石文学研究者必読の書である。〔4020〕

◇エゴイスト―物語仕立ての喜劇　下　ジョージ・メレディス作，荻野昌利訳　大阪　大阪教育図書　2023.11　445p　21cm　〈原書名：The Egoist〉6000円　①978-4-271-31040-2
 * イギリスの伝統的喜劇の設定を施した十九世紀屈指の名作小説。イギリス・フェミニズムの歴史研究に必携不可欠の資料であり夏目漱石に大きな影響を与えた作品ということで漱石文学研究者必読の書である。〔4021〕

◇ビーチャムの生涯　ジョージ・メレディス，菊池勝也訳　松柏社　2024.9　909p　22cm　〈原書名：Beauchamp's career〉8000円　①978-4-7754-0302-0　〔4022〕

メンギステ，マアザ　Mengiste, Maaza

◇影の王　マアザ・メンギステ著，粟飯原文子訳　早川書房　2023.2　572p　19cm　〈原書名：THE SHADOW KING〉3700円　①978-4-15-210210-2
 * 1935年，エチオピア。孤児の少女ヒルトは，貴族のキダネとアステル夫妻の家で使用人になる。ムッソリーニ率いるイタリア軍のエチオピア侵攻の足音が近づくなか，キダネは皇帝ハイレ・セラシエの軍隊を指揮するが，皇帝は早々に亡命してしまう。希望を失ったエチオピアの兵士たちを鼓舞するため，皇帝にそっくりな男が皇帝のふりをする。彼の護衛についたヒルトは，自らも武器を手にして祖国エチオピアのために闘うことを選ぶが―。サルマン・ラシュディが「歴史を神話のレベルにまで抒情的に引き上げた素晴らしい小説」と評し，歴史のスポットライトがあたらなかった女たちの戦争を語ったとして絶賛されたエチオピア出身の作家マアザ・メンギステによる2020年ブッカー賞最終候補作。〔4023〕

【モ】

モーガン，サラ　Moraan, Sarah

◇愛に迷えるシンデレラ　サラ・モーガン作，霜月桂訳　ハーパーコリンズ・ジャパン　2022.9　174p　17cm　（ハーレクイン・ロマンス R3711―伝説の名作選）〈2015年刊の再刊　原書名：PLAYING BY THE GREEK'S RULES〉664円　①978-4-596-74679-5
 * 捨て子として拾われ，里親の元を転々として育ったリリーは，笑いの絶えない温かい家庭を築くことを夢見ていた。彼女にとっての理想の男性とは，すなわち理想の夫。遊びの恋など，これまでしたことも考えたこともなかった。そんな不器用さが災いしてか，白馬の王子はまだ現れていない。ある日，彼女は借金返済のために引き受けている清掃の仕事で，ギリシア人富豪ニック・ゼルバキスの豪奢な別荘へと赴く。そこでリリーは彼の恋人に誤解され，結果，恋人は去ってしまう。困ったわ，どうしよう。動揺する彼女にニックは冷淡に告げた。「さっさと支度してくれ。今夜のパーティは君に同伴してもらう」〔4024〕

◇裏切りのゆくえ　サラ・モーガン作，木内重子訳　ハーパーコリンズ・ジャパン　2024.9　156p　17cm　（ハーレクイン・ロマンス R3903―伝説の名作選）〈ハーレクイン 2010年刊の再刊　原書名：POWERFUL GREEK, UNWORLDLY WIFE〉673円　①978-4-596-77716-4
 * 久しぶりに戻った自宅で，ミリーは夫の帰りを待っていた。銀行家のレアンドロとは熱烈な恋に落ちて結婚したが，彼が姉と浮気しているのを目にしてショックを受け，そのまま家を飛び出した。あれから1年が経ち，姉が事故死したと聞いて，まだ生まれたばかりの甥を引き取るため，意を決して来たのだ。もしや赤ん坊の父親は愛する夫では？という疑いは消えず，とても複雑な気持ちだけど…。だが驚いたことに，レアンドロは美女を連れて帰宅しておきながら，姉との浮気については頑として否定し，厳しい顔で告げた。誓いを立てて結婚した妻を二度と出ていかせるつもりはない，と。〔4025〕

◇置き去りにされた花嫁　サラ・モーガン作，朝戸まり訳　ハーパーコリンズ・ジャパン　2024.6　156p　17cm　（ハーレクイン・ロマンス R3883―伝説の名作選）〈ハーレクイン 2011年刊の再刊　原書名：ONE NIGHT…NINE-MONTH SCANDAL〉673円　①978-4-596-63506-8
 * ケリーは教会でウエディングブーケを手にして，花婿のアレコス・ザゴラキスを今か今かと待ちわびていた。だが結局，ハンサムな大富豪が結婚式に現れることはなかった。哀れにも，ケリーは土壇場で冷酷に捨てられたのだ。4年後。傷ついてどん底に落ちた彼女は小学校教師となり，ようやく

モカン

アレコスのことをきっぱり忘れる決心がついた。彼に贈られたダイヤモンドの婚約指輪を思いきってオークションに出品したとたん、すぐさま400万ドルの高値で落札され、ケリーは呆然とした。いったい誰があの指輪を欲しがったの? すると不敵な笑みのアレコスが現れ、強引に彼女を連れ去り…。〔4026〕

◇脅された花嫁 サラ・モーガン著, 桃里留加訳 ハーパーコリンズ・ジャパン 2023.1 206p 15cm (ハーレクインSP文庫 HQSP-350)〈ハーレクイン 2005年刊の再刊 原書名:THE GREEK'S BLACKMAILED WIFE〉545円 ①978-4-596-75862-0

＊ローレンは、現れた新しいクライアントを見て凍りついた。傲慢さを漂わすギリシア人大富豪、ザンダー・ヴォラキス—法的には今なおローレンの夫だ。5年前、ローレンが浮気をしたと決めつけ激怒したザンダーは、彼女の心を粉々にし、職も生活も、何もかもを奪った。その私に突然仕事を依頼しに来るなんて、何を企んでいるの? 立ちすくむローレンを前に、ザンダーは不遜に微笑むと、いきなりキスをした。きみはまだぼくの所有物だと言わんばかりに。〔4027〕

◇壁の花の白い結婚 サラ・モーガン著, 風戸のぞみ訳 ハーパーコリンズ・ジャパン 2024.11 206p 15cm (ハーレクインSP文庫 HQSP-438)〈「狂おしき復讐」(ハーレクイン 2008年刊)の改題 原書名:BLACKMAILED BY DIAMONDS,BOUND BY MARRIAGE〉545円 ①978-4-596-71703-0

＊アンジーの美しい妹が、半年前にギリシアで亡くなった。大富豪ニコスの屋敷のバルコニーから転落死したのだ。そのニコスがいまアンジーを前にし、悔やみの言葉すらなく、妹が盗んだという、遺品の宝石を返すように迫っている。妹を死に追いやったのに、罪の意識の欠片もないらしい罰を与えたく、彼女は色気のない自分との結婚を条件にした。しかも、ほかの女性との関係を禁じる屈辱的な契約書付きで。ところが、プレイボーイの彼はためらいもなく承諾したうえに、「僕の所有物になるんだ」と、アンジーの体を舐めるように見た。〔4028〕

◇結婚という名の悲劇 サラ・モーガン著, 新井ひろみ訳 ハーパーコリンズ・ジャパン 2023.10 201p 15cm (ハーレクイン文庫 HQB-1205)〈ハーレクイン 2013年刊の再刊 原書名:THE FORBIDDEN FERRARA〉627円 ①978-4-596-52572-7

＊フィアのもとを、イタリア富豪サントが3年ぶりに訪ねてきた。二人が夜を共に過ごしたのは、たった一度。その後サントはまったく連絡をくれなかった。フィアとサントの家には長年の確執があったから、妊娠に気づいた彼女は、一人で息子を育ててきた。サントは息子の存在を知る由もない。なのに今、フィアが息子と住む家を買いたいのだと言う。足元にまつわりついてきた幼子を慌てて隠そうとしていると、サントの顔色が変わった—そう、息子は彼にそっくりだった。〔4029〕

◇けなげな恋心 サラ・モーガン作, 森香夏子訳 ハーパーコリンズ・ジャパン 2024.5 156p 17cm (ハーレクイン・イマージュ I2802—至福の名作選)〈2016年刊の再刊 原書名:WORTH THE RISK〉673円 ①978-4-596-53983-0

＊やむにやまれぬ事情で生活苦にあえぐアリーは、姉の遺児を引き取って育てながら、病院で懸命に働いている。ある日、趣味の登山中に息が止まるほどハンサムな男性と出逢い、ショーンという名の彼女に助けられ、遭難していた少年を救った。緊迫した状況で的確な判断をくだす彼の姿を見て、アリーは胸のときめきを抑えることができなかった。かたや、ショーンは悪天候の中を独りで歩いていた彼女を傲慢な口調で責めたかと思うと、「君が欲しい」と言って戸惑わせた。良くも悪くもアリーの心を独り占めにしたショーンが、なんと翌日、彼女の勤める病院に新任医師としてやってきた!〔4030〕

◇恋する夜よ永遠に レベッカ・ウインターズ、サラ・モーガン著, 木内重子, 仁嶋いずる訳 ハーパーコリンズ・ジャパン 2022.12 262p 15cm (ハーレクイン文庫 HQB-1160—珠玉の名作本棚)〈原書名:THE TYCOON'S CHRISTMAS ENGAGEMENT MIDNIGHT AT TIFFANY'S〉645円 ①978-4-596-75537-7

[内容] 億万長者と魔法の一夜 (サラ・モーガン)

＊大学院生のアニーは十代の頃から、母が勤める会社の社長の息子に片思い。ところがクリスマスイブのパーティで、いきなり彼女の唇を奪った相手は、冷徹で凄腕と評判の副社長ミッチだった。なんて無礼な人! 強引な誘惑に怒りたいのに、なぜか彼の顔が頭から離れなくなって…。(R・ウインターズ『イブの口づけ』)。NYで暮らすマチルダは今夜、大企業を率いる億万長者チェイスが主催するセレブのパーティでウエイトレスをしているが、ミスの許されない場で大失態を演じて首に。だがそんな彼女をデートに誘ったのは、チェイスだった! (S・モーガン『億万長者と魔法の一夜』)。〔4031〕

◇冷めた情熱 サラ・モーガン作, 森香夏子訳 ハーパーコリンズ・ジャパン 2022.3 156p 17cm (ハーレクイン・イマージュ I2698—至福の名作選)〈2015年の再刊 原書名:THE CHRISTMAS MARRIAGE RESCUE〉664円 ①978-4-596-31774-2

＊看護師のクリスティはスペイン人の夫アレッサンドロと別居中。ハンサムで有能なドクターである彼を愛しているけれど、彼が仕事ばかりで家庭を顧みないことに耐えられず家を出たのだ—まだ愛があるのなら、追いかけてきてくれると淡い期待を抱いて。しかし彼が現れるのを待つうち、一緒に連れてきた子供から家族全員で過ごしたいとせがまれ、やむなく家へ帰ることにした。みずから戻るのは本意ではなかったものの、夫との久々の再会に、クリスティは胸を高鳴らせた。だが、アレッサンドロは彼女の荷物を客用の寝室へ運ぶと、冷た

く言い放った。「ここが、きみの部屋だ」〔4032〕

◇十八歳の臆病な花嫁　サラ・モーガン作，森香夏子訳　ハーパーコリンズ・ジャパン　2023.8　156p　17cm　（ハーレクイン・イマージュ　I2766―至福の名作選）〈2016年刊の再刊　原書名：HIGH-ALTITUDE DOCTOR〉673円　①978-4-596-52034-0

＊ジュリエットは仕事先での思いがけない再会に，息をのんだ。10年前の魅力もそのままに現れた敏腕医師，フィン―彼女がよく知りながらもずっと避けてきた男性に。18歳でジュリエットが兄の親友だったフィンの子を身ごもったとき，彼は責任をとるために彼女との結婚を決めた。ところが，不幸にも結婚式の2週間前に流産してしまうと，彼は子供のために結婚しようとしていただけだと信じるジュリエットは，愛されぬ花嫁になりたくないと，逃げ出したのだった。いま，愛するフィンを前にしてよみがえってきたつらい記憶が，ジュリエットの胸を容赦なくえぐって…。〔4033〕

◇衝撃の出会い　サラ・モーガン著，山本みと訳　ハーパーコリンズ・ジャパン　2022.2　218p　15cm　（ハーレクインSP文庫 HQSP-306）〈ハーレクイン2006年刊の再刊　原書名：THE ITALIAN'S PASSIONATE PROPOSAL〉500円　①978-4-596-01791-8

＊ロンドンに越してきたばかりの医師カルロは，薄暗い裏通りで強盗に襲われかけた少年を助けた。だが暴れる少年を組み伏せたとき，彼は過ちに気づいた。輝く緑の瞳とやわらかな体―"少年"は女性だったのだ！　彼女の名はスザンナ。助産師で，夜の往診の途中だと言う。偶然にも同じ病院で働く彼女に，カルロは心を奪われる。だが，気軽にスザンナと親しくなるわけにはいかなかった。彼は訳あって素性を隠し，期間限定で勤務しているが，実はイタリアの名門，サンティーニ家出身の大富豪なのだ。〔4034〕

◇聖夜に降る奇跡　サラ・モーガン著，森香夏子訳　ハーパーコリンズ・ジャパン　2024.12　218p　15cm　（ハーレクイン文庫 HQB-1261）〈ハーレクイン2012年刊の再刊　原書名：THE MAGIC OF CHRISTMAS〉691円　①978-4-596-71791-7

＊看護師のラーラは，ある風変わりな患者の"予言"を笑い飛ばした。自称占い師のその老女は，ラーラがクリスマスに求婚されると言うのだ。しかも相手は，ハンサムでものすごくセクシーな人らしい。ろくに男性とつきあったこともないこの私が？　雑念を振り払いつつ救命室へ赴いた彼女を，ドクターが待ち構えていた。有能でハンサムでセクシーなクリスチャン。完璧すぎる雲の上の人。ともに患者の治療にあたったあと，ラーラはひょんなことから，クリスチャンが離婚して子どもたちの世話に難儀していると知る。期限つきで住み込みの子守り役を買って出たラーラだったが…。〔4035〕

◇大富豪の醜聞　サラ・モーガン著，加納三由季訳　ハーパーコリンズ・ジャパン　2024.8　228p　15cm　（ハーレクインSP文庫 HQSP-424―45周年特選 8 サラ・モーガン）〈ハーレクイン2009年刊の再刊　原書名：BOUGHT: THE GREEK'S INNOCENT VIRGIN〉600円　①978-4-596-77742-3

＊ウエイトレスのシャンタルは，うっとりと思い返していた。ギリシア大富豪アンゲロスが開催した慈善舞踏会の夜のことを。ハンサムな男性に声をかけられ，夜どおし踊った…。まさか彼がアンゲロス本人だったとは。ある招待客の身代わりと彼に気づかれる前に，慌てて逃げ出してしまったけれど。またみじめな生活に逆戻り。しかし夢物語には続きがあった―アンゲロスは彼女を捜し出したのだ！　でも，なぜかひどく怒ったまなざしでシャンタルを見据えると，「父に会ってもらう」と言ってむりやり車に押し込んだ。〔4036〕

◇ダークスーツを着た悪魔　サラ・モーガン著，小池桂訳　ハーパーコリンズ・ジャパン　2022.11　201p　15cm　（ハーレクイン文庫 HQB-1158）〈ハーレクイン2012年刊の再刊　原書名：DOUKAKIS'S APPRENTICE〉627円　①978-4-596-75435-6

＊巨大企業総帥で億万長者のデイモン・デュカキスに買収された？　ポリーは信じられなかった。父の経営するこの小さな広告代理店を彼が手に入れた理由，それは行方不明の私の父をおびきだすため。じつはデイモンの妹とポリーの父が駆け落ちしていた。昔から娘のことには無関心で，結婚と離婚を繰り返してきた父が，反省して戻ってくるなどありえない。「君の父親はどこにいるんだ？」デイモンに問い詰められても，ポリーは本当に知らないのだが，焦らされた彼は強硬手段に出る。黒い瞳を陰らせたかと思うと，いきなり彼女の唇を奪ったのだ！〔4037〕

◇ドクターの情熱　サラ・モーガン著，山本瑠美子訳　ハーパーコリンズ・ジャパン　2023.8　206p　15cm　（ハーレクインSP文庫 HQSP-379）〈ハーレクイン2003年刊の再刊　原書名：THE DOCTOR'S RUNAWAY BRIDE〉545円　①978-4-596-52054-8

＊イタリアを旅行中，ティアは医師のルカと出会い，その情熱的でセクシーな魅力を前に，瞬く間に恋に落ちた。やがて二人は結ばれ，彼女の妊娠を機に結婚に踏みきるが，式当日になって，ティアは衝撃の事実を知ってしまう。ルカには，ルイーザという名の愛する女性がいたのだ―！　すべては赤ちゃんのため…だからこそプロポーズのときも，妊娠がわかったときも，彼は一度も口にしなかったのね。打ちのめされたティアは教会から逃げだした。こぼれ落ちそうになる涙を懸命にこらえながら。〔4038〕

◇突然のキスと誘惑　ベティ・ニールズ著，サラ・モーガン，キャロル・モーティマー，和香ちか子他訳　ハーパーコリンズ・ジャパン　2023.2　292p　17cm　（HPA 43―スター作家傑作選）〈原書名：CRUISE TO A WEDDING　DIAMONDS AND DESIREほか〉1082円　①978-4-596-75920-7

モカン

[内容] 愛と情熱の日々（サラ・モーガン著，竹内喜訳）
＊「幸せへの航海」忙しい日々を送る看護師のラヴデイは、親友に頼み事をされた。恋人との結婚を後見人のアダムに認めてもらえるよう協力してほしいと。翌日偶然アダムと顔をあわせると、彼は自己紹介のアダムと顔を合わせるかと思うと、続けて彼女のことを"お節介な出しゃばり"と非難したのだ。ラヴデイは激しく動揺して…。「愛と情熱の日々」ローレンは親に捨てられ、児童養護施設で孤独な子供時代を過ごした。難読症を抱え、過酷な現実にひとり立ち向かってきた彼女にとって、おとぎ話のようなロマンスは縁のないものだった。ある日、運命のいたずらにより、豪華なパーティーで、まるで別世界に住むギリシャの大富豪、アレクサンドロスと出会うまでは。「いきなり結婚？」ひとりで娘を産み育ててきたメリー。年頃になった娘の友人のおじだという長身で澄んだ青い瞳の会社社長ザックが訪ねてきて、二人が結婚するつもりだと聞かされ仰天する。しかしそれは勘違いだった。ザックはお詫びにとメリーを食事に誘う。断れず応じたメリーだったが、ザックに突然結婚したいと言われ、呆然とする！〔4039〕

◇はねつけられた愛　サラ・モーガン作，森香夏子訳　ハーパーコリンズ・ジャパン　2024.1　158p　17cm　（ハーレクイン・イマージュ I2788―至福の名作選）〈2016年刊の再刊　原書名：RESCUING DR MACALLISTER〉673円　①978-4-596-53185-8
＊救急室のナースとして働くエリーは、従姉の出産を手伝いに行く途中、嵐で立ち往生してしまった。ずぶ濡れになって途方に暮れていると、息をのむほどハンサムなドクター、ベンが現れ、車で送り届けてくれた。鮮やかな手並みで逆子の赤ん坊を取り上げる彼を見て、エリーの胸はこれまでの人生では感じたことがないほどときめいた。その後、ベンが同じ病院に勤めることになり、ますます想いは募るが、彼はどこか陰があり、寡黙でとっつきにくかった。それでもエリーが勇気を出して、あなたに恋したみたいと伝えると、ベンは顔をこわばらせ、「戯言はやめてくれ」と愛の告白をはねつけた！〔4040〕

◇ひとりぼっちに終止符を―プレミアムセレクション　サラ・モーガン作，森香夏子訳　ハーパーコリンズ・ジャパン　2022.1　156p　17cm　（ハーレクイン・プレゼンツ PB321―作家シリーズ 別冊）〈ハーレクイン 2015年刊の再刊　原書名：THE MIDWIFE'S MARRIAGE PROPOSAL〉664円　①978-4-596-01874-8
＊天涯孤独のサリーは幼いころから里親のもとを転々として育ち、誰からも養子にしてもらえなかったことが深い心の傷となっている。そんな彼女は18歳のとき、最愛の恋人トムに一方的に捨てられ、無惨に終わった恋を忘れるため、異国へと旅立った。いつか彼と温かい家庭をと夢見ていたのに、またひとりぼっち。7年後、故郷に戻って助産師として働くことになったサリーを、避けては通れぬ試練が待っていた―敏腕ドクター、トムとの再会が。どれほど憎もうとしても、愛しい彼。でも、これ以上傷つきたくない。何年も練習してきたとおり、彼女が冷たくよそよそしい態度で接すると、それがトムの傲慢なハートに火をつけ、容赦ない誘惑が始まった！〔4041〕

◇富豪に買われた花嫁　サラ・モーガン著，井上きこ訳　ハーパーコリンズ・ジャパン　2024.6　217p　15cm　（ハーレクインSP文庫 HQSP-419）〈「シークの罠」（ハーレクイン 2006年刊）の改題　原書名：IN THE SHEIKH'S MARRIAGE BED〉545円　①978-4-596-63618-8
＊エミリーは砂漠の王国カズバーンへやってきた。兄が作った800万ポンドの借金の返済を延ばしてもらうためだ。だがプリンスのザックは耳を貸そうとせず、目の前に立ちはだかると、いきなりエミリーの髪どめを奪った。流れ落ちる金髪を、値踏みするようなまなざしで睨めつけて、あざ笑うように唇を歪める。「君は美しいな…女の魅力で迫ってこいとでも言われたのか」わが耳を疑う彼女に、さらにザックは残酷すぎる提案を強要した。彼の妻となれば兄の借金を帳消しにするというのだ。〔4042〕

◇プレイボーイ・ドクター　サラ・モーガン著，井上きこ訳　ハーパーコリンズ・ジャパン　2022.5　214p　15cm　（ハーレクイン文庫 HQB-1123）〈ハーレクイン 2003年刊の再刊　原書名：THE PLAYBOY DOCTOR〉627円　①978-4-596-42760-1
＊どうしてセブがここに？　診療所で働くジョアンナは、新任の医師を見て愕然とした。セブは医大時代の同級生だが、恋に臆病な彼女とは正反対で、有名なプレイボーイだった。裕福な遊び人の彼に田舎の診療所の医者が務まるわけないわ。予想に反し、セブはすばらしく腕が立ち、患者の受けもよい。彼を誤解していたのかもしれない。それに最近、気づいたのだ。セブに見つめられると、胸がどきどきすることに―。でも相変わらずセブには女性達から頻繁に電話がかかってくる。なぜか彼はそのことを、ジョアンナに隠そうとしていて…。〔4043〕

◇ボスを愛した罪　サラ・モーガン作，山本翔子訳　ハーパーコリンズ・ジャパン　2024.2　156p　17cm　（ハーレクイン・ロマンス R3852―伝説の名作選）〈ハーレクイン 2013年刊の再刊　原書名：A NIGHT OF NO RETURN〉673円　①978-4-596-53389-0
＊大切な書類を忘れるなんて、ボスらしくないわ。ルーカスの忠実な秘書エマは不思議に思いながらも、吹雪のなか、ボスが滞在する古城へと車を走らせた。だが、そこにはアルコールに溺れる彼の姿があった。「すぐにここから出ていけ」罵声を浴びて胸騒ぎを覚えた。そういえば、去年の同じ日もボスはオフィスで泥酔して…。これは偶然なの？　それとも何か理由があってのこと？　エマは放っておけなくなり、彼に付き添うことに決めた。ボスと秘書―その一線を越えることになるとは夢にも思わず。〔4044〕

◇真夏のマーメイド　サラ・モーガン作，松本果

蓮訳　ハーパーコリンズ・ジャパン　2023.3　156p　17cm　（ハーレクイン・イマージュ I2748—至福の名作選）〈ハーレクイン 2006年刊の再刊　原書名：THE CELEBRITY DOCTOR'S PROPOSAL〉673円　①978-4-596-76773-8

＊亡き父に代わって、小さな村の診療所を営むアンナ。ある日、父の友人でもあった同僚医師が病気になり、海外で療養するため、代わりの医師を手配して旅立っていった。アンナにとって、それが悪夢の幕開けとなる—その代診医とは、同僚医師の息子で彼女と犬猿の仲のサムだったのだ！　今や彼はロンドンで活躍する高名な医師だけれど、案の定、口を開けば嫌みの応酬で険悪な雰囲気に…。それでも二人は、救患には息の合ったみごとなチームワークを見せた。やがてアンナは心の中で密かに芽生えた気持ちに戸惑い始める。サムがふと見せる"男"の顔に、胸がきゅんと苦しくなるなんて…。〔4045〕

◇見捨てられた女神　サラ・モーガン作，森香夏子訳　ハーパーコリンズ・ジャパン　2023.10　156p　17cm　（ハーレクイン・イマージュ I2776—至福の名作選）〈2016年刊の再刊　原書名：THE MIDWIFE'S CHRISTMAS MIRACLE〉673円　①978-4-596-52584-0〔4046〕

◇世継ぎを宿した身分違いの花嫁　サラ・モーガン著，片山真紀訳　ハーパーコリンズ・ジャパン　2024.4　206p　15cm　（ハーレクイン文庫 HQB-1229）〈「愛という名の鎖」（ハーレクイン 2009年刊）の改題　原書名：THE PRINCE'S WAITRESS WIFE〉691円　①978-4-596-53817-8

＊結婚まではと貞操を守ってきたウエイトレスのホリーは、それが理由で婚約者に捨てられ、絶望のどん底にいた。世界中の女性を魅了するカスペル大公に給仕するという幸運に恵まれたのに、懸命に仕事をしても涙があふれてくる。するとなんと大公が人払いをしてホリーを慰めてくれた。そして甘く誘惑され、ホリーは夢心地で純潔を捧げてしまった。だが急に大公は冷たくなり、傷ついた彼女は特別室を飛び出した。後日、妊娠に気づいた彼女の前に、カスペル大公が現れた。そして怒りもあらわに、結婚すると一方的に言い渡したのだ！〔4047〕

◇別れは愛の証　サラ・モーガン著，高橋庸子訳　ハーパーコリンズ・ジャパン　2022.9　206p　15cm　（ハーレクインSP文庫 HQSP-335）〈ハーレクイン 2009年刊の再刊　原書名：THE ITALIAN'S NEW-YEAR MARRIAGE WISH〉500円　①978-4-596-70653-9

＊エイミーは夫マルコに会うため、町に帰ってきていた。それは、新婚半年で彼女が家を出て以来、2年ぶりの再会であり、離婚を切り出し、夫に同意してもらうための再会でもあった。滞在は短ければ短いほどいい—鋭いマルコのことだから、長くいたら、きっと嘘がばれてしまう。本当は愛していると。だから、彼の同意を得たら、すぐに立ち去るつもりでいた。ところが夫は離婚を受け入れず、帰すまいと束縛する。しかもなぜ、傷ついたように私を見ているの？　子供が望めない私への、愛などどこにもないはずなのに…。〔4048〕

◇罠にかかったシンデレラ　サラ・モーガン著，真咲理央訳　ハーパーコリンズ・ジャパン　2024.11　156p　17cm　（ハーレクイン・プレゼンツ PB397—作家シリーズ 別冊）〈ハーレクイン 2011年刊の再刊　原書名：THE TWELVE NIGHTS OF CHRISTMAS〉664円　①978-4-596-71459-6

＊ホテルの客室係イーヴィーは、クリスマスだというのに働いていた。仕事で降格され、家賃を払えず家まで追い出されて困っているのだ。一流ホテルの最上階スイートルームを整えていると、今夜は空きのその部屋に泊まっていいと上司に言われ、彼女は豪華な調度を汚さぬよう服を脱いで眠りについた。明け方、なぜか甘い唇の感触で目が覚め—その刹那、フラッシュが光った！　パパラッチが逃げていく。ふと見ると、ベッドの隣にはホテルのオーナー、リオがいる。イーヴィーが慌てて体にシーツを巻くと、冷徹なイタリアの大富豪は、これは罠だと憤り、突然宣言した！「僕は君との婚約を発表する」〔4049〕

モーガン, レイ　Morgan, Raye

◇ずっとずっと好きな人　ダイアナ・パーマー，シャロン・ケンドリック，レイ・モーガン著，霜月桂他訳　ハーパーコリンズ・ジャパン　2022.5　329p　17cm　（HPA 34—スター作家傑作選）〈原書名：THE RANCHER　THE BOSS'S BOUGHT MISTRESSほか〉1109円　①978-4-596-42796-0

内容　初恋はいまも心に（レイ・モーガン著，上杉翠訳）

＊どれほほ時が過ぎても、やっぱり彼が好き…。忘れえぬ"あの人"への片想いが詰まった珠玉の3篇。〔4050〕

モーゲンスターン, エリン　Morgenstern, Erin

◇地下図書館の海　エリン・モーゲンスターン著，市田泉訳　東京創元社　2023.3　473p　20cm　（海外文学セレクション）〈原書名：THE STARLESS SEA〉3400円　①978-4-488-01686-9

＊大学院生ザカリーが図書館で出会った、著者名の記されていない本。そこには誰も知るはずのない、彼の少年時代の不思議な体験が記されていた。本の秘密を追う彼は、謎の男に導かれて魔法の扉をくぐり、どこにも知れない地下に広がる"星のない海"の岸辺にある、物語で満ちた迷宮にたどりつく…めくるめく物語の魅力を巡る傑作本格ファンタジー。ドラゴン賞ファンタジー長編部門受賞作。〔4051〕

モーズリー, ダナ　Moseley, Dana

◇夏の窓辺は死の香り　ダナ・モーズリー著, 金井真弓訳　論創社　2024.12　200p　20cm　（論創海外ミステリ）〈原書名：Dead of Summer〉2200円　①978-4-8460-2429-1

*酒に酔った美女の嬌態が招いた悲劇。何気ない日常に潜む恐怖と暴力を冷静な筆致で綴る傑作ミステリ！　　　　　　　　　　　　　　〔4052〕

モックラー, サイモン　Mockler, Simon

◇極夜の灰　サイモン・モックラー著, 冨田ひろみ訳　東京創元社　2024.8　471p　15cm　（創元推理文庫 Mモ10-1）〈原書名：THE DARK THAT DOESN'T SLEEP〉1300円　①978-4-488-12611-7

*1967年末。ある火災の調査のため、精神科医のジャックは、顔と両手に重度の火傷を負い、記憶を失ったコナーという男と向かい合っていた。北極圏にある極秘基地の発電室で出火し、隊員2名が死亡。彼は唯一の生存者だという。火災現場の遺体は、一方は人間の形を残していたが、もう一方は灰と骨と歯の塊だった。なぜ遺体の状態に差が出たのか？ 謎と陰謀が渦巻くミステリ長編！　〔4053〕

モディアノ, パトリック　Modiano, Patrick

◇眠れる記憶　パトリック・モディアノ著, 山﨑美穂訳　作品社　2023.6　227p　19cm　〈原書名：SOUVENIRS DORMANTS ENCRE SYMPATHIQUE〉2600円　①978-4-86182-982-6

内容　眠れる記憶　隠顕インク

*『眠れる記憶』——僕は、街角でしか人が真に出会うことはあり得ないと長らく信じていた。老齢を迎えた語り手が、六十年代を生きた自らの激動の青年期を振り返りながら、記憶の奥底に眠っていた女性たちとの出逢い、別れ、そして再会の思い出を想起する。ノーベル文学賞受賞後初の作品となる表題作。『隠顕インク』——この人生には空白がいくつかある。パリから失踪した女性を捜し出すという任務を授かった主人公は、彼女が住んでいたと思われるアパルトマンで一冊の手帳を発見する。三十年後、自ら調査を再開して目撃者を追跡するのだが…。　　　　　　　　　　　　〔4054〕

モーティマー, キャロル　Mortimer, Carole

◇過ちと呼ばないで　キャロル・モーティマー著, 飛川あゆみ訳　ハーパーコリンズ・ジャパン　2023.5　206p　15cm　（ハーレクイン文庫 HQB-1184）〈ハーレクイン 2010年刊の再刊 原書名：THE INFAMOUS ITALIAN'S SECRET BABY〉627円　①978-4-596-77077-6

*学校を卒業したばかりのベラは友人に誘われ、名門ダンティ家の跡継ぎ、ガブリエルの屋敷のパーティに出た。化粧室を探して広い屋敷をさまよっていたとき、間違って入った書斎でガブリエルとでくわす。女性ならだれもが二人きりになりたいと願うゴージャスな男性に誘いをかけられ、ガブリエルとベッドをともにしてしまった。それきり彼から二度と連絡がこないとは夢にも思わず—。5年後、彼の子を一人で育てるベラは、親戚の結婚式で彼と再会した！ ベラの傍らに立つ幼子を目にした彼は…。　　　　　　　　　　〔4055〕

◇過ちの代償　キャロル・モーティマー著, 澤木香奈訳　ハーパーコリンズ・ジャパン　2023.8　295p　15cm　（ハーレクイン文庫 HQB-1197）〈ハーレクイン 2007年刊の再刊 原書名：WITCHCHILD〉673円　①978-4-596-52160-6

*レオニーは青白い顔で、再び現れた大富豪ホークを見つめた—。ホークがレオニーの妹と自分の息子が交際していることに反対し、手切れ金を払うと家まで乗り込んできたのは、9カ月前のこと。彼女の顔色が優れないのは、彼との望まぬ再会のせいだけでなく、先日の早産で体が弱っているから…。初めて会った日、一度だけ枕を交わしてしまったのだ。私たち姉妹を侮辱した彼と。この腕に抱いている小さな娘が彼の子とは、とても言えない。しかし、鋭いまなざしでこちらを見すえるホークの目は、赤ん坊が自分の血を引いていることを見抜いていた。　　　　　　　　〔4056〕

◇嵐のように　キャロル・モーティマー作, 中原もえ訳　ハーパーコリンズ・ジャパン　2024.6　156p　17cm　（ハーレクイン・ロマンス R3884—伝説の名作選）〈ハーレクイン・エンタープライズ日本支社 1986年刊の再刊 原書名：TEMPESTUOUS AFFAIR〉673円　①978-4-596-63508-2

*リンジーは世界的に著名なカメラマン、ジョエルの秘書。どんな女性も夢中にさせる魅力にあふれたジョエルは、過去や家族の話をいっさいしない秘密主義者だ。そんな彼をもっと知りたくて、この半年一緒に暮らしてみたが、悲しいことに、それは変わらなかった。ジョエルにとって、私は住み込みの愛人でしかないの？ 彼への想いは衰えるどころか、日ごとに増すばかり。もう彼のそばにはいられない…。しかし退職届を出した矢先、思いがけずジョエルとパーティに出ることになって—？　　　　　　　　　　　　〔4057〕

◇イブの約束　キャロル・モーティマー作, 真咲理央訳　ハーパーコリンズ・ジャパン　2023.12　156p　17cm　（ハーレクイン・イマージュ I2784—至福の名作選）〈ハーレクイン 2003年刊の再刊 原書名：MARRIED BY CHRISTMAS〉673円　①978-4-596-52972-5

*パーティでシャンパンを飲みすぎて前後不覚に陥った21歳のリリー。翌朝目覚めると、なんと見知らぬベッドの上にいた！ バスルームでシャワーを浴びているのは、昨夜知り合った、精悍な顔だちをした年上男性パトリック。ああ、なんてことを！ リリーは恥ずかしさから別れも告げず、あわてて自宅に逃げ帰った。そこで、はからずもパトリックの素性を知ることになる。彼は、リリーの父が経営する会社の取引銀行の頭取だった。あいにく父の会社は今、財政問題を抱えていて、彼に弱みを握られていた。その夜、彼女の家にパトリッ

クが現れ、脅しまがいの驚くべき提案をした。「僕と結婚するんだ。さもないと、お父さんの会社は…」　　　　　　　　　　　　　　〔4058〕

◇永遠の愛　キャロル・モーティマー著，あべ朱里訳　ハーパーコリンズ・ジャパン　2022.7　212p　15cm　（ハーレクイン文庫 HQB-1135）〈ハーレクイン・エンタープライズ日本支社 1985年刊の再刊　原書名：EVERLASTING LOVE〉627円　①978-4-596-70770-3

＊6年前、19歳の看護師オリビアは、恋人だった年上の医師マーカスを深く愛しながらも別れを告げた。彼の心が別の女性にあると知ったから。いまだ傷の癒えないオリビアのもとにある日、マーカスが事故に遭ったという報せが入る。矢も楯もたまらず病院に駆けつけると、そこには視力を失い、心を閉ざしたマーカスの変わり果てた姿が。オリビアは彼への愛を痛感し、個人看護師になる決意をした。声を聞いても、彼は私だと気づかなかったけれど…。　　　　　　　　　〔4059〕

◇置き去りの天使　キャロル・モーティマー著，橋由美訳　ハーパーコリンズ・ジャパン　2022.12　206p　15cm　（ハーレクインSP文庫 HQSP-347）〈ハーレクイン 2001年刊の再刊　原書名：TO MEND A MARRIAGE〉500円　①978-4-596-74926-0

＊華やかな双子の妹の陰に隠れて育ったジェミニ。1年ほど前、その妹に恋人を奪われた彼女は、同じく裏切られた妹の婚約者ニックと、衝動的に結婚した。以来ベッドをともにせず、良きパートナーを演じてきたが、いつしかジェミニは彼を愛するようになっていた。でもニックにとってわたしは、妹の身代わりにすぎない…。彼を求める勇気もなく、踏み出せずにいたある日、ジェミニは家の入り口で赤ちゃんを見つけ、目を疑った。妹がいつのまにか子供を産み、赤ちゃんを置いて行ったのだ！　　　　　　　　　　　　　　〔4060〕

◇仮面の夫　キャロル・モーティマー著，塚田由美子訳　ハーパーコリンズ・ジャパン　2022.5　208p　15cm　（ハーレクイン文庫 HQB-1120）〈ハーレクイン・エンタープライズ日本支社 1984年刊の再刊　原書名：BURNING OBSESSION〉627円　①978-4-596-42762-5

＊5年前、実業家ジョーダンと大恋愛の末、結婚したケリー。だが妊娠直後、夫と秘書の旅行計画を耳にし、ショックで流産。以来、家を出て父と暮らしてきた。ところが、その父が事故に遭い、記憶喪失に陥ってしまった。父の記憶にあるのは、新婚当初の仲睦まじい二人の姿。ケリーは、知らせを受けて病院に駆けつけた夫とともに、新婚夫婦を演じることにするが、自分の所有物とばかりに強引にキスされ、ケリーは心が揺れた。まさか、今も私は夫を愛しているの…？　　　〔4061〕

◇奇跡のウエディング　キャロル・モーティマー著，平江まゆみ訳　ハーパーコリンズ・ジャパン　2023.6　190p　15cm　（ハーレクインSP文庫 HQSP-371）〈ハーレクイン 1994年刊の再刊　原書名：HUNTER'S MOON〉545円

①978-4-596-77450-7

＊カサンドラが亡夫の異母弟ジョーナスに初めて会ったのは、会社を経営していた夫の遺言状が公開される日だった。肉親との縁も切ったはずのジョーナスが突然現れ、カサンドラにこう言い放ったのだ。「君が悲劇の未亡人？」思わぬ侮辱に彼女は唖然とした。なんて不愉快な人！　だが、カサンドラの不幸はそれだけでは終わらなかった。会社の後継者に指名されたのは、ジョーナスその人だったのだ。そのうえ驚いたことに彼は、カサンドラに結婚を迫ってきた。「妻が欲しいわけじゃない。君の持っている株が欲しいんだ」　　〔4062〕

◇キャロル・モーティマー珠玉選　キャロル・モーティマー著，すなみ翔他訳　ハーパーコリンズ・ジャパン　2022.8　268p　17cm　（HPA 37―スター作家傑作選）〈原書名：A WICKEDLY PLEASURABLE WAGER SOME LIKE IT SCANDALOUSほか〉1082円　①978-4-596-74607-8

＊伯爵家のパーティに招かれたトゥルーディは、国で最も人気の独身貴族バスティアンも滞在中と知り、心を弾ませた。だが、彼に途方もない賭けを持ちかけられ、赤面する―彼は心に愛がなくても、ベッドでの歓びは与えられることを証明してみせるというのだ！―『罪深き賭け』社交界に復帰した公爵未亡人ソフィア。自宅で開いた舞踏会に現れた、放蕩伯爵として悪名高いダンテの姿を見て、彼女の心はかき乱された。10年前、未婚のわたしにつきまとい、あろうことか唇まで奪った不埒な彼が、なぜここに？　招待なんてしていないのに！―『放蕩伯爵と白い真珠』巨万の富を誇るルーファスは数週間前に公爵位を継いだばかり。領地の管理人が夜逃げしたという知らせを受けて現地に向かったところ、森の池のほとりで若く美しい娘と出会い、思わず口づけをしてしまう。相手が教区牧師の品行方正な妹アンナだとは知らずに。―『奔放な公爵の改心』公爵マーカスは親友の妹ジュリアナの言葉に耳を疑った。訳あって、彼に愛の手ほどきをしてほしいというのだ。マーカスは堕天使のように美しい顔に悪魔の笑みを浮かべた。4年前に伝えるはずだったこの想いを今、彼女にわからせるのだ―身も心も虜にして。―『高潔な公爵の魔性』　　　　　　　　〔4063〕

◇黒猫　キャロル・モーティマー著，加藤しをり訳　ハーパーコリンズ・ジャパン　2022.3　218p　15cm　（ハーレクイン文庫 HQB-1110）〈ハーレクイン・エンタープライズ日本支社 1983年刊の再刊　原書名：SATAN'S MASTER〉627円　①978-4-596-31834-3

＊サビーナは19歳。父が決めた婚約者との結婚式を控え、なぜか心がざわつき、スコットランドへ旅に出た。ネス湖の湖畔をサイクリングしていると、突然濃霧が広がり、気づけば森の中にさまよっていた。やがて山小屋を見つけて安堵するが、扉を叩いても反応はない。すると窓辺のカーテンが揺れ、小さなふたつの緑の目が光った。思わずサビーナは悲鳴をあげた。そこにいたのは黒猫…。「サタンはお節介やきが嫌いでね」背後からの声に振り向くと、目も覚めるようなハンサムな男性が

モテイマ

彼女を訝しげに見ていた。　　　　　〔4064〕

◇結婚コンプレックス　キャロル・モーティマー著，須賀孝子訳　ハーパーコリンズ・ジャパン　2024.10　208p　15cm　（ハーレクイン文庫　HQB-1252）〈ハーレクイン・エンタープライズ日本支社 1986年刊の再刊　原書名：CAPTIVE LOVING〉691円　①978-4-596-71280-6

＊不実な夫がジェシカに多額の負債を押しつけて亡くなった。パートタイムの仕事を見つけ、少しずつ返済を始めるが、生前に夫が会社のお金まで使い込んでいたことが新たにわかった。途方に暮れるジェシカの頭に、夫の上司だった魅力的な社長、マシューが浮かぶ。彼は初めて会ったとき、ジェシカを熱く見つめ、"僕のものになってほしい"と言った。あの日は戸惑いと恥ずかしさで逃げてしまったけれど、愛なき日々を送るよりは…。ジェシカは心を決め、マシューのもとへ向かった。返済できないことの償いとして、この身を差し出すために。　　〔4065〕

◇傲慢と無垢の尊き愛　ペニー・ジョーダン他著，山本みと他訳　ハーパーコリンズ・ジャパン　2024.1　377p　17cm　（HPA 54—スター作家傑作選）〈「結婚の掟」（ハーレクイン 2013年刊）と「愛は永遠に 2003」（ハーレクイン 2003年刊）ほかからの改題、抜粋、合本　原書名：THE PRICE OF ROYAL DUTY　THE KING'S BRIDEほか〉1136円　①978-4-596-53191-9

内容｜伯爵の求愛（キャロル・モーティマー著，青山有未訳）

＊ソフィアは父が無理やり進める縁談から逃れるため、皇族アッシュに恋人を演じてもらうことにする。16歳のとき純潔を捧げようとして拒まれて以来такっとゅうと思っていた彼、きっと助けてくれる。ところがすげなく断られたソフィアは、彼の自家用機にそっと忍び込み…。『結婚の掟』。リジーはさる王国の本を書くため、訪英中の若き王ダニエルに会いに行き、舞踏会で誘惑されたうえに彼の国へ招かれる。長身で輝く瞳の魅力的な王とまた会えるなんて！　だがダニエルは辛辣だった。「君の本当の目的は違うんだろう？　妥当な値段を話し合おう」『国王陛下のラブレター』。許婚の大富豪タージに恋するアンジェリーナは、彼の望みは政略結婚と知り、彼を飛び出した。3年後、つましく暮らす彼女の前にタージが再び現れる。彼女は誘惑に抗えず純潔を捧げ、やがて妊娠。すぐさま彼の宮殿に連れていかれ、愛なき結婚を迫られる…『砂漠の一夜の代償』。挙式の前夜、アリスは婚約者で伯爵のダニエルと初めて言葉を交わし、これが遺産相続のために跡継ぎを作るのが目的の便宜結婚と知って胸を痛める。そこで、彼を密かに慕うアリスは宣言する。「私に求愛し、心を射止めてくれない限りベッドは共にしない」『伯爵の求愛』。　〔4066〕

◇孤独なフィアンセ　キャロル・モーティマー著，岸上つね子訳　ハーパーコリンズ・ジャパン　2024.6　222p　15cm　（ハーレクイン文庫　HQB-1237）〈ハーレクイン・エンタープライズ日本支社 1982年刊の再刊　原書名：ENGAGED TO JARROD STONE〉691円　①978-4-596-99294-9

＊ブルックはコンピュータ会社の受付係。ごくごく平凡な毎日だが、黒髪のハンサムな社長、ジャロッドのそばにいられるだけで幸せだった―どんなに恋い焦がれても、報われないとわかっているけれど。ところが、挨拶を交わすだけだった二人の関係が、ある日の新聞記事で急進展！　なぜか、ジャロッドとブルックの婚約が発表されていた。すると体面を重んじるジャロッドはブルックに迫った。「本当に婚約したように見せかけるしかない」　　〔4067〕

◇今夜からは宿敵の愛人　キャロル・モーティマー作，東みなみ訳　ハーパーコリンズ・ジャパン　2024.2　220p　17cm　（ハーレクイン・ロマンス R3847—伝説の名作選）〈2018年刊の再刊　原書名：AT THE RUTHLESS BILLIONAIRE'S COMMAND〉673円　①978-4-596-53275-6　　　　〔4068〕

◇十八歳の別れ　キャロル・モーティマー著，山本翔子訳　ハーパーコリンズ・ジャパン　2024.8　215p　15cm　（ハーレクイン文庫 HQB-1245）〈ハーレクイン 2014年刊の再刊　原書名：YESTERDAY'S SCARS〉691円　①978-4-596-63993-6

＊幼くして父を亡くしたヘイゼルは、コーンウォールの大地主の館に引き取られた。黒髪のセクシーな後見人レイフ・サヴェッジにやがて恋い焦がれ、18歳の誕生日、無垢な身を捧げた。だが夢のような一夜を過ごした翌朝、彼は態度を一変させた。傷心を抱え、逃げるようにアメリカに渡ったヘイゼルだったが、3年経ったいま、レイフに帰国を命じられたのだ。あのときと同じ、彼の本心は見えないまま…いいえ、おとなの女性として、今度こそ彼と向き合えるときが来たんだわ。　　〔4069〕

◇白いページ　キャロル・モーティマー著，みずきみすこ訳　ハーパーコリンズ・ジャパン　2024.5　222p　15cm　（ハーレクインSP文庫 HQSP-412—45周年特選 5 キャロル・モーティマー）〈ハーレクイン・エンタープライズ日本支社 1984年刊の再刊　原書名：FORGOTTEN LOVER〉600円　①978-4-596-82330-4

＊事故に遭い、記憶をなくしたベルベットは、その身に宿していた赤ん坊を、ひとりで育てている。そんななか、美貌の見知らぬ実業家ジェラードが近づいてくる。彼に自分たちは恋人同士だったと言われても何も思い出せない。過去を取り戻せないまま強烈に彼に惹かれていくベルベット。甘い口づけで酔わされて、戸惑いながらも求婚を受け入れた、初めての夜に、恥も外聞もなく泣き出してしまいそうになる。服を脱いだジェラードの脚に、我が子と同じ痣を見つけたから。まさか息子の父親はあなただというの…？　〔4070〕

◇聖なる夜に降る雪は…　キャロル・モーティマー作，佐藤利恵訳　ハーパーコリンズ・ジャパン　2023.11　156p　17cm　（ハーレクイン・ロマンス R3827—伝説の名作選）〈ハーレ

クイン　2007年刊の再刊　原書名：THE CHRISTMAS NIGHT MIRACLE〉664円　①978-4-596-52790-5

＊疎遠になっていた家族とクリスマス休暇を過ごすため、メグはまだ幼い息子を乗せ、吹雪のなか車を走らせていた。あっと思った瞬間、誤って傍らの屋敷の壁に突っ込んでしまい、車は故障。やむなく一晩、屋敷の主ジェドの世話になることに。無愛想で気難しい彼になぜかメグは惹かれ、いけないと知りつつ熱いキスを交わしてしまう。翌朝、実家まで送ってくれた彼は、超人気作家だと正体を明かした上、メグとは親密な間柄のように振る舞った。急にどうしたの？　母と姉の刺すような視線が息子に向けられていることに気づいて、何かを察したのかしら。でも、ごめんなさい。息子の出生の秘密は言えないの…絶対に。　〔4071〕

◇鷹の公爵とシンデレラ　キャロル・モーティマー作，古沢絵里訳　ハーパーコリンズ・ジャパン　2024.1　252p　17cm　（ハーレクイン・ヒストリカル・スペシャル PHS319）〈ハーレクイン 2011年刊の再刊　原書名：THE DUKE'S CINDERELLA BRIDE〉827円　①978-4-596-53052-3

＊後見人の母娘に疎まれ、使用人も同然の生活に耐えるジェーンは、幸せな結婚など夢のまた夢と、将来を悲観していた。ある日、屋敷でハウスパーティが開かれることになり、このうえなく優雅なスタワーブリッジ公爵が招待客としてやってきた。遠くから見つめるだけで、ジェーンの心は躍った。晩餐前のひととき、さまざまい色のドレスを着せられた彼女に公爵が興味を示したことで、事態は一変する―ジェーンは後見人から、公爵の気を引こうとしたと責められ、屋敷を追い出されてしまったのだ！　困った彼女は公爵に請うた。「ロンドン行きの馬車にお乗せください」あえなく拒まれたジェーンは、ならばと密かに荷車に乗り込んだ！　〔4072〕

◇ただ一度あなただけ　キャロル・モーティマー著，原淳子訳　ハーパーコリンズ・ジャパン　2022.8　202p　15cm　（ハーレクインSP文庫 HQSP-331）〈ハーレクイン 1997年刊の再刊　原書名：ONE-MAN WOMAN〉500円　①978-4-596-70643-0

＊エリーの経営するホテルに大富豪のダニエルがやってきた。婚約中の身で別の女性を同伴する彼に、エリーは嫌悪感を抱く。さらには、連れが帰って部屋に来ないかと彼女を誘ってきた。まったく、信じられないほど厚かましい人だわ。できるだけ距離をおこうと考えた矢先、病欠の従業員に代わって、ダニエルの部屋のベッドメーキングをすることになってしまった。大きくノックをして不在を確かめてから中に入っていくと、バスルームのドアが開く音がし、エリーは凍りついた。振り返るとそこには、一糸まとわぬ姿のダニエルが立っていた！　〔4073〕

◇天使の聖なる願い　キャロル・モーティマー著，青海まこ，森山りつ子訳　ハーパーコリンズ・ジャパン　2022.11　247p　15cm　（ハーレクイン文庫 HQB-1155―珠玉の名作本棚）〈原書名：A HEAVENLY CHRISTMAS HEAVENLY ANGELS〉645円　①978-4-596-75437-0

＊『天使がくれたクリスマス』誤送されたクリスマス・カードを手に、オリビアは真上に住む女性関係の派手なイーサンを訪ねた。そこへ突然、若い女性が現れ、赤ん坊を彼に押しつけて走り去る。プレイボーイには当然の報いと内心愉快に思うオリビアだったが、彼女はイーサンに赤ん坊を任され、その場に取り残されてしまう。『地上に降りた天使』子育てに手を焼く大富豪ニックの屋敷に派遣された天使ベス。子守りをするのが使命かと思っていたが、不幸せそうな彼を見て、自分は彼の心を救うために天上から遣わされたと気づく。なのに天使の身で、いつしか恋心を抱くように…。　〔4074〕

◇突然のキスと誘惑　ベティ・ニールズ著，サラ・モーガン，キャロル・モーティマー著，和香ちか子他訳　ハーパーコリンズ・ジャパン　2023.2　292p　17cm　（HPA 43―スター作家傑作選）〈原書名：CRUISE TO A WEDDING DIAMONDS AND DESIREほか〉1082円　①978-4-596-75920-7

[内容] いきなり結婚？（キャロル・モーティマー著，麻生りえ訳）

＊「幸せへの航海」忙しい日々を送る看護師のラヴデイは、親友に頼み事をされた。恋人との結婚を後見人のアダムに認めてもらえるよう協力してほしいと。翌日偶然アダムと顔を合わせると、彼は自己紹介のあとで突然ラヴデイにキスをしたかと思うと、続けて彼女のことを"お節介な出しゃばり"と非難したのだ。ラヴデイは激しく動揺して…。「愛と情熱の日々」ローレンは親に捨てられ、児童養護施設で孤独な子供時代を過ごした。難読症を抱え、過酷な現実にひとり立ち向かってきた彼女にとって、おとぎ話のようなロマンスは縁のないものだった。ある日、運命のいたずらにより、豪華なパーティーで、まるで別世界に住むギリシアの大富豪、アレクサンドロスと出会うまでは。「いきなり結婚？」娘を育ててきたメリー。年頃になった娘の友人のおじだという長身で澄んだ青い瞳の会社社長ザックが訪ねてきて、二人が結婚するつもりだと聞かされ仰天する。しかしそれは勘違いだった。ザックはお詫びにとメリーを食事に誘う。断れず応じたメリーだったが、ザックに突然結婚したいと言われ、呆然とする！　〔4075〕

◇涙の手紙　キャロル・モーティマー著，小長光弘美訳　ハーパーコリンズ・ジャパン　2024.7　158p　17cm　（ハーレクイン・プレゼンツ PB389―作家シリーズ 別冊）〈ハーレクイン 1999年刊の再刊　原書名：JOINED BY MARRIAGE〉664円　①978-4-596-63706-2

＊幼い頃に実の母に捨てられたブライアナは、父の名前さえ知らない。21歳になったある日、母が遺した一通の手紙が弁護士事務所から届く。要領を得ない内容が気になった彼女は、冷血弁護士として悪名高きネイサンのもとを訪れた。ブライアナの母のことを知る彼は若いのに尊大で、はぐらか

してばかりで何も教えてはくれない。でも、彼の笑った顔は驚くほど魅力的だわ！ 彼女はネイサンの協力を得ながら、実の父を捜し始めた。ますます彼に惹かれていくブライアナはしかし、思いもしなかった―ネイサンと自分に、血のつながりがあるかもしれないことを！　　　　〔4076〕

◇花開くとき　キャロル・モーティマー著, 安引まゆみ訳　ハーパーコリンズ・ジャパン　2024.3　206p　15cm　〈ハーレクインSP文庫 HQSP-407〉〈ハーレクイン・エンタープライズ日本支社 1988年刊の再刊 原書名：AFTER THE LOVING〉545円　①978-4-596-53807-9
＊ブリナは信じられなかった―このわたしが妊娠9週目？　このところの体調不良がそのせいだなんて、夢にも思わなかった。思春期のころの手術のせいで子供は望めないと言われ、泣き暮らした時期もあったけれど、いまはもう、つらい運命を受け入れた。そして半年前、金融界の大物ラフ・ギャラハの愛人になったのだ。だけど約束も束縛もしないという二人のルールは、もう守れない。ブリナは何も告げずにラフのもとを去った。愛していたから。子供が欲しくない彼の重荷にはなりたくなかったから。　　　　　　　　　〔4077〕

◇薔薇のベッドで愛して　キャロル・モーティマー作, 中村美穂訳　ハーパーコリンズ・ジャパン　2023.3　156p　17cm　〈ハーレクイン・プレゼンツ PB354―作家シリーズ　別冊〉〈ハーレクイン 2013年刊の再刊 原書名：DEFYING DRAKON〉664円　①978-4-596-76663-2
＊世界的大企業リオネデス・エンタープライズの社長ドラコンに、ジェミニは強引に面会を求めた。必死の思いだった。彼女の父が半年前に亡くなり、ロンドンの一等地にある大邸宅が、義母によってドラコンの会社に売り渡されようとしている。大切な邸宅を取り戻すには、ドラコンと交渉するしかない。なんとか会うことができた彼は、ブロンズ色の肌に黒い髪、長身でたくましいギリシア神話の神のようだった。その圧倒的な存在感と魅力に、ジェミニは一瞬、言葉を失った。ジェミニは心の中で抗った―再婚相手を探す義母の誘惑に平気で乗るような彼の魅力なんて認めない！ 認めたくない。でも…。　　　　　　　　　　〔4078〕

◇薔薇のレディと醜聞　キャロル・モーティマー作, 古沢絵里訳　ハーパーコリンズ・ジャパン　2024.4　252p　17cm　〈ハーレクイン・ヒストリカル・スペシャル PHS325〉〈ハーレクイン 2011年刊の再刊 原書名：THE RAKE'S WICKED PROPOSAL〉827円　①978-4-596-53779-9
＊愛し愛される結婚を夢見るグレースは社交シーズンのロンドンへの道中、宿屋で公爵家出身の美男子ルシアン・セントクレア卿と居合わせた。放蕩者の彼は夜遅くに、酔ってグレースの部屋に間違えて入ってきて、寝乱れた彼女を熱っぽく眺めると、いたずら心でキスを求めてきた。グレースが唇を奪われたまさにそのとき、部屋の扉が開き、彼女の後見人にあられもない姿を見られて誤解されてしまう！ 思ってもみなかった事態に青ざめるグレースに、こうなった以上、僕たちは結婚するしかない、とルシアンが告げた。だが、人と深く関わりたくない彼は心に決めていることがあった―。もちろん、妻になる女性とも他人行儀な関係を保とうと。　　　　　〔4079〕

◇日陰の花が恋をして　シャロン・サラ他著, 谷原めぐみ他訳　ハーパーコリンズ・ジャパン　2024.6　316p　17cm　〈HPA 59―スター作家傑作選〉〈「夜は別の顔」（ハーレクイン 2004年刊）と「バレンタインの夜に」（ハーレクイン 1997年刊）の改題, 合本 原書名：AMBER BY NIGHT　THE ONE AND ONLY〉1082円　①978-4-596-63520-4

内容　蝶になった司書（キャロル・モーティマー著, 永幡みちこ訳）
＊図書館司書のアメリアは夜間にウェイトレスの仕事を始めた。品行方正な彼女がめがねを外し、きわどい服を着るのは、退屈な人生を変えるためにどうしても資金が必要だから。このことが知れたら、町中が大騒ぎになるだろう。ある晩、思わぬ客が―アメリアが長年片想いをしているタイラー・サヴィジが来店した。こんな姿をタイラーに見られたのも衝撃だったが、彼の注文にはさらに驚いた。彼は目の前のセクシーなウェイトレスがお堅い司書とは気づかず、陶酔したまなざしで「俺が欲しいのはきみだよ」と言ったのだ！（『夜は別の顔』）。田舎暮らしの司書ジョイはバレンタインの夜、初めて訪れたロンドンのレストランで著名な人物スターのマーカス・バレンタインと出逢い、ひと目で心を奪われてしまう。そして思いがけず彼からダンスに誘われたとき、彼女は勇気を出して承諾した。いつもは地味な私だって、今夜くらい楽しんでもいいはず。そう思いながら踊っていると、不意に唇を重ねられ、ジョイは我を忘れて激しく応えた。するとその直後、彼女をふしだらな女性だと思い込んだマーカスは打って変わって険しい顔になり、侮蔑の言葉を浴びせてきた！（『蝶になった司書』）。　　　　　〔4080〕

◇ひざまずいたプレイボーイ　キャロル・モーティマー作, 中村美穂訳　ハーパーコリンズ・ジャパン　2023.3　156p　17cm　〈ハーレクイン・プレゼンツ PB355―作家シリーズ　別冊〉〈ハーレクイン 2013年刊の再刊 原書名：HIS REPUTATION PRECEDES HIM〉664円　①978-4-596-76777-6
＊インテリアデザイナーのエバに、大きな仕事が舞いこんだ。大企業の副社長マルコス・リオネデスの住むペントハウスの改装だ。噂によれば、彼は興味を抱いた女性を熱心に追いかけるけれど、いったんものにして冷めてしまうと、とたんに残酷になるという。それは単なる噂ではなく、エバの従妹がそんな仕打ちを受けたばかりだ。だからエバは顔合わせの約束を二度でキャンセルし、従妹に代わって、傲慢な大富豪にせめてもの仕返しをした。ところがあるパーティで、エバはマルコスの興味を引いてしまい、自己紹介された際、「エバ」とだけ名乗ってクールにあしらった。ほど

なく正体がばれ、彼のオフィスに呼び出されるとは思いもせずに！　〔4081〕

◇氷炎の大富豪と無垢な乙女　キャロル・モーティマー作，小林節子訳　ハーパーコリンズ・ジャパン　2023.7　156p　17cm　（ハーレクイン・イマージュ I2764―至福の名作選）〈『本当のわたし』（ハーレクイン・エンタープライズ日本支社　1983年刊）の改題　原書名：ICE IN HIS VEINS〉673円　①978-4-596-77546-7

＊ある日、イーデンのもとにイギリスから来客があった。疎遠な祖父の友人で、世界的なメディア王のジェイソン・アールだ。祖父が唯一の孫娘である彼女に会いたがっていると告げに来たのだ。ジェイソンはハンサムを通り越して、息をのむほど魅力的だけれど、高慢で、威圧的で、かみそりのような灰色の冷たい目をしている。それに、かつて父と母を引き裂いた冷血な祖父に会うつもりはないわ！　説得を試みるジェイソンに、イーデンは反発した。「わたしは、あなたと関わりたくないわ」ジェイソンは彼女の体を見回して嘲りの笑みを浮かべると、痛烈に言い放った。「ぼくは経験豊かな女性が好みだ。きみは失格だ」　〔4082〕

◇ベネチアの夜に包まれて　キャロル・モーティマー著，加納三由季訳　ハーパーコリンズ・ジャパン　2022.8　206p　15cm　（ハーレクイン文庫 HQB-1137―珠玉の名作棚）〈ハーレクイン 2009年刊の再刊　原書名：THE VENETIAN'S MIDNIGHT MISTRESS〉627円　①978-4-596-70987-5

＊ダニエラは親友主催のベネチア式の仮面舞踏会にやってきた。互いに名前も素性も明かさずに楽しめる幻想的な夜。「シャンパンでもどう？」海賊姿の男性に声をかけられ、ダニエラは相手の情熱的な瞳を見た瞬間、恋におちた。だがその夜、彼と結ばれたダニエラは相手の素顔を見て、雷のような衝撃を受ける。まさか、ニコロだったなんて！　親友の兄で大富豪の彼だけは絶対に避けないといけなかったのに。尊大な自信家のニコロは初対面のときから私に冷たかった。ダニエラは逃げ出したが、数ヵ月後、体調に異変が…。　〔4083〕

◇ミスター・ウルフ　キャロル・モーティマー作，山田信子訳　ハーパーコリンズ・ジャパン　2022.6　156p　17cm　（ハーレクイン・ロマンス R3688―伝説の名作選）〈ハーレクイン 1989年刊の再刊　原書名：UNCERTAIN DESTINY〉664円　①978-4-596-42886-8

＊ジャスティン・ド・ウルフとの出会いは衝撃的だった。パーティ会場で異彩を放つ、黒い眼帯をした長身の男性の銀色の瞳をきらめかせ、不敵な笑みを投げかけてくる。彼は決して愛など信じない危険な一匹狼だと言われているが、キャロラインは駆け落ち同然に彼と結婚した―いつか彼の心を溶かす日が来ると信じて。そして今日、キャロラインの最高のニュースを夫に伝えた。赤ちゃんができたの…。だがジャスティンの返事は、思いもよらないものだった。「その子は、僕の子ではないよ」　〔4084〕

◇雪の花のシンデレラ　ノーラ・ロバーツ他著，中川礼子他訳　ハーパーコリンズ・ジャパン　2024.12　379p　17cm　（HPA 65―スター作家傑作選）〈原書名：HOME FOR CHRISTMAS THE PASSIONATE WINTERほか〉1136円　①978-4-596-71779-5

内容　青い果実（キャロル・モーティマー著，青木翔子訳）

＊『クリスマスの帰郷』田舎町に住むフェイスは女手一つで愛娘を育てている。クリスマス間近のある日、かつての恋人ジェイソンが現れた。私の心をずたずたにして去り、この10年、一度も連絡をくれなかったのになぜ今？　一方の彼は、フェイスがなぜほかの男と結婚したのか確かめに来たのだった。彼女は身構えた―愛娘にまつわる"秘密"を思って。『青い果実』18歳のリーは、知り合ってまもない同い年の男友達に誘われて彼の父が所有する美しい別荘へ。だが執拗に酒を飲ませようとしてくる友人に追いつめられ、絶体絶命かと思われた瞬間、低い声が響いた。「床に転がって何をしている」黒いシルクシャツの胸元をはだけたその男性こそ友人の父ピアーズ。リーの心臓が早鐘を打ち出した！『クリスマスに間に合えば』結婚に破れ、故郷の町に戻ってきたクレミーは、引っ越してすぐに信じられない偶然を知る。12年前の高校卒業記念ダンスパーティの夜、熱いキスを交わしながら結ばれなかった2歳年上のアレックが隣人だとわかったのだ。動揺しつつも、アレックの娘を家に引き入れて娘たちと遊ばせていると、彼が怒りの形相でやってきて…。　〔4085〕

◇ロスト・ラヴ プレミアムセレクション　キャロル・モーティマー作，田村たつ子訳　ハーパーコリンズ・ジャパン　2022.3　156p　17cm　（ハーレクイン・プレゼンツ PB326―作家シリーズ 別冊）〈ハーレクイン 2012年刊の再刊　原書名：A LOST LOVE〉664円　①978-4-596-31892-3

＊事故で顔を激しく損傷したジャッキーが望んだのは、顔を復元する手術ではなく、別人に生まれ変わること。整形手術で新しい顔を手に入れた彼女は、過去の弱い自分を捨てた。ブルック・アダムソン。それが新しい彼女の名前だ。夫のレイフに奪われた息子との再会を果たすため、強くならないと！　大企業のトップで仕事人間の夫との結婚はつらい思い出ばかり。何がいけなかったの？　どこを間違えたのだろう？　そこにあると思っていた愛は、最初からなかったのかもしれない…。でも、どんなことをしてでも息子に会いたい。たとえレイフにどう思われ、どれほど邪険をされようとも。　〔4086〕

モートン, J.B.　Morton, John Bingham

◇ユーモア・スケッチ大全　[2]　ユーモア・スケッチ傑作展 2　浅倉久志編・訳　国書刊行会　2022.1　372p　19cm　〈『ユーモア・スケッチ傑作展 2』（早川書房 1980年刊）の改題、増補〉2000円　①978-4-336-07309-9

内容　十二人の赤ひげの小びと　書斎に死体が…（J.B.モートン著）

＊名翻訳家のライフワークである「ユーモア・スケッチ」ものを全4巻に集大成。第2弾は『ユーモア・スケッチ傑作展2』(全32篇)＋単行本未収録作品12篇。〔4087〕

◇ユーモア・スケッチ大全 ［3］ ユーモア・スケッチ傑作展 3 浅倉久志編・訳 国書刊行会 2022.2 374p 19cm 〈「ユーモア・スケッチ傑作展 3」(早川書房 1983年刊)の改題、増補〉 2000円 ⓘ978-4-336-07310-5
内容 ファウリナフ船長の生活と意見 悪徳学園の新入生(J.B.モートン著) 〔4088〕

モニエ, アンリ　Monnier, Henry

◇ジョゼフ・プリュドム氏の栄光と凋落―五幕散文喜劇：一八五二年十一月二十三日パリ、オデオン帝国劇場にて初演 アンリ・モニエとギュスターヴ・ヴァエズ作, 中田平, 中田たか子訳 安城 デジタルエステイト 2024.7 215p 21cm 〈原書名：Grandeur et decadence de M. Joseph Prudhomme〉 ⓘ978-4-910995-23-6 〔4089〕

モニーズ, ダンティール・W.　Moniz, Dantiel W.

◇ミルク・ブラッド・ヒート ダンティール・W.モニーズ著, 押野素子訳 河出書房新社 2023.4 237p 19cm 〈原書名：MILK BLOOD HEAT〉 2450円 ⓘ978-4-309-20878-7
内容 ミルク・ブラッド・ヒート 饗宴 異音 天国を失って 敵の心臓 ゴムボートの外で スノウ 欠かせない体 水よりも濃いもの 悪食家たち 骨の暦
＊死に取り憑かれた少女たちの誓約(「ミルク・ブラッド・ヒート」)、失った胎児を幻視する母親の安息日(「饗宴」)、教会から追放された女子高生が挑む復讐劇(「天国を失って」)、父の遺灰を捨てるロード・トリップで回帰した記憶(「水よりも濃いもの」)…。ミレニアル世代が描く、女性たちの深き闇と、瑞々しい赦しのとき。ブラック・フェミニズムの新地平。〔4090〕

モーパス, ガイ　Morpuss, Guy

◇デスパーク ガイ・モーパス著, 田辺千幸訳 早川書房 2022.6 542p 16cm (ハヤカワ文庫 SF 2370) 〈原書名：FIVE MINDS〉 1300円 ⓘ978-4-15-012370-3
＊ほかの肉体やアンドロイドに精神を移せるものの、その寿命が法律で定められている未来。人生が残りわずかになった者は「デスパーク」で残りの時間を賭けてゲームし、寿命を増やすことが可能だ。ひとつの体を五人で共有するアレックスたちは、いまそのデスパークにいる。ところが、ゲーム中に五人の仲間のひとりが忽然と消えてしまった。何者かに殺されたのか？ 犯人は仲間の誰かなのか!? 新鋭による殺人バーチャルゲームSF。〔4091〕

モーパッサン, ギ・ド　Maupassant, Guy de

◇教科書の中の世界文学―消えた作品・残った作品25選 秋草俊一郎, 戸塚学編 三省堂 2024.2 285p 21cm 〈文献あり〉 2500円 ⓘ978-4-385-36237-3
内容 ジュール伯父(ギ・ド・モーパッサン著, 河盛好蔵訳) 〔4092〕

◇新編怪奇幻想の文学 3 恐怖 紀田順一郎, 荒俣宏志監修, 牧原勝志編 新紀元社 2023.5 466p 20cm 〈他言語標題：Tales of Horror and Supernatural〉 2500円 ⓘ978-4-7753-2041-9
内容 謎(ギ・ド・モーパッサン著, 永田千奈訳) 〔4093〕

◇世界怪談名作集 ［下］ 北極星号の船長ほか九篇 岡本綺堂編訳 新装版 河出書房新社 2022.11 338p 15cm (河出文庫 お2-3) 900円 ⓘ978-4-309-46770-2
内容 幽霊(モーパッサン著, 岡本綺堂訳)
＊上質な日本語訳によって、これ以上ないほどの恐怖と想像力を搔き立てられる、魅惑の怪談集。「シャーロック・ホームズ」シリーズのコナン・ドイルによる隠れた名作「北極星号の船長」や、埋葬の三日後に墓から這いだした男の苦悩と悲哀を描いた「ラザルス」などを収録。百年近く前に刊行されたとは到底思えない、永遠に読まれるべき名作集。〔4094〕

◇モン＝オリオル ギド・モーパッサン著, 渡辺響子訳 幻戯書房 2023.8 369p 19cm (ルリュール叢書) 〈文献あり 著作目録あり 年譜あり 原書名：Mont-Oriol〉 3500円 ⓘ978-4-86488-279-8
＊レジャーと治療、自然のスペクタクル、社交と娯楽、投機と事業、源泉所有権をめぐる資本所有者たちのたくらみと諍い、恋愛と姦通―温泉リゾート「モン＝オリオル」を舞台に種々様々な人間たちの感情が絡み合う、モーパッサンが描く一大 "人間喜劇"。〔4095〕

モーム, サマセット　Maugham, William Somerset

◇彩られしヴェール サマセット・モーム著, 高橋昌久訳 文芸社 2024.8 329p 19cm 〈原書名：The Painted Veil〉 1500円 ⓘ978-4-286-24373-3 〔4096〕

◇人間のしがらみ 上 モーム著, 河合祥一郎訳 光文社 2022.2 649p 16cm (光文社古典新訳文庫 KAモ1-3) 〈原書名：OF HUMAN BONDAGE〉 1300円 ⓘ978-4-334-75457-0
＊幼くして両親を亡くした少年フィリップ。寄宿学校での経験から自由を求め、外国生活に憧れてハイデルベルク、芸術家を夢見てパリ、就職を見据えてロンドンと、理想と現実の狭間をもがき進むが…。友情と恋愛、そして人生のままならなさを描き切る文豪モームの自伝的長編小説。〔4097〕

◇人間のしがらみ　下　モーム著，河合祥一郎訳　光文社　2022.2　662p　16cm　（光文社古典新訳文庫 KAモ1-4）〈文献あり　年譜あり　原書名：OF HUMAN BONDAGE〉1300円
①978-4-334-75458-7
＊ミルドレッドへの思いを断ち切ったフィリップに訪れる新しい出会いと思わぬ再会。感情を大きくかき乱す出来事の数々に翻弄されるなか、青年はある一家との交際のなかで人生の尊さをだんだんと感じ始め…。人気絶頂のモームが専念して書かざるを得なかった20世紀英文学の代表的傑作。〔4098〕

モラヴィア, アルベルト　Moravia, Alberto

◇同調者　モラヴィア著，関口英子訳　光文社　2023.1　610p　16cm　（光文社古典新訳文庫 KAモ3-2）〈年譜あり　原書名：IL CONFORMISTA〉1460円　①978-4-334-75473-0
＊マルチェッロが殺人を犯したのは13歳のとき。以来、生活のなかでは「正常」であろうと努め、果てはファシズム政権下の政治警察の一員に。人並みな結婚を目前にある暗殺計画に関わるが、任務中に思わぬ感情の昂ぶりを覚え…。20世紀最大の小説家の一人による円熟期の代表作。〔4099〕

モラティン, ニコラス・フェルナンデス・デ　Moratín, Nicolás Fernández de

◇スペイン新古典悲劇選　富田広樹訳　論創社　2022.3　426p　20cm　〈原書名：El Pelayo Solaya o los circasianos.ほか〉4000円
①978-4-8460-2140-5
内容　グスマン・エル・ブエノ（ニコラス・フェルナンデス・デ・モラティン著）
＊前著『エフィメラル—スペイン新古典悲劇の研究』（2020）で論じた一八世紀スペインを代表する悲劇五作品を収録。理性と情熱が相剋する、スペイン新古典悲劇の精華。〔4100〕

モーリ, トリッシュ　Morey, Trish

◇恋は地中海の香り　レベッカ・ウインターズ, ルーシー・ゴードン, トリッシュ・モーリ著，仁嶋いずる他訳　ハーパーコリンズ・ジャパン　2022.9　378p　17cm　（HPA 38—スター作家傑作選）〈原書名：THE BRIDESMAID'S PROPOSAL　THE SECRET THAT CHANGED EVERYTHINGほか〉1136円
①978-4-596-74770-9
内容　情熱の取り引き（トリッシュ・モーリ著, 辻早苗訳）
＊ギリシア、イタリア、スペインが生んだ美形ヒーローとの、もどかしい恋物語3選！　美しきギリシア人のアレックスと仕事をして2年。美人の恋人がいると噂の世慣れた彼を愛してしまったリースは、大きな決断をしなければならなかった。職を辞し、彼にさよならを告げるのだ。振り向いてくれない彼のそばにいるのはつらすぎるから。夜ごと涙で枕を濡らし、いよいよ決心したリースは、最後の仕事へと向かうが…（「愛のシナリオ」レベッカ・ウインターズ））。失恋旅行でローマへ来たシャーロットがホテルのバーで嘆息していると、魅力的な長身男性が隣に座った。「君、大丈夫？」優しい言葉をかけてきた裕福なイタリア人のルチオに惹かれ、身も心もゆだねるが、眠っている間に彼は忽然と姿を消した—"すてきな夜をありがとう"と書き残して。数週間後、彼女は妊娠に気づき…（「トレヴィの泉に願いを」ルーシー・ゴードン））。弟が作った借金に頭を抱えるリアの前に、半年だけ恋人だったスペイン人実業家のアレハンドロが現れた。1人の女性と長続きする関係を持てない彼を本気で愛するようになってしまったリアは、ぼろぼろになる前に自ら身を引いたのだった。しかし今、彼は借金を肩代わりする見返りに、またベッドを共にするよう要求してきた！（「情熱の取り引き」トリッシュ・モーリ））〔4101〕

モリエール　Molière

◇モリエール傑作戯曲集　4　モリエール著，柴田耕太郎訳　鳥影社　2022.1　277p　21cm　2800円　①978-4-86265-939-2
＊「役者がそのまま朗じ得る、かつ読者がすんなり読み進められる台詞」古典戯曲の名作を現代の舞台で上演しやすく、また本としても読みやすくしたい、と訳者がとことんこだわった新訳、全4巻の完成。〔4102〕

モリス, ヘザー　Morris, Heather

◇アウシュヴィッツのタトゥー係　ヘザー・モリス著，金原瑞人, 笹山裕子訳　双葉社　2024.2　349p　15cm　（双葉文庫　へ-02-01）〈原書名：THE TATTOOIST OF AUSCHWITZ〉820円　①978-4-575-52732-2
＊第二次世界大戦下の「絶滅収容所」アウシュヴィッツで、生き延びるため同胞に鑑識番号を刺青し名前を奪う役目を引き受けたユダヤ人の男。彼はある日、その列に並んでいた女性に恋をした。「必ず生きて、この地獄を出よう」と心を決め、あまりに残酷な状況下で自らもあらゆる非人間性に直面しながら、その中でささやかな人間性と尊厳を守り抜くために重ねた苦闘と愛の物語。実在のタトゥー係の証言をもとに書き上げられ2018年に刊行された原書は、全世界350万部のヒット作となった。〔4103〕

モリスン, アーサー　Morrison, Arthur George

◇不思議の探偵/稀代の探偵—『シャーロック・ホームズの冒険』/『マーチン・ヒューイット, 探偵』より　アーサー・コナン・ドイル, アーサー・モリスン著，南陽外史訳，髙木直二編　作品社　2022.12　407p　19cm　3600円
①978-4-86182-950-5
内容　三度に渡る不思議の窃盗　自殺に擬う不思議の暗殺　水雷秘密設計書の不思議の紛失　希臘古代宝玉の不思議の消滅　破船に搭載せし両箱の不思議

の行衛（アーサー・モリスン著，南陽外史訳）
＊明治32年に「中央新聞」に連載された『シャーロック・ホームズの冒険』全12作の翻案と、翌33年に同紙に連載された「マーチン・ヒューイット」シリーズからの5作品の翻案。日本探偵小説の黎明期に生み出された記念碑的な作品の数々を、120年以上の時を経て初単行本化！ 〔4104〕

モリスン, トニ　Morrison, Toni

◇タール・ベイビー　トニ・モリスン著，藤本和子訳　早川書房　2022.10　573p　16cm　（ハヤカワepi文庫 105―トニ・モリスン・セレクション）〈原書名：TAR BABY〉1800円　①978-4-15-120105-9
＊カリブ海、西インド諸島に浮かぶ雨林の生い茂る小島で、二人は偶然に知り合った。白人の大富豪の庇護を受けて育ちソルボンヌ大学を卒業した娘ジャディーンと、黒人だけに囲まれてフロリダの小さな町で育った青年サン。異なるがゆえに惹かれあい、そして異なるがゆえにすれちがい、傷つけていく。黒人同士でありながら決定的なちがいを持ちあわせた二人の、炎のような恋のゆくえは―。ノーベル賞作家の傑作。 〔4105〕

モールズワース, メアリ・ルイーザ　Molesworth, Mary Louisa

◇妖精・幽霊短編小説集―『ダブリナーズ』と異界の住人たち　J.ジョイス，W.B.イェイツほか著，下楠昌哉編訳　平凡社　2023.7　373p　16cm　（平凡社ライブラリー 949）　1800円　①978-4-582-76949-4
内容　さざめくドレスの物語（メアリー・ルイーザ・モールズワース著，下楠昌哉訳）
＊アイルランドの首都ダブリンに生きる様々な人を描いたジョイスの『ダブリナーズ』。この傑作短編集の作品を、十九世紀末から二十世紀はじめに書かれた妖精・幽霊譚と並べてみると―。名作をこれまでとは異なる文脈に解き放ち、当時の人々が肌で感じていた超自然的世界へと誘う画期的なアンソロジー。 〔4106〕

◇ロンドン幽霊譚傑作集　W.コリンズ，E.ネズビット他著，夏来健次編　東京創元社　2024.2　389p　15cm　（創元推理文庫 Fネ11-2）〈原書名：Mrs.Zant and the Ghost　The Last House in C-Streetほか〉1100円　①978-4-488-58408-5
内容　揺らめく裳裾（メアリ・ルイーザ・モールズワース著，夏来健次訳）
＊19世紀ヴィクトリア朝ロンドン。産業・文化ともに栄える一方で、犯罪譚や怪談が流行する魔の都としての貌も持ち合わせた、陽光あふれる公園の一角で霊に遭遇した美しき寡婦を巡る愛憎劇「ザント夫人と幽霊」、愛人を催眠術で殺害した医師が降霊会で過去の罪と対峙する「降霊会の部屋にて」ほか、ロンドンで囁かれるゴースト・ストーリー13篇を収録。集中12篇が本邦初訳。 〔4107〕

モルンシュタイノヴァー, アレナ　Mornštajnová, Alena

◇ひそやかな歳月　アレナ・モルンシュタイノヴァー著，菅寿美訳　未知谷　2023.7　301p　20cm〈原書名：Tiché roky〉3000円　①978-4-89642-694-6 〔4108〕

モレノ＝ガルシア, シルヴィア　Moreno-Garcia, Silvia

◇メキシカン・ゴシック　シルヴィア・モレノ＝ガルシア著，青木純子訳　早川書房　2022.3　414p　20cm〈著作目録あり　原書名：MEXICAN GOTHIC〉3000円　①978-4-15-210092-4
＊1950年、メキシコ。大学に通いながら社交生活を愉しんでいる女性ノエミ・タボアダのもとに、イギリス人の男と結婚し、さびれた町の屋敷に嫁いだ従姉のカタリーナから手紙が届く。そこには「夫に毒を盛られ、亡霊に苛まれている」と助けを求める異様な内容が書かれていた…。カタリーナの様子を確かめるべく、屋敷に赴いたノエミ。そこで彼女を待ち受ける恐るべき秘密とは―？　世界中で激賞を浴びた新世代のゴシック・ホラー小説、ついに邦訳。英国幻想文学大賞ホラー部門オーガスト・ダーレス賞、ローカス賞ホラー部門、オーロラ賞受賞。ネビュラ賞、ブラム・ストーカー賞、シャーリイ・ジャクスン賞最終候補選出。 〔4109〕

モンゴメリ, L.M.　Montgomery, Lucy Maud

◇アンの娘リラ―巻末訳註付　L・M・モンゴメリ著，松本侑子訳　文藝春秋　2023.12　653p　16cm　（文春文庫 モ4-8）〈文献あり　年表あり　原書名：RILLA OF INGLESIDE〉950円　①978-4-16-792150-7
＊アン48歳、第一次大戦が始まり息子3人が兵隊として欧州の戦場へ。出征を見送り、激戦が報じられる不安な日々、赤十字の活動をして、家族の無事を祈る。そして悲劇、感涙の復員。アンの娘リラの視点で綴る戦争と銃後の暮らし、リラの成長と甘い恋。日本初の全文訳・訳註付アン・シリーズ完結の第8巻。地図と写真入り。 〔4110〕

◇虹の谷のアン―巻末訳註付　L・M・モンゴメリ著，松本侑子訳　文藝春秋　2022.11　494p　16cm　（文春文庫 モ4-7）〈文献あり　原書名：RAINBOW VALLEY〉740円　①978-4-16-791964-1
＊アン41歳が暮らすグレン・セント・メアリ村に新しい牧師一家がやって来た。妻を亡くした美男の牧師と母のない4人の子ども。彼らは家なき子メアリ、ブライス家の子どもたちと「虹の谷」で幸福にすごす。中年男女の恋も芽ばえる。第一次大戦が影を落とす前の平和な時代を描いた日本初の全文訳・訳註付アン・シリーズ第7巻。 〔4111〕

モンテロ, ジョズエ　Montello, Josué

◇ブラジル文学傑作短篇集　アニーバル・マシャード, マルケス・ヘベーロほか著, 岐部雅之編, 伊藤秋仁, 神谷加奈子, 岐部雅之, 平田恵津子, フェリッペ・モッタ訳　水声社　2023.3　207p　20cm　（ブラジル現代文学コレクション）〈原書名：O melhor do conto brasileiro〉2000円　①978-4-8010-0721-5

内容　明かりの消えた人生（ジョズエ・モンテロ著, 岐部雅之訳）　あるクリスマス・イヴに（ジョズエ・モンテロ著, 平田恵津子訳）

＊少女の視点から世界の残酷さとシングル・マザーの寄る辺なさが浮かび上がるアニーバル・マシャード「タチという名の少女」、20世紀ブラジル社会の活力と喧噪を伝える全12篇。　〔4112〕

モンテーロ, ロサ　Montero, Rosa

◇世界を救うための教訓　ロサ・モンテーロ著, 阿部孝次訳　彩流社　2024.2　302p　19cm　〈原書名：Instrucciones para salvar el mundo〉2700円　①978-4-7791-2952-0

＊発表当時は近未来的といわれた「小説」がいまになって現代的問題としてとらえられつつある。地球温暖化、気候変動、医療過誤、幼児虐待、セックスレス、性的倒錯、コンピュータゲーム中毒、薬物乱用、内戦、爆弾テロなど、あらゆる「問題」が描かれた。これぞまさに小説。　〔4113〕

モントクレア, アリスン　Montclair, Allison

◇疑惑の入会者　アリスン・モントクレア著, 山田久美子訳　東京創元社　2022.11　556p　15cm　（創元推理文庫 Mモ9-3―ロンドン謎解き結婚相談所）〈原書名：A ROGUE'S COMPANY〉1360円　①978-4-488-13411-2

＊戦後ロンドンで結婚相談所を営むアイリスとグウェン。ある日、アフリカ出身の入会希望者が現れる。流暢な英語を話す好青年だったが、一方で、グウェンの直感は彼の言葉が嘘だらけだと告げていた。さらにグウェンは自宅付近で彼に出くわし、つけられていると感じた。彼には結婚相手をさがす以外の目的があるのでは？　元スパイと上流階級出身、対照的な女性コンビに危機が迫る！　〔4114〕

◇ワインレッドの追跡者　アリスン・モントクレア著, 山田久美子訳　東京創元社　2024.5　451p　15cm　（創元推理文庫 Mモ9-4―ロンドン謎解き結婚相談所）〈文献あり　原書名：THE UNKEPT WOMAN〉1200円　①978-4-488-13412-9

＊戦後ロンドン。結婚相談所を営むアイリスは通勤中、ワインレッドのコートを着た女に尾行されていると気づく。しかも帰宅すると、同じく情報部員で元恋人のアンドルーが部屋に来ており、しばらくここに潜伏するという。元スパイと上流階級出身のアイリスは共同経営者のグウェンの家に泊めてもらうが、2日後、自分の部屋から女性の死体が発見され…。人気シリーズ第4弾！　〔4115〕

モンロー, ルーシー　Monroe, Lucy

◇愛をくれないイタリア富豪　ルーシー・モンロー著, 中村美穂訳　ハーパーコリンズ・ジャパン　2024.11　217p　15cm　（ハーレクインSP文庫 HQSP-437）〈「憎しみは愛の横顔」（ハーレクイン 2007年刊）の改題　原書名：PREGNANCY OF PASSION〉545円　①978-4-596-71701-6

＊サルバトーレを愛し、エリーザは彼の子を身ごもった。だが、頑なに自分の子だと信じようとしなかったサルバトーレに、エリーザは傷つき、やがて小さな命を失って彼から去ったのだ。1年後、宝石店で働くエリーザをサルバトーレが訪ねてくる。エリーザの店ではさる王家の王冠用宝玉を扱っているが、彼の経営するセキュリティ会社に護衛の依頼があったという。現れた彼は、君を完全に守るためには結婚する必要があると。それは不穏な要求だった。いまも充分すぎるほどセクシーな彼に、ひとかけらの愛もないことを、エリーザはもう知っているから。　〔4116〕

◇愛だけが見えなくて　ルーシー・モンロー著, 溝口彰子訳　ハーパーコリンズ・ジャパン　2024.7　206p　15cm　（ハーレクインSP文庫 HQSP-421）〈ハーレクイン 2005年刊の再刊　原書名：THE BILLIONAIRE'S PREGNANT MISTRESS〉545円　①978-4-596-63925-7

＊妊娠したことに気づいてアレクサンドラは愕然とした。ギリシア人大富豪ディミトリに、確かにヴァージンを捧げたが、いったいどうして？　なによりも彼に知らせなくては。ところがディミトリからは、いきなり別れを切り出される。しかも、ほかの女性と結婚するのだという。「妊娠したの。あなたの子よ…」わななく唇で告げるアレクサンドラに、冷ややかな一瞥をくれ、彼は、お腹の子供が僕の子であるはずがない、きみはほかの男と寝ていたのだろう、と決めつけた。　〔4117〕

◇愛と憎しみのギリシア　ルーシー・モンロー著, 八坂よしみ訳　ハーパーコリンズ・ジャパン　2022.9　214p　15cm　（ハーレクイン文庫 HQB-1146）〈ハーレクイン 2006年刊の再刊　原書名：THE GREEK'S INNOCENT VIRGIN〉627円　①978-4-596-74726-6

＊両親の葬儀が終わっても、レイチェルは墓地にたたずんでいた。養父は欲深い妻、レイチェルの母のせいで破滅していた同然だった。そのとき、セバスチャンの姿が目に飛び込んできた。親族の中で唯一やさしかった彼に片想いしていたレイチェルは、久しぶりに戻ってきたギリシアで、彼との再会に胸を震わせた。セバスチャンの冷たい言と厳しい言葉に愕然とするが、同時に彼はレイチェルへの熱い想いも口にしたのだ。彼と結ばれたあと、純潔を疑われるとは夢にも思わなかった。レイチェルは傷心の中、彼のもとを去り、妊娠に気づく―。　〔4118〕

◇一夜だけの妻　ルーシー・モンロー作, 大谷真理子訳　ハーパーコリンズ・ジャパン　2024.1　156p　17cm　（ハーレクイン・ロマンス

モンロ

R3843—伝説の名作選〉〈ハーレクイン 2012年刊の再刊 原書名：FOR DUTY'S SAKE〉 673円 ⓟ978-4-596-53179-7

＊偶然手に入れた写真を見て、アンジェルは衝撃で言葉を失った―婚約者であるゾーラ国皇太子ザーヒルと美女の密会写真だった。彼と婚約したのは13歳のとき。以来、密かに彼に恋い焦がれ、もう10年の月日が流れた。私にはキスさえしてくれないのに、美女に親密に寄り添いほほ笑む彼は、心から幸せそうだ。ザーヒルが私を選んだのは次期国王としての責務を果たすため。でも愛のない結婚なんて虚しいだけ。アンジェルは意を決して彼に婚約解消を申し出て、ひとつだけ条件をつけた。「お願い。ひと晩だけでいい、あなたの花嫁になりたいの」まさかその一夜で、運命の子を授かるとは思いもせずに。〔4119〕

◇今だけはこのままで　ルーシー・モンロー著，澤木香奈計訳　ハーパーコリンズ・ジャパン　2022.1　226p　15cm　（ハーレクイン文庫 HQB-1097）〈ハーレクイン 2011年刊の再刊 原書名：THE SHY BRIDE〉627円　ⓟ978-4-596-01870-0

＊キャスはかつて"天才少女"と讃えられるピアニストだった。けれど対人恐怖症のせいで聴衆の面前に出られなくなり、以来、ずっと家に閉じこもったまま―。人と接するのは、チャリティ・オークションでのプライベート・レッスンだけ。今年、彼女のレッスン権を獲得したのはギリシアの不動産王。世界的な実業家がなぜピアノなんて…？ 訪ねてきたネオを戸口で迎えた瞬間、キャスは息が止まりそうになる。長身でこの世のものとは思えないほど魅力的な男性は、引きこもりの地味なピアノ教師を、冷笑を浮かべて見下ろした。〔4120〕

◇完全なる結婚　ルーシー・モンロー作，有沢瞳子訳　ハーパーコリンズ・ジャパン　2024.7　156p　17cm　（ハーレクイン・ロマンス R3891—伝説の名作選）〈ハーレクイン 2005年刊の再刊 原書名：THE ITALIAN'S SUITABLE WIFE〉673円　ⓟ978-4-596-63696-6

＊嘘でしょう？ エンリコが交通事故で意識不明だなんて…。矢も楯もたまらず、ジャンナはすぐに病院へ駆けつけた。15歳で出会ったときから、ずっと彼に恋い焦がれてきた。子ども扱いされ、相手にされないまま時が過ぎ、今や富豪となったエンリコは美女と婚約したと聞く。それでもジャンナは病床に付き添い、必死に祈り続けた。5日後。奇跡が起き、エンリコの意識が戻った。だが医者は冷たく宣告する―下半身に麻痺が残るというのだ。婚約者は早々に見切って去り、呆然とするエンリコを前に、ジャンナは誓った。たとえ愛されなくても彼を支え続けようと。〔4121〕

◇ギリシアの聖夜　ルーシー・モンロー作，仙波有理訳　ハーパーコリンズ・ジャパン　2024.12　174p　17cm　（ハーレクイン・ロマンス R3927—伝説の名作選）〈特別豪華版 ハーレクイン 2006年刊の再刊 原書名：THE GREEK'S CHRISTMAS BABY〉673円　ⓟ978-4-596-71681-1

＊夫から一度も"愛している"と言われたことのないイーデン。ついに離婚を切りだした直後だった。トラックがイーデンと夫アリスティドの車に突っ込み、視界が一瞬で真っ暗になった。目覚めると、アリスティドは重症で、全ての記憶を失くしていた。イーデンは幸いにも軽症だったが、お腹の子を流産しかけており、医師に数日間の絶対安静を言い渡されて、夫に寄り添うことができなかった。すると愛人を気取る秘書がアリスティドに近づき、作り話を吹き込んで、イーデンを冷酷な悪妻と思い込ませたのだ。退院後もすれ違う夫に彼女は絶望する。私たちはもう終わりなの？ 泣き崩れるイーデンの前に、不在のはずのアリスティドが現れ…。〔4122〕

◇砂漠に落ちた涙　ルーシー・モンロー著，植村真理訳　ハーパーコリンズ・ジャパン　2023.3　223p　15cm　（ハーレクイン HQB-1176）〈ハーレクイン 2006年刊の再刊 原書名：THE SHEIKH'S BARTERED BRIDE〉627円　ⓟ978-4-596-76741-7

＊灼熱の砂漠で、シークの囚われの身となった私。逆光で、彼がテントの入口に現れても顔はわからない…。図書館員のキャサリンは、いつもの白昼夢を見ていた。恋をしたことはないけれど、夢の中でなら私はシークのもの。ところが、それはある日現実となった。異国の王子ハキムが図書館を訪れて彼女に本の場所を尋ね、デートに誘ってきたのだ！ なぜ不器量な私に興味を持つの？ 疑問はハキムの情熱的な求愛に、消え去ってしまう。囚われの花嫁として利用されるとは知るよしもなく…。〔4123〕

◇シチリアの苦い果実　ルーシー・モンロー作，高浜えり訳　ハーパーコリンズ・ジャパン　2022.12　156p　17cm　（ハーレクイン・ロマンス R3736—伝説の名作選）〈ハーレクイン 2011年刊の再刊 原書名：THE SICILIAN'S MARRIAGE ARRANGEMENT〉664円　ⓟ978-4-596-75503-2

＊「あの娘、救いようもなく引っ込み思案で平凡ね」嘲りながらささやかれる自分の噂話に、ホープは身をこわばらせた。いまどき珍しいほど内気な彼女には恋人の一人もいない。しかし、ひそかに憧れている男性ならいる。祖父の仕事仲間で実業家のシチリア富豪、ルチアーノだ。今夜は祖父が開いた大晦日のパーティ。もちろん彼も招かれている。夜も更け、やがて新年へのカウントダウンが始まった。恒例のキスでルチアーノが選んだ相手は、なんとホープだった！ 二人のキスは、新年を祝うにしてはあまりにも熱く甘かった。ある裏取り引きをもくろむ祖父がほくそえんで見ていることも知らず。〔4124〕

◇シンデレラと聖夜の奇跡　ルーシー・モンロー作，朝戸まり訳　ハーパーコリンズ・ジャパン　2024.11　156p　17cm　（ハーレクイン・プレゼンツ—作家シリーズ 別冊）〈原書名：MILLION DOLLAR CHRISTMAS PROPOSAL〉664円　ⓟ978-4-596-71457-2

＊弟の学費を工面できずに苦悩していたオードリーはある日、仕事の休憩中に上級秘書たちの会話を偶然耳にしてしまう。若くして巨万の富を築き上げたCEOのヴィンチェンツォが、義理の子供のため、母親役を務める女性を雇おうとしている、ですって？ エキゾチックな黒髪、地中海のように美しいブルーの瞳、そして映画スターのように見事なスタイルの彼が？ ずっと秘かに憧れる男性のもとで、幼い子供の世話をできるのなら、ほかに欲しいものなんて何もないわ。ところが面接の場で、ヴィンチェンツォが驚きの言葉を口にする！「母親になるということは、僕の妻になるということに一生、夜も」〔4125〕

◇シンデレラに情熱の花　ダイアナ・パーマー他著，松村和紀子他訳　ハーパーコリンズ・ジャパン　2024.2　315p　17cm　（HPA 55—スター作家傑作選）〈「テキサスの恋」（ハーレクイン　2000年刊）と「恋はラテン風に」（ハーレクイン　2007年刊）ほかからの改題，抜粋，合本　原書名：DREW MORRIS BILLIONAIRE'S BABYほか〉1082円　①978-4-596-53395-1
内容　誘惑のローマ（ルーシー・モンロー著，愛甲玲訳）
＊『ドルー・モーリス』ドクター・ドルー・モーリスの医院の受付係に採用された天涯孤独のキティ。喘息持ちながら一生懸命働くが、妻を失ってから仕事一筋の気難しいドルーを怒らせてばかり。ところがある日、ドルーが悲しみに耐えかねて慰めを求めるようにキスを迫ってきて…。『御曹子の嘘』ヘイリーは学生時代、運命の人リックと愛を共にしたが、その晩彼は忽然と姿を消した。4年後、勤め先が大企業に買収され、彼女は新経営者を見て息をのんだ—なんと、あの"リック"だったのだ！ ああ、どうしよう！ 彼がまだ知らない、息子の存在を…。『誘惑のローマ』"情熱のないお堅い女"と元夫に嘲られたベサニーは、傷心旅行でローマ一人旅を敢行。現地でハンサムな銀行理事長アンドレと出逢い、急速に惹かれる。だが情熱を分かち合った直後、何も告げずに彼は姿を消した。そのあとで、ベサニーは妊娠に気づくのだった—。『秘密のキス』地味で眼鏡のジェーンは新聞に載った匿名のラブレターと、突然届いた花束に胸が騒いだ。もしやマット？ 彼は高校時代、彼女への悪戯で退学になったものの今は同僚。意識するジェーンだったが、一方のマットもラブレターの書き手を彼女だと思っていて…。〔4126〕

◇シンデレラの嘆き　ルーシー・モンロー作，朝戸まり訳　ハーパーコリンズ・ジャパン　2023.6　156p　17cm　（ハーレクイン・ロマンス R3784—伝説の名作選）〈ハーレクイン 2014年刊の再刊　原書名：ONE NIGHT HEIR〉664円　①978-4-596-77172-8
＊ヴォリヤルスはヨーロッパ一富裕と言われる王国。その国のゴージャスな皇太子マックスがジリアンの恋人だ。幸運にも見初められ、たちまち恋に落ちて7か月。今夜こそ彼にプロポーズされると、ジリアンは信じていた。ところが、熱いキスとベッドを堪能したあと告げられたのは、夢見ていた求婚の言葉ではなく、すげない別れの言葉だった！「世継ぎを産めない可能性のある女性とは結婚できない」悲嘆に暮れるジリアンを残して、マックスは去っていった。実はこのとき、奇跡的に小さな命を授かっていたとも知らずに。〔4127〕

◇復讐のウエディングベル　ルーシー・モンロー作，高橋美友紀訳　ハーパーコリンズ・ジャパン　2022.9　156p　17cm　（ハーレクイン・ロマンス R3712—伝説の名作選）〈ハーレクイン 2007年刊の再刊　原書名：WEDDING VOW OF REVENGE〉664円　①978-4-596-74681-8
＊タラはかつて恋人に裏切られたあげく、根も葉もない噂を流され、ひどいバッシングを受けて、どん底の苦しみを味わった。以来、彼女は化粧をやめ、体のラインが出ない服を着て、男性を遠ざけて地味に慎ましく暮らすようになった。ところが、そんなタラに誘いをかけてくる男性が現れた—アンジェロ・ゴードン。タラの会社の経営者で気鋭の実業家だ。彼は時間をかけ、優しさと誠実さで彼女の凍った心を溶かし、結婚へとこぎつけた。やがてタラが妊娠。すべてが順調で、完璧に思われたとき、残酷な真実がタラの耳に飛びこんだ。嘘よ！ 愛する夫が最初から私を欺いていたなんて…。〔4128〕

◇プリンスの甘い罠　ルーシー・モンロー作，青海まこ訳　ハーパーコリンズ・ジャパン　2024.4　156p　17cm　（ハーレクイン・ロマンス R3863—伝説の名作選）〈ハーレクイン 2007年刊の再刊　原書名：THE PRINCE'S VIRGIN WIFE〉673円　①978-4-596-53793-5
＊里親に育てられた貧しいマギーは、住み込みの家政婦をしながら大学生活を送っていた。雇主は魅力的な大学院生のトム。マギーは密かに彼に恋していたが、そんな想いもつゆ知らず、トムは別の女性と結婚し、マギーは傷心のまま彼の家を出た。6年後。妻に先立たれたという小国のプリンスからの依頼で、マギーは彼のまだ幼い息子と娘のナニーとして働くことになった。ある夜、子供たちにベッドを占領されたマギーは仕方なく、まだ会ったこともない留守中のプリンスのベッドで寝ていた。真夜中、誰かが布団に潜り込んできた気配で飛び起きた彼女は、驚きで言葉を失う。トム！ なぜ、あなたがここにいるの？　〔4129〕

◇プリンセス失格　ルーシー・モンロー作，片山真紀訳　ハーパーコリンズ・ジャパン　2022.7　220p　17cm　（ハーレクイン・ロマンス R3693）〈原書名：THE COST OF THEIR ROYAL FLING〉664円　①978-4-596-70724-6
＊ジェナはけっして叶うことのない片思いをしていた。親友が嫁いだミルス王国の国王のハンサムな弟、ドミトリ王子。彼は5歳も年下で、歴代の恋人は美女ばかり。何より、彼は病気のため妊娠を望めないのだ。だが奇跡が起きた。突然ドミトリからディナーに誘われ、熱い誘惑に溺れて、ジェナは彼にすべてを捧げてしまう。翌朝、彼は一夜だけでは飽き足りないと、さらりと提案した。「結婚する気はないが、割りきった関係を続けないか？」切なすぎる。でも、そばにいられるなら…。

ジェナは心を決めた。〔4130〕

◇燃えるアテネ　ルーシー・モンロー著，深山咲訳　ハーパーコリンズ・ジャパン　2023.6　221p　15cm　（ハーレクイン文庫 HQB-1189）〈ハーレクイン 2011年刊の再刊　原題名：THE GREEK'S PREGNANT LOVER〉627円　①978-4-596-77229-9

＊パイパーは、ギリシア人実業家ゼフィールに恋をしている。でも二人が分かち合うのはベッドだけ。なのに独身主義者の彼に「きみ以外の女とは寝ていない」などと言われて、近ごろ、割り切れない気持ちを抱きはじめていた。けれど、危険を冒して愛を告白し、彼を失いたくはない。絶対に恋心を悟られてはだめよ…。そんな折、彼に「避妊具なしで愛し合いたい」と言われて拒めなかった。大きな代償を払うことになるのはわかっていたのに一決して想いを返してはくれない男性の子を、身ごもったのだ。〔4131〕

◇冷酷王子と秘密の子　ルーシー・モンロー作，片山真紀訳　ハーパーコリンズ・ジャパン　2022.2　220p　17cm　（ハーレクイン・ロマンス R3657）〈原書名：HIS MAJESTY'S HIDDEN HEIR〉664円　①978-4-596-31660-8

＊遅すぎるプロポーズは虚しいだけ―王子が欲しいのは息子だけなのだから。もうすぐ5歳になる息子を連れて街へ出かけたエマは愕然とした。5年半前、彼女を不用品のように捨てた相手がいたのだ。コンスタンチン！　美女との噂が絶えないミルス王国の王子。1年付き合った末、彼は許婚がいるからと一方的に別れを告げた。その後妊娠に気づいたエマは、厳格な両親に家を追いだされ、強盗に全財産を奪われ、コンスタンチンには助けすら拒否されて、住み込みで働きながら一人で必死に我が子を育ててきたのだった。「その子は僕の子だな？」こちらを睨みつけ、彼が詰め寄った。お願い、私の宝物を奪わないで。エマは息子を胸にかき抱いた。〔4132〕

【ヤ】

ヤーギー, ラワーン

◇物語ることの反撃―パレスチナ・ガザ作品集　リフアト・アルアライール編，藤井光訳，岡真理監修・解説　河出書房新社　2024.11　264p　20cm　〈原書名：GAZA WRITES BACK〉2720円　①978-4-309-20911-1

内容　助かって　ある壁　下から（ラワーン・ヤーギー著，藤井光訳）

＊「わたしが死なねばならないとしても、きみは生きねばならない。奪われる家に爆弾を仕掛ける父、木を恐れる子ども、密輸トンネルに閉じ込められた男、瓦礫の下からの独白…。空爆の標的となって殺された詩人が極限の状況下で編み遺した、ガザ・ライツ・バック。作家たちの記憶をつなぐ抵抗の物語集。〔4133〕

ヤーコブレフ, ユーリイ　Iakovlev, Iurii

◇教科書の中の世界文学―消えた作品・残った作品25選　秋草俊一郎，戸塚学編　三省堂　2024.2　285p　21cm　〈文献あり〉2500円　①978-4-385-36237-3

内容　美人ごっこ（ユーリイ・ヤーコブレフ著，宮川やすえ訳）〔4134〕

◇雑話集―ロシア短編集　5　ロシア文学翻訳グループクーチカ編　［枚方］　ロシア文学翻訳グループクーチカ　2024.6　180p　19cm　〈他言語標題：Пёстрые рассказы〉

内容　空はどこから始まるのか（ヤーコヴレフ著，木田美矢子訳）〔4135〕

ヤズベク, サマル　Yazbek, Samar

◇歩き娘―シリア・2013年　サマル・ヤズベク著，柳谷あゆみ訳　白水社　2024.6　247p　20cm　〈原書名：Al-Mashā'a〉3000円　①978-4-560-09355-9

＊私の言葉を読んでいるとき、きっと、私はあなたと一緒にいますよ。言葉を発せば、歩き出すと足が止まらなくなる少女リーマー。包囲下で爆撃にさらされ、地下室に拘束されたまま、一本きりの青いペンで、見知らぬ「あなた」に宛てて書き綴る。2018年度フェミナ賞外国文学部門・2021年度全米図書賞翻訳部門最終候補作。〔4136〕

ヤマモト, ヒサエ　Yamamoto, Hisaye

◇母娘短編小説集　フラナリー・オコナー，ボビー・アン・メイソンほか著，利根川真紀編訳　平凡社　2024.4　349p　16cm　（平凡社ライブラリー 964）〈文献あり　原書名：SHILOH Mamaほか〉1800円　①978-4-582-76964-7

内容　十七の音節（ヒサエ・ヤマモト著，利根川真紀訳）

＊すべての女性は母の娘である。出産・育児・恋愛・結婚・離婚・父の不在・反発・世代の差・虐待・差別・介護・老い・希望―時を超え、世代を超えて繰り広げられる「母の娘」と「娘の母」の物語。十九世紀末から二十世紀末、アメリカの女性作家によって書かれた傑作九篇。〔4137〕

ヤロス, レベッカ　Yarros, Rebecca

◇フォース・ウィング―第四騎竜団の戦姫　上　レベッカ・ヤロス著，原島文世訳　早川書房　2024.9　445p　19cm　〈原書名：FOURTH WING〉1900円　①978-4-15-210349-9

＊竜の騎手たちが魔法の力で守る国ナヴァール。書記官を目指していた二十歳のヴァイオレットは、軍の司令官である母親の命令で、バスギアス軍事大学で騎手を目指すことに。だがそこは、入学者の大半が過酷な訓練で命を落とす、死と隣り合わせの場所だった！　彼女は所属する第四騎竜団（フォース・ウィング）の冷酷で有能な団長ゼイデンにも命を狙われることに。ヴァイオレットを待ち受ける極限状態での恋、友情、そして命懸けの戦いの行方は

一。アメリカで400万部以上を売り上げ、書評サイトGoodreadsで130万人が★5.0と評価、この1冊でロマンス要素のあるファンタジー「ロマンタジー」の大ブームを巻き起こした話題のベストセラー"フォース・ウィング"シリーズ開幕。　〔4138〕

◇フォース・ウィング―第四騎竜団の戦姫　下　レベッカ・ヤロス著，原島文世訳　早川書房　2024.9　366p　19cm　〈原書名：FOURTH WING〉1900円　①978-4-15-210350-5
＊バスギアス軍事大学の第四騎竜団の候補生たちのなかで、ヴァイオレットは持ち前の頭脳と敏捷さを武器に、危険な戦いを続けていた。だがどんなに能力がある候補生も、竜に選ばれなければ騎手にはなれない。ましてや、小柄で華奢なヴァイオレットは、竜と絆を結ぶことができるのか…？　その試練の日まで生きのびた彼女を、思いがけない結果が待ち構えていた！　そんななか、第四騎竜団の団長ゼイデンに、ヴァイオレットは強く惹かれていく。何重にも絡みあった竜の宿命である彼ぞ─。Amazon MGM Studiosで映像化進行中！"ニューヨーク・タイムズ"ベストセラーリストに1年以上ランクインを続け、42カ国で翻訳が決定した、大人気ロマンティック・エンターテインメント。　〔4139〕

ヤーロム，アーヴィン・D.　Yalom, Irvin D.

◇人間嫌いが笑うとき―ヤーロム博士が描くグループセラピーにおける生と死の物語：小説　アーヴィン・D・ヤーロム著，鈴木孝信訳　星和書店　2023.7　531p　19cm　〈原書名：The Schopenhauer Cure〉2700円　①978-4-7911-1118-3
＊ショーペンハウアーのような人間嫌いをグループセラピーは救えるのか？　本書は実存療法、集団療法の専門家として名高いヤーロムが、セラピー体験の本質を小説として描き出したものである。登場人物たちの告白に釘づけになる驚きと感動の物語であり、グループセラピーの教科書としての活用も期待できる。　〔4140〕

ヤング，ヘザー　Young, Heather

◇円周率の日に先生は死んだ　ヘザー・ヤング著，不二淑子訳　早川書房　2023.4　559p　16cm　（ハヤカワ・ミステリ文庫　HM 504-1）〈原書名：THE DISTANT DEAD〉1700円　①978-4-15-185401-9　〔4141〕

ヤング，マイケル

◇舟―北方領土で起きた日本人とロシア人の物語　マイケル・ヤング著，樫本真奈美編・訳　晧星社　2024.6　317p　19cm　〈文献あり　年表あり〉2300円　①978-4-7744-0831-6
＊終戦直後、北方領土のとある島で、日本人とロシア人が共生していた一時期があった。引き揚げの日の朝、遭難したロシア人の子どもたちを救出するために一人海へ出たのは、日本人漁師だった…。知られざる民間交流の歴史。表題作「舟」に加え、元島民たちとその子孫のインタビューを収録。　〔4142〕

ヤング，ロバート・F.　Young, Robert F.

◇吸血鬼は夜恋をする―SF＆ファンタジイ・ショートショート傑作選　ロバート・F・ヤング，リチャード・マシスン他著，伊藤典夫編訳　東京創元社　2022.12　387p　15cm　（創元SF文庫　SFン12-1）〈文化出版局　1975年刊の増補〉1000円　①978-4-488-79301-2
[内容] 魔法の窓（ロバート・F.ヤング著）
＊「アンソロジイという言葉のもとになったギリシャ語の意味は「花々を集めたもの」。立ちどまるほどではないが、歩く途中ひょっと目にとまり、見とれる花、つまり、理屈ぬきで楽しんでいただけるような小品を選ぶよう心懸けた」（伊藤典夫）。名翻訳家が初めて単独編纂した伝説のアンソロジイを半世紀ぶりに初文庫化。（SFマガジン）（奇想天外）の掲載作を追加し、全32編とした。　〔4143〕

ヤング，W.ヒルトン　Young, Wayland Hilton

◇吸血鬼は夜恋をする―SF＆ファンタジイ・ショートショート傑作選　ロバート・F・ヤング，リチャード・マシスン他著，伊藤典夫編訳　東京創元社　2022.12　387p　15cm　（創元SF文庫　SFン12-1）〈文化出版局　1975年刊の増補〉1000円　①978-4-488-79301-2
[内容] 選択（W.ヒルトン・ヤング著）
＊「アンソロジイという言葉のもとになったギリシャ語の意味は「花々を集めたもの」。立ちどまるほどではないが、歩く途中ひょっと目にとまり、見とれる花、つまり、理屈ぬきで楽しんでいただけるような小品を選ぶよう心懸けた」（伊藤典夫）。名翻訳家が初めて単独編纂した伝説のアンソロジイを半世紀ぶりに初文庫化。（SFマガジン）（奇想天外）の掲載作を追加し、全32編とした。　〔4144〕

ヤンソン，トーベ　Jansson, Tove

◇たのしいムーミン一家　トーベ・ヤンソン著，山室静訳　特装版　講談社　2024.7　235p　16cm　〈新版のタイトル：ムーミン全集　2　原書名：TROLLKARLENS HATT〉2400円　①978-4-06-536099-6
＊冬眠からさめたムーミントロールたちが見つけた、黒い魔物のぼうし。ムーミントロールのすがたが変わったり、家がジャングルになったり、一家は大騒動に巻きこまれます。さらには、トフスランとビフスランが持ってきたものを追いかけて、モランや飛行おにまで、ムーミンやしきにあらわれて…。個性ゆたかなキャラクターたちが祝う8月の大パーティーへ、ようこそ！　〔4145〕

◇ムーミン谷の彗星　トーベ・ヤンソン著，下村隆一訳　特装版　講談社　2024.7　223p　16cm　〈新版のタイトル：ムーミン全集　1　原書名：KOMETEN KOMMER〉2400円　①978-

ユ

4-06-536098-9
＊暑い夏の日、赤く長いしっぽを光らせた彗星が、地球に向かって進んできます。このままでは、地球はこなごなになってしまうかもしれません。ムーミントロールと友だちのスニフが、その危険な星について調べるため、たったふたりで遠い天文台へと出かけることになりました。スナフキンやスノークのおじょうさんとの出会いもえがかれる、大冒険の物語です─。 〔4146〕

【ユ】

ユー, オヴィディア

◇イン・クィア・タイム―アジアン・クィア作家短編集　イン・イーシェン, リベイ・リンサンガン・カントー編, 村上さつき訳　ころから　2022.8　350,10p　19cm　〈他言語標題：In queer time　原書名：Sanctuary〉　2200円　①978-4-907239-63-3

[内容] 呪詛 (オヴィディア・ユー著)

＊「クィアの時代」に香港から届いたアジアンLGBTQ＋作家による「クィア小説」17編を収録！ 〔4147〕

ユ, ヨンヴァン

◇トッケビ梅雨時商店街　ユヨングァン著, 岩井理子訳　静山社　2024.10　335p　20cm　1650円　①978-4-86389-835-6

＊ある日ポストに、記号のようなおかしな文字が書かれた封筒が届いたら…それはトッケビからの招待状。あなたの希望どおりの人生が手に入る、「梅雨時商店街」へお招きします。 〔4148〕

ユーイン　Yuin

◇外科医エリーゼ　2　Yuin著, 鈴木沙織訳　KADOKAWA　2024.9　468p　19cm　(B's-LOG presents)　〈他言語標題：SURGEON ELISE〉　1600円　①978-4-04-738023-3

＊「わたくしが三日以内にこの疫病を収束させたなら、陛下との賭けの条件を満たしたと考えてよろしいですか？」ある日突然、ロージに正体不明の疫病が広がった。誰もが絶望するなか、エリーゼが一人、立ち上がる。何万人もの命が失われかねない疫病の拡大を食い止め、皇帝との賭けに勝ち、皇太子妃としてではなく、自分の生きたいように生きるために。けど、そんな彼女の側には皇太子リンデンが。「君を信じている」過去の苦しみを避けるために、皇太子から目を逸らしてきた。でもそうすればするほど、考えてしまうのは彼のことばかり。それは皇太子も同じで―!?「エリーゼ、君はどうしてこんなにも私の心をかき乱すんだ！」はたしてエリーゼは疫病を収束させ、自ら望んだ人生を歩むことができるのか!? 〔4149〕

◇できるメイド様　Yuin著, alyn訳　KADOKAWA　2024.2　442p　19cm　(B's-LOG presents)　〈他言語標題：A TALENTED MAID〉　1400円　①978-4-04-737756-1

＊国を滅ぼされ、王女であることを隠すためにメイドとなったマリ。しかし特技もなく、冴えない彼女はいつも怒られてばかり。そんなマリにある日、信じられない出来事が起きる。「最後に君のためにお祈りをしてあげよう、君の願いはなんだい？」「万能な人になりたいです」死の淵に立つ囚人を懸命に看病していたマリに訪れた奇跡。それは一完璧な侍女！　最高の彫刻家！　天才音楽家！　夢を通して、夢の中の人物の能力を得ることができるようになっていたのだ!!万能の力を手に入れたメイド、マリの物語がここに始まる！ 〔4150〕

◇できるメイド様　2　Yuin著, まちイラスト, alyn訳　KADOKAWA　2024.9　408p　19cm　1400円　①978-4-04-738088-2

＊亡国の王女・モリナだと気づかれてはいけないのに、不思議な能力を得たことで"血の皇太子"ラエルの専属メイドになってしまったマリ。そんな緊張の日々が続く中、皇宮では皇太子妃選抜が始まることとなり、皇太子妃候補のアリエル公女とレイチェル令嬢の滞在が決まる。マリはこの窮地を脱するため、皇太子妃候補の一人とある取引をすることを決意。一方、マリの考えとは裏腹に、皇太子のマリに対する想いは日に日に強くなり―!?皇太子妃の座を巡り、思惑がぶつかり合う、"万能メイド"マリの物語、第2弾！ 〔4151〕

ユウ, チャールズ　Yu, Charles

◇ロボット・アップライジング―AIロボット反乱SF傑作選　アレステア・レナルズ, コリイ・ドクトロウ他著, D・H・ウィルソン, J・J・アダムズ編, 中原尚哉他訳　東京創元社　2023.6　530p　15cm　(創元SF文庫 SFン10-5)　〈責任表示はカバーによる　原書名：ROBOT UPRISINGS〉　1400円　①978-4-488-77205-5

[内容] 毎朝 (チャールズ・ユウ著, 中原尚哉訳)

＊人類よ、恐怖せよ―猛烈な勢いで現代文明に浸透しつつあるAIやロボット。もしもそれらがくびきを逃れ、反旗を翻したら？　ポップカルチャーで繰り返し扱われてきた一大テーマに気鋭の作家たちが挑む。1955年にAI (人工知能) という言葉を初めて提示した伝説の科学者ジョン・マッカーシーの短編を始め、アレステア・レナルズ, コリイ・ドクトロウらによる傑作13編を収録。 〔4152〕

ユクナヴィッチ, リディア

◇アホウドリの迷信―現代英語圏異色短篇コレクション　岸本佐知子, 柴田元幸編訳　スイッチ・パブリッシング　2022.9　227p　20cm　(SWITCH LIBRARY)　2400円　①978-4-88418-594-7

[内容] 引力 (リディア・ユクナヴィッチ著, 岸本佐知子訳)

＊「端っこの変なところ」を偏愛する2人の翻訳家が、新たに発見した、めっぽう面白くて、ちょっと"変"な作家たち。心躍る"掘り出し物"だけを厳選

したアンソロジー。対談「競訳余話」も収録。〔4153〕

ユゴー, ヴィクトル　Hugo, Victor

◇ノートル゠ダム・ド・パリ　ヴィクトル・ユゴー著, 大友徳明訳　KADOKAWA　2022.2　236p　15cm　〈角川文庫　ユ1-7〉〈文献あり　年譜あり　原書名：Notre-Dame de Parisの抄訳〉800円　①978-4-04-111082-9

＊15世紀末のパリ。ノートル゠ダム大聖堂の副司教クロードは、美しい踊り子エスメラルダに心奪われ、鐘突き男のカジモドに誘拐させてわがものにしようとする。だがエスメラルダは、王室射手隊隊長フェビュスを愛するようになる。嫉妬に狂ったクロードは、エスメラルダを破滅させようとする。一方、カジモドはエスメラルダに無垢な愛を抱き、彼女を残酷な運命から救いだそうとするが―。文豪ユゴーの傑作を、当時の挿絵とともに、読みやすい抄訳で！　〔4154〕

◇レ・ミゼラブル　1　ヴィクトル・ユーゴー, 豊島与志雄訳　アシェット・コレクションズ・ジャパン　〔2023〕　249p　22cm　〈恋愛小説の世界　名作ブックコレクション〉〈原書名：Les misérables〉1817円　〔4155〕

◇レ・ミゼラブル　2　ヴィクトル・ユーゴー, 豊島与志雄訳　アシェット・コレクションズ・ジャパン　〔2023〕　221p　22cm　〈恋愛小説の世界　名作ブックコレクション〉〈原書名：Les misérables〉1999円　〔4156〕

◇レ・ミゼラブル　3　ヴィクトル・ユーゴー, 豊島与志雄訳　アシェット・コレクションズ・ジャパン　〔2024〕　262p　22cm　〈恋愛小説の世界　名作ブックコレクション〉〈原書名：Les misérables〉1999円　〔4157〕

◇レ・ミゼラブル　4　ヴィクトル・ユーゴー, 豊島与志雄訳　アシェット・コレクションズ・ジャパン　〔2024〕　261p　22cm　〈恋愛小説の世界　名作ブックコレクション〉〈原書名：Les misérables〉1999円　〔4158〕

◇レ・ミゼラブル　5　ヴィクトル・ユーゴー, 豊島与志雄訳　アシェット・コレクションズ・ジャパン　〔2024〕　273p　22cm　〈恋愛小説の世界　名作ブックコレクション〉〈原書名：Les misérables〉1999円　〔4159〕

◇レ・ミゼラブル　6　ヴィクトル・ユーゴー, 豊島与志雄訳　アシェット・コレクションズ・ジャパン　〔2024〕　284p　22cm　〈恋愛小説の世界　名作ブックコレクション〉〈原書名：Les misérables〉1999円　〔4160〕

◇レ・ミゼラブル　7　ヴィクトル・ユーゴー, 豊島与志雄訳　アシェット・コレクションズ・ジャパン　〔2024〕　292p　22cm　〈恋愛小説の世界　名作ブックコレクション〉〈原書名：Les misérables〉1999円　〔4161〕

◇レ・ミゼラブル　8　ヴィクトル・ユーゴー, 豊島与志雄訳　アシェット・コレクションズ・ジャパン　〔2024〕　297p　22cm　〈恋愛小説の世界　名作ブックコレクション〉〈原書名：Les misérables〉1999円　〔4162〕

ユルスナール, マルグリット　Yourcenar, Marguerite

◇火―散文詩風短篇集　マルグリット・ユルスナール著, 多田智満子訳　新装復刊　白水社　2023.5　192p　20cm　〈著作目録あり　原書名：Feux〉3200円　①978-4-560-09350-4

内容　パイドラー あるいは絶望　アキレウス あるいは嘘偽　パトロクロス あるいは運命　アンティゴネー あるいは撰択　レナ ふたたび秘密　マグダラのマリア あるいは救い　パイドーン あるいは眩暈　クリュタイムネーストラー あるいは罪　サッポー あるいは自殺

＊神話や伝説を自由に変奏した9つの物語からきこえてくる、"或る内的危機の報告書"。　〔4163〕

ユン, ゴウン

◇夜間旅行者　ユンゴウン著, カンバンファ訳　早川書房　2023.10　221p　19cm　〈HAYAKAWA POCKET MYSTERY BOOKS 1996〉　2000円　①978-4-15-001996-9

＊被災地を巡るダークツアーを企画するヨナは、収益の低いツアーを査定するよう命じられ、ベトナム沖の島に向かう。滞在中ヨナはひき逃げ事件を目撃してしまい、謎の一味に加わるよう脅される。彼らは、新たなダークツアーを「捏造」しようとしていた。パスポートを失くして出国できないヨナは、滞在許可証を入手するため仕方なく計画に加わる。やがてツアーの全貌が明らかになり、「捏造」の恐るべき真実が発覚するが、もう計画から抜け出すことはできなくなっていて…。ダークツーリズムの闇を描く韓国ミステリ。　〔4164〕

ユン, ジョンウン

◇マリーゴールド町心の洗濯屋さん　ユンジョンウン著, 藤田麗子訳　扶桑社　2024.4　276p　19cm　〈他言語標題：MARIGOLD MIND LAUNDRY〉1600円　①978-4-594-09672-4

＊「悲しみを癒す力」と「願いを現実にする力」を持つ少女ジウン。ある日突然、ひとりぼっちになってしまった彼女は、両親にふたたび出会うため、「心の洗濯屋さん」をオープンする。お客さんの心の傷を癒すうちに、ある大切なことに気づきー。丘の上にある不思議な洗濯屋さんの物語。　〔4165〕

ユン, フミョン　尹　厚明

◇白い船　ユンフミョン著, 東峰直子訳　クオン　2022.4　77,69p　17cm　〈韓国文学ショートショート　きむふなセレクション　16〉〈ハングル併記〉1200円　①978-4-910214-35-1　〔4166〕

ユン, ヨギョン

◇七月七日　ケン・リュウ, 藤井太洋ほか著, 小西直子, 古沢嘉通訳　東京創元社　2023.6　361p　19cm〈他言語標題：SEVENTH DAY OF THE SEVENTH MOON〉2400円　①978-4-488-01127-7

内容 ソーシャル巫堂指数（ユンヨギョン著, 小西直子訳）

＊七夕の夜、ユアンは留学で中国を離れる恋人ディンに会いに出かけた。別れを惜しむ二人のもとに、どこからともなくカササギの大群が現れ―東アジア全域にわたり伝えられている七夕伝説をはじめとし、中国の春節に絡んだ年獣伝説、不老不死の薬を求める徐福伝説、済州島に伝わる巨人伝説など、さまざまな伝説や神話からインスピレーションを得て書かれた十の幻想譚。日中韓三ヵ国の著者によるアンソロジー。〔4167〕

【ヨ】

ヨ, カ　余 華

◇文城（ウェンチョン）―夢幻の町　余華著, 飯塚容訳　中央公論新社　2022.10　443p　20cm　4000円　①978-4-12-005584-3

＊20世紀初頭の清末民初、匪賊が跋扈し自然災害が襲う混迷の時代、林祥福は、兄とともに南方の町「文城」からやって来た女・小美を妻にする。束の間の幸せが訪れたが、小美は林家の金を持ち出し姿をくらましてしまう。林祥福は生後まもない娘を連れて妻を探す旅に出るが…。人災と天災、過酷な運命に翻弄され、それでも強く生きていく人々を圧倒的筆致で描く大河巨編。〔4168〕

ヨウ, ケンケイ　楊 顕恵

◇華語文学の新しい風　劉慈欣, ワリス・ノカン, 李娟他著, 王徳威, 高嘉謙, 黄英哲, 張錦忠, 及川茜, 濱田麻矢編, 小笠原淳, 津守陽他訳　白水社　2022.11　357p　20cm〈サイノフォン 1〉3200円　①978-4-560-09875-2

内容 上海から来た女（楊顕恵著, 田村容子訳）

＊近年注目を集めている華語文学の新たな流れを紹介するシリーズ"サイノフォン"の第1巻。香港の高層ビルからチベットの聖なる湖まで、シカゴのバーからマレーシアの原生林まで。小説、旅行記、詩、SFなど、多様なジャンルから世界を切り取る17篇。〔4169〕

ヨウ, ソウシ　楊 双子

◇台湾漫遊鉄道のふたり―Chizuko & Chizuru's Taiwan Travelogue　楊双子著, 三浦裕子訳　中央公論新社　2023.4　371p　20cm　2000円　①978-4-12-005652-9

＊昭和十三年、五月の台湾。作家・青山千鶴子は講演旅行に招かれ、台湾人通訳・王千鶴と出会う。現地の食文化や歴史に通じるのみならず、料理の腕まで天才的な千鶴と台湾縦貫鉄道に乗りこみ、つぎつぎ台湾の味に魅了されていく。ただ、いつまでも心の奥を見せない千鶴に、千鶴子の焦燥感は募り…国家の争い、女性への抑圧、植民地をめぐる立場の差。あらゆる壁に阻まれ、近づいては離れるふたりの旅の終点は―。〔4170〕

ヨークム, キャロリン・M.

◇黄金の人工太陽―巨大宇宙SF傑作選　ジャック・キャンベル, チャーリー・ジェーン・アンダーズ他著, ジョン・ジョゼフ・アダムズ編, 中原尚哉他訳　東京創元社　2022.6　547p　15cm〈創元SF文庫 SFン10-4〉〈責任表示はカバーによる　原書名：COSMIC POWERS〉1360円　①978-4-488-77204-8

内容 悠久の世界の七不思議（キャロリン・M.ヨークム著, 新井なゆり訳）

＊SFとファンタジーの基本はセンス・オブ・ワンダーだ。そして並はずれたセンス・オブ・ワンダーを味わえるのは、超人的なヒーローが宇宙の命運をかけて銀河のかなたで恐ろしい敵と戦う物語だ（序文より）―常識を超える宇宙航行生物、謎の巨大異星構造物、銀河を吹き飛ばす超爆弾。ジャック・キャンベルら豪華執筆陣による、SFならではの圧倒的スケールで繰り広げられる傑作選。〔4171〕

ヨーダー, ロバート・M.

◇ユーモア・スケッチ大全［4］すべてはイブからはじまった　ミクロの傑作圏　浅倉久志編・訳　国書刊行会　2022.3　376p　19cm〈「すべてはイブからはじまった」（早川書房 1991年刊）と「ミクロの傑作圏」（文庫版 2004年刊）の改題, 合本〉2000円　①978-4-336-07311-2

内容 家族ゲーム（ロバート・M.ヨーダー著）

＊笑いの大博覧会、完結！　名翻訳家浅倉久志のライフワークである"ユーモア・スケッチ"ものを全4巻に集大成。最終巻は傑作展姉妹篇『すべてはイブからはじまった』とオンデマンドのみの刊行だった『ミクロの傑作圏』をカップリング。〔4172〕

ヨナソン, ヨナス　Jonasson, Jonas

◇華麗なる復讐株式会社　ヨナス・ヨナソン著, 中村久里子訳　西村書店東京出版編集部　2022.7　446p　19cm〈原書名：Hämnden är ljuv AB〉1500円　①978-4-86706-037-7

＊画商ヴィクトル・アルデルヘイムは計画を実行した。令嬢イェンニからすべてを奪い、息子ケヴィンをサバンナに置き去りにしたのだ。そこにはマサイ族の呪医がいた。あの極悪人に復讐を！　スウィートスウィート・リベンジ株式会社の社長フーゴに依頼が舞い込む。ギャラリーの地下室に罠を仕掛けよう…。巧妙なアイデアが膨らんできた。世界的ベストセラー『窓から逃げた100歳老人』、ヨナス・ヨナソン最新作！〔4173〕

ヨニェヴス, ヤーニス　Joņevs, Jānis
◇メタル'94　ヤーニス・ヨニェヴス著，黒沢歩訳　作品社　2022.8　343p　19cm〈原書名：Jelgava 94〉2900円　①978-4-86182-924-6

＊「SWHラジオが言った、ニルヴァーナのバンドリーダー、カートなんとかの死体が発見されたって」一九九四年、ライフスタイルがデジタル化される前の最後の時代。ソ連からの独立後間もないラトヴィアで、ヘヴィメタルを聴き、アイデンティティを探し求めた少年たちの日々を描く半自伝的小説。一〇ヶ国語以上に翻訳され、ラトヴィア文学最優秀デビュー賞、ラトヴィアの文学作品で初となるEU文学賞を受賞し、舞台化・映画化されるなど刊行と同時に大きな反響を得た、著者デビュー作。〔4174〕

ヨム, サンソプ　廉 想渉
◇B舎監とラブレター　福岡　書肆侃侃房　2022.7　254p　20cm　(韓国文学の源流—短編選 1 (1918-1929))〈年表あり〉2200円　①978-4-86385-524-3
 南忠緒著(廉想渉著, ユン・ジョン訳)

＊三従の道からの解放を自ら実践しようとして日本留学も果たした女性瓊姫は、新しい女性としての生き方を模索する「瓊姫」。白痴のように見えて実は、ある特殊な能力を持つ少年は自由を求めて危険な道に踏み出す「白痴？ 天才？」。金を少しでも減らしたくない男。日々寄付を求めてやってくる人々を追い返すために猟犬を飼い始める「猟犬」。死んでから天国に行くより、今のこの世でほんの少しでもいいから、よい暮らしを と願う男「人力車夫」。究極の貧しさゆえ空腹を満たすために腐ったサバを食べ食中毒をおこした息子を救おうと奔走する母親「〈バクトル〉の死」。厳格な舎監が夜な夜な繰り返す秘密の時間。その秘密を垣間見てしまった女学生たち「B舎監とラブレター」。朝鮮人の父と日本人の母を持つ混血の息子の葛藤と生きづらさを時代背景と共に綴る「南忠緒」。韓国最初の創作SF小説。人間の排泄物から人工肉を作る実験に疲れ果てる笑えない現実「K博士の研究」。主人に絶対服従を誓って生きてきたもの言えぬ男。屋敷が火事になり、若主人の新婦を救おうと火の中に飛び込んでいく「啞の三龍」。〔4175〕

【ラ】

ラ, ケイシャク　羅 蕙錫
⇒ナ, ヘソク を見よ

ラ, トウコウ　羅 稲香
⇒ナ, ドヒャン を見よ

ライアン, ミア
◇レディ・ホイッスルダウンからの招待状　ジュリア・クインほか著，村山美雪訳　竹書房　2024.3　597p　15cm　(ラズベリーブックス ク2-38—ブリジャートン家短編集 2)〈2011年刊の新装版　原書名：Lady Whistledown Strikes Back〉1500円　①978-4-8019-3907-3
 最後の誘惑(ミア・ライアン著, 村山美雪訳)

＊1816年、ロンドン。すべてのはじまりはレディ・ニーリーが開いた晩餐会だった。その夜、出席者が楽しみにしていた豪華な食事は、女主人のブレスレットが紛失するという事件のせいで振る舞われることはなかったが、このパーティから思いもかけない4つのロマンスが生まれることに…。亡き兄の親友とその妹が運命の出逢いをはたし、お話し相手は30歳を目前に初めて恋を知った。奥手な令嬢は憧れの放蕩伯爵と言葉を交わし、ある子爵夫妻は12年ぶりに再会して―。それぞれの恋の結末は？ そして消えたブレスレットの真実は…？ ジュリア・クインはじめ4人の人気作家たちが描く、4つの恋物語。RITA賞受賞作品。〔4176〕

◇レディ・ホイッスルダウンの贈り物　ジュリア・クイン, スーザン・イーノック, カレン・ホーキンス, ミア・ライアン著，村山美雪訳　竹書房　2024.1　550p　15cm　(ラズベリーブックス ク2-37—ブリジャートン家短編集 1)〈2011年刊の新装版　原書名：The Further Observations of Lady Whistledown〉1500円　①978-4-8019-3891-5
 十二回のキス(ミア・ライアン著, 村山美雪訳)

＊1814年初頭のロンドンは例年にないほどの寒さにつつまれていた。テムズ川は凍り、街中に雪が深く積もっている。そのものめずらしさに惹かれ、いつもは郊外で冬を過ごす貴族たちも続々とロンドンに集まっていた。ドルリー・レーン劇場は満席、テムズ川ではスケート・パーティ、さらにバレンタイン舞踏会までもが開かれる。そこでは冬の寒さも忘れさせるようなさかいと恋がはじまろうとしていた―。例えば、自分をふった元求婚者の兄とワルツを踊るはめになるような。全米で1000万部の売り上げを誇る"現代のジェイン・オースティン"ジュリア・クインと3人の人気作家が、謎の新聞記者レディ・ホイッスルダウンを通して描く、冬のロンドンに咲いた4つの恋物語。RITA賞ノミネート作にして、ドラマ"ブリジャートン家"原作シリーズ！〔4177〕

ライアンズ, アニー　Lyons, Annie
◇ユードラ・ハニーセットのすばらしき世界　アニー・ライアンズ著，金原瑞人, 西田佳子訳　アストラハウス　2024.6　461p　19cm〈原書名：THE BRILLIANT LIFE OF EUDORA HONEYSETT〉2200円　①978-4-908184-51-2

＊ユードラ・ハニーセットはひとり暮らし。人づきあいもせず、単調な日々を送っている。周囲に向ける視線も態度も辛辣で、厭世家という言葉がぴったりの老人だ。日々思うように動かなくなる自分の体。このままだといずれ病院のベッドに寝かされ、たくさんのチューブをつけられて死を待つしかなくなる。それならば、自分の意志で人生

ライアンズ, メアリー　Lyons, Mary

◇アラビアンナイト　メアリー・ライアンズ著, 古澤紅訳　ハーパーコリンズ・ジャパン　2023.2　193p　15cm　（ハーレクインSP文庫 HQSP-354）〈ハーレクイン・エンタープライズ日本支社 1988年刊の再刊　原書名：ESCAPE FROM THE HAREM〉545円　①978-4-596-76689-2

＊幼い娘をひとりで育てるレオニーは、アラビア語をいかし、絨毯を販売する仕事で認められつつあった。そんなある日、めずらしくレオニーに急な依頼が入る。通された豪奢な部屋にいると、背の高い男性が姿を現した。かすかに外国訛りのある低い声は、5年前に会ったきりの夫、ドマン国の君主バディールその人のもの。あと1年待てば離婚が成立するのに、今さらどうして⋯？　そのバディールの口から出されたのは、レオニーとの復縁、断れば娘の親権を奪うという容赦のない要求だった！　〔4179〕

◇さめた愛　メアリー・ライアンズ著, 加藤しをり訳　ハーパーコリンズ・ジャパン　2022.6　197p　15cm　（ハーレクイン文庫 HQB-1129）〈ハーレクイン・エンタープライズ日本支社 1986年刊の再刊　原書名：NO OTHER LOVE〉627円　①978-4-596-42935-3

＊従妹の結婚式に招待されていたオリビアは、突然の飛行機の欠航で、出席をあきらめようとしていた。ところが従妹の奔走により、予想外の展開をみせる。花婿の叔父だという伯爵が、オリビアを迎えに来るというのだ。ありがたいが、尊大な老紳士の相手をするのは気詰まりだった。翌日、伯爵が迎えに訪れた。黒髪の長身のその男性は⋯老紳士などではなかった！「オリビアじゃないか。5年ぶりか。また会えてうれしいよ」ラウール！　私を裏切った元婚約者がなぜここに？　〔4180〕

◇セレナーデを君に　メアリー・ライアンズ著, 高木晶子訳　ハーパーコリンズ・ジャパン　2022.3　213p　15cm　（ハーレクイン文庫 HQB-1111）〈ハーレクイン・エンタープライズ日本支社 1987年刊の再刊　原書名：SPANISH SERENADE〉627円　①978-4-596-31836-7

＊形ばかりの夫を、アレクシアはたった今、葬った。産後すぐ亡くなった姉との約束で、姉の恋人ルイスと結婚し、病床の彼と幼い甥の世話を、この4年間世話してきたのだ。うなだれる美しき未亡人に、牧師が慰めの言葉をかけたとき、ダークスーツ姿に黒いコートを羽織った男が割り込んできた。「セニョーラ・バルベルデ？」端整な顔に皮肉な笑みを浮かべたラファエルと名のるそのスペイン人大富豪は、親も兄弟もいないはずのルイスの兄だという。なんと彼は、甥をスペインに連れ帰ると言いだして⋯!?　〔4181〕

ライス, ジェイムズ　Rice, James

◇ロンドン幽霊譚傑作集　W.コリンズ, E.ネズビット他著, 夏来健次編　東京創元社　2024.2　389p　15cm　（創元推理文庫 Fｎ11-2）〈原書名：Mrs.Zant and the Ghost　The Last House in C-Streetほか〉1100円　①978-4-488-58408-5

内容　令嬢キティー（ウォルター・ベサント, ジェイムズ・ライス著, 夏来健次訳）

＊19世紀ヴィクトリア朝ロンドン。産業・文化ともに栄える一方で、犯罪譚や怪談が流行する魔の都としての貌も持ち合わせていた。陽光あふれる公園の一角で霊に遭遇した美しき寡婦を巡る愛憎劇「ザント夫人と幽霊」、愛人を催眠術で殺害した医師が降霊会で過去の罪と対峙する「降霊会の部屋にて」ほか、ロンドンで囁かれるゴースト・ストーリー13篇を収録。集中12篇が本邦初訳。　〔4182〕

ライス, ハイディ　Rice, Heidi

◇家なきウエイトレスの純情　ハイディ・ライス作, 雪月花志音訳　ハーパーコリンズ・ジャパン　2024.4　156p　17cm　（ハーレクイン・ロマンス R3862―純潔のシンデレラ）〈原書名：UNWRAPPING HIS NEW YORK INNOCENT〉673円　①978-4-596-53791-1

＊両親を亡くした天涯孤独のエリーは、故郷スコットランドから憧れのニューヨークへやってきた。早速ウエイトレスの職を得て、パーティ会場で働くが、運悪く泥酔客に絡まれ困惑していた。すると主催者の富豪アレックスが現れて彼女を救い、連れ帰った。なんて素敵な人！　救世主の虜になったエリーは純潔を捧げるが、翌朝、彼女の瞳の特徴的な斑点に気づいた彼の様子が急変する。「その瞳は⋯そうか、きみは最初から金目当てだったのか！」訳がわからず傷ついたエリーは逃げ出すが、なぜか彼からDNA鑑定を求められ、結果が出るまで傍にいるよう迫られる。　〔4183〕

◇皇太子と醜いあひるの子　ハイディ・ライス作, 麦田あかり訳　ハーパーコリンズ・ジャパン　2022.11　156p　17cm　（ハーレクイン・ロマンス R3726―純潔のシンデレラ）〈原書名：INNOCENT'S DESERT WEDDING CONTRACT〉664円　①978-4-596-74964-2

＊オーラはずぶ濡れの下着姿で、異国の皇太子カリムの前にいた。皇太子は負債を返せなくなった彼女の牧場を買いに来たのだ。並はずれて凛々しい男性に、こんな姿を見られるなんて。屈辱感に震えつつも、オーラは着替えて契約の話し合いに臨んだ。ところがカリムは彼女に年齢を尋ね、22歳という答えを聞くと驚くようなことを言った。「僕の婚約者になってくれ」毎日泥と汗で汚れてばかりの、ろくにデートの経験もない私が？　オーラが真っ赤な顔であわてていると、皇太子は冷笑した。「君と結婚するつもりはない。恋人らしいことをするつもりもだ」　〔4184〕

◇傲慢君主の身代わり花嫁　ハイディ・ライス作, すなみ翔訳　ハーパーコリンズ・ジャパン

2022.4　222p　17cm　（ハーレクイン・ロマンス R3670）〈原書名：THE ROYAL PREGNANCY TEST〉664円　Ⓣ978-4-596-31957-9

＊モンローヴァの王女ジュノは16歳のとき、憧れていた隣国の王子レオに、舞踏会でキスをせがみ、冷たく拒まれた。「子供にキスしたいと思う男など、どこにもいないよ」と。その後、両親の離婚で母とともに国を追われ、8年。ある日、祖国で父と暮らす生き別れの双子の姉から、父と政略結婚すると聞き、矢も盾もたまらず、ジュノは祖国へ向かった。姉と瓜ふたつの顔を怪しむ者はなく、姉妹は抱き合って再会を喜んだ。やがてジュノは言った。結婚を阻止する方法は一つ―自分と入れ替わることだと。「昔、手ひどくふられた私なら、レオが気に入るはずないもの」―王にプロポーズされた物静かな女性が、突如セクシーに大変身?!人工授精でもうけるはずだった世継ぎを、自然な方法で授かることに！ はたしてヒーローは、ふたりの入れ替わりに気づいているのか…？　〔4185〕

◇ホテル王と秘密のメイド　ハイディ・ライス作，加納亜依訳　ハーパーコリンズ・ジャパン　2024.8　156p　17cm　（ハーレクイン・ロマンス R3894―純潔のシンデレラ）〈原書名：HIDDEN HEIR WITH HIS HOUSEKEEPER〉673円　Ⓣ978-4-596-63903-5

＊ベアトリスは緊張した面持ちでイベント会場へ足を踏み入れた。ホテル王メイソンに近づき、誘惑して妻の座を手に入れる―横暴な父に命じられて来たけれど、私にできるの？ そんな彼女のためらいは、メイソンに会った瞬間に吹き飛んだ。抗えない熱情に突き動かされ、純潔を自ら捧げてしまったのだ。だが、ベアトリスの様子を訝しく思った彼に問い詰められ、彼女は恥じて姿を消し、密かにホテルの清掃員として働き始める。まさか身ごもっているとは思いもせずに。4カ月後。身重のベアトリスの前に、突然メイソンが現れて…。　〔4186〕

ライス，リサ・マリー　Rice, Lisa Marie

◇奪われて　リサ・マリー・ライス著，上中京訳　扶桑社　2022.12　311p　16cm　（扶桑社ロマンス ラ9-26）〈原書名：TAKEN〉1100円　Ⓣ978-4-594-09317-4

＊投資会社のオーナーとして巨万の富を持つ謎めいた男マーカス・レイはある日、偶然目にしたテレビ番組に出演していた書評家イブ・バナーに強く惹かれ、彼女の父の借金を肩代わりすることでイブを紹介してもらおうとする。だがその過程で、若き日の彼女に恨みを持つロシアン・マフィアに所在を知られ、因縁を晴らそうと企む彼らにイブも狙われてしまう。魔手迫るなか、マーカスの邸宅に身を潜めるふたり。その間には抗いようのない愛の炎が上がり…大人気作家が贈る官能ラブ・サスペンス！　〔4187〕

◇真夜中の愛撫　リサ・マリー・ライス著，上中京訳　扶桑社　2023.12　397p　16cm　（扶桑社ロマンス ラ9-28）〈原書名：Midnight Caress〉1300円　Ⓣ978-4-594-09612-0

＊人民解放軍による米民間人虐殺映像に米国内の世論が騒然となる中、国家偵察局の画像解析官ライリーは、それがディープフェイクの偽造動画であることに気付く。彼女はその事実を上司に報告するが、すぐに虐殺映像の真犯人であるソマーズ社の戦闘員が偵察局に現われる。上司は殺害され、次に狙われるのは自分―頼れるのはHERルームの親友たちだけ。警備会社ASIに勤める昔なじみにSOSを送った彼女のもとに元SEALsのASI社員ピアースが駆け付ける。シリーズ、いよいよ完結!!　〔4188〕

◇真夜中の抱擁　リサ・マリー・ライス著，上中京訳　扶桑社　2023.6　453p　16cm　（扶桑社ロマンス ラ9-27）〈原書名：MIDNIGHT EMBRACE〉1250円　Ⓣ978-4-594-09347-1

＊エマはパシフィック投資社で働く市場の定量分析家だ。ある日、同僚のトビーが挨拶も残さずに姿を消し、不審に思ったエマは民間警備会社ASIに勤める友人たちに相談する。そこで派遣されてきたのが危機管理の専門家ラウールだった。セクシーな彼の姿に強く惹かれるエマ。二人はトビーから届いていた警告メールを手掛かりに、サンフランシスコの街で彼の痕跡を追い求めるが…。巨額の株の空売りと市場テロ計画の背後に潜む巨悪の存在とは？ 大人気シリーズ待望の新作が二年半ぶりに登場！　〔4189〕

ライト，アレクシス　Wright, Alexis

◇地平線の叙事詩　アレクシス・ライト著，有満保江訳　現代企画室　2023.5　207p　19cm　（オーストラリア現代文学傑作選）〈英読中国語併訳：李堯　原名：Odyssey of the Horizon〉1800円　Ⓣ978-4-7738-2304-2
〔4190〕

ライト，リチャード　Wright, Richard

◇地下で生きた男　リチャード・ライト著，上岡伸雄編訳　作品社　2024.2　379p　19cm　〈原書名：The Man Who Lived Undergroundの抄訳　Uncle Tom's Childrenの抄訳ほか〉3600円　Ⓣ978-4-86793-019-9

内容　地下で生きた男　川のほとりで　長く暗い歌でかくも親切な黒人さん　何でもできる男　影を殺した男

＊無実の殺人の罪を着せられて警察の拷問を受け、地下の世界に逃げ込んだ男の奇妙で理不尽な体験。20世紀黒人文学の先駆者として高い評価を受ける作家の、充実期の長篇小説、本邦初訳。重要な中短篇5作品を併録した、日本オリジナル編集！
〔4191〕

◇ネイティヴ・サン―アメリカの息子　リチャード・ライト著，上岡伸雄訳　新潮社　2023.1　786p　16cm　（新潮文庫 ラ-20-1）〈原書名：NATIVE SON〉1100円　Ⓣ978-4-10-240261-0

＊1930年代、大恐慌下のシカゴ。アフリカ系の貧しい青年ビッガー・トマスは、資本家令嬢で共産主義に傾倒する白人女性を誤って殺害してしまう。発

覚を恐れて首を斬り、遺体を暖炉に押し込んだその時、彼の運命が激しく変転する逃走劇が始まった―。現在まで続く人種差別を世界に告発しつつ、アフリカ系による小説をアフリカ文学の域へと高らしめた20世紀アメリカ文学最大の問題作が待望の新訳。 〔4192〕

ライトウッド, マイク　Lightwood, Mike

◇ぼくを燃やす炎　マイク・ライトウッド著, 村岡直子訳　サウザンブックス社　2023.10　571p　19cm　〈2018年刊の改訂版　原書名：EL FUEGO EN EL QUE ARDO〉2300円　①978-4-909125-44-6 〔4193〕

◇ぼくに流れる氷　マイク・ライトウッド, 村岡直子訳　サウザンブックス社　2023.10　599p　19cm　〈原書名：El hielo de mis venas〉2300円　①978-4-909125-45-3 〔4194〕

ライナ, ラーフル　Raina, Rahul

◇ガラム・マサラ！―MADE IN INDIA　ラーフル・ライナ著, 武藤陽生訳　文藝春秋　2023.10　382p　19cm　〈原書名：HOW TO KIDNAP THE RICH〉2200円　①978-4-16-391771-9

＊貧困の中からのしあがった青年ラメッシュがニューデリーで営むのは「教育コンサルタント」。依頼人を希望の大学に押し込むのが仕事だ。今回の依頼は富裕な建設業者からで、息子ルディをインドの一流大学に入れてくれという。ルディはバカなドラ息子であり、手段は替え玉受験しかなかった。受験は無事に終了するも、予想外の結果が待っていた。ラメッシュは全国トップの成績をあげてしまったのだ。インド最高の天才少年現る！とメディアは群がり、ラメッシュもマネージャーの地位に収まってカネを稼ぐ―受験不正がバレたら、待つのは破滅しかない。しかしルディがTV番組で起こした椿事をキッカケに、誘拐と報復誘拐の連鎖が開始され、騒動はラメッシュの予想を超える修羅場へと雪ダルマ式に拡大してゆく！ 〔4195〕

ライネフェルト, マリーケ・ルカス　Rijneveld, Marieke Lucas

◇不快な夕闇　マリーケ・ルカス・ライネフェルト著, 國森由美子訳　早川書房　2023.2　350p　19cm　〈原書名：DE AVOND IS ONGEMAK〉2700円　①978-4-15-210211-9

＊オランダの小さな村の酪農家で育ったヤスが、赤いジャケットを脱がなくなったのは10歳の時だった。大切なウサギの代わりに兄が死にますようにと神に祈り、それがほんとうになった。これ以上悪いことが起こらないよう外の世界から自分を守るためのジャケットだ。でも、どんどん家族は壊れていき、ヤスはますます自分の内に閉じこもる―史上最年少でブッカー国際賞受賞。詩人としても活躍するオランダ文学界の新星が、類いまれな表現力で"喪失"を描いた長篇小説デビュー作。 〔4196〕

ライバー, フリッツ　Leiber, Fritz

◇吸血鬼は夜恋をする―SF＆ファンタジイ・ショートショート傑作選　ロバート・F・ヤング, リチャード・マシスン他著, 伊藤典夫編訳　東京創元社　2022.12　387p　15cm　（創元SF文庫　SFン12-1)〈文化出版局　1975年刊の増補〉1000円　①978-4-488-79301-2

内容　子どもたちの庭（フリッツ・ライバー著）

＊「アンソロジイという言葉のもとになったギリシャ語の意味は「花々を集めたもの」。立ちどまるほどではないが、歩く途中ひょっと目にとまり、見とれる花、つまり、理屈ぬきで楽しんでいただけるような小品を選ぶよう心懸けた」(伊藤典夫)。名翻訳家が初めて単独編纂した伝説のアンソロジイを半世紀ぶりに初文庫化。(SFマガジン)〈奇想天外〉の掲載作を追加し、全32編とした。 〔4197〕

◇新編怪奇幻想の文学　2　吸血鬼　紀田順一郎, 荒俣宏監修, 牧原勝志編　新紀元社　2022.12　436p　20cm　〈他言語標題：Tales of Horror and Supernatural〉2500円　①978-4-7753-2040-2

内容　飢えた目の女（フリッツ・ライバー著, 山田蘭訳）

＊古典・準古典の数々を通し、怪奇幻想の真髄に触れていただきたい。本書は、自由な想像力が創りだす豊かな世界への、恰好の道案内となることだろう。(編者) 〔4198〕

ライマー, ジェイムズ・マルコム　Rymer, James Malcolm

◇吸血鬼ヴァーニー―或いは血の饗宴　第1巻　ジェームズ・マルコム・ライマー, トマス・ペケット・プレスト著, 三浦玲子, 森訳くみ子訳　国書刊行会　2023.3　408p　19cm　（奇想天外の本棚）〈原書名：Varney the Vampire, or the Feast of Blood〉2500円　①978-4-336-07407-2

＊雹と雨と雷鳴の狂乱とも形容すべきすさまじい嵐の夜、没落した名家バナーワース家の館の一室で眠るフローラは、ふと得体の知れない何者かが窓を破って部屋に侵入しようとしていることに気づく。恐怖で凍り付き、四肢を硬直させ、「助けて」とつぶやくことしかできないフローラが目にしたのは、血の気のない蒼白な顔、磨かれたぶりきのような目、深く裂けた唇、そしてぞっとするような瞳にも増して、なにより目を引く、白くぎらぎらした鋭い牙のような、猛獣のそれを思わせる突き出た醜悪な歯を持つおぞましい生き物であった。部屋に侵入した怪物は、不気味な咆哮をあげながらフローラに近づき、その長い髪を手にからめとって体をベッドに押しつけると、鋭い金切り声を上げるフローラの喉笛に牙のような歯を突き立てた。ほとばしる血潮が滾々とあふれ、室内にはそれを吸う異様な音が響いた…ヴィクトリア朝時代のイギリスで、週刊の安価な媒体に連載された"ペニー・ドレッドフル"の代表的な作品であり、以後のあらゆる吸血鬼作品や吸血鬼造型の原点とも

なったゴシック・ホラー小説の伝説的作品，世紀を超えて，ついに刊行開始！〔4199〕

◇吸血鬼ラスヴァン―英米古典吸血鬼小説傑作集　G・G・バイロン，J・W・ポリドリほか著，夏来健次，平戸懐古編訳　東京創元社　2022.5　443p　20cm〈他言語標題：THE VAMPYRE　文献あり〉3000円　①978-4-488-01115-4

内容　吸血鬼ヴァーニー―あるいは血の晩餐〈抄訳〉（ジェイムズ・マルコム・ライマー，トマス・プレスケット・プレスト著，夏来健次訳）

＊ブラム・ストーカー『吸血鬼ドラキュラ』に先駆けて発表された英米吸血鬼小説に焦点を当てた画期的アンソロジーが満を持して登場。バイロン，ポリドリらによる名作の新訳，伝説の大著『吸血鬼ヴァーニー―あるいは血の晩餐』抄訳ほか，ブラックユーモアの中に鋭い批評性を潜ませる異端の吸血鬼小説「黒い吸血鬼―サント・ドミンゴの伝説」，芸術家を誘うイタリアの謎めいた邸宅の秘密を描く妖女譚の傑作「カンパーニャの怪」，血液ではなく精神を搾取するサイキック・ヴァンパイアもの先駆となる幻の中篇「魔王の館」など，本邦初紹介の作品を中心に10篇を収録。怪奇小説を愛好し，多彩な翻訳を手がけてきた訳者らによる日本オリジナル編集で贈る。〔4200〕

ライリー，ヘレン　Reilly, Helen

◇欲得ずくの殺人　ヘレン・ライリー著，清水裕子訳　論創社　2024.11　228p　20cm（論創海外ミステリ　326）〈原書名：Dead for a Ducat〉2400円　①978-4-8460-2397-3

＊丘陵地帯に居を構える繊維王の一家。愛憎の人間模様による波乱を内包した生活が続く中，家長と家政婦が殺害され，若き弁護士に容疑がかけられた…。M・R・ラインハートやM・G・エバハートの系譜に連なる"HIBK"（もしも知ってさえいたら）派の知られざる実力派作家，久々の長編邦訳！〔4201〕

ラヴェット，サラ・ヤーウッド　Yarwood-Lovett, Sarah

◇カラス殺人事件　サラ・ヤーウッド・ラヴェット著，法村里絵訳　KADOKAWA　2023.11　502p　15cm（角川文庫　ラ12-1）〈原書名：A MURDER OF CROWS〉2000円　①978-4-04-113306-4

＊ネル・ワード博士の専門は生態学。断じて殺人ではない。しかし英国の田舎町の荘園領主ソフィ・クロウズが殺され，事態は一変。現場で動植物の調査をしていたネルが第一容疑者になる。ジェームズ刑事からの疑いを晴らすために，同僚のアダムとともに生き物の専門知識を駆使して真犯人に迫るが…。これは何年も前から仕組まれてきた罠なのか？　サスペンスフルでキュートで知的。先が見えない超絶コージーミステリ。〔4202〕

ラヴクラフト，H.P.　Lovecraft, Howard Phillips

◇アウトサイダー　H・P・ラヴクラフト著，南條竹則編訳　新潮社　2022.8　312p　16cm（新潮文庫　ラ-19-3―クトゥルー神話傑作選）590円　①978-4-10-240143-9

＊廃城をさまよう天涯孤独の男。彼はそこで何と遭遇したのか（表題作）。ランドルフ・カーターは，二百年ぶりに発見された銀の鍵と共に消息を絶つ（「銀の鍵」）。冥き伝承の蟠る魔都アーカム。ギルマンの棲む屋根裏部屋で起きた，人智を超越した事件（「魔女屋敷で見た夢」）。唯一無二の光芒を放つ作品群から，おぞましくも読む者の心を摑んで離さぬ十五編を訳出。これがラヴクラフトの真髄だ―。〔4203〕

◇新編怪奇幻想の文学　1　怪物　紀田順一郎，荒俣宏監修，牧原勝志編　新紀元社　2022.7　460p　20cm〈他言語標題：Tales of Horror and Supernatural〉2500円　①978-4-7753-2022-8

内容　壁の中の鼠（H・P・ラヴクラフト著，夏来健次訳）

＊山深く潜む，古来から言い伝えられるもの。身を蝕み，人間としての記憶さえ呪わしく変えるもの。そして，見てはならず，語りえないもの。何ものなのか知るすべもないかれらを，せめてこう呼ぼう―怪物，と。一九七〇年代の名アンソロジー"怪奇幻想の文学"の編者，紀田順一郎・荒俣宏の監修のもと，古典的名作を新訳し，全6巻に集大成。怪奇幻想の真髄を伝えるアンソロジー・シリーズ，ここに刊行開始。〔4204〕

ラヴグローヴ，ジェイムズ　Lovegrove, James

◇シャーロック・ホームズとサセックスの海魔　ジェイムズ・ラヴグローヴ著，日暮雅通訳　早川書房　2023.11　447p　16cm（ハヤカワ文庫　FT 622）〈原書名：THE CTHULHU CASEBOOKS：SHERLOCK HOLMES AND THE SUSSEX SEA-DEVILS〉1360円　①978-4-15-020622-2

＊1910年，ホームズとワトスンがクトゥルーの古き神々と初めて対決してから30年後。闇の勢力に仕えるドイツ人スパイが暗躍し，ヨーロッパが戦争へ突き進む中，海辺のサセックスで隠退生活を送るホームズは，三人の女性の失踪を調査することに。事件の陰には，邪神としてよみがえった仇敵モリアーティがいた!?ホームズは多大な犠牲を払い，最後の戦いに挑むが…。驚異のホームズ×クトゥルー・パスティーシュ，第三弾！〔4205〕

◇シャーロック・ホームズとシャドウェルの影　ジェイムズ・ラヴグローヴ著，日暮雅通訳　早川書房　2022.8　455p　16cm（ハヤカワ文庫　FT 615）〈著作目録あり　原書名：THE CTHULHU CASEBOOKS：SHERLOCK HOLMES AND THE SHADWELL

SHADOWS〉1360円　①978-4-15-020615-4
＊ある日突然H・P・ラヴクラフトが血縁であることを知らされた作家ラヴグローヴ。彼はラヴクラフトが保管していたジョン・ワトスン博士による秘められた原稿を託される―1880年ロンドン、ワトスンはひょんなことから怪事件を追う探偵ホームズと出会う。事件の背後にいるのはクトゥルーの古き神々！　ふたりは深淵へと足を踏み入れる。ホームズ物語とクトゥルー神話を大胆にマッシュアップした前代未聞のパスティーシュ。〔4206〕

◇シャーロック・ホームズとミスカトニックの怪　ジェイムズ・ラヴグローヴ著，日暮雅通訳　早川書房　2023.7　475p　16cm　（ハヤカワ文庫FT 619）〈原書名：THE CTHULHU CASEBOOKS：SHERLOCK HOLMES AND THE MISKATONIC MONSTROSITIES〉1360円　①978-4-15-020619-2
＊ホームズとワトスンがクトゥルーの古き神々と初めて対決してから15年後。その間もふたりはロンドンで邪悪な闇の勢力と戦い続けていた。ある日グレグスン警部の依頼でふたりは精神病院ベドラムを訪れる。そこに収容されている男はクトゥルーの言語・ルルイエ語を壁や床に書き殴っていた。背後にはアメリカを流れるミスカトニック川にまつわる恐るべき謎が!?ホームズ物語×クトゥルー神話の大好評パスティーシュ、第二弾！〔4207〕

ラウシュニク, ゴットフリート・ペーター　Rauschnick, Gottfried Peter

◇ドイツ・ヴァンパイア怪縁奇談集　ラウパッハ，シュピンドラー他著，森口大地編訳　幻戯書房　2024.2　458p　19cm　（ルリユール叢書）〈文献あり　年表あり　原書名：Die Todtenbraut Laßt die Todten ruhen.Ein Mährchenほか〉4200円　①978-4-86488-292-7
内容　死人花嫁（ゴットフリート・ペーター・ラウシュニク著，森口大地訳）〔4208〕

ラウパッハ, エルンスト　Raupach, Ernst

◇ドイツ・ヴァンパイア怪縁奇談集　ラウパッハ，シュピンドラー他著，森口大地編訳　幻戯書房　2024.2　458p　19cm　（ルリユール叢書）〈文献あり　年表あり　原書名：Die Todtenbraut Laßt die Todten ruhen.Ein Mährchenほか〉4200円　①978-4-86488-292-7
内容　死者を起こすなかれ（エルンスト・ラウパッハ著，森口大地訳）〔4209〕

ラウリー, マルカム　Lowry, Malcolm

◇火山の下　マルカム・ラウリー著，斎藤兆史監訳，渡辺暁，山崎暁子共訳　新装復刊　白水社　2023.5　506p　20cm　〈原書名：Under the Volcano〉3800円　①978-4-560-09349-8
＊ポポカテペトルとイスタクシワトル。二つの火山を臨むメキシコ、クアウナワクの町で、妻に捨てられ、酒浸りの日々を送る元英国領事ジェフリー・

ファーミン。1938年11月の"死者の日"の朝、最愛の妻イヴォンヌが突然彼のもとに舞い戻ってくる。ぎこちなく再会した二人は、領事の腹違いの弟ヒューを伴って闘牛見物に出かけることに。かつての恋敵ラリュエルも登場し、領事は心の底で妻を許せないまま、ドン・キホーテさながらに破滅へと向かって突き進んでいく。ガルシア＝マルケス、大江健三郎ら世界の作家たちが愛読した20世紀文学の傑作、待望の復刊！〔4210〕

ラウン, フリードリヒ　Laun, Friedrich

◇幽霊綺譚―ドイツ・ロマン派幻想短篇集　ヨハン・アウグスト・アーペル，フリードリヒ・ラウン，ハインリヒ・クラウレン著，識名章喜訳　国書刊行会　2023.7　436p　22cm　〈文献あり　原書名：Gespensterbuch.4Bde.の抄訳　Cicaden.Erstes Bändchenの抄訳ほか〉5800円　①978-4-336-07520-8
内容　髑髏　死の花嫁　幽冥界との交感　亡き夫の霊　理想（フリードリヒ・ラウン著，識名章喜訳）
＊ドイツの古城、妖精の森へようこそ。幽霊の花嫁、妖精の女王、死の舞踏、魔法の鏡、七里靴…E.T.A.ホフマンに影響を与えた伝説のアンソロジーを味わう15篇。『フランケンシュタイン』「吸血鬼」を生んだ、―そのきっかけの書。〔4211〕

ラウンズ, グレン

◇ユーモア・スケッチ大全　［4］　すべてはイブからはじまった　ミクロの傑作圏　浅倉久志編・訳　国書刊行会　2022.3　376p　19cm　「すべてはイブからはじまった」（早川書房　1991年刊）と「ミクロの傑作圏」（文源庫　2004年刊）の改題、合本　2000円　①978-4-336-07311-2
内容　なぜ砂漠には木がないか（グレン・ラウンズ著）
＊笑いの大博覧会、完結！名翻訳家浅倉久志のライフワークである"ユーモア・スケッチ"ものを全4巻に集大成。最終巻は傑作展姉妹篇『すべてはイブからはじまった』とオンデマンドのみの刊行だった『ミクロの傑作圏』をカップリング。〔4212〕

ラカプラ, ウェンディ　LaCapra, Wendy

◇レディ・Cの笑顔は誰のもの　ウェンディ・ラカプラ著，岸川由美訳　原書房　2022.2　426p　15cm　（ライムブックス　ラ1-2）〈原書名：HEART'S DESIRE〉1250円　①978-4-562-06546-2
＊伯爵家の令嬢クラリッサは幼いうちから嫁ぎ先を決められていたが、婚約者は別の女性と結婚した。その女性の弟のマーカム伯爵はあちこちで浮き名を流しながらも、社交界で肩身の狭くなった自分とのちがって評判に傷がつくわけでもない。クラリッサは彼と顔を合わせるたび、割り切れない気持ちを抱いて不愛想になるのだった。そのうえ、意地の悪いモールトンバリー卿にも、笑顔を見せないことに嫌味を言われるしまつ。マーカムは紳士クラブに出かけた際に、クラリッサが賭けの対象にされているのを知る。彼女の笑顔を引き出した者が勝ち

だというのだ。そんな賭けを止め入ろうとして，「自分は彼女と交際している」と口から出まかせを言ってしまったもので…RITA賞ファイナリストによる新感覚のヒストリカル・ロマンス！〔4213〕

ラク, イグン　駱 以軍

◇華語文学の新しい風　劉慈欣，ワリス・ノカン，李娟他著，王徳威，高嘉謙，黄英哲，張錦忠，及川茜，濱田麻矢編，小笠原淳，津守陽他訳　白水社　2022.11　357p　20cm （サイノフォン　1）3200円　①978-4-560-09875-2

内容　チュニック，文字を作る（駱以軍著，濱田麻矢訳）

＊近年注目を集めている華語文学の新たな流れを紹介するシリーズ "サイノフォン" の第1巻。香港の高層ビルからチベットの聖なる湖まで，シカゴのバーからマレーシアの原生林まで。小説，旅行記，詩，SFなど，多様なジャンルから世界を切り取る17篇。〔4214〕

ラクール, ニナ　LaCour, Nina

◇イエルバブエナ　ニナ・ラクール著，吉田育未訳　オークラ出版　2023.12　411p　15cm （マグノリアブックス　MB-49）〈原書名：YERBA BUENA〉1250円　①978-4-7755-3026-9

＊サラは衝撃的な別れをきっかけに，16歳で家から逃げ出した。向かった先はロサンゼルス。懸命に自立を目指し，数年後に人気のバーテンダーとなった。エミリーは将来のプランが定まらず，自信が持てない大学生。フラワーアレンジメントの仕事で訪れたレストラン "イエルバブエナ" で，バーテンダーたちにカクテルの作り方を教えていたサラと出会う。ふたりは惹かれ合うが，トラウマや家族のしがらみ，喪失の記憶に囚われてしまう。心の傷と向き合い，前に進むために必要なものは何か。もがきながら自分の道を見つけるふたりの女性のラブストーリー。〔4215〕

ラーケ, ヨン・コーレ　Raake, John Kåre

◇氷原のハデス　上　ヨン・コーレ・ラーケ著，遠藤宏昭訳　扶桑社　2023.3　318p　16cm （扶桑社ミステリー　ラ12-1§Ra-12-1）〈原書名：ISEN.vol.1〉1100円　①978-4-594-09307-5

＊特殊部隊出身の元狙撃手であるアナ・アウネは負傷を原因に軍を辞したのち，父の友人で科学者のダニエル・ザカリアッセンと北極遠征に参加している。ある夜，ふと窓の外を見たアナは，空に打ちあげられた照明弾を目撃する。方角から，中国の極地研究基地 "アイス・ドラゴン" が発した救難信号だと判断したアナとザカリアッセンは暴風のなかホバークラフトで向かうが，基地には人の気配はなく，キャビンに足を踏み入れた二人を迎えたのは，何者かに殺されたと思しき十数体の凍結死体だった…〔4216〕

◇氷原のハデス　下　ヨン・コーレ・ラーケ著，遠藤宏昭訳　扶桑社　2023.3　279p　16cm （扶桑社ミステリー　ラ12-2）〈原書名：ISEN.vol.2〉1050円　①978-4-594-09308-2

＊ "アイス・ドラゴン" の研究者を惨殺した犯人はまだ近くにいる―そう確信したアナは，犯人を見つけ出す決意を固めた。捜索中，アナはジャッキーと名乗る生存者に出会う。就寝中を襲われたと話すジャッキーに疑いの目を向けた矢先，もうひとりの隊員・マルコが基地に帰ってくる。どちらかが犯人に違いないとふたりを訊問するアナだったが，次第に "アイス・ドラゴン" の隠された研究目的が明らかになっていき，北極を巡る大国間の謀略の影がちらつきだし，事態は思わぬ方向へ転がり始める…〔4217〕

ラーゲルクランツ, ダヴィド　Lagercrantz, David

◇記憶の虜囚　ダヴィド・ラーゲルクランツ著，岡本由香子訳　KADOKAWA　2024.11　416p　19cm〈原書名：Memoria〉2600円　①978-4-04-114070-3

＊14年前，金融界で華々しく活躍しながら，忽然と失踪したクレア。焼け焦げた遺体で見つかり，死亡宣告されたはずの彼女が，ある写真に写りこんでいたという。移民地区で育った警官ミカエラは，貴族で心理学者のレッケとともに，クレア生存の謎を捜査することに。クレアの勤務先のノルド銀行は，かつて不良債権により破綻。スウェーデン政府はハンガリーの資産運用会社の手を借り，銀行を国営化していた。失踪前にクレアが会った男の正体を突き止めたミカエラ。一方レッケは，男の代理人から接触を受ける。男の名はガボール・モロヴィア。世界中の権力者を操る邪悪な男にして，レッケ最大の天敵だった。レッケとミカエラ，二人に過去の因縁が影を落とし，それぞれに破滅的な危機が訪れる。そして運命のチェス対決が，始まった―！〔4218〕

◇闇の牢獄　ダヴィド・ラーゲルクランツ著，吉井智津訳　KADOKAWA　2023.5　483p　19cm〈原書名：Obscuritas〉2400円　①978-4-04-112588-5

＊ストックホルムで起きた，サッカー審判員殺害事件。単純な暴力沙汰と思えたが，アフガニスタン難民である被害者カビールには，想像を絶する過去が。容疑者の人となりを知るミカエラは，地域警官ながら捜査に参加，尋問の専門家で心理学者のハンス・レッケと出会う。独特の心理分析で捜査をかく乱するレッケだったが，ある日ミカエラが地下鉄に飛びこみそうになった彼を救ったことをきっかけに，事件の奥に潜むテロと拷問の闇に呑み込まれることに。上流階級で元ピアニストのレッケ，チリ人移民で家族に問題を抱えるミカエラ。奇妙なコンビが，時代を越え，真実に迫る！〔4219〕

ラザフォード, マーク

◇英国クリスマス幽霊譚傑作集　チャールズ・ディケンズ他著，夏来健次編訳　東京創元社　2022.11　382p　15cm （創元推理文庫　FN11-1）1100円　①978-4-488-58406-1

ラサレウイ

[内容]謎の肖像画（マーク・ラザフォード著，夏来健次訳）

＊ヴィクトリア朝期に『クリスマス・キャロル』がベストセラーとなって以降、定番となった聖夜怪談。幽霊をこよなく愛するイギリスで生まれた佳品を、数々の怪奇幻想小説を紹介する翻訳家が精選する。陰鬱な田舎で休暇を過ごすことになった男が老朽船で体験する恐怖の一夜「幽霊廃船のクリスマス・イヴ」など、知られざる傑作から愛すべき怪作まで、13篇中12篇を本邦初訳で贈る。〔4220〕

ラザーレヴィチ，ラーザ Lazarević, Laza K.

◇ドイツの歌姫―他五篇　ラーザ・ラザーレヴィチ著，栗原成郎訳　幻戯書房　2023.11　358p　19cm　（ルリユール叢書）〈年譜あり　原書名：Prvi put s ocem na jutrenje　Sve će to narod pozlatitiほか〉3500円　①978-4-86488-285-9

[内容]父と一緒に初めて教会へ　庶民からのご褒美　折よく強盗団がやって来た　井戸辺にて　学校の聖像　ドイツの歌姫

＊森鷗外『舞姫』を彷彿させる、ドイツ留学したエリート医学生の西欧との出逢い、東欧との疎隔との葛藤を描く自叙伝的作品『ドイツの歌姫』。古き良き民衆を大らかな共感と深い洞察で活写し、19世紀セルビアのリアリズム文学を確立したラザーレヴィチの中短編六篇を収録。本邦初訳。〔4221〕

ラシャムジャ Lha-byams-rgyal

◇絶縁　村田沙耶香，アルフィアン・サアット，郝景芳，ウィワット・ルートウィワットウォンサー，韓麗珠，ラシャムジャ，グエン・ゴック・トゥ，連明偉，チョン・セラン著，藤井光，大久保洋子，福冨渉，及川茜，星泉，野平宗弘，吉川凪訳　小学館　2022.12　413p　19cm　2000円　①978-4-09-356745-9

[内容]穴の中には雪蓮花が咲いている（ラシャムジャ著，星泉訳）

＊アジア9都市9名が集った奇跡のアンソロジー。〔4222〕

◇チベット幻想奇譚　星泉，三浦順子，海老原志穂編訳　春陽堂書店　2022.4　270p　19cm　2400円　①978-4-394-19027-1

[内容]三代の夢（タクブンジャ著，星泉訳）

＊伝統的な口承文学や、仏教、民間信仰を背景としつつ、いまチベットに住む人々の生活や世界観が刻まれた物語は、読む者を摩訶不思議な世界に誘う―時代も、現実と異界も、生と死も、人間/動物/妖怪・鬼・魔物・神の境界も越える、13の短編を掲載した日本独自のアンソロジー。チベットの現代作家たちが描く、現実と非現実が交錯する物語。〔4223〕

◇路上の陽光　ラシャムジャ，星泉訳　福岡書肆侃侃房　2022.3　268p　20cm　2000円　①978-4-86385-515-1　〔4224〕

ラスコヴィッチ，エミリー Ruskovich, Emily

◇アイダホ　エミリー・ラスコヴィッチ著，小竹由美子訳　白水社　2022.8　366p　20cm　（エクス・リブリス）〈原書名：IDAHO〉3600円　①978-4-560-09075-6

＊アイダホの山中に住む音楽教師のアンは、歳の離れた夫ウエイドのかつての家族のことを何年も思い続けている。九年前、一家が薪を取りに出かけた山で、ウエイドの前妻ジェニーが末娘メイを手にかけ、上の娘ジューンはその瞬間を目撃、ショックで森に逃げこみ失踪した。数年おきに当局から最新のジューンの捜索用写真が送られてくるが、最近のウエイドは若年性認知症の進行により、事件のことも、娘がいたこともわからないときがある。ジェニーは、罰を受けること以外、何も望まず誰とも交わらずに刑に服してきたが、同房になったエリザベスとあることをきっかけにぎこちないやりとりが始まる。アンは夫のいまだ癒えぬ心に寄り添いたいと願い、事件に立ち入ることを躊躇いながらも、一家の名残をたどり、断片を繋ぎ合わせていく…。厳しく美しいアイダホの大自然を舞台に、日常が一瞬打ち砕かれる儚さ、愛よりも深い絆、贖罪を、静謐な筆致で鋭く繊細に描く。2019年度国際ダブリン文学賞受賞作。〔4225〕

ラスタッド, A.マーク

◇黄金の人工太陽―巨大宇宙SF傑作選　ジャック・キャンベル，チャーリー・ジェーン・アンダーズ他著，ジョン・ジョゼフ・アダムズ編，中原尚哉他訳　東京創元社　2022.6　547p　15cm　（創元SF文庫　SFン10-4）〈責任表示はカバーによる　原書名：COSMIC POWERS〉1360円　①978-4-488-77204-8

[内容]明日、太陽を見て（A.マーク・ラスタッド著，中原尚哉訳）

＊SFとファンタジーの基本はセンス・オブ・ワンダーだ。そして並はずれたセンス・オブ・ワンダーを味わえるのは、超人的なヒーローが宇宙の命運をかけて銀河のかなたで恐ろしい敵と戦う物語だ（序文より）―常識を超える宇宙航行生物、謎の巨大異星構造物、銀河を吹き飛ばす超爆弾。ジャック・キャンベルら豪華執筆陣による、SFならではの圧倒的スケールで繰り広げられる傑作選。〔4226〕

ラーセン，サマンサ Larsen, Samantha

◇公爵家の図書係の正体　サマンサ・ラーセン著，吉野山早苗訳　原書房　2024.9　414p　15cm　（コージーブックス　ラ1-1―英国貴族の本棚　1）〈文献あり　原書名：A NOVEL DISGUISE〉1400円　①978-4-562-06143-3

＊18世紀ロンドン郊外。40歳の誕生日をむかえたティファニーは独身で、異母兄の世話をして暮らしていた。横柄に振る舞う彼のもと、お茶の缶には鍵がかけられ、昼食はなし、大好きな歌も聞くことも、本を読むことも制限される日々。そんなある朝、異母兄を起こしにいくと返事がない。日頃から

体調が悪かった彼は、ベッドの上で息絶えていた。ようやく自由になれたかもしれないと思ったけれど、独身女性が就ける仕事はとても少ない。それにこの家は、異母兄のしていた公爵家の図書係という仕事のために、雇い主が貸してくれているものだ。このままでは住む家すらなくなってしまう…天涯孤独で行き先もないティファニーは悩み、大胆な決断を下す。それは、異母兄になりすまして、公爵家の図書係として働くことだった！ 〔4227〕

ラーセン，ネラ　　Larsen, Nella

◇パッシング/流砂にのまれて　ネラ・ラーセン著，鵜殿えりか訳　みすず書房　2022.3　411p　20cm　〈原書名：PASSING　QUICKSAND〉　4500円　①978-4-622-09074-8

＊安定を求めながら安全でない人生ばかり選んでしまう—。黒人文化が開花、街にジャズとダンスが溢れた1920年代N.Y.。人種の境界線を越えた女達の苦難と恍惚。 〔4228〕

ラーソン，リッチ

◇創られた心—AIロボットSF傑作選　ケン・リュウ，ピーター・ワッツ，アレステア・レナルズ他著，ジョナサン・ストラーン編，佐田千織他訳　東京創元社　2022.2　564p　15cm　（創元SF文庫　SFン11-1）〈責任表示はカバーによる　原書名：MADE TO ORDER〉1400円　①978-4-488-79101-8

内容　ゾウは決して忘れない（リッチ・ラーソン著，佐田千織訳）

＊人工的な心や生命、ゴーレム、オートマトン、ロボット、アンドロイド、ボット、人工知能—人間によく似た機械、人間のために注文に応じてつくられた存在というアイディアは、古代より我々を魅了しつづけてきた。そしていま、その長い歴史に連なるアンソロジーがここに登場する。ケン・リュウ、ピーター・ワッツ、アレステア・レナルズら、最高の作家陣による16の物語を収録。 〔4229〕

ラッカム，アーサー　　Rackham, Arthur

◇夜ふけに読みたいはじまりのイソップ物語　イソップ著，アーサー・ラッカム挿絵，田野崎アンドレーア嵐，和爾桃子編訳　平凡社　2022.2　230p　19cm　〈文献あり　原書名：AESOP'S FABLES〉2000円　①978-4-582-83887-9

＊人気の海外民話集「夜ふけに読みたいおとぎ話」シリーズに、古今東西のおとぎ話の原点ともいえるイソップ物語が満を持して登場。おなじみアーサー・ラッカムのユニークな挿絵もたっぷり楽しめます。イソップならではのおとぎ話の世界を夜ふかし注意で楽しみましょう。日本でもよく知られたお話のほか全139話を収録。 〔4230〕

ラッシュ，クリスティン・キャスリン　　Rusch, Kristine Kathryn

◇短編回廊—アートから生まれた17の物語　ローレンス・ブロック編，田口俊樹他訳　ハーパーコリンズ・ジャパン　2022.12　605p, 図版18p　15cm　（ハーパーBOOKS M・フ6・2）〈原書名：ALIVE IN SHAPE AND COLOR〉1264円　①978-4-596-75581-0

内容　考える人たち（クリスティン・キャスリン・ラッシュ著，田口俊樹訳）

＊探偵スカダーは滞在先で見覚えのある顔にでくわす。それは25年前、まだスカダーが刑事だった頃に恋人殺しの罪で逮捕した男で—L・ブロック『ダヴィデを探して』。考古学者の夫婦は世紀の発見にたどりつくが、待ち受けていたのは恐ろしい真相だった—J・ディーヴァー『意味深い発見』。絵のなかに閉じ込められてしまった少女の悲痛な叫び—J・C・オーツ『美しい日々』他、芸術とミステリーの饗宴短編集！ 〔4231〕

ラッセル，カレン　　Russell, Karen

◇オレンジ色の世界　カレン・ラッセル著，松田青子訳　河出書房新社　2023.5　333p　20cm　〈原書名：ORANGE WORLD〉2800円　①978-4-309-20879-4

内容　探鉱者　悪しき交配　沼ガール/ラブストーリー　ボヴァリー夫人のグレイハウンド　竜巻オークション　ブラック・コルフ　ゴンドラ乗り　オレンジ色の世界

＊私たちは、オレンジ色の世界に生きている。悪魔に授乳する新米ママ、"湿地遺体"の少女に恋した少年、奇妙な木に寄生された娘、水没都市フロリダに棲むゴンドラ乗りの姉妹…。不条理なこの現実を生き残るための、変身と反撃の作品集。 〔4232〕

ラッセル，ケイト・エリザベス　　Russell, Kate Elizabeth

◇ダーク・ヴァネッサ　上　ケイト・エリザベス・ラッセル著，中谷友紀子訳　河出書房新社　2022.5　318p　15cm　（河出文庫　ラ6-1）〈原書名：My Dark Vanessa〉900円　①978-4-309-46751-1

＊十五歳、寄宿学校に通うヴァネッサは四十二歳の教師・ストレインの"恋人"だった。しかし十七年後、思い出を胸に秘めた彼女の前に、彼を性的虐待で告発するというひとりの女性が現れる。混乱するヴァネッサの記憶の底からは、やがておぞましい過去が浮かびあがり…。少女との恋愛、その欺瞞を打ち砕く衝撃作。世界三十二カ国で刊行。 〔4233〕

◇ダーク・ヴァネッサ　下　ケイト・エリザベス・ラッセル著，中谷友紀子訳　河出書房新社　2022.5　337p　15cm　（河出文庫　ラ6-2）〈原書名：My Dark Vanessa〉900円　①978-4-309-46752-8

＊「これはラブストーリーじゃないといけないの。そうじゃなかったら—」。未成年への虐待で訴えられたストレインのニュースはまたたく間に燃え広がり、ヴァネッサをも焼き尽くす。残酷な過去と向き合わざるを得なくなったとき、彼女の世界は足元から崩れてゆく…。「禁断の愛」の幻想に

ラツタン

爆弾を落とし、世界を震撼させたベストセラー。〔4234〕

ラッタン, エイミー　Ruttan, Amy

◇声なき王の秘密の世継ぎ　エイミー・ラッタン作, 松島なお子訳　ハーパーコリンズ・ジャパン　2024.9　156p　17cm（ハーレクイン・イマージュ I2817）〈原書名：THE SURGEON KING'S SECRET BABY〉673円　①978-4-596-77723-2

＊さる王国で市民や兵士の治療にあたっていたレーガンは、帰国を前に、以前から想いを寄せていた現地の医師ケイナンと一夜を共にした。「僕の美しいレーガン。君を決して忘れない」別れ際にかけられた彼の言葉を胸に、レーガンは帰国の途についた。しかし、その後ほどなくして、彼女はケイナンの死を知った…。1年後。レーガンはあの夜に授かったケイナンの子を産み育てていた。ある日、勤務先に医学生の実習指導をする医師が新しく来ることが決まり、手話で話すというその医師の補佐を、レーガンがすることになる。初めての顔合わせで、彼女の驚きのあまり卒倒しかけた―ケイナン！　彼は生きていた！　私を美しいと言ってくれたあの声は失われていても。〔4235〕

ラッツ, リサ　Lutz, Lisa

◇スワロウズ　リサ・ラッツ著, 杉山直子訳　小鳥遊書房　2024.5　449p　19cm〈原書名：THE SWALLOWS〉2400円　①978-4-86780-041-6〔4236〕

ラトゥシュ, ジェルヴェーズ・ド　Latouche, Gervaise de

◇カルトゥジオ会修道院の門番であるドン・B＊＊＊の物語　ジェルヴェーズ・ド・ラトゥシュ著, 関谷一彦訳　西宮　関西学院大学出版会　2024.3　325p　20cm〈原書名：Histoire de dom B＊＊＊,portier des Chartreux,écrite par lui-même〉4000円　①978-4-86283-374-7〔4237〕

ラドクリフ, アン　Radcliffe, Ann Ward

◇森のロマンス　アン・ラドクリフ著, 三馬志伸訳　作品社　2023.11　539p　20cm〈原書名：The Romance of the Forest〉3600円　①978-4-86793-004-5

＊都パリを逐電したラ・モット夫妻は、荒野の一軒家で保護した美しき娘アドリーヌとともに、鬱蒼たる森の僧院に身を隠す。彼らを待ち受けるのは恐るべき悪謀―。今なお世界中で読み継がれる名著『ユドルフォ城の怪奇』に先駆けて執筆され、著者の出世作となったゴシック小説の傑作。刊行から二三二年を経て本邦初訳！〔4238〕

ラードナー, リング　Lardner, Ring

◇ユーモア・スケッチ大全　［3］ ユーモア・スケッチ傑作展　3　浅倉久志編・訳　国書刊行会　2022.2　374p　19cm〈「ユーモア・スケッチ傑作展 3」（早川書房 1983年刊）の改題、増補〉2000円　①978-4-336-07310-5

|内容| ディナー・ブリッジ（リング・ラードナー著）　アンケート―理想の女性（チャップリン, ラードナーほか著）〔4239〕

◇ユーモア・スケッチ大全　［4］ すべてはイブからはじまった　ミクロの傑作圏　浅倉久志編・訳　国書刊行会　2022.3　376p　19cm〈「すべてはイブからはじまった」（早川書房 1991年刊）と「ミクロの傑作圏」（文源庫 2004年刊）の改題、合本〉2000円　①978-4-336-07311-2

|内容| ベッドタイム・ストーリー（リング・ラードナー著）

＊笑いの大博覧会、完結！　名翻訳家浅倉久志のライフワークである"ユーモア・スケッチ"ものを全4巻に集大成。最終巻は傑作展姉妹篇『すべてはイブからはじまった』とオンデマンドのみの刊行だった『ミクロの傑作圏』をカップリング。〔4240〕

ラドリー, テッサ　Radley, Tessa

◇シークに愛された一夜　テッサ・ラドリー作, 杉本ユミ訳　ハーパーコリンズ・ジャパン　2023.6　156p　17cm（ハーレクイン・ロマンス R3783―伝説の名作選）〈ハーレクイン 2011年刊の再刊　原書名：SAVED BY THE SHEIKH！〉664円　①978-4-596-77170-4

＊旅先で盗難に遭い、宿代を稼ぐため仕事に出向いたティファニー。だがそこは、セレブ御用達のいかがわしいクラブだった。間一髪でダーハラ国のセクシーな王子ラフィークに救われ、ひと目で彼の虜になったティファニーは甘く熱い夜を共にするが、翌朝、当座の現金を渡され、冷淡にあしらわれて傷ついた。私を金目当ての娼婦だとでも思っているの？　二度と顔も見たくないと立ち去った2カ月後、事態は急変する。妊娠していたのだ。すぐにラフィークとの面会を取りつけるが、彼は訝しげにティファニーを睨みつけ、DNA鑑定を求める一方、驚いたことに、結果を問わずきみと結婚すると宣言して…。〔4241〕

ラナ・ズルマティ

◇わたしのペンは鳥の翼　アフガニスタンの女性作家たち, 古屋美登里訳　小学館　2022.10　254p　19cm〈原書名：MY PEN IS THE WING OF A BIRD〉2100円　①978-4-09-356742-8

|内容| ハスカの決断（ラナ・ズルマティ著）

＊口を塞がれた女性たちがペンを執り、鳥の翼のように自由に紡ぎ出した言葉の数々。女性嫌悪、家父長制、暴力、貧困、テロ、戦争、死。一日一日を生き抜くことに精一杯の彼女たちが、身の危険に晒されても表現したかった自分たちの居る残酷な世界と胸のなかで羽ばたく美しい世界。アフガニスタンの女性作家18名による23の短篇集。〔4242〕

ラニー, カレン　Ranney, Karen

◇あなたに続く旅路　カレン・ラニー著，杉本ユミ訳　ハーパーコリンズ・ジャパン　2022.2　461p　15cm　(mirabooks KR01-03)〈原書名：AN AMERICAN IN SCOTLAND〉1045円　①978-4-596-31902-9

＊19世紀。ローズはスコットランドへ降り立った。両親もすでになくサウスカロライナの姉夫婦の農園で暮らすローズは、義兄に虐げられていた。同じくひどい目に遭っている使用人たちのためにも遠縁のダンカン・マクレーンに助けを求めるしかない。悲愴な決意のローズの前に現れたダンカンは驚くほど若くハンサムで彼女は狼狽えた。その直後、飢えと疲労で倒れたローズは、ダンカンのたくましい腕に抱き留められ―。〔4243〕

ラニアン, デイモン　Runyon, Damon

◇ガイズ＆ドールズ　デイモン・ラニアン著，田口俊樹訳　新潮社　2024.6　411p　16cm　(新潮文庫 ラ-6-2)〈著作目録あり 原書名：GUYS AND DOLLS〉850円　①978-4-10-220702-4

[内容]　ブロードウェイのブラッドハウンド　社交場での大きな過ち　サン・ピエールの百合　ブッチは赤子の世話をする　リリアン　荒えざる四十丁目界隈のロマンス　どこまでも律儀な男　マダム・ラ・ギンプ　ダーク・ドロレス　紳士のみなさん、国王に乾杯！　世界で一番ヤバい男　ブレイン、わが家に帰る　血圧　ミス・サラ・ブラウンの恋の物語

＊賭け事にとり憑かれた生粋のギャンブラーが一目惚れしたのは、魂を救済するため布教活動に従事する清楚な美女だった―。『ガイズ＆ドールズ』の題名でおなじみのミュージカルや映画の原作者として知られ、ブロードウェイを舞台に悲喜こもごもの人間喜劇を描き続けたデイモン・ラニアン。ジャズ・エイジを代表する短篇の名手の歴史的デビュー作品集を、オリジナル収録そのままに紹介する。〔4244〕

ラニョン, ジョシュ　Lanyon, Josh

◇ムービータウン・マーダーズ　ジョシュ・ラニヨン著，冬斗亜紀訳　新書館　2023.9　333p　16cm　(モノクローム・ロマンス文庫 47―殺しのアート 5)〈原書名：THE MOVIE-TOWN MURDERS〉1400円　①978-4-403-56057-6

＊FBIの美術犯罪班捜査官ジェイソンは、前回ミッションの大失態を取りもどすべく、UCLAで映画学を教えていた教授の死について調べていた。大学で潜入捜査を行う中で一本のフィルム・ノワール『スノウボール・イン・ヘル』の存在が浮き彫りになる。それは同性愛が許されなかった時代に撮られた幻の映画だった。ジェイソンは失われたフィルムの秘密渦巻く世界へと引き込まれていく。一方、反対側では、行動分析課のチーフ、サム・ケネディが不穏な知らせを受ける。かつてのサムのボーイフレンドを殺害したとされている連続殺人犯、ロードサイド切裂き魔は単独犯ではなかったかもしれない。そしてその事実はサムと ジェイソン、二人の関係に波紋を投げかける―。人気シリーズ第5弾！〔4245〕

ラバスキス, ブリアンナ　Labuskes, Brianna

◇葬られた本の守り人　ブリアンナ・ラバスキス著，高橋尚子訳　小学館　2024.5　458p　19cm〈原書名：THE LIBRARIAN OF BURNED BOOKS〉3000円　①978-4-09-356749-7

＊1933年ベルリン、ナチスに招かれた米国人作家。1936年パリ、焚書された本の図書館員。1943年ニューヨーク、兵隊文庫の図書審議会員。時と国を超え、迫害された本を救うためにつながる三人の女性。本を愛するすべての人に贈るシスターフッド＆ビブリオ歴史小説。〔4246〕

ラバトゥッツ, ベンハミン　Labatut, Benjamín

◇恐るべき緑　ベンハミン・ラバトゥッツ著，松本健二訳　白水社　2024.2　196p　20cm　(エクス・リブリス)〈原書名：UN VERDOR TERRIBLE〉2500円　①978-4-560-09090-9

[内容]　プルシアン・ブルー　シュヴァルツシルトの特異点　核心中の核心　私たちが世界を理解しなくなったとき　エピローグ 夜の庭師

＊この素晴らしい地獄は、あなた方のおかげでないとしたら、いったい誰のおかげでしょうか？　科学史にプロメテウスの火をもたらした学者たちの奇妙な人生と、それぞれに訪れた発見/啓示の瞬間…。世界33か国で刊行、チリの新鋭による奇天烈なフィクション！　2021年度英国PEN翻訳小説賞、チリ・サンティアゴ市文学賞受賞作。2021年度国際ブッカー賞、全米図書賞(翻訳部門)最終候補作。〔4247〕

ラバフ, アーヤ

◇物語ることの反撃―パレスチナ・ガザ作品集　リフアト・アルアライール編，藤井光訳，岡真理監修・解説　河出書房新社　2024.11　264p　20cm〈原書名：GAZA WRITES BACK〉2720円　①978-4-309-20911-1

[内容]　傷痕(アーヤ・ラバフ著，藤井光訳)

＊「わたしが死なねばならないとしても、きみは生きねばならない」。奪われる家に爆弾を仕掛ける父、木を恐れる子ども、密輸トンネルに閉じ込められた男、瓦礫の下からの独白…。空爆の標的となって殺された詩人が極限の状況下で編み遺した、ガザ・ライツ・バック。作家たちの記憶をつなぐ抵抗の物語集。〔4248〕

ラピッド, シュラミット　Lapid, Shulamit

◇砂漠の林檎―イスラエル短編傑作選　サヴィヨン・リーブレヒト，ウーリー・オルレブほか著，母袋夏生編訳　河出書房新社　2023.8　258p　20cm　2900円　①978-4-309-20890-9

[内容]　ビジネス(シュラミット・ラピッド著，母袋夏生訳)

＊迷宮のような路地で見つけた写真集、不死の老人、ショアの記憶、聖書物語など、イスラエル文学紹介の第一人者による日本語版オリジナル・アンソロジー。ウーリー・オルレブ（国際アンデルセン賞受賞）、シャイ・アグノン（ノーベル文学賞受賞）など、世界が高く評価する作家の傑作を精選。〔4249〕

ラフ, マット　Ruff, Matt

◇魂に秩序を　マット・ラフ著，浜野アキオ訳　新潮社　2024.7　1077p　16cm　〈新潮文庫 ラ-21-1〉〈著作目録あり　原書名：SET THIS HOUSE IN ORDER〉1550円　①978-4-10-240581-9

＊わずか2年前、アンドルーは多重人格者の魂の代表として26歳にして"誕生"し、魂たちの共存のため奮闘していた。ある日、殺人犯を事故死へ追い込んだことで、自分が継父を殺害したのではないかという疑念に囚われる。真相解明のため、同じ障害をもつ女性ペニーと故郷へ向かうが、自身の隠されていた秘密だけでなく闇の魂からの脅威にも晒され…。あらゆるジャンルを包み込む物語の万華鏡！〔4250〕

◇ラヴクラフト・カントリー　マット・ラフ著，茂木健訳　東京創元社　2023.3　603p　15cm　〈創元推理文庫 Fラ8-1〉〈原書名：LOVECRAFT COUNTRY〉1600円　①978-4-488-57104-7

＊SFやホラーを愛読する黒人兵士アティカス・ターナーは、謎の白人と共に姿を消した父を追って、出版社を営む伯父と、賭博師と霊媒師を父母に持つ幼馴染を伴い、謎に包まれた町アーダムに向かう。そこで彼らは魔術師ブレイスホワイトが創設した秘密結社のディナーに招待されるが―。合衆国誕生から朝鮮戦争まで二百年に亘るアメリカの闇の歴史と魔術的闘争を描いた破格の傑作長編。〔4251〕

ラファティ, R.A.　Lafferty, R.A.

◇とうもろこし倉の幽霊　R・A・ラファティ著，井上央編・訳　早川書房　2022.1　293p　19cm　〈新☆ハヤカワ・SF・シリーズ 5055〉〈他言語標題：GHOST IN THE CORN CRIB AND OTHER STORIES〉1900円　①978-4-15-335055-7

＊爺さん犬のシェップがとうもろこし倉に近づかないのは、あそこで幽霊を見たことがあるからだよ―アメリカの片田舎にある農村でまことしやかに語られる幽霊譚を少年ふたりがたしかめようとする表題作、川窪に住む謎の存在"せっかちのっそり"が田舎町の高校のフットボール・チームに入ったことから起こる凄惨な事件の顛末を描いた「チョスキー・ボトム騒動」、"奇妙な魚"と呼ばれる亜人類の母子の旅路を寓話的に描ききる著者渾身の中篇「さあ、恐れなく炎の中へ歩み入ろう」など、奇妙で不可思議な全9篇を収録。全篇初邦訳、奇想の王たるラファティが贈るとっておきの伝奇集。〔4252〕

ラフォン, ローラ　Lafon, Lola

◇共犯者　ローラ・ラフォン著，金丸啓子訳　早川書房　2022.3　379p　19cm　〈原書名：CHAVIRER〉2700円　①978-4-15-210088-7

＊1984年。13歳のクレオはある日、「ガラテア財団」を名乗る上品な女性、キャシーから声をかけられる。パリに連れて行ってもらったり、服を買ってもらったり。クレオにとって、キャシーはキラキラした世界そのものだった。両親に金銭的な負担をかけずにダンスを続けていくために、ガラテア財団の奨学金審査を受けるクレオ。だが、審査員の男に受けたのは、性的暴行だった。2019年。48歳になったクレオは、今も過去に苛まれる日々を送っていた。ある日、インターネットで10代前半の少女たちが写っている写真を見つけた警察が調査に乗り出していることを知り、自らも名乗り出るか逡巡するが―。組織的な少女の性的搾取を暴き、被害少女の長年にわたる懊悩を描く、フランス発の#MeToo小説。〔4253〕

ラブレー　Rabelais, François

◇うんこ文学―漏らす悲しみを知っている人のための17の物語　頭木弘樹編　筑摩書房　2023.2　356p　15cm　（ちくま文庫 か71-4）　880円　①978-4-480-43866-9

内容　お尻を拭く素晴らしい方法を考え出したガルガンチュアに、グラングジエが感心する（ラブレー著、品川亮新訳）〔4254〕

ラポルト, ソフィ　Laporte, Sofi

◇レディ・ルーの秘密の手紙　ソフィ・ラポルト著，旦紀子訳　竹書房　2024.2　349p　15cm　〈ラズベリーブックス ラ3-1〉〈原書名：LADY LUDMILLA'S ACCIDENTAL LETTER〉1350円　①978-4-8019-3799-4

＊美形だらけの公爵家でひとりだけ普通の容姿のルードミア（ルー）は、田舎で大おばと暮らす28歳。結婚願望もなく、ひっそり生きるルーには秘密がある。"アディ"という名の男性と文通しているのだ。ルーが友人に宛てた手紙が行き違いでアディに届いたせいで始まったこのやりとりは、お互いに本名を告げないままもう3年も続いている。ところがある日、年の離れた妹が社交界デビューすることになり、ルーは付き添いで10年ぶりにロンドンへ行くことに。だが、会おうと言ってくれたアディに返事を出すことはできなかった。ロンドンに到着したルーが、アディの屋敷の近くを通ると、出てきたのは10年前にルーから結婚の機会を奪った放蕩者のセント・アディントン子爵だった。まさか彼が"アディ"なの？不安に思ったルーはアディに会おうと返事を書く。待ち合わせ場所のベンチを離れた貸本屋から観察していると、やってきたのはルーが想像していた通りの素敵な紳士。ほっとしたルーだったが、またしても子爵が現れた。おまけに、先ほどの紳士は子爵の従兄弟アダムだとわかって…。わたしの"アディ"はいったい誰なの!?誤解と行き違いから始まった恋の行方は―？〔4255〕

ラマー, ジェイク　Lamar, Jake

◇ヴァイパーズ・ドリーム　ジェイク・ラマー著，加賀山卓朗訳　扶桑社　2024.11　302p　16cm　〈扶桑社ミステリー　ラ13-1〉〈原書名：VIPER'S DREAM〉1200円　①978-4-594-09610-6

＊1961年、ニューヨーク。ジャズ全盛のハーレムで最も怖れられる麻薬密売人クライドはその日、自身が犯した殺人を後悔していた。殺しは今夜で3度目だが、悔いたのは初めてだった。自責の念に沈むさなか、ジャズ界の庇護者パノニカから「3つの願い」を訊かれ、因縁を探る彼の思索は遠い過去へと跳ぶ。'36年にトランペッターを志し田舎からひとり大都会に出てきてからの日々、そして愛する歌姫に出会ってからの日々へと…CWA歴史ミステリー部門賞を獲得した、虚実混交のノワール。〔4256〕

ラーマー, C.A.　Larmer, C.A.

◇危険な蒸気船オリエント号　C・A・ラーマー著，高橋恭美子訳　東京創元社　2022.12　350p　15cm　〈創元推理文庫　Mラ-13-2——マーダー・ミステリ・ブッククラブ〉〈原書名：DANGER ON THE SS ORIENT〉1100円　①978-4-488-24106-3

＊ブッククラブのメンバーは、蒸気船オリエント号での豪華クルーズに参加していた。仲間のひとりアンダースに誘われたのだ。アリシアにとっては彼とのロマンティックな船旅のはずだった。だが乗客が死亡したり行方不明になったりで、それどころではなくなってしまう。アリシアたちはミステリマニアの血が騒ぎ、独自調査をはじめる！クリスティ好きの面々大活躍のシリーズ第2弾。〔4257〕

◇マーダー・ミステリ・ブッククラブ　C・A・ラーマー著，高橋恭美子訳　東京創元社　2022.8　414p　15cm　〈創元推理文庫　Mラ-13-1〉〈著作目録あり　原書名：THE MURDER MYSTERY BOOK CLUB〉1140円　①978-4-488-24105-6

＊ミステリ好き、クリスティ好きなアリシアとリネットの姉妹の読書会メンバー募集に応えてきたのは、古着ショップのオーナー、医師、主婦、図書館員に博物館学芸員の面々。ところが読書会二回目にして早くもトラブル発生。メンバーのひとりが現われなかったのだ。家にも帰っておらず、事件に巻きこまれた可能性も。アリシアはメンバーの協力のもと捜し始めるが…。シリーズ開幕。〔4258〕

◇野外上映会の殺人　C・A・ラーマー著，高橋恭美子訳　東京創元社　2023.10　472p　15cm　〈創元推理文庫　Mラ-13-3——マーダー・ミステリ・ブッククラブ〉〈原書名：DEATH UNDER THE STARS〉1360円　①978-4-488-24107-0

＊クリスティの『白昼の悪魔』を映画化した『地中海殺人事件』の野外上映会、もちろん"マーダー・ミステリ・ブッククラブ"はそろって参加した。ところが映画が終わったとき、すぐ近くの席の女性が絞殺死体で発見された。いくら映画に夢中だったとはいえ、目と鼻の先での殺人に気づかないなんて…。ブッククラブの面々は、またもや独自の調査を開始する。人気シリーズ第3弾。〔4259〕

◇ライルズ山荘の殺人　C.A.ラーマー著，高橋恭美子訳　東京創元社　2024.11　376p　15cm　〈創元推理文庫　Mラ-13-4——マーダー・ミステリ・ブッククラブ〉〈原書名：WHEN THERE WERE 9　原著第2版の翻訳〉1400円　①978-4-488-24108-7

＊"マーダー・ミステリ・ブッククラブ"に新メンバー四人が加わった。顔合わせを兼ねた読書会の課題書は『そして誰もいなくなった』、古風な山荘に泊まりこみで行なうのだ。ところが到着の翌日、支配人が死体で発見される。電話線が切断され外とは連絡がとれず、山荘の周囲では山火事が。読書会どころではない事態にブッククラブの面々はどう立ち向かう？　好評シリーズ第4弾。〔4260〕

ラーマン, クラム　Rahman, Khurrum

◇テロリストとは呼ばせない　クラム・ラーマン著，能田優訳　ハーパーコリンズ・ジャパン　2022.11　581p　15cm　〈ハーパーBOOKS　M・ラ1・2〉〈原書名：HOMEGROWN HERO〉1300円　①978-4-596-75565-0

＊麻薬の売人時代にMI5に引き込まれ、イスラム過激派に潜入するはめになったパキスタン系の青年ジェイ。事件解決後にMI5を去り役所勤めを始めた彼は、生まれて初めてまともな生活を送っていた。そんなとき、人種差別主義者に暴行されたムスリムの少女が自殺。復讐を誓う恋人の少年を"テロリスト"にさせまいと、ジェイは奔走する。一方、ジェイの正体を知ったテロ組織は彼の暗殺を命じ—。〔4261〕

◇ロスト・アイデンティティ　クラム・ラーマン著，能田優訳　ハーパーコリンズ・ジャパン　2022.3　542p　15cm　〈ハーパーBOOKS　M・ラ1・1〉〈原書名：EAST OF HOUNSLOW〉1182円　①978-4-596-33357-5

＊ロンドンにあるモスクが人種差別主義者たちに荒らされた。モスクに通う"敬虔な"ドラッグの売人ジェイ・カシームは怒りを覚えながらも、同胞の過剰な反撃に疑問を抱く。そんなとき、麻薬密売の容疑で逮捕されたジェイは、無罪放免と引き換えにMI5の一員となってテロ対策に協力するよう命じられる。やがてイスラム過激派の中枢部に迫るにつれ、無差別テロが現実味を帯びていき—。英国発の話題作！　CWA賞＆MWA賞ダブルノミネート！〔4262〕

ラーマン, ヤスミン　Rahman, Yasmin

◇ディス・イズ・マイ・トゥルース——わたしの真実　ヤスミン・ラーマン作，代田亜香子訳　静山社　2023.1　381p　20cm　〈原書名：THIS IS MY TRUTH〉1900円　①978-4-86389-729-8

＊アマニは、子ども向けテレビ番組にも出演する、有名な獣医師の父と、優しい母、年の離れたかわい

い弟という、一見、完璧に素敵な家族と暮らしている。フーダは、絵本の中からとびだしてきたような、一見、完璧に素敵な養親に、これ以上ないほど愛されている。悩みといえば、進路くらい…ではなかった。守りたいのは友情か、秘密か―。〔4263〕

ラミュ, C.F.　Ramuz, Charles Ferdinand

◇詩人の訪れ―他三篇　C・F・ラミュ著，笠間直穂子訳　幻戯書房　2022.8　344p　19cm　（ルリユール叢書）〈著作目録あり　年譜あり　原書名：Passage du poète　Raison d'être, Œuvres compltesほか〉　3300円　①978-4-86488-251-4

＊土地固有のかたちとフランス語の多様性を追求し続けたスイス・ロマンドの国民作家C・F・ラミュ―ラヴォー地域の村落を理想郷として描く詩的小説の表題作、故郷の地勢から発する文学を決意した「存在理由」、「手本としてのセザンヌ」「ベルナール・グラッセへの手紙」を収録。本邦初訳。〔4264〕

ラム, シャーロット　Lamb, Charlotte

◇愛の空白　シャーロット・ラム著，大沢晶訳　ハーパーコリンズ・ジャパン　2022.10　198p　15cm　（ハーレクイン文庫　HQB-1151）〈ハーレクイン・エンタープライズ日本支社　1987年刊の再刊　原書名：SLEEPING DESIRE〉　627円　①978-4-596-74880-5

＊目の前に並べられた愛する夫の背信の証拠を一瞥して、セアラは凍りついた。嘘よ！　彼が秘書と関係していたなんて。思えば夫のアレックスは出会ったときから謎めいていた。10代だったセアラは年上の富豪の過去に興味を持つことなく、4年間アレックスを盲目的に信じて結婚生活を送ってきた。怒りにまかせて夫を問い詰めたものの、夫は弁明すらしない。セアラは絶望し、家を出た―。1年後。事故に巻きこまれた彼女は病院に運ばれるが、断片的な記憶が失われていた。そこへアレックスが現れて…。〔4265〕

◇あなたを思い出せなくても　シャーロット・ラム他著，馬渕早苗他訳　ハーパーコリンズ・ジャパン　2024.10　345p　17cm　（HPA 63―スター作家傑作選）〈「鏡の中の女」（ハーレクイン・エンタープライズ日本支社　1982年刊）と「アンダルシアにて」（ハーレクイン・エンタープライズ日本支社　1982年刊）の改題、合本　原書名：THE DEVIL'S ARMS　LOVE IN A STRANGER'S ARMS〉　1136円　①978-4-596-71399-5

内容　鏡の中の女（シャーロット・ラム著，馬渕早苗訳）

＊「鏡の中の女」（シャーロット・ラム／馬渕早苗訳）目覚めるとそこには、濃い霧に覆われた荒れ地だった。ここはどこ？　わたしはなぜこんなところに？　それより、自分が誰なのかすらわからない！　寒さと恐怖に震えていると、霧の中に長身の人影が。衰弱した彼女は、通りがかりのその男性に連れられて病院へ行ったが、不可解なのは、ジェイクという名の彼が敵意のまなざしを向けてきたこと…。数日後、退院を許された彼女のもとに、再びジェイクが現れた。いまだ記憶が戻らず途方に暮れる彼女に、彼はあっさり言った。「君の名前はリン・シェリダン。君は僕のものなんだ」「アンダルシアにて」（ヴァイオレット・ウィンズピア／斉藤雅子訳）青白い顔をしたアラベルの病室には、高価な見舞いの品々が毎日届けられる。送り主はスペイン人の名士で、彼女の"夫"であるコルテスだという。記憶喪失のアラベルには、結婚など身に覚えがなかった。そこはかとない不安を感じていた彼女の前に、ある日、夫が現れた。威厳に満ち、尊大な雰囲気漂うコルテスを見て、アラベルが思わず結婚の無効を申し出ると、彼は言った。「君には僕しかいない。君は僕の妻なんだよ」そして、豪奢な屋敷にアラベルを連れて帰ったコルテスは、名実ともに妻となることで要求してきて…。〔4266〕

◇あなたにお熱　シャーロット・ラム作，馬渕早苗訳　ハーパーコリンズ・ジャパン　2022.10　170p　17cm　（ハーレクイン・ロマンス R3719―伝説の名作選）〈ハーレクイン・エンタープライズ日本支社　1982年刊の再刊　原書名：FEVER〉　664円　①978-4-596-74826-3

＊サラは親同士の再婚で家族になった義兄と二人で暮らしている。ある日、義兄に付き添って出席したパーティで、サラはハンサムで洗練された名門銀行の頭取ニックに出会った。一瞬で惹かれるが、どうしたことか彼の態度は刺々しい。義兄との仲を勝手に誤解し、ふしだらな女と言わんばかりにサラを非難すると、強引に唇を奪ったのだ。私のことなど何も知らないくせに、なぜそんなに傲慢なの？　さらにニックは自信満々に、サラを必ず手に入れると言い放った。無垢なサラは動揺するばかりで、気づきもしなかった―ニックの瞳の奥に揺らめく、隠しきれない嫉妬と情熱の炎に。〔4267〕

◇描きかけの恋　シャーロット・ラム著，三好陽子訳　ハーパーコリンズ・ジャパン　2022.4　205p　15cm　（ハーレクイン文庫　HQB-1113―珠玉の名作本棚）〈ハーレクイン・エンタープライズ日本支社　1986年刊の再刊　原書名：RETRIBUTION〉　627円　①978-4-596-33321-6

＊つましくも心豊かに暮らしたいと願う絵本作家のローラ。ところがあるとき、悪い男に引っかかっている妹を説得するよう父に命じられたのを機に、ローラの静かな生活は乱されていく。妹が熱を上げているのは、若手実業家のサイモン・ヒリヤード。実際に会うと、彼は容姿端麗なうえに話しぶりも魅力的で、どんな女性の心も―ローラをも惹きつけてしまう男性だった。彼から妹を引き離さなくてはならないのに、私ったらもう…。恋心を懸命に抑えるローラの内心を知ってか知らずか、一方のサイモンは彼女の父の名を聞くや、なぜか顔色を変え―。〔4268〕

◇追いつめられて　シャーロット・ラム著，堀田碧訳　ハーパーコリンズ・ジャパン　2024.9　200p　15cm　（ハーレクイン文庫　HQB-1247―珠玉の名作本棚）〈ハーレクイン　1992年刊

の再刊 原書名：SHOTGUN WEDDING〉691円 ①978-4-596-77851-2

＊幼い頃から猟場管理人の父と二人暮らしのジュリエットは、由緒ある家柄の一人息子シメオンと恋におちた。だが二人が抱き合っている姿を目撃した父に猟銃を突きつけられ、シメオンはまだ17歳のジュリエットとの結婚を宣言した。ところが結婚式の夜、彼女はシメオンの振る舞いに深く傷つき、"何もかも間違いでした"と書き残し、彼の前から姿を消した。それから8年が過ぎ、平穏に暮らすジュリエットのもとに、黒ずくめの男性が突然現れ、彼女は息をのんだ—シメオン！「逃げられないぞ、今度こそ。きみには子供を産んでもらう」〔4269〕

◇恋の砂漠 シャーロット・ラム作，田端薫訳 ハーパーコリンズ・ジャパン 2023.7 166p 17cm （ハーレクイン・ロマンス R3795—伝説の名作選）〈ハーレクイン・エンタープライズ日本支社 1983年刊の再刊 原書名：DESERT BARBARIAN〉664円 ①978-4-596-77540-5

＊マリーは神秘的な体験を求め、モロッコへやってきた。観光は楽しんだものの、何か今ひとつ物足りない。暇を持てあました彼女は、ホテルの庭を散策していた。そのときだった。目の前に突然男が飛び出してくると、怯えるマリーの頭に布をかぶせ、砂漠へ連れ去ったのだ。荒々しさと優美さを併せ持つ、黒い瞳の謎めいた男性は、マリーを夢のような一夜へと誘った。あなたはいったい誰なの？ イギリスに戻ったマリーは病床の父の会社が倒産寸前だと聞き、胸を痛めながら、父を破滅させた男の名と顔を知って凍りついた。ストーナー・グレイ。砂漠の秘密の想い人が悪魔だったなんて！〔4270〕

◇潮騒 シャーロット・ラム著，須賀孝子訳 ハーパーコリンズ・ジャパン 2022.5 205p 15cm （ハーレクインSP文庫 HQSP-319）〈ハーレクイン・エンタープライズ日本支社 1983年刊の再刊 原書名：CRESCENDO〉500円 ①978-4-596-31987-6

＊高名なピアニストだった祖父にピアノを教わりながら、マリナは海辺の山荘で、俗世間と隔てられた日々を送っている。ある日、祖父とひっそり暮らす山荘に、ギデオンと名乗るハンサムな旅行客が滞在することになった。初対面なのになぜか懐かしさを覚え、彼に惹かれるマリナだが、一方の祖父は冷淡な態度で、まるで彼を憎んでいるかのよう。いったいどうしてかしら…いぶかしむマリナは数日後、ふと美しいピアノの旋律を耳にする。弾いているのは…ギデオン？ 次の瞬間マリナは思い出した一心に封印していた残酷な記憶を。〔4271〕

◇傷心旅行 シャーロット・ラム著，青木翔子訳 ハーパーコリンズ・ジャパン 2022.12 206p 15cm （ハーレクイン文庫 HQB-1164）〈ハーレクイン・エンタープライズ日本支社 1984年刊の再刊 原書名：ILLUSION〉627円 ①978-4-596-75531-5

＊恋に破れ、傷心を抱えてデボラはベネチアを訪れた。夕闇迫る街を歩き回るうち、いつしか道に迷い、不審な男たちに囲まれていた—。と、突如、黒髪のハンサムな男性が颯爽と現れ、不審者を

蹴散らした。怯えるデボラを救いだしてくれた彼の名は、マシュー。とても裕福そうに見えるけれど、いったい何者なのかしら？ その答えは意外な形でもたらされる。ふたりが一緒にいる写真がいきなり新聞の一面を飾ったのだ。彼は巨大製薬会社の社長、マシュー・ティレル。そして私は…彼の婚約者ですって⁉ 〔4272〕

◇誓いの季節 エマ・ダーシー，シャーロット・ラム，ケイシー・マイケルズ著，戸田早紀他訳 ハーパーコリンズ・ジャパン 2022.6 427p 17cm （HPA 35—スター作家傑作選）〈他言語標題：The Season of the Vow 原書名：IN NEED OF A WIFE SURRENDERほか〉1191円 ①978-4-596-42947-6

内容 六月の花嫁（シャーロット・ラム著，小林町子訳）

＊『花嫁が二人』サーシャは会ったばかりのネイサンのプロポーズに耳を疑った。今まで会った中で最もセクシーとはいえ、いきなり結婚などできない。しかも愛ゆえでなく"便宜上"なんて…。それでもしだいにサーシャは彼に惹かれていき、ある日宣言した。「あなたと結婚するわ」しかし時すでに遅く、彼は別の女性と結婚の約束をした後だった。『六月の花嫁』ジーナは敵対するヨーロッパ屈指の大富豪ニックの誘惑に屈し、情熱の一夜を明かしたが、彼の心に真実の愛があると思えず自己嫌悪に陥った。一方のニックは、頑なな態度に戻った彼女に怒りをぶつける。そんななか仕事で彼を失脚させようという者が現れ、ジーナも協力を迫られるが、彼女が真に求めているのはニックの愛で…。『勝ち気な花嫁』身重の姉を屋敷に送り届ける途中、エレナは宿屋に泊まった。運命の悪戯で、エレナは伯爵ニコラスの部屋に誤って入り、眠っていると知らずなぜか酔っ払い、一糸まとわぬまま寝ていたベッドで。翌朝、目覚めた二人は仰天した。運悪くその場面を牧師に見られ、ニコラスはやむなく名誉のために結婚を申し出たが…。形はいろいろあるけれど、真実の愛は一つだけ。豪華3作家の至福のウエディング・アンソロジー！〔4273〕

◇夏草のメルヘン シャーロット・ラム作，藤波耕介訳 ハーパーコリンズ・ジャパン 2024.3 156p 17cm （ハーレクイン・イマージュ I2796—至福の名作選）〈ハーレクイン・エンタープライズ日本支社 1984年刊の再刊 原書名：SWEET COMPULSION〉673円 ①978-4-596-53661-7

＊1年前に両親を亡くした18歳のマーシーは、おばから館を相続するため田舎からロンドンへ引っ越してきた。その港湾地区は多国籍企業サクストン社が開発を進めており、マーシーの館が唯一残る家屋敷で、文化的遺産とも言えた。まるで時が止まったかのようなその場所を守りたい彼女は、庭を開放して近隣の人々が集える癒やしの空間にし、みんなの人気者に。一方、サクストン社の豪腕社長ランダルはその状況を見過ごさなかった。館の買収に手こずる部下に業を煮やした彼は、自ら説得に動くと宣言。ランダルを含む誰もが、ものの

◇二度めの旅立ち　シャーロット・ラム作，三好陽子訳　ハーパーコリンズ・ジャパン　2022.7　156p　17cm　（ハーレクイン・イマージュ I2716―至福の名作選）〈ハーレクイン・エンタープライズ日本支社 1983年刊の再刊　原書名：NIGHT MUSIC〉673円　①978-4-596-70804-5

＊同僚とレストランに入ったライザは、ふと鋭い視線を感じて身震いした。顔を上げると、見覚えのある青い瞳に射貫かれた。スティーヴ！ 別れたはずの夫が、なぜこんなところに？ 1年前、ライザはまったく身に覚えのない不貞を疑われ、限界まで追いつめられた末に、耐えきれず家を飛びだしたのだった。思わぬ再会から数日後、今度は取引先の社長としてライザの前にスティーヴが現れ、去り際に謎めいた言葉を残していった。「また僕のもとに戻ってくるんだ。貸したものは返してもらう」ライザの心はかき乱された。彼なしの人生は虚しい。でも、私を信じてくれない人と暮らすのは、もっと虚しい…。〔4275〕

◇春の吹雪　シャーロット・ラム作，古城裕子訳　ハーパーコリンズ・ジャパン　2022.4　156p　17cm　（ハーレクイン・ロマンス R3676―伝説の名作選）〈ハーレクイン・エンタープライズ日本支社 1986年刊の再刊　原書名：THE BRIDE SAID NO〉664円　①978-4-596-33341-4

＊結婚式を明日に控えたミランダは、パーティを抜けだし、ひとり書斎に隠れてつかの間の休息をとっていた。愛するショーンは今頃、独身最後の夜を友人と楽しんでいる。ショーンとの初夜を想像して頬を赤らめたとき、同じくパーティ会場を抜けてきたらしい父の秘書が、連れとともに書斎へと入ってきた。ミランダがいるとは気づかずに、ひそひそと話を始めた―ショーンがミランダと結婚するのは、愛ゆえではなく、彼女の父親に、結婚と引き替えに出世を保証されたからだと。幸せの絶頂から絶望の淵へと突き落とされたミランダは…。〔4276〕

◇ひとりぼっちの妻　シャーロット・ラム著，小長光弘美訳　ハーパーコリンズ・ジャパン　2024.11　218p　15cm　（ハーレクイン文庫）〈原書名：DARK DOMINION〉691円　①978-4-596-71583-8

＊キャロラインは富豪ジェイムズに一目惚れして結婚したが、気づけば、夫が留守がちな家でいつもひとりぼっち。子供を望まない夫と妊娠をめぐって喧嘩ばかりで、今は寝室も別。なんとか話し合って解決しようと夫の職場を訪れたのに、同僚女性を胸に抱く夫の後ろ姿を見て、動揺するばかりだった。ある日、昔の知人男性とばったり会って思い出話に花が咲き、キャロラインは久しぶりに声をあげて笑った。でも、また会わないかという誘いに、少しも心は揺れなかった。目の前の魅惑の男性が霞むほど、まだ夫に恋い焦がれている―。〔4277〕

◇夢一夜　シャーロット・ラム著，大沢晶訳　ハーパーコリンズ・ジャパン　2024.2　206p　15cm　（ハーレクインSP文庫 HQSP-403）〈ハーレクイン・エンタープライズ日本支社 1983年刊の再刊　原書名：DESIRE〉545円　①978-4-596-53537-5

＊パーティの間じゅう、ナターシャは部屋の隅で微笑んでいた。今日、突然フィアンセから婚約解消を言い渡された彼女には、悲しみにくれる心の置き場がわからないのだ。そんなナターシャを、熱を孕む瞳で見つめるひとりの男がいた。敏腕経営者でプレイボーイと名高い、ジョー・ファラルだ。わけもわからずナターシャが、震える息をのむと、ジョーは彼女の手を優しく取り、そして外に連れだし―いますぐ消えてなくなりたいナターシャは身をゆだねたのだ。一夜の夢に。その代償に、妊娠してしまうとは思いもせずに。〔4278〕

◇別れた夫　シャーロット・ラム著，三木たか子訳　ハーパーコリンズ・ジャパン　2023.4　198p　15cm　（ハーレクインSP文庫 HQSP-362）〈ハーレクイン・エンタープライズ日本支社 1985年刊の再刊　原書名：THE SEX WAR〉545円　①978-4-596-77041-7

＊"兄の会社が倒産寸前ですって？"リンゼーは衝撃を受けた。親代わりとしてずっと面倒をみてくれた兄が失踪したなんて、まさかそういうことだったとは思いもしなかった…。だが兄を捜しだし、力になってあげたくても、リンゼーにはとても金銭的な余裕などない。そんな折、元夫の実業家ダニエルが突然、資金援助を申し出た。プレイボーイの夫との生活に傷つき別れたリンゼーだが、ダニエルの交換条件を耳にした瞬間、なぜか心を揺さぶられた。ふたたび彼の妻になる、というばかげた提案に。〔4279〕

ラーム，R.V.　Raman, R.V.

◇英国屋敷の二通の遺書　R・V・ラーム著，法村里絵訳　東京創元社　2022.3　406p　15cm　（創元推理文庫 Mラ12-1）〈原書名：A WILL TO KILL〉1180円　①978-4-488-22004-4

＊代々の主が非業の死を遂げたグレイブルック荘。数々の事件を解決したアスレヤは、現主人・バスカーに請われて屋敷を訪れる。バスカーは何者かに命を狙われ、二通の遺書を書いていた。どちらが効力を持つかは、彼の死に方によって決まる。遺書が人々の心をざわつかせるなか、ついに惨劇が！ アスレヤは殺人と屋敷をめぐる謎に挑む。インド発、英国ミステリの香気漂う長編推理。〔4280〕

ラーメ，フランカ　Rame, Franca

◇ダリオ・フォー喜劇集　ダリオ・フォー，フランカ・ラーメ著，高田和文訳，ジョヴァンニ・デサンティス，イタリア文化会館・大阪監修　京都　松籟社　2023.7　447p　22cm　〈原書名：Le Commedie di Dario Foの抄訳 Teatroの抄訳〉3500円　①978-4-87984-441-5

内容　開かれたカップル（ダリオ・フォー，フランカ・

ラーメ著, 髙田和文訳　　　　　〔4281〕

ラ・モット・フケー, フリードリヒ・ド　La Motte-Fouqué, Friedrich de

◇魔法の指輪―ある騎士物語　上　フリードリヒ・ド・ラ・モット・フケー著, 池中愛海, 鈴木優, 和泉雅人訳　幻戯書房　2022.6　379p　19cm　〈ルリユール叢書〉〈原書名：Der Zauberring〉3600円　①978-4-86488-247-7
〔4282〕

◇魔法の指輪―ある騎士物語　下　フリードリヒ・ド・ラ・モット・フケー著, 池中愛海, 鈴木優, 和泉雅人訳　幻戯書房　2022.6　490p　19cm　〈ルリユール叢書〉〈文献あり　年譜あり　原書名：Der Zauberring〉4800円　①978-4-86488-248-4
〔4283〕

ランガン, ジョン　Langan, John

◇穏やかな死者たち―シャーリイ・ジャクスン・トリビュート　ケリー・リンク, ジョイス・キャロル・オーツ他著, エレン・ダトロウ編, 渡辺庸子, 市田泉他訳　東京創元社　2023.10　570p　15cm　〈創元推理文庫　Fン12-1〉〈責任表示はカバーによる　原書名：WHEN THINGS GET DARK〉1500円　①978-4-488-58407-8
内容　生き物のようなもの（ジョン・ランガン著, 渡辺庸子訳）　　　　　〔4284〕

◇フィッシャーマン―漁り人の伝説　ジョン・ランガン著, 植草昌実訳　新紀元社　2022.1　349p　19cm　〈Roman Fantastique〉〈著作目録あり　原書名：The Fisherman〉2000円　①978-4-7753-1982-6
＊ニューヨーク州北部を人知れず流れる川、ダッチマンズ・クリーク。妻を癌で失ったエイブと、交通事故で家族を一度に亡くしたダンは、釣りに打ち込むことで孤独と喪失感に勘えていた。二人は新たな釣り場としてその川に向かう途中、一九世紀から始まる長い話を聞く。それは、ダッチマンズ・クリークの水源に沈んだ町と、愛する者を失った男たちが謎の"漁り人"と結んだ契約にまつわる、奇怪な物語だった。そして、"漁り人"の伝説は、やはり愛する者を失った二人の釣り人をも引き寄せていく…魔の川へと！　二〇一六年ブラム・ストーカー賞長編賞受賞作。二一世紀アメリカのホラー界を先導する俊英の代表作、ついに邦訳！　　　　　〔4285〕

ラング, リチャード　Lange, Richard

◇彼女は水曜日に死んだ　リチャード・ラング著, 吉野弘人訳　東京創元社　2022.10　283p　20cm　〈原書名：SWEET NOTHING〉2100円　①978-4-488-01119-2
＊ギャングの少年による殺人を目撃した女性は、報復を恐れて通報できず、苦悩する…（「ベイビー・キラー」）。1899年のフランス。8人の子供を殺して監獄に入れられた囚人と看守の、奇妙な交流の行方は…（「ボルドーの狼」）。メアリーローズは水曜日に死んだ。売人の家で麻薬を打った直後に死んだという。キャンベルは愛する人が死んだことで、世界の一部も死んでしまったような気がした…（「本能的溺水反応」）。メキシコとの国境地帯で大規模な山火事が起こる。密入国する途中で火事に巻き込まれたらしい親戚を探すという父親に連れられ、少年は荒野に足を踏み入れるが…（「灰になるまで」）。目撃者、看守、前科者、薬物中毒者、密入国者の親戚―。さまざまな形で犯罪に関わりを持ってしまった人々の孤独と希望を、美しく切なく真摯に描く。英国推理作家協会（CWA）賞最優秀短編賞受賞作ほか全10編収録の傑作短編集！　　　　　〔4286〕

ランゴス, ヤニス

◇無益な殺人未遂への想像上の反響―ギリシャ・ミステリ傑作選　ディミトリス・ポサンジス編, 橘孝司訳　竹書房　2023.7　443p　15cm　〈竹書房文庫　ほ1-1〉〈原書名：Ellinika Egklimata.5〉1500円　①978-4-8019-3279-1
内容　死ぬまで愛す―ある愛の物語の一コマ（ヤニス・ランゴス著, 橘孝司訳）
＊ギリシャに形成されつつある新たな迷宮。本書には、本格ミステリ、ノワール、警察小説など、各ジャンルのギリシャ・ミステリの精鋭たちの作品が収録されている。回天するギリシャ・ミステリの世界へようこそ。あなたは希望の胸膨らませた新人作家が大御所ミステリ作家のもとに持ち込んだ原稿を読む（「ギリシャ・ミステリ文学の将来」）。ナンシー・シナトラの曲が流れる中、ひとりの女の生涯を追体験し（「バン・バン！」）、現実とミステリの狭間をさまよう（表題作）。陽気な警官たちと観るブルース・スプリングスティーンのアテネ公演はまさに（「"ボス"の警護」）。そして、最悪の愛が通りを駆け抜けてゆく―（「死ぬまで愛す」）。二千年の時を経て、色合いを変え深度を増した迷宮が、あなたの前に扉を開く。あなたはそこで怪物よりも不可解なものに遭遇するだろう。混沌としたギリシャ・ミステリの謎に。巻末に訳者による詳細な解説と「ギリシャ・ミステリ小史」を付す。
〔4287〕

ランシマン, パトリック　Rangsimant, Patrick

◇マイイマジナリーボーイフレンド　Patrick Rangsimant著, イーブン美奈子訳　KADOKAWA　2022.3　342p　19cm　〈他言語標題：My Imaginary Boyfriend〉1600円　①978-4-04-111199-4
＊父親を亡くしたパーイが子どもの頃に出会った友達「クロン」。クロンはなぜかパーイにしか見えない「空想上の友達」だった。しかし、ある日クロンは忽然といなくなる。失意のパーイだったが、それから22年の時が流れ、パーイは研修医となる。そして、ある日運命の出会いのように初めて会った公園で再会する二人。オトナになった二人は、お互い愛し合いつつも、それは空想上の世界だけにとどまらず、現実の世界で具現化していき―。
〔4288〕

ランズデール, ジョー・R.　Lansdale, Joe R.

◇短編回廊――アートから生まれた17の物語　ローレンス・ブロック編，田口俊樹他訳　ハーパーコリンズ・ジャパン　2022.12　605p, 図版18p　15cm　〈ハーパーBOOKS M・フ6・2〉〈原書名：ALIVE IN SHAPE AND COLOR〉1264円　①978-4-596-75581-0

内容　理髪師チャーリー（ジョー・R・ランズデール著，鎌田三平訳）

＊探偵スカダーは滞在先で見覚えのある顔にでくわす。それは25年前、まだスカダーが刑事だった頃に恋人殺しの罪で逮捕した男で――L・ブロック『ダヴィデを探して』。考古学者の夫婦は世紀の発見にたどりつくが、待ち受けていたのは恐ろしい真相だった――J・ディーヴァー『意味深い発見』。絵のなかに閉じ込められてしまった少女の悲痛な叫び――J・C・オーツ『美しい日々』他、芸術とミステリーの饗宴短編集！　〔4289〕

ランセット, バリー　Lancet, Barry

◇トーキョー・キル　バリー・ランセット著，白石朗訳　ホーム社　2022.11　442p　20cm　〈発売：集英社　原書名：TOKYO KILL〉3000円　①978-4-8342-5366-5

＊アメリカ私立探偵作家クラブのシェイマス賞の最優秀長篇賞にノミネート。「フォーブス」誌のアジア諸国首脳の必読書に選定。「生命に危険を感じて怯えた三浦晃がわたしたちの事務所のドアを叩いた時点で、すでに死者は八人を数えていた」――サンフランシスコのジャパンタウンで起こった殺人事件を解決したジム・ブローディは、休暇を娘と過ごすために日本に戻っていた。東京のブローディ警備会社に96歳になる老人が現れ、命を狙われているので身辺警護をしてほしいという。男は旧日本陸軍の兵士で、すでに戦友二人が殺されており、その手口は中国の秘密結社のものと similar。一方ブローディは、高名な禅僧にして絵師である仙厓義凡の幻の逸品の行方を追っていた。捜査を進めていくうちに、一見異なるこの二つの出来事が、実は第二次世界大戦中の日中戦争の秘められた歴史とつながっていることが判明する…。横浜中華街、フロリダ、バルバドスと各地を縦横に駆け巡り、知られざる日中戦争の歴史の闇に迫っていく〝私立探偵ジム・ブローディ″シリーズの第2弾。　〔4290〕

ランダ, D.　Landa, Diegoe

◇チベット幻想奇譚　星泉，三浦順子，海老原志穂編訳　春陽堂書店　2022.4　270p　19cm　2400円　①978-4-394-19027-1

内容　羊のひとりごと（ランダ著，星泉訳）　一脚鬼カント（ランダ著，三浦順子訳）

＊伝統的な口承文学や、仏教、民間信仰を背景としつつ、いまもチベットに住む人々の生活や世界観が描かれた物語は、読む者を摩訶不思議な世界に誘う――時代も、現実と異界も、生と死も、人間/動物/妖怪・鬼・魔物・神の境界も越える、13の短編と掲載した日本独自のアンソロジー。チベットの現代作家たちが描く、現実と非現実が交錯する物語。　〔4291〕

ランドン, ジュリエット　Landon, Juliet

◇男装のレディと秘密の恋　ジュリエット・ランドン作，永幡みちこ訳　ハーパーコリンズ・ジャパン　2023.6　282p　17cm　〈ハーレクイン・ヒストリカル・スペシャル PHS305〉〈「秘密の恋」（ハーレクイン　2007年刊）の改題　原書名：HIS DUTY, HER DESTINY〉827円　①978-4-596-77180-3

＊今しがた求婚者を得意の剣術で負かしたレディ・ニコラは、次に手合わせを願い出てきた相手に驚いた――ファーガス！　初めてファーガスと会ったのは、ニコラが11歳のとき。親が決めた許婚である年上の美少年の彼に憧れていたのだが、彼は垢抜けない彼女に見向きもせず、幼い恋心を踏みにじったのだった。12年ぶりの再会。いかにも尊大なファーガスはたくましく、輪郭もシャープになり、片耳に耳飾りをして野性味にあふれている。余裕でニコラを負かした彼はしかし、誤って彼女の胸を傷つけてしまう。すると、すかさず彼女を抱き上げてベッドまで運び、宣言した！「傷も含め、何もかもすべて、きみはぼくのものとなる」　〔4292〕

【リ】

リー, イーユン　Li, Yiyun

◇ガチョウの本　イーユン・リー著，篠森ゆりこ訳　河出書房新社　2024.7　291p　20cm　〈文献あり　著作目録あり　原書名：THE BOOK OF GOOSE〉2700円　①978-4-309-20899-2

＊13歳のアニエスは作家として華々しくデビューするが、本当の作者は親友のファビエンヌ。小説を書くという二人の「遊び」は、周囲を巻き込み思わぬ方向に――。2023年度PEN/フォークナー賞受賞作。　〔4293〕

◇千年の祈り　イーユン・リー著，篠森ゆりこ訳　河出書房新社　2023.10　303p　15cm　〈河出文庫 リ4-3〉〈新潮社　2007年刊の加筆修正　原書名：A THOUSAND YEARS OF GOOD PRAYERS〉1100円　①978-4-309-46791-7

内容　あまりもの　黄昏　不滅　ネブラスカの姫君　市場の約束　息子　縁組　死を正しく語るには　柿たち　千年の祈り

＊孤独や秘密をかかえる人や、ままならない日常を生きる人の人生と、その背後にある中国の歴史、文化、政治が交錯し、驚くほど豊かな物語を紡ぎ出す。映画化もされた表題作「千年の祈り」ほか個性の際立つ十編を収録。デビュー作にして、フランク・オコナー国際短編賞、PEN/ヘミングウェイ賞ほか、名だたる賞を多数受賞した不朽の傑作短編集。　〔4294〕

◇もう行かなくては　イーユン・リー著，篠森ゆ

リ

りこ訳　河出書房新社　2022.5　418p　20cm　〈原書名：MUST I GO〉　3400円　①978-4-309-20852-7
＊あなたはたくさんのことを知らなかった。私の妊娠も、私たちの娘の誕生も、そして娘の自死も。リリアは81歳。三番目の夫も亡くなり、高齢者施設暮らし。喪失感を抱えながら果敢に人生を進む――。かつて愛した男性の日記を繰りつつ、冴え渡る毒舌を織り交ぜ語る物語とは。〔4295〕

◇理由のない場所　イーユン・リー著，篠森ゆりこ訳　河出書房新社　2024.5　269p　15cm　（河出文庫　リ4-4）〈文献あり　原書名：WHERE REASONS END〉　1000円　①978-4-309-46802-0
＊母親の「私」と自殺してまもない16歳の息子との対話で進められる物語。著者の実体験をもとに書かれた衝撃作。生前と同じような調子で、生と死の境界線を超えて会話がなされ、母親の底なしの悲しみが伝わり強く心を打つ。刊行当初より大きな反響を呼び、PEN/ジーン・スタイン賞を受賞。魂をゆさぶられる他に類をみない秀逸な作品。〔4296〕

リ, エイヘイ　李 永平
◇華語文学の新しい風　劉慈欣，ワリス・ノカン，李娟他著，王徳威，高嘉謙，黄英哲，張錦忠，及川茜，濱田麻矢編，小笠原淳，津守陽他訳　白水社　2022.11　357p　20cm　（サイノフォン 1）　3200円　①978-4-560-09875-2
内容　ダヤクの妻（李永平著，及川茜訳）
＊近年注目を集めている華語文学の新たな流れを紹介するシリーズ"サイノフォン"の第1巻。香港の高層ビルからチベットの聖なる湖まで、シカゴのバーからマレーシアの原生林まで。小説、旅行記、詩、SFなど、多様なジャンルから世界を切り取る17篇。〔4297〕

リー, エヴァ　Leigh, Eva
◇初恋の思い出作りは放蕩者と　エヴァ・リー著，緒川久美子訳　原書房　2023.2　419p　15cm　（ライムブックス　リ5-1）〈原書名：THE GOOD GIRL'S GUIDE TO RAKES〉　1200円　①978-4-562-06552-3
＊新興実業家の娘セレステは、兄の友人で伯爵家の三男キーランに結婚相手探しを手伝えと頼まれる。放蕩が過ぎたうえに友人の結婚式をぶち壊しにした彼は、遊びをやめて身を固めないと勘当すると両親から言い渡されたのだが、素行の悪さゆえ社交界に出入りできなくなっている。品行方正で知られるセレステは、意に染まない縁談を進められているが、父の望みどおりに貴族階級ではない家柄の地位を高めるため必要なことをあきらめていた。しかし独身のうちにときめく思い出がほしいと願う彼女は、キーランの手助けをするかわりに夜遊びに連れ出してほしいと交換条件を出す。堅物の良い子の彼女は変わるのか？　USAトゥデイベストセラーリスト作家の話題作！〔4298〕

リ, キエイ　李 喜榮
⇒イ, ヒヨン を見よ

リ, ケン　李 娟
◇華語文学の新しい風　劉慈欣，ワリス・ノカン，李娟他著，王徳威，高嘉謙，黄英哲，張錦忠，及川茜，濱田麻矢編，小笠原淳，津守陽他訳　白水社　2022.11　357p　20cm　（サイノフォン 1）　3200円　①978-4-560-09875-2
内容　突然現れたわたし（李娟著，濱田麻矢訳）
＊近年注目を集めている華語文学の新たな流れを紹介するシリーズ"サイノフォン"の第1巻。香港の高層ビルからチベットの聖なる湖まで、シカゴのバーからマレーシアの原生林まで。小説、旅行記、詩、SFなど、多様なジャンルから世界を切り取る17篇。〔4299〕

リー, ジプシー・ローズ　Lee, Gypsy Rose
◇Gストリング殺人事件　ジプシー・ローズ・リー著，柿沼瑛子訳　国書刊行会　2022.10　339p　19cm　（奇想天外の本棚）〈原書名：The G-String Murders〉　2300円　①978-4-336-07402-7
＊ストリッパーとしてオハイオ州コロンバスのゲイエティ劇場に出演していたジプシー・ローズ・リーは、旧知の興行主H・I・モスに誘われ、親友のジージー・グレアムとともに、彼がオーナーを務めるニューヨークのオールド・オペラ劇場に移籍する。華やかな舞台の裏で繰り返される、踊り子同士のいがみあいや喧嘩、口さがない悪口、踊り子とコメディアンとの恋愛沙汰、警察による手入れ、と移籍先での毎日は騒がしい。そんな中、新しいトイレのお披露目を口実に楽屋で開かれたパーティの席上で、皆から嫌われていた踊り子のロリータ・ラ・ヴェルヌが、Gストリングを首に巻きつけた状態の遺体で発見される。自身にも嫌疑を向けられたリーは、恋人のビフ・ブラニガンとともに調査を始めるが、やがて第二の殺人が！　一癖も二癖もある人間が出入りし、生々しい人間関係が渦を巻き猥雑を極めたバーレスクの世界を舞台に繰り広げられる、アメリカン・バーレスクの伝説的スターによる異色のミステリ、ここに開幕！　クレイグ・ライス代表作説を徹底究明した前説だけでもミステリ・ファンはMUSTの一冊。〔4300〕

リ, シュウ　李 洲
◇老中医―Experienced TCM Specialist　高満堂，李洲著，田中寛之訳　市川　東洋学術出版社　2024.3　756p　21cm　3800円　①978-4-910643-85-4　〔4301〕

リ, ジンショク　李 人稙
⇒イ, インジク を見よ

リ, チョクフ　李 直夫
◇中国古典名劇選　3　後藤裕也，田村彩子，陳駿

リ

千, 西川芳樹, 林雅清編訳　東方書店　2022.3
416p　21cm　4200円　①978-4-497-22204-6
内容 便宜行事の虎頭牌―虎頭牌（李直夫撰）
〔4302〕

リ, トウ　李 潼
◇『虹の図書室』代表作選―中国語圏児童文学の作家たち　日中児童文学美術交流センター編　小峰書店　2022.2　221p　20cm　2800円　①978-4-338-08166-5
内容 操り人形（李潼作, 中由美子訳）
＊中国語圏のすぐれた児童文学作品を紹介しつづける『虹の図書室』。この雑誌に掲載された中から、八篇を厳選した。国際アンデルセン賞作家・曹文軒の作品もあります。これまで目にする機会が少なかった、中国児童文学の"今"にふれてください。
〔4303〕

リ, トウゴウ　李 桐豪
◇プールサイド―短篇小説集　陳思宏ほか著, 三須祐介訳, 呉佩珍, 白水紀子, 山口守編　作品社　2022.2　246p　19cm　（台湾文学ブックカフェ　3）　2400円　①978-4-86182-879-9
内容 犬の飼い方（李桐豪著）
＊大学受験を控える高校生の少年が夏休みにプールの監視員のバイトをしていると、ある男から小学生の息子に水泳を教えてほしいと頼まれ、やがて、少年を自宅に招いた男は長い口づけをする…。高校生から大学生へと成長する少年のひと夏の経験が語られる、本集最年少の新星による表題作のほか、全十一篇を収録。
〔4304〕

リ, ハコ　李 箱
⇒イ, サン を見よ

リー, ハーパー　Lee, Harper
◇ものまね鳥を殺すのは―アラバマ物語〈新訳版〉　ハーパー・リー著, 上岡伸雄訳　早川書房　2023.6　479p　20cm〈原書名：TO KILL A MOCKINGBIRD〉　3600円　①978-4-15-210250-8
＊「これは覚えておいてくれ。ものまね鳥を殺すのは罪なんだ」1930年代、アメリカ南部。白人女性への暴行の嫌疑がかけられた黒人男性の弁護についたアティカスは、無垢な存在を殺すのは罪なのだと子供たちに話す。アメリカ南部にはびこる人種差別と、周囲の白人の反発にもかかわらず正義のために闘う父アティカスの姿を、娘のスカウトの無垢な瞳を通じて克明に描いた、全世界4000万部超の不朽の名作の新訳。1961年ピュリッツァー賞受賞。
〔4305〕

リ, ヘイヨウ　李 屛瑤
◇向日性植物　李屛瑤著, 李琴峰訳　光文社　2022.7　248p　20cm　1800円　①978-4-334-91478-3
＊台北の女子高に入学した「私」は、先輩の小游と惹かれ合い、戸惑いながらも付き合うことに。しかし、小游には親の無理解で入院させられていた元恋人・小莫がいた。台湾大学に合格した小游と小莫は、大学近くのアパートで同居を始める。一年後、「私」も台湾大学に合格するが、二人とは距離を取ってしまう。大学を卒業した小游と小莫は渡米し大学院へ。翌年卒業した「私」は台北で会社員になる。時は流れ数年後、小莫から国際電話で「心臓の手術をするため帰国する」と連絡があり…。今を生きる少女たちの揺れ動く青春の日々を、繊細かつ誠実に描き出した傑作。
〔4306〕

リー, マッケンジー　Lee, Mackenzi
◇美徳と悪徳を知る紳士のためのガイドブック　マッケンジー・リー著, 桐谷知未訳　二見書房　2022.4　626p　15cm　（二見文庫　リ11-1―ザ・ミステリ・コレクション）〈原書名：The Gentleman's Guide to Vice and Virtue〉　1300円　①978-4-576-22041-3
＊伯爵の長男で紳士の振る舞いをすべき身でありながら、酒や煙草、美男美女との戯れに明け暮れる放蕩息子モンティ。実は親友のパーシーを密かに想っているが、爵位を継ぐ前に一年間、その親友と共に欧州を巡る周遊旅行に出ることに。父親の監視の目を逃れ、ますます派手に遊ぶ彼は、ベルサイユ宮殿で開かれたパーティでちょっとした諍いから小物入れを盗む。この出来事が思わぬ大事件に発展し、追われるはめになるが―。LGBTQ＋、ロマンス、冒険、様々な要素の入った楽しい作品！ NY公共図書館ベストブック選出、米公共ラジオ局ベストブック選出、カーカス賞ノミネート！ goodreadsベストYA賞第4位！
〔4307〕

リー, ミランダ　Lee, Miranda
◇愛していると言えなくて　ミランダ・リー作, 永幡みちこ訳　ハーパーコリンズ・ジャパン　2022.11　156p　17cm　（ハーレクイン・ロマンス　R3732―伝説の名作選）〈ハーレクイン2012年刊の再刊　原書名：THE MAN EVERY WOMAN WANTS〉　664円　①978-4-596-75459-2
＊裕福な会社社長ライアンは女性たちの理想の男性として名高い。顧客の一人である彼のオフィスを、ローラは週に1度訪れる。だが彼と私語を交わすことはなく、格好も地味なものを選ぶ―本当は、ライアンの男性的魅力を意識していることを隠すために。そんなある日、ローラは途方に暮れていた。もう先は長くないであろう祖母を喜ばせるため、つい「運命の男性に出会った」と口走ってしまったからだ。心ここにあらずの状態を、いつもは冷淡なライアンに気づかれ、思わず真実を告げてしまったローラは彼の言葉に唖然とした。「では僕がその運命の男性を演じてみよう」と。
〔4308〕

◇愛の記憶が戻ったら　ミランダ・リー著, 森島小百合訳　ハーパーコリンズ・ジャパン　2024.4　211p　15cm　（ハーレクインSP文庫　HQSP-409）〈「情熱だけの関係」（ハーレクイン

リ

2006年刊）の改題　原書名：THE TYCOON'S TROPHY WIFE〉545円　①978-4-596-54029-4

＊結婚披露宴で，夫リースの友人とダンスをしていたアラナ。すると驚いたことに，リースが嫉妬に満ちた視線を向けてきた。変ね，彼が嫉妬なんてするはずがないのに。結婚紹介所を通じて愛情抜きの結婚をした彼にとって，私はお飾りの妻なのに。二人が喜びとするのは，ベッドのなかでの行為だけ。だがその夜交わした愛はいつもとは何かが違っていた。もしかしたら，私たちの関係が変化し始めているの？　それを確かめることはできなかった。翌日アラナは事故に遭い，すべての記憶を失ってしまったから─。〔4309〕

◇熱いファンタジー　ミランダ・リー著，吉本ミキ訳　ハーパーコリンズ・ジャパン　2023.1　212p　15cm　（ハーレクイン文庫 HQB-1169）〈ハーレクイン 1999年刊の再刊　原書名：THE BOSS'S BABY〉627円　①978-4-596-75723-4

＊長身で青い瞳のセクシーな社長ルイスの秘書になって，1年半。オリヴィアはいつも地味な黒のスーツをまとってきた。社長に色仕掛けで迫った前任の秘書がくびになったと聞かされて，苦労人で人一倍真面目なオリヴィアには無縁の話─ところが，そのあまりの堅さを理由に恋人にふられてしまうだけ。気を紛らそうと，会社のパーティに出ることにした彼女は，慣れないアルコールを飲んでいつもより大胆になり，社長ルイスとはからずも情熱を分かち合ってしまう。ひと月後，妊娠したことに気づくが，彼には告げられず…。〔4310〕

◇運命の恋人　ミランダ・リー著，柊羊子訳　ハーパーコリンズ・ジャパン　2022.12　204p　15cm　（ハーレクイン文庫 HQB-1162）〈ハーレクイン 1997年刊の再刊　原書名：A HAUNTING OBSESSION〉627円　①978-4-596-75539-1

＊不動産ディーラーのボニーを一目見た瞬間，ジョーダンは強烈な欲望にとらわれ，恐怖に襲われた。恋なんかするのは愚か者だけだ。だから従順な女性と，愛はないが円満な家庭を築くことに決めたのに，未来の妻と別荘の下見に来て，別の女性に惹かれてしまうとは。よりによって，契約を得るためなら自分の肉体を利用するという不実で奔放な妖婦に。だがこれは恋ではない，単なる欲望だ。一方，ボニーは情熱を抑えるのに必死だった。婚約者のいる男性に惹かれるなんて，どうかしているわ…。〔4311〕

◇運命の夜に　ミランダ・リー著，シュカートゆう子訳　ハーパーコリンズ・ジャパン　2024.3　156p　17cm　（ハーレクイン・プレゼンツ PB381—作家シリーズ　別冊）〈ハーレクイン 1998年刊の再刊　原書名：MADDIE'S LOVE-CHILD〉664円　①978-4-596-53647-1

＊子供が欲しい！　結婚なんてしなくても，赤ちゃんは産めるわ。幼いころ父親に捨てられたマディーの辞書に，"結婚"の文字はない。親友の赤ん坊を抱くうち母性が急に目覚めても，それは変わらなかった。ただ，子供を授けてくれる男性が必要だし，誰でもいいわけじゃない。英国貴族で金融会社の重役マイルズと再会したのは，そんなときだった。昨年のパーティで出逢い，強く惹かれるものを感じていた。優秀な頭脳と，女性を蕩けさせるルックス，そして高貴な生まれ…。愛は望まなくても，マイルズは子供の父親としては理想の男性だ。けれども問題は，昨年マディーは勇気を出して彼を誘ったのに，その誘いを丁寧な，しかし見下すような口調で拒まれたことだった！〔4312〕

◇カサノヴァの素顔　ミランダ・リー著，片山真紀訳　ハーパーコリンズ・ジャパン　2024.9　157p　17cm　（ハーレクイン・プレゼンツ PB392—作家シリーズ　別冊）〈ハーレクイン 2001年刊の再刊　原書名：THE PLAYBOY'S PROPOSITION〉664円　①978-4-596-77729-4

＊ある日，ミッシェルのもとに，結婚式の招待状が送られてきた。差出人はなんと，彼女の10年来の恋人！　いつのまに別の女性が？　いきなりの仕打ちに泣き崩れたミッシェルを慰めてくれたのは，学生時代からの友人で大富豪のタイラーだった。昔からプレイボーイとして名を馳せ，有能で容姿端麗で完璧すぎる彼にかえって反発を感じて，喧嘩ばかりしていたのに。彼のおかげで少し元気の出たミッシェルは，ある計画を思いつく。タイラーに頼んで，一緒に結婚式に出席してもらおう─私のとびきりすてきな新しい恋人のふりをして！　見せかけのはずが，本当に彼の虜になってしまうとも知らずに。〔4313〕

◇禁じられた恋人　ミランダ・リー作，山田理香訳　ハーパーコリンズ・ジャパン　2024.4　156p　17cm　（ハーレクイン・ロマンス R3864—伝説の名作選）〈ハーレクイン 2008年刊の再刊　原書名：THE GUARDIAN'S FORBIDDEN MISTRESS〉673円　①978-4-596-53795-9

＊「新しい恋人は，君が莫大な遺産を受け継ぐと知っているのか？」年の離れた義兄ニックは，プレイボーイで有名な裕福な実業家。父亡きあとサラの後見人をしている。サラの幼い日の義兄への憧れはいつしか恋に変わったが，24歳になった今も，まだ子ども扱いしてくるのだ。でも，私はもう大人よ。義兄の気持ちを知りたい…。ニックの前でセクシーなドレスを着る日を夢見て，ダイエットを決意したサラは，ジムのトレーナーに恋人のふりを頼み，ランチに招待することに。そして当日現れた男友達と，義兄の前でキスすると…？〔4314〕

◇恋した人の名は…　ミランダ・リー著，上村悦子訳　ハーパーコリンズ・ジャパン　2022.10　208p　15cm　（ハーレクイン文庫 HQB-1150）〈ハーレクイン 1996年刊の再刊　原書名：MARRIAGE IN JEOPARDY〉627円　①978-4-596-74882-9

＊ジュリアーナと富豪のブレイクは，"友人同士"の夫婦だ。互いの便宜を図り，世間体と財産を保つために結婚した二人は，ベッドでの相性もよく，安定した関係を築いていた。そんなある日，ブレイクの乗った飛行機が行方不明になり，彼は結局ぶじ戻っ

リ

たものの、ジュリアーナは半狂乱になった。わたしは彼を愛している！でもこの気持ちは伝えられない。ブレイクは妻に愛されることを望んでいないから…。その夜、告げられない想いを胸に秘め、彼女は奔放に夫を愛した。皮肉にもブレイクは、妻の変化を不倫の兆候だと思い込み―　〔4315〕

◇恋人買います　ミランダ・リー著，佐久信子訳　ハーパーコリンズ・ジャパン　2022.4　206p　15cm　（ハーレクイン文庫 HQB-1112―珠玉の名作本棚）〈ハーレクイン 1997年刊の再刊　原書名：HEART-THROB FOR HIRE〉627円　①978-4-596-33319-3
＊毎日仕事を頑張っているケートの友達は、小鳥1羽と読書だけ。高校時代の苦い経験のせいで男性不信に陥り、恋を避けてきたが、年頃なのにいまだ独身の彼女を、家族たちは心配していた。そんなある日、ケートはたまたま知り合った大富豪ロイに、思わぬ提案をされる。「君の恋人役として僕を雇ってみないか？」恋の百戦錬磨といった雰囲気のセクシーな彼が、私の恋人に?!想像しただけで恥ずかしくなってしまうけれど、彼と一緒に帰省すれば、家族を安心させられるかもしれない。ケートは契約を結んだ―自分がロイを愛してしまうとも思わず。　〔4316〕

◇五億ドルの愛人　ミランダ・リー作，柿原日出子訳　ハーパーコリンズ・ジャパン　2022.6　156p　17cm　（ハーレクイン・ロマンス R3692―伝説の名作選）〈ハーレクイン 2005年刊の再刊　原書名：SOLD TO THE SHEIKH〉664円　①978-4-596-42963-6
＊モデルとして華やかに活躍するシャーメインは、その夜、ドゥバル王国のプリンス・アリの目を意識していた。美しき獲物を追う、鋭く黒い傲慢な、世界的プレイボーイの瞳。予想どおりアリは、その夜のディナーに彼女を招待したが―。魅力的な富豪の男性は大嫌いで。鼻を明かしてやるわ。シャーメインは彼の誘いを言下に断った。1年後、チャリティオークションに参加したシャーメインは、自分とのディナーを高額で競り落とす男性を待ち望んでいた。5億ドルもの大金でその権利を落札したのは、あのアリだった！　〔4317〕

◇この恋は宿命　ミランダ・リー，マーガレット・ウェイ，クリスティン・リマー著，庭植奈穂子他訳　ハーパーコリンズ・ジャパン　2022.3　334p　17cm　（HPA 32―スター作家傑作選）〈原書名：SOMETHING BORROWED GENNI'S DILEMMAほか〉1109円　①978-4-596-31888-6
内容　借りもののハート（ミランダ・リー著，庭植奈穂子訳）
＊アシュリーは幼なじみとの結婚式を数時間後に控えていた。だが身支度を整えながらも、悲劇的な結末を予感していた10代の頃の初恋相手―新郎の兄であるジェイクの姿を心から消せずにいた。そのときアシュリーのもとに、ずっと音信不通だったジェイクから、かつて彼女が愛の証として渡した、ハート形のロケットが届いて…『借りもののハート』。社交に明け暮れる母の企みで、ジェニーは有力な一族の子息と結婚させられようとしていた。だが式の直前、自分が本当に愛しているのは、幼い頃から見守ってくれた親族のブレーンだと気づく。でも、もう遅い…。引き立て役のブレーンと腕を組んで教会に入った瞬間、ジェニーは絶望のあまり気を失い、愛しい彼の胸に倒れ込んだ（『たどりついた愛』）。ドレスショップで働くメアリーは眼鏡の内気な女の子。知的でハンサムな弁護士ジェームズに憧れているけれど、棚の陰からそっと見つめるだけで精いっぱい。すると、見かねた店主が彼女にドレスを贈り、ジェームズも出席する舞踏会へ行くよう説得した。メアリーは勇気を出して美しく盛装し、名前も変えて会場に向かった！（『シンデレラへの招待』）。夢の初恋短篇集！　〔4318〕

◇情熱の報い　ミランダ・リー作，槇由子訳　ハーパーコリンズ・ジャパン　2024.11　156p　17cm　（ハーレクイン・ロマンス―伝説の名作選）〈原書名：THE PASSION PRICE〉673円　①978-4-596-71467-1
＊アンジェリーナは16歳で産んだ息子を一人で育てている。息子の父親はジェイク・ウィンターズ。危険な魅力あふれる不良少年だった彼にひと目で心奪われてアンジェリーナはバージンを捧げたが、周囲に仲を引き裂かれ、ジェイクには息子の存在さえ知らせていなかった。ある日、突然ジェイクが訪ねてきて、二人は15年ぶりに再会する。今や裕福な弁護士となった彼に、二人だけで夜を過ごそうと熱く囁かれ、アンジェリーナは激しく動揺する。息子のことを、いったいどうやって切り出せばいいの…？　〔4319〕

◇ハネムーンは終わらない―プレミアムセレクション　ミランダ・リー作，水間朋訳　ハーパーコリンズ・ジャパン　2022.7　156p　17cm　（ハーレクイン・プレゼンツ PB336―作家シリーズ 別冊）〈ハーレクイン 2010年刊の再刊　原書名：THE BILLIONAIRE'S BRIDE OF INNOCENCE〉664円　①978-4-596-70798-7
＊メガンが引きこもるようになって、もう3カ月。流産の傷は癒えたが、心の傷はますます深くなるばかりだ。というのも、病床にいたとき、夫ジェイムズの親友が話しているのをメガンは聞いてしまったのだ―ジェイムズがメガンと結婚したのは、愛ゆえでなく、子どもが欲しかっただけなのだ、と。ある朝、これまで静かに見守ってくれていた夫が意外な提案をしてきた。「きみを2度目のハネムーンに連れていく」一瞬心を躍らせたメガンだったが、はっと思いとどまった。ジェイムズは何かをたくらんでいるのかもしれない。だって、彼は私のことを、愛してなどいないのだから…。　〔4320〕

◇ボスに捧げた夜　ミランダ・リー著，水間朋訳　ハーパーコリンズ・ジャパン　2023.4　222p　15cm　（ハーレクイン文庫 HQB-1178―珠玉の名作本棚）〈ハーレクイン 2010年刊の再刊　原書名：THE BILLIONAIRE'S BRIDE OF CONVENIENCE〉627円　①978-4-596-76921-3
＊大財閥の後継者ヒューの秘書になって数カ月のキャスリン。ボスは何より女性を愛するプレイ

リ

ボーイとして有名だが、彼女はあくまでも上司と部下の関係を貫いていた。そんなキャスリンには、一刻も早く結婚したい事情があった。幼かった彼女に救いの手を差し伸べてくれた恩人が遺した、大事な思い出の家を継ぐには、30歳までの結婚が条件なのだ。だが1カ月後に期限を迎える今になっても、相手が見つからない。どうしたらいいの？ ある朝、泣きはらした顔で出社すると、キャスリンはボスに問いつめられて理由を話してしまい…。〔4321〕

◇本気で愛して　ミランダ・リー著，霜月桂訳　ハーパーコリンズ・ジャパン　2022.8　270p　15cm　（ハーレクインSP文庫 HQSP-330）〈ハーレクイン 2002年刊の再刊　原書名：JUST A LITTLE SEX〉500円　①978-4-596-70641-6
＊旅先で、しかも名前しか知らない人と一夜を共にするなんて！ 我に返ったゾーイは自分の行いに愕然とした。隣では昨日出会ったばかりのエイダンが静かな寝息をたてている。乱れた金髪と小麦色の肌が罪深いほどセクシーな彼は静かな海辺の町に住む、都会のせわしさとは無縁の自由人。すばらしい夜だったけど、二度と彼に会うことはないわ。パニックに陥ったゾーイはその場を逃げ出し、街へ飛んで帰った。だが数日後、あるパーティで思いがけず彼に再会してしまう。困惑してキッチンへ逃げこんだ彼女をエイダンが追ってきて…。〔4322〕

◇ミスターXをさがせ　ミランダ・リー作，高橋庸子訳　ハーパーコリンズ・ジャパン　2022.10　156p　17cm　（ハーレクイン・プレゼンツ PB343―作家シリーズ 別冊）〈ハーレクイン 1999年刊の再刊　原書名：THE SEDUCTION PROJECT〉664円　①978-4-596-74888-1
＊25歳の誕生日を迎えたモリーは、深いため息をついた。リアムに恋して、いったい何年たったのかしら。地味で野暮ったい図書館司書の私は、会社社長の彼にとってはただの友達。女性として見てはくれない。ましてや彼は、ガールフレンドに不自由しない色男なのだ。なのに、あきらめようと思っても、恋心は募る一方。悩みぬあげく、モリーはついに大きな決断をした。リアム好みの華やかな女性に変身して、彼を振り向かせるわ！ そして手始めに、リアムに告げた。「私はある男性を愛しているの」 すると彼は、モリーの想い人 "ミスターX" に嫉妬し始め…。〔4323〕

◇憂鬱な花嫁　ミランダ・リー著，やまのまや訳　ハーパーコリンズ・ジャパン　2022.1　204p　15cm　（ハーレクインSP文庫 HQSP-302）〈ハーレクイン 1997年刊の再刊　原書名：THE BRIDE IN BLUE〉500円　①978-4-596-01783-3
＊今日は結婚式。新婦なのだから幸せいっぱいでなければ。そう思うのに、ソフィアの気は重くなるいっぽうだった。時間だと告げる声に振り返ると、新郎のジョナサンにハンサムで裕福で近寄りがたい、彼女の夫となる男性がいた。初めて会ったときからソフィアに冷たかった彼は、臨終の兄に

頼まれたからという理由だけで彼女と結婚する。そんな彼に、私の秘めた想いを気取られるわけにはいかない…。だが、なぜか結婚式での彼のキスは激しく、ソフィアは戸惑いながらも、その情熱に熱く応えていた一。〔4324〕

◇誘惑された夜　ミランダ・リー作，夏木さやか訳　ハーパーコリンズ・ジャパン　2023.3　156p　17cm　（ハーレクイン・ロマンス R3760―伝説の名作選）〈ハーレクイン 2006年刊の再刊　原書名：BEDDED BY THE BOSS〉664円　①978-4-596-76675-5
＊苦しい生活を支えるため、ある調査の仕事を引き受けたジェシー。別人に変装して、調査対象者がよく通うバーに出向いたところ、一人でカウンターにいる青い瞳の魅力的な男性に否応なく惹かれた。彼こそが、調査対象者のミスター・マーシャル。なんてセクシーな人！ ジェシーは危うく彼の誘惑に屈しかけたが、なんとか理性を取り戻し、その場から逃げおおせた。数日後、長年望んでいた仕事につくチャンスがおとずれ、その会社のボスと面談をすることになったジェシーは、現れた男性を見て絶句した。あの夜のセクシーな彼がなぜここに？　〔4325〕

◇許されぬ密会　ミランダ・リー作，槇由子訳　ハーパーコリンズ・ジャパン　2024.1　156p　17cm　（ハーレクイン・ロマンス R3844―伝説の名作選）〈ハーレクイン 2011年刊の再刊　原書名：A NIGHT,A SECRET…A CHILD〉673円　①978-4-596-53181-0
＊セリーナが15歳、ニコラスが18歳の卒業パーティの夜、ふたりは初めての幼い愛を確かめ合った。だが、やがて彼の留学後、連絡は途絶えてしまった。妊娠に気づいたセリーナは絶望の中、ニコラスの子をひそかに産み育ててきた。そんなある日―。「ニコラス・デュプレが、学校に来てくれるの！」地元の名士で世界的億万長者の彼に、愛娘がみずから手紙を書いて、出演依頼したという。ニコラスこそが父親とは夢にも思わずに…。〔4326〕

◇忘れ得ぬキス　ミランダ・リー著，響遼子訳　ハーパーコリンズ・ジャパン　2023.3　198p　15cm　（ハーレクインSP文庫 HQSP-359）〈ハーレクイン 1998年刊の再刊　原書名：A KISS TO REMEMBER〉545円　①978-4-596-76905-3
＊アンジーは、24歳の今も、誰とも付き合ったことがなかった。15歳のときにした、触れただけの、羽根のようなキス。理想の王子様のような、大資産家の跡取り息子ランスと交わしたたった一度の戯れのキスに、永遠に囚われてしまったのだ。ただ彼は、幼すぎるアンジーに見向きもしなかったけれど…こんな想いを抱えて、年老いていくなんてばかげている。淡い未練を断ち切るために、パーティ会場に向かった彼女を待ち受けていたのは、だが、皮肉な運命だった。アンジーの前に大人になって魅力を増した、ランスが現れたのだ。〔4327〕

リー，ミン・ジン　Lee, Min Jin
◇パチンコ　上　ミン・ジン・リー著，池田真紀

リ

子訳　文藝春秋　2023.7　378p　16cm　〈文春文庫　リ7-1〉〈原書名：PACHINKO〉960円
①978-4-16-792074-6
＊日韓併合下の釜山沖の小さな島、影島。下宿屋の娘、キム・ソンジャは、粋な仲買人のハンスと出会い、恋に落ちて身籠るが、実はハンスには妻子がいた。妊娠を恥じる彼女に牧師のイサクが手を差し伸べ、二人はイサクの兄が住む大阪の鶴橋へ。しかし過酷な日々が待ち受けていた―。全世界で共感を呼んだ大作、ついに文庫化！　〔4328〕

◇パチンコ　下　ミン・ジン・リー著, 池田真紀子訳　文藝春秋　2023.7　382p　16cm　〈文春文庫　リ7-2〉〈原書名：PACHINKO〉960円
①978-4-16-792075-3
＊イサクを亡くし、劣悪な環境下で戦中を生き延びたソンジャ。二人の息子を育てた彼女の前にハンスがまた現れる。ハンスは日本の裏社会で力を持ち、陰でソンジャを支えていた。しかし大学生になった長男のノアが実の父について知ったとき―。国家と歴史に翻弄されながらも生き抜く家族の姿を描いた、比類なき最高傑作、完結！　〔4329〕

リー、ユーン・ハ　Lee, Yoon Ha

◇黄金の人工太陽―巨大宇宙SF傑作選　ジャック・キャンベル, チャーリー・ジェーン・アンダース他著, ジョン・ジョゼフ・アダムズ編, 中原尚哉他訳　東京創元社　2022.6　547p　15cm　〈創元SF文庫　SFン10-4〉〈責任表示はカバーによる　原書名：COSMIC POWERS〉1360円　①978-4-488-77204-8
内容　カメレオンのグローブ(ユーン・ハ・リー著, 赤尾秀子訳)
＊SFとファンタジーの基本はセンス・オブ・ワンダーだ。そして並はずれたセンス・オブ・ワンダーを味わえるのは、超人的なヒーローが宇宙の命運をかけて銀河のかなたで恐ろしい敵と戦う物語だ(序文より)―常識を超える宇宙航行生物、謎の巨大異星構造物、銀河を吹き飛ばす超爆弾。ジャック・キャンベルら豪華執筆陣による、SFならではの圧倒的スケールで繰り広げられる傑作選。　〔4330〕

◇蘇りし銃　ユーン・ハ・リー著, 赤尾秀子訳　東京創元社　2023.1　523p　15cm　〈創元SF文庫　SFリ2-3〉〈原書名：REVENANT GUN〉1500円　①978-4-488-78203-0
＊暦法改新から9年。ジェダオは自らの不死を維持しようとするクジェンの手によって蘇り、彼のもとで艦隊を率いる。一方、チェリスは姿をくらまし、六連合の復活を阻止しクジェンの野望を挫くべく、独自の戦いを繰り広げていた。銀河の運命を賭けた最終決戦がいよいよ迫る…ローカス賞受賞『ナインフォックスの覚醒』に始まる三部作完結編。2019年ヒューゴー賞、クラーク賞候補作。　〔4331〕

リ、ロウ　李　瀧
⇒イ、ラン を見よ

リーイ、ジョン・マーティン　Leahy, John Martin

◇新編怪奇幻想の文学　1　怪物　紀田順一郎, 荒俣宏監修, 牧原勝志編　新紀元社　2022.7　460p　20cm　〈他言語標題：Tales of Horror and Supernatural〉2500円　①978-4-7753-2022-8
内容　アムンセンのテント(ジョン・マーティン・リーイ著, 森沢くみ子訳)
＊山深く潜む、古来から言い伝えられるもの。身を蝕み、人間としての記憶さえ呪わしく変えるもの。そして、見てはならず、語りえないもの。何ものなのか知るすべもないかれらを、せめてこう呼ぼう―怪物、と。一九七〇年代の名アンソロジー“怪奇幻想の文学"の編者、紀田順一郎・荒俣宏の監修のもと、古典的名作を新訳し、全6巻に集大成。怪奇幻想の真髄を伝えるアンソロジー・シリーズ、ここに刊行開始。　〔4332〕

リヴァ、アリス　Rivaz, Alice

◇みつばちの平和―他一篇　アリス・リヴァ著, 正田靖子訳　幻戯書房　2022.8　230p　19cm　〈ルリユール叢書〉〈文献あり　年譜あり　原書名：La Paix des ruches suivi de Comptez vos jours〉2400円　①978-4-86488-252-1
＊20世紀スイス・ロマンド文学を代表する女性作家アリス・リヴァー告白体の軽快な「女性の文体」で"女の生"を赤裸々に綴った、時代に先駆けたフェミニズム小説の表題作と、名もなき者たちの沈黙に言葉を与える詩的散文『残された日々を指折り数えよ』を収録。本邦初訳。　〔4333〕

リエ、テレ　Liye, Tere

◇雨　テレ・リエ, 川名桂子, 清岡ゆり訳　悠光堂　2024.10　293p　19cm　〈原書名：Hujan〉1500円　①978-4-909348-65-4　〔4334〕

リエン、トレイシー　Lien, Tracey

◇偽りの空白　トレイシー・リエン著, 吉井智津訳　早川書房　2024.6　367p　19cm　〈原書名：ALL THAT'S LEFT UNSAID〉2800円　①978-4-15-210338-3
＊メルボルンで働く記者のキーは、弟の不審な死を知らされ、久しぶりに帰省する。5歳下の弟デニーは、ベトナム系の一家のなかでも、オーストラリアに適応した優等生だった。そんな弟が殺された。レストランの店内で何者かに殴られて。警察の説明にキーは愕然とする。その日、現場にはデニーの同級生も教師もいたのに、目撃証言がひとつもないというのだ。必死に事件を調べるキーだが、知るほどに弟の姿は揺らいでいく。デニーは変わってしまったのか？　そもそも自分が弟を何も見ていなかったのか？　やがてキーは、置き去りにしてきた過去に向き合う―。オーストラリアの移

民社会の歪みに切り込む文芸ミステリ作品。ロサンゼルス・タイムズ文学賞ミステリ/スリラー部門最終候補。〔4335〕

リオーダン, リック　Riordan, Rick

◇アポロンと5つの神託　1-上　太陽の転落　リック・リオーダン作，金原瑞人，小林みき訳　静山社　2023.9　281p　18cm　〈静山社ペガサス文庫 リー1-23―パーシー・ジャクソンとオリンポスの神々 シーズン3〉〈ほるぷ出版 2017年刊の2分冊，新編集　原書名：THE TRIALS OF APOLLO：The Hidden Oracle〉840円　①978-4-86389-817-2
＊オリンポスの神々は7人のハーフとともに巨人ギガンテス軍を破り、大地の女神ガイアの復活をふせいだ。しかしデルポイの神託を奪われた太陽神アポロンは、父ゼウスにNYの路地裏に突き落とされる。それも16歳のただの人間の少年として。パーシー・ジャクソンとホームレスの少女メグの助けを借りて命からがらハーフ訓練所にたどり着いたアポロンだったが、はたして神に戻れるのか？「パーシー・ジャクソン」シリーズ第3弾！〔4336〕

◇アポロンと5つの神託　1-下　太陽の転落　リック・リオーダン作，金原瑞人，小林みき訳　静山社　2023.9　265p　18cm　〈静山社ペガサス文庫 リー1-24―パーシー・ジャクソンとオリンポスの神々 シーズン3〉〈ほるぷ出版 2017年刊の2分冊，新編集　原書名：THE TRIALS OF APOLLO：The Hidden Oracle〉820円　①978-4-86389-818-9
＊ハーフ訓練所で次々と起こる失踪事件。それはデルポイの神託を奪った大蛇デュポンと手を組んだ、思いがけない敵によるものだった。古代の5つの神託すべてを手に入れ世界を支配するという敵の企みを知ったアポロンは、失踪したハーフたちを救い出し、自身も再び神に戻るために、メグとともに神託を守る旅に出る。しかし神託の一つにたどり着いたとき、思わぬ真実が明らかに！「パーシー・ジャクソン」シリーズ第3弾！〔4337〕

◇アポロンと5つの神託　2-上　闇の予言　リック・リオーダン作，金原瑞人，小林みき訳　静山社　2023.11　298p　18cm　〈静山社ペガサス文庫 リー1-25―パーシー・ジャクソンとオリンポスの神々 シーズン3〉〈ほるぷ出版 2018年刊の2分冊，新編集　原書名：THE TRIALS OF APOLLO：The Dark Prophecy〉860円　①978-4-86389-819-6
＊世界征服を企み、古代の5つの神託を狙う邪悪な元皇帝たち。古代神託の一つであるドドナの神託所をなんとか守ったアポロンは、黒幕の皇帝と対面。相棒の少女メグが皇帝ネロの養女だったことを知る。黙って姿を消したメグに傷心のアポロンは、リオとカリュプソとともに青銅のドラゴン・フェスタスに乗って予言にあったトロボニオスの神託を探す旅に出る。西に飛び続けて6週間、ある街に降りたった3人に…。〔4338〕

◇アポロンと5つの神託　2-下　闇の予言　リック・リオーダン作，金原瑞人，小林みき訳　静山社　2023.11　323p　18cm　〈静山社ペガサス文庫 リー1-26―パーシー・ジャクソンとオリンポスの神々 シーズン3〉〈ほるぷ出版 2018年刊の2分冊，新編集　原書名：THE TRIALS OF APOLLO：The Dark Prophecy〉900円　①978-4-86389-820-2
＊さらわれた神獣・グリュプスを辛くも救出したアポロン。窮地を救ってくれたのは、ほかでもないメグだった。ともに暴君ネロ一派と戦うことを誓い、アポロン、メグ、リオは敵の宮殿へ侵入する。今度の使命は、シェルターの管理者エミーとジョーの娘であり、トロボニオスの洞穴へ行ったのちに行方不明となったジョージナを捕虜たちを救い出し、トロボニオスの予言に不可欠な「記憶の玉座」を取り戻すこと。はたして…。〔4339〕

◇アポロンと5つの神託　3-上　炎の迷路　リック・リオーダン作，金原瑞人，小林みき訳　静山社　2024.1　338p　18cm　〈静山社ペガサス文庫 リー1-27―パーシー・ジャクソンとオリンポスの神々 シーズン3〉〈ほるぷ出版 2019年刊の2分冊，新編集　原書名：THE TRIALS OF APOLLO：The Burning Maze〉920円　①978-4-86389-821-9
＊インディアナポリスを支配する元皇帝コンモドゥスを神本来の力で倒したアポロン。トロボニオスの神託の闇の予言により、3番目の神託はエリュトライの神託と知る。その案内役としてトマト畑に突然現れたグローバーとともに、アポロンとメグは神託の告げる通り地下迷宮ラビュリントスへ入り込む。迷路の奥から噴き出す炎や怪鳥ストリクスの大群に襲われながら、命からがら脱出した先は砂漠のリゾート地だったが…。〔4340〕

◇アポロンと5つの神託　3-下　炎の迷路　リック・リオーダン作，金原瑞人，小林みき訳　静山社　2024.1　316p　18cm　〈静山社ペガサス文庫 リー1-28―パーシー・ジャクソンとオリンポスの神々 シーズン3〉〈ほるぷ出版 2019年刊の2分冊，新編集　原書名：THE TRIALS OF APOLLO：The Burning Maze〉920円　①978-4-86389-822-6
＊炎の迷路を操っていたのは殺人皇帝カリグラに協力する魔女メディアだった。エリュトライの神託者は迷宮の中心に捕えられているという。だが中心の場所がわからない。アポロンとメグは、ジェイソンとパイパーが先に地下迷宮を探索していたことを知り二人を訪ねる。そこでジェイソンが神託者に告げられた恐ろしい予言を知るアポロンたち。予言をのりこえよう誓った4人は、鍵を握る皇帝の軍靴を手に入れるべく決死の旅に出る…。〔4341〕

◇アポロンと5つの神託　4-上　傲慢王の墓　リック・リオーダン作，金原瑞人，小林みき訳　静山社　2024.3　329p　18cm　〈静山社ペガサス文庫 リー1-29―パーシー・ジャクソンとオリンポスの神々 シーズン3〉〈ほるぷ出版 2020年刊の2分冊，新編集　原書名：THE

リカリス

TRIALS OF APOLLO：The Tyrant's Tomb〉960円　①978-4-86389-823-3

＊皇帝カリグラとの戦いでジェイソンを亡くしたアポロン。エリュトライの神託者を救い出して予言を完成させると、メグとともにジェイソンの棺を抱え、予言にあったベローナの娘レイナに会うためにユピテル訓練所へと向かう。途中グールに襲われたところを訓練所のラトビアとヘイゼルに助けられ、無事に司令官のフランクとレイナに迎えられたアポロンは、夢で、邪悪な皇帝たちが傲慢王タルクイニウスと手を組んだことを知り…。　〔4342〕

◇アポロンと5つの神託　4-下　傲慢王の墓　リック・リオーダン作, 金原瑞人, 小林みき訳　静山社　2024.3　339p　18cm　（静山社ペガサス文庫　リ1-30―パーシー・ジャクソンとオリンポスの神々　シーズン3）〈ほるぷ出版2020年刊の2分冊、新編集　原書名：THE TRIALS OF APOLLO：The Tyrant's Tomb〉960円　①978-4-86389-824-0

＊タルクイニウス王の墓での攻撃を受けたアポロンは、ゾンビ化の毒を完全には解毒できないまま戦線に戻る。圧倒的な強さと最強の武器を誇る皇帝軍との最終決戦が迫るなか、予言の解読を進めていたレイナたちから、オリンポスの神の助けを呼べる「儀式」があることを告げられるアポロン。だがその儀式には神の命を捧げなければならなかった。「儀式」の鍵をにぎる「音のない神」を探すに旅に出るアポロンたち。果たして…。　〔4343〕

◇アポロンと5つの神託　5-上　太陽の神　リック・リオーダン作, 金原瑞人, 小林みき訳　静山社　2024.5　296p　18cm　（静山社ペガサス文庫　リ1-31―パーシー・ジャクソンとオリンポスの神々　シーズン3）〈ほるぷ出版2021年刊の2分冊、新編集　原書名：THE TRIALS OF APOLLO：The Tower of Nero〉940円　①978-4-86389-825-7

＊音のない神をつきとめ、ユピテル訓練所での戦いで皇帝カリグラとコンモドゥスに打ち勝ったアポロンたち。新しいプラエトルも誕生し、訓練所は再び平穏を取り戻した。アポロンとメグは、タイソンとエラが解読したシビラの書にしたがい、最後の敵ネロを倒すため再びニューヨークをめざす。マンハッタン行きの列車内でいかにも奇妙な客を見かけたアポロンが近づくと…。　〔4344〕

◇アポロンと5つの神託　5-下　太陽の神　リック・リオーダン作, 金原瑞人, 小林みき訳　静山社　2024.5　322p　18cm　（静山社ペガサス文庫　リ1-32―パーシー・ジャクソンとオリンポスの神々　シーズン3）〈ほるぷ出版2021年刊の2分冊、新編集　原書名：THE TRIALS OF APOLLO：The Tower of Nero〉940円　①978-4-86389-826-4

＊二刀流の女剣士ルーの計画に半信半疑のまま、アポロンとメグは「ネロの塔」へ向かうことに。途中、神託者レイチェルの元を訪れたアポロン、メグ、ウィル、ニコは、フォレスト洞穴の攻撃を受けて地下へ逃げ、予言にあった「洞穴の走者」＝穴居人と出会うが…。ネロ、そしてピュトンという強大な宿敵とついに最終決戦を迎えるアポロン。人間とは神とはなにかを問う、アポロンの冒険、最終巻！　〔4345〕

リカリス, イエロニモス

◇無益な殺人未遂への想像上の反響―ギリシャ・ミステリ傑作選　ディミトリス・ポサンジス編, 橘孝司訳　竹書房　2023.7　443p　15cm　（竹書房文庫　ぽ1-1）〈原書名：Ellinika Egklimata.5〉1500円　①978-4-8019-3279-1

内容　無益な殺人未遂への想像上の反響（イエロニモス・リカリス著, 橘孝司訳）

＊ギリシャに形成されつつある新たな迷宮。本書には、本格ミステリ、ノワール、警察小説など、各ジャンルのギリシャ・ミステリの精鋭たちの作品が収録されている。回天するギリシャ・ミステリの世界へようこそ。あなたは希望の胸膨らませた新人作家が大御所ミステリ作家のもとに持ち込んだ原稿を読む（「ギリシャ・ミステリ文学の将来」）。ナンシー・シナトラの曲が流れる中、ひとりの女の生涯を追体験し（「バン・バン！」）、現実と幻想の狭間をさまよう（表題作）。陽気な警官たちと観るブルース・スプリングスティーンのアテネ公演は最高だ（「"ボス"の警護」）。そして、最悪の愛が通りを駆け抜けてゆく―（「死ぬまで愛す」）。二千年の時を経て、色合いを変え深度を増した迷宮が、あなたの前に扉を開く。あなたはそこで怪物よりも不可解なものに遭遇するだろう。混沌としたギリシャ・ミステリの謎に。巻末に訳者による詳細な解説と「ギリシャ・ミステリ小史」を付す。　〔4346〕

リク, シュウサ　陸　秋槎

◇宇宙の果ての本屋　立原透耶編　新紀元社　2023.12　477p　20cm　（現代中華SF傑作選）〈他言語標題：The Bookstore at the Edge of the Universe〉2500円　①978-4-7753-2023-5

内容　杞憂（陸秋槎著, 大久保洋子訳）　〔4347〕

◇ガーンズバック変換　陸秋槎著, 阿井幸作, 稲村文吾, 大久保洋子訳　早川書房　2023.2　302p　19cm〈他言語標題：Gernsback Transform〉2100円　①978-4-15-210212-6

内容　サンクチュアリ（稲村文吾訳）　物語の歌い手（大久保洋子訳）　三つの演奏会用練習曲（稲村文吾訳）　開かれた世界から有限宇宙へ（阿井幸作訳）　インディアン・ロープ・トリックとヴァジュラナーガ（稲村文吾訳）　ハインリヒ・バナールの文学的肖像（大久保洋子訳）　ガーンズバック変換（阿井幸作訳）　色のない緑（稲村文吾訳）

＊ネット・スマホ依存症対策条例が施行された近未来の香川県。全未成年者たちは例外なく、液晶画面を通じたネットへの視覚的なアクセスを遮断する特殊眼鏡「ガーンズバックV」を着用することを義務付けられていた。そんな香川から、女子高生の美優が大阪へやってきた目的とは―？　大阪観光サイバーパンクの表題作をはじめ、創作と道徳をめ

ぐる脳科学SF「サンクチュアリ」、ボルヘスとカルヴィーノの影響を受けて書かれた吟遊詩人ファンタジー「物語の歌い手」、スマホゲーム開発をめぐる知的遊戯「開かれた世界から有限宇宙へ」、さらに百合SFアンソロジーや「異常論文」といった日本の書籍のために書き下ろされた傑作など、全8篇を収録。『元年春之祭』『文学少女対数学少女』華文ミステリ作家・陸秋槎、初のSF作品集！〔4348〕

◇喪服の似合う少女　陸秋槎著, 大久保洋子訳　早川書房　2024.8　278p　19cm　〈HAYAKAWA POCKET MYSTERY BOOKS 2006〉　1900円　①978-4-15-002006-4

＊1934年、中華民国。女性私立探偵・劉雅弦は、葛令儀という女学生から行方不明の友人・岑樹萱を探し出してほしいという依頼を受ける。樹萱の父親が借金を抱えたまま消えたことを突き止めた雅弦は、調査中に謎の男に襲われてしまう。刺客を仕向けたのは、令儀の伯父で地元の大物である葛天錫だった。天錫はなぜ雅弦を妨害するのか。そして、令儀による依頼の真の目的とは。友情、恋慕、哀憫。錯綜する人間関係の中で、雅弦は耐え難い悲劇を目の当たりにする。ロス・マクドナルドに捧げる、華文ハードボイルドの傑作。〔4349〕

リクデン・ジャンツォ

◇チベット幻想奇譚　星泉, 三浦順子, 海老原志穂編訳　春陽堂書店　2022.4　270p　19cm　2400円　①978-4-394-19027-1

[内容] 赤髪の怨霊 (リクデン・ジャンツォ著, 星泉訳)

＊伝統的な口承文学や、仏教、民間信仰を背景としつつ、いまチベットに住む人々の生活や世界観が描かれた物語は、読む者を摩訶不思議な世界に誘う一時代も、現実と異界も、生と死も、人間/動物/妖怪・鬼・魔物・神の境界も越える、13の短編を掲載した日本独自のアンソロジー。チベットの現代作家たちが描く、現実と非現実が交錯する物語。〔4350〕

リゲット, キム　Liggett, Kim

◇グレイス・イヤー――少女たちの聖域　キム・リゲット著, 堀江里美訳　早川書房　2022.11　485p　19cm　〈原書名：THE GRACE YEAR〉　2000円　①978-4-15-210183-9

＊「だれもグレイス・イヤーの話はしない。禁じられているからだ」ガーナー郡では、少女たちに"魔力"があると信じられている。男性を誘惑したり、妻たちを嫉妬に狂わせたりできるのだと。その"魔力"が開花する16歳を迎えた少女たちは、ガーナーの外に広がる森の奥のキャンプに一年間追放される。"魔力"を解き放ち、清らかな女性、そして妻となるために。この風習について語ることは禁じられていて、全員が無事に帰ってくる保障もない。16歳を迎えるティアニーは、妻としてではなく、自分の人生を生きることを望みながら、"グレイス・イヤー"に立ち向かう。キャンプではいったい何が？　そして、魔力とは？　生死をかけた通過儀礼が、始まる――。〔4351〕

リーコック, スティーヴン　Leacock, Stephen

◇ユーモア・スケッチ大全　[2]　ユーモア・スケッチ傑作展 2　浅倉久志編・訳　国書刊行会　2022.1　372p　19cm　〈『ユーモア・スケッチ傑作展 2』(早川書房 1980年刊) の改題, 増補〉　2000円　①978-4-336-07309-9

[内容] 架空会見記　Q――ある怪奇心霊実話　五十六番　大いなる魂の悲しみ (スティーヴン・リーコック著)

＊名翻訳家のライフワークである「ユーモア・スケッチ」ものを全4巻に集大成。第2弾は『ユーモア・スケッチ傑作展2』(全32篇) ＋単行本未収録作品12篇。〔4352〕

◇ユーモア・スケッチ大全　[3]　ユーモア・スケッチ傑作展 3　浅倉久志編・訳　国書刊行会　2022.2　374p　19cm　〈『ユーモア・スケッチ傑作展 3』(早川書房 1983年刊) の改題, 増補〉　2000円　①978-4-336-07310-5

[内容] がんばれガートルード、または純真な十七歳　鏡のごとき航海は… (スティーヴン・リーコック著)〔4353〕

◇ユーモア・スケッチ大全　[4]　すべてはイブからはじまった　ミクロの傑作圏　浅倉久志編・訳　国書刊行会　2022.3　376p　19cm　〈『すべてはイブからはじまった』(早川書房 1991年刊) と「ミクロの傑作圏」(文源庫 2004年刊) の改題, 合本〉　2000円　①978-4-336-07311-2

[内容] ABC物語　専門化がもっと進めば　成功の秘訣　多幸小説のすすめ (スティーヴン・リーコック著)

＊笑いの大博覧会、完結！　名翻訳家浅倉久志のライフワークである"ユーモア・スケッチ"ものを全4巻に集大成。最終巻は傑作展姉妹篇『すべてはイブからはじまった』とオンデマンドのみの刊行だった『ミクロの傑作圏』をカップリング。〔4354〕

リーシナ, エヴァ　Lisina, Eva

◇エヴァ・リーシナ作品集――珠玉のチュヴァシ文学　エヴァ・リーシナ著, 後藤正憲訳　未知谷　2022.10　233p　20cm　2500円　①978-4-89642-677-9〔4355〕

リース, アーサー・J.　Rees, Arthur J.

◇叫びの穴　アーサー・J・リース著, 稲見佳代子訳　論創社　2023.10　375p　20cm　〈論創海外ミステリ 305〉〈著作目録あり　原書名：The Shrieking Pit〉　3600円　①978-4-8460-2296-9

＊考古学者殺害事件の犯人として逮捕された若者。裁判で死刑判決を下されながらも沈黙を守り続ける真意とは…。〔4356〕

リース, ジーン　Rhys, Jean

◇あの人たちが本を焼いた日――ジーン・リース短篇集　ジーン・リース著, 西崎憲編, 安藤しをり, 磯田沙円子, 樫尾千穂, 加藤靖, 小平慧, 笹原桃

子,沢山英理子,獅子麻衣子訳　亜紀書房
2022.7　301p　19cm　（ブックスならんですわ
る 03）〈文献あり　原名：The Day They
Burned the Books　Let Them Call It Jazz
ほか〉1900円　①978-4-7505-1746-9

＊カリブ海生まれのジーン・リースは、ヨーロッパ
では居場所を見出せない、疎外された人であった。
しかも女性である。自身の波乱に富んだ人生を下
敷きにした、モデル、老女、放浪者などの主人公た
ちは、困窮、飲酒、刑務所暮らし、戦争と数々の困
難を生きる。だが彼女らはけっして下を向かない。
慣習と怠惰と固定観念をあざ笑うように、したた
かに生きる。いま新たな光を浴びる、反逆者リー
スの本邦初、珠玉の作品集。　〔4357〕

リスペクトル, クラリッセ　Lispector, Clarice

◇ソフィアの災難　クラリッセ・リスペクトル著,
福嶋伸洋,武田千香編訳　河出書房新社　2024.
6　297p　20cm〈他言語標題：Os desastres
de Sofia　文献あり　原名：TODOS OS
CONTOS〉2700円　①978-4-309-20904-3

内容 脱走(福嶋伸洋訳)　異国の軍隊(福嶋伸洋訳)
一日少なく(福嶋伸洋訳)　家族の絆(武田千香訳)
秘密の幸福(武田千香訳)　勝利(福嶋伸洋訳)　ウ
ルカの海の死者(福嶋伸洋訳)　第五の物語(福嶋伸
洋訳)　愛(武田千香訳)　切なる望み(福嶋伸洋訳)
彼は私を呑んだ(武田千香訳)　神を赦す(福嶋伸洋
訳)　あふれる愛の物語(武田千香訳)　ソフィアの
災難(福嶋伸洋訳)　P語(武田千香訳)　カーニヴァ
ルの残りもの(福嶋伸洋訳)　家政婦の女の子(福嶋
伸洋訳)　めんどり(武田千香訳)　お誕生日おめで
とう(武田千香訳)　マウアー広場(福嶋伸洋訳)
近視の進行(武田千香訳)　誠実な友情(武田千香
訳)　パンを分かち合う(福嶋伸洋訳)　美女と野
獣、または大きすぎる傷(武田千香訳)　今のところ
(福嶋伸洋訳)　子どもを描き留める(福嶋伸洋訳)
卵とめんどり(福嶋伸洋訳)　ある物体についての報
告書(福嶋伸洋訳)　尊厳を求めて(福嶋伸洋訳)
脱走　異国の軍隊　一日少なく　家族の絆　秘密
の幸福　勝利　ウルカの海の死者　第五の物語　愛
切なる望み　彼は私を呑んだ　神を赦す　あふれる
愛の物語　ソフィアの災難　P語　カーニヴァルの
残りもの　家政婦の女の子　めんどり　お誕生日お
めでとう　マウアー広場　近視の進行　誠実な友情
パンを分かち合う　美女と野獣、または大きすぎる
傷　今のところ　子どもを描き留める　卵とめんど
り　ある物体についての報告書　尊厳を求めて

＊今、すべてが生まれ変わりつつあった。若者の目
覚め、主婦におとずれた啓示、少女の運命、出口を
求める老婆―。日本翻訳大賞受賞『星の時』の著者
でありウルフ、カフカ、ジョイスらと並ぶ20世紀
の巨匠、死後約40年を経て世界に衝撃を与えた短
篇群。　〔4358〕

リーチ, ウィル　Leitch, Will

◇車椅子探偵の幸運な日々　ウィル・リーチ著,
服部京子訳　早川書房　2024.5　349p　19cm
（HAYAKAWA POCKET MYSTERY
BOOKS 2003）〈原名：HOW LUCKY〉
2600円　①978-4-15-002003-3

＊ダニエルは26歳。難病で常に呼吸停止の危険に晒
されているものの、朝食後には電動車椅子で玄関
ポーチに出て、外の空気を吸うのが好きだった。
毎朝、家の前を歩く彼女を心待ちにしていたが、携
帯を見ている彼女は気づかない。それでもある朝
彼女は顔をあげ微笑んでくれたが、見知らぬ車に
乗りこんで行ってしまった。数日後、彼女が行方
不明だと知ったダニエルは誘拐を疑いSNSに目撃
情報を投稿すると、謎の人物から脅迫メールが届
きはじめて…。サスペンスフルなのに読後に胸が
熱くなる新感覚ミステリ登場。　〔4359〕

リッカート, M.　Rickert, M.

◇穏やかな死者たち―シャーリイ・ジャクスン・
トリビュート　ケリー・リンク, ジョイス・キャロ
ル・オーツ他著, エレン・ダトロウ編, 渡辺
庸子, 市田泉他訳　東京創元社　2023.10　570p
15cm　（創元推理文庫　Fン12-1)〈責任表示は
カバーに拠る　原名：WHEN THINGS GET
DARK〉1500円　①978-4-488-58407-8

内容 弔いの鳥(M.リッカート著, 渡辺庸子訳)
〔4360〕

リットン, エドワード　Lytton, Edward

◇世界怪談名作集　[上]　信号手・貸家ほか五篇
岡本綺堂編訳　新装版　河出書房新社　2022.
11　300p　15cm　（河出文庫　お2-2)　900円
①978-4-309-46769-6

内容 貸家(リットン著, 岡本綺堂訳)

＊「半七捕物帳」で知られる岡本綺堂は、古今東西
の怪奇小説にも造詣が深く、怪談の名手としても
知られた。そんな著者が欧米の作品を中心に自ら
厳選し、翻訳。いまだに数多くの作家に影響を与
え続ける大家による、不思議でゾッとする名作怪
談アンソロジー。リットン、プーシキン、ビヤー
ス、ゴーチェ、ディッケンズ、デフォー、ホーソー
ンを収録。　〔4361〕

リデル, シャーロット　Riddle, Carlotte

◇英国クリスマス幽霊譚傑作集　チャールズ・
ディケンズ他著, 夏来健次編訳　東京創元社
2022.11　382p　15cm　（創元推理文庫　Fン11-
1)　1100円　①978-4-488-58405-1

内容 胡桃邸の幽霊(J.H.リデル夫人著, 夏来健次
訳)

＊ヴィクトリア朝期に『クリスマス・キャロル』が
ベストセラーとなって以降、定番となった聖夜怪
談。幽霊をこよなく愛するイギリスで生まれた作
品を、数々の怪奇幻想小説を紹介する翻訳家が精選
する。陰鬱な田舎で休暇を過ごすことになった男
が老朽船で体験する恐怖の一夜「幽霊廃船のクリス
マス・イヴ」まで、13篇中12篇を本邦初訳作含む傑作から愛すべき怪
作まで、13篇中12篇を本邦初訳訳。　〔4362〕

◇ロンドン幽霊譚傑作集　W.コリンズ, E.ネズ

ビット他著，夏来健次編　東京創元社　2024.2　389p　15cm　（創元推理文庫　Fン11-2）〈原書名：Mrs.Zant and the Ghost　The Last House in C-Streetほか〉1100円　①978-4-488-58408-5

[内容]ハートフォード・オドンネルの凶兆（シャーロット・リデル著，夏来健次訳）ほか

＊19世紀ヴィクトリア朝ロンドン。産業・文化ともに栄える一方で、犯罪譚や怪談が流行する魔の都としての貌も持ち合わせていた。陽光あふれる公園の一角で霊に遭遇した美しき寡婦を巡る愛憎劇「ザント夫人と幽霊」、愛人を催眠術で殺害した医師が降霊会で過去の罪と対峙する「降霊会の部屋にて」ほか、ロンドンで囁かれるゴースト・ストーリー13篇を収録。集中12篇が本邦初訳。　〔4363〕

リード，イアン　Reid, Iain

◇もっと遠くへ行こう．　イアン・リード著，坂本あおい訳　早川書房　2022.10　349p　16cm　（ハヤカワ・ミステリ文庫　HM 480-2）〈原書名：FOE〉1380円　①978-4-15-184202-3

＊ジュニアにとって、人里離れた農場で妻のヘンと暮らす日々は幸せそのものだった。だがある日、謎の組織"アウターモア"からの訪問者がとつぜん現れ、ジュニアが宇宙への一時移住計画の候補に選ばれたと告げる。妻を残して宇宙へ旅立つなどとうてい考えられないジュニアだったが、妻はなんだかようすがおかしい。まるで、この知らせを知っていたかのように――人間の意志、そして"存在すること"の意味を問う、傑作スリラー。　〔4364〕

リード，カイリー　Reid, Kiley

◇もうやってらんない　カイリー・リード著，岩瀬徳子訳　早川書房　2022.4　441p　19cm　〈原書名：SUCH A FUN AGE〉2500円　①978-4-15-210098-6

＊エミラは25歳のアフリカ系アメリカ人。大学卒業後、定職に就かずにベビーシッターをしているが、そろそろきちんと健康保険に入れる職に就きたい。ある日、ベビーシッター先の白人の子どもを連れて高級スーパーを歩いていると、誘拐の疑いをかけられてしまう。雇い主の白人女性は正式に抗議すべきだと焚きつけてくるが、エミラは今一つ気が進まない。一見リベラルだが、無意識な差別感情に溢れる白人に圧倒されっぱなしのエミラが選ぶ生き方は――。女優リース・ウィザースプーンのブッククラブに選書され、英米で話題沸騰。70万部突破のブッカー賞候補作。　〔4365〕

リード，クリスティーナ・ハモンズ　Hammonds Reed, Christina

◇ザ・ブラック・キッズ　クリスティーナ・ハモンズ・リード著，原島文世訳　晶文社　2023.8　445p　19cm　〈原書名：THE BLACK KIDS〉2600円　①978-4-7949-7379-5

＊1992年、アメリカ・ロサンゼルス。私立高校での生活も終わりにさしかかり、アシュリーと友人たちは、学校よりもビーチで過ごす時間が長くなっていた。4月のある日の午後、ロドニー・キングという黒人男性を半殺しにした4人の警察官に無罪判決が下され、すべてが一瞬にして変わった。激しい暴動・抗議活動が起き、生まれ育ったLAの街が燃え広がるなか、ただの女の子だったはずのアシュリーは「黒人の子」になった。白人の幼なじみとの不協和音、家族のなかの対立、自分への軽蔑…。ブラック・ライヴズ・マター（BLM）の源流となったロサンゼルス暴動という、じっさいの歴史的事件に着想を得た長篇小説。　〔4366〕

リード，シェリー　Read, Shelley

◇川が流れるように　シェリー・リード著，桑原洋子訳　早川書房　2024.4　339p　19cm　〈原書名：GO AS A RIVER〉2800円　①978-4-15-210325-3

＊1948年、コロラド州アイオラ。ヴィクトリアは17年間、家と農園の外にほとんど出たことがなかった。母を早くに亡くし、桃農家の父と叔父、弟のために家事をこなすだけで日々は過ぎていく。そんな彼女の人生が突然変わる。謎めいた青年ウィルと出会ったのだ。彼は故郷をもたず、各地を放浪しているという。自由な彼といるとき、ヴィクトリアは自分も変わったように感じた。だが、町の人々はよそ者を疎んだ。それでも、ヴィクトリアはウィルを選ぶ。初めて父に嘘をついて、逢瀬を重ねる。だが、背後には悲劇が迫っていた。大切なものを失いながらも、自分の道を進み、再生を遂げる女性の姿を描く感動作。アメリカ、イギリス、ドイツなどで続々とベストセラーリスト入りした、米国作家のデビュー長篇小説。　〔4367〕

リード，ステイシー　Reid, Stacy

◇間違いと妥協からはじまる公爵との結婚　ステイシー・リード著，辻早苗訳　竹書房　2023.10　381p　15cm　（ラズベリーブックス　リ3-2）〈原書名：ACCIDENTALLY COMPROMISING THE DUKE〉1300円　①978-4-8019-3738-3

＊1817年、英国。父から大嫌いな伯爵との婚約を迫られたアデルは、ハウスパーティの夜、大胆な賭けに出た。かつて求婚してくれたミスター・アトウッドの寝室に忍び込み、目撃されることで、結婚に漕ぎつけようとしたのだ。だが、なんと寝室にいたのはウルヴァートン公爵で、パーティの主催者夫婦に目撃されたアデルには、結婚する以外、名誉を守るすべはなかった。ミスター・アトウッドにも事情を説明したが、見放されてしまう。ところが、醜聞を無視しても問題ない立場の公爵が、結婚を申し込んでくれた。その高潔さに感謝したアデルは、結婚を決意する。いっぽう、公爵にも思惑があった。前妻亡き後、残されたふたりの娘には母親が必要だと考えていたのだ。花嫁は条件さえ満たしていればだれでもよく、本当の夫婦になるつもりはなかった。お飾りの妻となったアデルだったが、持ち前の明るさと優しさで娘たちとも心を通わせるようになる。そして公爵もまたアデルに惹かれるようになるが…。偶然と妥協から始

まった結婚。果たしてふたりは本当の夫婦になれるのか？　人気作家待望の新シリーズ！　〔4368〕

リード,テイラー・ジェンキンス　Reid, Taylor Jenkins

◇女優エヴリンの七人の夫　テイラー・ジェンキンス・リード著,喜須海理子訳　二見書房　2023.5　739p　15cm　(二見文庫　リ11-1―ザ・ミステリ・コレクション)〈原書名：THE SEVEN HUSBANDS OF EVELYN HUGO〉1680円　①978-4-576-23033-7　〔4369〕

◇デイジー・ジョーンズ・アンド・ザ・シックスがマジで最高だった頃　テイラー・ジェンキンス・リード著,浅倉卓弥訳　左右社　2022.1　413p　19cm〈原書名：DAISY JONES & THE SIX〉2400円　①978-4-86528-063-0
＊1970年代のはじめ。パーティーガールのデイジー・ジョーンズは、その比類なき歌声と存在感でLAじゅうにその名を知らしめようとしていた。同じ頃、ビリー・ダン率いるバンド「ザ・シックス」は、ファーストアルバム録音のため意気揚々とサンセット大通りにやってきた。レーベルメイトとなったデイジーとザ・シックスは、共同制作を行うことに。デイジーとビリー、ふたつの才能が出会って火花を散らし、パーティーと酒とドラッグまみれの「デイジー・ジョーンズ・アンド・ザ・シックス」は一躍スターダムを駆け上がるが…。ロックが一番輝いていた季節を回想形式で描く、傑作長編小説。　〔4370〕

リード,ハリエット　Reed, Harriet

◇アリス―へんてこりん、へんてこりんな世界―　ケイト・ベイリー,サイモン・スレーデン編集,高山宏翻訳監修,富原まさ江訳　玄光社　2022.7　224p　31cm〈文献あり　索引あり　原書名：Alice Curiouser and Curiouser〉3100円　①978-4-7683-1619-1
|内容| アリスになる (ハリエット・リード)　〔4371〕

リード,ミシェル　Reid, Michelle

◇愛人関係―プレミアムセレクション　ミシェル・リード作,槙由子訳　ハーパーコリンズ・ジャパン　2022.5　156p　17cm　(ハーレクイン・プレゼンツ PB331―作家シリーズ 別冊)〈ハーレクイン 1999年刊の再刊　原書名：A QUESTION OF PRIDE〉664円　①978-4-596-42800-4
＊今日、クレアの予感は非情にも的中した。妊娠している…。おなかの子の父親は、ボスである若き実業家マックス・レイサム。クレアはこの5カ月間、昼は有能な社長秘書、夜は情熱的な愛人として、身も心も彼に捧げてきた。そう、独身とはいえ束縛を嫌うマックスにとって、わたしは正式な恋人ではなく、愛人でしかないのだ。どれほど愛しても、決して心では応えてもらえない―それが愛人。妊娠を打ち明けたりしたら、彼はきっと猛烈に怒る

だろう。そして結局のところ、責任はとると言いだすかもしれない。でも、一生愛されない妻でいるなんて、そんなことできないわ！　〔4372〕

◇愛は忘れない　ミシェル・リード作,高田真紗子訳　ハーパーコリンズ・ジャパン　2024.9　156p　17cm　(ハーレクイン・ロマンス R3907―伝説の名作選)〈ハーレクイン 2002年刊の再刊　原書名：THE UNFORGETTABLE HUSBAND〉673円　①978-4-596-77855-0
＊1年前に事故に遭い、記憶をなくしたサマンサは、自分の名前や住んでいた場所さえ思い出せないまま、いまはホテルのフロント係として日々忙しく働いていた。そんな彼女の前に「きみはぼくの妻だ」と言う"夫"が現れる。大富豪アンドレから二人の結婚式の写真を見せられても、サマンサはただ困惑するばかり。だが、主治医のすすめで彼の屋敷で暮らすようになり、キスをし、体を重ねるうちに、サマンサの固く閉ざされた記憶の扉が開き始める。そしてついに彼女は思い出した―いいえ、忘れていたのだ。あの日、最愛の夫にどれだけひどい仕打ちをされたかを…。　〔4373〕

◇熱い過ち―ミシェル・リードの軌跡 6　ミシェル・リード著,高田真紗子訳　ハーパーコリンズ・ジャパン　2022.12　203p　15cm　(ハーレクインSP文庫 HQSP-344―ロマンスの巨匠たち)〈ハーレクイン 1998年刊の再刊　原書名：SLAVE TO LOVE〉600円　①978-4-596-74920-8
＊ロバータは、マックとつき合い始めて1年ほどになる。彼は若いころ悲惨な結婚生活を経験したせいで、二度と結婚しないと心に決めている非情な男。彼女を"恋人"ではなく"愛人"と考えているのだ。ある日、パーティーに出席したロバータは、彼の目下の愛人だと噂され、ついに怒りを爆発させた。マックを愛しているのに、彼が求めているのは体だけ。痛手が少ないうちに早く別れるべきだ、とロバータは思う。でも、彼を忘れ去ることなんてできるだろうか…？　〔4374〕

◇あなたの知らない絆　ミシェル・リード他著,すなみ翔他訳　ハーパーコリンズ・ジャパン　2023.10　318p　17cm　(HPA 51―スター作家傑作選)〈「忘れられた花嫁」(ハーレクイン 2010年刊)と「青ざめた薔薇」(2016年刊)の改題,合本　原書名：MARCHESE'S FORGOTTEN BRIDE　BRIDE OF DESIRE〉1082円　①978-4-596-52598-7
|内容| 忘れられた花嫁 (ミシェル・リード著,すなみ翔訳)　〔4375〕

◇あの愛をもう一度―ミシェル・リードの軌跡 2　ミシェル・リード著,氏家真智子訳　ハーパーコリンズ・ジャパン　2022.8　203p　15cm　(ハーレクインSP文庫 HQSP-328―ロマンスの巨匠たち)〈ハーレクイン 1997年刊の再刊　原書名：LOST IN LOVE〉600円　①978-4-596-70639-3
＊困窮する兄夫婦のために、マーニーは不本意ながらやむなく、イタリア人実業家である元夫、ガイ

リト

助けを請うことにした。4年前、彼女は妊娠を知らせるため駆けつけた先で夫の不貞を知り、言い訳しようとする彼を振りきって離婚を決めた。15歳も年上の夫には、汚れを知らぬ幼妻では不満だったのだろう。怒りと憎しみは消えないけれど、今、頼みの綱は彼だけだった。援助の見返りに何かほしいものはあるかとマーニーが訊くと、ガイは悪魔のように冷ややかで官能的な笑みを浮かべて言った。「きみがほしい。今この瞬間から、ぼくと一緒に暮らすんだ」 〔4376〕

◇いわれなき罰　ミシェル・リード著，中村美穂訳　ハーパーコリンズ・ジャパン　2024.3　206p　15cm　（ハーレクインSP文庫　HQSP-405）〈ハーレクイン 2009年刊の再刊　原書名：THE GREEK'S FORCED BRIDE〉545円　①978-4-596-53803-1

＊ナターシャは幸せの絶頂から奈落の底に突き落とされた。結婚式を控えたある日、婚約者の浮気現場にでくわしたのだ。しかもあろうことか、相手は自分の妹…。パニックに陥って、その場を逃げだした彼女を追ってきたのは、ギリシア人大富豪レオ・クリスタキス―婚約者の義兄だった。ところがレオは、ナターシャに同情したわけではなかった。義弟と共謀して金を横領した娼婦とのしったばかりか、うろたえる彼女を驚愕させるようなことを言った。「全額返済するまで、愛人として君を拘束する」 〔4377〕

◇奪われた贈り物　ミシェル・リード著，高田真紗子訳　ハーパーコリンズ・ジャパン　2024.7　206p　15cm　（ハーレクインSP文庫　HQSP-420―45周年特選 7 ミシェル・リード）〈ハーレクイン 1999年刊の再刊　原書名：THE MARRIAGE SURRENDER〉600円　①978-4-596-63923-3

＊ジョアンナと金融界を牛耳るイタリア人銀行頭取のサンドロ。二人の結婚生活が壊れたのは、ジョアンナのせいだ。誰にも言えずにいる、あの忌まわしい過去のせいで、愛していたのに、どうしても夫に体を許せなかったのだ。いたたまれず家を出て、妹と暮らすようになったが、その妹も今は亡くなり、葬儀代を工面できなかった彼女は、雇主に金を借りた。そのせいで、しつこく関係を迫られている。追いつめられたジョアンナが、やむをえず夫に電話をすると、久々に聞くセクシーな彼の声が告げた。「5時に。1時間だけ」 〔4378〕

◇裏切りの結末　ミシェル・リード作，高田真紗子訳　ハーパーコリンズ・ジャパン　2024.2　156p　17cm　（ハーレクイン・プレゼンツ PB378―作家シリーズ 別冊）〈ハーレクイン 1998年刊の再刊　原書名：THE ULTIMATE BETRAYAL〉664円　①978-4-596-53265-7 〔4379〕

◇裏切りの指輪　ミシェル・リード作，山ノ内文枝訳　ハーパーコリンズ・ジャパン　2022.1　156p　17cm　（ハーレクイン・プレゼンツ PB320―作家シリーズ 別冊）〈ハーレクイン 1998年刊の再刊　原書名：GOLD RING OF BETRAYAL〉664円　①978-4-596-01872-4

＊まだ幼い愛娘を誘拐され、打ちひしがれていたサラは、シチリア大富豪の夫ニコラスとの3年ぶりの再会に動揺した。出会った瞬間に恋に落ち、結婚したときは幸せの絶頂だった。けれど、頑固な義父はイギリスから来た花嫁をよそ者として嫌い、息子の目を盗んでは、周囲も巻き込んでサラにつらく当たった。そして事実無根の浮気の罪を着せ、ついに彼女をいびり出したのだ。ニコラスの子を身ごもったとサラが知ったのは、別居してからのこと。今、夫は黄金の瞳に、なおも妻への不信と怒りの念を浮かべている。彼にとって、あの子は屈辱の印。邪魔だったから、さらわれたんだわ！　そう疑う妻に、彼は告げた。「"きみの"子をさらってなどいない」 〔4380〕

◇エーゲ海にとらわれて　ミシェル・リード著，柿沼摩耶訳　ハーパーコリンズ・ジャパン　2023.1　210p　15cm　（ハーレクイン文庫　HQB-1167―珠玉の名作本棚）〈ハーレクイン 2012年刊の再刊　原書名：THE KANELLIS SCANDAL〉627円　①978-4-596-75721-0 〔4381〕

◇ガラスの家―ミシェル・リードの軌跡 3　ミシェル・リード著，松村和紀子訳　ハーパーコリンズ・ジャパン　2022.9　203p　15cm　（ハーレクインSP文庫　HQSP-332―ロマンスの巨匠たち）〈ハーレクイン 1997年刊の再刊　原書名：HOUSE OF GLASS〉600円　①978-4-596-70645-4

＊夫の亡骸とともに、リリーは茫然とデインの到着を待っていた。もうすぐ彼がここに来る。私を軽蔑していた彼が…。デインの弟と極秘の取り決めを交わし、偽装結婚してから、そうとは知らないデインにリリーは罵声を浴びせられてきた。家名を汚す狐！　清楚な仮面に隠れて浮気を楽しむ悪女！　いわれなき汚名に耐えつづけた結婚生活は、今、幕を閉じた。夫を亡くして、もうデインの憎悪に対処するすべもない。やがて顔をこわばらせたデインが、リリーの前に現れた。彼は知らない。私の体が無垢なことも、この胸に秘めた思いも。 〔4382〕

◇激情の園―ミシェル・リードの軌跡 4　ミシェル・リード著，大島ともこ訳　ハーパーコリンズ・ジャパン　2022.10　201p　15cm　（ハーレクインSP文庫　HQSP-336―ロマンスの巨匠たち）〈ハーレクイン 1997年刊の再刊　原書名：PASSIONATE SCANDAL〉600円　①978-4-596-74904-8

＊帰郷したマデリンの胸中は、痛々しい決意が渦巻いていた。この地に戻ってきたのは、愛の幽霊を葬り去るため。失意と孤独に満ちたこの4年間、自分を変える努力を重ねてきた。わたしを深く傷つけた元フィアンセ、ドミニクと再会を果たし、洗練されたしぐさで冷たくあしらってみせるわ。懐かしい川辺を散歩して緊張をほぐそうとしていたとき、からかうような声が聞こえた。「ついに放蕩娘のお帰りか」意に反して心臓が止まりそうになる。ドミニクだわ！　背を向けようとしたそのと

リト

き、彼は激しく唇を重ねてきた。　〔4383〕

◇婚礼の夜をふたたび　ミシェル・リード著，鈴木けい訳　ハーパーコリンズ・ジャパン　2022.8　202p　15cm　（ハーレクイン文庫 HQB-1136—珠玉の名作本棚）〈ハーレクイン 2012年刊の再刊　原書名：AFTER THEIR VOWS〉627円　①978-4-596-70989-9

＊大富豪ロークの妻として幸せに暮らしていたアンジーは、1年前に夫の浮気を知って家を飛び出し、今は独り暮らし。そこへある日、弟がやってきて驚愕の事実を告げた―夫の口座で決済されたアンジーのカードを勝手に使って株で大損したというのだ。夫に弱みを握られてしまうわ！　案の定、それを知ったロークが会いに来ると彼女に言ってきた。屈辱をこらえ、お金は少しずつ返すと訴えるアンジーの前で、ロークはからかうような冷笑を浮かべると、妻を抱き寄せてささやいた。「きみを呼んだのは、このためだ」　〔4384〕

◇情熱のとりこ―ミシェル・リードの軌跡 5　ミシェル・リード著，細郷妙子訳　ハーパーコリンズ・ジャパン　2022.11　202p　15cm　（ハーレクインSP文庫 HQSP-340—ロマンスの巨匠たち）〈ハーレクイン 1998年刊の再刊　原書名：PASSION BECOMES YOU〉600円　①978-4-596-74912-3

＊秘書のジェンマは上司の客に会った瞬間、ひと目で心奪われた。黒い瞳のギリシア大富豪、レオン・ステファナーデス。噂によれば身勝手なプレイボーイだ。彼はすぐさまジェンマの心を読みとり、誘惑しようとする。「条件も約束もなしにつき合って、友好的に別れよう」そうささやいてジェンマを抱き寄せ、唇を重ねてきた。なんて厚かましい！　平手打ちをしてやるわ。そう思ったのに抵抗できず、されるがままになってしまった。2カ月後、ジェンマは妊娠に気づき、呆然とする―。　〔4385〕

◇千年の愛を誓って　ミシェル・リード作，柿原日出子訳　ハーパーコリンズ・ジャパン　2024.2　238p　17cm　（ハーレクイン・プレゼンツ PB379—作家シリーズ 別冊）〈ハーレクイン 2000年刊の再刊　原書名：THE MISTRESS BRIDE〉664円　①978-4-596-53399-9

＊エヴィの恋人の名はシーク・ラシード。いずれ一国を統治し、一族の女性を妻にする定めを負った、見惚れるほど美しいアラブのプリンスだ。ラシードの立場を慮り、エヴィは彼の子を身ごもっていることを打ち明けられずにいたが、とうとう心を決めた。いつものように抱き合い、甘美なひとときを過ごし―妊娠したことを告げると、ラシードは冷たいまなざしで言った。「赤ん坊は僕の子か」そう突き放され、拠り所を失ったエヴィは青ざめた。しかも追い打ちをかけるように、彼の婚約を知らされ…。　〔4386〕

◇追憶の重さ―ミシェル・リードの軌跡 1　ミシェル・リード著，小林町子訳　ハーパーコリンズ・ジャパン　2022.7　206p　15cm　（ハーレクインSP文庫 HQSP-324—ロマンスの巨匠たち）〈ハーレクイン 1997年刊の再刊　原書名：THE DARK SIDE OF DESIRE〉600円　①978-4-596-70631-7

＊レベッカは名家の使用人の娘として生まれ、御曹子のジェイにかわいがられて育った。女として花開いた16歳の夏、レベッカは心も身にも捧げた。けれども、新しい命を宿したとき、待っていたのは周囲の厳しい叱責だった。ふしだらと烙印を押され、ジェイに会うことも許されぬまま、彼女は身重の体で故郷を追われたのだった。10年後―レベッカのもとに、ある知らせが届く。"母危篤、連絡乞う。ジェイ"　〔4387〕

◇嘆きのウエディングドレス　ミシェル・リード作，水間朋訳　ハーパーコリンズ・ジャパン　2023.9　156p　17cm　（ハーレクイン・プレゼンツ PB369—作家シリーズ 別冊）〈ハーレクイン 2009年刊の再刊　原書名：THE DE SANTIS MARRIAGE〉664円　①978-4-596-52342-6

＊親友の結婚式に参列するため、ミラノを訪れたエリザベス。新郎のルチアーノは黒髪と金色の瞳を持つイタリア大富豪で、その類いまれな魅力に、彼女は思わず惹かれそうになった。みずからの心を戒めるエリザベスだったが、挙式直前になって、あろうことか彼女の兄が新婦と駆け落ちしてしまう！　しかも兄は会社で横領事件を起こしており、その件はすでにルチアーノが肩代わりして解決したという。エリザベスも兄の不始末の片棒を担いだと疑うルチアーノは、自分の屋敷に彼女を閉じこめ、脅迫めいた口調で言い放った！「君の兄を刑務所に送りたくないなら、僕と結婚しろ」　〔4388〕

◇伯爵家の秘密　ミシェル・リード作，有沢瞳子訳　ハーパーコリンズ・ジャパン　2024.6　156p　17cm　（ハーレクイン・ロマンス R3879—伝説の名作選）〈ハーレクイン 2001年刊の再刊　原書名：THE SPANISH HUSBAND〉673円　①978-4-596-77658-7

＊スペインのリゾート地で、キャロラインは父親の豹変を目の当たりにして凍りついた。まるで取り憑かれたように賭博に夢中になり、土地や屋敷まで注ぎ込もうとしているのだ。するとそこへ、思いがけない男性が姿を現した。7年前、結婚を約束しながら心を踏みにじった大富豪ルイス―彼はキャロラインの父親に莫大な賭け金の大勝負を申し出る。お願い、やめて！　懇願するキャロラインをルイスは嘲った。「ベッドを共にするなら勝負から手を引いてもいい」さらに、僕の妻になれば父親の借金を棒引きにすると請け合った。私は受け入れるしかないの？　屈辱の花嫁になる運命を。　〔4389〕

◇惑いのバージンロード　ミシェル・リード作，柿原日出子訳　ハーパーコリンズ・ジャパン　2023.9　156p　17cm　（ハーレクイン・プレゼンツ PB368—作家シリーズ 別冊）〈ハーレクイン 2007年刊の再刊　原書名：THE RANIERI BRIDE〉664円　①978-4-596-52254-2

＊エンリコの恐ろしい形相に、フレイアは2歳の息子の手を強く握った。3年前まで彼女はイタリア大富豪エンリコのもとで秘書として働き、彼の自宅に住み、彼のベッドで眠る関係だった。だがある

日、エンリコのいとこがフレイアのいるベッドに入り込み、その瞬間を、出張から戻ってきたエンリコに目撃されてしまった。むりやり迫られただけだったのに、エンリコは話を聞こうともせず、無情にもフレイアを家から、そして人生から追い払ったのだった！ 今、彼女の小さな息子を見たエンリコが言った。「この子は僕の子だ」フレイアが弱々しくも否定すると、彼は無慈悲な悪魔のように告げた。「嘘をつくな、冷酷な女め。この報いは必ず受けてもらうからな」〔4390〕

◇若すぎた結婚　ミシェル・リード著，井上絵里訳　ハーパーコリンズ・ジャパン　2022.1　210p　15cm　(ハーレクイン文庫 HQB-1094 ―珠玉の名作本棚)〈ハーレクイン 2012年刊の再刊 原書名：THE MAN WHO RISKED IT ALL〉627円　①978-4-596-01864-9
* フランコが瀕死の重傷？　なんてことなの！　レクシーは別居中の夫が事故に遭ったと知り、凍りついた。家出して3年半。つい先日、彼に離婚の書類を送ったばかりだ。結婚当初、19歳で身重のレクシーは、幸せだった。しかしフランコに、妊娠は結婚を迫るための罠と疑われ、やがて夫に愛がないと悟った彼女はショックのあまり流産した。あのとき彼は付き添ってくれた？　いいえ、私は独りだった。それなのに今、フランコの入院先へ―小さな命を失ったのと同じ病院に立ち、レクシーは愛と哀しみに身を震わせていた…。〔4391〕

◇罠に落ちた二人　ミシェル・リード著，柿原日出子訳　ハーパーコリンズ・ジャパン　2022.3　203p　15cm　(ハーレクインSP文庫 HQSP-309)〈ハーレクイン 2003年刊の再刊 原書名：THE ARABIAN LOVE-CHILD〉500円　①978-4-596-01797-0
* ラーマン国際銀行の最上階へ案内されながら、待ち受けるラフィクとの再会を思い、メラニーは身を震わせた。8年前、ありもしない不貞を疑われたメラニーは、愛するラフィクに、無慈悲にもごみのように捨てられた。また彼に会うのは怖い…でも、今こそ真実を伝えなければ。決意をかためてメラニーが頭取室のドアを開けると、相変わらず傲慢さと権力を漂わせたラフィクが座っていた。そして彼は、あの日と同じ台詞を言い放った。「出ていけ」あなたには息子がいるのだと、メラニーが告げる前に。〔4392〕

リドリー，エリカ　Ridley, Erica

◇壁の花に魔法をかけて　エリカ・リドリー著，村岡優訳　原書房　2022.8　329p　15cm　(ライムブックス リ4-2)〈原書名：LORD OF PLEASURE〉1200円　①978-4-562-06549-3
* 男爵家の長女カメリアは、縁談が決まったとある日母親から告げられる。相手はよく知らない男性であるばかりか、20歳年上でロンドンから遠く離れた地方住まい。突然人生を決定づけられ、とまどう彼女だが、両親は従順な長女がたてつくことなど想像もしていない。そんな中、親に反抗する気持ちもあって、妹に連れられて出席した仮面舞踏会の会場となった館のバルコニーで、カメリア

は黒いマスクのエックス卿に誘惑される。放蕩者のウェインライト伯爵は、行動を逐一、新聞の醜聞記事に書かれることにうんざりしていた。一か月は新聞に載らず、イメージを刷新すると仲間に宣言した矢先、仮面舞踏会で純朴なレディーに出会う。そして彼女のことが忘れられず… 〔4393〕

リー・バーク，ジェイムズ　Lee Burke, James

◇破れざる旗の下に　ジェイムズ・リー・バーク著，山中朝晶訳　早川書房　2024.11　337p　20cm〈原書名：FLAGS ON THE BAYOU〉2600円　①978-4-15-210379-6
* 南北戦争下のアメリカ。戦争は平和と自由を奪い、殺人は愛を奪った―。エドガー賞最優秀長篇賞受賞作。ディック・フランシスに並ぶ史上最多3度目受賞。〔4394〕

リバース，シェリー　Rivers, Shelley

◇絆を宿した疎遠の妻　シェリー・リバース作，琴葉かいら訳　ハーパーコリンズ・ジャパン　2023.8　156p　17cm　(ハーレクイン・イマージュ I2767)〈原書名：THE MIDWIFE'S NINE-MONTH MIRACLE〉673円　①978-4-596-52116-3
* 助産師のヒーラは医師の夫レオと4カ月前から別居しているーもうすぐ臨月を迎えるというのに。原因は、年の離れた妹を亡くしたレオが罪悪感に囚われ、ヒーラがあなたの力になりたい、話をしてほしいと言っても、妻である彼女にさえ心を閉ざし、人生から閉め出したことだった。居を移したヒーラは、彼が迎えに来ることを密かに期待したが、非情にも時間だけが過ぎていく。独りで出産するしかないのね…。ところがあるとき、ヒーラが手伝うクリニックに2週間限定で、膝が震えるほど美声でハンサムな医師が来たという噂が。話半分で聞きながら診察室に入ったヒーラは目を疑った。「レオ？」〔4395〕

◇知られざる子は双子の天使　シェリー・リバース作，加納亜依訳　ハーパーコリンズ・ジャパン　2023.5　156p　17cm　(ハーレクイン・イマージュ I2753)〈原書名：REUNITED BY HER TWIN REVELATION〉673円　①978-4-596-77001-1
* サーザは憧れの医師ローガンとのあの夜を、決して後悔しない。妊娠に気づき、彼には何度も手紙で伝えたけれど、返事はなかった。一夜を過ごした彼の部屋を再び訪ねても、不在だった…。今、サーザは生まれ故郷の町に戻り、女手一つで仕事を掛け持ちして双子の男の子を育てている。あの夜、ローガンは誰もに止めないような内気な私を、ほかの女性たちみたいに魅力的でセクシーにしてくれた。彼との思い出は生涯忘れることはないだろうけれど、それでもその後の薄情な態度は、彼女の心を傷つけた。あれから1年半後、サーザは思わぬ男性の姿を見かける―ローガン！ 〔4396〕

リバース, ナタリー　Rivers, Natalie

◇ギリシアに囚われた花嫁　ナタリー・リバース作，加藤由紀訳　ハーパーコリンズ・ジャパン　2024.5　156p　17cm　（ハーレクイン・ロマンス R3872—伝説の名作選）〈ハーレクイン 2010年刊の再刊　原書名：THE KRISTALLIS BABY〉673円　①978-4-596-53999-1

＊キャリーは育ての親だった伯父夫妻と，従姉夫妻の4人を事故で一度に亡くし，遺された赤ん坊ダニーを引き取った。たとえ貧しくても，かわいいダニーがいれば幸せだった。だが半年後，ダニーの叔父でギリシア大富豪のニックが現れた。「生活苦の独身女性に大事な甥は任せられない」なんて傲慢な言い分！ キャリーは腹を立てたものの，ダニーが病気になり，ニックに助けを求めざるをえなくなる。すると彼の自家用ジェットでギリシアの別荘へ連れていかれ，信じられないことに…プロポーズされたのだ！　〔4397〕

◇捨てられたシンデレラ　ナタリー・リバース著，松尾当子訳　ハーパーコリンズ・ジャパン　2023.8　205p　15cm　（ハーレクインSP文庫 HQSP-378）〈ハーレクイン 2011年刊の再刊　原書名：THE DIAKOS BABY SCANDAL〉545円　①978-4-596-52052-4

＊ケリーは，ロンドンの店に入ってきた男性を見て驚愕した。ギリシアの不動産王，テオ・ディアコスではないか。14カ月前，私を紙屑のように捨てた男が，今さら何をしに？ おののくケリーに，酷薄な微笑を浮かべて，テオは言った。「きみの手を借りたいことができてね。連れ戻しに来たのだ」相変わらずの身勝手な言い分に憤りつつも，ケリーは安堵した。どうやら"あの秘密"がばれたわけではないらしい。翌日，脅しまがいの彼の要求に屈し，ケリーはアテネに発った。密かに産んでいた，テオとの間の我が子を身内に託して。〔4398〕

◇つれない花婿　ナタリー・リバース著，青海まこ訳　ハーパーコリンズ・ジャパン　2023.8　215p　15cm　（ハーレクイン文庫 HQB-1195—珠玉の名作本棚）〈ハーレクイン 2010年刊の再刊　原書名：THE SALVATORE MARRIAGE DEAL〉627円　①978-4-596-52156-9

＊リリーは医者から妊娠を告げられ，愕然とした。ああ，ヴィートになんと伝えたらいいの…？ とてつもなくハンサムなイタリア大富豪ヴィートは，リリーとつき合い始めたときに明言していたのだ—結婚はしない，子供も必要ない，と。それでも勇気を振り絞ってヴィートに真実を話すと，寒空の下，荷物とともに彼の家から叩き出されてしまった！ 1カ月半後，リリーの前に突然ヴィートが現れ，傲慢に言い放つ。「君には部屋も仕事も必要ない。すぐに僕と結婚してもらう」〔4399〕

リプリー, H.A.　Ripley, H.A.

◇1分間ミステリー　H・A・リプリー著，小堀さとみ訳　扶桑社　2023.11　247p　16cm　（扶桑社ミステリー リ11-1）〈原書名：MINUTE MYSTERIES〉850円　①978-4-594-09546-8

内容　優秀なハンター　においに惹きつけられて　致命的なミス　毒殺事件　不可解な"誘拐"　貴重な図面　絞殺　職場での死　いったりきたり　手に汗握る追走劇　個人の特定　船乗りのアリバイ　コニーアイランドの殺人　賢すぎた犯人　血まみれの殺人　舞台裏での死　簡単な番号　現代の騎士　宝石ше棒　検死審問の前に

＊1話ほぼ2ページ，1分間あれば読める，ショートショート・ミステリークイズの古典的名作登場！ 狩猟に出かけた山中で，仲間の猟銃で撃たれた男。不幸な事故か，はたまた故意か？ 地下室に押し入った泥棒の手に汗握る追跡劇。しかしじつは，内部の者の犯行だった!?書斎のなかで毒殺された男。犯人は誰か…等々，趣向を凝らし，トリックとウィットに富んだ難問が満載。わずかな手がかりを見のがさず，名探偵フォードニー教授とともに，あなたも数々の事件の謎解きに挑んでください。〔4400〕

◇新1分間ミステリー　H.A.リプリー著，小堀さとみ訳　扶桑社　2024.12　239p　16cm　（扶桑社ミステリー）〈原書名：MINUTE MYSTERIES〉850円　①978-4-594-09787-5

＊1話わずか2〜3ページ，1分もあれば読めるショート・ミステリー・クイズ，大好評『1分間ミステリー』最新刊！ 大邸宅に住む貴族が殺される事件が発生。犯行現場が3階の自室だったため，捜査に乗りだしたロンドン警視庁の刑事は，犯人が窓から侵入したと推理。ところが名探偵フォードニー教授は，それが誤りだと見抜く—いったいなぜか？ 全米の新聞に掲載され，読者を熱中させた大人気シリーズ。トリック，パズル，謎解きにあふれた難問奇問に，あなたもぜひ挑戦してください。〔4401〕

リーブレヒト, サヴィヨン　Liebrecht, Savyon

◇砂漠の林檎—イスラエル短編傑作選　サヴィヨン・リーブレヒト，ウーリー・オルレブほか著，母袋夏生編訳　河出書房新社　2023.8　258p　20cm　2900円　①978-4-309-20890-9

内容　砂漠の林檎（サヴィヨン・リーブレヒト著，母袋夏生訳）

＊迷宮のような路地で見つけた写真集，不死の老人，ショアの記憶，聖書物語など，イスラエル文学紹介の第一人者による日本語版オリジナル・アンソロジー。ウーリー・オルレブ（国際アンデルセン賞受賞），シャイ・アグノン（ノーベル文学賞受賞）など，世界が高く評価する作家の傑作を精選。〔4402〕

リポイ, ライラ

◇21世紀のスペイン演劇 2　ライラ・リポイ，フアン・カルロス・ルビオ，フアン・マヨルガ，パチョ・テリェリア，ヘスス・カンポス・ガルシーア，ニエベス・ロドリーゲス，カロリーナ・ロマン著，田尻陽一編，田尻陽一，岡本淳子訳　水

声社　2023.10　276p　22cm　〈原書名：Los niños perdidos　Arizonaほか〉　4000円　①978-4-8010-0760-4

|内容| 迷子になった子どもたち（ライラ・リボイ著, 岡本淳子訳）　　　　　　　　　　　〔4403〕

リマー, クリスティン　Rimmer, Christine

◇愛の迷い子と双子の天使　クリスティン・リマー作，長田乃莉子訳　ハーパーコリンズ・ジャパン　2023.4　188p　17cm　（ハーレクイン・イマージュ I2749）〈原書名：THE FATHER OF HER SONS〉694円　①978-4-596-76863-6

　＊"親愛なるイーストン"と書いて、ペイトンは日記に突っ伏した。5年前、彼女は見知らぬ洗練された実業家にひと目で心を奪われた。彼から部屋に誘われたときは夢を見ているのかと疑ったけれど、裕福なお金持ちと田舎娘の関係が長続きするとは思えなかった。でもまさか、自分が双子の男の子を身ごもるとは。愚かで無責任だった母のせいで、子どもたちは父を知らずに育っている。いつか会えるというはかない希望を胸に、ペイトンは双子のことや自分の気持ちを日記に綴りつづけていた。ところが、千載一遇のチャンスが訪れてイーストンに再会できたとき、彼から子どもとの時間を奪った罪悪感で、ペイトンは怖じ気づいて…。〔4404〕

◇偽りの薬指と小さな命　クリスティン・リマー作，川合りりこ訳　ハーパーコリンズ・ジャパン　2024.3　156p　17cm　（ハーレクイン・イマージュ I2793）〈原書名：EXPECTING THE BOSS'S BABY〉673円　①978-4-596-53519-1

　＊プレイボーイ大富豪ダックスのアシスタント職に応募したゾーイ。ボスが面接で口にした高慢な採用条件——それは、彼に恋をしないこと！　前任者もそのまた前任者も…大勢がそれを理由で解雇されていた。反感を持ちながらも彼のもとで働きだした彼女だったが、周囲の目は新アシスタントも絶対にボスに恋をすると物語っていた。そこでゾーイは偽りのダイヤを指にはめ、恋人がいるふりをすることに。それがダックスのプレイボーイ魂に火をつけたのか、出張に同行するよう命じられ、ゾーイは胸の高鳴りを禁じえなかった。やがて、独身主義を明言する彼と出張の間だけの約束で恋人になる——もうただのボスと部下に戻れなくなる理由が我が身に宿るとも思わず。〔4405〕

◇王子と孤独なシンデレラ　クリスティン・リマー作，宮崎亜美訳　ハーパーコリンズ・ジャパン　2024.12　188p　17cm　（ハーレクイン・イマージュ I2832—至福の名作選）〈ハーレクイン 2015年刊の再刊　原書名：THE PRINCE'S SECRET BABY〉694円　①978-4-596-71771-9

　＊恋人に裏切られつづけて男性不信に陥ったシドニーは、専門クリニックで子供をもうけ、小さな息子を独りで育てている。ある日、同僚の結婚祝いを買いに訪れた百貨店で、高級服に身を包んだ、息子のほど魅力的な男性に声をかけられた。驚くことに、ルールという名の彼は地中海の公国のプリンスだった。シドニーははじめ戸惑ったが、話をするうちにどんどん惹かれ、彼こそ、ずっと叶わぬ夢とあきらめていた理想の男性だと直観した。やがて、息子に会いたがる彼を自宅へ招待することに。恋に舞いあがったシドニーは、そのときまだ気づいていなかった——最愛の息子とルールが、とてもよく似た髪と瞳をしていることに。〔4406〕

◇この恋は宿命　ミランダ・リー，マーガレット・ウェイ，クリスティン・リマー著，庭植奈穂子他訳　ハーパーコリンズ・ジャパン　2022.3　334p　17cm　（HPA 32—スター作家傑作選）〈原書名：SOMETHING BORROWED GENNI'S DILEMMAほか〉1109円　①978-4-596-31888-6

|内容| シンデレラへの招待（クリスティン・リマー著, 五十嵐美兎訳）

　＊アシュリーは幼なじみとの結婚式を数時間後に控えていた。だが身支度を整えながらも、悲劇的な結末を迎えた10代の頃の初恋相手—新郎の兄であるジェイクの姿を心から消せずにいた。そのときアシュリーのもとに、ずっと音信不通だったジェイクから、かつて彼女が愛の証として渡した、ハート形のロケットが届いて…（『借りもののハート』）。社交に明け暮れる母の企みで、ジェニーは有力な一族の子息と結婚させられようとしていた。だが式の直前、自分が本当に愛しているのは、幼い頃から見守ってくれた親族のブレーンだと気づく。でも、もう遅い…。引き渡し役のブレーンと腕を組んで教会に入った瞬間、ジェニーは絶望のあまり気を失い、愛しい彼の胸に倒れ込んだ（『たどりついた愛』）。ドレスショップで働くメアリーは眼鏡の内気な女の子。知的でハンサムな弁護士ジェームズに憧れているけれど、棚の陰からそっと見つめるだけで精いっぱい。すると、見かねた店主が彼女にドレスを贈り、ジェームズも出席する舞踏会へ行くよう説得した。メアリーは勇気を出して美しく盛装し、名前も変えて会場に向かった！（『シンデレラへの招待』）。夢の初恋短篇集！　　〔4407〕

◇純白の中の出逢い　クリスティン・リマー作，泉智子訳　ハーパーコリンズ・ジャパン　2022.1　174p　17cm　（ハーレクイン・イマージュ I2690—至福の名作選）〈ハーレクイン 2015年刊の再刊　原書名：THE STRANGER AND TESSA JONES〉664円　①978-4-596-01826-7

　＊猛吹雪の日、テッサは林の中で気を失ったハンサムな男性を助けた。高価そうな服は汚れ、体じゅう傷だらけの彼を自宅へ連れ帰ると、ほどなく目覚めた彼は、いっさいの記憶を失っていた。戸惑うテッサだったが、二人きりで過ごすうち彼の人柄のよさに惹かれ、いつしか互いの気持ちを確かめるように、身を捧げたのだった。だが、彼が"アッシュ"という自分の名を思い出したことで、テッサは彼に苛まれた。いつか彼は元の生活に戻っていくのね…。そのときの彼女は、まだ知らなかった—彼が巨万の富を有する大富豪、アッシャー・ブラボーで、1カ月後には美しい婚約者と

リム

結婚する予定であることを。〔4408〕

◇捨てられた妻は記憶を失い　クリスティン・リマー作，川合ririこ訳　ハーパーコリンズ・ジャパン　2024.6　156p　17cm　（ハーレクイン・イマージュ I2805）〈原書名：A HUSBAND SHE COULDN'T FORGET〉673円　①978-4-596-77662-4

＊「コナーはどこ？　コナーに一夫に会わせて」事故に遭い療養中のアリッサがそう頼むと、家族は驚きを露わにした。妻が最愛の夫に会いたいと願うことの何が問題なの？　問題は、彼女はもうコナーの妻ではないことだった。7年前、アリッサが憧れのNYでの仕事に就いたとき、一緒に移住する約束をコナーが破り、一方的に離婚届を送ってきた。手ひどく捨てられた当時、深く傷ついたアリッサだったが、事故で頭を打った拍子に、離婚したことを忘れてしまったのだ！　家族からコナーとは別れたと聞かされても、どうしても思い出せない。そこで、アリッサは彼の家へ向かった―まだ相思相愛だと信じて。〔4409〕

◇虹色のクリスマス　クリスティン・リマー著，西本和代訳　ハーパーコリンズ・ジャパン　2024.11　286p　15cm　（ハーレクイン文庫―珠玉の名作本棚）〈原書名：A BRAVO CHRISTMAS REUNION〉740円　①978-4-596-71579-1

＊12月のある日、翌月に出産予定のヘイリーの前に思わぬ人物が。7カ月前に別れた恋人のマーカス！　彼女の大きなおなかを見て自分の子供だと悟った彼は、責任感から結婚を申し出る。今も彼を想っているヘイリーはそれを断り、逆に提案した。「私は時間がほしいの。クリスマスが終わるまで、一緒にいて」どうか、愛し愛される結婚を。赤ちゃんのために。私のために。それは、幼いころ家族の愛情を知らずに育ったヘイリーが、マーカスと子供と一緒に愛に満ちた家庭を築きたいという心からの望みをかけた、最後の提案だった…。〔4410〕

◇秘密を宿したシンデレラ　ダイアナ・パーマー著，クリスティン・リマー，アン・メイジャー著，松村和紀子他訳　ハーパーコリンズ・ジャパン　2023.6　362p　17cm　（HPA 47―スター作家傑作選）〈原書名：TOM WALKER RACHEL'S BUNDLE OF JOYほか〉1136円　①978-4-596-77321-0

内容　恋人たちの長い一日（クリスティン・リマー著，田中淳子訳）

＊『トム・ウォーカー』NYの広告代理店に勤める秘書イリージアは憧れの上司トムと一夜を過ごし、純潔を捧げた。だが翌日には打って変わって目も合わせようとしない彼の態度に傷つき、彼女は退職して故郷に帰った―おなかに小さな命がめばえていたけれど。数年後、密かに娘を産み育てていたイリージアの前に、思いがけずトムが突然姿を現す！『恋人たちの長い一日』幼い頃に父に捨てられた看護師レイチェルは、異性に対して慎重だった。いつかすてきな男性が現れるまでは空想で充分だと、独り身のまま人工授精で子を授かる。ある日、ついに理想の男性、会社CEOのブライスと出逢い、夢の一夜を過ごした。だが、彼が名門一族の跡取りで夜ごと違う美女を連れていると知り、身を引くことに…。『永遠の居場所』ストーカーから逃げる途中、コナーという男性と知り合ったアンナ。瞬く間に惹かれ合って電撃結婚するが、ハネムーン最後の夜、牧場主のはずの彼が行方不明者捜索の専門会社社長と偶然知ってしまう。まさか、ストーカーに雇われた探偵？　アンナは怖くなって逃げ出したーコナーの子を宿したとわかったのは、その後のことだった。―密かに産んだ娘、独りで授かった子、思わぬ妊娠。人生を変える恋を綴ったベビー・アンソロジー！〔4411〕

リム，アッシュ

◇イン・クィア・タイム―アジアン・クィア作家短編集　イン・イーシェン，リベイ・リンサンガン・カントー編，村上さつき訳　ころから　2022.8　350,10p　19cm〈他言語標題：In queer time　原書名：Sanctuary〉2200円　①978-4-907239-63-3

内容　生理現象（アッシュ・リム著）

＊「クィアの時代」に香港から届いたアジアンLGBTQ＋作家による「クィア小説」17編を収録！〔4412〕

リム，エリザベス　Lim, Elizabeth

◇ソー・ディス・イズ・ラブ―シンデレラがガラスの靴をふたたびはくことができなかった〈もしも〉の世界　上　エリザベス・リム著，笹山裕子訳　Gakken　2023.10　237p　19cm（ディズニーツイステッドテール―ゆがめられた世界）1100円　①978-4-05-205684-0

＊もしもシンデレラがガラスの靴をふたたびはくことができなかったら？　ガラスの靴をはかせてもらえず、いじわるな継母のもとから逃れたシンデレラは偶然の出会いから王宮で働くことに。王子の近くにいながら真実が言えず、すれちがう日々。一方、背後では何者かが王国を乗っ取る陰謀をくわだてようとしていた！―シンデレラは王子に気づいてもらえるのか？〔4413〕

◇ソー・ディス・イズ・ラブ―シンデレラがガラスの靴をふたたびはくことができなかった〈もしも〉の世界　下　エリザベス・リム著，笹山裕子訳　Gakken　2023.10　233p　19cm（ディズニーツイステッドテール―ゆがめられた世界）1100円　①978-4-05-205685-7

＊「また舞踏会ですって！」王子と会う機会がふたたびめぐってきたシンデレラだったが。公爵夫人ジュヌヴィエーヴの悲しい過去。王国で魔法が禁止され、妖精たちが追放された理由。王子の結婚、王位継承を自分のために利用しようとする者。―すべての点がつながったとき、シンデレラがついに行動を開始する！〔4414〕

リムイ・アキ

◇懐郷　リムイ・アキ著，魚住悦子訳　田畑書店　2023.9　325p　20cm　2800円　①978-4-8038-

0420-1
＊貧困、早婚、目を覆うような家庭内暴力と家庭崩壊、旧態依然とした体質の原住民社会―台湾原住民に対する既存のイメージを打ち破っての、その暗い側面を明るみに出し、苦境にあっても屈することなく努力を続けるタイヤル女性・懷湘を描いた感動の長編小説！

〔4415〕

リャマサーレス, フリオ　Llamazares, Julio

◇リャマサーレス短篇集　フリオ・リャマサーレス著，木村榮一訳　河出書房新社　2022.5　264p　20cm〈著作目録あり　原書名：CUENTOS CORTOS〉2900円　①978-4-309-20853-4
＊名作『黄色い雨』の著者による集大成。世界の片隅への愛と共感が魂を震わせる珠玉の21篇。

〔4416〕

リューイン, マイクル・Z.　Lewin, Michael Z.

◇祖父の祈り　マイクル・Z・リューイン著，田口俊樹訳　早川書房　2022.7　226p　19cm〈HAYAKAWA POCKET MYSTERY BOOKS 1981〉〈原書名：WHATEVER IT TAKES〉2000円　①978-4-15-001981-5
＊未知のウイルスのパンデミックによって世界は荒廃した。人々の貧富の差は広がり、治安は著しく悪化し、物資も乏しい。そんなアメリカのある町に、感染症で最愛の妻を亡くした老人がいた。残された娘や孫を失うものかと、ときに商店から食料品をくすねながらも、懸命に日々を送る彼。して、犯罪者や警官たちの横暴で町の状況がますます悪化していくなかで、老人はある決断をする―デビュー以来、「家族」をテーマに数々の傑作を紡いできた名匠リューインが、ウイルス禍のいま改めて描く最新長篇。

〔4417〕

◇父親たちにまつわる疑問　マイクル・Z・リューイン著，武藤陽生訳　早川書房　2022.9　328p　16cm〈ハヤカワ・ミステリ文庫 HM 165-14〉〈原書名：ALIEN QUARTET〉1180円　①978-4-15-078414-0
＊私立探偵アルバート・サムスンの事務所にやってきた奇妙な青年。話によると彼は「地球外生命体と人間のハーフ」で、最近部屋に空き巣に入られ、宇宙人の父から贈られた貴重な石を盗まれたのだという。その調査を頼まれたサムスンは渋々ながら引き受けるが―新米警察官となった愛娘サムの力を時には借りつつ、ユニークな事件の数々を探偵サムスンが解き明かす。シリーズの最新作となる待望の連作集。

〔4418〕

◇沈黙のセールスマン　マイクル・Z・リューイン著，石田善彦訳　新版　早川書房　2022.8　553p　16cm〈ハヤカワ・ミステリ文庫 HM 165-13〉〈原書名：THE SILENT SALESMAN〉1440円　①978-4-15-078413-3
＊半年以上入院したまま、面会謝絶となっている弟の様子を調べてほしい―探偵サムスンに舞い込んだ奇妙な依頼。製薬企業でセールスマンとして働く男が研究所で爆発事故に遭って以来、なぜか会社の関係施設の診療所で管理されているというのだ。サムスンは十数年ぶりに再会した実の娘サムとともに謎を追う。巧みなプロットと軽妙かつ滋味あふれる筆致で私立探偵小説史に刻まれる不朽のシリーズ、最高傑作。

〔4419〕

リュウ, ケン

◇七月七日　ケン・リュウ, 藤井太洋ほか著，小西直子, 古沢嘉通訳　東京創元社　2023.6　361p　19cm〈他言語標題：SEVENTH DAY OF THE SEVENTH MOON〉2400円　①978-4-488-01127-7
内容　七月七日（ケン・リュウ著, 古沢嘉通訳）
＊七夕の夜、ユアンは留学で中国を離れる恋人ディンに会いに出かけた。別れを惜しむ二人のもとに、どこからともなくカササギの大群が現れ―東アジア全域にわたり伝えられている七夕伝説をはじめとし、中国の春節に絡んだ年獣伝説、不老不死の薬を求める徐福伝説、済州島に伝わる巨人伝説など、さまざまな伝説や神話からインスピレーションを得て書かれた十の幻想譚。日中韓三ヵ国の著者によるアンソロジー。

〔4420〕

◇創られた心―AIロボットSF傑作選　ケン・リュウ, ピーター・ワッツ, アレステア・レナルズ他著，ジョナサン・ストラーン編，佐田千織他訳　東京創元社　2022.2　564p　15cm〈創元SF文庫 SFン11-1〉〈責任表示はカバーによる　原書名：MADE TO ORDER〉1400円　①978-4-488-79101-8
内容　アイドル（ケン・リュウ著, 古沢嘉通訳）
＊人工的な心や生命。ゴーレム、オートマトン、ロボット、アンドロイド、ボット、人工知能―人間によく似た機械、人間のために注文に応じてつくられた存在というアイディアは、古代より我々を魅了しつづけてきた。そしていま、その長い歴史に連なるアンソロジーがここに登場する。ケン・リュウ, ピーター・ワッツ, アレステア・レナルズら、最高の作家陣による16の物語を収録。

〔4421〕

リュウ, ジキン　劉慈欣

◇円―劉慈欣短篇集　劉慈欣著，大森望, 泊功, 齊藤正高訳　早川書房　2023.3　546p　16cm〈ハヤカワ文庫 SF 2401〉1100円　①978-4-15-012401-4
内容　鯨歌（大森望, 泊功訳）　地火（大森望, 齊藤正高訳）　郷村教師（大森望, 齊藤正高訳）　繊維（大森望, 泊功訳）　メッセンジャー（大森望, 泊功訳）　カオスの蝶（大森望, 泊功訳）　詩雲（大森望, 泊功訳）　栄光と夢（大森望, 泊功訳）　円円のシャボン玉（大森望, 齊藤正高訳）　二〇一八年四月一日（大森望, 泊功訳）　月の光（大森望訳）　人生（大森望, 泊功訳）　円（大森望訳）　鯨歌　地火　郷村教師　繊維　メッセンジャー　カオスの蝶　詩雲　栄光と夢　円円のシャボン玉　二〇一八年四月一日　月の光　人生　円

リュウ

＊円周率の中に不老不死の秘密がある—10万桁まで円周率を求めようという秦の始皇帝の命を受け、荊軻は300万の兵による人列計算機を起動した！『三体』の抜粋改作「円」。貧村で子どもたちの教育に人生を捧げてきた教師の"最後の授業"が驚愕の結果をもたらす「郷村教師」。漢詩に魅せられた異星種属が李白を超えるべく壮大なプロジェクトを立ち上げる「詩雲」など、中国SF界の至宝・劉慈欣の精髄13篇を収録した短篇集。〔4422〕

◇華語文学の新しい風　劉慈欣,ワリス・ノカン,李娟他著，王德威,高嘉謙,黃英哲,張錦忠,及川茜,濱田麻矢編，小笠原淳,津守陽他訳　白水社　2022.11　357p　20cm　（サイノフォン　1）　3200円　①978-4-560-09875-2

内容　西洋（劉慈欣著,小笠原淳訳）

＊近年注目を集めている華語文学の新たな流れを紹介するシリーズ"サイノフォン"の第1巻。香港の高層ビルからチベットの聖なる湖まで、シカゴのバーからマレーシアの原生林まで。小説、旅行記、詩、SFなど、多様なジャンルから世界を切り取る17篇。〔4423〕

◇金色昔日—現代中国SFアンソロジー　夏笳ほか著，ケン・リュウ編，中原尚哉他訳　早川書房　2022.11　715p　16cm　（ハヤカワ文庫　SF　2387）〈責任表示はカバーによる　「月の光」（2020年刊）の改題　原書名：BROKEN STARS〉　1380円　①978-4-15-012387-1

内容　月の光（劉慈欣著,大森望訳）

＊北京五輪の開会式を彼女と見たあの日から、世界はあまりにも変わってしまった―『三体X』の著者・宝樹が、中国の歴史とある男女の運命を重ね合わせた表題作、『三体』の劉慈欣が描く環境SFの佳品「月の光」、春節シーズンに突如消えた列車の謎を追う「折りたたみ北京」著者の郝景芳による「正月列車」など、14作家による中国SF16篇を収録。ケン・リュウ編による綺羅星のごときアンソロジー第2弾。〔4424〕

◇三体　劉慈欣著，大森望,光吉さくら,ワンチャイ訳，立原透耶監修　早川書房　2024.2　633p　16cm　（ハヤカワ文庫　SF　2434）〈著作目録あり〉　1100円　①978-4-15-012434-2

＊文化大革命で父を惨殺され、人類に絶望した科学者・葉文潔。彼女がスカウトされた軍事基地では、人類の運命を左右するプロジェクトが進行していた。数十年後、科学者の連続殺人事件を追って謎の学術団体に潜入したナノテク素材の研究者・汪淼を、怪現象"ゴースト・カウントダウン"が襲う！そして、汪淼が入り込むVRゲーム『三体』の驚くべき真実は？全世界でシリーズ累計2900万部を売り上げたエンタメ小説の最高峰。〔4425〕

◇三体　2［上］　黒暗森林　上　劉慈欣著　大森望［ほか］訳　早川書房　2024.4　478p　16cm　（ハヤカワ文庫　SF　2442）　1000円　①978-4-15-012442-7

＊天体物理学者・葉文潔が宇宙に向けて発信したメッセージは、異星文明・三体世界に到達する。新天地を求める三体文明は侵略艦隊を地球へと送り出した。太陽系到達は四百数十年後。しかも人類のあらゆる活動は、三体文明が送り込んだ極微スーパーコンピュータ・智子に監視されていた！危機に直面した人類は前代未聞の「面壁計画」を発動させる。人類の命運は四人の面壁者に託された！世界的エンタメ、驚天動地の第二部。〔4426〕

◇三体　2［下］　黒暗森林　下　劉慈欣著　大森望［ほか］訳　早川書房　2024.4　505p　16cm　（ハヤカワ文庫　SF　2443）〈著作目録あり〉　1000円　①978-4-15-012443-4

＊太陽系に迫る三体世界の巨大艦隊に対抗する最後の希望は、四人の面壁者。人類を救う秘策は智子も覗き見ることができない、彼らの頭の中だけにある。面壁者のひとり、羅輯が考え出した起死回生の"呪文"とは？一方、かつて宇宙軍創設に関わった章北海もある決意を胸に三体世界に立ちむかう最新鋭の宇宙戦艦に乗り組んでいた。全世界でシリーズ累計2900万部を売り上げたベストセラー『三体』衝撃の第二部。〔4427〕

◇三体　3［上］　死神永生　上　劉慈欣著　大森望［ほか］訳　早川書房　2024.6　603p　16cm　（ハヤカワ文庫　SF　2449）　1100円　①978-4-15-012449-6

＊三体世界の太陽系侵略に対抗すべく立案された「面壁計画」。その背後で侵略艦隊の懐に人類のスパイを送る「階梯計画」が進んでいた。実現に導いたのは航空宇宙エンジニア程心。計画の鍵を握るのは彼女の旧友である孤独な男、雲天明。この二人が全宇宙の運命を動かすことになる。一方、地球文明の危機下で三体の極微スーパーコンピュータ・智子は、たえず人類の監視を続けていたが…。全世界2900万部突破の三部作第三部。〔4428〕

◇三体　3［下］　死神永生　下　劉慈欣著　大森望［ほか］訳　早川書房　2024.6　621p　16cm　（ハヤカワ文庫　SF　2450）〈著作目録あり〉　1100円　①978-4-15-012450-2

＊地球文明と三体文明、二つの世界の命運をその手に握る立場である執剣者。初代をつとめたもと面壁者・羅輯に代わり、程心は二代目の執剣者に選出される。だが、それは恐ろしい重圧をともなうものだった。やがて智子の導きのもと程心は思わぬかたちで雲天明と再会を果たす。人工冬眠と目覚めを繰り返し、次々と時空を超えた果てに程心が見たものとは。邦訳版累計部数100万部突破の壮大な三部作ついに完結。〔4429〕

◇三体0—球状閃電　劉慈欣著，大森望,光吉さくら,ワンチャイ訳　早川書房　2022.12　434p　20cm〈他言語標題：Ball Lightning〉　2000円　①978-4-15-210194-5

＊激しい雷が鳴り響く、14歳の誕生日。その夜、ぼくは別人に生まれ変わった―両親と食卓を囲んでいた少年・陳（チェン）の前に、それは突然現れた。壁を通り抜けてきた球状の雷（ボール・ライトニング）が、陳の父と母を一瞬で灰に変えてしまったのだ。自分の人生を一変させたこの奇怪な自然現象に魅せられた陳は、憑かれたように球電の研究を始める。その過程で知り合った運命の人が林雲（リン・ユン）。軍高官を父に持つ彼女は、新概念兵器

開発センターで雷兵器の開発に邁進する技術者にして若き少佐だった。やがて研究に行き詰まった二人は、世界的に有名な理論物理学者・丁儀（ディン・イー）に助力を求め、球電の真実を解き明かす…。世界的ベストセラー『三体』連載開始の前年に出た前日譚。三部作でお馴染みの天才物理学者・丁儀が颯爽と登場し、"球状閃電"の謎に挑む。丁儀がたどりついた、現代物理学を根底から揺るがす大発見とは？　"三体"シリーズ幻の"エピソード0"、ついに刊行。　　　　　　　　　〔4430〕

◇時間移民　劉慈欣著，大森望，光吉さくら，ワンチャイ訳　早川書房　2024.12　431p　20cm　（劉慈欣短篇集 2）〈他言語標題：Time Migration and Other Stories　著作目録あり〉　2200円　①978-4-15-210387-1

内容　時間移民（大森望，光吉さくら訳）　思索者（大森望，ワンチャイ訳）　夢の海（大森望，光吉さくら訳）　歓喜の歌（大森望，光吉さくら訳）　ミクロの果て（大森望，光吉さくら訳）　宇宙収縮（大森望，ワンチャイ訳）　朝に道を開かば（大森望，光吉さくら訳）　共存できない二つの祝日（大森望，光吉さくら訳）　全帯域電波妨害（大森望，ワンチャイ訳）　天使時代（大森望，光吉さくら訳）　運命（大森望，光吉さくら訳）　鏡（大森望，ワンチャイ訳）　フィールズ・オブ・ゴールド（大森望，ワンチャイ訳）　時間移民　思索者　夢の海　歓喜の歌　ミクロの果て　宇宙収縮　朝に道を開かば　共存できない二つの祝日　全帯域電波妨害　天使時代　運命　鏡　フィールズ・オブ・ゴールド

＊『三体』の劉慈欣、大好評の『円』に続く待望の短篇集第二弾！ 環境悪化と人口増加のため、政府はやむなく"時間移民"を決断。全世界に建設された200棟の冷凍倉庫に眠る合計8000万人の移民を率いて、大使は未来へと旅立つ…。表題作「時間移民」のほか、宇宙からやってきた"音楽家"が国連本部前のコンサートに飛び入り参加して太陽を奏でる「歓喜の歌」、『三体』でも活躍した天才物理学者・丁儀がクォーク分割に挑む「ミクロの果て」、すべてを見通しているかのような男に警察が翻弄される銀河賞受賞作「鏡」、太陽系の果てへとひとり漂流する少女を全人類がネット経由で見守る「フィールズ・オブ・ゴールド」など全13篇を収録する、劉慈欣の傑作短篇集。　　〔4431〕

◇超新星紀元　劉慈欣著，大森望，光吉さくら，ワンチャイ訳　早川書房　2023.7　475p　20cm　〈他言語標題：SUPERNOVA ERA　著作目録あり〉　2100円　①978-4-15-210254-6

＊時は現代。太陽から8光年の距離にあるひとつの恒星—"死星"が超新星爆発を起こし、やがて地球に大量の放射線が降り注ぐ。その中に含まれていた未知の高エネルギー宇宙線には、人体細胞の染色体を破壊する致命的な効果があることが判明。生き延びられるのは、染色体に自己修復能力がある若い人類—その時点で12歳以下の子どもたち—だけ。いまから1年後、大人たちはすべて死に絶え、人類文明は14歳未満の子どもたちに託される。子どもしかいない"超新星紀元"の社会は、いったいどうなってしまうのか？ 大人たちは、残り少ない時間を使って、伝えられるかぎりのことを子ど もたちに伝えようとするが…。　　〔4432〕

◇白亜紀往事　劉慈欣著，大森望，古市雅子訳　早川書房　2023.11　221p　20cm　〈他言語標題：OF ANTS AND DINOSAURS　著作目録あり〉　1900円　①978-4-15-210278-2

＊時は、今から6500万年ほど前、白亜紀末期のある日。一頭のティラノサウルス・レックスの歯にはさまった肉片を、蟻たちがたまたま掃除してあげたことから歴史は大きく動き始めた。恐竜と蟻という二つの種族は、お互いの長所—恐竜は柔軟な思考力、蟻は精緻な技術力を活用し、それぞれの欠点を補完し合い、新たな文明を築くに至った。文字の活用、蒸気機関時代を経て、現代人類社会と変わらぬ高度な文明を発達させ、地球を支配していた。だが、永遠に続くと思われた、恐竜と蟻の二大文明は、歴史の必然か、深刻な対立に陥り…。代表作『三体』がドラマを始め複数のメディアで映像化され、映画「流転の地球」が世界で大ヒットを記録。世界のエンタメ界で注目を集める劉慈欣が、二つの種族の存亡を賭けた戦いを、壮大なスケールで描いた初期長篇。　〔4433〕

◇流浪地球　劉慈欣著，大森望，古市雅子訳　KADOKAWA　2022.9　309p　20cm　2000円　①978-4-04-065993-0

＊四百年後、太陽が大爆発を起こし、地球は滅亡する—生き延びるには、太陽系を脱出するしかない。人類は、一万基以上の巨大な"地球エンジン"を設置、地球そのものを宇宙船として、はるか四・三光年の彼方へ旅立つことを決意する…。　〔4434〕

◇流浪地球　劉慈欣著，大森望，古市雅子訳　KADOKAWA　2024.1　305p　15cm　（角川文庫　リ2-1）　1200円　①978-4-04-114557-9

内容　流浪地球　ミクロ紀元　呑食者　呪い5・0　中国太陽　山

＊人類は太陽系で生き続けることはできない。唯一の道はべつの星系への移住。連合政府は地球エンジンを構築、人類を太陽系外に脱出させる地球航行計画を決定。荒廃した地上に住めなくなった人々は宇宙へと旅立つが（「流浪地球」）。恒星探査から帰還した宇宙飛行士＝先駆者が目にしたのは、死に絶えた地球と文明の消滅だった（「ミクロ紀元」）!? 第54回星雲賞海外短編部門受賞の表題作ほか、5篇を収録　　　　　　　　〔4435〕

◇老神介護　劉慈欣著，大森望，古市雅子訳　KADOKAWA　2022.9　289p　20cm　2000円　①978-4-04-112578-6

＊突然空に現れた宇宙船。次々地球に降り立った神は、みすぼらしい姿でこう言った。「わしらは神じゃ。この世界を創造した労に報いると思って、食べものを少し分けてくれんかのう」。神は老後を地球で暮らすことを望んでいた。　〔4436〕

◇老神介護　劉慈欣著，大森望，古市雅子訳　KADOKAWA　2024.1　280p　15cm　（角川文庫　リ2-2）　1200円　①978-4-04-114558-6

内容　老神介護　扶養人類　白亜紀往事　彼女の眼を連れて　地球大砲

＊突如現れた宇宙船から、次々地球に降り立った神

は、みすぼらしい姿で言った。「わしらは神じゃ。この世界を創造した労に報いると思って、食べものを少し分けてくれんかのう」(「老神介護」)。人工冬眠から目覚めると、地球環境は一変している。資源枯渇と経済的衰退から逃れようと、「南極裏庭化構想」が実行されたのだ(「地球大砲」)。短篇5篇と、中国SFの第一人者である著者によるエッセイ「われわれはSFファンである」を収録。〔4437〕

リュウ, シケツ　劉 梓潔

◇愛しいあなた　劉梓潔, 明田川聡士訳　福岡書肆侃侃房　2022.10　215p　20cm　〈現代台湾文学選 3〉　1900円　①978-4-86385-546-5

＊『父の初七日』監督・脚本のエッセイ・リュ。映画の原作エッセイがベストセラーとなった作家の最初の短編小説集。初邦訳。子供が欲しい。でもそれってホルモンのせい？　でも、過ぎてしまえばそれでいいなんて私は思わない…「愛しいあなた」。母親には永遠にわからないだろう。それは四倍の愛なのだ。母と父の役目で二乗。会えなかった最初の息子の分でさらに二乗だって…「プレゼント」。私は年上の人しか好きになれないんです。父の秘密と私の恋…「失明」。台湾の現代女性の愛と痛みを衝動的に描いた短編小説集10編。〔4438〕

リュウ, ショウジョ　劉 照如

◇黒い雪玉―日本との戦争を描く中国語圏作品集　加藤三由紀編　中国文庫　2022.8　391p　19cm　3800円　①978-4-910887-00-5

内容　青いスカーフ(劉照如著, 徳間佳信訳)　〔4439〕

リュウ, シンウン　劉 震雲

◇一日三秋　劉震雲著, 水野衛子訳　早川書房　2022.12　394p　20cm　2600円　①978-4-15-210195-2

＊河南省延津には"花二娘"の言い伝えがある。花二娘はかれこれ三千年以上生きていて延津人の夢に現れて笑い話をせがむが、彼女を笑わせられない者は死んでしまうという。そのため人々はかならず笑い話を用意して眠る。そんな延津で、ある苦難を経験した父子がいた。喧嘩、離婚、裏切り、死―すべてが笑い話になるわけではない人生で、"笑い"が持つ力とは何か。花二娘に運命を翻弄される延津人の物語からユーモアの本質を問う、中国最高峰の茅盾賞受賞作家の最新作。〔4440〕

リュダール, トーマス　Rydahl, Thomas

◇被疑者アンデルセンの逃亡 上　A.J.カジンスキー, トーマス・リュダール著, 池畑奈央子訳　竹書房　2022.8　383p　15cm　〈竹書房文庫 か19-1〉　〈原書名：Mordet På en havfrue〉　1000円　①978-4-8019-3216-6

＊一八三四年、デンマーク一路地に娼館がたむろする退廃の街コペンハーゲンで、無残な水死体が引き揚げられた。被害者は貧しい娼婦のアナであることが判明し、ほどなくして、被疑者も特定された。最後の客がアナの部屋に入るところを、妹のモーリーが目撃していたのだ。その男の名はハンス=クリスチャン・アンデルセン。名もなき詩人だ。殺人犯として投獄されたアンデルセンだったが、唯一の伝手を使い、期限付きで釈放される。与えられた猶予はたったの三日。その間に無実を証明できなければ、断頭台行きは免れない。限られた時間の中で、アンデルセンは真犯人を見つけ出すことができるのか？　"童話作家アンデルセン"の降誕秘話を読み解くデンマーク発のノワール・ミステリ。〔4441〕

◇被疑者アンデルセンの逃亡 下　A.J.カジンスキー, トーマス・リュダール著, 池畑奈央子訳　竹書房　2022.8　399p　15cm　〈竹書房文庫 か19-2〉　〈原書名：Mordet På en havfrue〉　1000円　①978-4-8019-3217-3

＊真犯人を突き止めるため、アンデルセンはモーリーを説得。強引に協力を取り付けると、アナが眠る病院へ向かう。引き揚げられたアナの亡骸を見たとき、アンデルセンは奇妙な違和感を抱いていた。その理由を確かめるため忍び込んだ霊安室でアンデルセンは、ついに手掛かりを得る。アナの胸元に別の誰かの乳房が縫い付けられているのを発見したのだ。違和感の原因はこれだった。恐らく、被害者はもう一人いる。そして、その先に真犯人がいるはずだ…。アンデルセンはさらなる証拠を探すも、その動きを察知した真犯人が行動を起こす。無人の倉庫でアンデルセンを襲撃。意識を奪い、急勾配の階下へ転落させることに成功する―。『人魚姫』『マッチ売りの少女』―名作誕生の"if"を探る歴史ミステリ。〔4442〕

リューツ, ジェイソン　Lutes, Jason

◇ベルリン1928・1933―黄金の20年代からナチス政権の誕生まで　ジェイソン・リューツ著, 鵜田良江訳　パンローリング　2023.5　587p　26cm　〈フェニックスシリーズ〉　〈原書名：BERLIN trilogy〉　4500円　①978-4-7759-4284-0

＊1928年、マルテ・ミュラーは引き寄せられるように脈動する首都ベルリンへ向かった。芸術アカデミーに通いはじめた彼女は、それからの数年間、時代の豊かさと悲惨さを経験する。カバレットやサロンではアメリカのジャズが流れ、性の解放が進むいっぽうで、経済危機と過激な政治活動がすでに路上を埋めつくしていた。矛盾する世界が並存し、交錯する街で、マルテはみずからのアイデンティティをたしかめようとする。しかし、ドイツという国がそうであったように、未来への選択を迫られていき…。崩壊が進むワイマール共和国を舞台に、マルテとほかの人物たちの人生がからみあっていく。活字への信頼を失ったジャーナリスト、貧困と政治に引き裂かれた労働者家族、反ユダヤ主義の標的にされたユダヤ人の少年…それぞれの運命がベルリンの街角で交差する。〔4443〕

リョウ, イドウ　廖 偉棠

◇華語文学の新しい風　劉慈欣, ワリス・ノカン, 李娟他著, 王聰威, 高嘉謙, 黄英哲, 張錦忠, 及川茜, 濱田麻矢編, 小笠原淳, 津守陽他訳　白水社

2022.11　357p　20cm　（サイノフォン 1）3200円　①978-4-560-09875-2

内容　旺角の夜と霧（廖偉棠著，及川茜訳）

＊近年注目を集めている華語文学の新たな流れを紹介するシリーズ"サイノフォン"の第1巻。香港の高層ビルからチベットの聖なる湖まで，シカゴのバーからマレーシアの原生林まで。小説，旅行記，詩，SFなど，多様なジャンルから世界を切り取る17篇。　　　　　　　　　　　　　　　　〔4444〕

リョウ，セイサン　梁 清散
◇宇宙の果ての本屋　立原透耶編　新紀元社　2023.12　477p　20cm　（現代中華SF傑作選）〈他言語標題：The Bookstore at the Edge of the Universe〉2500円　①978-4-7753-2023-5

内容　夜明け前の鳥（梁清散著，大恵和実訳）　〔4445〕

リルケ，ライナー・マリア　Rilke, Rainer Maria
◇古井由吉翻訳集成　ムージル・リルケ篇　古井由吉訳，ロベルト・ムージル，ライナー・マリア・リルケ著　草思社　2024.9　275p　20cm　〈原書名：Die Vollendung der Liebe　Die Versuchung der stillen Veronikaほか〉2600円　①978-4-7942-2741-6

内容　ドゥイノ・エレギー訳文―詩への小路（ライナー・マリア・リルケ著，古井由吉訳）　〔4446〕

リン，イーハン　林 奕含
◇房思琪の初恋の楽園　林奕含著，泉京鹿訳　白水社　2024.3　329p　18cm　（白水uブックス 251―海外小説の誘惑）〈2019年刊の再刊〉1800円　①978-4-560-07251-6

＊文学好きな房思琪と劉怡婷は，台湾・高雄の高級マンションに暮らす幼なじみ。美しい房思琪は，13歳のとき，下の階に住む憧れの妻子ある五十代の国語教師に作文をみてあげると誘われ，部屋に行くと強姦される。異常な愛を強いられる関係から抜け出せなくなった房思琪の心身はしだいに壊れていく…。房思琪の日記を見つけた劉怡婷は，5年に及ぶ苦しみの日々の全貌を知り，ある決意をする。　　　　　　　　　　　　　　　　〔4447〕

リン，エキガン　林 奕含
⇒リン，イーハン を見よ

リン，カイオン　林 海音
◇黒い雪玉―日本との戦争を描く中国語圏作品集　加藤三由紀編　中国文庫　2022.8　391p　19cm　3800円　①978-4-910887-00-5

内容　英子の手紙（林海音著，天神裕子訳）　〔4448〕

リン，キンケイ　林 欣慧
◇時をかける愛　三鳳製作，林欣慧，簡奇峯著，吉田庸子訳　KADOKAWA　2022.6　286p　19cm　1500円　①978-4-04-110937-3

＊職場でも頼りにされている，有能なIT企業社員・黄雨萱。しかし彼女は，飛行機事故に遭った恋人を忘れられない日々を過ごしていた。二〇一九年のある日，雨萱は自分と恋人にそっくりな学生の写真を目にする。恋人の消息に繋がるのではないかと調べはじめた彼女は，手にあるカセットテープを手にすることに。音楽が再生されると，彼女はなぜか一九九八年の台南で女子高生として目を覚まし，恋人と同じ顔の同級生との思い出を育むー。現代と過去を行き来する彼女は，二つの時代で巻き起こる運命の事件に巻き込まれていく。　　　　　　　　　　　　　　　　〔4449〕

リン，シュンエイ　林 俊頴
◇華語文学の新しい風　劉慈欣，ワリス・ノカン，李娟他著，王徳威，高嘉謙，黄英哲，張錦忠，及川茜，濱田麻矢編，小笠原淳，津守陽他訳　白水社　2022.11　357p　20cm　（サイノフォン 1）3200円　①978-4-560-09875-2

内容　霧月十八日（林俊頴著，三須祐介訳）

＊近年注目を集めている華語文学の新たな流れを紹介するシリーズ"サイノフォン"の第1巻。香港の高層ビルからチベットの聖なる湖まで，シカゴのバーからマレーシアの原生林まで。小説，旅行記，詩，SFなど，多様なジャンルから世界を切り取る17篇。　　　　　　　　　　　　　　　　〔4450〕

リン，シンケイ　林 新惠
◇近未来短篇集　伊格言他著，三須祐介訳，呉佩珍，白水紀子，山口守編　早川書房　2024.7　346p　19cm　（台湾文学コレクション 1）2900円　①978-4-15-210342-0

内容　ホテル・カリフォルニア（林新惠著，三須祐介訳）

＊恋する相手のデータをひそかに蓄積する秘書がたどりついた結末をユーモラスに語る「USBメモリの恋人」，人間の負の感情の撤去を生業とする青年の日々を絢爛たる筆致で描く「雲を運ぶ」，先端技術を敬遠する母と反発する娘を描く「2042」。伊格言，湖南蟲，黃麗群など第一線で活躍する台湾人作家による傑作近未来文芸8篇を収録したアンソロジー。　　　　　　　　　　　　　　　　〔4451〕

リン，トム　Lin, Tom
◇ミン・スーが犯した幾千もの罪　トム・リン著，鈴木美朋訳　集英社　2022.11　383p　16cm　（集英社文庫 リ5-1）〈原書名：THE THOUSAND CRIMES OF MING TSU〉1100円　①978-4-08-760781-9

＊大陸横断鉄道完成間近のアメリカ西部。妻エイダを奪われ，不当な罪を着せられた中国系の殺し屋ミン・スーは，予知能力を持つ老人の言葉に導かれ，奇術ショーの一座と共に西を目指して疾駆する。妻を取り戻すため，自分を陥れた連中に復讐を果たすための苛酷な旅路。終着地カリフォルニアで彼を待ち受ける未来は，救いか，それとも―。アンドリュー・カーネギー・メダル受賞，驚異的な

リン

デビュー作。　　　　　　　　　　〔4452〕

リン, ハイユ　　林 珮瑜
⇒リン, ペイユー を見よ

リン, ペイユー　　林 珮瑜
◇永遠の1位―We Best Love-No.1 for you　羽宸寰, 林珮瑜著, 李佳歆, 夏海訳　すばる舎　2022.11　252p　19cm　〈プレアデスプレス〉　1800円　①978-4-7991-1085-0
　＊何においても自分の上をいく同級生・高仕徳のせいで、幼い頃から「万年二位」のレッテルを貼られ続けてきた周書逸。二人は大学入学を機に縁が切れたはずだった。しかし、二十二歳のある日、彼らは思わぬ再会を果たす。そのうえ、ある出来事をきっかけに、周書逸は高仕徳の雑用係を務めることに…。大人気台湾BLドラマのノベライズ邦訳版！　　　　　　　　　　　〔4453〕

◇君との通勤時間　林珮瑜著, 楊злон秋訳　KADOKAWA　2022.12　205p　19cm　〈他言語標題：Commuting times with You〉　1200円　①978-4-04-113077-3　〔4454〕

◇2位の反撃―we best love-Fighting Mr.2nd　羽宸寰, 林珮瑜著, 李佳歆, 夏海訳　すばる舎　2023.10　253p　図版5枚　19cm　〈プレアデスプレス〉　1800円　①978-4-7991-1155-0
　＊遠距離恋愛を始めた周書逸と高仕徳。しかし高仕徳からの連絡は段々と減っていき、電話をかければ若い女の声がした。しびれを切らした周書逸がアメリカを訪ねると、そこには片手に赤ちゃんを抱き、金髪の女の子を連れて幸せそうにピクニックを楽しむ高仕徳の姿があった。衝撃のあまりその場を立ち去る周書逸。そして月日は流れ、彼らは社会人となり…。大人気台湾BLドラマのノベライズ邦訳版！　　　　　　　　　　　〔4455〕

◇ラブ・トラップ　羽宸寰, 林珮瑜作, 小暮結希訳　すばる舎　2023.9　317p　19cm　〈プレアデスプレス―HIStory3〉〈他言語標題：LOVE TRAPPED〉　2000円　①978-4-7991-1154-3　〔4456〕

リンク, ウィリアム　　Link, William
◇突然の奈落　リチャード・レヴィンソン, ウィリアム・リンク著, 上條ひろみ, 川副智子, 木村二郎, 後藤安彦, 小堀さとみ, 高橋知子, 中村京子, 仁木めぐみ訳　扶桑社　2022.7　221p　16cm　〈扶桑社ミステリー　レ10-2―レヴィンソン＆リンク劇場〉〈原書名：SHOOTING SCRIPT AND OTHER MYSTERIES〉　950円　①978-4-594-09172-9
　＊『刑事コロンボ』をはじめとする数々の推理ドラマで世界中を魅了した名コンビは、戦後アメリカ黄金時代のミステリー雑誌を飾った短編作家でもありました。その貴重な作品をお届けする"レヴィンソン＆リンク劇場"完結編！　長年勤めた会社を退職する男の最後の計画とは？　妻を殺した夫が落

ちた罠とは？　極寒の米軍施設で兵士が知った犯罪とは？　人生のさまざまシーンで起こる多様な事件をあざやかに描きだし、予想外の結末に導く手練の技を、ぜひご堪能ください。　〔4457〕

リンク, ケリー　　Link, Kelly
◇穏やかな死者たち―シャーリイ・ジャクスン・トリビュート　ケリー・リンク, ジョイス・キャロル・オーツ他著, エレン・ダトロウ編, 渡辺庸子, 市田泉他訳　東京創元社　2023.10　570p　15cm　〈創元推理文庫　Fン12-1〉〈責任表示はカバーによる　原書名：WHEN THINGS GET DARK〉　1500円　①978-4-488-58407-8
　内容　スキンダーのヴェール（ケリー・リンク著, 中村融訳）　　　　　　　　　〔4458〕

◇白猫、黒犬　ケリー・リンク著, 金子ゆき子訳　集英社　2024.10　301p　20cm　〈原書名：White Cat, Black Dog〉　2700円　①978-4-08-773530-7
　内容　白猫の離婚　地下のプリンス・ハット　白い道　恐怖を知らなかった少女　粉砕と回復のゲーム　貴婦人と狐　スキンダーのヴェール
　＊奇想の天才が放つ、夢と幻想、誘惑と謎に満ちた摩訶不思議な物語。親切な白猫の大麻農園（『白猫の離婚』）、妖精の婚約者が眠る地獄の底（『地下のプリンス・ハット』）、主人公だけは絶対に入れてはいけない家（『スキンダーのヴェール』）…。7つの童話を基にした、万華鏡のような新作短編集。　〔4459〕

リンク, シャルロッテ　　Link, Charlotte
◇裏切り　上　シャルロッテ・リンク著, 浅井晶子訳　東京創元社　2022.6　374p　15cm　〈創元推理文庫　Mリ7-5〉〈原書名：DIE BETROGENE〉　1200円　①978-4-488-21110-3
　＊ロンドン警視庁の刑事ケイトが、故郷のヨークシャーに戻ったのは、尊敬し愛してやまなかった父親が、自宅で何者かに惨殺されたからだ。伝説的な名警部だった彼に刑務所送りにされた犯罪者の復讐というのが地元警察の読みだった。アルコール依存症から復帰したての警察や部下の女性刑事ケイトのあいだには軋轢が生まれる。ドイツ本国で160万部超の大ベストセラー・ミステリー！　〔4460〕

◇裏切り　下　シャルロッテ・リンク著, 浅井晶子訳　東京創元社　2022.6　382p　15cm　〈創元推理文庫　Mリ7-6〉〈原書名：DIE BETROGENE〉　1200円　①978-4-488-21111-0
　＊殺された父について話があるとケイトに連絡してきた女性もまた惨殺されてしまった。彼女は何を語ろうとしていたのか？　同じ頃、人里離れた農場で休暇を過ごす脚本家のもとに、養子である息子の生母とその恋人という逃亡者めいた男が現われる。目的は？　驚愕の展開にページを繰る手が止まらない。ドイツで9月発売後3か月でペーパーバック年間売り上げ1位となった衝撃作！　〔4461〕

◇罪なくして　上　シャルロッテ・リンク著, 浅

井晶子訳　東京創元社　2024.12　331p　15cm　（創元推理文庫）〈原書名：OHNE SCHULD〉1200円　①978-4-488-21114-1
＊スコットランド・ヤードを辞め、ヨークシャーのスカボロー署へ移籍する直前の旅の列車内で、ケイトはある男に銃撃された女性を助けることになる。彼女は銃撃犯とはまったく面識がないと言う。そして、使われた銃が二日後、別の事件でも使用されたことが判明。そちらの被害女性は四肢麻痺となり口もきけない状態だ。しかし両事件の被害者には何の接点もない。犯人は何者なのか？　〔4462〕

◇罪なくして　下　シャルロッテ・リンク著，浅井晶子訳　東京創元社　2024.12　327p　15cm　（創元推理文庫）〈原書名：OHNE SCHULD〉1200円　①978-4-488-21115-8
＊信頼するケイレブ警部が停職中のため、ケイトは彼の部下と、ふたつの不可解な事件の捜査にあたる。彼女が救った女性はロシアの出身だったが、なにか秘密があるようだ。四肢麻痺となった女性はリハビリ施設への移送中に移送車ごと拉致される。どちらの事件にも隠された過去が絡んでいる。ドイツミステリの女帝が贈る慟哭のミステリ。かくも衝撃的な作品がかつてあっただろうか？　〔4463〕

◇誘拐犯　上　シャルロッテ・リンク著，浅井晶子訳　東京創元社　2023.10　397p　15cm　（創元推理文庫　Mリ7-7）〈原書名：DIE SUCHE〉1260円　①978-4-488-21112-7
〔4464〕

◇誘拐犯　下　シャルロッテ・リンク著，浅井晶子訳　東京創元社　2023.10　405p　15cm　（創元推理文庫　Mリ7-8）〈原書名：DIE SUCHE〉1260円　①978-4-488-21113-4
〔4465〕

リンドナー, ロバート　Lindner, Robert

◇新編怪奇幻想の文学　5　幻影　紀田順一郎，荒俣宏監修，牧原勝志編　新紀元社　2024.7　460p　20cm〈他言語標題：Tales of Horror and Supernatural　原書名：Spiegelbilder　Old Clothesほか〉2500円　①978-4-7753-2150-8
内容　宇宙を駆ける男（ロバート・リンドナー著，宮崎真紀訳）
〔4466〕

リントン, イライザ・リン

◇英国クリスマス幽霊譚傑作集　チャールズ・ディケンズ他著，夏来健次編訳　東京創元社　2022.11　382p　15cm　（創元推理文庫　Fン11-1）1100円　①978-4-488-58406-1
内容　海岸屋敷のクリスマス・イヴ（イライザ・リン・リントン著，平戸懐古訳）
＊ヴィクトリア朝期に『クリスマス・キャロル』がベストセラーとなって以降、定番となった聖夜怪談。幽霊をこよなく愛するイギリスで生まれた佳作を、多くの怪奇幻想小説を紹介する翻訳家が精選する。陰鬱な田舎で休暇を過ごすことになった男が老朽船で体験する恐怖の一夜「幽霊廃船のクリスマス・イヴ」など、知られざる傑作から愛すべき怪作まで、13篇中12篇を本邦初訳で贈る。　〔4467〕

◇吸血鬼ラスヴァン——英米古典吸血鬼小説傑作集　G・G・バイロン，J・W・ポリドリほか著，夏来健次，平戸懐古編訳　東京創元社　2022.5　443p　20cm〈他言語標題：THE VAMPYRE　文献あり〉3000円　①978-4-488-01115-4
内容　カバネル夫人の末路（イライザ・リン・リントン著，平戸懐古訳）
＊ブラム・ストーカー『吸血鬼ドラキュラ』に先駆けて発表された英米の吸血鬼小説に焦点を当てた画期的アンソロジーが満を持して登場。バイロン、ポリドリらによる名作の新訳、伝説の大著『吸血鬼ヴァーニー——あるいは血の晩餐』抄訳ほか、ブラックユーモアの中に鋭い批評性を潜ませる異端の吸血鬼小説「黒い吸血鬼—サント・ドミンゴの伝説」、芸術家を誘うイタリアの謎めいた邸宅の秘密を描く妖女譚の傑作「カンパーニャの怪」、血液ではなく精神を搾取するサイキック・ヴァンパイアものの先駆となる幻の中篇「魔王の館」など、本邦初紹介の作品を中心に10篇を収録。怪奇小説を愛好し、多彩な翻訳を手がけてきた訳者らによる日本オリジナル編集で贈る。　〔4468〕

【ル】

ルイス, ケイヴィオン　Lewis, Kayvion

◇怪盗ギャンビット　1　若き"天才泥棒"たち　ケイヴィオン・ルイス著，廣瀬麻微訳　KADOKAWA　2024.3　477p　20cm〈原書名：THIEVES'GAMBIT〉2300円　①978-4-04-113552-5
＊ロザリンは、伝説的な怪盗一家のひとり娘で、天才的な盗みの能力をもつ少女。だが彼女は、稼業から離れ"ふつうの大学生"になることを夢見ていた。そんなある日、ロザリンの母が捕まり、10億ドルの身代金を要求されてしまう。途方にくれるロザリンのもとに、"怪盗ギャンビット"への招待状が届く。それは、世界中から選ばれた新進気鋭の泥棒たちが盗みの技を競い合う、違法で危険なコンテストだった。母を救い、自分の未来をつかむためにロザリンは命を賭けた闘いに身を投じる—！　〔4469〕

◇怪盗ギャンビット　2　愛と友情のバトルロイヤル　ケイヴィオン・ルイス著，廣瀬麻微訳　KADOKAWA　2024.12　397p　20cm〈原書名：THIEVES' GAMBIT 2〉2300円　①978-4-04-113553-2
＊"怪盗ギャンビット"とは、謎の"組織"が運営する、違法で危険なコンテスト。世界じゅうから選ばれた若き泥棒たちが盗みの技を競い合い、勝者にはひとつだけ願いをかなえる権利が与えられるという。母の命を救うため、決死の覚悟でギャンビットに参加したロザリンだったが、最終ステージで初恋の相手デヴローの裏切りに遭い、勝利を逃してしまう。そしてデヴローの目的は、ロザリ

ン一家に復讐するという母の悲願をかなえることだった…。運命を乗り越え、自分の人生を生きるためにロザリンは、二度目のギャンビットに挑む!!2024年ウォーターストーンズ児童文学賞"イギリスの権威ある児童文学賞"。ヤングアダルト部門賞受賞!! 〔4470〕

ルイス, ジェニファー　Lewis, Jennifer

◇国王陛下の花嫁選び―ハーレクイン・ディザイア・スペシャル　ジェニファー・ルイス作, 庭植奈穂子訳　ハーパーコリンズ・ジャパン　2023.2　157p　17cm　（ハーレクイン・ディザイア D1910―Desire）〈ハーレクイン 2013年刊の再刊 原書名：AT HIS MAJESTY'S CONVENIENCE〉673円　①978-4-596-75930-6

＊ルテニア国王ジェイクの秘書として働くアンディは、3年分の恋心を胸に隠し、辞表を提出した―今、辞めなきゃ。彼が結婚してしまう前に。華やかな美貌の令嬢たちの誰かを、彼は花嫁に選ぶ…。いったい、どうなってるんだ？ ジェイクはいぶかる。秘書がいきなり辞表を出したと思ったら、転んで頭を打った衝撃でまさかぼくを恋人だと思い込むとは！ 優秀な秘書を失うのは国家にとっての損失。ならばこれを利用しよう。宮殿で開いた記者会見の席で、ジェイクは高らかに宣言した。「ぼくが選んだ花嫁は…秘書のアンディだ」 〔4471〕

◇夜だけのシンデレラ　ジェニファー・ルイス作, 氏家真智子訳　ハーパーコリンズ・ジャパン　2023.7　156p　17cm　（ハーレクイン・ロマンス R3792―伝説の名作選）〈ハーレクイン 2013年刊の再刊 原書名：CLAIMING HIS ROYAL HEIR〉664円　①978-4-596-77412-5

＊ステラが赤ん坊のニッキーとふたりで暮らす家に、ある日、端整な顔立ちの男性が現れ、信じ難い事実を告げた。その男性はモンマジョール国王ヴァスコ・モントーヤで、ステラが精子バンクを利用して出産した赤ん坊の父親だという。初めステラは、ニッキーを奪われることを警戒したが、ドナーには親権がないと再確認し、ほっと胸をなでおろす。安堵したのもつかのま、翌日ステラは突然、職を失った。途方にくれているところへ、ヴァスコがふたたび現れ、ステラの窮状を知ると、王宮に来ないかと親切にも誘ってくれた。だが、実は…ヴァスコにはひそかな企みがあったのだ！ 〔4472〕

ルイス, C.S.　Lewis, C.S.

◇ナルニア国物語―新訳　5　馬とその少年　C・S・ルイス著, 河合祥一郎訳　KADOKAWA　2022.11　244p　15cm　（角川文庫 ル5-5）〈2019年刊の加筆修正 原書名：The Chronicles of Narnia：The Horse and His Boy〉800円　①978-4-04-110857-4

＊南国の少年シャスタはいつも父に殴られ、奴隷のようにこき使われてきた。あるとき、その父が実の親ではなく、自分を人買いに売ろうとしていることを知り、自由の国ナルニアへ逃げだす。ともに逃げてくれたのは、気高き軍馬ブリー。貴族の娘アラヴィスやその雌馬もいっしょだ。旅の途中、シャスタは自分そっくりの王子と出会い入れ替わることに。そしてナルニアへの秘密の攻撃計画を知るが…。ルーシーやエドマンドも再登場！ 〔4473〕

◇ナルニア国物語―新訳　6　魔術師のおい　C・S・ルイス著, 河合祥一郎訳　KADOKAWA　2023.3　221p　15cm　（角川文庫 ル5-6）〈2020年刊の加筆修正 原書名：The Chronicles of Narnia：The Magician's Nephew〉780円　①978-4-04-110858-1

＊ディゴリーはお隣の少女ポリーと、おじの書斎で不思議な指輪を見つける。実はおじは魔術師で、異世界に行ける魔法の指輪を作ったのだ。指輪にふれた二人は異世界に送りこまれ、悪の女王ジェイディスを復活させ、ロンドンの街に連れ帰ってしまう。あわてて元の世界に連れもどそうとするが、入りこんだのはまた別の世界。そこでは、今まさにアスランが新しい世界を創造するところだった。ナルニアのはじまりが描かれる第6巻！ 〔4474〕

◇ナルニア国物語―新訳　7　最後の戦い　C・S・ルイス著, 河合祥一郎訳　KADOKAWA　2023.7　236p　15cm　（角川文庫 ル5-7）〈2021年刊の加筆修正 原書名：The Chronicles of Narnia：The Last Battle〉960円　①978-4-04-110859-8

＊偽アスランの命令により、ナルニアはカロールメン国に支配された。もの言う木々は切り倒され、しゃべる馬たちは奴隷のように働かされる。ナルニア最後の王ティリアンは怒り立ち上がるが、逆に囚われの身に。ジルとユースタスが助けにくるものの、邪悪な神タシュが現れて、もはや絶体絶命の危機に。ピーターやルーシーら、かつての主人公らも登場し、衝撃のラストへ！ ついに完結。カーネギー賞受賞作！ 詳細な解説付！ 〔4475〕

◇ナルニア国物語　1　ライオンと魔女　C.S.ルイス著, 小澤身和子訳　新潮社　2024.12　220p　16cm　（新潮文庫）〈原書名：THE LION,THE WITCH AND THE WARDROBE〉630円　①978-4-10-240661-8

＊古い屋敷を探検していた四人きょうだいの末っ子ルーシーは衣装だんすから別世界ナルニアに迷い込む。そこは白い魔女が支配する常冬の国だった。「人間の世界から来た四人の王と女王により魔女は滅ぼされる」という伝説のためルーシーは追われる身となるが―。ナルニアは光を取り戻すことができるのか。美しい挿画と読みやすい新訳で堪能するファンタジーの最高峰。いま冒険の扉が開かれる。 〔4476〕

ルイス, D.B.ウィンダム　Lewis, D.B. Wyndham

◇ユーモア・スケッチ大全　[4]　すべてはイブからはじまった　ミクロの傑作圏　浅倉久志編・訳　国書刊行会　2022.3　376p　19cm　〈「すべてはイブからはじまった」（早川書房 1991年刊）と「ミクロの傑作圏」（文源庫 2004年刊）の

改題、合本〉2000円　①978-4-336-07311-2

内容　最後の饗宴(D.B.ウィンダム・ルイス著)

＊笑いの大博覧会、完結！　名翻訳家浅倉久志のライフワークである"ユーモア・スケッチ"ものを全4巻に集大成。最終巻は傑作展姉妹篇『すべてはイブからはじまった』とオンデマンドのみの刊行だった『ミクロの傑作圏』をカップリング。　〔4477〕

ルイス・サフォン, カルロス　Ruiz Zafón, Carlos

◇精霊たちの迷宮　上　カルロス・ルイス・サフォン著，木村裕美訳　集英社　2022.8　599p　16cm　(集英社文庫 サ4-6)〈原書名：EL LABERINTO DE LOS ESPÍRITUS〉1700円　①978-4-08-760778-9

＊1959年、マドリード。捜査員のアリシアは、ある突然失踪した大臣バルスの捜索依頼を受け、彼の私邸を訪れた。そこで引き出しに隠された一冊の本を発見する。『精霊たちの迷宮』—関わる者はみな不幸な運命を辿るというその本を手がかりに、アリシアは作家の過去に隠されたある悲劇と巨大な陰謀へと迫っていく。幻想と秘密、誘惑と罠に満ちたゴシック・ミステリーの最高傑作、ついに開幕！　〔4478〕

◇精霊たちの迷宮　下　カルロス・ルイス・サフォン著，木村裕美訳　集英社　2022.8　684p　16cm　(集英社文庫 サ4-7)〈原書名：EL LABERINTO DE LOS ESPÍRITUS〉1800円　①978-4-08-760779-6

＊上司から突然捜査の中止を言い渡され自由の身となったアリシアは、"センペーレと息子書店"で和やかなひと時を過ごす。一方、相棒バルガスは大臣の車に残されたメモの数字から歴史の闇に葬られた真実に辿りつき…。謎の数字、一冊の稀覯本、そしてある女性が遺したノート。すべてのピースが揃い迷宮の扉が開く時、闇の都バルセロナに"鎮魂歌"が響き渡る。『風の影』シリーズ感動の最終幕。　〔4479〕

◇マリーナ—バルセロナの亡霊たち　カルロス・ルイス・サフォン著，木村裕美訳　集英社　2024.3　314p　16cm　(集英社文庫 サ4-8)〈原書名：MARINA〉1000円　①978-4-08-760789-5

＊ある日の放課後。寄宿学校に通う15歳のオスカルは、荒廃した城館に迷い込み、そこに住む少女マリーナと親しくなった。彼女に導かれ人知れぬ墓地を訪れると、黒い蝶が彫られた墓碑に赤いバラを添える貴婦人の姿が。好奇心で後を追うオスカルとマリーナ。しかしその先には霧の都バルセロナの覗いてはならない秘密が隠されていた—。物語の魔術師サフォンが描く幻想と怪奇に満ちた幻の初期作。　〔4480〕

ルヴェル, モーリス　Level, Maurice

◇地獄の門　モーリス・ルヴェル著，中川潤編訳　白水社　2022.5　357p　18cm　(白水uブックス 239—海外小説永遠の本棚)〈文献あり　年譜あり〉2000円　①978-4-560-07239-4

＊愛人の美しい髪の毛への妄執に囚われた男。死んだ男が年下の妻とその愛人に用意した皮肉な復讐。独房で自由と太陽を奪われた放浪者に残されたただひとつの希望。気球で超高空飛行に挑戦した二人を襲った恐怖の出来事…。人生の残酷や悲哀、運命の皮肉を短い枚数で鮮やかに描き、20世紀初めのフランスで絶大な人気を博したルヴェルの残酷コント。第一短篇集『地獄の門』収録作を中心に、新発見の単行本未収録作を加えた全36篇を新訳で刊行。　〔4481〕

ルヴォル, アンヌ＝マリー　Revol, Anne-Marie

◇ロシアの星　アンヌ＝マリー・ルヴォル著，河野万里子訳　集英社　2022.6　348p　19cm〈原書名：L'étoile russe〉2500円　①978-4-08-773518-5

＊1961年4月12日、人類で初めて宇宙へ行ったユーリー・ガガーリン。その偉業は国を挙げて讃えられ、多くの人々に影響を与えた。着陸したヴォストーク号を発見した農家の女性。ガガーリンの大ファンの男性。フランスのジャーナリスト。最愛の妻…。強大な国家を背負い7年後に事故死した英雄と、彼に人生を変えられた人々の悲喜こもごもを描く、連作短編小説集。　〔4482〕

ルカ, ジェラシム　Luca, Gherasim

◇ドラキュラ ドラキュラ—吸血鬼小説集　種村季弘編　新装版　河出書房新社　2023.2　253p　15cm　(河出文庫 た4-53)　880円　①978-4-309-46776-4

内容　受身の吸血鬼(ジェラシム・ルカ著，種村季弘，橋本綱訳)　〔4483〕

ルーカス, ジェニー　Lucas, Jennie

◇愛なき富豪と孤独な家政婦　ジェニー・ルーカス作，三浦万里訳　ハーパーコリンズ・ジャパン　2024.10　156p　17cm　(ハーレクイン・ロマンス R3911—伝説の名作選)〈ハーレクイン 2014年刊の再刊　原書名：THE CONSEQUENCES OF THAT NIGHT〉673円　①978-4-596-71232-5

＊妊娠してしまった家政婦のエマは呆然とした。世界的なホテル王チェーザレの従順な家政婦として仕えて7年。料理や掃除はもちろん、ときには彼のベッドに居座る美女たちを追い払う役目まで担ってきた。でもまさか私自身がそのベッドで一夜を捧げ、病身にもかかわらず宝物を授かるなんて。だがチェーザレはエマの告白に耳も貸さず、愛人になるよう迫り、失望した彼女が退職を申し出ると、怒って札束を投げつけたのだ。エマは深く傷つき、黙って彼のもとを去った。10ヵ月後、チェーザレはようやくエマを捜し出し、迎えに行くが、彼女が抱く愛らしい赤ん坊が自分と瓜二つだと気がついて…。　〔4484〕

◇一夜の子を隠して花嫁は　ジェニー・ルーカス

作．上田なつき訳　ハーパーコリンズ・ジャパン　2024.7　156p　17cm　（ハーレクイン・ロマンス R3890―純潔のシンデレラ）〈原書名：NINE-MONTH NOTICE〉673円　①978-4-596-63694-2
＊「やめるんだ、今すぐに」礼拝堂に男性の声が響き渡り、エミーはおなかのふくらみがめだつ不格好な花嫁衣装で振り返った。テオは数カ月前まで憧れのボスで、純潔を捧げたギリシア富豪だ。だが彼が自分などを愛するわけがないと思い、エミーは妊娠に気づくとなにも言わずに会社を辞めた。そして近所の詮索から家族を守り、子供を育てるために、父の友人との結婚を決意した。今日はその結婚式当日だった。テオがかつての秘書の結婚に異議を唱えただけではなかった。花婿を追い払い、自分が花婿としてエミーの唇を奪った！　〔4485〕

◇偽りのハッピーエンド　ジェニー・ルーカス作．片山真紀訳　ハーパーコリンズ・ジャパン　2022.2　156p　17cm　（ハーレクイン・ロマンス R3656―伝説の名作選）〈ハーレクイン 2009年刊の再刊　原書名：THE GREEK BILLIONAIRE'S BABY REVENGE〉664円　①978-4-596-31644-8
＊アンナは実業家ニコスの完璧な秘書で、密かに彼を愛してもいた。二人は抜群のチームワークで事業を拡大していったが、それも、一夜の過ちからアンナが妊娠するまでのことだった。彼はアンナを辞めさせ、別の女性を秘書兼愛人に据えたのだ。たまりかねたアンナは彼の屋敷を飛び出し、故郷ロシアへ飛んだ。そして生まれた息子の存在。それだけが彼女の心の支えだった。だが、ニコスがそのまま母子をほうっておくはずもない。前触れもなく現れ、彼は言った。「息子を渡してもらおうか」一度は愛したニコスの冷たいまなざしに、アンナはおののき―。　〔4486〕

◇億万長者と無垢な家政婦　ジェニー・ルーカス著．杉本ユミ訳　ハーパーコリンズ・ジャパン　2022.6　212p　15cm　（ハーレクイン文庫 HQB-1125―珠玉の名作本棚）〈ハーレクイン 2011年刊の再刊　原書名：SENSIBLE HOUSEKEEPER,SCANDALOUSLY PREGNANT〉627円　①978-4-596-42917-9
＊手酷い失恋をした家政婦ルイーザは、男性の興味を引かぬよう黒縁眼鏡にだぶだぶの灰色の服で地味に装っていた。それなのに、億万長者ラファエルに5年間仕えるうち、プレイボーイの彼への思慕が抑えきれなくなってしまう。彼が新恋人と出かけた夜、ルイーザは独りキッチンで涙した。そこへ、デートを早めに切り上げたラファエルが帰宅。もう気持ちを隠しきれず、ルイーザはとうとう純潔を捧げた。ひと月後、体調に異変があらわれ、彼女は妊娠を確信したが、告げられなかった―彼が別人のように冷たくなっていたから。　〔4487〕

◇氷の罠と知らずに天使を宿し　ジェニー・ルーカス著．飛川あゆみ訳　ハーパーコリンズ・ジャパン　2024.11　214p　15cm　（ハーレクイン文庫―珠玉の名作本棚）〈原書名：THE CHRISTMAS LOVE-CHILD〉691円　①978-4-596-71581-4
＊秘書のグレースは高級車がはねた泥水を浴び、尻餅をついた。ああ、ボスが恋人に贈る高級下着が台なしに…。途方に暮れる彼女に手を差しのべたのは、くだんの高級車から降りてきた絶世の美男マクシムだった。王家の血を引く彼は詫びとして、汚した品を弁償したうえ、彼女にも高価なドレスを買い、パーティへも誘ってくれた。シンデレラ気分を味わったグレースは何も知らなかった―彼女がボスを陥れようと、意図的に彼女を待ち伏せていたことを。そして、その一夜の結果、彼の子を宿してしまうことを！　〔4488〕

◇孤独な城主と誘惑の9カ月　ジェニー・ルーカス作．新井ひろみ訳　ハーパーコリンズ・ジャパン　2024.2　156p　17cm　（ハーレクイン・ロマンス R3851―伝説の名作選）〈2015年刊の再刊　原書名：NINE MONTHS TO REDEEM HIM〉673円　①978-4-596-53387-6
＊理学療法士のダイアナは、謎めいた依頼を受けた。イギリスの古城に隠遁する億万長者のもとで、住み込みの仕事があるという。雇用期間は無期限。リハビリの報酬は破格だが、守秘義務は絶対厳守―気難しいご老人なのかしら？　訝しみながらも彼女は承諾する。薄暗い城内に足を踏み入れるなり、冷たい声が響いた。「きみで4人目。2人は2日でくびにした」氷河のような目の若き城主エドワードが、彼女を睨みつけていた。それでもダイアナは心身ともに傷ついた彼に寄り添い続け、やがてそれは熱い恋心へと変わっていく。そしてついにある夜、エドワードの誘惑に抗えず、純潔を捧げてしまうことに…。　〔4489〕

◇この夜が終わるまで　ジェニー・ルーカス著．すなみ翔訳　ハーパーコリンズ・ジャパン　2023.7　209p　15cm　（ハーレクイン文庫）627円　①978-4-596-77488-0
＊「ほんの数時間、ぼくを愛しているふりをするだけでいいんだ」元上司ガブリエルの提案に、ローラの心は揺らいだ。しかも報酬は100万ドル。息子のロビーに苦労させずにすむ。ガブリエルは父の会社をやっと買い戻せるチャンスなのに、売り手である大物実業家の婚約者が、彼の元恋人なのだという。実業家の嫉妬を和らげて取引を成功させるため、ローラにひと晩だけ恋人役を演じてほしいと言うのだ。でも、わたしはガブリエルに嘘をつき通すことができるかしら？　ひとりで育ててきた、かわいい息子の父親、ガブリエルに…。　〔4490〕

◇三カ月だけのシンデレラ　ジェニー・ルーカス作．高橋美友紀訳　ハーパーコリンズ・ジャパン　2022.10　157p　17cm　（ハーレクイン・ロマンス R3723―伝説の名作選）〈「砂の王宮のシンデレラ」（ハーレクイン 2014年刊）の改題　原書名：THE SHEIKH'S LAST SEDUCTION〉664円　①978-4-596-74898-0
＊貧しい家に生まれ、身持ちの悪い母と姉を見て育ったアイリーン。彼女はただ一つ、自分に誓っていることがあった―愛する人とめぐり逢い結婚するまで、純潔を守り通すこと。だが親友の結婚式で

彼を見たとき、一瞬その決意が揺らいだ。プレイボーイとして知られ、異国の王族の血を引くシャリフが、あまりに美しく、あまりにセクシーで、あまりに尊大だったから。彼は無垢なアイリーンを誘惑し、強引にベッドへ運ぼうとするが、生まれて初めて女性に拒絶されて驚き、困惑して立ち去った。翌朝現れたシャリフは態度を一変させ、予想外の提案をする。挙式間近の妹の世話係になってくれたら高額の報酬を支払う、と。〔4491〕

◇十万ドルの純潔　ジェニー・ルーカス作，中野恵訳　ハーパーコリンズ・ジャパン　2024.5　220p　17cm　（ハーレクイン・ロマンス R3875—伝説の名作選）〈2017年刊の再刊　原書名：THE CONSEQUENCE OF HIS VENGEANCE〉673円　①978-4-596-54089-8
＊「きみは10万ドルで、バージンを売ったんだ」最愛の人から刃のような言葉と小切手を投げつけられ、レティは凍りついた。やはり彼は私を許してはいなかった…。10年前、彼女はギリシア富豪ダレイオスと駆け落ちを誓ったが、直前に反旗にしたのだった。ずっと音信不通だった彼が突然現れ、夢にまで見た情熱の一夜を過ごしたというのに、こんな手ひどい仕打ちを受けるなんて。みじめに捨てられた貧しいレティは、数週間後、ダレイオスの子を身ごもったことに気づいた。この子を守りたい。あの日、彼を守ったように—レティは真実を伝えるため、ダレイオスのもとへ向かった。〔4492〕

◇シンデレラが見た夢　ジェニー・ルーカス著，加納三由季訳　ハーパーコリンズ・ジャパン　2022.8　215p　15cm　（ハーレクイン文庫 HQB-1141）〈屈辱のプリンセス〉（ハーレクイン 2012年刊）の改題　原書名：A NIGHT OF LIVING DANGEROUSLY〉627円　①978-4-596-70997-4
＊同僚たちが舞踏会に興じる中、事務員リリーは独り、残業に追われていた。慣れないお仕事で人一倍時間がかかるのだ。そこへイタリアのプリンスの称号を持つCEO、アレッサンドロ・カエターニが現れた。彫刻のように美しく高貴な顔立ち。冷たい輝きを放つ黒い瞳。彼は言った。舞踏会にパートナーとして出席するように、と。深紅のドレスをまとったリリーを見つめる熱いまなざし…。誘われるまま、彼の別荘で夢のような一夜を過ごしたのち、リリーを待っていたのは—突然の解雇通告だった。〔4493〕

◇素顔のサマーバカンス　ジェイン・アン・クレンツ，ナリーニ・シン，ジェニー・ルーカス著，仁嶋いずる，長田乃莉子，早川麻百合訳　ハーパーコリンズ・ジャパン　2023.8　584p　15cm　（mirabooks JK01-23）〈原書名：LOVER IN PURSUIT　DESERT WARRIORほか〉927円　①978-4-596-52358-7
内容　愛を知らない伯爵（ジェニー・ルーカス著，早川麻百合訳）
＊シアトルでキャリアを積んでいたレイナは、ある男性がきっかけで担当案件が大失敗し、逃げるようにマウイ島へ移り住んだ。この楽園で第二の人生を始めよう、そう思った矢先、夕暮れのビーチで思わぬ再会が…。常夏のリゾートを舞台に贈る『波の数だけ愛して』。アラブのシークとの情熱的で官能的な夢恋物語『シークにさらわれて』。フランスの城で紡がれる訳ありシンデレラストーリー『愛を知らない伯爵』の3篇を収録。〔4494〕

◇天使を抱いた夜　ジェニー・ルーカス著，みずきみずこ訳　ハーパーコリンズ・ジャパン　2024.4　211p　15cm　（ハーレクイン文庫 HQB-1227—珠玉の名作本棚）〈ハーレクイン 2009年刊の再刊　原書名：THE SPANIARD'S DEFIANT VIRGIN〉691円　①978-4-596-53809-3
＊無垢なタムシンは花嫁衣装に身を包み、リムジンに乗っていた。幼い妹のため、富と引き換えに不埒なシークの甥に嫁ぐのだ。ところが結婚式に向かう途中、突然、何者かに襲われる。薬をかがされて気を失ったタムシンが目覚めると、冷酷だが美しい謎の大富豪が彼女を見下ろし、冷たく告げた。「君の婚約者とその一族を破滅させる」マルコス・ラミレスと名乗った彼に力ずくで唇を奪われ、タムシンは屈辱を覚えると同時に激しく心をかき乱された。彼の計画を遂げるための"道具"にされるだけなのに…。〔4495〕

ル・カレ, ジョン　le Carré, John

◇シルバービュー荘にて　ジョン・ル・カレ著，加賀山卓朗訳　早川書房　2024.6　295p　16cm　（ハヤカワ文庫 NV 1526）〈原書名：SILVERVIEW〉1260円　①978-4-15-041526-6
＊ロンドンで辣腕トレーダーだったジュリアンは海辺の町で書店主となった。まもなく亡父の友人だというエドワードが現れ、書店の地下室に強い興味を示す。その頃イギリスの情報機関「部（サービス）」で国内保安の責任者を務めるプロクターが、子連れの若い女性に渡された手紙から自国の危機を知り、調査を開始。やがて、その調査はジュリアンの周囲に迫っていく。スパイ小説の巨匠の遺作。〔4496〕

◇スパイはいまも謀略の地に　ジョン・ル・カレ著，加賀山卓朗訳　早川書房　2023.2　447p　16cm　（ハヤカワ文庫 NV 1506）〈原書名：AGENT RUNNING IN THE FIELD〉1280円　①978-4-15-041506-8
＊イギリス秘密情報部（SIS）のベテラン情報部員ナットは、引退を目前に対ロシア活動を行なう掃き溜めのような部署の再建を任される。折しも国内はEU離脱で混乱し、ロシア情報部の脅威も増していた。新興財閥の資金の流れを追っている時、あるロシア人亡命者から緊急の連絡が入り、情報部は大がかりな作戦を決行。が、そこでナットは、信念と誇りをかけた重大な決断を下すことに…。スパイ小説の巨匠が描く予兆の傑作。〔4497〕

◇ナイロビの蜂　上　ジョン・ル・カレ著，加賀山卓朗訳　早川書房　2024.8　445p　16cm　（ハヤカワ文庫 NV 1529）〈集英社文庫 2003年刊の再刊　原書名：THE CONSTANT

GARDENER〉 1360円 ⓘ978-4-15-041529-7
＊ナイロビの英国高等弁務官事務所に勤める、礼儀正しく誠実な外交官ジャスティンの妻テッサが惨殺された。現場からは、彼女と行動をともにしていた医師が姿を消しており、マスコミは痴情のもつれによる犯行だと報じた。ジャスティンは妻を信じ、自ら真相究明に乗り出すことを決意する。テッサの遺したデータから、彼女が世界的な製薬会社の不正を追っていたことが明らかになるが―スパイ小説の巨匠の傑作がついに復刊！ 〔4498〕

◇ナイロビの蜂 下 ジョン・ル・カレ著, 加賀山卓朗訳 早川書房 2024.8 414p 16cm（ハヤカワ文庫 NV 1530）〈集英社文庫 2003年刊の再刊 原書名：THE CONSTANT GARDENER〉 1360円 ⓘ978-4-15-041530-3
＊ジャスティンは、殺されたテッサの行動を追うことで事件の真相を解明しようとする。テッサが生前に接触していた人物を探すべく、イギリスやドイツに調査に向かうジャスティン。しかし、そんな彼にもテッサを殺した者たちの手が迫りつつ…。アフリカに渦巻く多国籍企業の黒い思惑や政界と医薬品業界との癒着。テッサが遺した命がけの告発をジャスティンは公にできるのか。巨匠ル・カレが夫婦の愛を描いた傑作サスペンス長篇。 〔4499〕

◇パナマの仕立屋 上 ジョン・ル・カレ著, 田口俊樹訳 早川書房 2024.7 365p 16cm（ハヤカワ文庫 NV 1527）〈集英社 1999年刊の2分冊 原書名：THE TAILOR OF PANAMA〉 1320円 ⓘ978-4-15-041527-3
＊1999年12月31日、パナマ運河が米国から返還される。Xデーを前に、太平洋と大西洋を結ぶ航路の覇権をめぐって各国が探り合うなかで、英国は若き諜報員オスナードを送り込む。彼はパナマの政情を探るため要人御用達の仕立屋を雇う。仕立屋はパナマ大統領や米軍司令官の採寸をしながら裏情報を集めるのだが…。戦争を始めたい人間は大義を捏造する―現代に通じるテーゼを巨匠ル・カレが描く、伝説の名作が初の文庫化。 〔4500〕

◇パナマの仕立屋 下 ジョン・ル・カレ著, 田口俊樹訳 早川書房 2024.7 397p 16cm（ハヤカワ文庫 NV 1528）〈集英社 1999年刊の2分冊 原書名：THE TAILOR OF PANAMA〉 1320円 ⓘ978-4-15-041528-0
＊ゴルフコースとベッド以外では発揮できる才能もなく、職を転々としていたオスナードは、名門母校の斡旋で諜報員になる。初任務でパナマに派遣された彼は、情報屋として雇ったパナマ仕立屋にパナマ政府を覆す情報があることを知る。パナマ運河が欲しい英国は、諜報活動の資金として、密かに大量の金の延べ棒を運び込む。オスナードはその金を反政府組織に渡そうとするが、仕立屋はなぜか組織の人間に直接会わせようとせず…。 〔4501〕

ルキアノス　Loukianos
◇ペレグリノスの最期 ルキアノス著, 内田次信, 戸高和弘訳 京都 京都大学学術出版会 2023.10 425,19p 20cm （西洋古典叢書 G122―全集 6）〈文献あり 索引あり 付属資料：8 p；月報 161 布装 原書名：Luciani Opera.Tomus3〉 3900円 ⓘ978-4-8140-0483-6
内容 ペレグリノスの最期（内田次信訳） 逃亡者たち（内田次信訳） トクサリスまたは友情（内田次信訳） デモステネス讃美（内田次信訳） 歴史はいかに書くべきか（内田次信訳） ディプサデス（戸高和弘訳） クロノスとの対話（戸高和弘訳） ヘロドトスまたはアエティオン（戸高和弘訳） ゼウクシスまたはアンティオコス（戸高和弘訳） あいさつでの失敗について（戸高和弘訳） 弁明（戸高和弘訳） ハルモニデス（戸高和弘訳） ヘシオドスとの対話（戸高和弘訳） スキュティア人またはプロクセノス（戸高和弘訳） ペレグリノスの最期 逃亡者たち トクサリスまたは友情 デモステネス讃美 歴史はいかに書くべきか ディプサデス クロノスとの対話―サトゥルナリア ヘロドトスまたはアエティオン ゼウクシスまたはアンティオコス あいさつでの失敗について 弁明 ハルモニデス ヘシオドスとの対話 スキュティア人またはプロクセノス
＊キリスト教から離反した犬儒派の哲学者が、神々に列すべく焼身自殺を図る表題作など、全一四篇。 〔4502〕

ル・グィン, アーシュラ・K.　Le Guin, Ursula K.
◇赦しへの四つの道 アーシュラ・K・ル・グィン著, 小尾芙佐他訳 早川書房 2023.10 346p 19cm （新☆ハヤカワ・SF・シリーズ 5062）〈著作目録あり 原書名：FOUR WAYS TO FORGIVENESS〉 2500円 ⓘ978-4-15-335062-5
内容 裏切り 赦しの日 ア・マン・オブ・ザ・ピープル ある女の解放 裏切り 赦しの日 ア・マン・オブ・ザ・ピープル ある女の解放 ウェレルおよびイェイオーウェイに関する覚え書き
＊惑星ウェレルとその植民地惑星イェイオーウェイ。激しい戦争ののち、イェイオーウェイは高度な文明を有する宇宙連合エクーメンの手を借りて新しい歴史を歩みつつある。老女ヨスは、裏切り者となったかつての英雄アバルカムとの邂逅に救いを見いだす（「裏切り」）。エクーメンへの加盟を目指すウェレルの小国を訪れた使節ソリーは、祭りの日にさらわれ、この地の真実をかいま見る（「赦しの日」）。SF界の女王が圧倒的想像力で人種、性、身分制度に新たな問いを投げかける "ハイニッシュ" 世界の四つの物語。ローカス賞受賞作。 〔4503〕

ルグヴェ, E.　Legouvé, Ernest
◇貴婦人たちの闘い―恋の鞘当て：三幕喜劇：初演フランス座一八五一年 スクリーブとルグヴェ作, 中田平, 中田たか子訳 安城 デジタルエステイト 2022.11 174p 21cm〈原書名：La bataille de dames〉 ⓘ978-4-910995-01-4 〔4504〕

ル・クレジオ, J.M.G.　Le Clézio, Jean-Marie Gustave
◇イライラ文学館─不安や怒りで爆発しそうなときのための9つの物語　頭木弘樹編　毎日新聞出版　2024.4　265p　19cm〈他言語標題：library of irritations〉1800円　①978-4-620-32803-4
　内容　ボーモンがはじめてその痛みを経験した日（ル・クレジオ著, 品川亮新訳）　　　〔4505〕

◇ビトナ─ソウルの空の下で　J・M・G・ル・クレジオ著, 中地義和訳　作品社　2022.2　229p　20cm〈原書名：BINTA, SOUS LE CIEL DE SÉOUL〉2200円　①978-4-86182-887-4
　＊田舎町に魚売りの娘として生まれ、ソウルにわび住まいする大学生ビトナは、病を得て外出もままならない裕福な女性に、自らが作り出したいくつもの物語を語り聞かせる役目を得る。少女の物語は、そして二人の関係は、どこに辿り着くのか─。ノーベル文学賞作家が描く人間の生。　〔4506〕

ルケッスィ, マルコ　Lucchesi, Marco
◇小宇宙　マルコ・ルケッスィ, Nodoka Nakaya 翻訳　TESSERACTUM　〔2023〕　49p　21cm〈他言語標題：Microcosmo　ポルトガル語併記〉①978-65-89867-58-6　〔4507〕

ルース・ノイバウアー, エリカ　Ruth Neubauer, Erica
◇豪華客船オリンピック号の殺人　エリカ・ルース・ノイバウアー著, 山田順子訳　東京創元社　2024.9　394p　15cm〈創元推理文庫 Mノ5-3〉〈原書名：DANGER ON THE ATLANTIC〉1260円　①978-4-488-28609-5
　＊実は英国政府の情報員であるレドヴァースの依頼で、夫婦のふりをして豪華客船オリンピック号に乗りこんだジェーン。目的はドイツのスパイを捜しだすことだ。船が出航した日の夕方、ある乗客の女性が、新婚の夫が消えてしまったと騒ぎはじめた。船長はとりあおうとしなかったが、ジェーンは女性の主張を信じて調査を始める。好評アガサ賞最優秀デビュー長編賞受賞シリーズ第三弾。　〔4508〕

ルースルンド, アンデシュ　Roslund, Anders
◇三年間の陥穽　上　アンデシュ・ルースルンド著, 清水由貴子, 下倉亮一訳　早川書房　2023.5　335p　16cm〈ハヤカワ・ミステリ文庫 HM 439-15〉〈原書名：SOVSÅGOTT〉1500円　①978-4-15-182165-3
　＊子どもの人身売買を防止する団体に届いたのは、全裸で犬のリードを巻かれた少女の写真だった。グレーンス警部は、写真の手がかりを元にデンマークへ向かう。そこで明らかになったのは、ダークネットを通じた世界8カ国、21人にのぼる小児性愛者の存在だった。一斉逮捕のためには、グレーンス警部が小児性愛者を装い、ネット上でリーダーと接触する必要があった。残されたのは24時間。"グレーンス警部"シリーズ最新作。　〔4509〕

◇三年間の陥穽　下　アンデシュ・ルースルンド著, 清水由貴子, 下倉亮一訳　早川書房　2023.5　319p　16cm〈ハヤカワ・ミステリ文庫 HM 439-16〉〈原書名：SOVSÅGOTT〉1500円　①978-4-15-182166-0
　＊小児性愛者の会合に潜入するためホフマンはアメリカへ向かう。グレーンス警部は世界8カ国の警察と共に、ホフマンからの連絡を待っていた。だが、犯罪組織リーダーの狡猾な罠にはまり素性を暴かれてしまった。ホフマンは薬をもられ、身体の自由を奪われてしまう。果たしてホフマンは、一斉逮捕の時間までに、リーダーの正体を暴くことができるのか。そして、最後にグレーンスがたどり着いた驚愕の真実とは。　〔4510〕

◇三日間の隔絶　上　アンデシュ・ルースルンド著, 井上舞, 下倉亮一訳　早川書房　2022.5　383p　16cm〈ハヤカワ・ミステリ文庫 HM 439-13〉〈原書名：JAMÅHONLEVA〉1400円　①978-4-15-182163-9
　＊一家惨殺事件の生き残りの少女はグレーンス警部の手により保護された。17年後、その事件の資料が警察署内から盗まれていることが判明する。さらに17年前と同じ手口で当時の容疑者が殺される事件が起こり…。一方、潜入捜査員を引退し家族とともに暮らしていたピート・ホフマンの元に、彼の正体を知る謎の人物から脅迫状が届く。ホフマンは警察の人間が裏切ったのだと考えるが─。"グレーンス警部"シリーズ最新作。　〔4511〕

◇三日間の隔絶　下　アンデシュ・ルースルンド著, 井上舞, 下倉亮一訳　早川書房　2022.5　398p　16cm〈ハヤカワ・ミステリ文庫 HM 439-14〉〈原書名：JAMÅHONLEVA〉1400円　①978-4-15-182164-6
　＊自分を脅迫している人物を明らかにするため、ホフマンはグレーンス警部に警察への潜入捜査を依頼する。だが、その交換条件として17年前に起きた事件の容疑者を次々と殺していく犯人を探し出すことを命じられる。背中を預けあうことになった彼らに残された時間は、17年前の最後の容疑者である男を逮捕できる"三日間"のみ。しかし、事件は予想もつかない展開へ─ラストの衝撃が胸に迫るシリーズ最高傑作。　〔4512〕

ルッソ, メレディス　Russo, Meredith
◇理想の彼女だったなら　メレディス・ルッソ著, 佐々木楓訳　福岡　書肆侃侃房　2024.11　311p　19cm〈原書名：IF I WAS YOUR GIRL〉2100円　①978-4-86385-643-1
　＊アマンダ・ハーディは、ある出来事から高校最後の年を新しい街で過ごすことになる。彼女にはある目的があった─できるだけ目立たず、人との関わりを避け、ただ日々をやり過ごす。卒業したら自分を知る者のいない場所に消える。すべては自分の人生を生きられる未来のため。ここは通過点にすぎない。それでも転校先での数々の出会いは、

ル・テリエ, エルヴェ　Le Tellier, Hervé

◇異常　エルヴェ・ル・テリエ著，加藤かおり訳　早川書房　2024.12　504p　16cm　（ハヤカワepi文庫 114）〈原書名：L'ANOMALIE〉1200円　①978-4-15-120114-1

＊殺し屋、売れない作家、軍人の妻、癌を告知された男。彼らが乗り合わせたのは偶然か、誰かの選択か。エールフランス006便がニューヨークに向けて降下をはじめたとき、異常な乱気流に巻きこまれる。約三ヵ月後、ニューヨーク行きのエールフランス006便。そこには彼らがいた。誰一人欠けることなく、自らの行き先を知ることなく。巧みなストーリーテリングと、人生をめぐる深い洞察が国際的な称賛をうける長篇小説。〔4514〕

◇異常（アノマリー）　エルヴェ・ル・テリエ著，加藤かおり訳　早川書房　2022.2　417p　19cm　〈原書名：L'ANOMALIE〉2700円　①978-4-15-210079-5

＊もし別の道を選んでいたら…良心の呵責に悩みながら、きな臭い製薬会社の顧問弁護士をつとめるアフリカ系アメリカ人のジョアンナ。穏やかな家庭人にして、無数の偽国籍をもつ殺し屋ブレイク。鳴かず飛ばずの15年を経て、突如、私生活まで注目される時の人になったフランスの作家ミゼル…。彼らが乗り合わせたのは、偶然か、誰かの選択か。エールフランス006便がニューヨークに向けて降下をはじめたとき、異常な乱気流に巻きこまれる。約3ヵ月後、ニューヨーク行きのエールフランス006便。そこには彼らがいた。誰一人欠けることなく、自らの行き先を知ることなく。圧倒的なストーリーテリングと、人生をめぐる深い洞察が国際的な称賛をうける長篇小説。ゴンクール賞受賞、フランスで110万部突破ベスト・スリラー2021（ニューヨーク・タイムズ、パブリッシャーズ・ウィークリー）。〔4515〕

ルートウィワットウォンサー, ウィワット　Lertwiwatwongsa, Wiwat

◇絶縁　村田沙耶香、アルフィアン・サアット、郝景芳、ウィワット・ルートウィワットウォンサー、韓麗珠、ラシャムジャ、グエン・ゴック・トゥ、連明偉、チョン・セラン著，藤井光、大久保洋子、福冨渉、及川茜、星泉、野平宗弘、吉川凪訳　小学館　2022.12　413p　19cm　2000円　①978-4-09-356745-9

内容　燃える（ウィワット・ルートウィワットウォンサー著，福冨渉訳）

＊アジア9都市9名が集った奇跡のアンソロジー。〔4516〕

ルーニー, サリー　Rooney, Sally

◇ノーマル・ピープル　サリー・ルーニー著，山崎まどか訳　早川書房　2023.1　340p　19cm　〈原書名：NORMAL PEOPLE〉2600円　①978-4-15-210190-7

＊コネルとマリアンはアイルランド西部の小さな町で育った。だが二人の共通点はそこまで。コネルは学校の人気者だが、マリアンは一匹狼だった。二人がぎこちなくも火花が散るような会話を交わすとき、人生が変わる何かが始まる。お互いに惹かれ合いながら、離れようとするのに結局は離れられないコネルとマリアンの数年にわたる友情と恋愛を会話で魅せる。セックスと主従関係、傷つけたい衝動と傷つけられたい衝動、愛したい気持ちと愛されたい気持ち、人が変わるのがどれほど難しいかを教えてくれる、今までにない珠玉のラブストーリー。〔4517〕

ルーネンズ, クリスティン　Leunens, Christine

◇囲われた空―もう一人の〈ジョジョ・ラビット〉　デジレ・ゲーゼンツヴィ著，クリスティン・ルーネンズ原案，河野哲子訳　小鳥遊書房　2023.2　253p　19cm　〈文献あり　原書名：Caging skies〉2400円　①978-4-86780-013-3

＊ヒトラー・ユーゲントに所属する17歳の青年、ヨハニス。爆撃で怪我を負い、自宅療養していた彼が壁の裏に見つけたのは、25歳のユダヤ人女性エルサだった―。〔4518〕

ルノワール, フレデリック　Lenoir, Frédéric

◇世界の終わり賢者たちの遺言（メッセージ）　フレデリック・ルノワール著，河野彩訳　飛鳥新社　2022.2　222p　19cm　〈原書名：L'ÂME DU MONDE〉1400円　①978-4-86410-865-2

＊世界を代表する八人の賢者たちが、不思議な力によってチベットへ集められた。世界の終わりが予言され、賢者たちは少年と少女に「七つの智恵の鍵」を授ける。真の自由とは？　愛の本質とは？　現実を受け入れ、今この瞬間を生きるには？　文化や宗教を超えた、人生哲学の物語！〔4519〕

ルビオ, フアン・カルロス　Rubio, Juan Carlos

◇21世紀のスペイン演劇　2　ライラ・リポイ、フアン・カルロス・ルビオ、フアン・マヨルガ、パチョ・テリェリア、ヘス・カンポス・ガルシーア、ニエベス・ロドリーゲス、カロリーナ・ロマン著，田尻陽一編，田尻陽一、岡本淳子訳　水声社　2023.10　276p　22cm　〈原書名：Los niños perdidos en Arizonaほか〉4000円　①978-4-8010-0760-4

内容　アリゾナ（フアン・カルロス・ルビオ著，岡本淳子訳）〔4520〕

ルービン, ガレス　Rubin, Gareth

◇ターングラス—鏡映しの殺人　ガレス・ルービン著, 越前敏弥訳　早川書房　2024.9　219, 251p　20cm〈原書名：THE TURNGLASS〉2500円　①978-4-15-210362-8

＊1881年、エセックス沿岸のレイ島。医師シメオンは、体調不良に悩む叔父オリヴァーが住む島唯一の建物ターングラス館を訪れ、オリヴァーから衝撃的なことを告げられる。彼の義理の妹で、とある事情から館に監禁されているフローレンスが、オリヴァー毒殺を画策しているというのだ。なぜフローレンスは監禁されることになったのか、そしてオリヴァーが感じる殺意の正体とは。謎を解き明かす鍵は、1939年のカリフォルニア、デューム岬にあるガラスでできた屋敷に住む一家の物語が書かれた小説の中にあるというが…。〔4521〕

ルービン, マン　Rubin, Man

◇吸血鬼は夜恋をする—SF＆ファンタジイ・ショートショート傑作選　ロバート・F・ヤング, リチャード・マシスン他著, 伊藤典夫編訳　東京創元社　2022.12　387p　15cm　（創元SF文庫 SFン12-1）〈文化出版局 1975年刊の増補〉1000円　①978-4-488-79301-2

[内容]ひとりぼっちの三時間（マン・ルービン著）

＊「アンソロジイという言葉のもとになったギリシャ語の意味は「花々を集めたもの」。立ちどまるほどではないが、歩く途中ひょっと目にとまり、見とれる花、つまり、理屈ぬきで楽しんでいただけるような小品を選ぶよう心懸けた」（伊藤典夫）。名翻訳家が初めて単独編纂した伝説のアンソロジイを半世紀ぶりに初文庫化。(SFマガジン）（奇想天外）の掲載作を追加し、全32編とした。〔4522〕

ルブリ, ジェローム　Loubry, Jérôme

◇魔王の島　ジェローム・ルブリ著, 坂田雪子監訳, 青木智美訳　文藝春秋　2022.9　475p　16cm　（文春文庫 ル8-1）〈原書名：LES REFUGES〉1100円　①978-4-16-791939-9

＊祖母の訃報を受け、彼女は孤島に渡った。終戦直後にここで働き始めた者たちだけが住む島は不吉な気配に満ちていた。かつてこの島に逗留して、のちに全員死亡した子供たちが怖れた魔王とは？　積み重なる謎。高まりゆく不安と恐怖。果たして誰が誰を欺こうとしているのか？　何重もの罠を張り巡らせた究極のサイコ・サスペンス。2019年度コニャックミステリー大賞受賞作。〔4523〕

◇魔女の檻　ジェローム・ルブリ著, 坂田雪子監訳, 青木智美訳　文藝春秋　2024.10　471p　16cm　（文春文庫 ル8-2）〈原書名：LES SŒURS DE MONTMORTS〉1500円　①978-4-16-792291-7

＊魔女裁判で女たちが殺された山。その麓には実業家が私財を投じて管理する村があった。今そこで怪死事件が頻発する。警察官僚ジュリアンと部下たちの奔走をよそに、死と恐怖は雪の舞う夜に沸点へ駆け上がる。村に隠された秘密とはいったい—？　フランスの鬼才が贈る恐怖と驚愕の荒れ狂うホラー・サスペンス。〔4524〕

ルブロン, ルノー　Leblond, Renaud

◇アウシュヴィッツを泳いだ男　ルノー・ルブロン著, 吉野さやか訳　アストラハウス　2023.10　285p　19cm〈文献あり　原書名：LE NAGEUR D'AUSCHWITZ〉2000円　①978-4-908184-47-5

＊いよいよ決行のときが来た。貯水池に着くと、アルフレッドはノアと一緒にためらうことなく囚人服を脱ぎ、ドボンと水に飛び込んだ。ああ神様、なんて素晴らしいんだろう…。僕たちはまだ人間なんだ、と自分に言い聞かせる。「ノア、僕たちはこうして泳ぐことで、まだちゃんと感情がある人間なんだということを証明した。単なる番号ではないんだ」その夜、収容者たちはこのとんでもない冒険についての詳細を聞きたがった。まるで脱走劇を聞くような気持ちになっただろう。もしくは、世界の果てへの冒険旅行だ。〔4525〕

ルメートル, ピエール　Lemaitre, Pierre

◇邪悪なる大蛇　ピエール・ルメートル著, 橘明美, 荷見明子訳　文藝春秋　2024.7　342p　20cm〈著作目録あり　原書名：LE SERPENT MAJUSCULE〉3000円　①978-4-16-391880-8

＊夫を亡くして独りで暮らすマティルド、63歳。殺し屋である。戦中は冷血の闘士として知られ、戦後は凄腕の殺し屋として仕事を請けてきた。だが彼女には認知症が少しずつ忍び寄りつつあった。それに気づいたのは、彼女に殺しを依頼している戦中からの同志アンリ。マティルドの殺しが必要以上に過激になっていたのだ。一方マティルドの中では、かつて抱いていたアンリへの恋心が甦り、暴走は加速してゆく！　最悪の事態が雪ダルマ式にふくれあがる！　マティルドを愛していたアンリは、そして事件を追う真面目な刑事ヴァシリエフは、彼女を止められるのか？　現実の人生では理不尽なことが次々起こるのに、なぜ小説家は手加減しなければならない？　と言い放つ鬼才ルメートル。その最後のミステリーは、アタマからラストまで、ひたすら加速する「最悪と意地悪のスパイラル」。その果てに待つラストのサプライズは、笑ってしまいそうに衝撃的で電撃的で残酷で、まさに私たちの運命のようなのだ。〔4526〕

◇僕が死んだあの森　ピエール・ルメートル著, 橘明美訳　文藝春秋　2023.10　318p　16cm　（文春文庫 ル6-7）〈著作目録あり　原書名：TROIS JOURS ET UNE VIE〉810円　①978-4-16-792121-7

＊12歳の少年アントワーヌの日常は、突然暗転した。ある不運な出来事が引き金となり、隣家の男の子を森で衝動的に殺してしまったのだ。死体を隠して慌てて立ち去るが、幼い子の失踪事件に村は騒然、やがて憲兵が訪ねてきて—。瀬戸際に追いやられた少年の人生は、どこに向かうのか？　先読み不能、犯罪小説の傑作！〔4527〕

ル・モアル, ジャン　Le Moal, Jean

◇ブルターニュ料理は死への誘い　マルゴ・ル・モアル, ジャン・ル・モアル著, 浦崎直樹訳　二見書房　2023.9　461p　15cm　（二見文庫　モ 7-1—ザ・ミステリ・コレクション）〈原書名：Une enquête à Locmaria〉1300円　①978-4-576-23087-0

＊フランス、ブルターニュ地方のリゾート地ロクマリア村。51歳、バツイチのカトリーヌは心機一転、この地で元公爵邸を購入し、レストランを開くことにする。社交的な彼女は早速村民とも仲良くなって新鮮な食材も手に入れ、地元の女性の憧れの的であるイギリス人チャールズとも親しくなる。そんなある夜、レストランの料理を食べた元村長が体調を崩し、翌日死亡した。毒を盛られたという噂が飛び交い、レストランは閉鎖を余儀なくされるが…犯人探しと新たな恋に奮闘するカトリーヌを応援したくなるコージー・ミステリ！〔4528〕

ル・モアル, マルゴ　Le Moal, Margot

◇ブルターニュ料理は死への誘い　マルゴ・ル・モアル, ジャン・ル・モアル著, 浦崎直樹訳　二見書房　2023.9　461p　15cm　（二見文庫　モ 7-1—ザ・ミステリ・コレクション）〈原書名：Une enquête à Locmaria〉1300円　①978-4-576-23087-0

＊フランス、ブルターニュ地方のリゾート地ロクマリア村。51歳、バツイチのカトリーヌは心機一転、この地で元公爵邸を購入し、レストランを開くことにする。社交的な彼女は早速村民とも仲良くなって新鮮な食材も手に入れ、地元の女性の憧れの的であるイギリス人チャールズとも親しくなる。そんなある夜、レストランの料理を食べた元村長が体調を崩し、翌日死亡した。毒を盛られたという噂が飛び交い、レストランは閉鎖を余儀なくされるが…犯人探しと新たな恋に奮闘するカトリーヌを応援したくなるコージー・ミステリ！〔4529〕

ルルー, ガストン　Leroux, Gaston

◇オペラ座の怪人　ガストン・ルルー著, 村松潔訳　新潮社　2022.6　595p　16cm　（新潮文庫　ル-5-1）〈原書名：Le Fantôm de l'Opéra〉900円　①978-4-10-240211-5

＊19世紀末、夜ごと華麗な舞台が繰り広げられるパリの花、オペラ座。その地下深くには奇怪な事件を巻き起こす怪人が棲み着いていると噂されていた。怪人は若く可憐なクリスティーヌに夜毎歌の手ほどきをしていたが、歌姫に想いを寄せる幼馴染の子爵との仲に嫉妬しクリスティーヌを誘拐。結婚を迫り、拒否すればオペラ座を爆破すると脅すのだった…。ホラー小説の先駆けと名高い世紀の名作。〔4530〕

◇ガストン・ルルーの恐怖夜話　ガストン・ルルー著, 飯島宏訳　24版　東京創元社　2023.9　254p　15cm　（創元推理文庫）〈原書名：HISTOIRES È POUVANTABLES〉800円　①978-4-488-53001-3

内容　金の斧　胸像たちの晩餐　ビロードの首飾りの女　ヴァンサン＝ヴァンサンぼうやのクリスマス　ノトランプ　恐怖の館　火の文字　蠟人形館

＊老練の船長が体験した、あまりにもおぞましい晩餐会での出来事を語る「胸像たちの晩餐」、12人の求婚者から1人選んで結婚する毎に相手が死ぬという悲劇を繰り返す美女の物語「ノトランプ」、かつての惨劇の舞台であり、現在は観光名所となった"血の宿"に泊まった男女を見舞う絶体絶命の危機「恐怖の館」など、『オペラ座の怪人』で知られる文豪の手腕が発揮された恐怖綺譚集。〔4531〕

◇シェリ＝ビビの最初の冒険　ガストン・ルルー著. 宮川朗子訳　国書刊行会　2022.10　571p　20cm　（ベル・エポック怪人叢書）〈文献あり　原書名：Premières aventures de Chéri-Bibi〉3600円　①978-4-336-07357-0

＊肉屋見習いのシェリ＝ビビはある偶然から殺人を犯し、以来殺人が殺人を呼び、前代未聞の極悪人として流刑地カイエンヌへと向かう監獄船バイヤール号の途上にあった…囚人たちは待っていた、シェリ＝ビビからの蜂起の合図を！　支配下に置いたバイヤール号に遭難者が流れつく。そこにデュ・トゥシェ侯爵がいた—シェリ＝ビビは侯爵の父殺害の濡れ衣を着せられ、その妻は初恋の相手セシリー！　因縁の下劣漢にある復讐を考えつく…外科医ル・カナックによる言語を絶する方法で若き侯爵と入れ替わるのだ！　大いなる秘密を宿しシェリ＝ビビはセシリーと夫婦生活をはじめる？　すべては"ファタリタス（運命）"に導かれ、フィナーレの大スペクタクルは圧巻！　フランスのベル・エポックに人気を博した"最後の連載小説家"と称されるガストン・ルルー。『黄色い部屋の謎』と『オペラ座の怪人』で売れっ子作家となったルルーが、一九一三年満を持して"ル・マタン"紙に連載した本邦初紹介の人気怪人シリーズ"シェリ＝ビビ"！〔4532〕

【レ】

レー, ジャン　Ray, Jean

◇新編怪奇幻想の文学　3　恐怖　紀田順一郎, 荒俣宏監修, 牧原勝志編　新紀元社　2023.5　466p　20cm　〈他言語標題：Tales of Horror and Supernatural〉2500円　①978-4-7753-2041-9

内容　怪船マインツ詩篇号（ジャン・レー著, 池畑奈央子訳）〔4533〕

レイ, C.J.　Wray, C.J.

◇ロンドンの姉妹、思い出のパリへ行く　C.J.レイ著, 髙山祥子訳　東京創元社　2024.11　375p　19cm　〈原書名：THE EXCITEMENTS〉2800円　①978-4-488-01140-6

＊99歳と97歳の姉妹、合言葉は「いつも機嫌よく」！　モールス信号での会話が得意で格闘術の心得もあり。第二次世界大戦に従軍した姉妹にパリ

で勲章が授与されることに。チャーミングな姉妹の人生を描いた愛すべき物語！〔4534〕

レイク, パトリシア　Lake, Patricia

◇初恋のひと　パトリシア・レイク著，細郷妙子訳　ハーパーコリンズ・ジャパン　2024.3　206p　15cm　（ハーレクインSP文庫　HQSP-406）〈ハーレクイン・エンタープライズ日本支社　1985年刊の再刊　原書名：FATED AFFAIR〉545円　①978-4-596-53805-5

＊見覚のある姿が目に入った瞬間、心臓が止まりそうになった。3年間、ターリアは裕福な実業家アレックスに一途な恋をした。まだ若かった彼女は身も心も捧げたが、アレックスは違った。ターリアを裏切ったばかりか、自分の秘書と密会していたのだ。傷心のままターリアはアレックスの前から姿を消したが、そのときにはすでに、おなかに小さな命が宿っていた―よるべないターリアがどれほどの辛酸を舐めて息子を育てたか、アレックスには興味もないだろう…。だがそうではなかったのだ。息子の存在を知った彼にプロポーズされたのだ。愛もないのに。〔4535〕

レイシー, キャサリン　Lacey, Catherine

◇ピュウ　キャサリン・レイシー著，井上里訳　岩波書店　2023.8　243p　20cm　〈原書名：PEW〉2800円　①978-4-00-024553-1

＊アメリカ南部の小さな町に、突然現れた"ピュウ"。見かけからは人種も年齢も性別もわからず、名前や過去についても一切語ろうとしない"ピュウ"の存在は、町に静かな波紋を広げる。執拗に"ピュウ"の正体を探ろうとする者か、口もきかない"ピュウ"に長年の苦しみや秘密を打ち明ける者―。沈黙を守る一方で、鋭い観察者である"ピュウ"の目には、親切で信心深い人々の欺瞞、怯え、残忍さが容赦なく映し出されていく。やがて町の恐ろしい一面が明らかになり…。気鋭の作家が謎めいた語り手を通じて描く、奇妙で恐ろしい現代の寓話。〔4536〕

レイノルズ, アンソニー　Reynolds, Anthony

◇リーグ・オブ・レジェンドRUINATION滅びへの路　アンソニー・レイノルズ著，富永和子訳　KADOKAWA　2024.5　415p　19cm〈原書名：RUINATION〉1900円　①978-4-04-075355-3

＊王国の騎士による殺戮が繰り返されていたカマヴォール王国。カリスタはそんな悲劇の国を変えようとしていた。若い叔父のヴィエゴが王になったとき、彼女は忠実な軍司令官として、彼の破壊的な野心を抑えこむことを誓う。しかし、ヴィエゴの妻イゾルデが暗殺者の毒刃により不治の病に冒されてしまう。妻の病状が悪化するにつれ、狂気と悲しみに堕ちていくヴィエゴ。カリスタは王国を救うため、女王の救済が得られると噂される、失われた祝福の島を探すのだが、島は腐敗が進み、復讐に燃える管理人がカリスタを残酷な策略に陥れようとしていた―。カリスタ、ヴィエゴ、スレッシュ、ヘカリムを中心に、シャドウアイル誕生のきっかけとなった事件を描く前日譚。〔4537〕

レイバーン, ディアナ　Raybourn, Deanna

◇暗殺者たちに口紅を　ディアナ・レイバーン著，西谷かおり訳　東京創元社　2023.5　393p　15cm　（創元推理文庫　Mレ9-1）〈原書名：KILLERS OF A CERTAIN AGE〉1200円　①978-4-488-19106-1

＊ナチの残党や犯罪者を標的としてきた暗殺組織"美術館"。暗殺業に40年を捧げた60歳のビリーたち4人は、引退の日を迎えた。記念のクルーズ旅行に出かけるが、彼女たちを殺すため組織から刺客が送り込まれてくる。生き延びるには、知恵と暗殺術を駆使して反撃するしかない。殺すか殺されるかの危険な作戦の行方は？　本国でベストセラーとなった極上のエンターテインメント！〔4538〕

レイン, パトリック　Laing, Patrick

◇もしも誰かを殺すなら　パトリック・レイン著，赤星美樹訳　論創社　2023.12　235p　20cm　（論創海外ミステリ　307）〈原書名：If I Should Murder〉2400円　①978-4-8460-2295-2

＊―もしも誰かを殺すとなったらどんな手段を選ぶか、陪審員たちはコーヒーカップを片手に語り合う。無実を叫ぶ新聞記者に下された非情の死刑判決。彼を裁いた陪審員が人里離れた山荘で次々と無惨な死を遂げる…。閉鎖空間での連続殺人を描く本格ミステリ！〔4539〕

レイン, R.D.　

◇結ぼれ　R・Dレイン著，村上光彦訳　河出書房新社　2024.3　167p　15cm　（河出文庫）〈原書名：KNOTS〉810円　①978-4-309-46797-9

＊結ぼれ、絡みあい、こんがらかり、袋小路、支離滅裂、堂々めぐり、きずな―異才の精神科医が書きつけた、人間を束縛し円環に閉じこめる関係性の模様は、刊行から半世紀以上を経てなお真実性を湛えている。「詩人」レインの原点たる、不安で優雅な心理的寓話の書。〔4540〕

レヴィ, デボラ　Levy, Deborah

◇ホットミルク　デボラ・レヴィ著，小澤身和子訳　新潮社　2022.7　315p　20cm　（CREST BOOKS）〈原書名：HOT MILK〉2200円　①978-4-10-590182-0

＊原因不明の病で歩けない母の治療のために、25歳のソフィアはイギリスから南スペインの町を訪れた。学者の道を諦めて介護する娘に、つらく当たる母親。夏の太陽と海の誘惑のなか、ソフィアは母をちょっと怪しげな医師ゴメスに診せつつ、地元の男子学生とドイツ人の謎めいた長身女性に惹かれてゆく。やがて彼女は自分を覆っている本当の痛みと向き合い、ある決断をするのだが―。〔4541〕

レヴィン, ゲイル　Levin, Gail

◇短編回廊―アートから生まれた17の物語　ローレンス・ブロック編，田口俊樹他訳　ハーパーコリンズ・ジャパン　2022.12　605p, 図版18p　15cm　〈ハーパーBOOKS M・フ6・2〉〈原書名：ALIVE IN SHAPE AND COLOR〉1264円　①978-4-596-75581-0

内容　ジョージア・オキーフの花のあと（ゲイル・レヴィン著，田口俊樹訳）

＊探偵スカダーは滞在先で見覚えのある顔にでくわす。それは25年前、まだスカダーが刑事だった頃に恋人殺しの罪で逮捕した男で―L・ブロック『ダヴィデを探して』。考古学者の夫婦は世紀の発見にたどりつくが、待ち受けていたのは恐ろしい真相だった―J・ディーヴァー『意味深い発見』。絵のなかに閉じ込められてしまった少女の悲痛な叫び―J・C・オーツ『美しい日々』他、芸術とミステリーの饗宴短編集！　〔4542〕

レヴィンソン, リチャード　Levinson, Richard

◇突然の奈落　リチャード・レヴィンソン，ウィリアム・リンク著，上條ひろみ，川副智子，木村二郎，後藤安彦，小堀さとみ，高橋知子，中井京子，仁木めぐみ訳　扶桑社　2022.7　221p　16cm　〈扶桑社ミステリー　レ10-2―レヴィンソン&リンク劇場〉〈原書名：SHOOTING SCRIPT AND OTHER MYSTERIES〉950円　①978-4-594-09172-9

＊『刑事コロンボ』をはじめとする数々の推理ドラマで世界中を魅了した名コンビは、戦後アメリカ黄金時代のミステリー雑誌を飾った短編作家でもありました。その貴重な作品をお届けする"レヴィンソン&リンク劇場"完結編！　長年勤めた会社を退職してきた男の最後の計画とは？　妻を殺した叔父が落ちた罠とは？　極寒の米軍施設で兵士が知った犯罪とは？　人生のさまざまシーンで起こる多様な事件をあざやかに描きだし、予想外の結末に導く手練の技を、ぜひご堪能ください。　〔4543〕

レヴェンスン, サム　Levenson, Samuel

◇ユーモア・スケッチ大全　〔3〕　ユーモア・スケッチ傑作展 3　浅倉久志編・訳　国書刊行会　2022.2　374p　19cm　〈ユーモア・スケッチ傑作展 3〉（早川書房 1983年刊）の改題、増補〉　2000円　①978-4-336-07310-5

内容　家庭革命（サム・レヴェンスン著）　〔4544〕

◇ユーモア・スケッチ大全　〔4〕　すべてはイブからはじまった　ミクロの傑作圏　浅倉久志編・訳　国書刊行会　2022.3　376p　19cm　〈「すべてはイブからはじまった」（早川書房 1991年刊）と「ミクロの傑作圏」（文遊文庫 2004年刊）の改題、合本〉　2000円　①978-4-336-07311-2

内容　わが一族（サム・レヴェンスン著）

＊笑いの大博覧会、完結！　名翻訳家浅倉久志のライフワークである"ユーモア・スケッチ"ものを全4巻に集大成。最終巻は傑作展姉妹篇『すべてはイブからはじまった』とオンデマンドのみの刊行だった『ミクロの傑作圏』をカップリング。　〔4545〕

レオノフ, ニカノール　Leonoff, Nicanor

◇砂漠の林檎―イスラエル短編傑作選　サヴィヨン・リーブレヒト，ウーリー・オルレブほか著，母袋夏生編訳　河出書房新社　2023.8　258p　20cm　2900円　①978-4-309-20890-9

内容　神の息子（ニカノール・レオノフ著，母袋夏生訳）

＊迷宮のような路地で見つけた写真集、不死の老人、ショアの記憶、聖書物語など、イスラエル文学紹介の第一人者による日本版オリジナル・アンソロジー。ウーリー・オルレブ（国際アンデルセン賞受賞）、シャイ・アグノン（ノーベル文学賞受賞）など、世界が高く評価する作家の傑作を精選。　〔4546〕

レーキー, マリアナ　Leky, Mariana

◇ここから見えるもの　マリアナ・レーキー著，遠山明子訳　東宣出版　2022.11　350p　19cm　〈原書名：WAS MAN VON HIER AUS SEHEN KANN〉2700円　①978-4-88588-107-7

＊ルイーゼの祖母ゼルマがオカピの夢を見るたびに、なぜか村の誰かが死ぬ。それも二十四時間以内に。彼女がオカピの夢を見たその日、夢の話は瞬く間に村中に知れわたり、死を免れる魔除けをもとめる者や、今まで隠していた秘密を明かそうとする者で騒然となる。が、しかし死神は、無常にも予期せぬ者の命を奪っていく。自分探しの旅を続ける父とつねに心ここにあらずの母、重量挙げの選手になるのが夢のマルティン、長年ゼルマを愛しているが告白できずにいる眼鏡屋、懐疑的な祖母、迷信深い叔父、日本のお寺で修行をしている仏僧フレデリクなど、風変わりな心温かい隣人たちに囲まれて、ルイーゼは、死と愛、そして人生について考えていく。　〔4547〕

レクーラック, ジェイソン　Rekulak, Jason

◇奇妙な絵　ジェイソン・レクーラック著，中谷友紀子訳　早川書房　2023.11　423p　19cm　〈原書名：HIDDEN PICTURES〉3100円　①978-4-15-210279-9

＊ドラッグの依存症から抜け出したマロリー・クインは、新たな生活を始めるためにニュージャージー州郊外の町スプリング・ブルックのマクスウェル夫妻の元でベビーシッターとして5歳の男の子テディの面倒を見ることになった。離れを自分の部屋として与えられたマロリーは、テディの世話をしながら、おだやかな毎日を暮らすはずだった。だが、彼女はある日、テディが"奇妙な絵"をスケッチブックに描いていることに気がつく。森の中で、女の死体を引きずっている男の絵だ。それは、かつてこの地で起こった殺人事件の場面を描いたと思しきものだ。画家であった被害者の女性は、マロリーが住む部屋をアトリエとして使用

していたというが…。そして、テディの絵はますます不気味さを増して、5歳児の能力をはるかに超えた、リアルなスケッチとなっていく。一体テディの身に何が起こっているのか？ スケッチが示す事件の真相とは？　　　　　　　　　　〔4548〕

レーコル
◇チベット幻想奇譚　星泉, 三浦順子, 海老原志穂編訳　春陽堂書店　2022.4　270p　19cm　2400円　①978-4-394-19027-1

内容　子猫の足跡（レーコル著, 星泉訳）

＊伝統的な口承文学や、仏教、民間信仰を背景としつつ、いまチベットに住む人々の生活や世界観が描かれた物語は、読む者を摩訶不思議な世界に誘う一時代も、現実と異界も、生と死も、人間/動物/妖怪・鬼・魔物・神の境界も越える、13の短編を掲載した日本独自のアンソロジー。チベットの現代作家たちが描く、現実と非現実が交錯する物語。
〔4549〕

レサマ＝リマ, ホセ　Lezama Lima, José
◇パラディーソ　ホセ・レサマ＝リマ著, 旦敬介訳　国書刊行会　2022.9　608p　22cm〈著作目録あり　原書名：PARADISO〉　4200円　①978-4-336-07384-6

＊一家に君臨するホセ・エウヘニオ大佐と喘息持ちで鋭敏な感性を持つ長男ホセ・セミー、熱帯の光に満ち満ちた日々の中で、オラーリョ家とセミー家にもたらされる生のよろこびとふりかかるあまたの苦難、痛苦な愛と非業の死―典雅で混成的なクリオーリョ文化が濃密に漂う革命前のキューバ社会を舞台に、五世代にわたる一族の歴史を、豊穣な詩的イメージとことばの遊戯を駆使して陰影深く彩り豊かに描いた、20世紀の奇書にして伝説的巨篇がついに邦訳！
〔4550〕

レスコフ, ニコライ　Leskov, Nikolai
◇19世紀ロシア奇譚集　高橋知之編・訳　光文社　2024.8　388p　16cm　（光文社古典新訳文庫　KAタ1-1）〈文献あり　年表あり　原書名：Артемий Семенович Бервенковский Перстеньほか〉　1100円　①978-4-334-10395-8

内容　白鷲―幻想的な物語（ニコライ・レスコフ著, 高橋知之訳）

＊悲劇的な最期を遂げた歌い手の秘密に迫るうちに…「クララ・ミーリチ―死後」、屋敷に住みつく霊と住人たちとの不思議な関わりを描く「家じゃない、おもちゃだ！」等7篇を収録。重厚長大なリアリズム文学重視の陰で忘れ去られていた豊饒なロシアンホラーの魅力を発掘！　　　　〔4551〕

レスブリッジ, アン　Lethbridge, Ann
◇公爵への二度目の初恋　アン・レスブリッジ作, 琴葉かいら訳　ハーパーコリンズ・ジャパン　2022.2　252p　17cm　（ハーレクイン・ヒストリカル・スペシャル PHS272）〈原書名：THE MATCHMAKER AND THE DUKE〉　827円　①978-4-596-31626-4

＊結婚仲介人として生計を立てるアメリアは、新しい顧客である美しい令嬢を連れて、舞踏会に出席した。そこで彼女は独身主義者と悪名高いストーン公爵と再会する。社交界デビューの年、アメリアは彼にひと目で惹かれたが、ひどく冷たくあしらわれ、初恋は無様に砕け散ったのだった。あの公爵も、ついに花嫁を探すことにしたということか？ アメリアが顧客の令嬢を紹介すると、意外にも彼はとても優しく、その紳士的な態度はお目付役のアメリアに対しても同様だった。公爵は令嬢を気に入っているようだわ…。喜ぶべきことなのに、なぜか彼と目が合うたび、その熱いまなざしに心がざわめき―。
〔4552〕

レックバリ, カミラ　Läckberg, Camilla
◇罪人たちの暗号　上　カミラ・レックバリ, ヘンリック・フェキセウス著, 富山クラーソン陽子訳　文藝春秋　2024.2　434p　16cm　（文春文庫　レ6-3）〈原書名：KULT〉　1250円　①978-4-16-792178-1

＊ストックホルム警察特捜班に届いたのは幼児誘拐事件の報告だった。白昼堂々、保育中の子供を連れ去るという大胆な手口。過去の少女誘拐殺人との類似から特捜班は最悪の事態を想定するも、捜査は難航。刑事ミーナは2年前に捜査協力を仰いだメンタリスト、ヴィンセントに接触する。北欧ミステリーの女王の大人気シリーズ第2弾。　〔4553〕

◇罪人たちの暗号　下　カミラ・レックバリ, ヘンリック・フェキセウス著, 富山クラーソン陽子訳　文藝春秋　2024.2　420p　16cm　（文春文庫　レ6-4）〈原書名：KULT〉　1250円　①978-4-16-792179-8

＊事件は連続誘拐殺人だと判明、ミーナとヴィンセントは過去の遺体発見現場から「馬」を意味する遺留品を発見する。次の犯行は、いつ、どこで？ 数学を駆使して、ヴィンセントは犯人の仕掛けた謎に挑む。北欧ミステリーの女王がメンタリストと組んで贈る人気シリーズ、ミーナとヴィンセントの必死の捜査が暴いた真相とは？　　〔4554〕

◇魔術師の匣　上　カミラ・レックバリ, ヘンリック・フェキセウス著, 富山クラーソン陽子訳　文藝春秋　2022.8　407p　16cm　（文春文庫　レ6-1）〈原書名：BOX〉　1100円　①978-4-16-791926-9

＊女は箱に幽閉され、剣で貫かれて殺されていた。まるで失敗した奇術のように…ストックホルム警察の刑事ミーナは、メンタリストで奇術に造詣の深いヴィンセントに協力を依頼する。奇術に見立てた連続殺人が進行中なのだ…。スウェーデン・ミステリーの女王が一流メンタリストとコンビを組んで送り出した新シリーズ第1作。
〔4555〕

◇魔術師の匣　下　カミラ・レックバリ, ヘンリック・フェキセウス著, 富山クラーソン陽子訳　文藝春秋　2022.8　396p　16cm　（文春文庫　レ6-2）〈原書名：BOX〉　1100円　①978-4-16-791927-6

＊被害者の身体に刻まれた数字。犯人からの挑戦状。連続殺人犯の目的は何か。ともに生きづらさを抱えた女性刑事と男性メンタリストのコンビが"奇術連続殺人"を追う。40年前、牧場に住む母子に何が起きたのか？　加速するサスペンス、意外な犯人、そして痛ましい真相。本国で20万部突破、ミステリーの女王の新シリーズ誕生。　〔4556〕

レッサ, オリージェネス　Lessa, Olígenes

◇ブラジル文学傑作短篇集　アニーバル・マシャード, マルケス・ヘペーロほか著, 岐部雅之編, 伊藤秋仁, 神谷加奈子, 岐部雅之, 平田惠津子, フェリッペ・モッタ訳　水声社　2023.3　207p　20cm　（ブラジル現代文学コレクション）〈原書名：O melhor do conto brasileiro〉2000円　①978-4-8010-0721-5

[内容]　エスペランサ・フットボールクラブ（オリージェネス・レッサ著, 岐部雅之訳）　慰問（オリージェネス・レッサ著, 伊藤秋仁訳）

＊少女の視点から世界の残酷さとシングル・マザーの寄る辺なさが浮かび上がるアニーバル・マシャード「タチという名の少女」、20世紀ブラジル社会の活力と喧噪を伝える全12篇。　〔4557〕

レナルズ, アレステア　Reynolds, Alastair

◇創られた心―AIロボットSF傑作選　ケン・リュウ, ピーター・ワッツ, アレステア・レナルズ他著, ジョナサン・ストラーン編, 佐田千織他訳　東京創元社　2022.2　564p　15cm　（創元SF文庫　SFン11-1）〈責任表示はカバーによる　原書名：MADE TO ORDER〉1400円　①978-4-488-79101-8

[内容]　人形芝居（アレステア・レナルズ著, 中原尚哉訳）

＊人工的な心や生命、ゴーレム、オートマトン、ロボット、アンドロイド、ボット、人工知能─人間によく似た機械、人間のために注文に応じてつくられた存在というアイディアは、古代より我々を魅了しつづけてきた。そしていま、その長い歴史に連なるアンソロジーがここに登場する。ケン・リュウ、ピーター・ワッツ、アレステア・レナルズら、最高の作家陣による16の物語を収録。　〔4558〕

◇ロボット・アップライジング―AIロボット反乱SF傑作選　アレステア・レナルズ, コリイ・ドクトロウ他著, D・H・ウィルソン, J・J・アダムズ編, 中原尚哉他訳　東京創元社　2023.6　530p　15cm　（創元SF文庫　SFン10-5）〈責任表示はカバーによる　原書名：ROBOT UPRISINGS〉1400円　①978-4-488-77205-5

[内容]　スリープオーバー（アレステア・レナルズ著, 中原尚哉訳）

＊人類よ、恐怖せよ―猛烈な勢いで現代文明に浸透しつつあるAIやロボット。もしもそれらがくびきを逃れ、反旗を翻したら？　ポップカルチャーで繰り返し扱われてきた一大テーマに気鋭の作家たちが挑む。1955年にAI（人工知能）という言葉を初めて提示した伝説の科学者ジョン・マッカーシーらの

短編を始め、アレステア・レナルズ、コリイ・ドクトロウらによる傑作13編を収録。　〔4559〕

レノン, J.ロバート　Lennon, J.Robert

◇楽園で会いましょう　J.ロバート・レノン著, 李春喜訳　大阪　大阪教育図書　2023.1　412p　19cm　〈原書名：SEE YOU IN PARADISE〉1700円　①978-4-271-31038-9

[内容]　ポータル　虚ろな生　楽園で会いましょう　鉄板焼きグリル　ゾンビ人間ダン　バック・スノート・レストランの嵐の夜　生霊　呪われた断章　ウェバーの頭部　エクスタシー　一九八七年の救いのない屈辱　フライト　未来日記　お別れ、バウンダー

＊『左手のための小作品集』の訳者によるJ.ロバート.レノン作品第2弾！　あなたは受け取っただろうか、異なる時空からのメッセージを。家族の再生、満ち足りた孤独、冒険に満ちた日常。あなたの知らないあなたに出会う14話。　〔4560〕

レパ, マルティン　Repa, Martin

◇時に囚われて　マルティン・レパ著, 橋本ダナ, 橋本玲雄共訳　札幌　柏艪舎　2023.5　222p　22cm　〈他言語標題：Tied down by Time　星雲社（発売）〉2000円　①978-4-434-32126-9

＊スロヴァキアで刊行され、ロシア語にも翻訳され好評を博した、『Tied down by Time』が、日本語訳で発刊。主人公であるマットは、原子炉の事故で行方不明になった妻子を探すため、手を尽くす。しかし、周囲の人の理解を得られないまま、しだいにマットは孤立していく。現実と夢の世界を渡り歩くマットは、妻子を見つけられるのか。ストーリーに色を添える霊妙なカラー挿画もご堪能いただきたい。　〔4561〕

レピラ, イバン　Repila, Iván

◇深い穴に落ちてしまった　イバン・レピラ著, 白川貴子訳　東京創元社　2023.4　155p　15cm　（創元推理文庫　Fレ3-1）〈原書名：EL NIÑO QUE ROBÓ EL CABALLO DE ATILA〉700円　①978-4-488-57503-8

＊深い森の奥にある、深い深い穴の底。兄弟は土にまみれて、脱出の方法を思案していた。地上を想い、泥水を飲んで生きる日々が綴られるなか、やがて物語は奇妙な幻覚と、めくるめく謎に満たされていく―。なぜ章番号は素数だけなのか。兄弟は何者で、なぜ穴に落ちたのか。ふたりが辿りつく結末は、驚愕と共に力強い感動をもたらす。暗闇で生きるあなたに捧げる、現代版『星の王子さま』。　〔4562〕

レ・ファニュ　Le Fanu, Joseph Sheridan

◇カーミラ―レ・ファニュ傑作選　レ・ファニュ著, 南條竹則訳　光文社　2023.12　410p　16cm　（光文社古典新訳文庫　KAレ3-1）〈年譜あり　原書名：CARMILA〉1240円　①978-4-334-10167-1

[内容]　シャルケン画伯　幽霊と接骨師　チャペリゾッ

ドの幽霊譚　緑茶　クロウル奥方の幽霊　カーミラ
＊舞台はオーストリアの暗い森の中にたたずむ古城。恋を語るように甘やかに、ときに情熱的に妖しく迫る美しい令嬢カーミラに魅せられた純真な少女ローラは、日に日に生気を奪われ、蝕まれていく…。ゴシック小説の第一人者レ・ファニュの代表作である表題作と怪奇幽霊譚五編を収録。

〔4563〕

◇妖精・幽霊短編小説集―『ダブリナーズ』と異界の住人たち　J.ジョイス,W.B.イェイツほか著，下楠昌哉編訳　平凡社　2023.7　373p　16cm　〈平凡社ライブラリー 949〉　1800円
①978-4-582-76949-4
内容　妖精たちと行ってしまった子ども　ウォーリングの邪なキャプテン・ウォルショー（ジョウゼフ・シェリダン・レ・ファニュ著，下楠昌哉訳）
＊アイルランドの首都ダブリンに生きる様々な人を描いたジョイスの『ダブリナーズ』。この傑作短編集の作品を、十九世紀末から二十世紀はじめに書かれた妖精・幽霊譚と並べてみると―。名作をこれまでとは異なる文脈に解き放ち、当時の人々が肌で感じていた超自然的世界へと誘う画期的なアンソロジー。

〔4564〕

レミ, バビー

◇そして私たちの物語は世界の物語の一部となる―インド北東部女性作家アンソロジー　ウルワシ・ブタリア編，中村唯日本語版監修　国書刊行会　2023.5　286p　20cm　〈原書名：THE MANY THAT I AMの抄訳　THE INHERITANCE OF WORDSの抄訳ほか〉　2400円　①978-4-336-07441-6
内容　書くこと（バビー・レミ著，中野眞由美訳）
＊バングラデシュ、ブータン、中国、ミャンマーに囲まれた、さまざまな文化や慣習が隣り合うヒマラヤの辺境。きわ立ってユニークなインド北東部から届いた、むかし霊たちが存在した頃のように語られる現代の寓話。女性たちが、物語の力をとりもどし、自分たちの物語を語りはじめる。

〔4565〕

レム, スタニスワフ　Lem, Stanisław

◇火星からの来訪者―知られざるレム初期作品集　スタニスワフ・レム著，沼野充義，芝田文乃，木原槙子訳　国書刊行会　2023.2　369p　20cm　〈スタニスワフ・レム・コレクション〉〈原書名：Człowiek z Marsa〉　2700円　①978-4-336-07131-6
内容　火星からの来訪者　ラインハルト作戦　異質　ヒロシマの男　ドクトル・チシニェツキの当直　青春詩集

〔4566〕

◇捜査　浴槽で発見された手記　スタニスワフ・レム著，久山宏一訳，スタニスワフ・レム著，芝田文乃訳　国書刊行会　2024.2　438p　20cm　〈スタニスワフ・レム・コレクション〉　2900円　①978-4-336-07133-0
内容　捜査　浴槽で発見された手記
＊イギリス各地の墓地で起こる死体消失事件、スコットランド・ヤードのグレゴリー警部補は真相解明に乗り出すが、捜査は難航を極める…メタ推理小説『捜査』、地球文明崩壊後、地下遺跡から奇跡的に発見された1篇の手記に記されていた驚くべき記録―疑似SFの不条理小説『浴槽で発見された手記』、レムの多彩さをうかがわせる異色作2篇を収録。

〔4567〕

◇マゼラン雲　スタニスワフ・レム著，後藤正子訳　国書刊行会　2022.4　500p　20cm　〈スタニスワフ・レム・コレクション〉〈原書名：Obłok Magellana〉2700円　①978-4-336-07132-3
＊32世紀。高度な科学技術的発展を成し遂げた人類は、史上初の太陽系外有人探査計画に着手、地球に最も近い恒星であるケンタウルス座α星へ向かう決定を下した。かくして選りすぐりの遠征隊員を乗せ、巨大探査船ゲア号は未知の空間へと踏み出していく。旅路の果てに彼らを待ち受けているものとは？―レムの幻の長篇がついに邦訳なる。

〔4568〕

レモト, ダントン

◇イン・クィア・タイム―アジアン・クィア作家短編集　イン・イーシェン，リベイ・リンサンガン・カントー編，村上さつき訳　ころから　2022.8　350,10p　19cm　〈他言語標題：In queer time　原書名：Sanctuary〉　2200円
①978-4-907239-63-3
内容　ハートオブサマー（ダントン・レモト著）
＊「クィアの時代」に香港から届いたアジアンLGBTQ＋作家による「クィア小説」17編を収録！

〔4569〕

レーン, アンドリュー　Lane, Andy

◇ヤング・シャーロック・ホームズ―児童版　1　死の煙　アンドリュー・レーン作　田村義進訳　静山社　2023.12　340p　20cm　〈2012年刊の再刊　ほるぷ出版（発売）原書名：YOUNG SHERLOCK HOLMES：DEATH CLOUD〉　1700円　①978-4-593-10468-0
＊夏休みをおじの家で過ごすことになった少年シャーロック・ホームズは、その町で家なき子・マティと出会う。マティは、さいきん町で奇妙な光景を見たという。ある家から死人が出たが、亡くなる直前、二階の窓から不思議な黒い煙がたちのぼったのだ。真相解明に乗り出したシャーロックは、国家をゆるがす闇の組織の壮大な陰謀にたどりつく―

〔4570〕

◇ヤング・シャーロック・ホームズ―児童版　2　赤い吸血ヒル　アンドリュー・レーン作　田村義進訳　静山社　2024.2　366p　20cm　〈2012年刊の再刊　ほるぷ出版（発売）原書名：YOUNG SHERLOCK HOLMES：RED LEECH〉　1700円　①978-4-593-10469-7
＊死の煙の秘密を暴いたのもつかの間、少年シャーロックのもとに新たな事件が舞い込んだ。アメリ

レ

カ南北戦争は終結を迎えたが、敗れた南部側ではいまだ独立を求めて、ひそかに抵抗を呼びかける者がいた。その首謀者として名があがったのは、リンカーン大統領の暗殺犯だった。射殺されたあの男が、じつは生きている…？　　〔4571〕

◇ヤング・シャーロック・ホームズ─児童版　3　雪の罠　アンドリュー・レーン作　田村義進訳　静山社　2024.2　318p　20cm　〈2013年刊の再刊　ほるぷ出版（発売）　原書名：YOUNG SHERLOCK HOLMES：BLACK ICE〉1600円　①978-4-593-10470-3

＊最愛の兄マイクロフトが殺人事件の犯人!?だれが兄を陥れたのか…その疑いを晴らすべく、証拠を探すシャーロック。同じころ、ロシアでスパイ活動をしていた兄の親友も行方不明に。次から次へと起こる事件。シャーロックの頭の中でいくつもの点がひとつの線につながる。そのとき兄の身に最大の危機が迫っていた。モスクワの雪道を、走れ、シャーロック！　　〔4572〕

◇ヤング・シャーロック・ホームズ─児童版　4　炎の嵐　アンドリュー・レーン作　西田佳子訳　静山社　2024.2　389p　20cm　〈2018年刊の再刊　ほるぷ出版（発売）　原書名：YOUNG SHERLOCK HOLMES：FIRE STORM〉1800円　①978-4-593-10471-0

＊なぜ、おじとおばは、家政婦のエグラントインに、おびえているのだろう？　その真相に気がついたシャーロックは、親友マティとともに、ホームズ家の秘密が隠された場所をつきとめ、潜入した─。同じころ、家庭教師のクロウとその娘バージニアが、行方不明になっていた。残された手がかりから、ふたりを追走するシャーロックたちに、凶悪な魔の手が襲いかかる─。　　〔4573〕

レン, ソウショウ　廉　想渉

⇒ヨム, サンソプ　を見よ

レン, メイイ　連　明偉

◇絶縁　村田沙耶香, アルフィアン・サアット, 郝景芳, ウィワット・ルートウィワットウォンサー, 韓麗珠, ラシャムジャ, グエン・ゴック・トゥ, 連明偉, チョン・セラン著, 藤井光, 大久保洋子, 福冨渉, 及川茜, 星泉, 野平宗弘, 吉川凪訳　小学館　2022.12　413p　19cm　2000円　①978-4-09-356745-9

内容　シェリスおばさんのアフタヌーンティー（連明偉著, 及川茜訳）

＊アジア9都市9名が集った奇跡のアンソロジー。　　〔4574〕

【ロ】

ロ, ジン　魯　迅

◇教科書の中の世界文学─消えた作品・残った作品25選　秋草俊一郎, 戸塚学編　三省堂　2024.2　285p　21cm　〈文献あり〉2500円　①978-4-385-36237-3

内容　小さな出来事（魯迅著, 竹内好訳）　　〔4575〕

◇野草　魯迅作, 竹内好訳　岩波書店　2024.5　130p　15cm　（岩波文庫）〈第25刷（第1刷1955年）〉550円　①978-4-00-320251-7

＊『秋夜』『影の告別』『このような戦士』他21篇の小品は、詩あり散文あり、また即物的なもの、追憶的なもの、観念的なもの、象徴的なものが入り混じり、それぞれ他の作品と関連しあっている。従って1篇1篇が魯迅文学のさまざまな面を縮図的に代表しており、魯迅（1881－1936）自身の愛着も深かった。訳者もまた魯迅文学の精髄として最も重くみる。　　〔4576〕

ロ, ヨウ　路　遥

◇平凡な世界　第1部　路遥著, 三友陽子訳, 劉偉監訳　グローバル科学文化出版　2024.9　680p　20cm　〈他言語標題：THE ORDINARY WORLD〉3500円　①978-4-86516-052-9　　〔4577〕

◇平凡な世界　第2部　路遥著, 三友陽子訳, 劉偉監訳　グローバル科学文化出版　2024.9　717p　20cm　〈他言語標題：THE ORDINARY WORLD〉3500円　①978-4-86516-053-6　　〔4578〕

◇平凡な世界　第3部　路遥著, 國久健太訳, 劉偉監訳　グローバル科学文化出版　2024.9　672p　20cm　〈他言語標題：THE ORDINARY WORLD〉3500円　①978-4-86516-054-3　　〔4579〕

ロウ, シャ　老　舎

◇黒い雪玉─日本との戦争を描く中国語圏作品集　加藤三由紀編　中国文庫　2022.8　391p　19cm　3800円　①978-4-910887-00-5

内容　五四の夜（老舎著, 布施直子訳）　多鼠斎雑談〈抄訳〉（老舎著, 福島俊子訳）　　〔4580〕

◇私のこの生涯─老舎中短編小説集　老舎著, 関根謙, 杉野元子, 松倉梨恵訳　平凡社　2024.7　311p　19cm　〈文献あり　年譜あり〉2800円　①978-4-582-83964-7

内容　私のこの生涯　織月　魂を断つ槍　問題としない問題

＊北京を愛した作家・老舎が描く哀しみの街。　　〔4581〕

ロウ, ワーナー

◇ユーモア・スケッチ大全　[2]　ユーモア・スケッチ傑作展　2　浅倉久志編・訳　国書刊行会　2022.1　372p　19cm　〈ユーモア・スケッチ傑作展 2〉（早川書房　1980年刊）の改題、増補〉2000円　①978-4-336-07309-9

内容　リンカーンの医者の息子の（ワーナー・ロウ著）

＊名翻訳家のライフワークである「ユーモア・スケッチ」ものを全4巻に集大成。第2弾は『ユーモア・スケッチ傑作展2』(全32篇)＋単行本未収録作品12篇。　　　　　　　　　　〔4582〕

ローウェル, エリザベス　Lowell, Elizabeth
◇残酷な遺言　エリザベス・ローウェル著, 仁嶋いずる訳　ハーパーコリンズ・ジャパン　2022.7　281p　15cm　(mirabooks EL01-23)　〈ハーレクイン 2006年刊の新装版　原書名：SWEET WIND, WILD WIND〉　836円　①978-4-596-70961-5
＊歴史学の研究でモンタナへ帰省したララ。彼女には忘れたくても忘れられない過去があった。4年前、祖父の牧場を継いだカーソンと情熱的な恋に落ちたララは、すべてを差し出そうとした初めての夜、彼に冷たく拒絶されたのだ。心に深く刻まれたその傷を克服できずにいたララだったが、再会したカーソンの燃えるようなグリーンの瞳を見た瞬間、心の奥に鍵をかけてしまっていた情熱がよみがえり…。　　　　　　　　　　〔4583〕

ロウバオブーチーロウ　肉包不吃肉
◇二哈和他的白猫師尊 2　肉包不吃肉原作, 石原理夏訳　ソニー・ミュージックソリューションズ　2024.11　437p　19cm　2260円　①978-4-7897-3709-8
＊神なる武器を求めて、はるばる金成湖へとやってきた楚晩寧と弟子三人。一行は墨燃の霊力に興味を引かれた始祖神・勾陳上宮の招きを受け、湖底の神器庫を訪れる。しかし、次々と事態が急転し、四人がろうじて金成湖を脱出することに。その際に楚晩寧が負った傷は、上古の柳の蔓によるもので、死生之巓に戻った楚晩寧は思いもよらぬ災難に見舞われる。それ以降、仕方なくかりそめの姿で世を忍ぶ楚晩寧だが、ひょんなことから自らの弟子たちに気に入られ、奇妙な友情が芽生え始める。更には揃って半仙半妖の一族・羽民の仙境で修練する機会に恵まれて—。　　　　　〔4584〕
◇二哈和他的白猫師尊(ハスキーとかれのしろねこしずん) 1　肉包不吃肉原作, 石原理夏訳　ソニー・ミュージックソリューションズ　2024.11　405p　19cm　2260円　①978-4-7897-3707-4
＊仏門を蹂躙し尽くし、万民に唾棄される人界の帝王となった踏仙帝君・墨燃。彼はおよそ十年にわたる治世の末、晩秋の頃に、反乱軍の包囲の中でつに自ら命を絶った。一緒に灰となったのは、かつて墨燃の兄弟子で想い人である師尊を見殺しにし、墨燃の行く手を阻んだ師・楚晩寧の遺体である。しかし、再び目を覚ますとそこはどこか見覚えのある妓楼。墨燃は十六歳の頃の自分に生き返っていた。師昧に再会して、彼が亡くなる前の時期へと生き返ることができた僥倖を噛みしめる墨燃だが、まもなく険悪な仲の従弟・薜蒙、そして楚晩寧にも再会し—。　　　　　　〔4585〕
◇病案本 1　肉包不吃肉著, 呉聖華訳　すばる舎　2024.11　354p　19cm　(プレアデスプレス)　〈他言語標題：CASE FILE COMPENDIUM〉　2200円　①978-4-7991-1107-9
＊巨大な製薬会社の御曹司である19歳の賀予は国内に4人しかいない特殊な精神病を患っている。彼が幼少の頃、賀予専属の医師として賀家に雇われていたのは13歳年上の謝清呈。謝清呈の妹、謝雪が滬州大学芸術学部で教鞭をとることを知り、賀予は中国に戻り滬州大学に入学した。32歳になった謝清呈と顔を合わせたくなかった賀予だが、謝雪の寮で4年ぶりの再会を果たす。何かと反発し合う二人だが、とある事件を契機にかつての医師と患者としての関係性を意識していく—。〔4586〕
◇病案本 2　肉包不吃肉著, 呉聖華訳　すばる舎　2024.11　405p　19cm　(プレアデスプレス)　〈他言語標題：CASE FILE COMPENDIUM〉　2200円　①978-4-7991-1207-6
＊国内に4人しかいない特殊な精神病を患っている19歳の賀予と彼の元専属医、謝清呈。何かと反発し合う二人だが、成康精神病院で起きた立てこもり事件で謝清呈の妹、謝雪を共に救出した。解決したかと思いきや、次は滬州大学を舞台とした猟奇的な連続殺人事件が…。たまたま現場に居合わせた賀予と謝清呈は、19年前に謝兄妹の両親が「交通事故死」した事件との共通点を見出す。凄腕ハッカーとしての一面を持つ賀予と頭脳明晰な謝清呈は—。　　　　　　　　　〔4587〕

ロウレイロ, マネル　Loureiro, Manel
◇生贄の門　マネル・ロウレイロ著, 宮﨑真紀訳　新潮社　2023.12　510p　16cm　(新潮文庫ロ-19-1)　〈著作目録あり　原書名：LA PUERTA〉　950円　①978-4-10-240371-6
＊巨石を連ねた建造物のそばに横たわる血まみれの若い娘。下腹部で組まれた手には、抉り取られた彼女自身の心臓が置かれていた…。儀式めいた惨殺事件を担当することになった捜査官ラケルの周囲で、次々と不穏な出来事が発生していく。闇からの囁き、少女の亡霊、蠟燭に照らし出される長衣姿の人々、そして、冥界の門—。スペイン本国でベストセラーを記録したサスペンス・ホラー、ついに日本上陸。　　　　　　　　　　〔4588〕

ローザン, S.J.　Rozan, S.J.
◇その罪は描けない　S.J. ローザン, 直良和美訳　東京創元社　2023.6　402p　15cm　(創元推理文庫)　〈原書名：The art of violence〉　1300円　①978-4-488-15316-8
＊「証明してくれよ、おれが犯人だと」銃を持って私立探偵ビルを訪ねてきた男サムは言った。彼はかつての依頼人で殺人者。刑務所で画才を見出され、現在は画家として活躍中だ。記憶も証拠もないが、最近ニューヨークで起きた二件の女性殺害事件は自分の犯行だと主張するサムの話の真偽を、ビルは相棒リディアと調べだすが…。必読の現代ハードボイルド "リディア&ビル" シリーズ。　〔4589〕
◇短編回廊—アートから生まれた17の物語　ローレンス・ブロック編, 田口俊樹他訳　ハーパー

コリンズ・ジャパン　2022.12　605p, 図版18p　15cm　〈ハーパーBOOKS M・フ6・2〉〈原書名：ALIVE IN SHAPE AND COLOR〉1264円　①978-4-596-75581-0

内容　グレートウェーブ（S・J・ローザン著, 直良和美訳）

＊探偵スカダーは滞在先で見覚えのある顔にでくわす。それは25年前、まだスカダーが刑事だった頃に恋人殺しの罪で逮捕した男で―L・ブロック『ダヴィデを探して』。考古学者の夫婦は世紀の発見にたどりついたのだが、待ち受けていたのは恐ろしい真相だった―J・ディーヴァー『意味深い発見』。絵のなかに閉じ込められてしまった少女の悲痛な叫び―J・C・オーツ『美しい日々』他、芸術とミステリーの饗宴短編集！〔4590〕

◇ファミリー・ビジネス　S.J.ローザン著, 直良和美訳　東京創元社　2024.12　385p　15cm　（創元推理文庫）〈原書名：FAMILY BUSINESS〉1300円　①978-4-488-15317-5

＊チャイナタウンに多大な影響力を持つギャングのボスが病没する。彼は所有する古い建物を堅気の姪に遺していた。そこは再開発計画の中心地で、相続が関係者に波風を立てることは必至だ。私立探偵のリディアは相棒ビルと姪の護衛を務めることになるが、ボスの葬儀の翌日、ギャングの幹部が何者かに殺されてしまう！　"リディア&ビル"シリーズ、シェイマス賞最優秀長編賞受賞作。〔4591〕

◇南の子供たち　S・J・ローザン著, 直良和美訳　東京創元社　2022.5　419p　15cm　（創元推理文庫 Mロ3-14）〈原書名：PAPER SON〉1260円　①978-4-488-15315-1

＊「ミシシッピへ行きなさい」私立探偵のリディアは突然母にそう命じられる。父殺しの容疑で逮捕された青年の無実を証明してほしいと、南部の親戚から依頼があったのだ。だが頼れる相棒ビルを伴い町を訪れると、件の青年は拘置所から脱走していた。知られざる中国系アメリカ人の歴史をひもときつつ、事件の解決に奔走するふたり。現代ハードボイルド最高のシリーズ、ここに帰還！〔4592〕

ロジャーズ, ジョエル・タウンズリー　Rogers, Joel Townsley

◇恐ろしく奇妙な夜―ロジャーズ中短編傑作集　ジョエル・タウンズリー・ロジャーズ著, 夏来健次訳　国書刊行会　2023.1　374p　19cm　（奇想天外の本棚）〈他言語標題：NIGHT OF HORROR and other stories〉2400円　①978-4-336-07405-8

内容　炉辺談話『恐ろしく奇妙な夜』　人形は死を告げる　つなわたりの密室　殺人者　殺しの時間　わたしはふたつの死に憑かれ　恐ろしく奇妙な夜

＊虚構と現実のあわいに君臨する異能の作家!!「人形は死を告げる」「つなわたりの密室」「殺人者」「殺しの時間」「わたしはふたつの死に憑かれ」「恐ろしく奇妙な夜」の6編を収録した、『赤い右手』の作者ジョエル・タウンズリー・ロジャーズによる中短編傑作集。〔4593〕

◇止まった時計　ジョエル・タウンズリー・ロジャーズ著, 夏来健次訳　国書刊行会　2024.9　433p　20cm　（ジョエル・タウンズリー・ロジャーズ・コレクション　第1回配本）〈原書名：The Stopped Clock〉2400円　①978-4-336-07671-7〔4594〕

ロス, キャスリン　Ross, Kathryn

◇再会の紳士と秘密の愛し子　キャスリン・ロス作, 原淳子訳　ハーパーコリンズ・ジャパン　2023.1　156p　17cm　（ハーレクイン・ロマンス R3748―伝説の名作選）〈「悪夢のシナリオ」（ハーレクイン 2003年刊）の改題　原書名：THE SECRET CHILD〉664円　①978-4-596-75805-7

＊アリソンが恐れていた日がついに来た。必死に忘れ去ろうとしていた元恋人のルークが現れたのだ―彼女が兄弟と営む、傾きかけたホテルへの出資者として。ルークは地元の名家の子息で、魅力の権化のような男性。そしてアリソンを無惨なかたちで捨てていった人…。アリソンはルークと別れてから子どもを産んだが、もうすぐ2歳になる息子の存在を、彼には秘密にしていた。だがルークは巧妙な手段でそれを知り、息子に会わせると言う。私から奪って自分の跡継ぎにするの？　アリソンは不安に怯えた。〔4595〕

◇大富豪の天使を抱いて　キャスリン・ロス著, 中原もえ訳　ハーパーコリンズ・ジャパン　2022.5　206p　15cm　（ハーレクイン文庫 HQB-1122）〈「決して後悔はしない」（ハーレクイン 1993年刊）の改題　原書名：NO REGRETS〉627円　①978-4-596-42766-3

＊4歳になる娘セアラを一人で育てるヘザーは、ある会社の宣伝部長との約束に遅れてしまい、代わりに運よく社長と会えることになった。その社長がライアン・ジェイムソンとは思いもよらなかった―4年半前、あれほど愛しながら妊娠を告げないまま別れた人。もう二度とライアンには会いたくなかったのに。でも、私の企画が採用されれば、また顔を合わせることになる。時間に遅れた理由を話したら、彼はなんと言うだろう…？　やがて現れたライアンは、青い瞳でヘザーを見つめ―。〔4596〕

ロス, フィリップ　Roth, Philip

◇プロット・アゲンスト・アメリカ　フィリップ・ロス著, 柴田元幸訳　集英社　2024.4　588p　16cm　（集英社文庫 ロ1-7）〈文献あり　著作目録あり　年譜あり　原書名：THE PLOT AGAINST AMERICA〉1600円　①978-4-08-760790-1

＊切手集めに情熱を注ぐフィリップ少年は7歳。営業マンの父と快活な母、絵が上手な兄サンディとニュージャージーのユダヤ人地区で暮らしていた。1940年、そんな平穏な生活を揺るがす大事件が起こる。ヒトラーの友人であり反ユダヤ主義者のリンドバーグが、ローズヴェルトを破ってアメリカ大統領に当選したのだ。―じわじわと差別が広が

り，人権が蝕まれていく混乱と恐怖を，少年の目で描いた傑作。　　　　　　　　　〔4597〕

ロス, ベロニカ　Roth, Veronica

◇フォワード―未来を視る6つのSF　ブレイク・クラウチほか著，ブレイク・クラウチ編，東野さやか他訳　早川書房　2022.12　447p　16cm（ハヤカワ文庫 SF 2392）　1240円　①978-4-15-012392-5

内容　方舟（ベロニカ・ロス著，川野靖子訳）

＊科学技術の行き着く未来を六人の作家が描く。クラウチは人間性をゲーム開発者の視点から議論し，ジェミシンはヒューゴー賞受賞作で地球潜入ミッションの顛末を語り，ロスは滅亡直前の世界に残る者の思いを綴る。トールズが子に遺伝子操作する親の葛藤を描き，トレンブレイが記憶と自意識の限界を問いかければ，ウィアーが量子物理学でカジノに挑む方法を軽妙に披露する。珠玉の書き下ろしSFアンソロジー。　　　　　　〔4598〕

ロスコー, ピッパ　Roscoe, Pippa

◇億万長者の知らぬ間の幼子　ピッパ・ロスコー作，中野恵訳　ハーパーコリンズ・ジャパン　2024.4　156p　17cm（ハーレクイン・イマージュ I2797）〈原書名：TWIN CONSEQUENCES OF THAT NIGHT〉673円　①978-4-596-53771-3

＊2年前，ガブリエラは億万長者ネイトと一夜を共にした。強欲な母からネイトへの色仕掛けを命じられて嫌気がさした彼女は，本当は母の悪だくみをばらすため彼に会いに行ったのだが，逆に彼の誘惑に屈し，ついに真実も，自分の名も言えぬまま逃げだした。その後，忘れ物から彼女が誰かを知ったネイトは，彼を騙そうとした母娘として憎まれ，彼女の恋は砕け散った…。だが，ガブリエラはネイトから返事がなくても，毎日連絡をし続けた。あのすばらしかった一夜の結果，彼の子を身ごもったとわかったから。音信不通のまま，生まれた双子は1歳になった。もう，彼を忘れよう。そんなとき，再びネイトが現れた―瞳にいまだ消えぬ怒りをたたえて。　　　〔4599〕

◇百五十年秘めた愛　ピッパ・ロスコー作，すなみ翔訳　ハーパーコリンズ・ジャパン　2022.2　156p　17cm（ハーレクイン・イマージュ I2695）〈原書名：TERMS OF THEIR COSTA RICAN TEMPTATION〉664円　①978-4-596-31668-4

＊スカイは闘病中の母に代わり，祖父の葬儀に参列した。祖父とは，母が17歳で家を追い出されたき，会ったこともなかった。だが遺言で，広大な館とダイヤのネックレスが遺されたことがわかる。ただし，そのネックレスは150年以上も前から行方不明で，2カ月以内に見つけないと遺産はすべて寄付されてしまうという。スカイは遺産を相続して母の治療費に充てようと，ネックレスを捜す決心をし，手がかりの人物に会いに行く。ブノワ・シャランダールは，若き富豪でプレイボーイのようだが，スカイはまさか彼を愛することになると

は思いもしなかった。ましてや，自分たちが150年前の悲恋を繰り返すことになるなんて。〔4600〕

◇百五十年待っていた恋人　ピッパ・ロスコー作，長田乃莉子訳　ハーパーコリンズ・ジャパン　2022.6　156p　17cm（ハーレクイン・イマージュ I2709）〈原書名：FROM ONE NIGHT TO DESERT QUEEN〉664円　①978-4-596-42870-7

＊まさか…ありえない！　カリフが王子だなんて。小学校教員のスターがイギリスからこの国を訪れたのは，150年前，先祖がダイヤモンドを隠した部屋の鍵を渡すためだった。なのに，スターは王宮の展示室で知り合って意気投合したカリフと，鍵が見つからないまま帰国最後の日に一夜を共にした。すると翌朝，スターはカリフから思いもよらないことを告げられる。ぼくはこの国の王子で，昨夜，きみを妊娠させたかもしれない，と。スターは帰国を禁じられ，正確な検査結果が得られるまで，人目につかない宮殿へと連れていかれてしまう。身ごもっているとわかれば，否応なくカリフの妻となる条件で…。　　　〔4601〕

◇百五十年目の愛の日記　ピッパ・ロスコー作，水月遙訳　ハーパーコリンズ・ジャパン　2022.9　156p　17cm（ハーレクイン・イマージュ I2721）〈原書名：THE GREEK SECRET SHE CARRIES〉673円　①978-4-596-74691-7

＊ギリシアを離れて以来，サマーは胸に痛みをかかえていた。実父に会って失望したせいだと思いこみたいけれど，本当は…嘘だ。大富豪セロンは私に近づいてきて親切にもギリシアを案内し，楽しい食事に誘い，ベッドですばらしい時間を過ごさせてくれた。でも翌朝になると彼と私を金めあてとののしり，蔑みの視線で追い払った。なのになぜ突然，イギリスまで訪ねてきたのだろう？　それでもセロンに唇を奪われると，サマーは二人の未来に希望を抱いた。彼がサマーを強く抱きしめた次の瞬間，はっとして身を離すまでは。彼女のおなかははっきりとふくらんでいた。その大きさはちょうど…。冷酷な声が響き，サマーの希望は砕かれた。「妊娠しているんだな？」　　〔4602〕

ロスタニヤ, ペトロニーユ　Rostagnat, Pétronille

◇あんたを殺したかった　ペトロニーユ・ロスタニャ著，池畑奈央子監訳，山本怜奈訳　ハーパーコリンズ・ジャパン　2024.8　333p　15cm（ハーパーBOOKS M・ロ3・1）〈原書名：J'AURAIS AIMÉ TE TUER〉982円　①978-4-596-71304-9

＊男を殺し，死体を焼いたと言って若い女が出頭してきた。レイプされそうになり，反撃したという。ヴェルサイユ警察のドゥギール警視は"被疑者"ローラの自白に従い捜査を開始するが，死体はおろか犯罪の形跡すら見つからない。正当防衛か，冷酷な計画殺人か？　手がかりは全て教えた―ローラはそう言って黙秘するが，別の被害者を示唆する証拠が新たに発見され…。フランス発の話題作！　コニャック・ミステリー大賞受賞作！　　〔4603〕

ロスチャイルド, サッシャ　Rothchild, Sascha

◇ブラッドシュガー　サッシャ・ロスチャイルド著, 久野郁子訳　KADOKAWA　2023.4　308p　19cm〈原題名：Blood Sugar〉2200円　①978-4-04-113554-9

＊臨床心理士のルビーは、マイアミで幸せな新婚生活を送る30歳。ある日、隣で寝ていた夫が急死。ほどなくして、ひとりの刑事が訪ねてきた。ルビーによる夫殺しを疑っていたのだ。刑事は4人の人物の顔写真を見せながら、ルビーに言った。「この4人には、すぐ近くで亡くなったという共通点がある」ルビーは断じて夫を殺してなどいなかった。問題はほか3人だ。何しろ、ほかの3人は実際に殺していたのだから。大陪審の審理がはじまり、彼女は連日トップニュースを飾り、サイコパスと呼ばれることに―。2022年ニューヨークタイムズ、ベストスリラー。〔4604〕

ロステン, レオ　Rosten, Leo

◇ユーモア・スケッチ大全　[3]　ユーモア・スケッチ傑作展　3　浅倉久志編・訳　国書刊行会　2022.2　374p　19cm〈『ユーモア・スケッチ傑作展 3』(早川書房 1983年刊)の改題、増補〉2000円　①978-4-336-07310-5

内容　グルーチョ(レオ・ロステン著)〔4605〕

ローゼンドルファー, ヘルベルト　Rosendorfer, Herbert

◇廃墟建築家　ヘルベルト・ローゼンドルファー著, 垂野創一郎訳　国書刊行会　2024.12　465p　20cm（オーストリア綺想小説コレクション 1）〈原題名：DER RUINENBAUMEISTER〉4200円　①978-4-336-07680-9

＊廃墟建築家が設計した葉巻型の巨大地下シェルターに世界の終末を逃れて避難した主人公。そこで彼が夢みるのは、カストラートの公爵の七人の姪が代わる代わる語る不思議な物語。幾重にも入り組んだ枠物語のなかで、主人公は夢と現実の境界を行き来し、時に見失う。『サラゴサ手稿』をも凌ぐ物語の迷宮を構築、オーストリア・バロックの粋をこらした魔術的遠近法。〔4606〕

ロゼンバウム, ズデニェク

◇チェコSF短編小説集　2　カレル・チャペック賞の作家たち　平野清美編訳　ヤロスラフ・オルシャ・jr., ズデニェク・ランパス編　平凡社　2023.2　505p　16cm（平凡社ライブラリー 939）〈原題名：Bílá hůl ráže 7,62　Nikdy mi nedáváš peníze ほか〉1900円　①978-4-582-76939-5

内容　発明家(ズデニェク・ロゼンバウム著, 平野清美訳)

＊一九六八年のソ連軍を中心とした軍事侵攻以降、冬の時代を迎えていたチェコスロヴァキア。八〇年代、ゴルバチョフのペレストロイカが進むとSF界にも雪解けが訪れる。学生らを中心としたファンダムからは"カレル・チャペック賞"が誕生し、多くの作家がこぞって応募した。アシモフもクラークもディックも知らぬままに手探りで生み出された熱気と独創性溢れる一三編。〔4607〕

ローゼンフィールド, キャット　Rosenfield, Kat

◇誰も悲しまない殺人　キャット・ローゼンフィールド著, 大谷瑠璃子訳　早川書房　2023.12　463p　16cm（ハヤカワ・ミステリ文庫 HM 513-1）〈原題名：NO ONE WILL MISS HER〉1480円　①978-4-15-185851-2

＊アメリカの田舎町で貸別荘を営むリジーが殺された。閉鎖的な田舎に外部の人間を呼び込む彼女は、高校野球のエースピッチャーだったドウェインを無理やり夫にした過去もあり皆から嫌われていた。警察は失踪したドウェインが犯人とみて捜査を行う中、リジーが有名インフルエンサーに別荘を貸していたことが判明する。警察が彼女を訪ねると…。どんでん返しの先に待ち構えるさらなるサスペンスの行方は？〔4608〕

ローソン, ジュリー　Lawson, Julie

◇白いひすいの虎　ジュリー・ローソン著, 川上正子訳　文芸社　2024.1　321p　15cm（文芸社セレクション）〈原題名：White jade tiger〉800円　①978-4-286-24647-5〔4609〕

ロダーリ, ジャンニ　Rodari, Gianni

◇うそつき王国とジェルソミーノ　ジャンニ・ロダーリ著, 山田香苗訳　講談社　2022.11　213p　15cm（講談社文庫 ろ13-4）〈責任表示はカバーによる　原題名：Gelsomino nel paese dei bugiardi〉840円　①978-4-06-528305-9

＊生まれたときから凄まじい大声の持ち主だったジェルソミーノは、小学生になるころには故郷にいづらくなり、国外へ旅立つ。だが、たどり着いたのはあべこべの言葉を使わなければならない国。口がきけるネコ、ゾッピーノと出会い、この「うそつき王国」で奮闘するが…。大切なものを問うシュールな傑作長編！〔4610〕

ロード, エマ　Lord, Emma

◇ツイート・ウォーズ―キュートでチーズな二人の関係　エマ・ロード著, 谷泰子訳　小学館集英社プロダクション　2023.3　538p　19cm（ShoPro Books）〈他言語標題：Tweet Wars　原書名：TWEET CUTE〉2300円　①978-4-7968-8044-2

＊いつも皮肉を飛ばし合う、優等生のペッパーとお調子者のジャック。そんな正反対の二人は、家業の飲食店のTwitterで「中の人」をしているという、互いに知らない共通点を持っていた。ある日、ペッパーの母親が経営するお店が、ジャックの祖

母が生み出した秘伝のレシピを盗作したという疑惑がかけられ、二人はTwitter上で全米を揺るがすリプライ合戦を繰り広げることに！ その一方、二人は学校で流行りの匿名チャットアプリで親密な関係になっていて…？ お互いの正体を知ったとき、二人の関係はどうなる？　〔4611〕

ロード, ジョン　Rhode, John

◇デイヴィッドソン事件　ジョン・ロード著, 渕上痩平訳　論創社　2022.5　268p　20cm　（論創海外ミステリ 282）〈原書名：The Davidson Case〉2800円　①978-4-8460-2141-2
＊思わぬ陥穽に翻弄されるプリーストリー博士。仕組まれた大いなる罠を暴け！…　〔4612〕

ロドリーゲス, ニエベス　Rodríguez, Nieves

◇21世紀のスペイン演劇 2　ライラ・リポイ, フアン・カルロス・ルビオ, フアン・マヨルガ, パチョ・テリェリア, ヘスス・カンポス・ガルシーア, ニエベス・ロドリーゲス, カロリーナ・ロマン著, 田尻陽一編, 田尻陽一, 岡本淳子訳　水声社　2023.10　276p　22cm〈原書名：Los niños perdidos Arizonaほか〉4000円　①978-4-8010-0760-4
|内容| マリーア・サンブラーノの墓（ニエベス・ロドリーゲス著, 田尻陽一訳）　〔4613〕

ロトルー, ジャン　Rotrou, Jean

◇ロトルー作品集　ロトルー著, 橋本能訳　八王子　中央大学出版部　2024.7　720p　20cm　（中央大学学術図書 105）〈他言語標題：Théâtre choisi de Jean de Rotrou　文献あり　布装　原書名：La Bague de l'oubli　La Belle Alphrèdeほか〉5800円　①978-4-8057-5184-8
|内容| 物忘れの指輪　美しきアルフレード　迫害されるロール　妹　コスロエス　物忘れの指輪　美しきアルフレード　迫害されるロール　妹　コスロエス　〔4614〕

ロバーツ, アリスン　Roberts, Alison

◇奇跡を宿したナース　アリスン・ロバーツ作, 小林ルミ子訳　ハーレクイン・ジャパン　2023.4　156p　17cm（ハーレクイン・イマージュ I2750―至福の名作選）〈2016年刊の再刊　原書名：DEFINITELY DADDY〉673円　①978-4-596-76865-0
＊ハリエットはやむなき事情から人工授精で匿名者の子を身ごもり、人里離れた浜辺を一人で歩いているときに産気づいてしまう。たまたま通りかかった外科医の男性に救われるも、母子ともに命の危険にさらされた状況で意識が混濁し、彼女はそのときのことを覚えていなかった―命の恩人であるそのハンサムなドクターの顔さえも。彼は駆けつけた救助隊に母子を託し、名乗りもせずに立ち去った。2年後、ハリエットは看護師として復帰し、同僚に温かく迎えられるも、ただ一人、新しい外科医長のパトリックだけはつらくあたるのだった。いったいどうして、彼は私にこんなにも辛辣なの…？　〔4615〕

◇天国からの贈りもの　アリスン・ロバーツ作, 東みなみ訳　ハーレクイン・ジャパン　2022.7　156p　17cm（ハーレクイン・イマージュ I2715）〈原書名：THE SURGEON'S CHILD〉673円　①978-4-596-70802-1
＊病院から逃げ出した白血病の女の子を助けてもらって以来、看護師のポリーは外科医のマシューに急速に惹かれていた。優秀な一方で無愛想と言われる彼だが、たまに見せる笑顔は温かく、恋人同士になれてから、ポリーは幸せな日々を過ごしていた。助けた女の子が亡くなったのはそんなときだった。葬儀の日、彼女は青ざめた顔で憔悴しきったマシューを見つめた。誰も知らない秘密だが、彼は女の子の本当の父親だった。そして、"父親にはなりたくない"という言葉を聞いてしまう。ポリーは絶望し、無意識におなかに手をやった。ここには、あなたを"パパ"と呼びたい子が育っているのに…。　〔4616〕

◇天使に託した二度目の恋　アリスン・ロバーツ作, 藤倉詩音訳　ハーレクイン・ジャパン　2023.1　156p　17cm（ハーレクイン・イマージュ I2738―至福の名作選）〈2017年刊の再刊　原書名：THE DOCTOR'S SECRET FAMILY〉673円　①978-4-596-75643-5
＊ハナにとって、一人娘のオリビアだけが生きがいだった。5年前、娘の父親ジャックとは、彼に妻子がいることが発覚して別れた。あとになって妊娠していると気づいたものの、非情にも、それを知らせる手紙は未開封のまま戻ってきたのだった。今、そのジャックが小児外科医として目の前に現れ、ハナは幼い娘とのささやかな幸せをかき乱されまいと、とっさに娘の年齢をごまかして別の人との子であるように装った。やがて改めてお互いを知るうち、当時ジャックはすでに妻と離婚し、しかも別れたあとに生まれた子供の存在を隠されていたことがわかった。元妻の行為に憤る彼を見て、ハナは娘が彼の子だと言いだせず…。　〔4617〕

◇ナニーと聖夜の贈り物　アリスン・ロバーツ作, 堺谷ますみ訳　ハーレクイン・ジャパン　2023.11　156p　17cm（ハーレクイン・イマージュ I2780―至福の名作選）〈2017年刊の再刊　原書名：A LITTLE CHRISTMAS MAGIC〉673円　①978-4-596-52786-8
＊大病を患ってあらゆる治療を受けた天涯孤独のエマは、クリスマス後に検査を控え、落ち着かない気分だった。もし結果が悪ければ、余命を数えながら生きるしかない運命が…。せめて、体調がいいのでまだ働ける今だけでも誰かと過ごしていたいと、エマはクリスマス期間だけのナニー職に応募することにした。「ここで子供たちのお世話をするのが本当に楽しみです」青白い顔のエマがほほえむと、医師のアダムは冷ややかにうなずいた。住み込みのナニーを募集したが、応募者はたったの1人きり。前任者が突然辞めて困っていた彼はやむなくエマを雇うことにした。彼女が、人生最後で最高のク

ロバツ

リスマスを望んでいるとも知らずに。〔4618〕

◇涙の数だけ深まる愛　レベッカ・ウインターズ著，ジェニファー・テイラー，アリソン・ロバーツ著，大谷真理子他訳　ハーパーコリンズ・ジャパン　2023.5　282p　17cm　(HPA 46―スター作家傑作選)〈原書名：ALONG CAME A DAUGHTER　THE GREEK DOCTOR'S SECRET SONほか〉1082円　①978-4-596-77126-1

内容　秘密の双子（アリソン・ロバーツ著，さとう史緒訳）

＊不慮の事故で夫とお腹の子を一度に失い、悲しみのどん底で涙に暮れていたアビー。心の傷も癒えぬまま、独り身で海辺のリゾートに移り、店を開いて6年が経った。ある日、最近雇い入れた学生の父親で富豪のリックが現れ、娘の採用を取り消すようにと圧力をかけてきた。彼の不機嫌な態度に戸惑う一方、忘れていた恋の疼きが…。『さよなら涙』。エイミーが幼い息子をギリシアに連れてきたのは、父の顔を知らぬわが子にルーツを感じてもらうため。恋人だった外科医ニコは子供は欲しくないと言われ、別れて独りで産み育ててきたが、流産したと思っているニコはその存在さえ知らない。なのに、ニコと偶然再会するとは！皮肉にも、ニコと息子はあまりにも生き写しで。『命のかぎりの愛を』。ベリンダは双子の子供たちを連れて訪れたミラノで不運にも事故に巻き込まれ、救助に現れた救命救急医を見て息をのんだ――ああ、マリオ！4年前に純潔を捧げた相手。そして双子の父親。電話番号も名前もわからない上、妊娠を伝えられなかったのだ。幸か不幸か、彼は子供たちをベリンダの親友の子と勘違いしており…。『秘密の双子』。〔4619〕

◇プレイボーイは理想の父親　アリソン・ロバーツ作，中野恵訳　ハーパーコリンズ・ジャパン　2023.3　156p　17cm　(ハーレクイン・イマージュ I2745)〈原書名：EMERGENCY BABY〉673円　①978-4-596-76665-6

＊救急救命士のサマンサは、ある日、偶然妊婦の出産に立ち会い、赤ん坊の誕生に心を強く揺さぶられた。幼いころ失った母との絆。私も子供を産み育ててみたいけれど、恋愛も結婚も怖い…。サマンサは悩んだすえ、人工授精で子供を産もうと思いつく。容姿端麗で優秀な同僚で、独身主義者のプレイボーイ＝アレックス。でも、こんな頼み事、聞いてくれるかしら？ためらいがちに切り出したもののあっさり拒まれてしまった。落胆したサマンサだったが、やがて彼は前言を翻し、とんでもない条件をつけてきた。「普通の方法で子供を作るなら」それって…あなたとベッドをともにするという意味？〔4620〕

◇短い恋がくれた秘密の子　アリソン・ロバーツ作，柚野木童訳　ハーパーコリンズ・ジャパン　2024.2　156p　17cm　(ハーレクイン・イマージュ I2789)〈原書名：SECRET SON TO CHANGE HIS LIFE〉673円　①978-4-596-53259-6　〔4621〕

ロバーツ，ノーラ　Roberts, Nora

◇愛と精霊の館　上　ノーラ・ロバーツ著，香山栞訳　扶桑社　2023.12　399p　16cm　(扶桑社ロマンス ロ6-137―失われた花嫁トリロジー 1)〈原書名：INHERITANCE.VOL.1〉1400円　①978-4-594-09653-3

＊ソニアは、結婚式の準備で大わらわだった。あまりの忙しさに、気持ちを静めようと帰宅した彼女は、信じられない光景を見てしまう。婚約者が、他の女性―それも、ソニアのいとことベッドに入っていたのだ！これまでもフィアンセは、数々の危険な徴候を見せていた。そんな男との関係を、なぜつづけていたのだろう…失意のなか、結婚をキャンセルし、彼との生活を捨て、ともに働いていたデザイン事務所での仕事すら整理しようとするソニア。そんな彼女に、さらに驚くべき知らせがもたらされる。〔4622〕

◇愛と精霊の館　下　ノーラ・ロバーツ著，香山栞訳　扶桑社　2023.12　415p　16cm　(扶桑社ロマンス ロ6-138―失われた花嫁トリロジー 1)〈著作目録あり　原書名：INHERITANCE.VOL.2〉1400円　①978-4-594-09654-0

＊ソニアのもとに届いた、予想外の情報―若くして亡くなった父には、生後すぐに引き離された双子の兄弟がいたという。そのおじが逝去し、彼が遺した広大な屋敷を、ソニアが相続するというのである…海辺に建つ古い館へやって来たソニアは、すっかり惚れこんでしまう。しかし、屋敷内で怪奇現象が頻発する！彼女を助けてくれるのは、魅力的な弁護士トレイと、愛すべき仲間たち。過去にいったいなにが起きたのか？そして“失われた花嫁"とは？ノーラ・ロバーツが贈る、新3部作開幕編。〔4623〕

◇偽りの信奉者　J・D・ロブ著，小林浩子訳　ヴィレッジブックス　2022.3　639p　15cm　(ヴィレッジブックス F―ロ3-57―イヴ＆ローク 53)〈原書名：FAITHLESS IN DEATH〉980円　①978-4-86491-529-8

＊若き女性彫刻家がアトリエで殺された。通報者は彫刻のモデルを務める約束を被害者と交わしていた女性。だがその証言は嘘で固められていた。彼女の両親はある教団を信奉しており、両親の意に添って結婚・出産すれば、彼女は莫大な信託財産を手にする事になっていた。疑念を抱いたイヴは教団の捜査を進めるが、彼女はそこで信奉者たちの恐るべき秘密を知る事になる…〔4624〕

◇忌まわしき魔女の微笑　J・D・ロブ著，青木悦子訳　ヴィレッジブックス　2022.2　343p　15cm　(ヴィレッジブックス F―ロ3-56―イヴ＆ローク 番外編)〈原書名：TAKEN IN DEATH　WONDERMENT IN DEATH〉900円　①978-4-86491-527-4

＊子守が殺害され7歳の双子の兄妹が連れ去られた。防犯カメラに映っていた容疑者の顔は、海外旅行中の子供達の母親。しかし直後に帰国した母親の口から語られたのは、彼女が幼い時に関係を断った、恐るべき事件を起こした双子の姉の存

在だった―。『ヘンゼルとグレーテル』をモチーフにした表題作に加え、『不思議の国のアリス』を主題とした中篇を収録！　　　　　　〔4625〕

◇カクテルグラスに愛を添えて　上　ノーラ・ロバーツ著，香山栞訳　扶桑社　2023.6　447p　16cm　〈扶桑社ロマンス　ロ6-135〉〈原書名：IDENTITY.VOL.1〉1300円　①978-4-594-09449-2

＊モーガン・オルブライトには夢と計画があった。ひとつの地に根付き、そこで自らのバーを持つという夢を。軍人家庭に育ち、引っ越しの多い幼少期を過ごしたモーガンはいま、ボルチモアで友人のニーナと小さな家で暮らしながら、昼は建築会社の事務、夜は近所のにぎやかなバーのバーテンダーを務め、夢にむかって邁進していた。ある夜、モーガンは男性客ルークから声を掛けられる。IT企業のコンサルタントとして街に来たという彼からディナーの誘いを受けたことで、モーガンの運命は動きだす…。　　　　　　〔4626〕

◇カクテルグラスに愛を添えて　下　ノーラ・ロバーツ著，香山栞訳　扶桑社　2023.6　431p　16cm　〈扶桑社ロマンス　ロ6-136〉〈著作目録あり　原書名：IDENTITY.VOL.2〉1300円　①978-4-594-09450-8

＊親友ニーナが殺された帰宅したモーガンを迎えた衝撃の光景。だがFBI捜査官の告げた真実はさらに残酷なものだった。実は、殺人鬼の狙いはニーナではなくモーガンだったというのだ…すべてを奪われ失意のなか母と祖母の暮らすヴァーモント州へ帰郷するモーガン。リゾートホテルのバーという新たな居場所を見つけ、職場、そして家族の愛情に囲まれながら、次第に魂を癒していく。そして新たな出逢いも…だがモーガンに妄執を募らせる殺人鬼は確実に彼女に近づいていて―人生を力強く生き抜く現代のニューヒロインここに誕生！　　　　　　〔4627〕

◇心の奥にひそむ影　上　ノーラ・ロバーツ著，香山栞訳　扶桑社　2024.9　415p　16cm　〈扶桑社ロマンス　ロ6-139〉〈原書名：MIND GAMES.VOL.1〉1400円　①978-4-594-09756-1

＊12歳の少女シーアは、夏休みをすごすため、大好きな祖母のもとにやって来た。アパラチア山地に住む祖母は、自然と伝統に育まれたヒーリングパワーあふれる品々の作り手だ。そんな祖母の技を間近で見るシーアだが、じつは、偉大な力を受け継いでいたのだ。それは、彼女の家系の女性だけが持つ、不思議な能力―それが発動するときは、突然訪れる。ある夜、シーアは、心のなかで、はっきりと見てしまう。しかし、彼女が体験したのは、その後の人生を一変させてしまう大きな悲劇だったのだ！　　　　　　〔4628〕

◇心の奥にひそむ影　下　ノーラ・ロバーツ著，香山栞訳　扶桑社　2024.9　431p　16cm　〈扶桑社ロマンス　ロ6-140〉〈著作目録あり　原書名：MIND GAMES.VOL.2〉1400円　①978-4-594-09757-0

＊悲劇に見舞われたシーアだったが、大学で才能を開花させ、念願のゲームデザイナーとしてのスタートを切る。生活の拠点は、愛する祖母が住む山あいの土地だ。彼女の近所に引っ越して来たのは、憧れのロックバンドのリーダー、タイだった！そんなシーアにつきまといつづける邪悪な影―かつて彼女に悲しみをもたらし、いまも苦しめる、あの男だ。シーアは、すべてをかけた最後の戦いを決意する…世界トップクラスのベストセラー作家、ノーラ・ロバーツ渾身のロマンティック・サスペンス。　　　　　　〔4629〕

◇名もなき花の挽歌　J・D・ロブ著，新井ひろみ訳　ハーパーコリンズ・ジャパン　2022.10　617p　15cm　〈mirabooks JR02-01―イヴ＆ローク 54〉〈原書名：FORGOTTEN IN DEATH〉1000円　①978-4-596-75407-3

＊解体工事中のビルのゴミ箱からシートにくるまれた女性の遺体が見つかった。彼女は界隈では顔の知れたホームレスで、悪事を見かけてはノートに書きつけ、警察に報告して小銭を稼いでいたという。捜査のため事件現場を見てまわっていたイヴだったが、今度は妊婦の白骨死体が見つかったと知らせを受ける。距離にして1ブロック。40年の時を経た2つの事件は、黒い繋がりが噂される土地開発会社の所有地で起きていて…。　〔4630〕

◇光の夜に祝福を　上　ノーラ・ロバーツ著，香山栞訳　扶桑社　2023.1　447p　16cm　〈扶桑社ロマンス　ロ6-133―ドラゴンハート・トリロジー 3〉〈原書名：THE CHOICE.VOL.1〉1250円　①978-4-594-09212-2

＊数カ月前、ブリーン・ケリーは運命に導かれて異世界タラムに足を踏み入れ、封印されていた記憶を取り戻した。強大な魔力を持つ自らの宿命に従って、アイルランドのコテージとタラムを行き来しつつ、魔法修行や戦闘訓練に励みながらも、念願の作家デビューを果たしたブリーン。一方、全世界の支配をもくろみ彼女の力を狙う暗黒神オドランとの攻防は次第に激しさを増し、ついに"闇のポータルの戦い"が勃発。黒魔術の魔女イズールトとの対決は制したものの、戦場では多くの尊い命が失われて…。　　　　　　〔4631〕

◇光の夜に祝福を　下　ノーラ・ロバーツ著，香山栞訳　扶桑社　2023.1　431p　16cm　〈扶桑社ロマンス　ロ6-134―ドラゴンハート・トリロジー 3〉〈著作目録あり　原書名：THE CHOICE.VOL.2〉1250円　①978-4-594-09249-8

＊敵を撃退したあと、タラムには一時的な平和が訪れた。それは人々が心身の傷を癒し、犠牲者を弔い、ふたたび前を向くのに必要な時間だった。初めて経験する異世界のクリスマス。新たな命の誕生、そして親友の結婚式。そんななか、ブリーンは暗黒神オドランとの戦いに備えていっそう訓練に打ちこみ、族長キーガンはタラムにひそむスパイの捜索を続ける。やがて来るオドランとの最終決戦の時。ブリーンは未来をつかみ取ることができるのか？　巨匠の異世界ファンタジーロマンス三部作、遂に閉幕！　　　　　　〔4632〕

◇星まとう君に約束を　上　ノーラ・ロバーツ

著，香山栞訳　扶桑社　2022.1　415p　16cm　〈扶桑社ロマンス　ロ6-129―ドラゴンハート・トリロジー　2〉〈原書名：THE BECOMING. VOL.1〉1100円　①978-4-594-08913-9
＊アイルランドで小説家として歩みだしたブリーン。彼女は迷い込んだ異世界タラムで自らが魔女の祖母と暗黒神の祖父の血を受け継ぐ、強大な魔力を備えた存在であることを知る。そんななかいったん帰国したアメリカから、迎えに来た族長のキーガンとタラムへ戻ろうとした際、彼女の身を案じた親友のマルコまでがついてきてしまう。はじめは異世界の勝手にとまどいながらもキーガンたちに温かく受け入れられ、次第になじんでゆくマルコ。それはブリーンにとっても新たなる日々の始まりだった…。〔4633〕

◇星まとう君に約束を　下　ノーラ・ロバーツ著，香山栞訳　扶桑社　2022.1　415p　16cm　〈扶桑社ロマンス　ロ6-130―ドラゴンハート・トリロジー　2〉〈著作目録あり　原書名：THE BECOMING.VOL.2〉1100円　①978-4-594-08914-6
＊異世界にひとり飛びこんで魔法修行や戦闘訓練に奮闘していたブリーンは、マルコという強い味方を得て、徐々に自らの能力に自信を深めていく。彼女は遠くない将来、世界征服をたくらむ暗黒神オドランと雌雄を決する運命にあるのだ。だが、オドランはそんな彼女の魔力を奪おうと秘かに策略をめぐらせていた。邪悪な宗教儀式、身近な者による裏切り。ブリーンとキーガンは惹かれあう気持ちを抑えつつ、迫り来る決戦に備えていたが…ロマンスの女王が贈る傑作ラブ・ファンタジー三部作第二弾！〔4634〕

◇雪の花のシンデレラ　ノーラ・ロバーツ他著，中川礼子他訳　ハーパーコリンズ・ジャパン　2024.12　379p　17cm　（HPA 65―スター作家傑作選）〈原書名：HOME FOR CHRISTMAS　THE PASSIONATE WINTERほか〉1136円　①978-4-596-71779-5
内容　クリスマスの帰郷（ノーラ・ロバーツ著，中川礼子訳）
＊『クリスマスの帰郷』田舎町に住むフェイスは女手一つで愛娘を育てている。クリスマス間近のある日、かつての恋人ジェイソンが現れた。私の心をずたずたにして去り、この10年、一度も連絡をくれなかったのになぜ今？　一方の彼は、フェイスがなぜほかの男と結婚したのか確かめに来たのだった。彼女は身構えた―愛娘にまつわる"秘密"を思って。『青い果実』18歳のリーは、知り合ってまもない同い年の男友達に誘われて彼の父が所有する美しい別荘へ。だが執拗に酒を飲ませようとしてくる友人に追いつめられ、絶体絶命かと思われた瞬間、低い声が響いた。「床に転がって何をしている」黒いシルクシャツの胸元をはだけたその男性こそ友人の父ピアーズ。リーの心臓が早鐘を打ち出した！『クリスマスに間に合えば』結婚に破れ、故郷の町に戻ってきたクレミーは、引っ越してすぐに信じられない偶然を知る。12年前の高校卒業記念ダンスパーティの夜、熱いキスを交わした

がら結ばれなかった2歳年上のアレックが隣人だとわかったのだ。動揺しつつも、アレックの娘を家に引き入れて娘たちと遊ばせていると、彼が怒りの形相でやってきて…。〔4635〕

◇夜に心を奪われて　上　ノーラ・ロバーツ著，古賀紅美訳　扶桑社　2022.8　415p　16cm　〈扶桑社ロマンス　ロ6-131〉〈原書名：NIGHTWORK.VOL.1〉1250円　①978-4-594-09148-4
＊貧しい家に育ったハリー・ブースは病と闘う母の生活を支えるため、9歳から盗みをはじめた。母が亡くなってからは、ニューオーリンズで外国語やハッキングを学ぶかたわら、金持ちだけを標的に盗みの仕事を続けていた。とある大富豪からの依頼をこなしたのち、ノースカロライナに移住し大学へ入学したブースは、演劇の教授主宰のクラブで出会った、見事な赤毛と明晰な頭脳をもつミランダに一目惚れしてしまう。泥棒稼業に本気の恋は禁物と考えながらも理性とは裏腹に想いはつのる一方で…。〔4636〕

◇夜に心を奪われて　下　ノーラ・ロバーツ著，古賀紅美訳　扶桑社　2022.8　431p　16cm　〈扶桑社ロマンス　ロ6-132〉〈著作目録あり　原書名：NIGHTWORK.VOL.2〉1250円　①978-4-594-09149-1
＊ミランダとの出会い。それがすべてのはじまりだった。ふたりの恋愛は順風満帆で、泥棒稼業からも足を洗おうとしたとき、ブースに転機が訪れる。なんとしても彼に次の仕事をさせたい大富豪が彼の手を差し向けってきたのだ。愛する人を守るため、想いを断ちきって逃亡生活の覚悟を決めるブースだったが…。そして数年後、高校教師となっていた彼と運命的な再会をはたしたミランダ。数多の障壁を前に、ふたりがくだす究極の決断とは？　ノーラ・ロバーツ渾身のロマンティック・サスペンス。〔4637〕

ロバーツ, ベサン　Roberts, Bethan

◇マイ・ポリスマン　ベサン・ロバーツ著，守口弥生訳　二見書房　2022.6　532p　15cm　（二見文庫　ロ18-1―ザ・ミステリ・コレクション）〈文献あり　原書名：My Policeman〉1300円　①978-4-576-22056-7
＊中学生だった頃、広い肩幅と逞しい前腕、青く澄んだ瞳を持つ15歳のトムと出会い、忘れられなくなったマリオン。数年後、警察官となり大人の男性へと成長したトムと再会して、真っ逆さまに恋に落ちていく。トムの親しい友人パトリックにも紹介され、3人で楽しく過ごす日々のなかで情熱的にプロポーズもされて幸せの絶頂を感じるが、トムの思いがけない秘密を知ることになり、道ならぬ恋を貫くトムとパトリックと、トムを愛するマリオンの運命を描く美しくて哀しいラブストーリー！〔4638〕

ロバートソン, エリソン　Robertson, Ellison

◇女仕立屋の物語―神の国カナダケープ・ブレトン島珠玉短編集　ロナルド・カプラン編，堀川

徹志訳　京都　文理閣　2022.4　345p　19cm　〈原書名：God's Country〉2000円　①978-4-89259-899-9

　内容　女仕立屋の物語（エリソン・ロバートソン作）
〔4639〕

ロビンスン, キム・スタンリー　Robinson, Kim Stanley

◇シリコンバレーのドローン海賊—人新世SF傑作選　グレッグ・イーガン他著, ジョナサン・ストラーン編, 中原尚哉他訳　東京創元社　2024.5　420p　15cm　（創元SF文庫　SFン11-2）〈責任表示はカバーによる　原書名：TOMORROW'S PARTIESの抄訳〉1400円　①978-4-488-79102-5

　内容　資本主義よりも科学—キム・スタンリー・ロビンスンは希望が必須と考えている（キム・スタンリー・ロビンスン, ジェイムズ・ブラッドレー述, 金子浩訳）

＊人新世とは「人間の活動が地球環境に影響を及ぼし, それが明確な地質年代を構成していると考えられる時代」, すなわちまさに現代のことである。パンデミック, 世界的経済格差, 人権問題, 資源問題, そして環境破壊や気候変動問題…未来が破滅的に思えるときこそ, SFというツールの出番だ。グレッグ・イーガンら気鋭の作家たちによる, 不透明な未来を見通すためのアンソロジー。〔4640〕

◇未来省　キム・スタンリー・ロビンスン著, 瀬尾具実子訳, 山田純科学・経済監修　パーソナルメディア　2023.9　598p　19cm　〈原書名：THE MINISTRY FOR THE FUTURE〉3000円　①978-4-89362-408-6

＊インドを未曾有の大熱波が襲い, 2000万人の犠牲者を出す。喫緊の課題である気候変動に取り組むため国連に組織された, 通称「未来省」のトップに就任したメアリー・マーフィー。つぎつぎと起こる地球温暖化の深刻な事態に対し, 地球工学（ジオエンジニアリング）, 自然環境対策, デジタル通貨, 経済政策, 政治交渉…ありとあらゆる技術, 政策を総動員。人類の存亡をかけ果敢に立ち向かっていく。現代から2050年代までの気候危機をめぐる近未来SF小説。〔4641〕

ロビンソン, フィル　Robinson, Phil

◇吸血鬼ラスヴァン—英米古典吸血鬼小説傑作集　G・G・バイロン, J・W・ポリドリほか著, 夏来健次, 平戸懐古編訳　東京創元社　2022.5　443p　20cm　〈他言語標題：THE VAMPYRE　文献あり〉3000円　①978-4-488-01115-4

　内容　食人樹（フィル・ロビンソン著, 夏来健次訳）

＊ブラム・ストーカー『吸血鬼ドラキュラ』に先駆けて発表された英米の吸血鬼小説に焦点を当てた画期的アンソロジーが満を持して登場。バイロン, ポリドリらによる名作の新訳, 伝説の大著『吸血鬼ヴァーニー—あるいは血の晩餐』抄訳ほか, ブラックユーモアの中に鋭い批評性を潜ませる異端の吸血鬼小説「黒い吸血鬼—サント・ドミンゴの伝説」, 芸術家を誘うイタリアの謎めいた邸宅の秘密を描く妖女譚の傑作「カンパーニャの怪」, 血液ではなく精神を搾取するサイキック・ヴァンパイアものの先driven となる幻の中篇「魔王の館」など, 本邦初紹介の作品を中心に10篇を収録。怪奇小説を愛好し, 多彩な翻訳を手がけてきた訳者らによる日本オリジナル編集で贈る。〔4642〕

ロブ, J.D.　Robb, J.D.

◇幼き者の殺人　J・D・ロブ著, 青木悦子訳　ハーパーコリンズ・ジャパン　2023.4　590p　15cm　（mirabooks　JR02-02—イヴ＆ローク　55）〈原書名：ABANDONED IN DEATH〉1000円　①978-4-596-77059-2

＊夜明けの公園で発見された女性の遺体。時代遅れの派手な服とヘアメイク, そしてまだ新しいピアスと蝶のタトゥー—誰かの姿をあてはめたような被害者の手の下には「だめなママ」と子どもっぽい字で書きなぐられたカードが置かれていた。ママとはいったい何を指しているのか, イヴは犯人像を絞りながら事件を追うが, 捜査は難航し, あろうことか同じ姿をした第2の被害者が発見される…。〔4643〕

◇死者のカーテンコール　J.D.ロブ著, 青木悦子訳　ハーパーコリンズ・ジャパン　2024.4　633p　15cm　（mirabooks　JR02-04—イヴ＆ローク　57）〈原書名：ENCORE IN DEATH〉1200円　①978-4-596-77604-4

＊ニューヨークの高級ペントハウスで開催されたパーティで, 主催者の俳優が毒殺された。誠実な人柄やその人気から, 彼に恨みを持つ人間は見当たらない。なぜ200人の招待客がいる場で犯行におよんだのか？　その動機は？　膨大な人数の目撃者, くせ者揃いの関係者への聴取は困難をきわめていく。謎が謎を呼ぶなか, イヴは25年前に不審死を遂げた舞台女優との奇妙な繋がりに気づく。〔4644〕

◇純白の密告者　J.D.ロブ著, 小林浩介訳　ハーパーコリンズ・ジャパン　2024.10　618p　15cm　（mirabooks　JR02-05—イヴ＆ローク　58）〈原書名：PAYBACK IN DEATH〉1218円　①978-4-596-71567-8

＊バカンスから戻ったばかりのイヴに, 旧知の警部補からSOSが届く。元上司が懺悔の遺書を残し自殺した。悪徳警官の根絶に身を捧げた彼が自ら死を選ぶはずはない—そんな彼の主張を裏付けるように, 現場は明らかに他殺を示していた。犯人は密告された警官本人, あるいは内部の誰かだろうか？　背景を調べるイヴ達は悪徳警官の所業の数々に疲弊していくが, 真相はさらに恐るべきもので…。〔4645〕

◇232番目の少女　J・D・ロブ著, 小林浩介訳　ハーパーコリンズ・ジャパン　2023.10　589p　15cm　（mirabooks　JR02-03—イヴ＆ローク　56）〈原書名：DESPERATION IN DEATH〉1073円　①978-4-596-52718-9
〔4646〕

ロフェイ, モニーク　Roffey, Monique

◇マーメイド・オブ・ブラックコンチ　モニーク・ロフェイ著，岩瀬徳子訳　左右社　2023.2　317p　19cm〈原書名：THE MERMAID OF BLACK CONCH〉2700円　①978-4-86528-349-5

＊一九七六年。カリブ海に浮かぶブラックコンチ島の漁師デイヴィッドは人魚アイカイアと出会い、伝説の存在である彼女に惹かれていく。だが、ある日島で開かれた釣り大会で、アメリカ人の親子がアイカイアを釣り上げてしまう。博物館に売り飛ばそうとする彼らから瀕死の人魚を盗み出し、自宅に匿うデイヴィッド。世話をするうち、アイカイアは少しずつ人間の姿に変化していく。彼女は呪いで人魚に姿を変えられた、千年前の先住民族の少女だったのだ。一緒に暮らすうちにデイヴィッドと心をかよわせ、領主やその息子と仲良くなるアイカイアだったが、獲物を奪われたアメリカ人、ひと儲けをたくらむ村人、そして永久の呪いが彼女を放っておいてくれるわけもなく。一人魚と人間の邂逅をとおして七〇年代カリブ海地域の混沌と活況を描く。二〇二〇年コスタ賞受賞作。〔4647〕

ロブ＝グリエ, アラン　Robbe-Grillet, Alain

◇試逆者　アラン・ロブ＝グリエ著，平岡篤頼訳　新装復刊　白水社　2023.5　217p　20cm〈著作目録あり　原書名：UN RÉGICIDE〉3800円　①978-4-560-09347-4

＊霧と雨に閉ざされた絶海の孤島での「眠る人魚の誘惑」、単調で退屈な工場で働く会計係による「王殺しの冒険」——いずれが現実で、いずれが幻覚か。触れては、また遠ざかる二つの物語。執筆後30年を経て発表された、幻のデビュー作。〔4648〕

ロブソン, エディ　Robson, Eddie

◇人類の知らない言葉　エディ・ロブソン著，茂木健訳　東京創元社　2023.5　457p　15cm〈創元SF文庫 SFロ4-1〉〈原書名：DRUNK ON ALL YOUR STRANGE NEW WORDS〉1400円　①978-4-488-79501-6

＊近未来。人類は音声ではなくテレパシーを用いて会話する異星文明ロジアと接触し、友好的な関係を築いていた。思念通訳者リディアはロジ人の文化担当官フィッツの専属通訳を務めていたが、通訳の副作用で酩酊に似た状態になっているあいだに、フィッツが何者かに殺害されてしまう。重要容疑者にされたリディアは、自ら捜査をはじめるが…。全米図書館協会RUSA賞SF部門受賞作。〔4649〕

ロブソン, ジャスティナ　Robson, Justina

◇シリコンバレーのドローン海賊—人新世SF傑作選　グレッグ・イーガン他著，ジョナサン・ストラーン編，中原尚哉他訳　東京創元社　2024.5　206p　15cm〈創元SF文庫 SFン11-2〉〈責任表示はカバーによる　原書名：TOMORROW'S PARTIESの抄訳〉1400円　①978-4-488-79102-5

内容 お月さまをきみに（ジャスティナ・ロブソン著，新井なゆり訳）

＊人新世とは「人間の活動が地球環境に影響を及ぼし、それが明確な地質年代を構成していると考えられる時代」、すなわちまさに現代のことである。パンデミック、世界の経済格差、人権問題、資源問題、そして環境破壊や気候変動問題…未来が破滅的に思えるときこそ、SFというツールの出番だ。グレッグ・イーガンら気鋭の作家たちによる、不透明な未来を見通すためのアンソロジー。〔4650〕

ロフティング, ヒュー　Lofting, Hugh

◇ドリトル先生と秘密の湖—新訳　ヒュー・ロフティング著，河合祥一郎訳　KADOKAWA　2024.10　525p　15cm〈角川文庫 ロ17-10〉〈「ドリトル先生と秘密の湖 上・下」(2014年刊)の加筆修正、合本　原書名：Doctor Dolittle and the Secret Lake〉1300円　①978-4-04-115505-9

＊第3巻『郵便局』に登場した、秘密の湖にすむ世界最古の生き物を覚えてる？　その謎の生きものどろおが、なんと地震で生きうめに！　先生と動物たちは、彼を助けるために、なつかしのファンティッポ王国に旅立つ。そこで、先生のおうちに昔住んでいたワニのジムと再会し、奇想天外な救出作戦に乗り出す。どろおが目の当たりにした「ノアの箱舟」の真実が明らかに。人が動物を、動物が人を命がけで救う大感動の第10巻！　作者の遺作。〔4651〕

ロブデル, マックス

◇〈閲覧注意〉ネットの怖い話クリーピーパスタ　ミスター・クリーピーパスタ編，倉田真木, 岡田ウェンディ他訳　早川書房　2022.7　287p　16cm（ハヤカワ文庫 NV 1499）〈原書名：THE CREEPYPASTA COLLECTIONの抄訳〉860円　①978-4-15-041499-3

内容 おチビちゃん　舐める熊（マックス・ロブデル著，倉田真木訳）

＊ネットの恐怖都市伝説のコピペから生まれたホラージャンル"クリーピーパスタ"。綿密に計画をたて女性の家に忍び込んだ殺人ストーカーが異変に巻き込まれる「殺人者ジェフは時間厳守」や、ジャーナリスト志望者がフロッピーディスクに込められた呪いを目撃する「スマイル・モンタナ」など、アメリカ・クリーピーパスタ界の人気ユーチューバーが厳選した悪夢の物語。身の毛がよだつ15篇の恐怖のショートストーリー傑作集。〔4652〕

ロペス・デ・アヤラ, イグナシオ　Lopez de Ayala, Ignacio

◇スペイン新古典悲劇選　富田広樹訳　論創社　2022.3　426p　20cm〈原書名：El Pelayo Solaya o los circasianos.ほか〉4000円　①978-8460-2140-5

内容 ヌマンティアの滅亡（イグナシオ・ロペス・デ・アヤラ著）

＊前著『エフィメラル—スペイン新古典悲劇の研究』(2020)で論じた一八世紀スペインを代表する悲劇五作品を収録。理性と情熱が相剋する、スペイン新古典悲劇の精華。　〔4653〕

ロボサム, マイケル　Robotham, Michael

◇天使の傷　上　マイケル・ロボサム著, 越前敏弥訳　早川書房　2022.3　340p　16cm　〈ハヤカワ・ミステリ文庫 HM 461-5〉〈原書名：WHEN SHE WAS GOOD〉1100円　①978-4-15-183255-0

＊半年前に退職した警視が死体で発見された。臨床心理士サイラスは現場の状況を心理面から分析し自殺ではないと警察に助言する。元警視は現役時に担当した児童連続誘拐殺害事件を今なお追っていたらしい。その犯人はすでに逮捕され、獄中で死亡しているにも関わらず…さらに捜査で発見されたメモには、サイラスがかつて出会った嘘を見破る能力を持つ少女イーヴィの異名「天使の顔」の文字が—核心に迫る「サイラス&イーヴィ」シリーズ第二弾。英国推理作家協会賞イアン・フレミング・スティール・ダガー受賞。　〔4654〕

◇天使の傷　下　マイケル・ロボサム著, 越前敏弥訳　早川書房　2022.3　342p　16cm　〈ハヤカワ・ミステリ文庫 HM 461-6〉〈著作目録あり　原書名：WHEN SHE WAS GOOD〉1100円　①978-4-15-183256-7

＊元警視の死亡に関連して新たな殺人が発生し、サイラスは施設で暮らすイーヴィを訪ねることに。捜査資料に遺された児童連続殺害事件の被害者の名前にイーヴィは激しく反応し、その凄絶な過去を回想する。誰も知らない、ほんとうの話を—イーヴィの出自の秘密と数多くの殺人事件。隠された全貌をサイラスは暴くことができるのか。二作連続で英国推理作家協会賞受賞の快挙を達成した"サイラス&イーヴィ"シリーズ第二弾。　〔4655〕

ローマー, キース　Laumer, Keith

◇星、はるか遠く—宇宙探査SF傑作選　フレッド・セイバーヘーゲン, キース・ローマー他著, 中村融編　東京創元社　2023.12　460p　15cm　〈創元SF文庫 SFロ6-6〉〈原書名：The Long Way Home　The Wind Peopleほか〉1200円　①978-4-488-71506-9

内容　総花的解決（キース・ローマー著, 酒井昭伸訳）

＊いつの日にか人類は、生まれ育った地球をあとにして、宇宙の深淵へ旅立ってゆく。そのとき彼らが目撃するものは—。SFは1世紀以上にわたって、そこに待ち受けるであろう、想像を超えた驚異をさまざまに物語ってきた。その精華たる9編を収録。舞台となるのは、太陽系外縁部の宇宙空間、人類が初めて出会う異種の惑星、あるいは文明の滅び去った世界。本邦初訳作2編を含む。　〔4656〕

ロマン, カロリーナ

◇21世紀のスペイン演劇　2　ライラ・リポイ, フアン・カルロス・ルビオ, フアン・マヨルガ, パチョ・テリェリア, ヘス・カンポス・ガルシーア, ニエベス・ロドリーゲス, カロリーナ・ロマン著, 田尻陽一編, 田尻陽一, 岡本淳子訳　水声社　2023.10　276p　22cm〈原書名：Los niños perdidos　Arizonaほか〉4000円　①978-4-8010-0760-4

内容　壊れたおもちゃ（カロリーナ・ロマン著, 田尻陽一訳）　〔4657〕

ローム, マーガレット　Rome, Margaret

◇頬を染めた幼な妻　マーガレット・ローム著, 茅野久枝訳　ハーパーコリンズ・ジャパン　2022.2　195p　15cm　〈ハーレクイン文庫 HQB-1102〉〈原書名：LORD OF THE LAND〉627円　①978-4-596-31672-1

＊亡き父に代わってアンダルシアを研究で訪れたフランシスは、広大な土地を所有する富豪伯爵、ロマネスの屋敷へ招かれた。黒髪で長身の彼は、フランシスを黒い瞳で一瞥すると、ヘリコプターに乗せた。やがて着いた壮麗な館。「しばらくのあいだ、きみは我が客人として過ごすことになる」そこは昔、伯爵の先祖が愛妾のために建てたものだという。いったいどういうこと？　伯爵が後継ぎをもうけるため、彼女を妻にしようと目論んでいるとは露知らず、フランシスは傲慢な征服者の手に落ちていく—。　〔4658〕

ロメロ, ジョージ・A.　Romero, George A.

◇THE LIVING DEAD　上　ジョージ・A.ロメロ, ダニエル・クラウス共著, 阿部清美訳　U-NEXT　2024.10　526p　20cm〈本文は日本語　原書名：THE LIVING DEAD〉3000円　①978-4-911106-00-6

＊10・23、世界は突然に変貌した。未曾有の感染現象になすすべもない人類。同時多発的な異常事態に終わりはあるのか？　ジョージ・A.ロメロの遺稿を継いだ、文明論的カタストロフ小説。　〔4659〕

◇THE LIVING DEAD　下　ジョージ・A.ロメロ, ダニエル・クラウス共著, 阿部清美訳　U-NEXT　2024.10　518p　20cm〈本文は日本語　原書名：THE LIVING DEAD〉3000円　①978-4-911106-02-0

＊その日から10年。人類は希少生物となった。10年の間に何があったのか、アーカイブに記録された証言の数々。そして大いなる選択の時がくる。現代の黙示録の行く末はいかに?!　〔4660〕

ロモング, ロペス　Lomong, Lopez

◇いのちをかけた疾走　ロペス・ロモング, マック・タップ共著, 中西眞喜訳　プリズムBOOKS, 星雲社〔発売〕　2023.2　276p　19×15cm　1800円　①978-4-434-31799-6

＊第二次スーダン内戦の最中、多くの少年が兵士たちに拉致され、地獄のような収容所に監禁された。ロペス・ロモングも拉致された少年の一人であった。だが、彼は絶望的な状況にあっても希望を失

ロラン

わず,人事を尽くして天命を待った。彼は謎の三人の少年の助けを得て収容所を脱出し,矢のように走った。その前途に彼を待っていたのは,アメリカとオリンピックと偉大な使命であった…愛と勇気と希望と感動の実話の初邦訳!! 〔4661〕

ローラン,アントワーヌ　Laurain, Antoine

◇青いパステル画の男　アントワーヌ・ローラン著,吉田洋之訳　新潮社　2022.12　156p　20cm　(CREST BOOKS)〈原書名：AILLEURS SI J'Y SUIS〉1700円　①978-4-10-590185-1

＊パリの弁護士ショーモンは古いモノが好き。仕事は順調,稼ぎも良いが,妻も周囲も趣味の骨董収集に全く関心をもてないでいる。ある日,オークションハウスで自分そっくりの18世紀の肖像画を発見したショーモンは,運命的なものを感じて高値で落札する。だが妻には全く自分に似ていないとうんざり顔であしらわれた。この男は一体誰? 肖像画に描かれていた紋章を頼りに,男の正体を探す旅に出たショーモンは,奇妙な偶然に巻き込まれてゆく…。『赤いモレスキンの女』の著者による鮮烈なデビュー作。〔4662〕

ロラン,ロマン　Rolland, Romain

◇ジャン・クリストフ物語　ロマン・ロラン原作,宮本正清翻案,宮本エイ子補訂　水声社　2023.3　202p　19cm〈原書名：Jean-Christopheの抄訳〉1500円　①978-4-8010-0639-3

内容 あけぼの　朝 〔4663〕

◇ミレー　ロマン・ロラン著,蛯原徳夫訳　岩波書店　2022.9　171p　15cm　(岩波文庫)〈第28刷(第1刷1939年)　原書名：MILLET〉720円 ①4-00-325564-X

＊小説家ロラン(1866-1944)によるミレー伝。人生の悲しみをありのままにみつめ,人間と自然に対する愛情を描いた画家ミレー。ロランはミレー自身の言葉を豊富に引用しながら,深い共感をもってその本質を解明してゆく。ロランの芸術観をうかがいうる貴重な文献であるとともに,ミレーの評価を決定した歴史的名著。図版多数。〔4664〕

ローリー,ロイス　Lowry, Lois

◇ヴィンデビー・パズル　ロイス・ローリー著,島津やよい訳　新評論　2024.2　231p　20cm〈文献あり　原書名：The Windeby Puzzle〉2200円　①978-4-7948-1258-2

＊1952年,北ドイツの町ヴィンデビーの沼で,一体のミイラが発見された。調査の結果,「およそ2000年前に処刑された推定13歳の少女の遺体」と断定される。少女はなぜ非業の死をとげたのか? 両目を覆う布にはどんな意味があったのか? 稀代のストーリーテラーの導きで,わたしたちはミステリアスな古代世界へといざなわれてゆく…考古学・法医人類学の最新知見と帝政期ローマの民族誌をもとに,古代ゲルマニアを生きた名も知れぬ「女子ども」の真実に迫る,異色の歴史ミステリー小説! 〔4665〕

ローリング,J.K.　Rowling, J.K.

◇ハリー・ポッターとアズカバンの囚人　3-1　J.K.ローリング作,松岡佑子訳　新装版　静山社　2022.6　349p　15cm　(ハリー・ポッター文庫5)〈原書名：HARRY POTTER AND THE PRISONER OF AZKABAN〉740円　①978-4-86389-684-0

＊脱獄不可能の監獄アズカバンから,凶悪な殺人犯シリウス・ブラックが脱獄した。監獄の看守,吸魂鬼たちがうろつくホグワーツ魔法魔術学校では,なぜか,ハーマイオニーの猫がロンのネズミをつけねらい,二人は大げんか。ハリーにつきまとう死神犬の影の正体は…? 〔4666〕

◇ハリー・ポッターとアズカバンの囚人　3-2　J.K.ローリング作,松岡佑子訳　新装版　静山社　2022.6　317p　15cm　(ハリー・ポッター文庫6)〈原書名：HARRY POTTER AND THE PRISONER OF AZKABAN〉700円　①978-4-86389-685-7

＊ハグリッドのペットが,マルフォイにけがをさせ大問題に。事件続きのホグワーツに,うごめく吸魂鬼と,しのびよる脱獄犯の影。両親の死に,シリウス・ブラックが関係していた―そのことを知ったハリー・ポッターは,ついに過去の事件の真相にせまる! 〔4667〕

◇ハリー・ポッターとアズカバンの囚人―ミナリマ・デザイン版　J.K.ローリング作,MINALIMAブックデザイン&イラスト,松岡佑子訳　静山社　2023.10　468p　24cm　5800円　①978-4-86389-780-9 〔4668〕

◇ハリー・ポッターとアズカバンの囚人　3-1　J.K.ローリング作,松岡佑子訳　新装版　静山社　2024.7　373p　18cm　(静山社ペガサス文庫　ロー1-5―ハリー・ポッター　5)〈原書名：HARRY POTTER AND THE PRISONER OF AZKABAN〉860円　①978-4-86389-864-6

＊脱獄不能の監獄・アズカバンから,凶悪な殺人犯が脱獄した。同じころハリーは,夏休みにダーズリー家にやってきたマージおばさんにたえられず,ついに禁じられていた魔法を使って家を飛び出す。あてもなく夜の街をさまようハリー。不思議な縁に導かれ,魔法界の規則を破った二人が出会うのはいつ? どこで? そしてなぜ? 世界が夢中になった「ハリー・ポッター」シリーズ5。〔4669〕

◇ハリー・ポッターとアズカバンの囚人　3-2　J.K.ローリング作,松岡佑子訳　新装版　静山社　2024.7　333p　18cm　(静山社ペガサス文庫　ロー1-6―ハリー・ポッター　6)〈原書名：HARRY POTTER AND THE PRISONER OF AZKABAN〉800円　①978-4-86389-865-3

＊ハグリッドのペットがマルフォイにけがをさせて大問題に。一方,ハーマイオニーのペットの猫は,なぜかロンのネズミをつけねらい,おかげで二人は大げんか。事件続きのホグワーツにうごめく吸

ロリンク

魂鬼は、ハリーを恐怖におとしいれる。「闇の魔術に対する防衛術」のルーピン先生が頼りだが、先生には何か秘密があるらしい…。世界が夢中になった!「ハリー・ポッター」シリーズ6。〔4670〕

◇ハリー・ポッターと賢者の石　1-1　J.K.ローリング作，松岡佑子訳　新装版　静山社　2022.3　269p　15cm　（ハリー・ポッター文庫 1）〈原書名：Harry Potter and the Philosopher's Stone〉630円　①978-4-86389-680-2

＊ロンドン郊外の街角で、ある晩、額に稲妻形の傷を持つ赤ん坊が、一軒の家の前にそっと置かれる。その子、ハリー・ポッターは、何も知らずに育てられた。11歳の誕生日、突然、手紙が届く。それは、ホグワーツ魔法魔術学校への入学許可証だった！〔4671〕

◇ハリー・ポッターと賢者の石　1-2　J.K.ローリング作，松岡佑子訳　新装版　静山社　2022.3　253p　15cm　（ハリー・ポッター文庫 2）〈原書名：Harry Potter and the Philosopher's Stone〉620円　①978-4-86389-681-9

＊キングズ・クロス駅の9と3/4番線から紅の汽車に乗り、ハリーは未知の世界へ旅立った。新たな生活を始めたハリーは、親友のロン、ハーマイオニーとともに様々な事件に巻き込まれていく。そして、「賢者の石」を狙う謎の影がホグワーツに迫っていた…。〔4672〕

◇ハリー・ポッターと賢者の石　1-1　J.K.ローリング作，松岡佑子訳　新装版　静山社　2024.4　261p　18cm　（静山社ペガサス文庫　ロー1-1―ハリー・ポッター 1）〈原書名：HARRY POTTER AND THE PHILOSOPHER'S STONE〉720円　①978-4-86389-860-8

＊いじわるな親せきの家の物置部屋に住む、やせた男の子、ハリー・ポッター。いとこにいじめられ、誕生日なんて今までも、これからも、誰にも祝ってもらえない…はずだったが―。「ハリー、おまえは魔法使いだ」。11歳の誕生日の夜、見知らぬ大男がハリーを迎えにくる。友情と勇気の冒険物語はここからはじまる！「ハリー・ポッター」シリーズ1。〔4673〕

◇ハリー・ポッターと賢者の石　1-2　J.K.ローリング作，松岡佑子訳　新装版　静山社　2024.4　244p　18cm　（静山社ペガサス文庫　ロー1-2―ハリー・ポッター 2）〈原書名：HARRY POTTER AND THE PHILOSOPHER'S STONE〉700円　①978-4-86389-861-5

＊キングズ・クロス駅の9と3/4番線から紅の汽車に乗ると、たどり着いたのはホグワーツ魔法魔術学校。そこには、魔法使いや魔女の先生、意地悪なポルターガイストにドラゴンまで!?そして4階右側の廊下に隠された「何か」と、それをねらう悪の手…。謎を追うハリー、ロン、ハーマイオニーの前にあらわれたのは―。世界が夢中になった！「ハリー・ポッター」シリーズ2。〔4674〕

◇ハリー・ポッターと死の秘宝　7-1　J.K.ローリング作，松岡佑子訳　新装版　静山社　2022.11　310p　15cm　（ハリー・ポッター文庫 17）〈原書名：HARRY POTTER AND THE DEATHLY HALLOWS〉680円　①978-4-86389-696-3,978-4-86389-700-7(set)

＊ダンブルドアは逝ってしまった。3つの品と数々の謎、疑惑、使命、そして「R.A.B」のメモが入った偽の分霊箱を遺して…。もう誰も失いたくないと、ひとりで旅立つ決意を固めたハリーだったが―。物語はクライマックスへとひた走る。〔4675〕

◇ハリー・ポッターと死の秘宝　7-2　J.K.ローリング作，松岡佑子訳　新装版　静山社　2022.11　298p　15cm　（ハリー・ポッター文庫 18）〈原書名：HARRY POTTER AND THE DEATHLY HALLOWS〉680円　①978-4-86389-697-0,978-4-86389-700-7(set)

＊「君には、ちゃんとした計画があると思ったよ！」屋敷しもべ妖精、クリーチャーが語った物語を手がかりに、分霊箱探しの旅は大きく前進したかに思えた。しかし、目標の見えない旅は、ハリー、ロン、ハーマイオニーの揺るぎない友情にもひびを入れはじめる…。〔4676〕

◇ハリー・ポッターと死の秘宝　7-3　J.K.ローリング作，松岡佑子訳　新装版　静山社　2022.11　289p　15cm　（ハリー・ポッター文庫 19）〈原書名：HARRY POTTER AND THE DEATHLY HALLOWS〉680円　①978-4-86389-698-7,978-4-86389-700-7(set)

＊ダンブルドアがハーマイオニーに遺した、魔法界に伝わる童話集『吟遊詩人ビードルの物語』。そこに書き込まれた謎の印と、過去最強の闇の魔法使いグリンデルバルド、そしてダンブルドアの秘められた過去。深まる謎とつのる不信が分霊箱を追うハリーを苦しめる。〔4677〕

◇ハリー・ポッターと死の秘宝　7-4　J.K.ローリング作，松岡佑子訳　新装版　静山社　2022.11　306p　15cm　（ハリー・ポッター文庫 20）〈原書名：HARRY POTTER AND THE DEATHLY HALLOWS〉680円　①978-4-86389-699-4,978-4-86389-700-7(set)

＊「ハリー・ポッターを差し出せ」ホグワーツに戻ったハリーを、ヴォルデモートが追い詰める。護るべきものをもつ者と、ひたすら力を追い求める者。「死」を制する勝者ははたして…？〔4678〕

◇ハリー・ポッターと死の秘宝　7-1　J.K.ローリング作，松岡佑子訳　新装版　静山社　2024.11　318p　18cm　（静山社ペガサス文庫　ロー1-17―ハリー・ポッター 17）〈原書名：HARRY POTTER AND THE DEATHLY HALLOWS〉780円　①978-4-86389-876-9

＊ダンブルドアがハリーたちに託したのは、3つの品と数々の謎、疑惑、使命、そして「R.A.B」のメモが入ったロケットペンダント…。もう誰も危険にさらしたくないと、ひとりで旅立つ決意を固めたハリーだったが―。勢力を増したヴォルデモートは、ついに魔法界の支配へと動き出す。物語はいよいよクライマックスへ。世界が夢中になった！「ハリー・ポッター」シリーズ17。〔4679〕

◇ハリー・ポッターと死の秘宝　7-2　J.K.ローリング作，松岡佑子訳　新装版　静山社　2024.11　317p　18cm　（静山社ペガサス文庫　ロー1-18—ハリー・ポッター　18）〈原書名：HARRY POTTER AND THE DEATHLY HALLOWS〉780円　①978-4-86389-877-6
＊屋敷しもべ妖精、クリーチャーが語った物語を手がかりに、分霊箱探しの旅は大きく前進したかに思えた。しかし、残る分霊箱はいったい何なのか？ どこにあるのか？ 目標の見えない旅は、ハリー、ロン、ハーマイオニーの揺るぎない友情にもひびを入れる。杖もなく、友もなくしたハリーの目の前にある夜現れたのは…。世界が夢中になった！「ハリー・ポッター」シリーズ18。〔4680〕

◇ハリー・ポッターと死の秘宝　7-3　J.K.ローリング作，松岡佑子訳　新装版　静山社　2024.11　301p　18cm　（静山社ペガサス文庫　ロー1-19—ハリー・ポッター　19）〈原書名：HARRY POTTER AND THE DEATHLY HALLOWS〉760円　①978-4-86389-878-3
＊魔法界に伝わる童話集『吟遊詩人ビードルの物語』。そこに書き込まれた印の秘密を解くために、ハーマイオニーは意外な人物をたずねるはずだった。謎の印は、ヴォルデモートの出現まで史上最強とされた闇の魔法使いグリンデルバルドにつながり、そして若き日のダンブルドアの秘められた過去をあばきだす。分霊箱を追うハリーの心に迷いが生まれ…。世界が夢中になった！「ハリー・ポッター」シリーズ19。〔4681〕

◇ハリー・ポッターと死の秘宝　7-4　J.K.ローリング作，松岡佑子訳　新装版　静山社　2024.11　325p　18cm　（静山社ペガサス文庫　ロー1-20—ハリー・ポッター　20）〈原書名：HARRY POTTER AND THE DEATHLY HALLOWS〉800円　①978-4-86389-879-0
＊「ハリー・ポッターを差し出せ」。ホグワーツに戻ったハリーを、ヴォルデモートが追い詰める。ホグワーツを揺るがす激しい戦いの最中、ついにすべての真相を知ったハリーは、ただひとり、帝王の待つ「禁じられた森」へ向かう。護るべきものを持つ者と、ひたすら力を追い求める者。「死」を制するのは…。愛と友情、勇気の冒険物語、ついに完結。世界が夢中になった！「ハリー・ポッター」シリーズ20。〔4682〕

◇ハリー・ポッターと謎のプリンス　6-1　J.K.ローリング作，松岡佑子訳　新装版　静山社　2022.10　317p　15cm　（ハリー・ポッター文庫　14）〈原書名：HARRY POTTER AND THE HALF-BLOOD PRINCE〉700円　①978-4-86389-693-2,978-4-86389-700-7(set)
＊ヴォルデモートの復活が周知となるや、闇の勢力の跋扈が始まった。魔法省の高官が次々に惨殺され、杖作りは行方不明に…。そんな中で新学期を迎えたハリーは、ダンブルドアの個人授業を受けることに。その内容は…。〔4683〕

◇ハリー・ポッターと謎のプリンス　6-2　J.K.ローリング作，松岡佑子訳　新装版　静山社　2022.10　373p　15cm　（ハリー・ポッター文庫　15）〈原書名：HARRY POTTER AND THE HALF-BLOOD PRINCE〉780円　①978-4-86389-694-9,978-4-86389-700-7(set)
＊「魔法薬学」の古い教科書に記された『半純血のプリンス』とは一体何者なのか？ 一方、ハリーはダンブルドアに従い、闇の帝王の過去に迫る旅に出る。出生の秘密、父親への恨み、そして闇に染まる瞬間…それを知ることこそが、もっとも重要な手掛かりになるとダンブルドアは言う。〔4684〕

◇ハリー・ポッターと謎のプリンス　6-3　J.K.ローリング作，松岡佑子訳　新装版　静山社　2022.10　382p　15cm　（ハリー・ポッター文庫　16）〈原書名：HARRY POTTER AND THE HALF-BLOOD PRINCE〉780円　①978-4-86389-695-6,978-4-86389-700-7(set)
＊殺人未遂事件は、ドラコの仕業なのか？ 疑いを抱くハリーだったが、ダンブルドアは重要な課題に集中することを命じる。やがてハリーは、ヴォルデモートの不死を支える7つの「分霊箱」の存在を知る。ハリーはダンブルドアとともにその捜索に向かうが…。〔4685〕

◇ハリー・ポッターと謎のプリンス　6-1　J.K.ローリング作，松岡佑子訳　新装版　静山社　2024.10　325p　18cm　（静山社ペガサス文庫　ロー1-14—ハリー・ポッター　14）〈原書名：HARRY POTTER AND THE HALF-BLOOD PRINCE〉780円　①978-4-86389-873-8
＊冷たい霧が立ち込め、事件が続発するマグル（人間）界。闇の帝王の復活を、魔法大臣もついに認めざるを得ない。そんな中、新学期を迎えたホグワーツでは、驚くべき人物が「闇の魔術に対する防衛術」の教師に。仲良し三人組の関係にも微妙な変化が起きる一方、ライバルのマルフォイは何やら謎めいた行動をとる。世界が夢中になった！「ハリー・ポッター」シリーズ14。〔4686〕

◇ハリー・ポッターと謎のプリンス　6-2　J.K.ローリング作，松岡佑子訳　新装版　静山社　2024.10　389p　18cm　（静山社ペガサス文庫　ロー1-15—ハリー・ポッター　15）〈原書名：HARRY POTTER AND THE HALF-BLOOD PRINCE〉880円　①978-4-86389-874-5
＊突然「魔法薬学」の優等生になったハリー。その秘密は「プリンス」と署名された古い教科書だった。謎のプリンスとはいったい…？ マルフォイの行動を気にしながらも、ハリーはダンブルドアの特別授業を受ける。それは、若き日の闇の帝王、トム・リドルに迫る旅だった。少しずつ明らかになる真相、そして誕生にまつわる数奇な物語—。世界が夢中になった！「ハリー・ポッター」シリーズ15。〔4687〕

◇ハリー・ポッターと謎のプリンス　6-3　J.K.ローリング作，松岡佑子訳　新装版　静山社　2024.10　397p　18cm　（静山社ペガサス文庫　ロー1-16—ハリー・ポッター　16）〈原書名：

HARRY POTTER AND THE HALF-BLOOD PRINCE〉880円 ①978-4-86389-875-2

＊ホグワーツの生徒を襲った二度の殺人未遂事件一。マルフォイを疑うハリーの警告に取り合わず、ダンブルドアはハリーに、与えた重要な課題に集中するよう命じる。それこそが、ヴォルデモートの秘密を握る最大の鍵となるのだと言うが…。マルフォイの計画、「プリンス」の正体一明らかになったররと、さらなる謎を呼ぶ。世界が夢中になった！「ハリー・ポッター」シリーズ16。〔4688〕

◇ハリー・ポッターと秘密の部屋 2-1 J.K.ローリング作，松岡佑子訳 新装版 静山社 2022.5 301p 15cm （ハリー・ポッター文庫 3）〈原書名：HARRY POTTER AND THE CHAMBER OF SECRETS〉680円 ①978-4-86389-682-6

＊夏休み、ハリー・ポッターは、親友のロンの家に移る。初めて体験する魔法使い一家の生活は、毎日驚くことばかり…。ところが、魔法魔術学校2年生の新学期が始まったとたん、次々と起こる怪事件に、魔法魔術学校は、恐怖におちいる。〔4689〕

◇ハリー・ポッターと秘密の部屋 2-2 J.K.ローリング作，松岡佑子訳 新装版 静山社 2022.5 269p 15cm （ハリー・ポッター文庫 4）〈原書名：HARRY POTTER AND THE CHAMBER OF SECRETS〉630円 ①978-4-86389-683-3

＊石にされた猫と壁に書き残された文字一「秘密の部屋は開かれたり」。ホグワーツの恐ろしい伝説が甦った!?闇の魔術を生んだスリザリンの継承者だけが、部屋の封印を解くことができるという。ハリーだけに聞こえる不気味な声の正体は…？〔4690〕

◇ハリー・ポッターと秘密の部屋 2-1 J.K.ローリング作，松岡佑子訳 新装版 静山社 2024.6 301p 18cm （静山社ペガサス文庫 ロ-1-3—ハリー・ポッター 3）〈原書名：HARRY POTTER AND THE CHAMBER OF SECRETS〉760円 ①978-4-86389-862-2

＊ホグワーツ魔法魔術学校2年生の新学期を待ちわびるハリーのもとに、ある夜、おかしな妖精が現れて言った。「ハリー・ポッターはホグワーツに戻ってはなりません」。なぜなら、世にも恐ろしい罠が仕掛けられているから…？気を取りなおして、ロンとともにキングズ・クロス駅に向かったハリーだったが…。世界が夢中になった！「ハリー・ポッター」シリーズ3。〔4691〕

◇ハリー・ポッターと秘密の部屋 2-2 J.K.ローリング作，松岡佑子訳 新装版 静山社 2024.6 261p 18cm （静山社ペガサス文庫 ロ-1-4—ハリー・ポッター 4）〈原書名：HARRY POTTER AND THE CHAMBER OF SECRETS〉720円 ①978-4-86389-863-9

＊石にされた猫と、壁に書き残された文字一「秘密の部屋は開かれたり」。ホグワーツの恐ろしい伝説がよみがえった。闇の魔術を生んだスリザリンの継承者だけが、部屋の封印を解くことができるの

だが、いったい誰が!?学校中が恐怖におちいる中、次々と起こる事件。ハリーにしか聞こえない、不気味な声の正体は…!?世界が夢中になった！「ハリー・ポッター」シリーズ4。〔4692〕

◇ハリー・ポッターと不死鳥の騎士団 5-1 J.K.ローリング作，松岡佑子訳 新装版 静山社 2024.9 349p 18cm （静山社ペガサス文庫 ロ-1-10—ハリー・ポッター 10）〈原書名：HARRY POTTER AND THE ORDER OF THE PHOENIX〉820円 ①978-4-86389-869-1

＊ついに闇の帝王が復活した一対決の恐ろしい記憶が悪夢となり、ハリーを苦しめる。しかし、夏休みでマグル（人間）界に戻ったハリーのもとには、魔法界のニュースが何ひとつ届かない。孤独、焦り、怒りでダドリーにけんかをふっかけたその時、突然辺りが暗くなり、冷たい空気の中、あのガラガラという息づかいが近づいて…。世界が夢中になった！「ハリー・ポッター」シリーズ10。〔4693〕

◇ハリー・ポッターと不死鳥の騎士団 5-2 J.K.ローリング作，松岡佑子訳 新装版 静山社 2024.9 388p 18cm （静山社ペガサス文庫 ロ-1-11—ハリー・ポッター 11）〈原書名：HARRY POTTER AND THE ORDER OF THE PHOENIX〉880円 ①978-4-86389-870-7

＊5年目の新学期。「組分け帽子」は魔法界の非常事態を告げ警鐘を鳴らす。自らの地位を守るため、ヴォルデモートの復活を認めたくない魔法省は、ホグワーツに魔法省の役人を送りこんだ。その名はドローレス・アンブリッジ。O.W.Lテストのための山のような宿題と、アンブリッジの鬼のような罰則、その上、不可解な頭痛がハリーを苦しめる一。世界が夢中になった！「ハリー・ポッター」シリーズ11。〔4694〕

◇ハリー・ポッターと不死鳥の騎士団 5-3 J.K.ローリング作，松岡佑子訳 新装版 静山社 2024.9 405p 18cm （静山社ペガサス文庫 ロ-1-12—ハリー・ポッター 12）〈原書名：HARRY POTTER AND THE ORDER OF THE PHOENIX〉900円 ①978-4-86389-871-4

＊ハグリッドが帰ってきた！ O.W.Lの試験勉強やアンブリッジ先生の恐怖政治、何も語らないダンブルドア校長…いらだつハリーにとって、うれしい出来事のはずだったが、ハグリッドも秘密をかかえている!?DA仲間との練習が心の支えとなるが、ハリーの悪夢はますますひどくなる。まるで自分の中に、違う誰かが棲んでいるような!?…世界が夢中になった！「ハリー・ポッター」シリーズ12。〔4695〕

◇ハリー・ポッターと不死鳥の騎士団 5-4 J.K.ローリング作，松岡佑子訳 新装版 静山社 2024.9 381p 18cm （静山社ペガサス文庫 ロ-1-13—ハリー・ポッター 13）〈原書名：HARRY POTTER AND THE ORDER OF THE PHOENIX〉860円 ①978-4-86389-872-

ロリンク

1

＊ハーマイオニーの忠告にもかかわらず「閉心術」を習得できないハリーは、ある夜、ひときわおそろしい夢を見る。それは、かけがえのない大切な人が、今、闇の帝王に捕らわれたことを、はっきりと告げていた。救出に向かったハリーは、ついに夢で見た黒い扉の前に立つ。そこに待ち受けていたのは―。闇の帝王との宿命が、ついに明らかに！世界が夢中になった！「ハリー・ポッター」シリーズ13。〔4696〕

◇ハリー・ポッターと炎のゴブレット　4-1　J.K.ローリング作，松岡佑子訳　新装版　静山社　2022.7　341p　15cm　〈ハリー・ポッター文庫7〉〈原書名：HARRY POTTER AND THE GOBLET OF FIRE〉740円　①978-4-86389-686-4

＊夏休み、魔法界の一大イベントクィディッチ・ワールドカップが開催される。スタジアムは熱狂の嵐。しかし、興奮冷めやらぬその夜、13年間現れなかった闇の印が、空に刻印された。いったい誰が、何のために…闇の帝王の復活に向けて、物語が動きはじめる。〔4697〕

◇ハリー・ポッターと炎のゴブレット　4-2　J.K.ローリング作，松岡佑子訳　新装版　静山社　2022.7　373p　15cm　〈ハリー・ポッター文庫8〉〈原書名：HARRY POTTER AND THE GOBLET OF FIRE〉780円　①978-4-86389-687-1

＊100年の時を経て、三大魔法学校対抗試合が、復活した。各校の代表選手を選ぶ「炎のゴブレット」は、なぜか選ばれるはずのない選手の名を告げる。―ハリー・ポッター！　ゴブレットにその名を入れたのは、誰か？　不穏な空気のなか、第一の課題が始まる。〔4698〕

◇ハリー・ポッターと炎のゴブレット　4-3　J.K.ローリング作，松岡佑子訳　新装版　静山社　2022.7　374p　15cm　〈ハリー・ポッター文庫9〉〈原書名：HARRY POTTER AND THE GOBLET OF FIRE〉780円　①978-4-86389-688-8

＊何かがおかしい三大魔法学校対抗試合。代表選手たちは命がけの覚悟で、第二の課題、第三の課題をクリアしていく。しかし、その裏でひそかに邪悪な計画が進行していた。ついに最後の難関を突破し優勝杯に手をかけた瞬間、ハリーの眼前には、世にも恐ろしい光景が…。〔4699〕

◇ハリー・ポッターと炎のゴブレット　4-1　J.K.ローリング作，松岡佑子訳　新装版　静山社　2024.8　389p　18cm　〈静山社ペガサス文庫ロ-1-7―ハリー・ポッター 7〉〈原書名：HARRY POTTER AND THE GOBLET OF FIRE〉880円　①978-4-86389-866-0

＊ハリーにとって毎年憂うつな夏休み―でも、今年は違う。魔法界の大人気スポーツ、クィディッチのワールドカップが開催されるのだ。ハリーはロンの家族と一緒に、ブルガリア対アイルランドの決勝戦を観に行くことになった。世界の魔法使いと魔女が集まったスタジアムは、熱狂の嵐。しかし、試合の興奮冷めやらぬその夜、恐ろしい事件が!?世界が夢中になった！「ハリー・ポッター」シリーズ7。〔4700〕

◇ハリー・ポッターと炎のゴブレット　4-2　J.K.ローリング作，松岡佑子訳　新装版　静山社　2024.8　429p　18cm　〈静山社ペガサス文庫ロ-1-8―ハリー・ポッター 8〉〈原書名：HARRY POTTER AND THE GOBLET OF FIRE〉900円　①978-4-86389-867-7

＊100年ぶりに開催されることになった、三大魔法学校対抗試合。各校の生徒から最もすぐれた代表選手を選ぶ「炎のゴブレット」は、選ばれるはずのない選手の名を告げた。ダンブルドアの目を盗んでゴブレットにその名を入れたのは誰か？―こんなに高度な魔法をかけられるのは、闇の魔法使い以外にはいない…。世界が夢中になった！「ハリー・ポッター」シリーズ8。〔4701〕

◇ハリー・ポッターと炎のゴブレット　4-3　J.K.ローリング作，松岡佑子訳　新装版　静山社　2024.8　429p　18cm　〈静山社ペガサス文庫ロ-1-9―ハリー・ポッター 9〉〈原書名：HARRY POTTER AND THE GOBLET OF FIRE〉900円　①978-4-86389-868-4

＊始まりから何かがおかしかった、三大魔法学校対抗試合。第一、第二と、代表選手たちは命がけの難題に挑む。その裏で、何やらうごめくあやしい影。魔法省の役人、クラウチ氏はなぜ姿を見せないのか、バグマンはなぜ小鬼に追いかけられているのか…。ついに最終関門である第三の課題が終わろうとしたその時、正体を現したのは―！　世界が夢中になった！「ハリー・ポッター」シリーズ9。〔4702〕

◇ファンタスティック・ビーストとダンブルドアの秘密―映画オリジナル脚本版　J.K.ローリング，スティーブ・クロープス著，松岡佑子日本語版監修・翻訳　静山社　2022.7　327p　19cm　〈付属資料：解説 (1枚)〉　著作目録あり　原書名：Fantastic Beasts：The Secrets of Dumbledore The Original Screenplay〉1600円　①978-4-86389-671-0

＊強力な闇の魔法使いゲラート・グリンデルバルドが魔法界を支配する計画を進めていることを知ったアルバス・ダンブルドア。自分ひとりでは阻止できない理由があるため、グリンデルバルドに対抗するチームを編成し、彼らのまとめ役を教え子でもある魔法動物学者ニュート・スキャマンダーに託します。魔法使いたちに勇敢なマグルのパン職人1人を加えた凸凹チームは危険な任務に乗り出しますが…。おなじみの魔法動物の活躍、新たな魔法動物との遭遇、そして増え続けるグリンデルバルドの信奉者たちと繰りひろげられる激しい衝突。世界の命運がかかったこの戦いをダンブルドアはいつまで静観していられるのでしょうか。『ファンタスティック・ビーストとダンブルドアの秘密 映画オリジナル脚本版』は、J.K.ローリングとスティーブ・クロープスが書き下ろした完全な脚本と、その舞台裏を紹介するコンテンツで構成

されており、衣装のスケッチやロケ地のイメージ画像、グラフィックデザイン、主要キャストやクリエイティブ・チームのコメントなどを収録しています。ドラマチックな決闘、魅惑的な生き物たち、そして繰り出される魔法の数々…本書はまさに壮大な冒険物語です。　　　　　　　　〔4703〕

ロリンズ, ジェームズ　Rollins, James

◇ウイルスの暗躍　上　ジェームズ・ロリンズ著，桑田健訳　竹書房　2022.12　428p　15cm　(竹書房文庫　ろ1-36―シグマフォースシリーズ15)〈原書名：Kingdom of Bones〉900円　①978-4-8019-3373-6

＊アフリカのコンゴ民主共和国のジャングルで奇病が発生、患者は無気力で無反応になる一方、感染した動物は攻撃的になり、人間を襲うという。調査のためアフリカに飛んだグレイ・ピアーズ隊長率いるシグマフォースの隊員たちは、謎の感染症の調査と、患者が発生した国連の支援キャンプから拉致された医師の捜索に当たる。だが、同じ一味と思われるグループに仲間を奪われてしまう。グレイはタッカー・ウェイン大尉と軍用犬ケインに医師たちの捜索を任せ、自分たちは感染症の原因となるウイルスの発生源とその治療法を探す。鍵を握るのはキリスト教の宣教師だったウイリアム・シェパード牧師と、伝説の「骨の王国」…しかし、この感染症を権力の拡大に利用しようと画策する人物がいた。　　　　　　　　〔4704〕

◇ウイルスの暗躍　下　ジェームズ・ロリンズ著，桑田健訳　竹書房　2022.12　354p　15cm　(竹書房文庫　ろ1-37―シグマフォースシリーズ15)〈著作目録あり　原書名：Kingdom of Bones〉900円　①978-4-8019-3374-3

＊ウィリアム・シェパード牧師が残した手がかりを頼りにウイルスの発生源と奇病の治療法を探すグレイたちは、コンゴのジャングルの奥深くに分け入る。一方、拉致された医師たちの捜索に当たるタッカーとケインは、敵が拠点とする場所への潜入に成功した。だが、任務を遂行する彼らを阻むのは、感染症を利用しようと企む鉱山王のノラン・ド・コスタだけではなかった。ウイルスに感染した動物もグレイやタッカーたちに牙をむく。ジャングルの奥深くに位置する「骨の王国」に到達したグレイたちの驚くべき発見と、タッカーとケインの強い絆がウイルスの正体と敵の野望に迫る中、奇病はコンゴのジャングルから都市部に広がり、世界には新たなパンデミックの危機が訪れようとしていた。　　　　　　　　〔4705〕

◇セドナの幻日　ジェームズ・ロリンズ著，桑田健訳　竹書房　2022.12　271p　15cm　(竹書房文庫　ろ1-38)〈原書名：UNRESTRICTED ACCESS〉800円　①978-4-8019-3375-0

＊全世界でベストセラーの"シグマフォース"シリーズの著者ジェームズ・ロリンズが贈る短編集。シグマフォースの秘密兵器こと元軍人＆軍用犬の"タッカー＆ケイン"。アリゾナの砂漠で科学者の拉致事件に遭遇したコンビは、事件の裏側に謎の鉱石―"時間結晶"が存在していることを知る。心の奥底の恐怖を呼び覚ますとされる鉱石が、タッカーのトラウマ―ケインの弟分アベルとの悲しい記憶をよみがえらせる…。表題作「セドナの幻日」をはじめ、全4作品を収録。ロリンズが親友でもある作家スティーヴ・ベリーと共著した「アマゾンの悪魔」では、シグマのリーダーであるグレイ・ピアースとベリーの作品の主人公コットン・マローンが協力して事件解決にあたる姿を描く。そのほか、デビュー当時、別名義でファンタジー作品も書いていたロリンズが原点回帰した「LAの魔除け」や、高校生時代からファンだったというジョージ・R・R・マーティン(「ゲーム・オブ・スローンズ」)編集の"兵士"をテーマにしたアンソロジーに寄稿した「ブルータスの戦場」も。　　　　〔4706〕

◇星なき王冠(クラウン)　上　ジェームズ・ロリンズ著，桑田健訳　竹書房　2024.2　533p　15cm　(竹書房文庫　ろ1-39―ムーンフォール・サーガ 1)〈原書名：THE STARLESS CROWN〉1200円　①978-4-8019-3868-7

＊自転が止まった惑星「アース」では、常に太陽の光を浴びる灼熱の世界と永遠の夜が続く氷の世界に二分され、人間はアースを環状に取り巻くその狭間の「クラウン」という地域で暮らしている。ハレンディ王国のブレイク修道院学校で学ぶ盲目の少女ニックスは、ある事件をきっかけに目が見えるようになり、同時に不思議な力を手にする。その力が彼女に見せたのは「ムーンフォール」－月の落下によるアースの破滅という未来。隣国との戦争を控えた方国では、ニックスの予言を巡って国王や側近の思惑がうごめき、軍を派遣して彼女を宮殿に連れてくることに決まる。そんなある日、ニックスは修道院学校に迫る危機を予知する。自らの新たな能力に戸惑いつつ、ニックスは学校と町を脅威から救おうと試みる。　　〔4707〕

◇星なき王冠(クラウン)　下　ジェームズ・ロリンズ著，桑田健訳　竹書房　2024.2　605p　15cm　(竹書房文庫　ろ1-40―ムーンフォール・サーガ 1)〈原書名：THE STARLESS CROWN〉1350円　①978-4-8019-3869-4

＊家族と離れ離れになったニックスのもとに、修道院学校の友人、国王の次男の王子、錬金術師、誓いを破った騎士、海賊、謎のブロンズ像を連れたこそ泥といった人たちが集まる。寄せ集めの仲間たちとともに、彼女は王国軍の追っ手を逃れて危険な生き物が生息する奥地をさまよう。一方、国王の側近の中にはブロンズ像を執拗に追う一派もいた。また、国王の長男で次期国王の座が約束されているマイキエン王子も、ある目論見を抱いていた。破壊の爪痕を残しながら迫りくる王国軍の巨大な戦闘艦に追われ、ニックスたちは禁断の地に足を踏み入れる。そこで明らかになった驚くべき秘密とは？　ニックスたちはアースを月の落下という破滅から救えるのか？　壮大なスケールの物語がここに幕を開ける。　　　　　　〔4708〕

◇ラッフルズの秘録　上　ジェームズ・ロリンズ著，桑田健訳　竹書房　2024.9　437p　15cm　(竹書房文庫　ろ1-41―シグマフォースシリーズ16)〈原書名：Tides of Fire〉1100円　①978-

4-8019-4174-8
＊ニュージーランド沖合での深海調査「タイタンプロジェクト」に参加した海洋生物学者のフィービー・リードは、新種と思われる巨大サンゴを発見する。しかし、プロジェクトは頻発する地震に悩まされていた。一方、香港滞在中に大地震に見舞われたシグマフォースのグレイ・ピアース隊長たちは、ペインター・クロウ司令官から中国の原子力潜水艦が行方不明になり、その場所が頻発する地震の震源が集中するトンガ海溝付近だと知らされる。グレイたちは中国の不審な動きを追うため、シンガポールの博物館に赴く。地震の調査のため深海探査艇で海溝に潜ったフィービーたちは、見たこともないような巨大なサンゴの森を目にする。だが、タイタンプロジェクトたちには地震とは別の危険が迫りつつあった。〔4709〕

◇ラッフルズの秘録 下 ジェームズ・ロリンズ著, 桑田健訳 竹書房 2024.9 352p 15cm (竹書房文庫 ろ1-42—シグマフォースシリーズ 16)〈著作目録あり 原書名：Tides of Fire〉1000円 ①978-4-8019-4175-5
＊インドネシア各地で地震と火山の噴火が相次ぐなか、グレイたちは地質学的な災厄の鍵を握るスタンフォード・ラッフルズの「秘録」を探し求める。だが、自然界の力を軍事転用しようと目論む中国軍も、その秘録を追っていた。インドネシアのジャカルタに、タイタンプロジェクトの拠点の施設に、そしてトンガ海溝の深海に、中国軍の脅威が忍び寄る。一八一五年のタンボラ山の噴火の時、ラッフルズは何を見たのか？ 何を知ったのか？ アボリジナルの伝説の「虹蛇」は実在するのか？ 自然の猛威を前にして、グレイたちは決断を迫られる。世界を救うためには中国軍と手を組まなければならない。だが、誰が信用できるのか？ その間も世界に残された時間は少なくなり、愛する人たちの命が脅かされる。〔4710〕

ロールズ, エリザベス　Rolls, Elizabeth

◇道ばたのシンデレラ エリザベス・ロールズ作, 井上碧訳 ハーパーコリンズ・ジャパン 2022.8 284p 17cm （ハーレクイン・ヒストリカル・スペシャル PHS285)〈「子爵の誘惑」（ハーレクイン 2004年刊）の改題 原書名：MISTRESS OR MARRIAGE？〉827円 ①978-4-596-70850-2
＊危ない！ 村娘のソフィーは馬車に轢かれそうな男の子をかばって、馬とぶつかった勢いで溝に転げ落ち、泥まみれになってしまった。どうにか立ち上がると、馬車から降りてきた男性を鋭くにらんだ。社交界の寵児ヘルフォード子爵は、あわや轢きかけた村娘に駆け寄った。娘はみすぼらしくかなり不格好な灰色のドレスを着ている。ところがどうだ。美しい瞳、ほんのり赤く染まった頬が、至極魅力的だ！ 愛や恋などけっして信じないはずの子爵の心が、にわかにざわめいた。だがそれは、彼と婚約間近の伯爵令嬢が子爵邸に到着する直前のこと…。〔4711〕

ロルフ, フレデリック　Rolfe, Frederick

◇教皇ハドリアヌス七世 コルヴォー男爵著, 大野露井訳 国書刊行会 2023.9 420p 22cm 〈原書名：Hadrian the Seventh〉4500円 ①978-4-336-07518-5
＊冴えない元聖職者志望が、突然「ローマ教皇」に―!?屋根裏部屋で一匹の猫と暮らす中年作家ジョージ。聖職者を志すも夢破れた彼のもとに、ある日突然、枢機卿が訪れる。「あなたが教会での将来を断たれたのは誤りでした。」念願の神父となったジョージが、観光気分で教皇選挙に沸くローマに行くと、知らぬ間に教皇に選出されていた！「ハドリアヌス七世」を自称したジョージは型破りや"宗教改革"に乗り出し、謀略渦巻く教皇庁に大波乱を巻き起こす―！ 澁澤龍彦も注目した、異形の英国世紀末作家に"伝説的奇書"にして、破天荒な"自伝的幻想小説"初邦訳!!!〔4712〕

ローレンス, アンドレア　Laurence, Andrea

◇愛を忘れた氷の女王 アンドレア・ローレンス著, 大谷真理子訳 ハーパーコリンズ・ジャパン 2024.3 208p 15cm （ハーレクイン文庫 HQB-1223—珠玉の名作本棚)〈ハーレクイン2013年刊の再刊 原書名：WHAT LIES BENEATH〉691円 ①978-4-596-53639-6
＊病室のベッドで、シンシアは奇跡的に意識を取り戻した。億万長者のウィルと婚約中の、誰もが羨む幸運な女性—それが私だと言われても、何も思い出せない。頭の中は真っ白だ。ウィルに優しく呼びかけられた瞬間、体がたちまち熱く反応する。でも…彼が私を見るたび眉をひそめるのは、なぜ？ 一方、事故で記憶を失ったシンシアを前に、ウィルの心は乱れた。彼女の浮気が原因で婚約解消を宣言したのは、事故直前のこと。だが彼女のこの驚くべき変化は、いったいどうしたことだろう？ プライドの高い"氷の女王"が、快活で優しい別人のように…。〔4713〕

ローレンス, キム　Lawrence, Kim

◇愛は一夜だけ キム・ローレンス作, 山本翔子訳 ハーパーコリンズ・ジャパン 2023.11 220p 17cm （ハーレクインプレゼンツ PB372—作家シリーズ 別冊)〈2016年刊の再刊 原書名：HER NINE MONTH CONFESSION〉664円 ①978-4-596-52658-8
＊知らなかった、彼に婚約者がいたなんて…。ずっと憧れていたベンと結ばれ、幸せいっぱいで迎えた朝、リリーは彼が別の女性と婚約したという記事を読んで愕然とした。由緒ある領主館の跡取りベンと、使用人の娘のわたし。もともと叶わぬ恋だったのに…。リリーは彼がまだ眠っている間に、部屋から逃げだした。そして3年後。国外にいたリリーの前に、突然ベンが現れた。「ぼくたちの娘をほったらかしてバカンスか？」なぜ娘の存在を？ 父親の名前を誰にも告げずに産み育ててきたのに！ まさか、わたしの最愛の娘を奪いに？ リリーは恐怖に凍りついた。〔4714〕

◇甘い夜の代償　キム・ローレンス作，小池桂訳　ハーパーコリンズ・ジャパン　2022.5　156p　17cm　（ハーレクイン・ロマンス R3684―伝説の名作選）〈ハーレクイン 2013年刊の再刊　原書名：SANTIAGO'S COMMAND〉664円　①978-4-596-42826-4

＊ルーシーは怪我をした恩師を手伝うため、スペインを訪れた。4年前、モデルだった彼女はある男性の誘惑を断って逆恨みされ、以来、世間の目を避けてひっそりと暮らしている。でも、のどかなスペイン郊外で好青年と知り合い、ようやく解放された日々を送れる気がしていた。だが、その青年の兄サンティアゴを紹介されたとき、黒い瞳に宿る鋭い光にはっとする。私の過去を知っているの？　一方のサンティアゴはルーシーをじっと見つめた。天使のふりをした悪女を、弟に近づけるなどとんでもない。僕が彼女を誘惑してみればどうだろう？　〔4715〕

◇イヴの純潔　キム・ローレンス作，吉村エナ訳　ハーパーコリンズ・ジャパン　2023.12　156p　17cm　（ハーレクイン・ロマンス R3832―伝説の名作選）〈2015年刊の再刊　原書名：ONE NIGHT WITH MORELLI〉664円　①978-4-596-52824-7

＊イヴの母は妊娠と同時に恋人に捨てられ、未婚のまま出産した。そんな生い立ちのせいでイヴは強い男性不信の念を植えつけられ、ひどく地味で生真面目な暮らしを送っている。だがある日、イヴの乾いた人生を一瞬にして覆す男性が現れる。ひったくりに遭ったところを助けてくれたイタリア富豪ドラコ―出会ったその日のうちに、イヴは彼から甘美な悦びを教えられた。翌朝ドラコは、これからも大人の関係を楽しもうと巧妙に説き、恋愛に関するすべてに無知なイヴは彼の手管に絡めとられていく。ドラコが"地味で無害な女性"を求めていた事情など露も知らず。　〔4716〕

◇一夜だけ愛して　キム・ローレンス著，三浦万里訳　ハーパーコリンズ・ジャパン　2022.10　213p　15cm　（ハーレクイン文庫 HQB-1153）〈ハーレクイン 2013年刊の再刊　原書名：THE PETRELLI HEIR〉627円　①978-4-596-74878-2

＊親戚の結婚式で大富豪ローマン・ペトレッリを紹介されたとき、イジーは思わず我が目を疑った。2年前、母の突然の死にショックを受け、ふらりと入ったバーで柄の悪い客に絡まれていたところを助けてくれた男性―。イジーは虚しい心も救ってもらえるのではないかと信じ、その夜、彼に純潔を捧げたのだった。だが翌朝、ローマンの姿はなく、二度と会えないと諦めていた。イジーは胸に抱いた小さな娘を彼から遠ざけて、密かに誓った。彼に知られたらきっと奪われてしまう。この子は私が守るわ。　〔4717〕

◇疑われた妻　キム・ローレンス著，仙波有理訳　ハーパーコリンズ・ジャパン　2022.8　235p　15cm　（ハーレクイン文庫 HQB-1140）〈ハーレクイン 2006年刊の再刊　原書名：PREGNANT BY THE GREEK TYCOON〉645円　①978-4-596-70995-0

＊3年もわたしと息子を放っておいたのに、なぜ突然現れたの？　別居中の夫アンゴロスとの再会に、ジョージーはうろたえた。苦い記憶がよみがえる―逞しく長身で黒い瞳が魅力的な彼と、嵐のような恋におち、電撃結婚した。義母にいじめられても、耐え続けた。夫を深く愛していたから。ところがわずか半年後、わたしが身ごもると、夫にほかの男の子供と決めつけられ、冷酷に追い払われたのだ。今になって息子を自分の子と認め、戻ってこいと言うなんて、あまりにも身勝手だわ。でも…。　〔4718〕

◇嬉しくないプロポーズ　キム・ローレンス著，漆原麗訳　ハーパーコリンズ・ジャパン　2022.12　206p　15cm　（ハーレクインSP文庫 HQSP-345）〈ハーレクイン 2000年刊の再刊　原書名：ACCIDENTAL BABY〉500円　①978-4-596-74922-2

＊ジョーは恋人に別れてほしいと宣告された。精神的に追いつめられて、幼友達のリーアムに電話をかけ、苦しい胸のうちを訴えると、ジョーのフラットに駆けつけたリーアムは彼女を慰め…その夜ふたりは激情のまま体を重ねあってしまう。それから数カ月、ジョーは身ごもっていた。なぜ黙っていたとリーアムは彼女を責め、結婚しようと迫る。たしかに友情で結ばれた結婚はうまくいくかもしれない。だがジョーが求めているのは、偽りの愛ではない―。　〔4719〕

◇億万長者の残酷な嘘　キム・ローレンス著，柿原日出子訳　ハーパーコリンズ・ジャパン　2024.12　211p　15cm　（ハーレクイン文庫 HQB-1260）〈ハーレクイン 2014年刊の再刊　原書名：A SECRET UNTIL NOW〉691円　①978-4-596-71759-7

＊仕事でギリシアの島を訪れたエンジェルは、島の所有者に出迎えられた瞬間、凍りついた。彼―アレックスは6年前、たった一度だけ肌を共にした。誘惑は抗いがたく、エンジェルは純潔を差しだしたのだ。ところが翌朝、彼は別人のように冷淡な態度で帰り支度を始めた。そのときだった、ポケットから結婚指輪が落ちたのは―。いま、目を合わせた瞬間、エンジェルはすぐにわかった。彼は私を覚えている！　でも、彼は知らない―あの夜宿した彼の子を、私が産み育てていることは…。　〔4720〕

◇億万長者の花嫁　キム・ローレンス著，東みなみ訳　ハーパーコリンズ・ジャパン　2023.3　205p　15cm　（ハーレクインSP文庫 HQSP-358）〈ハーレクイン 2012年刊の再刊　原書名：THE BRUNELLI BABY BARGAIN〉545円　①978-4-596-76903-9

＊サマンサは巨大企業の受付ロビーに立ち尽くしていた。社長のチェーザレに、この体に新しい命が宿っていることを伝えるために来たのだが、いざ口を開こうとすると心が揺らぐ。彼はサマンサが生涯かけて稼ぐお金を1分で稼ぐ実業家だ。なによりも、チェーザレは彼女の名前すら知らない。そ

ロレンス

れどころか目や髪の色、顔がそばかすだらけだということも。会えばきっと幻滅して、すべてが終わる。あの夜、一時的に視力を失っていた彼に絶望から求められ、思いを止められないサマンサは、おずおずと女に身を任せたから。　〔4721〕

◇億万長者は天使を略奪する　キム・ローレンス作，麦田あかり訳　ハーパーコリンズ・ジャパン　2022.2　220p　17cm　（ハーレクイン・ロマンス R3653）〈原書名：THE ITALIAN'S BRIDE ON PAPER〉664円　①978-4-596-31636-3
＊突然、家を訪ねてきたイタリア富豪を見て、マヤは凍りついた。サムエーレこそ、1年半前の雪の日にほんの一瞬会ったきり、彼女がずっと忘れられなかった男性だったからだ。彼はマヤを見るなり、舐めあての女と決めつけてのののしった。そして、赤ん坊はどこにいると迫ってきた。彼女はあわてた。とにかく、サムエーレにあの子は渡せない。そのとき子供の泣き声がして、彼が強引に家へ押し入ってきた。富豪はどうしても赤ん坊を自らの手で育てたいらしく、脅しにも屈しないマヤも一緒に自身の城へ連れ去ってしまう！　〔4722〕

◇ギリシア富豪とナニーの秘密　キム・ローレンス作，岬一花訳　ハーパーコリンズ・ジャパン　2024.1　156p　17cm　（ハーレクイン・ロマンス R3837―純潔のシンデレラ）〈原書名：HER FORBIDDEN AWAKENING IN GREECE〉673円　①978-4-596-53054-7
＊会社の託児所で保育士として働くローズは、父親がたまに現れてはお金の無心をするせいで、決して楽な暮らしではなかった。ある日、彼女は憧れていたギリシア富豪ザックに呼び出された。会社のトップが一介の保育士の私になんの用事が？ きっと解雇通告なのだ。父親に貯金を渡したばかりなのにどうしよう？ ローズはおどおどしつつ彫像のような美貌を誇るCEOに会いに行った。しかし開口一番、ザックは言った。「君に会いたかったんだ」 そしてローズを名前で呼びたがり、ギリシアへの旅に強引に誘い、さらにはいきなり彼女を抱きよせ、情熱的に唇を奪って…。　〔4723〕

◇禁じられた言葉　キム・ローレンス著，柿原日出子訳　ハーパーコリンズ・ジャパン　2023.11　217p　15cm　（ハーレクイン文庫 HQB-1207―珠玉の名作本棚）〈ハーレクイン 2009年刊の再刊 原書名：SECRET BABY, CONVENIENT WIFE〉627円　①978-4-596-52726-4
＊デヴラがイタリア大富豪ジャンフランコと結婚して1年。愛人になることを拒んだから求婚されただけで、そこに愛はない。しかも最初の妻を出産で亡くした彼は、もう子供はつくらない、永遠の愛も欺瞞にすぎないと言ってはばからなかった。でもわたしは違う。夫を愛しているし、彼との子が欲しい。デヴラはかつて思った病で子供が産めないと言われていたが、診察の結果、妊娠できる可能性があることがわかったのだ。子供を取るか、夫を取るか、どちらか選ばなければいけないの？ 答えを見いだせないまま、デヴラはある日、ついに妊娠した―。　〔4724〕

◇恋は危険な賭　キム・ローレンス作，藤村華奈美訳　ハーパーコリンズ・ジャパン　2023.6　156p　17cm　（ハーレクイン・ロマンス R3788―伝説の名作選）〈ハーレクイン 2002年刊の再刊 原書名：THE PROSPECTIVE WIFE〉664円　①978-4-596-77235-0
＊母を看取ったあと、キャットには住むところも職もなかった。途方に暮れていたとき、亡母と同窓だという女性の訪問を受ける。事故で重傷を負った息子のマットが退院したので、自宅でのリハビリのために理学療法士の有資格者が必要だという。幸運にも住み込みの仕事が見つかったキャットは、富豪マットのいる壮麗な大邸宅に赴いて彼と顔を合わせた。てっきり弱々しい人物だと思い込んでいたのに、こんなにハンサムでたくましい、理想の男性そのものだなんて！ 彼は驚き戸惑うキャットを不機嫌な顔でにらみつけ、宣言した。「きみとの契約は打ち切りだ。ぼくに理学療法士は必要ない」　〔4725〕

◇傲慢富豪の情熱　リン・グレアム著，キム・ローレンス，シャロン・ケンドリック著，山ノ内文枝他訳　ハーパーコリンズ・ジャパン　2023.1　314p　17cm　（HPA 42―スター作家傑作選）〈原書名：AN INSATIABLE PASSION　THE MARRIAGE SECRETほか〉1082円　①978-4-596-75787-6
[内容] 悲しい嫉妬（キム・ローレンス著，木内重子訳）
＊貧しい祖父母の家で育ち、身分違いの地主の息子ジェイクの子を宿したキティ。だが初めての一夜のあと、彼に言われたのだ。妊娠しても子供は諦めてほしいと。妊娠を告げる前に、彼は別の女性と結婚。キティは打ちのめされ家を出た。6年後、祖母が亡くなり帰郷すると、長身の男性が現れた。彫りの深い顔立ち―ジェイク？―『飽くなき情熱』 エミリーは結婚して3年経った今も大富豪の夫フィンに夢中。だが彼は前妻といまだに親しく、毎晩帰宅も遅いので不安でならない。今日は3度目の結婚記念日なのに、腕によりをかけて作った食事はすっかり冷めてしまった。思い余って夫の会社に行ってみると…そこには、一緒にシャンパンを飲む夫と前妻の親まじい姿が！『悲しい嫉妬』 田舎町の診療所で看護師として働くララ。今年のクリスマスにはドクターの息子ニックが帰ってくるという。7年前のイブの日にダンスパーティでニックに恋したララは、次の日からダイエットに励んだ。今はもう太って未熟な少女ではないわたしを、彼はどう思うかしら？ ララは期待に胸を高鳴らせるが、現実は残酷で―。『始まりはラストダンス』　〔4726〕

◇孤独な王と家をなくしたナニー　キム・ローレンス作，大田朋子訳　ハーパーコリンズ・ジャパン　2023.8　156p　17cm　（ハーレクイン・ロマンス R3797）〈原書名：THE PRINCE'S FORBIDDEN CINDERELLA〉664円　①978-4-596-52024-1
＊自分が養女と知ってショックを受けた小学校教師

のケイトは、すべて断ち切りたくて、遠い異国でナニーの職を得た。雇い主の次期国王マルコは、黄金色の肌と黒く凛々しい眉、セクシーな唇を持つ、彫刻のように美しい男性。政略結婚をした妻がお産で亡くなったあと、幼い娘と距離を取り、戯れの恋に興じているという。雇い主、それもプレイボーイに恋するなんて愚か者のすることよ。それでも彼に惹かれる気持ちは止められず、ケイトはついにある夜、マルコに身を捧げた。やがてマルコに求婚され、天にも昇る心地になるが─。「結婚は娘のためだ」マルコの言葉は冷たく耳に響いた。〔4727〕

◇純愛を秘めた花嫁 ヘレン・ビアンチン, キム・ローレンス, レベッカ・ウインターズ作, 愛甲玲, 青山有未, 高橋美友紀訳 ハーパーコリンズ・ジャパン 2024.5 417p 17cm 〈ハーレクイン・プレゼンツ・スペシャル PS116〉〈著作目録あり 原書名：THE GREEK'S BOUGHT WIFE BLACKMAILED BY THE SHEIKH ほか〉 1364円　①978-4-596-77572-6

内容 プリンスにさらわれて（キム・ローレンス著, 青山有未訳）

＊『一夜の波紋』ティナはギリシア大富豪ニック・レアンドロスの妻になった。事故死した彼の異母弟の子を宿している彼女は、おなかの子にレアンドロス姓と安定した生活を与えるべきだと主張するニックに説得され、偽装結婚に踏みきったのだ。だがティナは苦しんでいた。決して愛されない名目だけの妻なのに、彼を愛してしまったことに気づいて。『プリンスにさらわれて』ある晩、帰宅した英語教師のブルーはハンサムな侵入者に遭遇する。彼の正体は、さる国の王位継承者カリム。ブルーの教え子である妹が行方不明になり、手がかりを求めて彼女に会いに来たのだった。突然のことに困惑するブルーを、カリムは王になる者らしい尊大な口調で脅した。「一緒に来なければ、君は後悔することになる」『結婚はナポリで』母が死に際に詳細を明かした実の父に会うため、キャサリンはイタリアへ飛んだ。そこで出逢ったのは、父の若き友人でダビデ像のように美しい大富豪アレッサンドロ。彼は妻に先立たれて男手一つで息子を育て、もう結婚はしないつもりだった。そうとは知らない彼女は、父を待つ間、親切にしてくれる彼にしなす術なく惹かれていく。〔4728〕

◇情熱を知った夜 キム・ローレンス著, 田村たつ子訳 ハーパーコリンズ・ジャパン 2023.9 216p 15cm 〈ハーレクイン文庫 HQB-1201〉〈ハーレクイン 2011年刊の再刊 原書名：UNWORLDLY SECRETARY,UNTAMED GREEK〉 627円　①978-4-596-52354-9

＊7歳で両親と死に別れ、祖母に育てられた古風なベス。眼鏡をかけた地味な洋服の秘書では、ボスが淡い恋心に気づくはずもなく、美貌のモデルへのプレゼントの婚約指輪を、ベスに取りに行かせるのだった。そんな彼女を、ボスの兄であるテオ・キリアキスが見ていた。彼がご執心中のモデルとかつて婚約していたテオは、元婚約者の強欲さを知っており、弟の目を覚まさせたかった。あの平凡なベスを美女に変身させ、弟の気を引かせよう。しかしテオ自らが、突然美しくなったベスに心奪われて…。〔4729〕

◇冷たい求婚者 キム・ローレンス作, 漆原麗訳 ハーパーコリンズ・ジャパン 2023.11 156p 17cm 〈ハーレクイン・プレゼンツ PB373—作家シリーズ 別冊〉〈ハーレクイン 2011年刊の再刊 原書名：SOPHIE'S SEDUCTION〉 664円　①978-4-596-52776-9

＊有名一族の8人姉妹のうち、不器量なのは私だけ…。優雅さと機知に富んだ美人姉妹の中、醜いあひるの子のようなソフィーは、自分だけ生まれた病院で取り違えられたのではと思われてきた。そんな彼女はインテリアデザイナーとして雇われた先でも、裏方しか任せられないと言われるが、ある日急遽、上司の代理で、大富豪マルコ・スペランサの屋敷を改装する仕事の売り込みを任される。ハンサムと噂の彼に直接会って、契約を結ばなければならないなんて！　不安を覚えつつ、急ぎシチリアにあるマルコのオフィスへ向かったが、何時間も待たされ、ソフィーは疲れから眠り込んでしまった。そして目覚めたとき、マルコから冷たく告げられる。「無駄足だったね」〔4730〕

◇初めから愛して キム・ローレンス著, 小林町子訳 ハーパーコリンズ・ジャパン 2023.4 218p 15cm 〈ハーレクイン文庫 HQB-1180〉〈ハーレクイン 2004年刊の再刊 原書名：THE GREEK TYCOON'S WIFE〉 627円　①978-4-596-76925-1

＊7年前、弟が起こした人身事故の補償金を工面するため、ケイティーはギリシア富豪ニコス・ラキスと便宜結婚をした。結婚式で顔を合わせたのを最後に、彼とは一度も会っていない。尊大でハンサムなニコスは夢に現れ、ケイティーの心を強烈に揺さぶるのだ。だが恋人ができた今、秘密の結婚についてうちあけ、離婚しなければならない…。なかなか言いだせずにいたある日、食事に訪れたレストランで恋人から友人だと紹介された男性を見て、ケイティーは驚愕する。ニコス！　うろたえる彼女を映すニコスの漆黒の瞳が光った。〔4731〕

◇放蕩ボスと無垢な秘書 キム・ローレンス作, 悠木美桜訳 ハーパーコリンズ・ジャパン 2023.5 156p 17cm 〈ハーレクイン・ロマンス R3777〉〈原書名：CLAIMED BY HER GREEK BOSS〉 664円　①978-4-596-77108-7

＊「半年だけ僕の妻になってくれないか？　むろん対価は支払う」結婚!?この4年、私に見向きもしなかった憧れのボスとが？　ギリシア彫刻のように美しい億万長者の上司、エツィオの突然のプロポーズに、ティルダの心は揺れた。両親の死後、病気がちな弟の面倒をみてきた。恋は諦めて。エツィオは愛などない冷酷なプレイボーイだが、ビジネスを有利に運ぶため結婚を利用しようとしているのだ。彼とギリシアに引っ越せば、弟を不良から引き離せるけど…。ティルダは悩んだすえ、夫婦としての関係はなしという条件で、愛されぬ形だけの花嫁となって、アテネに発つ─。〔4732〕

◇星影の大富豪との夢一夜 キム・ローレンス

作, 岬一花訳 ハーパーコリンズ・ジャパン 2024.4 156p 17cm (ハーレクイン・ロマンス R3861) 〈原書名：AWAKENED IN HER ENEMY'S PALAZZO〉 673円 ①978-4-596-53789-8

＊森の中で足首をひねって動けなくなっていたグレースは、突然現れたイタリア富豪テオに助けられて驚いた。この人は私に激怒しているはずだ。彼の父親を看取った看護師の私に、莫大な遺産の半分が譲られたから。冷酷と評判は写真より実物のほうが何倍も魅力的で、財産めあての女と疑われているのに、気づくと彼を目で追いかけずにいられなくなっていた。惹かれる気持ちを見透かされたようにテオに唇を奪われたとき、グレースは悟った。私は炎よりも熱く彼に恋いこがれている、と。〔4733〕

◇無垢な司書はシチリアで愛され キム・ローレンス作, 山本翔子訳 ハーパーコリンズ・ジャパン 2022.7 220p 17cm (ハーレクイン・ロマンス R3697) 〈原書名：INNOCENT IN THE SICILIAN'S PALAZZO〉 664円 ①978-4-596-70794-9

＊認知症を患う祖父の世話に明け暮れていた図書館司書のアナは、突如一大スキャンダルに巻きこまれ、警察へ連れていかれた。祖父は希代の詐欺師で、アナも容疑者の一人だという。だがなぜか急に帰宅を許され、外に出るとソレンが待っていた。美貌の大企業CEOで、昨日祖父の療養室で会ったばかりだった。「きみを助けたい。シチリアのぼくの家を隠れ家にすればいい」隠れる必要なんかないわ！ 祖父もわたしも無実なのだから。アナはマスコミに怯え、厚意にすがりたいが、ソレンの美しいブルーの瞳に宿る、暗い陰に気づきもせず―。〔4734〕

ローレンス, キャロル　Lawrence, Carole

◇クレオパトラの短剣 キャロル・ローレンス著, 中山宥訳 早川書房 2024.10 398p 19cm (HAYAKAWA POCKET MYSTERY BOOKS 2008) 〈原書名：CLEOPATRA'S DAGGER〉 2900円 ①978-4-15-002008-8

＊1880年、"ニューヨーク・ヘラルド"唯一の女性記者であるエリザベスは、血を抜かれて、ミイラのように布で包まれた女性の遺体を発見する。社交界担当から犯罪担当の記者へと転身した彼女は、ニューヨークの暗部を探る調査を始める。新たな遺体が発見される度に、エリザベスの書いた記事はニューヨークの富豪や有力者たちを巻き込んで話題となるが、連続殺人犯も記事を読んでいるようで、彼女を嘲笑うかのように犯行を重ねていく。愛する家族にも危険が迫るなか、犯人の正体に思い当たったエリザベスだったが… 〔4735〕

ローレンス, マージェリー　Lawrence, Margery

◇新編怪奇幻想の文学 4 黒魔術 紀田順一郎, 荒俣宏監修, 牧原勝志編 新紀元社 2023.9 477p 20cm 〈他言語標題：Tales of Horror and Supernatural〉 2500円 ①978-4-7753-2042-6

内容 蟹座と月の事件(マージェリー・ローレンス著, 田村美佐子訳) 〔4736〕

ローワン, アンドリュー・S.　Rowan, Andrew Summers

◇ガルシアへの手紙 エルバート・ハバード, アンドリュー・S.ローワン著, 三浦広訳 KADOKAWA 2023.1 158p 15cm (角川文庫) 〈原書名：A Message to Garcia〉 800円 ①978-4-04-113274-6

＊男は何も聞かずにキューバへ急いだ―。米西戦争時、マッキンレー大統領はキューバのリーダー・ガルシアへ宛てた手紙をローワンに託した。居場所不明のままボートに飛び乗り、4週間後には手紙を届けて無事生還。自国に勝利をもたらしたという。物語を通じ、物事に積極的に取り組む「自主性」、課題に挑む「行動力」の重要性を説く。100年にわたり支持され続け、1億人以上が読んだ自己啓発の世界的名著。〔4737〕

ロング, アメリア・レイノルズ　Long, Amelia Reynolds

◇ウィンストン・フラッグの幽霊 アメリア・レイノルズ・ロング著, 赤星美樹訳 論創社 2022.6 205p 20cm (論創海外ミステリ 285) 〈原書名：4 Feet in the Grave〉 2200円 ①978-4-8460-2143-6

＊血塗られた過去を持つ幽霊屋敷。占い師が告げる死の予言は実現するのか？ ミステリ作家キャサリン・パイパーが遭遇する謎と恐怖。怯える人々に紛れ込んだ悪魔は誰だ！ 〔4738〕

ロンドン, ジャック　London, Jack

◇マーティン・イーデン ジャック・ロンドン著, 辻井栄滋訳 白水社 2022.8 536p 18cm (白水uブックス 240―海外小説永遠の本棚) 〈2018年刊の再刊 原書名：MARTIN EDEN〉 2400円 ①978-4-560-07240-0

＊20世紀初めのアメリカ西海岸オークランド。労働者地区で生まれ育った若者マーティン・イーデンは、船乗りとなり荒っぽい生活を送っていたが、裕福な中産階級の女性ルースに出会い、その美しさと知性に惹かれるとともに文学への関心に目覚める。生活をあらため、図書館で多くの本を読んで教養を身につけ、文法を学んだマーティンは作家を志し、海上での体験談、小説や詩、評論を次々に書いて新聞や雑誌に送るが一向に売れず、彼が人生の真実をとらえたと思った作品はルースにも理解されない。生活は困窮し、絶望にかられ文学を諦めかけたとき、彼の運命は一転する… 〔4739〕

【ワ】

ワイアル, P.G.　Wyal, P.G.

◇吸血鬼は夜恋をする―SF&ファンタジイ・ショートショート傑作選　ロバート・F・ヤング, リチャード・マシスン他著, 伊藤典夫編訳　東京創元社　2022.12　387p　15cm　〈創元SF文庫 SFン12-1〉〈文化出版局 1975年刊の増補〉1000円　①978-4-488-79301-2

内容 岩山の城（ピージー・ワイアル著）

＊「アンソロジイという言葉のもとになったギリシャ語の意味は「花々を集めたもの」。立ちどまるほどではないが、歩く途中ひょっと目にとまり、見とれる花、つまり、理屈ぬきで楽しんでいただけるような小品を選ぼうと心懸けた」（伊藤典夫）。名翻訳家が初めて単独編纂した伝説のアンソロジイを半世紀ぶりに初文庫化。（SFマガジン）（奇想天外）の掲載作を追加し、全32編とした。　〔4740〕

ワイス, ジョッシュ　Weiss, Josh

◇ハリウッドの悪魔　ジョッシュ・ワイス著, 北野寿美枝訳　早川書房　2023.7　389p　19cm　〈原書名：BEAT THE DEVILS〉3200円　①978-4-15-210257-7

＊1958年、反共・反ユダヤ主義を標榜するジョセフ・マッカーシーがアメリカ大統領となり、権力を握っている。映画産業は国営化され、制作されるのは反共プロパガンダ映画ばかりだ。ロサンゼルス市警の刑事モリス・ベイカーは、そんなハリウッドで、ある殺人事件を担当することになる。被害者は元映画監督ジョン・ヒューストンと、新進気鋭の記者ウォルター・クロンカイト。現場には「悪魔どもをやっつけろ　ベイカー」と書かれたメモが遺されていた。ふたりはなぜ殺され、ベイカーの名前がなぜあったのか？　大統領配下の下院非米活動委員会（HUAC）の横やりが入り、捜査から外されたベイカーに、ソビエト連邦の謎めいた女スパイ、ソフィアが接触してくる。彼はソフィアとともに、俳優ハンフリー・ボガートや脚本家ダルトン・トランボらが暗躍する、もうひとつのハリウッドをさまよう。ユダヤ人のベイカーが大戦中のヨーロッパで過ごした過去の悪夢に悩まされながら―。異なる歴史を歩むハリウッドを舞台にした傑作ノワール。　〔4741〕

ワイス, マーガレット　Weis, Margaret

◇ドラゴンランスレイストリン戦記 3　戦場の双子 上　マーガレット・ワイス, ドン・ペリン著, 安田均, 羽田紗久椰訳　KADOKAWA　2022.12　374p　19cm　〈原書名：The Raistlin Chronicles〉2800円　①978-4-04-109486-0

＊「たった数日で、人生が様変わりしてしまった！丈夫な体で、自信を持ってここ"上位魔法の塔"には立ち入った。出ていく今、弱りきって打ちのめされている。視覚は呪われ、体は虚弱だ。それでも、勝利を収めて出ていくんだ。魔法を手に出ていく。これを手に入れるためなら、魂だって差し出しただろう…」命がけの試練である"大審問"を通過し、赤ローブ（中立）の魔術師として歩み出したレイストリン。肌は金色になり、ちょっとした魔法を使用するだけですぐに咳き込んで倒れ込む脆弱な肉体となり、全ての者が老いさらばえていく姿に見える呪いを目に受けた彼と、陽気で屈強な兄とが、新たなる友であるハーフ・ケンダーの"寸借屋"らとともに傭兵として成長、活躍していく姿を描く第3巻。一方、双子の異父姉であるキティアラは、"暗黒の女王"タキシスの降臨をもくろむ邪悪なドラゴン軍へと接近し、その最高司令官であるアリアカスからある重大な試練を受けることになり…世界数千万部ファンタジー「ドラゴンランス」の待望の前日譚を初邦訳！　〔4742〕

◇ドラゴンランスレイストリン戦記 4　戦場の双子 下　マーガレット・ワイス, ドン・ペリン著, 安田均, 羽田紗久椰訳　KADOKAWA　2022.12　391p　19cm　〈原書名：The Raistlin Chronicles〉2900円　①978-4-04-109487-7

＊ホープス・エンドの街に、アリアカスの配下であるコロス（ゴブリン族の血を引く将官）が率いる、邪悪なドラゴン軍の厳しい包囲網が迫る―残酷極まりない略奪と隷属化を受け入れての降伏か、あるいは死か―そんな中、ドラゴン軍の友軍の傭兵である若き魔術師レイストリンは、自分と兄を救うために理想を捨てなければならなか…？こうしてレストリンと双子の兄キャラモンが傭兵として訓練され、成長をしていく一方で、また違う場所では、戦いの熱気の中、別の魂が鍛えられていた―双子の異父姉、キティアラ・ウス＝マタールの魂だ。その後に勃発する"竜槍（ドラゴンランス）戦争"に重大な影響をもたらすある宝を守る「パラダインの神殿」の守護者と出会った彼女が選択した、もう1つの道…こうして今、未来のドラゴン卿が誕生する！　壮大なる冒険譚「レイストリン戦記」を締めくくる完結編。　〔4743〕

ワイデン, デイヴィッド・ヘスカ・ワンブリ　Weiden, David Heska Wanbli

◇喪失の冬を刻む　デイヴィッド・ヘスカ・ワンブリ・ワイデン著, 吉野弘人訳　早川書房　2022.7　493p　16cm　〈ハヤカワ・ミステリ文庫 HM 498-1〉〈原書名：WINTER COUNTS〉1300円　①978-4-15-185101-8

＊ローズバッド居留地に住むラコタ族のヴァージルは、卑劣な事件を起こす人間に処罰屋として正義を実行することを生業にしている。ある日、彼は居留地内でヘロインを売ろうとしている男がいるという話を聞く。このままでは多くの若者が食い物にされ、命を落としかねない。そして彼の甥がヘロインの過剰摂取で倒れてしまい…。新しい時代のヒーローを描く、ミステリ文学賞五冠を達成した傑作ハードボイルド。　〔4744〕

ワイト, リラ・メイ　Wight, Lela May

◇シチリア大富豪と消えたシンデレラ　リラ・メ

イ・ワイト作，柚野木童訳　ハーパーコリンズ・ジャパン　2024.10　156p　17cm　（ハーレクイン・ロマンス R3910―純潔のシンデレラ）〈原書名：BOUND BY A SICILIAN SECRET〉673円　①978-4-596-71230-1

＊自分が養女だと知ったフローラは、ロンドンまで出向いて出生時の情報を入手し、愕然とした。母は麻薬依存症…。打ちひしがれて駆け上ったホテルの屋上で、青い瞳の世にも美しい男性と出会い、運命に導かれるように純潔を捧げた。素性はおろか、名前さえお互い告げないまま。6週間後、フローラが住む田舎の農場にヘリコプターが飛来し、降りてきたのは―二度と会えないと思っていたあの夜の男性。「やっと見つけた。きみは妊娠したかもしれない」強引に連れていかれた先は巨大なヨット。彼は巨万の富を誇る、シチリア大富豪だったのだ！　　　　　　　　　〔4745〕

ワイルズ, ウィル　Wiles, Will

◇フローリングのお手入れ法　ウィル・ワイルズ著，赤尾秀子訳　東京創元社　2022.10　286p　19cm　（海外文学セレクション）〈原書名：CARE OF WOODEN FLOORS〉2000円　①978-4-488-01682-1

＊部屋はただの空間ではなく、精神の表出、知性の産物でもある…われわれは部屋をつくり、部屋はわれわれをつくる。それがオスカーの信念だった。神経質で完璧主義の音楽家である友人オスカー宅で、二匹の猫を預かり留守番をすることになったぼく。スタイリッシュなフラットでの気ままな日々が待っているはずだったが、思いもかけない展開に…。そこここで見つかる友人の細かい注意書き。フローリングには万全の注意を払ってほしい、コースターなしで床に飲み物を置かないこと。猫をソファには絶対上がらせないこと。ピアノで遊ばないでほしい…等々。次第に追い詰められていくぼく。恐ろしくもおかしいカフカ的不条理世界。悪夢のような八日間の果てにオスカーから聞かされたのは？　ベティ・トラスク賞受賞作。〔4746〕

ワイルダー, エフィー・L.　Wilder, Effie Leland

◇小説　まだ、牧場はみどり　エフィー・L.ワイルダー著，堀川徹志訳　文理閣　2024.12　235p　19cm　〈原書名：Out to Pasture : but not over the hill〉2000円　①978-4-89259-959-0
〔4747〕

ワイルダー, ビリー　Wilder, Billy

◇アパートの鍵貸します　ビリー・ワイルダー,I.A.L.ダイアモンド著，町田暁雄訳　論創社　2024.12　299p　20cm　（論創海外ミステリ 323―シナリオ・コレクション）〈文献あり　作品目録あり　原書名：The Apartment〉3000円　①978-4-8460-2424-6

＊映画史に燦々と輝く名画の傑作シナリオが初の完訳！　縦横に張り巡らされた伏線が相互に重なり繋がり合うクロスワードパズルのような緊密な構成！ ビリー・ワイルダー作品への愛情溢れる三谷幸喜氏のインタビューを併録！ 脚本家を目指す全ての人々に捧げる。　　　　　　〔4748〕

ワイルド, オスカー　Wilde, Oscar

◇幸せな王子―オスカー・ワイルドショートセレクション　オスカー・ワイルド作，金原瑞人訳，ヨシタケシンスケ絵　理論社　2022.2　206p　19cm　〈世界ショートセレクション 20〉〈原書名：The Happy Prince　The Selfish Giant ほか〉1300円　①978-4-652-20415-3〔4749〕

◇新訳サロメ　オスカー・ワイルド著，河合祥一郎訳　KADOKAWA　2024.5　143p　15cm　（角川文庫 ワ3-4）〈原書名：Salomé〉880円　①978-4-04-114196-0

＊日本初演から110年。私達は「本当のサロメ」に初めて出会う。一月夜の晩。エロド王に請われ、妖艶な踊りを披露したサロメ。王に求めた褒美は美しき預言者ヨカナーンの首だった。少女の激情を描き、男性同性愛の記号を潜ませることで、当時の西欧社会の抑圧を挑戦的に描いた本作は、実はワイルドの抵抗!?仏語原文を忠実に読み解き、見過ごされてきた男達の意外な葛藤を示し、真のドラマ性を見事に新訳！ ビアズリー画18点掲載。〔4750〕

◇新訳ドリアン・グレイの肖像　オスカー・ワイルド著，河合祥一郎訳　KADOKAWA　2024.8　461p　15cm　（角川文庫 ワ3-5）〈原書名：The Picture of Dorian Gray〉940円　①978-4-04-114197-7

＊純真な青年ドリアンは天使のような美貌を買われ、肖像画のモデルになる。それは素晴らしい出来になるが、快楽主義者ヘンリー卿に若さが有限だと気づかされ絶望。「永遠に若いのが僕で、年をとるのがこの絵なら、魂だって差し出す！」以来、青年に代わり、絵が年老いていく。誰かを裏切れば絵は醜く歪み、破滅させれば邪悪に黒ずむ。×××すれば…。現実と虚構、同性愛の記号が交差する異端の名作。徹底解説91P。最新研究を反映した新訳！　　　　　　　　　〔4751〕

◇Newマジメが肝心―オスカー・ワイルド日本語訳　今西薫　姫路　ブックウェイ　2022.1　130p　15cm　〈原書名：The importance of being earnest〉1000円　①978-4-910733-02-9
〔4752〕

◇Newマジメが肝心―オスカー・ワイルド日本語訳　今西薫　［姫路］　ブックウェイ　2022.8　130p　15cm　〈原書名：The importance of being earnest〉318円　①978-4-910733-63-0
〔4753〕

◇理想の夫　オスカー・ワイルド著，厨川圭子訳　改版　KADOKAWA　2022.1　222p　15cm　（角川文庫 ワ3-3）〈改版のタイトル等：理想の結婚（角川書店 2000年刊）〉700円　①978-4-04-112219-8

＊舞台は1895年のロンドン。将来有望な政治家ロ

バートと、貞淑な妻ガートルードは、だれもがうらやむ理想の夫婦。そして、自由気ままな独身貴族アーサーはロバートの親友で、ガートルードとも昔馴染みの間柄だった。そんな3人の前に、ある日妖しい魅力のチェヴリー夫人が現れ、それをきっかけに紳士と淑女の激しい駆け引きが幕を開ける！──オスカー・ワイルドのテンポよい展開とウィットに富んだ会話が光る、人間ドラマの傑作。〔4754〕

ワイルド, フラン　Wilde, Fran

◇九段下駅─或いはナインス・ステップ・ステーション　マルカ・オールダー, フラン・ワイルド, ジャクリーン・コヤナギ, カーティス・C・チェン著, 吉本かな, 野上ゆい, 立川由佳, 工藤澄子訳　竹書房　2022.9　564p　15cm　（竹書房文庫 ん2-1）〈原書名：NINTH STEP STATION〉1400円　①978-4-8019-3198-5

　内容　体のない腕　声の大きな政治家（フラン・ワイルド著, 野上ゆい訳）　暗殺者の巣（カーティス・C・チェン, フラン・ワイルド著, 工藤澄子訳）

　＊西暦2033年。南海地震に襲われた日本を中国が侵略し、東京の西側を掌握。東側はアメリカの管理下に置かれ、緩衝地帯にはASEANが駐留。東京は、もはや日本ではない──。国内では中国への反発が強まり、反中国の急先鋒である大臣が支持を集める。アメリカ大使館の連絡将校は日本の意図を探ろうと、平和維持軍のエマ・ヒガシ中尉を警視庁に送り込む。突然、経験のないアメリカ人と組まされることになり困惑する是枝刑事だったが、エマを連れ神田駅殺人事件の捜査を開始する。特殊刺青片腕遺棄事件、中国要人子女誘拐事件、人体改造者鉤爪暴走事件…捜査を続けるうちに相棒としての絆が芽生えはじめたふたりの前に、ヤクザ、そしてアメリカと中国の思惑が立ちはだかる。分割統治される東京を舞台にしながら日本の現在と未来を巧みに描き出す、連作科幻推理小説。〔4755〕

ワインマン, サラ　Weinman, Sarah

◇短編回廊─アートから生まれた17の物語　ローレンス・ブロック編, 田口俊樹他訳　ハーパーコリンズ・ジャパン　2022.12　605p, 図版18p　15cm　（ハーパーBOOKS M・フ6・2）〈原書名：ALIVE IN SHAPE AND COLOR〉1264円　①978-4-596-75581-0

　内容　ビッグタウン（サラ・ワインマン著, 芹澤恵訳）

　＊探偵スカダーは滞在先で見覚えのある顔にでくわす。それは25年前、まだスカダーが刑事だった頃に恋人殺しの罪で逮捕した男で─L・ブロック『ダヴィデを探して』。考古学者の夫婦は世紀の発見にたどりつくが、待ち受けていたのは恐ろしい真相だった─J・ディーヴァー『意味深い発見』。絵のなかに閉じ込められてしまった少女の悲痛な叫び─J・C・オーツ『美しい日々』他、芸術とミステリーの饗宴短編集！〔4756〕

ワスマー, ジュリー　Wassmer, Julie

◇クリスマスカードに悪意を添えて　ジュリー・ワスマー著, 圷香織訳　東京創元社　2023.11　334p　15cm　（創元推理文庫 Mワ4-2─シェフ探偵パールの事件簿）〈原書名：MURDER ON SEA〉1140円　①978-4-488-27106-0

　＊パールは友人のネイサンから、彼を中傷する内容のクリスマスカードを受け取ったと相談される。同様のカードは他にも三人に届いているらしい。クリスマス前は探偵業はしないつもりだったが、気になって調べるパール。だが教会のイベントで殺人が起き、その被害者もカードを受け取っていたことが判明する。英国の港町を舞台にシェフ兼探偵のパールが活躍するシリーズ第二弾。〔4757〕

◇シェフ探偵パールの事件簿　ジュリー・ワスマー著, 圷香織訳　東京創元社　2023.5　396p　15cm　（創元推理文庫 Mワ4-1）〈原書名：THE WHITSTABLE PEARL MYSTERY〉1200円　①978-4-488-27105-3

　＊海辺のリゾート地ウィスタブルでレストランを経営するパールは、副業で探偵をはじめたばかりだ。そんな彼女のもとに依頼人が。ある漁師に貸した金が返ってこないので、経済状態を調べてほしいというのだ。じつはその漁師はパールの友人で、依頼は断ったが気になって彼の船へ行ってみると、変わり果てた友人の姿を見つけてしまい…。新米探偵パールが事件に挑むシリーズ開幕。〔4758〕

ワッサーマン, ロビン　Wasserman, Robin

◇ロボット・アップライジング─AIロボット反乱SF傑作選　アレステア・レナルズ, コリイ・ドクトロウ他著, D・H・ウィルソン, J・J・アダムズ編, 中原尚哉他訳　東京創元社　2023.6　530p　15cm　（創元SF文庫 SFン10-5）〈責任表示はカバーによる　原書名：ROBOT UPRISINGS〉1400円　①978-4-488-77205-5

　内容　死にゆく英雄たちと不滅の武勲について（ロビン・ワッサーマン著, 小路真木子訳）

　＊人類よ、恐怖せよ─猛烈な勢いで現代文明に浸透しつつあるAIやロボット。もしもそれらがくびきを逃れ、反旗を翻したら？ ポップカルチャーで繰り返し扱われてきた一大テーマに気鋭の作家たちが挑む。1955年にAI（人工知能）という言葉を初めて提示した伝説的科学者ジョン・マッカーシーの短編を始め、アレステア・レナルズ、コリイ・ドクトロウらによる傑作13編を収録。〔4759〕

ワッツ, ピーター　Watts, Peter

◇創られた心─AIロボットSF傑作選　ケン・リュウ, ピーター・ワッツ, アレステア・レナルズ他著, ジョナサン・ストラーン編, 佐田千織他訳　東京創元社　2022.2　564p　15cm　（創元SF文庫 SFン11-1）〈責任表示はカバーによる　原書名：MADE TO ORDER〉1400円　①978-4-488-79101-8

　内容　生存本能（ピーター・ワッツ著, 嶋田洋一訳）

　＊人工的な心や生命。ゴーレム、オートマトン、ロ

ボット、アンドロイド、ボット、人工知能—人間によく似た機械、人間のために注文に応じてつくられた存在というアイデアは、古代より我々を魅了しつづけてきた。そしていま、その長い歴史に連なるアンソロジーがここに登場する。ケン・リュウ、ピーター・ワッツ、アレステア・レナルズら、最高の作家陣による16の物語を収録。〔4760〕

ワトスン, H.B.マリオット　Watson, H.B. Marriott

◇英国クリスマス幽霊譚傑作集　チャールズ・ディケンズ他著，夏来健次編訳　東京創元社　2022.11　382p　15cm　（創元推理文庫　Fン11-1）　1100円　①978-4-488-58406-1

内容　真鍮の十字架（H・B・マリオット・ワトスン著，夏来健次訳）

＊ヴィクトリア朝期に『クリスマス・キャロル』がベストセラーとなって以降、定番となった聖夜怪談。幽霊をこよなく愛するイギリスで生まれた佳作を、数多の怪奇幻想小説を紹介する翻訳家が精選する。陰鬱な田舎で休暇を過ごすことになった男が老朽船で体験する恐怖の一夜「幽霊廃船のクリスマス・イヴ」など、知られざる傑作から愛すべき怪作まで、13篇中12篇を本邦初訳で贈る。〔4761〕

ワトソン, コリン　Watson, Colin

◇愛の終わりは家庭から　コリン・ワトソン著，岩崎たまゑ訳　論創社　2023.6　234p　20cm　（論創海外ミステリ　298）〈原書名：Charity Ends at Home〉　2200円　①978-4-8460-2261-7

＊過熱する慈善戦争、身の危険を訴える匿名の手紙、そして殺人事件。浮上した容疑者は"真犯人"なのか？ フラックス・バラで巻き起こる新たな事件に挑むパーブライト警部。ミス・ティータイムとの謎解きで明らかになる残酷な真実とは…。〔4762〕

ワリス, ノカン

◇華語文学の新しい風　劉慈欣，ワリス・ノカン，李娟他著，王德威，高嘉謙，黃英哲，張錦忠，及川茜，濱田麻矢編，小笠原淳，津守陽他訳　白水社　2022.11　357p　20cm　（サイノフォン　1）　3200円　①978-4-560-09875-2

内容　父祖の名（ワリス・ノカン著，濱田麻矢訳）

＊近年注目を集めている華語文学の新たな流れを紹介するシリーズ"サイノフォン"の第1巻。香港の高層ビルからチベットの聖なる湖まで、シカゴのバーからマレーシアの原生林まで。小説、旅行記、詩、SFなど、多様なジャンルから世界を切り取る17篇。〔4763〕

◇都市残酷　ワリス・ノカン著，下村作次郎訳　田畑書店　2022.3　298p　20cm　2800円　①978-4-8038-0393-8

＊ワリス・ノカンは、原住民としての覚醒以降、台湾原住民の伝統生活や山地の風景、そして近代文明との矛盾、さらに原住民族の受難の歴史について、口述歴史やフィールド調査を通じて、さまざまな角度から作品に描いてきた。本書は「蕃刀」をペンに換えて文化出漁/文化出草か、タイヤルの伝統領域における生活を守り、失われゆくタイヤルの誇りを言祝ぐために書かれた猟人の文学である。〔4764〕

◇プールサイド—短篇小説集　陳思宏ほか著，三須祐介訳，呉佩珍，白水紀子，山口守編　作品社　2022.2　246p　19cm　（台湾文学ブックカフェ　3）　2400円　①978-4-86182-879-9

内容　父（ワリス・ノカン著）

＊大学受験を控える高校生の少年が夏休みにプールの監視員のバイトをしていると、ある男から小学生の息子に水泳を教えてほしいと頼まれ、やがて、少年を自宅に招いた男は長い口づけをする…。高校生から大学生へと成長する少年のひと夏の経験が語られる、本集最年少の新星による表題作のほか、全十一篇を収録。〔4765〕

ワン, レジーナ・カンユー　Wang, Regina Kanyu

◇七月七日　ケン・リュウ，藤井太洋ほか著，小西直子，古沢嘉通訳　東京創元社　2023.6　361p　19cm　〈他言語標題：SEVENTH DAY OF THE SEVENTH MOON〉　2400円　①978-4-488-01127-7

内容　年の物語（レジーナ・カンユー・ワン著，古沢嘉通訳）

＊七夕の夜、ユアンは留学で中国を離れる恋人ディンに会いに行った。別れを惜しむ二人のもとに、どこからともなくカササギの大群が現れ—東アジア全域にわたり伝えられている七夕伝説をはじめとし、中国の春節に絡んだ年獣伝説、不老不死の薬を求める徐福伝説、済州島に伝わる巨人伝説など、さまざまな伝説や神話からインスピレーションを得て書かれた十の幻想譚。日中韓三ヵ国の著者によるアンソロジー。〔4766〕

ワーンクリン　Wankling

◇Lovely Writer—Counting to 10 and I will kiss you　上　Wankling著，宇戸優美子訳　U-NEXT　2023.2　527p　19cm　〈本文は日本語〉　1500円　①978-4-910207-39-1

＊出版社の編集長に頼まれて書いたBL小説がヒットして、ドラマ化することになった小説家のジーン。渋々出席したキャストオーディション会場で、ジーンはなぜかナップシップという若手人気俳優から目が離せなくなってしまう。ナップシップはその圧倒的な魅力で審査スタッフも魅了し、満場一致で攻め役に合格。その後、撮影関連の現場でナップシップのマネージャーになっていた大学時代の友人タムと再会し喜んだのも束の間。ある日突然タムから「しばらくお前のところでナップシップを泊めてくれ」と頼まれた。ナップシップに一目惚れしていたジーンは"一カ月間だけ"ナップシップと暮らすことになって—!? 焦れったくて可愛くて愛おしい、すべてが恋に繋がる運命の物語の始まり。〔4767〕

◇Lovely Writer—Counting to 10 and I will kiss you　下　Wankling著，宇戸優美子訳　U-

NEXT　2023.2　510p　19cm〈本文は日本語〉1500円　①978-4-910207-40-7
＊ナップシップがとんだ策略家だったことが発覚し紆余曲折あったものの、なんとか想いを通わせ合ったジーンとナップシップ。二人の同居はそれまでよりも甘さを増していた。しかし、ウーイに本当はジーンを好きなんだけどと告げられて媚薬騒ぎになったり、いきなり互いの家族に恋人になったことを打ち明けなければいけなくなったり、二人なら乗り越えられると思っていても前途多難なことだらけだった。さらに、二人が付き合っているとゴシップ記事に取り上げられてしまったことで、同居を解消して距離を置かなければいけなくなって─!?二人の甘すぎる日本旅行の様子や、その後のクリスマスを描いた番外編など8編の短編を収録！
〔4768〕

【その他】

神話・民話・古典文学等

◇アイスランドサガ　谷口幸男訳，松本涼監修　新版　新潮社　2024.6　1117p　22cm〈他言語標題：islenskar sögur　文献あり〉18000円　①978-4-10-313704-7
内容　エギルのサガ　グレティルのサガ　ラックサー谷の人びとのサガ　エイルの人びとのサガ　ヴォルスンガサガ　ニャールのサガ
＊13世紀頃のヴァイキング時代に、人々がノルウェーからアイスランドへ入植した経緯、活躍した英雄、血族同士の復讐、異教時代の魔法や呪いなどを活写した壮大な史伝的散文作品のうち、6篇を収録。図版・文献案内なども掲載。〔4769〕

◇後西遊記　寺尾善雄訳　第2版　秀英書房　2023.4　309p　20cm　（中国古典文学シリーズ 3）　2500円　①978-4-87957-151-9　〔4770〕

◇後三國演義─『三国志』後伝　寺尾善雄訳　第2版　川崎　秀英書房　2023.2　298p　20cm　（中国古典文学シリーズ 1）　2500円　①978-4-87957-149-6　〔4771〕

◇西遊記─中国の古典　武田雅哉編　KADOKAWA　2024.2　363p　15cm　（角川ソフィア文庫 B1-42─ビギナーズ・クラシックス）〈文献あり〉1240円　①978-4-04-400742-3
〔4772〕

◇西遊記　武田雅哉訳，トミマサコ絵　小学館　2024.11　388p　19cm　（小学館世界J文学館セレクション）〈文献あり〉1600円　①978-4-09-290678-5
＊めざせ、天竺！三蔵法師と孫悟空たちの大冒険が読みやすい「新訳」で楽しめる！東の海の向こう、花果山の石から1ぴきのサル「孫悟空」が生まれた。不老不死の法、72種の変化の術を会得した孫悟空だったが、悪事ばかりしていたので、三蔵法師の弟子として修行の旅へと出発することになる。〔4773〕

◇詳注全訳水滸伝　第2巻　小松謙訳注　汲古書院　2022.4　252p　22cm　7000円　①978-4-7629-6681-1　〔4774〕

◇詳注全訳水滸伝　第3巻　小松謙訳注　汲古書院　2022.7　270p　22cm　7000円　①978-4-7629-6682-8　〔4775〕

◇詳注全訳水滸伝　第4巻　小松謙訳注　汲古書院　2023.6　306p　22cm　7000円　①978-4-7629-6683-5　〔4776〕

◇詳注全訳水滸伝　第5巻　小松謙　汲古書院　2024.1　9,259p　22cm　7000円　①978-4-7629-6684-2　〔4777〕

◇水滸伝─中国の古典　小松謙編　KADOKAWA　2023.12　303p　15cm　（角川ソフィア文庫 B1-41─ビギナーズ・クラシックス）　1160円　①978-4-04-400767-6　〔4778〕

◇中国古典名劇選　3　後藤裕也，田村彩子，陳駿千，西川芳樹，林雅清編訳　東方書店　2022.3　416p　21cm　4200円　①978-4-497-22204-6
内容　凍える蘇秦、錦を衣て郷に還る─凍蘇秦　龐涓、夜に走る馬陵道─馬陵道　女の楊氏、狗を殺して夫を勧む─殺狗勧夫（無名氏撰）〔4779〕

書名索引

【あ】

ああ、ウィリアム！（ストラウト） ……… 1987
愛（ソローキン） ……………………… 2103
愛を偽る誓い（ウエスト） ……………… 0366
愛を偽る花嫁（フォックス） …………… 3268
愛を覚えていて（ウインターズ） ……… 0311
愛を禁じられた灰かぶり（ジェイムズ） … 1610
愛をくれないイタリア富豪（モンロー） … 4116
愛を請う予感（ジョーダン） …………… 1793
愛を拒むひと（ダーシー） ……………… 2142
愛を知らない億万長者（ウィンストン） … 0298
愛を捨てた理由（ジョーダン） ………… 1794
愛を告げるとき（ジョーダン） ………… 1795
愛を告げる日は遠く（ニールズ） ……… 2619
愛をつなぐ小さき手（ヒートン） ……… 3130
愛をなくした大富豪（マレリー） ……… 3894
愛を守る者（バークレー） ……………… 2791
愛を結ぶ小さな命（マッカーサー） …… 3796
愛を宿したウエイトレス（ケンドリック） … 1321
愛を病に奪われた乙女の恋（キング） … 0936
愛を忘れた氷の女王（ローレンス） …… 4713
愛を忘れた理由（ゴードン） …………… 1391
愛が始まる日（ニールズ） ……………… 2620
愛がふたたび始まるならば（マクリーン） … 3759
愛されたいの（バード） ………………… 2827
愛されない花嫁（ヒューイット） ……… 3142
愛されない花嫁の愛し子（ウエスト） … 0367
愛されなかった娘の愛の子（ダローザ） … 2184
愛されぬ妹の生涯一度の愛（パミー） … 2931
愛したのは私？（グレアム） …………… 1166
愛していると言えなくて（リー） ……… 4308
愛してはいけない人（ジョーダン） …… 1796
哀愁のプロヴァンス（メイザー） ……… 3963
愛人関係（リード） ……………………… 4372
アイスランドサガ（神話・民話・古典文学等） ……………………………………… 4769
愛するがゆえの罰（グレアム） ………… 1167
愛する資格（ジョーダン） ……………… 1797
愛する人はひとり（グレアム） ………… 1168
哀惜（クリーヴス） ……………………… 1053
愛蔵版英雄コナン全集（ハワード） … 3015～3018
愛だけが見えなくて（モンロー） ……… 4117
アイダホ（ラスコヴィッチ） …………… 4225
アイデアがあふれ出す不思議な12の対話（キム） ……………………………… 0869
愛と言わない理由（グレアム） ………… 1169
愛と運命のホワイトクリスマス（グレアム） ……………………………………… 1170
愛と運命のホワイトクリスマス（ダーシー） ……………………………………… 2143
愛と運命のホワイトクリスマス（ムーア） … 3948
愛と気づくまで（ドナルド） …………… 2508
愛と祝福の花束を（パーマー） ………… 2876
愛と祝福の花束を（マレリー） ………… 3895
愛と祝福の花束を（メイジャー） ……… 3979
愛と精霊の館（ロバーツ） ………… 4622, 4623
愛と憎しみのギリシア（モンロー） …… 4118

愛なきウエディング・ベル（バード） …… 2828
愛なき王の花嫁リスト（ブレイク） …… 3443
愛なき夫と記憶なき妻（アシェンデン） … 0025
愛なき結婚指輪（チャイルド） ………… 2230
愛なき富豪と孤独な家政婦（ルーカス） … 4484
愛なき富豪と花陰の乙女（ウエスト） … 0368
愛なき富豪と花陰の乙女（パーマー） … 2877
愛なき富豪と身重の家政婦（ケンドリック） ……………………………………… 1322
愛に怯えて（ビアンチン） ……………… 3073
愛に震えて（ビアンチン） ……………… 3074
愛にほころぶ花（サラ） ………………… 1543
愛に迷えるシンデレラ（モーガン） …… 4024
愛の証をフィレンツェに（ベケット） … 3522
愛のいけにえ（ハンプソン） …………… 3057
愛の一夜（ウインターズ） ……………… 0312
愛の終わりは家庭から（ワトソン） …… 4762
愛の形見を胸に（ウェイ） ……………… 0353
愛の記憶が戻ったら（リー） …………… 4309
愛の岐路（ダーシー） …………………… 2144
愛の空白（ラム） ………………………… 4265
愛の使者のために（ダーシー） ………… 2145
愛の惑い（ビアンチン） ………………… 3075
愛の迷い子と双子の天使（リマー） …… 4404
愛の都で片想いの婚約を（ウインターズ） … 0313
愛の迷路にさまよって（マルパス） …… 3891
愛の闇、夜のささやき（パーマー） …… 2878
愛の妖精にくちづけて（クレイパス） … 1251
愛も切なさもすべて（ウインターズ） … 0314
愛ゆえの罪（グレアム） ………………… 1171
愛より速く、闇より深く（マッケナ） … 3812
愛は一夜だけ（ローレンス） …………… 4714
愛は命がけ（ハワード） ………………… 3007
愛は脅迫に似て（ビアンチン） ………… 3076
愛は喧嘩の後で（ビアンチン） ………… 3077
愛は心の瞳で、心の声で（ゴードン） … 1392
愛は心の瞳で、心の声で（パーマー） … 2879
愛は時空を越えて（サラ） ……………… 1544
愛は罪深くとも（グッドナイト） ……… 0995
愛は炎のように（グレアム） …………… 1172
愛はめぐって（ニールズ） ……………… 2621
愛は忘れない（リード） ………………… 4373
アウシュヴィッツを泳いだ男（ルブロン） … 4525
アウシュヴィッツで君を想う（デ・ウィンド） ……………………………………… 2421
アウシュヴィッツのタトゥー係（モリス） … 4103
アウター・ダーク（マッカーシー） …… 3797
アウトサイダー（キング） ………… 0923, 0924
アウトサイダー（ラヴクラフト） ……… 4203
アヴリルの相続人（ヴェリー） ………… 0396
青い傷心（メイザー） …………………… 3964
青い鳥（メーテルリンク） ……………… 4004
青いパステル画の男（ローラン） ……… 4662
アオサギの娘（ハートマン） …………… 2844
青と緑（ウルフ） ………………………… 0482
蒼の略奪者（アンドルーズ） …………… 0160
青ひげの卵（アトウッド） ……………… 0061
赤い小馬/銀の翼で（スタインベック） … 1929

書名	番号
赤い砂漠の契り（ウェイ）	0354
赤い袖先（カン）	0825〜0827
赤いばらは君に（ニールズ）	2622
赤いブキサル（トハリ）	2514
赤い部屋（ストリンドベリ）	1994
赤毛の家政婦と小さな王子（グレアム）	1173
アガサ・クリスティー失踪事件（デ・グラモン）	2424
アガサ・レーゾンとけむたい花嫁（ビートン）	3133
アガサ・レーゾンと告げ口男の死（ビートン）	3134
アガサ・レーゾンと毒入りジャム（ビートン）	3135
アガサ・レーゾンの奇妙なクリスマス（ビートン）	3136
アガサ・レーゾンの復縁旅行（ビートン）	3137
暁の報復（ボックス）	3652
赤と白とロイヤルブルー（マクイストン）	3737
贖いの血（ヘッド）	3532
赤屋敷殺人事件（ミルン）	3940
明るい夜（チェ・ウニョン）	2201
秋冷えのオランダで（ニールズ）	2623
空家の冒険（コナン・ドイル）	1413
悪意（ホルスト）	3699
悪なき殺人（ニエル）	2610
悪魔を見た処女（おとめ）（アンダーセン）	0142
悪魔を見た処女（おとめ）（デリコ）	2459
悪魔が唾棄する街（パークス）	2784
悪魔侯爵の初恋（ヒース）	3114
悪魔に捧げた純愛（ジェイムズ）	1611
悪魔に捧げられた花嫁（ビアンチン）	3078
悪魔の海の荒波を越えよ（カッスラー）	0727, 0728
悪魔の海の荒波を越えよ（カッスラー）	0745, 0746
悪魔の訴訟（ウェブスター）	0393
悪魔のばら（ハンプソン）	3058
悪魔のひじの家（カー）	0683
悪魔はいつもそこに（ポロック）	3714
悪魔は乙女に三度囁く（グリーン）	1111
悪魔は壁の花に恋をする（マクリーン）	3760
悪役公爵より愛をこめて（メリル）	4013
憧れから愛へ（ジョーダン）	1798
朝、あなたのそばで（ジョージ）	1790
アーサー王最後の戦い（サトクリフ）	1530
アーサー王と円卓の騎士（サトクリフ）	1531
アーサー王と聖杯の物語（サトクリフ）	1532
アサシンクリードフラグメント会津の刃（ゲイ）	1285
朝と夕（フォッセ）	3278
悪しき正義をつかまえろ（アーチャー）	0048
明日の欠片をあつめて（サラ）	1545
足に敷かれた花（ファーバンク）	3185
明日をこえて（ハインライン）	2745
明日のあなたも愛してる（マクイストン）	3738
アスファール（ネミロフスキー）	2702
アゼイ・メイヨと三つの事件（テイラー）	2414
あたたかな雪（サラ）	1546
アーダの空間（オトゥ）	0629
アタラ ルネ（シャトーブリアン）	1727
アーチー若気の至り（ウッドハウス）	0459
熱い過ち（リード）	4374
熱いファンタジー（リー）	4310
熱い闇（ハワード）	3008
熱いレッスン（パーマー）	2880
熱い罠（グレアム）	1174
アディ・ラルーの誰も知らない人生（シュワブ）	1767, 1768
あどけない復讐（ジョハンセン）	1859
アドニスと飛べない白鳥（マーチャント）	3795
アトラス6（ブレイク）	3441, 3442
アナスタ（メグレ）	3994
あなたを応援する誰か（ソン）	2118
あなたを思い出せなくても（ウィンズピア）	0299
あなたを思い出せなくても（ラム）	4266
あなたを想う花（ペラン）	3549, 3550
あなたを忘れられたら（ケンドリック）	1323
あなたがいたから（ホワイトフェザー）	3719
あなたが気づくまで（ブラウニング）	3317
あなたしか知らない（ジョーダン）	1799
あなただけを愛してた（ジョーダン）	1800
あなたと最後の愛を（ウィリアムズ）	0271
あなたとわたしの夏の旅（ヘンリー）	3604, 3605
あなたと私の双子の天使（クイン）	0974
あなたに言えたら（ハワード）	3006
あなたに言えない片想い（コリンズ）	1467
あなたに言えない秘密（デイ）	2339
あなたにお熱（ラム）	4267
あなたに片思い（マレリー）	3896
あなたに続く旅路（ラニー）	4243
あなたによく似た子を授かって（ジョージ）	1791
あなたの家がどこかに残るように（パブリー）	2870
あなたのいる食卓（ニールズ）	2624
あなたの記憶（バンクス）	3040
あなたの教室（コロンバニ）	1491
あなたの子と言えなくて（ウェイ）	0355
あなたのことが知りたくて（イ・ラン）	0191
あなたのことが知りたくて（チョ）	2274
あなたのことが知りたくて（デュナ）	2435
あなたのことが知りたくて（パク）	2775
あなたのことが知りたくて（パク・ミンギュ）	2780
あなたのことが知りたくて（ハン・ガン）	3020
あなたの最愛でいられたら（ダーシー）	2146
あなたの最愛でいられたら（ビアンチン）	3079
あなたの知らない絆（クレイヴン）	1234
あなたの知らない絆（リード）	4375
あなたの遺したもの（フーヴァー）	3217
あなたのものじゃないものは、あなたのものじゃない（オイェイェミ）	0575
穴持たずども（マムレーエフ）	3843
あの愛をもう一度（リード）	4376

書名	番号
あの朝の別れから(グレアム)	1175
あのこは美人(チャ)	2225
あの図書館の彼女たち(スケスリン・チャールズ)	1923
あの夏が教えてくれた(エスケンス)	0517
あの日(シャオ・フイティン)	1712
あの日(トン・ミ)	2576
あの人たちが本を焼いた日(リース)	4357
あの本は読まれているか(プレスコット)	3458
異常(ル・テリエ)	4514
異常(アノマリー)(ル・テリエ)	4515
あの夜のことは…(ジェームズ)	1651
あの夜、わたしたちの罪(フリン)	3419
アパートの鍵貸します(ダイアモンド)	2123
アパートの鍵貸します(ワイルダー)	4748
アバドンの水晶(ボワーズ)	3723
アフェイリア国とメイドと最高のウソ(マコックラン)	3772
アフガンの息子たち(ペーション)	3525
阿片窟の死(ムカジー)	3949
アホウドリの迷信(ヴァン・デン・バーグ)	0252
アホウドリの迷信(クイン)	0947
アホウドリの迷信(クシュナー)	0986
アホウドリの迷信(グルドーヴァ)	1149
アホウドリの迷信(ジョンソン)	1876
アホウドリの迷信(ノーダン)	2727
アホウドリの迷信(マーク)	3736
アホウドリの迷信(ユクナヴィッチ)	4153
アポロ18号の殺人(ハドフィールド)	2842, 2843
アポロンと5つの神託(リオーダン)	4336〜4345
甘い果実(ジョーダン)	1801
甘い記憶(パーマー)	2881
甘い夜の代償(ローレンス)	4715
甘く、切なく、じれったく(ウインターズ)	0315
甘く、切なく、じれったく(スティール)	1961
甘く、切なく、じれったく(パーマー)	2882
甘くない湖水(カミニート)	0778
アーマード生還不能(グリーニー)	1091, 1092
アマリとナイトブラザーズ(オールストン)	0655, 0656
アマルフィの幻の花嫁(ウエスト)	0369
アミナ(ガ・シュクホウ)	0682
雨(リエ)	4334
飴売り 具學永(ク・ハギョン)(キム)	0856
雨に打たれて(シュヴァルツェンバッハ)	1748
雨に濡れた天使(ジェイムズ)	1612
雨の日突然に(パーマー)	2883
雨日和(オ・サンウォン)	0572
雨日和(オ・ヨンス)	0574
雨日和(キム・ドンニ)	0868
雨日和(ケ・ヨンムク)	1281
雨日和(ソン・チャンソプ)	2115
雨日和(チ・ハリョン)	2189
雨日和(チャン・ヨンハク)	2255
雨日和(パク・キョンニ)	2764
雨日和(ファン・スンウォン)	3192
アメリカへようこそ(ベイカー)	3501
アメリカ人(ジェイムズ)	1623, 1624
アメリカの悲劇(ドライサー)	2521, 2522
アメリカン・マスターピース(アンダーソン)	0144
アメリカン・マスターピース(ウェルティ)	0410
アメリカン・マスターピース(ウォートン)	0440
アメリカン・マスターピース(ウールリッチ)	0488
アメリカン・マスターピース(エリスン)	0536
アメリカン・マスターピース(オルグレン)	0651
アメリカン・マスターピース(サローヤン)	1579
アメリカン・マスターピース(シュウォーツ)	1754
アメリカン・マスターピース(ハースト)	2799
アメリカン・マスターピース(フィッツェラルド)	3201
アメリカン・マスターピース(フォークナー)	3250
アメリカン・マスターピース(ヘミングウェイ)	3544
アメリカン・マスターピース 戦後篇(オコナー)	0606
アメリカン・マスターピース 戦後篇(オルセン)	0660
アメリカン・マスターピース 戦後篇(サリンジャー)	1573
アメリカン・マスターピース 戦後篇(ジャクスン)	1714
アメリカン・マスターピース 戦後篇(ディック)	2392
アメリカン・マスターピース 戦後篇(ナボコフ)	2602
アメリカン・マスターピース 戦後篇(フィニイ)	3207
アメリカン・マスターピース 戦後篇(ボウルズ)	3625
アメリカン・マスターピース 戦後篇(ボールドウィン)	3701
アメリカン・マスターピース 戦後篇(マラマッド)	3848
アーモンド(ソン・ウォンピョン)	2109
アーモンドの樹(デ・ラ・メア)	2446
アーモンドの木(デ・ラ・メア)	2447
過ちと呼ばないで(モーティマー)	4055
過ちの雨が止む(エスケンス)	0518
過ちの代償(モーティマー)	4056
嵐が丘(ブロンテ)	3490, 3491
嵐にも負けず(デリオン)	2455
嵐の地平(ボックス)	3653
嵐の守り手(ドイル)	2473
嵐のように(モーティマー)	4057
嵐の夜が授けた愛し子(アンダーソン)	0148
アラビアンナイト(ライアンズ)	4179

アラビアンナイトの誘惑(ウエスト) 0370
アリス、アリスと呼べば(ウ) 0236
アリスが語らないことは(スワンソン) ... 2050
アリスの教母さま(デ・ラ・メア) 2448
アリス―へんてこりん、へんてこりんな世
　界―(スレーデン) 2041
アリス―へんてこりん、へんてこりんな世
　界―(ビルクロウ) 3168
アリス―へんてこりん、へんてこりんな世
　界―(ベイリー) 3510
アリス―へんてこりん、へんてこりんな世
　界―(リード) 4371
アリス連続殺人(マルティネス) 3890
アリとダンテ、宇宙の秘密を発見する(サ
　エンス) 1519
ある犬の飼い主の一日(コラールト) 1462
歩き娘(ヤズベク) 4136
歩くこと、または飼いならされずに詩的な
　人生を生きる術(エスペダル) 0521
あるサイノスの死(エーヴェルス) 0498
アルドゥスタアルへの旅(シドウ) 1684
アルドゥスタアルへの旅(フェルトホフ) . 3231
アルトー・コレクション(アルトー)
　 .... 0105〜0108
アルバートンの天使たち(ハレット) 2982
ある晴れたXデイに(カシュニッツ) 0710
アルハンブラ物語(アーヴィング) 0008
ある日、僕が死にました(イ) 0174
ある継母のメルヘン(スパイスアンドキテ
　ィ) 2002
アレジオ公国の花嫁(ジョーダン) 1802, 1803
アロエ(マンスフィールド) 3912
アロハ、私のママたち(イ) 0175
哀れなるものたち(グレイ) 1230
アンクラム・プロジェクト(マール) 3864
アンクル・トムの小屋(ストウ) .. 1980, 1981
暗殺コンサル(イム) 0226
暗殺者グレイマン(グリーニー) 1093
暗殺者たちに口紅を(レイバーン) 4538
暗殺者の回想(グリーニー) 1094, 1095
暗殺者の矜持(グリーニー) 1096, 1097
暗殺者の屈辱(グリーニー) 1098, 1099
暗愁(コーノ) 1450
あんたを殺したかった(ロスタニャ) 4603
アンダルシアの休日(メイザー) 3965
アンティコニ(バイアトート) 2738
アンデルセンの童話(アンデルセン) 0154
アンドルーズ短編集(アンドルーズ) 0166
アンドレアス(ホフマンスタール) 3676
アントワネット(ヴェラーヘン) 0395
アントンが飛ばした鳩(ゴットフリード) . 1382
アンナ・カレーニナ(トルストイ) 2553〜2557
あんなにあった酸葉をだれがみんな食べた
　のか　あの山は本当にそこにあったの
　か(パク・ワンソ) 2783
アンナは、いつか蝶のように羽ばたく(チ
　ヒ) 2224
アンの娘リラ(モンゴメリ) 4110

【い】

イヴの純潔(ローレンス) 4716
イヴリン嬢は七回殺される(タートン) ... 2164
言えない秘密(ネーピア) 2700
家なきウエイトレスの純情(ライス) 4183
家なきベビーシッター(ダーキンズ) 2133
家なき無垢な代理母(アシェンデン) 0026
家の本(バイヤーニ) 2742
E.M.フォースター短篇集(フォースター)
　 3266
イエルバブエナ(ラクール) 4215
息(ベルンハルト) 3572
生き急ぐ(ジロー) 1892
いきすぎた悪意(ブラウン) 3330
いきている山(シェパード) 1646
イギリス人の患者(オンダーチェ) 0673
いくたびも夢の途中で(ニールズ) 2625
いくつものジェラシー(パーマー) 2884
生け贄の花嫁は聖夜に祈る(クルーズ) ... 1132
生贄の門(ロウイレロ) 4588
イーサン・フロム(ウォートン) 0441
石の主(ウクライーンカ) 0452
イジャルコル最後の戦い(エルマー) 0547
イジャルコル最後の戦い(マール) 3865
イジャルコルの栄光のために(グリーゼ) . 1076
イジャルコルの栄光のために(フランシ
　ス) 3384
イスタンブル、イスタンブル(ソンメズ) . 2121
イスラーム精肉店(ソン・ホンギュ) 2117
いずれすべては海の中に(ピンスカー) ... 3171
イソボ物語(イソップ) 0213
いたずらな愛の使者(ゴードン) 1393
痛むだろう、指が(フゲン) 3299
イタリア大富豪と小さな命(ウインター
　ズ) 0316
イタリア大富豪と日陰の妹(ウインター
　ズ) 0317
イタリアの花嫁(ジャスティス) 1723
イタリア富豪と最後の蜜月(ジェイムズ) . 1613
イタリア富豪の極秘結婚(ケンドリック) . 1324
イタリアン・シューズ(マンケル) 3907
一九八四(オーウェル) 0600
一日三秋(リュウ・シウン) 4440
いちばんの願い(テレヘン) 2467
一ペニーの花嫁(ハンプソン) 3059
一夜が結んだ絆(ケンドリック) 1325
一夜だけ愛された籠の鳥(クルーズ) 1133
一夜だけ愛して(ローレンス) 4717
一夜だけの妻(モンロー) 4119
一夜の後悔(ウィリアムズ) 0272
一夜の子を隠して花嫁は(ルーカス) 4485
一夜の夢が覚めたとき(バンクス) 3035
一輪のすみれの恋わずらい(ウインター
　ズ) 0318
いつか想いが届くまで(バンクス) 3036
五日間で宿った永遠(ウエスト) 0371
いつかレディに(ジョーダン) 1804

書名	番号
五つの箱の死（ディクスン）	2375
イット・エンズ・ウィズ・アス（フーヴァー）	3218
イット・スターツ・ウィズ・アス（フーヴァー）	3219
1分間ミステリー（リプリー）	4400
一本足のガチョウの秘密（グルーバー）	1154
偽りの空白（リエン）	4335
偽りの薬指と小さな命（リマー）	4405
偽りの信奉者（ロバーツ）	4624
偽りの代償（スティール）	1962
偽りの任務（サラ）	1547
偽りのハッピーエンド（ルーカス）	4486
偽りの復縁（ショー）	1770
偽りの眼（スローター）	2043, 2044
愛しいあなた（リュウ・シケツ）	4438
いとしき悪魔のキス（ウエスト）	0372
愛し子がつなぐ再会愛（ジョージ）	1792
愛し子と八年目の秘密（パミー）	2932
愛し子の秘密の父（ダヴ）	2127
愛しのロイヤル・ベビー（マリネッリ）	3851
田舎医者/断食芸人/流刑地で（カフカ）	0763
犬が尻尾で吠える場所（ピュル）	3155
犬の心（ブルガーコフ）	3421
異能機関（キング）	0925, 0926
いのちをかけた疾走（タップ）	2163
いのちをかけた疾走（ロモング）	4661
いのちの水（バルカノフ）	2964
息吹（チャン）	2254
イブの約束（モーティマー）	4058
今だけはこのままで（モンロー）	4120
今の生き方（トロロープ）	2572, 2573
忌まわしき魔女の微笑（ロバーツ）	4625
いまはただ瞳を閉じて（フォスター）	3261
妹は秘密の花嫁（アシェンデン）	0027
李良枝セレクション（イ・ヤンジ）	0187
イライラ文学館（ソ・ユミ）	2089
イライラ文学館（チェーホフ）	2209
イライラ文学館（ル・クレジオ）	4505
イラク・コネクション（ベントレー）	3596
イーリアス（ホメーロス）	3683, 3684
入江のざわめき（ビアンチン）	3080
いろいろな幽霊（ブロックマイヤー）	3475
彩られしヴェール（モーム）	4096
いわれなき罰（リード）	4377
インヴェンション・オブ・サウンド（パラニューク）	2948
イン・クィア・タイム（イーシェン）	0207
イン・クィア・タイム（ウィサタ）	0261
イン・クィア・タイム（ウマリ）	0463
イン・クィア・タイム（カソロ）	0720
イン・クィア・タイム（ガドン）	0758
イン・クィア・タイム（カントー）	0834
イン・クィア・タイム（クルーズ）	1147
イン・クィア・タイム（クワ）	1278
イン・クィア・タイム（コン・ゼチェン＝ミンジ）	1504
イン・クィア・タイム（スー）	1907
イン・クィア・タイム（ダス）	2161
イン・クィア・タイム（トンプソン）	2583
イン・クィア・タイム（フルーガー）	3420
イン・クィア・タイム（ベイジ）	3503
イン・クィア・タイム（ホック）	3646
イン・クィア・タイム（マホーニー）	3842
イン・クィア・タイム（ユー）	4147
イン・クィア・タイム（リム）	4412
イン・クィア・タイム（レモト）	4569
イングリッシュマン復讐のロシア（ギルマン）	0915
インディアナ、インディアナ（ハント）	3053
インドへの道（フォースター）	3267
インフルエンサーの原罪（ブラウン）	3334, 3335

【う】

書名	番号
ヴァイオレットだけが知っている（マーケッタ）	3771
ヴァイパーズ・ドリーム（ラマー）	4256
ウィキッド（マグワイア）	3765, 3766
ウィッチャー嵐の季節（サプコフスキ）	1537
ウィッチャー短篇集（サプコフスキ）	1538
ウィリアム・ギブスン エイリアン3（カディガン）	0752
ウィリアム・ギブスン エイリアン3（ギブスン）	0843
ウィリアムズバーグの殺人事件（フォード）	3288
ヴィリコニウム（ハリスン）	2957
ウイルスの暗闇（ロリンズ）	4704, 4705
WILDERNESS AND RISK（クラカワー）	1019
ヴィーロ宙航士の帰郷（ヅルチェク）	0465
ヴィーロ宙航士の帰郷（フェルトホフ）	3232
WIN（コーベン）	1457
ウイングス・オブ・ファイア（サザーランド）	1521, 1522
ウィンザーの陽気な女房たち（シェイクスピア）	1597
ウィンストン・フラッグの幽霊（ロング）	4738
ウィンダム図書館の奇妙な事件（ペイトン・ウォルシュ）	3506
ヴィンデビー・パズル（ローリー）	4665
ヴィンランド（ブラウン）	3336
ヴヴェヂェンスキィ全集（ヴヴェヂェンスキィ）	0351
ウウレマの遺伝子奴隷（グリーゼ）	1077
ウウレマの遺伝子奴隷（シェール）	1654
ウェイトレスの秘密の幼子（グリーン）	1112
ウェイワードの魔女たち（ハート）	2825
飢えた潮（ゴーシュ）	1373
ウェッジフィールド館の殺人（ノイバウアー）	2707
ヴェニスの商人（シェイクスピア）	1598
ヴェリティ/真実（フーヴァー）	3220
ウェルギリウスの死（ブロッホ）	3478, 3479
ヴェーロチカ/六号室（チェーホフ）	2210

文城（ウェンチョン）（ヨ・カ） *4168*
ウォッチメイカーの罠（ディーヴァー） *2347*
ウクライナの大作家ミハイル・ブルガーコ
　フ作品集（ブルガーコフ） *3422*
うけいれるには（デュポン＝モノ） *2436*
兎の島（ナバロ） *2601*
失われた愛の記憶（ウォーカー） *0428*
失われた愛の記憶と忘れ形見（ヒューイッ
　ト） *3143*
失われたスクラップブック（ダーラ） *2171*
失われた七年（ジョーダン） *1805*
失われたものたちの国（コナリー） *1402*
うそつき王国とジェルソミーノ（ロダー
　リ） *4610*
嘘つき村長はわれらの味方（サイモン） ... *1514*
嘘つきな婚約指輪（カー） *0687*
嘘つきのための辞書（ウィリアムズ） *0270*
嘘と聖域（ベイリー） *3512*
嘘と秘密と一夜の奇跡（メイザー） *3966*
嘘と秘密と白い薔薇（ウェイ） *0356*
嘘とまこと（クライスト） *1006*
嘘の木（ハーディング） *2819*
嘘は校舎のいたるところに（タイス） *2124*
歌う船（マキャフリー） *3734*
疑われた妻（ローレンス） *4718*
歌とフラシュキ（コハノフスキ） *1451*
歌、燃えあがる炎のために（バスケス） ... *2797*
打ち明けられない恋心（ニールズ） *2626*
内なる宇宙（ホーガン） *3626, 3627*
内なる罪と光（トンプキンス） *2578*
宇宙船〈ナイトホーク〉の行方を追え（カッ
　スラー） *0729, 0730*
宇宙船〈ナイトホーク〉の行方を追え（ブラ
　ウン） *3320, 3321*
宇宙の果ての本屋（オウ・カンユ） *0581*
宇宙の果ての本屋（オウ・シンコウ） *0590*
宇宙の果ての本屋（カ・ユウ） *0689*
宇宙の果ての本屋（カン・ショウ） *0817*
宇宙の果ての本屋（コ・テキ） *1354*
宇宙の果ての本屋（コウ・ハ） *1365*
宇宙の果ての本屋（タン・カイ） *2186*
宇宙の果ての本屋（チュウ・オン） *2266*
宇宙の果ての本屋（チョウ・カイコウ） ... *2282*
宇宙の果ての本屋（チン・シュウハン） ... *2313*
宇宙の果ての本屋（テイ・セイハ） *2340*
宇宙の果ての本屋（ホウ・ジュ） *3615*
宇宙の果ての本屋（マンショウ・ホウネ
　ン） *3911*
宇宙の果ての本屋（リク・シュウサ） *4347*
宇宙の果ての本屋（リョウ・セイサン） ... *4445*
美しい悲劇（ハワード） *3009*
美しき詐欺師（グレアム） *1176*
美しき侵入者（ジョーダン） *1806*
美しき血（シェパード） *1647*
美しき容疑者（ブロックマン） *3476*
ウナギが故郷に帰るとき（スヴェンソン） *1913*
ウナギの罠（エクストレム） *0514*
奪われた贈り物（リード） *4378*

奪われて（ライス） *4187*
生まれくる天使のために（クイン） *0975*
ウ・ヨンウ弁護士は天才肌（ムン） *3956, 3957*
裏切られた再会（ジョーダン） *1807*
裏切られた夏（グレアム） *1177*
裏切られたレディ（ディクソン） *2377*
裏切り（リンク） *4460, 4461*
裏切りの結末（リード） *4379*
裏切りのゆくえ（モーガン） *4025*
裏切りの指輪（リード） *4380*
ウラジーミルPの老年時代（ホーニグ） ... *3663*
ウラヌス（エメ） *0529*
売り渡された誇り高き娘（クルーズ） *1134*
麗しき堕天使の一夜妻（グレアム） *1178*
麗しの貴婦人と介添えの娘（アシュリー） *0038*
麗しの男装の姫君（シュルツェ） *1762*
嬉しくないプロポーズ（ローレンス） *4719*
運河の家 人殺し（シムノン） *1701*
運河の街（ニールズ） *2627*
うんこ文学（バルザック） *2965*
うんこ文学（ラブレー） *4254*
運命に身を任せて（ビアンチン） *3081*
運命の逆転（マーシャル） *3783*
運命の恋人（リー） *4311*
運命の時計が回るとき（アーチャー） *0049*
運命の夜が明けて（サラ） *1548*
運命の夜に（リー） *4312*
運命論者ジャックとその主人（ディドロ） *2396*
ウンラート教授（マン） *3904*

【え】

永遠への飛行（ダールトン） *2176*
永遠への飛行（マール） *3866*
永遠をさがして（サラ） *1549*
永遠を誓うギリシア（グレアム） *1179, 1180*
永遠が終わる頃に（マッケナ） *3813*
永遠の愛（モーティマー） *4059*
永遠の1位（ウ・シンカン） *0233*
永遠の1位（リン・ベイユー） *4453*
永遠の一夜（メイザー） *3967*
永遠の書（イクバール） *0205*
永遠の旋律（マーティン） *3831*
永遠の真夜中の都市（アンダーズ） *0138*
英国貴族と落ちこぼれの淑女（ウェブス
　ター） *0390*
英国クリスマス幽霊譚傑作集（エドワー
　ズ） *0523*
英国クリスマス幽霊譚傑作集（ガルブレイ
　ス） *0804*
英国クリスマス幽霊譚傑作集（ギフト） ... *0845*
英国クリスマス幽霊譚傑作集（クーパー） *1002*
英国クリスマス幽霊譚傑作集（コーベッ
　ト） *1455*
英国クリスマス幽霊譚傑作集（ディケン
　ズ） *2384*
英国クリスマス幽霊譚傑作集（フェン） ... *3247*

書名	番号
英国クリスマス幽霊譚傑作集（フリスウェル）	3402
英国クリスマス幽霊譚傑作集（ボールドウィン）	3703
英国クリスマス幽霊譚傑作集（ラザフォード）	4220
英国クリスマス幽霊譚傑作集（リデル）	4362
英国クリスマス幽霊譚傑作集（リントン）	4467
英国クリスマス幽霊譚傑作集（ワトスン）	4761
英国古典推理小説集（ウォーターズ）	0433
英国古典推理小説集（コリンズ）	1465
英国古典推理小説集（チェスタトン）	2207
英国古典推理小説集（パーキス）	2761
英国古典推理小説集（バーク）	2778
英国古典推理小説集（フィーリクス）	3209
英国古典推理小説集（ヘンリー・ウッド夫人）	3607
英国人が書いた日本の怪談（ブルックス）	3430
英国屋敷の二通の遺書（ラーム）	4280
HHhH（ビネ）	3139
英雄と悪党との狭間で（カーター）	0723
エイリアス・エマ（グラス）	1027
ALIENSビショップ（ナッパー）	2600
エイレングラフ弁護士の事件簿（ブロック）	3472
エヴァ・リーシナ作品集（リーシナ）	4355
笑顔の行方（サラ）	1550
描きかけの恋（ラム）	4268
疫神記（ウェンディグ）	0423, 0424
エーゲ海に散った愛（コリンズ）	1468
エーゲ海にとらわれて（リード）	4381
エゴイスト（メレディス）	4020, 4021
エジプト人シヌへ（ヴァルタリ）	0241, 0242
エスタルトゥ（マール）	3867
エステンシアの雄牛（ジョーダン）	1808
エステルハージ博士の事件簿（デイヴィッドスン）	2366
エスパー大戦（ヴルチェク）	0466
エタンプの預言者（カンタン）	0833
Xだらけの社説（ポー）	3608
エッフェル塔〜創造者の愛〜（ドルヴ）	2533
〈閲覧注意〉ネットの怖い話クリーピーパスタ（ヴァセラー）	0240
〈閲覧注意〉ネットの怖い話クリーピーパスタ（ウェルヘイ・プロダクションズ）	0418
〈閲覧注意〉ネットの怖い話クリーピーパスタ（カーヴァ）	0694
〈閲覧注意〉ネットの怖い話クリーピーパスタ（グリム）	1109
〈閲覧注意〉ネットの怖い話クリーピーパスタ（ケアンズ）	1284
〈閲覧注意〉ネットの怖い話クリーピーパスタ（ゴールドコイン）	1483
〈閲覧注意〉ネットの怖い話クリーピーパスタ（ショットウェル）	1857
〈閲覧注意〉ネットの怖い話クリーピーパスタ（ディマースキー）	2398
〈閲覧注意〉ネットの怖い話クリーピーパスタ（ホワイトハウス）	3718
〈閲覧注意〉ネットの怖い話クリーピーパスタ（マークス）	3741
〈閲覧注意〉ネットの怖い話クリーピーパスタ（ミスター・クリーピーパスタ）	3922
〈閲覧注意〉ネットの怖い話クリーピーパスタ（ロブデル）	4652
エディ、あるいはアシュリー（キム）	0861
エティオピア物語（ヘリオドロス）	3552, 3553
エドワードへの手紙（ナポリターノ）	2604
NSA（エシュバッハ）	0515, 0516
エバ・ルーナ（アジェンデ）	0023
エバ・ルーナのお話（アジェンデ）	0024
エミリーに薔薇を（フォークナー）	3251
M-3の捜索者（エルマー）	0548
M-3の捜索者（マール）	3868
エメラルドの落とし子（グリーン）	1113
絵物語動物農場（オーウェル）	0601
エリザベス女王の事件簿（ベネット）	3540, 3541
エルクマン＝シャトリアン怪奇幻想短編集（エルクマン＝シャトリアン）	0538
エル・スール（ガルシア＝モラレス）	0797
Lの運動靴（キム）	0859
円（リュウ・ジキン）	4422
遠距離結婚（ケンドリック）	1326
冤罪法廷（グリシャム）	1055, 1056
エンジェル・スマイル（ケンドリック）	1327
円周率の日に先生は死んだ（ヤング）	4141

【お】

書名	番号
オアシスのハネムーン（ジョーダン）	1809
追いつめられて（ラム）	4269
老いぼれを燃やせ（アトウッド）	0062
王が選んだ家なきシンデレラ（メイソン）	3989
王冠とクリスマスベビー（イエーツ）	0195
黄金虫変奏曲（パワーズ）	2999
黄金の公爵と名もなき乙女（ジャレット）	1738
黄金の獅子は天使を望む（チネッリ）	2221
黄金の人工太陽（アダムズ）	0042
黄金の人工太陽（アブネット）	0077
黄金の人工太陽（アンダーズ）	0139
黄金の人工太陽（カストロ）	0716
黄金の人工太陽（カストロ）	0717
黄金の人工太陽（カフタン）	0771
黄金の人工太陽（キャンベル）	0899
黄金の人工太陽（シュレイダー）	1764
黄金の人工太陽（チェンバーズ）	2218
黄金の人工太陽（ド・ボダール）	2517
黄金の人工太陽（ナガタ）	2591
黄金の人工太陽（バッケル）	2809
黄金の人工太陽（ハーレイ）	2976
黄金の人工太陽（ハワード）	3001
黄金の人工太陽（ヒル）	3167
黄金の人工太陽（フォスター）	3259
黄金の人工太陽（マグワイア）	3767
黄金の人工太陽（ヨークム）	4171
黄金の人工太陽（ラスタッド）	4226
黄金の人工太陽（リー）	4330

書名	番号
王子を宿したシンデレラ（グレアム）	1181
王子が選んだ十年後の花嫁（アシェンデン）	0028
王子と孤独なシンデレラ（リマー）	4406
王子と土曜日だけの日陰妻（スマート）	2011
王子に選ばれた花売り娘（ダーキンズ）	2134
王子ラセラス、幸福への彷徨（ジョンソン）	1872
鏖戦　凍月（ベア）	3497
王の求婚を拒んだシンデレラ（アシェンデン）	0029
王の血を引くギリシア富豪（ケンドリック）	1328
狼たちの宴（ベール）	3560
狼と駆ける大地（イーストン）	0211
狼の幸せ（コニェッティ）	1439
狼の報復（ボーモント）	3686
大きなパンダと小さなドラゴン（ノーブリー）	2731
大阪弁で読む"変身"（カフカ）	0764
オーガスタに花を（ニールズ）	2628
置き去りにされた花嫁（モーガン）	4026
置き去りの天使（モーティマー）	4060
オクシアーナへの道（バイロン）	2744
億万長者とかりそめの秘書（マリネッリ）	3852
億万長者と契約結婚（チネッリ）	2222
億万長者と無垢な家政婦（ルーカス）	4487
億万長者の恋（ハミルトン）	2935
億万長者の残酷な嘘（ローレンス）	4720
億万長者の知らぬ間の幼子（ロスコー）	4599
億万長者の小さな天使（イエーツ）	0196
億万長者の冷たい寝室（ブレイク）	3444
億万長者の花嫁（ローレンス）	4721
億万長者の無垢な薔薇（イエーツ）	0197
億万長者は天使を略奪する（ローレンス）	4722
億万長者は天使にひれ伏す（グレアム）	1182
遅れ咲きの幼な妻（マーシャル）	3784
遅れてきた恋人（サラ）	1551
遅れてきた二つの奇跡（アンダーソン）	0143
幼き者の殺人（ロブ）	4643
幼な子ボラナト（タゴール）	2138
幼子は秘密の世継ぎ（ケンドリック）	1329
幼なじみの醜聞は結婚のはじまり（クイン）	0961
お忍びの子爵と孝行娘（バロウズ）	2984
オシリスの呪いを打ち破れ（カッスラー）	0731, 0732
オシリスの呪いを打ち破れ（ブラウン）	3322, 3323
お城の人々（エイキン）	0489
牡猫ムルの人生観（ホフマン）	3667
オズの魔法使い（ボーム）	3679
遅すぎる再会（ウインターズ）	0319
恐るべき太陽（ビュッシ）	3152
恐るべき緑（ラバトゥッツ）	4247
恐ろしく奇妙な夜（ロジャーズ）	4593
穏やかな死者たち（ヴァレンタイン）	0244
穏やかな死者たち（オーツ）	0626
穏やかな死者たち（キャドリー）	0883
穏やかな死者たち（コー）	1349
穏やかな死者たち（ジョーンズ）	1865
穏やかな死者たち（トレンブレイ）	2568
穏やかな死者たち（パーシィ）	2793
穏やかな死者たち（バロン）	2998
穏やかな死者たち（ハンド）	3052
穏やかな死者たち（ヒューラー）	3154
穏やかな死者たち（ファイルズ）	3175
穏やかな死者たち（フォード）	3285
穏やかな死者たち（マグワイア）	3768
穏やかな死者たち（マチャード）	3794
穏やかな死者たち（マラーマン）	3850
穏やかな死者たち（ランガン）	4284
穏やかな死者たち（リッカート）	4360
穏やかな死者たち（リンク）	4458
おちゃめなパティ（ウェブスター）	0394
夫を愛しすぎたウエイトレス（マクスウェル）	3743
オデュッセイア（ホメーロス）	3685
弟、去りし日に（エロリー）	0563
男を殺して逃げ切る方法（ブレント）	3465
男たちを知らない女（スウィーニー＝ビアード）	1908
脅された花嫁（モーガン）	4027
乙女が宿した日陰の天使（グリーン）	1114
おばあさんが帰ってきた（キム）	0874
オパールの囚人（メイスン）	3988
オフィスのシンデレラ（ケンドリック）	1330
オブローモフの夢（ゴンチャロフ）	1505
オープン・ウォーター（ネルソン）	2705
オペラ座の怪人（ルルー）	4530
O・ヘンリー　ニューヨーク小説集（オー・ヘンリー）	0637
思いがけない婚約（ジョーダン）	1810
思い出の海辺（ニールズ）	2629
思い出のなかの結婚（スペンサー）	2006
思い出の罠（ジョーダン）	1811
想いはベールに包まれて（バログ）	2991
オランダの休日（ニールズ）	2630
降りていこう（ウォード）	0437
オリンピア（ボック）	3651
オリンピアの春（ハンプソン）	3060
折れざる槍（グリフィス）	1103
おれの眼を撃った男は死んだ（ペンツ）	3592
オレンジ色の世界（ラッセル）	4232
愚か者同盟（トゥール）	2487
終わらざりし物語（トールキン）	2534, 2535
終わらざりし物語（トールキン）	2536, 2537
終わらない片思い（ウインターズ）	0320
終わらない週末（アラム）	0084
終わりなき夜に少女は（ウィタカー）	0265
終わりのない日々（バリー）	2951
終わりの始まり（ソ・ユミ）	2090
女仕立屋の物語（カプラン）	0772
女仕立屋の物語（カリー）	0787
女仕立屋の物語（ガリンガー）	0789
女仕立屋の物語（キャメロン）	0887
女仕立屋の物語（ギリス）	0912

女仕立屋の物語（クラーク）............ 1022
女仕立屋の物語（コーディ）............ 1387
女仕立屋の物語（ドゥーセ）............ 2483
女仕立屋の物語（トロイカック）........ 2571
女仕立屋の物語（ハル）................ 2959
女仕立屋の物語（フィニガン）.......... 3208
女仕立屋の物語（ブラウン）............ 3337
女仕立屋の物語（マクスィーン）........ 3742
女仕立屋の物語（マクドゥーガル）...... 3744
女仕立屋の物語（マクドナルド）........ 3748
女仕立屋の物語（マクニール）.......... 3753
女仕立屋の物語（マクロード）.......... 3763
女仕立屋の物語（ロバートソン）........ 4639
女たちの沈黙（バーカー）.............. 2758
女彫刻家（ウォルターズ）.............. 0448

【か】

海運王と十七歳の幼妻（クレイヴン）..... 1235
海運王と十七歳の純愛（グリーン）....... 1115
海運王に贈られた白き花嫁（ブレイク）... 3445
懐郷（リムイ・アキ）................... 4415
戒厳令（カミュ）....................... 0779
怪獣保護協会（スコルジー）............. 1928
ガイズ＆ドールズ（ラニアン）........... 4244
海賊のキスは星空の下で（クイン）....... 0962
怪談（ハーン）......................... 3029
怪談・骨董（ハーン）................... 3030
怪盗ギャンビット（ルイス）...... 4469, 4470
怪物のゲーム（パルマ）.......... 2973, 2974
解剖学者と殺人鬼（アーカート）......... 0012
カウンティング＆クラッキング　ボーイ・
　オーバーボード―少年が海に落ちたぞ！
　（グライツマン）..................... 1008
カウンティング＆クラッキング　ボーイ・
　オーバーボード―少年が海に落ちたぞ！
　（コーネリアス）..................... 1448
カウンティング＆クラッキング　ボーイ・
　オーバーボード―少年が海に落ちたぞ！
　（シャクティダラン）................. 1721
帰りたい（シャムジー）................. 1732
化学の授業をはじめます。（ガルマス）... 0806
鏡の男（ケプレル）.............. 1304, 1305
鏡の国のアリス（キャロル）............. 0893
鏡の国のアリス（パートリッジ）......... 2850
鏡の迷宮（ファシエ）................... 3179
楽員に弔花を（マーシュ）............... 3787
隠された愛の証（ベイリー）............. 3511
隠された十六年愛（スチュアート）....... 1949
拡散（キュウ・テイホウ）........ 0907, 0908
覚醒せよ、セイレーン（マグロクリン）... 3761
かくて彼女はヘレンとなった（クーニー）.. 1000
カクテルグラスに愛を添えて（ロバーツ）
　........................... 4626, 4627
カクテル、ラブ、ゾンビ（チョ）......... 2269
かくも甘き果実（トゥルン）............. 2489
隠れ公爵がくれた愛の果実（マロリー）... 3899
かぐわしき天使（グレイシー）........... 1244

影を呑んだ少女（ハーディング）......... 2820
影の王（メンギステ）................... 4023
影の獄にて（ヴァン・デル・ポスト）..... 0251
陽炎の市（まち）（ウィンズロウ）....... 0304
過去への扉（ダーシー）................. 2147
過去を売る男（アグアルーザ）........... 0014
過去をなくした天使（グレアム）......... 1183
過去をなくした伯爵令嬢（シーガー）..... 1674
過去からのラブレター（ウインターズ）... 0321
籠の鳥は聖夜に愛され（アンダーソン）... 0149
籠のなかの天使（ケリー）............... 1313
過去の忘れ物（ジョーダン）............. 1812
華語文学の新しい風（イバウ）........... 0220
華語文学の新しい風（オウ・トクイ）..... 0592
華語文学の新しい風（ゲン・カレイ）..... 1320
華語文学の新しい風（コウ・カケン）..... 1363
華語文学の新しい風（シュ・テンシン）... 1743
華語文学の新しい風（セイセイ）......... 2059
華語文学の新しい風（ソウ・タクライ）... 2093
華語文学の新しい風（チョウ・キコウ）... 2284
華語文学の新しい風（チン・ダイイ）..... 2319
華語文学の新しい風（ハ）............... 2733
華語文学の新しい風（ハク・センユウ）... 2772
華語文学の新しい風（ヨウ・ケンケイ）... 4169
華語文学の新しい風（ラク・イグン）..... 4214
華語文学の新しい風（リ・エイヘイ）..... 4297
華語文学の新しい風（リ・ケン）......... 4299
華語文学の新しい風（リュウ・ジキン）... 4423
華語文学の新しい風（リョウ・イドウ）... 4444
華語文学の新しい風（リン・シュンエイ）.. 4450
華語文学の新しい風（ワリス）........... 4763
囲われた空（ゲーゼンツヴィ）........... 1298
囲われた空（ルーネンズ）............... 4518
禍根（コーンウェル）............ 1496, 1497
カササギの王（チャールズ）............. 2245
カササギの飛翔（チャールズ）........... 2246
カサノヴァと純白の新妻（グリーン）..... 1116
カサノヴァの素顔（リー）............... 4313
火山の下（ラウリー）................... 4210
果樹園の守り手（マッカーシー）......... 3798
カースト（ウィルカーソン）............. 0287
ガストン・ルルーの恐怖夜話（ルルー）... 4531
カスパー（ハントケ）................... 3054
火星からの来訪者（レム）............... 4566
家政婦がシンデレラになる夜（グリーン）.. 1117
家政婦の娘と呼ばれて（アームストロン
　グ）............................... 0083
家政婦は籠の鳥（ケンドリック）......... 1331
風に散る煙（トレメイン）........ 2563, 2564
風に吹かれる砂のように（ジョーダン）... 1813
風に向かう花のように（ケリー）......... 1314
風の前の塵（シ・シュクセイ）........... 1592
風のむこうのあなた（メイジャー）....... 3980
火葬（キム・フン）..................... 0870
家族のレッスン（ジョーダン）........... 1814
家畜追いの妻　パラマタ・ガールズ（ヴァ
　レンタイン）....................... 0243

家畜追いの妻　パラマタ・ガールズ（パーセル） ……………………………………… 2801
がちょうの乙女の忍ぶ恋（アレンズ） …… 0131
ガチョウの本（リー） ……………………… 4293
カッコーの歌（ハーディング） …………… 2821
カッティング・エッジ（ディーヴァー）
………………………………………… 2348, 2349
勝手に生きろ！（ブコウスキー） ………… 3300
カテリーナの微笑（ヴェッチェ） ………… 0384
カトリアナ（スティーヴンソン） ………… 1958
哀しいカフェのバラード（マッカラーズ） … 3803
悲しい罠（ブロックマン） ………………… 3477
悲しきロック（パーマー） ………………… 2885
哀しみの絆（サラ） ………………………… 1552
悲しみの館（ブルックス） ………………… 3432
ガーナに消えた男（クァーティ） ………… 0946
かなり緩やかな愛の前進（ポーラン） …… 3688
かなわぬ恋（パーマー） …………………… 2886
ガニメデの優しい巨人（ホーガン） ……… 3628
彼女が大人になるまで（パーマー） ……… 2887
彼女の思い出／逆さまの森（サリンジャー）
…………………………………………… 1574
彼女は水曜日に死んだ（ラング） ………… 4286
彼女はマリウポリからやってきた（ヴォーディン）
…………………………………………… 0435
カフカ断片集（カフカ） …………………… 0765
壁から死体？（バンディアン） …………… 3051
壁の花と愛を拒む億万長者（コリンズ） … 1469
壁の花に魔法をかけて（リドリー） ……… 4393
壁の花の白い結婚（モーガン） …………… 4028
神（シーラッハ） …………………………… 1882
神々の掟（エルマー） ……………………… 0549
神々の掟（フェルトホフ） ………………… 3233
神様がくれた恋の花（グレアム） ………… 1184
神様がくれた恋の花（サラ） ……………… 1553
神様がくれた恋の花（ハワード） ………… 3010
神様からの処方箋（マリネッリ） ………… 3853
神の子を宿した罪（ウエスト） …………… 0373
カーミラ（レ・ファニュ） ………………… 4563
神は俺たちの隣に（カーヴァー） ………… 0693
仮面の夫（モーティマー） ………………… 4061
仮面の妖精（フォックス） ………………… 3269
仮面舞踏会はあさき夢（ジョイス） ……… 1784
寡黙な同居人（ミシャロン） ……………… 3920
かもめ（チェーホフ） ……………………… 2211
『かもめ』＆『ワーニャ伯父さん』（チェーホフ）
………………………………………… 2212, 2213
通い猫アルフィーと3匹の教え子（ウェルズ）
…………………………………………… 0406
ガラス越しの記憶（フォックス） ………… 3270
カラス殺人事件（ラヴェット） …………… 4202
ガラスの家（リード） ……………………… 4382
ガラスの顔（ハーディング） ……………… 2822
ガラスの靴のゆくえ（ウインターズ） …… 0322
ガラスの橋（アーサー） …………………… 0018
ガラスの帽子（セメル） …………………… 2074
カラボン帝国の皇帝（エーヴェルス） …… 0499
カラボン帝国の皇帝（シドウ） …………… 1685

カラマーゾフの兄弟（ドストエフスキー）
………………………………………… 2495〜2500
ガラム・マサラ！（ライナ） ……………… 4195
ガリバー（シモン） ………………………… 1709
狩場の悲劇（チェーホフ） ………………… 2214
ガリバー旅行記（スウィフト） …………… 1909
カリフォルニア独立戦争（バーン） ……… 3024
カリフォルニアのジル・ブラス（デュマ） … 2438
カリュドンの狩り（ヴルチェク） ………… 0467
カリュドンの狩り（グリーゼ） …………… 1078
ガルシアへの手紙（ハバード） …………… 2862
ガルシアへの手紙（ローワン） …………… 4737
ガルシア＝マルケス中短篇傑作選（ガルシア＝マルケス）
…………………………………………… 0793
カルタン人の逆襲（エルマー） …………… 0550
カルタン人の逆襲（マール） ……………… 3869
カルタン人揺籃の地（ヴルチェク） ……… 0468
カルタン人揺籃の地（マール） …………… 3870
カルトゥジオ会修道院の門番であるドン・B***の物語（ラトゥシュ）
…………………………………………… 4237
華麗な復讐株式会社（ヨナソン） ………… 4173
彼が残した最後の言葉（デイヴ） ………… 2346
彼の名は言えない（マートン） …………… 3834
カレル・チャペックの見たイギリス（チャペック）
…………………………………………… 2242
彼は彼女の顔が見えない（フィーニー） … 3205
かわいい秘書にご用心（シャルヴィス） … 1737
乾いた人びと（ハーモス） ………………… 2945
川が流れるように（リード） ……………… 4367
渇きの地（ハマー） ………………………… 2873
買われた妻（ビアンチン） ………………… 3082
鑑識写真係リタとうるさい幽霊（エマーソン）
…………………………………………… 0528
鑑識レコード倶楽部（ミルズ） …………… 3934
関心領域（エイミス） ……………………… 0495
ガーンズバック変換（リク・シュウサ） … 4348
缶詰サーディンの謎（テメルソン） ……… 2433
完全なる結婚（モンロー） ………………… 4121
完全版アリス物語（キャロル） …………… 0894
カンタロ捕獲作戦（グリーゼ） …………… 1079
カンタロ捕獲作戦（フランシス） ………… 3385
寒波（デ・ジョバンニ） …………………… 2425
乾杯、神さま（ポニアトウスカ） ………… 3662
甘美な脅迫結婚（グリーン） ……………… 1118
完璧な家族（ガードナー） ………………… 0754
完璧な公爵は嫉妬と愛をもてあます（アダムズ）
…………………………………………… 0043
完璧な大富豪との甘い密約（マッケナ） … 3814
完璧な伯爵の完璧な花嫁（エリオット） … 0531
完璧な秘書はささやく（ナイト） ………… 2587

【き】

キヴォーキアン先生、あなたに神のお恵みを（ヴォネガット）
…………………………………………… 0446
キヴォーキアン先生、あなたに神のお恵みを（ストリンガー）
…………………………………………… 1993
消え失せた密画（ケストナー） …………… 1293

消えた記憶と愛の絆（グレイディ）……… 1249
消えた戦友（チャイルド）……… 2232, 2233
消えたソンタクホテルの支配人（チョン）‥ 2301
消えた初恋と十五年愛（アシェンデン）… 0030
消えたファラオの財宝を探しだせ（カッスラー）……………………………… 0733, 0734
消えたファラオの財宝を探しだせ（ブラウン）…………………………… 3324, 3325
記憶を返して（ビアンチン）……… 3083
記憶をなくしたシンデレラ（ハーディ）… 2813
記憶書店（チョン）……… 2302
記憶喪失の灰かぶりの秘密（イェーツ）… 0198
記憶の中のきみへ（ウエスト）……… 0374
記憶の虜囚（ラーゲルクランツ）……… 4218
木々、坂に立つ（ファン・スンウォン）… 3193
喜劇全集（アリストパネス）……… 0087
危険すぎる契約（グレアム）……… 1185
危険な妹（ジョーダン）……… 1815
危険な嘘（ジョーダン）……… 1816
危険な蒸気船オリエント号（ラーマー）… 4257
危険な同居人（スティール）……… 1963
危険なトランスガールのおしゃべりメモワール（カイチェントム）……… 0692
危険なハネムーン（パーマー）……… 2888
貴公子と無垢なメイド（コーニック）… 1440
椎る（ベルンハルト）……… 3573
刻まれた記憶（ジョーダン）……… 1817
軋み（エヴァ・ビョルク・アイイスドッティル）……… 0496
傷を抱えて闇を走れ（クレイナー）……… 1250
キス、キス、メリークリスマス（パーマー）……………………………… 2889
キスして、王子さま（パーマー）……… 2890
傷ついた世界の歩き方（デゼラブル）… 2427
傷ついたダイヤモンド（パーマー）……… 2891
傷ついたレディ（サラ）……… 1554
絆を宿した疎遠の妻（リバース）……… 4395
絆のプリンセス（マクローン）……… 3764
キスのレッスン（ジョーダン）……… 1818
奇跡を宿したナース（ロバーツ）……… 4615
奇跡が街に訪れて（テイラー）……… 2400
奇跡のウエディング（モーティマー）… 4062
奇蹟の輝き（マシンズ）……… 3778
輝石の空（ジェミシン）……… 1648
奇跡の双子は愛の使者（ヒートン）……… 3131
北の橋の舞踏会 世界を駆けるヴィーナス（マッコルラン）……… 3825
気狂いピエロ（ホワイト）……… 3716
キットとパーシー（セバスチャン）……… 2069
きつね（ウグレシッチ）……… 0453
狐には向かない職業（ブラック）……… 3349
ギデオン（ミュア）……………… 3928, 3929
義とされた罪人の手記と告白（ホッグ）… 3650
疑念（ホルスト）……… 3700
貴婦人たちの闘い（スクリーブ）……… 1919
貴婦人たちの闘い（ルグヴェ）……… 4504
貴婦人の条件（マーシャル）……… 3785
騎兵隊（バーベリ）……… 2872

木彫りの男の子シューハイ（チョウ・レイコウ）……… 2288
君をさがして（パク）……… 2771
君を取り戻すまで（バード）……… 2829
君という生活（キム・ヘジン）……… 0873
君との通勤時間（リン・ペイユー）……… 4454
君に伝えたいこと。（キム）……… 0858
きみの声が聞こえる（サラ）……… 1555
君の心に刻んだ名前（タン・ラン）……… 2188
君のために鐘は鳴る（オウ・ゲン）……… 0586
君の名はダニエル（フェンキノス）……… 3248
奇妙な絵（レクーラック）……… 4548
奇妙な捕虜（ホーム）……… 3678
キャクストン私設図書館（コナリー）……… 1403
キャサリン・タイナン短篇集（タイナン）‥ 2125
キャロル・モーティマー珠玉選（モーティマー）……………………………… 4063
ギャングランド（ホーガン）……… 3633
ギャンブラーが多すぎる（ウェストレイク）……………………………… 0381
九カ月後の再会は産声とともに（ミルバーン）……………………………… 3935
九カ月の絆は突然に（ウィリアムズ）……… 0273
吸血鬼ヴァーニー（プレスト）……… 3460
吸血鬼ヴァーニー（ライマー）……… 4199
吸血鬼ドラキュラ（ストーカー）……… 1982
吸血鬼の仮面（アルテ）……… 0102
吸血鬼ハンターたちの読書会（ヘンドリクス）……………………………… 3594
吸血鬼ラスヴァン（ヴィエレック）……… 0259
吸血鬼ラスヴァン（ギルバート）……… 0913
吸血鬼ラスヴァン（クロフォード）……… 1272
吸血鬼ラスヴァン（ダーシー）……… 2160
吸血鬼ラスヴァン（バイロン）……… 2743
吸血鬼ラスヴァン（ブラッドン）……… 3369
吸血鬼ラスヴァン（プレスト）……… 3459
吸血鬼ラスヴァン（ポリドリ）……… 3693
吸血鬼ラスヴァン（ライマー）……… 4200
吸血鬼ラスヴァン（リントン）……… 4468
吸血鬼ラスヴァン（ロビンソン）……… 4642
吸血鬼は夜恋をする（ヴァン・ヴォーク
ト）……………………………… 0247
吸血鬼は夜恋をする（ウェッブ）……… 0385
吸血鬼は夜恋をする（ケラー）……… 1311
吸血鬼は夜恋をする（コリア）……… 1463
吸血鬼は夜恋をする（サーバー）……… 1534
吸血鬼は夜恋をする（シェクリイ）……… 1629
吸血鬼は夜恋をする（シェニス）……… 1637
吸血鬼は夜恋をする（シャーラ）……… 1733
吸血鬼は夜恋をする（スタントン）……… 1945
吸血鬼は夜恋をする（セント・クレア）… 2081
吸血鬼は夜恋をする（テヴィス）……… 2420
吸血鬼は夜恋をする（テン）……… 2468
吸血鬼は夜恋をする（ナース）……… 2594
吸血鬼は夜恋をする（パングボーン）……… 3043
吸血鬼は夜恋をする（フィッシュ）……… 3200
吸血鬼は夜恋をする（ブラッドベリ）……… 3360
吸血鬼は夜恋をする（ブラナー）……… 3375

吸血鬼は夜恋をする（ブレットナー）...... 3463
吸血鬼は夜恋をする（ベスター）............ 3529
吸血鬼は夜恋をする（ポージス）............ 3640
吸血鬼は夜恋をする（ポール）............... 3695
吸血鬼は夜恋をする（マシスン）............ 3779
吸血鬼は夜恋をする（ヤング）............... 4143
吸血鬼は夜恋をする（ヤング）............... 4144
吸血鬼は夜恋をする（ライバー）............ 4197
吸血鬼は夜恋をする（ルービン）............ 4522
吸血鬼は夜恋をする（ワイアル）............ 4740
求婚されなかった花嫁（クイン）............ 0949
急斜面（フェーア）............................... 3222
救出（コンコリー）.................. 1502, 1503
救出の距離（シュウェブリン）............... 1751
九番目の招待客（デイヴィス）............... 2362
キュリアス・キャット・スパイ・クラブ（シ
　ングルトン）....................................... 1902
キュレーターの殺人（クレイヴン）......... 1238
境界の扉（クイーン）............................ 0952
教科書の中の世界文学（アルラン）......... 0125
教科書の中の世界文学（アンダーソン）... 0145
教科書の中の世界文学（カフカ）............ 0766
教科書の中の世界文学（ガルシン）......... 0798
教科書の中の世界文学（サンソム）......... 1580
教科書の中の世界文学（シュペルヴィエ
　ル）... 1759
教科書の中の世界文学（スタインベック）... 1930
教科書の中の世界文学（タゴール）......... 2139
教科書の中の世界文学（チェーホフ）...... 2215
教科書の中の世界文学（チャペック）...... 2243
教科書の中の世界文学（ドーデ）............ 2505
教科書の中の世界文学（ヒューズ）......... 3150
教科書の中の世界文学（ブラスコ・イバー
　ニェス）... 3347
教科書の中の世界文学（プルス）............ 3427
教科書の中の世界文学（ペッチャー）...... 3533
教科書の中の世界文学（ヘッベル）......... 3534
教科書の中の世界文学（ホーソーン）...... 3642
教科書の中の世界文学（マラマッド）...... 3849
教科書の中の世界文学（ムンテヤーヌ）... 3958
教科書の中の世界文学（モーパッサン）... 4092
教科書の中の世界文学（ヤーコブレフ）... 4134
教科書の中の世界文学（ロ・ジン）......... 4575
教皇ハドリアヌス七世（ロルフ）............ 4712
教授と私（ニールズ）............................ 2631
京都に咲く一輪の薔薇（バルベリ）......... 2971
脅迫（ジョーダン）............................... 1819
脅迫結婚（ジョーダン）......................... 1820
脅迫された花嫁（バード）...................... 2830
共犯者（ラフォン）............................... 4253
恐怖を失った男（クレイヴン）............... 1239
今日、僕らの命が終わるまで（シルヴェ
　ラ）... 1890
極東動乱（オルソン）............................ 0662
極東動乱（ブランズ）............................ 3395
極夜の灰（モックラー）......................... 4053
巨人たちの星（ホーガン）...................... 3629
拒絶された億万長者（メイザー）............ 3968

拒絶された花婿（ビアンチン）............... 3084
清らかな背徳（スチュアート）............... 1946
敬愛の心（キム）.................................. 0854
嫌いになれなくて（パーマー）............... 2892
きらめきの一夜（マリネッリ）............... 3854
ギリシアを捨てた妻（ウインターズ）...... 0323
ギリシア海運王の隠された双子（ジョーダ
　ン）... 1821
ギリシアから来た略奪者（バード）......... 2831
ギリシア式愛の闘争（グレアム）............ 1186
ギリシア神に隠した秘密（アダムズ）...... 0044
ギリシア神にキスした乙女（グリーン）... 1119
ギリシアに囚われた花嫁（リバース）...... 4397
ギリシアの狼富豪と赤ずきん（アシェンデ
　ン）... 0031
ギリシアの聖夜（モンロー）................... 4122
ギリシアの小さな奇跡（ウインターズ）... 0324
ギリシア富豪と契約妻の約束（ヒューイッ
　ト）... 3144
ギリシア富豪とナニーの秘密（ローレン
　ス）... 4723
ギリシア富豪と薄幸のメイド（グレアム）... 1187
ギリシア富豪と路上の白薔薇（グレアム）... 1188
ギリシア富豪の貴い贈り物（マリネッリ）... 3855
霧に眠る殺意（ジョハンセン）............... 1860
キリング・イヴ（ジェニングス）... 1639〜1641
キリング・ヒル（オフット）................... 0634
キリンの首（シャランスキー）............... 1734
キル・ショー（スウェレン＝ベッカー）... 1910
キロメートル・ゼロすべては、いまここに
　ある（アンカウア）............................ 0135
疑惑の入会者（モントクレア）............... 4114
極めて私的な超能力（チャン・ガンミョ
　ン）... 2251
銀河ギャンブラー（グリーゼ）............... 1080
銀河ギャンブラー（シェール）............... 1655
銀河帝国の興亡（アシモフ）................... 0034
銀河之心（コウ・ハ）................... 1366, 1367
キングと兄ちゃんのトンボ（カレンダー）... 0807
キングの身代金（マクベイン）............... 3755
銀行強盗にあって妻が縮んでしまった事
　件/奇妙という名の五人兄妹（カウフマ
　ン）... 0697
金庫破りときどきスパイ（ウィーヴァー）... 0256
金庫破りとスパイの鍵（ウィーヴァー）... 0257
禁じられた結婚（フォックス）............... 3271
禁じられた恋人（リー）......................... 4314
禁じられた言葉（ローレンス）............... 4724
禁じられた館（ヴィル）......................... 0286
禁じられた館（エルベール）................... 0545
近代初期イギリス演劇選集（サックヴィ
　ル）... 1526
近代初期イギリス演劇選集（ノートン）... 2730
近代初期イギリス演劇選集（ヒューズ）... 3149
近代初期イギリス演劇選集（ピール）...... 3166
近代初期イギリス演劇選集（プレストン）... 3462
禁断の楽園（ゲイツ）............................ 1287
禁断の林檎（ニールズ）......................... 2632
近未来短篇集（イ・カクゲン）............... 0172

近未来短篇集（オウ・レイグン）………… 0595
近未来短篇集（ガ・ケイヒン）…………… 0676
近未来短篇集（カン・タイリク）…………… 0821
近未来短篇集（キョ・ジュントウ）………… 0910
近未来短篇集（コ・ナンチュウ）…………… 1357
近未来短篇集（ショウ・シュウ）…………… 1788
近未来短篇集（リン・シンケイ）…………… 4451

【く】

空軍輸送部隊の殺人（ドーズ）…………… 2494
偶然のシンデレラ（メイザー）…………… 3969
偶像の涙（ゼン・ショウコク）…………… 2080
クォークビーストの歌（フォード）………… 3287
九月と七月の姉妹（ジョンソン）…………… 1877
〈九月の朝〉作戦（エルマー）…………… 0551
〈九月の朝〉作戦（マール）……………… 3871
鎖（スクリーブ）…………………………… 1920
孔雀宮のロマンス（ウィンズピア）………… 0300
孔雀屋敷（フィルポッツ）………………… 3214
愚者の街（トーマス）…………… 2518, 2519
薬屋の秘密（ペナー）……………………… 3536
薬指についた嘘（マリネッリ）…………… 3856
薬指は片想いのまま（パーマー）………… 2893
くそったれ！ 少年時代（ブコウスキー）… 3301
九段下駅（オールダー）…………………… 0665
九段下駅（コヤナギ）……………………… 1461
九段下駅（チェン）………………………… 2216
九段下駅（ワイルド）……………………… 4755
唇が嘘をつけなくて（マッケナ）………… 3815
唇のねじれた男（コナン・ドイル）……… 1414
グッキー、危機一髪！（ダールトン）…… 2177
グッキー、危機一髪！（マール）………… 3872
グッゲンハイムの謎（スティーヴンス）… 1955
グッゲンハイムの謎（ダウド）…………… 2128
グッド・バッド・ガール（フィーニー）… 3206
靴に棲む老婆（クイーン）………………… 0953
グッバイ・エンジェル（サラ）…………… 1556
九人の偽聖者の密室（ホームズ）………… 3681
熊と小夜鳴鳥（アーデン）………………… 0058
熊とパシャースクリーブ傑作ヴォードヴィル選 外交官―スクリーブ傑作ヴォードヴィル選（サンティニ）…………… 1581
熊とパシャースクリーブ傑作ヴォードヴィル選 外交官―スクリーブ傑作ヴォードヴィル選（スクリーブ）……………… 1921
熊とパシャースクリーブ傑作ヴォードヴィル選 外交官―スクリーブ傑作ヴォードヴィル選（ドラヴィーニュ）………… 2523
くまのプーさんささやかだけど大切にすること（ハプカ）……………………… 2869
くまのプーさんの作者、ミルンの演劇選集（ミルン）……………………………… 3941
雲なす証言（セイヤーズ）………………… 2061
蜘蛛の巣の罠（ケプレル）………… 1306, 1307
暗い庭（バリェ＝インクラン）…………… 2953
クライ・マッチョ（ナッシュ）…………… 2596
昏き聖母（トレメイン）………… 2565, 2566
グラーキの黙示（キャンベル）…… 0903〜0905
クラーク・アンド・ディヴィジョン（ヒラハラ）……………………………………… 3161
クラクフ・ゲットーの薬局（パンキェヴィチ）……………………………………… 3034
クラシック・ラブ（ニールズ）…………… 2633
Grab a Bite（サモン）…………………… 1542
暗闇の後で（バイパー）…………………… 2741
暗闇のサラ（スローター）………………… 2045
暗闇の中の愛（ウインターズ）…………… 0325
暗闇の梟（アフォード）…………………… 0074
クララ（グラネル）………………………… 1031
クララとお日さま（イシグロ）…………… 0208
クララの秘密（ペンブローク）…………… 3600
クリスティーヌ（アンゴ）………………… 0137
クリスマスカードに悪意を添えて（ワスマー）……………………………………… 4757
クリスマス・ティーと最後の貴婦人（チャイルズ）…………………………………… 2226
クリスマスの恋の贈り物（ジョーダン）… 1822
クリスマスの恋の贈り物（バロウズ）…… 2985
クリスマスの恋の贈り物（ビアンチン）… 3085
クリスマスの最後の願いごと（ベケット）… 3523
クリスマスの殺人（クリスティー）……… 1061
クリスマスの受胎告知（ヒートン）……… 3132
グリムドイツ伝説集（グリム）…………… 1104
グリム・ドイツ伝説選（グリム）………… 1105
グリム童話（グリム）……………………… 1106
グリム童話（グリム）……………………… 1107
グリーン家殺人事件（ヴァン・ダイン）… 0248
グリーン・ロード（エンライト）………… 0570
苦しみのあとに（メイザー）……………… 3970
クルーゾー（ザイラー）…………………… 1515
狂った宴（トーマス）……………………… 2520
グールド魚類画帖（フラナガン）………… 3377
クルーハウスの秘密（スチュアート）…… 1947
車椅子探偵の幸運な日々（リーチ）……… 4359
グレイス・イヤー（リゲット）…………… 4351
グレイラットの殺人（クレイヴン）……… 1240
クレオパトラの短剣（ローレンス）……… 4735
クレディブル・ダガー（アクーニャ）…… 0015
グレート・ギャツビー（フィッツジェラルド）……………………………………… 3202
「グレート・ギャツビー」を追え（グリシャム）………………………………………… 1057
グレート・サークル（シプステッド）…… 1699
紅の笑み・七人の死刑囚（アンドレーエフ）……………………………………… 0167
クレムリンの魔術師（ダ・エンポリ）…… 2132
クレールとの夕べ／アレクサンドル・ヴォルフの亡霊（ガズダーノフ）…………… 0714
黒い錠剤（エングマン）…………………… 0568
黒い谷（ミニエ）…………………………… 3925
黒い蜻蛉（パスリー）……………………… 2800
黒い瞳のブロンド（ブラック）…………… 3352
黒い雪玉（オウ・アンオク）……………… 0579
黒い雪玉（オウ・ショウヘイ）…………… 0588
黒い雪玉（カツ・スイヘイ）……………… 0726
黒い雪玉（カン・ショウコウ）…………… 0820
黒い雪玉（コ・ケツセイ）………………… 1351

黒い雪玉（ゴ・ネンシン）	1358
黒い雪玉（コウ・シュンメイ）	1364
黒い雪玉（ショウ・グン）	1786
黒い雪玉（ショウ・コウ）	1787
黒い雪玉（チン・キ）	2305
黒い雪玉（テツ・ヨウ）	2428
黒い雪玉（バク・ゲン）	2770
黒い雪玉（フウ・シ）	3216
黒い雪玉（ボウ・イ）	3614
黒い雪玉（リュウ・ショウジョ）	4439
黒い雪玉（リン・カイオン）	4448
黒い雪玉（ロウ・シャ）	4580
黒馬物語（シューウェル）	1752, 1753
黒き荒野の果て（コスビー）	1377
グロサ（サエール）	1518
クロニクル千古の闇（ペイヴァー）	3499, 3500
黒猫（ポー）	3609, 3610
黒猫（モーティマー）	4064
黒猫になった教授（コックス）	1381
クロノパルス壁の飛び地（シェール）	1656
クロノパルス壁の飛び地（フランシス）	3386
黒伯爵と罪深きワルツを（テンプル）	2470
クロームハウスの殺人（コール）	1478
クロームハウスの殺人（コール）	1479
グローリア・スコット号（コナン・ドイル）	1415
黒鷲の大富豪（ハンプソン）	3061

【け】

警視の慟哭（クロンビー）	1277
刑罰（シーラッハ）	1883
契約結婚は逃げた花嫁と（ミルバーン）	3936
外科医エリーゼ（ユーイン）	4149
汚れた歳月（ピエール・ド・マンディアルグ）	3099
汚れなき乙女の犠牲（バード）	2832
毛皮を着たヴィーナス（ザッハー＝マゾッホ）	1527
激情の園（リード）	4383
下宿人（ギッシング）	0839
結婚相手は最高？（ジョーダン）	1823
結婚から始めて（ニールズ）	2634
結婚コンプレックス（モーティマー）	4065
結婚しないつもりの公爵（フランプトン）	3400
結婚すべきではない伯爵（ペンブルック）	3599
結婚するとは思いませんでした。（ジェス）	1631
結婚という名の悲劇（モーガン）	4029
結婚/毒（ディトレウセン）	2395
結婚と償いと（フォックス）	3272
結婚の代償（パーマー）	2894
結婚の罠（グレアム）	1189
結婚は偽りの香り（パーヴ）	2746
決戦！ 宇宙要塞三二〇一（シドウ）	1686
決戦！ 宇宙要塞三二〇一（マール）	3873
決定版カフカ短編集（カフカ）	0767
GET A GRIP（ウィックマン）	0269
GET A GRIP（ペイトン）	3505
潔白の法則（コナリー）	1404, 1405
月曜か火曜（ウルフ）	0483
けなげな恋心（モーガン）	4030
ケルト人の夢（バルガス＝リョサ）	2961
ケンカ鶏の秘密（グルーバー）	1155
厳寒の町（アーナルデュル・インドリダソン）	0068
検察官の遺言（シ・キンチン）	1590
賢者の贈り物（オー・ヘンリー）	0638
ケンジントン公園（フレサン）	3457
幻想三重奏（ベロウ）	3584
現代オマーン文学選集（アブドゥッラー）	0075
現代オマーン文学選集（アル・カースィミー）	0091
現代オマーン文学選集（アル・シェッヒー）	0093
現代オマーン文学選集（アル・ジャズミー）	0095
現代オマーン文学選集（アル・スライミー）	0100
現代オマーン文学選集（アル・ターイー）	0101
現代オマーン文学選集（アル・ヌーファリー）	0112
現代オマーン文学選集（アル・ハーシミー）	0113
現代オマーン文学選集（アル・ハーリスィー）	0114
現代オマーン文学選集（アル・ハーリスィー）	0115
現代オマーン文学選集（アル・マスカリー）	0118
現代オマーン文学選集（アル・マズルーイー）	0119
現代オマーン文学選集（アル・ミウマリー）	0121
現代オマーン文学選集（アル・ラッカーディ）	0122
現代オマーン文学選集（アル・ラハビー）	0123
現代オマーン文学選集（アル・ラハビー）	0124
現代オマーン文学選集（アル・リワーティー）	0126
現代オマーン文学選集（サウド）	1517
現代オマーン文学選集（ハビーブ）	2868
現代オマーン文学選集（ハルファーン）	2970
現代カンボジア短編集（イエン）	0203
現代カンボジア短編集（ヴァンディ）	0250
現代カンボジア短編集（ウム）	0464
現代カンボジア短編集（カエプ）	0699
現代カンボジア短編集（クット）	0994
現代カンボジア短編集（スワイ）	2049
現代カンボジア短編集（ソー）	2087
現代カンボジア短編集（ソック）	2096
現代カンボジア短編集（ネン）	2706
現代カンボジア短編集（バン）	3027
厳冬之棺（ソン・シンブン）	2114
ケンブリッジ大学の途切れた原稿の謎（ペイトン・ウォルシュ）	3507

【こ】

恋をするのが怖い（ジョーダン）………… 1824
恋を忘れた無垢な薔薇（ミルバーン）…… 3937
恋が始まるウィークエンド（ジェームズ）… 1652
恋が盲目なら（ゴールドリック）………… 1485
恋した人の名は…（リー）………………… 4315
恋する一夜物語（ケンドリック）………… 1332
恋する一夜物語（ダーシー）……………… 2148
恋する一夜物語（ブロードリック）……… 3482
恋する夜よ永遠に（ウインターズ）……… 0326
恋する夜よ永遠に（モーガン）…………… 4031
恋に落ちたシチリア（ケンドリック）…… 1333
恋に気づかない公爵（アシュフォード）… 0036
恋のかけらを拾い集めて（ビアンチン）… 3086
恋のかけらを拾い集めて（メイジャー）… 3981
恋の後遺症（ニールズ）…………………… 2635
恋の砂漠（ラム）…………………………… 4270
恋のスケッチはヴェネツィアで（ボウエン）……………………………………… 3620
恋の代役（ジョーダン）…………………… 1825
恋の旅に出るなら伯爵と（アダムズ）…… 0041
恋の罪、愛の罰（グリーン）……………… 1120
恋の手ほどきはひとつ屋根の下（ドレイク）………………………………………… 2561
恋のルール（ジョーダン）………………… 1826
恋の霊（ハーディ）………………………… 2816
恋人買います（リー）……………………… 4316
恋人たちのいる風景（オー・ヘンリー）… 0639
恋人は聖夜の迷い子（グレアム）………… 1190
恋は危険な賭（ローレンス）……………… 4725
恋は地中海の香り（ウインターズ）……… 0327
恋は地中海の香り（ゴードン）…………… 1394
恋は地中海の香り（モーリ）……………… 4101
恋は炎のように（ジョーダン）…………… 1827
ゴーイング・ゼロ（マクカーテン）……… 3740
幸運には逆らうな（デリオン）…………… 2456
郊外の探偵たち（ニシーザ）……………… 2614
郊外のフェアリーテール（マンスフィールド）……………………………………… 3913
豪華客船オリンピック号の殺人（ルース・ノイバウアー）……………………… 4508
黄河源流からロプ湖へ（プルジェワルスキー）……………………………………… 3426
業火の市（まち）（ウィンズロウ）……… 0305
交換条件は、純潔（アダムズ）…………… 0045
紅玉のリフレイン（アンドルーズ）……… 0161
高原の魔法（ニールズ）…………………… 2636
向日性植物（リ・ヘイヨウ）……………… 4306
こうしてイギリスから熊がいなくなりました（ジャクソン）………………………… 1719
公爵への二度目の初恋（レスブリッジ）… 4552
侯爵家の家庭教師は秘密の母（プレスト）………………………………………… 3461
公爵家の図書係の正体（ラーセン）……… 4227
公爵さま、いい質問です（メッシーナ）… 3999
公爵さまが、あやしいです（メッシーナ）… 4000
公爵さま、これは罠です（メッシーナ）… 4001
公爵さま、前代未聞です（メッシーナ）… 4002
公爵さま、それは誤解です（メッシーナ）… 4003
侯爵と雨の淑女と秘密の子（ガストン）… 0719
公爵とかりそめの花嫁（ハワード）……… 3002
侯爵と疎遠だった極秘妻（ケイ）………… 1286
侯爵と見た夢（クレイヴン）……………… 1236
侯爵に言えない秘密（クリアリー）……… 1051
公爵に恋した身代わり花嫁（シェパード）… 1642
公爵の跡継ぎを宿した乙女（ショー）…… 1771
公爵の花嫁になれない家庭教師（ウェブスター）……………………………………… 0391
公爵の無垢な花嫁はまだ愛を知らない（アダムズ）………………………………… 0046
侯爵夫人と呼ばれて（グレアム）………… 1191
公爵令嬢と月夜のビースト（ヒース）…… 3115
皇太子と醜いあひるの子（ライス）……… 4184
皇帝の帰還（エルマー）…………………… 0552
皇帝の帰還（マール）……………………… 3874
皇帝ユリアヌスと騎士たちの物語　ユリアーン（アイヒェンドルフ）……………… 0002
皇帝ユリアヌスと騎士たちの物語　ユリアーン（フケー）………………………… 3297
鋼鉄紅女（ジャオ）………………………… 1711
コウノトリが来ない結婚（コリンズ）…… 1470
幸福なモスクワ（プラトーノフ）………… 3372
傲慢君主の身代わり花嫁（ライス）……… 4185
高慢と偏見（オースティン）……… 0612, 0613
傲慢と無垢の尊き愛（イエーツ）………… 0199
傲慢と無垢の尊き愛（ゴードン）………… 1395
傲慢と無垢の尊き愛（ジョーダン）……… 1828
傲慢と無垢の尊き愛（モーティマー）…… 4066
傲慢富豪の情熱（グレアム）……………… 1192
傲慢富豪の情熱（ケンドリック）………… 1334
傲慢富豪の情熱（ローレンス）…………… 4726
傲慢富豪の父親修行（ジェイムズ）……… 1614
荒野の乙女（ウィンズピア）……………… 0301
強欲の海に潜行せよ（カッスラー）… 0735, 0736
強欲の海に潜行せよ（ブラウン）… 3326, 3327
声なき王の秘密の世継ぎ（ラッタン）…… 4235
五億ドルの愛人（リー）…………………… 4317
子を抱く灰かぶりは日陰の妻（クルーズ）… 1135
凍った愛がとけるとき（アドラー）……… 0065
氷の木の森（ハ）…………………………… 2732
氷の城（ヴェーソス）……………………… 0383
氷の罠と知らずに天使を宿し（ルーカス）… 4488
誤解（カミュ）……………………………… 0780
誤解（ネミロフスキー）…………………… 2703
五月その他の短篇（スミス）……………… 2020
黒衣のシンデレラは涙を隠す（ジェイムズ）………………………………………… 1615
国王陛下の花嫁選び（ルイス）…………… 4471
極上上司と秘密の恋人契約（ウィリアムズ）………………………………………… 0274
告発者（グリシャム）……………… 1058, 1059
孤高の富豪を愛したら（メイアー）……… 3959
孤高の富豪と花摘み娘（アンダーソン）… 0150
ここから世界が始まる（カポーティ）…… 0774
ここから見えるもの（レーキー）………… 4547

午後三時のシュガータイム（フォスター）…… 3262
ココナッツ・レイヤーケーキはまどろむ（フルーク）…… 3423
心があなたを忘れても（バンクス）…… 3037
心、とけあうとき（パーマー）…… 2895
心なき求婚（バートン）…… 2852
心の奥にひそむ影（ロバーツ）…… 4628, 4629
心の花嫁（ウインターズ）…… 0328
心の瞳で見つめたら（ゴールド）…… 1482
心まで奪われて（ジョーダン）…… 1829
心は孤独な狩人（マッカラーズ）…… 3804
心は泣いたり笑ったり（コンデ）…… 1506
後西遊記（神話・民話・古典文学等）…… 4770
後三國演義（神話・民話・古典文学等）…… 4771
ゴシップ屋の死（ビートン）…… 3138
56日間（ハワード）…… 3004
古城の大富豪と契約結婚（アダムズ）…… 0047
古城のロマンス（ニールズ）…… 2637
古書の来歴（ブルックス）…… 3431
ゴスペルシンガー（クルーズ）…… 1148
午前二時からのシンデレラ（キング）…… 0937
午前零時の壁の花（ヒューイット）…… 3145
午前零時のサンセット（フォスター）…… 3263
ゴッド・パズル（トゥルツソーニ）…… 2488
コッド岬（ソロー）…… 2101
鼓動（デ・ジョバンニ）…… 2426
孤島の十人（マクニール）…… 3752
孤独な王と家をなくしたナニー（ローレンス）…… 4727
孤独な城主と誘惑の9カ月（ルーカス）…… 4489
孤独なフィアンセ（モーティマー）…… 4067
コードネームはロムルス（ヴルチェク）…… 0469
コードネームはロムルス（シェール）…… 1657
言葉はいらない（ゴールドリック）…… 1486
子供が王様（ド・ヴィガン）…… 2480
子供はあなたの所有物じゃない（ゴ・ギョウラク）…… 1350
五年契約のシンデレラ（グレアム）…… 1193
この恋、絶体絶命！（パーマー）…… 2896
この恋は宿命（ウェイ）…… 0357
この恋は宿命（リー）…… 4318
この恋は宿命（リマー）…… 4407
このサンドイッチ、マヨネーズ忘れてる ハプワース16、1924年（サリンジャー）…… 1575
この世界からは出ていくけれど（キム・チョヨプ）…… 0863
この手を離してしまえば（バンクス）…… 3038
この手はあなたに届かない（ウォード）…… 0439
この密やかな森の奥で（グラント）…… 1048
この道の先に、いつもの赤毛（タイラー）…… 2126
この胸の嵐（ケンドリック）…… 1335
この村にとどまる（バルツァーノ）…… 2968
このやさしき大地（クルーガー）…… 1131
この夜を終わらせない（ティジャン）…… 2391
この夜を越えて（コイン）…… 1362
この夜が終わるまで（ルーカス）…… 4490
拒めない情熱（グレアム）…… 1194
拒めない誘惑（ジョーダン）…… 1830

湖畔の休日（ニールズ）…… 2638
こびとが打ち上げた小さなボール（チョ・セヒ）…… 2271
5分間ミステリー（ウェバー）…… 0387
こぼれ落ちたメモリー（グレアム）…… 1195
こぼれ落ちたメモリー（テイラー）…… 2401
五本指のけだもの（ハーヴィー）…… 2748
コマンザタラの冒険（グリーゼ）…… 1081
コマンザタラの冒険（シェール）…… 1658
コミック・ヘブンへようこそ（パク・ソリョン）…… 2773
コヨーテのはなし（ベック）…… 3531
こよなく甘い罠（ドナルド）…… 2509
ゴールデン・ギズモ（トンプスン）…… 2579
コールド・バック（コンウェイ）…… 1495
ゴールドマン家の悲劇（ディケール）…… 2382, 2383
コールド・リバー（パレツキー）…… 2978, 2979
殺しへのライン（ホロヴィッツ）…… 3709
殺したい子（イ）…… 0177
コロラド・キッド（キング）…… 0927
壊れた世界で彼は（ベル）…… 3561
GONE（グラント）…… 1049, 1050
金色昔日（オウ・カンユ）…… 0582
金色昔日（カ・カ）…… 0674
金色昔日（カク・ケイホウ）…… 0700
金色昔日（カン・ショウ）…… 0818
金色昔日（ゴ・ソウ）…… 1353
金色昔日（コ・テキ）…… 1355
金色昔日（ソウ・メイイ）…… 2095
金色昔日（チョウ・ゼン）…… 2287
金色昔日（チン・シュウハン）…… 2314
金色昔日（テイ・セイハ）…… 2341
金色昔日（トウ・ヒ）…… 2477
金色昔日（バ・ハクヨウ）…… 2734
金色昔日（フェイ・ダオ）…… 3224
金色昔日（ホウ・ジュ）…… 3616
金色昔日（リュウ・ジキン）…… 4424
今夜からは宿敵の愛人（モーティマー）…… 4068
婚約のシナリオ（ハート）…… 2826
婚約は偶然に（スティール）…… 1964
今夜だけあなたと（メイザー）…… 3971
今夜だけはシンデレラ（グレアム）…… 1196
婚礼（ヴィスピャンスキ）…… 0264
婚礼の夜をふたたび（リード）…… 4384

【さ】

最愛の敵に授けられた永遠（イエーツ）…… 0200
再会愛と大きすぎる秘密（ウィルソン）…… 0292
再会にご用心（メイザー）…… 3972
再会の紳士と秘密の愛し子（ロス）…… 4595
最高のプロポーズ（アンダーソン）…… 0151
在庫管理の魔術（ゴールドラット）…… 1484
サイコテロリスト（グリーゼ）…… 1082
サイコテロリスト（マール）…… 3875
最後にして最初の人類（ステープルドン）…… 1977
最後の挨拶（コナン・ドイル）…… 1416
最後の宇宙飛行士（ウェリントン）…… 0400

書名	頁
最後の語り部（ヒグエラ）	3103
最後の三角形（フォード）	3286
さいごのじかん（ブリッツィ）	3415
最後の事件（コナン・ドイル）	1417
最後の授業（ドーデ）	2506
最後の大君（フィッツジェラルド）	3203
最後のモナ・リザ（サントロファー）	1586
最後のユニコーン（ビーグル）	3105
最後のユニコーン旅立ちのスーズ（ビーグル）	3106
最終法廷（ヘルマン）	3567
最上階の殺人（バークリー）	2788
最善の人生（イム）	0225
祭壇に捨てられた花嫁（グリーン）	1121
サイバー戦争 終末のシナリオ（パーロース）	2994, 2995
最果ての天使（ジョハンセン）	1861
災厄の馬（ブキャナン）	3296
西遊記（神話・民話・古典文学等）	4772, 4773
印（サイン）（アーナルデュル・インドリダソン）	0069, 0070
サインはヒバリ（ヴェリー）	0397
サヴァナの王国（グリーン）	1128
ザ・ウェルキン（カークウッド）	0706
サー・ガウェインと緑の騎士（トールキン）	2538
酒場での十夜（アーサー）	0021
詐欺師（メルヴィル）	4015
詐欺師はもう嘘をつかない（シャープ）	1729
桜の花のかがやき（ウ・キョウ）	0231, 0232
蔑まれた純情（パーマー）	2897
叫びの穴（リース）	4356
ササッサ谷の怪（コナン・ドイル）	1418
ささやきの島（ハーディング）	2823
授かった天使は秘密のまま（テイラー）	2402
授かりし受難（グレアム）	1197
サスペンス作家が殺人を邪魔するには（コシマノ）	1371
サスペンス作家が人をうまく殺すには（コシマノ）	1372
さすらう地（キム）	0860
座席ナンバー7Aの恐怖（フィツェック）	3199
サタンの花嫁（ヘリス）	3554
殺意（アイルズ）	0003
雑種（カフカ）	0768
サッシーは大まじめ（ギブソン）	0844
殺人は自策で（スタウト）	1932
殺人は太陽の下で（ブロードリブ）	3484
殺人は展示する（ウィンゲイト）	0296
殺人は夕礼拝の前に（コールズ）	1480
殺戮の軍神（クランシー）	1036, 1037
殺戮の軍神（ピチェニック）	3119, 3120
雑話集（カザコフ）	0709
雑話集（グリーン）	1110
雑話集（ジェレプツォワ）	1667
雑話集（シェンデローヴィチ）	1672
雑話集（スルジーチェリ）	2039
雑話集（ソログープ）	2108
雑話集（タルコフスキイ）	2175
雑話集（チャージェフ）	2239
雑話集（トルスタヤ）	2550
雑話集（ナギービン）	2593
雑話集（ニコラエンコ）	2613
雑話集（ブィコフ）	3198
雑話集（プリスターフキン）	3403
雑話集（ヤーコブレフ）	4135
サド侯爵の呪い（ウォーナー）	0445
サトラングの隠者（ヴルチェク）	0470
サトラングの隠者（ダールトン）	2178
サニー（オサリバン）	0609
ザニア（マルキス）	3887
サバイバー（パラニューク）	2949
裁きの日（ジョーダン）	1831
砂漠に落ちた涙（モンロー）	4123
砂漠に消えた妻（ハリス）	2955
砂漠に消えた人魚（グレアム）	1163
砂漠の王に囚われて（クルーズ）	1136
砂漠の小さな王子（ゲイツ）	1288
砂漠の花嫁（グレアム）	1198
砂漠の林檎（アガシ）	0011
砂漠の林檎（アグノン）	0016
砂漠の林檎（アミエル）	0082
砂漠の林檎（イェホシュア）	0202
砂漠の林檎（オルレブ）	0669
砂漠の林檎（カステル＝ブルーム）	0715
砂漠の林檎（ゴヴリン）	1369
砂漠の林檎（コーヘン）	1456
砂漠の林檎（スミト）	2030
砂漠の林檎（ツァルカ）	2325
砂漠の林檎（ツェマフ）	2328
砂漠の林檎（バギス）	2762
砂漠の林檎（ハルエヴェン）	2960
砂漠の林檎（ヘンデル）	3593
砂漠の林檎（マンスール）	3914
砂漠の林檎（ラピッド）	4249
砂漠の林檎（リーブレヒト）	4402
砂漠の林檎（レオノフ）	4546
砂漠は魔法に満ちて（ジョーダン）	1832
寂しき婚礼（コーニック）	1441
ザ・フォックス（フォーサイス）	3256
ザ・ブラック・キッズ（リード）	4366
サマー・クロッシング（カポーティ）	0775
ザ・マスターキー（ハアネル）	2737
THE MATCH（コーベン）	1458
さまよう恋心（ニールズ）	2639
彷徨える艦隊（キャンベル）	0900
彷徨（さまよ）える艦隊（キャンベル）	0901
サミュエル・ジョンソンが怒っている（デイヴィス）	2363
The Miracle of Teddy Bear（プラープ）	3379, 3380
寒さ（ベルンハルト）	3574
ザ・メイデンズ（マイクリーディーズ）	3728
さめた愛（ライアンズ）	4180
冷めた情熱（モーガン）	4032
サメと救世主（ウォッシュバーン）	0434

書名	番号
さよなら、ステラ（プリア）	3401
さよならの嘘（アンドルーズ）	0165
さよなら、初恋（パーマー）	2898
さよならは言わない（ニールズ）	2640
サラゴサ手稿（ポトツキ）	3655〜3660
さらばボゴタ（シュヴァルツ＝バルト）	1749
さらばボゴタ（シュヴァルツ＝バルト）	1750
さらわれた亜麻色の花嫁（クルーズ）	1137
さらわれた手違いの花嫁（ディクソン）	2378
ザリガニの鳴くところ（オーエンズ）	0603
サリー・ダイヤモンドの数奇な人生（ニュージェント）	2617
THE LIVING DEAD（ロメロ）	4659, 4660
猿の手（ウェルズ）	0407
猿の手（カットナー）	0748
猿の手（ジェイコブズ）	1608
ザ・ロング・グッドバイ（チャンドラー）	2258
ザ・ロング・サイド（ベイリー）	3513
三階（ネヴォ）	2694
三角座銀河の物質シーソー（グリーゼ）	1083
三角座銀河の物質シーソー（マール）	3876
三カ月だけのシンデレラ（ルーカス）	4491
残酷な方程式（シェクリイ）	1630
残酷な遺言（ローウェル）	4583
三十九階段（バカン）	2760
三十日間の夢（ウインターズ）	0329
三体（リュウ・ジキン）	4425〜4429
三体0（リュウ・ジキン）	4430
三体X（ホウ・ジュ）	3617
三人の女（チョ）	2272, 2273
三人の女たち（テーリス）	2460
三人のホワイトクリスマス（テイラー）	2403
三人のメリークリスマス（ダーシー）	2149
三年間の陥穽（ルースルンド）	4509, 4510
サン＝フォリアン教会の首吊り男（シムノン）	1702
サンライズ・ヒル（ニールズ）	2641

【し】

書名	番号
幸せへの扉（テイラー）	2404
幸せをさがして（ニールズ）	2642
幸せを呼ぶキューピッド（クイン）	0976
幸せを呼ぶキューピッド（グレアム）	1199
幸せな王子（ワイルド）	4749
幸せのそばに（フォックス）	3273
「幸せの列車」に乗せられた少年（アルドーネ）	0109
弑逆者（ロブ＝グリエ）	4648
屍衣にポケットはない（マッコイ）	3822
シェイクスピア・アンド・カンパニィ書店（ビーチ）	3118
シェイクスピアの記憶（ボルヘス）	3706
ジェザベル（ネミロフスキー）	2704
J・J・J三姉妹の世にも平凡な超能力（チョン・セラン）	2293
ジェシカ・スティールの恋世界（スティール）	1965
シェフ（バティステッラ）	2817
シェフ探偵パールの事件簿（ワスマー）	4758
ジェラシー（パーマー）	2899
ジェリコの製本職人（ウィリアムズ）	0281
シェリ＝ビビの最初の冒険（ルルー）	4532
ジェロムスキ短篇集（ジェロムスキ）	1669
ジェーン・エア（ブロンテ）	3492〜3494
申の村の話（シン・フギョ）	1897
潮風の下で（カーソン）	0721
潮風のラプソディー（ドナルド）	2510
潮騒（ラム）	4271
塩と運命の皇后（ヴォ）	0427
塩の湿地に消えゆく前に（マレン）	3898
死を弄ぶ少年（オーツ）	0628
鹿狩りの季節（フラナガン）	3376
死が三人を分かつまで（グティエレス）	0998
死が招く（アルテ）	0103
時間移民（リュウ・ジキン）	4431
時間への王手（チェック）（ティリー）	2415
子宮（セイ・カイ）	2056
ジグソー・キラー（マティスン）	3828
シークに愛された一夜（ラドリー）	4241
シグニット号の死（クロフツ）	1275
死刑執行のノート（クカフカ）	0983
次元監獄の虜囚（エーヴェルス）	0500
次元監獄の虜囚（シドウ）	1687
地獄が口を開けている（スヴェン）	1911, 1912
地獄の裏切り者（ペッペルシテイン）	3535
地獄のソトム（エーヴェルス）	0501
地獄のソトム（エルマー）	0553
地獄の門（ルヴェル）	4481
地獄の焼き討ち船を撃沈せよ！（カッスラー）	0737, 0738
ジゴマ（サジ）	1524, 1525
死者を動かすもの（キングフィッシャー）	0938
子爵が愛したかりそめの妻（マロリー）	3900
子爵がくれたガラスの靴（ペンブローク）	3601
子爵が見初めた蕾（ディクソン）	2379
子爵家の見習い家政婦（アシュフォード）	0037
子爵と忘れな草の恋人（ガーク）	0705
子爵の身代わり花嫁は羊飼いの娘（ビーコン）	3108
死者と生きる（オルヴィルール）	0650
死者のカーテンコール（ロブ）	4644
死者のハーモニー（シドウ）	1688
死者のハーモニー（フェルトホフ）	3234
死者は嘘をつかない（キング）	0928
四書（エン・レンカ）	0564
至上の愛（ジョーダン）	1833
自叙伝ミスター・スポック（マコーマック）	3774
私書箱110号の郵便物（イ）	0184
詩人と女たち（ブコウスキー）	3302
詩人の訪れ（ラミュ）	4264
システム・クラッシュ（ウェルズ）	0404
Gストリング殺人事件（リー）	4300
ジゼルの不条理な契約結婚（ウエスト）	0375
死線のヴィーナス（ジョハンセン）	1862

書名	番号
シソンから、(チョン・セラン)	2294
死体解剖有資格者(ブラック)	3350
死体狂躁曲(ブランチ)	3396
したい時に結婚するわ(グギ・ワ・ジオンゴ)	0984
したい時に結婚するわ(グギ・ワ・ミリエ)	0985
死体とFBI(シャーキー)	1713
七月七日(イ)	0173
七月七日(イ)	0188
七月七日(クァク)	0945
七月七日(ナム)	2605
七月七日(ナム)	2606
七月七日(ホン)	3725
七月七日(ユン)	4167
七月七日(リュウ)	4420
七月七日(ワン)	4766
7月のダークライド(バーニー)	2857
7人殺される(シュウ・コウキ)	1745
七年の最後(キム・ヨンス)	0877
シチリア大富豪と消えたシンデレラ(ワイト)	4745
シチリアの苦い果実(モンロー)	4124
シチリア富豪の麗しき生け贄(クルーズ)	1138
失墜の王国(ネスボ)	2697
嫉妬 事件(エルノー)	0543
10分あったら(ティクシエ)	2374
死と乙女(ドルフマン)	2559
死と奇術師(ミード)	3924
シートン動物記(シートン)	1697
シナモンとガンパウダー(ブラウン)	3318
死神(アラルコン)	0085
死神(グリム)	1108
死の味(ジェイムズ)	1627, 1628
死のエデュケーション(ノヴィク)	2710, 2711
死の10パーセント(ブラウン)	3338
支配者ヘプタメルへの讃歌(シェール)	1659
支配者ヘプタメルへの讃歌(シドウ)	1689
慈悲の糸(クペールス)	1004
至福への招待状(ウエスト)	0376
シベリアの俳句(ヴィレ)	0295
シベリアの森のなかで(テッソン)	2429
死亡告示(ディーヴァー)	2350
姉妹殺し(ミニエ)	3926
姉妹のように(コルマン)	1488
邪悪催眠師(シュウ・コウキ)	1746
邪悪なる大蛇(ルメートル)	4526
シャァバの子供(ベガーグ)	3516
シャギー・ベイン(スチュアート)	1948
ジャコブ、ジャコブ(ゼナッティ)	2068
写字室の旅/闇の中の男(オースター)	0610
ジャズ・ラヴァーズ(チェ)	2203
ジャッカルの日(フォーサイス)	3257, 3258
シャドウプレイ(オコーナー)	0605
シャーリー・クラブ(パク・ソリョン)	2774
シャーロック・ホームズ10の事件簿(デドプロス)	2430
シャーロック・ホームズ全集(コナン・ドイル)	1419〜1427
シャーロック・ホームズとサセックスの海魔(ラヴグローヴ)	4205
シャーロック・ホームズとシャドウェルの影(ラヴグローヴ)	4206
シャーロック・ホームズとミスカトニックの怪(ラヴグローヴ)	4207
シャーロック・ホームズの事件録(マクバード)	3754
シャーロック・ホームズのすべて(アプトン)	0076
シャーロック・ホームズのすべて(ジョンスン)	1871
シャーロック・ホームズの復活(コナン・ドイル)	1428
ジャン・クリストフ物語(ロラン)	4663
シャンドル・マーチャーシュ(ヴェルヌ)	0412, 0413
シャンパンは死の香り(スタウト)	1933
十一月の嵐(フラバル)	3378
10月はたそがれの国(ブラッドベリ)	3361
十九世紀の白雪の恋(ジョンソン)	1873
十九世紀の白雪の恋(テンプル)	2471
十九世紀の白雪の恋(バロウズ)	2986
19世紀ロシア奇譚集(アンフィテアトロフ)	0169
19世紀ロシア奇譚集(ヴェリトマン)	0399
19世紀ロシア奇譚集(ソロヴィヨフ)	2102
19世紀ロシア奇譚集(ツルゲーネフ)	2333
19世紀ロシア奇譚集(トルストイ)	2551
19世紀ロシア奇譚集(バラトゥインスキー)	2947
19世紀ロシア奇譚集(レスコフ)	4551
重慶爆撃(ハン・イン)	3019
襲撃(ムリシュ)	3955
集結ポイントYゲート(ヴルチェク)	0471
集結ポイントYゲート(グリーゼ)	1084
集結ポイントYゲート(シェール)	1660
十五少年漂流記(ヴェルヌ)	0414
銃弾の庭(ハンター)	3046, 3047
終着点(ドーラン)	2527
修道院から来た身代わり花嫁(ブリズビン)	3409
修道院育ちのシンデレラ(マリネッリ)	3857
修道院育ちの無垢な花嫁(スマート)	2012
修道院の花嫁(ブリズビン)	3410
修道女フィデルマの采配(トレメイン)	2567
十七歳の花嫁(グレアム)	1200, 1201
十二カ月の恋人(ウォーカー)	0429
十二カ月の花嫁(ウィタル)	0267
十二月の十日(ソーンダーズ)	2120
十二年目のシンデレラ(メイア)	3960
10の奇妙な話(ジャクソン)	1720
十八年前の恋人たちに(ホワイトフェザー)	3720
十八歳の許嫁(グリーン)	1122
十八歳の臆病な花嫁(モーガン)	4033
十八歳の別れ(モーティマー)	4069

書名	ページ
終盤戦79歳の日記（サートン）	1533
週末だけの妻（ヒューイット）	3146
終末の訪問者（トレンブレイ）	2569
十万ドルの純潔（ルーカス）	4492
十六歳で宿した恋のかけら（コネリー）	1444
十六歳の傷心（フォックス）	3274
十六の言葉（エブラーヒーミー）	0527
主演女優（チン・ゲン）	2306〜2308
淑女たちの無邪気な秘密（クラウチャー）	1017
宿命の花嫁に王は跪く（クルーズ）	1139
宿命の法廷（クラーク）	1024, 1025
受験生は謎解きに向かない（ジャクソン）	1716
首相が撃たれた日に（ヴァイル）	0238
ジュネーヴ短編集（テプフェール）	2432
ジュール・ヴェルヌ〈驚異の旅〉コレクション（ヴェルヌ）	0415
純愛を秘めた花嫁（ウインターズ）	0330
純愛を秘めた花嫁（ビアンチン）	3087
純愛を秘めた花嫁（ローレンス）	4728
純愛の城（ジョーダン）	1834
瞬間（シンボルスカ）	1906
純潔を買われた朝（ケンドリック）	1336
巡航船〈ヴェネチアの剣〉奪還！（パーマー）	2874
純粋すぎる愛人（グレアム）	1202
純粋な人間たち（ムブガル＝サール）	3953
純白の一夜は永遠に（ケンドリック）	1337
純白のウエディング（パーマー）	2900
純白の中の出逢い（リマー）	4408
純白の灰かぶりと十年愛（ウインターズ）	0331
純白の密告者（ロブ）	4645
ジョヴァンニの部屋（ボールドウィン）	3702
小宇宙（ルケッスィ）	4507
蒸気駆動の男（イ）	0182
蒸気駆動の男（キム）	0848
蒸気駆動の男（チョン）	2303
蒸気駆動の男（パク）	2763
蒸気駆動の男（パク）	2779
将軍（クラベル）	1032〜1035
衝撃の出会い（モーガン）	4034
条件つきの結婚（グレアム）	1203
城砦（クローニン）	1270, 1271
情事の報酬（グリーン）	1123
少女、女、ほか（エヴァリスト）	0497
傷心旅行（ラム）	4272
小説ダークソウル（スタックポール）	1937
小説のように（マンロー）	3917
小説 まだ、牧場はみどり（ワイルダー）	4747
詳注全訳水滸伝（神話・民話・古典文学等）	4774〜4777
焦点の三角座銀河（エーヴェルス）	0502
焦点のビッグ・プラネット（エーヴェルス）	0503
焦点のビッグ・プラネット（フランシス）	3387
証人（ビジーニ）	3110
情熱を捧げた夜（ウォーカー）	0430
情熱を知った夜（ローレンス）	4729
情熱のとりこ（リード）	4385
情熱の報い（リー）	4319
情熱の罠（グレアム）	1204
情熱は罪（ジョーダン）	1835
情熱はほろ苦く（グレアム）	1205
少年時代（ゴール）	2140
少年の君（ジウ・ユエシー）	1593
少年は夢を追いかける（ヒラタ）	3158
書架の探偵、貸出中（ウルフ）	0487
処刑台広場の女（エドワーズ）	0524
ジョージ・エリオット全集（エリオット）	0532〜0534
ジョゼフ・プリュドム氏の栄光と凋落（ヴァエズ）	0239
ジョゼフ・プリュドム氏の栄光と凋落（モニエ）	4089
ジョニーの身代金（オー・ヘンリー）	0640
初夜に消えたシンデレラ（ウエスト）	0377
女優エヴリンの七人の夫（リード）	4369
ジョルジュ・サンドセレクション（サンド）	1584
ジョルジュ・サンドセレクション（ペロー）	3583
ジョン（ブルディエ）	3436
シラグサの公式（ヴルチェク）	0472
シラグサの公式（フェルトホフ）	3235
シラー名作集（シラー）	1879
白雪の英国物語（グレアム）	1206
白雪の英国物語（ニールズ）	2643
白雪の英国物語（ブリズビン）	3411
知られざる子は双子の天使（リバース）	4396
シリアルキラーに明日はない（ギャニオン）	0885
シリコンバレーのドローン海賊（イーガン）	0204
シリコンバレーのドローン海賊（エリソン）	0537
シリコンバレーのドローン海賊（オールダー）	0666
シリコンバレーのドローン海賊（グレゴリイ）	1252
シリコンバレーのドローン海賊（ゲイリー）	1289
シリコンバレーのドローン海賊（チン・シュウハン）	2315
シリコンバレーのドローン海賊（トンプソン）	2584
シリコンバレーのドローン海賊（フセイン）	3305
シリコンバレーのドローン海賊（ブラッドレー）	3368
シリコンバレーのドローン海賊（ロビンス）	4640
シリコンバレーのドローン海賊（ロブソン）	4650
死霊の恋／化身（ゴーティエ）	1388
シルヴァエ（ポリツィアーノ）	3691
シルバービュー荘にて（ル・カレ）	4496
シルマリルの物語（トールキン）	2539, 2540
城（カフカ）	0769

書名索引 / しんやく

白い女の謎（アルテ） 0104
白いひすいの虎（ローソン） 4609
白い船（ユン・フミョン） 4166
白いページ（モーティマー） 4070
白い迷路（グレアム） 1164
白騎士と秘密の家政婦（コリンズ） .. 1471
白騎士にさらわれた花嫁（ショー） .. 1772
白き刹那（アンドルーズ） 0162
白猫、黒犬（リンク） 4459
白薔薇殺人事件（ペリン） 3557
死はすぐそばに（ホロヴィッツ） 3710
親愛なる八本脚の友だち（ヴァン・ペルト） 0253
新アラビア夜話（スティーヴンソン） .. 1959
新1分間ミステリー（リプリー） 4401
親衛隊士の日（ソローキン） 2104
新凱旋門物語（コセ） 1380
深海のYrr（シェッツィング） .. 1632〜1635
深紅の刻印（アンドルーズ） 0163
新5分間ミステリー（ウェバー） 0388
新シャーロック・ホームズの冒険（メジャー） 3995, 3996
真珠湾の冬（ケストレル） 1297
人生と運命（グロスマン） ...... 1262〜1264
人生は回転木馬（オー・ヘンリー） .. 0641
人生は小説（ロマン）（ミュッソ） .. 3930
死んでから俺にはいろんなことがあった（アドルフォ） 0066
シンデレラを買った富豪（スマート） .. 2013
シンデレラを探して（ニールズ） 2644
シンデレラが見た夢（ルーカス） 4493
シンデレラと聖夜の奇跡（モンロー） .. 4125
シンデレラに情熱の花を（パーマー） .. 2901
シンデレラに情熱の花を（バンクス） .. 3041
シンデレラに情熱の花を（メイジャー） .. 3982
シンデレラに情熱の花を（モンロー） .. 4126
シンデレラの置き手紙（シェパード） .. 1643
シンデレラの十六年の秘密（ペンブローク） 3602
シンデレラの純潔（グレアム） 1207
シンデレラの小さな恋（ニールズ） .. 2645
シンデレラの小さな恋（フィールド） .. 3212
シンデレラの嘆き（モンロー） 4127
シンデレラの涙（ニールズ） 2646
シンデレラの白銀の恋（サラ） 1557
シンデレラの白銀の恋（メトカーフ） .. 4007
シンデレラのままならぬ恋（ニールズ） .. 2647
シンデレラのままならぬ恋（パーマー） .. 2902
シンデレラは孤独な夜に（フレイザー） .. 3454
シンデレラは秘密の子を抱く（コリンズ） .. 1472
シンデレラは身代わり母に（ウインターズ） 0332
シンデレラは身代わり母に（マートン） .. 3835
真の人間になる（カン・ヨウメイ） .. 0828, 0829
シンプルとウサギのパンパンくん（ミュライユ） 3932
新編怪奇幻想の文学（アーウィン） .. 0007
新編怪奇幻想の文学（アンダーソン） .. 0146

新編怪奇幻想の文学（ウィルキンズ＝フリーマン） 0288
新編怪奇幻想の文学（ウェイクフィールド） 0364
新編怪奇幻想の文学（ウェルマン） .. 0422
新編怪奇幻想の文学（ウォレル） 0450
新編怪奇幻想の文学（エイクマン） .. 0491, 0492
新編怪奇幻想の文学（エーヴェルス） .. 0504
新編怪奇幻想の文学（エルクマン＝シャトリアン） 0539
新編怪奇幻想の文学（オニオンズ） .. 0631
新編怪奇幻想の文学（クイン） 0960
新編怪奇幻想の文学（ケラー） 1312
新編怪奇幻想の文学（コッパー） 1383
新編怪奇幻想の文学（コリア） 1464
新編怪奇幻想の文学（ジェイムズ） .. 1625
新編怪奇幻想の文学（シェリー） 1653
新編怪奇幻想の文学（ジャコビ） 1722
新編怪奇幻想の文学（シール） .. 1884, 1885
新編怪奇幻想の文学（シンガー） 1900
新編怪奇幻想の文学（スティーヴンズ） .. 1950
新編怪奇幻想の文学（ストーカー） .. 1983
新編怪奇幻想の文学（スミス） 2025
新編怪奇幻想の文学（ダーレス） 2183
新編怪奇幻想の文学（デ・ラ・メア） .. 2449
新編怪奇幻想の文学（トルストイ） .. 2552
新編怪奇幻想の文学（トンプスン） .. 2582
新編怪奇幻想の文学（バレイジ） 2977
新編怪奇幻想の文学（ビアス） 3070
新編怪奇幻想の文学（フォン・ヴァクスマン） 3295
新編怪奇幻想の文学（ブッツァーティ） .. 3308
新編怪奇幻想の文学（ブラヴァツキー） .. 3315
新編怪奇幻想の文学（ブラックウッド） .... 3353〜3355
新編怪奇幻想の文学（ブロック） .. 3470, 3471
新編怪奇幻想の文学（ベンスン） .. 3586〜3588
新編怪奇幻想の文学（ホジスン） 3641
新編怪奇幻想の文学（ホーソーン） .. 3643
新編怪奇幻想の文学（ボーモント） .. 3687
新編怪奇幻想の文学（ボルヘス） 3707
新編怪奇幻想の文学（ホワイトヘッド） .. 3722
新編怪奇幻想の文学（マイリンク） .. 3730
新編怪奇幻想の文学（マシスン） 3780
新編怪奇幻想の文学（マッケン） 3821
新編怪奇幻想の文学（モーパッサン） .. 4093
新編怪奇幻想の文学（ライバー） 4198
新編怪奇幻想の文学（ラヴクラフト） .. 4204
新編怪奇幻想の文学（リーイ） 4332
新編怪奇幻想の文学（リンドナー） .. 4466
新編怪奇幻想の文学（レー） 4533
新編怪奇幻想の文学（ローレンス） .. 4736
新米フロント係、支配人を憂う（キーオン） 0837
親密な異邦人（チョン） 2300
親密なる帝国（クォン） 0982
新訳サロメ（ワイルド） 4750
真訳シェイクスピア傑作選（シェイクスピア） 1599

しんやく　書名索引

新訳ジュリアス・シーザー（シェイクスピア） ……… 1600
〈新訳〉ジョニーは戦場へ行った（トランボ） ……… 2528
新訳テンペスト（シェイクスピア） ……… 1601
新訳ドリアン・グレイの肖像（ワイルド） ‥ 4751
新訳ハムレット（シェイクスピア） ……… 1602
新訳ベケット戯曲全集（ベケット） ……… 3520
〈新訳〉モンテ・クリスト伯（デュマ） ……… 2439〜2443
新訳老人と海（ヘミングウェイ） ……… 3545
新葉（カストロ） ……… 0718
人類対自然（クック） ……… 0988
人類の知らない言葉（ロブソン） ……… 4649
人類の深奥に秘められた記憶（ムブガル＝サール） ……… 3954
心霊電流（キング） ……… 0929, 0930
人狼ユーグその他の奇譚集（エルクマン＝シャトリアン） ……… 0540

【す】

水滸後伝（チン・シン） ……… 2317
水滸伝（神話・民話・古典文学等） ……… 4778
水車小屋のウィル（スティーヴンスン） ……… 1960
スイスのロビンソン（ウィース） ……… 0262, 0263
垂直の戦場（ガーバー） ……… 0760, 0761
スイマーズ（オオツカ） ……… 0604
ズィーラーン国伝（ブラウン） ……… 3340, 3341
スウェーディッシュ・ブーツ（マンケル） ……… 3908
スウープ！（ウッドハウス） ……… 0460
素顔のサマーバカンス（クレンツ） ……… 1258
素顔のサマーバカンス（シン） ……… 1896
素顔のサマーバカンス（ルーカス） ……… 4494
姿なき招待主（ホスト）（ブリストウ） ……… 3408
姿なき招待主（ホスト）（マニング） ……… 3838
スカラベの道（フェルトホフ） ……… 3236
スカラベの道（フランシス） ……… 3388
スカンダーと裏切りのトライアル（ステッドマン） ……… 1975
スカンダーと幻のライダー（ステッドマン） ……… 1976
好きだと言って、月まで行って（ウォーカー） ……… 0431
スキャンダルはおまかせ（バートン） ……… 2853
救い（キュッパーニ） ……… 0909
スクイズ・プレー（ベンジャミン） ……… 3585
少しだけ回り道（ニールズ） ……… 2648
STAR WARSアソーカ（ジョンストン） ……… 1869, 1870
STAR WARSハイ・リパブリック（アイルランド） ……… 0004, 0005
STAR WARSハイ・リパブリック（オールダー） ……… 0663, 0664
STAR WARSハイ・リパブリック（グレイ） ……… 1232, 1233
スターリングラード（グロスマン） ……… 1265〜1267
ずっとずっと好きな人（ケンドリック） ……… 1338
ずっとずっと好きな人（パーマー） ……… 2903
ずっとずっと好きな人（モーガン） ……… 4050
ステイト・オブ・テラー（クリントン） ……… 1129, 1130
ステイト・オブ・テラー（ペニー） ……… 3537, 3538
すてきな命の救いかた（イーストン） ……… 0212
すてきなエピローグ（グレン） ……… 1256
捨てたはずの愛（ビアンチン） ……… 3088
ステパンチコヴォ村とその住人たち（ドストエフスキー） ……… 2501
ステラ・マリス（マッカーシー） ……… 3799
捨てられたシンデレラ（リバース） ……… 4398
捨てられた聖母と秘密の子（ダグラス） ……… 2137
捨てられた妻は記憶を失い（リマー） ……… 4409
捨てられた花嫁の究極の献身（コリンズ） ‥ 1473
ストーリー・プリンセス（ウインターズ） ……… 0333
ストレンジネス狂詩曲（シェール） ……… 1661
ストレンジネス狂詩曲（シドウ） ……… 1690
ストロング・ポイズン（セイヤーズ） ……… 2062
砂の城（メイザー） ……… 3973
スノウ・クラッシュ（スティーヴンスン） ……… 1956, 1957
スパイはいまも謀略の地に（ル・カレ） ……… 4497
スプレー（キム・ギョンウク） ……… 0853
スペインから来た悪魔（ショー） ……… 1773
スペイン新古典悲劇選（カダルソ） ……… 0725
スペイン新古典悲劇選（ガルシア・デ・ラ・ウエルタ） ……… 0792
スペイン新古典悲劇選（ホベリャーノス） ……… 3677
スペイン新古典悲劇選（モラティン） ……… 4100
スペイン新古典悲劇選（ロペス・デ・アヤラ） ……… 4653
スペインの家（クッツェー） ……… 0991
スペイン富豪と黒衣の美女（グレイソン） ‥ 1247
スペイン富豪と傷心の乙女（スマート） ……… 2014
スペイン富豪に言えない秘密（ウィリアムズ） ……… 0275
すべての、白いものたちの（ハン・ガン） ……… 3021
すべての月、すべての年（ベルリン） ……… 3568, 3569
すべての罪は血を流す（コスビー） ……… 1378
すべての罪は沼地に眠る（ウィリンガム） ……… 0284
すべての見えない光（ドーア） ……… 2472
すべては〈十七〉に始まった（ファージョン） ……… 3180
スミルノ博士の日記（ドゥーセ） ……… 2482
スモモの木の啓示（アーザル） ……… 0022
スラムに水は流れない（バジャージ） ……… 2794
スリー（クイン） ……… 0948
すり替えられた誘拐（ディヴァイン） ……… 2360
スリー・カード・マーダー（ブラックハースト） ……… 3357
スリーピー・ホローの伝説（アーヴィング） ……… 0009
スローンはもう手遅れだから（フーヴァー） ……… 3221
スワロウズ（ラッツ） ……… 4236

【せ】

誓願（アトウッド） ……… 0063

書名	番号
正義が眠りについたとき（エイブラムス）	0493, 0494
正義の弧（コナリー）	1406, 1407
正義の人びと（カミュ）	0781
静寂の荒野（ウィルダネス）（クック）	0989
聖週間（フェーア）	3223
青春万歳（オウ・モウ）	0593
精神の生活（スモールウッド）	2033
生存者（シュルマン）	1763
生存の図式（ホワイト）	3715
聖なる証（ドナヒュー）	2507
聖なる夜に（グレイシー）	1245
聖なる夜に（ジャレット）	1739
聖なる夜に（ストーン）	1997
聖なる夜に願う恋（ニールズ）	2649
聖なる夜に願う恋（メイザー）	3974
聖なる夜に降る雪は…（モーティマー）	4071
征服王の二つの顔（ケンドリック）	1339
製本屋と詩人（ヴォルケル）	0447
星命体（パオリーニ）	2754〜2756
聖夜に誓いを（ジョーダン）	1836
聖夜に降る奇跡（モーガン）	4035
聖夜に見つけた奇跡（ゴードン）	1396
聖夜に見つけた奇跡（ジョーダン）	1837
聖夜に見つけた奇跡（マッコーマー）	3823
聖夜の嘘（クラヴァン）	1012
精霊を統べる者（クラーク）	1026
精霊たちの迷宮（ルイス・サフォン）	4478, 4479
Theory of Love（ジッティレイン）	1680
世界一の大富豪はまだ愛を知らない（グレアム）	1208
世界を救うための教訓（モンテーロ）	4113
世界怪談名作集（アンドレーエフ）	0168
世界怪談名作集（キプリング）	0846
世界怪談名作集（ク・ユウ）	0944
世界怪談名作集（クローフォード）	1274
世界怪談名作集（ゴーティエ）	1389
世界怪談名作集（コナン・ドイル）	1429
世界怪談名作集（ストックトン）	1985
世界怪談名作集（ディケンズ）	2385
世界怪談名作集（デフォー）	2431
世界怪談名作集（ビアス）	3071
世界怪談名作集（プーシキン）	3304
世界怪談名作集（フランス）	3393
世界怪談名作集（ホーソーン）	3644
世界怪談名作集（ホフマン）	3668
世界怪談名作集（マクドナルド）	3747
世界怪談名作集（モーパッサン）	4094
世界怪談名作集（リットン）	4361
世界推理短編傑作集（アーサー）	0019
世界推理短編傑作集（イネス）	0217
世界推理短編傑作集（ウォー）	0425
世界推理短編傑作集（カーター）	0724
世界推理短編傑作集（ガードナー）	0757
世界推理短編傑作集（ガボリオ）	0777
世界推理短編傑作集（ケメルマン）	1310
世界推理短編傑作集（シムノン）	1703
世界推理短編傑作集（シール）	1886
世界推理短編傑作集（チャンドラー）	2259
世界推理短編傑作集（ハクスリー）	2787
世界推理短編傑作集（バック）	2805
世界推理短編傑作集（ホーナング）	3661
世界の終わり賢者たちの遺言（メッセージ）（ルノワール）	4519
世界の終わりの天文台（ブルックス＝ダルトン）	3435
世界のはての少年（マコックラン）	3773
世界の果てまで連れてって！…（サンドラール）	1585
絶縁（アルフィアン・サアット）	0117
絶縁（カク・ケイホウ）	0701
絶縁（カン・レイシュ）	0831
絶縁（グエン）	0979
絶縁（チョン・セラン）	2295
絶縁（ラシャムジャ）	4222
絶縁（ルートウィワットウォンサー）	4516
絶縁（レン・メイイ）	4574
石灰工場（ベルンハルト）	3575
絶体絶命の花嫁（ハンプソン）	3062
説得（オースティン）	0614
Zの悲劇（クイーン）	0954
せつない秋（ニールズ）	2650
せつないプレゼント（ニールズ）	2651
セドナの幻日（ベリー）	3551
セドナの幻日（ロリンズ）	4706
セマンティックエラー（スーリ）	2036, 2037
セルリアンブルー（クルーン）	1158, 1159
セレナーデを君に（ライアンズ）	4181
ゼロK（デリーロ）	2463
セロトニン（ウエルベック）	0419
0％に向かって（ソ）	2085
善意の代償（コップ）	1385
線が血を流すところ（ウォード）	0438
1930・台湾烏山頭（シャ・キンギョ）	1710
仙侠五花剣（カイジョウケンチ）	0691
戦士強制志願（チェイニー）	2205
戦士強制志願（ブレイジー）	3455
千秋（ム・ケイセキ）	3944〜3946
戦場のピアニスト（シュピルマン）	1757
潜水鐘に乗って（ウッド）	0458
センス・オブ・ワンダー（カーソン）	0722
戦争（セリーヌ）	2078
尖塔の花嫁（ウィンズピア）	0302
戦闘部隊ラグナロク（グリーゼ）	1085
戦闘部隊ラグナロク（シドウ）	1691
千ドルのつかいみち（オー・ヘンリー）	0642
1793（ナット・オ・ダーグ）	2597
1794（ナット・オ・ダーグ）	2598
1795（ナット・オ・ダーグ）	2599
潜入捜査官ブル（フェルトホフ）	3237
潜入捜査官ブル（フランシス）	3389
善人は二度、牙を剥く（コップ）	1386
千年の愛を誓って（リード）	4386
千年の祈り（リー）	4294
全能神ゼウスの誘惑（クルーズ）	1140

| 前略、駆け落ちしてもいいですか？（ウィンターズ） | 0309 |

【そ】

僧院のジュリアン（ハンプソン）	3063
捜索者（フレンチ）	3464
捜査　浴槽で発見された手記（レム）	4567
喪失の冬を刻む（ワイデン）	4744
掃除婦のための手引き書（ベルリン）	3570
曹操（オウ・ギョウライ）	0584, 0585
草墳（カン・ナムジュ）	0822
疎遠の妻から永遠の妻へ（ハワード）	3011
疎遠の妻から永遠の妻へ（マン）	3903
疎遠の妻、もしくは秘密の愛人（メリル）	4014
ソクチョの冬（デュサパン）	2434
狙撃手ミラの告白（クイン）	0957
そこに私が行ってもいいですか？（イ）	0176
そして、あの日（クロムハウト）	1276
そして私たちの物語は世界の物語の一部となる（アオ）	0010
そして私たちの物語は世界の物語の一部となる（アンカ）	0134
そして私たちの物語は世界の物語の一部となる（アング）	0136
そして私たちの物語は世界の物語の一部となる（ガナプリヤ）	0759
そして私たちの物語は世界の物語の一部となる（キレ）	0916
そして私たちの物語は世界の物語の一部となる（キレ）	0917
そして私たちの物語は世界の物語の一部となる（サティヤバティ）	1528
そして私たちの物語は世界の物語の一部となる（サティヤバティ）	1529
そして私たちの物語は世界の物語の一部となる（ジャミール）	1731
そして私たちの物語は世界の物語の一部となる（スルマ）	2040
そして私たちの物語は世界の物語の一部となる（スンゴン）	2054
そして私たちの物語は世界の物語の一部となる（ダイ）	2122
そして私たちの物語は世界の物語の一部となる（タバ）	2168
そして私たちの物語は世界の物語の一部となる（チャンキジャ）	2257
そして私たちの物語は世界の物語の一部となる（デヴィ）	2419
そして私たちの物語は世界の物語の一部となる（トゥラウ）	2485
そして私たちの物語は世界の物語の一部となる（ニンゴンバム）	2690
そして私たちの物語は世界の物語の一部となる（ニントゥホンジャム）	2691
そして私たちの物語は世界の物語の一部となる（マヤ）	3844
そして私たちの物語は世界の物語の一部となる（マンブーン）	3916
そして私たちの物語は世界の物語の一部となる（メナ）	4009
そして私たちの物語は世界の物語の一部となる（メフォ）	4010
そして私たちの物語は世界の物語の一部となる（レミ）	4565
卒業生には向かない真実（ジャクソン）	1717
ソー・ディス・イズ・ラブ（リム）	4413, 4414
その丘が黄金ならば（ジャン）	1740
その輝きを僕は知らない（テイラー）	2413
その国の奥で（クッツェー）	0992
その子どもはなぜ、おかゆのなかで煮えているのか（ヴェテラニー）	0386
その少年は語れない（ウィンターズ）	0308
その罪は描けない（ローザン）	4589
その猫の名前は長い（イ・ジュヘ）	0179
その昔、ハリウッドで（タランティーノ）	2172
その昔、N市では（カシュニッツ）	0711
その胸の鼓動を数えて（フォスター）	3264
ソフィアの災難（リスペクトル）	4358
祖父の祈り（リューイン）	4417
ソヨンドン物語（チョ）	2275
空をさまよって帰る（テイラー）	2399
ソリティア（オズマン）	0620
ソルジェニーツィン短篇集（ソルジェニーツィン）	2100
ソングライターの秘密（グルーバー）	1156

【た】

退屈で完璧な公爵の休日（カーライル）	0784
大使閣下（ヴェリッシモ）	0398
大丈夫な人（カン・ファギル）	0308
大聖堂（フォレット）	3289〜3291
タイタス・アンドロニカス（シェイクスピア）	1603
タイタン・ノワール（ハーカウェイ）	2759
大唐泥犁獄（チン・ゼン）	2318
大富豪と遅すぎた奇跡（ウインターズ）	0334
大富豪と乙女の秘密の関係（コリンズ）	1474
大富豪と孤独な蝶の恋（ヒューイット）	3147
大富豪と淑女（パーマー）	2904
大富豪と罪深き純情（ウエスト）	0378
大富豪と名もなき薔薇の出自（ウインターズ）	0335
大富豪と灰かぶりの乙女（ジェイムズ）	1616
大富豪と秘密のウェイトレス（ケンドリック）	1340
大富豪と百万分の一の奇跡（ショー）	1774
大富豪の十五年愛の奇跡（ペンブローク）	3603
大富豪の醜聞（モーガン）	4036
大富豪の天使を抱いて（ロス）	4596
大富豪の望み（スミス）	2024
大富豪は愛すら略奪する（ブレイク）	3446
大仏ホテルの幽霊（カン・ファギル）	0824
台北裁判（トウ・フクエイ）	2479
台北プライベートアイ（キ・ウツゼン）	0835
台北野球倶楽部の殺人（トウ・カホウ）	2476

タイムベンダー（トゥーバー）............ 2484
ダイヤモンドを探せ（コンウェル）........ 1500
ダイヤモンドの目覚め（アンドルーズ）.... 0164
太陽が死んだ日（エン・レンカ）.......... 0565
代理恋愛（パーマー）.................... 2905
台湾漫遊鉄道のふたり（ヨウ・ソウシ）.... 4170
ダヴィデ（ホフマン）.................... 3666
ダーウィン・ヤング悪の起源（パク）...... 2777
高雄港の娘（チン・ジュウシン）.......... 2312
鷹の公爵とシンデレラ（モーティマー）.... 4072
だからダスティンは死んだ（スワンソン）.. 2051
ダーク・アワーズ（コナリー）...... 1408, 1409
ダーク・ヴァネッサ（ラッセル）.... 4233, 4234
ダーク・シークレット（サラ）............ 1558
ダークスーツを着た悪魔（モーガン）...... 4037
ダークマター（ジョンストン）............ 1868
ダグラス（ヒューム）.................... 3153
タゴール10の物語（タゴール）............ 2141
足し算の生（アバーテ）.................. 0072
タスマニア（ジョルダーノ）.............. 1864
ただ一度あなただけ（モーティマー）...... 4073
奪還（チャイルド）................ 2234, 2235
奪還のベイルート（ベントレー）.... 3597, 3598
TOUCH／タッチ（オラフソン）............. 0647
他人の家（ソン・ウォンピョン）.......... 2110
たのしいムーミン一家（ヤンソン）........ 4145
旅の問いかけ（ド・クレッツァー）........ 2491
ダブル・ダブル（クイーン）.............. 0955
魂に秩序を（ラフ）...................... 4250
騙し絵の檻（マゴーン）.................. 3776
ターミナル・リスト（カー）........ 0678, 0679
ダムゼル（スカイ）...................... 1916
試された愛（ウェイ）.................... 0358
ダリオ・フォー喜劇集（フォー）.......... 3249
ダリオ・フォー喜劇集（ラーメ）.......... 4281
ダーリンと呼ばないで（ダーシー）........ 2150
タルカンへの急使（ヴルチェク）.......... 0473
タルカンへの急使（マール）.............. 3877
タール・ベイビー（モリスン）............ 4105
誰？（バドリス）........................ 2847
だれかがいちばん（バロネ）.............. 2996
だれか、来る（フォッセ）................ 3279
誰も悲しまない殺人（ローゼンフィールド）
.... 4608
誰もが別れる一日（ソ・ユミ）............ 2091
だれも私たちに「失格の烙印」を押すこと
はできない（キム）..................... 0849
タワー（ペ）............................ 3496
ターングラス（ルービン）................ 4521
男爵と売れ残りの花嫁（ジャスティス）.... 1724
ダンス★フレンド（チェスター）.......... 2206
男装の天使と憂いの伯爵（ヒース）........ 3111
男装のレディと秘密の恋（ランドン）...... 4292
男装のレディの片恋結婚（ショー）........ 1780
ターンタイプストーリー（オーワラン）
.... 0670〜0672
探偵久美子（テイ・ウン）................ 2336
短編回廊（オーツ）...................... 0627

短編回廊（クリストファー）.............. 1074
短編回廊（コナリー）.................... 1410
短編回廊（サントロファー）.............. 1587
短編回廊（スコット）.................... 1926
短編回廊（チャイルド）.................. 2236
短編回廊（ディーヴァー）................ 2351
短編回廊（ブラック）.................... 3351
短編回廊（ブロック）.................... 3469
短編回廊（ブロック）.................... 3473
短編回廊（マレル）...................... 3897
短編回廊（ムーア）...................... 3947
短編回廊（ラッシュ）.................... 4231
短編回廊（ランズデール）................ 4289
短編回廊（レヴィン）.................... 4542
短編回廊（ローザン）.................... 4590
短編回廊（ワインマン）.................. 4756
たんぽぽのお酒（ブラッドベリ）.......... 3362

【ち】

小さき人びと（ミシン）.................. 3921
小さくも重要ないくつもの場面（ジェルマン）
.... 1666
小さな愛の願い（ニールズ）.............. 2652
小さな命、ゆずれぬ愛（グッドナイト）.... 0996
小さな壁（グレアム）.................... 1161
小さな奇跡は公爵のために（ウインターズ）
.... 0336
小さな恋、大きな愛（ウインターズ）...... 0337
小さな恋、大きな愛（ウェイ）............ 0359
小さな恋、大きな愛（ニールズ）.......... 2653
小さなことばたちの辞書（ウィリアムズ）.. 0282
小さな秘密の宝物（ジェイムズ）.......... 1617
小さな秘密の宝物（バートン）............ 2854
小さな秘密の宝物（パーマー）............ 2906
小さな星だけど輝いている（ソユン）...... 2097
小さな町（ソン・ボミ）.................. 2116
小さなラブレター（ウインターズ）........ 0338
チーヴァー短篇選集（チーヴァー）........ 2200
チェヴェングール（プラトーノフ）........ 3373
チェコSF短編小説集（イラン）............ 0227
チェコSF短編小説集（ヴァイス）.......... 0237
チェコSF短編小説集（ヴォルニー）........ 0449
チェコSF短編小説集（オルシャンスキー）
.... 0654
チェコSF短編小説集（クミーネク）........ 1005
チェコSF短編小説集（シュヴァホウチェク）
.... 1747
チェコSF短編小説集（ネフ）.............. 2701
チェコSF短編小説集（ハヌシュ）.......... 2858
チェコSF短編小説集（フラヴィチカ）...... 3316
チェコSF短編小説集（プロハースカ）...... 3486
チェコSF短編小説集（ペツィノフスキー）
.... 3530
チェコSF短編小説集（マルチン）.......... 3889
チェコSF短編小説集（ロゼンバウム）...... 4607
血を分けた子ども（バトラー）............ 2846
誓いの季節（ダーシー）.................. 2151
誓いの季節（マイケルズ）................ 3729

誓いの季節（ラム） 4273
地下室の殺人（バークリー） 2789
地下で生きた男（ライト） 4191
地下図書館の海（モーゲンスターン） 4051
地球沈没を阻止せよ（カッスラー） 0739, 0740
地球沈没を阻止せよ（ブラウン） 3328, 3329
地球でハナだけ（チョン・セラン） 2296
地球の中心までトンネルを掘る（ウィルソン） 0290
地球の果ての温室で（キム・チョヨプ） 0864
ちぎれたハート（パーマー） 2907
チク・タク・チク・タク・チク・タク・チク・タク・チク・タク・チク・タク・チク・タク・チク・タク（スラデック） 2035
地上より永遠へ（サラ） 1559
父を撃った12の銃弾（ティンティ） 2417, 2418
父親たちにまつわる疑問（リューイン） 4418
父から娘への7つのおとぎ話（ブロック） 3467
父の革命日誌（チョン・ジア） 2291
父のところに行ってきた（シン・キョウシュク） 1893
窒息の街（メッシーナ） 3998
血塗られた一月（パークス） 2785
知能犯の時空トリック（シ・キンチン） 1591
地の糧（ジッド） 1681
血の涙（イ・インジク） 0171
血の魔術書と姉妹たち（トルジュ） 2547
地平線の叙事詩（ライ） 4190
チベット幻想奇譚（エ・ニマ・ツェリン） 0526
チベット幻想奇譚（ゴメ・ツェラン・タシ） 1460
チベット幻想奇譚（ツェラン・トンドゥプ） 2329
チベット幻想奇譚（ツェリン・ノルブ） 2331
チベット幻想奇譚（ツェワン・ナムジャ） 2332
チベット幻想奇譚（ペマ・ツェテン） 3543
チベット幻想奇譚（ラシャムジャ） 4223
チベット幻想奇譚（ランダ） 4291
チベット幻想奇譚（リクデン・ジャンツォ） 4350
チベット幻想奇譚（レーコル） 4549
チムニーズ館の秘密（クリスティー） 1062
チャーチ・レディの秘密の生活（フィルヨー） 3215
炒飯狙撃手（チョウ・コクリツ） 2285
中国古典名劇選（オウ・シイツ） 0587
中国古典名劇選（カン・カンケイ） 0815
中国古典名劇選（キョウ・キツ） 0911
中国古典名劇選（ゴ・ショウレイ） 1352
中国古典名劇選（テイ・テイギョク） 2343
中国古典名劇選（ブ・カンシン） 3173
中国古典名劇選（リ・チョクフ） 4302
中国古典名劇選（神話・民話・古典文学等） 4779
中国のはなし（エン・レンカ） 0566
TUBE（ソン・ウォンピョン） 2111
超音速ミサイルの密謀を討て！（カッスラー） 0741, 0742
超音速ミサイルの密謀を討て！（メイデン） 3991, 3992
長恨歌（オウ・アンオク） 0580
超新星紀元（リュウ・ジキン） 4432
蝶になるとき（ハミルトン） 2936
チョコレートクリーム・パイが知っている（フルーク） 3424
チョプラ警部の思いがけない相続（カーン） 0813
塵に訊け（ファンテ） 3197
塵よりよみがえり（ブラッドベリ） 3363
鎮魂（プリースト） ..... 3404〜3406
陳澄波を探して（カ・ソウメイ） 0688
沈黙のセールスマン（リューイン） 4419

【つ】

追憶の重さ（リード） 4387
追伸、奥さまは殺されました（ウィンターズ） 0310
ツイート・ウォーズ（ロード） 4611
終の市（ウィンズロウ） 0306
通遇/謁見（ハヴェル） 2750
月かげ（スティーヴンズ） 1951
月影のレクイエム（サラ） 1560
月まで行こう（チャン・リュジン） 2256
月夜の秘密の授かり物（ベル） 3562
月夜の魔法（ダーシー） 2152
償いの結婚式（グレアム） 1209
償いのフェルメール（シルヴァ） 1887
噂みの家（ガードナー） 0755
創られた心（オニエブチ） 0630
創られた心（グレゴリィ） 1253
創られた心（サマター） 1539
創られた心（ストラーン） 1990
創られた心（チュー） 2264
創られた心（ニューイッツ） 2616
創られた心（パーマー） 2875
創られた心（ハミルトン） 2940
創られた心（ピンスカー） 3172
創られた心（フセイン） 3306
創られた心（プラサド） 3342
創られた心（ボーランダー） 3689
創られた心（マクラウド） 3756
創られた心（ラーソン） 4229
創られた心（リュウ） 4421
創られた心（レナルズ） 4558
創られた心（ワッツ） 4760
告げられない愛の証（ウインターズ） 0339
都筑道夫創訳ミステリ集成（キーン） 0920
都筑道夫創訳ミステリ集成（バローズ） 2993
都筑道夫創訳ミステリ集成（マーカンド） 3733
土のひとがた（キャベル） 0886
唾がたまる（キム・エラン） 0850
翼（イ・サン） 0178
翼っていうのは嘘だけど（セラ） 2075
翼はなくても（クレーン） 1257
妻という名の他人（グレアム） 1210
妻という名の咎人（グリーン） 1124

| 書名索引 | とうのし |

妻とは知らずにプロポーズ（クルーズ） 1141
罪なくして（リンク） 4462, 4463
罪な再会（ウェイ） 0360
罪な手ほどき（スティーヴンス） 1952
罪の壁（グレアム） 1162
罪の夜（グレアム） 1211
罪人たちの暗号（フェキセウス） ... 3227, 3228
罪人たちの暗号（レックバリ） 4553, 4554
罪深い喜び（ジョーダン） 1838
冷たい求婚者（ローレンス） 4730
冷たさと情熱と（ジョーダン） 1839
つれない花婿（リバース） 4399
連れ戻された婚約者（クレンツ） 1259

【て】

出会いはいつも八月（ガルシア＝マルケ
　ス） 0794
ディア・マイ・シスター（チェ） 2202
DV8（キ・ウッゼン） 0836
デイヴィッドスン事件（ロード） 4612
ディケンズ全集（ディケンズ） ..... 2386〜2389
帝国の時代（ホブズボーム） 3664, 3665
帝国の亡霊、そして殺人（カーン） 0814
デイジー・ジョーンズ・アンド・ザ・シッ
　クスがマジで最高だった頃（リード） ... 4370
デイジーの小さな願い（ニールズ） 2654
貞淑な愛人（グレアム） 1212
ディス・イズ・マイ・トゥルース（ラーマ
　ン） 4263
ディス・ウィンター（オズマン） 0621
ディフェンス（ナボコフ） 2603
ティー・ラテと夜霧の目撃者（チャイル
　ズ） 2227
ディンマスの子供たち（トレヴァー） 2562
手紙（ゴードン） 1397
テキサスのふたり（トンプスン） 2580
できるメイド様（ユーイン） 4150, 4151
デザートにはストロベリィ（セクストン） . 2065
デシベル・ジョーンズの銀河オペラ（ヴァ
　レンテ） 0245
デスパーク（モーパス） 4091
デッサ・ローズ（ウィリアムズ） 0280
テーバイ物語（スタティウス） 1941, 1942
テメレア戦記（ノヴィク） .... 2712〜2723
テュルリュパン（ペルツ） 3565
デューン砂丘の子供たち（ハーバート）
　................................ 2863, 2864
デューン砂漠の救世主（ハーバート） 2865, 2866
テラ・アルタの憎悪（セルカス） 2079
デルヴォーの知覚（ジョニオー） 1858
デルタ・ウエディング（ウェルティ） 0411
テロリストとは呼ばせない（ラーマン） ... 4261
天官賜福（ボクコウドウシュウ） ... 3636〜3639
天国への電話（イマイ・メッシーナ） 0222
天国からの贈りもの（ロバーツ） 4616
天国ではなく、どこかよそで（ブラウン） . 3339
天使を抱いた夜（ルーカス） 4495
天使を拾った夜（サラ） 1561

天使が生まれた日（バートン） 2855
天使が眠りにつく前に（テイラー） 2405
天使たちの都市（チョ） 2279
天使と悪魔の結婚（バード） 2833
天使に託した二度目の恋（ロバーツ） 4617
天使の赤い糸（クリアリー） 1052
天使の赤い糸（バロウズ） 2987
天使の赤い糸（ビアンチン） 3089
天使の傷（ロボサム） 4654, 4655
天使の靴音（ジャンツ） 1741
天使の聖なる願い（モーティマー） 4074
天使のもう一つの顔（ウィリアムズ） 0276
天使の誘惑（バード） 2834
天使は同じ夢を見る（スピンドラー） 2003
伝説とカフェラテ（バルドリー） 2969
テンプルヒルの作家探偵（シュローフ＝シ
　ャー） 1766
テンペスト（シェイクスピア） 1604
デンマークに死す（マラディ） 3847
転落（カミュ） 0782, 0783
伝令船《コルドバ》遭難！（グリーゼ） ... 1086
伝令船《コルドバ》遭難！（シェール） ... 1662

【と】

ドイツ・ヴァンパイア怪縁奇談集（イジドー
　ア） 0210
ドイツ・ヴァンパイア怪縁奇談集（ヴィー
　ザー） 0260
ドイツ・ヴァンパイア怪縁奇談集（シュピ
　ンドラー） 1758
ドイツ・ヴァンパイア怪縁奇談集（ヒルシ
　ャー） 3165
ドイツ・ヴァンパイア怪縁奇談集（ヒルシ
　ュ） 3169
ドイツ・ヴァンパイア怪縁奇談集（ラウシュ
　ニク） 4208
ドイツ・ヴァンパイア怪縁奇談集（ラウパッ
　ハ） 4209
ドイツの歌姫（ラザーレヴィチ） 4221
ドイツロマン派怪奇幻想傑作集（アルニ
　ム） 0111
ドイツロマン派怪奇幻想傑作集（ザリーツ
　ェ＝コンテッサ） 1571
ドイツロマン派怪奇幻想傑作集（ティー
　ク） 2372
ドイツロマン派怪奇幻想傑作集（ハウフ） . 2752
ドイツロマン派怪奇幻想傑作集（フケー） . 3298
ドイツロマン派怪奇幻想傑作集（ホフマ
　ン） 3669
道化師は恋の語りべ（フィリップス） 3210
盗作小説（コレリッツ） 1489
同船異夢のデュエット（チャン） 2248
灯台へ（ウルフ） 0484, 0485
盗聴拠点ピンホイール（シドウ） 1692
盗聴拠点ピンホイール（フランシス） 3390
同調者（モラヴィア） 4099
とうに夜半を過ぎて（ブラッドベリ） 3364
塔の少女（アーデン） 0059

塔の館の花嫁（ジョーダン）	1840
動物奇譚集（ブッツァーティ）	3309
動物城2333（オウ・ショウワ）	0589
動物城2333（カゴ）	0708
動物好きに捧げる殺人読本（ハイスミス）	2739
動物農園（オーウェル）	0602
逃亡テレメトリー（ウェルズ）	0405
盗墓筆記（ナンパイサンシュー）	2608, 2609
透明都市（アセンヌ）	0040
透明な私を愛して（マリネッリ）	3858
トゥモロー・アンド・トゥモロー・アンド・トゥモロー（ゼヴィン）	2063
とうもろこし倉の幽霊（ラファティ）	4252
トゥルー・クライム・ストーリー（ノックス）	2728
トゥルー・ビリーバー（カー）	0680, 0681
遠い声、遠い部屋（カポーティ）	0776
遠きにありて、ウルは遅れるだろう（ベ）	3495
遠回りのラブレター（テイラー）	2406
通り過ぎゆく者（マッカーシー）	3800
時ありて（マクドナルド）	3745
時をかける愛（カン・キホウ）	0816
時をかける愛（サンポウセイサク）	1589
時をかける愛（リン・キンケイ）	4449
時に囚われて（レパ）	4561
時の目撃者（ヴルチェク）	0474
ときめきの丘で（ニールズ）	2655
トーキョー・キル（ランセット）	4290
独裁者の学校（ケストナー）	1294
読書セラピスト（スタッシ）	1938
特捜部Q カールの罪状（オールスン）	0657
特捜部Q（オールスン）	0658, 0659
ドクターと悪女（スペンサー）	2007
ドクターとわたし（ニールズ）	2656
ドクターの情熱（モーガン）	4038
匿名作家は二人もいらない（アンドリューズ）	0158
時計仕掛けの恋人（スワンソン）	2052
時計島に願いを（シェイファー）	1609
どこまでも食いついて（デリオン）	2457
閉ざされた記憶（ジョーダン）	1841
閉ざされた扉（ドノソ）	2513
都市間戦争（エルマー）	0554
都市間戦争（グリーゼ）	1087
都市残酷（ワリス）	4764
図書館（ジヴコヴィチ）	1594
図書館司書と不死の猫（トラス）	2525
図書館島（サマター）	1540
図書館島異聞異翼ある歴史（サマター）	1541
図書室の死体（ウィンゲイト）	0297
トスカーナの花嫁（ハミルトン）	2937
土地（キム・ジョンュル）	0857
土地（パク・キョンニ）	2765〜2769
トッケビ梅雨時商店街（ユ）	4148
突然のキスと誘惑（ニールズ）	2657
突然のキスと誘惑（モーガン）	4039
突然のキスと誘惑（モーティマー）	4075
突然の奈落（リンク）	4457
突然の奈落（レヴィンソン）	4543
とっておきのキス（ニールズ）	2658
となりのブラックガール（ハリス）	2954
止まった時計（ロジャーズ）	4594
トム・ゴードンに恋した少女（キング）	0931
トム・ソーヤーの冒険（トウェイン）	2481
とむらい家族旅行（ダウニング）	2130
弔いのダマスカス（マクロスキー）	3762
友（ペク・ナムリョン）	3519
友達にさよなら（ニールズ）	2659
ドラキュラ（ストーカー）	1984
ドラキュラ ドラキュラ（アルトマン）	0110
ドラキュラ ドラキュラ（ヴェルヌ）	0416
ドラキュラ ドラキュラ（カプアーナ）	0762
ドラキュラ ドラキュラ（コナン・ドイル）	1430
ドラキュラ ドラキュラ（シュオップ）	1755
ドラキュラ ドラキュラ（ベレン）	3581
ドラキュラ ドラキュラ（ホフマン）	3670
ドラキュラ ドラキュラ（ポリドリ）	3694
ドラキュラ ドラキュラ（ミストレル）	3923
ドラキュラ ドラキュラ（メリメ）	4012
ドラキュラ ドラキュラ（ルカ）	4483
ドラゴンの塔（ノヴィク）	2724, 2725
ドラゴン伯爵と家政婦の秘密（ウエスト）	0379
ドラゴンランスレイストリン戦記（ペリン）	3558, 3559
ドラゴンランスレイストリン戦記（ワイス）	4742, 4743
トラスト（ディアズ）	2345
囚われの結婚（ビアンチン）	3090
捕らわれの心（チャールズ）	2247
囚われの社長秘書（スティール）	1966
囚われのスナイパー（ハンター）	3048, 3049
トランペット（デ・ラ・メア）	2450
鳥籠から逃げたプリンセス（コネリー）	1445
鳥籠の姫に大富豪は跪く（クルーズ）	1142
ドリトル先生と秘密の湖（ロフティング）	4651
ドリフェルへの密航者（ヴルチェク）	0475
ドリフェルへの密航者（マール）	3878
トリプルチョコレート・チーズケーキが噂する（フルーク）	3425
三部作（フォッセ）	3280
鳥は飛ぶのが楽しいか（チャン・ガンミョン）	2252
トルストイ童話集（トルストイ）	2558
とるに足りない細部（シブリー）	1700
どれほど似ているか（キム）	0876
ドン・イシドロ・パロディ六つの難事件（ビオイ＝カサーレス）	3100
ドン・イシドロ・パロディ六つの難事件（ボルヘス）	3708
ドン・カルロス（シラー）	1880
どんなふう（ベケット）	3521
Tonhon Chonlatee（ノッタコーン）	2729

【な】

書名	ページ
ナイトメア・アリー（グレシャム）	1255
ナイフをひねれば（ホロヴィッツ）	3711
ナイルの聖母（ムカソンガ）	3950
ナイロビの蜂（ル・カレ）	4498, 4499
ナイン・ストーリーズ（サリンジャー）	1576
長い冬（ジョーダン）	1842
長い物語のためのいくつかの短いお話（グルニエ）	1153
長い別れ（チャンドラー）	2260
嘆きのウエディングドレス（リード）	4388
嘆きの探偵（スパイサー）	2001
ナスレディン スープのスープ（ダルウィシュ）	2174
なぜではなく、どんなふうに（ファリネッリ）	3188
謎解きはビリヤニとともに（チョウドゥリー）	2289
謎の黒船あらわる（エーヴェルス）	0505
謎の黒船あらわる（フェルトホフ）	3238
夏（ウォートン）	0442
夏（スミス）	2021
夏色のエンゲージ（グレアム）	1165
夏色のエンゲージ（ハワード）	3012
夏色のエンゲージ（マッコーマー）	3824
夏草のメルヘン（ラム）	4274
ナックの墓場（ヴルチェク）	0476
ナックの墓場（フェルトホフ）	3239
ナッシング・マン（ハワード）	3005
夏にあたしたちが食べるもの（ソン）	2113
夏のヴィラ（ペク・スリン）	3518
夏の気配（ニールズ）	2660
夏のドレスに着替えたら（ウッズ）	0454
夏のドレスに着替えたら（パーマー）	2908
夏のドレスに着替えたら（バンクス）	3042
夏の窓辺は死の香り（モーズリー）	4052
七つの裏切り（ケイン）	1291
七年越しのプロポーズ（コネリー）	1446
何かが道をやってくる（ブラッドベリ）	3365
ナニーと聖夜の贈り物（ロバーツ）	4618
何卒よろしくお願いいたします（イ・ラン）	0192
ナニーの秘密の宝物（シールド）	1891
なにも言わないで（パーマー）	2909
7日間の婚約者（ヒース）	3112
名ばかりの幼妻でも（メイザー）	3975
名ばかりの結婚（ハミルトン）	2938
ナポレオンを咬んだパグ、死を嘆く猫（マシューズ）	3790
波（ウルフ）	0486
波が海のさだめなら（キム・ヨンス）	0878
涙を呑む鳥（イ）	0189, 0190
涙が乾くまで（ヴァン・デア・ゼー）	0249
涙にぬれたプロポーズ（ポーター）	3645
涙の雨のあとで（テイラー）	2407
涙の数だけ深まる愛（ウインターズ）	0340
涙の数だけ深まる愛（テイラー）	2408
涙の数だけ深まる愛（ロバーツ）	4619
涙の婚約指輪（クレイヴン）	1237
涙の手紙（モーティマー）	4076
涙の湖（パーマー）	2910
涙は愛のために（パーマー）	2911
涙は砂漠に捨てて（ウェバー）	0389
涙は真珠のように（サラ）	1562
名もなきシンデレラの秘密（クルーズ）	1143
名もなき花の挽歌（ロバーツ）	4630
悩める伯爵（アシュリー）	0039
ナルキッソスの怒り（ブランコ）	3383
ナルニア国物語（ルイス）	4473～4476
南光（シュ・ワシ）	1744

【に】

書名	ページ
新妻を演じる夜（ジョーダン）	1843
2位の反撃（ウ・シンカン）	0234
2位の反撃（リン・ペイユー）	4455
二階のいい人（チン・シコウ）	2309
二月二十四日（デュマ）	2444
憎しみが情熱に変わるとき（グレアム）	1213
憎しみの代償（グレアム）	1214
逃げた花嫁と授かった宝物（パミー）	2933
逃げ道（イシグロ）	0209
虹色のクリスマス（リマー）	4410
虹色のシンデレラ（ダーシー）	2153
虹の少年たち（ヒラタ）	3159
虹の谷のアン（モンゴメリ）	4111
『虹の図書室』代表作選（ジン・ダイリン）	1895
『虹の図書室』代表作選（シン・ブンクン）	1898
『虹の図書室』代表作選（ソウ・ブンケン）	2094
『虹の図書室』代表作選（ソン・ヨウグン）	2119
『虹の図書室』代表作選（チョウ・シロ）	2286
『虹の図書室』代表作選（テイ・シュンカ）	2338
『虹の図書室』代表作選（ナムギ）	2607
『虹の図書室』代表作選（リ・トウ）	4303
21世紀のスペイン演劇（ガルシーア）	0791
21世紀のスペイン演劇（テリェリア）	2454
21世紀のスペイン演劇（マヨルガ）	3845
21世紀のスペイン演劇（リボイ）	4403
21世紀のスペイン演劇（ルビオ）	4520
21世紀のスペイン演劇（ロドリーゲス）	4613
21世紀のスペイン演劇（ロマン）	4657
29歳、今日から私が家長です。（イ）	0180
20年後（オー・ヘンリー）	0643
二重の罪（クリスティー）	1063
24時間見つめてて（パーマー）	2912
偽のプリンセスと糸車の呪い（スウェンドソン）	1914
にせ者が看護師になる方法（スケナンドール）	1924
ニック・アンド・チャーリー（オズマン）	0622
日蝕（ケストラー）	1296

にっほん　書名索引

ニッポン歴史の宿（スタットラー）‥ 1939, 1940
二度死んだ女（ペーション）…………… 3526
二度めの旅立ち（ラム）………………… 4275
ニードレス通りの果ての家（ウォード）… 0436
二匹のけだもの　なけなしの財産（ニステル）………………………………… 2615
二匹のけだもの　なけなしの財産（ベルゲルソン）……………………………… 3564
232番目の少女（ロブ）………………… 4646
ニホンジン（ナカザト）………………… 2590
Newマジメが肝心（ワイルド）… 4752, 4753
人魚の姫（アンデルセン）……………… 0155
「人間喜劇」総序 金色の眼の娘（バルザック）…………………………………… 2966
人間嫌いが笑うとき（ヤーロム）……… 4140
人間の彼方（ツェー）…………………… 2326
人間のしがらみ（モーム）……… 4097, 4098
人間の条件（アレント）………………… 0132
人間のはじまりを生きてみる（フォスター）………………………………… 3260

【ぬ】

盗まれたのは心（ミルバーン）………… 3938

【ね】

ネイティヴ・サン（ライト）…………… 4192
ネヴァー・ゲーム（ディーヴァー）… 2352, 2353
猫（シムノン）…………………………… 1704
ねこのおせわをしてください。（ボランド）…………………………………… 3690
猫のパジャマ（ブラッドベリ）………… 3366
ネコのムル君の人生観（ホフマン）… 3671, 3672
鼠の島（スティール）…………………… 1972
寝煙草の危険（エンリケス）…………… 0571
熱砂の果て（ボックス）………………… 3654
熱砂の花嫁（グレアム）………………… 1215
ネネット（ドゥラクロア）……………… 2486
眠りの館（カヴァン）…………………… 0695
眠り姫は目覚めた（ジョーダン）……… 1844
眠れない夜（パーマー）………………… 2913
眠れる記憶（モディアノ）……………… 4054
眠れる美女（ネイヴィン）……………… 2692
眠れる美女たち（キング）……… 0921, 0922
眠れる美女たち（キング）……… 0932, 0933
狙われた英国の薔薇（アーチャー）…… 0050
狙われた楽園（グリシャム）…………… 1060
ネロ・ウルフの災難（スタウト）……… 1934
年月日（エン・レンカ）………………… 0567
年年歳歳（ファン・ジョンウン）……… 3190

【の】

ノヴァ・ヘラス（スタマトプロス）…… 1943
ノヴァ・ヘラス（セオドラコプル）…… 2064
ノヴァ・ヘラス（テオドリドゥ）……… 2422
ノヴァ・ヘラス（テオドル）…………… 2423
ノヴァ・ヘラス（トリアンダフィル）… 2529
ノヴァ・ヘラス（ニコライドウ）……… 2612
ノヴァ・ヘラス（パパドプルス）……… 2867
ノヴァ・ヘラス（ハリトス）…………… 2958
ノヴァ・ヘラス（プラゾプル）………… 3348
ノヴァ・ヘラス（フリストウ）………… 3407
ノヴァ・ヘラス（マノリオス）………… 3839
濃霧は危険（ブランド）………………… 3398
野がも（イプセン）……………………… 0221
ノー・カントリー・フォー・オールド・メン（マッカーシー）…………………… 3801
鹿川（ノクチョン）は糞に塗れて（イ・チャンドン）………………………… 0183
残された日々（ハンプソン）…………… 3064
望まれぬ王妃（ハンター）……………… 3045
喉に棲むあるひとりの幽霊（ニグリオファ）…………………………………… 2611
ノトーリアス（ストラウド）…………… 1989
ノートル＝ダム・ド・パリ（ユゴー）… 4154
野の花が隠した小さな天使（ウェイ）… 0361
野の花に寄せて（フォックス）………… 3275
野の花の一縷の恋（ウインターズ）…… 0341
野原（ゼーターラー）…………………… 2066
ノーマル・ピープル（ルーニー）……… 4517
呑み込まれた男（ケアリー）…………… 1282
呪いを解く者（ハーディング）………… 2824

【は】

バイオリン狂騒曲（スロウカム）……… 2042
灰かぶりが命じられた結婚（グレアム）… 1216
灰かぶりとロイヤル・ベビー（アンダース）…………………………………… 0140
灰かぶりの令嬢（ケリー）……………… 1315
灰かぶりはかりそめの妻（グレアム）… 1217
灰かぶりは儚き夢に泣く（ジェイムズ）… 1618
灰かぶりは伯爵の愛し子を抱く（ディクソン）………………………………… 2380
廃墟建築家（ローゼンドルファー）…… 4606
廃墟の王（エーヴェルス）……………… 0506
廃墟の王（エルマー）…………………… 0555
敗走千里（チン・トウゲン）…………… 2320
バイパーさんのバス（クライマー）…… 1009
ハイビスカス・ティーと幽霊屋敷（チャイルズ）………………………………… 2228
ハイ・フィデリティ（ホーンビィ）…… 3727
ハイブリッド植物強奪（ヴルチェク）… 0477
ハイブリッド植物強奪（シェール）…… 1663
ハイランダーの花嫁の秘密（ブリズビン）………………………………… 3412
ハイランダーの秘密の跡継ぎ（エングラート）………………………………… 0569
ハイランドの白き花嫁（ブリズビン）… 3413
バウムヴォリの小さなお話（バウムヴォリ）…………………………………… 2753
パウル・ツェランと中国の天使（タワダ・ヨウコ）………………………… 2185
破果（ク・ビョンモ）…………………… 0942
墓から蘇った男（ケプレル）…… 1308, 1309
はかない初恋（パーマー）……………… 2914
パガル特務コマンド（ユーヴェルス）… 0507

バガル特務コマンド（ダールトン）	2179	初恋の日のように（サラ）	1564
白亜紀往事（リュウ・ジキン）	4433	初恋の夢のあとで（ウェイ）	0362
白衣の下の片思い（ウィタル）	0268	初恋のラビリンス（キャンプ）	0898
白衣のメアリー・ポピンズ（マリネッリ）	3859	初恋は切なくて（パーマー）	2915
伯爵を愛しすぎた家なき家政婦（マーティン）	3833	初恋は秘めやかに（パーマー）	2916
伯爵が遺した奇跡（ウインターズ）	0342	薄幸のシンデレラ（ウインターズ）	0343
伯爵家から落ちた月（キャンプ）	0896	パッシング/流砂にのまれて（ラーセン）	4228
伯爵家に拾われたレディ（キャンプ）	0897	飛蝗の農場（ドロンフィールド）	2575
伯爵家の秘密（バード）	2835	葉っぱの地図（タウンゼント）	2131
伯爵家の秘密（リード）	4389	ハッピーエンドの続きを（ウインターズ）	0344
伯爵と踊れない壁の花（ヒース）	3113	824人の四次元事件簿（チ・ブンヒョウ） 2190〜2199	
伯爵と片恋の婚礼（バロウズ）	2988	パトリック・ピアース短篇集（ピアース）	3072
伯爵と灰かぶり花嫁の恋（ウェブスター）	0392	バートルビー（アガンベン）	0013
伯爵と窓際のデビュタント（ヒース）	3116	バートルビー（メルヴィル）	4016
伯爵に選ばれた醜いあひるの子（メイスン）	3990	花を咲かせて（ジョーダン）	1846
伯爵に拾われた娘（ディクソン）	2381	花言葉を君に（ケンドリック）	1341
伯爵の知らない妻（マロリー）	3901	はなしをきいて（ホーン）	3726
伯爵の都合のいい花嫁（クイン）	0950	話の終わり（デイヴィス）	2364
伯爵の花嫁（グレアム）	1218	バーナデットをさがせ！（センプル）	2084
伯爵の花嫁はサファイアのように輝く（グラインズ）	1011	バーナード・ショー戯曲集（ショー） 1778, 1779	
伯爵夫人の出自（コーニック）	1442	花と夢（ツェリン）	2330
伯爵夫人の条件（ジョーダン）	1845	バナナの木殺し（オウ・テイコク）	0591
白鳥になれない妹（ミルン）	3939	バナナの木殺し（キュウ・ジョウテイ）	0906
派遣者たち（キム・チョヨプ）	0865	花開くとき（モーティマー）	4077
破砕（ク・ビョンモ）	0943	花びらとその他の不穏な物語（ネッテル）	2699
《バジス》復活！（エルマー）	0556	パナマの仕立屋（ル・カレ） 4500, 4501	
始まりのシンデレラ（グリーン）	1126	華やかな情事（ケンドリック）	1342
始まりのシンデレラ（サラ）	1563	花嫁になる条件（ジェイムズ）	1619
始まりのシンデレラ（ニールズ）	2661	花嫁には秘密（ゴードン）	1398
初めから愛して（ローレンス）	4731	花嫁の契約（フォックス）	3276
初めての恋（ニールズ）	2662	花嫁の誓い（ニールズ）	2663
走る赤（オウ・カンユ）	0583	花嫁の身の代金（ヘリス）	3555
走る赤（カ・カ）	0675	花嫁は偽りの愛を捨てられない（スマート）	2015
走る赤（カク・ケイホウ）	0702	花嫁は片思い？（ニールズ）	2664
走る赤（コ・テキ）	1356	花嫁は救いの天使（クルーズ）	1144
走る赤（セイ・レイ）	2057	花嫁は月夜に秘密を宿す（アシェンデン）	0032
走る赤（ソ・カンブン）	2086	離れないでいて（メイジャー）	3983
走る赤（ソ・ミン）	2088	はなればなれに（ヒッチェンズ）	3128
走る赤（ソウ・シモク）	2092	ハニー・ラテと女王の危機（コイル）	1361
走る赤（チュウ・オン）	2267	はねつけられた愛（モーガン）	4040
走る赤（テイ・セイハ）	2342	ハネムーンは終わらない（リー）	4320
走る赤（トウ・ヒ）	2478	パパウ（ブッツァーティ）	3310
走る赤（ノク）	2726	母を失うこと（ハートマン）	2845
走る赤（ヒコウ）	3107	母を燃やす（ドーシ）	2493
走る赤（ボ・メイ）	3612	母親探し（スタウト）	1935
二哈和他的白猫師尊（ロウバオブーチーロウ）	4584	母の舌（エヅダマ）	0519
二哈和他的白猫師尊（ハスキーとかれのしろねこししょん）（ロウバオブーチーロウ）	4585	バハマの光と影（パーマー）	2917
		母娘短編小説集（アリスン）	0088
バター・コーヒーの舞台裏（コイル）	1360	母娘短編小説集（オコナー）	0607
82年生まれ、キム・ジヨン（チョ）	2276	母娘短編小説集（オルセン）	0661
パチンコ（リー） 4328, 4329		母娘短編小説集（ギルマン）	0914
ハッカネズミと人間（スタインベック）	1931	母娘短編小説集（グラスゴー）	1028
初恋の思い出作りは放蕩者と（リー）	4298	母娘短編小説集（スペンサー）	2005
初恋のひと（レイク）	4535	母娘短編小説集（スミス）	2026
		母娘短編小説集（メイスン）	3987
		母娘短編小説集（ヤマモト）	4137

バーバラ・レオニ・ピカード7つの国のおとぎ話（ピカード） ········· 3101
ハーフライン（マンゴーベア） ······ 3909, 3910
パープル・ハイビスカス（アディーチェ） ·· 0056
浜辺のビーナス（パーマー） ················ 2918
隼の伯爵と乙女（ウィンズピア） ·········· 0303
薔薇色の明日（ウインターズ） ············ 0345
パラディーソ（レサマ＝リマ） ············ 4550
パラディン6の真実（エーヴェルス） ······ 0508
パラディン6の真実（マール） ·············· 3879
ばらに秘めた思い（ニールズ） ············ 2665
薔薇のアーチの下で（ヴェルガーニ） ···· 0403
薔薇のアーチの下で（オルテーゼ） ······ 0668
薔薇のアーチの下で（サピエンツァ） ···· 1536
薔薇のアーチの下で（セラーオ） ·········· 2076
薔薇のアーチの下で（チーニ） ············ 2220
薔薇のアーチの下で（デレッダ） ·········· 2466
薔薇のアーチの下で（ネグリ） ············ 2695
薔薇のアーチの下で（ファレ） ············ 3189
薔薇のアーチの下で（マグリス） ·········· 3758
薔薇のアーチの下で（マライーニ） ······ 3846
薔薇のアーチの下で（マンチネッリ） ···· 3915
薔薇のアーチの下で（ミラーニ） ·········· 3933
薔薇のアーチの下で（メッシーナ） ······ 3997
薔薇のアーチの下で（メリーニ） ·········· 4011
薔薇のベッドで愛して（モーティマー） ·· 4078
バラの館（パーマー） ······················· 2919
薔薇のレディと醜聞（モーティマー） ···· 4079
薔薇窓のシンデレラ（ハーディ） ·········· 2814
ばら屋敷（スティール） ······················ 1967
ばらよりも赤く（ダーシー） ················ 2154
バリアの破壊者（エーヴェルス） ·········· 0509
バリアの破壊者（マール） ·················· 3880
ハリウッドの悪魔（ワイス） ················ 4741
ハリがくれた最後の恋（ゴードン） ········ 1399
ハリケーンの季節（メルチョール） ······ 4019
ハリネズミ・モンテカルロ食人記・森の中の林（テイ・シツ） ························ 2337
ハリー・ポッターとアズカバンの囚人（ローリング） ··············· 4666〜4670
ハリー・ポッターと賢者の石（ローリング） ··············· 4671〜4674
ハリー・ポッターと死の秘宝（ローリング） ··············· 4675〜4682
ハリー・ポッターと謎のプリンス（ローリング） ··············· 4683〜4688
ハリー・ポッターと秘密の部屋（ローリング） ··············· 4689〜4692
ハリー・ポッターと不死鳥の騎士団（ローリング） ··············· 4693〜4696
ハリー・ポッターと炎のゴブレット（ローリング） ··············· 4697〜4702
春（スミス） ···································· 2022
春を待ちながら（スペンサー） ············ 2008
遙かな地の約束（ケリー） ·················· 1316
遙かなる未踏峰（アーチャー） ······ 0051, 0052
遙かなる呼び声（バートン） ················ 2856
遙か山なみの隠れ家へ（カー） ············ 0690
春の嵐が吹けば（ニールズ） ················ 2666

春の心臓（イェイツ） ························ 0193
春の吹雪（ラム） ······························· 4276
《バルバロッサ》離脱！（エルマー） ···· 0557
《バルバロッサ》離脱！（マール） ······ 3881
ハルビン（キム・フン） ······················ 0871
ハルムスの世界（ハルムス） ················ 2975
ハーレム・シャッフル（ホワイトヘッド） ·· 3721
ハロウィーン・パーティ（クリスティー） ·· 1064
ハロー、マイ・ラヴ（スティール） ······ 1968
ハロルドとモード（ヒギンズ） ············ 3102
ハロルド・フライのまさかの旅立ち（ジョイス） ·································· 1785
パワー（オルダーマン） ······················ 0667
繁花（キン・ウチョウ） ··············· 0918, 0919
ハンガイ銀河の占星術師（ヴルチェク） ···· 0478
ハンガイ銀河の占星術師（ダールトン） ···· 2180
パンダモニウム！（グールド＝ボーン） ···· 1150
ハンティング・タイム（ディーヴァー） ···· 2354
ハントケ・コレクション（ハントケ） ·· 3055, 3056
半年だけのシンデレラ（ウィリアムズ） ···· 0277
番人の失われた贈り物（エーヴェルス） ···· 0510
番人の失われた贈り物（エルマー） ······ 0558
反撥（トンプスン） ···························· 2581
万物は流転する（グロスマン） ············ 1268
ハンフリー・クリンカー（スモレット） ···· 2034
パン焼き魔法のモーナ、街を救う（キングフィッシャー） ····························· 0939
反乱者（アポストル） ························ 0080

【ひ】

火（ユルスナール） ···························· 4163
ピアノを尋ねて（クオ） ······················ 0981
緋色の記憶（クック） ························ 0990
緋色の研究（コナン・ドイル） ············ 1431
ピエール（メルヴィル） ············· 4017, 4018
日陰の花が恋をして（サラ） ················ 1565
日陰の花が恋をして（モーティマー） ···· 4080
光っていません（イム） ······················ 0224
光を灯す男たち（ストーネクス） ·········· 1986
光の護衛（チョ） ······························· 2280
光の夜に祝福を（ロバーツ） ········· 4631, 4632
光の鎧（フォレット） ··············· 3292〜3294
彼岸の花嫁（チュウ） ························ 2268
被疑者アンデルセンの逃亡（カジンスキー） ································· 0712, 0713
被疑者アンデルセンの逃亡（リュダール） ································· 4441, 4442
引き出しに夕方をしまっておいた（ハン・ガン） ·································· 3022
ひこうき雲（キム・エラン） ··············· 0851
ひざまずいたプレイボーイ（モーティマー） ······································ 4081
氷雨降るハーグ（ニールズ） ················ 2667
B舎監とラブレター（キム・ドンイン） ···· 0867
B舎監とラブレター（チェ・ソヘ） ········ 2204
B舎監とラブレター（チュ・ヨソプ） ···· 2265
B舎監とラブレター（チョン・ヨンテク） ·· 2304

B舎監とラブレター（ナ・ドヒャン） ……… 2585
B舎監とラブレター（ナ・ヘソク） ………… 2586
B舎監とラブレター（パク・ヨンヒ） ……… 2781
B舎監とラブレター（ヒョン・ジンゴン） … 3157
B舎監とラブレター（ヨム・サンソプ） …… 4175
秘書以上、愛人未満（ブレイク） ………… 3447
非情なウエディング（グレアム） ………… 1219
非情な救世主（ジェイムズ） ……………… 1620
非情な結婚（ダーシー） …………………… 2155
非情なプロポーズ（スペンサー） ………… 2009
秘書が薬指についた嘘（ブレイク） ……… 3448
秘書と結婚？（スティール） ……………… 1969
美女と野獣（バルボ・ド・ヴィルヌーヴ）… 2972
秘書の条件（ウィリアムズ） ……………… 0278
秘書は一夜のシンデレラ（ホール） ……… 3696
秘書は秘密の代理母（コリンズ） ………… 1475
翡翠色の情熱（ビアンチン） ……………… 3091
ひそやかな賭（ニールズ） ………………… 2668
ひそやかな歳月（モルンシュタイノヴァー） …………………………………… 4108
ピーター・パン（バリ） …………………… 2952
ビーチャムの生涯（メレディス） ………… 4022
柩のない埋葬（ホウホウ） ………………… 3624
必死の逃亡者（ヴェルヌ） ………………… 0417
ヒート（マン） ……………………………… 3905
美徳と悪徳を知る紳士のためのガイドブック（リー） …………………………… 4307
人殺しは夕方やってきた（ハウスホーファー） ……………………………………… 2751
ひとときの愛人（バード） ………………… 2836
ビトナ（ル・クレジオ） …………………… 4506
瞳に輝く星（ハワード） …………………… 3013
瞳の中の切望（テイラー） ………………… 2409
ひとりぼっちの双子（ベネット） ………… 3539
独りぼっちで授かった奇跡（コリンズ）… 1476
ひとりぼっちに終止符を（モーガン） …… 4041
ひとりぼっちの壁の花（ウィリンガム） … 0285
ひとりぼっちの妻（ラム） ………………… 4277
鄙の宿（ゼーバルト） ……………………… 2072
美は傷（クルニアワン） …………………… 1152
響きと怒り（フォークナー） ……………… 3252
秘密（グレアム） …………………………… 1220
秘密を身ごもったナニー（ケンドリック）… 1343
秘密を宿したシンデレラ（パーマー） …… 2920
秘密を宿したシンデレラ（メイジャー） … 3984
秘密を宿したシンデレラ（リマー） ……… 4411
秘密組織（クリスティー） ………………… 1065
秘密にしていたこと（イング） …………… 0228
秘密の愛し子と永遠の約束（メイアー） … 3961
秘密の命を抱きしめて（パーマー） ……… 2921
秘密の妻（グレアム） ……………………… 1221
秘密の花園（バーネット） ………………… 2859
秘密のまま別れて（グレアム） …………… 1222
秘密の夢（サラ） …………………………… 1566
秘密惑星チェオバド（グリーゼ） ………… 1088
秘密惑星チェオバド（フェルトホフ） …… 3240
秘密は罪、沈黙は愛（メトカーフ） ……… 4008
秘められた小さな命（オーウィグ） ……… 0597

百五十年秘めた愛（ロスコー） …………… 4600
百五十年待っていた恋人（ロスコー） …… 4601
百五十年目の愛の日記（ロスコー） ……… 4602
百通りの愛し方（シンクレア） …………… 1903
百年の孤独（ガルシア＝マルケス） ……… 0795
百の影（ファン・ジョンウン） …………… 3191
百万ドルは天使の対価（ブレイク） ……… 3449
白夜に沈む死（トリュック） ……… 2530, 2531
白夜の富豪の十年愛（ウッド） …………… 0455
ピュウ（レイシー） ………………………… 4536
ビュッシイ・ダンボア（チャップマン） … 2240
ビューティ＆ビースト（ブラスウェル）
 ………………………………………… 3345, 3346
ヒューマニドローム（フランシス） ……… 3391
病案本（ロウバオブーチーロウ）
 ………………………………………… 4586, 4587
氷炎の大富豪と無垢な乙女（モーティマー） ……………………………………… 4082
氷結惑星イッサム＝ユ（グリーゼ） ……… 1089
氷結惑星イッサム＝ユ（シドウ） ………… 1693
氷原のハデス（ラーケ） …………… 4216, 4217
開かれたかご（ジェトニル＝キジナー）… 1636
ピラネージ（クラーク） …………………… 1023
ピランデッロ戯曲集（ピランデッロ）… 3162, 3163
ビリー・サマーズ（キング） ……… 0934, 0935
ビール職人の秘密と推理（アレグザンダー） ……………………………………… 0127
昼と夜 絶対の愛（ジャリ） ……………… 1735
ヒロインになれなくて（フォックス） …… 3277
ビロードの耳あて（ウォートン） ………… 0443
拾われた1ペニーの花嫁（ケリー） ……… 1317
堰のなかの永遠（キッド） ………………… 0840
貧乏お嬢さまと毒入りタルト（ボウエン）… 3621
貧乏お嬢さまの困った招待状（ボウエン）… 3622
貧乏お嬢さま、花の都へ（ボウエン） …… 3623
貧乏カレッジの困った遺産（ペイトン・ウォルシュ） ……………………………… 3508

【ふ】

ファイナルガール・サポート・グループ（ヘンドリクス） ……………………… 3595
ファイナル・ツイスト（ディーヴァー） … 2355
ファウスト（ゲーテ） ……………… 1299, 1300
ファーストラブにつづく道（フォスター）… 3265
ファティマ（セバール） …………………… 2071
ファミリア・グランデ（クシュネル） …… 0987
ファミリー・ビジネス（ローザン） ……… 4591
ファラデー家の殺人（アリンガム） ……… 0089
房思琪の初恋の楽園（リン・イーハン）… 4447
ファンタスティックガール（キム） ……… 0872
ファンタスティック・ビーストとダンブルドアの秘密（ローリング） ………… 4703
フィッシャーマン（ランガン） …………… 4285
フィッツジェラルド10（フィッツジェラルド） …………………………………… 3204
フィネガンズ・ウェイク（ジョイス）… 1781, 1782
フィフティ・ピープル（チョン・セラン）… 2297

フィリックスエヴァーアフター（カレンダー） 0808
フィリップ・マーロウの教える生き方（アッシャー） 0055
フィリップ・マーロウの教える生き方（チャンドラー） 2261
偽者（フェイクアカウント）（オイラー） ... 0578
フェローシップ岬（ダーク） 2135
フェンシング・マエストロ（ペレス＝レベルテ） 3577
フォグ（パラッツェージ） 2946
フォークナー短編小説集（フォークナー）... 3253
フォース・ウィング（ヤロス）... 4138, 4139
フォーリング―墜落―（ニューマン）.... 2618
フォルモサに吹く風（チン・ヨウショウ）... 2322
フォルモサの涙（チン・ヨウショウ） 2323
フォレスト・ダーク（クラウス） 1015
フォワード（ウィアー） 0254
フォワード（クラウチ） 1016
フォワード（ジェミシン） 1649
フォワード（トールズ） 2548
フォワード（トレンブレイ） 2570
フォワード（ロス） 4598
深い穴に落ちてしまった（レビラ） 4562
不快な夕闇（ライネフェルト） 4196
不機嫌な教授（ニールズ） 2669
不機嫌な後見人（ハンプソン） 3065
吹きさらう風（アルマダ） 0120
復讐のウエディングベル（モンロー） 4128
副大統領暗殺（チャイルド） 2237, 2238
富豪が望んだ双子の天使（ウッド）....... 0456
富豪と幼子と愛の証明（ジェイムズ） 1621
富豪と灰かぶりの契約旅行（マリネッリ）... 3860
富豪とベビーと無垢な薔薇（ブレイク） 3450
富豪と無垢と三つの宝物（キャントレル）... 0895
富豪に隠した小さな秘密（チャイルド） ... 2231
富豪に買われた花嫁（モーガン） 4042
富豪の無慈悲な結婚条件（ブレイク） 3451
富豪伯爵と秘密の妻（マッケラン）........ 3820
富豪伯爵に解かれた封印（ジャスティス）.. 1725
不公平な恋の神様（アレン） 0130
富豪は愛も魔法も信じない（ウッド） 0457
富豪は天使しか望まない（スマート） 2016
不在（ギンズブルグ） 0940
不在（スカルパ） 1917
ふさわしき妻は（ジャスティス） 1726
不思議の探偵／稀代の探偵（コナン・ドイル） 1432
不思議の探偵／稀代の探偵（モリスン） 4104
不死鳥と鏡（デイヴィッドスン） 2367
不死鳥は夜に羽ばたく（クイン） 0958
不死鳥は夜に羽ばたく（チャン） 2253
ふたつの心臓を持つ少女（ケイン） 1292
二つの小さな宝物（テイラー） 2410
ふたりをつなぐ天使（ウィルソン） 0293
二人で探偵を（クリスティー） 1066
ふたりで作る明日（ダーシー） 2156
ふたりのアンと秘密の恋（アンドルー）.... 0159
二人の小さな野蛮人（シートン） 1698

二人のティータイム（ニールズ） 2670
二人の年月（ジョーダン） 1847
ふたりのパラダイス（ニールズ） 2671
二人のバレンタイン（バード） 2837
普通のノウル（イ・ヒヨン） 0185
ブッカケ・ゾンビ（ネッター） 2698
復活の歩み（コナリー） 1411, 1412
ブッチャー・ボーイ（マッケイブ） 3811
舞踏会の灰かぶり（ケンドリック） 1344
舟（ヤング） 4142
吹雪（ソローキン） 2105
不便なコンビニ（キム） 0875
踏みにじられた十七歳の純情（スティール） 1970
不滅の愛に守られて（ガーウッド） 0696
冬きたりなば…（ニールズ） 2672
冬の恋物語（ニールズ） 2673
冬の白いバラ（メイザー） 3976
冬物語（シェイクスピア） 1605
冬は恋の使者（ニールズ） 2674
フョードル・ミハイロヴィチの四つの死と一つの復活（ジヴコヴィチ） 1595
Bright（チョン） 2292
ブラジル文学傑作短篇集（ジ・ケイロス）... 1677
ブラジル文学傑作短篇集（テーリス） 2461
ブラジル文学傑作短篇集（ヘベーロ） 3542
ブラジル文学傑作短篇集（マシャード） 3781
ブラジル文学傑作短篇集（モンテロ） 4112
ブラジル文学傑作短篇集（レッサ） 4557
ブラック・オーダー破壊指令（クランシー） 1038, 1039
ブラック・オーダー破壊指令（ピチェニック） 3121, 3122
ブラック・スターロード（エルマー） 0559
ブラック・スターロード（マール） 3882
ブラック・フォン（ヒル） 3164
ブラックホール攻防戦（ヴルチェク） 0479
ブラックホール攻防戦（マール） 3883
ブラックランド、ホワイトランド（ベイリー） 3514
ブラック・ワスプ出動指令（クランシー） 1040, 1041
ブラック・ワスプ出動指令（ピチェニック） 3123, 3124
ブラッド・クルーズ（ストランベリ）.. 1991, 1992
ブラッドシュガー（ロスチャイルド） 4604
ブラディとトマ（ド・ケメテール） 2492
プラテーロとぼく（ヒメネス） 3141
プラトニックな結婚（グレアム） 1223
プラハのショパン（ファーユ） 3186
ブラームスはお好き（サガン） 1520
フランキスシュタイン（ウィンターソン）... 0350
フランケンシュタインの工場（ホック）.... 3647
フランツ・シュテルンバルトの遍歴（ティーク） 2373
ブランディングズ城の救世主（ウッドハウス） 0461

ブランディングズ城のスカラベ騒動（ウッドハウス）	0462
フリアとシナリオライター（バルガス＝リョサ）	2962
ブリジャートン家（クイン）	0963〜0967
ブリジャートン家 外伝（クイン）	0968〜0971
プリズム（ソン・ウォンピョン）	2112
振り向けばいつも（ビアンチン）	3092
プリンスを愛した夏（ケンドリック）	1345
プリンスの甘い罠（モンロー）	4129
プリンセス失格（モンロー）	4130
古井由吉翻訳集成（ムージル）	3951
古井由吉翻訳集成（リルケ）	4446
古くて新しい国（ヘルツル）	3566
プールサイド（オウ・レイグン）	0596
プールサイド（カン・ヨウメイ）	0830
プールサイド（ゴ・メイエキ）	1359
プールサイド（ショウ・ビンズイ）	1789
プールサイド（センバイモ）	2083
プールサイド（チン・シコウ）	2310
プールサイド（チン・シュクヨウ）	2316
プールサイド（チン・ハクゲン）	2321
プールサイド（ホウ・セイジュン）	3618
プールサイド（リ・トウゴウ）	4304
プールサイド（ワリス）	4765
フルスロットル（ディーヴァー）	2356
ブルターニュ料理は死への誘い（ル・モアル）	4528
ブルターニュ料理は死への誘い（ル・モアル）	4529
ブルックリンの死（コール）	1477
ブルーノの問題（ヘモン）	3548
プレイバック（チャンドラー）	2262, 2263
プレイボーイ公爵（シンクレア）	1904
プレイボーイ・ドクター（モーガン）	4043
プレイボーイは理想の父親（ロバーツ）	4620
ブレーキング・デイ（オイェバンジ）	0576, 0577
ブレグジットの日に少女は死んだ（クラーク）	1020
プレゼント（ジョンソン）	1875
ブレッシントン海岸の死（ブルース）	3428
プロヴァンス邸の殺人（コンロイ）	1509
プロット・アゲンスト・アメリカ（ロス）	4597
BLONOTE	2169
プロポーズを夢見て（ニールズ）	2675
プロポーズの理由（ウインターズ）	0346
フローリングのお手入れ法（ワイルズ）	4746
フロント・サイト（ハンター）	3050
分解する（デイヴィス）	2365
紛争地域から生まれた演劇（オブライエン）	0636
紛争地域から生まれた演劇（オリアリー）	0648
紛争地域から生まれた演劇（ジェンセン）	1670
紛争地域から生まれた演劇（シャーマン）	1730
紛争地域から生まれた演劇（ジュ）	1742
紛争地域から生まれた演劇（ブランク）	3382
紛争地域から生まれた演劇（ボロズビト）	3713
憤怒（コーンウェル）	1498, 1499
文明交錯（ビネ）	3140

【へ】

ベアトリスの予言（ディカミロ）	2371
平凡すぎて殺される（マクドネル）	3749
平凡な世界（ロ・ヨウ）	4577〜4579
米露開戦（クランシー）	1042, 1043
米露開戦（グリーニー）	1100, 1101
平和を愛したスパイ（ウェストレイク）	0382
平和という名の廃墟（マーティーン）	3829, 3830
ペインフル・ピアノ（パレツキー）	2980, 2981
北京の秋（ヴィアン）	0255
ページズ書店の仲間たち（ジェームス）	1650
ペストの夜（パムク）	2941, 2942
紅はこべ（バロネス・オルツィ）	2997
ベネチアの夜に包まれて（モーティマー）	4083
へびの王妃エグレ（サロメーヤ）	1578
ベル・ジャー（プラス）	3343
ベールの奥の一夜の証（スマート）	2017
ベールの下の見知らぬ花嫁（マロリー）	3902
ヘルプ・ミー・シスター（イ）	0181
ベルリン1928-1933（リューツ）	4443
ペレアスとメリザンド（メーテルリンク）	4005
ペレグリノスの最期（ルキアノス）	4502
ヘレン・ヴァードンの告白（フリーマン）	3418
編集者とタブレット（フルネル）	3437
変身（カフカ）	0770
変身物語（オウィディウス）	0598, 0599
ベントゥ・カラパウへの道（ヴルチェク）	0480
ベントゥ・カラパウへの道（シドウ）	1694
辮髪のシャーロック・ホームズ（バク・リシ）	2782

【ほ】

ポアロのクリスマス（クリスティー）	1067
ボーイズクラブの掟（カッツ）	0747
ボーイフレンドをきわめてみれば（ハート）	2839
ボヴァリー夫人（フローベール）	3487, 3488
法王庁の抜け穴（ジッド）	1682
忘却のかなたの楽園（バンクス）	3039
忘却の河（サイ・シュン）	1510, 1511
方形の円（ササルマン）	1523
放蕩王と乙女の氷の結婚（ブレイク）	3452
放蕩親父（デュマ）	2437
放蕩貴公子とエマの結婚（ブロック）	3468
放蕩貴族と片隅の花（ボイル）	3613
放蕩貴族と未練の乙女（コーニック）	1443
放蕩貴族にときめかない方法（マクイスト）	3739
放蕩貴族の最後の恋人（ヒース）	3117
放蕩貴族の花嫁（ハワード）	3003
放蕩侯爵と不本意な花嫁（クイン）	0951
放蕩子爵のやっかいな約束（ブリトン）	3417
放蕩富豪と鈴蘭の眠り姫（パミー）	2934
放蕩ボスと無垢な秘書（ローレンス）	4732

書名	番号
報復のカルテット（シルヴァ）	1888
葬られた本の守り人（ラバスキス）	4246
謀略のカンバス（シルヴァ）	1889
亡霊の地（チン・シコウ）	2311
望楼館追想（ケアリー）	1283
放浪者（コンラッド）	1507
ポエニー戦争の歌（イタリクス）	0215, 0216
頬を染めた幼な妻（ローム）	4658
頬に哀しみを刻め（コスビー）	1379
ぼくを燃やす炎（ライトウッド）	4193
ぼくが子どもだったころ（ケストナー）	1295
僕が死んだあの森（ルメートル）	4527
僕たちは星屑でできている（マン）	3906
ぼくに流れる氷（ライトウッド）	4194
ぼくの伯父さん（エテックス）	0522
ぼくの伯父さん（カリエール）	0788
ぼくの伯父さん（タチ）	2162
僕の狂ったフェミ彼女（ミン）	3942
ぼくの心は炎に焼かれる（ナイドゥー）	2588
ぼくのことをたくさん話そう（ザヴァッティーニ）	1516
僕の目で君自身を見ることができたなら（フランス）	3394
僕のルーマニア語の授業（チャン・ウンジン）	2250
僕は美しいひとを食べた（チェンティグローリア公爵）	2217
ぼくはソ連生まれ（エルヌ）	0542
ポケミス読者と信ずるなかれ（マクドーマン）	3751
BOSSY（ウォーカー）	0432
星を継ぐもの（ホーガン）	3630
星をなくした夜（ブラウン）	3331
星をみつめて（シャーパー）	1728
星影の大富豪との夢一夜（ローレンス）	4733
星なき王冠（クラウン）（ロリンズ）	4707, 4708
星に守られて（ニールズ）	2676
星の王子さま（サン＝テグジュペリ）	1582, 1583
星、はるか遠く（キャップ）	0882
星、はるか遠く（セイバーヘーゲン）	2060
星、はるか遠く（セント・クレア）	2082
星、はるか遠く（ディクスン）	2376
星、はるか遠く（ハリスン）	2956
星、はるか遠く（ブラッドリー）	3367
星、はるか遠く（ブリッシュ）	3414
星、はるか遠く（マッスン）	3827
星、はるか遠く（ローマー）	4656
星まとう君に約束を（ロバーツ）	4633, 4634
慕情（ハン）	3025, 3026
ボス運の悪い人（スティール）	1971
ボスを愛した罪（モーガン）	4044
ホステージ（マッキントッシュ）	3808
ポストカード（ベレスト）	3576
ボスと秘書の恋の密約（パーマー）	2922
ボスと秘書の白い契約結婚（アンダーソン）	0152
ボストン図書館の推理作家（ジェンティル）	1671
ボスに贈る宝物（ディノスキー）	2397
ボスに捧げた夜（リー）	4321
ボスには言えない（グレイス）	1246
ボスには内緒の恋心（マッケナ）	3816
ボスの十二カ月の花嫁（サリバン）	1572
ボスビの継承者（エーヴェルス）	0511
ボスビの継承者（フェルトホフ）	3241
ボスは冷たいスペイン富豪（スティーヴンス）	1953
ポセイドンの財宝を狙え！（カッスラー）	0743, 0744
ポセイドンの財宝を狙え！（バーセル）	2802, 2803
ボタニストの殺人（クレイヴン）	1241, 1242
ポータブル・フォークナー（カウリー）	0698
ポータブル・フォークナー（フォークナー）	3254
ホットミルク（レヴィ）	4541
没落令嬢のためのレディ入門（アーウィン）	0006
ホテル王と秘密のメイド（ライス）	4186
ホテル王に隠した秘密（ショー）	1775
ホテル物語（イム）	0223
ボトゥダニ川（プラトーノフ）	3374
ボヌール・デ・ダム百貨店（ゾラ）	2098
炎を消さないで（パーマー）	2923
炎の嵐（グリーゼ）	1090
炎の嵐（フェルトホフ）	3242
炎のキスをもう一度（ダーシー）	2157
炎のコスタリカ（ハワード）	3014
炎の爪痕（クリーヴス）	1054
炎のメモリー（サラ）	1567
ポピーのためにできること（ハレット）	2983
ホフマン小説集成（ホフマン）	3673, 3674
ボヘミアの醜聞（コナン・ドイル）	1433
誉れの剣（ウォー）	0426
ほら話とほんとうの話、ほんの十ほど（グレイ）	1231
ポーランドの人（クッツェー）	0993
ポリス・アット・ザ・ステーション（マッキンティ）	3807
ポリフィルス狂戀夢（ゴドウィン）	1390
ポリフィルス狂戀夢（コロンナ）	1490
ホロヴィッツホラー（ホロヴィッツ）	3712
ほろ着のディック（アルジャー）	0094
ホロスコープ（デュマ）	2445
ほろ苦いプロポーズ（ニールズ）	2677
滅びゆく宇宙タルカン（ヴルチェク）	0481
滅びゆく宇宙タルカン（マール）	3884
滅び（ウエルベック）	0420, 0421
ホワイトノイズ（デリーロ）	2464
ほん（フープス）	3313
ほん（マイルズ）	3731
本を読む女（ジヴコヴィチ）	1596
本気で愛してた（ハン）	4322
ボンジュール、トゥール（ハン）	3028
ボーンズ・アンド・オール（デアンジャリス）	2335

本当に大切な君だから（キム） ……… 0855
本当の心を抱きしめて（バログ） ……… 2992
ほんとうの自分（クンデラ） ……… 1279
ほんとうの名前は教えない（エルストン）… 0541
本と私と恋人と（ヘンリー） ……… 3606
ほんのささやかなこと（キーガン） ……… 0838
ポンペイ最後の日（ブルワー＝リットン）
　…………………………………… 3439, 3440
ボンベイのシャーロック（マーチ） ……… 3793

【ま】

マイ・イマジナリー・ボーイフレンド（ランシマン）…………………………………… 4288
マイ・ポリスマン（ロバーツ） ……… 4638
魔王の島（ルブリ） ……… 4523
曲がった鋤（ヴィエイラ・ジュニオール）… 0258
幕が下りて（マーシュ） ……… 3788
マクトゥーブ（コエーリョ） ……… 1370
マグノリアの木の下で（ダーシー） ……… 2158
マクベス（シェイクスピア） ……… 1606
マクマスターズ殺人者養成学校（ホームズ）…………………………………… 3680
マクロブロスの処方箋（チャペック） ……… 2244
マジシャン（トビーン） ……… 2516
魔術師の匣（フェキセウス）… 3229, 3230
魔術師の匣（レックバリ）… 4555, 4556
魔術師ペンリックの仮面祭（ビジョルド）… 3109
魔女の檻（ルブリ） ……… 4524
魔女のパン（オー・ヘンリー） ……… 0644
魔女の冬（アーデン） ……… 0060
マシンフッド宣言（ディヴィヤ）… 2368, 2369
マスカレードの告白（ゴードン） ……… 1400
貧しき乙女は二度恋におちる（ショー）… 1776
マーセット夫人のおはなし集（マーセット）…………………………………… 3792
マゼラン雲（レム） ……… 4568
マーダー・ミステリ・ブッククラブ（ラーマー）…………………………………… 4258
まだ見ぬ我が子のために（メイジャー）… 3985
マダム・エドワルダ（バタイユ） ……… 2804
間違いと妥協からはじまる公爵との結婚（リード）…………………………………… 4368
街角のシンデレラ（グレアム） ……… 1224
街と犬たち（バルガス＝リョサ） ……… 2963
町の悪魔を捕まえろ（デリオン） ……… 2458
マッカラーズ短篇集（マッカラーズ） ……… 3805
真っ白いスカンクたちの館（アレナス） …… 0128
マッドアダム（アトウッド） ……… 0064
マット・スカダーわが探偵人生（ブロック）…………………………………… 3474
マディソン街の千一夜（オー・ヘンリー）… 0645
マーティン・イーデン（ロンドン） ……… 4739
魔笛の調べ（パトリック）… 2848, 2849
摩天楼の大富豪と永遠の絆（メイアー）… 3962
惑いのバージンロード（リード） ……… 4390
惑う星（パワーズ） ……… 3000
窓辺の愛書家（グリフィス） ……… 1102
惑わされた女（ダルトン） ……… 2182
真夏のマーメイド（モーガン） ……… 4045
マナートの娘たち（アルザヤット） ……… 0092
招かれざる愛人（スティーヴンス） ……… 1954
招かれざる客（オズボーン） ……… 0619
招かれざる客（クリスティー） ……… 1068
招かれざる宿泊者（グーデンカウフ） ……… 0999
魔の聖堂（アクロイド） ……… 0017
魔の山（ディーヴァー）… 2357, 2358
マノン・レスコー（プレヴォー） ……… 3456
魔法が解けた朝に（ジェイムズ） ……… 1622
魔法使いの失われた週末（スウェンドソン）…………………………………… 1915
魔法の都ウィーン（ニールズ） ……… 2678
魔法の指輪（ラ・モット・フケー）… 4282, 4283
魔法のルビーの指輪（マッグローリー）… 3810
幻を愛した大富豪（クルーズ） ……… 1145
まぼろしの顔（デ・ラ・メア） ……… 2451
まぼろしのローマ（ヒューイット） ……… 3148
マーメイド・オブ・ブラックコンチ（ロフェイ）…………………………………… 4647
まやかしの社交界（ビアンチン） ……… 3093
迷い沼の娘たち（ストレンジ） ……… 1996
迷いの谷（コッパード） ……… 1384
迷いの谷（ジェイムズ） ……… 1626
迷いの谷（ハーン） ……… 3031
迷いの谷（ブラックウッド） ……… 3356
迷いの谷（ホフマン） ……… 3675
真夜中が満ちるまで（マッケナ） ……… 3817
真夜中の愛撫（ライス） ……… 4188
真夜中の伝統　夜霧の河岸（マッコルラン）…………………………………… 3826
真夜中の抱擁（ライス） ……… 4189
真夜中の密室（ディーヴァー） ……… 2359
マリアの決断（マグワイア） ……… 3770
マーリ・アルメイダの七つの月（カルナティラカ）…………………………… 0799〜0802
マリーゴールド町心の洗濯屋さん（ユン）… 4165
マリーナ（ルイス・サフォン） ……… 4480
マルセイユの秘密（ゾラ） ……… 2099
マルナータ不幸を呼ぶ子（サルヴィオーニ）…………………………………… 1577
マルベリーツリー（ボウエン） ……… 3619
マレーヌ姫（メーテルリンク） ……… 4006
マーロー殺人クラブ（ソログッド） ……… 2107
マンアライヴ（チェスタトン） ……… 2208
マンスフィールド・パーク（オースティン）…………………………… 0615〜0617

【み】

身代りの女（ボルトン） ……… 3705
身代わりのシンデレラ（ダーシー） ……… 2159
身代わり花嫁のため息（イエーツ） ……… 0201
身代わりプリンセス（シンクレア） ……… 1905
ミクロコスミ（マグリス） ……… 3757
ミケランジェロの焔（ドラッツィオ） ……… 2526
未婚の母になっても（グレアム） ……… 1225
短い恋がくれた秘密の子（ロバーツ） ……… 4621

未熟な花嫁（グレアム） ………… *1226*
湖の秘密（ニールズ） ………… *2679*
湖は知っている（ブラウン） ………… *3332*
ミスター・ウルフ（モーティマー） ………… *4084*
ミスターXをさがせ（リー） ………… *4323*
見捨てられた女神（モーガン） ………… *4046*
見捨てられた者たち（ヴィルジーリオ） ………… *0289*
ミステリウム（マコーマック） ………… *3775*
ミステリーしか読みません（ファーガソン） ………… *3177*
ミステリーしか読みません（ファーガソン） ………… *3178*
水のグラス（スクリーブ） ………… *1922*
水の墓碑銘（ハイスミス） ………… *2740*
水の都のシンデレラ（コネリー） ………… *1447*
ミス・マープル最初の事件（クリスティー） ………… *1069*
ミス・マープルの名推理 火曜クラブ（クリスティー） ………… *1070*
未成年（ドストエフスキー） ………… *2502, 2503*
ミセス・ハリス、国会へ行く（ギャリコ） ………… *0888*
ミセス・ハリス、ニューヨークへ行く（ギャリコ） ………… *0889*
ミセス・ハリス、パリへ行く（ギャリコ） ………… *0890*
ミセス・ハリス、モスクワへ行く（ギャリコ） ………… *0891*
ミセス・ポッターとクリスマスの町（フェルナンデス） ………… *3243, 3244*
ミセス・マーチの果てしない猜疑心（フェイト） ………… *3226*
ミゼレーレ（グランジェ） ………… *1046, 1047*
ミダック横町（マフフーズ） ………… *3841*
満ち足りた人生（キム） ………… *0862*
道ばたのシンデレラ（ロールズ） ………… *4711*
三つ編み（コロンバニ） ………… *1492*
三日間の隔絶（ルースルンド） ………… *4511, 4512*
ミッキー7（アシュトン） ………… *0035*
密計（ウィンターズ） ………… *0307*
密航者（ウェアマウス） ………… *0352*
密航者（マレイ） ………… *3893*
密室の魔術師（ホームズ） ………… *3682*
三つのお願い（ウインターズ） ………… *0347*
三つの物語（スタール夫人） ………… *1944*
三つの物語 十一月（フローベール） ………… *3489*
ミッドナイト・ライブラリー（ヘイグ） ………… *3502*
みつばちの平和（リヴァ） ………… *4333*
未踏の蒼穹（ホーガン） ………… *3631*
緑の瞳に炎は宿り（マーティン） ………… *3832*
緑のまなざしに魅了されて（ガブリエル） ………… *0773*
南の子供たち（ローザン） ………… *4592*
ミネルヴァ計画（ホーガン） ………… *3632*
ミヒャエル・コールハース チリの地震 他一篇（クライスト） ………… *1007*
耳をすませば（チョ） ………… *2277*
未来が落とす影（ボワーズ） ………… *3724*
未来から来た盗賊（シェール） ………… *1664*
未来から来た盗賊（シドウ） ………… *1695*
未来散歩練習（パク） ………… *2776*
未来省（ロビンスン） ………… *4641*

未来なき情熱（スペンサー） ………… *2010*
ミラー、ミラー（カロニータ） ………… *0809, 0810*
ミルク・ブラッド・ヒート（モニーズ） ………… *4090*
見ること（サラマーゴ） ………… *1568*
ミレー（ロラン） ………… *4664*
ミレニアム（スミルノフ） ………… *2031, 2032*
魅惑の独裁者（ビアンチン） ………… *3094*
魅惑のドクター（ニールズ） ………… *2680*
ミン・スーが犯した幾千もの罪（リン） ………… *4452*

【む】

無益な殺人未遂への想像上の反響（アポストリディス） ………… *0079*
無益な殺人未遂への想像上の反響（カクリ） ………… *0707*
無益な殺人未遂への想像上の反響（ガラノプロス） ………… *0785*
無益な殺人未遂への想像上の反響（カルフォプロス） ………… *0803*
無益な殺人未遂への想像上の反響（ダネリ） ………… *2166*
無益な殺人未遂への想像上の反響（ダネリス） ………… *2167*
無益な殺人未遂への想像上の反響（ドラグミス） ………… *2524*
無益な殺人未遂への想像上の反響（パパディミトリウ） ………… *2861*
無益な殺人未遂への想像上の反響（フィリプ） ………… *3211*
無益な殺人未遂への想像上の反響（ポリトブル） ………… *3692*
無益な殺人未遂への想像上の反響（マルカリス） ………… *3886*
無益な殺人未遂への想像上の反響（ミハイリディス） ………… *3927*
無益な殺人未遂への想像上の反響（ムズラキス） ………… *3952*
無益な殺人未遂への想像上の反響（ランゴス） ………… *4287*
無益な殺人未遂への想像上の反響（リカリス） ………… *4346*
無益な知識（デルボー） ………… *2465*
応報（オウ・モウ） ………… *0594*
報いのウィル（スローター） ………… *2046*
無口なイタリア人（ビアンチン） ………… *3095*
無垢な義妹の花婿探し（ホール） ………… *3697*
無垢な公爵夫人（ショー） ………… *1777*
無垢な司書はシチリアで愛され（ローレンス） ………… *4734*
無垢なる聖人（デリーベス） ………… *2462*
無垢の時代（ウォートン） ………… *0444*
無垢の博物館（パムク） ………… *2943, 2944*
無垢のまま母になった乙女（スマート） ………… *2018*
無限角形（マッキャン） ………… *3806*
無限病院（カン・ショウ） ………… *0819*
無邪気なかけひき（ジョーダン） ………… *1848*
無邪気なシンデレラ（パーマー） ………… *2924*
無邪気な誘惑（パーマー） ………… *2925*

無情の月（コワル） ………… 1493, 1494
結ぼれ（レイン） ……………………… 4540
無のまなざし（ペイショット） ……… 3504
ムービータウン・マーダーズ（ラニヨン） … 4245
霧氷（ニールズ） ……………………… 2681
ムーミン谷の彗星（ヤンソン） ……… 4146
ムムー（ツルゲーネフ） ……………… 2334

【め】

メアリ・ヴェントゥーラと第九王国（プラス） ………………………………… 3344
メアリ・ジキルと怪物淑女たちの欧州旅行（ゴス） …………………… 1374, 1375
メアリ・ジキルと囚われのシャーロック・ホームズ（ゴス） ……………… 1376
メアリー・ステュアート（シラー） … 1881
名探偵と海の悪魔（タートン） ……… 2165
名探偵ポアロ クリスマス・プディングの冒険（クリスティー） …………… 1071
名探偵ポアロ ゴルフ場殺人事件（クリスティー） ………………………… 1072
名探偵ポアロ スタイルズ荘の怪事件（クリスティー） …………………… 1073
名探偵ホームズとワトソン少年（コナン・ドイル） ………………………… 1434
名探偵ホームズ瀕死の探偵（コナン・ドイル） ……………………………… 1435
メイドの秘密とホテルの死体（プローズ） … 3466
メイドは薔薇のシンデレラ（フラー） … 3314
メイドは秘密の妻（ケンドリック） … 1346
メキシカン・ゴシック（モレノ＝ガルシア） ………………………………… 4109
メグレとマジェスティック・ホテルの地階（シムノン） …………………… 1705
メグレと若い女の死（シムノン） …… 1706
目覚めたら恋人同士（ジョーダン） … 1849
目覚めの朝までふたりで（マッケナ） … 3818
雌犬（キンタナ） ……………………… 0941
メタル'94（ヨニエヴス） ……………… 4174
メーデー極北のクライシス（ビョー） … 3156
メトーデ（ツェー） …………………… 2327
メナハウス・ホテルの殺人（ノイバウアー） ………………………………… 2708
メモリー（オール） …………………… 0649
メルヴィルに挨拶するために（ジオノ） … 1673

【も】

モイラ（グリーン） …………………… 1127
もう行かなくては（リー） …………… 4295
もう一度恋して（ウインターズ） …… 0348
もう一度恋に落ちて（ビアンチン） … 3096
もうすぐ二〇歳（はたち）（マバンク） … 3840
妄想感染体（ウェリントン） … 0401, 0402
もうひとつの街（アイヴァス） ……… 0001
もうひとりの女（ドナルド） ………… 2511
もう一人の花嫁（シェパード） ……… 1644

もうやってらんない（リード） ……… 4365
燃えるアテネ（モンロー） …………… 4131
目標、アンクラム星系（エーヴェルス） … 0512
目標、アンクラム星系（エルマー） … 0560
黙約の凍土（クランシー） …… 1044, 1045
黙約の凍土（ピチェニック） … 3125, 3126
木曜殺人クラブ（オスマン） … 0624, 0625
木曜日になれば（ハンプソン） ……… 3066
もしも誰かを殺すなら（レイン） …… 4539
もしも白鳥になれたなら（ウインターズ） … 0349
もしも白鳥になれたなら（ニールズ） … 2682
モスカット一族（シンガー） ………… 1901
モダン・ユートピア（ウェルズ） …… 0408
もっと遠くへ行こう。（リード） …… 4364
もっとも猥雑なもの（キニャール） … 0841
もつれた歳月（グレアム） …………… 1227
モトの真珠（シドウ） ………………… 1696
モトの真珠（フランシス） …………… 3392
モナ・リザのニスを剥ぐ（サン・ブリス） … 1588
物語ることの反撃（アブー・アル＝コンボズ） ………………………………… 0073
物語ることの反撃（アリー） ………… 0086
物語ることの反撃（アルアライール） … 0090
物語ることの反撃（アルジャマール） … 0096
物語ることの反撃（アル＝スースィ） … 0097
物語ることの反撃（アルファッラ） … 0116
物語ることの反撃（アワダッラー） … 0133
物語ることの反撃（エル・ボルノ） … 0546
物語ることの反撃（エルワーン） …… 0562
物語ることの反撃（スリーマーン） … 2038
物語ることの反撃（ハバシー） ……… 2860
物語ることの反撃（ハンムーダ） …… 3069
物語ることの反撃（ヒッリース） …… 3129
物語ることの反撃（ヤーギ） ………… 4133
物語ることの反撃（ラバフ） ………… 4248
モノクロの街の夜明けに（セペティス） … 2073
ものまね鳥を殺すのは（リー） ……… 4305
モーパッサン伝（トロワイヤ） ……… 2574
モヒカン族最後の戦士（クーパー） … 1001
喪服の愛人（ブレイク） ……………… 3453
喪服の似合う少女（リク・シュウサ） … 4349
モーメント・アーケード（ファン） … 3195
燃やされた現ナマ（ピグリア） ……… 3104
モリエール傑作戯曲選集（モリエール） … 4102
森から来た少年（コーベン） ………… 1459
森にさす光の中で（クロフォード） … 1273
森のバルコニー（グラック） ………… 1029
森の来訪者たち（バートン） ………… 2851
森のロマンス（ラドクリフ） ………… 4238
モルグ街の殺人（ポー） ……………… 3611
モルグ館の客人（エドワーズ） ……… 0525
モン＝オリオル（モーパッサン） …… 4095
モンスター・パニック！（ブルックス） … 3434
モンティチェロ終末の町で（ジョンソン） … 1874

【や】

八重歯が見たい（チョン・セラン） … 2298

野外上映会の殺人（ラーマー）	4259
やかましい遺産争族（ヘイヤー）	3509
夜間旅行者（ユン）	4164
約束（ガルガット）	0790
優しい暴力の時代（チョン・イヒョン）	2290
やさしい略奪者（メイザー）	3977
野獣の血（キム・オンス）	0852
ヤージュンと犬の物語（チョウ・ガクトウ）	2283
やすらぎ（ハンプソン）	3067
野生の棕櫚（フォークナー）	3255
野草（ロ・ジン）	4576
8つの完璧な殺人（スワンソン）	2053
宿した天使を隠したのは（テイラー）	2411
やどりぎの下のキス（ニールズ）	2683
雇われた夫（ブランドワイン）	3399
屋根裏の聖母（ケンドリック）	1347
屋根裏の男爵令嬢（ケリー）	1318
屋根裏部屋のクリスマス（ブルックス）	3433
破れざる旗の下に（リー・バーク）	4394
山の王（デ・ラ・モッツ）	2452, 2453
山のバルナボ（ブッツァーティ）	3311
山よりほかに友はなし（ブチャーニー）	3307
闇が迫る（マーシュ）	3789
闇に願いを（スーントーンヴァット）	2055
闇のエンジェル（グレアム）	1228
闇の奥（コンラッド）	1508
闇の中をどこまで高く（ナガマツ）	2592
闇の向こうに（ジョーダン）	1850
闇の牢獄（ラーゲルクランツ）	4219
闇夜に惑う二月（パークス）	2786
闇夜の男爵と星のシンデレラ（ヘイル）	3515
ヤング・シャーロック・ホームズ（レーン）	4570～4573
ヤンの戦争（ハーヴェイ）	2749

【ゆ】

憂鬱な花嫁（リー）	4324
ユ・ウォン（ペク・オニュ）	3517
誘拐犯（リンク）	4464, 4465
夕霧花園（タン）	2187
幽囚の地（クエリ）	0977
幽囚の地（クエリ）	0978
友情よここで終われ（ノイハウス）	2709
優等生サバイバル（ファン）	3196
優等生は探偵に向かない（ジャクソン）	1718
郵便局（ブコウスキー）	3303
有名すぎて尾行ができない（マクドネル）	3750
幽霊を信じますか？（アーサー）	0020
幽霊綺譚（アーベル）	0078
幽霊綺譚（クラウレン）	1018
幽霊綺譚（ラウン）	4211
幽霊のはなし（カーク）	0704
幽霊の物語（キプリング）	0847
幽霊ホテルからの手紙（サイ・シュン）	1512
幽霊屋敷（カー）	0684
誘惑された夜（リー）	4325
誘惑者（ブロッホ）	3480, 3481
誘惑の落とし穴（ジョーダン）	1851
誘惑の千一夜（グレアム）	1229
誘惑のゆくえ（パーマー）	2926
誘惑は蜜の味（ハミルトン）	2939
ゆえなき嫉妬（ハンプソン）	3068
雪女 夏の日の夢（ハーン）	3032
雪どけの朝（ジョーダン）	1852
雪に舞う奇跡（ニールズ）	2684
雪の花のシンデレラ（ケンドリック）	1348
雪の花のシンデレラ（モーティマー）	4085
雪の花のシンデレラ（ロバーツ）	4635
雪娘のアリアナ（アンダーソン）	0147
雪山書店と嘘つきな死体（クレア）	1160
ユードラ・ハニーセットのすばらしき世界（ライアンズ）	4178
指輪物語（トールキン）	2541～2546
夢一夜（ラム）	4278
夢を売る百貨店（イ）	0186
夢をかなえた一夜（マートン）	3836
夢のあとさき（メイジャー）	3986
夢の扉（シュオップ）	1756
夢のなかで責任がはじまる（シュワルツ）	1769
夢の舞踏会と奪われた愛し子（アシェンデン）	0033
夢みるピーターの七つの冒険（マキューアン）	3735
夢みる宝石（スタージョン）	1936
ユーモア・スケッチ大全（アーマー）	0081
ユーモア・スケッチ大全（アンターマイアー）	0153
ユーモア・スケッチ大全（ヴァレンティノ）	0246
ユーモア・スケッチ大全（エストリング）	0520
ユーモア・スケッチ大全（エリス）	0535
ユーモア・スケッチ大全（オハラ）	0632
ユーモア・スケッチ大全（カー）	0677
ユーモア・スケッチ大全（カー）	0686
ユーモア・スケッチ大全（カッピー）	0749～0751
ユーモア・スケッチ大全（カンター）	0832
ユーモア・スケッチ大全（キャンベル）	0902
ユーモア・スケッチ大全（クーパーマン）	1003
ユーモア・スケッチ大全（グーラート）	1030
ユーモア・スケッチ大全（グロス）	1261
ユーモア・スケッチ大全（ケイン）	1290
ユーモア・スケッチ大全（ケニン）	1303
ユーモア・スケッチ大全（ゲール）	1319
ユーモア・スケッチ大全（コネル）	1449
ユーモア・スケッチ大全（コーフマン）	1452～1454
ユーモア・スケッチ大全（コルディ）	1481
ユーモア・スケッチ大全（コンガー）	1501
ユーモア・スケッチ大全（サーバー）	1535
ユーモア・スケッチ大全（サリヴァン）	1569, 1570
ユーモア・スケッチ大全（ジェニングズ）	1638
ユーモア・スケッチ大全（ジーグフェルド）	1675

ユーモア・スケッチ大全（シーゲル）	1678
ユーモア・スケッチ大全（シスガル）	1679
ユーモア・スケッチ大全（ジョルソン）	1863
ユーモア・スケッチ大全（スキナー）	1918
ユーモア・スケッチ大全（ステュアート）	1978, 1979
ユーモア・スケッチ大全（スミス）	2023
ユーモア・スケッチ大全（スミス）	2027〜2029
ユーモア・スケッチ大全（ダグラス）	2136
ユーモア・スケッチ大全（チャップリン）	2241
ユーモア・スケッチ大全（デイ）	2344
ユーモア・スケッチ大全（ディーディーエス）	2393
ユーモア・スケッチ大全（テンプル）	2469
ユーモア・スケッチ大全（トービイ）	2515
ユーモア・スケッチ大全（ドール）	2532
ユーモア・スケッチ大全（トールマン）	2560
ユーモア・スケッチ大全（ナース）	2595
ユーモア・スケッチ大全（ネイサン）	2693
ユーモア・スケッチ大全（パーカー）	2757
ユーモア・スケッチ大全（バックウォルド）	2806〜2808
ユーモア・スケッチ大全（ヒューズ）	3151
ユーモア・スケッチ大全（ファインマン）	3176
ユーモア・スケッチ大全（ファーナス）	3184
ユーモア・スケッチ大全（フェレンツ）	3246
ユーモア・スケッチ大全（フォード）	3282〜3284
ユーモア・スケッチ大全（フランク）	3381
ユーモア・スケッチ大全（フリードマン）	3416
ユーモア・スケッチ大全（ペレルマン）	3578〜3580
ユーモア・スケッチ大全（ベンチリー）	3589〜3591
ユーモア・スケッチ大全（ホック）	3648
ユーモア・スケッチ大全（ホワイト）	3717
ユーモア・スケッチ大全（マーシャル）	3782
ユーモア・スケッチ大全（マーシュ）	3786
ユーモア・スケッチ大全（マニング）	3837
ユーモア・スケッチ大全（ミケシュ）	3918, 3919
ユーモア・スケッチ大全（メイン）	3993
ユーモア・スケッチ大全（モートン）	4087, 4088
ユーモア・スケッチ大全（ヨーダー）	4172
ユーモア・スケッチ大全（ラウンズ）	4212
ユーモア・スケッチ大全（ラードナー）	4239, 4240
ユーモア・スケッチ大全（リーコック）	4352〜4354
ユーモア・スケッチ大全（ルイス）	4477
ユーモア・スケッチ大全（レヴェンスン）	4544, 4545
ユーモア・スケッチ大全（ロウ）	4582
ユーモア・スケッチ大全（ロステン）	4605
百合の公爵と眠れる聖母（ベル）	3563
許されぬ密会（リー）	4326
赦しへの四つの道（ル・グィン）	4503
許せないプロポーズ（ビアンチン）	3097
緩やかさ（クンデラ）	1280

【よ】

夜明けを探す少女は（グッドマン）	0997
夜明けの光のなか永遠に（マッケナ）	3819
夜明けのまえに（パーマー）	2927
夜明け前のセレスティーノ（アレナス）	0129
ようこそ愛へ（ニールズ）	2685
ようこそウェストエンドの悲喜劇へ（ブランチ）	3397
ようこそ、ヒュナム洞書店へ（ファン）	3194
妖精・幽霊短編小説集（イェイツ）	0194
妖精・幽霊短編小説集（ウェルズ）	0409
妖精・幽霊短編小説集（オブライアン）	0635
妖精・幽霊短編小説集（カーティン）	0753
妖精・幽霊短編小説集（グレゴリー夫人）	1254
妖精・幽霊短編小説集（クローカー）	1260
妖精・幽霊短編小説集（ジェローム）	1668
妖精・幽霊短編小説集（ジョイス）	1783
妖精・幽霊短編小説集（ディケンズ）	2390
妖精・幽霊短編小説集（トッドハンター）	2504
妖精・幽霊短編小説集（ハーン）	3033
妖精・幽霊短編小説集（マッキントッシュ）	3809
妖精・幽霊短編小説集（モールズワース）	4106
妖精・幽霊短編小説集（レ・ファニュ）	4564
幼年の庭（オ・ジョンヒ）	0573
ヨーク公階段の謎（ウェイド）	0365
欲得ずくの殺人（ライリー）	4201
夜ごとの情熱（ビアンチン）	3098
四日間の恋人（ウィリアムズ）	0279
世継ぎを産んだウェイトレス（クルーズ）	1146
世継ぎを授かった灰かぶり（グレイソン）	1248
世継ぎを宿した身分違いの花嫁（モーガン）	4047
世の中に悪い人はいない（ウォン）	0451
呼び出し（ミュラー）	3931
夜ふけに読みたいはじまりのイソップ物語（イソップ）	0214
夜ふけに読みたいはじまりのイソップ物語（ラッカム）	4230
夜ふけに読みたい森と海のアンデルセン童話（アンデルセン）	0156
夜ふけに読みたい雪夜のアンデルセン童話（アンデルセン）	0157
蘇りし銃（リー）	4331
夜を生き延びろ（セイガー）	2058
夜、すべての血は黒い（ディオップ）	2370
夜だけのシンデレラ（ルイス）	4472
夜に心を奪われて（ロバーツ）	4636, 4637
夜に啼く森（ガードナー）	0756
夜のエレベーター（ダール）	2173
夜の少年（プティマンジャン）	3312
夜の潜水艦（ジン・シュンセイ）	1894
夜の日記（ヒラナンダニ）	3160
夜の人々（アンダースン）	0141
ヨーロッパ・イン・オータム（ハッチンソン）	2810
4321（オースター）	0611

【よ】

ヨン・フォッセ（フォッセ） 3281
四分室のある心臓（ニン） 2689

【ら】

ライルズ山荘の殺人（ラーマー） 4260
ラヴクラフト・カントリー（ラフ） 4251
楽園（グルナ） 1151
楽園で会いましょう（レノン） 4560
楽園のおもかげ（キニャール） 0842
楽園の夕べ（ベルリン） 3571
ラスト・バリア（フィールド） 3213
ラッフルズの秘録（ロリンズ） 4709, 4710
ラブイユーズ（バルザック） 2967
ラブ・トラップ（ウ・シンカン） 0235
ラブ・トラップ（リン・ペイユー） 4456
Lovely Writer（ワーンクリン） 4767, 4768
蘭亭序之謎（コード）（トウ・イン） . 2474, 2475

【り】

リーグ・オブ・レジェンドRUINATION滅
　びへの路（レイノルズ） 4537
リスボンのブック・スパイ（フラド） 3371
理性と感性（オースティン） 0618
理想の夫（ワイルド） 4754
理想の彼女だったなら（ルッソ） 4513
リチャード二世（シェイクスピア） 1607
リーディング・リスト（シモタカハラ） 1708
THE LIVING DEAD（クラウス） 1013, 1014
理不尽な棘と愛（パーマー） 2928
リムーバリスト―引っ越し屋　クラブ　デ
　ッド・ホワイト・メイルズ―女と男とシェ
　イクスピア（ウィリアムソン） 0283
略奪された純白の花嫁（チネッリ） 2223
リャマサーレス短篇集（リャマサーレス） .. 4416
理由のない場所（リー） 4296
両京十五日（バ・ハクヨウ） 2735, 2736
燎原の死線（ステック） 1973, 1974
良妻の掟（ブラウン） 3319
領主館のアメリカ人（ジョーダン） 1853
領主と無垢な恋人（ウェイ） 0363
両棲人間（ベリャーエフ） 3556
稜線の命（マルセル） 3888
リリアンと燃える双子の終わらない夏（ウ
　ィルソン） 0291
リンカーン・ハイウェイ（トールズ） 2549

【る】

ル・アーヴルの愛（トン・クオン） 2577
ルクレツィアの肖像（オファーレル） 0633
ルツィンデ（シュレーゲル） 1765
ルバイヤート（オマル・ハイヤーム） 0646
ルビーが詰まった脚（エイキン） 0490
ルミナリーズ（キャトン） 0884
流浪蒼穹（カク・ケイホウ） 0703
流浪地球（リュウ・ジキン） 4434, 4435

【れ】

レイヴンズ・スカー山の死（ハーディン
　グ） 2818
霊界通信（チン・ヨウシン） 2324
冷酷王子と秘密の子（モンロー） 4132
冷酷な彼の素顔（グリーン） 1125
令嬢ジュリー（ストリンドベリ） 1995
冷静沈着な令嬢アンの結婚（スコット） ... 1927
レイチェルの青い鳥（ニールズ） 2686
レイトン・コートの謎（バークリー） 2790
レオ・ブルース短編全集（ブルース） 3429
歴史を変えた気候大変動（フェイガン） ... 3225
Re-ClaM ex（クエンティン・パトリック）
　.................................... 0980
Re-ClaM ex（ヘアー） 3498
Re-ClaM ex（ホック） 3649
レザー・デュークの秘密（グルーバー） ... 1157
列をなす棺（クリスピン） 1075
レックスが囚われた過去に（ディーン） ... 2416
列車探偵ハル（セッジマン） 2067
レッド・アロー（ブルワー） 3438
レット・イット・ゴー（カロニータ） . 0811, 0812
レディオ・サイレンス（オズマン） 0623
レディ・ホイッスルダウンからの招待状
　（イーノック） 0218
レディ・ホイッスルダウンからの招待状（ク
　イン） 0972
レディ・ホイッスルダウンからの招待状
　（ホーキンス） 3634
レディ・ホイッスルダウンからの招待状（ラ
　イアン） 4176
レディ・ホイッスルダウンの贈り物（イー
　ノック） 0219
レディ・ホイッスルダウンの贈り物（クイ
　ン） 0973
レディ・ホイッスルダウンの贈り物（ホー
　キンス） 3635
レディ・ホイッスルダウンの贈り物（ライ
　アン） 4177
レディ・ルーの秘密の手紙（ラポルト） ... 4255
レディ・Cの笑顔は誰のもの（ラカプラ） .. 4213
レニーとマーゴで100歳（クローニン） 1269
REBEL MOON（キャストロ） ...... 0879～0881
REBEL MOON（ジョンスタッド） ... 1866, 1867
REBEL MOON（スナイダー） ...... 1998～2000
REBEL MOON（ハッテン） 2811, 2812
レ・ミゼラブル（ユゴー） .... 4155～4162
レモン・ティーと危ない秘密の話（チャイ
　ルズ） 2229
恋愛キャンペーン（ジョーダン） 1854
恋愛劇場（パーマー） 2929
恋愛後見人（ゴールドリック） 1487
連続自殺事件（カー） 0685
レンタル友人、はじめました（ブラッドフ
　ォード） 3358
レンタル友人は裏切らない（ブラッドフ
　ォード） 3359

【ろ】

- ロイストン事件（ディヴァイン） ………… 2361
- ロイヤル・ベビーは突然に（ハーディ）…… 2815
- 老神介護（リュウ・ジキン）………… 4436, 4437
- 老人と海（ヘミングウェイ）………… 3546, 3547
- 老人ホーム（ジョンソン）………………… 1878
- 老中医（コウ・マンドウ）………………… 1368
- 老中医（リ・シュウ）……………………… 4301
- ロ・ギワンに会った（チョ）……………… 2281
- 六月の贈り物（バーンズ）………………… 3044
- ロココ愛の巣（バスティッド）…………… 2798
- ロザムンドおばさんの花束（ピルチャー）… 3170
- ロシア・ノート（イゴルト）……………… 0206
- ロシアの星（ルヴォル）…………………… 4482
- 路地裏をさまよった伯爵夫人（バロウズ）… 2989
- 路地裏で拾われたプリンセス（ホール）…… 3698
- 路地裏のシンデレラ（テイラー）………… 2412
- 路上の陽光（ラシャムジャ）……………… 4224
- ローズ・コード（クイン）………………… 0959
- ロスト・アイデンティティ（ラーマン）…… 4262
- ロスト・ラヴ（モーティマー）…………… 4086
- ロスノフスキ家の娘（アーチャー）… 0053, 0054
- ローダン救出作戦（エーヴェルス）……… 0513
- ローダン救出作戦（エルマー）…………… 0561
- ロードマークス（ゼラズニイ）…………… 2077
- ロトレー作品集（ロトレー）……………… 4614
- ロニョン刑事とネズミ（シムノン）……… 1707
- 炉端物語（コナン・ドイル）……… 1436〜1438
- ロブとマリアン（セバスチャン）………… 2070
- ロボット・アップライジング（ウィルソン）…………………………………………… 0294
- ロボット・アップライジング（オコラフォー）…………………………………………… 0608
- ロボット・アップライジング（クライン）… 1010
- ロボット・アップライジング（シグラー）… 1676
- ロボット・アップライジング（ドクトロウ）…………………………………………… 2490
- ロボット・アップライジング（ハウイー）… 2747
- ロボット・アップライジング（バゴット）… 2792
- ロボット・アップライジング（マクドナルド）…………………………………………… 3746
- ロボット・アップライジング（マグワイア）…………………………………………… 3769
- ロボット・アップライジング（マッカーシー）…………………………………………… 3802
- ロボット・アップライジング（ユウ）…… 4152
- ロボット・アップライジング（レナルズ）… 4559
- ロボット・アップライジング（ワッサーマン）…………………………………………… 4759
- ロボット・イン・ザ・システム（インストール）…………………………………………… 0229
- ロボット・イン・ザ・ホスピタル（インストール）…………………………………………… 0230
- ロボットとわたしの不思議な旅（チェンバーズ）………………………………………… 2219
- ロボットの夢の都市（ティドハー）……… 2394
- ロマン（ソローキン）……………………… 2106
- ローラ・ディーンにふりまわされてる（タマキ）…………………………………………… 2170
- ローレンの赤ちゃん（メイザー）………… 3978
- ロング・プレイス、ロング・タイム（マカリスター）………………………………………… 3732
- ロンドン・アイの謎（ダウド）…………… 2129
- ロンドンの姉妹、思い出のパリへ行く（レイ）…………………………………………… 4534
- ロンドン幽霊譚傑作集（ガルブレイス）… 0805
- ロンドン幽霊譚傑作集（クレイク）……… 1243
- ロンドン幽霊譚傑作集（コリンズ）……… 1466
- ロンドン幽霊譚傑作集（スペイト）……… 2004
- ロンドン幽霊譚傑作集（ネズビット）…… 2696
- ロンドン幽霊譚傑作集（ブラッドン）…… 3370
- ロンドン幽霊譚傑作集（ブロートン）…… 3485
- ロンドン幽霊譚傑作集（ベサント）……… 3524
- ロンドン幽霊譚傑作集（ボールドウィン）… 3704
- ロンドン幽霊譚傑作集（マーシー）……… 3777
- ロンドン幽霊譚傑作集（マリヤット）…… 3863
- ロンドン幽霊譚傑作集（モールズワース）… 4107
- ロンドン幽霊譚傑作集（ライス）………… 4182
- ロンドン幽霊譚傑作集（リデル）………… 4363

【わ】

- Yの悲劇（クイーン）……………………… 0956
- ワイルド・フォレスト（ブラウン）……… 3333
- ワイルド・ブルー（アンブローズ）……… 0170
- ワインレッドの追跡者（モントクレア）… 4115
- 若い男／もうひとりの娘（エルノー）…… 0544
- 若きヴェルターの悩み タウリスのイフィゲーニエ（ゲーテ）………………………… 1301
- 若きウェルテルの悩み（ゲーテ）………… 1302
- 若草物語（オルコット）…………… 0652, 0653
- 若く逝きしもの（シッランパー）………… 1683
- わが人生の小説（パドゥーラ）…………… 2840
- 若すぎた結婚（リード）…………………… 4391
- 若すぎた恋人（パーマー）………………… 2930
- 別れを告げない（ハン・ガン）…………… 3023
- 別れた夫（ラム）…………………………… 4279
- 別れのあとの秘密（バス）………………… 2796
- 別れの色彩（シュリンク）………………… 1761
- 別れは愛の証（モーガン）………………… 4048
- 惑星カレスの魔女（シュミッツ）………… 1760
- 惑星キオンのビオント（ダールトン）…… 2181
- 惑星フェニックスの反乱（シェール）…… 1665
- 惑星フェニックスの反乱（マール）……… 3885
- 鷲か太陽か？（パス）……………………… 2795
- 鷲の男爵と修道院の乙女（ウエストリー）… 0380
- 忘れえぬ思い（ニールズ）………………… 2687
- 忘れ得ぬキス（リー）……………………… 4327
- 忘れえぬ情熱（バード）…………………… 2838
- 忘れえぬ日々（ジョーダン）……………… 1855
- 忘れがたき面影（ニールズ）……………… 2688
- 忘れ形見と愛の奇跡（スマート）………… 2019
- 忘れ形見の名に愛をこめて（ジャクソン）… 1715
- 忘れたとは言わせない（アルステルダール）…………………………………………… 0098, 0099

忘れない夏（ジョーダン）	1856
忘れられた愛の夜（ゴードン）	1401
忘れられた婚約者（バロウズ）	2990
忘れられた少女（スローター）	2047, 2048
忘れるために一度だけ（ドナルド）	2512
わたしを忘れないで（ガラン）	0786
わたしたちが起こした嵐（チャン）	2249
私たちが記したもの（チョ）	2278
わたしたちが光の速さで進めないなら（キム・チョヨプ）	0866
わたしたち地球クラブ（ファイヤーストーン）	3174
私たちのテラスで、終わりを迎えようとする世界に乾杯（チョン・セラン）	2299
私にぴったりの世界（スコヴロネク）	1925
私の彼女と女友達（チョ・ウリ）	2270
私の唇は嘘をつく（クラーク）	1021
私のこの生涯（ロウ・シャ）	4581
私の最高の彼氏とその彼女（ミン）	3943
わたしの中の他人（ブロドリック）	3483
わたしの名前を消さないで（バブリッツ）	2871
わたしの名前はオクトーバー（ベーレン）	3582
私の名前はルーシー・バートン（ストラウト）	1988
わたしのペンは鳥の翼（アーティファー・モザッファリー）	0057
わたしのペンは鳥の翼（アナヒータ・ガーリブ・ナワーズ）	0067
わたしのペンは鳥の翼（エラーヘ・ホセイニー）	0530
わたしのペンは鳥の翼（ザイナブ・アフラーキー）	1513
わたしのペンは鳥の翼（シャリーファ・パスン）	1736
わたしのペンは鳥の翼（ナイーマ・ガニー）	2589
わたしのペンは鳥の翼（バートゥール・ハイダリー）	2841
わたしのペンは鳥の翼（バランド）	2950
わたしのペンは鳥の翼（ファーティマ・サーダート）	3181
わたしのペンは鳥の翼（ファーティマ・ハイダリー）	3182
わたしのペンは鳥の翼（ファーティマ・ハーヴァリー）	3183
わたしのペンは鳥の翼（ファランギース・エリヤースィー）	3187
わたしのペンは鳥の翼（フェレシュタ・ガニー）	3245
わたしのペンは鳥の翼（マースーマ・コウサリー）	3791
わたしのペンは鳥の翼（マリーハ・ナジー）	3861
わたしのペンは鳥の翼（マリー・バーミヤーニー）	3862
わたしのペンは鳥の翼（マルヤム・マフジョーバ）	3892
わたしのペンは鳥の翼（ラナ・ズルマティ）	4242
わたしは異国で死ぬ（ピックハート）	3127
私は、持ちモノたちも生きている、と思うことにした（ジン）	1899
罠に落ちた二人（リード）	4392
罠にかかったシンデレラ（モーガン）	4049
悪い男（アーナルデュル・インドリダソン）	0071
悪い時（ガルシア＝マルケス）	0796
悪い弁護士は死んだ（ベーション）	3527, 3528
我が影の声（キャロル）	0892
われら闇より天を見る（ウィタカー）	0266
ワンダ・ヒッキーの最高にステキな思い出の夜（シェパード）	1645

訳者名索引

【あ】

阿井 幸作 ……… 1591, 1745,
　　　1746, 2114, 2266, 4348
愛甲 玲 …… 1168, 1806, 1969,
　　　2937, 3087, 3554, 4126
相磯 佳正 …………………… 3963
相場 妙 ……………………… 2753
粟飯原 文子 ……… 1151, 4023
相原 ひろみ ………………… 1325
相山 夏奏 … 1017, 3217〜3220
阿尾 正子 ………………… 2391,
　　　　3002, 3102, 3221
青木 敦子 …………………… 1880
青木 悦子 ………………… 3749,
　　　3750, 4625, 4643, 4644
青木 純子 …………… 1878, 4109
青木 翔子 …………… 4085, 4272
青木 千鶴 …………………… 3226
青木 智美 ………………… 1583,
　　　　3925, 4523, 4524
青木 創 …………………… 0012,
　　　1972, 2232〜2235,
　　　2237, 2238, 2289
青木 久惠 …………… 1627, 1628
青山 梢 ……… 0976, 1555, 1562
青山 ひかる ………………… 1398
青山 南 ……………………… 0637
青山 有未 … 3965, 4066, 4728
青山 陽子 …………… 2895, 3269
赤尾 秀子 … 0042, 4331, 4746
赤尾 光春 …………… 2615, 3564
赤坂 桃子 ………………… 0472,
　　　0511, 0515, 0516, 0549,
　　　3233, 3235, 3241, 3391
赤根 洋子 …………… 1083, 3876
赤星 美樹 …………… 4539, 4738
東江 一紀 …………… 0760, 0761
秋庭 葉瑠 ………………… 0344,
　　　　1399, 2647, 3903
秋元 美由起 ………………… 3985
秋元 由紀 …………………… 0287
秋元 由紀子 ………………… 2512
芥川 龍之介 ………… 0193, 0894
圷 香織 … 0631, 0997, 2268,
　　　2997, 3587, 3588, 4757, 4758
明田川 聡士 ………… 2324, 4498
浅井 晶子 ………………… 2066,
　　　2327, 3567, 4460〜4465
浅倉 卓弥 …………… 3502, 4370

浅倉 久志 ……………… 0081,
　　　0153, 0425, 0446, 0520,
　　　0535, 0627, 0632, 0749,
　　　0751, 0902, 1003, 1261,
　　　1303, 1319, 1449, 1452,
　　　1454, 1501, 1535, 1569,
　　　1570, 1638, 1645, 1679,
　　　1979, 2023, 2027, 2029,
　　　2344, 2469, 2515, 2595,
　　　2806, 2808, 2956, 3151,
　　　3176, 3282, 3284, 3381,
　　　3416, 3578, 3580, 3589,
　　　3591, 3648, 3661, 3717,
　　　3782, 3786, 3837, 3897,
　　　3918, 3919, 3993, 4087,
　　　4172, 4212, 4240, 4352,
　　　4354, 4477, 4545, 4582
浅田 絵美 …………………… 2281
朝田 千恵 …………………… 0383
浅田 雅美 ………………… 0590,
　　　0689, 2267, 2342, 3612
朝戸 まり ………………… 1122,
　　　　4026, 4125, 4127
浅羽 莢子 …………… 0892, 2061
芦部 美和子 ………………… 1646
東 圭子 ……………………… 2833
東 みなみ … 1112, 1621, 2407,
　　　3446, 3854, 4068, 4616, 4721
麻生 九美 …………………… 3679
麻生 恵 ……………………… 2672
麻生 ミキ …………………… 1561
麻生 りえ …………… 2684, 4075
足立 和彦 …………………… 2574
安達 まみ …………………… 0884
安達 眞弓 …………… 3484, 3561
安引 まゆみ ……………… 0300,
　　　　1796, 2640, 3058, 4077
阿部 和江 …………………… 1752
阿部 清美 ………………… 1013,
　　　　1014, 1285, 4659, 4660
阿部 賢一 … 0001, 2244, 2750
阿部 孝次 …………………… 4113
阿部 静子 …………………… 2804
あべ 朱里 …………………… 4059
阿部 大樹 …………………… 1951
阿部 卓也 …………………… 3056
阿部 祐子 …………………… 1728
天野 恵 ……………………… 3970
甘濃 夏実 …………………… 3619
雨沢 泰 ……………………… 1568
雨宮 朱里 …………………… 1849
鮎川 由美 …………………… 0065
荒井 潔 ……………………… 0107
新井 なゆり ……………… 0042,
　　　0608, 0883, 1289, 2792,
　　　3802, 3850, 4171, 4650
新井 ひろみ ……………… 0328,
　　　1556, 3536, 3813〜3817,
　　　4029, 4489, 4630
有沢 瞳子 …………… 4121, 4389

有澤 真庭 …………………… 3774
有光 美穂子 ………… 1204, 1221
有満 保江 …………… 2491, 4190
有森 ジュン ……………………
　　　　0345, 1342, 2677
有吉 新吾 …………………… 1960
alyn …………………… 4150, 4151
安藤 佳子 …………………… 3280
安藤 五月 ………… 0134, 0136, 2054,
　　　2122, 2168, 3916, 4009
安藤 しを …………………… 4357
安東 次男 …………………… 0416
安藤 哲行 …………… 0128, 0129
安藤 紀子 …………… 3101, 3531
安藤 元雄 …………………… 1759
安野 玲 …… 0695, 0886, 2082,
　　　2422, 2612, 3164, 3367
安納 令奈 …………………… 1732

【い】

李 正福 ……………………… 2783
井伊 順彦 …………………… 0723
飯島 宏 ……………………… 4531
飯島 みどり ………………… 2559
飯島 雄太郎 ………………… 3575
飯塚 あい … 0047, 0148, 0271,
　　　0274, 1187, 1196, 1329,
　　　2222, 2380, 3936, 3937
飯塚 容 …… 0566, 0580, 4168
飯田 冊子 ………………… 0272,
　　　　3271, 3272, 3276
飯田 亮介 …………… 1439, 1864
飯原 裕美 …………………… 2377
冶 文玲 ……………………… 2197
五十嵐 加奈子 ……………… 1890
五十嵐 真希 ………………… 0849
五十嵐 美兎 ……………………
　　　　0357, 4318, 4407
幾島 幸子 …………………… 1533
生田 耕作 …………………… 1585
井口 富美子 ……………… 0479,
　　　0551, 0556, 1692,
　　　1695, 3390, 3871, 3883
池 央耿 …………………… 0425,
　　　0757, 2366, 3626〜3630
池内 紀 ……………………… 0766
池上 貞子 … 0591, 0906, 1592
池澤 夏樹 …………… 0698, 3254
池田 香代子 ………………… 1295
池田 智恵 …………… 2088, 2313
池田 信雄 …………………… 3054
池田 真紀子 ……………… 0627, 0931,
　　　0998, 1027, 1496〜1499,
　　　2063, 2347〜2359, 2728,
　　　2948, 2949, 4328, 4329

池田 嘉郎	………………	3372
池畑 奈央子	……	0539, 0712, 0713, 4441, 4442, 4533
池本 尚美	………	0809〜0812, 1650, 3345, 3346
伊坂 奈々	………………	2675
石井 啓子	………………	1944
石井 幸子	………………	0442
石井 信介	………………	3421
石井 美樹子	………………	1599
石井 優貴	………………	3373
石井 洋二郎	………………	1127
石上 健二	………………	3840
石川 清子	………………	2071
石川 園枝	………	1762, 3410
石川 達夫	………………	3378
石川 道雄	………	3673, 3674
石川 實	………………	1879
石川 由美子	…………… 0437, 0438, 1874
石崎 洋司	………………	1697
石崎 比呂美	………	0620〜0623
石田 聖子	………………	1516
石田 善彦	………………	4419
石橋 正孝	………………	0315
石原 未奈子	…………… 0036, 0531, 1011
石原 理夏	………	4584, 4585
泉 京鹿	……	0565, 1593, 4447
和泉 圭亮	………………	3890
泉 智子	……	2402, 2403, 2406, 2408, 2411, 2412, 2623, 2927, 2929, 3454, 3476, 4408
泉 由梨子	……	1052, 2987, 3089
磯田 沙円子	………………	4357
井田 綾	………………	2475
板垣 節子	………………	3532
一川 華	………………	3713
市川 亮平	………	2258, 2262
市田 泉	………… 0042, 0138, 0139, 0630, 1103, 1539〜1541, 1877, 2423, 2529, 3052, 3475, 4051
一谷 智子	………………	1636
一瀬 麻利	………………	2065
市ノ瀬 美麗	………	3765, 3766
井辻 朱美	………………	3106
伊藤 秋仁	………	3542, 4557
伊藤 桂子	………………	2098
伊藤 典夫	……	0247, 0385, 1311, 1463, 1534, 1629, 1637, 1733, 1945, 2081, 2420, 2468, 2594, 3043, 3200, 3360, 3375, 3463, 3529, 3640, 3695, 3715, 3779, 4143, 4144, 4197, 4522, 4740
伊藤 範子	………………	2516
糸永 光子	………………	0380
稲垣 博	………………	0847
稲垣 優美子	………………	0856
稲葉 明雄	………	0425, 2259
稲見 佳代子	………………	4356
稲見 春男	………	0231, 0232
稲村 広香	……	0004, 0005, 0663, 0664, 1232, 1233
稲村 文吾	………………	4348
井野上 悦子	………………	1547
井上 絵里	………………	4391
井上 きこ	……………… 0319, 2401, 4042, 4043
井上 京子	………	0353, 1845
井上 圭子	………………	3095
井上 里	……………… 2131, 2345, 2710, 2711, 4536
井上 知	………	3154, 3794
井上 央	………………	4252
井上 大剛	………………	1019
井上 舞	……………… 2452, 2453, 4511, 4512
井上 円	………………	2397
井上 碧	………	1441, 4711
井上 義夫	………………	3266
猪俣 美江子	………	3506〜3508
イーブン 美奈子	………………	4288
今井 敦	……	3572, 3574, 3904
今泉 敦子	………	1914, 1915
今西 薫	………………	1604
入江 真奈子	………………	3009
入間 眞	………………… 0752, 0843, 0879〜0881, 1866, 1867, 1998〜2000, 2569, 2600, 2811, 2812, 3595
伊禮 規与美	………	1702, 2075
岩井 理子	………………	4148
岩坂 悦子	………………	1666
岩崎 克己	………………	1296
岩崎 たまゑ	………………	4762
岩城 義人	………	2848, 3049
岩瀬 徳子	……………… 0578, 2954, 4365, 4647
岩田 佳代子	………	0288, 2183
岩田 澄夫	………………	3975
岩田 七生美	………………	2484
岩津 航	………………	1488
岩渕 香代子	………………	0267
岩淵 達治	………………	1879
岩堀 兼一郎	………………	1373
岩本 和子	………………	2415
岩本 和久	………………	3535

【う】

上木 さよ子	………	2878, 2890, 2896, 3010
上木 治子	………………	2644
植草 昌実	……	0422, 0492, 1383, 1464, 1884, 1885, 1900, 2025, 2077, 3470, 3471, 3641, 3643, 3687, 4285
上杉 翠	……	1338, 2903, 4050
上田 勢子	………	3313, 3731
植田 登紀子	………………	3094
上田 なつき	………	0371, 0455, 1328, 1444, 1474, 1613, 1774, 2931, 3143, 3990, 4485
上田 敏	………………	1756
上田 麻由子	………………	0575
上野 真弓	………………	2526
上野 元美	……	0308, 0989, 3438
上原 かおり	……………… 0583, 0817, 4426, 4427
植松 みどり	………………	0532
植村 真理	………………	4123
魚住 悦子	………………	4415
宇佐川 晶子	……………… 0790, 1131, 2548, 2549
宇佐見 崇之	………………	3649
氏家 真智子	……………… 0324, 0995, 3142, 4376, 4472
臼井 美子	………………	0650
渦巻 栗	……………… 0364, 1594, 3353〜3355, 3586
宇多 五郎	………	0262, 0263
鵜田 良江	……………… 0470, 0503, 2178, 3387, 4443
詩月 心	………………	1582
宇丹 貴代実	………………	0334
内海 規子	………………	0454
内垣 啓一	………………	1879
内田 兆史	………	3457, 3706
内田 健介	………………	2211
内田 次信	………………	4502
内田 昌之	……	1647, 1928, 2745, 2810, 3631, 3632, 3829, 3830
内野 佳織	………	3404〜3406
宇戸 優美子	………	4767, 4768
鵜殿 えりか	………………	4228
宇野 和美	……………… 0120, 2699, 3141, 4019
宇野 邦一	………	0105, 3521
宇野 千里	………………	1550
宇野 利泰	………	0425, 2482, 2787, 3015〜3017
梅津 かおり	………………	3732
梅村 博昭	………………	3663
浦 雅春	………………	2210
浦崎 直樹	………	4528, 4529
浦出 卓郎	………………	3185
浦元 里花	………	0918, 0919
漆原 麗	……	1188, 1219, 2830, 3834〜3836, 4719, 4730

【え】

江口 泰子 ……… 2994, 2995
江口 佳子 ……… 0258, 2460
江口 美子 …………… 2641
江田 さだえ …… 1244, 2692
越前 敏弥 ……………… 0952,
　　0953, 0955, 1955, 2128,
　　2129, 2575, 3338, 3546,
　　3651, 4521, 4654, 4655
エヌエイアイ … 0670〜0672
榎本 空 ……………… 2845
海老根 祐子 ………… 2869
海老原 志穂 …… 0526, 1460,
　　2329, 2331, 2332, 3543,
　　4223, 4291, 4350, 4549
江美 れい …………… 1395
円城 塔 ……………… 3029
遠藤 宏昭 ……… 4216, 4217
遠藤 みえ子 …… 0888, 0891
遠藤 靖子 …………… 1234

【お】

呉 華順 …… 0574, 1281, 2279,
　　2304, 2585, 2586, 2764, 3028
呉 永雅 …… 0855, 1631, 3191
及川 茜 …………… 0592,
　　0682, 0701, 0703, 0831,
　　2319, 4297, 4444, 4574
逢坂 かおる ………… 4007
王寺 賢太 …………… 2396
鴬谷 祐実 ……… 2245〜2247
青海 まこ …… 1191, 1236,
　　3972, 4074, 4129, 4399
大恵 和実 …………… 2474,
　　2478, 3107, 3911, 4445
大久保 洋子 ………… 0701,
　　0703, 1354, 1356, 1590,
　　1894, 2092, 4347, 4349
大久保 康雄 ………… 0003,
　　0217, 0425, 1930
大久保 ゆう …………………
　　1413〜1417, 1433
大久保 譲 …………… 2433
大崎 ふみ子 ………… 1901
大沢 章子 …………… 1913
大沢 晶 ……… 1235, 1818,
　　1819, 2681, 4265, 4278
大下 英津子 ………… 3397
大島 幸子 …………… 1326
大島 ともこ …… 0312, 2645,
　　2654, 3273, 3277, 4383

大島 豊 ……… 0042, 2517
大園 弘 ……………… 0775
太田 浩一 … 0425, 0777, 3825
大田 朋子 ………… 0143, 0323,
　　0338, 1393, 3130, 3795,
　　3851, 3853, 3959, 4727
太田 りべか ………… 1152
大谷 真弓 … 0035, 0487, 0582,
　　0700, 1353, 1355, 1493,
　　1494, 1908, 2477, 3772
大谷 真理子 ………… 0316,
　　0317, 0340, 1165, 1249,
　　3012, 3824, 4119, 4713
大谷 瑠璃子 …………………
　　0158, 0284, 4608
大友 徳明 …………… 4154
大西 愛子 …………… 3950
大西 寿明 …………… 2062
大西 英文 ……… 0598, 0599
大西 亮 ……………… 3104
大西 正幸 ……… 2140, 2141
大貫 三郎 …………… 3202
大沼 有子 …………… 0447
大野 露井 ……… 2217, 4712
大庭 忠男 …………… 0425
大橋 吉之輔 ………… 3702
大林 日名子 ………… 2664
大原 宣久 …………… 0108
大宮 勘一郎 ………… 1301
大村 美根子 ………… 2739
大森 望 …………… 0446,
　　0582, 1993, 2254, 3164,
　　3617, 4422, 4424〜4437
大森 巳喜生 ………… 2334
尾家 順子 ……… 0709, 2039
大和田 始 …………… 2957
岡 聖子 ……… 2143, 2404, 3831
岡 裕美 ……………… 0860,
　　0867, 2204, 2304
岡内 幸子 …………… 2749
岡崎 暢子 …………… 0451
丘沢 静也 ……… 0763, 0769
小笠原 淳 …………… 0592,
　　2733, 2772, 4423
小笠原 豊樹 ………… 3364
小笠原 藤子 ………… 0174
岡嶋 裕史 ……… 2994, 2995
岡田 ウェンディ …… 0240,
　　0418, 0694, 1109, 3718, 3922
緒方 茗苞 …………… 2318
岡部 由梨江 …… 0616, 0617
岡室 美奈子 ………… 3520
岡本 香 ……… 1545, 3265
岡本 綺堂 …………… 0168,
　　0846, 0944, 1274, 1389,
　　1429, 1985, 2385, 2431,
　　3071, 3304, 3393, 3644,
　　3668, 3747, 4094, 4361
岡本 健 ……………… 0106

岡本 淳子 … 0791, 4403, 4520
岡本 健志 …………… 3280
岡本 朋子 ……… 0509, 1656,
　　1696, 3386, 3392, 3880
岡本 由香子 ………… 4218
小河 紅美 …………… 0201
緒川 久美子 …………………
　　1251, 2561, 4298
緒川 さら ……… 1246, 1822
小川 孝江 …………… 1567
小川 高義 …………… 0774,
　　1986〜1988, 2126, 2744
小川 敏子 ……… 1360, 1361
小川 政恭 ……… 3683, 3684
小川 美登里 ………… 0842
小川 芳範 …………… 0061
沖 多美 …… 1617, 2854, 2906
荻野 昌利 ……… 4020, 4021
奥 彩子 ……………… 0453
奥船 桂 ……………… 3973
奥村 章子 …………… 1071,
　　3334, 3335, 3680
小倉 さなえ ………… 3180
小黒 康正 … 0002, 3297, 3931
小山内 園子 ………… 0224, 0823,
　　0824, 0942, 0943, 2277, 2278
小澤 正人 …………… 0408
小澤 身和子 ………… 1769,
　　3343, 3761, 4476, 4541
小沢 ゆり …………… 1125
押野 素子 ……… 3215, 4090
小津 薫 …… 0548, 3560, 3868
織田 みどり …… 0429, 1844
小田切 しん平 ……… 1947
小谷 正子 ……… 1808, 2678
越智 睦 …… 0127, 3205, 3206
小野 正嗣 ……… 0698, 3254
小野 和香子 …………………
　　1510, 1511, 3401
尾之上 浩司 ………… 3778
小野田 和子 ………… 0042,
　　0245, 0630, 0716, 0717,
　　1252, 1253, 1648,
　　2584, 2998, 3175, 3497
小野寺 健 …………… 3267
尾林 玲子 …………… 2899
小尾 芙佐 …………… 4503
温 又柔 ……………… 0187

【か】

夏海 ‥ 0233, 0234, 4453, 4455
鏡 明 ………………… 3105

| 加賀山 卓朗 …… 0524,
0525, 1377〜1379,
2857, 4256, 4496〜4499
香川 真澄 …… 0403, 0668,
1536, 2076, 2220, 2466,
2695, 3189, 3758, 3846,
3915, 3933, 3997, 4011
垣口 由香 …… 3619
柿沼 瑛子 …… 2740,
2847, 3948, 4300
柿沼 摩耶 …… 0368,
1213, 2159, 3065, 4381
柿原 日出予 …… 0363, 0374,
1336, 1619, 1770, 1771,
1813, 1821, 1843, 1965,
2827, 3085, 4317, 4386,
4390, 4392, 4720, 4724
柿本寺 和智 …… 2474, 2475
加来 順子 …… 0852
風音 さやか …… 1163, 1164
風間 賢二 …… 2698
笠間 直穂子 …… 4264
鍛治 哲郎 …… 1104, 1105
鍛治 靖子 … 0034, 1026, 3109
樫尾 千穂 …… 4357
加島 葵 …… 3810
加島 祥造 …… 3255, 3849
樫本 真奈美 …… 4142
頭木 弘樹 …… 0765
風戸 のぞみ …… 4028
片岡 しのぶ …… 0387, 0388
片桐 恵理子 …… 1049, 1050
片桐 園 …… 1895
片桐 ゆか …… 2924
片山 亜紀 …… 0483
片山 耕二郎 …… 2373
片山 勢津子 …… 2798
片山 ふえ …… 3198
片山 真紀 … 0032, 0249, 0354,
2153, 2157, 2796, 3562,
4047, 4130, 4132, 4313, 4486
勝畑 耕一 …… 1300
桂 幸子 …… 2888
加藤 かおり …… 1892,
2370, 3179, 4514, 4515
加藤 一輝 …… 2432
加藤 九祚 …… 3426
加藤 慧 …… 3942, 3943
加藤 しをり ……
3062, 4064, 4180
加藤 智子 …… 3909, 3910
加藤 ひろあき …… 3159
加藤 靖 …… 4357
加藤 由紀 … 1345, 2835, 4397
加藤 洋子 …… 0957〜0959,
1708, 2253, 3179
門田 美鈴 …… 1875
門脇 智子 … 0010, 0916, 0917,
1495, 1731, 2257, 4010

| 金井 真弓 …… 1158,
1159, 1514, 2135, 4052
金井 美子 …… 1154, 3988
金子 司 …… 0576, 0577
金子 博昭 …… 2080, 2113
金子 浩 … 0042, 2205, 2368,
2369, 2490, 2592, 2809,
3368, 3455, 3746, 4640
兼子 美奈子 …… 3792
金子 ゆき子 …… 0427, 4459
金田 鬼一 …… 1108
金原 瑞人 ‥ 0058〜0060, 0445,
0601, 1574, 1575, 1732,
1975, 1976, 1989, 4103,
4178, 4336〜4345, 4749
金丸 啓子 …… 4253
加納 亜依 …… 1193, 1322,
1340, 1344, 1615, 2815,
3720, 3833, 4186, 4396
加納 三由季 …… 1332, 2148,
2688, 3482, 4036, 4083, 4493
鏑木 ゆい …… 0428
壁谷 さくら …… 0988
鎌田 三平 … 0627, 1760, 4289
上岡 伸雄 … 4191, 4192, 4305
上條 ひろみ ……
1102, 3423〜3425,
3557, 4457, 4543
上遠 恵子 …… 0721
神鳥 奈穂子 …… 0974, 1775,
1792, 2127, 2184, 2231,
2669, 3522, 3523, 3820
上中 京 …… 4187〜4189
上村 悦子 … 0083, 1176, 1206,
2150, 3008, 4063, 4315
神谷 あゆみ …… 3066
神谷 加奈子 …… 1677, 2461
神谷 丹路 …… 0176
亀井 佑佳 …… 2465
亀井 よし子 …… 1785
亀山 郁夫 ‥ 2103, 2502, 2503
亀山 龍樹 …… 0888〜0891
鴨井 なぎ …… 0333, 2746
香山 栞 …… 4622, 4623,
4626〜4629, 4631〜4634
唐木田 みゆき …… 1250,
1477, 2130, 2494
唐戸 信嘉 …… 1984
苅谷 京子 …… 2008, 2659
仮屋 浩子 …… 3383
河合 祥一郎 …… 1600〜1602,
3608, 3609, 3611, 4097,
4098, 4473〜4475,
4651, 4750, 4751
川合 章子 …… 0584, 0585
河合 純枝 …… 3279
川井 直子 …… 3752
川合 二三男 …… 2399
川井 万里子 …… 2240

| 川合 りりこ …… 0031,
1247, 1644, 3601〜3603,
3962, 4405, 4409
河相 玲子 …… 1904
川上 笑理子 …… 2248
川上 正子 …… 4609
川島 隆 …… 0770
河島 弘美 …… 0444
川副 智子 … 1067, 1519, 2493,
3705, 3790, 4457, 4543
川名 桂子 …… 4334
川野 太郎 …… 1936
川野 靖子 …… 0647,
1537, 1538, 2335, 4598
川端 則子 …… 3311
川東 雅樹 …… 0435
河村 昌子 …… 2056
川村 二郎 …… 3478, 3479
河村 真紀子 …… 2480
川本 三郎 …… 2200
河盛 好蔵 …… 4092
姜 芳華 …… 0226,
0863〜0866, 2115, 2189,
2255, 2269, 2270, 2304,
2732, 2781, 3157, 3518, 4164
神崎 巌 …… 3533
神戸 朋子 …… 2138

【き】

木内 久美子 …… 3520
木内 重子 …… 0326, 0337,
0359, 1332, 2148, 2653,
2817, 4025, 4031, 4726
木内 貴子 …… 1350
菊池 勝也 …… 4022
菊池 寛 …… 0894
菊地 よしみ …… 0543
岸上 つね子 …… 4067
岸川 由美 …… 0041,
3112, 3760, 4213
岸田 さち江 …… 2665
木島 始 …… 3150
岸本 佐知子 … 0252, 0947,
0986, 1149, 1876, 2020,
2120, 2363〜2365, 2727,
3568〜3571, 3736, 4153
岸良 裕司 …… 1484
喜須海 理子 …… 4369
北 綾子 …… 1458,
1991, 1992, 2069, 2070
紀田 順一郎 …… 1625
喜多 延鷹 …… 1031, 2462
木田 美矢子 …… 4135
北岡 武司 …… 1006
北川 和代 …… 1632〜1635

北園 えりか ……… 2133,
　　　　3132, 3600, 3859
北田 絵里子 ………
　　　　0495, 1699, 2225
北代 美和子 ………… 1380
北野 寿美枝 ………
　　　　0352, 3893, 4741
北村 幸子 …………… 2301
北村 みちよ ………… 2758
北山 克彦 …………… 3362
橘高 弓枝 …………… 1486
鬼頭 玲子 ‥ 1932, 1934, 1935
木内 尭 ……… 0420, 0421
木下 淳子 …… 0458, 0840
木下 眞穂 … 0014, 0066, 1370
木下 善貞 …… 2572, 2573
木原 毅 ……………… 3060
木原 横子 …………… 4566
木原 善彦 … 0350, 2021, 2022,
　　　2171, 2487, 2951, 3000
岐部 雅之 …………… 3542,
　　　　3781, 4112, 4557
木全 惠子 …………… 2119
キムイネ …………… 3196
金 敬淑 ……………… 2280
金 志成 ……………… 1515
きむ ふな …………… 3022
金 みんじょん … 2090, 2091
木村 文 ……… 0295, 1578
木村 榮一 …………… 0023,
　　　0024, 3100, 3708, 4416
木村 恭子 …… 1667, 3403
木村 祥子 …………… 2550
木村 二郎 …………… 0381,
　　　　1291, 4457, 4543
木村 浩美 …… 0382, 3509
木村 裕美 ……… 4478～4480
許 源源 ………… 3404～3406
許 光俊 ……………… 1527
姜 信子 ……………… 1893
清岡 ゆり …………… 4334
吉良 運平 …… 0142, 2459
吉良 佳奈江 ……… 0182, 0848,
　　2251, 2252, 2303, 2763, 2779
桐谷 知未 …… 1292, 4307
桐山 大介 … 0698, 3252, 3254
金 錦珠 ……………… 2190,
　　　2191, 2193, 2196～2199

【く】

久我 ひろこ …… 1220, 1846,
　　　1847, 2670, 2935, 3090
久賀 美緒 … 0885, 0999, 3156
久坂 翠 ……………… 1327,
　　　　1965, 2652, 2673

櫛田 理絵 …………… 2206
公庄 さつき ………… 1905
鯨井 久志 …………… 2035
葛川 篤 ……………… 0484
楠本 君恵 …… 0893, 2850
杳掛 良彦 …………… 3691
公手 成幸 …… 3048, 3049
工藤 澄子 …… 0665, 2216
工藤 順 ……………… 3373
工藤 幸雄 ……… 3658～3660
国東 ジュン ………… 0649
国弘 喜美代 ………… 1766,
　　　2416, 2844, 3338, 3898
國森 由美子 ………
　　　0395, 1004, 4196
久野 郁子 …………… 4604
久野 量一 …… 2797, 2840
久能 克也 …… 0269, 3505
久保 奈緒実 …… 0375, 1133,
　　　1470, 1473, 1476, 2015, 2017
久保 瑠美子 ………… 3158
くぼた のぞみ ……… 0056,
　　　　0991～0993, 1506
窪田 典子 …………… 0024
熊井 ひろ美 ………… 3315
熊谷 千寿 …… 0678～0681,
　　　1502, 1503, 3714, 3905
熊倉 靖子 …………… 0797
熊野 寧々子 …… 0366, 1123
久米 正雄 …………… 3456
久米 宗隆 …………… 3520
粂川 麻里生 ………… 1299
久山 葉子 …………… 2032,
　　　2530, 2531, 3526～3528
倉田 真木 … 0240, 0418, 0694,
　　　1713, 1857, 3922, 4652
倉骨 彰 ……………… 3350
倉持 リツコ …… 2283, 3299
倉本 知明 …………… 0981
栗栖 茜 ……………… 2242
栗原 成郎 …………… 4221
栗原 俊秀 … 0072, 0206, 3197
厨川 圭子 …………… 4754
黒木 章人 …………… 0015,
　　　0662, 0915, 3395, 3596
黒沢 歩 ……………… 4174
黒原 敏行 …………… 1948,
　　　2581, 3256, 3799～3801
畔柳 和代 …………… 0094
桑島 道夫 …………… 0564
桑田 光平 …………… 0841
桑田 健 ……… 3551, 4704～4710
桑名 一博 …………… 0085
鍬野 保雄 …………… 0856
桑畑 優香 …………… 2118
桑原 真夫 …………… 0718
桑原 洋子 …… 2604, 4367
桒山 智成 …………… 1605

【け】

源田 孝 ……………… 0170

【こ】

呉 聖華 ……………… 3944,
　　　3945, 4586, 4587
小池 桂 … 0343, 1115, 1338,
　　　1617, 2158, 2854, 2903,
　　　2906, 4037, 4050, 4715
小池 滋 ……………… 1418
小泉 まや … 0376, 1966, 3447
高城 高 ……………… 3577
上妻 純一郎 ………
　　　3487, 3488, 3491
香戸 精一 …………… 3841
河野 彩 ……… 0135, 4519
香野 純 ……………… 2902
河野 哲子 …… 1298, 4518
河野 万里子 ………
　　　1520, 3932, 4482
鴻巣 友季子 ………… 0062,
　　　0063, 0485, 0838, 0990
古賀 紅美 … 2596, 4636, 4637
古賀 弥生 …………… 2587
國分 俊宏 …………… 2967
小暮 結希 …… 0235, 4456
兒嶋 みなこ ………
　　　0006, 3261～3264
越前 貴美子 ………… 0778
興水 則子 …………… 1110
古城 裕子 …………… 4276
小砂 恵 ……………… 1177
小鷹 信光 …………… 3352
小竹 由美子 ………… 0092,
　　　0604, 0633, 3917, 4225
児玉 敦子 ……… 2819～2824
こだま ともこ … 2055, 3582
児玉 みずうみ ……… 0313,
　　　0331, 0335, 1117,
　　　1135, 1143, 2221, 2933
古都 まい子 ………… 2915
後藤 正子 …………… 4568
後藤 正憲 …………… 4355
後藤 美香 …… 0322, 2626
後藤 安彦 …… 4457, 4543
後藤 裕也 …… 0584, 0585,
　　　0587, 0815, 0911, 1352,
　　　2343, 3173, 4302, 4779

ことは

琴葉 かいら *0285, 0320,*
　0390, 0439, 0569, 1791,
　1949, 2379, 2922, 2989,
　3409, 3739, 4395, 4552
小長光 弘美 *0033, 0151,*
　0379, 0975, 1445, 1954,
　3832, 3855, 3858, 4076, 4277
小西 直子 ‥ *0173, 0188～0190,*
　0572, 0868, 0945, 2605,
　2606, 3192, 3725, 4167
小西 宏 *2760*
小早川 桃子 *2913*
小林 さゆり *1021*
小林 潤司 *1526, 2730*
小林 晋 *0018, 0020,*
　0286, 0545, 2818, 3429
小林 節子 *2667, 4082*
小林 司 .... *1419～1427*
小林 宏明 *0627*
小林 浩子 *3771,*
　4624, 4645, 4646
小林 町子 *1831, 1854,*
　1946, 2151, 2634, 2671,
　3729, 4273, 4387, 4731
小林 みき *4336,*
　4337, 4340～4343
小林 ルミ子 *0302, 0303,*
　0332, 0349, 2918, 3039, 4615
小林 令子 *3011*
小原 雅俊 *1669*
小平 慧 *4357*
小堀 さとみ *4400,*
　4401, 4457, 4543
小松 謙 .... *4774～4778*
小松 太郎 *1293*
駒月 雅子 *2655,*
　3432, 3995, 3996
小松原 宏子 *2952, 2972*
小宮 由 *1009, 2800*
小室 龍之介 *3619*
古森 科子 *0694, 1284*
小柳 帝 *0522, 0788, 2162*
小山 太一 *0426, 0653*
コンテユ *2777*
今 日出海 *1681*

【さ】

三枝 大修 *0412, 0413*
細郷 妙子 *0898,*
　2625, 4385, 4535
最所 篤子 *0281, 0282, 2121*
サイト,K. *0166*
斎藤 寿葉 *3610*
齋藤 可津子 *0040,*
　0420, 0421, 1491, 1492

齋藤 紘一 ...... *1262～1264, 1268*
齋藤 浩太 *1148*
齊藤 昇 *0008,*
　0009, 1931, 2101
斉藤 雅子 *0299*
齊藤 正高 *2475,*
　2735, 2736, 4422
斎藤 真理子 *0178,*
　0876, 2089, 2271, 2276,
　2290, 2294, 2297,
　2776, 3021～3023,
　3190, 3495, 3496
斎藤 泰弘 *3162, 3163*
斎藤 兆史 *4210*
佐伯 三恵 *1273*
酒井 昭伸 *2759,*
　2863～2866, 3497, 4656
堺谷 ますみ *0292, 0318,*
　0339, 0341, 0378, 0895,
　0996, 3113, 3131, 3144,
　3268, 3939, 4008, 4618
榊 優子 *2739*
榊原 直文 *3688*
坂田 雪子 *1510,*
　1511, 3926, 4523, 4524
坂本 あおい *1763,*
　3465, 3728, 4364
酒寄 進一 *0527, 0710,*
　0711, 1294, 1302, 1748,
　1882, 1883, 2326, 2709,
　3199, 3222, 3223, 3667
佐久 信子 *4316*
さくま ゆみこ *3499, 3500*
桜井 りりか *1840, 3088*
桜沢 正勝 *1104*
桜田 佐 *2505*
櫻庭 ゆみ子 *0702*
酒匂 真理子 *1630*
佐々木 楓 *4513*
佐々木 志緒 *1812, 2685*
佐々木 徹 *0433, 1465, 2207,*
　2761, 2778, 3209, 3607
佐々木 紀子 *0693*
佐々木 真澄 *1737*
笹野 史隆 *1437, 1438*
笹原 桃子 *4357*
笹山 裕子 ‥ *4103, 4413, 4414*
ささらえ 真海 *2828*
佐田 千織 *0244,*
　0294, 0630, 0666, 1349,
　1990, 2064, 2264, 2875,
　2940, 3172, 3305, 3306,
　3342, 3348, 3407, 3435,
　3441, 3442, 3689, 4229
佐藤 絵里 *0461, 0462*
佐藤 光希 *2203*
さとう 史緒 *1611,*
　1772, 3114～3117, 4619
佐藤 泰一 *1757*

佐藤 直子 *2033*
佐藤 春夫 *3694*
佐藤 文樹 *0125*
佐藤 満里子 *1924*
佐藤 泰人 *1646*
佐藤 弥生 *1500*
佐藤 結 *0184*
佐藤 弓生 *2789*
佐藤 利恵 *2003, 4071*
佐藤 渉 *2491*
実吉 捷郎 *3534*
佐野 晶 *0896, 0897,*
　1313～1318, 1440, 2990
佐復 秀樹 *1958*
沢 梢枝 *1174*
澤木 香奈 *4056, 4120*
佐和田 敬司 *0243, 2801*
沢田 由美子 *1165,*
　1548, 3012, 3824
澤田 理恵 *3248*
澤西 祐典 *0894*
佐原 怜 *1735*
三辺 律子 ‥ *0270, 0489, 0490,*
　1753, 2170, 3340, 3341, 3726
三本木 亮 *1484*
三本松 里佳 *3549, 3550*

【し】

塩﨑 香織 *2421*
鹿野 伸子 *2905*
識名 章喜 *0078, 1018, 4211*
獅子 麻衣子 *4357*
下倉 亮一 *2452,*
　2453, 4511, 4512
シドラ 房子 *0475, 0498,*
　0512, 0560, 1086, 1662, 3878
品川 亮 .... *1304～1309,*
　2249, 2965, 4254, 4505
篠原 慎 *3257, 3258*
篠森 ゆりこ ...... *4293～4296*
芝 盛行 .... *2702～2704*
芝田 文乃 *4566, 4567*
柴田 耕太郎 *4102*
柴田 元幸 ‥ *0144, 0252, 0410,*
　0440, 0488, 0536, 0606,
　0610, 0611, 0651, 0660,
　0698, 0947, 0986, 1149,
　1382, 1573, 1576, 1579,
　1714, 1754, 1876, 2392,
　2602, 2727, 2799, 3053,
　3201, 3207, 3250, 3254,
　3339, 3544, 3548, 3625,
　3701, 3736, 3848, 4153, 4597
澁沢 亜裕美 *0360*
渋谷 豊 *3826*

訳者名索引　たうち

島津 やよい 4665
島田 明美 0807
島田 荘司 0589, 0708
嶋田 洋一 ... 0465, 0468, 0474,
　　　0477, 0481, 0510, 0558,
　　　0630, 1080, 1081, 1090,
　　　1655, 1657〜1659, 1661,
　　　1663, 1689, 1690, 3232,
　　　3236, 3242, 3388, 3734,
　　　3756, 3870, 3884, 4760
島野 めぐみ 3483, 3823
島村 法夫 3547
島村 浩子 .... 2455〜2458
清水 民恵 2909
清水 知佐子 0180, 0573,
　　　0869, 0872, 2169, 2766
清水 裕子 2414, 4201
清水 由貴子 0289, 0568,
　　　0705, 1288, 1715, 3148,
　　　3901, 4063, 4509, 4510
清水 玲奈 3690
下楠 昌哉 ... 0194, 0409, 0635,
　　　0753, 1254, 1260, 1668,
　　　1783, 2390, 2504, 3033,
　　　3745, 3809, 4106, 4564
下境 真由美 3516
下田 明子 2705
下田 立行 3552, 3553
霜月 桂 1202, 1207, 1229,
　　　1338, 1348, 1834, 1835,
　　　2144, 2152, 2182, 2619,
　　　2631, 2903, 3007, 3068,
　　　3317, 3331, 4024, 4050, 4322
下村 作次郎 2323, 4764
下村 隆一 4146
下山 由美 .. 1780, 2912, 3785
十一谷 義三郎 3493, 3494
シュカート ゆう子 4312
小路 真木子 0042,
　　　　　1676, 3167, 4759
東海林 ゆかり 1903
正田 靖子 4333
白井 重範 0592, 1320
白石 朗 .... 0921〜0927,
　　　0932〜0935, 1055, 1056,
　　　1058, 1059, 3164, 4290
白川 貴子 2079, 4562
白川 眞 3839
白川 豊 3193
白須 清美 0683,
　　　　　2362, 2375, 3681
白水 紀子 0828, 0829, 2309
城田 千枝子 2288
神ང清 0798, 2209
新谷 美紀子 0023
進藤 あつ子 1971

【す】

吹田 映子 0786
菅 愛子 0085
管 啓次郎 0108
須賀 孝子 1827,
　　　　　3059, 4065, 4271
菅 寿美 4108
姿 絢子 2917
菅原 美保 1868
杉 和恵 1852, 3006
杉浦 よしこ 0130,
　　　　　2151, 3729, 4273
鋤柄 史子 3662
杉田 七重 1609,
　　　　　1916, 3103, 3773
杉野 さつき 3555
杉本 あり 2946
杉本 元子 4581
杉本 ユミ ... 0298, 1401, 2381,
　　　2910, 4241, 4243, 4487
杉山 直子 4236
すずき いづみ 3413
鈴木 けい 1622, 2006,
　　　2838, 3075, 3098, 4384
鈴木 沙織 0186, 4149
鈴木 潤 1376
鈴木 創士 0105, 0106
鈴木 たえ子 1443, 1725
鈴木 孝子 3415
鈴木 孝信 4140
鈴木 主税 0170
鈴木 哲平 3520
鈴木 仁子 0629, 2072
鈴木 雅生 0414
鈴木 美朋 ... 0696, 0806, 0983,
　　　2043〜2045, 3051, 4452
鈴木 恵 0265,
　　　0266, 1489, 2058, 2697
鈴木 芳子 3671, 3672
すなみ 翔 1051,
　　　1214, 1245, 1572, 1739,
　　　1997, 3511, 3770, 4063,
　　　4185, 4375, 4490, 4600
須見 春奈 2250
栖来 ひかり 0688
住谷 春也 1523
すんみ 0223, 0854, 2202,
　　　2278, 2296, 2298, 2299

【せ】

瀬尾 具実子 4641
関 麻衣子 0747, 2413
関 未玲 0862
関 由美香 0768
関口 英子 0109,
　　　1577, 2968, 3188, 4099
関口 時正 1451
関口 裕昭 2185
関口 美幸 2283
関口 涼子 0419
関谷 一彦 4237
関根 謙 2337, 4581
関根 日出男 2243
関根 光宏 1150, 2731
瀬田 貞二 .... 2541〜2546
薛 華民 2194, 2195, 2199
瀬野 莉子 0293,
　　　　　3145, 3796, 3960
芹澤 恵 0290, 0291,
　　　0627, 1074, 1587, 1929,
　　　3161, 3540, 3541, 4756
セルボ 貴子 0241, 0242
銭 愛琴 2190, 2191, 2198
仙波 有理 .. 0346, 4122, 4718

【そ】

宋 善花 2192,
　　　　　2193, 2196, 2198
宗 洋 3912
園部 哲 .... 1265〜1267
染川 隆俊 1858
染田屋 茂 0098,
　　　0099, 3046, 3047, 3050

【た】

代田 亜香子 ....
　　　　　1257, 2292, 4263
大洞 敦史 2188
台南市政府文化局 1710
平 敦子 1790, 3057
田内 志文 ... 0697, 0977, 0978,
　　　1402, 1403, 1521, 1522,
　　　1719, 1720, 2046〜2048,
　　　2547, 3349, 3358, 3359,
　　　3501, 3621〜3623, 4091

高木 晶子 … *0199, 1118, 1184,*
　　1237, 1485, 1795, 1800,
　　1804, 1820, 1836, 1842,
　　1850, 2636, 2936, 2955,
　　3093, 3969, 3974, 4181
高木 とし ………… *1825*
高木 直二 ………… *1495*
高桑 和巳 ……… *0013, 4016*
高澤 真弓 ………… *2977*
高階 佑 …………… *3946*
高杉 啓子 ………… *1341,*
　　1397, 2007, 3073
高田 和文 ……… *3249, 4281*
高田 恵子 ………… *3896*
高田 寛 ……… *1419〜1421*
高田 真紗子 …… *1805, 2633,*
　　4373, 4374, 4378, 4379
高田 ゆう ………… *1837*
高遠 弘美 ………… *0646*
高野 優 …………… *1510,*
　　1511, 1705, 3549, 3550
高橋 歩 ……… *2125, 3072*
高橋 和久 … *1230, 1231, 3650*
高橋 佳奈子 ……… *0690,*
　　0773, 0949〜0951, 3599
高橋 都彦 ………… *2945*
高橋 恭美子 …… *4257〜4260*
高橋 啓 ……… *3139, 3437*
高橋 たまこ ……… *1952*
高橋 知子 … *2430, 4457, 4543*
高橋 知之 … *0169, 0399, 2102,*
　　2333, 2501, 2551, 2947, 4551
高橋 尚子 ……… *3808, 4246*
高橋 宏幸 ……… *0215, 0216*
高橋 昌久 ……… *1623, 1624,*
　　1727, 1872, 3676, 4096
高橋 美友紀 …… *0330, 1137,*
　　2470, 4063, 4128, 4491
高橋 泰邦 ………… *3682*
高橋 庸子 ………… *0275,*
　　1964, 4048, 4323
高浜 えり ……… *2666, 4124*
高増 春代 ………… *0694*
高増 春代 ………… *1483*
高見 浩 …………… *1508*
髙村 俊典 ………… *3931*
高柳 和美 ………… *2429*
高山 祥子 ……… *1024, 1025,*
　　1586, 1923, 2107, 3004,
　　3005, 3127, 3371, 4534
高山 宏 …………… *1390, 1490,*
　　2041, 3168, 3510, 3711
高山 真由美 ……… *0084, 0927,*
　　1053, 3338, 3592, 3793, 3920
高山 恵 …………… *0037, 0131,*
　　1126, 1134, 1563, 1642,
　　1724, 2661, 3111, 3461
瀧川 紫乃 … *1165, 3012, 3824*
田口 卓臣 ………… *2396*

田口 俊樹 ……… *0304〜0306,*
　　0627, 1457〜1459,
　　1911, 1912, 1926, 2172,
　　2236, 2260, 2263, 3351,
　　3469, 3473, 3474, 3585,
　　3822, 3947, 4231, 4244,
　　4417, 4500, 4501, 4542
田栗 美奈子 ……… *0228*
武居 ちひろ ……… *0808*
武石 文子 ………… *1712,*
　　2036, 2037, 2576
竹内 要江 ……… *0209, 2346*
竹内 喜 …… *0277, 1553, 4039*
竹内 好 ……… *4575, 4576*
菫園 晋子 ………… *0542*
武田 武彦 ………… *1434*
武田 千香 …… *0258, 2590, 4358*
武田 利勝 ………… *1765*
武田 雅哉 ……… *4772, 4773*
武富 博子 ………… *2067*
竹中 町子 ………… *1323*
竹原 麗 …………… *2907*
竹本 祐子 … *1171, 2620, 2638*
田尻 陽一 ………… *2454,*
　　3845, 4613, 4657
多田 智満子 ……… *4163*
橘 明美 …………… *2382,*
　　2383, 3140, 4527
橘 孝司 …… *0079, 0707, 0785,*
　　0803, 2166, 2167, 2524,
　　2861, 3211, 3692, 3886,
　　3927, 3952, 4287, 4346
立原 透耶 …… *0675, 2086, 2340,*
　　2474, 2475, 3615, 4426, 4427
伊達 朱実 ………… *3278*
伊達 淳 …………… *0570*
立石 ゆかり ……… *1784*
立川 由佳 ……… *0665, 1461*
田中 明子 …… *2539〜2546*
田中 淳子 ………… *4411*
田中 順子 …… *0559, 3882*
田中 千惠子 …… *3439, 3440*
田中 ちよ子 ……… *0694*
田中 奈津子 ……… *3712*
田中 寛之 …… *1368, 4301*
田中 美帆 ………… *2312*
田中 壮泰 …… *2615, 3564*
田中 裕子 ………… *2533,*
　　2610, 2817, 3576
田中 淑子 …… *1442, 2856*
棚橋 志行 ………… *0743,*
　　0744, 1128, 1973, 1974,
　　2052, 2802, 2803, 3847
田辺 洋子 …… *2386〜2389*
谷 泰子 ……… *1160, 4611*
ダニエル遠藤 みのり … *2374*
谷垣 暁美 …… *3285, 3286*
谷川 毅 ……… *0565, 0567*

谷口 幸男 ………… *4769*
谷口 由美子 ……… *2859*
谷原 めぐみ ……… *1565*
種村 季弘 … *0110, 0762, 1755,*
　　3581, 3670, 3923, 4483
田野倉 佐和子 …… *0853*
田野崎 アンドレーア嵐
　　　　………… *0214, 4230*
田端 薫 …………… *4270*
玉木 亨 …………… *1054,*
　　2525, 2527, 3164
玉田 誠 …… *0586, 2285, 2476*
田丸 理砂 ………… *1362*
田村 和子 ………… *3034*
田村 源二 ………… *1042,*
　　1043, 1100, 1101
田村 彩子 … *0587, 0815, 0911,*
　　1352, 2343, 3173, 4302, 4779
田村 たつ子 ……… *0337,*
　　0359, 1166, 1205, 1210,
　　1741, 1801, 1811,
　　1826, 1833, 1968, 2653,
　　3064, 3096, 4086, 4729
田村 美佐子 ………
　　2563〜2567, 4736
田村 容子 …… *0592, 4169*
田村 義進 ………… *0814,*
　　1072, 2580, 2614, 3472,
　　3751, 3949, 4570〜4572
垂野 創一郎 ……… *0504,*
　　3565, 3730, 4606
旦 敬介 ……… *0794, 4550*
旦 紀子 ……… *3400, 4255*

【ち】

千草 ひとみ ……… *3980*
竹生 淑子 …… *1334, 2658*
茅野 久枝 ……… *1119, 1169,*
　　1185, 1212, 1226, 1446,
　　1612, 1829, 3967, 4658
千葉 茂樹 ………… *0638,*
　　0640〜0645, 1435
千葉 文夫 ………… *3921*
趙 倫子 …………… *1893*
陳 駿千 …… *0587, 0815, 0911,*
　　1352, 2343, 3173, 4302, 4779

【つ】

塚田 充 …………… *3427*
塚田 由美子 …… *1963, 2510,*
　　2622, 2679, 3079, 4061

塚原 史 ………… 0396, 0397
月岡 小穂 ………………… 0900,
　　　0901, 2874, 3928, 3929
津崎 正行 ……… 0256, 0257, 1881
辻 早苗 ……… 0256, 0257, 1371,
　　　1372, 3417, 3759, 3784, 4368
辻井 栄滋 ………………… 4739
辻村 万実 ………………… 2055
都筑 道夫 …… 0920, 2993, 3733
鼓 直 ……………… 0795, 3706
津田 晃岐 ………………… 0264
津田 藤子 ………………… 2894
土屋 晃 …… 0729〜0736, 0739,
　　　0740, 0928, 3320〜3329
土屋 京子 …………… 1980, 1981
土屋 政雄 ……………… 0208, 0673
土屋 恵 …………………… 1551
堤 朝子 …… 0609, 3762, 3828
堤 一直 …………………… 0593
堤 幸 ……………………… 0022
常藤 可子 ………………… 1815
粒良 麻央 ………………… 0222
津守 陽 …… 0220, 0592, 2093

【て】

鄭 穎馨 …… 3636, 3638, 3639
デクーニンク, ヘルマ
　　ン …………………… 1858
手束 紀子 ………………… 3998
寺尾 なつ子 ………………………
　　　　　1120, 2908, 3040
寺尾 まち子 ……………… 0837
寺尾 善雄 …… 2317, 4770, 4771
寺尾 隆吉 …… 0796, 2513, 2963
寺倉 巧治 ………………… 1994
寺下 朋子 ………………… 3812,
　　　　　3818, 3819, 3891
寺平 笙 …………………… 2919
寺前 君子 ………………… 1898

【と】

土居 佳代子 ……………… 0987
東海 晃久 ………………… 0351
東郷 えりか ……………… 3225
トゥーサン, フランツ … 0646
堂島 瞬一 ………………… 3755
遠坂 恵子 ………………… 1726
遠山 明子 …… 0111, 1571, 2372,
　　　　　2752, 3298, 3669, 4547
常盤 新平 ………………… 0639

徳弘 康好 ………………… 0167
都甲 幸治 …… 2464, 3300, 3303
戸田 早紀 …… 2151, 3729, 4273
戸田 裕之 …………………………
　　　0048〜0054, 3289〜3294
戸高 和弘 ………………… 4502
栩木 伸明 ………………… 0605
栩木 玲子 ………………… 3806
利根川 真紀 ……………… 0088,
　　　0607, 0661, 0914, 1028,
　　　2005, 2026, 3987, 4137
飛川 あゆみ ……………… 1113,
　　　1116, 3961, 4055, 4488
戸部 順一 ………………… 0087
泊 功 …………………… 2735,
　　　2736, 4422, 4426〜4429
富田 広樹 …………… 0725, 0792,
　　　3394, 3677, 4100, 4653
冨田 ひろみ ……………… 4053
富田 美智子 …… 1487, 1799,
　　　1855, 1856, 2509, 2511, 3978
富永 和子 ………………… 4537
富永 佐知子 …… 0043, 1286,
　　　1546, 1873, 2471, 2984,
　　　2986, 2988, 3613, 4013
富原 まさ江 ……………… 2041,
　　　　　3168, 3510, 4371
富安 陽子 …… 0407, 0748, 1608
富山クラーソン 陽子 ‥
　　　3227〜3230, 4553〜4556
巴 妙子 ……………… 1155, 2790
友田 葉子 …………… 3723, 3724
友永 雄吾 ………………… 3307
友廣 純 …………… 0603, 3539
外山 恵理 …………… 0279, 1643
戸山翻訳農場 …………… 0637
豊島 美波 ………………… 2750
豊島 与志雄 ……… 4155〜4162
鳥居 まどか ……………… 1256

【な】

内木 宏延 ………………… 0486
ないとう ふみこ ……… 3287
直野 敦 …………………… 3958
直良 和美 ………………… 2425,
　　　　　2426, 4589〜4592
中 由美子 … 0197, 2094, 2338
中井 京子 ………………… 1970,
　　　3408, 3838, 4457, 4543
永井 淳 ……………… 0425, 1310
長尾 史郎 ………………… 3665
永岡 崇 …………………… 0982
中岡 瞳 …………………… 1111
中川 五郎 …………… 3301, 3302
中川 潤 …………………… 4481

中川 美帆子 …… 0365, 1157
中川 礼子 ………………… 4635
長坂 道子 ………………… 2068
中里 まき子 ………… 1749, 1750
長澤 あかね ……………… 2737
長沢 由美 …………… 1723, 3976
中地 義和 ………………… 4506
中島 昭和 ………………… 1029
長島 確 ……………… 3281, 3520
永島 憲江 ………………… 0938
中嶋 浩郎 ………………… 0909
長島 良三 ………………… 2173
中田 たか子 ……………… 0239,
　　　1920, 1922, 2099,
　　　2437, 2438, 2445, 4089
永田 千奈 ………………… 1388,
　　　　　2971, 3825, 4093
長田 乃莉子 …… 0301, 1891,
　　　1896, 2813, 2886, 2985,
　　　3108, 4014, 4404, 4601
中田 平 …… 0239, 1920, 1922,
　　　2099, 2437, 2438, 2445, 4089
永田 寛定 ………………… 3347
中谷 友紀子 …… 0436, 0528,
　　　3700, 4233, 4234, 4548
中務 哲郎 ………………… 3685
長友 恵子 …………… 0147, 3906
中西 和美 ………………… 0406
中西 史子 ………………… 0445
中西 眞喜 ……………… 2163, 4661
中野 朗子 ………………… 2239
中野 かれん ………………………
　　　　　1175, 1215, 1333
中野 恵 …………………… 0025,
　　　1208, 1227, 1468,
　　　3045, 3563, 3696, 3698,
　　　3894, 4492, 4599, 4620
長野 徹 ……………… 3309, 3310
中野 宣子 …………… 0183, 0859
中野 眞由美 …… 0759, 1528,
　　　1529, 2040, 2419, 2485,
　　　2690, 2691, 3844, 4565
中野 善夫 ………………… 0443
中野 怜奈 ………………… 1996
永幡 みちこ …… 1738, 1816,
　　　　　2624, 4080, 4292, 4308
中原 聡美 ………………… 1674
中原 尚哉 ………………… 0077,
　　　0400〜0402, 0404, 0405,
　　　0537, 0630, 0674, 0771,
　　　0818, 0899, 1366, 1367,
　　　1711, 1764, 2287, 2314,
　　　2315, 2341, 2591, 2734,
　　　2842, 2843, 2976, 3001,
　　　3224, 3259, 3616, 4152,
　　　4226, 4330, 4558, 4559
中原 もえ ………………… 1809,
　　　　　2627, 3083, 4057, 4596
中村 加代子 ……………… 1744
中村 久里子 ……………… 4173

中村 妙子 …………… 3170	西田 岳峰 …………… 0764	野崎 歓 …………… 0255,
中村 唯史 …………… 2872	西田 美緒子 ………… 3260	0420, 0421, 3954
中村 融 …… 0626, 0882, 1943,	西田 佳子 …………… 1277,	野沢 佳織 ……………
2060, 2376, 2867, 3015,	1975, 4178, 4573	0058～0060, 2073, 2588
3016, 3018, 3361, 3363,	西谷 かおり …… 1480, 4538	野島 正城 …………… 1879
3365, 3366, 3414, 3827, 4458	西永 良成 …………… 1279,	能田 優 …… 2617, 4261, 4262
中村 凪子 …………… 2739	1280, 2439～2443	野中 千恵子 ………… 2361
中村 まり子 …… 0779, 0781	西野 方子 …………… 0948	野中 モモ …………… 0692
中村 美穂 …… 0026, 0196, 1132,	仁嶋 いずる ……… 0160～0164,	野原 はるか ………… 2916
1223, 1321, 1347, 3468,	0326, 0327, 0361, 1258,	野平 宗弘 …… 0701, 0979
4078, 4081, 4116, 4377	1394, 1559, 2013,	延原 謙 …………… 1430
中村 有希 …………… 0954,	2137, 2223, 2911,	野村 芳夫 …………… 3722
0956, 2360, 3776	3041, 4031, 4101, 4583	野谷 文昭 …………… 0793,
中村 佳子 …………… 0833	西村 亜子 …………… 0137	0797, 2795, 2962
中村 能三 …… 0425, 1886	西村 ツチカ ………… 0722	法村 里絵 … 0541, 4202, 4280
ナカヤ, ノドカ ……… 4507	西本 かおる ………… 3666	
中山 理 …………… 1698	西本 和代 …………… 4410	
長山 さき … 1462, 2467, 3955	西本 鶏介 …… 1106, 1107	【は】
中山 末喜 …………… 3118	西山 志緒 …………… 1509	
中山 宥 …… 3924, 4735	西山 詩音 …… 3604, 3605	梅 亦 …… 2190, 2191
中山 善之 …………… 0727,	にしやま やすよ …… 3994	パイザー, カール … 0269, 3505
0728, 0745, 0746, 1275	西山 ゆう …………… 1564	パーカー 敬子 ……… 0618
名高 くらら … 1052, 2378,	二宮 大輔 …………… 3757	萩原 ちさと …………… 1211,
2987, 3089, 3411, 3981	日本バーナードショー協	1224, 1331, 1793,
夏川 草介 …… 1270, 1271	会 …………… 1778, 1779	1838, 3076, 3091, 3938
夏来 健次 …… 0259, 0523,	丹羽 佐紀 …………… 3166	朴 暻恩 …………… 2783
0804, 0805, 0845, 0913,	庭植 奈穂子 …… 0357, 1617,	橋 由美 …… 1841, 1848, 4060
1002, 1243, 1272, 1455,	2680, 2854, 2892, 2906,	箸本 すみれ ………… 3999,
1950, 2004, 2160, 2582,	3035, 3037, 4318, 4407, 4471	4000, 4002, 4003
2696, 2743, 3369, 3370,		橋本 ダナ …………… 4561
3459, 3485, 3524, 3693,		橋本 智保 …………… 0877,
3703, 3704, 3777, 3863,	【ぬ】	2116, 2117, 2291
4107, 4182, 4200, 4204,		橋本 綱 …… 3581, 4483
4220, 4362, 4363, 4468,	沼野 充義 …… 1906, 4566	橋本 能 …………… 4614
4593, 4594, 4642, 4761		橋本 福夫 …………… 0145
夏木 さやか …… 2826, 4325		橋本 恵 …… 0655, 0656
花苑 薫 …… 0198, 2339	【ね】	橋本 玲雄 …………… 4561
成川 裕子 …………… 0448		蓮池 薫 …………… 3489
鳴庭 真人 … 2095, 2570, 3224	根岸 彰 …………… 2034	葉月 悦子 …… 3477, 3719
那波 かおり ………… 2712,	根岸 美聡 …………… 0581,	荷見 明子 … 2382, 2383, 4526
2713, 2716～2725	1365, 2474, 2475	蓮實 重彦 …………… 3489
南條 竹則 …………… 1959,	根津 憲三 …………… 4012	長谷川 圭 … 0499, 0557, 1077,
2208, 4203, 4563		1654, 1685, 2176, 3866, 3881
南陽 外史 …… 1432, 4104		長谷川 早苗 ………… 2181
	【の】	畑 浩一郎 …… 3655～3657
		羽田 紗久椰 ………… 1937,
【に】	野上 ゆい …… 0665, 4755	3558, 3559, 4742, 4743
	野口 建彦 …… 3664, 3665	羽田 詩津子 ………… 0619,
新月 あかり ………… 2889	野口 照子 …… 3664, 3665	0624, 0625, 1012, 1068,
仁木 めぐみ …… 4457, 4543	野口 百合子 ………… 1065,	1902, 3133～3137
西江 璃子 …………… 0140,	1066, 3652～3654	波田野 節子 ………… 0171
0273, 0597, 1126, 1167,	野坂 悦子 …………… 1276	波多野 苗子 ………… 0238
1194, 1563, 2012, 2661,		波多野 理彩子 ……… 2528
3147, 3450, 3852, 3860		バーチ美和 …………… 2256
西川 祐子 …………… 2966		服部 京子 …… 1716～1718,
西川 芳樹 …… 0587, 0815, 0911,		1729, 2124, 4359
1352, 2343, 3173, 4302, 4779		
西崎 憲 …… 0482, 3707, 3913		

服部 裕 ……………… 3055	東山 あかね …… 1419~1427	福井 久美子 …… 0269, 3505
服部 理佳 ……………… 3174	東山 竜子 ……………… 0325	福嶋 伸洋 ……………… 4358
初見 かおり …………… 2738	樋口 範子 ……………… 2074	福田 美子 ……………… 3063
初見 基 ………………… 3573	日暮 雅通 …………… 0076,	福武 慎太郎 …… 3158, 3159
花方 寿行 ……………… 2953	0248, 1871, 1956, 1957,	福冨 渉 ……………… 0701,
羽根 由 ………………… 2851	2430, 3754, 4205~4207	3379, 3380, 4516
馬場 あきこ …… 3082, 3964	菱沼 彬晁 …… 2306~2308	福永 信哲 ……… 0533, 0534
浜口 稔 ………………… 1977	菱山 美穂 …………… 1385,	福原 麟太郎 …………… 3642
浜口 祐実 ‥ 0337, 0359, 2653	1386, 1478, 1479, 2001	福森 典子 ……… 2367, 3678
浜田 和範 ……………… 1518	日高 健一郎 …………… 0384	不二 淑子 …………… 1000,
濱田 麻矢 …… 0592, 1743,	枇谷 玲子 ……… 0521, 2395	1671, 3296, 4141
2059, 4214, 4299, 4763	ひなこ ………………… 3887	藤井 光 ……………… 0073, 0080,
濱名 晋一 ……………… 0585	日野原 慶 ……………… 0434	0086, 0090, 0096, 0097,
浜野 アキオ …… 3434, 4250	響 遼子 ………………… 4327	0116, 0117, 0133, 0546,
早川 麻百合 ……………	日吉 信貴 ……… 2463, 2464	0562, 0701, 1740, 2038,
2662, 3986, 4494	平井 呈一 …………… 1384, 1626,	2472, 2846, 2860, 3069,
林 啓子 ……………… 0506, 1079,	3031, 3356, 3675, 3821	3129, 3721, 4133, 4248
1085, 1688, 1691, 3234,	平江 まゆみ ………… 0314,	藤井 英子 ……………… 2749
3237, 3385, 3389, 3864	0369, 1228, 1543, 1558,	藤井 美佐子 …… 0296, 0297
林 はる芽 ……………… 0064	1797, 1814, 2155,	藤川 新京 ……………… 2958
林 久之 ………… 2186, 2282	2791, 2876, 2887, 2891,	藤倉 詩音 … 0357, 0392, 0719,
林 啓恵 ……………… 3330,	2893, 2898, 2921, 2928,	1144, 2814, 3899, 3900,
3332, 3606, 3737, 3738	3077, 3895, 3979, 4062	3902, 4318, 4407, 4617
林 雅清 …… 0587, 0815, 0911,	平岡 敦 …… 0102~0104, 0425,	藤沢 町子 ……………… 4001
1352, 2343, 3173, 4302, 4779	1046, 1047, 1703, 1706,	藤沢 満子 ……………… 3840
林 昌宏 ………………… 2132	2506, 3152, 3436, 3825	藤田 由美 ……………… 3982
葉山 笹 ………………… 1557	平岡 篤頼 ……………… 4648	藤田 麗子 ……………… 4165
速水 えり ……………… 2855	平川 祐弘 ……………… 3030	藤波 耕代 ……… 3044, 4274
原 淳子 …… 1172, 1200, 1201,	平田 恵津子 …… 1677, 4112	藤平 育子 ……………… 0280
1482, 2656, 3270, 4073, 4595	平戸 懐古 … 0146, 0913, 1272,	伏見 威蕃 …………… 0737, 0738,
原 卓也 ………… 2214, 2215	1466, 2160, 2384, 2743,	0741, 0742, 1036~1041,
原 たまき ……………… 3399	3247, 3369, 3402, 3459,	1044, 1045, 1091~1099,
原 正人 ………………… 2434	3693, 4200, 4467, 4468, 4642	3119~3126, 3991, 3992
原澤 隆三郎 …………… 0213	平野 暁人 ……………… 3953	ふしみ みさを …………… 2492
原島 文世 …………… 0042,	平野 清美 …………… 0227,	藤峰 みちか …… 1467, 1544,
0939, 1010, 1023, 1374,	0237, 0449, 0654, 1005,	2145, 3274, 3275, 3984
1375, 1865, 2568, 2747,	1747, 2701, 2858, 3316,	藤村 華奈美 ………… 0027,
2969, 3594, 3767~3769,	3486, 3530, 3889, 4607	0314, 1178~1180, 1195,
4138, 4139, 4366	昼間 賢 ………………… 3826	1217, 1469, 1620, 4725
原田 いず ……………… 2085	広岡 杏子 ……… 0238, 1382	藤村 裕美 ……………… 2788
原田 衣里奈 …………… 3019	廣岡 孝弥 ……………… 3195	藤本 和子 ……………… 4105
原田 美知子 …………… 2648	廣瀬 麻微 …………… 2488,	藤盛 千夏 ……………… 1161
春野 ひろこ ………… 0430,	3338, 4469, 4470	藤原 由希 ……… 0907, 0908
0687, 1186, 1199, 1554,	広瀬 恭子 ……… 1015, 3338	渕上 痩平 ……………… 0089,
1803, 1810, 1823, 2009,	広瀬 夏希 ……………… 2230	1933, 3787, 4612
2837, 3092, 3097, 3377	廣野 由美子 …………… 0614	舩山 むつみ ………… 0813,
ハンナオ ………… 2036, 2037		0835, 0836, 1512, 2782
ハーン小路 恭子 ……… 3805		冬木 恵子 ……………… 2224
	【ふ】	冬斗 亜紀 … 0211, 0212, 0307,
		0431, 0432, 2839, 4245
【ひ】		古井 由吉 …………… 3480,
	ファー ………………… 2729	3481, 3951, 4446
	馮 乾 …………………… 2192	古市 雅子 … 4433, 4434, 4436
柊 羊子 ………… 2834, 4311	深町 あゆみ …… 3956, 3957	古川 綾子 ………… 0181, 0225,
東野 さやか …… 0253, 0254,	深町 悟 ………………… 0460	0850, 0851, 0861, 0873,
1016, 1238, 1240~1242,	深町 眞理子 ………… 0019,	2201, 2275, 2293, 2300
2042, 2226~2229	0425, 1061, 3025, 3026	古川 正樹 ……………… 3888
東峰 直子 ……………… 4166	府川 由美恵 …………… 2825	古川 倫子 ……………… 2676

【ふ】(続き)

古沢 絵里 …… 0038, 0039, 3210, 4072, 4079
古澤 紅 …… 1817, 2646, 3074, 3080, 4179
古沢 嘉通 …… 0627, 0630, 1404～1412, 4420, 4421, 4766
古屋 美登里 …… 0057, 0067, 0530, 1282, 1283, 1513, 1736, 2589, 2841, 2950, 3181～3183, 3187, 3245, 3791, 3861, 3862, 3892, 4242

【へ】

ペータス, アンネ・ランデ …… 0383, 3281
別院 一郎 …… 2320
ヘレンハルメ 美穂 …… 2597～2599, 3525

【ほ】

法木 綾子 …… 0452
北條 正司 …… 2741
星 泉 …… 0526, 0701, 1460, 2329～2332, 3543, 4222, 4223, 4291, 4350, 4549
星 真由美 …… 2853
星野 真理 …… 1060
星谷 馨 …… 0473, 0500, 0502, 0505, 0507, 0508, 0513, 0547, 0554, 0561, 1087, 1088, 1686, 1687, 2177, 2179, 3238, 3240, 3865, 3867, 3872, 3873, 3877, 3879
細井 直子 …… 0519, 1734
細田 利江子 …… 1927
細美 遙子 …… 0042, 0630, 1639～1641, 2218, 2219, 2616
堀田 碧 …… 4269
堀 茂樹 …… 0543, 0544
堀江 里美 …… 4351
堀川 志野舞 …… 1063, 2754～2756, 3740
堀川 徹志 …… 0772, 0787, 0789, 0887, 0912, 1022, 1387, 2483, 2571, 2959, 3208, 3337, 3742, 3744, 3748, 3753, 3763, 4639, 4747
堀切 リエ …… 3313, 3731
本城 静 …… 0278
本間 裕美 …… 0825～0827

【ま】

前川 祐一 …… 1580
前田 一平 …… 1450
前田 雅子 …… 1798, 2938
前田 恵 …… 2175
前山 悠 …… 0783
槙 由子 …… 0355, 0370, 0372, 1197, 1203, 1218, 1225, 1396, 1549, 1802, 1807, 1824, 1832, 1851, 3078, 3971, 4319, 4326, 4372
牧野 有通 …… 4017, 4018
牧野 雅彦 …… 0132
牧野 美加 …… 0179, 3194
正岡 桂子 …… 0311
真咲 理央 …… 2663, 4049, 4058
正村 和子 …… 3374
増田 久美子 …… 1664
増田 まもる …… 3775
増本 浩子 …… 2975
町田 暁雄 …… 2123, 4748
松井 裕史 …… 2174
松浦 恆雄 …… 0592, 2284
松尾 恭子 …… 0074, 3584
松尾 当子 …… 0150, 1471, 2932, 3968, 4398
松岡 光治 …… 0839
松岡 佑子 …… 4666～4703
松岡 雄太 …… 0878
松倉 梨恵 …… 4581
松下 隆志 …… 2104, 2105, 3843
松下 則子 …… 2613
松下 佑子 …… 2881
松島 なお子 …… 0044, 0149, 1052, 1114, 1136, 1953, 2987, 3089, 4235
松田 青子 …… 4232
松田 あぐり …… 1947
松田 綾花 …… 0844
松田 信子 …… 3014
松田 浩則 …… 3186
松永 美穂 …… 0386, 1761, 2751
松原 葉子 …… 0229, 0230
松村 和紀子 …… 0315, 1332, 1961, 2148, 2630, 2882, 2901, 2904, 2920, 3042, 3146, 3333, 3482, 4382
松本 果蓮 …… 0165, 1830, 2649, 2687, 4045
松本 完治 …… 3099
松本 健二 …… 4247
松本 真一 …… 3418, 3788
松本 剛史 …… 2417, 2418, 2518～2520

松本 侑子 …… 4110, 4111
松本 百合子 …… 2436
真野 泰 …… 3735
真野 保久 …… 2783
馬渕 早苗 …… 4266, 4267
丸尾 美保 …… 2108
丸木 しゅう …… 0858
丸谷 幸子 …… 0825～0827
丸山 敬子 …… 3789

【み】

三浦 順子 …… 0526, 1460, 2329, 2331, 2332, 3543, 4223, 4291, 4350, 4549
三浦 裕子 …… 4170
三浦 広 …… 2862, 4737
三浦 万里 …… 0389, 4484, 4717
三浦 みどり …… 3374
三浦 玲子 …… 1156, 3460, 4199
三門 優祐 …… 0980, 1595, 1596, 3498
三木 たか子 …… 1967, 2637, 3067, 4279
幹 遙子 …… 1649
岬 一花 …… 0195, 0200, 0456, 0457, 1181, 1472, 1475, 2016, 4723, 4733
三須 祐介 …… 0172, 0592, 0595, 0596, 0676, 0821, 0830, 0910, 1357, 1359, 1788, 1789, 2083, 2310, 2311, 2316, 2321, 3618, 4304, 4450, 4451, 4765
瑞木 さやこ …… 0514
みずき みずこ …… 4070, 4495
水谷 まさる …… 2558
水野 衞子 …… 1897, 4440
水野 恵 …… 3514
水間 朋 …… 1794, 3081, 4320, 4321, 4388
三角 和代 …… 0394, 0684, 0685, 1162, 2164, 2165, 3318, 3357
溝口 彰子 …… 4117
満園 真木 …… 0754～0756, 1020
三ツ堀 広一郎 …… 1682
三谷 ゆか …… 2885
光吉 さくら …… 1366, 1367, 2608, 2609, 3617, 4425, 4428～4432
三友 陽子 …… 4577～4579
皆川 孝子 …… 0356, 1552, 1560, 2923
水月 遙 …… 1173, 2832, 4602
南 あさこ …… 2629, 2683
南 協子 …… 2816

南 知沙 …………… 1680	村上 清幸 ……… 1869, 1870	森島 小百合 …… 1222, 1777,
峯村 利哉 ……… 0929, 0930	村上 さつき …… 0207, 0261,	2010, 2508, 2831, 4309
三原 穂 ……………… 3153	0463, 0720, 0758, 0834,	森嶋 マリ …………… 3431
宮川 朗子 …………… 4532	1147, 1278, 1504, 1907,	森瀬 繚 ……………… 0905
宮川 一郎 ……… 1032～1035	2161, 2583, 3420, 3503,	森田 真生 …………… 0722
宮川 やすえ ………… 4134	3646, 3842, 4147, 4412, 4569	森田 義信 ……… 2579, 3727
三宅 幾三郎 ………… 3491	村上 潤子 …………… 2749	森村 たまき ………… 0459
三宅 初江 …………… 2883	村上 春樹 …… 0055, 0776, 1057,	森山 りつ子 …… 2914, 4074
宮崎 亜美 … 0342, 2879, 4406	2261, 3203, 3204, 3803, 3804	森脇 錦穂 …………… 0822
宮崎 一郎 …………… 2187	村上 光彦 …………… 4540	
宮崎 真紀 … 0007, 0571, 1751,	村上 利佳 ……… 2473, 2794	【や】
2601, 2973, 2974, 3070,	村松 潔 ………… 1269, 4530	
3243, 3244, 4466, 4588	村山 淳彦 … 1001, 2521, 2522	八木原 一恵 ………… 0691
宮里 綾羽 …………… 2091	村山 汎子 …………… 1126,	矢口 誠 ……………… 0141,
宮澤 洋司 ……… 1075, 3647	1563, 2661, 2884	1910, 3128, 3716, 3811
宮澤 優樹 …………… 0441	村山 雅人 …………… 3566	八坂 よしひろ ……… 0045,
宮地 謙 ……………… 2660	村山 美雪 … 0218, 0219, 0309,	1182, 3038, 3857, 4118
宮下 潤子 … 0469, 1082, 1089,	0310, 0784, 0961～0973,	矢崎 源九郎 ………… 0154
1684, 1693, 3231, 3875	3466, 3634, 3635, 4176, 4177	矢沢 聖子 …………… 1070,
宮下 志朗 …………… 1153		1073, 1859～1862
宮下 嶺夫 …………… 2371	【も】	矢島 暁子 ‥ 0177, 2109, 2111
宮下 遼 ………… 2941～2944		矢島 真理 ……… 2578, 3376, 3620
宮嶋 聡 ……………… 1707	毛利 三彌 ……… 0221, 1995	屋代 やよい ………… 1652
宮野 真綾 …………… 2410	茂木 健 ……………… 0423,	安岡 治子 …………… 1505
宮林 寛 ……………… 1925	0424, 2394, 4251, 4649	安川 孝 ………… 1524, 1525
深山 咲 ………… 1139, 1337,	母袋 夏生 …… 0011, 0016, 0082,	安田 均 ……………… 1937,
1610, 2134, 2405, 3061,	0202, 0238, 0669, 0715,	3558, 3559, 4742, 4743
3444, 3856, 3966, 4131	1369, 1456, 2030, 2325,	安原 和見 …………… 0667
深山 ちひろ …… 0046, 0159,	2328, 2762, 2960, 3593,	安原 実津 ……… 0480, 1694
0391, 3036, 3412, 3452	3914, 4249, 4402, 4546	柳 まゆこ …………… 2897
宮本 エイ子 ………… 4663	望月 恒子 …………… 0714	柳沢 伸洋 ……… 0425, 2805
宮本 正興 ……… 0984, 0985	望月 哲男 …………… 2106	柳沢 由実子 …………
宮本 正清 …………… 4663	望月 希 ……………… 2400	0068～0071, 3907, 3908
宮脇 孝雄 … 0425, 0724, 2562	望月 紀子 ……… 0940, 1917	柳谷 あゆみ ………… 4136
宮脇 裕介 ……… 2871, 3398	持田 明子 …………… 3583	柳下 毅一郎 ………… 1255
三好 陽一 ……… 1209, 1392,	モッタ, フェリッペ	柳瀬 尚紀 ……… 1781, 1782
1853, 2142, 2829, 2939,	……… 2461, 3781	簗田 順子 ……… 1899, 2002
3645, 3977, 4268, 4275	本村 浩二 …………… 0411	矢野 浩三郎 ………… 0017
三輪 秀彦 …………… 1704	桃井 緑美子 ………… 3225	薮﨑 利美 …………… 2577
三馬 志伸 …………… 4238	桃里 留加 …………… 2632,	矢部 真理 …………… 0348
	2639, 2668, 4027	山形 浩生 …………… 0600
【む】	森 敦子 ……………… 3188	山川 紘矢 …………… 3213
	森 いさな …………… 2156	山河 多々 ……… 2057, 2726
麦田 あかり …… 1145, 1324,	森 香夏子 … 4030, 4032, 4033,	山岸 真 ……………… 0204
1339, 1400, 1616, 2635,	4035, 4040, 4041, 4046	山岸 由佳 …………… 0185
2674, 2682, 3253, 4184, 4722	森 晶羽 ……………… 2427	山北 めぐみ …… 0799～0802
務台 夏子 …………… 0517,	森 慎一郎 …………… 2999	山口 絵夢 …………… 1259
0518, 2050, 2051, 2053	森 未朝 ………… 0936, 3451	山口 和彦 ……… 3797, 3798
睦月 愛 ……………… 2024	森井 良 ……………… 1701	山口 西夏 ……… 0336, 1391
武藤 崇恵 …………… 3214	森岡 裕一 …………… 0021	山口 裕之 …………… 1007
武藤 陽生 … 3807, 4195, 4418	森口 大地 … 0210, 0260, 1758,	山口 ヨシ子 ………… 0442
村岡 栞 ……………… 1651	3165, 3169, 4208, 4209	山崎 暁子 …………… 4210
村岡 直子 ……… 4193, 4194	守口 弥生 …………… 4638	山崎 剛 ……………… 4004
村岡 優 ……………… 4393	森沢 くみ子 ………… 1312,	山崎 まどか ………… 4517
村上 和久 ……… 3597, 3598	1381, 3460, 4199, 4332	山﨑 美紀 …………… 1048
	森澤 友一朗 ………… 2078	

| 山﨑 美穂 ········ 3155, 4054
| 山沢 英理子 ············ 4357
| 山下 孝子 ············· 3462
| 山下 俊雄 ············· 0856
| 山下 なるや ···· 2534〜2537
| 山科 みずき
| 0373, 1343, 1839
| 山田 修 ············· 3336
| 山田 香里 ············· 3003
| 山田 和子 ············· 0819
| 山田 香苗 ············· 4610
| 山田 佳世 ······ 0628, 3419
| 山田 久美子 ······ 4114, 4115
| 山田 沙羅 ····· 1566, 2852,
| 2877, 2925, 2926, 2930
| 山田 順子 ············· 1062,
| 1069, 2707, 2708, 4508
| 山田 哲子 ······ 1941, 1942
| 山田 信子 ······ 2154, 4084
| 山田 文 ····· 2031, 2032, 3160
| 山田 有里 ············· 1183
| 山田 蘭 ············· 2982,
| 2983, 3709〜3711
| 山田 理香 ·· 2836, 3084, 4314
| 大和 高行 ············· 3149
| 山中 朝晶 ············· 1239,
| 1297, 2873, 4394
| 山根 三沙 ············· 0276
| 山野 紗織 ·· 2900, 3764, 3983
| やまの まや ····· 2147, 4324
| 山ノ内 文枝 ········· 1189,
| 1192, 1198, 4380
| 山藤 奈穂子
| 0694, 2398, 3741
| 山辺 弦 ············· 3110
| 山室 静 ······ 2139, 4145
| 山本 泉 ············· 0268
| 山本 薫 ······ 1507, 1700
| 山本 省 ············· 1673
| 山本 翔子 ·· 1124, 1141, 1773,
| 2934, 4044, 4069, 4714, 4734
| 山本 史郎 ·· 1530〜1532, 2538
| 山本 豊子 ············· 2689
| 山本 真奈美 ············ 2224
| 山本 光伸 ············· 0634
| 山本 みと ·· 0362, 1142, 1287,
| 1828, 2628, 3443, 4034
| 山本 やよい ············ 1064,
| 1887〜1889, 2424,
| 2978〜2981, 2991, 2992
| 山本 瑠美子 ············ 0358,
| 1335, 2146, 2409, 4038
| 山本 怜奈 ············· 4603

【ゆ】

悠木 美桜 ·· 0152, 0937, 1614,
      1776, 3445, 3697, 3989, 4732
結城 玲子 ······ 0321, 2621
湯川 杏奈 ······· 2014, 2019
柚野木 菫 ············· 0028,
      0367, 0377, 1121, 1248,
      2011, 3743, 4621, 4745
雪美月 志音 ············· 0029,
      0030, 1138, 1146, 1190,
      1447, 1618, 2018,
      3314, 3448, 3935, 4183
由良 君美 ············· 0251
尹 志映 ······ 0236, 0863,
      0866, 2265, 2304, 4175

【よ】

楊 墨秋 ············· 4454
横田 淳 ············· 3350
横田 緑 ······ 2880, 2889
横手 拓治 ············· 0704
横溝 正史 ············· 3940
横山 あつ子 ············ 3783
横山 茂雄 ············· 2748
吉井 智津 ······ 4219, 4335
吉川 凪 ···· 0701, 0857, 2295,
      2302, 2765, 2767〜2769
吉川 南 ············· 2097
芳川 泰久 ············· 1709
吉澤 康子 ············· 0156,
      0157, 3458, 3467
吉田 育未 ·· 2507, 2611, 4215
よしだ かおり ············ 2479
吉田 薫 ······ 0496, 3699
吉田 和代 ············· 3515
吉田 恭子 ············· 2489
吉田 健一 ············· 0602
吉田 差和子 ····· 1672, 2593
吉田 恒雄 ············· 3930
吉田 奈保子 ······ 0657〜0659
吉田 洋之 ······ 1588, 4662
吉田 庸子 ·· 0816, 1589, 4449
吉田 洋子 ············· 0329,
      0347, 1962, 2149, 2643
吉中 孝志 ············· 0393
吉野 さやか
      1510, 1511, 4525
吉野 弘人 ·· 0563, 1129, 1130,
      2618, 2784〜2786, 3512,
      3513, 3537, 3538, 4286, 4744

吉野 美恵子 ············ 2739
吉野山 早苗 ············ 4227
吉原 育子 ······ 2110, 3517
吉原 菜穂 ············· 1976
吉嶺 英美 ······ 3177, 3178
吉村 エナ ············· 4716
吉本 かな ············· 0665
吉本 ミキ ············· 2686,
      2700, 3212, 4310
米川 正夫
      2495〜2500, 2554〜2557
米崎 邦子 ············· 3013
米津 篤八 ······ 0874, 0875
米山 優子 ············· 3619

【り】

李 海 ············· 0593
李 佳欣 ············· 0233,
      0234, 4453, 4455
李 響 ······ 1712, 2576
李 琴峰 ············· 4306
李 聖和 ············· 2774
李 春喜 ············· 4560
李 明玉 ············· 0175
劉 偉 ······ 4577〜4579
劉 雪琴 ······ 2195, 2198
柳 美佐 ······ 0870, 2771
梁 澄子 ······ 2272, 2273
リリー ············· 1542
林 芳 ············· 0594
林 容萱 ············· 1710

【る】

留守 晴夫 ············· 4015

【わ】

若島 正 ···· 1645, 2603, 2999
若菜 もこ ············· 1140,
      1170, 1216, 3086, 3449
若松 宣子 ·· 0466, 0467, 0471,
      0478, 0555, 1078, 1084,
      1660, 1665, 2180, 3885
脇 明子 ············· 2446,
      2448, 2451, 3032
脇 功 ············· 3308

訳者名索引　　わん

和香 ちか子 *1330,*
　2642, 2650, 2651, 2657
和田 とも美 *3519*
渡辺 暁 *4210*
渡辺 響子 *4095*
渡辺 佐智江 *0497, 3377*
渡辺 新一 *3624*
渡邊 晴夫 *2286*
渡辺 広佐 ... *0476, 0501, 0552,*
　0553, 1076, 3239, 3384, 3874
渡辺 麻土香 *2773*
渡辺 庸子 .. *2793, 4284, 4360*
渡辺 義久 *0946,*
　3024, 3633, 3686
渡部 佐代子 *3619*
和爾 桃子 ... *0156, 0157, 0214,*
　1653, 2447, 2449, 2450, 4230
ワン チャイ *1366,*
　1367, 2608, 2609, 3617,
　4425, 4428〜4432

翻訳小説全情報 2022-2024

2025 年 4 月 25 日　第 1 刷発行

発 行 者／山下浩
編集・発行／日外アソシエーツ株式会社
　　　　　〒140-0013 東京都品川区南大井 6-16-16 鈴中ビル大森アネックス
　　　　　電話 (03)3763-5241（代表）FAX(03)3764-0845
　　　　　URL　https://www.nichigai.co.jp/

電算漢字処理／日外アソシエーツ株式会社
印刷・製本／株式会社平河工業社

©Nichigai Associates, Inc. 2025
不許複製・禁無断転載
＜落丁・乱丁本はお取り替えいたします＞　《中性紙北越淡クリームキンマリ使用》
ISBN978-4-8169-3044-7　　Printed in Japan, 2025

本書はデジタルデータを有償販売しております。
詳細はお問い合わせください。

翻訳小説全情報2019-2021

A5・790頁　定価26,180円（本体23,800円＋税10％）　2022.5刊

2019～2021年に翻訳出版された小説・戯曲5,100点を2,500人の作家別に一覧できる図書目録。各図書には内容紹介を、短編集には収録作品を記載。「書名索引」「訳者名索引」付き。

西洋近代文学案内

A5・580頁　定価19,800円（本体18,000円＋税10％）　2021.10刊

19世紀中葉から20世紀前半までに活躍した299人の作家を選定し、1990年以降に国内で刊行された作品・著述、研究書・伝記などの関連書1.1万点を作家別・刊行年月順に収録した図書目録。「書名索引」「著者名索引」付き。

文学賞受賞作品総覧 海外篇

A5・610頁　定価19,800円（本体18,000円＋税10％）　2019.5刊

20世紀初頭から現在までに実施された海外の主要な文学賞52賞の受賞作品6,400点の目録。小説、ミステリー、SF、ファンタジーから児童書・絵本まで幅広く収録。受賞作品の邦訳が収録されている書籍4,300点の書誌データも併載。「作家名原綴索引」「作品名索引」付き。

やさしく読める海外の名作名著2000冊
―新訳・抄訳・マンガ

A5・370頁　定価8,800円（本体8,000円＋税10％）　2025.3刊

海外の古代～近代までの名作・名著280作の新訳・口語訳、抄訳・要約版、マンガ版などが収録された図書2,300点を紹介するガイド。作品ごとに図書を一覧。目次や内容情報も記載し、目的に沿った図書を見つけやすい。巻末に原著者名ごとに作品を一覧できる「原著者名索引」および「書名索引」付き。

データベースカンパニー
日外アソシエーツ

〒140-0013　東京都品川区南大井6-16-16
TEL.(03)3763-5241　FAX.(03)3764-0845　https://www.nichigai.co.jp/